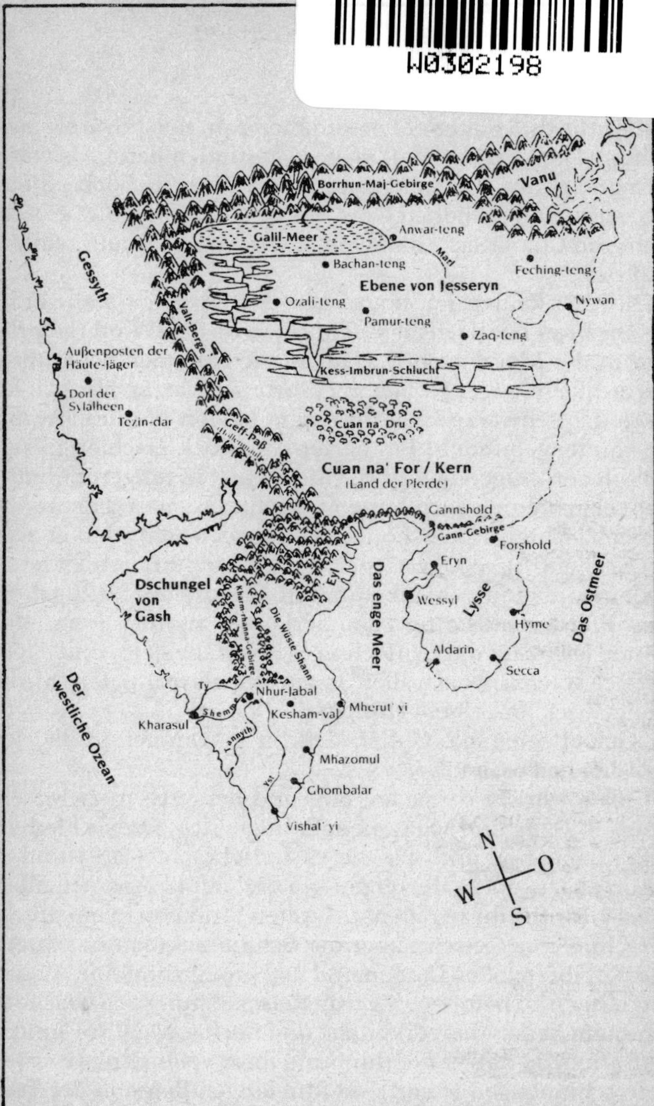
Borrhun-Maj-Gebirge
Vanu
Galil-Meer
Anwar-teng
Marl
Bachan-teng
Feching-teng
Gessyth
Ebene von Jesseryn
Nywan
Ozali-teng
Pamur-teng
Zaq-teng
Valk-Berge
Außenposten der Häute-Jäger
Kess-Imbrun-Schlucht
Dorf der Sylalheen
Tezin-dar
Cuan na' Dru
Geff-Paß
Cuan na' For / Kern
(Land der Pferde)
Gannshold
Gann-Gebirge
Forshold
Eryn
Dschungel von Gash
Eyl
Das enge Meer
Wessyl
Lysse
Das Ostmeer
Kharm-rhanna-Gebirge
Die Wüste Shann
Hyme
Aldarin
Secca
Der westliche Ozean
Nhur-Jabal
Shemm
Kesham-val
Mherut' yi
Kharasul
Mhazomul
Ghombalar
Vishat' yi
N
O
W
S

KAPITEL 1

Als sie die drei Reiter näher kommen sah, verspürte sie aufrichtige Dankbarkeit, daß man sie gefunden hatte, als wäre sie wirklich im Niemandsland gestrandet. Sie beobachtete sie, verborgen im hohen Gras, bis sie sicher war, daß es sich nicht um Clankrieger handelte. Dann stand sie auf, winkte und rief.

Die drei kamen im langsamen Galopp auf sie zu. Eine schöne Frau mit flachsblondem Haar, das im Wind flatterte und in der Morgensonne glänzte. Sie ritt einen Schimmel. Ein dunkelhäutiger Kerner auf einem schwarzen Hengst. Er hatte das schwarze Haar zu einem langen Pferdeschwanz zusammengebunden. Ein harter Ausdruck erschien in seinen blauen Augen, als er sie entdeckte. Ein jüngerer Mann, dunkel gebräunt, doch seinen Gesichtszügen und dem sonnengebleichten Haarschopf nach zu schließen, den er wie ein Kerner trug, ein Lyssianer, der sie verblüfft betrachtete.

Cennaire rannte ihnen entgegen. Die drei Reiter zügelten ihre Pferde, musterten neugierig die fremde Frau, die Hände leicht auf die Griffe ihrer Schwerter gelegt, und blickten sich wachsam nach allen Seiten um, als rechneten sie mit einem Trick, mit einem Hinterhalt.

»Gelobt seien alle Götter, daß Ihr gekommen seid!« rief sie. »Ich heiße Cennaire!«

Calandryll starrte sie an, hin- und hergerissen zwischen Überraschung und Mißtrauen. Er fragte sich, wie sie hierhergekommen war und wie sie es fertigbrachte, so wunderschön auszusehen. Ihr zerzaustes und mit Grassamen übersätes Haar fiel ihr in rabenschwarzen Strähnen in ein dreckverschmiertes Gesicht, aber der Schmutz schien das intensive Rot ihrer vollen Lippen und ihre großen braunen Augen sogar noch zu betonen. Sie trug Reisekleidung aus weichem braunem Leder, das zerknittert und fleckig war. Ihre Tunika war offen, so daß er die Rundung ihrer vollen Brüste unter dem schmutzigen Hemd und ihre langen Beine in der Reithose sehen konnte, als sie näher kam. Er konnte sich nicht erinnern, jemals einer schöneren Frau begegnet zu sein. Calandryll brachte sein Pferd zum Stehen, verbeugte sich im Sattel und nahm die Hand vom Schwertgriff. Er spürte keine Gefahr und stieg lächelnd ab, ignorierte Brachts warnendes Knurren und das offene Mißtrauen in Katyas grauen Augen.

»Cennaire?« Er ging einen Schritt auf sie zu. »Ich bin Calandryll.«

Cennaire wiederholte leise seinen Namen. Sie brauchte ihre Erleichterung darüber, endlich ihre Beute aufgespürt zu haben, kaum zu heucheln. Dieser muskulöse junge Mann war also Calandryll den Karynth. Nach Anomius' Beschreibungen hatte sie sich ihn anders vorgestellt, eher wie einen geckenhaften Prinzen, einen schwächlichen Gelehrten. Aber dieser Mann sah wie ein freier Söldner aus, so hart und schlank wie das Schwert, das er trug, und die Bewegungen, mit denen er sich ihr näherte, waren geschmeidig und sparsam. In seinen braunen Augen lag ein besorgter Ausdruck, das von der Sonne goldblond gebleichte Haar hatte er zu einem Pferdeschwanz zusammengebunden; er war attraktiv. Cennaire stieß ein unterdrücktes Stöhnen aus, lief auf ihn zu und preßte sich gegen ihn. Sein braunes Lederhemd, das nach Schweiß und Pferd roch, fühlte sich warm an ihrer Wange an, die Arme, die er um sie legte, tröstlich. Nach der langen Zeit, die sie allein in der Wildnis verbracht hatte, nach allem, was sie erlebt hatte, war seine Nähe beruhigend. Es fiel ihr nicht schwer, ihre Rolle zu spielen.

Calandryll hielt sie fest, unsicher, was er sonst tun sollte, spürte sie an seiner Brust zittern und sprach leise und beruhigend auf sie ein. Er wunderte sich, wie das Sonnenlicht so hell in derart schwarzem Haar funkeln konnte, und bemerkte, daß seine Gefährten jetzt ebenfalls aus den Sätteln stiegen. Sie waren noch immer wachsam.

»Wie seid Ihr hierhergekommen?«

Cennaire hob den Kopf von Calandrylls Brust und blickte den zweiten Mann an, der ihr die Frage gestellt hatte. Er war in ein Hemd und eine Hose aus schwarzem Leder gekleidet, hatte sich das pechschwarze Haar aus dem scharfgeschnittenen Gesicht gebunden und betrachtete sie reglos aus erstaunlich blauen Augen. An seiner schmalen Hüfte hing ein Krummschwert, wie es für Kerner typisch war. Das mußte Bracht sein. Und die Frau mit dem beinahe silbernen Haar und den ernsten grauen Augen, die ein feinmaschiges Kettenhemd und eine Hose trug, die ihre langen wohlgeformten Beine betonte, konnte nur die Vanuerin sein, Katya. Wie Brachts rechte Hand lag auch die ihre locker auf dem Griff ihrer Waffe, einem leicht gekrümmten Säbel.

Cennaire atmete keuchend ein und löste sich ein Stückchen aus Calandrylls Umarmung. Ohne ihm ins Gesicht sehen zu müssen, spürte sie, daß er den Verlust ihrer Berührung bedauerte. Schnell, mit sich fast überschlagender Stimme, sprudelte sie die Geschichte hervor, die Anomius ihr in groben Zügen vorgeschlagen und die sie mit eigenen Ideen weiter ausgeschmückt hatte.

Sie sei eine recht wohlhabende Kanderin, erzählte sie ihnen, die ihr Vermögen in die Partnerschaft mit einem lyssianischen Händler aus Gannshold eingebracht hatte. Sie hätte ihre Investitionen durch ihre Anwesenheit schützen wollen, behauptete sie, und sich deshalb der Karawane angeschlossen, die den Westen Cuan na'Fors durchstreift hätte. Die Reise sei friedlich verlaufen, bis sie den Kess Imbrun erreicht hätten, von wo aus sie weiter nach Osten gezogen und von einer Räuberbande überfallen worden wären, die aus der Ebene von Jesseryn nach Süden vorgestoßen sei. Sie brachte ein Schaudern zustande, preßte eine Träne hervor und ließ ihre Stimme leiser werden, als sie den anschließenden Kampf und den Rückzug beschrieb und berichtete, wie sie von ihren Begleitern getrennt worden sei, die jetzt bestimmt schon tot wären.

Als sie ihre Geschichte beendet hatte, seufzte sie, schneuzte sich und fragte, ob sie etwas Wasser haben könnte. Calandryll reichte ihr seine Feldflasche. Cennaire trank und beobachtete dabei die Gesichter der Gefährten.

Calandryll, schätzte sie, war bereit, ihr ohne weitere bohrende Fragen zu glauben. Bei Bracht war sie sich weniger sicher, bei Katya überhaupt nicht. Aber das spielte wohl keine große Rolle; diese drei waren Ehrenleute und würden sie kaum allein zurücklassen. Außerdem hatten sie kein Ersatzpferd dabei, mit dem sie sie nach Süden hätten zurückschicken können. Cennaire war überzeugt, daß sie sie mitnehmen würden, und genau das war es, was Anomius beabsichtigte. Und sie ebenfalls, wollte sie sich von der Herrschaft des häßlichen kleinen Zauberers befreien. Aber als sie Calandryll die Feldflasche mit einem dankbaren Lächeln zurückgab, beschloß sie, vorsichtshalber auch noch ihren anderen Trumpf auszuspielen.

»Burash!« stieß sie hervor, wobei sie sich Brachts seltsamer und Katyas rätselhafter Blicke durchaus bewußt war. »Das allein war schon furchtbar, so viele Menschen sterben sehen zu müssen. Aber dann ...«

Sie dachte an das, was sie erlebt hatte, und brauchte sich nicht einmal zu verstellen, um zu erschaudern, ihre Stimme zu einem entsetzten Flüstern herabsinken zu lassen und den Rest des Satzes zu verschlucken.

»Was dann?« wollte Bracht wissen.

»Dera!« protestierte Calandryll. »Siehst du nicht, daß sie völlig verstört ist? Und zweifellos auch hungrig.«

»Das bin ich«, log Cennaire, »aber zuerst möchte ich Eurem Freund noch meine Geschichte erzählen.«

Calandryll brachte einen Laut hervor, der irgendwo zwischen Verärgerung und Zustimmung lag. Cennaire lächelte ihn an, wobei ihr flüchtig der Gedanke durch den Kopf ging, wie leicht es doch war, die Gefühle der Männer zu beeinflussen. Oder zumindest die einiger Männer, berichtigte sie sich gleich darauf, denn Bracht wirkte unbeeindruckt. Weil er die Vanuerin liebt, vermutete sie, und dieser Gedanke zog einen weiteren nach sich: Wie war es wohl, über eine solche Liebe zu gebieten? Sie verdrängte diese Überlegungen und hielt sich diesmal an die reine und ungeschminkte Wahrheit.

»Mein Pferd ist ganz in der Nähe gestorben«, berichtete sie mit heiserer Stimme. »Ich habe schon gedacht, ich wäre gerettet, als ich den Reiter näher kommen gesehen habe, aber irgend etwas ... ich kann nicht sagen, was, ich habe es selbst nicht richtig verstanden ... hat mich vorsichtig bleiben lassen. Ich habe etwas Böses in ihm gespürt, eine üble Aura, und mich versteckt. Und das war auch gut so, denn wie ich herausgefunden habe, hatte mich mein Gefühl nicht getrogen.«

Sie schwieg einen Moment lang und zog die Stirn kraus, als sie sich wieder erinnerte. Jetzt war ihr die ungeteilte Aufmerksamkeit der anderen gewiß.

»Er hat ein Feuer gemacht und Fleisch aus seinen Satteltaschen herausgeholt. Ich habe ihm beim Essen zugesehen. Burash, war das grauenhaft! Er hat menschliche Körperteile gebraten und sie dann gegessen!«

»Rhythamun!« stieß Calandryll voller Abscheu hervor. Katya preßte die vollen Lippen vor Ekel zu einem schmalen Strich zusammen. Bracht spuckte angewidert aus und sagte: »Sprecht weiter.«

Cennaire wischte sich über den Mund, als müßte sie sich von einem unangenehmen Nachgeschmack befreien. Die Bewegung erfolgte automatisch, ihr eigenes Ekelgefühl war echt. »Ich hatte Angst«, fuhr sie fort und blieb damit weiter bei der reinen Wahrheit. »Angst, daß er meine Anwesenheit spüren könnte, aber auch Angst zu fliehen, weil er mich dann vielleicht bemerkt hätte. Also habe ich mich weiter im Gras versteckt und ihn beobachtet. Ich wußte nicht, was ich sonst hätte tun können.«

»Wie hat er ausgesehen?« fragte Bracht schroff. »Beschreibt ihn.«

»Sandfarbenes Haar«, antwortete sie. »Eine gebrochene Nase. Seine Augen waren braun.«

Die drei Gefährten wechselten einen vielsagenden Blick. Bracht bedeutete ihr mit einer Geste fortzufahren.

»Er hat Magie benutzt«, erzählte sie. »Es muß Magie gewesen sein, denn kurz darauf sind fünf Jesseryter aus der Schlucht gekommen, und er hat sie gegeneinander kämpfen lassen. Als er gesprochen hat, hat die Luft nach Mandeln gerochen. Sie haben gekämpft, bis nur noch einer übrig war, und dann hat ... Rhythamun habt Ihr ihn genannt? Dann hat Rhythamun die Wunden des Überlebenden geheilt. Der Jesseryter hat die Leichen der anderen in die Schlucht geworfen, und die Pferde sind auf ein Wort von Rhythamun hinterhergesprungen. Dann ...« Sie schloß die Augen und schüttelte den Kopf.

Calandryll legte ihr kräftige Hände auf die Schultern. Sein gebräuntes Gesicht war ernst. »Was dann?« fragte er weitaus sanfter als Bracht vor ihm.

»Er ist in den Körper des letzten Jesseryters übergegangen!« keuchte Cennaire. »Er hat irgendeinen Zauberspruch gesungen, und der Mandelgeruch ist wieder ganz stark geworden. Irgend etwas ist zwischen ihnen passiert ... als wäre Feuer aus seinem Mund in den des Jesseryters geflossen. Dann ist der Mann mit dem sandfarbenen Haar zusammengebrochen. Oh, Burash!«

Sie drehte sich zu Calandryll um, warf sich in seine Arme und vergrub ihr Gesicht wieder in seiner Brust.

»Er, also jetzt der Jesseryter, hat die Leiche den anderen hinterhergeworfen. Dann hat er das verbliebene Pferd bestiegen und ist den Pfad hinuntergeritten.«

»Den Daggan Veh«, hörte sie Calandryll sagen. »Er ist zur Ebene von Jesseryn geritten.«

»Sonst noch was?« erkundigte sich Bracht.

»Da war ein Buch«, sagte Cennaire. »Das war das einzige, was er mitgenommen hat.«

Sie spürte, wie Calandryll sich versteifte. »Erzählt uns von diesem Buch«, bat er. Seine Stimme klang drängend.

Sie zuckte hilflos die Achseln, mittlerweile sicher, daß das Buch, das sie gesehen hatte, dasjenige war, für das Rhythamun so bedenkenlos Blut zu vergießen bereit war. Was auch für Anomius galt.

»Es war klein und hatte einen schwarzen Einband«, murmelte sie. »Aber es schien eine schreckliche Macht auszustrahlen.«

»Das Arcanum«, sagte Calandryll.

»Ich weiß nicht, wie es hieß«, log Cennaire, »nur, daß es ihm sehr wichtig zu sein schien.«

»Aye«, gab Calandryll bitter zurück. »Es ist ihm wirklich sehr wichtig.«

»Der Krieger, dessen Körper er übernommen hat«, warf Bracht mit rauher Stimme ein. »Könnt Ihr ihn beschreiben?«

»Er war klein«, erwiderte sie. »Mit O-Beinen und geöltem Haar. Er hatte eine Rüstung und einen Helm mit einem Metallschleier vor dem Gesicht.«

Bracht fuhr ungeduldig mit der Hand durch die Luft. »Ihr habt gerade jeden jesserytischen Reiter auf der Ebene beschrieben. Sagt uns, wie sein Gesicht aussieht, damit wir ihn wiedererkennen können.«

»Ihr wollt ihm folgen?«

Obwohl sie wußte, daß genau das der Fall war, und obwohl sie vorhatte, sich ihnen anzuschließen, fiel es Cennaire leicht, ihre Frage überrascht klingen zu lassen. Eine solche Verfolgung erschien einfach undenkbar.

»Das müssen wir«, antwortete ihr Calandryll sanfter als der Kerner. »Könnt Ihr ihn beschreiben?«

Sie schüttelte den Kopf. »Nicht gut, er hat sich kaum von den anderen unterschieden. Er hatte ein breites Gesicht und Schlitzaugen.« Sie schwieg einen Moment lang und runzelte in ungespielter Konzentration die Stirn. »Er hatte einen Schnurrbart, und ich glaube, daß er jung war.«

»Ahrd!« fauchte Bracht. »Der Gott, der die Jesseryter erschaffen hat, besitzt nur wenig Phantasie. Was sie sagt, trifft auf Tausende zu. Mehr!«

Katya forderte ihn mit einer Handbewegung zur Geduld auf und meldete sich zum ersten Mal zu Wort. »Wie lange ist das her?« fragte sie.

Sie verlieh ihrer Stimme einen ruhigen und im Gegensatz zur Ungeduld des Kerners bewußt besänftigenden Tonfall. Cennaire lächelte zaghaft wie eine Frau, die einer anderen für ihre Unterstützung dankt, und sagte: »Drei Tage.«

Bracht fluchte lautstark. »Drei Tage? O Ahrd, hättest Du uns nicht schneller hierherbringen können?«

Katya blieb besonnener, deutete in die Tiefe des Kess Imbrun und fragte: »Muß er nicht noch den Daggan Veh hinabsteigen? Und dann wieder auf der anderen Seite hinaufreiten? Können wir ihn nicht noch in der Schlucht einholen, wenn wir rücksichtslos reiten? Schließlich ist er allein unterwegs.«

»Kaum.« Bracht schüttelte den Kopf und deutete mit dem Kinn auf das riesige Tal. »Die Straße des Blutes ist kein leichter Abstieg, den man hastig hinter sich bringen kann. Und am Grund? Da unten bilden herabgestürzte Felsbrocken ein wahres Labyrinth, einen Wald aus Stein. Nein, mit so einem Vorsprung ist er uns gegenüber im Vorteil. Wieder einmal.«

Katya akzeptierte seine Kenntnis der Gegend, nickte und nagte nachdenklich an ihrer Unterlippe.

»Und er hat eine andere Gestalt«, knurrte Bracht erbittert. »Dieser schäbige *Gharan-evur!* Ahrd, alle verdammten Jesseryter sehen gleich aus, und keiner von ihnen mag Fremde. Er muß nur weiter auf die Ebene hinausreiten, um Zuflucht zu finden.«

»Ich würde ihn wiedererkennen, wenn ich sein Gesicht sehe«, wagte Cennaire einen Vorstoß.

Sofort wurden Brachts Augen schmal, und sie spürte, wie sich Calandrylls Körper wieder spannte. Katya musterte sie neugierig, und Cennaire befürchtete, das Spiel überreizt zu haben. Sie ließ ihre Lippen beben und blinzelte mit tränenfeuchten Augen.

»Wir haben kein Ersatzpferd«, stellte Bracht fest.

»Sollen wir sie denn etwa hier zurücklassen?« fragte Calandryll.

»Sie kennt sein Gesicht«, gab Katya zu bedenken.

»Sie würde uns nur aufhalten.« Bracht schlug sich wütend mit der Faust auf den Oberschenkel und knirschte hilflos mit den Zähnen. »Wenn wir sie mitnehmen, muß ein Pferd immer das doppelte Gewicht tragen.«

»Sie ist ziemlich leicht«, hielt Calandryll dagegen. »Und wir haben schon einmal eine Fremde auf dem Weg gefunden. Die Hilfe, die wir *ihr* gewährt haben, ist reichlich belohnt worden.« Er berührte den Griff seines Schwertes, um Bracht an die Begegnung mit der Göttin Dera zu erinnern, die die Gestalt einer alten Frau angenommen hatte.

»Sie kennt sein Gesicht«, wiederholte Katya. »Und wie

Calandryll schon gesagt hat, sollen wir sie hier zurücklassen?«

»Nein, bitte, nicht!« rief Cennaire. Ihre Angst, allein gelassen zu werden, war echt.

Sie würde nicht sterben, ja, sie konnte nicht sterben, seit Anomius ihr das Herz entfernt und das immer noch schlagende Organ in seine verzauberte Schatulle eingeschlossen hatte. Solange es dort blieb, durch seine Zauberkräfte gefesselt, war sie unsterblich. Hunger und Durst hatten keine Bedeutung mehr für sie. Ihren Appetit zu befriedigen stellte für sie nur noch ein Vergnügen dar, keine Notwendigkeit mehr. Doch wenn die drei sie hier zurückließen, würde sie den Magier mit Sicherheit verärgern und vielleicht seinen Zorn zu spüren bekommen. Dann würde sie bestimmt nie eine Möglichkeit finden, sich von seiner Herrschaft zu befreien, sondern so lange seine Marionette bleiben, bis sie ihren Zweck erfüllt hatte und er sie wie ein überflüssiges Werkzeug wegwarf – oder bis sie von den Hexern ausgelöscht wurde, die Anomius vernichten wollten. Ob es ihr nun darum ging, ihrem Gebieter zu gehorchen und ihm das Arcanum zu bringen, oder im Zuge der Mission irgendeine Möglichkeit zu finden, ihr Herz wiederzubekommen, sie wollte und durfte auf keinen Fall allein zurückbleiben.

Ihr wurde bewußt, daß sie bis vor kurzem keine Angst mehr empfunden hatte, nicht, seit Anomius ihr Herz entfernt und sie zu seiner Wiedererweckten gemacht hatte, aber diese letzten einsamen Tage in der Grassteppe mit den frischen Erinnerungen an Rhythamuns verruchte Magie hatten sie auf eine Art und Weise verändert, die sie nicht völlig begriff. Sie klammerte sich an Calandryll fest und flehte ihn stumm an, sich für sie einzusetzen.

»Wir dürfen sie nicht allein lassen«, hörte sie ihn sagen. »Dera, Bracht, nach allem, was sie erlebt hat? Wie lange würde sie allein und zu Fuß überleben?«

»Und sie zu irgendeinem Lager zu bringen würde uns Tage kosten«, fügte Katya hinzu. »Und Rhythamuns Vorsprung würde noch größer werden.«

»Aye, das ist richtig«, räumte der Kerner mit offensichtlichem Widerwillen ein.

Cennaire spürte, daß sich eine Wendung anbahnte.

»Sie kann mit mir reiten«, sagte Calandryll. »Vielleicht können wir ihr auf der Ebene von Jesseryn ein Pferd besorgen.«

»Die Jesseryter sind keine gastfreundlichen Leute«, erwiderte Bracht. »Sie werden eher versuchen, uns umzubringen, als uns ein Pferd zu verkaufen.«

»Dann stehlen wir eben eins«, stellte Calandryll fest. »Aber ich werde sie nicht allein hier zurücklassen. Denk an Dera, Bracht!«

Der Kerner knurrte und starrte Cennaire aus kalten blauen Augen an. »Seid Ihr eine Göttin?« fragte er. »Wenn Ihr eine seid, dann wüßte ich das gern.«

»Ich bin keine Göttin«, antwortete sie unterwürfig.

Bracht brummte und wandte sich Calandryll zu. »Wenn keine Göttin, dann vielleicht irgendeine Kreatur von Rhythamun, die er hier zurückgelassen hat, um uns aufzulauern.«

Calandryll löste seine Arme von Cennaire, deutete auf sie und fragte, ohne zu wissen, wie nahe er damit der Wahrheit kam: »Sieht sie wie ein Geschöpf der Magie aus? Außerdem haben wir eine Möglichkeit, das herauszufinden.« Er lächelte ihr beruhigend zu, als er sein Schwert zog und sagte: »Berührt einfach die Klinge und zeigt meinem zweifelnden Freund damit, daß Ihr seid, was Ihr zu sein behauptet.«

Cennaire zögerte und wurde wachsam. Sie hatte keine Ahnung, welche Kraft in diesem Schwert steckte, ob es sie demaskieren könnte, aber sie schien kaum eine andere Wahl zu haben, als seiner Aufforderung zu folgen. Sich zu weigern wäre gleichbedeutend mit einer Enthüllung. Sollte ihr wahres Wesen offenbart werden, entschied sie, mußte sie sich der Gnade der drei ausliefern, ihnen von Anomius erzählen und hoffen, sie zu einem Zweckbündnis überreden zu können. Gelang ihr das nicht, würde sie versuchen zu fliehen.

Calandryll mißverstand ihr Zögern und sagte sanft: »Euch wird nichts geschehen, davon bin ich überzeugt. Legt einfach nur die Hände auf die Klinge.«

Hätte sie noch ein Herz besessen, dann hätte es jetzt wie rasend geklopft, als sie vorsichtig den Stahl umfaßte.

Nichts geschah.

»Siehst du?« fragte Calandryll. »Deras Magie beweist ihre Aufrichtigkeit. Sie ist nicht mehr, als sie behauptet: eine glücklose Frau auf der Flucht.«

»Nicht länger glücklos, denke ich«, murmelte Cennaire, als Calandryll das Schwert wieder in die Scheide schob.

Bracht fügte sich mit einem Brummen und fragte: »Du bist also fest entschlossen, sie mitzunehmen?«

»Was könnten wir sonst tun?« fragte Calandryll zurück. »Abgesehen davon, umzukehren und das nächste Lager zu suchen? So würden wir Rhythamun noch mehr Zeit geben. Und sie kennt sein Gesicht. Macht sie das nicht wertvoll für uns?«

Bracht nickte widerstrebend und sah Katya an. »Was meinst du dazu?«

»Daß wir kaum eine andere Wahl haben, als sie mitzunehmen. Und sie könnte sich wirklich als wertvoll für uns erweisen.«

Der Kerner seufzte und zuckte die Achseln. »Also gut, sie kommt mit uns.« Er wandte sich wieder Cennaire zu. »Uns steht ein beschwerlicher und gefährlicher Ritt bevor. Es könnte durchaus sein, daß Ihr in unserer Begleitung einen unangenehmeren Tod erleiden werdet, als er Euch hier droht.«

»Ich begleite Euch«, erwiderte Cennaire mit unumstößlicher Entschlossenheit. »Wo auch immer Ihr hingeht, ich möchte nicht einen einzigen Tag länger hier allein bleiben.«

»Dann sind wir jetzt zu viert.« Bracht blickte zu Himmel auf, wo der ständig wehende Wind, der jetzt zunahm, die Wolken vor sich her jagte. Die Sonne näherte sich allmählich dem westlichen Horizont. »Wir beginnen den Abstieg mit der Morgendämmerung.«

»Nicht jetzt?« fragte Calandryll. »Sollen wir Rhythamun einen weiteren Tag Vorsprung geben?«

Bracht nickte. »Wenn wir jetzt aufbrechen, wird uns die Nacht auf dem Daggan Veh überraschen. Der Abstieg wird wenigstens zwei Tage dauern ...«, dabei warf er Cennaire einen bedeutungsvollen Blick zu, »... und es gibt kaum einen Rastplatz auf der Straße des Blutes. Besser, wir haben einen ganzen Tag vor uns und unsere Tiere sind ausgeruht.«

»Wie du meinst«, fügte sich Calandryll, »aber ich möchte diese sagenhafte Straße jetzt sehen.«

Bracht grinste und deutete auf den Kess Imbrun. »Dort ist sie.«

Cennaire hielt sich an Calandrylls Arm fest, als er an den Rand des Abgrunds trat, und riskierte es, ihre geschärften Sinne kurz einzusetzen. Abgesehen von den Schweiß-, Pferde- und Ledergerüchen, die er verströmte, nahm sie noch ein Durcheinander anderer Düfte wahr. Sie erkannte, daß sie ihn erregte, aber auch seine Verwirrung über diese Gefühle, als kämen sie völlig unerwartet für ihn und lenkten ihn von der wichtigeren Aufgabe seiner Mission ab. Sie konnte die Entschlossenheit riechen, mit der er versuchte, sein Verlangen nach ihr zu unterdrücken, und fragte sich, ob er noch jungfräulich war. Eine interessante Vorstellung. Es hätte nicht der besonderen Begabung einer Wiedererweckten bedurft, um festzustellen, daß er stark war, und nach ihrer kurzen Überprüfung ließ sie ihre übernatürlichen Sinne wieder einschlummern, da sie sich nach wie vor unsicher war, über welche Fähigkeiten diese drei Abenteurer verfügten.

Die aus dem Kess Imbrun aufsteigende Luft flirrte und ließ die andere Seite der Schlucht im blauen Dunst verschwimmen. Das Gras erstreckte sich bis unmittelbar an die Abbruchkante und hörte dann so abrupt auf, als wäre es mit einem unvorstellbar gigantischen Messer abgeschnitten worden. Steile glatte Felswände fielen in die Tiefe hinab und verloren sich in den Schatten. Dort unten brach bereits die Nacht herein. Die riesigen Ausmaße der Schlucht hatten etwas Verführerisches an sich, lockten den Betrachter an, flüsterten ihm zu, noch einen Schritt zu machen und sich in das Nichts zu stürzen. Die gewaltige Leere vermittelte den Eindruck, als würde man nie auf dem Boden aufschlagen, sondern könnte sich von den Luftströmungen treiben lassen wie die schwarzen Vögel, die dort kreisten. Cennaire drängte sich unbewußt noch näher an Calandryll, spürte, wie er ihr den Arm um die Schultern legte, und lehnte sich gegen ihn. Bracht deutete ein Stückchen nach Osten, wo der Rand der Schlucht einen Spalt aufwies und ein Einschnitt durch die Klippen nach unten führte. Etwas tiefer verbreiterte er sich und ging in einen Sims über, der breit genug war, um mehreren Pferden nebeneinander Platz zu bieten. Der Sims führte um einen Felspfeiler herum und verschwand hinter ihm außer Sicht.

»Der Daggan Veh«, sagte Bracht.

»Dera!« Calandrylls Stimme klang ehrfürchtig. Er ließ den Blick von dem Pfad über die Unermeßlichkeit des Kess Imbrun wandern. »Das ist gewaltig.«

»Aye«, erwiderte Bracht, »und nicht gerade der einfachste Weg für einen Ritt.«

»Welche Richtung wird Rhythamun einschlagen?« fragte Katya, längst nicht so beeindruckt durch den Abgrund, da sie die Gebirgslandschaft ihrer Heimat gewöhnt war. »Nach Osten, Westen oder Norden?«

»Wenn er zum Borrhun-maj will, wie wir annehmen«, entgegnete Bracht, »wird er sich eine Zeitlang nach Westen halten und den nächstgelegenen Aufstieg nehmen.«

»Mit drei – jetzt sogar vier – Tagen Vorsprung«, murmelte Katya. »In einem Land, über das wir kaum etwas wissen, außer daß wir dort wahrscheinlich nicht gerade willkommen sein werden.«

»Aber mit jemandem, der sein neues Gesicht kennt«, sagte Calandryll, den Arm noch immer beschützend um Cennaires Schultern gelegt. Seine nächsten Worte ließen sie erschrecken. »Und bestimmt gibt es Hexer unter den Jesserytern. Werden sie nicht den Zweck unserer Reise erkennen, so wie es die Geistersprecher von Cuan na'For getan haben?«

»Wenn uns die Krieger nicht vorher töten«, sagte Bracht.

»Diesem Risiko sind wir ständig ausgesetzt gewesen.« Calandryll grinste. »Sollen wir uns jetzt auf einmal davon abschrecken lassen?«

Es war eine rhetorische Frage, und weder Bracht noch Katya hielten eine Antwort für nötig. Sie grinsten nur zurück und wandten sich von der gewaltigen Kluft ab, die das Land durchschnitt.

Es fiel Cennaire leicht, ihre Rolle beizubehalten, als sie vor dem Lagerfeuer saßen. Welche Magie Calandrylls Schwert auch immer besaß, es hatte sie nicht als Wiedererweckte enthüllt, und die drei akzeptierten sie jetzt als eine normale Frau, die ein mißgünstiges Schicksal in diese Gegend verschlagen hatte. Die Fragen, die ihr gestellt wurden, konnte sie problemlos beantworten, da sich die Gedanken der drei Abenteurer mehr um Rhythamun als um Cennaires Vergangenheit drehten, und Cennaire hatte genug einleuchtende Gründe, um ihre Retter ihrerseits zu befragen.

Also spielte sie die Ahnungslose – ohne sich richtig sicher zu sein, ob für Anomius oder sich selbst – und erfuhr so nach und nach die Geschichte der drei, während sie Hunger vortäuschte und Fleisch in sich hineinschlang.

»Rhythamun hat uns in der Gestalt Varent den Tarls hereingelegt und uns das Buch entwendet, als wir es sicher in unserem Besitz glaubten«, erklärte Calandryll gerade. »Dann hat er sich mit Hilfe seiner Magie von Tezin-dar nach Aldarin zurückversetzt. Dort hat er den Körper von Daven Tyras übernommen – das war der Mann, den Ihr beobachtet habt –, und seither jagen wir ihn. Durch den Norden von Lysse und durch ganz Cuan na'For. Wir glauben, daß er zum Borrhun-maj und dem Land dahinter will.«

»Liegt denn noch irgend etwas hinter dem Borrhun-maj?« fragte Cennaire.

Bracht gab ein kurzes bellendes Lachen von sich. »Das werden wir vermutlich bald herausfinden – wenn wir lange genug leben.«

»Vielleicht Tharns Ruhestätte«, gab Calandryll sanfter zurück. »Rhythamun hat vor, den Verrückten Gott wiederauferstehen zu lassen, um an seiner Seite die Welt zu beherrschen.«

»Ich dachte, Tharn und Balatur wären von den Ersten Göttern verbannt worden«, flüsterte Cennaire, »von ihren eigenen Eltern verstoßen, weil ihr Kampf so viel Chaos über die Welt gebracht hat.«

»Aye, das ist geschehen«, stimmte ihr Calandryll feierlich zu. »Aber Yl und Kyta haben sie nicht getötet, sie haben sie bloß in einen ewigen Schlaf fallen lassen und ihre Ruhestätten versteckt. Ihre Lage ist im Arcanum verzeichnet, und Rhythamun kennt bereits die Zaubersprüche, um sie wiederauferstehen zu lassen. Sollte er sein Ziel erreichen, wird er die ganze Welt ins Chaos stürzen.«

»Und Ihr drei kämpft gegen ihn«, murmelte sie, gegen ihren Willen beeindruckt. »Und die Jüngeren Götter selbst helfen Euch dabei.«

Calandryll nickte. »In Kandahar hat uns Burash vor den Chaipaku gerettet und uns schnell über das Enge Meer nach Lysse gebracht. Dort ist uns Dera erschienen. Sie hat mein Schwert gesegnet, damit es gegen verdorbene Magie bestehen kann. In Cuan na'For hat Ahrd Bracht vor der Kreuzigung gerettet und uns den Cuan na'Dru in Windeseile durchqueren lassen.«

»Leider nicht schnell genug«, bemerkte Bracht säuerlich.

»Aber wir sind näher an Rhythamun heran, als wir seit Beginn der Verfolgung gewesen sind.« Calandryll lächelte Cennaire zu. »Und wir haben jemanden, der sein Gesicht kennt. Vielleicht seid Ihr von den Göttern hierhergebracht worden, um uns zu helfen.«

Sie beantwortete seine Galanterie mit einem Lächeln, das auf ihrem frischgewaschenen Gesicht gefror, als ein neuer Gedanke in ihr aufkeimte. Ihr Verdacht und die Informationsbruchstücke, die sie von Anomius erhalten und während ihrer Reise gesammelt hatte, fügten sich jetzt zusammen, und sie erkannte die wahren Ausmaße dessen, was Rhythamun beabsichtigte. Es erschreckte sie, denn sie begriff, daß das Ziel des Hexers die Vernichtung der Welt war, und sollte er sein Vorhaben verwirklichen, wäre wahrscheinlich auch sie verdammt. Mit der Macht, die Tharn ihm verleihen würde, müßte Rhythamun alle anderen Hexer überragen, ein Wahnsinniger mit unbegrenzter Macht. Anomius war nicht weniger irrsinnig. Er würde mit Sicherheit gegen Rhythamun antreten ... und verlieren, dachte Cennaire, denn mit Tharns Hilfe mußte Rhythamun einfach allmächtig sein. Wie würde ihr Schicksal dann aussehen? Als Anomius' Geschöpf und seine Agentin würde sie garantiert zusammen mit ihm verdammt werden, genau wie die drei Abenteurer, sollte es Rhythamun gelingen, Tharn wiederzuerwecken.

Es gab nur eine Lösung für dieses Dilemma; sie mußte ihnen jede Unterstützung gewähren, die in ihrer Macht stand, denn Rhythamuns Scheitern lag sowohl in ihrem eigenen Interesse wie in dem der drei Gefährten und der gesamten Welt. Und danach ... danach mußte sie sich erneut entscheiden. Sollte sie das Arcanum an sich nehmen und es Anomius bringen? Und was dann? Würde sie dann nicht ihren Zweck erfüllt haben und beseitigt werden, während Anomius das gleiche wahnsinnige Spiel wie Rhythamun begann? Vielleicht war es am besten, ohne jegliche Hintergedanken zu helfen und sich der Gnade der Jüngeren Götter auszuliefern, sobald – falls! – die Mission erfolgreich abgeschlossen war. Wenn sie zu diesem Sieg beitrug, würden die Jüngeren Götter ihr bestimmt ihre vielen früheren Verfehlungen vergeben.

Calandryll mißverstand ihr Schweigen. »Die Wege der Götter sind geheimnisvoll.« Er lächelte. »Vielleicht haben sie Euch hierhergebracht, vielleicht auch nicht, letztendlich spielt es keine Rolle. Jedenfalls haben wir Euch gefunden, und jetzt reiten wir gemeinsam.«

Seine Worte gaben ihr Anlaß zur Hoffnung. Ihr Lächeln kehrte zurück, und sie sagte: »Ich glaube, es waren unglückliche Umstände, die mich hierhergebracht haben, aber trotzdem werde ich alles in meiner Kraft Stehende tun, um Euch zu helfen.«

»Wohl gesprochen«, lobte Calandryll sie.

Katya, die auf der anderen Seite des Feuers saß, lächelte. Bracht nickte wortkarg und schlug vor, daß sie schlafen gehen und eine Wache aufstellen sollten, für den Fall, daß sich Cennaires angebliche Räuberbande noch in der Gegend herumtrieb.

Katya übernahm die erste Schicht. Als sie Calandryll weckte, war die Nacht sternenklar und still bis auf das ferne Heulen der Wildhunde, die in der Steppe jagten. Es war warm, mittlerweile herrschte Sommer. Calandryll stand auf, ergriff seinen Bogen und entfernte sich ein Stückchen vom Feuer, damit die Flammen seine Sicht nicht beeinträchtigten. Doch was er am deutlichsten sah, war Cennaires Bild vor seinem inneren Auge.

Die Morgendämmerung brach herein. Sie wurde angekündigt von den unzähligen kleinen Vögeln, die die Steppe bewohnten und ihre Lieder längst angestimmt hatten, bevor die Sonne im Osten über den Horizont stieg. Dort nahm der Himmel allmählich einen blaßblauen Farbton an, und große strahlende Lichtbahnen schossen über den Rand der Welt empor. Vereinzelte Kumuluswolken trieben durch die Luft, ätherische Inseln in der Unermeßlichkeit des Himmels. Der laute Chor der Vogelstimmen löste sich in einzelne Lieder auf, die Tiere beendeten ihren täglichen Morgengruß und begaben sich auf die Nahrungssuche. Calandryll erhob sich, schüttelte Tautropfen aus seiner Decke, fuhr mit der hohlen Hand durch das nasse Gras und wusch sich das Gesicht, bevor er Kamm und Spiegel aus den Satteltaschen hervorkramte. Bracht kauerte vor dem Feuer, wo er das Frühstück zubereitete, und sah Calandryll grinsend bei dessen sorgfältiger Morgentoilette zu.

»Attraktiv wie ein Prinz. Sie wird bestimmt beeindruckt sein«, murmelte er gerade laut genug, daß sein Freund ihn verstehen konnte.

Calandryll quittierte die Bemerkung mit einem verlegenen Grinsen. Es war lange her, seit er sich so ausgiebig um sein Aussehen gekümmert hatte.

Katya und Cennaire erwachten, standen auf und entfernten sich ein wenig vom Lager, um sich zurechtzumachen – die erste mit geschmeidigen Bewegungen, während die zweite so tat, als wäre sie noch etwas steif. Calandryll beobachtete Cennaire. Er fühlte sich etwas durcheinander, was sowohl an ihrer Anwesenheit als auch an dem wenigen Schlaf lag, den er in dieser Nacht gefunden hatte.

Cennaire machte einen recht fröhlichen Eindruck, als sie zum Feuer zurückkehrte, was Calandryll auf ihre Erleichterung darüber schob, nicht länger allein sein zu müssen, und er fragte sich, ob sie wirklich verstanden hatte, welch ungeheure Reise sie anzutreten im Begriff war. Er verdrängte den Gedanken. Da sie keine andere Wahl hatten, war es sinnlos, sich darüber den Kopf zu zerbrechen.

Cennaire ihrerseits spielte einen herzhaften Appetit vor und vertilgte ihren Teil des Eintopfs, den Bracht ihr reichte, mit scheinbarer Begeisterung, während sie Calandrylls Gruß mit einem schüchternen Lächeln erwiderte. Sie nickte gehorsam, als der Kerner ihr mitteilte, daß sie mit ihm reiten sollte.

»Mein Schwarzer ist das kräftigste Pferd«, erklärte er, »und wahrscheinlich auch das sicherste in diesem Gelände. Der Daggan Veh ist streckenweise sehr steil und oft sehr schmal. Haltet Euch gut an mir fest und schließt die Augen, wenn Ihr Höhenangst habt.«

»Das werde ich«, versprach Cennaire.

Calandryll verspürte einen Anflug von Verärgerung darüber, daß Bracht mit einer derartigen Selbstverständlichkeit über die schwarzhaarige Frau bestimmte, aber dann verfluchte er sich stumm für seine Dummheit. Brachts Vorschlag war richtig und vernünftig, es ging ihm allein um ihre Sicherheit und Geschwindigkeit. Calandryll unterdrückte seine aufkeimende Eifersucht, aber er bedauerte trotzdem, daß Cennaire ihre Arme um Brachts und nicht um seine Hüfte schlingen würde.

Sie beendeten ihr Frühstück, traten das Feuer aus, sattelten die Tiere und bestiegen sie. Calandryll half Cennaire galant auf den schwarzen Hengst, und ihre Berührung erregte ihn gegen seinen Willen. Ihre Haut war weich und glatt, und als sie ihm leise dankte, verbeugte er sich, wie er es in Secca bei Hof getan hätte. Dabei bemerkte er Katyas forschenden Blick und die Belustigung in ihren Augen, errötete und eilte zu seinem eigenen Pferd.

»Wer reitet voraus?« fragte er. Ihm war eingefallen, daß Rhythamun vielleicht eine magische Kreatur zurückgelassen haben könnte, um sich den Rücken freizuhalten. »Was, wenn der Weg bewacht wird?«

»In Kandahar hat der häufige Einsatz von Magie Anomius geschwächt«, erwiderte Bracht. »Glaubst du, daß es Rhythamun anders ergeht?«

»Anomius hatte trotzdem noch die Kraft, den Golem zu erschaffen, und Rhythamun ist ein mächtigerer Magier.« Calandryll lenkte sein Pferd neben das des Kerners und berührte den Griff seines Schwertes. »Ich habe das hier, deshalb sollte ich lieber die Vorhut bilden.«

Bracht zuckte die Achseln. »Einverstanden«, sagte er, aber seinem Gesichtsausdruck nach zu schließen, vermutete er offenbar, daß es Calandryll in erster Linie darum ging, Cennaire mit seinem Mut zu imponieren. »Aber sei vorsichtig.«

Calandryll nickte, dirigierte seinen Braunen in den Felsspalt und durch den Schatten auf den anschließenden Sims, der im Sonnenlicht lag.

Der Kess Imbrun hatte schon von seinem Rand aus beeindruckend ausgesehen, aber jetzt erschien es Calandryll, als hätte er das Ende der Welt erreicht und unter ihm gähnte die Unendlichkeit. Zu seiner Rechten fielen die Klippen abrupt ab, bildeten steile Felswände und riesige Grate – ein unübersichtliches Labyrinth aus senkrechten Schluchten, die sich in der Tiefe verloren und den Fluß am Grund des Grabenbruchs verdeckten. Die gegenüberliegende Seite lag in bläulichem Dunst verborgen, durch den Vögel auf den Luftströmungen schwebten und den Eindruck vermittelten, als blickte er in einen zweiten Himmel hinab. Sein Pferd tänzelte nervös, von der Unruhe seines Reiters angesteckt, und er drängte es nach links, näher an die innere Felswand heran, die ein Gefühl der Sicherheit vermittelte. Hinter sich hörte er das Klappern von Hufen auf dem Boden des Felseinschnittes und Brachts Stimme.

»Was ist los?«

Calandryll schluckte, die scheinbare Unendlichkeit des Abstiegs schnürte ihm die Kehle zu. »Nichts!« rief er zurück. »Keine Gefahr. Es ist nur dieser Anblick.«

Er lenkte sein Pferd weiter, um den anderen Platz zu machen, und hörte Cennaires Aufschrei und Katyas Keuchen.

»Das ist einer der breiteren Abschnitte.« Brachts Stimme klang gelassen, und Calandryll fragte sich, ob die Lässigkeit wirklich echt oder gespielt war. »Weiter unten wird der Pfad schmaler.«

Calandryll ritt weiter, überquerte den Felspfeiler, dessen abgeflachte Spitze den Sims bildete, und sah, daß der Weg an seinem Ende eine Kehre beschrieb und sich an eine glatte steile Felswand schmiegte. Dort wurde er beunruhigend schmal. Calandryll konzentrierte sich nur noch auf den Weg, zwang sich, nicht nach links zu sehen, wo es senkrecht in die Tiefe ging, und erst als seine Kiefermuskeln zu schmerzen begannen, wurde ihm bewußt, daß er die ganze Zeit die Zähne zusammengebissen hatte. Neben sich sah er einen Adler auf gleicher Höhe schweben, der ihn einen Moment lang aus starren gelben Augen betrachtete, bevor er eine Schwinge leicht anwinkelte und davonglitt. Die Sonne stieg höher, ihre Strahlen fielen jetzt in die Schlucht und ließen die Felswände in unzähligen roten, braunen und gelben Farbtönen leuchten. Das Licht drang immer tiefer hinab, bis es schließlich das ferne blaue Band des Flusses auf dem Grund erreichte. Es schien unmöglich, daß sie jemals dort unten ankommen könnten. Calandryll beschloß, nicht darüber nachzudenken, daß ihnen auf der anderen Seite ein ebenso langer Aufstieg bevorstand.

Tiefer und tiefer führte sie der Weg über verschlungene Serpentinen und Felssimse, die kaum breiter als ein Pferdekörper waren, so daß sie abstiegen und die Tiere am Zügel führten, über weitere Felssäulen hinweg und durch Spalten, wo ihnen die Wände zu beiden Seiten kurzfristig ein Gefühl der Sicherheit vermittelten; über Felsvorsprünge, die sich etwas verbreiterten, bevor der Pfad die nächste Kehre beschrieb. Niemand sprach ein Wort; es war, als würden die gigantischen Ausmaße des Kess Imbrun ihnen den Atem rauben und alle Gedanken in ihnen auslöschen, so daß in ihren Köpfen nur noch Raum blieb für die Konzentration auf den Weg und den sehnlichen Wunsch, die Talsohle zu erreichen.

Allmählich verdämmerte das Licht, unter ihnen machten sich Schatten breit, als die Sonne dem westlichen Horizont entgegensank.

»Wir sollten lieber an der nächsten breiteren Stelle Rast machen!« rief Bracht von hinten. »Ich möchte nicht während der Dunkelheit weiterreiten.«

Calandryll nickte wortlos und hielt im rapide abnehmenden bläulichen Licht nach einer geeigneten Stelle Ausschau. Er entdeckte sie hinter einer Kehre um einen Felsvorsprung. Dort wurde der Pfad zuerst schmal, verbreiterte sich aber etwas später wieder und ging in einen Sims über, der groß genug war, um ihnen und den Pferden ausreichend Platz zu bieten.

»Hier?« fragte er und seufzte erleichtert auf, als Bracht seine Zustimmung gab.

Der ebene Streifen war beruhigend breit und endete vor einer großen Felsnase, um die sich der Daggan Veh herumwand, bevor er wieder abwärts führte. Die Abbruchkante war scharf, der Hang jedoch etwas abgeschrägt, nicht so steil wie die Wand in ihrem Rücken. Es war ein trostloser Platz ohne Pflanzenwuchs und Wasser, aber auch nicht schlechter als irgendein anderer, und die Dämmerung brach schnell herein, nachdem die Sonne im Westen hinter dem Rand der Schlucht versank.

»Wir begnügen uns heute nacht mit einem kalten Lager«, bestimmte Bracht und zog eine Fußfessel aus den Satteltaschen. »Nur kaltes Essen, kein Feuer.«

Calandryll nickte, schlang seinem Braunen ebenfalls einen Strick um die Beine, so daß er zu kleinen Schritten gezwungen war, und fragte: »Sind die Pferde hier sicher?«

»Wenn nichts Unvorhergesehenes passiert«, erwiderte der Kerner, ging zum Rand des Simses und spähte in die Schatten hinab, die jetzt den Pfad verbargen.

Calandryll gesellte sich zu ihm, aber es gab nicht viel zu sehen, nur die dunkler werdenden Felswände, die die Farbe getrockneten Blutes angenommen hatten, und die aus der Tiefe heraufkriechende Nacht. Als sie zurückkehrten, war Katya gerade dabei, Decken und Mäntel zwischen den Pferden und der Abbruchkante auszubreiten. Bracht half ihr dabei.

»Ist Vanu ähnlich wie das hier?« erkundigte er sich.

»Ein wenig.« Katya strich sich eine Haarsträhne aus dem Gesicht, die im schwindenden Licht die Farbe alten Silbers angenommen hatte. »Es gibt einige Pfade wie diesen, aber die Berge sind höher und die Wege meistens breiter.«

»Ahrd, ich habe genug Berge gesehen, um für den Rest meines Lebens bedient zu sein«, murrte Bracht, aber sein Grinsen strafte seinen mürrischen Tonfall Lügen.

»Du wirst wahrscheinlich noch mehr sehen.« Die Kriegerin lächelte ihn über die Decke hinweg an, die sie gerade ausbreiteten. Sie nickte in Richtung der anderen Seite der Schlucht.

Bracht erwiderte das Lächeln. »Aber auf der Ebene von Jesseryn werden wir wieder über flaches Land reiten. Ahrd sei gelobt!«

Cennaire ging zu Calandryll, der dabei war, den Proviant auszupacken, und fragte: »Was kann ich tun?«

Er reichte ihr das Trockenfleisch. »Wenn Ihr wollt, nehmt das«, sagte er und verspürte ein Kribbeln, als sich ihre Hände berührten. Um seine Anspannung und Verlegenheit zu verbergen, fügte er hinzu: »Es wird ein ziemlich einfaches Essen werden, aber das ist alles, was wir hier zustande bringen können.«

Cennaire nickte. Auch ohne auf ihre übernatürlichen Sinne zurückzugreifen, wußte sie, daß sie ihn erregte. Sie hielt es für das beste, auch weiterhin die Rolle des zurückhaltenden Mädchens zu spielen. Sollte er sich in sie verlieben, dann lieber auf natürliche Art und Weise, ohne übermäßige

Ermutigung von ihrer Seite. Sie zweifelte nicht daran, ihn mit List und Tücke betören zu können – diese Kunst hatte sie früher oft genug angewandt –, und auch nicht daran, daß er ihr verfallen würde, ohne zu merken, wie ihm geschah, aber die Anwesenheit der anderen würde diese Taktik gefährlich machen. Sie spürte, daß Bracht nicht völlig von ihrer Aufrichtigkeit überzeugt war, und Katya ... In Bezug auf Katya war sie sich unsicher. Die Vanuerin hatte kaum mit ihr gesprochen, sich nie ablehnend ihr gegenüber geäußert und sich sogar dafür eingesetzt, die Fremde in ihre Gruppe aufzunehmen, aber trotzdem spürte Cennaire, daß Katya immer noch gewisse Vorbehalte hatte. Also lächelte sie nur, nahm das Fleisch und ging.

Calandryll sah ihr bewundernd hinterher, beobachtete den Schwung ihrer Hüften und die Blitze, die das Licht des aufgehenden Mondes in ihr rabenschwarzes Haar zauberte. Sie erträgt die Mühsal des Rittes, ohne zu klagen, dachte er. Nadama hätte diese Reise nie mit einer solchen Gleichmut durchgestanden. Er schüttelte den Kopf und riß sich zusammen. Dies war weder der richtige Ort noch der richtige Zeitpunkt, um über die Reize einer Frau oder eine Liebelei nachzudenken.

Aber später? fragte eine hartnäckige Stimme tief in seinem Inneren. *Wenn wir den Kess Imbrun hinter uns gelassen haben, was dann?*

Er wußte es nicht. Er hatte keine Ahnung, was Cennaire für ihn empfand. Vielleicht sah sie in ihm nur einen rauhen Krieger, einen Söldner, für dessen Hilfe sie dankbar war, und nichts sonst. Er hatte nur wenig Erfahrung mit Frauen, und wenn er sich selbst gegenüber ehrlich war, waren die höflichen Umgangsformen, die er beherrschte, eine Verstellung, hinter der er sich versteckte. In Wirklichkeit fühlte er sich wie ein tölpelhafter Junge. Voller Bedauern über seine Unerfahrenheit kehrte er mit dem Reisebrot und Käse zu den anderen zurück.

Bracht und Katya saßen nebeneinander auf den Decken, Cennaire zur Linken der Kriegerin. Calandryll nahm neben ihr Platz und schnitt mit seinem Dolch Scheiben von dem harten Brot und dem kaum weicheren Käse ab. Bracht zerteilte das Trockenfleisch und reichte jedem ein Stück.

Nachdem sie ihren Hunger gestillt hatten, teilten sie die Wachen ein. Bracht übernahm die erste. Die drei Abenteurer waren müde, weniger von den körperlichen Anstrengungen des Abstiegs als vielmehr von der ständigen Konzentration. Calandryll und Katya legten sich zum Schlafen nieder, der fallenden Temperaturen wegen dicht nebeneinander. Für Cennaire war die Kälte lediglich ein neutrales Gefühl, das ihr nichts ausmachte, und sie verspürte auch keine Müdigkeit, aber sie täuschte ein Schaudern und ein Gähnen vor und wickelte sich in die Decke, die Calandryll ihr geliehen hatte.

»Ist Euch auch nicht kalt?« fragte sie ihn scheu. Seine Antwort belustigte sie. Seine galante Erwiderung schmeichelte ihrer natürlichen Eitelkeit.

»Ich habe meinen Mantel«, erklärte er stoisch, »und der ist warm genug für mich.«

»Ihr seid sehr freundlich zu mir«, murmelte sie und streckte sich absichtlich so aus, daß sie dicht neben ihm lag. »Dafür möchte ich mich bedanken.«

»Was sollte ich sonst tun?« gab Calandryll zurück. Sein Herz klopfte schneller, als er den Druck ihres Körpers an seinem Oberschenkel spürte. Er glaubte, ihre Wärme trotz der dicken Decke und des Mantels fühlen zu können.

Einen Moment lang überlegte er, ob er ihr einen Arm um die Schultern legen und sie näher zu sich ziehen sollte, entschied sich dann aber dagegen. Er fragte sich, was Bracht an seiner Stelle getan hätte. Der Kerner schien – zumindest bis zu seiner Begegnung mit Katya – wenig Hemmungen gegenüber Frauen gehabt zu haben. Aber diese Frau hier war kein Dienstmädchen, dachte Calandryll, kein Mädchen, mit dem man einfach so nebenbei ins Bett stieg. Und auch wenn es anders gewesen wäre, hätte er es nicht getan, nicht in der unmittelbaren Nähe seiner Gefährten, auch wenn er mit jedem Atemzug den Duft ihres Haars einsog und ihren Körper an dem seinen spürte. Er bemühte sich nach Kräften, die lustvollen Bilder zu verdrängen, die durch seinen Kopf schwirrten, und versuchte einzuschlafen.

Neben ihm gab Cennaire vor, bereits zu schlafen, und drehte sich ein wenig um, so daß ihr Körperkontakt noch enger wurde. Das geschah sowohl aus reiner Gewohnheit als auch aus Berechnung. Allerdings war sie noch nicht bereit, diesen attraktiven jungen Mann zu verführen. Noch wußte sie nicht, welchen Weg sie einschlagen würde, sollte es ihnen gelingen, Rhythamun das Arcanum abzunehmen, und deshalb wollte sie nicht riskieren, sich die Feindschaft seiner Gefährten zuzuziehen. Ihr blieb noch jede Menge Zeit, eine Entscheidung zu fällen. Es erschien ihr unmöglich, daß sie den Hexer noch in dieser götterverlassenen Schlucht einholen würden. Sie würde den richtigen Zeitpunkt abwarten.

Mit diesem Gedanken entspannte sie sich und ließ sich in eine Art Halbschlaf sinken, genoß die Wärme von Calandrylls Körper und lauschte seinen Atemzügen, die allmählich von einem angespannten Schnaufen in einen gleichmäßigen Rhythmus übergingen.

Der Himmel über ihm war schwarz, als Katya ihn weckte. Calandryll stand vorsichtig auf, um Cennaire nicht zu wekken. Er wußte nicht, daß sie die Bewegung sofort gespürt und sich kurz überlegt hatte, ob sie ihn begleiten sollte. Doch dann entschied sie, daß das zu offensichtlich nach einer gezielten Beeinflussung aussehen würde. Also regte sie sich nur schläfrig und wickelte sich tiefer in die Decke. Calandryll ging zum Ende des Simses, wo der Pfad weiter in die Tiefe führte, lehnte sich gegen den Felsgrat, der aus der Steilwand herausragte, und lauschte in die Nacht. Stille lag über dem Kess Imbrun, in der nur das gelegentliche Schnauben der Pferde und das Säuseln des Windes zu vernehmen waren, der ihm kalt ins Gesicht blies. Calandryll schlang den Mantel enger um die Brust. Seine Hand lag leicht auf dem Schwertgriff. Er bemühte sich, die Erinnerung an Cennaires warmen Körper zu verdrängen.

Der Anbruch der Morgendämmerung erfüllte ihn mit Erleichterung, und er kehrte zur Schlafstelle zurück, um die

Gefährten zu wecken. Der Himmel war bereits blau, als sie ein kärgliches Frühstück zubereiteten. Nachdem sie gegessen und den Pferden von den letzten Resten Haferflocken zu fressen gegeben hatten, lösten sie die Fußfesseln und setzten den Abstieg fort.

Die Straße des Blutes blieb weiterhin steil und gefährlich, doch schließlich erreichten sie das Geröll am Grund des Kess Imbrun. Es türmte sich hoch auf und bildete Schluchten und schmale Spalten, das Labyrinth, von dem Bracht gesprochen hatte. Riesige Felsbrocken lagen wie achtlos weggeworfene Mauersteine herum. Der Weg schlängelte sich in unübersichtlichen Windungen durch schattige Durchgänge aus rotem Felsgestein, bis er an einem hausgroßen Brocken vorbei auf dem steinigen Flußufer herauskam. Vom Rand des Kess Imbrun aus hatte der Fluß wie ein dünner Strich ausgesehen, ein fernes blaues Band, kein großes Hindernis. Jetzt erkannte Calandryll, daß der Strom eine halbe Meile breit war. Von den Felswänden in seinem Lauf eingeengt, toste er mit wilder Kraft dahin und rauschte wütend, als wollte er sie warnen, den Versuch zu unternehmen, ihn zu überqueren. Calandryll ritt bis zum Ufer, zügelte das Pferd, schob sein Schwert in die Scheide zurück und starrte im schwindenden Licht auf das Wasser hinaus.

»Dera! Wie sollen wir da rüberkommen?« Er deutete auf die reißende Strömung, als Bracht und Katya zu ihm aufschlossen.

»Es gibt eine Furt«, sagte Bracht zuversichtlich. »Ein oder zwei Meilen weiter westlich.«

Calandryll zog das Pferd herum in die angegebene Richtung und wollte sich schon auf den Weg machen, doch Bracht hielt ihn mit einem Ruf zurück. »Morgen ist Zeit genug, den Übergang zu finden. Heute nacht lagern wir hier.«

»Noch ist es hell.« Calandryll deutete ungeduldig zum Himmel empor, wo die Sonne den Rand der Schlucht in rötliches Licht tauchte. »Und jede Stunde, die wir vertrödeln, vergrößert Rhythamuns Vorsprung.«

»Aber Rhythamun könnte einen Wächter an der Furt

zurückgelassen haben«, erwiderte Bracht. »Und wahrscheinlich wird es dunkel sein, bis wir dort ankommen. Diesen Fluß sollte man nicht in der Dunkelheit zu durchqueren versuchen, selbst wenn kein Wächter da ist. Wir sollten lieber den nächsten Tag abwarten.«

Er hatte in einem kameradschaftlichen, aber auch bestimmten Tonfall gesprochen, der keinen Widerspruch duldete, und Calandryll verspürte einen Anflug von Ärger über die Selbstverständlichkeit, mit der der Kerner die Entscheidungen fällte. Er warf wieder einen Blick zum Himmel empor. Die Sonne stand dicht vor dem westlichen Rand der Schlucht, und das Licht begann bereits schwächer zu werden. Es schien, als befänden sie sich in den Eingeweiden der Welt, und er wurde sich bewußt, daß die Morgendämmerung in dieser Tiefe erst spät hereinbrechen und sie so weiter aufhalten würde. Einen Moment lang wollte er widersprechen, aber Bracht war bereits abgestiegen und half Cennaire aus dem Sattel, und Calandryll sah ein, daß der andere recht hatte. Der Fluß allein war schon ein schwieriges Hindernis, und sollte Rhythamun tatsächlich einen Wächter zurückgelassen haben, war es besser, wenn sie ihm bei vollem Tageslicht begegneten. Er brummte verlegen und schwang sich von seinem Pferd, wütend auf sich selbst und seine Unvorsichtigkeit, die ihn, wie er fürchtete, in Cennaires Achtung sinken lassen würde. Und dann wurde er noch wütender darüber, daß das seine Hauptsorge gewesen war.

Calandryll beschloß, alle Gedanken an die Frau aus seinem Kopf zu verbannen, und vermied es, ihrem Blick zu begegnen, als er sich Bracht zuwandte und schroff fragte: »Hier?«

Der Kerner nickte. »Diese Stelle scheint mir genauso gut wie jede andere. Hier haben wir Holz für ein Feuer und jede Menge frisches Wasser.«

In seiner Eile hatte Calandryll nur das Hindernis gesehen, das der Fluß darstellte. Jetzt blickte er sich genauer um und entdeckte, daß zwischen dem Durcheinander aus Felsbrokken struppige Büsche und verkümmerte Kiefern wuchsen, sogar etwas Gras für die Pferde. »Aye«, gab er zu, »du hast recht. Morgen ist zeitig genug.«

Er nahm seinem Pferd den Sattel ab, und als alle drei Tiere gesoffen hatten, erbot er sich, sie dorthin zu bringen, wo sie grasen konnten. Er führte sie zu der Stelle, an der das Gras am dichtesten wuchs, obwohl es auch dort ziemlich kärglich war, und legte ihnen die Fußfesseln an. Danach begann er, Holz zu schlagen, und ließ seine Wut über sich selbst an den Büschen aus.

Katya gesellte sich zu ihm. Im schnell schwindenden Licht war ihre Miene unergründlich. Sie betrachtete einen Moment lang sein Gesicht und sagte dann: »Du brauchst dir nicht so viel Mühe zu geben, Calandryll.«

»Was?« Er ließ sein Schwert sinken und drehte sich zu ihr um.

»Ich vermute, es ist weniger dein Wunsch, Rhythamun einzuholen, als ein anderer, der dich jetzt so antreibt«, sagte sie sanft. »Cennaire ist wunderschön.«

Calandryll war froh, daß die Schatten sein Erröten verbargen. »Ich möchte ihm nicht mehr Zeit als unbedingt nötig lassen«, erwiderte er.

»Ich weiß.« Katya neigte den Kopf. »Das trifft auch auf Bracht und mich zu. Aber wir haben seine Tücke kennengelernt, und wenn wir Hals über Kopf in die Gefahr hineinreiten, tun wir ihm damit nur einen Gefallen.«

»Aye.« Calandrylls Verlegenheit wuchs, obwohl Katya einfühlsam und kameradschaftlich mit ihm sprach. »Ich habe mich wie ein Trottel benommen.«

»Genau wie Bracht an Bord des Kriegsbootes.« Sie lachte leise. »Und hast du ihn da nicht zur Geduld gedrängt?«

Er nickte, dankbar für ihre diplomatische Art.

»Ich denke, Cennaire wird noch eine Weile bei uns bleiben«, fuhr Katya fort, »und ich glaube, daß sie dich mag. Wenn du den Rat einer Frau annehmen willst: Bleib so, wie du bist. Mehr ist nicht nötig.«

»Glaubst du das wirklich?« fragte Calandryll schnell.

»Ganz sicher«, erwiderte sie lächelnd.

»Und vertraust du ihr?«

Katyas Lächeln wurde etwas schwächer. Einen Moment lang schürzte sie die Lippen. »Sie hat mir keinen Anlaß gegeben, ihr zu mißtrauen«, sagte sie leise.

»Aber?«

»Ich bin mir nicht sicher.« Die Kriegerin zuckte die Achseln. »Ich habe ein merkwürdiges Gefühl ihr gegenüber, das ich mir nicht erklären kann. Deshalb will ich kein Urteil über sie fällen.«

Calandryll runzelte die Stirn. »Sie ist bestimmt nicht mehr, als sie behauptet. Ich spüre keine Hinterlist in ihr.«

»Ich nehme an, wir betrachten sie mit unterschiedlichen Augen.« Katya lächelte erneut. »Ich sage nicht, daß man ihr nicht trauen kann oder daß sie etwas anderes als die Frau ist, die sie zu sein behauptet. Ich sage nur, daß sie dich durch ihre Schönheit ... verzaubert.«

Calandryll fragte sich, in welchem Sinn sie *verzaubert* meinte, und schüttelte den Kopf, nicht so sehr, um ihr zu widersprechen, als vielmehr aus Ratlosigkeit.

»Du hast es nicht nötig, sie zu beeindrucken«, fuhr Katya fort. »Sei einfach du selbst und laß den Dingen ihren Lauf.«

»Aye.« Calandryll sammelte das Feuerholz zusammen. Er lächelte kläglich. »Ich danke dir für deinen Rat, und ich werde ihn beherzigen.«

Katya nickte ihm aufmunternd zu und klaubte den Rest der abgeschlagenen Äste zusammen. Sie kehrten gemeinsam zum Flußufer zurück, wo Bracht und Cennaire die Dekken ausgebreitet hatten und das Abendessen vorbereiteten.

Bald vertrieb ein munteres Feuer die Schatten, und ein Eintopf köchelte über den Flammen. Entschlossen, Katyas Ratschlag zu befolgen, zügelte Calandryll seinen Wunsch, die Frau mit dem rabenschwarzen Haar zu beeindrucken, und benahm sich so normal, wie es ihm in ihrer betörenden Nähe gelang. Es fiel ihm nicht leicht. Immer wieder wurden seine Augen von ihr angezogen, war er fasziniert vom Spiel der tanzenden Flammen auf ihrer Haut und ihrem Haar. Ihre Schönheit weckte das Verlangen in ihm, mit früheren Heldentaten zu prahlen und sie durch Erzählungen über das zu beeindrucken, was er zustande gebracht und erfahren hatte. Noch nie hatte er sich so sehr von einer Frau angezogen gefühlt. Im Vergleich zu ihr verblaßte Nadama zu einem unreifen Mädchen, an dessen Gesicht er sich kaum noch erinnern konnte. Er fragte sich, ob er sich tatsächlich verliebt hatte, ob ein solches Gefühl so plötzlich zuschlagen konnte. In Brachts Fall lautete die Antwort ja. Die Gefühle des Kerners gegenüber Katya waren unvermittelt erwacht. Aber Calandryll unterschied sich deutlich von ihm, war zu einem anderen Verhalten erzogen worden, einer höflicheren und zurückhaltenderen Vorgehensweise, und dieser Hintergrund machte es ihm um so schwerer, mit dem wilden Verlangen umzugehen, das er jetzt verspürte. Wieder wurde er von einem Gefühl der Verwirrung erfaßt, das ihn schweigsam werden ließ, und er begnügte sich damit, sich nur gelegentlich an der allgemeinen Unterhaltung zu beteiligen.

Cennaire bemerkte die Veränderung in ihm und fragte sich, worüber die Vanuerin mit ihm beim Holzschlagen gesprochen hatte. Über irgend etwas, das sie betraf, vermutete sie, und das erhärtete ihren Verdacht, daß Calandrylls Gefährten ihr immer noch nicht völlig vertrauten. Ihr war klar, daß sie dieses Vertrauen unbedingt gewinnen mußte, unabhängig davon, welchen Weg sie letztendlich einschlagen würde, und so machte sie keinen Versuch, Calandryll weiter zu bezaubern. Statt dessen täuschte sie Müdigkeit und eine gewisse Unruhe vor, die nicht gänzlich gespielt war.

All das Gerede über Rhythamun machte sie tatsächlich nervös. Er schien über furchtbare Kräfte zu verfügen, und sie wunderte sich, wie die drei ihre Verfolgung des Zauberers so lange hatten überleben können. Sie unterhielten sich geradezu lässig darüber, ein Land zu betreten, in dem man ihnen feindselig gesonnen war, und ebenso beiläufig über die Möglichkeit, daß sie nach der Durchquerung der Ebene von Jesseryn vielleicht auch noch den Borrhun-maj überwinden und weiter ins Unbekannte hinausziehen würden. Sie waren bereit, jesseritschen Kriegern und Dämonen gegenüberzutreten, im Vertrauen auf sich selbst und das Wohlwollen der Jüngeren Gottheiten. Es stand für sie fest, daß sie nicht umkehren würden, egal, wie ihre Chancen auch stehen mochten. Cennaire fand diese Entschlossenheit beinahe beängstigend. Sie dachte an den magischen Spiegel in ihrem Gepäck und an Anomius. Ob ihr Gebieter sich wohl Sorgen machte? Fragte er sich, wo sie jetzt war? Zu irgendeinem günstigen Zeitpunkt mußte sie sich mit ihm in Verbindung setzen, dachte sie, aber noch nicht jetzt, nicht solange der Gebrauch des Spiegels verraten würde, daß sie sein Geschöpf war.

Die Nacht schleppte sich zäh dahin, und Cennaire war froh, als der Himmel über ihr verblaßte und das Lager erwachte. Die drei Abenteurer bereiteten sich, durch lange Übung aufeinander eingespielt, auf die Weiterreise vor. Das Feuer wurde neu entfacht, das Frühstück aufgesetzt und die Pferde gesattelt, während das Wasser kochte. Calandryll und Bracht rasierten sich die Bartstoppeln mit ihren Dolchen von den Wangen, während sich die Frauen im eisigen Wasser wuschen. Bevor die ersten Sonnenstrahlen die Tiefen der Schlucht erreicht hatten, saßen die Gefährten bereits wieder in den Sätteln, Cennaire erneut hinter Bracht, und ritten weiter.

Die Furt lag gut zwei Meilen im Westen in einem Knick des Kess Imbrun und kündigte sich durch dumpfes Donnergrollen an. Die Schlucht verbreiterte sich, und die Flußufer traten vor einer Barriere aus herabgestürzten Felsblöcken weiter auseinander, die sich so hoch wie eine Stadtmauer auftürmte.

Calandryll, der die Vorhut bildete, hielt an, starrte ehrfürchtig auf den natürlichen Staudamm und wartete, bis Bracht zu ihm aufgeschlossen hatte. Die Gesteinsmauer wuchs vor ihm in die Höhe, die Findlinge an ihrem Fuß verwandelten das Flußbett in eine steil abfallende stufenförmige Felskaskade, über der das Wasser weiß schäumte und mit unbändiger Wildheit durch die Lücken zwischen den einzelnen Blöcken schoß. Die Felswand war in silbergoldenes Licht getaucht, von ihrem Fuß aus stieg ein feiner Nebel auf, in dem sich glitzernde Regenbögen wölbten, wo die Sonnenstrahlen auf die mächtigen Wasserfontänen fielen, die zwischen den Findlingen hervorschossen.

»Die Furt liegt auf der anderen Seite!« Bracht beugte sich zu Calandryll hinüber und schrie ihm direkt ins Ohr. »Über den Felsen!«

Sie ritten eine Weile durch den schimmernden Dunst flußaufwärts. Das Donnern des Wasserfalls verschluckte das Klappern der Hufe auf dem felsigen Untergrund und machte die Pferde nervös. Calandryll, der auch weiterhin vorausritt, spähte aus zusammengekniffenen Augen durch den Nebel, bis er eine Öffnung zwischen zwei gewaltigen Felsblöcken entdeckte. Er deutete mit ausgestrecktem Arm auf den Spalt; in diesem Getöse war es sinnlos zu sprechen. Dann drängte er den Braunen in den schattigen Durchgang. Der Weg wand sich steil in die Höhe, der Untergrund war schlüpfrig.

Er kam auf einem breiten Sims heraus, über dessen Kante Wasser schwappte. Der Fluß hatte sich vor dem Damm zu einem großen See gestaut. Calandryll musterte den natürlichen Felswall beunruhigt und wartete, bis die anderen zu ihm aufgeschlossen hatten. Die oberste Ebene der Barriere war breit und so glatt wie eine von Menschenhand geschaffene Straße. Zehn Pferde hätten sie nebeneinander überqueren können, und das Wasser, das sie überspülte, war gerade fingertief. Auf der einen Seite aber fiel sie steil zu den zwischen den Lücken herausschießenden Fontänen herab, und auf der anderen Seite ... Er betrachtete den riesigen See und fragte sich, wie tief er wohl sein mochte. Bestimmt gab es reißende Strömungen unter seiner Oberfläche. Über allem hing der funkelnde Wasserdunst, der in der Morgensonne in allen Farben des Spektrums tanzte, ein schöner und gleichzeitig unheimlicher Anblick, als wirbelten und schwebten dort Geister und versuchten, die Unvorsichtigen anzulokken. Mit angehaltenem Atem trieb Calandryll sein Pferd an.

Das Tier begann zu schnauben und zu tänzeln. Calandryll hielt die Zügel kurz und kniff die Augen zu schmalen Schlitzen zusammen. Sein Gesicht überzog sich mit einem dünnen Wasserfilm, Wasser tropfte aus seinem Haar, fand jede noch so kleine Lücke in seiner Kleidung und rann ihm unangenehm über Brust und Rücken. Schon bald waren die Ränder des Weges hinter einem Vorhang wirbelnder Farben verschwunden, und er konnte kaum einen Schritt weit sehen. Es schien, als folgte er einem ähnlichen Weg wie der magischen Straße, die ihn nach Tezin-dar gebracht hatte, als würden Zeit und Entfernung ihre Bedeutung verlieren. Der Morgen war mit dem bedrohlichen Grollen der reißenden Strömungen unter ihm erfüllt, zu dem die seltsame Stille des Sees einen beunruhigenden Kontrast bildete. Ihm kam der Gedanke, daß es keine geeignetere Stelle für Rhythamun gäbe, irgendeine monströse Kreatur zurückzulassen, um seinen Weg zu bewachen, und er überlegte, ob er vorsichtshalber das Schwert ziehen sollte. Doch dann entschied er, daß es vernünftiger wäre, die Zügel seines verängstigten Pferdes fest in den Händen zu behalten.

Calandryll hatte keine Ahnung, wie lange dieser zeitlose Zustand währte, wie lange die Überquerung des Flusses dauerte, und er war überrascht, als sich der Nebel plötzlich aufhellte und die ständig wechselnden Farbschleier in einen goldenen Dunst übergingen. Er rieb sich die Augen. Etwas Dunkles mischte sich in den goldenen Schimmer vor ihm, nahm einen rötlichgrauen Farbton an, und er erkannte Umrisse vor sich, die sich wie riesige Wächter aus dem Dunst schälten.

Kurz darauf lösten sie sich in das urzeitliche Geröll des Kess Imbrun auf, in die Felsblöcke, die das Ende des Damms und damit auch der Furt bildeten und sich weiter über das Nordufer erstreckten, das sich einladend vor ihm ausbreitete. Er trieb den Braunen zu einer schnelleren Gangart an. Das Pferd beschleunigte bereitwillig das Tempo. Sie ließen den Nebel hinter sich und erreichten einen weiteren breiten Felssims.

Calandryll sprang zu Boden, drehte sich um und sah Bracht aus dem Dunst hervorkommen, hinter dem eine jämmerlich aussehende Cennaire hockte, dicht gefolgt von Katya. Er ging ihnen entgegen und half Cennaire vom Rükken des Hengstes. Sie klammerte sich einen Moment lang an ihn, drückte die Wange gegen seine Brust, und er hielt sie unbeholfen in den Armen, während er zusah, wie Bracht und Katya aus den Sätteln stiegen. Dann löste sich Cennaire wieder von ihm, trat einen Schritt zurück, lächelte zaghaft und sagte: »Ich dachte schon, der Weg würde nie mehr aufhören.«

»Ich auch«, erwiderte Calandryll. Er betrachtete ihr Gesicht, unsicher, ob er Erleichterung oder Bedauern darüber verspürte, daß sie ihn losgelassen hatte.

»Ahrd, war das eine nasse Angelegenheit«, riß ihn Brachts Stimme aus seinen Gedanken. »Laßt uns Holz sammeln und ein Feuer machen, bevor die Nacht hereinbricht.«

Calandryll sah sich um. Die Sonne stand schon tief im Westen, und er erkannte, daß die Überquerung des Flusses den größten Teil des Tages gekostet hatte. Ein kalter Wind strich durch die Schlucht. Er erschauderte, und Cennaire machte es ihm nach. Katya beugte sich vor und wrang ihr nasses Haar aus. Bracht, dem die widrigen Umstände kaum etwas auszumachen schienen, deutete auf den Hang.

»Wahrscheinlich finden wir dort, was wir brauchen. Nimm du Cennaire mit, während ich vorausreite.«

»Was ist mit Rhythamun?« fragte Calandryll.

Bracht schüttelte den Kopf, daß die Tropfen flogen. »Ich denke, wenn er etwas geplant hätte, wüßten wir es spätestens jetzt. Ich schätze, wir sind hier in Sicherheit.«

Ohne auf eine Antwort zu warten, schwang er sich auf den Rappen. Katya folgte seinem Beispiel. Calandryll zuckte die Achseln, bestieg seinen Braunen und zog Cennaire hinter sich hoch. Obwohl er völlig durchnäßt war, war es ein angenehmes Gefühl, ihre Arme um seine Hüften und den Druck ihres Körpers an seinem Rücken zu spüren. Er wollte ihr irgend etwas Nettes sagen, aber alles, was er zustande brachte, war: »Wir werden schon bald ein Feuer haben und wieder trocken werden.«

»Den Göttern sei Dank«, erwiderte sie. Daß sie naß war, bereitete ihr kein körperliches Unbehagen, aber sie sorgte sich um ihr Aussehen. Und sie hielt es für klüger, eine gewisse Niedergeschlagenheit an den Tag zu legen, deshalb begnügte sie sich damit, sich an Calandryll festzuhalten und sich gegen seinen Rücken zu pressen. Ihr Lächeln entging ihm, als er sein Pferd wendete und Katyas Grauschimmel folgte.

Wie am Südufer bestand auch diese Seite des Kess Imbrun aus einem Labyrinth verstreut herumliegender Felsbrocken, und die Sonne war fast schon untergegangen, bevor sie einen passenden Platz fanden, an dem große Blöcke einen Kreis bildeten und Schutz vor dem auffrischenden Wind boten. Dort wuchsen auch genügend Büsche, um sie mit Brennholz und die Pferde mit Nahrung zu versorgen. Sie schlugen Äste für ein großes Feuer. Dann zogen sich Calandryll und Bracht diskret zurück und rieben die Pferde ab, damit sich die beiden Frauen ungestört ihrer nassen Kleidung entledigen konnten.

Es wurde kalt, nachdem die Sonne untergegangen war und sich Dunkelheit in der Schlucht ausbreitete. Das Donnern der Stromschnellen klang nur als gedämpftes Grollen durch das Gewirr der Felsblöcke bis zu ihnen herauf, der Stausee war von ihrem Lagerplatz aus nicht zu sehen. Sie kochten ihr Abendessen, wobei sie feststellten, daß ihre Vorräte zur Neige gingen. Entweder mußten sie bald auf die Jagd gehen oder hungern.

»Wir haben noch genug Proviant für zwei Tage, wenn wir uns einschränken«, bemerkte Bracht. Er zog das Krummschwert und den Dolch aus den Scheiden und putzte die Klingen.

Calandryll rieb seine eigenen Waffen mit einem Lappen ab, schärfte die Klingen mit einem Wetzstein und fuhr mit dem Daumen prüfend über die Schneiden. »Auch die Jesseryter müssen essen«, meinte er. »Es wird Wild auf der Ebene geben, das wir jagen können.«

»Was uns aufhalten wird.« Katyas Blick wanderte zu den dunklen Felswänden empor. »Bestimmt hat Rhythamun mittlerweile den Rand der Schlucht erreicht.«

»Und wahrscheinlich seinen Platz unter den Jesserytern eingenommen«, sagte Bracht nüchtern. »Es sei denn, sie erkennen, daß er ein *Gharan-evur* ist.«

»Deine Leute haben es nicht bemerkt.« Calandryll schob das Schwert in die Scheide zurück. »Dera, diese Verfolgung ist so, als wollte man eine Nadel im Heuhaufen finden. Obwohl wir jemanden bei uns haben, der sein Gesicht kennt.« Dabei sah er Cennaire an, die ernst lächelte.

»Ich könnte sein Gesicht nie vergessen«, murmelte sie.

Die Erinnerung ließ sie erschaudern. »Ich würde ihn sofort wiedererkennen.«

»Das«, sagte Bracht mit einem sardonischen Grinsen, »ist der einfachere Teil. Das Problem besteht darin, Euch zu ihm zu bringen.«

»Bisher haben wir seine Spur jedes Mal wiedergefunden.« Katya streckte die bloßen Arme dem Feuer entgegen. Ihre Stimme klang nachdenklich. »Und das war nicht einfach. Wenn uns Horul ebenso hilft wie Burash und Dera, haben wir einen weiteren göttlichen Verbündeten auf unserer Mission.«

Bracht zuckte skeptisch die Achseln und enthielt sich einer Bemerkung.

»Vielleicht haben die Götter es so geplant«, sagte Calandryll, ohne recht zu wissen, ob er aus Überzeugung sprach oder um sich selbst Mut zu machen. Es war zweifellos eine äußerst schwierige Aufgabe, einen einzelnen Mann in dem unbekannten Land zu jagen, das die Ebene von Jesseryn für sie war. »Ich bete, daß es so ist«, fügte er hinzu.

»Ich auch.« Bracht lachte leise in sich hinein. Der Feuerschein ließ die Konturen seines schmalen Gesichts scharf hervortreten. »Die Götter wissen, daß wir jede Hilfe brauchen, die wir bekommen können.«

Cennaire blickte verstohlen von einem zum anderen und staunte über die Entschlossenheit der drei. Sie neigte nicht dazu, irgend jemanden zu bewundern – ihre Erfahrungen in den Bordellen von Kharasul und als Kurtisane in Nhur-jabal hatten sie eher gelehrt, ihre Mitmenschen zu verachten als zu respektieren –, aber jetzt mußte sie sich zu ihrer eigenen Überraschung eingestehen, daß sie nicht umhin konnte, eine widerwillige Bewunderung für den Mut zu empfinden, mit dem die drei Abenteurer an ihrer einzigartigen Aufgabe festhielten. Entwickelte sie in ihrer Gesellschaft etwa moralische Wertvorstellungen? Vielleicht sogar ein Gewissen? War sie als Wiedererweckte überhaupt dazu in der Lage?

Entweder entging den anderen ihre Nachdenklichkeit, oder sie schoben ihre Schweigsamkeit auf die Strapazen der Reise. Sie beschlossen, schlafen zu gehen, und Calandryll übernahm die erste Wache.

Er rechnete kaum mit einer Gefahr. Anscheinend fühlte sich Rhythamun so sicher, daß er keine Fallen hinter sich aufgebaut hatte, und es erschien unwahrscheinlich, daß sie hier auf feindselige Jesseryter stoßen könnten.

Wie sehr er sich getäuscht hatte, fand Calandryll heraus, als irgend etwas durch die Dunkelheit pfiff und sich so fest um ihn wickelte, daß ihm die Arme an den Körper gefesselt und die Beine zusammengeschnürt wurden. Es gelang ihm nur noch, einen kurzen Schrei auszustoßen, bevor er seitlich umkippte, hart gegen eine verkümmerte Kiefer prallte und schwer auf dem Boden aufschlug.

KAPITEL 2

Calandryll hörte Bracht aufschreien und sah gleichzeitig mehrere Schemen aus der Dunkelheit herausspringen und an ihm vorbeistürmen. Eine der Gestalten kniete neben ihm nieder und legte ihm eine kalte Hand um die Kehle, während sie in der anderen ein Messer hielt, das kurz im Mondlicht aufblitzte. In diesem Moment schloß er mit dem Leben ab, aber die Klinge berührte nur warnend seine Wange, während die Hand seine Kehle weiter zudrückte und ihn zu erwürgen drohte. Der Angreifer gab einen leisen gutturalen Laut von sich, eine unmißverständliche Aufforderung, still zu sein.

Es gab nichts, was Calandryll hätte tun können. Was auch immer ihn umgeworfen hatte, fesselte seine Gliedmaßen, und die zudrückende Hand schnitt ihm die Luft ab, so daß er nicht einmal hätte schreien können. Und das wäre ohnehin sinnlos gewesen, wie er verzweifelt erkannte, denn er hörte nur ein paar protestierende Laute, keine Kampfgeräusche, und da wußte er, daß seine Gefährten genauso schnell wie er überwältigt worden waren. Hilflos verfluchte er sich dafür, als Wachposten versagt zu haben.

Dann gab die Hand seine Kehle frei, und er spürte, wie sich die Fesseln an seinen Beinen lösten. Er wurde grob auf die Füße gerissen, herumgedreht und zum Feuer gestoßen, bevor er sehen konnte, wer ihn gefangengenommen hatte. Bracht, Katya und Cennaire lagen bereits vor der Feuerstelle, wie Schlachtvieh gefesselt. Um sie herum standen in dunkle Rüstungen gekleidete Gestalten. Sie hatten ihre Gesichter hinter Schleiern verborgen, die aus feinen Metallketten gewoben waren. Wie Henker, dachte Calandryll.

Er erhielt einen Tritt und keuchte, als er neben Bracht zu Boden stürzte. Der Kerner hatte die Augen geschlossen, aber seine Brust hob und senkte sich unter den Fesseln. Jetzt erkannte Calandryll, daß es sich dabei um eine Art Wurfwaffe handelte, lange Lederschnüre, deren Enden mit kleinen Metallkugeln beschwert waren. Katya und Cennaire lagen hinter Bracht, auf die gleiche Art gefesselt, aber bei Bewußtsein. Katyas Gesicht war wutverzerrt, ihre grauen Augen blitzten im Feuerschein. Cennaire wirkte verwirrt und in sich gekehrt. Calandryll nahm an, daß sie sich fragte, welches Schicksal ihr bevorstand, und sagte: »Wenn sie uns umbringen wollten, hätten sie es längst schon getan.«

Seine Worte sollten sie beruhigen, denn er konnte nicht ahnen, daß sie gerade überlegte, ob sie ihre Fesseln zerreißen und fliehen sollte. Er wollte noch etwas sagen, aber ein Stiefeltritt preßte ihm die Luft aus den Lungen, und eine knappe Handbewegung bedeutete ihm, den Mund zu halten. Calandryll stöhnte und richtete seine Aufmerksamkeit auf die Angreifer.

Er zählte neun Krieger, deren Gesichter hinter dem Metallkettengewebe verborgen waren. Sie trugen konische Helme, unter denen sich geölte Haarlocken hervorringelten, so dunkel wie ihre Rüstungen. Brustplatten bedeckten die Oberkörper, zweiteilige Schienen die Ober- und Unterarme sowie Ober- und Unterschenkel, Stulphandschuhe die Hände. Alle Teile der Rüstungen waren schwarz, nur dort, wo sich der Feuerschein auf ihnen widerspiegelte, schimmerten sie rot wie Blut. Breite Gürtel umgaben die Panzerschurze, in denen jeweils zwei Scheiden steckten, die eine für die stark gebogenen Säbel, die andere für die großen Messer. Es waren bedrohlich aussehende Gestalten, und die Schweigsamkeit, mit der sie ihre Gefangenen betrachteten, verstärkte diesen Eindruck noch.

Calandryll fragte sich, was hinter den Gesichtsschleiern vor sich ging, die mit Sichtschlitzen versehen waren, aber er konnte keine Regung in den Augen entdecken. Es war, als würden ihn neun Automaten anstarren, neun Metallkreaturen, die ihn beurteilten.

Dann stieß einer von ihnen ein paar rauhe Worte hervor, worauf die Gefangenen auf die Füße gezogen und ihre Beine losgebunden wurden. Bracht stöhnte und schwankte. Zwei der Männer – Jesseryter, wie Calandryll vermutete – hielten ihn an den Armen fest, bis er etwas sicherer auf den Beinen stand, den Kopf schüttelte und blinzelte.

»Ahrd! Sind wir gefangen? Ich habe dich schreien gehört ...«

Der Anführer der Jesseryter sprach wieder, eindeutig ein Befehl an den Kerner zu schweigen. Bracht spuckte aus, dem Mann genau zwischen die Stiefel. Der Jesseryter lachte, als gefiele ihm diese trotzige Reaktion, bellte einen weiteren Befehl und deutete auf die Steilwand. Dann berührte er Brachts Lippen mit einer Hand, zog sie zurück und fuhr damit waagrecht über seine Kehle, eine unmißverständliche Geste. Er gab eine weitere Reihe knapper Befehle, worauf den Gefangenen Lederknebel in die Münder geschoben wurden, deutete erneut auf die Felswand, machte eine winkende Handbewegung und ging davon.

Fünf Krieger umringten die Gefangenen und stießen sie grob ihrem Wortführer hinterher. Die übrigen drei nahmen den Pferden die Fußfesseln ab und bildeten die Nachhut.

Es war eine unheimliche, schweigende Prozession. Die einzigen Geräusche waren das Knarren von Leder und das langsame Klappern der Hufe, als sie zwischen den Felsen zum nördlichen Fuß des Daggan Veh hinaufstiegen, wie Calandryll vermutete. Das gab ihm ein wenig Hoffnung. Es war zwar nur ein schwacher Trost, aber es war alles, was ihm blieb. Seine aufmunternden Worte Cennaire gegenüber hatten hauptsächlich dazu gedient, eine Frau zu beruhigen, von der er annahm, daß sie sich zu Tode fürchtete, aber jetzt erkannte er, daß er recht gehabt hatte. Wäre es den Jesserytern darum gegangen, Eindringlinge in ihr Land zu töten, hätten sie sie bestimmt gleich an ihrem Lagerplatz umgebracht. Auch konnte sich Rhythamun nicht unter den gesichtslosen Kriegern befinden, denn er hätte die Abenteurer mit Sicherheit auf der Stelle ausgeschaltet. Aus irgendeinem Grund, den Calandryll nicht verstand, hatte man sie lebendig gefangengenommen. Um sie später hinzurichten? Aus einem Grund, den nur ein Jesseryter verstehen konnte? Er hatte nicht die geringste Ahnung, aber *daß* sie noch lebten, gab Anlaß zu ein wenig Optimismus.

An diesen Gedanken klammerte er sich, während er unbeholfen mit gefesselten Armen durch die geröllübersäte Dunkelheit stolperte.

Nach einer Weile erreichten sie einen flachen Felsvorsprung, auf dem kleine, prächtig herausgeputzte Pferde festgebunden waren, die von einem einzelnen Krieger bewacht wurden. Der Mann bellte einen Gruß, als er den Anführer der Jesseryter erblickte, den dieser in der gleichen unverständlichen Sprache erwiderte. Der Wachposten führte eins der Pferde zu ihm und ließ sich auf Hände und Knie nieder, damit der Anführer seinen Rücken als Aufsteighilfe benutzen konnte. Ein paar weitere gutturale Rufe, und die Gefangenen wurden entwaffnet und grob auf ihren eigenen Pferden festgeschnallt, mit den Handgelenken an den Sattelhörnern und den Fußgelenken an den Steigbügeln. Cennaire wurde hinter Katya auf den Grauschimmel gesetzt, und beide Frauen wurden mit einem Seil um die Hüften aneinander gefesselt. Die Jesseryter bestiegen ihre Tiere. Drei von ihnen ergriffen die Zügel eines der größeren Pferde, hinter denen jeweils ein weiterer Krieger dichtauf folgte, und der Zug setzte sich in Bewegung.

Calandryll fragte sich, ob ihre Häscher den Ritt in der Nacht wagten, weil sie den Weg so genau kannten, oder ob sie ungewöhnlich gut in der Dunkelheit sehen konnten. Was auch immer zutraf, jedenfalls ritten sie zügig durch das

Labyrinth aus Felsspalten und Schluchten, das sich am Fuß der Nordwand des Kess Imbrun ausbreitete. Dort, wo das Gelände es gestattete, fielen sie in einen Trab, und wo es steil anstieg, ritten sie im schnellen Schrittempo.

Schon bald hatten sie die niedrigeren Windungen hinter sich gelassen, so daß der Pfad vom Licht des zunehmenden Mondes erhellt wurde. Der Himmel war wolkenlos. Calandryll konnte das Band der Straße des Blutes deutlich erkennen, das sich gefährlich steil in die Höhe schlängelte, ein beunruhigender Anblick für einen Mann, dessen Arme gefesselt waren. Er biß die Zähne zusammen, um die aufkeimende Panik zu unterdrücken, und sagte sich, daß es diese seltsamen schweigsamen Männer – zumindest vorläufig – noch nicht auf seinen Tod abgesehen hatten. Trotzdem war es eine unangenehme Aussicht, und er versuchte, sich dadurch abzulenken, indem er die Jesseryter genauer in Augenschein nahm.

Ihre Rüstungen waren glänzend schwarz und auf Brust und Rücken mit gelben Symbolen verziert. Er nahm an, daß es sich um irgendwelche Clan-Insignien handelte, denn die Rüstung des Anführers trug die gleichen Symbole. Allerdings wies sie auf dem Rücken ein zusätzliches Zeichen auf – vermutlich ein Rangabzeichen. Die Satteldecken der kleinen Pferde waren ähnlich verziert.

Calandryll entspannte sich, so gut es ging, und hielt die Knie fest gegen die Flanken des Wallachs gedrückt, der gehorsam dem kleineren Pferd vor ihm folgte. Die Tiere der Jesseryter waren kaum größer als Ponys, aber ihr Gang war sicher, und sie legten den schwindelerregenden Weg ohne das geringste Anzeichen von Unruhe zurück, kletterten unermüdlich höher, als handelte es sich um eine sanfte Steigung und nicht um einen Pfad, der immer wieder auf der einen oder anderen Seite ins Bodenlose fiel. Das Klappern der Hufe bildete einen Kontrapunkt zum Seufzen des Nachtwindes, übertönte das Grollen der Stromschnellen, das bald darauf ganz in der Ferne verklungen war. Das waren die einzigen Geräusche. Die maskierten Männer sprachen kein Wort, und auch die Gefangenen schwiegen, um keine

Schläge zu riskieren. So ritten sie stumm dahin, und jeder fragte sich, wohin sie gebracht werden würden und was sie dort erwartete.

Cennaire drückte sich fest an Katyas Rücken, überlegte wieder, ob sie ihre Fesseln sprengen und vom Rücken des Grauschimmels springen sollte, entschied sich aber erneut dagegen. Zum Teil lag es daran, daß sie befürchtete, das Pferd dabei mit sich zu reißen, zusammen mit ihm in den Abgrund zu stürzen, der kaum einen Fußbreit entfernt zu ihrer Rechten gähnte. Sie war zuversichtlich, daß der Sturz sie nicht umbringen würde – nicht umbringen *konnte* –, aber keineswegs sicher, daß sie keine Verletzungen davontragen würde. Sie wußte, daß sie dem Tod entgehen würde, da kein lebendes Herz in ihrer Brust schlug, aber es war durchaus denkbar, daß sie sich sämtliche Knochen brach, und die Vorstellung, mit zerschmetterten Gliedern in den Tiefen des Kess Imbrun zu liegen, vielleicht völlig hilflos, war genauso unerfreulich wie der Gedanke, welche Auswirkungen ein solcher Sturz auf ihre Schönheit haben mußte. Außerdem würde sie damit zwangsläufig ihre Verbindung mit den Abenteurern beenden. Deshalb kam sie zu dem Schluß, daß es besser war, auch weiterhin die Rolle der sterblichen Frau und hilflosen Gefangenen zu spielen und abzuwarten, was die Zukunft brachte.

Sollte die Situation aussichtslos werden, konnte sie sich immer noch befreien. Vorläufig aber würde sie abwarten.

Bracht, dessen Kopf noch immer von dem Schlag dröhnte, der ihn außer Gefecht gesetzt hatte, war in erster Linie damit beschäftigt, sich aufrecht im Sattel zu halten. Der schwarze Hengst bereitete ihm Sorgen genug, so daß kaum Raum für andere Gedanken blieb. Das Pferd sträubte sich dagegen, am Zügel geführt zu werden, zerrte und schnaubte gereizt, die Ohren flach zurückgelegt, und warf jedesmal den Kopf hoch, sobald der Zügel etwas erschlaffte. Bracht bemühte sich nach Kräften, das Tier durch den Druck seiner Knie zu beruhigen, und murmelte leise auf es ein. Er wußte, daß es die kleineren Pferde angreifen und dabei garantiert über die Kante in die Tiefe stürzen würde, sollte es ihm gelingen, sich loszureißen.

Bracht glaubte nicht, daß die Jesseryter ihn am Leben lassen würden. Die Feindschaft zwischen den Pferdeclanen von Cuan na'For und den Bewohnern der Ebene von Jesseryn bestand seit grauer Vorzeit, war eine Frage der Tradition. Er vermutete, daß man sie nur deshalb lebend ergriffen hatte, um ihnen zur allgemeinen Belustigung einen langsamen Tod zu bescheren. Alles, was er über die Menschen des Verbotenen Landes gehört hatte, lief darauf hinaus, daß sie kaum mehr als Tiere waren, Wilde, die sich damit vergnügten, ihre Gefangenen zu foltern. Entweder das, oder aber sie machten sie zu Sklaven, und das war die schlimmere Möglichkeit. Der Gedanke ließ Bracht unwillkürlich erschaudern, denn männliche Sklaven wurden kastriert.

Er biß fest auf den Knebel in seinem Mund, als ihm plötzlich der Druck des Sattels zwischen seinen Schenkeln bewußt wurde, und riskierte einen kurzen Blick zurück auf Katya, die hinter ihm ritt. Sie war keine Frau, die sich damit abfinden würde, als Sklavin zu leben, die Gespielin irgendeines jesserytischen Adligen zu werden; eher würde sie sterben.

Dieser Gedanke und die simple Erkenntnis, daß er die Hoffnung, Rhythamun zu besiegen, nicht aufgeben durfte, solange er lebte, hielten ihn davon ab, einen anderen Ausweg zu wählen. Wäre er allein gewesen, hätte er dem Hengst seinen Willen gelassen, ihn sogar noch angestachelt, seine Wut auszutoben, und einen oder zwei Jesseryter mit sich in die Tiefe gerissen. So aber gab er sich Mühe, das Tier zu beruhigen, und der dumpfe pochende Schmerz in seinem Schädel ebbte allmählich ab und machte unterdrückter Wut Platz.

Vorläufig würde er sich weiter an sein Leben klammern.

Katya fühlte sich verwirrt. Alles, was sie über die Jesseryter wußte, hatte sie von Bracht erfahren, und nichts davon war erfreulich gewesen. Trotzdem hatten die seltsamen Krieger ihren Gefangenen, von der groben Behandlung einmal abgesehen, nicht wirklich etwas zuleide getan. Sie waren so plötzlich und lautlos in der Nacht aufgetaucht, daß sie in ihren dunklen Rüstungen wie Gespenster gewirkt hatten. Katya war durch Brachts Schrei erwacht, die Hand auf dem Griff ihres Säbels, aber ihre Arme waren schon gefesselt gewesen, bevor sie die Waffe aus der Scheide hatte reißen können, und ihre Beine einen Herzschlag später. Sie hatte gesehen, wie Bracht aufgesprungen und im gleichen Augenblick auch schon wieder umgefallen war, und zuerst gedacht, er wäre von einem Pfeil getroffen worden – eine furchtbare Vorstellung –, aber dann hatte sie erkannt, daß er nur von den merkwürdigen Wurfseilen gefesselt worden war, die mit einem pfeifenden Geräusch aus der Dunkelheit gewirbelt kamen. Eine Hand in einem Stulphandschuh hatte ihn niedergeschlagen, als er versucht hatte, wieder aufzustehen, aber das war auch schon alles gewesen. Es hatte keine weiteren Gewalttätigkeiten gegeben.

Sie fragte sich, warum sie noch lebten. Alles, was Bracht ihr über die Jesseryter erzählt hatte, ließ darauf schließen, daß sie Eindringlinge sofort umbrachten, aber diesen Kriegern war es anscheinend nur darum gegangen, sie gefangenzunehmen. Warum?

Eine mögliche Antwort ließ sie frösteln: Weil Rhythamun es so befohlen hatte.

Vielleicht bekleidete der Magier in seiner neuen Gestalt einen höheren Rang unter den Einheimischen und hatte Lakaien mit dem Befehl ausgeschickt, ihm den Rücken freizuhalten und seine Verfolger lebend zu ergreifen. Das würde zu ihm passen, sich an ihrem Anblick zu weiden, bevor er ihre Hinrichtung befahl.

Doch sollte das wirklich der Fall sein, würden sich Fragen ergeben, denn dann hätte Rhythamun bestimmt erklären müssen, woher er wußte, daß er verfolgt wurde, und wie sollte er davon wissen, außer durch Magie? In diesem Fall, überlegte Katya so ruhig, wie sie konnte, hätte er sich als Zauberer zu erkennen geben müssen. Welche Hexer es auch immer bei den Jesserytern geben mochte, würden sie ihn so bereitwillig akzeptieren? Wenn ihre Überlegungen zutrafen, lautete die Antwort ja. Und das würde bedeuten, daß ihre Mission gescheitert war und Rhythamun gesiegt hatte.

Katya grub ihre Zähne in den Knebel und kämpfte gegen die Verzweiflung an, die sie zu überwältigen drohte. Sie durfte nicht aufgeben! Sie mußte zu den Schwüren stehen, die sie in Vanu und Tezin-dar geleistet hatte, und sich auch an die geringste Hoffung klammern, die ihr blieb, solange sie lebte.

So hatten sie sich alle, jeder auf seine Art, für das Leben entschieden, hatten beschlossen, so lange an der Hoffnung festzuhalten, wie noch ein Funken Hoffnung bestand.

Sie ritten den Rest der Nacht hindurch weiter, und am Himmel über ihnen erschienen die ersten Vorzeichen der Morgendämmerung, als der Zug auf einem breiten Felssims anhielt, von dem aus eine große Höhle in die Steilwand hineinführte.

Der Anführer der Jesseryter ritt in die Höhle hinein und stieg ab. Seine Männer warteten, bis er einen Befehl bellte, erst dann schwangen sie sich von ihren Pferden und entfalteten die emsige und planmäßige Geschäftigkeit einer disziplinierten Truppe, die einen vertrauten Rastplatz aufsucht. Calandryll sah erstaunt und neugierig zu, wie die Ponys in die Höhle geführt und an einem Ende angeleint wurden, wo in Steintrögen Futter deponiert worden war. Zwei Männer bereiteten mit Holzspänen und Scheiten, die in Felsnischen lagerten, ein Feuer vor, während andere aus ähnlichen Vertiefungen Proviant hervorholten. Fackeln wurden entzündet und erhellten zusammen mit dem Lagerfeuer das Innere der Höhle. Ein Mann wartete mit stoischer Ruhe neben den Gefangenen, bis der Anführer einen weiteren Befehl erteilte, worauf man ihnen die Fußfesseln entfernte und die Stricke löste, mit denen sie an den Sattelhörnern festgebunden waren. Ihre Handgelenke blieben nach wie vor gefesselt. Sie stiegen ungelenk aus den Sätteln und wurden in die Höhle getrieben. Einige Männer ergriffen die Zügel ihrer Pferde, und Calandryll fiel auf, daß die Jesseryter Respekt vor den größeren Tieren zeigten, besonders vor Brachts Hengst. Sie brachen ihr Schweigen und flüsterten nervös, als das Tier gereizt wieherte und wieder an den Zügeln zu zerren begann.

Bracht drehte sich um, und auf seinem mürrischen Gesicht machte sich plötzlich ein angespannter Ausdruck breit, als das schwarze Pferd sich loszureißen und in die Schlucht zu stürzen drohte. Ein Krieger trat ihm in den Weg und hob die Hand, um den Kerner aufzuhalten. Bracht stieß einen undeutlichen Fluch durch den Knebel aus, seine Augen blitzten so wütend wie die des Hengstes. Calandryll befürchtete schon, daß er wieder niedergeschlagen werden würde, aber der Anführer der Jesseryter sagte irgend etwas, worauf der Mann zur Seite trat und Bracht gestattete, zu seinem Hengst zu gehen. Der Kerner nuschelte besänftigend durch den Knebel auf das Tier ein, ergriff die Zügel und führte es hinter den anderen her.

Der Hengst tänzelte auch weiterhin nervös, anscheinend durch die Nähe der kleineren Pferde gereizt, und Bracht murmelte so lange vor sich hin, bis das Tier sich allmählich beruhigte und er die Zügel wieder dem Jesseryter übergeben konnte.

Erleichtert wandte Calandryll seine Aufmerksamkeit wieder der Höhle zu und entdeckte, daß sie nur zum Teil natürlichen Ursprungs war. Man hatte sie künstlich vergrößert und so zu einem Rastplatz ausgebaut. Das Feuer brannte in einem primitiven Kamin, der Rauch zog durch einen Felsspalt ab. In einer ebenfalls teils natürlichen, teils künstlichen Grotte waren die Tiere hinter einem aus kräftigen Stangen bestehenden Gatter untergebracht. In einem Winkel entsprang eine Quelle, die einen kleinen Teich speiste. Die Höhle war trocken, warm und roch nach Pferden und geräuchertem Fleisch, als würde sie regelmäßig benutzt werden. Daraus und aus der Geschwindigkeit, die sie eingeschlagen hatten, schloß Calandryll, daß sie die Hälfte der Nordwand des Kess Imbrun hinter sich gebracht hatten. Er wartete ab, was die Jesseryter als nächstes tun würden.

Anscheinend hatten sie nicht vor, ihren Gefangenen etwas anzutun, zumindest vorläufig noch nicht. Der Anführer kam o-beinig zu ihnen und löste den Riemen seines Helms. Er nahm ihn ab, schüttelte den Kopf, so daß seine blauschwarzen Haarlöckchen lose herabfielen, und musterte seine Gefangenen ausgiebig. Seine Augen waren gelbgrau wie die einer Katze, schmal und geschlitzt, die Wangenknochen hoch und die Nase kräftig. Er hatte einen dünnlippigen Mund, der von einem gebogenen Schnurrbart eingerahmt wurde. Es war ein grausames Gesicht, aus dem Calandryll nichts herauslesen konnte.

Der Mann berührte seine Brust und sagte: »Temchen.« Dann winkte er einen seiner Männer heran und sprach kurz in seiner Muttersprache zu ihm.

Die Knebel wurden entfernt. Der Anführer tippte sich erneut auf die Brust und wiederholte: »Temchen.«

Calandryll fuhr sich mit der Zunge über die Lippen. Offensichtlich hatte der Mann ihnen seinen Namen genannt. »Temchen?« fragte er, während er mit den gefesselten Händen auf ihn deutete.

Der Mann nickte. »Ai, Temchen«, bestätigte er, zeigte mit dem Finger auf Calandryll und sagte etwas auf jesserytisch, das Calandryll für eine Aufforderung hielt, seinen eigenen Namen zu nennen.

Einen Moment lang hatte er vor, seine wahre Identität zu verschweigen, weil er sich fragte, ob die Preisgabe seines Namens vielleicht seinen Tod zur Folge haben könnte. Doch das erschien ihm unwahrscheinlich. Wenn diese Krieger von Rhythamun ausgeschickt worden waren, wußten sie entweder, wer ihre Gefangenen waren, oder aber sie würden es bald genug herausfinden. Vielleicht konnte er etwas erfahren, indem er seinen Namen nannte, und wenn es auch nur die Bestätigung war, daß sie von den Verbündeten des Schwarzmagiers gefangengenommen worden waren. Er hob die Hände, berührte seine Brust und sagte: »Calandryll.«

Temchen neigte den Kopf. »Kah-lan-drill.« Es gelang ihm unter einigen Schwierigkeiten, die Silben auszusprechen, und auch die anderen Namen fielen ihm nicht leichter.

»Brak.« Dabei wirkte sein Blick nachdenklich. Er machte eine Geste in Richtung des Höhlenausgangs, als wollte er nach Süden zeigen, und gab eine unverständliche Lautfolge von sich.

Bracht zuckte die Achseln. Temchen tippte ihm gegen die Brust, deutete dann auf sich, berührte den Griff seines Säbels und führte eine Kampfpantomime auf. Bracht grinste verkniffen und sagte: »Aye, wir haben gegen euch gekämpft. Gib mir mein Schwert zurück, und ich werde jetzt gleich mit dir kämpfen.«

Der Jesseryter bemerkte die Feindseligkeit in Brachts Stimme. Seine Augen wurden schmal, aber dann lachte er und rief seinen Leuten etwas zu, worauf diese mit Kichern und gellenden Pfiffen antworteten.

»Um Deras willen, Bracht!« warnte Calandryll. »Willst du ihn provozieren?«

»Ich würde lieber jetzt sterben, als mich kastrieren zu lassen«, murmelte der Kerner und verstummte, als sich Temchen Katya zuwandte.

Der Jesseryter berührte ihr flachsblondes Haar beinahe ehrfürchtig und betastete es, als wäre es eine seltene Seide oder ein kostbares Metall. »Kat-ii-ah«, sagte er, streichelte ihr Haar noch eine Weile und zog die Hand nur widerwillig zurück.

»Sen-air.« An Cennaire zeigte er deutlich weniger Interesse. Wahrscheinlich, dachte Calandryll, weil die Haarfarbe der Kanderin der seiner eigenen Landsleute entsprach. Katya dagegen war eine Rarität.

Temchen beendete seine Inspektion mit einem Nicken und einem weiteren gutturalen Wortschwall, drehte sich um und ging zum Feuer, über dem Fleisch briet und Brotfladen in einem flachen Topf buken. Die Gefangenen wurden in die Höhle geführt und mit einer Geste aufgefordert, sich an die Höhlenwand zu setzen, so daß sich die Jesseryter zwischen ihnen und dem Ausgang befanden. Danach schenkte man ihnen keine weitere Beachtung, brachte ihnen aber schließlich Wasser und etwas zu essen. Jeder erhielt eine Scheibe fettiges Fleisch und ein Stück ungesäuertes Brot.

Sie aßen schweigend, Calandryll, Katya und Bracht hungrig, während Cennaire ihren Appetit nur vortäuschte. Mittlerweile wurde der schmale Streifen des Himmels, den sie vor dem Höhlenausgang sehen konnten, heller, und das Perlmuttgrau der Dämmerung ging in ein sonnendurchflutetes Blau über. Nachdem sie ihre Mahlzeit beendet hatten, fesselten die Jesseryter ihnen wieder die Füße und schlangen ihnen Seile um die Brust, so daß sie die Arme nicht mehr bewegen konnten. Die Stricke wurden zwar fest, aber nicht übertrieben straff angezogen, und schließlich wurde über jeden Gefangenen eine Decke ausgebreitet. Temchen machte ihnen mit einer weiteren kleinen Pantomime klar, daß sie schlafen sollten.

Die Jesseryter stellten eine aus zwei Männern bestehende Wache auf, die anderen legten sich hin, und es wurde still in der Höhle, bis auf das Schnarchen der Menschen und das Schnauben der Pferde, die zufrieden in ihrem Pferch standen. Calandryll lag zwischen Bracht und Katya. Wie sie konnte auch er nicht einschlafen, zu viele Dinge gingen ihm im Kopf herum. Um eventuelle Schläge zu vermeiden, wartete er, bis er sicher war, daß die Jesseryter fest schliefen. Dann verdrehte er den Kopf und näherte sein Gesicht dem Brachts.

»Sie können nicht vorhaben, uns umzubringen«, flüsterte er, »und ich bezweifle, daß sie in Rhythamuns Auftrag handeln.«

»Meinst du?« fragte Bracht leise. Die Anspannung ließ seine Stimme scharf klingen.

»Wie sollte das möglich sein? Wenn sie uns töten wollten, warum geben sie uns dann zu essen? Warum bringen sie uns hierher? Und Rhythamun? Temchen hat keine Reaktion gezeigt, als er unsere Namen erfahren hat. Wäre er in Rhythamuns Auftrag unterwegs, hätte er bestimmt Triumph gezeigt.«

»Ich gebe zu, daß sie wahrscheinlich keine Verbündeten

des Hexers sind«, räumte Bracht ein. »Aber was den Rest anbelangt ... Eine Hinrichtung wäre nicht das schlimmste Schicksal für uns.«

»Wie das?«

Der Kerner knirschte einen Moment lang mit den Zähnen, dann erwiderte er: »Die Jesseryter machen Sklaven, und männliche Sklaven werden kastriert.«

Calandryll verschluckte ein entsetztes Aufkeuchen und preßte instinktiv die Beine zusammen. Ein eiskalter Schauder lief ihm über den Rücken.

»Bist du dir da sicher?« zwang er sich zu fragen.

Bracht knurrte bestätigend.

»Trotzdem.« Calandryll leckte sich über die Lippen. Sein Mund war auf einmal trocken geworden. »Wir würden immer noch leben.«

»Kastriert? Nennst du das leben?«

»Es besteht trotzdem noch Hoffnung. Warum haben sie uns überfallen? Dafür muß es doch irgendeinen Grund geben.«

»Sie wollten einen Raubzug nach Cuan na'For hinein unternehmen. So wie die Bande, die Cennaires Karawane überfallen hat. Dabei haben sie eine leichtere Beute gefunden.«

»Glaubst du, daß die Erklärung so einfach sein kann?«

»Ich glaube, daß ich von Barbaren gefangengenommen worden bin, die ihre Sklaven entmannen. Und ich glaube, daß Katya eine kostbare Beute für sie ist – du hast gesehen, wie dieser eingebildete Hurensohn sie befingert hat.«

»Ich gebe zu, daß er sie außergewöhnlich gefunden hat, aber trotzdem ...« Calandryll verstummte. Das häßliche Gefühl, das Brachts Behauptung in seinem Magen hervorgerufen hatte, kroch unheilverkündend tiefer. Er mußte sich zusammenreißen, um das furchtbare Zittern zu unterdrükken und logisch nachzudenken. »Aber trotzdem ist es möglich, daß sie geschickt worden sind, von irgend jemand anderem.«

Bracht schnaubte leise und zweifelnd.

»Vielleicht hat irgendein jesserytischer Hexer unsere

Anwesenheit gespürt«, ließ Calandryll nicht locker. »Wir haben früher schon davon gesprochen, daß dem allen ein Plan zugrunde liegt, daß uns die Jüngeren Götter helfen, so gut sie können. Vielleicht gehört diese Gefangennahme dazu, vielleicht werden wir so schneller auf die Ebene von Jesseryn gebracht, als wenn wir allein geritten wären.«

Er war sich längst nicht mehr sicher, ob er das aus Überzeugung sagte oder ob er sich nur selbst beruhigen wollte, und von Bracht erhielt er keine Hilfe. Der Kerner zog nur ein finsteres Gesicht und schwieg.

»Willst du damit eingestehen, daß Rhythamun sein Ziel erreicht hat? Überläßt du ihm den Sieg?«

»Was ich eingestehe, ist, daß ich gefesselt in ein unbekanntes Land verschleppt werde und mir gewaltige Sorgen mache. Um uns alle. Ich sage, wir sollten bei der erstbesten Gelegenheit fliehen, die sich uns bietet.«

»Wie?« Calandryll prüfte seine Fesseln. Sie waren fest. Wie sollten sie hier fliehen, aus einer Felsnische in der Steilwand des Kess Imbrun, umgeben von Kriegern?

»Ich weiß es nicht«, gestand Bracht. »Aber sollte sich eine Möglichkeit ergeben ...«

»Aye. Sobald sich eine Möglichkeit ergibt.«

Aber Calandryll glaubte nicht daran. Temchen machte den Eindruck eines Mannes, der viel zu vorsichtig war, um in seiner Wachsamkeit nachzulassen. Es schien weitaus wahrscheinlicher, daß sie das Ziel des Jesseryters, wo immer das auch war, als Gefangene erreichen würden. Vielleicht dort ... Aber wenn ihnen wirklich die Flucht gelang, was dann?

Sie würden Gesuchte in einem fremden Land sein und Rhythamun in einer Gestalt verfolgen, die nur Cennaire kannte. Sie besaßen keinen magischen Talisman mehr, der ihnen den Weg wies, und keiner von ihnen kannte sich in dem Land aus, das sie durchqueren mußten. Es schien unwahrscheinlich, daß sie Verbündete finden würden, sollte ihnen die Flucht gelingen, und noch unwahrscheinlicher, daß sie den Gesuchten aufspüren konnten. Plötzlich standen die Chancen gegen sie, zeigte ihnen das Schicksal sein häßliches Gesicht. Calandryll spürte Verzweiflung in sich aufsteigen und kämpfte dagegen an, um nicht über die Aussichten nachzudenken, die Bracht ihm ausgemalt hatte. Er zwang sich dazu, seine eigenen Worte zu beherzigen und mit Optimismus in die Zukunft zu blicken.

Es war nicht einfach. *Horul ist der Gott der Jesseryter,* dachte er, *und Dera, Burash und Ahrd sind seine Geschwister. Horul muß unsere Mission ganz einfach unterstützen, wenn er nicht will, daß Tharn wiederaufersteht und ihn auslöscht. Bestimmt wird sich Horul mit uns verbünden, und wenn ich recht habe, dann ist diese Situation vielleicht durch göttliche Fügung eingetreten. Vielleicht* ist *Temchen von dem Pferdegott geschickt worden, und irgendein undurchschaubarer Plan läuft zu unseren Gunsten ab.*

Ich muß daran glauben, beschwor sich Calandryll. *Ich darf nicht verzweifeln und aufgeben. Ich muß weiter hoffen.*

Dieser Gedanke setzte sich in seinem Kopf fest, während ihn eine große Müdigkeit überkam und langsam einlullte. Daß er geschlafen hatte, bemerkte er erst, als eine Stiefelspitze leicht gegen seine Rippen stieß. Er öffnete die Augen und sah das maskierte Gesicht eines Jesseryters im Sonnenlicht, der neben ihm kniete, ihm die Decke wegzog und die Fesseln an seinen Händen und Füßen löste, damit er aufstehen konnte. Calandryll erhob sich mit den anderen auf einen Befehl hin und ging zum Feuer hinüber, wo man ihnen eine Schale mit dünnem Haferbrei, einen Laib hartes süßes Brot und bitteren Kräutertee gab.

Das Frühstück wurde eilig eingenommen, und dann verfrachtete man die Gefangenen wieder auf ihre Pferde, wo sie erneut festgebunden und geknebelt wurden. Ein Mann ließ sich auf Hände und Knie nieder, um Temchen als Aufsteigebock zu dienen. Dann setzte sich der Zug, von Temchen angeführt, wieder in Bewegung und ritt zügig die Straße des Blutes hinauf dem Himmel entgegen.

Die Sonne war noch nicht weit gewandert, hatte noch nicht ihren Zenith erreicht, und Calandryll begriff, daß ihr Aufenthalt in der Felshöhle nur kurz gewesen war, wahrscheinlich nur eine Erholungspause für die Tiere und Männer, die vor zwei Nächten diesen steilen Weg hinabgeritten waren. Sie legten keine übertriebene Eile an den Tag – der Pfad war gefährlich und an etlichen Stellen so schmal, daß übermäßige Hast zu riskant gewesen wäre –, aber sie kamen trotzdem gut voran, als wäre es Temchen wichtig, den Rand der Schlucht so schnell wie möglich zu erreichen.

Da die Gesichter der Jesseryter durch die Metallschleier verhüllt waren, blieben ihre Mienen Calandryll verborgen, und auch als sie am Nachmittag eine kurze Rast einlegten und die Schleier zurückzogen, konnte er den Ausdruck in den für ihn fremdartigen Gesichtern nicht deuten.

Die Gefangenen durften absteigen und erhielten Wasser und etwas zu essen, aber es gab keinen weiteren Versuch einer Verständigung, als wären ihre Namen alles, was Temchen von ihnen hatte erfahren wollen. Auch unter den Jesserytern wurde nicht geredet. Sie erfüllten ihre Arbeit mit der Präzision gut ausgebildeter Soldaten, die ihre Aufgaben so genau kannten, daß Worte überflüssig waren. Als Calandryll einmal etwas sagte, warf Temchen ihm einen kurzen Blick zu und legte einen Finger an seine dünnen Lippen, und als Bracht antwortete, hob ein anderer Mann drohend die Hand. Obwohl er sichtlich wütend war, verstummte der Kerner, und Calandryll hielt es für klüger, seinem Beispiel zu folgen. Katya sagte überhaupt nichts, betrachtete ihre Häscher nur aus funkelnden Augen. Cennaire beschränkte sich darauf, stumm abzuwarten, wohin man sie brachte.

Nach dem Essen wurden die Gefangenen wieder geknebelt, bestiegen ihre Pferde, wurden erneut gefesselt, und der Aufstieg ging weiter.

Immer höher führte sie ihr Weg. Die Nachmittagssonne überzog die Felswände mit goldenem Licht, die Zinnen leuchteten wie rote Türme in den unterschiedlichsten Farbschattierungen, in den Felsschluchten wallten dunkle Nebel, und dort, wo Sonnenstrahlen hineinfielen, glühten sie, als würden Feuer in ihren Tiefen brennen. Die Sonne wanderte dem westlichen Horizont entgegen, die Einschnitte und Felsvorsprüge verblaßten mit dem abnehmenden Licht und warfen lange Schatten. Über dem Horizont stieg der zunehmende Mond auf, und die ersten Sterne wurden sichtbar, als das leuchtende Azurblau des Himmels in ein dunkeles Indigo überging. Der westliche Horizont erstrahlte noch eine Weile karmesinrot und golden, dann senkte sich Zwielicht herab.

Calandryll hatte erwartet, daß sie anhalten würden – er hätte es getan, wenn er mit seinen Gefährten allein unterwegs gewesen wäre, denn der Pfad war zu gefährlich, um ihm im Dämmerlicht zu folgen –, aber Temchen machte keine Anstalten, das Tempo zu verlangsamen, und erneut fragte sich Calandryll, ob die Jesseryter die Dunkelheit mit ihren katzenartigen Augen besser als er durchdringen konnten.

Trotz der Erfahrung der letzten Nacht war es nicht weniger beunruhigend, den Weg in der Dunkelheit zurückzulegen. Schon bald wurde der Pfad nur noch vom Mondlicht erhellt, und das war trügerisch. Die Felsen wurden von den Schatten verschluckt, das bleiche silberne Licht spielte dem Auge Streiche. Fledermäuse, deren Nester anscheinend auf mittlerer Höhe der Schlucht gelegen waren, flatterten über ihren Köpfen dahin, und ihr massenhaftes Auftreten trug nicht gerade dazu bei, den Ritt angenehmer zu gestalten. Aber die Jesseryter behielten ihr Tempo bei und führten den Zug immer weiter in die Höhe, bis es schien, als würden sie jeden Augenblick die Bahn des Mondes kreuzen und mit den Sternen weiterziehen.

Calandryll fragte sich, was sie so unerbittlich antrieb. Oder war es vielleicht bei ihnen üblich, unabhängig vom Tageslicht zu reiten, als sei die Nacht ihr Reich? In ihren schwarzen Rüstungen und ihrer Schweigsamkeit wirkten sie auf jeden Fall wie Nachtgeschöpfe, und Calandryll grübelte darüber nach, was sie vorhatten. Diese Überlegungen riefen ihm wieder Brachts erschreckende Warnung ins Gedächtnis.

Er kämpfte gegen das unangenehme Gefühl an, das er bei diesem Gedanken verspürte, und sagte sich, daß die Jesseryter es bestimmt nicht so eilig hätten, wenn sie in ihren Gefangenen bloß Sklaven sehen würden, die sie praktisch nebenbei und ohne nennenswerte Anstrengungen erbeutet hatten. Ebensowenig konnte er sich vorstellen, daß sie Rhythamun dienten – diese Einschätzung hatte er schon Bracht gegenüber geäußert, und jetzt, da er kaum etwas anderes tun konnte, als nachzudenken, erschien sie ihm noch überzeugender. Aber welche Gründe für diese Gefangennahme und diesen eiligen nächtlichen Ritt letztendlich verantwortlich waren, blieb ihm nach wie vor schleierhaft.

Ihr werdet weit reisen und Dinge sehen, die niemand aus dem Süden bisher gesehen hat ...

Er lächelte trotz des Knebels in seinem Mund, und es war ein zynisches Lächeln, als ihm Rebas Worte wieder in den Ohren klangen, vom Nachtwind höhnisch geflüstert. Das jedenfalls hatte sich als wahr erwiesen – und was sonst noch? Alles, was sie vorhergesagt hatte, war eingetroffen. Der Zorn seines Vaters hatte ihn aus Secca fortgetrieben, sein eigener Bruder Tobias hatte ihn zum Ausgestoßenen, zum Verräter und Vatermörder erklärt. Er hatte Verrat erlebt und wahre Kameraden gefunden, Wege beschritten, die kein Mensch vor ihm betreten hatte. Reba hatte ihm Gefahren prophezeit, und die hatte er zur Genüge kennengelernt. Aber das Ende seines Weges ... das hatte sie ihm nicht zeigen können.

Vielleicht war dies das Ende des Weges, dachte er, und die furchtbare Unsicherheit ließ ihn erschaudern. Vielleicht hatte Bracht recht, und er täuschte sich, vielleicht würden sie als kastrierte Sklaven enden, während die Frauen in irgendeinem jesserytischen Harem landeten, in einem Bordell. Und Rhythamun würde ungehindert Tharns Ruheort aufsuchen und den Verrückten Gott wiedererwecken können. Calandryll erschauderte, zwang sich, ruhig und logisch nachzudenken, seine Erfahrung ins Spiel zu bringen, um die Zweifel zurückzudrängen und die Hoffnung aufrechtzuerhalten.

In Kandahar hatte Sathoman ek'Hennem ihre Mission gefährdet, indem er ihn und Bracht gefangengenommen hatte, aber sie waren dem Rebellenfürsten entkommen.

Anomius hatte Magie gegen sie angewandt, aber sie hatten sich seinen Zauberkünsten entziehen können.

Die Chaipaku hatten sie töten wollen, ihn, Bracht und Katya, aber Dank ihrer eigenen Fähigkeiten und Burashs Eingreifen stellte die Bruderschaft der Meuchelmörder keine Bedrohung mehr für sie dar.

Sie hatten die Sümpfe von Gessyth überlebt und waren der Falle Rhythamuns entgangen, die er ihnen in Tezin-dar gestellt hatte.

In Lysse war Calandryll in Rufweite an Tobias vorbeigeritten, der ihn bestimmt unverzüglich hätte töten lassen, hätte er seinen Bruder erkannt, aber das war nicht geschehen.

In Cuan na'For waren sie Jehenne ni Larrhyn in die Arme gelaufen. Sie hatte Bracht kreuzigen lassen, aber der Kerner war von Ahrd gerettet und die Lykarderin von Katya getötet worden.

Dera persönlich hatte Calandrylls Schwert verzaubert, Burash hatte sie sicher durch sein nasses Reich gebracht, Ahrd hatte ihnen seine Gunst bewiesen: die Jüngeren Gottheiten selbst waren ihre Verbündeten in dieser Mission.

Wie konnten sie da scheitern?

Weil die Jüngeren Gottheiten nicht so mächtig wie ihre Eltern sind, sagte der kalte Wind spöttisch. *Sie sind schwächer als ihre Vorfahren. Haben sie nicht selbst von ihren Grenzen gesprochen? Haben sie dir nicht selbst gesagt, daß sie nur bis zu einem bestimmten Punkt helfen könnten? Und wird das ausreichen?*

Bestimmt, antwortete Calandryll.

Glaubst du wirklich? fragte der Wind. *Hat euch Burash denn schnell genug nach Lysse gebracht, um Rhythamun dort noch anzutreffen? Nein, ihr seid zu spät gekommen, der Hexer hatte bereits die Gestalt gewechselt und war verschwunden.*

Aber wir haben seine Spur aufgenommen. Wir haben sein Bündnis mit Jehenne zerbrochen. Und Dera hat mein Schwert gesegnet.

Das Gelächter des Windes hallte um die mondbeschienenen Felsnadeln und pfiff durch die Schluchten. *Eine recht ärmliche Hilfe*, sagte er. *Und sie ist auch ziemlich spät erfolgt. Ihr seid zu spät gekommen, und Rhythamun war schon wieder weitergezogen, oder? Weder Dera noch Ahrd haben ihn aufhalten können.*

Aber sie haben uns trotzdem geholfen.

Der Wind heulte und trug den Geruch von Staub mit sich wie Asche, die er verächtlich von einem Scheiterhaufen aufgewirbelt hatte. *Ahrd hat euch nicht einmal schnell genug durch seinen geheiligten Wald bringen können, um den Magier rechtzeitig abzufangen.*

Aber der Vorsprung ist nicht mehr so groß. Und jetzt ist jemand bei uns, der sein Gesicht kennt.

Der Wind erlosch, drehte sich und kehrte erneut mit heimtückischer Stärke zurück. *Was für eine große Hilfe, wenn ihr als Gefangene eurer eigenen Kastration entgegenreitet, wenn ihr in ein unbekanntes Land hineinreitet, in dem Männer Masken tragen und ihren Gefangenen die Männlichkeit rauben, als handelte es sich um Vieh.*

In ein Land, in dem Horul verehrt wird! Und Horul ist einer der Jüngeren Götter. Er kann gar nicht unbeteiligt bleiben!

Vielleicht kann er das nicht. Vielleicht wird er das nicht. Aber ist er stark genug? Rhythamun hat einen Vorsprung und kommt Tharn immer näher. Glaubst du etwa, Tharn würde nicht merken, daß seine Rettung naht, selbst in seinem Limbus? Selbst in seinen Träumen? Glaubst du, er würde nicht alles tun, was in seiner Macht steht, um seinem Retter zu helfen?

Was kann er denn tun? Die Ersten Götter haben ihn gestürzt, Yl und Kyta, seine Schöpfer. Wie sollte er deren Zauberkräfte brechen können?

Tut er das nicht bereits? fragte der Wind. *Seine Wiederauferstehung verlangt nach Blut, und Blut schreit nach seiner Wiederauferstehung. Ist nicht schon eine Menge Blut vergossen worden? Denk an Kandahar, du Trottel! Denk an die Rebellion des Lords der Fayne, denk an den Krieg, den der Tyrann vorantreibt! Denk an deinen eigenen Bruder, Tobias den Karynth, den Domm von Secca, der eine Flotte aufbaut und den Krieg gegen Kandahar predigt! Wieviel Blut wird vergossen werden, wenn sich dieser Traum erfüllt?*

Wenn *er erfüllt wird. Noch ist er es nicht.*

Vielleicht nicht, vielleicht aber doch. Vielleicht stechen die Kriegsboote genau in diesem Augenblick in See. Vielleicht wird sich das Enge Meer rot von Blut färben.

Tobias muß die anderen Domms erst noch überzeugen. In Cuan na'For wollte Jehenne ebenfalls einen Krieg vom Zaun brechen, aber ihr Plan ist vereitelt worden.

Ein kleiner Sieg in einer unbedeutenden Schlacht, die Teil eines viel größeren Krieges ist, in dem du jungfräulich deinem Schicksal entgegenreitest, während Rhythamun unaufhaltsam seinen Weg geht ... weiter und weiter ...

»Nein! Das darf nicht geschehen!«

Der Knebel in Calandrylls Mund dämpfte den Schrei, so daß nicht viel mehr als ein ersticktes Stöhnen daraus wurde, aber es war immer noch so laut, daß der Jesseryter vor ihm einen warnenden Blick zurückwarf und der Mann hinter ihm aufschloß und ihm einen derben Schlag zwischen die Schultern versetzte. Der Braune – der Wallach! – strauchelte leicht. Calandryll grunzte und versuchte, das Tier durch den Druck seiner Knie und mit Hilfe seiner gefesselten Hände zu beruhigen, denn ihm war klar, daß seine Reise tatsächlich hier ihr Ende finden könnte, wenn das Tier in Panik geriet und vom Pfad abkam. Er blinzelte, und dabei wurde ihm bewußt, daß er im Sattel gedöst hatte, die Nacht fast vorbei und der Wind eingeschlafen war. Im Osten wurde der Himmel bereits heller, und Calandryll fragte sich, ob er die lautlose Stimme tatsächlich gehört hatte oder ob es nur das Echo seiner eigenen pessimistischen Gedanken gewesen war.

Ich darf nicht die Hoffnung verlieren! beschwor er sich. *Hoffnung ist jetzt alles, was mir bleibt. Hoffnung und Vertrauen in die Jüngeren Götter.*

Er richtete ein stummes Gebet an Dera und all ihre göttlichen Geschwister, flehte sie an, daß sich diese Gefangennahme als Teil irgendeines Planes erweisen würde oder daß ihm und seinen Gefährten – zu denen er mittlerweile auch Cennaire zählte – die Flucht glückte. Er hoffte, daß es nicht nur seine Selbstsucht war, die ihn darum bitten ließ, daß sie alle körperlich unversehrt entkamen. Die Vorstellung, daß es anders ausgehen könnte, war furchtbar.

Mehr konnte er vorläufig nicht tun – nur stumm auf seinem Pferd sitzen und zusehen, wie der Weg sich im klaren Licht des Morgens vor ihm erstreckte. Die sanfte Brise war jetzt nicht mehr von Zweifeln vergiftet, sondern wehte fröhlich und trug den Geruch nach warmer Erde und Gras mit sich.

Es dauerte eine Weile, bis ihm das bewußt wurde, denn noch war er von seinen düsteren nächtlichen Träumereien benommen, aber dann registierte seine Nase die Veränderung. In dem trockenen Geruch, den die uralten Felsen verströmten, konnte er die ersten Spuren von Vegetation riechen. Calandryll hob den Kopf und sah vor dem Reiter, der sein Pferd führte, den Rand des Kess Imbrun auftauchen.

Er fand den Anblick sowohl erfreulich als auch bedrohlich; erfreulich, weil er das Ende einer weiteren Etappe der Reise ankündigte, bedrohlich, weil die Entscheidung über ihr Schicksal nahte und er bald erfahren würde, ob sich seine Befürchtungen bewahrheiteten. Er riß sich zusammen.

Der Daggan Vhe überquerte einen Sims, beschrieb eine steile und langgezogene Kehre und verschwand zwischen den Wänden eines tiefen Felseinschnittes wie dem, durch den ihre Reise in die Gefangenschaft begonnen hatte. Von dem Krieger vor ihm gezogen, beschleunigte der Wallach nur zu bereitwillig seine Schritte, als freute er sich wie sein Reiter darauf, das ständige Auf und Ab in der Schlucht hinter sich zu lassen und endlich wieder ebenes Gelände zu betreten.

Sie überquerten den Sims, kletterten den steiler werdenden Weg hinauf und ritten dann eine Zeitlang durch das Zwielicht, das in dem Felseinschnitt herrschte. Dort verbreiterte sich der Weg und führte zwischen den nackten Felswänden in sanfter Steigung weiter aufwärts. Über ihnen erstreckte sich das breite blaue Band des Himmels. Von der Sonne waren erst die Vorboten hinter dem Ostrand der Schlucht zu sehen. Am Ende der Felsspalte stieg der Weg erneut an, und dort, wo er außer Sicht verschwand, trafen der klare blaue Himmel und das dunklere Rot der aufgehenden Sonne aufeinander.

Calandryll hörte Temchen, der den Zug anführte, irgend etwas rufen. Einer der Krieger erwiderte den Ruf. Dann hatte der jesserytische Offizier das obere Ende des Daggan Vhe erreicht und tauchte hinter der Kuppe unter. Der kurze

Wortwechsel schien seine Männer zu beruhigen. Sie trieben ihre Pferde zu einem langsamen Galopp an. Das Klappern der Hufe auf dem Felsboden hallte laut von den Steilwänden wider, und schließlich kam der Zug auf der Ebene von Jesseryn heraus.

Calandryll sah sich mit staunend geweiteten Augen um. Zu beiden Seiten der Straße erhoben sich künstliche Mauern aus großen sandfarbenen Felsblöcken, die ohne Mörtel übereinandergeschichtet worden waren und so hoch wie fünf Männer aufragten. Wie dick sie waren, konnte er nur raten. Sie verliefen parallel und bildeten einen Kanal, den jeder passieren mußte, der den Kess Imbrun erreichen wollte, ein Gelände ohne jegliche Deckungsmöglichkeiten für diejenigen, die die Straße des Blutes hinaufstiegen. Die Mauern endeten vor einer Art Wachturm, einem großen viereckigen Klotz aus mattgelbem Stein, der über die Mauerkuppen hinausragte und bis auf einige schmale Schießscharten und ein massives metallverstärktes Holztor, das offenstand, eine einheitliche Fläche bildete. Hinter den Toren gähnte Dunkelheit. Dort wartete Temchen auf sie, der wie ein Zwerg vor dem klotzigen Bauwerk wirkte.

Er hob einen Arm und winkte sie zu sich heran. Als sie näher kamen, verspürte Calandryll ein seltsames Frösteln. Eine merkwürdige Atmosphäre, eine undefinierbare Aura schien diesen Ort zu umgeben, etwas, das über den ohnehin schon furchteinflößenden Anblick des Bollwerks hinausreichte und weitaus bedrohlicher wirkte. Es war, als trieben dort Geister ihr Unwesen oder als hielte sich dort der Geruch erst kürzlich vergossenen Blutes.

Calandrylls Pferd scheute, die Munterkeit, die es eben noch gezeigt hatte, war verflogen, und hinter sich konnte er Brachts Hengst protestierend wiehern hören. Er drehte sich um und sah, wie das schwarze Pferd an den Zügeln zerrte, die Ohren flach angelegt, die Augen verdreht, so daß fast nur noch das Weiße zu sehen war. Die Nervosität übertrug sich auch auf die anderen Tiere. Katyas Grauschimmel vollführte eine Pirouette, und Calandrylls Brauner begann, ängstlich zu tänzeln. Die kleineren Tiere der Jesseryter waren nicht weniger aufgeregt. Ihre Reiter knurrten gereizt und hielten die Zügel straff. Sie hatten genug mit ihren eigenen Pferden zu tun, um sich auch noch um die störrischen Tiere ihrer Gefangenen zu kümmern.

Es kostete sie einige Mühe, die Pferde voranzutreiben, und Calandryll hatte den Eindruck, daß die Kälte zunahm, je näher sie dem Bollwerk kamen. Er beäugte die Tore angespannt und fragte sich, ob der Verwesungsgestank, den er wahrnahm, echt oder nur eine Ausgeburt seiner Einbildung war. Aus irgendeinem Grund, den er sich selbst nicht erklären konnte, wußte er, daß von dem Bauwerk eine Ausstrahlung des Grauens und eines unfaßbaren Schreckens ausging.

Calandryll fühlte, wie sein Mund trocken wurde, als er die Torflügel passierte, und er wünschte sich verzweifelt, ausspucken zu können, denn auf einmal schien er einen ekelhaft bitteren Klumpen in der Kehle zu haben. Er sah, daß die Jesseryter die Ausstrahlung ebenfalls spürten; sie betasteten die Griffe ihrer Säbel, vollführten Schutzgesten, und ihre metallenen Gesichtsschleier raschelten, als sie die Köpfe unablässig wachsam in alle Richtungen drehten. Nur Temchen wirkte unbeeindruckt, aber das, vermutete Calandryll, war allein das Ergebnis seiner Selbstbeherrschung, seiner grimmigen Entschlossenheit, keine Furcht zu zeigen. Er bellte einen Befehl, machte eine abgehackte Handbewegung und trieb seine Männer weiter durch den Tunnel an, der durch die Mitte der Festungsanlage verlief.

Am anderen Ende des Ganges konnte Calandryll undeutlich ein weiteres Tor erkennen, das geschlossen und verriegelt war. Zu beiden Seiten des Tunnels gab es kleinere Durchgänge, die jedoch ebenfalls von schweren Türen versperrt wurden. Entlang der Decke zog sich eine Reihe von Gußlöchern dahin. Dann wurde eine der Seitentüren geöffnet, durch die ein Band willkommenen, wenn auch schwachen Lichts fiel. Dort bog Temchen ab und betrat einen weiteren Korridor.

Der kleinere Tunnel führte auf einen kleinen Burghof hinaus, der auf drei Seiten von Ställen umgeben war und auf dem weitere Krieger in schwarzen Rüstungen Posten bezogen hatten. Sie hielten Piken mit abgeflachten gebogenen Spitzen und stark gekrümmte Säbel in den Händen und machten einen wachsamen und erwartungsvollen Eindruck, als wären sie sich unschlüssig, was sie von den Neuankömmlingen zu halten hätten. Auf den Mauerzinnen standen Bogenschützen, die Pfeile auf die Sehnen gelegt und ihre Waffen nach unten gerichtet hatten. Temchen stieg von seinem Pferd und verbeugte sich vor einem Mann, dessen Rüstung gelbe und silberne Symbole trug. Der andere erwiderte die Verbeugung und hob seinen Gesichtsschleier, um die Gefangenen besser in Augenschein nehmen zu können.

Calandryll entdeckte kaum etwas in seinem Gesicht, was ihn von Temchen unterschied. Abgesehen davon, daß er einen steifen dreieckigen Bart trug und ein paar Jahre älter zu sein schien, hätten sie Brüder sein können. Offenbar bekleidete der Ältere den höheren Rang, denn nun gab er die Befehle, worauf die Gefangenen von ihren Pferden steigen mußten und zu ihm geführt wurden. Auf einen weiteren Befehl hin wurden ihre Beinfesseln entfernt. Die Handfesseln und die Knebel dagegen blieben.

Temchen nannte ihre Namen und deutete der Reihe nach auf sie. Der ältere Mann nickte und besprach sich kurz mit dem jüngeren. Dann machte er ohne ein weiteres Wort auf dem Absatz kehrt und ging zügig auf einen Treppenflur zu. Temchen deutete auf ihn, und bellte Befehle, worauf sich eine Wache um die vier Gefangenen formierte. Mit einer knappen Kopfbewegung bedeutete er ihnen, dem älteren Jesseryter zu folgen, und hastete an ihnen vorbei, um den anderen Offizier einzuholen. Der kleine Trupp setzte sich in Bewegung und verschwand im Inneren der Festung.

Die Treppe führte zu einem Gang, der unter dem Dach entlanglief und auf seiner gesamten Länge mit Schießscharten versehen war, durch die Licht fiel. Das allgegenwärtige Gefühl des Grauens ließ hier ein wenig nach. Die Erleichterung war geradezu körperlich spürbar, als würde ein Druck nachlassen. Calandryll fragte sich, ob dafür die Hieroglyphen verantwortlich waren, die er in regelmäßigen Abständen an den Wänden entdeckte, oder die Weihrauchfäßchen, aus denen durchdringend riechender Rauch in die stille trockene Luft aufstieg. Er nahm an, daß die Symbole und wahrscheinlich auch der Rauch eine magische Komponente enthielten, aber wer dafür verantwortlich war und welchem Zweck die Magie diente, blieb ihm vorläufig ein Rätsel. Ihm blieb nichts anderes übrig, als ihren Häschern durch den Flur zu einer schwarzen Holztür zu folgen, vor der Temchen und der andere Mann stehenblieben und ihre Helme abnahmen, bevor sie leise anklopften. Sie verhielten sich respektvoll, fand Calandryll, und er fragte sich, was sie auf der anderen Seite erwartete.

Eine Stimme antwortete ihnen, erteilte ihnen offensichtlich die Erlaubnis einzutreten, denn Temchen nickte, worauf eine Wache die Tür weit öffnete und sich wieder zurückzog, während die beiden Offiziere eintraten, stehenblieben und sich tief verneigten.

Es folgte ein leise geführtes Gespräch, dann winkte Temchen, und die Wachen schoben die Gefangenen in einen länglichen Raum. Durch eine kreisrunde Öffnung in der Decke fiel Licht auf einen rechteckigen schwarzlackierten Holztisch, der in der Mitte der Kammer stand. Der Rest des Raumes lag im Dunkeln. Um den Tisch herum waren Sitzgelegenheiten ohne Rückenlehnen angeordnet, eher Hocker als Stühle und genauso schwarz wie die Rüstungen der Jesseryter, so daß sie in der Dunkelheit kaum zu erkennen waren. Die Wände waren auch nicht heller, mit irgendeinem dunklen Holz getäfelt und schmucklos bis auf weitere der fremdartigen Symbole, die in gelben, silbernen und roten Farbtönen im dämmrigen Licht zu glühen schienen.

Calandryll kniff die Augen zusammen, als Temchen und der andere Mann weiter vortraten und den Wachen zuwinkten, die Gefangenen näher zu bringen. Das entfernte Ende des Zimmers wurde von der spärlichen Beleuchtung nicht erfaßt, und die Wachen blieben wieder stehen, bevor sich Calandrylls Augen weit genug an die Lichtverhältnisse angepaßt hatten, um die Finsternis durchdringen zu können.

Eine Stimme, so leise und trocken wie das Rascheln von herbstlichem Laub, das von einem Luftzug aufgewirbelt wurde, klang aus der Dunkelheit auf. Trotz der geringen Lautstärke war sie irgendwie klar und deutlich, als wohnte ihr eine Kraft inne, die weit über die bloßen Worte hinausging.

»Willkommen«, sagte die Stimme, und es schien, als wäre es die Dunkelheit selbst, die sprach. »Ich habe Euch schon erwartet.«

Calandryll zuckte zusammen, als ihm bewußt wurde, daß die Stimme Jesserytisch gesprochen hatte und er die Worte trotzdem verstand.

KAPITEL 3

Gelächter klang auf. Es hörte sich an wie das Läuten uralter Glöckchen, deren Hall durch Rost gedämpft wird, und Calandryll fragte sich, ob der Unsichtbare seine Gedanken las oder nur seinen verblüfften Gesichtsausdruck bemerkt hatte. Er sah seine Gefährten an und stellte fest, daß auch sie überrascht waren und nicht verstanden, was hier geschah. Bracht starrte aus schmalen Augen und mit mißtrauischer Miene in die Dunkelheit, Katya hatte die Stirn in Falten gelegt, Cennaire wirkte ängstlich. Calandryll trat einen Schritt vor, worauf der ältere Jesseryter ihm einen warnenden Blick zuwarf und Temchen ein drohendes Knurren ausstieß.

»Ruhig, ruhig«, sagte die unsichtbare Stimme und verblüffte Calandryll erneut. »Welche Bedrohung stellen sie für mich dar? Welche Bedrohung *könnten* sie denn für mich darstellen?«

Die Frage klang sanft. In ihr lag keine Spur von Feindseligkeit, jedoch absolutes Selbstvertrauen. Der bärtige Mann antwortete, aber seine Worte blieben unverständlich.

Calandryll vermutete, daß es ein Protest gewesen war, denn die leise Stimme erwiderte: »Chazali, wenn sie wirklich über solche Kräfte verfügen würden, hätten sie sich bestimmt nicht gefangennehmen lassen. Und ich glaube, daß ich stark genug bin, um es mit ihnen aufzunehmen, sollte es sich um einen Trick handeln. Also, nimm ihnen die Fesseln und die Knebel ab, damit wir uns wie zivilisierte Menschen unterhalten können.«

Es folgte ein weiterer Protest, der jedoch anscheinend durch eine Geste, die nur die Jesseryter sehen konnten, abgewürgt wurde, und die Stimme klang wieder auf, diesmal mit einer Andeutung von Schärfe. »Ich sage, ihr sollt sie losbinden! Wenn ihr euch so sehr um mich sorgt, dann bleibt hier und schützt mich vor dieser ungeheuren Gefahr.«

Belustigung schwang in den letzten Worten mit. Der Mann namens Chazali schüttelte den Kopf, zuckte die Achseln und winkte Temchen vor. Gemeinsam nahmen sie den Gefangenen die Fesseln ab und entfernten die Knebel. Dann traten sie zurück, die Hände vorsorglich locker auf die Griffe ihrer Säbel gelegt.

»Wir benötigen auch nicht so viele Wachen«, fuhr die Stimme fort. »Schickt eure Männer fort, aber laßt alles hier, was ihr unseren Gästen abgenommen habt.«

»Gäste?« Brachts Stimme war leise und rauh vor Zorn.

»Das hoffe ich«, klang die Antwort aus der Dunkelheit auf, »trotz der Umstände, unter denen man Euch hierher gebracht hat. Ich bitte Euch um Vergebung für die würdelose Behandlung und werde Euch bald erklären, warum das notwendig war. Würdet Ihr Euch erst einmal setzen? Möchtet Ihr Wein?«

»Nein.«

Ein Krieger trat mit ihren Schwertern und Satteltaschen in den Armen vor und ließ sie geräuschvoll auf den Tisch fallen. Bracht folgte ihm mit den Augen. Calandryll bemerkte die Anspannung in Brachts Körper und wußte, daß der Kerner seine Chancen abschätzte, das Krummschwert zu erreichen und aus der Scheide zu ziehen. Temchen und Chazali hatte es ebenfalls bemerkt. Sie zogen die gekrümmten Säbel ein Stückchen aus den Scheiden. Das leise, schabende Geräusch von Stahl auf Leder klang wie das warnende Zischen einer Schlange. Calandryll hob eine Hand und sagte mit Blick auf Bracht: »Wenn wir wirklich Eure Gäste sind, habt Ihr uns eine Menge zu erklären. Vorläufig werden wir Euch anhören.«

Er setzte sich und beschwor den wütenden Kerner, es ihm gleichzutun, überzeugt, daß sie alle sterben würden, sollte er seinen Zorn nicht beherrschen können. Dankbar sah er, daß sich Katya auf einen Stuhl sinken ließ und Cennaire sich ihr anschloß. Der Blick ihrer großen braunen Augen war unverwandt auf die Dunkelheit gerichtet, als könnte sie den verborgenen Sprecher sehen. Bracht folgte mit einem gereizten Knurren dem Beispiel seiner Gefährten, während Temchen und Chazali auf der anderen Seite des Tisches Platz nahmen.

Die Wachen zogen sich zurück, die Tür fiel hinter ihnen ins Schloß, und einen Moment lang herrschte Stille.

Dann klang das Rascheln von Seide auf, leise wie fallender Regen, und der unsichtbare Sprecher trat in den Lichtkreis. Calandryll starrte ihn an. Er glaubte, abgesehen von den Wächtern Tezin-dars, noch nie einen derart alten Menschen gesehen zu haben. Haar von der Farbe polierten Silbers rahmte ein Gesicht ein, das so zerfurcht war, daß es an uraltes Leder erinnerte, das lange Zeit Sonne, Regen und Wind ausgesetzt gewesen war. Dunkle Augen glitzerten unter runzligen Lidern. Von den Augenwinkeln aus verliefen unzählige Fältchen nach außen und unten, tiefe Furchen zogen sich bogenförmig um eine scharfe stolze Nase bis zu einem dünnen Schnurrbart, der die gleiche silberne Farbe wie das Kopfhaar hatte. Der Mund war schmallippig und breit und zu einem Lächeln verzogen, das große gelbe Zähne entblößte. Der Hals, bestimmt so hager wie der einer Schildkröte, war im Kragen einer kunstvoll gearbeiteten Tunika von der Farbe jungen Grases verborgen. Die Schulterpartie war steif und übertrieben breit, die Ärmel lang. Eine silberne Schärpe und eine goldene Spange hielten das Kleidungsstück über der Hüfte des Mannes zusammen, so daß der Saum locker über eine weite pechschwarze Hose fiel. Die Hosenbeine steckten in knöchelhohen Stiefeln aus weichem silberfarbenem Leder. Die Stiefelspitzen waren zurückgebogen und mit kleinen goldenen Kappen versehen.

Irgendwie schien die prächtige Kleidung einen Widerspruch zu dem uralten Gesicht darzustellen, auf dem sich jetzt die Bitte um Entschuldigung widerspiegelte.

»Ich heiße Ochen«, sagte der Alte. »Temchen habt Ihr bereits kennengelernt. Der andere Mann ist Chazali.«

Die beiden Männer in den Rüstungen neigten leicht den Kopf, als ihre Namen genannt wurden, aber sie ließen die vier Fremden weder aus den Augen, noch nahmen sie die Hände von den Säbeln. Calandryll war klar, daß sie ihren unfreiwilligen Besuchern genausowenig trauten, wie Bracht ihnen traute. Was ihn betraf, spürte er, wie sich eine bohrende Neugier zu seiner Wachsamkeit gesellte. Der ehrwürdige Alte schien ihnen keinerlei Feindseligkeit entgegenzubringen, obwohl das wahrscheinlich etwas war, worüber man erst später ein Urteil fällen sollte.

»Ich fürchte, unsere Bekanntschaft beginnt mit einem Mißverständnis«, stellte Ochen fest und ließ sich anmutig auf den Hocker am Kopfende des Tisches nieder.

»Soweit ich das sehe, sind wir gefangengenommen und gefesselt in diese Festung verschleppt worden«, fauchte Bracht.

Ochen nickte, sein Lächeln verblaßte, und seine Stimme klang ernst, als er antwortete. »Ich werde Euch alles erklären, Krieger«, versprach er, »und ich denke, danach werdet Ihr die Notwendigkeit dieser Vorsichtsmaßnahmen einsehen. Bis dahin bitte ich Euch, mein Wort zu akzeptieren, daß es Euch freisteht, uns zu verlassen, sollten Euch meine Ausführungen nicht zufriedenstellen. Ihr werdet dorthin zurückkehren können, woher Ihr gekommen seid, oder ihr werdet Eure Reise fortsetzen und jede Hilfe in Anspruch nehmen können, die ich Euch gewähren kann. Akzeptiert Ihr das?«

»Das Wort eines Jesseryters?« Bracht zog ein finsteres Gesicht.

»Wir werden Euch anhören«, warf Calandryll schnell ein. Sie schienen kaum eine andere Wahl zu haben, jedenfalls keine, die Sinn machte, und er verspürte die schwache Hoffnung auf Hilfe, sollte sich dieser geheimnisvolle Alte tatsächlich als Freund erweisen.

Ochen neigte dankbar den Kopf und sagte: »Dann wartet bitte einen Moment.« Er beugte sich über den Tisch, zog die Waffen und Taschen näher zu sich heran, betastete alle Gegenstände behutsam und beinahe ehrfürchtig. Als seine Finger über Cennaires kleine Tasche fuhren, runzelte er leicht die Stirn, und bei der Berührung von Calandrylls Schwert murmelte er so leise vor sich hin, daß niemand seine Worte verstehen konnte.

»Das gehört Euch«, stellte er schließlich fest, wobei er Calandryll in die Augen sah. »Damit würde die Göttin nur jemanden wie Euch beschenken.«

»Ein Hexer!« zischte Bracht. »Ein jesserytischer Hexer!«

»Das bin ich«, gestand Ochen unbekümmert. »Und wenn Ihr die seid, für die ich Euch halte, werdet Ihr dort, wohin Ihr geht, meine Kunst benötigen.«

Bracht verzog abfällig den Mund.

»Ihr wißt, wer wir sind?« fragte Calandryll.

»Ich habe so eine Ahnung.« Ochen beendete seine Untersuchung und schob die Ausrüstung der Gefährten von sich. »Ich und meinesgleichen haben Euer Kommen vorausgesehen.«

Calandryll runzelte die Stirn, und der Alte schmunzelte. »Habt Ihr gedacht, uns wäre die Kunst der Wahrsagung unbekannt?« Er schüttelte den Kopf, und einen Moment lang wurden die Falten in seinem Gesicht tiefer. »Vielleicht haben wir uns zu lange versteckt, uns zu lange vom Rest der Welt abgesondert.«

»Ihr habt Euch jedenfalls nicht abgesondert, als Euer Großkhan in unser Land einfallen wollte«, sagte Bracht rauh. »Und Ihr haltet Euch auch nicht zurück, wenn Ihr auf der Suche nach Sklaven Raubzüge in Cuan na'For durchführt.«

»Dieser Mythos?« Ochen seufzte verbittert. »Ich versichere Euch, Freund, wir machen keine Sklaven.«

»Nennt mich nicht Freund«, knurrte Bracht. »Wollt Ihr vielleicht auch behaupten, es hätte keine Invasion gegeben, oder wenigstens den Versuch einer solchen?«

»Das ist geschehen, aye«, erwiderte Ochen. Jetzt klang seine Stimme traurig. »Damals regierte Wahnsinn im Land. Das ist ein Teil dessen, was ich Euch erzählen muß, ein Teil des Bösen, das Ihr aufhalten wollt. Aber darauf werde ich später zu sprechen kommen, zuerst einmal zum Großkhan. Er war besessen, er hat allen Städten der Ebene seinen Willen aufgezwungen, und er ist seit langem tot. Wir Jesseryter verspüren nicht den Wunsch, in Cuan na'For einzufallen. Horul weiß, daß wir in unserem eigenen Land genügend Probleme haben!«

»Und Ihr macht auch keine Sklaven?« fragte Bracht abweisend.

Ochen seufzte erneut und sagte: »Nur die Tensai sind so tief gesunken, und das sind gottlose Banditen. Wir kopulieren auch nicht mit Pferden, kastrieren keine Männer und zwingen keine Frauen, sich gegen ihren Willen irgend jemandem hinzugeben.« Er schüttelte den Kopf. Seine Stimme klang nachsichtig, und er lächelte verhalten, als würde er mit einem Kind sprechen. »Hört zu, einige in diesem Land glauben, daß die Leute in Cuan na'For Menschenfleisch essen, daß die Händler aus Lysse, die nach Nywan kommen, Schwänze unter ihren Hosen verbergen, daß die Bewohner Vanus doppelt so groß und dreimal so stark wie normale Menschen sind und nur ein Auge haben ... Wir haben uns zu lange isoliert, und solche Geschichten wuchern wie Unkraut auf dem Nährboden der Unwissenheit.«

»Trotzdem waren es Leute aus Eurem Land, die Cennaires Karawane überfallen und alle außer ihr getötet haben«, warf Calandryll ein.

Ochen sah die Kanderin mit einem unergründlichen Gesichtsausdruck an. Seine Augen wurden einen Moment lang blicklos, seine zerfurchten Lider senkten sich. Er übersetzte Calandrylls Worte für seine Landsleute, und auf der anderen Seite des Tisches brummte Chazali irgend etwas, während Temchen den Kopf schüttelte.

»Vielleicht war es eine Bande von Banditen«, erwiderte der Magier langsam mit ausdrucksloser Stimme. »Euer Kommen ist nicht vorhergesagt worden, meine Dame. Nur das dieser drei.«

Cennaire erwiderte seinen Blick mit unbewegtem Gesicht und zwang sich zur Ruhe, während all ihre Sinne sie zur Flucht drängten.

»Aber jetzt ist sie bei uns«, sagte Calandryll und wandte sich ihr zu. »Es sei denn, Ihr zieht es vor umzukehren, wie dieser Magier es zu erlauben versprochen hat.«

Es war ein Test, sowohl was Ochens Glaubwürdigkeit als auch Cennaires Absichten betraf. Calandryll wußte nicht genau, auf welche Antwort er gehofft hatte, aber er verspürte eine seltsame Erleichterung, als die Frau mit dem rabenschwarzen Haar den Kopf schüttelte und sagte: »Nein. Wenn Ihr es gestattet, möchte ich bei Euch bleiben.«

»Ich stehe zu meinem Wort«, versicherte Ochen. »Wenn Ihr zurückkehren wollt, meine Dame, gebe ich Euch ein paar Männer mit, die Euch über den Daggan Vhe begleiten. Ihr würdet von uns ein Pferd und genug Proviant für die Rückreise erhalten.«

Erneut schüttelte Cennaire den Kopf und murmelte: »Nein.«

»Wie Ihr wollt.« Ochen stützte das Kinn in seine Hände, die von Altersflecken übersät waren. »Vielleicht ist auch das vorherbestimmt«, sagte er nachdenklich.

Zum ersten Mal meldete sich jetzt auch Katya zu Wort. Ihre grauen Augen richteten sich fest auf das Gesicht des Hexers, ihre Stimme klang ruhig, weder feindselig noch freundlich. »Ihr sprecht immer von Wahrsagungen und behauptet, Ihr hättet gewußt, daß wir kommen würden. Ihr habt Euch für die Umstände entschuldigt, unter denen wir hierher gebracht worden sind, und uns eine Erklärung versprochen. Aber bisher habe ich noch keine gehört.«

Ochen zog die verschränkten Hände unter seinem Kinn fort und legte sie flach auf die Tischplatte. Calandryll sah, daß die Fingernägel lang und golden lackiert waren. Der Alte erwiderte Katyas herausfordernden Blick und lächelte.

»Aye, Ihr habt recht, und Ihr seid sehr direkt. Ich werde Euch die Gründe erklären, aber das wird einige Zeit dauern, und ich muß auch Chazali und Temchen einbeziehen. Würdet Ihr mir also gestatten, den Zauber, der uns diese Unterhaltung ermöglicht, so zu verstärken, daß auch sie uns verstehen können? Es steht in meiner Macht, Euch die Sprache dieses Landes zu vermitteln.«

»Noch mehr Hexerei«, murrte Bracht.

»Aber äußerst nützlich, wenn wir weiterziehen«, sagte Katya nachdenklich.

»Du würdest dich von diesem Hexer verzaubern lassen?« Bracht schüttelte wild den Kopf und starrte sie aus großen Augen argwöhnisch an.

Katya erwiderte seinen Blick und sagte: »Ich denke, wenn er das wollte, könnten wir ihn kaum davon abhalten. Er hat es nicht getan und uns bisher auch nicht gedroht. Deutet das nicht auf seine guten Absichten hin?«

»Aye, es scheint so«, stimmte ihr Calandryll zu.

Bracht schnaubte, brummte, dachte einen Augenblick lang nach und zuckte dann die Achseln. »Möglich«, räumte er ein, noch immer nicht überzeugt.

»Was kann es schaden?« fragte Calandryll.

»Welcher Zauber kann nicht schaden?« fragte Bracht zurück. »Mit was für Zaubersprüchen könnte er uns sonst noch belegen?«

»Vielleicht habe ich eine Antwort auf Eure Zweifel«, meinte Ochen und tippte mit einem Fingernagel auf den Griff von Calandrylls Schwert. »Diese Klinge besitzt Macht, nicht wahr? Ich kann sie spüren, die Kraft einer Göttin, die Kraft von Dera selbst, sie wohnt in diesem Schwert. Sollte ich versuchen, schlechte Magie anzuwenden und Euch zu täuschen, würde das Schwert dann nicht meinen Betrug offenbaren?«

Bracht, Katya und Cennaire blickten Calandryll erwartungsvoll an. Der dachte einen Moment lang darüber nach und sagte dann langsam: »Das wäre möglich. Auf jeden Fall hat es …«, fast hätte er 'Rhythamun' gesagt, korrigierte sich aber im letzten Moment, »… die Kreatur bloßgestellt, von der Morrach besessen war.«

Bracht schüttelte den Kopf. Er war noch immer nicht bereit, seine lange gehegten Vorurteile abzulegen, und deutete auf die Hieroglyphen, die die Wände bedeckten. »Wir sind hier von seinem Zauberwerk umgeben«, erklärte er. »Könnte das nicht selbst Deras Geschenk wirkungslos machen?«

»Ihr schmeichelt mir.« Ochen schmunzelte, sein Gesicht legte sich in unzählige Runzeln. »Ich bin kein so großer Magier, daß ich gegen die Macht einer Göttin bestehen könnte. Und diese Zeichen dienen zu unser aller Schutz.«

»Prüfe ihn«, schlug Katya vor. »Wenn er böse Magie benutzt, wird es das Schwert bestimmt zeigen.«

Bracht blieb nach wie vor skeptisch, aber Calandryll nickte und sagte: »Aye. Unterwerft Ihr Euch einer solchen Prüfung?«

»Mit Freuden«, bestätigte Ochen.

Calandryll griff nach seinem Schwert, ohne nachzudenken. Im gleichen Augenblick fiel ein Hocker klappernd um, und Temchens Säbel lag direkt über seiner Hand. Chazali war ebenfalls auf den Beinen und hielt den Säbel angriffsbereit erhoben. Bracht war nicht langsamer. Er sprang pfeilschnell auf, stürzte vor, schlug mit der linken Hand Temchens Säbel zur Seite und umklammerte den Griff seines Krummschwertes mit der rechten. Calandryll sah Härchen, die Temchens Klinge von seinem Handgelenk rasiert hatte, durch den Kreis aus Sonnenlicht schweben. Chazali holte aus, um nach Brachts Kopf zu schlagen. Katya fuhr auf. In ihren grauen Augen blitzte es, als auch sie sich kampfbereit machte.

»Aufhören! Das reicht!« Ochens Stimme klang jetzt nicht mehr wie das Rascheln trockenen Laubes, sondern wie Donner, hallte laut und gebieterisch und forderte unverzüglichen Gehorsam. »In Horuls Namen, im Namen aller Götter! Wir sind doch keine kleinen zänkischen Kinder!«

Es lag eine solche Kraft in seiner Stimme, daß seine Worte betäubend wie Schläge wirkten. Temchen und Chazali erstarrten. Bracht lag lang ausgestreckt über dem Tisch, das gezogene Krummschwert noch immer in der Hand. Calandryll stellte überrascht fest, daß der alte Mann noch immer auf seinem Stuhl saß.

»Hinsetzen!«

Es war ein Befehl an die Jesseryter, den diese sofort befolgten. Bracht zögerte, und Calandryll sagte: »Aye, bleib ganz ruhig.« Er wartete, bis der Kerner wieder auf seinem Hocker Platz genommen hatte, das gebräunte Gesicht mürrisch verzogen. Katya berührte seinen Arm und nickte ihm beruhigend zu. Calandryll ließ seinen Blick über Temchen und Chazali zu Ochen wandern, der nickte, und zog das Schwert aus der Scheide.

Er streckte dem Hexer die Klinge entgegen und fragte: »Würdet Ihr sie anfassen? Mit beiden Händen?«

»Wenn ich ein Lügner bin, soll die Göttin mich töten«, verkündete Ochen und legte die Hände fest um den Stahl.

Calandryll betrachtete das zerfurchte Gesicht, konzentrierte sich und befragte stumm das Schwert. Sollte Ochen lügen, würde die Waffe das bestimmt spüren und ihn als Betrüger offenbaren. Aber er spürte nichts, der Alte zeigte keine Spur von Unbehagen. »Ich halte ihn für aufrichtig«, sagte Calandryll.

»Das reicht mir aus«, meinte Katya und fügte dann mit leiser Stimme hinzu: »Zumindest vorläufig.«

Ochen nahm die Hände von der Klinge. Calandryll schob das Schwert in die Scheide zurück und sah Bracht an. Der Kerner zuckte wortlos die Achseln.

»Ich meine, wir sollten ihn den Zauber wirken lassen«, sagte Calandryll.

»Aye«, schloß sich ihm Katya an.

Bracht zuckte erneut die Achseln, was Calandryll als Zustimmung auffaßte. Ihm kam gar nicht in den Sinn, Cennaire nach ihrer Meinung zu fragen, und er bemerkte auch nicht den Schreck, der über ihr Gesicht huschte, als er sich wieder Ochen zuwandte und sagte: »In Ordnung, wirkt diesen Zauber.«

Der Alte lächelte und erhob sich. Seine Augen waren auf gleicher Höhe wie Calandrylls Mund. »Ich denke«, sagte er schmunzelnd, »Ihr solltet Euch lieber setzen.«

»Und halte das Schwert in der Hand«, knurrte Bracht.

»Wenn Ihr das wollt«, erklärte sich Ochen gleichmütig und selbstbewußt einverstanden.

Calandryll zog das Schwert wieder aus der Scheide, legte es sich über die Knie, die rechte Hand fest um den Griff geschlossen, die linke locker auf der Klinge, und Ochen trat dicht vor ihn.

Die Hände mit den langen Fingernägeln, die seine Wange berührten, fühlten sich warm, trocken und pergamentartig an. Sie hoben seinen Kopf an, so daß Calandryll in die fast verborgenen Augen blickte, die gelb waren, wie Calandryll jetzt bemerkte, ähnlich wie der katzenhafte Farbton, der unter den Jesserytern üblich zu sein schien, nur heller, goldener. Ochen sprach irgend etwas in einer unbekannten Sprache, und seine Augen wurden größer und leuchteten, bis alles andere in Farbschleiern aus wirbelndem Licht verschwand. Calandryll roch Mandelduft, dachte einen Moment lang an Menelian in Vishat'yi und dann an gar nichts mehr, denn er stürzte in das Licht hinein, das ihn verschlang und ausfüllte.

Dann herrschte einen Augenblick lang Dunkelheit, und er schüttelte den Kopf wie ein Mann, der gerade aus einem Schlaf erwacht, unsicher, wie lange er sich im Bann des Magiers befunden hatte. Er blinzelte. Seine Sicht klärte sich, und er sah, daß Ochen zurückgetreten war und lächelte. Er warf einen kurzen Blick auf sein Schwert: glatter geschärfter Stahl, der keine Spur von Magie zeigte, und ließ den Blick weiter fragend zu Bracht und Katya wanden. Beide schüttelten den Kopf.

»Es hat nichts angezeigt«, sagte die Frau.

»Ich habe nichts gespürt«, gab er zurück und fragte sich, warum sie die Stirn runzelte.

Weil er, wie er mit plötzlichem Erschrecken feststellte, Jesserytisch gesprochen hatte. Er wiederholte die Worte auf envah.

»Ein äußerst nützlicher Zauber«, murmelte Katya. »Ein Geschenk, das anzunehmen sich lohnt.«

»Dann nehmt es«, sagte Ochen und berührte ihr Gesicht.

Calandryll sah gespannt zu. Die Worte des Hexers waren genauso unverständlich wie zuvor, der Mandelduft genauso durchdringend. Aber diesmal sah er kein Licht, nur den kleinen alten Mann, der über der größeren Frau stand. Ihr flachsblondes Haar fiel nach hinten, als sie den Kopf bereitwillig in den Nacken legte. Es dauerte nur ein paar Herzschläge, dann gab er sie wieder frei. Katya saß einen Moment lang offensichtlich verwirrt da und rieb sich die Augen. Dann lächelte sie und sagte: »Ich fühle mich nicht anders als vorher.«

Wie Calandryll hatte auch sie Jesserytisch gesprochen.

Bracht zuckte zurück, als Ochen sich ihm näherte. Sein Körper versteifte sich vor Anspannung, und der Widerwille stand ihm deutlich ins Gesicht geschrieben, aber er gab trotzdem nach und gestattete dem Magier, ihn mit dem Sprachenzauber zu versehen.

»War das so schlimm?« fragte Ochen sanft.

Bracht schüttelte den Kopf und erwiderte: »Tak«, was auf jesserytisch nein hieß.

Daraufhin ging der Hexer zu Cennaire, die wie Bracht zurückzuckte. Calandryll, der glaubte, daß sie sich fürchtete, wollte sie beruhigen und sagte: »Es verursacht weder Schmerzen noch sonst irgendeinen Schaden.«

Er konnte nicht wissen, daß sie fürchtete, Ochen würde bis auf den Grund ihres Wesens sehen und sie bloßstellen. Sie erwog einen Augenblick lang, sich zu weigern, aber ihr war klar, daß sie sich dadurch genauso verraten würde, und überlegte, der Panik nahe, ob sie fliehen sollte. Aber wohin? Wie weit würde sie kommen, wenn zwei Männer in Rüstungen auf der anderen Seite des Tisches saßen und noch mehr draußen warteten? Und der Magier befand sich in ihrer unmittelbaren Nähe. Zwar hatte sie Menelian besiegt – konnte Ochen das sehen, entdeckte er das Blut an ihren Händen? –, aber er war allein gewesen. Wenn sie sich wehrte und gegen diesen Zauberer kämpfte, könnte Calandryll dann nicht sein von der Göttin gesegnetes Schwert gegen sie richten? Und sie glaubte nicht, dagegen bestehen zu können.

Sanfte Hände legten sich warm auf ihre Wangen. Fast hätte Cennaire die Handgelenke gepackt. Sie wußte, daß sie sie hätte brechen können, aber da sprach Ochen flüsternd auf sie ein.

»Wir alle tun, was wir tun müssen, spielen die uns zugewiesene Rolle. Aber die Wege des Schicksals sind verschlungen und weit verzweigt. Fürchte dich nicht, du wirst deine Entscheidung später treffen.«

Irgendwie wußte sie, daß sie die einzige in diesem Raum war, die seine Stimme hören konnte. Sie spürte, wie sich Ruhe in ihr breitmachte und sie – ohne daß sie hätte sagen können, wieso – mit der Gewißheit erfüllte, daß Ochen nichts verraten würde, selbst wenn er das Geheimnis entdeckte, das unter ihren Rippen verborgen lag. Zumindest jetzt noch nicht, vielleicht sogar nie. Cennaire zwang ihren zitternden Körper, sich zu entspannen, und unterwarf sich Ochens Magie.

»Seht Ihr?« Calandryll lächelte sie an. »War das so schwer?«

»Tak«, entgegnete sie und erwiderte erleichtert sein Lächeln. »Jo ke-amrisen.«

Ochen musterte sie einen Moment lang mit unergründlicher Miene. Dann nickte er befriedigt, drehte sich um und nahm wieder Platz.

»Jetzt können wir uns problemlos unterhalten«, verkündete er. »Wir sollten uns erst einmal einander ordentlich vorstellen, wie es sich für zivilisierte Menschen gehört.«

Er forderte die vier – Gäste oder noch immer Gefangene, sie waren sich nach wie vor nicht ganz sicher, was davon zutraf – mit einer Verbeugung auf, den Anfang zu machen.

Nacheinander nannten die Gefährten ihre vollständigen Namen, was nicht lange dauerte, dann sagte Ochen förmlich: »Wie Ihr wißt, heiße ich Ochen. Mein vollständiger Name lautet: Ochen Tajen Makusen von Pamur-teng aus dem Clan Makusen. Ich führe den Titel eines *Wazirs*, Hexer und Priester Horuls.«

Er verbeugte sich erneut. Chazali erhob sich mit klappernder Rüstung, neigte den Kopf und schlug mit der Hand in einem förmlichen Gruß auf seinen Brustpanzer. »Ich bin Chazali Nakoti Makusen vom Clan Makusen, *Kiriwashen* von Pamur-teng.« Er verbeugte sich erneut und nahm wieder Platz.

Dann stand Temchen auf und vollführte das gleiche Ritual. »Ich bin Temchen Nakoti Makusen vom Clan Makusen, *Kutushen* von Pamur-teng.«

Die Titel waren ungewohnt, und trotz Ochens Verständigungszauber begriffen die Gefährten nur, daß es sich um militärische Ränge handelte. Der *Kiriwashen* war der höhere Offizier, Kommandant einer Tausendschaft, der *Kutushen* befehligte eine Hundertschaft.

»Wie sollen wir Euch anreden?« erkundigte sich Calandryll diplomatisch und fragte sich gleichzeitig, was so ranghohe Offiziere in einer Festung zu suchen hatten, deren Besatzung bestimmt nicht mehr als eine Centurie umfaßte.

»Bei uns ist es üblich, geehrte Gäste mit ihrem Geburtsnamen anzureden«, erklärte Ochen. »Ist Euch das recht?«

Calandryll erklärte sich damit einverstanden. Die Spannung hatte sich ein wenig gelöst, war aber noch nicht völlig verschwunden, das Vertrauen mußte erst noch aufgebaut und gefestigt werden. Bracht saß schweigend da, sein Gesicht war beherrscht, aber angespannt, als wäre er immer noch nicht überzeugt. Cennaire wirkte gedankenverloren. Katya schien entspannter zu sein. »Werdet Ihr uns jetzt alles erklären?« fragte sie.

»So gut ich es kann«, erwiderte Ochen und deutete auf die Hieroglyphen, die die Wände bedeckten. »Wie Ihr vermutet habt, sind dies magische Zeichen. Sie dienen dazu, uns vor magischer Ausspähung zu schützen. Niemand wird erfahren, was wir in diesem Zimmer sagen oder tun.«

»Wieso?« wollte Bracht wissen.

Ochen seufzte, verflocht die Finger ineinander, senkte einen Moment lang den silberhaarigen Kopf, als ordnete er seine Gedanken, und sagte dann: »Das ist eine lange Geschichte. Wollt Ihr sie nicht lieber bei einem Glas Wein hören?«

Ohne eine Antwort abzuwarten, nickte er Temchen zu,

der aufstand, zur Tür ging und nach Wein und Bechern rief. Sie warteten, bis ein Mann mit einem lackierten Tablett eintrat, das er auf dem Tisch abstellte. Er verbeugte sich tief und zog sich zurück. Als sich die Tür hinter ihm geschlossen hatte, ergriff Temchen die goldene Kanne und füllte die sieben Porzellanbecher mit einer dunkelgelben Flüssigkeit. Calandryll sah, daß Bracht wartete, bis die Jesseryter getrunken hatten, bevor er den Wein kostete, und er bemerkte auch, daß Ochen die Zurückhaltung des Kerners registrierte. Er selbst rechnete nicht mit einem Trick und trank ohne Bedenken. Der Wein war gut, aromatisch und etwas süßlich.

»Ihr bezeichnet meine Heimat als das Verbotene Land«, begann Ochen. Er setzte seinen Becher ab und bedankte sich mit einem Nicken bei Temchen, der ihm nachschenkte. »Nur wenige wagen sich hierher, Besucher und Reisende fürchten sich vor uns. Die Händler aus Lysse und die wenigen Vanuer, die entlang der Küste segeln, können Nywan, die Geschlossene Stadt, nicht verlassen. Wir haben unsere Gründe für diese Heimlichtuerei. Diese Gründe liegen in unserer Geschichte und sind, wie ich oft denke, ein Fluch für uns.

Einige behaupten, unser Land sei von den Ersten Göttern geformt worden, die uns hier angesiedelt haben. Das mag stimmen, ich weiß es nicht. Ich weiß nur, daß sich im Süden und Westen der Kess Imbrun erstreckt, ein Hindernis, das kaum jemand zu überwinden versucht. Unsere Ostküste ist kahl und öde, und es gibt kaum einen Grund, warum dort jemand landen sollte. Und im Norden liegt der Borrhun-maj.« Ochen legte eine kurze Pause ein, trank einen Schluck Wein und wischte sich sorgsam den langen Schnurrbart ab. »Hinter diesen Bergen ... einige behaupten, die Welt würde dort enden, andere sagen, dort würden die Ersten Götter wohnen ... niemand weiß es genau, denn niemand hat diese Gegend betreten. Die Reise dorthin, selbst der Versuch, ist unter Androhung der Todesstrafe verboten. Obwohl ...« – er lachte leise und bedauernd – » ... diese Anordnung kaum nötig wäre, denn der Borrhun-maj ist unpassierbar.«

»Ist das auch Eure Meinung?« fragte Katya, als er wieder eine Pause einlegte.

»Das ist auch meine Meinung«, bestätigte Ochen, »auch wenn Ihr genau das beabsichtigt.«

»Wollt Ihr es uns verbieten?« fauchte Bracht.

Ochen hob nachsichtig eine Hand und bedeutete dem Kerner zu schweigen. »Ich sage, daß es dort Magie von unvorstellbarer Stärke gibt«, entgegnete er. »Daß dort ein Hindernis auf das andere folgt. Halten sich die Bewohner Cuan na'Fors, die für ihren Mut bekannt sind, nicht auch vom Geff-Paß fern, den Ihr das Höllenmaul nennt? Hausen dort nicht Alptraumkreaturen? Ich sage Euch, daß es im Borrhun-maj noch schlimmere Kreaturen gibt, und sie sind lediglich die Torwächter.«

»Torwächtern kann man aus dem Weg gehen«, gab Bracht zurück, »und Ungeheuer kann man erschlagen.«

»Oh, das ist mir bekannt. Und auch, daß Ihr das bereits getan habt.« Ochen lächelte flüchtig, als der Kerner die Stirn runzelte. »Wir *Wazire* haben das meiste von dem gesehen, was Ihr vollbracht habt. Aber trotzdem versichere ich Euch, daß die Kreaturen, denen Ihr in Tezin-dar begegnet seid, nichts im Vergleich zu denen sind, die im Borrhun-maj hausen.«

Jetzt war es Calandryll, der die Stirn runzelte und sich fragte, woher der uralte Magier über ihre Reisen Bescheid wußte. Über was für magische Kräfte verfügten die *Wazire* der Ebene von Jesseryn, daß sie von Tezin-dar wissen konnten?

»Habt Ihr geglaubt, Eure Bemühungen wären unbemerkt geblieben?« Las Ochen seine Gedanken oder lediglich in seinem Gesicht? »Was Ihr getan habt und noch zu tun versucht, hinterläßt seine Spuren in den okkulten Sphären. Die ätherische Welt steht nicht für sich allein, sie steht mit unserer Ebene in Verbindung, und dort kennt man Euch.«

»Noch mehr Rätsel!« Bracht beugte sich über den Tisch und griff nach der Kanne. »Müssen Hexer ständig in Rätseln sprechen?«

»Manchmal bleibt uns nichts anderes übrig.« Ochen

schien nicht beleidigt zu sein, sondern eher belustigt, obwohl hinter seinen Worten und seinem sanften Lächeln eine tiefe Ernsthaftigkeit erkennbar war. »Die ätherische Welt ist schwer zu erklären, und auch wir, die wir das zweite Gesicht und die Gabe der Hexerei besitzen, begreifen diese Ebene nicht immer. Deshalb lautet die Antwort: Aye, manchmal müssen wir in Rätseln sprechen und können uns nicht geradlinig ausdrücken.«

»Ich«, sagte Bracht, »bin ein geradliniger Mann.«

»Äußerst geradlinig«, stimmte ihm Ochen zu, »und ich gebe Euch mein Wort, daß ich mich bemühen werde, alles so einfach wie möglich auszudrücken. Aber ich bitte Euch um Nachsicht, laßt mich zu Ende berichten und stellt mir dann so viele Fragen, wie Ihr wollt. Ich verspreche Euch ehrliche Antworten, wenn ich auch fürchte, daß sie nicht immer einfach ausfallen werden.«

Die Antwort besänftigte Bracht etwas, und er forderte den Magier mit einem Nicken auf, fortzufahren.

»Findet Euch vorläufig damit ab, daß Eure Mission bemerkt worden ist«, erzählte Ochen weiter. »Wir haben mit unseren magischen Fähigkeiten eine solche Unruhe in den okkulten Sphären entdeckt, daß wir einen Teil erraten und den anderen verfolgen konnten. Ganz ähnlich, wie es die Magier in Vanu getan haben, nehme ich an.« Dabei warf er Katya einen kurzen Blick zu, die bestätigend nickte. »Und zweifellos auch andere. Auch wenn sie es anscheinend nur undeutlich gesehen oder beschlossen haben, nichts dagegen zu unternehmen. Oder sie waren zu sehr mit anderen Dingen beschäftigt.«

»Das hat auch Menelian gesagt!« Calandryll konnte nicht umhin, dem verhutzelten alten Mann immer mehr zu vertrauen, und er verspürte eine unersättliche Neugier. »Er hat in Vishat'yi das gleiche gesagt.«

»War er ein Hexer?« fragte Ochen.

»In den Diensten des Tyrannen von Kandahar«, erwiderte Calandryll und ignorierte Brachts warnendes Knurren. Wenn Ochen schon so viel wußte, welchen Sinn hatte es dann, ihm den Rest zu verschweigen? »Er war durch den Bürgerkrieg beschäftigt.«

»Kandahar erhebt sich gegen seinen Tyrannen? Sonst noch jemand?« Die schmalen Augen blitzten einen Moment lang golden auf.

Calandryll nickte. »Mein Bruder möchte in Lysse eine Flotte aufbauen, um gegen Kandahar in den Krieg zu ziehen. In Cuan na'For hat Jehenne ni Larrhyn von einem Kriegsbündnis und einem Überfall auf Lysse gesprochen.«

»Er rührt sich! Alle Götter mögen uns beistehen, er rührt sich!« Einen Moment lang verlor Ochen die Fassung und beruhigte sich nur mit sichtlicher Mühe wieder. Temchen und Chazali auf der anderen Seite des Tisches strahlten eine körperlich spürbare Anspannung aus. Ihre Rüstungen rasselten, als sie unbehaglich auf ihren Plätzen herumrutschten, wie Kriegspferde, die eine unmittelbar bevorstehende Schlacht spürten.

»Anfang und Ende laufen hier zusammen«, sagte Ochen schließlich, »und wir sollten alle uns bekannten Kräfte bündeln, wenn wir noch Hoffnung haben wollen.«

»Sprecht Ihr von Tharn?« wollte Calandryll wissen. »Vom Verrückten Gott?«

»Genau von dem«, antwortete Ochen feierlich. »Aber laßt mich die ganze verworrene Geschichte so erzählen, daß wir alle sie verstehen können. Also, der Borrhun-maj ist hervorragend bewacht. Schreckliche Kreaturen durchstreifen seine Hänge, und selbst wenn Ihr ihnen aus dem Weg gehen könnt, hättet Ihr immer noch die Berge vor Euch, die den Himmel berühren und um die ein so kalter Wind heult, daß Euch selbst im Hochsommer das Blut in den Adern gefrieren würde. Außerdem sind die Berge von den Ersten Göttern selbst mit Zaubern belegt worden, damit sich niemand den Orten nähern kann, an die sie ihre Söhne Tharn und Balatur nach dem Ende der Götterkriege verbannt hatten.«

»Aber es gibt trotzdem einen Weg, nicht wahr?« fragte Calandryll.

»Aye«, bestätigte Ochen. »Und das läßt mich – die Götter mögen mir vergeben – daran zweifeln, daß selbst Götter allwissend sind. Es gibt einen Weg, aber den könnte nur beschreiten, wer über genügend Wissen und Macht verfügt, um den Versuch zu wagen. Und wer verrückt genug ist!

Hört zu, laut den Legenden wurden wir Jesseryter hier angesiedelt, um die Zugänge zu bewachen. Nur aus diesem Grund haben wir uns vom Rest der Welt abgeschottet, und so ist die Ebene von Jesseryn zum Verbotenen Land geworden. Damit niemand den Weg zu Tharns Ruheort finden könnte und auch nicht zu dem von Balatur, denn sonst würde das durch die Jüngeren Götter gewahrte Gleichgewicht gestört werden und die gesamte Welt im Chaos versinken.

Diese Aufgabe haben wir über die Jahrhunderte hinweg erfüllt, und das ziemlich erfolgreich, wie ich glaube. Aber trotzdem haben die *Wazire* vor langer Zeit Vorzeichen erhalten, die darauf hindeuteten, daß der Weg entdeckt oder zumindest das Wissen über ihn bekannt geworden war. Damals konnte wenig unternommen werden, es wurde nur gewahrsagt, daß die Lage des Buches – des Arcanums! – bekannt geworden war und jemand es in seinen Besitz bringen wollte. Wer, das blieb ein Geheimnis, und man glaubte, daß Tezin-dar sowohl durch eine normale als auch durch eine magische Suche nicht zu entdecken wäre.«

Er verstummte und trank einen weiteren Schluck Wein, als hätte er jetzt eine solche Stärkung nötig.

»Rhythamun!« stieß Calandryll bitter hervor.

»Ist das sein Name? Ich hatte geglaubt, niemand könnte so lange leben.«

»Er wechselt die Gestalt«, sagte Katya. »Die Heiligen Männer von Vanu haben von ihm erfahren. Er lebt seit Jahrhunderten und ist von einem Körper in den nächsten gewechselt. Jetzt hat er die Gestalt eines Jesseryters.«

»Horul!« Ochen schüttelte den Kopf. »Und Ihr jagt ihn?«

»Er hat uns hereingelegt.« Calandrylls Blick schloß Bracht und Katya mit ein. »Wir haben den Weg nach Tezin-dar gefunden, um das Arcanum zu holen und nach Vanu zu bringen, wo es die Heiligen Männer zerstören sollten, aber Rhythamun hat uns überlistet und das Buch an sich gebracht. Seither sind wir drei ihm gefolgt. Wir haben vor den Wächtern Tezin-dars einen Eid geleistet.«

»Und jetzt befindet er sich auf der Ebene von Jesseryn.«

Ochen sah Temchen und Chazali an, die mit grimmigen Gesichtern auf ihren Plätzen saßen. »Und selbst in seinem Limbus spürt Tharn sein Kommen und hilft ihm, soweit es in seiner Macht steht. Krieg in Kandahar, sagt Ihr? Die Domms von Lysse werden kriegslüstern? Tharn ruft nach Blut, und seine Gier erschüttert die Welt.«

»Cennaire kennt Rhythamuns Gesicht.« Calandryll nickte in Richtung der Kanderin. »Wenn Ihr uns helft, werden wir ihn vielleicht aufhalten können.«

»Vielleicht.« Ochen betrachtete Calandryll unter gesenkten Lidern. »Vielleicht ist das aber nicht so einfach.«

»Ihr wollt uns Eure Hilfe versagen?«

Der Magier drehte sich zu Bracht um und sagte: »Krieger, ich verspreche, Euch jede Hilfe zu gewähren, die in meiner Macht steht. Aber es könnte sein, daß das nicht ausreicht. Nein, wartet!« Die gleiche Autorität, mit der er zuvor einen Schwertkampf verhindert hatte, klang in seiner Stimme mit. Bracht runzelte die Stirn und verschluckte die Bemerkung, die er hatte machen wollen. »Ich habe Euch erzählt, daß Euer Kommen vorhergesehen worden ist, daß drei dieses Land in Freundschaft betreten würden, aber Tharn verschleiert die ätherische Ebene, tarnt die Unternehmungen seiner Jünger und erleichtert dadurch den Weg dieses Rhythamun.

Aus diesem Grund seid Ihr gefesselt und geknebelt zu mir gebracht worden, aus Angst, Ihr könntet nicht diejenigen sein, die prophezeit worden sind, sondern Beauftragte der anderen Seite. Dieses Land liegt dem Limbus, in dem der Gott ruht, näher als die meisten anderen, und wir sind nicht immun gegen seinen bösartigen Einfluß.« Er unterbrach seine Ausführungen durch ein bitteres Lachen. »Nein, auch wenn wir das bis zum Sturz des Großkhans geglaubt haben. Aye, Bracht, wir haben damals versucht, in Euer Land einzufallen. Weil der Khan von der Traummagie Tharns vergiftet war und seinen Clan aus Kesh-teng herausgeführt hat, um die gesamte Ebene zu erobern und alle Clane unter seine Alleinherrschaft zu bringen. Eine Zeitlang hatte er damit Erfolg, aber dann kämpften die *Wazire* dieser Zeit und die

Clane, die Tharns Gift entgangen waren, gegen ihn. Sie haben gesiegt, Kesh-teng existiert nicht mehr. Es wurde ausgelöscht, nur Staub blieb zurück. Wir haben geglaubt, daß nie wieder eine solche Bedrohung unser Land heimsuchen könnte, aber wir haben uns getäuscht. Wie in Kandahar herrscht auch bei uns Krieg.«

Trauer und mehr als nur ein wenig Ärger ließen die Falten in seinem Gesicht tiefer werden, und seine Stimme stockte, als schmerzte ihn dieses Geständnis so sehr, daß ihm die Worte im Hals stecken blieben. Er senkte den Kopf und bedeutete Chazali mit einer Geste fortzufahren.

»Die Städte Zaq-teng, Fechin-teng und Bachan-teng bilden ein Bündnis«, sagte der *Kiriwashen*. »Pamur-teng, Ozaliteng und Anwar-teng stehen gegen sie. Wahnsinn geht in unserem Land um. Jetzt nähern sich die Horden der Rebellen Anwar-teng.«

Anwar, wurde Calandryll bewußt, bedeutete 'das Tor'. Ein häßlicher Verdacht keimte in ihm auf. »Welche Rolle spielt Anwar-teng?« fragte er.

Ochen riß sich mit sichtlicher Mühe zusammen und nahm seinen Bericht wieder auf. »Nach dem Ende der Tyrannei durch den Großkhan herrschte eine Weile Unordnung im Land. Einige Familien wetteiferten untereinander um die Vorherrschaft, und Banditenbanden zogen umher. Die Ordnung wurde erst wieder hergestellt, als die *Wazir-narimasu*, die höchsten Hexerpriester, die Sato-Imjen unterstützten und sie aufgrund ihrer Herkunft zum vorherrschenden Clan erklärten. Aber um zu verhindern, daß die Soto-Imjen wie der Großkhan dem Größenwahnsinn verfielen, wurde dem Clan auferlegt, den Wohnsitz seiner Ahnen aufzugeben, seine Residenz nach Anwar-teng zu verlegen und zu schwören, diesen Ort zu verteidigen. So ließen sich die Soto-Imjen in der Heiligen Stadt nieder, und es herrschte Frieden ...« Ochen unterbrach sich kurz und stieß ein rauhes, bitteres Lachen aus. »Bis vor kurzem. Aber ich eile der Geschichte voraus ... Um zu verhindern, daß wieder irgend jemand versuchte, die Vorherrschaft zu erlangen, wurde verfügt, daß zwar der Khan aus dem Clan der Soto-Imjen stammen sollte, daß aber jedes Fürstentum Vertreter – die *Shendii* – nach Anwar-teng in den *Mahzlen*, den Großen Rat, zu senden hatte, der von den *Wazir-narimasu* beraten wird. Zur Zeit ist Akija Soto-Imjen unser Khan, aber er ist erst sieben Jahre alt. Deshalb wurde ein Regent ernannt, Nazichi Ojen Canusi aus Bachan-teng, was alle für einen weisen Entschluß hielten, bis sich Nazichi selbst zum Khan ausrief! Er will die Canusi anstelle unserer rechtmäßigen Herrscher setzen. Dabei konnte er sich die Unterstützung der Vertreter von Zaq-teng, Fechin-teng und Bachan-teng sichern, die sich aus dem *Mahzlen* zurückgezogen haben. Und jetzt marschieren die Armeen dieser Fürstentümer in den Krieg.

Anwar-teng wird belagert. Sollte es den Aufständischen gelingen, die Stadt einzunehmen, verfügen sie über ein furchtbares Druckmittel, das sie gegen die Fürstenhäuser einsetzen können, deren Loyalität noch immer den Soto-Imjen und dem *Mahzlen* gilt.«

»Die loyalen *Shendii* würden eher in der Schlacht sterben, als sich zu ergeben«, erklärte Chazali. Sein Gesicht wirkte so hart, wie seine Stimme klang. »Oder aber sie würden sich selbst das Leben nehmen.«

»Was in jedem Fall Chaos zur Folge hätte«, sagte Ochen. »Sollten die Rebellen Anwar-teng einnehmen, werden sie als nächstes gegen Pamur-teng und Ozali-teng marschieren. Ein derartiges Blutvergießen wäre Speise und Trank für Tharn, und die Kriegswirren würden das Aufspüren von Rhythamun äußerst schwierig machen.«

»Ahrd!« flüsterte Bracht. »Wir reiten direkt in den nächsten Krieg hinein.«

»Aber Ihr habt gesagt, daß diese *Wazir-narimasu* ihren Sitz in Anwar-teng haben und Eure mächtigsten Hexer sind«, warf Calandryll ein. »Können sie die Angreifer denn nicht besiegen?«

»Wenn es nur so einfach wäre.« Ochen breitete in einer hilflosen Geste die Arme aus. »Aber die *Wazir-narimasu* sind durch einen Eid verpflichtet, keine kriegerischen Handlungen zu begehen. Sie haben andere Aufgaben und unterliegen einem magischen Bann, der ihnen sämtliche Kräfte nehmen würde, sollten sie sich in den Krieg einmischen. Dadurch sind sie in dieser Angelegenheit hilflos.«

Calandryll wollte gerade eine weitere Frage stellen, aber Bracht kam ihm zuvor. »Und Ihr, *Wazire* wie Ihr selbst, seid Ihr auch auf diese Weise gebunden?«

Der alte Mann schüttelte den Kopf. »Nein. Wir können unsere Fähigkeiten zu kriegerischen Zwecken einsetzen, auch wenn wir es vorziehen, darauf zu verzichten.«

»Abgesehen von den Verrätern in den aufständischen Städten«, knurrte Chazali. »Ihr Gewissen ist nicht so empfindlich.«

»Aber warum ...?« begann Bracht, doch Ochen, der seine Frage bereits ahnte, hob erneut die Hand und schnitt ihm das Wort ab.

»Ich würde mich den loyalen Armeen anschließen«, versicherte er, »genau wie Chazali und Temchen, gäbe es nicht noch andere, vermutlich wichtigere Angelegenheiten zu erledigen. Diese Festung ...« – er machte eine ausladende Handbewegung – » ...hat eine Besatzung von hundert ausgewählten Männern. Jede Stadt stellt im ständigen Wechel eine Centurie ab, um den Daggan Vhe zu bewachen. Diesmal war Pamur-teng an der Reihe, und es hat auch pflichtgemäß seine Soldaten geschickt. Hundert Krieger aus Pamur-teng waren hier stationiert, und jetzt sind alle tot. Durch böse Magie dahingemeuchelt.

Wie ich Euch gesagt habe, wurde Euer Erscheinen vorausgesagt. Ein Bote wurde zu dieser Festung geschickt, um den *Kutushen* damit zu beauftragen, Euch in Empfang zu nehmen und zu mir zu bringen. Aber es erfolgte keine Antwort, und ich habe mit meinen Fähigkeiten das Resultat des Gemetzels hier gesehen. Das Bild war verschwommen – durch Tharns Einfluß verschleiert, wie ich glaube –, aber der Vorfall war von einer solchen Bedeutung, daß es Chazali ratsam erschien, persönlich hierherzukommen. Wir haben nur noch Leichen und eine Festung vorgefunden, die von okkulten Kreaturen besetzt war.«

»Rhythamun hat sich den Rücken freigehalten!« keuchte Calandryll.

»So sieht es aus«, sagte Ochen mit tiefem Ernst. »Diese Kreaturen waren so stark, daß es meine ganze Kraft und nicht wenige Leben erfordert hat, sie zu besiegen.«

»Sie haben fünfzig von meinen Kriegern umgebracht«, fügte Chazali grimmig hinzu. »Und es ist nicht leicht, meine Männer zu töten.«

»Aber Rhythamun hat erst kürzlich den Körper gewechselt«, protestierte Katya. Sie sah den *Kiriwashen* und dann den *Wazir* an. »Und das muß ihn mit Sicherheit geschwächt haben. Wie ist es möglich, daß er solche Geschöpfe heraufbeschwören konnte?«

»Ich bin überzeugt, daß seine Kräfte zunehmen, je näher er Tharn kommt«, erwiderte Ochen düster. »Und in dem Maße, in dem sich die ganze Welt dem Krieg zuwendet, verstärken sich wiederum die Traumkräfte des Verrückten Gottes. Die Jünger kräftigen ihren Herrn, und der Herr stärkt seine Jünger. So nahe, wie dieses Land an seinem Ruheort liegt, wird der Krieg, den wir kämpfen müssen, seine Sache gewaltig unterstützen.«

»Und unsere Aufgabe um so schwieriger machen«, stellte Bracht fest.

»Einen Augenblick, bitte.« In Calandrylls Kopf schwirrten Fragen wie ein zorniger Bienenschwarm herum. Seine Gedanken überschlugen sich, so daß es ihm schwerfiel, sie in die richtigen Worte zu kleiden, um seine wachsenden Befürchtungen zu vertreiben. In seinem Schädel machte sich ein Druck breit, ein dumpfer Schmerz erwachte. Er massierte seine Schläfen und legte die Stirn in Falten. »Cennaire hat beobachtet, wie Rhythamun einen Trupp Jesseryter über den Daggan Vhe herbeigerufen hat und in den Körper eines Kriegers geschlüpft ist. Sie müssen von hier gekommen sein, nicht wahr? Also muß es der Körper eines Kriegers aus Pamur-teng sein, den er jetzt bewohnt. Könnt Ihr dann nicht herausfinden, wer er ist?«

Vielleicht zuckte Ochen die Achseln, aber unter den weiten Schultern seiner Tunika war das schwer zu erkennen. »Die Männer, die wir gefunden haben, waren zerfetzt«, erklärte er, »in ihre Einzelteile zerlegt, nicht mehr voneinander zu unterscheiden. Und dieser Rhythamun hat keine Zeit verloren. Ich hätte ihn erkannt, aber er ist gleich weitergeritten.«

»Zum Borrhun-maj?« Calandryll starrte das zerfurchte Gesicht an und fragte sich, warum es in seinem Kopf so pochte. »Oder zu einem anderen Ziel?«

Bevor Ochen darauf antworten konnte, fragte Bracht: »Wird ihn dieser Krieg nicht aufhalten? Wenn er jetzt im Körper eines Kriegers aus Pamur-teng steckt, muß er dann nicht in der Armee dienen? Wird er nicht gezwungen sein, seine Rolle zu spielen?«

»Vielleicht, aber das wird kein großes Hindernis für ihn sein. Wenn er die Rolle eines einfachen Kriegers spielt, wird er mit den anderen nach Norden marschieren, zur Verstärkung der Verteidiger Anwar-tengs, und das ist genau die Richtung, die er ohnehin einschlagen wollte, nicht wahr?«

Bracht stieß eine Verwünschung aus und zog ein finsteres Gesicht. Er mußte Ochen widerwillig zustimmen.

»Werden Eure Hexerkollegen nicht entdecken, wer und was er ist?« erkundigte sich Katya mit gerunzelter Stirn. »Werden sie nicht ihre Fähigkeiten einsetzen, um seine Pläne zu vereiteln?«

»Das wäre möglich«, erwiderte Ochen. »Ich bete, daß es so ist! Aber ich fürchte, daß der Gott, den er wiedererwekken will, die magischen Kräfte in ihm stärkt, mit denen er sich tarnt. Es ist durchaus möglich, daß er ihre Fähigkeiten des Hellsehens vereitelt, daß er sogar ihre magischen Kräfte neutralisiert.«

»Aber wenn die Armee Pamur-tengs mit denen der anderen Städte zusammentrifft«, hakte die Kriegerin nach, »werden dann nicht genügend *Wazire* anwesend sein, um ihn zu entdecken und zu besiegen?«

»In diesem Fall, aye«, räumte Ochen ein. »Aber dann wird er seinem Herrn gleichzeitig noch näher sein, und seine Kräfte werden entsprechend zugenommen haben. Und mitten in der Schlacht dürfte es ihm nicht schwerfallen, einer Verfolgung zu entgehen. Außerdem ist es durchaus denkbar, daß die *Wazire* der feindlichen Städte ihm helfen würden, wenn er sie aufsucht.«

»Selbst wenn sie wissen, wer er ist?« fragte Katya entgeistert über diese Vorstellung. Ihre Augen wurden groß. »Selbst wenn sie wissen, wozu er fähig ist?«

»Sie ziehen gegen Anwar-teng«, sagte Ochen langsam, »und schon das allein ist ein Wahnsinn, der bestimmt von Tharns Einfluß herrührt. Wenn sie von dem Gott verführt worden sind, aye, dann könnten sie das tun.«

Katyas graue Augen umwölkten sich, und Blitze schienen in ihnen zu zucken. Sie schüttelte entsetzt den Kopf. »Ist denn die ganze Welt verrückt geworden?« flüsterte sie.

»Vielleicht«, erwiderte der Hexerpriester, »von einigen wenigen Menschen abgesehen. Begreift Ihr jetzt, warum ich diese Schutzvorkehrungen getroffen habe?«

Katya nickte.

Calandryll kämpfte gegen den pochenden Schmerz in seinem Schädel an und sagte: »Alle Wege scheinen nach Anwar-teng zu führen. Wieso?«

Ochen schwieg einen Moment lang. Er wirkte beunruhigt. Calandryll hörte, wie Temchen einatmete, sah, wie sich Chazalis reglose Züge versteiften, und er vermutete, daß er auf den Kern des Problems gestoßen war. Er wartete, während die Schmerzen wie Pfeile hinter seinen Augen stachen. Der Blick des Magiers wanderte von dem *Kiriwashen* zu dem *Kutushen*, und Calandryll wünschte sich, er hätte die ausdruckslosen Gesichter besser lesen können, denn er spürte ein Zögern und Zweifeln, als wäre dies eine Angelegenheit, die die Jesseryter lieber für sich behalten würden. Er sah, wie Chazali den Kopf kaum wahrnehmbar neigte – als Zeichen des Einverständnisses? Als Zustimmung auf die Frage, die er in Ochens Gesicht gesehen hatte? Calandryll war sich unsicher. In einem Tonfall, der ruhiger klang, als er sich fühlte, sagte er eindringlich: »Wir hatten uns darauf geeinigt, aufrichtig zu sein.«

»Aye.« Ochen wandte sich ihm zu und sah ihn ernst an. »Das ist richtig, und Ihr sollt die Wahrheit erfahren, auch wenn niemandem außerhalb unseres Landes und auch nur wenigen unserer eigenen Landsleute dieses Geheimnis offenbart worden ist.

Der Borrhun-maj ist nur einer der Zugänge zu dem Ort, an dem der Verrückte Gott ruht. Der andere wird von Anwarteng gehütet.«

KAPITEL 4

Während sie sich unterhalten hatten, war die Sonne weiter nach Westen gewandert, und die Sonnenstrahlen, die durch die runde Öffnung in der Decke fielen, bildeten nicht länger eine senkrechte Lichtsäule, die nur den Tisch erfaßte. Jetzt fiel das Licht direkt auf Ochen und zeichnete seine Konturen scharf nach. Sein silbernes Haar glitzerte, die Furchen in seinem uralten Gesicht vertieften sich und ließen seine Miene noch ernster erscheinen. Calandryll starrte ihn an, wie betäubt von der ungeheuren Tragweite dessen, was der alte Hexer ihnen offenbart hatte. Die pochenden Schmerzen in seinem Schädel wurden schlimmer, und er schloß für einen kurzen Moment die Augen. Staubkörnchen tanzten in der Lichtbahn, das Schweigen lastete schwer im Raum. Es war Katya, die es brach.

»Wenn Anwar-teng ein Tor ist ...«, begann sie mit düsterer Stimme, »und wenn Rhythamun es erreicht ...« Sie verstummte, die Augen vor Angst geweitet.

Bracht führte ihren Gedanken fort. »Dann hat er gewonnen!« sagte er rauh. »Und er könnte wieder die Gestalt wechseln, so daß er auf der Seite der Sieger steht. Bei den Rebellen oder den Loyalisten, je nachdem ... Ahrd! Es macht keinen Unterschied für ihn. Er muß nur noch die Stadt betreten.«

»Und das Tor erreichen.« Katyas Stimme klang leise und ehrfürchtig. Calandryll kamen ihre Worte gedämpft und langsam vor, wie dumpfer ferner Trommelschlag, der gegen seine Sinne anbrandete, und jede Silbe erzeugte einen neuen schmerzhaften Stich. Er glaubte, sein Schädel müßte platzen, und öffnete den Mund, um etwas zu erwidern, brachte aber nur ein ersticktes Stöhnen hervor. Die Schmerzen überwältigten ihn, er spürte, wie sich eine merkwürdige Lähmung in seinen Muskeln ausbreitete, und seine Sicht verschleierte sich, als wären winzige Äderchen in seinen Augen geplatzt, so daß die Gesichter und das Sonnenlicht zu einem roten Nebel verschwammen. Er kämpfte gegen eine furchtbare Mattigkeit an, fühlte sich mutlos und verzagt. Er hatte geglaubt, sie hätten wertvolle Verbündete für ihre Aufgabe gefunden, Männer, die ihre Reise durch die Ebene von Jesseryn beschleunigen und sie zu Rhythamun bringen könnten. Mit Ochens Hilfe und der Schlagkraft von Chazalis Kriegern im Rücken hatte es so ausgesehen, als hätten sie endlich einen Vorteil errungen, der ihnen die bessere Ausgangsbasis in der letzten Konfrontation verschaffte. Doch jetzt hatte sich das alles zerschlagen und die Waage sich wieder zugunsten Rhythamuns geneigt. Auch wenn die Jüngeren Götter ihnen nach Kräften halfen, schien ein übergeordneter Plan zu existieren, der sie behinderte und Rhythamun den Weg ebnete. Wenn feindliche Armeen marschierten und Anwar-teng belagert wurde, wie konnten sie dann noch darauf hoffen, den Schwarzmagier zu finden? Wie ihn daran hindern, das Tor aufzustoßen? Wieder einmal schienen die Hindernisse unüberwindlich, so groß, daß sie jede Hoffnung zunichte machten. Einen Moment lang dachte er niedergeschlagen, daß sie Rhythamun vielleicht doch den Sieg zugestehen sollten. Es erschien unwahrscheinlich, daß sie seine finsteren Pläne jetzt noch durchkreuzen konnten.

Er stemmte sich gegen die Zweifel, die ihn überfielen, und ihm war, als kämpfte er gegen einen heißen blutigen Nebel, gegen wirbelnde Schwaden, die ihn mit furchtbarer Verzweiflung erfüllten, ihn verhöhnten und sich immer wieder von neuem zusammensetzten, wenn er glaubte, sie bereits zurückgeschlagen zu haben. Der Raum verdüsterte sich vor seinen Augen, Ochens Gesicht wurde nicht mehr von der Sonne angestrahlt, sondern löste sich auf, alles schien in Blut getaucht zu sein und zu stinken, Hoffnungslosigkeit machte sich breit, und er fühlte sich gefangen wie eine

Fliege, hilflos in irgendeinem geistigen, aus Schmerzen gewobenen Netz verheddert.

Calandryll stöhnte und fuhr zusammen, als er eine Hand auf seiner Schulter fühlte, einen festen Griff, und die Berührung war wie ein Seil, das einem Ertrinkenden zugeworfen wird. Leise Worte drangen durch die Schmerzen zu ihm durch.

»Was ist mit dir los?«

Er hörte Brachts Stimme wie aus großer Entfernung und schüttelte den Kopf, unfähig, eine Antwort hervorzubringen, fühlte kalten Schweiß auf seinem Rücken, die Schmerzen krampfhaft zusammengebissener Zähne und eine überwältigende Verzweiflung.

»Zauberwerk.«

Das war Ochens Stimme, so schwach wie ein Wispern, gefolgt von Licht und dem undeutlichen Murmeln in einer fremden Sprache. Der blutige Nebel löste sich auf, und Calandrylls Blick klärte sich und wurde schärfer, bis er schließlich den Magier vor sich stehen sah. Ochens Hände bewegten sich in einer merkwürdigen verzwickten Abfolge, schienen Symbole in die Luft zu malen. Calandryll stieg süßlicher Mandelduft in die Nase, und er fragte sich, ob er tatsächlich karmesinrote Nebelschwaden dunkler werden und verblassen sah, oder ob das nur ein Trugbild war, das ihm sein Verstand vorgaukelte, um ihm eine greifbare Erklärung für etwas Unerklärliches zu liefern. Er sah mit tränenverschleiertem Bick zu, wie der Hexer seine Beschwörung vollendete, dreimal in die Hände klatschte und wieder Platz nahm.

»Ich hätte diese Arglist voraussehen müssen. Er hat mehr als nur Ungeheuer hinter sich zurückgelassen.« Ochen griff nach dem Weinkrug, füllte Calandrylls Becher, nahm dessen zitternden Hände und legte sie um das Porzellangefäß. »Für diejenigen, die einen Bezug zum Okkulten haben, hat er andere Fallen aufgebaut. Aber die sind jetzt verschwunden. Zumindest aus diesem Raum, und bald auch aus der gesamten Festung.«

Calandryll hielt den Becher mit beiden Händen und wunderte sich, wie schwer es ihm fiel, einen derart leichten Gegenstand an die Lippen zu heben. Er stürzte den Wein in schnellen Schlucken hinunter und sprach erst wieder, als er den Becher geleert hatte.

»Dera, was sagt Ihr da? Daß ich eine leichte Beute für seine magischen Fallen bin?«

Ochen betrachtete ihn eine Weile nachdenklich. »Ich sage, daß einige näher an der ätherischen Welt als andere stehen, daß einigen eine ... Kraft ... innewohnt, die benutzt werden kann. Manchmal auch gegen sie.«

»Das hat auch Menelian festgestellt«, murmelte Bracht. Seine Hand lag weiter beruhigend auf Calandrylls Schulter. Er sah besorgt aus.

Calandrylls Blick wanderte von dem Kerner zu Ochen. Er schloß die Hand um den Krug und schenkte sich nach. Diesmal war sein Griff fester. »Ich bin kein Hexer«, wandte er ein.

»Nein, Ihr seid kein Hexer«, stimmte ihm der Zauberer zu. »Aber trotzdem habt Ihr die Kraft in Euch, die Euch dazu machen könnte. Diese Gabe ist selten, und Euch fehlt das Wissen, um sie anzuwenden, aber trotzdem steht Ihr den ätherischen Sphären nahe.«

»Und das macht mich verwundbar?« Calandryll wischte sich Wein von den Lippen und stieß ein bitteres Lachen aus. »Ist es das, was Ihr mir sagen wollt? Daß Rhythamun mich mit seinen Zaubersprüchen leichter als meine Gefährten erreichen kann? Wozu macht mich das dann? Zu einem Magneten für seine schmutzige Magie? Vielleicht zu einer Gefahr für alle, die in meiner Nähe sind?«

»Das wäre möglich«, gab Ochen unumwunden zu. »Aber seht her. Dieses Schwert«, er tippte gegen die Waffe, die wieder in ihrer Scheide steckte, »was ist das? Nicht mehr als ein einfaches Schwert in den meisten Händen. Ob es Gutes oder Schlechtes bewirkt, liegt allein an dem, der es führt. Eure Göttin hat es gesegnet und mit der Kraft versehen, die Ihr kennt. Und die ist der Kraft, die in Euch wohnt, ziemlich ähnlich.«

»Und sie sorgt anscheinend dafür, daß mich Rhythamuns

Magie noch stärker beeinflussen kann.« Noch immer klang Calandrylls Stimme rauh und verunsichert. »Macht mich das nicht zu einer Gefahr?«

Ochen schüttelte den Kopf. »Nicht unbedingt«, sagte er ruhig. »Jetzt seid Ihr vorgewarnt und besser gegen seine Schliche gewappnet.«

»Aber wieso ist es gerade jetzt geschehen?« wollte Calandryll wissen. »Ich bin ihm schon näher gewesen, habe es sogar schon mit seinen Kreaturen zu tun bekommen, aber ich habe noch nie so etwas gespürt ...«

Er erschauderte, als er sich an den fürchterlichen Druck in seinem Schädel erinnerte, das klebrige Gefühl von Angst, Verzweiflung und Hoffnungslosigkeit.

Ochen wedelte mit einer Hand in der Luft herum und sagte: »Weil er stärker wird, weil er sich Tharn nähert. Weil auch der Verrückte Gott stärker wird. Weil ...« – und dabei lächelte er mit einer völlig unpassenden Schadenfreude – » ... der Gott sich vor Menschen Eurer Art fürchtet.«

Calandryll keuchte, Wein rann ihm unbemerkt über das Kinn. »Warum sollte Tharn mich fürchten?« fragte er leise. »Wieso bin ausgerechnet ich dazu auserwählt?«

»Ich glaube, eben wegen dieser Kraft«, erwiderte Ochen. »Und Ihr seid nicht auserwählt; ich vermute, daß der Gott sich vor jedem fürchtet, der sich gegen ihn stellt.«

»Aber er ruht doch im Limbus.« Die Vorstellung, daß Tharn sich seiner Existenz bewußt sein könnte, war beängstigend. Es mit einem Mann aufzunehmen, auch wenn es sich um einen Schwarzmagier handelte, der furchtbare Kräfte besaß, war eine Sache, aber auch nur daran zu denken, sich direkt mit einem Gott anzulegen, war vollkommen entsetzlich. »Wie kann er von mir wissen? Von uns wissen?«

Er drehte sich zu Bracht und Katya um und schloß sie mit seinem Blick in seine Worte ein. Ihre Gesichter waren düster, und Cennaires Miene war nicht weniger ernst.

»Ich glaube weder, daß Götter so wie Menschen schlafen, noch daß ihre Träume ohne Folgen bleiben.« Ochens Tunika bewegte sich und raschelte – vielleicht ein Achselzucken. »Wir sprechen hier über Dinge, die die *Wazir-narimasu* seit

Jahrhunderten beschäftigen, und ich bin ein viel zu bescheidener Magier, um behaupten zu können, ich wüßte alles darüber. Aber ich vermute, daß sich Tharn so, wie er sich derjenigen bewußt ist, die ihn wiedererwecken wollen, auch der anderen bewußt ist, die das zu verhindern trachten. Vielleicht nimmt er Euch nicht persönlich wahr, sondern eher so – verzeiht mir den Vergleich – wie ein Hund Flöhe wahrnimmt, die sein Fell heimsuchen.«

»Also stehen wir jetzt einem noch größeren Feind als Rhythamun gegenüber«, sagte Bracht leise.

»Habt Ihr das nicht bereits auf Eurem gesamten Weg getan?« Ochens Schlitzaugen richteten sich auf den Kerner. »Seid Ihr nicht immer bekämpft worden?«

»Von Menschen«, erwiderte Bracht. »Manchmal von magischen Kreaturen.«

»Und Ihr habt alle diese Hindernisse überwunden. Außerdem habt Ihr nie gezaudert.«

»Wir haben nie daran gedacht, es mit dem Gott selbst aufnehmen zu müssen«, murmelte Calandryll. »Mit Rhythamun, aye, aber mit dem Verrückten Gott persönlich?«

»Wollt Ihr dann umkehren?« fragte Ochen. »Mein Versprechen gilt noch immer: sichere Rückkehr über den Kess Imbrun.«

»Nein!« rief Calandryll, ohne nachzudenken. Bracht und Katya stimmten mit ein.

»Dazu sind wir schon zu weit gekommen«, sagte der Kerner.

Ochen gluckste – es war ein melodischer Laut – und klatschte beifällig in die Hände. »Vielleicht wird es nicht dazu kommen«, sagte er. »Vielleicht können wir diesen Rhythamun noch vor Anwar-teng abfangen. Oder«, fügte er nach kurzem Nachdenken hinzu, »vor dem Borrhun-maj.«

»*Wir*?« fragte Bracht.

»Natürlich.« Ochen nickte, sein silbernes Haar versprühte Lichtfunken. »Habt Ihr gedacht, Ihr würdet allein weiterziehen? Ihr werdet von uns jede Hilfe erhalten, die wir Euch geben können.«

Chazali und Temchen, deren Gesichter auf der anderen

Seite des Tisches jetzt im Schatten lagen, bekundeten ihre Zustimmung mit einem Brummen.

»Ich schlage vor, daß wir diesen Ort so bald wie möglich verlassen«, sagte Ochen. »Wenn ich mich anstrenge, wird es nicht mehr lange dauern, bis ich Rhythamuns letzte Zauber beseitigt habe, und dann können wir nach Pamur-teng aufbrechen. Die Krieger marschieren bereits, aber es könnte Neuigkeiten geben. Wenn nicht, werden sich die Armeen vereinigen.«

»Bei Anwar-teng?« fragte Calandryll.

»Dorthin marschieren sie«, bestätigte Ochen. »Dorthin, wohin bestimmt auch Rhythamun geht.«

»Und wenn er einen Bogen um die Stadt macht? Wenn er direkt zum Borrhun-maj geht?«

»Anwar-teng liegt näher, und seine Verteidigungseinrichtungen stammen von Menschen, nicht von Göttern.« Ochen strich sich einen Monent lang nachdenklich über den Schnurrbart. »Wenn er weiterzieht, werde ich es erfahren, und wir können ihn verfolgen.«

»Die *Wazir-narimasu*», warf Katya ein, »werden sie ihm nicht den Zugang zu diesem Tor verwehren?«

»So gut sie es können«, erwiderte Ochen, »aber sie sind der Friedfertigkeit verpflichtet, und ich fürchte, daß Rhythamun in dieser Nähe zu Tharn die Kraft haben wird, sie zu überwinden.«

»Wie kann dieses Tor so leicht aufzustoßen sein?« Bracht ballte hilflos eine Hand zur Faust und öffnete sie wieder.

Ochen seufzte. »Anwar-teng wurde gebaut, um das Tor zu hüten und zu verschließen«, erklärte er. »Das Geheimnis ist immer unter Verschluß gehalten worden. Bisher wußten nur die *Wazir-narimasu* und die Clanhexer davon. Weder Chazali noch Temchen hielten Anwar-teng für mehr als den Sitz der Soto-Imjen und des *Mahzlen*, bis es mir ratsam erschien, sie einzuweihen. Keiner hatte damit gerechnet, daß irgend jemand so verrückt sein könnte, den Versuch zu unternehmen, das Tor zu durchschreiten. Deshalb haben sich die *Wazir-narimasu* mehr darum bemüht zu verhindern, daß etwas aus dem Tor herauskommt, als daß jemand hineingeht.«

»Wird Rhythamun darüber Bescheid wissen?«

Calandryll wußte, daß er sich nur an einen Strohhalm klammerte, doch der wurde ihm gleich wieder durch Ochens Antwort entrissen. »Ich gehe davon aus. Ich denke, daß Tharn einen Weg finden wird, ihn darauf aufmerksam zu machen, sollte Rhythamun noch nicht darüber informiert sein.«

»Ahrd!« Bracht hatte die Hand wieder zur Faust geballt und schlug so wütend auf die Tischplatte, daß der Weinkrug und die Becher hüpften. Die beiden Offiziere reagierten mit einem mißbilligenden Knurren auf den Wutausbruch. »Läuft denn alles zugunsten dieses *Gharan-evur?*»

Ochen hob die Brauen, verzichtete jedoch auf eine Antwort.

»Erst einmal muß er die Stadt erreichen«, sagte Katya, »und sie dann betreten, bevor er das Tor aufsuchen kann. Wie stehen unsere Chancen, ihn zu überholen?«

»Nicht schlecht.« Ochens Stimme blieb ernst. Er wandte sich Temchen zu. »Bringst du uns eine Karte?«

Der *Kutushen* nickte, erhob sich und tauchte in der Dunkelheit unter, die das andere Ende des Zimmers ausfüllte. Das Geräusch von Holz, das auf Holz schabte, klang auf, von einem Deckel, der geöffnet und wieder geschlossen wurde. Kurz darauf kehrte Temchen zum Tisch zurück, breitete eine Pergamentrolle in dem Lichtkreis aus und beschwerte die Ecken mit den Bechern. Alle standen auf und traten näher heran, als Chazali auf die Karte deutete und mit seiner gutturalen Stimme die Eintragungen benannte.

»Der Kess Imbrun. Wir sind hier.« Er tippte mit einem Finger auf einen Punkt und ließ ihn nach Norden wandern. »Das ist Pamur-teng und das da Anwar-teng.«

Ochens Zauber erstreckte sich nicht auf das Verständnis der Schrift, aber während Chazali nacheinander auf die Städte zeigte, sah Calandryll, daß Pamur-teng und Ozaliteng in etwa auf einer Linie lagen, unter der, verlängerte man sie nach Osten, Zaq-teng lag, während sich Fechinteng weiter nördlich befand. Das feindliche Bachan-teng lag ein Stückchen südlich des Galil-Meers und der belagerten Stadt am nächsten.

»Wie weit ist es bis Pamur-teng?« erkundigte er sich.

»Dreißig Tage, wenn wir schnell reiten«, sagte Chazali. »Noch einmal dreißig Tage bis nach Anwar-teng. Die Armeen rücken sehr viel langsamer vor.«

»Die Armeen sind bereits unterwegs?« Calandryll betrachtete die Karte und versuchte, sich an die Lektionen über Strategie und Taktik zu erinnern, die er vor langer Zeit in Secca über sich hatte ergehen lassen müssen. Damals waren sie für ihn nicht mehr als leidlich interessante historische Studien gewesen.

»Richtig«, bestätigte der *Kiriwashen*.

Calandryll legte die Stirn in Falten, kniff die Augen zusammen und tippte auf den Punkt, der Bachan-teng darstellte. »Diese Stadt wird Truppen ausschicken, um die Armeen aufzuhalten, nicht wahr?« fragte er. »Wird es dort zur Schlacht kommen?«

»Ihr habt es erfaßt.« Chazali ließ ein grimmiges Lächeln aufblitzen und nickte anerkennend. »Aye, sie werden die rückwärtige Verteidigungslinie bilden. Sie haben bereits Krieger um die Stadtmauern Anwar-tengs herum stationiert, aber die Hauptstreitmacht werden die anderen Truppen sein.«

»Werden Pamur-teng und Ozali-teng zusammen marschieren?« Calandryll hob den Blick von der Karte und richtete ihn auf das dunkle strenge Gesicht. »Oder versuchen sie, einen Keil zwischen die gegnerische Armee zu treiben?«

Diesmal stieß Chazali ein bellendes Lachen aus und blickte Temchen und Ochen kurz an. »Welche Begabungen er auch sonst noch haben mag, auf jeden Fall verfügt er über strategisches Gespür«, zollte er Calandryll Beifall und fuhr, nun wieder an ihn gewandt, fort: »Die Krieger des Tessana-Clans werden von Ozali-teng aus nach Norden marschieren, zur Südküste des Galilsees. Unsere Krieger, die der Makusen, marschieren direkt nach Anwar-teng. Aye, wir versuchen, die feindlichen Streitkräfte zu spalten und so zu schwächen.«

»Aber die anderen halten die Belagerung weiter aufrecht.« Calandryll legte einen Finger auf den Punkt, der

Anwar-teng darstellte. »Und Rhythamun wird wahrscheinlich die Gestalt eines Kriegers der Makusen beibehalten, bis es günstiger für ihn ist, eine andere anzunehmen.«

»Entweder das«, knurrte Bracht, »oder er macht sich allein auf den Weg nach Anwar-teng und schlüpft dort in einen anderen Körper.«

»Aye.« Calandryll nickte geistesabwesend. »Aber vorläufig ist er wahrscheinlich mit seiner derzeitigen Gestalt am besten bedient. Wenn wir schnell reiten, vielleicht ...«

»Mehr können wir nicht tun«, sagte Katya.

»Wir können die Armee überholen«, behauptete Chazali und sah Cennaire dabei an. »Vielleicht werdet Ihr ihn dann wiedererkennen.«

Die Kanderin neigte stumm den Kopf. Ihr bildhübsches Gesicht war ernst.

»Es wird trotzdem nicht leicht werden«, murmelte Bracht. »Einen einzelnen Mann in einer Armee aufspüren? Unter wie vielen?«

»Tausenden«, sagte Chazali. »Allein dreitausend aus Pamur-teng.«

»Ist das überhaupt möglich?« fragte Bracht.

»Ich sehe mehr, als mir nur meine Augen verraten«, erwiderte Ochen. »Ich habe einige seiner Zauber erlebt, und das wird es mir erleichtern, ihn zu entdecken, selbst wenn er versuchen sollte, sich mit Hilfe von Magie zu tarnen.«

»Es scheint, als könnten wir im Augenblick nur der Armee hinterherjagen und hoffen«, meinte Calandryll. »Wann können wir aufbrechen?«

Der Magier setzte einen bedauernden Gesichtsausdruck auf. »Diese Festung von allen schmutzigen Zaubern zu säubern, wird mindestens noch einen Tag dauern«, murmelte er.

Calandryll verzog das Gesicht. Bracht wedelte gereizt mit der Hand. »So lange? Ahrd, können wir nicht gleich aufbrechen? Müssen wir ihm noch mehr Zeit geben?«

»Diese Festung muß bemannt sein«, sagte Chazali. »Das ist zur Zeit die Aufgabe Pamur-tengs, und der Clan der Makusen steht zu seinen Verpflichtungen. Außerdem bin ich nicht bereit, meine Männer auf einem verhexten Stützpunkt zurückzulassen.«

Sein entschlossener Tonfall und sein Gesichtsausdruck verrieten deutlich, daß er darüber nicht mit sich diskutieren lassen würde. Bracht hob resigniert die Schultern und knurrte eine undeutliche Verwünschung.

»Könnten nicht einige jetzt schon aufbrechen?« fragte Katya.

»Das wäre ... unklug.« Ochen deutete mit einem golden lackierten Finger auf Calandryll. »Ich habe so ein Gefühl, als wüßte Rhythamun mittlerweile, daß Ihr hier eingetroffen seid. Zumindest vermutet er es, und er könnte ein paar ... Hindernisse auf seinem Weg zurückgelassen haben. In meiner Gegenwart seid Ihr sicherer, aber ich habe meine Pflicht gegenüber meinem Clan zu erfüllen. Temchen wird mit seiner Centurie hier bleiben, und ich werde nicht zulassen, daß er magischen Geschöpfen zum Opfer fällt. Deshalb fürchte ich, daß Ihr Eure Ungeduld zügeln müßt.«

»Ihr habt uns vorher die Erlaubnis gegeben zu gehen«, sagte Bracht. »Wollt Ihr uns jetzt aufhalten?«

»Horul, ich hatte schon gehört, daß Ihr Leute aus Cuan na'For dickköpfig seid.« Das Lächeln des Hexers und der freundliche Tonfall verhinderten, daß seine Worte beleidigend klangen. »Ihr wärt bereit, als Fremde ohne Begleitung durch ein unbekanntes Land zu reisen? Während feindliche Armeen marschieren und Banden von Tensai umherziehen? Wie weit, glaubt Ihr, würdet Ihr kommen?«

»Wir sind bis hierher gekommen«, gab der Kerner barsch zurück, »und wir sind schon durch fremdartigere Länder gereist.«

Calandryll begriff, daß es Bracht schwerfiel, lange gehegte Vorurteile abzuschütteln. Die selbstauferlegte Isolation der Jesseryter und die Geschichten, die man sich über sie erzählte, machten sie in seinen Augen nach wie vor verdächtig. Trotz aller Freundschaftsbeweise traute er ihnen immer noch nicht ganz.

»Das stimmt«, sagte Calandryll diplomatisch und lächelte, »aber wir hatten immer die Hilfe von Freunden. In

Gessyth war es Yssym, in Kandahar Menelian, in Cuan na'For waren es die *Drachomanii*. Das sollten wir nicht vergessen, Bracht. Und wir sollten auch nicht den Rat neuer Verbündeter leichtfertig zurückweisen.«

»Wahrscheinlich hat Ochen recht«, fügte Katya hinzu und legte dem Kerner eine Hand auf den Arm. »Und vermutlich kommen wir in seiner Begleitung schneller voran.«

Einen Moment lang sah es so aus, als wollte Bracht widersprechen, aber dann zuckte er die Achseln und brachte ein etwas verlegenes Lächeln zustande. »Aye, wahrscheinlich habt Ihr recht«, gab er versöhnlich zu und verbeugte sich. »Verzeiht mir.«

»Keiner von uns möchte mehr Zeit als unbedingt nötig vergeuden«, versicherte Ochen. »Aber wir würden auch nie Clanbrüder in einer Gefahr zurücklassen.«

Das war ein Argument, das Bracht gut verstand. Er nickte und murmelte eine weitere Entschuldigung.

»Ich denke«, sagte der Magier nachsichtig, »daß wir alle uns erst noch an dieses unvorhersehbare Bündnis gewöhnen müssen. Der Verrückte Gott bedroht uns alle, und das sollte uns zu Kameraden machen, nicht wahr?«

»So ist es«, bestätigte Calandryll fest.

»Aye«, sagte Bracht und fügte grinsend hinzu: »Aber trotzdem möchte ich, daß wir so bald wie möglich aufbrechen.«

»Dann sollte ich mich jetzt lieber gleich an die Arbeit machen«, erwiderte Ochen und lächelte seinerseits. »Geht Ihr mit Chazali. Er wird Euch Unterkünfte zuweisen.«

»Und Euch etwas zu essen besorgen«, sagte der *Kiriwashen*. »Oder möchtet Ihr vorher baden?«

»Baden«, sagten Katya und Cennaire wie aus einem Mund. »Essen«, meinten Bracht und Calandryll.

Da lachte Chazali zum ersten Mal, und Calandryll stellte fest, daß der Heiterkeitsausbruch das verschlossene Gesicht des Jesseryters plötzlich freundlich erscheinen ließ und die Bande festigte, die sich zwischen ihnen zu bilden begann.

»Ich schlage vor, wir fügen uns dem Wunsch der Frauen«,

sagte Chazali. »Soll ich Euch zuerst zu Euren Unterkünften und dann zum Badehaus führen?«

Calandryll verbeugte sich und bedeutete dem Offizier, ihnen den Weg zu weisen.

Die Zimmer, die man ihnen gab, waren spartanisch, kaum mehr als Zellen. Jedes hatte ein schmales Fenster mit glaslosen Läden, das den Blick über einen Innenhof und auf die Befestigungsmauern gestattete. Die Zimmer enthielten jeweils ein Bett, einen Waschtisch, einen Schrank und Nischen in den sandfarbenen Wänden. Das war alles. Die nackten Fußböden, Wände, Decken und Türen waren mit Ochens magischen Symbolen bemalt, die Farbe war kaum getrocknet. Sie ließen ihr Gepäck in den Zimmern und folgten Chazali zum Badehaus.

In den Gängen und Fluren, die sie durchquerten, herrschte Zwielicht. Auch hier waren die Wände mit Hieroglyphen bemalt. Krieger der Makusen traten dem *Kiriwashen* aus dem Weg und musterten die Fremden gleichgültig aus ihren schrägen Augen. Das Badehaus befand sich im untersten Stockwerk, eine große Halle mit niedriger Decke, die vom Dampf erfüllt war, der aus riesigen, in den Boden eingelassenen Becken aufstieg. Es gab keine Fenster, die einzige Lichtquelle bestand aus einer Reihe dicker Kerzen, die in Haltern an den Wänden steckten, und auch hier waren die Wände mit magischen Zeichen bedeckt.

Chazali geleitete sie hinein, zögerte einen Moment, als fürchtete er, seine Gäste zu beleidigen, und sagte schließlich: »Ich bin nicht mit Euren Sitten vertraut. Badet Ihr zusammen oder getrennt?«

Bracht grinste Katya schweigend an, und Calandryll glaubte, daß die Vanuerin errötete, obwohl das im schwachen Licht nur schwer zu erkennen war. Er fragte sich, wie Cennaire reagieren würde, falls er vorschlug, daß sie gemeinsam baden sollten; wie es sein würde, eine Wanne mit ihr zu teilen. Der Gedanke erregte ihn, und seine Wangen wurden heiß. Er widerstand der Versuchung und sagte:

»Getrennt.« Seine Stimme klang auf einmal barsch, worauf Bracht sich grinsend zu ihm umdrehte, und Calandryll spürte, wie seine Wangen noch heißer brannten.

Chazali neigte den Kopf und ging etwa bis zur Mitte der Halle. Im Dampf und den Schatten war er kaum noch zu sehen. Er zog einen Sichtschirm aus seiner Halterung, eine geschickt entworfene Konstruktion aus lackiertem Holz, die quer durch den Raum reichte und eine Wanne von der anderen trennte. »Dann bleibt Ihr bitte hier«, sagte er höflich an die Frauen gewandt. »Ein Mann wird Euch zu Euren Unterkünften zurückbringen, wenn Ihr fertig seid.« Dann drehte er sich zu Calandryll und Bracht um. »Folgt mir.« Er führte sie zurück zur Tür, durch einen Flur zu einem anderen Eingang und ließ sie allein.

Die beiden Männer entkleideten sich und ließen sich dankbar in das Becken gleiten. Es war tief, das Wasser so heiß, daß es beinahe kochte. Von jenseits der Trennwand klangen leise Stimmen und Plätschern auf, was Calandryll wieder daran erinnerte, daß sich zwischen ihm und der nackten Cennaire nicht mehr als ein dünner Sichtschirm befand. Die Vorstellung erregte ihn erneut.

»Sehr rücksichtsvoll von dir.« Bracht verlieh seiner Stimme einen absichtlich ernsthaften Tonfall. »Ich muß dich loben.«

Durch das heiße Wasser war Calandrylls Haut bereits gerötet. Er war froh, daß der aufsteigende Dampf sein Gesicht fast verschluckte. »Ich wollte Cennaire nicht in Verlegenheit bringen«, murmelte er. »Oder Katya.«

Brachts Antwort bestand aus einem lauten Lachen. Calandrylls Gesicht wurde noch dunkler. »Katya hat mir geraten, Cennaire nicht zu sehr zu bedrängen«, sagte er.

»Ich vermute, du würdest auf keinen großen Widerstand stoßen«, erwiderte Bracht. »Ich habe ihr Gesicht gesehen, als wir uns unterhalten haben, und sie hat nur Augen für dich gehabt, wenn Ochen sie nicht gerade direkt angesprochen hat. Ich glaube, du gefällst ihr.«

Calandryll suchte nach einer passenden Antwort, aber da ihm keine einfiel, beschränkte er sich auf ein unverbindliches Grunzen. Er fragte sich, ob Bracht die Wahrheit sagte oder sich nur über ihn lustig machte, und hoffte, daß es die Wahrheit war, auch wenn er nicht wußte, was er in diesem Fall unternehmen sollte.

»Aber uns bleibt ja anscheinend noch Zeit genug«, bemerkte der Kerner bewußt beiläufig. »Eine Nacht und ein weiterer Tag in dieser Festung ... was könnte da nicht alles geschehen?«

»Wahrscheinlich gar nichts«, gab Calandryll schärfer als beabsichtigt zurück. Ihm wurde bewußt, daß seine Verlegenheit ihn gereizt klingen ließ, was Bracht gutgelaunt ignorierte.

»Und dann die Tage und die langen Nächte auf dem Weg nach Pamur-teng.«

»Was im gleichen Maß auf dich und Katya zutrifft.«

»Ah, aber wir haben einen Eid geleistet«, meinte Bracht unbekümmert, »während es für dich keine solche Beschränkungen gibt. Nur die Versuchung.«

»Es ist noch nicht lange her, da wolltest du sie zurückschicken«, stellte Calandryll fest.

»Aye.« Der Kerner wurde wieder ernst. »Und das würde ich immer noch tun, wenn du nicht so versessen darauf wärst, sie mitzunehmen.«

»Sie kennt Rhythamuns Gesicht«, hielt ihm Calandryll vor.

»Ochen scheint recht zuversichtlich, ihn selbst erkennen zu können«, konterte Bracht. »Und wenn Rhythamun wieder den Körper wechselt, welchen Nutzen hätte sie dann noch für uns? Abgesehen davon, daß sie dein Lager wärmen kann, würde ich sagen, ist sie nur Ballast.«

Calandryll spürte, wie sein Ärger wuchs, um so mehr, weil der Kerner recht hatte. Mit Ochen als Verbündetem schien Cennaire überflüssig geworden zu sein, aber trotzdem wollte er sie nicht wegschicken. Er verbarg seinen Zorn und seine Verwirrung hinter einer Schicht Seifenschaum und schrubbte wild an seiner Haut herum.

»Nun?« ließ Bracht nicht locker.

Calandryll fühlte sich in die Enge getrieben und zu einer

Antwort genötigt. Er zuckte die Achseln. »Erscheint es dir nicht merkwürdig, daß wir sie ausgerechnet vor dem Daggan Vhe gefunden haben?« fragte er. »Und daß sie Rhythamun bei seinem Gestaltenwechsel beobachtet hat? Vielleicht lag dem ein Plan zugrunde.«

»Möglich«, räumte Bracht ein.

»Und an dem, worauf wir uns dort geeinigt haben, hat sich nichts geändert«, fuhr Calandryll fort, unsicher, ob er damit den Kerner oder sich selbst überzeugen wollte. Nur eins wußte er ganz sicher: Er wollte, daß Cennaire bei ihm blieb. »Die Jesseryter würden sie zurück über den Kess Imbrun geleiten, aber was dann? Muß sie dann Cuan na'For ganz allein durchqueren?«

»Das ist ein Problem«, gab Bracht zu.

Calandryll hakte sofort nach, als er das Zögern in der Stimme des Freundes hörte. »Glaubst du, sie würde eine solche Reise überstehen?« wollte er wissen. »Eine einzelne Frau? Ohne Hilfe? Möchtest du sie ihrem Schicksal überlassen?«

»Ahrd!« knurrte Bracht. »Ich gebe mich geschlagen. Sie bleibt bei uns, und ich werde kein Wort mehr darüber verlieren. Außer ...« – er kicherte anzüglich – » ... daß du meinen Rat befolgen solltest, da du durch keinen Schwur gebunden bist.«

»Vielleicht werde ich das«, murmelte Calandryll und ließ sich bis zum Kopf unter das Wasser sinken. Er hörte noch, wie der Kerner wieder lachte und sagte: »Es würde dir guttun, wie einem jungen Hengst ...«

» ... Stute«, vernahm er, als er wieder auftauchte, und erwiderte kälter als beabsichtigt: »Ich würde sie nicht als Stute bezeichnen.«

Bracht bemerkte die Entrüstung in Calandrylls Stimme und sagte: »Ich habe nur Spaß gemacht, mein Freund. Nein, sie ist bestimmt keine Stute, und ob du mit ihr ins Bett gehst oder nicht, das ist einzig und allein eure Sache.«

Calandryll nickte besänftigt.

»Also, ich werde nicht mehr davon sprechen.« Bracht legte die Seife zur Seite und tauchte selbst unter. »Sollen wir jetzt aus diesem Kochtopf kriechen, bevor unser Blut siedet?« fragte er, nachdem er wieder aufgetaucht war.

Entlang den Wänden standen Bänke. Die beiden Männer ruhten sich eine Weile auf ihnen aus, ließen sich abkühlen und unterhielten sich über das, was sie von Ochen erfahren hatten und was noch vor ihnen lag.

»Zumindest haben wir jetzt ein Ziel«, stellte Calandryll fest, »auch wenn zwischen ihm und uns eine Armee steht.«

»Das könnte Rhythamun genauso aufhalten«, brummte Bracht und rieb sein langes Haar mit einem Handtuch trokken. »Und wir haben Verbündete, die uns helfen, schneller voranzukommen.«

Calandryll drehte sich zu Bracht um und musterte ihn grinsend. »Deine Einstellung ändert sich«, bemerkte er. »Sind die Jesseryter jetzt keine Ungeheuer mehr?«

»Sieht ganz so aus«, antwortete Bracht mit einem Achselzucken und einem etwas verlegenen Lächeln. »Ahrd, ich bin mit Schauergeschichten über ihre Verruchtheit aufgewachsen, die sich jetzt als nicht mehr als eben nur Schauergeschichten zu erweisen scheinen, und es ist nicht leicht, diese Vorstellungen abzuschütteln. Aber ich lerne, merkst du das? Ich lerne, Hexern zu vertrauen, warum sollte ich also nicht auch denjenigen vertrauen, die uns ihre Hilfe anbieten? Vielleicht liegt dem allen tatsächlich ein Plan zugrunde, vielleicht hat Horul diese Makusen geschickt, um uns zu helfen.«

»Aye, vielleicht«, murmelte Calandryll nachdenklich.

Bracht schmunzelte. »Angesichts der Gefahren, die uns bevorstehen, sollten wir lieber darauf hoffen. Im Augenblick hoffe ich aber vor allen Dingen, daß ich meinen Bauch füllen kann. Also, sollen wir uns auf den Weg zum Speisesaal machen?«

»Aye«, stimmte ihm Calandryll zu. Sein Magen knurrte, als hätten ihn Brachts Worte daran erinnert, daß sie seit dem Morgen nichts mehr gegessen hatten.

Sie zogen sich an und fanden vor dem Badehaus einen Mann in einer leichten Rüstung, der dort auf sie gewartet hatte. Er behandelte sie respektvoll. Offensichtlich hatte sich ihr Status mittlerweile verändert. Sie waren nicht länger Gefangene, sondern geschätzte Gäste. Er verbeugte sich, bat sie, ihm zu folgen, und führte sie durch die dunklen Gänge zu ihren Unterkünften. Dort erklärte er ihnen höflich, daß Kleidung für sie bereitläge, wie sie in der Gegenwart eines *Wazirs* und eines *Kiriwashens* angemessener wäre.

Kerzen brannten in Calandrylls schlichter Kammer und erfüllten den Raum mit einer Helligkeit, wie er sie gewohnt war. Die Tatsache, daß es im Rest der Festung dunkler war, bekräftigte seine Vermuntung, daß die Jesseryter in der Dunkelheit besser als er sehen konnten. Er sah sich um und stellte fest, daß das Gepäck, das er achtlos auf das Bett geworfen hatte, jetzt ordentlich in den Wandnischen und dem Schrank verstaut war. Sein Schwert stand aufrecht in einem Ständer aus dunkelrotem Holz. Auf dem Bett fand er jesserytische Kleidung: ein blaßblaues Seidenhemd, eine karmesinrote Tunika mit ausgestellten Schultern, auf der Vorderseite mit einem fauchenden Drachen in Grün und Gold bestickt, der sich über die Brustpartie schlängelte, auf dem Rücken mit einem schwarzen und silbernen Emblem, das er für die Claninsignien der Makusen hielt, eine weite weiße Hose und knöchelhohe Stiefel aus weichem grünem Leder. Die prächtige Kleidung ließ ihn an Secca denken, und einen Moment lang erinnerte er sich daran, daß er beim letzten Mal, als er sich so herausgeputzt hatte, gehofft hatte, Nadama den Envic zu gewinnen. Es war ihre Zurückweisung seines Antrags gewesen, die ihn verärgert aus dem Palast getrieben hatte, um seinen Kummer zu ertränken Und so hatte er Bracht getroffen, und diese lange Reise ins Ungewisse hatte ihren Anfang genommen, genau in dem Augenblick, als er begriffen hatte, das Nadama für ihn verloren war. Er streifte sich lächelnd die Tunika über. An Nadamas Gesicht erinnerte er sich mittlerweile nur noch verschwommen, und als er es sich ins Gedächtnis zurückrufen wollte, erschien an seiner Stelle Cennaires Gesicht. Vielleicht, überlegte er, sollte er Brachts Rat beherzigen oder vielleicht doch besser Katyas Vorschlag, die ihm empfohlen hatte, den Dingen ihren natürlichen Lauf zu lassen. Brachts

Methode war direkter, Katyas subtiler, und schließlich war sie eine Frau. Also würde es vernünftiger sein, ihrem Rat zu folgen, dachte er, während er sich eine schillernde goldene Schärpe um die Hüfte schlang. Aye, er würde sich Zeit lassen und den richtigen Augenblick abwarten, anstatt direkt vorzupreschen.

Er überlegte, ob er sein Schwert umschnallen sollte, entschied sich dann aber dagegen. Wahrscheinlich würden sich die Jesseryter vor den Kopf gestoßen fühlen, wenn ein Gast in voller Bewaffnung zum Essen erschien. Also nahm er nur den Dolch und verbarg ihn unter seiner Tunika. Bei dem Gedanken, daß der arglose Jüngling, der damals aus Secca geflohen war, nie daran gedacht hätte, sich so zu schützen, mußte er grinsen. Er grinste noch immer, als er seine Kammer verließ und zu Bracht ging.

Der Kerner war genauso prächtig gekleidet, fühlte sich aber bedeutend unwohler in der ungewohnten Tracht. Er bewegte sich so unruhig, daß der dunkelblaue Seidenstoff seiner Tunika raschelte, zupfte an der silbernen Schärpe und schielte auf die weite jadegrüne Hose hinab.

»Ahrd, ich komme mir wie ein Geck vor«, grollte er. »Können wir nicht zivilisierte Kleidung tragen?«

»Du siehst sehr gut aus.«

Bracht hörte auf, herumzuzappeln, als Katya aus ihrer Kammer kam, glotzte die Vanuerin an, und sein Unterkiefer fiel herab. Sie trug ein glänzendes schwarzes Gewand mit hohem Kragen, das mit silbernen ineinander verflochtenen Vögeln bestickt war und ihr bis zu den Füßen fiel. Unter dem Saum schauten die Spitzen silberner Pantoffeln hervor. Ihr flachsblondes Haar war offen und fiel geschmeidig über die Schultern ihres Gewandes. Es bildete einen auffälligen Kontrast zu dem schwarzen Seidenstoff, passend zu den aufgestickten Silbervögeln. Sie lächelte über Brachts erstaunten Gesichtsausdruck.

»Und du ...« krächzte er. »Ahrd, ich habe noch nie ...«

Katya lachte und wartete. Bracht schüttelte nur hilflos den Kopf.

»Du siehst großartig aus«, sagte Calandryll, und dann glotzte er ebenfalls, als Cennaire den Korridor betrat.

Sie trug das gleiche Gewand wie Katya, allerdings in schimmerndem Silber, die aufgestickten Vögel waren in Grün und Schwarz gehalten. Ihr blauschwarzes Haar fiel in Wellen auf die Wölbungen ihrer Brüste. Ihre Lippen leuchteten rot, ihre Augen waren riesig und mit dunklem Lidschatten betont. Ihr Blick wanderte von einem zum anderen und blieb am längsten an Calandryll hängen.

Er verbeugte sich, als sei er wieder am Hof seines toten Vaters. »Ihr seid wunderschön«, sagte er und bemerkte, wie heiser seine Stimme klang. Sein Mund war plötzlich trokken. Unvermittelt kam er sich linkisch vor und war froh über die Männer in den Rüstungen, die aus der Dunkelheit kamen, sich vor ihnen verbeugten und sie aufforderten, ihnen zum Speisesaal zu folgen. Es fiel Calandryll schwer, die Augen von Cennaires Gesicht zu nehmen, und es erregte ihn, ihr den Arm anzubieten und die Wärme ihrer Hand durch die Seide zu spüren. Er bemühte sich krampfhaft, sich an die höflichen Umgangsformen, die unverbindlichen Plaudereien und galanten Komplimente zu erinnern, die einer solchen Situation angemessen waren, während er Brachts unterdrücktes Glucksen hinter sich hörte, aber ihm fiel nichts ein. Er schluckte und verfluchte sich für die Leere, die plötzlich in seinem Kopf herrschte.

Cennaire benötigte keine geschärften Sinne, um seine Erregung und Verlegenheit wahrzunehmen. Es schien ihr am klügsten, sich bescheiden zu geben. »Ich danke Euch«, murmelte sie zurückhaltend. »Ihr seht ebenfalls großartig aus.« Sie verbarg ihr Lächeln, als er sich räusperte und etwas erwidern wollte, aber alles, was er hervorbrachte, war ein »Danke«, das eher wie ein Stöhnen klang.

Calandryll war beinahe erleichtert, als sie den Saal betraten und dort eine Menge Leute vorfanden, die seine Aufmerksamkeit ein wenig von der Frau an seiner Seite ablenkten.

Wie in allen anderen Räumlichkeiten der Festung war es auch im Speisesaal dunkel, und die an den dunkelgetäfelten Wänden angebrachten Fackeln warfen kaum mehr als flakkernde Lichtpfützen. Der süßlich duftende Rauch vermischte sich mit den Gerüchen von Wein und gebratenem Fleisch. Es gab zwar Fenster, aber da die Nacht angebrochen war, waren sie geschlossen, und die bunt gekleideten Jesseryter, die an fünf langen Tischen saßen, wirkten beinahe wie Geister. Ihre dunklen Gesichter waren fast unsichtbar, so daß ihre leuchtenden Tuniken ein Eigenleben zu führen schienen. Ihre Gespräche sanken zu einem Raunen herab, als die Gäste zum anderen Ende des niedrigen Raumes geleitet wurden.

Dort stand ein kleiner Tisch im rechten Winkel zu den anderen, mit einer Reihe von Stühlen ohne Rückenlehnen auf einer Seite, von der aus man den gesamten Saal überblikken konnte. Chazali saß auf dem mittleren Stuhl, Ochen und Temchen zu seiner Rechten und Linken, jeweils durch einen freien Sitzplatz von ihm getrennt. Die Krieger waren in farbenprächtige Gewänder gekleidet. Calandryll war sich unschlüssig, ob er Erleichterung oder Enttäuschung darüber verspürte, daß ihm der Platz zwischen dem *Wazir* und dem *Kiriwashen* und Cennaire der rechts von Ochen zugewiesen wurde. Wie er bemerkte, wurde auch Katya weiter zum Ende der Tafel hin plaziert, links von Temchen. Er nahm an, daß es bei den Jesserytern Sitte war, den Frauen die unauffälligeren Plätze zu geben.

»Ich hoffe, der *Kitai* paßt Euch«, sagte Chazali. »Ich hatte schon befürchtet, wir würden keinen in der richtigen Größe für Euch finden.«

»Er paßt hervorragend.« Calandryll stellte fest, daß es ihm ohne die Ablenkung durch Cennaires Nähe weniger Schwierigkeiten bereitete, Konversation zu machen. »Wir danken Euch für Eure großzügige Gastfreundschaft.«

»Wir sind eben nicht nur Barbaren.« Chazali lächelte und warf Bracht einen Seitenblick zu.

»Ganz und gar nicht«, bekräftigte Calandryll, während der *Kiriwashen* ihm blaßgoldenen Wein einschenkte. »Geheimnisse gebären Gespenster, denke ich. Die Leute neigen dazu, sich vor dem zu fürchten, was sie nicht kennen.«

Chazali nickte. Sein Gesicht wurde wieder ernst und unergründlich. »Ich habe noch nie zuvor einen Lyssianer getroffen«, bemerkte er.

»Habt Ihr nie Nywan besucht?« Calandryll spürte, daß das nicht der richtige Zeitpunkt war, um über den Krieg und ihre Mission zu reden. Der *Kiriwashen* schien eine unverbindliche Plauderei vorzuziehen, und Calandryll ging darauf ein. »Unsere Kaufleute treiben dort Handel.«

Chazali schüttelte den Kopf. »Nein. Nywan ist das Einflußgebiet der Kembi.«

Trotz Ochens Magie gab es keine direkte Übersetzung für das Wort, aber die Verachtung in Chazalis Tonfall war unüberhörbar. Calandrylls Gesichtsausdruck verriet seine Ratlosigkeit.

»Ich bin ein Kotu«, erklärte Chazali. »Ich gehöre der Kriegerkaste an. Die Kotu geben sich nicht mit Handel ab. Das ist Sache der Kembi.«

Calandryll nickte. Seine natürliche Neugier war wieder erwacht, es gab jede Menge über diese seltsamen und isoliert lebenden Menschen zu lernen. »Sind alle Anwesenden hier Kotu?« fragte er.

»Alle außer Ochen, der ein *Wazir* ist«, bestätigte Chazali.

»Und die *Shendii*?«

»Kotu. Die weisesten aller Kotu und gewöhnlich auch die ältesten«, erklärte Chazali und lachte wieder. »Ein Krieger muß überleben, um Weisheit zu erlangen und den Respekt seines Clans zu erringen.«

»Gibt es noch weitere Kasten?« erkundigte sich Calandryll interessiert. »Oder gliedern sich alle in Krieger, Magier und Händler?«

»Da gibt es noch die Gettu, die Bauern«, antwortete Chazali, »und die Handwerker, die der Machaikaste angehören. Es gibt noch ein paar andere, aber die spielen keine große Rolle. Ist das in Lysse nicht auch so?«

»Nein«, erwiderte Calandryll und begann mit einer ausführlichen Beschreibung seines Heimatlandes, während Männer in schlichten weißen Tuniken und weiten gelben Hosen das Essen servierten.

Es war ein einfaches Mahl, wie es Soldaten aßen, aber es schmeckte recht gut und war reichhaltig; die Jesseryter schienen mit einem herzhaften Appetit gesegnet zu sein.

Die Gespräche streiften alle möglichen Themen, und so lernten alle mehr über die Sitten und Gebräuche der verschiedenen Länder. Wie Calandryll erfuhr, waren die sogenannten ›Tengs‹ der Ebene von Jesseryn weniger Burgen als vielmehr Städte mit jeweils etlichen tausend Einwohnern, die alle durch Geburt, Heirat oder Adoption einem Clan angehörten. Die Stadtmauern waren von Farmland umgeben. Die Gettu, die es bewirtschafteten, standen unter dem Schutz der Kriegerfürsten. Die Gebiete jenseits des Ackerlandes waren nicht kultiviert und wurden von niemandem außer den Banditenbanden beansprucht, die aus abtrünnigen Kotu bestanden. Chazali bezeichnete sie voller Verachtung als Tensai. Calandryll schien die jesserytische Gesellschaft sehr viel strenger strukturiert zu sein als die seines Heimatlandes, eine von den Kotu dominierte Hierachie, die ihrerseits wiederum von den *Kiriwashen* und den *Waziren* dominiert wurde. Der Khan war wenig mehr als ein Repräsentant, der dem *Mahzlen* Rechenschaft schuldig war.

Calandryll wurde bewußt, daß Chazali ein sehr mächtiger Mann war, sogar einer der Führer von Pamur-teng, und seine Anwesenheit bewies, welche Bedeutung er Ochens Warnung beimaß, wie sehr ihn der Gedanke an das Erwachen des Verrückten Gottes beunruhigte. Und es war gleichzeitig eine weitere Garantie für ein echtes Bündnis.

»Und wie ist es mit Anwar-teng?« fragte Calandryll in der Hoffnung, damit nicht gegen das Protokoll zu verstoßen. »Ist das nur das Reich der Soto-Imjen?«

»Anwar-teng unterscheidet sich von den anderen Städten«, erklärte Chazali. »Es ist der Sitz der Soto-Imjen, aber auch des *Mahzlen* und der *Wazir-narimasu*.«

»Aber wenn die Rebellen das *Mahzlen* verlassen haben ...« Calandryll zögerte und wählte seine nächsten Worte mit äußerster Vorsicht, denn er spürte, daß er hier ein heikles Thema berührte. »Auf welcher Seite stehen die Kotu von Anwar-teng?«

Chazali stieß ein Knurren aus und starrte eine Weile in seinen Weinbecher. Calandryll fürchtete schon, ihn vor den Kopf gestoßen zu haben, doch dann machte der *Kiriwashen* eine knappe wegwerfende Handbewegung und sagte: »Die Abtrünnigen sind Tensai. Nicht mehr! Sie können von niemandem Unterstützung verlangen. Diejenigen, die ihnen folgen, sind ebenfalls Tensai. Sogar noch schlimmer!«

Seine Stimme, die schon von Natur aus guttural war, wurde barsch und klang wie das Grollen eines gereizten Bluthundes. Calandryll hätte gerne noch mehr über den Krieg, die Marschordnung und die Aussichten der Rebellen erfahren, eine Bresche in die Schutzwälle von Anwar-teng zu schlagen, aber Chazalis Tonfall, seine Körperhaltung und sein Gesichtsausdruck, der nicht mehr unergründlich, sondern vor Wut verzerrt war, verboten weitere Fragen. Der Offizier füllte seinen Becher, trank in tiefen Zügen, als müßte er den üblen Nachgeschmack wegspülen, den seine anklagenden Worte hinterlassen hatten, und konzentrierte sich dann verbissen auf seinen Teller.

Calandryll hielt es für diplomatischer, das Thema zu wechseln, und wandte sich Ochen zu. Allerdings war der *Wazir* in eine lebhafte Diskussion mit Cennaire vertieft, und so fand sich Calandryll ohne Gesprächspartner wieder. Er beobachtete die beiden. Dera, wie schön Cennaire war! Er betrachtete ihr Gesicht und dachte an all die Dinge, die er ihr hätte sagen können, die er ihr in Zukunft sagen könnte, falls er sich nicht wieder verhaspelte und die netten Komplimente sich nicht wieder in ein linkisches Gestammel verwandelten. Calandryll verfluchte sich erneut für seine kindische Verlegenheit, und dann fing sie seinen Blick auf, und er hatte das Gefühl, als ließe ihr Lächeln den Raum heller werden. Er spürte, wie seine Wangen heiß wurden, und verstand nicht, wieso er wegsehen mußte, und tastete nach seinem Becher.

Als er ihn schließlich gefunden hatte, stellte er fest, daß Chazalis Blick auf ihm ruhte, abschätzend, wie er glaubte, obwohl das schwer zu beurteilen war. Weniger schwer zu deuten waren die erhobenen Augenbrauen und erst recht nicht die ruhige und leise gestellte Frage.

»Gehört sie Euch? Ich fürchte, wir haben hier nur Unterkünfte für Krieger und keine größeren Zimmer.«

»Nein«, murmelte Calandryll. »Das macht nichts. Sie ist nicht ... Meine Kammer ist gut genug für mich.«

Chazali, der sich anscheinend für seinen Wutausbruch entschuldigen wollte und spürte, daß diesmal er ein heikles Thema angeschnitten hatte, lächelte und wandte sich dann den Früchten zu, die die Männer, die sie bedienten, ihm gebracht hatten.

Zu Calandrylls Erleichterung wurde kein Wort mehr über den Krieg oder Frauen verloren. Das Gespräch wandte sich wieder Alltagsdingen zu. Kurz darauf war das Essen beendet, und Ochen verkündete, daß er sich zurückziehen und mit seiner magischen Säuberung der Festung fortfahren wollte. Sein Aufbruch schien allgemein als Zeichen angesehen zu werden, daß sich alle zur Ruhe begeben sollten, und Chazali beauftragte einen Mann damit, die Gäste zu ihren Unterkünften zu begleiten.

Cennaire ergriff wieder Calandrylls Arm, und er ertappte sich dabei, wie er Banalitäten über das Essen und ihre Gastgeber von sich gab. Er hatte den Eindruck, dummes Zeug zu stammeln, obwohl sie ihn anlächelte, freundlich antwortete und seine Unbeholfenheit anscheinend nicht bemerkte. Sie wirkte ein wenig in sich gekehrt, als wäre sie mit ihren eigenen Gedanken beschäftigt, wünschte ihm vor ihrer Tür leise eine gute Nacht und betrat ihre Kammer, ohne sich noch einmal umzublicken.

Katya war bereits verschwunden. Calandryll ignorierte Brachts belustigten Blick, winkte ihm zum Abschied zu, betrat seine eigene Kammer und zog die riegellose Tür hinter sich zu.

Durch das Fenster war ein Rechteck des sternenübersäten Himmels zu sehen. Der Mond war fast voll. Calandryll stützte sich eine Weile auf das Fensterbrett. Der Nachtwind roch jetzt frischer und sauberer, die Nachwirkungen von Rhythamuns Magie verblaßten. Trotzdem stellten sie immer noch eine Beleidigung für die Sinne dar, und der Gedanke an ihre Auswirkung und die furchtbare Verzweiflung, die ihn ergriffen hatte, ließ Calandryll erschaudern. Ihm ging Ochens Warnung durch den Sinn, und er fragte sich, ob sein

Feind tatsächlich seine Anwesenheit spüren und ihn durch die ätherischen Sphären erreichen konnte. Es war gut, dachte er, daß der jesserytische Zauberer ihn begleiten würde, ein Wächter, der ihn vor Rhythamuns schmutziger Magie schützte. Von der anderen Seite des Hofes wehte kurz ein Hauch von Mandelduft zu ihm herüber, und er sah ein bleiches Licht aufflackern, das einen Augenblick lang die Form der fremdartigen Zeichen annahm, die Ochen malte. Calandryll nahm an, daß der silberhaarige Hexer dort drüben seiner magischen Arbeit nachging, unermüdlich, wie es schien. Der Verwesungsgestank ließ weiter nach.

Calandryll gähnte, wandte sich vom Fenster ab, entledigte sich der ungewohnten Kleidung und faltete sie sorgfältig zusammen, bevor er die Kerzen ausblies und sich dankbar ins Bett fallen ließ. Er schloß die Augen und sah deutlich Cennaires Gesicht vor sich, als ihn der Schlaf überkam.

Cennaire zog sich in ihrer Kammer aus, setzte sich und kämmte eine Weile geistesabwesend ihr Haar, während sie beunruhigende Gedanken wälzte.

Sie zweifelte nicht daran, daß Ochen ein Zauberer war, der über große Kräfte verfügte, und sie fragte sich, ob er sie als Wiedererweckte erkannt hatte. Er hatte nichts gesagt, hatte sich während des Abendessens sogar als amüsanter Tischnachbar erwiesen, geistreich und unterhaltsam, aber trotzdem blieben ihre Zweifel. Wenn er erkannt hatte, was sie war, warum hatte er es dann nicht ausgesprochen? Als er ihren Geist mit seinem Sprachenzauber berührt hatte, hatte sie geglaubt, er hätte ihr Geheimnis entdeckt, aber statt sie zu verraten, hatte er sie beruhigt. Vielleicht hatte er nicht so tief gesehen, vielleicht behielt er sein Wissen aber auch aus eigenen Gründen für sich. Die Ungewißheit machte sie nervös und unentschlossen. Sie fühlte sich von Gefahren umgeben, die ihre Entscheidungsmöglichkeiten immer weiter einschränkten, kam sich vor wie ein Hirsch, der hörte, wie die Jäger, die ihn eingekreist hatten, immer näher kamen, und der keinen anderen Ausweg mehr sah, als die Flucht nach vorn anzutreten.

Der Spiegel stand aufrecht in einer der Wandnischen. Cennaire betrachtete ihr Gesicht darin und überlegte, ob sie Kontakt zu Anomius aufnehmen sollte. Ihr Gebieter stellte eine weitere Bedrohung ihrer Sicherheit dar. Fragte er sich gerade, wo sie war und wie es ihr ging? Wurde er ungeduldig? Oder hatte er genug mit dem Krieg des Tyrannen zu tun, war zu beschäftigt, um sich Gedanken über sein Geschöpf zu machen? Fast hätte sie die magischen Worte ausgesprochen, aber das Wissen um Ochens Nähe und seine Kräfte ließ sie davon absehen. Wenn sie mit ihrem Gebieter in Verbindung trat, würde es der jesserytische Hexer bestimmt bemerken, und sie hatte keine Ahnung, wie er darauf reagieren würde. Statt dessen beendete sie ihre Abendtoilette und sagte sich, daß sie ohnehin nichts zu berichten hätte, jedenfalls nichts, was von größerem Interesse für Anomius gewesen wäre. Cennaire seufzte und verstaute Spiegel und Kamm in ihrer Tasche. Sie steckte in einer Zwickmühle.

Sollte Anomius ungeduldig werden, war es dann möglich, daß es ihm irgendwie gelingen könnte, sich der Aufmerksamkeit der Hexer des Tyrannen zu entziehen, um nach Nhur-jabal zurückzukehren und seinen Zorn an ihrem lebendigen Herz auszulassen? Wenn er das tat, war sie machtlos. Doch um seine Ungeduld zu besänftigen, mußte sie den Spiegel benutzen, wodurch sie Ochen mit Sicherheit ihr wahres Wesen offenbaren würde, und dann würde der Hexer vermutlich Calandryll und die anderen informieren. Und dann ... dann würde wahrscheinlich eine Form von Magie ins Spiel kommen, die sie Cennaire, auslöschen konnte. Ob sie handelte oder nicht, beide Möglichkeiten schienen Gefahren zu beherbergen. Cennaire biß sich auf die Unterlippe. Sie fühlte sich gefangen, in ihrer Entscheidungsfreiheit so eingeengt wie in dieser erbärmlichen Zelle.

Schließlich kam sie zu dem Schluß, daß ihr nichts anderes übrigblieb, als sich in Geduld zu üben und zu hoffen, daß Anomius zu beschäftigt war, um sich Gedanken über sie zu machen oder nach Nhur-jabal zurückzukehren. Und ebenso konnte sie nur hoffen, daß Ochen ihr wahres Wesen nicht erkannt hatte und seine Magie nicht gegen sie einsetzen würde. Sie war offensichtlich zur Untätigkeit verurteilt, und so wenig ihr das auch behagen mochte, sah sie als einzige andere Möglichkeit die Flucht – was mit Sicherheit Anomius' Mißbilligung finden würde.

Mit diesem schwachen Trost löschte sie die Kerzen, wie es auch jeder Mensch mit einem schlagenden Herzen in der Brust getan hätte, und schlüpfte unter die Decke, um auf den Morgen zu warten.

Die Nacht zog sich in die Länge, während Cennaire schlaflos in ihrem Bett lag und vor sich hin grübelte, ohne zu einer befriedigenden Lösung zu gelangen. Als das leise Klopfen von Fingerknöcheln an der Tür zur ihrer Kammer aufklang, war sie augenblicklich hellwach.

Sie zögerte ihre Antwort einen Moment lang hinaus und verhielt sich wie jemand, der noch vom Schlaf benommen war, während ihre Gedanken rasten. Calandryll? Auf jeden Fall hatte er heute abend großes Interesse an ihr und noch größere Verwirrung gezeigt, und inmitten all ihrer Zweifel war ihre einzige Gewißheit die, daß er sich ungeheuer zu ihr hingezogen fühlte. Sie hatte seine gestotterten Komplimente und erst recht seine Unschuld genossen, denn das war in ihrem bisherigen Leben eine Seltenheit gewesen, und sie fragte sich, ob er den Mut aufgebracht hatte, zu ihr zu kommen. Ein weniger höflicher oder ein selbstbewußterer Mann hätte nicht so lange gezögert. Cennaire lächelte. Es würde ihr gefallen, schließlich war er ein attraktiver junger Mann. Und sollte er sich tatsächlich in sie verlieben – sie zweifelte nicht daran, daß es ihr gelingen würde, ihn zu verführen –, sollte er die Nacht in ihren Armen verbringen, würde er ihr bis zum nächsten Morgen verfallen sein, und dann hätte sie einen starken Verbündeten. Beide Vorstellungen versetzten sie in Aufregung, und sie wußte nicht, worüber sie sich mehr freute.

Das Klopfen wiederholte sich. Cennaire fuhr sich schnell mit einer Hand durchs Haar, befeuchtete ihre Lippen mit der Zunge, zog sittsam die Decke über ihren nackten Körper und bat den nächtlichen Besucher einzutreten.

Als sich die Tür öffnete und Ochen erschien, war sie so überrascht, daß es ihr nicht gelang, ein ersticktes Keuchen zu unterdrücken.

»Pst!« Der Magier hob warnend einen Finger und schloß die Tür lautlos hinter sich, so daß die kleine Kammer wieder in Dunkelheit getaucht wurde. Cennaire stieß einen leisen, äußerst undamenhaften Fluch aus und hoffte, daß Ochen ihre Verblüffung für die verständliche Überraschung einer anständigen Frau hielt, die unerwartet einen fremden Mann in ihrem Schlafzimmer fand.

Verspätet fiel ihr ein, daß kein Normalsterblicher über ihre Fähigkeit verfügte, in der Finsternis zu sehen. »Wer ist da?« fragte sie und versuchte, ihrer Stimme einen Tonfall zu verleihen, der irgendwo zwischen Empörung und Angst lag. »Wer seid Ihr?«

Leises – spöttisches? – Gelächter antwortete ihr. Cennaires Körper spannte sich, und sie bereitete sich darauf vor, um ihr untotes Leben zu kämpfen. Sollte der schlimmste Fall eintreten, würde sie versuchen, den Magier zu überwältigen, ihn zu töten, wenn es nötig war, und aus der Festung zu fliehen. Anomius würde mit Sicherheit wütend sein, aber wahrscheinlich würde es ihr gelingen, den Abenteurern in einiger Entfernung zu folgen, womit sie ihren Herrn und Gebieter vielleicht zufriedenstellen konnte. Bei diesem Gedanken verspürte sie ein leises Bedauern und eine flüchtige Trauer darüber in sich aufsteigen, daß es nicht Calandryll gewesen war, der an ihre Tür geklopft hatte. Sie riß sich zusammen, aber Ochens Worte brachten sie gleich wieder aus der Fassung.

»Ich glaube, daß du mich sehr gut sehen kannst. Und wenn du die Sinne benutzt, die deinesgleichen meines Wissens besitzen, wirst du feststellen, daß ich dir nichts antun will. Tu es, und du ersparst uns beiden eine Menge Zeit.«

Der Vorschlag war überflüssig, Cennaire hatte ihre übernatürlichen Sinne ohnehin automatisch aktiviert, und was sie herausfand, gab ihr weiteren Anlaß zur Verwirrung.

Sie konnte keine von Ochen ausgehende Bedrohung riechen, statt dessen Neugier und Belustigung, als er sein Gewand zurechtzog und sich so lässig neben sie auf das Bett setzte, als stattete er einem alten Freund einen Besuch ab. Darüber hinaus strahlte er eine Selbstsicherheit aus, die sie überzeugte, daß er sich durch Zaubersprüche gegen einen möglichen Angriff geschützt hatte. Sie entdeckte kein Anzeichen dafür, daß er ein Verlangen nach ihr verspürte, aber trotzdem zog sie die Decke noch fester um sich und täuschte Schamhaftigkeit vor, während sie ihre Bestürzung zu überwinden versuchte.

»Ich will dir nichts antun«, wiederholte er. Sie konnte sein ruhiges zerfurchtes Gesicht deutlich in der Dunkelheit erkennen. »Und auch du wirst mir nichts antun. Wie du zweifellos spürst, bin ich durch Zauber geschützt, gegen die selbst jemand von deiner Art machtlos ist.«

Seine Stimme klang gelassen und absolut zuversichtlich.

»Was wollt Ihr?« war alles, was Cennaire hervorbrachte.

»Ein wenig von deiner Zeit und einen ehrlichen Gedankenaustausch.« Sie sah ihn lächeln. »Hast du geglaubt, du könntest vor einem *Wazir* verbergen, was du bist? Der Sprachenzauber erfordert es, in den Geist derjenigen einzudringen, die ihn empfangen. Ich habe die Macht gesehen, die in Calandryll wohnt, und Ahrds Gegenwart in Brachts Adern. Hast du geglaubt, ich würde nicht bemerken, was du bist?«

Cennaire verzog das Gesicht. Hätte sie ein Herz besessen, hätte es jetzt rasend schnell geschlagen. Sie zuckte die Achseln und sagte: »Das hatte ich mich schon gefragt.«

»Und du hast dich auch gefragt, wie ich reagieren würde, nicht wahr? Und als ich nichts getan und gesagt habe, hast du gehofft, ich hätte dich nicht durchschaut, richtig?«

Sie nickte und fragte sich, was für ein Spiel er spielte. Das von Anomius oder Rhythamun? War sie in die Hände des nächsten skrupellosen Magiers gefallen?

Anscheinend war ihm ihre Unsicherheit nicht verborgen geblieben, denn Ochen schmunzelte. Sie roch seine Belustigung und seine Absicht, sie zu beruhigen.

»Es liegt nicht in meiner Absicht, den Verrückten Gott wiederauferstehen zu lassen, falls du das fürchtest«, sagte er leise. »Ebensowenig habe ich vor, dich zu verraten oder zu vernichten – zumindest vorläufig noch nicht.«

»Vorläufig?« flüsterte sie. Sie zweifelte nicht daran, daß er die verhüllte Drohung wahr machen konnte. »Was wollt Ihr dann?«

»Eine Erklärung«, erwiderte er. »Ich möchte wissen, warum du dich diesen Abenteurern angeschlossen hast, die nicht wissen, was du bist.«

»Und dann?«

»Dann muß ich eine Entscheidung treffen.«

Er mußte nicht hinzufügen, daß er eine Entscheidung über ihr Schicksal treffen würde. Cennaire fuhr sich mit der Zunge über die Lippen, die plötzlich blutleer geworden zu sein schienen. In diesem Augenblick war sie sich völlig sicher, daß dieser alte Magier sie vernichten konnte, daß ihre Existenz einzig und allein davon abhing, ihn zufriedenzustellen. Ihr erster Reflex bestand darin zu lügen, ihm irgendein Märchen aufzutischen, aber gleich darauf machte Ochens sanfte Stimme jeden Gedanken zunichte, sich in Ausflüchte zu retten.

»Keine jesserytische Bande hat deine Karawane angeriffen«, stellte er mit absoluter Gewißheit fest. »Auch keine Kotu oder Tensai. Das war lediglich eine Erfindung, nicht wahr? Um das Mitleid dieser drei ehrenhaften Leute zu erringen. Du bist von einem Zauberer mit großen Kräften zu dem gemacht worden, was du jetzt bist, und ich nehme an, daß er dich ausgeschickt hat, um ihm das Arcanum zu bringen. Wenn du mir die Wahrheit erzählst, werden wir vielleicht zu einem Einvernehmen kommen. Wenn du jedoch lügst – und das würde ich merken, daran solltest du nicht zweifeln! –, dann ...« Er machte eine unmißverständliche Handbewegung.

Cennaire atmete tief durch. Ihr war klar, daß sie in der Falle saß, daß ihre einzige Rettung in der Wahrheit lag. Sie blickte Ochen direkt in die Augen und sagte: »Ich bin von einem Magier namens Anomius aus den Verliesen von Nhur-jabal in Kandahar herausgeholt worden. Er ... hat mich zu dem gemacht, was ich jetzt bin ... er hat mir das Herz genommen ...«

Das ehrliche und ungeschminkte Geständnis führte ihr die Tat irgendwie noch deutlicher vor Augen, ließ ihr auf eine objektive Art bewußt werden, was ihr angetan worden war. Sie spürte Ochens Mitgefühl, und vielleicht lag es daran, daß sie ihre Verwandlung jetzt ebenso als Fluch wie als ein Geschenk empfand. Während sie sprach, fühlte sie ihren Haß auf Anomius wachsen.

Sie erzählte dem alten Hexer die ganze Geschichte, ohne etwas zu verschweigen, und als sie geendet hatte, war ihr, als hätte sie Buße getan, und Ochens Antwort erschien ihr wie eine Absolution.

»Diese Form der Magie ist verwerflich«, murmelte er voller Abscheu. »Dieser Anomius muß ein niederträchtiger Mensch sein, wenn er sein Talent derart mißbraucht.«

»Aber er hält noch immer mein Herz unter Verschluß.«

»Und möchtest du es zurückbekommen?« Obwohl er die Frage mit sanfter Stimme gestellt hatte, klang sie in Cennaires Ohren wie ein Trompetenstoß. Sie sah, wie er sie unter den runzligen, halb gesenkten Lidern aus leuchtenden Augen musterte, und antwortete ohne jedes Zögern: »Aye.«

»Warum?« erkundigte er sich nüchtern. »So, wie du jetzt bist, besitzt du Kräfte, von denen ein Normalsterblicher nur träumen kann. In dieser Form bist du unsterblich.«

Cennaire zögerte. Sie fragte sich, ob er ihr einen Köder hinwarf, ob er eine geschickte Falle auslegte. Sie betrachtete aufmerksam sein Gesicht, aber es war undurchschaubar. Schließlich entgegnete sie langsam: »Ich möchte keinen Mann meinen Herrn nennen, es sei denn, ich hätte mich freiwillig für ihn entschieden.«

»Calandryll?« Ochens Stimme war ausdruckslos. Cennaire spürte seine Magie wie einen Schutzschild, der ihn umgab. Der Mandelduft machte es ihren Sinnen unmöglich, seine Einstellung zu deuten.

»Calandryll?« fragte sie in dem Versuch zurück, Zeit zu gewinnen. Sie war verwirrt.

»Er ist ein attraktiver junger Mann. Er ist unverkennbar von dir angetan. Und ich habe den Eindruck, daß dir seine Aufmerksamkeit nicht unangenehm ist.«

»Nein«, gestand sie und bemühte sich, ihre Gedanken zu ordnen. »Er ist ... Vielleicht ... Aber wie wird er reagieren, wenn er erfährt, was ich bin?«

Ochen legte den Kopf schief. »Im Augenblick«, sagte er unbekümmert, »nehme ich an, würde er die Vorstellung widerwärtig finden. Wenn er erfährt, daß du für Anomius arbeitest, wäre es gut möglich, daß er sein verzaubertes Schwert gegen dich richtet.«

»Seid Ihr Euch da so sicher?« fragte Cennaire und verlieh ihren Worten eine Zuversicht, die sie nicht wirklich empfand. »Ich könnte mir vorstellen, daß er es nicht tun würde.«

»Du hast entweder eine hohe Meinung von ihm oder von dir selbst«, erwiderte der Magier. »Vielleicht hast du recht, aber wenn er es nicht tut, würde auf jeden Fall Bracht versuchen, dich zu erschlagen.«

»Ich glaube nicht, daß ihm das gelingen würde«, gab sie zurück. »Es sei denn, Ihr würdet ihm helfen.«

»Aye.« Ochen nickte und lachte verhalten in sich hinein. »Das könnte ich, und ich würde es tun, wenn ich mich entscheiden müßte. Diese drei sind von äußerster Wichtigkeit, während du ... Ich bin mir noch nicht sicher, welche Rolle du in diesem Spiel spielst.«

»Warum laßt Ihr mich dann am Leben?«

Ochen strich sich nachdenklich mit den Fingern durch die silbernen Strähnen seines Schnurrbartes und betrachtete Cennaire eine Weile aus funkelnden, rätselhaften Augen. Ihr wurde unbehaglich unter seinem prüfenden Blick, sie hatte das Gefühl, daß er sein Urteil über sie fällte, wartete ängstlich auf das Ergebnis und war erleichtert, als er antwortete: »Ich habe meine Gründe, die dich im Augenblick nicht zu interessieren brauchen.«

»Und Ihr werdet mich nicht verraten?« fragte sie so ruhig, wie es ihr möglich war, obwohl sie vollkommen verwirrt war.

Ochen schüttelte lächelnd den Kopf. »Nein«, sagte er. »Es sei denn, du zwingst mich dazu.«

»Warum nicht?« erkundigte sie sich noch einmal.

»Ich habe meine Gründe«, erwiderte er erneut und fügte

dann hinzu: »Ich habe den Eindruck, als läge dem allen ein übergeordneter Plan zugrunde, der über mein oder dein Verständnis hinausgeht. Und da ist irgend etwas ...«

Cennaires Fassungslosigkeit wuchs. Ochen saß schweigend da, offensichtlich in seine Gedanken versunken. Als er wieder sprach, war ihr, als würde er sein Urteil verkünden, auch wenn sie nicht begriff, was es bedeutete.

»Wahrscheinlich wird der Zeitpunkt kommen, an dem du eine Entscheidung treffen mußt. Es wird mit Sicherheit eine schwere Wahl sein, und ich rate dir, sie klug zu treffen.«

»Das verstehe ich nicht«, murmelte sie mit gerunzelter Stirn.

»Nein«, erwiderte er ungerührt, »das tust du nicht. Und du wirst es auch nicht verstehen, bis die Zeit reif ist. Wenn der Tag kommt, dann erinnere dich an dieses Gespräch. Und bis dahin solltest du lernen.«

Cennaire starrte das runzlige Gesicht verwirrt an und fragte sich, ob er es aufrichtig meinte oder irgendwelche anderen Absichten und eigene Pläne vor ihr verbarg. Vertrauen war etwas Ungewohntes in dem Leben, das sie gekannt hatte, aber jetzt schien es, als böte er ihr eine Art Bündnis an, ein gewisses Maß an Sicherheit, und sie klammerte sich begierig daran fest.

»Bis es soweit ist«, stimmte sie ihm zu.

»Gut.« Ochen erhob sich und strich sein Gewand glatt. »Dann wünsche ich dir jetzt eine gute Nacht.«

»Wartet!« Sie ergriff seinen Arm und riß die Hand wieder zurück, als der Mandelduft augenblicklich intensiver wurde und sie spürte, wie sich seine Magie verstärkte wie ein zum Schlag erhobenes Schwert. »Was ist mit Anomius? Er hat mir befohlen, ihm Bericht zu erstatten, sobald sich eine Gelegenheit ergibt, und sollte er ungeduldig werden ...« Sie verstummte.

»Dann könnte er auf die Idee kommen, ein wenig mit deinem Herz herumzuspielen«, beendete Ochen den Satz für sie. »Aye, das wäre möglich, und ich möchte nicht, daß er sich zu diesem kritischen Zeitpunkt einschaltet.« Er strich sich über den schütteren Bart, eine Weile tief in Gedanken versunken. »Also, setz dich mit ihm in Verbindung. Wie machst du das?«

»Ich habe einen Spiegel«, antwortete Cennaire.

»Dann benutze ihn«, sagte der *Wazir.* »Aber vergiß nicht, daß ich immer wissen werde, wenn diese Form der Magie zum Einsatz kommt.«

»Was soll ich ihm berichten?« erkundigte sie sich verstört.

Ochen lachte leise in sich hinein. »Das, was er zweifellos hören möchte«, schlug er vor. »Daß du mit den Abenteurern nach Norden in Richtung Borrhun-maj reitest. Erzähl ihm weder von mir noch von Anwar-teng oder dem Krieg. Wenn er wissen will, wo du bist, dann sag ihm, daß du Unterschlupf in einer Festung bei einfachen Kriegern gefunden hast, die keinen Verdacht geschöpft haben. Meinst du, daß ihn das zufriedenstellen wird?«

Cennaire nickte. »Aye, solange er glaubt, daß ich noch immer dem Arcanum auf der Spur bin.«

Ochen lächelte. »Was du ja auch bist.«

Cennaire sah betäubt zu, wie er zur Tür ging, einen Moment lang verharrte und einen flüchtigen Blick zurückwarf. Sie glaubte, seine geschlitzten Augen zwinkern zu sehen, als er murmelte: »Und ich möchte mich noch bei dir entschuldigen. Es tut mir leid, daß es nicht Calandryll war, der dir diesen Besuch abgestattet hat.«

Die Tür schloß sich hinter ihm, schnitt sein Gelächter ab und ließ sie verwirrt zurück.

Sie saß eine Weile reglos da und starrte die Tür an. Die scheinbare Gleichmütigkeit, mit der der *Wazir* ihren Zustand hingenommen hatte, versetzte ihre Gedanken in Aufruhr. Sie hatte geglaubt, daß Hexer immer ihre Feinde sein würden, solange sie ihnen nicht diente. Diente sie also Ochen auf eine Art und Weise, die sie nicht erkennen konnte? War sie zu einem Bestandteil der Mission geworden? War Ochen ein Freund oder ein Feind? Das waren Fragen, die sie nicht beantworten konnte. Alles, was sie mit Sicherheit wußte, war, daß Anomius nach wie vor ihr Herz kontrollierte und dadurch immer noch ihr Herr und Gebieter war, aber daß sie jetzt, zumindest bis zu einem gewissen Grad, das Spiel eines anderen spielte.

Sie atmete tief durch, versuchte, ein wenig zur Ruhe zu kommen, und als es ihr gelang, holte sie den Spiegel hervor und sagte den Zauberspruch auf.

KAPITEL 5

Süßer Mandelgeruch erfüllte die Kammer. Die glatte, silbern glänzende Oberfläche des Spiegels geriet in Wallung wie klares Wasser, in das ein Stein geworfen wurde, überzog sich mit einem Farbenstrudel, der sich allmählich in eine Dunkelheit auflöste, die von fernen flackernden Flammen schwach erhellt zu werden schien. Cennaire starrte mit gerunzelter Stirn auf das ungewohnte Bild und fragte sich, ob der Kontakt zu ihrem Gebieter durch die große Entfernung vielleicht unmöglich wurde oder ob Ochens magische Kräfte die Verbindung behinderten. Sie keuchte auf, als sich das Bild plötzlich wandelte und einen Moment lang verzerrt einen Ofen zeigte, in dem Kohlen glühten. Dann wurde es wieder dunkler, und irgend etwas klatschte gegen die Oberfläche des Spiegels, als würde ein Stein in ihre Richtung geworfen. Instinktiv zuckte sie zurück und erkannte, daß das, was den anderen Spiegel getroffen hatte, seine Oberfläche verschmierte. Das Bild wurde völlig schwarz, kurz darauf wieder klar, und dann füllte Anomius' Gesicht die Glasscheibe aus.

Der häßliche kleine Hexer wischte sich mit einem Ärmel über den Mund. Speisereste fielen herab, ein paar blieben an seinen fleischigen Lippen kleben. Er starrte Cennaire verärgert an und sagte: »Einen Augenblick.«

Cennaire sah, wie sich der Spiegel erneut verdunkelte, und hätte fast aufgelacht, als sie begriff, daß Anomius aß und in seiner Hast auf die Glasscheibe gespuckt hatte. Sie unterdrückte den Impuls und wartete.

»Das wurde allmählich Zeit«, meldete sich Anomius schließlich mit barscher Stimme wieder. »Wo bist du?«

»Auf der anderen Seite des Kess Imbrun«, erwiderte sie. »Auf der Ebene von Jesseryn.«

»Was liegt wohl sonst auf der anderen Seite des Kess Imbrun?« fauchte er so grob wie stets. »Wo genau?«

»In einem jesserytischen Fort«, erklärte Cennaire. »In einer Festung, die den Daggan Vhe bewacht.«

»Bei ihnen?« Sein Gesicht kam näher, und wieder landeten Brocken des Essens, an dem er noch immer herumkaute, auf dem Spiegel. »Bei Calandryll und den anderen?«

»Aye«, bestätigte sie. »Sie haben mich gefunden, wie Ihr es versprochen habt, und mir meine Geschichte abgenommen. Ich ziehe jetzt mit ihnen weiter.«

»Und sie haben keinen Verdacht geschöpft?« Er rieb sich mit einer schmutzigen Hand über den Mund und drehte kurz den Kopf zur Seite, um auszuspucken. Cennaire hörte ein leises Zischen, als sein Speichel den Ofen traf. »Vertrauen sie dir?«

»Ich bin mir nicht sicher«, antwortete sie wahrheitsgemäß. »Calandryll schon, glaube ich, aber Bracht hat Vorbehalte, und vielleicht auch Katya.«

»Vielleicht?« Der Spiegel schwankte, als Anomius neben sich griff, einen Becher an seine Lippen führte und geräuschvoll trank. »Was meinst du mit vielleicht?«

»Bracht hätte mich lieber zurückgeschickt«, sagte sie, »aber Calandryll hat sich für mich eingesetzt.«

Anomius gab ein grunzendes Lachen von sich. Wie ein Schwein, das im Dreck herumschnüffelte, fand Cennaire. »Er hat Gefallen an dir gefunden?« erkundigte sich der Schwarzmagier. »Ich habe mir gedacht, daß es einer von ihnen tun würde.«

Cennaire neigte den Kopf. »Aye, das hat er. Er ist ein anständiger Mann.«

Anomius lachte erneut voller Verachtung über diese

Bezeichnung und fragte: »Ist er schon mit dir ins Bett gestiegen?«

»Nein«, antwortete sie und wiederholte: »Er ist ein anständiger Mann.«

»Er ist ein Mann und sonst gar nichts«, knurrte der Magier abfällig. »Aber das spielt keine Rolle. Bearbeite ihn mit den Verführungskünsten, die du so gut beherrschst, und es wird dazu kommen. Binde ihn an dich.«

Cennaire nickte wortlos.

»Also, du bist bei ihnen und hast ihr Vertrauen«, stellte Anomius fest, »zumindest genug, um sie auch weiter begleiten zu können, richtig?«

»Aye«, gab sie zurück. »Wie Ihr wißt, habe ich Rhythamuns neues Gesicht gesehen, und das ...«

»Aye, Rhythamun!« fiel ihr der Schwarzmagier grob ins Wort. »Was ist mit ihm? Was ist mit dem Buch?«

»Soweit wir wissen, ist er nach Norden unterwegs.« Sie zögerte einen Moment, um ihre Gedanken zu ordnen und sich zu überlegen, was sie diesem abstoßenden kleinen Mann erzählen und was sie zurückhalten sollte, um Ochen zufriedenzustellen. »Er hat die Soldaten dieser Festung durch Magie umgebracht. Calandryll glaubt, daß er magische Fallen zurückgelassen hat, um sich den Rücken zu dekken, weil er weiß, daß er verfolgt wird.«

»Und trotzdem haben sie überlebt?« Anomius' gelbliches Gesicht verzog sich zu einem Stirnrunzeln. »Wie das?«

Cennaire erkannte ihren Fehler und improvisierte mit einer Mischung aus Wahrheit und Erfindung. »Calandryll besitzt ein verzaubertes Schwert, mit dem er die Kreaturen erschlagen hat.«

»Erzähl mir von diesem Schwert«, verlangte Anomius.

»Es ist von der Göttin Dera verzaubert worden«, erwiderte sie, mittlerweile nervös, weil das Gesicht ihres Gebieters wütend wurde. »Das ist irgendwo in Lysse geschehen, wie sie mir erzählt haben.«

Anomius grunzte, bohrte sich mit einem Finger im Mund herum und förderte einen schmierigen Brocken zu Tage, den er an seiner Robe abwischte. »Also helfen ihnen die Jüngeren Götter?« fragte er nachdenklich.

Cennaire fragte sich, ob es Verunsicherung oder sogar Angst war, die seiner Stimme diesen unangenehm schrillen Tonfall verlieh, und nickte bestätigend. »Sie behaupten, Burash hätte sie über das Enge Meer gebracht. In Cuan na'For ist Bracht gefangengenommen und gekreuzigt worden, aber Ahrd soll die Nägel aus seinen Händen getrieben und ihm das Leben zurückgegeben haben. Und er hat sie angeblich sogar durch den Cuan na'Dru geleitet.«

Der Hexer atmete pfeifend durch die Nase aus und schwieg eine Weile. Seine wässrigen Augen blickten gedankenversunken, während er seine Nase massierte. »Aber die Jüngeren Götter konnten Rhythamun nicht aufhalten«, sagte er schließlich leise.

»Es hat den Anschein«, erwiderte Cennaire, die seine Worte für eine Frage hielt.

Falls er ihre Antwort gehört hatte, ging er nicht darauf ein, sondern spann seine eigenen Gedanken weiter. »Und sie haben auch dich nicht aufgehalten. Ich denke, sie müssen entweder ziemlich schwach oder irgendwie in ihren Möglichkeiten eingeschränkt sein. Aber das ist letztendlich egal, solange du ungehindert meinen Auftrag ausführen kannst.«

»Das tue ich«, versicherte sie ihm, unsicherer denn je zuvor, ob das die Wahrheit oder eine Lüge war.

»Und Rhythamun zieht nach Norden, eh? Auf den Borrhun-maj zu?«

»Das vermuten sie«, log Cennaire. »Sie glauben, daß Tharn irgendwo jenseits der Berge ruht.«

»Wie wollen sie dort hingelangen? Ich weiß auch nicht mehr als jeder andere über die Jesseryter, aber sie sind nicht als ein gastfreundliches Volk bekannt. Werden sie euch nicht zurückschicken?«

Die Frage traf Cennaire völlig unerwartet. Einer weniger versierten Frau in der Kunst der Heuchelei wäre in diesem Augenblick wahrscheinlich ein Fehler unterlaufen, sie hätte durch ihren Gesichtsausdruck oder ihre Reaktion verraten, daß sie etwas verheimlichte, aber Cennaire war geübt darin, sich zu verstellen, und so behielt sie die Ruhe, wenn es ihr auch schwerfiel.

»Es sieht nicht so aus«, sagte sie beherrscht. »Die Leute in dieser Festung sind recht freundlich.«

»Was für Leute?« bellte Anomius mit plötzlich erwachtem Mißtrauen. »Hast du mir nicht gerade erzählt, daß Rhythamun die Besatzung umgebracht hat?«

Fast hätte sie sich ertappen lassen, und nur ihre Geistesgegenwart rettete Cennaire, indem sie ihre Geschichte weiter ausschmückte. »Aye«, bestätigte sie, »das ist richtig. Aber einige konnten entkommen und Hilfe holen. Bis die Krieger eintrafen, hatte Calandryll die von Rhythamun zurückgelassenen Kreaturen bereits erschlagen, und deshalb verehren ihn die Jesseryter jetzt als Helden.«

Anomius Mißtrauen war besänftigt. Cennaire stieß einen leisen erleichterten Seufzer aus und hoffte, daß er unbemerkt blieb.

»Und dich ebenfalls?« erkundigte sich Anomius.

»Sie halten mich für eine der ihren«, spann Cennaire ihren Faden weiter. »Jetzt bieten uns die Jesseryter ihre Hilfe an. Sie gewähren uns volle Bewegungsfreiheit auf der Ebene.«

»Wissen sie von Rhythamun?« schnauzte Anomius. »Vom Arcanum? Ahnen sie, was euer Ziel ist?«

»Nein«, erwiderte sie, während ihre Gedanken rasten. Dieses Spiel wurde allmählich ziemlich riskant. »Was alle drei Fragen betrifft. Sie glauben, daß wir nach Vanu reisen, in Katyas Heimatland, das im Vorgebirge des Borrhun-maj liegt. Sie vermuten nichts anderes.«

»Gut«, sagte Anomius. »Aber wie groß ist Rhythamuns Vorsprung?«

»Nur wenige Tage«, entgegnete Cennaire.

»Dann verlier keine Zeit!« befahl der Magier.

»Ich muß mich an das Tempo halten, das sie einschlagen«, gab Cennaire zu bedenken, »es sei denn, Ihr befehlt mir, mich von ihnen zu trennen. Aber sie würden nicht zulassen, daß sein Vorsprung größer wird.«

»Nein«, stimmte er ihr zu, »das würden sie kaum tun. Bleib bei ihnen, denn ich glaube immer noch, daß sie der Schlüssel zu Rhythamuns Niederlage und damit äußerst wichtige Werkzeuge für meine Ziele sind.«

Er kicherte über seine eigenen Worte, ein gräßliches blubberndes Geräusch. *Und ich*, dachte Cennaire, *bin auch ich nicht mehr für ihn? Nur ein Werkzeug, das er wegwirft, sobald es seinen Zweck erfüllt hat?* Laut fragte sie: »Wenn wir Rhythamun gefunden haben, was dann? Ich glaube, das Schwert, das Calandryll trägt, könnte selbst mich erschlagen. Und ich glaube, daß er es gegen mich richten würde, sollte ich versuchen, ihm das Buch wegzunehmen.«

»Vielleicht könnte es das«, räumte Anomius unbekümmert ein und bedachte sie mit einem eitlen Lächeln, »aber glaubst du, ich hätte nicht so weit vorausgedacht?«

»Ich weiß nicht, was Ihr denkt, und ich verstehe nicht, was Ihr sagt«, erwiderte sie ehrlich.

»Deshalb bist du auch die Dienerin und ich der Gebieter«, erklärte Anomius selbstgefällig. »Aber mach dir keine Sorgen, ich werde zum richtigen Zeitpunkt da sein.«

»Wie?« Cennaire versuchte gar nicht, ihre Überraschung zu verbergen. »Ich dachte, Ihr seid durch magische Fesseln gebunden. Haben Euch die Hexer des Tyrannen nicht verzauberte Armreifen angelegt?«

»Das haben sie, und dafür sollen sie verflucht sein.« Der unansehnliche kleine Mann wurde noch häßlicher, als er ein finsteres Gesicht zog. »Aber nicht mehr lange, und ich werde mich davon befreien.«

»Wie wollt Ihr das tun?« fragte sie und verbarg ihren plötzlichen Schrecken hinter einer Fassade der Schmeichelei. »Seid Ihr ein so mächtiger Hexer?«

»Das bin ich«, versicherte er ihr mit vollkommener und beängstigender Überzeugung. »Ich werde diese verfluchten Armreifen schon bald entfernt haben. Wie, das braucht dich nicht zu kümmern. Alles, was du wissen mußt, ist, daß ich mich zu dir versetzen werde, sobald ich den richtigen Zeitpunkt für gekommen halte.«

Cennaire überwandt ihren Schrecken und kämpfte gegen ihre Verwirrung an. Sie sah nur einen Weg, wie er sein Versprechen wahr machen könnte, und der war faszinierend, denn er eröffnete ihr eigene Möglichkeiten. »Durch den Spiegel?« fragte sie und fügte vorsorglich hinzu: »Ihr seid wirklich ein mächtiger Magier.«

»Hast du je daran gezweifelt?« fragte er eitel. »Aye, durch den Spiegel. Du mußt mir nur den entsprechenden Ort zeigen.«

»Von allen Magiern auf der Welt«, sagte sie bewußt einschmeichelnd, »glaube ich, daß nur Ihr Rhythamun besiegen könnt.«

Anomius strahlte eingebildet und suhlte sich in ihrem klug gewählten Lob. »Aye«, stimmte er zu, »und das werde ich zu gegebener Zeit auch tun.«

»Wo seid Ihr jetzt?« fragte sie mit gespielter Unterwürfigkeit, um seiner Selbstüberschätzung weiteren Vorschub zu leisten.

»Vor den Mauern von Mherut'yi«, antwortete er. Seine Eitelkeit machte ihn geschwätzig. »Die Stadt wird belagert. Sie wird durch Zaubersprüche geschützt, die nur ich beseitigen kann.«

»Und dann?«

»Wahrscheinlich ziehen wir weiter nach Süden, um die anderen Städte einzunehmen, die Sathoman jetzt noch hält. Warte!« Der Spiegel wurde übergangslos dunkel, als hätte Anomius ihn in einen Ärmel geschoben. Cennaire vernahm leise Stimmen, zu gedämpft, um einzelne Wörter verstehen zu können. Dann tauchte Anomius' Gesicht wieder auf. »Diese erbärmlichen Zauberer brauchen mich«, verkündete er. »Setz dich wieder mit mir in Verbindung, sobald du kannst.«

»Das könnte schwierig werden«, gab Cennaire zu bedenken. »Wir werden schon bald aufbrechen, und ich werde wahrscheinlich kaum eine Möglichkeit finden, unbeobachtet mit Euch zu sprechen.«

Das entsprach zwar der Wahrheit, aber Cennaire hatte auch noch andere Gründe, um die nächste Kontaktaufnahme so lange wie möglich hinauszuzögern. Während der Reise über die Ebene von Jesseryn würde sie sich ständig in unmittelbarer Nähe ihrer Begleiter befinden, und Ochens Anwesenheit würde es ihr tatsächlich schwermachen, den Spiegel unbemerkt zu benutzen, aber es ging ihr auch darum, Zeit zu gewinnen, ihre Gedanken zu ordnen und vielleicht sogar zu entscheiden, wem ihre Loyalität gelten sollte, aber ohne sich Anomius' Mißtrauen und Zorn zuzuziehen. Sie betrachtete sein Gesicht im Spiegel und hätte nicht sagen können, ob er nur die Stirn runzelte oder sie finster anblickte – bei ihm war es schwer, beide Mienenspiele auseinanderzuhalten –, und wartete auf seine Antwort.

»Aye«, gab er schließlich nach, wenn auch widerwillig. »Sobald du ungestört bist.«

»Dann werde ich mich wieder melden«, erwiderte sie.

Er nickte grunzend und murmelte die Worte, die den magischen Kontakt beendeten. Sein Abbild verblaßte und wurde einen Moment lang durch das wirbelnde Spektrum der Farben ersetzt. Der Mandelgeruch wurde intensiver, verwehte, und dann war der Spiegel wieder nicht mehr als eine einfache reflektierende Glasscheibe. Cennaire legte ihn beiseite, blieb reglos sitzen und starrte auf den rechteckigen Ausschnitt des Nachthimmels, den sie durch das Fenster sehen konnte, während ihre Gedanken rasten. Sie rief sich alles ins Gedächtnis zurück, was sie erfahren hatte, und überlegte, wie sie es zu ihrem Vorteil benutzen konnte.

Sie war mehr als nur ein wenig verängstigt, denn Anomius war überaus zuversichtlich gewesen, sich schon bald von den magischen Fesseln befreien zu können, die ihn in die Dienste des Tyrannen zwangen, und sollte er reisen können, wohin er wollte, würde er vielleicht zu dem Schluß kommen, daß er sein Geschöpf nicht mehr brauchte. Abgesehen davon, dachte Cennaire, daß er jemanden benötigte, der ihm den Spiegel hielt, damit er seinen Ankunftsort bestimmen konnte. Soweit sie über Magie Bescheid wußte, konnte sich ein Hexer nicht an einen ihm unbekannten Ort versetzen. Er mußte ihn entweder deutlich vor sich sehen oder ihn aus seiner Erinnerung rekonstruieren können.

Also, dachte sie mit einem Gefühl der Erleichterung, würde Anomius sie vermutlich solange mit den Abenteurern weiterziehen lassen, bis sie Rhythamun gefunden oder das Arcanum in ihren Besitz gebracht hatten, und wann das sein würde, konnte er nur mit ihrer Hilfe herausfinden. Wenn es ihr gelang, seine Ungeduld zu zügeln, würde sie bis dahin in Sicherheit sein.

Durch diese Schlußfolgerung einigermaßen beruhigt, wandte sie sich den anderen Informationen zu, die der Hexer so beiläufig preisgegeben hatte. Er hatte ihr den Versetzungszauber beigebracht – sie hatte ihn früher schon angewandt –, aber ihr war erst jetzt bewußt geworden, daß sie sich damit auch in Anomius' Gemächer in Nhur-jabal transportieren könnte. Die Vorstellung erregte sie. Er hatte ihr erzählt, daß dort ihr Herz in seiner Schatulle lag.

Cennaire war kurz davor, das Bild des Zimmers vor ihrem inneren Auge heraufzubeschwören und den Zauberspruch aufzusagen. Sie überlegte, daß sie sich nur dorthin zu begeben bräuchte, um ihr Herz an sich zu nehmen und wieder Herrin über ihr eigenes Schicksal zu werden, selbst entscheiden zu können, wem sie sich anschließen wollte. Aber ihr gesunder Menschenverstand hielt sie davon ab, und sie verschluckte die Worte, die ihr bereits auf der Zunge gelegen hatten. Anomius war nicht so unvorsichtig, nicht so dumm. Eitel, ohne Zweifel, und auch verrückt, aber er verfügte ebenfalls über eine furchtbare Listigkeit und hatte die Schatulle bestimmt mit einem Schutzzauber versehen. Wahrscheinlich umfaßte dieser Zauber neben dem Kästchen auch seine Gemächer und war so beschaffen, daß er ihr Herz zerstören würde, sollte sie versuchen, es zu entwenden.

Nein, dachte sie und stieß eine bittere Verwünschung aus, das war nicht der richtige Weg, das würde sie nur in einer verzweifelten Situation versuchen. Noch mußte sie nach seiner Pfeife tanzen und sich seinen Launen fügen. Sie war an einem toten Punkt angelangt und steckte in einer Klemme, aus der sie keinen anderen Ausweg wußte, als wie bisher weiterzumachen und die Rolle der gehorsamen Dienerin zu spielen.

Und trotzdem bedeutete Wissen Macht. Noch konnte sie es nicht umsetzen, aber in der Zukunft, wenn sie auch weiterhin alles lernte, was sie über Zauberer und Zauberei erfahren konnte ... Vielleicht würde sie dann ihr Herz zurückgewinnen und wieder sie selbst werden können.

Sie wußte nicht, was sie in diesem Fall tun würde. Wie Ochen bemerkt hatte, würden sie eine Menge Leute um die

Kräfte beneiden, über die sie jetzt verfügte. Vielleicht war sie in diesem Zustand unsterblich, auf jeden Fall aber besaß sie eine Kraft und Ausdauer, die sich kein Normalsterblicher vorstellen konnte, und allein ihre übernatürlichen Sinne verliehen ihr einen gewaltigen Vorteil gegenüber allen gewöhnlichen Menschen. Außerdem beherrschte sie bereits einen Zauberspruch … könnte sie nicht vielleicht noch mehr lernen?

Draußen vor dem Fenster sang ein Nachtvogel, und sein Lied schien sie zu verhöhnen. Sie war mächtiger, als es sich irgendein Menschen erhoffen konnte, und doch gefangen. Ohne ihr Herz stand ihre Macht auf wackligen Füßen, ohne Herz war sie der Gnade desjenigen ausgeliefert, der es besaß. Sie starrte blicklos in den sternenübersäten Nachthimmel. Der fast volle Mond näherte sich bereits dem westlichen Horizont. Eine silberne Wolkenbank trieb gemächlich in dem leichten Wind dahin. Auf den Mauern patrouillierten Soldaten, einfache gewöhnliche Männer mit gewöhnlichen Sorgen. Einen Moment lang beneidete sie sie, dann stieg ihr ein schwacher Mandelduft in die Nase, und sie mußte wieder an Ochen denken. Eine weitere Hand, die die Fäden ihres Schicksals zog? Sie war sich unsicher, verwirrt von den Versprechungen und Warnungen des *Wazirs*, ohne zu wissen, ob sie ihn als Freund oder Feind betrachten sollte. Was er ihr gesagt hatte, ließ eher auf Freundschaft als auf Feindschaft schließen, zumindest auf eine Art von Bündnis. Aber was waren seine Gründe, was seine Motive? Diese blieben ihr ein Rätsel, genauso unergründlich wie das alte Gesicht, das nur das verriet, was er zu offenbaren bereit war.

Sie überlegte, ob sie ihm alles berichten sollte, was Anomius ihr erzählt hatte. Zweifellos würde sich Ochen bei ihr danach erkundigen, und daß der Schwarzmagier glaubte, sich schon bald von seinen magischen Fesseln befreien zu können, waren überaus wichtige Neuigkeiten. Aber wie würde Ochen darauf reagieren? Würde er den Spiegel zerstören, um zu verhindern, daß Anomius ihn als Transportmittel benutzte? Und was würde Anomius daraufhin tun? Würde Ochen sie verraten? Cennaire dachte flüchtig an

Calandryll und daran, wie er in diesem Fall reagieren würde, aber dann schob sie diesen Gedanken entschlossen beiseite, denn er würde sie nur noch mehr verwirren, und sie spürte, daß ihr Überleben jetzt von der richtigen Entscheidung abhing.

Sollte sie Ochen warnen oder nicht?

Es war eine Zwickmühle, aus der sie nur eine Gewißheit zog: Sie wollte nicht sterben.

Sie war sich nicht sicher, ob sie die Unsterblichkeit wollte, ob es überhaupt möglich war, unsterblich zu sein, aber sie wußte, daß sie noch nicht bereit war, ihr unnatürliches Leben aufzugeben.

Deshalb kam sie, als der Himmel bereits das perlmuttartige Grau annahm, das die Morgendämmerung ankündigte, zu dem Schluß, daß sie vorläufig ihr Doppelspiel weiterspielen und jedem der beiden Magier nur so viel erzählen würde, wie ihr angebracht erschien. Sie würde Ochen verschweigen, daß Anomius glaubte, sich schon bald befreien zu können, wie sie Anomius wiederum Ochens Existenz verschwiegen hatte. Sie würde auch weiterhin die Rolle der willigen Dienerin spielen, bis schließlich der Zeitpunkt gekommen war, an dem sie sich endgültig für eine Seite entscheiden mußte, und bis dahin würde sie versuchen, mehr Informationen zu sammeln und Antworten auf dieses Dilemma zu finden.

Eine bessere Lösung wollte ihr nicht einfallen. Cennaire wandte sich von dem heller werdenden Fenster ab, ließ sich in ihr Bett zurücksinken und schloß die Augen, als würde sie in einen gewöhnlichen Schlaf gleiten.

Auch der Morgen brachte ihr keine besseren Antworten, er diente eher dazu, sie noch mehr zu verunsichern.

Cennaire verfolgte, wie die Festung erwachte, hörte die Vögel singen, die lauten Stimmen von Männern, die auf jesserytisch Anweisungen riefen, das Schnauben und Stampfen von Pferden, die gedrillt wurden, das Klirren von Metall und das Knarren von Leder, das Klappern von Hufen und

Stiefelabsätzen. Eine Vielzahl von Gerüchen stieg zu ihr auf, nach tierischem und menschlichem Schweiß, nach frischem Pferdemist, Rauch, kochendem Essen und Fels. Das alles wurde von den Nachwirkungen der Reinigungsmagie überlagert, die Ochen angewandt hatte, aber noch immer konnte Cennaire mit ihren geschärften Sinnen deutlich den abstoßenden Geruch von Rhythamuns Magie wahrnehmen. Sie stand auf, machte sich zurecht und überlegte, ob sie die prachtvolle Kleidung der letzten Nacht oder eher die robusten Ledersachen anziehen sollte, in denen sie Cuan na'For durchquert hatte. Die kostbaren jesserytischen Kleider trafen eher ihren Geschmack, aber sie dachte, daß das vielleicht übertrieben wirken würde, und entschied sich deshalb für die einfachere Lederkleidung, in der sie ihre ... Begleiter? Kameraden? – sie war sich unsicher, was davon zutraf – vermutlich eher akzeptieren würden. Cennaire fluchte undamenhaft, wütend auf sich selbst, auf ihre Unsicherheit, aber ebenso auf die Männer, die die Fäden ihres Schicksals zogen. Sie verschnürte die Bänder ihrer Kleidung und lehnte sich müßig auf den Sims des schießschartenähnlichen Fensters, beobachtete das geschäftige Treiben auf dem Hof und die ersten Sonnenstrahlen, die über die Mauern wanderten, bis sie von einem Klopfen an ihrer Tür abgelenkt wurde.

Es war Katya, die ebenfalls schlicht gekleidet war, was Cennaire bestätigte, die richtige Wahl getroffen zu haben. Die Vanuerin begrüßte sie mit einem Lächeln und dem Vorschlag, daß sie gemeinsam das Badehaus aufsuchen sollten. Cennaire erklärte sich einverstanden, fragte sich jedoch, ob das nur ein Vorwand von Katya war, um sie ungestört ausfragen zu können. Aber die Kriegerin erweckte einen freundlichen Eindruck und plauderte über unverfängliche Dinge, als hätten die Ereignisse der letzten Nacht und Ochens Reaktion die letzten Zweifel, die sie vielleicht noch gehegt hatte, beseitigt und sie von Cennaires Rolle als ihre Verbündete und Gefährtin überzeugt. Sie erzählte von ihrer Mission und von Brachts Schwur – was Cennaire äußerst merkwürdig fand – und von der bevorstehenden Reise. Cennaire ihrerseits erfand eine Geschichte über ihr Leben in Kandahar, über eine kurze Ehe, die tragisch geendet, ihr aber ein gewisses Vermögen hinterlassen hätte, das ausreichend gewesen sei, um es in ihre angebliche Karawane zu investieren. Und sie erzählte von ihrem Wunsch, mehr von der großen weiten Welt kennenzulernen.

Das brachte Katya zum Lachen. »Soviel hast du zumindest erreicht«, stellte sie fest. »Ich glaube, bisher ist noch niemand dort gewesen, wohin wir reisen.«

Cennaire erwiderte das Lachen. »Ich frage mich nur, ob ich Kandahar jemals wiedersehen werde«, sagte sie.

Sofort wurde Katya wieder ernst. »Du könntest zurückkehren«, machte sie ihr klar. »Es würde zweifellos eine beschwerliche Reise werden, aber wahrscheinlich eine leichtere als die, die uns bevorsteht.«

Cennaire schüttelte den Kopf. »Nein, ich glaube nicht, daß ich das jetzt noch tun könnte.« Sie strich sich ein paar Haarsträhnen aus dem Gesicht und schlug in scheinbarer Verlegenheit die Augen nieder, um die flachsblonde Frau verstohlen unter gesenkten Wimpern hervor beobachten zu können. »Ich kann nicht genau erklären, warum, aber ich habe das Gefühl, als wäre es ... mir bestimmt ... mit euch zu gehen.«

»Vielleicht ist es das«, sagte Katya ernsthaft. »Es scheint schon ein merkwürdiger Zufall zu sein, daß du ausgerechnet zu diesem Zeitpunkt zum Daggan Vhe gekommen bist und uns dort getroffen hast.«

Cennaire nickte, seifte sich ein und überprüfte mit ihren übernatürlichen Sinnen, ob sich Mißtrauen hinter Katyas nachdenklichen Worten verbarg. Doch das einzige, was sie entdeckte, war Katyas Bereitschaft, sie zu akzeptieren und ihr ihre Freundschaft anzubieten, zwar noch ein wenig vorsichtig, aber trotzdem aufrichtig. Also schien ihre erste Einschätzung richtig gewesen zu sein: Daß sie Ochens Zustimmung gefunden hatte, schien in Katyas Augen eine ausreichende Garantie für ihre Redlichkeit zu sein.

»Vielleicht«, fuhr Katya fort, als Cennaire nicht antwortete, »haben die Jüngeren Götter dafür gesorgt. Sie helfen uns, soweit sie können, und vielleicht haben sie dir ebenfalls eine Rolle in diesem Spiel zugewiesen.«

»Glaubst du das?« Cennaire mußte ihre Verblüffung nicht einmal heucheln. »Wie ist das möglich?«

»Ich maße mir nicht an, die Handlungen der Götter zu verstehen«, antwortete Katya. »Aber daß du genau zu einer bestimmten Zeit an einem bestimmten Ort warst ...« Sie zuckte die Achseln. Wasser tropfte von ihren bronzefarbenen Schultern. »Jedenfalls denkt Calandryll das«, fügte sie mit einem verschwörerischen Lächeln hinzu.

Cennaire senkte den Kopf und spielte die Schüchterne. »Er ist sehr attraktiv. Und außerdem ein lyssianischer Prinz. Es hat mich überrascht, daß er nicht verheiratet ist.«

»Er ist jetzt kein Prinz mehr, sondern ein Ausgestoßener«, erwiderte Katya. »Er war einmal verliebt, aber seine Angebetete hat seinen Bruder geheiratet.«

»Und ist er immer noch verliebt?« wollte Cennaire wissen.

»In dieselbe Frau?« vergewisserte sich Katya. »Nein.«

»Gut«, murmelte Cennaire lächelnd.

Katya nickte, ohne etwas dazu zu bemerken, und schlug vor, daß sie ihr Bad beenden und zum Frühstück gehen sollten. Cennaire beschloß, kein Risiko einzugehen, indem sie das Thema weiterverfolgte, und willigte ein.

Sie begaben sich in den Speisesaal, wo Calandryll und Bracht bereits mit Ochen und Chazali beim Frühstück saßen, und wurden von den Männern höflich begrüßt. Cennaire warf dem *Wazir* einen kurzen Blick zu, aber sein lächelndes zerfurchtes Gesicht blieb unergründlich, und er kehrte gleich wieder zu seinem Gespräch mit dem *Kiriwashen* zurück. Katya setzte sich neben Bracht. Die beiden lächelten sich an und begannen, sich so leise zu unterhalten, daß niemand sonst sie verstehen konnte. Cennaire schenkte Calandryll ein schüchternes Lächeln, als dieser einen Stuhl für sie zurückzog, bedankte sich leise für die höfliche Geste und amüsierte sich über die Röte, die sofort seine Wangen überzog.

»Wir können morgen aufbrechen«, sagte er und kämpfte gegen die Unsicherheit an, die ihre Nähe in ihm hervorrief.

»Ochen meint, daß er die Festung bis dahin gereingt haben wird und wir mit der Morgendämmerung abreisen können.«

Cennaire nickte, machte sich über das Frühstück her, das ein Mann ihr brachte, und aß mit vorgetäuschtem Appetit, während Calandryll Belanglosigkeiten von sich gab, die in seinen Ohren ungeschickt, für Cennaire dagegen einfach nett klangen. Durch ihr bisheriges Leben und ihre Schönheit hatte sie oft genug Komplimente bekommen, Männer hatten sie mit ihren Prahlereien zu beeindrucken versucht. Meistens hatten sie sich ihr sehr direkt genähert – es waren geschäftliche Vereinbarungen gewesen, die sie in schöne Worte kleideten –, und sie empfand Calandrylls Unerfahrenheit als erfrischend. Es machte auch kaum einen Unterschied, daß er überhaupt nichts von ihrem früheren Leben als Kurtisane wußte; er hätte mit seinen eigenen Heldentaten prahlen können, die die unbedeutenden Leistungen ihrer zahlreichen früheren Bewunderer weit in den Schatten stellten, aber das war nicht seine Art. Er machte ihr zwar ebenfalls Komplimente, aber dabei war er unbeholfen und aufrichtig, als sei er mit diesen rituellen Spielereien zwischen Männern und Frauen nicht vertraut, und das machte ihn in ihren Augen äußerst liebenswert. Sie kam ihm dabei etwas entgegen, aber nicht zu sehr, denn sie vergaß nicht einen Moment lang ihre Rolle und verzichtete deshalb auf die unzähligen kleinen Tricks und Schliche, die sie sonst angewandt hätte. So half sie ihm nur, das Eis so weit zu brechen und die formelle Distanz zwischen ihnen gerade weit genug abzubauen, daß er sich entspannter und weniger verlegen fühlte.

Als sie ihr Frühstück verzehrt hatten, verkündete Chazali, daß er sich zurückziehen und Tẹmchen aufsuchen würde, um die Verteidigungseinrichtungen der Festung zu überprüfen. Mit dem Aufbruch des *Kiriwashen* leerte sich der Speisesaal wie auf ein Signal. Ochen entschuldigte sich ebenfalls und ließ die vier allein zurück. Cennaire fand, daß sie sich jetzt eigentlich hätten entspannen können, um sich ein wenig Ruhe zu gönnen, bevor sie ihre vermutlich lange und gefahrvolle Reise antraten, aber Bracht meinte, sie sollten sich um ihre Pferde kümmern, und die anderen erhoben keine Einwände. Also machten sie sich auf den Weg zu den Ställen.

Ihre Tiere waren getränkt und gefüttert worden, hatten aber darüber hinaus keine Pflege erhalten. Dem Benehmen der Jesseryter nach zu schließen, die sich auf dem Hof aufhielten, begegneten sie den größeren Pferden, besonders Brachts Hengst, noch immer mit Scheu und mehr als nur ein wenig Nervosität. Der Kerner lachte und begann unverzüglich, den Rappen zu striegeln, wobei er leise Liebkosungen gurrte, die das Tier mit freudigem Schnauben und verhaltenem Wiehern erwiderte, als würden sich Mensch und Pferd in einer Sprache unterhalten, die nur sie verstanden.

»Ich habe manchmal den Eindruck«, bemerkte Calandryll, während er sich um seinen Braunen kümmerte und Cennaire ihm vom Tor aus dabei zusah, »daß Bracht seinen Hengst fast ebensosehr wie Katya liebt.«

»Und wie steht es mit dir?« fragte Cennaire. »Wem gehört deine Zuneigung?« Die kokette Bemerkung war ihr gegen ihren Willen entschlüpft, aus purer Gewohnheit.

Es war dunkel im Stall, aber sie glaubte trotzdem, Calandryll erröten zu sehen. Jedenfalls beugte er sich tiefer über die glänzenden Flanken des Wallachs, bearbeitete sie noch eifriger mit der Striegelbürste und murmelte: »Das Pferd eines Mannes ist etwas Kostbares ... es verdient Zuwendung.«

Cennaire lachte sanft. Um sein Unbehagen zu zerstreuen, fragte sie: »Kannst du ein Pferd für mich aussuchen? Ich kenne mich mit Pferden kaum aus.«

»Es wäre besser, wenn Bracht das tut«, erwiderte er bescheiden. »Er ist bei weitem der bessere Pferdekenner.«

Cennaire nickte und beschloß, das Gespräch nicht weiter fortzusetzen. Vorläufig war sie damit zufrieden, einfach nur dazustehen, Calandryll zuzusehen und ihm hin und wieder das zu reichen, was er zur Pflege seines Pferdes brauchte. Sie bemerkte, daß er jedesmal zaghaft lächelte, wenn sich ihre Finger berührten. Es war kein unbehagliches Gefühl, und für eine Weile fühlte sich Cennaire viel jünger, konnte sich vorstellen, wieder ein Mädchen zu sein, das ihrem Bruder auf dem Bauernhof, den sie fast schon vergessen hatte, dabei zusah, wie er ihren Ackergaul striegelte.

Die Erholungspause währte nicht lange. Schon bald war die Pferdepflege beendet, und Bracht schlug vor, daß sie ein wenig mit den Schwertern übten. Katya und Calandryll waren sofort einverstanden. Nicht ganz ohne Schwierigkeiten kehrten sie durch das Labyrinth der dämmrigen Gänge und Flure zu ihren Unterkünften zurück, um ihre Waffen zu holen, die sie mit Rücksicht auf die Gastfreundschaft der Jesseryter dort liegengelassen hatten.

Mittlerweile herrschte eine hektische Betriebsamkeit in der Festung, so daß sie Mühe hatten, auf ihrer Suche nach einem für ihr Training geeigneten Hof mehr als ungenaue Richtungsangaben zu erhalten. Die Männer, denen sie begegneten, waren beschäftigt, eilten umher und fanden kaum die Zeit, den Fremden behilflich zu sein. So verirrten sich die vier zwangsläufig immer wieder und wanderten durch verlassene und häufig fensterlose Korridore mit verschlossenen Türen, bis sie wieder auf eine Gruppe von Soldaten stießen, die ihnen zumindest die grobe Richtung wiesen. Die Festung unterschied sich von allen anderen, die Calandryll bisher gesehen hatte. Sie erweckte den Eindruck, aus einem einzigen riesigen Felsquader zu bestehen, aus dem Gänge und Räume herausgeschnitten worden waren. Außenwände und Innenwände gingen fließend ineinander über, und auf die Höfe stieß man unvermittelt dort, wo die Gänge auf Balkonen oder vor Fenstern und niedrigen Türen endeten. Das ganze Bauwerk erinnerte ein bißchen an einen Ameisenhaufen, in dem die Jesseryter die Rolle der Insekten spielten.

Die gesellschaftliche Hierarchie schien genauso streng wie die des Insektenstaates zu sein, denn als die Gefährten endlich eine schmale Treppe auf einen Hof hinunterstiegen, auf dem in Ketten- und Lederrüstungen gekleidete Krieger Übungskämpfe mit Säbeln und Piken absolvierten, schickte man sie gleich wieder fort.

Dies sei kein angemessenes Übungsgelände für so ehrenwehrte Gäste, erklärte ihnen ein Offizier mit gestelzter Höflichkeit und mit einem Nachdruck, der keinen Widerspruch zuließ. Sie sollten lieber den Hof aufsuchen, der den Kotu-zen vorbehalten war. Er beauftragte einen seiner Untergebenen damit, sie dorthin zu bringen, und sie folgten dem Mann durch weitere düstere Gänge zu einem zweiten Hof, auf dem sich Krieger in den pechschwarzen Rüstungen aufhielten, wie sie auch Chazali und Temchen trugen.

Bei ihrer Ankunft kamen alle Aktivitäten augenblicklich zum Erliegen. Der Mann, der sie begleitet hatte, verbeugte sich tief und erstattete im militärisch knappen Tonfall Meldung, worauf er mit einer gebrummten Erwiderung und einer herrischen Handbewegung weggeschickt wurde. Er trabte eilig davon und überließ die Fremden der Obhut der Kotu-zen, deren Haltungen und Mienen eine Mischung aus Neugier und Verärgerung verrieten, als hätten sie, wie Calandryll vermutete, gegen irgendwelche Verhaltensregeln verstoßen.

Der Krieger, mit dem ihr Begleiter gesprochen hatte, hob den Gesichtsschleier, verbeugte sich und ließ sich keine Regung anmerken, während er sie aus seinen fahlgelben Augen musterte.

»Womit kann ich Euch dienen?« erkundigte er sich höflich.

Bracht schlug auf die Scheide seines Krummschwertes und sagte: »Wir würden gern unsere Schwertarme ein wenig lockern.«

Die Augen des Kotu-zen wurden groß, als sein Blick auf den Säbel an Katyas Hüfte fiel. »Die Dame ebenfalls?« Die Überraschung ließ seine Stimme rauh klingen.

»Aye«, antwortete Bracht fröhlich und grinste in Katyas Richtung. »Diese Dame kann mit der Klinge besser als die meisten Männer umgehen.«

Seine Bemerkung entlockte den Anwesenden ein unüberhörbar schockiertes Raunen. Calandryll legte Bracht warnend eine Hand auf den Arm.

»Ist das bei Euch nicht üblich?« fragte er.

Der Kotu-zen schüttelte heftig den Kopf. Sein Gesichtsausdruck legte nahe, daß er hin- und hergerissen war zwischen Entsetzen über den bloßen Gedanken an diese fremdländische Unsitte und dem Wunsch, höflich zu bleiben. »Nein«, brachte er schließlich hervor, »die Frauen der Kotu …« Er riß sich mit sichtlicher Mühe zusammen. »Sie praktizieren nicht die männlichen Künste.«

»Männlich?« Bracht schüttelte Calandrylls Hand ab. »Ahrd, *Mann*, ich wette, diese Frau könnte es mit jedem von Euch aufnehmen.«

Calandryll, der mittlerweile etwas besser mit der jesserytischen Physiognomie vertraut war, entdeckte Wut im Gesicht des Kriegers aufkeimen. »In Cuan na'For und Vanu, woher meine Freunde stammen«, sagte er schnell, »ist es Sitte, daß Frauen Waffen tragen und damit umgehen können. Falls wir Euch damit beleidigt haben, bitten wir um Entschuldigung.«

Er ahmte die jesserytische Verbeugung nach und wartete auf die Reaktion seines Gegenübers. Der Kotu-zen schluckte, eindeutig fassungslos. Er schien die Vorstellung grotesk zu finden. Endlich erwiderte er: »So etwas ist bei uns nicht üblich.«

Bracht öffnete den Mund, um zu widersprechen, aber Katya kam ihn zuvor und sagte leise: »Ich möchte unsere Gastgeber nicht verärgern. Es ist besser, wenn wir es dabei belassen.«

Jetzt wirkte der Kotu-zen verlegen und strich sich mit der Hand, die in einem Stulphandschuh steckte, über den eingeölten Bart.

Calandryll lächelte. »Gibt es vielleicht irgendwo einen verlassenen Hof, wo wir üben können?« fragte er in dem Bemühen, dem Mann die peinliche Situation zu erleichtern.

Der Krieger dachte einen Moment lang nach und nickte dann, wenn auch immer noch mit einer Spur von Widerwillen.

»Und Schutzkleidung, die wir uns ausleihen können?« fügte Bracht hinzu.

Der Kotu-zen nickte wieder, grunzte eine Bestätigung, wirbelte auf dem Absatz herum und zischte knappe Befehle, worauf zwei Männer losrannten und mit gefütterten Lederwämsern zurückkehrten. Ein anderer Mann erhielt den Befehl, die Fremden zu einem geeigneteren Hof zu führen. Calandryll und Bracht schulterten die Wämser, bedankten sich und folgten ihrem Führer. Calandryll hörte, wie jemand hinter ihren Rücken murmelte: »Barbaren«, und ein anderer fassungslos fragte: »Ihre Frauen kämpfen?«

Bracht schmunzelte und schüttelte ungläubig den Kopf. Calandryll warf ihm einen warnenden Blick zu, deutete auf ihren Führer und forderte den Kerner mit einer Geste auf, den Mund zu halten. Diese Leute schienen tatsächlich etwas merkwürdig zu sein, aber sie waren trotzdem ihre Verbündeten – unverzichtbare Verbündete –, und da war es nur zu angebracht, ihre Sitten zu respektieren. Und *wir*, dachte Calandryll, während sie erneut durch schwach erleuchtete Korridore marschierten, *kommen ihnen vermutlich genauso merkwürdig vor.*

Sie wurden zu einem kleinen Hof gebracht, der von hohen fensterlosen Mauern umgeben war, die nur einen schmalen rechteckigen Ausschnitt des blauen Himmels erkennen ließen. Vermutlich war der Platz gerade wegen dieser Uneinsehbarkeit für sie ausgewählt worden, damit niemand den Bruch der Etikette beobachten konnte, den es bedeutete, Frauen Waffen in die Hände zu geben. Ihr Führer verbeugte sich wortlos und ließ sie dort allein.

»Merkwürdige Leute«, murmelte Bracht, während er sich ein Lederwams überstreifte. »Verhätscheln sie ihre Frauen etwa?«

»Sieht ganz so aus.« Calandryll zuckte die Achseln. »Aber solange wir uns bei ihnen aufhalten, sollten wir ihre Sitten und Gebräuche respektieren.«

»Dann sollten wir hoffen, daß wir während unserer Reise auf keinen Widerstand stoßen.« Katya lachte. »Denn wenn wir angegriffen werden, muß ich sie wahrscheinlich noch mehr schockieren.«

Bracht grinste. »Oder du wirfst ihre Sitten über den Haufen, wenn sich ihre Frauen ein Beispiel an dir nehmen.«

Cennaire, deren Rollenverständnis eher dem der Jesseryter entsprochen hatte, fand es überhaupt nicht merkwürdig, daß Frauen nicht kämpfen sollten, und so zuckte sie überrascht zusammen, als Bracht ihr eins der dick gefütterten Lederwämser reichte.

»Du sagst, du hast keine Erfahrung im Umgang mit Waffen?« fragte er, und als sie den Kopf schüttelte, fügte er hinzu: »Dann solltest du besser ein paar Dinge lernen.«

Der Vorschlag erschreckte sie, denn sie befürchtete, daß sie ihre übernatürlichen Kräfte bei einem Übungskampf verraten könnte, und sie zögerte.

Calandryll mißverstand ihre Reaktion und sagte galant: »Dir wird nichts geschehen.«

»Und vielleicht rettet es dir später einmal das Leben«, fügte Katya hinzu, die ebenfalls ganz andere Gründe für Cennaires Zögern vermutete. »Paß auf, ich werde mit dir trainieren. Ich glaube, wir sollten zuerst einmal mit den Messern beginnen.«

Cennaire fand keine einleuchtende Begründung, mit der sie sich den Übungen hätte entziehen können, und so blieb ihr nichts anderes übrig, als einzuwilligen. Sie legte das Wams an, zog mit spitzen Fingern den Dolch aus der Scheide und schärfte sich ein, daß sie auf keinen Fall die Selbstbeherrschung verlieren durfte, um nicht Gefahr zu laufen, das Lederwams zu durchbohren und der Vanuerin eine ernsthafte Verwundung zuzufügen. Katya, die glaubte, Cennaire würde sich durch den Dolch verunsichert fühlen, sprach ihr Mut zu und erklärte ihr, wie sie die Waffe halten und die Füße stellen sollte, um ihr Gewicht richtig auszubalancieren.

»Nach vorn und aufwärts«, erklärte sie und führte die Bewegung vor. »Du mußt mit der Spitze unter die Rippen in Richtung Herz zielen. Dein Daumen muß auf dem Fingerschutz liegen. Wenn du zustößt, dann nur aus der Schulter heraus, und leg dabei dein ganzes Gewicht in den Stoß. So, versuch es jetzt nachzumachen.«

Cennaire gehorchte, wobei sie natürlich nicht ihre volle Kraft einsetzte, und war verblüfft, als der Stoß ins Leere ging, durch einen nahezu beiläufigen Schlag von Katyas

Handgelenk aus der Bahn gelenkt, der ihren Arm seitlich wegdrückte. Gleichzeitig berührte die Dolchspitze der flachsblonden Frau leicht ihr Lederwams.

»Keine Vorwarnung«, mahnte Katya. »Deine Augen und deine Füße haben mir deine Absicht verraten. Du darfst den Angriff durch nichts ankündigen. Paß auf..«

Sie machte es ihr vor, und Cennaire stellte zu ihrer Überraschung fest, daß das tödliche Ballett sie in seinen Bann zog. Sie begriff, daß Kraft allein nicht ausreichte und sie eine ganze Menge von der Vanuerin lernen konnte. Also folgte sie Katyas Anweisungen und fand heraus, wie eine Bewegung aus dem Handgelenk heraus einen Stoß zur Seite lenken konnte, wie man den Angreifer durch eine Finte täuschen und aus dem Gleichgewicht bringen konnte. Es war dem Erlernen von Tanzschritten nicht unähnlich, und darin war sie schon immer gut gewesen. Außerdem kam es darauf an, die Absichten seines Gegner vorauszuahnen, und auch dabei kam ihr ihr bisheriger Lebenswandel zugute. Schon bald fand sie Gefallen an den Lektionen, und ihre einzige Sorge bestand darin, nicht zu verraten, daß sie mehr als ein Normalsterblicher zu leisten imstande war.

Calandryll und Bracht hatten mittlerweile ebenfalls zu kämpfen begonnen, aber sie nahm das Klirren von Stahl auf Stahl, mit dem ihre Schwerter aufeinanderprallten, kaum wahr, so sehr hatte sie sich auf Katya konzentriert, auf die verzwickte Abfolge der Schritte, auf Angriff, Abwehr und Gegenangriff. Es war ein faszinierendes Spiel, dachte sie, das sich durchaus noch als sehr nützlich für ihre unsichere Zukunft erweisen könnte. Sie würde wahrscheinlich unbesiegbar werden, wenn sie sich als gelehrige Schülerin erwies. Zu dem Vorteil, den ihre Kräfte ihr ohnehin schon brachten, kamen auch noch ihre übernatürlichen Sinne hinzu, mit denen sie alle Bewegungen ihrer Gegner voraussehen konnte, und so würde kaum jemand in der Lage sein, sie zu besiegen. Und selbst wenn, was würde das schon ausmachen? Eine Klinge zwischen ihren Rippen konnte sie nicht töten. Trotzdem widerstand sie der Versuchung zu experimentieren und konzentrierte sich nur darauf, die

Grundvoraussetzungen dieser tödlichen Kunst zu erlernen, ohne auf ihre geheimen Reserven zurückzugreifen.

Die Lektionen nahmen sie derart gefangen, daß sie gar nicht merkte, wie die Zeit verging, und sie nahm gerade Aufstellung für den nächsten Angriff, als Katya lächelnd rief: »Das ist genug für den Anfang! Du lernst schnell.«

»Mit genügend Übung könnte sie zu einer ganz passablen Kämpferin werden«, stellte Bracht fest. Cennaire drehte sich um und sah, daß der Kerner und Calandryll ihre eigenen Waffen schon wieder in die Scheiden geschoben und ihnen zugesehen hatten.

»Geben die Götter, daß es nicht dazu kommt«, sagte Calandryll. Sein Gesicht wirkte ernst, als fürchtete er um ihre Sicherheit.

»Habe ich mich denn nicht gut angestellt?« fragte sie.

»Hervorragend«, erwiderte er. »Aber trotzdem ...« Er zuckte die Achseln und stolperte einen Schritt vor, als Bracht ihm auf die Schultern schlug und schmunzelte.

»Ahrd, schließt du dich jetzt etwa den seltsamen Vorstellungen unserer Gastgeber an?« fragte der Kerner, worauf Calandryll kläglich grinste und den Kopf schüttelte.

»Wäre die Welt nicht so aus den Fugen geraten, wäre das alles nicht nötig«, meinte Katya. »Aber wenn man bedenkt, wohin wir gehen und gegen wen wir antreten, ist es nur sinnvoll, wenn Cennaire in der Lage ist, sich selbst zu schützen.«

Calandryll nickte, durch Katyas Worte wieder ernüchtert. Sie zogen die Lederwämser aus und kehrten über die Gänge, an die sie sich kaum noch erinnern konnten, zu dem Hof zurück, auf dem die Kotu-zen gedrillt worden waren.

Die Sonne hatte ihren Zenith bereits überschritten, und die Männer in den schwarzen Rüstungen waren verschwunden. An ihrer Stelle waren Männer in grauen Baumwolltuniken – Calandryll vermutete, daß die schlichte Kleidung auf eine niedrigere Kaste hinwies – damit beschäftigt, eine große Anzahl von Waffen zu reinigen und zu warten. Einige versahen Pfeile mit Federn, andere besserten Kettenrüstungen aus, wiederum andere arbeiteten an zwei Schleifrädern, mit denen sie Säbelklingen schärften. Das Kreischen von Stein auf Metall erfüllte die Luft. Es schien, als bereitete sich die Festung auf den Krieg vor, aber bei der Ankunft der Fremden hielten die Männer in ihrer Beschäftigung inne und blickten die beiden Männer und Frauen schweigend an, was bei diesen das ohnehin schon etwas unbehagliche Gefühl, Fremde in diesem Land zu sein, noch verstärkte.

Keiner sprach ein Wort, bis sich Calandryll erkundigte, wo sie die Übungskleidung verstauen könnten. Daraufhin trat ein Mann vor, verneigte sich unterwürfig und bot ihnen an, ihnen die Lederwämser abzunehmen, als wäre eine derart niedrige Arbeit unter der Würde der vier Gäste.

»Ahrd, diese Unterwürfigkeit geht mir auf den Geist«, knurrte Bracht auf envah.

»Ich glaube, sie ordnen uns als Kotu-zen ein«, erwiderte Calandryll, »und anscheinend genießen die Kotu-zen diese Privilegien.«

Der Kerner schnaubte und ließ den Blick über die immer noch stummen Männer wandern, die auf weitere Anweisungen oder das Verschwinden der Besucher warteten, bevor sie wieder ihren eigentlichen Aufgaben nachgingen. »Mir gefallen die Sitten in Cuan na'For besser«, murmelte er. »Selbst in Secca ging es nicht so formell zu.«

»Aber wir sind nun mal hier.« Calandryll grinste und übergab dem wartenden Mann sein Übungswams. »Und in einem fremden Land sollten wir besser die fremden Sitten akzeptieren.«

Bracht brummte, enthielt sich jedoch weiterer Bemerkungen und warf dem Mann das Wams in die ausgestreckten Arme. Auch Katya und Cennaire gaben ihre Schutzkleidung ab, und der Mann eilte damit davon.

»Laßt uns den Speisesaal aufsuchen«, schlug Katya vor. »Ich habe Hunger.«

»Einverstanden«, stimmte Bracht zu. Seine ursprünglich gute Laune hatte etwas nachgelassen. »Falls wir uns nicht in diesem Labyrinth verirren. Je eher wir von hier wegkommen, desto besser.«

»Bracht ist nie richtig glücklich, wenn er nicht jeden Tag

eine Weile auf seinem Pferd sitzen kann«, erklärte Katya Cennaire mit demonstrativer Ernsthaftigkeit.

»Das hat Calandryll auch schon erwähnt«, entgegnete Cennaire lächelnd. Und plötzlich überkam sie die Erkenntnis, daß sie sich in der Gesellschaft der drei Abenteurer wohlfühlte, als wären sie wirklich ihre Kameraden. Das Lächeln gefror ihr auf den Lippen, als dem ersten spontanen Gedanken sofort ein zweiter folgte: Es wäre traurig, sollte sie gezwungen werden, sie umzubringen.

Sie verdrängte den Gedanken und gab sich den Anschein sorgloser Fröhlichkeit, als sie den Hof verließen und sich auf den Weg zum Speisesaal machten.

Die große Halle war genauso schlecht beleuchtet wie zuvor und menschenleer bis auf Ochen, der allein an dem hohen Tisch vor großen Tellern voller kaltem Fleisch, Käse und Brot saß, einen Becher Wein in der vom Alter knorrigen Hand.

Er begrüßte sie gutgelaunt, forderte sie auf, neben ihm Platz zu nehmen, und erklärte ihnen, daß das Mittagessen bereits vor einiger Zeit stattgefunden hätte und der kalte Imbiß für sie zurückgelassen worden wäre.

»Ich fürchte, wir haben mit unseren Schwertübungen irgendwelche Verhaltensregeln verletzt«, sagte Calandryll und schenkte sich einen Becher des hellen Weins ein.

Der *Wazir* nickte schmunzelnd. »Die Kotu-zen haben ziemlich starre Ansichten zu Fragen der Etikette«, erläuterte er. »Aber das spielt keine Rolle. Ihr braucht Euch deswegen keine Sorgen zu machen.«

»Wir müssen noch viel lernen«, entschuldigte sich Calandryll.

»Wir ebenfalls«, erwiderte Ochen. »Wir haben uns so lange vom Rest der Welt abgeschottet, daß unsere Sitten etwas überkommen sind. Die Vorstellung, daß Frauen Schwerter tragen können, ist für einige hier so etwas wie ein Sakrileg. Aber hättet Ihr keins getragen«, sagte er an Katya gewandt und bedachte sie mit einem Lächeln, das auch Cennaire galt, »dann hätte Rhythamun schon gewonnen, denke ich.«

»Und wir beide wären wahrscheinlich erschlagen worden«, pflichtete ihm Bracht bei. Er hob seinen Becher und prostete der Kriegerin zu. »Ich glaube, die Chaipaku hätten uns getötet, wäre Katya uns in Kharasul nicht zu Hilfe gekommen.«

Katya lächelte, aber ihre Aufmerksamkeit galt mehr dem Essen als Brachts Schmeicheleien.

»Trotzdem möchte ich unsere Gastgeber nicht vor den Kopf stoßen«, sagte Calandryll. »Es würde mich freuen, wenn Ihr die Zeit erübrigen könntet, uns etwas mehr über Eure Sitten zu erzählen.«

»Ich habe jetzt Zeit«, gab Ochen zurück. »Die Festung ist gereinigt, und ich habe die Mauern sogar mit Schutzzaubern versehen können. Chazali und Temchen sorgen für die weltlichen Aspekte. Wenn Ihr also nichts anderes vorhabt ...«

Da Calandryll befürchtete, Bracht könnte vorschlagen, den Pferden ein bißchen Bewegungen zu verschaffen, ließ er ihn gar nicht erst zu Wort kommen und sagte schnell: »Aye, das wäre sehr nützlich.«

»Nun gut.« Ochen nippte an seinem Wein, stützte die Ellenbogen auf den Tisch und beugte sich vor. »Ein bißchen habt Ihr bereits erfahren, denke ich. Von Chazali.«

Calandryll nickte. »Er ist ein Kotu, ein Angehöriger der Kriegerkaste.«

»Alle hier sind Kotu«, erklärte Ochen, »aber selbst unter den Kotu gibt es Standesunterschiede. Chazali und Temchen – und die Krieger, denen Ihr heute morgen begegnet seid – sind Kotu-zen, die höchsten dieser Kaste.«

»Sie alle tragen schwarze Rüstungen?« fragte Calandryll.

»Das ist richtig.« Das Lächeln in Ochens zerfurchtem Gesicht vertiefte sich. »Nur die Kotu-zen dürfen solche Rüstungen tragen, die mit den Insignien ihrer Ränge und Clane versehen sind. Ich würde Euch gern in die Lage versetzen, unsere Schrift zu lesen, aber leider übersteigt das meine magischen Kräfte.«

Calandryll erwiderte das Lächeln des *Wažirs*. »Der Sprachenzauber ist schon ein größeres Geschenk, als wir erwarten durften. Wer sind dann die Männer in den Leder- und Kettenrüstungen?«

»Kotu-anj«, sagte Ochen. »Normalerweise sind sie Fußsoldaten, aber wenn die Lage es erfordert, können sie auch reiten.«

»Die Männer, die ich auf der anderen Seite des Kess Imbrun gesehen habe, haben Leder- und Kettenpanzer getragen«, warf Cennaire ein. »Auch der Mann, den Rhythamun ... übernommen hat.«

»Dann war er ein Kotu-anj«, murmelte Ochen. Er wurde nachdenklich. »Das macht es noch schwerer, ihn aufzuspüren. Die Zahl der Kotu-zen ist relativ gering, die der Kotu-anj dagegen sehr groß.«

Bracht stieß eine Verwünschung aus, worauf der *Wazir* die Achseln zuckte. Seine Tunika raschelte. »Das wird uns nicht daran hindern, ihn zur Strecke zu bringen, so Horul will. Aber laßt uns Rhythamun und seine finsteren Pläne für den Augenblick vergessen. Wir können jetzt nichts mehr unternehmen, nicht vor dem Morgengrauen, laßt uns also über angenehmere Dinge sprechen.«

Damit war Calandryll sofort einverstanden. Er hatte eine brennende Neugier auf dieses merkwürdige Land entwikkelt. »Die Diener«, sagte er, »die Männer in den grauen Tuniken, denen wir begegnet sind, sind das ebenfalls Kotu?«

»Alle hier sind Kotu«, wiederholte Ochen. »Die Festungen, die unsere Grenzen sichern, dürfen nur von Kriegern bemannt werden. Deshalb gibt es hier auch keine Frauen, außer solchen ehrenwehrten Gästen ...« – damit nickte er Katya und Cennaire zu – »... wie Euch. Diejenigen, die am Tisch bedienen oder niedrigere Tätigkeiten ausführen, sind Kotu-ij. Sie wollen Kotu-anj werden, aber dazu müssen sie sich erst würdig erweisen.«

»Und die Kotu-anj?« fragte Calandryll, jetzt völlig fasziniert von dieser vielschichtigen Gesellschaftsstruktur. »Versuchen sie, Kotu-zen zu werden?«

»Das können sie nicht«, erklärte Ochen. »Die Kotu-zen entstammen nur den vornehmsten Familien. Dieses Privileg ist ein Geburtsrecht.«

»Ahrd, Ihr lebt wirklich in einem merkwürdigen Land.« Bracht runzelte die Stirn und schüttelte den Kopf. »In Cuan na'For sind alle Menschen gleich. Jeder könnte jede Position einnehmen.«

Auf Ochens runzligem Gesicht erschien die Andeutung eines Bedauerns. »So ist es seit Jahrhunderten«, murmelte er sanft. »Vielleicht ist Cuan na'For ein freieres Land als die meisten anderen. Herrscht in Lysse und Kandahar nicht eine ähnliche gesellschaftliche Rangordnung?«

»In Kandahar herrscht der Tyrann«, sagte Cennaire.

»Und die Städte Lysses werden von ihren Domms regiert«, fügte Calandryll hinzu. »Ihnen folgen die großen Familien.«

»Und in Vanu?« erkundigte sich Ochen bei Katya. »Wie ist es in diesem geheimnisvollen Land?«

»Dort werden alle Menschen als gleichwertig betrachtet«, antwortete sie, »und alle zusammen bestimmen ihre Vertreter in unseren Räten, damit die Stimmen aller Frauen und Männer gehört werden.«

»Jedem das seine«, murmelte Ochen, offensichtlich etwas befremdet über eine derart revolutionäre Vorstellung. Dann kicherte er. »Horul, es würde ein frischer Wind durch dieses Land wehen, wenn unsere Frauen oder die niedrigeren Kasten solche Ideen aufgreifen würden.«

Das schien ihn sehr zu belustigen. Er saß eine Weile schweigend da, schüttelte den Kopf, schaukelte leicht auf seinem Stuhl hin und her, und seine Augen wurden noch schmaler, während sich sein Lächeln vertiefte. Calandryll hatte den Eindruck, daß Ochen die Vorstellung nicht ganz reizlos fand, den Wind der Veränderung vielleicht sogar begrüßen könnte.

»Und die *Wazire*?« wollte Calandryll wissen. »Welche Stellung nimmt Eure Kaste unter all den anderen ein?«

Ochen wurde wieder etwas ernster, lächelte aber nach wie vor breit. »Wir sind besonders bevorzugt«, antwortete er, »denn jeder – ob Mann oder Frau –, der das okkulte Talent besitzt, kann *Wazir* werden, unabhängig von seiner Herkunft. Das Talent zeigt sich bereits in der Kindheit, und alle, die über diese Begabung verfügen, werden genau beobachtet, und dann wird entschieden, ob sie zum *Ki-wazir* ausgebildet werden sollen. Manchmal verschwindet die Begabung wieder, aber diejenigen, die die Laufbahn eines *Wazirs* einschlagen, werden mit den höchsten Kotu-zen auf eine Stufe gestellt. Abgesehen von den *Wazir-narimasu*, die den *Shendii* gleichgestellt werden – den größten von allen.«

»Aber trotz ihrer Großartigkeit sind sie nicht in der Lage, die Rebellen zu besiegen, die Anwar-teng bedrohen«, bemerkte Bracht.

»So ist es«, bestätigte Ochen. »Aber Ihr dürft dabei nicht vergessen, daß sie ihre Fähigkeit, das Tor geschlossen zu halten, verlieren würden, sollten sie sich der dunklen Seite zuwenden, und dann ... Und falls Tharn erwacht, wie sollten sie dann seine Rückkehr in die Welt verhindern?«

Bracht runzelte die Stirn und ließ den Wein in seinem Becher kreisen. »*Wenn* der Verrückte Gott erwacht, warum sollte er dann über Anwar-teng zurückkehren?« fragte er schließlich. »Könnte er nicht den Borrhun-maj überqueren? Oder bewachen die *Wazir-narimasu* auch diesen Weg?«

»Eine gute Frage«, sagte Ochen, nun wieder todernst, »und die Antwort lautet nein. Die *Wazir-narimasu* bewachen diesen Weg nicht. Die Ersten Götter haben den Borrhun-maj mit solchen magischen Hindernissen belegt, daß nicht einmal Tharn diesen Weg gehen könnte.«

Jetzt war es Calandryll, der die Stirn runzelte. »Aber Ihr glaubt, daß Rhythamun Tharn über diese Route erreichen könnte«, sagte er vorsichtig. »Entweder über die Berge oder über Anwar-teng, habt Ihr gesagt. Wie soll das möglich sein, wenn es dort solche Hindernisse und Wächter gibt?«

»Ich habe gesagt, daß die Überquerung *nahezu* unmöglich für jeden Normalsterblichen ist«, erwiderte der *Wazir* langsam. »Und die Existenz des Tores in Anwar-teng ist ein wohlgehütetes Geheimnis. Aber ...« Er seufzte, und plötzlich wirkte sein Gesicht noch älter, als die Spuren der Jahre es ohnehin schon machten. »Aber Rhythamun hat das Arcanum, nicht wahr? Und dieses Buch ist sowohl Führer wie Wächter. Dadurch weiß Rhythamun zweifellos von dem Tor *und* besitzt die Mittel, um die Überquerung des Borrhun-maj zu überleben.«

Die Bedeutung seiner Worte traf Calandryll wie der Schlag eines scharfen Schwertes. Er schluckte, und als er die nächste Frage stellte, klang seine Stimme rauh. »Wollt Ihr damit sagen, daß er gewonnen hat, wenn er eins der beiden Ziele erreicht, die Stadt oder die Berge?«

Ochens Blick richtete sich auf Calandrylls Augen und wanderte über die erwartungsvollen Gesichter der anderen. Er schüttelte kurz den Kopf, wobei er eine gewisse Unsicherheit ausstrahlte. »Es wäre möglich, muß aber nicht so sein«, sagte er leise. »Um das Tor zu benutzen, muß er zuerst Anwar-teng erreichen und die Stadt betreten. Durch seine Tarnung in dem gestohlenen Körper kann er das wahrscheinlich tun, aber es wird nicht einfach für ihn werden. Wahrscheinlicher ist – sollte er diesen Weg wählen –, daß er sich mit den Rebellen in der Hoffnung verbindet, bei einem Erfolg der Belagerung die Stadt in der allgemeinen Verwirrung betreten zu können. Sollte er sich jedoch entscheiden, es über den Borrhun-maj zu versuchen, hat er noch eine längere Reise vor sich, und ich denke, daß er selbst mit Hilfe des Arcanums nur langsam vorankommen wird. So Horul will, werden wir ihn vorher abfangen können.«

»Und wenn nicht?« fragte Bracht, direkt wie immer. Calandryll saß nur stumm da, überwältigt von der entsetzlichen Vorstellung, daß sie scheitern könnten. »Was, wenn er uns immer einen Schritt voraus bleibt und ihm der Übergang nach ... was auch immer jenseits des Borrhun-maj liegt, gelingt?«

»Dann müssen ihm die folgen, die dazu in der Lage sind«, stellte Ochen fest. »Mit dem Übergang allein ist er immer noch nicht am Ziel. Selbst wenn er Tharns Ruhestätte erreicht, muß er noch die Wiederauferstehungszauber wirken.«

»*Diejenigen, die dazu in der Lage sind*?« fragte Katya. »Was meint Ihr damit?«

»Daß die Tore mit Bannzaubern versehen sind, die den meisten Menschen den Zutritt verwehren«, erklärte der *Wazir*. »Es hat in der Vergangenheit einige aus meiner Zunft gegeben, die den Versuch gewagt haben, die Tore zu durchschreiten, um den Verrückten Gott zu vernichten. Statt dessen sind sie selbst vernichtet worden.«

Bracht stieß ein bitteres Lachen aus und leerte seinen Becher. »Die Risiken und Gefahren wachsen mit jedem Tag.«

»Wollt Ihr also lieber umkehren?« fragte Ochen mit trügerisch sanfter Stimme. »Noch ist es nicht zu spät.«

»Alle Menschen müssen irgendwann einmal sterben.« Der Kerner starrte den alten Hexer an, als wäre er verwirrt oder beleidigt. Er griff nach dem Weinkrug und schüttelte den Kopf. »Aber ist das ein Grund, um aufzugeben?«

»Nein«, murmelten Calandryll und Katya, und die Vanuerin fügte hinzu: »Glaubt Ihr, daß wir das Tor lebendig durchschreiten könnten?«

»Ihr seid schon einmal auf ein Tor gestoßen, oder?« Ochens fahlgelbe Augen zwinkerten ihr zu. »Und Ihr habt es überlebt, sonst hättet Ihr nicht davon erzählen können. Hat die Wahrsagerin in Lysse nicht von drei Suchern gesprochen? Und haben die Alten in Gessyth nicht das gleiche gesagt? Ich denke, daß Ihr drei vielleicht die einzigen Menschen auf der Welt seid, die den Durchgang überleben können.«

»Wir drei?« Calandryll sah Cennaire an, und fast hätte er den Arm ausgestreckt, um ihre Hand zu ergreifen. »Sind wir jetzt nicht zu viert? Sogar zu fünft, wenn Ihr mitkommt?«

»Vorläufig, aye.« Ochen nickte zustimmend und sah seinerseits Cennaire an. »Ich bin überzeugt, daß die Jüngeren Götter Euch vier zusammengeführt haben, und Ihr werdet jede Hilfe erhalten, die ich Euch geben kann. Aber sollte es erforderlich werden, daß Ihr die Grenzen dieser Welt überschreitet, dann ... ich weiß nicht, was dann geschieht.«

»Ihr würdet den Versuch nicht unternehmen?« erkundigte sich Bracht. »Wenn es erforderlich wird?«

»Alle Menschen müssen irgendwann einmal sterben.« Es gelang Ochen, Brachts Gesichtsausdruck und sogar seinen Tonfall nachzuahmen. »Nein, ich habe nicht gesagt, daß ich es nicht versuchen würde, sondern nur, daß ich es vielleicht nicht überleben könnte.«

»Ich denke, daß in Euren Adern das Blut Cuan na'Fors fließt.« Brachts Zähne blitzten weiß im schummrigen Licht auf, als er den Mut des alten Mannes mit einem anerkennenden Lachen würdigte. »Falls Euch meine Worte beleidigt haben sollten, entschuldige ich mich dafür.«

»Das braucht Ihr nicht«, versicherte Ochen. »Aber ich danke Euch trotzdem.«

»Dann werden wir drei also vermutlich allein gehen, sollte es nötig werden.« Calandrylls Blick wanderte von dem *Wazir* zu Cennaire und wieder zurück. »Wird Cennaire in Sicherheit sein, falls wir diesen Übergang versuchen?«

Ochen sah die Kanderin an und schwieg einen Moment lang. Cennaire erwiderte seinen unergründlichen Blick und fragte sich, was hinter der zerfurchten Stirn vor sich ging, welche Überlegungen er anstellte und zu welchem Ergebnis er kam. Dann lächelte der Magier wieder, neigte den Kopf und sagte: »Es könnte sein, daß aus den drei vier geworden sind. Aber habt keine Angst, Cennaire wird unter der Obhut des Clans der Makusen reiten und in Sicherheit sein.«

»Vielleicht«, meinte Calandryll, »wäre es besser, wenn sie in Pamur-teng bleibt.«

»Nein!« brach es aus Cennaire hervor. »Ich gehe dorthin, wohin Ihr geht.«

Sie war sich in diesem Augenblick nicht sicher, was der Grund für ihre Reaktion war, die Angst vor Anomius' Zorn, sollte sie zurückgelassen werden, oder der aufrichtige Wunsch, bei Calandryll zu bleiben. Das einzige, was sie mit Sicherheit wußte, war, daß sie irgendwie bei den Abenteurern bleiben mußte. Das war erst einmal das wichtigste. Sich über die Gründe klar zu werden war später noch Zeit genug.

»Cennaire ...« Diesmal nahm Calandryll ihre Hand. »Es könnte sein, daß Ihr uns nicht dorthin begleiten könnt, wo wir hingehen müssen. Und Pamur-teng ist gewiß eine sicherere Zuflucht als das Schlachtfeld oder der Borrhun-maj.«

»Ich will Euch nicht verlassen«, sagte sie hitzig vor Verwirrung, beschwor ihn stumm, das zu akzeptieren.

Er drückte ihre Hand und lächelte sanft. »Wenn wir durch das Tor gehen oder den Borrhun-maj überschreiten müssen, könnte Euch beides umbringen. Damit möchte ich mein Gewissen nicht belasten.«

»Dann tut es nicht und überlaßt mir die Entscheidung«, entgegnete sie und fragte sich dabei, ob sie – wie Anomius einmal zynisch bemerkt hatte – tatsächlich ein Gewissen entwickelte. »Aber ich möchte immer noch mit Euch gehen.«

Calandrylls Lächeln wurde strahlender, als würde sie mit ihren Worten etwas bestätigen, was er kaum zu hoffen gewagt hatte. Sie fühlte sich beinahe schuldig, als er auch ihre zweite Hand ergriff und sagte: »Ich möchte Euch nicht solchen Gefahren aussetzen. Nein, das ist unsere Aufgabe, so, wie es geweissagt worden ist. Es gibt keinen Grund, warum Ihr Euer Leben riskieren solltet.«

Seine Augen leuchteten und blickten doch ernst. Cennaire benötigte keine übernatürlichen Sinne, um das Feuer, das in ihm loderte, wahrzunehmen, und fast hätte sie herausgeschrien, daß sie kein Leben besaß, das sie riskieren konnte, nur die Hoffnung, wieder sie selbst zu werden und eigenständig entscheiden zu können, welchen Weg sie einschlagen wollte. Sie schüttelte den Kopf und suchte nach den richtigen Worten, um ihn zu überzeugen, voller Angst, sich zu verraten oder zu versagen, ohne sich länger sicher zu sein, wovor sie sich mehr fürchtete.

Ochen erlöste sie aus ihrem Dilemma. »Es ist ein langer Ritt bis nach Pamur-teng«, murmelte er. »Wollen wir diese Entscheidung bis dahin aufschieben?«

Cennaire nickte dankbar. Bracht und Katya sahen einander an, teils erstaunt, teils belustigt. Calandryll ließ Cennaires Hände los und errötete einmal mehr, als er die prüfenden Blicke seiner Gefährten bemerkte. »Bis wir Pamur-teng erreichen«, stimmte er zu, längst nicht so zuversichtlich.

»Und die Reise dorthin könnte sich schon als gefährlich genug erweisen«, meinte Bracht.

»Wieso?« Calandryll wandte sich dem Kerner zu. »Wir reiten in Begleitung von Ochen und einer Eskorte von Chazalis Kriegern. Glaubst du, die Rebellen oder die Tensai könnten eine Bedrohung für uns darstellen?«

»Nicht die Rebellen«, antwortete Ochen an Brachts Stelle. »Vielleicht die Tensai, wenn sie kühn genug werden. Aber ich vermute, daß Euer Kamerad an eine andere Gefahr denkt.«

Calandryll runzelte verständnislos die Stirn, als Ochen ihn nachsichtig anblickte und Bracht grimmig grinste.

»Hast du die magischen Fallen vergessen, die Rhythamun hinter sich zurückläßt?« fragte der Kerner, und sein Gesicht wurde übergangslos wieder ernst. »Den Leichenwolf im Gann-Gebirge? Wie Rhythamun in Morrach gefahren ist? Was er in dieser Festung getan hat? Glaubst du nicht, daß er seinen Weg mit ähnlichen Hindernissen gepflastert hat?«

»Dera!« keuchte Calandryll auf und nickte seufzend. »Aye, ich hatte das alles verdrängt.«

»Es könnte durchaus sein«, warnte Bracht, »daß uns noch mehr davon bevorsteht.«

KAPITEL 6

Die Sonne war gerade erst aufgegangen, als sie die Festung verließen, und die kühle Morgenluft erinnerte sie daran, daß der Sommer sich allmählich seinem Ende näherte. Bodennebel wirbelte um die Fesseln der Pferde und dämpfte das gleichmäßige Trommeln der Hufe. Chazali führte den Zug in seiner schimmernden schwarzen Rüstung an, gefolgt von fünfzig Kotu-zen in lockerer Formation, die sich schützend um Calandryll und die anderen gruppierten. Ochen ritt mit ihnen, die auffälligste Gestalt in seiner strahlend goldenen und silbernen Reiserobe. Die jesserytischen Krieger waren mit Säbeln und Langbögen bewaffnet, deren Mittelteil in sich zurückgekrümmt war, eine beeindruckende Streitmacht, wie Calandryll fand, die jeden Angreifer abschrecken würde, außer vielleicht die zahlenmäßig größten Tensai-Banden. Was den Schutz vor Rhythamuns Magie betraf, war er weniger zuversichtlich, denn er erinnerte sich nur zu gut an Ochens Vermutung, daß die geheimnisvolle Kraft, die der Magier in ihm entdeckt hatte, ihn auf der okkulten Ebene zu einem leichteren Angriffsziel machte. Aber Ochen, so beruhigte er sich selbst, während sie zügig nordwärts galoppierten, hatte auch darauf hingewiesen, daß er vorgewarnt und damit besser gewappnet sei, und die Kräfte des *Wazirs* boten ihm bestimmt ebenfalls Schutz vor bösartiger Magie. Er verbannte seine Befürchtungen in den hintersten Winkel seines Verstandes und konzentrierte sich auf den vor ihm liegenden Weg.

Der Nebel begann sich aufzulösen, schmolz unter der höher steigenden Sonne dahin und wurde von einem leichten Wind aufgerissen. Unter ihm kam flaches Grasland zum Vorschein, matter als die saftigen Weiden in Cuan na'For, als hätte es hier längere Zeit nicht mehr geregnet. Es gab keine eigentliche Straße, sondern nur eine breite, etwa fünfzig Schritte breite Schneise aus gelblichbrauner Erde, die über die Jahrhunderte von unzähligen Wagenrädern, Hufen und Füßen geformt und hart wie Stein geworden war, ein schnurgerades Band, das sich meilenweit erstreckte und sich im Dunst des eintönigen Horizonts verlor. Über ihnen kreisten Vögel in den vom Kess Imbrun aufsteigenden Luftströmungen, dunkle Silhouetten vor dem stahlblauen Himmel. Im Osten trieben ein paar weiße Wolkenfetzen.

Über der Landschaft lag eine unerklärlich bedrohliche Atmosphäre, die Calandryll an das unangenehme Vorgefühl erinnerte, das ihn schon einmal kurz vor Erreichen der Festung befallen hatte. Es schien fast, als wartete das Land auf irgend etwas, als wäre es sich der Reiter bewußt und beobachtete sie lautlos wie ein riesiges Tier. Trotz der zunehmenden Wärme erschauderte er unwillkürlich.

»Ihr spürt es ebenfalls?«

Calandryll zuckte zusammen, drehte sich um und entdeckte Ochen dicht neben sich. Das alte Gesicht wurde durch die Krempe einer phantasievollen Kopfbedeckung beschattet, aber nicht so sehr, als daß ihm der fragende Ausdruck in den Schlitzaugen entgangen wäre.

»Ich hatte das Gefühl ...« Er konnte es nicht in Worte fassen und zuckte die Achseln.

»Beobachtet zu werden?« fragte der alte Mann. »Als ob verborgene Augen auf Euch ruhen würden?«

Calandryll nickte und warf einen kurzen Blick zu Bracht und Katya hinüber, die, offensichtlich unbekümmert, Seite an Seite ritten. Wäre irgend etwas Greifbares für dieses Gefühl verantwortlich gewesen, hätten die geschärften Sinne des Kerners die Ursache bestimmt bemerkt, aber weder er noch Katya ließen das geringste Anzeichen von Unbehagen erkennen, nur ihr Vergnügen darüber, wieder auf einem Pferd zu sitzen und durch offenes Land reiten zu können.

»Was ist das?« wollte Calandryll wissen. Er wurde zunehmend nervös, denn er sagte sich, daß es mehr als reine Einbildung sein mußte, wenn auch Ochen es fühlte.

»Das Land ist beunruhigt!« rief ihm Ochen über das Trommeln der Hufe zu. »Es herrscht Aufruhr im Äther. Der Krieg vergießt Blut, und das schlägt sich auf die okkulten Bereiche nieder. So wie Ihr mit der ätherischen Welt verbunden seid, spürt Ihr den Fluch, der über dem Land liegt.«

Calandryll runzelte die Stirn. »Ich habe so etwas noch nie zuvor gespürt«, gab er zurück. »Abgesehen vom Betreten der Festung, und das lag bestimmt an den Nachwirkungen von Rhythamuns Magie.«

»Wir nähern uns immer weiter den Pforten, derer sich Tharn bedient«, erwiderte Ochen. »Und das vergossene Blut stärkt den Gott. Ich denke, das ist es, was Ihr spürt.«

»Dann wird es noch schlimmer werden?« Es war ein häßlicher und beängstigender Gedanke. »Wird es mit jedem Tag stärker werden?«

»Wahrscheinlich wird es das.« Ochens gleichmütige Bestätigung war erschreckend. »Aber Ihr werdet zweifellos lernen, damit zu leben, und Euch daran gewöhnen.«

Calandryll schluckte, schmeckte Staub auf seiner Zunge und wischte sich über die Lippen. »Niemand sonst scheint etwas davon zu bemerken.«

»Nein, sie merken nichts«, gab ihm Ochen recht. »Aber sie besitzen auch nicht diese Kraft, die in Euch wohnt.«

Calandryll verzog das Gesicht. Wenn diese seltsame

Kraft, die die Hexer in ihm festgestellt hatten, ihm irgendwelche Vorteile brachte, hatte er sie jedenfalls noch nicht entdeckt. Bisher schien sie ihm hauptsächlich Nachteile zu bringen.

Ochen bemerkte seine Miene und lächelte, wenn auch etwas ernst. »Ich nehme an«, sagte er, »daß Ihr diese Kraft eher als Segen statt als Fluch empfinden werdet, wenn die Zeit gekommen ist.«

»Wenn die Zeit gekommen ist?« Calandryll wartete auf eine Antwort, aber der *Wazir* nickte nur, immer noch lächelnd, und ließ sein Pferd ein Stückchen zurückfallen, wodurch er das Gespräch beendete. Calandryll blickte noch eine Weile zu ihm hinüber und gab in Gedanken Bracht recht, der sich immer darüber beschwerte, daß Magier ständig in Rätseln sprachen. Trotzdem hatte Ochens Erklärung dafür gesorgt, daß ihm nicht mehr ganz so unbehaglich zumute war, denn es war eine Sache, sich beobachtet vorzukommen, ohne zu wissen, woran es lag, und eine andere, den Grund dafür zu kennen. Er hatte zwar noch immer das Gefühl, daß unsichtbare Augen auf seinen Rücken gerichtet waren, aber Ochens Worte halfen ihm – was wahrscheinlich auch die Absicht des Hexers gewesen war –, dieses Gefühl erträglicher zu machen, und so richtete er die Schultern auf und versuchte, es zu ignorieren.

Je weiter der Tag voranschritt, desto leichter fiel es ihm, obwohl es kaum etwas gab, was ihn hätte ablenken können. Die Landschaft blieb eintönig, eine flache Ebene, in der das braune Band des Weges, das sich endlos durch das Gras zog, das einzige auffällige Merkmal war. Die Jesseryter legten anscheinend keinen Wert auf Gespräche, die bei dem Tempo, das Chazali vorlegte, auch gar nicht so leicht zu führen gewesen wären, Bracht und Katya gaben sich offenbar ganz dem Vergnügen hin, das der Ritt ihnen bereitete, und Cennaire schien schon genug damit zu tun zu haben, sich im Sattel zu halten. Mit der Zeit gewöhnte sich Calandryll an das Gefühl, beobachtet zu werden, und widerstand dem Drang, sich in den Steigbügeln aufzurichten und seine Umgebung abzusuchen. Er entspannte sich und überließ es seinem Wallach, mit den anderen Pferden mitzuhalten.

Gegen Mittag machten sie an einem flachen, aus gelbem Stein gemauerten Brunnen am Rand des Weges Rast. Calandryll wurde ein Platz neben Chazali zugeteilt. Der *Kiriwashen* löste die Verschlüsse des Gesichtsschleiers an den nach unten geschwungenen Seitenteilen seines Helms und schob das Metallgewebe zurück, um essen zu können. In der Hoffnung, den Offizier mit seiner Frage nicht zu beleidigen, gab Calandryll seiner Neugier nach und erkundigte sich, aus welchem Grund die Jesseryter solche Masken trugen.

Chazali schluckte einen Bissen Brot herunter, strich sich mit penibler Sorgfalt ein paar Krümel aus dem kurzgeschnittenen Bart und sagte in einem Tonfall, der erkennen ließ, für wie offensichtlich er die Antwort hielt: »Damit diejenigen, die wir töten, nicht die Erinnerung an unsere Gesichter mit sich in das nächste Leben nehmen können.«

Anscheinend war das für ihn eine ausreichende Erklärung, aber als er Calandrylls gerunzelte Stirn bemerkte, fügte er hinzu: »Wenn ich einen Mann töten muß, wird er mich wahrscheinlich dafür verfluchen. Stirbt er mit meinem Gesicht vor den Augen, wird sich sein Geist daran erinnern und vielleicht zurückkehren, um mich heimzusuchen. Ist das in Lysse nicht so?«

Calandryll schüttelte den Kopf. »Nein. Wir glauben, daß die Toten diese Welt verlassen. Wenn sie nicht von einem Geisterbeschwörer zurückgerufen werden, gehen sie zu Dera, die über sie zu Gericht sitzt. Danach können sie nicht mehr wiederkehren.«

»Das ist seltsam«, sagte Chazali, vorsichtig darauf bedacht, nicht unhöflich zu klingen. »Ich habe mich schon gefragt, warum Ihr ohne Masken reitet.«

»Sitzt Horul denn nicht über Eure Toten zu Gericht?« wollte Calandryll wissen.

»Wenn ihre Zeit gekommen ist, aye«, erwiderte Chazali, dem bei diesem Thema offenbar ein wenig unwohl war. »Aber das sind Fragen, deren Beantwortung man lieber einem *Wazir* überlassen sollte. Ochen könnte Euch das besser erklären.«

Der Wunsch des *Kiriwashen*, es damit bewenden zu lassen, war deutlich genug, und Calandryll bedrängte ihn nicht weiter, war aber fest entschlossen, sich später mit Ochen darüber zu unterhalten, denn der Forscher in ihm war begierig darauf, mehr über diese merkwürdigen Leute zu erfahren, die ihre Verbündeten geworden waren.

Der Nachmittag und der weitere Ritt verliefen ereignislos, die Landschaft blieb unverändert. Die jesserytischen Pferde, obwohl kleiner als die aus Cuan na'For, waren zäh und galoppierten unermüdlich dahin, legten Meile um Meile zurück, bis der Trupp auf den nächsten Brunnen stieß, wo er sein Nachtlager aufschlug, gerade als die Sonne den Horizont im Westen berührte.

Im Osten ging der Mond auf, und am Himmel funkelten die ersten Sterne schwach im samtblauen Dämmerlicht. Auch wenn die Kotu-zen normalerweise von den Kotu-ji bedient wurden, schienen sie die Arbeiten, die eine Reise mit sich brachte, bestens zu beherrschen, pflockten mit geübten Handgriffen die Pferde an und entfachten Kochfeuer, ohne daß Worte gewechselt werden mußten. Eine Wache wurde aufgestellt, die Bögen aus ihren Schutzhüllen geholt und das Abendessen zubereitet. Dunkelheit senkte sich über das Land, als sie zu essen begannen. Bis auf das Rascheln des Grases im auffrischenden Wind, das in Calandrylls Ohren unheimlich klang, war die Nacht still. Das vertraute Stampfen und Schnauben der Pferde, das muntere Flackern der Flammen und sogar der Anblick der schweigsamen Krieger in ihren schwarzen Rüstungen wirkten beruhigend auf ihn, nachdem das Gefühl, von unsichtbaren Augen beobachtet zu werden, mit dem Einbruch der Nacht immer stärker geworden war, als würde die Dunkelheit gerinnen und sich jenseits des von dem Feuer erhellten Kreises zu einer dichten, greifbaren Substanz verfestigen.

Es waren sowohl der Wunsch, dieses Gefühl zurückzudrängen, als auch echte Neugier, die Calandryll veranlaßten, den *Wazir* in ein Gespräch zu verwickeln.

»Diese Brunnen«, begann er so beiläufig wie möglich, »ziehen sie sich über die gesamte Länge der Straße?«

»Aye.« Ochen zog seine Robe enger um seinen hageren Körper. Die phantasievollen Stickereien leuchten karmesinrot im Feuerschein, seine knorrigen Hände verschwanden in den weiten Ärmeln. »Entlang den Wegen zwischen allen Tengs wurden – zumindest soweit es möglich war – Brunnen in solchen Abständen errichtet, daß sie jeweils gegen Mittag und Abend von Reitern erreicht werden können.« Er schmunzelte. »Das ist ein Geschenk, das der Großkhan uns hinterlassen hat. Die Brunnen sind auf seinen Befehl hin gegraben worden, damit seine Armeen jederzeit Wasser finden konnten.«

»Der Großkhan«, murmelte Calandryll. »Ihr nennt ihn nie bei seinem Namen.«

Der Wazir hob eine Hand. Die lackierten Fingernägel glitzerten hell, als er ein Zeichen in die Luft malte. Er schüttelte den Kopf. »Der Name ist nirgendwo niedergeschrieben«, sagte er, »und es steht auch keins der Denkmäler mehr, die er sich selbst hat errichten lassen. So wurde es vom *Mahzlen* und den *Wazir-narimasu* verfügt. Alles, was der Großkhan geschaffen hat, sollte vergessen und nie mehr wiederholt werden. Als er starb, wurde seine Leiche verbrannt und die Asche ins Galil-Meer gestreut, um mit dem Fluß aus unserem Land getragen zu werden.«

Calandryll nickte und spürte, wie ihm der Wind durch das Haar fuhr. Einen Augenblick lang hatte er das Gefühl, von geisterhaften Fingern gestreichelt zu werden, und kämpfte gegen das Bedürfnis an, sich zu ducken. Statt dessen legte er eine Hand auf den Griff seines Schwertes. Die Berührung vermittelte ihm ein Gefühl der Sicherheit. »Ich möchte nicht unhöflich erscheinen«, sagte er, »aber heute mittag habe ich mit Chazali über die Gesichtsschleier gesprochen, die Eure Krieger tragen.« Er wiederholte, was der *Kiriwashen* ihm erzählt hatte.

Ochen senkte den Kopf, und es verging eine Weile, bevor er antwortete: »Ich glaube, Dera unterscheidet sich sehr von Horul, so wie sich auch Euer Land von dem meinen unterscheidet. Unser Leben verläuft anders als das Eure, und vielleicht trifft das auch auf unseren Tod zu. Wir glauben, daß jeder Mensch mehrere Leben hat, wobei die Anzahl von den Taten abhängt, die er in jedem Leben vollbringt. Wenn sein Körper stirbt, betritt sein Geist das *Zajan-ma*, den Ort im Jenseits, in dem die Geister verweilen, die sich noch nicht von ihrer weltlichen Existenz gelöst haben und auf ihre Wiedergeburt warten, auf ihren nächsten Zyklus in dieser Welt. Horul gibt jeder Seele eine Aufgabe, die der Wiedergeborene erfüllen muß, bevor er den nächsten Schritt tun kann. Wenn der Zyklus dann beendet ist, finden die Seelen, die Horuls Gefallen errungen haben, die ewige Ruhe im *Haruga-Kita*.«

»Das unterscheidet sich wirklich sehr von unserem Glauben«, pflichtete ihm Calandryll bei. »Aber trotzdem verstehe ich immer noch nicht, warum es für einen Krieger so wichtig ist, sein Gesicht zu verhüllen.«

»Weil es einige Geister gibt«, sagte Ochen geduldig und belustigt zugleich, »die rachsüchtig werden. Das *Zajan-ma* ist so etwas wie ein Wartesaal – stellt es Euch wie einen Raum mit vielen Türen vor –, aus dem eine fehlgeleitete Seele, die entschlossen genug ist, fliehen kann. Deshalb könnte der Geist, wenn er das Gesicht desjenigen kennt, der seinen Körper getötet hat, auf Rache sinnen und zurückkehren, um ihn heimzusuchen. Also ist es besser, wenn er seinen Feind nicht kennt, und das ist der Grund, weshalb die Kotu ihre Gesichter verhüllen.«

»Aber Ihr verhüllt Euer Gesicht trotzdem nicht«, murmelte Calandryll. »Obwohl Ihr uns erzählt habt, daß Ihr Eure Magie zu kriegerischen Zwecken einsetzen könntet.«

»Dies ist mein letzter Zyklus auf der Erde«, erwiderte Ochen mit absoluter Überzeugung. »Diejenigen, die das okkulte Talent besitzen, durchleben ihre letzte Existenz und brauchen sich nicht mehr vor der Rache der Geister zu fürchten.«

»Was ist mit uns?« fragte Calandryll. Er deutete auf Bracht und Katya, die auf ihren Decken lagen und sich leise miteinander unterhielten, und auf Cennaire, die ein Stückchen abseits saß und ihrem Gespräch zuhörte. »Werden wir ebenfalls ins *Haruga-Kita* eingehen, wenn wir auf diesem Weg sterben, oder werden wir zurückkommen?«

Ochens Gesicht wurde nachdenklich, und eine Weile betrachtete er schweigend die Funken, die aus dem Feuer aufstiegen. »Ich weiß es nicht«, bekannte er schließlich. »Vielleicht wird jeder von Euch zu seiner eigenen Gottheit gehen, vielleicht ist dieses auch Euer letztes Leben. Ich kenne nur den Glauben meines Landes.«

Calandryll dachte einen Moment lang nach. »Fürchtet Ihr Euch vor dem Tod?« fragte er dann.

»Vor dem Tod nicht«, entgegnete Ochen nüchtern. »Davor, wie er zustande kommt, aye. Ich empfinde Schmerzen genauso wie jeder andere Mensch, und ich würde es vorziehen, meinen letzten Atemzug in einem bequemen Bett auszuhauchen, umgeben von freundlichen Gesichtern, als beispielsweise auf dieser Straße von Pfeilen der Tensai durchbohrt zu werden.«

»Glaubt Ihr, daß das passieren könnte?« Die Erwähnung der Tensai lenkte Calandrylls Gedanken von den metaphysischen auf die weltlicheren Gefahren ihrer Reise. »Würden Tensai eine so große Gruppe angreifen?«

»Wenn sie zahlreich genug sind, aye«, erwiderte Ochen, »oder wenn sie hungrig genug sind.«

Er klang weiterhin unbekümmert, als achtete er solche Gefahren gering oder betrachtete sie mit philosophischer Gelassenheit. Calandryll schloß die Hand fester um den Schwertgriff. Seine Augen wanderten automatisch vom Gesicht des *Wazirs* zu den Wachen, die um das Lager herum patrouillierten. Ochen bemerkte seinen Blick und schmunzelte.

»Ihr braucht keine Angst zu haben«, sagte er. »Zumindest jetzt noch nicht. Wir befinden uns noch zu nahe bei der Festung, als daß uns Gefahr drohen könnte. Sollten die Tensai vorhaben, uns anzugreifen, dann erst später.«

»Später?« Die Worte des Hexers waren für Calandryll nur ein schwacher Trost. »Wieviel später?«

»Vielleicht in zwei Tagen«, entgegnete Ochen. »Dieses flache Land wird schon bald in Hügel und Täler übergeben, die wasserreicher und fruchtbarer sind. Dort gibt es Dörfer, Siedlungen der Gettu, wo die Tensai leichte Beute finden.

Normalerweise halten die Krieger von Pamur-teng die Banditen in Schach, aber durch diesen verfluchten Krieg ...« Er schwieg einen Moment lang, und seine Miene wurde plötzlich finster. »Ich fürchte, die Patrouillen sind zum Krieg einberufen worden, und die Tensai können sich deshalb ungestört bewegen. Horul! Der Verrückte Gott gedeiht durch Blut und Chaos, und es scheint, als würde mein Land in diesem Sumpf versinken.«

»Kämpfen die Gettu nicht?« fragte Calandryll.

»Die Gettu?« Ochen schüttelte den Kopf. »Sie sind Bauern«, sagte er in einem ähnlichen Tonfall, in dem auch Chazali von den Gettu gesprochen hatte. Dann schmunzelte er. »Verzeiht mir, ich hatte vergessen, wie wenig Ihr über die jesserytischen Sitten wißt. Die Gettu kämpfen nicht, weil Horul ihnen die Aufgabe zugewiesen hat, Landwirtschaft zu betreiben und nicht Waffen zu tragen. Ihre Aufgabe beschränkt sich darauf, Getreide anzubauen und Vieh zu züchten, eben auf die Dinge, die Bauern gewöhnlich tun. Deshalb überlassen sie ihren Schutz den Kotu. Wenn das einmal nicht möglich ist, geben sie den Tensai alles, was die Banditen von ihnen haben wollen.«

Calandryll ließ sich diese Erklärung durch den Kopf gehen. Er staunte über eine derart starre Gesellschaftsstruktur, die in seinen Augen übertrieben streng und so angelegt war – durch den Gott der Jesseryter oder durch die Machthaber? –, daß sie diejenigen bevorzugte, die in die Kriegerkaste hineingeboren worden waren. Es erschien ihm ungerecht und ungeheuerlich, daß ganze Dörfer sich widerstandslos von Banditen ausplündern lassen sollten. In Lysse hatte jeder Mensch das Recht, Waffen zu tragen, und die wenigen Banditen, die es dort gab, wurden früher oder später von den Legionen der Städte oder den Bürgern selbst ihrer gerechten Strafe zugeführt.

Aus Angst, Ochen zu beleidigen, verzichtete er darauf, das Thema weiterzuverfolgen, und fragte statt dessen: »Und die Tensai? Ist auch ihnen diese Rolle durch Horul zugewiesen worden? Hat es der Gott ihnen bestimmt, das Leben von Gesetzlosen zu führen?«

Etwas von seinen Zweifeln und seiner Fassungslosigkeit mußte noch immer in seiner Stimme mitschwingen, denn Ochen musterte ihn eine Weile schweigend, und Calandryll fühlte sich an seine Lehrer in Secca erinnert, wenn er ihnen eine Frage gestellt hatte, die der gängigen Lehrmeinung zuwiderlief. Er war erleichtert, als der *Wazir* lächelte und sagte: »Es gibt zwei Denkschulen, was diese Problematik betrifft. Die eine ist genau dieser Meinung, daß Horul Seelen zu Tensai macht. Die andere behauptet, die Tensai wären unzufriedene Geister, die auf der Suche nach irgendeinem anderen Leben aus dem *Zajan-ma* geflohen sind.«

»Und Ihr?« wollte Calandryll wissen. »Welcher Schule gehört Ihr an?«

»Einer dritten«, antwortete Ochen. »Einer sehr kleinen, abweichlerischen Denkschule, die Raum für Unsicherheit und Zweifel gestattet. Kurz gesagt, ich weiß es nicht.«

Sein runzliges Gesicht verzog sich zu einem breiten und freundlichen Lächeln, so daß Calandryll nicht anders konnte, als in das Lachen des *Wazirs* einzustimmen.

»Und jede Stunde, die ich mit Euch und Euren Gefährten verbringe«, fuhr Ochen fort, »läßt meine Zweifel wachsen. Ich vermute, mein Freund, daß allein Eure Anwesenheit dieses Land stärker verändert, als Ihr es Euch vorstellen könnt. Seht her, schon jetzt hat sich Chazali damit abgefunden, daß Eure Frauen Waffen tragen – ein beispielloses Verhalten – und Ihr unmaskiert reitet. Er betrachtet Euch als den Kotuzen oder den *Waziren* gleichwertig, und er hat noch niemals vorher einen Fremden zu Gesicht bekommen. Ihr verändert jetzt schon seine Ansichten! Und auch die meinen.«

Den letzten Satz hatte er leiser und nachdenklicher ausgesprochen.

»Wie das?« erkundigte sich Calandryll.

»Eure Fragen.« Ochen zuckte die Achseln, seine Miene wurde grüblerisch. »Ihr bringt mich dazu, über Sitten und Gebräuche nachzudenken, mit denen ich mich vorher kaum beschäftigt habe. Ihr bringt mich dazu, mich zu fragen, warum Fremde von außerhalb gegen den Verrückten Gott in den Kampf ziehen. Warum wurde diese Aufgabe nicht uns

Jesserytern übertragen? Wir *Wazire* und die *Wazir-narimasu* wissen über Tharn Bescheid, aber wer erscheint, nachdem dieser Rhythamun den Gott wiederzuerwecken droht? Ein verstoßener Prinz aus Lysse, ein Clanmann aus Cuan na'For und eine Kriegerin aus Vanu.«

»Nur wir drei?« Calandryll sah den alten Mann an und ließ den Blick zu Cennaire wandern, die schweigend auf ihrer Decke lag und anscheinend damit beschäftigt war, ihre Kleidung zu überprüfen. »Ist unsere Zahl jetzt nicht gewachsen?«

Ochen folgte seiner Blickrichtung. »Vielleicht«, räumte er ein. »Ich bin überzeugt, daß jeder von uns seine Rolle zu spielen hat, aber am Ende ...«

Wieder zuckte er in einer unverbindlichen Geste die Achseln. Plötzlich wirkte seine Miene rätselhaft. Calandryll hätte das Gespräch gern fortgesetzt, doch in diesem Moment näherte sich Chazali und bat den *Wazir*, das Lager mit seinen magischen Fähigkeiten abzusichern. Ochen entschuldigte sich, verschwand mit dem *Kiriwashen*, um Schutzzauber um das Lager herum zu wirken, und ließ Calandryll allein zurück.

Calandryll blickte sich um. An jedem Feuer saß eine Gruppe von Kotu-zen. Ab und zu drehte sich ein ausdrucksloses Gesicht in seine Richtung und betrachtete die Fremden, aber niemand kam zu ihnen herüber, um sich zu ihnen zu setzen oder ein Gespräch zu beginnen, obwohl sie den Jesserytern genauso geheimnisvoll erscheinen mußten, wie diese ihnen erschienen. Das Feuer, an dem Calandryll saß, schien von einer Art unsichtbarer Grenze umgeben zu sein, die es nur denen vorbehielt, die nicht auf der Ebene von Jesseryn geboren waren, und Ochen war als einziger bereit, die Kluft zu überbrücken, die durch ihre unterschiedlichen Kulturen, ihre Moralvorstellungen und ihre Ansichten entstanden war.

Diese Unterschiede waren erst heute morgen bei ihrem Aufbruch in der Festung wieder deutlich zutage getreten. Kotu-ji standen mit den Pferden bereit, einige, die kühn oder pflichtbewußt genug waren, hielten sogar die größeren

Pferde der Fremden, und neben jedem Tier stand ein zweiter graugekleideter Mann. Sie ließen sich auf Hände und Knie nieder, als die Gruppe näher kam, um den Kotu-zen als lebende Aufsteigeböcke zu dienen. Chazali und seine Krieger benutzten die Kotu-ji mit der beiläufigen Selbstverständlichkeit, die von langer Gewohnheit herrührte. Calandryll starrte auf den Mann, der neben seinem Braunen kniete, Bracht zog ein finsteres Gesicht und fragte: »Wie können sie sich nur derart erniedrigen?« Zum Glück hatte er in seiner Muttersprache gesprochen, so daß niemand den genauen Wortlaut verstehen konnte, wohl aber die Bedeutung, denn Chazali blickte von seinem Sattel herab, und obwohl der Metallschleier vor seinem Helm seinen Gesichtsausdruck verbarg, verrieten die Neigung seines Kopfes und die Haltung seiner Schultern seine Mißbilligung.

»Steht auf, Mann«, sagte Bracht auf jesserytisch. »Ich brauche keine Hilfe, um mein Pferd zu besteigen.«

Der Kotu-ji starrte ihn verständnislos und – wie Calandryll meinte – ängstlich an. Was ihn selbst betraf, hatte Calandryll einen Moment lang überlegt, ob er sich den Sitten des Landes anpassen sollte, aber er empfand es als Erniedrigung, einen anderen Menschen derart würdelos zu behandeln. Deshalb winkte er den Kotu-ji fort, verbeugte sich in Chazalis Richtung und sagte: »Es ist bei uns üblich, ohne fremde Hilfe aufzusteigen.« Er befürchtete schon, seine Worte würden als Beleidigung verstanden werden, aber Ochen sprach kurz und leise mit dem *Kiriwashen*, worauf Chazali irgend etwas knurrte und den knienden *Kotu-ji* mit barscher Stimme befahl, sich zurückzuziehen. Danach hatten die Gefährten ihre Tiere ohne Hilfe bestiegen.

Der Vorfall war nicht mehr erwähnt worden, und Chazali hatte sich ihnen gegenüber auch weiterhin höflich verhalten, aber Calandryll spürte, daß der *Kiriwashen* sie mit einem gewissen Argwohn verstohlen beobachtete. *Es treten immer mehr Unterschiede zwischen uns zutage*, dachte er, *und daran wird sich mit Sicherheit auch in Zukunft nichts ändern*. Er betete, daß ihr Bündnis dadurch nicht in Gefahr geriet.

»Ihr wirkt sehr nachdenklich.«

Cennaires Stimme riß ihn aus seinen Überlegungen. Er drehte sich zu ihr um, lächelte ihr zu und sah, daß sie ihn beobachtet hatte. Der Feuerschein tanzte über ihr rabenschwarzes Haar und verlieh ihrer Haut einen rötlichen Farbton. Die Augen, in die er jetzt blickte, wirkten riesig.

»Ich habe über all die Dinge nachgedacht, die uns von unseren neuen Freunden trennen«, murmelte er. »Wie unterschiedlich unsere Sitten sind, wie schnell es passieren kann, daß wir die Jesseryter in ihren Gefühlen verletzen.«

Cennaire nickte ernst und fand, daß er sehr jung aussah, als er die Stirn runzelte, jung und sehr attraktiv. »Es sind sehr merkwürdige Leute«, sagte sie, »aber bestimmt respektieren sie unsere Sitten.«

»Bisher, aye«, erwiderte er. »Aber was ist, wenn wir Pamur-teng erreicht haben? In einer Stadt werden Formalitäten bestimmt eine größere Rolle als während einer Reise spielen.«

Cennaire zuckte sorglos die Achseln. Eine Kurtisane lernte schnell, sich anderen Sitten und Gebräuchen anzupassen, oder aber ihre Geschäfte gingen schlecht. »Wir werden uns auf dieser Reise wahrscheinlich noch an ihre Sitten gewöhnen«, meinte sie, »und in Pamur-teng müssen wir eben vorsichtig sein, die Augen offenhalten und vielleicht unser Benehmen ändern.«

Calandryll nickte und mußte grinsen, als er mit dem Kopf in Brachts Richtung deutete. »Ich bin mir nicht so sicher, daß Bracht damit einverstanden sein wird«, sagte er.

»Auch Bracht muß lernen«, erwiderte Cennaire.

»Wir alle müssen noch viel lernen«, stimmte ihr Calandryll vorsichtig zu, »aber trotzdem ...« Er legte erneut die Stirn in Falten und schüttelte mit einer Mischung aus Bedauern und Widerwillen den Kopf. »Ich kann mich einfach nicht dazu überwinden, einen Menschen als Steigleiter zu benutzen, und das ist nur eine Kleinigkeit, die die Jesseryter als selbstverständlich betrachten.«

Cennaire war an diesem Morgen durchaus bereit gewesen, auf den Rücken des Kotu-ji zu steigen. Wenn das den Sitten des Landes entsprach, war es ihrer Ansicht nach nicht mehr als ein höfliches Entgegenkommen, sich diesen Sitten auch zu fügen. Sie hatte es nur deshalb nicht getan, weil sich die anderen geweigert hatten. Jetzt fragte sie sich, ob sie Calandryll ihre Einstellung zu diesem Problem mitteilen sollte oder ob das zu einer Kluft zwischen ihnen führen würde. Sie entschied sich für ein taktisches Vorgehen und sagte versöhnlich: »Wenn es bei ihnen so üblich ist ...«

Auf Calandrylls Gesicht zeichnete sich Widerwille ab, und sie verstummte. »Nein«, sagte er entschlossen. »Ich kann einen Menschen nicht so mißbrauchen. Damit kann ich mich nicht abfinden.«

»Dann sollten wir in Pamur-teng besser auf der Hut sein«, stellte sie fest.

»Aye«, stimmte er ihr zu. »Und wahrscheinlich werden wir sowieso nicht lange dort bleiben.«

Cennaire war sich nicht sicher, ob er damit nur sich, Bracht und Katya oder auch sie meinte, und die Ungewißheit machte ihr Sorgen. Sie konnte nicht zulassen, daß sie in der Stadt festgehalten wurde, aber im Augenblick fiel ihre keine stichhaltige Begründung ein, um Calandryll klarzumachen, warum sie ihn und seine Gefährten begleiten sollte. Das einzige, was sie mit Sicherheit wußte, war, daß sie bei ihnen sein mußte, wenn – falls! – sie das Arcanum in die Hände bekamen. Also mußte sie sich einen überzeugenden Grund ausdenken. Welchen, das konnte sie jetzt noch nicht entscheiden. Wenn sie ihn verführte, könnte er trotzdem noch darauf bestehen, daß sie in Pamur-teng blieb. Wahrscheinlich würde er dann sogar noch mehr Wert darauf legen, sie in Sicherheit zu wissen, und das durfte sie nicht zulassen. Vielleicht konnte Ochen ihr in dieser Hinsicht helfen, überlegte sie, denn offensichtlich hatte der rätselhafte *Wazir* seine eigenen Gründe dafür, sie mitzunehmen, und möglicherweise lieferte er die passenden Argumente. Pragmatisch, wie sie war, beschloß sie zu warten. Noch lag die Stadt viele Meilen entfernt, und Cennaire vertraute darauf, daß ihr etwas einfallen würde, bevor sie dort eintrafen.

»Bis dahin steht uns noch eine Menge bevor«, wechselte sie das Thema.

»Ihr habt gehört, wie Ochen über die Tensai gesprochen hat?« Calandryll setzte ein beruhigendes Lächeln auf und deutete auf die Männer, die in ihren Rüstungen vor den Feuern saßen. »Wahrscheinlich ist er nur vorsichtig. Ich glaube, daß wir gut genug geschützt sind.«

Und Banditen können mir kaum etwas anhaben, dachte Cennaire. Ihrer Rolle als wehrloser Frau gemäß tat sie so, als würde sie erschaudern, und blickte ihn nervös an. »Vergeßt nicht, daß ich schon einmal solchen Männern begegnet bin«, erinnerte sie ihn.

Calandryll, der nicht ahnen konnte, daß sie log, lächelte ihr zu. »Euch wird kein Leid zustoßen, solange ich lebe«, versprach er galant. »Und alle Krieger Chazalis stehen zwischen Euch und irgendwelchen Tensai, die dumm genug sind, uns anzugreifen.«

Auch wenn sie nur eine Rolle spielte, war Cennaire von seiner Ritterlichkeit gerührt. Er unterschied sich eindeutig von allen anderen Männern, denen sie bisher begegnet war, und sie schob den Gedanken, daß sie ihn vielleicht eines Tages würde betrügen müssen, weit von sich. Das war etwas, worüber sie lieber gar nicht erst nachdenken wollte. Es war sehr viel einfacher gewesen, bevor sie ihn kennengelernt hatte – als er noch eine gesichtslose Beute gewesen war und sie nur ein Ziel gehabt hatte.

Jetzt verwischte sich ihr Ziel immer mehr, und sie fühlte sich auf gewisse Art verloren wie ein ruderloses Schiff, das von Winden aus unterschiedlichen Richtungen umhergewirbelt wurde. Sie schien keine andere Wahl zu haben, als sich einfach treiben zu lassen, ihre Rolle zu spielen und abzuwarten, welcher Wind schließlich die Oberhand gewann. Die Situation war alles andere als erfreulich, und Cennaire ließ sich etwas von ihrem Unbehagen anmerken, indem sie mit finsterem Gesicht in das munter flackernde Feuer starrte.

»Wir sind viel zu stark, als daß es eine Banditenhorde wagen würde, uns anzugreifen«, versicherte Calandryll, der ihre Miene mißverstand. »Wahrscheinlich würde sie sich vor uns verstecken und sich eine leichtere Beute suchen.«

»Aye.« Cennaires finsterer Gesichtsausdruck verwandelte

sich schnell in ein Lächeln. »Ich werde gut beschützt«, murmelte sie. »Und ich habe Glück gehabt, einer so tapferen Eskorte zu begegnen.«

Calandryll spürte, wie seine Wangen heiß wurden, und hoffte, daß der rötliche Feuerschein sein plötzliches Erröten verbarg, während er hilflos nach einer passenden Erwiderung auf das Kompliment suchte. Cennaire bemerkte seine Verwirrung, seine Unbeholfenheit, die ihn in ihren Augen nur noch liebenswerter machte, weil sie seine Arglosigkeit unterstrich, seine Unfähigkeit, sich zu verstellen, und sie beschloß, ihn aus seiner Verlegenheit zu erlösen, indem sie gähnte, sich entschuldigte und verkündete, daß sie schlafen müßte.

Calandryll war sofort einverstanden und sah zu, wie sie ihre Decke bis zu ihrem Kinn hochzog, den Kopf auf den Sattel bettete und ihre im Licht des Feuers leuchtenden Augen schloß. *Sie ist ohne jede Frage die hinreißendste Frau, der ich jemals begegnet bin*, dachte er, *und darüber hinaus auch noch bewundernswert mutig*. Er verfluchte sich für seine Unbeholfenheit und wünschte sich, er könnte seine Gefühle besser in Worte kleiden, sie überhaupt besser verstehen. Er betrachtete Cennaire noch eine Weile, und als er glaubte, sie wäre eingeschlafen, streckte er sich ebenfalls aus und hüllte sich in seine eigene Decke.

Abgesehen vom Knistern des Feuers und den leisen Geräuschen der Pferde herrschte Stille. Kein Nachtvogel sang, keine Insekten summten, nichts deutete darauf hin, daß Raubtiere in der Nähe herumschlichen. Der Mond stand noch im Osten, silbern schimmernde Wolken schwebten am Himmel, der sich wie eine riesige indigofarbene Kuppel über das Lager wölbte, in der unzählige Sterne funkelten. Mit welchen Schutzzaubern Ochen das Lager auch immer versehen hatte, sie schienen das Gefühl, von unsichtbaren Augen beobachtet zu werden, zu dämpfen, denn obwohl Calandryll nach wie vor ein leichtes Unbehagen verspürte, war es nicht mehr stark genug, um sich gegen seine Müdigkeit durchzusetzen. Seine Augen wurden schwerer, fielen zu, und er sank dankbar in den Schlaf.

Und dann glaubte er zu erwachen, durch einen Ruf aus dem Schlaf gerissen zu werden. Er blickte sich um und keuchte auf, konnte jedoch keinen Laut hören und fühlte sich statt dessen von Entsetzen gepackt, denn er sah auf den reglosen Körper eines blonden jungen Mannes herab, der tief und fest schlief, und er wußte, daß es sein eigener Körper war. Cennaire lag in seiner Nähe, Bracht und Katya schliefen nebeneinander auf der anderen Seite des Feuers. Calandryll sah die schlafenden Kotu-zen, entdeckte Ochen und Chazali, die dunklen Umrisse der Wachen und die Pferde. Der *Wazir* regte sich leicht, als spürte er den körperlosen Blick, der auf ihm ruhte.

Calandrylls Geist stieg, von seinem Körper getrennt, in die Höhe, offensichtlich völlig hilflos, denn der Aufstieg setzte sich unerbittlich fort, obwohl er versuchte, in seinen Körper zurückzukehren. Irgendeine unbegreifliche Macht zog ihn immer weiter empor. Er kämpfte verzweifelt dagegen an, und dabei sah er – falls *Sehen* überhaupt der richtige Ausdruck für diese Form der Wahrnehmung war –, daß er keine Form besaß, keinen materiellen Körper.

Die Panik drohte ihn zu überwältigen. Er rief Brachts, Katyas und Ochens Namen, aber noch immer brachte er keinen Laut hervor, und der einzige, der sich etwas bewegte, war der *Wazir,* allerdings nur so, wie sich ein Mann im Traum unruhig bewegt.

Aber dies war kein Traum, und selbst wenn es ein Alptraum gewesen wäre, dann einer, der eine furchtbare Realität enthielt, wie Calandryll instinktiv wußte, einer, der den Kern seines Daseins aus seiner fleischlichen Hülle zog. Dann dachte er an Rhythamun, und hätte er noch einen Körper besessen, wäre er erschaudert. So aber konnte er nur hilflos zusehen, wie die Gestalten seiner Gefährten und Verbündeten unter ihm zusammenschrumpften, während er in die Höhe stieg wie eine Feder oder ein Rauchfaden, den ein schwacher Wind den fernen Sternen entgegentrug.

Nach wenigen Momenten wurden die Umrisse unter ihm

zu verschwommenen Flecken, zu formlosen Klumpen zwischen den Lagerfeuern, und dann verschwanden auch diese, als der Wind – oder was auch immer an ihm zerrte – die Richtung änderte und ihn nach Norden trieb. Zumindest vermutete er, nach Norden getrieben zu werden, denn er sah das Flachland unter sich dahinziehen und in eine Hügellandschaft übergehen, wie es Ochen angekündigt hatte. Feuer blinkten in den bewaldeten Hügeln und den wasserreichen Tälern, und Calandryll konnte Dörfer, Äcker und die Umrisse schlafenden Viehs erkennen.

Er bewegte sich immer schneller, seine Geschwindigkeit nahm ständig zu, das Land unter ihm wurde zu einer verwischten Fläche, die Sterne über ihm schienen eine andere Bahn einzuschlagen und Lichtschweife wie fliegende Funken hinter sich herzuziehen. Calandryll erblickte eine fruchtbare Ebene unter sich, die von einer kompakten befestigten Stadt beherrscht wurde, die er für Pamur-teng hielt, ein rechteckiges, um ein Vielfaches vergrößertes Ebenbild der Festung am Rande des Kess Imbrun, in dem Licht aus unzähligen erleuchteten Fenstern schimmerte. Es zog ihn weiter fort, und die Stadt blieb schnell hinter ihm zurück.

Dann tauchten wieder Lichter auf, Tausende, tief unter ihm, winzig durch die Entfernung, und dazu Zelte, Pferde und Menschen. Er vermutete, daß er auf ein Feldlager hinabblickte. Und etwas weiter lag noch ein Lager, größer als das erste. Aus einem riesigen See, der vom Mondlicht in Silber getaucht wurde, strömte ein Fluß, an dessen Ufern Feuer brannten und ihn rot färbten. Das Galil-Meer oder der Galilsee, wie er auch genannt wurde! Und die Festungsstadt an seinem Ende, dort wo der Fluß seinen Anfang nahm, mußte Anwar-teng sein.

Calandryll schwebte näher heran, und sein Flug verlangsamte sich ein wenig, als würde er von widerstreitenden Kräften in verschiedene Richtungen gezogen werden, wodurch er ein klareres Bild erhielt.

Er sah, daß die Nacht von noch mehr Lagerfeuern erhellt wurde. Aus dem Gedränge vor der Festung und vom See her, auf dem Silhouetten trieben, die zu dunkel waren, um

Einzelheiten erkennen zu können, schossen weißglühende Bälle mit golden und karmesinrot leuchtenden Schweifen, die in funkensprühenden Bögen aufstiegen und gegen die Mauern von Anwar-teng prallten oder jenseits der Befestigungswälle niedergingen, wo sie in blendenden Lichtblitzen explodierten. Calandryll hatte fast den Eindruck, Schreie in der Nacht vernehmen oder die Gefühle der Menschen unter sich spüren zu können. Es war, als würde eine Woge der unterschiedlichsten Emotionen über ihm zusammenschlagen. Wut, Angst, Zorn und Haß, Gier und Hunger auf das, was die Stadt zu bieten hatte, wofür sie stand, und auf der anderen Seite die Entschlossenheit derjenigen, die sich in ihr befanden, der feste Wille, sie zu verteidigen, und im Hintergrund Furcht vor der Niederlage, vor Plünderungen und Schlimmerem.

Calandryll fühlte, wie sein Geist davon überwältigt wurde. Der furchtbare Ansturm dieser Emotionen war mehr, als er ertragen konnte, und er kämpfte darum, in den normalen Schlaf zurückzufinden, so wie ein Schläfer versucht, sich aus den Klauen eines Alptraums zu befreien. Es gelang ihm nicht, aber für einen kurzen Moment – wie ein Versprechen, das ihm aus weiter Ferne zugerufen wurde – erblickte er die schlafenden Gestalten von Bracht und Katya, sah Cennaire, deren rabenschwarzes Haar ihr Gesicht umfloß, und Ochen, der von seiner Decke auffuhr und sich silberne Locken aus einem Gesicht strich, das sich in unzählige Falten gelegt hatte und seine Sorge wie ein Fanal widerspiegelte.

Dann wurde er weitergerissen, ohne daß er etwas dagegen tun konnte, über ein felsiges karges Ödland, das sich wie eine sandlose graue Wüste unter ihm ausbreitete, auf eine riesige Barriere zu, die schneebedeckt, gezackt und scharfkantig wie der Kiefer eines Drachen vor ihm aufragte. Er wußte, daß diese Barriere das Borrhun-maj war, und mit einer furchtbaren Gewißheit war ihm klar, daß irgend etwas jenseits dieser Bergkette, jenseits der Grenzen der normalen Welt, irgend etwas aus dem Reich des Okkulten nach ihm rief, ihm befahl, zu ihm zu kommen. Und ebenso wußte er, daß sein Geist nie wieder würde zurückkehren können, wenn er zuließ, daß er dorthingezogen wurde. Seine Seele und sein Körper würden voneinander getrennt werden, die Seele gefangen, der Körper zum ewigen Schlaf verdammt, bis er verkümmerte und starb.

Calandryll kämpfte gegen den geistigen Sog, und es war, als würde er gegen eine schreckliche Strömung anschwimmen. Die Nacht flüsterte ihm zu, daß er aufgeben sollte, daß sein Widerstand sinnlos und er zu schwach sei, um gegen eine Macht anzukämpfen, die seine bescheidenen Kräfte bei weitem überstieg, und obwohl er sein Bestes gab, war ihm, als würden seine Glieder erlahmen und seine Muskeln vor Überanstrengung und Schmerzen aufschreien, bis ihm nichts anderes übrigblieb, als seine Niederlage einzugestehen und sich treiben und von der Strömung mitreißen zu lassen.

Er sah die Berge näher kommen. Sie waren so hoch, daß sie mit dem Himmel verschmolzen und das Leuchten des Schnees, das Funkeln der Sterne und der Schein des Mondes ineinander übergingen, als würden sich Erde und Himmel in einem magischen Nebel vereinen, die Welt enden und einer anderen Dimension Platz machen. Der schillernde Nebel glühte, waberte und zitterte in furchtbarer Gier, und Calandryll wußte in der Tiefe seiner Seele, daß auf der anderen Seite das Zwischenreich lag, in dem Tharn ruhte, daß er für immer verloren sein würde, sollte er diese Grenze überschreiten, daß die Mission gescheitert wäre und der Gott nur noch auf seine Wiedererweckung zu warten bräuchte.

Er erlahmte, wurde weitergerissen und glaubte, Gelächter zu hören, höhnisch und zuversichtlich, ein schreckliches Gelächter voller Triumph. Die Stimme hatte sich in seine Erinnerung eingebrannt – er erkannte sie wieder. Er hatte das Lachen schon früher gehört, in Aldarin, als er und Katya in Varent den Tarls Arbeitszimmer gestanden und gesehen hatten, wie sich Rhythamuns Gestalt aus dem Anhänger geformt hatte, den er, Calandryll, in seiner Dummheit und Ahnungslosigkeit nach Tezin-dar gebracht hatte, wodurch es dem Schwarzmagier erst ermöglicht worden war, das

Arcanum in seinen Besitz zu bringen. Damals, sowohl in der verschollenen Stadt wie auch in Aldarin, hatte er eine gewaltige und rechtschaffene Wut verspürt, die absolute und unerschütterliche Gewißheit, daß er gar keine andere Wahl hatte – und auch keine andere wollte –, als sich dem Chaos entgegenzustellen, in das der Verrückte Gott die Welt stürzen wollte. Jetzt überkam ihn die gleiche Wut und gab ihm Kraft, genug Kraft, um gegen den furchteinflößenden geistigen Sog anzukämpfen, der ihn in Richtung der silbernen Barriere riß.

Er kämpfte. Im Namen aller Jüngeren Götter, im Namen der gesamten Menschheit. Und er näherte sich dem ätherischen Nebel nicht mehr ganz so schnell.

Aber immer noch zu schnell. Noch immer wurde er gezogen und geschoben wie ein Schwimmer, der von den Wogen einer magischen Strömung umhergestoßen wurde und dessen seelische Kräfte stärker belastet wurden, als es auf einer vergleichbaren körperlichen Ebene vorstellbar gewesen wäre. In der materiellen Welt wären seine Glieder jetzt schwer wie Blei gewesen, seine Lunge hätte vor Schmerzen gebrannt, seine Augen wären rot und stumpf gewesen, seine Muskeln hätten um Erbarmen geschrien. Und trotz allem kämpfte er weiter.

Und noch immer trieb er weiter auf den Vorhang zu, der die Welt der Menschen und des träumenden Gottes trennte. Der silbrige Schimmer pulsierte gierig. Das Gelächter schwoll zu einem siegesgewissen Crescendo an. Es dröhnte ohrenbetäubend in ihm und drohte, seine schwindenden Kräfte noch weiter auszuzehren.

Dann stockte es.

Sein Flug in Richtung der magischen Barriere wurde langsamer. Einen Moment lang schwebte er auf der Stelle, und mit einer gewaltigen Anstregungen gelang es ihm, die Augen seiner Seele von dem kalten Nebel abzuwenden und zurück in die Welt der Menschen zu richten.

Alles, was er erblickte, war die öde, nachtschwarze Steppe der nördlichsten Ausläufer von Jesseryn, einsam und verlassen, von keinem Licht erhellt, außer dem des Mondes und der Sterne.

Und dann, in weiter Ferne, ein Leuchtfeuer. Ein warmes goldenes Glühen, als würde die Sonne hinter einem kalten Nebel aufsteigen, ein Licht, das die Wanderer zur Einkehr einlud, das Wärme und eine Mahlzeit versprach, Freundschaft und Geborgenheit.

Wie ein Schwimmer, der auf der Stelle tritt, fixierte Calandryll das Licht, nahm nur undeutlich wahr, daß das Lachen leiser wurde, weil er sich sehr viel stärker darauf konzentrierte, seine letzten Reserven zu mobilisieren und die endgültig letzte Anstrengung zu unternehmen, um zurückzukehren.

Irgend etwas, irgend jemand rief ihn. Nicht mit Worten, sondern auf einer rein gefühlsmäßigen Ebene, verlieh ihm zusätzliche Kräfte zu denen, die seine Wut bereits in ihm entfesselt hatte, ermutigte ihn, drängte ihn, nicht aufzugeben. Aber es schien unmöglich, aussichtslos. Ein verführerisches Wispern von jenseits des Nebels flüsterte ihm zu, daß sein Widerstand zwecklos sei, daß er sich lieber ergeben sollte, oder aber er würde für immer verloren sein. Diese zweite Stimme versprach ihm Belohnungen und unvorstellbare Freuden und zugleich eine furchtbare Bestrafung, falls er sich weiterhin wehrte. *Lügen!* schrie die Stimme aus dem goldenen Licht, *sei stark, hab Mut!* Calandryll klammerte sich daran fest, drehte sich um und entfernte sich von dem Nebel, der wie das Lachen zögernd schwächer wurde. Hätte er noch einmal zurückgeblickt, so hätte er sehen können, wie die gezackten Gipfel des Borrhun-maj wieder zu einem gewöhnlichen Gebirge wurden, das zwar noch immer beeindruckend und gewaltig, aber jetzt nur noch schneebedeckte Berge war. Doch er blickte sich nicht mehr um, war nur noch darauf bedacht zurückzukehren, fühlte sich von einer anderen, freundlichen Strömung erfaßt. Das Gelächter verwehte zu einem leisen Geräusch, enttäuscht und machtlos, und seine Entschlossenheit wuchs, als sich seine Geschwindigkeit erhöhte, seine Seele wieder nach Süden flog, dem Schimmer des fernen Leuchtfeuers entgegen.

Er überquerte die Steppe, sah den Galilsee, spürte Anwarteng unter sich, und von der Festungsstadt schien ein warmer und ermutigender Wind auszugehen wie eine günstige Brise, die das Segel eines Schiffes bläht, das Kurs auf die Heimat gesetzt hat.

Einen Moment lang fühlte er, wie Hände nach ihm griffen, und der kurze Anflug von Furcht machte Hoffnung Platz, als sich die Hände als zu schwach erwiesen, um ihn festhalten zu können. Von irgendwoher tief unter ihm – von Rhythamun! – erreichte ihn eine bösartige Ausstrahlung von Wut und Enttäuschung, und er genoß diesen kleinen Triumph in vollen Zügen.

Schneller und schneller schoß er dahin, nun wieder ohne Angst, zuversichtlich, freudig und wie berauscht von der Geschwindigkeit, immer näher auf das Licht zu, das ihm Sicherheit versprach.

Und dann kam er so abrupt zum Stillstand, daß ihm schwindlig wurde. Er schwebte auf der Stelle und sah seinen Körper auf dem Rücken unter sich liegen, Ochen, der mit erhobenen Armen neben ihm kniete und dessen Mund sich in nahezu lautlosen Beschwörungsformeln bewegte.

Bracht und Katya und Cennaire kauerten in der Nähe des *Wazirs*. Das gesamte Lager war auf den Beinen, Chazali und seine Krieger beobachteten den Hexer und seine magischen Riten mit grimmigen Gesichtern, nur die regulären Wachen standen weiterhin auf ihren Posten.

Calandrylls Geist sank herab und tauchte wieder in seine körperliche Hülle ein.

Er öffnete die Augen und sah Ochen erleichtert lächeln. Die Schultern des *Wazirs* sanken erschöpft herab.

»Horul, ich habe schon befürchtet, Ihr wärt verloren.«

»Ahrd! Was ist passiert?«

»Die Götter seien gelobt, daß du zurückgekehrt bist!«

Ochen, Bracht und Katya sprachen gleichzeitig und durcheinander, nur Cennaire blieb stumm. Sie betrachtete ihn aus riesigen Augen, und Calandryll war sich nicht sicher, was in ihrem Blick lag – Anspannung, Freude, Ehrfurcht? Er lächelte kraftlos, wollte etwas sagen und stellte fest, daß sein Mund wie ausgedörrt war. Schweiß lief ihm in die Augen und ließ ihn blinzeln. Er erschauderte, wurde von einem kurzen Frösteln geschüttelt. Bracht legte ihm einen Arm um die Schultern und führte ihm einen Becher mit Wasser an die Lippen.

Das Wasser war erfrischend, Brachts kräftiger Arm eine tröstliche Stütze. Calandryll lehnte sich dankbar zurück, trank in tiefen Zügen und stieß einen langen zitternden Seufzer aus.

»Was ist passiert?« fragte er.

Zu spüren, wie seine Lippen sich bewegten, die Stimmbänder in seiner Kehle vibrierten, das kühle Wasser auf der Zunge zu schmecken, wieder die eigene Stimme zu hören, das alles waren wunderbare Empfindungen. Wie auch die Wärme des Feuers, die Härte und Festigkeit des Bodens, der Geruch nach Leder und menschlicher Haut, nach Pferden und Rauch. Das Wissen, zurückgekehrt zu sein, erfüllte ihn mit einem unvorstellbaren Glücksgefühl. Er brach in ein befreites Gelächter aus.

Ochen umfaßte Calandrylls Kinn mit den Händen, drehte sein Gesicht herum – das Gefühl der trockenen warmen Haut allein war herrlich – und blickte ihm tief in die Augen. Einen Moment lang hatte Calandryll den Eindruck, in dem fahlgelben Licht aus den Augen des Hexers zu versinken und sich wieder darin zu verlieren. Aber es war anders als zuvor, denn es war dasselbe Licht, das ihn zurückgebracht hatte. Er hörte den *Wazir* mit leiser Stimme geheimnisvolle unverständliche Wörter intonieren.

»Alles ist in Ordnung«, verkündete Ochen schließlich. »Es sind keine Spuren zurückgeblieben.«

»Spuren?« Calandryll schnellte abrupt vor, löste sich aus Brachts Arm. Er hörte, daß seine Stimme rauh klang. »Was meint Ihr mit *Spuren*?«

»Ich vermute«, sagte der *Wazir* sanft, »daß unser Feind versucht hat, Euch einzufangen. Vielleicht Euch zu täuschen und zu verführen. Aber er hat versagt. Es ist nichts Böses übriggeblieben.«

Calandryll schluckte. Seine Kehle war schon wieder trokken. Bracht reichte ihm einen weiteren gefüllten Becher, und Calandryll nahm ihn entgegen. Diesmal konnte er ohne Hilfe trinken.

»Erzählt mir, was geschehen ist«, bat Ochen, »dann kann ich es Euch besser erklären.«

Calandryll nickte und erzählte seine Geschichte.

Ochen hörte ihm ernst und schweigend zu, und als Calandryll geendet hatte, sagte der Hexer: »Rhythamun wird immer stärker. Ich hatte Euch vorgewarnt, nicht wahr? Er nähert sich den Pforten, durch die Tharns Träume dringen, und der Verrückte Gott weiß es, er streckt seine Fühler aus, um seinem Günstling zu helfen. Der Gott und der Mensch, sie haben beide versucht, Euren Geist aus Euch herauszuziehen und ihn in den Limbus zu verschleppen. Wärt Ihr in diesen Nebel eingedrungen, den Ihr gesehen habt, hättet Ihr die Grenze zwischen den Welten überschritten ... ich bezweifle, daß Ihr jemals hättet zurückkehren können.«

»Dann schulde ich Euch Dank«, flüsterte Calandryll. »Denn ich hatte nicht die Kraft, um zu widerstehen.«

»Und doch habt Ihr widerstanden.« Ochen lachte triumphierend und voller Anerkennung. Seine Augen funkelten in den schmalen Schlitzen unter seinen Lidern. »Ich habe Euch ein wenig geholfen, wie auch die *Wazir-narimasu* aus Anwar-teng, aber Ihr wart es, der den Plan unseres Feindes vereitelt hat.«

»Ich war gefangen«, protestierte Calandryll. »Ich war wie ein Blatt im Sturm, nicht mehr.«

»Viel mehr«, widersprach Ochen. »Sehr viel mehr. Ihr habt eine Kraft in Euch, die den Einschmeichelungen Rhytamuns widersteht, selbst Tharns Arglist! Horul, wie wütend und enttäuscht sie jetzt sein müssen!«

»Ihr sprecht von dieser Macht in mir?« Calandryll runzelte hilflos die Stirn. »War es nicht eben diese Macht, die es Rhythamun überhaupt erst ermöglicht hat, meinen Geist aus mir herauszuziehen?«

»Aye«, bestätigte Ochen. »Zumindest war es Eure Verbindung zur Welt des Äthers, durch die er Euch gefunden hat, aber dieselbe Macht hat Euch auch in die Lage versetzt, gegen ihn und gegen Tharn anzukämpfen, und das ist ein großes Geschenk.«

»Ihr nennt es ein Geschenk?« fragte Calandryll, »daß ein Magier wie Rhythamun meine Seele von meinem Körper trennen kann? Mir scheint das eher ein Fluch zu sein.«

»Wenn Ihr nicht stark genug wärt, dagegen zu bestehen, aye.« Ochen nickte und tätschelte Calandryll geistesabwesend die Schulter, wie es vielleicht ein Vater oder Lehrer getan hätte, der einem Jungen etwas erklärt. »Aber Ihr *wart* dazu in der Lage. Versteht Ihr denn nicht? Nein, natürlich nicht, verzeiht mir. Ich setze ein Wissen voraus, das Ihr gar nicht besitzen könnt. Also, hört mir zu. Die meisten Menschen, denen diese Gabe nicht geschenkt wurde, wären aus ihrem Körper herausgerissen worden und für immer verloren gewesen. Ein ›normaler‹ Mann, wie Bracht beispielsweise« – dabei warf er dem Kerner ein entschuldigendes Lächeln zu – »ist durch sein Normalität gegen ein solches Eindringen in seinen Geist gewappnet. Er ist weit genug von der ätherischen Welt entfernt, daß er gewissermaßen unsichtbar ist. Ihr dagegen steht dieser Welt nahe – wie ich Euch bereits erklärt habe –, und deshalb kann Rhythamun den Teil von Euch aufspüren, der auf der Ebene des Okkulten existiert.«

Er legte eine kurze Pause ein, und Bracht murmelte: »Ahrd sei Dank, daß ich normal bin. Ich bin in diesem Punkt ganz Calandrylls Meinung. Mir scheint das eher ein Fluch als ein Segen zu sein.«

»Ist beides nicht oft die Kehrseite ein und derselben Medaille?« fragte Ochen. »Die Kraft in Euch, Calandryll, ermöglicht es Rhythamun, Euch ausfindig zu machen, und diese Möglichkeit wird um so stärker, je näher er seinem Herrn kommt. Gleichzeitig aber versetzt Euch diese Kraft in die Lage, ihn besser zu bekämpfen. Ohne diese Kraft hättet Ihr die Barriere überschritten und wärt verloren gewesen. Dann würden wir jetzt einen Körper vor uns sehen, der seines Geistes beraubt wäre, eine nutzlose Hülle.

Aber Ihr besitzt diese Macht! Horul, begreift Ihr denn nicht? Ihr habt den Einflüsterungen des Verrückten Gottes widerstanden! Ihr wart in der Lage, Euch gegen Rhythamuns Machenschaften zur Wehr zu setzen!«

»Ich bin wütend geworden.« Calandryll zuckte die Achseln. »Ich habe Wut und Abscheu vor allem verspürt, wofür Tharn steht. Das war alles.«

»Und diese Wut und dieser Abscheu, so gerechtfertigt, wie sie sind, haben Euch die Kraft gegeben, Euch dem Gott zu widersetzen«, stellte Ochen fest. »Ich finde, das ist eine sehr große Macht.«

»Als wir das vanuische Kriegsboot zum ersten Mal gesehen haben ...«, sagte Bracht langsam und nachdenklich. »Als wir noch geglaubt haben, Katya wäre uns feindlich gesonnen ... Damals hast du diesen Orkan herbeigerufen, um sie zurückzuschlagen.«

»Und als wir in Gash angegriffen worden sind«, nahm Katya den Faden auf, und ihre grauen Augen waren groß und grüblerisch, »hast du die Kanus der Kannibalen zurückgeworfen. Es war, als hättest du einen furchtbaren Sturm ausgelöst.«

»Und in Kharasul«, fuhr Bracht fort, »als Xanthese und seine Chaipaku uns ermorden wollten ... Genau wie in Gash hast du wie ein Besessener gekämpft.«

»Oder wie ein Mann in Todesangst«, meinte Calandryll.

»Die Wahrsagerin dort, Ellhyn«, murmelte Bracht, »hat gesagt, es wäre eine Macht in dir. Erinnerst du dich nicht mehr?«

Calandryll schüttelte unwillig den Kopf. »Varents ... Rhythamuns Stein hat mir diese Macht verliehen.«

»Das war es nicht, was Ellhyn gesagt hat.« Katya musterte ihn mit großen nachdenklichen Augen. »Ich erinnere mich noch genau an ihre Worte. *Es ist Macht in Euch, die Ihr auch ohne den Stein benutzen könntet, wenn Ihr wüßtet, wie.*»

»Ich erinnere mich ebenfalls«, gab Calandryll zu. »Aber trotzdem ...«

»Und in Vishat'yi«, ließ Bracht nicht locker, »hat sich Menelian ganz ähnlich ausgedrückt. Zumindest hast du uns das erzählt.«

»Und hast du nicht Burash selbst zu Hilfe gerufen?« fügte Katya hinzu. »Als die Chaipaku uns ertränken wollten?«

Calandryll warf protestierend die Hände in die Luft.

Diese Argumente zu widerlegen fiel ihm genauso schwer, wie der Kampf gegen Tharns Ruf und Rhythamuns Kräfte. Sogar noch schwerer, denn die Argumente stammten von seinen Freunden.

»Meinetwegen«, räumte er ein. »Meinetwegen ist es so, wenn ihr alle darauf besteht. Da ist irgendeine Kraft in mir, die ich nicht begreifen kann. Ich weiß nur, daß sie mich für Magie empfänglich macht, daß sie es Rhythamun ermöglicht, meine Seele aus mir herauszuziehen wie ein Vampir, der mir das Blut aussaugt.«

»Dagegen gibt es Schutzzauber, die ich Euch lehren könnte«, sagte Ochen sanft. »Falls Ihr einverstanden seid.«

»Einverstanden?« Calandryll stieß ein abgehacktes bitteres Lachen aus. »Sollte ich etwa Zaubersprüche ablehnen, die mich vor dieser Bedrohung schützen können? Lieber würde ich überhaupt nicht mehr schlafen, als mich jede Nacht, bevor ich zu Bett gehe, fragen zu müssen, ob ich in Tharns Reich verschleppt werde.«

»Und trotzdem«, warf der *Wazir* ein, »können wir vielleicht einen Vorteil aus all dem ziehen.«

»Einen Vorteil?« Calandryll starrte ungläubig in das alte Gesicht, voller Sorge, welche Gedanken hinter Ochens Stirn vor sich gingen. »Ich würde lieber meine Seele behalten, falls es Euch nichts ausmacht.«

Ochen lächelte und neigte den Kopf. »Ich möchte natürlich verhindern, daß Ihr Eure Seele verliert«, versicherte er voller Ernst, »aber ich glaube, daß Ihr in der Lage seid, in Bereiche vorzudringen, die kaum jemand sonst erreichen könnte. Ich besitze einige magische Fähigkeiten, aber selbst ich hätte nicht dieser Strömung widerstehen können, die Euch mit sich gerissen hat.«

»Ihr habt mich zurückgebracht«, wandte Calandryll ein. Es war beinahe ein Schrei, denn allmählich dämmert ihm, in welche Richtung die Überlegungen des Magiers gingen, und die behagte ihm ganz und gar nicht. »Hättet Ihr nicht Eure Fähigkeiten eingesetzt, wäre ich verloren gewesen.«

»Ich wiederhole es noch einmal«, erklärte Ochen behutsam mit leiser und eindringlicher Stimme. »Es waren sowohl

Eure als auch meine Kräfte, die Euch zurückgeholt haben. Alleine hätte ich es nicht schaffen können.«

»Ihr hattet Unterstützung durch die *Wazir-narimasu*. Das habt Ihr selbst gesagt.« Calandrylls Antwort klang rauh, und seine Furcht wurde immer größer. »Eure Magie im Verbund mit der ihren, habt Ihr gesagt.«

»Das ist richtig«, bestätigte der *Wazir*. »Aber trotzdem. Würdet Ihr nicht über diese unbekannte Macht verfügen, hätten unsere Kräfte allein nicht gegen jene ausgereicht, die Euch vernichten wollten, die die Bedrohung ausschalten wollten, die Ihr für sie darstellt.«

»Was wollt Ihr damit sagen?« fragte Calandryll leiser, fast resigniert. Er war überzeugt, daß ihm die Antwort nicht gefallen würde.

»Daß Ihr besser als jeder *Wazir* in diesem Land in der Lage seid, Rhythamun entgegenzutreten und ihn zu beobachten«, erwiderte Ochen. »Ich behaupte nicht zu verstehen, woran das liegt – abgesehen davon, daß es vermutlich ein Geschenk der Jüngeren Götter oder eine Aufgabe ist, die Euch vom Schicksal auferlegt wurde –, ich glaube nur, daß Ihr in der Lage seid, Orte zu erreichen, die allen anderen unzugänglich sind, und wieder von dort zurückzukehren.«

»Ich verstehe Euch nicht.« Calandryll schüttelte erneut den Kopf. »Ihr sprecht in Rätseln.« Er warf Bracht einen hilfesuchenden Blick zu, aber der Kerner bemerkte ihn gar nicht, denn wie alle anderen hatte auch er seine Aufmerksamkeit auf den *Wazir* konzentriert.

»Es gibt viel Rätselhaftes in der Hexerei«, bestätigte Ochen mit einer Fröhlichkeit, die Calandryll völlig unangebracht erschien. »Manchmal denke ich, daß sie selbst ein einziges Rätsel ist. Aber hört mir zu, es ist Euch gelungen, in Tharns Nähe zu gelangen und wieder zurückzukehren. Rhythamun hat Euch dorthingeschickt, um die Bedrohung zu beenden, die Ihr für ihn darstellt, und auf dieselbe Weise könnt Ihr ihn erreichen. Ihr habt diese Macht in Euch, und das weiß er ...«

»Ich würde ihm mein Schwert in den Leib stoßen, wenn ich das könnte«, fauchte Calandryll.

»Aye.« Ochen nickte geistesabwesend, ganz in seinen eigenen Gedankengängen gefangen. »Und vielleicht wird es dazu kommen, aber geschärfter Stahl ist nicht die einzige Waffe, um Rhythamun zu vernichten. Wenn wir seinen Geist aus seinem Körper locken könnten, wie er es mit Euch getan hat, dann könnten wir ihn auf die gleiche Weise fangen, wie er Euch zu fangen versucht hat.«

Calandryll spürte Angst, Ablehnung und eine böse Vorahnung in sich aufsteigen, als er endlich begriff, worauf der Hexer hinauswollte. »Ihr erwartet von mir, ihn in den magischen Sphären zu jagen?« fragte er.

»Erst, nachdem ich Euch die Schutzzauber gelehrt habe«, erklärte Ochen. »Erst, wenn Ihr durch Zauber gewappnet seid, die Euch unangreifbar machen. Und auch das nur mit Hilfe der *Wazir-narimasu*.«

»Ihr verlangt viel von mir.« Calandryll senkte den Kopf und starrte auf sein Schwert, das neben ihm lag, berührte den Griff. »Ich würde mich ihm stellen, von Mann zu Mann. Aber dort ...«

»Vielleicht wird es so geschehen«, sagte Ochen. »Vielleicht werdet Ihr ihm mit dem Schwert in der Hand gegenüberstehen. Aber falls sich Euch die Möglichkeit bietet, ihn in den ätherischen Sphären zu besiegen ... Besteht Euer Ziel nicht darin, ihn zu besiegen?«

Calandryll blickte auf. Es kam ihm beinahe so vor, als wäre er gerade selbst besiegt worden. Er nickte. »Aye.«

»Wir sprechen von einer Zukunft, die noch weit vor uns liegt«, fuhr Ochen fort. »Ihr werdet eine Menge lernen müssen, bevor Ihr sicher genug seid, um einen solchen Versuch wagen zu können. Zuerst muß ich Euch die erforderlichen Zaubersprüche beibringen, und bevor Ihr sie ganz genau kennt, werde ich Euch mit Schutzzaubern umgeben. Erst wenn ich weiß, daß Ihr ausreichend abgesichert seid, werde ich Euch auffordern, Euch in die ätherische Welt zu begeben. Und auch das erst, wenn wir in der Nähe von Anwarteng sind.«

»Dann schützt mich jetzt«, bat Calandryll erschöpft, »denn ich bin furchtbar müde, und ich würde gern schlafen, falls das sicher ist.«

»Vorläufig seid Ihr in Sicherheit«, versprach Ochen. »Rhythamun wird keinen zweiten Versuch in dieser Nacht unternehmen. Wir werden uns morgen weiter über diese Dinge unterhalten.«

Calandryll nickte und machte es sich auf seiner Decke bequem. Ochen ließ ihn allein. Auch Chazali und die Krieger, die zugesehen hatten, kehrten zu ihren Schlafplätzen zurück. Bracht und Katya sprachen Calandryll leise Mut zu, und anstelle einer Antwort brachte er nur noch ein Gähnen zustande.

»Ihr seid sehr tapfer«, sagte Cennaire, und Calandryll lächelte. Es war ein wunderbares Kompliment, dachte er, auch wenn er sich immer noch sehr fürchtete.

KAPITEL 7

Es war ein gewisser Trost, daß sie viel näher an Anwar-teng herankommen mußten, bevor Ochen ihn auffordern würde, sich freiwillig in diesen seltsamen körperlosen Zustand zu begeben, denn Calandryll fühlte sich vollkommen ungeeignet für diese Aufgabe, und er verspürte nicht die geringste Lust, sich noch einmal den bösartigen Kräften auszusetzen, die seinen Geist herumgestoßen hatten. Er verstand nicht völlig, wieso diese Nähe erforderlich war, nur daß – wie Ochen beim Frühstück etwas verschwommen erklärt hatte, bevor sie aufgebrochen waren – die Kräfte der *Wazir-narimasu* durch die Feindseligkeit eingeschränkt wurde, die die Festungsstadt umgab und die Ausstrahlung des Verrückten Gottes verstärkte, und daß es ohne die Unterstützung der *Wazir-narimasu* zu riskant wäre, ein solches Unternehmen zu wagen. Calandryll war vorläufig damit zufrieden, daß der Versuch auf später verschoben werden würde. Außerdem gab es noch eine Menge anderer Dinge, die ihn beschäftigten.

Die folgenden Tage und Nächte verbrachte er, abgesondert von den anderen, hauptsächlich in Ochens Gesellschaft, wurde wieder zu einem Forscher, dessen Wissensdurst neu erwacht war, angestachelt durch die tiefgründigen Einsichten, die ihm der *Wazir* Schritt für Schritt offenbarte, und dieses Wissen war jetzt nicht länger abstrakt, sondern hatte eine praktische und vielleicht sogar lebenswichtige Bedeutung erhalten.

Angeleitet durch den geduldigen Hexer, lernte er, die Natur des Äthers besser zu verstehen, begriff, daß diese Ebene nicht irgendeine geheimnisvolle Dimension war, sondern eine, die gleichzeitig mit der Ebene der materiellen Erscheinungen existierte. Es war, erklärte Ochen, als würden sich zwei Welten überlagern, von denen die eine – die ätherische – für die meisten Bewohner der anderen unsichtbar blieb, und nur die magisch Begabten konnten die benachbarte Ebene durch so etwas wie Fenster wahrnehmen, die sie mit ihren besonderen Fähigkeiten erzeugten. Auf die gleiche Weise konnten Türen geöffnet werden, die es den Bewohnern der einen Ebene ermöglichten, die andere Ebene zu betreten.

»Und wie jede normale Tür«, erklärte Ochen eines Abends, als sich die anderen überall im Lager zum Schlafen niederlegten und Calandryll die Augen vor Erschöpfung nur mit Mühe offenhalten konnte, »können diese Türen hinter Euch wieder geschlossen und sogar verriegelt werden, um Euch die Rückkehr zu verwehren. Genau das ist es, was Rhythamun versucht hat.«

»Und was er zweifellos wieder versuchen wird«, erwiderte Calandryll. Er unterdrückte ein Gähnen. »Es sei denn, diese mystische Tür wird verkeilt, nachdem sie geöffnet ist.«

»Das ist möglich«, versicherte Ochen. Er zeigte nicht die geringste Spur von Müdigkeit, so daß sich Calandryll fragte, ob der Hexer überhaupt Schlaf benötigte. »Jeder, der die magischen Künste beherrscht, tut das ganz instinktiv. Aber um ein solches Maß an Fähigkeiten zu erlangen, bedarf es einer jahrelangen Ausbildung.«

Calandryll nickte schläfrig, worauf Ochen schmunzelte und sagte: »Genug für heute. Geht jetzt schlafen. Wir unterhalten uns morgen früh weiter.«

Der Morgen schien gar nicht mehr allzu fern zu sein, denn als Calandryll sich mit schweren Augen auf seiner Decke ausstreckte, hatte der Mond den Zenith bereits überschritten und sank dem westlichen Horizont entgegen. Calandryll seufzte, genoß die Aussicht auf wenigstens ein paar Stunden Schlaf und sah zu Cennaire hinüber, die kaum eine Armlänge von ihm entfernt lag. Er bedauerte, daß sie in der letzten Zeit so selten die Gelegenheit fanden, sich zu unterhalten. Daß sie ihn unter den fast geschlossenen Lidern beobachtete, ihrem Gespräch gelauscht hatte und sich ihre Gedanken darüber machte, konnte er nicht ahnen.

Auch mit Bracht und Katya konnte er kaum noch sprechen, denn jeden Morgen wurde er von einem gutgelaunten Ochen geweckt, der ihm kaum die Zeit ließ, sich zu waschen und sich sein Frühstück zu holen, bevor er mit dem Unterricht fortfuhr.

Allmählich lernte er, den magischen Druck zu erkennen, der ein Anzeichen für eine Beobachtung durch die ätherischen Sphären war. Und er lernte, die komplizierten Silben der Schutzzauber richtig auszusprechen. Noch beherrschte er sie nicht so gut, als daß er sich selbst hätte verteidigen können, und Ochen verzichtete nicht darauf, ihn jeden Abend mit seinen Zaubersprüchen zu schützen, aber mit der Zeit gelangte Calandryll zu der Überzeugung, daß er diese Kunst irgendwann beherrschen würde, und das war beruhigend. Ebenso beruhigend wirkten die Übungen selbst, die er pflichtbewußt während des Reitens absolvierte, denn sie lenkten ihn von dem immer noch präsenten Gefühl ab, beobachtet zu werden, und je mehr er über die Wechselwirkungen erfuhr, die auf den magischen Ebenen zwischen der materiellen und der ätherischen Welt stattfanden, desto besser konnte er damit umgehen.

Es war sowohl ein Segen wie ein Fluch. Einerseits begann er zu akzeptieren, daß er tatsächlich irgendeine unfaßbare Macht besaß, eine magische Begabung, die ihm einen Vorteil bringen würde, wenn er gegen Rhythamun im Reich des Ätherischen kämpfte, aber im gleichen Maße wurde er sich auch der Ungeheuerlichkeit dieser anderen Welt bewußt. Bisher hatte er bei der Verfolgung des Zauberes nur in materiellen Begriffen gedacht. Ihr Plan hatte schlicht und einfach vorgesehen, den Hexer einzuholen und ihm mit gezogenen Schwertern gegenüberzutreten. Aber in dem Maß, in dem er täglich neues Wissen erwarb, begriff er allmählich, daß Rhythamun – die *Essenz*, der Geist dieses Wesens – in körperlicher Hinsicht gar nicht richtig existierte und sie sich ihm auf einer anderen Ebene würden stellen müssen. Das betraf auch seine Gefährten, denn die Prophezeiung, die sie zusammengeführt hatte, war zweifellos nach wie vor gültig. Rhythamun, das wurde ihm klar, war über die Jahrhunderte seiner bösartigen Existenz zu einem Geschöpf geworden, das fast ausschließlich aus ätherischer Energie bestand und dessen Kräfte wuchsen, je näher er Tharn kam. Calandryll begann zu bezweifeln, daß Stahl allein diese Bedrohung würde beenden können.

Diese Zweifel und einiges andere mehr besprach er mit Ochen.

Wie es zu ihrer Gewohnheit geworden war, saßen sie ein Stückchen entfernt von den anderen, in ihre Mäntel gehüllt, da sich der Sommer dem Ende entgegenneigte und die Abende bereits kühler wurden. Der Himmel verdunkelte sich, über einer niedrigen Hügelkette stieg der abnehmende Mond empor. Die Hänge waren dicht bewaldet, das Laub verfärbte sich schon herbstlich und raschelte in einem leichten Nordwind. Die Brunnen, auf die sie täglich gestoßen waren, wurden jetzt überflüssig, denn kleine Bäche strömten die Hänge hinab und vereinten sich im tiefer gelegenen Flachland zu Flüssen. Chazali hatte die Anzahl der Nachtwachen verstärkt, um gegen einen möglichen Überfall der Tensai gewappnet zu sein, und jeden Abend lag für eine Weile durchdringender Mandelgeruch in der Luft, wenn Ochen seine Schutzzauber wirkte. Calandryll hatte erfahren, daß sie am nächsten Tag ein Dorf erreichen würden, eine Siedlung von Gettu, wo sie vielleicht Neuigkeiten über den Krieg erfahren würden und wo die Gefahr wuchs, auf räuberische Banditen zu stoßen. Im Augenblick aber machten ihm andere Dinge Sorgen, und er erläuterte dem silberhaarigen Magier seine Zweifel.

»Er kann getötet werden«, sagte Ochen. »Daran dürft Ihr nicht zweifeln, denn kein Mensch ist absolut unsterblich, und ein Teil Rhythamuns bleibt noch immer dieser Welt verhaftet. Andernfalls wäre er ein Geist.«

»Und trotzdem *muß* er seine Lebensspanne längst überschritten haben«, erwiderte Calandryll. »Wenn Eure Vorstellungen von dem Leben nach dem Tod richtig sind – entschuldigt, falls das respektlos klingt –, hat er dann nicht mit dem Ende eines jeden Lebens das *Zajan-ma* betreten? Und ist er nicht jedesmal wieder von dort zurückgekehrt, von dort geflohen?«

»Wahrscheinlich. Glaubt Ihr, die Jüngeren Götter wären unfehlbar?« Ochen akzeptierte Calandrylls Einwurf widerspruchslos und schmunzelte. »Wäre das der Fall, wie sollte dann jemand wie Rhythamun überhaupt existieren? Dann würden Horul und seine Geschwister die Welt nach ihren Vorstellungen so gestalten, daß ihre Herrschaft niemals bedroht werden könnte. Aber so liegen die Dinge nun einmal nicht. Nein, ich habe den Eindruck, daß die Götter durch Gesetze gebunden sind, die sie nicht brechen können und die über mein Verständnis hinausgehen. Habt Ihr nicht selbst gesagt, daß Dera und Burash von einem übergeordneten Plan gesprochen haben, in den sie nicht eingreifen können? Ich vermute, daß die Jüngeren Götter ebenso auf die Menschen angewiesen sind, wie die Menschen die Jüngeren Götter brauchen, daß Yl und Kyta – oder vielleicht eine Macht, die sogar noch über ihnen steht – eine Struktur geschaffen haben, die weder die Menschen noch die Götter verändern können.«

»Und was folgt daraus?« wollte Calandryll wissen.

»Daß Rhythamun sich ein Wissen angeeignet hat, das ihn befähigt, die Fesseln abzuschütteln, die andere Seelen im *Zajan-ma* festhalten«, entgegnete Ochen. »Er ist – wie soll ich es ausdrücken? – ein freier Geist. Er widersetzt sich den

Zwängen, die unser Leben bestimmen, er widersetzt sich den Göttern selbst. Er kehrt nicht als Geist oder von Horul geschickte wiedergeborene Seele aus dem *Zajan-ma* zurück, sondern aus eigener Kraft, er entzieht sich dem Urteil meines oder jedes anderen Gottes. Und das ist ohne jeden Zweifel eine Ungeheuerlichkeit.«

»In diesem Punkt sind wir einer Meinung«, stellte Calandryll fest. »Aber das ist ein metaphysisches Problem. Ich frage Euch noch einmal: Kann er durch Stahl besiegt werden?«

Ochen dachte einen Moment lang nach, bevor er antwortete. »Ich glaube, daß Ihr seinen gestohlenen Körper töten würdet, wenn Ihr ihn mit der Klinge durchbohrt. Euer von Dera gesegnetes Schwert besitzt vermutlich die Macht, die Verbindung mit seiner fleischlichen Hülle zu durchtrennen und seinen Geist in den Äther zu schicken, wo er wahrscheinlich für alle Ewigkeit im Zwischenreich umherwandern müßte. Es sei denn ...«

Er verstummte.

»Es sei denn, was?« hakte Calandryll nach.

»Es sei denn, seine Kräfte sind groß genug, um ihm die Rückkehr zu ermöglichen«, sagte Ochen.

»Dera!« Calandryll ballte die Hände zu Fäusten und schüttelte sie. Das Entsetzen ließ seine Stimme rauh klingen. »Damit sagt Ihr, daß er wahrhaft unsterblich ist! Daß er auch nach seinem Tod zurückkehren wird! Daß die Bedrohung, die er darstellt, für immer bestehen bleibt!«

»Das Böse *ist* eine ständige Bedrohung«, erwiderte Ochen. »Aber würde man ihn auf diese Art erschlagen, könnte man den Teil von ihm, der weiterlebt, durch den Äther verfolgen und dort vernichten. Begreift Ihr denn nicht? Seine Stärke ist gleichzeitig auch seine Schwäche. Er giert nach Herrschaft, nach Macht über die Sterblichen. Warum sollte er sonst versuchen, den Verrückten Gott wiederzuerwecken? Nur weil er zu Tharns Rechten stehen und sein Vertreter sein will. Er liebt das Leben viel zu sehr, um es loszulassen. Warum hätte er seine Existenz sonst verlängern sollen? Nur weil er seine Bindung an diese Welt der Menschen *nicht* aufgeben kann.

Das ist seine Schwäche, seine Liebe zum fleischlichen Dasein. Er möchte diese Welt nicht verlassen, und würde sein Geist von seinem Fleisch getrennt werden, dann wäre er mit Sicherheit sehr geschwächt. Aye, ich weiß, daß sein Leben seit vielen Jahrhunderten währt und es deshalb sehr schwierig werden wird, es auszulöschen, aber es kann vollbracht werden.«

»Aber um das zu erreichen, müssen wir ihn erwischen, bevor er die Gelegenheit erhält, das Tor in Anwar-teng zu benutzen«, sagte Calandryll vorsichtig und voller Skepsis. »Oder bevor er das Borrhun-maj überquert, nicht wahr? Wenn ich alles richtig verstanden habe, was Ihr mich gelehrt habt, können wir nur dann sicher sein, den Sieg über ihn zu erringen, wenn es uns gelingt, ihm das Arcanum abzunehmen, bevor er das Zwischenreich betritt, in dem Tharn ruht. Und ihm das Arcanum abzunehmen kann doch nur bedeuten, daß wir ihn töten müssen.«

»Aye«, bestätigte Ochen. Im blassen Mondlicht wirkte sein Gesicht sanft und rätselhaft. »Ihr habt es richtig dargelegt. Ich glaube, Ihr habt Eure Lektionen begriffen.«

Calandryll nahm das Kompliment mit einem kurzen Nikken zur Kenntnis und sagte: »Und alles, was Ihr mich lehrt, dient dazu, *mich* zu schützen. Aber wenn die Weissagungen stimmen, die ich gehört habe, dann müssen *drei* Gefährten Rhythamun entgegentreten – Bracht und Katya müssen mir zur Seite stehen. Was wird *sie* schützen, falls wir gezwungen werden, diesen Ort jenseits des Borrhun-maj zu betreten?«

Ochen fuhr mit seinen goldenen Fingernägeln durch seinen Schnurrbart und zupfte einen Moment lang daran. »Ich weiß es nicht«, bekannte er dann.

»Ihr wißt es nicht?»

Der *Wazir* schüttelte langsam und behutsam den Kopf.

»Auch nicht, wie sie dieses Abenteuer überleben sollen, ob sie es überhaupt überleben *können*?«

Wieder antwortete ihm Ochen mit einem wortlosen Kopfschütteln.

Calandryll starrte seinen Mentor entgeistert an. Er verspürte das Bedürfnis, ihm Vorwürfe zu machen, zwang sich jedoch zur Ruhe und Vernunft und stellte erfreut fest, daß seine Stimme fest und diszipliniert klang, als er sagte: »Dann müßt Ihr sie ebenso schulen wie mich, ihnen so viel Schutz wie nur möglich zukommen lassen.«

»Glaubt Ihr etwa, ich würde das nicht tun, wenn es möglich wäre?« fragte der *Wazir*. »Aber das kann ich nicht, denn ihnen fehlt die Gabe. Nur Ihr verfügt über diese Macht.«

»Dann muß ich es allein tun«, verkündete Calandryll.

»Ich glaube nicht, daß das der richtige Weg ist«, gab Ochen zurück. »Es existiert ein Muster, das ich nicht verstehen kann, und das bindet Euch drei an diese Aufgabe. Es könnte durchbrochen werden, aye, Ihr bräuchtet nur umzukehren und den Heimweg anzutreten ...«

Calandryll schnitt ihm mit einer wütenden Handbewegung das Wort ab. »Nein! Damit könnte ich mich nie abfinden, und meine Gefährten könnten es ebensowenig.«

»Dann haben sie und Ihr kaum eine andere Wahl«, stellte Ochen fest. »Oder?«

»Also sagt Ihr, daß sie verdammt sind«, seufzte Calandryll.

»Ich sage nur, daß Ihr drei gemeinsam weitergehen müßt, wenn Rhythamun besiegt und Tharns Wiederauferstehung verhindert werden soll«, widersprach Ochen. »Vielleicht ...« Er unterbrach sich und kaute einen Moment lang nachdenklich auf den Enden seines Schnurrbartes herum. »Vielleicht muß sogar Cennaire mit Euch gehen.«

»Nein!« rief Calandryll laut und dämpfte seine Stimme mit Mühe, als er fortfuhr: »Sie hat keine Rolle in diesem Spiel, außer daß sie Rhythamuns neues Gesicht kennt. Und abgesehen davon, daß wir ihn nicht finden könnten, bevor er in diese andere Welt wechselt – was diese Diskussion sowieso überflüssig machen würde –, gibt es keinen Grund für sie, in die ätherischen Sphären vorzudringen.«

Ochens Antwort bestand aus einem rätselhaften Achselzucken. Er strich sich erneut durch den Bart. »Aus welchem Grund hat sie Euch dann überhaupt getroffen?« fragte er.

»Aus Zufall«, antwortete Calandryll. »Weil sie Pech gehabt hat.«

»Glaubt Ihr das wirklich?« murmelte der *Wazir*. »Haltet Ihr es angesichts der riesigen Weiten von Cuan na'For nicht für ein äußerst unwahrscheinliches Zusammentreffen, daß sie ausgerechnet an dem Punkt aufgetaucht ist, zu dem auch Ihr und Rhythamun gekommen seid?«

Es war genau das gleiche Argument, das auch Calandryll selbst angeführt hatte. Er schüttelte hilflos den Kopf. »Für was sonst?« fragte er leise und spürte gleichzeitig, daß sein Leugnen zwecklos war. »Behauptet Ihr etwa, daß auch sie ein Teil des Planes ist?«

»Ich halte es für wahrscheinlich«, bestätigte Ochen. Calandryll registrierte, daß der Hexer kurz zögerte, bevor er hinzufügte: »Ich vermute, daß sie ebenfalls eine Rolle zu spielen hat.«

»Schutzlos wie die anderen?« Calandryll hatte das Zögern des Magiers schon wieder vergessen. »Sterblich und ohne Beistand?«

Kaum sterblich, hätte Ochen beinahe erwidert, aber er war diszipliniert genug, um die Worte zurückzuhalten, und sagte statt dessen: »Wenn es so bestimmt ist, aye.«

»Ich sage nein!« fauchte Calandryll. »Ich sage, sie soll in Pamur-teng bleiben, wo sie in Sicherheit ist. Und ich verlange, daß wir Bracht und Katya einweihen und es ihnen überlassen, ihre Entscheidung selbst zu treffen.«

»Ich denke, Ihr wißt, wie sie sich entscheiden werden.« Ochen lächelte bekümmert. »Menschen wie sie werden nicht aufgeben. Sie würden sich treu bleiben, selbst auf die Gefahr hin, ihr Leben oder sogar ihre Seele zu verlieren.«

»Aye.« Calandryll nickte widerstrebend. »Aber Cennaire?«

»Sie sollte die Möglichkeit erhalten, selbst ein Wörtchen über ihr Schicksal mitzureden«, meinte der *Wazir*. »Laßt uns ihnen dies alles morgen unterbreiten. Dann können sie ihre eigene Entscheidung treffen.«

»Dera!« Calandryll schüttelte den Kopf. »Ich hatte damit gerechnet, Gefahren zu begegnen, aber nicht solchen, wie Ihr sie mir in Aussicht stellt.«

»Es ist immer noch möglich, daß wir Rhythamun rechtzeitig finden«, sagte Ochen sanft. »In der Gestalt eines Sterblichen kommt er nicht schneller als ein solcher voran. Der Körper, den er benutzt, muß essen und sich ab und zu erholen. Außerdem braucht er immer noch ein Pferd.«

»Das haben wir auch gedacht, als wir ihn durch Cuan na'For verfolgt haben.« Calandryll stieß ein bitteres Lachen aus. »Trotzdem hat er eine Möglichkeit gefunden, uns zuvorzukommen. Er besitzt nicht die Skrupel gewöhnlicher Menschen.«

»Aye.« Das runzlige Gesicht des *Wazirs* legte sich in Falten. »Daran habe ich auch schon gedacht.«

»Und zu welchem Schluß seid Ihr gekommen?«

»Daß Geschwindigkeit der entscheidende Punkt ist«, erwiderte Ochen, »und daß Chazali und seine Krieger langsamer vorankommen, als es einer kleineren Gruppe möglich wäre.«

»Heißt das, wir sollten uns von der Armee absetzen?« erkundigte sich Calandryll.

»Ich halte es für das klügste«, sagte der *Wazir*. »Chazali muß mit Infanteristen und einem Ausrüstungstroß marschieren. Ihr und ich könnten schneller sein, wenn wir allein reiten.«

»Es sei denn, Anwar-teng wäre bereits gefallen«, warf Calandryll ein.

»Das ist es noch nicht.« Ochen deutete in die Nacht, als gäbe es dort irgend etwas zu sehen. »Sonst würde dieses Ereignis im Äther laut widerhallen.«

Plötzlich ging Calandryll ein erschreckender Gedanke durch den Kopf, und fast hätte er ihn wieder verdrängt, denn es erschien ihm einfacher – zumindest weniger furchteinflößend –, ihn nicht laut auszusprechen. Aber gleichzeitig war ihm klar, daß er jede Möglichkeit erwägen mußte, wie unangenehm und düster sie auch sein mochte.

»Es kann immer noch geschehen«, sagte er. »Und wenn es geschieht, dann erhält Rhythamun ungehinderten Zugang zu der Pforte, während man uns nicht gestatten wird, die Stadt zu betreten.«

»In diesem Fall«, entgegnete Ochen mit einer geradezu

aufreizenden Ruhe, »würden wir wahrscheinlich alle von den Rebellen umgebracht werden. Aber sollte Anwar-teng fallen, werde ich es erfahren. Dann können wir die Stadt umgehen und uns direkt auf den Weg zum Borrhun-maj begeben.«

»Ohne die Hilfe der *Wazir-narimasu*?« Calandryll hatte seine Lektionen gut gelernt, er wußte, wie wichtig die Oberhexer für diese Mission waren. »Nachdem Rhythamun den Übergang geschafft hat? Nein, wenn Anwar-teng fällt, dann haben wir mit Sicherheit verloren.«

»Ist das, wie sich Bracht wahrscheinlich ausdrücken würde, ein ausreichender Grund, sich geschlagen zu geben?« fragte Ochen. »Solange wir noch leben und bereit sind, das Wagnis einzugehen, besteht noch Hoffnung.«

»Eine Hoffnung, die immer geringer zu werden scheint«, brummte Calandryll.

»Und an der wir gerade deshalb um so entschlossener festhalten müssen«, sagte der *Wazir*. »Bei Horul, mein Freund, würden wir uns von jedem Zweifel einschüchtern lassen, der uns in den Sinn kommt, könnten wir ebensogut gleich jetzt aufgeben. Wollt Ihr das?«

»Nein.« Calandryll grinste, von den Worten des Hexers in seiner Entschlossenheit bestärkt. »Ihr wißt, daß ich das nicht will.«

»Dann ziehen wir weiter«, sagte Ochen fest, »und vertrauen darauf, daß die Jüngeren Götter uns helfen werden.«

»Aber trotzdem müssen wir die anderen über das informieren, was uns bevorstehen könnte«, verlangte Calandryll. »Und es wäre mir immer noch lieb, wenn Cennaire sicher in Pamur-teng aufgehoben wäre, denn ich bin nach wie vor nicht davon überzeugt, daß es einen Grund gibt, warum sie uns weiter begleiten sollte.«

Ochen nickte, warf einen kurzen Blick in die Richtung, wo die Frau lag, und fragte sich, ob sie ihnen zugehört hatte. Er war sich sicher, wie ihre Entscheidung ausfallen würde. »Was das betrifft«, sagte er, »werden wir vielleicht in Pamurteng eine Antwort finden. Dort gibt es *Gijans* – ihr würdet sie Wahrsagerinnen nennen –, die die Fähigkeit besitzen, ein

Stückchen in die Zukunft zu sehen. Wahrscheinlich können sie das Muster Eurer Schicksale besser erkennen, als es mir möglich ist. Sollen wir eine von ihnen aufsuchen? Werdet Ihr Euch nach dem richten, was sie sieht?«

Etwas zögerlich erklärte sich Calandryll damit einverstanden.

»Dann wäre das geregelt«, stellte Ochen fest. »Und bis dahin nehmen wir jeden Tag, wie er kommt. Zuerst müssen wir Pamur-teng und dann Anwar-teng erreichen. Was danach geschieht ...«

»Das sollen die Götter oder das Schicksal entscheiden, oder welche Macht auch immer dieses Netz gesponnen hat«, stimmte ihm Calandryll zu. »Aber – bei Dera! – ich wünschte, es hätte nicht so viele Fäden.«

Ochen lachte leise in sich hinein. »Wären die Menschen einfacher und nicht so von Ehrgeiz zerfressen, dann würde Euer Wunsch wahr werden. Aber so sind sie nun einmal, und uns bleibt nichts anderes übrig, als den Fäden zu folgen.«

Calandryll seufzte und fand sich damit ab. Der *Wazir* wechselte das Thema und sprach wieder über okkulte Belange, über Meditationen und Mantras, über den Aufbau geistiger Muster und die schwerverständliche Sprache, die den Weg in die unsichtbare Welt öffnete.

Schlaf war zu einem seltenen Luxus geworden, und Calandryll hatte das Gefühl, den Kopf gerade erst auf den harten Sattel gebettet zu haben, als er auch schon wieder wachgerüttelt wurde. Ochen kniete neben ihm und reichte ihm eine Tasse mit dampfendem duftendem Tee. Tau bedeckte das Gras, die Sonne war noch nicht aufgegangen, aber im Osten wurde der Himmel bereits grau, die Feuer waren neu angefacht worden, und die Kotu-zen sattelten die Pferde, um unverzüglich aufbrechen zu können. Calandryll ächzte, befeuchtete seine Hände mit Tau, rieb sich die vom Schlaf noch verklebten Augen und nahm die Teetasse entgegen. Ochen wartete geduldig, während Calandryll trank. Das süße Gebräu vertrieb die letzten Spuren der Benommenheit und ließ ihn endgültig wach werden.

»Sie warten auf uns«, sagte der *Wazir,* »Aber Chazali möchte keine Zeit mehr verlieren.«

Im ersten Augenblick begriff Calandryll nicht, was Ochen meinte, aber dann deutete der Hexer zum Feuer, wo Bracht, Katya und Cennaire saßen, und Calandryll erinnerte sich wieder an das Gespräch, das sie letzte Nacht geführt hatten. Er nickte, schlug die Decke zurück und verspürte ein leichtes Schwindelgefühl, als er aufstand. Er glättete seine zerknitterte Kleidung, gürtete das Schwert um und nahm neben seinen Gefährten Platz.

»Diese Zauberei scheint harte Arbeit zu sein«, bemerkte Bracht mit unverschämt guter Laune. »Kommst du überhaupt noch zum Schlafen?«

Katya, die etwas mehr Mitgefühl aufbrachte, belud einen Teller mit hartem Brot und Fleisch. Calandryll nahm ihn mit einem dankbaren Lächeln entgegen.

»Ochen hat uns mitgeteilt, daß du irgend etwas mit uns besprechen willst«, sagte sie.

Calandryll nickte, schluckte den Bissen herunter, an dem er gekaut hatte, und erläuterte seinen Gefährten mit Ochens Hilfe seine Sorgen.

Nachdem er geendet hatte, fragte Bracht: »Gehen wir nicht sowieso schon seit längerer Zeit davon aus, daß wir vielleicht das Borrhun-maj überqueren müssen? Was also soll sich jetzt geändert haben?«

»Ich bin Ochens Meinung«, sagte Katya. »Was wir tun, folgt irgendeinem Plan. Ich sehe keinen Grund, warum wir jetzt einen anderen Weg einschlagen sollten.«

»Ihr habt nicht wie ich Tharns Präsenz gespürt.« Calandryll blickte von einem zum anderen. »Außerdem fehlt euch das, was Ochen mir beigebracht hat.«

»Wir haben mit Göttern gesprochen und Wege beschritten, die kein Mensch vor uns betreten hat«, gab Katya ruhig zurück. »Ich vertraue auf die Jüngeren Götter und auf diesen Plan, auch wenn ich ihn nicht verstehe. Ich sage, wir sollten weitergehen.«

»Aye.« Bracht nickte, Tau glitzerte auf seinem pechschwarzen Haar. Er betrachtete kurz seine Hände. »Ich habe geglaubt, ich müßte sterben, als Jehenne mich an den Baum hat nageln lassen, aber ich lebe immer noch. Ich habe niemals daran gedacht, den Cuan na'Dru mit *Gruagach* als Führern zu durchqueren, und trotzdem haben wir den Wald durchquert. Wenn wir also ins Unbekannte vorstoßen müssen, dann werden wir es tun.«

Calandryll hatte nichts anderes erwartet, aber es gefiel ihm trotzdem nicht, denn er hatte das Gefühl, daß seine Gefährten über etwas sprachen, von dem sie nichts verstanden, über Gefahren, von denen sie keine Ahnung hatten. Er suchte nach Argumenten, aber noch während er nachdachte, meldete sich Bracht wieder zu Wort.

»Wir sprechen hier über Risiken, die noch in ferner Zukunft liegen«, stellte der Kerner in der für ihn typischen pragmatischen Art fest, »während wir es wahrscheinlich schon bald mit viel unmittelbareren Gefahren zu tun bekommen. Laßt uns tun, was Ochen vorgeschlagen hat, nach Pamur-teng reiten und diese *Gijan* aufsuchen.«

Calandryll seufzte. Gegen die Entschlossenheit seiner Gefährten biß er mit seinen Einwänden auf Granit. Er sah Cennaire an. »In allen Prophezeiungen war von drei Gefährten die Rede«, sagte er. »Ihr würdet in Pamur-teng sicherer sein.«

Cennaire erwiderte seinen Blick mit großen haselnußbraunen Augen und war sich bewußt, daß Ochen sie aufmerksam beobachtete, als sie erwiderte: »Laßt das die *Gijan* entscheiden. Wenn sie mich auffordert zu bleiben, dann soll es so sein. Wenn sie aber weissagt, daß aus den drei vier geworden sind, dann begleite ich Euch.«

Und selbst wenn sie mich auffordert zu bleiben, dachte sie, *muß ich euch begleiten. Oder euch heimlich folgen, denn so oder so, unsere Schicksale sind miteinander verbunden, und würde ich euch allein weiterziehen lassen, würde Anomius seine Wut bestimmt an meinem Herz austoben.*

Sie bemerkte, daß Ochen den Kopf neigte und ein kaum wahrnehmbares Lächeln über sein Gesicht huschte, als wäre er mit ihrer Antwort zufrieden.

»Dann steht unser weiteres Vorgehen also fest«, sagte der *Wazir* laut. »Zumindest bis wir Pamur-teng erreicht haben.«

Calandryll fügte sich mit einem Achselzucken. Er hätte sowieso keine Gelegenheit mehr gehabt, ein Gegenargument vorzubringen, weil Chazali bereits Befehle rief. Also beendete er hastig sein Frühstück, während Bracht das Feuer austrat und sich die Kotu-zen überall um sie herum aufbruchfertig machten. Wenn Calandryll sich selbst gegenüber ehrlich war, mußte er zugeben, daß er sich lieber zusammen mit seinen Gefährten als allein in das Unbekannte hinauswagte, aber er verspürte ihnen gegenüber auch ein Schuldgefühl, und so verfiel er in ein etwas mürrisches Schweigen, während er den Braunen sattelte und aufstieg.

Nach weiteren Befehlen des *Kiriwashen* ritten zwei Männer dem Trupp voraus. Calandryll reihte sich in den Zug ein und rief nach Ochen, um sich nach dem Grund für die Vorhut zu erkundigen.

Wegen des Nebels, des dichten Waldes und des steilen Abhangs dauerte es eine Weile, bis der *Wazir* antwortete. »Wir betreten jetzt das Land der Tensai«, erklärte er. »Die beiden Männer kundschaften den Weg aus.«

Calandryll erinnerte sich an die Feuer, die er brennen gesehen hatte, vermutlich in diesen Hügeln, als sein Geist nach Norden gezogen worden war, und er überlegte sich, daß es vielleicht die Lagerfeuer der Banditenhorden gewesen waren. Ihm ging eine Idee durch den Kopf. »Warum reist Ihr nicht durch den Äther?« erkundigte er sich. »Wäre Euer Geist nicht ein verläßlicherer Führer?«

Ochens Antwort verzögerte sich erneut, weil der Wald dichter wurde und sie zwang, hintereinander zu reiten. »Habt Ihr es nicht verstanden?« fragte er dann zurück. »Um in diesen Sphären zu reisen, benötigt man absolute Konzentration. Eine solche Reise kann man nur durchführen, wenn der Körper völlig ungestört ist. Im Augenblick bin ich mehr als ausreichend beschäftigt. Horul weiß, was für ein schlechter Reiter ich bin, und wenn ich mich nicht darauf konzentrieren könnte, würde ich vermutlich von diesem tollpatschigen Tier fallen.«

Wahrscheinlich hätte Calandryll die Antwort als Rüffel aufgefaßt, hätte der *Wazir* dabei nicht so kläglich gegrinst und einen deftigen Fluch ausgestoßen, als sein Pferd plötzlich auf einem steiler werdenden baumlosen Gefälle, das mit glitschigem Gras bewachsen war, bockte. So aber lachte Calandryll nur und rief: »Dann will ich Euch nicht durch weitere Fragen ablenken! Nur eine noch: Könnten wir nicht heute nacht nach den Lagern der Tensai suchen?«

»*Wir* nicht«, erwiderte Ochen. »Ihr seid jetzt schon viel zu verwundbar, und ich möchte nicht Rhythamun auf Eure Spur bringen. Und jetzt, um Horuls willen, laßt mich in Ruhe, bevor ich aus dem Sattel falle.«

Der Nebel wich vor ihnen zurück und gab den Blick auf ein schmales Tal frei, das von einem blau und silbern glitzernden Fluß durchzogen wurde. Golden schimmernde Erlen säumten die Ufer. Dahinter erhob sich ein sanfter Hang, der mit Ahorn und Birken bewachsen war. Auf seinem Kamm standen Nadelholzbäume wie Wächter, die sich schwarz vor dem Azurblau des frühen Morgenhimmels abhoben. Chazalis Späher ritten den Hang hinauf, hielten zwischen den Kiefern an und winkten dem Trupp zu, ihnen zu folgen. Calandryll lenkte seinen Braunen durch den seichten Fluß und den Hügel hinauf.

Jenseits des Kammes erstreckte sich eine flache Senke zwischen zwei niedrigen Hügeln. Der Wald, der sie bedeckte, wurde von schmalen Pfaden durchzogen, die vom Hang in das Tal hinunterführten. Von seinem erhöhten Standpunkt aus konnte Calandryll eine Lichtung am Fuß des Weges erkennen. Entlang einem von der Sonne angestrahlten Flußabschnitt war der Wald gerodet worden. Dort stiegen dünne Rauchfäden in die Höhe, wurden vom Wind erfaßt und zu neblig grauen Fahnen zerissen, die sich wie flatternde Wimpel vor dem klaren blauen Himmel wanden.

Der Trupp folgte dem Weg hangabwärts, der sich zwischen den Bäumen dahinschlängelte und auf eine Furt im Fluß stieß. Auf der anderen Seite lag ein von einer Palisade umgebenes Dorf. Chazalis Späher brachten ihre Pferde vor den offenen Toren zum Stehen, umringt von nervösen Männern in fahlbraunen Hemden und schmutzigen Hosen, die sich verbeugten, als die Kotu-zen in ihren pechschwarzen Rüstungen näher kamen. Bei Anblick des *Kiriwashen* an der Spitze des Zuges fiel ihre Verbeugung noch tiefer aus.

Chazali hob gebieterisch einen Arm und befahl seinen Männern, vor dem Palisadenzaun zu warten, während er durch die offenen Tore in das Dorf hineinritt. Ochen schloß sich ihm an und winkte den Fremden zu, ihm zu folgen.

Calandryll erblickte eine Ansammlung grob zusammengezimmerter Holzhütten mit Abzugslöchern für den Rauch in den Dächern und kleinen überdachten Veranden an den Seiten. Dort standen Frauen und Kinder und beobachteten die Neuankömmlinge aus großen Augen, wachsam und ängstlich wie Rehe im Wald, fand Calandryll, bereit, jederzeit die Flucht zu ergreifen. Er hatte erwartet, daß Chazali absteigen würde, und tatsächlich machten die Männer des Dorfes Anstalten, sich sofort neben dem Pferd des *Kiriwashen* niederzuknien, um ihm ihre Rücken als Trittleiter darzubieten, doch Chazali scheuchte sie mit einer Handbewegung fort, blieb im Sattel sitzen, löste den Metallschleier und zog ihn von seinem Gesicht zurück.

»Wir werden hier keine Rast machen«, verkündete er. »Aber wir brauchen Proviant für drei Tage.«

Ein Mann verneigte sich, als sei das eine große Ehre, aber sein Gesicht blieb ausdruckslos. Calandryll nahm an, daß die Verpflegung des Trupps die Vorräte des Dorfes erheblich schmälern würde.

Der Mann – Calandryll hielt ihn für den Dorfvorsteher – bellte ein paar kurze Anweisungen. Sofort hasteten die Leute umher und holten Säcke und getrocknete gelbliche Fleischkeulen, die sie den wartenden Kotu-zen brachten.

»Gibt es irgendwelche Neuigkeiten?« fragte Chazali kurzangebunden.

Wieder verbeugte sich der Dorfvorsteher, wobei er es vermied, dem *Kiriwashen* in die Augen zu sehen, und antwortete: »Vor drei Tagen sind Tensai gekommen. Sie haben zwei Kühe mitgenommen.«

»Wie viele waren es?« wollte Chazali wissen.

»Neunzehn sind hier gewesen«, berichtete der Mann, »aber ich glaube, es waren noch mehr in den Hügeln. Sie werden stärker.«

Chazali nickte, gab ein Knurren von sich und sagte in einem etwas freundlicheren Tonfall: »Sobald der Krieg zu Ende ist, werden die Patrouillen zurückkommen. Wenn wir die Banditen vorher treffen, werden sie sterben.«

»Ich danke Euch, Herr.« Der Dorfvorsteher verneigte sich unterwürfig. »Möge Horul Eure Klinge führen.«

»Und möge er eure Ernte segnen«, entgegnete Chazali. Ohne ein weiteres Wort zu verlieren, wendete er sein Pferd und ritt zu den Toren hinaus.

Er verschwendete keine Zeit mit Erklärungen, befestigte seinen Gesichtsschleier wieder und winkte seine Männer weiter, als wäre es unter seiner Würde, sich mit Gedanken über das Dorf und dessen Probleme aufzuhalten, als ginge ihn dieses Thema nichts mehr an. Die Späher waren bereits vorausgeritten, galoppierten den Hang hinauf, und die übrigen Krieger folgten ihrem Befehlshaber, wobei sie Ochen und die Fremden in die Mitte nahmen.

Sie erreichten die Kuppe der Erhebung und erblickten ein breiteres Tal vor sich. Der Weg bahnte sich eine Schneise durch dichtes Gehölz bis zu einem anderen Fluß. In der Ferne konnte man ein zweites Dorf erkennen, das aus dieser Entfernung winzig wirkte und dem ersten zum Verwechseln ähnlich sah. Calandryll hatte gedacht, daß sie dort halten würden, aber Chazali durchquerte die Furt zügig. Das Wasser spritzte unter den Hufen der Pferde und bildete silbrige Schleier, die hell in der Sonne glitzerten. Die Späher galoppierten ihm entgegen, erstatteten Bericht, kehrten gleich darauf auf ihre Vorposten zurück, und Chazali ritt mit unvermindertem Tempo weiter. Eine Gruppe von Jesserytern sah dem Trupp mit unergründlichen Gesichtern hinterher, die genauso leer wie der Himmel wirkten. Die nächste Rast erfolgte erst gegen Mittag auf einer Lichtung direkt am Wegesrand.

Wie es ihre Gewohnheit geworden war, saßen Calandryll, Bracht, Katya und Cennaire zusammen mit Ochen ein

Stückchen von den Kotu-zen entfernt. Calandryll war etwas überrascht, als Chazali zu ihnen herüberkam, sich formell verbeugte und um die Erlaubnis bat, sich zu ihnen setzen zu dürfen. Das Ritual erschien Calandryll zwar völlig überflüssig, aber trotzdem hieß er den *Kiriwashen* mit der gebotenen Höflichkeit willkommen, wofür dieser sich ebenso formell bedankte, bevor er Platz nahm.

»Es gibt unerfreuliche Neuigkeiten«, verkündete er und sah dabei von einem zum anderen. »Die Tensai werden dreister. Sie haben sich aus beiden Dörfern mit Proviant versorgt, und der Vorsteher des letzten Dorfes hat ihre Zahl auf vierzig geschätzt. Er glaubt, daß sie ihr Lager in einer Entfernung von ein oder zwei Tagesritten aufgeschlagen haben.«

Ochen nickte wortlos.

»Werdet Ihr sie jagen?« fragte Bracht.

Chazalis Antwort bestand aus einem kurzen und – wie Calandryll meinte – bedauernden Lächeln. »Nein, das werden wir nicht tun«, erwiderte der *Kiriwashen*. »Wir haben Befehl, Pamur-teng so schnell wie möglich zu erreichen. Aber wenn sie versuchen sollten, uns anzugreifen ...«

Sein Lächeln vertiefte sich, wurde raubtierhaft. In diesem Augenblick erschien er Calandryll wie eine große Raubkatze, die auf Beute lauerte.

»Ghan-te liegt kaum mehr als einen Tagesritt entfernt«, sagte Ochen, was Chazali mit einem knappen Nicken bestätigte.

»Ghan-te?« fragte Calandryll.

»Eine größere Siedlung«, erklärte der *Wazir*. »Dort gibt es eine Gaststätte, einen Tempel und einen Markt.«

»Und vielleicht neue Nachrichten«, fügte Chazali hinzu.

Der Ort lag im Zentrum eines von Hügeln umgebenen Talkessels. An den gerodeten Hängen waren Terrassen angelegt worden. Schleusen und kleine Dämme verteilten das Wasser mehrerer Bäche auf die einzelnen Stufen, auf denen Gettu arbeiteten, die in ihrer Arbeit innehielten, um zuzusehen, wie der Trupp der Reiter näher kam. Das Dorf selbst lag hinter einer aus Baumstämmen bestehenden Mauer, die in regelmäßigen Abständen von Wachtürmen unterbrochen war und ein Rechteck bildete, in das große, mit Metallbändern verstärkte Torflügel eingelassen worden waren. Sie standen offen, und eine schmale Straße führte durch sie hindurch in das Zentrum der Siedlung. Die Vorhut hatte die Ankunft des Reitertrupps angekündigt, und auf der Hauptstraße und den kleineren Querstraßen, die die Mittelachse in regelmäßigen Abständen kreuzten, drängten sich die Dorfbewohner. Einige trugen die braungrauen Hemden und Hosen, die anscheinend die Einheitskleidung der Bauern bildeten, die Mehrzahl aber war besser gekleidet, und sowohl die Qualität wie auch die Verzierungen ihrer Kleidung ließen auf einen gewissen Wohlstand schließen. Die Menschen sahen neugierig zu, wie Chazali seinen Trupp durch das Tor führte und stolz zwischen den zweigeschössigen Häusern dahinritt, die dicht aneinandergedrängt die Hauptstraße säumten. Sie besaßen lange Veranden und gemauerte Schornsteine, die Holzwände waren in hellen Farben gestrichen.

Die Sonne war gerade untergegangen, und die Gebäude warfen lange Schatten. Laternen am Straßenrand ließen die schwarzen Rüstungen der Kotu-zen wie die Panzer riesiger exotischer Käfer glänzen. Keiner der Dorfbewohner sprach, sie verbeugten sich nur und sahen zu, wie die Kotu-zen an ihnen vorbeiritten, mit steifen Rücken in ihren Sätteln sitzend, die hinter den Metallschleiern verborgenen Gesichter starr nach vorn auf ihren Anführer gerichtet, ohne einen Blick nach rechts oder links zu werfen, als wäre es unter ihrer Würde, ein Wort mit den Menschen am Straßenrand zu wechseln.

Chazali führte seine Reiter zu einem weiten rechteckigen Platz, der mit dicken Steinplatten gepflastert war, auf denen das Klappern der Hufe laut widerhallte. Der Platz war von den vier höchsten Gebäuden in Ghan-te umgeben. Eins wurde von Lampen in helles Licht getaucht, ein zweites war nur schwach beleuchtet, und vor einem dritten, das völlig dunkel war, hielt Chazali an. Aus der Bauart schloß Calandryll, daß es sich dabei um die Garnison handelte, in der die Kotu-anj gewohnt hatten, bevor sie zum Krieg eingezogen worden waren. Ihr gegenüber auf der anderen Seite des freien Platzes erhob sich ein einladend aussehendes Haus mit einer hellrot gestrichenen Fassade und blau eingefaßten Fenstern, über dessen Veranda Lampen hingen, die ein zinnoberrotes Licht warfen. Calandryll nahm an, daß es sich dabei um die Gaststätte und bei dem schwächer beleuchteten Gebäude daneben um den Stall handelte. Das vierte Gebäude wurde von einem auffälligen vorspringenden Querbalken überragt, der mit einem schwarzen Pferdekopf vor einem goldenen Hintergrund verziert war. Dabei mußte es sich um den Tempel handeln.

Chazali blieb eine Weile im Sattel sitzen und ließ den Blick über den Platz schweifen. Dann bellte er eine Reihe von Befehlen, worauf die Einwohner vorstürzten und sich neben den Pferden niederknieten, um den Kotu-zen ihre Rücken zum Absteigen darzubieten. Die Eifrigsten unter ihnen, bemerkte Calandryll, waren diejenigen mit der kostbarsten Kleidung. Sie schienen es als Ehre zu empfinden, als Schemel benutzt zu werden. Er entdeckte einen Mann in einem knöchellangen, mit Silberfäden durchwirkten Gewand, der neben seinem Braunen kniete, lenkte den Wallach etwas weiter und sprang aus dem Sattel, bevor der Mann auf Händen und Knien weiterkriechen konnte, um die neue Position einzunehmen.

Der Jesseryter richtete sich mit gerunzelter Stirn linkisch auf. Es war anscheinend enttäuscht. Dann verbeugte er sich und ging mit hängendem Kopf davon. Calandryll ergriff die Zügel des Wallachs und führte ihn zu seinen Gefährten, die neben Ochen standen.

»Wir werden die Nacht hier verbringen«, sagte der *Wazir* und deutete auf die dunkle Garnison. »Wahrscheinlich werden wir in der Taverne essen.«

»Und unsere Pferde?« erkundigte sich Bracht.

»Da drüben ist der Stall.« Ochen deutete geistesabwesend auf das Nachbargebäude. Sein Blick wanderte über den Tempel, als würde er dort irgend etwas Ungewöhnliches bemerken.

»Ich habe gedacht, nur die Kotu-zen würden reiten«, sagte Calandryll.

»Nur den Kotu-zen ist es erlaubt, Streitrösser zu besitzen«, berichtigte Ochen. »Die anderen Kasten dürfen Esel oder Maultiere benutzen. Pferde sind ein Geschenk von Horul. Sie stehen in einer besonderen Beziehung zu dem Gott.«

Er schien nicht ganz bei der Sache zu sein und starrte noch immer auf den Tempel.

»Stimmt irgend etwas nicht?« erkundigte sich Calandryll.

»Ich frage mich, warum der Priester nicht erscheint«, murmelte Ochen mit gerunzelter Stirn. »Wo ist er?«

»Können wir unsere Pferde versorgen?« warf Bracht ein, der sich mehr um das Wohlbefinden seines Hengstes als um den fehlenden Priester sorgte.

»Sobald Chazali für Ordnung gesorgt hat«, erwiderte Ochen fahrig und deutete in Richtung der Kotu-zen, die sich, von den gebellten Befehlen des *Kiriwashen* gelenkt, zielstrebig über den Platz verteilten. Calandryll sah, daß einige zur Taverne gingen, andere zum Stall, während die meisten die Garnison betraten und lautstark nach Lampen riefen. Er hatte den Eindruck, daß sie die Stadtbevölkerung nach Lust und Laune herumkommandierten und wohlhabend aussehende Bürger sich vor Diensteifer geradezu überschlugen, um ihren Befehlen Folge zu leisten.

»Überlaßt mir Euer Pferd«, erbot er sich, beunruhigt über die uncharakteristische Nervosität des *Wazirs*. »Ich werde mich darum kümmern, daß es versorgt wird, während Ihr mit dem Priester sprecht.«

»Ich danke Euch.«

Ochen hielt sich nicht damit auf, ihm die Zügel zu übergeben, eilte sofort zum Tempel und rief Chazali im Laufen zu, wo er zu finden sei.

Calandryll führte das Pferd des Hexers zusammen mit seinem eigenen zum Stall. Einige Kotu-zen gingen in die gleiche Richtung, überließen ihre Tiere aber der Obhut der Einheimischen, die voller Eifer versuchten, sich nützlich zu machen. Die Fremden dagegen kümmerten sich selbst um ihre Pferde. Auch Cennaire folgte ihrem Beispiel, striegelte ihr Pferd und vergewisserte sich, daß die Futterkrippe frisches Heu und der Trog sauberes Wasser enthielt.

Nachdem das erledigt war, kehrten sie zur Garnison zurück, die jetzt erhellt war und in der die Kotu-zen eine emsige Geschäftigkeit entfalteten. Das Innere des Gebäudes war düster und schlicht wie die Festung am Rande des Kess Imbrun, ein Labyrinth spärlich beleuchteter Korridore und Kammern, denen man anmerken konnte, daß sie schon seit längerem verlassen waren. Alles war etwas feucht und verströmte einen muffigen Geruch. Im Erdgeschoß gab es eine große Halle, hinter der sich eine Küche anschloß. Der Keller enthielt eine Rüstungskammer und einen Badesaal. Eine Treppe führte in den ersten Stock hinauf, der größtenteils aus einem Gemeinschaftsschlafsaal bestand. Entlang den Außenwänden waren Einzelschlafzimmer errichtet worden. Stadtbewohner hasten umher, zündeten Lampen an, lüfteten Bettwäsche und verneigten sich nervös, während sie die Fremden neugierig und die Kozu-zen mit einer seltsamen Mischung aus Erwartung und Furcht beäugten.

Chazali übernahm es persönlich, die Gefährten zu ihren Zimmern zu führen, die bescheidener und sogar noch karger als die Kammern in der Festung waren. Sie hatten nackte Holzwände und enthielten nichts außer jeweils einem Bett und einer Truhe.

»Beim Bau der Garnison hat niemand an Ehrengäste gedacht«, entschuldigte sich der *Kiriwashen*. »Aber wir werden nur eine Nacht hier verbringen.« Er verbeugte sich und zog sich zurück.

»Ahrd, habt ihr gesehen, wie unterwürfig diese Leute herumkriechen?« fragte Bracht. »Das ist wirklich ein fremdartiges Land.«

»In dem wir die Fremden sind«, erwiderte Calandryll, trat an das Fenster und spähte hinaus. Er sah Ochen aus dem Tempel kommen und über den freien Platz eilen. Der Gang des Hexers und die Haltung seiner Schultern verrieten Besorgnis und erfüllten Calandryll mit einem unguten Gefühl. Der Alte blickte auf, entdeckte Calandrylls Gesicht im Fenster und winkte ihm zu, herunterzukommen. Calandrylls Vorahnung verdichtete sich zur Gewißheit. Er drehte sich zu seinen Gefährten um. »Irgend etwas ist nicht in Ordnung.«

Ohne eine Antwort abzuwarten, ging er in den Korridor zurück, dicht gefolgt von den anderen, und stieg die Treppe hinab.

Der Saal im Erdgeschoß war mittlerweile beleuchtet, allerdings nur schwach, wie es bei den Jesserytern Sitte zu sein schien, und im Kamin brannte ein Feuer, vor dem Ochen mit Chazali stand und drängend auf ihn einsprach. Die Gesichter beider Männer waren ernst. Der *Kiriwashen* hatte den Helm abgenommen, trug aber immer noch seine Rüstung. Eine Hand schloß und öffnete sich rhythmisch um den Griff seines Säbels, die andere zupfte wütend an dem geölten dreieckigen Bart. Die Gefährten gesellten sich zu ihnen, und Calandryll spürte schon, daß Ochen schlechte Nachrichten überbrachte, noch bevor der Hexer das erste Wort gesprochen hatte.

»Der Priester ist tot.« Ochens Stimme klang tonlos, als wäre dies eine beispiellose Ungeheuerlichkeit, die er nicht fassen konnte. »Von den Tensai ermordet.«

»Hier?« Calandryll machte eine weitausholende Handbewegung, die den gesamten Ort umfaßte.

Ochen schüttelte den Kopf und strich sich ein paar wirre silberne Haarsträhnen aus der Stirn. »Nicht in Ghan-te. In den Wäldern. Er ist zu einer Taufzeremonie in das letzte Dorf geritten, an dem wir vorbeigekommen sind, und er ist nicht mehr zurückgekehrt.«

Er verstummte und stieß einen Seufzer aus.

»Waldarbeiter haben seine Leiche gefunden und vor drei Tagen hierhergebracht«, fuhr Chazali an Ochens Stelle fort. »Sie war übel zugerichtet, haben sie erzählt. Als ob sie von tollwütigen Hunden zerfetzt worden wäre.« Seine Stimme klang rauh und hart, kalte Wut brannte in seinen geschlitzten Augen.

»Dann dürften sich die Tensai also wahrscheinlich hinter uns befinden und keine Bedrohung mehr für uns darstellen«, sagte Bracht.

Chazali starrte den Kerner wild an. »Ihr habt nicht verstanden«, knurrte er mit mühsam unterdrücktem Zorn.

»Wie sollte er auch?« Ochen hob beschwichtigend eine Hand und fügte düster hinzu: »Auch wenn seine Fähigkeiten relativ bescheiden waren, hat der Priester trotzdem der Kaste der *Wazire* angehört. Kein Tensai würde es wagen, einem Angehörigen dieser Kaste etwas zuleide zu tun, weil er die Verdammnis fürchten würde. Wer einen Priester tötet, liefert sich damit gleichzeitig ewiger Qual aus, und wer einen *Wazir* angreift, bekommt es mit gefährlicher Magie zu tun.«

»Ich verstehe trotzdem immer noch nicht«, gestand Bracht.

Calandryll bemerkte den Blick, den Ochen Chazali mit grimmigem Gesicht zuwarf. Allmählich dämmerte ihm die Erkenntnis, und die nächsten Worte des Magiers bestätigten seinen Verdacht.

»Daß sie es gewagt haben – und das mit Erfolg –, kann nur eines bedeuten: Sie verfügen selbst über Magie. Rhythamuns Magie! Und wenn das zutrifft, dann können wir uns darauf gefaßt machen, schon bald in einen Hinterhalt zu geraten.«

KAPITEL 8

Calandryll betrachtete die Gesichter der beiden Jesseryter und entdeckte Entsetzen in ihnen, einen derart unverhüllten Zorn, daß die erschreckenden Neuigkeiten ein weitaus größeres Gewicht erhielten, als sie ohnehin schon besaßen. Er wußte, daß es reines Wunschdenken gewesen war, zu glauben, ihr Feind würde sie unbehelligt lassen. Das war nicht Rhythamuns Art, und daß der Schwarzmagier Vorkehrungen treffen würde, um seinen Rücken zu decken, war kaum eine Überraschung, aber die Wut in Chazalis und der

Abscheu in Ochens Augen verrieten, daß der Mord an dem Priester etwas war, womit sie nicht gerechnet hatten, etwas, das die Grundfesten ihres Glaubens erschütterte.

»Ich muß meine Männer informieren«, grollte der *Kiriwashen*. »Wenn wir denjenigen begegnen, die ihn umgebracht haben ...« Ein raubtierhaftes Lächeln umspielte seine Lippen.

Ochen ergriff Chazalis Handgelenk. Seine goldenen Fingernägel zeichneten sich hell vor dem pechschwarzen Armschutz ab. »Vergeßt nicht, daß wir eine höhere Aufgabe zu erfüllen haben, mein Freund«, sagte er fest. »Und ich vermute, daß wir den Mördern schon bald genug begegnen werden, falls Horul es nicht vorzieht, uns sicher an ihnen vorbeizuleiten.«

Chazali löste seinen Arm mit einem unwirschen Ruck aus dem Griff des Hexers. Er hatte die Lippen unwillig zu einem schmalen Strich zusammengepreßt und machte Anstalten, sich zu entfernen und Befehle zu bellen, um die Kotu-zen auf eine nächtliche Verfolgung der Tensai zu schicken. Aber Ochen hielt ihn mit einem eindringlichen Blick zurück und sagte: »Ich bin davon überzeugt, daß Ihr sie nicht aufzuspüren braucht. Es ist wahrscheinlicher, daß sie *uns* jagen werden, und sie sind nur unbedeutende Figuren in einem viel größeren Spiel. Die Ermordung eines Priesters ist eine ungeheuerliche Tat, aye, aber daß Rhythamun weiterziehen könnte, um Tharn wiederzuerwecken, ist weitaus schlimmer.«

Obwohl er leise gesprochen hatte, besaß jedes einzelne Wort großes Gewicht. Schließlich brachte Chazali ein hilfloses Ächzen hervor und fügte sich mit einem widerwilligen Nicken.

»Aye, Ihr habt recht, aber es macht mich krank, dieses Verbrechen ungestraft zu lassen.« Sein Kopf sank herab, bis er mit dem Kinn die Brust berührte. Dann hob er den Kopf wieder, richtete die Schultern auf und klatschte in die Hände. Sofort machte sich Stille breit, und Chazali informierte die Kotu-zen mit düsterer Stimme über den Mord. Sie nahmen die Neuigkeiten mit grimmigen Gesichtern auf, verfluchten die Frevler, schworen ihnen Rache und murrten ungehalten, als Chazali Ochens Ermahnungen wiederholte und sie daran erinnerte, daß ihre vordringlichste Aufgabe darin bestand, die Abenteurer sicher in Pamur-teng abzuliefern.

»Könnt Ihr Euch denn ganz sicher sein, daß Rhythamun seine Hände im Spiel hatte?« erkundigte sich Katya.

»Wer denn sonst?« fragte Ochen finster zurück. »Nur ein *Wazir* verfügt über ausreichende Kräfte, um einen Mann zu töten, der sich durch Magie schützt. Kein Tensai könnte das tun.«

»Dann befindet er sich also in der Nähe?« hakte sie nach.

Ochen schüttelte den Kopf. »Das braucht er nicht.« Sein Gesicht zeigte einen Ausdruck, den Calandryll noch nie zuvor bei ihm gesehen hatte; fast ein Ausdruck von Angst. »Ich nehme an, daß er auf Tensai gestoßen ist, die wahrscheinlich geglaubt haben, sie könnten einen einzelnen Reisenden überfallen.« Er stieß ein kurzes und böses Lachen aus. »Vermutlich mußten sie feststellen, daß er alles andere als eine leichte Beute war. Wahrscheinlich sind sie selbst zur Beute geworden. Ich denke, daß er sie geistig in seine Gewalt gebracht hat, zumindest genug von ihnen, um sie für seine Zwecke benutzen zu können, und daß er sie als Wächter zurückgelassen hat, um sich den Rücken freizuhalten.«

»Trotzdem sind es lediglich Räuber und Wegelagerer«, meinte Bracht unbekümmert.

»Aye«, antwortete Ochen, »aber Räuber, die mit einer verwerflichen Magie versehen worden sind, die mir ganz und gar nicht gefällt.«

»Mir ebensowenig.« Der Kerner lachte grimmig. »Aber wenn einem Mann nur ein Weg bleibt, dann muß er ihn bis zu seinem Ende gehen.«

»Und wir haben wahrscheinlich mehr als nur Eure Magie auf unserer Seite«, warf Katya ein. »Vergeßt nicht, daß Calandryll ein Schwert besitzt, das die Zauber unseres Feindes zerstören kann.«

»Das ist richtig«, räumte der *Wazir* ein, wenn auch ohne große Überzeugung.

»Dann legt diesen düsteren Gesichtsausdruck ab«, forderte Bracht ihn auf. »Wir haben es schon früher mit Rhythamuns Magie zu tun bekommen und uns immer behaupten können. Wahrscheinlich wird uns das auch wieder gelingen.«

Da erschien ein schwaches Lächeln auf Ochens Gesicht, als wäre er zwar dankbar für die Ermutigung des Kerners, fände sie aber ungerechtfertigt.

»Was bleibt uns denn anderes übrig, außer unseren Weg weiterzugehen?« wollte Calandryll wissen. »Und wenn wir weitergehen, sollten wir es lieber voller Hoffnung tun.«

»Aye.« Ochens Gesicht hellte sich ein wenig auf. Er nickte. »Verzeiht mir, aber daß ein Priester umgebracht worden ist ... Das ist eine beispiellose Tat.«

»Das ist die Wiedererweckung des Verrückten Gottes ebenfalls«, stellte Calandryll fest.

Das Abendessen in der Taverne verlief in einer düsteren Stimmung, denn der Mord an dem Priester und alles, was daraus folgte, war ihnen aufs Gemüt geschlagen. Außer der Bedienung, den Fremden und den Kriegern hielt sich niemand im Gasthaus auf. Die Kotu-zen strahlten ein geradezu spürbares Unbehagen aus, eine Mischung aus Abscheu, rechtschaffenem Zorn und hilfloser Enttäuschung. Wären sie nicht verpflichtet gewesen, die Abenteurer nach Pamurteng zu bringen, hätten sie jetzt schon die Hügel durchsucht und Jagd auf die Tensai gemacht wie auf tollwütige Hunde, davon war Calandryll überzeugt. Die Stadtbewohner waren genauso beunruhigt über den Mord und schworen den Kriegern, sie dabei zu unterstützen, die Mörder zur Rechenschaft zu ziehen. Der Gastwirt und seine Angestellten bedienten ihre Gäste mit wachsamem Schweigen, als erwarteten sie, daß jeden Augenblick ein Rachegelübde gegen die Tensai verkündet werden würde. Obwohl das Essen und der Wein gut waren, konnte niemand das Mahl richtig genießen, und als sie es beendet hatten und die Taverne verließen, um ihre Betten aufzusuchen, blieben der Wirt und seine Leute voller Verwirrung über diesen Bruch der allgemein gültigen Ordnung zurück.

Calandryll war ebenfalls äußerst beunruhigt, und seine Stimmung wurde durch die unheilverkündende Reaktion der Jesseryter noch verstärkt. Es mit bewaffneten Männern aufzunehmen war eine Sache, und es in Begleitung von fünfzig ausgebildeten Kriegern zu tun ließ die Aussicht nicht allzu erschreckend erscheinen. Sich mit magischen Geschöpfen anzulegen war ein riskantes Unternehmen, aber eins, das er und seine Gefährten auch früher schon bestanden hatten. Zu wissen, daß ihnen beide Gefahren gleichzeitig drohten, diente nicht gerade dazu, ihm einen angenehmen Schlaf zu bescheren, und so lag er auf seinem schmalen Bett und starrte an die Deckentäfelung, über die das von außen einfallende Licht spielte. Ohne es zu bemerken, fielen ihm die Augen zu, und er schlief ein.

Das Sonnenlicht des frühen Morgens und die Kühle des nahenden Herbstes weckten ihn. Das Zwitschern der Vögel auf den Dächern und die Geräusche eines Dorfes, in dem bereits Geschäftigkeit herrschte, drang in sein Zimmer. Ohne Zeit zu verlieren, stand Calandryll auf, betrat den Flur und klopfte an Brachts Tür, die sofort geöffnet wurde. Der Kerner schnallte gerade seinen Schwertgürtel um und musterte Calandryll mit einem flüchtigen, aber wilden Lächeln.

»Komm«, sagte er, »laß uns Katya und Cennaire wecken und frühstücken.«

Beide Frauen waren bereits wach und angezogen. Katya trat mit ernstem Gesicht auf den Gang hinaus. Die Metallketten ihrer Halsberge rasselten leise, und sie hatte die Hand auf den Griff ihrer Waffe gelegt, als fürchtete sie, daß sich jederzeit ein Ungeheuer aus dem Nichts materialisieren könnte. Cennaire wirkte ruhig, schob sich aber sofort neben Calandryll, der ihr, ohne darüber nachzudenken, besitzergreifend eine Hand auf den Arm legte.

»Ich fürchte, wir bringen Euch in eine immer größere Gefahr«, murmelte er, als sie sich auf den Weg zum Hauptsaal machten. »Aber seid versichert, daß Euch nichts zustoßen wird, solange ich es verhindern kann.«

»Das weiß ich«, erwiderte sie, und noch im gleichen

Augenblick wurde ihr klar, daß es stimmte. Sie zweifelte nicht daran, daß er sein Leben für sie hergeben würde.

Ohne eine bewußte Absicht hielt sie sich noch dichter an ihn, so daß sich ihre Körper einen Moment lang aneinanderpreßten. Sie spürte, wie er zusammenzuckte, sah aus den Augenwinkeln heraus, wie er mit einem verlegenen Lächeln den Blick senkte. Dann hatten sie die Treppe erreicht und lösten sich wieder voneinander, aber er hielt noch immer ihren Arm. Sie entdeckte Ochen im spärlich beleuchteten Saal, der sie ruhig beobachtete, aber seine Miene war rätselhaft, und sie fragte sich, ob er ihr Verhalten billigte oder es nur duldete, weil es seinen eigenen Interessen diente. Darauf konnte sie keine Antwort finden, und keiner der anderen schien die unauffällige Musterung des *Wazirs* bemerkt zu haben. Sie nahmen alle mit der entschlossenen Zuversicht von Leuten Platz, die einen Pfad betreten hatten, von dem es keine Umkehr mehr gab.

Das Frühstück wurde serviert, und sie langten herzhaft zu, als könnte es ihre letzte Mahlzeit sein. Ihre Unterhaltung drehte sich um die bevorstehende Reise. Ochen und Chazali, die sich zu ihnen gesellt hatten, sprachen über die Straße und die an ihrem Rand liegenden Siedlungen. Der Weg führte hinter Ghan-te einige Tage lang in nördlicher Richtung durch Waldland, bevor er den Fuß der großen Zentralhochebene erreichte, die dem Land der Jesseryter den Beinamen Ebene gegeben hatte. Dort lag eine weitere kleine Stadt, Ahgra-te. Es folgten noch einige Dörfer, aber den größten Teil der Strecke schlängelte sich der Weg einsam durch dicht bewaldetes Bergland, das den Tensai eine natürliche Deckung bot.

Das waren nicht gerade ermutigende Aussichten, dachte Cennaire und begegnete Calandrylls Blick über dem Tisch. Er wirkte ernst und entschlossen, brachte jedoch ein Lächeln zustande, als er ihren Blick auffing, als versuchte er, sie aufzumuntern. Sie erwiderte das Lächeln, wobei sie überlegte, daß sie von allen wahrscheinlich am wenigsten zu befürchten hatte. Sie war durch die Wiedererweckung vor allen körperlichen Gefahren geschützt und vielleicht sogar immun gegen die Magie, die Rhythamun hinter sich zurückließ, solange diese Magie sich darauf beschränkte, die Lebenden abzuwehren. Sie verspürte fast so etwas wie ein Schuldbewußtsein in sich aufsteigen und schlug die Augen nieder, als ihr der Gedanke kam, daß sie vielleicht miterleben würde, wie all die hier Versammelten starben und nur sie – ihr fiel kein besseres Wort dafür ein – *überlebte*. Und dann stellte sich ihr eine andere Frage. Falls es ihr gelang, ihr Herz an sich zu bringen, sollte sie es sich dann wieder in die Brust einpflanzen lassen – vorausgesetzt, irgendein Hexer wie Ochen beherrschte den erforderlichen Gegenzauber – oder es lieber weiterhin in der Schatulle aufbewahren und so bleiben, wie sie jetzt war?

Es war gleichzeitig ein faszinierender und ein verunsichernder Gedanke. Sollte sie wieder sterblich werden oder weiter die Existenz einer Wiedererweckten führen? Sich für die erste Möglichkeit zu entscheiden würde bedeuten, auf alle Kräfte und Fähigkeiten zu verzichten, über die sie jetzt verfügte. Sie hatte ihre neuen Sinne und die übernatürlichen Wahrnehmungen genossen, die diese ihr ermöglichten, und doch hatte sie all diese Fähigkeiten unterdrückt, seit sie mit den Abenteurern zusammen war. Und diese sterblichen Menschen aus Fleisch und Blut schienen sich nicht mehr Sorgen über mögliche Gefahren zu machen, als es Cennaire tat, als kosteten sie ihr Leben in vollen Zügen von Tag zu Tag aus, bereit, sich dem Unbekannten zu stellen, vor dem sie, Cennaire, sich nicht mehr zu fürchten brauchte. Weil sie, dachte Cennaire, sich ganz ihrer Aufgabe hingaben und ein höheres Ideal verfolgten, als nur ihr Überleben zu sichern.

Früher hätte sie darüber gelacht, es als Dummheit und Schwäche von Sterblichen abgetan. Doch in der Gesellschaft der Abenteurer hatte sie ihre Unsterblichkeit des öfteren fast völlig vergessen und gelernt, sich an den kleinen Dingen des Lebens zu erfreuen. Daran, wie man sie akzeptiert hatte, an Calandrylls Lächeln oder der Berührung seiner Hand. Auf jeden Fall hatte sie kaum noch an ihre Vergangenheit gedacht. Plötzlich fragte sie sich, wie Calandryll reagieren würde, wenn er erfuhr, daß sie früher eine Kurtisane gewesen war, wenn er erfuhr, daß sie für Anomius arbeitete und dabei schon Menschen getötet hatte.

»Habt keine Angst.« Ochens Stimme riß sie aus ihren Grübeleien. Sie hob den Kopf und bemerkte erst jetzt, daß die anderen sie ansahen. »Ihr seid nicht nur durch Schwerter, sondern auch durch Magie geschützt.«

Cennaire brachte ein Lächeln hervor. Es gelang ihr nicht, die Miene des *Wazirs* zu deuten. Sein Tonfall und seine Worte klangen so, als versuchte er nur, eine nervöse Frau zu beruhigen, obwohl er ihr Geheimnis kannte und wußte, daß von allen hier Anwesenden gerade sie am wenigsten Ermutigung benötigte. War also alles bloß Verstellung? Oder versuchte er, genau wie Anomius, sie für seine eigenen Interessen zu benutzen? Darauf wußte sie keine Antwort, und ihr war immer noch nicht völlig klar, warum er sie nicht verraten hatte. Er hatte davon gesprochen, daß auch sie eine Rolle in dieser Mission zu spielen hatte, und das war ihren eigenen Absichten entgegengekommen, aber wie sah diese Rolle aus? Und wer würde davon profitieren?

»Aye«, antwortete sie und lächelte erneut. »Und wie Bracht gesagt hat, bleibt uns sowieso nur dieser eine Weg.«

»Wohl gesprochen«, lobte Calandryll sie.

»So ist es«, bestätigte Ochen. »Und deshalb auch nur eine Richtung.«

»Und genau die werden wir jetzt einschlagen«, sagte Chazali, der von der unterschwelligen Bedeutung des Wortwechsels nicht das geringste mitbekommen hatte. »Wir brechen jetzt auf.«

Er schob seinen Teller von sich und stand auf. Die Kotuzen waren im gleichen Moment ebenfalls auf den Beinen. Sie trugen bereits ihre Rüstungen, zurrten nur noch die letzten Verschlüsse fest und folgten dem *Kiriwashen* zur Tür.

Die Abenteurer schlossen sich ihnen an.

»Mögen Ahrd und alle Jüngeren Gottheiten mit uns sein«, sagte Bracht.

Katya lächelte ihm zu, berührte seine Wange und fragte: »Sind sie das nicht bereits?«

Die Antwort des Kerners bestand aus einem Lachen und Nicken. Er ergriff ihre Hand, und sie gingen gemeinsam hinter den Jesserytern her, wobei sie eher den Eindruck eines verliebten Pärchens machten, das einen Landausflug unternahm, als den von Kriegern, die in die Schlacht zogen.

Cennaire wurde von Ochen und Calandryll flankiert, der wieder ritterlich seine Hand auf ihren Arm gelegt hatte. Es wäre ihr lieber gewesen, er hätte ihre Hand genommen, wie Bracht es bei Katya getan hatte, aber auch der leichte Druck seiner Finger war angenehm und vermittelte ihr das Gefühl, als versuchte er, einen Kontakt herzustellen, den offen zu zeigen er noch nicht bereit war.

Burash, dachte sie, *ich komme mir wie ein unerfahrenes Mädchen am Arm seines ersten Geliebten vor.*

Sie warf ihm einen Seitenblick zu und begegnete erneut seinen Augen, aber diesmal sah er nicht weg, sondern lächelte sie mit einem Gesichtsausdruck an, in dem sich Bewunderung und Bedauern widerspiegelten, als würde er sie einerseits lieber in Sicherheit wissen, andererseits aber froh sein, den zukünftigen Gefahren gemeinsam mit ihr begegnen zu können.

Und ich, mein Schatz, dachte sie, *bin darüber genauso verunsichert wie du.*

Dann hatten sie den freien Platz überquert, betraten den Stall und wurden von einer hektischen, aber disziplinierten Geschäftigkeit in Anspruch genommen. Die Bewohner des Städtchens hatten sich auf dem Platz versammelt, noch mehr drängten sich im Stall, halfen den Kotu-zen mit den Pferden und knieten neben ihnen nieder, um ihnen beim Aufsteigen behilflich zu sein. Bracht fluchte, als ein besonders hartnäckiger Kembi eifrig umherkrabbelte, um seinen Rücken dort zu plazieren, wo der Kerner ihn als Schemel benutzen konnte. Seine Bemühungen wurden zunichte gemacht, als der schwarze Hengst nervös austrat und den Mann taumelnd zurückwanken ließ. Bracht kicherte schadenfroh in sich hinein und sprang in den Sattel. Katya war bereits aufgestiegen. Calandryll half Cennaire in den Sattel, winkte einen Mann fort, der ihm behilflich sein wollte, und sprang geschmeidig auf den Rücken des Braunen.

Die Kotu-zen formierten sich auf dem Platz zu einem Zug, der sich in Bewegung setzte, nachdem Chazali die Hand hob und sie wieder herunterfallen ließ. Sie ritten die von Menschen gesäumte Hauptstraße entlang, den Toren von Ghan-te und den Abenteuern entgegen, die dahinter auf sie warten mochten.

Der Weg führte nach Norden durch die Senke, in deren Zentrum Ghan-te lag, über eine Straßenkreuzung kurz hinter dem Ort hinweg und dann die Terassenfelder zu den Bäumen hinauf, die den Rand der Talsenke umgaben. Chazali schickte zwei Männer voraus, was Calandryll nach der Ermordung des Priesters für eine überflüssige Maßnahme hielt. Es schien ihm mittlerweile sicher, daß sie früher oder später in einen Hinterhalt geraten würden, und der Wald, der sich vor ihnen ausbreitete, nachdem sie den Hügelkamm hinter sich gebracht hatten, bot ausreichend Deckung für eine beliebig große Zahl von Angreifern. Die Vorhut würde eher die Feinde alarmieren, als den Zug warnen zu können. Die Wälder erstreckten sich dicht und weit in alle Richtungen, der Weg lag im Schatten überhängender Äste. Fichten und Zedern gesellten sich jetzt zu den Ahornbäumen, die den Weg säumten, und versperrten die Sicht in den Wald. Dort hätte sich eine ganze Armee innerhalb Bogenschußweite unbemerkt verstecken können.

Es war ein unheimliches Gefühl. Das Rascheln der Blätter im Wind klang wie ein Flüstern, wie warnende Stimmen. Es erinnerte an das Schnattern der *Gruagach,* der Hüter des Cuan na'Dru. Doch diese seltsamen Geschöpfe hatten sich als Verbündete erwiesen, als Ahrds Diener und damit als Freunde, während der Wald hier nicht freundlich, sondern unheilverkündend wirkte. Calandryll sagte sich, daß sie schon etlichen Gefahren begegnet waren und immer überlebt hatten, aber dann erinnerte er sich an Ochens Worte, wonach die Kräfte ihres Feindes wuchsen, je näher er seinem Herrn kam. Da glaubte er wieder, das Land spüren zu können, die Traurigkeit, die von ihm ausging und ihn durchströmte, so unangenehm wie im Wind trocknender Schweiß, der ihn frösteln ließ. Er blickte sich um und konnte nichts als bedrohliche Schatten erkennen. Die Sonne war noch nicht hoch genug gestiegen, um das Gehölz zu durchdringen. Dort herrschte noch immer die Nacht mit all ihren lauernden Schrecken.

Plötzlich nahm er eine Bewegung wahr, umklammerte den Griff seines Schwertes und wollte schon einen Warnschrei ausstoßen, als er sah, wie die Kotu-zen, die zu seiner Rechten ritten, ihre maskierten Gesichter in die Richtung der Bewegung wandten und die Säbel aus den Scheiden rissen, während andere die Bögen, auf deren Sehnen bereits Pfeile lagen, herumschwenkten. Dann durchbrach ein Körper das Unterholz, blitzte ein weißer Schwanz auf, und ein Hirsch sprang aus dem Gebüsch hervor. Einer der Krieger lachte kurz und bellend auf. Calandryll stieß den Atem aus und bemerkte erst jetzt, daß er die Luft angehalten hatte. Er grinste über seine nervöse Anspannung, während sich der Hirsch, dicht gefolgt von seinem Harem, mit ein paar schnellen Sprüngen in Sicherheit brachte.

Sie ritten weiter, bis sie auf einen Bach stießen, wo sie kurz hielten und ein eiliges Mittagessen zu sich nahmen, während Bogenschützen um den Lagerplatz patrouillierten. Die Rast dauerte nicht lange. Nachdem die Pferde sich ein wenig erholt hatten, setzten sie ihren Ritt fort.

Es war ein strahlend heller Nachmittag, der wolkenlose Himmel zog sich wie ein klares blaues Band über ihnen dahin und ließ den Wald etwas weniger bedrohlich erscheinen. Es war, als würde das Licht die der Phantasie entsprungenen Ungeheuer vertreiben. Vögel flatterten zwitschernd umher, ihr Gesang wirkte beruhigend.

Doch es sollte nur eine kurze Erholungspause werden.

Der Tag näherte sich dem Ende, die Schatten wurden länger, als die Sonne dem westlichen Horizont entgegensank. Mittlerweile durchquerte die Straße niedrigere Erhebungen als zuvor. Das zerklüftete Gelände im Süden ging in eine sanftere Hügellandschaft über. Größtenteils verlief der breite Weg gerade und beschrieb nur dort Kurven, wo vereinzelt bewaldete Grate aufragten.

Hinter einem solchen langgestreckten Moränenhügel stießen sie auf die Späher.

Chazali ritt in zügigem Tempo an der Spitze des Zuges, flankiert von Kotu-zen, als sein Pferd unvermittelt ein schrilles Wiehern ausstieß und den Kopf zurückwarf. Der *Kiriwashen* gab dem Trupp mit erhobener Hand Befehl anzuhalten. Calandryll stellte überrascht fest, daß er sein Schwert bereits gezogen und kampfbereit erhoben hatte. »Was ist los?« rief er. Er sah die Pferde der vordersten Reiter, die sich an der Biegung des Weges zusammendrängten, unruhig tänzeln und sich im Kreis drehen.

Chazali forderte Ochen mit barscher Stimme auf, zu ihm zu kommen.

Der *Wazir* ließ sein Pferd antraben.

»Wartet hier!« rief Calandryll Cennaire zu, stieß seinem Braunen die Fersen in die Seiten und jagte dem Hexer hinterher. Bracht und Katya begleiteten ihn. Ihre Köpfe wanderten unablässig hin und her, während sie den Blick wachsam über den Wald und den vor ihnen liegenden Hügel gleiten ließen.

Es kamen keine Pfeile geflogen, kein Kampfgeschrei brandete auf, und die Pferde der Jesseryter, für die Schlacht gedrillt, konnten schnell beruhigt werden, so daß sich eine unheilverkündende Stille herabsenkte.

Calandryll folgte Ochen um die Begiegung. Der Wallach hatte die Ohren zurückgelegt, sein nervöses Schnauben und das Trommeln seiner Hufe unterbrach kurz die Stille, bevor Calandryll ihn zum Stehen zwang. Er spürte das Tier zittern und erschauderte.

»Er riecht das Blut«, sagte Bracht.

Und davon gab es eine ganze Menge. Eine klebrige Schicht bedeckte die Straße, von der dichte Fliegenschwärme mit einem widerwilligen Summen aufstiegen und wieder landeten, als sich niemand näherte. Krähen und Raben hockten mit blutigen Schnäbeln in den Bäumen und beschwerten sich krächzend über die Störung. Calandryll starrte entgeistert und entsetzt auf das Gemetzel vor ihm.

Der Körper eines der von Chazali ausgesandten Späher

lag am Rand des Weges. Seine Rüstung war nicht mehr schwarz, sondern rot gefärbt von dem Blut, das sich aus einem klaffenden Riß in seinem Küraß ergossen hatte. Sein Kopf, der immer noch den Helm trug und dessen Gesicht verschleiert war, befand sich ein Stück von seinem Körper entfernt, aufgespießt auf dem abgebrochenen Ast eines Ahorns. Der zweite Späher lag im Gras, das die Hänge des Hügels bedeckte und jetzt rot und glitschig war. Der rechte Arm war ihm aus der Schulter gerissen worden, die Hand umklammerte noch immer das aus seiner Brust ragende Schwert. Sein Kopf war verdreht und in das blutige Gras gequetscht worden. Die toten Pferde der beiden Männer lagen etwas weiter mitten auf dem Weg und bildeten eine gräßliche Straßensperre aus abgerissenen Beinen und heraushängenden Eingeweiden, auf der die Pferdeköpfe thronten und die entsetzten Krieger mit einem obszönen Grinsen anstarrten.

Calandryll schmeckte bittere Gallenflüssigkeit in seiner Kehle aufsteigen und spuckte aus.

»Ahrd!« flüsterte Bracht leise.

Chazali preßte einen Fluch hervor und wandte das maskierte Gesicht Ochen zu. »Wer oder was hat das getan?« Seine Stimme klang heiser und trocken, verriet Wut und Fassungslosigkeit, gepaart mit unverhülltem Entsetzen. »Das waren bestimmt keine Menschen.«

»Es sei denn, sie wurden von einer verwerflichen Magie gelenkt«, gab Ochen zurück. Er betrachtete das Gemetzel mit versteinertem Gesicht. »Das ist mit Sicherheit Rhythamuns Werk.«

Calandryll ließ seinen spähenden Blick über die Anhöhe und das sie umgebende Gehölz schweifen, suchte nach einer Bewegung, nach einem verräterischen Anzeichen für einen Hinterhalt. Er verspürte ein unangenehmes Kribbeln zwischen den Schulterblättern; das Gefühl, von aufmerksamen Augen beobachtet zu werden, verstärkte sich. Es schien, als wäre der Wald selbst lebendig geworden, als lauerten dort bösartige Kreaturen, und er glaubte, das Zischen abgeschossener Pfeile zu hören, ohne etwas zu sehen, ohne feststellen zu können, aus welcher Richtung der Angriff erfolgte. In Wirklichkeit aber erblickte er nur die Bäume und die schwarzen Vögel, hörte nur ihr rauhes Krächzen und das Summen der Fliegen.

»Warum?« Bracht beobachtete die Umgebung ebenfalls. Er hatte die blauen Augen zu schmalen Schlitzen zusammengekniffen. »Was soll das? Warum greifen sie uns nicht an?«

»Ich nehme an, daß sie schon wieder verschwunden sind, vielleicht bis auf ein paar heimliche Beobachter.« Ochen saß in sich zusammengesunken im Sattel. Sein Gesicht wirkte traurig und noch älter, als es ohnehin schon war. »Ich denke, sie spielen mit uns, sie versuchen, uns mürbe zu machen.«

»Im Namen Horuls, ich schwöre, daß ich das rächen werde!« Chazali hatte die Zähne aufeinandergepreßt. »Wenn wir eine Gelegenheit bekommen, dann werden sie teuer dafür bezahlen!«

»Aye, und ich werde Euch dabei helfen«, versprach Ochen. »Aber jetzt sollten wir unseren gefallenen Brüdern die letzte Ehre erweisen. Das sind wir ihnen schuldig.«

Chazali nickte und brüllte Befehle. Ein Scheiterhaufen wurde in aller Eile errichtet und von Ochen auf magischem Weg entzündet. Die Männer und Pferde wurden den Flammen übergeben. Einen Moment lang lag Mandelduft in der Luft, der bald darauf vom Geruch brennenden Holzes und dem übelkeitserregenden Gestank von verbranntem Fleisch überlagert wurde. Ochen intonierte ein Gebet, das vom Chor der Kotu-zen wiederholt wurde, und dann sahen sie in feierlichem Schweigen zu, wie die dicke schwarze Rauchsäule in den Himmel aufstieg.

Die Zeremonie war nur kurz gewesen, aber trotzdem verdunkelte sich der Himmel bereits, als sie wieder aufbrachen. Das azurblaue Band, das sich zwischen den Baumkronen über ihnen dahinzog, schien von den Flammen des Scheiterhaufens in rötliches Licht getaucht zu werden. Die Abenddämmerung senkte sich herab, und wieder lag der Wald dunkel und unheimlich da. Niemand war sonderlich erpicht darauf, in der Nacht weiterzureiten, und so zeigten sich alle – selbst die verschlossenen Kotu-zen – erleichtert, als Chazali Ochen zu sich rief und kurz darauf verkündete, daß sie rasten würden.

Sie schlugen ihr Lager auf einer Lichtung am Rande der Straße auf, wo saftiges Gras wuchs und ein Bach einen kleinen Teich speiste. Moosbewachsene Felsen umgaben die Lichtung und boten genug Platz für Menschen und Tiere. Sofort wurden Wachen eingeteilt, die ihre Patrouillengänge aufnahmen, während die Pferde an langen Leinen angepflockt wurden, so daß sie frei grasen konnten. Feuer wurden entzündet, nicht nur, um das Abendessen zuzubereiten, sondern auch, weil sie ein Gefühl der Geborgenhcit vermittelten, und alle, die nicht zur Wache eingeteilt waren, drängten sich um die Flammen herum. Ochen schritt langsam am Rand der Lichtung unter den Bäumen entlang, murmelte leise vor sich hin und zog einen süßlichen Dufthauch hinter sich her, während er seine Schutzzauber wirkte. Trotzdem entspannte sich niemand, die Kotu-zen machten keine Anstalten, ihre Rüstungen abzulegen, und auch die Abenteurer blieben wachsam, strichen immer wieder unbewußt über die Griffe ihrer Schwerter, und als sie sich setzten, lagen ihre Waffen griffbereit über ihren Schenkeln.

Calandryll nahm neben Cennaire Platz, und instinktiv rückte sie näher an ihn heran. Sie empfand seine Anwesenheit als tröstlich, denn was sie gesehen hatte, hatte sie verstört. Jetzt war sie längst nicht mehr so zuversichtlich, diese Reise zu überleben, denn ihr wurde bewußt, daß Kreaturen, die bewaffnete Männer in Rüstungen wie Stoffpuppen zerfetzten konnten, wahrscheinlich in der Lage sein würden, sie ebenso zu zerfleischen. Es war eine grauenhafte Vorstellung, in Stücke gerissen zu werden und doch weiterzuleben, ein weitaus schlimmeres Schicksal, als einen ehrlichen Tod zu sterben. Sie erschauderte, starrte aus großen Augen in die Flammen, und Calandryll wandte sich ihr zu, öffnete den Mund, um etwas zu sagen, aber noch bevor er ein Wort hervorbringen konnte, durchdrang ein gräßliches Kreischen die Nacht. Cennaire keuchte auf und preßte sich noch dichter an ihren Beschützer.

Das Geräusch begann als blubberndes Stöhnen, wie es vielleicht ein Sterbender hervorbringen würde, dessen Lungen zerfetzt worden waren. Es stieg an, wurde immer schriller und steigerte sich zu einem schauerlichen Heulen, das zwischen den Bäumen widerhallte, in einem furchtbaren Crescendo gipfelte und so urplötzlich wieder abbrach, daß die folgende Stille um so beängstigender wirkte.

»Ahrd, Ihr habt aber wirklich merkwürdig klingende Wölfe in diesem Land.«

Brachts trockener Humor veranlaßte Chazali zu einem verkniffenen Grinsen, das gleich wieder gefror, als ein zweites Heulen erscholl. Der *Kiriwashen* erhob sich. Es folgte ein drittes und ein viertes Kreischen, jedes aus einer anderen Richtung, und dann vermischten sich die Schreie zu einem Chor, der einem das Blut in den Adern gefrieren ließ. Es war, als würden gemarterte Seelen heulen, die ihren Schmerz und ihren Haß herausschrien, erfüllt von einer abgrundtiefen Bösartigkeit und dem Verlangen, anderen die gleichen Qualen zuzufügen, die sie selbst erlitten.

Chazalis Gesicht war ausdruckslos. Nur seine eiserne Selbstdisziplin ließ ihn nicht die Beherrschung verlieren. Calandryll sprang auf, gefolgt von Bracht und Katya, die gezogenen Schwerter in den Händen.

»Sie versuchen uns Angst einzujagen.« Ochen blieb sitzen und streckte die Hände den Flammen entgegen.

Brachts Mund verzog sich zu einem humorlosen Grinsen. »Das ist ein ganz passabler Versuch«, stellte er fest.

Der *Wazir* nickte. »Sie sind nicht allzu nahe«, sagte er. »Und wahrscheinlich werden sie meine Schutzzauber nicht überwinden können.«

»Nur *wahrscheinlich*?« fragte der Kerner.

»Das Lager ist mit Zaubern umgeben, die zu durchbrechen ihnen äußerst schwerfallen dürfte.« Ochen zuckte die Achseln. »Aber ich weiß nicht, welche Form der Magie Rhythamun verwendet, auf welche Art er sie verhext hat.«

»Könnt Ihr sie nicht aufspüren?« fragte Calandryll. Er mußte laut sprechen, um das entsetzliche Heulen zu übertönen.

Ochen schüttelte den Kopf. »Das wäre unklug. Würde ich in den Äther vorstoßen, wäre der Schutz des Lagers gefährdet. Und es besteht immer noch die Gefahr, daß Rhythamun wieder Zugang zu Eurem Geist findet.«

Calandryll deutete mit einer hilflosen Geste in die undurchdringliche Finsternis jenseits des Feuerscheins. »Seine Kreaturen haben uns offensichtlich bereits gefunden«, meinte er. »Werden sie ihrem Gebieter nicht Bescheid sagen?«

»Falls sie das tun«, erwiderte Ochen geduldig, »sollte ich lieber in der Nähe bleiben, oder? Aber vielleicht können sie sich gar nicht mit ihm in Verbindung setzen. Ich halte es für wahrscheinlich, daß er die Tensai mit seiner schmutzigen Magie bearbeitet und dann sich selbst überlassen hat.«

»Dann könnt Ihr also nichts unternehmen?« Calandryll starrte in alle Richtungen. Das Kreischen schien ihm die Trommelfelle zu zerreißen, sein Schädel dröhnte, als schlügen unsichtbare Hämmer auf ihn ein. Er schüttelte den Kopf und registrierte plötzlich, daß auch Cennaire aufgestanden war und sich an seinem Arm festklammerte. »Müssen wir das einfach ertragen?«

»Ich fürchte, es bleibt uns nichts anderes übrig«, antwortete Ochen mit einer fast schon aufreizenden Gelassenheit.

Unvermittelt kehrte wieder Stille ein, eine Stille, die genauso ohrenbetäubend wie das furchtbare Gebrüll war. Noch hallte das Kreischen in den Ohren nach, und das abrupte Verstummen wirkte bedrohlich, so beängstigend wie die Windstille, die einem Sturm vorausgeht. Das leise Knarren der Bäume und das Rascheln der Blätter im Wind schien ein noch schlimmeres Heulen anzukündigen. Die Feuer knisterten, Pferde schnaubten und Rüstungen rasselten, als die Krieger voller Erwartung und Anspannung in die Dunkelheit spähten.

»Ich sehe nach den Pferden«, verkündete Bracht. »Dieser Krach macht sie verrückt.«

»Ich begleite dich.« Katya schob den Säbel in die Scheide zurück. Calandryll fing ihren beunruhigten Blick auf. Er fühlte, wie ihm kalter Schweiß den Rücken herunterlief. Cennaires Hand umklammerte seinen Arm.

»Ich werde mit meinen Männern sprechen«, sagte Chazali.

»Dann sagt ihnen, daß meine Schutzzauber uns warnen werden, sollte es zu einem Angriff kommen«, bat Ochen. »Allerdings glaube ich, daß es keinen Angriff geben wird.«

Der *Kiriwashen* runzelte die Stirn.

»Warum dann das alles?« wollte Calandryll wissen.

Ochen stieß ein humorloses Lachen aus, einen kurzen rauhen Laut. »Wenn sie uns angreifen wollten, glaubt Ihr, sie würden uns vorher warnen?« fragte er. »Nein, sie wollen uns mürbe machen. Der Angriff wird später erfolgen, und dann ohne Vorwarnung.«

Chazali gab ein Knurren von sich und entfernte sich steifbeinig.

Calandryll ergriff Cennaires Hand, zwang sich zu einem Lächeln und bemühte sich, seiner Stimme einen ruhigen Tonfall zu verleihen. »Ochen hat wahrscheinlich recht«, sagte er. »Sollen wir uns jetzt um das Abendessen kümmern?«

Cennaire versuchte, sein Lächeln zu erwidern, verzog aber nur leicht die Lippen. Sie löste ihren Griff, obwohl sie sich lieber weiter an ihn geklammert hätte. Seit sie damals in die Verliese von Nhur-jabal geworfen worden war, hatte sie keine solche Furcht mehr verspürt, und sie empfand Calandrylls Gegenwart auf eine Art tröstlich, die ihr bisher unbekannt gewesen war. Sie nickte und ließ sich wieder ins Gras sinken.

Calandryll setzte sich neben sie und sah Ochen an, während er einen Topf mit Wasser aufsetzte und frisches Fleisch über dem Feuer briet. »Wann?« fragte er leise.

»Der Angriff?« Der *Wazir* zuckte die Achseln. »Ich behaupte nicht, in die Zukunft sehen zu können. Es ist nur eine Vermutung, aber ich denke, es wird am Tag geschehen. Rhythamun weiß, daß sich ein Hexer in Eurer Begleitung befindet, und damit weiß er bestimmt auch, daß ich unser Lager jede Nacht mit Zaubersprüchen schütze. Ebenso dürfte ihm klar sein, daß ich diese Magie nicht ausüben kann, während ich reite.« Er hob eine Hand, als Calandryll die Stirn runzelte, und kam seiner Frage zuvor. »Einen Schutzzauber aufrechtzuerhalten, der eine so große Gruppe umfaßt, die sich zudem auch noch bewegt, ist etwas, was außer den *Wazir-narimasu* niemand bewerkstelligen kann. Und auch dann bleibt es schwierig und bedarf mehr als nur eines Magiers. Ich vermute, Rhythamun bedient sich sowohl Menschen als auch der Magie. Er wird seine Werkzeuge angewiesen haben, uns anzugreifen, während wir reiten.«

Das war nur ein schwacher Trost, den Calandryll mit einem Brummen und einem kraftlosen Lächeln quittierte. Er beugte sich vor, um das Fleisch zu wenden, von dem Fett in die Flammen tropfte, kam aber nicht dazu, sich wenigstens auf diese Weise ein wenig abzulenken, denn Cennaire murmelte: »Überlaßt das mir. Ihr habt bestimmt Wichtigeres zu tun.«

»Wichtigeres als das?« fragte er und zuckte zusammen, als das Heulen von neuem aufklang.

»Bekommt Ihr denn keinen Unterricht über die okkulten Künste?« Dabei warf sie einen Blick zu Ochen hinüber, während sie gleichzeitig die Fleischspieße wendete.

»Heute abend fällt der Unterricht aus«, sagte der *Wazir* laut genug, um das Kreischen zu übertönen. »In diesem Punkt hat Rhythamun einen Sieg errungen.«

»Aber nur einen kleinen Sieg«, erwiderte Calandryll, mehr Cennaire zuliebe als aus echter Überzeugung.

»Aye.« Ochen lächelte. »Und morgen ... Vielleicht wird er morgen eine Niederlage erleiden.«

»So Dera will.«

Calandrylls Stoßseufzer war aufrichtig gewesen, aber während sich die gräßliche Kakophonie zu neuen Höhen emporschraubte, fragte er sich, ob die Jüngeren Gottheiten wirklich auch weiterhin in diesen seltsamen Krieg eingriffen oder den Kampf den Menschen allein überließen. Sie befanden sich hier in dichtem Wald, aber wo war Ahrd? Konnte der Baumgott Cuan na'Fors nicht seine *Byah* schicken, um das Heulen abzustellen, um diejenigen zu töten, die diese Laute ausstießen? Wasser plätscherte aus der Quelle, aber wo war Burash? Wo war Dera? Die Göttin hatte davon gesprochen, daß sie und ihre göttlichen Geschwister Beschränkungen unterlagen – konnte es sein, daß der Kess Imbrun die Grenze ihrer Herrschaftsbereiche darstellte? Besaßen sie vielleicht überhaupt keine Macht auf der Ebene von Jesseryn? Und Horul ... was war mit dem Pferdegott der Jesseryter? Er *mußte* auf der Seite der Abenteurer stehen, aber anscheinend hielt er sich aus dem Geschehen heraus, oder aber er war von den Traumausstrahlungen Tharns überwältigt worden.

Calandryll fühlte, wie seine Zweifel wuchsen, je lauter das Kreischen wurde. Er hätte sie Ochen gegenüber geäußert, aber mittlerweile war jede Unterhaltung unmöglich geworden, wäre in den gellenden Schreien untergegangen, die den Wald, die Nacht und seinen Kopf erfüllten, und so blieb ihm nichts anderes übrig, als stumm vor sich hin zu grübeln. Am liebsten hätte er sich die Ohren zugehalten, aber er verzichtete darauf, aus Angst, er könnte die Anzeichen für einen Angriff überhören, denn Ochens Argumente hatten ihn nicht hundertprozentig überzeugt.

Es war eine trostlose Nacht, die an den Nerven zehrte, und als endlich die Morgendämmerung anbrach und das Heulen verstummte, aßen sie schweigend ihr Frühstück, sattelten die ängstlich tänzelnden Pferde und ritten in düsterer Stimmung nach Norden. In der Hoffnung, ihre unsichtbaren Verfolger abhängen zu können, trieben sie die Tiere bis an die Grenzen ihrer Kräfte an.

Gegen Mittag legten sie eine kurze Rast an einem Bach ein, wo sie etwas aßen und die Pferde saufen ließen. Bogenschützen bildeten einen Kreis um die Tiere, die anderen verteilten das Essen an ihre Kameraden, das im Stehen verzehrt wurde. Alle blickten sich unablässig um, behielten den Wald ständig im Auge. Die Sonne stand hoch am Himmel und brannte heiß herab, bohrte ihre goldenen Strahlen durch die Laubkronen. Die Luft war drückend, vom Summen der Insekten und dem Zwitschern der Vögel erfüllt. Mit einem Mal verstummten alle Geräusche.

»Vorsicht, Überfall!« schrie Bracht.

Das Sirren von Pfeilen ersetzte das Vogelgezwitscher.

Ein Pferd stieß einen schrillen Laut aus. Aus seiner Flanke ragte ein Pfeil hervor. Einer der Krieger fluchte, als plötzlich ein Bündel gefiederter Schäfte in seiner Rüstung steckte. Er riß sie heraus, warf sie weg, blickte sich mit erhobenem Säbel um, fand aber kein Ziel, auf das er seine Wut hätte richten können. Die Wachposten erwiderten den Angriff mit einem Hagel von Pfeilen, die sie auf die zwischen den Bäumen umherhuschenden Schemen abschossen. Ein zweites Pferd schrie durchdringend auf. Drei Pfeile hatten sich in seinen Hals gebohrt. Blut sprudelte aus seinen Nüstern und seinem Maul. Es bäumte sich auf, riß den Mann, der es am Zügel hielt, von den Beinen, schleuderte ihn davon und sank dann in die Knie. Fünf weitere Pfeile fanden ihr Ziel, und das Tier rollte auf die Seite, trat aus und gab entsetzliche Schreie von sich.

Dann kehrte wieder Stille ein, die nur von dem erstickten Keuchen des getroffenen Pferdes durchbrochen wurde. Bracht fluchte und näherte sich dem verwundeten Tier, wobei er den schwarzen Hengst hinter sich herzerrte, der laut schnaubte und wild mit den Augen rollte. Der Kerner klatschte dem Besitzer des getroffenen Pferdes die Zügel in die Hand, stieß dem zuckenden Tier das Krummschwert in den Hals und erlöste es von seinen Qualen, indem er ihm die Hauptschlagader durchtrennte. Ohne ein Wort zu verlieren, riß er die Zügel wieder an sich. Wut blitzte in seinen blauen Augen.

Vereinzelte Vogelstimmen klangen zögernd auf, und Bracht sagte: »Sie sind fort.«

»Bis zum nächsten Mal«, erwiderte Katya grimmig. Ihre Augen hatten die Farbe eines Gewittersturms angenommen.

Cennaire, die hinter Calandryll Schutz gesucht hatte, flüsterte: »Ich hatte nicht gedacht, daß es so sein würde.«

Calandryll stand vor ihr, das Schwert noch immer abwehrbereit erhoben. Vor seinen Füßen lagen ein Stück geräuchertes Fleisch und eine Scheibe Brot. »Habt Ihr geglaubt, es würde einfach werden?« fragte er grob. Gleich darauf schämte er sich dafür, seinen Zorn an ihr ausgelassen zu haben, und fügte hinzu: »Verzeiht mir, ich habe die Nerven verloren.«

Sie schüttelte den Kopf und lächelte bekümmert. »Ich habe mich freiwillig entschieden, Euch zu begleiten. Es gibt nichts, wofür Ihr Euch entschuldigen müßt.«

Eine neue Sorge stieg in ihr auf, und sie hoffte, von keinem Pfeil getroffen zu werden. Sie war zuversichtlich, daß Pfeile ihr nichts anhaben konnten, aber genau das würde sie verraten. Cennaire verbarg ihre Befürchtungen hinter einem Schaudern, das Calandryll für Angst hielt.

»Wir haben es überstanden«, sagte er sanft. »Ein weiterer Sieg.«

Cennaire nickte. Die Sonnenstrahlen zauberten blauschwarze Lichtblitze in ihr Haar. Calandryll schob sein Schwert in die Scheide zurück und staunte wieder einmal über Cennaires Tapferkeit. Er wandte sich ab, als Chazali, rasend vor Wut über den Angriff, Befehle brüllte. Die Krieger saßen auf. Der Mann, der sein Pferd verloren hatte, fand hinter dem Sattel eines Kameraden Platz.

Schon bald verengte sich die Straße und lief am Fuß eines niedrigen Bergrückens entlang, dessen Hang mit Gras bewachsen und bis auf ein paar vereinzelte Kiefern baumlos war. Auf der anderen Seite erstreckte sich der Wald dicht bis an den Straßenrand heran. Der Weg war gerade breit genug, um drei Pferden nebeneinander Platz zu bieten, und die Aufmerksamkeit des Trupps richtete sich hauptsächlich auf die bewaldete Seite, weil ein Angriff aus dieser Richtung wahrscheinlicher erschien. Statt dessen erfolgte der Überfall vom Hang her.

Wären es normale Menschen gewesen, hätten die Bogenschützen sie wahrscheinlich erledigen und die beiden Reiter entkommen können. Aber es waren keine sterblichen Gestalten, die mit übernatürlicher Geschwindigkeit den Hang herunterrasten. Die Menschen, die sie früher einmal gewesen waren, hatten sich durch Rhythamuns ruchlose Hexerei verändert.

Es war unmöglich, genau zu sagen, was sie von Menschen

unterschied. Was sofort ins Auge fiel, war, daß sie den in ihren Brustkörben steckenden Pfeilen nicht die geringste Beachtung schenkten. Heulend sprangen sie das Pferd an, das die beiden Kotu-zen trug. Calandryll erhaschte einen flüchtigen Eindruck von verlängerten Gliedmaßen und verzerrten vorgewölbten Kiefern voller spitzer Reißzähne, von roten wahnsinnigen Augen und Fingernägeln, die sich in Krallen verwandelt hatten. Er sah die Gestalten wie graue Schatten im Sonnenlicht vorspringen und die beiden Reiter aus dem Sattel schleudern. Das Pferd bockte und stieß ein schrilles Wiehern aus, als eine Hand – eine Klaue? – in einer beiläufig erscheinenden Bewegung vorschoß und ihm die Luftröhre aufschlitzte. Das Pferd fiel zu Boden und war sofort tot, obwohl es immer noch reflexartig zuckte. Die Kreaturen packten die Kotu-zen und verschwanden mit ihnen zwischen den Bäumen.

Calandryll hörte ihre Schreie, die sogar Chazalis gebrüllte Befehle übertönten, und sah zu Ochen hinüber, während die restlichen Krieger aus den Sätteln glitten und in Kampfposition gingen.

Mit einer Geschwindigkeit, die sein Alter Lügen strafte, sprang der *Wazir* aus dem Sattel und rannte auf die Bäume zu, den Verschleppten hinterher. Calandryll ließ den noch immer verängstigt stampfenden Wallach zurück, folgte dem Hexer mit gezogenem Schwert und bemerkte, daß Bracht und Katya neben ihm waren. Ochen war stehengeblieben, hob eine Hand und rief ihnen eine Warnung zu, als sie sich ihm näherten. Mandelgeruch lag in der Luft, und ein helles Licht blitzte auf, golden und silbern zugleich, heller als die Sonnenstrahlen, die durch das Blätterdach fielen. Ochen intonierte mit gedämpfter Stimme hastig geheimnisvolle Worte in einer fremden Sprache, und das Licht breitete sich aus, bis es die Abenteuerer einschloß und sie wie eine schützende Glocke umgab.

»Bleibt dicht bei mir«, ermahnte er sie und verfiel wieder in die okkulte Sprache.

Pulsierende Bahnen silbernen Lichts, von goldenen Streifen durchzogen, breiteten sich wie schwebende Wasserbänder aus, wanden sich zwischen den Bäumen dahin und überlagerten den Harzgeruch mit Mandelduft. Immer tiefer schlängelten sich die schimmernden ätherischen Bahnen suchend in den Wald hinein. Dann tönte das gleiche Kreischen auf, das sie schon während der letzten Nacht gehört hatten, aber diesmal hielt es nur kurz an und brach unvermittelt ab.

»Bleibt innerhalb der Grenzen meines Bannes.« Ochen winkte sie weiter. Noch immer sandte die Kugel, die sie umgab, pulsierende Auswüchse aus. »Aber ich fürchte, daß wir kaum noch etwas finden werden«, fügte er leiser hinzu.

Er sollte recht behalten. Sie folgten den Lichtbahnen bis auf eine kleine Lichtung, auf der es sowohl nach Mandeln als auch nach Verbranntem roch. Dort entdeckten sie die Kotu-zen. Beide waren tot, ihre Kehlen aufgeschlitzt, die Rüstungen zerrissen. Von den abscheulichen Kreaturen war bis auf ein paar Hautfetzen, Knochensplitter und Überreste von Rüstungen und Kleidungsstücken nichts mehr zu sehen. Das Gebüsch war mit einer dünnen Blutschicht überzogen.

Ochen seufzte und vollführte eine segnende Geste über den Leichen der beiden Kotu-zen. »Ich hatte gehofft, zumindest einen lebend in die Hände zu bekommen«, murmelte er. »Wir hätten von ihnen eine Menge über Rhythamuns Magie lernen können, aber er hat mich überlistet.«

»Wenigstens wissen wir jetzt, daß man sie töten kann«, stellte Bracht fest. »Was auch immer sie sind.«

»Sie können getötet werden, aye.« Der *Wazir* schnaubte, schüttelte den Kopf und deutete auf die spärlichen Überbleibsel der Kreaturen. »Aber nur auf Kosten eines furchtbaren Risikos für diejenigen, die sie festhalten.«

»Wieso?« wollte Katya wissen. »Ihr habt sie durch Eure Magie vernichtet. Nachdem sie diese Krieger getötet haben, denke ich.«

»Genau«, bestätigte Ochen. »*Danach*. Aber hätten diese Männer noch gelebt, als meine Magie zugeschlagen hat, hätte sie das gleiche Schicksal ereilt.«

Katya runzelte in einer stummen Frage die Stirn.

Calandryll ahnte, worauf der Hexer hinauswollte. »Eure Magie hat die Kreaturen explodieren lassen«, sagte er, »und hätten die Kotu-zen zu diesem Zeitpunkt noch gelebt, hätte es sie ebenfalls zerrissen.«

»Aye.« Ochen nickte. »Ihr habt es begriffen. Welchen Zauber Rhythamun auch immer benutzt hat, um diese Geschöpfe zu erschaffen, er löst diese Reaktion auf Gegenmagie aus. Damit schränkt er meine Möglichkeiten ein. Möge Horul ihn dafür zu ewigen Qualen verdammen!«

»Schon wieder die rätselhaften Worte eines Zauberers«, beschwerte sich Bracht. »Könnt Ihr es nicht so erklären, daß es auch ein einfacher Mensch verstehen kann?«

»Wenn diese Ungeheuer einen Menschen schnappen«, erklärte Ochen geduldig, »dann töten sie ihn.«

»Soweit habe ich das auch schon begriffen«, sagte Bracht und nickte in Richtung der beiden bedauernswerten Kotu-zen.

»Und Ihr habt gesehen, wie diese Kreaturen von Pfeilen getroffen worden sind?« fragte Ochen. »Ohne eine erkennbare Wirkung zu zeigen?«

Bracht nickte.

»Also ist Magie die beste Gegenwehr«, fuhr Ochen fort. »Aber Rhythamun hat Vorkehrungen dagegen getroffen. Wenn ich Magie einsetzte, um diejenigen zu retten, die sich in der Gewalt von Rhythamuns Helfershelfern befinden, Magie mit dem Ziel, die Kreaturen zu vernichten, dann bringe ich damit gleichzeitig auch die Gefangenen um. Auf diese Weise schränkt Rhythamun meine Möglichkeiten ein.«

»Aber die Männer sind nicht zerrissen worden«, wandte Bracht ein. »Jedenfalls nicht durch Eure Magie.«

»Sie waren bereits tot«, erwiderte der *Wazir,* »und damit für meine Zauberkräfte unempfänglich. Magie ist etwas, das auf die Lebenden wirkt, eine Kraft aus dieser Welt, nicht dazu gedacht, auf tote Dinge Einfluß zu nehmen.«

»Ahrd!« Allmählich dämmerte Bracht die Erkenntnis; seine Augen weiteten sich. »Ihr sagt also, daß Eure Magie uns töten würde, sollte einer von uns gefangengenommen werden.«

»Ihr habt es erfaßt«, bestätigte Ochen düster. »Sollte ich versuchen, Eure Entführer auszuschalten, würde Euch das umbringen.«

»Warum haben sie dann diese Krieger geholt?« wollte Katya wissen. »Warum nicht mich, Bracht oder Calandryll?«

»Die Kreaturen, zu denen Rhythamun die Tensai gemacht hat, sind nicht sehr klug.« Der *Wazir* zuckte die Achseln und strich mit den Fingern über die silbrigen Fäden seines langen Schnurrbartes. »Stark, aye, und abgesehen von Magie äußerst schwer umzubringen. Voller Haß und Blutdurst. Genaugenommen sind sie kaum anders oder besser als tollwütige Wölfe. Sie greifen nur an, um zu töten, und dabei ist es ihnen ziemlich egal, wen sie erwischen.«

»Ihr wißt über sie Bescheid?« erkundigte sich Calandryll. »Ihr wißt, was für Kreaturen das sind?«

»Ich weiß nur wenig über sie«, schränkte Ochen ein. »Nur das, was jeder *Wazir* lernt. Niemand in diesem Land praktiziert diese ekelhafte Form der Magie. Wenn ich mich nicht täusche, kennen wir sie unter dem Namen *Uwagi*, Menschen, die auf magische Weise in tierähnliche Geschöpfe verwandelt worden sind, Ungeheuer, die nur zwei Dingen gehorchen: ihrem Blutdurst und ihrem Schöpfer. Sie sind erbarmungslos zielstrebig und äußerst zäh.«

»Das ist es also, was uns bevorsteht?« fragte Bracht.

»Ich vermute es, aye«, erwiderte Ochen ernst. »*Uwagi* und Tensai, die noch Menschen sind.«

»Also, wir müssen uns mit Straßenräubern herumschlagen.« Der Kerner hob die linke Hand und streckte den Daumen aus. »Mit Ungeheuern.« Es folgte der Zeigefinger. »Mit aufständischen Armeen.« Der Mittelfinger. »Mit Rhythamun.« Der Ringfinger. »Und, sollten wir das alles überleben ...« – der kleine Finger vervollständigte die Aufzählung – » ... vielleicht auch noch mit dem Verrückten Gott persönlich.«

Ochen nickte nüchtern. »So sieht es aus.«

»Dann laßt uns nicht herumtrödeln«, sagte Bracht mit todernstem Gesicht. »Bei einer solchen Vielzahl von Feinden dürfen wir keine Zeit verlieren, wenn wir uns um alle kümmern wollen.«

Einen Moment lang starrte Ochen den Kerner ausdruckslos an, dann verzog sich sein faltiges Gesicht zu einem Grinsen. »Aye«, stimmte er ihm zu, »wir sollten uns lieber beeilen, bevor sie ungeduldig werden.«

Bracht lachte. Sie ergriffen die gefallenen Kotu-zen und schleppten die Leichen zur Straße zurück, wo Chazali wartete.

Ein weiterer Scheiterhaufen wurde errichtet und von Ochen auf magischem Weg entzündet. Dann übergaben sie die Toten den reinigenden Flammen.

Calandryll sah zu, wie der Hexer-Priester das Ritual vollzog, und ihm wurde bewußt, daß jeder dieser Aufenthalte Rhythamuns Vorsprung vergrößerte, daß ihr Feind es gar nicht nötig hatte, ihn, Bracht oder Katya zu töten. Es reichte völlig aus, Chazalis Männer nacheinander umzubringen, um ihren Ritt so weit zu verzögern, daß der Schwarzmagier ungehindert das Tor in Anwar-teng oder das Borrhun-maj erreichen konnte. Dann könnte er in aller Ruhe die Zauber wirken, die Tharn wiederauferstehen lassen würden, und dem Verrückten Gott die Welt zu Füßen legen. Calandryll zügelte seine Ungeduld und sagte sich, daß die Männer, die ihr Leben für diese Mission hergegeben hatten, es verdienten, mit den Zeremonien bestattet zu werden, die ihre Religion vorschrieb.

In dieser Nacht klang das Heulen wieder auf, schlimmer als je zuvor. Die Pferde waren nervös und verängstigt und fanden keinen Schlaf. Den Menschen erging es kaum besser, obwohl sie wußten, daß ihnen keine unmittelbare Gefahr drohte, denn Ochen hatte das Lager mit einem Zauberbann umgeben, der sich wie ein feuriger Seidenschleier über die Bäume am Rande des Rastplatzes legte; der die wenigen Pfeile in Flammen aufgehen ließ, die aus der Dunkelheit abgeschossen wurden, und sowohl die *Uwagi* wie die Tensai fernhielt. Doch das unablässige Kreischen machte es ihnen unmöglich, ein Auge zu schließen, und die Stimmung wurde zunehmend gereizt. Die Kotu-zen brannten darauf, sich ihren Feinden im ehrlichen Kampf zu stellen, und jagten in ihrer hilflosen Wut blindlings Pfeile in die Dunkelheit jenseits des schützenden Lichtschleiers von Ochens magischer Barriere. Und auch die Nerven der Abenteurer wurden strapaziert, denn sie wußten, daß sich ihr Gegenspieler ohne diese Verzögerungen unaufhaltsam seinem verwerflichen Ziel nähern konnte.

KAPITEL 9

Sie ritten noch wachsamer als zuvor weiter durch den Wald, ließen die Köpfe in Erwartung des nächsten Hinterhalts unablässig herumschwenken, bis ihre Augen vor Überanstrengung schmerzten. Die Anspannung war ihr ständiger Begleiter. Aber an diesem Morgen erfolgte kein weiterer Überfall. Die Sonne stieg in einen blauen Himmel empor, über den hohe Wolkenstreifen trieben, so weiß wie frisch gefallener Schnee. Von Norden her blies ein kühler Wind, der nach Kiefernharz roch. Vögel sangen in den Bäumen. Zweimal sprangen Rehe über die Straße, und einmal flüchtete ein riesiger Keiler mit mächtigen Hauern laut schnaubend vor ihnen. Gegen Mittag erreichten sie ein Dorf.

Calandryll starrte das ländliche Bild an und rief sich die Übungen ins Gedächtnis zurück, die Ochen ihm beigebracht hatte, um seine Sinne für magische Ausstrahlungen empfänglich zu machen. Sofort registrierte er die schrecklichen Nachwirkungen übler Magie, ähnlich der bedrückenden Atmosphäre, die in der Festung am Kess Imbrun geherrscht hatte. In diesem Moment schien der nach Kiefernharz riechende Wind einen Hauch von Verwesungsgestank und eine Spur von Mandelduft mit sich zu tragen. Calandryll zog sein Schwert und sah, wie Ochen mit gerunzelter Stirn aus schmalen Augen die Hütten hinter dem Palisadenzaun musterte. Die Felder waren verwaist, kein Tier oder Gettu ließ sich blicken. Auch hinter den offenen Toren bewegte sich nichts, kein Rauch stieg auf, kein Hund bellte. Eine bedrückende Stille lag über dem Dorf und ließ die Haut zwischen Calandrylls Schultern prickeln, als lauerte dort drüben irgend etwas.

»Hier lebt niemand mehr«, murmelte der *Wazir* leise und traurig.

Sie trieben ihre Pferde durch den Bach, der vor dem Dorf vorbeifloß. Wasser spritzte unter den Hufen auf. Die Kotuzen bildeten einen Wall aus schwarzen Rüstungen um die Abenteurer, als Chazali anhielt und durch die Tore spähte. Er bellte einen Befehl, worauf fünf Männer aus den Sätteln sprangen und mit gezogenen Säbeln ins Dorf rannten.

Schon bald darauf kehrten sie zurück und meldeten, daß alle Bewohner tot waren. Niedergemetzelt, zerfleischt wie die Späher.

Chazali quetschte einen Fluch hervor, der von seinem Gesichtsschleier gedämpft wurde. Die Kotu-zen murrten wütend.

»Sie versuchen, uns verrückt zu machen«, sagte Ochen, und Calandryll hatte den Eindruck, daß der Hexer Mühe hatte, seine Stimme ruhig klingen zu lassen.

»Führt Ihr die Rituale durch?« Chazali schien zornig und niedergeschlagen zugleich zu sein. Das ungeheuerliche Ausmaß des Massakers lähmte seine Wut, und zum ersten Mal wirkte er verunsichert. »Haben wir so viel Zeit?«

»Das sind wir ihnen schuldig.« Ochen stieg ab und rief den Kriegern über die Schulter zu, daß sie Fackeln bringen sollten. »Aber wir müssen es kurz machen.«

Er ging mit erhobenen Armen singend auf das Tor zu, während die Kotu-zen eilig Fackeln zusammenwickelten und sie entzündeten. Ochen gab ihnen Zeichen, und sie liefen noch einmal zwischen den einfachen Holzhütten umher und setzten sie in Brand. Das Holz war trocken. Innerhalb weniger Augenblicke breiteten sich die Flammen aus und taten ihr reinigendes Werk. Eine schmutzigschwarze Rauchsäule stieg auf und befleckte das klare Azur des Himmels, der Gestank von brennendem Fleisch machte sich breit.

Calandryll hielt sich die Nase zu. Er bemerkte, daß die bedrückende Ausstrahlung feindseliger Magie allmählich schwand, als Ochen seine Beschwörungen beendete. Der *Wazir* ließ die Arme sinken, sein Gesang verstummte. Mit müden Schritten kehrte er zu seinem Pferd zurück.

Etwas später stieg die Straße an. Die Landschaft veränderte ihr Aussehen, die Hügel und Täler gingen in gewaltige terrassenförmige Stufen über. Hinter jeder Steigung erstreckte sich ein breiter ebener Streifen bis zum nächsten Steilhang. Fichten, Schierlingstannen und Lärchen ragten hoch und dunkel am Wegesrand auf. Durch das Gemetzel im letzten Dorf und das Wissen, daß es mit Sicherheit zu weiteren Angriffen kommen würde, wirkten die Schatten, die die Bäume warfen, noch bedrohlicher.

Sie ritten bis zum Mittag weiter, bis die Rauchwolke hinter ihnen nicht mehr zu sehen war, bevor sie die nächste Rast einlegten, die allerdings nur dazu diente, den Pferden eine Erholungspause zu gönnen, denn niemand hatte Hunger. Die Erinnerung an das Blutbad, das die *Uwagi* angerichtet hatten, war noch zu frisch und lag ihnen wie ein verdorbenes Essen im Magen.

»Ahrd«, grollte Bracht, während er zusah, wie der schwarze Hengst graste, »es wäre mir lieber, sie würden alle zusammen über uns herfallen.«

»Aye.« Calandryll nickte. »Diese Art der Kriegsführung drückt aufs Gemüt.«

»Es ist genau, wie Ochen gesagt hat«, bemerkte Katya. »Sie versuchen, uns mürbe zu machen.«

»Und das gelingt ihnen auch«, meinte Bracht. »Oder glaubst du, wir werden diese Nacht schlafen können?«

Die Vanuerin zuckte die Achseln, seufzte und warf sich mit einer Kopfbewegung das flachsblonde Haar aus dem Gesicht. Ihre Augen waren stumpf und von dunklen Rändern umgeben, die sie eingefallen aussehen ließen. Calandryll und Bracht erging es nicht anders. In dieser Beziehung – abgesehen von Ochen, der durch seine magischen Kräfte offensichtlich gegen Müdigkeit gefeit war – bildete nur Cennaire eine Ausnahme. Ihre Augen waren noch immer klar, ihre Gesichtsfarbe gesund. »Die Strapazen scheinen Euch gut zu bekommen«, sagte Calandryll, um ihr ein Kompliment zu machen.

»Wie meint Ihr das?« fragte sie, schlagartig auf der Hut.

»Ihr seht so frisch aus wie diese Kiefern«, murmelte er lächelnd. »Wir dagegen ...« Er lachte kläglich und rieb sich die Augen.

Cennaire erschrak. Sie hatte nicht daran gedacht, daß sie sich durch eine solche Kleinigkeit verraten könnte. Nervös sah sie von einem zum anderen und erkannte erst jetzt ihre Müdigkeit, die deutlichen Spuren der Erschöpfung in ihren Augen und Gesichtern. Sie ließ ganz bewußt die Schultern herabsinken, ihren Mund etwas erschlaffen und schüttelte den Kopf.

»Das ist sehr nett von Euch«, sagte sie und tat, als müßte sie gähnen, »aber ich würde genausogern eine Nacht durchschlafen wie alle anderen.«

»Vielleicht gelingt uns das heute nacht«, erwiderte Calandryll, was Bracht mit einem skeptischen Schnauben kommentierte.

Cennaire lächelte und hoffte, überzeugend gewesen zu sein. Sie war sich bewußt, daß Katya sie nachdenklich betrachtete, rieb sich die Augen und empfand Erleichterung, als Chazali Befehl zum Aufsitzen gab, was ihr eine weitere Unterhaltung und Musterung ersparte. *Ich muß vorsichtiger sein*, schärfte sie sich ein. *Ich muß daran denken, mich immer ganz normal zu benehmen, keine Spur von meinen wahren Fähigkeiten erkennen zu lassen.* Doch jenseits dieses Vorsatzes keimte ein anderer Gedanke in ihr auf, so schwach wie das Säuseln des Windes in den Bäumen, der Gedanke, daß sie ihnen lieber die Wahrheit gestehen und sich ihrer Gnade ausliefern sollte, ihnen zu geloben, daß sie ihre Sache aus vollen Kräften unterstützen würde, und so ein für allemal dieses endlose Versteckspiel und die ewigen Ausflüchte zu beenden.

Nein! dachte sie gleich darauf. Das hieße, ein viel zu großes Risiko einzugehen. Damit würde sie alles riskieren, die Chance, ihr Herz zurückzubekommen, vielleicht sogar den Tod. Auf jeden Fall würde sie riskieren, daß Calandryll nur noch Abscheu für sie empfinden könnte, und sie fragte sich, warum diese Vorstellung sie so sehr beunruhigte.

Der Tag ging dem Ende entgegen. Der Wind schlief ein, die Kiefern standen schweigend und bedrohlich da, und das Licht wurde dämmrig. Am Himmel verdichteten sich die Wolken, Vogelschwärme flatterten zu ihren Nistplätzen. Chazali verkündete mit lauter Stimme über das gleichmäßige Trommeln der Hufe hinweg, daß sie Ausschau nach einem Nachtlager halten sollten.

Und hinter Chazali, wo Ochen ritt, ertönte ein Warnschrei, flammte ein Lichtblitz auf, silbern und golden, wie mit zuckenden Feuerzungen durchsetzt.

Dann überschlugen sich die Ereignisse. Pfeile pfiffen aus dem Dämmerlicht zwischen den Bäumen hervor, das gräßliche jammernde Heulen der *Uwagi* vermischte sich mit dem schrillen Wiehern getroffener Pferde. Chazalis Brustpanzer war plötzlich mit Pfeilen übersät. Ein Pferd stürzte zu Boden. Sein Reiter überschlug sich, stand mit dem Säbel in der Hand wieder auf und stürzte mit einem gebrüllten Schlachtruf auf die Bäume zu. Pfeile flammten wie Zunder in dem blendenden Licht auf, das Ochen schleuderte. Eine heulende heranrasende Kreatur verging in einem widerlich aussehenden Feuerball. Die Bogenschützen unter den Kotuzen erwiderten den Beschuß. Todesschreie erfüllten die Luft. Geschöpfe, die einmal Menschen gewesen waren, droschen mit ihren zu Klauen gewordenen Fingernägeln wahllos auf Menschen und Pferde ein, schlugen die Fänge ihrer vorgewölbten Kiefer in alles, was sich bewegte.

Chazali brüllte, ließ sein Pferd vorspringen, und die gebogene Klinge seines Säbels fuhr immer wieder auf und nieder. Ein Mann stolperte kreischend aus der Deckung der Bäume hervor, Blut sprudelte aus seiner aufgeschlitzten Brust, ein fast abgetrennter Arm baumelte nutzlos von seiner Schulter herab.

Im schwindenden Licht wurden die Umrisse gefällter Kiefern auf der Straße sichtbar, die eine Barriere bildeten, zu hoch, als daß die Pferde sie hätten überspringen können. Dort hatten sich Bogenschützen postiert.

Wieder schrie Chazali, riß sein Pferd hart herum und trieb es auf die Straße zurück. Rote Lichtblitze zuckten von Ochens Standpunkt aus wie Schlangenzungen vor, und wo sie trafen, starben *Uwagi*, explodierten in häßlichen Flammenfontänen.

Dann hatten sie die Straßensperre erreicht. Die Tensai, die nicht von Rhythamuns schwarzer Magier verwandelt worden waren, schnitten ihnen den Rückweg ab. Aus Furcht, die eigenen Männer zusammen mit den Feinden zu töten, war der *Wazir* gezwungen, seine Zauberkräfte auf die menschlichen Angreifer zu konzentrieren.

Brachts Krummschwert schimmerte silbern im magischen Licht, hieb genauso schnell zu, wie Ochen seine Blitze schleuderte. Der schwarze Hengst trat kreischend um sich, und seine Treffer waren ebenso tödlich wie die seines Reiters. Katyas Säbel wirbelte nicht langsamer herum, obwohl sie gleichzeitig ihr kampfunerfahrenes Tier bändigen mußte. Wo Klingen und Hufe ihr Ziel fanden, schlugen sie tiefe blutende Wunden in die Körper der heulenden grauen Gestalten, die sich wie tollwütige Wölfe auf die zusammengedrängten Kotu-zen stürzten. Doch die Verletzungen zeigten kaum eine Wirkung. Die verwandelten Kreaturen schienen keine Schmerzen zu verspüren, ignorierten die Wunden, die jedes normale Lebewesen getötet hätten, und wüteten weiter, angetrieben von Rhythamuns Zauberkräften.

Dort, wo Calandryll um die Kontrolle über seinen durchgehenden Braunen kämpfte, bahnten sich die *Uwagi* eine Schneise durch die Kotu-zen. Männer wurden von ihren Pferden gezerrt, die mit schrillem Wiehern zu Boden gingen. Calandryll hatte das Schwert erhoben und wollte es gerade niederfahren lassen, als Ochen schrie: »*Nein!* Um Horuls willen, nicht, sonst sterbt Ihr!«

Calandryll erinnerte sich, schob das Schwert in die Scheide zurück und griff nach seinem Dolch. Er stieß die kleinere Klinge in das fauchende Gesicht eines *Uwagi*, der den Kopf zur Seite riß, ohne auf die klaffende Wunde in seiner Wange zu achten, die er sich dadurch selbst zufügte, und ungeachtet des nächsten Stoßes sofort wieder angriff. Die Kreatur rammte den Wallach mit ihrem Körper und brachte das Tier allein durch die Wucht des Aufpralls zum Straucheln. Calandryll erhaschte einen flüchtigen Blick auf eine pechschwarze Rüstung und eine Säbelklinge, die knapp an ihm vorbeizuckte und sich in die dichtbehaarte Brust seines Gegners bohrte. Dann wurde er von entsetzlich kräftigen Pranken gepackt, die seine Handgelenke umklammerten und ihn aus dem Sattel des fallenden Pferdes zerrten. Ein harter Schlag traf seine Schläfe. Das Gewicht des Wallachs drückte ihn zu Boden. Ein schmerzhaft grelles Licht explodierte hinter seinen Lidern. Er hätte nicht sagen können, ob es ihm noch gelang, einen Schrei auszustoßen, nahm nur noch undeutlich wahr, daß ihn irgend etwas festhielt und unter dem Pferd hervorzog.

Der Kampf war nur kurz, mehr ein Scharmützel als eine Schlacht. Die Zahl der Tensai, die noch menschlich waren, reichte nicht aus, um gegen Chazalis Kotu-zen bestehen zu können. Ihre Rüstungen waren notdürftig zusammengeschustert und bestanden aus einer Ansammlung verschiedener Einzelteile, die sie schon besessen hatten, bevor sie zu Banditen geworden waren, oder die sie von ihren Opfern erbeutet hatten, und um ihre Waffen war es auch nicht viel besser bestellt. Sie waren eher daran gewöhnt, schutzlose Dorfbewohner auszurauben, als ausgebildete Krieger zu überfallen, und so hielten sie nicht lange durch. Die Kotu-zen sammelten sich zuerst und sicherten ihre Stellung, bevor sie aus den Sätteln sprangen und zu Fuß in den Wald eindrangen. Die Straßenräuber, die nicht flohen, starben unter den Säbelhieben. Elf von Chazalis Männern und fünf Pferde fanden den Tod. Fünf Tensai wurden lebend gefangengenommen, vier von ihnen auf Chazalis Befehl hin die Kehlen durchgeschnitten. Der fünfte wurde zu Ochen gebracht und vor dem *Wazir* auf die Knie geworfen.

Bracht und Katya drängten sich eilig durch die versammelten Kotu-zen, die Waffen noch immer in der Hand. Angst und Wut flackerten in ihren Augen.

»Sie haben Calandryll entführt!« Bracht wischte die blutige Klinge des Krummschwertes ab und drückte dem Tensai die Spitze auf die Wange. »Wohin haben sie ihn gebracht? Redest du freiwillig, oder muß ich dir erst die Augen ausstechen?«

Die jesserytischen Krieger murmelten beifällig, der Bandit stöhnte. Blut tröpfelte aus einem Schnitt in seiner Stirn, noch mehr sickerte aus einer Stichwunde in seiner Schulter. Dann gesellte sich ein weiterer Blutfaden dazu, als der Kerner den Druck der Klinge verstärkte. Scharfer, durchdringender Uringeruch erfüllte die Abendluft.

»Wo ist er?«

»Wartet!« rief Ochen. »Es gibt eine einfachere Methode, das herauszufinden.«

»Außer die Antworten aus ihm herauszuschneiden, sehe ich keine«, fauchte Bracht. »Und *er* wird in Kürze überhaupt nichts mehr sehen können.«

»Vertraut mir«, bat der *Wazir.* »Zieht das Schwert zurück.«

Der Kerner starrte ihn einen Moment lang an.

»Und Cennaire?« fragte Katya. »Wo ist sie?«

»Wartet!« Ochens Stimme nahm einen befehlenden Tonfall an. Er winkte die beiden zurück. Bracht schob das Schwert widerwillig in die Scheide, aber seine Hand ruhte weiterhin drohend auf dem Griff. »Mit meiner Methode erfahren wir die Wahrheit ohne Ausflüchte«, versicherte der Hexer.

Er machte eine Geste in Chazalis Richtung, der das Haar des Tensai packte und dessen Kopf nach hinten riß. Ochen legte dem Mann eine Hand unter das Kinn und hob es an, so daß der Tensai ihn ansehen mußte. Tränen hinterließen Streifen im schmutzigen Gesicht des Banditen und vermischten sich mit dem Blut. Die lohfarbenen Augen des *Wazirs* bohrten sich in die des Gefangenen.

Ochen begann, leise zu sprechen. Seine Worte ließen Mandelduft in die kühler werdende Luft aufsteigen, in die er mit der freien Hand geheimnisvolle Zeichen malte. Der Körper des Gefangenen erschlaffte, seine angsterfüllten Augen wurden leer und blicklos.

»Er ist zu uns gekommen, und wir wollten ihm das Pferd und die Rüstung abnehmen ... aber wir konnten nicht ... Er hatte solche Kräfte ... wie ein *Wazir* ... noch stärker ... Wie ein *Wazir-narimasu!*»

Der Mann erschauderte, Speichel sammelte sich auf seinen Lippen. Ochen fuhr ihm mit der Hand über das Gesicht, und der Mandelgeruch wurde intensiver.

»Er hatte große Kräfte ... er hat zu viele von uns umgebracht, und wir konnten nicht davonlaufen ... ihm nur gehorchen ... Er hat *Uwagi* gemacht und uns einen Auftrag gegeben ... Wir sollten seine Verfolger aufhalten ... Drei, hat er gesagt, aus anderen Ländern ... keine Jesseryter ... Fremde ... Eine Frau und zwei Männer ... Er hat ihre Gesichter in den Köpfen der *Uwagi* verankert ... Wir mußten gehorchen ... sonst hätten uns die *Uwagi* getötet ... Wir konnten nicht ... nur gehorchen ...«

»Wohin haben sie Calandryll gebracht?« wollte Bracht wissen.

Der Tensai schüttelte den Kopf, soweit es Chazalis Hand, die sich in sein Haar gekrallt hatte, zuließ. Die Sehnen in seinem Hals traten hervor, die Adern pochten. Ein Gemisch aus Blut und Tränen lief seine Wangen hinab, Speichel tropfte aus seinem offenen Mund.

»Ich weiß nicht ... die *Uwagi* gehorchen ihm ... nur ihm ...«

»Das ist alles, was er weiß«, stellte Ochen fest.

»Ihr Lager.« Bracht starrte den *Wazir* an. »Werden sie Calandryll nicht zu ihrem Lager bringen?«

Falls er nicht bereits tot ist. Der Rest des Satzes hing unausgesprochen zwischen ihnen.

Ochen vollführte erneut eine Geste, und der Tensai sagte: »Wir haben kein Lager mehr ... reiten nur noch ... sind Euch gefolgt ... Die *Uwagi* hatten Befehl, ihn zu entführen ... oder Euch ... Den Kerner oder die Frau mit dem bleichen Haar ... Einer würde reichen, hat er gesagt ... Welcher, spielt keine Rolle ... dann wäre es vorbei ...«

»Mehr weiß er nicht.«

Ochen warf Chazali einen kurzen Blick zu und nickte. Der *Kiriwashen* zog sein Messer und schnitt dem Tensai die Kehle durch.

»Ahrd!« rief Bracht voller Enttäuschung und Besorgnis. Er trat gegen den noch zuckenden Körper. »Auf die Pferde! Ihnen nach!«

»Wir würden sie nicht erwischen.« Ochen schwenkte den ausgestreckten Arm herum und deutete auf den Wald und den dunkel gewordenen Himmel. »Die Wälder sind zu dicht, und die Nacht bricht herein.«

»Ich werde Calandryll nicht im Stich lassen!« Bracht drehte sich zu seinem Pferd um. »Ich werde ihn suchen, und wenn ich allein gehen muß. Katya, kommst du mit mir?«

»Warte.« Die Kriegerin legte ihm eine Hand auf den Arm und drückte fest zu. »Wenn wir müssen, aye. Aber laß Ochen zuerst erklären, was er zu sagen hat.«

»Wozu?« Bracht schüttelte ihre Hand ab und schob den Fuß in den Steigbügel. »Calandryll ist entführt worden, und wenn wir nicht mehr zu dritt sind, hat Rhythamun wahrscheinlich gewonnen. Dann gehört die Welt seinem Herrn! Ich sage, wir sollten losreiten, ob Wald oder nicht, und Ahrd verfluche die *Uwagi*.«

»Warte!« Katya krallte die Hand in seine Schulter, fest genug, um ihn zurückzuhalten. Der Hengst schnaubte, stampfte ungeduldig und bleckte die gelben Zähne. Katya drehte Bracht herum und deutete auf die Jesseryter. »Diese Männer kennen die Wälder besser als wir. Ochen weiß mehr als wir über die *Uwagi*. Laß uns alles in Erfahrung bringen, was sie uns sagen können, und dann entscheiden.«

Bracht stand angespannt da und starrte ihr in die Augen, das scharfgeschnittene Gesicht wutverzerrt. Katya erwiderte seinen Blick unerschrocken, und ganz langsam und beinahe feindselig senkte er den Kopf.

»Also?« Katya ließ die Schulter des Kerners los und wandte sich wieder Ochen und Chazali zu. »Welchen Rat könnt Ihr uns geben?«

Der *Kiriwashen* blickte den *Wazir* an. Sein Gesicht war

hinter dem Metallschleier verborgen. Er ließ Ochen den Vortritt.

Der Wazir fuhr mit den lackierten Fingernägeln durch die dünnen Strähnen seines Bartes. Im verdämmernden Tageslicht wirkte sein Gesicht todernst und angespannt. »Sollte ich versuchen, ihn auf magischem Weg aufzuspüren«, sagte er, »würde ich ihn töten.«

»So viel wußten wir bereits«, fauchte Bracht. »Deshalb müssen wir ihn zu Pferd suchen – oder auch zu Fuß, wenn es nicht anders geht.«

»Diese Wälder sind für einen Reiter nur schwer zu durchqueren«, erwiderte Ochen. »Außerdem bricht die Nacht herein, was eine Verfolgung noch schwieriger macht. Im Namen Horuls, mein Freund! Glaubt Ihr denn wirklich, ich würde nicht jetzt schon im Sattel sitzen, wenn ich glaubte, wir hätten eine Chance, Calandryll zurückzuholen?«

»Wollt Ihr damit sagen, er wäre verloren?« Bracht schüttelte hilflos den Kopf.

Katya griff nach seiner Hand. »Können wir denn gar nichts tun?«

»Was ich Euch zu sagen habe, ist hart«, antwortete Ochen. »Für mich nicht weniger als für Euch. Also hört zu. Die *Uwagi* haben Calandryll entführt, und es ist durchaus möglich, daß er bereits tot ist ...«

»*Nein!*» schrie Bracht.

»Es sei denn«, fuhr Ochen fort, »Rhythamun möchte sich an seinem Triumph weiden.«

»Das entspricht seinem Charakter«, murmelte Katya. Ein Hoffnungsfunke glomm in ihren Augen auf. »In Aldarin, und nachdem er in Morrach gefahren war ...«

»Und diese Selbstgefälligkeit könnte sein Schwachpunkt sein«, sagte Ochen. »Er könnte versuchen, mit Calandryll zu spielen.«

»Spielen?« Bracht trat einen Schritt auf den *Wazir* zu, die Muskeln angespannt und mit wütend funkelnden Augen, so daß Chazali ebenfalls einen Schritt vortrat, um sich schützend vor den Hexer zu stellen. Ochen hielt ihn mit einer erhobenen Hand zurück.

»Sollte das der Fall sein, dann lebt Calandryll vielleicht noch«, fuhr er fort. »Das ist wahrscheinlich unsere einzige Hoffnung. Es sei denn ...« Er verstummte und runzelte die Stirn. Die Falten in seinem Gesicht gruben sich noch tiefer ein und verrieten deutlich, wie intensiv er nachdachte.

»Es sei denn, was?« wollte Bracht wissen.

»Es sei denn, er beherzigt, was ich ihm über die Magie beibringen konnte«, entgegnete Ochen. »Und vielleicht hilft ihm auch sein Schwert. Hat er sein Schwert noch?«

Bracht wirbelte herum, stieß die Kotu-zen grob beiseite und eilte zu Calandrylls Pferd.

»Calandrylls Schwert!« hörte er Chazali hinter sich rufen. »Hat er es bei sich gehabt? Sucht danach!«

»Ich habe gesehen, wie die *Uwagi* ihn verschleppt haben«, sagte ein Krieger. »Da hat er es noch gehabt. Ich habe die Kreatur aufgespießt, als Calandryll seinen Schlag zurückgehalten hat.«

»Sein Pferd ist gestürzt«, meldete sich ein anderer Krieger zu Wort, »aber ich glaube, da hatte er das Schwert noch.«

Bracht kam zurück und sagte: »Ich habe es nicht entdeckt.«

»Dann haben wir noch Hoffnung.« Ochen nickte. »Und er hat meine Warnung gehört.«

»Daß er das Schwert nicht benutzen darf?« Bracht machte eine hilflose Geste. »Das nennt Ihr Hoffnung?«

»Wenn er es benutzt, bringt er die *Uwagi* und damit auch sich selbst um«, sagte Ochen langsam, als folgte er einem Gedankengang von der ersten Idee bis zu seiner Schlußfolgerung. »Rhythamun ist furchtbar gerissen, er wird täglich stärker, und er versucht, uns zu überlisten, uns zu täuschen. Aber ... Calandryll ist kein Dummkopf, und wenn er sich an alles erinnert, was ich ihn gelehrt habe, was wir über diese scheußlichen Kreaturen wissen, dann bleibt uns vielleicht noch eine Chance.«

Er schwieg und nickte vor sich hin, als würde er seine eigenen Überlegungen bestätigen.

»Könntet Ihr das vielleicht etwas näher erklären?« fragte Bracht ungeduldig.

Der Hexer nickte wieder, diesmal jedoch in Richtung des Kerners. »Aye«, murmelte er. »Haltet Euch das vor Augen: Sollte Calandryll sein Schwert noch bei sich haben und bei klarem Verstand sein, dann weiß er, daß er seine Entführer auslöschen kann.« Er hob abwehrend die Hand, als Bracht protestieren wollte. »Wartet, habt nur noch einen Moment lang Geduld. Er weiß ebenfalls, daß er sich selbst umbringt, wenn er das Schwert benutzt.«

»Dann braucht Rhythamun nur seine Kreaturen zu opfern«, knurrte Bracht, »und ich vermutet, daß sie ihm völlig gleichgültig sind. Er muß nur einen dazu bringen, sich in Calandrylls Schwert zu stürzen.«

»Es sei denn, er will seinen Sieg auskosten«, sagte Katya, »und verliert dadurch Zeit.«

»Aye.« Ochens Nicken wurde lebhafter. »Ich denke, wenn er sich an Calandrylls Notlage weiden will, könnte ihm das zum Verhängnis werden.«

»Wie das?« wollte Bracht wissen. »Selbst wenn Ihr recht habt und die *Uwagi* Calandryll noch nicht umgebracht haben, dann ist er immer noch gefangen. Verteidigt er sich, stirbt er. Ihr sagt, wir könnten in den Wäldern nicht nach ihm suchen. Also hat Rhythamun Zeit genug, um sich an seinem Sieg zu weiden und Calandryll anschließend umzubringen. Ich sage, wir sollten uns sofort auf die Suche machen!«

»Wenn die *Uwagi* uns kommen hören«, wandte Ochen ein, »und sie würden uns ohne jeden Zweifel hören, dann – davon bin ich überzeugt – würde unser Feind auf sein Vergnügen verzichten und Calandryll augenblicklich töten lassen.«

»Ahrd!« Bracht ballte in hilfloser Wut eine Hand zur Faust und schlug sich auf den Oberschenkel. »Ihr sagt also, wir hätten verloren, egal was wir tun.«

»Nein!« Ochen schüttelte den Kopf, und seine Stimme klang wieder zuversichtlicher. »Ich sage, daß es für uns und für Calandryll noch eine Chance gibt. Vielleicht sogar zwei.«

»Könntet Ihr uns das erklären?« fragte Katya sanfter als Bracht vor ihr.

Ochen nickte. »Gleich, zuvor noch etwas anderes. Chazali, könntet Ihr dafür sorgen, daß die Gefallenen eingesammelt werden und ein Feuer entfacht wird? Wir werden hier noch eine Weile bleiben müssen. Um die Toten werde ich mich kümmern, sobald ich Zeit dazu finden.«

Der *Kiriwashen* nickte und erteilte die entsprechenden Befehle, genauso gespannt wie Bracht und Katya.

»Also, wenn Calandryll noch sein Schwert und seine Sinne beieinander hat«, fuhr Ochen fort, »gibt es Hoffnung für ihn. Wenn Rhythamun ihn verhöhnen will, muß er durch den Äther reisen, und in dieser Sphäre kann ich ihn vielleicht aufhalten. Die *Wazir-narimasu* sind über Calandryll informiert und können mir wahrscheinlich helfen. Zusammen könnten wir Rhythamuns Ankunft verzögern und damit etwas Zeit für Calandryll herausholen.«

»Was ihn auf jeden Fall der Gnade der *Uwagi* ausliefert«, stellte Bracht wütend fest. »Und die haben Befehl, ihn umzubringen.«

Katya berührte Brachts Arm und bat ihn mit einer Geste, sich zu gedulden. »Ihr habt von zwei Chancen gesprochen«, erinnerte sie den *Wazir*.

»Aye«, bestätigte Ochen. »Ihr sagt, Cennaire ist verschwunden?«

»Cennaire?« fragte Bracht überrascht.

»Aye«, sagte Ochen.

»Ihr Pferd ist da drüben.« Katya deutete mit dem Daumen in Richtung der Tiere, die sich in der Mitte der Straße zusammengedrängt hatten und noch immer nervös waren. »Aber sie selbst? Ich habe ihre Leiche nirgendwo entdeckt.«

»Ich vermute, daß die *Uwagi* sie verschleppt und umgebracht haben«, sagte Bracht. »Wahrscheinlich liegt sie irgendwo zwischen den Bäumen.« Er zog ein finsteres Gesicht. »Ein Jammer. Ich habe angefangen, sie zu mögen. Sie hatte Mut.«

»Zweifellos.« Ochen wandte sich Chazali zu. »Schickt Ihr Eure Männer los, um Lady Cennaires Leiche zu suchen?«

Der *Kiriwashen* erteilte neue Befehle.

»Wir reden und reden und suchen Leichen«, beschwerte sich Bracht. »Wann handeln wir endlich?«

»Sobald ich weiß, was ich wissen muß«, erwiderte Ochen. »Schon bald, aber bis dahin bitte ich Euch um Geduld.«

Der Kerner schüttelte den Kopf und sah Katya an. »Mir schmeckt das alles überhaupt nicht«, verkündete er. »Besteigen wir unsere Pferde und machen uns auf die Suche?«

»Und sorgen damit dafür, daß Calandryll umgebracht wird?« fragte sie zurück. »Nein, Bracht. Warte. Das ist nicht Cuan na'For, wo die Dinge einfacher sind. Wir wissen, daß Rhythamun hier stärker ist. Und Tharn ebenfalls. Bitte, wir sollten auf Ochen hören.«

»Der von uns verlangt, gar nichts zu unternehmen«, fauchte Bracht. »Außer unseren Kameraden seinem Schicksal zu überlassen. Ich würde lieber irgend etwas tun!«

»Trotzdem«, drängte Katya. »Warte noch ein bißchen.«

Ihr Streit wurde von Chazali unterbrochen. »Lady Cennaire ist nicht unter den Toten«, gab der *Kiriwashen* bekannt. »Ihre Leiche liegt weder auf der Straße noch zwischen den Bäumen.«

»Dann lebt sie wahrscheinlich noch«, meinte Ochen lächelnd. »Gut.«

»Was soll das?« fragte Bracht irritiert. »Ich wäre froh, wenn sie lebt, aber das halte ich für unwahrscheinlich. Vermutlich haben die *Uwagi* sie geholt, und sie liegt irgendwo tot im Wald.«

»Das glaube ich nicht«, widersprach Ochen. »Ich denke, Ihr solltet zu Eurem Baumgott beten, daß sie noch lebt.«

»Ich verstehe nicht, was Ihr meint«, bekannte der Kerner.

»Ich auch nicht«, sagte Katya.

»Ich habe jetzt nicht die Zeit, es Euch zu erklären«, entschuldigte sich Ochen. »Ich bitte Euch nur, mir zu vertrauen. Mir und Cennaire.«

»Cennaire? Ahrd!« Bracht fuhr auf der Stelle herum und ging zu seinem Hengst. »Rätsel und noch mehr Rätsel, während Calandryll Rhythamun gegenübersteht. Ich reite jetzt los!«

»Nein!« Ochen gab Chazali ein Zeichen. »Vertraut mir!«

Der *Kiriwashen* trat zwischen Bracht und den Hengst. Das große Pferd scharrte mit den Hufen, die Ohren angelegt, und rollte die Augen. Chazali hielt vorsichtig Abstand von dem Tier, war aber offensichtlich entschlossen, den Kerner am Aufsteigen zu hindern. Beide Männer ließen die Hände auf den Griff ihrer Waffen sinken.

Ochen blickte Katya an und sagte: »In Horuls Namen, im Namen aller Jüngeren Gottheiten! Um Calandrylls willen, vertraut mir!«

Die Vanuerin musterte ihn einen Moment lang und schob sich dann zwischen den Kerner und den *Kiriwashen*.

»Ich vertraue ihm.« Sie blickte Bracht tief in die Augen. »Auch wenn mir dieses Vorgehen nicht gefällt, sehe ich doch keine Alternative.«

»Du meinst also, wir sollten überhaupt nichts tun?« fragte der Kerner mit vor Fassungslosigkeit rauher Stimme. »Wir sollten einfach tatenlos hier herumsitzen, während Calandryll wahrscheinlich stirbt?«

»Denk nach, Bracht«, beschwor sie ihn. »Sollen wir durch einen finsteren Wald stolpern und den *Uwagi* dadurch unser Kommen ankündigen, sie warnen? Ich denke, daß wir Calandryll dadurch wahrscheinlich zum Tode verurteilen würden. Ich liebe ihn nicht weniger als du, aber ich fürchte, daß *wir* ihm nicht helfen können, während Ochen sich seiner magischen Fähigkeiten bedienen kann, und deshalb glaube ich, daß unsere größte Hoffnung in ihm und in seinen Kräften liegt.«

»Vielleicht in ihm«, räumte der Kerner ein. »Aber was soll dieses Gerede über Cennaire? Welche Rolle soll sie in dieser Angelegenheit spielen?«

Es war eine dunkle Nacht, der Mond war zusammengeschrumpft und noch nicht in der zunehmenden Phase, Wolken waren aufgezogen und jagten zwischen dem Land und den reglosen Sternen dahin. Brachts Gesicht lag im Dunklen, seine blauen Augen verschwanden fast zwischen den zusammengekniffenen Lidern, sein Mund war ein dünner Strich und verriet seine Angriffslust und gleichzeitig seine Hilflosigkeit. Er starrte Katya einen endlos erscheinenden Moment lang an, dann sanken seine Schultern herab, und er zog die Hand vom Griff seines Schwertes.

»Nun gut, wenn du es für richtig hältst.«

Katya nickte, ihre Zähne blitzen kurz in der Dunkelheit auf, als sie erleichtert lächelte. Sie hörte, wie Chazali hinter ihr ein leises Knurren von sich gab, und spürte regelrecht, wie er sich entspannte. »Fragen wir Ochen, was er zu sagen hat«, schlug sie vor.

Aber sie kamen nicht mehr dazu. Ochen hockte bereits vor einem frisch entfachten Feuer und starrte blicklos in die Flammen, die Hände in den weiten Ärmeln seines Gewandes verborgen. Sein Körper war steif und reglos, nur seine Lippen bewegten sich, während er einen Schwall von Silben murmelte, die zu leise und zu guttural waren, als daß man sie hätte verstehen können, selbst wenn die Sprache nicht so fremdartig gewesen wäre. Mandelduft machte sich breit.

Bracht stieß einen Fluch aus. Katya legte ihm eine Hand auf die Schulter. Chazali, der seinen Gesichtsschleier zurückgeschlagen hatte, blieb vor ihnen stehen und sagte leise: »Ochen ist ein großer Hexer. Es wird nicht mehr lange dauern, bis er ein *Wazir-narimasu* ist. Wie Lady Katya gesagt hat, vertraut ihm. Wenn hier überhaupt noch jemand helfen kann, dann er.«

»Und Cennaire?« fragte Bracht. »Wie soll sie helfen?«

»Ich habe keine Ahnung«, bekannte Chazali. »Aber wenn Ochen sagt, daß sie es kann, dann kann sie es auch.«

Der Kerner ließ den Atem zwischen den zusammengebissenen Zähnen entweichen. »Wenn diese Welt doch nur einfacher beschaffen wäre«, klagte er. »Ehrliche Schwertkämpfe und Pferde, davon verstehe ich etwas. Aber diese ganze Hexerei?« Er deutete auf den *Wazir* und hob das Gesicht dem dunklen Himmel entgegen, über den die Wolken jagten. »Die bleibt ein Geheimnis für mich.«

»Ich verstehe nicht mehr davon als Ihr«, gab Chazali zurück. »Und wenn es nach mir ginge, würden wir diese Dinge so erledigen, wie Ihr es tun würdet, Krieger gegen Krieger in einem anständigen Kampf. Das wäre ehrenhaft, was? Aber so geht es leider nicht. Die Magie ist ein Teil der Welt, in der wir leben, und damit müssen wir uns nun einmal abfinden. Vertraut Ochen, mein Freund, denn er kann das tun, was wir mit unseren Schwertern nicht vollbringen können.«

»Ich habe wohl kaum eine andere Wahl«, murmelte Bracht und beobachtete den *Wazir,* der unbeweglich dasaß, als hätte sein Geist den Körper verlassen, um einen fernen, unbekannten Ort aufzusuchen.

Cennaire hatte den Überfall im gleichen Augenblick gespürt, als Ochen den Warnschrei ausgestoßen hatte. Sie hatte genug aus ihren Beobachtungen und dem gelernt, was sie von Bracht und Katya aufgeschnappt hatte, um ihre übernatürlichen Sinne zum Schutz des Trupps einzusetzen. Deshalb war ihr aufgefallen, wie still der Wald auf einmal geworden war. Alles, was sie hatte hören können, war der gleichmäßige Trommelwirbel der Hufe gewesen, das Klappern von Rüstungen und der Atem von Menschen und Pferden, kein Vogelgesang, keine Geräusche irgendwelcher Tiere, die durch den Wald huschten. Plötzlich schrie Ochen. Sie sah sein magisches Feuer aufblitzen und im gleichen Moment den Pfeilhagel und die Umrisse der *Uwagi*. Cennaire stieß ebenfalls einen Warnschrei aus, als der Angriff erfolgte, aber entweder überhörten die anderen ihn, oder sie hielten ihn für einen Angstschrei.

Die aus den Schatten hervorspringenden unheimlichen Kreaturen versetzten ihr Pferd in Panik. Es warf Cennaire ab. Sie landete unsanft im Straßendreck, während überall um sie herum Männer brüllten und kämpften.

Verwirrt durch den Tumult und so wütend, daß sie keinerlei Angst empfand, rappelte sich Cennaire wieder auf und erblickte die grauen Menschenungeheuer, die sich einen Weg durch die Kotu-zen zu Calandryll pflügten. Ohne einen Gedanken darüber zu verlieren, eilte sie in die gleiche Richtung, schlängelte sich gewandt durch das Gedränge der Kämpfenden, schoß zwischen den Pferden dahin, duckte sich unter zuschlagenden Säbelklingen hinweg. Ein Tensai – ein Mensch, keins der verwandelten Ungeheuer – versperrte ihr den Weg, und sie zog ihr Messer, bewegte sich so, wie Katya es ihr beigebracht hatte, um dem Schlag zu entgehen, und stieß die Klinge tief in den Bauch des Angreifers. Der Mann ächzte und kippte um. Cennaire schenkte ihm keine weitere Beachtung und hastete weiter, nur noch darauf bedacht, Calandryll zu erreichen, bevor die *Uwagi* ihn töten konnten.

Einer, noch wilder als der Rest seiner widerlichen Artgenossen, war bereits in seiner Nähe und streckte die Hände nach ihm aus. Calandryll ließ das erhobene Schwert sinken, als Ochen ihm eine Warnung zurief. Cennaire rammte dem Geschöpf das Messer bis zum Heft zwischen die Schultern, worauf es sich fauchend zu ihr umdrehte. Sie packte sein Handgelenk, lenkte den Schlag seiner Klauen ab und brach ihm den Arm. Der *Uwagi* grunzte lediglich und schlug erneut nach ihr, ohne der Hand – oder Klaue? – Beachtung zu schenken, die nutzlos von seinem gebrochenen Arm herabbaumelte. Cennaire wurde zurückgeschleudert und erinnerte sich erst jetzt wieder an die furchtbaren Kräfte der menschlichen Ungeheuer. Sie taumelte, fand sich zwischen einem Meer von stampfenden Hufen wieder und kroch schleunigst aus der Gefahrenzone. Als sie wieder auf die Füße kam, sah sie gerade noch, wie der Braune umfiel. Calandryll wurde aus dem Sattel gerissen, blieb aber mit einem Bein unter dem Körper des Pferdes hängen. *Uwagi* umringten ihn und zerrten ihn mit sich.

Sie eilte auf sie zu, aber bevor sie sie erreichen konnte, hatten sie Calandryll gepackt und rannten mit ihm davon. Sofort nahm Cennaire die Verfolgung auf.

Die *Uwagi* tauchten zwischen den Bäumen unter. Cennaire blieb am Straßenrand stehen und fragte sich, was sie eigentlich tat. Diese okkulten Kreaturen konnten sie zerfetzen. Sie hatte gesehen, zu welchen Scheußlichkeiten sie fähig waren, und sie zweifelte nicht daran, daß sie stark genug waren, um sie in Stücke zu reißen und vielleicht so zurückzulassen, verstümmelt, aber noch immer am Leben, zu ewigen Qualen verdammt.

Alles, was sie mit Sicherheit wußte, war, daß Calandryll verschleppt worden war, und daß irgend etwas tief in ihrem

Inneren, das über die Instinkte einer Wiedererweckten hinausging, von ihr verlangte, ihm zu folgen und alles für ihn zu tun, wozu sie in der Lage war. Sie hatte keine Ahnung, was für eine Stimme das war, die zu ihr sprach. War es Anomius' Anweisung, daß die drei Abenteurer am Leben bleiben mußten, um das Arcanum zu finden, damit der häßliche kleine Schwarzmagier es selbst in seinen Besitz bringen konnte? Die Furcht, daß er zornig werden würde, wenn sie zuließ, daß Calandryll entführt und getötet wurde, ohne daß sie ihn zu retten versuchte? Daß sie das Mißfallen der Jüngeren Gottheiten erregen könnte, wenn sie tatenlos blieb?

Nein!

In diesem Augenblick wußte sie lediglich, daß Calandryll verschleppt wurde, und es kam ihr nicht in den Sinn, ihn im Stich zu lassen.

Cennaire blieb nur lange genug stehen, um sich zu orientieren und mit erhobenem Kopf zu lauschen.

Sie hörte die Geräusche, die die *Uwagi* machten, das Knakken von Zweigen und das dumpfe Trommeln rennender Füße, konnte die Kreaturen riechen, einen schwachen fauligen Geruch nach Schweiß und Verwesung, der sich mit dem harzigen Kieferndüft vermischte. Cennaire spähte in die Dunkelheit zwischen den Bäumen. Die Nacht stellte kein Hindernis für ihre Augen dar.

Dann begann sie, wie ein Racheengel loszulaufen.

Der Waldboden war weich, mit einer Schicht Kiefernnadeln bedeckt und mit struppigem Gras bewachsen. Brombeerdickichte und Sträucher wucherten zwischen den Bäumen, Farnkraut wurde unter Cennaires Füßen zu Brei zerquetscht. Sie duckte sich unter tiefhängenden Ästen hinweg oder riß sie gedankenlos ab, ignorierte Zweige, die sich in ihrem Haar verfingen oder ihr ins Gesicht peitschten, schoß pfeilschnell zwischen den dicken Stämmen von Kiefern, Zedern und Lärchen dahin. Die Düfte des Waldes vermengten sich mit dem Gestank der *Uwagi,* dem Geruch von verängstigten Tieren, Rehen, Kaninchen und Wildschweinen, die vor den okkulten Ungeheuern flohen, und inmitten all dieser Gerüche war noch immer ein Hauch von menschlichem Leben wahrzunehmen, Calandrylls Geruch. Cennaire klammerte sich daran fest, und sie wußte, daß er lebte, solange sie ihn noch in der Luft riechen konnte, daß die *Uwagi* ihn nicht umgebracht hatten, sondern ihn aus einem Grund verschleppten, den sie nicht verstand und über den sie sich jetzt auch keine Gedanken machte. Noch lebte Calandryll, und das zu wissen war genug. Sie rannte weiter.

Und dann wurde sie langsamer, denn plötzlich waren die Geräusche des eiligen Laufs vor ihr verstummt.

Cennaire schob sich vorsichtig weiter, achtete darauf, wohin sie ihre Füße setzte, wich Hindernissen aus, pirschte sich wie eine Raubkatze an die obszönen Geschöpfe an und blieb schließlich stehen. Sie drückte sich dicht gegen den Stamm einer Kiefer, verschmolz mit den Schatten, spähte und lauschte.

Vor ihr lag eine Lichtung. Dort, wo die Sonne tagsüber den Boden erreichen konnte, wuchs dichtes Gras, das jetzt unter dem wolkenverhangenen Nachthimmel schwarz aussah, aber das stellte kein Hindernis für Cennaires Augen dar. Kiefern säumten die Lichtung wie die Mauern eines Tempels, und Cennaire fühlte sich an die Burash geweihten Schreine in Kandahar erinnert, wo Kreise mächtiger Steinsäulen die Altäre umgaben. Doch hier gab es weder einen Altar noch einen Gott, sah man davon ab, daß Tharns Nähe spürbar war, und anstelle der Priester standen dort nur *Uwagi*.

Und Calandryll würde das Opfer sein, denn er war von Kreaturen umringt, wie sie nur einem Alptraum entspringen konnten, Geschöpfe, die dem Verrückten Gott geweiht waren.

Cennaire griff nach ihrem Messer und stellte fest, daß es verschwunden war, noch immer im Rücken des *Uwagi* steckte, in den sie es gerammt hatte. Aber das spielte auch keine Rolle, denn sie verfügte über andere und größere Kräfte. So lautlos wie eine Katze auf der Jagd schob sie sich bis unmittelbar an den Rand der Lichtung heran, blieb in der

Deckung der Bäume stehen und beobachtete das Geschehen vor sich, ohne genau zu verstehen, was dort vor sich ging, was sie tun sollte, was sie überhaupt tun *konnte*.

Als Calandryll die Augen öffnete, umgaben ihn Dunkelheit und ein Huschen sich ständig verändernder Schatten, die so schnell ineinander übergingen, daß er im ersten Moment glaubte, er würde wieder durch die ätherischen Sphären reisen. Dann verspürte er Schmerzen und begriff, daß es die materielle Welt war, die an ihm vorbeizog: nachtdunkle Bäume und ein raschelndes Laubdach über ihm, durch das er hin und wieder einen flüchtigen Blick auf einen wolkenverhangenen mondlosen Himmel erhaschen konnte. In seinem Kopf klopfte es, eins seiner Beine – er hätte nicht sagen können, welches – fühlte sich gequetscht an und schmerzte. Seine Arme und Fußgelenke wurden wie mit eisernen Fesseln festgehalten. Ein fauliger Gestank drang ihm in die Nase, wie von Fleisch, das zu lange in der Sonne gelegen hatte. Auf einmal erinnerte er sich wieder, und nur mit Mühe hielt er den Schrei zurück, der aus ihm hervorzubrechen drohte.

Er wurde von den *Uwagi* durch den Wald geschleppt.

Panik stieg in ihm auf. Er kämpfte dagegen an, zwang sich, ruhiger zu werden, zumindest ruhig genug, um trotz seines wie verrückt schlagenden Herzens und des Entsetzens, das in ihm hochkroch, seine Situation abschätzen zu können.

Die Aussichten waren finster. Vier *Uwagi* hielten ihn fest und trugen ihn wie einen Sack mit halsbrecherischer Geschwindigkeit über kaum vorhandene Pfade, die zu schmal waren, als daß berittene Krieger ihnen hätten folgen können. Die Hände, die ihn hielten, waren so fest und unlösbar wie Stahlklammern. Die Kreaturen sprangen über umgestürzte Baumstämme und Gebüsche oder stürmten einfach durch sie hindurch. Calandrylls Zähne schlugen aufeinander, sein Kopf wurde hin und her geschleudert. Alles um ihn herum drehte sich. Er fürchtete, daß ihn allein die unglaubliche Geschwindigkeit umbringen würde, indem er sich den Hals brechen würde oder sein Schädel an einem Baumstamm zerschmettert wurde. Das Schwert hing noch immer an seinem Gürtel, ein nutzloses, quälendes Gewicht.

Aber er war am Leben.

Warum, wußte er nicht. Die verwandelten Tensai hätten ihn mit Leichtigkeit auf der Straße oder im Schutz des Waldes töten können, aber er lebte noch immer, und daran klammerte er sich wie ein Ertrinkender an einen Strohhalm.

Calandryll hatte keine Möglichkeit festzustellen, wohin sie ihn brachten, außer daß sie immer tiefer in die Wälder hineinrannten und ihn mit jedem Satz weiter von seinen Gefährten, von Ochen und Chazalis Kotu-zen forttrugen. Er fühlte sich entsetzlich allein und hilflos und fragte sich, ob die *Uwagi* vielleicht eine rituelle Folterung für ihn vorgesehen hatten, einen langsamen und qualvollen Tod. Sein Schwert hakte sich immer wieder an Brombeerranken fest und riß sich wieder los. Warum hatten sie ihm die Waffe nicht abgenommen? Die Antwort war wie ein Lichtstrahl in der Dunkelheit seiner Angst: Vielleicht konnten sie das Schwert nicht berühren, vielleicht hatte Deras heilige Magie es für Geschöpfe des Bösen wie die *Uwagi* unantastbar gemacht. Half ihm das weiter, war das ein Grund für Hoffnung? Er dachte an Ochens Warnung. Wenn schon keine Hilfe, dann wenigstens eine Fluchtmöglichkeit. Sollte die schlimmste aller denkbaren Möglichkeiten eintreten, und damit mußte er rechnen, dann konnte er seine Entführer mit dem Schwert vernichten. Zwar würde er dabei ebenfalls sterben, aber es würde mit Sicherheit ein schnellerer und schmerzloserer Tod als der sein, den diese Kreaturen für ihn vorgesehen hatten. Aber wenn er diesen Weg wählte ...

... dann endete die Mission zusammen mit ihm!

Drei, es war immer von dreien die Rede gewesen, in jeder Prophezeiung und Wahrsagung. Das hatte sich in sein Gehirn eingebrannt: Katya, Bracht und er selbst, ihnen war es bestimmt worden, Rhythamuns verwerfliche Pläne zu durchkreuzen. Sie wollen die Wiederauferstehung des Verrückten Gottes verhindern! Fiel einer von ihnen, war alles verloren. Der Gedanke erfüllt ihn mit Traurigkeit. Nicht der an seinen Tod, denn daß er umkommen könnte, war seit dem Beginn dieser Mission möglich und sogar wahrscheinlich gewesen. Obwohl er nicht sterben wollte, akzeptierte er doch, daß er es eines Tages tun mußte. Was ihn traurig machte, war vielmehr, daß die Mission nach all der Mühsal, die sie erduldet hatten, enden und Rhythamun gewinnen sollte. Da stieg Wut in ihm hoch, ein heißer und rechtschaffener Zorn, der seine Trauer fortspülte und ihn mit der festen Entschlossenheit erfüllte, sein Leben so teuer wie möglich zu verkaufen.

Übergangslos registrierte er, daß die Dunkelheit über ihm sich verändert hatte und die Bewegung zum Stillstand gekommen war. Er keuchte auf, als die *Uwagi* ihn achtlos zu Boden fallen ließen. Das Bein, auf das sich sein Pferd gewälzt hatte, pochte vor Schmerzen. Er knurrte einen Fluch, der gleichzeitig ein Gebet war, stemmte sich hoch und griff instinktiv nach seinem Schwert.

Die Klinge sprang mit einem leisen Geräusch aus der Scheide. Calandryll hob das Schwert trotzig und kampfbereit, versuchte, mit zusammengekniffenen Augen die Finsternis zu durchdringen, und war verwirrt, als kein Angriff erfolgte. Allmählich stellten sich seine Augen auf die Dunkelheit ein. Er sah sich um und fragte sich, was für ein ekelhaftes Spiel hier gespielt wurde, was seine Entführer als nächstes vorhatten.

Sie bildeten einen Kreis um ihn, sieben von ihnen, und hinter ihnen formten hohe Kiefern, die im Wind rauschten, einen zweiten Kreis, ernst und erhaben. Die *Uwagi* schienen zu warten, von irgendeinem Zwang zurückgehalten zu werden, den Calandryll nicht verstand. Sie blieben außerhalb der Reichweite seines Schwertes, hechelten wie Wölfe oder tollwütige Hunde und beobachteten ihn. Tatsächlich wirkten sie in etwa gleichermaßen wolfartig wie menschlich, eine scheußliche Mischung von beidem, Ausgeburten eines Alptraums. Sie waren kleiner als die Jesseryter, aus denen sie entstanden waren, denn ihre Beine hatten sich verbogen und waren merkwürdig verkrümmt, als hätten sich ihre

Knochen und Gelenke verändert. Ihre Schultern waren breit und gedrungen und gingen in übernatürlich lange Arme über, die in pfotenartigen Händen endeten, und dort, wo sich einst die Fingernägel befunden hatten, ragten jetzt kräftige Krallen hervor. Mächtige Muskelstränge traten aus ihren Körpern und hatten ihre Rüstungen und Kleidungsstücke gesprengt. Stoffetzen und Reste von Kettenhemden hingen wie Leichengewänder an ihnen herab, eine Erinnerung an ihre verlorene Menschlichkeit. Dicke graue Haarbüschel sprossen aus bleicher Haut hervor, ihre Gesichtszüge waren auf eine furchtbare Weise tierisch geworden. Die Stirn war flach und fliehend, Knochenwülste überragten tiefliegende Augen, die in einem unheiligen roten Licht glühten. Die Nase über der vorspringenden Schnauze war breit, die Lippen zogen sich von langen Fängen zurück, die so spitz wie Dolche waren und zwischen denen Speichelfäden herabhingen, die sich im Rhythmus der keuchenden Atemzüge bewegten. Bei einer der Kreaturen baumelte die Hand schlaff herab, der Arm war zwischen dem Handgelenk und dem Ellbogen gebrochen, aber sie zeigte sich davon genauso unbeeindruckt wie die andere Kreatur, in deren Wange noch immer Calandrylls Dolch steckte.

Die Wesen erinnerten Calandryll an ein Wolfsrudel. Nein, dachte er, als ihm völlig überflüssigerweise Brachts Worte einfielen, daß Wölfe keine Menschen angriffen. Dann also an ein Rudel von Bluthunden. Riesige, widerliche, verhexte Bluthunde, die auf die Jagd geschickt worden waren und jetzt warteten ... worauf? Auf den Befehl anzugreifen? Auf ein Wort ihres Herrn?

Aye! Natürlich, sie warteten auf ihren Schöpfer!

Calandryll drehte sich langsam herum, das Schwert kampfbereit erhoben, und die verwandelten Kreaturen folgten seinen Bewegungen, zogen sich so weit zurück, daß sie außerhalb seiner Reichtweite blieben. Er atmete tief und hastig, konnte die in ihm wühlende Furcht ebensowenig verleugnen wie das Pochen in seinem gequetschten Bein. Es war eindeutig: Die *Uwagi* warteten. Vielleicht war ein letzter Rest von Menschlichkeit in ihren verunstalteten Körpern, ihren deformierten Seelen zurückgeblieben, vielleicht fürchteten sie sich deshalb vor der Klinge und dem Tod, den sie ihnen bringen konnte. Vielleicht hatte er doch noch eine Chance.

»So, ihr habt also Angst?« Er sprang auf das ihm nächste Ungeheuer zu und sah es blitzschnell zurückweichen. Der Kreis bewegte sich, um ihn in der Mitte zu halten und einem möglichen Treffer zu entgehen. »Ihr fürchtet euch vor meinem Schwert? Ihr wißt, was es anrichten kann?«

Die *Uwagi* knurrten, scharrten über den Boden und betrachteten ihn aus ihren furchteinflößenden roten Augen, die wie glühende Kohlen in schwarzen Löchern leuchteten. Calandryll fühlte sich ein wenig ermutigt, sprang noch weiter vor und ließ das Schwert herumwirbeln, wobei er gewissenhaft darauf achtete, keinen Treffer zu landen. Die Kreaturen zuckten zurück und umkreisten ihn fauchend, ohne den Ring ihrer Leiber aufbrechen zu lassen. Er fragte sich, was sie tun würden, wenn er wirklich angriff, und hob das Schwert in einer vorgetäuschten Attacke hoch über den Kopf.

Eins der Geschöpfe begann zu sprechen. Die Worte klangen dumpf und verzerrt wie das grollende Knurren eines Hundes, und mit ihnen drangen Sabber und stinkender Atem aus seinem Maul.

»Wenn du zuschlägst, stirbst du. Wir sterben, aber du auch. Unser Herr befiehlt. Warte.«

Die Kreatur unterstrich ihren Befehl mit einen Schlag ihrer Klauen. Calandryll wich zurück, er war noch nicht bereit, sich zu opfern. Noch lebte er, also bestand auch noch Hoffnung. Vielleicht würden seine Gefährten kommen, irgendwie einen Weg durch den Wald finden. Vielleicht würden Chazalis Bogenschützen einen Pfeilhagel auf die Menschenungeheuer niederregnen lassen, würden Bracht, Katya und alle überlebenden Kotu-zen über sie herfallen, würde Ochen ihm mit seiner Magie zu Hilfe kommen.

Nein, dachte er dann, denn er hatte bereits erlebt, welche verheerende Wirkung Ochens Magie auf diese Viecher hatte, und er wußte, daß sie ebenso sicher zu seinem Tod führen würde, als würde er seine Klinge in das fauchende, höhnisch grinsende Gesicht vor ihm stoßen. Er hatte ebenfalls gesehen, wie wenig einfacher Stahl gegen sie ausrichten konnte. Außerdem war der Wald zu tief, und der Weg, den sie genommen hatten, war zu verschlungen, als daß man ihn finden würde.

Er saß in der Fall. Calandryll ließ das Schwert sinken und wartete, ohne zu wissen, worauf, außer auf den Tod.

Es zehrte an den Nerven, auf diese Weise eingekreist dazustehen, und er versuchte, sich zumindest ein wenig zu entspannen, indem er sich die geistigen Übungen ins Gedächtnis zurückrief, die Ochen ihm beigebracht hatte, und seinen Verstand auf einen Punkt konzentrierte. Was hatte der *Uwagi* gesagt? *Unser Herr befiehlt. Warte.* Zweifellos war Rhythamun ihr Herr, aber warum gab er seinen Geschöpfen nicht den Befehl zum Angriff?

Hatte er vielleicht ein schlimmeres Schicksal als den Tod für ihn vorgesehen? Calandryll mußte plötzlich an den furchtbaren Sog denken, der ihn durch den Äther gerissen hatte, an seine schreckliche Verzweiflung, als sein Geist immer näher zu Tharn gezogen worden war. Für immer in der Gewalt des Verrückten Gottes »leben« zu müssen, das wäre ein unendlich entsetzlicheres Schicksal, als nur den Tod zu erleiden. Mit einem Mal wurde sein Mund trocken, und ein eisiger Schauder lief ihm über den Rücken. Er kämpfte darum, ruhig zu bleiben, und sprach so leise, daß seine Worte kaum mehr als ein Flüstern tief in seiner Kehle waren, die Zaubersprüche, die seine Seele, den Kern seines Ichs, vor einer Entführung bewahren, ihn vor einem magischen Anschlag schützen würden – wie er hoffte.

Plötzlich versteifte sich der *Uwagi,* der mit ihm gesprochen hatte, riß die Schultern zurück, hob das gräßliche Gesicht und heulte den wolkenverhangenen Himmel an. Die krallenbewehrten Hände öffneten sich und schlossen sich zu Fäusten, während sein Körper erbebte und sich zu verändern schien, als schöbe sich ein anderes Bild über die grobschlächtige Gestalt, der Umriß eines jesserytischen Kriegers, dessen Helmschleier zurückgezogen war und undeutlich ein Gesicht enthüllte, das gleichzeitig tierische wie menschliche Züge aufwies, die sich zu einem bösartigen, höhnischen Grinsen verzogen hatten.

Calandryll starrte es an, roch den Mandelduft, der sich mit den stinkenden Ausdünstungen der Kreatur vermischte, sah, wie die Gestalt des Jesseryters die flackernden Konturen des *Uwagi* überlagerte, wie beide traumartig ineinander übergingen wie die sprunghaften zuckenden Bewegungen eines Fisches, den man durch eine unruhige, in der Sonne schimmernde Wasseroberfläche beobachtete.

Er wappnete sich, entlastete sein gequetschtes Bein, streckte das Langschwert aus und wußte ohne jeden Zweifel, was – *wer!* – in das Ding vor ihm gefahren war.

Und Rhythamun kicherte und sagte: »Eine saubere kleine Falle, nicht wahr? Benutz dein Schwert, und du stirbst, und ich habe gewonnen. Benutz es nicht, und meine Schoßtierchen reißen dich in Stücke. Du hast gesehen, was sie anrichten können, denke ich. Würde es dir gefallen, dieses Schicksal zu erleiden? Aber das ist völlig egal, denn dies ist mein Tag. Der Tag und das Arcanum, beide gehören mir, und die Welt wird folgen, wenn ich Tharn wiederauferstehen lasse. Aber auch du wirst etwas bekommen, nämlich Qualen, die dein Vorstellungsvermögen überschreiten.«

Der Schwarzmagier lachte, oder es war der *Uwagi*, der lachte, denn beide füllten den gleichen Raum aus. Calandryll fauchte, und es war dem wilden Knurren der monströsen Kreaturen nicht unähnlich. Wut und Haß loderten in ihm auf, vertrieben jede Spur von Furcht und Trauer und ließen nichts als einen grenzenlosen Zorn zurück.

»Wofür entscheidest du dich?« fragte Rhythamun. »Der eine Tod ist vielleicht schneller als der andere, aber worauf auch immer deine Wahl fällt, deine Mission endet hier. In einer einsamen Gegend, und niemand wird berichten können, wo du gestorben bist. Schmeckt das bitter, Calandryll den Karynth? Begreifst du jetzt, wie dumm es gewesen ist, dich mir zu widersetzen, dich Tharns Wiederauferstehung zu widersetzen?«

»*Nein!*»

Der Schrei war Widerspruch und Herausforderung zugleich und erntete höhnisches Gelächter. Er sah, wie der Jesseryter in seiner Rüstung und der massige *Uwagi* gleichzeitig die Achseln zuckten.

»Nein? Was soll das heißen, nein? Was willst du denn tun, außer mit dem Wissen zu sterben, daß deine Mission gescheitert ist und ich gesiegt habe? Daß deine Verbündeten ebenfalls bald sterben werden? Der Kerner und die Vanuerin, der Emporkömmling von einem Hexer, der dir hilft, sie alle werden sterben, während ich weiterziehen, meinen Herrn wiedererwecken und zu seiner Rechten stehen werde, von ihm begünstigt. Und du? Deine Leiche wird hier liegen, von deinem eigenen Schwert oder von meinen Geschöpfen zerfetzt, während dein Geist Qualen erleiden wird, die du dir nicht vorstellen kannst. Zumindest jetzt noch nicht, aber du wirst sie schon bald kennenlernen.« Wieder brandete das entsetzliche Gelächter auf, voller Selbstsicherheit und Verachtung. »War es wirklich ein so großartiges Geschenk, das deine schwächliche Göttin dir gegeben hat? Mir scheint es eher ein Fluch zu sein – das Werkzeug deines Todes, wenn du dich für dein Schwert entscheiden solltest.«

»Es sei denn, ich treffe dich damit!« brüllte Calandryll. »Was dann, Schwarzmagier? Dera hat diese Klinge mit heiliger Magie versehen, und ich denke, deine Seele wird den Schlag spüren, wenn ich den Körper, den du benutzt, mit ihrer Macht tränke!«

Der *Uwagi*, der Rhythamun in seiner jesserytischen Gestalt war, stieß ein furchtbares frohlockendes Heulen aus. Geifer landete ekelhaft auf Calandrylls Gesicht, aber dieser achtete nicht darauf und wartete, das Schwert zum Schlag erhoben.

»Du hast Lektionen in Hexerei genommen, was? Zweifellos von dem Magier, der dir schon einmal zu Hilfe gekommen ist. Meine Seele, sagst du? Du glaubst, du könntest mich auf der ätherischen Ebene treffen? Du schmeichelst dir selbst, Junge. Glaubst du tatsächlich, ein paar oberflächliche Lektionen über die Kunst, die ich seit Jahrhunderten studiere, könnten dir helfen und mir schaden? Ich sage es dir noch einmal: Nein! Schlag zu und finde es selbst heraus!«

Calandryll hielt sich zurück. Seine Gedanken überschlugen sich, forschten hektisch nach allem, was Ochen ihn gelehrt hatte, durchforsteten alle Lektion, die er erhalten hatte – weiß Dera, es waren wenig genug! Ohne sich wirklich sicher zu sein, ob er selbst daran glaubte oder nur versuchte, mehr Zeit zu gewinnen, sagte er laut: »Du hast deinen Geist in dieses Ding geschickt, das du erschaffen hast, du bist mit ihm verschmolzen, und wenn ich jetzt zuschlage, dann treffe ich auch dich. Was dann, Rhythamun? Bist du mächtiger als die Jüngeren Gottheiten?«.

»Allerdings«, erwiderte die sich ständig verändernde Gestalt mit furchtbarer Selbstsicherheit. »Bevor dein Schlag sein Ziel findet, werde ich schon verschwunden sein, und wenn das von deiner jämmerlichen Göttin gesegnete Schwert das Fleisch meines Geschöpfes trifft, wirst du vernichtet, und es wird das Ende deiner Mission sein. Beim Blute Tharns, Junge, du hast selbst gesehen, was Magie diesen Kreaturen antut! Du hast verloren, und alles, was du getan hast, war vergebens. Also schlag endlich zu, oder soll ich die *Uwagi* auf dich hetzen? Mir ist das eine so recht wie das andere.«

»Ich glaube, du hast Angst«, behauptete Calandryll.

»Angst?« Das obszöne Gelächter erfüllte die Lichtung, hallte von den Bäumen wider. »Ich und Angst? Dann schlag zu, Idiot!«

»Aye!« schrie Calandryll und sprang vor. Die Klinge schoß auf das höhnische Gesicht zu.

KAPITEL 10

In diesem Augenblick war jede Furcht aus Calandryll gewichen. Der rasende Zorn, der ihn ergriffen hatte, ließ keinen Raum für irgendwelche anderen Gefühle. Er wußte nur, daß Rhythamuns Geist sich in dem *Uwagi* aufhielt, und er hoffte – flehte zu Dera und ihren Göttergeschwistern –, daß sein Schlag das Ziel treffen würde, bevor der Schwarzmagier den Körper verlassen konnte. Daß er selbst von dem verheerenden Ausbruch okkulter Kräfte verschlungen werden würde, spielte in seinen Überlegungen keine Rolle mehr, solange er nur den Hexer tötete. Und selbst wenn der Schlag nur dazu führte, Rhythamuns Seele in die ätherische Welt zu verbannen, wäre es immer noch ein Sieg, zwar nur ein Pyrrhussieg aus Calandrylls Sicht, aber dann könnten Ochen und die *Wazir-narimasu* aus Anwar-teng die Jagd auf den Schwarzmagier fortsetzen. Sein Leben gegen das des Hexers. Es erschien Calandryll als ein kleines Opfer, und er legte seine ganze Kraft in den Hieb.

Es war, als würde sich die Zeit verlangsamen, als träte er aus seinem Körper heraus und beobachtete sich selbst wie ein unbeteiligter Zuschauer. Er sah, wie die Schwertklinge genau auf den Schädel der Bestie zuraste, die Rhythamun war, wie nacktes Entsetzen in den roten Augen des *Uwagi* aufflackerte und gleichzeitig Triumph in den glühenden Augen des Jesseryters. Er roch Angst, Schweiß und Mandeln, hörte hämisches Gelächter, sah die verhexte Gestalt erneut flackern, jetzt nicht mehr besessen, sondern nur noch ein *Uwagi*, und er wußte, daß er verloren hatte, daß Rhythamun den Körper schneller verlassen hatte, als das Schwert herabsauste, daß er im selben Augenblick tot sein würde, in dem sich die Klinge in den Schädel grub. Das Triumvirat würde zerbrechen, die Mission zum Scheitern verurteilt sein.

Die Klinge beschrieb singend ihre Bahn, zerschnitt mit tödlicher Präzision die Luft, der gleich Knochen und Gehirn und dann eine Explosion folgen würden, ausgelöst durch das Aufeinanderprallen gegensätzlicher Magie. Calandryll sah den Tod unbarmherzig näher kommen.

Da brach eine Gestalt zwischen den Kiefern hervor, so schnell wie ein abgeschossener Pfeil, zu schnell, als daß er sie hätte erkennen können. Er sah, wie der *Uwagi* zur Seite gestoßen wurde und heulend zu Boden stürzte, sah, wie sich sein Schwert tief in das Gras grub, wo die Bestie eben noch gestanden hatte, und der Schlag, in den er all seinen Haß und seine Wut gelegt hatte, war so kräftig, daß der Aufprall ihm fast die Arme und die Schultern lähmte. Er riß die Klinge aus dem Boden, hörte das Gelächter stocken, im Schreien des *Uwagi* untergehen, als die Bestie von den Händen, die ihre Kehle umklammerten, hochgerissen und ihr Kopf zurückgezogen wurde, während sich ein Knie in ihren Rücken stemmte. Dann nahm die Zeit wieder ihre normale Geschwindigkeit an. Der Rücken der Kreatur wurde soweit zurückgebogen, bis das grauenhafte Geräusch berstender Knochen verriet, daß ihr Rückgrat brach, und das schrille Kreischen abrupt verstummte. Calandryll sah, wie sie hochgehoben und über die Lichtung geworfen wurde, gegen ihre Artgenossen prallte, sie wie Kegel zu Fall brachte, und dann fühlte er sich selbst gepackt, herumgewirbelt und in die Dekkung zwischen den Bäumen geschleudert.

Er landete auf dem Gesicht. Der Aufprall raubte ihm den Atem und betäubte ihn einen Moment lang. Spitze, harzig riechende Kiefernnadeln stachen ihm in den Mund. Völlig verblüfft schob er sich unsicher auf Hände und Knie hoch, ergriff sein Schwert, kämpfte sich auf die Füße und stolperte benommen zum Rand der Lichtung zurück. Und dann entrang sich seiner Kehle ein fassungsloses Keuchen, als er einen zweiten *Uwagi* zu Boden fallen sah.

Cennaire?

Einen Moment lang fragte er sich, ob er träumte. Wie konnte es sein, daß Cennaire dort stand?

Und doch war sie es. Sie bewegte sich mit der Wildheit einer Raubkatze, mit einer Geschwindigkeit und Kraft, die er kaum glauben konnte, duckte sich unter einer Pfote hinweg, die nach ihr schlug, ergriff den Arm und brach ihn, zerquetschte mit einer Hand die Kehle der Kreatur und schlug ihr die zur Faust geballte andere Hand mit einer solchen Wucht in das aufgerissene Maul, daß Knochen und Zähne splitterten, packte das massige Geschöpf und schleuderte es in seine verwirrten Artgenossen, als wöge es nicht mehr als eine Stoffpuppe.

Zwei der Ungeheuer waren tot, die anderen heulten vor Wut und Verblüffung. Eins stand mit erhobenen Armen da. Seine Umrisse flackerten. Es war von Rhythamun besessen, und der Mandelgeruch wurde stärker.

»Cennaire!« schrie Calandryll und schob sich zwischen den Bäumen hervor.

»Nein! Flieh!« schrie die Frau zurück. »Ich kann sie aufhalten!«

Und blendendes Licht zuckte aus den ausgestreckten Händen der Kreatur hervor, in die der Hexer gefahren war. Es traf Cennaire, schleuderte sie zu Boden und ließ dort, wo sie gestanden hatte, das Gras schwarz werden, als wäre es von einem ekelhaften Gift besudelt worden. In diesem Moment war Calandryll überzeugt, daß sie tot war, aber sie stand wieder auf, schüttelte sich das lange Haar aus dem Gesicht und stürzte sich erneut auf die *Uwagi*.

Ohne darüber nachzudenken, hob Calandryll das Schwert, nur noch von dem Wunsch beherrscht, die Frau zu beschützen. Vier *Uwagi* standen ihr gegenüber, während der fünfte wieder die Arme hob, aber diesmal war sein Blick nicht auf Cennaire, sondern auf Calandryll gerichtet.

»Im Namen Burashs!« schrie Cennaire. »Bring dich in Sicherheit! Laß mich allein, um aller Götter willen! Um deinetwillen!«

»Nein!« brüllte Calandryll und sah, wie ein weiterer Lichtstrahl aus den Händen des Rhythamun-*Uwagi* hervorzuckte, so unglaublich hell, daß er alle Farben verschluckte und seine Seele zu versengen schien.

Es war, als würde eine Axt seine Brust spalten und sich eine Stahlschlinge um seine Kehle legen, als würden ihm die Augen in den Höhlen schmelzen und alle Glieder zertrümmert. Calandryll bemerkte nicht einmal, daß er zu Boden stürzte. Eine Zeitlang bestand seine Welt nur noch aus Dunkelheit, durchtränkt mit karmesinroten Schmerzen, als würden all seine Organe platzen und ihr Blut in seinem Körper verspritzen. Und er spürte ein schreckliches Zerren, als hätte sich eine Schlinge um seine Seele gelegt und versuchte, sie ihm zu entreißen und in die ätherische Welt zu ziehen, in eine Hölle ewiger Qualen. Ohne sich dessen bewußt zu sein, sprach er erneut die Zauberformeln, die Ochen ihn gelehrt hatte, wappnete seinen Geist gegen den okkulten Angriff, kümmerte sich nicht um seinen Körper, versuchte nur noch, Rhythamun daran zu hindern, ihm die Seele zu rauben. Das nächste, was er registrierte, war, daß sein Mund mit Gras und Kiefernnadeln verstopft war, aber das war ohne Bedeutung, denn er bekam ohnehin keine Luft mehr, und sein Körper stand in Flammen. Der Mandelgeruch in seiner Nase war überwältigend. Er wußte, daß er starb, daß Rhythamun ihn umbrachte.

Und dann wurde er erneut hochgehoben. Seine Sinne klärten sich gerade weit genug, um ihn erkennen zu lassen, daß Cennaire ihn in den Armen hielt. Ihr Haar fiel weich auf seine Wangen, ihre Arme waren unglaublich kräftig, und sie eilte mit ihm in den Wald, während hinter ihnen die *Uwagi* heulten und überall um sie herum Flammen aufloderten, durch Hexerei entzündet.

Bäume stürzten um, von Rhythamuns magischen Blitzen gefällt. Die Nacht war von ohrenbetäubenden Explosionen und dem Krachen fallender Baumstämme erfüllt, vom Platzen brennender Äste und dem Prasseln lodernder Büsche. Calandryll spürte, wie er behutsam auf den Boden gelegt wurde, und einen Moment lang kniete Cennaire neben ihm. Ihre braunen Augen waren riesig und feucht, als würde sie weinen, aber sie lächelte und berührte sanft sein Gesicht. »Flieh!« beschwor sie ihn. »Dein Leben ist wichtiger als meins. Ich werde so viel Zeit wie möglich für dich herausholen.«

Calandryll schüttelte den Kopf und zuckte zusammen, als ihm Schmerzen wie Dolchstiche durch den Schädel schossen. »Ich kann nicht«, brachte er undeutlich hervor. Seine Zunge war schwer und fühlte sich versengt und pelzig an.

»Du mußt«, sagte sie drängend und legte ihren Mund an sein Ohr, um sich über das Donnern der zerstörerischen Magie hinweg verständlich zu machen. »Sonst werden sie dich umbringen, und eure Mission ist gescheitert. Geh jetzt!«

Warum, wollte er fragen, aber sie verschloß seine Lippen sanft mit den Fingern, stand auf, lächelte ihm zu und sagte: »Weil es sein muß. Stell keine Fragen mehr, bring dich in Sicherheit, bevor die Jäger dich wieder erwischen.«

Dann war sie verschwunden, rannte zurück durch die Flammen und die umstürzenden Baumstämme.

Calandryll kam unbeholfen auf die Füße. Das Schwert hielt er noch immer in der Hand, und einen Moment lang mußte er sich darauf stützen, denn um ihn herum drehte sich alles. Er atmete tief durch, und zu seiner Überraschung strömte die Luft sauber und ungehindert durch seine Kehle, von der er geglaubt hatte, sie wäre zerquetscht worden. Er hob das Schwert hoch, sah sich um und versuchte herauszufinden, wohin Cennaire verschwunden war. Es kam ihm nicht einen Augenblick lang in den Sinn zu fliehen, das wäre für ihn Verrat gleichgekommen. Statt dessen folgte er ihr.

Sie zu finden war nicht schwer, denn in der Richtung, in die sie gegangen war, loderte das Feuer. Der harzige Geruch brennender Kiefern lag schwer in der Luft, das Heulen der *Uwagi* war wie ein akustisches Leuchtfeuer. Funken ließen Calandrylls Lederkleidung und sein Haar schwelen, seine Augen tränten, ein dumpfer Schmerz pochte in seinem verletzten Bein. Er folgte Cennaire stolpernd und taumelnd, mußte immer wieder umstürzenden Bäumen ausweichen.

Es war ihm ein Rätsel, wie er die Verwüstungen überlebte, mit denen Rhythamun den Wald scheinbar blindlings überzog, um allein mit nackter und überwältigender Gewalt zum Ziel zu kommen, nachdem Cennaire seinen geschickten Plan zunichte gemacht hatte und es Calandryll durch Ochens Lektionen gelungen war, der magischen Falle zu entkommen. Calandryll wußte nur, daß er es irgendwie schaffte, das Inferno zu überstehen und die Lichtung wiederzufinden. Er entdeckte Cennaire im Kreis der brennenden Kiefern, umringt von drei Ungeheuern. Ein weiteres lag tot vor ihren Füßen.

Das vierte – Rhythamun – stand etwas abseits, *Uwagi* und jesserytischer Krieger zugleich, und verströmte intensiven Mandelduft. Der Mund des Mannes formte die geheimnisvollen Silben, die die Blitze erzeugten, während das Maul der Bestie Geifer versprühte und kreischte.

Plötzlich verstummten alle Geräusche, machte sich eine gewaltige Stille breit, als hielte die Welt in ihrem Lauf inne. Die Flammen, die den Wald verschlangen, flackerten und erloschen, Rhythamuns Sprechgesang brach ab, das Heulen der *Uwagi* verklang.

Ein weiches sauberes Licht erschien über der Waldwiese, sanft leuchtend wie die Strahlen der auf- oder untergehenden Sonne im Hochsommer, und legte sich wie eine schimmernde Kuppel über die Lichtung und die ersten Reihen der Bäume. Mandelduft, irgendwie sanfter und angenehmer als noch kurz zuvor, ersetzte den ätzenden Rauchgeruch. Ein lauter Fluch entrang sich dem verzerrten Maul des von Rhythamun besessenen *Uwagi*, seine Gestalt begann zu wabern, die jesserytischen Umrisse lösten sich auf, und dann war er nur noch eins der verwandelten Ungeheuer, das auf die Knie sank, die Pfoten ausgestreckt und den Kopf gesenkt, als wäre es von einem Schlag getroffen worden.

Eine lautlose Stimme klang in Calandrylls Kopf auf. *Schützt Euch! Geht in Deckung!* Er gehorchte dem Befehl, ohne zu zögern, und ließ sich fallen. Der Teil seines Verstandes, der noch immer auf das Okkulte eingestellt war, bemerkte, daß er von einer Aura gutartiger Macht eingehüllt wurde.

Und dann zuckten gleißend helle Lichtpfeile vom Himmel herab, heller als jeder Blitz. Sie fuhren in die *Uwagi*, und die Ungeheuer explodierten.

»Nein!« schrie Calandryll gellend auf. Der Ausbruch der Gewalten mußte auch Cennaire zerrissen haben, und Calandryll wurde von Entsetzen gepackt, spürte, wie sich in seinem Inneren eine gewaltige gähnende Leere ausbreitete. Doch als sich sein Blick wieder klärte, sah er sie immer noch auf der Lichtung stehen und schwanken, als kämpfte sie gegen einen gewaltigen Sturm an, der sie von den Beinen zu reißen drohte. Aber sie lebte. Ihre Kleidung war blutgetränkt, das Haar wild zerzaust, einen Arm hatte sie schützend vor ihre Augen gehoben. Von den *Uwagi* und Rhythamuns Geist war nichts mehr zu sehen, nur kleine Hautfetzen, die über verkohlten Ästen hingen, und Haare und Überreste von Kleidungsstücken in den brennenden Büschen. Aber Cennaire lebte!

Calandryll stand auf, hinkte aus der Deckung der Bäume hervor, schob das Schwert in die Scheide und ging zu ihr. Die einzigen Spuren von Rhythamuns Magie, die zurückgeblieben waren, waren der Fleck abgestorbenen Grases, an dem sein erster Blitz eingeschlagen hatte, und die geschwärzten Baumstämme, die die Lichtung säumten. Das Licht über der Waldwiese war verschwunden, der Himmel wieder wolkenverhangen und düster.

Cennaire schien betäubt zu sein und ihn gar nicht wahrzunehmen, bis er ihr die Hände auf die Schultern legte und sie zu sich herumdrehte. Dann stöhnte sie auf, ließ sich gegen ihn fallen und umarmte ihn. Ihre Arme fühlten sich jetzt wieder weich an, verrieten nichts mehr von der Kraft, die er noch kurz zuvor verspürt hatte. Sie zitterte, und er streichelte zärtlich ihr Haar und ihr Gesicht, unfaßbar glücklich, daß sie noch lebte. Als sie zu ihm aufblickte, entdeckte er Angst und eine furchtbare Verzweiflung in ihren Augen, die er völlig falsch deutete, und er sagte: »Sie sind tot. Ich weiß nicht, wie es geschehen ist, nur, daß Ochen eingegriffen hat, aber sie sind fort.«

Sie zitterte, und er legte ihr eine Hand unter das Kinn, hob ihr Gesicht und küßte sie. Cennaire erwiderte den Kuß leidenschaftlich, ihr Körper preßte sich fest gegen den seinen.

Als sie sich etwas voneinander gelöst hatten, sich aber noch immer in den Armen hielten, sagte sie leise: »Ich habe gefürchtet, du wärst tot. Ich habe gedacht ...« Tränen glitzerten in ihren Augen.

Calandryll schüttelte den Kopf. »Nein, ich lebe«, murmelte er, »und das habe ich dir zu verdanken.«

»Gelobt seien alle Götter«, flüsterte sie.

»Aber du?« Calandryll deutete mit dem Kinn auf die Lichtung. »Wie hast du überlebt, als die Magie zugeschlagen hat? Ochen hat gesagt, die Vernichtung der *Uwagi* würde die Lebenden mit sich reißen. Und doch – Dera sei Dank! – hast du es überlebt.«

Cennaire nickte. Ihre Augen verschleierten sich. »Ochen hat gesagt, daß ihre Vernichtung die Lebenden töten würde«, murmelte sie.

»Das verstehe ich nicht«, sagte er.

»Nein.« Die Angst in ihren Augen wuchs, und einen Moment lang biß sie sich auf die Unterlippe. »Es gibt noch eine Menge zu erklären.«

Sie erschauderte von neuem. Calandryll hatte keine Ahnung, was sie meinte, und drückte sie wieder an sich. »Sollen wir uns auf die Suche nach den anderen machen?« fragte er, um sie zu beruhigen.

Cennaire zögerte kurz und klammerte sich an ihn. Sie wollte sich nicht dem stellen, was sie jetzt gestehen mußte, was sie nicht länger verheimlichen konnte. »Aye«, sagte sie schließlich ganz leise und verloren. »Gehen wir zu ihnen und reden wir.«

Calandrylls gequetschtes Bein schmerzte dumpf, als sie sich auf den Rückweg zur Straße machten, so daß er sich auf Cennaire stützen und sich von ihr über Hindernisse helfen und um Unterholz und Brombeersträucher herumführen lassen mußte. Es machte ihm nichts aus, denn so konnte er ihren Arm um seine Hüften fühlen und den seinen auf ihre Schultern legen. Es war jetzt noch dunkler im Wald, die Nacht neigte sich allmählich dem Ende entgegen, und er fand es nahezu unmöglich, überhaupt irgend etwas zu erkennen, während Cennaire nie zu zögern schien, als bereitete ihr die Dunkelheit keine Probleme.

Es wunderte ihn, daß sie so gut sehen konnte, und dann

begann er über alles nachzudenken, was er erlebt hatte, über ihre Kraft, darüber, wie sie den *Uwagi* gegenübergetreten war und wie sie sie überwältigt hatte, daß sie nicht zusammen mit den Bestien zerrissen worden war und sich immun gegen Rhythamuns Magie gezeigt hatte.

Aber auch ich bin nicht getötet worden, dachte er, *also ist sie vielleicht von demselben Zauber wie ich geschützt worden.*

Vielleicht, überlegte er, *ist sie von den Jüngeren Gottheiten auserwählt worden, vielleicht wachen sie über sie.*

Aber trotzdem, hatte Ochen nicht gesagt, daß die magischen Kräfte, die die *Uwagi* vernichteten, auch die Lebenden in ihrer unmittelbaren Nähe töten würden? Das war schließlich der Sinn der Falle gewesen, die Rhythamun aufgebaut hatte. Warum also – und vor allem wie – hatte Cennaire diesen Angriff überlebt?

Ihr Arm auf seiner Schulter war warm. Er roch ihr Haar, den Duft ihrer Haut, konnte die Weichheit ihres Körpers spüren, hatte die Lebendigkeit ihrer Lippen geschmeckt. Und trotzdem … Wie hatte sie die *Uwagi* getötet? Wie hatte sie ihn gefunden? Wie hatte sie das alles überlebt?

Er verstand es nicht, und als er sich zu ihr umdrehte, um sie anzusehen und ihr diese Fragen zu stellen, bemerkte er, daß ihr Gesicht grimmig und entschlossen wirkte, als zöge sie in den Kampf, anstatt gerade von einer siegreichen Schlacht zurückzukehren. Sie wirkte … er war sich nicht sicher … wachsam, fatalistisch, und er ließ die Worte unausgesprochen, die ihm auf der Zunge lagen. Seine Zweifel blieben und wirbelten ihm beunruhigend durch den Kopf. Sie hatte ihm das Leben und damit auch ihre Mission gerettet, sie hatte ihr Leben für ihn riskiert, und das mußte ganz einfach für sich sprechen. Es konnte einfach keinen Zweifel an ihrer Ehrlichkeit geben. Er verdrängte die Gedanken, erinnerte sich statt dessen an die Sanftheit ihrer Lippen, an ihre Umarmung, und ohne darüber nachzudenken, vergrub er sein Gesicht in ihrem glänzend schwarzen Haar.

Die Berührung ließ Cennaire zurückzucken. Sie blickte auf und sah ihn aus sorgenvollen Augen an. Dann verzog sich ihr Mund zu einem flüchtigen Lächeln, und sie wandte den Blick wieder ab, konzentrierte sich auf den Weg. Sie fürchtete sich vor dem, was jetzt ans Tageslicht kommen mußte; davor, wie Calandryll darauf reagieren würde, wie seine Gefährten reagieren würden. Vielleicht konnte Ochen, der ihr Geheimnis bis jetzt bewahrt hatte, sie überzeugen, sie davon abhalten, sie zu ... Cennaire hatte keine Ahnung, was sie tun würden. Würden sie versuchen, sie zu töten? Sie aus ihrer Gesellschaft verstoßen? Von dem *Wazir* verlangen, sie in magische Ketten zu legen? Einen Moment lang erwog sie, davonzulaufen und es Calandryll zu überlassen, allein zur Straße zurückzufinden, doch gleich darauf verwarf sie den Gedanken wieder. Er konnte kaum ohne Hilfe laufen und würde vielleicht irgendwo im Wald verirrt liegen bleiben, oder aber Rhythamun könnte in einer anderen Tarnung zurückkehren, um ihn zu töten. Diese Vorstellung war ihr unerträglich, deshalb unterdrückte sie ihre Angst und ging weiter. Sie würde ihn wenigstens bis zum Straßenrand bringen, und dann ... Dann würde sie ihre endgültige Entscheidung treffen. Sie konnte ihn dort in Sicherheit zurücklassen und ihm heimlich folgen. Allerdings würde sie dann bis nach Pamur-teng und wahrscheinlich weiter bis nach Anwar-teng laufen müssen, und ihre gesamten Habseligkeiten waren in den Satteltaschen verstaut. Wenn sie einfach verschwand, würden die anderen bestimmt den Spiegel entdecken, den Anomius ihr gegeben hatte, und damit auch ihr Geheimnis. Dann würden sie in ihr mit Sicherheit eine Gegnerin sehen und sich gegen sie wenden, und wenn das geschah, dann durfte sie sich kaum noch Hoffnungen machen – weder darauf, die Wünsche ihres Gebieters zu befriedigen, noch ihr Herz zurückzugewinnen.

Es war eine Zwickmühle, wie eine Endlosschlaufe, die in sich selbst zurückführte. Wofür sie sich auch entschied, was sie sich auch überlegte, sie landete immer wieder am Ausgangspunkt. Gleichgültig, welchen Weg sie einschlug, am Ende würde herauskommen, daß sie eine Wiedererweckte war.

Alles in allem betrachtet, schien nur eins festzustehen: Sie mußte Calandryll zuerst in Sicherheit bringen, erst dann konnte sie ihre Entscheidung treffen.

Wie der Zufall oder das Schicksal es wollte – oder welche Macht auch immer die Fäden ihrer aller Geschicke zog –, die Entscheidung wurde ihr abgenommen.

Auch der letzte Lichtschimmer war mittlerweile verschwunden, es herrschte die absolute Finsternis, die der Morgendämmerung stets vorausgeht. Vollkommene Stille lag über dem Wald. Dann zeigte sich das erste perlmuttartige Grau am Himmel, Vögel begannen zu singen, am Horizont breitete sich ein rosafarbener Schimmer aus, der sich langsam in ein silbergoldenes Glühen verwandelte, und die ersten Andeutungen von Azur erschienen.

Cennaire hörte die Sucher lange vor Calandryll, und wieder dachte sie daran, ihn zu verlassen. Dann aber spürte sie das Gewicht seines Körpers, verwarf den Gedanken erneut und ging weiter in Richtung der Geräusche. Plötzlich fühlte sie sich müde, ausgelaugt, unentschlossen und ihrem Schicksal gegenüber gleichgültig. Was geschah, würde geschehen. Sie würde Calandryll in Sicherheit bringen, und das war alles, was zählte.

Plötzlich, so hell wie das Licht am Himmel, verspürte sie ein Gefühl der Freiheit. Sie dachte nicht länger an sich, nur noch an Calandryll. »Hörst du das?« fragte sie lächelnd. »Wir sind gleich auf der Straße, in Sicherheit.«

Calandryll runzelte die Stirn, legte den Kopf schief und lauschte. Dann nickte er und grinste. »Aye, jetzt höre ich sie auch.«

Dann tauchten Gestalten zwischen den Bäumen auf, Bracht und Katya, Ochen, Chazali und einige Kotu-zen. »Hier!« rief Cennaire, und gleich darauf umringten die anderen sie. Bracht und der *Kiriwashen* nahmen ihr den humpelnden Calandryll ab, sie selbst fand sich zwischen der Kriegerin und dem *Wazir* wieder. Fragen prasselten auf sie ein, aber sie schüttelte nur müde den Kopf und trottete zur Straße zurück.

Dort brannten Scheiterhaufen, denen man die Gefallenen übergeben hatte. Die Überlebenden der Schlacht entfernten sich ein Stückchen von den lodernden Flammen und suchten die Nähe einladenderer kleinerer Feuer, von denen ihnen der Geruch von bratendem Fleisch und Tee entgegenwehte. Ochen fing Cennaires Blick auf und lächelte schwach. Sie erwiderte das Lächeln, ließ sich zu den Lagerfeuern führen und sah zu, wie Calandryll auf eine ausgebreitete Decke gelegt wurde. Ein Sattel diente ihm als Kopfkissen. Ochen kniete sich neben ihn, massierte sein verletztes Knie und murmelte mit leiser Stimme Heilzauber.

»Wir haben euch schon für tot gehalten«, sagte Katya. Ihre grauen Augen blickten fragend.

Bracht, der neben Ochen kniete, sah auf und fragte: »Was ist passiert? Wo seid ihr gewesen?«

»Cennaire hat mich gerettet«, erklärte Calandryll. »Dera, wenn sie nicht gekommen wäre ...« Dann verstummte er und starrte die Kanderin ungläubig an. Das Licht des jungen Morgens und die Nähe seiner Gefährten ließen wieder all die Fragen erwachen, die die Nacht und die Erleichterung darüber, noch immer am Leben zu sein, vorläufig hatten verstummen lassen.

»Laßt uns das alles in Ruhe bei einem Becher Tee besprechen«, schlug Ochen vor. »Ich glaube, es ist an der Zeit, daß gewisse Wahrheiten ans Tageslicht kommen.«

Cennaire blickte sich kurz um und überlegte, daß sie immer noch fliehen, den Ring der Zuschauer durchbrechen und in den Wäldern untertauchen könnte. Sie hatte mit *Uwagi* gekämpft und einen magischen Angriff überlebt – diese einfachen Menschen würden sie kaum aufhalten können. Dann begegnete sie Ochens Blick, entdeckte darin eine stumme Frage und eine gewisse Zuversicht und zuckte die Achseln. Sie verspürte eine Müdigkeit, die sie gleichgültig machte, eine Lethargie, die nur noch einen betäubenden Fatalismus in ihr zurückließ, und so nickte sie und setzte sich.

Calandryll sah ihr direkt in die Augen und sagte: »Wäre Cennaire nicht gekommen, wäre ich jetzt tot. Rhythamun hatte seine Falle zu gut aufgebaut. Ohne Cennaires Hilfe, hätte er mich umgebracht.«

Seine Stimme klang fest, aber sie sah den Zweifel in seinen Augen und fragte sich, ob seine Worte nicht eher einem Loyalitätsgefühl und der Zuneigung entsprungen waren, die er für sie empfand. Es schmeichelte ihr, und sie schenkte ihm ein dankbares, wenn auch schwaches Lächeln. Trotzdem sah sie ihrem Schicksal noch immer teilnahmslos entgegen, und auf eine Weise, die sie selbst nicht völlig verstand, war sie erleichtert, daß es ihr nun aus den Händen genommen werden würde.

»Wie das?« wollte Bracht wissen. »Sie?«

»Aye«, bestätigte Calandryll. »Ich verdanke Cennaire mein Leben.«

»Ochen hat seine Magie ausgeschickt, um dir zu helfen«, sagte Katya, »unterstützt durch die *Wazir-narimasu*. Erzählst du uns, was genau passiert ist?«

Cennaire saß einfach nur da, hatte sich damit abgefunden, daß ihr Geheimnis offenbart werden würde, und zuckte zusammen, als Calandryll nach ihrer Hand griff. Sie erwiderte sein Lächeln, hoffnungslos und entschlossen zugleich. »Aye, erzähl es ihnen«, forderte sie ihn auf und sah zu Ochen hinüber.

»Sie haben mich auf Rhythamuns Befehl hin geholt«, begann Calandryll, »und in den Wald geschleppt ...«

Cennaire hielt den Blick auf Calandryll gerichtet, während er erzählte, und hörte die erstaunten Ausrufe der anderen. Nur Ochen zeigte keine Reaktion.

»Ich konnte Kontakt mit den *Wazir-narimasu* aufnehmen, wie ich es gehofft hatte«, fuhr der Hexer fort, nachdem Calandryll geendet hatte. »Wir haben unsere Kräfte vereint und gebündelt in den Äther geschickt. Rhythamun hatte eine dreifache Falle aufgebaut, die so funktionierte, daß Calandryll entweder durch die *Uwagi* umgebracht worden wäre oder durch sich selbst, wenn er sie getötet hätte – oder aber durch Rhythamun. All das wäre auf der materiellen Ebene geschehen, aber es wäre noch weitaus schlimmer gekommen. Rhythamun hätte Calandryll zusätzlich die

Seele entrissen und sie im ätherischen Reich gefangengehalten. Es war ein teuflisch schlauer Plan, und ohne Cennaires Hilfe wäre er auch gelungen. Sie war es, die Calandryll aus einer Lage gerettet hat, in der die *Wazir-narimasu* und ich versagt hätten. Ohne sie wäre Calandryll jetzt tot, und seine Seele würde sich in der Gewalt des Schwarzmagiers und Tharns befinden. Hätte sie nicht eingegriffen, wäre Eure Mission zum Scheitern verurteilt gewesen. Was jetzt an Hoffnung verbleibt, das verdankt Ihr ihr.«

»Wie konnte sie diese Zerstörungen überleben?« fragte der Kerner und betrachtete die Kanderin verwirrt. »Ihr habt gesagt, Ihr hättet Calandryll mit einem Schutzmantel umgeben, aber sie hat genau dort gestanden, wo Eure Magie zugeschlagen hat.«

»Und wie«, fügte Katya leiser hinzu, »hat sie Calandryll überhaupt gefunden?« In ihrer Stimme klang eine Andeutung von Mißtrauen auf. »Ihr habt uns gesagt, daß eine Verfolgung sinnlos wäre, daß wir nichts anderes tun könnten, als auf Euch und sie zu vertrauen.«

»Aye, das ist richtig«, bestätigte Ochen.

»Und auch, daß die Magie, die die *Uwagi* vernichtet, ebenfalls die Lebenden vernichten würde«, fuhr Bracht fort. »Wie konnte Cennaire dann überleben?«

»Dera, sie hat mich gerettet!« warf Calandryll ein. Ihm behagte die Richtung, in die die Fragen zielten, überhaupt nicht. »Spielt es denn eine Rolle, wie oder warum es geschehen ist? Sie hat mich gerettet, ich verdanke ihr mein Leben! Ohne sie wäre ich jetzt tot oder Schlimmeres!«

Cennaire spürte, wie sich seine Finger fester um ihre Hand schlossen, und sie lächelte ihm voller Dankbarkeit für sein Vertrauen zu. Sie sah Hoffnung und eine stumme Warnung in seinen Augen, aber sie entschied sich dafür, sie zu ignorieren, und schüttelte den Kopf. »Ochen weiß, wie ich überlebt habe«, sagte sie. Dann stieß sie einen Seufzer aus und fragte: »Also, *Wazir*, wollt Ihr es ihnen erzählen, oder soll ich es tun?«

Ochen nahm den Kessel vom Feuer, füllte die Becher mit Tee und reichte sie herum. Die Falten in seinem Gesicht wurden noch tiefer, während er nachdachte. Die anderen warteten verwirrt und ungeduldig, und als jeder einen Becher in der Hand hielt, sagte er: »Zuerst einmal müßt Ihr wissen, daß ich, seit Ihr dieses Land betreten habt, gewußt habe, wer und was jeder einzelne von Euch ist. Aus diesem Grund habe ich mich mit Euch verbündet, um Rhythamun zu besiegen; um zu verhindern, daß Tharn wiedererweckt wird, und um dafür zu sorgen, daß das Arcanum zerstört werden kann. Ich habe in Euren Seelen gesehen, wie Euer Geist beschaffen ist, Eure Hoffnungen und Eure Ziele, die Dinge, die vor jemandem, der die Welt des Ätherischen erkennen kann, nicht verborgen bleiben können ...«

»Rätsel«, unterbrach ihn Bracht knurrend. »Drückt Euch verständlich aus, Ochen.«

Der *Wazir* nickte, zögerte jedoch. Cennaire löste ihre Hand aus Calandrylls Fingern. Sie konnte nicht mehr länger warten, wollte nur noch, daß alles offengelegt wurde, um endlich zu wissen, mit welchen Augen sie – er! – sie betrachten würden, nachdem die Wahrheit bekannt geworden war.

»Ich bin ein magisches Geschöpf«, sagte sie ruhig. »Anomius hat mich zu dem gemacht, was ich bin.«

»*Anomius?*» Plötzlich lag das Krummschwert in Brachts Hand, und die Spitze zielte bereits auf ihr Herz, noch ehe er aufgesprungen war. »Du bist seine Kreatur?«

»Bracht!« Calandryll streckte einen Arm aus, um die Klinge zur Seite zu schieben. »Um Deras willen! Um Ahrds willen! Sie hat mir das Leben gerettet!«

Der Kerner entzog sich Calandrylls Griff, das Schwert noch immer auf Cennaires Brust gerichtet. Katya warf einen schnellen Blick zu Ochen hinüber und gab Bracht ein Zeichen, noch zu warten, aber Cennaire sah, daß auch die Hand der Vanuerin auf den Griff ihres Säbels fiel.

»Er hat mich zu dem gemacht, was ich bin«, wiederholte sie mit einem zynischen Lächeln, die Augen furchtlos auf die Spitze des Krummschwertes gerichtet. »Er hat mich aus den Verliesen Nhur-jabals herausgeholt und mir das Herz aus der Brust geschnitten.«

»Wir haben ihn für tot gehalten«, murmelte Calandryll

leise. Sein Blick wanderte von Cennaire zu Bracht, Katya und Ochen, voller Qual und der Weigerung, ihren Worten zu glauben.

»Er lebt«, sagte Cennaire. »Er lebt, und er möchte das Arcanum für sich haben. Dafür wäre er bereit, Rhythamun umzubringen – euch alle, würde er nicht glauben, daß ihr ihn zu dem Buch führen werdet.«

»Mit dir als Führerin!« Bracht drückte die Klinge gegen ihr Wams. »Ich habe mich immer gefragt, wieso du zu uns gestoßen bist.«

»Sie hat mir das Leben gerettet«, wiederholte Calandryll hilflos.

Die Trauer in seiner Stimme tat Cennaire weh. Sie ließ den Blick auf die Schwertklinge sinken, nicht weil die Waffe eine Gefahr für sie darstellte, sondern weil sie Calandryll nicht länger ins Gesicht sehen konnte.

»Er hat mir das Herz genommen und es in ein Kästchen eingeschlossen, das er mit Zaubersprüchen versiegelt hat«, fuhr sie fort, ohne die Augen von dem Krummschwert zu nehmen. »Ich habe weder gewußt, was er mir antun, noch was er von mir verlangen würde, nur daß er mir unvorstellbare Kräfte geben wollte.«

»Und so hat er dich zu seinem Werkzeug gemacht!«

Die Klinge bohrte sich in das Leder, als Bracht das Schwert vorstieß. Und dann keuchte er auf, denn Ochen griff so beiläufig nach der Klinge, als sei sie nur ein Zweig. Seine von Altersflecken übersäte Hand schloß sich um die rasiermesserscharfe Schneide und schob das Schwert zur Seite. Mandelduft mischte sich in den Geruch des Feuers. Die Sehnen in Brachts Arm traten deutlich hervor, als er gegen die Magie ankämpfte, die seinen Stoß aufhielt.

»Ihr könnt gegen diese Magie nichts ausrichten, Bracht«, stellte Ochen fest. »Weder gegen meine noch gegen die, mit der Anomius Cennaire ausgestattet hat. Steckt Euer Schwert ein und laßt uns wie zivilisierte Leute reden, einverstanden?«

»Zivilisiert?« Bracht stemmte sich noch eine Weile vergeblich gegen den Griff des *Wazirs*, dann gab er den ungleichen

Kampf auf und schob das Schwert in die Scheide zurück. Seine blauen Augen funkelten vor Wut. »Zivilisiert, sagt Ihr? Daß wir diesem ... *Ding* ... dieser Wiedererweckten zuhören sollen? Ich sage, Ihr solltet Eure Magie einsetzen, um sie gleich jetzt zu vernichten. Bevor sie die Befehle ihres Schöpfers ausführen und ihm das Arcanum bringen kann.«

»Und ich sage, daß wir ihr zuhören sollten«, erwiderte Ochen. »Ihr alle.«

Bracht hob die Arme und breitete sie in einer hilflosen Geste aus. »Ahrd, Zauberer! Auf welcher Seite steht Ihr eigentlich?« rief er. »Auf ihrer? Auf Anomius'? Sie hat sich selbst verdammt! Benutzt Eure Magie, um dieser Bedrohung ein Ende zu machen!«

»Wenn ich sie für eine Bedrohung halten würde, glaubt Ihr nicht, daß ich es dann längst schon getan hätte?« fragte Ochen. »Ich wußte von Anfang an, was sie ist.«

»Und Ihr habt ihr Geheimnis bewahrt?« Bracht wirbelte zu Katya und Calandryll herum. »Ich sage, wir sind Verrätern in die Hände gefallen. Dieser Hexer verfolgt seine eigenen Pläne und hat unser Vertrauen verwirkt.«

Calandryll, zwischen Zweifeln und Bestürzung hin- und hergerissen, sagte: »Wollen wir ihn nicht anhören, Bracht? Ich kann mir nicht vorstellen, daß er ein Verräter ist.« Und leiser, mit einem hoffnungslosen Blick in Cennaires Richtung, fügte er hinzu: »Oder sie. Sie hat Deras Schwert in der Hand gehalten, ohne Schaden zu nehmen ...«

Der Kerner sah Katya hilfesuchend an. Sie zuckte die Achseln. Ihre grauen Augen hatten sich umwölkt und blitzten gefährlich.

»Wie Calandryll bereits gesagt hat, sie hat ihr eigenes Leben riskiert, um seins zu retten«, gab Ochen zu bedenken. Seine Stimme klang mittlerweile etwas gereizt, als wäre seine Geduld durch die Feindseligkeit des Kerners allmählich erschöpft.

»Nur damit er am Leben bleibt, um sie zum Arcanum führen zu können!« gab Bracht zurück. »Damit wir drei am Leben bleiben, um das Buch zu finden, damit sie es Anomius bringen kann. Aus welchem Grund denn sonst?«

»Setzt Euch«, forderte Ochen ihn auf, »dann werdet Ihr vielleicht noch andere Gründe hören.«

Der Kerner schüttelte den Kopf, stierte den *Wazir* und Cennaire hitzig an und blickte dann voller Wut weiter zu Calandryll und Katya, als würde die Tatsache, daß sie sich nicht sofort seiner Meinung angeschlossen hatten, auch sie als Verräter brandmarken.

»Also, hört Ihr mir jetzt freiwillig zu?« erkundigte sich Ochen. »Oder muß ich Euch dazu zwingen?«

Bracht starrte den Alten finster an.

»Setz dich, Bracht«, sagte Katya. »Ochen ist unser Freund, denke ich. Du solltest dir anhören, was er zu sagen hat.«

Der Kerner knurrte, nahm aber trotzdem Platz. Die Haltung seiner Schultern verriet seine Anspannung, die Fassungslosigkeit stand ihm deutlich ins Gesicht geschrieben.

»Also, erst einmal ...« – Ochen hob die Becher auf, die die anderen fallengelassen hatten, wischte sie mit penibler Sorgfalt ab und stellte sie ordentlich beiseite – »... glaubt Ihr wirklich, daß ich Euer Feind bin?«

»Ihr habt ihr Geheimnis bewahrt«, fauchte Bracht wütend und sah ihn anklagend an. »Vielleicht wollt Ihr das Arcanum selbst behalten.«

Ochen seufzte.

»Er hat nichts anderes getan, als uns immer wieder seine Hilfe anzubieten«, sagte Katya und wählte ihre Worte sorgfältig. »Hätte er nicht eingegriffen, hätte Rhythamun Calandryll mit Sicherheit für immer in den Äther entführt. Damals und jetzt wieder. Außerdem hätte er uns jederzeit töten lassen können.«

»Wäre es nicht unsere Bestimmung, das Arcanum zu finden«, erwiderte Bracht unwirsch, ohne sich besänftigen zu lassen. »Deshalb braucht er uns. Genau wie Anomius.« Er drehte sich mit steinernem und kaltem Gesicht zu Cennaire um. »Was für Befehle hat er dir gegeben, dein Schöpfer?«

Cennaire zuckte unter seiner eisigen Verachtung zusammen. Sie ließ ihren übernatürlichen Sinnen jetzt freien Lauf – aus welchem Grund hätte sie sie auch länger verbergen sollen? –, und ihr war, als würde die kalte Morgenluft von unzähligen Emotionen knistern. Bracht strahlte Feindseligkeit und eine Wut aus, die an Blutdurst grenzte. Bei Katya spürte sie Mißtrauen und Zweifel, Wachsamkeit, das Verlangen, die Dinge mit Vernunft zu klären, und die Bereitschaft zuzuhören. Calandryll war schockiert und bestürzt, hin- und hergerissen zwischen Wut, Niedergeschlagenheit und Verwirrung. Aus Ochen konnte sie überhaupt nichts herauslesen, außer seiner Entschlossenheit, die Aussprache fortzusetzen.

»Er hat mir befohlen, Euch aufzuspüren«, antwortete sie und starrte dabei in die Flammen. »Zuerst wollte er, daß ich Euch töte, aber dann hat er von dem Arcanum erfahren – was es ist und welche Macht es ermöglicht – und mir befohlen, es ihm zu bringen. Ich soll euch am Leben lassen, bis ihr das Buch gefunden habt.«

»Anomius hat geglaubt, wir würden ein Zauberbrevier suchen«, warf Calandryll mit heiserer Stimme ein. Seine Augen, die starr auf Cennaires Gesicht gerichtet waren, sahen leer aus. »Wie hat er herausgefunden, daß es etwas anderes ist?«

Cennaire zögerte, doch dann zuckte sie die Achseln. Auf dem Pfad, den sie beschritten hatte, gab es keine Umkehr mehr. »Anfangs hat er es nicht gewußt«, erklärte sie. »Ich habe in Vishat'yi von Menelian erfahren, daß ihr nach Aldarin gesegelt seid.«

»Von Menelian?« Bracht nagelte sie mit einem haßerfüllten Blick fest. »Menelian hat uns geholfen. Er hätte uns nicht verraten, es sei denn … Lebt er noch?«

Cennaire schüttelte den Kopf. »Er hat versucht, mich mit seinen magischen Kräften zu töten. Ich habe um mein Leben gekämpft …«

Sie hielt den Blick weiterhin fest auf das Feuer gerichtet, um nicht ihre Gesichter und vor allen Dingen nicht Calandrylls Augen sehen zu müssen, aber sein entsetztes Aufkeuchen entging ihr trotzdem nicht.

»Du hast ihn umgebracht.« Brachts Stimme klang rauh und wie ein Todesurteil. »Du hast ihn auf Befehl deines Gebieters hin ermordet.«

»Ich ...« Wieder schüttelte Cennaire den Kopf, von einem furchtbaren Bedauern erfüllt. »Ich hatte keine Wahl, er hat mir keine andere Möglichkeit gelassen ... Es hieß: mein Leben oder seins.«

»Dein *Leben*?« Bracht stieß ein bitteres Lachen aus.

»Und dann?« fragte Katya.

»Anomius hat mich nach Lysse geschickt, wo ich eure Spur aufgenommen habe. Daß ihr das Arcanum sucht, habe ich von zwei Kernern erfahren, von Gart und Kythan ...«

»Die du zweifellos ebenfalls umgebracht hast«, grollte Bracht.

»Nein. Sie waren ehrenhafte Männer. Ich habe ihnen die Auskünfte mit einer List entlockt und sie am Leben gelassen.«

»Und das sollen wir dir glauben?« fragte der Kerner.

»Warum sollte sie es abstreiten?« wollte Katya wissen. »Sie hat bereits den Mord an Menelian gestanden. Warum also sollte sie bei Gart und Kythan lügen?«

Bracht seufzte und schüttelte den Kopf.

»Wie hast du uns gefunden?« fragte Katya.

»Anomius hat vermutet, daß Ihr in Richtung Borrhun-maj reiten würdet«, antwortete Cennaire tonlos. »Er hat mich zum Kess Imbrun geschickt, zum Daggan Vhe, um dort auf euch zu warten. Auf meinem Weg habe ich Knochen entdeckt – menschliche Knochen – und die Spuren von Reitern. Ich habe die Schlucht erreicht und dort gesehen, wie Rhythamun ...« Die Erinnerung ließ sie erschaudern. »Den Rest kennt ihr. Es war so, wie ich euch bereits erzählt habe.«

»Abgesehen davon, daß keine Tensai deine Karawane überfallen haben«, sagte Bracht, »weil es nie eine Karawane gegeben hat. Du warst allein da, um den Auftrag deines Schöpfers auszuführen. Sollen wir dir also glauben, daß du wirklich Rhythamun gesehen hast?«

»Das habe ich!« rief sie. »Aye, es hat keine Karawane gegeben, aber der Rest ... Ich habe gesehen, wie er Menschenfleisch gegessen hat und in den Jesseryter gefahren ist. Das ist die Wahrheit, das schwöre ich.«

»Zweifellos bei sämtlichen Göttern«, knurrte Bracht und

wandte sich Katya zu. »Glaubst du ihr diese verworrene Geschichte?«

Die Vanuerin musterte Cennaire lange abschätzend. »Ich glaube ihr, daß sie gesehen hat, wie Rhythamun den Körper des Jesseryters übernommen hat«, erklärte sie schließlich. »Ich glaube ihr, daß sie Menelian umgebracht, aber Gart und Kythan verschont hat. Darüber hinaus ...« Sie breitete die Hände in einer Geste der Ratlosigkeit aus. »Ich habe keine Ahnung, ob sie mit Anomius zusammenarbeitet, um das Arcanum an sich zu bringen. Ich weiß nur, *daß* sie Calandryll gegen die *Uwagi* beigestanden hat.«

»Damit er unsere Mission fortsetzen kann!« rief Bracht. »Nur weil sie ihrem Herrn und Meister gehorcht hat! Aus welchem Grund denn sonst?«

»Ich weiß es nicht«, erwiderte Katya. »Vielleicht kann Ochen das besser beantworten. Oder Cennaire selbst.«

»Falls wir ihm überhaupt noch trauen können«, grollte Bracht. »Ihr glaube ich jedenfalls kein Wort.«

Der *Wazir* nickte feierlich, und seine schmalen Augen wanderten von einem zum anderen. »Ihr habt Grund genug zu zweifeln«, gab er zu, »und angesichts dessen, was Ihr erfahren habt, kann ich Euch nur um Nachsicht bitten. Ich habe es nicht auf das Arcanum abgesehen – kein Mensch, der bei klarem Verstand ist, würde es haben wollen, außer um es zu zerstören –, und alles, was ich mir wünsche, ist, daß Ihr Erfolg habt. Wie also soll ich Euch überzeugen?«

»Ihr könntet damit anfangen, indem Ihr uns erklärt, warum Ihr Euer Wissen über diese Kreatur geheimgehalten habt«, sagte Bracht.

»Weil ich eine Wandlung in ihr gespürt habe«, entgegnete Ochen, »eine Veränderung des Musters, das unser aller Geschicke bestimmt. Ihre Loyalität hatte sich durch den Kontakt mit Euch verlagert, und ich habe geglaubt – und glaube es immer noch –, daß ihr eine Rolle in diesem Spiel zugewiesen worden ist.«

»Ahrd!« grollte Bracht. »Wir bekommen ein paar weitere Hexerrätsel zu hören.«

»Glaubt Ihr?« fragte Ochen. »Hört zu, Krieger, habt Ihr

mir nicht selbst von Eurer ersten Begegnung mit Katya erzählt? Daß Ihr sie für eine Feindin gehalten habt? Haben sich Eure Gefühle ihr gegenüber nicht später verändert?«

»Die Wahrsagerin in Kharasul hat Katyas Redlichkeit bestätigt«, sagte Bracht. »Und in Gessyth hat Katya selbst den Beweis dafür angetreten.«

»Aber war da nicht noch etwas anderes?« hakte Ochen nach, die glühenden Augen forschend auf das Gesicht des Kerners gerichtet. »Irgend etwas in Euch, jenseits aller Zweifel?«

»Was meint Ihr damit?« erkundigte sich Bracht.

»Daß Ihr sie geliebt habt«, erklärte Ochen. »Daß Ihr vom ersten Augenblick an tief in Eurem Herzen gewußt habt, daß sie nicht gelogen hat.«

Bracht senkte die Lider, zuckte die Achseln und zögerte einen Moment lang. »Aye, ich liebe sie«, gab er zu. »Aber was hat das mit dieser Kreatur zu tun? Katya ist eine Frau aus Fleisch und Blut, keine ...« Er machte eine abfällige Geste.

»Glaubt Ihr, es ist kein Fleisch, das ihre Knochen bedeckt?« Der *Wazir* deutete auf Cennaire. »In ihren Adern fließt Blut, und es ist genauso rot wie Katyas Blut.«

Der Kerner runzelte die Stirn. »Sie selbst hat sich als Wiedererweckte bezeichnet. Wollt Ihr mir sagen, daß sie gelogen hat?«

»Nein, nur daß sie zwar zu etwas anderem als einem Menschen gemacht worden ist, aber noch immer menschliche Gefühle empfinden kann.« Ochen hob eine Hand, um den Wutausbruch, der sich auf Brachts Gesicht abzeichnete, noch im Keim zu ersticken. »Und daß Calandryll auf seine Art ebenfalls mehr als nur ein gewöhnlicher Mann ist. Ihr wißt, daß irgendeine Kraft in ihm ist, und Ihr akzeptiert es. Könnt Ihr vielleicht auch akzeptieren, daß ihn diese Kraft in die Lage versetzt, tiefer auf den Grund der Dinge zu blicken, als es gewöhnlichen Menschen möglich ist? Daß er mit Hilfe dieser Kraft die Wahrheit in Cennaire entdecken kann?«

»Er hat nicht das gesehen, was sie *ist*«, widersprach Bracht, »sondern das, was sie zu sein scheint.«

»Mag sein.« Ochen drehte sich zu Cennaire um und fragte sie unverblümt: »Liebt Ihr Calandryll?«

Wie der Kerner vor ihr zögerte auch Cennaire, von der Frage verunsichert und aus dem Gleichgewicht gebracht. Liebe war kein Gefühl, mit dem sie vertraut war. Was bedeutete es? Daß sie bereit war, ihre Existenz aufs Spiel zu setzen, um Calandrylls Leben zu retten? Daß sie sich nach seiner Zuneigung sehnte und kaum die Schmerzen ertragen konnte, die er ausstrahlte? Daß sie sich von Anomius lösen würde – gelöst hatte! –, ohne sich Gedanken über ihr eigenes Schicksal zu machen, aus Furcht, Calandryll könnte sterben? Daß sie nicht genau verstehen konnte, was sie für ihn empfand, nur daß sein Lächeln und seine Berührungen sie auf eine Art erregten, die sie niemals zuvor gekannt hatte? Wenn das Liebe war, dann lautete die Antwort ja. Sie nickte stumm, den Blick nach wie vor in das Feuer gerichtet.

»Die *Uwagi* hätten sie durchaus vernichten können«, fuhr Ochen fort. »Sie besitzt zwar große Kräfte, aber trotzdem hätten diese Kreaturen sie in Stücke reißen können. Horul, Ihr habt gesehen, wozu sie imstande sind! Und trotzdem hat sie sich entschieden, ihnen entgegenzutreten. Calandryll zuliebe.«

»Oder wegen Anomius«, sagte Bracht störrisch.

»Glaubt Ihr, sie hätte keine Gefühle?« fragte Ochen. »Glaubt Ihr, sie würde den Tod nicht fürchten?«

»Wie sollte sie?« wollte der Kerner wissen. »Schließlich hat sie kein Leben in sich.«

»Und macht es das einfacher?« konterte der *Wazir*. »Aye, sie wäre vielleicht nicht gestorben, aber trotzdem zerfetzt worden. Könnt Ihr Euch das überhaupt vorstellen, zerrissen zu werden und trotzdem weiterzuleben? Anomius bewahrt ihr schlagendes Herz in seinem magischen Gefängnis auf, also wäre sie nicht gestorben, nur in Stücke gerissen worden, um qualvoll weiterzuleben.«

»Was wollt Ihr damit sagen?« fragte Katya.

»Daß sie bereit war, ein Schicksal zu erleiden, das vermutlich schlimmer als der Tod ist«, sagte Ochen. »Calandryll zuliebe.«

Katya nickte nachdenklich, Bracht legte die Stirn in Falten. Calandryll saß verwirrt da. Ihre Worte und Argumente dröhnten ihm in den Ohren, brachten seine rasenden Gedanken, die sich unkontrolliert wie in einem Traum überschlugen, noch mehr durcheinander. Cennaire eine Wiedererweckte? Anomius' Werkzeug, darauf angesetzt, ihnen das Arcanum abzujagen? Aber er hatte sie in den Armen gehalten und geküßt, und ihre Lippen hatten sich völlig menschlich angefühlt. Und doch hatten dieselben Lippen wenig später eine grauenvolle Wahrheit gestanden, und daran konnte er ebensowenig zweifeln wie an der furchtbaren Erkenntnis, daß er sie liebte. Es brach mit schrecklicher Gewalt über ihn herein, denn trotz allem, was er gehört hatte, konnte er die Tatsache, daß er sie liebte, weder verdrängen noch verleugnen. Ohne es zu wissen, stöhnte er, den Kopf gesenkt, hoffnungslos in seiner Verwirrung verloren.

Ochens Stimme drang unangenehm durch den quälenden Tumult seiner Gedanken. »Calandryll, hat sie Euch nicht gerettet?«

»Aye«, bestätigte er wie betäubt. »Sie hat mich davon abgehalten, auf Rhythamun einzuschlagen, als er in der Gestalt des *Uwagi* vor mir gestanden hat. Sie hat mich aus der Gefahrenzone herausgebracht und gegen die Bestien gekämpft, um mich zu retten.«

Weil sie eine Wiedererweckte ist, weil sie diese Kraft besitzt. Die Kraft der Untoten.

»Und hat sie Euch nicht hinterher in Sicherheit gebracht?«

»Aye, das hat sie.«

Weil sie das überlebt hat, was kein lebendiges Geschöpf hätte überleben können. Weil Magie nur auf die Lebenden und nicht auf die Toten einwirken kann.

»Aber sie hätte fliehen können, nicht wahr? Sie hätte im Wald untertauchen und uns heimlich nach Pamur-teng und nach Anwar-teng folgen können, ohne uns zu verraten, wer und was sie ist. Aber das hat sie nicht getan. Sie hat sich dafür entschieden, Euch hierher zurückzubringen.«

»Aye.«

Weil sie den Befehlen ihres Schöpfers gehorcht hat? Weil sie Anomius' Werkzeug ist? Wie kann ich sie dann noch lieben?

»Und liebt Ihr sie?«

Diesmal zögerte Calandryll. Er wollte es abstreiten, wünschte sich, er könnte es, aber er konnte es nicht. »Aye«, sagte er schließlich leise und tonlos.

Nach einer Weile hob er hilflos und hoffnungslos den Kopf und fragte sich, was aus ihm geworden war, daß er bekannte, eine tote – eine untote – Frau zu lieben, ein Wesen, das durch Magie geschaffen worden war, und zwar durch die Magie eines Hexers, der ihr geschworener Feind war. Er sah Brachts ungläubige Miene. Katyas Gesicht war rätselhaft und beunruhigt, Ochen dagegen wirkte gelassen und befriedigt, zumindest hatte Calandryll diesen Eindruck. Vor allen Dingen aber sah er den Hoffungsschimmer in Cennaires Augen. Er nickte und sagte noch einmal: »Aye.«

»Das ist Wahnsinn!« krächzte Bracht. »Du bist verhext worden!«

»Vielleicht sieht er das Herz der Dinge«, gab Ochen zurück.

»Das Herz?« Bracht ließ die Faust wütend durch die Luft fahren. »Anomius hat ihr Herz!«

»Nein!« Der hoffnungslose Ausdruck in Calandrylls Augen gab Cennaire neue Kraft, und die unverhüllte Feindseligkeit, die sie in Brachts Augen sah, bestärkte sie irgendwie. Wenn sie die Wahrheit wissen wollten, dann sollten sie auch alles erfahren.

»Mein Herz befindet sich in dem Kästchen, das Anomius dafür angefertigt hat, und das liegt in Nhur-jabal. Anomius selbst ist mit den Hexern des Tyrannen unterwegs auf einem Kriegszug gegen Sathoman ek'Hennem. Er ist durch ihre Zauber an sie und die Dienste des Tyrannen gekettet und kann sich nicht von ihnen entfernen.«

»Warum dienst du ihm dann?« Es gelang Katya, ihre Stimme ruhig und beherrscht klingen zu lassen, aber Cennaire spürte trotzdem die Gefühle, die die Vanuerin zu verbergen versuchte: Anspannung, Abscheu und Mißtrauen.

»Vielleicht tue ich das gar nicht mehr«, sagte sie seufzend. »Nachdem mein Geheimnis keins mehr ist, bin ich ihm kaum noch von Nutzen. Ich denke, daß er mich auslöschen wird, wenn er erfährt, daß ihr wißt, was ich bin.«

»Nein«, stöhnte Calandryll. Er ließ den Kopf hängen und schaukelte hin und her.

Katya nickte. »Aber bis jetzt, bis wir die Wahrheit erfahren haben, hast du ihm gehorcht«, stellte sie fest. »Obwohl dein Herz, wie du selbst gesagt hast, sicher in Nhur-jabal liegt. Also frage ich dich noch einmal: Warum?«

Cennaire hob den Kopf und blickte in Katyas graue Augen. Sie entdeckte Anklage und Drohung darin, aber auch Vernunft und die Bereitschaft, sich die ganze Geschichte anzuhören, bevor sie ihr endgültiges Urteil fällte.

»Mein Leben hängt von seiner Magie ab«, antwortete sie. »Er muß nur Hand an das Kästchen legen, um mich zu töten. Und er prahlt damit, daß er sich schon bald von den Zaubern befreit haben wird, die ihn jetzt noch fesseln. Wenn das stimmt, kann er jederzeit nach Nhur-jabal zurückkehren, spätestens aber nach Beendigung des Krieges.«

»Er prahlt?« unterbrach Bracht barsch. »Du stehst mit ihm in Verbindung?«

»Er hat mir einen verzauberten Spiegel mitgegeben«, erklärte Cennaire. »Durch ihn kann ich mit Anomius sprechen.«

»Ahrd!« Der Kerner sprang sofort auf, ging zu den Pferden und kramte in Cennaires Satteltaschen herum, bis er den in ein Tuch gewickelten Spiegel gefunden hatte. Er hielt ihn wie eine giftige Schlange in der Hand, als er damit zum Feuer zurückkehrte. »Das da?«

»Aye.« Cennaire neigte den Kopf. Sie spürte den Abscheu, den er ausstrahlte, Abscheu vermischt mit etwas Angst. »Aber du brauchst dir keine Sorgen zu machen. Solange ich nicht die Zauberformel ausspreche, die mir Anomius beigebracht hat, bleibt es nur ein ganz gewöhnlicher Spiegel. Er kann dir nicht gefährlich werden, und Anomius kann uns weder sehen noch hören.«

»Es ist so, wie sie sagt«, bestätigte Ochen leise. »Es bleibt ein ganz normaler Spiegel, bis er durch Magie zum Leben erweckt wird.«

Bracht legte den Spiegel auf den Boden. Sein Gesicht war nachdenklich geworden. Sein Blick wanderte zu Ochen und weiter zu Cennaire. »Und wenn ich ihn zerbreche? Was dann?«

»Dann wird Anomius wahrscheinlich wissen, daß wir ihm auf die Schliche gekommen sind«, sagte Ochen.

»Und er hat keine Möglichkeit mehr, herauszufinden, was wir tun und wohin wir gehen«, stellte Bracht fest. Seine Lippen verzogen sich zu einem raubtierhaften Grinsen, als er seinen Dolch zog und ihn umgekehrt in die Hand nahm, bereit, mit dem Knauf zuzuschlagen.

»Wartet!« Ochen hob eine Hand, um den Schlag aufzuhalten. Seine lackierten Fingernägel glitzerten golden im Widerschein des Feuers, seine Augen glühten und bohrten sich in die des Kerners.

Bracht zögerte und runzelte die Stirn. »Wieso? Ihr behauptet, unser Verbündeter zu sein, und trotzdem wollt Ihr Cennaire die Möglichkeit lassen, sich mit ihrem Gebieter in Verbindung zu setzen?«

»Denkt nach«, beschwor ihn Ochen. »Wenn Anomius glaubt, daß seine Gesandte entdeckt worden ist, hat er keine Verwendung mehr für sie. Was dann?« Er drehte sich zu Cennaire um und sah sie fragend an.

Sie zuckte die Achseln. »Ich nehme an, er würde mich für mein Versagen töten«, sagte sie. »Er ist ein unbarmherziger Gebieter.«

Bracht lachte leise und bösartig und hob erneut den Dolch.

»Nein!« schrie Calandryll verzweifelt.

»Nein?« Bracht starrte ihn erstaunt an. »Du sagst nein? Du willst Anomius seine Augen lassen?«

»Wenn du zuschlägst, wird er Cennaire wahrscheinlich umbringen.« Calandryll schloß die Augen und warf den Kopf zurück. *O Dera, was für einen Pfad habe ich beschritten? Das ist doch völliger Wahnsinn!*

»Aye«, sagte Bracht. »Na und?«

Calandryll öffnete die Augen wieder und sah den Kerner an. Eine Leere schien sich in ihm aufzutun, ein dunkler Abgrund voller Qualen, Verwirrung und Chaos, aus dem nur eine Gewißheit klar und deutlich aufstieg. Er sprach sie aus: »Ich liebe sie.«

»Wie kannst du behaupten, sie zu lieben?« fragte Bracht mit vor Entsetzen und Fassungslosigkeit leiser Stimme.

»Sie hat mir das Leben gerettet«, flüsterte Calandryll.

»Um ihre eigenen Interessen zu wahren!« brüllte Bracht so laut, daß die Pferde im Hintergrund erschreckt wieherten und stampften.

»Ich …« Calandryll schüttelte den Kopf und rieb sich mit schweißnassen Händen über das eiskalte Gesicht. »Das glaube ich nicht. Sie hätte dabei umkommen können. Sie hätte fliehen und mich allein zurücklassen können … aber das hat sie nicht getan. Sie hat ihr Leben für mich riskiert!«

Calandryll verstummte, war sich Brachts und Katyas Blicke bewußt, der eine ungläubig, der andere mitleidig. Er brachte es kaum fertig, Cennaire anzusehen.

»Es gibt noch andere Gründe«, beendete Ochen das lastende Schweigen in versöhnlichem Tonfall. »Auch wenn wir Calandrylls Gefühle einmal beiseite lassen, erscheint es mir immer noch vernünftig, den Spiegel nicht zu zerbrechen. Wenn Ihr ihn zerschmettert, wird Anomius wahrscheinlich einen anderen Spion ausschicken, dessen Gesicht wir nicht kennen.«

»Erst einmal müßte er uns finden«, entgegnete Bracht, den Dolch noch immer schlagbereit erhoben.

»Aye, und wir haben einen großen Vorsprung«, stimmte ihm Ochen ruhig zu, »aber die Magie hat Möglichkeiten, die Meilen zusammenschrumpfen zu lassen. Es ist durchaus denkbar, daß wir von irgendeiner Kreatur verfolgt werden würden, die wir nicht erkennen könnten. Es gibt ein Sprichwort bei uns: Ein Dämon, den man kennt, ist besser als ein Fremder. Wenn wir dagegen zulassen, daß Cennaire den Spiegel behält und sich mit Anomius in Verbindung setzt …«

»Wahnsinn!« zischte Bracht.

» ... dann könnten wir ihn täuschen«, fuhr Ochen fort. »Wir könnten ihn in die Irre führen.«

»Mit seiner Kreatur im Schlepptau?« knurrte der Kerner. »Die ihn über jeden unserer Schritte informieren kann?«

»Das wohl kaum.« Der *Wazir* schüttelte den Kopf, und seine Stimme klang wieder ein wenig gereizt, als strapazierte die aggressive Sturheit des Kerners von neuem seine Geduld. »Glaubt Ihr, sie könnte den Spiegel benutzen, ohne daß wir es merken? Ich würde es spüren, selbst wenn Ihr es nicht sehen könntet. Nein, sie würde Anomius nur solche Botschaften übermitteln, die wir uns ausgedacht haben.«

»Es wäre besser, wir würden den Spiegel sofort zerschmettern und die elende Existenz dieses Dings beenden«, meinte Bracht.

Ochen zuckte die Achseln, als würde er den Vorschlag des Kerners in Erwägung ziehen. Er wandte sich Katya zu. »Zwei Meinungen sind unmißverständlich zur Sprache gekommen. Bracht möchte, daß Cennaire getötet wird, Calandryll möchte, daß sie lebt. Was meint Ihr dazu?«

Die Vanuerin erwiderte seinen Blick lange Zeit schweigend, als forschte sie in seinen schmalen Augen und seinem faltigen Gesicht nach Antworten. Schließlich sagte sie langsam: »Ich glaube, daß Ihr unser Freund seid, alter Mann, und doch sagt Ihr uns, daß Ihr Cennaire von Anfang an als Wiedererweckte erkannt habt. Deshalb vermute ich, daß es noch einen anderen Grund für Euer Verhalten gibt. Nennt ihn mir, und dann werde ich Euch meine Antwort geben.«

»Frauen waren schon immer einfühlsamer als Männer«, murmelte Ochen mit einem anerkennenden Lächeln. »Aye, ich will Euch den Grund erklären. Ich habe sie durchschaut, als ich Euch damals in der Festung am Ende des Daggan Vhe in die Seelen geblickt habe. Ich habe Euer Vorhaben erkannt, das in Euch dreien wie ein helles Feuer in einer dunklen Nacht gebrannt hat. Bei Cennaire war die Flamme getrübt, in Aufruhr versetzt durch die Beschränkungen, die Anomius ihr auferlegt hat, und durch den Teil ihrer Seele, der nur ihr allein gehört. Ich habe ein verlorenes Geschöpf gesehen, das schon zu diesem Zeitpunkt durch Eure Gesellschaft beeinflußt worden war. Es war, als hätten die Feuer, die in jedem von Euch brennen, die Dunkelheit in ihrem Inneren vertrieben und sie gereinigt. Außerdem habe ich gespürt, daß auch ihr eine Rolle in dem Plan zugewiesen ist, der unser aller Handeln bestimmt. Welche, das weiß ich nicht, nur daß sie ein Teil Eurer Mission geworden ist. Und ich glaube, daß diese Mission ohne Cennaire zum Scheitern verurteilt ist.«

Katya nickte.

»Drei und drei und drei, Zauberer«, sagte Bracht. »Zweimal schon haben uns Wahrsagerinnen die Zahl drei prophezeit. Wieso das, wenn wir jetzt vier geworden sind?«

»Die Kräfte der Wahrsagerinnen, der *Gijan*, unterscheiden sich von den meinen«, erwiderte Ochen. »Sie besitzen eine andere Gabe. Ich kann nur Vermutungen anstellen, aber ich glaube, daß die Hellseherinnen, die Ihr in Lysse und in Kandahar aufgesucht habt, sich auf die damalige Situation bezogen haben. Zu diesem Zeitpunkt hat Cennaire noch keine Rolle gespielt, weil sie damals noch nicht in ihrer jetztigen Form existiert hat.«

»Ihr webt ein Gespinst aus Worten und verschwommenen Gedanken«, hielt ihm der Kerner gereizt vor.

»Die Zukunft *ist* ein Rätsel«, erwiderte Ochen. »Hat die Wahrsagerin in Secca Calandryll denn vor Anomius gewarnt? Hat Euch die Wahrsagerin in Kharasul von Jehenne ni Larrhyn erzählt? Habt Ihr es denn für nötig befunden ...« – dabei klang die Andeutung eines Vorwurfs oder von Mißbilligung in seiner Stimme auf – » ... Eure Kameraden über das Interesse zu informieren, das diese Frau an Euch hatte?«

Bracht hatte den Anstand, beschämt dreinzublicken, und Ochen fuhr fort: »Cennaire war damals noch nicht das, was sie jetzt ist. Die Zukunft ist eine weitverzweigte Straße, jede Abbiegung führt in eine andere Richtung, und die Möglichkeiten sind so vielfältig, daß sie nicht einfach überblickt werden können. Und so entzieht sich die Zukunft einer genauen Deutung. Außerdem hatten Tharns Träume die okkulten Sphären schon verschleiert, als Ihr mit den Wahrsagerinnen gesprochen habt, und dadurch vermutlich ihre Sicht getrübt. Ich glaube, daß sie Cennaires Rolle damals noch nicht sehen konnten.«

»Ihr behauptet also, Cennaire hätte eine Aufgabe in unserer Mission zu erfüllen?« vergewisserte sich Katya ernst.

»Habe ich das nicht bereits gesagt?« Ochen nickte. »Ich glaube es, aber da wir jetzt offen miteinander sprechen, muß ich Euch sagen, daß ich es nicht mit Sicherheit wissen kann.«

»Wie könnt Ihr Euch ... wie können wir uns Sicherheit verschaffen?«

»Cennaire ist jetzt eine Wiedererweckte«, antwortete der *Wazir*, »und sie wird so lange in diesem Zustand bleiben, wie ihr Herz verzaubert in Nhur-jabal liegt. Deshalb könntet Ihr eine neue Wahrsagung einholen. Ich schlage vor, wir reiten weiter nach Pamur-teng und suchen dort eine *Gijan* auf.«

»Falls Ihr die Prophezeiung nicht beeinflußt«, sagte Bracht skeptisch.

»Das könnte nicht einmal ein *Wazir-narimasu*.« Ochen schüttelte lachend den Kopf. »Oh, Krieger, ich würde es Euch erklären, wenn ich die Zeit dazu hätte. Ich frage mich allerdings, ob Ihr es überhaupt verstehen könntet.«

»Und deshalb muß ich Euch also vertrauen?«

»Welche andere Wahl bleibt Euch denn?« fragte Ochen, jetzt wieder in scharfem Tonfall. »Glaubt Ihr wirklich, ich würde mich mit Wahnsinnigen zusammentun, die das Arcanum in ihren Besitz bringen und den Verrückten Gott wiederauferstehen lassen wollen?«

»Ich glaube das nicht«, sagte Katya und wandte sich an den Kerner. »Steck deinen Dolch wieder ein, Bracht. Was Ochen gesagt hat, klingt vernünftig.«

Bracht erwiderte ihren Blick eine Zeitlang und schob den Dolch schließlich in die Scheide zurück. »Und das?« Er deutete auf den eingewickelten Spiegel. »Was machen wir damit?«

Cennaire spürte neue Hoffnung in sich aufkeimen. »Warum behältst du ihn nicht?« fragte sie.

Bracht schüttelte den Kopf. »Nicht ich. Ich möchte nichts mit Anomius' Dingen zu tun haben.«

»Gib ihn mir«, schlug Katya vor und fügte lächelnd hinzu: »Es sei denn, du traust mir nicht mehr.«

»Nimm ihn.« Bracht warf ihr das kleine Bündel zu. »Dir vertraue ich. Aber ...« Sein Blick schloß Cennaire und Ochen ein.

Katya verstaute den Spiegel unter ihrem Kettenhemd und wandte sich der Wiedererweckten zu. »Solltest du dich als unsere Feindin erweisen, werde ich den Spiegel zerbrechen und dich töten, wenn es in meiner Macht steht.«

Cennaire neigte zum Zeichen des Einverständnisses den Kopf. Ihr war, als würde ein Gewicht von ihr genommen werden, auch wenn sich Calandryll noch immer weigerte, ihr in die Augen zu sehen, und als sie antwortete, galten ihre Worte in erster Linie ihm.

»Ich werde euch nicht betrügen«, versprach sie. »Ich habe von euch gelernt, und ich werde euch helfen, soweit es in meiner Macht steht, selbst wenn Anomius mich dafür tötet. Ich möchte mein Herz zurückbekommen, wenn das möglich ist. Ihr braucht mir nicht zu vertrauen, aber ich versichere euch, daß ich euch nicht betrügen werde. Darauf habt ihr mein Wort.«

»Dein Wort?«

Brachts Stimme war wie ein schmerzhafter Stich, der ihre aufkeimende Hoffnung dämpfte. Sie sah zu Calandryll hinüber und wünschte sich, er würde ihr irgendwie zu Hilfe kommen, aber er war völlig in seine düsteren Gedanken versunken, starrte nur blicklos auf den Boden zwischen seinen Füßen, und der Stich, den ihr sein Anblick versetzte, ging noch viel tiefer als Brachts Worte.

KAPITEL 11

Ochen ließ sie allein, um Chazalis Bitte Folge zu leisten, die Rituale für die Toten abzuhalten. Das gab den Gefährten die Gelegenheit, sich ungestört zu unterhalten, was Calandryll überhaupt nicht recht war, denn was er erfahren hatte, hatte seinen Verstand und seine Seele betäubt. Er hätte es vorgezogen, allein zu sein oder mit dem Hexer zu reden, um die verwirrenden und verstörenden Gedanken zum Verstummen zu bringen, die sein Innerstes aufwühlten. Daß er Cennaire liebte, konnte er nicht verleugnen, dieses Wissen brannte heiß in dem Chaos aller anderen Gedanken, die auf ihn einstürmten. Welche Auswirkungen es auf ihn hatte, wagte er sich gar nicht vorzustellen, auch nicht, wozu diese Liebe ihn machte. Zu einem Ungeheuer? Zu einem Nekrophilen? Ochen hatte gesagt, daß Cennaire aus Fleisch und Blut wäre und zu menschlichen Empfindungen fähig sei, und doch war es Anomius' Magie, die dieses Blut durch ihre Adern strömen ließ, und ihrem Fleisch wohnte eine furchtbare Kraft inne. Ihre Lippen waren weich gewesen, als er sie geküßt hatte, aber war diese Weichheit nicht nur das Ergebnis von Hexerei? Sie hatte ihnen ihre Hilfe versprochen, selbst auf die Gefahr hin, sich den Zorn ihres Schöpfers zuzuziehen, ihr Leben zu riskieren, aber konnte man diesem Versprechen trauen? Bracht hatte ihm vorgeworfen, er sei verhext – konnte das nicht die Wahrheit sein? Hatte die Frau ihn nur getäuscht? War sein Herz, wie das ihre, ein Opfer von Magie geworden?

Calandryll fühlte, wie sich Mutlosigkeit trist und grau über ihn herabsenkte wie der magische Bann, den Rythamun in der Festung zurückgelassen hatte. Es war eine Mutlosigkeit, die ihm die Kraft und den Antrieb raubte. Erinnerungen an Schriften, die er in der Palastbibliothek von Secca gefunden hatte, kamen ihm in den Sinn, an Abhandlungen über Vampire und ihre götterlose Verführungskraft, die sie auf die Lebenden ausübten.

Wurde er auf diese Art verführt? War da eine Schwäche und Dunkelheit in ihm, die ihn zu Cennaire hinzog? Widerstrebend sah er zu ihr hinüber – und erblickte lediglich eine schöne Frau, große braune Augen, die seinen Blick ernst erwiderten, vielleicht sogar furchtsam. Aber wovor fürchtete sie sich? Bestimmt nicht vor seinem Schwert, denn das hatte sie bereits berührt, und die ihm innewohnende Macht hatte ihr keinen Schaden zugefügt. Also vielleicht vor Ochens Magie? Fürchtete sie, Calandryll könnte den *Wazir* auffordern, sie mit seinen Zauberkräften zu töten? Aber er hatte sich dagegen ausgesprochen und sie verteidigt. Und trotzdem wirkte sie eingeschüchtert und verängstigt, dachte er, und in diesem Augenblick schien sie ihm einfach nur eine schutzbedürftige Frau zu sein. Er wünschte, er könnte ihr zulächeln und sie beruhigen.

Aber es gelang ihm nicht. Er wandte hilflos den Blick ab und zuckte zusammen, als Bracht fragte: »Können wir reden? Allein?«

Ohne darüber nachzudenken, deutete Calandryll in Richtung der Kotu-zen, die sich um die Scheiterhaufen versammelt hatten und die Antworten auf Ochens Gebete sangen. »Wir sind allein«, sagte er.

»So?«

Brachts blaue Augen ruhten kalt auf Cennaire. Sie neigte den Kopf, erhob sich und sagte ruhig: »Ich möchte euch nicht belästigen.« Sie strich ihre verschmutzte Lederkleidung glatt und entfernte sich mit hängendem Kopf. Bracht sah ihr hinterher, dann erhob er sich ebenfalls und winkte Calandryll und Katya zu, ihm zu den Pferden zu folgen, die ein wenig abseits standen und Gras rupften. Der Hengst begrüßte seinen Herrn mit einem leisen Wiehern und warf den Kopf zurück. Bracht tätschelte den glänzenden schwarzen Hals des Tieres.

»Glaubt ihr, sie kann uns hören?« fragte er mit einem kurzen Blick in Cennaires Richtung.

»Sie kann in der Dunkelheit wie am Tag sehen«, stellte Katya fest. »Wahrscheinlich ist ihr Gehör genauso gut.«

»Was spielt das schon für eine Rolle?« fragte Calandryll

dumpf. »Katya hat den Spiegel, und Ochen ist in der Nähe. Was schadet es also, wenn sie uns verstehen kann?«

»Dann würde sie jeden unserer nächsten Schritte kennen«, erwiderte der Kerner. »Außerdem bin ich noch nicht überzeugt, daß wir dem Hexer vertrauen können.«

»Dera!« Calandryll seufzte müde. »Wie er schon gesagt hat, welche andere Wahl bleibt uns denn?«

»Genau darüber möchte ich mit euch reden«, sagte Bracht. »Mir gefällt diese Situation ganz und gar nicht.«

Mir auch nicht, dachte Calandryll. *Es wäre mir sehr viel lieber, wenn Cennaire nur eine normale Frau und kein Geschöpf der Magie wäre. Dera, ich frage mich, ob es besser wäre, wir wären ihr nie begegnet oder ich würde sie nicht lieben. Aber ich liebe sie nun einmal, und ich glaube, daran kann ich nichts mehr ändern.* Laut fragte er: »Was willst du dagegen unternehmen?«

»Wir könnten uns absetzen«, antwortete Bracht.

»Und uns in diesem fremden Land verirren?« Katya schüttelte den Kopf. »Ochen besitzt noch immer mein Vertrauen, ich glaube nicht, daß er gelogen hat, als er uns von dem Krieg erzählt hat, der in diesem Land wütet. Wie sollten wir Anwar-teng betreten können, außer in seiner Begleitung?«

»Und dann sind da noch die *Gijan*», fügte Calandryll hinzu. »Wenn wir in Pamur-teng eine aufsuchen, werden sich unsere Zweifel vielleicht von selbst auflösen.«

»Falls wir ihr überhaupt trauen können«, konterte Bracht. »Cennaire ist Anomius' Geschöpf, und Anomius ist eindeutig unser Feind. Ochen hat das gewußt und es uns trotzdem verschwiegen.«

Calandryll nickte und kämpfte gegen die Verzagtheit an, die ihn erfaßt hatte. »Wie hätten wir denn reagiert«, wollte er wissen, »wenn Ochen es uns verraten hätte?«

Brachts Gesicht verfinsterte sich, und seine Hand schloß sich um den Schwertgriff.

»Wir hätten sie auf jeden Fall zurückgelassen«, sagte Katya, »oder versucht, sie zu töten.«

»Es wäre besser gewesen, wenn wir es getan hätten«, knurrte der Kerner.

»Ochen glaubt, daß sie eine Rolle in dieser Mission

spielt.« Calandryll hob die Schultern und ließ sie wieder fallen. »Und welche Gründe sie auch immer gehabt haben mag, sie hat mich gerettet.«

»Ahrd!« Bracht nahm die Hand vom Griff seines Schwertes und ballte sie wütend zur Faust. Hinter seinem Rücken schnaubte der Hengst. »Wir haben das bereits durchgesprochen. Sie hat nur ihrem Gebieter gehorcht, das war alles!«

Calandryll spürte einen Druck zwischen seinen Schultern, und als er sich umdrehte, stieß ihn der Wallach sanft mit dem Maul an. Die arglose Zuneigung des Tieres war irgendwie tröstlich. Calandryll streichelte geistesabwesend die samtweichen Nüstern und sagte: »Vielleicht, vielleicht aber auch nicht. Ich weiß nur, daß ich mich sehr glücklich für das schätzen kann, was sie getan hat. Vielleicht hat sie es ...«, er zögerte kurz, » ... aus Liebe getan.«

»Wie soll ein Ding ohne Herz Liebe verspüren können?« grollte Bracht.

»Ochen hat behauptet, sie hätte noch Gefühle«, gab Katya zu bedenken. »Und selbst wenn sie nur auf Befehl gehandelt haben sollte, als sie Calandryll gefolgt ist, hätte sie später fliehen können. Denk darüber nach, Bracht. Wie auch immer ihre Entscheidung ausgefallen wäre, sie muß gewußt haben, daß sie sich verraten würde.«

»Soll das heißen, du vertraust ihr?« fragte der Kerner.

»Das soll heißen, ich bin mir nicht sicher«, erwiderte die Vanuerin. »Ochen, aye. Ihm vertraue ich, und er glaubt, daß sie eine Rolle zu spielen hat, also kann ich nicht umhin, mich zu fragen, ob sie ein Teil dieses Planes ist.«

Bracht schüttelte in hilfloser Enttäuschung den Kopf. »Ich sage, daß wir überhaupt niemandem mehr von ihnen trauen können«, behauptete er.

»Und du wärst bereit, allein weiterzureiten?« fragte Katya. »Nur wir drei durch ganz Jesseryn? Während Armeen in den Krieg ziehen? Ich glaube nicht, daß wir lange überleben würden.«

»Und wenn meine Zweifel berechtigt sind?« Bracht starrte sie wütend an. »Wie lange werden wir dann noch überleben?«

Katya antwortete nicht sofort. Statt dessen wandte sie sich an Calandryll. »Was meinst du?«

Er zuckte die Achseln und wünschte sich, er könnte irgendwo anders sein, an einem Ort, wo es keine Zweifel gab, wo er keine Entscheidungen treffen mußte, aber er wußte im selben Moment, daß ihm dieser Ausweg verwehrt bleiben würde.

»Ich glaube«, sagte er langsam, während er krampfhaft versuchte, seine Gedanken zu ordnen, die blindlings durch seinen Kopf rasten, ziellos wie vom Licht geblendete Motten, »daß wir unser Ziel ohne Ochen und die Kotu-zen nicht erreichen können. Ich weiß, daß Ochen Cennaire mit seiner Magie zu Hilfe gekommen ist, um mich vor den *Uwagi* – vor Rhythamun – zu retten. Sonst wäre ich jetzt tot. Ich sehe keine andere Möglichkeit, als zusammen mit ihnen weiterzureiten.«

»Vertraust du Ochen?« fragte Bracht.

Calandryll dachte noch etwas länger nach, bevor er nickte. »Aye. Und hör zu, selbst wenn dein Verdacht richtig wäre, müßte es in Ochens Interesse liegen, für unsere Sicherheit zu sorgen. Wir sind die drei, die prophezeit worden sind, es sei denn, du würdest alles in Frage stellen, was wir bisher getan haben. Wir sind die drei, es sei denn, die Wahrsagerinnen und die Jüngeren Gottheiten selbst hätten uns getäuscht. Also muß Ochen in jedem Fall versuchen, uns sicher an unser Ziel zu bringen, selbst wenn er irgendeinen geschickt inszenierten Verrat planen sollte, den ich nicht erkennen kann und woran ich auch nicht glaube.«

Die Zweifel in Brachts Augen blieben.

»Das ist logisch und unwiderlegbar, Bracht«, sagte Katya. »Wie Calandryll habe auch ich Vertrauen in Ochen, aber selbst wenn er ein Betrüger wäre, müßte er uns helfen. Genau wie Anomius möchte, daß wir ihm das Arcanum bringen, würde auch Ochen das wollen.«

Bracht musterte seine Gefährten eine Weile, strich geistesabwesend mit einer Hand durch die Mähne des Hengstes und nickte schließlich. »Nun gut«, gab er nach. »Was ihr sagt, klingt vernünftig, also werde ich ihm wenigstens in dieser Beziehung trauen.«

»Und Cennaire?« fragte Calandryll.

»Ihr traue ich überhaupt nicht«, antwortete der Kerner. »Und eins sage ich dir, sollte sie sich gegen uns stellen, werde ich dir dein Schwert abnehmen und hoffen, sie mit Deras Segen vernichten zu können.«

Calandryll sah in die harten und kalten Augen Brachts und senkte kurz den Kopf. »Das würde nicht nötig sein«, sagte er heiser. »Sollte sie eine Verräterin sein, würde ich selbst versuchen, sie zu töten.«

Zweifel flackerten in Brachts Augen auf, doch Katya bedeutete ihm mit einer Geste, den Mund zu halten. Sie legte Calandryll tröstend eine Hand auf den Arm. »So die Götter wollen, wird es nicht dazu kommen.«

Ihre Stimme klang sanft. Er sah das Mitleid in ihren grauen Augen und lächelte dankbar, aber ihm war bewußt, daß hinter diesem Mitgefühl eine Entschlossenheit lag, die genauso unerschütterlich wie die Brachts war. Sollte die Zeit kommen, würde seine Hand die letzte sein, die sich gegen Cennaire richtete. Seine Gefährten, durch keine zärtlichen Gefühle ihr gegenüber behindert, würden nicht eine Sekunde zögern. Er nickte wortlos.

»Ich glaube, das wird kein angenehmer Ritt werden«, murmelte er.

Bracht grunzte zustimmend.

»Hoffen wir, daß wir schnell vorankommen«, sagte Katya. »Vielleicht werden sich unsere Zweifel in Pamur-teng als unbegründet herausstellen.«

Aye, eure vielleicht, dachte Calandryll. *Aber meine? Wenn euch die* Gijan *bestätigt, daß es Cennaire ehrlich meint, dann könnt ihr euch entspannter in ihrer Gegenwart fühlen. Aber ich? Wie soll ich mich in dem Bewußtsein entspannen, daß ich eine untote Frau liebe?*

Er wandte sich ab, bevor Katyas Mitgefühl schmerzhaft werden konnte, kehrte zum Feuer zurück und schenkte sich teilnahmslos einen Becher Tee ein, damit seine Hände irgend etwas zu tun hatten, und wünschte sich, er könnte seinen Verstand ebenso leicht beschäftigen. Dera, die Reise würde unerträglich werden, solange diese Zweifel wie Aasgeier über ihm kreisten, die nur darauf warteten, daß ein verwundetes Tier endgültig zusammenbrach.

Calandryll keuchte auf, als plötzlich Schmerzen in seiner Hand explodierten, und als sich sein Blick klärte, sah er, daß die Tasse zersplittert war und Blut aus seiner zur Faust geschlossenen Hand quoll. Er öffnete sie, wobei Scherben zu Boden fielen, und begann, Porzellansplitter aus seiner Handfläche zu ziehen.

»Warte, laß mich das machen.«

Als er sich umdrehte, sah er Cennaire neben sich knien. Sie ergriff seine verletzte Hand und entfernte die scharfkantigen Splitter vorsichtig mit ruhigen Fingern. Einen Moment lang war er versucht, die Hand zurückzureißen, doch da begegnete er ihrem Blick, entdeckte die stumme Bitte um Verständnis in ihren Augen und unterdrückte den Impuls. Sie lächelte kurz und beugte sich wieder über seine Hand, so daß die aufgehende Sonne Funken in ihr rabenschwarzes Haar zauberte. Er roch ihren Duft, der sich mit dem Geruch der Kiefern und des Feuers vermischte, und vor Verwirrung wurde ihm schwindlig.

Calandryll saß reglos und betäubt da, ließ sich von Cennaire verarzten und sah, wie Bracht und Katya, die sich ihm gerade näherten, stehenblieben und ihn anstarrten. Der Kerner betrachtete die Szene voller Abscheu, als beobachtete er ein Opfer, das sich bereitwillig den Liebkosungen eines Vampirs hingab. Katyas Augen waren umwölkt und rätselhaft. Sie flüsterte Bracht irgend etwas ins Ohr, und die beiden gingen weiter und blieben bei den Kotu-zen stehen. Calandryll spürte einen leichten Druck und etwas Warmes auf seiner Handfläche, sah nach unten und entdeckte, daß Cennaire an seinen Wunden saugte.

Das war einfach zuviel für ihn. Obwohl er sich seiner Reaktion schämte, riß er die Hand zurück, als hätte er sie in eine Flamme gehalten.

Cennaire wischte sich Blut von den Lippen und sah ihn mit einem Gesichtsausdruck an, als müßte sie sich bei ihm entschuldigen. »Die Wunden sind sauber«, sagte sie zögernd und lächelte traurig. »Keine Angst, ich habe dich nicht angesteckt.«

»Ich habe nicht gedacht ...« Calandrylls Stimme stockte, hilflos schüttelte er den Kopf. »Verzeih mir.«

»Es gibt nichts, was ich dir verzeihen müßte«, murmelte sie. »Bin nicht ich es, die dich um Verzeihung bitten muß?«

»Ich weiß es nicht.« Er seufzte, schüttelte erneut den Kopf und begegnete ihrem Blick. Dera, es waren Augen, in denen man ertrinken konnte! »Mittlerweile bin ich mir über gar nichts mehr sicher.«

Nur darüber, daß ich dich liebe.

In seiner Ratlosigkeit suchte er Zuflucht in dem formellen Benehmen, in den gestelzten Umgangsformen, die er am Hof seines Vaters gelernt hatte. »Lady«, sagte er steif und vorsichtig, »ich werde Euch beim Wort nehmen. Ich schulde Euch mein Leben, und dafür bin ich Euch dankbar, aber bis wir Pamur-teng erreicht und eine *Gijan* aufgesucht haben ... Ich hoffe, Ihr versteht das.«

Cennaire wandte den Blick ab, geschockt von seiner förmlichen Rede. »Aye«, erwiderte sie leise. »Es wäre dumm von mir, etwas anderes zu erwarten.«

Aber wie könnte ich dir etwas vormachen? Burash, ich habe noch nie zuvor in meinem Leben so für einen anderen Menschen empfunden. Merkst du das denn nicht?

Sie erhob sich und verharrte mitten in der Bewegung, als sie ihn mit leiser Stimme sagen hörte: »Cennaire? Ich bete, daß alles, was du gesagt hast, wahr ist.«

Als sie aufblickte, sah sie, daß seine Augen voller Angst und Hoffnung zugleich auf ihrem Gesicht ruhten, und sie antwortete feierlich: »Genau wie ich, Calandryll.«

Er nickte, und obwohl er einen mutlosen Eindruck machte, spürte sie Hoffnung in sich aufflackern wie die ersten Flammen eines frisch entzündeten Feuers.

Der Morgen war nicht mehr ganz jung, als sie weiterritten. Die Sonne schien hell aus einem blauen Himmel, über den Wolkenstreifen zogen. Der böige Nordwind lieferte einen Vorgeschmack auf die kalte Jahreszeit, wirbelte den Rauch von den Scheiterhaufen auf und ließ ihn wie schwarze Trauerfahnen über die Bäume treiben.

Calandryll ritt tief in Gedanken versunken dahin, und ihm schien, als würde das allgegenwärtige Gefühl der Bedrohung stärker werden, als verwandelte sich das Trommeln der Hufe in ein Klagelied. Der auffrischende Wind trug Aasgeruch mit sich, flüsterte von Verlust, Niederlagen und Vergeblichkeit. Calandryll blickte auf, und der Himmel wirkte auf einmal fahlgrau wie vor einem Sturm, die Wolken finster, das Blau wie von Blut besudelt. Die Bäume ragten dunkel und bedrohlich am Rande der Straße auf, der Gesang der Vögel erstarb, ging im Rauschen des Windes unter, der nach Unrat und Tod stank. Calandryll stöhnte, spürte ein Gewicht auf seiner Seele lasten, und heimlich wie eine Schlange schlich sich der Gedanke in seinen Kopf, daß Tharn auf jeden Fall wiederauferstehen würde, daß Rhythamuns Vorsprung bereits zu groß war, als daß sie ihn noch hätten aufhalten können, daß er das Reich des Verrückten Gottes betreten und seinen Herrn mit dem Arcanum wiedererwecken würde.

Er fühlte, wie er in einem Meer aus Verzweiflung versank, wie irgend etwas schmerzhaft an ihm zupfte und ihm die Seele aus dem Körper zu reißen drohte.

Bewirkt die Liebe das? fragte er sich. *Sind es meine Gefühle für Cennaire, die mich so niederschmettern?*

Der Wind beantwortete seine Frage mit einem zustimmenden Rauschen, und beinahe hätte Calandryll der schrecklichen Verzagtheit nachgegeben und es geschehen lassen, daß seine Seele von dem trostlosen Wind zum zweiten Mal aus ihm herausgesogen wurde. Aber irgendwo tief in seinem Inneren brannte noch immer die Flamme der Hoffnung, und er schüttelte den Kopf. *Nein,* beschwor er sich selbst, *nicht bevor sie sich als Lügnerin erwiesen hat. Bis dahin hat sie ein Recht auf mein Vertrauen.* Er erinnerte sich an die Schutzzauber, die Ochen ihn gelehrt hatte, sagte sie auf und spürte, wie sich ein Mantel aus weißer Magie um ihn legte und den furchtbaren Sog der Verzweiflung aufhielt. Der Himmel wurde wieder blau und klar, der Wind erneut frisch und sauber, und da erkannte Calandryll, daß es ein Anschlag aus der okkulten Sphäre gewesen war, daß Rhythamun oder

Tharn einmal mehr versucht hatten, ihm die Seele auszusaugen, sie in das Reich des Ätherischen zu locken und dort festzuhalten. Er lächelte, als der Druck nachließ und schließlich völlig verschwand, und plötzlich durchströmte ihn ein Gefühl der Befreiung, des Triumphes: Er hatte einen weiteren kleinen Sieg errungen.

Er liebte Cennaire. Aye, er liebte sie! Dagegen war er machtlos. Aber er würde nicht zulassen, daß ihre Mission durch diese Liebe gefährdet wurde. Das Arcanum sicherzustellen und nach Vanu zu bringen, damit die Heiligen Männer es zerstören konnten, hatte Vorrang vor allem anderen. Wenn Cennaire dabei eine Rolle zu spielen hatte, gut, wenn nicht ... Er schob den Gedanken von sich und betete, daß sich in Pamur-teng ihre Redlichkeit erweisen und alle Zweifel ein Ende finden würden. Bracht würde lernen, ihr zu vertrauen, und dann würden sie alle gemeinsam weiterziehen und Rhythamuns finstere Pläne zum Scheitern bringen. Bis dahin würde er seine Gefühle unterdrücken, damit sie nicht das wichtigere Ziel gefährdeten.

Aye! Er warf den Kopf in den Nacken und lachte, sog die jetzt wieder frische Luft tief in sich hinein, hüllte sich in den Schutzzauber und forderte Rhythamun und den Verrückten Gott selbst heraus, sich diesem Ziel zu widersetzen.

Es schien, als würde der Wind mit einem kurzen enttäuschten Fauchen auf seine Herausforderung antworten, aber als Calandryll den Kopf auf die Seite legte und lauschte, hörte er nur noch das Rauschen in den Kiefern. Die Vögel sangen wieder, Eichhörnchen keckerten. Eine Bache brach aus dem Unterholz hervor, gefolgt von drei dicken Frischlingen, und preschte mit einem wütenden Grunzen über die Straße.

Die Krieger, die rechts und links neben Calandryll ritten, warfen ihm einen Blick zu, und er lächelte voller Zuversicht über sein wiedergefundenes Selbstvertrauen zurück.

Es stellte sich jedoch als sehr viel schwieriger heraus, die Zuversicht aufrechtzuerhalten, denn als sie gegen Mittag und später bei Einbruch der Abenddämmerung rasteten, wurde wieder deutlich, wie sehr Cennaires Anwesenheit die Gefährten spaltete.

Der Vorsatz, seine Gefühle zu unterdrücken und eine Entscheidung so lange aufzuschieben, bis sie Pamur-teng erreicht hatten, war ihm nicht schwergefallen. Ungleich schwerer war es dagegen, diese Objektivität beizubehalten, als sich Zwielicht über die Straße senkte und er sah, wie Cennaire aus dem Sattel stieg und zögerte. Ihre Unsicherheit, wie sie von den anderen aufgenommen werden würde, war offensichtlich. Bracht ignorierte sie auf eine quälend unmißverständliche Art, beschäftigte sich erst mit seinem Hengst und danach mit dem Sammeln von Feuerholz. Katya benahm sich zwar nicht ganz so feindselig, hielt sich aber von ihr fern, und die Kotu-zen, die mittlerweile ebenfalls erfahren hatten, was sie war, machten einen Bogen um sie und blieben unter sich. Calandryll sah sich in einer Zwickmühle. Sollte er Brachts Unwillen riskieren, indem er Cennaire einlud, sich zu ihnen zu setzen? Oder sollte er zu ihr gehen, was den Kerner zweifellos noch mehr verärgern würde? Er zögerte, hin- und hergerissen zwischen Loyalität und Mitleid.

Und dann lächelte er Ochen, der das Problem diplomatisch löste, dankbar zu.

Der *Wazir* sprang mit einer Geschmeidigkeit von seinem Pferd, die sein Alter Lügen strafte, strich sein prächtiges Gewand glatt, fuhr mit den Fingern durch seinen Schnurrbart und verbeugte sich höflich vor Cennaire, die unschlüssig dastand.

»Begleitet Ihr mich, Lady Cennaire? Ich würde mich über Eure Gesellschaft freuen.«

Er bot ihr seinen Arm und führte sie ein Stückchen von Bracht und Katya fort, ohne jedoch ihren Lagerplatz zu verlassen. Das Signal wurde noch deutlicher, als er Calandryll mit einem Winken aufforderte, die so entstandene Lücke vor der Feuerstelle zu füllen.

»Es herrscht Mißtrauen unter uns«, sagte er, als die ersten Flammen aufzüngelte, »und es wäre albern, etwas anderes vorzugeben. Aber wir reiten gemeinsam, und deshalb möchte ich Euch vorschlagen, zumindest eine Art Waffenstillstand zu schließen.«

»Diese Argumente haben wir bereits gehört, Zauberer«, gab Bracht zurück, während er Fleisch zerteilte. »Ich reite mit Euch, aber mir muß Eure Gesellschaft nicht gefallen.«

»Horul!« Ochen schüttelte den Kopf. »Ich habe meine eigenen Landsleute oft genug für einen unversöhnlichen Haufen gehalten, aber anscheinend haben wir in Euch Kernern unsere Meister gefunden.«

Bracht zuckte die Achseln und spießte die Fleischstreifen auf angespitzte Zweige, ohne sich zu einer Antwort herabzulassen.

»Mißtrauen ist der Nährboden für Unheil«, fuhr Ochen fort. »Habt Ihr heute nicht die Berührung von Rhythamuns Magie gespürt?«

Bracht schüttelte den Kopf. Katya verteilte schweigend und nachdenklich das harte Reisebrot und geräucherten Käse.

Calandryll nickte. »Aye. Mir war, als hätte er einmal mehr versucht, mich in den Äther zu locken, aber dann habe ich die Zaubersprüche aufgesagt, die Ihr mich gelehrt habt, und das Gefühl ist verschwunden.«

»Es wird wiederkehren«, behauptete der *Wazir*. »Er wird immer stärker, und jetzt besitzt er einen neuen Schlüssel, um Zugang zu Euch zu finden. Ihr müßt ständig vor seinen Angriffen auf der Hut sein.«

Calandryll runzelte fragend die Stirn.

»Woran habt Ihr gedacht, als die Welt grau geworden ist und der Wind nach Blut gerochen hat?« wollte Ochen wissen.

Calandryll zögerte einen Moment lang. »An die Ungewißheiten«, antwortete er schließlich. »An Brachts Mißtrauen Cennaire gegenüber. Daran ... was ich für sie empfinde ... was sie ist ...« Aus den Augenwinkeln heraus fing er ihren verletzten Blick auf, und hinter ihr sah er Brachts Gesicht, auf dem sich Zorn und Verachtung widerspiegelten. »Ich habe mir Sorgen gemacht, daß unsere Freundschaft zerbrechen könnte, daß wir in Streit geraten und Rhythamun den Sieg davontragen würde.«

Ochen nickte grimmig. »Genau das hat er vor. Er versucht, sich der Zweifel und des Mißtrauens zu bedienen, um uns auseinanderzureißen, so wie Gift eine Wunde braucht, um in einen Körper eindringen zu können.«

»Ich habe nichts gespürt«, sagte Bracht störrisch. »Es war ein schöner Morgen.«

»Ihr besitzt nicht Calandrylls Fähigkeiten«, erwiderte Ochen. »Ich habe Rhythamuns Angriff ebenfalls gespürt. Er weiß jetzt von Cennaire und geht vermutlich davon aus, daß sie zu seinen Feinden zählt. Wahrscheinlich kennt er ihre und Calandrylls Gefühle und weiß, daß Mißtrauen zwischen uns erwacht ist.«

»Wie das?« erkundigte sich Bracht argwöhnisch. »Wie kann er wissen, was ich fühle? Oder was Katya oder irgend jemand sonst von uns fühlt?«

Ochen seufzte. »Habe ich Euch das nicht erklärt?« fragte er. »Es gibt zwei Existenzebenen, die materielle und die ätherische. Diejenigen, die magische Kräfte besitzen, können zwischen beiden Welten wechseln, und ihre Geister – ihre Seelen – finden einen starken Niederschlag auf der okkulten Ebene. Calandryll gehört zu diesen Menschen, auch wenn er noch nicht das genaue Wissen darüber besitzt – dazu ist ein lebenslanges Studium erforderlich –, aber trotzdem hinterläßt sein Geist dort deutliche Spuren. Auf diese Weise kann Rhythamun ihn ausfindig machen und etwas über seine Gefühle erfahren, und dadurch wiederum etwas über die Gefühle derjenigen, mit denen er verkehrt.«

»Was soll das heißen?« erkundigte sich Katya. »Daß Rhythamun durch Calandrylls Augen sehen kann?«

»Er kann uns nicht sehen«, entgegnete Ochen geduldig. »Dazu müßte er einen Spion aussenden, etwas, das Ihr einen *Quyvhal* nennt. Aber er ... spürt ..., was Calandrylls Seele empfindet, und so erfährt er von unseren Meinungsverschiedenheiten und unserem Mißtrauen. Er weiß jetzt, daß ein Band zwischen Calandryll und Cennaire existiert und einen Keil zwischen seine Gegner treibt. Zwischen

Euch drei. Er versucht, diese Kluft zu vergrößern, bis keiner mehr dem anderen traut und sich alle zerstreiten. Das würde ihm auf jeden Fall nützen.«

»Und deshalb, sagt Ihr, sollten wir Euch vertrauen?« Bracht deutete mit dem Daumen in Cennaires Richtung. »Und dieser Wiedererweckten?«

»Ich sage, daß Ihr es Rhythamun um so leichter macht, Calandryll auf der okkulten Ebene anzugreifen, je größer Ihr die Kluft werden laßt«, erwiderte Ochen. »Wenn Ihr wegen seiner ... Zuneigung zu Cennaire an ihm zweifelt, dann errichtet Ihr eine Barriere zwischen Euch. Ihr isoliert ihn und schwächt damit den Schild, den Eure Freundschaft erzeugt, und durch die so entstandenen Lücken kann Rhythamun ihn erreichen.«

»Ich dachte, er wäre durch Eure Magie geschützt«, knurrte Bracht. »Habt Ihr ihm etwa keine Zaubersprüche beigebracht? Hat er nicht selbst gesagt, daß er sie gerade heute benutzt hat, um sich zu schützen?«

»Aye«, bestätigte Ochen, »aber Rhythamuns – Tharns! – Kräfte wachsen mit jedem Tag, und diese Anschläge werden noch zunehmen. Und wenn Ihr Euch gegenseitig mißtraut, erleichtert Ihr ihm seine Aufgabe.«

»Ihr fordert in einer Situation Vertrauen, in der das nur schwer möglich ist«, stellte Bracht fest. »Mir scheint, es wäre sehr viel einfacher, wenn wir wieder allein zu dritt reiten würden.«

»Aye, aber das tut Ihr nicht«, sagte Ochen. »Und so ist der Plan nun einmal beschaffen.«

Calandryll seufzte, als das Streitgespräch wieder zu seinem Ausgangspunkt zurückkehrte. Brachts Sturheit erinnerte an einen Hund, der seinem eigenen Schwanz hinterherjagte. Er betrachtete seine Gefährten. Brachts Gesicht war hart, Katyas rätselhaft, als hinge sie ihren eigenen Gedanken nach. Dann sah er Cennaire an.

Sie saß schweigend da, mit hängenden Schultern, den Blick gesenkt, das Gesicht teilweise durch rabenschwarze Haarsträhnen verdeckt, und machte einen resignierten Eindruck auf ihn, als würde sie jedes Urteil akzeptieren, das über sie gefällt wurde, als hätte sie jegliche Hoffnung aufgegeben und ihr Schicksal anderen überlassen. Sie wirkte schrecklich einsam, und er verspürte das Bedürfnis, den Arm auszustrecken und ihre Hand zu ergreifen, aber gleichzeitig auch einen furchtbaren Widerwillen.

So könnte es durchaus für den Rest der Reise nach Pamurteng weitergehen, dachte er, während die Argumente zwischen Bracht und Ochen wie Federbälle hin- und herflogen. Und so könnte es auch danach bleiben, falls es der *Gijan* nicht gelang, Bracht zu überzeugen, und währenddessen würde Rhythamun zweifellos den Äther durchstreifen und auf eine Gelegenheit zum Zuschlagen lauern, gestärkt durch ihr Mißtrauen und durch Tharn. Er dachte an den heutigen Anschlag, und auch wenn er ihn zurückgeschlagen hatte, wußte er doch, daß er keinen weiteren erleben wollte, und er fragte sich, wie lange er noch würde widerstehen können, wenn das Mißtrauen weiter wuchs.

Ochen hatte angedeutet, daß die Kraft in Calandryll ihn in die Lage versetzte, bis auf den Grund der Seele eines Menschen zu blicken und dort die Wahrheit zu erkennen. Spontan beschloß er, auf die Aussage des *Wazirs* zu vertrauen und einen Versuch zu unternehmen.

»Ich möchte mit Cennaire sprechen«, sagte er, erhob sich und forderte sie mit einer Handbewegung auf, ihm zu folgen. »Allein.«

Cennaire blickte überrascht auf und zögerte. Bracht runzelte die Stirn, auf Katyas Gesicht lag eine stumme Frage. Ochen lächelte wohlwollend. Calandryll nickte Cennaire aufmunternd zu. Sie stand auf und glättete instinktiv ihre Tunika mit nervösen Bewegungen. Er nahm höflich ihren Arm, und sie ließ sich von ihm folgsam fort vom Feuer zu den Bäumen führen.

Der Mond war bereits aufgegangen, mittlerweile wieder eine schmale zunehmende Sichel, die blaß an einem hyazinthroten Himmel stand, in dem die ersten Sterne funkelten. Ein kalter Wind pfiff durch die Bäume, begleitet vom fernen Heulen der Wölfe und den leisen Rufen jagender Eulen. Sie ließen die Feuer hinter sich, gingen an den angeleinten

Pferden und den von Chazali aufgestellten Wachen vorbei. Calandryll wußte, daß alle Blicke ihnen folgten, war sich ihrer Erwartungen, Ängste und Zweifel bewußt. Er ging weiter die Straße entlang, die Hand auf Cennaires Ellbogen gelegt, bis sie sich weit genug entfernt hatten, um unbelauscht reden zu können.

Ein paar Schritte neben der Straße war eine kleine, von hohen Kiefern umgebene Lichtung, die im Wind rauschten, als flüsterten sie miteinander. Dort ließ Calandryll Cennaires Arm los und sah sie an.

Einen Moment lang stand er schweigend vor ihr und schickte ein stummes Gebet zu Dera, bat die Göttin, ihn zur Wahrheit zu führen. Dann sagte er laut: »Wir müssen uns unterhalten.«

»Worüber?« Cennaire strich sich eine Haarsträhne aus dem Gesicht, die im Sternenlicht silbern schimmerte. Ihre Augen leuchteten, ihre Stimme war gedämpft. »Was könnte ich sagen, das ich nicht bereits gesagt habe?«

Es fiel Calandryll genauso schwer, gegen das Bedürfnis anzukämpfen, sie in die Arme zu nehmen, wie zu vergessen, was sie getan hatte und wer sie zu dem gemacht hatte, was sie jetzt war. Er legte eine Hand auf den Schwertgriff, sah, wie ihre Augen der Bewegung folgten, zog die Hand zurück und hakte statt dessen die Daumen unter den Schwertgürtel.

»Bracht glaubt ...« Er zögerte, gegensätzliche Gefühle wüteten in seinem Inneren. Dann atmete er tief durch und sprudelte die Worte schnell hervor, damit er nicht wieder ins Stocken geriet. »Bracht glaubt, daß ich wegen meiner Gefühle für dich ... weil ich dich liebe ... daß ich verblendet bin. Er hält dich für eine Verräterin.«

Es war nicht einfach für ihn, sie anzusehen, als sie sehnsüchtig, wie er fand, lächelte und sagte: »Er hat das deutlich genug gemacht.«

»Auf der anderen Seite aber behauptet Ochen, du hättest eine Rolle in unserer Mission zu spielen. Ich muß mich entscheiden, bevor uns dieses Mißtrauen auseinanderreißt.«

Cennaire nickte. Das Sternenlicht ließ ihr Gesicht und ihre

Augen ernst aussehen, als sie fragte: »Und wird Bracht deine Entscheidung akzeptieren? Er ist ein Mann, der nicht vergibt, glaube ich.«

»Aye.« Calandryll brachte ein flüchtiges und humorloses Lächeln zustande. »Das ist richtig. Aber trotzdem, wenn du mich überzeugen kannst, kann ich ihn vielleicht von seiner Meinung abbringen.«

»Wie soll ich dich überzeugen?« fragte Cennaire. Sie wandte sich kurz ab, warf den Kopf in den Nacken, starrte in den samtfarbenen Himmel und schloß einen Moment lang die Augen, als würde sie resignieren. Dann öffnete sie sie wieder und richtete sie erneut auf Calandrylls Gesicht. »Soll ich dir erzählen, daß meine Entscheidung gefallen ist, als ich gesehen habe, wie die *Uwagi* dich verschleppt haben? Daß ich in diesem Augenblick nur daran gedacht habe, daß du sterben könntest und ich diese Vorstellung nicht ertragen konnte? Du sagst, du liebst mich? Ich sage dir, Calandryll den Karynth, ich liebe dich. Nein!« Sie schnitt ihm mit einer Handbewegung das Wort ab, als er etwas erwidern wollte. »Hör mich an, jetzt, da wir allein sind, ohne daß uns jemand stören oder unterbrechen könnte. Ich möchte, daß du ganz genau erfährst, wer und was ich bin. Später, wenn du alles weißt, kannst du über mich urteilen.«

Ihre Stimme klang so hart, wie Brachts Gesicht ausgesehen hatte, unerbittlich und fest. Calandryll nickte stumm. Der entschlossene Ausdruck in ihren Augen ließ ihn vermuten, daß ihm diese Enthüllungen nicht gefallen würden, daß er Dinge erfahren würde, die vielleicht besser unausgesprochen geblieben wären. Auf einmal schien der Wind kälter zu werden, das Rauschen der Bäume bedrohlicher. *Dera steh mir bei*, dachte er. *Steh mir bei und führe mich.*

Obwohl der kalte Nachtwind Cennaire nichts ausmachte, zitterte sie und verschränkte die Arme vor der Brust. Sie richtete den Blick fest auf Calandrylls Gesicht, ohne zu blinzeln, und nahm sich vor, ihm alles zu erzählen. Wenn er sich hinterher von ihr abwendete, dann sollte es so sein, aber jetzt verspürte sie den Wunsch, ihm die ungeschminkte Wahrheit zu offenbaren, damit es keine Geheimnisse mehr zwischen ihnen geben würde. Sie verstand ihre Motive nicht vollständig, sie wußte nur, daß sie sich auf dem Weg von Kandahar bis zu dieser Waldlichtung verändert hatte, etwas anderes als die Wiedererweckte geworden war, die Anomius ausgeschickt hatte, ein anderer Mensch als die Frau, die sie einmal gewesen war, und daß sie sich diesem Mann gegenüber von der Last ihrer Vergangenheit befreien mußte.

»Ich war eine Kurtisane«, begann sie. Nur ihre Entschlossenheit verhinderte, daß ihre Stimme stockte, und während sie sich ihm offenbarte, betete sie darum, daß er verstehen und ihr glauben würde, daß sie nicht mehr dieselbe Person war, die sie ihm beschrieb. »Ich wurde zum Tode verurteilt, weil ich einen Freier erstochen hatte. Er wollte mich nicht bezahlen und hat mir gedroht, mich anzuzeigen, als ich ihm daraufhin den Geldbeutel gestohlen habe. Also habe ich ihm ein Messer in den Bauch gestoßen und wurde dafür zum Tode verurteilt.

Anomius hat mich in den Verliesen von Nhur-jabal entdeckt und angeordnet, mich freizulassen. Ich hatte keine Ahnung, was er von mir wollte, außer ...« Sie zuckte die Achseln, und es war klar, was sie damit meinte. »Er hat mich mit seiner Magie verändert und mich zu seinem Werkzeug gemacht. Seine Zauber haben mir gewaltige Kräfte verliehen ... Oh, früher hatte ich oft Hunger gelitten, aber durch seine Magie war Essen nur noch ein Vergnügen, nicht mehr. Ich bin stark, ich brauche nicht zu schlafen, ich kann sehen und hören ... Burash, das weißt du bereits. Wie hätte ich dich sonst finden können, nachdem die *Uwagi* dich verschleppt hatten? Es war berauschend. Und er hatte mein Herz in der Hand; hätte ich seine Befehle nicht befolgt, hätte er mich getötet! Er hat mich wie einen Jagdhund ausgeschickt, um dich und Bracht aufzuspüren. Von Katya hat er damals noch nichts gewußt. Von ihr hat er erst erfahren, nachdem ich in Vishat'yi gewesen bin.«

Sie zögerte und schürzte die Lippen. Eine Eule heulte, aber ansonsten war es still im Wald geworden. Es schien, als würde selbst der Wind auf ihr Geständnis lauschen, als hätten sich die hohen Bäume erwartungsvoll vorgebeugt.

»Von Menelian habe ich zum ersten Mal von Katya gehört und herausgefunden, wohin ihr gegangen seid. Das hat er mir verraten, weil er überzeugt war, mich vernichten zu können. Er wollte mich mit seinen Zauberkräften töten, aber Magie wirkt besser auf die Lebenden als auf ... das, was ich bin. Ich habe ihn getötet.« Den letzten Satz brachte sie mit dumpfer, tonloser Stimme hervor. »Dann habe ich den Zauberspruch aufgesagt, den Anomius mich gelehrt hatte, und war wieder in Nhur-jabal ...«

»Wie?« unterbrach Calandryll sie heiser. »Durch Magie?«

Cennaire nickte. »Aye, womit sonst? Er hat mir diesen Zauberspruch beigebracht, damit ich leichter zu ihm zurückkehren konnte.«

»Hättest du dann nicht jederzeit zurückkehren können?« fragte Calandryll. »Könntest du nicht sogar jetzt zurückkehren, um dir dein Herz wiederzuholen?«

»Das von Anomius mit Zaubern umgeben worden ist?« Cennaire schüttelte den Kopf, Sternenlicht glitzerte auf ihrem schwarzen Haar. »Glaubst du, er hätte keine Sicherheitsvorkehrungen dagegen getroffen? Ich bin überzeugt, daß ich bei dem Versuch sterben würde. Er würde es erfahren, wenn ich komme, und mich vernichten.«

»Aye.« Calandryll erinnerte sich an den häßlichen kleinen Hexer und konnte ihr nur zustimmen. »Erzähl weiter.«

»Danach bin ich nach Aldarin gegangen«, fuhr sie fort, »wo ich erfahren habe, daß Varent den Tarl tot war. Das hat mir ein Mann namens Darth gesagt, der für den Tarl gearbeitet hat.«

»Ich habe ihn gekannt«, warf Calandryll ein und erkundigte sich mit rauher Stimme: »Hast du ihn ebenfalls getötet?«

Cennaire nickte. »Er wollte sich mit mir vergnügen. Sonst hätte ich sein Leben verschont. Aber er hat mir kaum eine andere Wahl gelassen.«

»Dera!« stieß Calandryll fassungslos hervor. »Du läßt eine Menge Tote hinter dir zurück, Lady.«

Wieder nickte sie. Calandryll starrte sie an und fragte sich, wie es möglich war, daß er sie noch immer liebte, aber daran bestand kein Zweifel, auch wenn es Wahnsinn war.

»Von Gart und Kythan habe ich erfahren, wonach ihr wirklich sucht«, fuhr sie fort. »Diese beiden habe ich nicht getötet. Darauf gebe ich dir mein Wort, auch wenn du es mir wahrscheinlich nicht glauben wirst.«

Sie stieß ein hohles Lachen aus und sah ihn aus Augen an, die verwunschen wirkten. Er wußte nicht genau, warum er ihr glaubte, aber er tat es. Sie hatte bereits andere Morde gestanden, warum also nicht auch diese? »Ich glaube dir«, sagte er.

Da lächelte sie, und in ihren Augen glomm ein Hoffnungsschimmer auf. »Von ihnen habe ich den Rest erfahren, den du größtenteils kennst. Ich habe den Spiegel benutzt, um Anomius zu informieren, und er hat mir befohlen, euch zu folgen und mich euch anzuschließen. Alles weitere weißt du. Ich bin zum Kess Imbrun gekommen, zum Daggan Vhe, wo ich Rhythamun zum ersten Mal gesehen habe.«

Sie verstummte, die Erinnerung ließ sie erschaudern. Obwohl Calandryll wußte, daß sie eine Untote war, eine Frau mit übernatürlichen Kräften, die im Auftrag ihres Schöpfers Menschen getötet hatte, erschien sie ihm in diesem Moment absolut verletzlich. Er riß sich zusammen. »Und?« fragte er. »Sprich weiter.«

»Was ich euch erzählt habe, war die Wahrheit«, beteuerte Cennaire. »Es *ist* die Wahrheit. Ich habe mich gefühlt ... Burash! Es war entsetzlich, was er getan hat. Menschenfleisch essen? Den Körper eines anderen stehlen?«

»Aber trotzdem hast du deinem Meister immer noch gehorcht.« Es kostete Calandryll Mühe, einen ruhigen Tonfall beizubehalten, den Abscheu zu verbergen, der in ihm aufstieg und gegen den er machtlos war. »Anomius hat dir aufgetragen, dich uns anzuschließen und uns das Arcanum abzunehmen.«

Sie sah ihn direkt an, legte ihr Schicksal in seine Hände und nickte. »Also gut, aye.« Sie schluckte. Ihr war kalt, und ihre Hoffnung sank. »Ich habe mich euch angeschlossen, um euch das Arcanum abzunehmen und es Anomius zu bringen.«

»Dann hat Bracht also recht?« fragte Calandryll. Seine

Stimme war so eisig wie der Wind. »Versuchst du deshalb, mich zu verführen? Ist das der Grund, warum du mich vor den *Uwagi* gerettet hast? Weil es dein Gebieter dir befohlen hat?«

»Nein!« rief sie laut, hilflos und hoffnungslos zugleich. »Burash, ich weiß, daß ich nicht von dir verlangen kann, mir zu glauben, obwohl alles, was ich dir erzählt habe, wahr ist! Ich weiß nicht, was mich verändert hat, aber ich schwöre dir, ich liebe dich! Ich kann den Gedanken nicht ertragen, daß du sterben könntest. Wie kann ich dich überzeugen? Ich bin mit euch geritten, mit dir, Bracht und Katya, und irgend etwas in mir hat sich durch die Zeit mit euch verändert. Ich möchte mein Herz zurückhaben und mein Schicksal wieder selbst bestimmen können. Ich möchte nicht, daß Rhythamun oder Anomius das Arcanum bekommen, ich möchte nicht, daß Tharn wiederaufersteht. Calandryll, ich habe nicht das Recht, dich darum zu bitten oder zu erwarten, daß du mir glaubst, aber ich versichere dir, daß ich alles in meiner Macht Stehende tun werde, damit eure Mission gelingt. Burash, selbst wenn es mich mein Herz kosten sollte, werde ich trotzdem alles tun, damit du Erfolg hast! Ob du es mir glaubst oder nicht, das ist die Wahrheit!«

Die Nacht hüllte sie in ihr Schweigen, der Wind war erloschen, die Wölfe und die Eulen, alle nächtlichen Raubtiere waren verstummt. Der Mond hing wie eine gebogene Klinge am Himmel, die Sterne funkelten kalt und fern wie eine leidenschaftslose Gerichtsversammlung. Calandryll fühlte die Last der Entscheidung – seiner Unentschlossenheit – wie ein schweres Gewicht auf seinen Schultern lasten, während er Cennaires Gesicht musterte. Ihre Augen waren groß und glänzten, aber er hätte nicht sagen können, ob aus Hoffnung oder aus Trotz. Er war überzeugt, daß sie ihm die Wahrheit über ihr Leben gesagt hatte, über das, was sie früher gewesen war und was sie in Anomius' Auftrag getan hatte. Aber alles andere? Durfte er ihr glauben, daß sie sich derart verändert hatte, daß ein Geschöpf, das seine Existenz der Magie verdankte, dessen Herz kein lebendes Organ, sondern irgendein Produkt von Hexerei war, so radikal die Seiten gewechselt haben könnte?

Was, wenn sie gelogen hatte, wenn sie ihre wahren Absichten vor ihm verbarg?

Was, wenn alles, was sie gesagt hatte, der Wahrheit entsprach?

Er fuhr sich mit der Hand über die trocken gewordenen Lippen und seufzte, spürte den Druck, der sich hinter seinen Augen aufbaute. Seine Gedanken überschlugen sich und rasten wie verrückt in seinem Kopf herum. Er *wollte* ihr glauben. Aber entsprang dieser Wunsch nicht nur den Gefühlen, die er für sie empfand? Calandryll stieß ein bitteres hustendes Lachen aus und mußte einen Moment lang an seinen Vater denken, daran, was Bylath gesagt haben würde, wäre er hier gewesen. Er konnte sich den Hohn seines Vaters vorstellen, die Verachtung seines Bruders. Und trotzdem ... trotzdem überstieg das, was er für diese Frau empfand, alles, was er für Nadama den Ecvin jemals empfunden hatte.

Diese Erkenntnis blieb inmitten seiner grenzenlosen Verwirrung eine unumstößliche Tatsache, unnachgiebig wie Stein oder Stahl, und wie eine Stahlklinge bohrte sich ihm diese Gewißheit tief ins Herz.

Wenn sie log, mußte er sie wahrscheinlich töten. Und er würde es tun, daran bestand für ihn nicht der geringste Zweifel. Die Vorstellung, daß Anomius das Arcanum in seinen schmierigen Händen halten könnte, war genauso abscheulich wie der Gedanke an Rhythamuns Sieg.

Dera, flehte er lautlos in der Stille der Nacht, *kannst Du mir nicht den richtigen Weg weisen? Ich bitte Dich, enthülle mir die Wahrheit.*

Nicht Dera, denn dies ist nicht ihr, sondern mein Reich.

Calandryll keuchte auf, als ihm die Worte in den Ohren dröhnten. Einen Moment lang schien sich die Nacht, die gesamte Welt um ihn zu drehen. Er sah Cennaire zusammenzucken und mit geweiteten Augen herumwirbeln, um den Sprecher ausfindig zu machen, aber schon im selben Augenblick wußte er, daß die Stimme nicht zwischen den Bäumen aufgeklungen war und aus keiner menschlichen Kehle kam, sondern direkt in ihrer beider Köpfen entstanden war. Angst zeichnete sich auf Cennaires Gesicht ab, als auch sie begriff. Calandryll berührte sie und sagte leise: »Warte.« Sie sah ihn an und schob sich an ihn heran, als suchte sie Schutz bei ihm.

Die Schatten zwischen den Kiefern ballten sich zusammen und nahmen feste Umrisse an.

Calandryll hörte Cennaire einen leisen verängstigten Schrei ausstoßen, als die Gestalt die Lichtung betrat. Ohne darüber nachzudenken, legte er Cennaire einen Arm um die Schultern und drückte sie an sich. Ein Lächeln erschien auf seinen Lippen. Ehrfürchtig neigte er den Kopf.

Du kommst aus Lysse. Das ist das Reich meiner Schwester.

Ein riesiges Pferd trat zwischen den Bäumen hervor, das Brachts Hengst bei weitem überragte und ihn so klein hätte erscheinen lassen, wie die Ponys der Jesseryter neben dem Tier des Kerners wirkten. Sterne spiegelten sich in seinem Fell, vielleicht aber funkelten sie auch in ihm selbst, denn das Pferd schien aus Licht und Schatten zu bestehen. Seine Umrisse waren nicht völlig deutlich und klar abgegrenzt, sondern schimmerten, als wäre es die Kraft des Lebens selbst, die in der Gestalt spielte und tanzte. Dort, wo die Hufe das Gras berührten, stoben Lichtsplitter auf, die Augen leuchteten wie der Mond.

»Horul!« flüsterte Calandryll.

Aye, erwiderte der Gott, *denn dies ist mein Reich, und ich habe deinen Ruf vernommen.*

Und dann veränderte sich die Gestalt, flackerte nur einen Lidschlag lang, und statt eines Pferdes stand plötzlich ein nackter muskulöser Mann mit einem Pferdekopf vor ihnen. Eine prächtige Mähne fiel über seine breiten Schultern, Weisheit schimmerte in den Pferdeaugen.

Calandryll spürte, wie sich Cennaire zitternd noch dichter an ihn preßte, und sagte: »Du hast nichts zu befürchten. Es sei denn, du hättest gelogen.«

Sie schüttelte den Kopf, aber es war der Gott, der antwortete.

Das hat sie nicht. Alles, was sie dir gesagt hat, war die Wahrheit.

Die Last des Zweifels, die Calandryll niedergedrückt

hatte, hob sich ein wenig. »Dann ist sie also eine von uns?« fragte er. »Sie hat eine Rolle in unserer Mission zu spielen?«

Aye, bestätigte der Gott. *Auch wenn es ihr oder dir ein großes Opfer abverlangen könnte.*

»Würdest Du das genauer erklären?«

Das kann ich nicht. Die Andeutung eines bedauernden Lachens klang auf, Licht drang aus den Pferdelippen hervor wie fallende Sternschnuppen. *Ich bin gebunden – haben dir meine Schwester und meine Brüder das nicht ebenfalls gesagt? Wir werden euch jede Hilfe gewähren, die in unserer Macht steht, aber diese Hilfe ist durch einen übergeordneten Plan eingeschränkt, auf den wir keinen Einfluß haben, durch Mächte, die den unseren weit überlegen sind.*

Calandryll blickte auf – der Gott überragte ihn um mehr als Kopfeslänge – und fragte: »Aber soll ich Cennaire vertrauen?«

Liebst du sie nicht?

»Doch, ich liebe sie.«

Was ist Liebe ohne Vertrauen wert?

»Aber ...«

Weil sie eine Kurtisane war? Weil ein Magier ihr das Herz geraubt und sie zu einer Wiedererweckten gemacht hat? Weil sie Menschen getötet hat, die deine Freunde waren?

»Aye!«

Aber du liebst sie trotz allem noch?

»Aye. Aber ...«

Glaubst du, es ist unmöglich, sich zu ändern? Glaubst du nicht an Vergebung? Schau in deine Seele und vertrau auf das, was du dort siehst.

»Willst Du damit sagen, der Tod von Menelian und aller anderen wäre bedeutungslos?«

Was ich sage, ist, daß du Antworten suchst und ich dir jene geben werde, die ich dir geben kann. Ob du sie akzeptierst oder nicht, liegt allein bei dir, aber ich sage dir, daß das fleischliche Organ, das du Herz nennst, nicht der Sitz der Seele ist, sondern nur ein Mechanismus. Die Seele wohnt in jeder Faser der Menschen, im Blut und in den Muskeln, in den Knochen und in der Haut. Sie ist die Gesamtheit von euch Sterblichen, das, was euch zu

Menschen macht, kein isoliertes Einzelteil. Dieser Emporkömmling von einem Zauberer mag Cennaires Herz in seinem Besitz haben und so ihre körperliche Existenz kontrollieren, aber er kann nicht bestimmen, was sie ist. *Das ist einer ständigen Wandlung unterworfen, verändert sich durch die Zeit und den Einfluß anderer, durch Menschen wie dich und deine Gefährten.*

Wieder klang das geisterhafte Lachen auf – wie der ferne Tanz der Sterne am Nachthimmel, wie die ersten Strahlen der aufgehenden Sonne, die den Nebel der Morgendämmerung durchbrechen.

Es liegt bei dir, Calandryll den Karynth, ihr zu vertrauen oder nicht. Aber wenn du sie liebst, dann rate ich dir, ihr lieber zu vertrauen. Denk nicht daran, wie sie einst gewesen ist, sondern vertraue der Frau, die sie jetzt ist. Die Toten, von denen du gesprochen hast? Nein, ihr Tod war nicht bedeutungslos, das kann er gar nicht sein, denn jedes Leben, das ausgelöscht wird, hinterläßt eine Schuld, die irgendwie beglichen werden muß. Aber diese Frau kann vielleicht Buße für ihre Sünden tun. Hat sie nicht jetzt schon eine Menge um deinetwillen riskiert, zum Wohle eurer Mission?

»Aye, das hat sie.« Calandryll zog Cennaire enger an sich, bemerkte plötzlich, daß sie ihren Arm um seine Hüfte gelegt hatte, und die Berührung tat ihm wohl. »Aber welche weitere Rolle hat sie zu spielen?«

Diese Frage kann ich nicht beantworten. Es sind Kräfte in jenem Reich in Bewegung geraten, das ihr den Äther nennt ... Auf einmal verstummte Horul, legte den Kopf mit der schwarzen Mähne in den Nacken und ließ ihn hin- und herpendeln, die Nüstern gebläht, als witterte er in die Nacht hinein. *Kräfte, weitaus gewaltiger als die meinen, größer als die Kräfte, über die wir Jüngeren Götter verfügen. Tharn rührt sich, möchte uns vertreiben, und selbst in diesem Moment wächst seine Macht. Sie wird durch Menschen gestärkt, und nur Menschen können sie wieder beseitigen.*

»Du sprichst in Rätseln«, sagte Calandryll und wurde sich bewußt, daß er Bracht nachahmte. »Wenn die Menschen Tharns Macht stärken und ihn besiegen können, warum zeigst Du uns dann nicht, wie?«

Erneut hallte das Gelächter auf, und es klang selbstironisch. Licht drang aus den weit geöffneten Pferdelippen hervor und tropfte ins Gras. Horul breitete seine großen Arme weit aus, und seine lodernden Augen richteten sich fest auf Calandrylls Gesicht.

Ist das Leben selbst nicht ein Rätsel? Warum haben Yl und Kyta eure Welt verlassen? Warum haben sie sie Tharn und Balatur überlassen? Warum haben sie sie nach dem Ausbruch der Götterkriege nicht wieder übernommen? Ich kann dir darauf keine Antwort geben, Calandryll, nicht mit schlichten Worten. Ihr Menschen seid durch eure Existenz gebunden, wir – meine Göttergeschwister und ich – durch die unsere. Wir alle sind von Ketten umgeben, die keiner von uns zerreißen kann; wir können nur versuchen, ihnen zu entschlüpfen, oder lernen, mit ihnen zu leben. Du mußt tun, was dir bestimmt ist, genau wie ich. Mehr kann ich dir nicht sagen.

Noch mehr Rätsel, lag es Calandryll auf der Zunge, doch er verschluckte die Bemerkung und sagte statt dessen: »Aber wenn Ihr Jüngeren Götter uns Menschen helfen würdet, könnten wir Rhythamun bestimmt besiegen. Ihr bräuchtet uns nur zu ihm zu bringen und uns zu gestatten, ihm das Arcanum abzunehmen. Dann müßten weder die Götter noch die Menschen Tharns Wiederauferstehung fürchten.«

Wenn uns das möglich wäre, erwiderte Horul, *glaubst du, wir würden es nicht tun? Aber wir können es nicht! Es sind Menschen, die versuchen, Tharn wiederauferstehen zu lassen, und Menschen müssen es sein, die seine Rückkehr verhindern.*

»Das ist viel verlangt von den Menschen«, stellte Calandryll fest.

Vielleicht. Aber ist es mehr, als das, was die Menschen von uns verlangen?

»Dann bitte ich Dich um einen geringeren Gefallen. Würdest Du zu Bracht und Katya sprechen, um sie zu überzeugen, falls das nötig sein sollte?«

Ich nehme an, sie würden mir glauben, wenn sie jetzt hier wären.

»Aber sie sind nicht hier! Erlaube mir, sie herzubringen, oder begleite mich zu ihnen.«

Dazu haben wir nicht die Zeit.

Wieder schwang der große Kopf herum, musterte den

Ring der Bäume und die funkelnden Sterne über ihm. Waren sie ein wenig verblaßt? Calandryll verspürte ein unangenehmes Prickeln auf der Haut, als ließe ein bevorstehender Sturm die Luft drückend werden.

Tharn würde selbst diese Begegnung verhindern, wenn er könnte. Noch ist er nicht stark genug, aber trotzdem ...

Der Gott verstummte, warf den Kopf wieder zurück und blähte die Pferdenüstern. Calandryll folgte seinem Blick, und es schien, als würde ein Vorhang über den Himmel gezogen werden. Die Sterne und der Mond waren nicht mehr zu sehen, und es war nicht so, als ob sie von Wolken oder blassem Morgendunst verdeckt würden, sondern als wären sie einfach verschwunden, als hätten sie aufgehört zu existieren.

Er regt sich, sein Zorn wächst. Horuls Blick kehrte zu Calandryll und Cennaire zurück. *Mir bleibt keine Zeit mehr. Ich muß gehen, sonst wird sein Zorn über euch hereinbrechen. Folgt eurem Weg weiter in der Gewißheit, daß dein Herz dich nicht belügt, Calandryll, und daß Vergebung möglich ist, Cennaire. Und nun lebt wohl.*

Er drehte sich um, entfernte sich von ihnen, wurde wieder zu einem Pferd aus Sternen- und Mondlicht, bäumte sich auf und zog einen strahlenden Schweif hinter sich her, als er zum Himmel emporgaloppierte, genau auf das Zentrum der bedrückenden Leere zu, die sich über dem Firmament ausbreitete. Mit ehrfürchtigen Blicken folgte Calandryll dem Gott, der jetzt zu einer Sternschnuppe geworden war, zu einem Komet, der geradewegs in das Nichts hineinraste.

Und dann blitzte ein blendend helles Licht auf, erbebten die Kiefern und wurden von einem lautlosen Windstoß zurückgebogen. Der Sturm war so wild, daß Calandryll taumelte. Er spürte, wie sich Cennaire an seiner Hüfte festklammerte, die Augen furchtsam geweitet. Sie zitterte am ganzen Körper und drückte sich an ihn, als suchte sie in ihrem Entsetzen Kraft und Schutz bei ihm, obwohl sie es war, die ihn aufrecht hielt.

Der grelle Lichtblitz erlosch, ließ nur ein Nachbild zurück, die Bäume richteten sich mit einem seufzenden Rauschen wieder auf, und einen Moment lang herrschte völlige Stille. Dann hallten Rufe und das Wiehern der erschreckten Pferde durch die Nacht, Fackeln flackerten, und zwischen den Bäumen tauchten Kotu-zen, Bracht und Katya auf.

»Komm«, drängte Calandryll Cennaire sanft. »Wir müssen ihnen erzählen, was Horul gesagt hat.«

»Werden sie ihm glauben?« fragte Cennaire.

»Vielleicht«, erwiderte Calandryll. »Ich glaube ihm jedenfalls.«

Und dieses Mal nahm er ihre Hand, als sie zur Straße zurückgingen.

KAPITEL 12

Sie trafen die Krieger und ihre Gefährten am Rand der Straße. Die anderen hielten ihre Waffen in den Händen und machten einen aufgeregten Eindruck, nur Ochen wirkte ruhig, als hätte er gespürt, was geschehen war. Calandryll versicherte ihnen, daß alles in Ordnung sei, und kehrte zu den Feuern zurück, um dort die auf ihn einprasselnden Fragen zu beantworten. Er hatte gehofft, daß Horuls göttliches Eingreifen seine Kameraden von Cennaires Ehrlichkeit überzeugen würde, aber er wurde enttäuscht. Sie hatten das Erscheinen des Gottes nicht miterlebt, und es schien unmöglich, Bracht von seiner Feindseligkeit abzubringen. Das scharfgeschnittene Gesicht des Kerners blieb hart und skeptisch, als Calandryll wiederholte, was der Gott gesagt hatte. Seine Zuhörer schwiegen und hielten sich mit ihren Urteilen zurück, bis er geendet hatte. Dann blickten die Jesseryter Ochen in der Erwartung an, von ihm eine Bestätigung des Gehörten zu erhalten, aber es war Bracht, der das Schweigen brach.

»Ein Trick«, erklärte er mit grimmiger Endgültigkeit. »Irgendein Zauber von Anomius, um uns zu täuschen, damit wir dieser Kreatur vertrauen. Außer euch hat niemand den Gott gesehen, Calandryll. Kannst du dir wirklich sicher sein, daß es nicht irgendein Zaubertrick gewesen ist?«

»Wenn du dabeigewesen wärst, würdest du nicht zweifeln«, versicherte ihm Calandryll.

»Aber ich war nicht dabei«, gab der Kerner zurück. »Nur du und sie. Und du bist eindeutig verhext.«

Seine Worte ließen Calandryll erröten, teils aus Verlegenheit, teils aus Verärgerung. Er sah zu Cennaire hinüber, die hilflos lächelte und die Achseln zuckte, wandte sich dann Ochen zu und fragte: »Könnt Ihr ihn nicht überzeugen? Oder glaubt Ihr ebenfalls, daß ich verzaubert bin?«

»Ich glaube, daß Ihr die Wahrheit sagt. Aber ...« Der *Wazir* zuckte – wie vor ihm Cennaire – die Achseln, als zweifelte er daran, daß es ihm gelingen würde, den verstockten Kerner zu überzeugen. Dann sah er Bracht an und sagte feierlich: »Eine Magie, größer als die von Menschen, ist in dieser Nacht erschienen. Eine unvorstellbare Macht hat den Äther durchquert, und ich habe sie gespürt. Das war nicht das Werk von Hexerei, weder von Anomius noch von Rhythamun. Es hatte göttliche Ausmaße. Habt Ihr nicht gesehen, wie sich der Himmel bewölkt hat, Bracht? Konntet Ihr es nicht spüren?«

»Ich habe gesehen, wie Wolken die Sterne bedeckt haben«, erwiderte Bracht. »Ein Sturm ist aufgezogen, und es hat geblitzt. Das habe ich gesehen, und sonst gar nichts.«

»Horul!« seufzte Ochen. »Ihr seht mit Euren Augen, nicht mit Eurer Seele. Hätte Eurer Gott Euch doch nur mit diesem anderen Gespür beschenkt, als er die Nägel aus Euren Händen herausgetrieben hat ...« Er schüttelte den Kopf und schwieg resigniert.

Brachts Stirn legte sich in Falten. »Beleidigt Ihr meinen Gott, *Wazir*?« fragte er grob.

»Nein«, entgegnete Ochen, »ich sage lediglich, daß Eure Wahrnehmung durch Eure Vorurteile begrenzt wird.«

Bracht stieß ein kurzes und abfälliges Lachen aus. »Ist es ein Vorurteil, wenn ich einem Ding mißtraue, das von einem Hexer erschaffen worden ist, der geschworen hat, mich umzubringen? Ich habe aus ihrem eigenen Mund gehört, wie sie sich verdammt hat. Ahrd! Wundert es Euch, daß es mir schwerfällt, an diese Geschichte zu glauben?«

Cennaire verfolgte das Streitgespräch weniger mit den Ohren als vielmehr mit den besonderen Sinnen, die ihr durch die Wiedererweckung verliehen worden waren. Bracht war unerschütterlich in seiner Weigerung, ihr zu glauben. Sein Mißtrauen war wie das Krummschwert, das er trug, hart wie geschmiedeter Stahl und ebenso scharf und unbeugsam. Calandryll strahlte ein Durcheinander unterschiedlicher Gefühle aus. Da war Liebe, aber sie war verunreinigt durch Abscheu vor all den Dingen, die sie getan hatte, vor dem, was sie gewesen war, verunreinigt durch seine Angst, Brachts Freundschaft zu verlieren. Cennaire richtete ihre übernatürlichen Sinne auf Katya und entdeckte dort eine ähnliche Verwirrung wie bei Calandryll, den Glauben, daß Calandryll die Wahrheit sagte und daß, wäre er getäuscht worden, Ochen es wissen würde, daß Horul also tatsächlich erschienen war und ihre, Cennaires, Aufrichtigkeit bestätigt hatte. Katya wollte es glauben, wollte es akzeptieren, aber diese Bereitschaft war unentwirrbar mit einem Zweifel behaftet, der von Brachts Mißtrauen herrührte, dem Wunsch, auf der Seite des Mannes zu stehen, den sie liebte, und das Ergebnis war ein Durcheinander von Gefühlen.

Ist es also das, was Liebe bedeutet? fragte sich Cennaire. *Gewißheit und Zweifel wild durcheinandergewürfelt? Die Ansichten von Freunden im Widerstreit mit tief im Herzen empfundenen Gefühlen? Vertrauen, wo es dem gesunden Menschenverstand nach keines geben konnte? Dort zu glauben, wo Glaube unmöglich war?*

Sie wandte ihre Aufmerksamkeit Ochen zu und entdeckte, daß er durch seine Magie geschützt und für ihre Sinne nicht zu fassen war. Eine natürliche instinktive Schutzvorkehrung? Oder irgend etwas anderes?

Chazalis Gefühle waren sehr viel leichter zu erkennen, sie brachen ungestüm aus ihm hervor, nur vor den normalen Sinnen gewöhnlicher Menschen durch die Selbstdisziplin seiner Kaste verborgen, aber nicht für die ihren. Er glaubte

Calandryll, glaubte, daß Horul erschienen war, und demzufolge alles, was er gehört hatte. Daß Cennaire früher eine Kurtisane gewesen war, war für ihn bedeutungslos, für ihn zählte nur, daß Horul ihre Redlichkeit bestätigt hatte. Daß sie von Anomius erschaffen worden war, beunruhigte ihn, erfüllte ihn mit Abscheu, rief aber kein Mißtrauen in ihm hervor. Er war wütend über Brachts Ablehnung, die er als Zurückweisung seines Gottes empfand, und er war versucht, den Streit zwischen Bracht und Ochen zu beenden, indem er die Vorwürfe des Kerners mit dem Säbel in der Hand beantwortete.

Burash! dachte sie plötzlich, *wenn das so weitergeht, spielen wir Rhythamun direkt in die Hände. Wir fallen vor lauter Zweifeln über uns selbst her.*

Auf einmal wußte sie mit absoluter Sicherheit, daß sie ein Bestandteil der Mission geworden war und es kein Zurück mehr für sie gab. Es war keine Entscheidung, die sie aus einem spontanen Gefühl heraus gefällt hatte, sondern aus innerer Überzeugung, frei von jedem Zweifel, als hätte Horul irgendwie ihre Zweifel davongespült, ihre Unentschlossenheit und jede Selbstsucht ausgemerzt. Und trotzdem schien ihre Gegenwart einen Keil zwischen die Gefährten zu treiben, drohten sie sich durch ihr Mißtrauen in die Haare zu geraten.

»Hört mir zu!« rief Cennaire laut, und ihre Stimme brachte die Streiterei zum Verstummen. Alle Gesichter wandten sich verblüfft ihr zu. Sie richtete ihren Blick so auf Bracht, daß er auch Katya mit einschloß. »Ihr traut mir nicht. Das kann ich euch nicht verdenken, und was ich euch auch erzähle, ihr werdet mir vermutlich nicht glauben. Aber hört ihr euch eigentlich selbst noch zu? Ihr streitet und streitet und dreht euch endlos im Kreis. Calandryll sagt euch, daß Horul sich für meine Redlichkeit verbürgt hat, Bracht behauptet, es wäre ein Zaubertrick gewesen. Euer Vertrauen ineinander schwindet, und das hilft nur Rhythamun. Euer Mißtrauen erzeugt Zweifel, wie eine entzündete Wunde Eiter hervorbringt.«

Ihre Stimme klang hitzig, und der Kerner starrte sie lange

Zeit aus schmalen Augen an, die Hand auf den Schwertgriff gelegt, als rechnete er damit, daß sie ihn anfallen könnte. Sie erwiderte seinen Blick, ohne mit der Wimper zu zucken, versuchte, ihn zu bewegen, ihr zu glauben, obwohl sie seine Weigerung spüren konnte, die wie eine dichte Wolke in der Nachtluft schwebte. Dann zuckte er die Achseln, ohne etwas darauf zu erwidern.

»Stellen wir uns den Tatsachen?« fragte Ochen in die Stille hinein, die auf Cennaires Worte folgte. »Ob Vertrauen oder nicht, wir werden gemeinsam weiterreiten und in Pamurteng eine *Gijan* konsultieren. Vielleicht kann die Wahrsagerin unseren verstockten Freund überzeugen. Wenn nicht …« Er zuckte seufzend die Achseln. »Vielleicht wird Horul noch einmal erscheinen. Doch wie auch immer, wir haben kaum eine andere Wahl, als weiterzureiten. Wollen wir diesen Streit also vorläufig verschieben und schlafen gehen? Oder zieht Ihr es vor, die ganze Nacht hindurch zu diskutieren?«

»Und wenn ich recht habe?« wollte Bracht wissen, noch immer nicht besänftigt.

»Ich versichere Euch, daß Ihr unrecht habt«, sagte Ochen müde, »aber selbst wenn Ihr recht hättet, würde Cennaire keine Bedrohung darstellen. Selbst wenn sie immer noch für Anomius arbeiten würde, bräuchte sie Euch lebend, oder? Wenn nicht alle Prophezeiungen falsch waren, dann seid Ihr drei es, die Rhythamun das Arcanum entreißen können, und niemand sonst, und wenn Euch das nicht gelingt, ist das Buch für Anomius nutzlos. Das, mein mißtrauischer Freund, ist einfache Logik.«

»Aye«, gab der Kerner widerwillig zu.

»Können wir dann also schlafen gehen?« fragte der *Wazir*.

Bracht nickte mürrisch.

Sie legten sich auf ihre Decken, Bracht und Katya auf der einen Seite des Feuers, Cennaire auf der anderen, flankiert von Calandryll und Ochen wie von zwei Leibwächtern, und das Mißtrauen schwebte wie eine schwere Wolke über ihnen.

Während der folgenden Tage wurde es kaum besser. Bracht sprach nur mit Cennaire, wenn es sich nicht vermeiden ließ, und auch dann nur knapp und einsilbig. Katya zeigte sich etwas großmütiger, blieb jedoch vorsichtig, war sich der Feindseligkeit des Kerners bewußt und vermied alles, was sie weiter hätte anstacheln können. Calandryll zog sich aus ganz anderen Gründen von Cennaire zurück, beunruhigt durch die Spaltung der drei Gefährten und seine eigenen verworrenen Gefühle. Chazali und seine Krieger befleißigten sich ihr gegenüber einer peinlich korrekten Höflichkeit, ihr Benehmen wurde von dem Wissen bestimmt, daß ihr Gott sie akzeptiert hatte. Nur Ochen schien ihr Zustand nicht zu beunruhigen, als betrachtete er sie jetzt als ein Opfer, auf jeden Fall aber als eine mögliche Verbündete, und so verbrachte Cennaire in der Folge die meiste Zeit in der Gesellschaft des *Wazirs*.

Er war immer noch hauptsächlich damit beschäftigt, Calandryll auf dem Gebiet des Okkulten auszubilden, und obwohl es zu keinen weiteren magischen Angriffen gekommen war, verbrachte er jeden Abend längere Zeit damit, ihr Lager mit Schutzzaubern abzusichern, aber sobald er etwas Muße hatte, suchte er Cennaire auf und unterhielt sich wie ein Freund mit ihr. Ihr war klar, daß er versuchte, den anderen mit gutem Beispiel voranzugehen, die Barrieren niederzureißen, die zwischen den Mitgliedern der Gruppe entstanden waren, und gleichzeitig so viel wie möglich über Anomius in Erfahrung zu bringen. Die Gründe spielten für sie allerdings kaum eine Rolle, viel wichtiger war, daß der runzlige Magier ihr eine Freundschaft anbot, die ihr ansonsten verwehrt wurde, und so erzählte sie ihm alles über ihren Schöpfer und dessen Pläne, woran sie sich erinnern konnte.

»Ich glaube«, bemerkte er eines Abends, als sie am Lagerfeuer saßen, »daß Ihr möglichst bald wieder den Spiegel benutzen solltet.«

»Was sagt Ihr da?« Bracht bedachte ihn von der gegenüberliegenden Seite des Feuers mit einem finsteren Blick. »Daß sie ihren Gebieter über unsere Absichten informieren sollte?«

»Bis zu einem gewissen Punkt, aye.« Ochen strahlte den mißtrauischen Kerner an. »Glaubt Ihr nicht, daß Anomius sich fragt, wohin wir unterwegs sind und was wir vorhaben? Wahrscheinlich wartet er schon ungeduldig auf Neuigkeiten.«

Bracht setzte zu einer wütenden Antwort an, aber Katya legte ihm eine Hand auf den Arm und bat ihn mit leiser Stimme, sich zu gedulden und abzuwarten, was der *Wazir* zu sagen hatte. Calandryll forderte den Magier mit einer Geste neugierig auf fortzufahren.

»Nach allem, was Cennaire mir über diesen Hexer erzählt hat«, führte Ochen aus und ignorierte Brachts leisen Einwurf, als dieser die Bezeichnung 'Hexer' durch 'ihr Herr und Meister' ersetzte, »sind seiner Geduld enge Grenzen gesetzt. Also sollten wir ihm Neuigkeiten zukommen lassen, die ihn eine Weile beschäftigen werden.«

»Warum?« fragte Bracht barsch.

»Aus mehreren Gründen«, erwiderte Ochen ruhig, »vor allem aber, um herauszufinden, wo er sich zur Zeit aufhält.«

»Was spielt das für eine Rolle?« knurrte der Kerner.

Ochen atmete tief ein, als müßte er sich zwingen, nicht die Geduld zu verlieren.

»Warum lassen wir ihn nicht erst einmal seine Gründe erläutern, Bracht?« murmelte Katya leise und besänftigend.

Der *Wazir* lächelte ihr dankbar zu und antwortete: »Sollte es ihm gelingen, den Zaubern zu entkommen, die ihn in die Dienste des Tyrannen zwingen, glaubt Ihr nicht, daß er dann versuchen wird, sich selbst auf die Suche nach dem Arcanum zu machen? Es wäre mir lieber, ihn weiterhin an den Tyrannen gefesselt zu wissen, denn andernfalls hätten wir einen mächtigen Feind im Nacken.«

»Könnte er uns denn überhaupt finden, selbst wenn er frei wäre?« erkundigte sich Calandryll.

»Es wäre möglich.« Ochens Gesicht wurde ernst. »Ich habe den Eindruck, daß dieser Anomius über große Kräfte verfügt, und deshalb möchte ich genau wissen, wo er steckt. Falls er ungeduldig wird, würde ich vorschlagen, ihm von uns ausgesuchte Nachrichten zukommen zu lassen, um ihn in dem Glauben zu wiegen, daß Cennaire weiterhin loyal in seinem Sinn handelt.«

»Und Ihr würdet ihr dabei vertrauen?« Brachts Stimme triefte vor Sarkasmus.

»Da mein Gott sich für ihre Zuverlässigkeit verbürgt hat, aye«, gab Ochen zurück und überhörte das abfällige Grunzen des Kerners. »Aber Euch zuliebe schlage ich vor, daß sie den Spiegel nur unter unserer Aufsicht benutzen darf.«

»Und uns dadurch verrät?« stieß Bracht hervor. »Ahrd, Mann, Ihr wißt doch, daß Anomius durch diese verfluchte Glasscheibe sehen kann!«

»Er wird nur so viel sehen, wie wir ihn sehen lassen werden.« Ochen grinste, als machte es ihm Spaß, den Kerner auflaufen zu lassen. »Wir werden alle anwesend sein und hören, was Cennaire ihm erzählt.« Er legte eine kurze Pause ein, und sein Grinsen wurde breiter, als Bracht die Stirn runzelte. Es war unverkennbar, daß er die Verständnislosigkeit des Kerners genoß. »Ihr scheint zu vergessen«, stellte er schmunzelnd fest, »daß ich ebenfalls ein Hexer bin und über ein gewisses Talent verfüge.«

»Ein Talent für Rätsel«, murrte Bracht verdrießlich. Er spürte, daß Ochen mit ihm spielte.

»Wir werden unsichtbar sein«, sagte der *Wazir.* »Wir alle, außer Cennaire.« Wieder legte er eine kurze Pause ein und grinste mit einer Fröhlichkeit, die fehl am Platze schien.

»Und er wird nichts davon bemerken?« vergewisserte sich Calandryll vorsichtig. »Wird er unsere Gegenwart nicht spüren?«

Ochen schüttelte den Kopf. Er lächelte immer noch breit, als bereitete ihm die Vorstellung, einen anderen Zauberer zu überlisten, großes Vergnügen. »Nein. Der Spiegel ist lediglich ein Kommunikationsinstrument. Er zeigt dem Betrachter nur das, was ihm auch ein Fenster zeigen würde. Anomius wird nur Cennaire und das Zimmer sehen, in dem sie den Spiegel benutzt.«

Calandryll gab sich mit der Erklärung zufrieden und nickte. Bracht verzichtete auf eine Erwiderung, aber seine Lippen wurden zu einem dünnen Strich, und in seinen Augen blitzte es geringschätzig auf.

»Das scheint mir ein vernünftiger Plan zu sein«, meinte Katya diplomatisch.

Bracht, der neben ihr saß, gab einen unartikulierten Laut von sich, zuckte die Achseln und begann damit, die Klinge seines Schwertes mit einem Wetzstein zu bearbeiten, zog sich demonstrativ aus der Unterhaltung zurück.

»Dann sind wir uns also einig«, stellte Ochen fest. »In Ahgra-te wird Cennaire *unsere* Spionin werden.«

»Und wann wird das sein?« fragte sie.

»Wir müßten in einem Tag dort sein«, entgegnete Ochen gutgelaunt. »Also etwa morgen zur Abenddämmerung.«

Cennaire nickte und verzichtete auf weitere Fragen, obwohl sie eine furchtbare Angst verspürte. Sie zweifelte weder daran, daß Ochen einen Unsichtbarkeitszauber wirken könnte, noch daß es ihm gelingen würde, Anomius zu täuschen. Aber was war mit ihr? Würde sie dieses Wissen vor dem Schwarzmagier verbergen können? Wenn er einen Verrat spürte, würde er sie mit Sicherheit auslöschen. Sie sah zu Calandryll hinüber und wußte einerseits, daß sie nicht sterben wollte – wofür sie jetzt mehrere Gründe hatte –, andererseits aber auch, daß sie alles tun würde, was ihn ihrer Macht stand, um ihm zu helfen. Also würde sie Ochens Anweisungen folgen, selbst wenn es sie das Leben kosten sollte. Es war eine merkwürdige Erkenntnis, ungewohnt durch ihre Selbstlosigkeit.

Als sie eine Hand auf der ihren spürte, drehte sie sich um und erblickte Calandryll, der ihr ernst und aufmunternd zulächelte, und seine Miene verriet ihr, daß sich ihre Gefühle auf ihrem Gesicht widergespiegelt haben mußten. *Burash!* dachte sie verwundert. *Habe ich mich derart verändert? War es Horul, der das bewirkt hat, oder ist es die Liebe?* Sie erwiderte sein Lächeln, wenn auch nur flüchtig, als er ihre Hand drückte und murmelte: »Dir wird nichts geschehen.«

Cennaire nickte, registrierte Brachts mißbilligenden Blick, den er ihr über das Feuer hinweg zuwarf, und sagte: »Das hoffe ich.«

»Vertrau auf Ochen und die Jüngeren Götter«, ermutigte Calandryll sie.

»Aye«, erwiderte sie, aber noch während sie das sagte, mußte sie an Horuls Worte denken, daß den Jüngeren Göttern Grenzen gesetzt waren, die sich dem Vorstellungsvermögen der Menschen entzogen, und daß Tharn immer stärker wurde, und ihre Verzagtheit wuchs. Zweifel überkamen sie, denn diente Anomius auf seine eigene bösartige Weise letztendlich nicht ebenfalls Tharn? Und wenn sie ein vollwertiges Mitglied dieser Mission geworden war, wäre ihr Tod dann nicht im Interesse des Verrückten Gottes? Könnte Tharn also Anomius nicht irgendwie davon in Kenntnis setzen, daß sie die Seiten gewechselt hatte?

Sie spürte, wie Calandryll die Hand zurückzog, und wünschte sich, er würde sie in die Arme nehmen, sehnte sich nach seinem Trost und Beistand. Hätte Bracht nicht auf der anderen Seite des Feuers gehockt und sie seine Ablehnung spüren lassen, hätte Katya nicht mit einem rätselhaften Gesichtsausdruck neben ihm gesessen, dann hätte Cennaire wahrscheinlich Calandryll ihrerseits in die Arme genommen, um seine Nähe zu fühlen. *Und was dann?* fragte sie sich. *Würde er mich festhalten, oder würde er sich von mir abwenden?* Sie hielt den Seufzer zurück, der ihren Lippen zu entschlüpfen drohte, und starrte in die Flammen, während sie versuchte, ihre Angst und die Enttäuschung zu unterdrücken, die in ihr aufstieg, als Calandryll sich damit beschäftigte, ein paar kleinere Ausbesserungsarbeiten an seiner Kleidung vorzunehmen.

Der Himmel war dunkel, der auffrischende Wind trieb Wolken vor sich her, die die Sterne bedeckten, der Mond lugte hin und wieder zwischen Lücken hervor. Das allgegenwärtige Gefühl der Bedrohung lag wie ein übler Nachgeschmack in der Luft, in Schach gehalten von den Schutzzaubern, die Ochen Calandryll gelehrt hatte, aber es nahm mit jedem Tag weiter zu, mit jeder Meile, die sie der vor ihnen liegenden Schlacht näher brachte. Gemessen an dieser Konfrontation, erschienen Calandryll seine in Unordnung geratenen Gefühle unbedeutend, aber er hoffte trotzdem, daß es ihm gelingen würde, auch dieses Problem zu lösen. Und doch wußte er, daß ihm das wahrscheinlich verwehrt werden würde, es sei denn, Cennaire könnte irgendwie ihr Herz zurückbekommen – auch wenn er sich nicht vorstellen konnte, wie das geschehen sollte – und wieder zu einer ganz normalen Frau werden. Wenn das möglich wäre, dachte er, dann würde alles gut werden.

Er beendete den letzten Nadelstich, legte seine Arbeit beiseite und gähnte. Abgesehen von den Geräuschen der Nachttiere und dem Knistern der Feuer herrschte Stille im Lager. Bracht und Katya hatten sich bereits in ihre Decken gehüllt, und die Kotu-zen, die nicht als Wachen um das Lager herum patrouillierten, schliefen. Ochen lag ein Stückchen entfernt, die Füße dem Feuer entgegengestreckt. Auch Cennaire lag still da, aber Calandryll glaubte nicht, daß sie schlief. Er blickte zu ihr hinüber und lächelte zaghaft. Falls sie es sah, reagierte sie nicht darauf, und Calandryll streckte sich ebenfalls auf seiner Decke aus, war sich unbehaglich der Distanz bewußt, die sie alle voneinander trennte.

Ahgra-te lag am nördlichsten Rand der bewaldeten Gebiete genau auf der Grenzlinie zwischen dem Waldland und der Grasebene. Die Straße stieg einen halben Tag lang beständig an und führte auf eine letzte breite Terrassenstufe, die vor einem dunklen Band endete. Dieses Band erstreckte sich von Osten nach Westen, so weit das Auge reichte. Dies, so erfuhren die Abenteurer, war der Rand der eigentlichen Ebene von Jesseryn, der Ahgra Danji, was auf jesserytisch »Großer Wall« hieß. Er ragte hoch über die Stadt und die bewaldeten Regionen auf, als hätten sich Gewitterwolken in festen Fels verwandelt und über das Land gelegt, eine bedrohlich wirkende Barriere, die von der untergehenden Sonne angestrahlt wurde, fast so beeindruckend wie der Kess Imbrun. Auf dem letzten Stück der Straße machte der Wald Feldern und Äckern Platz.

Der Ort selbst war am Fuß des Ahgra Danji erbaut worden, wo Wasserfälle die Felswand herabstürzten und Mühlräder antrieben, die sich wie wild in den reißenden Fluten drehten. Die Wasserfälle vereinigten sich zu einem Fluß, der sich tief in den flachen Untergrund gegraben hatte und durch Dämme und Sperren geteilt wurde, so daß er einen halbkreisförmigen Wassergraben bildete, der Ahgra-te im Westen, Süden und Osten schützend umschloß. Im Norden verlief die Felswand wie ein gewaltiger Befestigungswall. Jenseits des Wassergrabens ragte eine hohe hölzerne Mauer auf, die in regelmäßigen Abständen von Wachtürmen unterbrochen wurde und sich bis zur Steilwand zog, ein zusätzlicher Schutzwall, der die Stadt umgab. Es war ein Ort, dachte Calandryll, der nur unter äußersten Schwierigkeiten erobert werden könnte, sollte sich der Krieg, der auf der Ebene im Norden wütete, so weit nach Süden ausbreiten.

Während sie sich der Stadt näherten, wurde ihm bewußt, daß sie den Stadtstaaten Lysses ähnlicher war als die anderen wenigen Ansiedlungen, die er in diesem geheimnisvollen Land bisher gesehen hatte, allein schon durch ihre Ausmaße beeindruckend. Die ihm zugewandte Mauer war nahezu eine halbe Meile lang, und er schätzte, daß die Mauern im Osten und Westen auch nicht kürzer waren. Als er sich im Sattel umdrehte, sah er, daß seine Gefährten die Bestigungsanlagen voller Ehrfurcht anstarrten, obwohl sie vor der Felswand im Hintergrund geradezu winzig wirkten.

Zwei Bogenschußweiten von den Mauern entfernt bellte Chazali einen Befehl, worauf zwei Männer zu einem Wachposten am südlichen Rand des Wassergrabens galoppierten. Dort hielten sie kurz an, preschten dann weiter über eine Zugbrücke und verschwanden hinter den Stadtmauern. Der *Kiriwashen* zügelte das Tempo, seine Männer formierten sich zu einem Zug hinter ihm. Ochen lenkte sein Pferd neben Chazali, und auch die Abenteurer bildeten automatisch Pärchen. Calandryll schob sich neben Cennaire, und als er ihr einen Blick zuwarf, sah er, daß die Kanderin Ahgra-te aus staunenden Augen betrachtete.

»Wenn sie das als Ort bezeichnen«, bemerkte er, »wie müssen dann erst ihre großen Festungsstädte aussehen?«

»Riesig, wie Nhur-jabal«, erwiderte sie mit einem Lächeln, das ihm nervös vorkam. Wahrscheinlich, dachte er, macht sie sich Sorgen wegen der bevorstehenden Kontaktaufnahme mit Anomius.

»Du hast nichts zu befürchten«, sagte er, um sie zu beruhigen. »Wenn du Ochens Anweisungen genau befolgst, wird Anomius hinterher genauso schlau wie vorher sein.«

Sie nickte schweigend, und auch Calandryll verstummte. Auf den Stadtmauern von Ahgra-te begannen Menschen aufzutauchen. Sie wirkten wie Zuschauer, die sich auf der oberen Tribüne eines Amphitheaters aufreihten. Chazalis Vorreiter kehrten im Galopp zurück. Eine Doppelreihe von Soldaten in Halbrüstungen, die Piken trugen, kam zwischen den Torflügeln hervor und formte einen Korridor, der sich von dem Wachhaus am Wassergraben bis zum Stadttor erstreckte.

»Ich dachte, alle Kotu wären in den Krieg gezogen!« rief Calandryll.

Ochen drehte sich kurz im Sattel um, wobei er bedenklich schwankte, und antwortete: »Hier sind einige Kotu-anj als Nachhut zurückgeblieben.«

Der *Wazir* fand keine Zeit mehr für weitere Erklärungen, denn er mußte sich auf sein Pferd konzentrieren, um nicht seinen unsicheren Halt zu verlieren, als sie über die Brücke ritten. Das dumpfe Trommeln der Hufe auf den Holzbohlen ging bald darauf wieder in das hellere Klappern von Hufeisen auf Stein über. Als sie durch die Tore ritten, senkte sich einen Moment lang Dunkelheit über sie, dann wurde es wieder heller, und sie kamen auf einem schattigen Platz heraus, der von Kembi und anderen vornehmen Bügern wimmelte. Chazali und Ochen brachten die Pferde zum Stehen, machten aber keine Anstalten abzusteigen, als sich ihnen eine Abordnung von Würdenträgern – wie Calandryll aus ihrer prächtigen Kleidung schloß – näherte. Die Leute verneigten sich tief und hießen den ehrenwerten *Kiriwashen* von Pamurteng, den ehrwürdigen *Wazir* und die höchst geehrten Gäste untertänigst willkommen.

Calandryll vermutete, daß Chazalis Boten die Führer von Ahgra-te informiert hatten, daß Fremde den Trupp begleiteten, aber trotzdem bemerkte er die neugierigen Seitenblicke, die die Menschen ihnen zuwarfen, während der *Kiriwahen* die Begrüßung formell erwiderte und die Würdenträger der Menge zuriefen, den Weg freizugeben. Die Pikenträger trotten voraus und führten die Besucher in die Stadt hinein.

Für jemanden, der die breiten Straßen der lyssianischen Städte oder die Weite der freien Natur gewöhnt war, bot Ahgra-te einen Anblick, der Platzangst verursachen konnte. Die Straßen waren so eng, daß kaum ein Karren zwischen den viergeschössigen Häusern passieren konnte, die beinahe bis an die inneren Laufwege der Mauern heranreichten, an die sie sich schmiegten, als wäre die gesamte Stadt eine einzige riesige Festung, die von schmalen Durchgängen durchschnitten wurde. Die Dämmerung war mittlerweile hereingebrochen, und obwohl Laternen brannten und aus den Häuserfenstern Licht fiel, war die Straße düster und wirkte trotz des freundlichen Willkommens der Bürger bedrückend. Nach der Reinheit in den Wäldern war die Luft von den unzähligen und fast vergessenen Gerüchen erfüllt, die jeder Stadt anhaften, aber hier mutete sie durch eine Vielzahl unbekannter Gewürze, den Rauch der Räucherstäbchen, die in den Türen der Häuser brannten, und den Geruch exotischer Speisen noch fremdartiger an. Aus jeder Tür und jedem Fenster lugten Gesichter hervor, auf denen Calandryll, der inzwischen mit der jesserytischen Physiognomie besser vertraut war, Neugier und das Staunen darüber erkennen konnte, daß ein *Kiriwashen* und ein *Wazir* in Begleitung von Fremden unterwegs waren.

Es war eine Erlösung, als sie schließlich auf einen freien Platz gelangten, auch wenn im Hintergrund der gewaltige Ahgra Danji aufragte. Zumindest war hier der Himmel wieder sichtbar, dunkelblau und bereits mit den ersten Sternen durchsetzt. Im Osten war der Mond aufgegangen.

Wie in Ghan-te war auch dieser Platz von einem Tempel, Ställen und Gaststätten umgeben. Die Kotu-anj verschwanden in der prächtigsten Taverne, während die Kembi und die anderen Würdenträger den Reitern ihre Rücken als Schemel darboten, wobei sich das gleiche hektische Durcheinander wie in Ghan-te ergab. Als es Calandryll endlich gelungen war, ohne Hilfe abzusteigen, sah er, wie die Kotu-anj eine Schar von Bürgern aus der Taverne heraustrieben, und er vermutete, daß die Gaststätte geräumt wurde, um Platz für die Besucher zu schaffen.

Er blickte sich voller Staunen über die Stadt um. Ochen und Chazali hatten sie als »Ort« bezeichnet, aber sie erschien ihm zu groß für diese verharmlosende Bezeichnung, und das führte ihn zu der Frage, wie groß wohl erst die Tengs im Norden sein würden. Durch die wimmelnde Menge sah er einen Priester aus dem Eingang des Tempels treten. Es war ein gewaltiges Gebäude, das den größten Teil der Nordseite des Platzes einnahm, mit einem herrlichen Pferdekopfsymbol von Horul aus Blattgold und schwarzem Marmor über der breiten Eingangstür. Die Kleidung des Priesters war genauso prächtig, eine irisierende silberne Robe, die im Licht der Laternen funkelte. Er war sehr viel jünger als Ochen und wurde von sechs Gehilfen begleitet, die in vollkommenem Einklang Weihrauchfäßchen schwenkten und eine schwache Spur duftenden Rauchs hinter sich herzogen. Der Priester blieb ein paar Schritte vor der Tür stehen, während seine Gehilfen eine perfekte Reihe hinter ihm bildeten, hob die Arme und sang ein Gebet, das gleichzeitig eine Begrüßung darstellte.

Jetzt forderten die Formalitäten ihr Recht. Ochen erklärte, daß er und die Kotu-zen ihrem Gott den gebührenden Respekt zollen müßten.

Calandryll verbeugte sich. »Wir werden unsere Pferde in den Stall bringen und in der Taverne auf Euch warten.«

Ochen dankte ihm für sein Verständnis, entschuldigte sich und ging zu dem wartenden Priester. Chazali schloß sich ihm an, gefolgt von seinen Männern, die ihre Pferde den Kotu-anj überließen. Keiner der Krieger schien sonderlich darauf erpicht, sich um die größeren Pferde der Fremden zu kümmern. Die Gefährten brachten ihre Tiere selbst in den Stall, wo Boxen vorbereitet worden waren. Sie nahmen den Pferde die Sättel und das Zaumzeug ab, striegelten sie und vergewisserten sich, daß sie gut versorgt waren, bevor sie sich auf den Weg in das Gasthaus machten.

Die Taverne war bis auf den Wirt und das Dienstpersonal

leer, ein großer Raum mit niedriger Decke, in dem lange Tische und Klappstühle aufgebaut waren, die üblichen Sitzgelegenheiten der Jesseryter. Die wenigen Fenster befanden sich in der vorderen Wand, kleine quadratische Öffnung, deren Läden bereits geschlossen waren. In regelmäßigen Abständen brannten Lampen an den Wänden, die jedoch nicht mehr Licht spendeten als die Lampen in der Festung, so daß es dämmrig in der Taverne war. Calandrylls Augen suchten instinktiv die Schatten ab, wobei er sich bewußt war, daß Bracht und Katya seinem Beispiel folgten. Er rief dem Wirt lächelnd einen Gruß zu und sah, wie die Jesseryter zusammenzuckten und aufkeuchten. Auf ihren Gesichtern spiegelte sich maßloses Erstaunen darüber, ihre Sprache aus dem Mund eines Fremdländers zu hören.

»Sind wir so merkwürdig?« hörte er Bracht brummen.

Calandryll nickte und erwiderte leise: »Aye, für sie schon.« Und an den Wirt und sein Personal gewandt, sagte er: »Seid gegrüßt. Wir reiten in der Gesellschaft des *Kiriwashen* Chazali Nakoti Makusen und des *Wazirs* Ochen Tajen Makusen aus Pamur-teng. Sie haben uns gebeten, hier auf sie zu warten.«

Der Wirt hatte einen mächtigen Bauch, eine Glatze und einen Vollbart. Er trat vorsichtig einen Schritt vor und verneigte sich tief, fuhr mit der Zunge über seine fleischigen Lippen und sagte mit stockender Stimme: »Ich grüße Euch, ehrenwerte Gäste. Wir sind geehrt durch Euren Besuch und heißen Euch willkommen. Ich bin Kiatu Garu, der Eigentümer dieses bescheidenen Hauses. Womit darf ich Euch dienen?«

»Mit Bier, falls Ihr welches habt«, erwiderte Bracht gutgelaunt, ohne das unübersehbare Unbehagen des Mannes zu beachten. »Wenn nicht, dann mit Wein.«

»Ich würde gern baden«, sagte Katya.

»Wir können mit allem dienen«, versicherte Kiatu und verneigte sich von neuem.

»Willst du gleich mit Cennaire das Badehaus benutzen, Katya?« fragte Calandryll. »Bracht und ich warten hier solange auf euch.«

Die Vanuerin nickte, Cennaire einen Augenblick später. Seit ihrem Geständnis, daß sie eine Wiedererweckte war, würde sie zum ersten Mal wieder mit Katya allein sein, und sie fragte sich, was sie von ihr zu hören bekommen würde. Letztendlich spielte es keine Rolle, sagte sie sich, denn sie hatte ihre Entscheidung getroffen, und auch wenn Katya sie verächtlich und beleidigend behandelte, Worte konnten ihr nichts anhaben. Sie folgte der größeren Frau durch den schlechtbeleuchteten Schankraum zu der Tür, auf die Kiatu deutete, wo ein nervöses Dienstmädchen wartete.

Calandryll wiederum fragte sich, was sich zwischen ihm und Bracht abspielen würde, solange sie allein und ungestört waren, und er sagte sich, daß es eine günstige Gelegenheit wäre, offen über ihre Differenzen zu sprechen. Urplötzlich wurde er nervös. Seit der Nacht, in der Horul erschienen war, hatten sie kaum noch ein Wort miteinander gewechselt, und er befürchtete, daß eine offene Aussprache die Kluft zwischen ihnen noch vertiefen könnte. Er folgte dem Kerner zu einem Wandtisch und nahm unter einer Lampe Platz. Kiatu brachte ihnen das bestellte Bier.

Bracht nahm einen tiefen Zug und grunzte anerkennend. Calandryll trank langsamer, unschlüssig, ob er das Thema Cennaire anschneiden oder lieber den Mund halten sollte. Aber die Entscheidung wurde ihm abgenommen, denn der Kerner ergriff als erster das Wort.

»Wir haben nicht mehr viel gesprochen, du und ich«, stellte er mit einem kurzen Blick auf Calandryll fest und starrte dann in seinen Krug.

Calandryll registrierte zu seiner Überraschung, daß Bracht verlegen war. »Nein«, sagte er. »Nicht mehr, seit ...« Er ließ den Rest des Satzes offen und zuckte die Achseln.

Bracht nahm einen weiteren Schluck. »Nicht mehr, seit Horul dir erschienen ist«, führte er den Satz zu Ende.

Calandryll drehte sich auf dem Klappstuhl herum, so daß er den Kerner direkt anblickte. »Glaubst du, daß er es war? Kein Zaubertrick?«

»Ich habe ausführlich mit Katya darüber gesprochen«, erwiderte Bracht langsam. Er hatte die Stirn in Falten gelegt und den Blick noch immer in sein Bier gerichtet. »Und sie hat mich überzeugt, daß es vermutlich wirklich Horul gewesen ist. Ochen ist davon überzeugt, und du bist dir ebenfalls sicher. Also ...« Er verstummte mit einem Achselzucken.

»Es war der Gott, Bracht«, sagte Calandryll. »Daran habe ich nicht den geringsten Zweifel, auch nicht an dem, was er gesagt hat.«

»Das Cennaire unsere Verbündete geworden ist?« Wieder zuckte Bracht die Achseln, und sein Stirnrunzeln vertiefte sich. »Vielleicht. Aber ich kann weder vergessen, was sie ist, noch wer sie dazu gemacht hat. Auch nicht, daß du sie liebst, obwohl du weißt, was sie getan hat.«

Calandryll blieb eine Zeitlang stumm. »Aye«, antwortete er schließlich. »Aber glaubst du etwa, mich würde das nicht beunruhigen?« Er schüttelte hilflos den Kopf. »Dera, ich weiß nicht, ob ich sie lieben oder verabscheuen soll! Horul hat gesagt, ich sollte ihre Vergangenheit vergessen und meinem Herz folgen, daß sie neu geboren ist und ihr ihre Taten vergeben werden sollten. Aber glaubst du, ich könnte das alles vergessen? Nein, das kann ich nicht!«

»Das ist keine leichte Sache.« Bracht hielt seinen Krug schief und rief nach einem weiteren Bier. »Und während der letzten Tage habe ich nur an meine eigenen Gefühle gedacht, überhaupt nicht an deine.«

Calandryll erkannte die verdeckte Entschuldigung und lächelte flüchtig. »Abgesehen davon, daß ich Cennaire liebe, bin ich mir über meine Gefühle selbst nicht mehr sicher«, sagte er leise. »Was die Morde betrifft ... aye, die kann ich ihr vergeben. Zumindest glaube ich, daß ich es kann, denn sie hat sie aus Angst vor Anomius' Wut begangen, aus Angst um ihr ... Leben, und ich habe selbst eine Menge Blut während unserer Reisen vergossen.«

»Aber kein unschuldiges«, warf Bracht ein.

»Mag sein.« Calandryll seufzte. »Vielleicht ist das eine Frage, die die Götter entscheiden sollten.«

»Die Jüngeren Götter können keine Schuld in dir finden, mein Freund«, versicherte Bracht zuversichtlich. »Ahrd! Diejenigen, die du getötet hast, hast du nur getötet, weil es diese Mission erfordert hat.«

»Und jetzt ist Cennaire ein Teil davon geworden«, erwiderte Calandryll. »Das hat Horul gesagt, und Ochen glaubt ebenfalls, daß es so ist. Aber was bin ich geworden, daß ich eine Frau ohne Herz liebe?«

»Unglücklich«, sagte Bracht. Sein Mund verzog sich zu einem dünnen und humorlosen Grinsen.

»Wenn sie doch nur ihr Herz zurückbekommen und wieder eine normale sterbliche Frau werden könnte«, murmelte Calandryll. »Dann wäre alles viel einfacher.«

»Vielleicht findet Ochen eine Möglichkeit«, meinte Bracht.

Calandryll blickte den Kerner scharf an. »Wie das? Solange wir nicht Anwar-teng erreicht und Rhythamun besiegt haben, sind meine Sorgen unwichtig.«

»Dann vielleicht später.« Bracht lachte leise. »Falls wir Erfolg haben. Und wenn nicht, werden sich alle unsere Sorgen ohnehin von selbst erledigen, denke ich.«

Calandryll nickte und mußte über Brachts trockenen Humor ebenfalls schmunzeln. »Aye. Aber bis dahin? Sollen wir so wie bisher weitermachen, oder bist du bereit, Cennaire jetzt als unsere Verbündete zu akzeptieren?«

Bracht zögerte und spielte mit seinem Krug, bevor er antwortete. »Katya ist größtenteils überzeugt«, sagte er langsam, »und sie versichert mir, daß Ochen ein echter Freund ist. Ich glaube, daß meine Zweifel wahrscheinlich von meiner Wut herrühren. Ahrd, ich habe auch die Jesseryter für unsere Feinde gehalten, bevor ich sie besser kennengelernt habe. Ich hatte damals unrecht, also habe ich mich vielleicht auch in bezug auf Cennaire getäuscht.«

Calandryll starrte den Kerner an und fragte sich, ob Bracht tatsächlich seine Meinung geändert hatte oder nur versuchte, ihre Freundschaft zu kitten.

Bracht zuckte die Achseln, trank einen Schluck von seinem Bier und fuhr fort: »Ich will damit nicht sagen, daß mir gefällt, was sie getan hat, oder daß ich ihr bereits vertraue. Aber es ist eine Kluft zwischen uns entstanden, die nur diese Mission gefährden kann. Ich möchte nicht, daß sie noch tiefer wird. Deshalb sage ich dir jetzt folgendes: Wenn ich der *Gijan* vertrauen kann, die wir aufsuchen wollen, und wenn sie bestätigt, daß Cennaire ein Teil unserer Mission geworden ist, dann werde ich Cennaire als Verbündete akzeptieren.«

Das kam, wie Calandryll wußte, dem Eingeständnis, sich geirrt zu haben, so nahe, wie es dem Kerner möglich war. Es war die ausführlichste Entschuldigung, zu der ein stolzer und harter Mann wie Bracht fähig war. Er nahm sie dankbar an, froh, daß sich die Kluft, die zwischen ihnen aufgebrochen war, wieder geschlossen hatte.

»Aber sollte sie sich als Betrügerin herausstellen«, fügte Bracht grimmig hinzu, »werde ich sie töten, falls mir das möglich ist.«

»Aye.« Calandryll neigte den Kopf. Damit konnte er sich abfinden. »Und bis wir Pamur-teng erreicht haben? Wirst du sie bis dahin wie einen Freund behandeln?«

Bracht nickte. »Ich verspreche nicht, daß ich vergessen kann, was sie ist, aber du hast mein Wort, daß ich mich bemühen werde, ihr gegenüber höflicher zu sein.«

»Ich danke dir«, sagte Calandryll.

»Ahrd, sollen sich Freunde wie wir wegen einer Frau zerstreiten?« Der Kerner schmunzelte, seine gute Laune war teilweise zurückgekehrt. »Die zudem noch herzlos ist? Also, trinken wir noch etwas mehr von diesem jesserytischen Bier?«

»Aber sicher.« Calandryll rief nach zwei neuen Krügen. Seine Stimmung hob sich, als wäre ihm eine schwere Last von der Seele genommen worden.

Nach einer Weile gesellten sich Katya und Cennaire zu ihnen, und aus dem Gesichtsausdruck der Kanderin und der Art, wie die beiden miteinander sprachen, erkannte Calandryll, daß im Badehaus eine ähnliche Unterhaltung stattgefunden haben mußte. Es freute ihn, daß ihre Differenzen beigelegt waren, obwohl er immer noch mit seinem Gewissen zu kämpfen hatte. Daß Bracht und Katya beschlossen hatten, Cennaire zu akzeptieren, löste nur ein Problem. Was blieb, war die Tatsache, daß er eine Frau liebte, deren Leben auf Hexerei beruhte.

Es fiel ihm schwer, so von ihr zu denken, wenn sie lächelte. Dann spürte er, wie sein Herz einen Satz machte, staunte über die Vollkommenheit ihres Gesichts und die Art, wie ihr das glänzende rabenschwarze Haar über die Schultern fiel, und er flüchtete sich erneut hinter eine Fassade aus Formalitäten. Die Situation wurde leichter für ihn, als Ochen in Begleitung Chazalis und der Kotu-zen die Taverne betrat. Das gleiche galt für Kiatu und sein Personal, obwohl Calandryll noch immer die Verblüffung in ihren Gesichtern darüber erkennen konnte, daß ein *Wazir* und ein *Kiriwashen* die Anwesenheit von Fremden so selbstverständlich hinnahmen und sich mit ihnen sogar wie mit alten Freunden unterhielten.

Die Disziplin, die ein natürlicher Charakterzug der Jesseryter zu sein schien, half dem Wirt, während er seine Bediensteten beim Servieren des Speisen beaufsichtigte. Trotzdem wanderte sein Blick immer wieder über die Gesichter der Fremden, und er zuckte jedes Mal zusammen, wenn er sie in seiner Muttersprache sprechen hörte.

Das Essen war ausgezeichnet und nach den langen Tagen auf der Straße geradezu ein Luxus. Es gab Fisch in einer würzigen Soße, Schweinefleisch und Wildbraten mit exotischen Kräutern und einer mit Wein abgeschmeckten Bratensoße. Sie aßen mit gutem Appetit und hörten sich die Neuigkeiten über den Bürgerkrieg an, die bis hierher vorgedrungen waren. Wie sie erfuhren, hielt die Belagerung Anwar-tengs an, auch wenn sich die Hexer, die in den Diensten der Rebellen standen, nach Kräften bemühten, die Übermittlung von Nachrichten auf magischem Weg zu verhindern, so daß nur vereinzelte Mitteilungen einen Weg durch ihre Barrieren fanden. Der Priester hatte Ochen informiert, daß die Armeen von Pamur-teng und Ozali-teng nach Norden zogen, während die aufständischen Kotu-zen von Bachanteng innerhalb ihrer Festungsstadt geblieben waren, bereit, den Vormarsch der Gegner aufzuhalten. Soweit er wußte, war es bisher noch nicht zu größeren Schlachten gekommen. Die Hauptstreitkräfte der Rebellen waren noch immer zum Galilsee unterwegs, wo Anwar-teng der Belagerung nach wie vor standhielt.

»Und Rhythamun?« erkundigte sich Calandryll. »Gibt es Neuigkeiten über ihn?«

Ochen und Chazali wechselten einen Blick. Der *Wazir* nickte düster, das Gesicht des *Kiriwashen* verfinsterte sich.

»Vor zehn Tagen ist hier ein Kotu-anj erschienen«, erwiderte Ochen. »Er hat sich als Bote von der Festung am Kess Imbrun ausgegeben, der nach Pamur-teng geschickt worden war. Er hat sich ein frisches Pferd besorgt und ist sofort weiter nach Norden geritten.«

»Hat der Priester denn nicht erkannt, was der Bote in Wirklichkeit war?« keuchte Calandryll.

Ochen schüttelte bedauernd den Kopf. »Nein. Er hatte keinen Grund, dem Mann zu mißtrauen, und ihm nur den Segen des Gottes auf seinem Weg gewünscht.«

Calandryll hörte Bracht eine Verwünschung knurren. Er seufzte. »Vor zehn Tagen?« murmelte er. »Dera, er vergrößert seinen Vorsprung auf uns.«

»Wir haben jetzt einen kleinen Vorteil«, bemerkte Ochen. »Er hat seinen Namen genannt: Jabu Orati Makusen.«

»Eine äußerst kleine Hilfe«, stellte Calandryll fest.

Ochen nickte zustimmend und lächelte matt. »Aber trotzdem ein Vorteil, denn jetzt kennen wir seinen Clan.«

»Was haben wir davon?« wollte Bracht wissen.

»Wenn er versucht, sich der Armee aus Pamur-teng anzuschließen«, erwiderte Chazli grimmig, »muß er zuerst erklären, wieso er nicht in der Festung geblieben ist. Wenn ihm das gelingt, muß er das Spiel weiterspielen und wird in die Truppen des Orati-Clans eingegliedert werden.«

»Ahrd!« knurrte Bracht. »Glaubt Ihr, er wird vortreten, wenn wir seinen Namen rufen?« Er schüttelte langsam den Kopf. »Oder wird sich der gesamte Clan in einer Reihe aufstellen, damit Cennaire jedes einzelne Gesicht betrachten kann?«

Chazali nahm dem Kerner die bittere Bemerkung nicht übel, zuckte nur die Achseln und hob in einer hilflosen Geste die Hände. »Wir können die Truppen einholen«, erklärte er. »Zumindest das. Und wenn ich mit dem *Kiriwashen* der Orati gesprochen habe, kann er seine Männer überprüfen.«

»Es sei denn, Rhythamun ist inzwischen in den Körper eines anderen Mannes geschlüpft«, gab Calandryll zu bedenken. »Oder aber er macht einen Bogen um die Armee.«

»Trotzdem muß er immer noch Anwar-teng betreten, um das Tor zu erreichen«, sagte Ochen ruhig. »Oder weiter zum Borrhun-maj reiten.«

»Noch ist Anwar-teng nicht gefallen«, fügte Chazali hinzu. »Und bis zum Borrhun-maj ist es noch ein weiter Weg.«

»Und Rhythamun hat zehn Tage Vorsprung«, sagte Bracht, »und uns wahrscheinlich noch mehr Hindernisse in den Weg gelegt, die uns weiter aufhalten werden. Außerdem kann er jederzeit die Gestalt wechseln.«

Es folgte ein nachdenkliches Schweigen. Die ungeheuere Bedeutung der vor ihnen liegenden Aufgabe wirkte einschüchternd. Es schien unmöglich, den Hexer jetzt noch einholen zu können, alles sprach dafür, daß er ihnen ständig einen Schritt voraus sein würde, bis er sein Ziel erreicht hatte und Tharn wiederauferstand. Eine Zeitlang war jeder in seine eigenen Gedanken versunken, die allesamt unerfreulich waren, bis Ochen den Bann brach.

»Aber wir geben trotzdem nicht auf, nicht wahr?« fragte er. »Wenn wir erst einmal Anwar-teng erreicht haben, steht uns die Hilfe der *Wazir-narimasu* zur Verfügung.«

Alle sahen ihn an, die einen überrascht, die anderen ernst, und Bracht sagte: »Aye, natürlich ziehen wir weiter. Was denn sonst?« Sein Tonfall machte deutlich, daß er die Frage des Zauberers für überflüssig und dumm hielt.

Calandryll schmunzelte, seine Stimmung hob sich wieder. »Dera, wir haben gerade erst einen kleinen Zipfel von dieser Welt gesehen«, verkündete er. »Glaubt Ihr etwa, wir würden umkehren, ohne die Ebene von Jesseryn erforscht zu haben?«

»Oder das Borrhun-maj?«, fügte Bracht hinzu.

»Oder was immer hinter ihm liegt?« fragte Katya.

»Ganz zu schweigen von Vanu«, fuhr der Kerner fort. Er grinste Katya an. »Vergiß nicht, daß ich noch eine Angelegenheit mit deinem Vater zu regeln habe.«

Katya lächelte breit. In ihren grauen Augen funkelte es belustigt, aber sie verlieh ihrer Stimme einen bewußt ernsten Tonfall, als sie sagte: »Aber erst, wenn wir das Arcanum endgültig seiner Bestimmung übergeben haben und es vernichtet ist.«

»Oh, aye«, gab Bracht im gleichen Tonfall zurück. »Erst, nachdem diese Kleinigkeit erledigt ist.«

Calandryll mußte ebenfalls lachen. Er sah, wie Chazali den Wortwechsel mit zusammengekniffenen Augen verfolgte, als zweifelte er an ihrem Verstand. Cennaire blickte verblüfft von einem zum anderen und fragte sich, woher die Gefährten in einer derart bedrohlichen Situation ihren Humor nahmen, bevor sich auch ihre Lippen zu einem Lächeln verzogen. Der Optimismus und das Lachen waren einfach ansteckend.

»Wir brechen mit der Morgendämmerung auf«, verkündete Chazali. Seine lohfarbenen Augen blieben ernst. Er bezweifelte, daß er diese Fremden jemals wirklich verstehen würde.

»Und wir haben heute abend noch etwas zu erledigen«, sagte Ochen und wandte sich Cennaire zu. »Falls Ihr bereit seid.«

Ihr Lachen brach ab, und ihre Miene wurde schlagartig wieder düster. Sie neigte den Kopf. »Wie Ihr wollt.«

Ihre Zimmer lagen im obersten Stockwerk der Taverne – die Höhe entsprach dem Status der Gäste, wie Ochen erklärte – und hatten schmale Fenster, die einen Blick auf die Dächer Ahgra-tes gestatten. Die Betten waren breit, die Fußböden mit dicken Teppichen ausgelegt. Es waren geräumige Unterkünfte, aber trotzdem fühlte sich Cennaire beengt, als sich alle in ihrem Zimmer versammelten und zuhörten, wie Ochen ihr erklärte, was sie Anomius erzählen und was sie ihm verschweigen sollte.

Sie nickte ernst zu seinen Anweisungen. Katya zog den Spiegel unter ihrem Hemd hervor und reichte ihn Cennaire. Die Kanderin wickelte ihn vorsichtig aus, als mißtraute sie dem kleinen Gegenstand. Calandryll sah, wie sie sich nervös mit der Zunge über die Lippen fuhr und ein Anflug von Angst in ihren dunklen Augen aufflackerte. Er berührte sie sanft an der Schulter.

»Ich werde jetzt meinen Zauber durchführen«, verkündete Ochen. »Dann könnt Ihr den Spiegel benutzen.«

Cennaire nickte wieder und wartete. Der Hexer forderte die anderen mit einer Geste auf, zusammenzurücken, hob die Arme und begann, die geheimnisvollen Silben des Zauberspruchs zu intonieren. Mandelduft erfüllte das Zimmer, die Umrisse der Gefährten und des *Wazirs* schimmerten und verschwanden.

»Wir müssen jetzt still sein«, ertönte Ochens Stimme aus dem Nichts. »Cennaire, ruft Ihr jetzt Anomius?«

Sie neigte den Kopf und sagte den Zauberspruch auf, den sie gelernt hatte. Farben wirbelten über die Oberfläche des Spiegels, ein weiterer Schwall süßlichen Mandeldufts stieg in die Luft und wurde schwächer, als sich der Farbenstrudel auflöste und von Anomius' unansehnlichem Gesicht ersetzt wurde.

»Du hast dir Zeit gelassen, Frau.«

Die Stimme war leise, aber deutlich verständlich. Calandryll verzog bei ihrem Klang das Gesicht und spähte über Cennaires Schulter. Anomius war nicht gerade schöner geworden und offenbar auch nicht besser gelaunt.

»Ich hatte bisher keine Gelegenheit, den Spiegel zu benutzen«, erwiderte Cennaire.

Anomius gab ein geringschätziges Knurren von sich. »Dann berichte mir jetzt, wie du vorankommst.«

»Einigermaßen gut, glaube ich. Wir befinden uns in einem Ort namens Ahgra-te und reiten weiter nach Norden, Rhythamun auf der Spur.«

»Seid ihr in seiner Nähe?«

»Er hat noch einen Vorsprung, aber wir hoffen, ihn einholen zu können.«

»Wann?«

»Das weiß ich nicht genau. Wir sind noch immer unterwegs zum Borrhun-maj, das, wie Calandryll und seine

Gefährten vermuten, sein Ziel ist. Außerdem haben wir seinen neuen Namen erfahren.«

»Das ist nicht gerade viel.«

»Aye, aber wenigstens etwas. Und was könnte ich sonst tun?«

»Hmm ... Vertrauen sie dir immer noch? Haben sie keinen Verdacht geschöpft?«

»Nein. Sie vertrauen mir, sie betrachten mich jetzt als ihre Gefährtin.«

»Gut. Und was ist mit Calandryll und Bracht? Hat einer von ihnen Gefallen an dir gefunden?«

Fast wäre Cennaire errötet. Jedenfalls hatte sie plötzlich Angst, sich zu verraten, und es kostete sie einige Mühe, einen selbstbewußten Gesichtsausdruck beizubehalten, als sie antwortete. »Aye. Ich glaube, daß ich Calandryll gefalle.«

»Ausgezeichnet. Wie steht es mit den Jesserytern?«

»Sie helfen uns. Wie ich Euch bereits gesagt habe, ist Calandryll für sie ein Held, seit er Rhythamuns Kreaturen in der Festung am Kess Imbrun erschlagen hat. Sie glauben noch immer, wir wären unterwegs nach Vanu.«

»Ich schätze, damit muß ich mich zufriedengeben.«

»Mehr kann ich nicht tun, es sei denn, ich verlasse sie und eile ihnen voraus. Wollt Ihr, daß ich das tue?«

»Nein! Deine wichtigste Aufgabe ist es, bei ihnen zu bleiben. Ich glaube nach wie vor, daß nur sie Rhythamun das Arcanum entreißen können, und wenn es soweit ist, mußt du bei ihnen sein und den Spiegel bereithalten.«

»Und Ihr? Werdet Ihr dann kommen?«

»Das werde ich, darauf kannst du dich verlassen.«

»Dann habt Ihr Euch also befreien können? Habt Ihr die Hexer des Tyrannen besiegt?«

»Dafür ist die Zeit noch nicht reif. Aber mach dir keine Sorgen, mein Geschöpf. Alles wird so sein, wie ich es versprochen habe.«

»Ihr werdet kommen, sobald sie das Arcanum haben?«

»Habe ich dir das nicht gesagt? Aye, solange du den Spiegel hast, kann ich zu dir stoßen. Aber jetzt noch nicht. Vorläufig ist es besser, wenn sie nicht wissen, daß ich meine Finger im Spiel habe.«

»Und der Krieg? Wie verläuft er?«

»Er nähert sich der Entscheidung. Xenomenus kontrolliert jetzt die gesamte Küste und muß nur noch die Fayne-Festung stürmen, wo sich Sathoman wie ein verwundetes Tier verschanzt hat. Ich hätte sie längst eingenommen, wären da nicht diese verfluchten Lyssianer.«

»Was haben die Lyssianer damit zu tun?«

»Der verdammte Domm von Secca stellt eine Invasionsstreitmacht auf. Unsere Spione haben uns berichtet, daß er über eine Flotte verfügt und die Unterstützung der westlichen Städte hat. Sie wollen zuschlagen, während wir mit Sathoman kämpfen. Ha! Tobias den Karynth wird einen hohen Preis für seinen Stolz bezahlen müssen, wenn er sich mit mir anlegt.«

»Mit Euch?«

»Aye, mit mir. Ohne seinen Ehrgeiz hätte ich Sathoman bereits dem Tyrannen ausgeliefert. Aber Xenomenus möchte, daß alle seine Hexer die Verteidigungsmaßnahmen entlang der Küste gegen die Bedrohung aus Lysse unterstützen. Deshalb müssen wir die Entscheidungsschlacht verschieben. Im Augenblick bin ich in Ghombalar und treffe Schutzvorkehrungen gegen den lyssianischen Angriff.«

»Seid Ihr allein, oder arbeitet Ihr noch immer mit den Hexern des Tyrannen zusammen?«

»Ich bin gezwungen, mit ihnen zusammenzuarbeiten. Aber mittlerweile haben die meisten meine Kräfte erkannt, so daß ich jetzt als der mächtigste unter ihnen gelte.«

»Und werden sie Euch deshalb befreien?«

»Sobald Ghombalar und Vishat'yi gegen die Lyssianer abgesichert sind, werden wir uns wieder nach Norden begeben, um Sathoman den Todesstoß zu versetzen. Danach werde ich meine Freiheit wiedergewinnen – ob mit oder gegen ihren Willen.«

»Ihr seid wirklich der mächtigste aller Hexer, wenn Ihr die Zauber abschütteln könnt, die Euch fesseln.«

»So ist es. Schon jetzt sprechen sich einige von ihnen dafür aus, mir die Freiheit zurückzugeben. Nur ein paar jämmerliche Trottel sind dagegen.«

»Aber was ist, wenn diese sich durchsetzen?«

»Daran habe ich bereits gedacht, Frau. Xenomenus möchte, daß ich ihm Sathomans Kopf übergebe, und dazu muß ich die Schutzzauber der Fayne-Festung durchbrechen. Nur ich bin dazu in der Lage. Glaubst du etwa, ich hätte mir keine Gedanken über die Zukunft gemacht? Ich habe magische Instrumente in der Festung zurückgelassen, die meine Fesseln wie weiche Butter durchschneiden werden. Und dann werde ich an erster Stelle stehen. Ich muß mich nur noch so lange gedulden, bis du das Arcanum für mich gefunden hast. Aber genug für jetzt. Die anderen kommen, und ich möchte sie nicht mißtrauisch werden lassen. Benutz den Spiegel, sobald sich wieder eine Gelegenheit ergibt. Und erfüll bis dahin weiter meinen Auftrag.«

»Aye, Herr. Lebt wohl.«

Die Farben wirbelten wieder auf, begleitet von Mandelduft, und dann war der Spiegel nur noch eine schlichte Glasscheibe. Cennaire stieß einen langen Atemzug aus und starrte noch eine Weile auf ihr Spiegelbild. Plötzlich wurde ihr bewußt, wie sehr sie sich davor gefürchtet hatte, mit Anomius zu sprechen und ihn zu belügen. Sie verspürte eine Woge der Erleichterung, als sie den Spiegel in seinem Beutel verstaute und ihn Katya zurückgab. Dann erst drehte sie sich um. Calandryll sah sie erschaudern und entdeckte den Schweißfilm auf ihrer glatten Stirn. Er ging schon zu ihr, während Ochen noch den Zauberspruch aussprach, der sie wieder sichtbar werden ließ, ergriff ihre Hände und bemerkte, daß sie zitterten. Ihre Finger schlossen sich um die seinen. Er lächelte ihr zu und versuchte, ihr Trost zu spenden, denn er spürte ihre Anspannung und sah, daß sie mehr als nur ein bißchen Angst hatte.

»Habe ich alles richtig gemacht?« fragte sie nervös.

»Ausgezeichnet«, versicherte Ochen. »Ich habe eine ganze Menge erfahren. Anomius ist weitaus stärker, als ich gedacht habe. Wir müssen vorsichtig mit ihm umgehen.«

»Das nennt Ihr ausgezeichnet?« In Brachts Stimme klang erneut ein Anflug von Mißtrauen auf. »Wenn ich alles richtig verstanden habe, verfügt Anomius über die Mittel, seine

Fesseln zu zerbrechen und dort aufzutauchen, wo der Spiegel ist. Soll das ausgezeichnet sein?«

»So viel über unseren Feind zu wissen?« konterte Ochen. »Aye, das würde ich so bezeichnen.«

»Könntet Ihr uns das erklären?« bat Katya.

»Wir haben jetzt eine Vorstellung von seiner Stärke«, erwiderte Ochen. »Wir kennen seinen Aufenthaltsort und wissen, daß er erst eingreifen wird, wenn er weiß, daß Cennaire das Arcanum gesehen hat. Also können wir ihn für eine Weile außer acht lassen, wenn ich auch denke, daß wir ihm eine weitere Nachricht zukommen lassen sollten, sobald wir Pamur-teng erreicht haben. Aber wir brauchen vorläufig keine Angst zu haben, daß er persönlich erscheinen wird.«

»Rätsel«, brummte Bracht.

Der *Wazir* schmunzelte, und sein altes Gesicht legte sich in unzählige Fältchen. »Anomius hat keinen Verdacht geschöpft«, sagte er zuversichtlich. »Begreift Ihr denn nicht? Dank Cennaire können wir ihn durch den Spiegel kontrollieren. Aber es ist bereits spät, und wir wollen schon im Morgengrauen wieder aufbrechen. Sollten wir jetzt nicht lieber schlafen gehen?«

Bracht und Katya nickten zustimmend. Calandryll wollte sich ihnen anschließen, aber Cennaire umklammerte seine Hand, und als er in ihr Gesicht sah, entdeckte er das Flehen in ihren Augen.

»Bleibst du noch ein bißchen?« bat sie leise. »Ich hätte dich gerne noch eine Weile bei mir, es sei denn, du erträgst es nicht, mit mir allein zu bleiben.«

Calandryll zögerte einen Moment lang voller Verlegenheit. Katya hatte das Zimmer bereits verlassen. Bracht blieb kurz in der Tür stehen. Seine widerstreitenden Gefühle zeichneten sich deutlich auf seinem Gesicht ab. Dann zuckte er wortlos die Achseln und folgte der Vanuerin. Ochen lächelte wissend, und noch bevor Calandryll sich endgültig entscheiden konnte, war der *Wazir* auf den Gang hinausgetreten und schloß die Tür leise hinter sich.

»Wenn du mich darum bittest«, erwiderte Calandryll.

»Ich bitte dich«, sagte Cennaire.

KAPITEL 13

Eine einzelne Lampe in einem bernsteinfarbenen Glasbehältnis erhellte das Zimmer, die Sterne funkelten schwach durch das kleine Fenster, was dem Raum eine dämmerige, intime Atmosphäre verlieh, die durch das Fehlen von Möbeln – bis auf das Bett, auf dem Cennaire saß, und einen Schemel – noch betont wurde. Eigentlich wollte Calandryll auf dem Schemel Platz nehmen, aber Cennaire hielt noch immer seine Hand, und um den Kontakt nicht zu unterbrechen, setzte er sich neben sie auf das Bett, das breit genug für zwei Personen war. Er nahm den Duft ihres frischgewaschenen Haares wahr, den moschusartigen Geruch ihrer Haut, und ihm wurde plötzlich die Nähe ihres Körpers bewußt. Sein Mund fühlte sich trocken an. Er schluckte und fuhr sich mit der Zunge über die Lippen, während er den Blick auf ihre Hand gesenkt hielt, die in der seinen lag. Sie war schmal und zart, die Haut glatt und warm; obwohl er es selbst miterlebt hatte, konnte er kaum glauben, welche Kraft in ihr steckte. Er hatte Angst davor, den Kopf zu heben und sie anzublicken, aber gleichzeitig verspürte er ein überwältigendes Bedürfnis, genau das zu tun.

Im trüben Licht wirkte Cennaires Haut sehr dunkel. Rote und silberne Lichtreflexe schimmerten in ihrem Haar. Ihre Augen waren riesig wie zwei tiefe Seen, die Lippen blutrot. Wieder schluckte er; tief in ihm regten sich Gefühle, ursprünglich und männlich, die ihn drängten, näher zu rükken, sie in die Arme zu schließen und auf das Bett zu drükken. Er glaubte nicht, daß sie ihn abweisen würde, im Gegenteil, als sie seinen Blick erwiderte, spürte er, daß sie sich danach sehnte, aber ein Teil seines Verstandes blieb distanziert, objektiv und logisch und erinnerte ihn hartnäkkig daran, was sie in Wirklichkeit war. Er sah das kaum erkennbare Pochen, wo ihr Blut durch die Halsschlagader pulsierte und malte sich aus, wie herrlich es sein müßte, die Lippen auf diese Stelle zu legen und die Zunge über die weiche Haut gleiten zu lassen. Doch dann war ihm, als griffe eine unsichtbare Hand nach seinem Geist, um ihn daran zu erinnern, daß es kein menschliches Herz war, das ihr Blut durch ihre Adern strömen ließ. Für einen Moment schloß er gequält die Augen und räusperte sich.

»Cennaire?« Seine Stimme klang rauh, und er wußte, daß sie seine Unbeholfenheit verriet. »Du wolltest mit mir sprechen?«

Cennaire nickte und sah ihn unter ihren langen Wimpern hervor an. Sie bemühte sich, die Enttäuschung in ihren Augen zu verbergen, damit er nicht dachte, daß sie ihn verführen wollte, wie Anomius es ihr befohlen hatte. Konnte er wirklich glauben, daß sie diese Absicht hatte, obwohl sich ein Gott für sie verbürgt hatte? Burash, sie sehnte sich so sehr danach, daß er sie in die Arme nahm, konnte kaum dem Verlangen widerstehen, sein Gesicht zu berühren, ihre Lippen auf die seinen zu pressen, ihn neben sich auf das Bett zu ziehen, und gleichzeitig hatte sie große Angst, von ihm zurückgewiesen zu werden, Abscheu in seinen Augen zu entdecken.

»Ich habe befürchtet, Anomius würde merken, was ich getan habe«, murmelte sie, unfähig, den Schauder zu unterdrücken, den die Erinnerung in ihr hervorrief. »Ich hatte Angst, er könnte meine Gedanken lesen und mich töten. Ich möchte jetzt nicht allein sein.«

»Das mußt du auch nicht,« versprach Calandryll. »Obwohl deine Angst unbegründet ist. Er hat keinen Verdacht geschöpft, du hast deine Rolle gut gespielt.«

Sie lächelte schwach und sagte: »Aber er hat mich noch immer in der Hand.« Es widerstrebte ihr, 'mein Herz' zu sagen.

Calandryll sprach es für sie aus: »Weil er dein Herz in seiner verzauberten Schatulle hält? Aye, das ist eine schreckliche Macht. Aber ...«

Er stockte und runzelte die Stirn. All die Gedanken, die ihm durch den Kopf gegangen waren, seit sie ihm ihre Geschichte erzählt hatte – über Anomius' Macht, den Spiegel und alles, was sie getan hatte –, all diese Gedanken nahmen etwas klarere Formen an und ließen eine Idee in ihm aufkeimen.

Cennaire sah ihn erwartungsvoll an. Sie konnte ihr Begehren kaum verbergen. Es war ohne Zweifel Liebe, dieses Glücksgefühl, das sie bei der bloßen Betrachtung seines Gesichts und dem Spiel der Lichtreflexe in seinem sonnengebleichten Haar verspürte. Sie fühlte ein Verlangen in sich aufsteigen, wie sie es nie zuvor gekannt hatte, zärtlich und leidenschaftlich zugleich, das nur erfüllt werden konnte, wenn er es erwiderte, und gleichzeitig mit diesem Verlangen pure Lust. Sie verharrte reglos, fürs erste damit zufrieden, daß er noch immer ihre Hand hielt und sie nicht zurückwies.

»Ich habe mir überlegt, daß die Antwort auf dein Problem in dem Spiegel liegen könnte«, sagte er vorsichtig.

»Wie das?« fragte sie.

Seine Augen verengten sich, während er über seine Idee nachdachte. Sein Blick war jetzt nicht mehr auf sie, sondern in eine mögliche Zukunft gerichtet. »Es ist offensichtlich, was Anomius von dir will. Du sollst mit uns reiten, bis wir das Arcanum an uns gebracht haben, und ihn dann mit Hilfe des Spiegels zu uns führen. Ohne Zweifel setzt er auf den Überraschungseffekt, auf seine magischen Kräfte sowie auf deine Hilfe, um uns das Buch zu entreißen.«

»Aye.« Jetzt runzelte auch Cennaire die Stirn und fragte sich, worauf seine Überlegungen hinausliefen: »Soviel ist klar.«

»Außerdem«, fuhr Calandryll fort, »scheinen sowohl seine Fesseln wie auch die Entfernung seinen Handlungsfreiraum einzuschränken. Sonst wäre er nicht auf deine Hilfe angewiesen.«

»Ich verstehe nicht ganz«, flüsterte sie. Hoffnung keimte in ihr auf.

»Wenn es uns gelingen würde, ihn zu täuschen, wenn wir ihn an einem Ort weit entfernt von Nhur-jabal in eine von Ochen und den *Wazir-narimasu* aufgebaute magische Falle locken könnten, wäre das vielleicht die Rettung für dein Herz. Da du den Versetzungszauber kennst, könntest du in die Zitadelle zurückkehren … aye! Möglichst zusammen mit Ochen oder mit mir. Dann hättest du die Gelegenheit, die Schatulle unversehrt nach Anwar-teng zu bringen, wo dir die *Wazir-narimasu* vielleicht wieder dein Herz einsetzen könnten, und du würdest wieder eine …«

Er brach mitten im Satz ab und errötete beschämt, fürchtete, sie beleidigt oder verletzt zu haben.

Dieses Mal war es Cennaire, die den Satz vollendete. » … eine Sterbliche werden? Glaubst du, das wäre möglich?«

»Wenn die *Wazir-narimasu* so mächtig sind, wie Ochen es behauptet, dann aye«, nickte er, »obwohl ich noch einmal mit ihm darüber sprechen sollte, bevor wir einen Versuch unternehmen.«

»Und du?« Ihre Stimme klang aufgeregt, hoffnungsvoll. »Glaubst du auch, wir könnten es schaffen?«

Er sah sie ernst an. »Es war Zauberei, die dir das Herz genommen hat«, antwortete er, »also mußt du es auch durch Zauberei zurückbekommen können.«

»Geben die Götter, daß du recht hast!« rief sie inbrünstig und drückte seine Hand noch fester. Dann senkte sie den Blick. Plötzlich war sie verlegen, und das war ein völlig ungewohntes Gefühl für sie. »Und könntest du mich dann wirklich lieben?«

»Lady«, erwiderte Calandryll, »ich liebe dich jetzt schon.«

»Aber …« Sie löste eine Hand aus den seinen und berührte ihre Brust. Calandrylls Augen folgten der Bewegung, und sein Atem stockte. »Durch diese … Leere … steht eine Mauer zwischen uns.«

Sofort fühlte er sich völlig hilflos, und seine Wangen röteten sich, während sein Blick von der Hand auf ihrer Brust zu ihrem Gesicht wanderte. »Cennaire, ich kann nicht so tun, als wäre es anders«, erwiderte er unbeholfen, aber aufrichtig. »Bei Dera, ich wünschte, ich könnte es vergessen, aber das kann ich nicht, obwohl ich dich liebe.«

Cennaire fragte sich, wieso plötzlich alles um sie herum so verschwommen war, und voller Überraschung begriff sie, daß ihr Tränen in die Augen gestiegen waren. Sie ließ ihnen freien Lauf, hätte sie auch gar nicht aufhalten können, selbst wenn sie es gewollt hätte, aber es war ihr völlig egal, und so starrte sie Calandryll nur an, ohne ihn wirklich zu sehen, und weinte stumm und voller Kummer.

Calandryll reagierte, ohne darüber nachzudenken, ließ sich nur von seinen Gefühlen leiten, als er ihre Wange streichelte und seine Finger, wie von einem eigenen Willen gelenkt, zärtlich über ihre Schulter und durch ihr Haar glitten. Dann zog er sie fest an sich und vergrub sein Gesicht in ihrer rabenschwarzen Mähne. Sie schmiegte sich zitternd an seine Brust.

»Cennaire, ich liebe dich!« flüsterte er hilflos. »Ich bete zu den Göttern, daß sie dir dein Herz zurückgeben. Ich liebe dich!«

»Und ich liebe dich,« flüsterte sie zurück. Ihre Lippen berührten sanft seinen Hals. »Trotzdem steht eine unsichtbare Wand zwischen uns.«

Es war ein quälender Moment für beide, als er erwiderte: »Ich kann dieses Wissen nicht verdrängen. Bitte vergib mir!«

»Du mußt nicht um Verzeihung bitten.«

Ein wohliger Schauder durchfuhr ihn, als ihr Mund seine Haut berührte.

»Ich bin es, die dich um Verzeihung bitten müßte für alles, was ich getan habe, für das, was ich bin.«

»Niemals!« Calandryll legte eine Hand auf ihre Schulter, mit der anderen berührte er ihre Wange. »Das alles ist Vergangenheit, es hat keine Bedeutung mehr. Hat dir nicht Horul persönlich vergeben? Soll ich mich einem Gott widersetzen? Dera, sogar Bracht hat Fehler eingestanden. Er hat zugegeben, daß du bei unserer Verfolgungsjagd auf unserer Seite stehst.«

Er verschwieg ihr, daß der Kerner immer noch nicht völlig überzeugt war. Aber auch das würde sich ergeben, dessen war er sich sicher. Im Moment verspürte er nur den Wunsch, sie zu beruhigen, ihr Trost zu spenden. Ihre Tränen taten ihm weh, jede einzelne war wie ein Stich in sein Herz.

»Das hat Katya auch gesagt«, wisperte Cennaire und versuchte vergeblich, ihr Schluchzen zu unterdrücken. »Deswegen habe ich gehofft …«

Ihre Stimme versagte. Sie zitterte am ganzen Körper. Die

Tränen flossen ungehindert über ihre Wangen. Calandryll war sich kaum bewußt, was er tat, jegliche Erinnerung an die Vergangenheit schien ausgelöscht, seine Vernunft war ausgeschaltet, er reagierte ohne das geringste Zögern. Er sah nur noch eine weinende Frau vor sich, nicht mehr das Geschöpf eines Hexers, sondern eine wunderschöne und schluchzende Frau, die Frau, die er über alles liebte. Plötzlich, ohne daß er wußte, wie es geschehen war, lagen sie sich in den Armen und küßten sich. Ihre Lippen waren weich und schmeckten salzig, naß von Tränen. Ihm schien, als hätte die Schwerkraft sie auf das Bett gezogen, als würden seine Hände und Finger von einer unsichtbaren Kraft gelenkt werden, die sich seinem Verständnis entzog. Er hätte nicht sagen können, warum sie auf einmal nackt waren, aber plötzlich waren all seine Hemmungen und Bedenken verschwunden, und es spielte keine Rolle mehr, was Cennaire war, denn in diesem Moment war sie nur noch eine Frau, und er liebte sie. Calandryll war noch unerfahren in den Dingen der Liebe, und obwohl Cennaire darin eine Expertin war, kam auch sie sich auf einmal wieder jungfräulich vor. Ihre Tränen wichen einem unbeschreiblichen Glücksgefühl, als er sie liebte.

Als sie später nebeneinander lagen, fühlte sie sich wie neugeboren. Die Vergangenheit war vergessen, wie er es prophezeit hatte, er, ihr erster wahrer Geliebter. Calandryll hätte nie geglaubt, daß seine erste Liebesnacht so intensiv und zärtlich sein würde, daß ihm ihr Verlangen eine Lust bereiten könnte wie ein aufflackerndes Feuer, das von ihrer Leidenschaft genährt wurde, und noch stärker als diese Lust war die Liebe.

Sie lagen immer noch eng ineinander verschlungen da, als es bereits dämmerte. Ein Hahn krähte, von irgendwoher ertönte Hundegebell. Ahgra-te erwachte. Calandryll regte sich. Im ersten Moment wußte er nicht, wo er sich befand. Süßlicher Moschusduft stieg ihm in die Nase, und er öffnete die Augen. Im trüben Licht der Morgendämmerung erkannte er Cennaires Gesicht. Sie schlief noch. Ihr Haar breitete sich wie ein blauschwarzer Fächer auf dem Kissen aus. Undeutlich zeichneten sich die Umrisse ihres Körpers unter dem zerwühlten Laken ab, und erneut stieg Verlangen in ihm auf. Sie schien seine Blicke zu spüren, denn jetzt öffnete auch sie die Augen. Mit leichtem Unbehagen fragte er sich, ob ihre übernatürlichen Sinne ihr verraten hatten, daß er sie beobachtete.

Aber sein Schuldbewußtsein verflog sofort wieder, als sie die Arme um ihn schlang und murmelte: »Ich liebe dich.«

»Und ich dich«, erwiderte er, und dann liebten sie sich von neuem.

Danach lagen sie sich matt und erschöpft in den Armen. Calandryll fragte sich, was Bracht und Katya wohl von ihnen denken würden, und dann brachen die Realität und alle ihre Probleme wieder über ihn herein. Sanft löste er sich aus ihrer Umarmung und zog das Laken beiseite. Einmal mehr fühlte er sich unsicher bei dem Gedanken an seine Kameraden. Wie würden sie darauf reagieren, daß er und Cennaire ein Liebespaar geworden waren?

»Wir brechen in aller Frühe auf«, sagte Calandryll. »Ich sollte jetzt besser in mein Zimmer gehen.«

»Bist du meiner bereits überdrüssig?«

Koketterie schwang in ihrer Frage mit. Unerfahren, wie er war, nahm er ihre Worte für bare Münze. »Niemals!« beteuerte er mit Nachdruck. »Aber ...«

Sie stützte sich auf die Ellbogen, ohne auf das Laken zu achten, das ihr von der Schulter rutschte und ihre Brust entblößte. Als er sich zu ihr umdrehte, sah sie die Erregung in seinen Augen und hörte das Zögern in seiner Stimme, während er sich unbeholfen anzog.

»Du möchtest nicht, daß die anderen von dieser Nacht erfahren. Sie sollen nicht wissen, daß wir uns geliebt haben, nicht wahr?«

»Ich denke ...«, er unterbrach sich, unsicher, weil er sie nicht verletzen wollte. »Wenn sie ...«

Cennaire lachte. Sie rutschte auf den Knien bis zur Bettkante, wo er stand, schmiegte sich an ihn, küßte seinen Hals und strich ihm durch das wirre goldene Haar.

»Daß sie es mißbilligen könnten? Ich würde es am liebsten laut herausschreien, es aller Welt verkünden.«

»Das wäre nicht ... sie würden ... ich bezweifle..«

Sie schnitt ihm das Wort mit einem kurzen Kuß ab und sagte lächelnd: »Aber das werde ich nicht tun, wenn du das für klüger hältst, obwohl es mir schwerfallen wird, meine Liebe zu dir zu verheimlichen.«

Calandryll berührte flüchtig ihre Wange, dann schnürte er sein Hemd zu. »Unsere Kameraden werden kein Verständnis für uns haben.« Er zuckte verunsichert die Achseln. »Ich möchte nicht, daß es erneut zu Schwierigkeiten kommt.«

»Ich auch nicht.« Cennaire wurde ernst. Sie glitt geschmeidig aus dem Bett und suchte nach ihren eigenen Kleidern. »Um unserer beider willen. Ich weiß, daß du mich liebst, und damit bin ich zufrieden.«

Calandryll zog seine Stiefel an und schnallte sich den Schwertgürtel um. »Es wird ziemlich schwierig werden«, meinte er nachdenklich.

»Aye, jedenfalls wenn wir die Nächte auf der Straße verbringen müssen,« kicherte Cennaire, »denn nach dieser Nacht wird es mir schwerfallen, allein zu schlafen.«

»Mir auch«, entgegnete er. »Dera, wie ich dich liebe.«

Sie hielt einen Moment inne; dann lächelte sie ihn an, versuchte, seine Zweifel zu zerstreuen, und konnte es kaum fassen, daß sie zu solchen Gefühlen fähig war.

»Soll es also unser Geheimnis bleiben?« fragte sie. »Wir haben uns unsere Liebe eingestanden, und niemand außer uns muß davon erfahren.« Sie deutete auf das zerwühlte Bett. »Und auf dem Weg nach Pamur-teng müssen wir eben getrennt schlafen.«

»Das wird hart sein«, bemerkte er ernst. »Aber, aye, ich denke, es ist klüger so, zumindest bis Pamur-teng.«

»Was sollte sich danach ändern?« fragte sie.

»Die *Gijan* – die Wahrsagerin – wird deine Aufrichtigkeit bestätigen,« antwortete er mit absoluter Überzeugung. »Dann müssen dich auch die anderen akzeptieren, und niemand wird etwas dagegen einwenden können, daß wir uns lieben.«

»Abgesehen davon ...« Wieder berührte sie ihre Brust. Plötzlich fürchtete sie, daß die Erinnerung sich erneut zwischen sie stellen könnte.

»... daß du eine Wiedererweckte bist?« Calandryll wunderte sich, wie leicht es ihm auf einmal fiel, dieses häßliche Wort auszusprechen. War es nicht genau das, was ihn davon abgehalten hatte, schon früher zu ihr zu finden? Mittlerweile hatte es keine Bedeutung mehr für ihn, er akzeptierte sie so, wie sie war. Ob nun ein sterbliches Herz oder Magie das Blut durch ihre Adern strömen ließ, es war Blut, das ihre Wangen rötete und ihre Lippen erwärmte. Es spielte keine Rolle mehr, daß sie eine Wiedererweckte war. Er hatte sie weinen gesehen, und ihre Tränen hatten salzig und absolut natürlich geschmeckt. Es waren die Tränen gewesen, die seine Ängste und Zweifel fortgespült hatten. Calandryll sah sie jetzt nicht mehr als untotes Wesen, und er hielt sich selbst auch nicht für nekrophil. Durch ihre Tränen war sie endgültig Cennaire geworden, die Frau, die er liebte.

»Wirst du dich verändern, wenn du dein Herz zurückbekommst? Zum Besseren oder Schlechteren? Ich liebe dich jetzt schon, und ich werde dich auch dann noch lieben. Und wer auch immer darin einen Fehler sieht, soll ihn bei mir suchen und sich gegen mich stellen.«

Ihr Lächeln war strahlend im trüben Morgenlicht. Sie ging zu ihm, nahm seinen Kopf zwischen die Hände, gab ihm einen flüchtigen zärtlichen Kuß und hielt ihn noch einen Moment lang fest, seinen Kopf an ihre Brust gedrückt.

»Du bist sehr ritterlich,« flüsterte sie zärtlich. »Als Ochen mich damals aufgefordert hat, mit Anomius zu sprechen, habe ich Anomius gesagt, daß du ein anständiger Mann bist. Ich habe es schon damals genau so gemeint, und jetzt weiß ich, daß ich recht hatte. Aber trotzdem ...«

Sie ließ ihn los und wich ein paar Schritte zurück, betrachtete liebevoll sein Gesicht, und ihr Blick wurde ernst, als sie fortfuhr: »Trotzdem: Haben wir Katyas und Brachts Segen?«

»Ich weiß es nicht,« antwortete er, »und es ist mir auch egal. Sie müssen die Weissagungen der Seherin akzeptieren.«

»Es darf dir aber nicht gleichgültig sein«, erwiderte sie eindringlich. »Wenn Rhythamun besiegt werden soll, darf keine Uneinigkeit zwischen uns herrschen.«

Er zuckte trotzig die Achseln: Er liebte diese Frau – warum sollten seine Kameraden sie zurückweisen, wenn die *Gijan* ihre Aufrichtigkeit bestätigte?

Cennaire wußte, daß sie die Klügere und Erfahrenere auf diesem Gebiet war. Flüchtige Erinnerungen an eine Vergangenheit, die sie jetzt lieber vergessen hätte, stiegen in ihr auf. Sie dachte an all die anderen jungen Männer, die sich in sie verliebt hatten, unschuldig und unerfahren wie Calandryll. Auch deren Urteilskraft war getrübt gewesen, auch sie hatten sich von ihren Gefühlen und ihrer Leidenschaft leiten lassen. Sie alle hatten die schmerzliche Erfahrung machen müssen, daß nicht alle ihre Freunde die Welt mit ihren von Leidenschaft verklärten Augen sahen. Cennaire wollte nicht, daß es noch einmal dazu kam, weder in seinem noch in ihrem, noch im Interesse ihrer aller Mission.

»Ich möchte keinen Keil zwischen dich und deine Gefährten treiben«, erklärte sie und berührte seine Lippen, als er widersprechen wollte. »Nein, hör mich erst zu Ende an. Ich liebe dich, und wenn es möglich wäre, würde ich von jetzt an bis zum Ende der Welt jede Nacht in deinen Armen verbringen. Aber es wäre eine Dummheit, wenn dadurch das Band zwischen dir und deinen Gefährten zertrennt würde. Daß Bracht mich nicht länger als Feindin bezeichnet, ist ein großer Fortschritt. Laß uns das nicht aufs Spiel setzen.«

»Aber wir sprechen von der Zeit nach Pamur-teng«, protestierte Calandryll. »Wenn die *Gijan* erst einmal deine Zukunft vorhergesagt hat, wird Bracht bestimmt keine Einwände mehr haben.«

»Abgesehen davon, daß ich mein Herz immer noch nicht zurückhabe«, erwiderte sie. »Daran könnte er sich sehr wohl stören.«

»Nein!« rief Calandryll hitzig. »Es macht mir nichts aus, warum also sollte er daran Anstoß nehmen?«

»Aber es hat dir etwas ausgemacht«, sagte Cennaire. »Vor dieser Nacht.«

Calandryll fühlte seine Wangen heiß werden. Er seufzte und hob hilflos die Schultern. »Dafür bitte ich dich um Verzeihung«, murmelte er. »Ich war ein Dummkopf.«

»Nein, das warst du nicht«, versicherte sie sanft. »Du warst ein ganz normaler Mann und hast einen ganz normalen Widerwillen verspürt.«

Ihr Tonfall und ihr Lächeln nahmen ihren Worten den Vorwurf. Trotzdem wirkte Calandryll beschämt, und Cennaire konnte einfach nicht anders, als ihm über das Haar und die Wangen zu streicheln.

»Dich trifft keine Schuld«, beruhigte sie ihn leise. »Bitte nicht um Verzeihung, denn es gibt nichts, was ich dir verzeihen müßte.«

Er ergriff ihre Hände, hielt sie fest und wiederholte ihre Worte. Das brachte sie beide zum Lächeln.

»Aber trotzdem«, ließ sie nicht locker, »Bracht bleibt ein normaler Mann. Er mag mich nicht, und deshalb könnte er sich daran stören, daß wir ein Liebespaar sind. Jedenfalls, wenn wir es offen zeigen würden.«

»Ich würde mich dessen nicht schämen«, sagte Calandryll.

»Ich mich auch nicht«, erwiderte sie, »aber wir sprechen jetzt nicht über uns, sondern über diejenigen, die mit uns reiten, die unsere Verbündeten und Gefährten sind und deren Vertrauen wir erhalten müssen. Siehst du das denn nicht ein?«

Calandryll starrte sie eine Zeitlang mit gerunzelter Stirn an, während er weiterhin ihre Hände umklammert hielt. Schließlich nickte er widerwillig und sagte: »Aye.«

»Dann laß diese Nacht unser Geheimnis bleiben«, bat Cennaire, »zumindest bis wir Pamur-teng erreicht und die *Gijan* aufgesucht haben. Wenn ich dann Brachts und Katyas uneingeschränktes Vertrauen habe, können wir ihnen alles erzählen.«

»Und wenn sie dann immer noch dagegen sind?« wollte Calandryll wissen. »Was dann?«

Diesmal war es Cennaire, die zögerte, aber plötzlich entdeckte sie eine Kraft in sich, von der sie nichts geahnt hatte, eine Kraft, die sie aus Calandryll und ihren Gefühle für ihn zog. »Dann werden wir es genau wie sie machen. Sind sie nicht durch ihr Gelübde gebunden?«

»Das ... ihr Gelübde ...«, erwiderte er langsam, » ... ist etwas völlig anderes. Katya stammt aus Vanu, und dort erwartet man eine solche Zurückhaltung. Du stammst aus Kandahar, ich komme aus Lysse. Das ist nicht das gleiche.«

»Aber trotzdem vielleicht der klügere Weg«, gab Cennaire zu bedenken.

»Vielleicht«, räumte Calandryll ein und grinste. »Aber da ich weder aus Vanu noch aus Cuan na'For stamme, bin ich mir nicht sicher, ob ich ein solches Gelübde überhaupt durchhalten könnte.«

»Glaubst du, mir würde es leichtfallen?« fragte Cennaire und erwiderte sein Grinsen mit einem Lächeln. »Es wird ganz im Gegenteil äußerst schwer werden.«

In diesem Augenblick erinnerte Calandrylls Gesichtsausdruck sie an den eines kleinen Kindes, dem etwas verweigert worden war, wonach es sich von ganzem Herzen gesehnt hatte. Sie mußte lachen, umfaßte sein Gesicht wieder mit beiden Händen, küßte ihn kurz und löste sich dann ganz schnell von ihm, bevor er die Arme um sie legen konnte, denn sie fürchtete, daß sie sonst noch einmal auf das Bett fallen und den anderen alles verraten würden, was sie lieber vor ihnen geheimhalten wollte.

»Hör zu«, sagte sie drängend und hielt ihn auf Armeslänge von sich, »einigen wir uns darauf, es zumindest bis Pamur-teng so zu halten und dann noch einmal darüber zu sprechen?«

Er musterte sie eine Weile, dann seufzte er und nickte langsam. »Bis Pamur-teng. Aber wir werden dort bestimmt einen längeren Aufenthalt haben. Einen oder zwei Tage, eine oder zwei Nächte ...«

Die Frage in seinen Augen war unübersehbar. Cennaire nickte. »Wenn es ein Geheimnis zwischen uns bleiben kann, aye, dann werde ich dich bestimmt nicht abweisen, wenn du zu mir kommst.«

»Und wenn die *Gijan* Bracht überzeugt?«

»Dann ist alles gut.«

»Und wenn ihn selbst die Weissagung nicht zufriedenstellt?« hakte Calandryll nach. »Was dann?«

»Dann werden wir uns weiter so verhalten, als hätten wir einen Eid geleistet«, erwiderte Cennaire. »Bis wir Anwarteng erreichen.«

Einen Moment lang legte sich Calandrylls Stirn in Falten, und seine Miene wurde finster, aber dann lächelte er wieder und sagte: »Dort werden wir die *Wazir-narimasu* treffen, die dir, so die Götter wollen, dein Herz wieder einpflanzen werden. Und dann kann niemand etwas gegen unsere Verbindung einwenden.«

Cennaires Lächeln wurde sehnsüchtig. »So die Götter wollen«, gab sie leise zurück. »Ich bete darum.«

»Genau wie ich«, bekräftigte Calandryll inbrünstig und ergriff ihre Hände, bevor sie zurückweichen konnte, hielt sie fest und stand auf. Sein Gesicht wurde feierlich. »Und, Cennaire, sollten wir diese Mission überleben und das Arcanum seiner Zerstörung überbringen, werde ich dich bitten – ob du dann dein Herz zurückbekommen hast oder nicht –, mich zu heiraten und für immer bei mir zu bleiben.«

Cennaire hätte nicht geglaubt, noch erröten zu können – sie war nicht mehr errötet, seit sie ihr früheres Gewerbe aufgenommen hatte –, aber jetzt tat sie es, als sie voller Verwunderung in seine ernsten Augen blickte.

»Möchtest du das wirklich, Calandryll?« fragte sie. »Nach allem, was du über mich weißt?«

»Das will ich«, erwiderte er mit einer Bestimmtheit, die sich unübersehbar auf seinem Gesicht widerspiegelte, unüberhörbar in seiner Stimme mitklang. »Also, wie lautet deine Antwort?«

»Du würdest mir damit eine große Ehre erweisen«, flüsterte sie.

»Nein, du mir«, widersprach er.

»Dann lautet meine Antwort aye, von ganzem Herzen.«

Beinahe hätten sie darüber gelacht, denn die Vorbehalte, die bisher zwischen ihnen gestanden hatten, waren ausgelöscht und vergessen. Doch statt zu lachen, küßten sie sich, zuerst zärtlich, dann mit wachsender Leidenschaft, bis sich Cennaire von ihm löste, die Hände auf seine Brust legte und ihn entschlossen von sich schob.

»Nein, noch nicht, nicht jetzt«, keuchte sie. »Vergiß nicht, daß wir bis Pamur-teng Zurückhaltung gelobt haben. Es ist besser, wenn du jetzt gehst, bevor wir doch noch entdeckt werden.«

»Das wird entsetzlich hart werden«, stellte Calandryll fest.

»Das wird es«, bestätigte sie und dirigierte ihn sanft, aber entschlossen zur Tür.

Calandryll blieb noch einmal kurz stehen und betrachtete ihr Gesicht, als müßte er es sich ganz genau einprägen. Er berührte ihre Wange, und sie hielt seine Hand einen Moment lang dort fest, genoß die Wärme seiner schwieligen Haut. Dann löste sie sich wieder von ihm und forderte ihn mit einer Geste auf zu gehen.

Er nickte seufzend, lauschte eine Weile nach draußen, öffnete die Tür und trat in den Flur hinaus.

Der Gang war dunkel, nur durch ein Fenster am anderen Ende fiel etwas Licht, aber auch das war sehr schwach, da die Sonne gerade erst aufgegangen war. Aus den Zimmern unter ihm drangen Geräusche herauf, aber im Flur selbst war es still. Niemand war zu sehen, als er leise zu seiner eigenen Unterkunft zurückkehrte. Fast hätte er sie unbemerkt erreicht, doch dann öffnete sich eine Zimmertür auf der anderen Seite, und er erblickte Ochen.

Der *Wazir* trug Reisekleidung, und im Zwielicht war sein Gesichtsausdruck schwer zu deuten, aber Calandryll hatte den Eindruck, daß Ochen lächelte, und als der alte Magier näher kam, wußte er es mit Sicherheit, denn in Ochens Gesicht erschienen noch ein paar zusätzliche Falten, als er grüßend – oder auch segnend – die Hand hob.

»Ich hoffe«, murmelte er mit einer Andeutung von Schadenfreude in der Stimme, »daß Ihr eine angenehme Nacht verbracht habt.«

»Aye.« Calandryll nickte, wußte nicht so recht, was er sonst hätte sagen sollen. Er war verwirrt und fürchtete ein wenig, daß Ochen nicht billigen würde, was geschehen war, sollte er die Wahrheit erfahren.

»Und Cennaire geht es gut?«

»Aye.«

Ochens Lächeln verriet, daß er genau wußte, was sich abgespielt hatte, und seine nächsten Worte bestätigten es. »Was zwischen Euch geschehen ist, geht niemanden außer Euch beiden etwas an. Aber wenn Ihr wollt, gebe ich Euch meinen Segen und noch einen Rat dazu.«

»Ich wäre Euch für beides dankbar«, erwiderte Calandryll.

»Meinen Segen erteile ich Euch aufrichtig und von ganzem Herzen«, sagte Ochen. »Was den Rat betrifft, vielleicht wäre es besser, wenn Ihr diese Nacht vor Euren Kameraden geheimhalten würdet.«

»Darauf haben wir uns schon geeinigt«, erklärte Calandryll. »Zumindest bis Pamur-teng. Was dann geschieht, wird von der Weissagung der *Gijan* und von Bracht und Katya abhängen.«

»Ein kluger Entschluß«, stellte der Hexer fest.

Calandryll nickte dankbar, zögerte einen Moment lang und sagte dann: »Wir haben uns darüber unterhalten, wie Cennaire ihr Herz zurückbekommen könnte, wie wir es vielleicht aus Nhur-jabal holen könnten. Wäre das überhaupt möglich?«

»Möchte sie es denn so?« fragte Ochen zurück.

»Das will sie«, bestätigte Calandryll. »Fragt sie selbst, und sie wird Euch das gleiche sagen.«

»Ausgezeichnet.« Das Lächeln des *Wazirs* vertiefte sich kurz und verschwand gleich darauf wieder. Sein Gesicht wurde ernst. »Es wäre möglich, aber nur mit Hilfe von mächtiger Magie, und auch dann wäre es nicht ungefährlich. Ich allein könnte es nicht, aber die *Wazir-narimasu* ... Aye, sie könnten es vielleicht tun.«

»Dann werden wir sie darum bitten, wenn wir Anwarteng erreicht haben«, verkündete Calandryll.

Ochen ließ sich Zeit mit seiner Antwort, und seine Stimme klang ernst und vorsichtig, als er sagte: »Bitten könnt Ihr sie auf jeden Fall.«

Die Verzögerung und der Tonfall des Hexers ließen Calandryll die Stirn runzeln. »Zweifelt Ihr daran, daß sie einverstanden sein werden? Wieso sollten sie diesen Wunsch zurückweisen?«

»Das habe ich nicht gesagt«, entgegnete der Magier. »Ich sage nur, daß ich nicht für sie sprechen kann. Was Ihr verlangt, ist schwierig und gefährlich.«

Die Angst bohrte sich wie ein scharfes Messer in Calandrylls Brust. Ochens Antwort schien ihm zweideutig. »Das gefällt mir nicht«, sagte er. »Könnt Ihr Euch nicht deutlicher ausdrücken?«

»Ich kann nicht in die Zukunft schauen wie eine *Gijan*», antwortete Ochen etwas ausweichend, wie Calandryll fand. »Ich sage auch nicht, daß es nicht gelingen wird. Nur, daß ich es nicht weiß.«

»Aber Ihr bezweifelt es?«

Der Alte breitete die Arme in einer weiten Geste aus, die gleichzeitig sein Bedauern und seine Ratlosigkeit ausdrückte. »Ich würde vorschlagen, daß Ihr diese Fragen zurückstellt, bis wir Anwar-teng erreicht haben.«

Calandryll hätte den alten Mann trotzdem weiter bedrängt, da er noch immer keine eindeutige Auskunft bekommen hatte und ihn die Unsicherheit in Ochens Stimme beunruhigte, aber mittlerweile war die Gaststätte zur Betriebsamkeit erwacht, und der Hexer gab ihm keine Gelegenheit zu weiteren Fragen, indem er darauf hinwies, daß Calandryll lieber in sein Zimmer gehen sollte, bevor ihn irgend jemand vollständig angezogen auf dem Gang entdeckte und seinem Geheimnis auf die Spur kam. Calandryll blieb nichts anderes übrig, als der Aufforderung nachzukommen, aber er blieb noch einmal kurz in der geöffneten Tür stehen und bat Ochen, das Gespräch mit ihm während des Rittes fortsetzen zu dürfen.

»Wenn Ihr es wünscht«, erklärte sich Ochen einverstanden, und damit mußte sich Calandryll vorläufig zufriedengeben.

Er verschwand in seinem Zimmer, zog die Tür hinter sich zu und sammelte das wenige Gepäck zusammen, das er mit sich führte. Dann kam er auf die Idee, die Decken zu zerwühlen und die Kopfkissen einzudrücken, als hätte er die Nacht nicht mit Cennaire, sondern in seinem eigenen Bett verbracht. Bei der Erinnerung verzogen sich seine Lippen zu einem wehmütigen Lächeln, und der Gedanke an die Enthaltsamkeit, die sie sich auferlegt hatten, ließ ihn seufzen. »Dera«, flüsterte er, »gib, daß Bracht und Katya Verständnis zeigen, und ich stehe für immer in Deiner Schuld.«

In diesem Moment hämmerte eine Faust gegen seine Tür, und er hörte die Stimme des Kerners: »Schläfst du noch?«

»Nein!« rief er zurück und riß sich zusammen. »Komm rein.«

Bracht betrat das Zimmer, die Satteltaschen über seine Schultern gehängt. Er musterte Calandrylls Gesicht und grinste. »Ahrd, hast du überhaupt geschlafen? Du siehst wie eine Nachteule aus.«

»Nicht allzuviel«, erwiderte Calandryll wahrheitsgemäß.

Das Grinsen des Kerners verblaßte und wich einem nachdenklichen Gesichtsausdruck. »Ich habe dich bei Cennaire zurückgelassen ...«

Eine unausgesprochene Frage schwebte im Raum zwischen ihnen, und beinahe wäre Calandryll errötet. Er drehte sich um und beschäftigte sich mit seinen Satteltaschen. »Wir haben uns unterhalten«, sagte er so beiläufig wie möglich. »Sie hatte Angst.« Das war nicht einmal gelogen.

»Angst?« Brachts Frage bestätigte ihm, daß es richtig gewesen war, die Nacht mit Cennaire vorläufig vor ihm geheimzuhalten. »Wovor sollte eine Wiedererweckte Angst haben?«

»Vor Anomius«, erwiderte Calandryll. »Dera! Bracht, glaubst du etwa, sie würde keine Furcht verspüren? Anomius hat noch immer ihr verzaubertes Herz in seinem Besitz und könnte sie jederzeit auslöschen, sollte er erfahren, daß sie die Seiten gewechselt hat.«

»Aye«, räumte der Kerner ohne sonderliche Anteilnahme ein. »Das ist richtig, nehme ich an.«

»Du nimmst es an?« Calandryll spürte, wie Wut in ihm aufstieg. »Er muß dazu nur nach Nhur-jabal zu dieser Schatulle zurückkehren. Glaubst du, Cennaire hätte keine Gefühle? Und ob sie welche hat! Sie hatte entsetzliche Angst, Anomius könnte herausfinden, daß sie ihn betrügt, und deshalb hat sie mich gebeten, eine Weile bei ihr zu bleiben.«

»Ruhig, ganz ruhig.« Bracht hob in gespieltem Schrecken abwehrend die Hände. »Ich habe bloß eine einfache Frage gestellt.«

»Hinter der sich aber unterschwellig eine ganz andere verbirgt«, fauchte Calandryll.

Bracht runzelte die Stirn und musterte seinen Freund mit einem merkwürdigen Gesichtsausdruck. Calandryll befürchtete schon, durch seine hitzige Reaktion zuviel verraten zu haben. Er verfluchte sich stumm und schärfte sich ein, sein Temperament künftig besser in Zaum zu halten.

»Ich weiß, daß du sie liebst«, sagte der Kerner jetzt sanfter, »und ich habe mir überlegt, daß du vielleicht ... Aber nein, nachdem du weißt, was sie ist, würdest du bestimmt nicht mit ihr ins Bett gehen.«

Es fiel Calandryll schwer, die Wahrheit geheimzuhalten, seine Wut zu unterdrücken. *Dera*, dachte er erschreckt, *fangen wir bereits an, uns zu zerstreiten? Ich muß vorsichtig sein.* »Und was, wenn ich es getan hätte?« fragte er so ruhig wie möglich.

»Dann würde ich dich ...«, Bracht zuckte die Achseln, » ... für ziemlich merkwürdig halten. Ahrd, welcher normale Mann würde schon mit einer toten Frau schlafen?«

»Cennaire ist wohl kaum tot«, erwiderte Calandryll kurzangebunden.

»Aber auch nicht richtig lebendig.« Bracht fummelte an seinen Satteltaschen herum. Ihm war deutlich anzusehen, daß ihm die Richtung, in die sich ihr Gespräch entwickelt hatte, nicht behagte. »Hör mir zu, mein Freund, ich weiß, daß du sie liebst, und das kann nicht einfach für dich sein. Ich muß mich erst noch daran gewöhnen, was sie ist – vielleicht wird mir das nie gelingen –, aber ich möchte nicht, daß diese Sache zwischen uns steht.«

»Ich auch nicht«, versicherte Calandryll.

»Wollen wir dann also eine Abmachung treffen?« fragte der Kerner. »Einigen wir uns darauf, nicht mehr über ihren Zustand oder das zu sprechen, was du für sie empfindest?«

»Aye«, sagte Calandryll eilig. »Nur noch eine letzte Frage: Wie würdest du von ihr denken, wenn sie ihr Herz zurückbekommen würde?«

»Glaubst du, das wäre möglich?« erkundigte sich Bracht, jetzt neugierig geworden.

»Ochen glaubt, daß die *Wazir-narimasu* es schaffen könnten«, erklärte Calandryll, ohne seine Zweifel zu erwähnen.

»Und du möchtest, daß sie es versuchen.«

Calandryll nickte. »Aye, genau wie Cennaire.«

»Sie würde dadurch eine Menge verlieren«, murmelte Bracht.

»Aber ihre Sterblichkeit zurückgewinnen«, sagte Calandryll. »Sie würde wieder eine ganz normale Frau werden.«

»Dir zuliebe? Liebt sie dich wirklich so sehr?«

»Ich bin davon ebenso fest überzeugt«, erwiderte Calandryll, »wie ich mir sicher bin, daß sie ein unverzichtbarer Bestandteil unserer Mission geworden ist.«

Bracht zuckte die Achseln. Seine Augen wurden schmal, während er darüber nachdachte. »Was mich betrifft, muß die *Gijan* zuerst ihre Rolle in unserer Mission bestätigen«, sagte er schließlich, »aber wenn das geschehen ist und die jesserytischen Zauberer sie wieder sterblich gemacht haben, dann werde ich sie als Freundin betrachten, darauf gebe ich dir mein Wort. Und bis dahin sollten wir uns an unsere Abmachung halten.«

»Einverstanden«, stimmte ihm Calandryll zu. Seine Wut war verflogen. »Dann laß uns jetzt frühstücken gehen, damit wir bald aufbrechen können.«

Die Spannung, die sich zwischen ihnen aufgebaut hatte, war verschwunden, als sie auf den Flur hinausgingen und Katya und Cennaire trafen, die gerade aus dem Zimmer der letzteren kamen. Calandryll begrüßte sie förmlich, und Cennaire erwiderte den Gruß genauso distanziert, aber einen Moment lang begegneten sich ihre Blicke, und ihre Augen leuchteten auf. Katyas Antwort fiel lockerer aus, und ihre graue Augen ruhten kurz auf Calandrylls Gesicht, als würde sie eine Veränderung bei ihm bemerken, doch sie sagte nichts, und so machten sich die Gefährten auf den Weg zum Speisesaal der Gaststätte, wo Chazali bereits mit Ochen und seinen Kotu-zen beim Frühstück saß.

Es fiel Calandryll schwer, die vorgetäuschte Förmlichkeit aufrechtzuerhalten, nachdem Cennaire durch Zufall oder Schicksal ein Platz direkt zu seiner Linken zugeteil worden war. Ihre Nähe ließ Bilder der letzten Nacht in ihm lebendig werden, und er bedauerte, daß er sie nicht berühren, nicht zärtlich mit ihr sprechen durfte, sondern sich die ganze Zeit über verstellen mußte. Mehr als einmal bemerkte er, daß Katyas Blick grüblerisch auf ihm ruhte, und er begann, sich zu fragen, ob sie vermutete, daß er und Cennaire sich ihre Liebe nicht nur mit Worten bewiesen hatten. Vielleicht, dachte er, bemerkte sie Zeichen, die Bracht und den anderen Männern am Tisch entgingen, vielleicht war es weibliche Intuition, die es ihr gestattete, die Wahrheit in seinem und in Cennaires Gesicht zu erkennen. Er fühlte sich erleichtert, als das Frühstück beendet war und sie aufbrachen.

Ochen sprach kurz mit dem Priester, während Chazali seine Männer in Reih und Glied antreten ließ. Ein Trupp mit Piken bewaffneter Kotu-anj wartete bereits, um sie zum Tor zu begleiten. Die Fußsoldaten trotteten voraus und machten den Weg frei, ihre gebieterischen Rufe hallten laut in der Stille des frühen Morgens. Die Sonne war erst ein Stückchen über den Horizont gestiegen und hinter den hoch aufragenden Gebäuden und Stadtmauern noch nicht zu sehen. Ahgra-te war in düsteres Zwielicht getaucht, ein Ort, der einem durch die bedrückend enge Bauweise kaum Raum zum Atmen ließ, so daß Calandryll es nicht bedauerte, ihn wieder zu verlassen.

Das offene Land jenseits der Mauern und der helle Morgen waren wie eine Erlösung. Das gewaltige Massiv des Ahgra Danji ragte hoch über die Stadt auf, der dunkle Fels wurde von den Strahlen der aufgehenden Sonne in helles Licht getaucht. Jenseits der Straßenkreuzung führte der Weg längs des schnell dahinfließenden Flusses nach Norden, vorbei an Mühlen und vereinzelten kleinen Bauernhöfen, auf denen die Gettu in ihrer Arbeit innehielten und sich respektvoll vor den höhergestellten Kotu-zen verneigten. Nach etwa einer halben Meile hatten die Reiter den Fuß der Felswand erreicht, wo zwei schwarze Stelen, rund doppelt so hoch wie ein berittener Mann, den Anfang der Straße markierten.

Hinter den großen Säulen stieg der Weg zuerst sanft an, breit genug, um mehreren Reitern nebeneinander Platz zu bieten, dann wurde er steiler, blieb aber genauso breit. Er beschrieb eine Reihe von Serpentinen und war an einigen Stellen tief in den Fels eingearbeitet worden, um den Auf- oder Abstieg für Karren und andere Gefährte zu erleichtern. An diesen Stellen waren die Hangseiten durch Mauern und Stützpfeiler gesichert. Calandryll hatte den Eindruck, als würden sie zusammen mit der Sonne, deren Strahlen Farben in den Fels zauberten, immer höher in den blauen Himmel hinaufklettern. Raben und Krähen segelten auf gleicher Höhe mit dem Zug und musterten die Reiter krächzend aus neugierigen gelben Augen. Der Steilhang hielt den Wind ab, der bisher aus dem Norden geweht hatte. Es wurde warm. Wolkenstreifen wie flatternde Pferdeschweife zogen sich über das Azurblau des Himmels. Chazali, der den Trupp anführte, legte ein zügiges Tempo vor, das er unerbittlich beibehielt, als wollte er, nachdem das Waldland mit seinen vielen Hindernissen endgültig hinter ihnen lag, Pamur-teng so schnell wie möglich erreichen.

Das war Calandryll nur recht, denn abgesehen von der Dringlichkeit ihrer Mission hatte er jetzt noch einen persönlicheren Grund, möglichst früh im Sitz des Makusen-Clans anzukommen. Er drehte sich im Sattel um und lächelte Cennaire zu, die seinen Blick erwiderte. Ihre Zähne leuchteten weiß zwischen dem vollen Rot ihrer Lippen, ihr Haar, das sie an diesem Tag offen trug, flatterte ihr im Aufwind schwarz ums Gesicht und wirkte wie die Schwingen der Raben und Krähen, die ihren Trupp eskortierten. Calandryll fand, daß sie noch nie bezaubernder ausgesehen hatte, und spürte Trauer darüber in sich aufsteigen, daß sie ihr Versteckspiel beibehalten mußten. In dieser Nacht würde es ihm sehr schwerfallen, allein zu schlafen.

Die Sonne erreichte den Zenith und wanderte weiter nach Westen, aber noch immer legte Chazali keine Rast ein, bis sie am frühen Nachmittag die letzte Steigung des Ahgra Danji hinter sich gebracht hatten.

Wie an ihrem Fuß wurde die Straße auch auf dem Kamm der Felswand durch Stelen markiert, die sich wie zwei riesige Wächter direkt an der Abbruchkante erhoben. Chazali ritt noch ein Stückchen weiter, bevor er endlich die Hand hob und vor einem mit Wasser gefüllten Steinbecken anhielt. Es wurde von dem Fluß gespeist, der ganz in der Nähe vorbeiströmte, bevor er in einem von Regenbögen durchzogenen Dunstschleier über die Felskante in die Tiefe stürzte. Während die Kotu-zen bereits abstiegen, blieb Calandryll noch eine Weile im Sattel sitzen und starrte in das Land hinein, das sich vor ihm ausbreitete.

Es unterschied sich völlig von allem, was er auf seinen Reisen bisher gesehen hatte, eine flache graugrüne Ebene, die sich so weit erstreckte, wie das Auge reichte, nur von ein paar wenigen stumpfen turmartigen Hügeln in der Ferne unterbrochen, die vom Wind glattgeschliffen zu sein schienen, der hier oben stärker und weitaus kälter als im Tiefland blies und Wellen über die merkwürdige Landschaft laufen ließ wie über das Wasser eines schlammigen Tümpels. Calandryll sprang zu Boden und erkannte jetzt, daß die Farbe von dem struppigen Gras herrührte, das den kargen steinigen Boden bedeckte. Der Wind schnitt ihm scharf in die Haut und ließ den nahenden Winter ahnen, ein deutlicher Hinweis darauf, daß der Herbst voranschritt. Calandryll führte den Braunen zum Trog, den Blick weiterhin nach Norden gerichtet, und malte sich aus, wie die Ebene von Jesseryn unter Schnee aussehen würde. Es war eine beunruhigende Vorstellung, wenn er bedachte, daß Rhythamun zehn Tage Vorsprung hatte.

»Du wirkst nachdenklich.«

Calandryll drehte sich um, als Cennaires Stimme hinter ihm aufklang. Er sah ihr schwarzes Haar im Wind flattern und einen scharfen Kontrast zu den Wolken bilden, lächelte ihr zu und widerstand der Versuchung, sie an sich zu ziehen oder wenigstens ihre Hand zu ergreifen und eine Weile festzuhalten. Statt dessen nickte er nur, fuhr mit den Fingern durch die Mähne des Wallachs und antwortete: »Ich habe mir vorgestellt, wie diese Ebene im Winter aussehen muß.«

Cennaire, die das milde Klima Kandahars gewöhnt war, erschauderte und sagte: »Aye, ich denke, es muß eine ungemütliche Gegend sein.«

»Es ist kalt, aye«, mischte sich Chazali ein, der ihre Unterhaltung gehört hatte, »aber es ist nicht so schlimm. Wir verbringen den Winter größtenteils in den Städten, wo wir geschützt sind und es warm haben.«

»Aber auch in diesem Jahr, während der Krieg wütet?« fragte Calandryll. »Oder wird er während des Winters unterbrochen werden?«

Der *Kiriwashen* schüttelte den Kopf. »Ich glaube, daß der Krieg weitergehen wird. Ich nehme an, daß Tharn diejenigen, die verrückt genug sind, sich an seinem Feuer zu wärmen, weiter anstacheln wird.«

»Es sei denn, wir könnten Rhythamun einholen und ihm das Arcanum abnehmen«, gab Calandryll zurück.

»So Horul will«, erwiderte Chazali ernst und bedachte Calandryll und Cennaire mit einem ausdruckslosen Blick. »Wenigstens werden wir hier schneller vorankommen. Falls der Schwarzmagier nicht ein weiteres Hindernis zurückgelassen hat, um sich den Rücken freizuhalten.«

Sein Hinweis veranlaßte Calandryll, den magischen Schutzschirm, den er mittlerweile automatisch um sich herum aufrechterhielt, einen Lidschlag lang zu senken und die Luft prüfend durch die Nase einzuatmen. Sofort schloß er den Schirm wieder, denn das Land stank nach Bösartigkeit, nach Chaos und Verderben. Es war, als würde der Wind den Verwesungsgestank Tausender von Kadavern herantragen, eine Zumutung für Calandrylls Nase und Sinne, und in seinem Mund blieb ein ekelhafter Nachgeschmack zurück. Diesmal zitterte er, und Cennaire fragte: »Macht dir die Kälte zu schaffen?«

Er schüttelte den Kopf und schöpfte mit hohlen Händen Wasser aus dem Brunnen, um sich den Mund auszuspülen und den widerwertigen Geschmack loszuwerden. »Nein«, erwiderte er, »nicht die Kälte, sondern die Bösartigkeit, die der Wind mit sich trägt. Kannst du sie nicht spüren?«

Cennaire runzelte die Stirn und machte eine verneinende Geste. »Ich besitze nicht deine Fähigkeit.«

»Fast wäre es mir lieber, ich hätte sie auch nicht.« Er erschauderte und blickte nach Norden, in die Richtung, aus der der Wind kam. »Es stinkt nach Verwesung.«

»Tharn Traumatem«, bemerkte Ochen, der sich in der Zwischenzeit zu ihnen gesellt hatte, während die Kotu-zen Reiseproviant aus den in Ahgra-te aufgefüllten Satteltaschen hervorholten. »Achtet darauf, daß der Schutzschirm um Euch ständig geschlossen bleibt, Calandryll.«

»Das werde ich«, versicherte Calandryll mit Nachdruck. »Dera, es würde einem die Sinne vernebeln, wenn man diesen Gestank ständig ertragen müßte.«

»Aye«, bestätigte Ochen. Sein zerfurchtes Gesicht war ernst. »Das und Schlimmeres. Wenn man übermäßig viel davon wahrnimmt, kann der Geist ermüden, und die Seele läuft Gefahr, in den Bann des Verrückten Gottes zu geraten.«

»Dann bin ich froh, daß ich nicht über diese Gabe verfüge«, stellte Cennaire fest. »Sie scheint mir ebenso ein Fluch wie ein Segen zu sein.«

»Trifft das nicht auf jede Form von Macht zu?« fragte der *Wazir* nachsichtig. »Ob magisches Talent, Kunstfertigkeit im Schwertkampf oder Reichtum, alles kann zum Guten oder zum Schlechten benutzt werden. Das hängt immer davon ab, wer sich dieser Möglichkeiten bedient.«

»In Lysse gibt es Philosophen, die behaupten, Macht würde korrumpieren«, sagte Calandryll. »Je größer die Macht eines einzelnen Menschen, desto größer die Versuchung.«

»Das ist vermutlich richtig«, erwiderte Ochen, »denn die Menschen sind im allgemeinen viel schwächer, als sie glauben, und kurzsichtiger obendrein. Die *Wazir-narimasu* jedenfalls sind der gleichen Meinung, deshalb haben sie geschworen, ihre magischen Kräfte niemals für kriegerische Zwecke einzusetzen.«

»Sie müssen sehr weise sein«, meinte Cennaire.

»Und ich möchte mich über sie unterhalten«, fügte Calandryll hinzu. »Darüber, was sie vollbringen könnten.«

»Aye, wenn es Euer Wunsch ist.« Ochens Gesicht schien sich ein wenig zu umwölken. »Aber nicht jetzt. Vielleicht heute abend, wenn wir dann Zeit dafür finden.«

Damit mußte sich Calandryll zufriedengeben, denn die Kotu-zen saßen bereits beim Essen, und Bracht rief ihm zu, sich ihnen anzuschließen, wenn er nicht hungrig weiterreiten wollte. Calandryll hätte bereitwillig gehungert, um sich statt dessen weiter mit Ochen zu unterhalten, aber der *Wazir* folgte der Aufforderung des Kerners. Gemeinsam gingen sie zu Bracht und Katya und setzten sich zu ihnen in das ausgedörrte Gras.

Es wurde eine hastige Mahlzeit. Chazali gab schon bald darauf wieder den Befehl zum Aufbruch, und so stiegen sie erneut in die Sättel und setzten ihren Ritt nach Norden in einem gleichmäßigen Galopp fort.

Der Nachmittag ging allmählich in den Abend über. Die Türme, die Calandryll vom Rand des Ahgra Danji aus gesehen hatte, rückten näher und lösten sich in alleinstehende gedrungene Restberge auf, die aus glattem gelblichgrauem Felsgestein bestanden. Sie ragten wie mahnende Stummelfinger in den Himmel, wie ein stummer Vorwurf an den Wind, der ihre Flanken blankgescheuert hatte. Als die Sonne den Horizont berührte, die abnehmende Sichel des Mondes aufstieg und die ersten Sterne in der hereinbrechenden Dämmerung zu funkeln begannen, wirkten die Kegelhügel beinahe wie Säulen, die den Himmel trugen.

Die Sonne fiel unter den fernen Horizont und tauchte den Westen eine Weile in rotglühende Farben, bevor sie das Firmament endgültig dem Mond und den Sternen überließ, in deren Licht das Gras silbern schimmerte. Calandryll hatte den Eindruck, als ritten sie durch einen riesigen glitzernden

See. Die kegelförmigen Berge waren jetzt schwarz und wirkten plötzlich so geheimnisvoll wie die Säulen eines unermeßlich gigantischen Tempels, der in sich zusammengestürzt war. Der Wind nahm zu und wurde kälter, heulte gespenstisch um die Flanken der Felssäulen.

Chazali führte seinen Zug in den Schutz eines solchen Restberges, an dessen Fuß eine Quelle entsprang, die einen Brunnen speiste. In den Stein waren die Insignien des Makusen-Clans gemeißelt. Hier wuchs das Gras dicht genug, daß die angeleinten Pferde weiden konnten, und vom Wind gezeichnete Bäume lieferten Brennholz. Eine Wache wurde aufgestellt, und Ochen sicherte den Lagerplatz zusätzlich durch seine Magie. Bald briet Fleisch und kochte Wasser in den Kesseln. Calandryll stellte erfreut und ein wenig überrascht fest, daß Bracht sein Versprechen hielt, denn Cennaire wurde in die Unterhaltung einbezogen, als hätte es das eisige Schweigen, das auf dem Ritt bis nach Ahgra-te geherrscht hatte, nie gegeben. Er breitete seine Decke neben der von Cennaire aus, während sich Bracht und Katya auf der anderen Seite des Feuers niederließen, und verspürte ein schwaches verräterisches Bedauern darüber, daß sie nicht allein waren.

Aber für diese Gefühle blieb ihm ohnehin kaum Zeit, denn unmittelbar nach dem Essen rief Ochen ihn zu sich, um mit dem Unterricht fortzufahren.

Der *Wazir* führte ihn ein Stückchen vom Feuer fort, vorbei an den Wachen bis zur Steilwand des Restberges, die im Sternenlicht mattsilbern schimmerte, bevor er sich vorsichtig setzte. Calandryll erkannte den Grund für die Schwierigkeiten des Hexers und fragte ihn, warum er sich nicht durch seine Magie beim Reiten Erleichterung verschaffte oder zumindest sein wundgeriebenes Hinterteil heilte.

»Das wäre zu einfach«, erwiderte Ochen und zuckte zusammen, als er eine weichere Stelle auf dem Boden suchte, »und unter Umständen auch zu riskant.«

»Wieso riskant?« wollte Calandryll wissen.

Ochen raffte seine Robe unter sich zusammen, bevor er antwortete. »Jeder Zauberspruch hinterläßt in den okkulten

Sphären seine Spuren«, erklärte er. »Stellt Euch den Äther wie einen Teich und jeden Zauber wie einen Stein vor – je schwerer dieser Stein ist, desto größer sind die Wellen, die er verursacht. Rhythamun weiß mittlerweile, daß Ihr einen gewissen Zugang zu dem Talent gefunden habt, das er von Anfang an in Euch entdeckt hat, und er weiß, daß sich ein Magier in Eurer Gesellschaft befindet. Vielleicht beobachtet er die ätherischen Sphären, und ich möchte ihm noch nicht verraten, wo wir sind. Außerdem kostet jede Form von Magie eine gewisse Kraft, und auch wenn der Zauber, den Ihr vorschlagt, nur einer winzigen Anstrengung bedarf, möchte ich mir doch alle meine Kräfte aufsparen.«

Calandryll nickte, doch dann runzelte er die Stirn, als ihm ein Widerspruch auffiel. »Aber wenn Rhythamun diese Zaubersprüche spüren kann, wie könnte er dann die Schutzzauber übersehen, die Ihr jede Nacht errichtet?« fragte er.

»Ein guter Punkt«, gab Ochen zu. »Allerdings gibt es da einen kleinen, aber entscheidenden Unterschied. Die Magie, die ich anwende, um unser Lager zu schützen, ist allgemeiner Natur. Es sind Abwehrzauber, die auf keine bestimmte Person ausgerichtet sind.« Er stieß ein leises klägliches Lachen aus. »Würde ich dagegen meine Kräfte benutzen, um meinem armen Hintern Linderung zu verschaffen, wäre das ein individueller Zauber, der sich nur auf mich richtet. Dadurch könnte unser Feind, sollte er auf der Lauer liegen, auf mich aufmerksam werden.«

»Das verstehe ich«, murmelte Calandryll. »Aber als Ihr uns in Ahgra-te unsichtbar gemacht habt, war das kein individueller Zauber?«

»Doch«, bestätigte Ochen, »aber dort habe ich mich zuerst mit dem Priester besprochen, der natürlich ebenfalls ein *Wazir* ist, und wir haben gemeinsam Schutzvorkehrungen getroffen.«

Wieder nickte Calandryll, und wieder fiel ihm eine neue Frage ein. »Und jetzt? Wenn Ihr mich unterrichtet, verrät uns das nicht?«

»Wir bewegen uns in den Grenzen des Schutzzaubers, der das gesamte Lager umgibt«, antwortete Ochen, »und im

Augenblick beschränkt Ihr Euch im wesentlichen darauf, die Zaubersprüche auswendig zu lernen, ihre korrekte Aussprache zu üben und Euch mit den geistigen Grundlagen vertraut zu machen. Das sollte vorläufig Schutz genug sein. Später könnte es vielleicht gefährlich werden.«

»Wenn wir näher an Tharns Ruheort herankommen?« erkundigte sich Calandryll.

»Aye«, sagte der *Wazir*. »Ihr habt ihn heute im Wind wahrgenommen und bemerkt, daß sein Gestank stärker wird. Je weiter wir nach Norden kommen, desto schlimmer wird es werden, desto stärker wird der Einfluß des Verrückten Gottes.«

»Und was ist mit den *Wazir-narimasu*?« Calandryll runzelte die Stirn. »Wird ihr Einfluß nicht ebenfalls in dem Maß wachsen, in dem wir uns Anwar-teng nähern?«

»Das ist richtig«, erwiderte Ochen, »aber vergeßt nicht, daß sie damit beschäftigt sind, die Stadt vor den Belagerern zu schützen. Und wahrscheinlich bemühen sie sich darüber hinaus noch mehr, das Tor, das sie bewachen, geschlossen zu halten.«

Jede Erklärung schien eine neue Frage aufzuwerfen. »Wieso das?« wollte Calandryll wissen. »Ist das nicht überflüssig, solange Tharn nicht erwacht?«

Die Robe des *Wazirs* raschelte, als er die Achseln zuckte. Einen Moment lang glitzerten seine lackierten Fingernägel im Sternenlich. »Ich dachte, Ihr hättet begriffen, daß der Schlaf eines Gottes nicht mit dem eines Menschen vergleichbar ist«, sagte er. »Tharn ruht in einem Zwischenreich und schläft, aye, aber gleichzeitig träumt er und spürt das Blut, das in dieser Welt vergossen wird, die Kriege, die Menschen gegeneinander führen, ihre Träume von Eroberungsfeldzügen. Das gibt ihm Nahrung und Kraft, und selbst im Traum beeinflußt er unsere Geschicke. Wahrscheinlich streckt er seine geistigen Fühler bereits nach dem Tor in Anwar-teng aus, oder er informiert Rhythamun darüber, und deshalb werden die *Wazir-narimasu* ihre Kräfte vermutlich dazu einsetzen, diese Pforte geschlossen zu halten.

Reichen Euch diese Erklärungen vorläufig aus? Können

wir jetzt mit Eurem Unterricht fortfahren, oder habt Ihr noch mehr Fragen an einen sattelmüden Hexer?«

»Keine weiteren außer denen, die ich Euch vorher schon gestellt habe«, sagte Calandryll. »In bezug auf Cennaire.«

Ochen seufzte, und plötzlich fühlte sich Calandryll wieder nervös.

»Zuerst Eure Lektionen«, erklärte der *Wazir*. »Später, falls wir dann nicht beide zu müde dafür sind, können wir uns über Cennaire und ihr Herz unterhalten.«

Irgend etwas in seinem Tonfall jagte Calandryll einen eiskalten Schauder über den Rücken.

KAPITEL 14

»Nekromantie, wie Anomius sie betreibt, wird hier nicht praktiziert«, sagte Ochen, nachdem die Lektion beendet war und Calandryll ihn erneut mit Fragen über Cennaires Herz bedrängte. »Genaugenommen wird sie von keiner zivilisierten Gesellschaft praktiziert, und deshalb ist das ein Gebiet, mit dem ich nicht sonderlich vertraut bin. Am liebsten würde ich mich überhaupt nicht damit beschäftigen, es sei denn, ich könnte Cennaire dadurch helfen.«

»Ihr habt mir gesagt, ihr Herz könnte ihr wieder eingepflanzt werden«, protestierte Calandryll scharf.

Ochen hob beschwichtigend die Hände. »Es könnte getan werden, aber ...«

Er verstummte, und Calandryll wartete. Sein Atem ging schwer, sein Herz klopfte heftig, denn er konnte das Zögern aus der Stimme des Hexers heraushören. Seine Nervenenden kribbelten, seine Anspannung wuchs. »Aber?« drängte er.

Ochen seufzte, verschränkte die unter den langen Ärmeln seiner grünen Robe verborgenen Hände und starrte eine Weile in die Nacht, auf die funkelnden Sterne und die Sichel des Mondes, bevor er sich wieder Calandryll zuwandte und ihn voller Ernst ansah.

»Ihr verdient es, die volle und ungeschminkte Wahrheit zu erfahren«, begann er schließlich. »Aber zuerst möchte ich Euch warnen: Es könnte eine Wahrheit sein, die Ihr vielleicht lieber nicht hören wollt. Nein, wartet«, sagte er schnell, als Calandryll den Mund öffnete und seine Augen schmal wurden, »hört zuerst an, was ich Euch zu sagen habe, und denkt daran, daß ich nur über ein unzureichendes Wissen verfüge. Ich werde vom schlimmsten Fall ausgehen, der hoffentlich – so Horul und seine göttlichen Geschwister wollen – nicht eintreten wird.«

Calandryll nickte zustimmend, preßte aber gleichzeitig die Lippen zu einem dünnen Strich zusammen. Eine eisige Hand schien ihm über den Rücken zu kriechen.

»Also laßt uns zuerst die Situation betrachten«, fuhr Ochen fort. »Um Cennaire die Sterblichkeit zurückzugeben, muß ihr Herz aus Anomius' Gewalt befreit werden. Das heißt, die Schatulle muß aus Nhur-jabal herausgeholt werden, und ich würde wetten, daß Anomius sie mit mächtiger Magie umgeben hat. Schon allein das wäre riskant, denn niemand hier kennt die Zitadelle. Aber wenn Cennaire den Ort in allen Einzelheiten beschreibt, könnte dieser erste Schritt getan werden.«

Er schwieg einen Moment lang und nickte vor sich hin, als müßte er seine eigenen Überlegungen bestätigen. Calandryll spürte, wie seine Zuversicht wuchs und gleich darauf schrumpfte, als Ochen den Faden wieder aufnahm.

»Aber vielleicht soll das gar nicht geschehen, vielleicht ist das in diesem Plan gar nicht vorgesehen. Wie ich Euch bereits gesagt habe, verfüge ich nicht über die Gabe, in die Zukunft zu schauen, und außerdem bin ich überzeugt, daß all diesen Ereignissen ein ganz bestimmter Plan zugrunde liegt. Vielleicht träumt Balatur, genau wie sein Bruder, und schickt Euch seine Hilfe, vielleicht nehmen die Mächte, die selbst die Jüngeren Gottheiten beherrschen, Einfluß auf das Geschehen. Ich weiß es nicht, aber mir scheint, es war vorherbestimmt, daß Cennaire zu Euch stoßen und Eure Verbündete werden sollte.«

»Dann werden wir doch bestimmt von Balatur, den Jüngeren Gottheiten – oder welcher Macht auch immer hinter ihnen steht – Hilfe in diesem Punkt bekommen«, sprudelte Calandryll hervor, unfähig, sich länger zu beherrschen.

»Mag sein«, erwiderte Ochen langsam, »aber denkt einmal weiter nach. Wenn es Cennaire vorherbestimmt war, ein Teil dieser Mission zu werden, dann war es vielleicht auch erforderlich, sie zu einer Wiedererweckten zu machen. Vielleicht muß sie eine Wiedererweckte bleiben, um Euch helfen zu können.«

»Nein!« rief Calandryll laut. »Das darf nicht sein!«

»Was sein darf und was nicht, entscheiden die Götter«, entgegnete der *Wazir*, »nicht die Menschen. Aber hört mir weiter zu. Ich sage nicht, daß es so ist, nur, daß es so sein könnte. Vielleicht wird Euer Wunsch doch erfüllt werden.«

»Vielleicht aber auch nicht«, murmelte Calandryll bitter.

»Vielleicht nicht«, bestätigte der Hexer. »Und wenn es so wäre, würdet Ihr Euch dann von Eurer Aufgabe abwenden?«

Calandryll starrte ihn ungläubig an und schüttelte den Kopf. »Nein«, antwortete er. »In Tezin-dar habe ich – haben wir drei – geschworen, diese Mission bis zu ihrem Ende durchzuführen. Von diesem Versprechen werde ich nicht zurücktreten, was auch immer geschieht. Aber trotzdem möchte ich, daß Cennaire ihr Herz wiederbekommt.«

»Und wenn das nicht möglich ist?« fragte Ochen.

Calandryll wandte den Blick ab und richtete ihn in den Himmel, spürte, daß ihm Tränen über die Wangen zu rinnen drohten, daß er in hilflosem Zorn mit den Zähnen knirschte und die Hände voller Wut zu Fäusten ballte. Dera, war das schwer! Es schien, wie Bracht bestimmt bemerkt hätte, als führte die Beschäftigung mit dem Okkulten dazu, daß ein Rätsel auf das andere folgte. Offenbar gab es nirgendwo eindeutige Antworten, nur die Verlagerung eines Gespinstes von verschiedenen Möglichkeiten. Er schluckte, zwang sich zur Ruhe, öffnete die Fäuste, wischte sich geistesabwesend über die Augen und erwiderte mit mühsam beherrschter Stimme: »Dann wird es so geschehen, und ich muß es akzeptieren. Aber ich werde meiner Verpflichtung treu bleiben.«

»Wäre Cennaire ein normaler Mensch, wärt Ihr jetzt bereits tot«, stellte Ochen in dem Bemühen fest, Calandryll so gut wie möglich zu trösten.

»Ein Teil des Planes, den Ihr seht«, murmelte Calandryll.

»Vermutlich«, bestätigte der *Wazir*. »Ich habe den Eindruck, daß ein Schritt den nächsten ergibt. Anomius schickt Cennaire aus, um Euch zu jagen. Noch handelt sie in seinem Sinn. Dann begegnet sie Euch und schwenkt um. Eure Gesellschaft und Euer Einfluß verändern sie so sehr, daß sie bereit ist, sich selbst zu opfern. Sie wird zu Eurer Verbündeten. Das alles wäre nicht geschehen, wenn sie nicht eine Wiedererweckte gewesen wäre, und deshalb könnte es sein, daß es ihr Schicksal ist, so zu bleiben.«

»Aber bestimmt doch nur so lange, wie diese Mission dauert«, warf Calandryll ein. »Sollten wir Erfolg haben, hat sie ihre Rolle erfüllt, und die *Wazir-narimasu* können sich nicht weigern, ihr das Herz zurückzugeben.«

»Ich zweifle nicht daran, daß sie bereit wären, den Versuch zu unternehmen«, erwiderte der Hexer und achtete sorgfältig darauf, daß seine Stimme ruhig klang.

Die Antwort war doppeldeutig. Calandryll spürte, wie sein Mund trocken wurde und eine böse Vorahnung in ihm aufstieg. Ochens Zögern machte ihn nervös, und er forderte den alten Mann mit einer Handbewegung auf, seine Worte näher zu erläutern.

»Was Ihr verlangt, ist nicht einfach«, sagte Ochen langsam und nachdenklich. »Eine solche Magie aufzulösen, die Zauberkräfte umzukehren ... Wenn überhaupt jemand dazu in der Lage ist, dann die *Wazir-narimasu*. Aye, gemeinsam könnten sie es schaffen.«

»Sie *könnten* es schaffen?« fragte Calandryll. Die Angst ließ seine Stimme rauh klingen.

»Mehr kann ich nicht versprechen.« Ochen seufzte und senkte den Kopf, als wollte er Calandrylls fiebrig glänzenden Augen ausweichen. »Diese Form der Magie ist gefährlich. Es wäre möglich, daß von Cennaire nur eine herzlose Hülle ohne jede Form von Leben zurückbleibt.«

»Dera!« flüsterte Calandryll leise voller Entsetzen.

»Das muß nicht geschehen. Ich kann nicht für die *Wazirnarimasu* sprechen. Vielleicht gelingt die Rückverwandlung, aber ich weiß, daß der Vorgang äußerst riskant ist.« Diesmal sah der *Wazir* ihn an, zog eine Hand aus den weiten Ärmeln hervor und machte eine hilflose Geste. »Ich habe Euch gewarnt, daß ich offen sprechen würde.«

»Aye.« Calandryll stieß ein kurzes bitteres Lachen aus. »Das habt Ihr getan.«

»Es ist besser, Ihr erfahrt es jetzt, als erst in Anwar-teng«, meinte Ochen. »Ich glaube, daß Ihr dann einen kühlen Kopf brauchen werdet.«

Calandryll saß eine Weile schweigend mit hängenden Schultern da und starrte zu Boden. Dann blickte er wieder zu Ochen auf und zwang sich zu einem traurigen Lächeln. »Aye«, seufzte er. »Es ist besser, ich bin auf das Schlimmste vorbereitet.«

»Wäre das Schlimmste nicht, wenn Rhythamun Erfolg hätte?« fragte der Hexer nachsichtig. »Wenn Tharn wiederauferstehen und damit all diese Probleme bedeutungslos machen würde?«

»Aye.« Calandrylls Stimme klang fest und gleichzeitig sehr müde. »Sollen wir jetzt schlafen gehen, oder wollt Ihr mich noch weiter unterrichten?«

»Wir haben genug für einen Abend getan«, erwiderte Ochen, »und Chazali möchte mit dem ersten Morgenlicht aufbrechen. Also ...«

Er stand ächzend auf, stemmte eine Hand in einen Rükken und murmelte ein paar herzhafte Verwünschungen über Pferde, Sättel und die Schwäche seines alten Körpers. Die Flüche waren so blumig, daß sich Calandrylls Lippen zögernd zu einem Lächeln verzogen, was wahrscheinlich auch Ochens Absicht gewesen war.

Abgesehen von den Wachen schliefen alle anderen bereits, als sie in das Lager zurückkehrten. Bracht und Katya lagen etwas abseits vor dem niedergebrannten Feuer, Cennaire auf der anderen Seite. Calandryll streckte sich neben ihr aus und fragte sich, ob sie schlief und ob er ihr von

Ochens unerfreulicher Warnung erzählen sollte. Er beschloß, es zu tun, sobald sie sich danach erkundigte, denn er hielt es für besser, wenn sie keine Geheimnisse voreinander hatten. In diesem Moment sah er, daß sie die Augen geöffnet hatte, in denen sich die Glut des Feuers widerspiegelte. Langsam schob sie eine Hand unter der Decke hervor, er ergriff sie, und die Berührung ihrer Haut und der Druck ihrer Finger erfüllten ihn schlagartig mit Erregung und Verlangen.

»Was hat er gesagt?« flüsterte sie.

Leise, um ihre schlafenden Gefährten nicht zu wecken, faßte er ihr Gespräch zusammen. Cennaires Gesicht wurde ernst, der Druck ihrer Finger um seine Hand stärker. »Nun gut«, murmelte sie, als er geendet hatte. »Ich werde die Götter bitten, daß es gelingt, aber wenn es nicht sein soll ...«

»Es wird nichts an dem ändern, was ich für dich empfinde«, versicherte Calandryll ihr.

»Auch meine Gefühle für dich werden sich nicht ändern«, erwiderte sie mit einem leisen Lachen, »aber trotzdem möchte ich mein Herz wiederhaben.« Ihr Lächeln wurde nachdenklich, als sie hinzufügte: »Ich hätte mir nicht vorstellen können, es mir jemals zu wünschen, jedenfalls nicht, bis ich dich kennengelernt habe.«

Er hob ihre Hand an seine Lippen und küßte ihre Finger. Dann zog er sich etwas von ihr zurück, als sein Verlangen, sie in die Arme zu schließen und an sich zu drücken, übermächtig zu werden drohte. *Dera,* dachte er, *ist es das, was Bracht und Katya jede Nacht durchmachen müssen? Ich hatte keine Ahnung, daß es so schwer ist.*

»Lady, das ist nicht einfach«, flüsterte er.

»Nein«, erwiderte sie, »aber wir haben uns ein Versprechen gegeben.«

»Aye«, stöhnte er so laut, daß Bracht sich regte und die Augen öffnete. Seine Hand schloß sich um den Griff des Krummschwertes, das auf seiner Brust lag. Er richtete sich auf einem Ellbogen auf, entdeckte Calandryll und grunzte irgend etwas. Dann ließ er sich zurücksinken und schloß die Augen wieder.

»Versuch zu schlafen«, drängte Cennaire.

»Aye«, erwiderte er, jetzt wieder leise, und ließ ihre Hand los.

Es fiel ihm schwer, zur Ruhe zu kommen. Sein Kopf schwirrte von Gedanken über Cennaire und alles, was Ochen ihm gesagt hatte. Hatte er den einen verdrängt, kam ihm sofort der nächste in den Sinn, und so versank er, ohne den Übergang zu bemerken, in Träumen, die mit Leidenschaft und Verzweiflung erfüllt waren, und wälzte sich im Schlaf unruhig unter seiner Decke hin und her.

Als er mit dem ersten Tageslicht erwachte, waren seine Augen glasig und sein Mund trocken. Er erhob sich ächzend, schleuderte die zerknitterte Decke von sich, gähnte und ließ seinen Blick über die trostlose Landschaft wandern. Die Sonne war noch nicht über den Horizont geklettert, aber der Himmel im Osten war bereits perlmuttgrau und kündigte den neuen Tag an. Calandryll spritzte sich etwas Wasser ins Gesicht und begann, die Bartstoppeln auf seinem Kinn und den Wangen mit dem Dolch abzuschaben. Die Kotu-zen huschten bereits wie üblich schweigend und zielstrebig umher, brachten Wasser zum Kochen und bereiteten ihre Pferde für den Aufbruch vor. Katya kümmerte sich um das Feuer der Abenteurer, und Cennaire half ihr, während Bracht sich wie an jedem Morgen zuerst seinem Hengst widmete. Calandryll lächelte den beiden Frauen müde zu und entfernte sich ein Stückchen vom Lager, bis er auf der windabgelegenen Seite des Restberges eine Stelle fand, wo er ungestört seine Notdurft verrichten konnte. Danach kehrte er zum Feuer zurück. Cennaire reichte ihm einen Becher Tee, Katya etwas hartes Reisebrot und geräuchertes Fleisch, das sie über den Flammen gewärmt hatte.

Nach dem Frühstück sattelten sie ihre Pferde, traten das Feuer aus und verließen den Schutz des Felskegels. Von Norden her blies ihnen ein kalter Wind ins Gesicht und ließ die Mähnen der Pferde flattern. Calandryll sog prüfend die Luft durch die Nase ein und fragte sich, ob er die Vorboten des ersten Schnees roch. Je weiter sie nach Norden vorstießen, desto näher schienen sie dem Winter zu kommen. Der Himmel hatte sich mittlerweile in ein hartes kaltes Blau verwandelt, über das der Wind weiße Wolkenfetzen jagte. Die Sonne, die sich im Osten über den Horizont schob, glänzte eher matt silbern als golden und spendete kaum Wärme.

Es wurde erst im Laufe des Vormittags wärmer. Chazali schlug das gleiche zügige Tempo wie am Vortag an und hielt es bei, bis die Sonne im Zenith stand und sie einen weiteren Restberg erreicht hatten, an dessen Fuß eine Quelle entsprang. Sie tranken das kristallklare Wasser, kauten eilig auf etwas kaltem Fleisch und Brot herum und setzten kurz darauf ihren Ritt fort.

Mit dem Einbruch der Abenddämmerung wurden die Restberge, die bisher die Ebene überzogen hatten, immer seltener und verschwanden schließlich ganz. Vor ihnen erstreckte sich eine eintönige Landschaft, die nur gelegentlich von Senken und hin und wieder von kleinen Hainen verkümmerter, gedrungener Bäume unterbrochen wurde, die hier trotz des kargen Bodens und des scheinbar unaufhörlichen Windes Wurzeln geschlagen hatten. Als die Dämmerung in die Nacht überging, errichteten sie ihr Lager im Schutz eines solchen Haines. Wegen des Mangels an Brennholz mußten sie sich mit kleinen Feuern begnügen. Der Wind, durch keine Erhebungen mehr abgehalten, heulte wild über das Flachland, ließ die Äste der Bäume schwanken und peitschte die Flammen, so daß Funken in die Nacht aufstiegen.

»Du hattest recht«, stellte Bracht beim Abendessen fest und fügte, als Calandryll verständnislos die Stirn runzelte, hinzu: »Das ist wirklich eine trostlose Gegend.«

»Es gibt schlimmere«, bemerkte Ochen, der bei ihnen saß. »Das Borrhun-maj ist eine noch rauhere Gegend.«

»Aber wenigstens gibt es dort Berge«, erwiderte Katya sehnsüchtig.

»Wir werden sie wahrscheinlich noch früh genug zu sehen bekommen«, sagte Bracht grinsend. »Wirst du dann glücklich sein?«

Katya lächelte zurück. »Richtig glücklich werde ich erst sein, wenn wir die Berge meiner Heimat vor uns sehen und das Arcanum sicher in den Händen halten.«

Die Tage vergingen, die Meilen schmolzen dahin wie Schnee in der Sonne. Das Gelände ging in eine aus niedrigen Hügeln und flachen Tälern bestehende Landschaft über, die Bäche und kleinen Wäldchen wurden zahlreicher. Einmal trieb ein eisiger Wind große schwarze Wolkenberge südwärts, und es begann, leicht zu schneien. Es war zwar nur ein kurzer Schauer, aber eine deutliche Warnung, daß der Winter nicht mehr fern war. Sie entdeckten keinerlei Anzeichen für menschliche Ansiedlungen – weder Dörfer noch Bauernhöfe – noch einen Hinweis darauf, daß es größere Tiere auf der Ebene von Jesseryn gab. Für Calandrylls Geschmack war es eine deprimierende Gegend, und als er gelegentlich seine Sinne der Welt des Okkulten öffnete, entdeckte er, daß der furchtbare Druck des Bösen ständig zunahm, als näherten sie sich unaufhaltsam den Toren eines Totenhauses, das gerade erst mit verwesenden Leichen gefüllt worden war. Ochen unterrichtete ihn weiterhin in Theorie und Praxis der Zauberei, und diese Lektionen, die jeweils weit in die immer kälter werdenden Nächte hineinreichten, waren wie eine Art Geschenk, denn wenn Calandryll schließlich frierend und erschöpft unter seine Decke schlüpfte, schwirrte ihm der Kopf derart von allem, was er an diesem Tag gelernt hatte, daß es ihm nicht mehr ganz so schwerfiel, der Versuchung zu widerstehen, die Cennaires Nähe auf ihn ausübte. Es bestand ein stillschweigendes Übereinkommen zwischen ihnen, nicht mehr über ihr Herz zu sprechen, obwohl sie natürlich beide nicht vergessen konnten, daß sie vielleicht nie mehr eine normale Sterbliche werden würde oder bei dem Versuch sogar sterben könnte.

Und eines Tages, als die Wolken wie ein düsterer grauer Vorhang tief am Himmel hingen, kam Pamur-teng in Sicht.

Die Festungsstadt lag in der Mitte eines breiten Tales, das im Norden und Süden von sanften Hügelketten umgeben war. Aus der Ferne sah sie wie die Festung am Ende des Daggan Vhe aus, ein quadratischer gedrungener Klotz aus gelblichem, durch den bedeckten Himmel stumpf aussehendem Felsgestein, aber als sie näher heranpreschten, stellte Calandryll fest, daß sich die Ähnlichkeit mit der Festung nur auf die Bauart beschränkte. Diese Stadt war unendlich viel größer, sogar weitaus größer als Secca. Sie wuchs wie ein riesiger Würfel vor ihm auf und unterschied sich grundlegend von jeder anderen Stadt, die er bisher zu Gesicht bekommen hatte. Es gab keine freistehenden Außenmauern, wie sie die Städte in Lysse umgaben, keine Wassergräben oder Wachtürme. Wie Ahgra-te war auch Pamur-teng Stadt und Festung zugleich. Alle Gebäude, auch die Verteidigungsanlagen, waren zu einer homogenen Einheit miteinander verschmolzen. Jede der gewaltigen Mauern zeigte genau in eine der vier Himmelsrichtungen. In der den Reitern zugewandten Südmauer befand sich genau in der Mitte ein riesiges Doppeltor, dessen Flügel mit getriebenen Metallplatten überzogen waren, in die die Insignien der Makusen eingelassen worden waren. Als sie sich der Stadt weiter genähert hatten, entdeckte Calandryll Schießscharten, die wie wachsame Augen in regelmäßigen Abständen hoch oben in den Mauern angebracht waren und fast bis zur Brustwehr hinaufreichten. Dort ragten lange Stangen hervor, von denen Metallkäfige herabbaumelten. Bei genauerem Hinsehen erkannte Calandryll, daß sie Gefangene enthielten, teilweise nur noch Gebeine, und er fragte sich, wie die jesserytische Gerichtsbarkeit aussah.

Chazali rief einen Befehl, und zwei Männer galoppierten dem Trupp voraus und hämmerten gegen das Tor. Die Flügel schwangen schwerfällig auf. Hinter ihnen kam ein Tunnel zum Vorschein, schwarz wie die Nacht, aus dem Kotu-anj herauseilten und sich mit ihren Piken in zwei Reihen aufbauten. Als Chazali und Ochen die ersten Krieger erreichten, hoben diese ihre Waffen und stießen die Enden kräftig auf den Boden, wobei sie eine Begrüßung brüllten. Im Tunnel selbst hatten sich noch mehr Kotu-anj aufgebaut, und dort war der Lärm ohrenbetäubend.

Der Tunnel erstreckte sich ungefähr über die Länge von zwei Gebäuden, bevor er in einen düsteren Platz mündete, der von sechsstöckigen und teilweise noch höheren Gebäuden umgeben war. Steintreppen führten an den Wänden empor, aus deren Fenstern neugierige Gesichter herausschauten. Die Häuser waren durch enge Gassen getrennt. Das bloße Gewicht des Felsgesteins und die glatten hohen Gebäudefassaden wirkten einschüchternd und bedrükkend. Calandryll fühlte sich an einen Ameisenhaufen erinnert.

Dieses Gefühl verstärkte sich noch, als sie tiefer in die Stadt vorstießen. Sie ritten eine mit glatten Steinplatten gepflasterte Straße entlang, die auf beiden Seiten von Gehsteigen gesäumt wurde. Dort drängten sich jubelnde Menschen, andere lugten aus Fenstern oder sahen von kleinen Balkonen herab, die den schmalen Streifen, der noch vom Himmel zu sehen war, noch schmaler werden ließen. Calandryll erkannte, daß sein erster Eindruck richtig gewesen war. Pamur-teng war sowohl eine Festung wie eine Stadt, leicht zu verteidigen und fast unmöglich einzunehmen. Auf ihrem Weg schienen sie ständig zwischen Tag und Nacht zu wechseln, durchquerten schmale Straßen, die im Schatten lagen, und freie Plätze, die stets geometrisch präzise Quadrate bildeten und etwas trübes Tageslicht einfallen ließen. Die Rufe der Zuschauer hallten unablässig von den hohen Mauern wider, bis die Reiter einen letzten Durchgang hinter sich gebracht hatten, der vor einem Metalltor endete. In der Wand darüber befanden sich schmale Fenster, in denen dunkle Gesichter auftauchten. Chazali brachte sein Pferd und den Trupp zum Stehen. Ochen drehte sich ungelenk im Sattel um und erklärte den Gefährten, daß sie jetzt das Zuhause des *Kiriwashen* betraten.

Das Tor wurde von zwei älteren Kotu-anj geöffnet. Die Abenteurer durchquerten einen zweiten Tunnel und gelangten auf einen Hof, wie ihn keiner von ihnen jemals zuvor gesehen hatte.

Ein Springbrunnen sprudelte in der Mitte eines Atriums, das mit schwarzen und weißen Steinfliesen ausgelegt war, die ein Rechteckmuster bildeten. Es war so groß wie der Marktplatz einer lyssianischen Stadt und von Säulengängen umgeben. Aus den Wänden ragten Balkone bis zu den obersten Stockwerken in dichtgedrängten Reihen hervor, auf denen Männer und Frauen in prächtigen Kleidern standen und gespannt herabsahen. Calandryll keuchte auf, als ihm die Erkenntnis dämmerte, daß dies der Wohnsitz des gesamten Nakoti-Clans war, eine eigene kleine Stadt inmitten einer größeren. Er blickte sich um und entdeckte Ställe, Schmieden, Werkstätten und Rüstkammern, während sich der Hof mit lächelnden, aufgeregten Jesserytern füllte.

Diener rannten herbei, um den Kotu-zen beim Absteigen behilflich zu sein. Chazali hielt vier von ihnen, die sich um die Fremden kümmern wollten, mit einem barschen Befehl zurück. Calandryll sah, wie sich ihnen eine Frau mit drei Kindern näherte. Sie war klein und zierlich wie eine Porzellanpuppe und trug ihr dunkles Haar in einem langen Pferdeschwanz. Ihre schräggestellten Augen waren durch Kosmetik betont, der kleine Mund hellrot angemalt, die Fingernägel in der gleichen Farbe lackiert. Sie war in ein blaßblaues Gewand gekleidet, dessen Saum und Ärmel mit Goldstickereien durchwirkt waren. Unter dem Saum schauten goldene Pantoffeln hervor, die vorn spitz zuliefen. Zwei der Kinder waren Mädchen, die Miniaturausgaben des Gewandes der Frau trugen, das dritte ein Junge. Er trug eine scharlachrote Tunika über einer schwarzen glänzenden Seidenhose und einen Dolch in Kindergröße im Gürtel. Seine Füße steckten in schwarzen Lederstiefeln.

Die Frau verneigte sich tief, gefolgt von den Kindern. Chazali erwiderte die Verbeugung, bevor er den Helm abnahm, mit einem breiten Lächeln die Arme ausbreitete und die Frau hochhob, die ihrerseits die Arme lachend um seinen Hals schlang.

»Das ist Lady Nyka Nakoti Makusen«, erklärte Ochen leise. »Die Mädchen heißen Taja und Venda, der Junge Rawi.«

Anscheinend war Chazalis Begrüßung seiner Frau ein Zeichen, daß die Formalitäten abgeschlossen waren, denn jetzt strömten die Leute von allen Seiten herbei, um die Kotu-zen lautstark zu begrüßen, während Diener die Pferde zu den Ställen führten, die, wie Calandryll jetzt bemerkte, eine ganze Seite des Innenhofs einnahmen. Ein paar Diener warteten in der Nähe der Fremden, eindeutig unsicher, was das Protokoll in diesem Fall vorschrieb. Bracht löste das Problem, indem er vorschlug, daß sie ihre Pferde selbst in den Stall bringen sollten. Trotzdem warteten die Diener, bis Chazali sie wegschickte, nachdem er seine Frau losgelassen und nacheinander die Kinder hochgehoben hatte. Sein Gesicht war jetzt nicht mehr reglos, sondern leuchtete vor Freude, als er sie in den Armen hielt. Dann winkte er seine Familie vor, um ihr die Gäste vorzustellen.

Lady Nyka verneigte sich tief und hieß sie bei den Nakoti willkommen, während die drei Kinder die Fremden neugierig beäugten. Die beiden Mädchen kicherten nervös, als sie vortraten, einen sorgfältig eingeübten Knicks vollführten, eilig zu ihrer Mutter zurückliefen und sich schutzsuchend an sie schmiegten. Obwohl Rawi unverkennbar durch diese großen und merkwürdig gekleideten Fremden verunsichert war, trat er mit steifem Rücken vor, verbeugte sich so tief, daß er fast umkippte, und verkündete mit lauter Stimme, daß sie willkommen seien, wenn sie Freunde seines Vaters wären.

»Das sind sie«, bestätigte Chazali, bedachte seinen Sohn mit einem stolzen Blick und sagte mit lauter Stimme, damit alle ihn verstehen konnten: »Dies sind meine Gäste und Freunde der Makusen, Freunde unseres Landes und unseres Gottes. Betrachtet sie als eure Blutsverwandten und behandelt sie mit Respekt, solange sie bei uns verweilen.«

»Werden sie lange bleiben?« fragte seine Frau.

Chazali schüttelte den Kopf. »Ich fürchte, das wird nicht möglich sein«, erwiderte er. »Der Krieg ruft. Wir werden schon morgen wieder aufbrechen.«

Nyka nickte, als hätte sie nichts anderes erwartet, ihr Gesichtsausdruck blieb unverändert, aber Calandryll entdeckte in ihren Augen Trauer darüber, daß das Wiedersehen nur so kurz sein würde. Dann wandte sie sich Ochen zu, verneigte sich und sagte: »Ich heiße Euch wie immer willkommen, *Wazir.*«

Der alte Mann erwiderte die Verbeugung. »Und ich grüße Euch, Lady Nyka, und bitte um Verzeihung, daß dieser Besuch nicht länger dauern kann und wir in dieser kurzen Zeit auch noch viel zu erledigen haben werden.«

»Lieber ein kurzer Besuch und ein langer Frieden«, murmelte sie und richtete ihre lohfarbenen Augen auf die Abenteurer. »Bäder und Zimmer werden für Euch vorbereitet und frische Kleidung bereitgelegt. Ich hoffe, Ihr werdet zufrieden sein.«

»Wir stehen in Eurer Schuld, Lady Nyka«, sagte Calandryll höflich.

Sie schüttelte den Kopf. »Nein, für das, was Ihr vorhabt, stehen wir vielmehr in Eurer Schuld. Ihr könnt Eure Pferde hier lassen, sie werden gut versorgt.«

»Ich habe nicht den geringsten Zweifel daran«, erwiderte Calandryll lächelnd, »aber ich denke, Eure Diener würden es lieber sehen, wenn wir das erledigen würden. Und es ist bei uns üblich, sich selbst um sein Pferd zu kümmern.«

»Aye.« Als sie lächelte, schien sie kaum alt genug zu sein, um schon drei Kinder geboren zu haben. »Sie haben eine gewisse Scheu vor Euren großen Tieren, besonders vor dem Hengst. Wenn es Eure Gebräuche verlangen, wird ein Mann auf Euch warten und Euch später zu den Bädern und Euren Zimmern führen.«

»Wir danken Euch«, sagte Calandryll mit einer weiteren Verbeugung.

Lady Nyka klatschte in die Hände, und ein in eine rostbraune Seidentunika und eine gelbe Hose gekleideter Diener trat vor. Sie sprach kurz mit ihm. Der Mann verbeugte sich und drehte sich zu den Gefährten um. Er achtete sorgfältig darauf, sich keine Gefühlsregung anmerken zu lassen, als wäre das Erscheinen von Fremden, die seine Muttersprache perfekt beherrschten, ein alltägliches Ereignis.

»Würdet Ihr mir bitte folgen, verehrte Damen und Herren?«

Calandryll zögerte und sah zu Ochen hinüber. Der *Wazir*

nickte und erklärte, daß er seine eigene Unterkunft aufsuchen und später mit einer *Gijan* zu ihnen kommen würde.

Sie versorgten ihre Pferde und folgten dem Mann über den Innenhof durch eine niedrige Tür in eine Vorhalle, von der aus schwach beleuchtete Stufen zum obersten Stockwerk des Gebäudes hinaufführten. Dort zeigte der Diener – er hieß Kore, wie Calandryll mittlerweile erfahren hatte – den Fremden mit einer Verbeugung ihre Zimmer, die aneinandergrenzten, und wartete geduldig, während sie ihr Gepäck in mit Rosenholz furnierten Schränken verstauten und ihre Waffen in spezielle Halterungen stellten. Anschließend geleitete er sie zu getrennten Badehäusern, deren Dekken aus Glasscheiben bestanden und einen Blick in den Himmel gestatteten. Die Gefährten aalten sich in dem fast kochenden Wasser und wuschen sich mit duftender Seife den Reiseschmutz von den Leibern. Als sie schließlich aus den Becken stiegen, wurden sie von Dienern in kurzen weißen Gewändern mit kaltem Wasser übergossen, die ihnen danach große weiche Baumwollhandtücher reichten. Die Diener machten Anstalten, die Gäste damit abzureiben, aber Calandryll und Bracht zogen es vor, sich selbst abzutrocknen.

Als sie in die Vorhalle zurückkehrten, wo Kore noch immer wartete, stellten sie fest, daß ihre Kleidung verschwunden war. Kore erklärte, daß ihre Ledersachen gereinigt und ihnen bis zum Abend zurückgebracht werden würden. Als vorübergehenden Ersatz reichte er ihnen weite blaue Gewänder und weiche Pantoffeln, die sie für den Rückweg in ihre Unterkünfte anzogen.

»Solltet Ihr die Kleidung, die Lady Nyka für Euch bereitgelegt hat, unpassend finden«, sagte Kore, »werde ich Euch etwas anderes bringen. Wenn Ihr sonst noch irgend etwas benötigt, braucht Ihr nur zu fragen. Ich werde hier auf Euch warten.« Er verneigte sich, während die beiden Männer ihre Gemächer betraten.

Calandryll erforschte seine Unterkunft und staunte, daß sich das Innere der jesserytischen Häuser derart von ihrem eintönigen Äußeren unterschied. Die Böden bestanden aus einem auf Hochglanz polierten Holz, das sich warm unter den Füßen anfühlte, und waren mit dicken Teppichen in leuchtenden Farben ausgelegt. Die Mitte des Raumes wurde von einem breiten Bett eingenommen, das mit einer in Blau und Scharlachrot gehaltenen Decke überzogen war. An seinem Fußende stand ein gepolsterter Schemel. Außerdem enthielt das Zimmer eine Waschkommode und einen kleinen Tisch aus Rosenholz, ebenso furniert wie der Schrank, auf dem eine Karaffe und vier Kelche aus dünnem rubinroten Kristall standen. An den Wänden hingen weiche grüne Seidentücher, die dem Raum die Atmosphäre eines luftigen Zeltes verliehen hätten, wäre er nicht so düster gewesen. Die einzigen Lichtquellen waren eine Lampe, die von der weißgetünchten Decke herabhing, und die Glastüren, die auf einen Balkon hinausgingen, der sich über die gesamte Länge der Außenwand erstreckte. Als Calandryll den Balkon betrat, stellte er mit einem Gefühl der Erregung fest, daß er von dort aus Zugang zu Cennaires Zimmer hatte. Zu seiner Überraschung entdeckte er, daß das Dach, das er auf der anderen Seite des Innenhofes sehen konnte, ein Garten war. Dort wuchsen kleine exotische Bäume, Sträucher und Ranken, die sich um Gartenlauben wanden. Er kehrte in das Zimmer zurück, um sich anzuziehen, wobei er überlegte, daß die Art der jesserytischen Architektur wahrscheinlich den Charakter dieses geheimnisvollen Volkes widerspiegelte.

Nachdem er sich angekleidet hatte, begutachtete er sich in den im Schrank eingelassenen Spiegeln. Wie in der Festung bestand seine Kleidung auch diesmal aus einem Hemd, einer Tunika, einer langen Hose und Stiefeln, aber in Chazalis Zuhause fiel alles sehr viel prächtiger aus. Das Hemd war aus Seide und so strahlend weiß, daß es selbst im dämmrigen Licht des Zimmers zu leuchten schien. Die dunkelblaue Hose schillerte schwach, die Stiefel bestanden aus weichem, mit Silberfäden durchwirktem schwarzen Leder und liefen in aufwärts gebogenen Spitzen aus. Die Tunika war grün, von einem ähnlichen Farbton wie die Wandteppiche, an den Schultern ausgestellt und wurde über der Hüfte von einer goldenen Schärpe zusammengehalten. Auf Brust und Rükken prangte ein pechschwarzes Pferd in einem karmesinroten Kreis, um den herum die Insignien der Nakoti Makusen eingestickt waren. Calandryll hatte sich derart an seine robusten Ledersachen gewöhnt, daß ihm in dieser prächtigen Kleidung seltsam zumute war.

Ein Klopfen an der Tür riß ihn aus seiner Musterung, und als er öffnete, stand Bracht vor ihm, der ähnlich gekleidet war und sich offensichtlich genauso unbehaglich wie damals in der Festung am Kess Imbrun fühlte.

»Es wäre mir lieber, ich könnte meine eigenen Sachen tragen«, grollte der Kerner, ging zum Tisch und schenkte sich einen Pokal ein. »Aber wenigstens ist ihr Wein gut.«

Calandryll folgte seinem Beispiel und nahm sich ebenfalls einen Pokal. »Wir werden nur diese eine Nacht hier verbringen«, sagte er. »Und ich bezweifle, daß wir später noch einmal in den Genuß einer solchen Gastfreundschaft kommen werden.«

Bracht grunzte eine unverständliche Antwort und schlenderte auf den Balkon. Der Tag neigte sich schnell dem Ende entgegen, der Himmel war noch immer finster und wolkenverhangen, und der Innenhof versank fast in der hereinbrechenden Dunkelheit. Die Zimmer in den umlaufenden Mauern zeigten sich als düstere Rechtecke, aus denen leises Stimmengewirr drang. Nach einer Weile kehrte der Kerner in das Zimmer zurück, schenkte sich nach und schüttelte verblüfft den Kopf.

»Es sind schon merkwürdige Leute, diese Jesseryter«, stellte er fest. »Ahrd, wenn man ihre Häuer und Städte von außen sieht ... Aber hinter diesen Mauern leben sie in Palästen. Wenn es hier nur nicht so düster wäre!«

»So sind ihre Sitten nun einmal.« Calandryll schmunzelte, als Bracht den Pokal abstellte und an der Tunika und der Schärpe herumzupfte. »Morgen wirst du wieder in deiner eigenen schlichten Kleidung über offenes Land reiten können.«

»Ahrd sei's gedankt«, murmelte der Kerner.

Ein diskretes Klopfen klang auf. Die Männer gingen gemeinsam zur Tür und öffneten.

»Verzeiht die Störung«, bat Kore leise, »aber der *Wazir* Ochen Tajen Makusen möchte Euch sehen.«

»Einen Augenblick.« Calandryll kehrte zum Tisch zurück, um seinen Kelch abzustellen. Dann verließen sie das Zimmer und gingen zu den Unterkünften der Frauen. Calandryll klopfte bei Cennaire, Bracht bei Katya.

»Herein«, hörte Calandryll Cennaires Stimme.

Er öffnete die Tür und blieb mit offenem Mund auf der Schwelle stehen. Cennaire sah stets hübsch aus in ihrer ledernen Reitkleidung, und in dem Gewand, das sie in der Festung getragen hatte, war sie bezaubernd gewesen. Jetzt aber ... Calandryll konnte sie nur aus weit aufgerissenen Augen sprachlos anstarren. Ihr Haar war hochgesteckt und wurde von Nadeln aus Edelstein gehalten, die vor dem schwarzen Hintergrund funkelten. Die Frisur betonte ihren schlanken Hals. Sie hatte die Augen nach Art der Jesseryter mit Kohlestift nachgezogen, die Lippen in einem hellen Karmesinrot angemalt und die Fingernägel im gleichen Farbton lackiert. Sie trug ein hochgeschlossenes Gewand aus blaßrosa Seide, das fließend die Konturen ihres Körpers umspielte und von winzigen Amethystknöpfen gehalten wurde. Saum und Ärmel waren mit roten Fäden durchwirkt, die dem Farbton ihres Lippenstifts und Nagellacks entsprachen. Ihre Füße steckten in rosafarbenen Pantoffeln. Sie würde, dachte Calandryll, die Zierde eines jeden Palastes sein, und dann sprach er das Kompliment laut aus.

»Ich danke Euch, mein Herr«, erwiderte sie mit gespielter Förmlichkeit und vollführte einen vollendeten Knicks.

Calandryll wollte gerade auf die gleiche Art antworten, als er Brachts lauten Ausruf hörte. Er drehte sich um und sah, wie der Kerner Katya mit offenem Mund anstarrte. Die Vanuerin war wie Cennaire frisiert, ihr flachsblondes Haar wurde von pechschwarzen Nadeln gehalten. Ihr Gewand war blaßblau, ihre Lippen und Fingernägel rosarot. Bracht stand fassungslos da, schüttelte den Kopf und flüsterte immer wieder: »Ahrd!«, als fiele ihm kein anderes Wort ein.

»Lady Nyka hat uns einen Friseur geschickt«, erklärte Cennaire. »Und eine Frau, die eine Expertin auf dem Gebiet der Kosmetik ist.«

»Sie haben hervorragende Arbeit geleistet«, versicherte Calandryll, der allmählich die Fassung zurückgewann, »obwohl eure natürliche Schönheit es ihnen sicher nicht allzu schwergemacht hat.«

Katya nahm das Kompliment mit einem gespielt hochmütigen Gesichtsausdruck zur Kenntnis und wandte sich Bracht zu. »Möchtest du nicht vielleicht ein bißchen Unterricht bei Calandryll nehmen?« erkundigte sie sich.

Der Kerner konnte nur mit großen Augen und hängendem Unterkiefer nicken. »Ich ...«, stotterte er. »Ahrd! Ich ... du ... Noch nie ...«

Kore erlöste ihn mit einem diskreten Hüsteln aus seiner Verlegenheit und erinnerte sie daran, daß Ochen auf sie wartete. Calandryll bot Cennaire mit höfischer Galanterie seinen Arm, und nach kurzem Zögern tat Bracht das gleiche mit Katya. Die Vanuerin kicherte leise in sich hinein, als sie die düsteren Gänge hinabstiegen, und rief Calandryll über die Schulter zu: »Wenn wir ein wenig Zeit auf unserem Weg finden, könntest du dann vielleicht versuchen, diesem Barbaren ein paar Manieren beizubringen.«

»Eine schwierige Aufgabe«, behauptete Calandryll, »aber ich werde mein Bestes tun.«

Cennaire brachte ihre Lippen dicht an sein Ohr und flüsterte: »Hast du den Balkon bemerkt?«

Calandryll spürte seine Wangen heiß werden. Er hätte nicht sagen können, ob er vor Verlegenheit oder Erregung errötete, als er erwiderte: »Aye.«

»Die Nächte sind noch nicht so kalt, als daß ich meine Fenster geschlossen halten müßte«, murmelte Cennaire.

»Lady, ich werde da sein«, gab Calandryll leise zurück.

»Gut.« Sie schmiegte sich kurz an ihn und löste sich lächelnd wieder von ihm, als Kore vor einer Tür stehenblieb, klopfte und ohne zu öffnen mit lauter Stimme verkündete, daß die Fremden da wären.

Sie betraten ein Zimmer, in dem ein reichhaltig gedeckter Tisch stand. Der *Wazir* saß an einem Kopfende. Überall waren Kerzenleuchter aufgestellt worden, wie um die Gäste zu ehren. Es waren sechs Gedecke aufgelegt worden. Ochen lud die Gefährten ein, Platz zu nehmen, und schickte Kore fort.

»Ich dachte mir, es wäre vielleicht besser, wenn wir allein hier essen«, erklärte er, nachdem sich die Tür hinter dem Diener geschlossen hatte. »Chazali und Nyka bleibt ohnehin nur sehr wenig Zeit füreinander, und ich möchte Euch der *Gijan* vorstellen.«

Als wäre es ein abgesprochenes Stichwort gewesen, trat in diesem Moment eine Gestalt vom Balkon in das Zimmer. Calandryll vermutete, daß es eine Frau war, denn sie trug ein hochgeschlossenes schwarzes Kleid, das mit silbernen Pferdeköpfen bestickt war. Die Stickereien hatten die gleiche Farbe wie ihr Haar, das wie bei Katya und Cennaire hochgesteckt war und von schwarzen Nadeln gehalten wurde. Das ungeschminkte Gesicht war noch runzliger als das Ochens und gab kaum Aufschluß über ihr Geschlecht. Sie schien so alt zu sein, daß sich die Grenzen zwischen den Geschlechtern irgendwie verwischten, aber in den Augen unter den schneeweißen Brauen funkelte ein wacher Verstand. Ihre Stimme klang wie ein raschelndes Flüstern und war so leise, daß sie eigentlich nicht so klar verständlich hätte sein dürfen, wie sie es tatsächlich war.

»Ich bin die *Gijan* Kyama«, verkündete sie. »Ochen hat mir gesagt, daß Ihr eine Weissagung von mir wünscht.«

»Aye«, bestätigte Calandryll. »Wenn Ihr dazu bereit seid.«

»Sehr gern.« Ihr Lachen klang wie das Klingeln von Silberglöckchen. »Aber wollen wir zuerst essen? Dabei könnt Ihr mir alles erzählen, was Euch hierhergeführt hat.«

Sie setzte sich an den freien Platz am Tischende gegenüber von Ochen, der sich ein Glas Wein einschenkte und die Karaffe an Calandryll weiterreichte. Der Krug machte einmal die Runde um den Tisch, bis er wieder bei Ochen angekommen war. Erst dann meldete sich die *Gijan* erneut zu Wort.

»Ihr habt Euch also aus den vier Himmelsrichtungen zusammengefunden«, sagte sie mit ihrer flüsternden Stimme. »Die ersten Fremden, die jemals Pamur-teng oder eine andere der großen Festungsstädte betreten haben. Erzählt Ihr mir die ganze Geschichte von Anfang an?«

Calandryll nickte und warf Bracht und Katya einen kurzen Blick zu. Beide gaben ihm ein Zeichen, daß er für sie sprechen sollte.

Das Essen war zum größten Teil verzehrt, und alle waren satt, als er schließlich geendet hatte. Calandryll trank ein Glas Wein, um seine vom langen Erzählen trockene Kehle wieder anzufeuchten, und wartete auf Kyamas Antwort.

Sie betrachtete ihn eine Weile schweigend. Ihr Gesicht war so zerfurcht, daß er nichts aus ihm herauslesen konnte. Dann wandte sie sich langsam den anderen zu. Calandryll hatte den Eindruck, daß sie einen nach dem anderen abschätzte. Es war ein völlig anderes Vorgehen als das der Seherinnen von Lysse oder Kandahar. Das Schweigen zog sich in die Länge, alle warteten darauf, daß Kyama es brach.

»Ochen, ruft Ihr bitte einen Mann, um den Tisch abzuräumen?« fragte sie schließlich.

Calandryll hatte irgendeine bedeutendere Ankündigung erwartet, nicht eine derart alltägliche Bitte, und er hatte Mühe, nicht die Stirn zu runzeln und sich zu erkundigen, welche Erkenntnisse Kyama aus ihrer ausführlichen Musterung gezogen hatte. Ochen jedoch schien nichts Ungewöhnliches in ihrem Verhalten zu sehen. Er erhob sich, ging zur Tür und kehrte mit zwei Dienern zu seinem Platz zurück.

Danach warteten sie schweigend, während die Reste des Essens bis auf eine einzelne Karaffe und die Gläser weggeräumt wurden. »Jetzt kenne ich also Eure Vergangenheit«, stellte die *Gijan* fest, nachdem der letzte Teller entfernt worden war und die Diener die Tür hinter sich geschlossen hatten. »Sollen wir jetzt einen Blick in die Zukunft werfen?«

Unter der Tischplatte, so daß es niemand sehen konnte, griff Cennaire nach Calandrylls Hand. Die Berührung gab ihr Mut. Obwohl statt eines Herzens nur das Gebilde in ihrer Brust schlug, das Anomius ihr dort eingepflanzt hatte, war ihr, als würde es wie wild gegen ihre Rippen hämmern. Ihr Mund wurde trocken, und mit der freien Hand führte sie das Glas an ihre Lippen. Es kostete sie eine bewußte Anstrengung, ein Zittern zu unterdrücken und zu verhindern, daß Wein auf ihr Gewand schwappte, denn sie spürte, daß sie an einem Scheideweg angekommen war. Das, was die alte Frau für sie und die anderen voraussagte, würde wahrscheinlich ihre Zukunft bestimmen. Vorsichtig stellte sie ihren Kelch wieder ab, dankbar für den Druck von Calandrylls Fingern und das zuversichtliche Lächeln, das er ihr zuwarf.

Seine Zuversicht war nicht wirklich so fest, wie sie nach außen hin erschien, sondern in erster Linie der Versuch, die Frau zu beruhigen, die er liebte. Und auch sich selbst, denn wie Cennaire spürte auch er, daß die Zukunft in diesem Moment in der Schwebe hing, und er sandte ein stummes Gebet an Dera und all die anderen Jüngeren Gottheiten, flehte sie an, daß diese Weissagung das enthüllen würde, was er hören wollte.

»Was müssen wir tun?« fragte er und registrierte erfreut, daß seine Stimme nicht zitterte. Von dem Kloß in seiner Kehle war nichts zu hören.

»Faßt Euch gegenseitig an den Händen«, sagte Kyama. »Nur Ihr vier, Ochen hat nichts damit zu tun.«

Sie kamen ihrer Aufforderung nach. Calandryll zog die immer noch zur Faust geballte Hand unter dem Tisch hervor und reichte sie Katya, Katya wiederum ergriff Brachts Hand, und der Kerner und Cennaire vervollständigten den Kreis, indem sie die Hände der alten Seherin ergriffen.

»Ich weiß nicht, wie so etwas in Euren Ländern gemacht wird«, erklärte Kyama, »aber ich bitte Euch, still zu sein, solange ich mich in Trance befinde. Was Ihr mir vielleicht an Fragen stellen wollt, werde ich Euch später beantworten.«

Sie schloß die Augen und legte den Kopf so weit in den Nacken, daß sich die faltige Haut über ihrer Kehle straffte. Eine Zeitlang saß sie reglos da, dann begann sie, langsam zu schaukeln und vor sich hin zu singen. Es war kaum mehr als ein leises Murmeln, zu leise, als daß man einzelne Wörter hätte verstehen können. Durch Ochens Lektionen wußte Calandryll, daß dies keine Hexerei war, sondern nur eine besondere Fähigkeit, die es der *Gijan* ermöglichte, die Punkte aufzuspüren, an denen sich die Stränge ihrer einzelnen Schicksale verknüpften. Eine solche Zukunftsschau fand ihre Grenzen sowohl in der individuellen Begabung der jeweiligen Hellseherin als auch in der Komplexität des Netzes aus Einzelschicksalen, das sie zu überblicken versuchte. Calandryll wartete voller Nervosität.

Kyamas sonorer Singsang endete abrupt. Ihr Kopf fiel nach vorn, bis sie ihre Brust mit dem Kinn berührte, und ruckte dann wieder aufwärts. Die Augen noch immer geschlossen, begann sie zu sprechen, und jetzt klang ihre Stimme nicht mehr wie ein raschelndes Flüstern, sondern war lauter und tiefer.

»Ihr vier beschreitet einen gefahrvollen Weg. Wenn Ihr ihm bis zu seinem Ende folgt, werdet Ihr unvorstellbaren Gefahren begegnen ... Gefahren, die weitaus schlimmer als der Tod sind, selbst für diejenige unter Euch, die kein Herz besitzt. Da sind Mächte, die sich Euch entgegenstellen, die Euch vernichten und sich an Euch rächen wollen. Sie sind gewaltig, stärker als jeder einzelne von Euch, aber gemeinsam, zu viert, seid Ihr vielleicht stark genug, um gegen sie zu bestehen.

Ich kann nicht weit sehen. Diejenigen, die Ihr besiegen wollt, gegen die Ihr antretet – die gegen Euch antreten –, verschleiern meine Sicht. Die Stränge verlieren sich in der Dunkelheit, aber ein Stückchen des Weges spendet Euer Vorhaben Licht. Ihr könntet Erfolg haben ... es liegt innerhalb Eurer Möglichkeiten, Ihr könntet aber auch scheitern ... die Macht Eurer Feinde könnte ausreichen, den Sieg davonzutragen.

Ihr habt mehr als nur einen Feind. Einer ist nahe, die anderen fern. Einer könnte Euch unabsichtlich helfen, und sollte das geschehen, wird sein Zorn gewaltig sein. Bewahrt einen klaren Verstand, wenn Ihr dort hingeht, wohin Ihr wahrscheinlich gehen müßt. Kraft und Schwertkunst allein werden nicht ausreichen, Ihr werdet auch die Macht benötigen, die einer von Euch beherrscht und die ein anderer besitzt. Vertrauen ... Vertrauen muß der Schlüssel zu Eurer Einigkeit sein. Ohne Vertrauen seid Ihr nichts, ohne Vertrauen werdet Ihr scheitern.

Mehr kann ich nicht sehen. Es ist zu dunkel, zu komplex.

Die Stränge verwirren sich … ein Labyrinth. Ich … Nein! Zu spät. Mehr ist da nicht …«

Kyamas Kopf fiel wieder nach vorn, ihr Körper erschlaffte. Ein Speichelfaden rann ihr zwischen den kraftlosen Lippen herab. Ihre Hände öffneten sich, und sie wäre vermutlich mit dem Gesicht auf die Tischplatte gefallen, hätte Bracht sie nicht rechtzeitig aufgefangen. Die Seherin stöhnte leise und begann, sich wieder zu regen. Calandryll hielt ihr einen Kelch an die Lippen.

Zuerst nippte die *Gijan* nur, dann wurden ihre Schlucke kräftiger. Sie bedankte sich, setzte sich gerade auf und sah die Gefährten nacheinander an. Ihre Augen waren wieder klar.

»Habt Ihr erfahren, was Ihr erfahren wolltet?«

»Daß wir vier zusammengehören«, sagte Calandryll und blickte Cennaire an. »Aye.«

Sein Blick wanderte weiter zu Bracht, der die Achseln zuckte und den Anstand besaß, Cennaire beschämt anzulächeln. »Ich habe dir unrecht getan, Cennaire, und dafür bitte ich dich um Entschuldigung.«

»Die ich dankbar annehme«, erwiderte sie.

»Aber«, fuhr der Kerner an Kyama gewandt fort, »da gibt es vieles, was ich nicht verstehe. Ihr habt von mehreren Feinden gesprochen, und ich glaube, wir wissen, wer das ist: Rhythamun, Tharn selbst und Anomius. Aber welcher von ihnen könnte uns unabsichtlich helfen?«

Die *Gijan* machte eine hilflose Geste. »Ich weiß es nicht. Aber mit List könntet Ihr einen von ihnen so täuschen, daß Ihr daraus einen Vorteil zieht.«

»Und diese Macht, über die wir verfügen?« fragte Calandryll. »Ihr habt davon gesprochen, daß es zwei sind.«

»Es ist Macht in Euch allen«, antwortete Kyama. »Die Macht in Euch, Calandryll, hat hell gebrannt, und sie wird ein Leuchtfeuer und eine Waffe in Eurem Kampf sein. Die andere aber … Sie war dunkler, und ich konnte nicht deutlich erkennen, in welchem Eurer Gefährten sie ist.«

Auf der anderen Seite des Tisches atmete Bracht langsam aus und murmelte kaum hörbar: »Rätsel.«

Kyama lachte. »Meine Begabung kann keine präzisen Ergebnisse liefern, Krieger. Sie ist nicht wie Euer Schwert, das Ihr auf Wunsch ziehen und benutzen könnt, um es in ein ganz bestimmtes Ziel zu lenken. Ich blicke in eine sich ständig wandelnde und verworrene Zukunft und teile Euch mit, was ich sehe. Die Stränge, die ich zu verfolgen versuche, kehren sich um und verdrehen sich. Es ist nicht immer einfach, ihnen zu folgen. Wärt Ihr vier gewöhnliche Menschen, die erfahren wollen, was das Schicksal für sie bereithält, dann könnte ich Euch einfache Antworten geben. Aber das seid Ihr nicht, Ihr stellt Euch einem Gott entgegen, und Ihr habt Feinde, die das Schicksal auf den Kopf stellen können. Das macht meine Aufgabe um so schwieriger.«

»Aber wir sind jetzt zu viert?« vergewisserte sich Calandryll noch einmal. »Und wir sollten einander vertrauen?«

»Ohne Vertrauen ineinander«, erwiderte Kyama mit fester Stimme, »seid Ihr nicht zu viert, und nur gemeinsam könnt Ihr darauf hoffen, den Sieg zu erringen. Das konnte ich klar und deutlich erkennen.«

Calandryll lächelte und ergriff diesmal über der Tischplatte Cennaires Hand.

Sie erwiderte das Lächeln und sah dann die *Gijan* an. »Ihr wißt, daß ich eine Wiedererweckte bin, nicht wahr?« Es fiel ihr jetzt sehr viel leichter, die Frage zu stellen, die sie am meisten bewegte, aber sie verspürte noch immer die Angst, daß die Antwort nicht so ausfallen würde, wie sie es sich erhoffte. »Werde ich mein Herz zurückbekommen? Werde ich wieder sein, was ich einmal war?«

Die alte Frau zögerte einen Moment lang, dann tätschelte sie Cennaires linke Hand, die zur Faust geballt auf dem Tisch lag. Ihre Geste erinnerte an die einer Großmutter, die eine nervöse Enklin tröstet. »Ihr seid schon jetzt nicht mehr die, die Ihr wart, sondern ein besserer Mensch«, sagte sie. »Ich vermute, die Jüngeren Gottheiten haben Euch berührt und Eure Sünden von Euch genommen. Mehr als das aber kann ich Euch nicht sagen, denn von allen Strängen, die ich gesehen habe, war der Eure am verworrensten. Es tut mir leid, Kind, aber ich kann Euch nicht sagen, ob Ihr Euer Herz zurückbekommen werdet.«

Sie legte eine Pause ein, und Calandryll, der sie die ganze Zeit über genau beobachtet hatte, glaubte, ein Stirnrunzeln bei ihr zu erkennen, doch ihr Gesicht war so zerfurcht, daß er sich nicht sicher war. »Aber Ihr habt eine Rolle zu spielen«, fuhr sie schließlich fort, »und zwar eine äußerst wichtige. Dessen bin ich mir sicher, wenn ich Euch auch nicht sagen kann, wie diese Rolle beschaffen ist.«

»Könnt Ihr uns sagen, ob wir am Ende zusammensein werden?« wollte Calandryll wissen.

»Am Ende?« Kyama breitete die Arme weit aus. »Es gibt viel zuviel Enden, und jedes einzelne hängt von den Schritten ab, die Ihr unternehmt.« Sie warf Ochen einen kurzen Blick zu. »Ich dachte, Ihr hättet ihn besser unterrichtet, alter Freund.« Dann wandte sie sich erneut Calandryll zu. »Versteht Ihr denn nicht? Was wir *Gijan* vorhersagen, sind keine feststehenden Ereignisse, sondern ein veränderliches Muster. Hätte sich der Krieger aus Cuan na'For nicht dazu durchgerungen, diese Frau als Gefährtin in Euren Kreis aufzunehmen, könnte Eure Mission scheitern, denn Cennaire ist unverzichtbar für Euer Vorhaben. Hätte sie beschlossen, hier in Sicherheit zu bleiben, wie Ihr es früher vorgeschlagen habt, hättet Ihr kaum Erfolgsaussichten. Sollte irgendein Rebell diese Kriegerin aus Vanu erschlagen, würde sich die Zukunft wieder ändern.

Ich sage Euch nicht, was sein wird, sondern was sein kann. So ist meine Kunst beschaffen. Und Ihr vier habt derart mächtige Feinde, daß meine Aufgabe noch schwieriger wird. Ihr legt Euch mit einem Gott an, und Götter – selbst wenn sie nur träumen – verfügen über eine Macht, die die Zukunft verändern kann. Wenn alles gut verläuft, aye, dann werdet Ihr am Ende zusammensein. Dann wird Cennaire ihr Herz zurückerhalten, dann werdet Ihr das Arcanum den Heiligen Männern von Vanu übergeben, und sie werden es zerstören. Dann werden Vanu mit Cuan na'For und Lysse mit Kandahar durch Heirat verbunden sein, und alle werden – wie es in den Kindermärchen heißt – glücklich bis ans Ende ihrer Tage leben.

Aber ich möchte Euch nicht täuschen, indem ich Euch

erzähle, daß es so sein wird, denn ich weiß es nicht. Es ist eine der vielen Möglichkeiten, die Euch offenstehen, und ich bete zu Horul für Euren Erfolg, aber ob Ihr siegt oder scheitert, kann ich nicht mit Gewißheit sagen.«

Es war das gleiche, was ihm auch schon Reba im fernen Secca erzählt hatte, und Calandryll akzeptierte es mit einem Nicken. Er wußte, daß er zuviel verlangte, seine Hoffnungen zu hoch schraubte. Die Zukunft war kein gerader Weg, sondern verzweigte sich ununterbrochen. Und trotzdem verspürte er eine gewisse Enttäuschung. Er drückte Cennaires Hand und versuchte, ihr Trost zu spenden, weil er glaubte, daß Kyamas Worte ihre Hoffnungen zunichte gemacht hätten. Deshalb war er überrascht, als er sie sagen hörte: »Mehr können wir nicht erwarten. Daß wir vier jetzt wirklich zusammengehören, ist genug.«

»Wohl gesprochen«, lobte Katya sie. »Und ich möchte mich jetzt entschuldigen, denn diese Prophezeiung hat mich müde gemacht.«

»Aye.« Ochen stand auf. »Wir haben noch einen langen Weg vor uns, und ich würde vorschlagen, daß wir alle unsere Betten aufsuchen.«

Blieben seine Augen dabei einen Moment lang mit einem belustigten Zwinkern an Calandryll und Cennaire hängen? Calandryll hätte es nicht mit Sicherheit sagen können, er wußte nur, daß ihm der Vorschlag gerade recht kam, und so sprang er schnell auf. »Wir danken Euch für Eure Mühe«, sagte er, verbeugte sich vor Kyama und Ochen und reichte Cennaire die Hand, als sie ebenfalls aufstand.

In sein Zimmer zurückgekehrt, streifte er die prächtige Kleidung ab und schlüpfte in den Umhang, den Kore ihm gegeben hatte. Er wartete so lange, wie es sein rasendes Herz zuließ, daß Bracht und Katya schlafen gingen. Dann trat er barfuß auf den Balkon hinaus. Die Vorhänge in Cennaires Zimmer waren zugezogen, aber die Glastüren standen einen Spalt breit offen. Calandryll zwängte sich hindurch.

Cennaire lag unter der Decke. Ihr Haar, das sie wieder

gelöst hatte, ergoß sich wie ein rabenschwarzer Wasserfall über das Kopfkissen. Sie hatte die Schminke aus ihrem Gesicht entfernt und lächelte ihn an. Calandryll ließ den Umhang von seinen Schultern gleiten und trat näher. Sein Herz schlug jetzt so wild, daß er glaubte, es müsse jeden Moment explodieren.

»Laß uns nicht über die Zukunft und über das sprechen, was sein könnte«, bat Cennaire leise. »Jetzt zählt nur der Augenblick.«

»Aye«, erwiderte Calandryll und schlüpfte zu ihr unter die Decke.

KAPITEL 15

Einen Tag, nachdem sie Pamur-teng verlassen hatten, begann es zu schneien. Es war kein richtig kräftiger Sturm, aber er machte ihnen nachdrücklich klar, daß sie geradewegs in den Winter hineinritten. Die Schneeschwaden kamen in Schüben, von einem eisigen Nordwind herangepeitscht, der direkt aus dem Borrhum-maj stammte und eigentlich stark genug hätte sein müssen, die tiefhängenden grauen Wolken zu vertreiben, es aber dennoch nicht tat. Der Himmel blieb grau und düster, schien den Horizont zu verkürzen und verwehrte es der blassen Sonne, ihre Strahlen durch die dunkle Wolkenbarriere bis hinunter zum Boden zu schicken. Der Tag zwischen Morgen- und Abendämmerung blieb finster und niederdrückend, als hätten sich die Elemente selbst zugunsten von Rhythamun verschworen.

Chazali legte ein hohes Tempo vor, um die Armee einzuholen, die aus seiner Heimatstadt vorausgeschickt worden war. Jetzt mußten sich die Krieger der Makusen nordöstlich von ihnen befinden und in eine Richtung marschieren, die sie direkt nach Anwar-teng führte. Bachan-teng lag genau im Norden, und der Großteil der dortigen Krieger war –

soweit der *Kiriwashen* informiert war –, bereit, sofort auszurücken und entweder die Streitkräfte der Makusen oder diejenigen anzugreifen, die sich aus Ozali-teng herauswagten. Wie er den Gefährten an diesem Morgen mitgeteilt hatte, als sie vor dem Aufbruch noch einen kurzen Kriegsrat gehalten hatten, hoffte er, daß man in Bachan-teng vielleicht so sehr mit dem Aufmarsch der Truppen beschäftigt war, daß sie sich unbemerkt vorbeistehlen konnten. Sie hatten beschlossen, die Frage, wie sie durch die Reihen der Belagerer nach Anwar-teng hineingelangen sollten, auf später zu verschieben und sich erst dann damit zu beschäftigen, wenn sie genauer wußten, welche Schwierigkeiten sie zu erwarten hatten.

Zu diesem Entschluß waren sie schnell gekommen; alles andere hätte bedeutet, in Verzug zu geraten, während man sämtliche Kotu-anj der Makusen in der Hoffnung überprüfte, Rhythamun in seiner Gestalt als Jesseryter ausfindig machen zu können – sofern er überhaupt in diesem gestohlenen Körper verblieben war. Genausogut hätte er allerdings die Gestalt eines anderen annehmen oder allein weiterziehen können, und das würde bedeuten, daß er seinen Vorsprung noch weiter ausbauen könnte. Also hatten sie entschieden, daß es besser war, die Zauberer, die den Armeetroß begleiteten, zu warnen, daß sich unter den Kotu-anj möglicherweise ein Schwarzmagier befand; und wenn sich das als richtig herausstellte, würde es den *Waziren* vielleicht gelingen, ihn zu entlarven und festzusetzen. Deshalb war es für sie vernünftiger, direkt nach Anwar-teng zu reiten und sich mit den *Wazir-narimasu* zu beraten, um die Hilfe dieser mächtigsten aller jesserytischen Magier in Anspruch zu nehmen.

»Könnt Ihr sie nicht im voraus über die Gefahr informieren?« hatte Bracht gefragt. »Könnt Ihr nicht von hier aus mit ihnen in Verbindung treten?«

Ochen hatte den Kopf geschüttelt. »Wenn ich dazu fähig wäre, hätte ich es längst getan, mein Freund«, hatte er mit besorgter Miene geantwortet. »Aber ich bin es leider nicht. Tharn wird täglich stärker, und die Kräfte der fehlgeleiteten

Magier, die den Rebellen helfen, nehmen beständig zu. Durch sie und den Verrückten Gott ist jetzt keinerlei Kontakt mehr über die ätherischen Sphären möglich. Anwar-teng ist ganz auf sich allein gestellt, sowohl in weltlicher als auch okkulter Hinsicht.«

»Aber nicht mehr lange«, hatte Chazali mit nur mühsam unterdrücktem Ärger in der Stimme erklärt, »denn die Armeen der loyalen Städte marschieren und werden schon bald über die Aufständischen herfallen, und dann werden der Khan und das Mahzlen befreit werden.«

Ochen hatte zu alldem nur schweigend genickt, aber Calandryll hatte vermeint, ihm seine Skepsis ansehen zu können. Der Zauberer schien die Zuversicht des *Kiriwashen* nicht zu teilen. Calandryll hatte allerdings keine Gelegenheit mehr gefunden, ihn auf diese Skepsis anzusprechen, denn Chazali hatte voller Ungeduld zum Aufbruch gedrängt, obwohl es ihm sichtlich schwergefallen war, seine Familie schon so rasch nach seiner Ankunft wieder zu verlassen. Aber je eher er sich der Armee der Makusen anschloß, desto schneller bestand die Aussicht, Recht und Ordnung in seiner Heimat wiederherzustellen.

Nie würde Calandryll das Bild vergessen, das sich ihm dargeboten hatte, als sie ihre Pferde bestiegen hatten und aus der palastartigen Heimstatt des *Kiriwashen* hinausgeritten waren: Lady Nyka hatte zusammen mit ihren Kindern in der Mitte des Hofes neben dem Springbrunnen gestanden. Die Sonne war noch nicht weit geklettert, und so hatten die umliegenden Mauern düstere Schatten über die Gruppe geworfen, aus denen heraus ihre prächtigen Gewänder geradewegs zu leuchten schienen. Chazali hatte seine beiden Töchter Taja und Venda in den Arm genommen und war den Tränen nahe gewesen. Rawi hatte ganz wie ein richtiger Mann daneben gestanden. Er hatte seine Enttäuschung tapfer unterdrückt und sich förmlich verneigt, ehe er sich in die Arme des Vaters geworfen und feierlich gelobt hatte, daß er ihn rächen würde, falls er in der Schlacht sterben sollte.

»Aye, daran habe ich nicht den geringsten Zweifel«, hatte Chazali mit stolzer Stimme erwidert. »Aber erst einmal mußt du hier deine Pflicht erfüllen, und das ist von allergrößter Wichtigkeit.«

Anschließend hatte er seine Frau umarmt und ihre Wange mit einer Zärtlichkeit gestreichelt, die Calandryll noch nie zuvor bei ihm gesehen hatte. Und dann hatte er den Helm aufgesetzt und den Gesichtsschleier befestigt, als wollte er seine Tränen dahinter verbergen.

Er war aufgestiegen, hatte einen Befehl gebellt und seine Männer dann in schnellem Trab durch das Tor geführt. Calandryll hatte noch einmal einen Blick zurückgeworfen. Nyka und ihre Kinder hatten verloren dagestanden und den Reitern hinterhergesehen, vier unschuldige Menschen, die wie der Rest der Welt Opfer der wahnsinnigen Machenschaften des Verrückten Gottes und seines größenwahnsinnigen Jüngers geworden waren. Danach war Calandrylls Blick weiter zu Cennaire gewandert. Er hatte die Entschlossenheit in ihrem schönen Gesicht gesehen und sich gefragt, ob sie wohl mit dem Leben davonkommen würden. Aber dann hatte er diese Gedanken verdrängt und sich gezwungen, nur daran zu denken, daß sie siegen würden.

Sie hatten Pamur-teng unter dem tosenden Jubel der Bevölkerung verlassen, die die schmalen Gassen zu beiden Seiten gesäumt hatten, und ihre Rufe hatten von den großen Toren widergehallt, bis sich diese schwerfällig hinter den Abenteurern geschlossen und die gewaltige Festung versiegelt hatten. Chazali hatte seinem Pferd die Fersen in die Flanken gestoßen und das Tier zu einem Galopp angetrieben, den sie auf dem Weg durch das Tal zu den Hügeln im Norden beibehalten hatten. Die ganze Zeit über sprach er weder ein Wort, noch blickte er sich um. Er ritt wie ein Mann, der sich bemühte, seine Erinnerungen hinter sich zurückzulassen.

Am dritten Tag nach ihrem Aufbruch aus der Festungsstadt schneite es bereits ununterbrochen. Der Himmel hatte einen fahlgrauen Farbton wie von verwesendem Fleisch angenommen, der Wind ließ etwas nach, als hätte er seine

Aufgabe erfüllt. Er hatte genug Wolken herangetrieben, so daß er sich eine kleine Ruhepause gönnen konnte. Während des Frühstücks waren die Flocken noch sanft heruntergerieselt und zischend im Feuer zergangen, doch als sie weitergeritten waren, fiel der Schnee bereits dichter, peitschte ihnen in dicken Flocken direkt in die Gesichter und schmolz auf den erhitzten Leibern ihrer Pferde, schränkte ihre Sicht so stark ein, daß sie sich blindlings durch ein fahlweißes Nichts vorankämpften. Chazali ließ trotzdem weder einen Halt einlegen, noch drosselte er das Tempo, sondern behielt einen stetigen Galopp bei, selbst dann noch, als der Schnee die Gesichtsschleier der Kotu-zen überzog und sich in den Falten und Vorsprüngen ihrer pechschwarzen Rüstungen festgesetzt hatte, so daß sie fremdartigen, schwarzweißen Kreaturen glichen.

Letztlich aber war der Boden auf der Ebene von Jesseryn fest genug, um dem Ansturm der Elemente zu widerstehen. In den sanfteren Breiten von Lysse oder Cuan na'For, dachte Calandryll, wäre der Boden längst aufgeweicht, hätte sich in einen schwammigen Morast verwandelt und ihr Vorankommen sicherlich beträchtlich verlangsamt. So aber begann er sich zu fragen, wie lange der Sturm noch andauern und wie hoch der Schnee auf dem harten Boden wohl werden würde.

Als sie an diesem Abend die Lagerfeuer mit dem wenigen Holz aus dem kleinen Wäldchen entfachten, das ihnen kaum Schutz vor dem Wind bot, erkundigte sich Calandryll bei Chazali, wie es ihnen ergehen würde, wenn der Schneefall unvermindert anhalten sollte.

»Schlecht«, lautete die kurzangebundene Antwort des *Kiriwashen*. »Ein paar Tage lang dürften wir wohl noch ungehindert vorankommen, aber wenn dieser horulverdammte Schneefall nicht nachläßt, wird er uns zudecken und aufhalten.«

»Und wird er noch länger anhalten?« fragte Calandryll.

Chazali hatte seinen Gesichtsschleier zurückgeschlagen und ließ sich etwas Zeit mit der Antwort, um sich das Gesicht abzuwischen. Er legte den Kopf in den Nacken und sah zum Himmel empor, der viel zu früh schwarz geworden war. »Voraussichtlich«, brummte er. »Es sieht nach lang anhaltenden Schneefällen aus. Und danach, daß Magie im Spiel ist. Ein solcher Sturm hätte eigentlich noch nicht so früh in dieser Jahreszeit kommen dürfen.«

Dann entschuldigte er sich und ging davon, um die aufgestellten Wachen zu inspizieren. Kurz darauf war er hinter einem weißen Schneevorhang verschwunden. Calandryll suchte die Wärme des Feuers.

Bracht, Katya und Cennaire saßen bereits dort. Sie waren alle in Mäntel gehüllt und bereiteten Tee und warmes Essen zu. Das Zelt, das sie in Pamur-teng gefunden hatten, flappte im Nachtwind. Calandryll ließ sich neben der Kanderin nieder und teilte sich mit ihr einen Platz auf der eingeölten Zeltplane, die sie auf dem Boden ausgebreitet hatte. Er erzählte seinen Gefährten, was Chazali gesagt hatte, woraufhin Bracht die Achseln zuckte.

»Wenn der Schneefall uns behindert, dann wird er auch Rhythamun behindern«, bemerkte er.

»Es sei denn, Rhythamun setzt Magie ein, um schneller voranzukommen«, antwortete Calandryll.

»Wenn Rhythamun sein Vorankommen mit Magie beschleunigen kann«, fragte Cennaire, »wieso dann nicht auch Ochen?«

Alle Gesichter wandten sich Calandryll zu, in dem Wissen, daß er sich in solchen okkulten Dingen besser auskannte. Er runzelte unsicher die Stirn. »Ich bin mir nicht sicher«, sagte er. »Er hat mir erzählt, daß ein solcher Zauber, der nur einer kleinen Gruppe helfen würde, im Äther wie ein Leuchtfeuer auszumachen wäre, und das könnte Rhythamun auf unseren Standort aufmerksam machen.«

»Und ihn dadurch in die Lage versetzen, dich auf dieser Ebene anzugreifen?« Cennaire erschauderte, Schnee rieselte von ihrer Kapuze, als sie den Kopf schüttelte, die Augen vor Schrecken geweitet. »Das möchte ich nicht. Selbst wenn es bedeutet, daß wir nur langsam vorankommen.«

Ihre Besorgnis ließ Calandryll trotz seiner Enttäuschung über die neuerliche Verzögerung unwillkürlich lächeln. »Ich bin bloß ein Anfänger auf diesem Gebiet«, sagte er. »Am besten, wir fragen Ochen.«

»Was wollt Ihr mich fragen?«

Der Zauberer trat aus den Schneeschwaden hervor, in einen Pelzmantel gehüllt, unter dessen Kapuze sein Gesicht wie das eines kleinen Tieres hervorstarrte. Er setzte sich auf eine Ecke der ausgebreiteten Zeltplanen und streckte seine Arme zum Feuer hin aus, während seine Blicke neugierig von einem zum anderen wanderten. Calandryll faßte zusammen, worum es bei ihrer Unterhaltung gegangen war.

»Calandryll hat recht«, sagte Ochen. »Wenn ich unser Vorankommen mit Beschwörungen beschleunige, riskiere ich, Rhythamun unseren Aufenthaltsort zu verraten. Und darauf würde ich es nicht ankommen lassen wollen – es sei denn, es wäre unvermeidlich.«

»Und wenn es das wird?« fragte Calandryll. »Falls irgend etwas uns den Weg versperrt?«

Unter den weiten Falten seines Mantels hob Ochen die Schultern. »Dann werde ich es vielleicht riskieren müssen«, sagte er ruhig. »Aber ich würde eher davon abraten. Wenn es sich allerdings als einzige Möglichkeit herausstellen sollte, dann ...«

Cennaire gab einen leisen hilflosen Laut von sich, als wollte sie Ochen anflehen, davon Abstand zu nehmen.

Calandryll lächelte sie an und wandte sich wieder Ochen zu. »Es steht fest, daß wir Anwar-teng so schnell wie möglich erreichen müssen«, sagte er. »Ist das nicht das allerwichtigste?«

Ochen nickte. »Aye – solange wir die Festung vollzählig erreichen.« Er lachte, aber es klang vollkommen humorlos. »Es ist, als hätten wir die Wahl zwischen Pech und Schwefel: Einerseits müssen wir Anwar-teng schnellstmöglich erreichen, andererseits dürfen wir Rhythamun nicht vorwarnen. Aber womöglich wird sich herausstellen, daß wir das eine nicht ohne das andere tun können. In dieser Hinsicht ist er uns gegenüber im Vorteil.«

»Ahrd!« rief Bracht aus. »Arbeitet denn alles für ihn?«

»Hier wird er von Tharn unterstützt«, sagte Ochen. »Der

Verrückte Gott möchte frei sein, und er spürt, daß sein Diener immer näher kommt – also tut er alles, was in seiner Macht steht, um Rhythamun zu helfen.«

»Dann hatte Chazali also recht?« fragte Calandryll. »Dann ist dieser Sturm magischen Ursprunges?«

»Zumindest hat er magische Ausmaße«, antwortete Ochen. »Diese Jahreszeit zeichnet sich gewöhnlich durch kalte Winde und Regen aus, aber dieser Schneefall kommt zu früh und zu heftig, als wären wir von einem Tag auf den anderen im tiefsten Winter gelandet.«

»Und es gibt leider kaum etwas, das wir dagegen tun können«, murmelte Bracht bitter.

»Nicht mehr, als uns weiter voranzukämpfen«, sagte Calandryll.

»Richtig.« Der Kerner schenkte ihm ein kurzes, grimmiges Lächeln. »Uns weiter voranzukämpfen, wie wir es bis jetzt immer getan haben.«

Anschließend aßen sie in stummer Übereinkunft, das Thema Rhythamun fallenzulassen und statt dessen über den bevorstehenden Krieg und die Schlachtpläne der loyalen Städte zu reden.

Es blieb eine Unterhaltung, in der sie immer wieder zu dem Schluß kamen, daß unabhängig davon, welche Strategie sie einschlugen, deren Durchführung letzten Endes zu einem großen Blutvergießen führen mußte – und das wiederum würde Tharn stärken. Und falls der Gott dann stark genug geworden war und Rhythamun Zutritt in dessen Limbus erlangte, würde alles umsonst gewesen sein. Was immer der Krieg hervorbringen würde, es würde unweigerlich dem Verrückten Gott helfen, und Rhythamun würde in jedem Fall als Sieger hervorgehen.

Diese Vorstellung war so düster wie der finstere Himmel, und sie lastete schwer auf Calandrylls Gemüt, als Ochen seinen Unterricht mit ihm fortsetzte. Calandrylls Antworten waren so unkonzentriert, daß der *Wazir* der Lektion rasch ein Ende setzte und ihn nachdenklich zu Bett schickte.

Calandryll wachte in einer Welt auf, die unter einer jungfräulichen Schneedecke begraben lag. Diese war so hoch, daß sie ihm bis an die Knie reichte, als er fröstelnd nach draußen ging. Die Zelte glichen weißen Schneehügeln, zu denen die schwarzen Rüstungen der Kotu-zen einen starken Kontrast bildeten. Der Schneefall hielt unvermindert an. Der Wind hatte sich über Nacht gelegt, und nun fielen die Flokken senkrecht aus einem Himmel, der abschreckend grau, still und dick über ihnen hing, als würde er das Versprechen beinhalten, weiterzuziehen und den Weg unpassierbar zu machen. Calandryll fluchte, als er es bemerkte. Er wußte, daß sie dadurch weiterhin nur langsam vorankommen würden, während Rhythamun seinen Vorsprung vor ihnen ausbauen konnte.

Sie entfachten das Feuer zu neuem Leben, nahmen ein eiliges Frühstück zu sich und kümmerten sich um ihre Pferde, die durch die widrigen Umstände gereizt waren. Und dann hatte Ochen eine Überraschung für sie parat.

Sie stiegen gerade in die Sättel, als der Magier zu ihnen kam. »Ich habe mit Chazali gesprochen«, verkündete er. »Und wir sind beide der Meinung, daß wir schnellstmöglich vorankommen müssen, um zu der Armee aufzuschließen. Deshalb werde ich meine Magie anwenden, um uns den Weg freizumachen.«

»Und was ist mit Calandryll?« fragte Cennaire ängstlich, ehe ihr jemand zuvorkommen konnte. »Werdet Ihr ihn dadurch nicht in Gefahr bringen?«

»Ich denke, nein«, antwortete Ochen ihr. »Nicht, solange wir in Begleitung der Kotu-zen reiten. Wenn uns unser Feind auf geistiger Ebene auf die Spur kommen sollte, wird er in uns nur eine Truppe vermuten, die aus Pamur-teng kommt und sich die Zauberei zunutze macht, die jetzt mit Sicherheit von allen *Waziren* eingesetzt wird. So Horul will, wird er nicht weiter nachforschen, sondern annehmen, daß wir lediglich Nachzügler sind. Wenn alles gutgeht, wird uns die Größe unserer Gruppe unverdächtig erscheinen lassen. Aber wie auch immer«, er legte eine kurze Pause ein und musterte Calandryll, der auf seinem braunen Wallach saß, »Ihr solltet vorsichtshalber die Schutzzauber benutzen, die ich Euch gelehrt habe.«

Calandryll nickte.

»Dann brechen wir auf«, sagte Ochen.

Er lenkte sein Pferd neben Chazali und ritt noch kleines Stück weiter voraus, während der *Kiriwashen* seine Männer in Zweierreihen antreten ließ. Dann streckte er eine Hand aus, und seine lackierten Fingernägel glitzerten trotz des trüben Morgens, als er Zeichen in die Luft malte, die unter dem Klang seiner gemurmelten Beschwörungen nach Mandeln zu duften begannen. Es war ein mächtiger Zauber. Die Luft schimmerte, und über der zusammensackenden Gestalt des *Wazirs* bildete sich eine bleiche Aura, die größer wurde und sich zu einem goldenen Nebel auswuchs, der unvermittelt vorschoß, als sich Ochens Stimme zu einem Schrei steigerte und er wie ein Mann nach vorne deutete, der einen dressierten Hund aussandte. Plötzlich schien ein lautloser heißer Windstoß von ihm auszugehen. Der Schnee stob in wirbelnden weißen Wolken hoch, löste sich auf und gab einen Weg frei. Inmitten der fallenden Flocken entstand ein Tunnel, der nicht zu sehen gewesen wäre, hätte der Zauber den Schnee nicht um die unsichtbare Grenze herumgelenkt. Ochen ließ die Hand sinken und trieb sein Pferd vorwärts.

Sie folgten dem Leuchten und ritten den Pfad entlang, den dieses freundliche Irrlicht vor ihnen schuf. Der freigelegte Grund war hart, gefrorenes Gras splitterte klirrend unter den Hufen der Pferde. Calandryll sagte die erlernten Schutzzauber auf, und obwohl er sich ganz auf die Abwehr einer okkulten Attacke konzentrierte, schenkte er Cennaire, die neben ihm ritt, ein aufmunterndes Lächeln, als er die Zweifel in ihrem Gesicht bemerkte.

Im Wirkungsbereich des Zaubers erschien es ihnen, als ritten sie durch einen nach Mandeln duftenden Frühlingstag. Der Lichtschein, der ihnen vorauseilte, ließ warme Luft hinter sich zurück. Ringsherum fiel der Schnee unverändert nieder, überzog die weite Landschaft zu allen Seiten mit einer dicken weißen Decke und füllte die Spur hinter ihnen rasch wieder auf. Chazali brachte sein Pferd neben das von Ochen und steigerte das Tempo einmal mehr zu einem scharfen Galopp. Calandryll, der durch die Formeln, die er aufsagte, sensibler auf Zauberei reagierte, nahm erneut den Leichengestank wahr, der von Norden kam. Er sagte einen zweiten Zauberspruch auf, und sofort roch die Luft wieder sauber. Trotzdem blieb er auch weiterhin vorsichtig, denn er wußte, daß Ochen ein riskantes Spiel spielte, in dem seine Seele der Einsatz war.

Gegen Mittag fühlte er sich etwas entspannter. Es war kein Angriff erfolgt, und bei ihrer Geschwindigkeit mußten sie die Armee bald einholen. *Und dann?* überlegte er. *Was wird dann geschehen? Wenn wir fünf allein weiterreiten und der Schneefall nicht aufhört, wird dieser Zauber sowohl eine Hilfe als auch eine Gefahr für uns sein.* Er schob diese Gedanken beiseite. Darüber würde er sich Sorgen machen, wenn es soweit war. Solange es ihnen nur irgendwie gelang, Rhythamun aufzuhalten und ihm das Arcanum zu entreißen.

Sie folgten dem magischen Licht Ochens zwei weitere Tage lang, ohne angegriffen oder durch irgendwelche Hindernisse aufgehalten zu werden, und dann, als würde er den Kampf aufgeben, ließ der Schneefall nach. Der Himmel klärte sich auf, und das deprimierende Grau wich einem klaren stählernen Blau. Die Sonne leuchtete in silbrigem Gold, aber sie spendete keinerlei Wärme. Der Wind nahm wieder zu. Es war ein strenger, messerscharfer Wind, der ihnen wie ein Wolf aus dem Norden entgegenheulte und Schwaden von Eiskristallen aus den Schneewehen aufwirbelte. Es hob die Stimmung der Abenteurer, die Sonne zu sehen und endlich wieder klare Sicht zu haben. Trotzdem mußte der *Wazir* seinen Zauber auch weiterhin aufrechterhalten, denn der Sturm fegte heftig über das Land, und hätte Ochen ihnen nicht einen Weg gebahnt, hätten sie sich immer noch durch brusttiefe Schneewehen voranrkämpfen müssen.

Sie holten die Armee ein, als das Land weiter abflachte. Weit im Westen zog sich eine niedrige Hügelkette entlang, hinter der, wie Ochen erklärte, Bachan-teng lag. Magie und eine Unmenge von Menschen – mehr, als Calandryll jemals zuvor an einem Ort versammelt gesehen hatte – hatten eine breite Schneise durch die weiße Schneedecke gepflügt. Das Heer zog sich wie ein gewaltiges dunkles Band quer über die gesamte Ebene. Der Anblick erinnerte ihn daran, wie er zum ersten Mal den Cuan na'Dru gesehen hatte, der sich weiter nach Osten und Westen erstreckt hatte, als seine Augen zu sehen imstande gewesen waren. Dem Heertroß voran schwebte eine Wolke goldenen Lichts, das strahlend hell in der Nachmittagssonne funkelte und den Schnee wie mit unsichtbaren Schaufeln aus der Marschrichtung pflügte. Die eisige Luft war so stark von Mandelduft erfüllt, daß der Geruch nach Pferdemist und Metall, nach Öl, Holz, Zeltplanen und Männerschweiß – das charakteristische Gemisch der unzähligen Gerüche einer marschierenden Armee – davon fast überlagert wurde.

Kavallerie – mindestens tausend Mann, wie Calandryll schätzte – bildete die Nachhut. Noch mehr Reiter flankierten den Gepäcktroß und die sich schwerfällig dahinschleppenden Infanteristen. Die Vorhut war von hier aus nicht auszumachen, aber er konnte sich vorstellen, daß sie von den versammelten *Waziren* angeführt wurde, deren Magie den Weg freiräumte. Das unglaubliche Ausmaß der Streitkräfte der Makusen war beeindruckend; und die Vorstellung, daß dies hier nur eine einzige, von einer einzelnen Stadt ausgesandte Armee war, die sich mit einer anderen von ähnlicher Stärke vereinigen würde, und daß auch die Streitkräfte der Rebellen eine vergleichbare Größe haben mußten, war mehr, als sein Verstand erfassen konnte. Es schien, als würde die halbe Welt in den Krieg marschieren.

»Die Aussicht auf ein solch großes Blutvergießen wird Tharn bestimmt erfreuen«, hörte er Ochen sagen, als hätte dieser seine Gedanken gelesen.

»Aye«, antwortete er leise, voller Ehrfurcht über das unglaubliche Bild, das sich ihm bot.

Von nun an gab es für den *Wazir* keinen Grund mehr, seinen eigenen Zauber noch länger aufrechtzuerhalten, da die versammelten Hexer, die die Armee anführten, den Weg gut genug freigeräumt hatten. Chazali trieb sein Pferd im

Galopp über den aufgewühlten Grund und begrüßte die Reiter, die ihm entgegengeritten kamen und ihn ihrerseits mit lauten Rufen willkommen hießen. Während Ochen, die Abenteurer und die übrigen Männer hinter dem *Kiriwashen* hergaloppierten, formte sich um sie herum eine Eskorte, die sie durch die langen Linien der marschierenden Soldaten direkt dorthin geleitete, wo die Kommandanten hinter dem Troß der Zauberer herritten. Calandryll fragte sich, ob Rhythamun sie in diesem Moment durch die Augen von Jabu Orati Makusen beobachtete.

Die Armee umfaßte fünfzehn *Kiriwashen* – Chazali selbst war der sechzehnte –, die jeweils eine Familie der Makusen repräsentierten. Jeder von ihnen kommandierte eintausend Kotu-zen, noch mehr Kotu-anj und Kotu-ji – alle Stammeskrieger, mit Ausnahme derer, die auf dem Marsch zurückgelassen worden waren. Ringsum herrschte ein ohrenbetäubender Lärm, ein Tohuwabohu aus trampelnden Hufen und stampfenden Schritten, knarrenden Wagen, wiehernden Pferden und blökenden Maultieren, dem Klirren von Waffen und Rüstungen und den Stimmen der Männer. Als Chazali die Abenteurer vorstellte, mußte er nahezu schreien, um gehört zu werden, und er unterrichtete die gleichrangigen *Kiriwashen* über alles, was sich bisher ereignet hatte. Er erstattete jedoch lediglich einen kurzen und bündigen Bericht und behielt sich die Einzelheiten für später vor, wenn die Armee Rast machen und ein Lager errichten würde, und während er sprach, war sich Calandryll der forschenden Blicke bewußt, mit denen die *Kiriwashen* ihn und seine Gefährten durch die geschlossenen Gesichtsschleier musterten.

Im Gegenzug berichteten die Kommandanten, daß sie bis jetzt ungehindert vorangekommen seien, während es von den Armeen, die von Zaq-teng und Fechin-teng ausgeschickt worden waren, kaum Neuigkeiten gab. Die aufständischen Streitkräfte, die Anwar-teng umzingelt hatten, setzten ihre Belagerung fort, während sie auf das Eintreffen der Hauptstreitmacht warteten. Sie schienen vorläufig damit zufrieden, die Festung zu isolieren. Und diese Isolation erstreckte sich nicht nur auf die rein materielle Ebene. Wie die Kommandanten erklärten, war der Äther im Moment so sehr getrübt, daß es unmöglich geworden war, auf okkultem Wege einen Kontakt zu den *Wazir-narimasu* in der Stadt herzustellen oder die Rebellen zu überwachen.

Calandryll erschien es genauso unmöglich, daß es ihnen gelingen könnte, Rhythamun in seinem gestohlenen Körper in einer derart unermeßlichen Menschenmasse auszumachen. Falls sich der Schwarzmagier tatsächlich entschieden hatte, sich dieser Armee anzuschließen, würde er jetzt vermutlich bereits wissen, daß die Abenteurer ihn eingeholt hatten, und er würde Vorkehrungen treffen, sich einer Entdeckung zu entziehen, indem er sich entweder davonstahl oder einmal mehr die Gestalt wechselte. Beides war möglich und unter so vielen Menschen sogar leicht zu bewerkstelligen. Calandryll hielt es allerdings für wahrscheinlicher, daß Rhythamun sich beizeiten von der Armee abgesetzt hatte, um sich nicht ihrem langsamen Marschtempo anpassen zu müssen, und seinem Ziel statt dessen allein entgegengeritten war. Aber wohin? Nach Anwar-teng? Oder doch eher zum Borrhun-maj? Falls er ersteres versuchte, mußten die Abenteurer schnellstmöglich zu dieser Festung gelangen und darauf hoffen, ihren Feind noch einholen zu können. Falls er sich für die zweite Möglichkeit entschieden hatte, war es für sie am sinnvollsten, trotzdem nach Anwar-teng weiterzureiten. Wenn es ihnen gelingen sollte, Rhythamun dort zuvorzukommen, würden ihnen die *Wazir-narimasu* mit ihren Kräften beistehen und ihm einen angemessenen Empfang bereiten können. Und sollte er sich zum Borrhun-maj wagen, könnten sie trotzdem durch das Tor schlüpfen und ihm in der Welt jenseits des Gebirges einen Hinterhalt legen. Daran, daß sie ihn vorher einholen und besiegen könnten, vermochte Calandryll nicht mehr zu glauben. Zu oft hatten sich ihre und Rhythamuns Pfade schon gekreuzt, als daß er eine solch einfache Lösung noch für möglich gehalten hätte.

Seine Ungeduld nahm noch zu, während der Troß der Makusen seinen Marsch unerbittlich fortsetzte. Die *Kiriwa-*

shen waren nicht gewillt, eine Rast einzulegen, solange noch genügend Tageslicht vorhanden war.

Also blieb Calandryll nichts anderes übrig, als sich in Geduld zu üben, bis die bleiche Sonne hinter den Hügeln im Westen verschwunden, die Schatten über den Schneefeldern länger geworden und die Nachtlager für diese unermeßliche Anzahl von Menschen und Tieren aufgeschlagen worden waren. Erst nachdem die einfachen Mannschaftszelte und die prächtigeren Unterkünfte der Offiziere errichtet worden und die Wachen postiert waren, Futter an die Tiere verteilt ware und die Feuer brannten, waren die Kommandanten und Zauberer bereit, sich in aller Ausführlichkeit anzuhören, was Chazali, Ochen und die Abenteurer ihnen zu erzählen hatten.

Sie kamen in einem Pavillon zusammen, der eine ganze Großfamilie hätte beherbergen können. Über ihren Köpfen flatterten die Standarten der Makusen im Wind, und die Symbole der einzelnen Clane schmückten die Wände und den Baldachin. Die einzige Lichtquelle waren die im Inneren des Zeltes aufgestellten Öfen, in denen das brennende Holz einen aromatischen Duft verströmte. Die Zeltplanen auf dem Boden waren mit Holzpflöcken befestigt, und die Kotu-ji hatten einen langen Tisch errichtet, der von Faltstühlen gesäumt wurde. Die Kotu-ji zogen sich zurück, nachdem sie Essen und Wein aufgetragen hatten. Aijan Makusen, der Oberbefehlshaber von Pamur-teng, saß aufrecht am Kopfende des Tisches, und trotz seines hohen Alters war seine Haltung kerzengerade, ungebeugt und soldatenhaft. Sein geringeltes Haar war ebenso weiß wie sein Bart. Er stand dem Führungsclan vor, dem alle anderen Treue geschworen hatten, und Calandryll hatte den Eindruck, als strahlte der Alte eine geradezu greifbare Autorität aus. Chazali und Ochen blieben zusammen mit den anderen Abenteurern schweigend am Fuß des Tisches sitzen, bis Aijan Makusen ihnen mit einer Geste das Wort erteilte.

Als erstes stellten der *Kiriwashen* und der *Wazir* die Fremden vor, dann ergänzten sie den von Chazali erstatteten Kurzbericht mit den entsprechenden Einzelheiten. Schließlich wurde Calandryll, der von seinen Kameraden zum Sprecher bestimmt worden war, aufgefordert, ihre Reise bis zur Überquerung des Kess Imbrun ausführlich zu beschreiben. Als er schließlich geendet hatte und einen Schluck Wein trank, um seine vom langen Reden trocken gewordene Kehle zu befeuchten, wurde er schweigend von lohfarbenen Augenpaaren gemustert, bis endlich ein *Wazir*, dessen Name Chendi war, wie Calandryll sich dunkel erinnerte, das Schweigen brach.

»Das ist eine wahrlich erschreckende Geschichte, die Ihr da erzählt habt«, erklärte Chendi. »Und würden Ochen Tajen und Chazali Nakoti sie nicht bestätigen, würde es mir schwerfallen, sie zu glauben. Aber so ...« Er verstummte, und in seinen schmalen Augen lag ein nachdenklicher Ausdruck, während er sich mit einer Hand über seinen eingeölten Bart strich.

»Spüren wir denn nicht alle, was hier im Gange ist – was den Äther verpestet?« rief ein anderer in die entstehende Stille. Sein Name war Dakkan, wie Calandryll sich zu erinnern glaubte. »Besteht unsere Aufgabe denn nicht darin, Anwar-teng vor dem Verrückten Gott zu schützen und den Kahn und das Mahzlen zu befreien?«

»Aye, so ist es«, erwiderte einer namens Tazen. »Haben wir nicht alle mit eigenen Augen gesehen, wovon Ochen gesprochen hat? Dieser Krieg, die Verschleierung des Äthers – alle diese Dinge bestätigen, daß sie die Wahrheit sprechen.«

»Erwartet Ihr wirklich von uns, daß wir jeden einzelnen Kotu-anj der Orati überprüfen?« fragte ein *Wazir*, dessen Namen Calandryll vergessen hatte. »Das würde mindestens zwei Tage in Anspruch nehmen.«

»So lange – oder sogar noch länger – müßten wir dieser Frau also Zeit geben, alle Gesichter zu überprüfen«, grunzte ein *Kiriwashen* namens Tajur, den Blick skeptisch auf Cennaire gerichtet.

»Und das ohne jede Erfolgsgarantie«, warf ein *Wazir* ein, »denn falls Rhythamun wirklich das ist, als was ihn diese Fremden beschreiben, könnte er noch während der Suche in einen anderen Körper schlüpfen.«

»Was bedeuten würde, daß wir jeden Krieger unserer Kompanien überprüfen müßten«, sagte ein anderer.

»Horul!« rief ein *Kiriwashen*, von dem Calandryll glaubte, daß er Machani hieß. »Wieviel Zeit wird uns das kosten? Die Lage in Anwar-teng wird mit jedem Tag schwieriger.«

»Dieser schwarzmagische Gestaltenwechsler befindet sich auf keinen Fall unter den Orati«, erklärte der *Wazir* dieses Clans mit aller Entschiedenheit. »Ich würde es wissen, wenn dem so wäre.«

»Er ist ein äußerst gerissener Hexer«, sagte Ochen diplomatisch in einem besänftigenden Tonfall. »Und ein mächtiger dazu. Und seine Kräfte wachsen, je näher er Tharn kommt.«

Ein *Kiriwashen* nickte, sein Blick wanderte von Ochen zu Chazali. »Stimmt Ihr dem zu, Chazali Nakoti?« fragte er.

»Voll und ganz«, gab Chazali zurück. »Ich glaube an alles, was sie gesagt haben. Ich glaube, daß wir unsere Pflicht gegenüber dem Khan und dem Mahzlen – und damit letztendlich Horul selbst gegenüber! – verletzen, wenn wir ihnen nicht helfen.«

Daraufhin erhob Aijan Makusen zum ersten Mal seine Stimme, und sofort verstummten alle anderen.

»Sollte Ochen nicht demnächst zum *Wazir-narimasu* ernannt werden? Und besteht etwa irgendein Zweifel an der Glaubwürdigkeit von Chazali Nakoti? Dürfen wir an ihrer Überzeugung zweifeln, daß diese Fremden gegen Tharn persönlich in den Krieg ziehen? Oder daß einige von ihnen mit unserem Gott gesprochen haben? Ich sage, daß wir ihnen beistehen müssen, soweit es in unserer Macht steht.«

Daraufhin erhob sich allgemeiner Protest. Den Fremden eine solche Hilfe zu gewähren würde bedeuten, die Armee zu lange aufzuhalten, was den Rebellen zugute käme. Außerdem wäre es äußerst zweifelhaft, ob man Rhythamun überhaupt inmitten dieser Menschenmassen finden könnte. Und wer wußte, ob diese Fremden vielleicht nicht sogar im Auftrag der Rebellen handelten und den Vormarsch der Armee verzögern sollten. Oder ob vielleicht Ochen und Chazali verhext worden waren.

Der Tumult erstarb, als Aijan Makusen die Hand hob.

»Ich für meinen Teil kann nicht glauben, daß ein Magier mit den Fähigkeiten, über die Ochen zweifellos verfügt, so getäuscht werden könnte«, erklärte er. »Und ebenso bezweifle ich, daß Chazali Nakoti unter einem Zauberbann steht, denn Ochen würde das mit Sicherheit bemerkt haben. Deshalb stimme ich dafür, ihnen zu glauben und sie zu unterstützen.«

Dunkle Gesichter wandten sich dem alten Mann zu. Lohfarbene Augenpaare musterten ihn, teils zustimmend, teils ungläubig, wie Calandryll bemerkte. Verbittert fragte er sich, wie lange diese Debatte wohl noch andauern würde und wie sie beendet werden könnte. Er warf Ochen einen dankbaren Blick zu, als der Hexer eine Lösungsmöglichkeit vorschlug.

»Ich bin nicht verhext«, erklärte der *Wazir*, nachdem Aijan Makusen ihn mit einem Nicken aufgefordert hatte, das Wort zu ergreifen. »Noch ist es Chazali. Aber damit niemand, der hier anwesend ist, daran zweifelt, biete ich an, daß Ihr uns prüft. Seht in unsere Gedanken und auch in die unserer Verbündeten, und Ihr werdet wissen, ob wir Euch die Wahrheit gesagt haben.«

»Das wäre ein zufriedenstellender Vorschlag«, sagte Aijan Makusen. »Seid Ihr anderen damit einverstanden?«

Zustimmendes Gemurmel erhob sich. Die versammelten *Wazire* erhoben sich und winkten Ochen nach vorne.

Der greise Hexer trat ihnen beinahe trotzig gegenüber, als sich ihre Blicke in seinem runzligen Gesicht festbissen. Sie begannen wie mit einem Mund zu sprechen, und das große Zelt füllte sich mit Mandelduft. Es vergingen lediglich ein paar Herzschläge, nicht annähernd so viel Zeit, wie Ochen damals in der Festung über dem Daggan Vhe gebraucht hatte, um den Abenteurern auf den Grund ihrer Seelen zu blicken.

»So, seht Ihr nun klarer?« erkundigte Ochen sich, als es vorbei war. Die Zauberer nickten und murmelten zustimmend.

Daraufhin stellte sich auch Chazali der Untersuchung,

trotz des unverkennbaren Widerwillens, den Calandryll auf seinem Gesicht erkennen konnte, und schließlich wurden die Abenteurer nacheinander überprüft. Calandryll konnte spüren, wie sich die dreißig Augenpaare auf sein Gesicht richteten, und ihm war, als würde er kopfüber in eine Finsternis stürzen und fallen. Als er fühlte, wie ihr Griff nachließ, stolperte er und schüttelte den Kopf. Die geistigen Fühler, die sich durch die Pfade seines Geistes gewunden hatten, zogen sich zurück. Einen Moment lang klingelte es in seinen Ohren.

»Es kann gar keinen Zweifel geben«, hörte er den *Wazir* namens Tazen sagen. »Alles, was wir gehört haben, ist wahr.«

»Horul!« rief ein anderer. »Dann wird Tharn also wiederauferstehen?«

»Wenn es geschieht, dann nicht, weil wir unsere Hilfe verweigert hätten«, sagte Aijan Makusen, und seine schräggestellten Augen wurden schmal, als er sich Ochen zuwandte. »Was möchtet Ihr tun, *Wazir*?«

»Ich möchte nach Anwar-teng weiterziehen«, antwortete Ochen. »Zusammen mit meinen vier Begleitern. Meiner Ansicht nach wäre es ratsam, die *Wazir-narimasu* schnellstmöglich über alles zu unterrichten, was wir in Erfahrung gebracht haben. Was die übrigen Dinge angeht, so stimme ich den anderen zu, daß sich Rhythamun wahrscheinlich seiner Entdeckung entziehen wird. Vielleicht befindet er sich in diesem Augenblick nicht einmal mehr unter den Orati. Aber trotzdem würde ich eine Suche anordnen.«

»Wir sind schon im Verzug, und wenn wir jetzt auch noch die Armee überprüfen, würde das nur den Rebellen helfen«, murmelte ein *Kiriwashen*. »Und würde das nicht auch dem Verrückten Gott von Nutzen sein?«

»Falls Rhythamun den Limbus erreicht, in dem Tharn ruht, werden die Rebellen gar keine weitere Hilfe mehr benötigen«, stellte Ochen fest.

»Trotzdem wird das Blutvergießen dieses Krieges dem Gott unweigerlich helfen«, gab ein *Wazir* zu bedenken, dessen Name Kenchun war. »Sollten diese Fremden keinen

Erfolg haben, scheint es doch so, daß der Verrückte Gott auf jeden Fall als Sieger hervorgeht – gleichgültig, für welchen Weg wir uns entscheiden.«

»Ich kann doch nicht untätig daneben stehen und zusehen, wie Anwar-teng geplündert wird«, gab Aijan Makusen zu bedenken. »Wenn wir den Verrückten Gott einmal außer acht lassen, haben wir dem Khan und dem Mahzlen gegenüber immer noch eine Verpflichtung, der wir uns nicht entziehen können.«

»Aye, das weiß ich«, sagte Ochen. »Daher werde ich versuchen, einen Kompromiß zu finden.«

Während Calandryll den Jesserytern zugehört hatte, hatte er nicht gerade den Eindruck gewonnen, daß sie Leute waren, die viel von Kompromissen jedweder Art hielten. Den Gesichtern der *Kiriwashen* war deutlich anzusehen, wie sehr sie die Aussicht beunruhigte, den Rebellen noch mehr Zeit zu geben, ihre Position zu festigen, während man die Armee durchsuchte. Und in den Mienen der *Wazire* spiegelte sich ihre innere Zerrissenheit zwischen ihrer Clantreue und der Angst vor Tharns Wiederauferstehung wider.

»Einen Kompromiß?« hörte er Aijan Makusen fragen. »Wie könnten wir einen Kompromiß finden, ohne unsere Pflicht oder gar unseren Gott zu verraten?«

Ochen dachte einen Moment lang nach, dann umspielte ein gequältes Lächeln seine Lippen. »Nur mit Schwierigkeiten und etwas Geduld, auch wenn ich fürchte, daß einigen das ziemlich schwerfallen wird.«

»Wenn es nicht gegen die Pflichten verstößt, die wir dem Mahzlen gegenüber haben«, sagte Aijan Makusen, wobei seine Blicke prüfend über die Zusammenkunft strichen und einen unausgesprochenen Befehl erteilten, »dann werden wir die nötige Geduld aufbringen.«

Ochen nickte. »Dann werde ich die *Kiriwashen* und die *Kutushen* – und alle anderen Offiziere – auffordern, ihre Leute noch heute nacht zu informieren«, sagte er. »Und sollte irgend jemandem etwas Ungewöhnliches auffallen – ein Freund, der nicht mehr er selbst zu sein scheint, eine Krankheit oder irgendeine andere Merkwürdigkeit –, dann soll er sofort Meldung erstatten. Außerdem werde ich veranlassen, daß man die Reihen der Orati nach Jabu Orati Makusen absuchen läßt. Und sollte er dabei gefunden werden ...«, ein skeptisches Lächeln umspielte die Lippen des *Wazirs*, » ... dann sollen ihn die *Wazire* durch Magie fesseln und töten. Dasselbe, wenn er zu fliehen versucht. Sollte Rhythamun bis jetzt in dem Körper des Unglücklichen verblieben sein, so könnte er versuchen, einen anderen zu übernehmen. In diesem Fall wäre Jabu Orati zwar tot, aber wahrscheinlich würde dann irgend jemand bemerken, wie Rhythamun den Körper seines nächsten Opfers übernimmt. Und denkt immer daran, daß Ihr es mit einem Zauberer von schrecklicher Stärke zu tun habt! Ich weiß, all das wird den Vormarsch verzögern, aber mit Horuls Segen nicht allzu lange.« Er machte eine Pause, um Luft zu holen.

»Wenn wir jeden einzelnen Kotu-anj unter den Kriegern untersuchen müßten, würde uns das noch länger aufhalten«, wandte der *Wazir* der Orati ein – wie Calandryll sich erinnerte, war sein Name Kellu.

»Wir werden uns für diese Nachforschungen zwei Tage Zeit nehmen«, meldete sich Aijan Makusen abermals zu Wort, »und es auf magische und natürliche Weise versuchen, ganz wie Ihr vorgeschlagen habt. Ich denke, wenn wir noch in dieser Nacht damit beginnen, müßten wir es bis dahin schaffen können.«

»Wenn sich alle an dieser Aufgabe beteiligen, dann aye«, sagte Kellu.

»Werdet Ihr Euch nicht daran beteiligen, Ochen Tajen?« fragte ein anderer.

Ochen seufzte und schüttelte den Kopf. »Ich fürchte, daß sich das alles als nutzlos herausstellen wird«, murmelte er, und er ignorierte das entrüstete Aufstöhnen und Ächzen, das dieser Ankündigung folgte. Seine Stimme wurde lauter, als er fortfuhr: »Aber trotzdem ist es sinnvoll! Wenn Rhythamun tatsächlich versucht, seine ruchlose Seele inmitten der Männer von Pamur-teng zu verstecken, wollt Ihr dann, daß man uns nachsagt, wir hätten unsere Pflicht vernachlässigt? Daß wir ihm eine solche Zuflucht leichtfertig gestattet hätten?«

Er schwieg, als die *Kiriwashen* und *Wazire* das lauthals verneinten.

»Die Suche soll durchgeführt werden«, ordnete Aijan Makusen an. »Selbst wenn sich diese Zeit als verschwendet herausstellen sollte, möchte ich nicht, daß derartige Anschuldigungen erhoben werden können. Aber wir müssen uns beeilen. Unsere Loyalität wird auch noch an anderer Stelle eingefordert.«

»Aye, das weiß ich«, versicherte Ochen, »und mehr würde ich auch nicht verlangen. Was mich betrifft, so reite ich weiter nach Anwar-teng.«

»Wollt Ihr eine Eskorte?« fragte Aijan Makusen.

»Nein, aber habt trotzdem Dank dafür«, entgegnete Ochen und machte eine Geste, die die Abenteurer einschloß. »Wir fünf werden alleine weiterreiten. Die Wahrscheinlichkeit, daß die Aufständischen eine so kleine Gruppe aufspüren, ist gering. Dagegen würde eine größere Gruppe mit Sicherheit bemerkt werden. So Horul will, werden wir die Stadt ungehindert erreichen.«

»Und wenn nicht?« fragte Kellu.

Ochens Antwort bestand aus einem Achselzucken und einem stummen Lächeln.

»Falls es uns gelingt, Rhythamun aufzuspüren«, fragte Dakkan, »was sollen wir dann mit dem Arcanum tun? Woran sollen wir das Buch erkennen?«

Ochen sah Calandryll an und gab ihm mit einem Wink zu verstehen, daß er antworten sollte.

»Es ist ein kleines Buch mit schwarzem Einband, auf dem der Titel in Rot eingeprägt ist«, sagte Calandryll. »Es macht einen unscheinbaren Eindruck, abgesehen von der verderblichen Aura, die es ausstrahlt. Wie ich Euch erzählt habe, haben wir geschworen, es nach Vanu zu bringen, damit die Heiligen Männer dieses Landes es zerstören können.«

»Falls wir es finden und Ihr getötet werden solltet«, bemerkte Aijan Makusen mit nüchternem Pragmatismus, »werden wir das Buch selbst nach Vanu bringen. Darauf habt Ihr mein Wort.«

»Dafür wären wir Euch sehr dankbar«, versicherte Calandryll.

Einen Moment lang durchbrach ein grimmiges Lächeln das strenge Gesicht des alten Mannes. »Ich möchte genausowenig, daß der Verrückte Gott wiederaufersteht, wie ich den Rebellen Anwar-teng überlassen will. Ich bete zu Horul, daß Ihr Erfolg haben werdet.« Sein Lächeln verschwand, als sein Blick über den Tisch schweifte. »Nun, wir haben viel zu tun und noch eine lange Wegstrecke zu marschieren. Also solltet Ihr *Kiriwashen* und Ihr *Wazire* jetzt an Eure Arbeit gehen.«

Die Kommandanten und Hexer erhoben sich und verließen das Zelt.

Chazali blieb noch einen Moment lang und sah die Abenteurer lange an. »Auf mich warten jetzt andere Aufgaben«, sagte er. »Ich muß zu meinen Nakoti gehen. Sollten wir uns vor Eurem Aufbruch nicht mehr sehen, sollt Ihr wissen, daß meine Gebete Euch begleiten und Ihr stets in meinem Heim willkommen sein werdet.« Dann wandte er sich an Ochen. »Horul möge mit Euch sein, alter Freund. Ich bete, daß wir uns bald wiedersehen.«

»Ich ebenfalls«, murmelte der *Wazir*.

Sie reichten sich die Hände, und dann verneigte sich Chazali tief vor den Abenteurern und ein zweites Mal vor Aijan Makusen, ehe er auf der Stelle kehrt machte und das Prachtzelt eiligst verließ.

»Auf mich warten ebenfalls Pflichten, denen ich nachgehen muß«, sagte Aijan Makusen. »Wenn Ihr mich also bitte entschuldigen würdet ...«

Es war ein taktvoller Rauswurf. Ochen verneigte sich, gefolgt von den Abenteurer, und dann verließen sie gemeinsam das Zelt.

Die Nacht war von mehr Lärm erfüllt, als eine lagernde Armee normalerweise verursachte, denn die *Kiriwashen* und die *Wazire* kamen ihren Aufgaben bereits nach. Befehle wurden erteilt, Reiter kamen im Galopp herbei, Soldaten eilten aus den Zelten oder verließen die Kochstellen – ringsum herrschte eine Art geordnetes Chaos, in dem die beispiellose Anwesenheit von Fremden inmitten einer Armee der Jesseryter vollkommen ignoriert wurde. Die Gefährten fanden ihre Pferde dort vor, wo die Standarten der Nakoti über den in Reih und Glied stehenden Zelten flatterten, versorgten die Tiere so gut wie möglich und schafften ihr Gepäck in das Zelt, auf das Ochen deutete.

Es war zwar kleiner als das große Zelt von Aijan Makusen, aber dennoch luxuriös und in verschiedene Kammern unterteilt. Auf dem Boden waren Teppiche ausgebreitet, und Feuerkessel verbreiteten eine angenehme Wärme. Ochen zeigte ihnen, wo sie schlafen sollten. Ein Vorhang aus schwerer Seide trennte Calandrylls und Brachts Nachtlager von dem der beiden Frauen. Ein Tisch mit Faltstühlen war im Vorzelt aufgestellt worden, das nach außen hin offen war und einen Blick auf das Lager ermöglichte. Der *Wazir* blieb dort stehen und sah dem regen Treiben draußen zu.

»Glaubt Ihr, daß er hier ist?« fragte Calandryll und rückte näher an den kleinen Mann heran.

»Nein.« Ochen schüttelte den Kopf, und seine nächsten Worte bestätigten die Zweifel, die Calandryll bereits früher erfüllt hatten. »Falls er jemals hier gewesen ist, hat er uns ankommen sehen und sich aus dem Staub gemacht. Er ist seinem Ziel zu nahe, als daß er es jetzt noch riskieren würde, entdeckt zu werden.«

»Warum habt Ihr dann darauf gedrängt, nach ihm zu suchen?« Bracht deutete zum Lager hinaus, in dem es wie in einem aufgeschreckten Hornissennest zuging.

»Aus Angst, daß ich mich täuschen könnte.« Ochen seufzte bekümmert, und seine Stimme sank zu einem Flüstern, als er hinzufügte: »Und um den Vormarsch der Armee zu verzögern. Horul möge mir vergeben!«

»Was?« Der Kerner runzelte verwirrt die Stirn. »Warum das denn?«

Ochen löste sich von dem Anblick des Lagers und ging durch das Vorzelt zu einem der Öfen. Er streckte seine Hände mit geöffneten Handflächen den Flammen entgegen.

»Ich vermute«, murmelte er, fast zu leise, als daß die anderen ihn verstehen konnten, »daß Rhythamun das Heer umgangen hat. Hätte er sich den Legionen der Nakoti angeschlossen, müßte er sich dem Marschtempo der Armee anpassen, und vermutlich ist er bereits ungeduldig, weil er unbedingt an sein Ziel gelangen will. Ich glaube, daß er weitergezogen ist, entweder nach Anwar-teng oder zum Borrhun-maj.

Und je näher er an Tharn herankommt, desto mächtiger wird er und desto größer sind seine Aussichten, den Verrückten Gott zu erreichen. Ihr wißt genau, daß Tharn sich von vergossenem Blut ernährt und daß Kriege seine Kräfte anwachsen lassen. Stellt Euch vor, was es bedeuten muß, wenn diese Armee Anwar-teng erreicht! Und denkt daran, welche Unmengen Blut vergossen werden, wenn diese loyalen Streitkräfte auf die Rebellen treffen.«

Er wandte sich von dem Ofen ab, und im gedämpften Licht wirkte sein Gesicht ernst und von furchtbaren Zweifeln wie ausgezehrt. Calandryll nickte verständnisvoll, während Bracht weiterhin die Stirn runzelte.

»Wenn all diese Tausende von Kriegern und die Tausende von Ozali-teng auf die Streitkräfte der Rebellen treffen, wird das Land im Blut versinken«, erklärte Ochen. »Das ist die Ironie des Schicksals: die loyalen Truppen werden das Tor verteidigen; aber gerade dadurch werden sie Tharn nur noch stärker machen.« Er schüttelte den Kopf, seufzte abermals, und es erschien Calandryll, als ob die Last der Jahre plötzlich schwer auf ihm lastete und seine Vitalität verbraucht wäre. »Ich möchte dem Verrückten Gott dieses Festmahl so lange verwehren, bis es unvermeidlich geworden ist. Je länger sich diese Schlacht hinauszögert, desto besser stehen Eure Aussichten, Rhythamun zu besiegen, denn ist der Krieg erst einmal in vollem Ausmaß entbrannt, wird unser Feind eine derartige Macht erhalten, daß er unbesiegbar ist. Ich bin nicht imstande, den Krieg aufzuhalten. Horul, ich bin mir nicht einmal sicher, ob ich das überhaupt versuchen sollte! Es ist eine unlösbare Aufgabe, an der auch der weiseste Magier scheitern muß – wenn die Schlacht beginnt, wird Rhythamum wahrscheinlich unbezwingbar. Und wenn Anwar-teng fällt ...«, seine Stimme verlor sich in einem Flüstern.

»... hat Rhythamun voraussichtlich gewonnen«, führte Calandryll den Satz heiser zu Ende.

»Ahrd!« fluchte Bracht leise.

»Deshalb spiele ich dieses Spiel«, sagte Ochen. »Ich hoffe, daß wir nach Anwar-teng hineingelangen, ehe die Schlacht beginnt. Und ich hoffe, daß die *Wazir-narimasu* Euch die nötige Unterstützung gewähren, um Rhythamun zu besiegen, bevor er zu mächtig geworden ist. Ich bete zu Horul, daß ich das Richtige tue.« Seine Stimme klang gequält, die Zweifel standen ihm deutlich ins Gesicht geschrieben.

»Ihr tut alles, was Ihr tun könnt, was Ihr tun müßt«, sagte Calandryll in dem Versuch, ihm Mut zuzusprechen.

Ochen lachte einmal kurz auf. Es klang hart und bitter. »Aye«, erwiderte er. »Aber begehe ich damit nicht Verrat an meinem Clan? Verschaffe ich den Rebellen Zutritt nach Anwar-teng?«

»Was, wenn Ihr Euch irrt?« fragte Bracht. »Was, wenn sich Rhythamun noch immer im Körper von Jabu Orati aufhält und inmitten dieser Armee reitet?«

Ochen sah zu dem Kerner auf. Ein verkniffenes Lächeln spielte auf seinen Lippen. »Dann sollten wir hoffen, daß er bald gefunden wird«, antwortete er. »Und wir sollten heute nacht nicht allzu tief schlafen. Aber ich bezweifle, daß ich mich irre.«

Katya meldete sich zum ersten Mal zu Wort. »Ich glaube, daß Ihr recht habt«, sagte sie sanft. »Mit allem, was Ihr tut.«

Ochen nickte ihr dankbar zu, aber Calandryll bemerkte, daß der Hexer kaum Trost in ihren Worten fand. Er suchte in Gedanken nach einer Lösung für das Dilemma des *Wazirs*, aber alles, was ihm einfiel, war: »Mit Sicherheit ist der Kampf gegen Rhythamun und den Verrückten Gott eine höherrangige Pflicht als die Ergebenheit, die Ihr Eurem Clan schuldet. Es ist eine Pflicht, die Ihr Horul selbst und allen Jüngeren Göttern schuldig seid. Sollte Tharn wiederauferstehen, werden die Makusen vermutlich nicht länger existieren! Wenn wir aber Rhythamun besiegen, dann wird die ganze Welt in Eurer Schuld stehen.«

»Aber trotzdem«, sagte Ochen leise, »fließt in mir das Blut eines Jesseryters. Und mein ganzes Leben lang habe ich den Makusen gedient. Es geht mir nahe, mein eigenes Volk so sehr zu täuschen.«

»Ich kann keinen Verrat erkennen«, behauptete Katya. »Wie Bracht schon gesagt hat – es ist durchaus möglich, daß Rhythamun unter den Soldaten geblieben ist, und daher ist eine solche Suche, wie Ihr sie vorgeschlagen habt, sehr wohl sinnvoll.«

»Aber ich empfinde es als einen Verrat«, erwiderte Ochen. »Weil ich der Überzeugung bin, daß er längst weitergezogen ist.«

»Zwei Tage reichen kaum aus, um den Verlauf dieses Krieges entscheidend zu verändern«, sagte Bracht. »Ihr ladet zu viel Schuld auf Euch.«

»Vielleicht.« Ochen hob die Schultern. »Aber wahrscheinlich wäre es trotzdem besser gewesen, wenn ich ehrlich zu meinen Leuten gewesen wäre.«

»Nein ...«, setzte der Kerner zu einem Widerspruch an, doch der *Wazir* hob die Hand.

»Genug, meine Freunde«, bat er mit einem schwachen Lächeln. »Ich bitte Euch. Ich weiß, daß Ihr versucht, mich zu überzeugen, aber das ist eine Angelegenheit, die ich mit meinem eigenen Gewissen ausmachen muß. Dabei kann mir niemand helfen, ich muß allein damit fertigwerden, und ich bin furchtbar müde. Laßt uns schlafen gehen!«

Bracht wollte noch etwas darauf erwidern, aber Katya nahm seine Hand und zog ihn fort.

»Bis morgen dann«, sagte Calandryll und wandte sich Cennaire zu. Er bot ihr höflich den Arm an und brachte sie zu den abgeteilten Schlafquartieren. Gern hätte er sie geküßt, aber da beide Zugänge offenstanden, verbeugte er sich lediglich und lächelte ihr zu, obwohl er sich Sorgen über Ochens Selbstzweifel machte, und wünschte ihr eine gute Nacht. Sie antwortete ihm genauso höflich, verschwand in ihrer Kammer und ließ den Eingangsvorhang hinter sich herab. Einen Moment lang stand Calandryll stirnrunzelnd da, dann ging er zu Bracht.

In ihrem Zeltabteil stand kein Feuerofen, und so war es dunkel. Der Wind ließ die Stoffwand leicht vibrieren, durch die leise der Lärm des riesigen Lagers hindurchdrang. Calandryll gähnte, als er den Schwertgürtel abschnallte und die Scheide gegen den Rahmen des niedrigen Bettes lehnte. Er entledigte sich der Stiefel und trottete zum Waschtisch. Während er sich kaltes Wasser ins Gesicht spritzte, hörte er Bracht leise sagen: »Ahrd! Es schmerzt mich, den alten Mann so verzweifelt zu sehen. Ich habe angefangen, ihn zu mögen.«

»Aye.« Calandryll streckte sich auf dem Bett aus. Das Kissen war hart, aber nachdem er so viele Nächte nur mit seinem Sattel als Kopfunterlage verbracht hatte, erschien es ihm wie ein großer Luxus. Sofort wurden seine Augen schwer. »Er hat sich als ein wahrer Freund erwiesen.«

Bracht sagte noch irgend etwas, aber Calandryll schaffte es nicht mehr, den Worten zu folgen, noch brachte er die Energie auf, etwas zu erwidern. Der Schlaf lockte, und er konnte gerade noch die Schutzformeln murmeln, die Ochen ihn gelehrt hatte, bevor er seine Gegenwehr aufgab und sich von der Müdigkeit übermannen ließ.

Die Morgendämmerung war strahlend klar. Die Sonne stand wie eine weißgoldene Scheibe dicht über dem Horizont, und die Farbe des Himmels schwankte unentschlossen zwischen Blau und Grau. Der Wind hatte sich gelegt. Die Luft war schneidend kalt, unzählige Rauchsäulen stiegen über dem Lager auf. Die Gerüche der Kochstellen vermengten sich mit Mandelduft, der die Suche der *Wazire* begleitete. Von Chazali war keine Spur zu sehen, daher nahmen die Abenteurer ihr Frühstück, das ihnen von zwei Kotu-ji in den Pavillon gebracht wurde, gemeinsam mit Ochen ein.

Danach suchten sie die Versorgungsstelle der Nakoti auf und deckten sich mit den Dingen ein, die sie auf dem letzten Teil ihrer Reise nach Anwar-teng benötigen würden. Keiner erwähnte Ochens Selbstvorwürfe der letzten Nacht, und auch der greise Magier selbst schien seine Zweifel überwunden zu haben. Trotzdem machte er einen irgendwie müden Eindruck, und als Calandryll sich besorgt nach dem Grund erkundigte, erwiderte Ochen, daß ihn der fortwährende

Gebrauch der Magie, die er eingesetzt hatte, um ihnen einen Weg zu der Armee freizuräumen, geschwächt hatte.

»So Horul will«, erklärte er, während er ungelenk auf sein Pferd kletterte, »ist der Schnee hart genug gefroren, so daß ich mich während des Rittes ein wenig ausruhen kann.« Dann gluckste er; ein Teil seiner gewohnt guten Laune schien zurückgekehrt. »Sofern meine alten Knochen überhaupt imstande sind, sich auf einer derart unbequemen Kreatur wie einem Pferd zu erholen.«

»Soll ich vorausreiten?« erbot Bracht sich. Ochen signalisierte sein Einverständnis und sah sich einen Moment lang um, als riefe er seinem Clan und seinen Freunden ein stummes Lebewohl zu. Der Kerner stieß seinem schwarzen Hengst die Fersen in die Flanken und ritt los. Die anderen folgten ihm durch die Zeltreihen, vorbei an den geordneten Formationen von Menschen, Maultieren, Pferden und Wagen. Das Lager erweckte den Eindruck, als wollte ein Nomandenstamm hier auf diesem öden Flachland überwintern.

Sie brauchten nahezu eine Stunde, um das Heerlager hinter sich zu lassen. Danach ritten sie über jungfräulichen Schnee, der stark verharscht und vom Wind glattgeschliffen war. Ihr Tempo wechselte je nach den Gegebenheiten. Dort, wo der Schnee gefroren war und das Gewicht der Tiere trug, kamen sie schnell voran, und entsprechend langsamer, wenn sich die Pferde stampfend durch hoch aufgetürmte, lose Schneeverwehungen kämpfen mußten.

Gegen Mittag, als die bleiche Sonne wie ein teilnahmsloses Auge über ihren Köpfen hing, war das große Feldlager hinter ihnen verschwunden, und vor ihnen breitete sich die glitzernde Fläche eines unberührten Schneefeldes aus. Es leuchtete hell im kalten Sonnenschein und brachte die drohende Gefahr von Schneeblindheit mit sich. Bracht ordnete eine kurze Rast an und holte trockenes Brennholz aus den Satteltaschen hervor, um ein kleines Feuer zu entfachen. Sie kochten Tee und aßen etwas von ihrem Proviant. Anschließend nahm der Kerner ein paar angebrannte Hölzer aus den Flammen, wartete, bis die schwarzen Enden sich abgekühlt hatten, und schmierte sich den Ruß rund um die Augen. Nachdem er schließlich auch die Gesichter der anderen mit demselben notdürftigen Schutz versehen hatte, sahen sie einander an und lachten über ihr groteskes Aussehen.

»Dera, wir sehen aus wie ein Schwarm Eulen«, erklärte Calandryll schmunzelnd. »Ob wir wohl auch ihre legendäre Weisheit besitzen?«

»In Kandahar ist die Eule ein Todessymbol«, bemerkte Cennaire, was sie gleich darauf bereute.

»Hier wird es uns vielleicht das Leben retten.« Bracht warf den letzten Stock fort. »Wenn wir erblinden, wären unsere Erfolgsaussichten recht gering.«

In der folgenden Nacht – und in fünfzehn weiteren – lagerten sie auf dem Schneefeld. Sie übernachteten in den Zelten, die sie sich beim Zeugmeister beschafft hatten; Katya und Cennaire in einem, die drei Männer in dem anderen. Notwendigerweise fiel ihr Lagerfeuer eher klein aus, und sie hüllten sich fröstelnd in die schweren Mäntel, die Chazali ihnen gegeben hatte, während sie ihre Decken schützend über die Pferdeleiber ausgebreitet hatten. Es schien, als wären sie binnen weniger Tagen vom Herbstende geradewegs in den tiefsten Winter hineingeritten. Die Nacht legte sich bereits früh über das Land, und die Morgendämmerung begann erst spät. Glücklicherweise blieb es windstill. Die Luft stand wie erstarrt da, stach wie ein scharfes Messer in Mund und Nase und betäubte die ungeschützten Hautpartien. Tagsüber zeigte der Himmel ein so blasses Blau, daß er fast weiß erschien und am Horizont mit dem Land verschmolz. Bei Nacht war die Schwärze so vollkommen, daß die Sterne und der zunehmende Mond die Dunkelheit nicht zu vertreiben vermochten, als müßten sie gegen eine Finsternis ankämpfen, die vollkommen widernatürlich war. Trotz der Schutzbeschwörungen, die Calandryll intonierte, konnte er den von Tharn stammenden Gestank nicht mehr vollständig abwehren. Der Verwesungsgeruch brach mit einer solchen Gewalt über seine Sinne herein, daß er Lücken in Calandrylls magischer Rüstung fand. Calandryll mußte einmal mehr gegen dieses schreckliche Gefühl von Verlassenheit und Verzweiflung ankämpfen, das seinen Willen zu lähmen drohte. Es schien, als würde das Land bereits unter der Herrschaft des Verrückten Gottes liegen.

Am Morgen des sechzehnten Tages kämpften sie sich eine schneebedeckte Hügelkette hinauf, die wie das Rückgrat eines begrabenen Ungeheuers aus der Erde ragte und ihnen den Weg versperrte. Dann wurde ein Geröllfeld sichtbar, stumpfgrau und abschreckend, nachdem sie so lange durch die weiße Einöde des Schneefeldes gezogen waren. Dort, als ob das Geröll eine Grenze markierte, endete der Schnee. Hinter dem Kamm fiel die Hügelkette sanft ab, und das Geröllfeld wich wintergrauem Gras, das sich entlang einem flachen Flußtal erstreckte. Der Fluß war graublau und breit und entsprang einem riesigen See. Am nördlichen Ufer erhob sich die Festungsstadt, die aus dieser Entfernung klein erschien. Auf der Grasfläche vor der Zitadelle, entlang beiden Seiten des Flusses und teilweise auch am Ufer des Sees stand ein riesiges Aufgebot von Zelten. Pferdeherden bewegten sich wie wandernde Schatten über das Land. Die Entfernung war jedoch zu groß, als daß die Gefährten Menschen hätten erkennen können.

»Anwar-teng«, verkündete Ochen.

»Es wird nicht leicht werden, dort hinzugelangen«, murmelte Bracht.

»Es sei denn«, sagte Cennaire, deren Augen am schärfsten waren, »daß es sich bei den Reitern, die da auf uns zukommen, um ein Begrüßungskomitee handelt.«

KAPITEL 16

Sie waren vom Kamm des Höhenzuges heruntergekommen, um die Felsen als Deckung zu benutzen. Es erschien unmöglich, daß irgend jemand sie entdeckt haben könnte.

»Bist du dir sicher?« fragte Bracht.

»Es sind zwanzig Reiter«, bestätigte Cennaire. »Der Rüstung nach zu schließen Kotu-zen, und sie reiten direkt auf uns zu.«

Der Kerner stieß einen Fluch aus.

»Magie!« sagte Ochen. »Die abtrünnigen *Wazire* setzen ihre Fähigkeiten ein, um Eindringlinge aufzuspüren. Horul verfluche sie!«

»Können wir ihnen ausweichen, wenn wir weiter an diesem Kamm entlangreiten?« fragte Calandryll. »Oder können wir es bis nach Anwar-teng schaffen, ehe sie uns erreichen?«

»Sie werden von Magie geleitet«, antwortete Ochen. »Wahrscheinlich werden sie uns überall hin folgen, wohin wir uns auch wenden.«

Bracht holte bereits seinen Bogen aus der Schutzhülle und befestigte den Köcher am Sattel. »Dann werden wir kämpfen müssen«, erklärte er.

Ochen nickte abwesend und wandte sich an Cennaire. »Kommen noch mehr?« fragte er.

Sie schüttelte den Kopf. »Nein, nur diese zwanzig.«

Der *Wazir* nickte und dachte einen Moment lang nach. »Wir sollten der Hügelkette Richtung Galilsee folgen und nur dann kämpfen, wenn es sich nicht vermeiden läßt.«

Bracht warf einen Blick in den Himmel. »Es dauert noch eine Weile, bis das Tageslicht nachläßt«, stellte er fest, »und bis dahin sind sie uns gegenüber im Vorteil.«

Calandryll und Katya holten ihre Bögen aus dem Gepäck hervor und spannten sie.

»Wir sollten versuchen, so viel Zeit wie möglich zu gewinnen«, sagte Ochen. »Falls wir uns Anwar-teng nähern können, werden wir vielleicht von dort Hilfe bekommen.«

»Wollen wir hier stehenbleiben und diskutieren?« fragte Bracht. »Oder reiten wir endlich los?«

Sie ritten im halsbrecherischen Tempo das Gefälle des Höhenzuges hinab, dankbar, daß sie nicht über den Schnee zu fliehen brauchten und ihnen das Gras einen festen Untergrund bot. Bracht ritt voran, sein schwarzer Hengst streckte sich in einem wilden Galopp. Katya folgte auf ihrem Grauschimmel, der nächste war Ochen, der fluchend in seinem Sattel durchgeschüttelt wurde. Cennaire und Calandryll, die nebeneinander ritten, bildeten den Abschluß.

Cennaire wandte sich um und starrte nordwärts. »Sie haben ihre Richtung geändert und kommen uns jetzt direkt entgegen!« rief sie.

»Wie weit sind sie weg?«

»Eine Meile vielleicht«, antwortete sie.

Und ihre Pferde sind frischer als unsere armen müden Tiere, dachte Calandryll. *Wie lange noch, bis sie uns einholen werden?* Vor ihnen beschrieb der Höhenzug eine leichte Biegung und wandte sich nach Norden, ehe er in die Grasebene überging, die sanft zum Seeufer hin abfiel. Dort standen Zelte der Rebellen. Offensichtlich eilten sie von einer Gefahr geradewegs in die nächste. Es schien ausgeschlossen, daß sie unversehrt bis nach Anwar-teng gelangen könnten, und noch unwahrscheinlicher, sich einen Weg durch die Armeen hindurchzukämpfen, die die Zitadelle belagerten. *Dera, Horul,* dachte er, *werdet ihr uns nun beistehen? Sind wir so weit gekommen, um jetzt hier zu fallen?*

Es erfolgte keine Antwort. Das einzige, was er hörte, war das rasende Trommeln der Hufe und das schnaubende Keuchen der nahezu erschöpften Pferde. Die Sonne blickte gleichgültig vom trostlosen Himmel herab, und es schien, als würde der faulige Gestank intensiver werden. Die Kotuzen kamen näher – nahe genug, daß Calandryll sie nun erkennen konnte. Es waren zwanzig schwarze Gestalten, die schräg auf die Abenteurer zugaloppierten, als ob sie deren Absichten erahnten – oder sie durch Zauberei erfahren hätten.

Die Gefährten erreichten das Ende des Kammes. Bracht zerrte an den Zügeln, und sein Hengst kam mit einem gereizten Wiehern zum Stehen. Katya wurde von dem unerwarteten Manöver überrascht, konnte gerade noch verhindern, daß sie zusammenprallten, lenkte ihren Grauschimmel um den tänzelnden Rappen herum und hielt neben dem Kerner an.

»Was tust du da?«

Bracht deutete mit seinem Bogen auf die Gegend vor ihnen und die schattenhaften Umrisse der Zelte entlang dem See. »Wenn wir weiterreiten, wird man uns erwischen. Besser, wir erwarten sie hier.« Seine Lippen verzogen sich zu einem wilden Lächeln. »Sie sind nur wenige, und auf dieser Anhöhe sind wir ihnen gegenüber im Vorteil.«

»Und was, wenn wir sie besiegt haben?« Calandryll brachte seinen Braunen zum Stehen. »Was dann? Es werden garantiert weitere Männer losgeschickt werden.«

»Wenn wir sie bis zur Dämmerung abwehren können, wird die Dunkelheit zu unserem Verbündeten.« Bracht sprang vom Pferd und nahm den Köcher vom Sattel. »Und vielleicht auch Ochens Hexer. Oder seine Magie.«

Calandryll sah den *Wazir* unentschlossen an. Ochen betrachtete das vor ihnen liegende Gelände und nickte. »Bracht hat von diesen Dingen mehr Ahnung als ich«, gab er zurück. »Und wenn uns die Rebellen gesehen haben, dann wahrscheinlich auch die *Wazir-narimasu*.«

»Was ist mit Eurer Magie?« fragte Katya. »Könnt Ihr sie jetzt einsetzen?«

»Das Risiko wäre noch zu hoch«, erklärte Ochen. »Vielleicht halten sie uns nur für Späher, und daher wäre es besser, wenn Ihr sie ohne meine Hilfe besiegen könntet.«

»Dann sollten wir zusehen, daß wir unsere Pferde zwischen den Felsen in Sicherheit bringen.« Kampfeslust blitzte in Brachts blauen Augen auf. »Es wäre ein ziemlich langer Fußmarsch bis Anwar-teng.«

Ohne eine Antwort abzuwarten, führte er seinen Hengst zwischen das Geröllgestein am Fuß des Höhenzuges und leinte das schnaubende Tier an. Die andere folgten seinem Beispiel und ließen ihre Pferde ebenfalls im Schutz der Felsbrocken zurück.

Bracht bellte einige rasche Befehle. Er schickte Katya und Calandryll auf einen Posten hinter den Felsbrocken, von denen sie freie Sicht auf das Grasland hatten. Cennaire und Ochen kauerten ein Stückchen hinter ihnen. Calandryll sah die Kanderin an und lächelte. Sie winkte zurück, während sie zusah, wie er seine Position einnahm, und in ihren dunklen Augen lag ein besorgter Ausdruck.

Ihre Stellung war leicht zu verteidigen. Obwohl der Hang nur sanft anstieg, würde er das Tempo der Reiter etwas verlangsamen, und falls sie vorhatten, die Abenteurer mit Pfeilen zu beschießen, würden sie es ohne Deckung tun müssen. Sollten sie jedoch einen Direktangriff wagen, um einen Nahkampf zu erzwingen, würden sie die Steigung nur unter Beschuß zurücklegen können. Calandryll lehnte den Köcher aufrecht in bequemer Reichweite gegen einen Felsbrocken und legte einen Pfeil auf die Sehne. Dann wartete er.

Es dauerte nicht lange, bis die zwanzig Kotu-zen auf der Ebene auftauchten, trotzdem erschien es ihm wie eine Ewigkeit. Sie kamen im Galopp heran und drosselten das Tempo, als sie sahen, daß sich ihnen ihre Beute nicht im offenen Gelände entgegenstellte. Die Krieger zügelten die Pferde, um den Höhenzug zu mustern. Ihre Rüstungen waren dunkelrot, und auf Brust und Rücken prangten die Embleme ihres Clans. Hinter ihren Sätteln waren Langbögen befestigt. Alle waren mit Schwertern bewaffnet, und zwei von ihnen hielten Kriegsäxte mit langen Schäften in den Händen. Sie berieten sich knapp außerhalb Bogenschußweite, und die Köpfe mit den hinter den Helmschleiern verhüllten Gesichtern wanderten unablässig hin und her, um die Kammhöhe in Augenschein zu nehmen. Einer gestikulierte mit seiner Axt und gab seinen Kameraden Zeichen, zu einer Linie auszuschwärmen. Einen Herzschlag lang, der sich für Calandryll zu einer kleinen Ewigkeit zu dehnen schien, wurde die Stille lediglich durch das ungeduldige Stampfen der Pferdehufe unterbrochen. Er spannte die Sehne und visierte den Pfeilschaft entlang. Ein Ruf tönte auf, gefolgt von wildem Kriegsgeschrei, und die Reiter stürmten heran.

Sie kamen in Schußweite. Calandryll schickte seinen Pfeil los, und noch während er ihn in eine rote Rüstung einschlagen sah, zog er schon einen zweiten aus dem Köcher, legte ihn mit einer einzigen flüssigen Bewegung auf die Sehne und zielte erneut. Dabei fragte er sich, wie stark die Rüstungen der Jesseryter wohl waren. Der Mann, den er getroffen hatte, schien selbst dann noch unbeeindruckt, als ein zweiter Pfeil aus seinem Brustpanzer ragte.

»Ihre Gesichter!« brüllte Bracht. »Zielt auf ihre Gesichter!«

Calandryll korrigierte sein Ziel, und sein nächster Pfeil durchbohrte einen Gesichtsschleier. Wahrscheinlich schrie der getroffene Mann auf, aber das Kampfgeschrei und das Donnern der Hufe übertönten jeden anderen Laut. Er sah, wie der Jesseryter im Sattel schwankte und ihm das Schwert aus der Hand fiel. Calandryll spannte den Bogen erneut, schwenkte etwas nach links, und die Bogensaite sirrte, als er den nächsten Pfeil losschickte. Sein Ziel bäumte sich steif in den Steigbügeln auf, dann fiel sein Kopf zurück, und er stürzte über die Hinterhand seines Pferdes zu Boden. Der erste Krieger hielt sich noch immer im Sattel und trieb sein Tier vorwärts, das verlorene Schwert hatte er durch einen Dolch mit breiter Klinge ersetzt. Calandryll schoß einen weiteren Pfeil ab, und da die Schußweite nun erheblich kürzer geworden war, bohrte sich das Geschoß tief in die Rüstung hinein. Der Jesseryter erschauderte, als er getroffen wurde, dann rutschte er seitwärts aus dem Sattel und riß dabei den Kopf seines Pferdes herum, bevor die Zügel seinen behandschuhten Fingern entglitten. Das Pferd wieherte schrill, bäumte sich kurz vor den Felsen auf, machte dann kehrt und galoppierte wieder den Abhang hinab. Sein Reiter blieb eine Weile auf der Seite liegen, bevor er taumelnd auf die Füße kam und sein Messer aufhob. Die gebrochenen Schäfte von drei Pfeilen ragten aus seinem Brustpanzer, ein weiterer aus seinem Gesicht. Calandryll glaubte, Blut hinter dem Gesichtsschleier herabrinnen zu sehen, als der Kotu-zen im Zickzack auf die Geröllblöcke zutorkelte.

Sieben Männer lagen tot am Boden, zwölf saßen noch in den Sätteln, und ihre Rüstungen waren mit Pfeilen gespickt. Der Tod ihrer Kameraden schien sie kaum abzuschrecken. Im Gegenteil, er schien sie nur noch mehr anzustacheln. Sie rissen ihre Tiere herum und preschten die Böschung ein Stück weit abwärts, bevor sie kehrt machten und abermals angriffen. Der verwundete Mann versuchte nach wie vor, sein Ziel zu erreichen, ehe der Pfeil, den Katya ihm mit furchtbarer Präzision durch die rechte Augenöffnung seines Gesichtsschleiers sandte, seinen Bemühungen ein Ende setzte. Calandryll hörte den schrillen Schrei des Mannes, als er auf die Knie fiel, eine Hand langsam zum Gesicht hob und erstarrte. Sein Kopf sackte herab. Dann fiel er vornüber aufs Gesicht und blieb reglos liegen.

Drei weitere starben während des nächsten Ansturms. Sie wurden von den Pferden geschleudert, als gefiederte Pfeile durch die Kettenglieder der Gesichtsschleier drangen und sich tödlich in Augen, Münder und Gehirne bohrten. Die Überlebenden flohen und sammelten sich außerhalb der Bogenschußreichweite.

»Cennaire, kannst du sehen, ob sie Verstärkung bekommen?« rief Bracht.

Die Kanderin sprang neben Ochen auf, eilte an Calandrylls Seite und spähte zu den fernen Zelten hinüber. »Nein«, antwortete sie. »Bisher sind keine weiteren Reiter zu sehen.«

»Gut, mir gehen nämlich langsam die Pfeile aus.« Bracht stieß ein wildes, kampfeslüsternes Lachen aus, und er sah zum Himmel empor. »Die Abenddämmerung kommt näher. Wir brauchen uns den Rest nur noch so lange vom Hals zu halten, bis es dunkel geworden ist. Dann können wir uns heimlich davonstehlen, es sei denn, wir haben sie vorher alle niedergemacht.«

Calandryll spürte Cennaires Hand auf seiner Schulter und drehte den Kopf ein wenig, um seine Wange an ihrer Hand zu reiben. Sie lächelte grimmig und strich ihm durch sein langes Haar. »Werden sie nicht merken, daß wir uns aus dem Staub gemacht haben, wenn sie magische Unterstützung erhalten?« rief er Ochen zu.

»Wahrscheinlich«, antwortete der *Wazir*. »Aber uns bleibt kaum eine andere Wahl, wenn wir uns nicht zurückziehen wollen.«

»Damit sie uns draußen auf dem Schneefeld aufspüren können?« Bracht schüttelte den Kopf. »Nein, meine Freunde. Entweder wir halten die Stellung, oder wir sterben.«

Jede weitere Diskussion wurde von den Feinden unterbunden, die nun mit gespannten Bögen angriffen und lange karmesinrot gefärbte Pfeile abfeuerten. Calandryll duckte sich und stieß Cennaire zurück, als drei Pfeile rechts und links von den Felsbrocken abprallten.

»Hah!« hörte er Bracht rufen. »Sie füllen uns unsere Köcher wieder auf.« Dann brachte der Kerner seinen eigenen Bogen in Anschlag und erwiderte das Feuer.

Die Verteidiger konnten noch immer den Vorteil nutzen, den ihre erhöhte Stellung mit sich brachte. Die angreifenden Kotu-zen dagegen hatten keinerlei Deckung und boten leichte Ziele, weil sie sich in ihren Steigbügeln aufrichten mußten, um ihre Langbögen abfeuern zu können. Zwei weitere starben, und die Angreifer machten abermals kehrt.

»Hier!«

Cennaire kauerte neben Calandryll und reichte ihm eine Handvoll Pfeile der Jesseryter, die sie vom Boden aufgesammelt hatte. Er nahm sie mit einem gegrunzten Dank entgegen und bedeutete ihr mit einer Handbewegung, wieder in Deckung zu gehen. In der Hitze des Gefechts hatte er völlig vergessen, daß Pfeile ihr nichts anzuhaben vermochten.

Die Reiter preschten ein viertes Mal heran, und der verdämmernde Nachmittag war vom Sirren gegenseitig abgefeuerter Pfeile erfüllt. Calandryll stellte fest, daß sein Köcher leer war, und legte einen der karmesinroten Pfeile auf die Sehne, deren Spitzen tückisch gebogene Widerhaken aufwiesen. Er sah, wie das Geschoß einen Mann aus dem Sattel hob und ihn zu den Leichen schleuderte, die bereits den Hang säumten. Reiterlose Pferde irrten auf der Böschung umher, einige machten kehrt und flohen im Galopp, andere rannten wild neben den verbliebenen Angreifern her, machten erst vor den Felsen Halt, stiegen wie von Sinnen wiehernd auf die Hinterhand und schlugen mit den Vorderhufen aus, als teilten sie die Wut der überlebenden Kotu-zen über den Tod ihrer Kameraden.

Die Abenteurer widerstanden dem Drang, auf die Tiere zu schießen, nicht so sehr, um die unschuldigen Pferde zu schonen, sondern weil sie ihre Geschosse sparen mußten. Obwohl sie die Pfeile der Jesseryter zurückschickten, drohte ihnen der Vorrat auszugehen.

Der letzte Direktangriff beförderte drei weitere rotgerüstete Krieger in das *Zajan-ma*. Die vier überlebenden Kotuzen erreichten die Felsen.

Sie ließen ihre Bögen fallen und sprangen trotz der schweren Rüstungen leichtfüßig von den scheuenden Pferden. Die reiterlosen Tiere boten ihnen Deckung – ein lebender wogender Schutzwall aus Fleisch und Muskeln, den sie vor sich her zwischen die Felsen trieben, während sie ihre Schwerter zückten.

Calandryll warf seinen Bogen beiseite, riß das Langschwert aus der Scheide und parierte einen Schlag, der ihm sonst den Schädel gespalten hätte. Sein Gegenschlag glitt an einem roten Brustpanzer ab, und er sprang zur Seite, als der schwere jesserytische Säbel seine Rippen aufzuschlitzen drohte. Er schlug erneut zu, und obwohl er den Helm des Mannes nicht zertrümmern konnte, hielt er den Angreifer etwas auf. Calandryll wurde zurückgetrieben. Er suchte eine ungeschützte Stelle in der roten Rüstung, fand aber keine. Der Jesseryter drang weiter vor, seine gelblichbraunen Augen leuchteten hinter dem Gesichtsschleier. Calandryll sah einen zweiten Krieger heranstürmen und sich neben dem ersten aufbauen. Beide wichen auseinander, um ihn von zwei Seiten gleichzeitig anzugreifen. Er hörte das Klirren, mit dem Stahl auf Stahl und auf Rüstungen krachte, vernahm Brachts bellenden Fluch. Aus den Augenwinkeln heraus sah er flüchtig, wie sich der Kerner und Katya tiefer in das Gewirr der Felsbrocken zurückzogen, durch die scheinbar undurchdringlichen Rüstungen der Kotu-zen genau wie er selbst in die Defensive gezwungen.

Er wich hinter einen Felsblock zurück und verfluchte sein Pech, als er begriff, daß er nun an einem ungedeckten Ort stand und ihn die beiden Jesseryter in die Zange nehmen konnten. Dann prallte irgend etwas laut klappernd von dem Helm eines Kriegers ab. Der Mann stolperte, knickte in den Knien ein, und sein Schwertarm sank herab. Er erhielt einen zweiten Treffer, und sein Gesichtsschleier wurde nach innen getrieben. Etwas Rotes spritzte aus den Augenhöhlen, und der Kotu-zen stürzte zu Boden. Calandryll parierte eine

Attacke. Er sah, wie sein Angreifer innehielt, als ein Stein gegen den ausladenden Wangenschutz seines Helmes prallte, und dann schwankte, als ein zweiter seinen Brustpanzer traf. Ein dritter pfiff an Calandrylls Kopf vorbei und traf den Helm dort, wo er die Stirn des Kriegers schützte. Einen Augenblick lang wurde der Kopf durch die Wucht des Aufpralls zurückgeworfen, und Calandryll sprang vor, riß sein Langschwert hoch und stieß dem Jesseryter die Klinge durch den Kiefer ins Gehirn. Der Mann grunzte, brach zusammen, und sein Gewicht drohte, Calandryll das Schwert aus der Hand zu reißen.

Er riß es frei und sah Cennaire mit einem Stein in jeder Hand dastehen, wurfbereit und mit grimmiger Miene. »Lady!« rief er. »Du hast mir einmal mehr das Leben gerettet!«

Sie lächelte flüchtig und stürzte davon, dorthin, wo Katya ihrem Gegner gegenüberstand. Er hatte sie in einen Halbkreis aus Gesteinsbrocken getrieben, so daß sie nicht weiter zurückweichen konnte, und sie fand keine verwundbare Stelle in der Rüstung des Mannes. Calandryll folgte Cennaire gerade noch rechtzeitig, um zu sehen, wie sie einen der Steine mit einer solch fürchterlichen Wucht schleuderte, daß der Mann zu Seite taumelte. Das zweite Wurfgeschoß krachte gegen den karmesinroten Helm. Der Mann ächzte und fiel auf die Knie. Katya stürzte sich auf ihn, ihr Säbel schoß vor, fand die Lücke in seiner Rüstung und schlitzte ihm die Kehle auf.

Cennaire sammelte bereits weitere Steine auf und eilte dorthin, wo Bracht sich duellierte. Sein Krummschwert wirbelte wie ein verschwommener Schemen im nachlassenden Licht und wehrte die Attacken der schwereren Klinge des Jesseryters ab. Ein Stein krachte mit tödlicher Präzision gegen den Helm des Kotu-zen, ein zweiter gegen sein Knie. Er kippte vornüber, das getroffene Bein in einem unnatürlichen Winkel verdreht. Bracht sprang breitbeinig über ihn, zerrte den Helm mit einer Hand zurück, und das Krummschwert durchtrennte ihm die Luftröhre.

»Meinen Dank!« Der Kerner hob grüßend das blutige

Schwert. »Und nun sollten wir von hier verschwinden, ehe man noch mehr Krieger ausschickt.«

Sie eilten zu ihren Pferden. Ochen war bereits dort, hielt alle Zügel in den Händen und zerrte die widerspenstigen Tiere leise fluchend zu den anderen. Über ihren Köpfen verfinsterte sich der Himmel schneller, als er sollte. Es war, als ob sich ein Sturm zusammenbraute. Im Westen malte die Sonne ein Band aus blutrotem Licht über den Horizont; im Osten verbarg sich der Mond hinter der unnatürlichen Verdunkelung, und im Norden übersäten die Lagerfeuer die Ebene mit Tausenden fernen Lichtschimmern. Die Gefährten stiegen in die Sättel und musterten prüfend den vor ihnen liegenden Weg. Allen ging der gleiche Gedanke durch den Kopf: Es würde äußerst schwierig werden, die Reihen des Feindes unversehrt zu durchbrechen.

»Ich denke«, sagte Ochen, »daß jetzt die Zeit gekommen ist, ein Wagnis einzugehen.«

Bracht lachte laut auf. »Haben wir das nicht bereits getan?« fragte er.

»Ich werde es riskieren, Magie einzusetzen«, antwortete Ochen mit einem flüchtigen Lächeln. »Ich werde versuchen, Kontakt mit den *Wazir-narimasu* aufzunehmen.«

»Sollen wir solange warten«, fragte Calandryll, »oder gleich losreiten?«

»Reiten«, sagte der Magier. »Reiten und beten.«

Sie trieben ihre Pferde die Böschung herunter. Bracht führte sie an und beschränkte sich vorläufig auf eine verhaltene Gangart, um die Kräfte des schwarzen Hengstes für einen letzten Galopp aufzusparen. Der Himmel wurde finster wie um Mitternacht, ohne jegliches Sternen- oder Mondlicht und nur vom schwachen Schein vereinzelter Brandgeschosse durchzogen, die in einem finsteren Rot über das Firmament flackerten. Der Gestank von Tharns Bösartigkeit nahm zu und mit ihm das Gefühl von schrecklicher, hoffnungsloser Verzweiflung. Calandryll, der Ochen dichtauf folgte, fing einen schwachen Dufthauch von Mandeln auf. Er wandte sich um, vergewisserte sich, daß Cennaire noch an seiner Seite war, und sprach halblaut ein Gebet.

Erhört mich jetzt, Ihr Jüngeren Götter – wenn es in Eurer Macht steht, dann helft uns, Anwar-teng unverletzt zu erreichen!

Die Feuer vor ihnen kamen näher, wurden heller und bedrohlich. Über die Grasebene wehte der Lärm von Menschen und Tieren heran. Das Trommeln der Hufe zählte die Minuten, in denen die Distanz zwischen den Abenteurern und den feindlichen Reihen weiter zusammenschrumpfte. Calandryll ritt mit dem gezogenen Langschwert in der Hand und dachte daran, daß sie – falls ihnen die Jüngeren Götter und die *Wazir-narimasu* nicht zu Hilfe kamen – mit Sicherheit vor den Mauern von Anwar-teng sterben würden. Über ihnen brodelten die Brandgeschosse und verpesteten die Luft mit einem Gestank wie von verbranntem Fleisch. Sie kamen dem Ring der Belagerungsfeuer näher …

… und näher, so nahe, daß sie das durchdringende Alarmgeschrei im feindlichen Lager hören konnten.

»Galopp! Reitet um euer Leben!« schrie Bracht und ließ seinem schwarzen Hengst die Zügel schießen.

Und plötzlich schloß sich ihnen ein reiterloses Pferd an – ein mächtiges Tier, weitaus größer als Brachts Hengst. Sein Fell glänzte wie schwarze Pechkohle, in der das Sternenlicht tanzte, und es war, als bestünde es nicht aus Fleisch und Blut, sondern aus den Elementen selbst. Seine Augen blitzten wie Feuer, und dort, wo seine Hufe auf den Boden schlugen, spritzte blendende Helligkeit wie Splitter aus Sonnenstrahlen hervor, lautlos trotz seiner gewaltigen Geschwindigkeit. Das Pferd überholte sie, und es schien, als würde es sie in seinem Sog mitreißen. Die Hufe ihrer sterblichen Pferde schienen nicht länger den Boden zu berühren, sondern durch die Luft zu gleiten, von den Beschränkungen befreit, die ihre irdische Existenz ihnen aufzwang.

»Horul!« rief Calandryll. »Gelobt seist Du!«

Und in seinem Bewußtsein klang plötzlich eine lautlose Stimme auf, die auch die anderen hören konnten:

Welche Hilfe ich euch zu gewähren in der Lage bin, die werdet ihr erhalten. Ist euch das nicht versprochen worden? Habt ihr je daran gezweifelt? Habt ihr geglaubt, daß ich und alle meine Geschwister euch im Stich lassen würden? Nein, wir stehen euch bei, so gut wir können. Denkt daran, dort, wohin ihr geht.

Vor ihnen rückten Reiter, Lanzenträger und berittene Bogenschützen aus, um sich ihnen entgegenzustellen.

Fehlgeleitete Narren! vernahmen sie Horuls Gedanken, verächtlich und mitleidig zugleich. *Sie wissen nicht, was sie tun.*

Ein Pfeilhagel schoß ihnen entgegen und verging in einem funkelnden Leuchten, als er sich dem Gott näherte. Die Lanzenträger stürmten vor, doch die Reiter an der Spitze der Angreifer wurden wie von einem unfaßbaren Windstoß zurückgeschleudert und gegen ihre nachfolgenden Gefährten geworfen. Einige schrien voller Entsetzen auf und flohen vor dem rasenden Gott, hinter dem die Abenteurer durch die Randbezirke des Lagers preschten. Die Hufe ihrer Pferde ließen brennendes Holz aus den Lagerfeuern aufwirbeln, das Zelte und aufgeschichtete Heuballen in Brand setzte. Die aufgereihten Pferde der Aufständischen wieherten schrill in Panik, zerrten an den Leinen, bäumten sich auf und rissen sich los, rannten kopflos durch das Chaos, das das Lager erfaßt hatte.

Vor ihnen wuchsen die Mauern von Anwar-teng auf, deren hell erleuchtete Zinnen Zuflucht und Sicherheit versprachen. Über der Zitadelle erschien ein blaues Leuchten, zuerst blaß, aber dann wurde es immer stärker und stellte sich den lodernden Geschossen entgegen, die von allen Seiten über ihren Köpfen zusammenströmten. Der Leichengestank von Tharns Manifestation ging in süßlichem Mandelduft unter. Aus den Schießscharten entlang den Mauern flogen Pfeile, und durch den Höllenlärm, der unter den Belagerern ausgebrochen war, klangen kaum zu hörende anfeuernde Rufe auf.

Die Stadttore öffneten sich knarrend, bläuliches Licht ergoß sich ins Freie, Männer in Rüstungen und Bogenschützen liefen ein kleines Stück nach draußen und machten eine Gasse frei, zu der der Gott die Abenteurer brachte.

Kurz vor den Toren hielt Horul an und stieg auf die Hinterhand. Seine gewaltigen Hufe peitschten durch die Luft, und aus den geblähten Pferdenüstern drang ein Leuchten wie funkelndes Sternenlicht.

Ich verlasse euch nun. Wohin ihr bald gehen werdet, kann ich euch nicht folgen, noch kann es irgendeiner meiner Geschwister – außer im Geist. Aber wisset, daß ihr mit unserem Segen geht, mit unserer Dankbarkeit und unserer Hoffnung, daß ihr Erfolg haben und sicher zurückkehren werdet.

Die Krieger von Anwar-teng – deren Rüstungen in einem Blau gehalten waren, das dem Leuchten über der Festung glich, wie Calandryll undeutlich bemerkte – zogen sich zurück. Horuls gewaltige Flanken spannten sich, und der Gott sprang himmelwärts, zog einen Lichtschweif hinter sich her, als seine Hufe lautlos durch die Luft wirbelten. Die Brandgeschosse sammelten sich vor ihm, als wollten sich ihm die Kräfte des Bösen im Äther entgegenstemmen. Noch während Calandryll den Weg des Gottes verfolgte, schwangen die Tore wieder zu, und das dumpfe Poltern, mit dem sie sich schlossen, wurde einen Augenblick später von einem fürchterlichen Donnerschlag übertönt. Ein feuriges Glühen schoß über den Himmel und badete Anwar-teng, die gesamte Ebene ringsherum und den Galilsee einen Augenblick lang in grelles rotes Licht.

Dann herrschte Finsternis, während sich die geblendeten Augen allmählich auf die Dunkelheit einstellten. Calandryll spürte, wie sich der Braune unter ihm bewegte, und blinzelte in der Dunkelheit, bis er verschwommen einen Kotuzen erkannte, der ihn ins Innere der Festung führte. Er rieb sich die Augen.

»Cennaire?« rief er und hörte sie dicht hinter sich mit leiser und ehrfürchtiger Stimme antworten. Als er wieder klarer sehen konnte, entdeckte er Katya und Bracht an ihrer Seite. Vor ihnen ritt Ochen. Der Hexer war in ein Gespräch mit drei Männern vertieft, die prächtige Roben trugen und eilig neben dem Pferd des *Wazirs* hermarschierten.

Die anderen blieben stumm, während sie tiefer in die Festungsstadt vorstießen, durch Gassen und Straßen, die trotz der vielen, an den hohen Gebäuden angebrachten Laternen nur spärlich beleuchtet waren. Ihr Weg führte sie direkt zum Zentrum.

Sie gelangten auf einen Platz, von dem aus sich vier Straßen wie eine Kompaßrose in alle vier Himmelsrichtungen erstreckten. Sämtliche Mauern der umliegenden Gebäude waren mit dem Pferdekopfemblem des Gottes der Jesseryter versehen. Als sie abstiegen, kam niemand herbei, um ihnen behilflich zu sein. Statt dessen wahrte jedermann respektvollen Abstand. Auf Brachts Drängen hin sorgten sie dafür, daß ihre Tiere sicher in einem Stall untergebracht wurden. Dann wurde es hektisch. Ochen und die drei in Roben gekleideten Männer führten sie eilig durch Korridore, dämmrige Säle und über gewundene Treppen zu einer großen hochgelegenen Halle. Wie in der Festung am Kess Imbrun bestand die Decke auch hier aus einer Glaskuppel, durch die Calandryll sehen konnte, daß der Himmel noch immer bedrohlich finster und von unheilvollen Lichtbahnen durchzogen war. Trotzdem herrschte hier weder das Gefühl von Verzweiflung, noch war der Gestank von Tharns widerwärtiger Ausstrahlung zu riechen. Calandryll sah sich um.

Wie aus Respekt vor den fremden Gebräuchen der Besucher wurde die Halle von Laternen und Kerzenleuchtern erhellt, deren Widerschein auf die kahlen Steinwände und den polierten Holzfußboden fiel. Es war ein einfacher und schmuckloser Raum, in dessen Zentrum ein Kreis von Faltstühlen um einen runden Tisch herum stand. Die meisten waren leer, auf den übrigen saßen Männer und musterten die Neuankömmlinge staunend aus schmalen Augen. Die drei, die die Abenteurer am Tor in Empfang genommen hatten, trennten sich von ihnen und nahmen bei ihren Kollegen Platz. Ochen trat vor, verbeugte sich und stellten die Gefährten nacheinander mit Namen vor.

Calandryll betrachtete die Männer am Tisch. Alle waren alt, ihre Gesichter mehr oder weniger so runzlig wie das von Ochen, die meisten weißhaarig. Ein paar hatten graues Haar, und bei einigen wenigen waren sogar ein paar kümmerliche Überreste der charakteristischen schwarzen Lokken der Jesseryter zu erkennen. Sie alle trugen prachtvoll gefärbte Roben in den unterschiedlichsten leuchtenden Kombinationen.

Nachdem die Vorstellung beendet war, bedeutete ein Mann am äußersten Ende des Tisches den Ankömmlingen, sich ebenfalls zu setzen. Anscheinend war er der gewählte Sprecher, denn als sie ihre Plätze einnahmen, blieb der Rest stumm, während er sagte: »Wir heißen Euch in Anwar-teng willkommen, Freunde. Wir sind die *Wazir-narimasu*, und ich heiße Zedu. Wir schulden Euch Dank für das, was Ihr versucht habt …«

»Versucht *habt*?« unterbrach Calandryll ihn. Ihm war die unheilvolle Bedeutung der Vergangenheitsform nicht entgangen, und so mißachtete er die Regeln der Höflichkeit, als plötzlich Angst in ihm aufstieg. »Was meint Ihr damit – was Ihr versucht *habt*?«

Zedu musterte ihn einen Moment lang, und Calandryll glaubte, in den schmalen lohfarbenen Augen Verzweiflung zu erkennen. Niemand erwiderte etwas darauf, und die Stille wurde bedrohlich. Schließlich seufzte Zedu und wählte die nächsten Worte mit sichtlicher Mühe. Jedes einzelne war wie ein Hammerschlag, der einen weiteren Nagel in den Sarg ihrer Hoffnung trieb.

»Vor einem Tag ist ein Reiter nach Anwar-teng gekommen. Er hat behauptet, ein Kurier von den loyalen Städten zu sein, dem es mit List gelungen wäre, durch die Reihen der Rebellen zu schlüpfen. Seinen Namen hat er mit Jabu Orati Makusen angegeben.«

»Ahrd!« schrie Bracht unbeherrscht und schlug wuchtig mit der Faust auf den Tisch. »Rhythamun! Er ist hierher gekommen!«

Calandryll hörte, wie Cennaire scharf Luft holte. Ihre Hand krallte sich in seinen Arm.

»Und habt Ihr ihn aufgehalten?« fragte Katya drängend mit rauher Stimme. »Im Namen aller Götter, sagt mir, daß Ihr ihn aufgehalten habt!«

Zedus Gesicht und die Mienen der anderen Hexer gaben eine stumme Antwort. Calandryll hatte das Gefühl, als würde sich eine Hand um seine Eingeweide legen und unerbittlich zudrücken. Sein Mund war plötzlich trocken, als er Zedu den Kopf schütteln sah.

»Wir haben ihn nicht aufgehalten. Horul möge uns vergeben, aber …«

Die Antwort des Magiers ging in Brachts Brüllen unter: »Ihr habt ihn gehen lassen? Bei Ahrds heiligem Blut! Wie nur? Habt Ihr ihn nicht als den erkannt, der er war?«

Sein Faltstuhl polterte zu Boden, als er aufsprang, die Fäuste in hilflosem Zorn geballt, und seine blauen Augen funkelten die *Wazir-narimasu* in kalter Wut an, die seinen Ausbruch voller Scham über sich ergehen ließen. Katya legte ihm beruhigend eine Hand auf den Arm, aber auch in ihren grauen Augen blitzte es wie in einem Gewitter.

»Tharn wird immer mächtiger«, fuhr Zedu fort, und in seiner Stimme klang sowohl die Bitte um Entschuldigend als auch Selbstanklage mit. »Selbst in seinen Träumen gewährt er denen, die ihn wiederauferstehen lassen wollen, seine ruchlose Unterstützung. Er vergiftet die Sinne der Menschen ...«

»Und hat Euch hinters Licht geführt?« Bracht hob den Stuhl auf und knallte ihn wütend auf den Boden. Er wandte sich Ochen zu. »Ihr habt uns Hilfe von diesen drittklassigen Zauberern versprochen. Ihr habt gesagt, daß sie Rhythamun als den erkennen würden, der er ist.«

Ochen gab keine Antwort. Sein altes Gesicht war aschgrau geworden, seine Augen weiteten sich entsetzt, und er schüttelte den Kopf, als wollte er alles leugnen, was er gehört hatte. Bracht setzte sich wieder und starrte die versammelten Magier mit brennendem Zorn an. Sie reagierten nicht auf seine Beleidigungen, sondern saßen einfach nur da, die Blicke niedergeschlagen, zutiefst betroffen von der Verachtung und der Wut des Kerners.

Calandryll dachte, daß er sich mit Sicherheit der Verzweiflung ergeben hätte, wenn diese Nachricht sie außerhalb der Mauern von Anwar-teng erreicht hätte. Hier jedoch konnte er klarer denken, als ob die magischen Kräfte dieser beschämten Hexer eine Atmosphäre der Ruhe schufen, in der er imstande war, seine Verzweiflung zu überwinden und über die Enttäuschung und Wut hinauszudenken.

»Sollten wir unseren Zorn nicht beherrschen«, sagte er an Bracht gewandt, »und Zedu zu Ende sprechen lassen?«

»Wozu?« fauchte Bracht. »Er hat uns erzählt, daß Rhythamun unerkannt hierhergekommen ist und frei herumläuft. Wohin, glaubst du, wird er wohl gegangen sein?«

Calandryll brachte den wutentbrannten Kerner mit einer Handbewegung zum Schweigen und wandte sich abermals an Zedu. »Wollt Ihr nun fortfahren?« fragte er, aber da ahnte er bereits die Antwort auf Brachts an sich rhetorische Frage.

Der *Wazir-narimasu* warf ihm dankbar ein schwaches Lächeln zu. »Wir sind überlistet worden«, sagte er. »Vielleicht hätten wir erkannt, wer Jabu Orati Makusen in Wirklichkeit war, hätte uns dieser verfluchte Krieg nicht so sehr in Anspruch genommen.« Er schnaubte bitter und voller Selbstanklage. »Wir sind stolz und selbstgefällig geworden und haben geglaubt, daß nichts und niemand unserer Wachsamkeit entgehen könnte, selbst als unsere Aufmerksamkeit von den Kämpfen vor den Stadtmauern in Anspruch genommen war. So ist es gekommen, daß diesem Mann Einlaß gewährt worden ist, weil sich Tharns verwerfliche Macht wie ein schützender Mantel über ihn gelegt hat. Bei Horul, er hat wirklich keine Zeit verloren! Seine Verbindung mit dem Verrückten Gott hat ihn geführt, und so hat er das Tor gefunden ... Aye, er hat es entdeckt und durchschritten!«

Seine Stimme stockte und verklang. Calandryll sog die Luft in einem tiefen und rasselnden Atemzug ein. Er hatte das Gefühl, als würde sich seine Kehle zusammenschnüren, sein Herz gegen seine Rippen hämmern und ihm das Blut in heißen pulsierenden Stößen durch den Schädel pumpen. »Wann?« fragte er heiser.

»Heute«, kam die leise Antwort. »Bei Sonnenuntergang, als Tharns Macht am stärksten angewachsen ist.«

»Also während wir gekämpft haben«, keuchte Bracht. »Ahrd, im gleichen Moment, als uns Horul zu Hilfe gekommen ist, hat sich Rhythamun uns entzogen.«

Wir stehen Euch bei, so gut wir können. Denkt daran, wohin Ihr geht.

Rhythamun war durch das Tor gegangen, und das Arcanum mit ihm. War es das, was Horul gemeint hatte? Hatte der Gott, als er sie sicher nach Anwar-teng gebracht hatte, bereits gewußt, daß die Zitadelle nicht mehr als eine

Zwischenstation auf ihrem Weg sein würde? Calandryll kämpfte darum, seine Gedanken zu ordnen, sein inneres Gleichgewicht zurückzuerlangen, an ihrer Aufgabe festzuhalten, sich noch nicht geschlagen zu geben. Hatten sie nicht davon gesprochen, das Borrhum-maj zu überqueren? Davon, daß sie Rhythamun verfolgen würden, wohin er sich auch immer wenden würde? Davon, selbst das Tor zu durchschreiten, wenn es unumgänglich sein sollte?

Aye, das hatten sie getan. Aber das war früher gewesen, als noch eine – wenn auch nur schwache – Hoffnung bestanden hatte, ihren Widersacher einzuholen und sich ihm mit natürlichen Mitteln entgegenzustellen. Diese Hoffnung hatte sich zerschlagen, und jetzt blieben ihnen nur noch zwei armselige Möglichkeiten: Sie konnten entweder aufgeben und Rhythamun den Sieg überlassen; oder sie konnten ihm in jenes Zwischenreich folgen, in dem der Verrückte Gott ruhte und in dem die Macht von beiden, von Herr und Diener, mit Sicherheit überwältigend werden mußte. Es war eine erschreckende Vorstellung, jetzt, da diese Überlegung nicht länger weit entfernt lag, sondern furchtbare Realität geworden war. Ochen hatte davon gesprochen, daß die *Wazir-narimasu* ihre Kräfte den Abenteurern zur Verfügung stellen und ihn, Calandryll, weiter in jenen Fertigkeiten schulen würden, die der *Wazir* für nötig erachtete, um Rhythamun auf der okkulten Sphäre gegenüberzutreten. Doch dafür blieb ihnen jetzt keine Zeit mehr. Wollten sie den letzten Strohhalm der Hoffnung ergreifen, mußten sie unvorbereitet in den Limbus gehen.

Calandryll wandte sich an seine Gefährten. Er mußte jetzt sprechen, bevor ihm die Furcht die Stimme lähmte, bevor ihn das Wissen um die Ungeheuerlichkeit dessen, was sie tun mußten, überwältigen konnte.

»Also, sollen wir hier noch stundenlang debattieren, oder machen wir weiter?«

Katya begegnete seinem Blick, und ihre Augen leuchteten gewittergrau. »Durch das Tor hindurch?«

»Hinter Rhythamun her.«

»Wir haben in Tezin-dar ein Gelübde abgelegt«, sagte Bracht. »Und ich werde mein Versprechen nicht brechen.«

»Aye, das wird keiner von uns tun«, bekräftigte Katya mit einem kalten Lächeln. »Also ziehen wir weiter.«

Calandryll wandte sich Cennaire zu.

»Ich werde dorthin gehen, wohin du gehst«, sagte sie.

Calandryll sah die versammelten *Wazir-narimasu* an. »Dann solltet Ihr uns zu diesem Tor bringen. Und zwar schnell, bevor Rhythamun Gelegenheit hat, die Beschwörungen aus dem Arcunum einzusetzen.«

Die Hexer sahen einander zögernd an, und ihre Mienen schwankten zwischen Fassungslosigkeit und nacktem Entsetzen. Zedu strich sich mit einer Hand nervös durch den silbernen Bart. »Kein Sterblicher ist je aus den Gefilden jenseits des Tores zurückgekehrt. Wenn Ihr Euch dorthin wagt, ist es gut möglich, daß Ihr in Euren Tod geht.«

»Und was, wenn wir nicht hindurchgehen?« Calandryll maß den Magier mit einem wütenden, ungeduldigen Blick. »Sollen wir warten und Tharn willkommen heißen? Ich glaube nicht, daß wir noch lange leben werden, sollte Rhythamun Erfolg haben und der Verrückte Gott wiederauferstehen. Es sei denn, um zu leiden, denn Rhythamun hat geschworen, an uns allen Rache zu nehmen.«

Seine Stimme war tonlos und von tödlicher Ruhe erfüllt, die Zedu und seine Gefährten erschaudern ließ.

»Wißt Ihr, was das bedeutet?« fragte er.

»Dürfen wir es überhaupt riskieren, das Tor zu öffnen?« fragte ein anderer. »Wenn Tharn wiederaufersteht, wäre es besser, das Tor geschlossen zu halten.«

»Denkt Ihr, wir könnten es wirklich noch geschlossen halten, nachdem Tharn wiederauferstanden ist?« erkundigte sich ein dritter.

Und wiederum ein anderer erklärte: »Das ist eine Entscheidung, die alle gemeinsam treffen sollten.«

»Wollt Ihr dasitzen und diskutieren, während Rhythamun zu seinem Meister gelangt?« Der Tisch erzitterte unter Brachts niederkrachender Faust. Seine blaue Augen funkelten die Hexer herausfordernd an. »Wollt Ihr die verbleibenden Stunden bis zur Wiedergeburt des Verrückten Gottes mit Gerede verschwenden?«

»Ich bin aus Vanu gekommen, um das Arcanum seiner Zerstörung zuzuführen.« Katya blieb körperlich ruhig, aber ihre Stimme war scharf wie ein Messer, durchdringend wie der Sturmwind. »Auf dieser Suche bin ich rund um die Welt gereist. Und sie wird ganz bestimmt nicht hier zu Ende gehen!«

Calandryll wandte sich an Ochen. »In Deras Namen, in Horuls Namen – könnt Ihr sie nicht überzeugen? Wir haben keine Zeit zu verlieren!«

Das, was der greise *Wazir* gehört hatte, schien ihn ausgebrannt zu haben. Er saß in sich zusammengesunken da, erdrückt von der fürchterlichen Last der Verzweiflung, und seine Augen waren geschlossen, als kämpfte er gegen die Tränen an. Einen Moment lang glaubte Calandryll, daß der andere seine Worte gar nicht vernommen hätte, doch dann öffnete Ochen die Augen und schüttelte den Kopf, als würde er aus einem bösen Traum erwachen. Er ließ seinen Blick einmal über den Tisch wandern und nickte.

»Ihr seid die weisesten und größten, von uns allen«, begann er, und obwohl seine Stimme leise war, konnte sie jedermann deutlich verstehen. »Ich bin nur ein einfacher *Wazir* und keiner von Euch. Aber eines will ich Euch sagen – nämlich, daß diese vier den Göttern begegnet sind und im Sinn der Jüngeren Götter handeln. Ihnen ist diese Aufgabe vorherbestimmt worden. Nur sie können Rhythamun besiegen, nur sie können Tharns Wiederauferstehung verhindern. Wenn Ihr ihnen im Weg steht, werden Euch Horul und all seine Göttergeschwister verfluchen. Wenn Ihr sie aufhaltet, wenn Ihr ihnen nicht jede mögliche Hilfe gewährt, dann sage ich Euch in Horuls Namen, daß Ihr mit Tharn im Bunde steht!«

Daraufhin erhob sich ein unruhiges Raunen unter den *Wazir-narimasu*, ein zorniges und beleidigtes Zischen, teils zustimmend und teils ablehnend. Calandryll nahm es mit Erstaunen wahr. Seine Augen flackerten vor wilder Ungeduld. Hätte er die Lage des Tores gekannt, wäre er sofort dorthin geeilt, selbst wenn er sich den Weg hätte freikämpfen müssen. Es schien, als dehnten sich die Sekunden zu Ewigkeiten, und jede davon brachte Ryhthamun seinem verwerflichen Ziel einen Schritt näher. Calandryll knirschte vor Hilflosigkeit und Enttäuschung mit den Zähnen und verfluchte die Unentschlossenheit der Hexer. Brachts Miene hatte sich vor Zorn verfinstert. Katya saß gespannt und mit funkelnden grauen Augen neben ihm. Cennaire war still und todernst, ihre Hand lag noch immer vergessen auf Calandrylls Arm.

Zedu verlangte nach Ruhe und hob die Stimme, um den Tumult zu übertönen. »Wenn Ochen die Wahrheit sagt, hat er jedes Recht, uns als Verräter zu bezeichnen.« Das Gemurmel erstarb, und die *Wazir-narimasu* wandten sich ihrem gewählten Wortführer zu. Zedu machte eine Pause, im Saal breitete sich Stille aus. »Ich jedenfalls glaube ihm. Falls wir überleben, sollte er schon bald in unsere Reihen aufgenommen werden, und ich habe keinerlei Zweifel, daß er die Wahrheit sagt. Ich bin dafür, ihnen zu helfen. Ich sage, daß wir diese Leute zum Tor bringen sollten – hier und jetzt.«

»Und was ist mit denen, die darüber mitzuentscheiden haben?« begehrte ein Andersdenkender auf. »Sollen ihre Stimmen ungehört bleiben?«

»Sie müssen unsere Verteidigung aufrechterhalten«, sagte Zedu. »Ich glaube, uns fehlt die Zeit dazu.«

»Wir haben nicht das Recht, eine solche Entscheidung zu treffen, ohne daß alle zustimmen«, argumentierte der andere. »Laßt uns Boten zu ihnen schicken.«

Calandryll hatte den Eindruck, als würde die Diskussion erneut aufflammen, als würden die Minuten unter dem Streit so lange zäh dahinfließen, bis Tharns Erscheinen der Diskussion ein jähes Ende setzte.

»Arhrd!« hörte er Bracht zischen. »Sollen das wirklich die klügsten Jesseryter sein? Sie plappern wie Kinder und zanken sich, bis das Ende der Welt gekommen ist.«

Calandryll nickte, pflichtete ihm mit einem hilflosen Knurren bei und wandte sich an Ochen. »Könnt Ihr uns nicht allein zum Tor bringen?«

Ochen schüttelte müde den Kopf. »Bis zum Tor könnte ich Euch vielleicht bringen, aber nicht hindurch. Ich kenne nicht die Zauberformeln, um es zu öffnen, und für diese Aufgabe werden sieben Männer benötigt.«

Calandryll stöhnte und wandte seine Aufmerksamkeit wieder der Diskussion zu, gerade noch rechtzeitig, um Zedu erklären zu hören: »Wir verschwenden nur Zeit, wenn wir Boten ausschicken. Und wenn wir alle hier zusammenrufen, wer soll dann die Schutzzauber aufrechterhalten? Ich sage Euch, wir sollten uns über die Vorschriften hinwegsetzen und die Sache unter uns selbst ausmachen – und zwar sofort!«

»Aye!« stimmte ihm jemand zu. »Meine Stimme gehört Zedu. Und Ochen.«

»Ochen steht in dieser Runde keine Stimme zu«, bemerkte der andere störrisch.

Da schien Ochen all seine Kräfte zusammenzunehmen. Er erhob sich, blieb in würdevoller Haltung stehen, und seine Stimme klang warnend und gebietend. »Nay, mir steht keine Stimme zu – außer der Stimme, die jedem lebenden Wesen in unserer traurigen Welt zusteht und mit der es sich zwischen den Jüngeren Göttern und Tharn entscheiden kann. Und ich entscheide mich für Horul und seine Geschwister. Nay, ich bin keiner von Euch – und wenn dies die Art ist, wie Ihr beratet und Eure Entscheidungen trefft, dann erachte ich es nicht für eine große Ehre, zu Euch zu gehören, denn dann seid Ihr kaum anders als gewöhnliche Leute. Dieser unerschrockene Kerner hat es ausgesprochen: 'Sie plappern wie Kinder und zanken sich, bis das Ende der Welt gekommen ist.' Horul, Ihr habt Euch bereits von dem Diener des Verrückten Gottes hinters Licht führen und ihn durch das Tor gehen lassen! Und während er seinem Herrn immer näher kommt, sitzt ihr herum und streitet Euch wie alte Fischweiber.« Er hielt inne, und seine gelbbraunen Augen funkelten die *Wazir-narimasu* so wütend an, daß es keiner von ihnen wagte, ihn zu unterbrechen oder Einspruch zu erheben, als hätte sein Zorn sie gelähmt. »Ich wiederhole es noch einmal: Euer Wankelmut hilft nur Tharn! Ich beschwöre Euch, bringt diese tapferen Leute zum Tor und schickt sie hindurch! Sie setzen ihr Leben aufs Spiel, mehr noch, sie versuchen, diese bedauernswerte Welt zu retten, während Ihr nur ... Ihr streitet und diskutiert über protokollarische Vorschriften, als würde die Welt nicht vor Euren Augen in Scherben fallen! Ihr diskutiert so lange über das Für und Wider, bis der Verrückte Gott unsere Welt betritt. Schickt sie hindurch, sage ich Euch! Überwindet Eure hasenfüßige Vorsicht und schickt diese Leute hindurch!«

Seine Rede endete in einem Aufschrei. Danach herrschte langes Schweiges, das schließlich von Zedu gebrochen wurde.

»Ich sage, daß wir auf Ochens Worte hören sollten. Er tadelt uns zu Recht. Schicken wir sie durch das Tor.«

Rund um den Tisch riefen zahlreiche Stimmen aye, von den Unschlüssigeren kam zögernde Zustimmung, bis schließlich nur noch eine Handvoll auf ihren Einwänden beharrte, doch auch diese wurden von anderen überzeugt. Endlich wurde eine Übereinstimmung erzielt.

»Wollt Ihr jetzt gehen?« fragte Zedu und blickte von einem zum anderen.

Die Abenteurer sahen einander an, und Calandryll erschien es, als stünden sie am Rande einer Schlucht, eines ätherischen Abgrundes, der weitaus gewaltiger und weitaus tiefer war als der Kess Imbrun. In diesen Riß zwischen den Welten zu springen bedeutete mehr, als nur körperlich zerschmettert zu werden – er wußte, daß ihnen dieser Schritt sehr viel schlimmere Folgen versprach. Calandryll sah Brachts wildes und grimmiges Lächeln. In Katyas wunderschönem Gesicht stand feste Entschlossenheit geschrieben. Er griff nach Cennaires Hand. Ihre Blicke trafen sich, und er sah sie nicken.

»Aye«, sagte er dann und sprach für sie alle. »Wir werden gehen.«

»Dann mögen Horul und alle seine Geschwister mit Euch sein«, sagte Zedu und erhob sich. »Folgt uns. Wir führen Euch zum Tor.«

Es ging zurück, Treppen hinab, Korridore entlang, bis sie

abermals das Erdgeschoß erreichten und auf den freien Platz hinausgingen. Sie waren von den *Wazir-narimasu* wie von einem aufgewühlten Farbenmeer umgeben. Ochen winkte die Abenteurer näher zu sich heran und sprach drängend zu ihnen, während sie weitergingen.

»Ich hätte liebend gern mehr Zeit gehabt, um Euch besser in den okkulten Dingen zu schulen. Aber ... Denkt an die Lektionen, die Ihr erhalten habt, Calandryll. Dieses Wissen wird Euch Halt geben, wenn Ihr Euch der Kraft in Euch bewußt seid. Denkt daran – denkt Ihr alle daran –, daß Ihr eins seid, eine Einheit, wohin Ihr geht. Und Ihr besitzt das von Dera gesegnete Schwert ... ihm wohnt große Kraft inne. Horul, wenn ich nur mehr Zeit gehabt hätte ... Egal, das Schicksal wird es entscheiden. Katya, habt Ihr den Spiegel dabei? Aye? Hervorragend.«

Donnergrollen übertönte seine Worte. Durch ein schmales Fenster im Korridor, durch den sie eilten, sah Calandryll, wie der Himmel von einem bösartigen, dunkelroten Licht überflutet wurde, das einen Moment lang die blaue Strahlenaura verblassen ließ, die sich über der Festung wölbte. Ein grauenhafter, widerlich stinkender Sturm brach herein und verwandelte die Signalfeuer entlang der Brüstung in fließende, sturmgepeitschte Flammenlinien. Durch ein zweites schmales Fenster erblickte Calandryll funkensprühende blaue Tentakel, die unter dem heranbrandenden Rot zu wabern begannen, sich dann aber erneut miteinander verflochten und den schützenden Lichtdom wieder aufbauten.

Der Säulengang und das Dach der Loggia, durch die die Abenteurer eilten, erzitterten und erbebten unter krachenden Donnerschlägen. Quer über den Himmel huschten die Lichter von Menschenhand gemachter Blitze, als von den Katapulten der Belagerer Feuerbälle abgeschossen wurden. Einige wurden von dem blauen Leuchten verschlungen, andere landeten funkensprühend und züngelnd auf Dächern oder Straßen. Und die ganze Zeit über sprach Ochen durch das Scheppern des Donners und das schaurige Heulen des widernatürlichen Windes, als wolle er ihnen noch einmal voller Nachdruck alles einprägen, was er ihnen mit auf den Weg geben konnte, ihnen alles in Erinnerung rufen, was er sie gelehrt hatte.

»Denkt daran, was die *Gijan* Kyama geweissagt hat: 'Ihr könnt Erfolg haben ... es liegt innerhalb Eurer Möglichkeiten.'«

Calandryll ließ ihre nachfolgenden Worte unausgesprochen: 'Ihr könntet aber auch scheitern ... die Macht Eurer Feinde könnte ausreichen, den Sieg davonzutragen.'

»Und denkt auch an den Rest ihrer Worte«, fuhr Ochen fort, während sie den Platz überquerten. »›Einer von ihnen könnte Euch unbeabsichtlich helfen, und sollte das geschehen, wird sein Zorn gewaltig sein. Ihr werdet auch die Macht benötigen, die einer von Euch beherrscht und die ein anderer besitzt. Vertrauen ... Vertrauen muß der Schlüssel zu Eurer Einigkeit sein. Ohne Vertrauen seid Ihr nichts, ohne Vertrauen werdet Ihr scheitern.‹«

»Vertrauen ineinander haben wir jetzt«, sagte Bracht. »Der Rest bleibt noch immer rätselhaft.«

»Aye, vielleicht«, erwiderte Ochen, als eine Tür geöffnet wurde und sie in einen lichtlosen Korridor eintauchten. »Ich hatte gehofft, daß die *Wazir-narimasu* das aufklären könnten. O Horul, wenn wir doch nur mehr Zeit hätten!«

»Aber wir haben sie nicht«, stellte Calandryll schonungslos fest. Weiter voraus erblickte er eine Fackel, deren spärliches Licht kaum ausreichte, den düsteren Gang zu erhellen. »Könnt Ihr uns sagen, wie Ihr die Prophezeiung deutet?«

»Ich habe lange darüber nachgedacht«, antwortete Ochen und verfiel in Schweigen, während sie einen engen Treppengang hinabeilten. Die Wände waren kalt, glatt und traten immer enger zusammen.

Die Stufen endeten in einer niedrigen Kammer aus uraltem unbehauenem Stein, in deren gegenüberliegenden Wand sich eine schwarze metallene Tür befand. Zedu ging darauf zu, preßte seine Handflächen dagegen und murmelte vor sich hin. Mandelduft erfüllte die Kammer. Sechs andere *Wazir-narimasu* folgten der Reihe nach seinem Beispiel, dann ergriff Zedu den in die Tür eingelassenen Ring und stieß sie auf. Dabei sprach er wieder, und ein bleiches und farbloses

Licht ohne erkennbaren Ursprung riß einen weiteren Abstieg aus der Dunkelheit.

»Ihr habt zwei Feinde, denke ich«, sagte Ochen. »Rhythamun und Anomius.«

»Das wissen wir mittlerweile auch schon«, bemerkte Bracht trocken.

»Aber vielleicht läßt sich der eine gegen den anderen ausspielen.« Ochens Stimme verlor sich, als der Treppengang eine Kehre beschrieb, anschließend wieder gerade weiterverlief und immer tiefer unter Anwar-teng hinabführte. »'Einer wird Euch unwissentlich helfen.'«

»Wie?« fragte Calandryll.

»Ich weiß es nicht.« Ochen seufzte. »Aber seit ich Cennaire zum ersten Mal getroffen habe, habe ich gespürt, daß ein Plan existiert. Was hat Kyama doch gleich noch gesagt? Aye, jetzt habe ich es – 'Ihr werdet auch die Macht benötigen, die einer von Euch beherrscht und ein anderer besitzt.'«

»Ich habe mein Schwert«, sagte Calandryll, »und die Macht – wie auch immer sie beschaffen ist –, die Ihr in mir entdeckt habt.«

»Und in Brachts Adern fließt Ahrds Blut«, warf Katya ein. »Könnte das damit gemeint sein?«

»Ich kann es nicht mit Sicherheit zu sagen.« Ochen schüttelte den Kopf. »Vielleicht. Und auch Cennaire trägt eine Kraft in sich; einmal die, die Anomius ihr verliehen hat, sowie einige Kenntnisse in Magie.«

Dann stießen sie auf eine weitere magisch gesicherte Tür, die wiederum von sieben der *Wazir-narimasu* geöffnet wurde.

»Ich habe die gesteigerten Kräfte einer Wiedererweckten«, sagte Cennaire, während die Hexer ihre Zaubersprüche sprachen, »aber wie sollen uns diese dort, wohin wir gehen, helfen? Und Magie? Ich beherrsche den Versetzungszauber, den Anomius mir beigebracht hat, und den Zauberspruch, der den Spiegel aktiviert, aber das ist auch schon alles!«

»Die Zeit, die Zeit«, klagte Ochen. »Wenn ich nur mehr Zeit darauf verwandt hätte ...«

»Und jetzt bleibt Euch keine mehr«, sagte Calandryll, als Zedu sie zu einer weiteren steilen Treppe führte. Seine Magie ließ einmal mehr ein schwaches Licht erscheinen, das ihnen den Weg wies. »Es sei denn, wir steigen bis zum Mittelpunkt der Welt hinab.«

»Vielleicht reicht es aus«, murmelte Ochen. »Die Kraft in Euch, das Schwert, Ahrds Blut in Brachts Adern, die Zauberformeln, die Cennaire beherrscht. Habt Ihr immer noch den Spiegel, Katya?«

»Aye«, antwortete die Vanuerin. Die Anspannung verhinderte, daß Belustigung in ihrer Stimme aufklang. »Ich habe ihn nicht verloren, seit Ihr mich das letzte Mal danach gefragt habt.«

»Vergebt mir,« sagte Ochen gedankenverloren und schüttelte den Kopf.

Die Treppe endete in einer letzten Kammer, die aus dem Felsgestein herausgeschnitten worden war, auf dem sich Anwar-teng erhob. Der einzige Zugang war der, durch den sie gekommen waren, und das einzige Licht stammte von Zedus Magie. Es gab zwar keine zweite Tür, aber die Eingeweihten konnten das Tor erkennen. Die gegenüberliegende Wand der kleinen würfelförmigen Kammer, in der sich die Menschen drängten, war an den Rändern mit Siegeln und Symbolen bemalt, die mit einem eigenen Leben zu vibrieren und pulsieren schienen, als kämpften sie gegen einen unsichtbaren Druck an. Zwischen den Symbolen erstreckte sich glatter nackter Fels, der eine widerliche Ausdüstung auszuschwitzen schien, die nur von den Schutzzaubern in Zaum gehalten wurde, eine Ausstrahlung, die in die Welt der Menschen hereinzubrechen versuchte, als herrschte ein furchtbarer magischer Druck auf der anderen Seite der Barriere.

»Dies ist das Tor«, verkündete Zedu. »Das ist der Grund, warum Anwar-teng erbaut worden ist – um den Zugang geschlossen zu halten.«

»Schade, daß Ihr versäumt habt, es besser zu bewachen«, sagte Bracht.

»Werdet Ihr jetzt Eure Magie einsetzen?« fragte Calandryll. »Und uns hindurchschicken?«

Zedu nickte.

Calandryll ergriff Cennaires Hand. »Aber zuvor erbitte ich eine Gefälligkeit von Euch«, sagte er.

Der *Wazir-narimasu* neigte das Haupt. »Soweit es in unserer Macht steht, ist es Euch versprochen.«

»Ich erbitte«, sagte Calandryll, »daß Ihr all Eure magischen Fähigkeiten einsetzt, um Cennaire ihr Herz zurückzugeben, falls wir sicher zurückkehren. Bestimmt habt Ihr sie bereits als Wiedererweckte erkannt – wenn nicht, soll Euch Ochen die ganze Geschichte erzählen –, und ich möchte, daß Ihr sie wieder sterblich macht.«

Wie Ochen vor ihm zögerte auch Zedu und sah Cennaire an. »Wollt Ihr das?« fragte er.

»Ich will«, bekräftigte sie. »Falls wir zurückkehren, dann möchte ich es, wenn es in Eurer Macht steht.«

»Was Ihr erbittet, ist nicht einfach zu bewerkstelligen«, warnte Zedu. »Falls es überhaupt erreicht werden kann. Es ist gefährlich, und es könnte mißlingen. Vielleicht wäre es besser, wenn Ihr so bleibt, wie Ihr seid.«

»Nein!« Cennaires Stimme klang fest. Ihr Griff um Calandrylls Hand verstärkte sich. »Ich möchte mein Herz zurückbekommen und wieder sterblich werden, wie groß die Gefahr auch sein mag.«

»Wie Ihr wünscht.« Zedu neigte den Kopf. »Wenn Ihr zurückkehrt, dann habt Ihr mein Wort, daß wir es versuchen werden.«

Diese Antwort klang nicht so zuversichtlich, wie Calandryll es sich erhofft hatte, und er fürchtete, Unsicherheit in Zedus Gesicht zu erkennen, aber es blieb keine Zeit mehr für weitere Nachfragen. »Dann steht uns jetzt eine Schlacht bevor«, sagte er und zückte sein Schwert.

Er zog Cennaire an sich. Bracht und Kayta rückten zusammen, die Waffen kampfbereit erhoben.

»Möge Horul mit Euch sein, meine tapferen Freunde«, sagte Ochen. »Ich werde darauf warten, daß Ihr sicher wiederkehrt.«

Calandryll dankte ihm mit einem grimmigen Lächeln, als Zedu und die anderen Magier mit ihren Beschwörungen begannen.

Ihr Gesang wurde immer lauter, und die Siegel leuchteten hell auf, während sich Mandelduft in der Kammer ausbreitete. Das Urgestein schien zu verschwimmen und sich in ein absolutes Nichts aufzulösen, in furchterregende Dunkelheit. Calandryll hatte den Eindruck, als würde sein Schwert flackern. Es schien von einem eigenen Leben erfüllt. Ein widerlicher Leichenatem schlug ihm aus dem Nichts entgegen. Er warf einen Seitenblick auf seine Gefährten, sah die grimmige Entschlossenheit in ihren Gesichtern und wußte, daß sich in seinem Gesicht das gleiche widerspiegelte. Er trat einen Schritt vor. Der Limbus hinter dem Tor schien ihn zu rufen, ein Schlund schien sich aufzutun, um sie alle zu verschlingen. Die Kammer verblaßte vor seinen Augen und mit ihr Ochen und die *Wazir-narimasu*.

»Also, sollen wir hier noch lange herumstehen?« hörte er Bracht fragen. »Oder tragen wir den Kampf zu Rhythamun?«

Calandryll stieß ein wildes Lachen aus und trat in die Dunkelheit des Nichts hinein.

KAPITEL 17

Dieses Tor unterschied sich völlig von denen, durch die sie Tezin-dar erreicht und wieder verlassen hatten. Damals war der Übergang durch die Trennlinie zwischen der normalen und der okkulten Welten gnädig kurz gewesen. Nicht jedoch dieses Mal; dies war ein Abstieg in einen Strudel aus Farben, weißglühend, Blut, das Feuer war, Feuer, das zu Blut wurde, karmesin-, scharlach-, zinnober- und dunkelrot, ein ganzes Spektrum von Blut, als wären sie von einer unvorstellbar gigantischen Bestie verschluckt worden, von einer substanzlosen Kreatur, durch deren Schlund sie wie winzige Mikroben heruntergesaugt wurden. Es war heiß, eine brüllende, glühende, pulsierende Hitze, die ihnen die Luft aus den

Lungen sog, ihnen Flammenzungen durch die Kehlen jagte und ihre Augäpfel zu schmelzen schien. Und Gestank, ein bestialischer Gestank nach Verwesung, nach Eiter, Verfall und Verrottung, der ihnen unerträglich in die Nasen stieg, die längst schon verbrannt sein mußten, ein Gestank, der ihnen Tränen in die Augen trieb, die längst schon zerschmolzen sein und ihnen über die bloßen Knochen ihrer Gesichter rinnen mußten, von denen das Fleisch weggebrannt worden zu sein schien. Hoffnung war auf dieser Reise durch eine Welt aus Qualen bedeutungslos geworden, hatte genau wie die Zeit ihren Sinn verloren. Es existierte nur noch ein ewiges *Jetzt* unsäglicher Schmerzen.

Und dann wurden die Schmerzen wieder greifbar, als träfe brennendes Fleisch auf Eis, auf eine Substanz gewordene Kälte, die urplötzlich über sie hereinbrach, sich auf ihre Gesichter legte und Feuer und Flammen auslöschte, schwarz und weiß um sie herumwirbelte und sie wie tausend Nadelstiche ansprang.

Calandryll ächzte, stemmte sich auf das Schwert gestützt hoch. In seinem Kopf drehte sich alles, und seine gemarterten Muskeln drohten ihm den Dienst zu versagen, ihn umkippen zu lassen, kraftlos und hilflos wie ein Neugeborenes. Es war pure Willenskraft, die ihn aufrecht hielt und es ihm ermöglichte, langsam den Kopf zu drehen und noch langsamer wieder etwas zu erkennen. Die Luft breitete sich wie ein weißer Vorhang um ihn herum aus, gesprenkelt mit Dunkelheit. Er sog sie tief in seine Lungen ein und stöhnte, als seine Lippen, seine Zunge und seine Kehle erneut brannten, diesmal vom Feuer der Kälte versengt. Er blinzelte, versuchte diese Schattenwelt zu erkennen, und sah nichts außer weißen Flächen und Dunkelheit. Als er sich umdrehte, entdeckte er Cennaire, die gerade taumelnd auf die Beine kam, das rabenschwarze Haar weiß gepudert. Er reichte ihr die Hand, aber sie war es, die ihn mit den Kräften einer Wiedererweckten stützte. Eine Weile standen sie aneinandergeklammert da, bevor sie zu Bracht und Katya gingen, die sich gegenseitig auf die Füße halfen. Einen Moment lang wärmte sie noch die Erinnerung an den furchtbaren Übergang, doch dann brach die grausame Wirklichkeit über sie herein, und sie begannen zu zittern, taub vor Kälte, jeder Atemzug eine Qual.

»Ahrd«, stieß Bracht heiser hervor. »Ich dachte schon, wir wären tot.«

»Wir leben«, erwiderte Katya und fügte kurz darauf vorsichtig hinzu: »Zumindest glaube ich das.«

Calandryll hob das Gesicht zum Himmel empor, falls es überhaupt der Himmel war, der sich über ihnen wölbte. »Aye«, sagte er, »wir leben, und dies ist wahrscheinlich das Dach der Welt, das Borrhun-maj.«

»Ochen hat von Wächtern gesprochen«, warnte Bracht. Seine Zähne begannen, wie Kastagnetten aufeinanderzuschlagen. »Falls das hier wirklich das Borrhun-maj ist.«

»Wenn es das Borrhun-maj ist«, sagte Katya düster, »haben wir kaum etwas von den Kreaturen zu befürchten, die Ochen beschrieben hat, denn hier werden wir nicht lange überleben.«

Sie deutete mit ihrem Säbel auf die Umgebung, auf die wie mit Zuckerguß überzogene Wildnis, und die Erkenntnis, in welcher Gefahr sie schwebten, brach unvermittelt über Calandryll herein. Sie hatten weder Proviant noch Feuer, kein Feuerholz und keine Zunderdose. Die Luft war dünn, füllte kaum ihre Lungen, verlangsamte das Blut in ihren Adern, betäubte ihre Glieder und verwirrte ihre Gedanken. Lange bevor sie verhungern konnten, wären sie schon erfroren, erkannte er.

»Das kann nicht das Ende sein.« Er hörte, wie rauh seine Stimme klang, und mußte sich anstrengen, genug Luft zu bekommen, um die Worte überhaupt aussprechen zu können. Jedes einzelne war von einem Zähneklappern untermalt. »Es muß ein zweites Tor geben.«

»Wenn es wie das letzte ist«, krächzte Bracht mit einem grimmigen Lachen, »frage ich mich, ob ich nicht das hier vorziehe.«

Calandryll fehlte die Energie, darauf eine Antwort zu geben. Seine Lippen schienen zu taub, als daß er auch nur hätte lächeln können, und so schüttelte er lediglich den

Kopf, während er versuchte, die Nacht und den Schneefall mit den Blicken zu durchdringen, aber er sah nichts.

Es war Cennaire, die mit ihren den Normalsterblichen überlegenen Augen etwas entdeckte. Sie drehte sich langsam herum, schien weder die Eiskristalle zu bemerken, die sich in ihren Wimpern festsetzten, noch die Schneeflocken, die in ihrem Haar festfroren, dann streckte sie eine Hand aus und rief triumphierend: »Da! Dort drüben ist irgend etwas!«

Die Gefährten begannen, sich in die von ihr angegebene Richtung zu schleppen. Der Schnee war tief, reichte ihnen bis zu den Knien und höher, klebte an ihnen, als wollte er sie lange genug aufhalten, bis die Kälte sie in ihre tödliche Umarmung schloß. Sich weiterzukämpfen war eine unmenschliche Anstrengung, viel einfacher wäre es gewesen, sich auszuruhen, anzuhalten, sich hinzulegen und zu sterben.

Cennaire ging voraus, pflügte eine Art Pfad durch den Schnee und kehrte jedesmal zurück, wenn die anderen ihre Hilfe brauchten. Sie hatten ihre Waffen wieder eingesteckt, damit ihnen die Hände nicht an den Griffen festfroren, stolperten wie betrunken vorwärts, schwindlig in der dünnen Luft, die ihnen die Sinne vernebelte und sie völlig die Orientierung verlieren ließ. Keiner wehrte sich gegen Cennaires starke Arme, mit denen sie die Gefährten stützte, wenn sie zu stürzen drohten, oder sie weiterschleppte, wenn sie einfach aufgeben wollten.

Eine Zeitlang kämpften sie sich über eine ebene Strecke, dann stieg das Gelände an, und obwohl das Gefälle nicht steil war, wurde es ein beschwerlicher Aufstieg. Alles, was sie sahen, war Schnee, alles, was sie spürten, Schmerzen, als ihnen die Kälte unerbittlich in die Glieder kroch, den Blutstrom lähmte und den Herzschlag kraftloser werden ließ. Calandryll hatte den Eindruck, sich eine Ewigkeit durch die Kälte zu schleppen, nicht wie ein Mensch, sondern wie ein seelenloser Automat, der nur noch einem fernen Ziel folgte und von Cennaires Kräften angetrieben wurde.

Keiner sprach während des Aufstiegs, der endlos zu dauern schien, als kletterten sie Schritt für Schritt unbeholfen über das Dach der Welt hinweg, ein ganzes Leben lang immer aufwärts, einem mitleidlosen Himmel entgegen, in dem die fernen Sterne gleichgültig auf das erlöschende Leben unter ihnen herabblickten. Sie funkelten kalt am nachtschwarzen Firmament, denn mittlerweile hatte es aufgehört zu schneien, als wäre in dieser Höhe nicht einmal mehr Schneefall möglich. Zwischen den Sternen stand ein Vollmond, eine riesige weißblaue Kugel, die wie das Auge eines Zyklopen wirkte. Calandryll meinte, nur die Hand ausstrecken zu müssen, um ihn berühren zu können, würde er nur die Kraft dazu aufbringen.

»Dort!« Cennaire streckte einen Arm aus. »Seht ihr?«

Die anderen drehten sich langsam um, drei Eisgeschöpfe, die mit dem Weiß um sie herum beinahe verschmolzen. Das Leben rann aus ihnen heraus, als hätte die Kälte Wunden in ihre Körper geschlagen. Calandryll wunderte es nicht, daß kein Mensch, ob Hexer oder nicht, jemals von hier zurückgekehrt war, und er fragte sich, wie Rhythamun diese Tortur überleben sollte, aber er zweifelte nicht daran, daß der Schwarzmagier noch lebte. Er mußte irgendwo vor ihnen sein, falls Richtungen an diesem Ort zwischen den Toren, der – das spürte er – sowohl in der normalen Welt als auch im ätherischen Reich existierte, noch eine Bedeutung hatten. Er hatte keine Ahnung, woher er wußte, daß sich Rhythamun vor ihnen befand, er wußte lediglich, daß er eine Art Kompaß in sich trug, dessen Nadel auf die Seele des Schwarzmagiers ausgerichtet war.

Vor ihnen erhob sich ein Gebilde, das nur sichtbar war, weil es die Sterne verdeckte. Es sah aus wie ein Tor ins Nirgendwo, zwei gewaltige senkrechte Megalithen, über denen eine Quersäule lag. Dazwischen war buchstäblich nichts, eine Leere, die selbst den Himmel verschluckte. Calandryll keuchte auf und fragte sich, wieso er ein derart auffälliges Monument bisher hatte übersehen können. Und dann keuchte er ein zweites Mal auf, als er undeutliche Gestalten im Schnee entdeckte, die sich dem Tor näherten.

»Was ist das?« schrie Cennaire entsetzt. Durch ihre übernatürlich scharfen Augen erkannte sie die Schemen sehr viel besser als Calandryll.

»Wahrscheinlich die Wächter«, war alles, was er hervorbrachte.

»Dann sollten wir uns lieber beeilen«, sagte sie.

Mit tauben Gliedern stolperten sie dem Tor entgegen. Die Wächter bewegten sich schneller auf ihren spachtelförmigen Füßen watschelnd durch den Schnee. Trotz ihrer gebeugten Haltung waren sie größer als ein Mensch, massige Gestalten mit zottigem silbernem Fell, breiten Schultern und herabhängenden Armen, die in gekrümmte Klauen ausliefen. Als die Abenteurer dem Tor entgegenwankten, sah Calandryll, daß die Kreaturen weiße Augen ohne Pupillen hatten, die unter höckrigen Stirnen glühten. Ihre Gesichter waren mit Fell überzogen und ließen keine Nasen erkennen, wurden nur von den erwartungsvoll aufgerissenen Mäulern unterbrochen, die von gezackten Zahnreihen strotzten. Sie heulten, ein unheimliches Geräusch in der Stille, dünn und hoch wie das Pfeifen eines fernen Windes, bedrohlich und blutlüstern, und sie kamen sich schnell näher. Wie viele es waren, war unmöglich auszumachen, denn sie verschmolzen nahezu mit der Landschaft, schoben sich ständig durcheinander, ließen die Arme kreisen und jaulten angriffslustig.

Ohne darüber nachzudenken, stolperte Calandryll an die Spitze, das Schwert jetzt instinktiv wieder gezogen. Er hatte das Gefühl, als frören ihm die Finger am Griff fest, und er fragte sich, woher er in dieser furchtbaren Kälte die Kraft nehmen sollte, gegen diese Kreaturen zu kämpfen.

Wir stehen euch bei, so gut wir können.

Horuls Versprechen und Deras Segnung seines Schwertes. Auf einmal war ihm, als würde sein Blut schneller fließen, seine erstarrten Gelenke waren plötzlich geschmeidiger, als ob das Schwert oder Horuls Versprechen ihm Wärme spendeten. Die Wächter rückten wütend heulend vor, und Calandryll trat ihnen entgegen.

Einer, größer als seine Artgenossen, eilte den anderen voraus und schlug mit den tückischen Klauen seiner Pfote nach Calandrylls Gesicht. Calandryll ließ das Schwert herabfahren, spaltete die Pfote, riß die Waffe herum und hieb sie in den pelzigen Bauch. Die Kreatur kreischte vor Schmerzen, ihr Blut zeichnete sich deutlich auf ihrem silbernen Pelz und im Schnee ab. Sie stolperte und wurde achtlos beiseite geschoben, als sich ihre Artgenossen näher heranschoben und miteinander darum wetteiferten, über die Eindringlinge herzufallen. Calandryll ließ das Schwert in einem weiten Bogen herumschwingen. Aus der Nähe gesehen, waren die Bestien noch riesiger, ihre Größe und ihre Menge versperrte ihm die Sicht auf den Himmel, das Tor und seine Gefährten. Wieder schlug er verzweifelt zu, kämpfte um sein Leben, konzentrierte sich nur noch darauf, eine Schneise durch diesen Wall aus lebendem Fleisch zu hacken, der ihm den Zugang zum Tor versperrte.

Er duckte sich unter einer Klaue, die ihm wahrscheinlich den Kopf von den Schultern gerissen hätte, hätte sie ihr Ziel getroffen, stieß die Klinge in einen Brustkorb und verdrehte sie. Der Stahl schabte vernehmlich über Knochen und riß eine große Wunde. Calandryll hatte gehofft, das Schwert würde die Kreaturen wie andere okkulte Geschöpfe vor ihnen töten, aber anscheinend waren sie nicht magischer Natur. Es verwundete sie lediglich. Der Wächter, den er getroffen hatte, schwankte nur. Ein schwächeres Geschöpf wäre bereits zu Boden gegangen. Dann wurde die Kreatur von einer anderen zur Seite geschleudert, die mit aufgerissenem Maul voller dolchartiger Fänge auf ihn zustapfte. Calandryll stieß ihr das Schwert in den Rachen und würgte, als ihm der faulige Atem entgegenschlug, sprang zur Seite, um dem stürzenden Geschöpf auszuweichen, dessen Kopf er durchbohrt hatte.

Sie konnten also getötet werden. Aber was half ihm das bei dieser Übermacht? Wie lange würde es noch dauern, bis sie ihn allein durch ihre bloße Menge überwältigten? Er schlug, hackte und stieß zu. Die Gefährten hatte er in dem Gedränge längst aus den Augen verloren, und er fragte sich verzweifelt, wie es ihnen erging, ohne ein von Dera gesegnetes Schwert. Cennaire war sogar gänzlich unbewaffnet.

Dann tat sich eine Lücke in den pelzigen Körpern auf, und er sah die anderen. Brachts Krummschwert wirbelte wild herum, Katyas Säbel riß tiefe Wunden, Cennaire kämpfte mit bloßen Händen. Ihre Geschwindigkeit und Geschicklichkeit hielt sie noch am Leben – aber wie lange noch? Calandryll wich zwei heranstürmenden Kreaturen aus und sprang auf eine dritte zu, die die Kanderin umzureißen drohte, grub sein Schwert mit aller Macht in das Rückgrat des Ungeheuers und durchtrennte es. Cennaire warf ihm einen kurzen wilden Blick zu, bevor sie sich dem nächsten Geschöpf entgegenstellte.

Wieder mußte sich Calandryll seiner eigenen Haut wehren, aber während er sein tödliches Ballett tanzte, sah er, wie Cennaire einem Prankenhieb auswich und den dazugehörigen Arm umklammerte, der so dick war, daß sie ihn nicht einmal mit beiden Armen umfassen konnte. Sie wurde von den Füßen gerissen, trat nach der Bestie, die mit der anderen Klaue nach ihrer Kehle schlug, und trotz ihrer übernatürlichen Kräfte konnte Cennaire den Hieb kaum abwehren. Calandryll erledigte seinen Gegner und kam ihr zu Hilfe, durchtrennte mit einem Schlag die Beinsehnen des Ungeheuers. Es kippte mit einem Bellen um, und Cennaire entwand sich seinem Griff. Calandryll grub die Klinge tief in den Hals. Cennaire schob sich dichter an ihn heran, als suchte sie seine Nähe und den Schutz seiner Waffe.

»Wir müssen das Tor erreichen, bevor sie uns überwältigen!« schrie er laut, um das schrille Kreischen der Wächter zu übertönen.

Cennaire nickte, und gemeinsam kämpften sie sich zu Bracht und Katya durch, die sich die rasenden Bestien kaum noch vom Leib halten konnten.

Ihre Menge und ihre furchtbare Wildheit boten paradoxerweise einen gewissen Vorteil, denn sie machten keinerlei Anstalten, gemeinsam anzugreifen, sondern kämpften statt dessen jeder für sich allein, stießen sich gegenseitig aus dem Weg oder schlugen in ihrer Gier, ihre Beute zu erreichen, manchmal sogar aufeinander ein. Mittlerweile lagen bereits zahllose pelzige Körper leblos im Schnee, aber für jeden Getöteten schien die Dunkelheit mehrere neue zu gebären.

Es schien ein aussichtsloser Kampf zu sein, als müßte die Mission hier auf dem Borrhun-maj enden und Rhythamun entkommen, um seinen ruchlosen Herrn wiederzuerwekken. Die Wächter waren einfach zu zahlreich und zu stark.

»Rückt zusammen!« brüllte Calandryll. »Rücken an Rükken, und dann zum Tor!«

Er schlug wie ein Wahnsinniger auf die heulenden Kreaturen ein, die noch immer den Weg zum Portal blockierten. Abgetrennte Gliedmaßen regneten herab, der Schnee färbte sich dunkel von strömendem Blut. Calandryll konnte Cennaire an seiner Seite kämpfen sehen, und er wußte, daß Bracht und Katya hinter ihm standen, während er versuchte, eine Schneise in die Wand aus Fleisch und Fell zu hacken. Die Wächter kreischten wutentbrannt, immer mehr quollen aus der Dunkelheit hervor. *O Dera,* dachte er, *werden wir hier sterben? Wird alles hier enden?*

Und dann, als seine bluttriefende Klinge einen Schädel spaltete, erblickte er das Tor einen Augenblick lang offen vor sich.

»Jetzt!« schrie er. »Schnell! Ich halte sie auf!«

Er schwang das Schwert in einem weiten Bogen herum, als die Wächter voreilten, um die Lücke wieder zu schließen, sprang zur Seite, damit seine Gefährten an ihm vorbei zum Tor rennen konnten.

»Entweder zusammen oder gar nicht!« hörte er Bracht brüllen, und plötzlich keuchte der Kerner auf.

Calandryll wirbelte herum, fürchtete schon, Bracht wäre tödlich getroffen worden, und sah, wie Cennaire an ihm vorbeihuschte und Bracht und Katya mit eisernem Griff unbarmherzig hinter sich her zerrte.

Kaum eine Handbreit vor dem Portal blieb sie kurz stehen und rief gellend: »Calandryll, jetzt!«

»Aye!« schrie er zurück, drosch auf eine wutverzerrte Fratze ein, hackte eine vorschnellende Pranke ab, spürte, wie ihm eine andere die Brust aufritzte, sprang zurück, prallte gegen die Gefährten, und dann stürzten sie durch das Tor.

Diesmal waren sie Blätter, die durch die Zeit geweht wurden, Treibgut im Strom der Ewigkeit. Sie schwebten schwerelos dahin, substanzlos im Grenzbereich des Materiellen und des Ätherischen, als hätten sich Fleisch und Knochen im Augenblick des Überganges schmerzlos aufgelöst. Sie waren nur noch die Essenz ihres Seins, körperlose Seelen, reiner Geist.

Wie Funken, die aus einem göttlichen Feuer aufstiegen, trieben sie dahin. Empfindungen und Sinne existierten nicht mehr, alles war reines *Sein*. Und urplötzlich begriff Calandryll, daß es das war, worauf Ochens Unterricht abgezielt hatte. Die magischen Formeln und Zaubersprüche, die er ihm beigebracht hatte, waren nur Übungen gewesen, nützlich in der materiellen Welt, die sie verlassen hatten, aber bedeutungslos in diesem ewigen *Jetzt*. Sie waren nur dazu gedacht, ihn auf diese Lage vorzubereiten, seine Gedankenmuster zu verändern, seinen Verstand auf eine Ebene zu heben, die ihm die Kontrolle über seinen Geist ermöglichte.

Calandryll hatte nicht die leiseste Ahnung, wie er es bewerkstelligte. Hier waren die Gedanken etwas Eigenständiges, nicht das Ergebnis von Schlußfolgerungen, sondern die Grundlage seiner jetzigen Existenz. Vielleicht war es diese Macht, die die Hexer und Wahrsagerinnen in ihm entdeckt hatten, vielleicht ein Geschenk der Jüngeren Gottheiten. Aber der Ursprung war genauso bedeutungslos wie der Grund, nur die Auswirkung zählte. Er wollte es, und es geschah. Sie traten in das Reich des Ätherischen ein.

Sie standen auf einem grünen Rasen unter einem Himmel, der sich in weichem Azur über ihnen wölbte. Kumuluswolken trieben in einem sanften Wind, die Sonne schien ihnen warm ins Gesicht. Hinter ihnen rauschte leise ein Wäldchen herrlicher Eichen, vor ihnen floß ein blauer Fluß dahin, der silbern in der Sonne glitzerte. Kleine Blumen sprenkelten das Gras, tiefblau und safrangelb, Vögel sangen. Jenseits des Flusses, verschwommen in der Ferne, erhob sich ein prächtiges Bauwerk, weiß und golden. Calandryll betrachtete es und wußte, daß Rhythamun dort war, daß Tharn in seinem Inneren träumte. Und er wußte ebenfalls, daß es sich auflösen und zu etwas gänzlich anderem werden würde, wenn er seine geistige Konzentration nicht aufrechterhielt; daß es zu einem Gebilde werden würde, das Rhythamuns Gedanken, Tharns Vorstellungen oder sogar denen der Ersten Götter selbst entsprang. Er drehte sich zu seinen Gefährten um.

Bracht, Katya und Cennaire standen verblüfft da und starrten um sich, als würden sie ihren Augen und ihren anderen Sinnen nicht trauen, als erwarteten sie, daß sich der feste Boden unter ihren Füßen auflöste und sie in den Zustand der Wesenlosigkeit oder in die Eiswüsten des Borrhun-maj zurückkehrten.

»Wo sind wir?« fragte Bracht. »Ist das ein anderes Tezindar?«

Cennaire schmiegte sich an Calandryll, als er erwiderte: »Das ist der Äther – das Zwischenreich. Dort drüben ruht Tharn.« Er deutete auf das Mausoleum auf der anderen Seite des Flusses. »Und auch Rhythamun ist da.«

»Das alles scheint mir vollkommen materiell.« Katya bückte sich, pflückte eine Blume und hielt sie sich vor die Nase. »Ich dachte, das Zwischenreich würde ... anders sein.«

»Das Zwischenreich ist ...« Calandryll suchte krampfhaft nach den passenden Worten, um Dinge rational zu erklären, die nicht einmal er rational verstand, und zuckte dann hilflos die Achseln. »Das Zwischenreich ist nicht ... es ist substanzlos, ein reines Konzept, das so gestaltet werden kann, wie es der Betrachter will. Ochen könnte das besser als ich erklären.«

Die Vanuerin musterte ihn eine Weile mit gerunzelter Stirn. »Willst du damit sagen, daß diese Welt ein Produkt deines Geistes ist?« fragte sie schließlich.

»*Diese* Welt, was *wir* sehen, aye.« Er deutete um sich. »Ich weiß nicht, wie ich es gemacht habe, nur, daß ich es irgendwie getan habe.«

»Es ist diese Macht in dir«, sagte Katya leise und überwältigt.

»Du hast das alles hier erschaffen?« fragte Bracht direkter.

»Nicht erschaffen, denke ich«, erklärte Calandryll so gut er konnte, »sondern die Ursubstanz meinem Willen unterworfen.«

»Ahrd«, flüsterte der Kerner beinahe ehrfürchtig. »Dann bist du jetzt ein Gott geworden?«

»Nein.« Calandryll schüttelte lächelnd den Kopf. »Wäre ich ein Gott, würde es mir leichter fallen, unseren Feind aufzuhalten. Ich vermute, diese Macht in mir, zusammen mit den Dingen, die Ochen mich gelehrt hat, ermöglichen es mir, den Stoff des Zwischenreiches, des Äthers, besser zu erfassen, ihn nach meinen Wünschen zu gestalten. Für Rhythamun ist dies wahrscheinlich ein ganz anderer Ort.«

»Für Rhythamun ... aye«, murmelte Bracht. »Ich frage mich, was er sieht.«

»Wahrscheinlich das, was seine Seele ihn sehen läßt«, sagte Calandryll.

»Dann ist dies für ihn vermutlich ein gräßlicher Ort«, erwiderte Bracht. »Du meinst, er ist dort drüben?« Er blickte an Calandryll vorbei auf das prächtige Marmorbauwerk in der Ferne.

Calandryll nickte. »Aye. Dort drüben ruht der Verrückte Gott und träumt von seiner Wiederauferstehung.«

»Also, gehen wir zu ihm?« wollte Bracht wissen. »Beenden wir seine Träume?«

Calandryll vermutete, daß es nicht so einfach werden würde, daß die Macht in ihm durch Rhythamuns Wissen ausgeglichen oder sogar überragt wurde. Der Schwarzmagier hatte sich diese dunkle Weisheit seit Jahrhunderten angeeignet, und jetzt, so dicht vor Erreichen seines verwerflichen Zieles, würde er die Schlacht nicht widerstandslos verloren geben. Trotzdem klang Calandrylls Stimme zuversichtlich. »Aye«, sagte er und machte sich auf den Weg zum Fluß, wobei er sich Cennaires Blick bewußt war, der bewundernd und beinahe unterwürfig auf ihm ruhte.

Bracht marschierte unbekümmert los, als gäbe es für ihn keinerlei Ungewißheit, als würde er nun, da ihr Ziel unmittelbar vor ihnen lag, nur noch den Sieg vor Augen haben. Es war Katya, die Calandrylls Unsicherheit aussprach.

»Wie ist er hierhergekommen?« fragte sie. »Es waren sieben *Wazir-narimasu* erforderlich, um das erste Tor zu öffnen, und doch hat es Rhythamun ganz allein durchschritten. Er hat, ganz auf sich allein gestellt, das Borrhun-maj überlebt und diesen Ort erreicht.«

»Er ist mächtig«, gab Calandryll zurück. »Er beherrscht gewaltige Zauberkräfte.«

Katya nickte stumm, ein dunkler Schatten fiel über ihr Gesicht. Ihre grauen Augen blitzten auf, aber sie sagte nichts mehr.

»Wird ehrlicher Stahl hier Bestand haben?« erkundigte sich Bracht.

Calandryll runzelte unsicher die Stirn und dachte eine Weile nach, bevor er antwortete: »Ich halte es für wahrscheinlich. Wir sind körperlich hier, nicht wahr? Wir spüren den Wind im Gesicht und den Boden unter unseren Füßen. Also nimmt das geistige Konzept vermutlich feste Substanz an, und unsere Klingen besitzen die gleiche Realität wie unsere Körper.«

»Ahrd! Ein einfaches Aye oder Nein hätte völlig ausgereicht.« Bracht lachte leise, als freute er sich bereits auf die bevorstehende Entscheidungsschlacht. »Ich habe keinen Sinn für diese Metaphysik. Wenn du dies alles erschaffen hast, dann sorge nur dafür, daß meine Klinge fest und scharf bleibt, und ich bringe dir Rhythamuns Kopf.«

Calandryll lächelte und ergriff Cennaires Hand, wie um sich zu vergewissern, daß sie und er tatsächlich materiell waren. Er war längst nicht so zuversichtlich wie Bracht und fragte sich, ob gerade das die Funktion des Kerners in der Einheit war, von der Ochen gesprochen hatte. Vielleicht bestand Brachts vorherbestimmte Rolle in dieser Mission darin, seinen Optimismus auf die anderen zu übertragen, sie allen Gefahren zum Trotz aufzurichten, wenn sie zu verzagen drohten. *Und wenn das so ist*, überlegte er, während sie zum Fluß eilten, *welche Rolle ist dann Katya zugedacht? Welche Rollen spielen Cennaire und ich?*

Es waren Fragen, auf die er keine Antworten fand, und er verfluchte sich dafür. Sie kamen ihrem Ziel immer näher, und wahrscheinlich waren die Antworten für ihren Erfolg unverzichtbar. Calandryll drehte und wendete das Problem hin und her, rief sich die Gespräche mit Ochen und die Weissagungen Kyamas und der anderen Seherinnen ins Gedächtnis zurück. An die letzten hastigen Worte des *Wazirs* konnte er sich noch am deutlichsten erinnern, aber trotzdem waren sie nur bruchstückhaft ...

Einer könnte Euch unabsichtlich helfen ...

Diese Kraft, die einer von Euch beherrscht und ein anderer besitzt ...

Vielleicht kann der eine auf den anderen gehetzt werden ...

Eine Idee begann, in seinem Kopf Gestalt anzunehmen, wenn auch noch verschwommen war. Er wandte sich Cennaire zu.

»Als Anomius das Pferd verzaubert hat, mit dem du durch Cuan na'For geritten bist ... Hast du mir nicht erzählt, daß er dabei durch den Spiegel geschaut hat? Daß er seinen Zauber von Kandahar aus gewirkt hat?«

»Aye«, erwiderte sie verwirrt. »Ich mußte den Spiegel hochhalten, damit er das Pferd sehen konnte. Wozu willst du das wissen?«

»Vielleicht ...« Er schüttelte den Kopf. »Nein, es ist nichts. Nur so ein Gedanke.«

Es war ähnlich, als versuchte man, sich an einen Traum zu erinnern oder ihn einem anderen zu erzählen. Genauso schwer fiel es ihm jetzt, seine Idee zu greifen und in Worte zu kleiden. Er schob sie vorläufig beiseite, als er Bracht fragen hörte:

»Kannst du dir vielleicht einmal überlegen, wie wir über diesen Fluß kommen sollen?«

Calandryll starrte die Stromschnellen an. Stromschnellen? Von der Rasenfläche aus war ihm der Fluß kaum größer als ein Bach erschienen, flach und einfach zu durchqueren. Jetzt sah er, daß er viel breiter und wilder war. Das Wasser schoß wütend über gefährlich aussehende Felsbrocken, zu tief, um hindurchzuwaten, zu reißend, um schwimmen zu können.

»Es verändert sich!« klang Katyas Stimme wie ein Warnschrei auf. Calandryll blickte sich um und sah, daß die sanfte Wiese zu einem Ödland geworden war, karg und steinig, mit einigen kümmerlichen verkrüppelten Bäumen durchsetzt. Der Himmel änderte die Farbe, das saubere Azur ging in ein fahles bläuliches Grau über, die weißen Wolken türmten sich zu schwarzen amboßförmigen Säulen auf, aus denen Blitze hervorzuckten. Dumpfe Donnerschläge grollten. Ein pfeifender Wind trieb die Wolkenmassen näher.

»Rhythamun!« keuchte Calandryll. »Er bewirkt diese Veränderungen.«

»So finster wie seine verfluchte Seele«, sagte Bracht. »Was sollen wir tun? Kann dieser ahrdverdammte *Gharan-evur* uns jetzt noch aufhalten?«

Wut klang in seiner Stimme auf. Sein Blick war fest auf das Mausoleum jenseits des reißenden Stromes gerichtet, das dort noch immer erhaben aufragte. Der Marmor schimmerte unter dem düsteren Himmel. Bracht befingerte den Griff seines Krummschwertes, als wollte er die Waffe ziehen und gegen die Elemente selbst ankämpfen. Seine Haltung verriet keine Spur von Angst, nur Zorn und Enttäuschung. Wenn sie keine andere Möglichkeit fanden, würde er sich wahrscheinlich in den reißenden Fluß stürzen, dachte Calandryll, und dieser Gedanke gab ihm neue Kraft.

»Nein!« rief er. Er starrte in das Wasser und auf das öde Land dahinter, und ausgelöst durch Brachts Wut entdeckte er die schöpferische Kraft in seinem Inneren, verstärkt durch seine Entschlossenheit. »Nein, das wird er nicht!«

Eine Brücke bildete sich über dem Fluß, fester Stein, der das Hindernis in einem eleganten Bogen überspannte, breit genug, um ihnen allen nebeneinander Platz zu bieten. Katya keuchte auf, Cennaire zuckte erschrocken zusammen.

»Gut gezaubert«, sagte Bracht beifällig, als betrachtete er die okkulten Kräfte, für die er bisher nur grenzenloses Mißtrauen übriggehabt hatte, auf einmal als eine Selbstverständlichkeit.

Calandryll starrte die Brücke an, verblüfft über seine eigenen Fähigkeiten.

Sie betraten sie, und der Fluß schien noch lauter zu brüllen, stieg über die Ufer und tobte schäumend um die Steinpfeiler, als wollte er sie einreißen. Aber sie widerstanden seiner zerstörerischen Gewalt, bis die Abenteurer das andere Ende erreicht hatten. Erst dann brach die Brücke mit einem Seufzen in sich zusammen, und die Steinblöcke lösten sich unter den schwarzen Fluten auf.

»Könntest du jetzt vielleicht auch noch die Sonne zurückbringen und uns ein paar Pferde besorgen?« fragte Bracht grinsend.

Es war nur ein Witz gewesen, aber Calandryll versuchte trotzdem, der Aufforderung nachzukommen, richtete seine geistigen Kräfte auf den aufgewühlten Himmel und befahl den Wolken zu verschwinden, den Blitzen zu erlöschen.

Er erzielte keine Wirkung, der Sturm kam näher, gleißende Blitze zuckten auf das öde Land herab, stelzten wie die Beine eines riesigen Insekts heran. Der Wind wurde stärker und trug den Geruch von Verwesung mit sich, der Donner grollte wie in ungeduldiger Vorfreude.

»Ich fürchte, wir müssen das Sauwetter zu Fuß durchqueren«, sagte Calandryll mit größerer Heiterkeit, als er tatsächlich verspürte.

Bracht schlug ihm auf die Schulter. »Ist schon gut. Wahrscheinlich brauchst du einfach noch ein bißchen Übung.«

Calandryll grinste ihn an. »Aye.« Er nahm den traurigen Anblick ihrer Umgebung in sich auf und wußte, daß sie jetzt das von Rhythamun erschaffene Reich betraten. Es war eine unheimliche Landschaft, als wäre die bedrückende und bedrohliche Atmosphäre, die sich über die Ebene von Jesseryn gelegt hatte, hier Gestalt geworden. Der Boden bestand aus Schlacke, die einen widerwärtigen Schwefelgeruch ausdünstete. Der Wind, der eigentlich kalt hätte sein müssen, war feucht und klebrig. Die Gewitterwolken bauten sich mit einer unmöglichen Geschwindigkeit auf, stiegen in die Höhe, vermengten sich, formten sich von neuem und überzogen den Himmel mit einer tiefen Dunkelheit, die von grellen Lichtblitzen durchzuckt wurde. Die Bäume wurden durchgeschüttelt, ihre kahlen Äste schlugen mit einem Geräusch wie von klappernden Knochen aufeinander. Es hätte regnen müssen, aber es fiel nicht ein Tropfen. Da war nur der übernatürliche Sturm, der sich ihnen wie ein gewaltiges zorniges Tier aus Urzeiten drohend näherte.

Aus dieser entsetzlichen Umgebung ragte nur das Mausoleum nach wie vor hell und erhaben empor, und das, dachte Calandryll, paßte ins Bild, denn Rhythamun oder Tharn – wer von beiden auch immer diese Landschaft erschaffen hatte – würden es bestimmt als angemessen erachten, daß der Ruheort des Verrückten Gottes den Elementen unbeeindruckt in all seiner Pracht trotzte.

Sie gingen weiter, und der Sturm kam ihnen entgegen.

Calandryll konzentrierte seine Willenskräfte und ließ einen Schutzschild über ihren Köpfen entstehen, an dem die Blitze funkensprühend abprallten, so wie die Brandgeschosse den Schirm über Anwar-teng nicht hatten durchschlagen können. Der Sturm wütete in seiner Machtlosigkeit, der Donner krachte mit ohrenbetäubender Lautstärke und machte jedes Gespräch unmöglich. Die Gefährten kämpften sich weiter voran.

Nach einiger Zeit – auch wenn Zeit an diesem Ort, der sich ihren Gesetzen entzog, nur noch ein sinnentleerter Begriff war – kam das Mausoleum näher in ihr Blickfeld. Sie blieben stehen und betrachteten das riesige Bauwerk.

Der Sturm schloß es wie ein leuchtendes Diadem ein, bedrohlich still schien es in seinem Zentrum zu lauern. Es ragte hoch in den Himmel, so riesig wie die Festungsstädte der Jesseryter, ein kompakter Block aus reinstem Marmor, durchzogen von glitzernden Goldadern. Von den Ecken, die sie von ihrem Standpunkt aus sehen konnten, stiegen schlanke Türme mit glänzenden Kuppen empor. Das Gebäude hatte weder Fenster noch Türen. Zu ihren Füßen lief ein Burggraben entlang, der wie der Totenpalast aus Marmor bestand. Die Wände des Grabens fielen senkrecht und spiegelglatt ab und verschwanden in einer schlammigen Flüssigkeit, die rot und zähflüssig wie Blut war.

»Noch eine Brücke?« schlug Bracht vor. »Vielleicht auch ein Portal?«

Calandryll konzentrierte sich, versuchte, die Macht herbeizurufen, die er immer noch nicht richtig verstand, und spürte, wie sich ihm etwas entgegenstemmte, als würde ein anderer Geist seine schöpferischen Kräfte bekämpfen. Er hörte ein bösartiges Lachen erschallen, und dann klang eine furchtbar vertraute Stimme auf, abstoßend und sardonisch.

»Meinen Glückwunsch, ich hätte nicht geglaubt, daß ihr so weit kommen würdet. Ich dachte, ich könnte mich in der anderen Welt an euch rächen, die schon bald von Tharn beherrscht werden wird. Aber das spielt jetzt keine Rolle mehr. Jetzt seid ihr hier, und mein Sieg wird um so süßer sein, da ich weiß, daß ihr hier seid und doch nicht das geringste unternehmen könnt, um die Wiederauferstehung meines Gebieters zu verhindern.« Wieder ertönte das entsetzlich verächtliche Lachen. »Aye, ihr armen Trottel, ihr werdet noch gesegnet werden, bevor ihr in ewiger Qual versinkt, denn ihr werdet miterleben, wie der große Tharn in all seiner Pracht wiederaufersteht und ich in der meinen erstrahle! Denkt darüber nach, ihr Trottel, während ihr hilflos wartet. Malt euch euer Schicksal aus, während ich mich des Buches bediene, das *ihr* mir besorgt habt, um meinen Herrn zu erwecken. Wenn das getan ist, wird euer Schicksal besiegelt werden.«

Die Stimme verklang, von grollendem Donner und infernalischen Blitzen wie von Applaus begleitet. Calandryll knirschte mit den Zähnen und versuchte mit aller Macht, eine Brücke und ein Tor zu erschaffen, aber vergebens.

»Kannst du diesen widerlichen Tümpel nicht überwinden?« drang Katyas Stimme an sein Ohr. Er schüttelte verzweifelt den Kopf.

»Ahrd, müssen wir hier tatenlos warten wie die Tiere vor der Schlachtbank?« stöhnte Bracht.

»Kannst du denn überhaupt nichts tun?« fragte Cennaire. Wieder schüttelte Calandryll hilflos den Kopf. »Meine Kraft reicht nicht aus«, erklärte er. »Rhythamun ist Tharn so nahe, daß sein Wille den meinen besiegt. Dera, wäre doch nur Ochen hier, um mir mit seinem Wissen zu helfen!«

»Könnte der Spiegel ihn nicht rufen?« wollte Cennaire wissen. »Könntest du ihn mit deiner Magie nicht so verändern, daß er auf Ochen gerichtet ist?«

Wie ein Leuchtfeuer in finsterster Nacht nahm der verschwommene Gedanke, der ihm früher schon durch den Kopf gegangen war, festere Konturen an ... *Einer könnte Euch unabsichtlich helfen. Vielleicht könnte der eine gegen den anderen gehetzt werden ...*

Calandryll ergriff Cennaires Hand, überraschte sie mit seiner plötzlichen Begeisterung, als er schrie: »Aye! Danke, Cennaire!« Er trat von dem blutigen Graben zurück und winkte seinen Gefährten zu, ihm zu folgen.

»Was ich Euch jetzt vorschlage, könnte äußerst gefährlich werden«, begann er.

Bracht schnaubte ungläubig, lachte humorlos und fragte: »Noch gefährlicher, als auf Tharns Wiederauferstehung zu warten?«

Calandryll lächelte grimmig, zuckte die Achseln und erwiderte: »Ich weiß nicht einmal, ob es überhaupt möglich ist. Aber ...« Er legte eine kurze Pause ein und sammelte seine Gedanken, wägte die Unsicherheit des Planes gegen die Gewißheit ab, daß Rhythamun sonst auf jeden Fall gewinnen würde. Die anderen warteten mit mühsam beherrschter Ungeduld. »Ich bezweifle, daß ich die Zauber verändern kann, mit denen Anomius den Spiegel belegt hat, ich weiß nicht einmal, ob sie hier überhaupt noch wirksam sind, aber ...« Wieder zögerte er. Dieser Plan war ein Produkt absoluter Verzweiflung.

»Los, sprich weiter!« drängte Bracht.

»Wenn er in dieser Welt benutzt werden kann«, fuhr er fort, »und wenn Anomius in der Lage ist, sich hier hinzuversetzen ...«

»Anomius?« Die Fassungslosigkeit in Brachts Stimme war unüberhörbar. »Willst du unsere Feinde verdoppeln?«

»Warte, Bracht«, wies Katya ihn zurecht. »Laß uns ihn zu Ende anhören.«

Cennaire starrte Calandryll aus weit aufgerissenen Augen an. »Die Weissagung! Du deutest Kyamas Worte!«

»Aye!« bestätigte Calandryll. »Anomius besitzt ein größeres Wissen über das Okkulte als ich. Vielleicht könnte er uns einen Zugang verschaffen, seine Macht gegen die von Rhythamun einsetzen.«

»Zu unseren Gunsten?« Bracht schüttelte den Kopf. »Selbst wenn der Spiegel ihn hier herbringen könnte, glaubst du wirklich, Anomius würde uns helfen? Und sollte er Rhythamun tatsächlich besiegen, was dann? Würde er nicht genau das gleiche tun, was Rhythamun versucht? Wäre das Ergebnis nicht dasselbe?«

»Vielleicht«, gab Calandryll zu. »Aber mir fällt keine andere Lösung ein.«

Er spürte, wie Cennaire seinen Arm umklammerte. »Er ist davon überzeugt, daß nur ihr drei Rhythamun das Arcanum abnehmen könnt«, sagte sie drängend.

»Das scheint mir eine Wahl zwischen Pech und Schwefel zu sein«, meinte Bracht. Dann zuckte er die Achseln und grinste. »Aber welche Mittel haben wir sonst?«

»Es wäre eine angemessene Form der Gerechtigkeit, Anomius für unsere Zwecke einzuspannen«, stellte Calandryll fest.

»Ich meine, wir sollten es versuchen«, sagte Katya. Sie blickte Bracht fragend an, und als er nickte, zog sie den Spiegel unter ihrem Kettenhemd hervor und reichte ihn Cennaire.

Die dunkelhaarige Frau nahm ihn entgegen und musterte Calandryll beunruhigt. »Was soll ich ihm erzählen?« fragte sie.

Er dachte kurz darüber nach. »Sag ihm, daß wir vor Tharns Grabmal stehen, es aber nicht betreten können«, antwortete er dann. »Sag ihm, daß wir drei diesen Ort erforschen und dich allein zurückgelassen haben, daß du es für dringend erforderlich halten würdest, ihn zu informieren. Der Rest ...« – Calandrylls Lippen verzogen sich zu einem bitteren Lächeln – »... liegt bei ihm.«

Cennaire nickte, packte den Spiegel aus und begann, den Zauberspruch aufzusagen. Calandryll winkte die anderen fort.

Es schien, als würde der scharfe Gestank, den die graue Schlacke ausdünstete, intensiver werden, als würden die

Goldadern, die den Marmor des Grabmals durchzogen, sich winden, von Rhythamuns wilder Magie mit einem Eigenleben versehen, als begänne das Mausoleum selbst voller Erwartung zu pulsieren.

Sie standen zu weit entfernt, als daß sie Anomius' Stimme hätten hören können, aber Cennaire sprach absichtlich so laut, daß sie sie verstehen konnten, und aus den Satzfetzen, die sie aufschnappten, konnten sie ein paar Informationen zusammensetzen.

»Aye, wir sind hindurchgegangen ... Der Krieg ist gewonnen ... Sathoman ek'Hennem besiegt ...? In Nhur-jabal ...? Keine Handschellen mehr ...? Dann seid Ihr frei ... Aye, direkt davor ... Seht Ihr?«

Sie sahen, wie sie den Spiegel hob, ihn auf das Grabmal richtete und langsam von einem Ende zum anderen wandern ließ. Die Luft vor dem Glas schimmerte. Calandryll vermutete, daß er den Mandelduft noch auf diese Entfernung hätte riechen können, wäre der Schwefelgestank nicht so stark gewesen. Er zog das Schwert und hörte das leise Schaben, mit dem Brachts Krummschwert und Katyas Säbel aus ihren Scheiden glitten.

Das Schimmern verfestigte sich, nahm Gestalt an, und dann stand Anomius dort. Ein raubtierhaftes Lächeln verzerrte seine wulstigen Lippen, seine Knollennase bebte, seine Hände strichen über das besudelte Brustteil seiner schwarzen Robe. Er starrte Cennaire an und fuhr sich mit einer fleckigen Zunge über die blassen Lippen. »Das hast du gut gemacht«, stellte er fest und nickte ihr anerkennend zu. Er musterte das Mausoleum und drehte sich um, um auch die Landschaft in Augenschein zu nehmen.

Und dann stieß er ein wütendes Kreischen aus, als er die drei Abenteurer erblickte, die mit ausgestreckten Schwertern auf ihn zustürzten.

Anomius hob die Hände, öffnete den Mund und begann, einen Zauberspruch hervorzusprudeln, der ihm in der Kehle steckenblieb, als Calandryll ihm die Schwertklinge zwischen die Zähne schob, Brachts Schwertspitze seine faltige Kehle berührte und Katya ihm den Säbel in Höhe des Herzens in die Rippen drückte.

»Nur eine falsche Silbe, und du bist tot«, sagte Calandryll.

Das bleiche Gesicht des Zauberers verzerrte sich in hilfloser Wut, seine wässrigen Augen wurden schmal und richteten sich haßerfüllt auf Cennaire. »Dafür wirst du leiden«, brachte er mühsam hervor. Die Stahlklinge in seinem Mund und sein machtloser Zorn ließen die Worte undeutlich klingen. »Vergiß nicht, daß ich noch immer dein Herz habe.«

»Aber wir haben deinen Körper«, gab Calandryll zurück. Er drehte die Klinge so herum, daß Anomius nichts mehr sagen konnte, wollte er nicht die Zunge verlieren. »Und wir hätten eine Verwendung dafür. Willst du mich anhören? Oder möchtest du lieber gleich sterben?«

Unverhüllte Wut loderte in den farblosen Augen des Hexers, aber er nickte, soweit die scharfe Klinge in seinem Mund es ihm gestattete. Calandryll zog das Schwert nicht fort.

»Du stehst hier vor Tharns Grab«, erklärte er, »und Rhythamun befindet sich in seinem Inneren. Er hat das Arcanum bei sich und wirkt die Zauber, die den Verrückten Gott wiederauferstehen lassen werden. Zweifellos spürst du sein Wirken selbst. Wenn niemand ihn aufhält, wird Rhythamun triumphieren. Wir haben keine Möglichkeit, diesen Graben zu überqueren oder einen Eingang in das Grabmal zu schaffen, aber ich glaube, daß du es könntest. Also, wirst du uns helfen? Oder ziehst du es vor, jetzt zu sterben?«

Vorsichtig zog er die Klinge aus dem wutverzerrten Mund heraus und wartete auf Anomius' Antwort. Als der häßliche kleine Mann sprach, triefte seine Stimme vor Hohn.

»Warum sollte ich euch helfen?« Seine Augen blitzten in Cennaires Richtung. »Zweifellos hat diese Verräterin euch erzählt, daß ich das Buch für mich selbst haben will. Also frage ich euch noch einmal: Warum sollte ich euch helfen?«

»Weil du das Buch ohne unsere Hilfe nicht bekommen kannst.« Calandryll verlieh seiner Stimme eine Selbstsicherheit, die er nicht wirklich verspürte. »Und weil du zusammen mit uns sterben wirst, wenn du dich weigerst. Glaubst du, Rhythamun würde dich einfach gehen lassen?«

Anomius' schmierige Lippen verzogen sich zu einem unechten Lächeln. »Aye, das ist ein Grund, aber da wäre noch eine andere Sache. Ich nehme an, ihr habt die magischen Fesseln vergessen, die es dir und dem Kerner unmöglich machen, mir etwas anzutun.«

»Ich glaube, diese Zauber sind mittlerweile wirkungslos geworden«, erwiderte Calandryll mit zunehmender Selbstsicherheit. »Sollen wir sie einem kleinen Test unterziehen? Bracht, kannst du ihn mal ein bißchen stechen?«

Bracht grinste mitleidlos, als er die Spitze des Krummschwertes etwas fester gegen die Kehle des Zauberers drückte. Anomius zuckte zurück, eine Hand schoß hoch und legte sich auf die kleine Wunde. Wütend starrte er das Blut auf seinen Fingerspitzen an.

»Auf diese Lebensversicherung mußt du also verzichten«, stellte Calandryll fest und registrierte gleichzeitig, daß der ätherische Stoff, aus dem das Mausoleum bestand, stärker pulsierte. Die blutartige Flüssigkeit in dem Graben geriet in Bewegung und begann Blasen zu werfen. »Und solltest du irgendeinen anderen Zauberspruch verwenden, dann hast du weder eine Chance, das Buch zu bekommen, noch an diesem Ort zu überleben. Wenn du uns deine Hilfe verweigerst, wirst du mit uns sterben.«

Anomius starrte Calandryll an. »Was Gerissenheit angeht, hast du Fortschritte gemacht, seit wir uns zuletzt gesehen haben«, fauchte er, »aber trotzdem glaube ich immer noch, daß du es nicht fertigbringen würdest, einen Mann kaltblütig umzubringen.«

»Calandryll vielleicht nicht«, sagte Bracht mit kalter und erbarmungsloser Stimme, »ich dagegen schon. Wenn du dich weigerst, werde ich dir meine Klinge in den Bauch stoßen und mit Vergnügen zusehen, wie du zu meinen Füßen stirbst.«

Der Hexer richtete seine wässrigen Augen auf den Kerner und entdeckte keine Spur von Mitgefühl darir, nur die

Gewißheit eines qualvollen Todes. Er neigte resigniert seinen kahlen Schädel.

»Nehmen wir also einmal an, ich würde euch helfen, den Graben zu überbrücken und euch Zutritt in das Grab zu verschaffen – was dann? Ich nehme nicht an, daß ihr glaubt, ich würde zusehen, wie ihr das Arcanum an euch nehmt, ohne zu versuchen, es euch zu entreißen.«

»Nein.« Calandryll lächelte humorlos. »Das glaube ich nicht. Aber das Risiko werden wir eingehen.«

»Dann sieht es so aus, als hätten wir ein Patt erreicht.« Anomius drehte sich um und betrachtete das Mausoleum einen Moment lang. »Dort drinnen ist mächtige Magie am Werk. Nicht mehr lange, und Tharn wird wiederauferstehen. Und sobald das geschehen ist, wird er euch zweifellos töten. Ohne meine Hilfe könnt ihr das Grabmal nicht betreten. Was bietet ihr mir als Gegenleistung?«

»Dein Leben«, sagte Bracht.

Anomius kicherte, ein feuchtes blubberndes Geräusch, das dem gräßlichen Glucksen aus dem Graben nicht unähnlich klang. »Ihr wollt meine Hilfe und droht mir mit dem Tod? Weigere ich mich, tötet ihr mich. Hat Rhythamun Erfolg, werde ich ebenfalls getötet.« Er schüttelte den Kopf. »Ich verlange ein besseres Angebot von euch.«

Calandryll dachte kurz nach. Er war sich bewußt, daß jeder weitere Augenblick Rhythamun seinem Ziel und den Verrückten Gott der Wiederauferstehung näherbrachte. »Wenn wir Erfolg haben, lassen wir dich ungehindert gehen«, versprach er. »Wir werden dir nichts antun.«

Wieder lachte Anomius verächtlich. »Ihr wißt, daß ich versuchen werde, das Buch an mich zu bringen, wenn ich die Möglichkeit erhalte. Warum also sollte ich glauben, daß mich dieser blutrünstige Kerner nicht umbringen wird, sobald ich meinen Zweck erfüllt habe?«

»Du hast mein Wort darauf«, erwiderte Calandryll.

»Sein Wort auch?« Anomius deutete mit einem schmutzigen Daumen in Brachts Richtung und zeigte dann mit einem Finger, dessen Nagel abgekaut war, auf Katya und Cennaire. »Und das ihre?«

Calandryll blickte seine Gefährten an. In seinen Augen lag die drängende Bitte, Anomius dieses Versprechen zu geben.

»Sollten wir Erfolg haben, werde ich dich nicht töten«, sagte Bracht widerwillig. »Mein Wort darauf.«

»Und das Wort eines Kerners ist unverbrüchlich«, spottete Anomius. »Und ihr, meine Damen?«

»Du hast mein Wort«, versprach Katya.

»Ich werde meine Hand nicht gegen dich erheben«, schloß sich Cennaire an.

»Dann gilt der Handel.« Anomius schüttelte die schwarzen Ärmel seiner Robe von den bleichen Handgelenken. »Ein seltsamer Pakt, was?«

Dera, betete Calandryll stumm, *gib, daß dieses unheilige Bündnis erfolgreich ist.* »Solltest du versuchen, uns zu täuschen«, hörte er Bracht sagen, »wirst du meine Klinge kosten.«

»Wie dein klügerer Freund schon bemerkt hat«, gab Anomius verächtlich zurück, »brauche ich euch ebenso, wie ihr mich braucht. Könntest du jetzt endlich den Mund halten und mich meine Arbeit tun lassen?«

Die Augen des Kerners blitzten vor Wut. Calandryll forderte ihn mit einer Geste auf, einen Schritt zurückzutreten. Anomius befand sich auch so noch immer in der Reichweite seines Schwertes, als er die Arme hob und einen Sprechgesang anstimmte. Intensiver Mandelgeruch begleitete die fremdartigen Silben.

Calandryll spürte, wie sich okkulte Kräfte in Anomius aufbauten, und gleichzeitig spürte er die Gegenkraft, aber sie war ungenau, als konzentrierte sich der überwiegende Teil mit furchteinflößender Zuversicht auf die Wiederauferstehungsrituale, die sich schnell ihrem Abschluß näherten. Und trotzdem war diese Abwehrmagie noch immer stark, so daß Calandryll alle Macht, die er aufzubringen vermochte, an Anomius weitergab, um die feindlichen Kräfte zurückzudrängen.

Brüllender Donner brandete wie Protestgeschrei auf, ein Blitzgewitter zuckte herab. Anomius' Gesang steigerte sich zu einem Crescendo – und eine Brücke aus schwarzem Licht überspannte den Wehrgraben, an deren Ende sich ein schmales Portal in dem Grabmal bildete, aus dem ein Schwall Verwesungsgeruch schlug.

»Schnell jetzt!«

Die Adern in Anomius' Schläfen waren angeschwollen, blutige Tränen quollen aus seinen Augen, und trotz seiner Eile waren seine Schritte unsicher. Calandryll schob sich an ihm vorbei, Cennaire an seiner Seite. Bracht und Katya trieben den Hexer vorwärts, hielten dabei die Waffen auf seinen Rücken gerichtet.

Die Brücke war unsicher unter ihren Füßen, klebrig wie die roten Tentakel, die aus dem Graben aufstiegen und nach ihnen tasteten. Vor ihnen klaffte die Tür, schwarz und formlos wie die Tore, die sie in dieses magische Reich gebracht hatten, ein scharfer Kontrast zu den goldenen Bändern im Marmor, die jetzt zerflossen, zitterten und vibrierten, während der Marmor selbst pulsierte, angeregt durch die Magie, die im Inneren des Gebäudes gewirkt wurde.

Sie warfen sich durch das Portal, wurden von einer stinkenden Wolke auf der Türschwelle eingehüllt, und ihre Bewegungen verlangsamten sich vor Ehrfurcht, als sie die Ruhestätte des Verrückten Gottes betraten.

Raum war hier genauso bedeutungslos wie Zeit und Substanz. Wahrscheinlich sah jeder etwas anderes, wurden ihre Sinne von Rhythamuns Vorstellungen überlagert. Für Calandryll war es eine Halle von unfaßbaren Ausmaßen, ein einziger unmöglich großer Raum von schwindelerregender Pracht, der sich weiter erstreckte, als das Auge reichte. Wände, Boden und Decke erstrahlten mit der Intensität von Sonnen in goldenem Licht. Riesige Säulen aus schwingendem Marmor stiegen in unermeßliche Höhen, verloren sich in strahlender Herrlichkeit. Und gleichzeitig legte sich ein anderes Bild über das erste, das Bild einer widerlichen schrecklichen Gruft, feucht und faulig und nach Verfall stinkend, von rotem Licht erfüllt, als loderten Flammen hinter blutverschmiertem Glas, ein flackerndes Licht, das Schatten über einen schmutzstarrenden Boden tanzen ließ.

Das zweite Bild war nur flüchtig und wurde gleich darauf

wieder von dem ersten verdrängt, als Rhythamuns Wille die Oberhand gewann und seinem bösartigen Gott die Größe und Herrlichkeit verlieh, die seinem kranken Geist angemessen erschien. Es war ein unbeabsichtigter Gefallen, den er ihnen damit tat, denn das Licht, in das er seinen Herrn badete, gestattete den Eindringlingen klare Sicht.

Im Zentrum der Halle, so weit entfernt, daß sie es eigentlich gar nicht so deutlich hätten sehen dürfen, stand ein Katafalk in feierlichem Schwarz, eine stufenförmige Konstruktion, dreimal so hoch wie ein ausgewachsener Mann, auf dem ein goldener strahlender Sarkophag ruhte. Podest und Sarg waren in eine rote Nebelwolke gehüllt. Der Körper, den der Sarg enthielt, war nicht zu sehen, wohl aber der Mann, der dahinter stand.

Rhythamun benutzte jetzt nicht mehr den Körper seines jesserytischen Opfers, sondern stand in der Gestalt da, die seine Seele ihm verliehen hatte. Calandryll hatte sein Gesicht in Cuan na'For schon einmal flüchtig gesehen. Jetzt sah er es deutlich in seiner fleischlichen Form. Oberflächlich war es ein attraktives Antlitz, aber darunter verbarg sich eine solch abgrundtiefe Bösartigkeit, daß die ebenmäßigen markanten Züge irgendwie verzerrt erschienen, die fleischliche Maske die Häßlichkeit der Seele nur unzureichend verdecken konnte. Der Schwarzmagier trug eine goldene Robe, sein schwarzes Haar fiel ihm lose über die breiten Schultern. Er hatte die Arme über den Sarkophag ausgestreckt und hielt voller Ehrfurcht ein kleines Buch mit schwarzem Einband in den Händen: das Arcanum. Seine violetten Augen waren glasig, seine Lippen bewegten sich, während sie die Beschwörungsformeln intonierten.

»Rhythamun!« schrie Calandryll, und die Augen des Magiers wurden klar, richteten sich auf ihn.

Im gleichen Augenblick, als Calandryll den Schrei ausstieß, im gleichen Moment, als sich der stolze Kopf zu ihm herumdrehte, standen Calandryll und seine Gefährten auch schon am Fuß des Katafalks. Rhythamun blickte auf sie herab. Ein verblüffter Ausdruck huschte über sein Gesicht und machte übergangslos einer in fassungsloser Wut verzerrten Grimasse Platz. Er ließ das Arcanum sinken und neigte den Kopf, um die Eindringlinge über den gewaltigen Sarg hinweg zu betrachten.

»Ihr wagt es, mich zu unterbrechen?« Er machte eine weitausholende Geste. »Hier? Ihr wagt es, den Tempel meines Gebieters zu betreten? Ihr wagt es, den Fuß in Tharns heiliges Grabmal zu setzen?«

»Aye!« brüllte Calandryll und stürmte ohne nachzudenken auf die Totenbahre zu, das Schwert erhoben, von einem furchtbaren rechtschaffenen Zorn erfüllt, nur noch von dem einzigen Gedanken beherrscht, diese unheilige Zeremonie aufzuhalten.

Er warf sich in die schimmernde Wolke, und es war, als kämpfte er gegen die See oder gegen Treibsand an. Ein Fuß berührte die unterste Stufe, und er wurde langsamer, von einem unsichtbaren Gewicht niedergedrückt. Er stemmte sich gegen den Druck und erreichte die nächste Stufe. Calandryll hatte das Gefühl, als würde seine Lunge bersten, als würde sein Innerstes in Flammen aufgehen, als würde sein Gehirn schmelzen und aus seinen zerfließenden Augen und dem Mund herausrinnen. Er wurde auf den Boden zurückgestoßen, sah, wie Bracht den gleichen Versuch unternahm und ebenfalls langsamer wurde, sich durch die Aura um den Sarg mühte, als würde er von unsichtbaren Stricken gehalten werden. Rhythamuns Lachen hallte von den Marmorsäulen wider. Bracht stöhnte und brach auf der untersten Stufe zusammen. Katya sprang vor und zerrte den Kerner zurück.

»Ich glaube, ich werde euer Schicksal noch eine Weile aufschieben«, sagte Rhythamun. »Zuerst werde ich euch die Ehre erweisen, Tharns Wiederauferstehung mit eigenen Augen verfolgen zu dürfen. Gebührt euch nicht schließlich auch ein wenig Dank?« Er schwenkte das Arcanum höhnisch vor ihren Gesichtern. »Ohne dieses Buch wäre ich weder in den Besitz der Zaubersprüche gekommen, die mich an diesen Ort gebracht haben, noch in den Besitz der letzten Beschwörungsformeln, die für Tharns Wiederauferstehung unerläßlich sind. Also bleibt ruhig dort stehen und erwartet euer Schicksal.«

»Und ich?« Anomius trat hinter den anderen hervor, die ihn bisher vor Rhythamuns Blicken verborgen hatten. »Soll auch ich wie die anderen mein Schicksal erwarten? Das glaube ich nicht. Ich möchte das Buch, und zwar sofort!«

Er streckte die Hände aus und schleuderte Rhythamun Magie entgegen, die das Mausoleum mit Lärm erfüllte, als hätte der Sturm, der draußen wütete, einen Weg ins Innere des Gebäudes gefunden. Das goldene Schimmern ging in einem Aufblitzen farbloser Helligkeit unter, das in den Nerven selbst und in den Eingeweiden spürbar war. Rhythamun keuchte, stolperte einen Schritt zurück, von einem Flammenmeer eingehüllt, die kalten Augen vor Überraschung geweitet. Er richtete sich gerade auf, eine Hand auf den Rand des Sarkophags gestützt, und schickte eine magische Antwort zurück, die Anomius in Feuer badete. Der kleinere Mann stand inmitten eines strahlenden funkelnden Leuchtens, aus dem heraus er Rhythamun glühende Blitze entgegenzuckten. Der Schwarzmagier wehrte sie ebenfalls mit einem magischen Schild ab und intonierte einen Zauberspruch, und mit jedem geheimnisvollen Wort loderte das Feuer um Anomius herum wilder.

Calandryll und die anderen standen unbeachtet abseits, bloße Zuschauer des magischen Duells. Anomius hatte sich in die Nähe Rhythamuns auf den Katafalk versetzt. Beide Hexer schienen einander ebenbürtig zu sein, keiner gewann die Oberhand; sie konnten sich nur gegenseitig in Schach halten. Plötzlich begriff Calandryll – ein Geschenk von Ochens Unterricht –, daß sie beide ihre Kräfte von Tharn bezogen, dem es gleichgültig war, wer von ihnen siegte, denn beide verfolgten sie das gleiche Ziel, das dem Gott diente, wer auch immer als Gewinner aus diesem Kampf hervorgehen sollte. Jetzt war der Verrückte Gott nichts weiter als eine Quelle der Macht, aus der sich beide bedienen konnten.

Das Grabmal hallte vom Getöse ihrer Schlacht wider, war vom durchdringenden Geruch ihrer Magie erfüllt. Das goldene Licht über ihnen wurde trüb, Schatten und Flammen vermengten sich. Die unglaublichen Säulen erbebten, Staub rieselte herab, wie die verrotteten Überreste von Leichentüchern. Risse schossen durch den goldenen Boden, dunkle Spalten, aus denen der Gestank nach Schwefel und Fäulnis aufstieg.

Calandryll sah, wie Rhythamun beide Hände hob, und er erkannte, daß sie nicht mehr das Arcanum hielten. Durch das Gewitter der magischen Schlacht entdeckte er das Buch. Es lag auf der Kante des Sarges. Er umklammerte den Arm des Kerners und deutete mit dem Schwert auf das Buch.

»Glaubst du, wir bekommen unsere Chance?« schrie er ihm durch den betäubenden Lärm ins Ohr.

»Laß es uns versuchen«, erwiderte Bracht grimmig.

Calandryll nickte, und sie huschten vor, versuchten, die Totenbahre unbemerkt zu erreichen. Die glühende Wolke stieß sie erneut unsanft zurück, als würde auch ihre Kraft zunehmen.

»Ahrd!« grunzte Bracht, als sie mühsam wieder auf die Beine kamen. »Müssen wir hilflos hier herumstehen und uns das alles ansehen? Können wir denn gar nichts tun?«

»Wenn wir nichts unternehmen, wird uns der Sieger mit Sicherheit vernichten!« schrie Katya über das Getöse hinweg.

Und auf einmal klang in Calandrylls Kopf die Erinnerung an etwas auf, das Ochen ihm in Anwar-teng gesagt hatte, so klar und deutlich, als flüsterte der Hexer ihm die Worte direkt ins Ohr. *Denkt daran, jeder einzelne von Euch, daß Ihr dort, wohin Ihr geht, eine Einheit seid.*

Calandryll winkte die anderen näher zu sich heran und sagte: »Wenn ich das alles richtig verstehe, müssen wir diese Anstrengung gemeinsam unternehmen. Nicht jeder für sich allein, sondern als wären wir eins.«

»Wir haben nichts mehr zu verlieren«, gab Bracht zurück. »Außer unsere Seelen.«

»Und die sind bereits in höchster Gefahr«, fügte Katya hinzu.

Cennaire sagte überhaupt nichts und umklammerte lediglich Calandrylls Hand.

»Ich glaube, Schwerter können uns dabei nicht helfen«, sagte Calandryll und schob seine Waffe in die Scheide zurück. »Vertrauen muß jetzt unsere Stärke sein. Vertrauen und Glauben.«

Katya steckte ihren Säbel ein, und nach kurzem Zögern folgte Bracht ihrem Beispiel.

Es erforderte Vertrauen, sich der Totenbahre unbewaffnet zu nähern. Calandryll konnte die Seelen seiner Gefährten wie etwas Greifbares spüren, so real wie die Körper, die sie an diesem ätherischen Ort besaßen, so fest wie das Schwert, dessen Gewicht an seinem Gürtel zerrte. Es war eine gegenseitige Abhängigkeit, ein Vertrauen, das aus ihrer Freundschaft und der Bereitschaft erwuchs, einander zu akzeptieren, von jedem Zweifel und Mißtrauen befreit, gefestigt durch ihr gemeinsames Ziel. Es war ihr Schild, während feindliche Magie überall um sie herum aufblitzte, ihr Schwert, das die schützende Aura durchtrennte, die die Totenbahre umgab, und es ihnen ermöglichte, den Katafalk zu betreten, die Stufen zu erklimmen, die unter ihren Füßen erzitterten, als spürte Tharn ihr Kommen in seinem Traum und regte sich unruhig.

Einen Moment lang versuchte die Wolke, sie aufzuhalten und zurückzudrängen. Calandryll spürte den Widerstand und kämpfte gegen ihn an, wußte, daß ihre vier Seelen sich zu einer einzigen vereint hatten, die von einem Willen erfüllt war, der die Macht in ihm stärkte, so wie Rhythamun und Anomius auf bösartige Weise ihre Kraft von dem träumenden Gott bezogen. Voller Entschlossenheit stiegen sie die Stufen weiter empor.

Und dann hatten sie die oberste Plattform der Totenbahre erreicht, in deren Zentrum der Sarg stand, nur eine kümmerliche Deckung, als die Gefährten gebückt weiterkrochen, dem Buch entgegen. Unheiliges Licht funkelte um sie herum, der Verwesungsgestank und der Mandelduft vermischten sich zu einer widerlichen Einheit und erfüllten die Luft, die von den entfesselten Hexenkräften knisterte. Rhythamun stand ganz in der Nähe, wurde aber von Anomius abgelenkt, war derart auf den Kampf konzentriert, daß er die Hand nicht bemerkte, die sich verstohlen dem Arcanum näherte ...

... das Buch ergriff und verschwand.

Es wanderte von Hand zu Hand. Calandryll war es gewesen, der es gepackt hatte und es an Cennaire weiterreichte, sie übergab es Katya, und die Vanuerin hielt es Bracht hin, der es ergriff und fest umklammert hielt, als sie wieder die pechschwarzen Stufen hinabstiegen, die jetzt pochten und sichtbar vibrierten, wie von einer furchtbaren Wut durchdrungen. Bracht gab das Buch wieder an Katya zurück, die es mit ekelverzerrtem Gesicht, als wäre es eine giftige Schlange, unter ihr Kettenhemd schob. Sie bewegten sich noch immer wie eine Einheit, entfernten sich ein Stück von der Totenbahre, noch immer nicht überzeugt, daß sie es geschafft hätten, und zogen instinktiv wieder die Schwerter aus den Scheiden.

In diesem Moment entdeckte Anomius sie und das Fehlen des Buches auf dem Sarg. Seine wulstigen Lippen verzogen sich zu einem kurzen triumphierenden Lächeln, und einen Lidschlag lang unterbrach er den gesungenen Zauberspruch.

Rhythamun bemerkte den Gesichtsausdruck seines Gegners, folgte der Blickrichtung der wässrigen Augen, und maßloser Zorn verzerrte sein Gesicht. Calandryll erblickte Tod und Schlimmeres in den rasenden violetten Augen und dann den furchtbaren Lichtblitz, der Anomius traf.

Anomius wurde von dem Katafalk gefegt und die Stufen hinabgeschleudert, von entartetem Feuer wie in einer obszönen Umarmung eingehüllt. Schwarze Flammenzungen fraßen sich in seine Robe und sein Fleisch. Er kreischte, kämpfte sich noch einmal auf die Beine. Seine schmutzige Robe hatte sich aufgelöst, so daß er nackt dastand. Unter dem furchtbaren Angriff wurde seine Haut schwarz und platzte auf. Er öffnete den Mund, und Flammen schossen aus seiner Kehle hervor. Seine Augen explodierten, und noch mehr Feuer quoll aus den leeren Höhlen. Sein Fleisch löste sich auf, und dann war er nur noch ein brennendes Skelett mit schmorenden, zerberstenden Eingeweiden. Schließlich fielen auch die Knochen klappernd in sich zusammen und bildeten einen Haufen, der kurz darauf in dem furchtbaren schwarzen Feuer verging. Das letzte, was sie von Anomius sahen, war eine tintenschwarze verwehende Rauchwolke.

»Ich danke euch für diese kleine Ablenkung, aber jetzt möchte ich das Buch wiederhaben.«

Die Abenteurer wirbelten zu Rhythamun herum, dessen Lippen sich zu einem furchtbaren triumphierenden Lächeln verzogen. Adern pochten in seinem Hals, seine goldene Robe schwelte, blutige Tränen rannen ihm über die von Anomius' Magie versengten Wangen, aber er war von einer Aura der Zuversicht und furchteinflößender Macht umgeben. Mit erhobenen Armen stieg er vom Katafalk herab, malte ein kompliziertes Muster in die Luft und begann, einen Zauberspruch zu intonieren.

»Nein!« schrie Calandryll und riß das Schwert hoch.

Wieder blitzte Licht aus Rhythamuns Händen auf. Calandryll fühlte sich hochgehoben und fortgeschleudert. Die Zeit schien sich in diesem Augenblick zu dehnen, und er sah, wie Bracht und Katya davonwirbelten, während Cennaire sich zwischen sie und den Lichtblitz schob, der sich über sie ergoß und ihr rabenschwarzes Haar wie in einem Sturm flattern ließ. Aber sie überlebte. Rhythamun stieß einen Fluch aus. Cennaire lachte wild und schrie: »Diese Magie, die gegen die Lebenden gerichtet ist, kann mir nichts anhaben!«

Calandryll kam im gleichen Moment wieder auf die Beine, als der Magier einen neuen Zauberspruch anstimmte, einen, der Cennaire diesmal bestimmt ausgelöscht hätte. Calandryll wußte nicht, was ihn vorantrieb, sein Wille allein oder seine Füße, er wußte nur, daß er plötzlich vor Rhythamun stand und zuschlagen mußte, bevor dieser den Zauberspruch formulieren konnte.

Das Schwert raste in einem tödlichen Bogen herab. Es kam Calandryll viel zu langsam vor, so langsam, daß der

Zauber längst beendet sein würde, bevor der Stahl sein Ziel traf. Er fürchtete, daß Cennaire sterben und der Zauberer das Arcanum wieder an sich nehmen würde, daß Tharns Wiederauferstehung nicht mehr zu verhindern wäre. Er sah, wie sich Rhythamuns Lippen bewegten, wie sich seine Augen voller Wut und Verachtung auf sein Gesicht richteten. Und das Schwert wurde mit einem ohrenbetäubenden Donnerschlag aufgehalten. Ein Blitz flammte auf, wo der gesegnete Stahl und die ruchlose Magie aufeinanderprallten.

Calandryll spürte einen furchtbaren Schock durch seine Nervenbahnen laufen, und das Schwert entglitt beinahe seinen gepeinigten zitternden Fingern. Es schien, als würde er ein rotglühendes Metallrohr in den Händen halten, das sein Fleisch verbrannte; als müßte er das Schwert fallenlassen, bevor es ihn tötete. Und gleichzeitig wußte er, daß er es nicht durfte, daß Deras Berührung den Stahl mit der einzigen Macht getränkt hatte, die in der Lage war, gegen die furchtbaren Kräfte zu bestehen, die Tharn seinem Jünger verliehen hatte.

Er zwang sich dazu, die Schmerzen zu ignorieren, seinen Augen zu sagen, daß sie ihn belogen, daß seine Hände nicht schwarz wurden und sich sein Fleisch nicht von den verkohlenden Knochen schälte. Er stemmte sich gegen Rhythamuns Zauberbann und versuchte, das Schwert auf seinen Schädel niederfahren zu lassen.

Es gelang ihm nicht, aber auch Rhythamun konnte weder die Klinge zurückdrängen, noch seine Magie gegen Bracht und Katya schleudern, die gezwungen waren, diesem ungeheuerlichen Kampf hilflos zuzusehen.

Calandryll wußte mit einer entsetzlichen Sicherheit, daß dies einzig und allein sein Kampf war, daß nur er die Macht besaß, den Magier zu besiegen. Er starrte in die violetten Augen und sah dort Zweifel aufflackern. Da zwang er sich zu einem Lachen, und es schien, als würde sich die Klinge ein winziges Stückchen senken und seine Qualen ein wenig nachlassen. Rhythamun zog sich einen Schritt zurück, einen einzigen Schritt nur, und doch schien es Calandryll wie eine

Bestätigung dafür, daß ein Sieg möglich war. Das war genug; wieder stemmte er sich gegen die Macht, die den Schwarzmagier umgab, und sah blutige Schweißperlen auf die Stirn seines Feindes treten. Er wußte nicht, wie er es tat, nur, daß er eine Kraft in sich verspürte, die ihn mit einer Zuversicht und Entschlossenheit erfüllte, die alle Schmerzen überstrahlte. Es war eine Kombination aus magischen Kräften und Willenskraft, die Vereinigung seines Willens mit denen von Bracht, Katya, Cennaire und allen anderen, die sich Tharns Wiederauferstehung entgegenstellten, selbst auf Kosten ihres Lebens, und diese Willensstärke und Kraft gingen auf ihn über, erfüllten ihn und verliehen ihm Mut. Er wußte nicht, wie er diese Kraft benutzte, nur, daß er es tat.

Und jetzt war das Schwert nicht länger ein Stück geschmolzenes Metall, sondern ein Werkzeug des Sieges, das Mittel zu Rhythamuns Niederlage. Es senkte sich noch etwas weiter, und dann, urplötzlich, raste es herab und krachte splitternd in den geschwärzten Marmorboden, als Rhythamun zurücksprang.

Calandryll riß es abwehrend wieder hoch, als er sah, wie der Zweifel in den Augen des Magiers rasender Wut Platz machte. Die von Anomius' Magie besudelten Hände hoben sich, malten Zeichen in die Luft und schleuderten ihm einen schwarzen Lichtblitz entgegen, schneller als die vorzukkende Zunge einer Schlange. »Dera!« Es war ein Kampfschrei, den er ausstieß, als er mit dem Schwert auf die Magie seines Feindes einschlug.

Wieder brandete ein Donnerschlag auf. Das Grabmal erbebte in seinen Grundfesten. Das schwarze Licht wurde von Gold und funkelnden Silbersplittern durchdrungen, die blendend hell waren. Einen Moment lang wurde der Mandelgeruch stärker als der Verwesungsgestank. In diesem Augenblick war Calandryll überzeugt zu sterben, und verblüfft stellte er fest, daß er immer noch lebte.

Rhythamun riß die Augen auf, als wollte er nicht glauben, was er vor sich sah. Calandrylls Augen dagegen waren schmal, fast geblendet von der Lichtexplosion. Wut und rechtschaffener Zorn erfüllten ihn, gaben seinen magischen

Kräften neue Nahrung. Er sah den Wahnsinnigen vor sich, der die Welt Tharn und dem Chaos ausliefern wollte, den Mann, der ihn betrogen und mißbraucht hatte, der all die Sterblichen, die gewöhnlichen Menschen verachtete, sie als minderwertig betrachtete, als bloße Marionetten in seinen Händen. Das war der Mann, für den die gesamte Menschheit nicht mehr als ein hilfloses Opfer war, das er in seiner Machtgier dem Verrückten Gott und seinem Wahnsinn darbringen wollte. Und hinter seinem Haß verspürte Calandryll auf einmal ein sanfteres Gefühl: Mitleid, vermischt mit Verachtung und Bedauern. Rhythamun war abgrundtief böse, daran gab es nicht den geringsten Zweifel, aber gleichzeitig war er vollkommen verrückt, so zerfressen von seinem Ehrgeiz, daß er kaum noch wußte, was er tat, und deshalb – obwohl er ihn töten mußte – war Calandryll in der Lage, Mitleid mit ihm zu empfinden.

In diesem Moment wurde er mehr als nur ein Mensch. Er wurde das Werkzeug der Götter, die Verkörperung der Ordnung im Angesicht des Chaos, der Vertreter der Menschlichkeit gegenüber den Kräften der Zerstörung.

Jetzt wußte er, daß er diesen Kampf gewinnen konnte. Wahrscheinlich würde er dabei ebenfalls sterben, aber wenn er Tharns Wiederauferstehung verhinderte, dann hatte er dennoch gesiegt. Das war alles, worauf es jetzt ankam. Sein Leben, seine Liebe zu Cennaire, Bracht und Katya, das alles war unwichtig geworden, was jetzt zählte, war nur noch der Sieg, Rhythamuns Niederlage und das Ende Tharns wahnsinniger Träume.

Er brüllte und sprang vor, das Schwert wie den Gestalt gewordenen Zorn der Jüngeren Götter erhoben.

Und wieder fuhren Rhythamuns Hände hoch, schleuderten ihm Magie entgegen, die von Calandrylls wirbelndem Schwert erneut abgelenkt wurde, so daß sie harmlos in den Tiefen des Mausoleums verpuffte, das jetzt in einem anderen Rhythmus vibrierte, als ob es vor Furcht erzitterte. Spalten klafften wie tiefe Wunden im Boden auf, Risse erschienen in den Wänden. Irgendwo stürzte eine Säule um und zerschellte, ließ schmutzige Staubwolken aufwallen. Und hinter Calandryll, ohne daß er es bemerkte, schob sich eine bleiche Hand aus dem Sarg hervor, umklammerte den Rand, kratzte kurz mit den Fingernägeln über den Stein und fiel wieder zurück, während Calandryll weiter vorrückte, nur noch auf den Sieg konzentriert.

Ungläubigkeit ersetzte jetzt die Wut in Rhythamuns Augen und wurde schließlich von Angst abgelöst. Der Schwarzmagier zog sich zurück, Calandryll rückte vor. Schwarze Flammen schossen auf ihn zu, Hammerschläge trafen seine Brust, sein Haar brannte, seine Lederkleidung schwelte. Magische Energien, die jeden normalen Menschen auf der Stelle getötet hätten, schlugen ihm entgegen, und er ignorierte sie. Das Schwert war sein Schild, die Speerspitze seines Zorns, das Leuchtfeuer der Hoffnung. Er fühlte die Macht in ihm, die Macht der Göttin und noch mehr, als hätten all ihre Geschwister es mit der Kraft des Guten versehen. Und darüber hinaus mit der Kraft der Menschen, mit Brachts wildem Mut, Katyas Entschlossenheit, Cennaires Glauben und Ochens Überzeugungen. Calandryll rückte erbarmungslos vor.

Und Rhythamun wich zurück, das attraktive teuflische Gesicht von Verzweiflung gezeichnet, während seine Magie von der Klinge abprallte. Er stolperte, stützte sich an einer zerbröckelnden Säule ab, um nicht das Gleichgewicht zu verlieren, und der Zauber, den er wirkte, wurde unterbrochen. Calandryll stieß einen furchtbaren Schrei aus und stürmte vor, das Schwert erhoben.

»Nein!« keuchte der Schwarzmagier, als die Klinge herabfuhr, nun nicht mehr verlangsamt, durch keine Magie aufgehalten.

Sie grub sich in sein Gesicht, spaltete seinen Schädel, und Rhythamun kreischte auf. Es war ein grauenhaftes langanhaltendes Heulen zerstörter Hoffnungen und Träume.

Calandryll spürte, wie ihm der Schlag die Handgelenke und die Arme stauchte, wurde einen Augenblick lang von Schmerzen und würgender Übelkeit ergriffen, als hätte er die Quintessenz des Grauens berührt, einer Bösartigkeit, die sich jedem Verständnis entzog. Und dann: Erleichterung und Triumph, die wie eine Fanfare inmitten der Schlacht wirkten. Irgend etwas strömte aus ihm heraus, als würde die Macht ihn verlassen, nachdem sie ihre Aufgabe erfüllt hatte. Er war wieder er selbst. Einen Moment lang verspürte er ein Gefühl der Leere, als er zusah, wie Rhythamuns erschlagener Körper schimmerte und verschwand. Er löste sich nicht langsam auf, sein Fleisch schrumpfte nicht zusammen, seine Knochen zerfielen nicht zu Staub. Rhythamun war einfach fort, als hätte ihn die Magie, die ihn so lange an seine körperliche Existenz gebunden hatte, mit der Niederlage freigegeben. Das Echo seines Todesschreis verhallte, und alles, was von ihm zurückblieb, war eine leere, blutverschmierte goldene Robe. Hier, im Reich der Magie, inmitten des Äthers, spürte Calandryll, daß die Seele des Hexers ausgelöscht war, die Bedrohung durch ihn für immer beendet. Rhythamun war endgültig und unwiderruflich tot.

Calandryll bückte sich und säuberte sein Schwert am Saum der goldenen Robe, schob es in die Scheide zurück und drehte sich zu seinen Gefährten um.

Cennaire warf sich in seine Arme und klammerte sich so heftig an ihn, daß er fürchtete, sie würde ihm die Rippen brechen.

»Ich habe geglaubt, Rhythamun würde dich töten«, flüsterte sie dicht vor seinem Mund.

»Und ich habe geglaubt, du würdest sterben«, erwiderte er, »und das konnte ich nicht ertragen.«

Sie hielten sich lange in den Armen, die ganze Welt versank um sie herum, und dann drang Brachts Stimme in ihre Zweisamkeit.

»Wir haben jetzt das Arcanum, und unsere Feinde sind tot. Also laßt uns verschwinden, bevor hier alles zusammenbricht und uns begräbt.«

Calandryll löste sich aus Cennaires Armen und erkannte, daß die Halle jetzt nicht mehr prächtig, sondern abstoßend war, die gleiche schäbige Gruft, die er vorher schon einmal flüchtig wahrgenommen hatte. Der herrliche Sarg war jetzt nur noch ein ärmlicher Steinkasten. Die Höhle erzitterte, Staub und Felsbrocken fielen von der düsteren Decke. Die

Risse, die den unebenen Boden durchzogen, wurden immer tiefer. »Aye«, erwiderte er, und sie rannten auf den Ausgang zu.

Der Blutgraben vor dem Gebäude war zu einem schmalen Bach geworden, der aus einem blaugrauen Granithügel entsprang. Er führte jetzt klares Wasser, und sie konnten ihn mühelos mit einem Sprung überqueren. Dahinter erstreckte sich junges saftiges Gras unter einer freundlichen Sonne. Die Gefährten liefen weiter und drehten sich noch einmal um, als der Fels hinter ihnen ächzte, sahen, wie der Höhleneingang zusammenbrach und von tonnenschwerem Geröll versiegelt wurde. Calandryll glaubte, ein wuterfülltes enttäuschtes Kreischen zu hören, aber vielleicht war es auch nur das Geräusch der einstürzenden Felsen gewesen. Er wandte dem Grab den Rücken zu, nahm Cennaires Hand und sah, daß Bracht und Katya Arm in Arm gingen. Der Kerner ergriff Cennaires Ellbogen, und alle lächelten, als sie durch das saftige Gras schlenderten.

»Ich verlaß' mich darauf«, sagte Bracht, »daß du einen Weg findest, um uns nach Anwar-teng zurückzubringen. Oder vielleicht direkt nach Vanu.«

»Nach Anwar-teng, hoffe ich«, erwiderte Calandryll, »denn wir haben noch eine Gefälligkeit von den *Wazir-narimasu* einzufordern.«

Er spürte, wie Cennaire seine Hand fester drückte, und in seine Hochstimmung mischten sich Zweifel. Die Schlacht war gewonnen, Rhythamun besiegt und die Welt vor dem Verrückten Gott gerettet, aber es würde ein bitterer Sieg werden, wenn Cennaire ihr Herz nicht zurückbekam. Calandryll dachte an die Unsicherheit, die er aus Zedus Stimme herausgehört hatte und die auch vorher schon in Ochens Worten mitgeklungen war. Er fragte sich, ob noch ein Preis zu entrichten war, ob ihm noch eine Enttäuschung bevorstand, die den Triumph in einen Verlust verwandeln würde. Aber dann zwang er sich zu einem Lächeln. Er durfte nicht zulassen, daß sich die Unsicherheit, die er verspürte, auf seinem Gesicht und in seiner Stimme widerspiegelte. Es mußte möglich sein, Cennaire das Herz zurückzugeben! Nach allem, was sie durchgestanden hatten, mußte es ganz einfach möglich sein!

»Wie sollen wir zurückkehren?« fragte Katya. »Besitzt du die Magie dazu?«

Calandryll runzelte die Stirn und schüttelte in plötzlichem Schrecken den Kopf. »Ich habe nicht die leiseste Ahnung«, bekannte er und fragte sich, ob sie vielleicht für immer hier bleiben müßten, im Äther gefangen.

»Ist das dort nicht ein Tor?« fragte Cennaire.

Sie sahen in die Richtung, in die Cennaire deutete. Mitten im Gras, wo vorher noch keins gestanden hatte, erhob sich jetzt ein stolzes Tor aus rosafarbenem Fels, zwei große senkrechte Megalithen, über denen ein mächtiger Querbalken lag, und in seinem Inneren herrschte diesmal keine Dunkelheit. Ein Spektrum freundlicher Farben hieß sie willkommen.

»Aye, ich glaube, es ist ein Tor«, sagte Calandryll, und sie schritten gemeinsam auf das Portal zu.

KAPITEL 18

Der Übergang von einer Welt zur anderen verlief ohne Zwischenfall, ohne Eiswüsten oder feindliche Wachen und auch ohne Schmerzen. Es schien, als hätten sich mit dem Ende der Bedrohung durch Tharn auch die Korridore im Äther beruhigt. Die Gefährten traten gemeinsam durch das Tor, und nach einem winzigen Augenblick, einem flüchtigen Eindruck zeitloser Reise standen sie in der unterirdischen Kammer, tief unter Anwar-teng. Die Siegel, mit denen der graue Stein verziert war, leuchteten wie zum Abschied kurz auf, dann verblaßte ihr Schimmer, bis nur noch der nackte Fels zu sehen war, und der Mandelgeruch verflog, als sich das Tor für immer schloß. Die Abenteurer wankten und klammerten sich orientierungslos aneinander. In dem Raum war es kühl, und einige Kerzen, deren Wachs niemals schmolz, tauchten ihn mit ruhigen Flammen in einen sanften goldenen Schein. Sie erhellten Ochens verblüfftes Gesicht, der von einem Schemel aufsprang, die schräggestellten Augen weit aufgerissen. Gleich darauf verzog sich sein Mund zu einem breiten Willkommenslächeln, welches das faltige Antlitz in ein Abbild der Freude verwandelte.

»Horul sei gepriesen! Gelobt seien die Jüngeren Götter! Ihr seid zurück!« Er trat auf sie zu, die Arme weit ausgebreitet, als wolle er sie alle zugleich umarmen. »Wir haben schon befürchtet, Ihr wärt erschlagen und die Schlacht verloren. Aber dann ... bei Horul, es war ein Wunder! Ein Zeichen Eures Triumphes! Aber halt, Ihr seid gewiß erschöpft. Darf ich Euch an einen Ort bringen, an dem Ihr mir Eure Geschichte in aller Ruhe erzählen könnt? Möchtet Ihr Wein? Etwas zu essen? Horul, Ihr müßt mir unbedingt alles berichten.«

Die Worte sprudelten nur so aus ihm hervor. Vor lauter Ungeduld und Erleichterung brachte er kaum einen zusammenhängenden Satz zustande. Er berührte einen nach dem anderen, als wolle er sich vergewissern, daß sie tatsächlich leibhaftig zurückgekommen waren.

»Habt Ihr denn jemals an unserer Rückkehr gezweifelt?« fragte Bracht vorsichtig.

Ochen lachte, und seine Stimme klang wie das triumphierende Geläut von Siegesglocken. »Eine Zeitlang schon, aye«, bekannte er. »Horul, Ihr wart immerhin eine ganze Weile weg, meine Freunde.«

»Wie lange denn?« fragte Calandryll, während der *Wazir* sie aus der Kammer geleitete und nur kurz innehielt, um die Schutzzauber aufzuheben. »Doch bestimmt nicht länger als ein paar Tage.«

»Eher ein paar Wochen, würde ich sagen«, erwiderte Ochen, als sie die schmale Treppe emporstiegen. »Wir haben hier neben dem Tor gewartet und gewartet. Einige haben Euch schon aufgegeben ... hielten Euch für tot oder gefangen.«

»Aber Ihr habt vorhin von einem Zeichen gesprochen«, sagte Calandryll.

»Aye, ein Zeichen, daß die Schlacht gewonnen war.« Ochen wandte das silberweiße Haupt und zwinkerte ihnen freundschaftlich zu. »Das war klar zu erkennen, aber nicht, ob Ihr sie lebend überstanden hattet. Horul, wie viele Stunden ich damit verbracht habe, nach einem Anzeichen Eures Überlebens zu suchen!«

»Nun, wir Ihr seht, haben wir überlebt!« rief Bracht, und seine Stimme hallte freudig von den Wänden wider, »aber dort, wo wir gewesen sind, gab es keinen Wein. Habt Ihr nicht etwas von Wein gesagt?«

»Allerdings, das habe ich.« Ochens Antwort war von lautem Lachen begleitet. »Und da sind auch noch andere, die Eure Geschichte hören wollen. Vielleicht sollte ich meine Zunge lieber im Zaum halten, bevor Euch mein Geplapper zu langweilig wird.«

»Erzählt uns zuerst noch von diesem Zeichen«, bat Calandryll.

»Aye.« Ochen nickte und wirkte einen Augenblick feierlich. »Folgendes hat sich ereignet: Die Armeen von Pamurteng und Ozali-teng hatten sich gesammelt und waren zum Angriff bereit. Die Schlachtlinien standen sich gegenüber, es hätte ein furchtbares Blutvergießen gegeben, aber dann ... Dann war es auf einmal, als würden die Rebellen aus einem Traum erwachen, als würde der Nebel von Tharns Heimtücke sich lichten. Ihre Anführer baten um Frieden. Sie bettelten förmlich darum! Sie unterwarfen sich unserer Gnade, einige stürzten sich in ihre Schwerter; ihre *Wazire* erklärten, sie seien einer Täuschung erlegen. Horul sei gepriesen – Ihr seid gepriesen! –, daß es nur ein paar Tote während einiger Scharmützel gegeben hat. Die Rebellen haben ihre Zelte abgebrochen und sind wohl noch immer auf dem Heimmarsch. Da wußten wir, daß Ihr den Sieg errungen hattet und der Verrückte Gott bezwungen war.«

Er hielt inne, als sie auf einen Innenhof traten. Über ihren Köpfen schien an einem stahlblauen Himmel eine fahle Sonne, die erst vor kurzem aufgegangen war. Die Luft war frisch, ohne jedes Anzeichen für den Geruch der Magie oder die eisige Kälte eines unnatürlichen Winters. Statt dessen erfüllte der Herbst die klare Luft mit seinem Wohlgeruch. Die Leute starrten sie an, ließen ihre Arbeit liegen, strömten auf die Gefährten zu, während sie den Hof überquerten, und brachen in Hochrufe aus, während sie ein Gebäude betraten, in dem andere Jesseryter sie voller Ehrfurcht musterten.

»Wir wußten, daß der Sieg errungen war«, fuhr Ochen fort, während sie eine Treppe emporstiegen, »aber als Ihr danach nicht zurückgekehrt seid ... O Horul! Ich begann zu befürchten, Euer Sieg sei ein zu teuer erkaufter Sieg gewesen. Wochen sind vergangen ...«

»Uns ist es nur wie eine kurze Zeitspanne vorgekommen«, murmelte Calandryll. »Wie ein oder zwei Tage.«

»Ich glaube, dort, wo Ihr gewesen seid, gehorcht die Zeit anderen Gesetzen«, erwiderte der *Wazir.* »Erzählt mir ... Nein! Zuerst den Wein, und dann warten wir, bis alle da sind, um Euren Bericht zu hören.«

Er führte sie in den Saal, in dem sie zum erstenmal mit den *Wazir-narimasu* gesprochen hatten. Durch die gläserne Kuppel drang nun helles Licht herein. Einige der Hexer erwarteten sie bereits, andere eilten schnell herbei, nachdem sich in der Festungsstadt wie ein Lauffeuer die Nachricht verbreitet hatte, daß die Gefährten sicher zurückgekommen waren. Calandryll hielt nach Chazali Ausschau, mußte jedoch erfahren, daß der *Kiriwashen* nach Pamur-teng zurückgekehrt war, wohin man, so versicherte Ochen ihm, unverzüglich eine Nachricht schicken würde. Wein und Essen wurden gebracht; die Menge im Saal wurde größer, das fragende Stimmengewirr immer lauter, die Neugier fast greifbar. Schließlich waren alle versammelt und die Türen geschlossen. Zedu nahm am Kopf des Tisches Platz, Ochen setzte sich zu seiner Linken, die Gefährten zu seiner Rechten.

Zedu sagte förmlich: »Wir danken Horul und Euren Göttern für Eure sichere Rückkehr. Euch danken wir für alles, was Ihr getan habt – die Welt steht in Eurer Schuld.«

Weiter hinten am Tisch murmelte jemand: »Die Jüngeren

Götter höchstpersönlich stehen in ihrer Schuld«, was allseits mit beifälligem Nicken beantwortet wurde.

»Würdet Ihr uns nun Eure Geschichte erzählen?« bat Zedu.

Es wurde still im Saal. Bracht schluckte einen Bissen Fleisch herunter und deutete mit einem gefüllten Becher in der Hand an, daß Calandryll ihre Geschichte erzählen sollte. Calandryll blickte zu Katya und Cennaire, die beide nickten. Er begann zu sprechen.

Die Zuhörer folgten dem Bericht mit Lauten des Erstaunens, beifälligem Gemurmel und ehrfurchtsvollen Blicken. Als Calandryll geendet hatte, wandte Zedu sich an Ochen: »Das Tor ist geschlossen?«

»Versiegelt.« Ochen nickte würdevoll. »Niemand wird jemals wieder diese Pforte durchschreiten. Und sobald das Arcanum in Vanu eingetroffen ist, wird niemand jemals wieder Zugang zu Tharn erlangen.«

»Dies war eine wahrlich heldenhafte Tat«, sagte Zedu, »und auf der Reise, die Euch jetzt bevorsteht, soll Euch zum Geleit ...«

Calandryll unterbrach den Hexer. »Bevor wir aufbrechen, schuldet Ihr uns noch einen Gefallen.«

Zedu wirkte unschlüssig bei diesen Worten. Ochen neben ihm gefror das Lächeln auf dem Gesicht und verwandelte sich in einen Ausdruck der Beunruhigung. Im Saal wurde es schlagartig totenstill, als hielten die *Wazir-narimasu* den Atem an, nicht sicher, was nun folgen würde. Calandryll hielt den Blick fest auf Zedus Gesicht gerichtet.

»Es geht um Cennaires Herz.«

Calandryll hatte den Eindruck, daß der Magier aufseufzte. Er fühlte Cennaire seine Hand ergreifen, und als er den Kopf wandte, sah er, daß ihr hübsches Gesicht zu einer Maske grimmiger Entschlossenheit erstarrt war. »Aye«, bekräftigte er, »sie soll ihr Herz zurückerhalten.«

Zedu nickte und deutete auf Ochen, der in seinem Namen sprechen sollte, im Namen aller *Wazir-narimasu*. Einen endlosen Moment lang herrschte Schweigen, und dann sah Ochen sie beide mit ernster Miene an.

»Ist dies wirklich Euer Wille?«

Es schwang ein solch starker Zweifel in dieser Frage mit, daß Calandryll fast den Kopf geschüttelt und gesagt hätte: »Nein. Wenn Ihr nicht sicher seid, daß sie es überlebt, will ich das Risiko nicht eingehen.« Aber er erkannte, daß es nicht an ihm war, diese Wahl zu treffen. Die Entscheidung lag allein bei Cennaire.

»Aye«, antwortete sie mit eiserner Bestimmtheit.

»Es wird nicht einfach sein. Vielleicht ist es sogar unmöglich. Anomius stellt keine Bedrohung mehr dar. Wollt Ihr es nicht noch einmal überdenken?«

»Ich will mein Herz zurück und wieder sterblich sein.«

Calandryll sah ihre Augen voller Entschlossenheit aufblitzen, und in diesem Moment, angesichts dieses Blickes, fühlte er seine Liebe erneut aufflammen, noch verstärkt durch die Sorge, die in Ochens Worten mitschwang, und die Entschiedenheit in Cennaires Stimme. *O Dera*, dachte er, *ich darf sie jetzt nicht verlieren. Ich könnte es nicht ertragen.*

»So, wie Ihr jetzt seid, verfügt Ihr über große Kräfte.«

»Ich verzichte darauf. Ich will mein Herz zurück.«

»Womöglich liegt es nicht in unserer Macht, die Schatulle zu holen und den Zauberbann zu brechen, mit dem Anomius sie belegt hat.«

»Wenn es nicht in Eurer Macht liegt, in wessen dann?«

»Ihr habt großes Vertrauen zu uns.«

»Aye«, sagte sie schlicht.

»Glaubt Ihr denn, die Hexer von Nhur-jabal werden das Kästchen einfach so hergeben?«

»Glaubt Ihr, daß sie es nicht tun werden? Glaubt Ihr, sie würden mich so lassen, wie ich bin: Anomius' Geschöpf?«

»Aye.« Ochen lächelte matt. »In diesem Punkt könntet Ihr recht behalten. Aber Ihr solltet auch an Euer Heil denken. Eventuell gelingt es uns, die Schatulle unversehrt in die Hände zu bekommen. Wir könnten sie hier herbringen ... und sie hier sicher verwahren.«

»Nein!« Sie schrie es nicht heraus, aber dennoch erfüllte ihre Stimme den Saal wie Donnerhall. »Was ich jetzt bin, werde ich nicht mehr länger bleiben. Was ich bin, besudelt mich – brandmarkt mich als eine von Anomius' Schöpfungen! Ich will wieder ich selbst sein, und zwar voll und ganz, will keinem Mann verpflichtet sein, es sei denn, ich entscheide mich selbst dazu.«

Bei diesen Worten warf sie Calandryll einen Blick zu und fand ihr kurzes Lächeln von ihm erwidert. Er war stolz auf sie, trotz der Angst, die er verspürte. Bei Dera, es war bei weitem einfacher gewesen, Rhythamun gegenüberzutreten, als diese peinigenden Qualen zu ertragen. Das hier war die Konfrontation, die sie auf ihrem Weg nach Anwar-teng beständig verdrängt hatten. Er überlegte kurz – welch verräterischer Gedanke –, ob er versuchen sollte, sie umzustimmen, rief sich jedoch erneut ins Gedächtnis, daß diese Entscheidung nicht bei ihm liegen konnte, sondern ausschließlich bei ihr.

»Wir können Euch keinen Erfolg versprechen«, hörte er Ochen sagen.

»Und trotzdem bitte ich Euch, es zu versuchen«, entgegnete Cennaire.

»Obwohl Ihr dadurch Euer Leben aufs Spiel setzt?«

»Das habe ich vor kurzem schon einmal getan. Und im Gegenzug wurde mir ein Gefallen versprochen.«

»Aye, so war es, und wir stehen zu diesem Versprechen. Aber dennoch ...«

»Dennoch fordere ich dieses Versprechen jetzt ein.«

»Dann soll es so sein. Wollt Ihr Euch nun zur Ruhe begeben, damit wir am morgigen Tag den Versuch unternehmen können?«

Sie zögerte einen Moment lang, suchte Calandrylls Blick, und er entdeckte die Angst in ihren großen braunen Augen. Dann wandte sie sich wieder Ochen zu und sagte mit lauter Stimme: »Am besten sollte es sofort geschehen.« Und dann, so leise, daß niemand sonst es hören konnte: »Bevor ich noch wankelmütig werde und mich selbst verleugne.«

Calandryll hielt ihre Hand fest umschlossen, als Ochen in feierlichem Einverständnis den Kopf senkte. »Willst du dich nicht erst ausruhen?« flüsterte er. »Ist nicht morgen noch Zeit genug dafür?«

Er fragte sich, ob es ein egoistisches Ansinnen war, wenn er versuchte, die ihnen noch mit Sicherheit verbleibende Zeit zu verlängern, die Möglichkeit, daß er sie verlieren könnte, noch ein wenig hinauszuzögern.

»Nein, mein Liebling«, erwiderte sie. »Ich muß es jetzt tun, aus Angst, daß ich es sonst überhaupt nicht mehr tue.«

In diesem Augenblick dachte er, daß ihr Mut den seinen bei weitem übertraf. Er hob ihre Hand an seine Lippen und sagte: »Dann laß es uns versuchen.«

Keiner von beiden bemerkte, daß Ochen aufstand und sich ihnen näherte, bis seine Stimme ihre Zweisamkeit störte. »Würdet Ihr dann bitte Eure Gedanken auf Nhurjabal richten?« bat er. »Konzentriert Euch auf die Kammer, in der Anomius Euch Euer Herz genommen hat, damit wir wissen, wohin wir uns wenden müssen.«

Calandryll ließ ihre Hand los, als der *Wazir* sich zwischen sie stellte. Die lackierten Nägel an Ochens Fingern glitzerten hell, als er Cennaires Wangen berührte und ihren Kopf zurückneigte, um ihr in die Augen zu blicken. Durchdringender Mandelgeruch stieg auf. Calandryll nahm beiläufig wahr, daß alle *Wazir-narimasu* die Blicke fest auf Ochen gerichtet hatten; daß Katya ihn beruhigend am Arm berührte und Bracht mit grimmigem Gesichtsausdruck am Tisch saß, eine Hand um den Schwertknauf gelegt. Dann lockerte Ochen seinen Griff und trat zurück, nickte und wandte sich an Zedu. »Wir haben das Abbild gesehen«, sagte er.

Zedu zögerte einen Lidschlag lang, bevor er antwortete. »Und trotzdem ... sich bei einem solchen Wagnis nur auf die Erinnerung eines anderen zu verlassen.«

»Uns wurde ein Versprechen gegeben«, warf Calandryll mit schneidender Stimme ein.

»Aye.« Zedu wirkte einen Moment lang beschämt. »Das stimmt, und es soll eingelöst werden. So es denn in unserer Macht steht.«

Calandryll wäre es lieber gewesen, der Hexer hätte diesen letzten Satz nicht ausgesprochen, aber er ging nicht darauf ein und ergriff erneut Cennaires Hand.

Ochen sagte: »Cennaire muß uns führen. Ich gehe ... Wer sonst noch?«

»Ich«, sagte Calandryll, gefolgt von Bracht und Katya.

»Es sind sieben vonnöten, um diesen Zauber aufrechtzuerhalten«, sagte Ochen. »Eure Kraft ist ausreichend stark, mein Freund. Aber Ihr, Bracht und Katya ... Ich fürchte, Eure Teilnahme würde dieses Unternehmen nur gefährden.«

»Ich gehe«, sagte Zedu, und dann meldeten sich noch drei weitere Hexer. Cennaire bat: »Können wir sofort aufbrechen? Bitte!«

Ochen nickte und gab ein Zeichen, woraufhin die sieben sich ein Stück entfernt von den anderen aufstellten und Schulter an Schulter einen Kreis bildeten. Calandryll legte einen Arm um Cennaire und drückte sie fest an sich, als die Zauberer einen Gesang anstimmten. Ihre magischen Worte ließen den Saal vor ihren Augen verschwimmen und wie eine Kerze flackern, die man durch eine regennasse Scheibe betrachtete. Ein durchdringender Mandelgeruch brandete auf ...

... und dann standen sie in einem anderen Raum, erhellt durch herbstlichen Sonnenschein, üppig ausgestattet, wenngleich Staub den Boden, das Mobiliar und einen erkalteten Kamin bedeckte. Als der Geruch der Magie verflog, wurde eine Aura von Verlassenheit deutlich.

»Die Gemächer von Anomius«, sagte Cennaire, und in ihrer Stimme mischten sich Aufregung und Anspannung. Sie umklammerte Calandrylls Arm. »Hierhin hat er mich gebracht.«

»Und hier muß sich auch die Schatulle befinden«, sagte Ochen. Dann fügte er leiser hinzu: »So hoffe ich zumindest.«

»Bald werden sich auch diejenigen hier einfinden, die unsere Ankunft bemerkt haben«, sagte Zedu. »Ich bezweifle, daß Anomius das Kästchen an irgendeinem naheliegenden Ort versteckt hat. Er dürfte sich vielmehr eines Verbergungszaubers bedient haben. Laßt uns mit der Suche beginnen, bevor wir gestört werden!«

Wie Jagdhunde, die versuchen, die Witterung einer Beute aufzunehmen, begannen die *Wazir-narimasu* die Räume zu erforschen. Calandryll stand mit Cennaire hilflos daneben, einen Arm um ihre Schultern gelegt, eine Hand um den Griff des Schwertes, bereit, die Waffe zu ziehen, sollte sich ihnen irgend jemand entgegenstellen. Die Art von Magie, die zum Auffinden der Schatulle benötigt wurde, war ihm fremd, und er fühlte sich überflüssig und nutzlos, abgesehen davon, daß seine Anwesenheit eine Hilfe für Cennaire bedeutete. Sie blieb an seiner Seite, während die Jesseryter ihre Suche durchführten, folgte ihm zur Tür, wo er ein Ohr an die Holztäfelung legte und nach sich nähernden Schritten oder Stimmen lauschte. Als sie begriff, was er dort tat, zog sie ihn zurück, lächelte nervös und sagte: »Überlaß das mir. Noch sind meine Ohren den deinen überlegen.«

»Aye.« Er mußte ihr beipflichten, auch wenn er seine erzwungene Untätigkeit verfluchte: Sie ließ ihm zuviel Zeit und Raum, um immer ängstlicher zu werden. Was, wenn die *Wazir-narimasu* das Kästchen nicht fanden? Was, wenn sich die Schutzzauber als zu stark erwiesen? Was, wenn die Hexer des Tyrannen die Schatulle bereits entfernt hatten? Er blickte von Cennaire zu den geschäftigen Magiern, wünschte sich inständig, das Kästchen würde sich einfinden, hoffte verzweifelt, einer der Männer in den leuchtenden Roben würde die Entdeckung des Verstecks melden.

»Da kommt jemand«, sagte Cennaire.

Calandryll zog das Schwert halb aus der Scheide, bevor die Vernunft siegte: Es war ratsamer, abzuwarten und auf die Macht der *Wazir-narimasu* zu vertrauen. Er schob das Schwert zurück und stieß eine leise Warnung aus, die von Ochen mit einem Fluch beantwortet wurde.

»Könnt Ihr nicht einen Zauber wirken?« fragte Calandryll. »Uns verstecken? Die Tür versiegeln?«

»Ich will mich nicht gegen andere Hexer wenden«, erwiderte Ochen.

»Und wenn sie unsere Suche verhindern wollen? Werdet Ihr Euch dann nicht gegen sie stellen?«

»So gut wir es vermögen«, entgegnete der Magier.

»Das sollte genügen.« Calandryll fühlte sich beruhigt. »Ich kenne die Macht Eurer Magie.«

Ochen schnaubte, ohne von seiner Suche abzulassen. »Damals war ich noch ein *Wazir*«, sagte er über die Schulter hinweg. »Jetzt bin ich ein *Wazir-narimasu*, und ich habe geschworen, keine Kampfzauber zu verwenden.«

Nun war es Calandryll, der fluchte. Cennaire sagte: »Sie sind vor der Tür. Sie sprechen miteinander.«

Das Holz war zu dick, als daß er hätte verstehen können, was gesprochen wurde, aber ein plötzlicher Hauch des vertrauten Mandelgeruchs verriet ihm, daß ein Zauber gewirkt wurde. Etwas weltlicher war das klickende Geräusch des Schloßmechanismus, als jemand einen Schlüssel herumdrehte. Calandryll winkte Cennaire zurück und legte eine Hand fest um den Schwertgriff.

Die Tür schwang auf und gab den Blick auf eine Gruppe von sieben Männern frei. Ihre Roben waren schwarz und silbern gefärbt und mit magischen Symbolen verziert. Hinter ihnen drängte sich eine Gruppe Soldaten, die den ganzen Gang ausfüllte. Die meisten waren mit Armbrüsten bewaffnet. Calandryll bereitete sich darauf vor, sein Leben so teuer wie möglich zu verkaufen.

Ein alter Mann mit aristokratischen Gesichtszügen hob eine Hand, teils als Warnung an die Eindringlinge, teils als Befehl an seine Begleiter, noch nicht das Feuer zu eröffnen. »Ich bin Rassuman«, sagte er, »Hexer des Tyrannen von Kandahar. Was tut Ihr hier?« Sein Tonfall war gebieterisch, aber zugleich auch neugierig.

Es dauerte einen Moment, bis Calandryll, dessen Ohren sich an die Mundart der Jesseryter gewöhnt hatten, die Sprache erkannte. Er senkte formell grüßend und diplomatisch den Kopf, ohne das Gesicht des Hexers aus den Augen zu lassen, und antwortete: »Wir suchen ein kleines Kästchen. Eine Schatulle ...«

»Anomius' Kreatur!« Hinter Rassuman wies ein auffallend fetter Mann anklagend auf Cennaire. »Tötet sie!«

»Nein!« Blitzschnell lag das Schwert in Calandrylls Hand,

bereit zur Verteidigung. Er rief: »Ochen! Einen Schutzzauber, um Deras willen!«

»Haltet ein, haltet ein«, beschwichtigte Rassuman. »Und du, Lykander, würdest du bitte deine Zunge einen Moment im Zaum halten? Wir sehen hier ein magisches Wunder vor uns, und ich würde gern mehr über sein Entstehen erfahren. Sie können uns nicht entfliehen, und bis jetzt stellen sie keine Gefahr für uns dar.«

Er sprach mit ruhiger Zuversicht, und der fettleibige Hexer grunzte und kratzte sich gereizt an seinem weinbefleckten Bart.

Dann wandte sich Rassuman wieder Calandryll und Cennaire zu und sagte: »Ich erkenne diese Frau; und wie Lykander bereits anmerkte, handelt es sich bei ihr in der Tat um die Wiedererweckte, die von Anomius geschaffen wurde. Aber Ihr, mein kriegerischer junger Freund, wer seid Ihr?«

»Calandryll den Karynth. Anomius ist tot.«

»Ah, jetzt sehe ich es«, sagte Rassuman. »Man merkt Euch an, daß Ihr aus Lysse stammt.«

Lykander rief: »Der Bruder des Domm! Und daher unser Feind. Tötet ihn! Und die anderen Fremdlinge auch.«

»In Anbetracht seines Namens ist die Verwandtschaft wohl unbestreitbar.« Rassumans Tonfall klang nachsichtig. Calandryll hatte den Eindruck, der Hexer würde verschmitzt zwinkern. Es schien ihm Spaß zu machen, den fetten Mann mit dem befleckten Bart vorzuführen. »Aber unser Feind? Das bezweifle ich, hat sein Bruder ihn doch zum Gesetzlosen erklärt und der arme Menelian ihn seinen Freund genannt. Und die anderen? Ich vermute, es dürfte ungewöhnlich schwierig werden, sie zu töten, denn ich spüre eine starke Magie, die von ihnen ausgeht. Also, wollen wir uns nicht erst ein wenig unterhalten, bevor wir uns gegenseitig mit Zaubersprüchen traktieren?« Er lächelte ruhig und bedeutete Calandryll, er solle fortfahren. »Ihr sagt, Anomius ist tot?«

»Aye.« Calandryll nickte, und seine Anspannung ließ um eine Winzigkeit nach. »Er ist von Rhythamun erschlagen worden, als die beiden um das Arcanum gekämpft haben.«

Ein junger Magier zu Rassumans Rechten lächelte und rieb sich die Hände, als sei er äußerst befriedigt. Ein anderer Mann murmelte: »Er ist einer von denen, über die Menelian berichtet hat.«

Rassuman grunzte, neigte den Kopf und fragte mit Nachdruck: »Und dieses abscheuliche Buch? Wo befindet es sich jetzt?«

»In Anwar-teng auf der Ebene von Jesseryn.« Calandryll ließ das Schwert sinken und erzählte in groben Zügen von Rhythamuns Niederlage und Anomius' Ende, von all dem, was geschehen war.

Als er geendet hatte, nickte Rassuman nachdenklich und sagte: »Also wolltet Ihr die Schatulle holen und der Wiedererweckten ihr Herz zurückgeben. Wenn all das, was Ihr gesagt habt, der Wahrheit entspricht, dann hat sie es sich mehr als verdient.«

»Ihr vergeßt Menelian!« protestierte Lykander.

»Ich bin auch geneigt zu vergessen, daß du dich für Anomius eingesetzt hast«, sagte Rassuman mit einer solchen Schärfe in der Stimme, daß der fette Mann erbleichte und verstummte. Dann fuhr er fort: »Wir haben dieses Kästchen erfolglos gesucht. Unsere Absicht war ...« – er warf Cennaire einen entschuldigenden Blick zu – » ...diese Lady zu vernichten. Als Anomius seine Fesseln gesprengt hat und geflohen ist, haben wir starke Schutzzauber über diese Gemächer gelegt, damit er nicht zurückkehren konnte. Daß Ihr hier eindringen konntet, versetzt mich in Erstaunen. Diese ... *Wazir-narimasu* nennt Ihr sie? ... müssen mächtige Hexer sein, sonst wäre es ihnen nicht gelungen, unseren Zauberbann zu durchbrechen. Sollte es zum Kampf zwischen uns kommen, würden vermutlich beide Seiten nur wenig gewinnen und sich dafür um so mehr Leid zufügen.«

Calandryll verzichtet darauf, auf die friedfertige Natur der Jesseryter hinzuweisen. Statt dessen nickte er lächelnd und sagte: »Ich sehe keinen Anlaß für einen Kampf. Laßt uns unsere Suche fortführen, und wir verschwinden wieder, sobald die Schatulle gefunden ist.«

»Wir könnten eventuell noch mehr für Euch tun«, sagte

Rassuman. »Wir könnten Euch bei der Suche behilflich sein. Wenn Kandahar und die Ebene von Jesseryn sich verbinden, sind wir vielleicht erfolgreich.«

Die *Wazir-narimasu* hatten im Verlauf der Unterredung von ihrer Suche abgelassen und mit Verteidigungszaubern auf den Lippen den Ausgang der Situation abgewartet. Jetzt wandte sich Calandryll an sie und legte ihnen Rassumans Angebot dar. Es war Ochen, der das Wort ergriff: »Eine solche Hilfe ist uns sehr willkommen. Wenn wir unsere magischen Kräfte vereinigen, könnten wir das Kästchen vielleicht tatsächlich aufspüren. Doch zunächst sollten wir uns gegenseitig der Sprachen bemächtigen, damit Ihr nicht weiterhin als unser Übersetzer fungieren müßt.«

Es dauerte ein wenig, bis Calandryll diesen Vorschlag weitergeleitet hatte, und dann schickten die Hexer des Tyrannen die Wachen fort und betraten die Gemächer. Die Luft knisterte eine Zeitlang und war erfüllt von Mandelduft, während die *Wazir-narimasu* ihren Zauber auf die Kander legten.

»Bei Burash!« rief Rassuman aus, nachdem das Werk vollbracht war. »Dieser Zauber ist äußerst nützlich. Wollt Ihr mir nun verraten, wie es Euch gelungen ist, hier einzudringen?«

Calandryll wartete ungeduldig ab, während die Hexer ihr geheimes Wissen diskutierten. Cennaire klammerte sich an seinen Arm, noch immer nervös in Gegenwart der Männer, von denen sie so lange angenommen hatte, sie wären auf ihre Vernichtung aus. Und tatsächlich, dachte Calandryll, der ihre Gesichter beobachtete, waren einige darunter, die auch jetzt noch so handeln würden. Lykander und einer namens Lemomal trugen noch immer feindselige Mienen zur Schau; einer, Caranthus schien unschlüssig zu sein. Die anderen jedoch hatten ihr Angebot redlich gemeint, und ihre Anstrengungen waren aufrichtig. Sie behielten die Oberhand und rissen die anderen mit sich.

Calandryll war zwar ungeduldig, aber dennoch interessierte es ihn, etwas über die Ereignisse im Rest der Welt zu erfahren. In Kandahar war die Ordnung wiederhergestellt, die Fayne-Festung war bis auf die Grundmauern geschleift worden, und Sathoman ek'Hennems Kopf vermoderte auf den Zinnen von Nhur-jabal. Die Eroberungsträume seines Bruders waren in einem Sturm geendet – gesandt von Burash? fragte er sich –, der die vor Anker liegende große Invasionsflotte versenkt hatte. Tobias war wutschnaubend nach Lysse zurückgekehrt, wo Nadama ihm einen Sohn geboren hatte, der bereits als Thronerbe feststand. Die großen Unruhen der Welt waren beigelegt. Außer jener einen, die ihn im Augenblick mehr als alles andere beschäftigte. Seine Sorge wurde größer und größer, während die westwärts ziehende Sonne immer schwächer durch die Fenster hereinschien.

Schließlich jedoch hatten die versammelten Zauberer ihre Unterredung beendet und nahmen die Suche wieder auf. Die Gemächer füllten sich übermächtig mit dem Geruch der Magie, und weithin tönte der magische Gesang. Dann stieß Zedu, der einträchtig mit Rassuman zusammenwirkte, im Schlafraum einen triumphierenden Schrei aus.

Calandryll und Cennaire vergaßen jedwede Etikette, stießen die Hexer beiseite und stürzten in das Zimmer. Vor sich sahen sie den Jesseryter, der, mit einem Ausdruck von Abscheu auf dem dunklen Gesicht, die Schatulle in der Hand hielt.

Es handelte sich um ein schlichtes Kästchen aus einfachem schwarzen Holz ohne jede Verzierung. Zedu stellte es ab, als wäre es giftig, und alle versammelten sich um ihn und starrten es an.

»Die Schutzzauber sind durch Anomius' Tod stark geschwächt worden«, sagte Rassuman, »aber dennoch werden sie nicht einfach zu brechen sein. Wollen wir es alle zusammen versuchen? Ich glaube, auf diese Weise ist es sicherer.«

Sie sahen einander an und schauten dann zu Cennaire hinüber. Ein Hexer, dessen Name, so erinnerte sich Calandryll, Cenobar lautete, sagte behutsam: »Das Überwinden der Schutzzauber wird gefährlich sein, Lady. Und das ist bloß der erste Schritt.«

»Der zweite«, entgegnete sie ruhig. »Der erste war, es zu

finden, und das ist gelungen. Ich werde diesen Weg bis zum Ende gehen.«

»Wie Ihr wollt«, sagte Rassuman.

Calandryll spürte, wie sich Cennaires Finger tief in sein Fleisch gruben, als die Hexer das Kästchen umringten und ihre Rücken – die schwarzen Roben der Kander im Wechsel mit den leuchtenden Gewändern der Jesseryter – ihnen beiden die Sicht versperrten. Der Mandelgeruch stieg ihm nahezu berauschend in die Nase; die Luft waberte, schimmerte, war erfüllt von blauen und silbernen Funken. Draußen ging die Sonne hinter dem Kharm-rhanna langsam unter und färbte den Himmel tiefrot, doch in dem Raum wurde es nicht dunkler, denn alles war in magisches Licht getaucht. Dann kehrte plötzlich Stille ein, und die Schultern der Zauberer sackten herab. Das Licht erstarb, der Mandelgeruch verflog. Jemand sagte mit heiserer Stimme: »Bei allen Göttern, Anomius hat über wahrlich mächtige Kräfte verfügt.«

»Es ist vollbracht«, verkündete Ochen. »Sollen wir mit dem nächsten Schritt fortfahren?«

»Am besten beeilt Ihr Euch«, sagte Rassuman und drehte sich zu Cennaire um. »Die Zauber, mit denen Anomius die Schatulle geschützt hat, sind aufgehoben. Gleichzeitig sind dadurch aber auch jene Sprüche geschwächt worden, die Euch mit Leben erfüllen. Euch bleibt nur noch wenig Zeit, Lady. Ich bete zu Burash, daß sie ausreicht.«

Cennaire nickte stumm und starrte die Schatulle mit weit aufgerissenen Augen an. Calandryll fühlte, wie kalter Schweiß seine Stirn bedeckte. Sollten sie es so weit geschafft haben, nur um dann am Zeitmangel zu scheitern? Bei Dera, sollte es Anomius doch noch gelingen, sich zu rächen? Mit trockener Kehle und rauher Stimme sagte er: »Dann laßt uns nicht länger verweilen.«

»Wir können Euch nicht weiter helfen«, murmelte Rassuman. »Mögen die Götter Euch zur Seite stehen.«

»Aye.« Die *Wazir-narimasu* sammelten sich bereits, und Ochen streckte eine Hand nach Cennaire aus, um sie in den Kreis zu ziehen. Calandryll folgte ihr und hielt sie fest, als der Gesang einsetzte und der im Schatten liegende Raum verschwamm und zu flackern begann, um schließlich …

… zum Ratssaal in Anwar-teng zu werden. Bracht und Katya sprangen auf, als die sieben Gestalten sich langsam manifestierten. Ihre Mienen waren besorgt, voller Fragen, die Calandryll jedoch mit ausgestreckter Hand abwehrte. Er wandte sich an Ochen.

»Wieviel Zeit haben wir noch? Was müßt Ihr tun?«

»Ich kann nicht sagen, wieviel Zeit verbleibt.« Ochen ließ seinen Blick durch den Saal wandern, wo unter seinen Hexerkollegen rege Betriebsamkeit ausbrach, als Zedu ihnen Anweisungen erteilte. »Nicht viel, denke ich. Horul, Anomius hat an alles gedacht! Wir müssen schnell handeln, und zwar ohne jede Verzögerung.«

»Wollt Ihr damit sagen, wir können noch immer unterliegen?« Calandryll zog Cennaire an sich, die völlig ruhig wirkte, als hätte sie sich, nachdem die Entscheidung getroffen war, in ihr Schicksal ergeben. »Daß selbst jetzt noch …« Er verschluckte den Rest und fragte statt dessen: »Könnt Ihr die Bindungszauber nicht ersetzen? Uns ein wenig Zeit verschaffen?«

»Nein«, erwiderte Ochen knapp. »Sobald sie einmal gelöst sind, können diese Sprüche nicht erneut gewirkt werden. An diesem Punkt gibt es keine Umkehr mehr … Es geht jetzt nur noch um Erfolg oder Versagen. Und Ihr habt dabei einen Anteil zu leisten.«

»Ich?« Calandryll schüttelte verwirrt den Kopf. »Sagt es, und ich werde es tun. Aber was kann ich denn tun? Ich bin kein Magier. Obwohl Ihr mir viel beigebracht habt, verstehe ich die Kräfte doch kaum, über die ich verfüge.«

»Liebe ist selten leicht zu verstehen«, sagte Ochen.

»Liebe?« Calandryll runzelte die Stirn über diese rätselhafte Antwort. »Was hat Liebe damit zu tun?«

Da hörte er Cennaire aufstöhnen und fühlte sie in seinem Arm erzittern. Er wandte den Kopf und sah sie unter ihrer Bräune erbleichen; ihre dunkle Haut färbte sich aschgrau. Ihre Augen waren vor Schmerz geweitet, Tränen rannen über ihre Wangen. Ihre Zähne begannen zu klappern, und sie stöhnte abermals auf, krümmte sich und preßte eine Hand an ihre Brust.

Mit leiser Stimme stieß sie keuchend hervor: »Ich glaube, der Zauber löst sich.«

»O Dera, nein!« Calandryll zog sie an sich, versuchte sich auf irgendeinen Zauber zu besinnen, der ihr helfen würde, flehte die Jüngeren Götter an, ihren Schmerz zu lindern und ihr mehr Zeit zu verschaffen.

Doch seine magischen Kräfte regten sich nicht, und auch keiner der Götter antwortete ihm. Er hielt Cennaire in den Armen, fühlte sie zittern, als habe sie Schüttelfrost, und spürte, wie ihr Körper immer kälter wurde, als würde das Leben aus ihm herausfließen.

Ochen rief: »Schnell! Wir müssen hier und jetzt handeln. Macht den Tisch frei!«

Einige Hände griffen nach den Überresten des Mahls, nach den Weinkrügen und Bechern. Bracht und Katya waren schneller, schwangen Schwert und Säbel und fegten damit Platten und Gläser zu Boden. Zartes Porzellan zerbrach, und Wein floß wie Blut. Einige *Wazir-narimasu* stimmten eilig einen Gesang an, andere malten Siegel auf das Holz, magische Symbole, die hell leuchteten und den typischen Mandelgeruch verströmten.

»Entkleidet Euch«, sagte Ochen.

Cennaire begann mit zitternden und tauben Fingern an den Verschlüssen ihrer Kleidung zu nesteln. Katya fuhr herum, riß Brachts Dolch aus der Scheide, stieß Calandryll grob beiseite, trennte die Schnallen von Cennaires Gewand auf und zerschnitt das Hemd, das sie darunter trug. Calandryll zog ihr die zerfetzte Kleidung vom Leib, als Cennaire aufschrie und zusammensackte. Er fing sie auf. Katya kniete eilends nieder und zerrte unsanft die Stiefel von Cennaires Füßen; flink zerteilte der Dolch die ledernen Hosen und die Unterwäsche.

»Legt sie dorthin.«

Ochen drängte Calandryll in Richtung Tisch und deutete auf das Pentagramm, das dort aufgemalt worden war. Er ließ Cennaire auf das Holz sinken. Das Licht, das von den Siegeln ausging, spiegelte sich in dem Schweiß, der auf ihrem nackten Körper glänzte. Ihre Augenlider flatterten, und ihr Mund bewegte sich. Calandryll beugte sich über sie und lauschte ihrer leisen Stimme.

»Ich liebe dich«, flüsterte sie. »Ich bedaure nichts, ganz gleich ...«

Ihre Stimme brach ab. Sie schloß die Augen, ihr Mund wurde schlaff.

»Nein!« schrie Calandryll. »Du kannst jetzt nicht sterben! Du darfst nicht!«

»Noch ist sie nicht tot.« Ochen stieß ihn zur Seite und beugte sich über den hingestreckten Körper. Seine Hände woben komplizierte Muster, zogen dabei einen Lichtschweif hinter sich her, berührten ihren Mund, ihre Brust, ihre Stirn. Die *Wazir-narimasu* standen in einem Kreis um den Tisch herum, und ihr Gesang ertönte nur noch leise, so daß Calandryll Ochens nächste Worte sehr deutlich hören konnte.

»Der nächste Teil wird am schwierigsten sein. Schwierig für uns und sogar noch schlimmer für Euch.«

»Schlimmer?« Calandryll schüttelte den Kopf, erwartete aber gar keine Antwort. Jetzt war keine Zeit für überflüssige Diskussionen. Statt dessen fragte er: »Was muß ich tun?«

Ochen blickte zur Seite auf Cennaire, als wolle er sich vergewissern, daß sie noch am Leben war. Mit eindringlicher Stimme sagte er: »In Euch liegt eine Kraft, die selbst die Macht von uns *Wazir-narimasu* übertrifft. Und Ihr liebt sie! Das vor allem ist im Moment der wesentliche Punkt.«

Calandryll stammelte hilflos: »Ich verstehe nicht.«

»Ihr müßt es nicht verstehen, nur handeln«, erklärte Ochen. »Es muß Eure Hand sein, die herausnimmt, was Anomius ihr eingepflanzt hat. Eure Hand, die ihr das lebendige Herz zurückgibt.«

Calandryll schluckte schwer und rang nach Atem, als ihm plötzlich Schweiß eiskalt über Rippen und Rückgrat rann. »Das kann ich nicht! Ich wüßte nicht, wie. Ich bin kein Chirurg. Dera, ich würde sie umbringen!«

»Ihr müßt!« Ochens Griff schloß sich fest um sein Handgelenk, das runzlige Gesicht blickte zu ihm auf, die schmalen Augen loderten mit furchtbarer Intensität, als er seinen Blick in den Calandrylls versenkte. »Es war Haß, der ihr das Herz nahm und sie zu einer Wiedererweckten werden ließ – Anomius' Haß auf Euch und Eure Gefährten. Es muß Liebe sein, die ihr das Herz zurückgibt. Ohne Liebe haben wir keine Aussicht auf Erfolg – und von allen hier ist Eure Liebe die stärkste. Tut es! Oder seht tatenlos zu, wie sie stirbt!«

Calandryll stieß ein Stöhnen aus, das aus der Tiefe seines Herzens kam und in dem all sein Schmerz, all seine schreckliche Unentschlossenheit widerklang. Er starrte Cennaire an, sah ihren schweißüberströmten Körper, das nachlassende Auf und Ab ihres Brustkorbs, ihre erbleichenden Lippen, als würde ihr Blut immer langsamer fließen.

»Tut es!« wiederholte der Hexer unbarmherzig. »Oder sie wird sterben! Es liegt in Euren Händen.«

Calandryll biß die Zähne zusammen, seine Lippen verzerrten sich zu einer unnatürlichen Grimasse. Er versuchte, seinen Händen das Zittern zu verbieten: ohne Erfolg. Dann packte ihn jemand bei der Schulter und drehte ihn zu sich herum. Vor ihm stand Bracht.

»Tu es!« Die Stimme des Kerners war ruhig und so eiskalt wie die blauen Augen, deren Blick sich tief in Calandrylls Gesicht bohrte. »Hör auf zu wimmern, und tu es!«

»Wenn du sie wirklich liebst, kannst du es schaffen.« Neben dem Kerner leuchteten Katyas graue Augen entschlossen auf. »Die Götter werden dich leiten.«

Er nickte wie betäubt und schickte ein stummes Gebet zum Himmel: *Dera, steh mir jetzt bei. Wenn Du mich liebst, steh mir jetzt bei. Wenn ich Dir bislang aufrichtig gedient habe, so gib Du mir jetzt die Kraft, das hier zu tun.* Er wandte sich von den beiden energischen blauen und grauen Augenpaaren ab und blickte direkt in Ochens gelbbraune Augen. Angsterfüllt neigte er zustimmend den Kopf.

»Was muß ich tun?«

Ochen lächelte flüchtig. »Die Klinge, die Ihr tragt, wurde von Dera gesegnet. Benutzt sie.«

Calandryll zog ohne nachzudenken das Schwert. Dann

zögerte er und starrte die Klinge an. Dies war nicht das Werkzeug eines Chirurgen, kein feines Skalpell, sondern ein Stück geschmiedeten Stahls, geschaffen, um Leben zu nehmen und nicht, um es zu geben. Jetzt kam es ihm wie ein plumpes, klobiges Ding vor.

»Es wird Euch bessere Dienste leisten als jedes Skalpell.« Es schien, als hätte Ochen in seinen Gedanken gelesen oder sie in seinem Gesicht erkannt. »Vertraut auf Eure Göttin.«

Calandryll leckte sich die ausgedörrten Lippen, wischte mit einer Hand über die tränenverschleierten Augen. *Dera, ich lege all mein Vertrauen in Dich*. Dann sagte er: »Erklärt mir, was ich tun muß.«

Ochen berührte Cennaires Rippen und zog mit einem seiner langen Fingernägel eine dünne Linie, die sich dunkel gegen die Blässe ihrer sterbenden Haut abzeichnete. »Schneidet hier.«

Calandryll atmete tief durch und schloß kurz die Augen. Dann lehnte er sich gegen den Tisch, beide Hände um den Schwertgriff geschlossen. Plötzlich war sein Griff fest und sicher und zitterte nicht mehr. Sein Blick klärte sich. In diesem Moment kam es ihm so vor, als fühle er die Macht der Göttin in der Waffe. Sein Herz beruhigte sich, raste nicht länger, sondern schlug langsam und gleichmäßig. Er setzte die Klinge an der Linie an, die Ochen gezogen hatte, und schnitt.

Das Fleisch teilte sich, öffnete sich zu einer tiefen Wunde. Ein paar Tropfen Blut sickerten hervor. Wäre sie noch am Leben gewesen, hätte es mehr sein müssen, ein wahrer Strom. Er schob den Gedanken beiseite.

»Tiefer«, forderte Ochen, und Calandryll schnitt noch einmal, durchdrang das darunterliegende Gewebe, bis er vor sich in ihrem Brustkasten einen Klumpen schwarzen Lehm sah.

Der Gesang der *Wazir-narimasu* wurde lauter, ihre Worte erfüllten den dunklen Saal mit einem strahlendblauen Leuchten. Calandryll hatte den Eindruck, das Licht würde die Klinge umschließen und an ihr entlangfließen, bis sie selbst zu pulsieren begann und Fünkchen auf dem Metall tanzten.

»Durchtrennt die Bande, die es halten«, sagte Ochen über seiner Schulter.

Das Schwert lag leicht in seinen Händen, schien kein Gewicht mehr zu besitzen, ließ sich führen wie ein Skalpell, und mit entschlossener Hand zerschnitt er das Geflecht der Arterien und Venen und zerteilte so die Verbindung zu Anomius' Magie.

»Nehmt dieses abscheuliche Ding heraus.«

Er reichte das Schwert zur Seite, bemerkte gar nicht, wer es ihm aus den Händen nahm, und griff in die Brusthöhle, um den Tonklumpen zu entfernen. Er brannte in seiner Handfläche, und ein säuerlicher Gestank von Fäulnis und Zerfall stieg ihm in die Nase, als wäre dies eine bösartige letzte Erinnerung an Anomius' Niedertracht. Er drehte sich um, und Ochen streckte eine Hand aus, um ihm die widerliche Last abzunehmen. Zedu, noch immer die Beschwörungsformeln murmelnd, beugte sich vor und reichte ihm Cennaires Herz. Es lag warm in seiner Hand, und er glaubte – oder hoffte – seinen Schlag zu spüren. Er sah Ochen den Tonklumpen in die Schatulle legen, die einer der anderen Hexer ihm entgegenstreckte, und den Deckel schließen.

Ochen wischte sich die Hände ab und sagte: »Jetzt gebt ihr ihr Herz zurück.«

Sanft, behutsam legte er das Organ an seinen Platz.

»Was nun?«

»Für Euch nichts mehr. Dieser Teil ist unsere Aufgabe.«

Ochen streckte die Arme aus und hielt die Hände über die Wunde. Die anderen Hexer traten näher und bildeten mit ihren ausgestreckten Händen einen gütigen Baldachin. Ihr Gesang wurde inbrünstiger, und die Macht ihrer Magie ließ die Luft knistern. Blaues Feuer loderte auf und hüllte sie und Cennaire ein. Calandryll sah mit angehaltenem Atem zu, wie das Fleisch sich regte, die Adern sich krümmten, zu dem reglosen Organ wanderten, es berührten, sich mit ihm verbanden, die Kanäle wiederherstellten, die Leitungen des sterblichen Lebens erneuerten. Das klaffende Fleisch bewegte sich, die Ränder der Wunde schlossen sich, bis nur noch eine dünne rosafarbene Linie zu sehen war. Dann war auch die verschwunden, und Cennaire lag wieder unversehrt vor ihnen.

Abermals berührte Ochen sanft ihre Brust, ihre Lippen, ihre Stirn, und dann, einer nach dem anderen, folgten alle *Wazir-narimasu* seinem Beispiel. Ihr Gesang steigerte sich zu einem Crescendo, und das blaue Leuchten hüllte Cennaire ein.

Dann kehrte Stille ein, und das Licht erstarb.

Calandryll ließ den angehaltenen Atem in einem langen Seufzen entweichen.

Cennaire lag reglos da.

Kein Lebenszeichen ließ ihre Rippen sich heben und senken; kein Atemzug wärmte ihre kalten Lippen; ihre Augen waren weit aufgerissen und blicklos.

Calandryll sah – und es war, als würde die Zeit sich verlangsamen, als würde diese letztliche Enttäuschung endlos andauern, als müßte jeder letzte Funken zerschlagener Hoffnung ausgekostet werden –, wie Ochen sich zu ihm umdrehte. Der Kummer stand ihm deutlich in jede Falte seines Gesichts geschrieben. Er sah, wie sich die Lippen des Magiers bewegten, hörte jedes einzelne Wort schwerfällig daraus hervorkommen, ein Klagelied der Verzweiflung.

»Ich fürchte, wir waren zu langsam. O Horul! Wir können nichts mehr tun. Cennaire ist unwiederbringlich tot.«

»Nein!«

Calandryll stieß den kleineren Mann beiseite und warf sich auf dem Tisch über Cennaires Leichnam.

»Nein!«

Es war ein Schrei absoluter Verleugnung, blinder Verneinung dessen, was er mit eigenen Augen gesehen und aus Ochens Mund gehört hatte. Es lag kein Schmerz darin, noch nicht; es war eher ein Aufschrei der Wut, der totalen Ablehnung. Er nahm Cennaires fahles Gesicht in die Hände und hob ihren Kopf. Ihre Wangen waren kalt. Ihr schwarzes Haar fiel ihr ins Gesicht, sah jetzt, da das magische Licht erloschen war, stumpf aus, ein dunkles und lebloses Leichentuch. »Nein!« schrie er abermals, »du darfst nicht sterben! Nicht jetzt!« Dann preßte er seinen Mund auf ihre Lippen.

Was die anderen in diesem Augenblick sahen, nahm er nicht wahr, denn er hielt die Frau, die er liebte, in seinen Armen und versuchte, ihr sein eigenes Leben einzuhauchen, ihren Körper mit seiner Lebenskraft zu erfüllen, und für alles andere war er blind.

Was die anderen erblickten, war eine Manifestation des Sternenlichts, des Mondscheins, die funkelnde Aura eines Gottes, gefangen in blitzenden Schatten und tanzendem Glanz, elementare Materie in der Form eines Mannes mit einem großen tiefschwarzen Pferdekopf, dessen Augen in gütigem Feuer leuchteten.

Horul streckte eine Hand aus und berührte unbemerkt Calandrylls Schulter.

Du hast uns Leben gegeben, das Tharn uns sonst genommen hätte. Ein Dienst, würdig einer Belohnung. Und so empfange denn ein anderes Leben dafür, voller Dankbarkeit, in meinem Namen und im Namen all meiner Geschwister.

Der Gott nickte würdevoll, die Mähne aus Nacht und Sternen wogte, wallte stolz. Die Hand ließ Calandrylls Schulter los, die schwelenden Augen durchmaßen den Saal, und dann war Horul mit einem leisen Lufthauch verschwunden.

Calandryll sah den Gott nicht, und er hörte ihn auch nicht sprechen, aber er fühlte sich von einer gewaltigen Kraft erfüllt, die ihn durchfloß. Nicht die Kraft, die in ihm gewesen war, als er mit Rhythamun gekämpf hatte, obgleich sie ihr ähnelte, sondern etwas Stärkeres: die schiere Kraft des Lebens selbst. Er fühlte sie auflodern, sich feurig durch sein ganzes Inneres ergießen, und sein Herz wurde zum Zentrum dieser Kraft, seine Lungen wurden zu einem Schmelztiegel, der die Kraft hinausstieß, über seine Lippen und in Cennaires Körper hinein. In ihren Mund, ihre Kehle, ihre Venen, ihr Herz, bis sie ganz und gar damit erfüllt war. Calandryll fühlte, wie ihre Lippen sich erwärmten und die seinen suchten, wie sie die Arme hob und ihn fest an sich drückte. Er fühlte, wie ihre Brust sich hob und senkte, wie ihm ihr süßer Atem entgegenhauchte. Er löste sich von ihr und sah ihr in die Augen, die nicht länger glanzlos waren, sondern leuchtend, beseelt und lebendig. Ein lautes Lachen entrang sich seiner Kehle, und er zog sie wieder an sich.

Schließlich ließen sie einander los, und inzwischen hatten sich auch die anderen so weit von dem Schrecken erholt, den Horuls Erscheinung ihnen eingejagt hatte, daß Katya geistesgegenwärtig darum bitten konnte, ein Kleid herbeibringen zu lassen. Cennaire zog es an, plötzlich ganz ernst, die Augen verwundert aufgerissen.

»Ich dachte«, sagte sie leise, während sie noch immer geschwächt in Calandrylls Armen ruhte, »ich wäre verloren. Ich habe ... nichts mehr gespürt. Ich war tot.«

»Du lebst«, erwiderte Calandryll und küßte ihr glänzendes Haar. »Die Götter seien gepriesen, du lebst.«

»Und bin ich wieder ganz ich selbst?«

»Aye«, antwortete er. »Dein Herz gehört wieder dir. Dir allein.«

»Ich glaube nicht.« Ein Anflug von Koketterie stahl sich in ihre Stimme. »Denn es hat jetzt einen neuen Besitzer.«

»Und das meine«, sagte Calandryll, »gehört dir. So lange, wie du es haben willst.«

»Das wird eine ziemlich lange Zeit sein«, entgegnete sie in gewissenhaftem Tonfall und lächelte. »Für den Rest meines Lebens, um genau zu sein.«

»Bei Ahrd, dieses Liebesgeflüster macht mich noch ganz krank«, klang Brachts Stimme vom anderen Ende des Saales auf. »Ob sich wohl etwas Wein auftreiben läßt, damit wir auf angemessene Weise feiern können?«

Aber er lachte bei diesen Worten und legte Katya einen Arm um die Schultern. Sie stieß ihm den Ellbogen in die Rippen und erwiderte, ebenfalls lachend: »Paß lieber gut auf, Kerner, denn ich will bald das gleiche von dir hören.«

Bracht legte die Stirn in vermeintlich bestürzte Falten, dann zuckte er die Achseln, seufzte und sagte: »Calandryll, willst du mein Lehrer sein? Bevor ich diese Frau beleidige, heirate ich sie lieber.«

»Gern«, gab Calandryll zurück, »obwohl ich befürchte,

daß das die schwerste Aufgabe wird, der wir uns bislang stellen mußten.«

»Da magst du recht haben«, sagte Bracht, aber Calandryll hörte ihn nicht mehr, denn er küßte Cennaire gerade ein weiteres Mal. Und so sah er nicht, wie der Kerner Katyas Gesicht zu sich drehte und dem Beispiel seines Lehrers folgte.

Sie verließen Anwar-teng im trüben Schein der Wintersonne. Der Boden war von den Füßen der Rebellen, den Hufen ihrer Pferde und den Rädern ihrer abziehenden Wagen aufgewühlt worden, aber inzwischen war er hartgefroren, und bei Anbruch des Frühlings würden auch diese letzten Andenken an Tharns Wahnsinn verschwunden sein. Der Wind wehte klar und kalt, frei von dem Leichengestank des Verrückten Gottes, und ließ die Banner ihrer Eskorte, einer Hundertschaft der Kotu-zen, in der Brise flattern. Ochen ritt mit ihnen, als sie den Weg ostwärts nach Vanu einschlugen. Die Heiligen Männer in Katyas Heimatland würden das Arcanum endgültig zerstören, damit niemand je wieder die Gelegenheit erhielt, von Allmacht zu träumen und nach der Wiederauferstehung des Verrückten Gottes zu trachten. Die Welt würde wieder sicher vor dem Chaos sein, und die Menschen würden ihrem Tagwerk einzig und allein unter der Herrschaft der Jüngeren Götter nachgehen.

Sie wandten sich kurz in den Sätteln um, hoben die Hände zum Abschied von den *Wazir-narimasu*, dem jungen Khan und den *Shendii*, die neben dem Tor standen und mit ihrer Anwesenheit den Gefährten ihren Respekt erwiesen. Dann blickten sie nur noch nach vorn, der Zukunft entgegen.

»Wirst du in Vanu heiraten?« fragte Calandryll Katya.

Sie sah zu Bracht hinüber, und ihr Lächeln war überglücklich, als sie antwortete: »Aye, wenn dieser Kerner mich noch will.«

»Ich wollte dich, seit ich dich zum erstenmal gesehen habe«, versicherte Bracht. »Ahrd, ich wußte gar nicht, daß ich so geduldig sein kann.«

Katya lachte laut, streckte ihren Arm nach seiner Hand aus und fragte: »Und ihr? Werdet ihr beiden auch heiraten?«

»Ich wünsche es mir«, sagte Calandryll feierlich.

»Und ich mir auch«, sagte Cennaire und erwiderte seinen ernsten Blick mit einem Lächeln.

Er war überrascht, als ihm auffiel, daß er sie bisher noch nie hatte rot werden sehen, und er war überzeugt, daß ihre Zukunft eine Zeit voller Glück und Freude sein würde.

ENDE

Band 20 241

Angus Wells

Das verschollene Buch

Deutsche Erstveröffentlichung

Vor vielen Äonen wurde Tharn, der Verrückte Gott, zu ewigem Schlaf verdammt, doch nun will ein geheimnisvoller Zauberer ihn zu neuem Leben erwecken, um Chaos über die Welt zu bringen. Der verbannte Prinz Calandryll, der erfahrene Söldner Bracht und Katya, eine schöne Kriegerin, sind die einzigen, die sich dem bösen Magier entgegenstellen können – wenn sie das Arcanum finden und zerstören, jenes verschollene Buch, in dessen uralten Zauberformeln niedergeschrieben ist, wie der Verrückte Gott wiedererweckt werden kann. Eine gefährliche Odyssee durch ein feindliches, sagenumwobenes Land beginnt – ein Wettlauf mit der Zeit und den Schergen Tharns.

BASTEI LÜBBE

BROCKHAUS NATURWISSENSCHAFTEN UND TECHNIK

BROCKHAUS
NATURWISSENSCHAFTEN UND TECHNIK

DRITTER BAND

IO – NG

F. A. BROCKHAUS · WIESBADEN

CIP-Kurztitelaufnahme der Deutschen Bibliothek

Brockhaus, Naturwissenschaften und Technik. –
Wiesbaden: Brockhaus – ISBN 3-7653-0357-7
NE: Naturwissenschaften und Technik
Bd. 3. Io–Ng. – 1983

Printed in Germany –
Einband nach Entwurf von Schlotfeldt Market Design, Peter Plasberg, Hamburg –
Satz: Satzzentrum Oldenburg GmbH, Oldenburg – Druck und Bindung: Mohndruck Graphische Betriebe GmbH, Gütersloh

I

Io, Jo, ein Mond des Planeten → Jupiter.

I/O ..., Abk. für **Input-Output ...** ['ɪnpʊt 'aʊtpʊt-, engl.], Datenverarbeitung: Eingabe-Ausgabe ..., z. B. in Wortverbindungen wie I/O-Port für Eingabe/Ausgabe-Datenkanal.

Iod, internat. Bez. für → Jod.

Ionen, elektrisch positiv oder negativ geladene Atome oder Moleküle; bei ihnen sind somit weniger oder mehr Elektronen vorhanden, als zu ihrer Neutralisierung notwendig wären. Je nach der Zahl der überschüssigen oder fehlenden Elektronen spricht man von einfach, zweifach usw. negativ (**Anion**) oder positiv (**Kation**) geladenen I. und kennzeichnet den Ladungszustand der I. durch Anfügen von +, ++(2+), −, −−(2−) usw. als rechten oberen Index an den chem. Symbolen. In der Chemie spricht man von einwertigen (z. B. H^+, OH^-), zweiwertigen (z. B. Mg^{++}, SO_4^{--}), dreiwertigen (z. B. Al^{3+}) Ionen.
Die Abspaltung von Elektronen (**Ionisation**) erfordert die Zuführung von Energie (**Ionisierungsenergie**) durch Einstrahlung von Licht oder Röntgenstrahlen (Photoeffekt, **Photoionisation**), durch Beschuß mit energiereichen geladenen Teilchen, z. B. Elektronen (**Stoßionisation**), oder durch hohe Temperatur (**thermische Ionisation**). In der höheren atmosphär. Schicht wirkt das Sonnen-UV-Licht ionisierend (→ Ionosphäre); in der Sonnenatmosphäre kommen sogar 10–14fach ionisierte Eisen- und Calciumatome vor. Die Größe der Ionisationsenergie kann auch charakterisiert werden durch die **Ionisierungsspannung,** d. h. die Spannung, die ein Elektron in einem elektr. Feld frei durchlaufen haben muß, um die erforderl. kinet. Mindestenergie zu erhalten (Argon z. B. 12 Volt). – In Elektrolyten entstehen I. durch Dissoziation von Molekülen in zwei entgegengesetzt geladene Bestandteile infolge der Temperaturbewegung. Positive I. laufen im elektr. Feld zur Kathode (**Kationen**), negative I. (**Anionen**) zur Anode. I. werden als → Ionenstrahlen vielfach eingesetzt, z. B. in der → Schwerionenforschung.

Ionen|antrieb, elektrostatischer Antrieb, elektr. Raketenantrieb (→ Rakete) für die Raumfahrt, bei dem der Treibstoff (Cäsium, Quecksilber) ionisiert und die Ionen, durch elektrostat. Felder beschleunigt, aus dem Triebwerk als gerichteter Strahl austreten. Hinter dem Beschleunigerausgang muß der Treibstoffionenstrahl durch Ladungsträger entgegengesetzten Vorzeichens neutralisiert werden, damit sich Triebwerk und Raumfahrzeug nicht elektrisch aufladen und der Schub versiegt. Je nach Ionisator unterscheidet man verschiedene Ionentriebwerkstypen: Stuhlinger-Triebwerk (Ionisation durch Langmuir-Effekt), Kontakt-Triebwerk, Elektronenstoß-Triebwerk (Kaufmann-Typ), Duoplasmatron-Triebwerk, Hochfrequenz-Triebwerk und Kolloid-Triebwerk. Der I. ist von allen elektr. Raketenantrieben das System mit dem höchsten Entwicklungsstand.

Ionen|austauschchromatographie, säulenchromatograph. Trennverfahren (→ Chromatographie), das die unterschiedliche Selektivität eines Ionenaustauschers gegenüber einem Ionengemisch zu dessen Trennung ausnutzt, z. B. Trennung der Aminosäuren.

Ionen|austauscher, anorgan. oder organ. Feststoffe, die bewegliche Ionen enthalten und die Fähigkeit haben, diese gegen andere Ionen mit gleichem Ladungsvorzeichen auszutauschen. Es wird zw. **Kationen-** und **Anionenaustauschern** unterschieden. Als anorgan. **Kationenaustauscher** wirken u. a. Alumosilikate (Zeolithe,

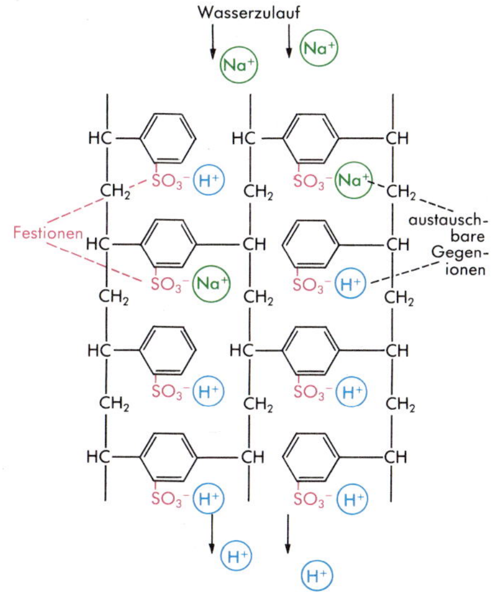

Ionenaustauscher: Wirkungsweise eines stark sauren Kationenaustauschers in der H^+-Form

Tonminerale). In Lehm- und Tonböden enthaltene Tonminerale können Pflanzennährstoffe (z. B. Kalium- und Ammoniumionen) aus der Bodenlösung durch Ionenaustausch aufnehmen und damit für die Pflanze verfügbar halten. Zur Verhinderung von Kalkabscheidungen in Waschmaschinen und auf der Wäsche werden Waschmitteln in zunehmendem Maße Zeolithe als I. zugesetzt. Von großer Bedeutung für die Wasseraufbereitung sind organ. Polymere (Kunstharze wie Styrol-Divinylbenzol-Copolymere), die zum Ionenaustausch befähigte funktionelle Gruppen (Festionen) enthalten. Als Festionen fungieren v. a. $-SO_3^-$ (für stark saure Kationenaustauscher), $-COO^-$ (für schwach saure Kationenaustauscher), $-N(CH_3)_3^+$ (für stark bas. Anionenaustauscher) und $-N(CH_3)_2H^+$ (für schwach bas. Anionenaustauscher). Die **Kunstharz-I.** haben Gelstruktur und quellen in Wasser. Sie werden meist in Perlform oder als Granulat in Behältern (I.-Kolonne) vom Wasser durchströmt. – Mehrfach positiv geladene Kationen (z. B. Ca^{2+}, Mg^{2+}) werden an einem Kationenaustauscher fester gebunden als einfach geladene (z. B. Na^+, H^+). Darauf beruht die Verwendung von I. in der Na^+-Form zur → Enthärtung von Wasser.

Da der Ionenaustausch eine Gleichgewichtsreaktion ist, kann der mit Ca- und Mg-Ionen beladene I. mit konzentrierter Natriumchloridlösung regeneriert werden. Für die Vollentsalzung von Wasser (z. B. für Kesselspeisewasser) werden ein Kationenaustauscher in der H^+-Form und ein Anionenaustauscher in der OH^--Form hintereinandergeschaltet. Zur Verbesserung der Entsalzung wird als dritte Stufe meist eine Kationen-Anionenaustauscher-Mischung **(Mischbettfilter)** nachgeschaltet. I. werden zur Entfernung von Wertstoffen oder Giften (z. B. Schwermetallen) aus Abfallösungen verwendet. Kationenaustauscher in der H^+-Form dienen auch als Katalysatoren (→ Hydratisierung). Mit positiven oder negativen Festionen ausgestattete I.-Membranen sind bei Kontakt mit Salzlösungen entweder nur für Anionen oder nur für Kationen durchlässig. Sie finden bei der → Elektrodialyse und Chloralkalielektrolyse (Membranverfahren) Verwendung.

Ionenbindung, Art der → chemischen Bindung.

Ionendosis, → Dosis.

Ionendosisrate, Ionendosisleistung, → Dosisleistung.

Ionen-Getter-Pumpe, Getter-Ionen-Pumpe, eine → Sorptionspumpe.

Ionengitter, Kristallstruktur, die aus positiven und negativen Ionen aufgebaut ist (i. Ggs. zu → Atomgittern und → Molekülgittern) und durch ionische Bindung (→ chemische Bindung) zusammengehalten wird. Die meisten Salze kristallisieren in I.

Ionen|implantation, → Dotierung.

Ionenkristall, Kristall mit → Ionengitter.

Ionenleiter, Stoffe, deren elektr. Leitfähigkeit nicht wie in Metallen (→ Leiter 1) oder → Halbleitern auf der Bewegung von Elektronen basiert, sondern bei denen der wesentliche Beitrag zum Ladungstransport durch die Wanderung von → Ionen geliefert wird. I. **(Leiter II. Ordnung)** sind Elektrolyte, Salzschmelzen, Ionenkristalle und Gläser. In Festkörpern, die mit wenigen Ausnahmen (→ Superionenleiter) nur eine geringe, stark temperaturabhängige Ionenleitung zeigen, nimmt nur eine Ionenart (und zwar die mit der geringsten Bindungsenergie) am Ladungstransport teil **(unipolare Ionenleitung).** In Elektrolyten fließen dagegen sowohl Anionen als auch Kationen **(bipolare Ionenleitung).** Der Stromfluß durch einen I. ist immer mit Materialtransport verknüpft.

Ionenmikroskop, ein Analogon zum → Elektronenmikroskop, das statt Elektronen Ionen verwendet, zu unterscheiden vom → Feldionenmikroskop.

Ionen|optik, Analogon zur → Elektronenoptik für Ionen- statt Elektronenstrahlen, wird z. B. bei der → Massenspektrometrie angewandt.

Ionenquelle, Vorrichtung zur Erzeugung von Ionenstrahlen im Vakuum. Die aus Festkörpern oder Gasen gewonnenen Ionen werden in elektromagnet. Feldern beschleunigt und zu einem gerichteten **Ionenstrahl** gebündelt. Um Umladungen und Streuung der Ionen im Untersuchungsraum zu verhindern, muß ein möglichst gutes Vakuum aufrechterhalten werden. I. werden u. a. in Teilchenbeschleunigern, zur Isotopentrennung und in der Massenspektroskopie verwendet. Bei **Gasentladungs-I.** wird eine Form der Gasentladung verwendet, z. B. kann man durch Niederdruck-Gasentladung → Kanalstrahlen erzeugen **(Kanalstrahl-I.). Bogen-I.** beruhen auf Bogenentladung (→ Kapillarbogen). Eine Weiterentwicklung der Bogen-I. ist das **Duo|plasmatron. Thermische I.** nutzen den → Langmuir-Effekt.

Ionenradi|en, Rechengrößen für die Kristallstrukturbestimmung, annähernd gleich den Radien der äußeren Elektronenschalen der Ionen. Wie einem Atom läßt sich einem Ion in Strenge kein fester Radius zuordnen. Da Ionenkristalle jedoch in grober Näherung als Anordnung sich berührender starrer Kugeln aufgefaßt werden können, werden die I. als Radien solch starrer Kugeln definiert. Die I. sind um so größer, je mehr Elektronenschalen ein Ion hat, und um so kleiner, je größer seine eigene Ladung und die seines Kerns ist. Bes. klein sind die I. der Metalle, weil diese die Elektronen ihrer äußersten Schale in Verbindungen abgeben.

Ionenradien einiger Elemente, geordnet nach zunehmender Kernladung

Element	Wertigkeit	I. *) (in Å)	Element	Wertigkeit	I. *) (in Å)
Lithium . .	+1	0,68	Magnesium .	+2	0,66
Beryllium .	+2	0,35	Aluminium .	+3	0,51
Bor	+3	0,23	Silicium . . .	+4	0,42
Kohlenstoff	+4	0,16	Phosphor . .	+5	0,35
Stickstoff .	+5	0,13	Schwefel . . .	+6	0,30
Sauerstoff .	−2	1,32	Schwefel . . .	−2	1,84
Fluor	−1	1,33	Chlor	+7	0,27
Natrium . .	+1	0,97	Chlor	−1	1,81

*) Die in der Literatur zu findenden numer. Werte sind nicht einheitlich, sie können auf verschiedenen Methoden der Berechnung basieren und von der Art der Salze, aus denen sie gewonnen sind, abhängen.

Ionenröhren, Sammelbez. für gasgefüllte Röhren, bei denen die aus der Kathode austretenden Elektronen die in der Röhre befindl. Gasmoleküle ionisieren können, was ab einer best. Anodenspannung zu einem sprunghaften Anstieg (Zündung) des Elektronenstromes führt. Bei I. mit Steuergitter **(Thyratron)** kann der Zündzeitpunkt durch die Wahl der Gittergleichspannung eingestellt oder die Zündung durch geeignete Impulse erzeugt werden. Für bes. hohe Stromstärken sind I. mit Quecksilberkathode **(Ignitron)** geeignet. I. Ggs. zu den bisher genannten I. benötigen **Glimmröhren** keine geheizte Kathode, sondern sind (bei höherer Zündspannung) auch mit kalter Kathode arbeitsfähig **(Kaltkathodenröhre).** Die Aufgaben der I. als elektron. Schalter werden heute – bis auf wenige Spezialfälle – von Halbleiterbauelementen (z. B. → Transistoren, → Thyristoren, → Triacs) wahrgenommen.

Ionenstärke, Symbol **I,** Maßzahl für die Gesamtkonzentration von *n* verschiedenen Ionensorten in einer Lösung. Die I. läßt sich aus den Konzentrationen der einzelnen Ionensorten (c_i) und deren Wertigkeiten (z_i) berechnen, wobei gilt $I = \frac{1}{2} \sum_{i=1}^{n} c_i z_i^2$.

Ionenstrahlen, aus bewegten → Ionen bestehende Strahlen. Dabei können sich I. nach Atomart, Ladungszustand und Energie unterscheiden. Auch aus ›nackten‹ Atomkernen gebildete Strahlen wie Protonen-, Deuteronen- und die aus Heliumkernen bestehenden α-Strahlen sind I. Es gibt versch. Entstehungsarten von I., z. B. werden → Kanalstrahlen mit elektr. Entladungsröhren erzeugt, wohingegen α-Strahlen beim radioaktiven Zerfall (→ Radioaktivität) von Atomkernen entstehen. I. mit bes. hohen Energien erhält man, wenn man die aus einer → Ionenquelle stammenden Ionen mit Ionenbeschleunigern nachbeschleunigt; aus ›schweren‹ Ionen bestehende I. werden in der → Schwerionenforschung eingesetzt.

Ionenstrahllithographie, Halbleitertechnologie: → Lithographie mit Ionenstrahlen.

Ionisation, Erzeugung von → Ionen.

Ionisations|energie, die → Ionisierungsenergie.

Ionisationsgrad, Formelzeichen $\varkappa$, gibt das Verhältnis der Anzahl ionisierter Atome oder Moleküle zur Anzahl der nichtionisierten Atome oder Moleküle in einem best. Volumen an, wobei für den I. unterschiedl. Definitionsformeln verwendet werden wie n_e/n_0, n_i/n_0, $n_e/(n_e+n_0)$ und $n_i/(n_i+n_0)$, wobei n_e die Elektronenkonzentration, n_i die Ionenkonzentration und n_0 die verbleibende Neutralteilchenkonzentration bezeichnet.

Ionisationskammer, Nachweis- und Meßgerät für ionisierende Strahlung (insbes. α-, β-, γ- und Röntgenstrahlung), bestehend aus einem gasgefüllten Gefäß mit zwei (meist zylindr. oder planparallelen) Elektroden, von denen die eine (meist der Gefäßmantel) als Erdpotential dient, während an die andere eine Hochspannung (von einigen 100 bis einigen 1000 V) gelegt wird. Die Spannung wird so gewählt, daß alle durch die Strahlung gebildeten ionisierten Teilchen an den Elektroden gesammelt werden (die Elektronen an der Anode, die positiv geladenen Ionen an der Kathode), aber noch keine Vervielfachung der primär gebildeten Ionenpaare stattfindet. Bei **Gleichstromkammern** wird der durch die einfallende Strahlung erzeugte mittlere Strom gemessen, bei **Impulskammern** (zum Zählen einzelner Teilchen) wird die durch ein einzelnes ionisierendes Teilchen bewirkte Spannungsänderung an den Elektroden registriert.

Ionisationskarte, Darstellung der weltweiten Verteilung der Elektronenkonzentration im Maximum der F2-Schicht der → Ionosphäre. Man trägt dazu die gemessenen Werte der → kritischen Frequenz der F2-Schicht auf einer Karte in Mercatorprojektion auf und verbindet die Punkte gleicher krit. Frequenz durch Konturlinien **(Isofrequenzlinien).**

Ionisationsmelder, in Gebäuden installierter Feuermelder, der auf Rauchentwicklung reagiert und Alarm auslöst (→ Feuermelde-Anlagen).

Ionisator, Gerät zur Beseitigung elektrostat. Aufladungen durch Erhöhung der Leitfähigkeit der Luft mittels Ionisation.

ionisierende Strahlung, zusammenfassende Bez. für alle Arten von → Strahlung, die in der Lage sind, → Ionen zu erzeugen, z. B. energiereiche Photonen- oder Korpuskularstrahlung aus Röntgenröhren, Radionukliden, Teilchenbeschleunigern, Kernreaktoren u. a., die durch Ionisation der getroffenen Atome oder Moleküle chemisch wirksame Radikale bilden und dadurch bei lebendem Gewebe die Funktion der Zelle beeinträchtigen (→ Strahlenschädigungen). Die Ionisation leitet eine Zellschädigung oder Zellvernichtung ein, die bei der Strahlenbehandlung bösartiger Geschwülste ausgenutzt wird.

Ionisierungs|energie, die zur Ionisierung (Ionisation) eines → Atoms oder Moleküls notwendige Energie (→ Ionen).

Ionitrieren, das Härten der Oberfläche von Stahl in einer Gasentladung durch ionisierten Stickstoff. Die Stahlteile werden als Kathode, das Entladungsgefäß als Anode geschaltet. Gegenüber dem herkömml. Härten durch langes Glühen in Ammoniak oder Stickstoff erreicht man eine Beschleunigung der Stickstoffaufnahme.

Ionium, Symbol **Io,** histor. Bez. für das instabile Thorium-Isotop $^{230}_{90}Th$ in der Uran-Radium-Zerfallsreihe (→ Radioaktivität).

Ionomere, Polymere mit ionischen Gruppen (z. B. Carboxylatgruppen), die einen besseren Zusammenhalt der Molekülketten bewirken. I. verhalten sich bei tiefen Temperaturen wie Thermodure, können aber oberhalb der Dissoziations-Temperatur in der Schmelze verarbeitet werden. I. haben hohe Transparenz, ausgezeichnete mechan. Eigenschaften und Adhäsion zu Metallen und Glas. Sie eignen sich v. a. zur Herstellung dünner Verpackungsfolien.

Ionometer *das,* **pH-Meter,** Gerät zur Bestimmung der → Wasserstoffionenkonzentration (pH-Wert) einer Lösung aus der elektr. Potentialdifferenz zw. einer Bezugselektrode und einer Meßelektrode, die in die zu messende Lösung tauchen. Als Bezugselektrode dient z. B. eine gesättigte → Kalomelelektrode, als Meßelektrode eine Wasserstoffelektrode, d. h. ein von Wasserstoff umspültes, mit Platinmohr versehenes Platinblech.

Ionophore, Stoffe, mit deren Hilfe Ionen durch Zellmembranen transportiert werden. Sie gehören unterschiedl. Substanzgruppen (z. B. den Peptiden) an. Hinsichtlich des Wirkungsmechanismus werden I. unterschieden, die in Membranen ionenleitende Kanäle bilden und solche, die als Träger (engl. ›cage carriers‹) die Ionen in Form eines Ionen-I.-Komplexes durch die Membran transportieren.

Ionophorese, im Unterschied zur → Elektrophorese Wanderung von nichtmakromolekularen Ionen in einem elektrischen Feld.

Ionosonde, Gerät zur Messung der Höhe, in der Radiowellen in der Ionosphäre reflektiert werden, nach dem Radarprinzip. Es liefert ein **Ionogramm.** Da Radiowellen dort total reflektiert werden, wo ihre Frequenz gleich der → Plasmafrequenz des Mediums ist und ein eindeutiger Zusammenhang zw. Plasmafrequenz und Elektronenkonzentration besteht, kann aus dem Ionogramm die Verteilung der Elektronendichte mit der Höhe **(Elektronendichteprofil)** abgeleitet werden.

Iono|sphäre, Teil der Atmosphäre, in dem Elektronen und Ionen in solchen Mengen vorkommen, daß die Ausbreitung von Radiowellen beeinflußt wird. Die I. der Erde reicht von etwa 60 km Höhe bis an die Grenze der Erdatmosphäre (→ Atmosphäre 2). Auch andere Planeten, wie Mars und Venus, besitzen I.

Schichten der Ionosphäre

Bez.	Höhenbereich (km)	Max. Elektronenkonzentration (E. K.)	Bemerkungen
D	60–85	unter 10^4/cm³	verschwindet nachts
E	85–130	$1 \cdot 10^5$/cm³	E. K. folgt Sonnenstand
F1	140–200	$3 \cdot 10^5$/cm³	nur tagsüber, E. K. folgt Sonnenstand
F2	>200	$5 \cdot 10^6$/cm³	zeitl. und örtl. Anomalien
Es	100	bis $3 \cdot 10^6$/cm³	unregelmäßig (›sporadisch‹)

Entstehung und Eigenschaften. Die I. entsteht durch extraterrestr. Strahlung. Elektronen und Ionen verschwinden wieder durch Rekombination und Anlagerung. Wichtigste Ionisierungsquelle ist das Sonnenlicht im UV- und Röntgenbereich (engl. Abk. **XUV**). Oberhalb 140 km wird atomarer Sauerstoff (O) durch UV-Strahlung im 17- bis 91-nm-Bereich ionisiert, zw. 90 und 120 km molekularer Sauerstoff (O_2) durch UV zw. 91 und 101 nm sowie O_2 und N_2 (Stickstoff) durch Röntgenstrahlung (≤ 10 nm). Der Stickstoff wird jedoch so rasch rekombiniert, daß er keinen wesentl. Beitrag liefert. Unterhalb 90 km wird Stickstoffoxid (NO) durch die im Sonnenspektrum kräftig vertretene Wasserstoff-Linie (**Lyman-α**; 121,5 nm) und O_2 durch Röntgenstrahlung zw. 10 und 0,2 nm ionisiert. Tagsüber bildet sich ein Gleichgewicht zw. Produktion und Verlust aus, nachts entfällt die Ionisation durch Sonnenstrahlung. Da die Intensität der XUV-Strahlung der Sonne erheblich mit der Sonnenaktivität schwankt, ändert sich auch damit die Elektronen-Ionenkonzentration (→Sonnenflecken). Auch die kosm. Strahlung spielt bei der Ionisation der unteren I. eine gewisse Rolle. In Höhen um 100 km können Meteorite die I. erheblich beeinflussen.

Entsprechend ihrem versch. Verhalten wird die I. in Gebiete oder Schichten eingeteilt (ÜBERSICHT). Im **D-Gebiet** nimmt die Elektronen- und Ionenkonzentration (E. K.) mit dem Sonnenstand zu und verschwindet danach schnell. Im **E-Gebiet** steigt die E. K. mit zunehmender Höhe weiter an und erreicht in 120–130 km ein flaches Maximum. Während der Nacht nimmt sie im Schichtmaximum langsam auf etwa 1/100 des Mittagswertes ab; offenbar ist hier auch nachts ein Ionisierungsprozeß wirksam. Oberhalb 130 km bildet sich dagegen nachts ein tiefes Tal der E. K. Im **F-Gebiet** erfolgt ein Anstieg der E. K. bis zu einem absoluten Maximum in 200–300 km Höhe. Tagsüber bildet sich in manchen Jahreszeiten eine Art Beule aus (**F1-Schicht**), während das Hauptmaximum (**F2-Schicht**) nach oben rückt. Dieses Maximum fällt aber nicht mit dem der Produktion bei etwa 160 km zusammen, sondern ist nach oben verschoben. Die Abhängigkeit der E. K. von Zeit und Ort im F-Gebiet wird durch Bewegungsvorgänge (→Ionosphärenwind) erklärt. Das **I.-Gas** ist elektrisch leitend. Wird dieser Leiter durch Gezeitenkräfte und unterschiedl. Erwärmung der Luft im Magnetfeld der Erde bewegt, so entstehen elektr. Ströme von der Größenordnung 10000 A, deren (Zusatz-)Magnetfeld den Hauptteil der am Boden beobachteten tageszeitl. Variationen des →erdmagnetischen Feldes ausmacht.

Störungen und Wirkung. Störungen der I. können durch Eindringen von geladenen Teilchen oder Zunahme der solaren XUV-Strahlung entstehen. Zu diesen gehört der **Mögel-Dellinger-Effekt (Sudden Ionospheric Disturbance** [sʌdn aɪɔnəsf'ɪərɪk dɪst'əːbəns, engl.], Abk. **SID)**, eine chromosphär. Eruption, bei der lokal auf der Sonne die Emission der Wasserstofflinie H_α, der UV-Linie Lyman-α und die im Röntgenbereich unterhalb 1 nm zunimmt. V. a. durch letztere wird das E- und D-Gebiet zusätzlich ionisiert. Dadurch werden die Reflexionen aus der I. stark geschwächt oder ganz unterbunden; der Funkverkehr auf I.-Wellen setzt aus, und die Intensität des kosm. Rauschens wird beim Durchgang durch die I. geschwächt (engl. **Sudden Cosmic Noise Absorption** [sʌdn k'ɔsmɪk nɔɪs əbs'ɔːrpʃən], Abk. **SCNA)**. Längswellen werden an der Unterseite des stärker ionisierten Gebietes besser reflektiert, ihre Phase ändert sich, ihre Amplitude steigt an. Die Intensität der atmosphär. Störungen nimmt zu. Die erhöhte Leitfähigkeit im D- und E-Gebiet bewirkt eine kurzzeitige Verstärkung (max. einige 100 min) der erdmagnet. Gezeiten-Variationen (**Crochet** [krəʊʃ'eɪ]). Im Sonnenfleckenmaximum sind sie häufig (gelegentlich mehrmals am Tag), im Minimum selten (einmal während mehrerer Monate). Meist steigt gleichzeitig die Intensität der solaren Radiostrahlung im cm- und m-Wellengebiet an.

Die Wirkung **solarer Korpuskeln** in der I. hängt von ihrem Eindringvermögen ab. Sie werden vom Erdmagnetfeld abgelenkt. Am energiereichsten sind die bei den →Protonenstürmen auftretenden solaren Protonen (bis zu 1/3 Lichtgeschwindigkeit), die 15 min bis einige h nach ihrer Emission bis etwa 30 km Höhe eindringen; sie verstärken die Ionisation. Die Wirkung der langsameren ist auf die Polarkappen beschränkt (→Polarkappenabsorption), die der Sekundär- und Tertiärprodukte der sehr seltenen raschen Protonen ist bis in niedere Breiten auf dem Erdboden zu verspüren (**solare Ultrastrahlung**). Ihre Dauer liegt zw. 1 und 10 Tagen.

Weniger energiereich sind die Teilchen, die das Polarlicht hervorrufen, mit Geschwindigkeiten zw. 1000 und 2000 km/s. Die elektrisch geladenen Teilchen können wegen des erdmagnetischen Feldes nur in den Zonen um die magnet. Pole in die Atmosphäre eindringen. Sie regen durch Stoß die atmosphär. Gase zum Leuchten an (→Polarlicht), heizen das F-Gebiet auf und erhöhen die Elektronenkonzentration im E-Gebiet. Bei ihrer Abbremsung im E-Gebiet entsteht Röntgenbremsstrahlung, die eine Zunahme der Elektronenkonzentration im D-Gebiet bewirkt. Die Zunahme der E. K. im E-Gebiet zusammen mit großräumigen Bewegungsvorgängen führt zur Ausbildung von flächenhaften Strömen bis zu einigen Mio. Ampere, die →erdmagnetische Stürme hervorrufen. Die mit dem Stromsystem verbundenen elektr. Felder bewirken, daß die Störung nicht auf die Polarlichtzone beschränkt bleibt, sondern auch in mittleren Breiten einen Anstieg der Höhe und eine Verminderung der E. K. im F-Gebiet (**Ionosphärensturm**) hervorruft, wodurch der Funkverkehr auf Kurzwellen erheblich beeinträchtigt wird.

Eine auffallende Abweichung vom normalen Zustand des E-Gebietes ist die sporad. E-Schicht (**Es-Schicht**). Dabei nimmt in einem relativ schmalen Höhenbereich (einige 100 m bis einige km) die E. K. um einige Prozent bis zum 25fachen spontan zu bei einer räuml. Ausdehnung zw. einigen km und einigen 1000 km. In der Polarlichtzone entsteht die Es-Schicht (**Polarlicht-Es**) durch die Wirkung solarer Teilchen. Statistisch ist die Es-Schicht in mittleren Breiten bei Tag und im Sommer häufiger als bei Nacht und im Winter. In äquatorialen Breiten ist tagsüber die Es-Schicht eine fast regelmäßige Erscheinung.

Im F-Gebiet löst sich bei Nordlichtstörungen und in Winternächten die regelmäßige Schicht in Wolken von einigen 100 m Durchmesser auf. In Äquatornähe ist dies nachts fast die Regel.

Praktische Bedeutung. Die I. umgibt die Erde wie ein Hohlspiegel für Radiowellen. **Langwellen** werden an der Unterkante reflektiert und breiten sich zw. Erdboden und I. wie in einem Wellenleiter aus. Mit abnehmender Wellenlänge dringen Radiowellen immer weiter in die I. ein, wobei sie teils absorbiert, teils reflektiert werden. **Mittelwellen** werden z. B. tagsüber stark gedämpft, während nachts die Reichweite wächst. **Kurzwellen** werden in einem Bereich von 3 bis 30 MHz an der I. reflektiert und ermöglichen so Verbindungen auf beliebige Entfernungen auf der Erde.

Die **Ionosphärenforschung** ist Teil der Geophysik. Die elektr. Eigenschaften der I. werden vom Boden aus mittels reflektierter elektr. Wellen (→Ionosonde), die Leuchterscheinung mit Hilfe von opt. Geräten und die elektr. Ströme mit Hilfe von Magnetometern beobachtet. Eine wichtige Ergänzung sind Messungen an Bord von Raketen und Satelliten.

Geschichte. Die I. der Erde wurde 1924 von E. V. APPLETON entdeckt. Er bestimmte die Höhe der reflektierenden Schicht zu 100 km und fand später eine weitere in 200–300 km. Die erstere nannte er E-, die letztere F-Schicht. Bereits 1881 hatte B. STEWART aus den erdmagnet. Variationen die Existenz einer stromführenden Schicht in der hohen Atmosphäre gefolgert; 1902 postulierten O. HEAVISIDE und unabhängig E. A. KENNELLY eine reflektierende Schicht zur Erklärung von G. MARCONIS Fernübertragungsversuchen von Radiowellen.

Ionosphärenwind, Luftbewegungen in der oberen Atmosphäre mit Geschwindigkeiten bis zu einigen 100 km/h. Die Bewegungen des Neutralgases und die der ionisierten Komponente stimmen wegen der Ablenkung der ionisierten Teilchen durch das Erdmagnetfeld nicht miteinander überein. Die Bewegung des **Neutralgases** ist im wesentl. durch die Gezeiten der Atmosphäre und die ungleichmäßige Erwärmung der Atmosphäre bei Tag und Nacht bedingt; die Bewegung der **ionisierten Komponente** wird teils durch Mitnahme durch das Neutralgas, teils durch elektr. Felder in der Ionosphäre hervorgerufen. Beide Komponenten können mit Hilfe von Metalldampfwolken (Barium, Strontium) beobachtet werden, die aus Raketen in Höhen bis zu einigen 1000 km ausgestoßen werden. Ein Teil der Wolke bleibt neutral und folgt der Bewegung des Neutralgases, ein anderer Teil wird durch das Sonnenlicht ionisiert und bewegt sich mit der ionisierten Komponente. Solche Beobachtungen sind an die Dämmerungszone gebunden, da die Erde im Schatten, die Wolke aber im Sonnenlicht liegen muß.

Iota (ι, I), ein → griechischer Buchstabe (ÜBERSICHT).

Ir, Symbol für das chem. Element → **Ir**idium.

IR, Abk. für **Infrarot,** IR . . . in zusammengesetzten Begriffen, → Infrarot . . .

I-Regler, Abk. für **Integral-Regler,** stetiger → Regler, der ein dem Zeitintegral über die → Regelabweichung proportionales Ausgangssignal erzeugt. Dies ist z. B. bei Verwendung von Stellmotoren der Fall. Ein I-R. kann nur dann einen Beharrungszustand einnehmen, wenn er die Regelabweichung völlig beseitigt hat. Diesem Vorzug des I-R. steht der Nachteil gegenüber, daß er auf Grund seines integrierenden Verhaltens das Stellsignal nur allmählich aufbauen kann.

Iridium, chem. Symbol **Ir,** ein → chemisches Element aus der Gruppe der Platinmetalle, Ordnungszahl 77, zwei natürlich vorkommende stabile (191, 193) und über 20 künstl. instabile Isotope. Nach Osmium das zweitdichteste Metall, spröd, silberweiß und außerordentlich korrosionsbeständig. I. ist sehr selten und kommt nur gediegen vor (oft in Rohplatin oder in Iridosmium). – Verwendung meist als härtender Zusatz zu Platin für Apparate und Geräte (das Pariser → Urmeter besteht aus 90% Platin und 10% I.); in Legierungen mit Osmium für Schreibfedern, Dentalinstrumente, Injektionsnadeln und elektr. Kontakte. – I. wurde 1804 von S. TENNANT entdeckt.

In den stark gefärbten **Iridiumverbindungen** hat I. hauptsächlich die Oxidationszahlen +3 und +4, seltener +2 und +6. Die einfachen **Halogenide** sind dunkelgefärbte Verbindungen wechselnder Zusammensetzung. **Iridiumhexafluorid,** IrF_6, ist leichtflüchtig. (→ Platinmetalle)

irisieren, in den Regenbogenfarben schillern. Durch oberflächl. Verwitterung können auf Glasgegenständen dünne Schichten von unterschiedl. Brechzahl entstehen, die durch Interferenz irisieren. Irisierende Glasgegenstände können künstlich hergestellt werden durch Behandlung rotglühender Artikel mit z. B. Zinnchloriddampf oder durch Überziehen kalter Artikel mit z. B. einer Essenz aus Weißfischschuppen.

irrationale Zahl, reelle → Zahl, die sich nicht als Quotient zweier ganzer Zahlen ausdrücken läßt; z. B. die Quadratwurzel aus einer Primzahl. Jede i. Z. läßt sich als unendliche nichtperiod. Dezimalzahl darstellen.

irreduzibel heißt ein mathemat. Gegenstand, wenn er bezüglich einer bestimmten Eigenschaft und innerhalb einer betrachteten (strukturierten) Menge unzerlegbar ist. Beispiele: Das → Polynom $f(x)=x^2+2x+5$ ist über dem Körper $\mathbb{Q}$ der rationalen Zahlen i. Man kann es nicht in ein Produkt von Polynomen niedrigeren Grades mit rationalen Koeffizienten zerlegen. Das Polynom $g(x)=x^2-5x+6$ ist nicht i., denn es gilt $g(x)=(x-2)\cdot(x-3)$. – **irreduzibles Element,** → unzerlegbares Element.

Irrelevanz, Nachrichtenverarbeitung: der durch Störungen bei der Nachrichtenübertragung hervorgerufene Störinformationsfluß, → Informationstheorie.

irreversibel, nicht umkehrbar; physikal. oder chem. Zustandsänderung eines → Systems, die ohne zusätzliche Veränderung seiner Umgebung nicht rückgängig gemacht werden kann. In einem abgeschlossenen System nimmt die → Entropie bei **irreversiblen Prozessen** stets zu. Alle makroskop. Naturvorgänge verlaufen i.; Ggs. → reversibel.

Is|anomalen, Iso|anomalen, Linien gleicher Abweichung von normalen, regelmäßigen oder theoretisch begründeten Werten, z. B. I. des erdmagnet. Feldes.

Isa|rithmen, die → Isolinien.

Isatin *das,* **2.3-Indoldion,** gelbrote, kristalline Prismen. I. und seine Derivate sind wichtige Ausgangsverbindungen für indigoide Farbstoffe.

I-Säure, 2-Amino-5-hydroxynaphthalin-7-sulfonsäure, Kupplungkomponente zur Herstellung von Azofarbstoffen.

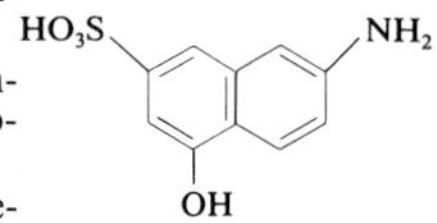

I-Säure

is|enthalpischer Drosseleffekt, der → Joule-Thomson-Effekt.

iso . . ., Vorsilbe zur Bez. der Gleichheit von Eigenschaften, der Stellung u. a.

ISO, kurz für → **I**nternational **O**rganization for **S**tandardization.

Isobare, Atomkerne mit gleicher Nukleonenzahl A, aber unterschiedl. Protonenzahl Z und Neutronenzahl N.

Isobaren, 1) Meteorologie: Linien gleichen Luftdrucks, geben in Wetterkarten die horizontale Druckverteilung mit Hoch- und Tiefdruckgebieten an.

2) Thermodynamik: manchmal auch **Isopiesten,** Kurven im Zustandsdiagramm eines physikalisch-chem. Systems, längs denen der Wert des Druckes konstant ist.

Isobutan, 2-Methylpropan, brennbares Gas, gewinnbar aus Erd- und Krackgasen, techn. durch Hydrierung von Kohlenmonoxid, durch Isomerisierung von Butan. I. dient zur Herstellung von Alkylatbenzin und von Isobutylen. (→ Butane)

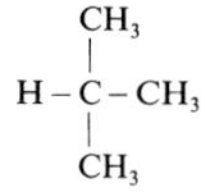

Isobutan, C_4H_{10}

Isobutanol, → Butanole.

Isobuten, → Oligomere, → Butene.

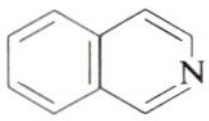

Isochinolin

Isochinolin, basische → heterozyklische Verbindung, die im Steinkohlenteer vorkommt und zur Herstellung von Farbstoffen und Arzneimitteln verwendet wird.

Isochoren, Thermodynamik: Kurven für konstantes Volumen einander zugeordneter Werte von Druck und Temperatur im Zustandsdiagramm eines physikalisch-chem. Systems. Bei Zustandsänderung längs einer I. **(isochore Zustandsänderung)** wird keine Volumenarbeit ausgetauscht.

Isochromasie, gleichmäßige Lichtempfindlichkeit photograph. Materials für alle Wellenlängen des sichtbaren Bereiches.

Isochromaten, 1) Kurven, die die abgestrahlte Energie bei einer best. Wellenlänge in Abhängigkeit von einer anderen Größe darstellen, z. B. von der absoluten Temperatur bei thermischen Strahlern.

2) → Kristalloptik.

Isochronen, Linien gleicher Zeitdauer oder gleichen zeitl. Eintreffens von Vorgängen.

Isochronismus, allg. die Eigenschaft von Schwingsystemen bei → Uhren, daß die Schwingungsdauer unabhängig ist von Störungen, insbes. von der Schwingungsweite und ggf. von der räuml. Orientierung; anderenfalls spricht man von **I.-Fehler.**

Isocon, Bildaufnahmeröhre für Fernsehbilder, die für geringen Lichtbedarf entwickelt wurde. Das vom Aufbau her weitgehend dem → Superorthikon ähnliche I. ist heute vom → Vidikon verdrängt.

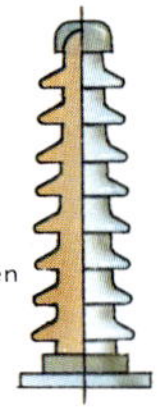

Stützisolatoren

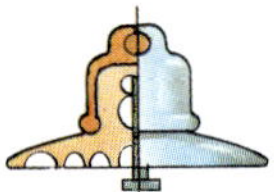

Hängeisolatoren

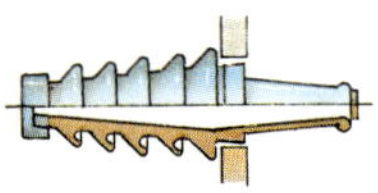

Durchführungsisolator

Isolator 2)

Isocyanate, sehr reaktionsfähige organ. Verbindungen mit der funktionellen Gruppe $-N=C=O$. **Mono-I.** sind Ausgangsstoffe für Harnstoffderivate und Carbamate. Besondere Bedeutung haben → Diisocyanate.

Isocyanide, Isonitrile, organ. Verbindungen mit der funktionellen Gruppe $-N\equiv C$. I. sind meist widerlich riechende, giftige Flüssigkeiten.

iso|elektrischer Punkt, Bez. für den pH-Wert einer wäßrigen Lösung, bei dem gelöste amphotere Elektrolyte (→ Ampholyte) ungeladen erscheinen. Bei Abwesenheit anderer Elektrolyte in unendlicher Verdünnung entspricht der i. P. dem Ladungsnullpunkt.

ISO-Formate, Bez. für Papier, das in → DIN-Formaten geschnitten wurde.

Isofrequenzlinien, → Ionisationskarte.

Isogammen, Linien gleicher → Schwere oder gleicher Schwereanomalie, z. B. auf Karten.

Isogon *das,* regelmäßiges (›gleichwinkliges‹) Vieleck; **isogonal,** gleichwinklig.

Isogonen, Verbindungslinien von Orten mit gleicher Windrichtung oder gleicher erdmagnet. Deklination (→ erdmagnetisches Feld).

Isohalinen, Linien gleichen Salzgehalts des Meerwassers.

Isohelie, photograph. Verfahren zur Herstellung graph., plakatartiger Bilder, das urspr. als Tontrennungsverfahren zur Überwindung großer Kontraste angewendet wurde. Ein Halbtonbild wird in ein Bild aus nur wenigen in sich einheitl. Tonstufen umgewandelt durch Umkopieren des Originalnegativs auf versch. Zwischennegative, die nur jeweils zwei Tonstufen aufweisen und, paßgenau übereinandermontiert, als Kopiervorlage benutzt werden.

Isohyeten, Linien gleicher Niederschlagsmenge in einer bestimmten Zeiteinheit.

Isohypsen, die → Höhenlinien.

Isokline, Kurve gleicher Neigung; in der Geophysik Verbindungslinie von Orten gleicher erdmagnet. Inklination (→ erdmagnetisches Feld).

Isolation, Isolierung, Elektrotechnik: Grad der galvanischen Trennung von elektrisch leitfähigen Körpern, die gegeneinander oder gegen Erde unter elektr. Spannung stehen, z. B. Hochspannungs-I. (→ Isolierstoffe)

Isolationsmesser, elektr. Gerät zum Messen des Isolationswiderstands von elektr. Maschinen, Anlagen und Kabeln. Widerstände im MΩ-Bereich müssen mit der Betriebsspannung gemessen werden. Angewendet wird meist die Strommessung mittels einer hohen Gleichspannung (100 bis 1 000 V) und einem → Drehspulinstrument.

Isolations|prüfer, einfaches elektr. Meßgerät zum Prüfen des Isolationswiderstands elektr. Geräte. Eine Taschenlampenbatterie als Spannungsquelle dient der Strommessung im Bereich von 1 kΩ bis 100 kΩ.

Isolator, 1) Festkörperphysik: elektrisch nichtleitende Stoffe, deren spezifischer elektr. Widerstand auf Grund ihrer Bandstruktur (→ Bändermodell) größer als $10^6\ \Omega$ cm ist.

2) Hochspannungstechnik: elektrisch nicht leitendes Konstruktionselement zur Befestigung spannungsführender Leiter oder zu deren Durchführung durch eine Wand. Nach Art der Montage werden versch. Bauformen unterschieden: **Stütz-I., Hänge-I., Durchführungs-I.** Als Materialien werden überwiegend Porzellan, aber auch Steatit, Hartglas, Hartpapier, Gießharz und Kunststoffe verwendet (→ Isolierstoffe).

Isolierlacke, Lacke, meist auf Kunstharzbasis; für stromführende Teile, z. B. **Draht-I.** oder **Tränklacke** für Spulen. I. haben hohen Isolierwiderstand, gute Wärme- und Alterungsbeständigkeit und Abriebfestigkeit.

Isolierstoffe, Isoliermittel, die eine galvan. Trennung von elektr. leitenden oder leitfähigen Teilen in elektrotechnischen Konstruktionen herbeiführen, z. B. die Isolierung eines Kabels oder eines Leiters in elektr. Maschinen. Zur Beurteilung von I. dienen neben der → Durchschlagfestigkeit verschiedene Eigenschaften. Der spezifische Durchgangswiderstand liegt bei den meisten I. zwischen 10^{11} und $10^{17}\ \Omega$cm. Er nimmt mit steigender Temperatur ab. Der Oberflächenwiderstand ist nicht nur vom I.-Material, sondern auch von der Luftfeuchtigkeit sowie von Verschmutzung und Form des → Isolators abhängig. Der dielektrische Verlustfaktor ist ein Maß für die Erwärmung und damit für Leistungsverluste, die in einem Kondensator mit dem I. als Dielektrikum auftreten. Alle festen I. dürfen nur bei Beanspruchung unterhalb ihrer Durchschlagfestigkeit verwendet werden, da mit dem Durchschlag ihr Isoliervermögen verlorengeht. Die Isolierung ist auch für den → elektrischen Berührungsschutz bedeutsam.

Von vielen I. werden außer guter Isolierfähigkeit auch bestimmte mechan. Eigenschaften verlangt, z. B. hohe Festigkeit, Witterungs- oder gute Wärmebeständigkeit. Für die Maschinen- und Geräte-Isolierung werden die I. in Temperaturbeständigkeitsklassen eingeteilt. Sie reichen von der Klasse Y (Baumwolle u. ä., niedrigste Temperaturbeständigkeit) über A, E, B, F, H bis C (Glimmer, Glas u. ä.).

Anorganische I. sind Glimmer, Porzellan, Gläser und Steatit (Speckstein und daraus hergestellte keramische I.).

Die in der Elektrowärmetechnik geforderte hohe Temperaturbeständigkeit haben Cordierit-, Ton- und Schamotte-I., durch hohe Festigkeit bis 1 000 °C zeichnet sich Aluminiumoxid aus. Titanoxid und Bariumtitanat sind wegen ihrer hohen Dielektrizitätszahl bei Kondensatoren in der Hochfrequenztechnik anwendbar. Kunststoffe haben neben guten elektr. Eigenschaften den Vorteil der guten Verarbeitbarkeit. Verwendet werden u. a. Polyamide, Polyäthylen, Polycarbonat, Polystyrol und PVC. Drahtwicklungen werden mit **Drahtlacken** (z. B. Polyester- und Polyesterimidlacke) isoliert und zum Schutz mit Tränklacken (lösemittelhaltig) auf der Basis von Alkyd- und Polyurethanharzen oder Tränk- und Träufelharzen (lösemittelfreie, modifizierte ungesättigte Polyesterharze) überzogen. **Isolieröle** werden als I. und/oder als Dielektrikum in Hochspannungstransformatoren (Transformatorenöle), -schaltern (Schalteröle), -kabeln (Kabelöle) und in Kondensatoren (Kondensatoröle) eingesetzt. Verwendet werden v. a. niedrig viskose Mineralöle, von denen neben einer hohen Durchschlagfestigkeit meist hohe Alterungsbeständigkeit und gute Kälteeigenschaften (z. B. Fließfähigkeit bei − 30 °C) verlangt werden.

isolierter Punkt, Punkt einer Teilmenge eines topologischen Raumes, der der einzige Punkt in einer → Umgebung dieses Punktes ist.

isolierte Starkstromleitungen, isolierte elektr. Leitungen zur Verwendung in Starkstromanlagen, z. B. Hausinstallationen.

1) für feste Verlegung: **Aderleitungen,** Leitungsdrähte mit einfacher Isolierhülle zur Verlegung in → Installationsrohr und zur ›Verdrahtung‹ elektr. Schaltungen; **Stegleitungen,** mehradrige Flachleitungen mit doppelter Isolierung zum Verlegen ›im Putz‹ (keine Mauerschlitze); **Mantelleitungen,** mehradrige Leitungen aus verdrillten isolierten Adern mit isoliertem wasserdichtem Schutzmantel aus Kunststoff; **Rohrdrähte,** innen wie Mantelleitungen, Schutzhülle jedoch aus gefalztem Metallmantel; wasserdicht nur mit zusätzl. Kunststoffumhüllung (umhüllte Rohrdrähte).

2) zum Anschluß ortsveränderl. Stromverbraucher: mehradrige flexible Leitungen, z. B. **Zwillings-** und **Drillingsleitungen** zum Anschluß leichter Handgeräte (Kosmetik), **Kunststoff-** und **Gummischlauchleitungen** für unterschiedliche Beanspruchung und Anwendung.

3) Fest oder ortsveränderlich sind **Feuchtraumleitungen,** Sammelbegriff für alle in feuchter und nasser Umgebung verwendbaren Leitungen, z. B. Mantelleitungen, umhüllte Rohrdrähte, mindestens mittlere Gummischlauchleitungen.

Isolierung, → Isolation.

Iso|lini|en, Isa|rithmen, Linien, die, v. a. in Karten, Punkte gleicher Werte (Maße, Mengen, Intensitäten u. a.) miteinander verbinden. Benachbarte I. umschließen demnach best. Wertintervalle; die dadurch entstehenden Flächen werden häufig durch Farben abgestuft (z. B. Höhenschichten, Klimazonen). Beispiele: Höhenlinien zur Geländedarstellung oder I. zur Wiedergabe geophysikal., meteorolog. und hydrologischer Daten.

Isomerie, 1) Chemie: Erscheinung, daß chem. Verbindungen mit verschiedenen chem. und physikal. Eigenschaften die gleiche Summenformel haben. Verbindungen dieser Art nennt man **Isomere.** Beruht die I. auf unterschiedl. → Konstitution, d. h. unterschiedl. Strukturformel, so spricht man von **Struktur-** oder **Konstitutions-I.** Dabei wird häufig zw. folgenden Fällen unterschieden: **Skelett-** oder **Ketten-I.,** bei der ein unterschiedl. Aufbau des Kohlenstoffskeletts vorliegt (z. B. n-Butan und Isobutan); **Stellungs-I.,** bei der eine funktionelle Gruppe an verschiedene C-Atome des gleichen Skeletts gebunden ist (z. B. ortho-, meta- und para-Dichlorbenzol); **Bindungs-I.,** bei der Einfach- und Mehrfachbindungen unterschiedlich angeordnet sind (z. B. 1-Buten und 2-Buten); **Funktions-I.,** bei der Verbindungen mit gleicher Summenformel unterschiedliche funktionelle Gruppen besitzen (z. B. Äthanol und Dimethyläther). Spezielle Möglichkeiten der Struktur-I. gibt es bei Komplexverbindungen. Können sich strukturisomere Moleküle bis zu einem Gleichgewicht schnell ineinander umlagern, so spricht man von **Tautomerie.** Ein Beispiel ist die Keto-Enol-Tautomerie, die z. B. beim Acetessigester auftritt:

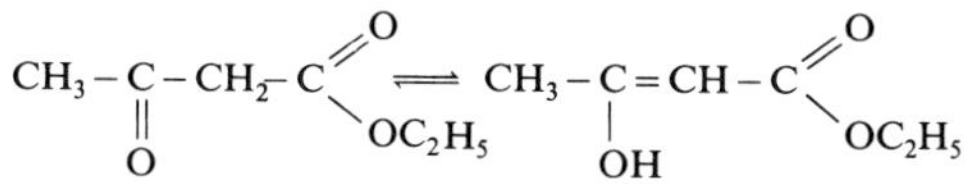

Keto-Form Enol-Form

Unter **Enol** versteht man eine Verbindung, in der eine OH-Gruppe direkt an eine C = C-Gruppe gebunden ist. **Stereo-I.** liegt vor, wenn Moleküle gleiche Summen- und Strukturformel haben, sich aber durch die räuml. Anordnung von Atomen oder Atomgruppen unterscheiden (→ Stereochemie, → Substitutionsisomerie).

2) Kernphysik: **Kernisomerie.** Bei Atomkernen spricht man von I., wenn für einen Kern bei gleicher Protonen- und Neutronenzahl verschiedene relativ langlebige Zustände **(isomere Zustände)** existieren. Solche isomeren Zustände **(Isomere)** findet man bes. bei Kernen, deren Neutronen- oder Protonenzahl knapp unter den → magischen Zahlen liegt. Die Ursache für die lange Lebensdauer der isomeren Zustände ist eine verschiedene Anordnung der Protonen und Neutronen im Kern derart, daß normale, mit Dipolstrahlung verbundene Übergänge zw. beiden Zuständen nach den quantenmechan. Regeln ›verboten‹ sind, so daß solche Übergänge nur unter Aussendung der viel selteneren Multipolstrahlung erfolgen können. Isomere mit großem Formunterschied heißen **Formisomere.**

Isomerisierung, Umlagerung chem. Verbindungen in Isomere (→ Isomerie 1). Von techn. Bedeutung sind u. a. die I. von Maleinsäure zu → Fumarsäure und von n-Paraffinen zu klopffesteren i-Paraffinen beim Reformieren, z. B.

$CH_3-CH_2-CH_2-CH_2-CH_2-CH_3$
Hexan

$\longrightarrow CH_3-CH(CH_3)-CH_2-CH_2-CH_3$
2-Methylpentan

Isometrie, in der Geometrie eine Abbildung, die Geraden, Längen und Winkel erhält, z. B. die → Bewegungen und die Kongruenzabbildung (→ kongruent 2). Allgemeiner eine bijektive → Abbildung f eines metr. Raumes M mit einer → Metrik d in einen metr. Raum M' mit der Metrik d', so daß für alle $P, Q \in M$ gilt $d'(f[P], f[Q]) = d(P, Q)$.

isometrisch, Geometrie: **isometrische Projektion,** senkrechte Parallelprojektion (→ Perspektive), bei der alle drei Achsen eines Würfels gleich lang erscheinen und sich unter Winkeln von 120° schneiden **(Kavaliers-** und **Militärperspektive).**

Isomerie:

$CH_3-CH_2-CH_2-CH_3$

n-Butan

$CH_3-CH(CH_3)-CH_3$

Isobutan

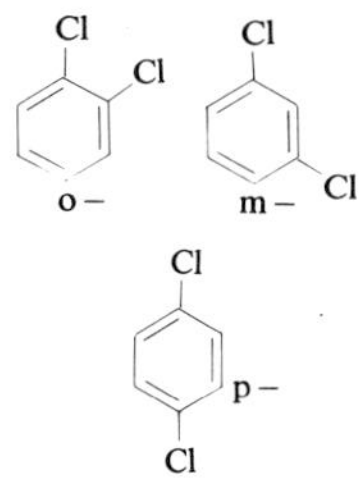

Dichlorbenzol

$CH_2=CH-CH_2-CH_3$

1-Buten

$CH_3-CH=CH-CH_3$

2-Buten

CH_3-CH_2-OH

Äthanol

CH_3-O-CH_3

Dimethyläther

Isomorphie, nach E. MITSCHERLICH (1821) das Auftreten von Kristallen von gleicher äußerer Form mit weitgehend übereinstimmenden Winkeln und analoger chem. Zusammensetzung, die daher die Fähigkeit haben, miteinander Mischkristalle zu bilden. Durch Kristallstrukturuntersuchungen wurde später bekannt, daß Mischkristallbildung weitgehend vom Gitterbau der beteiligten Kristallarten abhängt, daher wird heute unter I. die Mischkristallbildung von Kristallen mit isotypen Strukturen verstanden (→Typiebeziehungen).

Isomorphismus, eine bijektive →Abbildung 1) einer algebraischen Struktur A auf eine entsprechende A', die ein →Homomorphismus bezüglich aller Verknüpfungen ist. Sind z. B. R und S →Ringe, R mit den Verknüpfungen $+$ und $\cdot$, S mit den Verknüpfungen $\circ$ und $*$ und ist $f{:}R \longrightarrow S$ die obige bijektive Abbildung mit $f(a+b) = f(a) \circ f(b)$; $f(a \cdot b) = f(a) * f(b)$ für alle $a, b \in R$, dann ist f ein I. von R in S und man schreibt $R \cong S$. Meistens wird noch verlangt, daß das Einselement von R auf das Einselement von S abgebildet wird (falls vorhanden). Besondere I. sind die →Automorphismen.

Isonitrile, die →Isocyanide.

Iso|octan, →Oktanzahlen.

Isoparaffine, →Alkane.

isoperimetrisches Problem. Gesucht wird nach einer Kurve, für die der von dieser Kurve eingeschlossene Flächeninhalt maximal ist, im einfachsten Fall hat der Kreis die Eigenschaft, von allen konvexen Kurven desselben Umfangs den größten Flächeninhalt zu haben. Das i. P. kann für höhere Dimensionen verallgemeinert werden.

Isophoten, Linien gleicher Strahlungsintensität. I.-Karten werden in der Astronomie zur Darstellung der in verschiedenen Himmelsrichtungen unterschiedlich stark gemessenen Strahlungsintensität benutzt.

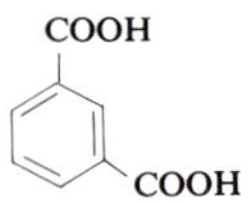

Isophthalsäure

Isophthalsäure, 1,3-Benzoldicarbonsäure, farblose Kristalle, die durch Oxidation von m-Xylol gewonnen und zur Herstellung von Aramiden verwendet werden.

Isopiesten, in der Thermodynamik seltene Bez. für →Isobaren.

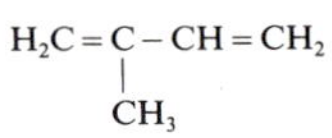

Isopren

Isopren, 2-Methyl-1,3-butadien, farblose, leicht flüchtige Flüssigkeit. Das I.-Molekül ist als Baustein in vielen Naturstoffen (z. B. Terpene, Naturkautschuk) enthalten. I. wird überwiegend aus den Crackprodukten der Steamcracker isoliert. Es wird v. a. zur Herstellung von cis-1,4-Polyisopren-Kautschuk verwendet.

Isopropyl..., Bez. für die einbindige Kohlenwasserstoffgruppe $CH_3-\underset{|}{C}H-CH_3$.

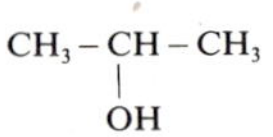

Isopropylalkohol

Isopropyl|alkohol, 2-Propanol, farblose, mit Wasser mischbare, brennbare Flüssigkeit, die durch →Hydratation von Propylen in Gegenwart saurer Katalysatoren hergestellt wird. – Verwendung als Lösemittel, oft statt des teureren Äthanols, sowie zur Herstellung von Aceton und Estern (z. B. Isopropylacetat).

Isopropyl-methyl-benzole, die →Cymole.

Isoseisten, auf Karten Linien gleicher Erdbebenstärke.

is|osmotisch, svw. →isotonisch.

Isospin, isotoper Spin, isobarer Spin, Quantenzahl zur Klassifizierung best. Untergruppen von →Elementarteilchen **(Multipletts)** auf Grund ihres elektr. Ladungszustandes. Der I. läßt sich durch die gleichen Rechengrößen beschreiben wie der Spin und deshalb als Drehimpuls in einem abstrakten 3dimensionalen **Isospinraum (Iso-Raum)** veranschaulichen, der wie der Spin gequantelt ist und nur die Werte $I = 0, \pm\frac{1}{2}, \pm 1, \ldots$ in Einheiten $\hbar = h/2\pi$ (h = Plancksches Wirkungsquantum) annehmen kann. Ein I.-Multiplett enthält $2I+1$ Teilchen, deren I.-Komponente I_3 von I über $I-1$, $I-2$, ... bis $-I$ läuft; z. B. bilden die Nukleonen Proton (p) und Neutron (n) ein I.-Dublett mit $I = \frac{1}{2}$ und $I_3 = \frac{1}{2}$ für p, $I_3 = -\frac{1}{2}$ für n. – In der Kernphysik ist der **I.-Formalismus** ein nützliches Hilfsmittel zur mathematischen Beschreibung von Kernaufbau und Kernreaktionen.

Isostasie, der einem Schwimmgleichgewicht entsprechende, ausgeglichene Zustand der Erdkruste, wie er sich aus der gemessenen Schwereverteilung und seism. Untersuchungen ergibt. Die heutige Vorstellung (→Erde) ist eine Ausgestaltung des Schemas von G. B. AIRY (BILD). Dem früher viel diskutierten Schema von J. PRATT (BILD)

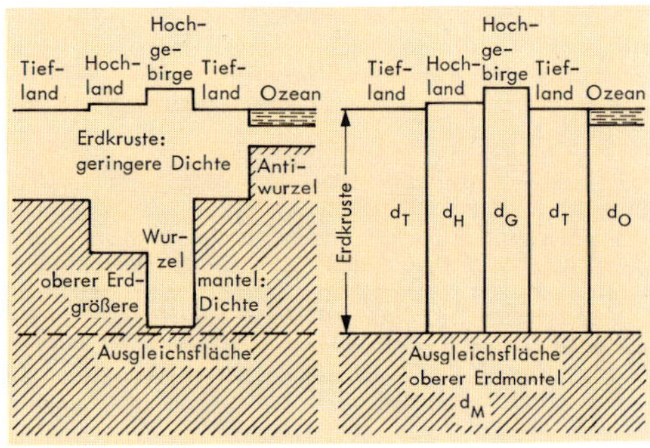

Isostasie: LINKS nach Airy (1855), RECHTS nach Pratt (1855), $d_T \ldots d_M$ Dichte, $d_G < d_H < d_T < d_O < d_M$

dürfte nur lokale Bedeutung zukommen. Störungen des **isostatischen Gleichgewichtes** (→Schwereanomalien) durch Massenverschiebungen und tekton. Vorgänge werden durch **isostat. Ausgleichsbewegungen** ausgeglichen.

Isosterie, Gleichheit der Elektronenkonfiguration bei Molekülen oder Ionen gleicher Atom- und Gesamtelektronenzahl. **Isoster** (oder **isoelektronisch**) sind z. B. Stickstoff :N:::N: und Kohlenmonoxid :C:::O:. Isostere Verbindungen haben oft ähnliche physikal. Eigenschaften.

Isotachen, Linien gleicher Geschwindigkeit im Querschnitt fließender Medien, z. B. in einem Fluß.

isotaktisch, regelmäßig, periodisch, wiederholt, in bezug auf die räuml. Anordnung der Seitengruppen in makromolekularen Stoffen (z. B. in Polypropylen), die dadurch besondere Eigenschaften (z. B. Festigkeit) erhalten.

Isothermen, 1) Meteorologie: Linien gleicher Temperatur zu einem best. Zeitpunkt oder im Mittel eines Zeitraumes. In den **wahren I.** der Lufttemperatur kommt der Einfluß der Höhenlage zum Ausdruck, **reduzierte I.** geben die auf Meereshöhe umgerechnete Temperatur in ihrer Abhängigkeit von Land- und Meerverteilung und der Breitenlage an.

2) Physik: Kurven oder Flächen, die Punkte gleicher Temperatur verbinden, z. B. im Diagramm der Temperaturstrahlung die Kurven der spektralen Energieverteilung für bestimmte Temperaturen oder im Zustandsdiagramm eines Gases die Linien, die die Abhängigkeit des Drucks vom Volumen eines Gases bei unveränderl. Temperatur angeben. **Isotherme Zustandsänderungen** eines physikal. Systems verlaufen bei konstanter Temperatur.

Isotone, Atomkerne mit gleicher Neutronenzahl *N*, aber unterschiedl. Protonenzahl *Z*.

isotonisch, is|osmotisch, heißen Lösungen mit gleichem osmot. Druck (→ Osmose). **Isotonie** spielt z. B. bei Blut-Ersatzmitteln eine Rolle.

Isotope, Atomkerne mit gleicher Protonenzahl (Kernladungszahl, Ordnungszahl) *Z*, aber unterschiedlicher Neutronenzahl *N* und damit unterschiedlicher Nukleonenzahl (Massenzahl) *A*. I. gehören zum gleichen chem. Element und lassen sich mit chem. Methoden nur sehr schwer trennen, weil die chem. Natur eines Atoms von seiner Elektronenhülle bestimmt wird, deren Struktur fast ausschließlich von der Protonenzahl *Z* festgelegt wird. Physikalisch unterscheiden sich isotope Atomkerne außer in ihrer Masse auch durch Spin, magnet. Moment und Volumen. Häufig werden nicht nur die verschiedenen Atomkernarten eines Elements, sondern auch die zugehörigen Atome als I. bezeichnet. Der noch weit verbreitete Gebrauch des Begriffs I. für Atomkernart schlechthin ist unkorrekt, für Atomkerne verschiedener Elemente sollte der Sammelbegriff → Nuklide verwendet werden. Außer **stabilen I.** kennt man natürl. und durch Kernreaktionen künstlich hergestellte **radioaktive instabile I. (Radioisotope).** Die Elemente mit Ordnungszahlen über 83 weisen nur noch radioaktive I. auf. Man kennt heute bis zu 34 I. je Element (Os, Pt).

Gemäß der **Astonschen Isotopenregel** ['æstən-] sind bei Elementen mit gerader Ordnungszahl *Z* mehrere stabile I. vorhanden, z. B. für $Z = 8$ (Sauerstoff): Massenzahl $A = 16, 17, 18$; $Z = 82$ (Blei): $A = 206, 207, 208$, während es für die Elemente ungerader Ordnungszahl häufig nur ein I., für den Rest höchstens zwei stabile I. gibt, z. B. $Z = 13$ (Aluminium): $A = 27$; $Z = 17$ (Chlor): $A = 35, 37$. Die meisten stabilen I. (zehn) weist das Zinn ($Z = 50$) auf: $A = 112, 114, 115, 116, 117, 118, 119, 120, 122, 124$. Etwa drei Viertel aller chem. Elemente sind keine **Reinelemente,** sondern Gemische stabiler I. (→ Isotopentrennung)

Isotopenbatterie, Radionuklidbatterie, Kernbatterie, Atombatterie, Gerät zur Umwandlung der Energie radioaktiver Strahlung best. Radionuklide in elektr. Energie (BILD). In **direkten I.** wird die Energie der radioaktiven Strahlung unmittelbar, in **indirekten I.** zunächst in eine Zwischenenergie (chem. Energie, Wärme, Licht) und in einem zweiten Schritt in elektr. Energie umgewandelt. Am meisten werden die Radionuklide Strontium 90 (Halbwertszeit 28,5 Jahre) und Kobalt 60 (5,3 Jahre) verwendet. Vorteile der I. sind die lange Lebensdauer und die Wartungsfreiheit; deshalb ihr Einsatz u. a. in Satelliten, unbemannten Wetterstationen und Herzschrittmachern.

Isotopen|effekte, Isotypie|effekte, von Massenunterschieden der Isotope herrührende Unterschiede der Nullpunktsenergie chem. Bindungen, die zu unterschiedl. Reaktionsgeschwindigkeiten und Gleichgewichtslagen bei chem. Reaktionen führen. I. machen sich bes. bei leichten Elementen (Wasserstoff) bemerkbar. Anwendung zur Isotopenanreicherung (→ Deuterium).

Isotopen|indikatoren, chem. Elemente und Verbindungen, in denen ein Isotop einer in ihnen vorkommenden Atomart stärker angereichert ist, als es den in der Natur vorkommenden Mischungsverhältnissen entspricht. I. dienen zum Nachweis der Verteilung und zeitl. Ausbreitung bestimmter Substanzen bes. in der Biologie, Medizin, Chemie und Werkstoffkunde. Es werden stabile und radioaktive I. **(Radioindikatoren)** verwendet. Stabile Isotope können massenspektroskopisch, Radioisotope durch ihre Zerfallsstrahlung nachgewiesen werden. (→ Tracer)

Isotopenregel, → Isotope.

Isotopenschleuse, ein Gerät zur → Isotopentrennung.

Isotopentrennung, die vollständige Trennung von → Isotopen eines Isotopengemisches oder die Anreicherung, d. h. die Erhöhung des Anteils eines bestimmten Isotops in einem Isotopengemisch mit unterschiedlichen physikal. und chem. Methoden:

1) Im Massenspektrometer (→ Massenspektrograph) kann in einem einzigen Schritt bereits das praktisch reine Isotop gewonnen werden (BILD 1). Um größere Mengen zu erhalten, wurden besonders intensitätsstarke Geräte entwickelt **(Calutron, Massenseparator).**

2) **Fraktionierte Destillation** (BILD 2): Beim Verdampfen eines flüssigen Isotopengemisches reichert sich die leichtere Komponente im Dampf an (Beispiel: Gewinnung von schwerem Wasser).

3) **Diffusionsverfahren, Gasdiffusionsverfahren** (BILD 3): Leichte Isotope diffundieren schneller durch poröse Wände als schwere.

4) **Chemische Austauschreaktionen** (BILD 4): Bes. zw. der Gas- und Flüssigkeitsphase finden selektive chem. Austauschreaktionen statt, derart, daß z. B. gasförmiges NO über einer wässerigen HNO_3-Lösung überwiegend das leichtere Stickstoffisotop aufnimmt und H_2S-Gas über heißerem Wasser Deuterium anreichert, das es bei tieferen Temperaturen an dieses wieder abgibt.

5) **Elektrolyse** (BILD 5): Die Elektrolyse von Wasser z. B. führt zu einer schnelleren Zersetzung von H_2O-Molekülen, so daß die schwereren HDO- und D_2O-Moleküle in der Flüssigkeit angereichert werden.

6) **Ultrazentrifuge:** Schwerere Isotope findet man auf Grund der größeren auf sie wirkenden Zentrifugalkraft überwiegend am äußeren Rande der Ultrazentrifuge.

7) **Methode des unterbrochenen Molekularstrahls:** Da sich während des Fluges die leichteren Isotope an die Spitze des dahinfliegenden Molekularstrahlwölkchens setzen, trennt man den Kopf des Wölkchens ab, indem man nach seinem Durchtritt eine Blende schließt **(Isotopenschleuse).**

8) Das **Trennrohrverfahren (Clusius-Dickel-Verfahren)** beruht auf der Thermodiffusion (→ Trennrohr).

9) Das **Trenndüsenverfahren** nutzt die Druckdiffusion in der Trenndüse (BILD 6), bei der das gasförmige Isotopengemisch durch eine Düse ausströmt und das leichtere

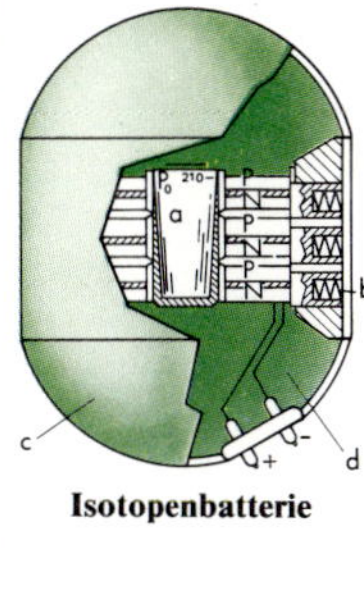

Isotopenbatterie

Isotopenbatterie mit Radionuklidquelle in der zentralen korrosionsbeständigen Kapsel und Thermoelementen (P = p-leitend, N = n-leitend) zur Umwandlung der Kernstrahlungsenergie in elektrische Energie; a Quelle, b Feder, c Radiator, d thermische Isolierung

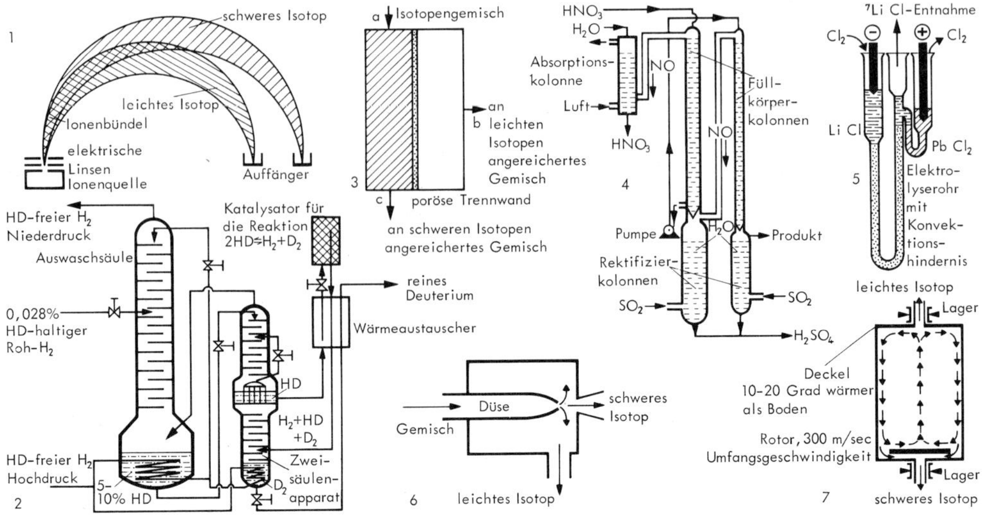

Isotopentrennung: 1 Massenspektrometr. Trennung (Prinzip des Calutrons). **2** Destillation von flüssigem Wasserstoff (Clusius und Starke): HD-freier Wasserstoff vom oberen Kolonnenende wird erwärmt, verdichtet, wieder abgekühlt, entspannt und dadurch teilweise verflüssigt; am unteren Kolonnenende stellt sich eine Konzentration von 5–10% HD ein. Im Lindeschen Zweisäulenapparat wird die Anreicherung bis zu reinem HD fortgesetzt; dieses wird teilweise katalytisch in H_2 und D_2 zerlegt, dieses Gemisch in den unteren Teil des Apparates geleitet, in dessen Blase sich reines D_2 sammelt. **3** Trennwanddiffusion (schematisch). **4** Chemischer Austausch zwischen Stickoxid NO und wässeriger HNO_3-Lösung zur Anreicherung von ^{15}N nach der Gleichung $2\,HNO_3 + 3\,SO_2 + 2\,H_2O = 3\,H_2SO_4 + 2\,NO$: Das erhaltene NO wird durch Luftsauerstoff oxidiert, der Stickstoff von Wasser aufgenommen und am Kolonnenfuß an ^{15}N angereichert entnommen. **5** Elektrolyse zur Anreicherung von ^7Li an der Grenze zwischen geschmolzenem LiCl und geschmolzenem $PbCl_2$. **6** Trenndüse (schematisch). **7** Gegenstromzentrifuge (schematisch)

Isotop schneller aus dem entstehenden Gasstrahl diffundiert als das schwere.

10) Bei der **Gegenstromzentrifuge (Gaszentrifuge,** BILD 7) wird die Entmischung in einer vertikalen Ultrazentrifuge dadurch stark gesteigert, daß der Rotordeckel (oberes Rotorende) schwach geheizt und damit eine vertikale Konvektion erzielt wird, welche die durch die Rotation zunächst nach außen gedrückten schweren Isotope unten, die leichten oben versammelt.

11) Bei der **I. mit Lasern** [l'eɪzə] werden zunächst die abzutrennenden Isotope mit einem Laser angeregt. Die anderen Isotope verweilen im Grundzustand, da der schmalbandige Laser nur auf eine isolierte Absorptionslinie eines einzelnen Isotops abgestimmt ist. Als nachfolgender Prozeßschritt kommen in erster Linie die **photochemische Trennung** und die **Zwei-Stufen-Photoionisation** oder **-Photodissoziation** in Frage. Zur photochem. Trennung werden solche chem. Prozesse herangezogen, die nur mit angeregten Atomen oder Molekülen, nicht aber mit Teilchen im Grundzustand ablaufen. Bei der Zwei-Stufen-Photoionisation werden die angeregten Isotope mit einem zweiten Laser in einem weiteren Anregungsprozeß ionisiert; bei der Zwei-Stufen-Photodissoziation werden Moleküle mit angeregten Isotopen mit einem zweiten Laser dissoziiert. Anschließend werden die Ionen oder die Dissoziationsprodukte durch elektr. Felder oder durch chem. Reaktionen abgetrennt.

12) Ein neu vorgeschlagenes Verfahren zur Isotopenanreicherung nutzt die Tatsache aus, daß sich verschiedene Isotope durch ihren Kernspin unterscheiden können (z. B. hat das Kohlenstoffisotop ^{13}C i. Ggs. zu ^{12}C einen von Null verschiedenen Kernspin), wodurch es über die Wechselwirkung mit dem Elektronenspin auch zu einem unterschiedlichen chem. Verhalten bei gewissen Versuchsbedingungen kommen kann.

Nur bei den Verfahren 1) und 11) erreicht man mit einstufigen Anlagen eine Reindarstellung, die anderen Verfahren bewirken nur eine Isotopenanreicherung, so daß u. U. viele Stufen hintereinandergeschaltet werden müssen.

Als wirtschaftlichste Methode für die Trennung von schweren Elementen, bes. zur Anreicherung des ^{235}U im Kernbrennstoff für Leichtwasserreaktoren, werden heute die Gasdiffusion, die Gaszentrifuge und das Trenndüsenverfahren angesehen (→Uran). Für die Reindarstellung des Deuteriums ^2_1D ist hingegen die Methode der Wasserelektrolyse geeignet. Bei den leichten Elementen haben sich chem. Austauschreaktionen und das Verfahren der wiederholten Destillation in vielstufigen Kolonnen bewährt.

Isotopenverdünnungs|analyse, sehr genaue Methode zur quantitativen Bestimmung einer Verbindung in einem Gemisch chemisch ähnlicher Komponenten. Dabei wird eine bekannte Menge der zu bestimmenden Substanz zugesetzt und ein Teil davon in großer Reinheit abgetrennt. Aus der Verschiebung der Isotopenkonzentration kann der Gehalt an urspr. vorhandener Substanz errechnet werden.

Isotropie, die Richtungsunabhängigkeit der physikal. und chem. Eigenschaften von Gasen, Flüssigkeiten und amorphen Stoffen und des physikal. Raumes. Ggs. zur **I.** ist die →Anisotropie.

Isotropisierung, Zerstörung des Kristallgitters eines Minerals durch Strahlung einer in ihm vorhandenen radioaktiven Substanz. Bei Wahrung der Kristallform werden dabei Härte und opt. Verhalten isotrop, Dichte und (meist auch die) Durchsichtigkeit nehmen ab, die Spaltbarkeit geht verloren und muschliger Bruch tritt auf. Durch Erhitzen isotropisierter **(metamikter)** Minerale kann die Ordnung der Kristallbausteine stufenweise **(Retrokristallisation)** oder schlagartig unter plötzlichem ›Erglühen von selbst‹ wiederhergestellt werden.

isotype Kristallstrukturen, →Typiebeziehungen.

Isotypie|effekte, die →Isotopeneffekte.

ISPM, Abk. für **International Solar Polar Mission** [ɪntən'æʃnl s'əʊlə p'əʊlə mɪʃn, engl.], **Sonnenpolsonde,** kooperatives wissenschaftl. Raumfahrtprogramm der Europ. Weltraumorganisation (ESA) und der NASA (USA). Urspr. sollten zwei Raumsonden erstmalig das Sonnensystem außerhalb der Ebene der Ekliptik erforschen. Eine von der NASA und eine zweite von der ESA hergestellte ISPM-Sonde sollten 1985 mit dem →Raumtransporter gemeinsam in eine Erdumlaufbahn gebracht und von dort mit einer zusätzl. Raketenstufe in eine Bahn zum Jupiter geschossen werden. Dessen starkes Gravitationsfeld würde im weiteren Flugverlauf die Sonden aus der Ebene der Ekliptik heraus hoch über die Pole der Sonne lenken. Damit würden 1986/87 erstmals Raumflugkörper die polaren Bereiche des Sonnensystems durchfliegen. Die endgültige Haltung der USA zur Beteiligung am Programm steht noch nicht fest. Die ESA plant in jedem Fall den Start der europ. ISPM-Sonde, der sich verschieben kann.

Isthmus, Landenge; z. B. I. von Korinth.

Istmaß, das am fertigen Werkstück durch Messen festgestellte Maß; soll zw. den →Grenzmaßen liegen, darf nur innerhalb vorgegebener →Toleranzen vom Nennmaß abweichen.

Istwert, Regelungstechnik: Augenblickswert einer physikal. Größe, insbes. der →Regelgröße.

Itabirite, stark metamorphe, ehemals sedimentäre Eisenerze (bis 68% Fe in Form von Hämatit, Martit und Magnetit); meist feinschichtig wechsellagernd mit Quarziten **(Eisenquarzit)** oder Schiefern **(Eisenglimmerschiefer);** weltweit in präkambr. Formationen. Verwitterter, mürber I.: **Jacotinga.**

Italit, ein Tiefengestein, →magmatische Gesteine.

Iteration, allg. Wiederholung, **1)** Informationsverarbeitung: Prüfung eines elektroakust. Systems, das sehr geringe Verzerrungen aufweist, durch wiederholtes Durchgeben eines Textes, der nach jedem Durchgang aufgezeichnet und so erneut in das System eingespeist wird. Die Anzahl der Wiederholungen, bis zu der der Text noch verständlich bleibt, ist die **Iterationszahl,** ein Maß für die Güte des zu prüfenden Systems.

2) Mathematik: Verfahren zur Auflösung einer auf die Form $x = f(x)$ gebrachten Gleichung für die Unbekannte x, wobei $f(x)$ eine Funktion von x ist. Ausgehend von einer Zahl x_0 berechnet man $x_1 = f(x_0)$, dann $x_2 = f(x_1)$ usw. Unter gewissen Voraussetzungen über f konvergiert die Folge der x_n gegen eine Zahl a (→Grenzwert) mit der Eigenschaft $a = f(a)$, also gegen eine Lösung der Gleichung. Beispiel: regula falsi.

IUPAC, Abk. für **International Union of Pure and Applied Chemistry** [ɪntən'æʃnl j'u:njən ɔv pjʊə ænd əpl'aɪd k'emɪstrɪ, engl.], Vereinigung zur Förderung der Zusammenarbeit der verschiedenen nationalen chem. Gesellschaften; Sitz in Oxford, 1919 gegründet. Die IUPAC erarbeitet u. a. internat. gültige Nomenklaturen und Terminologien.

Ixe, Ichse, Bautechnik: österreichisch für →Kehle.

J

j, in der Elektrotechnik Bez. für die imaginäre Einheit. Bei der Darstellung komplexer Größen wird i. Ggs. zur Mathematik nicht das ›i‹ als imaginäre Einheit verwendet, sondern das ›j‹, damit beim Aufstellen von Gleichungen Verwechslungen mit dem Strom i (t) vermieden werden.

J, 1) in der dt.-sprachigen Literatur chem. Symbol für →Jod.

2) Einheitenzeichen für →Joule.

3) *J,* Formelzeichen für Ionendosis und elektr. Stromdichte (v. a. in der Elektrotechnik).

Jabo, Abk. für →**Ja**gd**bo**mber.

Jacobisches Prinzip [n. dem dt. Mathematiker C. G. J. Jacobi, * 1804, † 1851], aus dem Euler-Maupertuis-Prinzip (→Maupertuissches Prinzip) durch Eliminierung des Zeitfaktors entwickeltes →Extremalprinzip.

Jacotinga, mürber →Itabirit.

Jacquard-Weberei [ʒak'a:r-, n. d. frz. Seidenweber J. M. Jacquard, * 1752, † 1834], die →Weberei für großgemusterte Gewebe, die mit Hilfe der **Jacquard-Maschine** hergestellt werden. Während bei den Schaftgeweben die Kettfäden durch Schäfte gruppenweise bewegt werden, ziehen bei **Jacquard-Geweben** Platinen (Haken) über Harnischschnüre und Litzen die Kettfäden einzeln hoch. Sie werden durch **Jacquard-Karten** (Papp-, Papier- oder Folienkarten) über Fühlnadeln und Hebemesser gesteuert. Das Tiefziehen der Litzen und Kettfäden geschieht durch Gewicht oder Gummizüge. Die Jacquard-Karte wird nach der Musterzeichnung (früher über Patronenzeichnung) elektronisch ›gelesen‹, in der Kartenschlagmaschine gelocht. – Für Nadelwahlapparate an Strickmaschinen, die durch gelochten Stahlfilm oder Nockenzylinder oder elektronisch gesteuert werden, ist der Name Jacquard übernommen worden. (BILDER S. 16)

Jacupirangit, ein Tiefengestein, →magmatische Gesteine.

Jade *der* oder *die,* **Jadegruppe,** Sammelbez. des Edelsteinhandels für die mikrokristallinen, feinstverfilz-

Jade

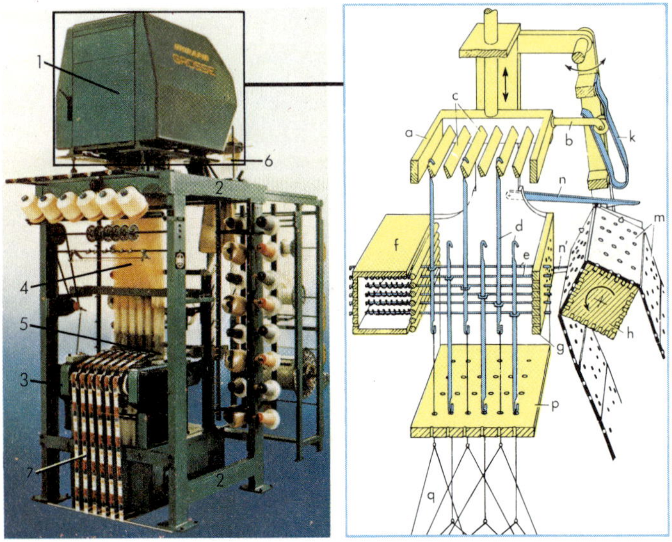

Jacquard-Weberei: Jacquard-Maschine; LINKS die Jacquard-Maschine (1) ist auf Gerüsten (2) oberhalb der Webmaschine (3) angeordnet. Über Harnischschnüre (4) steuert sie die Kettfäden (5) in Hoch- bzw. Tiefstellung und bildet dadurch das Webfach, in das der Schußfaden eingetragen wird. Ihre Steuerbefehle erhält die Jacquard-Maschine durch Lochkarten (6), die dem gewünschten ornamentalen Muster (7) des Gewebes entsprechend gelocht sind. RECHTS Jacquard-Maschine; a Messerkorb im ausgehobenen Zustand mit Steuerarm b für Holzprisma h, c Hubmesser, d Holzplatine, e gefederte Jacquard-Nadel, gelagert im Federkasten f und Nadelbrett g, Kulisse k schwenkt Holzprisma h so aus, daß Prisma wendet und damit die nächste Lochkarte m für den nächsten Schuß vorgeschaltet wird; n oberer, n' unterer Wendehaken, p Platinenboden, q Harnischschnüre

ten, dichten, gelblichgrünen bis grünen, zähen Aggregate der Minerale → Jadeit (Pyroxene) und → Nephrit (Amphibol), Chloromelanit. – J. spielt in der chines. Kulturgeschichte eine ähnl. Rolle wie Gold und Edelsteine in der des Westens. J. wird wegen ihrer Härte, ihrer Farben u. a. seit alters unter den Steinen am höchsten geschätzt.

Jadeit *der,* Mineral $NaAl[Si_2O_6]$, weißlicher bis grüner → Pyroxen, meist derb und völlig dicht, H. 6,5, D. 3,2–3,3; in kristallinen Schiefern.

Jadeit: geschnitten und geschliffen (Birma)

Jagdbomber, Abk. **Jabo,** zur Bekämpfung von Bodenzielen mit Raketen und Abwurfwaffen (Bomben) ausgerüstetes → Jagdflugzeug, das nach Abwurf der als Außenlasten getragenen Angriffswaffen die Flugleistungen eines Jagdflugzeuges nahezu erreicht.

Jagdflugzeug, Jäger, zur Luftverteidigung eingesetztes Militärflugzeug, das gegner. Flugzeuge bekämpfen oder verdrängen und durch Schutz eigener Luftstreitkräfte deren Kampfhandlungen unterstützen soll. Gefordert werden sehr große Steigleistung und Geschwindigkeit, hohe Wendigkeit, unter allen Einsatzbedingungen wirksame Bewaffnung (Raketen- und Rohrwaffen) und leistungsfähige Waffenleitsysteme. Nach der Einsatzaufgabe werden → Abfangjäger, Gefechtsfeldjäger und → Luftüberlegenheitsjäger unterschieden (→ Jagdbomber, → Kampfflugzeug). BILD S. 17

Jagdhunde, lat. **Canes venatici,** ein → Sternbild des Nordhimmels.

Jahr, 1) Einheitenzeichen **a,** in der Astronomie auch hochgestellt ^{a}, Zeiteinheit, die durch den Umlauf der Erde um die Sonne definiert ist. Abhängig vom jeweiligen Bezugspunkt unterscheidet man zw. **siderischem J. (Sternjahr),** der Zeitspanne zw. zwei Vorübergängen der Sonne an einem Fixstern (365,25636556 Tage), dem **tropischen J. (Sonnenjahr, Äquinoktialjahr),** der Zeitspanne zw. zwei Durchgängen der Sonne durch den Frühlingspunkt (365,24219878 Tage), und dem **anomalistischen J.,** der Zeitspanne zw. zwei Durchgängen der Erde durch das Perihel ihrer Bahn (365,25964134 Tage); das trop. J., das für die Jahreszeiten entscheidend ist, ist etwas kürzer als das sider. J., weil sich der Frühlingspunkt der Sonne entgegenbewegt (→ Präzession 1), das anomalist. J. ist etwas länger als das sider. J., weil die → Apsiden der Erdbahn durch die Bahnstörungen der anderen Planeten eine Drehung in Richtung der scheinbaren Sonnenbewegung vollführen. Da das **bürgerliche J.** (Kalenderjahr) einerseits aus ganzen Tagen bestehen soll, andererseits mit dem trop. J. in Einklang stehen soll, besteht es aus 365 oder in einem **Schaltjahr** aus 366 Tagen. Im Julianischen → Kalender hatte jedes 4. Jahr 366 Tage, so daß die durchschnittl. Länge des J. 365,25 Tage **(Julianisches J.)** betrug. 1582 wurde der Gregorianische Kalender mit einer durchschnittl. Jahreslänge von 365,2425 Tagen **(Gregorianisches J.)** eingeführt und 10 Tage übersprungen (auf den 4. 10. 1582 folgte der 15. 10. 1582), damit die Frühlings-Tagundnachtgleiche wieder auf den 21. 3. zu liegen kam (und auf lange Sicht an den 21. 3. gebunden bleibt), die infolge des Unterschieds zw. Julian. und trop. J. auf den 11. 3. zurückgefallen war. Das **reine Mondjahr** (Dauer etwa 354 Tage) entsteht durch Zusammenfassung von 12 synodischen → Monaten. Sein Anfang läuft in ungefähr 30 Sonnenjahren durch alle Jahreszeiten hindurch. Beim **gebundenen Mondjahr** werden Schaltungen vorgenommen, die es in Einklang mit dem Sonnenjahr bringen sollen.

2) Bez. für einen längeren astronom. Zeitraum, z. B. für das → Platonische Jahr von etwa 25 700 trop. Jahren.

Jahrbuch, Astronomie: J. enthalten die wichtigsten Angaben über den Kalender, die Bewegung der Sonne, des Mondes und der Planeten sowie die Örter der Sterne des Fundamentalkatalogs (→ Sternkatalog) und zahlreiche Tabellen zur Orts- und Zeitbestimmung. Bekannte J. sind: das **Berliner Astronom. J.,** 1776 – 1959; **The Nautical Almanac** [ðə nˈɔ:tɪkl ˈɔ:lmənæk], England, 1767 – 1959; die **Connaissance des Temps** [kɔnɛsˈãs detˈã], Frankreich, seit 1679; **The American Ephemeris and Nautical Almanac** [ðɪ əmˈerɪkən ɪfˈeməris ænd-], USA, 1855–1959. Die beiden englischsprachigen J. sind seit 1960 vereinigt und werden seit 1981 unter dem Titel **The Astronomical Almanac** [ðə æstrənˈɔmɪkl-] veröffentlicht. Ausführliche J. erscheinen im Heidelberger Astronom. Recheninstitut.

Jahresschichtung, durch jährl. Klimarhythmus bedingte Unterschiede in Material und Schüttung in Sedimenten, z. B. im Bänderton. J. kann zur Zeitmessung dienen. (→ Warven)

Jahres|tonne, Abk. **Jato,** fälschlich für Tonne je Jahr.

Jahreszeiten, die vier Zeitabschnitte des Jahres. Frühling, Sommer, Herbst und Winter, in denen sich die jährl. Klima- und Vegetationsperiode ausdrückt. Ihren

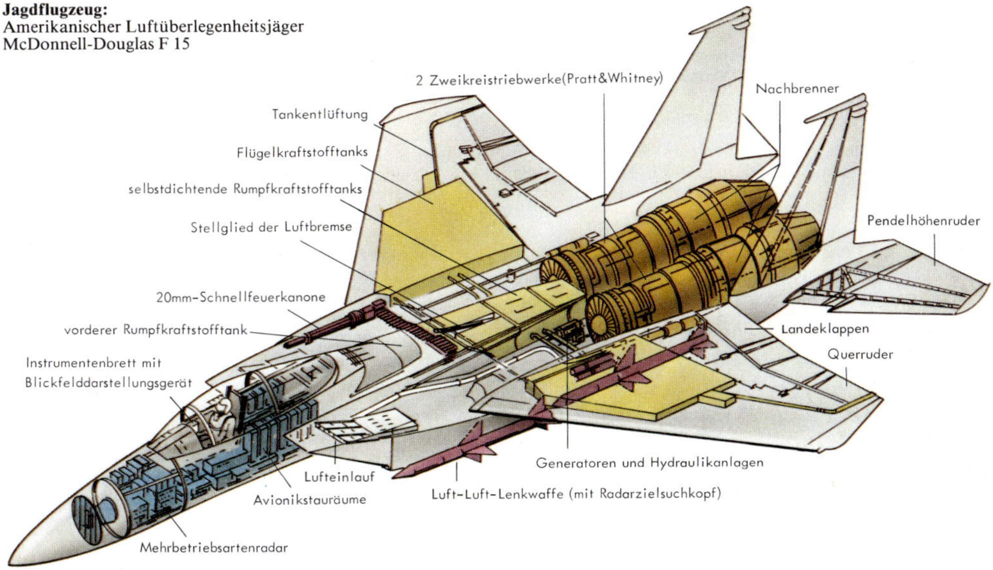

Jagdflugzeug:
Amerikanischer Luftüberlegenheitsjäger
McDonnell-Douglas F 15

Unterschied verdanken die J. dem Umstand, daß die Rotationsachse der Erde nicht senkrecht auf ihrer Bahn um die Sonne steht, sondern mit dieser einen Winkel von etwa 66,5° einschließt. Das hat zur Folge, daß die Sonne für jeden Erdort zu verschiedenen Zeiten des Jahres verschiedene Mittagshöhen erreicht, polwärts der Wendekreise zu Beginn des astronom. Sommers die größte **(Sommersonnenwende)** und zu Beginn des astronom. Winters die niedrigste **(Wintersonnenwende).** Die größere Mittagshöhe im Sommer hat einen steileren Einfall der Sonnenstrahlung sowie eine längere Sonneneinstrahlung (Tag länger als die Nacht) zur Folge; beides bewirkt eine stärkere Erwärmung.

Man begrenzt die **astronomischen J.** (bis auf geringe Verschiebungen durch die Anpassung des bürgerl. an das astronom. Jahr) folgendermaßen:

Nordhalbkugel	Zeit	Südhalbkugel
Frühling	21. 3.–22. 6.	Herbst
Sommer	22. 6.–23. 9.	Winter
Herbst	23. 9.–22. 12.	Frühling
Winter	22. 12.–21. 3.	Sommer

Die Einstrahlungsverhältnisse in den verschiedenen J. unterscheiden sich um so mehr voneinander, je weiter ein Ort vom Äquator entfernt ist. Insgesamt ist das warme Halbjahr auf der Nordhalbkugel um 7³/₄ Tage länger als das kalte Halbjahr. Auf der Südhalbkugel ist es umgekehrt. Dies ist die Folge davon, daß die Erde im Nordsommer im Aphel ihrer Bahn steht und langsamer läuft, während sie im Nordwinter im Perihel ist, wo sie eine raschere Bewegung hat.

Die **meteorologischen J.** stimmen mit den astronom. nicht überein, denn der Winter beginnt z. B. schon einige Zeit vor dem Tiefstand der Sonne. In mittleren Breiten gilt nebenstehende Einteilung.

Jedoch bewirkt der jährl. Gang der meteorolog. Elemente oft eine abweichende J.-Einteilung. In höheren Breiten beherrscht die Temperatur den J.-Verlauf, und zwar werden polwärts der Sommer und die Übergangs-J. immer kürzer. In den Tropen ist der Niederschlag bestimmend für die J.-Einteilung: eine oder zwei Regen- und Trockenzeiten. In den Subtropen durchdringen sich die Einteilungen nach Temperatur und Niederschlag; in Nordindien und Pakistan unterscheidet man z. B. die kühle (Winter), die heiße (Frühsommer) und die Regenzeit (Hochsommer).

Jahrhundert, ein Zeitraum von 100 Jahren. Das erste J. einer Zeitrechnung umfaßt die Jahre von 1 bis 100 einschließlich, das zweite die Jahre 101 bis 200 usw. Das 20. J. n. Chr. hat mit dem 1. 1. 1901 begonnen und wird mit dem 31. 12. 2000 enden. Jedes ein J. beschließende Jahr wird als **Säkularjahr** bezeichnet; im Julianischen → Kalender war jedes Säkularjahr, im Gregorianischen ist nur je das vierte ein Schaltjahr.

Jakobs|stab, Astronomie: 1) **Gradstock, Kreuzstab,** einfaches Winkelmeßgerät, das aus einem mit einer Skala versehenen Längsstab besteht, auf dem ein kürzerer, senkrecht dazu gerichteter Querstab verschoben werden kann. Auf dieses um 1300 erfundene Instrument stützte sich die Seefahrt des MA. bei der Schiffsortbestimmung.
2) die drei Gürtelsterne δ, ε, ζ im Sternbild Orion.

Jamesonit [dʒeɪmsən'ɪt, n. dem brit. Mineralogen R. Jameson, * 1774, † 1854] *der,* Mineral $Pb_4FeSb_6S_{14}$, ein → Spießglanz.

Jamming [dʒ'æmɪŋ, engl.], die vorsätzliche Störung von Funksendungen durch → Störsender.

Jansky [n. K. G. Jansky], Einheitenzeichen **Jy,** in der

Nordhalbkugel	Zeit	Südhalbkugel
Frühling	März, April, Mai	Herbst
Sommer	Juni, Juli, August	Winter
Herbst	September, Oktober, November	Frühling
Winter	Dezember, Januar, Februar	Sommer

Jaspis: Kugeljaspis (Kandern in Baden)

Jaspis

Radioastronomie gebräuchl. Einheit für die Intensität kosm. Radiostrahlung: 1 Jy = 10^{-26} Wsm^{-2}.

Janus, urspr. Bez. für die beiden ko-orbitalen Monde des → Saturns, die zunächst (1966) als ein Mond angesehen wurden.

Japetus, Iapetus, Mond des Planeten → Saturn.

Jarosit, Gelb|eisenerz, Mineral $KFe_3(OH)_6(SO_4)_2$, ockergelb und braun, meist derb in körnigen bis faserigen Aggregaten als Krusten; H. 3–4, D. 3,1–3,3; spröd, starker Glasglanz; verbreitet im Eisernen Hut (→ Oxidationszone) pyritreicher Erzlager.

Jaspis *der,* Mineral SiO_2, eine stets Fremdbeimengungen enthaltende Abart des → Chalcedon, undurchsichtig, grau oder verschiedenartig trüb gefärbt. Vielfältige Formen und Farbmusterungen führen zu zahlreichen Spezialbez. im Schmucksteinhandel.

Jato, Abk. für → **Ja**hres**to**nne.

Jedermann-Funk, → CB-Funk.

Jeep [dʒi:p, engl.] *der,* Handelsname der **Jeep Corp.,** USA. – Übertragene Bez. für einen auch beim Militär verwendeten, meist offenen Kraftwagen mit großer Bodenfreiheit, starkem Motor und Allradantrieb. Weiterentwicklung → HUMM-vee.

Jena|er Glas, Handelsname für Sondergläser mit besonderen chem. und physikal. Eigenschaften zur Verwendung in Wissenschaft und Technik, insbes. temperaturwechselbeständiges Qualitätsglas.

Jet, dichte harte Kohle, → Gagat.

Jet [dʒet, engl.], Kurzform für **Jet-Flugzeug,** ein Flugzeug mit Strahlantrieb (engl. ›jet propulsion‹, → Strahlflugzeug).

JET, Abk. für **Joint European Torus** [dʒɔɪnt jʊərəp'i:ən t'ɔ:rəs, engl.], experimentelles Projekt der Europ. Gemeinschaft zur Erforschung der physikal. und techn. Grundlagen der kontrollierten → Kernfusion. Standort der gemeinsamen europ. Fusionsforschungsanlage ist Culham bei London (Fertigstellung für 1983 geplant). Ziel des Projekts ist die Entwicklung eines Prototyps für einen nach dem Tokamak-Prinzip arbeitenden Fusionsreaktor (BILD Kernfusion). Dabei sollen nach Möglichkeit Bedingungen in der Nähe des → Lawson-Kriteriums erreicht werden, so daß der Energiegewinn aus der Fusion annähernd dieselbe Größe erreicht wie die Energie, die von außen zugeführt werden muß, um den Fusionsprozeß, in dem Deuterium und Tritium miteinander verschmolzen werden, zu zünden:

$$^2_1D + ^3_1T \longrightarrow ^4_2He + ^1_0n + 17{,}6\,MeV.$$

Vergleichbare Tokamak-Anlagen werden auch in den USA, der Sowjetunion und in Japan gebaut.

Jets [dʒets, engl.], **1)** Astronomie: Materiestrahlen, die von manchen Himmelskörpern (z. B. von best. Quasaren und Galaxien) ausgestoßen werden.

2) Elementarteilchenphysik: Teilchenbündel, die beim Zerfall von Elementarteilchen auftreten können (→ Quantenchromodynamik).

Jetstream [dʒ'etstri:m, engl.], → Strahlstrom.

JFET, Abk. für **Junction Field Effect Transistor** [dʒ'ʌŋkʃən fi:ld ɪf'ekt træns'ɪstə, engl.], Sperrschicht-Feldeffekttransistor, → Feldeffekttransistor.

jj-Kopplung, → Russel-Saunders-Kopplung.

Jo, Io, Mond des Planeten → Jupiter.

Job [dʒɔb, engl.], Datenverarbeitung: zu einem Arbeitsablauf zusammengefaßte Programme.

Joch, 1) Bauwesen: a) In mehrschiffigen, durch Pfeiler oder Säulen gegliederten Räumen, bes. Basiliken, wird die jeweils durch vier Stützen bezeichnete Raumeinheit rechteckigen oder quadrat. Grundrisses J., frz. **Travée** [trav'e:], genannt. Zu einer wirkl. Einheit wird diese erst, wenn sie überwölbt ist. Daher nennt man auch jede der Gewölbeeinheiten J.; b) schmale Gerüste als Zwischenunterstützung von Brücken während des Bauens, bei Holzbrücken meist als permanente Zwischenpfeiler; auch hölzerne Rahmen zum Ausbau von Blindschächten und Stollen im Berg- und Tunnelbau.

2) Elektrotechnik: unbewickelter Teil des → magnetischen Kreises bei elektr. Maschinen und Transformatoren. In der magnet. Meßtechnik bildet das **Prüf-J.** oder **Meß-J.** zusammen mit dem Prüfling einen geschlossenen magnetischen Kreis.

3) Geowissenschaften: Einsattelung im Gebirge.

Jod *das,* internat. **Iod,** chem. Symbol **J** oder **I,** ein → chemisches Element aus der Gruppe der Halogene, Ordnungszahl 53, über 20 künstl. instabile und 1 stabiles natürlich vorkommendes Isotop der Massenzahl 127. – J. bildet weiche, metallisch glänzende grauschwarze Kristalle. Der i. d. R. aus J_2-Molekülen bestehende J.-Dampf ist violett gefärbt, riecht charakteristisch und ist giftig. J. ist in Wasser wenig, in zahlreichen organ. Lösungsmitteln mit brauner bis rotvioletter Farbe gut löslich; die alkohol. Lösung wird als **Jodtinktur** benutzt. In wäßrigen Kaliumjodidlösungen löst sich J. unter Bildung von KJ_3.

J. ist in der Natur in geringer Konzentration weitverbreitet, z. B. enthält Meerwasser ca. 0,0002% J., Chilesalpeter bis 0,1% (→ Caliche), ebenso sind einige Mineralquellen jodhaltig. – Technisch wird J. aus der Asche von Meerestang und Algen, aus den Mutterlaugen des Chilesalpeters und aus jodhaltigen Salzsolen einiger Erdölquellen (USA) durch Oxidations- oder Reduktionsvorgänge mit anschließender Reinigung durch Sublimation gewonnen.

Obwohl weniger aktiv als die übrigen Halogene, reagiert J. bei erhöhter Temperatur mit einigen Elementen unter Bildung von **Jodiden.** Lösungen von J. werden in der chem. Analyse genutzt (Jodometrie).

Der größte Teil der J.-Produktion (etwa 70%) wird für medizin. Zwecke, etwa 20% als Spurenelementzusatz für Tierfutter, der Rest v. a. für Jodchemikalien verwendet. J. ist ein unentbehrl. Bestandteil des tier. und menschl. Organismus; es wird mit der Nahrung aufgenommen. Als essentielles Spurenelement beträgt der tägl. Bedarf 0,15 mg. Jodmangel des Trinkwassers und der Nahrung ist wahrscheinlich die Ursache für das endem. Auftreten des Kropfes in manchen Gebirgsgegenden.

J. wurde von B. COURTOIS 1811 aus der Asche von Seetang isoliert und 1815 von J. L. GAY-LUSSAC als chem. Element erkannt und benannt.

Jodierung, → Halogenierung.

Jodoform *das,* **Trijodmethan,** CHJ_3, die dem Chloroform entsprechende Jodverbindung, durchdringend riechende gelbe Kristalle. J. wird heute nur noch in Form von **J.-Gaze** bei der Wundbehandlung in beschränktem Umfang verwendet.

Jodometrie, → Oxidimetrie.

Jodquellen, Jodwässer, Heilquellen mit einem Mindestgehalt von 1 mg Jodid je Liter Wasser.

Jodverbindungen. Jod ist weniger reaktionsfähig als die übrigen Halogene und tritt in seinen Verbindungen in den Oxidationsstufen −1, seltener +1, +3, +5 und +7 auf. **Jodwasserstoff,** HJ, ist ein farbloses, stechend riechendes und beim Erwärmen in seine Elemente zerfallendes Gas; Siede-P. −35,4 °C. Seine wäßrige Lösung, **Jodwasserstoffsäure,** reagiert stark sauer und wirkt als Reduktionsmittel; Verwendung für Pharmazeutika, Desinfektions- und Reduktionsmittel u. ä. Die Metallsalze der Jodwasserstoffsäure heißen **Jodide.** Alkalijodide sind farblos und leicht löslich. **Kaliumjodid,** KJ, wird u. a. in der photograph. Industrie, Jodometrie und zur Jodierung verwendet; **Silberjodid,** AgJ, als fester Elektrolyt und zur Herstellung künstl. Regens. – **Hypojodige Säure,** HJO, ist eine unbeständige, oxidierend wirkende Säure; ihre Salze sind die **Hypojodite.** Die beständige **Jodsäure,** HJO_3, bildet farblose Kristalle und ist ebenfalls ein Oxidationsmittel. Ihre Salze, die **Jodate,** sind als Oxidationsmittel von Bedeutung. Die **Perjodsäure,** H_5JO_6 (farblose, leichtlösl. Kristalle), wirkt stark oxidierend. Ihre Salze zersetzen sich z. T. beim Erhitzen explosionsartig. – **Dijodtetroxid,** J_2O_4, entsteht aus Jodsäure und konzentrierter Schwefelsäure als gelbes Pulver. Beim Erhitzen zerfällt es unter Jodabscheidung in wasserlösl. **Dijodpentoxid,** J_2O_5. **Dijodheptoxid,** J_2O_7, entsteht beim Entwässern von Perjodsäure mit konzentrierter Schwefelsäure. – Es sind zahlreiche Verbindungen mit anderen Halogenen bekannt, die alle mehr oder weniger instabile Verbindungen sind. – **Jodstickstoff,** NJ_3, ist ein fester, schwarzer, in trockenem Zustand bereits bei Berührung explodierender Körper. – Von den organ. J. ist neben Jodoform v. a. das **Methyljodid,** CH_3J, als Methylierungsmittel und für Synthesen von Bedeutung.

Jodzahl, Maßzahl für den Gehalt an ungesättigten Fettsäuren in Fetten (→ Enometrie).

Joffé-Effekt [n. dem russ. Physiker A. F. Joffé, * 1880, † 1960], die Erhöhung der Plastizität und der Reißfestigkeit von Ionenkristallen bei Einwirkung eines Lösungsmittels. So kann ein stäbchenförmiger Steinsalzkristall unter Wasser leicht um den Finger gebogen werden.

Jolle, 1) kleines, teilweise gedecktes Schwertboot, das gegen Sinken durch Luftkästen, eingebaute oder lose Auftriebskörper, geschützt ist. **Jollenkreuzer** besitzen Kajütenaufbau und größere Segelfläche. **Hochseejollen** sind sehr breite J. mit kurzem fischflossenähnl. Ballastkiel.

2) bis zu 20 Mann fassendes Ruderboot als Schiffsbeiboot.

Joint European Torus [dʒɔɪnt jʊərəp'i:ən t'ɔrəs, engl.], Kerntechnik: → JET.

Jonone, in äther. Ölen enthaltene Terpene mit veilchenartigem Geruch. J. werden aus → Citral synthetisch hergestellt und als Riechstoffe verwendet.

Jordan-Hölderscher Satz [ʒɔrd'ã-, n. dem frz. Mathematiker M. E. C. Jordan, * 1838, † 1922, und dem dt. Mathematiker L. O. Hölder, * 1859, † 1937], wichtiger Satz der Gruppentheorie (→ Gruppe 2). Eine endlich absteigende Kette von Untergruppen N_i einer Gruppe G: $G = N_0 \supsetneqq N_1 \supsetneqq N_2 \ldots \supsetneqq N_r = e$ (e: Einselement von G) heißt eine **Kompositionsreihe** der Länge r, wenn für jedes $i = 1, \ldots, r$ die Untergruppe N_i → Normalteiler in N_{i-1} ist und alle Faktorgruppen N_{i-1}/N_i (›Faktoren‹ der Kette genannt) nur die aus dem Einselement bestehenden Untergruppe und N_{i-1}/N_i selbst als Normalteiler enthalten. Das bedeutet: In die Kette kann keine weitere Untergruppe eingefügt werden, ohne eine der Bedingungen zu verletzen. Der J.-H. S. besagt: Besitzt eine Gruppe G eine Kompositionsreihe wie oben erklärt und ist $G = M_0 \supsetneqq M_1 \supsetneqq \ldots \supsetneqq M_s = e$ eine zweite, so ist $r = s$ und es gibt eine Permutation σ von r Elementen, so daß die Faktoren $M_{\sigma(i)-1}/M_{\sigma(i)}$ und N_{i-1}/N_i isomorph (→ Isomorphismus) sind. Analog für → Moduln.

Jordanscher Kurvensatz [n. M. E. C. Jordan]. Jede geschlossene, sich nicht überschneidende ebene Kurve (**Jordankurve;** entspricht dem topolog. Bild eines Kreises) zerlegt die Ebene in zwei getrennte Gebiete, deren gemeinsame Begrenzung sie darstellt.

Josephinit, sehr seltenes Gestein aus 86% Metall (Nickeleisen), 14% Silikaten und nicht-lithophilen Spurenelementen. Die mineral. Zusammensetzung weist auf Bildung unter hohem Druck und hoher Temperatur hin.

Josephson-Effekte [dʒ'əʊzɪfsən-, n. dem brit. Physiker B. D. Josephson, * 1940], aufbauend auf der → BCS-Theorie, 1962 theoretisch vorausgesagte und wenig später experimentell nachgewiesene Erscheinungen, die auf dem Tunneleffekt von → Cooper-Paaren durch → Josephson-Kontakte basieren.

Ohne äußeres Magnetfeld und für Stromstärken unterhalb eines krit. Wertes fließt durch einen Josephson-Kontakt ein Suprastrom, so als ob der Supraleiter nicht durch eine isolierende Barriere unterbrochen wäre. Die Stromrichtung wird durch die Polung der Spannungsquelle im äußeren Kreis bestimmt, ein Spannungsabfall ist am Josephson-Kontakt nicht meßbar (**Josephson-Gleichstrom-Effekt**). Steigt der Josephson-Strom durch Erhöhung der Spannung über einen krit. Wert, so wird der Supraleitungszustand zerstört, und am Kontakt stellt sich ein Spannungsabfall U_S ein. Das damit verknüpfte elektr. Feld führt zu einer zeitlichen sinusförmigen Modulation des Suprastroms, d. h., durch die Tunnelstrecke fließt ein hochfrequenter Wechselstrom mit der Frequenz $\nu = e\,U_S/h$; e = Elementarladung, h = Planck-Konstante (**Josephson-Wechselstrom-Effekt**). Durch Aussenden eines Strahlungsquants der Energie $h\nu$ gibt das Cooper-Paar die beim Durchtritt durch die Tunnelschicht gewonnene Energie wieder ab, so daß sein Impuls erhalten bleibt, wie es die BCS-Theorie fordert.

In einem äußeren parallel zur Isolierschicht verlaufenden Magnetfeld werden Dichte und Richtung des durch den Kontakt fließenden Suprastroms räumlich sinusförmig moduliert. Der resultierende Gesamttunnelstrom zeigt eine period. Abhängigkeit von der Feldstärke. Die Nullstellen des Stroms treten bei Magnetfeldern auf, für die in der Tunnelanordnung ganzzahlige Vielfache des Flußquants (→ Flußquantisierung) vorliegen. Die J.-E. sind ein überzeugender Beweis für die BCS-Theorie und ermöglichen die Präzisionsbestimmung von fundamentalen physikal. Konstanten (z. B. der Feinstrukturkonstanten α sowie des Verhältnisses h/e. Der Josephson-Wechselstrom-Effekt erlaubt sehr genaue Spannungsmessungen und die Definition eines Spannungsnormals mit Hilfe von Frequenzmessungen, die Magnetfeldabhängigkeit des Josephson-Gleichstrom-Effekts sehr empfindl. Magnetfeldmessungen. Die wichtigsten techn. Anwendungen der J.-E. sind Mikrowellengeneratoren und -detektoren, parametr. Verstärker sowie log. Schalt- und Speicherelemente für die Datenverarbeitung.

Josephson-Element [dʒ'əʊzɪfsən-], Bauelement mit äußerst kurzen Schaltzeiten (1 ps bei einem Flächenbedarf von 100 µm² je Element) auf der Grundlage des → Josephson-Effekts. Das J.-E. hat zwei Betriebszustände: An der Isolatorschicht entsteht ein Spannungsabfall Null oder – bei Einwirkung eines schwachen Magnetfeldes – von einigen Millivolt, die Schaltenergie liegt bei 1 μW. J.-E. gelten als sehr zukunftsträchtige Bauelemente für Speicher und digitale Schaltnetze für künftige Computer.

Josephson-Kontakt [dʒ'əuzıfsən-], die Kontaktstelle zw. zwei Supraleitern, die entweder durch eine dünne Isolierschicht (Dicke 1–2 nm) oder durch eine sehr enge supraleitende Verbindung voneinander getrennt sind, so daß die → Cooper-Paare nur mittels Tunneleffekt durch die Barriere hindurchtreten können. Der von den Cooper-Paaren getragene Suprastrom durch den J.-K. ist Ursache der → Josephson-Effekte. Da die für die Cooper-Paarbildung verantwortl. Wechselwirkung im Kontakt abgeschwächt ist, ist die krit. Stromstärke im J.-K. erheblich kleiner als in den angrenzenden Supraleitern. Daher wird der J.-K. oft als **schwacher Supraleiter** bezeichnet.

Joule [dʒu:l, n. dem engl. Physiker J. Joule, * 1818, † 1889] *das,* Einheitenzeichen **J**, SI-Einheit der Energie und der Arbeit: 1 J = 1 N·m = 1 W·s. Das J. ist auf jede Art von Energie oder Arbeit anzuwenden, sei sie elektr., magnet., mechan. oder therm. Natur. Daneben ist es gesetzlich gestattet, mechan., elektr. oder auch therm. Arbeit in → Kilowattstunden (kW·h) anzugeben. Seit 1. 1. 1978 ist auch die Kalorie als Einheit der Wärmemenge durch das J. ersetzt worden (1 cal = 4,1868 J). In der Ernährungswissenschaft tritt an die Stelle von kcal das kJ. 1 Kilojoule = 1 kJ = 10^3 J = 1 000 J; 1 Megajoule = 1 MJ = 10^6 J = 1 000 kJ.

Joule-Effekt [dʒu:l-], die → Magnetostriktion.

Joule|sches Gesetz [dʒu:l-]. Der durch einen Widerstand R fließende elektr. Strom I gibt in der Zeit t die in Wärme umgewandelte Energie (Wärmemenge) $Q = I^2 R \cdot t$ an die Umgebung ab. Q heißt **Joulesche Wärme, Stromwärme** oder (falls unerwünscht) **Verlustwärme.**

Joule-Thomson-Effekt [dʒu:l t'ɔmsn-, n. den brit. Physikern J. Joule und W. Thomson, * 1824, † 1907], die Temperaturänderung eines realen Gases (i. Ggs. zu idealen Gasen) bei Expansion ohne äußere Arbeitsleistung und ohne therm. Energieaustausch. Drosselt man einen kontinuierl. Gasstrom mit Hilfe einer porösen Wand (z. B. einer Glasfritte), so beobachtet man am Hindernis nicht nur einen entsprechenden Druckabfall, sondern im Fall realer Gase auch entsprechende Temperatureffekte, deren Vorzeichen und Größe von der Ausgangstemperatur abhängen. Da beim J.-T.-E. die → Enthalpie konstant bleibt, spricht man auch vom **isenthalpischen Drosseleffekt.** Ursachen des J.-T.-E. sind die zwischenmolekularen Kräfte und das Eigenvolumen der Moleküle. Bei hohen Temperaturen erwärmt sich das Gas, während es sich bei tiefen abkühlt. Die **Inversionstemperatur,** bei der die Vorzeichenumkehr erfolgt, liegt meistens über der Zimmertemperatur (Ausnahmen: z. B. Wasserstoff und Helium). Die wiederholte Ausnutzung des J.-T.-E. bildet die Grundlage der → Gasverflüssigung nach C. v. LINDE (1896); → Luftverflüssigung.

J-Teilchen, das → Psi-Teilchen.

Juglon, → Naphthochinone.

Julianisches Datum, Abk. **J. D.,** durchlaufende Tageszählung, die in der Astronomie verwendet wird. Nullpunkt ist der 1. 1. 4713 v. Chr. 12^h WZ = 13^h MEZ. Im Internat. Geophysikal. Jahr (1957/58) wurde das **Modifizierte Julian. Datum** (Abk. **M. J. D.**) eingeführt mit dem Nullpunkt am 17. 11. 1858 $0^h 0^m 0^s$ WZ (= 2 400 000,5 J. D.), das sich bes. rasch in der Raumfahrt durchsetzte. – Das J. D. wurde nach einem Vorschlag von JOSEF SCALIGER (* 1540, † 1609) aufgestellt und nach seinem Vater JULIUS SCALIGER benannt.

Jumbo-Jet [dʒ'umbəu dʒet, engl.], umgangssprachlich für Großraum-Verkehrsflugzeug mit Strahlantrieb.

Jumper [dʒ'ʌmpə, engl.], Verbindungskabel für Leiterplatten, meist als flexible Flachbandkabel gefertigt.

Jungfrau, lat. **Virgo,** zum → Tierkreis gehörendes → Sternbild der Äquatorzone, im Frühjahr am Abendhimmel sichtbar.

jungfräuliche Kurve, → Hysterese.

Junktoren, logische Verknüpfungen der → Aussagenlogik, z. B. in der mathemat. Logik werden folgende Symbole verwendet: ›und‹: $\wedge$; ›oder‹: $\vee$; ›wenn, dann‹: $\Rightarrow$; ›nicht‹ (Verneinung): $\neg$; mit denen Formeln gebildet werden können, z. B. $A \wedge B \Rightarrow C$ (→ De-Morgansche Gesetze). Der Wahrheitswert solcher Formeln wird nur auf Grund der Wahrheitswerte von A und B definiert (→ Wahrheitsfunktionen).

Juno, ein → Planetoid.

Jupiter, 1) Astronomie: Zeichen ♃, von der Sonne aus gezählt fünfter Planet im → Sonnensystem, der größte der jupiterähnl. → Planeten. Der J. bewegt sich in 11,862 Jahren (= 1 Jupiterjahr) auf einer ellipt. Bahn mit einer mittleren Entfernung von 778,4 Mio. km um die Sonne (Periheldistanz 741 Mio. km, Apheldistanz 815,8 Mio. km); die Jupiterbahn ist um 1,3 Grad gegen die Ekliptik geneigt. Als oberer Planet erreicht der J. etwa alle 399 Tage eine Opposition zur Sonne, wobei die Oppositionsdistanz zw. 591 Mio. km und 666 Mio. km schwanken kann (entsprechend der scheinbare Durchmesser zw. 50 und 44 Bogensekunden); bei Periheloppositionen erreicht der J. eine scheinbare → Helligkeit von −2,5 Größenklassen, doch sinkt seine Helligkeit nie unter −1,2 Größenklassen, so daß er immer ein auffälliges Objekt am Himmel ist. Schon mit einem kleinen Fernrohr kann man einige, zeitlich veränderl. Hell-Dunkel-Kontraste erkennen, die den Schluß zulassen, daß der J. von einer dichten Atmosphäre umgeben ist. Aus periodisch wiederkehrenden Erscheinungen wie etwa dem **Großen Roten Fleck,** der schon Mitte des 17. Jh. beobachtet wurde, konnte die Rotationsdauer des J. zu knapp 10 h bestimmt werden; dabei bewegen sich äquatornahe Formationen etwas rascher als solche in gemäßigten Breiten, was heute auf unterschiedl. Windgeschwindigkeiten (bis zu 500 km/h) zurückgeführt wird; aus radioastronom. Messungen wurde die Rotationszeit des Jupitermagnetfeldes (und damit wohl des ›festen‹ Planetenkörpers) zu 9 h 55 min 30 s ermittelt. Die rasche Rotation führt auf Grund der geringen mittleren Dichte von 1,31 g/cm^3 zu einer starken Abplattung (1/19,6). Der Äquator des J. ist nur um 3 Grad gegen die Bahnebene geneigt, so daß jahreszeitl. Effekte keine Rolle in der Energieversorgung der Atmosphäre spielen. Die geringere mittlere Dichte und die gewaltigen Ausmaße des Planeten (Äquatordurchmesser rd. 142 800 km) lassen sich nur erklären, wenn der J. zum überwiegenden Teil aus Wasserstoff und Helium besteht, den beiden Elementen, die im solaren Urnebel am häufigsten waren.

Seit 1973 wurde der J. viermal von amerikan. Raumsonden erkundet (→ Pioneer 10 und 11, → Voyager 1 und 2), die eine Fülle von Meßdaten und Photos zur Erde übermittelten. Anhand dieser Informationen konnte der Große Rote Fleck auf der Südhalbkugel des J. als gewaltiger Wirbelsturm erkannt werden, dessen Oval eine Längsausdehnung von rd. 24000 km und eine Breite von etwa 12000 km hat; die hellen und dunklen, äquatorparallelen Wolkenstreifen werden als Tief- und Hochdruckgürtel gedeutet.

1

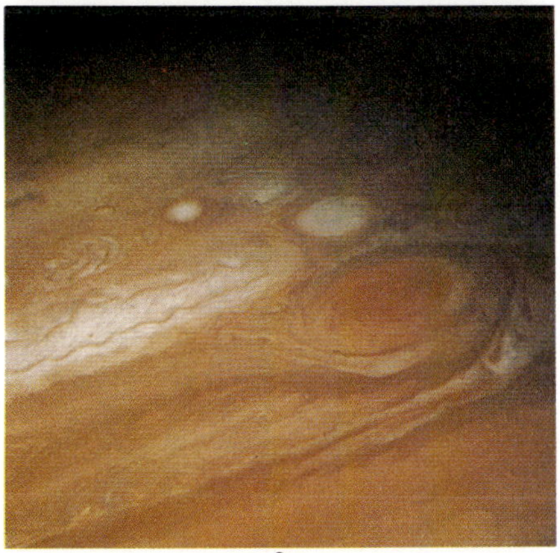

2

Jupiter 1): 1 Jupiter aus 84 Mio. km Entfernung von Voyager 1 am 10. 12. 1978 photographiert. **2** Der Große Rote Fleck – ein gewaltiger Wirbelsturm – auf Jupiter, am 22. 2. 1979 von Voyager 1 aus 12 Mio. km Entfernung aufgenommen

Die Dynamik der turbulenten, rd. 1000 km dicken Jupiteratmosphäre wird vermutlich überwiegend von der aus dem Innern des J. nach außen dringenden Eigenwärme des Planeten angetrieben: Der J. strahlt etwa doppelt soviel Energie ab wie er von der Sonne empfängt. Diese innere Hitze wird als Folge einer allmähl. Schrumpfung des gesamten Planetenkörpers gedeutet. In der Jupiteratmosphäre konnten die Raumsonden neben Wasserstoff, Methan und Ammoniak auch Acetylen, Äthan, Phosphin, Wasser und Deuterium nachweisen.

Das Magnetfeld des J., dessen Existenz bereits 1955 aus dem Nachweis langwelliger Radiostrahlung vom J. abgeleitet wurde, besitzt ein magnetisches Moment von $1{,}55 \cdot 10^{26}$ Tesla cm^3; dabei ist die Dipolachse um etwa 11 Grad gegen die Rotationsachse geneigt. Das Magnetfeld des J. reicht weit in den interplanetaren Raum hinaus und kann entschieden mehr elektrisch geladene Teilchen in Form von Strahlungsgürteln aufnehmen als das ird. Magnetfeld (Erde $8{,}06 \cdot 10^{21}$ Tesla cm^3). Seine Entstehung wird auf Konvektionsströme im Innern des J. zurückgeführt, im Bereich des metall. Wasserstoffs.

Vor den Sondenvorbeiflügen waren zwölf Jupitermonde bekannt, deren vier größte bereits 1610 von G. GALILEI und S. MARIUS beobachtet wurden. Inzwischen kennt man 16 Trabanten des J. und einen Ring, der von Voyager 1 nachgewiesen wurde; er ist jedoch so lichtschwach, daß er in ird. Teleskopen nur mit besonderen Vorkehrungen andeutungsweise photographiert werden kann. Auf Jo fanden Voyager 1 und 2 Spuren eines aktiven Vulkanismus, der als Folge eines Gezeiteneffekts gedeutet wird. Während die vier galileischen Monde Jo, Europa, Ganymed (der größte Mond im Sonnensystem) und Kallisto zus. mit dem J. entstanden sein dürften, nimmt man von einigen der kleineren Trabanten an, daß es sich bei ihnen um eingefangene Planetoiden handelt. Für Mitte der 80er Jahre ist eine weitere Mission zum J. geplant (Galileo).

Astronomische und physikalische Daten des Jupiters:

Äquatordurchmesser	142 796 km
Poldurchmesser	135 516 km
Abplattung	1/19,6
Masse	$1{,}9 \cdot 10^{24}$ t
mittlere Dichte	1,31 g/cm^3
Rotationsdauer	9 h 55 min 30 s
Dauer eines Umlaufes um die Sonne	11,862 Jahre
mittlere Entfernung zur Sonne	778,4 Mio. km

Jupitermonde

Nummer/Name	Durchmesser (km)	Entfernung zu Jupiter (km)	Umlaufzeit
XVI Metis (1979 J3)	40	127 950	7h04min30s
XIV Adrastea (1979 J1)		128 590	7h09min
V Amalthea	200	182 000	11h57min
XV Thebe (1979 J2)	80	221 725	16h11min21s
I Jo	3 636	421 400	1,763d
II Europa	3 066	670 500	3,551d
III Ganymed	5 225	1 069 000	7,155d
IV Kallisto	4 890	1 881 200	16,689d
XIII Leda	10	11 110 000	240d
VI Himalia	170	11 470 000	251d
VII Elara	80	11 730 000	260d
X Lysithea	25	11 750 000	261d
XII Ananke	20	21 200 000	625d
XI Carme	30	22 550 000	692d
VIII Pasiphae	40	23 300 000	737d
IX Sinope	30	23 650 000	758d

2) Raketen: a) erste erfolgreiche Mittelstreckenrakete der USA, einstufig, 1955–59 für die Streitkräfte entwikkelt. Gesamtlänge 17,7 m, Durchmesser 2,67 m. b) **Jupiter-C,** auch **Juno I,** 1954–57 entwickelte amerikan. vierstufige Trägerrakete (21,73 m lang, 1,78 m maximaler Durchmesser), die 1958 die ersten NASA-Satelliten in Umlauf brachte.

Jupiter-Sonden, Raumflugkörper, die den Planeten Jupiter im nahen Vorbeiflug photographieren und erforschen. Bis 1983 sind insgesamt vier J.-S. am Planeten vorbeigeflogen (→ Pioneer, → Voyager).

Jura, das mittlere → System des Erdmittelalters, Dauer rd. 60 Mio. Jahre. Bes. der untere und mittlere J. mit warmem, ausgeglichenem Klima in Mitteleuropa, das im unteren und mittleren J. weitgehend durch eindringende Schelfmeere überflutet war (größte Meeresbedeckung der Erdgeschichte). Nach der vorherrschenden Gesteinsfarbe in Schwaben in **Schwarzen, Braunen** und **Weißen J.** gegliedert, entspricht den engl. Abteilungen **Lias, Dogger** und **Malm.** In den alpid. und zirkumpazif. Geosynklinalen wurden sehr mächtige und faziell stark wechselnde Sedimente, z. T. mit Tiefseecharakter, abgelagert. In den Kordilleren (Nevadiden) und im Nordosten der UdSSR kam es zu Faltungen, kurz vor Beginn der Kreide auch in den alpid. Geosynklinalen, im nördl. Mitteleuropa zu Bruchfaltung. Der Gondwana-Kontinent zerfiel endgültig. Landräume waren Nordamerika-Grönland, Skandinavien, Nord- und Mittel-Asien, Brasilien, Afrika, Madagaskar-Vorderindien und Australien. Lebhafte Magmenförderung in Indonesien und in der Pazifik-Umrandung.

Im J. entstanden Vorkommen von Eisenerzen (Württemberg, Luxemburg, Lothringen), Erdöl (Niedersachsen), Ölschiefer sowie Gips und Salz, bed. Steinkohlen- und Salzlagerstätten in Nord-Asien. – Schachtelhalme, Farne und Gymnospermen bildeten die Pflanzenwelt auf dem Festland. Im Meer herrschten u. a. Reptilien (Saurier), Fische, Ammoniten, Belemniten und Muscheln vor. Kieselschwämme waren riffbildend. Die ersten Flugsaurier traten auf und im oberen J. der Urvogel Archaeopteryx. Die Säugetiere entwickelten sich in der Wende Trias/J. aus den Reptilien.

Justierung, Justieren, 1) Drucktechnik: das Anordnen der Klischees genau auf Schrifthöhe sowie der Satzkolumnen beim Umbruch auf gleicher Höhe.

2) Feinwerktechnik: **Justage** [ʒystˈa:ʒə, frz.], das Betätigen von Einstellvorrichtungen an Geräten zur Erreichung einer vorgeschriebenen Funktion.

3) Glastechnik: Beseitigung scharfer Kanten an geschnittenen Flachgläsern durch Schleifen ohne nachfolgende Politur.

4) Meßtechnik: **Abgleichen,** ein Meßgerät oder eine Maßverkörperung so einstellen, daß die Ausgangsgröße (z. B. die Anzeige) vom richtigen (oder als richtig geltenden) Wert so wenig wie möglich abweicht, oder daß die Abweichungen innerhalb der Fehlergrenzen bleiben, z. B. das Justieren eines Gewichtsstückes auf einen vorgeschriebenen (Nenn-)Wert durch Abfeilen oder durch Einfüllen von Bleischrot.

5) Waffen: das Gleichrichten der Seelenachse des Rohres mit der Visierlinie der Visiereinrichtung, meist mit Hilfe von Stellschrauben.

Jute, Pflanze und Bastfaser von krautigen, ostind. Lindengewächsen der Gattung Corchorus. Die Aufbereitung ähnelt der beim → Flachs. Die Stengel der reifen Pflanze werden in Wasser 10–20 Tage lang geröstet, dann wird der Bast abgezogen. Die so gewonnene Faser wird vor dem Verspinnen in Wasser gespült und an der Luft getrocknet. Die Faserbündel sind etwa 1,5–2,5 m, die Einzelfaser etwa 1–5 mm lang. Verwendung: Säcke, Packmaterial, Wandbespannung, Teppiche, Tuftingteppiche, Fußbodenbelagsunterlage, Jutefilz als Nadelverbundstoff. Juteähnl. Erzeugnisse sind → Kenaf u. a.

juvenil, Geologie: **Juveniles Wasser** stammt aus Magmenherden und hat noch nicht am Wasserkreislauf teilgenommen (Ggs. → vados). – **Juvenile Magmen** sind Gesteinsschmelzen, die nicht durch → Palingenese entstanden sind.

Jy, Einheitenzeichen für → Jansky.

K

k, 1) *k,* Formelzeichen für Boltzmann-Konstante.

2) Vorsatzzeichen für → Kilo.

K, 1) chem. Symbol für → Kalium.

2) Datenverarbeitung: an den Größenvorsatz k (Abk. für kilo = 1000) angelehnte Abk. für 2^{10} = 1024. Das K wie auch das → M werden in Verbindung mit → Bit oder → Byte zur Angabe der Speicherkapazität eines → Speichers verwendet. Es ist z. B. üblich, den Umfang eines (bitorganisierten) Speichers in Vielfachen von K anzugeben: Ein 64-KBit-Speicher besitzt demnach $64 \cdot 1024 = 65536$ einzelne Speicherzellen.

3) Einheitenzeichen für → Kelvin; **°K,** Einheitenzeichen für → Grad Kelvin (veraltet).

4) *K,* Formelzeichen für Kerma und Kompressionsmodul.

5) physikal. Symbol für K-Meson (Kaon).

kA, Einheitenzeichen für **Kiloampere** (→ Ampere).

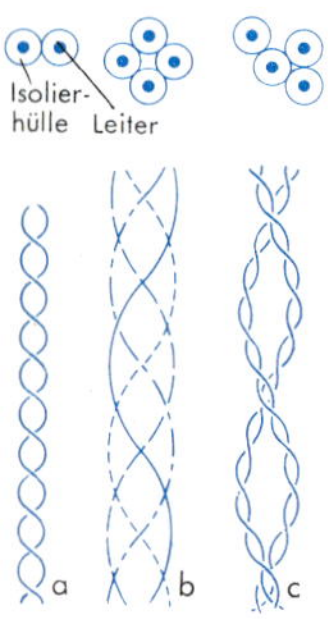

Kabel 2) 1: Verseilarten bei Fernsprechkabel; a Paar, b Sternvierer, c Dieselhorst-Martin-(DM-)Vierer

Kabel, 1) Bautechnik: ein → Drahtseil als Trägerelement von Brücken, Seilbahnen, Ankern u. a.

2) Elektrotechnik: alle mit einer Isolierung umgebenen, biegsamen elektr. Leiter, insbes. solche, die zur Verlegung in der Erde **(Erd-K.)** oder unter Wasser (→ Unterwasserkabel) geeignet sind.

Aufbau. Die leitenden Teile des K. **(Adern)** bestehen entweder aus einzelnen Drähten (Massivleiter) oder, zur Erhöhung der Biegsamkeit, aus Seilen, die aus mehreren Drähten aufgebaut sind **(Litzen).** Das leitende Material ist Kupfer oder Aluminium. Die einzelnen Adern sind gegeneinander isoliert durch getränkte Faserstoffe (z. B. Papier), Gummi oder Kunststoffe. Darüber befindet sich eine gemeinsame Isolierung, der **K.-Mantel,** und – wo nötig – eine Schutzschicht **(Bewehrung)** gegen mechan. Beschädigung aus getränkten Faserstoffen, Kunststoffen oder Metall (Blei, Aluminium, Stahldraht).

Starkstromkabel (BILDER). **Drehstrom-K.** werden bis etwa 60 kV als Dreileiter- oder Vierleiter-K. ausgeführt. Bei höheren Spannungen werden vorwiegend Einleiter-K. verwendet. Bei Drehstrom-K. können durch Abweichung des Adernquerschnitts von der Kreisform Ersparnisse an Isolierstoff und Bewehrung erzielt werden. Man unterscheidet **Masse-K.** und **Öl-K.,** das sind mit K.-Tränkmasse oder Öl getränkte Papier-K., außerdem **Gummi-K.** und **Kunststoff-K.** Für sehr hohe Spannungen bis 400 kV verwendet man **Öldruck-K.,** die in Stahlröhren verlegt sein können, die unter Druck stehen. Analog sind **Gasdruck-K.** aufgebaut, für die in neuerer Zeit als Isoliergas Schwefelhexafluorid (SF_6) verwendet wird.

Supraleitende Drehstrom-K. (→ Supraleitung) aus stabilisierten Niob-, Niob-Aluminium- oder Niob-Zinn-Leitern, die mit flüssigem Helium bei 4 bis 6 K gekühlt werden, befinden sich in der Entwicklung. Sie können in Stahlröhren von 0,5 m ∅ verlegt werden und übertragen bei 110 kV etwa 2000 MVA. Die Ausführung **supraleitender Gleichstrom-K.** für → Hochspannungs-Gleichstrom-Übertragungen ist gleichfalls zu erwarten. Damit wäre die Einspeisung großer Energiemengen auf kleinstem Raum in Ballungszentren möglich.

Fernmeldekabel (BILDER) enthalten wesentlich mehr Adern als Starkstrom-K. oder sind als → Koaxialleitung, als → Breitbandkabel oder als → Lichtleiter ausgeführt.

Die isolierten Leiter werden verseilt, je zwei zu Paaren oder je vier zum Sternvierer. Zwei Paare können auch noch zum Dieselhorst-Martin-(DM-)Vierer verseilt werden. Paare und/oder Vierer werden in konzentr. Lagen zur **Kabelseele** verseilt. Bei hochpaarigen K. werden die Verseilelemente auch erst zu Bündeln und die Bündel zur Kabelseele verseilt **(Bündelkabel).**

Fernmelde-K. haben eine Isolierung aus getrocknetem Papier oder aus Kunststoff-Folie, die in Form von Kordeln und Bändern wendelförmig locker auf den Leiter aufgebracht wird, so daß eine Hohlraum-(Luft-)Isolierung entsteht. Bei **Koaxial-K.** ist ein Innenleiter vom Außenleiter zylindrisch umgeben und wird von Kunststoffscheiben oder Kunststoffschaum auf Abstand gehalten.

K. werden in etwa 80 cm tiefen Gräben zw. Formsteinen verlegt oder in bebauten Gebieten in K.-Kanäle eingezogen. Seltener werden K. (z. B. Fernsprech-K.) als Luft-K. aufgehängt, wobei der Zug von einem Tragseil aufgenommen wird. (Weitere BILDER S. 24, 25, 26)

Geschichte. W. F. COOKE und C. WHEATSTONE unternahmen 1838/39 Versuche mit z. T. unterirdisch verlegten K. in Eisenrohren. Das erste Flußkabel in Dtl. wurde 1846 verlegt (Bremen–Bremerhaven). Seit 1847 entstanden in Dtl. unterirdische Telegraphenlinien mit Guttapercha-K. (W. SIEMENS). Die Seetelegraphie setzte 1850 ein (Dover–Calais 1851; Irland–Neufundland 1857/58, 1865/66). Als erstes dt. Fern-K. wurde 1913/14 das Rheinland-K. von Berlin über Magdeburg nach Hannover (298 km) verlegt.

Kabelfehlersuche, hg. v. J. GABEL (1973); Kabel- und Leitungsfertigung, hg. v. Kombinat VEB Kabelwerk Oberspree (1976); HANS SCHMID: Theorie und Technik der Nachrichten-K. (1976); Kabelhandbuch, hg. v. d. Vereinigung dt. Elektrizitätswerke ([3]1977).

3) Spinnerei: **Chemiespinnkabel,** aus der Spinndüse kommendes Faserband aus einer Vielzahl von Endlosfasern.

Kabelfernsehen, Drahtfernsehen, Sammelbez. für alle Anlagen zur leitungsgebundenen Übertragung von Fernsehprogrammen von einer Zentrale an eine Vielzahl einzelner Empfänger. Als Vorstufe kann die Gemeinschaftsantennenanlage (→ GA) angesehen werden. Das K. ist in den USA und Kanada seit langem verbreitet. In der Bundesrep. Dtl. ist eine drahtlose Rundfunkversorgung in allen Landesteilen gegeben. Das K. dient vorerst noch der Versorgung ungünstig gelegener Empfangsgebiete (abgeschattet durch Erdkrümmung, Gebirge oder Hochhäuser). Einfache Gemeinschaftsantennenanlagen mit hochwertigen Antennen empfangen ein oder mehrere Programme, setzen sie auf andere Frequenzen um und leiten diese an die angeschlossenen Empfangsgeräte weiter. Größere Anlagen empfangen zu den Programmen der nationalen Stationen auch Sendungen weiter entfernter Nachbarländer. In zahlreichen Städten (u. a. Hamburg und Nürnberg) wurden Versuchsanlagen der Bundespost in Betrieb genommen, die für zwölf Fernseh- und zwölf Tonprogramme ausgelegt sind. Sie sollen später auf weitere Dienste im Sinn der → Breitbandkommunikation ausgedehnt werden, z. B. Bildschirmtext und Kabeltext. Die zu lösenden Probleme für eine breite Einführung des K. sind weniger technischer als vielmehr politischer, wirtschaftlicher und rechtlicher Art.

Kabelgat *das,* kleiner Stauraum für Tauwerk auf Schiffen.

Kabel|länge, engl. **cable** [keɪbl], nautisches Längenmaß, urspr. die Länge eines Ankertaus (120 Faden = 240 yards), jetzt einheitlich festgesetzt auf 1/10 Seemeile = 185,2 m.

Kabel|leger, Spezialschiff zum Verlegen und Aufnehmen (Reparatur) von Unterseekabeln. Diese liegen in runden Kabeltanks aufgeschossen und werden mit Winden über große Rollen am Bug ausgelegt oder eingeholt.

Kabelsuchgerät dient zur Ortung eines Erdkabels oder einer Rohrleitung (Gas, Wasser). Beim **passiven** Verfahren ändert sich die Schwingfrequenz eines Hochfrequenzsenders mit magnetisch offenem Schwingkreis bei Annäherung der Spule an das Metall. Beim **aktiven** Verfahren wird über das Kabel ein hochfrequenter Wechselstrom geschickt und das um das Kabel entstehende elektromagnet. Feld mit einer Suchspule selektiv abgetastet. Die Größe der in der Spule induzierten Spannung hängt von der Nähe zum Kabel ab.

Kabeltext, Bez. für den → Bildschirmtext, wenn die Information nicht über das Fernmeldenetz, sondern über breitbandige Übertragungsleitungen erfolgt, wodurch ein wesentlich schnellerer Bildaufbau erreicht wird. Voraussetzung für das noch nicht realisierte Vorhaben wäre der Anschluß an das Netz des → Kabelfernsehens.

Kabinenbahn, 1) mit Fahrgastkabinen ausgerüstete Seilschwebebahn (→ Bergbahnen). 2) in Planung und Erprobung befindl. spurgebundenes Nahverkehrsmittel (→ Nahverkehr), ausgeführt als Einfach- oder Doppelspurbahn mit auf Tragbalken aufgeständerten oder an diesen angehängten Kabinen, die vollautomatisch gesteuert werden. **Groß-K.** sollen überwiegend stadtbahnähnlich in Linienbetrieb und auf Pendel- und Rundkursen verkehren, **Klein-K.** in Einzelzielansteuerung nach vorgegebenem Rechnerprogramm mit Hilfe von codierten Fahrkarten. Zu den dt. Bauarten gehören u. a. die **C-Bahn** mit stehenden oder hängenden Kabinen, die **H-Bahn** mit Großkabinen und die **M-Bahn,** die durch ein Fahrweg-wanderfeld angetrieben wird; Erprobungsanlagen sind in Betrieb.

Rollen, Schweben, Gleiten. Unkonventionelle Verkehrsmittel im spurgebundenen Verkehr, hg. v. O. KRETTEK (1980).

Kabriolett, Cabriolet [kabriɔlɛ̃, frz.], Personenkraftwagen mit offenem Aufbau, zurückklappbarem Verdeck und versenkbaren Seitenfenstern. Die **Kabrio-Limousine** ist eine Limousine mit Rolldach von der Windschutz- bis zur Heckscheibe.

Einleiter-Ölkabel

Kabel 2) 2

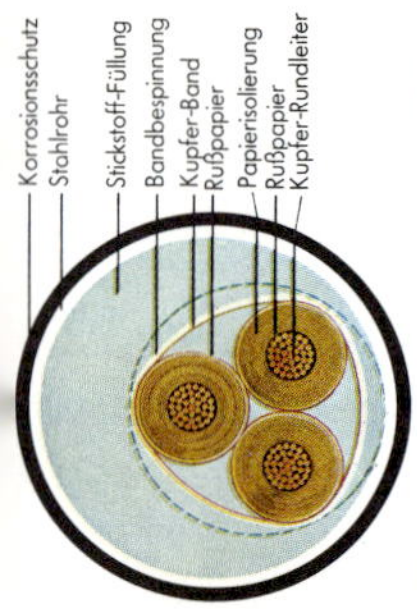

Gas-Innendruckkabel mit 3 Leitern

Kabel 2) 3

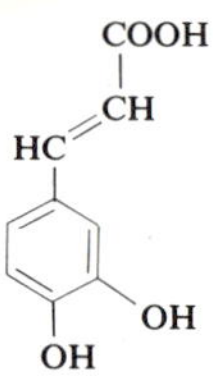

Kaffeesäure

Kainit: kristallisiert (Staßfurt, Dt. Dem. Rep.)

Kachel, keram. Bauelement, im Ggs. zur →Fliese gewölbt oder gefäßförmig. Die **Ofenkachel** besteht aus dem **Blatt** und dem **Rumpf;** das Blatt ist mit einer feineren Masseschicht überzogen, die die Glasur trägt.

Kachel|ofen, mit →Kacheln verkleidete Raumheizeinrichtung; Feuerstelle und wärmeabgebende Heizflächen sind in einem Aufbau vereinigt. Die stark wärmespeichernden Ofenkacheln werden durch Verbrennen des Brennstoffes (meist Kohle oder Holz) aufgeheizt und geben anschließend über längere Zeit die gespeicherte Wärme an den Raum ab. (BILD Heizung)

Kadmium, das →Cadmium.

Kaffeemaschine, Kaffeebereitungsgerät für Haushalt und gewerbl. Zwecke. Ein oder zwei Mantelgefäße enthalten Heizung, Wasservorrat, Steigrohr, Kaffeefilter und Kaffeegefäß. Das erhitzte Wasser steigt nach oben, übersprüht das Kaffeepulver, und der trinkfertige Kaffee fließt in die auf einer Wärmeplatte stehende Kanne. Bei **Doppelfilter-K.** fließt das erhitzte Wasser zweimal, nämlich im Vor- und Rücklauf, durch das Kaffeegut. Beim **Expresso-Verfahren** wird überhitztes, unter Druck stehendes Wasser verwendet.

Kaffeesäure, 3,4-Dihydroxyzimtsäure, kristalline Säure, die als Baustein der Chlorogensäure in Kaffeebohnen, Tabak, Kartoffeln u. a. vorkommt.

Käfigläufer, Käfig|anker, Kurzschluß|anker, Elektrotechnik: der Läufer eines Asynchronmotors (→Elektromotor), dessen Wicklung aus geradlinigen, leitenden Stäben besteht, die an den Stirnseiten durch Kurzschlußringe miteinander verbunden sind.

Käfigverbindungen, nicht systemat. Bez. für chem. Verbindungen mit käfigartiger Struktur, z. B. höhere Borane. Meist mit Trivialnamen, z. B. Cuban.

Kai, Uferbauwerk im →Hafen mit landseitiger Betriebsfläche und Anlagen zum Laden und Löschen von Schiffen. Die **Kaimauer** ist die vertikale oder nahezu vertikale Uferwand (Spundwand, Pfahlwand, Bohlwand, massive Konstruktion) als wasserseitiger Abschluß eines K. **Kaizunge** oder **Pier** heißt ein mit dem Land verbundener, in das Wasser vorgebauter, mehrseitig vom Wasser umgebener K.

Kainit, Mineral $KMg[Cl|SO_4]\cdot 3\ H_2O$, weiß, oft gelblich bis grau, rot; meist körnige Aggregate in derben Massen; wichtiges, sekundär aus Carnallit entstandenes Salzmineral; Grundstoff des Kalidüngers.

Kakodyl . . ., die Gruppe $-As(CH_3)_2$ in arsenorgan. Verbindungen.

Kalander, Maschine mit weichen (aus Papier oder Baumwolle) und harten (aus Hartguß oder Stahl), auch heizbaren, gegeneinanderrollenden Walzen zur Verbesserung der Oberfläche von Papier und textilen Flächen (z. B. zur →Appretur), auch zur kontinuierl. Herstellung von Gummiplatten und Kunststoff-Folien. Das Gut wird unter regelbarem Druck und Temperatur zw. den Walzen durchgezogen. Durchlaufende textile Flächen werden dichter, glatter und glänzender. Der Glanz kann von Matt- über Seiden- bis Hochglanz variiert werden (Roll-, Riffel- und Friktions-K.). Das Einpressen von Mustern geschieht auf Gaufrier-K., das mechan. Entwässern auf Wasser-K.

Kalben, das Abbrechen der ins Meer vorgedrungenen Gletscherzungen zu Eisbergen.

Kaledoniden, Kaledonisches Gebirge, zw. Ordovizium und frühem Devon **(Kaledon. Ära)** gebildetes Gebirgssystem. Es verlief von den Britischen Inseln über West-Skandinavien nach Spitzbergen, über Grönland nach Ellesmereland. In Mitteleuropa ist die **kaledon. Faltung** nur im Brabanter Massiv gesichert, in Amerika in Alaska, Neufundland und den nördl. Appalachen, ferner in der Umrahmung des Sibir. Schildes und in Ost-Australien.

Kaleidoskop *das,* fernrohrähnl. optisches Spielzeug, bei dem sich unregelmäßig liegende bunte Glasstückchen o. ä. durch Spiegelung in einem Winkelspiegel zum Bild eines regelmäßigen, meist sechsstrahligen Sterns anordnen.

Kalender, die Festsetzungen zur langfristigen Einteilung der Zeit. Allen K. liegen astronom. Beobachtungen zugrunde. Das Problem war urspr., die Umlaufzeit der Erde um die Sonne, das trop. →Jahr von rd. 365,2422 Tagen, und die Umlaufzeit des Mondes um die Erde von Neumond zu Neumond, den synod. Monat von rd. 29,5306 Tagen, durch Perioden in Verbindung zu setzen, die aus einer Anzahl von ganzen Tagen bestehen. Da das Mondjahr elf Tage kürzer ist als das Sonnenjahr, läuft sein Anfang in 33 Jahren durch alle Jahreszeiten. Viele Völker haben daher versucht, Jahre mit 12 und 13 Monaten abwechseln zu lassen, um so den Anschluß an das Sonnenjahr zu erreichen (Gebundenes Mondjahr, Lunisolarjahr). Bei einer der deshalb oft notwendigen Reformen wurde 153 v. Chr. der Jahresanfang vom 1. März auf den 1. Januar gelegt. 46 v. Chr. führte CAESAR die Schaltung eines Tages in den Jahren mit durch 4 teilbarer Jahreszahl ein, so daß das Jahr im Durchschnitt 365,25 Tage lang wurde **(Julianischer K.).** Ende des 16. Jh. war der Unterschied zw. dem K.-Datum und dem dem Sonnenstand entsprechenden Datum auf zehn Tage angewachsen, da die Tageslänge des Julianischen K. etwas zu groß ist. GREGOR XIII. bestimmte 1582, daß von den Säkularjahren 1600, 1700 usw. nur diejenigen Schaltjahre sind, deren das Jahrhundert bezeichnende Zahlen durch 4 teilbar sind **(Gregorianischer K.).** Das Jahr hat damit 365,2425 Tage, so daß erst nach 3000 Jahren eine Abweichung von einem Tag auftritt. (→Julianisches Datum)

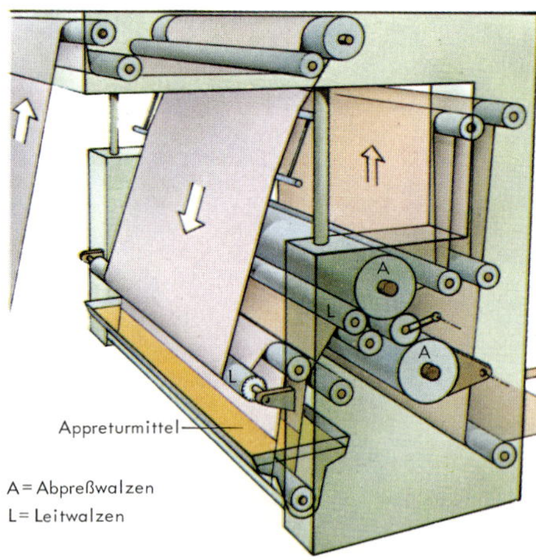

Kalander: Appretur-K.

Kalfaterung, Dichtung der Nähte zw. den Planken der Außenhaut und der Decks von Holzschiffen: Eintreiben von Werg mittels **Kalfateisen** und Holzhammer, Ausgießen mit Kunstharz (früher Pech).

K-Algebra, → hyperkomplexes System.

Kali *das,* Sammelbez. für die natürlich vorkommenden → Kalisalze. Angaben von Prozent-K. beziehen sich meist auf den Gehalt an Kalium oder Kaliumoxid, K_2O.

Kaliber, 1) Feuerwaffen: innerer Durchmesser von Lauf oder Geschützrohr, bei gezogenen Waffen von Feld zu Feld gemessen. (BILD S. 26)

2) Hüttenkunde: die Öffnung (Walzspalt) zw. zwei Walzen, die das Walzprofil ergibt. Im **offenen K.** kann das Walzgut ›breiten‹, d. h. ungehindert zur Seite ausweichen. Profile (z. B. Doppel-T-Träger) werden in **halboffenen** oder **geschlossenen K.** ausgewalzt. (BILD S. 26)

3) in der Meßtechnik für Metallbearbeitung eine Bez. für → Lehre.

Kalibrieren, 1) Fertigungstechnik: ein Werkstück durch abschließendes geringes Umformen auf genaues Maß bringen. Draht- und Metallstangen werden dazu durch eine Düse gezogen, Hohlzylinder innen kalibriert durch Durchziehen oder Durchdrücken eines Kalibrierwerkzeugs, Gesenkschmiedestücke fertiggeprägt und mit dem Kaliber (→ Lehre) geprüft.

2) Meßtechnik: **Einmessen,** das Feststellen des Zusammenhanges zw. Ausgangs- und Eingangsgröße, z. B. zw. der Anzeige eines Meßgeräts und der Meßgröße. Bei benannten Skalen wird durch das K. der Fehler der Anzeige eines Meßgeräts oder der einer Maßverkörperung festgestellt.

In der elektr. Meßtechnik versteht man unter K. auch das Herstellen der Skale eines Meßinstruments während des Fertigungsprozesses.

Kalikogelb, → Morin.

Kali|salpeter, Mineral KNO_3, → Nitrokalit.

Kali|salze, natürlich vorkommende Chloride und Sulfate des Kaliums, meist Doppelsalze. Bes. wichtig sind: → Sylvin, → Carnallit, → Kainit. **Primäre K.** entstehen unter ariden Klimabedingungen durch Eindunsten von Salzwasser (→ Barrentheorie). Hierbei scheiden sich entsprechend ihrer Löslichkeit nacheinander Kalkstein, Gips, Anhydrit, Steinsalz und K. aus. Weitere K. bilden sich durch **sekundäre Umwandlung** der Primärausscheidungen (›Salzmetamorphose‹). – K. wurden in allen geolog. Formationen seit dem Kambrium nachgewiesen; große Lagerstätten sind bekannt aus dem Unterperm (UdSSR), dem Zechstein (Mittel-Nord-Dtl., Texas-New Mexico) und dem Tertiär (Oberrheingebiet, Ebro-Bekken, Südpolen).

Kalium *das,* chem. Symbol **K,** ein → chemisches Element aus der Gruppe der Alkalimetalle, Ordnungszahl 19, mit zwei stabilen und rd. 15 instabilen Isotopen, darunter das natürlich vorkommende ^{40}K. K. ist ein silberweißes, sehr weiches Metall, das sich leicht mit dem Messer schneiden läßt. K.-Dampf ist im Durchlicht blaugrün. An der Luft oxidiert sich K. unter Oxidbildung, mit Wasser reagiert es stürmisch unter Wasserstoffentwicklung und Bildung von Kaliumhydroxid, KOH.

In der Erdrinde sind 2,59% K. enthalten, der Gehalt im Meerwasser ist 1/40 des Natriumchlorid-Gehaltes. Einige K.-Verbindungen sind wichtige gesteinsbildende Minerale, z. B. Feldspat, Glimmer, Leucit. Kaliumrohstoffe sind fast stets die → Kalisalze. Landpflanzen sammeln K. an, bei ihrer Veraschung geht es in das Kaliumcarbonat, K_2CO_3 (Pottasche), über.

Dargestellt wird metall. K. durch Schmelzflußelektrolyse von wasserfreiem Ätzkali (KOH), durch Erhitzen eines Gemisches aus K_2CO_3 und Holzkohle in Eisenretorten oder aus Calciumspänen und Kaliumchlorid im Vakuum oder durch Umsetzung von Kaliumfluorid mit Calciumcarbid.

K. hat kaum techn. Bedeutung, da es durch das billigere Natrium zu ersetzen ist. Eine Legierung mit Natrium findet als Kühlmittel im Reaktorbau Anwendung. – Flüchtige K.-Verbindungen färben die Flamme blauviolett, worauf Nachweis und spektralanalyt. Bestimmung des K. beruhen. ^{40}K dient zur absoluten Altersbestimmung von Gesteinen, → Kalium-Argon-Methode.

Physiologie. K. ist ein essentielles Element für alle Organismen. Es liegt meist nur locker gebunden als Ion (Kation) im Plasma oder Zellsaft vor, ist von großer Bedeutung für das Ruhepotential und die Erregungsabläufe an den Zellmembranen, beeinflußt die Membranpermeabilität sowie den Ablauf enzymat. Reaktionen als Enzymaktivator und die Synthese energiereicher Phosphate. K.-Verbindungen sind wichtige Düngemittel.

K. wurde erstmalig 1807 von H. DAVY erhalten.

Fernsehübertragungskabel (symmetrische Verseilung und Koaxialpaar)

Fernsprech-Ortskabel (Bündelverseilung)

Fernsprech-Fernkabel (Koaxialkabel)

Kabel 2) 4

Kalisalze: Steile Lagerung im Hannoverschen Kali-Revier (Benther Salzstock). **k** Keuper, **m** Muschelkalk, **s** Buntsandstein (zum Salzspiegel hin in Einsturzgebirge übergehend), **t–q** Tertiär und Quartär der Subrosionssenke, **y** Gipshut; Na4 = Aller-Steinsalz, T4 = Roter Salzton, Na3 = Leine-Steinsalz mit Flöz Ronnenberg (K3Ro), T3 + A3 = Grauer Salzton + Hauptanhydrit, Na2 = Staßfurt-Steinsalz, K2 = Flöz Staßfurt, B = subsalinare Basisgesteine

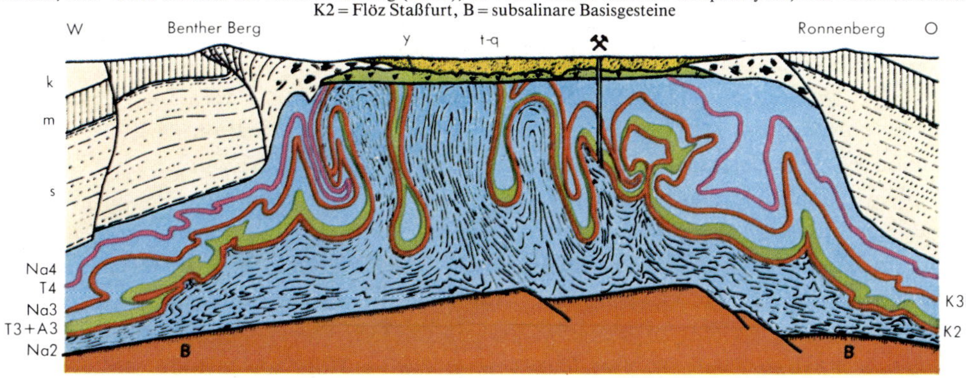

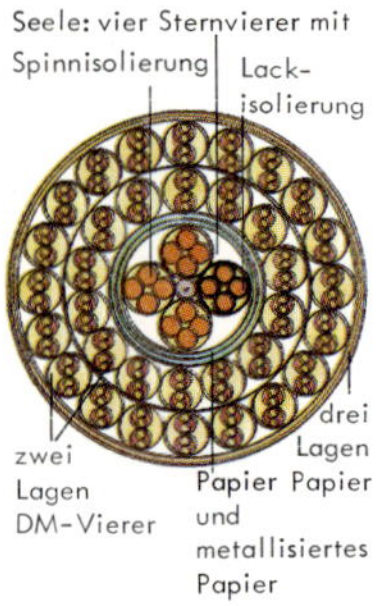

Fernleitungskabel

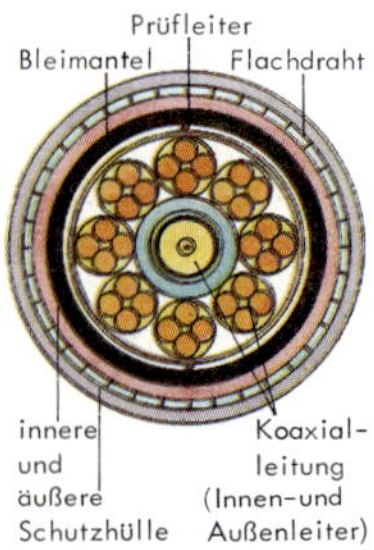

kombiniertes Trägerfrequenz-Fernkabel

Kabel 2) 5

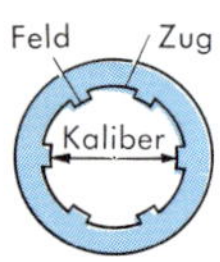

Kaliber 1)

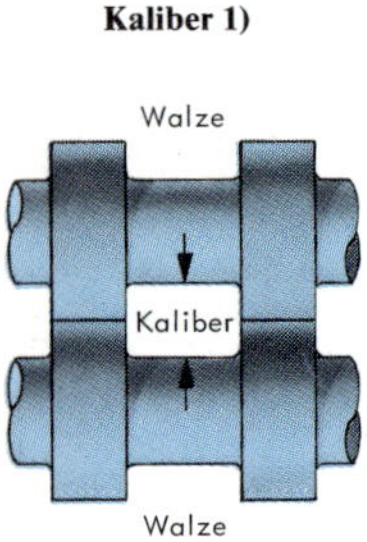

Kaliber 2)

Kalium|antimonyl|tartrat, der → Brechweinstein.

Kalium-Argon-Methode, Verfahren der absoluten → Altersbestimmung von Gesteinen aus dem Verhältnis des Gehalts an ^{40}Ar zu ^{40}K. Der Gehalt an ^{40}Ar wird massenspektrometrisch, durch Neutronenaktivierung oder durch Messung der Dispersion der Doppelbrechung am Dünnschliff bestimmt. Das radioaktive Kaliumisotop ^{40}K zerfällt mit einer Halbwertszeit von $1{,}27 \cdot 10^9$ Jahren zu 89% durch Betazerfall in das stabile ^{40}Ca und zu 11% durch Elektroneneinfang in ^{40}Ar. Hauptfehlerquelle: Ausdiffundieren des gebildeten gasförmigen ^{40}Ar aus dem Mineral.

Kalium-Calcium-Methode, Methode zur absoluten → Altersbestimmung von Kaliummineralen, auf Grund der Verhältnisse der Isotope ^{40}K und ^{40}Ca zueinander. ^{40}K geht durch Betazerfall bei einer Halbwertszeit von $1{,}27 \cdot 10^9$ Jahren in das Isotop ^{40}Ca über. Da in Kaliummineralen meist auch ›urspr.‹ Calcium vorkommt, ist die Empfindlichkeit der K.-C.-M. beschränkt.

Kaliumverbindungen. Kalium tritt in seinen Verbindungen positiv einwertig auf. **Kaliumoxid,** K_2O, ein fester weißer Stoff, entsteht aus metall. Kalium und Kaliumnitrat (Kalisalpeter). Es nimmt an der Luft Sauerstoff auf und geht in weißes **Kaliumperoxid,** K_2O_2, über. Letzteres entsteht auch beim Erhitzen von orangerotem **Kaliumdioxid (Kaliumhyperoxid),** KO_2, das sich beim Verbrennen von metall. Kalium an der Luft bildet. Alle Kaliumoxide bilden mit Wasser **Kalilauge,** eine Lösung von Kaliumhydroxid, die stark ätzend wirkt und eine der stärksten Basen ist. **Kaliumhydroxid (Ätzkali),** KOH, ist ein weißer, harter fester Stoff, Schmelz-P. 410 °C, der technisch durch Elektrolyse von Kaliumchloridlösungen oder durch Umsetzung von Kaliumcarbonat mit **Ätzkalk,** CaO (Kaustifizierung von Pottasche), dargestellt wird. Festes KOH ist hygroskopisch; es hat als Trockenmittel für Luft und Gase sowie für vielfältige techn. Anwendungen Bedeutung. – **Kaliumcarbonat (Pottasche),** K_2CO_3, ist ein weißes, körniges, sehr gut in Wasser lösliches Pulver, dessen wäßrige Lösung infolge Hydrolyse alkalisch reagiert; techn. Darstellung durch Einleiten von CO_2 in Kalilauge oder in eine Suspension von Magnesiumcarbonat in KCl-Lösung **(Magnesia-Verfahren).** Auch aus Pflanzen-(Holz-)Asche kann Kaliumcarbonat gewonnen werden; Verwendung zur Herstellung von Seifen, Gläsern u. a. – Die zahlreichen Halogenverbindungen ähneln denen des Natriums. Aus Lösungen von **Kaliumfluorid,** KF, erhält man beim Eindampfen mit überschüssiger Flußsäure **Kaliumhydrogenfluorid,** KHF_2, das u. a. für Glasuren, Emaille, Glasätzung und als Konservierungsmittel benutzt wird. **Kaliumchlorid,** KCl, ähnelt dem Kochsalz und kommt als Mineral Sylvin vor. **Kaliumchlorat,** $KClO_3$, zerfällt bei höherer Temperatur in Sauerstoff, Kaliumperchlorat, $KClO_4$, und Kaliumchlorid. Es explodiert mit oxidierbaren Substanzen beim Erhitzen, gelegentlich schon bei Stoß und Reiben. Bes. gefährlich sind Mischungen mit gepulvertem Schwefel oder rotem Phosphor; Verwendung in der Feuerwerkerei und für Zündhölzer. **Kaliumbromid,** KBr, und **Kaliumjodid,** KJ, werden in der Medizin und v. a. in der Photographie benutzt. – **Kaliumsulfat,** K_2SO_4, findet sich als Doppelsalz in verschiedenen Salzmineralen. Es wird technisch durch Umsetzung von Kaliumchlorid mit Magnesiumsulfat dargestellt und zur Herstellung von Glas, Alaun und als Düngemittel verwendet. – **Kaliumnitrat (Kalisalpeter),** KNO_3, wird entweder durch Umsetzung von Natriumnitrat mit KCl (›Konvertsalpeter‹) oder aus K_2CO_3 oder KOH und synthet. Salpetersäure erhalten. Es wird für Düngemittel und zur Herstellung von Schwarzpulver verwendet. **Kaliumnitrit,** KNO_2, ein gelbliches, leicht lösliches Salz, wirkt stark oxidierend und dient zum Diazotieren. Zur analyt. Bestimmung des Kaliums dient das schwer lösliche **Kaliumtetraphenyloborat,** $K[B(C_6H_5)_4]$. **Kaliumchromat,** K_2CrO_4, ist ein gelbes, **Kaliumdichromat,** $K_2Cr_2O_7$, ein orangerotes Salz (→ Chromverbindungen). **Kaliumpermanganat (Übermangansaures Kali[um]),** $KMnO_4$, ist tiefviolett gefärbt. Weitere Verbindungen: → Cyanverbindungen, → Eisenverbindungen, → Xanthogensäure, → Thiocyansäure. K. sind auch Hauptbestandteile der als → Kalisalze bezeichneten Produkte und der Kalidünger.

Kalk, Trivialbez. für einige Calciumverbindungen, die in einfachem Zusammenhang mit Calciumoxid, CaO, stehen. In der alten Chemie wurde als K. oder **Metallkalk** allg. jedes nichtflüchtige Oxid eines Metalles bezeichnet. – **Kohlensaurer K., Kalkspat** oder **Calciumcarbonat,** $CaCO_3$, kommt in der Natur weitverbreitet vor als → Calcit und als → Aragonit. Kohlensaurer K. entsteht aus gelösten Calciumsalzen durch Fällung mit lösl. Karbonaten oder durch Einleiten von Kohlensäure (CO_2) in Wasser. Er ist wenig in Wasser, gut in Säuren unter CO_2-Entwicklung löslich. Mit viel Kohlensäure bildet sich **Calciumhydrogencarbonat,** $CaHCO_3$, der auch in natürl. Wässern gelöst enthalten ist (→ Tropfstein). **Gebrannter K., Ätzkalk** oder **Calciumoxid,** CaO, entsteht aus Calciumcarbonat beim Erhitzen über 900 °C (›Kalkbrennen‹). Mit Wasser reagiert er unter Wärmeentwicklung und Bildung von **Löschkalk** (gelöschter K.) **Calciumhydroxid,** $Ca(HO)_2$ (›Kalklöschen‹). In Wasser löschen sich 1,3 g Calciumhydroxid pro Liter (20 °C); diese Lösung, **Kalkwasser** genannt, reagiert stark basisch. Suspensionen von Calciumhydroxid in Kalkwasser dienen als Anstrichfarbe **(Kalken),** in Verbindung mit kalkbeständigen Pigmenten auch als **Kalkfarben** bezeichnet. Calciumhydroxid wird v. a. zur Herstellung von Mörtel, zur Bindung des Chlors als Chlorkalk, zur Desinfektion und als Ätzmittel in der Gerberei verwendet. Gebrannter und ungebrannter Kalk ist ein wichtiger Rohstoff bei der Herstellung von Calciumcarbid, Kalkstickstoff in der Glasfabrikation, als billige Base in der chem. Technik und für Düngekalk, z. B. **Kalkammonsalpeter,** eine Mischung aus Kalk ($CaCO_3$) und Ammoniumnitrat (NH_4NO_3).

Kalk-Kohlensäure-Gleichgewicht, ein zw. der freien, gelösten Kohlensäure und der Karbonathärte eines Wassers bestehendes pH- und temperaturabhängiges Konzentrationsgleichgewicht. Um die Karbonathärte eines Wassers bei einer best. Temperatur in Lösung zu halten, ist eine best. Menge freier Kohlensäure nötig. Fehlt diese, fällt Calciumcarbonat aus, besteht davon ein Überschuß, so ist das Wasser kalkaggressiv und kann an Werkstoffen (z. B. Beton) erhebliche Zerstörungen verursachen.

Kalk-Rost-Schutzschicht, korrosionshemmende Schicht, überwiegend aus Eisencarbonat, die sich auf Eisenoberflächen (z. B. in Wasserrohren) bei der Einwirkung von Wasser in Gegenwart von Hydrogencarbonationen (→ Wasserhärte) und Sauerstoff bilden kann.

Kalksalpeter, der → Nitrocalcit.

Kalksandsteine, 1) Baustoffe: Mauersteine, aus einer Mischung von Quarzsand und Kalk durch Pressen oder Rütteln geformt und durch Härten unter Dampfdruck (Autoklavbehandlung) bei 160–200 °C hergestellt (Voll-, Loch- und Hohlblocksteine).

2) Geologie: Sandsteine, die aus kalkigen Gesteins- oder Schalenbruchstücken bestehen oder mit karbonat. Bindemittel verkittet sind.

Kalkseife, Calciumseife, unlösliches, schmierendes, nichtreinigendes und -schäumendes Reaktionsprodukt unterschiedl. Zusammensetzung (höhere Fettsäuren und Calciumverbindungen), z. B. als Ablagerung (Rand) in Waschbecken.

Kalksinter, → Calcit.

Kalkspat, Mineral $CaCO_3$, der → Calcit; → Kalk.

Kalkstein, ungenau **Kalk,** übwerwiegend aus Calcit ($CaCO_3$) bestehendes, meist biochemisch, nur selten anorganisch gebildetes Sedimentgestein. **Terrestrischer K.** fällt aus feinversprühtem Wasser bei Entzug von CO_2 (Verdunstung, Assimilation durch Pflanzen) aus als Kalktuff, Travertin, Tropf- und Sprudelstein. **Limnischer K.** bildet sich als Seekreide in Binnenseen. Die meisten K. sind mariner Entstehung: z. B. Foraminiferen-K., Riff-K. (Korallen-, Bryozoen-K. u. a.), Schill-K. (z. B. Muschel-K.). Nach dem Gefüge unterscheidet man dichten, porösen, oolith., spätigen K. und pulverige, lockere → Kreide 1), nach der Absonderung z. B. Platten- und Massen-K., nach Beimengungen Kieselkalk. **Marmor** ist ein metamorph umkristallisierter K. – Verwendung: u. a. als Werkstein, für Kalkmörtel, als Rohstoff der Zement-, Glas- und chem. Industrie.

Kalkstickstoff, chemisch-techn. Produkt, das durch Umsetzung von Calciumcarbid (→ Calciumverbindungen) mit Stickstoff bei Rotglut entsteht,

$$CaC_2 + N_2 \longrightarrow CaCN_2 + C.$$

K. wird als Stickstoffdünger verwendet.

Kalktuff, → Kalkstein.

Kalkül, Menge von Objekten (Zeichen, Konfigurationen, Begriffe u. a.) mit einer Menge von Regeln, die angeben, wie man aus Teilmengen von Objekten neue konstruieren (herleiten) kann (darf), z. B.: Berechnung von Summe, Differenz, Produkt, Quotient zweier Dezimalzahlen; Anwendung der Differentiationsregeln zur Berechnung der Ableitung von Funktionen; Verwendung von → Algorithmen.

Kalkwasser, → Kalk.

Kallait *der,* das Mineral → Türkis.

Kallisto, ein Mond des Planeten → Jupiter.

Kalme, Kalmengürtel heißen die sich ringförmig um die Erde ziehenden, am reinsten über den Meeren ausgebildeten Gebiete schwacher, veränderl. Winde und häufiger Windstillen: der äquatoriale K. **(Mallungen)** im Bereich der äquatorialen Tiefdruckfurche und die beiden subtrop. K. oder **Roßbreiten** im Bereich der Hochdruckgürtel. Diese Gebiete verschieben sich mit dem therm. Äquator (Zone höchster Erwärmung) im Nordsommer nordwärts, im Südsommer südwärts.

Kalomel *das,* **1)** Chemie: alte Bez. für **Quecksilber(I)-chlorid,** Hg_2Cl_2.

2) Geologie: **Quecksilberhornerz,** Mineral Hg_2Cl_2.

Kalomel|elektrode, Kalomelhalbzelle, häufig als Bezugselektrode benutzte Halbzelle eines elektrochem. Elements, an der sich das Gleichgewicht $Hg_2Cl_2 + 2e^- \rightleftharpoons 2Hg + 2Cl^-$ (e^- = Elektron) einstellt. Der Elektrolyt besteht aus einer an Kalomel (Hg_2Cl_2) gesättigten Kaliumchloridlösung. Für 1normales KCl ergibt sich ein Potential bezüglich der → Normalwasserstoffelektrode von – 0,2800 V. (BILD S. 28)

Kalorie, Einheitenzeichen **cal,** nicht mehr gesetzl. Einheit der Wärmemenge. Urspr. war die K. definiert als jene Wärmemenge, die nötig ist, um 1 g reinen Wassers bei normalem Atmosphärendruck von 14,5 °C auf 15,5 °C zu erwärmen. Für die Umrechnung auf die SI-Einheit → Joule gilt: 1 cal = 4,1868 J.

In der Ernährungslehre wurde der Energieinhalt von Nahrungsmitteln in **großen K.** (Cal) oder **Kilo-K.** angegeben: 1 Cal = 1 Kilo-K. = 1 kcal = 10^3 cal = 4,1868 kJ.

Kalorik [lat.] *die,* die → Wärmelehre.

Kalorimeter *das,* Gerät sowohl zum Messen von Wärmemengen, die bei physikal. oder chem. Vorgängen abgegeben oder aufgenommen werden (wie Schmelz-, Lösungs- und Verbrennungswärmen), als auch zur Bestimmung der spezif. Wärmekapazität von Substanzen. Als Meßprinzip werden verwandt die Temperaturänderung eines Körpers von bekannter Wärmekapazität **(Mischungs-K.),** der Vergleich der zu messenden Wärmemenge mit einer bekannten Reaktionswärme **(Eis-K., Verdampfungs-** oder **Kondensations-K.)** oder die Berechnung der Wärmemenge aus der leicht meßbaren elektr. Energie.

Ein **Flüssigkeits-K.** für Reaktionswärmen besteht z. B. aus einem versilberten oder verkupferten Vakuummantelgefäß (Thermosflasche), in dem sich eine abgewogene Menge Wasser als Körper bekannter Wärmekapazität, ein Rührer, ein Thermometer mit Teilung in 1/100 Grad und ein Mischgefäß mit lüftbarem Stöpsel befindet (oberes BILD S. 28). Das Mischgefäß enthält den einen (festen oder flüssigen) Reaktionspartner, das Wasser den anderen (gelöst). Nach Ablesen der Temperatur t_1 zieht man den Stöpsel, rührt kräftig und liest wieder die Temperatur ab (t_2). Bei der Berechnung der Wärmemenge Q aus der Temperaturänderung ($t_2 - t_1$) und der Wärmekapazität muß man zu der Wärmekapazität C_W des Wassers noch den **Wasserwert** W, d. h. die Wärmekapazität der Teile des K. hinzuzählen, die an der Temperaturänderung teilnehmen. Der Wasserwert muß bes. ermittelt werden und soll klein gegen C_W sein. Dann gilt: $Q = (t_2 - t_1)(C_W + W)$. Der Wärmeaustausch mit der Umgebung infolge der nicht vollständigen Wärmeisolation muß auf Grund einer Messung des Temperaturganges während der Reaktion in Rechnung gesetzt werden. Fast vollständig vermieden wird er in einem **adiabatischen K.,** bei dem das äußere Gefäß in ein Wasserbad getaucht ist (unteres BILD), dessen Temperatur automatisch durch elektr. Heizung mit Hilfe von Thermoelementen, einem empfindl. Galvanometer und einem Relais oder mit Hilfe elektron. Einrichtungen gleich der Temperatur des K.-Inneren gehalten wird. Dieses Verfahren wird bei exothermen Prozessen zur Messung sehr kleiner Reaktionswärmen benutzt.

Verbrennungswärmen werden in der **kalorimetrischen** oder **Berthelotschen Bombe (Bomben-K.)** gemessen, einem Mischungs-K. nach M. BERTHELOT (1877). Das starkwandige stählerne Verbrennungsgefäß ist mit Sauerstoff gefüllt. Die zu verbrennende Substanz wird in einem Tiegel elektrisch gezündet. Zur Analyse werden die Verbrennungsgase durch das Auslaßventil mit einem trockenen Luftstrom herausgeblasen. Zur Messung der frei werdenden Verbrennungswärme wird die Bombe in ein großes Wasser-K. getaucht (unteres BILD).

Im **Eis-K.** wird die abgegebene Wärme zum Schmelzen von Eis verwandt. Die Wärmemenge erhält man durch Multiplikation der entstandenen Wassermenge in g mit der spezif. Schmelzwärme des Eises (334 J/g).

Im **Verdampfungs-K.** wird der Probekörper durch ge-

Kalkstein

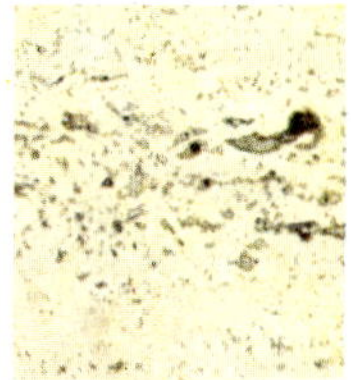

Römisch Travertin (diluvialer K.)

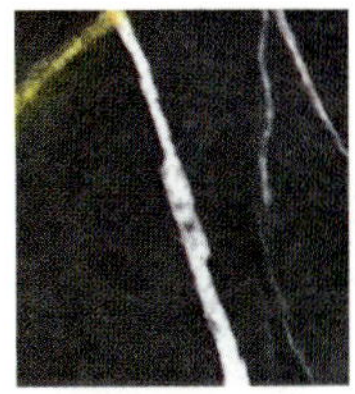

Schupbach schwarz (devon. K.), Hessen-Nassau

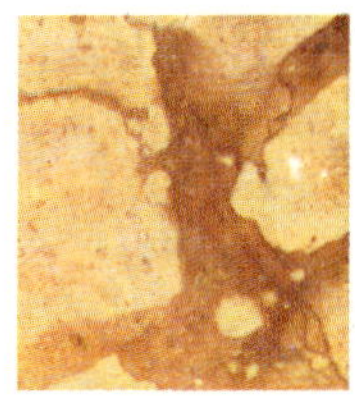

Verona rot (unterer Jura, Lias Dogger)

Vert des Alpes (Sammelbegriff für grüne Alpenmarmore, Ophicalcit), ital. und frz. Alpen

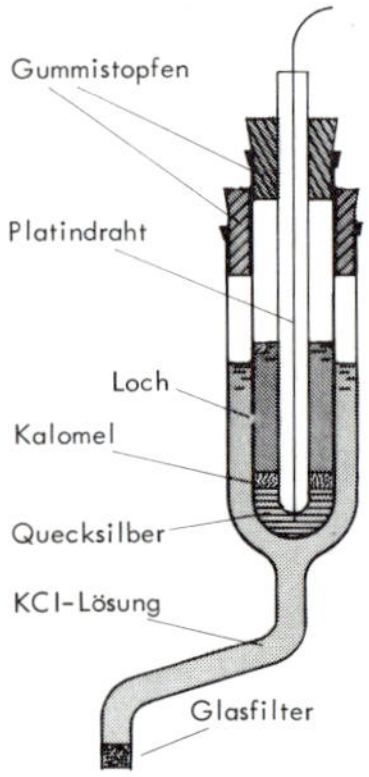

Kalomelelektrode

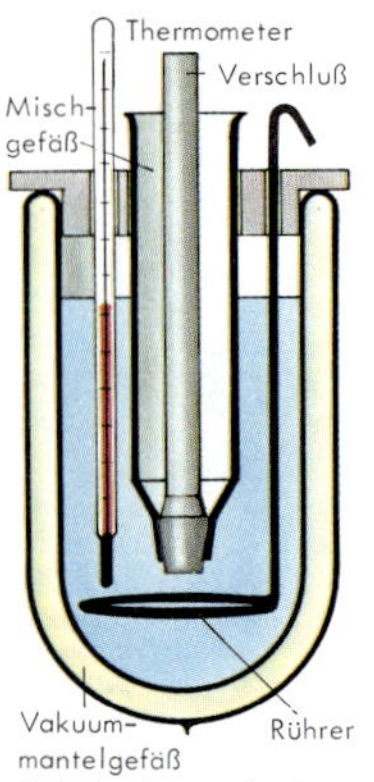

Kalorimeter zur Bestimmung von Reaktionswärme

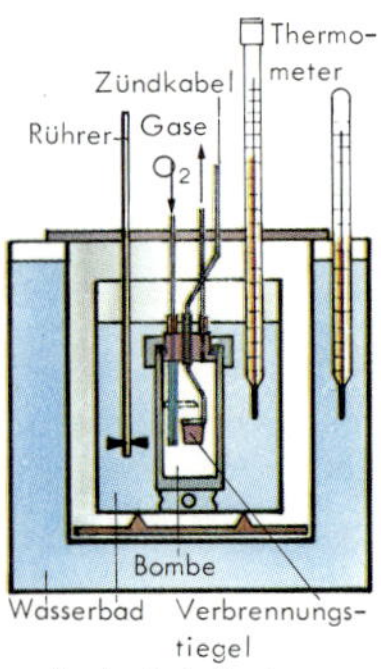

Bombenkalorimeter

Kalorimeter

sättigten Wasserdampf auf 100 °C erwärmt. Die Menge des Kondenswassers wird durch Wägen bestimmt und liefert durch Multiplikation mit der spezif. Verdampfungswärme des Wassers (2257 J/g) die aufgenommene Wärme.

Zum Messen von spezif. Wärmen bei tiefen Temperaturen wird die Wärme durch elektr. Heizung zugeführt. Die Wärmemenge ist dabei gleich der aufgewendeten elektr. Energie.

Kalorisieren, →Alitieren.

Kalotte, 1) Chemie: →Molekülmodelle.

2) Mathematik: Kugelkappe, Kugelhaube, →Kugel 1).

Kalottenlautsprecher, zur Abstrahlung hoher Töne bes. geeigneter →Lautsprecher.

Kaltbruch, Kaltbrüchigkeit, Sprödigkeit von Metallen und Legierungen bei normaler Temperatur, verursacht durch nichtmetall. Einschlüsse wie Schlacken u. ä.

Kaltdampfmaschine, Gruppe von →Kältemaschinen, in denen als →Kältemittel leicht siedende Flüssigkeiten verwendet werden und die Kälteerzeugung durch Verdampfung des Kältemittels erreicht wird. (→Kaltgasmaschine)

Kaltdehnen, Verfahren zur festen Verbindung einander umschließender Metallteile, z. B. Welle und Ring. Umgekehrt wie beim →Aufschrumpfen wird der Innenkörper in flüssigem Stickstoff abgekühlt und in den Außenkörper eingeführt, wonach beim von allein stattfindenden Wiedererwärmen auf Raumtemperatur und entsprechendem Wiederausdehnen eine genau so feste Verbindung wie beim Aufschrumpfen entsteht.

Kälte, relativer Mangel an fühlbarer Wärme, der durch niedrige Temperatur der Umgebung oder durch Wärmeentzug (Verdunstungswärme) hervorgerufen sein kann (→Wärme). Umgangssprachlich werden die unter dem Gefrierpunkt des Wassers liegenden Temperaturgrade als **Kältegrade,** die oberhalb liegenden als **Wärmegrade** bezeichnet.

Kältebrücke, →Wärmebrücke.

Kälte|erzeugung, Wärmeentzug (Abkühlung) eines Stoffes unter Anwendung chem. und physikal. Vorgänge. Die chem. K. nutzt die negative Lösungsenthalpie zur Abkühlung aus (→Kältemischung). Die physikal. Verfahren der K. verwenden die Verdampfung einer Flüssigkeit (→Kaltdampfmaschine), die adiabate Entspannung oder Drosselung eines Gases oder Gasgemisches (→Kaltgasmaschine) oder den Wärmetransport durch elektron. Vorgänge (→Peltier-Effekt), um Wärme aufzunehmen.

Kältemaschine, ortsfeste oder bewegl. Einrichtung zur Kühlung von geschlossenen Räumen und von festen, flüssigen oder gasförmigen Körpern auf eine vorgegebene Temperatur unter derjenigen der Umgebung und zur Aufrechterhaltung dieser Temperatur. Dazu muß einem Körper Wärme entzogen und diese an die Umgebung abgegeben werden (→Wärmepumpe). Bei den klass. Bauarten der K. wird der Wärmetransport von einem →Kältemittel übernommen, das seinen Aggregatzustand (flüssig oder dampfförmig) ändert und dabei Wärme aufnimmt oder abgibt. Beim Übergang vom flüssigen in den gasförmigen Zustand (Verdampfen) nimmt das Kältemittel Wärme auf, die der unmittelbaren Umgebung entzogen wird, die sich somit abkühlt. Beim Übergang vom gasförmigen in den flüssigen Zustand (Kondensieren) gibt das Kältemittel die Wärme an die Außenluft oder an das Kühlwasser ab. Bei den meist verwendeten **Kaltdampfmaschinen** läuft der Kreisprozeß zw. zwei verschiedenen Drücken ab, dem niedrigen Verdampfungsdruck und dem hohen Kondensationsdruck.

Kennzeichen der viel angewendeten **Kompressions-K.** ist ein Verdichter, der den Kältemitteldampf aus dem Verdampfer ansaugt und auf den Kondensatordruck verdichtet. Im Kondensator wird der verdichtete Dampf unter Wärmeabgabe an die Umgebung verflüssigt. Das nun flüssige Kältemittel strömt durch ein Drosselorgan (Ventil, Kapillarrohr), welches den Druckausgleich zw. Kondensator und Verdampfer verhindert und in dem das Kältemittel auf niedrigen Druck entspannt wird, in den Verdampfer. Hier verdampft das Kältemittel und entzieht der Umgebung Wärme, so daß sich hier die eigtl. Kälteerzeugung vollzieht. Der Kreislauf beginnt nun von neuem.

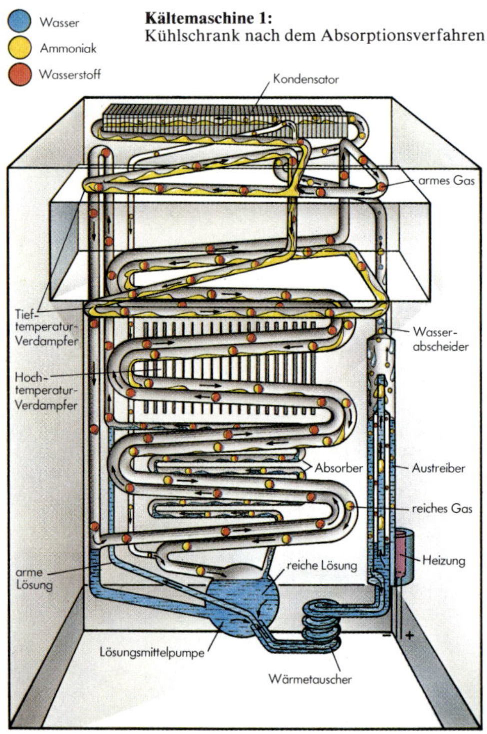

Kältemaschine 1:
Kühlschrank nach dem Absorptionsverfahren

Absorptions-K. haben statt des mechan. einen ›therm. Kompressor‹. Ihr Kreislauf beruht darauf, daß Gase von best. Stoffen aufgesaugt (absorbiert) werden und daß man sie durch Erhitzen aus diesen Stoffen wieder austreiben kann. In kontinuierlich arbeitenden Absorptions-K. wird der Kältemitteldampf dadurch verdichtet, daß er im Absorber bei niedrigem Druck von der (an Kältemittel) armen Lösung absorbiert und im Austreiber (Generator) erhitzt bei hohem Druck aus der reichen Lösung ausgetrieben wird. Die Lösung fließt dann als arme Lösung über einen Wärmetauscher in den Absorber zurück. Der Kältemitteldampf wird (wie bei der Kompressions-K.) im Kondensator verflüssigt, im Drosselorgan auf niedrigen Druck entspannt und im Verdampfer unter Wärmeaufnahme (d. h. Kälteerzeugung) verdampft. – Die beiden wichtigsten in Absorptions-K. verwendeten Stoffpaare sind Ammoniak als Kältemittel mit der wässerigen Ammoniaklösung als Absorptionsmittel oder Wasser als Kältemittel mit wässeriger Lithiumbromidlösung als Absorptionsmittel. Das Stoffpaar Wasser/Lithiumbromidlösung kann nur bei Verdampfungstemperaturen oberhalb 0 °C (in der Klimatechnik) eingesetzt werden.

Dampfstrahl-K. sind Vakuumkühlanlagen, bei denen der Druck ganz oder teilweise mit einem Dampfstrahlbrüdenverdichter erniedrigt wird. Der Dampfstrahlapparat übernimmt somit die Funktion des Kompressors einer Kompressions-K.

Die **elektrothermische Kälteerzeugung** nutzt den Peltier-Effekt zur Erzeugung niedriger Temperaturen. Dieses Verfahren ist wegen der relativ hohen Kosten des für die Thermobatterien erforderl. Materials bisher noch auf kleine Kälteleistungen beschränkt.

Geschichte. Die Vakuum-Absorptionsmaschine ging aus J. LESLIES Versuchen (1810) hervor. J. PERKINS entwickelte 1834 die erste Kaltdampfmaschine mit Äther als Kältemittel. Die erste Kaltluftmaschine, deren Arbeitsprinzip schon J. HERSCHEL 1834 erläuterte, baute J. GORRIE 1849. Die Entwicklung der Kältetechnik wurde durch die Ammoniak-Kompressionsmaschine C. v. LINDES (1874) nachhaltig beeinflußt. Die ersten Lithiumbromid-Absorptions-K. wurden kurz vor dem 2. Weltkrieg in den USA gebaut. – Wichtige geschichtl. Daten der **Kälteanwendung:** 1861 erste Fleischgefrieranlage in Sydney; Kunsteisfabriken 1869 in den USA und 1878 in Dtl.; erste Kunsteisbahnen 1876 in Großbritannien, 1881 in Dtl.; 1878–82 Bau der ersten großen Kühl- und Gefrierhäuser in den USA, Großbritannien, Argentinien; seit 1920 Serienherstellung von Haushaltskühlschränken und starke Fortschritte in der Kälteerzeugung für die Klimatechnik.

A. HAMPEL: Grundlagen der Kälteerzeugung (1974); H. LOEWER u. a.: Kältetechnik in Klimaanlagen (1977); W. POHLMANN: Tb. der Kältetechnik ([16]1978); P. BERLINER: Kältetechnik (1979); H. DRESS u. a.: Kühlanlagen ([12]1979); Lb. der Kältetechnik, hg. v. H. L. v. CUBE, 2 Bde. ([3]1980); H. VEITH: Grundkursus der Kältetechnik ([3]1980). – **Ztschr.:** KK. Die Kälte- und Klimatechnik (seit 1948); Luft- und Kältetechnik (seit 1965); Ki. Klima – Kälte – Heizung (seit 1973).

Kältemaschinen|öle, Schmieröle für Kältekompressoren (z. B. für Kühlschränke, techn. Kühlaggregate). K. sind meist hochraffinierte, zusatzfreie Mineralöle mit guter Kältefließfähigkeit. Sie müssen sich im Kältemittel lösen und dürfen von ihm nicht angegriffen werden.

Kältemischung, Gemisch verschiedener Stoffe mit negativer Mischungswärme, meist Lösung von Salz in Wasser oder Säuren. Bei der Mischung der Komponenten sinkt die Temperatur der Mischung durch Verbrauch von Lösungswärme unter die Temperatur der Komponenten (z. B. 30 Teile Kochsalz in 100 Teilen Eis ergeben als Endtemperatur – 21,2 °C). Die Abkühlung ist begrenzt durch den eutekt. Punkt der Lösung (→ Kryohydrat).

Kältemittel, Arbeitsmittel, die in einem Kälte erzeugenden System (→ Kältemaschine) durch Verdampfen bei niedrigerer Temperatur und niedrigerem Druck Wärme aufnehmen und durch Verflüssigen bei höherer Temperatur und höherem Druck Wärme abgeben. K. haben bei Atmosphärendruck Siede-P. zw. etwa – 100 und + 25 °C. Sie sollten nicht korrosiv, unbrennbar und ungiftig sein. In Großkälteanlagen wird u. a. wegen seiner hohen Verdampfungswärme bevorzugt Ammoniak angewendet. K. für Haushaltskühlschränke sind → Chlorfluorkohlen-

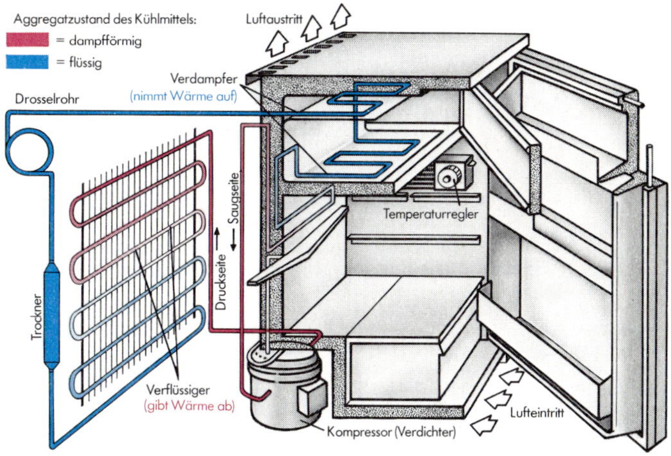

Kältemaschine 2: Kühlschrank nach dem Kompressionsverfahren

stoffe wie R 22 und R 12, die unter den Handelsnamen Frigen und Freon bekannt sind. In der chem. Industrie werden auch Kohlenwasserstoffe (z. B. Propan) verwendet.

Kältepole, die Orte mit der größten Winterkälte: Im Zentrum der Antarktis auf dem Inlandeis liegen die Mitteltemperaturen bei – 70 °C, das absolute Minimum wurde mehrfach mit – 88 °C gemessen. In Ostsibirien sind Ojmjakon und Werchojansk die kältesten Orte (Januarmittel – 47 °C bis – 49 °C, absolute Tiefstwerte bei – 70 °C); in Nordamerika kommen im Grenzgebiet zw. Alaska und Kanada Tiefstwerte von unter – 60 °C vor, auf dem grönländ. Inlandeis bis – 65 °C.

Kälte|rückfälle, Störungen im regelmäßigen Jahresgang der Temperatur durch Kältewellen. In Mitteleuropa bes. Anfang März, Mitte Mai (Eisheilige) und im ganzen Juni (z. B. Schafkälte).

Kälteschutz, alle Maßnahmen zur Verringerung der Wärmeverluste (→ Wärmedämmung, → Wärmedämmstoffe).

kaltes Licht, Licht, das nicht von einer therm. Lichtquelle stammt, z. B. das bei → Lumineszenz oder → Gasentladungen auftretende Licht.

Kältespeicher, Kälte|akkumulator, Vorrichtung zur Aufrechterhaltung tiefer Temperaturen bei der Unterbrechung der Kälteversorgung, meist mit Flüssigkeiten gefüllt, die durch Gefrieren oder Abkühlung Kälte speichern.

Kältetechnik, Fachrichtung der Ingenieurwissenschaften, die sich mit der Erzeugung und Anwendung niedriger, unter dem Umgebungszustand liegender Temperaturen befaßt (→ Kälteerzeugung). Die Kälteanwendungen umfassen u. a. die → Eiserzeugung, Lebensmittelfrischhaltung, Raumkühlung (→ Klimatechnik) und Nutzung tiefer Temperaturen in Bauwesen, Verfahrenstechnik, Biologie und Medizin.

Literatur: → Kältemaschine.

Kälteträger, gasförmiger oder flüssiger Stoff (z. B. Luft, Wasser, → Sole), durch den Wärme von einem zu kühlenden Medium (›Kälteverbraucher‹) einer Kühleinrichtung (→ Kältemaschine) zugeführt wird.

Kaltfront, → Front.

Kaltgasmaschine, Kaltluftmaschine, Bauart von → Kältemaschinen, deren Funktion auf der Expansion und gleichzeitigen Abkühlung von Gasen beruht, die vorher unter Anwendung mechan. Arbeit komprimiert wurden. Diese Vorgänge spielen sich, i. Ggs. zu den Vorgängen in einer → Kaltdampfmaschine, vollständig im Gasgebiet ab.

Kalthärtung, → Kaltverfestigung.

Kaltkathodenröhre, eine → Ionenröhre mit ungeheizter Kathode.

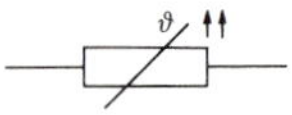

Kaltleiter: Schaltzeichen

Kaltleiter, Bauelement mit positivem Temperaturkoeffizienten, dessen Widerstand bei Erwärmung zunimmt; daher auch **PTC-Widerstand** (engl. **P**ositive **T**emperature **C**oefficient [p'ɔzɪtɪv t'emprɪtʃə kəʊɪf'ɪʃənt]). Alle Metalle sind K., z. B. die Wendel der Glühlampe. Für hohe Änderungen verwendet man halbleitende gesinterte Stoffe. K. werden als Übertemperaturschutz (Sicherungen), zu Steuer- und Regelzwecken verwendet. Ggs.: → Heißleiter.

Kaltluftsee, Meteorologie: flache Ansammlung von Kaltluft, die sich in klaren Strahlungsnächten an den Hängen ausbildet und in Mulden, Kesseln und Talsohlen zusammenfließt.

Kaltlufttropfen, isolierte troposphär. Kaltluft von 500 bis 1 000 km Ausdehnung in mittleren und trop. Breiten, begleitet von anhaltendem Niederschlag. Im Bodendruckfeld oft kaum nachweisbar, erscheinen die K. in Höhenwetterkarten als ausgeprägte Tiefs. Sie können bis zu Wochen bestehenbleiben, wobei sie sich langsam mit dem Bodenwind verlagern.

Kaltmetall, Legierungen, insbes. Mangan- und Nickelstähle, mit geringer Wärmeleitfähigkeit, verwendet z. B. für Handgriffe an Kochgeräten.

Kaltreckung, die → Kaltumformung in Längsrichtung des Werkstoffs. Der Werkstoff wird verfestigt, seine Dehnbarkeit aber herabgesetzt. (→ Kaltverfestigung)

Kaltsprödigkeit, Sprödigkeit bei tiefen Temperaturen von Metallen, die bei normalen Temperaturen verformungsfähig sind.

Kaltstart, das Starten eines abgekühlten Verbrennungsmotors. Bei sehr tiefen Temperaturen sind zum Starten besondere Vorkehrungen nötig, z. B. Vorwärmen der Ansaugluft oder des gesamten Motors. Während der Dauer des Kaltlaufs tritt erhöhter Verschleiß auf, wenn sich Kraftstoff oder Verbrennungsprodukte auf der kalten Zylinderwand niederschlagen.

Kalt|umformung, Kaltformung, Fertigungstechnik: Umformen vorwiegend von Metallen und Legierungen bei Raumtemperatur. Im Ggs. zur → Warmumformung kein Anwärmen des Werkstoffs, bessere Oberflächen und Maßgenauigkeit, gleichzeitig größere Festigkeit durch → Kaltverfestigung, Einsparen von Nachbehandlungen. Bei großen Umformgraden muß zwischengeglüht werden (→ Draht). Schrauben, Muttern, Bolzen, kleinere Fließpreßteile (→ Fließpressen) lassen sich vorteilhaft durch K. auf z. T. vollautomat. Pressen herstellen.

Kaltverfestigung, Kalthärtung, Anstieg der Festigkeit und Härte von Metallen und Legierungen nach der → Kaltumformung durch Verspannungen im Gefügeaufbau. Unerwünschte K. wegen Verringerung der Duktilität wird durch nachfolgendes Glühen beseitigt.

Kaltwalzen, das Umformen durch Auswalzen von warmgewalztem Flachmaterial (Blechtafeln, Band) ohne Erwärmen zu Blech oder Band geringerer Dicke. Durch K. von Stahl läßt sich Blech oder Band mit Oberflächen hoher Qualität herstellen (→ Walzwerk).

Kaltwassersatz, Kaltwasserkühler, kompakte → Kältemaschine, bei der als Kälteträger dienendes Wasser abgekühlt wird. Anwendung vorwiegend in der Klimatechnik.

Kaltzeit, durch kühleres Klima gekennzeichnete Periode der Erdgeschichte; in höheren Breiten als **Glazialzeit** (→ Eiszeit), in den Subtropen als **Pluvialzeit.**

Kalzium, das chem. Element → Calcium.

Kambrium *das,* Erdgeschichte: ältestes System (Periode) des Paläozoikums über dem weithin fossilleeren Proterozoikum (Präkambrium). Die Dreigliederung erfolgt nach Trilobitengruppen:

	Ende vor etwa 500 Mio. Jahren
Ober-Kambrium (Oleniden-Serie)	
Mittel-Kambrium (Paradoxides-Serie)	
Unter-Kambrium (Olenelliden-Serie)	
	Beginn vor etwa 570 Mio. Jahren

Paläogeographie. Das K. beginnt meist transgressiv (Schichtlücken) und oft diskordant über assyntisch gefaltetem Untergrund, wobei sich die Differenzierung in Kratone und Geosynklinalen fortsetzt. Auf ersteren finden sich nur geringmächtige Sedimente (Fennoskandia, Kanad. und Sibir. Schild, China); letztere wurden mit mächtigen Ablagerungen aufgefüllt, die später zu den → Kaledoniden aufgefaltet wurden. Die Lage der Kontinente zueinander war nach paläomagnet. Messungen im K. völlig anders als heute. Einer Süd-Erde (→ Gondwana) stand, durch Ozeane getrennt, eine Nord-Erde (→ Laurasia) gegenüber. Der Südpol wird im heutigen Nordwest-Afrika, der Nordpol im West-Pazifik vermutet. Das Klima war anfangs kühl bis gemäßigt, später wärmer, worauf rote Sandsteine, Gips- und Salzlager (Sibir. Schild, NW-Kanada, Indien) deuten.

Mit dem K. setzt die sprunghafte Entfaltung (→ Präkambrium-Kambrium-Problem) einer vielgestaltigen Fauna und Flora ein. Die rein marine Fauna weist urtüml. Züge, aber schon alle Stämme der Wirbellosen auf, wobei sich mehrere Faunenprovinzen abheben. Foraminiferen, Radiolarien, Archaeocyathiden (als Riffbildner verbreitet, aber nur auf das K. beschränkt), Medusen, Conularien, Anneliden (Spurenfossilien), primitive Brachiopoden, Gastropoden und sessile Echinodermen sind häufig. Leitfossilien sind Trilobiten, am Ende des K. auch Conodonten. Die Flora wird durch kalkabscheidende Algen bestimmt (Stromatolithen).

Kamera, Gerät zur opt. Abbildung eines Gegenstandes auf einer strahlungsempfindl. Schicht. Man unterscheidet nach der Bildfrequenz **photograph. (Stehbild-)K.** (→ Photographie) und **Film-(Laufbild-)K.** (→ Film 3). Die **Dreifarben-K.** dient zur getrennten Aufnahme der verschiedenfarbigen Auszüge (→ Farbphotographie). Über **Sofortbild-K.** → Sofortbildphotographie, über **Fernseh-K.** → Fernsehen, zur Videographie → Videokamera.

Kames, meist in Gruppen auftretende Hügel und Wälle der Grundmoränenlandschaft, bestehen aus geschichteten Sanden und Kiesen, die durch Schmelzwasserflüsse aufgeschüttet wurden. (→ Os)

Kamin, offene Feuerstelle im Wohnraum, bei der die Wärme überwiegend durch Strahlung des offenen Feuers an den Raum abgegeben wird. Die Energieausbeute ist gering, da der größte Teil der Wärme mit den Rauchgasen durch den Schornstein abgeführt wird. In neuerer Zeit wird versucht, durch Einbau von Wärmetauschern einen Teil der Abgaswärme der Raumluft zuzuführen **(Konvektions-K.).**

Kämmaschine, Spinnereimaschine, die in der Baumwollspinnerei aus einem Faservlies Kurzfasern, Fasernoppen (Nissen) und Unreinigkeiten auskämmt. In der Kammgarnspinnerei werden Wollfaserbänder ausgekämmt. Hier kann der Kämmprozeß auch zur Beseitigung von Verfilzungen nach dem Färben dienen. Gekämmte Garne haben hohe Qualität.

Kammerbau, Bergbau: Abbauverfahren mit kammerartiger → Bauweise 2), angewendet auf Lagerstätten großer Mächtigkeit mit standfestem Lagerstätteninhalt

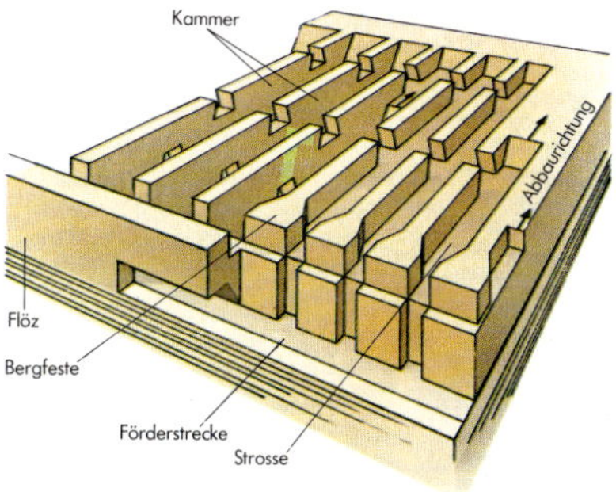

Kammerbau

und Nebengestein. Zw. geradflächig begrenzten Kammern mit bis zu 200 m Länge, 20 m Breite und 50 m Höhe bleiben Lagerstättenteile (Festen) stehen.

Kammer|ofen, → keramische Öfen.

Kammgarn, glattes Garn mit (im Ggs. zum → Streichgarn) ziemlich paralleler Faserlage, hergestellt im **K.-Spinnverfahren** durch wiederholtes Doppeln und Strekken nach Auskämmen der Kurzfasern (Kämmlinge). **Woll-K.** besteht aus den längeren, schlichteren Kammwollen, **Misch-K.** z. B. aus 30% Zellwolle und 70% Wolle. **Weiche K.** sind aus Merino- oder feinen Landwollen, **harte K.** aus Cheviot- und gröberen Kreuzzuchtwollen gesponnen. Werden die gekämmten Garne aus Baumwolle oder Baumwollmischungen hergestellt, nennt man sie **gekämmtes Dreizylindergarn.**

Kammkies, Mineral FeS_2, → Markasit.

Kammzug, Spinnerei: das von der → Kämmaschine ausgekämmte → Spinnfaserband, Ausgangsmaterial für hochwertige feine Garne (→ Kammgarn).

Kampf|flugzeug, i. w. S. ein Flugzeug zur Erfüllung militär. Kampfaufgaben, das folgenden Grundforderungen genügen muß: Durchsetzungsvermögen gegen gegner. Abwehrmaßnahmen und Überlebensfähigkeit gegen Angriffshandlungen gegner. Streitkräfte durch überlegene Flugleistungen und -eigenschaften, zweckgerechte militär. Ausrüstung und Fähigkeit zur Selbstverteidigung; geringe Wartungsansprüche; hohe Kostenwirksamkeit.

Urspr. wurden Flugzeuge verwendet, die für best. Aufgabenstellungen spezialisiert und für deren Anforderungen optimiert waren (→ Erdkampfflugzeug, → Bomber, → Jagdflugzeug). Mit dem Einbau schubstarker Triebwerke konnten zunehmend Jagdflugzeuge beträchtl. Waffen- und Gerätezuladungen mitführen und damit einen großen Teil takt. Kampfaufgaben in Angriff, Verteidigung und Aufklärung bewältigen. Die so entwickelten **takt. K.** oder **Mehrzweck-K.** (K. i. e. S.) werden entweder durch Änderungen an der Flugzeugzelle, an Triebwerk, Bewaffnung und Ausrüstung an vom Grundentwurf abweichende Aufgabenstellungen angepaßt oder von Anfang an für Mehrzweckeignung entworfen. Variable Geometrie der Flugzeugzelle (z. B. Schwenkflügel), Außenbordaufhängung der militär. Nutzlast oder des Zusatztreibstoffs, vielfältige hochwirksame und der jeweiligen Kampfaufgabe angepaßte Waffen (einschließlich weitreichender und sehr treffgenauer Lenkwaffen) sowie eine anpassungsfähige elektron. Ausrüstung sind wichtige Hilfsmittel zur Erzielung von Mehrzweckeignung. Verstärkt werden kostengünstigere Flugzeuge mit weiter verbesserter Überlebensfähigkeit und Wirksamkeit sowie vergrößerter Einsatzlebensdauer gefordert. Elektron. Schutzsysteme mit gesteigerter Leistungsfähigkeit, Lenkwaffen mit vergrößerter Reichweite und verminderte Baugröße der Flugzeuge können die Überlebensfähigkeit verbessern, wozu auch fortschrittl. Stabilisierungs- und Steuerungstechniken beitragen können, die gleichfalls einen wirkungsvolleren Waffeneinsatz ermöglichen. Modularer Aufbau von Flugzeug und Ausrüstung bietet die Möglichkeit, kostspielige Neubeschaffungen durch kostengünstigere Nachrüstungen vorhandener Flugzeuge zu ersetzen.

Kampfflugzeug:
Panavia ›Tornado‹ (Bundesrep. Dtl., Großbritannien, Italien), Mehrzweck-Kampfflugzeug, Schwenkflügel, zweisitzig, zwei Strahltriebwerke je 64,48 kN, Höchstgeschwindigkeit 2 120 km/h, Einsatzdauer 70—80 min, Startgewicht 18 150 kg, 2 × 27-mm-Kanonen und Außenlasten unter Flügel und Rumpf

Verwendet werden ein- oder zweistrahlige Flugzeuge mit hoher Geschwindigkeit, sehr gutem Steig- und Beschleunigungsvermögen, guter Manövrierfähigkeit, ausreichendem Kampfradius auch im Tiefflug sowie mit Eignung für Start und Landung auf kurzen Pisten. Taktische K. sind überwiegend allwetterflugfähig, Allwetterkampffähigkeit wird zunehmend angestrebt. Diese Flugzeuge stellen den zahlenmäßig größten Anteil am fliegenden Gerät der meisten Luftstreitkräfte.

B. Gunston: K. Technik und Einsatz der K. vom 1. Weltkrieg bis heute (1977); ders.: Militärflugzeuge der Gegenwart aus aller Welt (1978); H. Redemann: K. (1978).

Kampfhubschrauber, zur Erfüllung direkter Kampfaufgaben ausgerüstete und eingesetzte Hubschrauber, zur Unterdrückung der gegner. Bodenabwehr bei Luftlandeoperationen, zur Erdkampfunterstützung sowie zur Panzer- und U-Boot-Bekämpfung. (Bild Hubschrauber)

Kampfstoffe, zusammenfassende Bez. für atomare K. (→Kernwaffen), →biologische Kampfstoffe, →chemische Kampfstoffe.

Kampfzonentransporter, militär. Transportflugzeug zur Beförderung von Truppen und Gerät bis in die Kampfzone. Anforderungen: Fähigkeit zu Start und Landung auf unvorbereiteten Flugfeldern, Be- und Entlademöglichkeit ohne Bodenhilfsmittel, Eignung zum Absetzen von Truppen und Lasten mit Fallschirmen sowie hohe Beschußunempfindlichkeit.

Kanadabalsam, der →Canadabalsam.

Kanadischer Schild, aus präkambr. Gesteinen bestehender Festlandskern, der Ostkanada und die vorgelagerten Inseln des arkt. Meeres umfaßt.

Kanal, 1) Wasserkanal, künstl. Wasserlauf, der oft mehreren Zwecken gleichzeitig dient, z. B. der Schiffahrt, der Holzflößerei, der Wasserkraftnutzung, der Be- und Entwässerung, der Abführung von Hochwasser, dem Transport von Wasser aus einem Einzugsgebiet in ein anderes, der Anreicherung von Flüssen und Grundwasser in Niedrigwasserzeiten, der Zuführung von Trink-, Betriebs- und Kühlwasser, der Ableitung von Abwässern (→Kanalisation).

Bewässerungs-K. dienen der Zuführung von Wasser zu Bewässerungsanlagen (→Bewässerung). Das Wasser wird einem Fluß, einem natürl. oder künstl. See oder dem Grundwasser entnommen und fließt den oft weit entfernten Nutzflächen zu. In Norditalien z. B. leitet ein rd. 140 km langer K. bei Ferrara bis zu 68 m^3/s aus dem Po ab und speist damit ein südlich gelegenes, rd. 2300 km^2 großes Bewässerungsgebiet. In Südfrankreich entnimmt der etwa 130 km lange Hauptbewässerungs-K. für das Gebiet untere Rhône und Languedoc 75 m^3/s aus einer Rhône-Stauhaltung und versorgt gemeinsam mit einigen westlich gelegenen Speicherseen rd. 2500 km^2 Bewässerungsflächen. Sehr ausgedehnte K.-Systeme zur Bewässerung befinden sich v. a. in Trockengebieten (Nordafrika, Indien, Pakistan, China).

Entwässerungs-K. leiten Wasserüberschüsse aus vernäßten Gebieten ab (→Entwässerung 6). Umfangreiche Anlagen gibt es in den Niederungen der Unterläufe von Elbe, Weser und Ems sowie in den Niederlanden. Im Süd-Sudan soll der im Bau befindl., rd. 350 km lange Jonglei-K. das Wasser des Nils aufnehmen und die von ihm dauervernäßten Sudd-Sümpfe trockenlegen.

Trinkwasser-K. dienten bereits im Altertum zur Versorgung der Bevölkerung (→Aquädukt). Heute wird Trinkwasser i. d. R. in geschlossenen Druckrohrleitungen transportiert (→Wasserversorgung). Ausnahmen sind z. B. der California Aquaeduct (nach Los Angeles) und der Colorado River Aquaeduct im Südwesten der USA, die über weite Strecken als offene K. verlaufen.

Werk-K. dienen der Zu- und Ableitung von Kühl- und Betriebswasser für Industriebetriebe oder als Zu- und Ableiter von Wasserkraftanlagen.

Entlastungs-K. leiten Teile von Hochwasserabflüssen um Durchfluß-Engpässe herum. So schützt der Donau-Entlastungs-K. die Wiener Innenstadt vor Überflutungen.

Seeschiffahrts-K. dienen entweder als Zugang zu landeinwärts gelegenen Seehäfen (z. B. Nieuwe Waterweg, Rotterdam–Hoek van Holland) oder zur Verbindung zweier Meere oder Meeresteile, wobei man unterscheidet: a) **offener See-K.** (keine Schleusen, z. B. Suez-K.), b) **spiegelgleicher See-K.** mit ein oder zwei Endschleusen, die den K. vor Tidehub- und Windstaueinflüssen schützen sollen (z. B. Nord-Ostsee-K.), c) **eine Wasserscheide überschreitender See-K.** mit Stufen (z. B. Panama-K.).

Binnenschiffahrts-K. werden gebaut: a) als →Seitenkanal zu einem Fluß (z. B. Rheinseiten-K.), b) zur Verbindung von Flußsystemen über Wasserscheiden hinweg (z. B. Mittelland-K.), c) als →Stichkanal zum Anschluß abseits liegender Wirtschaftsgebiete an das Wasserstraßennetz (z. B. K. vom Mittelland-K. nach Hildesheim und Salzgitter). In West-Europa werden die wichtigsten bestehenden K. und die K.-Neubauten entsprechend den staugeregelten Flüssen auf das Europaschiff ausgelegt, das mit einer Tragfähigkeit von 1350 t als Typschiff für die K.-Klasse IV (bis 1500 t) gilt. Die übrigen kleineren K. verlieren ständig an Bedeutung. Bemerkenswerte K.-Neubauten sind z. B. der 1976 eröffnete Elbe-Seiten-K., der im Bau befindl. Main-Donau-K. (Bamberg–Regensburg) als Teilstück des Rhein-Main-Donau-Großschiffahrtsweges, in den USA der im Bau befindl. 407 km lange Tennessee-Tombigbee-K., der das Tennesseetal mit der Golfküste verbindet. Begonnen werden soll mit einem Rhein-Rhône-K. zw. Mühlhausen und St. Symphorien/Saône als Kernstück einer Mittelmeer-Nordsee-Verbindung.

Geschichte. Früheste Kanalbauten für Bewässerung und Schiffahrt sind aus Ägypten, Mesopotamien und China bekannt. Der Bootsverkehr auf künstl. Wasserstraßen in Mesopotamien durch die Babylonier ist um 2000 v. Chr. nachweisbar. Das bedeutendste Kanalbauwerk in China ist der Kaiser-K. (im 5. Jh. v. Chr. begonnen, noch heute benutzt).

In Europa begannen die Römer mit dem Kanalbau (Fossa Druisiana, 10 v. Chr.). 793 n. Chr. versuchte KARL D. GR., eine Verbindung zw. Rhein und Donau zu schaffen (Fossa Carolina), scheiterte aber. Die Erfindung der Kammerschleuse im 15. Jh. gab den Anstoß für die großen Kanalbauten Mitteleuropas (unter LUDWIG XIV. und J.-B. COLBERT Canal du Midi, in Großbritannien Sankey-Brook-K., 1720, in Dtl. unter dem Großen Kurfürsten Friedrich-Wilhelm-K., 1668). Seit der Entwicklung der Eisenbahnen sind nur größere Schiffseinheiten konkurrenzfähig; erster der dafür geeigneten K. in Dtl. ist der Dortmund-Ems-K. (1890–99).

Als Vorgänger des Suez-K., eines der bedeutendsten Seekanäle, können die schon von Ägyptern und Römern angelegten Verbindungen zw. dem oberen Nil und dem Roten Meer angesehen werden, die später versandeten. – Der Nord-Ostsee-K. (1887–95) hatte einen Vorläufer im 1784 eröffneten Eider-K.

H. PRESS: Wasserstraßen u. Häfen, 1 (²1956), 2 (1962); K. STRAUB: Gesch. der Bauingenieurkunst (²1964); J. WINDE: Schlagadern des Seeverkehrs. Zur Gesch. der großen See-K. (1977); W. FELLMANN: Schiffe im Nadelöhr. Große K. und ihre Gesch. (²1978); Tb. der Wasserwirtschaft, hg. v. H. BRETSCHNEIDER u. a. (⁶1982).

2) Datenverarbeitung: Übertragungsweg von Befehlen oder Steuersignalen **(Steuer-K.)** und Daten **(Daten-K.).** Daten- und Steuer-K. sind mit der Zentraleinheit gekoppelt. Die auf einem K. mögl. Übertragungsleistung (angegeben in bit/s oder byte/s) heißt **K.-Kapazität.**

3) Elektronik: schmaler Bereich innerhalb einer Halbleiterstruktur (insbes. bei Feldeffekttransistoren), der den stromführenden Pfad zw. zwei Elektroden bildet.

4) Kern- und Elementarteilchenphysik: **Reaktions-K.,** a) durch Anfangs- und Endzustand gekennzeichnete mögl. Kern- oder Elementarteilchen-Reaktion bei Wechselwirkungsprozessen; b) Bez. für einen oder mehrere mögl. radioaktive Zerfallsprozesse.

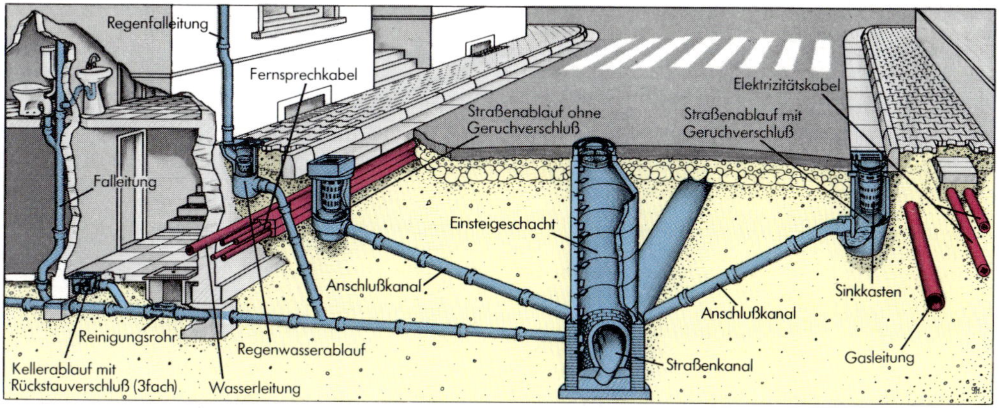

Kanalisation 1: Schema eines K.-Netzes nach dem Mischverfahren

5) Nachrichtentechnik: für eine Einzelnachricht (z. B. Telegramm, Ferngespräch, Datenverbindung, Fernsehübertragung) vorgesehener Übertragungsweg innerhalb eines Nachrichtensystems. Man überträgt meist viele gleichartige Einzelnachrichten mit einem →Multiplex-System. Je nach Art dieses Systems beansprucht dabei jeder K. einen best. Bereich im Gesamtsystem, z. B. einen Zeit- oder Frequenzbereich (→Frequenzband).

Für das Fernsehen stehen in der Bundesrep. Dtl. 49 K. in den Bändern I, III, IV/V zur Verfügung. Die in modernen Empfängern eingebauten →Kanalwähler sind bereits für acht weitere K. ausgelegt, die evtl. künftig für Fernsehprogramme freigegeben werden könnten (K. 61–68). Für die UKW-Hörrundfunksender stehen z. Z. etwa 210 K. im Band II (89–108 MHz) zur Verfügung (K. 2–70 im ±-Raster).

Kanalbrücke, Bauwerk zur Überführung eines Werk- oder Schiffahrtskanals über einen Wasserlauf, Geländeeinschnitt oder einen Verkehrsweg. Die Brücke besteht aus einem wassergefüllten Trog und dem Tragwerk. Der Trog wird durch elast. Dichtungen an die Brückenwiderlager so angeschlossen, daß trotz der mögl. Bewegungen der K. keine Undichtigkeiten an den Anschlußstellen entstehen können. Vor und hinter dem Trog im Kanal angeordnete Sicherheitstore ermöglichen die Entleerung und Wiederfüllung des Troges bei Reparaturen, schützen den Kanal vor völligem Leerlaufen und das überquerte Gelände vor Überflutung.

Kanaldämpfung, →Übersprechen.

Kanalgase, meist übelriechende Ausdünstungen aus Abwasserkanälen. Sie enthalten flüchtige Fettsäuren, Methan, Kohlendioxid, Schwefelwasserstoff, organ. Schwefelverbindungen u. a. Gase, die bei genügender Konzentration infolge schlechter Durchlüftung Atemgifte sind und zerstörend auf die Kanalisationsanlagen einwirken. Abwässer mit flüchtigen Brennstoffen (Benzin, Benzol usw.) bilden entzündbare K., die zu Kanalexplosionen führen können. Solche Abwässer müssen deshalb →Benzinabscheider durchlaufen.

Kanalisation, Einrichtungen zur Sammlung und Abführung von →Abwässern, Regen- und Schmelzwasser durch unterird., mit Entlüftungsschächten versehene Kanäle. Bei der **Misch-K.** werden alle Abwässer vermischt durch ein einheitl. Kanalsystem abgeführt, bei der **Trenn-K.** leitet man Niederschlagswasser getrennt vom häusl. und gewerbl. Abwasser in besonderen Kanälen oder oberirdisch durch Rinnen oder Gräben ab.

Kanalisation 2: Schema der Kanalreinigung mit einem Spül- und Saugfahrzeug; **1** Schlauchtrommel, **2** Hochdruckschlauch, **3** Umlenkrolle, **4** Kanalreinigungsdüse

Anlage. Für das Schmutzwasser beginnt das Kanalnetz in den Einrichtungen zur Hausentwässerung (Ausguß, Klosetts u. a.), für das Niederschlagswasser in Regenrohren und Sinkkästen. Die kleinen **Anschlußkanäle** fließen in größere **Straßenkanäle** zusammen, die sich zu mehreren (meist begehbaren) **Hauptkanälen** mit wachsendem Querschnitt vereinigen. Alle diese Kanäle ziehen mit natürl. Gefälle (anderenfalls müssen Pumpwerke eingeschaltet werden) zu einem großen **Hauptsammelkanal** hin, der das Wasser des gesamten Einzugsgebietes einer Kläranlage und dem Vorfluter zuführt. Bei neuen Kanalnetzen werden zur besseren Durchlüftung des Kanalsystems Geruchsverschlüsse nur noch selten eingebaut; jeder einzelne Wassereinlauf wird mit einem Wasserverschluß versehen, um bei möglichem Rückstau des Wassers ein Eindringen in die Kellerräume weitgehend auszuschließen. Beim Mischverfahren werden die Regenwassermengen, die das Abwasser genügend (zwei- bis zehn-

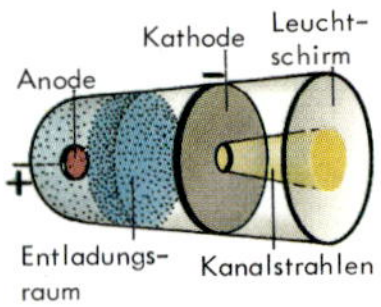

Kanalstrahlen: Entladung in schemat. Darstellung

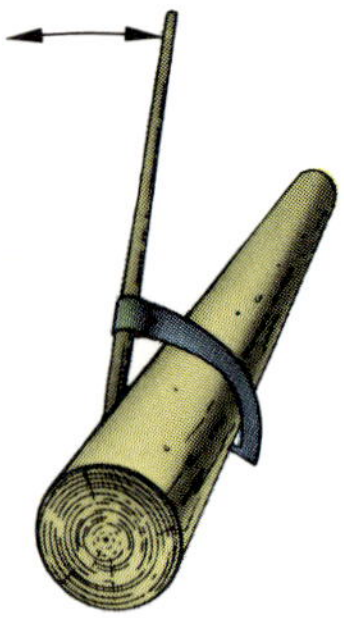
Kanthaken

Kaolin: Durch chem. Verwitterung von Granitgneisen gebildete K.-Lagerstätten; darüber rotbraune Lateritkruste

fach) verdünnt haben, durch **Regenüberläufe** auf dem kürzesten Weg befördert.

Die Kanäle liegen in größeren Städten meist 3–3,50 m unter der Straßenoberfläche, aber auch tiefer. Sie sind durch **Einsteigeschächte** zugänglich, die in Abständen von 50–80 m angeordnet sind. Unter tiefgelegenen Wasserläufen, Untergrundbahnen u. ä. werden die Kanäle durch → Düker geführt. Eine Abflußgeschwindigkeit von 0,6 bis 0,75 m/s bei größeren Kanälen und von 0,9–1,3 m/s bei Rohrkanälen wird angestrebt, damit auch bei geringer Wasserführung die ungelösten Stoffe, v. a. Sand, noch abgeschwemmt werden. Für die Innenwandungen der Kanäle sind Steinzeug oder Beton mit fettem und glattem Verputz, bei stärkerem Wasserdruck Stahlrohre geeignet. Gute Stoßdichtung der Rohre ist zum Grundwasserschutz wichtig.

Unterhaltung. Schlammablagerungen werden durch Stauung und Spülung mit dem eigenen Kanalwasser beseitigt, bei großen Rohrleitungen wird mit Wasser aus der Wasserleitung nachgeholfen. Zum Absaugen von Schlamm aus Kanälen, Straßensinkkästen und Dükern benutzt man Schlammsaugwagen mit Kranausleger; sie sind z. T. mit Winden für die Kanalreinigung mittels Bürsten, Gummischeiben u. a. ausgerüstet. Die Hochdruck-Strahlwasser-Reinigung benutzt Schläuche von 80–120 m Länge, aus denen im Kanal das Wasser mit 60 bis 100 bar ausströmt. Zur Feststellung der schädlichen → Kanalgase dienen Gasprüfgeräte, zu ihrer Entfernung Kanalentgaser und Gasabsauger.

Geschichte. Babylonier und Assyrer besaßen unterird. Entwässerungsanlagen von hoher Vollkommenheit. Die Ägypter legten großen Wert auf die Entwässerung ihrer Pyramiden und Tempel. Die Griechen und Römer hatten öffentl. Bäder und Abortanlagen mit Wasserspülung zur Abschwemmung der Fäkalien in unterird. Kanäle. Im MA. wurden höchstens durch Faulgräben Schmutzwasser und Abortinhalt abgeleitet. Die schles. Stadt Bunzlau hatte als erste eine Schwemmkanalisation und Rieselfelder zur Reinigung der Abwässer (1543), i. a. leitete man die Abwässer jedoch in Flüsse ab. Seit der Mitte des 19. Jh. wurde in den Städten mit dem systematischen Ausbau der K. begonnen (1859–75 London, 1873–83 Berlin).

H. Röthig: Der moderne K.-Bau (1967); H. Wenten: K.-Hb. (⁴1967); W. Bischof: Stadtentwässerung (⁶1976); K. Imhoff: Tb. der Stadtentwässerung (²⁴1976). — **Zeitschriften:** Das Gas- und Wasserfach (seit 1864); Gesundheits-Ingenieur (seit 1878); Städtehygiene (seit 1950).

Kanalisierung, Wasserbau: irreführende Bez. für → Stauregelung.

Kanalstrahlen, Strahlen positiver Ionen, die bei Niederdruck-Gasentladungen durch eine Bohrung (Kanal) in der Kathode in das dahinterliegende Vakuum austreten (Bild). Die Stöße der Atome (und Moleküle) mit anderen Teilchen (z. B. Elektronen) in einer Gasentladung führen neben der Ionisation auch zur Besetzung angeregter Energiezustände in der Elektronenhülle, die mit bestimmten Halbwertzeiten wieder zerfallen. Dabei wird elektromagnet. Strahlung im sichtbaren Bereich emittiert. K. leuchten also, und aus dem Abklingen des Leuchtens längs der Bahn kann bei bekannter Geschwindigkeit der Ionen auf die Lebensdauer der angeregten Elektronenniveaus geschlossen werden (etwa 10^{-8} s). Die 1886 von E. Goldstein entdeckten K. werden in Massenspektrographen und Beschleunigungsanlagen als → Ionenquellen verwendet.

Kanaltunnel, 1) Kurzbez. für das Projekt einer Untertunnelung des Ärmelkanals. 2) Tunnel zur Durchleitung eines Kanals durch einen Berg, z. B. Lahn-Tunnel bei Weilburg, mit dem die Wasserstraße eine enge Flußkrümmung abschneidet.

Kanalwaage, einfaches Nivelliergerät. Die waagerechte Ziellinie wird durch die Oberfläche des Wassers in kommunizierenden Glasröhren gebildet.

Kanalwähler, beim Fernsehempfänger eine Einrichtung zur Abstimmung des Empfängers auf einen der zur Verfügung stehenden Kanäle. Früher meist Trommelschalter mit mehreren bezüglich der Schaltung auswechselbaren Abstimmsätzen. Moderne Empfänger enthalten Stationstasten als Druck- oder Sensortasten, die auf jeden Kanal einstellbar sind. Die Einstellung geschieht durch Drehknöpfe oder durch Senderdurchlauf, bei dem eine elektron. Schaltung automatisch die Bänder nach empfangswürdigen Sendern absucht. K. enthalten in der Bundesrep. Dtl. einen VHF-Tuner für die Bänder I und III und einen UHF-Tuner für die Bänder IV/V. Gelegentlich sind beide Tuner in einem Allbandwähler zusammengefaßt.

Kannelierung, Furchen- oder Rillenbildung auf der Oberfläche von Gesteinen durch Lösung oder Abtragung.

Kännelkohle, Kennelkohle, aus faulschlammartigen Ablagerungen entstandene sporen- und pollenreiche Steinkohle.

kannibalisieren, techn. Großgerät zur Gewinnung von Ersatzteilen für Geräte gleichen Typs ausschlachten, z. B. Waffen und Anlagenteile eines abzuwrackenden Kriegsschiffes als Ersatz für noch im Dienst befindl. Schiffe gleichen Typs verwenden.

Kanọne, Flachfeuergeschütz; urspr. das → Geschütz.

Kanonen|ofen, zylinderförmiger eiserner Ofen.

Känophytikum, Neuzeit der Pflanzenentwicklung, seit der höheren Unterkreide (Apt).

Känozọikum, Neozọikum, Erdneuzeit in der Entwicklung der Tierwelt (→ Tertiär, → Quartär).

Kante. Zwei im Raum zusammenstoßende ebene Flächenstücke bilden eine Kante.

Kant|haken, kräftige Holzstange mit eisernem Haken am Ende, zum Wälzen (›Kanten‹) schwerer Stämme und Balken.

Kant|holz, Schnittholz mit quadrat. oder rechteckigem Querschnitt (Verhältnis der Querschnittseiten unter 1:3), mit Mindestabmessungen von 60 mm.

Kant-Laplace|sche Theorie [-lapl'as-, n. dem dt. Philosophen I. Kant, * 1724, † 1804, und dem frz. Mathematiker und Astronomen P. S. Laplace, * 1749, † 1827], früher übliche Bez. für zwei unterschiedl. Theorien zur Erklärung der Entstehung des Planetensystems, nämlich der Nebularhypothese (auch Meteoritenhypothese) von I. Kant (1755) und der Abschleuderhypothese von P. S. Laplace (1796).

KA-Öl, → Cyclohexanon.

Kaolin *der,* **Porzellạn|erde,** erdiges Lockergestein, das mit Wasser plastisch wird. Eisenarmer Edel-K. ist reinweiß, sonst schwach gefärbt. K. besteht aus → Kaolinit u. a. → Tonmineralen, ferner Zersetzungsresten (Quarz, Feldspat, Glimmer) und Schwermineralen. Er entsteht bei der Umwandlung von Alkalifeldspat-Gesteinen (Syenit, Granit, Quarzporphyr u. a.) durch Einwirkung heißer Thermalwässer (CO_2), durch Zersetzung unter Moorbedeckung (Humussäuren) oder auch durch einfache Verwitterung. K. ist oft sekundär umgelagert (allochthon). – Hauptrohstoff für die keram. Ind. (Porzellan), Füllstoff in der Papier-, Kunststoff-, Farben- und chem. Ind., als Katalysator u. a. – Vorkommen: Meißen, Halle (Saale), Schnaittenbach-Hirschau, Karlsbad, Limoges, Sèvres, Cornwall, Japan, China. **Kaolinisierung** heißt die zur Bildung von K. führende Umwandlung von Alkalifeldspaten in Kaolinit.

Kaolinit *der,* Tonmineral $Al_4[(OH)_8|Si_4O_{10}]$, weiß oder hell gefärbt, meist gelblich; H. 2 – 2,5; D. 2,6; meist feinstschuppige, erdige oder dichte Massen. K. ist Hauptbestandteil des Kaolins. Sehr ähnlich sind die Minerale **Dickit** und **Nakrit (Steinmark),** die sich hydrothermal auf Erzgängen bilden.

Kaonen, K-Mesonen, zu den → Mesonen gehörende Elementarteilchen, deren Strangeness (Seltsamkeit) ungleich Null ist (ÜBERSICHT Elementarteilchen) und die daher auch zu den → Seltsamen Teilchen zählen.

Kap *das,* der vorspringende Teil eines Ufers oder einer Küste, manchmal eine **Landspitze.**

Kapazitanz, der → kapazitive Widerstand im Wechselstromkreis.

Kapazität, 1) allg. das Fassungsvermögen, die Aufnahmefähigkeit.

2) Elektrizitätslehre: das Fassungsvermögen (C) von Leitergebilden aller Art für elektr. Ladungen, definiert als das Verhältnis Ladungsmenge Q zu Spannung U, $C = Q/U$; es hat die SI-Einheit → Farad (F). Für die elektrostatisch gespeicherte Energie W gilt die Beziehung: $W = \frac{1}{2} Q \cdot U = \frac{1}{2} C \cdot U^2$. Die K. hängt von der geometr. Anordnung der Leiter und der Permittivität ε (→ Dielektrizitätskonstante) des Mediums ab, in dem sich die Leiter befinden. Leiteranordnungen mit bes. großer K. nennt man → Kondensatoren. Bei dem für grundsätzl. Betrachtungen wichtigen **Plattenkondensator,** der aus zwei sich gegenüberstehenden Metallplatten besteht, ist das elektr. Feld zw. den Platten homogen, wenn der Plattenabstand d klein gegen den Plattendurchmesser ist. Seine K. ist dann gleich der Permittivität ε des Mediums zw. den Platten multipliziert mit der Plattenfläche A (Fläche einer Platte), geteilt durch den Plattenabstand d, $C = \varepsilon \cdot A/d$. Die K. wird durch Vergleich mit einem Normalkondensator (Präzisions-Glimmerkondensator) gemessen: a) mit einem ballist. → Galvanometer, das die in beiden, mit gleicher Spannung aufgeladenen Kapazitäten aufgespeicherten Elektrizitätsmengen anzeigt; b) mit einer → Meßbrücke besonderer Bauart, die mit Wechselstrom betrieben wird **(K.-Meßbrücke).**

Die **Ladekapazität** eines Akkumulators ist das Produkt aus Entladestrom und Entladezeit, gemessen in Ah (Amperestunden). Die K. von Bleiakkumulatoren beträgt etwa 4 Ah je dm^2 Fläche der Platten.

3) Nachrichtentechnik: das Fassungsvermögen eines → Speichers für elektron. Datenverarbeitungsanlagen, meist angegeben als Anzahl der maximal aufnehmbaren → Bytes (und Vielfachen davon: KByte, MByte), aber auch der Bits, Wörter oder Zeichen.

4) Wärmelehre: → Wärmekapazität.

Kapazitäts|diode, Sperrschichtvaraktor, Varicap [vˈærɪkæp, engl.], im Sperrbereich betriebene Halbleiterdiode (→ Diode) mit best. Dotierung, deren Kapazität von der angelegten Gleichspannung abhängt. Der mittlere Abstand der Ladungsträger in der Raumladungszone kann mit den Platten eines Kondensators verglichen werden. Durch Erhöhung der Sperrspannung verbreitert sich die Raumladungszone, der mittlere Ladungsträgerabstand wird größer und die Kapazität nimmt ab. Der Vorgang kehrt sich bei Verringerung der Sperrspannung um. K. werden u. a. in modernen Rundfunk- und Fernsehgeräten anstelle von Drehkondensatoren zur Festeinstellung von Sendern eingesetzt.

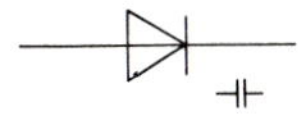

Kapazitätsdiode: Schaltzeichen

kapazitive Bau|elemente, Elektronik, Elektrotechnik: → Kondensator 1).

kapazitive Kopplung, Elektronik: die am häufigsten angewandte Schaltungsart zur Verbindung zweier Verstärkerstufen. Die Kopplung erfolgt über einen Kondensator, der die Übertragung von Wechselspannungen von einer Stufe zur nächsten ermöglicht. Die einzelnen Stufen sind bei k. K. ebenso wie bei der → induktiven Kopplung galvanisch voneinander getrennt.

kapazitiver Widerstand, auch **Kapazitanz** oder **Kondensanz,** der → Blindwiderstand eines Kondensators im Wechselstromkreis. Durch die angelegte Wechselspannung wird ein Strom hervorgerufen, der den Kondensator auf- und entlädt. Auf Grund dieses ständigen Stromflusses wirkt der Kondensator wie ein Widerstand. Die Phasenverschiebung zw. Strom und Spannung beträgt bei einem idealen Kondensator 90°, d. h. der Strom eilt der angelegten Spannung um 1/4 Periode vor. Die Größe des k. W. X_C eines Kondensators hängt von seiner Kapazität C und der Frequenz f des Wechselstroms ab:

$$X_C = \frac{1}{2\pi f C} = \frac{1}{\omega C} \quad \text{(mit Kreisfrequenz } \omega = 2\pi f\text{).}$$

Kapelle, Chemie: der → Abzug 1).

Kapillar|analyse, Trennungsmethode für Kolloide durch unterschiedlich starke Adsorption. Die K. wird teilweise auch zur Trennung von Alkaloiden eingesetzt.

Kapillarbogen, Lichtbogen, der zur Verbesserung der Ionenausbeute in einer Kapillare bei einem sehr niedrigen Gasdruck von einigen Pascal brennt. K. dienen als → Ionenquelle für Isotopentrennanlagen und Beschleuniger.

Kapillarchemie, Grenzflächenchemie, beschäftigt sich mit den besonderen chem. Erscheinungen an Grenzflächen zw. verschiedenen → Phasen. Von besonderer Bedeutung wird die K. für Stoffe mit (im Vergleich zu ihrem Volumen) großen Oberflächen, wie → Kolloide oder poröse Körper mit kapillaren Hohlräumen.

Kapillare, Haarröhrchen, sehr enges Röhrchen, in dem Oberflächenkräfte wirksam sind (→ Kapillarität); von Bedeutung als Glasröhrchen im Laboratorium oder als Teil verzweigter kapillarer Hohlräume in festen Körpern, z. B. im Boden. Dabei brauchen die Hohlräume keine Röhren zu sein, sondern können einen beliebig veränderl. Querschnitt aufweisen.

Kapillarflächenaktivität, → Oberflächenaktivität.

Kapillarität, die physikal. Erscheinungen, die infolge der → Oberflächenspannung von Flüssigkeiten in engen Hohlräumen fester Körper, also in Spalten, Haarröhrchen **(Kapillaren)** und in Poren auftreten. **Kapillar|aszension** nennt man das Aufsteigen von benetzenden Flüssigkeiten in diesen Hohlräumen, z. B. steigt Wasser in einer Glaskapillare empor und bildet einen hohl eingewölbten Meniskus (BILD a), da die Adhäsionskräfte zw. Wasser

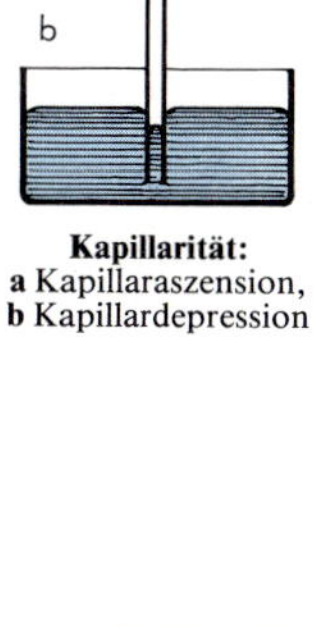

Kapillarität: **a** Kapillaraszension, **b** Kapillardepression

und Glas größer sind als die Kohäsionskräfte zw. den Wassermolekülen. Man nutzt diese Erscheinung bei der **Steighöhenmethode** zum Messen der Oberflächenspannung. Die kapillare Steighöhe h errechnet sich aus der Gleichung: $h = 2\sigma / r\rho g$. Dabei ist σ die Oberflächenspannung, r der Rohrradius, ρ die Flüssigkeitsdichte und g die Erdbeschleunigung. Daraus ergibt sich, daß h um so größer wird, je dünner die Kapillare ist. Kapillaraszension ist auch das Aufsteigen von Öl im Docht, das Ansaugen von Tinte durch Löschpapier oder das Emporsteigen von Wasser **(Kapillarwasser)** über den Grundwasserspiegel in den Kapillaren des Erdbodens. – **Kapillar|depression** tritt bei Flüssigkeiten auf, die den festen Körper nicht benetzen. Z. B. tritt bei Quecksilber in einer Glaskapillare ein Absinken des konvexen Meniskus ein (BILD b), da die Adhäsionskräfte zw. Quecksilber und Glas geringer sind als die Kohäsionskräfte des Quecksilbers.

Karabinerhaken

Kapillar|kondensation: Die Aufnahmefähigkeit von porösen Körpern, wie Kohle oder Silikagel (→Adsorption), für leicht kondensierbare Gase, nimmt bei steigendem Druck des Gases dicht unterhalb des Sättigungsdrukkes stark zu (steiler Anstieg der Adsorptionsisotherme). Erklärung: Im Inneren von kapillaren Hohlräumen wird die Flüssigkeitsoberfläche durch die Oberflächenspannung stark konkav; dadurch wird der Gleichgewichtsdruck an dieser Oberfläche vermindert und die Verflüssigung erleichtert.

Kapillar|elektrische Erscheinungen: Ist Quecksilber in einer vertikal stehenden Kapillare mit einer Elektrolytlösung (z. B. Kaliumnitrat oder Schwefelsäure) überschichtet, so ist die Grenzflächenspannung an der Phasengrenze Quecksilber/Lösung eine Funktion der sich hier infolge der elektr. Potentialdifferenz ansammelnden elektr. Ladungen. Ihre Größe hängt von der zw. Quecksilber und Lösung angelegten elektr. Spannung ab.

Kapillar|aktivität, eine Eigenschaft von Stoffen, die bereits in geringer Konzentration eine starke Erniedrigung der Oberflächenspannung von Flüssigkeiten bewirken, z. B. Alkohole und Fettsäuren in Wasser. Stoffe, die die Oberflächenspannung nur wenig verändern, wie die elektrolytisch dissoziierenden Stoffe in Wasser, heißen **kapillar|inaktiv.**

Kapillarwasser, in feinsten Räumen zw. den Bodenteilchen durch Adhäsionskräfte festgehaltenes Wasser.

Kapillarwellen, Kräuselwellen, bei Störungen des Gleichgewichts durch Zusammenwirken von Oberflächenspannung und Schwerkraft sich ausbildende Wellen an Flüssigkeitsoberflächen (→Oberflächenwellen) mit relativ kleiner Wellenlänge.

Kaplan-Turbine [n. dem österr. Ingenieur V. Kaplan, * 1876, † 1934], eine axial durchströmte →Wasserturbine.

Kapok, das Pflanzenhaar von der inneren Fruchtwand der Kapseln versch. Wollbäume, bes. des trop. K.-Baumes. Aus den rd. 15 cm langen braunen Fruchtkapseln werden die 15–40 mm langen, dünnwandigen, hohlen, daher sehr leichten Fasern gewonnen. Sie dienen als Polstermaterial und als Füllung für Rettungsringe und Schwimmgürtel.

Kappa (ϰ, K), ein →griechischer Buchstabe (ÜBERSICHT). $\varkappa$, Formelzeichen für Kompressibilität und Poisson-Konstante (→adiabatisch).

Kap|rubin, Falschbez. für Pyrop (→Granat).

Kapselpumpe, eine →Verdrängerpumpe.

Kap|spur, →Eisenbahn.

Kapteyn-Felder [n. dem niederländ. Astronomen J. C. Kapteyn, * 1851, † 1922], die →Selected Areas.

Kar *das,* nischen- oder sesselförmige Hohlform in den Steilhängen vergletscherter oder ehemals vergletscherter Gebirge. Den Boden bildet meist eine in den Fels eingesenkte Wanne, die hangabwärts durch eine **Kar|schwelle** oder einen Moränenwall abgeriegelt ist; auf dem **Karboden** liegt häufig ein **Karsee.** Mehrere am gleichen Gehänge übereinanderliegende K. bilden eine **Kartreppe.** Von allen Seiten durch K. angenagte Berge nehmen pyramidenartige Gestalt an und heißen **Karlinge.**

Karabinerhaken, geschlossener Haken mit Federverschluß, der selbsttätiges Öffnen verhindert.

Karamel, →Saccharose.

Karat, 1) Abk. **k,** Bez. für den →Feingehalt des Goldes.

2) metrisches K., Einheitenzeichen **Kt** (früher **ct**), gesetzl. Einheit zur Angabe der Masse von Edelsteinen: 1 Kt = 0,2 g.

Karbid, →Calciumverbindungen, →Carbide.

Karbon, Steinkohlenformation, System (Periode) des Paläozoikums.

		Ende vor etwa 285 Mio. Jahren
Ober-Karbon (Siles)	Stephan Westfal Namur	
		vor etwa 325 Mio. Jahren
Unter-Karbon (Dinant)	Visé Tournais	
		Beginn vor etwa 350 Mio. Jahren

Plötzliche Entfaltung der Pflanzenwelt kennzeichnet die Liegendgrenze: die Obergrenze ist unscharf (→Permokarbon). Ins K. fallen die Hauptphasen der varisk. Ära (→Faltungsphasen), die das paläogeograph. Bild Europas völlig veränderten. In der Folge der tekton. Vorgänge drangen zahlreiche Granite auf, die Erzbringer der europ. Mittelgebirge, z. B. im Harz und Erzgebirge. Warmfeuchtes und niederschlagsreiches Klima und reicher Pflanzenwuchs führten in den durch die Gebirgsbildung abgesenkten Räumen Eurasiens zur Bildung von mächtigen Torfmooren, deren Pflanzenstoffe zu Kohle umgewandelt wurden. Die Kohlenbildung setzte in der heutigen Arktis (Bäreninsel) bereits im Oberdevon ein. Im Unter-K. findet man sie zw. Spitzbergen und Ural, im Ober-K. in Mitteleuropa und N-Amerika, im Unteren Perm in Sibirien und China. Auf der S-Halbkugel stellte sich am Ende des K. kühles Klima ein (permokarbon. Vereisung).

Paläogeographie. Südlich des Oldred-Kontinentes in N-Europa erstreckte sich die varisk. Geosynklinale, aus der die **Mitteldeutsche Schwelle** und die **Alemannisch-Böhmische Insel** herausragten. Im Unter-K. lagerten sich an den Festlandsrändern (NW-Europa, N-Afrika) **Kohlenkalk,** in der Geosynklinale die klast. Sedimente des **Kulm** ab. Im Ober-K. faltete sich in Mitteleuropa das **Varisk. Gebirgssystem** mit dem **Armorikan. Gebirge** in W-Europa. In der nördl. **subvarisk. Vortiefe** bildeten sich die paralischen Steinkohlen-Lagerstätten (England, Ruhrgebiet, Oberschlesien). Wichtige limn. Kohlenvorkommen entstanden in Innensenken des Gebirges (z. B. Frz. Zentralmassiv, Saargebiet, Niederschlesien). In den Alpen gewann die Tethys ihre endgültige Form. Südlich der **Osteurop. Tafel** wurden bis 9000 m mächtige kohlenführende Schichten im Donezbecken angehäuft. In der Arktis wurde durch einen Meeresvorstoß das Oldred-Festland in zwei Blöcke zerlegt. In N-Amerika gliedert man das K. in das flözleere **Mississippian** [mɪsəsˈɪpjən] und das kohlenführende **Pennsylvanian** [pensəlvˈeɪnjən]. Afrika, mit Ausnahme N-Marokkos, und die S-Kontinente waren weitgehend Festland.

Flora und Fauna. Die alten Tiergruppen (tabulate Korallen, Stromatoporen, Trilobiten, Graptolithen) verloren an Bedeutung. Dagegen traten die ersten Großforaminiferen sowie Land- und Süßwasserschnecken auf. Bryozoen wirkten riffbildend, rugose Korallen, Ammonoideen (Goniatiten), Ostracoden und Conodonten sind wichtige Leitfossilien. Höhere Krebse, Spinnen, Riesenlibellen (Flügelspannweite bis 75 cm), Süßwassermuscheln und Amphibien waren reich vertreten. Erste Reptilien, Knorpel- und Knochenfische traten auf. Algen waren kalkbildend, die höheren Pflanzen eroberten das Festland. Bärlappgewächse (Sigillaria, Lepidodendron), Schachtelhalme und farnähnl. Samenpflanzen erreichten Baumgröße. Nadelbäume erschienen im Stephan.

Karbonathärte, →Wasserhärte.

Karbonatit, überwiegend aus Carbonaten (Kalkspat, Dolomit u. a.) bestehendes, subvulkanisch aus heißer Schmelze entstandenes Gestein (z. B. der ›kristalline Kalkstein‹ des Kaiserstuhls); oft Lagerstätte von Niob und seltenen Erden.

Karbondruck, flächiger Aufdruck einer Schicht von spezieller Druckfarbe mit Wachsbeimischung **(K.-Farbe),** die eine Durchschrift ohne Kohlepapier ermöglicht; bes. bei Formularen.

karbonisieren, carbonisieren, Textiltechnik: Wolle oder Wollwaren mit Säure tränken, entwässern und anschließend erhitzen (brennen), um pflanzl. Verunreinigungen (Cellulose) zu entfernen. Die Cellulose wird abgebaut, dadurch brüchig und mechanisch leicht entfernbar.

Karbrodruck, Kopierverfahren, bei dem eine pigmentierte Gelatineschicht mit einer Lösung versch. Kaliumsalze getränkt und mit einem positiven Silberbild in Kontakt gebracht wird. An den silberhaltigen Stellen tritt Gelatinehärtung ein, so daß man die Gelatineschicht zu einem gefärbten Reliefbild verarbeiten kann.

Karborundum, Carborundum, Schleifmittel aus Siliciumcarbid, SiC, oder Aluminiumoxid, Al_2O_3.

Karburieren, Carburieren, 1) Erhöhung der Leuchtkraft und des Heizwertes von Brenn- und Leuchtgasen durch feste, flüssige oder gasförmige Zusätze, die elementaren Kohlenstoff enthalten oder diesen durch therm. Reaktion freisetzen.

2) Synonym für Aufkohlung bei der Stahlhärtung.

Kardan-Antrieb [n. dem ital. Arzt und Mathematiker G. Cardano, * 1501, † 1576], Kfz: Leistungsübertragung, z. B. zw. vornliegendem Motor und angetriebener Hinterachse mittels →Gelenkwelle mit Kreuzgelenken **(Kardan-Welle,** geführt im **Kardan-Tunnel).** Der K.-A. erlaubt Winkel- und Längenänderungen im Wellenstrang, z. B. beim Einfedern der Räder; er wird auch als abgewinkelte Verbindung zw. Lenkrad und Lenkgetriebe verwendet.

Kardan-Gelenk, ein→Gelenk 2) zur Kraftübertragung von einer Welle zur anderen, wobei die angetriebene Welle zur treibenden veränderl. Winkel einnehmen kann.

kardanische Aufhängung, Aufhängevorrichtung aus drei unter rechtem Winkel ineinander bewegl. Ringen. Ein im innersten Ring aufgehängter Körper behält bei Lageänderung des Ganzen seine urspr. Lage bei, z. B. der Schiffskompaß.

Kardan-Kreise, zwei Kreise mit dem Radiusverhältnis $r_1 : r_2 = 2:1$ oder 1:2, die gleitungsfrei aufeinander abrollen.

Rollt der kleinere Kreis im Inneren des größeren Kreises, so gilt 1) Der Mittelpunkt *a* des abrollenden Kreises beschreibt einen Kreis vom Durchmesser des Rollkreises; 2) Punkte auf der Peripherie des abrollenden Kreises *b* und *c* beschreiben Durchmessergeraden des äußeren Kreises. Bei gleichmäßiger Rollbewegung verläuft die Geschwindigkeit der Punkte auf den Geraden sinusförmig; 3) Punkte außerhalb des abrollenden Kreises *d* beschreiben Ellipsen (BILD 1).

Rollt der größere Kreis außen auf dem kleinen ab, so beschreiben die Punkte *b, c* und *d* herzförmige Kurven **(Kardioiden),** der Mittelpunkt *a* vollführt eine Kreisbewegung (BILD 2).

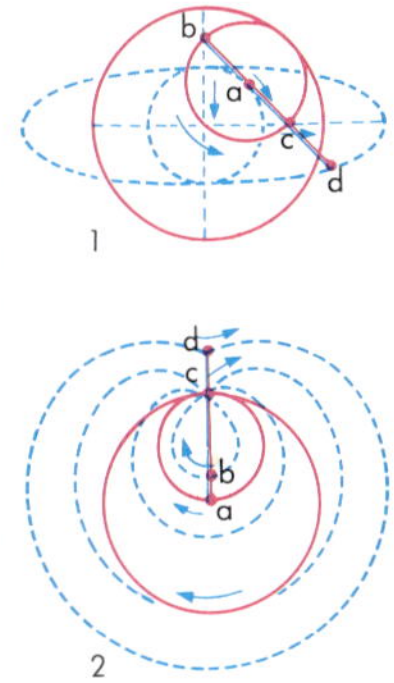

Kardan-Kreise

Kardan-Welle, eine →Gelenkwelle (→Kardan-Antrieb).

Karde, Spinnereimaschine, →Krempel.

Kardinal|elemente, in der geometr. Optik zusammenfassende Bez. für die **Kardinalpunkte** (Objekt-, Bild-, Haupt-, Knoten-, Brennpunkte), die **Kardinalstrecken** (Brenn-, Gegenstands-, Bildweite) und die **Kardinalflächen** oder **Kardinal|ebenen** (d. h. die Ebenen durch die Kardinalpunkte senkrecht zur opt. Achse, wie Haupt-, Knoten-, Brenn-, Gegenstands-, Bildebene), auf denen sich die mathemat. Gesetzmäßigkeiten eines abbildenden Systems aufbauen (→Abbildung 2, →Hauptebenen).

Kardinalzahlen. Bei endl. Mengen *M* ist die K. von *M* **(card *M*)** die Anzahl der Elemente von *M*. Ordnet man jeder natürl. Zahl *n* die Mengen $A_n := [0, 1, \ldots, n-1]$ zu, so hat eine endl. Menge *M* die K. *n*, wenn es eine bijektive Abbildung von *M* auf A_n gibt: *M* und A_n sind gleichmächtig. Bei unendl. Mengen kann man z. B. mit Hilfe der Theorie der →Ordinalzahlen einer Menge *T* analog eine Menge card *T* so zuordnen, daß gleichmächtige Mengen dieselbe K. erhalten.

Kardioide, geschlossene ebene Kurve, die als Rollkurve gedeutet werden kann, wenn ein fester Punkt eines Kreises mit Radius *a* auf einem anderen Kreis mit Radius *a* abrollt; Gleichung in Polarkoordinaten $r = 2a \cdot (1 - \cos \varphi)$. Die K. erhält man auch als Ergebnis beim Abrollen von →Kardan-Kreisen (BILD).

Karfunkel, alter Name für edlen, hochroten →Granat oder auch Rubin.

Karkasse *die,* Gewebeunterbau des →Reifens 2).

Kármánsche Wirbelstraße [n. d. ungar. Aerodynamiker T. von Kármán, * 1881, † 1963], →Wirbel.

Karmin, roter Farbstoff, der aus der →Cochenille erhalten wird. Färbender Bestandteil ist die →Carminsäure.

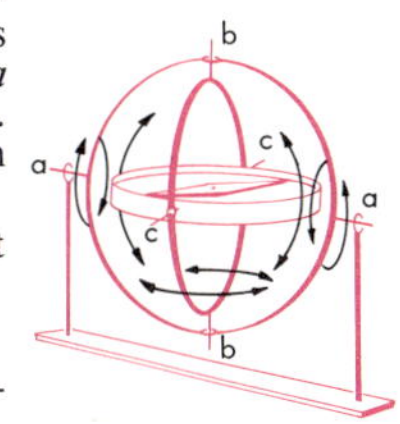

kardanische Aufhängung
mit drei Achsen a, b, c

Karn, Stufe der alpinen →Trias.

Karolus-Zelle [n. dem dt. Physiker A. Karolus, * 1893, † 1972], svw. →Kerr-Zelle.

Karosserie, Aufbau des →Kraftwagens.

Karren, alemann. **Schratten,** häufigste Kleinform des →Karstes, entsteht durch die auslaugende Wirkung ablaufenden Wassers in lösungsfähigen Gesteinen; K. treten meist in ausgedehnten **Karrenfeldern** auf (z. B. Gottesackerplateau im Allgäu).

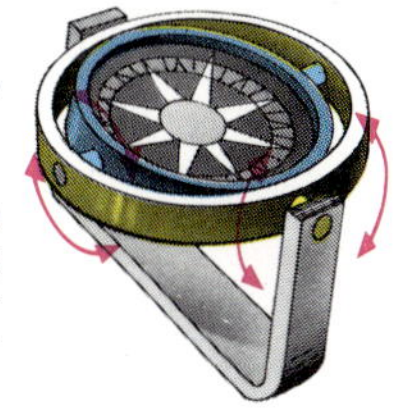

kardanische Aufhängung:
Anwendung
beim Schiffskompaß

Karst *der,* **Karst|erscheinungen,** Sammelname für Formen an und unter der Erdoberfläche, die auf Lösungsvorgänge an lösl. Gesteinen (Kalk, Dolomit, Gips,

Karte: Topographische K. 1:25 000

Steinsalz) zurückgehen. – Formen im oberird. K.: → Karren, → Dolinen (10 m bis 1,5 km Durchmesser, bis 500 m tief) und **Uvala,** die aus der Vereinigung mehrerer Dolinen entstehen, sowie **Poljen,** längliche bis ovale Becken bis mehrere hundert km² groß; ihre von steilen Flanken scharf abgesetzten ebenen Sohlen sind von fruchtbarem Schwemmland oder Verwitterungsböden bedeckt und häufig die einzigen landwirtschaftlich nutzbaren Flächen. Öfter finden sich hier, z. T. gespeist von **K.-Quellen,** ständig oder zeitweise Wasseransammlungen **(K.-Seen)** und Poljenflüsse, die aus Spalten (K.-Quellen) und Höhlen zutage treten, um sich bald in **Flußschwinden (Ponoren, Katavothren, Schlundlöchern** u. ä.) zu verlieren. – Unterird. K.: Das versickernde Wasser folgt den Klüften und Schichtfugen in die Tiefe und bildet dabei **K.-Schlotte** und **Schachthöhlen** (bis zu mehreren hundert m tief). Das im Untergrund zirkulierende Wasser bildet oft ein weitverzweigtes System von **K.-Gerinnen,** die verschieden hohe, oft unter Druck stehende Wasserspiegel aufweisen. Das unterirdisch abfließende Wasser erzeugt baumartige oder netzförmige Höhlensysteme. Der Durch- und Abfluß des unterird. **K.-Wassers** geht i. a. langsam vor sich (10–500 m/h), jedoch bed. schneller als beim Grundwasser. Für die Wasserversorgung ist K.-Wasser schlecht geeignet, da die Filterwirkung von Lockergesteinen fehlt.

Karstlandschaften. Im **nackten K.** bildet anstehendes Gestein die Oberfläche (Karrenfelder). Der **bedeckte K.** liegt unter einer Boden- und Vegetationsdecke (Grünkarst). **Kegel-K.** bildet sich in den Tropen, **Turm-K.** in den sommerfeuchten Subtropen S-Chinas. In K.-Ebenen haben sich manchmal einzelne K.-Berge **(Hum,** z. B. im Popovopolje) in oft recht bizarren Turm- und Kegelformen erhalten.

Karte, relativ festes Blatt aus Papier, Kunststoff o. ä. zu vielerlei Zwecken: als Ansichts-, Eintritts-, Loch-, Spielkarte u. a. m.

Kartographie. Unter allen Ausdrucksformen der →Kartographie ist die K. am bedeutendsten; neben ihr gibt es kartenverwandte Darstellungen. Die K. ist die maßstäblich verkleinerte, generalisierte und erläuterte kartograph. Darstellung von Erscheinungen und Sachverhalten der Erde, der anderen Weltkörper oder des Weltraumes in einer Ebene. – Bestandteile der K. sind formal das K.-Feld, der K.-Rahmen und der K.-Rand. K. sind meist **Rahmenkarten,** selten **Inselkarten** (ohne Rahmen). Sachlich gliedert sich die K. in K.-Netz, K.-Inhalt und K.-Randangaben (z. B. Titel, Maßstab, Legende). – Erscheinungsformen. Ein **Kartenwerk** ist die Gesamtheit der K., die in einheitl. Gestaltung und meist in gleichem Maßstab einen best. Bereich (z. B. Staatsgebiet) lückenlos überdecken; das Einzelstück daraus ist das **Kartenblatt.** Verschiedene Bedeutungen hat der →Plan, z. B. Darstellung eines angestrebten Zustands. Nach Betrachtungsabstand und Gebrauch wird zw. **Handkarte** und **Wandkarte** unterschieden. Über Atlaskarte →Atlas 1).

Einteilung. 1) Nach Maßstab lassen sich K. großen, mittleren und kleinen Maßstabs unterscheiden; die Grenzen der Maßstabsbereiche liegen etwa bei 1:20000 und 1:300000. 2) Nach dem Inhalt teilt man in zwei Gruppen: **Topograph. K.** zeigen die Geländeformen und die darauf befindl. Objekte; sie heißen in kleinen Maßstäben auch **geograph.** oder **chorograph. K. Themat. K.** stellen ein best. Fachgebiet dar, z. B. Geologie **(abgedeckte K.,** geolog. K. des Gesteinsuntergrundes ohne Eintragung bestimmter Deckschichten), Klima, Wirtschaft. Die Grenzen zw. beiden Gruppen sind nicht immer scharf; z. B. sind viele Straßenkarten Übergangsformen. 3) Nach Herstellern wird zw. **amtlichen** und **privaten K.** unterschieden. Zu den amtl. topograph. Kartenwerken gehören in der Bundesrep. Dtl.: **Dt. Grundkarte** 1:5000, **Topograph. K.** 1:25000, 1:50000, 1:100000, **Topograph. Übersichtskarten** 1:200000, 1:500000; in Österreich: 1:50000, 1:200000, 1:500000; in der Schweiz: 1:25000, 1:50000, 1:100000, 1:200000, 1:500000; →Internationale Weltkarte 1:1000000. Private K. sind u. a. Stadtkarten, Straßenkarten, Wanderkarten, Wandkarten.

Herstellung, Fortführung und Vervielfältigung der K. sind Aufgaben der →Kartentechnik. Mit der Geschichte und dem Gebrauch der K. befaßt sich die →Kartenkunde. Das geometr. Gerüst für den Karteninhalt liefern die →Kartennetzentwürfe. (BILD S. 38)

Kartei, alphabetisch, numerisch oder alphanumerisch geordnetes System loser Karten oder Blätter **(K.-Karten)** gleichen Formats zur Aufzeichnung chronolog. Vorgänge **(Fortschreib-K.)** oder oft benötigter Daten **(Informations-K.).** Rasche Ergänzung oder Entnahme von K.-Karten werden durch Leitkarten, Vorsprünge, Reiter, Einkerbungen, Randlöcher erleichtert (→Lochkarte 1). **Blind-K.** werden in K.-Kästen stehend **(Steil-K., Steh-K.)** oder besonderen Vorrichtungen hängend **(Hänge-K.)** aufbewahrt; in **Sicht-K.** sind viele Daten mit einem Blick überschaubar.

In der Datenverarbeitung stellt die K. eine auf Karten angelegte Datensammlung dar, die nach gleichen Kriterien von einem Computer bearbeitet werden soll. Die K. bildet vielfach die Grundlage zum Aufbau einer Datei, mit deren Hilfe eine programmierte Auswertung möglich ist.

Karten|aufnahme, zur Herstellung einer Karte erforderliche Meß- und Zeichenarbeiten sowie Berechnungen von im Gelände feststellbaren Tatbeständen. Für **topograph. K.** werden genaue Vermessungen des Geländes mit geodät. Instrumenten (Theodolit, Nivellierinstrument, Meßtisch mit Kippregel und Entfernungsmeßgeräten) oder photogrammetr. Auswertungen (→Topographie, →Photogrammetrie) durchgeführt. Die Meßwerte werden anschließend maßstäblich z. B. mit einem Zeichenautomaten in ein Kartenbild umgesetzt. Für **themat. Karten** werden die Sachverhalte, z. B. aus der Geologie, Vegetation, Bevölkerungsstuktur, Klima, Sprache, Religionen, in topograph. Grundlagenkarten erfaßt und anschließend graphisch gestaltet.

Kartenhaus, Raum auf der →Kommandobrücke von Schiffen mit Kartentisch, Seekarten und Navigationsgeräten.

Kartenkunde, Teil der Kartographie, die Lehre von den Arten, Bestandteilen, Quellen und geschichtl. Entwicklungen der Karte sowie von ihrem Gebrauch, v. a. als Kartenauswertung. Diese besteht aus Kartenlesen (Erkennen, Deuten, Vergleichen, Auszählen) und Kartenmessen (→Kartometrie).

Karten|netz, das aus den Linien geograph. oder geodät. Koordinaten in Karten dargestellte Netz.

Karten|netz|entwürfe, Karten|abbildungen, Kartenprojektionen, die mathemat. Übertragung (Abbildung) von Punkten und Linien der Oberfläche der Erde oder eines anderen Weltkörpers auf eine Kartenebene als geometr. Grundlage kartograph. Darstellung. K. i. e. S. sind die Abbildungen des geograph. Gradnetzes **(Gradnetzentwürfe),** die bes. bei kleinmaßstäbigen Karten angewendet werden. Karten großer und mittlerer Maßstäbe beruhen heute vorwiegend auf geodät., meist konformen Abbildungen im Koordinatensystem der Landesvermessungen. Den Karten bis etwa zum Maßstab 1:2 Mio. liegt als Erdfigur ein Rotationsellipsoid, bei kleineren Maßstäben die Kugel zugrunde.

Abbildungen in die Kartenebene sind nicht ohne Verzerrungen möglich (nur der Globus ist verzerrungsfrei). Diese treten als Längen-, Flächen- und Winkelverzerrungen auf, die durch die →Indikatrix 1) veranschaulicht werden. Man kann jedoch Abbildungsgleichungen erzeugen, die flächentreue (äquivalente) oder winkeltreue (konforme) oder solche Entwürfe ergeben, die teilweise längentreu sind. Flächentreue wird in der Geographie, Konformität in Geodäsie und Navigation, partielle Längentreue in Darstellungen des Verkehrs bevorzugt.

Die Konfiguration der abgebildeten Netze läßt sich oft geometrisch als Übertragung auf best. Hilfsflächen deuten. Danach gibt es **konische** Abbildungen als Übertragungen auf einen Kegelmantel um die Erdkugel. Sie eignen sich v. a. für Karten mittlerer Breite mit größerer W-O-Erstreckung. **Azimutale** Abbildungen denkt man sich auf einer Tangentialebene an die Erdkugel erzeugt; die

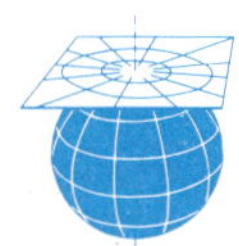

Azimutaler Entwurf (Tangentialebene)

Konischer Entwurf (Kegelfläche)

Zylindrischer Entwurf (Tangentialebene)

Kartennetzentwürfe 1

Lage der Abbildungsflächen

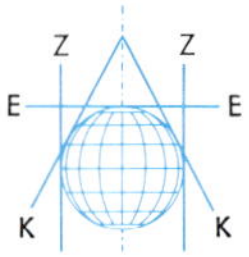

normale Lage

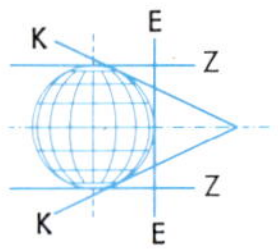

transversale Lage

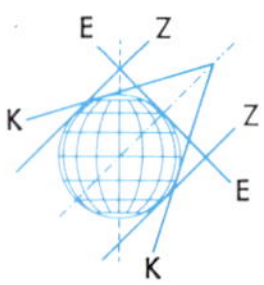

schiefachsige Lage

E = Ebene des azimutalen Entwurfes
K = Kegelfläche
Z = Zylinderfläche

Kartennetzentwürfe 2

Azimute im Berührungspunkt bleiben dabei unverzerrt. Sie sind günstig als K. für Gebiete von etwa gleicher Ausdehnung in allen Richtungen. Einige Azimutalabbildungen lassen sich auch als wirkliche Perspektiven mit Projektionszentrum im Kugelmittelpunkt (gnomon. Abbildung), im Gegenpol des Berührungspunktes (stereograph. Abbildung) oder im Unendlichen (orthograph. Abbildung) erklären. Bei **zylindr.** Abbildungen benutzt man die Vorstellung eines Zylindermantels um die Erdkugel. Hierzu gehört auch der Mercatorentwurf (bes. für Seekarten). Alle Abbildungen, die solche geometr. Deutungen mit Hilfsflächen zulassen, heißen auch **echte K.** Wo solche Erklärungen nicht oder nur teilweise möglich sind, handelt es sich um **unechte K.**; diese kommen v. a. bei Gesamtdarstellungen der Erdoberfläche vor. – Nach der Lage der Abbildungsflächen werden **normale** (erdachsige, polständige), **transversale** (querachsige, äquatorständige) und **schiefachsige** (zwischenständige) **K.** unterschieden.

Zur prakt. Konstruktion werden nach den Abbildungsgleichungen die Schnittpunkte aller Netzlinien mit runden Werten (z. B. alle 1°, 5°, 10°) berechnet. Danach werden sie kartiert, die Netzlinien entstehen dann durch zeichner. Verbindung entsprechender Punkte. Berechnung und Zeichnung sind auch mit Computern möglich, denen ein automat. Zeichengerät angeschlossen ist. (Weitere BILDER S. 41)

Karten|null, der Nullhorizont, auf den sich die Höhenangaben in Karten beziehen (z. B. Normal Null).

Kartenprojektionen, die → Kartennetzentwürfe.

Kartentechnik, die Technik der Herstellung, Vervielfältigung und Laufendhaltung von Karten. Bei der Herstellung der Karte folgen dem Entwurf (durch Kartierung oder Generalisierung) die Originalzeichnung (meist Gravur beschichteter Folien) mit Montage von Beschriftung und Signaturen, die Herstellung der Druckvorlagen und davon der Druckträger. Die Laufendhaltung der Karten geschieht durch vollständige Berichtigungen oder einzelne Nachträge.

Kartenzeichen, → Signatur.

kartesischer Taucher [n. Cartesius, d. h. R. Descartes, frz. Philosoph und Mathematiker, * 1596, † 1650], eine mit Luft gefüllte Figur, die gerade noch an der Wasseroberfläche eines Standglases schwebt. Beim Drücken auf eine Gummimembran, die das Standglas oben abschließt, wird auch die Luft in der Figur zusammengedrückt, und der Taucher sinkt wegen seines verminderten Auftriebes nach unten. Beim Loslassen der Membran steigt der Taucher wieder nach oben. Der Taucher kann aus Gummi oder aus einem festen Körper, der unten eine Öffnung zum luftgefüllten Innenraum hat, bestehen. Das ›Täucherlein‹ wurde 1648 zum ersten Male von MAGIOTTI beschrieben und später zu Unrecht mit DESCARTES in Verbindung gebracht.

kartesisches Blatt, ebene Kurve 3. Ordnung mit der Gleichung $x^3 - 3axy + y^3 = 0$ in einem kartes. Koordinatensystem (BILD).

kartesisches Blatt

kartesisches Ko|ordinatensystem, → Koordinaten 3).

kartesisches Produkt, Kreuzprodukt der Mengen A und B ist die Menge $A \times B$ aller geordneten Paare (a, b) mit $a \in A$ und $b \in B$. Das **n-fache k. P.** von Mengen $M_1, \ldots, M_n$ ist die Menge

$$M_1 \times \ldots \times M_n = \{(m_1, \ldots, m_n) | m_i \in M_i\}$$

der geordneten n-Tupel, wobei m_i das i-te Element aus M_i ist $(i = 1, \ldots, n)$.

kartieren, ein Gelände kartographisch aufnehmen; → Kartenaufnahme.

Kartiergeräte, 1) Kartographie: Hilfsmittel der → Kartenaufnahme. **Einfache manuelle K.** sind Lineale, rechtwinklige Dreiecke, Anlegemaßstäbe mit versch. Teilungen, Winkelmesser (Transporteure), Kartiernadeln und Zirkel. **Größere K.** stellen Punkte nach rechtwinkligen oder polaren Koordinaten mechanisch dar; als ›Koordinatographen‹ eignen sie sich bes. für genaue und umfangreiche Arbeiten. Mit Zeichenautomaten (Plottern) kann man in einem Zug automatisiert kartieren und zeichnen.

2) Photogrammetrie: Geräte zur unmittelbaren kartenmäßigen Darstellung des Inhalts von Meßbildern nach Lage und Höhe.

Karto|diagramm, die diagrammartige Darstellung von Zahlenwerten je Bezugsfläche in einer → thematischen Karte. (→ Kartogramm)

Kartoffel|erntemaschinen, zur Kartoffelernte verwendete Maschinen wie Krautschläger, Kartoffelroder, Kartoffelsortierer. Zur Beseitigung des unbrauchbaren Kartoffelkrauts werden meist → Krautschläger eingesetzt. **Vorratserntemaschinen** bestehen aus einem Rodeschar zum Abtrennen und Aufnehmen des Erddammes mit den Kartoffeln und einer Vorrichtung zum Absieben der Erde. Sie legen die Kartoffeln auf dem Feld ab, von dem sie später wieder aufgenommen werden müssen. Hierzu gehören die Schleuderroder, die Siebketten- und Schwingsiebroder. **Vollerntemaschinen** sammeln die Kartoffeln in Behälter, oder sie fördern sie auf den neben der K. fahrenden Ackerwagen; zusätzlich zu Rodeschar und Siebvorrichtung sind sie mit Fördereinrichtungen und Einrichtung zum Abtrennen von Steinen und Erdklumpen sowie i. d. R. mit Verlesebändern und mit einem Sammelbunker ausgerüstet. (BILD S. 42)

Kartoffelsortierer, Sortiermaschinen, die Kartoffeln in drei bis fünf Größenklassen aufteilen. Als Siebelemente werden z. B. untereinanderliegende Flach- und Zylindersiebe, rotierende Profilwalzen, umlaufende Maschenketten verwendet.

Kartogramm, kartograph. Darstellung eines Zahlenwertes je Bezugsfläche (z. B. Gemeindegebiet) in themat. Karten durch Signaturen (absolute Werte) oder Flächentonwerte (relative Werte). (BILDER S. 42)

Kartographie, Wissenschaft und Technik der Darstellung räuml. Beziehungen durch ein System graph. Zeichen einschließlich der Lehre vom Gebrauch dieser Darstellungen. Dabei gibt es verschiedene kartograph. Ausdrucksformen, unter denen die → Karte am bedeutendsten ist. Alle übrigen Formen sind **kartenverwandte Darstellungen:** Dazu gehören dreidimensionale Gebilde wie Globus und Relief sowie ebene Darstellungen wie Luftbild (Luftbildkarte), Vogelperspektive, Panorama, Blockbild, Profil, Stereodarstellung (→ Anaglyphenverfahren) und Axonometrie (bes. Militärperspektive).

Die **theoret. K.** untersucht die Grundlagen der kartograph. Darstellungen; dazu gehören alle Aspekte der visuellen Kommunikation, ferner → Kartenkunde und → Kartennetzentwürfe. Die **prakt. K.** ist v. a. → Kartentechnik. Andere Gliederungen der K. lassen sich nach den Einteilungen der Karte vornehmen.

Die K. liefert seit langem topograph. Angaben sowie Unterlagen für die Abgrenzung privaten Besitzes und polit. Zuständigkeit, für Verkehr u. a. Daneben liegt ihre heutige Aufgabe in der Verdeutlichung und Erkenntnis räuml. Strukturen aus vielen Bereichen von Natur und menschl. Wirken einschließlich der Darstellung von Planungen.

Kartometrie, Kartenmessung, Kartographie: das Messen in Karten oder Übertragen geometr. Größen auf Karten. Dazu gehören: Winkelmessungen (im Grundriß z. B. mit Winkelmessern; im Aufriß Böschungs- und Höhenwinkel aus Profilen oder mit Neigungsmaßstab), Koordinatenmessungen (z. B. mit Koordinatograph, Planzeiger, Millimeterpapier), Längenmessungen (z. B. mit Maßstab oder Kurvenmesser), Höhenmessungen (Einzelhöhen und Profile aus Höhenlinien), Flächenmessungen (z. B. durch Flächenumfahren mit Planimetern, durch Auszählen der bedeckten Felder einer Quadratglastafel).

Karton [-t'ɔ̃, frz.], aus einer oder mehreren auf der Kartonmaschine zusammengegautschten oder nachträglich zusammengeklebten Faserstofflagen bestehendes Produkt im Flächengewichtsbereich von etwa 150–450 g/m^2. Schwerer K. wird →Pappe genannt. Einseitig gestrichener K. heißt **Chromo-K.,** Faltschachtel-K. dient zur Herstellung von Verpackungen.

Kartonagen [-n'a:ʒən, frz.], aus →Karton, →Pappe (Vollpappe) oder →Wellpappe gefertigte Umhüllungen. Man unterscheidet: 1) Lagerkartons, Warenhauskartonagen; 2) Wellpappkartons; 3) Faltschachteln; 4) gezogene K. (Deckel und Unterteil bestehen jeweils aus einem Stück); 5) Feinkartonagen.

kartonieren, Buchbinderei: einen faden-, draht- oder klebegehefteten Buchblock in einen steifen Kartonumschlag einkleben.

Kartusche, meist hülsen- oder patronenförmiger Behälter für best. Stoffe (z. B. Dichtmittel, Treibgas), die durch Einsatz in ein Gerät verarbeitet werden. – Im militär. Bereich die Treibladung eines →Geschosses 2), hat eine der Länge und dem Durchmesser des Ladungsraumes des Geschützes entsprechende Form. Bei der **Beutel-K.** ist die Treibladung in Beutel aus Chemiefasern eingefüllt. Sie wird bei Schraubverschlüssen mit plast. Liderung verwendet. Die **Hülsen-K.** besitzt eine Hülse aus Metall, meist Messing, in welche die Treibladung eingefüllt wird. Bei Steilfeuerwaffen und Kanonen größeren Kalibers sind in ihr eine Anzahl von Beuteln (Teilladungen) enthalten. Die K.-Hülse dient gleichzeitig zur gasdichten Abschließung des Rohres (Liderung). Sie wird bei Keilverschlüssen verwendet.

Karweel, auch **Krawel,** Holzbootsbauweise mit stumpf aneinanderstoßenden Planken. Bei in doppelter Lage diagonal übereinander angeordneten Planken spricht man von Doppel-diagonal-K.

kaschieren, Bahnen gleichen oder versch. Materials (Papier, Karton, Pappe, Textilien, Schaumstoffe, Kunststoff-, Metallfolien u. a.) fest miteinander verbinden,

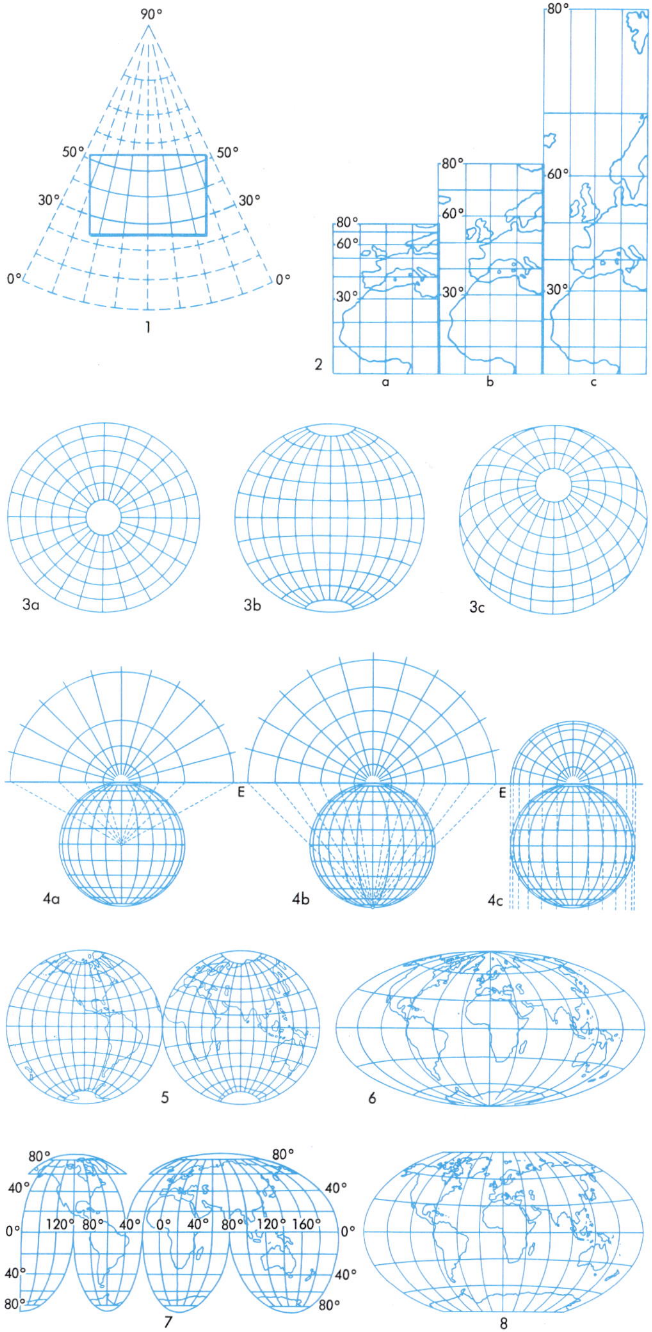

Kartennetzentwürfe 3 (Beispiele): **1** Konformer konischer Entwurf (2 längentreue Parallelkreise, normale Lage) mit Beispiel einer Kartenabgrenzung. **2** Zylindrische Entwürfe in normaler Lage mit längentreuem Äquator *a* flächentreu, *b* mit längentreuen Meridianen (quadrat. Plattkarte), *c* konform oder winkeltreu (Mercatorentwurf). **3** Flächentreuer Azimutalentwurf in *a* normaler, *b* transversaler, *c* schiefachsiger Lage (φo = 60° nördl. Br.). **4** Perspektive Azimutalentwürfe (normale Lage); unterhalb EE: Darstellung der Projektionsweise, oberhalb EE: Ergebnis der Projektion (umgeklappt). **5** Planigloben (Globularprojektion). **6** Flächentreue Planisphäre (nach Hammer, Pol als Punkt). **7** Zerlapptes Netz (nach Goode). **8** Planisphäre (nach Winkel, Pol als Linie)

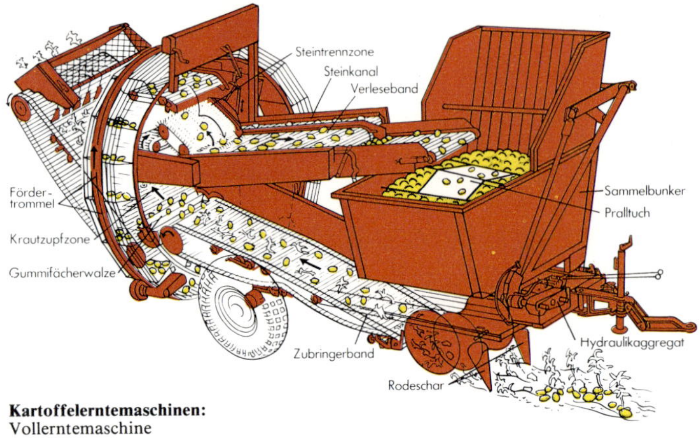

Kartoffelerntemaschinen: Vollerntemaschine

z. B. durch Kleben, Heißpressen, Kalandrieren; auch →beschichten.

Kascholong *der,* **Perlmutter|opal,** Abart des →Opal.

Kaskade, 1) chemische Technik: Anordnung hintereinandergeschalteter, gleichartiger Reaktoren, meist Rührkessel. Eine Rührkessel-K. hat eine gleichmäßigere Verweilzeitverteilung als ein einzelner Rührkessel.

2) Physik: **Kaskadenschauer,** gesetzmäßige, starke Vermehrung von energiereichen Elementarteilchen ausgelöst durch Wechselwirkung hochenerget. Teilchen mit Materiebausteinen. Als **Elektronen-K.** erstmals in der →kosmischen Strahlung beobachtet, wobei durch Elektronen sehr hoher Energie hochenerget. Photonen (Bremsstrahlungsquanten) erzeugt werden, die sich durch Paarbildung in neue Elektron-Positron-Paare umwandeln, die wiederum Photonen erzeugen usw.

3) Wasserbau: stufenförmige Wasserfälle, oft auch künstlich angelegt, z. B. in Parks, als Sonderform einer →Sohlrampe oder als Gerinne für den Abfluß aus Hochwasserentlastungsanlagen von Talsperren.

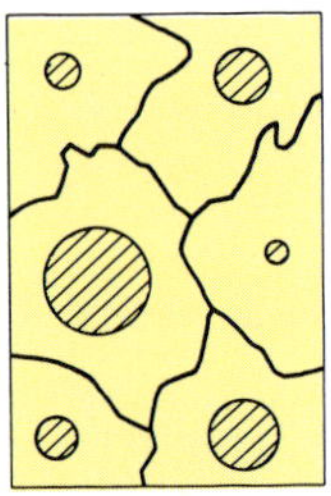

geometrisches Figuren-kartogramm

Flächen-kartogramm

Kartogramm

Kaskadengenerator, Gerät zur Erzeugung hoher Gleichspannungen nach H. GREINACHER, bestehend aus einer →Kaskadenschaltung von mehreren hintereinandergeschalteten Gleichrichtern und Kondensatoren (BILD S. 44). Mit K. werden Spannungen bis etwa 3 MV erzeugt bei Stromstärken von einigen mA. Diese hohen Gleichspannungen können zur Prüfung von Isolatoren, aber auch zum Betrieb von Teilchenbeschleunigern verwendet werden. Mit einem durch einen K. gespeisten Teilchenbeschleuniger, der Protonen bis zu einer Energie von 800 keV beschleunigte, führten J. D. COCKCROFT und E. TH. S. WALTON 1932 die ersten künstl. Kernumwandlungen durch.

Kaskadenschaltung, Elektrotechnik: Art der Hintereinanderschaltung gleichgearteter Bauteile oder -gruppen, z. B. Generatoren oder Transformatoren. Dabei entsteht außer der Spannungsteilung auf die beiden hintereinandergeschalteten Elemente noch ein Spannungsgefälle (Kaskade). Bei zwei Drehstrommotoren in K. z. B. wird die Läuferwicklung des ersten Motors mit der Ständerwicklung des zweiten in Reihe geschaltet. Der erste Motor gibt einen Teil seiner aufgenommenen Energie als elektr. Energie an den zweiten Motor weiter, wodurch sich die Drehzahl des Maschinensatzes auf einen kleineren Wert einstellt.

Zur Spannungsvervielfachung werden K. aus Gleichrichtern und Kondensatoren aufgebaut (→Kaskadengenerator), wobei jede Stufe eine Spannungsverdopplung bewirkt.

Kaskadenstrahlung, der Anteil der →kosmischen Strahlung, der sich kaskadenartig vermehrt.

Kasko *der,* Schiffsrumpf, insbes. der unfertige, aber schon schwimmende Schiffskörper.

Kassette, 1) Audio-, Videotechnik: →Tonbandgerät, →Videorecorder.

2) Photographie: in die Kamera oder andere photograph. Geräte einsetzbarer Behälter für unbelichtetes oder bereits verarbeitetes photograph. Filmmaterial **(K.-Film).** Einfädeln und Rückspulen entfallen. Beispiele: Super-8-Film-K.; Pocketfilm-K.; Mikrofilm-K., die in Rückvergrößerungsgeräte eingelegt wird.

Kassettendeck, Tonbandkassettengerät ohne integrierten Endverstärker innerhalb einer elektroakustischen Anlage.

Kassettenfernsehen, eine Art des Fernsehens, bei dem die im Empfänger wiedergegebenen Bild-Ton-Signale von magnetisch auf einem Band gespeicherten Aufzeichnungen stammen (→Videorecorder). Dieses Videomagnetband, in einer speziellen Kassette untergebracht, wird in einem mit einem üblichen Fernsehempfänger verbundenen Zusatzgerät abgespielt.

Kassettenrecorder [-rɪkɔ:də, engl.], Magnetbandgerät zur Aufzeichnung und Wiedergabe von Fernseh- und/oder Tonsignalen (→Tonbandgerät, →Videorecorder).

Kassiopeia, lat. **Cassiopeia,** zirkumpolares →Sternbild am Nordhimmel, auch **Himmels-W** genannt, wegen der Anordnung seiner fünf hellsten Sterne.

Kassiterit, Zinnstein, Mineral SnO_2, enthält 78,6% Zinn; meist braun und braunschwarz, seltener gelb, grau, rot oder farblos; H. 7, D. 6,8–7,1; Abarten des K. sind das aus hydrothermaler Zersetzung von Zinnkies (→Stannin) entstandene **Nadelzinn** (BILDER S. 43) sowie das ähnlich gebildete **Holzzinn,** die feinkristallin-glaskopfartig und oft braun gebändert sind. – K. ist das einzig wichtige Zinnerz und an Pegmatite, pneumatolyt. Gänge und Imprägnationen (→Greisen) sowie an hydrothermale Gänge **(Bergzinn;** BILD Erzlagerstätten) geknüpft. Sekundär angereichert als **Seifenzinn.**

kat, Zeichen für →**Kat**al.

katabatischer Wind, Meteorologie: 1) Strömung von Luft, die wegen ihrer Kälte trotz adiabat. Erwärmung schwerer ist als die der Umgebung und daher einen Hang hinab fließt (Schwerewind). 2) Jede Art von Luftströmung, die einen Hang hinunter weht. Neben 1) gehört dazu auch der →Föhn (Fallwind).

Katabolismus, 1) Abbauvorgänge im Stoff- und Energiewechsel der Lebewesen. Ggs.: →Anabolismus.

2) Geologie: →Metabolite.

Kata|gesteine, Gesteine der →Katazone.

Katakaustik, die →Kaustik bei spiegelnden Flächen.

Kataklase *die,* durch starken tekton. Druck (→Dynamometamorphose) bedingte feinkörnige Zertrümmerung eines Gesteins und seiner Minerale; es entsteht ein kataklast. Gefüge, die Gesteine heißen **Kataklasite.**

Kataklysmen|theorie, Geologie: die →Katastrophentheorie 1).

Katal, Zeichen **kat,** katalytisch wirkende Menge eines Katalysators oder Enzyms; sie bewirkt in 1 s die Umwandlung von 1 mol Substrat.

Katalase, Enzym (Eisenproteid) mit vier Häm-Molekülen von lebendem pflanzl. und tier. Gewebe. K. spaltet das bei der Gewebsatmung entstehende, für das Gewebe tox. Wasserstoffperoxid in Wasser und Sauerstoff.

Katalysator, 1) Chemie: ein Stoff, der durch Bildung aktiver Zwischenprodukte eine chem. Reaktion ermöglicht, beschleunigt oder in eine best. Richtung lenkt. I. Ggs. zu einem →Initiator wird die Menge des K. bei der Reaktion praktisch nicht verändert (→Katalyse; BILD S. 44).

2) Kfz: Im K. von Ottomotoren werden die →Abgase nachbehandelt, wobei im **Zweibett-K.** bei Luftmangel zuerst die Stickoxide NO_x reduziert und dann nach Lufteinblasung das Kohlenmonoxid CO und die unverbrannten Kohlenwasserstoffe HC oxidiert werden. Im **Einbett-K.** erfolgen bei einem →Luftverhältnis $\lambda = 1$ (geregelt durch eine →Lambda-Sonde) Reduktion und Oxidation gleichzeitig (→katalytische Nachverbrennung).

Katalyse, Beschleunigung einer chem. Reaktion unter der Wirkung eines Stoffes **(Katalysator),** dessen Menge sich während der Reaktion praktisch nicht ändert. Die Lage des chem. Gleichgewichts wird dadurch nicht beeinflußt. Bei der **homogenen K.** liegen Katalysator und Reaktionspartner in einer Phase vor (z. B. Veresterung in Gegenwart von Mineralsäuren). Man spricht auch von homogener K., wenn der Katalysator in gelöster Form vorliegt und an der Reaktion eine andere Phase (z. B. Gasphase) beteiligt ist. Beispiele sind Kobalt- oder Rhodium-Komplex-Katalysatoren bei der Oxosynthese oder Palladium- und Kupferchlorid-Katalysatoren bei der Herstellung von Acetaldehyd nach dem Wacker-Verfahren. Besondere techn. Bedeutung hat die **heterogene K.,** bei der die flüssigen oder gasförmigen Reaktionspartner an der Oberfläche eines meist festen Katalysators **(Kontakt)** zur Reaktion kommen. Biolog. Katalysatoren werden als Enzyme bezeichnet. Bei der **Auto-K.** wirkt ein bei der Reaktion gebildeter Stoff als Katalysator.

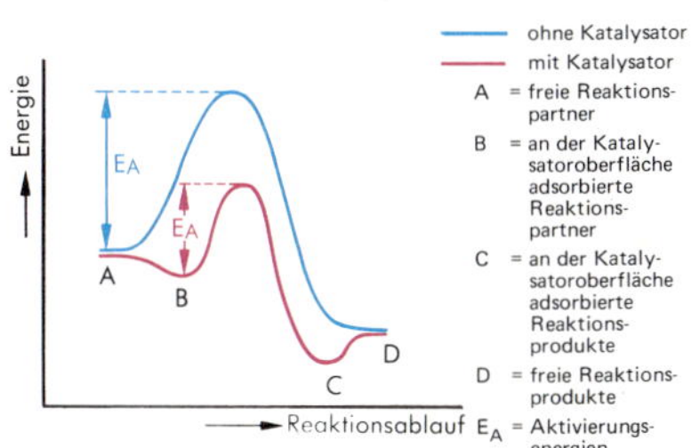

Katalyse: Ablauf einer exothermen Gasreaktion

Zw. dem Katalysator und den Reaktionspartnern bilden sich aktive Zwischenprodukte, die leichter zu den Endprodukten weiterreagieren, d. h. die Aktivierungsenergie der Reaktion wird herabgesetzt. Bei festen Katalysatoren bilden sich die aktivierten Zwischenprodukte durch →Adsorption (meist Chemisorption) der Reaktionspartner an der Katalysatoroberfläche. Metalle (z. B. Platin, Nickel, Eisen, Silber) und Metalloxide mit Halbleitereigenschaften (z. B. Vanadium-, Chrom- und Molybdänoxid) enthalten bewegliche Elektronen und können deshalb Redoxreaktionen (z. B. Hydrierungen, Dehydrierungen, Oxidationen, Ammoniaksynthese) katalysieren. Katalysatoren mit sauren oder bas. Eigenschaften (z. B. Alumosilikate, Aluminiumoxid, Kieselgel, mit Schwefel- oder Phosphorsäure getränkte poröse Stoffe) katalysieren Reaktionen, die nach einem Säure-Base-Mechanismus (z. B. über Carbeniumionen) ablaufen (z. B. Cracken, Alkylierung, Veresterung, Hydratisierung). Bifunktionelle Katalysatoren haben sowohl Redox- als auch Säure-Base-Eigenschaften (z. B. Platin auf saurem Aluminiumoxid). Sie sind beim Reformieren und Hydrocracken von großer techn. Bedeutung. Außer der chem. Zusammensetzung eines festen Katalysators ist die Größe seiner Oberfläche, seine Porenstruktur u. a. von Bedeutung. Von einem Katalysator werden hohe →Aktivität und →Selektivität verlangt. Für den wirtschaftl. Einsatz ist außerdem eine hohe Lebensdauer wichtig. Eine Verringerung der Aktivität im Lauf der Zeit (Desaktivierung) kann durch **Katalysatorgifte** (z. B. Schwefelwasserstoff bei Platinkatalysatoren) bewirkt werden. Die bei der Reaktion von Kohlenwasserstoffen (z. B. Cracken) häufig auftretende Verkokung des Katalysators kann meist durch vorsichtiges Abbrennen rückgängig gemacht werden **(Katalysator-Regenerierung).** Aktivität, Selektivität oder Lebensdauer von Katalysatoren lassen sich in vielen Fällen durch Zusatz geringer Mengen anderer Stoffe **(Promotoren)** verbessern. Um die therm. und mechan. Beständigkeit zu erhöhen und eine größere aktive Oberfläche zu erreichen, wird die aktive Komponente häufig auf einem porösen Trägermaterial wie Aktivkohle oder Aluminiumoxid aufgebracht. – Die Bez. K. wurde 1836 von J. J. BERZELIUS geprägt, eine allg. Definition um 1900 von W. OSTWALD gegeben. Techn. Bedeutung hat die K. v. a. mit der Entwicklung der Ammoniaksynthese erhalten (A. MITTASCH 1911).

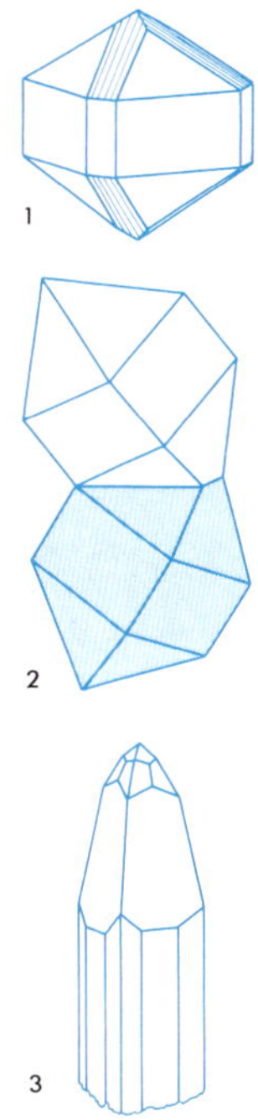

Kassiterit 1–3

Kassiterit 1–3: 1 pegmatit., bipyramidale Form, **2** pneumatolyt., kurzsäulige Form (›sächs. Typ‹), verzwillingt als Visier- oder Zinngraupen, **3** Nadelzinn

katalytische Nachverbrennung, Verfahren zur Reinigung von industriellen Abgasen (z. B. aus Lackierereien, Räucher- und Lebensmitteltrockenanlagen) und Autoabgasen, bei denen organ. Stoffe (z. B. Kohlenwasserstoffe, Aldehyde) und Kohlenoxid in Gegenwart von Katalysatoren zu Kohlendioxid und Wasser verbrannt werden. Für die am häufigsten verwendeten Katalysatoren aus 0,1 bis 0,2% Platin und Palladium auf Aluminiumoxidträgern (Schüttgut oder Wabenrohr) muß das Abgas auf 100–300 °C aufgeheizt werden. Bei der k. N. von Autoabgasen mit Edelmetall-Katalysatoren ist die Verwendung bleifreier Kraftstoffe erforderlich, da Bleialkyle und Alkylhalogenide als Katalysatorgifte wirken. (BILD S. 45)

Kassiterit 4: Kristallstufe (Zinnwald, Dt. Dem. Rep.)

Katamaran, Kat, Cat, Doppelrumpfboot, in der Südsee seit 2000 Jahren bekannt, in Europa nach 1945 für den Segelsport entwickelt.

Kataphorese, eine →elektrokinetische Erscheinung, bei der kolloidal gelöste Teilchen im elektrischen Feld zur Kathode wandern.

Katapult, Startschleuder, Starthilfe für Flugzeuge, die auf einer Startbahn sehr begrenzter Länge (z. B. Deck eines Flugzeugträgers) auf die erforderl. Abhebegeschwindigkeit beschleunigt werden müssen. Landflugzeuge werden auf eigenem Fahrwerk, Wasserflugzeuge

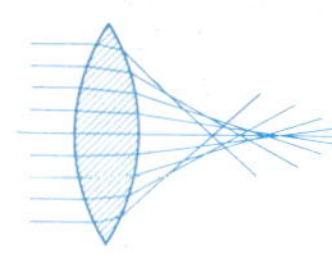

Kaustik: K. einer Linse

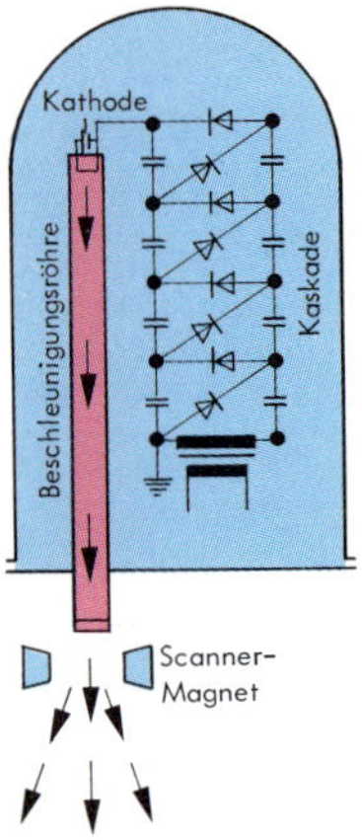

Kaskadengenerator

auf einem auf einer Schienenbahn gleitenden Startschlitten durch den Zug eines Startseils beschleunigt; die Zugkraft wird durch den Kolben eines mit Dampf oder Druckluft beaufschlagten Zylinders geliefert.

Katastervermessung, Grundstücksvermessung, vermessungstechn. Aufnahme von Grundstücksgrenzen und Gebäuden für den karten- und buchmäßigen Nachweis im Liegenschaftskataster.

katastrophale Oxidation, ungewöhnlich schnelle Verzunderung von hitze- und zunderbeständigen Stählen, die z. B. an Rohren von Industrieöfen auftritt, wenn sich Aschebestandteile (z. B. Vanadiumverbindungen aus Heizöl) ablagern und die korrosionshemmende Deckschicht zerstören.

Katastrophenhypothese, von J. H. JEANS (* 1877, † 1946) entwickelte Vorstellung zur Entstehung des Planetensystems auf Grund eines nahen Vorbeifluges der Sonne an einem anderen Stern, wobei die Planeten aus der dabei herausgerissenen Materie entstanden sein sollen. Die Jeanssche K. sowie deren von F. R. MOULTON, TH. CH.CHAMBERLIN, H. JEFFREYS vorgeschlagenen Abarten wurden jedoch widerlegt.

Katastrophentheorie, 1) Geologie: **Kataklysmentheorie,** Erklärung erdgeschichtl. Unterschiede in Flora und Fauna durch katastrophale Ereignisse mit anschließender Neueinwanderung oder Neuschöpfung.

2) Mathematik: plötzl. Umschlag im Charakter eines Phänomens oder einer Zustandsänderung, verursacht durch eine kontinuierl. Veränderung von Daten oder Vorgängen. Die K. ermöglicht, die Prozesse, die zur Richtungsumkehr führen, in ihrer Wirkung zu erfassen und in einem mathemat. Modell darzustellen. Man konnte beweisen, daß es genau sieben **Elementarkatastrophen** für Vorgänge gibt, die von maximal vier Parametern kontrolliert werden. Die K. wurde erfolgreich auf Vorgänge in der Physik angewendet, z. B. auf den Phasenübergang vom flüssigen zum gasförmigen Zustand, bei dem die Temperatur und der Druck die Kontrollparameter sind.

Katathermometer, Stabthermometer besonderer Ausführung mit Alkoholfüllung, das in der Klimatechnik zur Messung einer Klimasummengröße aus Lufttemperatur, Luftgeschwindigkeit und mittlerer Temperatur der Raumumgrenzungsflächen dient. Die gemessene Abkühlungszeit der Füllflüssigkeit von 38 °C auf 35 °C ist ein Maß für die Wärmeabgabe des Thermometers durch Strahlung und Konvektion.

Katavothre, Flußschwinde im → Karst.

Katawert, mit dem → Katathermometer ermittelter Wert für die thermische Behaglichkeit.

Katazone, eine der drei → Tiefenstufen der Metamorphose, gekennzeichnet durch hohen allseitigen Druck und Temperaturen über 700 °C. Bei der hier stattfindenden Gesteinsumwandlung bilden sich außer Sillimanit v. a. Minerale mit körnigem Habitus, z. B. Cordierit, Kalifeldspat **(Indexminerale)** sowie bes. Pyroxene (Omphacit) und Granate. – In der K. entstehen die **Katagesteine**.

Katechol|amine, → Nebennierenhormone.

Kategorie, Mathematik: eine → Klasse von Dingen *P, Q, . . . ,* **Objekte** der K. genannt, zus. mit zwei Funktionen *U* und *hom,* von denen die Funktion *U* jedem Objekt *P* eine Menge, die **Trägermenge** $U(P)$, zuordnet und *hom* jedem Paar (P, Q) von Objekten eine Menge von → Abbildungen *f, g, . . .* der Menge $U(P)$ in $U(Q)$ so zuordnet, daß die folgenden beiden Bedingungen erfüllt sind: 1) die identische Abbildung von $U(P)$ auf sich gehört zu der Menge $hom\,(P, P)$; 2) wenn *f* in $hom\,(P, Q)$ und *g* in $hom\,(Q, R)$ liegen, dann gehört das Produkt *gf* der beiden Abbildungen zu $hom\,(P, R)$. Die Abbildungen *f* aus dem $hom\,(P, Q)$ werden die Morphismen der K. genannt. Beispiel: Die Objekte der K. *K* seien topolog. Räume und die Morphismen stetige Abbildungen dieser topolog. Räume ineinander.

Ihre große Bedeutung gewinnen die K. dadurch, daß man für sie den Begriff des **Funktors** definieren kann. Ein Funktor *F* ist ein Paar von Funktionen, von denen die erste jedem Objekt *P* der K. *K* ein Objekt $P' = F(P)$ der K. K' zuordnet und die zweite jedem Morphismus *f* aus *hom* (P, Q) einen Morphismus $f' = F(f)$ aus $hom\,(P', Q')$ so zuordnet, daß 1) der identischen Abbildung aus $hom\,(P, P)$ die identische Abbildung aus $hom\,(P', P')$ zugeordnet wird und 2) für die Produkte der Abbildungen die Gleichung $F(gf) = F(g)\,F(f)$ erfüllt ist. – Diese konkreten K. kann man zu abstrakten K. verallgemeinern.

Katenoid, Kettenfläche, Rotationsfläche; sie entsteht durch Rotation der → Kettenlinie um eine Gerade, die parallel ist zur Tangente im Scheitelpunkt der Kettenlinie.

Katharobi|en, Hydrobiologie: Organismen, die in nicht verunreinigten (katharoben) Gewässern leben (→ Gewässeruntersuchung).

Katheten, die beiden kürzeren Seiten eines rechtwinkligen → Dreiecks 2 (Schenkel des rechten Winkels). – **K.-Satz,** → Euklidischer Lehrsatz.

Kathode, Katode, negativ geladene Elektrode; Austrittsstelle der Elektronen, z. B. bei → Elektronenröhren.

Kathodenstrahlen, Elektronenstrahlen, die beim Auftreffen von Ionen auf die Kathode einer Gasentladungsröhre entstehen oder durch Glühemission erzeugt werden. Die K. können durch elektr. und magnet. Felder abgelenkt werden. Ihre Bahnen sind bei nicht zu geringen Gasdrücken sichtbar, da durch Stöße Gasatome angeregt werden und beim Übergang in den Grundzustand Licht aussenden. Beim Auftreffen auf die Glaswand der Gasentladungsröhre wird das Glas zur Aussendung von grünl. Fluoreszenzlicht angeregt, außerdem entsteht Röntgen-Bremsstrahlung. K. durchdringen dünne Folien, z. B. Aluminiumfolien **(Lenard-Fenster);** Anwendung v. a. in Kathodenstrahlröhren, in Röntgenröhren, im Elektronenmikroskop und in Beschleunigungsanlagen für β-Teilchen. Die K. wurden 1858 von J. PLÜCKER entdeckt.

Kathodenstrahlröhre, → Elektronenstrahlröhre.

Kathodenzerstäubung, Herausschlagen von Atomen aus der Kathode eines von Wasserstoff oder besser Argon durchströmten Gasentladungsrohres durch auftreffende Ionen (→ Gasentladung). Der entstehende Metalldampf des Kathodenmaterials schlägt sich nieder. Anwendung zur Herstellung dünner Metallüberzüge, Verspiegelungen u. a. Hierfür ist die K. allerdings weitgehend verdrängt durch die Hochvakuumverdampfung. Oft reagiert der Metalldampf mit dem Gas des Entladungsrohres. Die Verbindung schlägt sich ebenfalls nieder und dient zur Herstellung halbleitender Schichten und dielektrischer Oxide. (BILD S. 45)

1

2

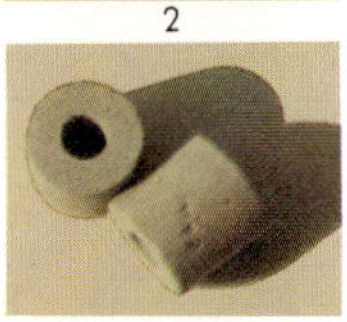
3

4

Katalysator 1): **1** Kobalt- und Molybdänoxid auf Aluminiumoxid (Hydrotreating), **2** Vanadiumoxid auf Siliciumcarbid (Oxidation), **3** Nickel auf Aluminiumoxid (Streamreforming), **4** Zeolith mit Kohlenstoffablagerung (Cracken)

kathodischer Schutz, Maßnahme zum →Korrosionsschutz.

Kat|ion *das,* elektrisch positiv geladenes →Ion einer dissoziierbaren chem. Verbindung in einer wäßrigen oder nichtwäßrigen Lösung (→Elektrolyse) oder eines Atoms oder Moleküls in Gasen beim Vorliegen eines starken elektr. Feldes (→Gasentladung) oder unter dem Einfluß hoher Temperatur (→Plasma). Das K. wandert wegen seiner positiven Ladung zum negativen Pol (Kathode). – Ggs.: Anion.

Kat|optrik, veraltete Bez. für die Lehre von der Reflexion des Lichtes.

Katzengold, volkstümliche Bez. 1) für angewitterte →Glimmer (auch **Katzensilber**), 2) für →Pyrit.

Kausalität, der Zusammenhang von Ursache und Wirkung. In der Physik wird das **Kausalprinzip** meist so formuliert, daß jede raumzeitl. Veränderung eine Ursache habe. G. W. LEIBNIZ sprach zuerst das **Kontinuitätsprinzip von Ursache und Wirkung** aus, das die klass. Physik beherrscht. Danach ist der Kausalzusammenhang **(Kausalnexus)** mathematisch stets darstellbar durch Differentialgleichungen nach der Zeit.

Die Entwicklung der Physik im 20. Jh. brachte neue Gesichtspunkte für die K. Nach der Relativitätstheorie läßt sich nicht mehr durch die vierdimensionale Raumzeitwelt ein dreidimensionaler Querschnitt $t = const.$ (t eine Konstante; ›die Gegenwart‹) legen, an dem Vergangenheit und Zukunft zwischenraumlos aneinanderstoßen. Denn die uns am Ort 0 in einem Augenblick 0 (möglicherweise) bekannte Vergangenheit stellt sich als ein (dreidimensionaler) Kegel mit dem Scheitel in 0 dar; nur von den im Innern dieses ›Vorkegels‹ liegenden Punkten her können Einflüsse auf 0 ausgeübt werden. Andererseits können alle von 0 ausgehenden Wirkungen nur diejenigen Raumzeitpunkte beeinflussen, die im Innern des entsprechenden, für 0 die Zukunft darstellenden ›Nachkegels‹ liegen (BILD S. 46).

Eine noch stärkere Einschränkung des Kausalprinzips ging von der Quantentheorie aus. Da die Naturgesetze, in deren Aufstellung das Kausalprinzip seine Präzisierung erfährt, in der Naturwissenschaft nur als empirisch immer wieder bestätigte Regelmäßigkeit des Geschehens definiert werden, ist lückenlose K. des Geschehens für den physikal. Sprachgebrauch dasselbe wie lückenlose Vorausberechenbarkeit **(Determinierung).** Die Frage nach der Geltung des Prinzips der K. in der folgenden Form: Ist es möglich, die Gesetze für alle physikal. Vorgänge so zu formulieren, daß, wenn die Anfangsbedingungen eines Vorganges bekannt sind, sichere Voraussagen möglich werden, muß nach heutiger Erkenntnis verneint werden (→Indeterminismus). Die Gesetze z. B. der Quantenmechanik sind statistischer Art. Die Thermodynamik liefert ebenfalls statist. Gesetze für Massenbewegungen, die jedoch mit der Vorstellung einer streng kausal determinierten Bewegung des einzelnen Moleküls vereinbar bleiben. Nur der bewußte Verzicht auf eine jedes einzelne Molekül messende und theoretisch-rechnerisch erfassende Verfolgung bedingt, daß die thermodynam. Betrachtung sich mit statist. Vorhersagen begnügen muß. Die Quantentheorie behauptet dagegen, daß sogar bei Beobachtung mikrophysikal. Einzelobjekte Spielräume eines spontanen, die Annahme einer lückenlosen Determinierung widerlegenden Geschehens vorhanden sind. Die log. Notwendigkeit eines solchen undeterminierten Geschehens hat J. VON NEUMANN mathematisch bewiesen unter der Voraussetzung, daß die von der Quantentheorie formulierten statist. Gesetze jedenfalls innerhalb ihrer Reichweite empirisch richtig sind.

Kaustik, Brennfläche, die einhüllende Fläche der Bildstrahlen eines parallel auf eine Linse (BILD S. 43) oder einen Spiegel einfallenden Lichtbündels bei unvollkommener Korrektur der sphär. Aberration (→Abbildungsfehler) eines opt. Systems. Die K. an spiegelnden Flächen heißt **Katakaustik.**

kaustisch, ätzend, beißend. Bez. für stark ätzend wirkende alkal. Stoffe, z. B. kaust. Soda, Natriumhydroxid.

Kautschuk, unvernetztes, aber vernetzbares (vulkanisierbares) Polymer mit gummielast. Eigenschaften bei Raumtemperatur, das bei höherer Temperatur und/oder dem Einfluß deformierender Kräfte plastisch verformbar ist. K. ist Ausgangsstoff für die Herstellung von Elastomeren (Gummi). **Natur-K.,** engl. **Natural Rubber** [n'ætʃrəl r'ʌbə], Abk. **NR,** ist im Milchsaft **(Latex)** verschiedener trop. Pflanzen enthalten, von denen Hevea brasiliensis die größte Bedeutung hat. Hauptproduzenten sind Malaysia und Indonesien. Zum Zapfen des Latex wird die Rinde des Kautschukbaumes bogenförmig angeschnitten. Im Abstand von meist zwei Tagen kann jeweils zwei bis fünf Stunden gezapft werden. Latex ist eine kolloide Dispersion von 32–38% K. und 1–2% Eiweißstoffen in einer wäßrigen Lösung (Serum). Eine Aufkonzentrierung z. B. auf 60% K. kann durch Zentrifugieren oder Aufrahmen (nach Zusatz von Alginaten) erfolgen. Die Erzeugung von **Fest-K.** geschieht meist durch Koagulation mit Säuren (z. B. Ameisensäure). Das Koagulat wird entweder zu Fellen ausgewalzt und durch Rauch konserviert, genannt **Smoked Sheets** [sməʊkt ʃi:ts], oder unter Waschen auf Walzwerken verarbeitet, genannt **Crepe** [krɛ:p]. Vulkanisierter NR zeichnet sich durch hohe Elastizität, Zugfestigkeit und Kälteflexibilität aus. Er wird u. a. zur Herstellung von Autoreifen und dünnwandigen Artikeln hoher Festigkeit (Luftballone, chirurg. Handschuhe) verwendet. NR ist zu etwa einem Drittel an der K.-Produktion beteiligt. Das Polymer des NR ist linear angeordnetes cis-1,4-Polyisopren mit 3000–5000 Isopreneinheiten. Durch Chlorierung kann NR in unbrennbaren **Chlor-K.** umgewandelt werden.

Synthese-K., Abk. **SR,** sind Homo- und Copolymerisate aus verschiedenen Monomeren. Die größte Bedeutung (etwa ein Drittel der K.-Produktion) hat **Styrol-Butadien-K.,** Abk. **SBR,** ein statist. Copolymeres aus etwa 25% Styrol und 75% Butadien. Bei der bes. wichtigen Emulsionspolymerisation fällt ein synthet. Latex an, der mit Schwefelsäure zur Koagulation gebracht wird. Vulkanisate von SBR sind weniger elastisch als die von NR, haben aber höhere Abrieb- und Wärmebeständigkeit. SBR wird zur Herstellung von Autoreifen, Matten, Fördergurten, Schuhsohlen u. a. verwendet. **Polybutadien,** Abk. **BR,** wird durch Polymerisation von Butadien mit Ziegler-Natta-Katalysatoren hergestellt. Seine Vulkanisate zeichnen sich durch bes. hohe Abriebfestigkeit und Elastizität (höher als bei NR) aus. Sie werden überwiegend zur Reifenherstellung verwendet. Durch Copolymerisation von Acrylnitril mit Butadien hergestellter **Nitril-K.,** Abk. **NBR,** ergibt Vulkanisate mit hoher Benzin- und Ölbeständigkeit. Sie werden u. a. zur Herstellung von Dichtungen, Schläuchen und im Korrosionsschutz verwendet. **Butyl-K.,** Abk. **IIR,** entsteht durch Polymerisation von i-Buten mit geringen Mengen (1–4%) Isopren. Seine Vulkanisate zeichnen sich durch sehr geringe Luftdurchlässigkeit aus und werden deshalb für Innenlagen schlauchloser Reifen verwendet. Zu speziellen Zwecken dienen auch **Flu-**

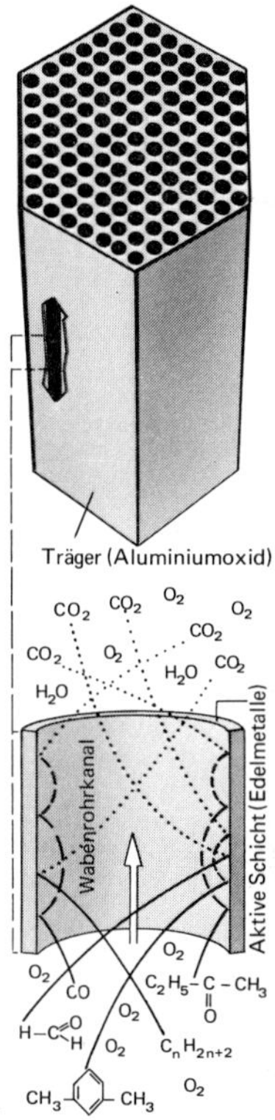

katalytische Nachverbrennung: Wirkungsweise eines Edelmetall-Wabenrohr-Katalysators

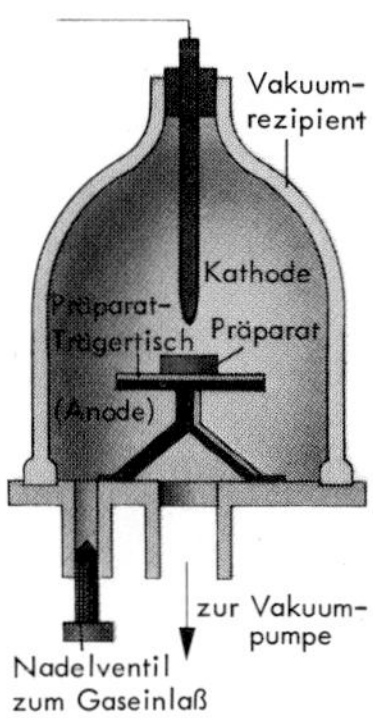

Kathodenzerstäubung: Apparatur für die K. (schematisch)

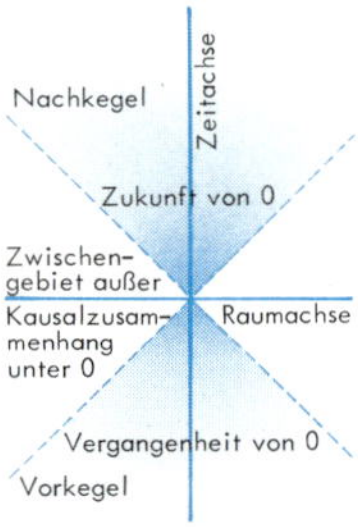

Kausalität: Kausalzusammenhang nach der Relativitätstheorie

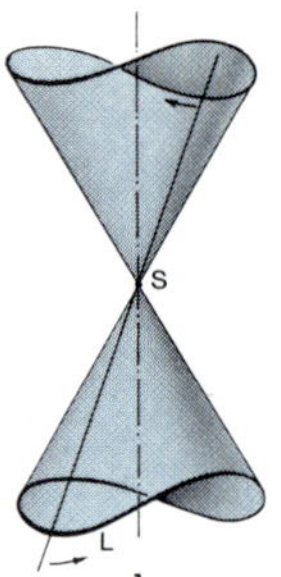

1

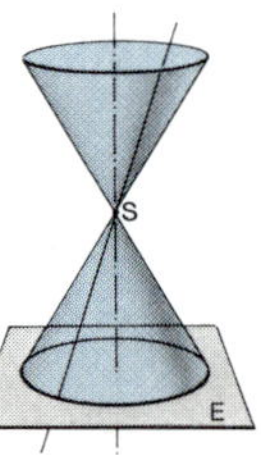

2

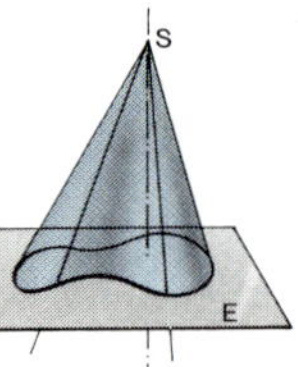

3

Kegel 2)

or-K. (Wärme- und Chemikalienbeständigkeit), **Chloropren-K., Äthylen-Propylen-K.** und **Polyisopren** (›synthetischer Natur-K.‹). **Silicon-K.** ist aus Si-O-(Silicium-Sauerstoff-)Ketten aufgebaut. Seine Vulkanisate haben hohe Licht- und Oxidationsbeständigkeit, hohe Kälteflexibilität, geringe elektr. Leitfähigkeit und sind physiologisch neutral. Sie werden für Dichtungen und elektr. Isolierungen bei extremen Temperaturen und für medizin. Artikel verwendet. – **anorgan. K.,** → Phosphorverbindungen.

Vor der → Vulkanisation werden in den K. Zuschlagstoffe eingemischt, die die Eigenschaften des Endproduktes beeinflussen oder sein Volumen vergrößern. Beispiele sind Füllstoffe (z. B. Ruß, Kieselsäure), Weichmacher (z. B. Extenderöle), Faktisse und Antioxidantien.

Kavalierperspektive, Form der schiefen Parallelprojektion. Das räuml. orthogonale Achsenkreuz (x, y, z) wird folgendermaßen dargestellt: y- und z-Achse senkrecht aufeinander mit gleichen Einheiten, die x-Achse im Winkel zur y-Achse mit einer Einheit $0 < q < 1$ (oft $q = \frac{1}{2}$). Ein Körper wird daher mit seiner wirkl. Breite und Höhe dargestellt, während alle Tiefen unter einem Winkel um den Faktor q verkürzt gezeichnet werden. – In der → Kartographie liefert die K. als kartenverwandte Darstellung über dem verzerrten Grundriß (xy-Ebene) die Höhen z in wahrer Länge. (BILD S. 47)

Kavernenspeicher, ein → Untergrundspeicher.

Kavitation, Hohlsog, Hohlraumbildungen in Flüssigkeiten durch Gasausscheidungen in Unterdruckbereichen, insbes., wenn der momentane örtliche Druck den Dampfdruck der Flüssigkeit unterschreitet. Sinkt bei Beschleunigung einer strömenden Flüssigkeit der Druck unter den Dampfdruck der Flüssigkeit ab, so bilden sich in der Flüssigkeit Dampfbläschen; bei nachfolgender Verzögerung steigt der Druck wieder an, was zur Kondensation der Dampfblasen führt. Dieser Vorgang ist infolge der plötzlichen Volumenänderung mit sehr starken Druckstößen (bis 10000 bar) verbunden, die zu starker Schallabstrahlung und zu allmähl. Zerstörung benachbarter fester Körper führen **(K.-Schäden).** K. tritt an Teilen auf, die mit hohen Geschwindigkeiten umströmt werden (Laufräder von Wasserturbinen und Kreiselpumpen, Schiffsschrauben, Ventile). Die K. kann durch konstruktive Maßnahmen, z. B. Vermeidung von Unterdrücken durch günstige Strömungsführung oder bei Superkavitationspropellern (→ Schiffsschraube), weitgehend verhindert werden.

Kayser [n. dem dt. Physiker H. Kayser, *1853, †1940], Einheitenzeichen **K,** nicht gesetzliche Einheit der Wellenzahl in der Atomspektroskopie, $1\,K = 1\,cm^{-1}$.

kcal, Einheitenzeichen für Kilokalorie (→ Kalorie).

Kegel, 1) Druckschrift: beim Bleisatz die Abmessung der Letter, von der die Größe des Schriftbildes abhängt; wird in → typographischen Punkten oder mm ausgedrückt. Auch im Lichtsatz als Bez. für Schriftgröße verwendet (nicht korrekt).

2) Mathematik: alle Punkte auf den Geraden im Raum, die einen festen Punkt S mit den Punkten einer Raumkurve L **(Leitkurve)** verbinden, bilden eine **K.-Fläche** mit der Spitze S (BILD 1). Man denke sich dazu eine Gerade, die durch S geht, entlang L gleitend bewegt. Die Sprechweise ist nicht einheitlich, da auch die eine Hälfte der Fläche, die aus den Punkten der Strahlen von S aus zu den Punkten von L als K.-Fläche bezeichnet wird. Die eingangs beschriebene Fläche hieße dann **Doppel-K.-Fläche.** – Z. B.: L ein Kreis in einer Ebene E, S ein Punkt außerhalb E **(Kreis-K.-Fläche;** BILD 2). Die Gerade durch S und den Mittelpunkt des Kreises heißt **Achse.** Steht die Achse senkrecht auf E, so liegt ein gerader Kreis-K. vor.

Betrachtet man die Punkte auf den Geraden, die alle Punkte der vollen Kreisscheibe und nicht nur die der Kreislinie mit S verbinden, so erhält man ein Beispiel eines **vollen K.,** zu dem die obige K.-Fläche den **Mantel** oder die **Mantelfläche** bildet. Ob der volle K. oder die K.-Fläche gemeint ist, muß jeweils aus dem Zusammenhang entnommen werden, da meist beides als K. bezeichnet wird. Ein allg. ›voller‹ K. mit der Spitze S ist eine Punktmenge K, die mit einem Punkt Q auch alle Punkte, die auf der Geraden durch S und Q liegen, enthält (oder alle Punkte auf dem Strahl von S aus durch Q).

In der Elementargeometrie wird der Teil eines K. im obigen Sinn, der von der Spitze S und einer Ebene E, die den K. schneidet, als K. bezeichnet (BILD 3). Für einen geraden Kreis-K. hat die Mantelfläche den Flächeninhalt $M_K = \pi r s$ (r = Radius des Grundkreises; s = Länge der Mantellinie von S bis zu einem Punkt der Kreislinie), der K. hat das Volumen $V_K = \frac{1}{3}\pi r^2 h$ (h = Höhe des K. = Abstand von S und Kreismittelpunkt). Die Schnittkurven eines geraden Kreiskegels mit einer Ebene bilden die → Kegelschnitte.

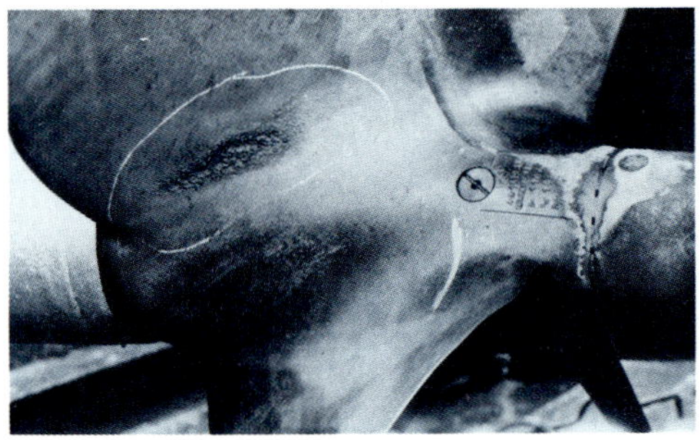

Kavitation: Kavitationsschäden an der Flügelwurzel eines Hochgeschwindigkeitspropellers

Kegelbrecher, Kreiselbrecher, Maschine zur stetigen Grobzerkleinerung von widerstandsfähigen Feststoffen bis herab zu etwa 40 mm Korngröße. Der am Kopf seiner senkrechten Achse aufgehängte Brechkegel rollt auf der inneren Wandung des etwas weiteren Mantels ab. Das Brechgut wird zw. Mantel und Kegel zerdrückt und/oder zerrieben. (BILD Brecher)

Kegelhülse, kegelige Hülse zum Einspannen von Werkzeugen. Die kraftschlüssige Kegelverbindung wird mit einem keilförmigen Austreiber durch einen Schlitz in der K. gelöst. (BILD S. 47)

Kegelrad, ein → Zahnrad.

Kegelschnitt, ebene Kurve, die beim Schnitt einer Ebene mit einem geraden Kreiskegel oder dessen Ausartungen (→ Zylinder) entsteht (BILDER 1, 2, 3). Je nach dem Neigungswinkel zw. der Ebene und der Kegelachse erhält man eine → Ellipse, → Parabel oder → Hyperbel. Falls die Schnittebene durch die Spitze des Kegels geht, artet der K. je nach der Lage der Ebene zum Kegel entweder in einen Punkt oder in eine Gerade (Doppelgerade) oder in ein

Paar sich schneidender Geraden aus. Die Entartungsfälle bei diesen Schnitten werden im folgenden nicht weiter berücksichtigt.

Analytisch gesehen ist ein **reeller K.** die Gesamtheit der Punkte, deren Koordinaten (x, y) im allgemeinsten Fall eine Gleichung der Gestalt

$$q(x, y) + 2\,l(x, y) + f = 0$$

erfüllen. Dabei ist $q(x, y) = ax^2 + bxy + c^2$ eine quadrat. Form, $l(x,y) = dx + ey$ eine Linearform, jeweils mit reellen Koeffizienten, und f eine reelle Zahl. Ein Punkt M ist Mittelpunkt eines K. K, wenn für alle $P \in K$ auch der an M gespiegelte Punkt $\bar{P}$ auf K liegt (BILD 4, S. 48). Bis auf die Ausnahmefälle gibt es zwei affine Klassen reeller Mittelpunkts-K., die durch Verwendung geeigneter Koordinatensysteme durch die Gleichungen

$$x^2 + y^2 = 1 \text{ (Ellipse) und}$$
$$x^2 - y^2 = 1 \text{ (Hyperbel)}$$

dargestellt werden, und eine Klasse von K. ohne Mittelpunkt:

$$y^2 - x = 0 \text{ (Parabel).}$$

Bei der metr. Unterscheidung erhält man durch die Wahl geeigneter kartes. Koordinatensysteme (Hauptachsentransformation) die Normalgleichungen, die unter den jeweiligen Bildern angegeben sind (BILDER 5a, 5b, 5c S. 48). Die K. haben folgende Eigenschaften:

Leitlinieneigenschaft: Gegeben sei eine Gerade l (Leitlinie, Direktrix), ein Punkt F_1 (Brennpunkt) und eine reelle Zahl $\varepsilon > 0$. Gesucht sind die Punkte P, für die das Verhältnis des Abstandes $\overline{PF_1}$ zum Abstand $\overline{PL}$ den gegebenen Wert ε besitzt (BILD 6 S. 49). Die Koordinaten der Punkte erfüllen die Gleichung

$$y^2 = 2p\varepsilon x + (\varepsilon^2 - 1)x^2,$$

wobei p der Abstand des Brennpunktes F_1 von der Geraden l ist. Für $\varepsilon < 1$ erhält man eine Ellipse, für $\varepsilon = 1$ eine Parabel, für $\varepsilon > 1$ eine Hyperbel.

Brennpunktseigenschaft: Bei Ellipse und Hyperbel gibt es noch einen weiteren Brennpunkt F_2, so daß die Punkte des K. die Eigenschaft

$$\overline{PF_1} + \overline{PF_2} = const. \text{ (Ellipse) oder}$$
$$|\overline{PF_1} - |\overline{PF_2}| = const. \text{ (Hyperbel)}$$

haben. Für die Parabel kann man sich den zweiten Brennpunkt im Unendlichen vorstellen.

Tangenteneigenschaft: Für alle drei K.-Arten halbieren die Tangente und die Normale auf ihr die Winkel zw. den Geraden, auf denen die Strahlen von P zu den Brennpunkten **(Brennstrahlen)** liegen (BILD 7 S. 49). Daraus resultieren die Reflexionseigenschaften für Lichtstrahlen, die von einem Brennpunkt ausgehen, z. B. Parabolspiegel (→Parabel).

Kegelstumpf, der Teil eines Kreiskegels im elementargeometr. Sinn (→Kegel 2), der zw. der Grundfläche und einer zu ihr parallelen Schnittfläche liegt, sein Volumen ist $V = \frac{1}{3}\,h\,(r_1^2 + r_1 r_2 + r_2^2)$, wobei r_1 der Radius des Kreises in der Grundfläche, r_2 der Radius des Kreises in der Schnittfläche und h die Höhe des K. bedeuten.

Kehle, Kehlung, rinnenartige Profilierung an Gesimsen u. a.; auch einspringende Kante zweier zusammenstoßender Dachflächen **(Dachkehle,** gebildet mittels **Kehlsteinen);** Ggs.: →Grat 3). BILD S. 48

Kehlkopfmikrophon, ein Körperschall-Mikrophon zur direkten Abnahme der Sprach-Schallschwingungen vom Kehlkopf; wird verwendet zur Sprachübertragung aus lärmerfüllten Räumen.

Kehrfunktion, die →Umkehrfunktion.

Kehrwert, reziproker Wert, bei einem Bruch a/b der Wert b/a.

Keil, 1) gleichschenkliges dreiseitiges Prisma, bei dem zwei Flächen unter einem spitzen Winkel in einer geradlinigen Kante zusammenlaufen und das als Mittel zum Trennen durch Nutzung der Gesetze der geneigten Ebene dient. Keilform haben auch die Schneiden von Beil, Messer, Schere sowie von allen spanenden Werkzeugen, z. B. Meißel, Feile, Sägezahn. (BILD S. 49)

2) verbindendes Maschinenelement, kurzes Stahlstück, das in eine Öffnung (Nut) zw. den zu verbindenden Teilen (z. B. Welle und Rad) gesteckt (eingeschlagen) wird und so →Formschluß erzeugt. Eine der Begrenzungsflächen weist eine schwache Neigung auf (Anzug des K.), so daß ein selbständiges Lösen der Keilverbindung durch Selbsthemmung verhindert wird. (BILD S. 49)

Längskeile mit einer Neigung von 1:100 werden hauptsächlich zur Verbindung von Welle und Radnabe zur Drehmomentübertragung verwendet. Zu ihnen gehören **Einlege-K.** und durch Hammerschlag eingetriebene **Treib-K.** (Flach-, Nuten-, Hohl-K.). Als **Nasen-K.** (mit Ansatz) können sie leicht lösbar sein. **Tangent-K.** dienen zur Übertragung großer Drehmomente bei wechselnder Drehrichtung. Sie werden paarweise um 120° versetzt angeordnet und verspannen Welle und Nabe nicht mehr radial, sondern tangential.

Querkeile (Neigung 1:20 bis 1:40) dienen zur Querverbindung stangen- und hülsenförmiger Teile (z. B. Stange und Kreuzkopf). Bei starkem Anzug muß ein Lösen durch eine Sicherung (Splint, Schraube) verhindert werden.

Keilwelle, Wellenstück mit einer geraden Zahl von Nuten und Federn zur formschlüssigen Drehmomentübertragung auf die Keilnabe; vorwiegend in schnellaufenden Getrieben und im Werkzeugmaschinenbau. (BILD S. 50)

Keime, Chemie: Stoffpartikel, die die Bildung neuer →Phasen 6) auszulösen vermögen; z. B. Mikrokristalle, die die Kristallisation in einer übersättigten Lösung oder unterkühlten Schmelze einleiten (Impfen).

K-Einfang, ein →Einfangprozeß.

Kelle, Handwerkzeug zur Verarbeitung des Mörtels beim Mauern und Putzen. (BILD S. 50)

Kellerspeicher, Stack-Register [stæk-, engl.], Datenverarbeitung: Anordnung von mehreren Registern, die nach dem ›Last In/First Out – Prinzip‹ (LIFO) arbeiten, d. h. bei der Eingabe in den K. wird der Inhalt jeder Speicherzelle in die nächstfolgende übertragen und das zu speichernde Wort in die aufgerufene Speicherzelle geschrieben. Bei der Ausgabe aus dem K. wird der Inhalt jeder Speicherzelle in die vorhergehende übertragen. Bei Taschenrechnern wird das K.-Prinzip zur Verwirklichung der ›umgekehrten polnischen Notation‹ (UPN) in Verbindung mit einem vier Register umfassenden Speicher angewandt. Dabei hat das vierte Stack-Register (T-Register) eine zusätzl. Dupliziereigenschaft, d. h. der Informationsinhalt bleibt in diesem Register auch bei Ausgabe aus dem Stack erhalten.

Kelly [kˈelı, engl.], Mitnehmerstange, →Bohrstrang.

Kegelschnitt 1–3: 1 Bei $\beta < \alpha$ ist die Schnittfigur eine Ellipse; **2** bei $\beta = \alpha$ eine Parabel; **3** bei $\beta > \alpha$ eine Hyperbel

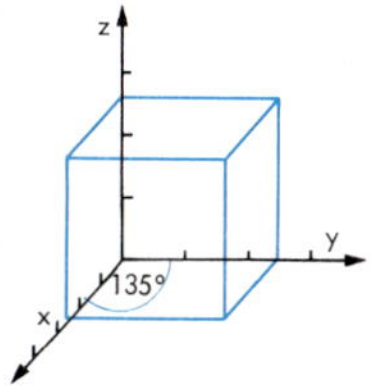

Kavalierperspektive

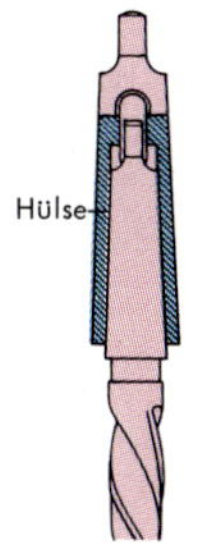

Kegelhülse

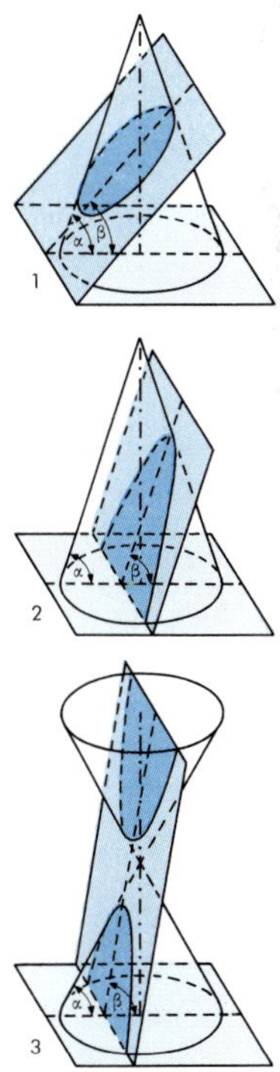

Kegelschnitt 1–3

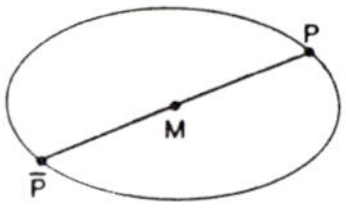

Kegelschnitt 4

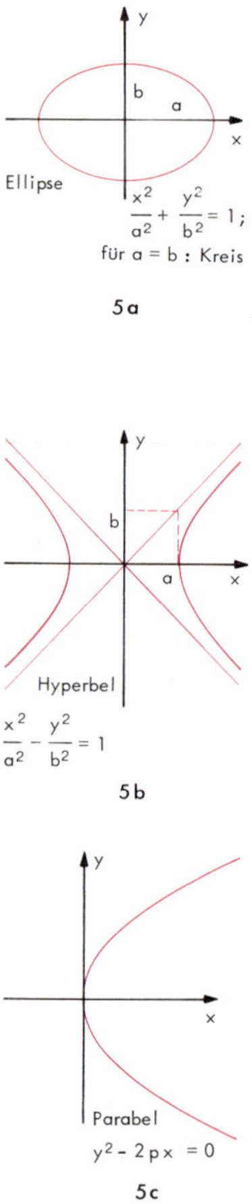

Kegelschnitt 5

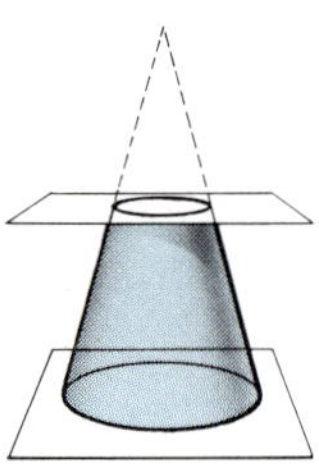

Kegelstumpf

Kelp *das,* Asche von Seetang; diente zur Gewinnung von →Jod und zum Düngen der Felder.

Kelvin [n. dem engl. Physiker W. Thomson, * 1824, † 1907, seit 1892 Lord Kelvin of Largs], Einheitenzeichen **K,** SI-Basiseinheit der thermodynam. Temperatur. Die Teilung der **K.-Skale** ist gleich der der Celsius-Skale, doch ist ihr Skalen-Nullpunkt der absolute Nullpunkt der Temperatur. Die thermodynam. Temperatur des Eispunktes beträgt $T_0 = 273{,}15$ K (= 0 °C) und die des Tripelpunktes von Wasser $T_{tr} = 273{,}16$ K.

Kenaf *das,* **Gambohanf, Hanfeibisch,** bis 3 m hohe Hibiscusart, deren Stengelfasern sich als Jute-Austauschfasern bewährt haben; sie sind leichter aufteilbar, weniger verholzt und etwas fester als Jute. Die durch Wasserröste gewonnenen Faserstränge sind 1,3–3 m, die Einzelfaser 2–10 mm lang. Anbau in der südl. UdSSR, in China, Indonesien, auf den Philippinen, in den Südstaaten der USA.

Kennelkohle, die →Kännelkohle.

Kennelly-Heaviside-Schicht [k'enlɪ h'ɛvɪsaɪd-, n. A. E. Kennelly, * 1861, † 1939, und O. Heaviside, * 1850, † 1925], früher für →Ionosphäre, insbesondere für die E-Schicht.

Kennleuchten, der Kennzeichnung dienende Lichter an Luft- und Seefahrzeugen (→Positionslampen, →Lichterführung), teils rundstrahlend, teilgerichtet, weiß oder farbig. (→Rundum-Kennleuchten)

Kennlini|e, Charakteristik, graph. Darstellung eines Zusammenhangs zw. zwei Größen, z. B. bei einem Motor die Abhängigkeit des Drehmoments von der Drehzahl oder bei einem elektr. Meßgerät der Winkelausschlag von der Meßspannung. In der Elektronik ist der Zusammenhang zw. Strom und Spannung zur Charakterisierung des elektr. Verhaltens von Bauelementen bes. interessant. Die K. (z. B. einer Diode) oder das **K.-Feld** (z. B. eines Transistors) kann mit einem Oszilloskop sichtbar gemacht werden; der Verlauf der K. gibt dann an, in welchem Strom-Spannungs-Bereich sich ein Bauelement linear oder nichtlinear verhält. (BILD S. 50)

Kennung, kennzeichnendes Merkmal; in der Luftfahrt Signal zum Anzeigen der Identität des Kennunggebenden. Bei →Funkfeuern wird als K. meist das Rufzeichen der eigenen Station gegeben; Flugzeuge mit bordseitigen →Transpondern senden auf →Abfragefunkfeuer bestimmte Impulskombinationen zur K. zurück. Über **Freund-Feind-K.** →IFF-Gerät. K. für →Schiffahrtszeichen sind z. B. Form, Farbe, Anordnung, Symbol, Aufschrift, ferner Licht-, Schall- oder Funksignale.

Kennungswandler, Kfz: Teil der Übersetzung zw. Motor und Antriebsrädern; K. haben die Aufgabe, die bezüglich Drehmoment und Drehzahl meist ungeeignete Charakteristik der Motorleistung an den jeweiligen Bedarf des Fahrzeugs im Betrieb (Ebene, Steigung u. a.) anzupassen. Dabei ändern z. B. beim Anfahren mechan. (Reibungs-)→Kupplungen oder hydrodynam. →Strömungskupplungen nur die Drehzahl unter Leistungsverlust; stufenlose hydrodynam. →Drehmomentwandler und gestufte Zahnrad-Wechselgetriebe ändern Drehzahl und Drehmoment bei (abgesehen vom Wirkungsgrad) unveränderlicher Leistung. (→Kraftwagengetriebe)

Kennzahl, Ziffernfolge im Selbstwählverkehr zur Kennzeichnung eines Numerierungsbereiches **(Ortsnetz-** oder **Nahbereichs-K.)** oder eines nationalen Fernsprechnetzes **(Landes-K.).** Die Ziffern der K. heißen **Kennziffern** und unterscheiden die versch. Netzebenen des →Fernmeldenetzes. Zum Wählen einer K. (d. h. zum Verlassen des eigenen Numerierungsbereiches) muß die **Verkehrsausscheidungszahl** vorausgewählt werden (›0‹ im nationalen und ›00‹ im internat. Ferndienst).

Kentaur, lat. **Centaurus,** ein →Sternbild des Südhimmels mit dem sonnennächsten Fixstern →Proxima Centauri.

Kephaline, fettähnliche, zur Gruppe der Phosphatide gehörende Stoffe, die im Fettstoffwechsel, der Blutgerinnung und bei der Nerventätigkeit eine Rolle spielen.

Kepheus, lat. **Cepheus,** zirkumpolares →Sternbild am Nordhimmel mit dem Stern **Delta Cephei,** dem Prototyp einer Klasse veränderl. Sterne (→Cepheiden).

Kepler-Problem [n. dem dt. Astronomen J. Kepler, * 1571, † 1630], das →Zweikörperproblem.

Keplersche Gesetze, drei Gesetze der Planetenbewegung: 1) Die Planeten bewegen sich auf Ellipsen, in deren einem Brennpunkt die Sonne steht. 2) Der Leitstrahl oder Radiusvektor, d. h. die Verbindungslinie Sonne–Planet, überstreicht in gleichen Zeiten gleiche Flächen **(Flächensatz),** d. h. in Sonnennähe bewegt sich der Planet rascher als in Sonnenferne (BILD). 3) Die Quadrate der

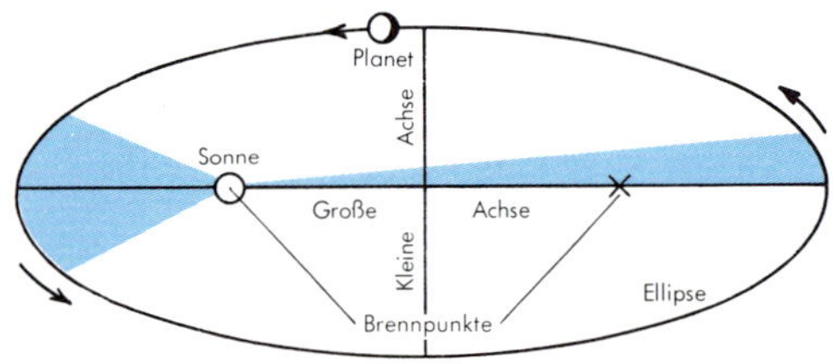

Keplersche Gesetze: Die beiden blauen Flächen sind gleich groß, d. h. in Sonnennähe muß der Planet in der gleichen Zeit eine größere Bahnstrecke durchlaufen als in Sonnenferne

Umlaufzeiten der Planeten verhalten sich wie die 3. Potenzen der großen Halbachsen ihrer Bahnellipsen. – Da die von großen Planeten herrührenden Gravitationskräfte eine Störung der Bewegung bewirken, stimmen diese von J. KEPLER gefundenen Gesetze nicht exakt. Die K. G. lassen sich aus dem von I. NEWTON später gefundenen Gravitationsgesetz (→Gravitation) herleiten.

Keplersche Gleichung, Beziehung zw. mittlerer und exzentr. →Anomalie 1).

Kera|bitumen, Kerogen, Geologie: in Sedimentgesteinen dispers enthaltene organ. Substanz aus hochpolymeren organ. Verbindungen und Bitumen, die durch Destillation in flüssige oder gasförmige Kohlenwasserstoffe überführbar ist.

Keramik, Technik und Wissenschaft der Herstellung der keram. Werkstoffe und Erzeugnisse. **Keram. Werkstoffe** bilden zusammen mit Glas und mineral. Bindemitteln (Zement, Kalk, Gips) die Gruppe der nichtmetallisch-anorgan. Werkstoffe (Unterteilung der keram. Werkstoffe vgl. ÜBERSICHT).

Tonkeram. Werkstoffe werden aus Massen hergestellt, die überwiegend →Ton oder →Kaolin enthalten. Einfache Erzeugnisse wie →Ziegel werden oft aus Ton ohne weitere Zusätze hergestellt. Sonst enthalten die Massen außer Ton (oder Kaolin) noch →Magerungsmittel (Schamotte, Quarzmehl) und in vielen Fällen Flußmittel (schmelzfördernde, nicht wasserlösl. Minerale, z. B. Feldspat, in feingemahlener Form). Die Mischung wird mit einer entsprechenden Wassermenge auf die für das jeweilige Formgebungsverfahren nötige Konsistenz eingestellt. Homogenität der Masse ist entscheidend für die Endqualität. Längeres Lagern (›Mauken‹) verbessert die Verarbeitbarkeit plastischer Massen.

Formgebung. **Plast. Massen** (15–25% Wasser) werden wie folgt geformt: Freidrehen, Ein- oder Überdrehen zw. rotierender Unterform und feststehender Metallschablone (Flach- und Hohlgeschirr), ›Rollern‹ zw. rotierender Unterform und rotierendem ›Rollerkopf‹ (häufigstes Verfahren in der Serienfertigung von Flach- und Hohlgeschirr), Quetschen zw. Ober- und Unterform (große flache Geschirrteile sowie best. Dachziegel) sowie Strangpressen, meist mit Schneckenvortrieb (Vollziegel, Profilziegel, Rohre, Spaltplatten sowie best. Dachziegel). Bei erhöhtem Wasseranteil (30–40%) mit verflüssigenden Agenzien erhält man **Gießmassen,** aus denen mit Hilfe saugfähiger → Gipsformen kompliziertere Körper (z. B. Kannen, Reliefs, Sanitärgegenstände) geformt werden können. Keramische Massen mit geringem Wassergehalt (unter 10%) sind nicht mehr bildsam, lassen sich aber unter hohem Druck in Stahlformen zu einfachen Körpern (Platten, Ziegel) pressen **(Trockenpreßverfahren).** Feinkeram. Trockenpreßmassen stellt man heute meist durch Sprühtrocknung von Schlicker her. Nach der Formgebung werden die Gegenstände getrocknet. Um zu schnelles Trocknen zu vermeiden (Rißgefahr), benutzt man Trockner mit automatisch gesteuerter Temperatur- und Luftfeuchtekurve. Das Brennen erfolgt in brennstoff- oder elektrisch beheizten → keramischen Öfen. Der zeitl. Verlauf der Aufheizung und der Abkühlung muß sorgfältig kontrolliert werden. Für Massenerzeugung gleichartiger Gegenstände benutzt man den Tunnelofen. Bei → Steinzeug, Sanitärporzellan und z. T. bei Steingut wird die → Glasur auf den ungebrannten Scherben aufgetragen und mit diesem gebrannt (Einmalbrand). Bei → Porzellan, → Steingut und → Fayence brennt man den Scherben zunächst ohne Glasur, trägt diese auf den vorgebrannten Scherben auf und brennt nochmals. Gebräuchl. Brenntemperaturen: Ziegel 900–1100 °C; Steinzeug, Steingut, Weichporzellane 1200–1300 °C; Hartporzellan 1320–1460 °C. **Keram. Schleifkörper** und **feuerfeste Baustoffe** werden überwiegend im Trockenpreßverfahren geformt. Die **feinkeram. Sonderwerkstoffe** werden bei Bedarf auch plastisch oder im Gießverfahren geformt. – **Oxidkeram. Werkstoffe,** → Oxidkeramik, → Sinterwerkstoffe.

F. Jaennicke: Gesch. der K. (Leipzig, Nachdr. 1980). – Fachzeitschrift für die Technik in der K.-, Glas- u. Email-Industrie (seit 1980).

Keramikfasern, hochhitzebeständige Fasern auf anorgan. Grundlage für Isolationszwecke, z. B. in der Raumfahrttechnik **(Silikatfasern, Bornitridfasern).**

Keramik|kondensatoren, Gruppe von → Kondensatoren 1), deren Dielektrikum aus keramischen Massen besteht.

keramische Farben, hochtemperaturbeständige mineral. Farbstoffe zum Verzieren keram. Erzeugnisse. Einfache Farben sind Eisenoxide (ocker, ziegelrot) und Chromoxid (grün). Durch Glühen von Oxidgemischen erhält man eine fast lückenlose Palette von Farbkörpern. Kobalt (blau) und Kupfer (türkis) färben die → Glasur, indem sie sich in dieser auflösen. Die k. F. werden meist mit schmelzfähigem Glasmehl (›Fluß‹) sowie – je nach Auftragsverfahren – mit Glycerin, Terpentinöl, Lacken, thermoplastischen Trägern oder auch Tonsuspension angerieben.

keramische Öfen sind → Industrieöfen (Bilder) zum Brennen keram. Erzeugnisse. **Periodische Öfen** (Kammer-, Herdwagen-, Haubenöfen) werden gefüllt, aufgeheizt, abgekühlt und geleert. Herdwagen- und Haubenöfen gestatten das Be- und Entladen außerhalb des Brennraumes. **Rundbrandöfen** (Ring-, Zickzack-, Kammerringöfen) bestehen aus einem endlosen Kanal, in dem die Brennzone von einem Abschnitt (Kammer) zum nächsten wandert. Das Ein- und Aussetzen ist mit dem Feuerfortschritt abgestimmt. Da in diesen Öfen das Gegenstromprinzip verwirklicht ist, zeichnen sie sich durch gute Wärmeausnutzung aus. Gegenstromprinzip und transporttechn. Vorteile sind in den **Tunnelöfen** vereinigt. Bei ihnen befindet sich das Brenngut auf Wagen, deren Plateau den unteren Abschluß des Ofens bildet. Die Wagen werden nacheinander mit gleichbleibender Geschwindigkeit durch den Brennkanal geschoben, in dem die erforderl. Temperaturverteilung ständig aufrechterhalten bleibt. Bei **Muffelöfen** ist die Flamme durch eine Wand vom Brenngut getrennt. (Bild S. 52)

keramischer Druck, Verfahren zum Aufbringen von → keramischen Farben mittels bekannter Druckverfahren (Stempeldruck, Siebdruck) oder über Zwischenträger (Stahlstich, Abziehbild) auf den zu dekorierenden Gegenstand.

Ker|argyrit, Mineral AgCl, der → Chlorargyrit.

Keratine, Hornsubstanzen, Skleroproteine, die in der Hornhaut, in Haaren, Federn, Hufen, Nägeln, Hörnern, Geweihen u. a. auftreten. Sie bestehen vorwiegend aus einzelnen Proteinketten, die über Disulfidbrücken verknüpft sind.

Keratophyr *der,* Ergußgestein der Alkalireihe (Übersicht magmatische Gesteine). Grundmasse aus entsprechendem Feldspat (Albit), Pyroxen und Amphibol sowie Biotit; Einsprenglinge von Albit und Anorthoklas. K. bildet Lager und Gänge in paläozoischen Schichten z. B. des Lahn-Dill-Gebietes (›**Lahnporphyr**‹).

Kerbschlagbiegeversuch, Verfahren zur Ermittlung der Verformungsfähigkeit eines Werkstoffs (z. B. Metall, Kunststoff) bei Schlagbeanspruchung. Ein genormter Probestab mit Kerbe wird durch einen Fallhammer mit stumpfer Schneide in der Prüfmaschine zerschlagen. Die Arbeitsaufnahme in Nm/cm^2 wird als Maß für die → Kerbschlagzähigkeit angegeben. Das Bruchaussehen wird qualitativ beurteilt.

Kerbschlagzähigkeit, Verformungsfähigkeit eines Werkstoffs mit Kerbe (d. h. mehrachsiger Spannungszustand) bei Schlagbeanspruchung. Bei vielen Metallen ist die K. bei hohen Temperaturen hoch, bei niedrigen Temperaturen dagegen sehr niedrig.

Kerbstift, Maschinenbau: zylindrischer Metallstift mit drei Kerbfurchen am Umfang zum Verbinden zweier Teile oder zur Sicherung eines Teils gegen Lockerung. Die spannende Wirkung beruht auf der Elastizität der Wülste an beiden Seiten der Kerben. Die Ausführung mit Kopf heißt **Kerbnagel.** (Bild S. 52)

Kerbverzahnung, Verzahnung aus einer großen Zahl geradflankiger, achsparalleler Zähne über dem Umfang für formschlüssige Wellen-Naben-Verbindungen mit außenverzahnter Welle und innenverzahnter Nabe. (Bild S. 50)

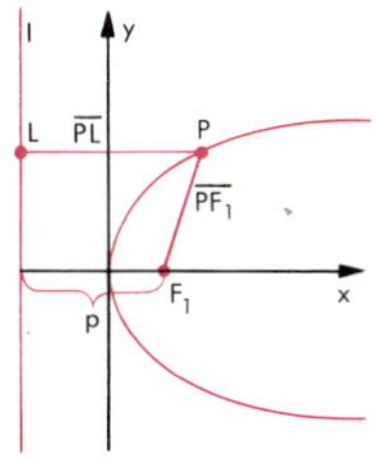

Kegelschnitt 6

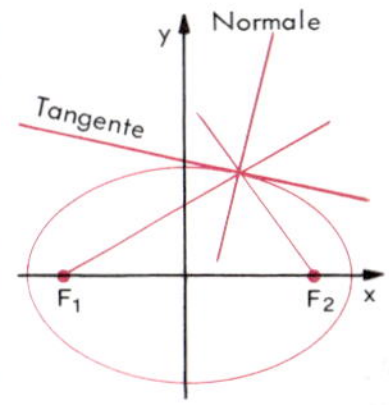

Kegelschnitt 7

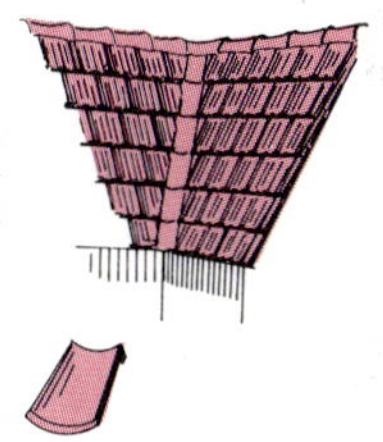

Kehle: oben Dachkehle, unten Kehlstein

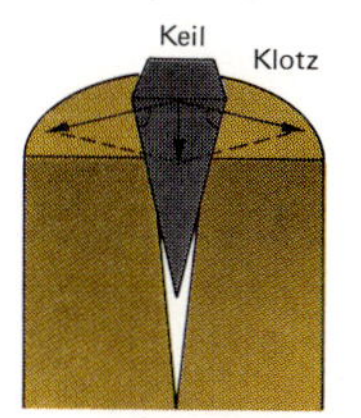

Keil 1): Spaltwerkzeug für Holz

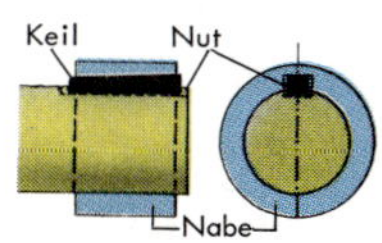

Keil 2): Befestigungskeil

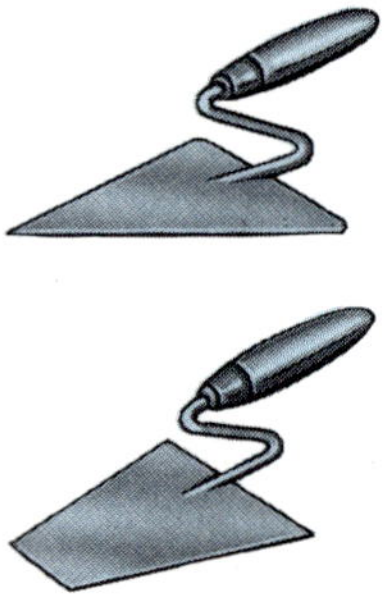
Kelle

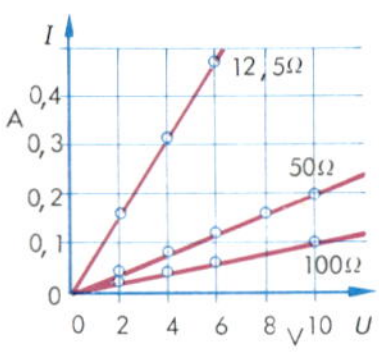

Kennlinie

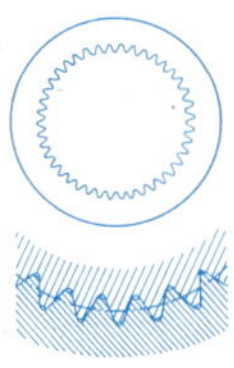
Kerbverzahnung: Kerbzahnwelle und Kerbzahnnabe

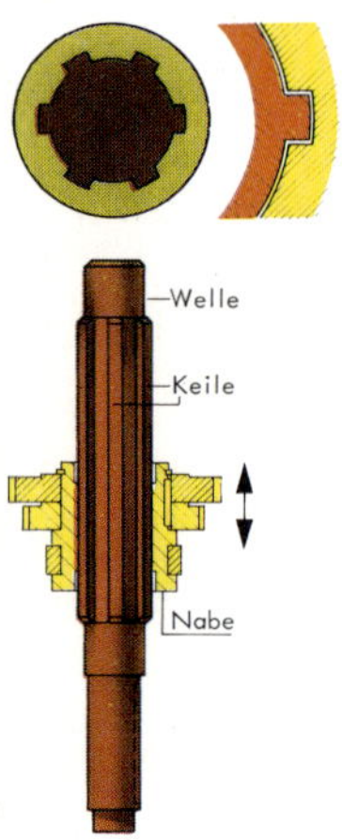

Keilwelle: OBEN K. und Keilnabe mit Innenzentrierung; UNTEN auf K. verschiebbar angeordnete Nabe eines Zahnradpaares

Kerbwirkung, Einfluß einer Kerbe an einem durch äußere Kräfte beanspruchten Bauteil auf die Spannungsverteilung. Im Kerbgrund entsteht eine Spannungsspitze, die um einen best. Faktor oberhalb der Nennspannung einer gleichen Querschnittsfläche ohne Kerbe liegt. Zusätzlich bildet sich im Kerbquerschnitt eine Querzugspannung aus. Der durch die Kerbe verursachte Spannungszustand ist inhomogen, vermindert das Formänderungsvermögen und begünstigt das frühzeitige Entstehen eines Bruches. Beim Schweißen wirken Poren, Risse und Schlackeneinflüsse wie Kerben und setzen die Betriebssicherheit eines Bauteils herab.

Kerma *die,* Abk. für **Kinetic energy released in matter** [kaɪn'etɪk 'enədʒɪ rɪl'i:st ɪn m'ætə, engl.], Formelzeichen K, die Summe $\mathrm{d}W_k$ der Anfangswerte der kinet. Energien aller geladenen Sekundärteilchen, die von indirekt ionisierender Strahlung in einem Volumenelement $\mathrm{d}V$ ausgelöst werden, dividiert durch die Masse $\mathrm{d}m = \varrho \mathrm{d}V$ der Materie im Volumenelement:

$$K = \mathrm{d}W_k/\mathrm{d}m = \varrho^{-1} \cdot \mathrm{d}W_k/\mathrm{d}V,$$

ϱ = Dichte der Materie. Indirekt ionisierende Strahlen bestehen aus ungeladenen Teilchen (Photonen, Neutronen), die in der Lage sind, in Elementarprozessen geladene Teilchen freizusetzen, die ihrerseits durch direkte Wechselwirkung mit den Elektronen der Atome und Moleküle über das elektr. Feld direkt ionisieren können.

Kerma|leistung, Kerma|rate, Formelzeichen $\dot{K}$, der Differentialquotient der → Kerma K nach der Zeit t, $\dot{K} = \mathrm{d}K/\mathrm{d}t$. Bei von der Zeit unabhängigen Verhältnissen ist $\dot{K} = K/t$.

Kern, 1) Elektrotechnik: der mit einer oder mehreren elektr. Wicklungen umschlossene Eisenteil eines → magnetischen Kreises.

2) Gießerei: aus Sand mit verschiedenen Bindern **(K.-Sand)** hergestellter Massivkörper, der die Innenkonturen **(Innen-K.),** mitunter auch eine komplizierte äußere Form **(Außen-K.)** von Gußstücken wiedergibt. Beim Kokillenguß werden Metall-K. verwendet.

3) Kernphysik: **Atomkern,** der innere Teil des → Atoms. Mit der Untersuchung und Beschreibung der Atomkerne befaßt sich die → Kernphysik.

4) Mathematik: a) → Integralgleichung; b) Topologie: **offener K.,** Bez. für die Menge aller → inneren Punkte einer Menge M; c) Kern eines → Homomorphismus $f{:}G \longrightarrow H$ zweier Gruppen ist die Teilmenge von G, deren Elemente auf das neutrale Element e von H abgebildet werden, diese Teilmenge ist ein → Normalteiler von G.

5) Meteorologie: → Kondensation 2).

Kernabstand, der → Atomabstand.

Kernbatterie, die → Isotopenbatterie.

Kernbindungsenergie, → Massendefekt.

Kernbohren, ein → Bohrverfahren.

Kernbrennstoff, Material, aus dem durch Kernspaltung (→ Brennstoffe 2) oder Kernfusion (→ Brennstoffe 3) Energie gewonnen wird.

Kernbrennstoffkreislauf, der → Brennstoffkreislauf.

Kernchemie, Nuklearchemie, Teil der Chemie, der sich mit dem Studium von Atomkernen und Kernreaktionen unter Verwendung chem. Methoden befaßt; i. w. S. auch jener Teil, der sich mit den Stoffen und ihren chem. Reaktionen auseinandersetzt, die sich durch ihre Kerneigenschaft von normalen chem. Stoffen unterscheiden (→ Radiochemie).

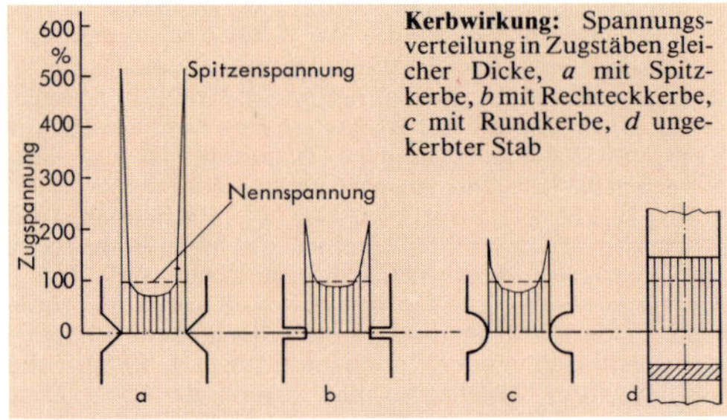

Kerbwirkung: Spannungsverteilung in Zugstäben gleicher Dicke, *a* mit Spitzkerbe, *b* mit Rechteckkerbe, *c* mit Rundkerbe, *d* ungekerbter Stab

Kern|emulsion, Kernspur|emulsion, lichtempfindl. Silberhalogenidschicht einer Photoplatte **(Kernspurplatte),** die für die Untersuchung von kernphysikal. Umwandlungsprozessen und bes. von Vorgängen der kosm. Strahlung empfindlich gemacht ist. Die K. besteht ebenso wie die Emulsion einer opt. Photoplatte aus einer Dispersion von Silberhalogenid in Gelatine, hat aber einen höheren Silberhalogenidanteil (etwa 80 Gewichtsprozent) als jene (etwa 50%) und außerdem wesentlich kleinere Korngrößen: 0,1–0,6 µm gegenüber 1–3,5 µm bei opt. Photoplatten. K. sind auf Grund der geringen Korngröße gegenüber dem sichtbaren Licht weniger empfindlich als die übl. photograph. Emulsionen und haben eine weit bessere örtl. Auflösung. Durchsetzen Kernbruchstücke oder auch andere geladene Elementarteilchen diese Schichten, so erzeugen sie längs ihrer Bahnen in dichter Folge Ionenpaare, die die Silberhalogenidkristalle entwickelbar machen. Man erhält Punktreihen von Schwärzungskörnern, die den Weg der Teilchen markieren. Die empfindl. Schichten lassen sich je nach Untersuchungszweck so herstellen, daß sie die Schwärzungsspuren von langsamen schweren Kernteilchen bis hinab zu den feinen Spuren sehr energiereicher Mesonen und Elektronen optimal zu beobachten gestatten. Die Schichtdicke der K. liegt i. a. zw. 200 und 2000 µm. Für prakt. Messungen, insbes. der Höhenstrahlung bei Ballonaufstiegen, werden viele Kernplatten zu Paketen von einigen dm Länge gestapelt. Da im Vergleich hierzu opt. Photoemulsionen weniger als 20 µm dick sind, benötigt man für die Entwicklung von K. besondere Techniken.

Kern|energie, Atomkern|energie, unexakt auch **Atom|energie,** Energie, die durch Atomkernumwandlung gewonnen werden kann.

Beim Aufbau von leichten Kernen aus einzelnen Protonen und Neutronen wird als **Bindungsenergie** derjenige Energiebetrag freigesetzt, der aufgewendet werden müßte, um den Kern gegen die Anziehung der → Kernkräfte wieder in seine einzelnen Bausteine zu zerlegen. Zusammengesetzte Kerne sind daher leichter als die Summe ihrer Bausteine (→ Massendefekt). Die Bindungsenergie der Atomkerne wächst jedoch nicht proportional der Massenzahl, sondern ist, bezogen auf die Zahl der Nukleonen, am größten bei den mittelschweren Kernen (BILD Massendefekt). Daher kann sowohl durch → Kernfusion leichter Kerne als auch durch → Kernspaltung schwerer Kerne Bindungsenergie gewonnen werden. Wegen der außerordentlichen Stärke der Kernkräfte, verglichen mit den chem. Bindungskräften der Moleküle, ist die K. entsprechend größer als chem. Reaktionsenergie. So wird bei der Spaltung eines Uranatoms etwa 50millionenmal mehr Energie frei als bei der Verbrennung eines Kohlenstoffatoms zu Kohlendioxid.

Entwicklung. Die techn. Gewinnung durch Kernspaltung wurde seit 1939 in Dtl., Frankreich, Großbritannien und den USA angestrebt. E. FERMI entwickelte den ersten sich selbst erregenden Kernreaktor, der am 2. 12. 1942 in Chicago mit einer Leistung von etwa 2 W in Betrieb kam. Nach diesem Erfolg wurden in den USA die Anstrengungen, eine aus reinem Spaltmaterial aufgebaute Atombombe zu entwickeln, intensiviert (→Kernwaffen). Nach dem 2. Weltkrieg wurde neben der Entwicklung von →Kernreaktoren für →Kernkraftwerke zur Elektrizitätsversorgung auch die Entwicklung von Schiffsreaktoren (→Kernenergieantrieb) vorangetrieben. Die →Kerntechnik hat sich inzwischen in den Industrieländern zu einem wesentlichen wirtschaftl. Faktor entwickelt. Die K.-Gewinnung durch kontrollierte Kernfusion leichter Kerne als zweite Möglichkeit steckt dagegen trotz eines riesigen Forschungsaufwandes noch in ihren Anfängen (→JET). Die Fusionsenergie konnte bisher nur explosionsartig in der Wasserstoffbombe freigesetzt werden.

K. in der Diskussion. In den vergangenen 30 Jahren wurde die Entwicklung der K. unter anderem mit den Argumenten der Versorgungssicherheit, des Kostenvorteils, der Begrenztheit der fossilen Brennstoffvorräte, der Sicherung des Wirtschaftswachstums und ihrer Eignung zur Erdölsubstitution gefordert. Gegen die K. wurde v. a. die erhöhte Strahlenbelastung, die Aufheizung der Umwelt, die Unwirtschaftlichkeit der K., das Risiko eines katastrophalen Reaktorunfalls sowie Unsicherheiten bei der Uranversorgung und der →Entsorgung vorgebracht.

Die erhöhte Strahlenbelastung bei störfallfreiem Betrieb von Kernkraftwerken wird heute kaum noch gegen die K. angeführt, da z. B. Steinkohlenkraftwerke wegen der in der Kohle enthaltenen radioaktiven Spurenelemente (z. B. Thorium) etwa gleich große Mengen Radioaktivität an die Umwelt abgeben. Untersuchungen über die Aufheizung von Flüssen und der Atmosphäre durch Kernkraftwerke zeigten, daß auch herkömml. Wärmekraftwerke diesbezüglich die Umwelt in gleicher Weise belasten; von Befürwortern der K. wird in diesem Zusammenhang auf die Gefahren für das Klima hingewiesen, die sich aus der CO_2-Anreicherung in der Atmosphäre als Folge jegl. Verwendung fossiler Brennstoffe ergeben (→Kohlendioxidproblem).

Bes. umstritten ist die Beurteilung eines etwa durch Kühlmittelverlust verursachten großen Reaktorunfalls, bei dem z. B. ein Durchschmelzen des Reaktorkerns und die Freisetzung großer Mengen radioaktiver Substanzen befürchtet werden.

Gutachten über die Wirtschaftlichkeit, nach denen die K., bes. wenn Kernkraftwerke als Grundlastkraftwerke betrieben werden, kostengünstiger sei als Steinkohle-, Heizöl- und Erdgaskraftwerke, werden von K.-Gegnern bezweifelt.

Die Sicherstellung der Entsorgung ist ebenso umstritten; einerseits wird bekräftigt, daß eine gesicherte Entsorgung unabdingbare Voraussetzung für die Nutzung und den weiteren Ausbau der K. sei, andererseits werden sicherheitstechn., ökolog. und wirtschaftl. Bedenken geäußert.

Dem Vorwurf, die Uranversorgung sei nicht gewährleistet, wird entgegengehalten, daß sich die bekannten Schätzungen über Uran-Vorkommen auf die kostengünstigen Gewinnungsklassen beschränken und v. a. die im Weg der →Wiederaufarbeitung gewinnbaren Mengen nicht berücksichtigt werden.

Alternativen zur K. Das Unbehagen gegenüber der K. führt zu der Frage, ob man kurz- und mittelfristig (weniger als 20 Jahre) und langfristig auf die K. nicht durch

Übersicht über die keramischen Werkstoffe

Tonkeramik	grob	porös		**Grobtongut**	Mauerziegel, Dachziegel, Deckenziegel, Drainrohre, Kabelschutzhauben, Kaminrohre; Ofenkacheln, Sanitärerzeugnisse aus Feuerton, Bauterrakotten
Tonkeramik	grob	dicht		**Grobsteinzeug**	Fassaden- und Tiefbauklinker, Spaltplatten; Gartenkeramik; Kanalisationsmaterial, Futtertröge, säurefeste Steine
Tonkeramik	fein	porös	farbig	**Irdengut**	Geschirr, Ziergegenstände, Fliesen (Fayence); Bratentöpfe, Blumentöpfe, Wasserverdunster
Tonkeramik	fein	porös	weiß	**Steingut**	Haushalts- und Hotelgeschirr; Figuren; Wandfliesen
Tonkeramik	fein	dicht	farbig	**Feinsteinzeug**	Geschirr, Bierkrüge, Getränkeflaschen; ofenfestes Geschirr; Ziergegenstände; Bodenfliesen, Spaltplatten, Fassadenplatten; chem.-techn. Artikel (Pumpen u. ä.)
Tonkeramik	fein	dicht	weiß	**Porzellan**	Haushalts-, Hotel- und Luxusgeschirr, Figuren; Sanitärgegenstände; chem.-techn. Artikel, Laborgeräte; Isolatoren
¹)	²)			**Keramische Schleifkörper- und Filterwerkstoffe**	Korund-Schleifkörper Siliciumcarbid-Schleifkörper Keramische Filter
Tonkeramik	grob (Bindung fein)			**Feuerfeste**	Schamottesteine tonerdereiche Schamottesteine graphithaltige Schamottesteine und -tiegel
nichttonige Keramik	grob (Bindung fein)	silikatisch		**Baustoffe** gebrannte Voll- und Isoliersteine, chemisch gebundene Steine, schmelzgegossene Steine, Mörtel, Massen	Silikatsteine Sillimanit-, Mullitsteine Forsteritsteine Zirkonsilikatsteine
nichttonige Keramik	grob (Bindung fein)	nichtsilikat.	oxidisch		Magnesia-, Chrommagnesia-, Chromitsteine Sinterdolomitsteine Korund-, Spinell-, Zirkonoxidsteine
nichttonige Keramik	grob (Bindung fein)	nichtsilikat.	nichtoxid.		Siliciumcarbidsteine Kohlenstoffsteine
nichttonige Keramik	fein	silikatisch		**Keramische Sonder-Werkstoffe**	Tonerdeporzellane für Hochtemperatur-Isolation (Zündkerzen, Schutzrohre) Steatit für Hochfrequenzisolation Dentalkeramik, Quarzgutkeramik
nichttonige Keramik	fein	nichtsilikatisch	oxidisch		Aluminiumoxidkeramik für Tiegel, Fadenführer, Substrate, Schneidplatten, Gelenkprothesen u. ä.; Magnesiumoxid-, Spinell-, Zirkonoxid-, Berylliumoxidkeramik; Rutil- und Titanatkeramik für Kondensatoren, Ferritkeramik für Magnete, Titanat- und Zirkonatkeramik für Piezoelemente
nichttonige Keramik	fein	nichtsilikatisch	nichtoxid		Siliciumcarbid-, Siliciumnitrid- und Kohlekeramik für thermisch und chemisch hochbeanspruchte Bauteile

¹) tonkeramische Bindung; ²) das Gesamtgefüge kann je nach Schleifkorngröße grob oder fein sein, die Bindung ist immer feinkeramisch.

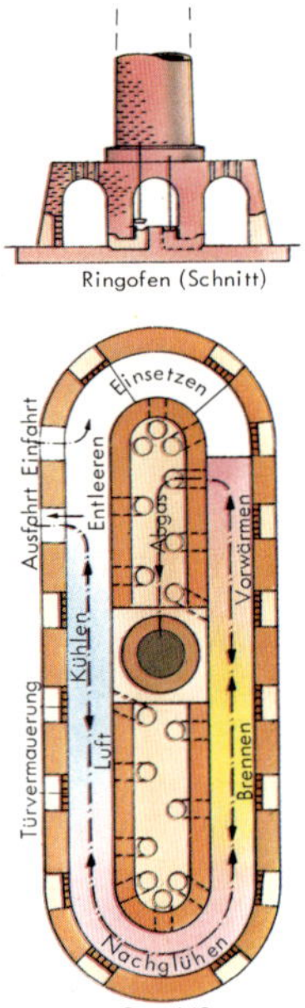

keramische Öfen: Ringofen

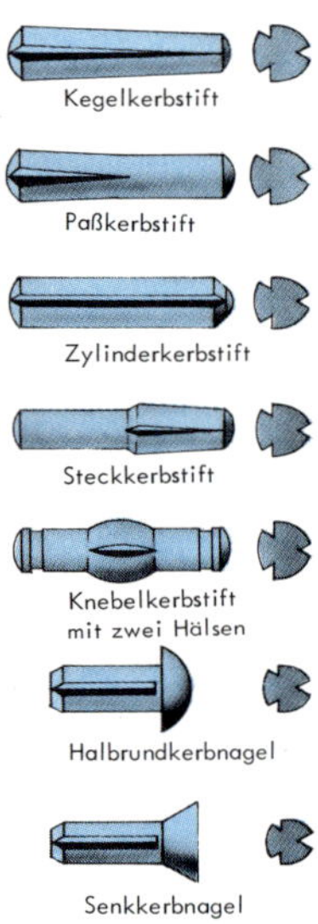

Kerbstift

den Ausbau der herkömml. Energiegewinnung, durch Entwicklung ›neuer Energien‹ (→Energieforschung) oder durch Energiesparen verzichten könne und solle. Wegen der begrenzten Vorräte an fossilen Brennstoffen werden neben besseren Entwicklungsmöglichkeiten für die K. eine rationelle Nutzung der herkömml. Brennstoffe und Bemühungen um neue, praktisch unbegrenzt vorhandene (›regenerative‹) Energiequellen (v. a. die →Sonnenenergie) gefordert.

D. Bünemann u. W. Kliefoth: Vom Atomkern zum Kernkraftwerk ([3]1980); H. Michaelis: Hb. der K., 2 Bde. (1980); U. Waas: K. ([3]1981).

Kern|energie|antrieb, Atom|antrieb, Nuklearantrieb, Fahrzeugantrieb mit Hilfe eines Kernreaktors, wobei in diesem freigesetzte Wärmeenergie in zum Fahrzeugantrieb geeignete mechan. Energie umgewandelt wird. Der K. ist bisher einzig als **Schiffsantrieb** (Kriegsschiffe, Eisbrecher, versuchsweise Handelsschiffe) praktisch verwirklicht, wobei Druckwasserreaktoren hochgespannten Wasserdampf zum Antrieb von Dampfturbinen liefern, die über Getriebe auf die Schraubenwelle oder auf Generatoren wirken. Durch den Wegfall der bei anderen Antriebsarten benötigten großen Brennstoffmengen hilft der K. zwar Gewicht sparen, der Nutzen wird aber bei Leistungen bis zu etwa 15 MW durch das größere Gewicht des Reaktors, einschließlich aller Kollisions- und Strahlenschutzeinrichtungen, wieder aufgebraucht. Wesentlicher Vorteil ist allein der praktisch unbegrenzte Fahrbereich, bes. bei U-Booten auch die hohe Geschwindigkeit. Der Einführung des K. in die Handelsschiffahrt stehen teils polit. Gründe, teils Sicherheitsfragen (Versicherung, Hafenbeschränkung) und die geringe Wirtschaftlichkeit entgegen.

Kernenergie-Luftstrahltriebwerke als Antrieb von Fluggeräten innerhalb der Lufthülle haben noch keine Bedeutung erlangt. Hier würden an Stelle der Brennkammern Wärmetauscher verwendet, in denen der zum Antrieb verwendete Luftstrom durch die im Reaktor gewonnene Wärmeenergie aufgeheizt wird.

Der **Raketenantrieb** durch Kernenergie kennt zwei prinzipielle Vorschläge: 1) Nuklearthermischer Antrieb (Fissionsantrieb) durch Festkern- oder Gaskernreaktor; bei ihm wäre der →spezifische Impuls um etwa das Doppelte höher als bei den chem. Raketentriebwerken; Entwicklungsarbeiten daran in den USA vorerst eingestellt. 2) Mikro-Wasserstoffbomben-Raketenantrieb (Fusionsantrieb) nach einem Vorschlag von F. Winterberg: Mikro-Wasserstoffbomben sollen im Brennpunkt eines magnet. Reflektors in Folge gezündet werden. Der expandierende Feuerball jeder Einzelexplosion wird durch das Magnetfeld völlig reflektiert und dadurch abgestoßen. Das Problem wäre die Zündung thermonuklearer Mikrobomben. Erreichbare Ausströmgeschwindigkeiten lägen bei etwa 1 000 km/s, die Endfluggeschwindigkeiten derartiger Flugkörper bei maximal 1 600 km/s.

Kern|energie|technik, die →Kerntechnik.

Kern|explosion, Zertrümmerungsvorgang eines Atomkerns nach dem Auftreffen eines sehr energiereichen atomaren Geschosses (der kosm. Strahlung oder auch eines Beschleunigers), wobei der Kern in seine Bestandteile (Nukleonen) zerlegt wird. Bei der **Kernzertrümmerung (Spallation),** zu deren Herbeiführung eine Geschoßenergie von über 100 MeV erforderlich ist, ist die Kernauflösung nicht so vollständig wie bei der bei deutlich höheren Energien auftretenden K. Es bleiben hier unter Aussendung von Nukleonen und Alphateilchen größere Kernbruchstücke (Fragmente) übrig (meist ein oder zwei). Bei der **Kernverdampfung,** der schwächsten Form der Auflösung eines Atomkerns, verlassen nur einzelne Nukleonen, Deuteronen oder Alphateilchen den Atomkern;

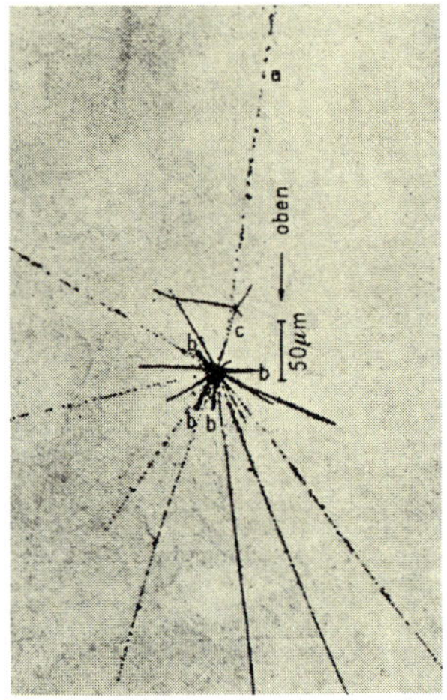

Kernexplosion: Zertrümmerungsstern (Stern): Durch ein von oben kommendes Teilchen (Spur a) wird ein Atomkern zerlegt, wobei Protonen, α-Teilchen und schwerere Kernbruchstücke emittiert werden, die sich als dicke, kurze Spuren in der Platte abzeichnen (b); eines der emittierten hochenergetischen Teilchen (c) verursacht einen neuen Zertrümmerungsstern

hierzu kann schon eine Anregungsenergie von 10 MeV ausreichen. Während diese Prozesse bei hinreichend hoher Energie der Geschoßteilchen bei allen Kernen stattfinden können, tritt die bereits bei niedrigen Geschoßenergien eintretende →Kernspaltung nur bei schweren Atomkernen auf, bei denen die Kernbindungsenergie kleiner ist als die ihrer beiden mittelschweren Bruchstücke (Bild Massendefekt). Daher genügt die Zufuhr einer verhältnismäßig kleinen Energie (Aktivierungsenergie) zur Einleitung der Kernspaltung, bei den schwersten Atomkernen kann diese sogar spontan auftreten **(Spontanspaltung).** K., Kernzertrümmerungen und Kernverdampfungen werden hauptsächlich mit →Kernemulsionen untersucht. Die sternförmigen Spuren dieser Ereignisse, die man nach der photograph. Entwicklung in den Kernspurplatten erhält (Bild) werden als **Zertrümmerungsstern** oder kurz **Stern** bezeichnet. Die Kernverdampfung läßt sich nach Analogie eines Flüssigkeitströpfchens (Tröpfchenmodell des Atomkerns) beschreiben. Die Teilchenemission entspricht einer Verdampfung, die, wenn man dem durch den Stoß angeregten Kern eine Kerntemperatur zuordnet, diesen abkühlt.

Kernfusion, Kernverschmelzung, der Aufbau eines schwereren Atomkerns aus zwei leichteren. Zur Einleitung der K. müssen sich die Atomkerne bis zur Reichweite der anziehenden Kernkräfte einander nähern. Die Überwindung der außerordentlich starken Coulombschen Abstoßungskräfte ist nur möglich, wenn sich die Kerne mit extrem hoher Geschwindigkeit aufeinander zu bewegen, was z. B. in einem Plasma hinreichend hoher Temperatur möglich ist. Bei der K. leichter Kerne kann Energie (→Kernenergie) gewonnen werden, weil die Bindungsenergie pro Nukleon bei den leichten Kernen kleiner ist als bei den mittelschweren (Bild Massendefekt); die frei werdenden Energien sind rd. 10 Mio. mal größer als die Energien chem. Reaktionen.

Die K. ist die wichtigste Energiequelle der Natur. Die von der Sonne (→Sonnenenergie) und den Fixsternen ausgestrahlten Energien stammen größtenteils aus K.-Prozessen, die bei den in ihrem Inneren herrschenden extrem hohen Temperaturen (etwa 15 Mio. K bei der der Sonne) und Drücken ablaufen. Dabei treten je nach den in den jeweiligen Fixsternen vorherrschenden Bedingungen verschiedene Reaktionszyklen auf, von denen die wichtigsten der Proton-Proton-Zyklus (→Proton-Proton-Reaktion), der → Bethe-Weizsäcker-Zyklus und der → Salpeter-Prozeß sind.

Eine künstl. K. mit positiver Energiebilanz konnte bisher nur unkontrolliert in der Wasserstoffbombe (→Kernwaffen) realisiert werden. Angestrebt wird die **kontrollierte K.** in **Fusionsreaktoren** (→Energieforschung). Ein Beitrag der kontrollierten K. zur Energieversorgung wird (wenn überhaupt) in frühestens 30 bis 40 Jahren erwartet. Für die kontrollierte K. kommen praktisch nur die Isotope des Wasserstoffs Deuterium ^2_1D und Tritium ^3_1T als Kernbrennstoffe in Frage, wobei folgende Fusionsreaktionen wichtig sind (n: Neutron, p: Proton):

$$^2D + {}^3T \longrightarrow {}^4He + {}^1n + 17{,}58\,MeV$$
$$^2D + {}^2D \longrightarrow {}^3He + {}^1n + 3{,}27\,MeV$$
$$^2D + {}^2D \longrightarrow {}^3T + p + 4{,}04\,MeV$$

Die volle Beherrschung der K. könnte den Energiebedarf für unabsehbare Zeit decken, da Deuterium als Bestandteil des Wassers praktisch unbegrenzt zur Verfügung steht.

Um eine kontrollierte Fusionsreaktion zur techn. Nutzung der Kernenergie anlaufen zu lassen, müssen die Reaktionspartner mit Energien zw. 10 und 100 keV aufeinandertreffen. Die Kernfusion läßt sich nicht durch Beschuß sehr schneller Deuteron- oder Tritium-Strahlen einleiten, da hierbei fast nur Streuung der Teilchen eintritt. Kernverschmelzung überwiegt erst, wenn die Energie der Teilchen, d. h. ihre Temperatur, so hoch ist, daß auch nach mehreren Streuungen insgesamt kein wesentl. Energieverlust auftritt. Um dies zu erreichen, muß das Deuterium und Tritium auf Temperaturen über 100 Mio. K aufgeheizt werden, wobei die Gasatome vollständig ionisiert werden und ein Plasma, d. h. ein Gemisch aus Atomkernen und Elektronen, bilden. Weiterhin muß man dafür sorgen, daß das Plasma bei Temperaturen größer als 100 Mio. K mit einer großen Teilchendichte n eine hinreichend lange Zeit τ eingeschlossen bleibt ($\tau \cdot n$ muß z. B. für die D-T-Reaktion größer als $10^{14}\,s/cm^3$ sein, → Lawson-Kriterium). Um diese Bedingungen zu erfüllen kann man zum Einschluß des Plasmas Magnetfelder oder den Trägheitseinschluß des Plasmas mittels Laser- oder Teilchenstrahlen benutzen.

Magnetischer Einschluß. Die wichtigsten Anordnungen zur Untersuchung thermonuklearer Fusion mit magnet. Plasmaeinschluß sind Tokamak (BILD 1), Stellerator (BILD 2), Spiegelmaschine (BILD 3) und Theta-Pinch (BILD 4). In der toroidalen **Tokamak-Konfiguration** wird das Plasma längs der Torusseele durch Magnetfeldlinien geführt, die von den Hauptfeldspulen erzeugt werden. Senkrecht hierzu, auf die Kammerwand zu, wirkt dieses Feld nicht stabilisierend. Dies wird dadurch erreicht, daß man im Plasma einen parallel zu den Feldlinien des Hauptfeldes fließenden Strom induziert. Das mit diesem Strom verbundene Magnetfeld überlagert sich dem Hauptfeld zu einem resultierenden (verdrillten) Feld, das das Plasma auch radial stabilisiert. Der im Plasma induzierte Strom dient gleichzeitig zu dessen Ohmscher Aufheizung. Im **Stellerator** wird die Verdrillung der Magnetfeldlinien um das Plasma durch extern erregte Felder (helische Spulenwicklungen), nicht durch den Plasmastrom, erzielt. Im Stellerator ist daher unter bestimmten Voraussetzungen eine Entkopplung von Plasmaheizung und Plasmaeinschluß möglich. Im Gegensatz zum Tokamak gestattet der Stellerator einen stationären Betrieb. Von den beschriebenen Anordnungen (niedriges β) unterscheiden sich die Hoch-β-Anordnungen. Die Größe β kennzeichnet das Verhältnis von gaskinet. Druck des Plasmas zum magnet. Druck des einschließenden Magnetfeldes. Bei **Hoch-β-Experimenten** werden sehr heiße und dichte Plasmen mit Hilfe des → Pinch-Effekts erzielt.

Beim linearen Z-Pinch fließt der Plasmastrom in axialer Richtung durch eine zylindr. Plasmasäule, beim toroidalen Z-Pinch parallel zur Seele eines kreisringförmigen Entladungsgefäßes. Beim linearen Theta-Pinch fließt der Plasmastrom in azimutaler (Umfangs-)Richtung, so daß das von ihm erzeugte Magnetfeld achsenparallel gerichtet ist. Er wird von einem Spulenstrom induziert, der durch eine das Entladungsgefäß umgebende Spule fließt. Da sich Plasma- und Spulenstrom abstoßen, wird die den Strom tragende Plasmaschicht radial nach innen komprimiert und dabei aufgeheizt. Beim toroidalen Theta-Pinch ist das Entladungsgefäß zu einem Kreisring geschlossen. Es fehlen hier die Hauptfeldspulen der Niedrig-β-Anordnungen. Das dort von diesen erregte Feld wird hier im Theta-Pinch vom Plasmastrom erzeugt. **Spiegelmaschinen** haben lineare Geometrie. An ihren Enden werden durch Verdichtung der Feldlinien (→ magnetische Flasche) magnet. Spiegel gebildet, die den Plasmaaustritt verhindern sollen.

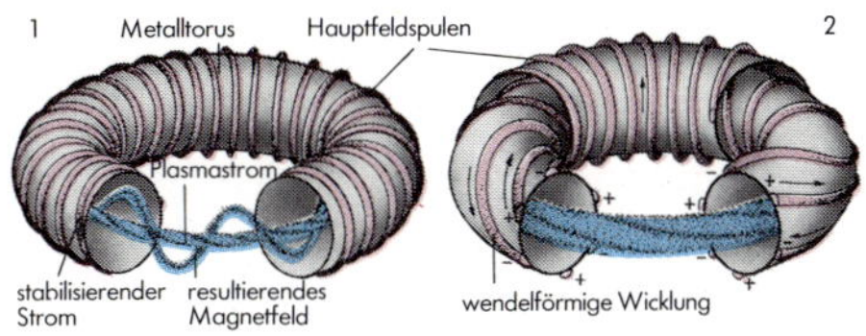

Kernfusion 1–4: Prinzipieller Aufbau verschiedener Versuchsanordnungen zur thermonuklearen Fusion; **1** Tokamak, **2** Stellerator, **3** Spiegelmaschine, **4** Theta-Pinch

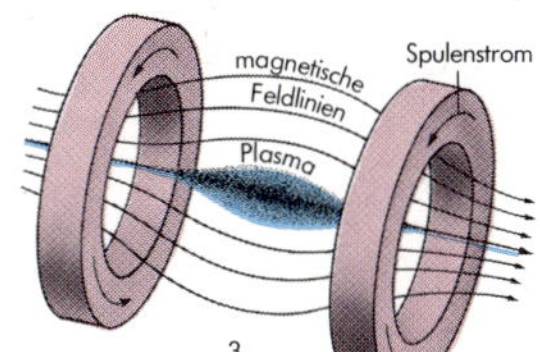

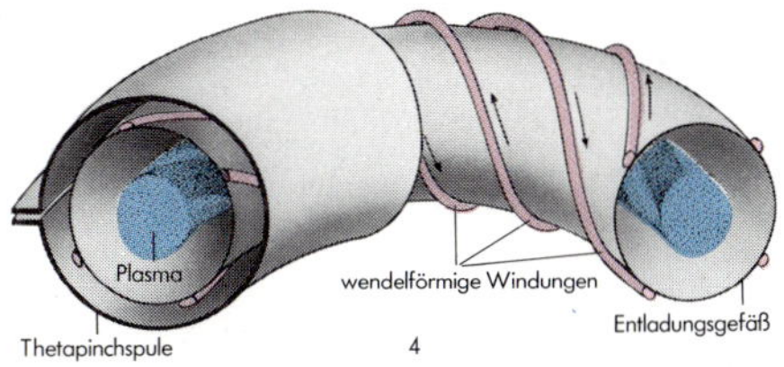

Ein Plasma aus Deuterium- und Tritium-Kernen mit einer Energie von 10 Kiloelektronenvolt (d. h. einer Temperatur von etwa 116 Mill. °C) brennt ohne Energiezufuhr durch eine äußere Heizung, wenn die Lawson-Zahl einen Wert von $3 \cdot 10^{14}\,cm^{-3}\,s$ überschreitet. Die bei der Fusion freigesetzte Energie verteilt sich im Verhältnis 1:4 als kinet. Energie auf die neu gebildeten Heliumkerne

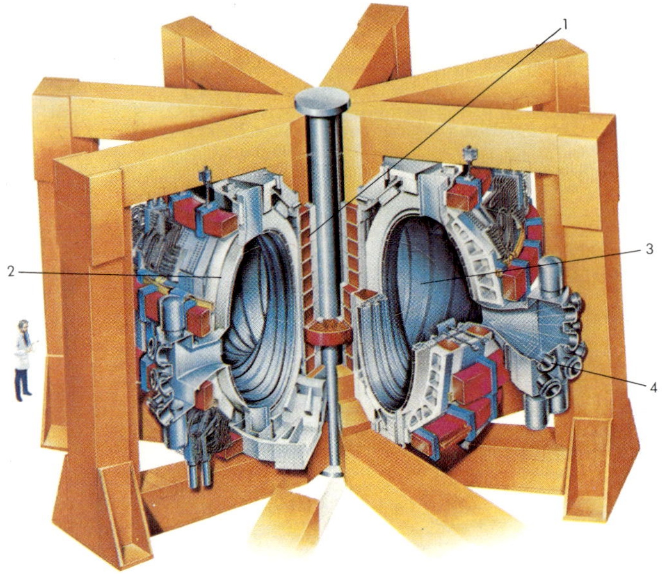

Kernfusion 5, JET:
Zentraler Teil der experimentellen Apparatur: 1) Transformator zur Induzierung des toroidalen (ringförmigen) Plasmastromes. 2) Hauptfeldspulen zur Erzeugung des toroidalen Hauptmagnetfeldes. 3) Ringförmige Vakuumkammer, in der der Plasmaring kreist, welcher mit Hilfe des Hauptmagnetfeldes und des vom toroidalen Plasmastrom erzeugten poloidalen Magnetfeldes (welches den Plasmastrom ringförmig umschließt) eingeschlossen wird. Beide Magnetfelder addieren sich zu einem torusförmigen Feld mit leicht verdrillten Kraftlinien. 4) Injektionsöffnungen.

(α-Teilchen) und Neutronen. Die Heliumkerne werden im Plasma abgebremst und sollen im Fusionsreaktor die zur Aufrechterhaltung der Temperatur erforderl. Energie liefern. Die Neutronen, die etwa 80% der Fusionsenergie nach außen transportieren, werden in einer Lithiumschicht aufgefangen, wobei ihre kinet. Energie in Wärme umgesetzt wird, die ihrerseits mit Hilfe eines Wasserdampfkreislaufs und einer Turbine in elektr. Energie umgewandelt wird. Gleichzeitig soll in der Lithiumschicht durch Kernreaktionen das für die K. benötigte Tritium ›erbrütet‹ werden: ${}^{6}_{3}\mathrm{Li} + \mathrm{n} \longrightarrow {}^{3}_{1}\mathrm{T} + {}^{4}_{2}\mathrm{He} + 4{,}56\,\mathrm{MeV}$.

Nach den Untersuchungen der letzten Jahre wird von den konzipierten, mit magnet. Einschluß des Plasmas arbeitenden Fusionsreaktoren derzeit die Tokamak-Anordnung als bes. aussichtsreich angesehen. Mit dem Princeton Large Torus (PLT) sind bereits Plasmatemperaturen von etwa 60 Mio. °C erreicht worden, ohne daß der magnet. Einschluß instabil geworden ist. Derartige Temperaturen konnten nicht mehr allein durch Stromheizung des Plasmas erzielt werden, da der Plasmawiderstand mit wachsender Temperatur abnimmt, sondern nur durch zusätzl. Einschuß von neutralen Wasserstoffatomen, die im Gegensatz zu geladenen Teilchen in das Magnetfeld eindringen können. Um dem Ziel, eine K. in Gang zu setzen, näherzukommen, müssen Anordnungen entwickelt werden, die eine optimierte Kombination von Widerstandsheizung, Neutralteilcheneinschuß und adiabat. Kompression zur Plasmaheizung einsetzen und minimale Energieverluste aufweisen. Die wesentl. Verlustprozesse in einem Tokamak-Reaktor haben folgende Ursachen: 1) Magnetfeldinstabilitäten, die zur Folge haben, daß das Plasma nach außen an die Wände wandert. 2) Teilchenverluste auf Grund von Coulomb-Streuung bei Zusammenstößen. 3) Abstrahlung von Energie durch nicht restlos ionisierte Verunreinigungsatome im Plasma (Strahlungskühlung).

Mit den Tokamak-Großversuchsanlagen TFTR (Abk. für Tokamak Fusion Test Reactor) in den USA (Inbetriebnahme 1982), →JET in Westeuropa, T-15 in der UdSSR (1986) und JT-60 in Japan (1984) soll versucht werden, in die Nähe des Zündbereichs des Deuterium-Tritium-Plasmas vorzustoßen. Dazu muß die Lawson-Zahl um ein bis zwei Zehnerpotenzen gesteigert werden. Die wirkungsvollsten Maßnahmen dazu sind die Vergrößerung des Plasmaquerschnitts und die Verwendung eines stärkeren Magnetfelds. Es ist aber kaum zu erwarten, daß in diesen Maschinen ein brennendes Plasma erzeugt werden kann. Die Konzepte haben für die Anlagen TFTR und JET (Bild 5) Plasmaströme von etwa $3 \cdot 10^6$ A und Heizleistungen für die Neutralstrahlen oberhalb von 10^7 W vorgesehen.

Zur großtechn. Nutzung der K. für die Energiegewinnung in der Zukunft müssen dann Höchstleistungsreaktoren entwickelt werden, in denen die Dauer der Plasmaentladungen von einer Sekunde auf mindestens etwa 10 min. ausgedehnt und der Abstand zwischen zwei Entladungen von 10 min. auf wesentlich kleinere Intervalle verkürzt werden kann. Der Prototyp eines Tokamaks mit supraleitenden Magneten (T-15), die für den Einschluß des Plasmas über derart lange Zeiten unumgänglich erscheinen, wird derzeit in der UdSSR gebaut.

Trägheitseinschluß mit Laserstrahlen. Neben dem magnet. Einschluß des Plasmas wird auch die Methode des Trägheitseinschlusses untersucht, bei dem intensive Laserstrahlen auf kleine Perlen aus Deuterium und Tritium fokussiert werden und diese zur Implosion bringen. Hierbei wird der Brennstoff auf etwa das 1000fache seiner Dichte im normalen festen Zustand komprimiert. Nach der Implosion werden die Atome infolge ihrer Trägheit für einen Zeitraum zuammengehalten, der für ihre Verschmelzung ausreicht, bevor sie wieder auseinanderfliegen. Ein Fusionsreaktor mit Trägheitseinschluß würde im Plusbetrieb arbeiten. Etwa alle 10 s würden 100 µg Brennstoff injiziert, durch einen Laserimpuls mit bis zu 10^{14} Watt Spitzenleistung und einer Dauer von 1 ns gezündet. Zur Erzeugung eines brennenden Plasmas wird eine Impulsenergie von 300–500 kJ erforderlich sein. Von den bekannten Lasersystemen scheinen nur der bei 1,06 µm arbeitende Neodym(Nd)-Glas-Laser und der bei 10,6 µm arbeitende Kohlendioxid(CO_2)-Laser prinzipiell in der Lage zu sein, derartig hohe Leistungen liefern zu können. Mit dem in den USA entwickelten Nd-Glas-Laser-System SHIVA (20 separate Laser) wurden 1979 Impulse mit 10–15 kJ Energie und weniger als 1 ns Dauer erzeugt, womit in Deuterium-Tritium-Perlen die 100fache Dichte (d. h. etwa 10% des zur Zündung erforderl. Werts) von festem Wasserstoff erreicht wurde. Mit dem jetzt im selben Labor im Bau befindl. neuen Nd-Glas-Laser-System SHIVA NOVA wird eine 20fache Steigerung der Impulsenergie angestrebt (Inbetriebnahme wahrscheinlich 1985). Es soll die physikal. Realisierbarkeit der Zündung eines brennenden Plasmas durch Laserimpulse demonstrieren.

Der Nd-Glas-Laser dürfte wegen des niedrigen Wirkungsgrades für die Umwandlung von elektr. Energie in

Strahlungsenergie (nur einige ‰) und der geringen Pulsfolgefrequenz nur für die Laserfusionsforschung geeignet sein. Ob der CO_2-Laser (Wirkungsgrad bei Impulsdauern von 1 ns bis zu einigen %) die Rolle des Reaktorlasers der Zukunft übernehmen kann, ist ungewiß, da sein Licht (10mal größere Wellenlänge) weniger gut zur Heizung und Kompression des Plasmas geeignet sein dürfte. Dieses grundsätzl. Problem soll mit einer achtarmigen CO_2-Laseranlage (angestrebte Impulsleistung 10^{13} W) untersucht werden. U. U. muß nach völlig neuartigen Lasern gesucht werden. In Frage kommen der bei 1,3 µm emittierende Jodlaser oder der Wasserstofffluoridlaser mit einer Emissionswellenlänge von 2,7 µm.

Trägheitseinschluß mit Teilchenstrahlen. Außer Laserstrahlen können auch intensive Teilchenstrahlen (Elektronen oder Ionen), die sich mit besserem Wirkungsgrad und billiger als Photonen erzeugen lassen, zum Trägheitseinschluß von Plasmen benutzt werden. Bisher ist für die Dauer von 24 ps eine Leistung von $8 \cdot 10^{12}$ W erzielt worden. Neben der Erzeugung kurzer Stromimpulse ausreichender Intensität (zur Zündung muß eine Leistung von 10^{14} W über die Dauer von etwa 1 ns aufgebracht werden) sind auch noch viele Probleme bei der Bündelung und Fokussierung derartiger geladener Teilchenstrahlen sowie bei der Übertragung der Energie auf die Brennstoffperlen nicht gelöst. In den USA läuft ein Programm zur Entwicklung eines 10^{14}-W-Beschleunigers. Es bestehen Aussichten, eventuell die erste Zündung einer K. durch Teilchenstrahlen noch vor 1990 zu erzielen. Als bes. geeignete Teilchen gelten schwere Ionen (→ Schwerionenforschung).

L. A. ARZIMOWITSCH: Gesteuerte thermonukleare Reaktionen (a. d. Russ., 1965); J. RAEDER u. a.: Kontrollierte K. – Grundlagen ihrer Nutzung zur Energieversorgung (1981).

Kern|induktion, von F. BLOCH 1946 entwickelte Methode der Hochfrequenzspektroskopie zum Nachweis der → Kernspinresonanz. In einem konstanten äußeren Magnetfeld mit der magnet. Flußdichte B_0 führen die Atomkerne eine Präzessionsbewegung um die Feldrichtung aus. Die möglichen Energiezustände des Kerns hängen von der gequantelten Spinstellung bezüglich der Magnetfeldrichtung ab. Da das magnet. Moment eines Kerns parallel zum Spin orientiert ist, entsteht bei der Larmor-Präzession eine makroskop. Magnetisierung in Feldrichtung (Längsmagnetisierung). Beim Überlagern eines hochfrequenten elektromagnet. Feldes mit der magnet. Flußdichte B_1 senkrecht zu B_0, dessen Photonenenergie $h \cdot \nu$ gerade der Energiedifferenz zw. zwei Spinzuständen entspricht, klappen die Spins um. Die makroskop. Magnetisierung wird aus der Richtung von B_0 herausgedreht, so daß eine Quermagnetisierung entsteht. Die Kernspinresonanz kann mit einer senkrecht zu B_0 und B_1 angeordneten Spule detektiert werden, in der durch die umlaufende Quermagnetisierung eine Spannung induziert wird. Nach $h \cdot \nu = \mu \cdot B_0 / J$ (h = Plancksches Wirkungsquantum, μ = magnetisches Kerndipolmoment, J = Kernspin) läßt sich das Kerndipolmoment bestimmen. Andererseits kann das Verfahren bei bekanntem μ (Proton) zur sehr genauen Magnetfeldmessung über eine einfache Frequenzmessung (ν) benutzt werden **(Protonenpräzessions-Magnetometer).**

Kernit *der,* Mineral $Na_2B_4O_7 \cdot 4\ H_2O$, farblos; derb oder in oft meterlangen Kristallen; wichtiges Bormineral mit 51% B_2O_3.

Kernkräfte, Kräfte zw. den Nukleonen (Protonen und Neutronen) des Atomkerns, die den Zusammenhalt dieser Kernbausteine in den Atomkernen bewirken. Sie gehören zu den starken → Wechselwirkungen, die nur auf eine Entfernung von einigen 10^{-13} cm wirken. Für sehr kleine Abstände ($< 0{,}4 \cdot 10^{-13}$ cm) sind sie abstoßend **(Hardcore** [hˈɑːdkɔː]). Die K. sind ladungsunabhängig, wie Streuversuche von Nukleonen an Nukleonen zeigen. Die Erklärung der K. durch den Austausch von → Mesonen zw. den Nukleonen führte zu gewissen Erfolgen. Eine befriedigende theoretische Basis zur Beschreibung der K. lieferte jedoch erst das im Rahmen der → Quantenchromodynamik entwickelte Quark-Gluonen-Bild (BILD Quarks).

Kernkraftwerk, Abk. **KKW,** ein mit → Kernenergie betriebenes Kraftwerk. Die Energie wird bisher ausschließlich durch Spaltung schwerer Atomkerne (→ Kernspaltung) – insbesondere des Uranisotops 235 – gewonnen, die als kontrollierte Kettenreaktion in einem → Kernreaktor abläuft, der an die Stelle der Feuerung des Dampfkessels in einem Kraftwerk für fossile Brennstoffe tritt. Die durch Kernspaltung entstehende Wärme wird bei **Zweikreisanlagen** mit Hilfe eines Kühlmittels (gewöhnliches oder schweres Wasser, flüssige Metalle wie Natrium oder Kalium, die Gase Helium oder Kohlendioxid) aus dem Reaktorkern zum Wärmetauscher transportiert **(Primärkreis),** der die Rolle des Rohrsystems im Dampfkessel herkömmlicher Bauart übernimmt. Der im **Sekundärkreis** des Wärmetauschers erzeugte Dampf treibt eine Turbine an, an die der Generator zur Stromerzeugung angekoppelt ist. Bei **Einkreisanlagen** wird der im Reaktor erzeugte Dampf oder erhitztes Helium direkt in die Turbine geleitet **(Direktkreislauf).**

Die bei der Kernspaltung entstehenden Spaltprodukte werden im Reaktor durch besondere Vorkehrungen (gasdicht ummantelter Brennstoff) eingeschlossen. Durch Sekundäreffekte werden im Kühlmittel und in den Bauteilen radioaktive Isotope gebildet. Um diese und die bei eventuellen Defekten austretenden radioaktiven Stoffe von der Umwelt fernzuhalten, wird der gesamte Primärkreislauf einschließlich Kernreaktor i. a. mit einer druckfesten gasdichten Sicherheitshülle aus Beton und Stahl umgeben. Es wurden auch Projekte verfolgt, das gesamte Kernkraftwerk unterirdisch oder im Meer zu bauen. Neben den sehr aufwendigen Anlage- und Baukosten, die einen hohen Stand der Technologie erfordern, treten bei Kernkraftwerken die Probleme der → Entsorgung (Beseitigung radioaktiver Abfälle), des → Brennstoffkreislaufs und des Umweltrisikos auf (→ Kernenergie). Brennstoffmatrix und -hülle, Druckgefäß und Sicherheitshülle eines K. bieten einen vierfachen Schutz gegen das Entweichen von radioaktiven Spaltprodukten aus K. Die Neutronen führen aber auch im Moderator, Kühlmittel und Strukturmaterial zu Kernreaktionen mit radioaktiven Folgeprodukten, die über undichte Stellen des Kühlkreislaufs in das Reaktorgebäude gelangen können und dort zurückgehalten werden. Trotz aller Vorkehrungen entweichen gasförmige und flüssige radioaktive Stoffe in die Umgebung.

Die hohen Anlage- und Baukosten lassen K. erst wirtschaftlich werden bei Blockgrößen > 800 MWe (im K. ist MWe die elektr. Leistung in Megawatt, i. Ggs. zur therm. Leistung). Sie sind daher vorzugsweise im Grundlastbetrieb einzusetzen. Während K. mit Leichtwasserreaktoren technisch ausgereift und wirtschaftlich konkurrenzfähig sind, müssen K. mit anderen Reaktortypen i. a. noch als Versuchs- oder Demonstrationsanlagen angesehen werden. Für die Zukunft werden K. mit Schnellen Brutreaktoren wegen des geringen Brennstoffverbrauchs und

Kernkraftwerk Biblis

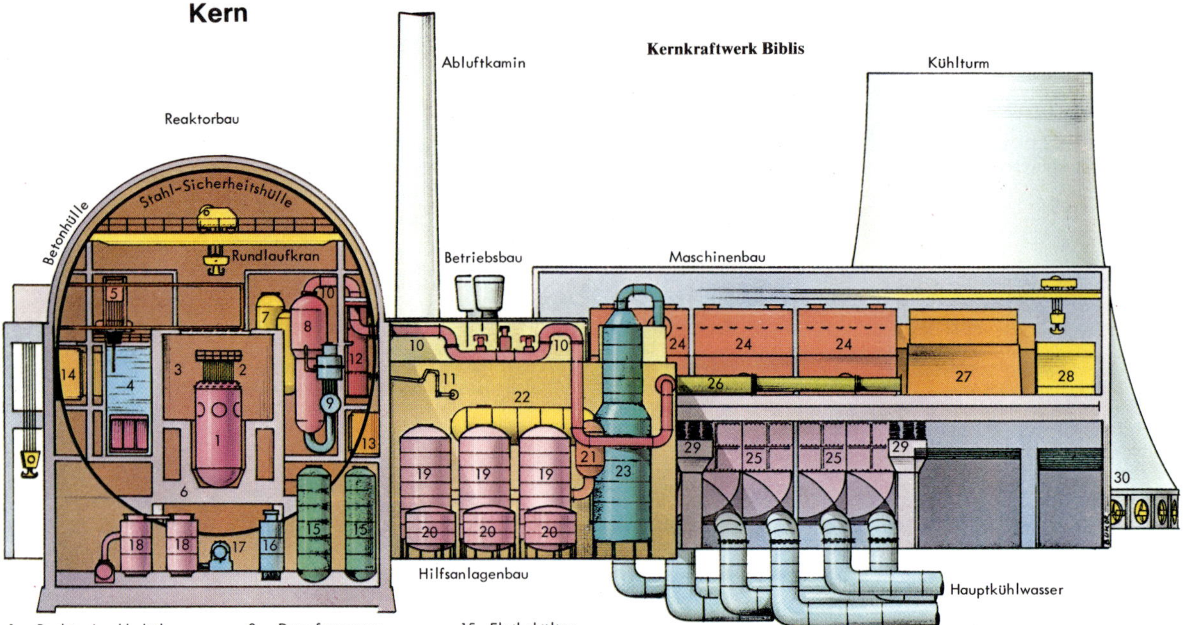

1 Reaktordruckbehälter
2 Steuerantrieb
3 Reaktorraum
4 Brennelement-Lagerbecken
5 Lademaschine
6 Biologischer Schild
7 Druckhalter
8 Dampferzeuger
9 Hauptkühlmittelpumpe
10 Frischdampf
11 Speisewasser
12 Druckspeicher
13 Personenschleuse
14 Materialschleuse
15 Flutbehälter
16 Nachwärmekühler
17 Sicherheits-Einspeisepumpe
18 Nuklearer Zwischenkühler
19 Radioaktives Abwasser
20 Konzentrat
21 Kondensatsammler
22 Turbinenöl
23 Wasserabscheider, Zwischenüberhitzer
24 Turbine
25 Kondensator
26 Überströmleitung
27 Generator
28 Erregermaschine
29 Federstütze für Turbinenfundament
30 Kühlturm-Ventilator

dem Hochtemperaturreaktor-Kraftwerk wegen des hohen Wirkungsgrades und der möglichen Prozeßdampferzeugung die größten Entwicklungschancen eingeräumt.

Der erste elektr. Strom aus K. wurde am 20. 12. 1951 in Arco (USA) im Forschungsbrutreaktor FBR1 erzeugt. Die erste bewegl. Kernkraftanlage wurde in dem amerikan. U-Boot ›Nautilus‹ eingebaut. Der Durchbruch zur wirtschaftl. Kernenergiegewinnung gelang jedoch erst zwischen 1961 und 1963. 1982 waren in der Bundesrep. Dtl. 15 K. in Betrieb, weltweit 277.

Lit.: → Kernreaktor.

Kernladungszahl, Formelzeichen Z, Zahl der positiven Elementarladungen des Atomkerns, stimmt mit der **Protonenzahl** (Anzahl der Protonen im Atomkern) und mit der → Ordnungszahl (Atomnummer) überein.

kernmagnetische Resonanz|spektroskopie, die → NMR-Spektroskopie.

Kernmagneton, physikal. Konstante von der Größenordnung der magnet. Momente der Atomkerne (→ Magneton).

Kernmasse, Formelzeichen m_N, die Ruhemasse eines Atomkerns.

Kernmodelle, Modellvorstellungen über die Struktur der Atomkerne und deren Verhalten bei Kernreaktionen, die alle davon ausgehen, daß Atomkerne aus Nukleonen aufgebaut sind. Wegen der großen Schwierigkeiten bei der Aufstellung einer umfassenden Theorie zur Beschreibung der Atomkerne (zu den Problemen, die die Behandlung eines Vielteilchensystems mit sich bringt, kommt hinzu, daß erst in jüngster Zeit eine befriedigende theoret. Basis zur Beschreibung der → Kernkräfte gefunden wurde) entwickelte man verschiedene K. Als gegensätzl. Grundvorstellungen entstanden das Schalenmodell und das Tröpfchenmodell.

Beim **Schalenmodell** kann sich jedes Nukleon praktisch frei im Kern bewegen, wobei die Wechselwirkung mit allen übrigen Nukleonen, die zur Bindung an den Kern führt, in Form eines mittleren zentralsymmetr. Potentials berücksichtigt wird. Nach der Quantenmechanik gibt es für ein derartiges Zentralpotential ähnlich wie in der Elektronenhülle (→ Atom) eine diskrete Mannigfaltigkeit von Energiezuständen für das Nukleon, die sich nach einer Hauptquantenzahl sowie einer Gesamtspin- und einer Bahndrehimpulsquantenzahl ordnen lassen. Jeder derartige Zustand kann nach dem Pauli-Prinzip von höchstens einem Proton und einem Neutron besetzt werden. Im Grundzustand eines Kerns sind die energetisch tiefsten Niveaus von Protonen oder Neutronen besetzt. In angeregten Zuständen haben Nukleonen die höherenergetischen Niveaus besetzt. Dem Übergang eines Nukleons von einem energiereicheren zu einem energieärmeren Zustand entspricht die Emission eines γ-Quants.

Die Annahme, daß Spin und Bahndrehimpuls eines Nukleons in bestimmter Weise gekoppelt sind, läßt die Energiezustände zu ›Schalen‹ zusammenrücken, in denen die Niveaus voneinander geringere Abstände haben als die Schalen untereinander. Die Nukleonenzahlen, die den Abschluß von Schalen kennzeichnen, sind die → magischen Zahlen: 2, 8, 20, 28, 50, 82, 126.

Mit hydromechan. und thermodynam. Gesetzen rechnet das **Tröpfchenmodell** (N. BOHR und J. A. WHEELER; 1939), bei dem der Kern als ein homogen geladenes Tröpfchen konstanter Dichte betrachtet wird. Auf Grund seiner Oberflächenspannung nimmt es im Grundzustand kugelförmige Gestalt an. Die Nukleonen werden wie die Moleküle einer Flüssigkeit betrachtet. Die mit der technisch wichtigen Spaltbarkeit der schwersten Kerne zusammenhängenden Stabilitätsfragen lassen sich mit dem Tröpfchenmodell erfolgreich behandeln.

Das **Kollektivmodell** wird gewonnen durch passende Kombination des Tröpfchen- und des Schalenmodells, die beide nur (sich ergänzende) Teile der Eigenschaften der Atomkerne wiedergeben. Beim Kollektivmodell werden die Nukleonen wie beim Schalenmodell als beweglich im ›Potentialtopf‹ aller anderen Nukleonen angenommen. Sie beeinflussen sich gegenseitig über den Potentialtopfrand, der im Gegensatz zum Schalenmodell beweglich ist und wie beim Tröpfchenmodell Schwingungen ausführen kann.

Das **Clustermodell** [klʹʌstə-] **(Substrukturenmodell)** geht davon aus, daß gewisse Atomkerne aus relativ stabilen und beständigen einfachen Unterstrukturen (Clustern) aufgebaut sind, z. B. das $^7_3$Li aus einem Alphateilchen ($^4_2$He) und einem Triton ($^3_1$H). Eine Vorstufe des Clustermodells ist das **Alphateilchenmodell,** das annimmt, daß Atomkerne aus Alphateilchen aufgebaut sind.

Das **Compoundkernmodell** [kəmpaʊnd-] dient der Untersuchung von Kernreaktionen, die über einen Zwischenkern ablaufen; eine Variante für höhere Geschoßenergien ist das → Sandsackmodell. Das **optische Modell** erklärt direkte Kernreaktionen durch ein komplexes Potential für die Wechselwirkung zw. Geschoß und beschossenem Kern. Hierin beschreibt der Realteil des Potentials die elastische Streuung, der Imaginärteil eine Absorption des Geschosses. Dies entspricht formal der Beschreibung der Streuung von Licht an einer trüben Glaskugel.

Hoch angeregte Zustände können mit dem → statistischen Modell erklärt werden.

Kernmoment, magnet. Moment des Atomkerns, zusammengesetzt aus dem magnet. Moment der Nukleonen und einem von der nicht kugelsymmetr. Ladungsverteilung herrührenden Anteil; wird häufig in Kernmagnetonen (→ Magneton) angegeben. Messung durch → Atomstrahlresonanzmethode, → Kerninduktion oder Hyperfeinstruktur-Untersuchung.

Kernphoto|effekt, durch energiereiche Gammaquanten (i. d. R. werden Energien > 5 MeV benötigt) eingeleitete Kernreaktion, bei der ein Atomkern soweit angeregt wird, daß er ein oder mehrere Nukleonen emittiert; zurück bleibt i. d. R. ein radioaktiver Kern. Die häufigsten K. sind die (γ, n)- und die (γ, p)-Prozesse (→ Kernreaktion) mit Schwellenenergien i. a. zw. 5 und 15 MeV. Charakteristisch für den K. sind die **Riesenresonanzen,** d. h. einige MeV breite Maxima im Wirkungsquerschnitt mit sehr großen Reaktionsausbeuten. Der K. wurde erstmals 1934 von J. CHADWICK und M. GOLDHABER bei der Photospaltung des Deuterons, $d + \gamma \rightarrow p + n$ durch γ-Quanten des radioaktiven Thalliumnuklids ^{208}Tl beobachtet.

Kernphysik, Zweig der Physik, der Struktur und Eigenschaften der Atomkerne untersucht, wobei zw. **niederenerget.** und **hochenerget. K.** unterschieden wird. Letztere befaßt sich mit der Physik und Struktur der Elementarteilchen und hat sich als → Hochenergiephysik (Elementarteilchenphysik) selbständig entwickelt. Demgegenüber ist die niederenerget. K. – die K. i. e. S. – der Zweig der Physik, der sich mit den physikal. Eigenschaften der Atomkerne und der zw. den Kernbausteinen wirkenden → Kernkräfte beschäftigt. Zu einem tieferen Verständnis der Eigenschaften von Kernmaterie hat in den letzten Jahren v. a. die **Schwerionenphysik** (→ Schwerionenforschung) beigetragen.

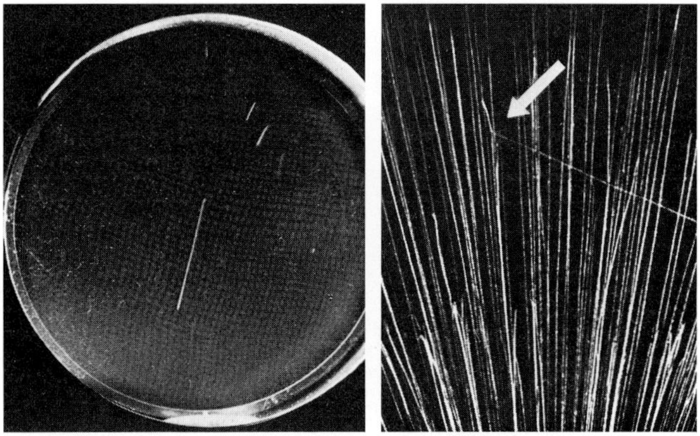

Kernphysik: LINKS Nebelkammeraufnahme eines Protons (Kammermitte), das durch ein schnelles Neutron aus einem Deuteron herausgeschlagen wurde [(n, p)-Prozeß]. Kammerfüllung = schwerer Wasserstoff und Alkohol. Das Neutron kommt von oben, es hinterläßt wegen des Fehlens einer elektrischen Ladung keine Nebelspur. RECHTS Nebelkammeraufnahme der ersten von E. Rutherford beobachteten künstlichen Kernumwandlung. ^{14}N(α, p)^{17}O. Ein α-Teilchen wandelt einen Stickstoff-14-Kern in einen Sauerstoff-17-Kern und ein Proton um. Die Spur des 17-O-Kerns verläuft vom Entstehungsort (Pfeil) nach links oben, die des Protons nach rechts unten

Der **Atomkern** ist der innere geladene Bestandteil des Atoms. Er nimmt einen sehr kleinen, nahezu kugelförmigen Raum von $2–9 \cdot 10^{-13}$ cm Radius ein, während die Elektronenhülle einen Raumbereich von rd. 10^{-8} cm Radius ausfüllt. Der Atomkern hat folglich eine etwa 10^{14}mal größere Massendichte als ein fester Körper. Er besteht aus positiv elektrisch geladenen → Protonen und elektrisch ungeladenen → Neutronen, die durch Kernkräfte zusammengehalten werden. Die Neutronen sind etwa 1‰ schwerer als die Protonen. Die Zahl der Protonen (Z) ist die Ordnungszahl eines Atomkerns. Die Zahl der Neutronen (N) ist bei leichten Kernen etwa gleich Z und wächst mit zunehmendem Atomgewicht bis etwa $1{,}6 \cdot Z$ für die schwersten bekannten Kerne. Protonenzahl und Neutronenzahl ergeben die Massenzahl $A = N + Z$. Der einfachste Atomkern, der Kern des Wasserstoffatoms, besteht aus einem einzigen Proton. Zur formelhaften Kennzeichnung des Aufbaus von Atomkernen benutzt man das chem. Zeichen, die Massenzahl und die Ordnungszahl: z. B. schreibt man für das Arsenisotop mit der Massenzahl 75 und der Ordnungszahl 33, $^{75}_{33}$As; auch vereinfacht ^{75}As oder As 75.

Man kennt **stabile** und **radioaktive (instabile) Atomkerne.** Stabile Kerne sind durch ein von der Massenzahl A abhängiges Verhältnis der Zahl der Protonen zur Zahl der Neutronen ausgezeichnet. Oberhalb $Z = 83$ (Bi) sind alle Kerne instabil. Instabile Kerne zerfallen spontan innerhalb bestimmter → Halbwertszeiten; dabei können Gammaquanten (→ Gammastrahlung), Elektronen (→ Betazerfall), Positronen, Nukleonen, Deuteronen, Alphateil-

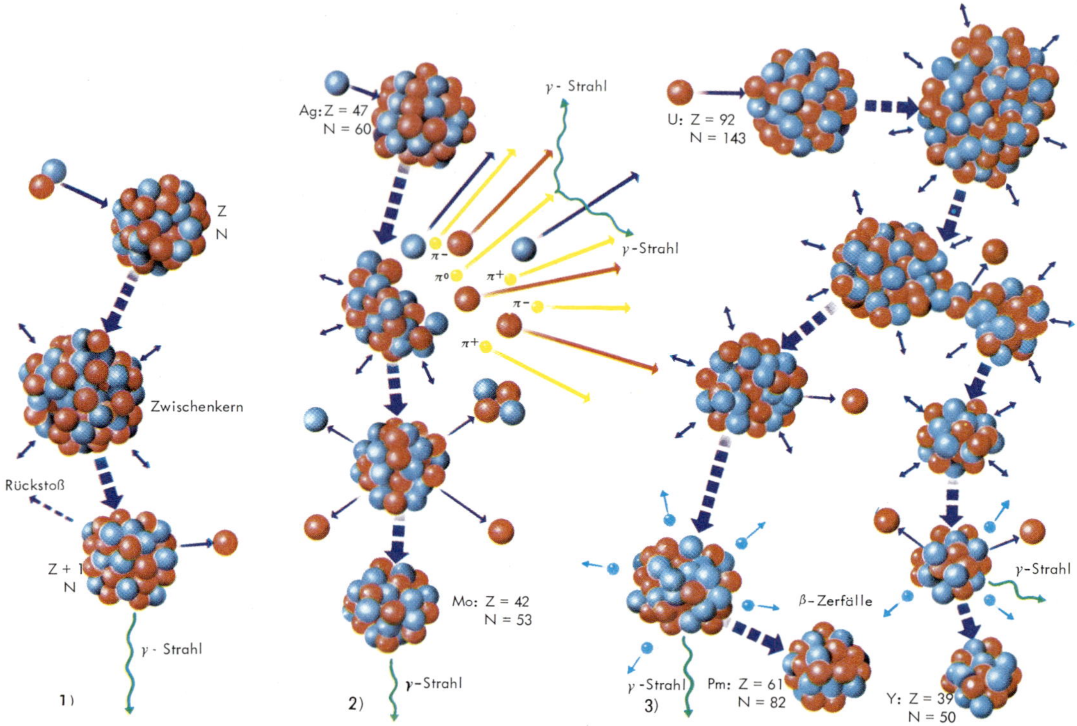

Kernreaktion: verschiedene K.: **1** Kernprozeß, bei dem ein Deuteron in den Kern eindringt und ein Neutron wieder ausgesandt wird [(d,n)-Prozeß]. **2** Von einem sehr energiereichen Proton bewirkte Kernzertrümmerung, durch die ein Silberkern in einen Molybdänkern umgewandelt wird. Bei der Zertrümmerung sendet der Kern außer Nukleonen auch mehrere π-Mesonen aus. **3** Die technisch wichtige Kernspaltung des Urankerns U 235. Während und nach der Spaltung werden Sekundär-Neutronen, danach noch mehrere Elektronen (β-Teilchen) ausgesandt: Als Endprodukte erscheinen hier ein Promethium- und ein Yttriumkern

chen (→Alphastrahlung) und schwerere Kernbruchstücke je nach Art und Anregungsgrad des Kerns emittiert werden. Ab $Z = 90$ kann spontane Spaltung (→Kernspaltung) eintreten. Der schwerste bis 1983 erzeugte Atomkern hat die Ordnungszahl $Z = 109$.

Die →Radioaktivität und zahlreiche andere Erfahrungen zeigen, daß ein Atomkern kein starres statisches, sondern ein dynamisches Gebilde ist. In Analogie zur Elektronenhülle nimmt man an, daß jedes Nukleon im Kern sich im Kraftfeld aller übrigen Nukleonen bewegt (→Kernmodelle). Ein Atomkern kann daher durch Aufnahme von Energie (ähnlich wie ein Elektron der Elektronenhülle, →Atom) in **angeregte Zustände** übergehen. Die zur Anregung erforderl. Energie kann z. B. in Form von kinet. Energie durch Protonenstoß übertragen werden. Nach den Gesetzen der Quantentheorie muß die Anregungsenergie für jede Kernart eine ganz bestimmte Größe haben, damit der Kern vom Grundzustand auf das nächsthöhere Energieniveau gelangt; Entsprechendes gilt für höher angeregte Niveaus. Der mittlere Abstand angeregter Niveaus nimmt, wie in der Elektronenhülle, zu höheren Energien hin ab. Verglichen mit typ. Anregungsenergien in der Elektronenhülle sind die Anregungsenergien in Atomkernen millionenfach größer (Millionen eV). Auf Grund ihrer magnet. Momente und ihrer elektr. Ladungen erzeugen die Nukleonen elektromagnet. Kräfte, die den Übergang angeregter Kernzustände zurück in den Grundzustand unter Emission von Gammaquanten bewirken. Die Lebensdauer angeregter gebundener Zustände beträgt in leichten Kernen ($A < 40$) 10^{-8} bis 10^{-18} s. Bei schwereren Kernen gibt es **isomere Zustände** (→Isomerie), deren Halbwertszeiten einige Sekunden bis Stunden betragen. Solche Zustände findet man unterhalb der magischen Nukleonenzahlen 50, 82, 126. Ist die Anregungsenergie groß genug, so können einzelne Nukleonen und eventuell ganze Kernbruchstücke von einem angeregten Kern emittiert werden; dieser kehrt dann nicht wieder in seinen Grundzustand zurück, sondern wird in einen neuen Kern umgewandelt.

Durch **kernphysikal. Untersuchungen**, wie →Atomstrahlresonanzmethode, →Kerninduktion, Streuexperimente, Untersuchung der Hyperfeinstruktur der Atomspektren, →Mößbauer-Effekt, werden die charakterist. Eigenschaften der Atomkerne, wie Masse und Ladung, sowie auch in den angeregten Zuständen Kernradius, magnet. Moment, elektr. Quadrupolmoment, Anregungsenergie, Kernspin, Parität und Lebensdauer bestimmt, um mit Hilfe dieser Daten Aufschluß über die im Kern wirksamen Kräfte zu gewinnen. Zur Messung der Eigenschaften vieler angeregter Kernniveaus benötigt man

→Beschleuniger, die energiereiche Teilchen liefern, um geeignete →Kernreaktionen einzuleiten. Im Gegensatz zu den ungeladenen Neutronen müssen geladene Teilchen, wie Protonen und Deuteronen, die elektrostat. (Coulomb-)Abstoßung des gleichnamig geladenen Atomkerns überwinden, um in diesen einzudringen. Je höher die Ladung des Kerns und des Geschosses ist, desto höher muß die Geschoßenergie zur Überwindung der abstoßenden Coulomb-Kräfte sein.

Durch Beschuß von Atomkernen mit einem Strahl negativer Kaonen sind neuartige **Hyper-Atomkerne (Hyperkerne)** erzeugt worden, die an Stelle eines Neutrons oder Protons ein →Hyperon enthalten, das durch Umwandlung aus einem Nukleon im Kern entstanden ist. Aus dem Zerfall der gebundenen Hyperonen, die bisher nur in ungebundenen Zuständen bekannt waren, lassen sich neue Informationen über die Struktur der Atomkerne und die darin wirkenden Kräfte gewinnen.

Für Kerne im Grundzustand gelten folgende wichtige Regeln: 1) Ein Atomkern aus Z Protonen und N Neutronen ist leichter als die Summe seiner Bausteine, wenn diese freie Teilchen wären; er besitzt einen →Massendefekt, der durch die gegenseitige Bindung der Nukleonen hervorgerufen wird. Es gibt bestimmte ausgezeichnete Nukleonenzahlen, für die die Kernbindung besonders stabil ist (→magische Zahlen).

2) Das Atomkernvolumen V wächst nahezu proportional zur Massenzahl $A = N + Z$ nach der Formel

$$V = \frac{4\pi}{3} r_0^3 \cdot A (r_0 = 1{,}2 \text{ bis } 1{,}4 \cdot 10^{-13} \text{ cm}).$$

3) Alle Atomkerne von gerader Massenzahl $A = N + Z$ besitzen ganzzahligen, die von ungerader Massenzahl halbzahligen Spin. Alle stabilen Atomkerne von geradem N und gleichzeitig geradem Z haben den Spin Null. Kerne mit halbzahligem Spin besitzen immer ein (u. U. sehr kleines) magnet. Moment.

4) Stabile Kerne mit gerader Protonen- und gerader Neutronenzahl kommen im Kosmos häufiger vor als ihre ungeradzahligen Nachbarn. Auch sind diese Kerne innerhalb einer Isotopenreihe (→Isotope) i. a. relativ häufiger als ihre ungeraden isotopen Nachbarn.

5) Kerne mit magischen Nukleonenzahlen sind sphärisch, Kerne mit Massenzahlen $A \approx 24$ und bes. $A = 130$–150 und $A > 230$ sind elliptisch deformiert und haben sehr große Quadrupolmomente.

Anwendungen. Der Einsatz kernphysikal. Methoden reicht von der Bestrahlung von Lebensmitteln über die biolog. Wachstums- und Mutationsbeeinflussung, die medizin. Diagnose und Bestrahlungstherapie, die Anwendungen in der Werkstoffprüfung und -herstellung, die →Altersbestimmung, die Erforschung der Gestirne bis hin zur Aufklärung von Verbrechen. Die Erkenntnisse über Kernreaktionen und Bindungsenergien (→Kernenergie, →Kernfusion) führten zum Bau von →Kernkraftwerken und →Kernwaffen.

Geschichte. 1896 entdeckte H. BECQUEREL die natürl. Radioaktivität. Experimentelle Untersuchungen, insbes. Streuversuche vieler Forscher (E. RUTHERFORD, F. SODDY, H. GEIGER, E. MARDSEN u. a.), führten E. RUTHERFORD 1911 zur Darstellung des ersten Atommodells und 1919 zur ersten Kernumwandlung (Beschuß von Stickstoffatomen mit α-Strahlen). J. J. THOMSON und F. ASTON entdeckten 1914, daß von Kernen Isotope existieren. Die Arbeiten von W. BOTHE und H. BECKER forderten die Existenz des Neutrons, welches 1932 durch J. CHADWICK nachgewiesen wurde. 1934 entdeckte das Ehepaar F. JOLIOT und IRÈNE JOLIOT-CURIE die künstl. radioaktiven Stoffe. O. HAHN und F. STRASSMANN gelang es 1938 (veröffentlich 1939), die erste Kernspaltung des Urans 235 durchzuführen, was den Bau der ersten Atombombe und des ersten Kernreaktors (FERMI 1942) nach sich zog. Ein weiterer Meilenstein in der Geschichte der K. war die Entdeckung der Elementarteilchen, speziell der Mesonen (1947). Die moderne K. konzentriert sich v. a. auf die Erforschung der Kernkräfte und eine geschlossene Theorie des Atomkerns, wobei eine sehr starke Wechselbeziehung zur Elementarteilchenphysik erforderlich ist.

E. BODENSTEDT: Experimente der K. und ihre Deutung, 3 Bde. ([2]1978/79); T. MAYER-KUCKUK: K. – Eine Einführung ([3]1979); H. BUCKA: Nukleonenphysik (1981).

Kernquadrupolresonanz, Untersuchung von Übergängen zw. Energieniveaus, die versch. Einstellungen des elektr. Quadrupolmoments von Atomkernen in inhomogenen elektr. Feldern (z. B. in einem Kristall) entsprechen, mit den Methoden der magnet. Kernresonanz. Im Fall der K. werden durch hochfrequente magnet. Felder Umklappprozesse der Kernspins induziert, die wegen der Wechselwirkung des Kernquadrupolmoments mit dem inhomogenen elektr. Feld um die Richtung des Feldgradienten präzidieren. Die K. liefert Information über Kernquadrupolmomente, über die Struktur des Kristallgitters und Gitterfehler sowie Einflüsse der chem. Bindung auf das Kristallfeld.

Kernreaktion, 1) jede durch einen Stoß mit einem anderen Kern oder Elementarteilchen (einschließlich γ-Quanten) bewirkte Umwandlung von Atomkernen, die zum Einbau oder Abbau von Nukleonen oder größeren Kernbruchstücken führen kann. K. unterscheiden sich damit von spontan ablaufenden Kernumwandlungen (→Radioaktivität, spontane →Kernspaltung). Da die Bindung der Nukleonen im Kern millionenfach stärker ist als die Bindung der Hüllenelektronen (chemische Bindung), werden bei K. millionenmal größere Energien umgesetzt als bei chem. Reaktionen. Daher finden natürl. K. in größerem Umfang nur im Innern von Fixsternen statt, wo bei extremen Temperaturen die notwendigen kinet. Energien verfügbar sind (→Kernfusion).

Um **künstl. K.** herbeizuführen, muß man sich darauf beschränken, nur verhältnismäßig wenige Teilchen durch Beschleuniger auf sehr hohe Geschwindigkeiten zu bringen und als Energiezuträger gerichtet auf Atomkerne zu ›schießen‹. Eine andere Möglichkeit besteht darin, natürl. Kernumwandlungen, wie etwa die Uranspaltung, zur Anregung von K. zu benutzen; so werden die meisten künstlich erzeugten →Radionuklide durch Neutronenbeschuß im Kernreaktor gewonnen. Als Geschosse benutzt man z. B. Gammastrahlen (γ), Elektronen (e), Protonen (p), Neutronen (n), Deuteronen (d), Alphateilchen (α).

Wandelt man durch Beschuß mit dem Teilchen a den Zielkern A in einen Kern B um, wobei ein Teilchen b emittiert wird, formelhaft ausgedrückt also A + a → B + b, so schreibt man vereinfacht A (a, b) B. Der Prozeß $^{14}_{7}N + ^{4}_{2}He \rightarrow ^{17}_{8}O + ^{1}_{1}H$ (erste künstliche Kernumwandlung, E. RUTHERFORD, 1919) wird so z. B. geschrieben als: $^{14}N(\alpha, p)^{17}O$. Der Klammerausdruck bezeichnet den Einbau eines α-Teilchens und die nachfolgende Aussendung eines Protons. In diesem Sinn kennt man etwa die K. (p, γ), (p, n), (d, p), (d, n), (α, γ), (α, p) sowie deren Umkehrreaktionen.

Bei sehr hohen Stoßenergien kann →Kernexplosion, Kernzertrümmerung oder Kernverdampfung eintreten.

2) chemische →Reaktion.

Kernreaktor, kurz **Reaktor,** Anlage zur Umwandlung von →Kernenergie in Wärme, elektr. oder Strahlungsenergie durch kontrollierte →Kernspaltung. Fusionsreaktoren, in denen kontrollierte Kernfusionen zur Energiegewinnung ablaufen sollen, sind noch weit von der techn. Realisierbarkeit entfernt (→Kernfusion). Dagegen werden K. in großem Maßstab kommerziell in →Kernkraftwerken eingesetzt.

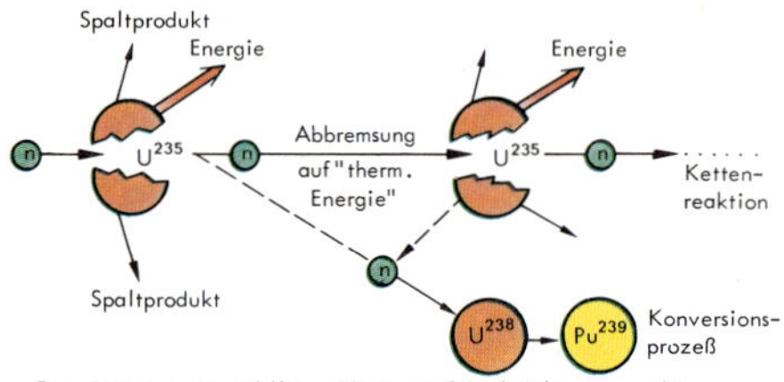

Energieerzeugung und Konversionsprozeß im Leichtwasserreaktor

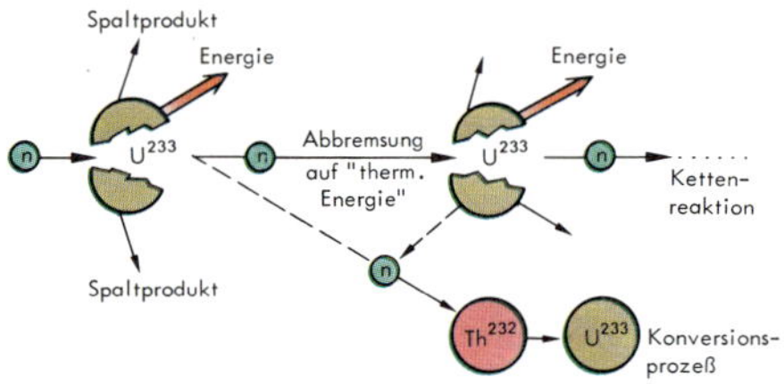

Energieerzeugung und Brutprozeß im Hochtemperaturreaktor

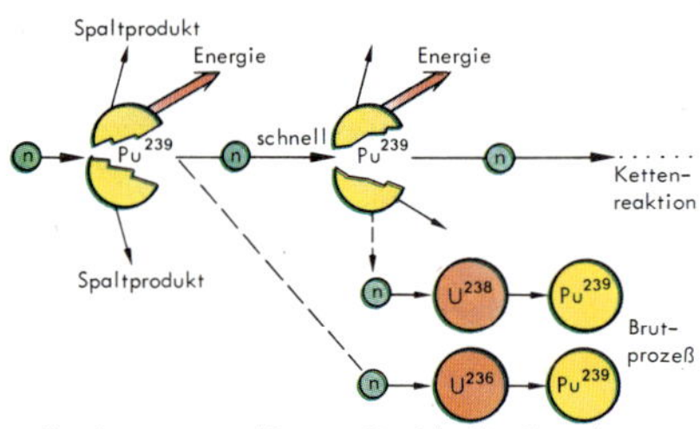

Energieerzeugung und Brutprozeß im Schnellen Brutreaktor

Kernreaktor 1

Im K. werden in einem spaltbaren Material (Uran 235, Uran 233, Plutonium 239, →Brennstoffe 2) durch Neutronen bestimmter Energie Atomkerne gespalten, wobei neben den Kernbruchstücken auch einige schnelle Neutronen entstehen (BILD 1). Diese werden entweder von anderen Atomkernen absorbiert, durch Zusammenstöße abgebremst oder verlassen den Brennstoff durch die Oberfläche. Wenn hierbei insgesamt im Mittel genausoviel Neutronen wie zu Beginn des Prozesses die Energie erreichen, die zur Spaltung neuer Kerne erforderlich ist **(Neutronen-Multiplikationsfaktor** $k_\infty = 1$), kommt eine gleichförmige Energiefreisetzung in Gang: der K. ist ›kritisch‹. Ist die Zahl dieser Neutronen größer/kleiner als die ursprüngliche, dann ist der K. ›überkritisch‹/›unterkritisch‹, was im ersten Fall zur Leistungserhöhung, im zweiten zum Erlöschen des K. führen kann.

Die **Reaktorregelung,** d. h. die Beeinflussung der Kernspaltungen und Neutronenökonomie, erfolgt einmal durch mehr oder weniger tiefes Einfahren von neutronenabsorbierenden Regel-, Trimm- und Abschaltstäben oder beim Druckwasserreaktor durch Zusatz von Bor zum Kühlmittel. Dem frischen, hochangereicherten Brennstoff kann ein mit der Zeit durch Kernreaktionen unwirksam werdendes ›Neutronengift‹ zugemischt werden. Leichtwasser-K. haben eine Eigenstabilisierung: Bei Leistungserhöhung nimmt die Moderatortemperatur zu und damit die Bremswirkung ab, d. h., es entstehen weniger Neutronen mit der zur Spaltung erforderlichen Energie, die Leistung geht zurück. Bei Absinken der Kühlmitteltemperatur tritt der entgegengesetzte Effekt auf.

Die Abbremsung der Neutronen geschieht durch zugesetzte Substanzen **(Moderatoren)** mit leichten Atomkernen, z. B. Wasser **(Leichtwasserreaktor),** schweres Wasser **(Schwerwasserreaktor),** Graphit. Die Absorption läßt sich durch stark neutronenabsorbierende Materialien in definierten Energiebereichen **(Absorptionsquerschnitte)** steuern. Erfolgt diese überwiegend durch einen Stoff, der sich dabei durch eine Kernreaktion in spaltbares Material umwandelt, so nennt man diesen **Brutstoff** (→Brüten). Die kinet. Energie der Kernbruchstücke, Neutronen und die durch radioaktiven Zerfall entstehende β- und γ-Energie (etwa 200 MeV je Kernspaltung) versetzen Brennstoff und umgebendes Material in hochfrequente Schwingungen, d. h. erzeugen hohe Temperaturen. Ein Kühlmittel, das meist indirekt über eine Schutzhülle längs des Brennstoffs geleitet wird, transportiert die therm. Energie in Form von Dampf (oft über einen Wärmetauscher) zu einer Turbine, die einen Generator zur Erzeugung elektr. Energie antreibt **(Leistungsreaktor).** Legt man jedoch nur auf die Erzeugung von Neutronenströmen Wert, so entfällt der Turbinen-Generatorteil **(Forschungs- und Experimentierreaktor).**

Um das Betriebsverhalten eines K. bestimmen zu können, ist eine genaue Kenntnis der **Neutronenökonomie** erforderlich. Die Konzentration des Spaltstoffs und die minimale kritische Masse, bei der noch eine Kettenreaktion aufrecht erhalten bleibt, müssen unter Berücksichtigung der Reaktorgeometrie, der Moderator-, Kühlmittel- und Struktur-Werkstoffeigenschaften (Absorptions-, Streu- und Spaltwirkungsquerschnitte) sowie der Leistung festgelegt werden. Hierbei soll ein möglichst gleichförmiger Neutronenfluß über den ganzen Reaktorkern erreicht werden (gleichmäßige **Energieverteilung)** und eine gute Brennstoffnutzung (hoher **Abbrand)** gewährleistet sein, ohne daß es zu Schäden durch Überhitzung, Überbeanspruchung infolge der mechan. und Strahlenbelastung der Komponenten oder durch unkontrollierte Neutronenproduktion kommt. Regel- und Steuereinrichtungen müssen so ausgelegt sein, daß die Leistung dem Bedarf angepaßt werden kann und bei Betriebsstörungen oder Unglücksfällen schnelles und sicheres Abschalten möglich ist **(Absorbermaterialien, Neutronengifte).**

Der prinzipielle Aufbau aller Leistungs-K. ist gleich: Der Brennstoff/Brutstoff befindet sich in einer metall. oder carbid. Umhüllung, um die bei der Kernspaltung entstehenden gasförmigen und festen radioakt. Spaltprodukte einzuschließen. Die **Brennstoffstäbe** oder **-partikel,** eingebettet in Moderatormaterial, werden zu →Brennelementen zusammengesetzt und bilden den Reaktorkern **(Core** [kɔ:, engl.]). In oder zw. den Brennelementen verlaufen die Kühlkanäle und Regel- und Steuerstabführungs-Einrichtungen. Der gesamte Kern ist von einem gasdichten Druckbehälter umgeben, der innen mit einem neutronenreflektierenden Material **(Reflektor)** ausgeklei-

Kernreaktor: Reaktortypen

Typ	Thermische Reaktoren: Leichtwasser-R. Siedewasser-R. SWR (BWR)	Leichtwasser-R. Druckwasser-R. DWR (PWR)	Schwerwasser-R.	Gasgekühlte Reaktoren: Hochtemperatur-R. HTR	Gasgekühlte Reaktoren: AGR GGR	Schneller Reaktor Schneller Brutreaktor SNR (LMFBR)
Brennstoff	angereichertes UO_2 (PuO_2)	angereichertes UO_2 (PuO_2)	natürliches UO_2	UO_2, UC, ThO_2	angereichertes UO_2	UO_2-PuO_2-Mischoxid
Anreicherung	^{235}U: 1,9–3,2% recycl. Pu	^{235}U: 1,9–3,5% recycl. Pu	^{235}U: 0,7%	^{233}U: 1,51% ^{235}U: 2,31%	^{235}U: 2–3%	^{239}Pu: 16–30%
Brutstoff	—	—	—	$^{232}Th \longrightarrow ^{233}U$	—	$^{238}U \longrightarrow ^{239}Pu$
Konversions-/Brutrate	0,6	0,58		0,53		1,1–1,27
Brennelemente (BE)	49–63 Stäbe aus Zircaloy-4 mit gesintertem UO_2	208–236 Stäbe aus Zircaloy-2 mit gesintertem UO_2	Brennstabbündel Zircaloy-2-Hüllrohr mit gesintertem UO_2, angeordnet in Druckröhre	Carbid- oder silicium-beschichtete Partikel in Graphitblock oder Graphitkugel	Brennstabbündel Stahlhüllrohre mit gesintertem UO_2	Stäbe aus Edelstahllegierung mit gesintertem UO_2, PuO_2
Anzahl der BE	840	193		675000 Kugeln		193/364
Brennstoffmasse im Kern	156 t U	103 t U		6,9 t Th; 0,65 t ^{235}U		1,1/4,6 t Pu, 14/68 t U
Steuerstäbe Anzahl	205	61				
Moderator	H_2O	H_2O	D_2O	Graphit	Graphit	—
Kühlmittel	H_2O-Moderator	H_2O-Moderator	D_2O getrennt von Moderator	He	CO_2	flüssiges Na
Druck [bar]	71	158	60	40	40	5
Temp. [°C]	286	345	240	600–800	675	530–580
Reaktorleistung therm. [MW]	3690	3733	1800	750 (2270)		1247/4800
elektr. [MW]	1316	1300	600	300 (1000)	625	327/1200
max. Entladeabbrand [MWd/t]	44000	50000	9000	57000 (140000)	20000	57000/100000

Bemerkungen: AGR = Advanced gas cooled reactor, GGR = Gas cooled, graphite moderated reactor, LMFBR = Liquid metal fast breeder reactor.

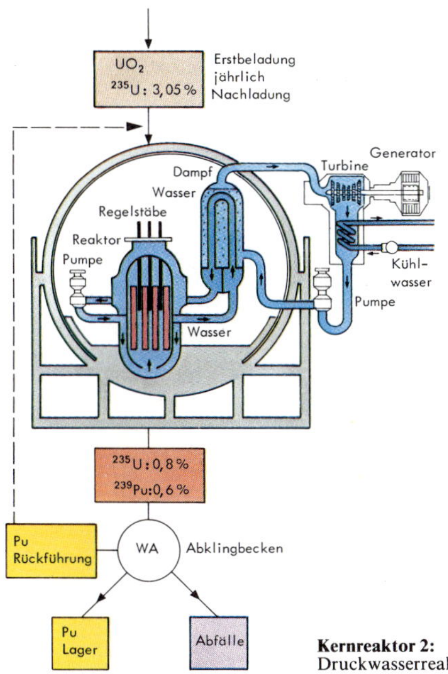

Kernreaktor 2: Druckwasserreaktor

det ist. Dieser **eigtl. Reaktor** befindet sich mit Kühlmittelpumpen, Dampferzeugern, Regeleinrichtungen, Brennelement-Wechselvorrichtung und anderen Hilfseinbauten in einer sekundären Abschirmung aus Stahl und Stahlbeton. – Bei **heterogenen K.** ist der Brennstoff in Form von Stäben oder Platten im Moderator angeordnet. Bei **homogenen K.** sind Brennstoff und Moderator miteinander innig vermischt. Nach Anwendungszweck, Art der Brenn- oder Brutstoffe, Moderatoren und Kühlmittel unterscheidet man die in der Übersicht zusammengestellten K.-Typen. – Durch die Kernspaltungen nimmt die Konzentration der Uran- und Plutoniumkerne ab, bis nur noch so wenige vorhanden sind, daß die Kernkettenreaktion zum Erliegen kommt (max. Abbrand des Brennstoffes). Durch Erzeugung stark neutronenabsorbierender Spaltprodukte wird die Reaktion zusätzlich eingeschränkt. Der verbrauchte Brennstoff wird entladen und durch frischen ersetzt. Dies kann kontinuierlich (z. B. beim HTR mit Kugelbrennelementen) oder in best. Zeitabständen (z. B. beim DWR etwa jährlich 1/3 der Brennelemente) geschehen. Nach der Entladung werden die noch radioaktiven und deshalb Wärme entwickelnden Brennelemente zunächst in einem **Abklingbecken** gelagert und später zur Wiederaufarbeitungsanlage (→Wiederaufarbeitung) transportiert. Rest- und erbrütete Brennstoffe, d. h. neu entstandene Brennstoffe werden abgetrennt und gegebenenfalls zu neuen Brennelementen verarbeitet. Bei Leichtwasser-K. kann durch dieses **Plutonium-Recycling** [-rɪs'aɪklɪŋ] ein Teil des angereicherten Urans eingespart werden. (→ Brennstoffkreislauf)

KERNREAKTORTYPEN

Unter den K. haben die **Leichtwasserreaktoren** den höchsten technolog. Entwicklungsstand erreicht. Sie

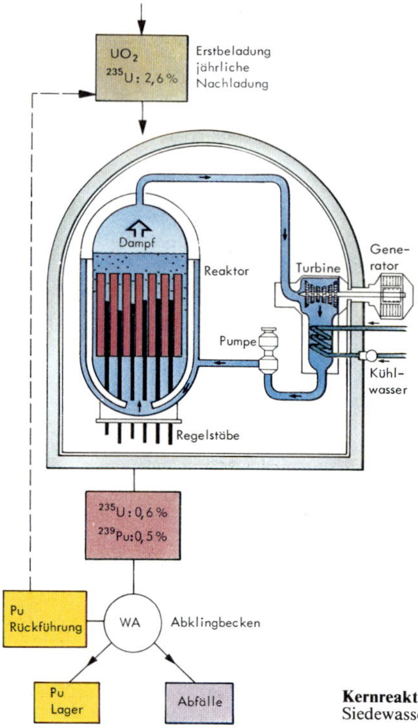

Kernreaktor 3:
Siedewasserreaktor

können max. nur 0,7% der im natürl. Uran gespeicherten Energie verwerten – nur das Uranisotop 235 ist ein natürl., spontan spaltendes Isotop –, liefern jedoch etwa 20000mal mehr Wärme aus 1 kg Uran, als aus der gleichen Menge Kohle zu gewinnen ist. Nach der Arbeitsweise unterscheidet man den **Druckwasser-(DWR;** BILD 2, S. 61) und **Siedewasserreaktor (SWR;** BILD 3). Beim Erstgenannten wird die Wärme durch Wasser abgeführt, das unter hohem Druck steht, damit eine hohe Temperatur erreicht wird, ohne daß es zum Sieden kommt **(Zweikreisanlage).** Beim SWR siedet das Wasser, und der entstehende Dampf wird direkt zum Antrieb einer Turbine verwendet **(Einkreisanlage).** – Da der Sattdampf in Leichtwasserreaktoren nur einen Druck von 60 bis 70 bar hat, liegt der therm. Wirkungsgrad nur bei etwa 33%.

Eine Weiterentwicklung stellt der gasgekühlte **Hochtemperaturreaktor (HTR;** BILD 4) dar, bei dem Helium als Kühlmittel verwendet wird. Eine besondere Ausführung ist der **Kugelhaufenreaktor** mit kugelförmigen Brennelementen. Wegen der hohen Kühlmittelaustrittstemperatur kann im Sekundärkreislauf Dampf hohen Druckes und hoher Temperatur (z. B. 180 bar, 540 °C) erzeugt werden, mit dem ein therm. Wirkungsgrad von rd. 40% erreicht wird.

Die Entwicklung von **Brutreaktoren,** die das Uranisotop 238 und das Thoriumisotop 232 in die spaltbaren Isotope Plutonium 239 und Uran 233 umwandeln können, wird vielfach als notwendige Voraussetzung für den Ausbau der Kernspaltungstechnologie zu einer langfristig wirtschaftl. Energiequelle angesehen. An diesem K.-Typ, der mehr spaltbares Material erzeugt als verbraucht und 60–80% der Vorkommen an Uran und Thorium als Kernbrennstoff nutzen kann, wird weltweit gearbeitet. – Der **Schnelle Brüter (SNR;** BILD 5, S. 63) arbeitet mit Natrium als Kühlmittel, das seine Wärme an einen zweiten Natriumkreislauf abgibt, um sie in einem weiteren Wärmetauscher auf einen konventionellen Wasser-Dampf-Kreislauf mit etwa 180 bar, 500 °C zu übertragen **(Dreikreisanlage).** Der Dampfprozeß gleicht dem des HTR und erreicht ebenso einen therm. Wirkungsgrad von rd. 40%. Für die Zukunft verspricht der SNR eine wesentl. Streckung der Uranreserven. – Der starke Neutronenfluß im SNR, die sehr große Wärmeentwicklung je Volumeneinheit sowie die Probleme, die mit dem als Kühlmittel verwendeten äußerst reaktionsfähigen, flüssigen Natrium verbunden sind, führen zu einer sehr komplexen Anlagetechnik, die die Entwicklung einer wirtschaftl. Anlage für den Einsatz in Kernkraftwerken erheblich erschwert. Große Probleme wirft auch die Handhabung des erbrüteten Plutonium 239 auf, das hochgradig giftig ist, eine extrem lange Halbwertszeit (24110 Jahre) hat und außerdem als Material für die Kernspaltung in Sprengkörpern benutzt werden kann (→ Kernwaffen).

R. SCHULTEN u. W. GÜTH: Reaktorphysik, 2 Bde. (1960–62); S. GLASSTONE u. M. G. EDLUND: Kernreaktortheorie (1961); A. KUHLMANN: Einf. in die Kernreaktorsicherheit (1967); D. EMENDÖRFER u. K. H. HÖCKER: Theorie der K., 2 Bde. (1969–70); D. SMIDT: Reaktortechnik (²1976); D. W. WILDBERG u. B. J. LEDERER: Reaktorhandbuch (1981); Kerntechnik, hg. v. DIN (1983).

Kernresonanz, → Kernspinresonanz.

Kernresonanz|fluoreszenz, die Absorption von γ-Strahlung durch einen Atomkern und der Übergang in einen angeregten Kernzustand, wobei die Quantenenergie

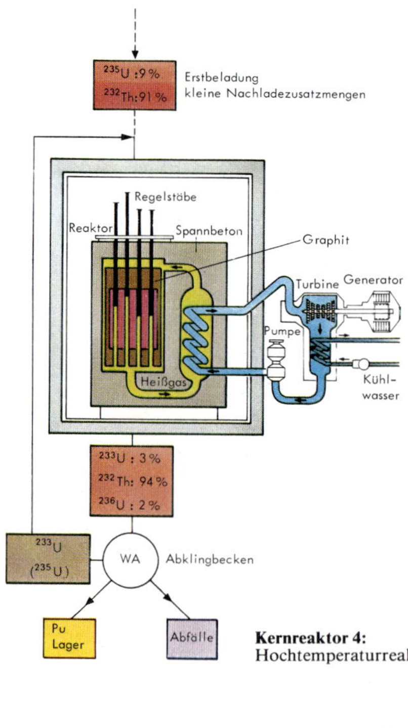

Kernreaktor 4:
Hochtemperaturreaktor

genau dem Abstand zw. zwei Kernenergieniveaus entsprechen muß **(Kernresonanzabsorption)**, sowie die anschließende Abgabe der Energie nach der Lebensdauer des angeregten Zustands durch Emission eines γ-Quants. Die K. entspricht der Resonanzfluoreszenz in der Atomhülle. Da Energie und Impuls der γ-Quanten viel größer sind als bei den mit der Elektronenhülle wechselwirkenden Photonen, wird der bei der Absorption und Emission auf den Kern übertragene Rückstoß i. a. so groß, daß Absorptions- und Emissionslinie frequenzmäßig gegeneinander verschoben sind. Dadurch wird die Absorptionswahrscheinlichkeit für γ-Quanten, die von gleichartigen Kernen emittiert werden, und damit die Intensität der K. in der Regel sehr klein. ›Rückstoßfreie‹ K. ist mit Hilfe des → Mößbauer-Effekts erreichbar.

Kernresonanz|spektroskopie, die → NMR-Spektroskopie.

Kernrohr, Bohrtechnik: Rohr zur Aufnahme und Gewinnung eines Bohrkerns (→ Bohrwerkzeuge, → Bohrverfahren). Für kompakte Gesteine werden **Einfach-K.**, für weiche, lockere oder zertrümmerte Gesteine **Doppel-K.** verwendet. Das **Seil-K.** stellt eine Spezialausführung des Doppel-K. dar, das so konstruiert ist, daß Kernfänger und Kernhülse aus- und eingebaut werden können, ohne daß das Bohrgestänge aus dem Bohrloch ausgebaut werden muß.

Kernspaltung. Die schwersten Atomkerne besitzen die Eigenschaft, nach einer bestimmten Lebensdauer entweder von selbst **(spontane K.)** oder nach Zuführung einer geeigneten Anregungsenergie (z. B. durch Eindringen eines Neutrons in den Kern, das diesen in einen hochangeregten Zwischenzustand versetzt; **erzwungene K.)** sofort im wesentlichen in zwei große Bruchstücke zu zerfallen, deren Massen sich bei nicht zu hoher Anregungsenergie vorwiegend wie etwa 2:3 verhalten. Bei der Spaltung werden etwa 10% der gesamten Bindungsenergie der Kerne, d. h. rund 170 Mio. Elektronenvolt, als kinet. Energie der Bruchstücke frei. Gleichzeitig ist der spontane oder auch der erzwungene Spaltvorgang mit der Aussendung intensiver elektromagnet. Strahlung sowie von zwei bis drei schnellen Neutronen **(Spaltneutronen)** verbunden, deren Häufigkeitsverteilung im Fall der Spaltung des ^{235}U mit langsamen Neutronen (BILD Kernreaktion) eine wahrscheinlichste Energie von etwa 1 MeV liefert. Die aus der Spaltung von 1 g ^{235}U freiwerdende Energie beträgt $2{,}26 \cdot 10^4$ kWh; dies entspricht der Sprengkraft von 20 t TNT (Trinitrotoluol). Die Kernbruchstücke in hohen Energiezuständen gehen durch β-Zerfall (auch β^+-, α-Zerfall), Neutronenaussendung **(verzögerte Neutronen)** und γ-Strahlung mit entsprechenden Halbwertszeiten in stabile Kerne über.

Nur das Uranisotop mit der Massenzahl 235 wird durch langsame Neutronen gespalten; das Isotop Uran 238 hingegen ist nur durch Neutronen mit Energien von mehr als 1 MeV spaltbar und wandelt sich bei Anlagerung eines langsamen Neutrons in ein Isotop vom Atomgewicht 239 um, das seinerseits nach der Emission von zwei schnellen Elektronen in Plutonium 239 übergeht. Plutonium 239 kann durch langsame Neutronen gespalten werden. Das gleiche gilt von dem aus Thorium 232 durch Neutronenanlagerung über Betazerfälle hinweg entstehenden Urankern 233.

^{233}U, ^{235}U und ^{239}Pu dienen als Kernbrennstoff (→ Brennstoffe 2) im → Kernreaktor zur Energieerzeugung (→ Kernenergie) oder als Spaltmaterial in Kernspaltungswaffen (→ Kernwaffen) zur zerstörenden Explosion.

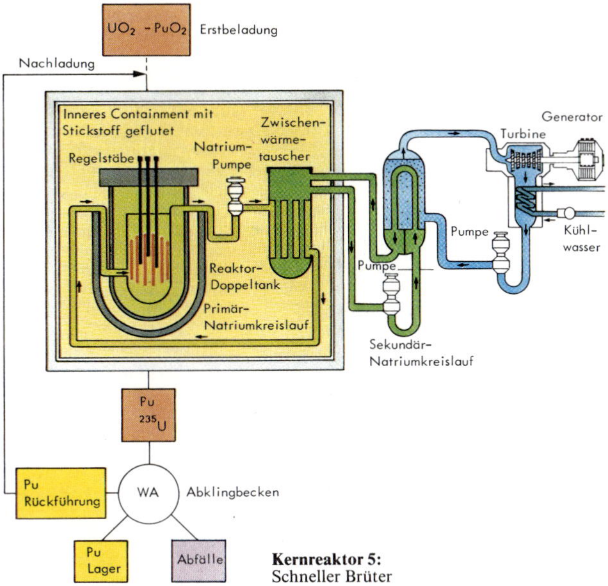

Kernreaktor 5: Schneller Brüter

Mit höherer Neutronenenergie sind nicht nur alle Uran- und Thoriumkerne und alle weiteren Transurane spaltbar, sondern bei geeigneter Energiezufuhr durch Stoßprozesse beliebiger Art (Alphateilchen, Deuteronen, Protonen, Neutronen, Lichtquanten) sogar ganz stabile Kerne wie die von Wismut und Blei.

Am Schwerionenbeschleuniger UNILAC der Gesellschaft für Schwerionenforschung in Darmstadt ist beim Beschuß von Uran-Targetkernen mit auf hohe Energie beschleunigten Uranionen 1979 erstmals eine K. beobachtet worden, die allein durch die starken elektr. Kräfte zw. den beiden Teilchen mit hoher Kernladungszahl eingeleitet worden ist. Dieser als **Coulomb-Spaltung** bezeichnete Prozeß tritt dann ein, wenn die beiden Kerne möglichst nahe aneinander vorbeifliegen, ohne sich allerdings zu berühren, so daß keine Nukleonen ausgetauscht werden können. Durch die hohen abstoßenden elektr. Coulomb-Felder der Kernladungen werden sehr viele Nukleonen in den Kernen direkt und gleichzeitig angeregt. Die damit verknüpfte Deformation des Kerns kann schließlich zur Spaltung führen.

Die K. wurde 1938 von O. HAHN und F. STRASSMANN beim Beschuß des Elements Uran mit langsamen Neutronen entdeckt (veröffentlicht 1939).

Kernspaltungs|spurenmethode, Verfahren der → Altersbestimmung von Mineralen an Hand von Strukturschäden (Spaltspuren), hervorgerufen durch Teilchen hoher kinet. Energie, die beim Zerfall von Uran 238 entstehen. Die Anzahl der Kernspaltungsprozesse wird durch Auszählung der Spuren unter einem Mikroskop bestimmt.

Kernspeicher, Datenverarbeitung: als **Magnetkernspeicher** (Ferritkernspeicher) in Form von Matrizen mit einigen 10 bis einigen 1 000 Magnetkernen pro Ebene aufgebauter → Speicher. Die Auswahl eines Kernes zum Schreiben oder Lesen einer Information erfolgt über den

Zeilen- oder Spaltendraht (X-Draht und Y-Draht). Neben den beiden Koordinatendrähten sind durch jeden Kern der I- oder Informationsdraht (auch Inhibitdraht genannt) und der diagonal durch alle Kerne verlaufende L- oder Lesedraht gezogen. Die Magnetkerne haben einen Außendurchmesser von 0,5 mm bis 2,0 mm und einen Innendurchmesser von 0,35 mm bis 1,3 mm. Die Arbeitsweise basiert auf der Hysterese ferromagnetischer Werkstoffe mit fast rechteckiger Hystereseschleife. Das Schreiben einer ›1‹ erfolgt durch die Koinzidenz (Zusammentreffen) zweier Stromimpulse, von denen jeder die magnetische Feldstärke $H/2$ erzeugt. Da beim Lesen einer ›1‹ der betreffende Kern ummagnetisiert wird, muß der vorherige Zustand durch einen nachfolgenden Schreibzyklus wieder hergestellt werden. Magnetkernspeicher werden zunehmend durch Halbleiterspeicher in TTL, ECL und MOS-Technologie verdrängt.

Kernspektroskopie, Verfahren zur Bestimmung der Energieniveaus von Atomkernen, ihren Quantenzahlen sowie der erlaubten Übergänge zw. ihnen, z. B. → Kernresonanzfluoreszenz, → NMR-Spektroskopie und Spektroskopie der bei Kernreaktionen, Kernstreuung oder radioaktivem Zerfall emittierten γ-Quanten (→ Gammaspektroskopie) und Partikel (v. a. α- und β-Teilchen), deren Energie durch → Massenspektrometrie bestimmt werden kann.

Kernspin|resonanz, magnetische Kernresonanz, paramagnetische Kernresonanz, Abk. **NMR** (von engl. **N**uclear **M**agnetic **R**esonance), die Auslösung von Richtungsänderungen der Drehimpuls-(Spin-)Achse eines Atomkerns durch ein äußeres magnet. Wechselfeld (mit der magnet. Flußdichte B_1), wenn der Kern in einem homogenen Magnetfeld (mit der magnet. Flußdichte B_0) präzediert. Kerne mit einem nicht verschwindenden Gesamtspin J besitzen auch ein von Null verschiedenes magnet. Moment μ und präzedieren, ähnlich wie ein Kreisel z. B. im Schwerefeld der Erde, in einem homogenen Magnetfeld um die Feldrichtung mit der Larmor-Frequenz

$$\nu_L = \frac{\mu \cdot B_0}{J \cdot h}$$

(h = Plancksches Wirkungsquantum). Nach der Quantentheorie gibt es $2J+1$ erlaubte diskrete Einstellmöglichkeiten des Spins und damit des magnet. Moments zur Feldrichtung. Die Einstrahlung eines mit der Frequenz ν_L senkrecht zur konstanten Magnetfeldrichtung schwingenden magnet. Wechselfeldes bewirkt, daß diese Frequenz dem Kern aufgeprägt und damit eine Änderung der Einstellungsrichtung des Spins in die benachbarte induziert wird. Bei einem konstanten Magnetfeld von 1 Tesla beobachtet man die K. für Protonen bei einer Frequenz von $1{,}4 \cdot 10^7$ Hz. Die K., d. h. der Übergang eines Teils der Spins in ein Niveau mit größerer magnet. Energie, ist an der Energieentnahme aus dem Wechselfeld als Dämpfung (Absorption) erkennbar (**Purcell-Methode** [pə:sl-] zum Nachweis der K.). Ein anderes Verfahren zum Nachweis der Resonanz ist die → Kerninduktion.

Kernspin|resonanz|spektroskopie, die → NMR-Spektroskopie.

Kernspin|tomographie, die **NMR-Computertomographie** [kəmpj'u:tə-], → NMR-Spektroskopie.

Kernsprung, oft mit lautem Knall erfolgendes Zerspalten von Felsblöcken auf Grund des tageszeitlich extremen Temperaturwechsels v. a. in ariden Gebieten.

Kernsprung

Kernspurplatten, spezielle Photoplatten mit **Kernspuremulsionen** (→ Kernemulsion) für die Aufzeichnung der Spuren geladener Teilchen.

Kerntechnik, Kern|energietechnik, Zweig der Technik, der sich mit der Entwicklung, dem Bau und Betrieb von Bauteilen, der Geräte oder ganzen Anlagen befaßt, die zur Erzeugung und Nutzung der Kernenergie benötigt werden (Kernkraftwerke, Isotopenanwendung, Werkstoff-, Meß- und kernchem. und kernphysikal. Verfahrenstechnik u. a.).

Kerntransformator, eine Bauform des → Transformators, im Unterschied zum Manteltransformator.

Kern|umwandlungen, Bez. für durch äußere Einwirkung erzwungene oder spontane Umwandlungen von Atomkernen in Kerne anderer → Nuklide. K. umfassen deshalb sowohl die durch Auftreffen von Teilchen bewirkten → Kernreaktionen als auch radioaktive Umwandlungen (→ Radioaktivität).

Kernverdampfung, Form der Auflösung eines Atomkerns (→ Kernexplosion).

Kernverfahrens|technik, Einsatz von Isotopen und Radionukliden in techn. Verfahren sowie chem. und physikalisch-chem. Methoden zur Aufarbeitung und Beseitigung radioaktiver Stoffe.

Kernverschmelzung, die → Kernfusion.

Kernwaffen, Nuklearwaffen, amtlich **Atomwaffen,** Sammelbez. für Kampfmittel, deren Energie aus der → Kernspaltung oder der Kernverschmelzung (→ Kernfusion) herrührt. Die Atomsprengkörper bestehen aus dem spaltbaren Material und dem zur Einleitung der Kettenreaktion erforderlichen Zündsystem. Die neueste Entwicklung stellt die → Neutronenbombe dar.

Atomsprengkörper mit Kernmaterial zur Kernspaltung werden **nukleare Sprengkörper,** jene mit Kernmaterial zur Kernverschmelzung **thermonukleare Sprengkörper** genannt. Zum Einsatz gebracht werden können sie durch Geschütze (Atomgeschosse), Flugkörper (Atomgefechtsköpfe), Flugzeuge (Atombomben) und Schiffe (Atomwasserbomben und Atomminen). Die Wirkung hängt ab von Detonationswert, Detonationsart (Luft-, Boden-, Untererd- und Unterwasserdetonation) und Detonations-Nullpunkt (der lotrecht unter oder über dem Detonationspunkt liegende Punkt der Erdoberfläche). Die bei der Detonation eines Atomsprengkörpers frei werdende Energie wird mit jener verglichen, die bei der Detonation einer entsprechenden Menge Trinitrotoluol (TNT) frei wird. Ein 20-kt-Atomsprengkörper entspricht daher 20000 t TNT (1000 t TNT haben eine Explosionsenergie von 1,16 Mio. kWh). Die Energie von thermonuklearen Atomsprengkörpern wird in Mt angegeben.

Physikalische Grundlagen. Als Material für die Kernspaltung dienen entweder das Isotop U 235 (Uran-Sprengkörper), das im natürlichen Uran nur zu 0,7% vorkommt und daher in speziellen Anlagen angereichert werden muß, oder das Plutoniumisotop Pu 239 (Plutonium-Sprengkörper), das aus speziellen Reaktoren gewonnen wird. Wenn bei einer Kernspaltung frei werdende Neutronen mehr als eine Spaltung hervorrufen, kommt es zu einer Kettenreaktion, wenn mehr als eine Mindestmenge an spaltbarem Material (kritische Menge) vorhanden ist. Beim Zünden eines Atomsprengkörpers werden zwei oder mehr unterkritische Massen von Kernmaterial durch eine Sprengladung vereint. Bei der atomaren Detonation wird innerhalb von millionstel Sekunden eine Energie von 23 Mio. kWh je kg Uran 235 frei, wobei Temperaturen bis zu 14 Mio. °C entstehen. Bei thermonuklearen Sprengkör-

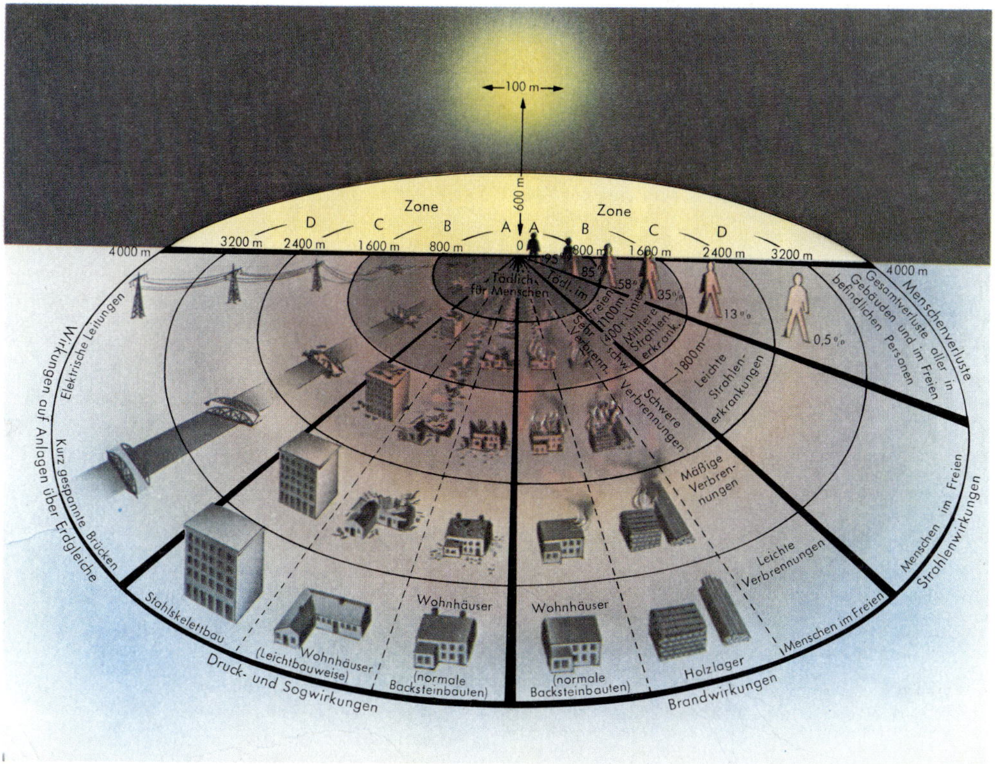

Kernwaffen: Wirkung einer Atombombe (20 kt) vom Hiroshima-Typ

pern entsteht die Energie durch Verschmelzen leichter Atomkerne (Fusion), der Wasserstoffisotope Deuterium und Tritium oder Lithium 6. Da zur Einleitung einer solchen Reaktion hohe Temperaturen von einigen Mio. °C erforderlich sind, wird hierfür ein nuklearer Sprengkörper als Zünder benutzt. Eine Zündung ohne die Benutzung nuklearer Sprengkörper würde zu einer K. ohne radioaktive Rückstände führen (›saubere K.‹). Bei einem Dreiphasensprengkörper besteht der Kern aus Uran 235 oder Plutonium 239 als Zünder, es folgt eine dicke Schale aus schweren Wasserstoffisotopen und Lithium und schließlich außen ein Mantel aus Uran 238.

Wirkungen. Die bei der Detonation frei werdende Energie teilt sich etwa auf in 35% therm. Strahlung, 15% Kernstrahlung und 50% Druckwirkung. Bei Neutronenbomben konzentriert sich die Wirkung auf die Kernstrahlung. Die Reichweite der Wirkung ist abhängig vom Detonationswert und der Lage des Sprengpunktes. Die therm. Strahlung äußert sich als Lichtblitz und Wärmestrahlung und ist etwa 10 s wirksam. Die Kernstrahlung äußert sich als Anfangsstrahlung und Rückstandsstrahlung. Die Anfangsstrahlung geht vom Detonationsmittelpunkt aus, wirkt etwa 1 min lang und besteht aus Alpha-, Beta-, Gamma- und Neutronenstrahlen. Die Rückstandsstrahlung ist länger wirksam. Sie besteht aus der neutroneninduzierten Strahlung (Alpha-, Beta- und Gammastrahlen) durch Umwandlung best. Elemente, die von der Anfangs-Neutronenstrahlung in radioaktive Isotope umgewandelt wurden, und aus dem → radioaktiven Niederschlag. Die Gammastrahlung nimmt hierbei innerhalb von etwa 15 Std. um die Hälfte ab (Halbwertszeit). Der radioaktive Niederschlag entsteht durch das Zurückfallen radioaktiver Teilchen, die bei der Detonation hochgerissen wurden. Das Niederschlagsgebiet hängt im wesentl. von Windrichtung und Windstärke ab. Die Druckwirkung entsteht durch die von der Detonation ausgehende Druckwelle. Ein Windstoß geht vom Detonationspunkt aus und später wieder zum Nullpunkt zurück. Die Dauer der wirksamen Druckwelle beträgt bis zu einer halben Minute.

Die militär. Wirkung setzt sich aus einer solchen gegen Menschen, Fahrzeuge und Bauwerke zusammen. Gegen Menschen wirken der Lichtblitz durch Blendung, die Wärmestrahlung, die im näheren Umkreis alles Brennbare in Flammen aufgehen läßt (BILD) und die Kernstrahlung. Gegen Fahrzeuge und Bauwerke wirkt v. a. die Druckwelle. – Elektron. Geräte können durch den bei exosphär. K.-Explosionen ausgelösten elektromagnet. Impuls (→ EMP) funktionsunfähig gemacht werden. – Die Detonationsstärken der vorhandenen K. liegen zw. 1 t und 100 Mt TNT, wobei die größten Detonationsstärken mit der Dreiphasenwaffe erzielt werden. Umgibt man eine Wasserstoffbombe mit einem Kobaltmantel **(Kobalt-**

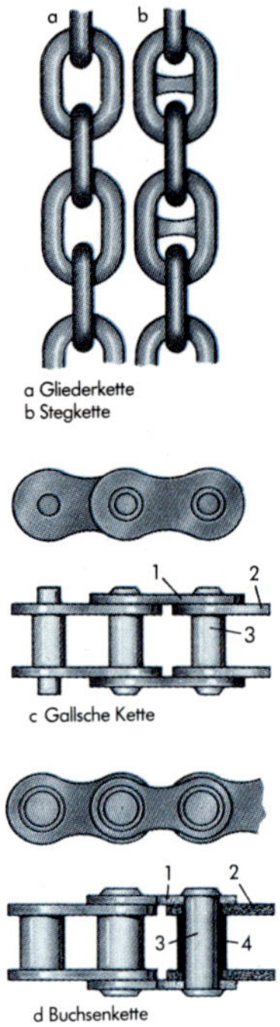

Kette 2) 1

$H_2C=C=O$

Keten

bombe), so wird das natürl. Kobaltisotop ^{59}Co durch Neutroneneinfang in das radioaktive ^{60}Co umgewandelt, dessen starke Gammastrahlung eine Halbwertszeit von 5,272 Jahren hat. Als radioaktiver Niederschlag würde ^{60}Co eine verheerende Wirkung auf alles Leben ausüben. Nach O. HAHN könnten zehn große Kobaltbomben ausreichen, um die Menschheit auszulöschen, egal, wo die Bomben gezündet würden.

Geschichtliches. Grundlage für die Entwicklung von Atomsprengkörpern war die Entdeckung der Kernspaltung. Die ersten Atomsprengkörper bestanden aus Uran 235 und Plutonium 239. In den USA wurden 1943–45 Großanlagen zur Gewinnung von Uran 235 gebaut und Reaktoren zur Herstellung von Plutonium 239 in Betrieb genommen. Der erste Atomsprengkörper, eine Uranbombe, detonierte am 16. 7. 1945 auf dem Versuchsgelände bei Alamogordo in New Mexiko (USA). Die zweite Atombombe wurde am 6. 8. 1945 auf Hiroshima abgeworfen. Sie enthielt Uran 235. Die Angaben über die Verluste schwanken zw. 60000 und 92000 Toten und 37000 und 100000 Schwerverletzten. Die dritte Atombombe aus Plutonium wurde am 9. 8. 1945 auf Nagasaki abgeworfen, wobei 25000 bis 75000 Menschen getötet und verletzt wurden. Die erste explosionsartig verlaufende Kernverschmelzung gelang den USA im Mai 1951 auf dem Eniwetok-Atoll. Der erste prakt. Versuch mit einem ortsfest montierten Sprengkörper mit einem Detonationswert von 3 Mt aus tiefgekühltem, flüssigem Wasserstoff folgte am 1. 11. 1952. Der erste transportable Wasserstoff-Sprengkörper wurde am 1. 3. 1954 erprobt (Bikini-Atoll). Seine Sprengkraft betrug etwa 15 Mt.

Kernzertrümmerung, Form der Auflösung eines Atomkerns (→ Kernexplosion).

Kerogen, das → Kerabitumen.

Kerosin, Petrole|um, zw. etwa 150 und 250 °C siedende Erdölfraktion. K. wird v. a. als Flugturbinenkraftstoff, in geringerem Umfang für Beleuchtungszwecke und zur Gewinnung von Normalparaffinen verwendet.

Kerr-Effekt [n. dem brit. Physiker J. Kerr, * 1824, † 1907], **1) elektrooptischer K.-E.,** die Erscheinung, daß isotrope Stoffe (Gase, Flüssigkeiten oder Festkörper) im elektr. Feld doppelbrechend werden. Der K.-E. ist dem Quadrat der elektr. Feldstärke, der durchlaufenen Strecke und der **Kerr-Konstante** proportional. Letztere ist vom Medium, der Dichte, Temperatur und Wellenlänge abhängig und bes. hoch bei Nitrobenzol. (→ Kerr-Zelle)

2) magnetooptischer K.-E., an ferromagnet. Metallspiegeln bei der Reflexion von polarisiertem Licht auftretende, von der Magnetisierung abhängige Änderung der Amplituden und Phasen der beiden Strahlenkomponenten, die parallel und senkrecht zum einfallenden Licht polarisiert sind, gegenüber der Reflexion an einem normalen Metallspiegel. Der magnetoopt. K.-E. wird zur Sichtbarmachung magnet. Bereichsstrukturen ausgenutzt.

Kerr-Zelle, Karolus-Zelle [n. J. Kerr und dem dt. Physiker A. Karolus, * 1893, † 1972], Gerät zur trägheitslosen Umwandlung elektr. Spannungs- in entsprechende Lichtschwankungen; wird als Kurzzeit-Kameraverschluß (bis 5 ns) für wissenschaftlich-techn. Zwecke oder als → Lichtsteuergerät verwendet. Läßt man Licht durch eine mit zwei Elektroden versehene, zw. einem Polarisator und einem gekreuzten Analysator stehende Glasküvette mit Nitrobenzol fallen (BILD), so ist die Transmission dieser K.-Z. Null, solange keine Spannung an den Elektroden liegt. Wird durch Anlegen einer Spannung in der Flüssigkeit ein elektr. Feld erzeugt, dessen Richtung mit der Polarisationsrichtung des einfallenden (linear polarisierten) Lichts einen Winkel von 45° bildet, so pflanzen sich die parallel und senkrecht zur Feldrichtung schwingenden

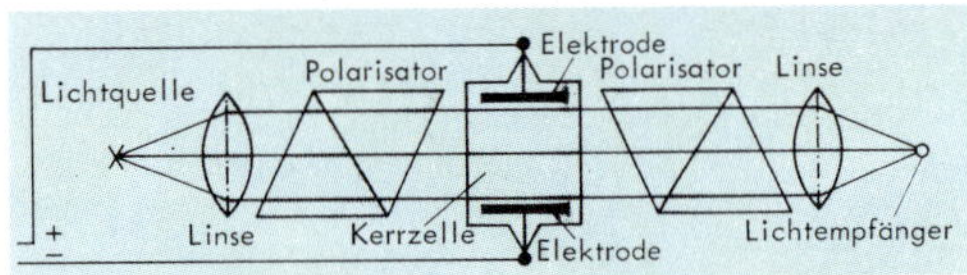

Kerr-Zelle

Komponenten der Lichtwelle auf Grund der elektr. Doppelbrechung mit unterschiedl. Phasengeschwindigkeit fort. Dadurch ist die Polarisationsebene der aus der Küvette austretenden Strahlung gegenüber der Polarisationsebene des einfallenden Lichts gedreht, wobei die Größe des Drehwinkels von der Größe der Spannung abhängt. Hinter dem Analysator erhält man einen Lichtstrahl, dessen Intensität sich analog zu den Spannungsschwankungen an den Elektroden ändert.

Kersantit, dunkles, vorwiegend aus Plagioklas und Biotit bestehendes Ganggestein **(Lamprophyr).**

Kerze, 1) Beleuchtungsmittel: eine mit offener Flamme brennende Lichtquelle von zylindrischer Form aus Talg, Walrat, Bienenwachs, Stearin, Paraffin oder Mischungen dieser Substanzen. Der Docht, der durch seine Kapillarwirkung den Brennstoff emporsaugt, ist aus Baumwollfäden gesponnen.

2) Photometrie: → Hefner-Kerze, → Neue Kerze.

3) bei Verbrennungsmotoren kurz für → Zündkerze.

Kessel, 1) Talkessel, → Becken 2).

2) Dampfkessel, → Dampferzeuger.

Kesselstein, steinartiger Belag in Kesseln, Rohren, Kochgefäßen, entsteht beim Erhitzen von hartem Wasser unter Ausscheidung von Carbonaten (→ Kalk) und Sulfaten der Erdalkalien. Ständige Überhitzung der mit K. belegten Bleche kann zu deren Zerstörung führen. Verhütung: Enthärten des Wassers (→ Wasserhärte).

Kesselwasser, Wasser zur Dampferzeugung. Damit Ablagerungen und Korrosion im Kessel vermieden werden, wird das zugeführte Kesselspeisewasser entsalzt (→ Ionenaustauscher) und meist mit geringen Mengen Ammoniak (bas. Reaktion) und Hydrazin (Korrosionsinhibitor) versetzt. Die Eindickung des K. während des Betriebes wird durch die Leitfähigkeit kontrolliert.

Ketene, sehr reaktionsfähige organ. Verbindungen mit der funktionellen Gruppe $>C=C=O$. Das einfachste K. ist ein giftiges, scharf riechendes Gas, das durch therm. Spaltung von Essigsäure oder Aceton hergestellt und für Acetylierungen (z. B. von Essigsäure zu Acetanhydrid) verwendet wird. Durch Dimerisierung entsteht → Diketen.

Keto-Enol-Tautomerie, → Isomerie.

Ketone, organ. Verbindungen, in denen die Carbonyl-Gruppe $>C=O$ an Alkyl- oder Arylgruppen gebunden ist. Die Namen werden von den Stammkohlenwasserstoffen durch Anhängen der Endsilbe -on abgeleitet (z. B. → 2-Butanon, → Cyclohexanon). Viele K. haben Trivialnamen (z. B. → Aceton, → Acetophenon). – Aliphatische K. haben Bedeutung als Lösemittel. K. sind u. a. einige Geschlechtshormone (z. B. Testosteron) und Riechstoffe (z. B. Jonone).

Keto|pentose, die → Xylulose.

Ketosen, → Zuckerarten, z. B. Ketohexosen.

Kette, **1)** Mathematik: a) Bez. für eine → geordnete Menge; b) Begriff der Gruppentheorie (→ Jordan-Hölderscher Satz).

2) Technik: Zug- oder Treiborgan aus einzelnen Gliedern, die beweglich ineinandergreifen **(Glieder-K.)** oder gelenkig miteinander verbunden sind **(Gelenk-K.).** Zu den Glieder-K. gehören die im Gesenk geschmiedeten **kalibrierten K.** mit genau gleichen Gliedern. Die **Steg-K.** sind zur Erhöhung ihrer Sicherheit mit einem Steg versehen. **Anker-K.** sind Schiffsketten aus Rundstahlgliedern (Schaken oder Schäkel). Die **Vaucansonsche Haken-K.** [vokãsˈʒʃə-] ist eine Gliederkette aus U-förmig gebogenen Drahtgliedern. – Gelenk-K. bestehen aus einzelnen stählernen Laschen **(Laschen-K.),** z. B. die **Gallsche Gelenk-K.** Als Transmissions-K. dienen **Buchsen-K.,** bei denen die äußeren Laschen auf dem Bolzen, die inneren auf einer über diesen geschobenen Hülse befestigt sind. Die **Rollen-K.** hat lose auf die Buchsen gesteckte stählerne Rollen. Die **Zahn-K.** mit zahnförmigen Laschen vermeidet das Längen der K. bei starken Stößen. Rollen- und Zahn-K. laufen ruhig und werden für Antriebe benutzt. **Lamellen-K.** haben quer zur Hauptbewegungsrichtung verschiebbare Lamellen. **Zerlegbare K., Ewart-K.,** auch **Stoltzsche Treib-K.,** bestehen aus einzelnen ineinandergesteckten Teilen. (Weiteres BILD S. 66)

3) Vermessungskunde: **Dreieckskette,** eine bandartige Folge von Dreiecken bei der → Triangulation.

4) bei der Weberei die Gesamtheit der in der Webmaschine gespannt geführten Fäden **(Kettgarn),** die für den Schußeintrag durch Heben und Senken das Webfach bilden; im Gewebe das in Längsrichtung verlaufende Fadensystem. – Bei der Wirkerei die Gesamtheit der in einer Kettenwirkmaschine den Nadeln von einem Kettbaum zum Zweck der Maschenbildung gespannt zugeführten Fäden.

ketteln, zwei Kanten von Maschenwaren durch eine nicht auftragende, dehnfähige, kettenähnliche Naht verbinden, auch die Endmaschenreihe so gegen Laufmaschenbildung befestigen.

Kettenbruch, ein Bruch von der Form

$$z = b_0 + \cfrac{a_1}{b_1 + \cfrac{a_2}{b_2 + \cfrac{a_3}{b_3 + \ldots}}}$$

Man unterscheidet endl. und unendl. K., für die unendl. K. gibt es Konvergenzkriterien. Sind alle $a_i = 1$, alle b_i ganze Zahlen und für $i > 1$ $b_i > 0$, so heißt der K. regelmäßig. Man kann jede reelle Zahl durch einen **regelmäßigen K.** darstellen. Für eine rationale Zahl folgt diese Behauptung unmittelbar aus dem Euklidischen Algorithmus. Beispiel:

$$\frac{12}{7} = 1 + \frac{5}{7} = 1 + \frac{1}{\frac{7}{5}} = 1 + \cfrac{1}{1 + \frac{2}{5}} = 1 + \cfrac{1}{1 + \cfrac{1}{\frac{5}{2}}} = 1 + \cfrac{1}{1 + \cfrac{1}{2 + \frac{1}{2}}}$$

Kettenfahrzeuge, → Gleiskettenfahrzeuge.

Kettenförderer, ein → Fördermittel, dessen Zugmittel aus einer oder mehreren Ketten bestehen. K. sind Stetigförderer; es gibt K. für Schüttgut (z. B. → Kettenkratzerförderer) und für Stückgut (z. B. → Kreisförderer).

Kettengebirge, langgestreckte Gebirge von kettenförmiger Anordnung der Hauptkämme, wie die meisten jungen Faltengebirge der Erde (Alpen, Himalaya, Anden, Kaukasus); Ggs.: **Massive** (oder **Massengebirge).**

Kettenkratzerförderer, Stetigförderer für ebenen oder schwach geneigten Transport von Schüttgütern (Kohle, Erz, Salze, Versatzberge), bevorzugtes → Fördermittel im Steinkohlenbergbau. Das Fördergut wird durch Kratzer (Stege), die an einer bis drei endlosen elektromotorisch angetriebenen Ketten befestigt sind, über Stahlblechprofilrinnen geschoben.

Kettenlini|e, Kurve, die unter dem Einfluß der Schwerkraft entsteht, wenn man eine ›idealisierte‹ Kette zw. zwei Punkten aufhängt. Die Gleichung kann im einfachsten Fall durch einen Cosinus hyperbolicus (→ Hyperbelfunktionen) beschrieben werden. Die zugehörige Rotationsfläche ist das → Katenoid.

Kettenmoleküle, die → Fadenmoleküle.

Kettenreaktion, physikal., chem. oder biolog. Vorgang, der durch folgende, nacheinander ablaufende Phasen gekennzeichnet ist: **Start, Reaktionszyklus, Abbruch.** Im Startschritt wird eine reaktionsfähige, aktive Spezies gebildet, die in jedem Reaktionszyklus, der eigtl. Umsetzung, zumindest einmal reproduziert und im Abbruchsschritt vernichtet wird. Fehlt der letzte Schritt einer K., so kann die Umsetzung, durch einen einzigen Startvorgang eingeleitet, durch stete Wiederholung des Reaktionszyklus bis zum vollständigen Verbrauch des Materials ablaufen. Übersteigt die Zahl der pro Durchgang entstehenden aktiven Spezies die Zahl der in der Abbruchsreaktion vernichteten, so nimmt die Umsetzung mit jedem Reaktionszyklus zu und es kommt zu explosionsartigen Verläufen.

In der Chemie treten K. häufig bei Umsetzungen auf, für die das Gleichgewicht praktisch ganz auf seiten der Produkte liegt, wie bei Verbrennungsreaktionen. Die aktiven Spezies sind hier i. d. R. Molekülbruchstücke mit ungepaarten Elektronen (→ Radikale), doch treten auch ionische Kettenträger auf. – Der Startschritt kann z. B. ausgelöst werden durch Licht, Funken oder Zugabe von Katalysatoren. Die chem. Umsetzungen im Reaktionszyklus verlaufen i. a. in Teilschritten und wesentlich komplizierter als in den Brutto-Reaktionsgleichungen formuliert. Der Kettenabbruch erfolgt durch Radikalrekombination oder Vernichtung der aktiven Ionen durch andere im Medium vorhandene Stoffe. Ein gut untersuchtes Beispiel einer K. ist die Umsetzung von Chlor und Wasserstoff zu Salzsäure in der Gasphase entsprechend $Cl_2 + H_2 \longrightarrow 2HCl$. Hier gilt:

Start: $Cl_2 \longrightarrow 2Cl^{\cdot}$

Reaktionszyklus: $Cl^{\cdot} + H_2 \longrightarrow HCl + H^{\cdot}$
$H^{\cdot} + Cl_2 \longrightarrow HCl + Cl^{\cdot}$

Abbruch: $(M) + 2Cl^{\cdot} \longrightarrow Cl_2 + (M^*)$

Eine beliebige Molekülsorte M dient zur Abfuhr der frei werdenden Energie. Einem Startschritt können bis zu mehrere Mio. Durchläufe des Zyklus folgen.

Technisch wichtige Beispiele für K. sind Polymerisationsreaktionen oder die Verbrennung von Erdölprodukten in Motoren.

Eine physikalische K. ist die **Kernkettenreaktion.** Bei jeder → Kernspaltung, die durch ein Neutron eingeleitet wird, entstehen wieder Neutronen. Wenn hiervon im Mittel mehr als ein Neutron wieder eine Kernspaltung hervorruft, schwillt die Zahl der Kernspaltungen sehr rasch an, so daß gewaltige Energiemengen explosionsartig freige-

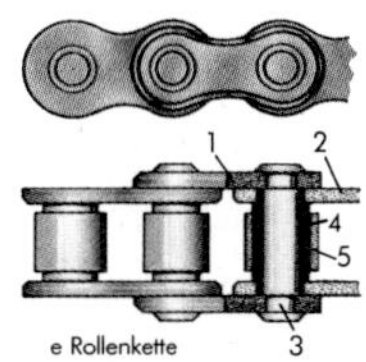

e Rollenkette

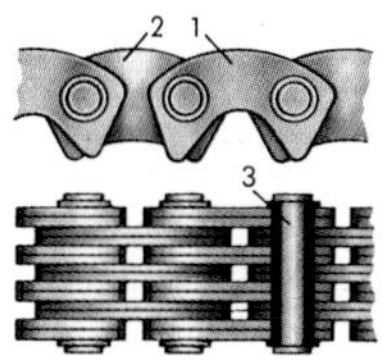

f Zahnkette mit Innenführung

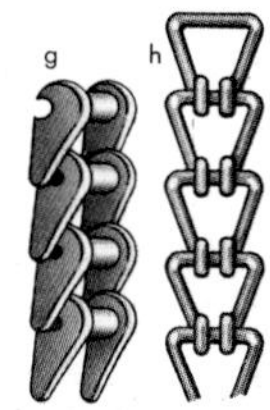

g zerlegbare Gelenkkette
h Vaucansonsche Hakenkette

1 äußere Lasche
2 innere Lasche (Führungslasche)
3 Bolzen
4 Buchse
5 Rolle

Kette 2) 2

Kieselsäure:

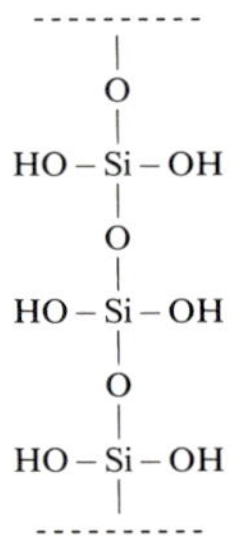

Metakieselsäure, $(H_2SiO_3)_n$

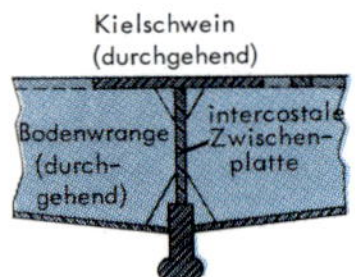

Balkenkiel mit Kielschwein und intercostalen Zwischenplatten beim Stahlschiff

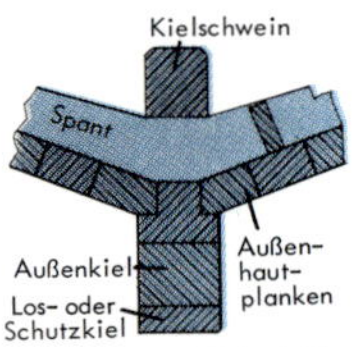

Balkenkiel eines Holzschiffes (konventionelle Bauweise)

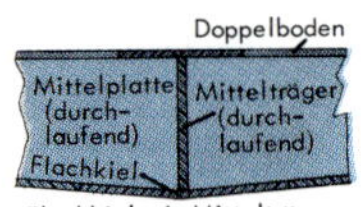

Flachkiel mit Mittelträger und Mittelplatte beim Stahlschiff

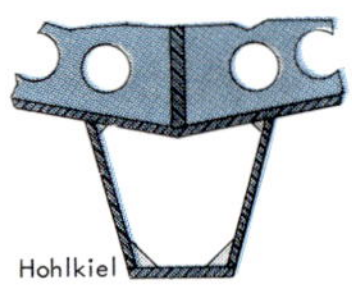

Kiel

setzt werden (→ Kernwaffen). Wenn pro Kernspaltung genau ein Neutron eine weitere Kernspaltung hervorruft, dann läuft die K. unter gleichförmiger Energiefreisetzung ab (→ Kernreaktor).

Kettenregel, → Differentialrechnung.

Kettenstern, Fördertechnik: Antriebs- und Umlenkkörper, → Turas.

Kettenwirkware, Kettenware, → Wirkerei.

Kettfadenwächter, mechan. und/oder elektr. oder opt. Kontrolleinrichtungen an Web- und Kettenwirkmaschinen zur Überwachung der Kettfäden.

Keuper, obere Abteilung der german. → Trias, gegliedert in **Unteren K.** oder **Letten-K., Mittleren K.** oder **Gips-K.** und **Oberen K.** oder **Sandstein-K.** oder **Rät.** Der K. besteht aus bunten Mergeln, kohligen Schichten, Sandsteinen und Gips-Salz-, Kalkstein- und Dolomit-Einlagerungen, die überwiegend festländischer Entstehung sind.

keV, Einheitenzeichen für **Kilo|elektronvolt** (→ Elektronvolt).

k-Faktor, Kerntechnik: der → Multiplikationsfaktor.

Kfz, Abk. für → **K**raft**f**ahr**z**eug.

kg, Einheitenzeichen für → **K**ilo**g**ramm.

k. g. V., Abk. für das → **k**leinste **g**emeinsame **V**ielfache.

kHz, Einheitenzeichen für **Kilohertz** (→ Hertz).

Kick-down [kık d'aʊn, engl.] *der,* Durchtreten des Gaspedals bei automat. Getriebe, um durch elektr. oder mechan. Steuerimpuls das Herunterschalten in einen kleineren Gang zu bewirken, z. B. zur besseren Beschleunigung.

Kickstarter, Trethebel zum Anwerfen von Kraftradmotoren (→ Starter, → Kraftrad) auf einer aus dem Getriebe herausgeführten Welle, treibt über Zahnsegment und Zahnrad mit Überholfreilauf oder direkt über Abweisklaue die Getriebehauptwelle an.

Kiel, unterster Mittellängsverband eines Schiffes oder Bootes, ausgeführt als **Flach-, Balken-** oder **Hohl-K.** (U-Boote). **Dock-K.** stützen die Seiten breiter Schiffe beim Docken, **Schlinger-K.** dämpfen die Bewegungen im Seegang (→ Schlingerdämpfung).

Kiel des Schiffes, lat. **Carina,** ein → Sternbild des südl. Himmels (Teil des Sternbildes → Schiff Argo). Der Hauptstern → Canopus ist der zweithellste Fixstern.

Kien|öle, gelbe, unangenehm riechende Flüssigkeiten, die durch trockene Destillation von harzreichen Holzabfällen gewonnen werden und als Lösemittel für dunkle Lacke dienen.

Kies, 1) durch Wasser- oder Gletschertransport gerundete kleine Gesteinsstücke (Flußgeschiebe, Geröll) von 2–60 (63) mm ∅, durch Baggern gewonnener und meist durch Sieben aufbereiteter Baustoff (als Straßenbaustoff und in der Bodenmechanik ab 2 mm, als Zuschlag für Beton ab 4 mm ∅). (→ Psephit). – 2) → Kiese.

Kies|abbrände, Rückstände beim Rösten von Schwefelkies zur Schwefelsäuregewinnung. K. sind häufig Rohstoffe für wertvolle Metalle und für Eisen.

Kiese, Bez. für helle, stark metallisch glänzende, harte (H. 5–6), meist sulfid. Erzminerale; z. B. **Schwefel-K. (Pyrit), Kupfer-K. (Chalkopyrit), Magnet-K. (Pyrrhotin).** K. bilden oft wichtige Erzlagerstätten. (→ Markasit)

Kiesel, Kieselsteine, meist aus Quarz bestehende, durch Transport im Wasser abgerundete Steine **(Flußkiesel).**

Kiesel . . ., auch **kieselig,** Hinweis auf den chem. Bestandteil Siliciumdioxid (SiO_2 Kieselsäure) in Mineral- und Gesteinsbezeichnungen.

Kiesel|algen, die → Diatomeen.

Kiesel|fluor|wasserstoffsäure, Hexafluorokieselsäure, Siliciumverbindung mit der Formel H_2SiF_6. Ihre Salze sind die **Hexafluorosilikate** (→ Fluate).

Kiesel|gele, → Kieselsäure.

Kieselglas, das → Quarzglas.

Kieselgur, Diatomeen|erde, Süßwassersediment mit hohem Anteil an Kieselschalen abgestorbener Diatomeen. K. ist erdig, hochporös, feinkörnig, hat hohes Absorptionsvermögen, geringe Leitfähigkeit und ist beständig gegen Feuer und Chemikalien. Es wird daher als → Leichtzuschlag, Filtrier- und Isoliermaterial sowie Absorbens, z. B. früher bei der Dynamitherstellung, verwendet. Feingeschichtete K. wird auch als → Tripel bezeichnet.

Kieselkupfer, Mineral, der → Chrysokoll.

Kieselsäure, Name der verschiedenen Säuren, die sich von **Siliciumdioxid,** SiO_2, als Anhydrid ableiten. K. entsteht bei der Zersetzung von Silikaten oder bei der Hydrolyse von Siliciumhalogeniden, z. B.

$$SiCl_4 + 4\,HOH \longrightarrow Si(OH)_4 + 4\,HCl.$$

Diese **Orthokieselsäure,** $Si(OH)_4$, ist eine sehr schwache Säure, die nur in verdünnten Lösungen um pH 3 stabil ist. Sonst kondensiert sie unter Wasserabspaltung zur **Orthodikieselsäure,** $H_6Si_2O_7$, und unter weiterem Wasseraustritt über **Polykieselsäuren,** $H_{2n+2}Si_nO_{3n+1}$, zu **Metakieselsäure,** $(H_2SiO_3)_n$.

Weitere Kondensation der K. ist zu Band- und Blattmolekülen möglich (→ Silikate), schließlich entsteht ein Raumnetz aus dem Anhydrid SiO_2.

Alle K. bilden Salze, die **Silikate (Silicate);** die Salze der kondensierten K. sind in Form zahlreicher Minerale gesteinsbildend. Aus Alkalisalzen der Orthokieselsäure besteht das **(Alkali-)Wasserglas,** eine zähe, farblose, alkalisch reagierende Flüssigkeit; entsteht durch Zusammenschmelzen von natürl. Quarz und Alkalikarbonat bei 1300 °C. Verwendung für Imprägnierungen, Kitte, als Flammenschutzmittel u. a.

Beim Ansäuern von Silikatlösungen entstehen kolloidale **Kieselgele,** in denen K. als hochkondensierte Polykieselsäure $[H_2Si_2O_5]$ vorliegt. Bei vorsichtigem Trocknen entstehen daraus **Kiesel-Xerogele (Silicagel),** die als sehr wirksame Adsorptions-, Reinigungs- und Trockenmittel für Gase und Lösungen verwendet werden. Ein natürliches Kiesel-Xerogel ist → Kieselgur. (→ Feuerstein, → Opal)

Kieselschiefer, dichtes, hartes, sprödes, meist gebändertes, graues Gestein aus Quarz und Chalcedon; aus Radiolarienschlamm gebildet. **Lydit** ist durch kohlige Substanz schwarz gefärbter K. Er dient durch die → Strichprobe als Probierstein zum Erkennen von Gold- und Silberlegierungen.

Kieselsinter, → Opal.

Kieselzink|erz, Mineral, der → Hemimorphit.

Kieserit [n. dem Arzt D. G. v. Kieser, * 1779, † 1862], Mineral $MgSO_4 \cdot H_2O$, weiß oder gelblich; meist körnige Massen in Salzlagerstätten.

Kiesfang, Geschiebefang, → Geschiebe 2).

Kiesfilter, → Filtration.

Kikuchi-Lini|en [-tʃi-, n. dem japan. Physiker S. Kikuchi, * 1902], parallele dunkle (Intensitätserhöhung) und helle (Schwächung) Linien in Elektronen-Beugungsaufnahmen bei der Durchstrahlung von Kristallschichten (~ 100 nm breit), aus denen die Kristallstruktur erschlossen werden kann. Sie entstehen durch Braggsche Reflexion von inkohärent gestreuten Elektronen an den Netzebenen des Kristalls. Die K.-L. wurden 1928 von S. KIKUCHI an Glimmer entdeckt.

Killer-Satellit, → militärische Satelliten.

Kilo, Vorsatzzeichen **k**, ein → Vorsatz vor Einheiten für den Faktor 1 000; z. B. 1 Kilowatt = 1 kW = 10^3 W = 1 000 W.

Kilogramm, Einheitenzeichen **kg**, SI-Basiseinheit der Masse. Sie ist definiert durch den **Internationalen K.-Prototyp** aus Platin-Iridium, der im Internat. Büro für Maß und Gewicht in Sèvres bei Paris aufbewahrt wird. Dezimale Vielfache und Teile durch → Vorsätze sind nicht vom K., sondern vom → Gramm zu bilden. (→ Tonne)

Kilometerzähler, → Wegstreckenzähler.

Kilometrierung, die längs eines Wasserlaufs meist von der Mündung, bei einer Straße oder Eisenbahnlinie vom Anfangspunkt aus angegebene Entfernung.

Kilopond, Einheitenzeichen **kp**, nicht gesetzl. Einheit der Kraft im techn. → Maßsystem. Das K. ist jene Kraft, die erforderlich ist, um einem Körper von der Masse 1 kg die Normfallbeschleunigung von 9,806 65 m/s^2 zu erteilen (→ Pond, → Newton).

Kilopondmeter *das,* Einheitenzeichen **kp·m**, das → Meterkilopond.

Kilowattstunde, Einheitenzeichen **kW·h**, gesetzl. Einheit der Energie, bes. in der Elektrotechnik: 1 kW·h = 3 600 kW·s = 3,6 · 10^6 W·s = 3,6 MJ.

Kimberlit, glimmerreicher Peridotit, oft Muttergestein der Diamanten, bestehend aus Olivin/Serpentin, Pyroxen, Granat (Pyrop), Biotit u. a., dazu brekziöse Einschlüsse. Vorkommen in Explosionsröhren, den **K.-Pipes** [-paɪps], seltener in Gängen. K. ist blaugrün, daher **Blue Ground** [blu: graʊnd], verwittert als **Yellow Ground** [jˈeləʊ-] gelblichbraun.

Kimm *die,* **1)** der → Horizont 1) auf See.

2) Rundung des Übergangs des Schiffsbodens in die Schiffsseiten.

Kimme, bei Hand- und Faustfeuerwaffen der (meist dreieckige) Ausschnitt des Visiers, durch den der zielende Schütze über das → Korn 2) nach dem Zielpunkt sieht.

Kinematik, Bewegungslehre, früher **Phoronomie**, der Teil der → Mechanik, in dem allein die Bewegung der Körper ohne Rücksicht auf die sie verursachenden Kräfte untersucht wird. Zur Darstellung der Bewegung dienen die Begriffe Bahn, Geschwindigkeit, Beschleunigung. Die → Keplerschen Gesetze sind z. B. rein kinemat. Gesetze.

In der Technik ist die K. ein wichtiger Teil der Getriebelehre; **kinematische Kette,** → Getriebe.

Kinematographie, Verfahren zur Aufnahme und Wiedergabe von bewegten Bildern, indem man in rascher Folge Bildreihen aufnimmt und dann zur Betrachtung in analoger Weise projiziert (→ Film 3).

Kinetik, Teilgebiet der → Dynamik 1), Lehre des Zusammenhanges zw. den Kräften und den daraus folgenden Bewegungen eines Körpers.

Kinetin, organ. Verbindung $C_{10}H_9N_5O$, 6-Furfurylamino-purin, ein Phytokinin, Wachstumsregulator der Zellteilung in Pflanzen.

kinetische Gas|theorie, zur → statistischen Mechanik gehörende Theorie zur Berechnung der makroskopisch beobachtbaren Eigenschaften von Gasen (Druck, Viskosität, Wärmeleitfähigkeit u. a.) aus mikroskop. Eigenschaften der Moleküle (Masse, Geschwindigkeit, Stoßquerschnitt u. a.). Den Überlegungen der k. G. liegt die Vorstellung zugrunde, daß sich die Moleküle eines Gases je nach Temperatur T und Masse m mit einer best. mittleren Geschwindigkeit $\bar{v}$ und Geschwindigkeitsverteilung (→ Maxwellsche Geschwindigkeitsverteilung) regellos (→ Brownsche Bewegung) im Raum bewegen und dabei an andere Moleküle und an die Gefäßwand stoßen. Die mittlere Geschwindigkeit ist proportional $\sqrt{T/m}$; für 0 °C erhält man z. B. für Wasserstoff $\bar{v}$ = 1 692 m/s, für Sauerstoff 425 m/s. Die Zahl der Stöße eines beliebigen Moleküls mit anderen Molekülen liegt bei Normalbedingungen je nach seiner Größe zw. 10^9 und 10^{11} je Sekunde, woraus sich für die zw. zwei Stößen zurückgelegte Strecke **(mittlere freie Weglänge)** ein typ. Wert von 10^{-7} m, also rund das Tausendfache der Molekülabmessung, ergibt.

Durch die einzelnen Stöße der Moleküle mit der Gefäßwand baut sich der makroskopisch beobachtbare Druck auf (Impulsabgabe je Zeiteinheit), und die durch gegenseitige Stöße bewirkte Impulsübertragung liegt der Viskosität und Wärmeleitung von Gasen zugrunde. Die k. G. ist mit der Entwicklung der Atomtheorie eng verknüpft; ihre experimentelle Bestätigung stellte eine wesentl. Stütze für den atomaren Aufbau der Materie dar.

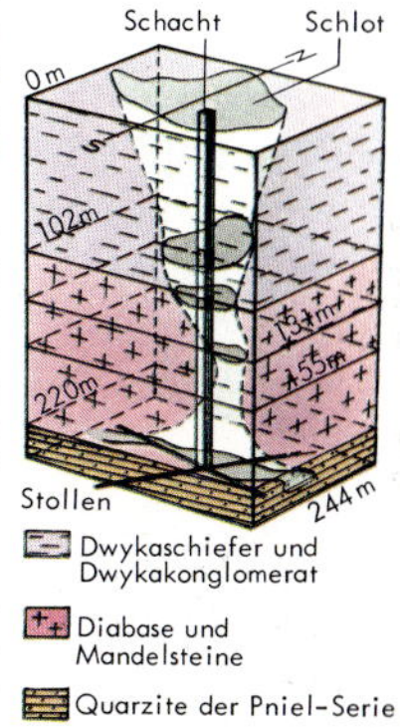

Kimberlit: K.-Pipe, die in eine Gangspalte übergeht, St.-Augustine-Mine, Kimberley

kinetischer Druck, → Staudruck.

Kinine, bei Pflanzen **(Phytokinine)**, Tieren und Menschen **(Plasmakinine)** vorkommende organ. Verbindungen mit Hormoncharakter. Hauptvertreter sind das blutdrucksenkend wirkende **Bradykinin** und **Kallidin**.

Kipper, 1) Lastkraftwagen mit Selbstentladung: Der Pritschenaufbau wird hydraulisch oder durch Druckluft nach hinten oder seitwärts gekippt, so daß die Ladung abrutscht. Man unterscheidet **Hinter-, Zwei-** und **Dreiseiten-K.** sowie **Mulden-K. Absetz-K.** haben einen losen Stahlblechkasten oder Kübel, den sie mit hydraulisch angetriebenen Schwingen vom Boden auf die Wagenpritsche heben, absetzen und auch kippen können.

2) Waggon- und Grubenwagen-K.: mechan. Vorrichtung zum Entleeren von Eisenbahn- oder Grubenwagen. **Bühnen-K.** dienen zum Kippen von Wagen mit klappbarer Stirn- oder Seitenwand, **Kreisel-K.** zum Drehen von Wagen mit feststehenden Wänden um die Längsachsen.

Kippflügelflugzeug, ein → Senkrechtstartflugzeug.

Kippgenerator, Gerät oder Schaltung zur Erzeugung von → Kippschwingungen.

Kippmoment, maximales Drehmoment einer elektr. Maschine. Wird das K. bei einem Motor überschritten, dann bleibt dieser stehen, wird es bei einem Generator überschritten, dann kann die Antriebsmaschine eine unzulässig hohe Drehzahl erreichen.

Kippregel, Vermessungskunde: bei der Meßtisch-Aufnahme (→ Meßtisch) benutztes kippbares Fernrohr mit Distanzmeßfäden und Höhenkreis, das über eine tragende Säule mit der als Zeichenlineal ausgebildeten Grundplatte verbunden ist.

Kippschaltung, Kippstufe, elektron. Schaltung, die zwei verschiedene Schaltzustände einnehmen kann.

Im Prinzip stellt die K. einen Schaltverstärker dar, der aus zwei miteinander gekoppelten Transistoren besteht, von denen sich zum gleichen Zeitpunkt jeweils der eine in durchgesteuertem (leitendem), der andere in gesperrtem (nichtleitendem) Zustand befindet. Der Wechsel von einem Schaltzustand in den anderen (Kippen) erfolgt sprunghaft, je nach Kopplung der Transistoren selbständig oder von außen gesteuert. Nach der Art, wie der Kippvorgang ausgelöst wird, unterscheidet man drei Grundschaltungen: 1) Die → bistabile Kippschaltung besitzt zwei stabile Schaltzustände (Ruhelagen), ein Wechsel erfolgt nur bei einem geeigneten, von außen zugeführten Triggerimpuls. Sie hat als Flipflop in der elektron. Datenverarbeitung große Bedeutung, da sie den jeweils eingegebenen Schaltzustand beibehält (speichert). 2) Die → monostabile Kippschaltung besitzt nur einen stabilen Zustand, vergleichbar einem abfallverzögerten Relais. Durch einen Triggerimpuls wird die Schaltung in ihre Arbeitslage versetzt, aus der sie nach einer bestimmten Zeit wieder in ihre Ausgangslage kippt. 3) Bei der → astabilen Kippschaltung tritt während des Betriebes kein stabiler Zustand ein. Sie kippt nach dem Einschalten ständig zw. beiden Zuständen hin und her und erzeugt auf diese Weise an ihrem Ausgang eine rechteckförmige Wechselspannung. Die Pulsfrequenz hängt von der Bemessung der → RC-Glieder innerhalb der Schaltung ab. Die auch als Multivibrator bezeichnete astabile K. wird in der → Impulstechnik als Rechteckspannungsgenerator verwendet.

Als K. werden auch solche Anordnungen bezeichnet, die sägezahnförmige → Kippschwingungen liefern. Die einfachste Schaltung besteht aus einem Kondensator, der von einer Spannungsquelle über einen Widerstand langsam aufgeladen und bei Erreichen einer best. Spannung (Zündspannung) über eine Entladestrecke (Vierschichtdiode, Glimmlampe) plötzlich entladen wird.

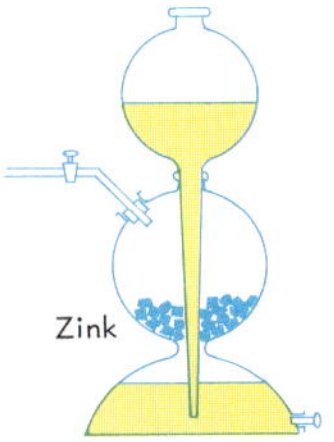

Kippscher Apparat

Kippscher Apparat, Kippscher Gasentwickler [n. dem niederländ. Apotheker und Chemiker P. S. Kipp, * 1808, † 1864], gläserner, früher häufig benutzter Laboratoriumsapparat zur Herstellung von Gasen wie Wasserstoff oder Kohlendioxid.

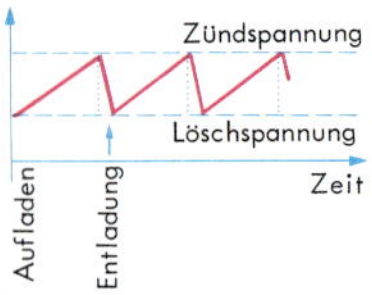

Kippschwingung

Kippschwingungen, periodische elektr. Schwingungen, deren zeitlicher Verlauf durch sprunghafte Änderungen charakterisiert ist. Dazu gehören Rechteckschwingungen, die z. B. durch eine → astabile Kippschaltung (Multivibrator) erzeugt werden können und in der → Impulstechnik vielfache Anwendung finden. Außerdem sind sägezahnförmige K. von Bedeutung, sie dienen z. B. zur Ablenkung des Elektronenstrahls in Oszilloskop- und Fernsehbildröhren. K. werden durch Kippgeneratoren erzeugt, die (je nach erforderlichem Spannungsverlauf) → Kippschaltungen und Impulsformerschaltungen enthalten.

Kippstufe, Elektronik: andere Bez. für eine → Kippschaltung.

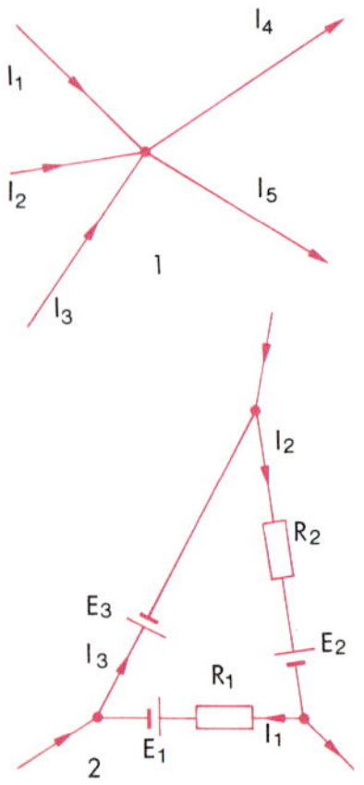

Kirchhoffsche Regeln

Kirchhoffsche Regeln [n. dem dt. Physiker G. R. Kirchhoff, * 1824, † 1887], Regeln zur Berechnung der stationären Strom- und Spannungsverteilung in elektr. Leitersystemen: 1) **Knotenregel, Verzweigungssatz:** In jedem Knoten (Verzweigungspunkt) ist die Summe der zufließenden Ströme gleich der Summe der abfließenden, z. B. $I_1 + I_2 + I_3 = I_4 + I_5$, d. h. allgemein

$$\sum_{\nu=1}^{n} I_\nu = 0.$$

2) **Maschenregel:** In jedem geschlossenen Stromkreis (Masche) ist die Summe der elektromotor. Kräfte (Urspannungen) gleich der Summe aller Spannungsabfälle, d. h. der Produkte IR (I = Strom, R = Widerstand), z. B. $E_1 + E_2 + E_3 = I_1R_1 + I_2R_2$, d. h. allgemein

$$\sum_{\nu=1}^{n} E_\nu = \sum_{\nu=1}^{n} I_\nu R_\nu.$$

Die 2. K. R. ist eine Erweiterung des → Ohmschen Gesetzes.

Kirchhoffsches Strahlungsgesetz. Bei einem Temperaturstrahler ist für eine beliebige Wellenlänge das Emissionsvermögen dividiert durch das Absorptionsvermögen für dieselbe Wellenlänge gleich dem Emissionsvermögen eines → schwarzen Körpers bei derselben Temperatur und für dieselbe Wellenlänge. Das Gesetz leitet man von dem zweiten Hauptsatz der Thermodynamik ab.

Kirlian-Photographie, Hochspannungs|photographie [n. dem Sowjetrussen S. D. Kirlian], Verfahren zur Registrierung von Hochspannungsentladungsmustern. Zw. einer flächigen Elektrode und einem geerdeten Objekt befindet sich ein lichtempfindl. Aufzeichnungsmaterial. Bei der Entladung tritt ein Blaulicht auf,

Kirlian-Photographie:
Elektrographie (Xerographie) eines Distelblattes

das von der lichtempfindl. Schicht registriert wird. Je nach Art und Form des Objektes (z. B. menschliche Hand) werden verschiedene, charakterist. Muster erzeugt. Die Anwendung für medizin. Diagnosen ist umstritten.

Kitte, → Dichtungsmassen.

kJ, Einheitenzeichen für **Kilojoule** (→ Joule).

KKW, Abk. für → Kernkraftwerk.

Klamm *die,* schmale, tief eingeschnittene Schlucht mit senkrechten, stellenweise überhängenden Felswänden; meist in geologisch sehr junger Zeit entstanden. (→ Tal)

Klammer, 1) Mathematik: paarweise verwendete Zeichen (z. B. runde (), eckige [ ], spitze ⟨ ⟩, geschweifte { } K.), die in der Mathematik zu verschiedenen Zwecken benutzt werden (→ Intervall), in der Elementarmathematik v. a. dafür, daß die in der K. stehende Rechnung vor der anderen ausgeführt werden soll.

2) Technik: Vorrichtung zur schnellen, einfachen und i. d. R. lösbaren Verbindung zweier Teile, z. B. Wäsche-K., Heft-K., Büro-K. Eine besondere Art sind die in der Bautechnik benutzten Stahl-K. aus Rund- oder Flachstahl.

Klang, Akustik: eine vom Ohr wahrnehmbare period. (aber nicht sinusförmige) mechan. Schwingung, die durch das Zusammenklingen von mehreren → Tönen **(Teiltönen)** entsteht, deren Schwingungen sinusförmig verlaufen. Dabei bestimmt der tiefste Teilton **(Grundton)** die subjektiv empfundene **Klanghöhe.** Die Frequenzen der höheren Teiltöne **(harmon. Töne, Obertöne)** sind ganzzahlige Vielfache des Grundtones. Die Anzahl und die relative Stärke der Obertöne bestimmen die **K.-Farbe** (K.-Spektrum) einer Tonquelle, z. B. eines Musikinstruments. – I. Ggs. zum K. besteht das **Tongemisch** aus sinusförmigen Schwingungen mit beliebigen Frequenzen, d. h. die auftretenden Teiltöne sind nicht harmonisch. – Das **Klanggemisch** setzt sich aus Klängen mit Grundtönen beliebiger Frequenz zusammen.

Klangfarben|einstellung, Klangfarbenregelung, bei Verstärkern für Rundfunkempfänger, Plattenspieler, Tonbandgeräte usw. die Einstellung von elektr. Filtern, die einen Teil des Tonfrequenzbereiches benachteiligen oder bevorzugen und dadurch die Klangfarbe ändern.

Klangfiguren, → Chladnische Klangfiguren.

Klanghöhe, Höhe des Grundtones eines → Klangs.

Klangstärke, Stärke des Grundtones eines → Klangs.

Klappenschrank, Vermittlungseinrichtung im handvermittelten Fernsprechdienst: Der Anruf eines Teilnehmers wird durch Fallklappen angezeigt, die Sprechzeit wird durch Gesprächszeitmesser ermittelt. K. werden nur noch in Nebenstellenanlagen und nichtöffentlichen Fernsprechnetzen benutzt.

Klapperstein, Adlerstein, Hohlkugel aus Braun- oder Toneisenstein (nuß- bis kinderkopfgroß) mit eingeschlossenen abgelösten Gesteinsteilchen, die beim Schütteln klappern.

Klär|anlage, Anlage zur → Abwasserreinigung.

Klärbecken, Klären, → Abwasserreinigung.

Klar|eis, klares Wassereis (→ Eiserzeugung).

Klärgas, aus Klärschlamm gebildetes → Biogas.

Klarluft|turbulenz, engl. **Clear Air Turbulence** [klˈɪəˈɛə tˈəːbjʊləns], Abk. **CAT,** Gebiete mit heftigen, turbulenten Luftbewegungen im wolkenfreien Raum der Troposphäre, die zur Gefährdung von Luftfahrzeugen durch Überbeanspruchung oder Verursachung nicht mehr beherrschbarer Fluglagen führen können. K. kann entstehen durch vertikale therm. Konvektionsströmungen, durch Leewellenströmungen hinter Gebirgszügen und durch Windscherungen in den Randbezirken der hohen → Strahlströme.

Klärschlamm, pumpfähige, wäßrige Suspensionen mit etwa 5% Trockenmasse, die bei der → Abwasserreinigung anfallen. **Überschußschlamm** aus Belebungsbecken enthält Feststoffteilchen, die zu über 98% aus organ. Materie (Bakterienmasse) bestehen. Bei **Vorklärschlamm** liegt der organ. Anteil zw. 90 und 96%. K. kann in Faulbehältern unter anaeroben Bedingungen bei 30 bis 35 °C stabilisiert werden. Das entstehende Klärgas dient meist zur Beheizung der Behälter. Der ausgefaulte K. kann zur Bodenverbesserung im Landbau verwendet werden. Durch Eindicken in Absetzbehältern, Entwässerung mit Filtern oder Zentrifugen und Trocknung läßt sich der Wassergehalt von K. sukzessive reduzieren. Entwässerter K. wird deponiert, verbrannt oder, meist mit Müll, unter aeroben Bedingungen zu Humusstoffen kompostiert. Der Einsatz im Landbau ist wegen des Gehaltes an Schwermetallen nur begrenzt möglich.

Klarschreiber, Setzerei: schreibmaschinenartige Apparatur am → Perforator oder am Satzrechner zur Erstellung des ›Protokolls‹ in Klarschrift, d. h. in normal lesbarer Schrift. Diese dient meist zur Kontrolle und Korrektur des Lochstreifens, bevor dieser in die Setzmaschine eingegeben wird (→ Computer-Satz).

Klarschriftleser, Datenverarbeitung: Lesegerät für genormte Druck- oder Handschriften (→ OCR, → Zeichenerkennung). Der K. tastet als opt. Leser eine entsprechend genormte Schrift optisch ab oder arbeitet als Magnetschriftleser. Die gelesenen Schriftzeichen werden in einen für die Eingabe in eine Datenverarbeitungsanlage geeigneten Code umgesetzt.

Klartext, nichtchiffrierter Text, → Geheimschrift.

Klasse, Mathematik: Unterteilt man eine Menge irgendwelcher Dinge (Elemente) derart, daß ein Element immer nur zu genau einer Teilmenge gehört, so heißt jede solche Teilmenge eine K. Die Einteilung hat folgende Äquivalenzeigenschaften: Wenn a und b zur selben K. gehören, d. h. a äquivalent b ist ($a \sim b$), dann ist auch $b \sim a$, ferner $a \sim a$ und schließlich folgt aus $a \sim b$ und $b \sim c$, daß $a \sim c$ ist, eine Zahl, die diese Anforderung erfüllt, wird als **Repräsentant** bezeichnet.

Ein Beispiel ist die Einteilung der ganzen Zahlen in gerade und ungerade Zahlen, je nachdem, ob sie bei Division durch 2 den Rest 0 oder 1 lassen; allgemeiner: Wenn p eine festgehaltene ganze Zahl ist, gehören zwei Zahlen a und b zu derselben **Restklasse modulo p,** oder sind einander **kongruent modulo p** ($a \equiv b \bmod p$), wenn $a-b$ durch p teilbar ist, z. B. ist 8 ein Repräsentant für alle Zahlen, die bei Division durch 5 den Rest 3 haben.

Klassierung, Auftrennung feinkörniger Feststoffgemische nach der Teilchengröße oder Masse. K. kann durch Sieben **(Sieb-K.)** oder durch Ausnutzung der unterschiedlichen Sinkgeschwindigkeit verschieden großer Teilchen in einem Luft- **(Windsichten,** → Sichter) oder Wasserstrom **(Strom-K., Hydro-K.)** oder durch Fliehkraft (→ Zyklon) erreicht werden.

klastisch heißen Sedimentgesteine aus Produkten der mechan. Gesteinsverwitterung **(Trümmergesteine).**

klauben, grobkörnige Feststoffe nach ihrem Aussehen sortieren, von Hand auf langsam umlaufenden Förderbändern **(Klaubebändern, Verlesebändern, Auslesebändern)** und **Klaubetischen** (Klaubearbeit, Lesearbeit). Moderne automat. Klaubeverfahren arbeiten durch Identifizierung der Komponenten nach ihren opt. und radiometr. Eigenschaften.

Klaue, Maschinenbau: hakenförmiges Werkzeug oder Maschinenteil, z. B. zur Schaltung von Kupplungen **(Schaltklaue).**

	e	a	b	c
e	e	a	b	c
a	a	e	c	b
b	b	c	e	a
c	c	b	a	e

Kleinsche Vierergruppe

Klebebänder, Bänder, die aus einem Träger aus Papier, Kunststoffolie, textilem Gewebe u. a. und einer druckempfindlichen Klebmasse (z. B. Naturkautschuk mit modifiziertem Kolophonium oder anderen Harzen) bestehen. K. lassen sich im Unterschied zu gummierten Artikeln ablösen und erneut verwenden. Sie werden u. a. für Verpackungs- und Isolierzwecke, zum Kleben von Furnieren sowie in der Medizin verwendet.

Klebebindung, Buchbindeverfahren, bei dem der Buchblock am Rücken beschnitten wird, so daß einzelne Blätter entstehen, die am Rücken aufgerauht, mit Klebstoff bestrichen und in den Buchumschlag gepreßt werden (›fadenloses Binden‹).

Klebstoffe, nichtmetall. Werkstoffe, die Körper durch Oberflächenhaftung (Adhäsion) und innere Festigkeit (Kohäsion) verbinden können, ohne das Gefüge der Körper wesentlich zu verändern (→ Leim, → Kleister, Kleber). Je nach Material der zu verklebenden Körper unterscheidet man → Holzklebstoffe, → Metallklebstoffe usw. Zu den natürl. K. gehören → Caseinleime, → Glutinleime, Stärkeprodukte (→ Dextrin, Kleister) und Naturharze. Von größerer Bedeutung sind heute synthetische K. **Schmelz-K.** werden in der Wärme als Schmelze aufgetragen und bilden beim Erstarren die Klebverbindung. Verwendet werden v. a. Mischungen von Äthylen-Vinylacetat-Copolymeren mit Harzen und Wachsen. **Heißsiegel-K.** werden als Lösungen oder Dispersionen aufgetragen. Die getrockneten Schichten schmelzen bei der Siegelung in der Wärme und bilden die Klebverbindung. **Kontakt-K.** müssen auf beide zu verklebenden Oberflächen aufgetragen werden. Nach einer Vortrocknung erfolgt die Klebung durch kurzzeitiges, starkes Zusammendrücken. Verwendet werden Lösungen von Synthesekautschuk (Chloroprenkautschuk, SBR) und Harzen (Phenolharze, Kolophonium). **Haft-K.** sind dauerklebrige K., meist auf Kautschukbasis, die unter geringem Druck haften, bei dauernder Last aber zum ›Kriechen‹ neigen. Sie werden für Haftetiketten und Dekofolien verwendet. **Alleskleber** sind Lösungen von Nitrocellulose, Polyvinylacetat u. a. in Estern und Ketonen, die durch Verdunsten des Lösemittels abbinden. **Anlösende K.** werden für Kunststoffe verwendet. Sie enthalten ein Lösemittel (z. B. Toluol für Polystyrol, Tetrahydrofuran für PVC), das die zu verklebenden Oberflächen anlöst, so daß nach Diffusion der Makromoleküle und Verdunstung des Lösemittels Klebung eintritt. **Reaktions-K.** (Ein- und Zweikomponentenkleber) binden durch chem. Reaktion ab. Sie enthalten u. a. → Aminoplaste oder → Epoxidharze.

Kleeblatt, Straßenbau: ein → Knotenpunkt 3) in zwei Ebenen, bei dem der Linksabbiegeverkehr jeweils mit Hilfe von vier Schleifenrampen durch Rechtsabbiegen ermöglicht wird (→ Kreuzung, → Rampe). Varianten ergeben sich durch unterschiedliche Rampenführung.

Kleesalz, Kleesäure, → Oxalsäure.

Kleinbildkamera, eine Kamera, → Photographie.

Kleinbus, → Kraftomnibus.

Kleine Kampfschiffe, Kriegsschiffe bis etwa 300 ts; für die modernen Marinen haben besondere Bedeutung Schnellboote und U-Jäger. Zu den K. K. gehören außerdem Wachfahrzeuge und Flußkampfschiffe.

Kleiner Wagen, Teil des Sternbilds Kleiner → Bär 1).

Kleinerzeichen, das Zeichen <, das zur abkürzenden Schreibweise bei Ungleichungen verwendet wird (›7 < 9‹).

Klein-Gordon-Gleichung [n. den Physikern O. Klein, * 1894, und W. Gordon, * 1893, † 1939], relativistische → Wellengleichung für ein kräftefreies Teilchen ohne Spin.

Kleinkreis, der → Nebenkreis.

Klein|offsetdruck, Büro|offsetdruck, → Offsetdruck auf → Vervielfältigungsmaschinen.

Kleinplaneten, Kleine Planeten, die → Planetoiden.

Kleinsche Vierergruppe [n. dem dt. Mathematiker C. F. Klein, * 1849, † 1925], kommutative → Gruppe 2) mit vier Elementen, die sich von der → zyklischen Gruppe der Ordnung 4 unterscheidet.

kleinstes gemeinsames Vielfaches, Abk. **k. g. V.,** zweier natürl. Zahlen a und b ist die kleinste natürl. Zahl k, die durch a und b ohne Rest teilbar ist. Beispiel: Das k. g. V. von 8 und 12 ist 24. Man kann das k. g. V. von a und b berechnen, wenn man den → größten gemeinsamen Teiler d von a und b kennt, denn es gilt:

$$k = \frac{a \cdot b}{d}\text{, im obigen Beispiel } k = \frac{8 \cdot 12}{4} = 24.$$

Kleinwinkelkorngrenze, eine → Korngrenze (→ Realkristall, BILD).

Kleister, pastöse Papierklebstoffe, die durch Einwirkung von Basen auf Stärkesuspensionen (alkal. Verkleisterung) bei gleichzeitigem geringem oxidativem Abbau der Stärkemoleküle erhalten werden. K. enthalten zusätzlich Tenside und Konservierungsmittel.

Kleist|sche Flasche, Leidener Flasche [n. dem Physiker E. J. von Kleist, * 1700, † 1748], älteste Form des elektrischen → Kondensators 1).

Klemmenspannung, die elektr. Spannung zw. den Klemmen einer Spannungsquelle (z. B. Batterie, Generator). Bei Leerlauf, d. h. bei unbelasteter Spannungsquelle, ist die K. gleich der Quellenspannung U_q (auch → Elektromotorische Kraft genannt). Wird die Spannungsquelle durch einen elektr. Verbraucher belastet, verursacht der im Gesamtstromkreis fließende Strom I einen Spannungsabfall am Innenwiderstand R_i der Quelle, so daß sich die K. um diesen Betrag verringert. Für die K. ergibt sich somit $U = U_q - I \cdot R_i$.

Kliff *das,* an Steilküsten der von der Brandung durch Abrasion geschaffene (unterspülte) Steilabfall des Landes. Dem K. ist meist eine flache Brandungsplattform **(Schorre)** vorgelagert.

Klima *das,* mittlerer Zustand der Atmosphäre über einem Gebiet, wird von der → Klimatologie beschrieben durch Angabe von K.-Typen **(Klimaklassifikation)** oder durch statist. Maßzahlen zur Charakterisierung des Verlaufes einzelner **Klimaelemente** wie Temperatur, Niederschlag, Luftfeuchte, Windrichtung und -stärke, Bewölkung (Art und Menge) und Sonnenscheindauer. Das K. eines Ortes ergibt sich aus dem Zusammenwirken der durch die allgemeine → Zirkulation der Atmosphäre bedingten Häufigkeit von → Advektion und dynamischer → Stabilität mit den **lokalen Klimafaktoren.** Dazu gehören: die geograph. Breite oder – anschaulich – die mittlere Neigung der Sonnenstrahlen, deren Intensität die Lokalzirkulation bestimmt; die unterschiedl. Ausbildung der Erdoberfläche als Land und Meer, Berg und Tal, Wald und Freiland u. a., die Voraussetzung für eine lokale Zirkulation ist; die Höhe über dem Meer, die Temperatur- und Niederschlagsmittel beeinflußt (vertikale Temperaturabnahme rd. 6 °C je 1 000 m bei gleichzeitiger Zunahme des

Niederschlags in mittleren Breiten und Abnahme in den Tropen). Die Bedeutung der einzelnen Faktoren für das K. ist regional unterschiedlich. In Mitteleuropa z. B. entscheidet die Häufigkeit der Advektion von polarer oder subtrop. Luft über Wärme und Feuchte des K. Für die Tropen ist die Lokalzirkulation bestimmend, die durch die Stabilität der Atmosphäre nur modifiziert wird, während über den Wüsten die dynam. Stabilität selbst bei starker →Konvektion Wolken- und Regenbildung verhindert.

Trotz des vielfältigen Zusammenwirkens der Klimafaktoren folgt aus der breitenabhängigen Strahlungsintensität und der jeweils typischen unterschiedl. Zirkulation der Atmosphäre über Kontinenten und Ozeanen eine gewisse Regelmäßigkeit in der räuml. Verteilung der **Klimazonen.** So befindet sich um den Äquator die Region der **trop. Regenwaldklimate** mit jahreszeitlich variablen Niederschlägen. Die Temperatur hat hier fast gleichbleibende Monatsmittelwerte über 18 °C. Zu den Wendekreisen hin steigt die Jahresamplitude allmählich an, anfangs mit einem Maximum im Frühjahr und einem im Herbst. Das während der Regenzeit durch erhöhte Verdunstung und verminderte Sonneneinstrahlung entstehende Minimum im Sommer verschwindet mit abnehmendem Niederschlag zu den Subtropen hin. Hier finden sich die Wüstengebiete, in denen bei einer Temperaturdifferenz zw. wärmstem und kältestem Monat von 20° der Tagesgang 50 °C überschreiten kann. An einzelnen Orten fällt mehrere Jahre lang kein Regen. Zus. mit den sie umgebenden Savannen und Steppen bilden die Wüsten die Zone der **Trockenklimate,** in denen die mögliche Verdunstung den Niederschlag stets übertrifft. Zw. 15 und 30° Breite reicht sie von der Mitte der Ozeane über die W-Küsten bis in die Zentren der Kontinente, wo sie z. T. über 40° hinaus polwärts vordringt. In dieser geograph. Breite herrscht an den Küsten warmgemäßigtes K., an der W-Seite mit Winterregen, an der Ostseite mit ganzjährigem Niederschlag und Sommermaximum. Letzteres kennzeichnet zus. mit dem in höheren Breiten überwiegenden Jahresgang der Temperatur auch die zu den Polarkreisen hin anschließenden **kontinentalen K.** Das entsprechende **maritime K.** zeigt thermisch wie hygrisch einen ausgeglicheneren Verlauf. Obwohl die jährl. Niederschlagssumme in beiden Bereichen, verglichen mit den Tropen, gering ist, übersteigt sie wegen der tieferen Temperaturen (Mittel des wärmsten Monats unter 22 °C) gewöhnlich die Verdunstung. Monatsmittel unter 10 °C haben die **Eisklimate** der Polargebiete. Tagesgänge der Klimaelemente sind hier generell vernachlässigbar. (→Seeklima)

Die Verteilung der Klimaelemente auf der Erde unterliegt ständigen Änderungen (→Klimaschwankungen), auch wenn deren Auswirkungen erst nach Jahrzehnten sichtbar werden (z. B. Vorstoß von Gletschern). Weltweiten Betrachtungen des K., die heute auf Messungen an Klimastationen (→Wetterdienst) beruhen, legt man daher die Mittelwerte von 30jährigen Normalperioden zugrunde.

Eine kontrollierte **Beeinflussung des K.** läßt sich bisher nur lokal durchführen. Großräumige Projekte erwiesen sich bei näherer Prüfung als unwirtschaftlich und ließen darüber hinaus Verschlechterungen in anderen Gegenden befürchten. Letzteres gilt auch für die Auswirkungen der zunehmenden Belastung der Atmosphäre durch Wärme, Kohlendioxid und Aerosol als Folge. Wie auf Pflanzen, so wirkt das K. in vielfältiger Weise auf den Organismus von Mensch und Tier.

Das Klima, hg. v. H. OESCHGER u. a. (1980).

Klima|anlage, lüftungstechn. Anlage, die während des ganzen Jahres die Lufttemperatur und die Luftfeuchte in einem Raum selbsttätig auf vorgegebenen Werten hält, und zwar in einem Betriebsbereich, der durch vereinbarte Grenzwerte für die Wärme- und Feuchteentwicklung im Raum sowie durch festgelegte Grenzwerte der Temperatur und Feuchte der Außenluft gekennzeichnet ist. Eine K. besitzt daher Einrichtungen zum Reinigen, Erwärmen, Kühlen, Befeuchten, Entfeuchten der Zuluft sowie zur selbsttätigen Temperatur- und Feuchteregelung. (→Klimagerät)

Komfort-K. haben die Aufgabe, die klimat. Verhältnisse in Aufenthaltsräumen den menschl. Bedürfnissen anzupassen. Der Bereich der von den Komfort-K. herzustellenden Luftzustände entspricht den physiolog. und hygien. Ansprüchen, die je nach Jahreszeit veränderlich sein können (Temperaturbereich 20 bis 26 °C, Feuchtigkeitsbereich 35 bis 65% relative Luftfeuchte). Während die Raumtemperatur innerhalb der genannten Grenzen auf jede gewünschte Temperatur mit einer Toleranz von ± 0,5 bis 1 °C einstellbar sein muß, kann die Luftfeuchte bei Komfortanlagen ohne merklichen Einfluß auf das Wohlbefinden weitgehend nach wirtschaftl. Gesichtspunkten gewählt werden. Für den Winterbetrieb genügt gewöhnlich eine Feuchteregelung, die ein Unterschreiten der relativen Feuchte von 35% verhindert.

Klimaanlage: Funktionsprinzip einer Induktions-K. **1** Fortluftklappe, **2** Wärmetauscher für Wärmerückgewinnung, **3** Fortluftventilator, **4** Abluftleuchte, **5** Luftaustritt für Zuluft, **6** Kabelkanal, **7** Induktionsgerät, **8** Thermostatisches Vierleiterventil, **9** Heizungsvorlauf, **10** Heizungsrücklauf, **11** Kühlung Vorlauf, **12** Kühlung Rücklauf, **13** Primärluftanschluß, **14** Luftansaugung für Sekundärluft, **15** Schalldämpfer, **16** Feinfilter, **17** Zuluftventilator, **18** Lufterhitzer, **19** Luftbefeuchter, **20** Luftkühler, **21** Vorlufterhitzer, **22** Luftfilter, **23** Außenluftklappe

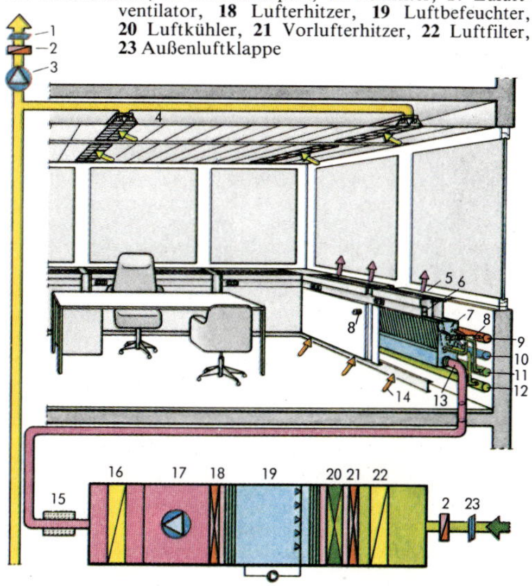

Industrie-K. sind vorzugsweise den Bedürfnissen zu lagernder oder zu verarbeitender Stoffe oder bestimmter Verarbeitungsprozesse angepaßt. Hierzu gehören Anlagen für Textilbetriebe, Druckereien, Tabak- und Süßwarenfabriken, feinmechan. Werkstätten und Meß- und Kaltlagerräume. In den meisten Fällen muß sowohl eine genaue Temperaturregelung als auch eine präzise Feuchteregelung gefordert werden, wobei häufig sogar an die Luftfeuchte höhere Ansprüche als an die Raumtemperatur gestellt werden. Die Temperatur- und Feuchtebereiche bei Industrie-K. sind wesentlich größer als bei Komfortanlagen. In Industrieanlagen müssen Temperaturen von etwa −40 °C (in Kaltlagerräumen) bis zu +38 °C (bei der Oxidation des Leinöls in der Linoleumindustrie) und relative Luftfeuchten von 10% (in der pharmazeut. Industrie) bis zu etwa 95% (beim Konditionieren von Garn und Gewebe in der Textilindustrie) beherrscht werden.

Die Luftaufbereitung einer K. geschieht i. a. außerhalb des zu klimatisierenden Raumes. Über Luftkanäle wird die aufbereitete Luft als **Zuluft** dem Raum zugeführt und die verbrauchte Luft als **Abluft** aus dem Raum abgeführt. Die **Klimazentrale** enthält alle für eine umfassende Luftaufbereitung erforderl. Anlagenteile: In der **Mischkammer** trifft Außenluft mit Umluft zusammen und vermischt sich mit dieser. Im **Luftfilter** wird die Luft von Verunreinigungen befreit. Der **Vorwärmer** dient zur Erwärmung der gereinigten Mischluft, und zwar so weit, daß die Luft ausreichend aufnahmefähig wird für Wasser bei der anschließenden Befeuchtung. Im Sommerbetrieb tritt an die Stelle der Vorwärmung die Temperaturerniedrigung im **Luftkühler.** In der **Düsenkammer (Befeuchter)** wird die Luft durch Wasserzerstäubung befeuchtet und auch noch in gewissem Maß gereinigt und gekühlt (Verdunstungskühlung). Im **Nachwärmer** wird die erforderl. Zulufttemperatur eingestellt. **Zu-** und **Abluftventilatoren** sorgen für den Transport der Luft in den entsprechenden Kanalleitungen.

Die Bez. **Niederdruck-** oder **Hochdruck-K.** bezieht sich auf den Förderdruck der Ventilatoren. Die Niederdruck-K. mit etwa 5 bis 10 m/s Luftgeschwindigkeit ist die klass. K. Die Hochdruck-K. mit Luftgeschwindigkeiten bis zu 30 m/s wurde entwickelt, um größere Luftströme in möglichst kleinen Kanalquerschnitten transportieren zu können.

Ein- und **Zweikanal-K.** unterscheiden sich nach der Anzahl der parallel geführten Zuluftkanäle. Bei der klass. Einkanalanlage wird nur ein Zuluftstrom dem Raum zugeführt. Bei der Zweikanalanlage wird warme und kalte Zuluft in getrennten Kanälen geführt, wobei durch entsprechende Mischung beider Luftströme den einzelnen Räumen Luft mit unterschiedl. Temperaturen zugeführt werden kann.

Bei **Induktions-K.** (Primärluftanlagen) wird nur die für Lüftungszwecke mindestens erforderl. **Primärluft** zentral aufbereitet und den Induktionsgeräten im klimatisierten Raum zugeführt. Dort wird ein Mehrfaches der Primärluft als Sekundärluft aus dem Raum angesaugt und dezentral erwärmt oder gekühlt. Die Induktions-K. bietet den Vorteil der Einzelraumregelung bei kleinen Abmessungen der Luftkanäle.

Lit.: → Klimatechnik.

Klimageographie erfaßt in der **allgemeinen K.** die Zustände der Atmosphäre, deren Entstehung, Verflechtung und Wirkungen, dient der Erklärung der geograph. Strukturen und führt in der **regionalen K.** zur Unterscheidung von Klimaräumen.

Klimagerät, Sammelname für Einrichtungen zur Klimatisierung von Räumen, in denen oder in deren Nähe sie aufgestellt sind. Je nach Größe, Ausführung und Anordnung unterscheidet man **Klimatruhen, Klimaschränke** oder **Fenster-K.** Wird von dem K. nur ein Teil der zur Klimatisierung erforderl. Aufgaben erfüllt, handelt es sich um **Luftkühl-, Luftheiz-, Be-** oder **Entfeuchtungsgeräte.**

Klimakammer, geschlossener Raum, in dem mit Mitteln der → Klimatechnik einzelne physikal. Größen der Luft wie Temperatur, Feuchte, Druck, Geschwindigkeit und ihre elektr. und chem. Eigenschaften in allen Stufen zw. tropischem und polarem Klima künstlich eingestellt werden können. Die K. wird angewendet bei physiolog. Untersuchungen an Pflanzen und Tieren sowie zur Materialprüfung. Medizinisch werden K. bei Erkrankungen der Atmungsorgane, des Kreislaufs, bei Hals-Nasen-Ohren-Leiden, bei rheumat. und Wetterbeschwerden eingesetzt.

Klimamodelle sind → meteorologische Modelle, mit denen sich mittlere Felder der Klimaelemente wie Temperatur, Feuchte und Wind errechnen lassen. Vorgegeben werden dazu die geophysikal. Randbedingungen, z. B. Intensität und spektrale Verteilung der Einstrahlung, Rotation des Planeten und Lage seiner Achse, Zusammensetzung der Atmosphäre und räumliche Differenzierung der Oberfläche durch Wasser, Land, Schnee und Vegetation. Bei den meisten K., die iterativ sind, beginnen die berechneten Felder nach einiger Zeit (rd. 200 Modelltage) um einen mittleren Zustand zu schwanken, der dann das Klima unter den vorgegebenen Bedingungen wiedergibt.

Klimaschwankungen, allmähl., großräumige, meist hemisphär. Änderungen des Klimas, deren Tendenz mehrere 100 bis 1000 Jahre anhält und dabei von kurzzeitigen Variationen überlagert wird. Extreme sind die Eiszeiten, in denen die Tieflandvereisung äquatorwärts bis 50° Breite vordrang, sowie Warmzeiten mit weitgehend eisfreiem Polarmeer. Der Erforschung von K. dienen die Ergebnisse der Paläoklimatologie.

Klimatechnik, Fachrichtung der Ingenieurwissenschaften, die die Beeinflussung der klimat. Umgebungszustände durch Änderung von Temperatur, Druck, Feuchte, Geschwindigkeit und Zusammensetzung der Raumluft und durch Änderung der Temperatur der Raumumgrenzungsflächen zum Inhalt hat. Die bekanntesten, das Gesamtgebiet der K. beherrschenden Verfahren sind → Heizung, → Kühlung, → Lüftung, → Entstaubungsverfahren, Be- und Entfeuchtung (→ Luftfeuchtigkeit). Darüber hinaus sind Thermodynamik, Strömungstechnik, Meßtechnik, Regelungstechnik und Akustik wesentliche Bestandteile der modernen Klimatechnik.

H. LOEWER: K. (1968); H. RIETSCHEL u. W. RAISS: Heiz- und K., 2 Bde. (1968/70); W. HAEDER u. G. REICHOW: Lex. der Heizungs-, Lüftungs- und K. (1971); K. DANIELS: K., 2 Bde. (1973/75); P. BERLINER: K. kurz und bündig (1976); Lb. der K., hg. v. Arbeitskreis der Dozenten für K., 3 Bde. (1976/77); H. RECKNAGEL u. E. SPRENGER: Tb. für Heizungs und K. (⁶¹1981/82).

Zeitschr.: GI Gesundheits-Ingenieur (seit 1878); Die Kälte und K. (seit 1948); HLH Heizung-Lüftung-Haustechnik (seit 1950); Luft- und Kältetechnik (seit 1965); CCI Clima Commerce International (seit 1967); KI Klima-Kälte-Heizung (seit 1973).

Klimatologie, Klimakunde, Wissenschaft vom → Klima, Grenzgebiet zw. Meteorologie und Geographie. Wichtigste Aufgabe ist die Erfassung des Klimas der Erde durch Bearbeitung langjähriger Klimabeobachtungen und Darstellung einzelner Klimaelemente oder Kombinationen davon, die weitergehende Schlüsse ermöglichen **(Klimaklassifikation),** wie z. B. auf die Vegetation. Unterlagen dazu, einst an vereinzelten Klimastationen und auf Expeditionen gewonnen, liefern heute die → Wetterdienste. Um trotz → Klimaschwankungen vergleichbare Ergebnisse zu erhalten, wählt man gewöhnlich Mittelwerte 30jähriger Normalperioden aus. Für die Mehrzahl prakt. Belange genügt die Annahme, daß das Klima nahezu konstant ist. Aufgabe der **technischen K.** ist es, Unterlagen zu erarbeiten für die Nutzung von Wind- und Sonnenenergie, für zu fordernde statische Stabilität von Bauwerken gegen Winddruck, aber auch für die Klimatisierung von Innenräumen.

Klingel, allg. Gerät zum Läuten, kleine Glocke, i. e. S. einfache elektroakust. Signalvorrichtung, auch **Wecker** genannt, wird mit Gleichstrom oder Wechselstrom betrieben. Beim nach dem Prinzip des Wagnerschen Hammers (→ Unterbrecher) arbeitenden **Rasselwecker** schwingt der Unterbrecherkontakt hin und her, solange der Stromkreis durch Druck auf den Klingelknopf geschlossen bleibt; die Glocke wird dauernd angeschlagen. Im Unterschied hierzu wird beim **Einschlagwecker** bei jedem Druck auf den K.-Knopf die Glocke nur einmal angeschlagen. – Im Fernsprechbetrieb wird mit Wechselstrom niedriger Frequenz (10–20 Hz) gerufen. Die hierfür bestimmten K. **(Wechselstromwecker)** haben ein gepoltes Magnetsystem; dem Feld eines Permanentmagneten wird ein Wechselfeld überlagert, der Anker schwingt im Takt der Rufstromfrequenz.

Klingeln, Verbrennungsmotor: → Klopfen.

Klingeltransformator, ein Transformator, der die Netzspannung von 220 V auf eine zum Betrieb einer Klingelanlage geeignete Spannung von etwa 3 bis 12 V herabsetzt.

Klingstein, der → Phonolith.

klinische Chemie, Teilgebiet der klin. Diagnostik: quantitative Auswertung chem. Reaktionen bei Stoffwechselabläufen, Vergleich mit Normalwerten und Rückschlüsse auf krankheitsbedingte Veränderungen im Stoffwechselgeschehen, v. a. bei enzymat. Reaktionen im Organismus des Menschen.

Klinke, 1) Fernsprechtechnik: mit mehreren Kontakten versehene Buchse, an der die Teilnehmerleitungen in der Handvermittlungsstelle enden. Abfragen und Durchverbinden geschieht manuell über Stöpsel (Stecker) und Schnüre.

2) Maschinenbau: ein- oder zweiarmiger Hebel, der die Bewegung eines Maschinenteils hemmt **(Sperr-K.)** oder weiterleitet **(Schalt-K.).**

Klinken-Steckverbinder, elektromechan. Steckverbindung aus Klinkenstecker und Kupplung oder Einbaubuchse in vielen versch. Größen und Ausführungen.

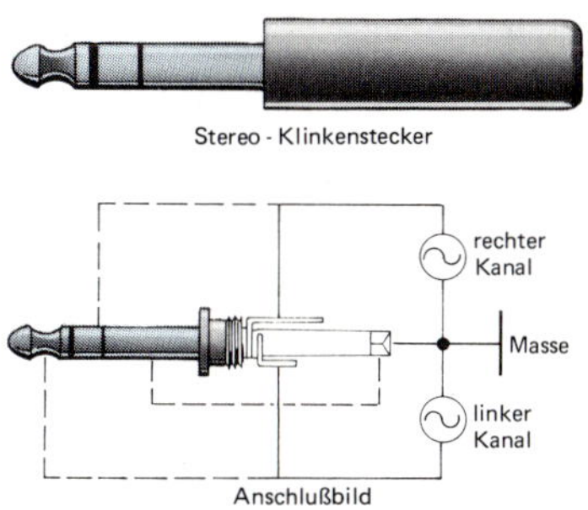

Klinken-Steckverbinder

K.-S. gibt es in Mono- und Stereoausführung für elektroakust. Geräte und als zweipolige Steckverbinder, z. B. für den Anschluß eines Netzteils an einen Taschenrechner.

Klinker, 1) Ziegel aus einem Tongemisch von feuerfesten und, zur besseren Durchsinterung, leicht schmelzbaren Bestandteilen, die bei 1 100–1 400 °C glasartig gebrannt werden; sie haben hohe Druckfestigkeit, Widerstandsfähigkeit gegen Säuren und Laugen, sind hellgelb, braun, bläulichrot bis schwarz. K. werden als **Mauer-K.,** als **Kanal-K.** und als **Spalt-K.** verwendet. K. heißen auch die zur Zementherstellung gebrannten Erzeugnisse.

2) Holzbootsbauweise mit dachziegelartig sich überlappenden Planken; heute selten, vorherrschend ist → Karweel.

Klinochlor *der,* Mineral, → Chlorit 2).

Klino|enstatit *der,* Mineral, ein → Pyroxen.

Klinohumit *der,* Mineral, → Norbergit.

Klinometer, Neigungsmesser beim → Geologenkompaß.

Klinostatenmikroskop, ein auf einem Rotor montiertes Lichtmikroskop, das die unmittelbare Beobachtung von Bewegungsvorgängen in biolog. Zellen unter funktioneller Schwerelosigkeit erlaubt, die bei Rotation des K. (bis zu 150 Umdrehungen je Minute) für einen weiten Größenbereich von Teilchen des Zellinhalts (bis etwa 2 μm Durchmesser) simuliert werden kann. Auch in der Physik und Chemie kann das K. Anwendung finden, z. B. in der Kristallzucht, bei der Seigerung von Metallegierungen oder bei der Polymerisation von Makromolekülen.

Klinozo|isit *der,* Mineral, Varietät des → Epidot.

Klippen, 1) Geomorphologie: gefährl. Felsen wenig unter oder über einer Wasserfläche, bes. häufig an Steilküsten **(Klippenküsten).** K. entstehen im Meer durch die Erosion der Brandung; in Flußbetten werden durch schnellströmendes Wasser härtere Gesteinspartien freigelegt. 2) Geologie: Erosionsreste von Überschiebungsdekken (→ Überschiebung); tektonisch selbständige Scholle mit geringer Schubweite **(parautochthone K.);** Gesteinskomplex, der durch Vertikaltransport (abgequetscht) wurzellos geworden ist **(autochthone K.).**

Klirrfaktor, Maß für die Verzerrungen, die ein Übertragungsglied (z. B. Mikrophon, Verstärker, Lautsprecher) bei sinusförmiger Eingangsspannung verursacht. Bedingt durch Nichtlinearitäten innerhalb der Übertragungsglieder entstehen Oberwellen mit der doppelten, dreifachen, vierfachen usw. Frequenz der Eingangsspannung, die sich als Verzerrungen (z. B. bei der Wiedergabe von Klängen) bemerkbar machen können. Der in Prozent angegebene Gesamt-K. wird bestimmt aus dem Verhältnis des Effektivwerts der Oberwellenspannung zum Effektivwert der gesamten Signalspannung am Ausgang:

$$k = \sqrt{\frac{U_2^2 + U_3^2 + U_4^2 + \ldots}{U_1^2 + U_2^2 + U_3^2 + U_4^2 + \ldots}}$$

Der K. ist abhängig von der Aussteuerung (d. h. der eingespeisten Signalspannung) und von der Frequenz. Hochwertige elektroakust. Anlagen weisen einen K. < 1% auf, dagegen macht sich bei der Sprachwiedergabe erst ein K. von über 5% störend bemerkbar.

Klischee *das,* allg. Bez. für Druckplatten und Druckstöcke aller Art, bes. zur Wiedergabe von Bildern im Hochdruckverfahren. Die K.-Herstellung ohne Ätzung (wie bei der → Autotypie) arbeitet mit K.-Gravierung, d. h., die **K.-Graviermaschine** tastet das Original punktuell nach Helligkeitswerten ab und überträgt diese auf einen gravierenden Stichel.

Kloben, 1) Fördertechnik: Montagegerät, bestehend aus Seilrollen mit Halterung und Aufhängeöse oder Haken, auch Flasche eines → Flaschenzuges.

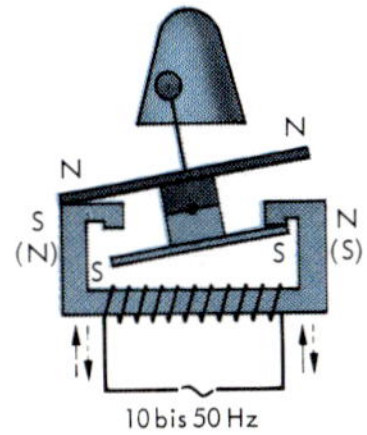

Klingel: Wechselstromwecker

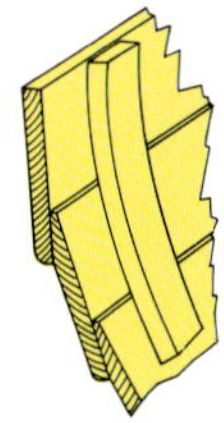

Klinker 2)

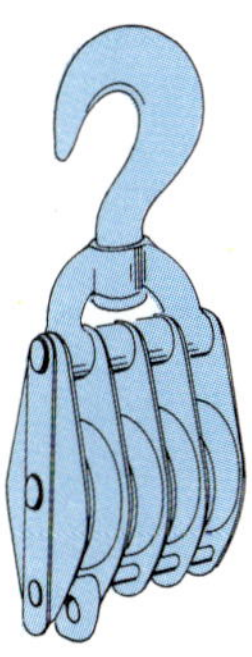

Kloben 1)

2) Forstwirtschaft: **Klobenholz,** 1 m lange Brennholzrundlinge mit mehr als 14 cm Durchmesser.

3) Handwerkszeug: → Feilkloben.

Klopfen, beim Ottomotor ein hämmerndes oder klingelndes Geräusch **(Klingeln).** Ursache: Ein Teil des Luft-Kraftstoff-Gemisches brennt nicht von der Zündkerze ausgehend gleichmäßig durch, sondern entzündet sich selbst und verbrennt schlagartig. Die dabei auftretenden Druckspitzen verringern die Leistung und können das Triebwerk beschädigen. Die Klopfneigung nimmt zu: mit geringerer → Oktanzahl des Kraftstoffes, bei niedriger Drehzahl und hoher Belastung des Motors **(Beschleunigungs-K.).** Das **Hochgeschwindigkeits-K.** (bei hohen Drehzahlen) ist akustisch schlecht wahrnehmbar und kann in kurzer Zeit zur Zerstörung des Motors führen. Der Dieselmotor klopft oder nagelt bei zu großem Zündverzug (→ Dieselmotor, → Cetanzahl).

Klopf|festigkeit, Eigenschaft eines Ottokraftstoffs, ohne Klopfen zu verbrennen. Die K. wird mit dem → CFR-Motor bestimmt und als → Oktanzahl angegeben. Je höher das Verdichtungsverhältnis eines Motors ist, um so höher muß die K. des Kraftstoffs sein. Hohe K. wird durch klopffeste Kraftstoffkomponenten (z. B. verzweigte Kohlenwasserstoffe, Aromaten, Methanol, Methyl-tert-butyläther) oder → Antiklopfmittel erreicht.

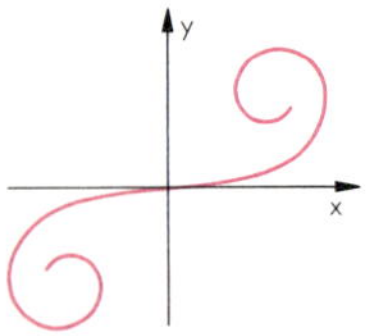

Klothoide

Klothoide, Cornu-Spirale, ebene Kurve, deren Krümmungsradius (→ Krümmung) gemäß der Beziehung $r = a^2/s$ (r: Krümmungsradius, s: Bogenlänge, a: Parameter) stetig kleiner wird.

Kluft, Diaklase, Gestein und Schichtung meist ebenflächig durchsetzende, geschlossene Fuge ohne meßbare Verschiebung, oft in Scharen paralleler Flächen auftretend. Mehrere einander in gleichen Winkeln durchsetzende **K.-Scharen** bilden ein **K.-System.** Nach der Lage zum Gesteingefüge unterscheidet man Quer-, Längs- und Diagonalklüfte, nach der Anlage Dehnungs- und Scherklüfte. Die Gesamtheit der K. im Gestein **(Klüftung)** führt zur Deutung der verursachenden Kräfte **(K.-Tektonik).** An K. erfolgt Absonderung, eine klaffende K. wird zur Spalte. – **Klüftigkeit,** das Maß, in welchem ein Gestein von K. durchzogen ist. **Kluftrose** heißt ein statist. Diagramm mit kreisförmigem Koordinatennetz zur Darstellung der in Gesteinskörpern gemessenen Kluftrichtungen.

Klüse *die,* Öffnung in Deck oder Außenhaut eines Schiffs für Ketten **(Anker-K.)** oder Trossen.

Klystron, eine → Laufzeitröhre zur Erzeugung und Verstärkung elektromagnet. Wellen bei Frequenzen über etwa 300 MHz. Im **Zweikammer-K.** wird ein Elektronenstrahl zunächst durch ein Gleichfeld auf hohe Energie gebracht, durchläuft dann in einem Hohlraumresonator ein schwaches, längsgerichtetes Wechselfeld, anschließend einen feldfreien Laufraum, in dem sich der durch das erste Wechselfeld geschwindigkeitsgesteuerte Elektronenstrahl in einen dichtemodulierten Strahl umwandelt, und dann das Auskoppelfeld eines zweiten Hohlraumresonators. Die im Laufraum erzeugten Elektronenpakete regen im Auskoppelresonator Schwingungen an, deren Leistung ein Teil der Strahlleistung ist. Durch Einführen einer Rückkopplung zw. erstem und zweitem Resonator wird aus dieser Verstärkerröhre eine Oszillatorröhre. Stimmt man bei einem Zweikammer-Klystron den Auskoppelresonator auf ein Vielfaches der Eingangsfrequenz ab, so erhält man einen Frequenzvervielfacher. K. mit bis zu sechs Kammern haben eine hohe Leistungsverstärkung bis zu 60 dB und liefern bei 1 m Wellenlänge Hochfrequenzdauerleistungen bis zu 1 MW. Bei kleinen Leistungen wird das K., z. B. das → Reflexklystron, weitgehend durch Halbleiterbauelemente ersetzt.

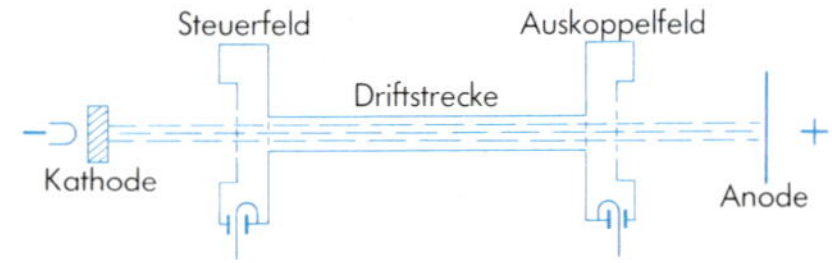

Klystron: Zweikammer-K.

km, Einheitenzeichen für **Kilometer,** → Meter.

K-Mesonen, die → Kaonen.

kn, Einheitenzeichen für → **Kn**oten 2).

kN, Einheitenzeichen für **Kilonewton,** → Newton.

Kn, *Kn,* Formelzeichen für → **Kn**udsen-Zahl.

Knagge, Maschinenbau: a) Spannbacken an Drehmaschinen; b) Vorsprung oder Anschlag an einer Welle, der bei Bewegung eine Steuerung betätigt.

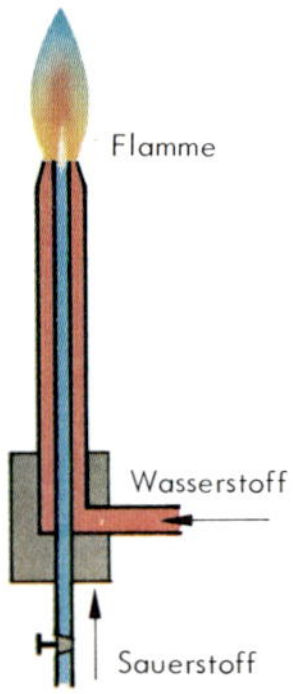

Knallgas: K.-Gebläse

Knallgas, Gemisch aus Wasserstoff und Sauerstoff (2:1), das bei Zündung mit scharfem Knall explodiert. I. w. S. auch zündfähige Mischungen brennbarer Gase mit Luft. Die gefahrlose Wasserstoffverbrennung erfolgt mit Hilfe des → Daniellschen Hahns **(Knallgasgebläse),** wobei Temperaturen bis 3000 °C erreicht werden. Anwendung im chem. Laboratorium und zum autogenen Schweißen.

ONC
|
Hg
|
ONC

Knallquecksilber

Knallquecksilber, Quecksilber|fulminat, Salz der Knallsäure, kristalline Verbindung, die durch Lösen von Quecksilber in Salpetersäure und Eingießen der Lösung in Alkohol hergestellt wird. K. ist hochexplosiv und wird als Initialsprengstoff verwendet.

Knallsatz, → Pyrotechnik.

Knallsäure, wenig beständige Säure, die frei ein giftiges Gas ist. Die knallsauren Salze oder **Fulminate,** z. B. **Knallquecksilber** und **Knallsilber,** sind äußerst explosiv.

Knautschzone, Kfz: verformbare Bauteile der Front- und Heckpartie des Kraftwagens, die bei Aufprallunfällen kinet. Energie in Formänderungsarbeit umwandeln. Dadurch wird der Aufprallstoß für angegurtete Insassen des formsteifen Fahrgastraums gemindert.

Knetlegierungen werden erst nach dem Gießen in die endgültige Form gebracht; Ggs.: **Gußlegierungen.**

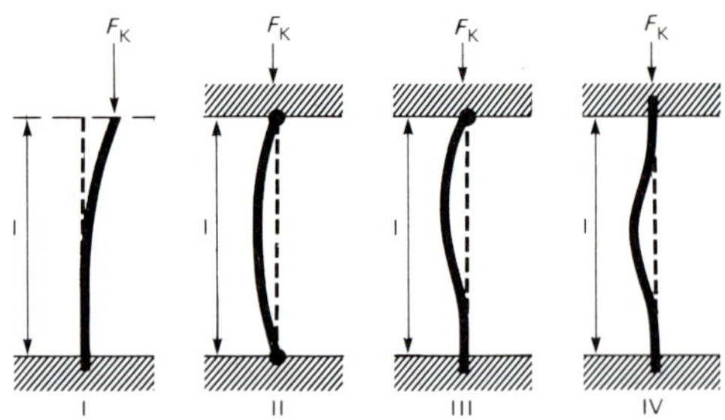

Knickfestigkeit: die vier Knickfälle nach Euler

Knickfestigkeit, die Last, die ein Stab aus bestimmtem Werkstoff und bestimmter Form (die Querschnittsabmessungen müssen klein gegenüber seiner Länge sein) tragen kann, ohne zu knicken. Nach L. EULER werden vier **Knickfälle** (BILD) unterschieden: 1) ein Stabende eingespannt, das andere frei beweglich; 2) beide Enden gelenkig, Stab in Achsrichtung geführt; 3) Stab an einem Ende fest eingespannt, am anderen Ende gelenkig in Achsrichtung geführt; 4) beide Enden fest eingespannt. Die **Knickkraft** (d. h. die Belastung, bei der eine seitliche Ausbiegung des Stabes erfolgt) berechnet sich aus der **Eulerschen Knickformel:** $F_K = \pi^2 EJ/s^2$ (E = Elastizitätsmodul, J = kleinstes axiales Flächenträgheitsmoment, s = freie Knicklänge). Die Knicklänge s hängt von der Einspannung ab, bezogen auf den Grundfall 2 ist s gleich der Länge l des Stabes. Für Knickfall 1 gilt: $s = 2\,l$, Fall 3: $s \approx 0{,}7\,l$ und Fall 4: $s = 0{,}5\,l$. Die Eulersche Formel gilt nur für die elastische Knickung. Für die prakt. Bemessung von Bauteilen sind oft Erfahrungen aus →Knickversuchen notwendig.

Knickversuch, 1) Belastung eines Bauteils bis zum Versagen infolge Instabilität zwecks Ermittlung der →Knickfestigkeit. 2) Ermittlung der Werkstoffeigenschaften von Gummi, Riemenmaterial u. a. durch wiederholtes Abknicken von Probestücken.

Kniehebel, zwei durch Gelenk miteinander verbundene Hebel. Durch eine am Gelenk angreifende Kraft wird der K. gestreckt, ein Preßstempel o. ä. bei großer Kraftverstärkung bewegt **(K.-Presse).**

Knistersalz, Steinsalz aus der Lagerstätte Wieliczka bei Krakau, mit eingeschlossenen Bläschen von Kohlenwasserstoffen. Beim Auflösen in Wasser knistert es, wenn die Gaseinschlüsse die dünn werdenden Wände sprengen.

Knitterfest|ausrüstung, Knitter|arm|ausrüstung, Knitter|echt|ausrüstung, Veredlungsprozeß für Textilien aus Cellulosefasern, mit dem deren Knitterneigung durch Einlagern von Kunstharzen oder Vernetzen der Cellulosemoleküle verringert wird. (→Appretur, →Hochveredlung)

Knittergold, →Rauschgold.

Knochenkohle, aus entfetteten, zerkleinerten Tierknochen hergestellte →Aktivkohle. Dient wegen ihres starken Adsorptionsvermögens zum Entfärben und Geruchfreimachen, außerdem zur Herstellung von Farben.

Knochenleime, →Glutinleime.

Knochenmühle, spezielles Mahlgerät, das Knochen und Ölkuchen splitterfrei und so fein zerkleinert, daß keine scharfen Kanten übrigbleiben.

Knollenstein, der →Tertiärquarzit.

Knoten, 1) Astronomie: die beiden Schnittpunkte der Bahn eines Himmelskörpers mit der Grundebene eines astronom. Koordinatensystems, bes. der Ekliptik **(aufsteigender** und **absteigender K.).** Die Länge des aufsteigenden K. ist eines der sechs Bahnelemente. (BILD Bahn)

2) Einheitenzeichen **kn,** in der Seefahrt gebräuchl. Einheit der Geschwindigkeit: 1 kn = 1 sm/h (Seemeile durch Stunde) = 1,852 km/h.

3) Mathematik: geschlossene doppelpunktfreie Kurve im dreidimensionalen Raum.

4) Wellenlehre: **Knotenpunkte, Knotenlinien, Knotenebenen,** bei stehenden Wellen solche Punkte, Linien oder Flächen, in denen die Amplitude der Schwingungen ständig gleich Null ist.

Knotenpunkt, 1) Bautechnik: bei Fachwerkträgern die Punkte, in denen die Stäbe des Fachwerkes zusammenlaufen.

2) geometr. Optik: konjugierte Punkte auf der opt. Achse im Objekt- und Bildraum eines opt. Abbildungssystems, in denen Objektstrahl und der ihm entsprechende Bildstrahl den gleichen Winkel mit der opt. Achse einschließen.

3) Straßenwesen: baul. Anlage zur Verknüpfung von Straßen oder Wegen. Bei **höhengleichen K.** wickelt sich der Fahrzeugverkehr in einer Ebene ab; bei K. in mehreren Ebenen **(planfreien K.)** werden Über- oder Unterführungen gebaut (→Kreuzung).

Knotenregel, Elektrotechnik: →Kirchhoffsche Regeln.

Knotenschiefer, Gestein der →Kontaktmetamorphose.

Knotentheorie, Mathematik: Theorie, nach der eine Folge von Knoten derart angegeben werden kann, daß man jeden Knoten in genau einen Knoten aus dieser Folge deformieren kann.

Knotenvermittlungsstelle, Abk. **KVSt,** →Fernmeldenetz.

Knotten|erz, Ansammlungen erbsengroßer Bleiglanzkörner in Sandsteinen; bauwürdiges Bleierz in der Eifel und in Schweden.

Knudsen-Zahl [n. dem dän. Physiker M. Knudsen, * 1871, † 1949], Strömungslehre: Formelzeichen Kn, die dimensionslose K.-Z. ist definiert durch $Kn = \lambda/L$, wobei λ die mittlere freie Weglänge (der Moleküle) in einem Gas und L eine charakterist. Länge (Bezugslänge) ist. Sie ist ein Maß für die Dichte einer Gasströmung; für $Kn \ll 1$ gelten die Gesetze der →Gasdynamik.

Knüppel, Walzwerk: das aus dem Rohblock oder Vorblock ausgewalzte Halbzeug, quadratisch oder rechteckig, in Kantenabmessungen von 30 bis 288 mm.

Ko|agulation, das Zusammenballen von kolloiden Teilchen zu größeren Aggregaten, z. B. beim Übergang lösl. Proteine in den unlösl. Zustand. Die K. kann durch Erhitzen, mechan. Einwirkungen oder durch Zugabe eines Elektrolyten bewirkt werden.

Ko|aleszenz, das Zusammenfließen der Tröpfchen einer →Emulsion zu einer kompakten Flüssigkeitsphase. (→Niederschlag 2)

ko|axial heißen Figuren oder Körper, die eine gemeinsame Achse haben.

Ko|axial|leitung, Doppelleitung, bestehend aus einem zylindrischen Rohr (oder Drahtgeflecht) und einem koaxialen Innenleiter (Draht oder Litze). Wegen der für den Stromfluß günstigen Querschnitte und der fehlenden Energieabstrahlung hat diese Leitungsform geringere Verluste als z. B. die →Lecher-Leitung. Die K. wird zur Fortleitung elektrischer Energie in der Nachrichten- und in der Energietechnik verwendet (→Kabel).

Kobalt *das,* international **Cobalt,** chem. Symbol **Co,** ein →chemisches Element aus der 8. Nebengruppe des Periodensystems, Ordnungszahl 27, mehr als zehn künstl. instabile Isotope, ein natürl. stabiles Isotop. K. ist ein stahlgraues, ferromagnet. Metall, das härter und fester als Stahl und sehr zäh ist. Im chem. Verhalten dem Eisen und Nickel ähnlich, an der Luft beständig, wird es von oxidierend wirkenden Säuren gelöst. K. kommt stets als Begleiter des Nickels vor, ist aber etwa viermal weniger häufig als dieses (Gehalt der Erdkruste 0,001%). In Eisenmeteoriten ist K. stark angereichert (0,6%), vermutlich auch im Erdkern. Gediegenes K. kommt in der Natur nicht vor. Die bekanntesten K.-Erze sind: →Skutterudit,

($(Co, Ni)As_3$, → Cobaltin, CoAsS, und → Linneit, Co_3S_4. Das Auftreten von pfirsichfarbenem → Erythrin, $Co_3[AsO_4]_2 \cdot 8H_2O$, weist auf Kobaltgänge hin. Die Gewinnungsverfahren umfassen alle auch in der Metallurgie des → Nickels angewendeten Methoden zur Anreicherung, Trennung, Reduktion und Raffination.

Über 80% der Kobalterzeugung dienen der Herstellung von Werkzeugstählen, korrosionsbeständigen und hochwarmfesten Legierungen und solchen für Dauermagnete. Kobalthaltiges Wolframcarbid, WC, ist ein äußerst harter Sinterwerkstoff (Handelsname **Widia**) z. B. für Gesteinsbohrer. **Smalte,** ein K.-Pigment, wird in der keram. und Glasind. verwendet. ^{60}Co ist ein starker γ-Strahler, wird für Bestrahlungen in Medizin, Industrie und Technik angewendet. Ein aus K. bestehender Mantel einer Atombombe würde bei der Explosion (durch Neutroneneinfang) in radioaktiven ^{60}Co-Dampf verwandelt, der große Gebiete für Jahre verseuchen könnte **(Kobaltbombe).** – Durch K. blaugefärbte Gläser und Töpferwaren waren schon lange vor der Zeitenwende bekannt.

1735 wurde K. von dem schwed. Chemiker G. BRANDT unrein, 1780 von T. BERGMANN in reiner Form hergestellt.

Kobalt|arsenkiese, Minerale, kobalthaltige → Arsenopyrite; Abarten: K. **(Danait)** mit 6–12% Kobalt und **Glaukodot** mit mehr Kobalt als Eisen. Wichtige Kobalterze.

Kobaltblüte, das Mineral → Erythrin.

Kobaltglanz, Kobalterz, → Cobaltin.

Kobaltglas, blaues → Farbglas, dessen spezif. Rotdurchlässigkeit bei der Prüfung der Flammenfarbe auf Kalium benützt wird.

Kobaltkies, Mineral, → Linneit.

Kobaltlegierungen. Kobalt ist Hauptbestandteil vieler warmfester Schmiede-, Guß- und Sinterlegierungen, deren gute Warmfestigkeitseigenschaften von der kubisch-flächenzentrierten Mischkristallbildung (i. Ggs. zu der kubisch-raumzentrierten) herrühren. K. enthalten meist 30–65% Kobalt, 15–30% Chrom und bis zu 30% Nickel. K. mit etwa 50% Kobalt, 50% Eisen oder mit 50% Kobalt, 35% Eisen und 15% Vanadium sind wichtige Magnetwerkstoffe. Kobalt ist außerdem wichtiger Bestandteil vieler → Hartmetalle, → Nickellegierungen und Stähle.

Kobaltnickelkiese, Gruppe meist hydrothermal gebildeter Sulfidminerale der allg. Formel $M^{II}\ M_2^{III}\ S_4$ (M = Ni, Co, Fe, Cu). Außer dem Linneit gehören hierzu: Carollit, Siegenit, Violarit, Polydymit und Daubréelith.

Kobaltverbindungen. Kobalt tritt in seinen Verbindungen hauptsächlich zwei- (v. a. einfache Verbindungen) und dreiwertig auf. K., in denen Kobalt mit der Oxidationszahl 0, +1 oder +4 vorliegt, sind ebenfalls bekannt. **Kobalt(II)oxid,** CoO, ein olivgrünes Pulver, entsteht durch Glühen von **Kobalt(II)hydroxid,** $Co(OH)_2$, oder **Kobalt(II)carbonat,** $CoCO_3$, unter Luftabschluß. In feuchtem Zustand oxidiert es sich zu braunem **Kobalt(III)hydroxid,** CoO(OH), beim Glühen unter Luftzutritt entsteht blauschwarzes **Kobalt(II,III)oxid,** Co_3O_4, mit Spinellstruktur. Das aus Kobalt(II)oxid und Aluminiumoxid, Al_2O_3, beim Glühen sich bildende tiefblaue Doppeloxid $CoO \cdot Al_2O_3$ ist als Malerfarbe **Thenards Blau,** das Doppeloxid mit Zinkoxid, $ZnO \cdot Co_2O_3$, als **Rinmanns Grün** bekannt. Kobaltoxide lösen sich mit tiefblauer Farbe in Schmelzen von Phosphaten, Boraten und Silikaten auf, worauf Nachweis und vielfältige Anwendungen beruhen (Kobaltglas, Kobaltglasuren). Wichtige Kobaltpigmente sind außerdem: **Kobaltblau** ($CoO \cdot Al_2O_3$) oder $Co(AlO_2)_2$; **Kobaltbraun** ($CoO + Fe_2O_3$); **Kobaltgrün** (Co-Stannat); **Kobaltviolett, Kobaltrot** (Co-Phosphat); **Kobaltgelb** (Co-K-Nitrit); **Smalte, Königsblau** (Co-K-Silikat); **Coelinblau** (Co-Stannat); **Kobalttitanatblau.** **Kobalt(II)chlorid,** $CoCl_2$, ist in Lösung und als Hydrat blaß rosarot gefärbt, in wasserfreiem Zustand wird es blau. Anwendung für sympathet. Tinte und für Wetterbilder und -blumen.

Während die meisten einfachen Kobalt(III)salze unbeständig sind, ist in Komplexverbindungen das dreiwertige Kobalt außerordentlich stabil. Es weist darin stets die Koordinationszahl 6 auf. Neben Ammoniak, NH_3, sind Hauptliganden die Halogenidionen, ferner CN^-, NO_3^- und Wasser. Auf diese Weise ist eine Vielzahl von Komplexverbindungen möglich (allein mit Ammoniak etwa 2000 **Kobaltammine** oder **Kobaltiake).** Viele davon tragen Namen, die ihre Farbe angeben, z. B. **Purpureosalze** mit dem Kation $[Co(NO_2)\ (NH_3)_5]^{2+}$, **Roseosalze** mit $[Co(H_2O)\ (NH_3)_5]^{3+}$. – Eine organ. K. ist das Vitamin B_{12}.

Kochab, Stern 2. Größe, β im Kleinen Bären.

Kochpunkt, Abk. **Kp,** der Siedepunkt, → Sieden.

Kochsalz, Natriumchlorid, Salz, NaCl, chem. Verbindung, Schmelz-P. 801 °C, Siede-P. 1440 °C, D. 2,16. In 100 g Wasser lösen sich bei 20 °C 26 g K. auf; die Löslichkeit steigt nicht wesentlich mit der Temperatur. Aus seinen Lösungen kristallisiert es in kub. Kristallen aus. Sein Kristallgitter, ein kubisch-flächenzentriertes Ionengitter, ist weit verbreitet **(NaCl-Typ).** K.-Kristalle sind für längerwellige Infrarotstrahlung durchlässig und wurden daher in der Optik für Infrarotlinsen und -prismen verwendet. Chemisch reines K. ist nicht hygroskopisch.

Natriumchlorid kommt in der Natur in mächtigen Lagern als **Steinsalz,** gelöst in Salzquellen und im Meerwasser (durchschnittlich 3%) vor. Die techn. Gewinnung erfolgt durch bergmänn. Abbau von Steinsalzlagern oder durch Eindampfen der nach unterird. Lösen des Steinsalzes erhaltenen Sole **(Siedesalz).** Aus Meerwasser kann K. durch Eindunsten in großen flachen Becken **(Salzgärten)** gewonnen werden. Chemisch reines Natriumchlorid erhält man durch Fällung von Kochsalzlösungen mit gasförmigem Chlorwasserstoff.

K. wird als **Speise-** oder **Tafelsalz** sowie als mit roten Eisenoxiden denaturiertes **Viehsalz** verwendet. Natriumchlorid hat große techn. Bedeutung als Ausgangsprodukt für andere Natriumverbindungen, v. a. für die Chlorkali-Elektrolyse, für die Herstellung von Soda, für das Glasieren von Steinzeug und in der Metallurgie. K. wird weiterhin für Speise- und Konservierungszwecke (Einpökeln) verwendet.

Das für Mensch und Tier lebensnotwendige K. wird dem Körper mit der Nahrung zugeführt und über den Darm ins Blut aufgenommen, dessen gleichmäßigen (isoton.) Druck es bewirkt. K. spielt im Elektrolyt- und Wasserhaushalt eine wichtige Rolle.

Kodachrome-Umkehrverfahren, Kodachromeverfahren [-kr'o:m-], → Farbphotographie.

Kodacolorverfahren, → Farbphotographie.

Köderflugkörper, von strateg. Angriffsflugzeugen (Bombern) gestartete und diesen vorausfliegende → Flugkörper, welche die Mittel der gegner. Luftverteidigung täuschen und auf sich lenken (ködern) sollen, um dem Angriffsflugzeug das Eindringen in den Verteidigungsbereich zu erleichtern.

Ko|effizient, 1) Mathematik: konstanter Faktor *a* einer Veränderlichen x, z. B. jede der mit der Veränderlichen verknüpften Größen a_i eines → Polynoms $f(x) = a_0 + a_1x + \ldots + a_nx^n$ oder einer Potenzreihe (a_0 ist der K. von $x^0 = 1$). Sie können konstante Zahlen oder Polynome in einer neuen Veränderlichen sein.

2) Physik: zur Bez. von Größen verwendet, die den Einfluß einer Stoffeigenschaft oder eines physikal. Systems oder einer Struktur auf einen physikal. Zusammenhang kennzeichnen, z. B. Dehnungs-K. = relative Längenänderung/mechanische Spannung, Diffusions-K. = Mengenstromdichte/Konzentrationsgradient.

Ko|erzitivkraft, → Hysterese, → Ferromagnetismus.

Kofferdamm, Schiffbau: Leer- und Schutzraum zw. Öl- und Frischwassertanks u. ä.

Kogasin, Abk. für **Ko**ks, **Gas**, Benz**in**, Bez. für die bei der → Fischer-Tropsch-Synthese anfallenden flüssigen Kohlenwasserstoffe mit C_{10} bis C_{14} (K. I) und C_{14} bis C_{18} (K. II).

kohärente Einheiten, → Einheitensystem.

kohärente Optik, Teilgebiet der modernen Optik, das sich mit der lichtopt. Abbildung durch zeitlich und räumlich kohärente Strahlungsfelder beschäftigt. Neben der Charakterisierung der Kohärenzeigenschaften der elektromagnet. Strahlung sowie den experimentellen Meßmethoden zu ihrer Untersuchung sind auch die Methoden zur Erzeugung kohärenter Strahlung (→ Laser) sowie die wissenschaftl. und techn. Nutzung der durch die hohe Kohärenz des Lichts hervorgerufenen Effekte Gegenstand der k. O.

Der grundlegende Unterschied gegenüber der Abbildung mit inkohärentem Licht ist darin zu sehen, daß bei der Überlagerung zweier kohärenter Strahlen sich die komplexen Amplituden der Lichtwellen und nicht die Intensitäten der Einzelstrahlen addieren. Daher können nicht nur die Intensitätsverteilungen im Strahlungsfeld, sondern auch die Phasen der Wellen, z. B. durch Überlagerung mit einem kohärenten Hintergrundsignal, registriert oder gespeichert werden. Hierauf beruht die große Flexibilität kohärenter opt. Systeme bei der Bildverarbeitung, die bei Kommunikationssystemen, in der Holographie sowie bei zahlreichen Anwendungen holograph. Verfahren in der Meßtechnik, automat. Zeichenerkennung oder Datenverarbeitung ausgenutzt wird.

Kohärenz, Vorliegen definierter Beziehungen zw. den Phasen sich überlagernder Wellen(züge). So weisen zwei Lichtbündel gleicher Wellenlänge und fester Phasendifferenz K. auf, wenn sie miteinander interferieren können (→ Interferenz). Strahlen, die von verschiedenen Lichtquellen oder verschiedenen Punkten einer ausgedehnten Lichtquelle emittiert werden, sind **inkohärent,** da die Phasen ihrer Wellenzüge nicht korreliert sind. Die → Laser liefern Strahlung mit hoher räumlicher und zeitlicher K.

Kohärenzlänge, 1) Supraleitung: Formelzeichen ξ, die mittlere Ausdehnung eines → Cooper-Paares, die durch den Abstand, über den die anziehende Wechselwirkung zw. je zwei Leitungselektronen in einem Supraleiter wirksam ist, festgelegt wird. Da in einem reinen Supraleiter die K. (10^{-5}–10^{-4}cm) groß gegen den mittleren Abstand von zwei Leitungselektronen ist, überlappen sich die Cooper-Paare stark.

2) Wellenlehre: der größte Gangunterschied zweier Wellen(züge), bei dem gerade noch Interferenz zu beobachten ist.

Kohäsion, der innere Zusammenhalt der Stoffe. I. Ggs. zu den Adhäsionskräften, die zw. den Atomen oder Molekülen verschiedener Art auftreten, bewirken **Kohäsionskräfte** den Zusammenhalt von Atomen oder Molekülen der gleichen Art. Der (bei idealen Gasen nicht auftretende) **Kohäsionsdruck (Binnendruck)** ist der auf den gegenseitigen Anziehungskräften der Teilchen eines realen Gases oder einer Flüssigkeit beruhende Druck. In der → Van-der-Waals-Gleichung für reale Gase wird dieser Zusatzdruck durch den Ausdruck a/V_m^2 berücksichtigt (a ist eine materialspezif. Konstante, V_m das molare Volumen).

Kohlechemie, Gesamtheit der Verfahren zur Gewinnung chem. Produkte aus Kohle. Die zur Herstellung von Kunststoffen, Synthesekautschuk, Synthesefasern, Lösemitteln u. a. Massenprodukten erforderlichen Grundchemikalien Äthylen, Propylen, Benzol u. a. werden heute zu etwa 95% aus Erdöl hergestellt (→ Petrochemie). Die K. hat nur geringe Bedeutung, da Verfahren auf Basis Kohle verfahrenstechnisch komplizierter sind und i. a. mit geringerer Ausbeute ablaufen. Bedeutung hat die Gewinnung von **wasserstoffarmen Grundchemikalien** (z. B. Aromaten) aus Kokereibenzol und Steinkohlenteer. Es werden etwa 15% des Benzols, 85% des Naphthalins, 25% des Rußes sowie praktisch das gesamte Anthracen und Chinolin aus Kohle hergestellt. Aus Kohle und Kalk über Calciumcarbid hergestelltes Acetylen war bis in die 1950er Jahre in Dtl. wichtiger chem. Ausgangsstoff z. B. für Acrylnitril, Vinylchlorid und Butadien. Durch → Kohlevergasung läßt sich **Synthesegas** erzeugen, das zu Ammoniak, Methanol, Oxoprodukten und Kohlenwasserstoffen (→ Fischer-Tropsch-Synthese) umgesetzt werden kann. Diese Verfahren sind technisch ausgereift, z. Z. aber nicht wirtschaftlich, bei Anstieg der Rohölpreise dürfte zunächst die Herstellung von **Methanol** aus Braunkohle interessant werden. Die Gewinnung chem. Produkte aus Kohle ist auch über die → Kohlehydrierung möglich.

Kohle|entschwefelung. Kohle enthält Schwefel organisch gebunden und als Pyrit. In der Entwicklung sind v. a. Verfahren zur Entfernung des Pyritschwefels. Die **mechanische K.** basiert auf der größeren Absetzgeschwindigkeit der Pyritpartikel, wenn feingemahlene Kohle mit Wasser aufgeschlämmt oder mit Luft verwirbelt wird. Eine **chemische K.** ist z. B. das Herauslösen des Pyrits mit Eisensulfatlösung.

Kohlefasern, Graphitfasern, → Kohlenstoff-Fasern.

Kohlehydrierung, Kohleverflüssigung, Verfahren zur Herstellung flüssiger Kohlenwasserstoffe aus Kohle und Wasserstoff. Die K. wurde von F. BERGIUS 1913 erstmalig durchgeführt und von M. PIER bei der I. G. Farbenindustrie unter Verwendung von Katalysatoren zur techn. Reife entwickelt **(Bergius-Pier-Verfahren, IG-Verfahren).** Zw. 1927 und 1945 wurden in Dtl. zwölf Hydrierwerke betrieben. Nach 1945 war die K. wegen der niedrigen Rohölpreise unwirtschaftlich. In weiterentwickelten Konzepten, in der Bundesrep. Dtl. seit 1981 im Stadium von Pilotanlagen betrieben, werden feingemahlene Kohle und Katalysator mit Mittel- und Schweröl aus dem Prozeß angemaischt und bei 470 °C und 300 bar mit Wasserstoff behandelt. Das Reaktionsgemisch wird durch Destillation aufgearbeitet. Der feststoffhaltige Destillationsrückstand soll durch Vergasung in Wasserstoff umgewandelt werden.

Kohlen, i. w. S. feste, kohlenstoffreiche Zersetzungsprodukte organ. Stoffe (z. B. Aktiv-K., Holz-K.). I. e. S. aus fossilem Pflanzenmaterial entstandenes, brennbares,

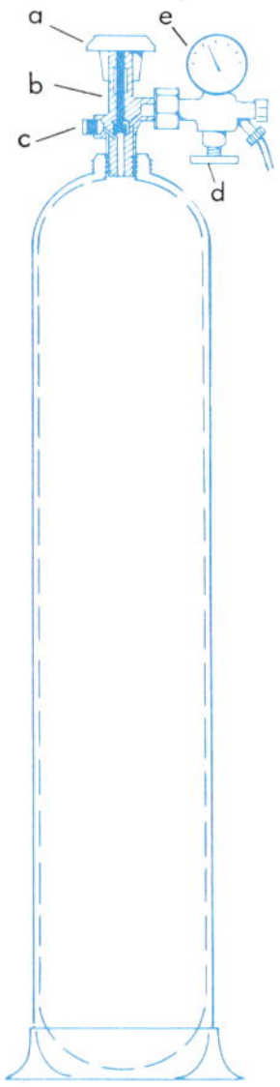

Kohlendioxid: Kohlensäureflasche, a Handrad mit Ventil, b Ventilgehäuse, c Überdruckventil, d Druckregulierung, e Druckanzeiger

organ. Sedimentgestein. Farbe braun bis schwarz, Konsistenz erdig bis hart. Voraussetzung für die Entstehung von K. ist eine schnelle Abdeckung der abgestorbenen Pflanzen mit Wasser, damit die organ. Materie dem oxidativen Abbau durch Luftsauerstoff entzogen wird. – **Humus-** oder **mineral. K.** entstand in Senkungsgebieten aus Sumpfmoorwäldern feuchtwarmer Klimate. Durch kontinuierl. Absenkung wurde viel Pflanzenmaterial angesammelt, das durch chemische und mikrobiolog. **(Vertorfung)**, diagenetische und metamorphe Vorgänge (→ Inkohlung) sowie durch weitere Absenkung und Überlagerung mit Sedimenten zu **Braun-K.** (biochem. Inkohlungsphase), **Stein-K.** und schließlich **Anthrazit** (geochem. Inkohlung) umgewandelt wurde. – Daneben gibt es die aus Eiweiß und Fettstoffen hervorgegangene **Bitumen-** oder **Sapropel-K. (Boghead-K.** [b'ɔghed-], **Kännel-K., Dysodil).**

Die Gefügebestandteile der K. sind die → Mazerale, die bei der Stein-K. oft streifenartig angeordnet sind. Nach dem Aussehen werden bei der Stein-K. unterschieden: der glasglänzende **Vitrit (Glanz-K.),** der matte **Durit (Matt-K.)** und der faserige **Fusit;** nach dem Gehalt an flüchtigen Bestandteilen: **Flamm-, Gasflamm-, Gas-, Fett-, Eß-, Mager-K.** und **Anthrazit** (ÜBERSICHT).

Kohlenbildung gibt es bereits im Präkambrium **(Schungit)** sowie im Altpaläozoikum (Oberdevon der Bäreninsel). Nach der Entwicklung der Landpflanzen ist ein erster Höhepunkt im Karbon und Perm zu verzeichnen. Im Mesozoikum gibt es nur lokale Vorkommen. Im Tertiär entstanden die großen Braunkohlenlagerstätten (zweiter Höhepunkt der Kohlenbildung).

Die organ. Substanz der K. besteht aus mehrkernigen Aromateneinheiten, die durch $-CH_2-$, $-CH_2-O-$, $-S-$ u. a. Atomgruppen zu Makromolekülen verbunden sind. K. enthält auch in Ringstrukturen eingebaute Stickstoffatome und phenol. OH-Gruppen. Mit steigendem Inkohlungsgrad erhöht sich der Gehalt an Kohlenstoff, während der Gehalt an Wasserstoff und Sauerstoff und damit an flüchtigen Bestandteilen (Gasflammkohle: 35–40%, Magerkohle: 10–15%) abnimmt.

Kohlen: Elementaranalyse (in Gew.-%) der wasser- und aschefreien Substanz

	Kohlenstoff	Wasserstoff	Sauerstoff
Weichbraunkohle ..	65–70	5–9	18–30
Hartbraunkohle ...	70–75	5–6	12–18
Flammkohle	75–82	5,4–5,9	6,8–9,5
Gasflammkohle ...	80–86	5,3–5,6	5,8–6,8
Gaskohle	83–89	5,0–5,3	4,0–5,8
Fettkohle	84–90	4,7–5,0	3,3–4,0
Eßkohle	88–91	4,3–4,7	2,6–3,3
Magerkohle	90–92	3,8–4,3	2,1–2,6
Anthrazit	>92	3,4–3,8	1,8–2,1

K. enthalten unterschiedl. Anteile an Asche (Deutsche Stein-K.: 4–11%) und Wasser (Deutsche Stein-K.: 2–7%). Der Inkohlungsgrad von Stein-K. läßt sich aus dem Lichtreflexionsvermögen der Vitrinite ermitteln. Der Heizwert liegt bei Stein-K. je nach Inkohlungsgrad, Wasser- und Aschegehalt i. a. zw. 25 und 33 MJ/kg.

K. kommt in Flözen vor. Steinkohlenflöze ab etwa 60 cm Mächtigkeit werden als abbauwürdig angesehen. Europ. Steinkohlenlagerstätten liegen i. a. unter einem Deckgebirge bis zu 1500 m Teufe (in der Bundesrep. Dtl. im Mittel bei 800 m). Sie müssen deshalb im Tiefbau gewonnen werden (→ Bergbau). Die geförderte Rohkohle wird mit Brechern zerkleinert und durch Klassierung in Grobkorn (über 10 mm), Feinkorn (0,5–10 mm) und Feinstkorn (unter 0,5 mm) zerlegt. In Setzmaschinen oder durch Flotation wird taubes Gestein (Berge) abgetrennt. Stein-K. wird heute überwiegend zur Koksherstellung und als Brennstoff für Kraftwerke verwendet. In Zukunft dürften die Erzeugung von Fernwärme, die → Kohlevergasung und die → Kohlehydrierung Bedeutung gewinnen. Die abbauwürdigen K.-Vorräte werden auf etwa 690 Mrd. t SKE (→ Steinkohleneinheit) geschätzt. Sie sind damit zwei- bis dreimal so hoch wie die Erdölvorräte. K.-Vorkommen sind darüber hinaus relativ gleichmäßig über die Erde verteilt und den meisten Industrienationen direkt zugänglich.

A. BENTZ: Lb. der angewandten Geologie, 2 (1968); F. BENTHAUS u. a.: Rohstoff K. (1978); H. KUNDEL u. a.: Hb. der Mechanisierung der Kohlengewinnung (⁵1978); A. BUCH: K. (1979); C. H. FRITZSCHE: Lb. der Bergbaukunde mit bes. Berücksichtigung des Steinkohlebergbaus, 2 Bde. (¹⁰1982); E. STACH u. a.: Stach's textbook of coal petrography (Stuttgart, ³1982).

Kohlendioxid, CO_2, das Anhydrid der → Kohlensäure, ungenau selbst Kohlensäure genannt; ein farbloses, nicht brennbares, in kleinen Konzentrationen ungiftiges Gas von etwas säuerl. Geschmack, das Atmung und Verbrennung nicht unterhält. Seine Dichte ist etwa 1,5mal so groß wie die der Luft. K. sammelt sich daher an vertieften Stellen in der Nähe seiner Entstehung (Vergiftungsgefahr: Gärkeller, → Mofette). Bei −78,5 °C und Normaldruck geht K. unmittelbar in den festen Zustand über. Unter Druck kann es auch verflüssigt werden. Die krit. Temperatur des K. liegt bei 31,3 °C. Stahlflaschen des Handels enthalten flüssiges K. unter einem Druck von 56,8 at bei 20 °C. Infolge des starken Wärmeverbrauchs bei der Verdunstung von flüssigem K. erstarrt ausströmendes, flüssiges K. teilweise zu einer weißen Masse von festem K. **(Kohlensäureschnee).** Festes K. kommt in Blöcke gepreßt als **Trockeneis** in den Handel und dient als Kühlmittel. K. ist in Wasser gut löslich, die Lösung reagiert schwach sauer infolge Bildung der eigtl. Kohlensäure.

K. kommt in der Luft (etwa 0,03 Vol.-%) und in vielen Mineralwässern vor. In gebundenem Zustand ist es als **Calcium-** und **Magnesiumcarbonat** weit verbreitet. K. ist Endprodukt der Verbrennung von Kohlenstoff und aller organ. Substanzen. Die vom Menschen ausgeatmete Luft enthält 3–4% K. Luft mit mehr als 5% K. wirkt giftig, 8% K. führen nach wenigen Minuten zum Tod. Die grünen Pflanzen führen mittels Lichtenergie das K. der Luft in organ. Verbindungen über (→ Assimilation 1), die als Nahrung im Tierkörper wieder abgebaut und in K. zurückverwandelt werden. Dieser natürl. Kreislauf des Kohlenstoffs wird in zunehmendem Maße durch die Industrialisierung infolge der steigenden Verbrennung fossiler Brennstoffe gestört und führt zu einer Erhöhung des K.-Gehaltes der Atmosphäre.

Im Laboratorium erhält man K. durch Zersetzung von Karbonaten mit Säuren, technisch durch Verbrennen von Koks mit überschüssiger Luft oder als Nebenprodukt beim Kalkbrennen. – K. wurde schon zu Beginn des 17. Jh. durch J. B. VAN HELMONT entdeckt.

Kohlendioxidproblem, globales Klimaproblem, das zu erwarten ist, wenn es durch weitere Zunahme des Kohlendioxid-(CO_2-)Gehaltes der Atmosphäre bes. im Nordpolargebiet zu einer bodennahen Erwärmung kommt und sich dadurch die arkt. Meereisfläche vermindert. Da das offene Meer rd. 80% der zugestrahlten Sonnenenergie absorbiert, muß dann mit einem völligen Abschmelzen des Meereises gerechnet werden. Dadurch verringert sich das Temperaturgefälle Äquator–Pol und mit ihm die Intensität der → Zirkulation der Atmosphäre. Folge davon wäre eine Abnahme der Monsunregen und eine Zunahme der Dürren in den Steppengebieten. – Bedingt wird das K. durch die opt. Eigenschaften von CO_2 und Wasserdampf, die ähnlich wie Glas die Sonnenstrahlung nahezu ungehindert passieren lassen, die Wärmestrahlung der Erde aber absorbieren (→ Treibhauseffekt). Eine Verdoppelung des derzeitigen CO_2-Gehaltes, die bei andauernder heutiger Zuwachsrate in 100 Jahren erreicht wäre, würde nach neueren Modellrechnungen eine Temperaturzunahme in der unteren Troposphäre in trop. und mittleren Breiten von 2–3 °C, in polaren Breiten von 6–8 °C bewirken, bei gleichzeitiger Abkühlung der Stratosphäre.

Kohlendisulfid, CS_2, starke, lichtbrechende, brennbare, farblose bis gelbl., sehr giftige Flüssigkeit; Lösemittel u. a. für Fette, Harze, Wachse, Kautschuk und Schwefel sowie Ausgangsstoff für chem. Synthesen.

Kohlenhobel, Maschine zur schälenden Gewinnung von Kohle. An endloser Kette wird der am → Kettenkratzerförderer geführte, mit Messern bestückte Hobelkörper am Kohlenstoß hin- und hergezogen. Förderer und Hobel werden gegen die Kohle gedrückt, die bei jedem Arbeitsgang 5–15 cm dick abgeschält und vom Hobel auf den Förderer verladen wird.

Kohlenhydrate, in der Natur weitverbreitete Stoffklasse, zu der einfache Zucker (Monosaccharide), deren Derivate (z. B. Aminozucker) und die aus diesen abgeleiteten Di-, Oligo- und Polysaccharide gehören. Der Name ist darauf zurückzuführen, daß viele K. die Summenformel $C_n(H_2O)_n$ haben, d. h. formal Hydrate des Kohlenstoffs sind (K. SCHMIDT, 1844). Tatsächlich werden auch Verbindungen wie Glucosamin, $C_6H_{13}O_5N$, zu den K. gezählt, nicht dagegen Milchsäure, $C_3H_6O_3$. – K. werden von Pflanzen durch Photosynthese aus Kohlendioxid und Wasser aufgebaut und v. a. in Form des **Reserve-K.** Stärke in Samen und Knollen abgelagert. Als **Gerüstsubstanz** der pflanzl. Zelle ist Cellulose das in der Natur am weitesten verbreitete K. In tier. (und menschl.) Zellen sind K. (Glucose und das Reserve-K. Glykogen) die wichtigsten **Energieträger.** 1 g K. liefert dabei eine Energie von 17 kJ (= 4,1 kcal).

Kohlen|oxid, Kohlenmonoxid, CO, farb- und geruchloses, in Wasser kaum lösl. giftiges Gas, das bei − 191,5 °C flüssig und bei − 204,0 °C fest wird. K. verbrennt mit bläul. Flamme zu Kohlendioxid, CO_2. Es entsteht bei der Verbrennung von Kohle bei unzureichender Luftzufuhr und ist auch in den Abgasen von Benzinmotoren (Ottomotoren) enthalten. Techn. Darstellung in Form von → Generatorgas und → Wassergas. Im Laboratorium wird K. aus Ameisensäure und Schwefelsäure hergestellt:

$$HCOOH \xrightarrow{H_2SO_4} H_2O + CO.$$

K. ist Ausgangsprodukt vieler großtechn. organ. Synthesen. Reines K. dient in der Metallurgie als Reduktionsmittel und über die Carbonyle zur Gewinnung reiner Metalle.

Kohlen|oxidsulfid, Carbonylsulfid, COS, giftiges, farbloses, nur in reinem Zustand geruchloses, gewöhnlich übelriechendes brennbares Gas.

Kohlenpetrographie, Kohlenpetrologie, Untersuchung von Kohlen mit den petrograph. Methoden der makroskop. Untersuchung und der **Kohlenmikroskopie** im auffallenden (polierte Anschliffe) oder im durchfallenden Licht (Dünnschliffe). Reflexion, Struktur und Farbe lassen die → Mazerale erkennen, Ätzen, Elektronenmikroskopie, Lumineszenz und röntgenograph. Untersuchungen weitere Einzelheiten unterscheiden (→ Streifenarten). Die K. führt zur Bestimmung des Inkohlungsgrades und der Inkohlungsstufen (→ Kohlen, ÜBERSICHT). Sie dient weiter der Flözidentifizierung und erleichtert die Maßnahme der Aufbereitungs- und Kokerei-Industrie sowie der Kohlenchemie.

Kohlensack, eine → Dunkelwolke im Bereich der südl. Milchstraße, die durch Absorption des Lichtes der dahinter befindl. Sterne eine Sternleere vortäuscht.

Kohlensäure, H_2CO_3, entsteht in geringer Menge in wäßrigen Lösungen von Kohlendioxid nach $CO_2 + H_2O \rightleftharpoons H_2CO_3$. K. ist eine mittelstarke Säure, die rein nicht isolierbar ist. Als zweibasige Säure bildet K. **Hydrogencarbonate,** z. B. Natriumhydrogencarbonat, $NaHCO_3$ (Natron), und **Carbonate,** z. B. Natriumcarbonat, Na_2CO_3. Alle Carbonate außer denen der Alkalimetalle sind in Wasser schwer löslich; sie sind in der Natur weit verbreitet. Die Hydrogencarbonate sind meist leichter löslich und oft nur in Lösung beständig.

Kohlensäure|anhydratase, Carbo|anhydrase, Carbonat-Hydrolase, zinkhaltiges, zu den Hydratasen gehörendes Proteinenzym, das die Reaktion $H_2CO_3 \rightleftharpoons H^+ + HCO_3^- \rightleftharpoons H_2O + CO_2$ katalysiert; in Erythrozyten, Magenwand, Nieren und bei Pflanzen.

Kohlensäurediamid, → Harnstoff.

Kohlensäure|eis, Kohlensäureschnee, Trockeneis, festes → Kohlendioxid.

Kohlenspat, Mineral, der → Whewellit.

Kohlenstaub, in Aufbereitungen abgetrennte oder auch durch Zerkleinerung hergestellte staubförmig-feinkörnige Kohle zur **K.-Feuerung.** – Bei der Kohlengewinnung und -förderung in Bergwerken entstehender K. wird aus hygien., bes. aber aus Sicherheitsgründen bekämpft. K.-Luft-Gemische können durch eine heiße Flamme zu einer Explosion (z. B. Schlagwetterexplosion) gezündet werden.

Kohlenstaubmotor, ein Verbrennungsmotor, der nach dem Prinzip des Dieselmotors mit Kohlenstaub als Treibstoff arbeitet. Asche und Kohleteilchen verursachen hohen Verschleiß.

Kohlenstoff, lat. **carboneum,** chem. Symbol **C,** ein → chemisches Element aus der 4. Hauptgruppe des Periodensystems, Ordnungszahl 6. Von den Isotopen haben die beiden natürlich vorkommenden die Massenzahlen 12 (99,89%) und 13 (1,11%). Reiner K. ist geruch- und geschmacklos und tritt in den kristallographisch verschiedenen Modifikationen → Graphit und → Diamant auf. **Diamant** wandelt sich beim Erhitzen über 1 500 °C spontan in den bei normalem Druck stabilen **Graphit** um. Der umgekehrte Prozeß ist nur bei hohem Druck (über 50 000 bar) und hoher Temperatur (1 200–2 400 °C) möglich. **Koks, Holzkohle** und **Ruß** bestehen aus feinvernetzten Graphitkriställchen verschiedener Größe. Die natürlich vorkommenden Kohlen stellen keinen reinen K. dar, sondern bestehen im wesentlichen aus komplizierten Verbindungen des K. mit Wasserstoff und Sauerstoff. K. reagiert bei höheren Temperaturen mit zahlreichen Elementen und Verbindungen. Mit Sauerstoff entsteht **Kohlenoxid** und **Koh-**

lendioxid, das auch in der Luft enthalten ist (0,03 Vol.-%). K. kommt in der Natur in freiem Zustand als Graphit und Diamant vor. Die Hauptmenge des K. liegt

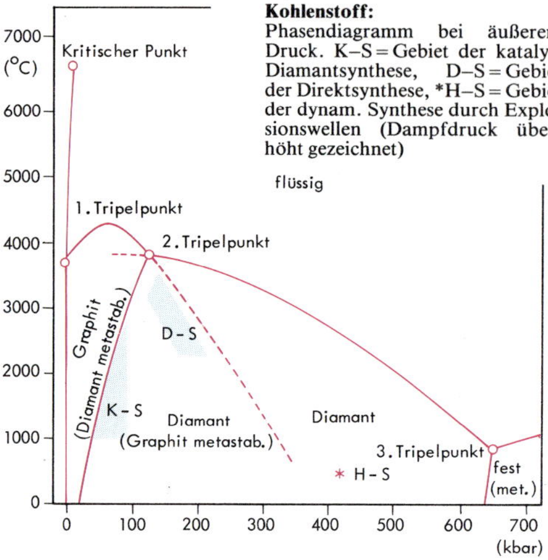

Kohlenstoff: Phasendiagramm bei äußerem Druck. K–S = Gebiet der katalyt. Diamantsynthese, D–S = Gebiet der Direktsynthese, *H–S = Gebiet der dynam. Synthese durch Explosionswellen (Dampfdruck überhöht gezeichnet)

gebunden als **Carbonat** vor, z. B. als gesteinsbildendes **Calciumcarbonat,** $CaCO_3$ (Kalkstein, Marmor, Kreide), **Magnesiumcarbonat,** $MgCO_3$ (Magnesit), und als **Dolomit,** $CaMg(CO_3)_2$. Die →Kohlenstoffverbindungen sind Grundlage aller organ. Verbindungen, von denen weit über 1 Mio. bekannt sind. Sie bilden die stoffl. Grundlage des organ. Lebens. Im →Kohlendioxid liegt K. als Bestandteil des wichtigsten biolog. Bildungsprozesses vor, der →Assimilation 1) der grünen Pflanzen. Aus den Assimilaten leiten sich alle organ. Bau- und Betriebsstoffe der Pflanzen und Tiere ab. Aus fossilen pflanzl. und tier. Organismen haben sich die Kohlen und Erdöle gebildet.

Das K.-Isotop ^{12}C ist seit 1961 Bezugsgröße der Atomgewichte. Das K.-Isotop ^{14}C wird in der Atmosphäre aus Stickstoff 14 und den durch Höhenstrahlung erzeugten Neutronen gebildet. ^{14}C geht mit einer Halbwertszeit von 5730 Jahren unter Emission von β-Strahlen in Stickstoff über. Aus dem Gehalt an ^{14}C läßt sich das Alter prähistor. Funde bestimmen (→Radiokarbon-Methode).

Elementarer K. wird in Form von Ruß als Füllstoff in Kautschuk für Autoreifen sowie zur Herstellung von Druckerschwärze, Tusche u. a. verwendet. Über die Verwendung von feinverteiltem K. →Aktivkohlen. Vielfältige Anwendung finden auch Kunstkohle und Graphit.

Kohlenstoffbrennen, Umwandlung von Kohlenstoff in schwerere Elemente im Zentrum massereicher Sterne in einer späten Phase der Sternentwicklung bei Temperaturen um 800 Mio. °C.

Kohlenstoff-Fasern, Kohlefasern, Carbonfasern, Graphitfasern werden durch Abscheiden von Graphit aus der Gasphase oder durch therm. Zersetzung vorgefertigter Fasern (bes. Viskose- und Acrylfasern) hergestellt und können zu Fäden versponnen werden. Die Fasern oder Fäden werden zur Herstellung kompakter Teile mit Metallen beschichtet, gepreßt und gesintert. Sie können auch in Metalle oder Kunststoffe **(CFK,** Abk. für **C**arbon**f**aser-**K**unststoffe) eingebettet werden. K.-F. sind spezifisch leichter, fester und elastischer als Glasfasern. Sie sind einsetzbar bis etwa 3000 °C. Kohlenstoffaserverstärkte Werkstoffe können für Teile verwendet werden, die bei niedriger Dichte hohe Festigkeit und Steifigkeit, gegebenenfalls auch Temperaturbeständigkeit aufweisen müssen, wie Teile der Luft- und Raumfahrttechnik, Turbinenschaufeln.

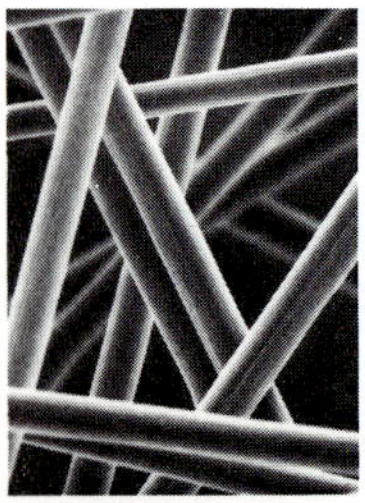

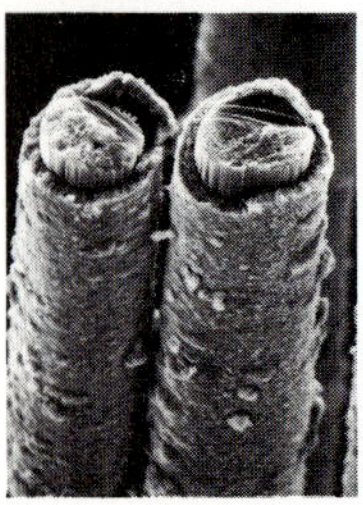

Kohlenstoff-Fasern: OBEN K.-F. unbeschichtet (400fache Vergr.); UNTEN K.-F. metallbeschichtet (1000fache Vergr.)

Kohlenstoffsterne, C-Sterne, Sterne der Spektralklasse R und N, in deren Spektrum Banden von Cyan, Kohlenstoff und Kohlenmonoxid vorkommen.

Kohlenstoff-Stickstoff-Zyklus, der →Bethe-Weizsäcker-Zyklus.

Kohlenstoffverbindungen, chem. Verbindungen des Kohlenstoffs, gekennzeichnet v. a. durch die Verknüpfung von Kohlenstoffatomen miteinander, wie sie in den Grundgerüsten der organ. Verbindungen vorliegt. Alle Kohlenstoffverbindungen sind homöopolare chem. Bindungen, wobei Einfach-, Doppel- und Dreifachbindungen möglich sind (→Alkane, →Alkene, →Alkine). Die derart aufgebauten Kohlenstoffgerüste besitzen ›freie Valenzen‹ zur Bindung anderer Atome, im einfachsten Fall von Wasserstoff (→Kohlenwasserstoffe). Die Kohlenstoffgerüste selbst können offenkettig, und zwar **linear** oder **verzweigt,** sein **(azyklische K.),** oder es können **Ringe** vorliegen **(zyklische K.).** Sind in Ringen Kohlenstoffatome gegen andere Elemente ausgetauscht, so spricht man von **heterozyklischen K.** Die wichtigsten Heteroatome sind Stickstoff, Sauerstoff und Schwefel. Durch Kombination mehrerer zykl. Strukturen allein oder mit azykl. können räumlich höchst komplizierte Molekülgebilde entstehen. In vielen K. sind mehrere Mehrfachbindungen vorhanden. Zwei →Doppelbindungen, die vom gleichen Kohlenstoffatom ausgehen, heißen **kumulierte Doppelbindungen** (z. B. im Allen, $CH_2=C=CH_2$). Sind zwei Doppelbindungen durch eine einfache Bindung getrennt, so spricht man von **konjugierten Doppelbindungen** (z. B. im Butadien, $CH_2=CH-CH=CH_2$). Sind mehrere Einfachbindungen eingeschoben, so liegen **isolierte Doppelbindungen** vor. Konjugierte und kumulierte Doppelbindungen können auch in längeren Sequenzen auftreten. Die riesige Zahl der K., die die aller anderen chem. Verbindungen weit übersteigt, wird auch dadurch ermöglicht, daß außer Wasserstoff beliebige andere Atome oder Atomgruppen als **funktionelle Gruppen** den Gerüsten der K. angeheftet sein können. Durch die Erscheinung der →Isomerie 1) wird eine weitere Vervielfachung der Strukturmöglichkeiten bei K. bewirkt.

Bes. wichtige K. sind →Kohlenwasserstoffe, →Kohlenhydrate, →Fette, →Eiweiße, →Aromaten. Anorganische K. sind →Carbide, →Kohlenoxid, →Kohlendioxid, →Kohlensäure.

Kohlenwasserstoffe, chem. Verbindungen, die nur aus Kohlenstoff (C) und Wasserstoff (H) aufgebaut sind. In den K. sind Kohlenstoffatome durch kovalente Bindungen zu geraden oder verzweigten Ketten **(azyklische** oder **aliphat. K.)** oder Ringen **(zykl. K.)** miteinander verbunden. Die →Alkane (Paraffine) sind gesättigte azykl. K. Azykl. K. mit Doppel- oder Dreifachbindung (ungesättigte K.) werden als →Alkene bzw. →Alkine bezeichnet. Gesättigte zykl. K. heißen analog **Cycloalkane (Cycloparaffine),** solche mit Doppelbindung **Cycloalkene.** Sie ähneln in ihren Eigenschaften den aliphat. K. und werden deshalb auch **alizykl.** (= **ali**phatisch-**zykl**isch) **K.** genannt. Zykl. K., die sich vom Benzol ableiten werden als

→Aromaten bezeichnet. **Polyzykl. K.** enthalten mehrere Ringsysteme. Sind mindestens zwei weitgehend ungesättigte Ringe über mindestens zwei gemeinsame C-Atome miteinander verbunden, spricht man von **kondensierten polyzykl. K.** Bei verbrückten polyzykl. K. haben mindestens zwei gesättigte Ringe wenigstens zwei gemeinsame C-Atome. In **Spiro-K.** sind zwei Ringe über ein einziges C-Atom miteinander verbunden.

K. mit bis zu vier C-Atomen sind bei Raumtemperatur und Atmosphärendruck Gase. Mit steigender C-Zahl bilden K. zunächst leicht bewegliche, dann ölige Flüssigkeiten und schließlich Feststoffe. Alle K. lassen sich zu Kohlendioxid und Wasser verbrennen. – K. sind Bestandteile von Erdgas, Erdöl und Steinkohlenteer. Best. K. kommen auch im Pflanzen- (z. B. Terpene) und Tierreich (z. B. Steroide) vor. – Synthetisch lassen sich K. durch →Kohlehydrierung oder →Fischer-Tropsch-Synthese herstellen. – K. spielen als Bestandteile von Kraftstoffen, Heizölen, Lösemitteln sowie als chem. Rohstoffe (→Petrochemie) eine große Rolle.

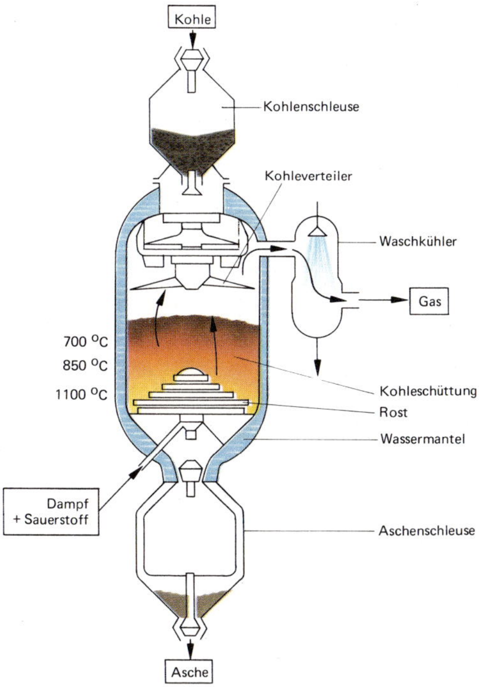

Kohlevergasung: Lurgi-Druckvergaser

Kohlepapier, dünnes Zwischenlegepapier mit einseitiger Farbschicht für Durchschriften per Hand oder Maschine (→Durchschreibpapier).

Köhlerei, nur noch selten angewendete handwerkl. Form der →Holzverkohlung, die als einziges Erzeugnis die Holzkohle liefert. Lufttrockenes Holz von 1–2 m Länge wird um einen aus Stangen errichteten Feuerschacht (Quandel) dicht gesetzt und mit einer feuerfesten Decke aus grünem Reisig, Rasen und Erde überkleidet. Angezündet wird der fertige **Meiler** im Quandel, der mit leicht brennbarem Material angefüllt ist. Die Ausbeuten liegen für die meist verwendeten Holzarten um 20–25 Gew.-%, bezogen auf trockenes Holz.

Kohleverflüssigung, die →Kohlehydrierung.

Kohlevergasung, Umsetzung der organ. Kohlesubstanz mit Vergasungsmitteln wie Sauerstoff, Luft, Wasserdampf u. a. zu Brenn- und Synthesegasen. Wichtige Vergasungsreaktionen sind:

$$1)\; C + 1/2\, O_2 \rightleftharpoons CO \quad \text{exotherm}$$
$$2)\; C + H_2O \rightleftharpoons CO + H_2 \quad \text{endotherm}$$
$$3)\; C + 2\, H_2 \rightleftharpoons CH_4 \quad \text{exotherm}$$

C = Kohlenstoff H = Wasserstoff
O = Sauerstoff CH_4 = Methan

Für die K. sind Mindesttemperaturen von etwa 700 °C (Braunkohle) und 900 °C (Steinkohle) erforderlich, die bei der **autothermen K.** durch die exotherme Reaktion 1) erreicht werden. Höhere Gasausbeuten können ohne Sauerstoffzufuhr erzielt werden, wenn die für Reaktion 2) erforderl. Energie von außen (z. B. von einem Hochtemperatur-Kernreaktor) zugeführt wird **(allotherme K.).** – Bei modernen Pilotanlagen in der Bundesrep. Dtl. zeichnen sich im Vergleich zu älteren Anlagen folgende Trends ab: Höherer Druck (20 bis 100 bar) ermöglicht den Bau kleinerer Reaktoren, führt durch Begünstigung von Reaktion 3) zu höherem Methangehalt (höherer Heizwert) und erniedrigt bei der Herstellung von Synthesegas die Kompressionskosten. Höhere Temperatur (über 1500 °C) führt zu vollständigem Umsatz der organ. Kohleanteile zu Kohlenoxid und Wasserstoff, d. h. zu reinem Synthesegas. Der Einsatz von Kohlestaub bedeutet Anpassung an den mechan. Kohleabbau und bringt Unabhängigkeit von der Kohlequalität. Kohlestaub wird in Flugstromreaktoren verarbeitet. Die in der Rep. Südafrika und auch in der Bundesrep. Dtl. kommerziell betriebene **Lurgi-Druckvergasung** und ihre Weiterentwicklungen verwenden Schüttungen von stückiger Kohle.

Kohle-Zink-Zelle, Leclanché-Zelle [ləklɑ̃ʃ'e-, n. dem frz. Chemiker G. Leclanché, * 1839, † 1882], eine Primärzelle (→Batterie) mit einer Nennspannung von 1,5 V. Der positive Pol besteht aus einem Kohlestab, der von einem Beutel mit Mangandioxid (Braunstein) umgeben ist. Im Grunde bildet das Mangandioxid die positive Elektrode, da die Kohle nicht an der chem. Reaktion teilnimmt. Der negative Pol aus Zink ist meist als Becher ausgebildet. Als Elektrolyt dient eine durch Zusatz von Quellmitteln eingedickte 10–20%ige Lösung von Ammoniumchlorid.

Kohoutek [k'ɔhɔutɛk, n. seinem Entdecker benannt], ein →Komet, der Ende 1973/Anfang 1974 am Abendhimmel sichtbar war.

Ko|inzidenz, das zeitl. Zusammentreffen zweier oder mehrerer Ereignisse, z. B. bei einer Kernreaktion die Registrierung von gleichzeitig entstehenden Teilchen, oder das nahezu gleichzeitige Ansprechen von hintereinanderliegenden Detektoren, die von einem Teilchen durchquert werden (→Koinzidenzmessung); auch das räuml. Zusammenfallen, z. B. von Fadenkreuz und Objekt bei opt. Instrumenten.

Ko|inzidenz-Demodulator, Quadratur-Demodulator, ein Frequenzmodulations-Demodulator, der aus mindestens sechs Transistoren, von denen vier nach Art eines Ringmodulators zusammengeschaltet sind, und einem einzigen Schwingungskreis besteht, so daß er im Unterschied zum Verhältnis-Detektor (→Diskriminator) leicht integrierbar und abgleichbar ist.

Kohlenwasserstoffe

$CH_3-CH_2-CH_2-CH_3$

Alkan

$HC\equiv C-CH_3$

Alkin

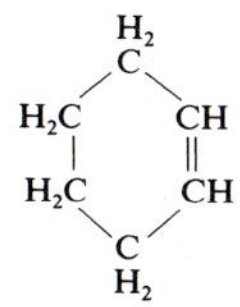

Cycloalken

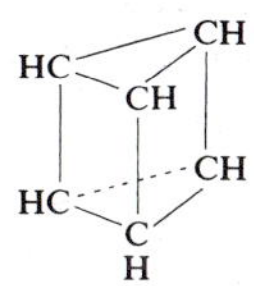

verbrückt polyzyklischer K.

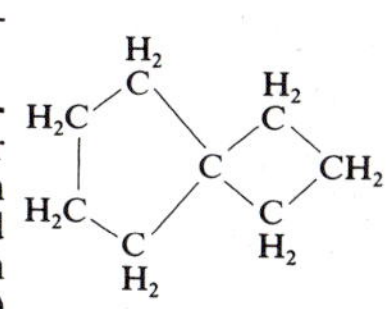

Spiro-K.

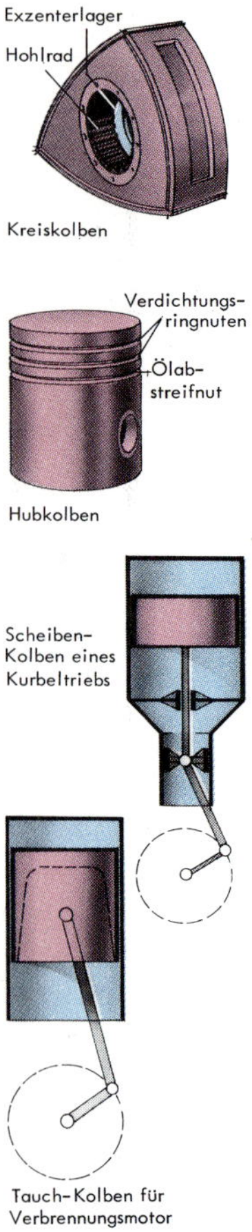

Kolben 2) 1

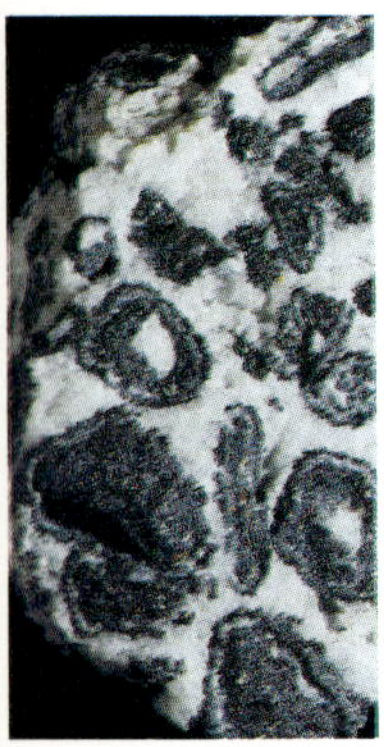

Kokardenerz

Ko|inzidenzmessung, ein in der Hochenergie- und Kernphysik übl. Verfahren, Teilchen- oder Gammastrahlen, die einen definierten zeitl. Abstand voneinander haben, zu registrieren und auch die Bahnen von Teilchen zu bestimmen. Die Bahn ionisierender Teilchen der kosm. Strahlung kann bestimmt werden mit Zählerteleskopen, z. B. Zählrohren, die in gerader Linie hintereinanderliegen. Ein alle Zählrohre durchsetzendes Teilchen löst in diesen praktisch gleichzeitig Stromimpulse aus (→ Koinzidenz). Die Gleichzeitigkeit der Ereignisse kann durch elektron. **Koinzidenzschaltungen** gemessen werden, die nur dann ein Ausgangssignal liefern, wenn zwei oder mehrere Eingangssignale (nahezu) gleichzeitig (d. h. innerhalb der Auflösungszeit) eintreffen. Impulse, die eine bestimmte Zeit auseinanderliegen, können mit der gleichen Anordnung gemessen werden, wenn der frühere um eben diese Zeit etwa durch Laufzeitkabel verzögert wird (verzögerte Koinzidenz). **Antikoinzidenzschaltungen** lassen nur dann einen hineingehenden Impuls durch, wenn innerhalb eines kleinen einstellbaren Zeitabschnitts kein zweiter Impuls eingetroffen ist.

Ko|inzidenzmikrophon, Anordnung zweier Mikrophone am gleichen Standort, meist direkt übereinander, zur Schallaufnahme in Intensitätsstereophonie (MS- oder XY-Stereophonie, → Stereophonie).

Ko|inzidenzschaltung, → Koinzidenzmessung.

Ko|inzidenzspektrometer, Anordnung von mehreren Detektoren zum energieselektiven Nachweis von Teilchen oder Quanten, die, in Koinzidenz geschaltet, das Energiespektrum z. B. von γ-Strahlen genauer zu messen gestatten als etwa ein Detektor. **Koinzidenzspektrometrie** an mehreren Teilchen (z. B. Elektronen und γ-Quanten) liefert Aufschlüsse über kernphysikal. Prozesse und die beteiligten Kernenergieniveaus.

Kokarden|erz, Ringel|erz, bergmänn. Bez. für die konzentr. Umkrustung von Nebengesteinsbrocken durch Erze (v. a. Bleiglanz, Zinkblende, Eisenspat) und Gangarten (z. B. Quarz, Kalkspat) in Erzgängen.

Kokerei, Betrieb zur Gewinnung von Koks und Heizgas **(Kokereigas)** durch therm. Zersetzung von Steinkohle unter Luftabschluß (→ Verkokung).

Kokerei|gas, → Verkokung.

Kokille, Gußform aus Gußeisen, Stahl, Kupfer zum Gießen von Blöcken aus Metall (→ Gießerei).

Kokonverfahren [kok'ɔ̃-, frz.], **Cocoon-Verfahren** [kək'u:n-, engl.], das Einkapseln wertvoller sperriger Güter (z. B. Rüstungsgüter) in eine Kunststoffhülle (Polyvinylidenchlorid) als Korrosionsschutz. Die Hülle wird mit Spritzpistole erst als freitragendes Netzwerk, anschließend als porenfreie Haut aufgetragen; militärisch → einmotten genannt.

Koks, schwarzer oder grauer, fester Rückstand der → Schwelung **(Schwel-K.)** oder → Verkokung von Steinkohle, Braunkohle, Erdölrückständen (→ Petrolkoks) u. a. **Hochofen-K. (Hütten-K.)** muß best. Anforderungen hinsichtlich Stückgröße, Festigkeit und Reaktionsfähigkeit erfüllen. Er wird meist durch Verkokung von gut backfähigen (→ Backvermögen) Steinkohlen (bes. Fettkohle) bei Temperaturen um 1000 °C **(Hochtemperatur-K.)** in Kokereien gewonnen. **Gießerei-K.** dient als Brennstoff zum Schmelzen von Roheisen im Kupolofen. K. wird außerdem für elektrometallurg. Zwecke (z. B. zur Herstellung von elementarem Phosphor und Calciumcarbid) verwendet. Zur Erzeugung von **Form-K.** wird zerkleinerte Kohle, eventuell nach einem Schwelprozeß, zu Briketts oder Pellets geformt und anschließend verkokt. Auf diese Weise können nicht verkokbare Kohlen (z. B. Braunkohle) zu K. verarbeitet werden.

Koks|öfen werden als Horizontalkammeröfen (etwa 12 m lang, 4–6 m hoch, 45 cm breit) in Kokereien und großen Gaswerken oder als Vertikalkammeröfen in kleinen Gaswerken verwendet. Sie werden von den Längswänden beheizt.

Kolben, 1) Chemie: Laborgefäße aus Glas wie **Steh-K., Rund-K., Erlenmeyer-K.;** meist thermisch stabil.

2) Technik: Maschinenteil, das sich im → Zylinder von Kraft- und Arbeitsmaschinen hin- und herbewegt (→ Hubkolbenmaschine) oder sich dreht (→ Drehkolbenmaschine). Dabei wird Energie von flüssigen, dampf- oder gasförmigen Medien auf den K. übertragen oder umgekehrt. Dichtelemente sind → Kolbenringe oder Dichtleisten. Bei Verbrennungsmotoren wird der K. mechanisch und thermisch hoch beansprucht, die therm. Beanspruchung kann durch eine Kolbenkühlung (meist durch Öl) gesenkt werden. Die K. bestehen heute fast ausschließlich aus Leichtmetall (siliciumhaltige Aluminiumlegierungen), nur sehr große K. aus Gußeisen, für hohe Beanspruchungen auch geschmiedet. Um ein Kolbenklappern durch die unterschiedl. Wärmeausdehnungen von Leichtmetall-K. und Zylinder zu vermeiden, wird der K. bes. ausgebildet, z. B. durch eingegossene Regelglieder. Gegen erhöhten Nutflankenverschleiß durch die Kolbenringe können Ringträger aus verschleißfestem Material eingegossen werden.

Form des Hubkolbens nach Anwendung: **Scheiben-K.,** meist an Kolbenstange starr befestigt, die mittels Kreuzkopf geführt ist, z. B. für Dampfmaschine. **Tauch-K.,** an Pleuel gelenkig befestigt, z. B. für Verbrennungskraftmaschinen und Pumpen (ohne Kolbenringe als **Plunger-K.** [pl'ʌndʒə-, engl.]). **Stufen-K.** für mehrstufige Verdichtung arbeiten in einem abgestuften Zylinder. (Weitere BILDER S. 85)

3) Waffen: das hintere, als Schulterstütze dienende Ende des Schaftes, hergestellt aus Holz oder Kunststoff. **Kolbenkappe,** Schutzplatte aus Eisen oder Hartgummi am Gewehr-K.

Kolbenbolzen verbindet bei einer Kolbenmaschine den Kolben mit der Pleuelstange und überträgt die auftretenden Kräfte.

Kolbenfresser, Schaden an einem Kolben und der Zylinderlaufbahn, wenn bei einer Kolbenmaschine durch anomale Betriebsbedingungen (z. B. Ölmangel, zu hohe Temperaturen, zu kleines Laufspiel) der Kolben im Zylinder klemmt und beschädigt wird.

Kolbenmaschine, Kraft- und Arbeitsmaschinen, die mit → Kolben arbeiten **(Verdrängermaschinen).**

Kolbenpumpe, eine → Verdrängerpumpe.

Kolbenring, bei Verbrennungsmotoren ein ringförmiges, an einer Stelle durchgetrenntes und radial federndes Dichtelement aus Sonderguß, seltener Stahl, das sich in einer Nut des Kolbens befindet. Man unterscheidet: **Verdichtungsringe,** die den Arbeitsraum gegenüber dem Kurbelgehäuse abdichten. Sie werden durch Eigenspannung und durch den Gasdruck im Nutgrund an die Zylinderwand gedrückt und übertragen einen großen Teil der in den Kolben einfallenden Verbrennungswärme an die Zylinderwand. **Ölabstreifringe,** die das meiste Öl von der Zylinderwand abstreifen und nur soviel Öl durchlassen, wie zur Schmierung des Kolbens nötig ist. (BILDER S. 86)

Kolbenverdichter, ein →Verdichter mit hin- und hergehender oder drehender Kolbenbewegung.

Kolk *der,* **Strudeltopf,** durch die aushöhlende Wirkung von im Wasser wirbelnden Steinen und Sandkörnern **(Evorsion)** entstandene Vertiefung **(Auskolkung)** im Gestein, in Loch-, Topf- oder Wannenform oder als Nischen an den Seitenwandungen. Zu größeren Auskolkungen kommt es u. a. in Klammen, bei Wasserfällen, steileren Gefällstrecken, auf der Brandungsplattform, am Kliff einer Steilküste, durch Gletscherschmelzwässer an der Sohle des Eises **(Gletschermühlen),** weiterhin in Wasserläufen unterhalb von Fallstufen, am Außenufer von Flußkrümmungen und hinter Bauwerkskanten, z. B. Brückenpfeilern.

Kollagene, langfaserige, hochmolekulare Skleroproteine des Stütz- und Bindegewebes (Haut, Knorpel, Sehnen, Knochen), die sich beim Erwärmen in Wasser zunächst in Gelatine, dann in Leim umwandeln.

Kollektivlinse, →Feldlinse.

Kollektivmodell, ein →Kernmodell.

Kollektor, 1) bei elektrischen Maschinen der →Kommutator 1).

2) Elektronik: einer der drei Anschlüsse des bipolaren →Transistors, vergleichbar hoch dotiert wie die Basis, jedoch vom anderen Leitungstyp. Der K. sammelt in seiner Sperrschicht zur Basis die vom Emitter injizierten Ladungsträger.

3) Optik: Sammellinse, bes. für die Strahlen der Lichtquelle eines Mikroskops.

Kollektorschaltung, eine Grundschaltung des bipolaren →Transistors, bei der der Kollektor wechselstrommäßig über die Betriebsspannungsquelle mit dem gemeinsamen Ein- und Ausgangsanschluß verbunden ist. Die K. hat einen hohen Eingangs- und einen niedrigen Ausgangswiderstand, sie wird daher als Impedanzwandler eingesetzt. Die Spannungsverstärkung ist ungefähr gleich 1. Wegen der starken Stromgegenkopplung dieser Schaltungsart bleiben die Verzerrungen gering (d. h. kleiner Klirrfaktor). (→Basisschaltung, →Emitterschaltung)

Kollergang, Zerkleinerungsmaschine; mehrere um eine horizontale Welle rotierende und um eine senkrechte Welle umlaufende schwere Stahlwalzen zerdrücken das Gut (meist keram. Massen) zw. sich und der feststehenden Mahlbahn. (BILD S. 86)

kolligative Eigenschaften, nach J. H. VAN'T HOFF (Ende des 19. Jh.) diejenigen Eigenschaften eines Lösungsmittels in einer Lösung, die in erster Linie durch die Zahl der gelösten Moleküle festgelegt werden, wie Dampfdruck(erniedrigung), Siedepunkt(erhöhung), Gefrierpunkt(erniedrigung) und osmot. Druck. Mit Hilfe der k. E. läßt sich die Molmasse der gelösten Substanz bestimmen.

Kollimation, Erzeugung paralleler Strahlen durch einen →Kollimator 2). In Meßgeräten heißt K. auch die für Messungen notwendige Parallelität zweier Richtungen.

Kollimator, 1) Kernphysik: als Blende dienende Abschirmung aus Beton oder Metall zur Begrenzung des Querschnitts eines Strahls energiereicher Teilchen.

2) Optik: Vorrichtung in opt. Geräten, mit der eine Marke virtuell nach Unendlich abgebildet wird. Diese befindet sich in der vorderen Brennebene des Objektivs. Verwendung in Spektralapparaten und zu Justierzwecken (Fluchtungs-, Richtungsprüfung), bes. bei Zielfernrohren.

kollinear heißen drei oder mehrere Punkte, die zusammen auf einer Geraden liegen.

Kollineation, bijektive →Abbildung 1) des projektiven Raums auf sich, wobei drei kollineare Punkte *A, B, C* auf die kollinearen Punkte *A', B', C'* abgebildet werden. Besondere K. sind z. B. die →Affinitäten.

Kollisionsschott, vorderstes Querschott eines Schiffes zum Verhindern des Wassereinbruchs bei Kollision.

Kollisionsverhütung, Maßnahmen zur Verhütung von Zusammenstößen von Luftfahrzeugen während des Fluges; werden bei hohen Fluggeschwindigkeiten notwendig, weil wegen verminderter Wahrnehmungsfähigkeit (→blinde Strecke) und der Reaktionszeiten von Pilot und Flugzeug Ausweichmanöver oft schon vor Sichtung eines mögl. Kollisionspartners eingeleitet werden müssen. Elektron. Geräte zeigen eine Zusammenstoßgefahr durch Warnsignale an und geben Steueranweisungen für Ausweichmanöver.

Kollodium, Collodium, zähflüssige Lösungen von Nitrocellulose (z. B. in einem Äthanol-Äther-Gemisch). **K.-Wolle** ist mit Alkoholen phlegmatisierte (→Phlegmatisieren) Nitrocellulose, die v. a. als Bindemittel für Nitrolacke verwendet wird.

Kolloide, nach TH. GRAHAM (1861) Dispersionen, bei denen die Teilchengröße der dispersen Phase unter 200 nm, d. h. gerade unterhalb der lichtmikroskop. Sichtbarkeit, bleibt und deutlich über den Molekülabmessungen von niedrigmolekularen Stoffen liegt; in der Praxis wird diese untere Grenze mit etwa 5 nm festgelegt. Ist die disperse Phase relativ frei beweglich, so spricht man von einem →Sol, sind die einzelnen Teilchen dagegen netzartig miteinander verbunden und daher nur schwer gegeneinander zu verschieben, so liegt ein →Gel vor. Übergänge zw. den beiden Zuständen verlaufen in manchen Fällen reversibel (z. B. Abkühlen oder Erhitzen von Sülze), in anderen läßt sich eine Gelierung nicht mehr ohne weiteres rückgängig machen (z. B. Vernetzung von Polymeren). Kolloidal verteilte Stoffe können bei genügender Größe mit einem Ultra- oder Elektronenmikroskop direkt beobachtet werden; zur indirekten Analyse dienen insbes. Streulicht-, Sedimentations- und osmot. Messungen.

Man unterscheidet zw. Dispersions-, Assoziations- und Molekel-K. – **Dispersions-K.** entstehen durch geeignete Zerteilung (K.-Mühle, elektr. Zerstäubung, chem. Fällung) der zu dispergierenden Substanzen. Stellt die kontinuierl. Phase ein schlechtes ›Lösungsmittel‹ dar, so bilden sich **lyophobe Sole,** die, sofern einer Aggregation nichtelektrostat. Kräfte entgegenwirken, häufig durch **Schutz-K.** (z. B. geeignetes Molekel-K. oder Assoziations-K.) stabilisiert werden müssen. – **Assoziations-K.** entstehen durch Zusammenlagern von Molekeln zu größeren Aggregaten **(Micellen);** das Auftreten derartiger Molekelklumpen stellt häufig eine Folge großer Polaritätsunterschiede innerhalb des assoziierenden Teilchens dar. – **Molekel-K.** sind in ihrer Größe bereits durch ihre makromolekulare Struktur (→Makromoleküle) weitgehend festgelegt. Geht ein Reinstoff im Kontakt mit dem Dispersionsmittel (hier einem geeigneten Lösungsmittel) freiwillig in den Solzustand über (hier: in Lösungen), spricht man von einem **lyophilen Sol.**

K. sind von großer prakt. Bedeutung (Emulgatoren, Waschmittel, Polymere, Katalysatoren, Farbstoffe, photograph. Schicht u. a.). In der Biologie spielen sie eine entscheidende Rolle, da sich alle Lebensvorgänge in der kolloiden Phase abspielen.

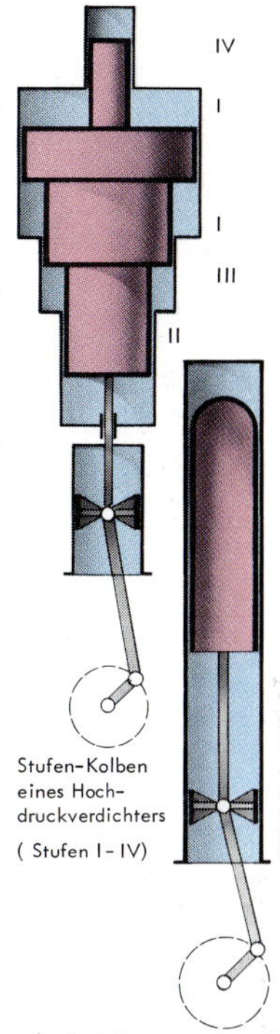

Stufen-Kolben eines Hochdruckverdichters (Stufen I - IV)

Tauch-Kolben einer Pumpe (Plunger-Kolben)

Kolben 2) 2

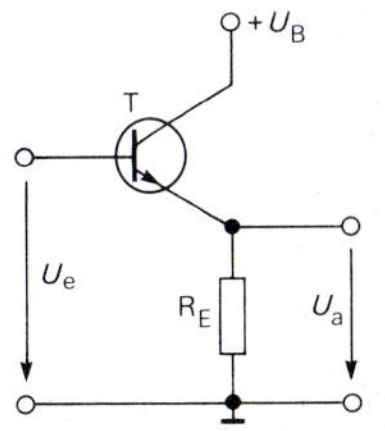

Kollektorschaltung

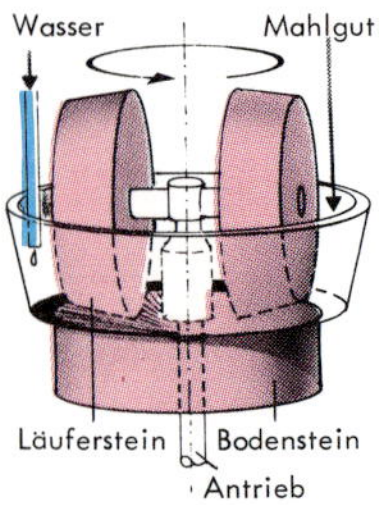

Kollergang

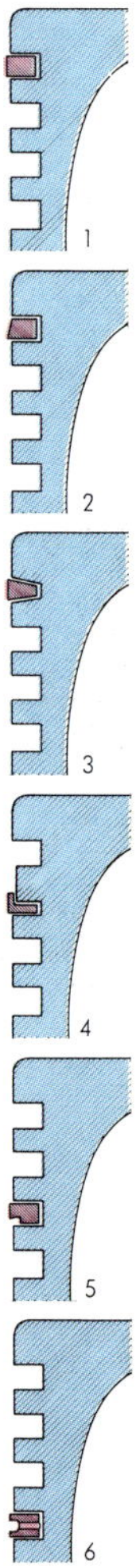

Kolbenring: **1—4** Verdichtungsringe; **1** Rechteckring, **2** Minutenring, **3** Trapezring, **4** L-förmiger Verdichtungsring; **5** und **6** Ölabstreifringe; **5** Nasenring, **6** Ölschlitzring

Kollophạn *der,* Mineral, mikrokristalliner →Apatit (mit Karbonat- und Fluor-Gehalt), Hauptbestandteil der →Phosphorite.

Koloniezahl, früher **Keimzahl** oder **Gesamtkeimzahl,** die Zahl der mit achtfacher Lupenvergrößerung sichtbaren Kolonien, die sich aus den in einer best. Wassermenge befindlichen Bakterien in Plattenkulturen unter bestimmten Bedingungen (Nährboden, Zeit, Temperatur) entwickeln.

Kolọnne, chem. Technik: senkrecht stehender Hohlzylinder zur Trennung von Stoffgemischen. Um einen intensiven Kontakt der beteiligten Phasen (z. B. Dampf und Flüssigkeit bei der →Destillation oder zwei nicht mischbare Flüssigkeiten bei der →Extraktion) zu erreichen, sind K. mit Einbauten versehen. Es kann sich dabei um Böden **(Boden-K.),** rotierende Einbauten, →Füllkörper oder Packungen aus Blech oder Drahtgewebe handeln. Böden sind in regelmäßigen Abständen waagerecht in die K. eingebaut. Vom jeweils höheren Boden gelangt Flüssigkeit (Rücklauf) auf den tieferliegenden. Der Flüssigkeitsstand des Bodens wird durch ein Ablaufwehr konstant gehalten. Bei **Destillations-K.** tritt Dampf von unten in den Boden ein, wobei durch geeignete Vorrichtungen eine Zerteilung in Blasen erfolgt. Siebböden enthalten für den Dampfdurchtritt viele kleine Bohrungen. Glockenböden sind mit Kaminen ausgestattet, die von einer glockenähnl. Kappe überdeckt werden. Der Dampf wird in der Glocke umgelenkt und durch die auf dem Boden stehende Flüssigkeit geleitet. Ventilböden haben Bohrungen, in die Klappen (Ventile) eingesetzt sind, die durch den aufsteigenden Dampf geöffnet werden. **Füllkörper-K.** enthalten unregelmäßige Schüttungen aus Füllkörpern, über deren Oberfläche die Flüssigkeit rieselt und so eine große Kontaktfläche für die zweite Phase (Dampf oder Flüssigkeit) bildet. Ein Maß für die Trennwirkung einer K. ist die Anzahl der theoret. Trennstufen (theoret. Böden). Eine theoret. Stufe ist der gedachte Teil der K., in dem zwei Phasen so intensiv in Kontakt kommen, daß sie miteinander im Gleichgewicht stehen (→Destillation, BILD). In einer prakt. Stufe (z. B. ein Boden einer Boden-K.) läßt sich die Gleichgewichtseinstellung meist nicht vollständig erreichen.

Kolophọnium, hellgelbes bis rubinrotes, sprödes Naturharz, das durch Abdestillieren von Terpentinöl aus dem Rohharz von Kiefern **(Balsam-K.),** durch Extraktion alter Wurzelstöcke **(Wurzelharz)** oder aus Tallöl **(Tallharz)** gewonnen wird. K. besteht überwiegend aus Harzsäuren. K., seine Salze und durch Hydrierung und Veresterung erhaltenen Derivate werden zur Herstellung von Klebstoffen, Lacken, Druckfarben, Kaugummi u. a. verwendet, weiterhin für den Bogen von Streichinstrumenten.

Kolorimetrie, 1) Astronomie: Bestimmung der Sternfarbe zur indirekten Ermittlung der Sterntemperatur.

2) Chemie: Verfahren zur Konzentrationsbestimmung von farbigen gelösten Stoffen durch Messung der →Absorption 2) von Licht beim Durchtritt durch die Lösung im Vergleich zur Absorption des reinen Lösungsmittels.

Kolụren, zwei durch die Himmelspole gelegte Großkreise. Der **Sọlstitial-K.** geht durch die Sonnenwendpunkte, der **Äquinoktial-K.** durch die Äquinoktialpunkte.

Koma *die,* **1)** Astronomie: leuchtende Gashülle um den Kern eines →Kometen.

2) Optik: ein →Abbildungsfehler.

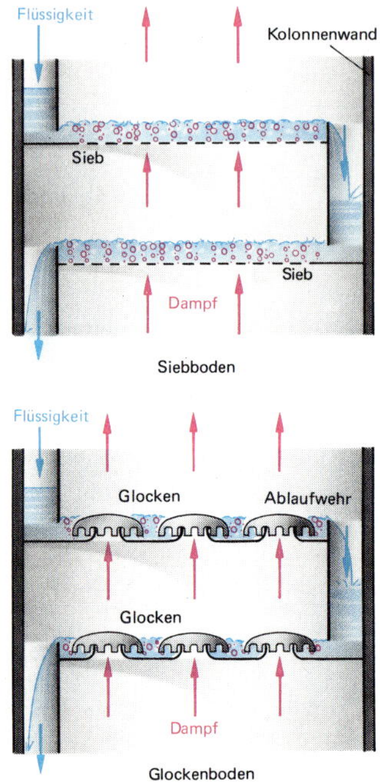

Kolonne: Einbauten von Bodenkolonnen

Kombi, kurz für **Kombinationskraftwagen,** von der Limousine abgeleiteter Pkw mit durch die Ausbildung des Heckteils vergrößertem Innenraum. Die hintere Sitzbank ist klapp- oder herausnehmbar zur Vergrößerung der Ladefläche, welche durch Heckraumklappe oder -tür zugänglich ist.

Kombination, 1) Kristallographie: **zusammengesetzte Kristallform,** die Ausbildung von zwei oder mehr Kristallformen an einem →Kristall.

2) Mathematik: →Kombinatorik.

Kombinationsfrequenzen, Mischfrequenzen, Nachrichtentechnik: Summen- und Differenzfrequenzen, die bei der Mischung (Modulation) von zwei oder mehr Schwingungen oder ihrer Oberschwingungen auftreten; →Intermodulation.

Kombinations|streifung, Streifung auf Kristallflächen ›einfacher‹ Kristallformen parallel zu den Kanten, an denen sie bei einer Kombination mit Flächen einer anderen Kristallform zusammenstoßen (würden). Sie ist bedingt durch das Bestreben der Kristalle, diese Flächen auch zur Ausbildung zu bringen, ohne daß es ihnen gelingt. Eine K. erleichtert oft das Erkennen von Mineralien, deren wahrer Symmetrie oder der Art einer Zwillingsbildung.

Kombinations|töne. Beim Zusammenklingen zweier Töne der Frequenzen f_1 und f_2 von nicht zu geringer und nicht zu unterschiedl. Stärke können außer diesen auch K. der Frequenz $f = pf_1 + qf_2$ wahrgenommen werden (p und q sind kleine ganze positive oder negative Zahlen). Die K. werden eingeteilt in → Summationstöne und → Differenztöne. Das Auftreten von K. wird durch die Annahme erklärt, daß die Reize im Ohr nichtlinear transformiert werden, wodurch die Reizstruktur verzerrt wird. (→ Verzerrung)

Kombinatorik, Teilgebiet der Mathematik, in dem u. a. die Anzahl der verschiedenen möglichen Anordnungen der Elemente einer Menge oder die Anzahl von möglichen neuen Mengen, die mit Hilfe der Elemente einer Ausgangsmenge gebildet werden können, untersucht wird. In der elementaren K. werden z. B. betrachtet: 1) **Permutationen** einer endl. Menge $M = \{a_1, a_2, \ldots, a_n\}$ sind die mögl. Anordnungen $a_{i_1} a_{i_2} \ldots a_{i_n}$ der Elemente a_i, d. h. die mögl. Verteilungen dieser n Elemente auf n Plätze, also die umkehrbar eindeutigen Abbildungen von M auf sich. Es gibt $n!$ (→ Fakultät) Möglichkeiten. Z. B. $M = \{1,2,3\}$, mögliche Permutationen: 123, 132, 213, 231, 312, 321. – 2) **Kombinationen ohne Wiederholungen** von n Elementen zur k-ten Klasse sind die mögl. Teilmengen von M mit k Elementen, d. h. die mögl. Verteilungen der n Elemente auf k Plätze ohne Berücksichtigung der Reihenfolge. Es gibt

$$\binom{n}{k} = \frac{n(n-1)\ldots(n-k+1)}{1 \cdot 2 \cdot \ldots \cdot k} = \frac{n!}{k!(n-k)!}$$

(→ Binomialkoeffizient) solche Kombinationen. Z. B. $M = \{1,2,3\}$, $k = 2$, dann gibt es die Kombinationen 12, 13, 23. Bei **Kombinationen mit Wiederholungen** darf ein Element a_i bei der Verteilung auf die k Plätze mehrmals auftreten. – 3) **Variationen mit Wiederholungen** von n Elementen zur k-ten Klasse sind geordnete k-Tupel, also mit Berücksichtigung der Reihenfolge, gebildet mit den Elementen a_i, d. h. also die Elemente des k-fachen kartes. Produkts M^k von M. Es gibt n^k solche Variationen. Z. B.: $M = \{1,2,3\}$, $k = 2$, dann gibt es die Variationen 11, 12, 13, 21, 22, 23, 31, 32, 33. Bei **Variationen ohne Wiederholungen** darf ein Element jeweils nur einmal auftreten.

kombinierter Verkehr, Güterverkehrsart mit **Transportketten** zw. Versender und Empfänger (Beibehalten des Transportgefäßes beim Wechsel der Transportmittel, ›Haus-Haus-Verkehr‹, kurze Transportzeiten, niedrige Umschlagkosten, schonende Behandlung des Transportgutes). Der Austausch von Transportgefäßen (durch Verwendung von → Containern und Lkw-Wechselaufbauten), das Aufsatteln von Lkw-Sattelaufliegern oder die Aufnahme von Lkw mit Anhängern üblicher Bauarten auf bes. niedrig gebauten Huckepacktransportwagen (›Niederflurwagen‹, ›Rollende Landstraße‹, → Huckepackverkehr) sind übliche Lademethoden. Die Umschlagstellen (engl. ›Terminals‹) werden mit Vertikal- (z. B. Portalkränen) oder Horizontalumschlaggeräten ausgerüstet.

Kombi-Schiff, Handelsschiff, das neben hohem Frachtanteil Einrichtungen für mehr als zwölf Passagiere besitzt.

Kometen, Haarsterne, Schweifsterne, Mitglieder des Sonnensystems mit Durchmessern bis zu einigen 10 Kilometern, die auf meist recht exzentr. Ellipsen mit z. T. großer Bahnneigung gegen die Ekliptik die Sonne umlaufen. K. mit parabol. und hyperbol. Bahnen laufen einmal um die Sonne, um sich dann für immer von ihr zu entfernen. Der eigtl. K.-Körper **(Kern)** besteht nach einem Modell von F. WHIPPLE (›schmutziger Schneeball‹ 1953) aus einem Gemisch aus fester Materie (Staub, Gesteinsbrocken) und gefrorenen Gasen (Wassereis, Ammoniak, Methan); im sonnennahen Teil der Bahn verdampfen diese gefrorenen Gase unter der auftreffenden Sonnenstrahlung und lassen eine Art K.-Atmosphäre **(Koma)** entstehen, deren Ausdehnung einige 10–100000 km erreicht. Kern und Koma bilden den **K.-Kopf,** von dem der Hauptteil des Lichtes eines K. ausgeht; das Emissionsspektrum der Koma enthält u. a. Linien von Kohlenstoff-, Stickstoff- und Sauerstoffverbindungen.

Die elektrisch geladenen Teilchen des Sonnenwindes können zusammen mit den eingelagerten Magnetfeldern Teile der Koma mitreißen, wodurch der typ. **Schweif** entsteht (BILDER), der i. d. R. von der Sonne weggerichtet ist; dieser Plasmaschweif unterliegt ständigen Veränderungen, die zum Studium des → Sonnenwindes analysiert werden können. Die bei dem Verdampfungsprozeß freigesetzten Staubteilchen driften ebenfalls ab und bilden den weniger auffälligen Staubschweif, der lediglich das auftreffende Sonnenlicht reflektiert; dieses Material, das sich entlang der K.-Bahn verteilt, ist für das Auftreten von → Meteorströmen verantwortlich. K.-Schweife können bis zu mehreren 100 Mio. km lang werden, besitzen jedoch eine äußerst geringe mittlere Dichte (10–100 Moleküle je cm^3), so daß der Durchgang eines Planeten durch einen K.-Schweif völlig ungefährlich ist.

Jedes Jahr werden zw. 10 und 20 K. beobachtet, die meist nur mit größeren Fernrohren zu verfolgen sind. Ein beachtl. Teil dieser Objekte gehört zu den **period. K.,** die auf bekannten Bahnen mit Umlaufzeiten zw. 3,3 und vielen tausend Jahren die Sonne umrunden (bis zu 200 Jahren spricht man von **kurzperiod. K.,** darüber von **langperiod.).** Da die period. K. bei jeder Sonnenannäherung Materie verlieren, können sie nur vorübergehende Erscheinungen sein, die sich nach einigen 10–100 Umläufen allmählich auflösen (z. B. → Bielascher Komet, Komet West, 1976). Man nimmt daher an, daß ständig ein Nachschub an period. K. aus den Randbezirken des Sonnensystems in Sonnennähe gelangt und dabei von den großen Planeten eingefangen wird; die sonnenfernen Bahnpunkte der kurzperiod. K. zeigen vielfach eine enge Beziehung zu den mittleren Abständen dieser Planeten, so daß man von **K.-Familien** der einzelnen Planeten spricht. Das vermutete Reservoir an ›neuen‹ K. am Rande des gravitativen Einflußbereiches der Sonne (in etwa 100–150000 astronom. Einheiten) wird als **Oortsche Wolke** bezeichnet.

Die Zugehörigkeit der K. zum Sonnensystem wurde erst im 16. und 17. Jh. erkannt, nachdem man sie zuvor als atmosphär. Erscheinungen angesehen hatte. TYCHO BRAHE konnte 1577 auf Grund von Entfernungsmessungen zeigen, daß K. sich weit jenseits der Mondbahn bewegen müssen. E. HALLEY fand 1705, daß die K.-Erscheinungen der Jahre 1531, 1607 und 1682 sich auf einander sehr ähnl. Bahnen bewegt hatten und bestimmte daraus mit Hilfe des Newtonschen Gravitationsgesetzes die Umlaufzeit zu rund 76 Jahren, so daß er eine Wiederkehr für 1758/59 voraussagen konnte (→ Halleyscher Komet).

Allgemein werden K. zunächst nach ihrem Entdecker benannt und erhalten zur Jahreszahl einen Kleinbuchstaben entsprechend der Reihenfolge ihrer Auffindung (z. B. Kohoutek, 1973 f, der sechste im Jahr 1973 entdeckte K.; wiederkehrende period. K. werden mitgezählt).

Nach einer genauen Bahnbestimmung werden sie dann mit dem Jahr ihres Periheldurchgangs und der laufenden röm. Zahl bezeichnet (Kohoutek, 1973 XII).

Kometenmission, noch nicht realisierter Flug einer Raumsonde zu einem Kometen. Für das Jahr 1985 plant die ESA im Rahmen der K. → Giotto den Start einer Ko-

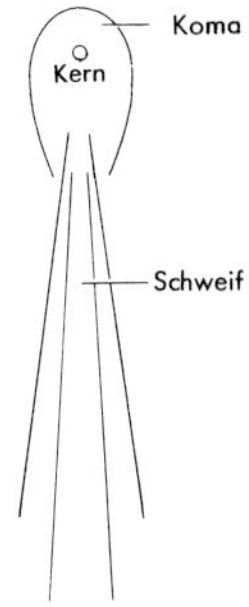

Kometen 1: Schemat. Darstellung der Bestandteile

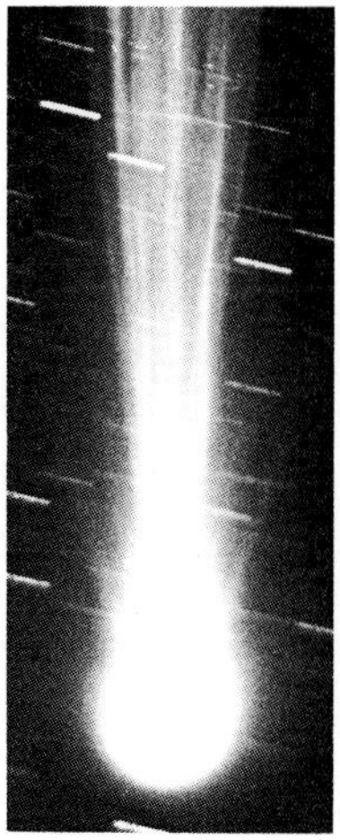

Kometen 2: Jurloff-Achmaroff-Hassel (1939)

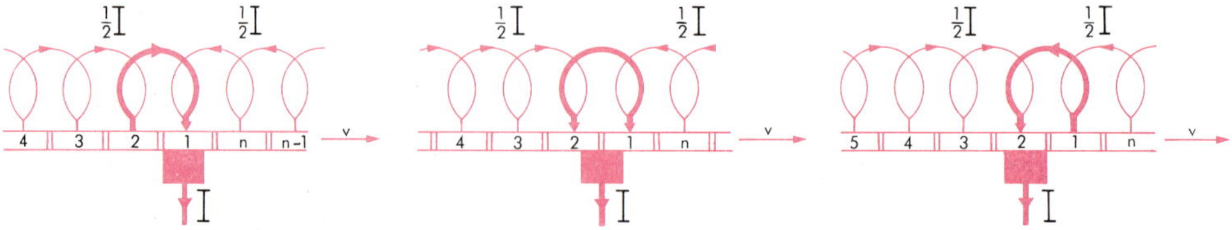

Kommutierung bei einer Gleichstrommaschine (die betrachtete Windung ist stärker gezeichnet)

metensonde zur näheren Erkundung des → Halleyschen Kometen. Ähnliche Pläne haben die UdSSR und Japan.

Komma, Zahlendarstellung: → Dezimalsystem.

Kommandobrücke, hochgelegenes Aufbaudeck mit allen Steuer- und Navigationseinrichtungen eines Schiffes. – Die Kriegsschiffe der Gegenwart werden im Frieden von der K., im Einsatz von der im Schiffsinnern befindlichen → Operationszentrale (OPZ) aus geführt.

Kommandogerät, Bez. für Datenverarbeitungsgeräte in → Waffenleitsystemen, die aus Meßdaten von Zielsuch- und Ortungsgeräten geeignete Waffen zur Bekämpfung dieser Ziele auswählen, Richtwerte oder Lenkbefehle für diese Waffen ermitteln und an diese übertragen sowie den günstigsten Zeitpunkt für den Waffeneinsatz bestimmen.

kommensurabel, 1) Astronomie: k. heißen die Umlaufzeiten zweier Körper des Sonnensystems, wenn sich ihr Verhältnis durch kleine ganze Zahlen ausdrücken läßt. Es treten dann große gegenseitige Störungen in den Bewegungen auf, die zu Bahnänderungen führen, z. B. die **Kommensurabilitätslücken** der → Planetoiden.

2) Mathematik: k. heißen zwei Strecken a und b, wenn es eine dritte Strecke e gibt, so daß $a = me$ und $b = ne$ ist (m, n natürl. Zahlen); e heißt das **gemeinsame Maß** von a und b. Beispiel: $a = 2/5$; $b = 1/2$, dann ist $e = 1/10$. Zwei Strecken mit rationalen Maßzahlen sind immer k.; Ggs.: → inkommensurabel.

Kommunikation, umfassender Begriff für alle Prozesse der Übertragung von → Nachrichten oder → Informationen durch → Zeichen aller Art. Die mit dem Einsatz von techn. Mitteln verbundenen Kommunikationsmöglichkeiten bestehen in verschiedenen Formen zw. Menschen, zw. Mensch und Maschine sowie zw. techn. Einrichtungen (→ Computer, → elektronische Datenverarbeitung, → Telekommunikation). Die Geräte und Anlagen sollen bes. bei den Ein- und Ausgabeeinheiten den Bedürfnissen und Gewohnheiten des Menschen angepaßt sein. Computergesteuerte Einrichtungen besitzen z. B. Sichtgeräte zur Zeichen- und Textdarstellung, Drucker, Sprachein- und -ausgabegeräte, Schrift- und Zeichenleser u. a. Sie ermöglichen so Anfragen und Auskünfte im Dialog zw. Mensch und Maschine.

Kommunikations|satellit, → Nachrichtensatellit.

kommunizierende Röhren, oben offene, unten miteinander verbundene, mit Flüssigkeit gefüllte Röhren oder Gefäße (BILD). Die Flüssigkeit stellt sich in allen Röhren gleich hoch ein. Abweichungen können Folge der → Kapillarität sein. Auf dieser Erscheinung beruhen die Wasserstandsmesser und artesische Brunnen.

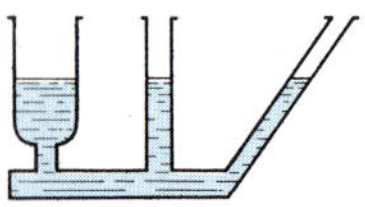

kommunizierende Röhren

Kommutation, Astronomie: der Winkel zw. den Verbindungslinien Erde–Sonne und Sonne–Planet.

kommutative Gruppe, die → Abelsche Gruppe.

Kommutativgesetz erlaubt die Vertauschung der durch bestimmte Rechenvorschriften (Addition, Multiplikation) verknüpften Größen (Zahlen), z. B. $2 + 3 = 3 + 2$ und $2 \cdot 3 = 3 \cdot 2$. In allg. algebraischen Strukturen braucht das K. nicht gültig zu sein, so bei der Multiplikation von Matrizen.

Kommutator, 1) Elektrotechnik: **Kollektor, Stromwender,** Teil des Läufers einer → Kommutatormaschine. Er besteht aus radial angeordneten, mit der Läuferwicklung leitend verbundenen Kupferlamellen, die gegeneinander durch Glimmerzwischenlagen isoliert sind. Der K. kann als Gleichrichter, aber auch als Wechselrichter verwendet werden.

2) Mathematik: Sind a und b Elemente einer → Gruppe 2), so nennt man das Produkt $k = aba^{-1}b^{-1}$ (verschiedentlich auch $a^{-1}b^{-1}ab$) den K. der Elemente a und b. Bildet man alle K. einer Gruppe G, so bilden diese eine Untergruppe, die als **Kommutatorgruppe** von G bezeichnet wird, sie ist ein Normalteiler von G.

Kommutatormaschine, elektr. Maschine, die einen → Kommutator 1) besitzt: Gleichstrommaschinen, Wechsel- und Drehstrom-K., asynchrone → Einanker-Umformer (Frequenzwandler).

Kommutierung, Stromwendung, die Umkehrung der Stromrichtung in einer Windung der Ankerwicklung einer Gleichstrommaschine (→ elektrische Maschinen), während diese Windung im Verlauf der Drehung des Ankers am → Kommutator 1) durch die → Bürste kurzgeschlossen ist (BILD). Die Dauer dieses Kurzschlusses ist die **Kommutierungsdauer.** Danach muß die Umkehrung des Stromes abgeschlossen sein. Proportional der Änderungsgeschwindigkeit des Stromes und der Selbstinduktivität (→ Induktion 1) der kommutierenden Windung wird darin eine elektr. Spannung induziert, die der Stromänderung entgegenwirkt und die K. verzögert. Mit dem Ende der Kommutierungsdauer wird ein Abschluß der K. erzwungen. An der ablaufenden Bürstenkante entsteht dadurch eine so hohe Stromdichte, daß Funkenbildung (Bürstenfeuer) auftreten kann als Zeichen für **Spät-** oder **Unterkommutierung.** Diese ist für Bürste und Kommutator sehr schädlich. Mittels **Wendepolen** kann man in der kommutierenden Windung eine elektr. Spannung induzieren, die der Selbstinduktionsspannung entgegenwirkt und die K. unterstützt. Zu starke Wirkung der Wendepole würde zu einer **Früh-** oder **Überkommutierung** führen. Der ideale Verlauf der Stromwendung ist die **geradlinige K.**

kompakter Raum, ein → Hausdorffscher Raum K, in dem jede offene Überdeckung von K eine endl. Teilüberdeckung besitzt. Die kompakten Mengen des n-dimensionalen reellen Raumes $\mathbb{R}^n$ sind abgeschlossen und beschränkt. Ein k. R., der auch ein metrischer Raum ist, heißt **Kompaktum.**

Kompaktlager, Vorrichtungen zu bes. dichter Naßlagerung von ausgedienten Brennelementen in Kernkraftwerken.

Kompander, Kunstwort aus Dynamik-**Kom**pressor und -Ex**pander,** eine Schaltung in der Nachrichtentechnik zur Rauschverminderung durch Kompression des Signals vor und Expansion des Signals nach der Übertragung oder Aufzeichnung (→Dynamik, →Rauschunterdrückungssysteme). Bekannte K. sind z. B. das →Dolby-System, weiterhin ANRS, dbx-System, High-Com, Telcom.

Komparator, 1) Elektronik: elektron. Schaltung, mit der zwei elektr. Größen (v. a. Spannungen) verglichen werden können. Dazu verwendet man einen →Differenzverstärker mit hohem Verstärkungsgrad, der (im Prinzip wie bei einer Brückenschaltung) eine Ausgangsspannung erzeugt, sobald die beiden Eingangsspannungen voneinander abweichen. Um weitere Schaltkreise ansteuern zu können, wird die Ausgangsspannung einem →Differenzierglied (RC-Glied) zugeführt, das durch Differentiation einen Spannungsimpuls erzeugt, der zur Steuerung oder Triggerung weiterer Vorgänge dienen kann. K.-Schaltungen werden eingesetzt in der elektr. Meßtechnik, bei Analog-Digital-Umsetzern, bei Zählschaltungen, in Regelkreisen zum Vergleich zw. Ist- und Sollwert u. a.

2) Meßtechnik: Gerät zur genauen →Längenmessung, wobei die Prüflänge entweder mit einem Normalmaßstab verglichen wird (z. B. **Longitudinal-** oder **Transversal-K.**)

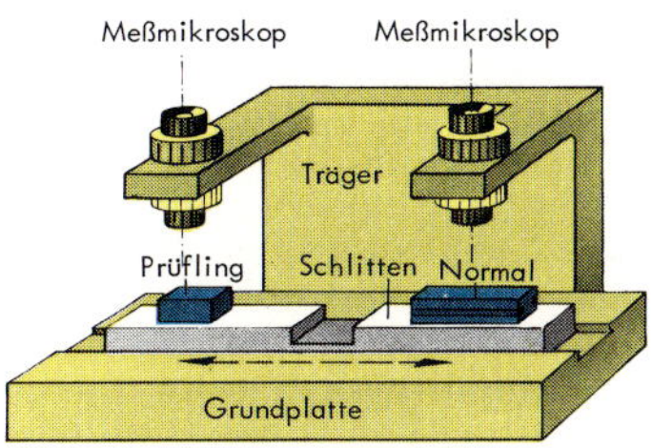

Komparator 2): Longitudinal-K.

oder Lichtwellen nach Art eines →Interferometers benutzt werden **(Interferenz-K.).** Die Geräte erfüllen das 1890 von E. ABBE aufgestellte **K.-Prinzip,** wonach Prüfling und Normal fluchtend hintereinander anzuordnen sind. Das K.-Prinzip wird z. B. von einer →Bügelmeßschraube realisiert.

Kompaß, 1) Instrument zum Bestimmen der Himmelsrichtung. Beim **Magnet-K.** stellt sich ein in der Horizontalebene bewegl. Magnet in die Richtung des erdmagnet. Feldes ein. Bei der einfachsten Form, dem **Marsch-** oder **Wander-K.,** dreht sich eine auf einer Pinne gelagerte Magnetnadel über einer Kreisteilung. K. für die Navigation haben eine Scheibe (für Flugzeuge einen zylindr. Ring) mit einer Horizontteilung, die fest mit einer oder mehreren Magnetnadeln verbunden ist. Diese **Kompaßrose** ist in einem kardanisch aufgehängten Kompaßkessel eingeschlossen, an dessen Innenwand der Steuerstrich die Richtung der Fahrzeuglängsachse ablesen läßt. Der Kessel kann mit Luft gefüllt sein **(Trocken-K.)** oder mit Flüssigkeit, die die Bewegungen der Rose dämpft **(Schwimm-K.).** Magnet-K. unterliegen der örtl. Mißweisung und der Ablenkung durch Eisenmassen des Fahrzeugs. Ihre Anzeige muß deshalb berichtigt werden (→Devitation). →Geologenkompaß.

Diese Schwierigkeiten vermeidet der **Kreisel-K.** Er beruht darauf, daß ein schnell rotierender Kreisel die Lage seiner Drehachse im Raum beibehält. Ist die Drehachse so gelagert, daß sie sich nur in der Horizontalebene bewegen kann, so stellt sie sich den Kreiselgesetzen folgend in die

Kompaß 1) 1: Magnetkompaß

Richtung des geograph. Meridians ein. Die Verwendung mehrerer Kreisel in einem System beseitigt Fehler durch Fahrzeugbewegungen. Die rasche Entwicklung der Kreiseltechnik seit 1950 erlaubte es, Kreisel-K. auch für Flugzeuge zu bauen. Kreisel-K. unterliegen dem Fahrtfehler, der von Fahrtgeschwindigkeit, Kurs und geographischer Breite abhängt.

Der Kreisel-K. ermöglicht die **Fernübertragung** der Anzeige an beliebige Stellen des Fahrzeugs, z. B. auch für →Kursschreiber und automat. Steuerung. Den gleichen Zwecken dienen Kombinationen von Magnetsensoren und →Kurskreiseln, die die Vorteile beider optimal nutzen (v. a. für die Flug- und militär. Navigation).

2) Schiffskompaß, lat. **Pyxis,** ein →Sternbild des südl. Himmels, Teil des Sternbilds →Schiff Argo.

Kompatibilität, allg. Verträglichkeit, Vereinbarkeit und Austauschbarkeit, in der Technik von Anlagen, Geräten, Steckverbindungen, Programmen, Daten und Datenträgern untereinander ohne bes. Anpassungsmaßnahmen. Beim Ersatz von Altanlagen durch Neuanlagen unterscheidet man Aufwärts- und Abwärts-K. Es können z. B. Programme des bisherigen Systems auf einer neuen Anlage lauffähig sein, wogegen die entsprechend dem erweiterten Befehlsumfang der neuen Anlage geschriebenen Programme nicht auf der alten Anlage verwendbar sind. Aufwärts-K. ist gewährleistet, wenn der Befehlsvorrat der alten Anlage einer Untermenge des Befehlsvorrates der neuen Anlage innerhalb der Rechnerfamilie darstellt.

Kompendium, Photographie: Vorrichtung zur Abschattung störender Lichtstrahlen, die von außerhalb des Objektfeldes auf das Objektiv fallen (Streulicht). Das K. wird bes. von Berufsphotographen als →Sonnenblende verwendet. Es hat die Form eines Balgens, der vor dem Objektiv angebracht wird. Das K. besitzt oft auch Halterungen für Filter, Masken u. a.

Kompensation, Ladungsträgerkompensation, →Halbleiter.

Kompensationsfarbe, kompensative Farbe, die bei additiver Farbmischung mit einer gegebenen Farbvalenz Unbunt liefert (→Gegenfarbe). Zu jeder Farbvalenz gibt es eine ganze Folge von K., die sich durch die zur Unbunt-Einstellung erforderl. Mischungsverhältnisse voneinander unterscheiden. (→Komplementärfarbe)

Kompensationsmethode, allg. eine Methode zum Ausgleich durch Gegenwirkung, z. B. Blindstrom-K.

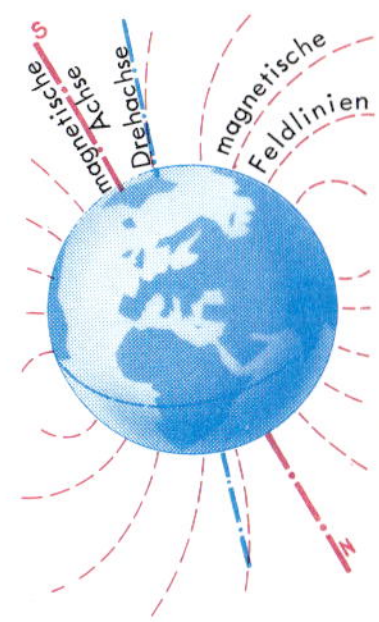

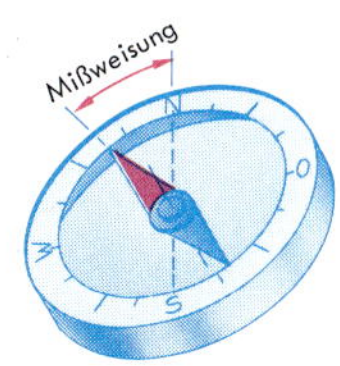

Kompaß 1) 2: Magnetfeld der Erde und Mißweisung

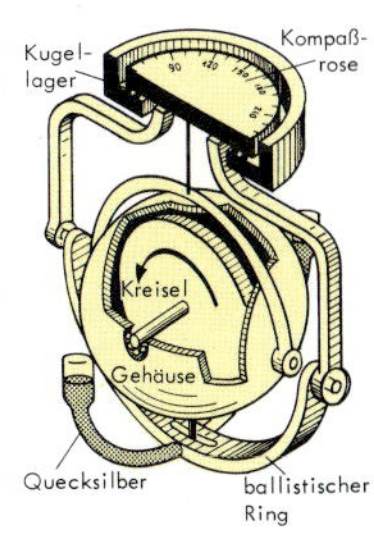

Kompaß 1) 3: Kreiselkompaß

durch Zuschalten eines Kondensators oder Erdschlußstrom-K. durch eine → Erdschlußspule.

In der elektr. Meßtechnik dient die K. der genauen Bestimmung von Spannungen und Strömen. Dazu wird der zu messenden Größe eine bekannte Hilfsgröße (Normalspannung oder -strom) so entgegengeschaltet, daß die Differenz beider Größen Null wird (Nullabgleich). Dies ist bei der Spannungskompensation z. B. möglich durch → Abgleichen der Differenz mittels eines Potentiometers (Spannungsteiler), bis das im Hilfskreis befindliche Nullinstrument (empfindlicher Strommesser) Stromlosigkeit anzeigt. Im abgeglichenen Zustand wird der zu messenden Spannungsquelle kein Strom entnommen. Digitale (Stufen-)Kompensatoren stellen genaue Meßgeräte für Gleichströme dar. Die automat. K. wird bei **Kompensationsschreibern** angewendet: Die Differenzspannung steuert einen Motor mit Schreibwagen.

Kompensator, 1) elektr. Meßgerät zur Spannungsbestimmung mittels der → Kompensationsmethode. **2)** opt. Vorrichtung für kristallopt. und polarisationsopt. Untersuchungen z. B. zum Ausgleich (Kompensation) von Gangunterschieden oder zum Ausgleich der Drehung der Polarisationsebene durch optisch aktive Stoffe, wobei meist die auszugleichende Größe gemessen wird.

kompetent heißen in der Geologie dickbandige, massige, gegenüber dem **inkompetenten** Nebengestein kaum verformbare Gesteine.

Kompilierer, Datenverarbeitung: dt. Bez. für den → Compiler.

komplanar, in der gleichen Ebene liegend. Drei komplenare Vektoren sind linear abhängig. (→ Vektorraum)

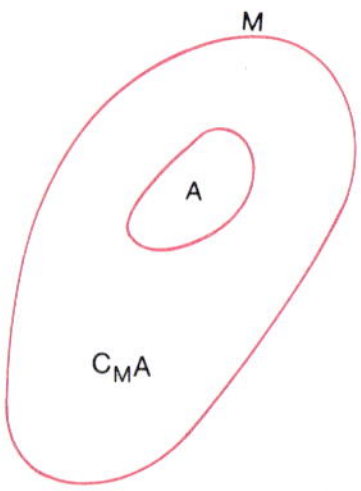

Komplement

Komplement einer Teilmenge $A \subset M$ einer Menge M bezüglich M ist die Menge $C_MA := \{m \in M | m \notin A\}$ der Elemente aus M, die nicht zu A gehören, d. h., kein Element von A ist auch Element von C_MA. Es gilt also $A \cap C_MA = \emptyset$ (mit $\emptyset$ = leere Menge) und $A \cup C_MA = M$.

Komplementärfarbe, Ergänzungsfarbe, eine Farbvalenz, deren Farbreiz bei Überlagerung den einer gegebenen anderen zum vollen Weiß ergänzt. Paare von K. können nur als Körperfarben auftreten; ihre spektralen Remissions- und Transmissionswerte müssen sich bei jeder Wellenlänge gegenseitig zu 1,0 ergänzen. Die K. müssen von den → Kompensationsfarben streng unterschieden werden (›komplementär‹ bezieht sich auf die spektrale Zusammensetzung, ›kompensativ‹ auf die Farbvalenz); allerdings sind Farbvalenzen von K. auch zueinander kompensativ.

Komplementarität, von N. BOHR in die Physik eingeführter Begriff, der besagt, daß mikrophysikal. Gebilde nicht gleichzeitig beobachtbare (komplementäre) Eigenschaften haben, bei denen das Auftreten der einen das der anderen verbietet. So kann z. B. ein Elektron je nach Art des durchgeführten Experiments sowohl als Teilchen wie als Welle in Erscheinung treten (→ Dualismus). Im Bereich der Anschauung widersprechen sich die beiden Vorstellungen, weil das Auftreten des Elektrons als Teilchen seine Konzentration auf einen scharf bestimmten Ort, sein Auftreten als Welle dagegen eine Ausbreitung über große Raumgebiete erfordert. Der Widerspruch löst sich auf, wenn man davon absieht, aus der Beobachtung komplementärer Eigenschaften auf das Objekt an sich zu schließen: Ein Elektron ist kein Teilchen und keine Welle; es läßt sich aber der Anschauung zugänglich machen, indem man je nach Experiment das Wellenbild oder das Teilchenbild zur Beschreibung des Verhaltens des Elektrons heranzieht.

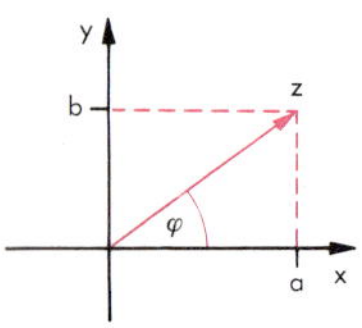

komplexe Zahlen

Unter K. versteht man auch, daß bei den durch die Heisenbergsche → Unschärferelation miteinander verknüpften **komplementären Größen** (wie Ort und Impuls, Zeit und Energie, Drehwinkel und Drehimpuls) die exakte Messung der einen Größe die gleichzeitige Messung der zu ihr komplementären Größe unmöglich macht.

Komplementärtransistoren, ausgesuchtes, in seinen elektr. Daten übereinstimmendes Transistorpaar, bestehend aus einem pnp- und einem npn-Transistor. K. werden z. B. zum Aufbau von Verstärkerstufen verwendet, die im Gegentakt arbeiten (→ Gegentaktverstärker).

Komplementwinkel, Bez. für den Winkel β, der zusammen mit einem vorgegebenen Winkel α einen Winkel von 90° ergibt, $\alpha + \beta = 90°$.

Komplex, 1) Chemie: Verbindung höherer Ordnung, die durch Zusammenschluß von Molekülen entsteht i. Ggs. zu Verbindungen 1. Ordnung, die aus Atomen bestehen.

2) Mathematik: In den Teilgebieten Geometrie, Gruppentheorie, Mengenlehre und Topologie verschieden gebrauchter Begriff für zusammengehörende mathemat. Objekte. (→ Simplex)

Komplexbildner, chem. Verbindungen, die zur Bildung von **Komplexen** (→ Chelate) befähigt sind. Als Bestandteile von Waschmitteln verhindern K. (bes. Pentanatriumtriphosphat) die Kalkabscheidung an Waschmaschinenteilen und auf der Wäsche.

komplexe Ebene, die → Gaußsche Zahlenebene.

komplexe Integration, Integration (→ Integralrechnung) einer Funktion $f(z)$ längs eines bestimmten Weges C in der Gaußschen Ebene: $\int_C f(z)\, dz$; → Cauchyscher Integralsatz.

komplexe Zahlen, Erweiterung der → reellen Zahlen $\mathbb{R}$, im wesentlichen Paare (a, b) **reeller Zahlen** mit folgenden Additions- und Multiplikationsdefinitionen:

$$(a, b) + (a', b') = (a + a', b + b')$$
$$\text{und } (a, b) \cdot (a', b') = (aa' - bb', ab' + a'b).$$

Die reellen Zahlen selbst lassen sich in die Menge dieser Paare einbetten als die Menge der Paare $(a, 0)$; an deren Seite treten die **imaginären Zahlen** $(0, b)$. Bezeichnet, i. Ggs. zur reellen Einheit (1, 0), das Symbol i die imaginäre Einheit (0, 1), so läßt sich jedes Paar in der Form $a + ib$ schreiben, wobei a und b die Gestalt $(a, 0)$ und $(b, 0)$ haben, also reellen Zahlen entsprechen. Die Addition und Multiplikation der k. Z. ist dabei so definiert, daß die Quadratwurzeln der ›negativen Zahlen‹ $(-a, 0)$ als k. Z. existieren, z. B. $\sqrt{-1} = 0 + 1 \cdot i$, und daß sogar jede → algebraische Gleichung mit komplexen Koeffizienten eine Lösung besitzt. Die Einbettung der reellen Zahlen in den → Körper $\mathbb{C}$ der k. Z. ist ein Beispiel für einen → Isomorphismus: Der reellen Zahl a entspricht im komplexen Bereich die k. Z. $(a, 0)$, $\mathbb{C}$ kann aufgefaßt werden als ein → hyperkomplexes System über $\mathbb{R}$.

$a - ib$ ist die zu $a + ib$ **konjugiert komplexe Zahl,** das Produkt von $(a + ib)(a - ib) = a^2 + b^2$ ist die **Norm** von $a + ib$. Mit Hilfe eines kartes. Koordinatensystems läßt sich $z = a + ib$ durch den Punkt (a, b) darstellen (BILD). In dieser Darstellung heißt $\mathbb{C}$ auch **Gaußsche Zahlenebene.** Der euklid. Abstand $\sqrt{a^2 + b^2}$ von (a, b) zum Nullpunkt heißt **Betrag** $|z|$ von z, der Winkel φ (im Bogenmaß) von der x-Achse zum Strahl vom Ursprung durch (a, b) heißt **Argument** arg z von z. Die konjugiert k. Z. $\bar{z}$ entsteht durch Spiegelung an der x-Achse aus z. Die Addition von z und w ist als Vektoraddition zu deuten, die Multiplikation mit einer festen k. Z. z als Drehstreckung (Drehung um arg z, Streckung um $|z|$). In der → Funktionentheorie werden Funktionen betrachtet, deren Definitionsbereich eine Teilmenge der k. Z. ist.

Komplexometrie, Verfahren der → Maßanalyse, bei der das zu bestimmende Ion mit einem → Komplexon zu einem Chelatkomplex titriert wird. Die Endpunktbestimmung wird mit Hilfe von Farbindikatoren durchgeführt.

Komplexone, Sammelbegriff für eine Reihe von Aminopolycarbonsäuren, die mit Metallionen Chelatkomplexe bilden. K. werden v. a. in der → Komplexometrie eingesetzt.

Komplexverbindung, → Koordinationsverbindung.

Komponenten, Mathematik: Bei einem → Vektor $\boldsymbol{x} = \{x_1, x_2, x_3, \ldots, x_n\}$ die Zahlen $x_1, x_2, \ldots, x_n$, die mit den Basisvektoren e_1, e_2, e_3, ... e_n zu multiplizieren sind. Betrachtet man allgemein eine mathemat. Größe in einem Koordinatensystem, so bilden die auf die Koordinatenachsen projizierten Teilabschnitte die K. dieser Größe.

Kompositbauweise, Bauweise, bei der verschiedene Materialien verwendet werden, z. B. Leichtmetall-Innenverbände und hölzerne Außenhaut; bes. im Bootsbau.

Kompositionsreihe, → Jordan-Hölderscher Satz.

Kompostierung, die gesteuerte Verrottung von Siedlungsabfällen und Klärschlamm unter der Einwirkung von → Bakterien und Pilzen. Verfahren: 1) K. in offenen Mieten; Metalle und Glas werden aussortiert, der Müll wird gesiebt, zerkleinert und mit Klärschlamm oder geklärtem Abwasser vermischt. Der Verrottungsprozeß dauert einige Wochen. 2) K. in Rottezellen; nach dem Auslesen von Schrott und Glas wird der Müll in Drehtrommeln oder Türmen unter ständiger Durchmischung und Belüftung innerhalb einiger Tage kompostiert. Müllkompost wird im Pflanzenbau und zur Herstellung von Filtern verwendet. Zunehmende Bedeutung hat die K. von Baumrinden erlangt; Rindenkompost wird in großen Mengen zur Bodenverbesserung eingesetzt. (→ C/N-Verhältnis)

Kompressibilität, Zusammendrückbarkeit, Eigenschaft der Körper, unter allseitigem Druck p ihr Volumen V zu verkleinern; als physikal. Größe $\varkappa$ als Maß für die Zusammendrückbarkeit definiert durch den negativen Quotienten aus der relativen Volumenänderung $\Delta V/V$ und der Druckänderung Δp bei konstanter Temperatur T:

$$\varkappa = -\frac{1}{V}\left(\frac{\Delta V}{\Delta p}\right)_T, \text{ genauer } \varkappa = -\frac{1}{V}\left(\frac{\partial V}{\partial p}\right)_T$$

Bei festen Körpern, die wenig kompressibel sind, liegt die K. in der Größenordnung $10^{-6}\,\text{bar}^{-1}$, bei Flüssigkeiten ist sie etwa 100mal größer. Gase lassen sich am leichtesten komprimieren: Für ideale Gase ist die K. für die Kompression bei konstanter Temperatur gleich dem reziproken Druck, $\varkappa = 1/p$. Bei der elast. Kompression von Festkörpern ist die K. der reziproke Wert des → Kompressionsmoduls.

Kompression, die → Verdichtung.

Kompressionsmodul, Formelzeichen K, eine Elastizitätskonstante, die das Verhalten von Körpern bei allseitiger Druck- oder Zugbelastung beschreibt. Wird allseitig auf einen festen Körper die Normalspannung σ ausgeübt, so gilt innerhalb gewisser Grenzen eine Verallgemeinerung des → Hookeschen Gesetzes. Bei einer elast. Kompression oder Ausdehung ist die relative Volumenänderung $\Delta V/V$ der sie bewirkenden Normalspannung σ proportional, $\sigma = K \cdot \Delta V/V$. Der Proportionalitätsfaktor K heißt K.; seine SI-Einheit ist das Pascal: $[K] = \text{Pa} = \text{N/m}^2$. Der reziproke Wert von K heißt **Zusammendrückbarkeit** des Körpers oder → Kompressibilität $\varkappa$, $\varkappa = 1/K$. Zw. dem K., dem Elastizitätsmodul E und der Poisson-Zahl μ (→ Dehnung) besteht der Zusammenhang $E = 3\,K\,(1-2\mu)$.

Kompressionswelle, → elastische Schwingungen.

Kompressor, frühere Bez. für → Verdichter, Arbeitsmaschinen zur Förderung oder Verdichtung von gasförmigen Medien; Druckverhältnis höher als bei → Gebläsen und → Ventilatoren. Bei Kraftwagenmotoren übl. Bez. für das vom Motor mechanisch angetriebene → Aufladegebläse (→ Aufladung 2).

Konchoide, eine Kurve K als Ort aller Punkte P, deren Verbindungslinien mit einem festen Punkt O, dem **Pol,** durch eine gegebene Kurve C, die **Basis,** so geschnitten wird, daß das Stück zw. K und C konstante Länge c besitzt. Ist C eine Gerade, dann wird K die **K. des Nikomedes** (etwa 200 v. Chr.). Die Gleichung der K. in rechtwinkligen Koordinaten lautet: $(x^2 + y^2)\,(x - a)^2 - c^2x^2 = 0$ (BILD).

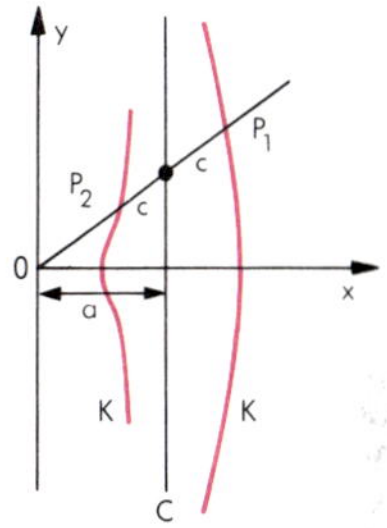

Konchoide

Kondensanz, der → kapazitive Widerstand (Blindwiderstand) im Wechselstromkreis.

Kondensat|ableiter, Vorrichtungen, um in einer Dampfleitung gebildete Flüssigkeiten **(Kondensat)** aus der Leitung zu entfernen, ohne daß Dampf austritt.

Kondensation, 1) chem. Reaktion, bei der durch Vereinigung von zwei Molekülen unter Austritt von einfachen Molekülen, wie Wasser oder Alkoholen ein größeres Molekül gebildet wird, z. B.

$$\underset{\text{Acetaldehyd}}{CH_3-CHO} + \underset{\text{Phenylhydrazin}}{H_2N-NH-C_6H_5}$$

$$\longrightarrow \underset{\text{Phenylhydrazon}}{CH_3-CH=N-NH-C_6H_5} + \underset{\text{Wasser}}{H_2O}$$

Wiederholte K. unter Bildung von Molekülketten wird als Poly-K. bezeichnet und spielt bei der Herstellung von → Kunststoffen eine große Rolle.

2) Physik: der Übergang eines Stoffes aus dem gas(dampf-)förmigen in den flüssigen oder, bei sublimierenden Stoffen, in den festen Zustand durch Abkühlung oder Druckerhöhung. Die dabei freiwerdende **K.-Wärme** ist gleich der Verdampfungswärme, die beim Übergang vom flüssigen in den gasförmigen oder der Sublimationswärme, die beim Übergang vom festen in den gasförmigen Aggregatzustand aufzubringen ist. Die K. tritt beim Überschreiten der Sättigungsdichte des → Dampfes ein, jedoch i. d. R. nur dann, wenn die entsprechende flüssige oder feste Phase schon vorhanden ist; andernfalls tritt **K.-Verzug** ein. In sehr reinen Gasen kommt es erst bei vielfacher Sättigung zu einer spontanen K., in Wasserdampf bei bis zu achtfacher Übersättigung. Aus kleinen Fremdkörpern bestehende **K.-Keime (K.-Kerne),** wie Staub oder Ionen, an denen die Tropfen- oder Kristallbildung beginnen kann, verhindern den K.-Verzug. In der → Nebelkammer werden zum Sichtbarmachen von Bahnspuren radioaktiver Teilchen die von diesen gebildeten Ionen als K.-Keime verwendet.

In der Atmosphäre tritt K. bei Abkühlung in Form von Tau, Reif oder Nebel auf. In größeren Höhen fehlen die K.-Kerne, und die Luft kann etwas mit Wasserdampf übersättigt sein. Dann wirken die festen Bestandteile der Auspuffgase (Rußpartikel) von dort fliegenden Flugzeugen als K.-Kerne; es kommt zur Ausbildung von aus Wassertröpfchen oder Eiskristallen bestehenden **Kondensstreifen.** Häufige K.-Kerne sind Salzkerne verdunsteten

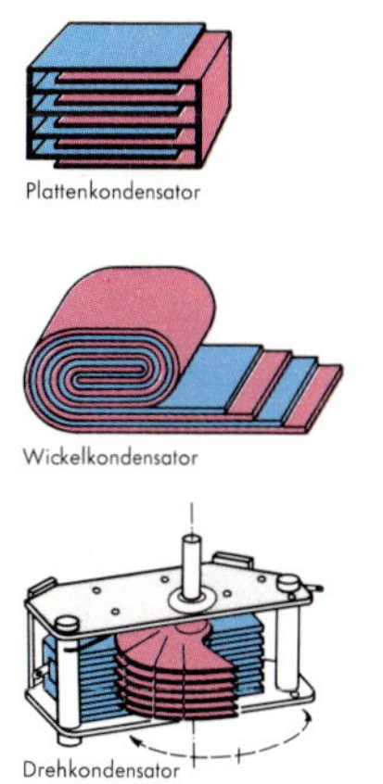

Kondensator 1) 1

Seewassers. Über dem Meer und besiedeltem Gebiet sind K.-Kerne daher stets ausreichend vorhanden.

3) Quantenstatistik: → Bose-Einstein-Kondensation.

Kondensator, 1) Bauelement der Elektrotechnik, dessen → Kapazität vom geometrischen Aufbau und vom verwendeten → Dielektrikum abhängt. Der K. besteht aus je zwei flächenhaften Leitern, den Belegungen, die durch eine Isolierung, das Dielektrikum, voneinander getrennt sind. Je größer die Dielektrizitätszahl – allgemeiner die Permittivitätszahl (→ Dielektrizitätskonstante) –, je kleiner die Dicke des Dielektrikums und je größer die Fläche der Belegungen ist, um so größer ist die Kapazität eines K. Durch Parallelschaltung mehrerer K. erhöht sich die Gesamtkapazität, sie ist gleich der Summe der Einzelkapazitäten; bei der Reihenschaltung von K. ist die Gesamtkapazität kleiner als die kleinste Einzelkapazität. Der K. speichert elektr. Ladungen, in aufgeladenem Zustand sperrt er den Durchgang von Gleichstrom; für Wechselstrom dagegen ist er durchlässig. Dieser eilt gegenüber der angelegten Wechselspannung um eine Viertelperiode (90°) vor. Die Durchlässigkeit für den Wechselstrom nimmt mit steigender Frequenz zu.

Bauformen. **Papier-K.** haben leitende Bänder aus Aluminiumfolie als Belegungen, zw. denen sich unter Vakuum mit Isolieröl oder chloriertem Diphenyl (nicht brennbar) getränkte Papierbänder – oft gemischt mit Polypropylenfolie – in zwei bis sechs Lagen befinden. Diese Bänder werden aufgewickelt, mit Anschlüssen versehen und mit Kunststoff umgeben oder in einen Becher aus Metall, Keramik, Hartpapier u. a. eingesetzt und vergossen. Wegen ungünstiger Eigenschaften des Papiers als Dielektrikum werden zunehmend Kunststoffolien verwendet.

Metall-Papier-K. (metallisierte Papier-K., Abk. **MP-K.)** haben Belegungen aus Aluminium (oder auch anderen Metallen), die im Vakuum auf Papierbänder, deren Poren mit einer dünnen Lackschicht geschlossen wurden, in etwa 0,05 µm dicker Schicht aufgedampft werden. Diese Bänder werden zu zylindr. Wickeln oder zu Flachwickeln (Wickel-K.) verarbeitet und unter Vakuum mit Isolieröl getränkt. Bei einem etwaigen Durchschlag verdampfen die dünnen Belegungen rings um die Durchschlagstelle und der K. bleibt weiter verwendbar (Selbstheilung).

Kunststoff-K. enthalten zw. je zwei Aluminiumfolien als Isolierung Folien aus Polystyrol, Polyester, Polycarbonat oder Polyäthylenterephthalat. Sie besitzen durchweg bessere elektr. Eigenschaften als Papier-K. und lassen sich kleiner aufbauen. Bes. geringe dielektr. Verluste und einen geringen negativen Temperaturkoeffizienten besitzen Kunststoff-K. aus speziell behandelter Polystyrolfolie. Die Folie wird durch thermisches Recken gedehnt, dann gewickelt und bei etwa 100 °C gebacken. Derart hergestellte K. eignen sich bes. für die Zusammenschaltung mit Ferritkernspulen zu frequenzstabilen und temperaturkompensierten Schwingkreisen.

Metall-Kunststoff-K. (metallisierte Kunststoff-K., Abk. **MK-K.)** sind wie Metall-Papier-K. aufgebaut, nur wird die Metallschicht auf dünnen Kunststoffolien aufgedampft. Die hierfür verwendeten Kunststoffe sind i. a. die gleichen wie bei den Kunststoff-K. Metall-Kunststoff-K. haben wegen ihrer günstigen Eigenschaften (hohe Kapazität bei kleinem Volumen, hohe Zuverlässigkeit, selbstheilend) eine starke Verbreitung, insbes. in den Werten zw. 1 nF und 10 µF gefunden.

Keramik-K. besitzen als Dielektrium eine keramische Masse, die mit Metallbelägen aus Silber oder Nickel versehen ist. Die keramischen Kondensatorwerkstoffe werden in zwei Gruppen eingeteilt: in solche mit niedriger Dielektrizitätszahl ($\varepsilon_r \approx 6-470$; sie haben geringe Verluste und besitzen einen linearen Zusammenhang zw. Temperatur und Dielektrizitätszahl) und in solche mit hoher Dielektrizitätszahl ($\varepsilon_r \approx 700-50000$), die zwar sehr klein aufgebaut werden können, jedoch wegen des nichtlinearen Temperatur-Kapazitäts-Verlaufs nicht als frequenzbestimmende Bauteile eingesetzt werden. Sie finden Verwendung als Koppelkondensatoren und als ferroelektr. Wandler.

Elektrolyt-K. erreichen auf kleinem Raum sehr große Kapazitäten (bis 10000 µF). Sie bestehen im Prinzip aus einer Aluminium- oder Tantalfolie (oft mit aufgerauhter Oberfläche zur Vergrößerung der wirksamen Fläche) als Anode (Pluspol), einer darauf elektrolytisch aufgebrachten Oxidschicht als Dielektrikum und einem Elektrolyten als Kathode (Minuspol). Der Elektrolyt befindet sich bei Aluminium-K. in einem saugfähigen Papier, bei Tantal-K. verwendet man gesintertes Tantalpulver oder Mangandioxid. I. a. sind Elektrolyt-K. gepolte Bauelemente, sie können durch verkehrt angelegte Spannung zerstört werden. Für einige Wechselstromanwendungen werden auch ungepolte Elektrolyt-K. hergestellt.

Daneben gibt es noch **Glimmer-K.,** mit hoher elektr. und therm. Festigkeit, **Glas-K., Vakuum-K., Kapton-** und **Teflon-K.**

Veränderliche (einstellbare) K. werden meist als **Dreh-K.** ausgeführt, bei denen ein beweglicher Plattensatz gegenüber einem feststehenden verdreht werden kann. Seltener findet man **Quetsch-K.,** deren Kapazität durch die Veränderung des Abstandes der Metallbeläge eingestellt wird. Als **Trimmer** werden festeinstellbare Dreh-K. mit kleinen Kapazitäten (etwa 10 pF) bezeichnet.

Anwendungen. K. werden in den elektr. Schaltungen der Elektronik, Nachrichten- und Meßtechnik für Filter-, Trenn-, Kopplungs-, Sieb- und Glättungszwecke verwendet. Störschutz-K. verhindern Funk- und Fernsehstörungen durch elektr. Geräte. Trimmer und Dreh-K. dienen in der Nachrichtentechnik zum Abgleichen von Schwingkreisen. – In der Energietechnik dient der K. zur Kompensation der Blindleistung als Blindleistungs-K., zur Kompensation der Leitungsinduktivität als Reihen-K., als Leuchtstofflampen-K. (zur Stabilisierung des Lichtbogens), als Berührungsschutz-K., als Überspannungsschutz-K. (zur Abflachung der Stirn von Stoßwellen bei Schaltüberspannungen und Blitzeinschlägen in Hochspannungsleitungen), als Stoßspannungs-K. (zum Aufbau von → Stoßspannungsgeneratoren) und als Stromstoß-K. (in Photoblitzgeräten, zur Nachtbefeuerung von Flughäfen, zu Metallverformung und in einer bes. induktivitätsarmen Ausführung in der Plasmaphysik für Stoßstromamplituden von mehreren Mio. Ampere).

Geschichte. Erfinder des K. sind P. VAN MUSSCHENBROEK, Anfang 1745 in Leiden, und E. J. v. KLEIST, im Herbst 1745 in Pommern. Diese ältesten K. werden wegen ihrer Form als Kleistsche oder Leidener Flaschen bezeichnet. Einen Platten-K. aus zwei Metallplatten mit einer Isolierschicht (Firnis) dazwischen baute A. VOLTA 1783. T. CAVALLO ersetzte 1788 das feste Dielektrikum durch eine Luftschicht. Der Dreh-K. wurde 1893 von G. KORDA angegeben und 1904 von A. KOEPSEL in die drahtlose Telegraphie eingeführt. (Weitere BILDER S. 91)

2) bei Dampfkraftanlagen ein Apparat, in dem der Abdampf wieder verflüssigt wird. Zweck: Verringerung des Gegendrucks und damit erhebl. Erhöhung des therm. Wirkungsgrades gegenüber Gegendruck-Dampfmaschinen oder -Dampfturbinen. Das Kondensat wird als Spei-

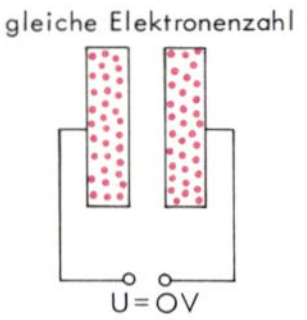

ungeladener Kondensator

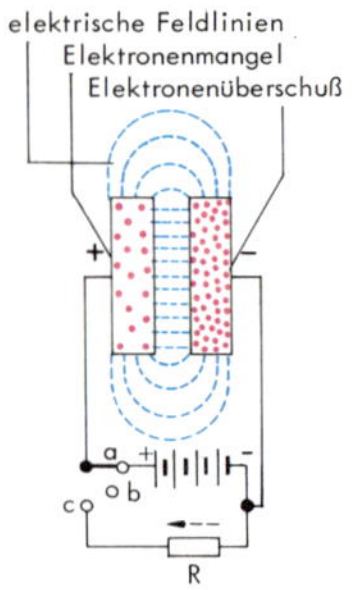

geladener Kondensator

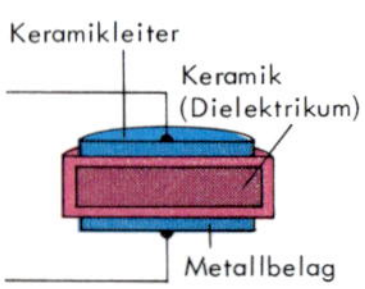

keramischer Sperrschichtkondensator

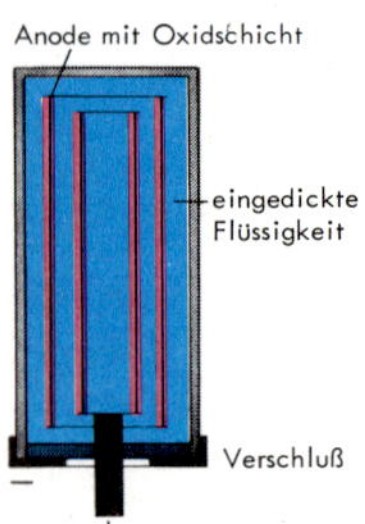

Elektrolyt-Kondensator

Kondensator 1) 2

sewasser rückgeführt. Die Wärme wird aus dem Kondensator mit möglichst kaltem Wasser oder – weniger wirtschaftlich – mit Luft abgeführt.

3) bei →Kältemaschinen ein →Wärmetauscher, in dem der verdichtete Kältemitteldampf unter Wärmeabgabe an Kühlwasser oder Kühlluft verflüssigt wird.

Kondensatorkammer, kleine Ionisationskammer zur Dosismessung ionisierender Strahlung aus zwei sich gegenüberstehenden, gegeneinander gut isolierten Platten (Kondensator), die durch einfallende (die Luft zw. den Platten ionisierende) Teilchen entladen werden. K. in Füllfederhalterform **(Füllhalterdosimeter)** mit eingebautem Elektrometer dienen zur tägl. Überwachung der Strahlenbelastung von Personen, die mit radioaktiven Substanzen umgehen.

Kondensatorpapier, aus elektrolytfreiem Zellstoff erzeugtes Papier niedrigen Flächengewichtes, das in Kondensatoren als Dielektrikum dient.

kondensierte Ringe, →Kohlenwasserstoffe.

kondensierter Zustand, Oberbegriff für die →Aggregatzustände ›flüssig‹ und ›fest‹.

Kondensor, in opt. Geräten (→Mikroskop, →Projektor, Vergrößerungsapparat) eine Linsen- oder Spiegelanordnung zw. Lichtquelle und dem zu beleuchtenden Objekt.

Kondens|streifen, →Kondensation 2).

Kondenswasser, Tauwasser, aus Wasserdampf an Oberflächen niedergeschlagenes Wasser, deren Temperatur unter dem →Taupunkt liegt. Der Vorgang wird in der Dampftechnik in einem →Kondensator 2) herbeigeführt. Unerwünscht tritt K. **(Schwitzwasser)** in der Bautechnik im Inneren von Räumen, bes. in Bädern und Küchen, an Außenwandflächen und Fenstern auf; der Wasserdampf kann durch Diffusion und Kapillarwirkung, auch durch Risse und und Fugen in die Bauteile (Wände) eindringen und sich an Schichten niederschlagen, deren Temperatur unter dem Taupunkt liegt.

Konditionierung, Bestimmung des legalen Handelsgewichtes der textilen Faserstoffe durch Austrocknen der Proben bei 105 bis 110 °C und Zuschlag der handelsüblichen Normalfeuchtigkeit (Reprise), die bei den verschiedenen Faserarten unterschiedlich festgelegt ist (Baumwolle: 8,5%).

Konduktanz, der →Wirkleitwert im Wechselstromkreis, Kehrwert der Resistanz.

Konduktivität, die elektrische →Leitfähigkeit.

Konduktometrie, analyt. Chemie: das Verfolgen von Reaktionsabläufen in Lösungen durch Messen der Leitfähigkeit, die sich mit der Konzentration freier Ionen ändert.

Konduktor, isoliert aufgestellte Metallkugel; bei elektrostat. Versuchen früher vielbenutzte Form eines Kondensators.

Konferenzschaltung, vermittlungstechnische Maßnahme zur Zusammenschaltung mehrerer Teilnehmer eines Fernmeldedienstes derart, daß jeder mit jedem gleichzeitig (wie in einer Konferenz) verbunden ist. Die K. ist bei verschiedenen Arten der →Telekommunikation möglich, z. B. beim Fernsprechen als Fernsprechkonferenz, bei der Textkommunikation als Fernschreibkonferenz und bei der Bewegtbildkommunikation durch Videokonferenz.

Konfiguration, räuml. Anordnung von Atomen oder Atomgruppen in einem Molekül (→Stereochemie) mit Ausnahme der verschiedenen räuml. Anordnungen, die sich durch Drehung von Atomgruppen um Einfachbindungen ergeben.

Konformation, Konstellation, verschiedene räuml. Anordnungen der Atome eines Moleküls bestimmter →Konfiguration als Folge der Drehung von Atomgruppen um Einfachbindungen. Theoretisch gibt es unendlich viele Konformere **(Rotationsisomere),** die sich i. a. sehr schnell ineinander umwandeln. Die Drehbarkeit einer Einfachbindung kann durch sperrige Atomgruppen behindert sein, so daß Moleküle mit unterschiedl. K. isoliert werden können. In diesem Fall spricht man von **Atropisomerie.** – Die wichtigste Methode der **K.-Analyse** ist die Kernresonanzspektroskopie.

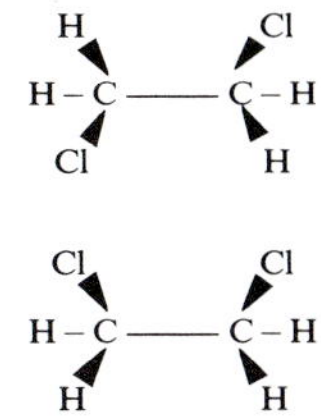

Konformation von 1,2-Dichloräthan

konforme Abbildung, Abbildung eines Bereiches in einer Ebene auf einen anderen, bei der zwar die Winkel zw. zwei Richtungen, aber nicht die Abstände je zweier

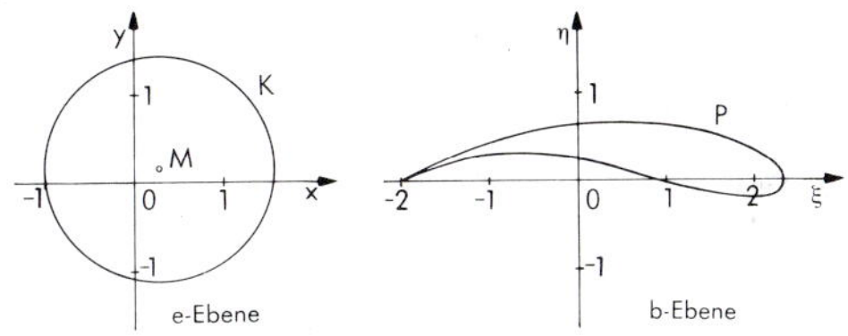

konforme Abbildung

Punkte erhalten bleiben (›im Kleinen ähnlich‹). Die k. A. werden vermittelt durch die differenzierbaren Funktionen einer komplexen Variablen (→Funktionentheorie). Sie spielen in den Anwendungen der Mathematik, z. B. in den Theorien des Elektromagnetismus und der Strömungen, und in der Geodäsie eine wichtige Rolle. Nach dem →Riemannschen Abbildungssatz läßt sich jedes einfach zusammenhängende Gebiet mit mindestens zwei Randpunkten umkehrbar eindeutig und konform auf das Innere des Einheitskreises abbilden.

Ein instruktives Beispiel aus der Strömungslehre ist die k. A. durch die Funktion $b = e + 1/e$, wo $e = x + iy$ die Variable der einen, $b = \xi + i\eta$ die der anderen Ebene ist. Durch diese Abbildung verwandelt sich der Kreis K mit dem Mittelpunkt M in der e-Ebene in das Tragflügelprofil P in der b-Ebene (BILD).

Konglomerat, grobkörniges Sedimentgestein aus abgerundeten Gesteins- oder Mineralbruchstücken (Gerölle), die durch verschiedenartige Bindemittel verfestigt sind (im Unterschied zu →Brekzie).

Konglomerat

kongruent, 1) Algebra: Zwei Zahlen a und b heißen **kongruent modulo m,** wenn sie bei Division durch m den gleichen Rest ergeben, eine äquivalente Forderung ist die, daß die Differenz $(a - b)$ durch m teilbar ist, man schreibt dann $a \equiv b \pmod{m}$ und bezeichnet m als den **Modul der Kongruenz.** Beispiel: $17 \equiv 5 \bmod 3$, da $17 : 3 = 5$ mit Rest 2 und $5 : 3 = 1$ mit Rest 2, also der Rest der Division jeweils 2 ist (andererseits ist $17 - 5 = 12$ durch 3 teilbar). Die Kongruenzrelation ist eine →Äquivalenzrelation auf der Menge $\mathbb{Z}$ der ganzen Zahlen, die Äquivalenzklassen bezeichnet man als **Restklassen modulo m.**

2) Ebene Geometrie: Zwei Figuren (z. B. Dreiecke) heißen k., wenn sie in Gestalt und Größe übereinstimmen, kongruente Figuren werden durch →Bewegungen 1) ineinander übergeführt. In der Elementargeometrie werden bes. die **kongruenten Dreiecke** untersucht, die entspre-

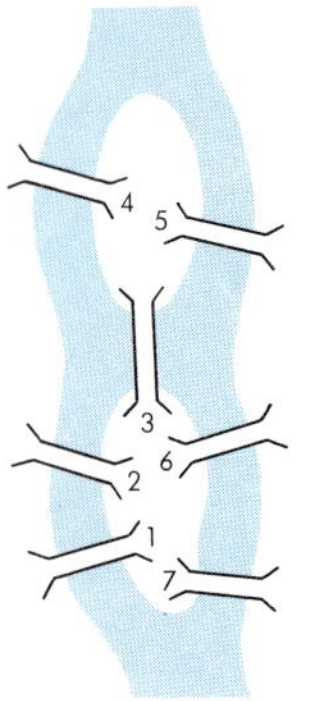

Königsberger Brückenproblem

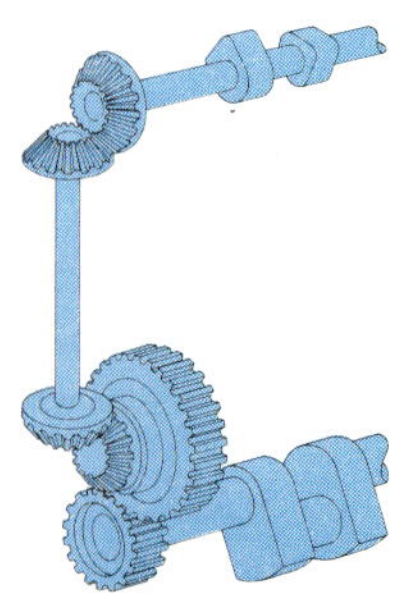

Königswelle

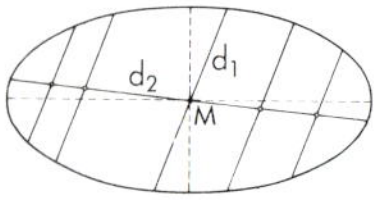

konjugierte Durchmesser

chenden **Kongruenzsätze** sind: Zwei Dreiecke sind k., wenn sie entweder in der Länge ihrer drei Seiten oder in der Länge von zwei Seiten und dem eingeschlossenen Winkel oder in der Länge von zwei Seiten und dem der größeren Seite gegenüberliegenden Winkel oder in der Länge einer Seite und zwei Winkeln übereinstimmen. – Die Kongruenz ist eine strengere Form der →Ähnlichkeit.

Königsberger Brückenproblem, Eulersches Brückenproblem [n. dem schweizer. Mathematiker L. Euler, * 1707, † 1783]. Die Frage, ob es einen Weg über die sieben Brücken über den Pregel (Fluß bei Königsberg in Preußen) gibt, bei dem jede Brücke genau einmal überschritten wird, wenn jedes Ufer mindestens einmal betreten werden soll, wurde von L. EULER gelöst; er bewies, daß es einen solchen Weg nicht gibt.

Königsstuhl, Königszapfen, im Mittelpunkt eines drehbaren Aufbaues (Drehbrücke, Drehscheibe) liegende Achse, die nur zur Zentrierung dient.

Königswasser, Mischung von konzentrierter Salz- und Salpetersäure (3 : 1), die infolge Bildung von **Nitrosylchlorid,** NOCl, und freiem Chlor stark oxidierend wirkt. K. löst fast alle Metalle, auch Gold.

Königswelle, bei Verbrennungsmotoren der Antrieb der obenliegenden Nockenwelle (→ohc-Motor) durch eine Welle, die durch je ein Kegelradpaar mit der Nockenwelle und der Kurbelwelle verbunden ist.

konjugierte Durchmesser. Zeichnet man die zu einem Durchmesser d_1 eines Kegelschnitts parallelen Sehnen, so liegen deren Mittelpunkte M wieder auf einem Durchmesser d_2, dem zu dem ersten k. D. des Kegelschnitts. K. D. einer Ellipse sind das affine Bild zweier aufeinander senkrecht stehender Durchmesser eines Kreises.

konjugierte Elemente. Ist G eine →Gruppe 2) und a ein Element dieser Gruppe, so heißen alle Elemente der Form gag^{-1} k. E. zu a. Ist U eine Untergruppe von G, heißt entsprechend die Untergruppe gUg^{-1} die zur Untergruppe U **konjugierte Untergruppe.**

konjugierte Systeme, organ. Moleküle mit alternierenden Doppel- und Einfachbindungen.

konjugiert komplex, →komplexe Zahlen.

Konjunktion, 1) Astronomie: **Gleichschein,** eine →Konstellation, bei der die Sonne auf der Linie Erde–Planet steht, dieser also die gleiche ekliptikale Länge wie die Sonne hat (BILD Konstellation). Bei den inneren Planeten Merkur und Venus unterscheidet man zw. **oberer K.** (Planet hinter der Sonne) und **unterer K.** (Planet zw. Erde und Sonne). K. gibt es auch zw. Planeten und Fixsternen.

2) Datenverarbeitung: eine der Grundfunktionen der →Schaltalgebra.

3) Logik: Verknüpfung zweier oder mehrerer Aussagen A, B durch ›und‹ (mathemat. Zeichen: $\wedge$) zu einer Aussage $A \wedge B$; sie ist nur dann wahr, wenn alle miteinander verknüpften Glieder wahr sind. (→Wahrheitsfunktionen)

konkav, nach innen gewölbt, z. B. bei →Linsen (BILD Linsen) und →Spiegeln; Ggs.: **konvex.**

Konkordanz, 1) Geologie: gleichsinnige, ungestörte Überlagerung verschiedener Schichten (Ggs.: →Diskordanz).

2) Statistik: →Korrelation 2).

Konkretionen, unregelmäßig rundl., diagenetisch entstandene Knollen in Sedimentgesteinen, aus übersättigten Lösungen durch Anlagerung von Mineralsubstanz von innen nach außen gewachsen, i. Ggs. zu →Sekretionen.

konservative Kräfte. In einem mechan. System wirken k. K., wenn die Summe aus potentieller und kinetischer Energie zeitlich konstant ist, d. h. die mechan. Energie erhalten bleibt (conservatio = Erhaltung); z. B. Pendel bei Vernachlässigung von Reibungsverlusten. K. K. **(Potentialkräfte)** und damit **konservative Kraftfelder,** lassen sich als Gradient einer nur vom Ort abhängigen skalaren Größe, dem Potential, darstellen. Bei einem konservativen Kraftfeld ist die Arbeit längs eines beliebigen geschlossenen Weges Null; die Arbeit ist nur vom Anfangs- und Endpunkt abhängig, nicht vom Weg dazwischen; jedes konservative Kraftfeld ist wirbelfrei. Konservativität der Kräfte, Existenz eines Potentials, Wegunabhängigkeit und Wirbelfreiheit sind einander äquivalent. Reibungskräfte, die bewirken, daß die mechan. Energie in einem geschlossenen System abnimmt (durch Umwandlung in Wärmeenergie), sind (u. a.) **nichtkonservative Kräfte.** – Ein System, in dem nur k. K. wirken, wird **konservatives System** genannt.

Konservierung, Maßnahmen, um verderbl. Stoffe in ihrem gegenwärtigen Zustand zu erhalten oder vor Verderbnis durch chem., physikal. und/oder biolog. Einflüsse zu bewahren. Gegen die hauptsächl. Verderbnismöglichkeiten durch mikrobielle Zersetzung, durch enzymat. Autolyse, die zur Selbstzerstörung der Organismen und Gewebe führt, sowie durch allmähliches Reagieren verschiedener Stoffkomponenten untereinander lassen sich eine Reihe von Verfahren anwenden. Bei Lebensmitteln: K. durch Kaltlagerung und Gefrierenlassen, eventuell kombiniert mit Begasung durch Ozon oder Kohlendioxid, durch trockene und feuchte Hitze (→Pasteurisieren und →Sterilisation), durch →Trocknung und Eindicken, durch chem. Verfahren mit Hilfsmitteln wie durch Zuckern, Salzen, Pökeln und Räuchern oder den eigtl. chem. K.-Mitteln, durch mikrobiolog. und enzymat. Verfahren (z. B. das Einlegen von Gurken oder Sauerkraut) sowie durch Bestrahlung (z. B. UV-Strahlung zur Entkeimung von Trinkwasser).

Die K. von anatomisch-zoolog. Objekten dient der Erhaltung toter Organismen oder Organismenteilen in möglichst lebensgetreuem Zustand. Die Hauptmethoden: a) **Trockenpräparate:** Aufbewahren in ausgetrocknetem Zustand oder nach Paraffinierung, z. T. nach Entfernung innerer Organe, b) **Naßpräparate:** Aufbewahren in Formalin (4%) oder Alkohol (70–96%); c) **Einschlußpräparate:** Aufbewahren in durchsichtigen Kunstharzblöcken.

Zur K. von organ. Stoffen wie Holz, Knochen, Leder, Papyrus, Papier, Metallen bes. für Museen dienen eine Reihe besonderer chem. Stoffe und chem. und besonderer physikal. Verfahren.

Konservierungsmittel, der Konservierung von Natur- und Ind.-Produkten dienende Stoffe, die je nach Warengruppe sehr unterschiedl. Aufgaben haben: Z. B. sollen Textilien vor Befall und Zerstörung durch Mikroorganismen und/oder Insekten geschützt werden sowie Häute, Felle, Leder und Papier vor Schimmel, mikrobiot. und tier. Schädlingen; Anstrichmittel, Lacke, Holzschutzmittel enthalten fungizide Wirkstoffe, Kosmetika und Reinigungsmittel Desinfektionsmittel.

Besondere Bedeutung haben K. in der Lebensmittel-Ind. Als K. für Lebensmittel i. w. S. werden solche Substanzen verstanden, die diesen zugesetzt werden, um qualitätsmindernde Veränderungen zu verhüten (Antioxidantien, Schutzkolloide, Stabilisatoren u. a.). Dagegen sind K. i. e. S. nur Substanzen, die den mikrobiellen Verderb von Lebensmitteln verhüten. Von diesen sind in der

Bundesrep. Dtl. lt. Zusatzstoff-VO zugelassen: Sorbinsäure, Benzoesäure, PHB-Ester, Ameisensäure, Propionsäure. Sie dürfen nur best. Lebensmitteln bis zu einer vorgeschriebenen Höchstmenge zugesetzt werden, der Zusatz muß kenntlich sein.

Konsistenz, Bez. für verschiedene rheolog. Eigenschaften (Viskosität, Thixotropie, Elastizität, Oberflächenspannung, Kohäsion usw.) einer Substanz (Schmieröl, Malerfarben u. ä.), z. B. feste, weiche, elast., spröde, knetbare, ölige, leichtflüssige K. – Bei Schmierfetten ist K. die Kenngröße für das Fließverhalten. Sie wird aus der Eindringtiefe eines genormten Kegels ermittelt (Walkpenetration). Die Klassifizierung reicht von der K.-Klasse 000 (sehr weiche Getriebefette) bis zur Klasse 6 (sehr feste Blockfette).

Konsole *die,* aus Wand oder Pfeiler auskragender Vorsprung **(Kragstein)** zur Auflagerung von Stein- oder Holzkonstruktionen, auch für die Aufstellung von Statuen; auskragender Träger aus Stahl oder Beton zur Lagerung von Kranbahnen, Vordächern, Fußwegen u. a.; Wandbrett, Zierglied an Möbeln.

Konstantan *das,* Legierung mit 55–70% Kupfer und 30–45% Nickel für elektr. Widerstände und Thermoelemente.

Konstante, unveränderliche Größe oder ein fester Zahlenwert. **Mathematische K.** sind z. B. die Zahl $\pi = 3{,}1415926\ldots$ und die Eulersche Zahl $e = 2{,}71828\ldots$ – Bei den physikal. K. sind i. Ggs. zu den **universellen K.** (→ Naturkonstanten), die als unveränderlich angesehen werden, die → Stoffkonstanten nur bei gegebenen Bedingungen unveränderliche Größen.

Konstellation, 1) Astronomie: von der Erde aus gesehene Stellung der Sonne zu Mond oder Planeten (BILD). Je nach dem ekliptikalen Längenunterschied **(Elongation** *E*) zw. Gestirn und Sonne werden unterschieden: **Opposition (Gegenschein)** $E = 180°$, **Trigonalschein** $E = 120°$, **Quadratur (Geviertschein)** $E = 90°$, **Sextilschein** $E = 60°$,

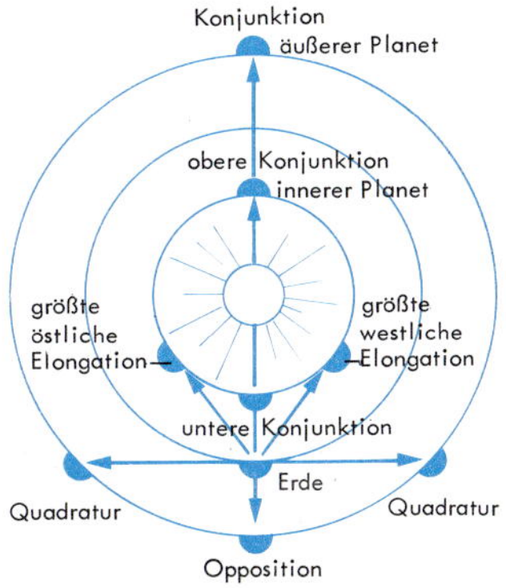

Konstellation 1)

Konjunktion (Gleichschein) $E = 0°$. Die inneren Planeten können nicht in Opposition kommen, sondern erreichen nur eine größte westl. und östl. Elongation. Bei ihnen wird zw. **oberer** (Planet hinter der Sonne) und **unterer Konjunktion** (Planet vor der Sonne) unterschieden. Konjunktion des Mondes mit der Sonne bedeutet Neumond und gegebenenfalls eine Sonnenfinsternis; Opposition dagegen Vollmond und gegebenenfalls eine Mondfinsternis. Da K. **(Aspekte)** in der Astrologie eine große Rolle spielten, wurden ihnen besondere Zeichen zugeordnet (→ astronomische Zeichen).

2) Chemie: die → Konformation.

Konstitution, Chemie: Struktur einer Verbindung, d. h. Reihenfolge, in der Atome in Molekülen der Verbindung miteinander verknüpft sind, einschließlich der Art der Bindung (Einfach-, Doppel- oder Dreifachbindung).

Konstruktion, 1) allgemein: die Zusammensetzung der einzelnen Teile eines Bauwerks, einer Maschine, eines Gerätes und dgl., ihr Aufbau zu einem Ganzen, aber auch die Formgebung im einzelnen. Sie muß nach Gesichtspunkten der Zweckmäßigkeit, Zuverlässigkeit, Verfügbarkeit, Wartbarkeit, betriebl. Sicherheit, Wirtschaftlichkeit und sonstigen die Durchführbarkeit des Vorhabens betreffenden Randbedingungen vorgenommen werden. Dazu gehört die Auswahl der geeigneten Werkstoffe, Bauteile (Kauf-, Normteile), Baugruppen u. a., wobei auch deren Beschaffbarkeit berücksichtigt und Normvorschriften beachtet werden müssen. Die Dimensionierung einer K. mit Angaben für Fertigung und Kontrolle wird vom Konstrukteur in den Bauunterlagen (Konstruktionszeichnungen, Stücklisten, Einzelteilzeichnungen, Stromlaufplänen u. a.) festgelegt.

2) Geometrie: die Durchführung der Aufgabe, Punkte und Kurven zu zeichnen, die vorgeschriebene Eigenschaften haben, z. B. die K. eines Dreiecks aus einer Seite und den beiden anliegenden Winkeln oder die → Fadenkonstruktion einer Ellipse. Von besonderem Interesse ist die → Konstruktion mit Zirkel und Lineal.

Konstruktion mit Zirkel und Lineal, geometr. Konstruktion, in der nur Zirkel und Lineal verwendet werden dürfen, das Lineal zum Zeichnen von Geraden durch zwei Punkte *A* und *B,* der Zirkel zum Zeichnen von Kreisen mit Radius *r* um irgendeinen Punkt. Ob sich eine K. m. Z. u. L. allein durchführen läßt, kann man durch Übersetzung der Aufgabe in ein algebraisches Problem entscheiden. Mit Hilfe der → Galois-Theorie konnte nachgewiesen werden, daß die klassischen Konstruktionsprobleme wie das → Delische Problem, die → Dreiteilung des Winkels und die → Quadratur des Kreises, durch K. m. Z. u. L. allein nicht gelöst werden können, das Problem der → Kreisteilung nur in bestimmten Fällen.

konstruktive Methode, mathemat. Logik: die neben der axiomatischen (→ Axiom) wichtigste Methode zum Existenzbeweis eines mathemat. Objekts. Die Objekte der mathemat. Untersuchungen werden nicht durch Axiome festgelegt, sondern mit Hilfe genau definierter Operationen (Konstruktionsvorschriften) aus gewissen Ausgangsobjekten konstruiert. Mit Hilfe der k. M. ist es möglich, Grundlagen – auch diejenigen von axiomatisch aufgebauten Theorien – zu präzisieren und sich gegen Widersprüche zu sichern.

Kontakt, 1) Chemie: → Katalyse.

2) Elektrotechnik: die Verbindung von elektrisch leitenden Teilen, durch deren Berührung absichtlich (z. B. Lichtschalter) oder unabsichtlich (z. B. Kurzschluß eines fehlerhaften Kabels) ein elektr. Stromkreis geschlossen wird. Auch die zur Herstellung der Verbindung vorgesehenen Metallteile (Schaltstücke) werden als K. bezeichnet. Die **K.-Flächen** können durch zeitweisen Druck (z. B. beim Klingelschalter) oder durch konstruktionsbedingten Federdruck (z. B. **Schleifkontakt** beim Potentiometer, **Steckkontakt** bei elektr. Steckverbindern) aufeinandergepreßt werden. Die K.-Teile sind dem Verschleiß durch

Reibung und bes. durch Abbrand und Metallwanderung beim Abschalten induktiver Lasten (→Lichtbogen) unterworfen, außerdem wird der elektr. Übergangswiderstand zw. den K.-Flächen durch Korrosion und Oxidation erhöht, was zu einem unerwünschten Spannungsabfall oder ganz zur Unterbrechung des Stromflusses führen kann. Zur Vermeidung dieser Nachteile werden K. hauptsächlich aus Silber- oder Silberlegierungen hergestellt, oder in mit Schutzgas gefüllte Glasröhrchen eingeschmolzen (z. B. Reedrelais, Quecksilberschalter).

Kontaktgesteine, →Kontaktmetamorphose.

Kontaktgift, 1) Chemie: Bez. für Katalysatorgifte, →Katalyse.

2) Schädlingsbekämpfung: Gifte, die durch Berührung wirken, z. B. manche →Insektizide.

Kontakt|instrument, elektr. Meßinstrument, das bei Erreichen eines (einstellbaren) Meßwertes Kontakt gibt, verwendet für Schaltvorgänge, z. B. Zeitschaltuhr. K. arbeiten nach passivem mechan. Kontaktverfahren oder aktiv (induktiv oder kapazitiv) mit Hilfsenergie.

Kontaktlinsen, Haftschalen, kleine, dünne, auf der Hornhaut des Auges über der Pupille zu tragende schalenförmige Linsen zur Korrektur von →Brechungsfehlern des Auges. K. wurden urspr. aus Glas hergestellt, heute bestehen **harte K.** aus Polymethylmethacrylat (Herstellung durch Spritzgießen, Warmformen oder spanend aus Rohlingen), **weiche K.** aus Hydroxyäthylmethacrylat (wasserhaltige K.) oder Silikonkautschuk (nicht wasserhaltige K.). Weiche K. werden durch Gießen oder in hartem Zustand spanend hergestellt und durch Quellen in Kochsalzlösung erweicht.

Kontaktmetamorphose, meist ohne Druckeinwirkung (statisch) verlaufende Umwandlung von Gesteinen am Kontakt mit aufdringenden magmat. Schmelzen.

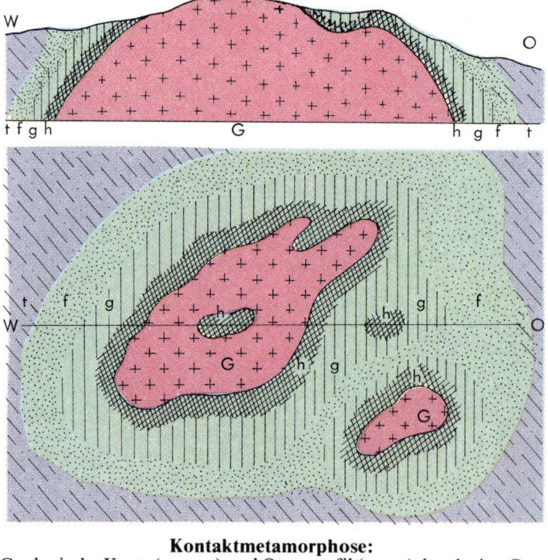

Kontaktmetamorphose:
Geologische Karte (UNTEN) und Querprofil (OBEN) durch eine Granitintrusion mit Kontakthof (schematisch); *G* Granit, *t* unveränderter Tonschiefer, *f* Fleckschiefer, *g* Garben- und Fruchtschiefer, *h* Cordierit-Andalusit-Hornfels

Man unterscheidet rein therm. K. (isochem. K., **Thermo-** oder **Pyrometamorphose)** und K. mit Stoffzufuhr durch heiße Dämpfe, z. B. Fluorwasserstoff, Bortrioxid (allochem. K.; **Kontaktpneumatolyse, Kontaktmetasomatose).** – Im Einwirkungsbereich des Magmenkörpers **(Kontakthof, Kontaktaureole)** werden die Nebengesteine in Abhängigkeit vom Temperaturgefälle verschieden stark umgewandelt, wobei zonenweise best. neue Minerale **(Kontaktminerale)** und Gesteinsgefüge entstehen; z. B. werden Tongesteine mit zunehmender Temperatur in Fleck-, Knoten- und Garben- oder Fruchtschiefer (mit Cordierit) oder Chiastolithschiefer (mit Andalusit) und schließlich in Hornfelse (z. T. mit Sillimanit) umgewandelt. Letztere sind meist das Endprodukt der K. (z. B. die Kalksilikathornfelse). – Eine wichtige Bildung der allochem. K. sind die →Skarne. Die intensive (bis 1200 °C), aber nur kurzfristige Einwirkung heißer vulkan. Laven hinterläßt im Nebengestein eine meist nur wenige cm weit reichende ›Frittung‹. Die aufdringenden magmat. Gesteine selbst werden in Kontaktnähe durch Assimilation von Nebengestein und Pneumatolyse verändert.

Kontaktmikroradiographie, eine Technik, die auf dem Prinzip der Röntgenlithographie (→Lithographie 2) basiert und mit deren Hilfe die kurzen Wellenlängen weicher Röntgenstrahlung (Wellenlänge 0,2–10 nm) zur Auflösung von mikroskopisch kleinen Strukturen genutzt werden können. Das Untersuchungsobjekt wird auf ein Material, z. B. Polymethyl-methacrylat (Acrylglas) gelegt, dessen Löslichkeit durch Röntgenstrahlung verstärkt werden kann, und dann mit weichem Röntgenlicht bestrahlt, so daß auf der Oberfläche ein Schattenbild der durchstrahlten Struktur entsteht. Nach der Bestrahlung wird die Oberfläche mit einem geeigneten Lösemittel behandelt, wobei die von intensiver Röntgenstrahlung getroffenen und damit stärker löslich gewordenen Zonen herausgewaschen werden, so daß ein Reliefbild des Objekts zurückbleibt, dessen höchste Erhebungen den Stellen der Probe entsprechen, an denen das Röntgenlicht am stärksten absorbiert worden ist. Die Oberfläche des Reliefbildes wird mit einem Raster-Elektronenmikroskop abgetastet. Auf diese Weise kann ein Auflösungsvermögen von etwa 5 nm erreicht werden. Gegenüber dem Elektronenmikroskop, das entsprechend der kürzeren Wellenlänge der Elektronen eine noch höhere Auflösung erlaubt, bietet die K.-M. den Vorteil, daß lebende Objekte ohne komplizierte Präparationsmethoden und dickere Proben untersucht werden können.

Kontaktpapier, Photographie: →Entwicklungspapier zur Herstellung von Kontaktabzügen.

Kontaktspannung, die →Berührungsspannung.

Kontaktstift, Teil eines Steckers (→Steckvorrichtung) oder Teil eines →Steckverbinders.

Kontaktverfahren, Verfahren zur Herstellung von →Schwefelsäure.

Kontamination, Verschmutzung eines Mediums (Boden, Wasser, Luft) oder von Produkten (Nahrungsmittel) durch Schadstoffe. In der Kerntechnik z. B. die Vergiftung von Spaltstoffen durch Spaltprodukte, beim Strahlenschutz Bez. für die Verunreinigung durch radioaktive Stoffe; in der Petrographie die Aufnahme von Nebengestein durch ein Magma (Syntexis).

Kontinent, große zusammenhängende Festlandmasse einschließlich →Schelf 1 (0–200 m u. M.) und **Kontinentalböschung** (200–2400 m u. M.); i. e. S. dem →Erdteil gleichgesetzt. (→hypsographische Kurve)

Kontinentalabhang, topograph. Großform des →Meeresbodens.

Kontinentaldrift, → Kontinentalverschiebungstheorie.

Kontinentalrand, topograph. Großform des → Meeresbodens.

Kontinentalschollen, Kontinentalblöcke, nach der Lehre der → Isostasie die aus leichteren Gesteinen (Sial) aufgebauten Erdkrustenteile, die die Schelfmeere einschließen; die K. sind bis 70 km mächtig.

Kontinentalsockel, der → Festlandsockel.

Kontinentalverschiebungstheorie, Kontinentaldrift, Epeirophorese, von A. WEGENER 1912 begründete geotekton. Theorie, nach der die Kontinente als leichtere Massen **(Sial)** über einem schweren Untergrund **(Sima)** wie Eisschollen schwimmen, wobei horizontale Kräfte (Polflucht, Westdrift) wirksam seien. Ein im Mesozoikum auseinandergedrifteter Urkontinent **(Pangäa)** wird angenommen, ferner eine Rammvorstellung zur Erklärung aufgefalteter Kettengebirge. Nach Untersuchungen der Ozeanböden und auf Grund geophysikal. Überlegungen wird das Auseinanderdriften heute anders beurteilt (→ Plattentektonik).

kontinuierlich, Ggs. von → diskret.

kontinuierlicher Betrieb, Betriebsform der Verfahrenstechnik, bei der die zu verarbeitenden Stoffe stetig durch einen Apparat (Reaktionsapparat, Kolonne, Trockner u. a.) hindurchströmen. Der k. B. wird v. a. bei Großanlagen der chem. Ind. gegenüber dem → diskontinuierlichen Betrieb bevorzugt.

Kontinuitätsbedingung, bei Rohr- und Gerinneströmungen die Konstanz des Produktes aus Durchflußquerschnitt und mittlerer Fließgeschwindigkeit einer inkompressiblen Flüssigkeit (Massenerhaltungssatz).

Kontinuitätsgleichung, mathemat. Beziehung eines Erhaltungssatzes, die für eine best. physikal. Größe, z. B. die Massendichte, aussagt, daß ihre zeitl. Abnahme in einem kleinen Volumenelement gleich dem Strom dieser Größe durch die Oberfläche des Volumenelementes ist. – Wichtigste Spezialfälle: die K. in der Elektrodynamik mit der Ladungsdichte als betrachteter Größe und die K. in der Strömungslehre mit der Massendichte. Diese ist grundlegend für die Berechnung von Druckänderungen aus Windströmungen in der numerischen Wettervorhersage.

Kontinu|um, 1) Mengenlehre: die Mächtigkeit der Menge der reellen Zahlen. (→ Äquivalenz 2)

2) Physik: den Raum zusammenhängend (kontinuierlich) ausfüllendes Medium. Obwohl die Materie auf Grund der atomist. Struktur diskontinuierlich aufgebaut ist (→ Diskontinuum), führt die vereinfachende Annahme, daß Materie ein K. darstellt im Bereich der klass. Physik, z. B. in der Kontinuumsmechanik (Mechanik der deformierbaren Medien) oder in der Maxwellschen Theorie der Elektrizität zu befriedigenden Ergebnissen.

Kontinu|umsmechanik, die Mechanik der deformierbaren Körper, die die Gebiete der Mechanik umfaßt, die sich mit Vorgängen in der als → Kontinuum aufgefaßten deformierbaren Materie befassen, wie Aerostatik, Aerodynamik, Gasdynamik, Hydrostatik, Hydrodynamik, Strömungslehre, Elastomechanik.

Kontraktion, 1) Astronomie: Zusammenziehung, z. B. K. des Weltalls, → Kosmologie; K. eines Sterns, → Sternentwicklung.

2) Physik: Verkleinerung einer Länge, Fläche oder Volumens durch Schrumpfung.

Kontraktions|theorie, Schrumpfungs|theorie, geotekton. Hypothese, die im Ansatz bereits 1829/30 von E. DE BEAUMONT aufgestellt wurde. Danach werden die Bewegungen der Erdkruste durch Schrumpfung in Zusammenhang mit der Abkühlung (E. SUESS), mit gravitativen Verdichtungsvorgängen (L. KOBER), der Entgasung der Erde (T. W. BARTH) oder therm. Ursachen erklärt. Die K. wurde u. a. von H. STILLE weiter ausgebaut (→ Kühlbodentheorie).

Kontrast, 1) Fernsehen: das Verhältnis der größten zur kleinsten Leuchtdichte, d. h. der Unterschied zw. hellen und dunklen Bildstellen auf dem Bildschirm eines Fernsehgerätes. Der K. läßt sich über ein Potentiometer in der Videoverstärkerstufe einstellen, die zu diesem Zweck einen amplitudenabhängigen Spannungsteiler (gebildet aus Diode und Widerstand) enthält.

2) in der Optik und Lichttechnik kann der K. zw. den Leuchtdichten L_1 und L_2 zweier Flächen durch die Differenz $\Delta L = L_1 - L_2$, durch das Verhältnis $L_1 : L_2$ oder durch $\Delta L : L$ mit $L = (L_1 + L_2)/2$ zahlenmäßig beschrieben werden. Maximal-K. ist der K. zw. hellster und dunkelster Stelle. Wichtig für eine hohe Sehleistung ist, daß sich der K. genügend von dem **Schwellen-K.** unterscheidet.

3) Photographie: → Schwärzung.

Kontrollturm, engl. **Tower** [tʹaʊə], turmartiges Gebäude auf Flughäfen, ausgestattet mit Personal und Geräten zur Leitung und Überwachung der Bewegungen von Luftfahrzeugen (Rollfreigaben, Start- und Landefreigaben, Landeführungen) in der Flugplatz-Kontrollzone und in den Nahverkehrsbereichen.

Kontroll|uhr dient zur Überwachung von Arbeits-, Park-, Fahrzeiten u. a. Die Zeiten werden durch Markierungen wie Drucken, Stempeln, Lochen oder durch Speichern auf Magnetschichten festgehalten, z. B. bei Stempel-, Stech-, Wächter-, Refa-, Park-, Fahrscheinuhren.

Konturenflug, Terrainfolgeflug [tɛrʹɛ̃-, frz.], manuell nach Sicht oder automatisch von einem Flugregler geführter Flug militär. Luftfahrzeuge mit sehr geringem und etwa konstantem Bodenabstand, nützt die Kontur der Bodenoberfläche (das Geländeprofil) als Schutz gegen vorzeitige Entdeckung und gegen Beschuß.

Konus *der,* kegel(stumpf)förmiger Körper, häufig als Werkzeug- oder Maschinenteil.

Konvektion, Mitführung, bes. die Übertragung von Energie oder der Transport elektr. Ladung durch kleinste Teilchen einer Strömung. Ein **K.-Strom** entsteht durch Pumpen **(erzwungene K.)** oder unabhängig von äußeren Kräften **(freie K.)**, wenn sich z. B. Temperatur- oder Dichteunterschiede in Gasen oder Flüssigkeiten ausgleichen. – In der Elektrizitätslehre ist ein K.-Strom ein elektr. Strom, der dadurch entsteht, daß die elektr. Ladungen zusammen mit ihrem makroskop. Träger durch eine nichtelektr. Kraft bewegt werden. Der K. erzeugt, wie der Leitungsstrom, ein Magnetfeld (→ Rowland-Versuch). – Astrophysikalisch bedeutsam sind die nach außen oder nach innen gerichteten K.-Strömungen im Innern der Fixsterne, z. B. in der Sonne. Durch K. wird der Energietransport und der innere Aufbau der Sterne wesentlich mitbestimmt. – Über K.-Strömung in der Geologie → Unterströmungstheorie. – Meteorologie: Vertikaltransport, ausgelöst durch Labilität in der Atmosphäre; Voraussetzung für Schauer und Gewitter. **Konvektionswolken** sind Cumulus und Cumulonimbus (→ Wolken). Die **freie K.** wird durch geringe → Stabilität der Atmosphäre verursacht, die **erzwungene K.** entsteht, wenn Luft beim Über-

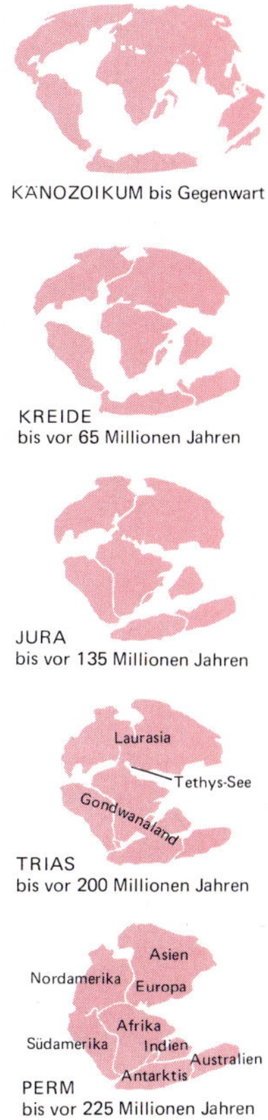

Kontinentalverschiebungstheorie: Zerfall des Urkontinentes Pangäa und Auseinanderdriften der Festlandschollen seit dem Perm

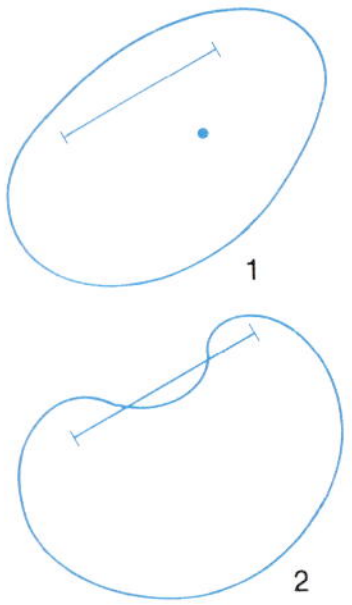

konvex 2):
1 ebene konvexe Figur,
2 nicht konvexe Punktmenge

strömen eines Gebirges gehoben wird. **Konvektionswetter,** →Thermik.

Konvektor, Heizkörper aus Rippenrohren in einem Blechgehäuse oder in einer Wandnische mit vorderer Verkleidung. Die Wärme wird beim K. überwiegend durch Konvektion an die durch den Schacht aufwärts strömende Raumluft abgegeben. Bei Einbau eines oder mehrerer Ventilatoren wird die Luftströmung erzwungen, so kann der K. auch zur Raumlüftung eingesetzt werden **(Lüftungs-K.).**

konventionelle Stromrichtung, →Elektrizität.

Konvergenz, allg. die Annäherung aneinander.

1) Fernsehen. Bei Bildröhren mit mehreren Elektronenstrahlen, z. B. der Schattenmaskenröhre, das Zusammenführen der Elektronenstrahlen am Bildschirm in einem Punkt, der Farbpunkte von drei Farben enthält. Je kleiner dieser Punkt ist, desto schärfer wirkt das Bild. Zur Erhaltung der K. in jedem Bereich des Bildschirms dienen **Konvergenzmagnete,** die die Elektronenstrahlen in Abhängigkeit von der Ablenkung beeinflussen. Moderne →In-Line-Bildröhren haben durch Anordnung der Strahlsysteme für die drei Elektronenstrahlen und Ausbildung der Ablenkeinheit einen verringerten Aufwand an Nachsteuerungsschaltung. Sie nennt man **selbstkonvergierend.**

2) Geowissenschaften: K. besteht bei Oberflächenformen, die in unterschiedl. Klimazonen in ähnlicher oder gleicher Weise entstehen; z. B. breitsohlige Schottertäler in heißen Trockengebieten wie auch in kalten Polar- oder Subpolarländern.

3) Mathematik: Eine unendl. Zahlenfolge oder eine unendl. Reihe konvergiert, wenn sie einen →Grenzwert hat **(konvergente Folge, konvergente Reihe);** existiert kein solcher Grenzwert, so ist die Folge oder Reihe **divergent.** Beispiele für konvergente Folgen sind die →Cauchy-Folgen, für Reihen gibt es verschiedene →Konvergenzkriterien. **Absolute K.** →Reihe 1). Ein verschärfter Begriff der K. ist die →gleichmäßige Konvergenz.

4) Meereskunde: eine Stromgrenze, an der Oberflächenströmungen zusammenlaufen, was zu einer kompensierenden Abwärtsbewegung des Wassers führt. Einige K. sind zugleich Grenzen verschieden warmer Wassermassen in den Ozeanen, z. B. arkt. und antarkt. K.

5) Meteorologie: Zusammenströmen von Luftmassen unter einem (meist kleinen) Winkel, das ein Ausweichen der Luft nach oben (Aufsteigen) erzwingt; hierdurch entstehen häufig Wolken und Niederschläge.

6) Physik: Das Zusammenlaufen von Strahlenbündeln, z. B. das Zusammenlaufen paralleler Lichtstrahlen hinter einer Sammellinse (→Linse). Ggs.: Divergenz.

Konvergenzkreis, →Potenzreihe.

Konvergenzkriterium, Angabe von Bedingungen, unter denen v. a. eine Reihe einen →Grenzwert besitzt. Neben anderen haben das →Quotientenkriterium und das →Wurzelkriterium besondere Bedeutung, das →Leibniz-Kriterium wird bei alternierenden Reihen angewandt.

Konvergenzradius, →Potenzreihe.

Konversion, in der Kerntechnik die Umwandlung einer brütbaren in eine spaltbare Substanz, z. B. ^{238}U in ^{239}Pu oder ^{232}Th in ^{233}U. – **K.-Faktor, K.-Rate,** →Brüten.

Konversionsverfahren, Verfahren zur Umwandlung von Heizöl S in Benzin und Mitteldestillate (→Erdöl).

Konverter, 1) Elektronik: Baugruppe, Gerät oder Einrichtung zur Umwandlung elektr. Ströme und Spannungen. Beispiele: AC/DC-K. wandeln eine Eingangswechselspannung in eine Ausgangsgleichspannung um (z. B. in einem Schaltnetzteil), DC/DC-K. formen eine Eingangsgleichspannung in eine Ausgangsgleichspannung anderer Höhe um, Analog-Digital-K. setzen analoge in digitale Signale um.

2) Fernsehtechnik: Gerät zur Umformung von HF-Signalen einer Frequenz in HF-Signale einer anderen Frequenz. Beim Fernsehen ein mit eigenem Netzanschluß versehenes Gerät zur Umformung von UHF-Signalen in VHF-Signale, die dem Antenneneingang eines Fernsehempfängers zugeführt werden.

3) Hüttentechnik: stehender, kippbarer eiserner Zylinder mit bis zu 400 t Fassungsvermögen, mit basischer feuerfester Auskleidung versehen und oben verengt. Im K. werden flüssiges Roheisen, Kupferstein, Messing u. a. Legierungen verblasen, um unedlere Begleitelemente bei der Stahlerzeugung (z. B. Kohlenstoff, Silicium, Mangan, Phosphor) oder der Kupfergewinnung (Eisen, Schwefel, Arsen, Zink, Blei und Zinn) in kurzer Zeit zu entfernen.

4) Kerntechnik: **Konverter|reaktor,** →Brüten.

5) Optik: ein (mehrlinsiges) System, das dem photograph. Objektiv zur Änderung der Brennweite (und damit des Abbildungsmaßstabes) vor- oder nachgeschaltet wird (BILD). Für Spiegelreflexkameras gibt es zwei- und dreifach vergrößernde K., die zw. Kameragehäuse und Wechselobjektiv eingesetzt werden.

Konverter 5):
Strahlengang in einem Linsensystem (OBEN) ohne und (UNTEN) mit 2fach vergrößerndem Konverter. s′ Schnittweite des Grundobjektivs, A Abbildungsgröße, B mechan. Länge des Konverters

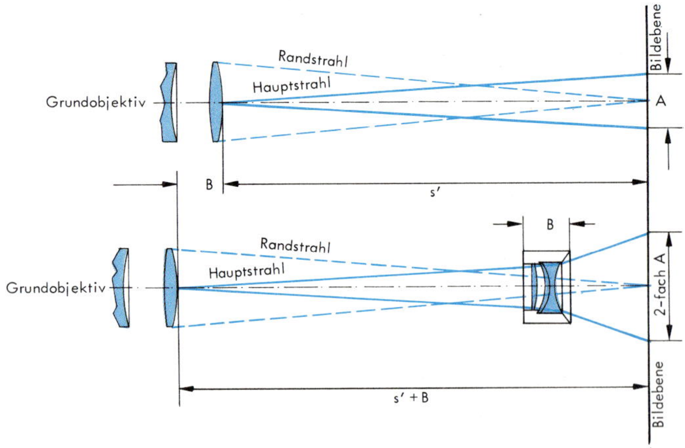

6) Spinnerei: Maschine zur Herstellung von Chemiespinnfasern. Das Endlosfaserkabel wird durch Schneiden, Quetschen oder Reißen in ein Spinnfaserband umgeformt.

7) Verfahrenstechnik: Bez. für Reaktionsapparate, z. B. Ammoniak-K.

konvex, 1) erhaben, nach außen gewölbt, z. B. bei Linsen (BILD Linsen) und Spiegeln; Ggs.: konkav.

2) Mathematik: K. heißt eine Punktmenge **(konvexe Menge),** wenn mit zwei Punkten der Menge auch deren Verbindungsstrecke zur Menge gehört.

Konzentration, Maß für die Zusammensetzung von homogenen Mischungen aus verschiedenen Stoffen. Für praktische Zwecke wird die K. einer betrachteten Substanz bevorzugt in Gewichts- oder Volumenprozenten (Gewichts- oder Volumenanteil mal 100) angegeben. Für theoret. Überlegungen stellen der **Molenbruch** (Mole je Summe der Mole, →Mol), die **Molarität** (Mole je Liter Lösung) oder die **Molalität** (Mole je kg Lösungsmittel) meist geeignetere K.-Maße dar.

Konzentrations|elemente, galvan. Elemente aus Halbzellen, die sich lediglich in der Konzentration der elektrochemisch wirksamen Stoffe unterscheiden. Infolge der Tendenz zum Konzentrationsausgleich bildet sich eine entsprechende Potentialdifferenz aus. Die gelieferte Energie ist i. Ggs. zu anderen →galvanischen Elementen nicht chem. Natur, sondern entstammt der Wärmeenergie, die zum Konzentrationsausgleich verbraucht wird.

konzentrisch heißen Kreise oder Kugeln mit verschiedenem Radius, aber demselben Mittelpunkt.

Koog, →Marsch.

Ko|ordinaten, **1)** Astronomie: →astronomische Koordinaten.

2) Geographie: →geographische Koordinaten, →Gaußsche Koordinaten.

3) Mathematik: Zahlen, Zahlenpaare, Zahlentripel, allg. geordnete n-Tupel (z. B. Strecken, Winkel, Bögen), durch die die Lage eines Punktes, einer Geraden oder eines anderen geometr. Gebildes in der Ebene, im dreidimensionalen Raum oder im n-dimensionalen Raum festgelegt wird.

Ebene rechtwinklige (kartesische) K. nennt man die rechtwinklig gemessenen Abstände x und y eines Punktes von zwei senkrecht zueinander stehenden **Koordinatenachsen,** dem **Koordinatensystem.** Die x-Achse nennt man auch Abszissenachse, die y-Achse Ordinatenachse des Systems, ihren Schnittpunkt den Nullpunkt oder **Ursprung.** Der Punkt $P(x_0, y_0)$ hat die Abszisse x_0 und die Ordinate y_0 als rechtwinklige K. (BILD 1). Bei **Polarkoordinaten** wird

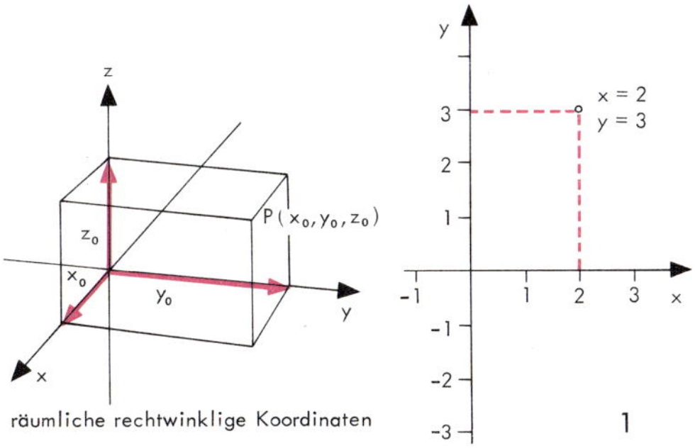

Koordinaten 3) 1

die Lage eines Punktes $P(r, \varphi)$ durch seinen Abstand r vom Nullpunkt (Leitstrahl, Radiusvektor) und den Winkel φ (Polarwinkel) festgelegt, den die Abstandsgerade mit einer festen Achse (Polarachse, gewöhnlich die x-Achse) einschließt (BILD 2).

Für die Festlegung **räumlicher rechtwinkliger K.** verwendet man entsprechend drei aufeinander senkrecht stehende Koordinatenachsen. Die Polarkoordinaten lassen sich durch Hinzunahme des Abstandes des Punktes $P(r, \varphi, z)$ von der (r, φ)-Ebene (z-Richtung) zu **Zylinderkoordinaten** erweitern (BILD 3). **Kugelkoordinaten** erhält man, wenn man den Punkt im Raum zunächst in einer Ebene, die den Punkt und die z-Achse enthält, durch Polar-K. r, ϑ festlegt (ϑ von der z-Achse aus gemessen) und dann den Winkel φ, den diese Ebene mit der (x, z)- oder (y, z)-Ebene einschließt, als dritte K. hinzunimmt (BILD 4). Bei festem r erhält man K. auf der Kugeloberfläche (→sphärische Koordinaten), die in Geodäsie und Astronomie eine große Rolle spielen; auf der Erdkugel entsprechen ϑ der geograph. Breite und φ der geograph. Länge bei etwas anderer Zählung bei der geograph. Breite. Im dreidimensionalen Raum gelten für einen Punkt P mit den kartes. K. x, y, z die Formeln

$$x = r \sin \vartheta \cos \varphi$$
$$y = r \sin \vartheta \sin \varphi$$
$$z = r \cos \vartheta .$$

Für bestimmte Untersuchungen der theoret. Physik sind **elliptische K.** oder **parabolische K.** zweckmäßig, bei denen Punkte der Ebene als Schnittpunkte je einer Ellipse und einer Hyperbel oder je zweier Parabeln einer Schar konfokaler →Kegelschnitte festgelegt werden; auch diese K. lassen sich zu räuml. K. erweitern. Grundsätzlich können beliebig gestaltete Flächen zur Definition räuml. K. benutzt werden; für die Riemannsche Geometrie und die allgemeine Relativitätstheorie ist diese Möglichkeit von entscheidender Bedeutung.

Mit Hilfe der →Dualität der projektiven Geometrie gelangt man schließlich von den Geraden- und Ebenenkoordinaten zu den dual zugeordneten homogenen Punktkoordinaten der Ebene und des Raumes.

Koordinatenwandler sind mechan. oder elektron. Rechengeräte zum Umrechnen der in einem bestimmten System ausgedrückten K. eines Punktes in ein anderes System, z. B. von Polarkoordinaten in rechtwinklige K.

Ko|ordinationsverbindung, Komplexverbindung, chem. Verbindung höherer Ordnung, bei der ein Zentralatom mit mehreren Liganden über Bindungen mit gemeinsamen Elektronenpaaren (›Koordinative Bindung‹) verknüpft ist. Die **Koordinationszahl** gibt die Zahl der vom Zentralatom gebundenen Liganden an. K. bilden regelmäßige räuml. Anordnungen, z. B. Oktaeder mit der Koordinationszahl 6, Tetraeder mit der Koordinationszahl 4. Die aus Zentralatom und Liganden bestehende geschlossene Atomgruppe wird kurz als **Komplex** bezeichnet und bei den Formelzeichen durch eckige Klammern zusammengefaßt. Zur Bezeichnung einer K. wird zunächst das Kation angegeben, die Bestandteile des komplexen Ions in der Reihenfolge Zahl der Liganden, Art der Liganden und Zentralatom (mit Oxidationszahl in Klammern). Z. B.: Natriumhexafluoroaluminat (Kryolith), $Na_3[AlF_6]$, Hexaaquomagnesium (II)sulfat-hydrat (›Bittersalz‹), $[Mg(H_2O)_6]SO_4 \cdot H_2O$, Ammonium-tetrarhodanodiammin-chromat (III), $NH_4[Cr(SCN)_4 \cdot (NH_3)_2]$. Das **Zentralatom**(-ion) ist häufig ein Schwermetallion, kann aber auch ein Nichtmetallatom sein. Es gibt neutrale, anion. und kation. **Liganden,** z. B. OH^-, Hydroxo, Cl^-, Chloro, NO_2^-, Nitrito, $S_2O_3^{--}$, Thiosulfato, NH_3, Ammin. K. mit mehrzähnigen Liganden heißen →Chelate. Mehrkernige K. enthalten mehrere Zentralatome.

K. unterscheiden sich in ihrem chem. Verhalten i. d. R. erheblich von denen der Komponenten, so lassen sich z. B. in Lösungen von Kaliumhexacyanoferrat (II), $K_4[Fe(CN)_6]$, weder Eisen noch Cyanidionen mit den übl. Verfahren nachweisen. Die Bildung von K. in Lösungen gehorcht dem →Massenwirkungsgesetz 2). Entsprechend

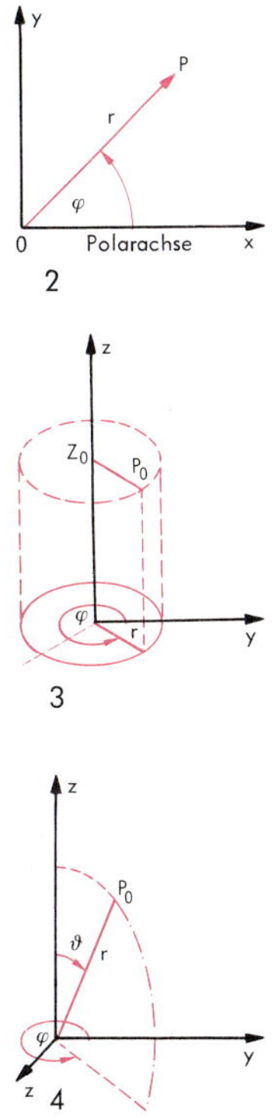

Koordinaten 3) 2–4

lassen sich Dissoziationskonstanten oder Beständigkeitskonstanten **(Komplexkonstanten)** zur Beschreibung der Stabilität von K. angeben. **Anlagerungs-** und **Durchdringungskomplexe** sind ältere Bez. für K. mit stärker oder weniger stark ausgeprägten polaren Bindungen (→Hydrate). Nach den durch die Ligandenfeldtheorie deutbaren zwei Arten von α-Elektronenverteilung des Zentralatoms unterscheidet man heute entsprechend ›outerorbital‹- und ›innerorbital‹-Komplexe.

K. sind nicht nur von großem theoret., sondern häufig auch von wirtschaftl. Interesse, z. B. für Wasch- und Reinigungsmittel, Korrosionsschutzmittel und in der Polymerisationstechnik. Über Anwendungen in der chem. Analyse →Komplexometrie.

Kopale, halbfossile Naturharze aus baumförmigen Pflanzen. Weichere, billigere K.-Sorten werden noch heute von Bäumen gesammelt. Der **Sansibar-K.,** eine blaß- bis gelbrote, bernsteinharte Varietät aus SO-Afrika, ist das wertvollste K.; dient als Lackrohstoff.

Kopenhagener Deutung, die von N. BOHR und W. HEISENBERG 1926/27 gegebenen Antworten auf die erkenntnistheoret. Grundfragen der modernen Quantentheorie, z. B. die Deutung der →Wellenmechanik von E. SCHRÖDINGER, die von diesem 1926 als klass. Wellentheorie der Materie entwickelt wurde, als eine mögl. Darstellungsform der →Quantenmechanik.

Köper, Bez. für versch. Textilbindungen (→Bindung 2): 1) Gewebe in **K.-Bindung,** frz. **Serge** [sɛrʒ] oder **Croisé** [krwaz'e], engl. **Twill;** gerauht **Finette** [fin'ɛt]; mit ausgeprägter Diagonal- oder Fischgratwirkung, z. B. Berufsköper. 2) Kuliergewirke und Gestricke mit durch Bindungswechsel erzielter Diagonalwirkung. 3) Kettengewirk, spezielle Bindungsarten mit Legung über zwei Nadeln.

Kopernikanisches System [n. dem Astronomen N. Kopernikus, * 1473, † 1543], ein →heliozentrisches System.

Kopf|füßer, die →Cephalopoden.

kopfgesteuerter Motor, genauer: **Verbrennungsmotor mit hängenden Ventilen,** →ohv-Motor.

Kopfhörer, elektroakust. Wandler zur Umwandlung von elektr. Schwingungen in akust. Schwingungen (Schall), die direkt dem Ohr zugeführt werden. Zwei Wandlersysteme **(Hörkapseln),** die durch einen Bügel miteinander verbunden sind, werden auf beide Ohren aufgelegt. Eine Art K. ist der →Fernhörer, der nur eine Hörkapsel enthält.

Der Schall wird durch eine kleine Membran wiedergegeben, die beim **geschlossenen System** über ein geringes abgeschlossenes Luftvolumen mit dem Ohreingang gekoppelt ist. Das Hören ist hier ein Druckkammerhören und unterliegt anderen Bedingungen als das Freifeldhören. Beim **offenen System** sorgen schalldurchlässige Schaumstoffkissen für einen Abstand zw. Ohr und Membran; dies ergibt angenähert ein Freifeldhören.

Die Membran kann ebenso wie beim Lautsprecher durch ein elektromagnet., elektrodynam., elektrostat. oder piezoelektr. System in Schwingungen versetzt werden. Am weitesten verbreitet ist das elektrodynam. System mit Schwingspule. Beim isodynam. und orthodynam. K. ist diese Schwingspule als Leiterbahn direkt auf der Membran angebracht. Piezoelektr. K. nutzen die Piezoelektrizität von synthet. Hochpolymeren aus (HP-Kopfhörer), die als dünne Folien unmittelbar die Membran bilden. (→Kunstkopf-Stereophonie)

Kopfmachen, Eisenbahnwesen: Wechsel beim Zuglauf in entgegengesetzter Fahrtrichtung (z. B. in einem Kopfbahnhof).

Kopfmacher, →Niet.

Kopfstütze, bei Kraftwagen in der Höhe verstellbare oder fest mit dem Sitz verbundene gepolsterte Verlängerung der Rückenlehne, die ein Zurückschnellen des Kopfes beim Aufprallunfall und damit ein gefährl. Überdehnen der Halswirbelsäule verhindern soll.

Kopieren, 1) Bürotechnik, graph. Technik, Photographie: das Reproduzieren einer Vorlage, wobei die Wiedergabe dem Original entspricht, in den Farben und/oder im Maßstab aber von ihm abweichen kann. Werden mehrere Wiedergaben von einer Vorlage hergestellt, spricht man mitunter von Vervielfältigen. Heute sieht man den Unterschied zw. Kopieren und Vervielfältigen eher in der Verwendung einer strahlenempfindl. Schicht beim Kopieren (→Kopierverfahren, →Photographie), während das Vervielfältigen durch Drucken mit Hilfe von Druckfarben vorgenommen wird (→Druckverfahren, →Druckmaschinen, →Vervielfältigungsmaschinen). Demnach ist z. B. der Bromsilberdruck den photograph. Kopierverfahren, die Hektographie den druckenden Vervielfältigungsverfahren zuzuordnen. – Bei den photomechan. Druckverfahren versteht man unter K. das photomechan. Übertragen von Film auf die Platte, auf Papier oder von Film auf Film.

2) Fertigungstechnik: →Nachformen.

Kopiergerät, Gerät zum Herstellen originalgetreuer Wiedergaben (Duplikate, Vervielfältigungen) von Dokumenten, Drucken, Zeichnungen u. a. in Originalgröße oder verkleinert, in Originalfarben oder Schwarzweiß. Neben den klassischen →Kopierverfahren (photograph. Kopierverfahren, Lichtpausverfahren, Thermokopierverfahren) setzen sich im Bürobereich immer mehr die elektrophotograph. Verfahren durch, die nach dem direkt-elektrostatischen und zunehmend nach dem indirekt-elektrostatischen Prinzip arbeiten. Beim letzteren Verfahren (→Xerographie) wird die Vorlage auf einen zuvor elektrostatisch aufgeladenen Zwischenträger übertragen, alsdann mit entgegengesetzt aufgeladener Farbe in pulverisierter **(Trocken-K.)** oder flüssiger **(Naß-K.)** Form versehen und anschließend auf unbeschichtetes Papier gebracht. Beim direkt-elektrostatischen Verfahren wird ohne Zwischenträger auf beschichtetes (Zinkoxid-)Papier übertragen.

Bei verschiedenen Geräten ist Kopienzahl-Vorwahl, Verkleinerung, automat. Einzug für mehrere Originale oder beidseitiges Kopieren möglich. Auch Mehrfarbkopiergeräte sind im Einsatz. Daneben ist das →Fernkopieren entwickelt worden.

kopiersicheres Papier, mit fluoreszierenden Farbstoffen beschichtetes Papier, das beim Kopieren durch Fluoreszenz zu unleserlichen Kopien führt.

Kopierverfahren, Bürotechnik, graph. Technik, Photographie: **strahlentechn. K.** verwenden elektromagnet. Strahlen (vorwiegend sichtbare, ultraviolette oder infrarote) und ein strahlenempfindl. Kopiermaterial zur Wiedergabe einer Vorlage (→Kopieren). Beim **Kontakt-K.** wird das Kopiermaterial im Kontakt mit der Vorlage belichtet, und man erhält eine gleichgroße Kopie. Ist die Vorlage durchsichtig oder durchscheinend, so kann das Kopierlicht durch diese hindurch auf das Kopiermaterial fallen, wobei in den hellen Bereichen der Vorlage viel Licht durchtritt, in den dunkleren Bereichen entsprechend weniger **(Durchleuchtungs-K.).** Bei undurchsichti-

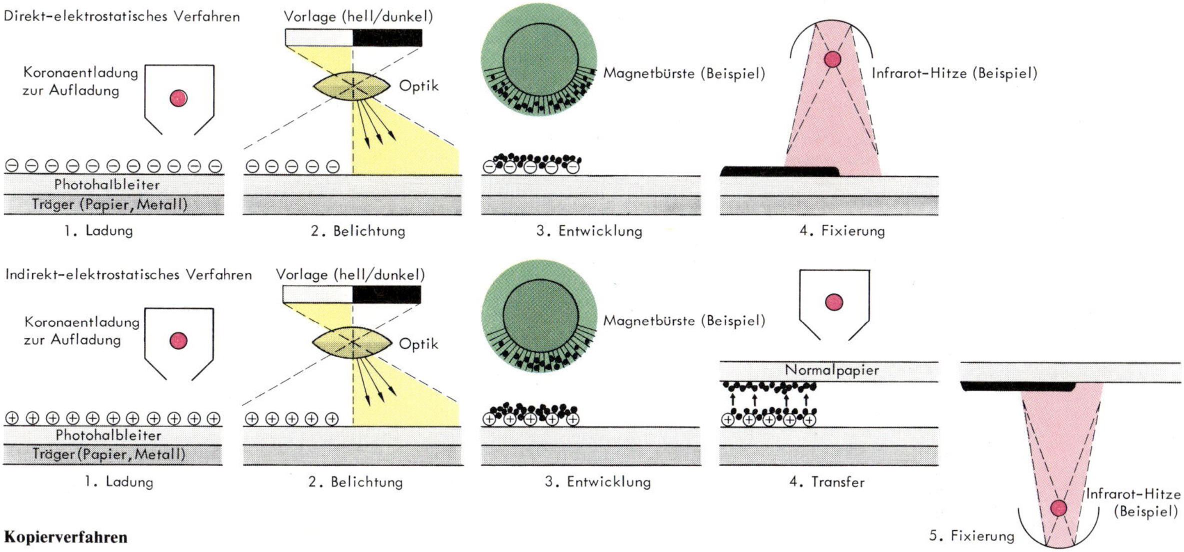

Kopierverfahren

gen Vorlagen wendet man das **Reflex-K.** an, bei dem das Licht zuerst durch das durchsichtige Kopiermaterial fällt und von den hellen Stellen der Vorlage stark, von den dunklen Stellen entsprechend schwächer in das Kopiermaterial reflektiert wird. Man erhält eine seitenverkehrte Kopie, die als Zwischenvorlage bei der Herstellung der endgültigen, seitenrichtigen Wiedergabe dient. Wird die Vorlage unter Verwendung einer Kamera auf dem Kopiermaterial abgebildet **(optisches K.)**, so sind Vergrößerungen oder Verkleinerungen möglich.

1) Bei **photograph. K.** verwendet man Silberhalogenid-Emulsionen für die Kopierschicht, wobei man neben der Reproduktion von Strichvorlagen (graphische Vorlagen) auch Halbtonbilder ohne Verwendung eines Rasters tongetreu wiedergeben kann. Normalerweise erhält man von einer Negativvorlage eine Positivabbildung (Umkehrung der Helligkeitswerte; **Negativ-Positiv-Verfahren).** Beim **Positiv-Positiv-Verfahren** verwendet man entweder Direktpositivmaterialien oder man führt eine Umkehrverarbeitung durch (→Umkehrentwicklung; z. B. für Aufsichtskopien vom Diapositiv, zum Duplizieren eines Schmalfilms). Die bisher genannten Verfahren erfordern i. a. die Verarbeitung in einer Dunkelkammer. – Als einfach zu handhabendes Büro-K. auf Silberhalogenidbasis gibt es u. a. das Zweibadverfahren, das →Diffusionskopierverfahren und das Verifax-K. (ein Gelatine-Übertragungsverfahren), die alle mit Reflexbelichtung arbeiten und (fast) trockene positive Kopien liefern **(Photo-K.).** 2) Bei den trocken arbeitenden **Wärme-K.** (→Thermographie, →Evaporographie) verwendet man gegen Wärmestrahlen empfindl. Kopiermaterialien (z. B. Thermofaxverfahren). Das Dry-Silver-Verfahren erfordert eine Belichtung mit sichtbarem Licht, die Kopie wird dann durch Erwärmen auf 130 °C entwickelt. 3) **Lichtpausen,** bes. nach dem →Diazotypie-Verfahren, werden v. a. von Bau- und Konstruktionszeichnungen hergestellt (→Lichtpause). 4) Immer stärkere Bedeutung haben die **elektrophotograph. K.** (→Elektrophotographie, →Xerographie) erlangt, die wegen ihrer Schnelligkeit sich gegenüber den klassischen Vervielfältigungsverfahren durchgesetzt haben (→Kopiergerät). 5) Bei den photomechanischen Reproduktionsverfahren (→Reproduktionstechnik) werden →Photolacke als Kopierschichten auf eine zu bearbeitende Trägeroberfläche aufgebracht, die nach Ausbildung eines Photolackmusters weiterverarbeitet wird (z. B. durch Ätzen, Galvanisieren). 6) Bei Herstellung von Druckplatten wird das Druckbild vom Film auf die lichtempfindl. Plattenschicht durch Belichtung übertragen.

Kopierwerk, Schaltwalze, die einen Betriebsschalter zum Einleiten von Beschleunigungs- und Haltevorgängen des Fahrkorbs eines →Aufzugs darstellt. Eine Umdrehung der Walze entspricht der gesamten Fahrstrecke des Fahrkorbes.

Koppeln, zeichner. oder rechner. Ermittlung des Standortes eines Fahrzeuges unter Berücksichtigung von Kurs, Eigengeschwindigkeit sowie Wind- oder Strömungsgeschwindigkeit und -richtung vom letzten bekannten Standort aus. Der **Koppelkurs** ergibt einen ›gegißten‹ (wahrscheinlichen) **Koppelort,** der durch opt. oder Funkpeilungen von terrestr., astronom. oder Satelliten-Bezugspunkten von Zeit zu Zeit überprüft wird.

Kopplung, 1) Elektrotechnik: Verbindung zweier (oder mehrerer) Stromkreise miteinander zur Übertragung von elektr. Signalen oder elektr. Energie. Die K. kann über eine leitende Verbindung (→galvanische Kopplung), über ein Magnetfeld (→induktive Kopplung) oder über ein elektr. Feld (→kapazitive Kopplung) erfolgen. Auch durch andere physikal. Erscheinungen sind K. von Stromkreisen möglich, z. B. Licht bei einem Optokoppler oder Schall bei der Rückkopplung zw. Lautsprecher und Mikrophon. Im Fall von ungewollten K. müssen Maßnahmen zur →Entkopplung (z. B. Abschirmen von Leitungen) ergriffen werden.

Die induktive und kapazitive K. läßt nur die Übertragung von Wechselspannungen zu, während bei der galvanischen K. auch Gleichspannungen übertragen werden. Verstärkerstufen sind überwiegend durch einen Koppel-

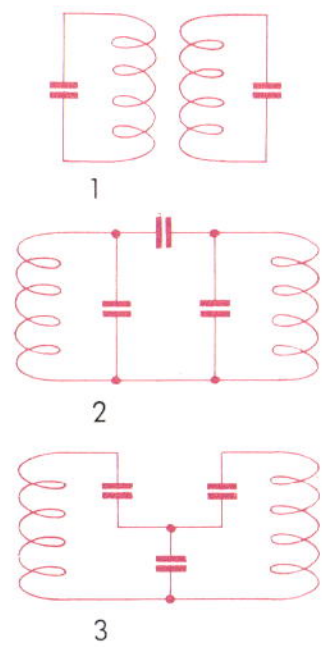

Kopplung bei Bandfiltern:
1 induktive K.,
2 kapazitive Spannungs-K.,
3 kapazitive Strom-K.

COOH
|
$(CH_2)_6$
|
COOH

Korksäure

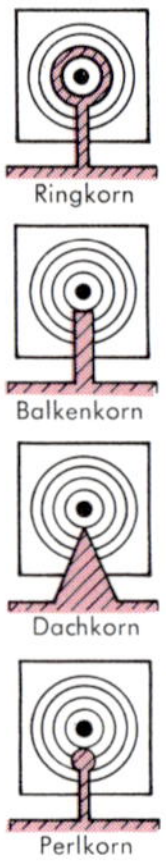

Korn 2)

körnen: Körner

kondensator (also kapazitiv) miteinander verbunden, bei Bandfiltern findet man sowohl induktiv als auch kapazitiv gekoppelte Schwingkreise (BILD).

Als K. bezeichnet man auch die Rückführung der Ausgangsgröße (Strom oder Spannung) eines Vierpols auf seinen Eingang (→Rückkopplung, →Gegenkopplung, →Mitkopplung). Derartige Rückkopplungen werden häufig in elektron. Schaltungen verwendet; mit ihnen lassen sich z. B. Oszillatorschaltungen aufbauen oder die Eigenschaften von Verstärkern verbessern.

2) Physik: die wechselseitige Beeinflussung zweier physikal. Systeme. Eine einfache mechan. K. ist z. B. die Verbindung zweier Pendel durch eine Feder, wodurch Schwingungsenergie zw. den Pendeln im Rhythmus einer Schwebung hin- und herwechselt **(gekoppelte Schwingungen).** In der Atomphysik sind die K. zw. den Spins und den Bahndrehimpulsen der Elektronen **(Spin-Bahn-K.)** für die →Feinstruktur der Spektrallinien maßgebend (→Russel-Saunders-Kopplung).

Kopplungskonstante, Maß für die Stärke der →Kopplung physikal. Systeme oder der Wechselwirkung zw. physikal. Objekten (z. B. gekoppelte Pendel, Teilchen, Felder). Die dimensionslose K. der elektromagnet. →Wechselwirkung ist z. B. die →Sommerfeld-Feinstrukturkonstante.

Koprolithen, fossile Exkremente, meist von Fischen, Sauriern oder holzzerstörenden Insekten.

Kops, Cop [engl.], **Kötzer,** Spinnerei: der auf Ringspinn- und Ringzwirnmaschinen gebildete Garnkörper.

Korallenbauten, Riffe und Inseln aus ungeschichteten Kalkablagerungen, vorwiegend aus Korallenskeletten **(Korallenkalk),** zw. denen sich Reste von anderen Tieren

Korallenbauten: J Insel, 1—1 Saumriff, 2—2 Wallriff, 3—3 Atoll, a Abbruchschutt (nach Darwin und Dana)

(z. B. Kalkalgen, Schnecken, Muscheln) finden; zusätzlich sammelt sich feinstes Zerreibsel des Korallenkalkes, der **Korallensand,** an. Die Riffkorallen leben im mindestens 20 °C warmen, sauerstoff- und nährstoffreichen, klaren und gut durchlüfteten Wasser mit ausreichendem Salzgehalt und genügender Lichtmenge (bis etwa 40 m Meerestiefe), daher verbreitet in Küstennähe der trop. und subtrop. Meere. Die K. beginnen meist auf festem Untergrund zu wachsen. Von Riffkorallen bewachsene Untiefen sind **Korallenbänke.** Überziehen sie zusammenhängend krustenartig die Flachsee-Bänke, so spricht man von einem **Krustenriff.** Geschlossene Form zeigen die **Saumriffe (Küsten-, Strandriffe).** Ihr Wachstum ist stets nach außen, zur See und zur Brandung hin gerichtet; nach innen, dem Lande zu, zerfallen die K. Dabei entsteht zw. Riff und Land der charakterist. **Riffkanal (Rifflagune). Wallriffe (Barrier-, Damm-, Kanalriffe)** sind breiter, länger und haben einen größeren Abstand zum Land. Aus einem ringförmigen Korallenriff bestehen die →Atolle. Bis etwa 100 m tief auf dem Meeresgrund fußende K. sind wohl z. Z. des abgesunkenen Meeresspiegels im Pleistozän entstanden, tiefer fußende werden durch Absinken des Meeresbodens erklärt.

kordieren, →rändeln.

Kork, sekundäres Abschlußgewebe der Pflanzen an Stämmen, Wurzeln, Knollen; tafelförmige, lückenlos miteinander verbundene Zellen **(Korkzellen),** die durch Einlagerung von →Suberin in die Zellwand eine Schutzschicht gegen Verdunstung und Infektionen bilden. Technisch verwendeter K. entstammt der u. a. im Mittelmeerraum heimischen K.-Eiche. K. hat etwa die Rohdichte 0,2 g/cm^3, fault nicht, ist fast undurchlässig für Gas und Wasser, elastisch, ein schlechter Wärmeleiter. K. wird verwendet v. a. als **Flaschen-K.,** ferner für Schwimmgürtel, in der Schuhindustrie **(K.-Sohlen),** als **K.-Schrot** (zerkleinerter K.-Abfall) für die Herstellung von Linoleum, als durch Erhitzen aufgeblähter **expandierter K.** für Wärme- und Schalldämmstoffe. Diese können mit Pech oder Ton gebunden und so zu **K.-Stein** oder **K.-Platten** verarbeitet sein.

Korksäure, Suberinsäure, kristalline Dicarbonsäure, die durch Oxidation von Cyclooctan (aus Butadien) gewonnen und zur Herstellung von Polyamiden verwendet wird. – **Korkstoff,** svw. →Suberin.

Korn, 1) Photographie: der bei Vergrößerung sichtbare Aufbau des Bildes aus einzelnen Silber- oder Farbstoffpartikeln. I. a. wächst die **Körnigkeit** mit der Empfindlichkeit des Materials. Das K. kann durch die Entwicklung (→Photographie) beeinflußt werden.

2) bei Schußwaffen auf der Oberseite des Laufes oder Mantels nahe der Mündung angebrachter Teil der Visiereinrichtung, meist in Dreiecksform. Beim Zielen muß der Schütze Auge, Kimme, K. und Ziel in eine Linie bringen.

körnen, kleine kegelige Vertiefungen in ein Werkstück einschlagen mit dem **Körner,** der an seiner Spitze kegelig angeschliffen ist. Das **Körnerloch** dient als Anzeichnung für das Bearbeiten.

Korngrenze, Grenzfläche zw. zwei Kristallbereichen verschiedener Orientierung. Man unterscheidet zwei Grenzfälle: 1) **Kleinwinkel-K.** in realen Einkristallen und 2) K. in vielkristallinem Material, die die gegeneinander fehlorientierten **Kristallite (Körner)** verbinden. **Kleinwinkel-K.** kann man durch ein flächenhaftes Netzwerk von Versetzungen darstellen (→Realkristall, BILD 7), bei **Großwinkel-K.** ist das Gitter längs der K. so stark gestört (→Realkristall, Bild 8), daß man von einem Aufbau aus Versetzungen nicht mehr sprechen kann. Im →Gefüge 1) von Metallen und Legierungen reichern sich häufig Verunreinigungen und Ausscheidungen an den K. an, die Härte und Festigkeit erhöhen können, andererseits oft bevorzugt durch Korrosion angegriffen werden **(Korngrenzenkorrosion).**

Korngröße, Teilchengröße in Pulvern, Stäuben, körnigen Gemengen (Minerale, Baustoffe), Dispersionen (Pigmente, Blut, Milch), Aerosolen (Abgase) u. a., deren Eigenschaften oft von der Kornmenge, -form, -größe und -größenverteilung abhängen. Zur Ermittlung der K. und **K.-Verteilung** gibt es u. a. die Siebanalyse (→Klassierung), die →Sedimentationsanalyse, Zentrifugenmessungen.

Kornprüfer, Kornschneider, Farina|tom, Gerät zur Bestimmung der Getreidegüte (Glasigkeit, Mehligkeit), beruht auf dem Zerschneiden der Körner.

Körnung, allg. ein Gemenge von Körnern gleicher oder unterschiedl. Korngröße, bei Schleifwerkzeugen ein Maß für die Größe der Schleifkörner (Ermittlung durch Sieben: kennzeichnend ist die jeweilige lichte Maschenweite des Siebes in Millimeter oder in Zoll).

Kornzerfall, Erscheinungsform der → Korrosion, bei der bevorzugt die Korngrenzen von Chrom-Nickel-Stählen angegriffen werden. K. ist auf die Ausscheidung von Chromcarbiden (z. B. beim Schweißen) zurückzuführen. Er kann durch Wärmebehandlung, Zusatz von Carbidbildnern (Niob, Tantal) oder sehr niedrigen Kohlenstoffgehalt (ELC-Stähle, Abk. von engl. ›Extra Low Carbon‹) verhindert werden.

Korona, 1) Astronomie: die silberhell leuchtende, äußerste Schicht der Sonnenatmosphäre geringer Dichte (BILD), die die Sonne kranzartig umgibt. Mit dem bloßen

Korona 1) (2. 10. 1959)

Auge kann sie nur während einer totalen Sonnenfinsternis beobachtet werden. Man untersucht sie mit einem Spezialfernrohr (→ Koronograph). Die **innere K.** besteht aus hochionisierten Atomen und freien Elektronen. Der 10- bis 15fachen (therm.) Ionisation der festgestellten Eisen-, Nickel- und Calciumatome entspricht eine Temperatur von etwa 1 Mio. °C, sie ist also rd. 200mal heißer als die Sonnenoberfläche. Die K. ist eine starke Radiostrahlungsquelle im Meterwellenbereich. In größeren Entfernungen geht sie in staubförmige Beschaffenheit über **(äußere K.).** Der Übergang zur → interplanetaren Materie ist fließend und wird durch den → Sonnenwind noch weiter verwischt.

2) Elektrizitätslehre: → Koronaentladung.

Korona|entladung, selbständige Gasentladung in einem stark inhomogenen elektr. Feld, die bes. an den Spitzen und Kanten von unter Spannung stehenden Körpern auftritt. Im Bereich der höchsten Feldstärken tritt infolge Stoßionisation der Gasmoleküle eine Leuchterscheinung **(Korona)** auf. Bei höheren Feldstärken entwikkelt sich aus der K. die → Büschelentladung. In Hochspannungsanlagen treten schwach leuchtende K. dann auf, wenn die elektr. Feldstärke an der Oberfläche des Leiters die Durchbruchfeldstärke der Luft überschreitet. Um mit → Koronaverlusten verbundene K. zu unterdrücken, sind in hochspannungsführenden Leitern neben Spitzen und Kanten auch Drähte und Seile mit zu kleinen Durchmessern zu vermeiden.

Koronaverluste, Hochspannungstechnik: Die → Koronaentladungen haben bei der Energieübertragung mittels Hochspannungs-Freileitungen Energieverluste zur Folge, die man durch Unterteilung der Leiter zu → Bündelleitern in wirtschaftlich tragbaren Grenzen hält.

Koronograph, astronom. Fernrohr zur Erforschung der Sonnenkorona und der Protuberanzen. Im K. wird eine künstl. Sonnenfinsternis dadurch erzeugt, daß in der Brennebene des Spezialobjektivs L_1 aus streulichtfreiem Glas eine Blende B steht und das Bild der eigtl. Sonnenscheibe abdeckt (BILD); so gelangt nur das Licht der → Korona 1) und der Protuberanzen über die Feldlinse F durch die Irisblende I und die Linse L_2 in das Okular O.

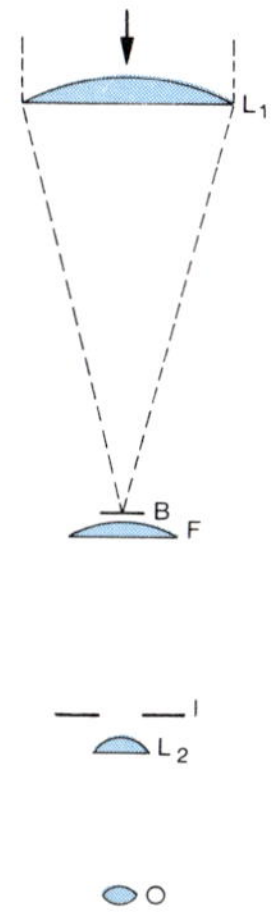

Koronograph

Körper, 1) Algebra: jedes System (Menge) von Dingen (Elementen), das insofern den → rationalen Zahlen vergleichbar ist, als in ihm eine Addition und eine Multiplikation definiert ist, die den ›üblichen‹ elementaren Rechengesetzen genügt. Dies bedeutet exakt, daß ein K. eine algebraische Struktur der Menge K mit zwei Verknüpfungen + und · ist, in der die folgenden **K.-Axiome** gelten müssen:

1) K ist bezüglich der Addition eine Abelsche Gruppe, wobei 0 das neutrale Element bezüglich der Addition bedeutet.

2) $K\setminus\{0\}$ (die Menge K ohne das Element 0) ist bezüglich der Multiplikation eine Abelsche Gruppe, wobei 1 das neutrale Element bezüglich der Multiplikation ist.

3) Es gelten die Distributivgesetze, d. h. für alle

$$a, b, c \in K \text{ gilt } a\cdot(b+c) = a\cdot b + a\cdot c$$

und wegen der Kommutativität der Multiplikation gilt auch

$$(b+c)\cdot a = b\cdot a + c\cdot a.$$

Beispiele für K. mit unendlich vielen Elementen sind neben dem K. der rationalen Zahlen $\mathbb{Q}$ der K. der → reellen Zahlen $\mathbb{R}$ und der K. der → komplexen Zahlen $\mathbb{C}$.

Es gibt K., die nur endlich viele Elemente enthalten: Wenn p eine Primzahl ist, bilden die Restklassen (→ Klasse) der ganzen Zahlen modulo p einen K., er hat die → Charakteristik p. – Wenn die Multiplikation in einem K. nicht kommutativ ist, d. h., wenn nicht durchweg $a\cdot b = b\cdot a$ gilt, spricht man von einem **Schiefkörper,** ein Beispiel sind die → Quaternionen.

Körpererweiterung nennt man die Erweiterung eines K. (Grundkörper) zu einem ihn umfassenden größeren K. Beispiele sind die Erweiterung des K. der rationalen Zahlen zum K. der reellen Zahlen durch Hinzufügen (Adjunktion) der irrationalen Zahlen; auch diesen kann man wieder durch Adjunktion von $\sqrt{-1}$ zum K. der komplexen Zahlen erweitern. Adjungiert man $\sqrt{2}$ zu dem K. $\mathbb{Q}$ der rationalen Zahlen, so besteht der K. $\mathbb{Q}(\sqrt{2})$ aus allen Ausdrücken $a + b\sqrt{2}$, bei denen a und b rationale Zahlen sind. Man rechnet in ihm so:

$(a+b\sqrt{2}) + (a'+b'\sqrt{2}) = (a+a') + (b+b')\sqrt{2}$ und
$(a+b\sqrt{2})\cdot(a'+b'\sqrt{2}) =$

$$(a\cdot a' + 2b\cdot b') + (a\cdot b' + b\cdot a')\sqrt{2}.$$

Da hierbei das adjungierte Element, nämlich $\sqrt{2}$, einer algebraischen Gleichung, $x^2 - 2 = 0$, genügt, spricht man von einer **algebraischen K.-Erweiterung.** Daneben treten **transzendente K.-Erweiterungen** auf, bei denen nichtalgebraische Elemente, d. h. eine oder mehrere Unbestimmte $x, y, \ldots$ adjungiert werden; das führt auf den K. $K(x, y, \ldots)$ der Polynomquotienten in diesen Unbestimmten. Die Anzahl der adjungierten, algebraisch unabhängigen Unbestimmten ist der Transzendenzgrad des K. über dem Grundkörper K. $K(x)$ kann man wieder durch eine algebraische Funktion algebraisch erweitern usw.

Die Untersuchung der K.-Erweiterungen ist wichtiger Gegenstand von Algebra und Zahlentheorie, sie gestattet vertiefte Einsichten in den Aufbau der K. und damit auch in die Natur der Lösungen einer algebraischen Gleichung. (→Galois-Theorie)

2) Physik: eine bestimmte Materiemenge mit beständiger **(starrer K.)** oder veränderlicher **(deformierbarer, elastischer, plastischer K.)** Gestalt. Sieht man von der äußeren Begrenzung ab, so kann außer von diesen mehr oder weniger **festen K.** (→Festkörper) auch von **flüssigen** und **gasförmigen K.** gesprochen werden. Der →starre Körper ist eine der wichtigsten Modellvorstellungen der klass. Mechanik. – Für die Beschreibung der Temperaturstrahlung ist der (idealisierte) absolut →schwarze Körper von Bedeutung.

Körperfarbe, die →Farbe einer nicht selbstleuchtenden Fläche, die durch wellenlängenselektive Remission oder Absorption von einfallendem weißen Licht entsteht.

körperliche Ecke, →Dreikant.

Körperschall, Anregung, Ausbreitung und Dämpfung von Schallwellen in Festkörpern einschließlich der Abstrahlung als →Luftschall. (→Trittschall)

Körperschluß, Elektrotechnik: K. entsteht bei fehlerhaftem Zustand eines elektr. Gerätes durch eine leitende Verbindung zw. einem spannungführenden Geräteteil und dem betriebsmäßig nicht spannungführenden Körper des Gerätes. Für den Benutzer besteht bei einem K. die Gefahr einer lebensgefährlichen Berührungsspannung; die Geräte müssen daher eine der vom VDE vorgeschriebenen Schutzmaßnahmen (→Nulleiter, →Schutzschaltung) aufweisen.

Korpuskel, das →Teilchen.

Korrasion, das Abreiben, Abscheuern, Abschleifen des Untergrunds durch Wind, Wasser oder Eis mit Hilfe von Geschieben, Geröllen, Sand, auch Schnee, z. T. auf **Wind-** und **Sandschliff** beschränkt. In Trockengebieten entstehen durch vom Wind mitgeführte Sandkörner Windkanter, Pilzfelsen u. a.

Korrektion, in der techn. Optik die Reduzierung von →Abbildungsfehlern durch Verwendung von Blenden und Systemen von Linsen aus verschiedenem Material mit unterschiedl. Brechungsindex.

Korrelation, 1) Geometrie: lineare Zuordnung, bei der in der Ebene jedem Punkt eine Gerade (und umgekehrt) und analog im Raum jedem Punkt eine Ebene entspricht.

2) Statistik: in einem allg. Sinn die Verbundenheit oder Gleichläufigkeit zw. irgendwelchen (qualitativen oder quantitativen) Daten, i. e. S. (gelegentlich auch **Konkordanz** genannt) die meßbare Verbundenheit zw. meßbaren Größen **(Maß-K.)** oder Rangzahlen **(Rang-K.).** Die K. wird durch den **K.-Ko|effizienten** gemessen; er liegt zw. – 1 und + 1; – 1 zeigt völlige negative K. (völlige Gegenläufigkeit) an (z. B.: Je höher das Lebensalter, desto niedriger die Überlebenswahrscheinlichkeit); + 1 zeigt völlige positive K. (völlige Gleichläufigkeit) an (z. B.: Je höher das Einkommen, desto höher der Konsum); der Wert 0 zeigt völlige Unverbundenheit (nicht notwendigerweise völlige Unabhängigkeit) an.

Korrelator, →Radiointerferometer.

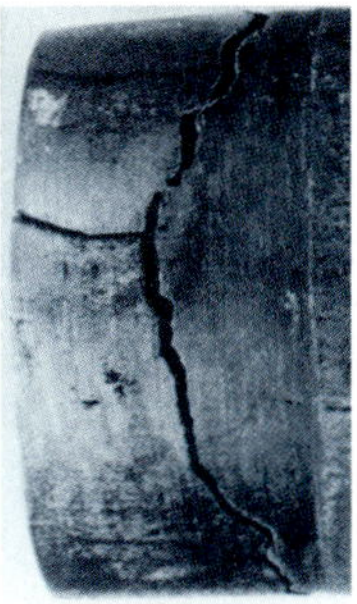

1

2

Korrosion 3: **1** Trennbruch in einem Heizkesselrohr durch Spannungskorrosion; das Rohr war nicht in ganzer Länge durch Einwalzen verfestigt. **2** K. verursachte die schartig gewordenen Kanten und den Dauerbruch in der Laufschaufel einer Dampfturbine

Korrespondenzprinzip, von N. Bohr eingeführtes heurist. Prinzip der Atommechanik, das besagt, daß für den Grenzfall stationärer Zustände mit großen Quantenzahlen die quantentheoret. Beschreibung in die klassische übergehen muß. Das K. spielte vor der Entwicklung der heutigen →Quantenmechanik in der älteren Quantentheorie eine wichtige Rolle.

Korrosion, nach DIN die Reaktion eines metallischen Werkstoffes mit seiner Umgebung, die eine meßbare Veränderung des Werkstoffes bewirkt und zu einem K.-Schaden führen kann. Sie ist in den meisten Fällen elektrochem. Art. Es kann sich aber auch um chemische oder metallphysikal. (z. B. Lösen in einer Metallschmelze) Vorgänge handeln. Von K. wird in einigen Fällen auch bei

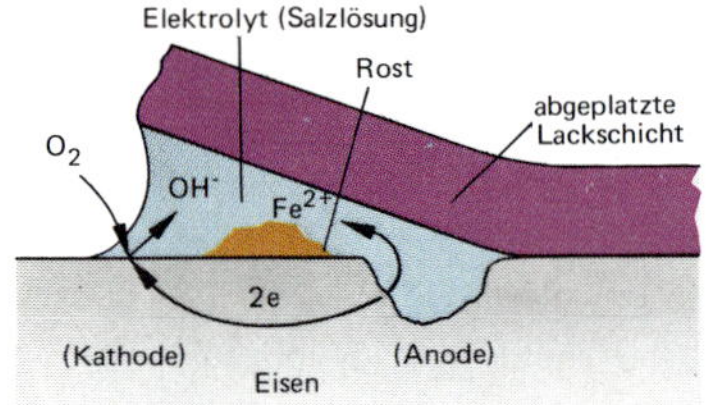

Korrosion 1: Spaltkorrosion infolge unterschiedlicher Begasung mit Sauerstoff; Rostbildung:

$$Fe^{2+} + 2\,OH^- \longrightarrow Fe(OH)_2 \xrightarrow{O_2} Fe(OH)_3 \xrightarrow{-H_2O} FeO(OH)$$

Kunststoffen gesprochen. Abgesehen von der K. durch trockene, heiße Gase (→Zunderung), ist zur K. i. a. ein Elektrolyt, d. h. Feuchtigkeit erforderlich. Bei der **elektrochem. K.** wird das korrodierende Metall zur Anode und geht z. B. nach der Gleichung: $Fe \rightleftharpoons Fe^{2+} + 2e$ als Metallion in Lösung. Die abgegebenen Elektronen müssen an einer kathod. Stelle des Werkstoffes umgesetzt werden. Kathodenreaktion ist in saurer Lösung: $2\,H_3O^+ + 2e \rightleftharpoons H_2 + 2\,H_2O$ **(Säure-K.),** in neutraler oder bas. Lösung bei Anwesenheit von Sauerstoff: $\frac{1}{2}\,O_2 + H_2O + 2e \rightleftharpoons 2\,OH^-$ **(Sauerstoff-K.).** Die K.

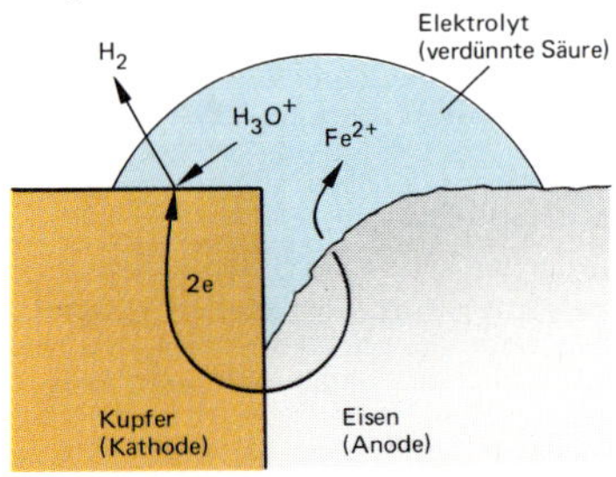

Korrosion 2: Kontaktkorrosion

durch Wasser oder Salzlösungen wird deshalb durch gelösten Sauerstoff oder durch saure Komponenten (z. B. Kohlen- und Schwefeldioxid aus Industrieabgasen) beschleunigt. Sind ein edleres (z. B. Kupfer) und ein unedleres (z. B. Eisen) Metall durch Niet-, Schraub- oder Schweißverbindungen leitend miteinander verbunden, kommt es zur **Kontakt-K.** Das unedlere Metall wird zur Anode und korrodiert, am edleren Metall läuft die Kathodenreaktion ab. Anodische und kathod. Teilreaktionen können auch an derselben Metalloberfläche (z. B. an verschiedenen Gefügebestandteilen oder bei unterschiedl. Begasung mit Sauerstoff) stattfinden. Einige unedle Metalle (z. B. Aluminium, Chrom, Chromstähle) sind unter best. Bedingungen unerwartet korrosionsbeständig. Sie überziehen sich mit einer sehr dünnen, meist oxidischen Schutzschicht, die den Ablauf der Elektrodenreaktionen hemmt **(Passivierung).**

Die Geschwindigkeit der K. eines Werkstoffes in einem best. K.-Medium wird meist in mm Abtragung pro Jahr angegeben (lineare Abtragungsrate). Neben der gleichmäßigen Flächen-K. treten örtlich begrenzte K.-Erscheinungen, wie →Spannungsrißkorrosion, →Lochfraß und →Kornzerfall auf.

Die →mikrobiologische Korrosion wird durch Mikroorganismen hervorgerufen.

H. E. Hömig: Metall und Wasser. Einf. in die K.-Kunde ([4]1978); K.-A. v. Oeteren: K.-Schutz durch Beschichtungsstoffe (1980); P. J. Gellings: K. u. K-Schutz von Metallen (1981). – Ztschr.: Werkstoffe und K. (seit 1950).

Korrosionsschutz, Maßnahmen zur Vermeidung oder Verminderung von Schäden durch →Korrosion. Beim **passiven K.** werden Werkstoff und korrodierendes Medium durch Schutzschichten voneinander getrennt. Dabei kann es sich um Beschichtungen (z. B. Anstriche, Kunststoffolien), metall. Überzüge (z. B. durch Galvanisieren, Schmelztauchen, Plattierung) oder anorganisch-nichtmetall. Überzüge (z. B. Email) handeln. Zum **aktiven K.** werden die Entfernung oder Unschädlichmachung

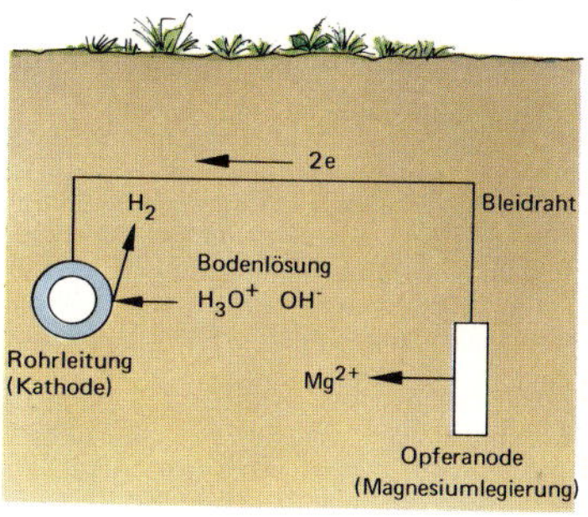

Korrosionsschutz: Kathodischer K. mit Opferanode

der korrosiven Stoffe (z. B. durch Inhibitoren), elektrochem. Methoden (kathodischer und anod. K.) und konstruktive Maßnahmen gezählt. Als **Korrosions-Inhibitoren** werden z. B. Hydrazin und filmbildende Fettamine (für Kesselwasser) sowie Natriumchromat zus. mit Natriumnitrit und anderen Stoffen (für Kühlwasserkreisläufe von Motoren) verwendet. Beim kathod. K. wird die zu schützende Konstruktion (z. B. erdverlegte Rohrleitung) durch einen aufgezwungenen Strom zur Kathode gemacht (Korrosion erfolgt anodisch). Das geschieht durch Anlegen einer Gleichspannung oder unter Auflösung einer Opferanode (z. B. aus Magnesium), die mit dem zu schützenden Teil leitend verbunden wird. Zu den konstruktiven K.-Maßnahmen gehören die Vermeidung von Spalten (Ansammlung von Feuchtigkeit und ungenügende Belüftung) und von elektrisch leitenden Verbindungen verschiedener Metalle (z. B. Stahlschraube auf Messing). **Temporärer K.** wird bei der Lagerung oder beim Transport von Bauelementen, Maschinen u. a. angewandt. Die zu schützenden Teile werden mit Ölemulsionen, Fetten u. a. überzogen oder in Papier eingepackt, das mit einem flüchtigen Inhibitor (Dichan, Abk. für ›Dicyclohexylammoniumnitrit‹) getränkt ist (VPI-Papier, Abk. für ›Vapour Phase Inhibitor‹).

Korrosionsbeständigkeit ist die Widerstandsfähigkeit (bes. von Metallen) gegen die zerstörende Wirkung von Wetter und chemisch aggressiven Substanzen; sie wird durch Kurzzeit- oder Langzeitversuche ermittelt.

Kort-Düse

Kort-Düse, nach dem Erfinder benannte düsenartige Ummantelung einer Schiffsschraube zur Verbesserung des Wirkungsgrades. Schwenkbar angeordnet: **Kort-Düsenruder.**

Korund *der,* Mineral α-Al_2O_3, meist Glasglanz, H. 9, D. 4; Kristalle plattig, säulig, oft tonnenförmig, auch als derbe Einsprenglinge. Vorkommen in tonerdereichen magmat. Tiefengesteinen und Pegmatiten sowie in metamorphen Gesteinen, sekundär angereichert in (Edelstein-)Seifen. Neben den meist trüben, grauen bis bläulichgrauen **gemeinen K.** (Bestandteil des →Schmirgels) treten durchsichtige Edelsteinvarietäten auf: farbloser **Leukosaphir,** roter **Rubin,** blauer **Saphir** sowie auch klarer K. von weißer, gelber, grüner und violetter Farbe. (Weitere Bilder S. 106)

Kosekans, Cosecans, eine →Winkelfunktion.

Kosinus, Cosinus, eine →Winkelfunktion.

Kosinus|satz, Cosinussatz, →Winkelfunktionen.

kosmische Geschwindigkeiten, astronautische Geschwindigkeiten, die Anfangsgeschwindigkeiten, die ein von der Oberfläche der Erde (oder von einem anderen Zentralkörper, z. B. Mond, Planeten) abgeschossener Körper haben muß, um bestimmte Bahnen zu erreichen: Schießt man einen Körper von einem wenig über der Erdoberfläche gelegenen Punkt in waagerechter Richtung mit der **ersten k. G. (Grenzgeschwindigkeit, Kreisbahngeschwindigkeit)** $v_G \approx 7{,}9$ km/s in waagerechter Richtung, so beschreibt er eine Kreisbahn (Bild Flugbahn). Schießt man einen Körper unter einem beliebigen Winkel mit mindestens der **zweiten k. G. (Fluchtgeschwindigkeit, Entweichungsgeschwindigkeit)** v_F von der Oberfläche eines Zentralkörpers ab, so kann er aus dessen Gravitationsfeld entfliehen. Für die Erde gilt: $v_F \approx 11{,}2$ km/s. Ein von der Erde abgeschossener Körper verläßt das Gravitationsfeld der Sonne, wenn seine Abschußgeschwindigkeit relativ zur Sonne mindestens 42 km/s beträgt; diese Geschwindigkeit läßt sich unter Ausnutzung der Bahngeschwindigkeit der Erde erreichen, wenn man einen Körper in Richtung der Erdumlaufbewegung mit einer Anfangsgeschwindigkeit relativ zur Erde abschießt, die mindestens gleich der **dritten k. G.** von etwa 16,6 km/s ist. Die **vierte k. G.** ist die Geschwindig-

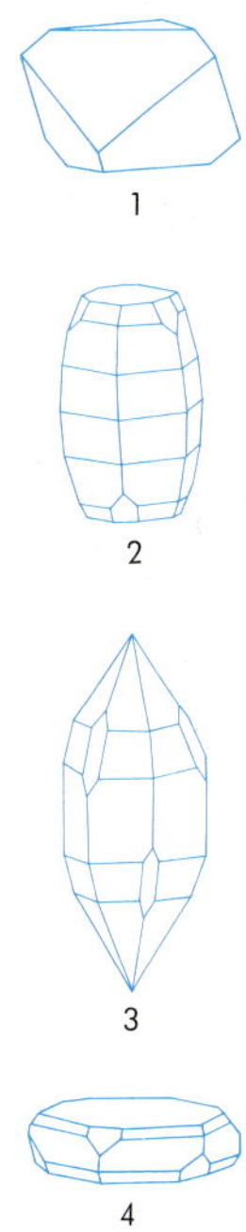

Korund

Korund: 1 rhomboedrische Grundform; **2–4** kombinierte Formen: **2** prismatisch, **3** spitzpyramidal, **4** taflig

Korund:
Kristallbruchstück eines Rubin (Kenia, O-Afrika)

Korund:
Kristalle (Sri Lanka)

keit, mit der ein Flugkörper von der Erde in der günstigsten Richtung abgeschossen werden muß, damit er das Milchstraßensystem verlassen kann; sie beträgt etwa 100 km/s.

kosmische Strahlung, Höhenstrahlung, Ultrastrahlung, sehr energiereiche Strahlung aus dem Weltraum, die auf die Erdatmosphäre trifft und nach vielen Umwandlungen noch in großen Tiefen im Meer und in der Erdrinde nachweisbar ist. Die **primäre k. S.** stößt aus allen Richtungen auf die Erdatmosphäre. Sie besteht v. a. aus hochenerget. nuklearen Partikeln, bes. etwa 85% Protonen, 14% Heliumkernen (α-Teilchen) sowie schwereren Atomkernen. Neben der Nukleonenkomponente existiert eine Leptonen- (Elektronen, Positronen, Myonen und Neutrinos), eine Röntgen- und eine γ-Strahlenkomponente. Die primäre k. S. erzeugt in der Atmosphäre eine **sekundäre k. S.:** durch Kernreaktionen mit den Luftmolekülen entstehen u. a. Pionen, die entweder über Myonen in Elektronen oder in zwei γ-Quanten zerfallen; ferner können sie beim Stoß mit Luftmolekülen Baryonen erzeugen. Die Elektronen bilden in versch. Prozessen hochenerget. γ-Quanten, die wiederum Elektron-Positron-Paare erzeugen. Es kommt somit zu einer kaskadenartigen Vervielfachung; die energiereichsten beobachteten Primärteilchen bilden ausgedehnte **Luftschauer,** die an der Erdoberfläche ein Gebiet von mehreren Quadratkilometern mit mehr als 10 Mrd. Ladungsträgern erzeugen. Die Intensität der k. S. steigt vom Äquator zu den magnet. Polen an, weil geladene Partikel niederer Energie auf Grund des Erdmagnetfeldes nur in der Nähe der magnet. Pole zur Oberfläche gelangen können (→Breiteneffekt). Die Intensität der k. S. ist vom elfjährigen Zyklus der Sonnenaktivität (Sonnenflecken) abhängig, und zwar nimmt sie mit zunehmender Sonnenaktivität ab **(Forbush-Effekt** [f'ɔ:bʊʃ-]), weil der dann stärker werdende Sonnenwind (Protonen-, α-Teilchen, Elektronen niedriger Energie) durch sein Magnetfeld das Eindringen der k. S. in die Atmosphäre erschwert.

Ein kleiner Anteil der k. S. wird von der Sonne erzeugt (Energie etwa 10^7–10^{10} eV). Die k. S. mittlerer Energie (10^{10}–10^{16} eV) stammt aus unserem Milchstraßensystem (von Supernovae und deren Überresten, den Pulsaren sowie aus dem Kern der Milchstraße), während die energiereichste k. S. (bis 10^{20} eV) vorwiegend aus anderen Galaxien(-kernen) und Quasaren stammt.

Erste Hinweise auf die k. S. wurden durch Entladungsexperimente von J. ELSTER, H. GEITEL (1899) und C. T. R. WILSON (1900) gefunden. Entdeckt wurde sie 1911/13 von V. F. HESS, W. KOLHÖRSTER und A. GOCKEL bei Ballonaufstiegen in 2000–5000 m Höhe. Durch Ballonmessungen und v. a. durch künstl. Erdsatelliten hat man über die Zusammensetzung und Energie der k. S. genaue Kenntnisse erlangt.

Kosmogonie beschäftigt sich mit der Entstehung der Himmelskörper, z. B. mit der Entstehung des Sonnensystems; auch die Entwicklung der Himmelskörper (z. B. die →Sternentwicklung) wird zur K. gerechnet. Dagegen ist die Entstehung und Entwicklung des Weltalls als Ganzes und dessen raumzeitl. Struktur Gegenstand der →Kosmologie.

Kosmologie, Lehre vom Weltall als einem einheitl. Ganzen. Ausgehend von den astronom. und astrophysikal. Beobachtungen und Erfahrungen seit der Antike und unterstützt von einer modernen Geräte- und Meßtechnik, baut sie auf physikal. Erkenntnissen und Theorien (→Gravitation, allg. →Relativitätstheorie) auf, um eine Vorstellung über Entstehung, Entwicklung, Alter, Ausdehnung und Struktur des Kosmos zu gewinnen. – Die K. wurde ein selbständiges naturwissenschaftl. Sondergebiet, seitdem der Astronomie der Nachweis gelang, daß unsere Milchstraße nur ein einzelnes unter zahlreichen ihr verwandten anderen →Sternsystemen ist. Sie gewann an Substanz durch die Erkenntnis, daß die Struktur des kosm. Raumes durch eine nichteuklid. Geometrie beschrieben werden kann, der die Vorstellung eines unbegrenzten ›gekrümmten Raumes‹ mit endl. Volumen erlaubt. Stark belebt wurde die kosmolog. Forschung durch die Entdeckungen des →Hubble-Effektes und später der kosm. →Hintergrundstrahlung (Drei-Kelvin-Strahlung), die eine Expansion des Weltalls erkennen lassen und damit die Frage nach seiner zeitl. Veränderlichkeit aufwerfen. Auch die aus der Häufigkeitsverteilung der chem. Elemente abgeleitete zeitlich begrenzte Entstehung der Elemente und das →Olberssche Paradoxon werden als Beweis für die Expansion des Kosmos herangezogen. – Der empir. K. wurden nach dem zweiten Weltkrieg v. a. durch die zur opt. Astronomie hinzugekommene →Radioastronomie neue Bereiche und wesentlich größere Reichweiten der Beobachtungen erschlossen. Die Entdekkung der sehr strahlungskräftigen ›quasistellaren‹ Radioquellen (→Quasare) bis zu Entfernungen von etwa 16 Mrd. Lichtjahren haben die Aussicht, seine Raumkrümmung messen und damit die Endlichkeit des Weltraums nachweisen zu können, entscheidend erhöht.

Kosmolog. Modelle. Modelle über Ursprung und Entwicklung des Universums müssen dessen Expansion, die Entstehung und Verteilung der chem. Elemente und die kosm. Hintergrundstrahlung erklären können unter Berücksichtigung der kosmolog. Prinzipien, wonach sich Materie, Eigenschaften und Bewegung im Weltall statistisch homogen und isotrop verteilen. Es gibt zwei Gruppen von Modellvorstellungen, das **evolutionäre, dynam.** oder **relativist. Modell,** in dem ein in ständiger Entwicklung begriffener Kosmos angenommen wird, und i. Ggs. dazu das **stationäre** oder **Steady-state-Modell** [st'edɪ steɪt-, engl.].

Aus seiner allg. Relativitätstheorie hatte A. EINSTEIN ein stationäres Universum angenommen. W. DE SITTER (1917) und A. FRIEDMANN (1922) wiesen nach, daß damit auch dynam. kosmolog. Modelle beschrieben werden können. – Daneben fand die von F. HOYLE 1948 begründete Theorie des stationären Kosmos (›steady state theory‹) vielfache Zustimmung; diese besagt, daß das Weltall trotz ständiger Expansion des Gesamtsystems im großen sich immer gleich bleibe, indem eine ständige Spontanerzeugung von Materie der durch die Expansion bedingten Verringerung der durchschnittl. Massendichte kompensierend entgegenwirke. Diese Vorstellung, in der G. BRUNOS Lehre der Unveränderlichkeit des Weltalls eine gewisse Erneuerung fand, gilt seit der Entdeckung der kosm. Hintergrundstrahlung (1965) als widerlegt.

Die heutige, durch eine Fülle neuer empir. Ergebnisse gestützte dynam. K. rechnet im Sinn der Friedmann-Modelle mit einem Beginn der Weltentwicklung vor rd. 18 Mrd. Jahren aus dem →Urknall; während der ersten Minuten entstanden aus dem sich ausdehnenden und abkühlenden Energie-Teilchen-Gemisch Protonen und Neutronen, die sich teilweise noch zu Helium verbinden konnten, ehe die rasche Expansion die Temperatur des Weltalls unter die für die Elementsynthese erforderl. Grenze absinken ließ. Da außerdem auch Elektronen entstanden waren, die sich auf Grund der noch zu hohen Temperatur nicht mit den Atomkernen zu neutralen Atomen verbinden konnten, blieb das Weltall anfangs für elektromagnet. Strahlung undurchdringlich: Photonen, die etwa milliardenfach häufiger als Protonen und Neutronen waren, wurden an den Elektronen immer wieder gestreut. Erst bei einer Temperatur von etwa 3000 Kelvin wurden Materie und Strahlung ›entkoppelt‹, konnte sich die Strahlung frei durch das All bewegen; die Relikte jener Strahlung beobachtet man heute als kosm. Hintergrundstrahlung.

Für die Asymmetrie in der Verteilung von Materie und Antimaterie im Kosmos (nach Meinung der Astrophysiker enthält das Universum fast ausschließlich Materie) können die neuen Theorien der Elementarteilchenphysik zur Vereinigung der starken mit der elektroschwachen → Wechselwirkung und die Entdeckung der Verletzung der → CP-Invarianz Erklärungen liefern. Es ist zu vermuten, daß in dem extrem heißen und dichten Universum unmittelbar nach dem Urknall gleich große Mengen von Materie und Antimaterie existiert haben. Bei den häufigen Zusammenstößen zw. den sehr energiereichen Partikeln hätte schon eine sehr seltene Verletzung des Erhaltungssatzes der Baryonenzahl bei den Zerfallsprozessen der in den Stoßreaktionen erzeugten → X-Teilchen ausgereicht, um im Zeitraum von 10^{-34}–10^{-4} s nach dem Urknall ein geringfügiges Übergewicht von Protonen gegenüber Antiprotonen im Verhältnis 1000000001:1000000000 herauszubilden. Später hat dann jeder Zusammenstoß von Antiprotonen mit Protonen zur Vernichtung beider Teilchen unter Emission von Strahlung geführt. Die heute beobachtbare Materie entspricht nach diesem Modell der Zahl der überschüssigen Protonen.

Ob die gegenwärtige Expansion des Weltalls bis in unendl. Zeit weiter- oder später in eine Kontraktion übergeht, hängt von seiner nur schwierig zu ermittelnden Gesamtmasse ab, die sich nicht nur aus der Masse der Galaxien und kaum beobachtbaren Zwerggalaxien zusammensetzt, sondern auch aus der Masse der schwer abschätzbaren → interstellaren Materie. Erst bei einer mittleren Materiedichte des Kosmos von mindestens 10^{-29} g/cm^3 ist ein Übergang der Expansion in eine Kontraktion zu erwarten. Derzeit wird eine mittlere Dichte von 10^{-31} g/cm^3 angenommen. Dieser Wert müßte erheblich nach oben korrigiert werden, wenn sich die Voraussagen der großen Vereinigungstheorie der Wechselwirkungen bestätigen sollten, daß die → Neutrinos entgegen den bisherigen Vorstellungen doch eine von Null verschiedene Ruhemasse besitzen.

E. R. Harrison: Cosmology (1981).

Kosmos, 1) *der,* das → Weltall.

2) Name wissenschaftl. und militär. → Satelliten 2) der UdSSR. Seit K. 1 (Start 16. 3. 1962) wurden bis Ende 1982 über 1400 Satelliten der K.-Reihe gestartet. Teilweise werden bis zu acht K.-Satelliten gleichzeitig mit einer Trägerrakete auf ihre Erdumlaufbahn transportiert. Ein Teil von ihnen, vorwiegend mit biomedizin. und militär. Aufgaben, kehrt zur Erde zurück. Die meisten haben eine Missionsdauer von nur wenigen Wochen oder Tagen.

Kotangens, Cotangens, eine → Winkelfunktion.

Kote, bei einer Parallelprojektion auf eine Tafel zu einem Bildpunkt gehörige Zahl, die die Höhe des Bildpunktes vor oder hinter der Tafelebene angibt, z. B. die Höhenzahl eines Geländepunktes über einer Bezugsfläche (z. B. über NN).

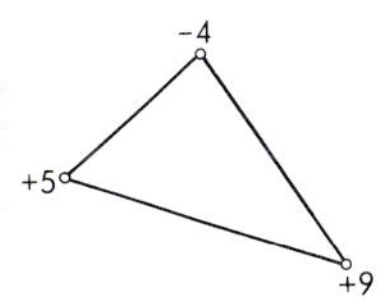

Kote

Kotflügel, aus Blech, Kunststoff oder Hartgummi gepreßte Abdeckung der Räder bei Straßenfahrzeugen als Schutz gegen das Abschleudern von Straßenschmutz.

kotonisieren, Spinnerei: chem. oder mechan. Aufschließen von Flachs oder Hanf zu Flockenbast mit baumwollähnl. Faserlänge.

kovalente Bindung, Art der → chemischen Bindung.

Kovarianz, Statistik: Maß für die gegenseitige Abhängigkeit (Verbundenheit) zw. zwei meßbaren Erscheinungen. Standardisierung der K. führt zur → Korrelation, die K. einer Erscheinung mit sich selbst ist ihre → Streuung.

kp, Einheitenzeichen für → **Kilopond.**

kPa, Einheitenzeichen für **Kilopascal** (→ Pascal).

kpc, Einheitenzeichen für **Kiloparsec** (→ Parsec).

kpm, kp·m, Einheitenzeichen für **Kilopondmeter** (→ Meterkilopond).

Kr, chem. Symbol für → **Krypton.**

Krabben, Textiltechnik: → Einbrennen 2).

Kracken, svw. → Cracken.

Krad, Abk. für → **Kraftrad.**

Kraft, Formelzeichen *F*, gerichtete physikal. Größe, die Ursache für Formänderungen gebundener oder für die Beschleunigung frei beweglicher Körper ist. Ein Körper, auf den keine K. wirken, beharrt im Zustand der Ruhe oder der gleichförmig geradlinigen Bewegung (Trägheitsprinzip, 1. Newtonsches Axiom). Aus der Wechselwirkungsnatur folgt, daß K. stets nur paarweise auftreten. Die Wirkungen zweier Körper aufeinander sind gleich, aber entgegengesetzt gerichtet (Prinzip der Gleichheit von Wirkung und Gegenwirkung, 3. Newtonsches Axiom, → Reaktionsprinzip).

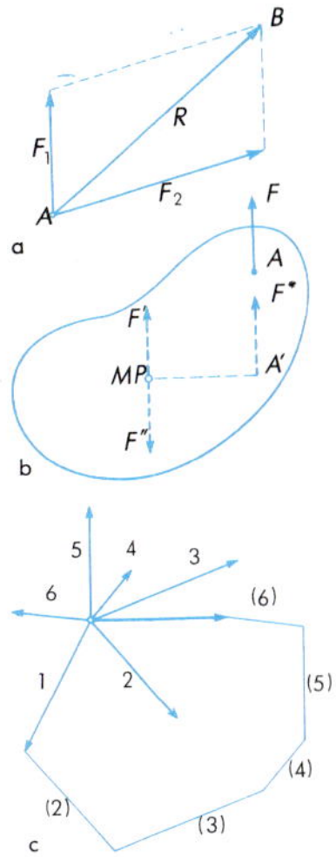

Kraft

Kraft: a Kräfteparallelogramm, **b** Wirkung von Kräften auf einen frei beweglichen, starren Körper, **c** Kräftepolygon, Vereinigung von sechs Kräften nach dem Satz vom Kräftepolygon

Die K. ist begrifflich abgeleitet von der bei der Einwirkung auf einen Körper aufgebrachten Muskel-K. Zur exakten physikal. Definition dient die → Schwerkraft, d. h. die Gewichtskraft der Körper. Durch eine unverändert wirkende K., z. B. eine sich entspannende Feder, werden gleich schwere Massen gleich stark beschleunigt. Jedem Körper kann man durch Gewichtskraftvergleich eine Masse zuschreiben, die sein Verhalten bei Beschleunigungen beschreibt: die Beschleunigung ist proportional zur K. und umgekehrt proportional zur Masse, oder: das Produkt aus Masse und Beschleunigung ist der K. proportional. Umgekehrt erhält man die dynam. Definition der K. aus der Gleichung: K. = Masse mal Beschleunigung (2. Newtonsches Axiom). Diese Proportionalität erlaubt eine dynam. **K.-Messung,** d. h., K. werden durch Vergleich der an der gleichen Masse hervorgerufenen Beschleunigung gemessen. Die SI-Einheit der K. ist das → Newton, 1N = 1 m kg/s^2. Als techn. Krafteinheit benutzte man früher das → Kilopond, 1 kp = 9,80665 N; auch das Dyn (1 dyn = 10^{-5}N) als physikal. Krafteinheit des CGS-Systems ist keine gesetzl. Einheit mehr.

Neben der **Schwer-K.,** den **elastischen K.** und der **Trägheits-K.,** mit der die Körper einer Änderung ihres Bewegungszustandes widerstehen, kennt die klass. Physik die K. zw. ungleichnamigen (Anziehung, Attraktion) und zw. gleichnamigen (Abstoßung) elektr. Ladungen und Magnetpolen sowie die in einem Magnetfeld auf eine bewegte Ladung ausgeübte K., gleichbedeutend der K. zw. stromdurchflossenen Leitern. Die **Druck-K.**, die ein in ein Gefäß eingeschlossenes Gas auf die Wand ausübt, rührt von den Trägheits-K. her, die die Bewegungsänderung der Moleküle bei ihrem Stoß auf die Wand erzeugt. Die **Reibungs-K.**, die zwei sich berührende, gegeneinander bewegte Körper aufeinander ausüben, beruht auf dem Aufbrechen von Molekülbindungen in der Grenzfläche oder Grenzschicht.

Im Prinzip lassen sich alle K. auf die mit den fundamentalen →Wechselwirkungen verbundenen Grundkräfte zurückführen, wozu die **Gravitations-K.** (→Gravitation), die **elektromagnet. K. (Coulomb. K.**, →Coulombsches Gesetz; →Lorentz-Kraft), die K. der starken Wechselwirkung einschließlich der →Kernkräfte und die der schwachen Wechselwirkung gehören.

Zusammensetzung von K.: Zwei oder mehrere in einem Punkt angreifende K. versch. Richtung kann man durch die **resultierende K. (Resultante)** ersetzen. Algebraisch findet man sie durch vektorielle Addition, geometrisch dadurch, daß man die durch Pfeile (Vektoren) dargestellten, im Punkt A angreifenden K. F_1 und F_2 zu einem Parallelogramm ergänzt **(K.-Parallelogramm**; BILD a, S. 107). Die Diagonale von A nach B ist die Resultante R. Ebenso läßt sich jede K. nach beliebigen Richtungen in zwei oder mehr K. zerlegen, z. B. R in die Kräfte F_1 und F_2. – Mehr als zwei in einem Punkt angreifende K. lassen sich sukzessiv nach der Parallelogrammregel zusammensetzen und ergeben ein **Kräftepolygon (Krafteck**; BILD c, S. 107), bei dem die Resultierende vom Anfangspunkt des ersten zum Endpunkt des letzten K.-Vektors weist. – Greifen aber mehrere K. in verschiedenen Punkten eines starren Körpers an, so läßt sich deren Wirkung auf die Bewegung des Körpers nicht durch eine einzige Resultante beschreiben. Denkt man sich alle K. parallel zu sich in den Massenmittelpunkt (*MP*) verschoben, so ist die dann aus ihnen gebildete Resultante nur für die Translationsbewegung, d. h. für die Bewegung des *MP*, verantwortlich. Zu dieser kommt noch eine (beschleunigte) Rotationsbewegung, wenn nicht das →Drehmoment der K. um den *MP* gleich Null ist: eine in A angreifende K. F läßt sich allg. durch ein **Kräftepaar** F^* und F'' ersetzen, d. h. zwei an der Achse $MP–A'$ senkrecht, aber entgegengesetzt gerichtet angreifende K. ($F^* = F = F'$; $F'' = -F'$; BILD b, S. 107) sowie eine im *MP* angreifende Kraft F', die die Translationsbewegung des *MP* verursacht, während das Kräftepaar eine Drehbewegung des Körpers um den *MP* bewirkt.

Kraftfahrzeug, Abk. **Kfz**, selbstfahrendes Landfahrzeug, das durch Maschinenkraft bewegt wird, ohne an Gleise gebunden zu sein, →Kraftwagen, →Kraftrad, Zugmaschine (→Sattelkraftfahrzeug, →Ackerschlepper).

Rechtsgrundlagen für Zulassung und Verkehr von K. sind in der Bundesrep. Dtl. das Straßenverkehrs-Gesetz (StVG), die Straßenverkehrs-Zulassungs-Ordnung (StVZO) und die Straßenverkehrs-Ordnung (StVO) u. a.

K. mit einer Höchstgeschwindigkeit von mehr als 6 km/h und ihre Anhänger müssen zum Betrieb auf öffentl. Straßen durch Erteilung einer Betriebserlaubnis und durch Zuteilung eines amtl. Kennzeichens zugelassen sein. Best. K. wie selbstfahrende Arbeitsmaschinen, Fahrrad mit Hilfsmotor unterliegen nicht der Zulassungspflicht, bedürfen aber i. d. R. einer Betriebserlaubnis. Für Serienfahrzeuge wird dem Hersteller nach Prüfung durch das Kraftfahrt-Bundesamt eine allg. Typen-Betriebserlaubnis erteilt. Für Einzelfahrzeuge ist eine Betriebserlaubnis der Zulassungsstelle erforderlich.

K. und Anhänger sind in regelmäßigen Zeitabständen vom →Technischen Überwachungsverein auf ihre Vorschriftsmäßigkeit zu überprüfen.

Kraftfahrzeugbeleuchtung dient zur Beleuchtung der Fahrbahn und zur Kennzeichnung des Fahrzeugs bei Dunkelheit und schlechten Sichtverhältnissen, z. B. Regen und Nebel. Die Straßenverkehrs-Zulassungs-Ordnung regelt Anzahl, Anordnung, Bemessung, Stärke, Farbe, System, Verteilung der Beleuchtungsstärke der Lampen. Voraussetzung für eine optimale Ausleuchtung der Fahrbahn bei möglichst geringer Blendgefahr ist eine fachgemäße Einstellung der Scheinwerfer, bes. bei Halogenglühlampen. Vgl. hierzu die Stichwörter: abblenden, Beleuchtung, Blinkleuchten, Bremsleuchten, Halogen-Glühlampe, Nebelscheinwerfer, Parkleuchte, Rückfahrscheinwerfer, Rückstrahler, Schlußleuchte, Standlicht, Warnblinkanlage.

Kraftfahrzeugstraße, Kraftfahrstraße, früher **Autostraße,** eine ausschließlich für Kraftfahrzeuge bestimmte Straße, mit anderen Verkehrswegen nicht unbedingt plankreuzungsfrei geführt, i. d. R. vierspurig; K. sind meist Zubringerstraßen von den Städten zur Autobahn (Autobahnzubringer).

Kraftfeld, in der Nahwirkungstheorie ein Kräfte vermittelndes →Feld, das sich durch **Kraftlinien (Feldlinien)** veranschaulichen läßt. Ein frei bewegl. Probekörper (Masse, elektr. Ladung, Magnetpol) wird stets in Richtung einer Kraftlinie beschleunigt.

Kraftfluß, 1) **elektr. K.**, veraltet für den →elektrischen Fluß. 2) **magnet. K.**, veraltet für den →magnetischen Fluß.

Kraftheber, hinten oder vorn am →Ackerschlepper angebrachte Vorrichtung zum Ankuppeln und zum Heben und Senken von Landmaschinen und -geräten.

Kraftkilogramm, Einheitenzeichen **kg***, **kg_f**, veraltete Krafteinheit im technischen →Maßsystem, wurde durch →Kilopond ersetzt: $1\ kg^* = 1\ kg_f = 1\ kp = 9{,}80665\ N$.

Kraftlini|en, Feldlinien (→Feld) eines →Kraftfelds.

Kraftmaschinen, Maschinen zur Umsetzung einer Energieform in mechan. Energie, wobei treibende Kräfte erzeugt werden, die einen Kolben hin und her bewegen (Hubkolben-K.) oder eine drehende Bewegung hervorrufen (Kreiskolbenmotoren, Turbinen, Elektromotoren). Nach der Art der bei der Umwandlung ausgenützten Energiequelle (Wärme, Wasser, Elektrizität) unterscheidet man →Wärmekraftmaschinen, →Wasserkraftmaschinen, →Elektromotoren.

Kraftmesser, der →Dynamometer.

Kraft|omnibus, Abk. **KOM, Omnibus, Autobus,** Abk. **Bus,** ein Kraftwagen für die Beförderung von mehr als neun Personen (einschließlich Fahrer) und ihres Reisegepäcks. **Kleinbusse** für maximal 17 Personen werden mit Rahmen oder selbsttragend gebaut, als Antrieb dienen Diesel- oder Ottomotoren bis 75 kW (rd. 100 PS). Große K. werden vorwiegend selbsttragend gebaut (Kastenrahmenbodenanlage und Profilrohraufbau mit Beplankung gegenseitig verschweißt), haben Heck- oder Unterflur-Dieselmotoren mit 110–235 kW (rd. 150–320 PS) Antriebsleistung, zulässige Gesamtgewichte von 12 bis 16 t bei Zweiachsern und bis 26 t bei Dreiachsern (z. B. **Gelenkbus,** →Gelenkfahrzeug). Dem Komfort dienen langhubige, weiche Stahl- oder Luftfederungen.

Linienbusse mit Sitz- und Stehplätzen haben automat. Getriebe; mit niedriger Rahmenbodenanlage wird der

Einstieg erleichtert. Durch Mehrdeckbauweise **(Doppeldeckbus)** kann das Sitzplatzangebot bei gleicher Buslänge erhöht werden. **Reisebusse** haben höhere Rahmenbodenanlage, deren Hohlräume als Gepäckraum dienen, **Fern-Reisebusse** meist verstellbare Einzelsessel, oft Klimaanlage, Sonnenschutzverglasung, auch Bordküche, Toilette und Waschgelegenheit.

Kraftpapier, Papier hoher Festigkeit aus gebleichtem oder ungebleichtem Sulfatzellstoff.

Kraftrad, Abk. **Krad, Motorrad,** zweirädriges, einspuriges Fahrzeug zur Beförderung von Personen und/oder Gütern; auch mit Beiwagen wird die Eigenschaft als K. nicht verändert (DIN). Diese und gesetzliche Bestimmungen (vgl. ÜBERSICHT) unterscheiden folgende Gruppen: **Motorrad,** wird mit Knieschluß gefahren und hat keine Tretkurbeln; **Motorroller,** wird ohne Knieschluß gefahren, beide Führerschein-Klasse 1; **Leichtkraftrad; Mokick** (Kickstarter und Fußrasten); **Moped** und **Mofa** (beide mit Tretkurbeln).

Fahrwerk. Der Rahmen besteht aus Stahlrohren oder wird bei kleineren Modellen aus Stahlblech gepreßt. Vorderräder sind meist durch Teleskop-Gabel, Hinterräder durch lange Schwinge geführt und abgefedert. Die Vordergabel ist im Steuerkopf des Rahmens auf Wälzlagern schwenkbar gelagert. Gelenkt wird das K. durch Gewichtsverlagerung des Fahrers und über den Lenker durch größeren oder (bei schneller Fahrt) kleineren Lenkeinschlag des Vorderrades, was zur Schräglage bei Kurvenfahrt führt. Viele K. sind gegen Lenkungsflattern mit Lenkungsdämpfern ausgerüstet. Zur Federung werden fast ausschließlich Schraubenfedern, meist gekapselt, verwendet. Zur Dämpfung von Federschwingungen dienen hydraul. Stoßdämpfer, häufig mit der Feder zum →Federbein 2) vereinigt. Vorgeschrieben sind zwei voneinander unabhängige Bremsen, als mechanisch betätigte Innenbackenbremsen und/oder als hydraulisch betätigte Scheibenbremse ausgeführt. Der Handbremshebel rechts am Lenker wirkt auf das Vorderrad, der Fußbremshebel nach Norm vor der rechten Fußraste auf das Hinterrad.

Triebwerk. Der Motor wird durch den Fahrtwind, seltener durch Wasser oder durch Gebläse gekühlt. Wegen guter Wärmeabfuhr sind Zylinderkopf und Zylinder tief verrippt sowie mindestens der Zylinderkopf aus Leichtmetall gegossen. Bis 175 cm^3 Hubraum überwiegt der Zweitaktmotor, ab 250 cm^3 der Viertaktmotor, serienmäßig werden Literleistungen etwa bis 95 kW/l (rd. 130 PS/l) bei Zweitakt- und bis 75 kW/l (rd. 100 PS/l) bei Viertaktmotoren erreicht. Ab 100 cm^3 werden meist Zweizylinder-, bei größerem Hubraum bis Sechszylindermotoren gebaut, meist in Parallel- (Twin), weniger in Boxer- oder V-Anordnung. Angeworfen wird der K.-Motor durch Treten des Kickstarters, größere K. werden mit elektr. Starter (Anlasser) ausgerüstet.

Die Kupplung ist gewöhnlich als im Ölbad laufende Mehrscheiben-(Lamellen-)Kupplung ausgebildet, sie wird durch Handhebel links am Lenker betätigt. Das Wechselgetriebe ist meist ein vier- bis sechsstufiges Schubklauen- oder Ziehkeilgetriebe, bei dem alle Zahnräder ständig im Eingriff sind. Geschaltet wird mit dem linken Fuß, bei Motorrollern und Mopeds mit Drehgriff links am Lenker. Die Leistung des Motors regelt man mit Gasdrehgriff rechts am Lenker. Zur Leistungsübertragung vom Getriebe zum Hinterrad dient meist eine Rollenkette, z. T. vollgekapselt. Auch der praktisch wartungsfreie Kardan-Antrieb wird angewendet.

Der Kraftstoffbehälter ist zw. Lenker und Sitz angeordnet, Kraftstoff fließt durch Schwerkraft zum darunterliegenden Vergaser. Die Schmierung erfolgt wie beim →Kraftwagen, die Kette wird von Hand versorgt. Die elektr. Ausrüstung (6 oder 12 V) umfaßt die Zünd- und Lichtanlage mit Scheinwerfer-, Rück- und Bremslicht, Kontrolleuchten, Blinker, Hupe und z. T. Starter, wobei auch Wechselstromgeneratoren verwendet werden.

Kraftrad:
Motorrad BMW R 100 RS,
teilweise aufgeschnitten,
972 cm^3, 51 kW (70 PS),
luftgekühlter 2-Zylinder, 200 km/h

Geschichtliches. 1885 baute G. DAIMLER ein hölzernes K. mit luftgekühltem Benzinmotor. 1892 führte F. MILLET den Stahlrohrrahmen, Stahlspeichenräder und gummibereifte Stahlfelgen ein. 1894 begann die erste Serienfertigung von Krafträdern.

E. TRAGATSCH: Alle Motorräder 1894 bis heute (1976); ders.: Zeugen der Motorradentwicklung (1979); S. KNITTEL: Motorrad-Lexikon (1981); HARDY MÜLLER: ADAC-Motorradbuch (^{3}1982).

Kraftschluß, die Weiterleitung von Kräften zw. Bauteilen oder an die Umgebung durch Reibungskräfte, z. B.

Kraftrad: amtl. Einteilung (Stand: 1982)

Fahrzeug	Mindestalter des Fahrzeugführers	Führerschein Prüfbescheinigung	Sonderregelung
Mofa 25 bis max. 25 km/h max. 4800 U/min Versicherungs-kennzeichen	15	Prüfbescheinigung	Wer vor dem 1. 4. 1980 15 Jahre wurde, braucht keine Prüfung
Moped/Mokick bis 40 km/h Versicherungs-kennzeichen	16	Führerschein Klasse 4 ist in 1, 2 und 3 enthalten	Alte Führerscheine Klasse 5 gelten weiter
Leichtkraftrad Hubraum 50–80 cm^3 bis 80 km/h max. 6000 U/min Amtl. Kennzeichen	16	Führerschein Klasse 1 (beschränkt) ist in alten Führerscheinen 2, 3, 4 enthalten	Leichtkraftrad zulassungsfrei Kleinkrafträder bisherigen Rechts zulassungsfrei für alle bis zum 31. 12. 1983 in den Verkehr gekommenen Fahrzeuge
Kraftrad Hubraum über 80 cm^3 oder über 80 km/h Spitze Amtl. Kennzeichen	18	Führerschein Klasse 1	Ab 18 wird Zusatz ›beschränkt‹ auf Antrag und nach praktischer Prüfung gestrichen

Kraftwagen:
OBEN Porsche 911 SC, Motor und Antrieb hinten, 3000 cm^3, 132 kW (180 PS), 220 km/h;
MITTE Ford Fiesta, Motor und Antrieb vorn, bis 1300 cm^3, 49 kW (66 PS), 158 km/h;
UNTEN Opel Senator, Motor vorn, Antrieb hinten, bis 3000 cm^3, 132 kW (180 PS), 210 km/h

bei Räderfahrzeugen zw. Rad und Fahrbahn, oder durch Feldkräfte, z. B. bei der Induktionskupplung. (→ Formschluß, → Stoffschluß)

Kraftschlußbeiwert, das von Schlupf oder Schräglauf des Reifens abhängige Verhältnis von ausnutzbarer Antriebs-, Brems- oder Seitenkraft zur Radlast eines Fahrzeugs; das Maximum **(Haftbeiwert)** geht über in Kraftschlußgrenze bei völligem Gleiten **(Gleitbeiwert).**

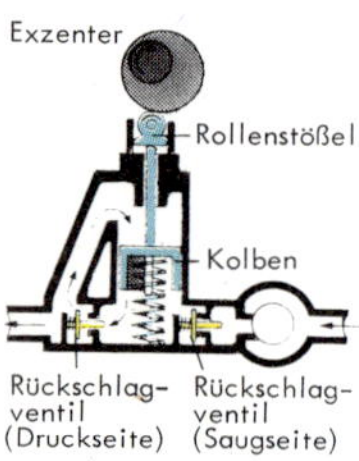

Kraftstoff-Förderpumpe

Kraftstoffbehälter, bei Fahrzeugen mit Verbrennungsmotor ein Behälter aus Stahlblech, Kunststoff, seltener gummiertem Gewebe für flüssige oder gasförmige Kraftstoffe. Bei Luftfahrzeugen werden die **Kraftstoffinnenbehälter** oft durch Abdichtung von ohnehin vorhandenen Hohlräumen der Flugzeugzelle gebildet **(Integraltank);** Zusatzkraftstoff kann in meist abwerfbar angeordneten und strömungsgünstig ausgebildeten **Außenbehältern** mitgeführt werden, die unter dem Rumpf, unter den Tragflächen oder an den Flügelspitzen **(Tiptank)** angeordnet sind. Zum Brandschutz wird der sich bei Entleerung bildende Hohlraum oft mit Inertgas gefüllt; Füllungen mit offenporigen festen Schaumstoffen können ebenfalls stark explosionshemmend wirken und finden zunehmend Anwendung.

Kraftstoffe, meist flüssige oder gasförmige Brennstoffe zum Betrieb von Verbrennungsmotoren. Man unterscheidet zw. → Ottokraftstoffen, → Dieselkraftstoffen und → Turbinenkraftstoffen.

Kraftstoff-Förderpumpe, bei Verbrennungsmotoren eine Pumpe, die den Kraftstoff aus einem Tank zu einem Vergaser oder einem Einspritzsystem fördert. Antrieb über einen Nocken vom Verbrennungsmotor oder durch einen Elektromotor.

Kraftstoff-Luft-Gemisch, → Luft-Kraftstoff-Gemisch.

Kraftstoß, → Impulsübertrag.

Kraftwagen, Automobil, Kw. **Auto,** mehrspuriges Kraftfahrzeug zum Transport von Personen und/oder Gütern, zum Ziehen von Fahrzeugen oder zur Arbeitsleistung; angetrieben gewöhnlich durch Verbrennungsmotor, seltener durch Elektromotor (→ Elektrofahrzeug). Man unterscheidet Personenkraftwagen und Nutzkraftwagen.

Personenkraftwagen (Pkw) werden nach der Größe des Hubraums unterteilt in Kleinwagen bis 1,0 l, mittlere Wagen von 1,1 bis 2,0 l und große Wagen über 2,0 l Hubraum. Der geschlossene Wagen wird als Vier- bis Sechssitzer mit zwei bis vier Türen gebaut **(Limousine),** mit erweitertem Innenraum **(Kombi)** oder zweitürig, meist zweisitzig, sportlich geformt **(Coupé);** Heckraumklappen sind bei allen möglich. Der offene Wagen kommt vor als Renn- oder zweitüriger Sportwagen **(Roadster),** z. T. mit auf- und absetzbarem Dachaufbau **(Hardtop)** sowie zwei- oder viertürig mit zurückklappbarem Verdeck und versenkbaren Seitenfenstern **(Kabriolett).** Als **Lkw-Kombi** werden vom Lkw abgeleitete Pkw mit geschlossenem Aufbau bezeichnet. Zu den **Nutzkraftwagen (Nkw)** gehören → Lastkraftwagen, → Kraftomnibus und **Zugmaschine,** zu der man Straßenzugmaschine, Sattelzugmaschine (→ Sattelkraftfahrzeug) und → Ackerschlepper rechnet.

Karosserie. Früher waren beim Pkw allgemein das Chassis (Fahr- und Triebwerk) und die Karosserie (Aufbau) selbständige Einheiten, heute überwiegt wegen des geringeren Gewichtes die **selbsttragende Karosserie.** Bei dieser werden die Trieb- und Fahrwerksteile, oft unter Verwendung kleinerer Hilfsrahmen, unmittelbar an verstärkten Stellen der Karosserie befestigt. Hauptsächlich für Karosserien von Pkw bestehen Sicherheitsforderungen hinsichtlich Festigkeit und Verformung bei Unfällen (→ Knautschzone); ebenso spielen Korrosionsschutzmaßnahmen eine Rolle, z. B. Verwendung von verzinkten oder Aluminiumblechen, auch von Kunststoffen (zw. 40 und 100 kg je Fahrzeug je nach Gewichtsklasse) für stoßgefährdete und schmuckbetonte Karosserieteile. Ganze **Kunststoffkarosserien** aus faserverstärkten Kunststoffen sind bisher nur bei kleinen Stückzahlen von Interesse. Für die Formgebung sind Gesichtspunkte der Raumausnutzung, der Fertigungstechnik, der Aerodynamik, der Unfallsicherheit sowie die stilist. Gestaltung unter Berücksichtigung von Modetendenzen maßgebend. Bei **K. in nicht selbsttragender Bauweise** werden die Trieb- und Fahrwerksteile an einem Profil-, Kasten-, Rohr- oder Plattformrahmen angeordnet, der aus Längs-, Quer- und Diagonalelementen durch Schweißen oder Nieten zusammengesetzt ist.

Fahrwerk. Am Rahmen oder an der selbsttragenden Karosserie sind die Aufhängungs- und Federelemente

(→Achsanordnung 2, →Federung und Dämpfung) für die Räder angebracht. Die Räder waren früher meist vorn und hinten durch starre **Achsen** verbunden (heute noch bei Lkw und Anhängern). Bei Pkw werden hinten Starrachsen oder Einzelradaufhängungen, vorn fast ausschließlich Einzelradaufhängungen verwendet (Längs-, Schräg-, Doppelquerlenker- und McPherson-Federbein-Achse). Zur **Federung** dienen Blatt-, Schrauben- und Drehstabfedern, auch Luft- und Gasfedern, überwiegend mit hydraul. →Stoßdämpfern. Die Wirkung der Federn wird häufig durch →Stabilisatoren zur Beeinflussung des Eigenlenkverhaltens ergänzt. Durch Niveauregulierung kann, bes. bei Fahrzeugen mit Luft- und Gasfederung, eine lastunabhängige Fahrzeuglage erreicht werden. Das Einschlagen der **gelenkten Vorderräder** wird durch Drehung des Lenkrades bewirkt (→Lenkung). Servolenkungen mit hydraul. Lenkkraftunterstützung finden zunehmende Verbreitung. Als →Bremsen dienen beim Pkw vorwiegend Scheibenbremsen an der Vorderachse, Trommelbremsen oder, bei schnellen Wagen, Scheibenbremsen an der Hinterachse. Lkw sind meist mit Trommelbremsen ausgestattet. Zweikreisbremsanlagen sind vorgeschrieben. Bei Pkw und leichten Lkw ist eine hydraul. Bremsbetätigung, häufig mit Unterdruckverstärker, üblich; bei mittelschweren Lkw und Bussen wird eine hydraul. Bremsanlage mit Druckluftvorschaltung, bei schweren Lkw und Bussen eine reine Druckluftbremse verwendet. Als **Räder** werden i. a. Scheibenräder aus gepreßtem Stahlblech, seltener für Pkw Leichtmetallräder und für Lkw und Busse Stahlgußräder eingesetzt. Zur Bereifung dienen →Reifen 2).

Triebwerk. Die Kraft (Drehmoment) zur Vorwärtsbewegung wird im **Motor** (→Ottomotor, →Dieselmotor, →Kreiskolbenmotor) erzeugt und über →Kraftwagenkupplung, →Kraftwagengetriebe und, je nach Lage des Motors, entweder über die Kardanwelle (Frontmotor mit →Hinterradantrieb) oder direkt (Frontmotor mit →Vorderradantrieb; Heckmotor mit Hinterradantrieb, →Heckantrieb) auf das →Ausgleichsgetriebe übertragen; dieses teilt das Drehmoment dann auf die Treibwellen mit den Treibrädern auf. Während vornliegender Motor und angetriebene Hinterräder jahrzehntelang die Standardanordnung bildeten, hat der Frontmotor mit Vorderradantrieb bei kleinen bis mittleren Pkw große Verbreitung gefunden, wobei das ganze Triebwerk zu einem Block zusammengefaßt wird. Heckmotoranordnung ist neuerdings bei Pkw selten, bei Bussen die Regel. Bei Gelände- und Baustellenfahrzeugen wird oft →Allradantrieb verwendet, um höchste Zugkraftübertragung zu ermöglichen. – Für Pkw wird vorwiegend der Viertakt-Ottomotor, wegen der Begrenzung von Abgasemission und Kraftstoffverbrauch und wegen der längeren Lebensdauer zunehmend auch der Viertakt-Dieselmotor verwendet, der bei Lkw in Europa schon lange vorherrscht. Die →Aufladung 2) durch Abgasturbine gewinnt stark an Bedeutung, der Antrieb durch →Gasturbine ist in der Entwicklung. – Die **Kupplung** ermöglicht dem Fahrer durch Drehzahlwandlung das Anfahren und durch Trennung von Motor- und Getriebewelle das Schalten der Gangstufen des **Kraftwagengetriebes** zur Anpassung der Motorleistung an die Fahrwiderstände (Steigung, Beschleunigung). **Kraftstoff** wird dem Motor durch eine Kraftstoff-Förderpumpe zugeführt. Seine **Schmierung** wird als Druckumlaufschmierung ausgeführt: Öl wird aus dem Ölvorrat in der Kurbelwanne über eine vom Motor angetriebene Zahnradölpumpe unter Druck zu den Schmierstellen gefördert. Wechsel- und Ausgleichsgetriebe werden durch Eintauchen der Zahnräder in ein Ölbad geschmiert, automat. Getriebe erfordern spezielle Schmierflüssigkeiten (ATF). Lager und Gelenke haben i. d. R. Dauerschmierung.

Die elektrische Ausrüstung des K. (12 V, 24 V bei Lkw und Bus) umfaßt den vom Motor angetriebenen Generator (Lichtmaschine) zur Stromerzeugung, Batterie, Starter (Anlasser), Zündanlage, Signaleinrichtung (Hupe, Blinker, Bremslicht), Scheinwerfer, Scheibenwischer, Heizungsgebläse, Beleuchtung, Radio usw., langsam zunehmend auch elektron. Funktionen (Antiblockiersystem, Computerzündung, Einspritzdosierung, Crashsensoren). Schalter und Überwachungsorgane sind vor dem Fahrersitz am **Armaturenbrett** mit Tachometer, Kilometerzähler, Drehzahlmesser, Kraftstoffmengenanzeiger u. a. zusammengefaßt; auch hier können viele Funktionen von einem Bordcomputer übernommen werden. Im **Fußraum** befinden sich von rechts nach links Gaspedal (für Luft- und Kraftstoffzufuhr zum Motor), Bremspedal und Kupplungspedal, das bei automat. Getriebe entfällt. Der Schalt- oder Wählhebel liegt entweder an der Lenksäule oder in der Mitte des Wagens vor, der Handbremshebel zw. den vorderen Sitzen. Teilweise wird die Handbremse durch eine pedalbetätigte Feststellbremse ersetzt. Die Heizluft wird durch das Kühlwasser, seltener durch Motorabgase oder Schmieröl, erwärmt; teilweise werden, bes. in Bussen, motorunabhängige Heizgeräte verwendet. Klimaanlagen mit Kälteerzeuger sind in Europa noch selten.

Die neueste Entwicklung im Pkw-Bau ist außer durch Detailverbesserungen gekennzeichnet durch Bemühungen um mehr innere und äußere Sicherheit (→Antiblokkiersystem, →Crash-Test, →Rückhalteeinrichtungen, →Sicherheitskraftwagen), um Umweltschutz (Geräuschminderung, Minderung der Schädlichkeit der →Abgase, →Elektrofahrzeug), um größere Wirtschaftlichkeit (Minderung des Kraftstoffverbrauchs und des Luftwiderstands), Verringerung des Wartungsanspruchs, Verbesserung der Zuverlässigkeit, Verlängerung der Lebensdauer.

Geschichte. Vorläufer des K. ist der Dampfwagen von J.-N. CUGNOT (1769), der als Zugmaschine für Artilleriefahrzeuge dienen sollte. Zw. 1825 und 1865 spielten, bes. in Großbritannien, die Straßendampfwagen zur Personenbeförderung eine Rolle. In den sechziger Jahren des 19. Jh. wurden die ersten Versuche mit K. mit Verbrennungsmotor gemacht, zunächst mit wenig Erfolg. So baute S. MARKUS in Wien um 1870 einen primitiven K., indem er einen hölzernen Handwagen mit einem atmosphär. Motor versah. Mit einem viel besser konstruierten K. (Viertaktmotor und elektr. Zündung), den man bisher auf 1875 ansetzte, trat Marcus frühestens 1888 hervor. Doch schon 1885/86 hatten C. BENZ und G. DAIMLER unabhängig voneinander K. gebaut, an die sich eine erfolgreiche Entwicklung anschloß: 1885 baute Benz den ersten dreirädrigen K. der Welt, der schon die Einheit von Fahrgestell und Motor erkennen läßt, während Daimler 1886 den ersten vierrädrigen K. schuf. Der Wagen von Benz wurde von einem hinten angeordneten, liegenden, schiebergesteuerten Viertaktmotor von 0,75 PS angetrieben, der bereits elektr. Zündung aufwies und dessen Kraft über Kegelräder und Vorgelegewelle mit Riemen auf ein Kegelradausgleichsgetriebe der heute noch üblichen Bauweise und von dort über Ketten auf die Hinterräder übertragen wurde. Daimlers Wagen wurde durch einen in der Mitte des Wagens stehenden Einzylinder-Viertaktmotor mit

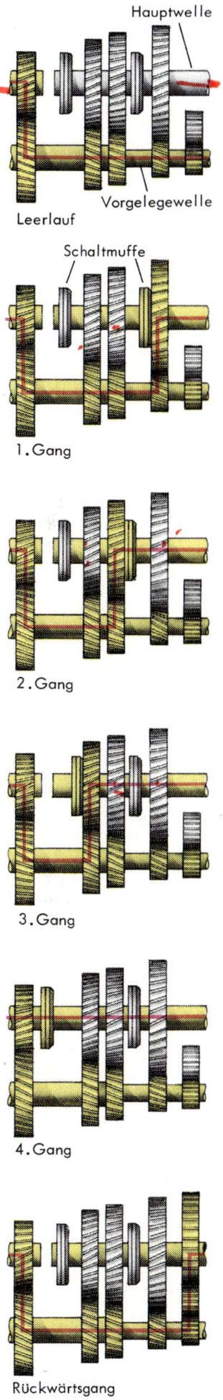

Kraftwagengetriebe 1

Kraftwagengetriebe 1: Beispiel für ein Schaltgetriebe mit 4 synchronisierten Vorwärtsgängen und einem durch Schiebezahnrad bewirkten Rückwärtsgang

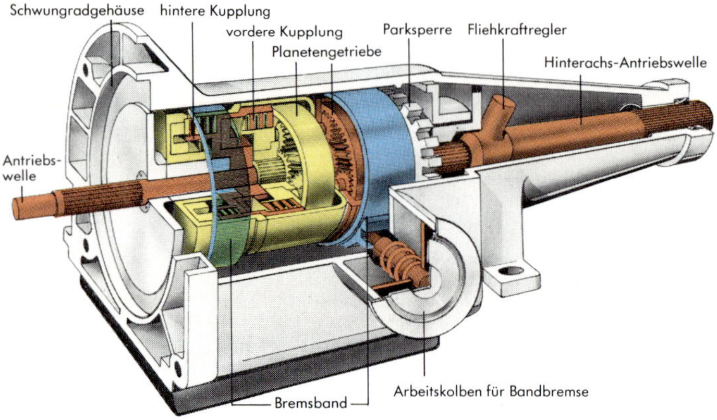

Kraftwagengetriebe 2: vollautomatisches K.

Glührohrzündung von 1,5 PS über Riemen auf eine hinter der Hinterachse liegende Welle und von dort durch Zahnräder auf die an den Speichen der Hinterräder befestigten Zahnkränze angetrieben. Durch wahlweises Kuppeln der Vorgelegewelle konnten zwei Geschwindigkeiten geschaltet werden. – Erst allmählich setzte sich eine den natürl. Bedingungen des Motorantriebes angepaßte Veränderung des Wagenaufbaus und Fahrgestells durch. Die weitere Entwicklung ist gekennzeichnet durch die Erfindung des Luftreifens von J. B. DUNLOP (1888), Erfindung des Spritzdüsenvergasers von W. MAYBACH (1892), Entwicklung der Kerzenzündung durch die Firma R. BOSCH u. a. 1900/01 baute Maybach in der Daimler-Motoren-Ges. einen Wagen, den Mercedes (vier Zylinder, 35 PS, 72 km/h Geschwindigkeit), der als der erste moderne K. bezeichnet werden kann. In Amerika wurde seit 1908 durch H. FORD der K. zur Massenware (Modell T).

Technik: R. BUSSIEN: Automobiltechn. Hb., 2 Bde. ([18]1965, Erg.-Bd. 1979); H. TRZEBIATOWSKY: Die Kraftfahrzeuge und ihre Instandhaltung, 2 Bde. ([15]1972); A. JANTE: Zur Theorie des K., 1 (1974), 2 (1978); Kraftfahrtechn. Tb., hg. v. R. BOSCH ([18]1976); Hb. für den Kraftfahrzeug-Ingenieur, hg. v. H. BUSCHMANN u. P. KOESSLER, 2 Bde. (1976); B. KIERDORF: Das große Buch der Kraftfahrzeug-Elektrik ([3]1976); Techn. Vorschriften für Kraftfahrzeuge, hg. v. H. KLEINAU ([3]1980); W. K. STROBEL: Der moderne Automobilmotor ([3]1980); ders.: Die moderne Automobilkarosserie (1980); G. HAMM u. G. BURK: Tabellenbuch Kraftfahrtechnik ([14]1981); B. HAUBER: Die Autolackierung (1981); Aerodynamik des Automobils, hg. v. W.-H. HUCHO (1981); Kunststoffe im Pkw- und Nutzfahrzeugbau, hg. v. VDI-Ges. Kunststofftechnik (1982).

Geschichte: R. v. FRANKENBERG: Geschichte des Automobils (1977); JUDITH JACKSON: Eine Jahrhundertliebe. Menschen und Automobile (1979); P. GRÄNZ u. P. KIRCHBERG: Ahnen unseres Autos ([3]1980); H. SCHRADER: Oldtimer-Lexikon ([2]1981).

Zeitschriften: ATZ-Automobiltechn. Zeitschrift (seit 1898); Deutsche Automobil-Revue (seit 1924); Auto, Motor und Sport (seit 1924); MTZ-Motortechn. Zeitschrift (seit 1936); Automobil-Industrie (seit 1955).

Kraftwagengetriebe, Wechselgetriebe, Schaltgetriebe, ein → Kennungswandler, der ermöglicht, daß der Motor bei jeder Fahrgeschwindigkeit in dem für Leistung oder Kraftstoffverbrauch (hohe oder mittlere Motordrehzahl) günstigsten Drehzahlbereich arbeitet. Meist sind es gestufte → Zahnradgetriebe. Zum Anfahren wird die größte Übersetzung, der erste → Gang 2), verwendet; mit zunehmender Fahrgeschwindigkeit werden die nächstkleineren Übersetzungen geschaltet. Wird von der Kupplungswelle über ein Zahnradpaar zunächst eine Vorgelegewelle angetrieben, von der die einzelnen Zahnradstufen auf die Abtriebswelle (Getriebehauptwelle) wirken, kann durch unmittelbares Kuppeln der Abtriebswelle mit der Kupplungswelle ein direkter Gang geschaffen werden (geräuscharm). Beim Rückwärtsgang wird die Bewegungsumkehr durch ein drittes Zahnrad zw. den Wellen erzielt (BILD 1 S. 111). Zusätzliche Zahnradstufen hinter oder vor dem eigtl. Getriebe bilden **Gruppengetriebe** mit verdoppelter Gangzahl (Lastkraftwagen). **Umlaufgetriebe (Planetengetriebe)** werden als Schnellgang-Zusatzstufe **(Overdrive** [ˈəuvədraiv] beim Personenkraftwagen) oder in Verbindung mit hydrodynam. Getrieben eingesetzt.

I. d. R. sind die meist schrägverzahnten Räder ständig im Eingriff; die Räder auf der Getriebehauptwelle sitzen lose und werden je nach eingelegtem Gang durch eine drehfeste, längsverschiebl. Schaltmuffe mit der Welle gekuppelt. Bei **Klauengetrieben** stellen seitl. Klauen an Schaltmuffe und Zahnrädern die Verbindung her; bei **Synchrongetrieben** wird das Einrasten der Klauen erleichtert, indem durch Reibungskupplungen die Drehzahl von Schaltmuffe (d. h. Welle) und Zahnrad annähernd angeglichen (synchronisiert) wird; **Sperrsynchronisierung** bedeutet, daß Schaltmuffe und Zahnrad zwangsweise erst bei Gleichlauf gekuppelt werden können.

Stufenlose mechanische K. erreichen eine stetig veränderbare Übersetzung meist mit Keilriemen und Riemenscheiben, die durch Fliehkraftgewichte und Servoeinrichtungen in Abhängigkeit von Fahrgeschwindigkeit und Gaspedalstellung axial verschoben werden. Häufiger sind stufenlose Übersetzungen auf hydrodynam. Basis (→ Druckmittelgetriebe, Föttinger-Getriebe, Strömungsgetriebe), die üblicherweise mit mechan. Stufengetrieben kombiniert werden. Die Schaltung geht dann halb- oder vollautomatisch vor sich. Beim **halbautomatischen K.** (hauptsächlich für Lkw) geht der Kraftfluß vom Motor über Wandler und mechan. Kupplung zum mechan. Stufengetriebe. Das Anfahren wird vereinfacht, die Zahl der Schaltungen durch den Wandler verringert, Schalterleichterung kann eine automat. Betätigung der Kupplung bei Berühren des Schalthebels bieten.

Beim **vollautomatischen K.** geht der Kraftfluß vom Motor über den Wandler direkt zum mechan. Getriebe, das als Planetengetriebe ausgebildet ist und unter Last (also ohne Auskuppeln) geschaltet werden kann. Zum Fahren genügen Gaspedal und Wählhebel zur Einstellung best. Fahrbereiche, wie Rückwärtsfahrt, langsame Fahrt (Gebirge), normale Fahrt u. ä.; Steuerung und Betätigung der Schaltungen erfolgen vollautomatisch (BILD 2).

Hb. für den Kraftfahrzeug-Ingenieur, hg. v. H. BUSCHMANN u. P. KOESSLER, 2 Bde. (1976).

Kraftwagenkupplung, eine → Kupplung für das → Kraftwagengetriebe, die die Trennung von Motor- und Getriebewelle beim Stillstand des Fahrzeugs (Leerlauf), beim Anfahren (Drehzahlunterschied Motor/Getriebe) und beim Wechsel der Getriebeübersetzung ermöglicht. Als K. werden i. a. kraftschlüssige, trockene Reibungskupplungen eingesetzt (meist **Einscheibenkupplungen).** Auf der genuteten Eingangswelle des Getriebes sitzt eine längsverschiebbare Scheibe mit beidseitig ringförmigen Reibbelägen. Sie wird durch Federkraft (mehrere Schraubenfedern oder eine Membranfeder) über eine Druckplatte gegen die Motorschwungscheibe gepreßt, so daß durch Reibung das Drehmoment des Motors übertragen wird. Durch Verwendung mehrerer Scheiben **(Mehrschei-**

ben- und **Lamellenkupplungen)** wird die Reibfläche vergrößert. – Bei der **automatischen K.** wird der Ausrückhebel der Kupplung durch einen Servomotor (druckbeaufschlagte Membran in einem Gehäuse) betätigt, der z. B. beim Berühren des Getriebeschalthebels geschaltet wird. – Flüssigkeitskupplungen (Föttinger-Kupplungen, →Druckmittelgetriebe) sind als Anfahrkupplungen besonders geeignet.

Kraft-Wärme-Kopplung, Mitverwendung der bei der Stromerzeugung in einem Kraftwerk anfallenden nutzbaren Wärme für Heizzwecke oder als Prozeßwärme in der Industrie. (→Energieübertragung)

Kraftwerk, Anlage zur Erzeugung von elektr. Energie. Darin wird die chem., nukleare, therm. oder potentielle mechan. Energie, die dem K. zugeführt wird, zunächst in drehende mechan. Energie umgewandelt und zum Antrieb elektr. →Generatoren 1 (meist Drehstromgeneratoren) verwendet. Die Größe eines K. wird durch die größte abgebbare installierte Leistung bestimmt. K. mit Leistungen über 100 MVA werden oft als **Groß-K.** bezeichnet. Die Aufteilung der Energieerzeugung in einem K. auf mehrere Einheiten oder Maschinensätze (je eine Antriebsmaschine mit Generator) ist bedingt durch die Forderung nach einer wirtschaftl. Leistungsstufung und die jeweils größte ausführbare Leistung.

Die →Dampfkraftwerke und →Kernkraftwerke sind nur in engen Grenzen regelbar. Sie werden daher wie Laufwasser-K. an Flüssen als **Grundlast-K.** betrieben. Als **Spitzen-K.** zur Deckung von Lastspitzen dienen Hochdruck-Wasserkraftwerke (→Wasserkraftwerk) mit einem Speichersee und →Pumpspeicherwerke, in jüngster Zeit auch das →Luftspeicher-Gasturbinen-Kraftwerk. Auch →Gasturbosätze werden wegen ihrer raschen Einsatzbereitschaft zur Spitzendeckung herangezogen. Ein →Heizkraftwerk gibt seinen Abdampf für Heizzwecke ab.

Der Standort von K. richtet sich teils nach dem Ort des Energieangebots, z. B. bei Wasser-K. und bei den Anlagen unkonventioneller Energieumwandlung (→geothermisches Kraftwerk, →Gezeitenkraftwerk, →Meereswärmekraftwerk, →Sonnenkraftwerk, →Windkraftwerk), aber auch bei Braunkohle-K., die mit geringwertigen Brennstoffen beheizt werden, für die sich ein Transport nicht lohnt; teils aber richtet sich der Standort nach Schwerpunkten des Verbrauchs (Ballungsräume) und Wasserstraßen (Schiffstransport von Kohle oder Öl). Bei Kern-K. sind für die Wahl des Standortes auch Sicherheitsfragen entscheidend. Für Dampf-K. ist Kühlwasser zum Niederschlagen des Dampfes im Kondensator erforderlich, falls nicht auf Luftkühlung ausgewichen wird.

Die Maschinensätze werden meist in Gebäuden untergebracht, seltener im Freien unter Abdeckhauben (bei Wasser-K.). Unter günstigen Voraussetzungen oder aus Sicherheitsgründen werden die Maschinensätze auch im Innern von Bergen untergebracht (Kavernen-K.). Große K. bestehen meist aus dem Maschinenhaus, der Freiluftschaltanlage (→Schaltanlage), der →Schaltwarte und der Eigenstromversorgung aus einem Hausgenerator.

A. BUCH: Planung und Standortwahl von K. (1973); S. KRIESE: Leitfaden der Kraftwerkstechnik (1973); W. KALIDE: Kraftanlagen und Energiewirtschaft (1974); H.-J. THOMAS: Therm. Kraftanlagen (1975); Jb. Bautechnik im Kraftwerksbau, hg. v. H. KLOTZ, 1 (1976/77), 2 (1982); E. CASSER: Möglichkeiten der Strombedarfsdeckung in der Bundesrep. Dtl. (1980).

Kragplatte, Kragsims, Kragstein, Kragträger, →Auskragung, →Konsole.

Krähennest, früher auch **Mastkorb,** Beobachtungsstand im vorderen Schiffsmast, heute nur noch geschlos-

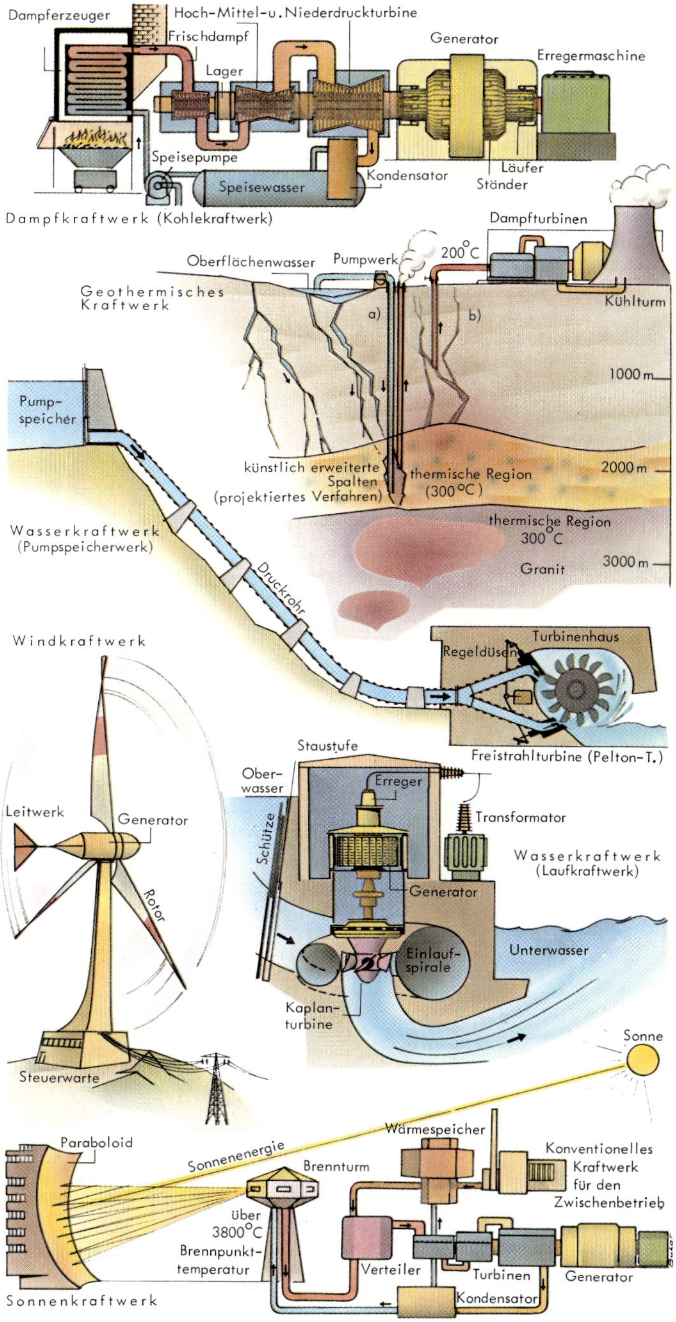

Kraftwerk: Übersicht über die verschiedenen K.-Typen

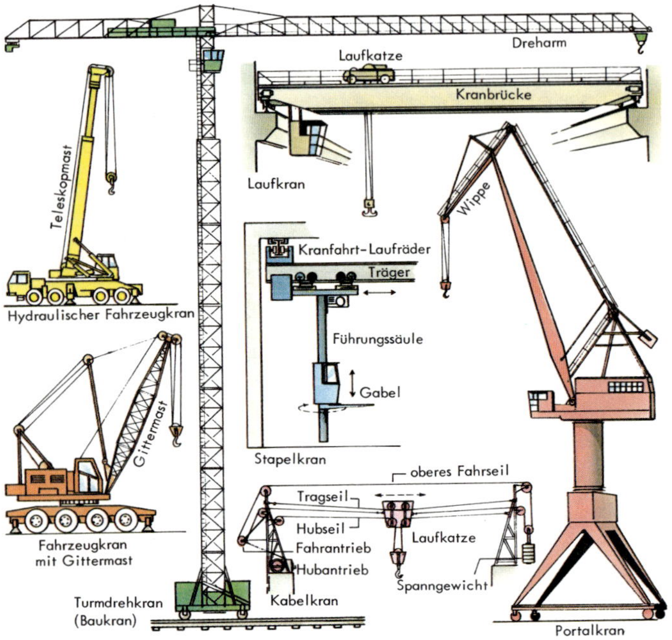

Kran

sen und beheizt auf Schiffen in der arkt. und antarkt. Eisfahrt üblich.

Kran, ein → Hebezeug zur räuml. Bewegung von Lasten. Er kann ortsfest, auf Schienen oder frei verfahrbar oder auf einem Schwimmkörper angeordnet sein. Der K. ist ein Unstetigförderer (→ Fördermittel).

Arten. Der **Ausleger-K.** besitzt einen nicht drehbaren Ausleger zur Lastaufnahme, der über die Standfläche hinausragt. Der **Bock-K.** hat zwei feste oder fahrbare Stützen und einen aufgesetzten Träger mit verfahrbarer → Laufkatze. In Werftanlagen bewegt er Lasten bis 900 t. Der **Brücken-K.** bestreicht eine rechteckige Arbeitsfläche und wird in Montage-, Lagerhallen, Hüttenwerken u. ä. eingesetzt. Er ist ein auf hochgelegenen Kranschienen fahrbarer K. mit Kranführerkabine oder Flursteuerung und einem Krankörper in Brückenkonstruktion. Der **Derrik-K.** besteht aus einem Standbaum und einem Schwenkbaum (verstellbarer Ausleger). Der **Dreh-K.** besitzt einen über die Standfläche hinausragenden, drehbaren Ausleger zur Lastaufnahme. Man unterscheidet zw. Dreh-K. mit unbegrenzt und mit begrenzt drehbarem Ausleger (auch **Schwenk-K.).** Der **Fahrzeug-K.** ist ein Ausleger- oder Dreh-K. auf gleislosem oder gleisgebundenem Fahrzeug mit über die Standfläche hinausragendem Ausleger, der in stückweise verlängerbarer Gitterkonstruktion oder in teleskopartig hydraulisch ausfahrbarer Kastenbauweise gebaut sein kann (Lasten bis 450 t, größte Höhe 128 m). Der **Kabel-K.** wird bei Spannweiten von etwa 200 bis 1 500 m eingesetzt, z. B. auf Lagerplätzen, Großbaustellen. Die Laufkatze bewegt sich auf einem oder mehreren Drahtseilen (Tragseilen). Der **Portal-K.** hat ein portalartiges Traggerüst. Man unterscheidet Bock-K. und Verladebrücke. Der **Stapel-K.** ist eine Sonderbauform des Brücken-K. für Stapelvorgänge. Die Stapeleinrichtung ist in starrer Führung an der Laufkatze befestigt und besteht aus einem Mast, der Gabel zur Lastaufnahme und der Fahrerkabine. Die **Verladebrücke** unterscheidet sich vom Bock-K. durch wesentlich größere Spannweiten. Eine Stütze ist mit der Kranbrücke fest verbunden, die andere pendelnd gelagert. Das Hebezeug ist ein auf der Kranbrücke fahrender Dreh-K., eine Laufkatze in der Brücke oder eine Drehlaufkatze am unteren Gurt der Brücke.

E. Strathausen: Hebemaschinen, 3 Bde. ($^{2-3}$1963–74); H. Ernst: Die Hebezeuge, 3 Bde. (^{8}1973); H.-O. Hannover u. a.: Sicherheit bei K. (1976); J. Kogan: Crane design (New York 1976); J. Ostler u. D. Paschmann: Was der Kranführer von seiner Arbeit wissen muß (^{6}1980).

Krängung, seitl. Neigung eines Schiffes durch Winddruck, Zentrifugalkraft beim Drehen, einseitigen Wassereinbruch oder einseitige Belastung.

Kranich, lat. **Grus,** ein → Sternbild des südl. Himmels.

Kranwagen, Eisenbahnwagen (Bahndienstwagen, auch in Hilfszügen) mit drehbarem, festmontiertem Kran bis 150 t Tragfähigkeit, z. B. zum Einbau von Brücken oder zum Anheben von Fahrzeugen.

Kranz, atmosphärisch-opt. Erscheinung um Sonne oder Mond, bestehend aus farbigen Ringen, die durch Beugung des Lichts an Wolken- oder Nebeltröpfchen entstehen. Die Ausdehnung beträgt 1–11° Winkelradius. Die K. unterscheiden sich von den ebenfalls ringförmigen → Halos 1); sie sind kleiner als diese, ihre Ausdehnung unterliegt großen Schwankungen; die Farbfolge ist umgekehrt, nämlich von innen nach außen blau, blaßgrün, blaßgelb, rot. Diese Farbfolge kann sich bis zu viermal wiederholen; je nach Anzahl der Farbfolgen spricht man von einfachen, zweifachen K. usw. Einen einfachen K. nennt man auch **Aureole** oder **Hof.**

Krapp, Beizenfarbstoff, der aus der Wurzel der Färberröte (Rubia tinctorum) gewonnen wird und dessen Hauptbestandteil Alizarin ist. Je nach Art der Beize (Aluminium-, Eisenhydroxid) werden verschiedene Rottöne erhalten.

Krater, 1) die trichter- oder kesselförmig erweiterte Öffnung des Eruptionsschlotes eines → Vulkans (→ Caldera).

2) durch → Meteorite entstandene Hohlform (→ Astroblem).

Kraton *der,* Geologie: konsolidierter nicht mehr faltbarer (alpinotyp), sondern höchstens noch durch Bruchfalten- oder Bruchtektonik (germanotyp) verformbarer Erdkrustenteil. **Urkratone** sind bereits vor dem Kambrium konsolidiert.

Kratzboden, Vorrichtung zum Bewegen von Halmgut oder Stalldung auf dem Ackerwagenboden, besteht aus zwei oder drei umlaufenden Stahlketten, die miteinander durch Stahlleisten verbunden sind. Diese fördern das Gut an den Wagenanfang oder an das Wagenende, um es dort abzuladen oder es den Streuwalzen des → Stalldungstreuers oder den Verteilwalzen des → Entladewagens zuzuführen.

Kratzen, Spinnerei: svw. Kardieren, Krempeln (→ Krempel), auch Bez. für die → Garnituren.

Kräuselwellen, die → Kapillarwellen.

Krauskopf, Fertigungstechnik: ein kegelförmiger Fräser (Senker) zum Ansenken von Bohrungen, z. B. für Niete oder Senkschrauben.

Krauskopf

Krautschläger, Gerät zum Abschlagen und Zerkleinern des auf dem Feld stehenden Kartoffelkrautes, ermöglicht das nachfolgende Roden der Kartoffeln; besteht aus einer schnell umlaufenden horizontal liegenden Welle, an der Flacheisen oder Ketten gelenkig angebracht sind.

Krawẹl, → Karweel.

Krebs, lat. **Cạncer,** zum → Tierkreis gehörendes → Sternbild des Nordhimmels, im Winter am Abendhimmel sichtbar. Im K. liegt der Sternhaufen → Krippe.

Krebsnebel, der → Crabnebel.

Krebspulsar, → Crabnebel.

Krebs-Zyklus [n. dem brit. Biochemiker H. A. Krebs, * 1900, † 1981], der → Zitronensäurezyklus.

Kreide, 1) Geologie: letzte Periode (System) des Mesozoikums, besteht aus Kalken, Mergeln, Tonen, Sandsteinen, Schreibkreide (namengebend), z. T. auch Vulkaniten. Nutzbar sind Kalke, Steinkohle (Deister, Nordamerika), Eisenerze (Peine-Salzgitter), Bauxit (S-Frankreich) und Erdöl (NW-Dtl.).

Kreide 1): Gliederung in Abteilungen und Stufen

				Ende vor etwa 65 Mio. Jahren
Ober-Kreide	Maastricht Campan	Senon		
	Santon Coniac	Emscher	Gosau	
	Turon Cenoman			
				100 Mio. Jahre
Unter-Kreide	Alb Apt	Gault		
	Barrême Hauterive Valendis Berrias	Neokom	Wealden	
				Beginn vor etwa 140 Mio. Jahren

Die K. ist eine Zeit großer Transgressionen. Die brakkisch-limn. Senken des Wealden NW-Dtl.s wurden überflutet, die **Balt. Straße** bildete die Meeresverbindung zw. W- und O-Europa. Im Cenoman wurde auch N-Böhmen überflutet, aus dem Alpenraum drang das Meer nach N vor. Die mediterrane K. unterscheidet sich von der nördlichen durch wärmeliebende Fauna (alpine Gosau). – In Asien ist die Ober-Kreide transgressiv, in Amerika liegt der Höhepunkt im Turon, Afrika wurde v. a. im NW überflutet. Die K. nimmt große Flächen auf dem Boden des W-Pazifik und des Atlantik beiderseits des Mittelatlant. Rückens ein, wo durch → Seafloor-Spreading breite Streifen neuer Kruste entstanden. In den alpid. Geosynklinalen begannen die ersten starken Faltungen, Anden und Felsengebirge entstanden. Der Zerfall → Gondwanas war nahezu beendet und die Umrisse der heutigen Kontinente etwa herausgebildet.

In der K. erreichten Foraminiferen, Schwämme und Bryozoen eine Blütezeit. Muscheln (Rudisten, Inoceramen), Ammoniten, Belemniten und Seeigel haben Leitwert, ferner Coccolithen. Reptilien herrschten im Meer (Ichthyo-, Plesio- und Mosasaurier), auf dem Land (Dinosaurier) und in der Luft (Pterosaurier). Am Ende der K. starben die Großreptilien aus, ebenso Ammoniten und Belemniten. In der Ober-Kreide treten die ersten Insektenfresser und Beuteltiere auf. In der K. setzt mit Erscheinen der Angiospermen bereits das → Känophytikum ein; ab Alb nehmen die Laubpflanzen zu. Das Klima war wesentlich wärmer als heute. Zuwachsringe der Bäume deuten jedoch auf jahreszeitlichen Wechsel.

2) Petrographie: **Schreibkreide,** feinkörniger, biogener Kalkstein **(Biokalklutịt)** mariner Entstehung, weich, zerreiblich und abfärbend, von heller Farbe, vorwiegend aus calcit. Mikrofossilien und organ. Detritus. Hauptmineral ist Kalkspat, beigemengt ist u. a. Ton **(Kreidemergel, Pläner);** typisch sind Lagen von Feuersteinkonkretionen. Hauptverbreitung in der Ober-Kreide von N-Europa.

Kreis, ebene Kurve, deren Punkte von einem festen Punkt *M*, dem **Mittelpunkt,** einen konstanten Abstand, den **Radius** *r* haben; auch der von einem K. berandete Teil der Ebene, deren Punkte von *M* einen kleineren Abstand *r* haben oder zum K. gehören, und die **Kreislinie** als die Peripherie dieser **Kreisfläche.** Der **Kreisumfang,** die Bogenlänge des K., ist gleich $2\pi r$, der Flächeninhalt des K. gleich πr^2; π (→ Pi) ist die **Kreiszahl** oder **Ludolfsche Zahl,** ein Näherungswert ist 3,14159. Die Länge *b* eines **Kreisbogens** über dem **Zentriwinkel** α (im Gradmaß) ist $\pi \alpha r/180$, der Flächeninhalt des entsprechenden **Sektors** beträgt $br/2$. Eine den K. schneidende gerade Linie heißt **Sekante,** der im K. liegenden Teil der Sekante **Sehne.** Geht diese durch den Mittelpunkt, so heißt sie **Durchmesser.** Eine den K. berührende Gerade heißt **Tangente.** Die zw. zwei konzentr. K. mit Radius r_1 und r_2 eingeschlossene Fläche *F* heißt **Kreisring,** wobei gilt (für $r_2 > r_1$): $F = \pi\,(r_2^2 - r_1^2)$. – Wichtige Eigenschaften des K.: Jeder Durchmesser ist Symmetrielinie des K. Eine Tangente an den K. steht auf ihrem Berührungsradius senkrecht. Umfangswinkel über oder in einem Halbkreis sind rechte Winkel (→ Thales-Kreis). Durch drei nicht auf einer Geraden liegende Punkte gibt es genau einen K. (Umkreis eines → Dreiecks). Die Gleichung des K. in kartes. Koordinaten lautet: $x^2 + y^2 = r^2$ wenn *M* im Koordinatenursprung liegt. Über **Spiegelung am K.** → Inversion.

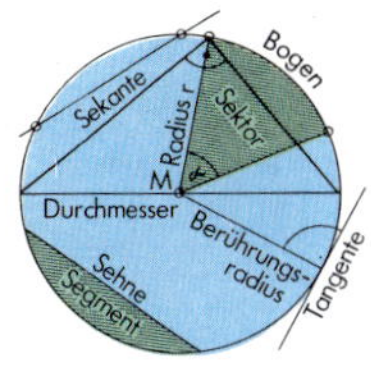

Kreis

Kreisbahngeschwindigkeit, 1. kosmische Geschwindigkeit, Zirkulargeschwindigkeit, Geschwindigkeit, die erforderlich ist, um einen Raumflugkörper in eine Kreisbahn um einen Planeten zu schicken. Die K. beträgt für die Erdoberfläche bei Vernachlässigung der Reibung 7,9 km/s (→ kosmische Geschwindigkeiten).

Kreisbewegung, die → Bewegung 2) eines Körpers auf einer Kreisbahn. Bei der **gleichmäßigen (gleichförmigen)** K. ist die → Winkelgeschwindigkeit ω konstant. Die Projektion einer gleichmäßigen K. ergibt eine → harmonische Schwingung.

Kreisbogenfunktionen, zyklometrische Funktionen, → Winkelfunktionen.

Kreisel, in einem Punkt festgehaltener, sonst frei beweglicher starrer Körper, der um diesen Punkt (Rotationszentrum) Drehbewegungen ausführt. Auch die Drehbewegungen eines völlig freien, starren Körpers unterliegen den Bewegungsgesetzen des K., wobei der Schwerpunkt Rotationszentrum ist. Der schon im Altertum bekannte **Kinder-K. (Spiel-K., Tanz-K.)** ist kein K. in diesem strengen Sinn, da seine Spitze nicht in einem Punkt festgehalten wird, sondern auf einer Fläche frei beweglich ist. Da die Bewegungen des K. sehr kompliziert sind, beschränkt man sich in der Praxis auf den einfacheren Fall des **symmetr. K.,** wozu u. a. alle rotationssymmetr. Körper zählen, sofern das Rotationszentrum auf der Symmetrieachse liegt. Beim **kräftefreien K.** greifen sämtliche äußeren Kräfte am festgehaltenen Drehpunkt an. Der **kräf-**

tefreie symmetr. K. läßt sich z. B. durch den im Schwerpunkt unterstützten **Kleinschen K.** oder durch kardan. Aufhängung **(Bohnenbergerscher K.)** verwirklichen. Versetzt man ihn bei festgehaltener K.-Achse **(Symmetrieachse, Figurenachse)** in Drehung, so bleibt diese Achse, auch nachdem sie freigegeben ist, in Ruhe **(raumfest; Drehimpulserhaltungssatz der Mechanik).** Erteilt man dem K. durch einen Schlag auf das Ende der Achse eine zusätzl. Bewegung, so beschreiben Figurenachse und momentane Drehachse je einen Kegel um eine neue raumfeste Achse **(Drehimpulsachse).** Diese allg. Bewegung des kräftefreien symmetr. K. heißt **Nutation** oder **reguläre Präzession.** Der Kegel, den die Figurenachse um die raumfeste Drehimpulsachse beschreibt, heißt **Nutationskegel** oder **Präzessionskegel** (BILD 1). Durch Reibung in der Aufhängung des K. wird die Nutation allmählich gebremst, der K. richtet sich auf, bis die Figurenachse die Richtung der Drehimpulsachse eingenommen hat. Fällt der Schwerpunkt des K. nicht in den Stützpunkt **(schwerer K.),** so bilden die Schwerkraft und die entgegengesetzte gleiche Auflagerkraft ein äußeres Kräftepaar. Das resultierende Drehmoment führt zu einer für den K. charakterist. Bewegung. Der schnell rotierende K. gibt der Schwerkraft, die ihn um eine zu seiner momentanen Drehachse senkrechte Achse zu drehen versucht, nicht nach. Vielmehr weicht er mit einer heftigen Drehbewegung um eine dazu senkrechte Achse aus, weil sich sein Drehimpuls in jedem Moment mit dem vom Drehmoment der Schwerkraft zusätzlich erzeugten Drehimpuls zu einer Resultierenden zusammensetzt. Diese weicht um einen kleinen Winkel in der Horizontalen ab. Diese Ausweichbewegungen setzen sich zu einer neuen Drehbewegung zusammen. Die allg. Bewegung des schweren symmetr. K. wird bei hoher Drehgeschwindigkeit als **pseudoreguläre Präzession** bezeichnet, weil die Bewegung dann der regulären Präzession ähnelt und sich nur durch die **Nutation,** d. h. kleine Schwankungen der Figurenachse (diese bewegt sich zw. zwei Kreiskegeln hin und her), unterscheidet. Zum Nachweis der Wirkung äußerer Kräfte auf einen rotierenden K. dient das Gyroskop (BILD 2).

Anwendungen. Die Eigenschaft des K., jeder Richtungsänderung seiner Drehachse einen starken Widerstand entgegenzusetzen, hat zu zahlreichen techn. Anwendungen geführt (z. B. **Vermessungs-K.,** → Kreiseltheodolit, **K.-Flugüberwachungsgeräte),** insbes. zum Einsatz für Navigationszwecke **(K.-Kompaß)** und Stabilisierungsaufgaben in der Ballistik (Stabilisierung der Flugbahn von Geschossen).

Astronomische Bedeutung. Die Erde ist ein großer K. Da sie aber keine Kugel, sondern ein Rotationsellipsoid ist, bewirkt die Anziehungskraft der Sonne auf die verschiedenen weit entfernten Teile der Erde ein ihre Achse aufrichtendes Drehmoment. Diesem Moment weicht die Erde, wenn man auf den N-Pol sieht, im Uhrzeigersinn aus (→ Präzession 1).

kreiselmagnetische Effekte, die → gyromagnetischen Effekte.

Kreiselmäher, von der Schlepperzapfwelle angetriebene Mähmaschinen mit in horizontaler Ebene umlaufenden Mähmessern. K. bestehen aus zwei oder mehreren nebeneinander und in horizontaler Ebene liegenden Scheiben (Kreiseln), an deren Umfang Messerklingen gelenkig angebracht sind. Die mit hoher Umfangsgeschwindigkeit (etwa 60 m/s) rotierenden Messer schneiden das Halmgut (ohne Gegenschneide) ab und werfen es nach hinten aus. K. haben sich gegenüber dem früher fast ausschließlich verwendeten → Mähbalken stark durchgesetzt, weil sie hohe Flächenleistungen ermöglichen und weniger störanfällig sind.

Kreiselpflug, von der Schlepperzapfwelle angetriebener Pflug mit um senkrechte Achsen rotierenden Schneidwerkzeugen.

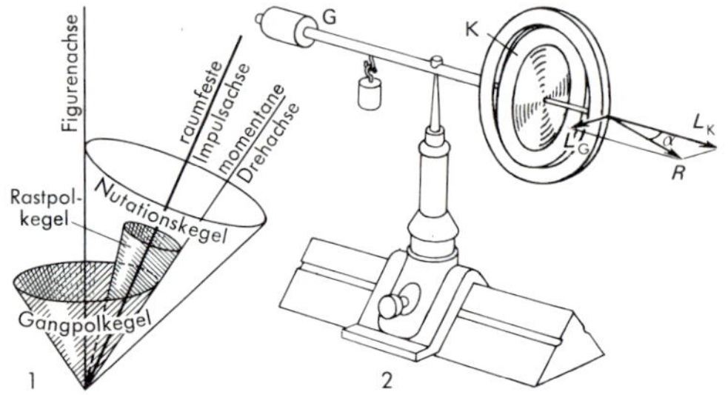

Kreisel:
1 Zusammenspiel zw. Figurenachse, momentaner Drehachse und raumfester Drehimpulsachse (›Impulsachse‹), welche entsprechend den Nutationskegel und Rastpolkegel um die raumfeste Impulsachse vermittels des Gangpolkegels beschreiben. **2** Gyroskop: Durch Verschieben des Gegengewichtsstücks G kann man auf den K. K verschieden große, nach oben oder unten wirkende Kräfte ausüben. Der sich schnell drehende K. gibt der Wirkung der Schwerkraft nicht nach, sondern weicht seitlich aus, da sich sein Drehimpuls L_K in jedem Moment mit dem von G erzeugten zusätzlichen Drehimpuls L_G zu einer Resultierenden R zusammensetzt, die vom ursprüngl. Drehimpuls um einen kleinen Winkel α horizontal abweicht

Kreiselpumpe, verbreitetste Pumpenbauart, erstmalig angegeben von D. PAPIN (1689), eine → Strömungsmaschine, bei der die mechan. Energie an die Flüssigkeit in einem rotierenden Laufrad übertragen wird. Die Bewegungsenergie wird z. T. im Laufrad, z. T. im Druckgehäuse oder im nachgeschalteten Leitrad in Druckenergie umgewandelt. Die K. kann als Umkehrung der Überdruckwasserturbine angesehen werden. Vorzüge der K.: gleichförmige Förderung; Fehlen von Ventilen; hohe

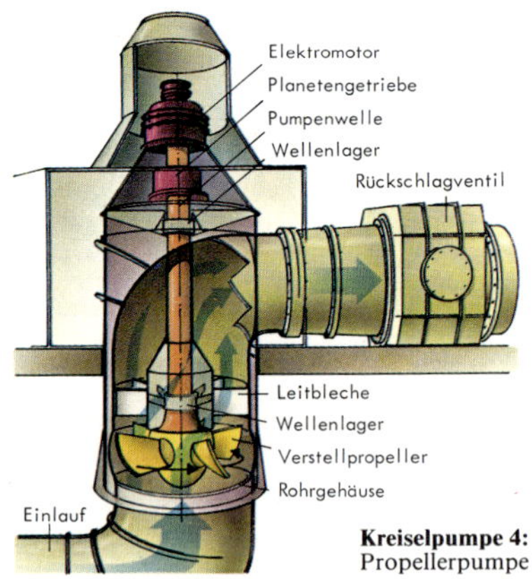

Kreiselpumpe 4:
Propellerpumpe (axial)

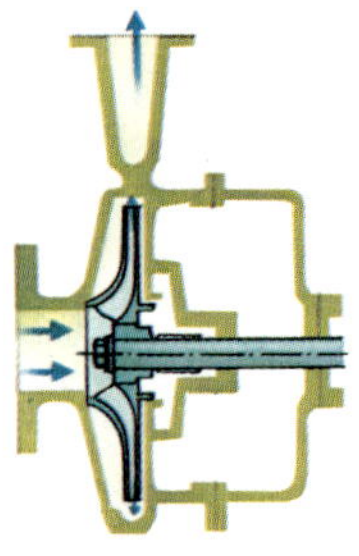
1 Radialrad

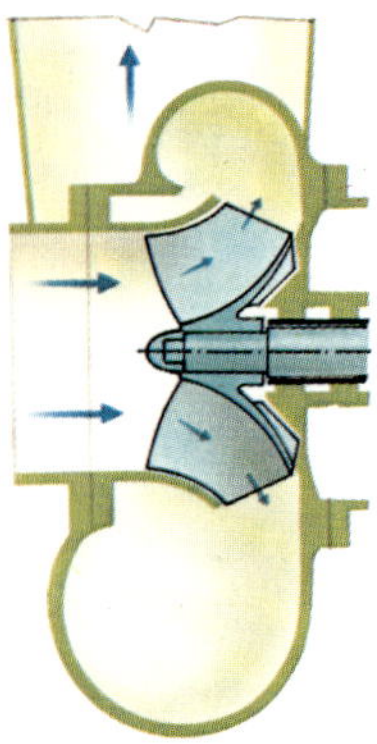
2 Halbaxialrad

Kreiselpumpe 1 und 2: Laufradbauarten; **1** Radialrad mit Schaufeln, die sich bis in den Saugmund erstrecken; **2** Halbaxialrad (Schraubenrad, Diagonalrad – jeweils oben Querschnitt, unten Draufsicht). Bild 3 S. 117

Drehzahlen, die eine direkte Kupplung mit Elektromotoren gestatten; kleine Abmessungen. Nachteile: nicht selbstentlüftend (sie kann eine leere Leitung nicht entlüften). Je nach Austrittsrichtung der Flüssigkeit unterscheidet man radiale, halbaxiale und axiale Laufräder und Leiträder. K. werden einstufig oder mehrstufig (mit hintereinandergeschalteten Laufrädern), einflutig oder mehrflutig (mit parallelgeschalteten Laufrädern) gebaut.

Der Förderstrom kann durch Drosselung in der Druckleitung, durch Drehzahländerung oder, bei axialen und halbaxialen Laufrädern, durch Verstellen der Laufradschaufeln geregelt werden. Auch Vordrallregelung durch Erzeugung eines Dralles mit einem vorgeschalteten, verstellbaren Leitrad wird bei einstufigen K. für große Förderströme benutzt. K. wurden für Förderströme bis über 100 m^3/s, für Förderhöhen bis 200 m je Stufe und für Antriebsleistungen bis über 300000 kW ausgeführt. Es konnten Wirkungsgrade von über 93% erreicht werden.

A. T. TROSKOLANSKI u. S. LAZARKIEWICZ: K. (a. d. Poln., 1976); H. SCHULZ: Die Pumpen ([13]1977); W. BOHL: Pumpen und Pumpenanlagen ([2]1981).

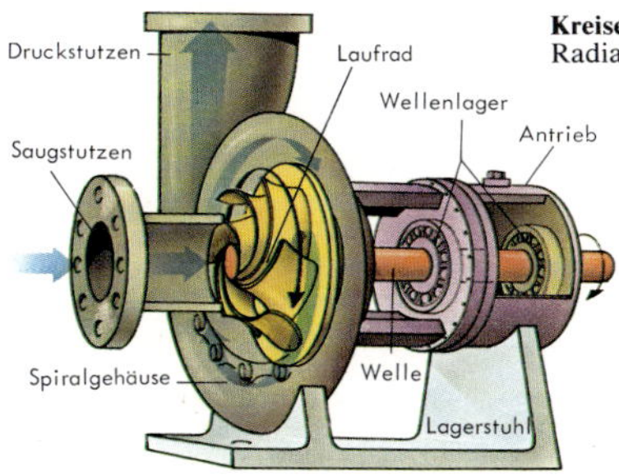

Kreiselpumpe 5: Radialpumpe

Kreiseltheodolit, mit einem Kreiselkompaß versehener →Theodolit zur Messung (±20″) von →Azimuten 2); wird u. a. im Bergbau und in Waldgebieten zur Richtungsorientierung benutzt.

Kreisförderer, Fördermittel zum kontinuierl. Transport von Stückgütern, bei dem in Rollen gelagerte Lastgehänge in einer hochliegenden Schiene durch eine umlaufende Kette gezogen werden.

Kreisfrequenz, Winkelfrequenz, Formelzeichen ω, die mit 2π multiplizierte Frequenz ν einer Schwingung: $\omega = 2\pi\nu$; bei gleichförmigen Kreisbewegungen gleich der →Winkelgeschwindigkeit.

Kreisfunktionen, die →Winkelfunktionen.

Kreiskolbenmotor, eine Verbrennungskraftmaschine, deren Kolben eine stetig kreisende Bewegung ausführt. Zu techn. Bedeutung ist nur der K. von F. WANKEL gelangt, bei dem ein in einem trochoidenförmigen Gehäuse exzentrisch gelagerter Drehkolben, der die Form eines gleichseitigen Dreiecks hat, umläuft, indem er sich um seinen Mittelpunkt dreht, der selber gleichzeitig eine Drehbewegung ausführt. Eine Verzahnung zw. Gehäuse und Läufer bewirkt, daß sich die Läuferdrehzahl und die Drehzahl der Motorwelle wie 1:3 verhalten. Der Arbeitsvorgang nach dem Viertaktverfahren findet in den zw. Drehkolben und Gehäusewand liegenden Arbeitsräumen statt, die sich vergrößern und verkleinern und mit Hilfe von Ein- und Auslaßschlitzen in der Gehäusewand, die vom Drehkolben gesteuert werden, den →Ladungswechsel durchführen, also ansaugen, verdichten, expandieren und ausschieben.

Vorteile des K. gegenüber dem Hubkolbenmotor: wenige Bauteile, Wegfall von hin- und hergehenden Massen, kein Ventilantrieb, geringe Baugröße und geringes Gewicht. Heute noch bestehende Nachteile: höhere Herstellungskosten, aufwendige Abdichtung, ungünstiger Brennraum mit hohen Wärmeverlusten (dadurch höherer Kraftstoffverbrauch), mehr unverbrannte Kohlenwasserstoffe, HC, im Abgas, dafür weniger Stickoxide, NO_x. (BILDER S. 118, 119)

W. D. BENSINGER: Rotationskolben-Verbrennungsmotoren (1973).

Kreislaufmotor, Verbrennungsmotor als Einheitsantrieb für U-Boote, bei der Überwasser- oder Schnorchelfahrt mit Außenluft, bei der Unterwasserfahrt im Kreislaufbetrieb mit Sauerstoff betrieben. Beim Übergang zur Unterwasserfahrt werden die bisher frei austretenden Abgase durch eine Abgasumschaltklappe in den Abgaskreislauf geleitet und die Frischluftzufuhr abgesperrt. Nach dem Passieren von Gaskühler und -filter wird jener Teil der Abgase über Druckminderer und Regler mit Sauerstoff angereichert, der dem Motor wieder zugeführt wird. Der Rest geht außenbords. An die Stelle des Luftstickstoffs tritt Kohlendioxid als Füllmedium. Der Sauerstoffvorrat wird gasförmig, flüssig oder chemisch gebunden (H_2O_2) mitgeführt. (BILD S. 118)

Kreisprozeß, Vorgang, bei dem ein physikochem. System auf unterschiedl. Wegen von einem Zustand 1 in einen Zustand 2 und von diesem wieder nach 1 überführt wird. Hängt der Wert, den eine physikochem. Größe (z. B. innere Energie, Entropie) unter best. Bedingungen (z. B. Druck und Temperatur) annimmt, nicht vom Weg ab, unter denen diese erreicht wurden, so eröffnen K. die Möglichkeit, die mit experimentell nicht zugängl. Umsetzungen verbundenen Änderungen dieser Größe zu berechnen, sofern ein anderer, gangbarer Weg zur Verfügung steht. K. spielen in der Geschichte der Thermodynamik eine wichtige Rolle. S. CARNOT hat 1824 mit dem nach ihm benannten K. (→Carnotscher Kreisprozeß) als erster den Wirkungsgrad von Dampfmaschinen untersucht.

Kreisrepetenz, die Kreiswellenzahl (→Wellenzahl).

Kreissäge, Maschinensäge mit kreisförmigem Sägeblatt.

Kreisteilung, die geometr. Aufgabe, den Kreis in eine vorgeschriebene Anzahl p gleich großer Teile zu zerlegen, oder anders ausgedrückt, dem Kreis ein regelmäßiges p-Eck einzubeschreiben. Als **Kreisteilungsgleichung** bezeichnet man eine Gleichung der Form $z^p - 1 = 0$, wobei z eine komplexe Veränderliche ist; ihre Lösungen sind die →Einheitswurzeln. C. F. GAUSS zeigte 1801 auf algebraischem Weg, daß die Aufgabe sicher dann durch →Konstruktion mit Zirkel und Lineal lösbar ist, wenn p eine Primzahl ist, die sich in einer der Formen $2^{2^n} + 1$ ($n = 0, 1, 2, 3, \ldots$) schreiben läßt. (→Fermatsche Zahlen)

Kreisverwandtschaft, umkehrbar eindeutige konforme Abbildung der Ebene oder der um den Punkt ∞ erweiterten Gaußschen Zahlenebene auf sich, wobei Kreise und Geraden auf Kreise und Geraden abgebildet werden.

Kreiswellenzahl, die mit dem Faktor 2π multiplizierte →Wellenzahl σ.

Kreiszahl, die Zahl →Pi.

Krematorium, Anlage zur Feuerbestattung, die außer der Feierhalle die Ofenanlage zur Verbrennung (Ein-

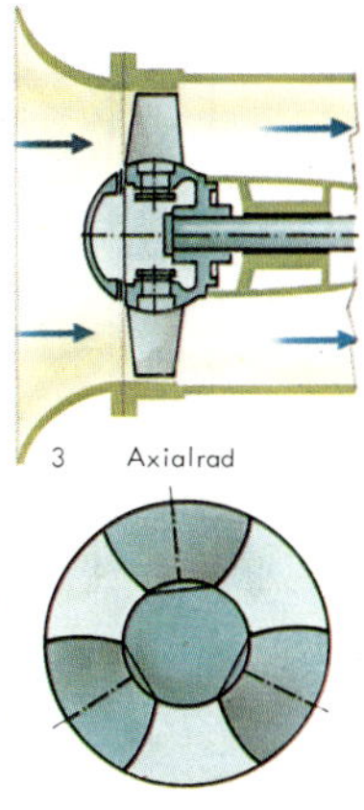

Kreiselpumpe 3: Axialrad (axialer Propeller – oben Querschnitt, unten Draufsicht)

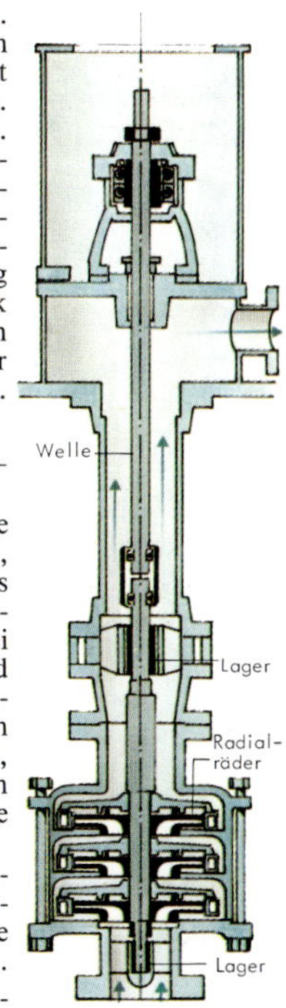

Kreiselpumpe 6: mehrstufige Hochdruck-K. für Wassergewinnung und -förderung

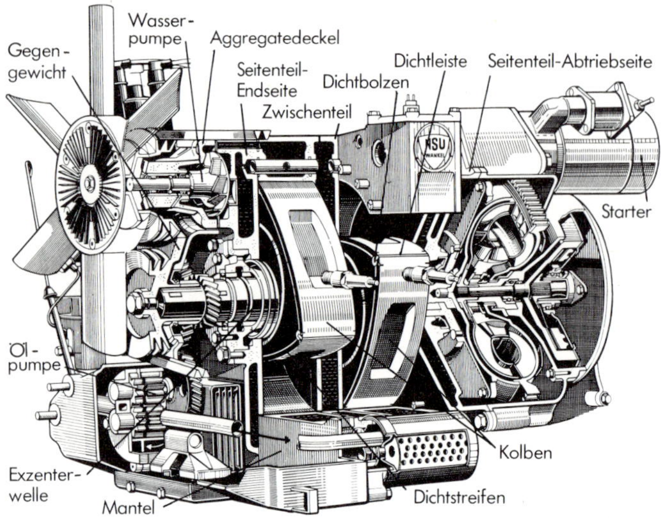

Kreiskolbenmotor 1: Schnittbild eines K.

äscherung, Kremation) enthält. **Feuerbestattungsöfen** werden als Muffelöfen gebaut und mit Gas (selten elektr. Strom) beheizt. In die Einäscherungskammer wird nur heiße Luft eingeführt, die in einem Rekuperator oder einem Wärmetauscher durch die Feuergase erhitzt wird. Die Aschenplatte ist drehbar und bildet einen dichten Abschluß zw. Einäscherungskammer und Nachverbrennungsrost. Hierdurch wird auch verhütet, daß sich die Aschereste (1,5–2 kg) aufeinanderfolgender Verbrennungen miteinander mischen. Die Verbrennung dauert 90–100 min. Die Verbrennungstemperatur liegt bei 850–950 °C.

Krẹmpel, Karde, Spinnereimaschine für die Öffnung, Orientierung, Reinigung und Mischung der Fasern. Ausgabeprodukt ist das Vlies, zu einem → Spinnfaserband zusammengefaßt. Die Hauptorgane sind mit → Garnituren bezogen (Trommel oder Tambour, Vorreißer). Bei der **Karde** liegen über der Trommel die Deckelstäbe; Einsatzgebiet sind Fasern bis etwa 80 mm. Bei der **Krempel** arbeiten über der Trommel Walzenpaare; Einsatzgebiete sind Langfaser- und Streichgarnspinnerei, wobei meist zwei bis drei Maschinen als **Krempelsatz** in Serie arbeiten.

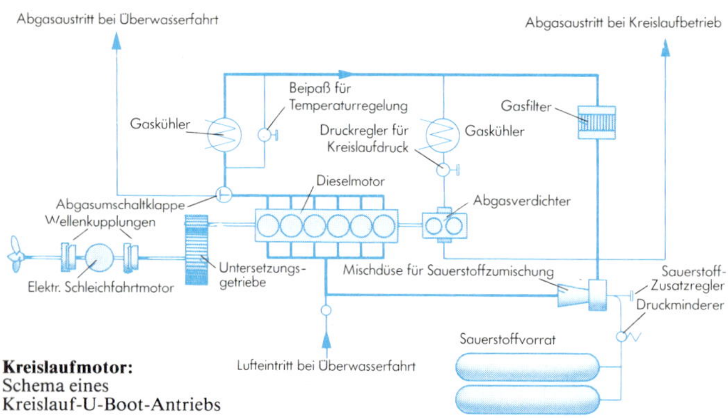

Kreislaufmotor: Schema eines Kreislauf-U-Boot-Antriebs

Krempelwolf, Spinnerei: Maschine in der Streichgarnspinnerei mit ähnl. Aufbau wie die Krempel und groben → Garnituren, dient der Voröffnung und Mischung.

Krepp-Papier, in feuchtem Zustand auf der Papiermaschine gestauchtes Papier, das auch nach dem Trocknen eine dichte Faltenbildung zeigt.

Kresọle *Mz.,* Monomethylphenole, kristalline **(ortho-** und **para-K.)** oder ölige **(meta-K.)** Stoffe, die aus Steinkohlenteer gewonnen werden. Ortho-K. wird heute auch durch Methylierung von Phenol hergestellt. K. dienen zur Herstellung von Herbiziden, Insektiziden, Desinfektionsmitteln und Antioxidantien. (FORMELN S. 121)

kretạzisch, Geologie: zur → Kreide 1) gehörig.

Kreuz, Astronomie: **Kreuz des Südens,** lat. **Crux,** bekanntestes → Sternbild des Südhimmels, dessen vier hellste Sterne sich zu einem K. verbinden lassen. – Da sich auch die hellsten Sterne des am Nordhimmel befindl. Sternbilds → Schwan zu einem K. verbinden lassen, wird es manchmal **K. des Nordens** genannt.

Kreuzdipol, → Antenne.

Kreuzer, Kriegsschiff zur Aufklärung und Sicherung; als Handelsstör-K. zum Einsatz im Handelskrieg. Früher unterschied man: **Schwere** und **Leichte K.,** heute ist der Typbegriff übertragen auf die neu entwickelten, zw. 8000 und 14000 t großen, 30 kn schnellen, z. T. nuklear angetriebenen **Lenkwaffen-K.** und **U-Jagd-K.** (UdSSR). (BILD S. 120)

Kreuzgitter, opt. → Gitter 5) mit gekreuzten Linien.

Kreuzkopf, Maschinenteil von Schubkurbelgetrieben (→ Kurbelgetriebe) zur → Geradführung von Pleuel- (Trieb-) und Kolbenstangen; der K. überträgt die entstehenden Seitenkräfte durch eine oder zwei Gleitbahnen auf die am Maschinengestell befestigte K.-Führung. (BILD Dampfmaschine)

Kreuzmodulation, Funktechnik: infolge von Nichtlinearitäten in der Kennlinie aktiver Bauelemente (Diode, Transistor) auftretende Modulation eines Funksignals durch ein anderes, i. a. ungewolltes Signal. Durch K. kann im Rundfunkempfänger eine Mischung verschiedener Frequenzen entstehen, was sich als Verschlechterung der Trennschärfe im Empfänger bemerkbar macht.

Kreuzpeilung, Standortbestimmung eines Fahrzeuges durch opt. Ortung oder → Funkortung von zwei ortsfesten Anlagen aus (Fremdpeilung) oder vom Fahrzeug aus gegenüber zwei ortsfesten Sendern oder Landmarken (Eigenpeilung).

Kreuzprodukt, das → kartesische Produkt.

Kreuzrahmenpeiler, ein → Funkpeiler mit zwei gekreuzten Rahmenantennen.

Kreuzspule, Weberei: Garn- oder Zwirnspule mit sich kreuzenden Fadenlagen. Nach dem Spulenaufbau unterscheidet man zylindrische, konische, Doppelkegelspule, Pineapple-Spule u. a.

Kreuzspul|instrument, Quotiẹntenmeßwerk, elektr. Meßgerät, entspricht im Aufbau dem → Drehspulinstrument, ist jedoch von rückläufiger Bedeutung. Die Drehspule hat zwei sich kreuzende Wicklungen, deren Drehmomente einander entgegenwirken. Der Zeigerausschlag ist somit proportional dem Quotienten aus den in beiden Wicklungen fließenden Strömen, ein mechan. Gegenmoment ist nicht erforderlich.

Kreuzstab, der → Jakobsstab.

Kreuzung, 1) die Überschneidung von Verkehrswegen a) ohne Kreuzungsbauwerk **(höhengleiche K.,** z. B. → Bahnübergänge), b) mit Kreuzungsbauwerk **(höhenfreie K.,** z. B. Straßen- oder Eisenbahnüberführungen). (BILD S. 121) 2) im → Eisenbahnoberbau ein baulich zusammenhängendes Gleisstück zweier sich kreuzender Gleise.

Kreuzungsschleusung, zwei aufeinanderfolgende Schiffsschleusungen, eine zu Berg und eine zu Tal.

Kriechen, 1) Geowissenschaften: Form der → Hangbewegungen.

2) bei Metallen langsames → Fließen 2) unter ruhender Last bei hohen Temperaturen unterhalb der Fließgrenze für die betreffende Temperatur. Daraus ergibt sich die Zeitstandfestigkeit.

Kriechfall, → aperiodisch.

Kriechgang, Kfz: ein Gang mit großer Übersetzung für Arbeiten, die nur bei geringer Fahrgeschwindigkeit durchgeführt werden können, z. B. bei Straßenfertigern, Ackerschleppern.

Kriechspur, Sonderfahrbahn für den langsamen Fahrverkehr, bes. den Schwerlastverkehr. K. werden auf längeren Streckenabschnitten mit Steigungen besonders auf Autobahnen angelegt.

Kriechstrom, unbeabsichtigter Stromübergang entlang der Oberfläche eines Isolierstoffkörpers, auf dem spannungsführende Anschlüsse oder Leitungen befestigt sind. Ein K. entsteht, wenn das Isolationsvermögen des Isolierstoffes, z. B. durch Feuchtigkeit, herabgesetzt ist.

Kriegsflugzeug, Militärflugzeug, → Bomber, → Erdkampfflugzeug, → Jagdflugzeug, → Kampfflugzeug, → Kampfhubschrauber, → Kurierflugzeug, → Tankflugzeug, → Transportflugzeug.

Kriegsschiffe werden gegenwärtig klassifiziert in: → Flugzeugträger, → Schlachtschiffe, → Kreuzer, → Zerstörer, → Fregatten, → Unterseeboote, → Minenleger, → Minensuch- und Minenräumfahrzeuge, → Kleine Kampfschiffe, → Landungsfahrzeuge, → Schnellboote und Hilfsfahrzeuge.

Konzeption und Baumerkmale der K. der Gegenwart sind Ausdruck der höheren Wirksamkeit der seit 1945 rasch fortgeschrittenen Technik. Die Sektionsbauweise verkürzt die Bauzeit; ein schneller Austausch von Baugruppen erleichtert die Schadensbehebung. Stabilisatoren mindern die Einflüsse des Seegangs auf Waffen und Besatzung. Die Standfestigkeit wird durch die Abdichtung des Schiffsinnern gegen radioaktiven Niederschlag, biolog. und chem. Kampfstoffe erhöht (ABC-Schutz). Größere K. werden z. T. nuklear angetrieben, K. vom Zerstörer abwärts zunehmend durch Gasturbinen. – Die Waffen- und Führungssysteme der K. sind rechnergesteuert. Datenübertragungssysteme verbinden sie mit Landbefehlsstellen. Flugkörper ersetzen die schweren Geschütze. Waffenanlagen werden in Modul- oder containisierter Form konstruiert und können schnell ausgetauscht werden.

Krippe, Astronomie: lat. **Praesepe,** mit bloßem Auge sichtbarer offener Sternhaufen (M44) mit etwa 500 Sternen im Sternbild Krebs.

Kristall *der,* als Name urspr. nur für Eis gebraucht, später als allg. Bez. für die regelmäßige Ausbildung fester Körper eingeführt. Heute wird als K. jeder → Festkörper bezeichnet, wenn – ohne Rücksicht auf seine äußere Gestalt – seine Bausteine (Atome, Ionen, Moleküle) räumlich-periodisch in einem **K.-Gitter** angeordnet sind. Solche **Ideal-K.** werden von den in der Natur auftretenden → Realkristallen nur angenähert verwirklicht.

KRISTALLOMETRIE

Die Kristallometrie befaßt sich mit der Messung der Winkel zw. K.-Flächen mit Hilfe von → Goniometern **(K.-Messung)** sowie mit der K.-Berechnung und K.-Beschreibung. Hierfür ist die Einführung eines Bezugssystems erforderlich, und zwar ein für die jeweilige K.-Art symmetriegerechtes Achsenkreuz, dessen drei Achsen (TAFEL I, BILD B, S. 122) den vorherrschenden K.-Kanten oder K.-Flächen parallel verlaufen. Eine K.-Fläche, die diese drei Achsen schneidet, ist durch die Länge der Achsenabschnitte *a*, *b* und *c* geometrisch bestimmt, auf Grund des Gesetzes der → Winkelkonstanz sogar schon dann, wenn nur das **Achsenabschnittsverhältnis (Parameterverhältnis)** $a:b:c$ bekannt ist. Dabei gilt für alle Flächen desselben K. das Rationalitätsgesetz, wonach sich die Quotienten von entsprechenden Achsenabschnitten zweier Flächen wie rationale, meist sehr einfache Zahlen verhalten. Die Achsenabschnittsverhältnisse und die **Achsenwinkel** sind Ausgangswerte für die **K.-Berechnung.**

Die Benennung der **K.-Flächen** erfolgt nach CH. S. WEISS oder nach W. H. MILLER. Das Weißsche Symbol der Einheitsfläche des K. ist $1a:1b:1c$, das einer beliebigen zweiten Fläche $ma:nb:pc$. Die gebräuchlicheren → Millerschen Indizes ergeben sich durch Umrechnung aus den Weißschen Symbolen; sie lauten (*hkl*) für die beliebige Fläche. Beim hexagonalen K.-System mit vier Achsen werden die Bravaisschen Indizes (*hkil*) verwendet.

Eine Folge von K.-Flächen, die sich in parallelen Kanten schneiden, heißt **kristallograph. Zone.** In TAFEL I, BILD C, S. 122 gehören die Flächen $(1\bar{2}0)$, $(1\bar{1}0)$, (100), (120) . . . der gleichen Zone an. Indizes der Zonenachse und zugleich der Zone sind [001].

KRISTALLSYMMETRIEKUNDE

Ein ideal ausgebildeter K. kann, wenn er nicht triklin-asymmetrisch gebaut ist, durch besondere → Symmetrieoperationen mit sich selbst zur Deckung gebracht werden, und zwar durch Drehungen um eine **Drehachse (Gyre),** durch Spiegelungen an einer **Spiegelebene** oder Drehspiegelung an einer **Drehspiegelachse (Gyroide),** d. h. Drehung und damit gekoppelter Spiegelung. Da kristallographisch nur Drehungen um 180°, 120°, 90° und 60° möglich sind, treten nur 2-, 3-, 4- und 6zählige Drehachsen auf;

Kreiskolbenmotor 2

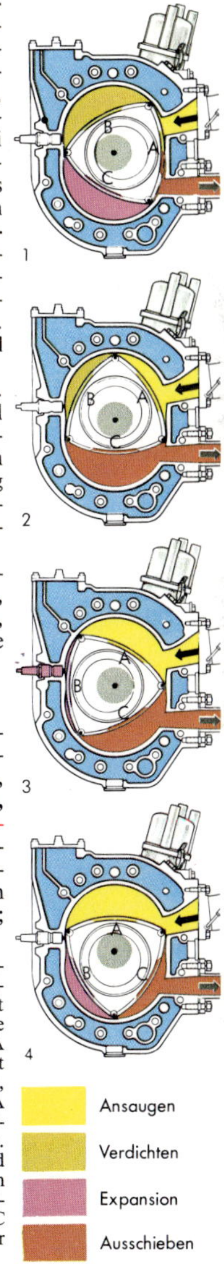

Kreiskolbenmotor 2: die 4 Arbeitstakte: **1** Über der Kolbenflanke A (Kammer A) sind die verbrannten Gase ausgeschoben, der Ansaugtakt beginnt. Kammer B ist mit Frischgas gefüllt und komprimiert. In C dehnen sich die verbrennenden Gase arbeitleistend aus. **2** Kammer A saugt weiter an. Kammer B verdichtet. In Kammer C hat die Dichtleiste die Auslaßsteueröffnung freigegeben, und die verbrannten Gase strömen aus. **3** Kammer A saugt noch immer an. In Kammer B wird die komprimierte Ladung gezündet. Kammer C schiebt weiter aus. **4** In Kammer A setzt der Kompressionstakt ein, sobald die Dichtleiste die Einlaßöffnung geschlossen hat. In Kammer B expandieren die verbrennenden Gase und treiben über den Kolben die Exzenterwelle an. Kammer C schiebt weiter aus. – Das nächste Bild entspräche wieder Figur 1

Kreuzer: (kernkraftgetriebener Lenkwaffenkreuzer) KIROW, UdSSR; Stapellauf 1977, erste Probefahrt 1980. Länge 248 m, Breite 28 m, Tiefgang etwa 8 m, Wasserverdrängung etwa 22000 t, Antriebsleistung etwa 110 MW (150000 PS), vermutlich 2 Druckwasser-Reaktoren und 2 Dampfturbinensätze, Hilfsantrieb konventionell, Geschwindigkeit etwa 30–32 kn. Waffen: Schiff/Schiff-Flugkörper-Waffen (20 Startboxen für ›SS-NX-19‹-Flugkörper), Schiff/Luft-Flugkörper-Waffen (6 Anlagen für ›SA-NX-6‹-Flugkörper, 2 Anlagen für ›SA-N-4‹-Flugkörper), U-Jagdwaffen (2 Startbehälter für ›SS-N-14‹-Flugkörper, 1 U-Jagdraketenwerfer ›RBU-6000‹, 2 U-Jagdraketenwerfer ›RBU-4500 A‹ und U-Jagdtorpedorohre), Artillerie: zwei 100-mm-Geschütze, acht 30-mm-Flak sechsläufig; mindestens 2 Hubschrauber; 900–1000 Mann Besatzung

Drehspiegelachsen können 2-, 4- oder 6zählig sein. Z. T. führen versch. Symmetrieoperationen zum gleichen Ergebnis; so kann z. B. die K.-Fläche A (TAFEL I, BILD A) sowohl durch 2zählige Drehspiegelung über die am Kristall nicht ausgebildete Lage B als auch direkt durch Inversion am Punkt 0 (Spiegelung am K.-Mittelpunkt, dem Symmetriezentrum) in die K.-Fläche C überführt werden. Eine **Drehinversion** ergibt sich durch Zusammensetzung einer Drehung mit einer Inversion.

Als **Symmetrieinhalt** eines K. versteht man die Summe seiner → Symmetrieelemente, als **Symmetriegerüst** deren räuml. Anordnung. K. mit gleichem Symmetriegerüst gehören zur gleichen → Kristallklasse (TABELLE Symmetrieklassen der Kristalle). Von den 32 **K.-Klassen** besitzt nur die triklin-asymmetr. kein Symmetriegerüst; äußere Symmetrie ist also keine notwendige K.-Eigenschaft. Die → Kristallsysteme umfassen jeweils Gruppen von K.-Klassen, die sich auf gleiche kristallograph. Achsenkreuze (TAFEL I, BILDER B, 1–7) beziehen lassen.

Als einfache **K.-Form** wird die Gesamtheit aller derjenigen Flächen eines K. bezeichnet, die untereinander gleichwertig sind, d. h. gleiche Symmetrie, Form und Größe haben und gleichartig entwickelt sind. Falls einfache K.-Formen den K.-Raum vollständig umschließen, heißen sie **geschlossene K.-Formen** (z. B. Würfel, Bipyramiden), sonst **offene K.-Formen.** Sind an einem K. zwei oder mehr einfache Formen ausgebildet, so spricht man von einer **Kombination** (zusammengesetzte Kristallform). Offene Formen treten nur in Kombinationen auf (z. B. Pyramide mit einem Pedion oder Prisma mit einem Pinakoid als Basis). Beispiele für Kombinationen zeigt die TAFEL I, BILDER D, 1–5. Das Abschneiden von Kanten oder Ecken durch eine Fläche heißt **Abstumpfung.**

Jede der 32 K.-Klassen (Symmetrieklassen, Punktgruppen) weist sieben einfache Formen auf, die miteinander kombiniert sein können. Die flächenreichste Form heißt ›allgemeine‹ Form; ihr grch. Name ist nach P. v. GROTH der Klassenname; alle übrigen sind flächenärmere ›spezielle‹ Formen. TAFEL I zeigt die allg. Formen aller 32 K.-Klassen (BILDER E, 1–32) und die speziellen Formen der fünf kub. Klassen, von denen z. B. der Würfel in allen Klassen auftritt (TAFEL I, BILDER F, 1–10). Die fünf verschiedenen symmetr. Würfel unterscheiden sich in ihrer Flächensymmetrie, die u. a. in unterschiedl. → Kombinationsstreifung zum Ausdruck kommen kann.

Holoedrisch (vollflächig) heißen die K.-Formen der höchstsymmetr. Klasse jedes Systems; **meroedrisch** (teilflächig) die durch systemat. Weglassen von Symmetrieelementen flächenärmeren anderen Klassen. Bei hemiedr. Zerlegung zerfällt jede allg. Form der Holoedrie stets in zwei **Hemieder** (Halbflächner), die zueinander **korrelat** sind, wobei zwei Fälle möglich sind a) kongruent-korrelate, oder positive und negative Formen, wenn die korrelaten Formen selbst noch Spiegelebenen besitzen (TAFEL I, BILDER G 1, rechts ›positives‹, links ›negatives‹ Tetraeder [Gegentetraeder]) oder b) enantiomorphe. oder rechte und linke Formen, wenn Spiegelebenen und Symmetriezentrum fehlen (TAFEL I, BILDER G 2, ›Links-‹ und ›Rechts-Quarz‹). Aus Hemiedern ergeben sich **Tetartoeder** (Viertelflächner); **Hemimorphien** zeigen polare K.-Gestalt, d. h. ›obere‹ und ›untere‹ Formen (TAFEL I, BILD H). V. a. in der Natur weist die K.-Ausbildung Besonderheiten auf; neben dem unterschiedl. → Kristallhabitus z. B. die Bildung von → Zwillingen, verschiedenartige Verwachsungen, → mimetische Kristalle, → Skelettkristalle und → gestrickte Minerale.

KRISTALLSTRUKTURKUNDE

Die Kristallstrukturkunde umfaßt die mathematisch-theoretisch entwickelte **Gittertheorie** (geometr. Kristallographie des Diskontinuums) und die physikalisch-chem. **K.-Kunde.** Letztere behandelt den Aufbau von K.-Gittern in Abhängigkeit von der Art ihrer Bausteine und ist damit auch ein Teil der → Kristallchemie.

Kristallstrukturen bestehen i. a. aus mehreren, jeweils mit Materieteilchen nur einer Art besetzten, ineinandergestellten, parallel orientierten → Bravais-Gittern mit gemeinsamen Gitterkonstanten. Durch die dreidimensionale Periodizität gibt es einen parallelepiped. Fundamentalbereich, in dem von jedem Gitter ein Repräsentant zu finden ist, die → Elementarzelle, die alle Punktsymmetrieelemente des Gitters enthält. Die in die Zelle eingebauten Atome, Ionen, Moleküle bezeichnet man als Basis. Bei chemisch verschiedenen Atomen im Kristall muß die Basis (die Zelle) die Formeleinheit der Substanz mindestens einmal enthalten.

Jedes K.-Gitter gehört einer der 230 → Raumgruppen an. Bei diesen handelt es sich um sämtliche möglichen Symmetriekombinationen aus den folgenden, in K.-Gittern auftretenden Symmetrieelementen: 1) alle auch kristallmorphologisch bekannten Elemente: Drehachsen, Spiegelebenen, Drehspiegelachsen und Drehinversionsachsen, 2) Translationen (Punktverschiebung in best. Richtung um best. Strecke). Hieraus ergeben sich Gleitspiegelebenen (Koppelung von Translation und Spiegelung, BILD 1, S. 125) und Schraubenachsen (Helicogyren, Kombination von Translation und Drehung, BILD 2, S. 125, dreizählige Rechtsschraubenachse).

Die zunächst nur theoret. Vorstellungen über den inneren Feinbau der K. sind durch → Strukturanalysen auch experimentell bestätigt; die bisher erforschten K.-Arten verteilen sich auf fast tausend → Strukturtypen. TAFEL II zeigt einige einfache und zugleich wichtige Typen. Die Anordnung der Bausteine in einem K.-Gitter ist v. a. abhängig von deren Radien (z. B. → Ionenradien), den Radienquotienten und der sich daraus ergebenden Koordination (z. B. → Kugelpackung). Von Bedeutung sind auch die Bindungscharaktere, wonach die K.-Gitter eingeteilt werden in **homodesmische** Strukturen, in denen die Bausteine durchgängig von Hauptvalenzkräften derselben Bindungsart zusammengehalten werden, und in **heterodesmische,** in denen stärker versch. Bindungsarten in versch. Bezirken (z. B. organ. Molekülgitter, in denen die Bausteine eines Moleküls homöopolar, → chemische Bindung, die Moleküle selbst mit Van-der-Waals-Kräften aneinanderhängen) oder Richtungen (z. B. Graphit mit stärker homöometalloiden Bindungsanteilen in den Richtungen der *a*-Achsen, in Richtung der *c*-Achse nicht) gleichzeitig nebeneinander wirken.

Die homodesm. Strukturen werden weiterhin danach unterteilt, ob ihre Hauptvalenzkräfte praktisch einem der Bindungstypen entsprechen wie in den Ionen-, Kovalent- (Atom-), metallischen oder den Van-der-Waals-Gittern (zu letzteren gehören nur die Gitter der kondensierten Edelgase) oder ob sie von einer der **intermediären** (gemischten) Bindungsarten sind, zu denen die **semipolaren** (U-P-Resonanz) und die **halbmetallischen (homöometalloiden** und **heterometalloiden)** Bindungsarten zählen.

Kristallisation: Kristallwachstum

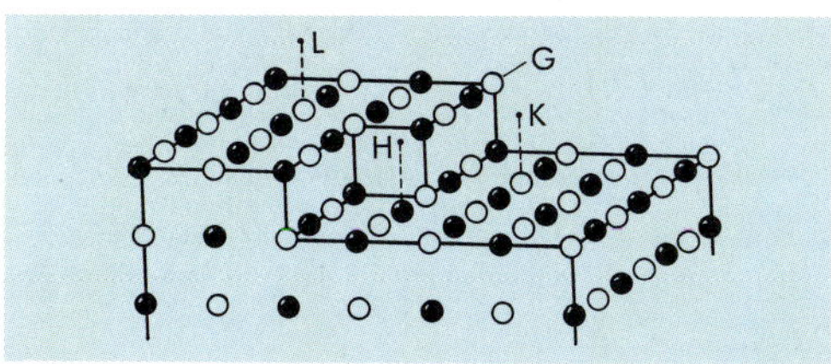

Kristallchemie, Spezialgebiet der Chemie, dessen Problemkreis die Aufklärung der chem. Zusammensetzung, der Atomanordnung (→ Strukturanalyse) und der Bindungsverhältnisse in Kristallen sowie die Vorgänge der → Kristallisation und das Kristallwachstum darstellen. In vielen Fragestellungen sind die Übergänge zur → Kristallphysik fließend. Der Bedarf an ›maßgeschneiderten‹ synthet. Kristallen für industrielle und wissenschaftl. Anwendungen hat die Beschäftigung mit Verfahren zur → Kristallzüchtung angeregt.

Kristalldiode, eine → Diode aus Halbleiterkristall, i. Ggs. zur Röhrendiode.

Kristall|eis, kristallklares Wassereis (→ Eiserzeugung).

Kristallfeld, das stark inhomogene lokale elektrostat. Feld in einem Kristall, das durch Überlagerung der elektr. Felder der in der Umgebung befindl. Atomrümpfe entsteht, und dessen Symmetrie mit der Punktsymmetrie des betrachteten Gitterplatzes übereinstimmt. Durch das K. werden die elektron. Energieniveaus der Kristallatome beeinflußt, was (gegenüber den freien Atomen) zu einer Verschiebung und Aufspaltung **(K.-Aufspaltung)** der Spektrallinien führt. Die Auswertung der Spektren liefert Informationen über Stärke und Symmetrie des K.

Kristallform, die Gesamtheit der auf Grund der Kristallsymmetrie zusammengehörenden gleichwertigen Kristallflächen (→ Kristall).

Kristallgeometrie, Teilgebiet der → Kristallographie.

Kristallgitter, → Gitter 3); häufig auch synonym zu → Kristallstruktur verwendet. – Schwingungen eines K., → Gitterschwingungen.

Kristallglas, Glas mit hohem Glanz und Lichtbrechungsvermögen für meist geschliffene Glaswaren. **Bleikristall** enthält 18–38% Bleioxid (PbO), **Halbbleikristall** 5–18%.

Kristallhabitus, kurz **Habitus,** nennt man die Kristallgestalt in ihren Grundzügen, z. B. tafeliger, säuliger oder nadelförmiger K.

Kristallimpuls, der → Quasiimpuls der Kristallelektronen.

kristallin, kristallinisch, sind feste Körper, die entweder aus vielen kleinen, unregelmäßig gelagerten Kristalliten bestehen **(Polykristalle,** Granit, Metalle, Würfelzucker) oder deren Gitterstruktur sich ohne Störung durch den ganzen Körper fortsetzt **(Einkristall).** Ggs.: → amorph.

kristalline Flüssigkeiten, Flüssigkristalle, die → flüssigen Kristalle.

kristalline Schiefer, Sammelbez. für metamorphe Gesteine mit deutlicher → Kristallisationsschieferung; z. B. Phyllit, Glimmerschiefer, Gneis u. a.

Kristallisation, Vorgang der Kristallbildung. Das Kristallwachstum erfolgt von einem **Kristallkeim** aus durch Substanzanlagerung **(Appositionswachstum)** beim Abkühlen von Schmelzen, Lösungen, Gasen oder Dämp-

Kreuzung 1)

Kresole

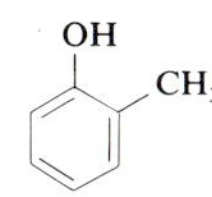

ortho-Kresol (2-Methylphenol)

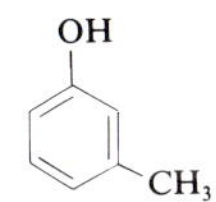

meta-Kresol (3-Methylphenol)

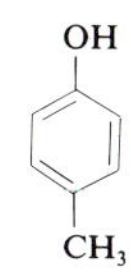

para-Kresol (4-Methylphenol)

KRISTALLE

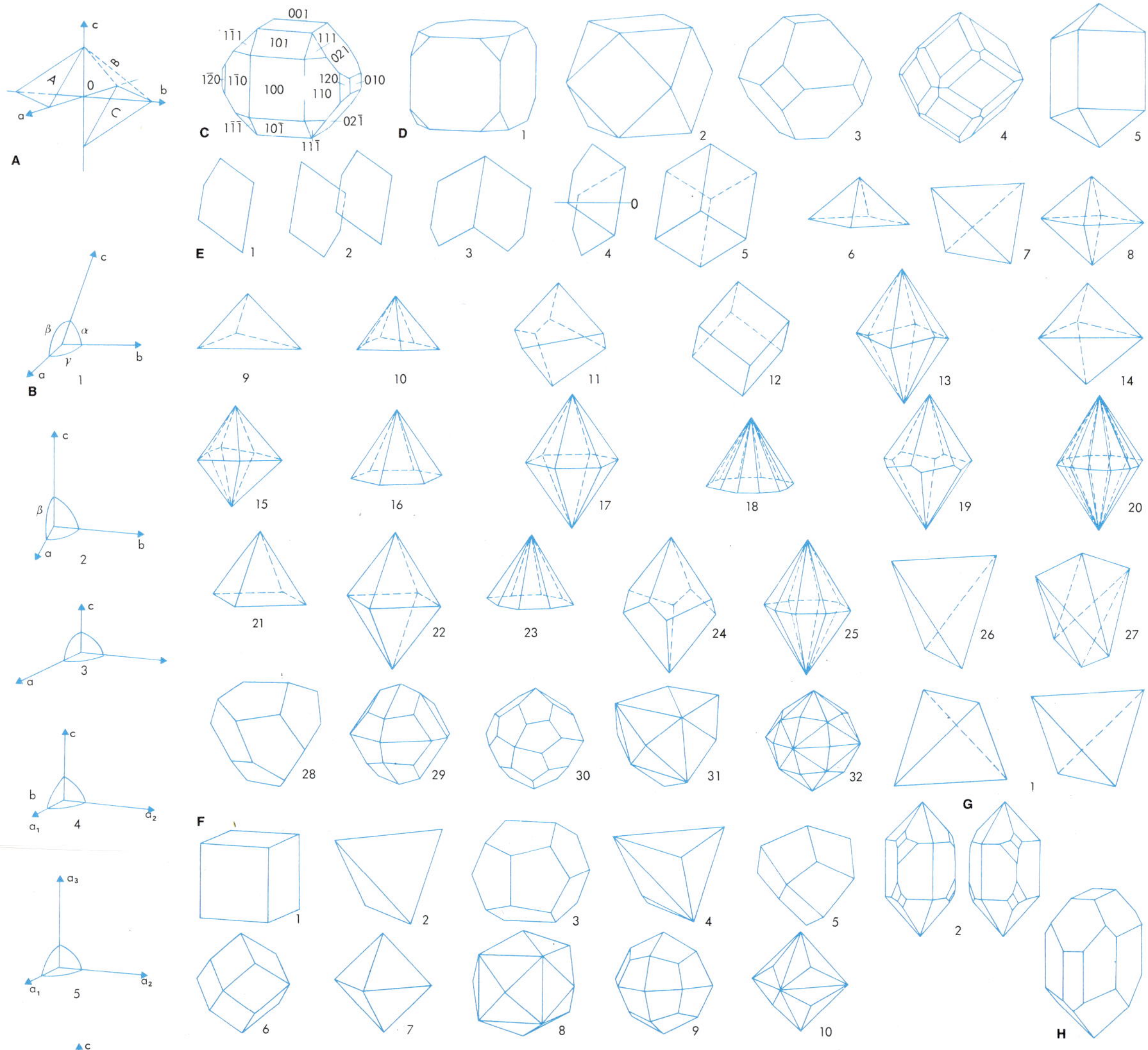

Kristalle I: A Inversion am Punkt 0. **B** Kristallographische Achsen der Kristallsysteme; **1** triklines, **2** monoklines, **3** rhombisches, **4** tetragonales, **5** kubisches, **6** hexagonales und trigonales, **7** rhomboedrisches Achsenkreuz. Die unbeschrifteten Winkel mit einfachen Winkelbogen sind rechte. **C** Kristallographische Zonen (Olivin). **D** Kombinationen kristallographischer Formen; **1** Würfel (vorherrschend) mit Oktaeder, **2** Kuboktaeder (Würfel und Oktaeder ›ausgewogen‹), **3** Oktaeder (vorherrschend) mit Würfel, **4** Rhombendodekaeder (vorherrschend) mit Ikositetraeder, **5** tetragonale Bipyramide mit Prisma. **E** Allgemeine Kristallformen der 32 Klassen; Numerierung wie in der Tabelle ›Symmetrieklassen der Kristalle‹: Triklines System: 1 (Triklines) Pedion, 2 Pinakoid; Monoklines System: 3 Doma, 4 Sphenoid, 5 Prisma; Rhombisches System: 6 Rhomb. Pyramide, 7 Rhomb. Bisphenoid, 8 Rhomb. Bipyramide; Trigonales System: 9 Trigonale Pyramide, 10 Ditrigonale Pyramide, 11 Trigonales Trapezoeder, 12 Rhomboeder, 13 Ditrigonales Skalenoeder, 14 Trigonale Bipyramide, 15 Ditrigonale Bipyramide; Hexagonales System: 16 Hexagonale Pyramide, 17 Hexagonale Bipyramide, 18 Dihexagonale Pyramide, 19 Hexagonales Trapezoeder, 20 Dihexagonale Bipyramide; Tetragonales System: 21 Tetragonale Pyramide, 22 Tetragonale Bipyramide, 23 Ditetragonale Pyramide, 24 Tetragonales Trapezoeder, 25 Ditetragonale Bipyramide, 26 Tetragonale Bisphenoide, 27 Tetragonale Skalenoeder; Kubisches System: 28 Tetraedr. Pentagondodekaeder, 29 Disdodekaeder, 30 Pentagonikositetraeder, 31 Hexakistetraeder, 32 Hexakisoktaeder. **F** Spezielle Kristallformen des kubischen Systems; **1** Würfel, **2** Tetraeder, **3** Pentagondodekaeder, **4** Triakistetraeder. **5** Deltoiddodekaeder, **6** Rhombendodekaeder, **7** Oktaeder, **8** Tetrakishexaeder, **9** Deltoidikositetraeder, **10** Triakisoktaeder. **G** Hemiedrieen; **1** kongruentkorrelate Formen: negatives und positives Tetraeder, **2** enantiomorphe Formen: Links- und Rechtsquarz. **H** Hemimorphie

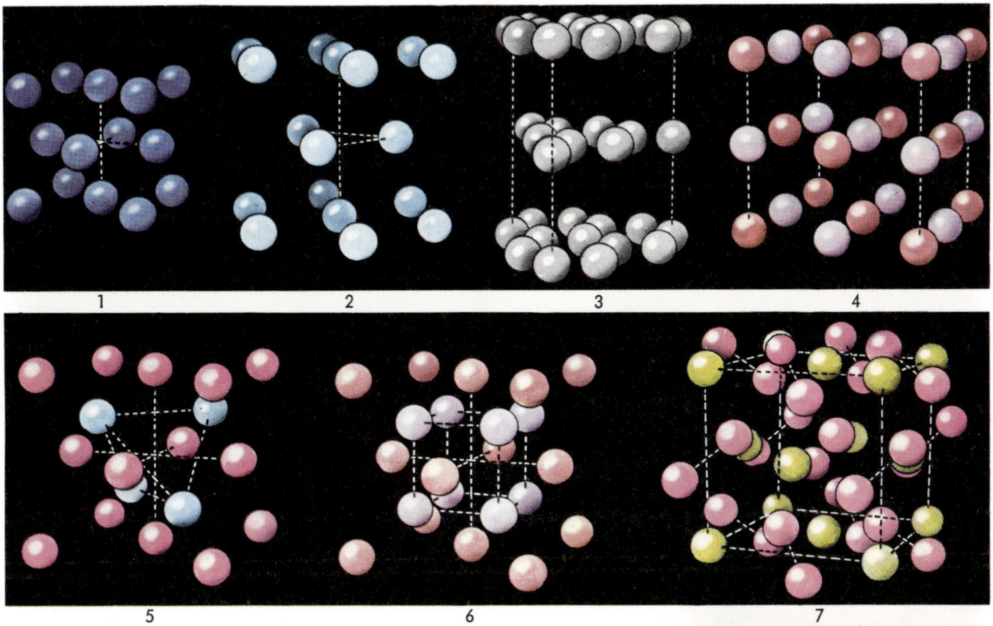

Kristalle II: Kristallstrukturen: **1** kubisch dichteste Kugelpackung (Kupfer, Silber, Gold, Aluminium); **2** hexagonal dichteste Kugelpackung (Magnesium) **3** Graphit (Kohlenstoff; Schichtgitter aus Netzen mit sechseckigen Maschen); **4** Steinsalz NaCl (Ionengitter aus positiven Natrium- und negativen Chlorionen); **5** Zinkblende ZnS (Zink blau, Schwefel gelb) oder Diamant (alle Atome Kohlenstoff); **6** Flußspat CaF_2 (Calcium braun, Fluor grün); **7** Schwefelkies FeS_2 (Eisen rot, Schwefel gelb; Schwefelatome zu zweien durch gemeinsame Elektronen eng gekoppelt); **8** Kohlendioxid CO_2 (Kohlenstoff grau, Sauerstoff rot; Molekülgitter aus O – C – O-Molekeln); **9** Quarz SiO_2 (Silicium grau, Sauerstoff rot; SiO_4-Tetraeder, durch gemeinsame Sauerstoffionen räumlich verbunden): **10** Molybdänit MoS_2 (Molybdän lila, Schwefel gelb; Schichtgitter aus ebenen Paketen von je einem Schwefel-, Molybdän-, Schwefel-Netz)

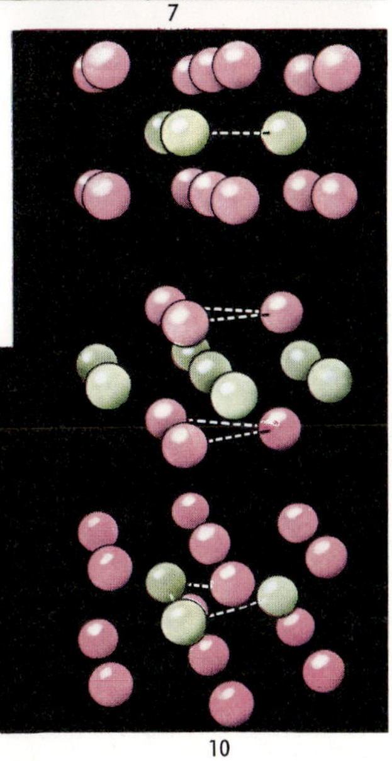

fen, ferner beim Eindampfen von Lösungen, durch Reaktionen und Umwandlungen (→ Polymorphie) im festen Zustand und durch Austauschreaktionen (→ Pseudomorphosen). Nach der Wachstumstheorie von W. KOSSEL und I. N. STRANSKI, die auf der elektrostat. Anziehung von Ionen beruht, wird ein Ion aus dem umgebenden Medium bes. stark am Ende (H) einer noch unvollständigen Gittergeraden (G) angezogen (BILD) und eingebaut. G. wächst nun über den ganzen Kristall; in irgendeinem Punkt K beginnt die nächste Gerade zu wachsen, und erst

Symmetrieklassen der Kristalle

System	Nr.	Symbole	Klasse	Symmetrieinhalt	
Triklin	1	C_1 1	Triklin-pediale (asymmetrische) Kl.	– –	E Z P
	2	C_i $\bar{1}$	Triklin-pinakoidale Kl. (Holoedrie)	– – o	– – –
Monoklin	3	C_s m	Monoklin-domatische Kl. (Hemiedrie)	– 1 m	– Z P
	4	C_2 2	Monoklin-sphenoidische Kl. (Hemimorphie)	1 ╱ p –	E Z P
	5	C_{2h} 2/m	Monoklin-prismatische Kl. (Holoedrie)	1 ╱ 1 m o	– – –
Rhombisch	6	C_{2v} mm 2	Rhombisch-pyramidale Kl. (Hemimorphie)	1 ╱ p 1 + 1 m	– Z P
	7	D_2 222	Rhombisch-bisphenoid. Kl. (Hemiedrie)	1 + 1 + 1 ╱ –	E Z P
	8	D_{2h} mmm	Rhombisch-bipyramidale Kl. (Holoedrie)	1 + 1 + 1 ╱ 1 + 1 + 1 m o	– – –
Trigonal	9	C_3 3	Trigonal-pyramidale Kl. (Ogdoedrie)	1 ▲ p –	E Z P
	10	C_{3v} 3m	Ditrigonal-pyramidale Kl.	1 ▲ p 3 m	– – P
	11	D_3 32	Trigonal-trapezoedr. Kl. (trapezoedr. Tetartoedrie)	1 ▲ 3 ╱ p –	E Z P
	12	C_{3i} $\bar{3}$	Trigonal-rhomboedr. Kl. (rhomboedr. Tetartoedrie)	1 ◐ ╱ – o	– – –
	13	D_{3d} $\bar{3}$m	Ditrigonal-skalenoedr. Kl. (rhomboedr Hemiedrie)	1 ◐ 3 ╱ 3 m o	– – –
	14	C_{3h} $\bar{6}$	Trigonal-bipyramidale Kl.	1 ▲ 1 m	– – P
	15	D_{3h} $\bar{6}$2 m	Ditrigonal-bipyramidale Kl.	1 ▲ 3 ╱ p 1 + 3 m	– – P
Hexagonal	16	C_6 6	Hexagonal-pyramidale Kl. (hemimorphe Hemiedrie)	1 ● p –	E Z P
	17	C_{6h} 6/m	Hexagonal-bipyramidale Kl. (pyramidale Hemiedrie)	1 ● 1 m o	– – –
	18	C_{6v} 6mm	Dihexagonal-pyramidale Kl. (Hemimorphie)	1 ● p 3 + 3 m	– – P
	19	D_6 622	Hexagonal-trapezoedrische Kl.	1 ● 3 + 3 ╱ –	E Z P
	20	D_{6h} 6/mmm	Dihexagonal-bipyramidale Kl. (Holoedrie)	1 ● 3 + 3 ╱ 1 + 3 + 3 m o	– – –
Tetragonal	21	C_4 4	Tetragonal-pyramidale Kl. (hemimorphe Hemiedrie)	1 ■ p –	– Z P
	22	C_{4h} 4/m	Tetragonal-bipyramidale Kl. (Pyramid. Hemiedrie)	1 ■ 1 m o	– – –
	23	C_{4v} 4mm	Ditetragonal-pyramidale Kl. (Hemimorphie)	1 ■ p 2 + 2 m	– – P
	24	D_4 422	Tetragonal-trapezoedr. Kl.	1 ■ 2 + 2 ╱ – –	E Z P
	25	D_{4h} 4/mmm	Ditetragonal-bipyramidale Kl. (Holoedr.)	1 ■ 2 + 2 ╱ 1 + 2 + 2 m o	– – –
	26	S_4 $\bar{4}$	Tetragonal-disphenoidische Kl. (Tetartoedrie)	1 ⧄ –	– Z P
	27	D_{2d} $\bar{4}$2m	Tetragonal-skalenoedr. (sphenoidische) Kl.	1 ⧄ 2 ╱ 2 m	– Z P
Kubisch	28	T 23	Tetraedr.-pentagondodekaedr. Kl. (Tetartoedrie)	3 ╱ 4 ▲ p –	E Z P
	29	T_h m3	Disdodekaedrische Kl. (Pentagonale Hemiedrie)	3 ╱ 4 ◐ 3 m o	– – –
	30	O 432	Pentagonikositetraedr. Kl. (Gyroidisch)	3 ■ 4 ▲ 6 ╱ –	E Z –
	31	T_d $\bar{4}$3m	Hexakistetraedrische Kl. (Tetraedr. Hemiedrie)	3 ⧄ 4 ▲ p – 6 m	– – P
	32	O_h m3m	Hexakisoktaedrische Kl. (Holoedrie)	3 ■ 4 ◐ 6 ╱ 3 + 6 m o	– – –

Wird das Rhomboedrische System selbständig gezählt, so ist: D_{3d} = Holoedrie, C_{3v} = Hemimorphie, C_{3i} = Hemiedrie, D_3 = Enantiomorphie, C_3 = Tetartoedrie.

Erläuterungen: C_1 ... T_d, O_h, → Schoenflies-Symbole.
1 ... $\bar{4}$3m, m3m, gekürzte → Hermann-Mauguin-Symbole

╱ 2zählige, ▲ 3zählige, ■ 4zählige, ● 6zählige: Drehachse (p = polar)
⧄ 4zählige, ◐ 6zählige: Drehspiegelachse

o Symmetriezentrum
m Spiegelebene
E Enantiomorphie
Z Zirkularpolarisation
P Piezoelektrizität

nach völliger Ausbildung dieser Netzebene beginnt bei L die neue Netzebene. Bei übereiltem Wachstum findet die Anlagerung bevorzugt an Kanten und Ecken statt (→ Skelettkristalle). Die Wachstumsgeschwindigkeit ist von den physikal. (z. B. Temperatur, Sättigungsgrad) und chem. Bedingungen (Zusammensetzung, Reinheit der Schmelze oder Lösung) abhängig. Langsame K. aus Lösungen ergibt große Kristalle, rasches Abkühlen kleine, aber meist reinere Kristalle. Die K. wird zur → Kristallzüchtung und zur Reinigung von festen Stoffen genutzt. In der Verfahrenstechnik versteht man unter K. ein therm. Trennverfahren, bei dem mindestens eine kristalline Phase **(Kristallisat)** gewonnen wird, die durch Filtration, Zentrifugieren u. a. isoliert werden kann. Wird die Löslichkeit des Gelösten durch Zugabe eines Hilfsmittels herabgesetzt, spricht man von **Fällungs-K.** Beim **Ausfrieren** wird das Lösemittel zur K. gebracht, das Gelöste verbleibt in der konzentrierteren Restlösung. Die K. aus der Dampfphase wird **Desublimation** genannt. Die K. wird u. a. bei der Herstellung von Zucker, Düngemitteln, p-Xylol angewendet.

Kristallisationsdifferentiation, fraktionierte Kristallisation, Petrologie: Bez. für die kristallchem. Vorgänge der Stoffsonderung bei der Erstarrung eines

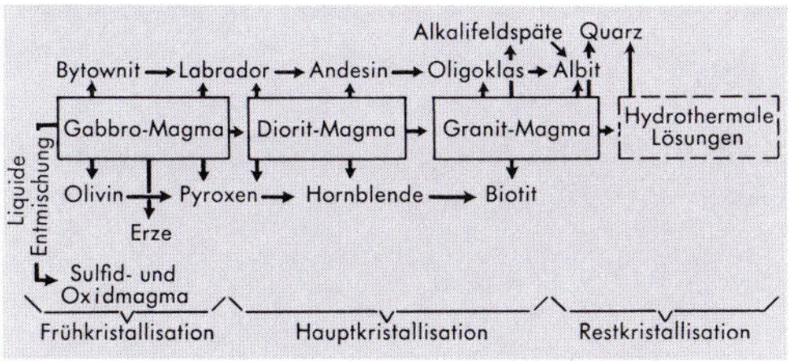

Kristallisationsdifferentiation: Differentiationsschema eines Gabbro-Magmas nach N. L. Bowen (modifiziert aus: T. F. W. Barth, ›Theoretical Petrology‹, New York [2]1962)

→ Magmas, wodurch Minerale (Gesteine) und neue Schmelzen gebildet werden. Im Ggs. zur Kristallisation einfacher → Eutektika finden bei der K. Reaktionen zw. bereits ausgeschiedenen Kristallen und der Restschmelze unter erneuter Mineralbildung statt **(Reaktionsprinzip** von N. L. Bowen). Für die Ausscheidungs-(Kristallisations-)Folge bes. wichtig sind drei zueinander parallel laufende Reaktionsreihen: 1) die diskontinuierl. Reihen Olivin ⟶ Pyroxen ⟶ Hornblende ⟶ Biotit, 2) die kontinuierl. Reihe der Plagioklase (Mischkristalle von Bytownit bis Albit) und 3) die der Alkalifeldspate (Kalifeldspat bis Albit). Das Schema zeigt, daß z. B. bei Abkühlung eines Gabbro-Magmas zunächst Olivin und Bytownit als Hauptminerale auskristallisieren; die verbleibende Schmelze entspricht einem Diorit-Magma. Die gebildeten Kristalle können a) mit der Restschmelze unter Bildung von Labrador und Pyroxen reagieren; bei vollständiger Reaktion wird aus der Schmelze ein Gabbro; b) von der Schmelze durch tekton. Vorgänge (›Abquetschen‹) oder durch → Gravitationsdifferentiation getrennt werden und eigene Gesteine bilden (Dunit, Anorthosit); das abgesonderte Diorit-Magma kann nun zu einem Diorit auskristallisieren oder wird einer weiteren Fraktionierung unterworfen. – Der Verlauf der K. hängt insges. von den Druck-Temperatur-Bedingungen bei der Abkühlung des Magmas sowie von dessen Wassergehalt und der Anwesenheit weiterer → Mineralisatoren ab; die Assimilation von Nebengesteinsmaterial ist ebenfalls von Bedeutung.

Kristallisations|schieferung entsteht bei der Gesteinsmetamorphose unter starkem, gerichtetem Druck (→ Streß) durch flächenhaft geregeltes Kristallwachstum neugebildeter oder mechanisch umgeformter blättriger Minerale (v. a. Glimmer) senkrecht zur Druckrichtung. K. führt zum bezeichnenden lepidoblastischen Lagengefüge **(Paralleltextur)** der kristallinen Schiefer.

Kristallisationswärme, eine → Umwandlungswärme (→ Gefrierpunkt).

kristallisiert heißen feste Stoffe, deren kleinste Bausteine (Atome, Ionen, Moleküle) gesetzmäßig in der Art eines Raumgitters angeordnet sind **(Kristallgitter).** Der innere Feinbau bedingt die Ausbildung einer äußeren Kristallgestalt (→ Kristall). Ggs.: **amorph.**

Kristallit, sehr kleines, einzelnes Kristallkorn eines Aggregats (z. B. Metall, Legierung); es ist meist im Wachstum behindert und daher nicht von ebenen Flächen begrenzt.

Kristallklassen, Symmetrieklassen, die 32 Klassen, in die man sämtl. Kristalle nach ihrer Symmetrie (entsprechend den 32 kristallograph. → Punktgruppen) einstufen kann. (→ Kristall)

Kristallkunde, die → Kristallographie.

Kristallmorphologie, Teilgebiet der → Kristallographie, die Lehre von den Kristallformen (→ Kristall).

kristalloblastisch heißen Gesteinsgefüge, die bei der Metamorphose durch Um- oder Neukristallisation **(Kristalloblastese)** von Mineralen entstanden sind. Nach der Größenverteilung dieser Minerale unterscheidet man homöoblast. und heteroblast. Gefüge (→ Porphyroblast), nach der Mineralgestalt granoblast., nematoblast. und lepidoblast. Gefüge. Die Einzelminerale können idio- oder xenoblastisch ausgebildet sein.

Kristallographie, Kristallkunde, Lehre vom Aufbau, von den Eigenschaften und dem Wachstum von natürl. und künstl. → Kristallen. Teilgebiete sind 1) die **Kristallmorphologie** (die Lehre von den Kristallformen), 2) die **Kristallgeometrie** (geometr. K. des → Scheinkontinuums), welche die **Kristallometrie** und **Kristallsymmetriekunde** umfaßt, 3) die **Kristallstrukturkunde,** die sich mit dem Aufbau der Kristalle im atomaren Bereich beschäftigt, und die **Gittertheorie** (geometr. K. des → Diskontinuums) und die **physikalisch-chem. Kristallkunde** umfaßt, 4) die → Kristallchemie, 5) die → Kristallphysik, deren wichtigstes Teilgebiet die → Kristalloptik ist.

Die K. ist Teilgebiet sowohl der Physik, Chemie und Mineralogie als auch verschiedener techn. Disziplinen, z. B. der Metallkunde und der Keramik.

W. Kleber: Einführung in die K. (Berlin-Ost [14]1979).

Kristallometrie, Teilgebiet der → Kristallographie. (→ Kristall)

Kristall|optik, Spezialgebiet der Kristallphysik, dessen Gegenstand die opt. Eigenschaften (→ Reflexion, → Brechung, → Dispersion 1, → Absorption 1) der Kristalle sind, die in drei verschiedene opt. Klassen eingeteilt werden. Alle Kristalle mit Ausnahme derjenigen des kubischen Systems sind optisch anisotrop, d. h., ihr opt. Verhalten hängt von der Polarisation und Ausbreitungsrichtung des Lichts bezüglich der Kristallachsen ab. In opt. isotropen Kristallen **(kubisches System; optische Klasse 1)** tritt nur eine jeweils spezif. Brechzahl n auf; die → Indikatrix 1) ist eine Kugel mit n als Radius. – Für die nichtkub. anistropen Kristalle sind die Indikatrizes mehrachsig: für die Kristalle des hexagonalen, trigonalen und tetragonalen Systems sind es Rotationsellipsoide (Bild 4) mit nur einem möglichen isotropen Kreisschnitt des Radius n_ω und darauf senkrechter opt. Achse A **(optisch einachsige Kristalle; optische Klasse 2);** die Indikatrizes der Kristalle des rhomb., monoklinen und triklinen Systems sind dreiachsige Ellipsoide (Bild 5) mit den Radien $n_\gamma > n_\beta > n_\alpha$, die zugleich als opt. Hauptachsen auf den Hauptschnitten stehen. Alle Schnitte sind Ellipsen, außer den zwei Kreisschnitten mit dem Radius n_β; die darauf senkrecht stehenden opt. Achsen A **(Binormale)** bilden den Achsenwinkel 2 V **(optisch zweiachsige Kristalle; optische Klasse 3).** Die wichtigsten durch opt. Anisotropie

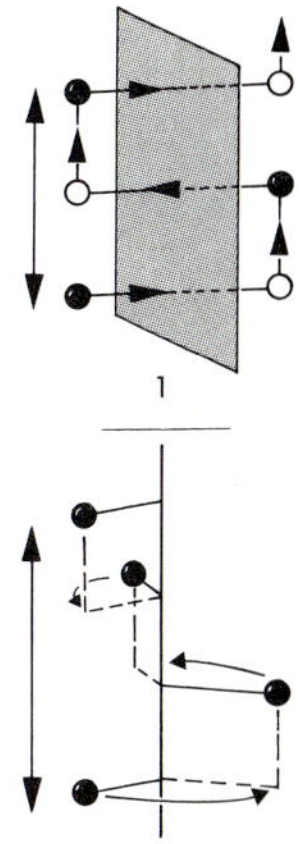

Kristall: **1** Gleitspiegelebene, **2** 3zählige Rechtsschraubenachse

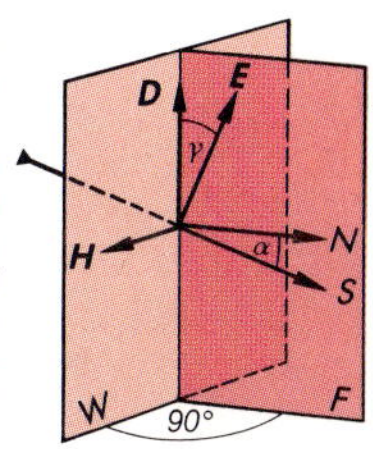

Kristalloptik 1

Kristalloptik 1: Lage der Vektoren H (magnetische Feldstärke, zugleich Polarisationsrichtung), D (elektrische Verschiebung) und E (elektr. Feldstärke) eines linear-polarisierten Strahles S (Energiefluß) in einem nicht-kubischen Kristall. Wechselweise senkrecht aufeinander stehen H, D, N (Wellennormale) und H, E, S. W = Ebene der Wellenfront; F = Fortpflanzungsebene

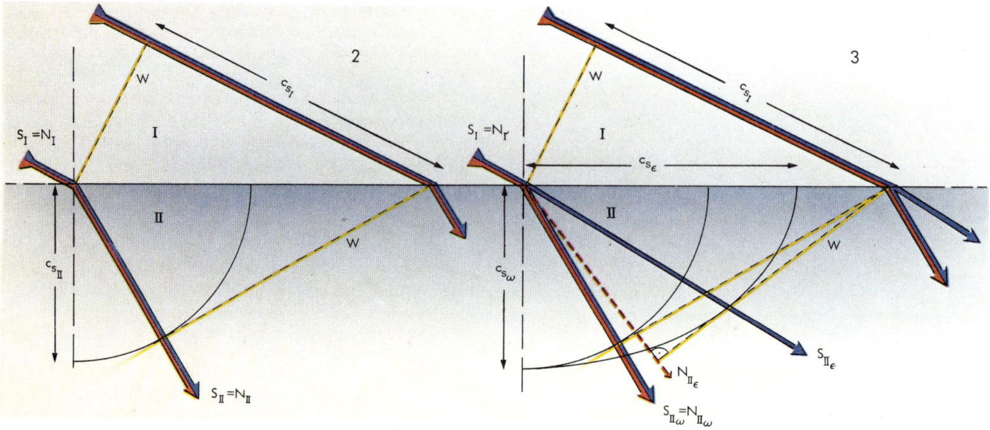

Kristalloptik 2 und **3: 2** Einfache Brechung des Lichtes an der Grenze zweier optisch isotroper Medien (I, II). Strahlenrichtung (S, blau) und Wellennormalenrichtung (N, rot) laufen in beiden Medien parallel. W = Spur der Wellenfront (gelb). **3** Doppelbrechung des Lichtes am Übergang von einem isotropen (I) in ein anisotropes, optisch einachsiges Medium (II). Der außerordentliche Strahl $S_{II\epsilon}$ ist nicht mehr parallel der zugehörigen Wellennormalenrichtung $N_{II\epsilon}$. Im allgemeinen liegen N_I, S_I und $N_{II\omega}$, $S_{II\omega}$, $N_{II\epsilon}$ und $S_{II\epsilon}$ nicht in einer Ebene, insbes. wird der außerordentl. Strahl aus der Einfallsebene herausgebrochen, wenn die opt. Achse nicht in der Einfallsebene liegt. Konstruktion mittels der Strahlengeschwindigkeitsflächen

hervorgerufenen Effekte sind → Doppelbrechung, → optische Aktivität und → Pleochroismus. Die Erscheinungen der K. können mit Hilfe der Maxwellschen Theorie unter Zugrundelegung der Gitterstruktur des Kristallaufbaus und Berücksichtigung der unterschiedl. Kristallklassen, Bindungskräfte, Packungsdichten und Polarisierbarkeiten theoretisch befriedigend erklärt werden. Die Theorien basieren auf der Modellvorstellung, daß die Elektronenwolken der Atome und Moleküle auf den Gitterplätzen durch eine einfallende elektromagnet. Welle zu Schwingungen um ihre Gleichgewichtslage angeregt werden, während die positiv geladenen Atomrümpfe in ihrer Ruhelage verharren. Die relative Verschiebung der positiven und negativen Ladungen führt zur Bildung von elektr. Dipolen (BILD 6, S. 127), die ihrerseits Sekundärwellen aussenden. Bei der Überlagerung der Sekundärwellen aller Oszillatoren treten Interferenzerscheinungen auf, durch die die Wellenfronten und das Ausbreitungsverhalten des Lichts im Kristall bestimmt werden. Dieses einfache Modell kann auch die Phänomene der nichtlinearen Optik anschaulich deuten.

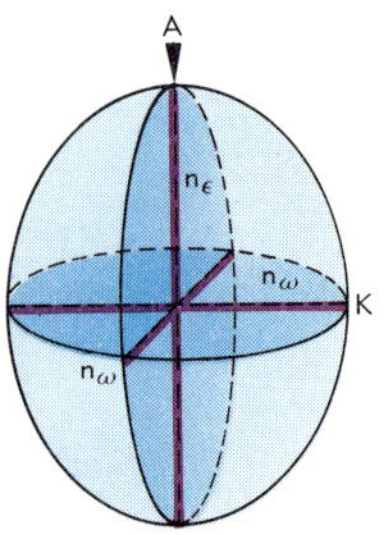

Kristalloptik 4: Indikatrix eines anisotropen, optisch einachsigen Kristalls (Rotationsellipsoid)

Bei der Untersuchung von Gesteins- oder Kristalldünnschliffen zum Zweck der Mineralbestimmung mit dem → Polarisationsmikroskop werden u. a. folgende Erscheinungen beachtet: 1) die beim Drehen des Kristalls zw. gekreuzten Polarisatoren auftretenden Hell- und Dunkelstellungen **(Auslöschung):** kub. Kristalle und Kreisschnitte bleiben stets dunkel (opt. Isotropie), 2) die sich aus der Phasendifferenz durch → Interferenz ergebenden Interferenzfarben, 3) Interferenzbilder (Achsenbilder, BILD 7, S. 127), die durch best. Anordnung dunkler Balken (Isogyren) und farbiger Kurven (Isochromaten) die Unterscheidung der opt. Klassen 2 und 3 ermöglichen.

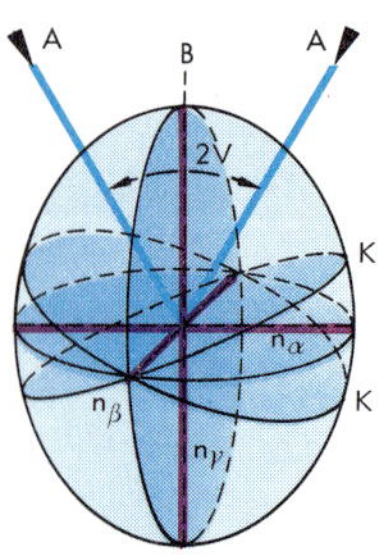

Kristalloptik 5: Indikatrix eines anisotropen, optisch zweiachsigen Kristalls (dreiachsiges Ellipsoid); *A* opt. Achsen (Binormale), *B* Bisektrix, die Halbierende des Achsenwinkels 2 *V*

E. BUCHWALD: Einführung in die K. ([5]1963).

Kristallphysik, Teilgebiet der Kristallographie, untersucht die mechan., therm., opt., magnet. und elektr. Eigenschaften von Kristallen. Wichtigstes Teilgebiet der K. ist die → Kristalloptik. I. Ggs. zu der umfassenderen modernen → Festkörperphysik steht bei der historisch älteren K. nicht die mikroskop. Deutung der makroskop. Phänomene im Vordergrund. Vielmehr werden die Kristalle als homogene, anisotrope Körper aufgefaßt, deren Eigenschaften phänomenologisch durch Materialkonstanten beschrieben werden.

Kristallregen, flächenhafter Niederfall vulkan. Auswurfmaterials, das vorwiegend aus Einzelkristallen besteht (z. B. Leucit-Regen am Vesuv).

Kristallspektrometer, Gerät zur Messung der Energieverteilung von γ-Strahlen (→ Gammaspektrometer) oder Neutronen (→ Neutronenspektrometer) durch Beugung an den Gitterebenen eines Einkristalls. Aus dem Ablenkwinkel der gebeugten Strahlung kann die Wellenlänge und damit die Energie der Strahlung berechnet werden.

Kristallstruktur, die dreidimensionale period. Anordnung der Bausteine (Atome, Moleküle, Ionen) von → Kristallen. Jede K. läßt sich auf eines der 14 → Bravais-Gitter zurückführen. Häufig wird für K. auch der Begriff **Kristallgitter** synonym gebraucht. (→ Atomgitter, → Ionengitter, → Molekülgitter, → Raumgruppe, → Strukturtypen; TAFEL Kristall II)

Kristallstruktur|analyse, Verfahren zur Bestimmung der räuml. Anordnung der Kristallbausteine (→ Strukturanalyse).

Kristallstrukturkunde, Teilgebiet der → Kristallographie. (→ Kristall).

Kristallstufe, Mineralstufe, Bez. für eine Gruppe

gut ausgebildeter, frei stehender, miteinander verbundener Kristalle gleicher oder verschiedener Mineralart.

Kristallsymmetriekunde, Teilgebiet der →Kristallographie. (→Kristall)

Kristallsysteme, die 32 →Kristallklassen lassen sich so in sechs K. zusammenfassen, daß die Klassen eines K. jeweils grundsätzlich gleiche kristallograph. Achsenkreuze aufweisen. Folgende K. werden unterschieden: das trikline, monokline, rhombische, tetragonale, kubische und hexagonale. Vom hexagonalen System wird gewöhnlich entweder eine trigonale oder eine rhomboedrische Abteilung getrennt. Bezeichnet man die Achsen mit a, b, c (oder z. B. a_1, a_2, c, falls $a = b$) und die Achsenwinkel mit α, β, γ, so gilt für die kristallograph. Achsenkreuze (TAFEL Kristalle I, B, 1–7, S. 122):

1) triklin: $a \neq b \neq c, \alpha \neq \beta \neq \gamma$
2) monoklin: $a \neq b \neq c, \alpha = \gamma = 90°$
3) rhombisch: $a \neq b \neq c, \alpha = \beta = \gamma = 90°$
4) tetragonal: $a = b\ , \alpha = \beta = \gamma = 90°$
5) kubisch: $a = b = c, \alpha = \beta = \gamma = 90°$
6) hexagonal und trigonal:
vier Achsen: $a_1 = a_2 = a_3, c$
$\sphericalangle (a_1, a_2) = \sphericalangle (a_2, a_3) = \sphericalangle (a_3, a_1) = 120°$
$\sphericalangle (a_1, c) = \sphericalangle (a_2, c) = \sphericalangle (a_3, c) = 90°$
7) rhomboedrisch: $a = b = c, \alpha = \beta = \gamma \neq 90°$

Kristalltracht, kurz **Tracht,** Gesamtheit aller an einem Kristall entwickelten Flächen (Formen).

Kristalltuff, vulkan. →Tuff, v. a. aus größeren Einzelkristallen.

Kristallwasser, in kristallisierten →Hydraten und anderen kristallisierten Verbindungen gebundenes Wasser (H_2O). Es kann auftreten als: 1) **Koordinationswasser,** die H_2O-Moleküle sind kleinen Kationen koordiniert und bilden mit diesen ›vergrößerte Kationen‹. 2) **Strukturwasser,** jedes H_2O-Molekül ist Nachbar sowohl eines Kations als auch eines Anions. 3) **Zeolithwasser,** die H_2O-Moleküle sind in röhrenartigen Hohlräumen des Kristallgitters eingelagert; sie können z. B. in den Zeolithen reversibel entfernt und wieder eingeführt werden, ohne Veränderung des Gitters. 4) **Quellungswasser,** in best. Schichtsilikaten, z. B. der Montmorillonit-Vermiculit-Gruppe, kann zw. die Silikatpakete (Anion) jeweils eine Wasserschicht (Kation) eingelagert werden. Der Wässerungsgrad derart quellfähiger Gitter ist temperaturabhängig; dies kann zu beträchtlichen Änderungen der Gitterdimensionen in Richtung der c-Achse führen (→Kristall).

Kristallzähler, Gerät zum Nachweis von Gammastrahlung und geladenen Teilchen, im wesentlichen ein hochisolierender Kristall (Diamant, Silberchlorid u. a.), an den eine Spannung von etwa 1kV angelegt ist. Bei Einwirkung einer Strahlung erhält man durch Anhebung der Kristall-Elektronen aus dem Valenzband ins Leitungsband (→Bändermodell) kurzzeitig bewegl. Ladungsträger und damit zw. den Feldelektroden analog einer Ionisationskammer schwache Stromstöße, die man nach elektron. Verstärkung leicht nachweisen kann. K. haben auf Grund ihrer größeren Dichte größere Nachweiswahrscheinlichkeit als Gaszähler, kürzere Impulsanstiegszeiten (etwa 10^{-8}s) und, da die zur Anhebung eines Elektrons ins Leitungsband notwendige Energie um den Faktor 10 kleiner ist als die Ionisierungsenergie, eine bessere Energieauflösung. Die K. wurden durch die →Halbleiterdetektoren (die häufig auch als K. bezeichnet werden) weitgehend ersetzt; sie sind zu unterscheiden von den →Szintillationszählern.

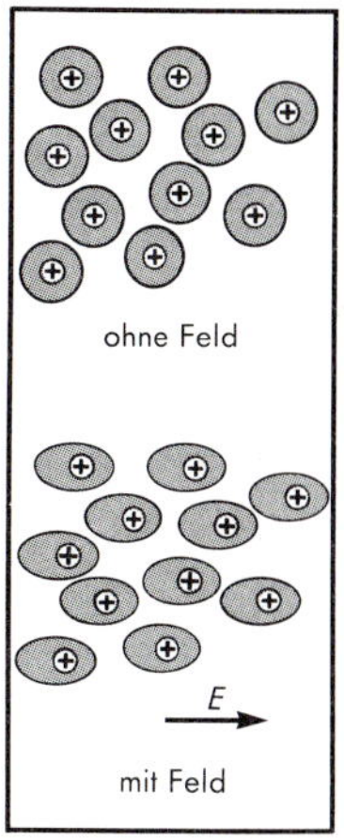

Kristalloptik 6

Kristalloptik 6: Schemat. Darstellung der Polarisation in einem elektr. Feld. Ohne Feld sind die negativen Elektronenwolken symmetrisch um die positiven Kerne verteilt, d. h., die positiven und negativen Ladungsschwerpunkte fallen zusammen. Durch das Feld werden die Elektronen gegenüber den Kernen verschoben, es entstehen elektr. Dipolmomente (die Verschiebungen sind stark übertrieben gezeichnet)

Kristallzüchtung, die synthet. Herstellung von Einkristallen für wissenschaftl. und techn. Zwecke, z. B. von Silicium-Kristallen für Transistoren und integrierte Schaltkreise, von Industriediamanten für die Materialbearbeitung, von Quarz für die Frequenzstabilisierung von elektr. Schwingkreisen oder von opt. Kristallen für die Lasertechnik und nichtlineare Optik.

Kristalle besonderer Reinheit liefern die **Schmelzziehverfahren,** die sich durch große Wachstumsgeschwindigkeit auszeichnen. Beim **Czochralski-Verfahren** [tʃɔx-] wird das polykristalline Ausgangsmaterial in einem Tiegel aus Quarz, Graphit, Platin oder Keramik aufgeschmolzen. In die Schmelze wird ein einkristalliner Keim derselben Substanz eingetaucht und unter ständiger Drehung

Kristalloptik 7: Interferenzbilder in konvergentem, polarisiertem Licht; LINKS optisch einachsiger Kristall (Kalkspat); Schnitt senkrecht zur optischen Achse; MITTE optisch zweiachsiger Kristall (Aragonit); Schnitt senkrecht zur Bisektrix; RECHTS derselbe um 45° gedreht; die Scheitel der Hyperbeläste (Isogyren) stellen die Austrittspunkte der optischen Achsen dar

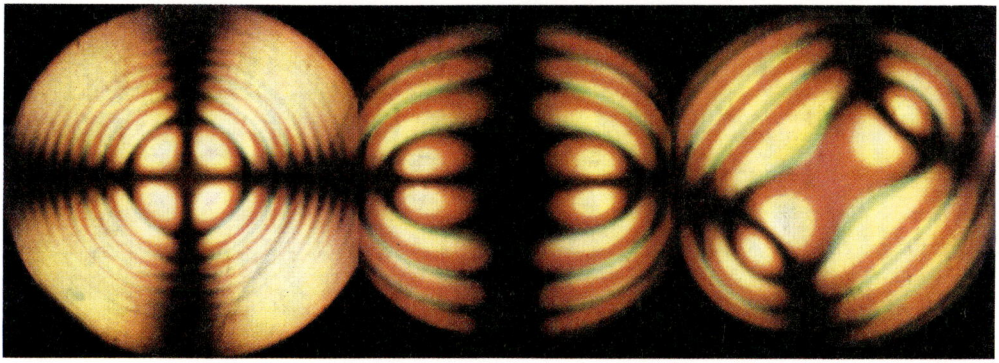

(Ausgleich von unsymmetr. Temperaturverteilungen) langsam hochgezogen. Gleichzeitig wird die Temperatur soweit erniedrigt, daß sich Material aus der Schmelze wegen der Unterkühlung an dem Keimling abscheidet. Beim

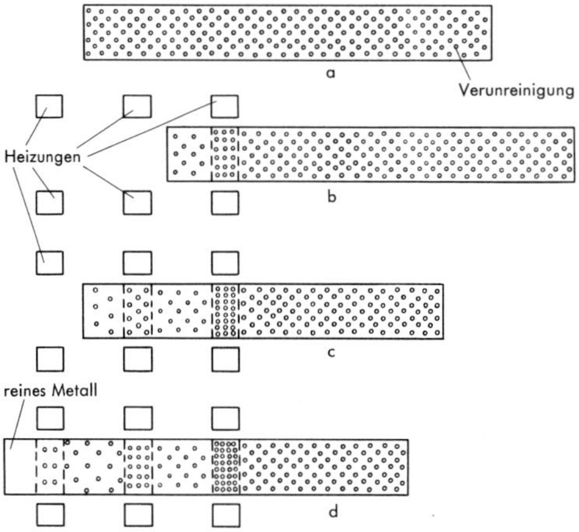

Kristallzüchtung: Zonenschmelzverfahren; Verteilung einer Beimengung **a** vor, **b** und **c** während, *d* nach dem Durchgang mehrerer Schmelzzonen

Bridgman-Verfahren [brɪdʒmæn-] wird der die Ausgangsschmelze enthaltende Tiegel mit einer Geschwindigkeit von 0,01 bis 10 mm/h in einem Ofen durch eine Zone mit einem steilen Temperaturgradienten abgesenkt, so daß die Schmelze erstarrt. Der gezogene Kristall wird anschließend zum Ausheilen von Verspannungen bei konstanter Temperatur getempert. Eine Kapillare oder Spitze am Tiegelboden sorgt dafür, daß nur einer der sich bildenden Kristallkeime wachsen kann. Das tiegelfreie **Zonenschmelz-Verfahren,** bei dem ein durch Sintern hergestellter polykristalliner Stab durch einen Ofen geschoben wird, so daß jeweils eine schmale Zone des Stabs aufschmilzt, die bei Absenken des Stabs oder Hochziehen des Ofens durch den Kristall wandert, wird zur K. bei Substanzen eingesetzt, für die wegen der chem. Aggressivität oder des hohen Schmelzpunkts kein Tiegelmaterial existiert. Die Kristalle zeichnen sich durch hohe Reinheit aus, da Verunreinigung durch Fremdatome aus dem Tiegelmaterial entfällt. Da Fremdatome sich in der Schmelzzone anreichern, kann wiederholtes Zonenschmelzen zur Reinigung von Kristallen und zur homogenen Fremdstoffverteilung (wichtig für die Dotierung von Halbleitermaterialien) eingesetzt werden. Rubine und Saphire werden nach dem **Verneuille-Verfahren** [vɛrnˈœj-] gewonnen, bei dem pulverförmiges Material in die Flamme eines Knallgasbrenners oder in einen Plasmalichtbogen geblasen und dort zu kleinen Perlen geschmolzen wird, die auf den rotierenden Kristallkeim tropfen und beim Erstarren durch → Epitaxie aufwachsen. – Bei der **K. aus der Lösung** wird das in einer geeigneten Flüssigkeit oder Schmelze gelöste Ausgangsmaterial infolge Übersättigung, die durch langsames und gleichmäßiges Abkühlen oder Verdampfen des Lösungsmittels erreicht wird, an einem in die Lösung gehängten Keim in kristalliner Form wieder ausgeschieden. Während chem. Ausfällungsmethoden nur bei starker künstl. Verlangsamung der Reaktionsgeschwindigkeit größere Kristalle liefern, sind elektrochem. Abscheidungsprozesse, die z. B. beim Galvanisieren ausgenutzt werden, auch zur Herstellung von Metall-Einkristallen geeignet. – Von festen Substanzen, die ohne Zersetzung verdampfen, können durch Sublimation und anschließende Kondensation des verdampften Materials an einer Stelle mit niedrigerer Temperatur kleine Einkristalle hergestellt werden. Diese **K. aus der Gasphase** wird z. B. zur Herstellung dünner Schichten in der Aufdampftechnik oder bei der Gasphasen-Epitaxie genutzt. – In polykristallinem Material bilden sich auch bei langzeitigem Erhitzen auf Temperaturen knapp unterhalb des Schmelzpunkts größere einkristalline Bereiche. Dieser Prozeß der **K. in der festen Phase** wird als Rekristallisation bezeichnet.

kritisch heißt in der Kerntechnik eine Anordnung mit spaltbarem Material, z. B. ein → Kernreaktor, wenn der effektive Neutronenmultiplikationsfaktor 1 wird, d. h., pro Kernspaltung entstehen so viele Neutronen, daß trotz Absorption und Austritt aus dem Spaltstoff gerade wieder eine Kernspaltung eingeleitet wird. Im kritischen Zustand geht somit die Kettenreaktion von Kernspaltungen mit konstanter Spaltrate (Spaltung je Zeiteinheit) vor sich. Die Anordnung heißt **unterkritisch,** wenn die Spaltrate abnimmt, und **überkritisch,** wenn sie zunimmt. (→ kritische Masse)

kritische Drehzahl. Die Wellen aller Maschinen sind elastische Rotoren, die Torsions- und Biegeschwingungen mit best. Frequenzen ausführen können. Entsprechend gibt es **torsions-** und **biegekritische Drehzahlen,** bei denen kleine periodisch erregende Kräfte, z. B. eine kleine Unwucht, → Resonanzen 3) bewirken, die zum Bruch der Welle führen können. Abhilfe durch geeignetes Material, günstige Dimensionierung und Lagerung, Mehrebenenauswuchten und rasches Durchfahren der k. D.

kritische Frequenz, früher **Grenzfrequenz,** höchste Frequenz, die von einer Ionosphärenschicht (E-, F1-, F2-Schicht) reflektiert wird. Aus ihr kann die Elektronenkonzentration im Maximum der Schicht bestimmt werden. Sie wird bes. zur Konstruktion der → Ionisationskarten benutzt.

kritische Geschwindigkeit, in der → Strömungslehre bei Flüssigkeiten und Gasen die Geschwindigkeit, bei der die laminare in turbulente Strömung umschlägt.

kritische Größen, beim → kritischen Zustand auftretende Größen wie krit. Temperatur, krit. Druck, krit. Volumen.

kritische Höhe, Flughöhe über Grund, in der ein ohne Bodensicht durchgeführter Schlechtwetteranflug abgebrochen werden soll, wenn die Landung nicht mit Sicht möglich ist.

kritische magnetische Feldstärke (des Supraleiters), Formelzeichen H_c, bei Supraleitern 1. Art die magnet. Feldstärke, bei der der supraleitende Zustand zerstört wird, da die vom Magnetfeld angeworfenen Dauerströme die → kritische Stromstärke überschreiten. H_c nimmt mit wachsender Temperatur ab und wird bei der → kritischen Übergangstemperatur (des Supraleiters) Null.

Supraleiter 2. Art zeigen vollständigen Diamagnetismus nur bis zu einer unteren k. m. F. H_{c1}, bei größeren Feldstärken dringt zunehmend magnet. Fluß in das Leiterinnere ein, es bildet sich die Schubnikow-Phase (→ Supraleiter), die bei Erreichen der oberen k. m. F. H_{c2} in den Zustand der Oberflächensupraleitfähigkeit übergeht. Die

k. m. F. der Oberflächensupraleitfähigkeit H_{c3} ergibt den Übergang zur Normalleitung über den gesamten Leiterquerschnitt.

kritische Masse, Kerntechnik: diejenige Menge spaltbaren Materials, bei der die Anordnung gerade → kritisch wird, d. h. die kleinste Masse an Spaltstoff, in der eine Kettenreaktion von Kernspaltungen ohne äußere Einflüsse aufrechterhalten bleibt.

kritischer Punkt, in einem thermodynam. Zustandsdiagramm der dem → kritischen Zustand entsprechende Punkt.

kritischer Zustand, Grenzzustand der Verflüssigung eines Gases. Komprimiert man ein Gas isotherm bei niedriger Temperatur, so scheidet sich vom Erreichen eines bestimmten Volumens V_g an in wachsender Menge Flüssigkeit ab. Während der Dampfdruck über der Flüssigkeit konstant bleibt, ist schließlich beim Volumen V_{fl}

Stoff	krit. Temp. in °C	krit. Druck in at
Acetylen	35	64,0
Ammoniak	133	115,6
Äther	194	36,7
Äthylalkohol	243	65,3
Benzol	288	49,0
Chlor	144	79,0
Kohlendioxid	31	74,8
Luft	− 141	38,0
Methan	− 82	48,0
Sauerstoff	− 119	51,7
Schwefelwasserstoff	100	92,5
Stickstoff	− 147	34,0
Wasser	374	212,2
Wasserstoff	− 240	13,6

das ganze Gas kondensiert. Bei höherer Temperatur nähern sich V_g und V_{fl} einander immer mehr, bis sie in einem Grenzzustand, dem k. Z. (kritischen Punkt) zusammenfallen und eine Verflüssigung nicht mehr beobachtet wird. Daher endet am krit. Punkt die Dampfdruckkurve (→ Dampf). Flüssigkeit und Dampf können nicht mehr unterschieden werden. Der k. Z. ist gekennzeichnet durch den kritischen Druck, p_{crit}, das kritische Volumen, V_{crit}, und die kritische Temperatur, T_{crit}. Komprimiert man ein Gas isotherm bei einer Temperatur oberhalb der kritischen, so nehmen zwar Druck und Dichte immer mehr zu, aber eine Trennung in Gas und Flüssigkeit tritt nicht mehr auf.

kritische Stromstärke (des Supraleiters), Formelzeichen I_c, Stromstärke, bei der der widerstandslose Ladungstransport in einem → Supraleiter zusammenbricht, da die aus dem elektr. Feld aufgenommene kinet. Energie eines → Cooper-Paares größer als seine Bindungsenergie wird. Für Supraleiter 1. Art ist I_c erreicht, wenn das magnet. Feld des Stroms an der Oberfläche gleich der krit. magnet. Feldstärke H_c wird **(Silsbeesche Regel** [s'ılzbi:-]). In einem äußeren Magnetfeld wird I_c überschritten, wenn die Vektorsumme aus äußerem Feld und Feld des Transportstroms größer als H_c wird. Im Supraleiter 2. Art entspricht der krit. Strom dem Übergang zur Schubnikow-Phase.

kritsche Temperatur, die (für jedes Gas existierende) Temperatur, bei deren Überschreitung eine Verflüssigung auch durch noch so hohen Druck nicht mehr möglich ist (→ kritischer Zustand).

kritische Übergangstemperatur (des Supraleiters), auch **Sprungtemperatur,** Formelzeichen T_c, materialcharakterist. Temperatur, bei der der elektr. Gleichstromwiderstand sprunghaft (innerhalb eines Temperaturintervalls von 10^{-3} bis 10^{-2} K) um mehr als 14 Größenordnungen abnimmt, wobei der spezif. Gleichstromwiderstand kleiner als 10^{-23} Ω cm werden kann. Für die Elemente liegt T_c zw. einigen hundertstel und etwa 10 K. Nb_3Ge weist mit 23,3 K die höchste heute bekannte Übergangstemperatur auf. Supraleiter hoher Übergangstemperatur scheinen einige Besonderheiten im strukturellen Aufbau aufzuweisen. Entweder sind die Leitungselektronen stark auf Schichten, Ketten oder gar Punkte lokalisiert, oder es handelt sich um Festkörper mit hoher atomarer Packungsdichte oder Neigung zu Gitterinstabilitäten.

Krokoit, Rotblei|erz, Mineral $Pb[CrO_4]$, gelbrote, diamantglänzende, nadelige oder säulenförmige Kristalle, auch derb oder als Anflug. Entsteht bei gleichzeitiger Verwitterung von Chrommineralen und Bleiglanz.

Krokydolith, Mineral, ein → Amphibol.

Krone, 1) Astronomie: **Nördliche K., Corona borealis,** ein → Sternbild am Nordhimmel, im Sommer am Abendhimmel sichtbar; **Südliche K., Corona australis,** ein Sternbild am Südhimmel.

2) bei Bohrwerkzeugen die mit Hartmetall oder Diamanten besetzte Schneide.

3) Wasserbau: oberster Teil eines Staubauwerks (Staudamm, Staumauer) oder Deiches. **Kronenbruch,** Zerstörung der K. eines solchen.

Kronecker-Symbol [n. dem dt. Mathematiker L. Kronecker, * 1823, † 1891], als δ_{ik} geschriebenes Zeichen mit der Bedeutung

$$\delta_{ik} = \begin{cases} 1, \text{ wenn } i = k \\ 0, \text{ wenn } i \neq k, \end{cases}$$

wird u. a. bei der Beschreibung von Matrizen (→ Matrix 2) verwendet.

Kronglas, Crownglas [kraun-, engl.], ein → optisches Glas.

kröpfen, Stabeisen und Achsen doppelwinklig abbiegen (umschmieden), daß die Achsenmittellinie des umgeschmiedeten Teils parallel zur urspr. Achsenmittellinie verläuft. **Gekröpfte Welle,** eine so geschmiedete Welle mit mehreren **Kröpfungen.** (BILD Kurbelwelle)

Krümel, Krümelstruktur, → Boden.

Krümmung, das Verhältnis der Richtungsänderung $\Delta\alpha$ zweier benachbarter Tangenten einer Kurve und der zugehörigen Bogenlänge Δs. Existiert der Grenzwert

$$\lim_{\Delta s \to 0} \frac{\Delta\alpha}{\Delta s} = \frac{d\alpha}{ds} = k,$$

dann ist dieser die K. in einem Punkt der Kurve. Ein Kreis mit dem Radius r hat danach die K. $k = 1/r$. Man kann die K. einer Kurve in einem Punkt angeben, wenn man den Radius des Kreises kennt, der sich in diesem Punkt am besten (das ist in drei zusammenfallenden Punkten) an die Kurve anschmiegt **(Krümmungskreis).** Ist die Kurve durch zweimal differenzierbare Funktionen $x = x(t)$ und $y = y(t)$ (t = Parameter) gegeben, so ist

$$k = \frac{\dot{x}\ddot{y} - \ddot{x}\dot{y}}{(\dot{x}^2 + \dot{y}^2)^{3/2}}$$

($\dot{x}, \dot{y}$ 1. und $\ddot{x}, \ddot{y}$ 2. Ableitung nach t).

Schneidet man eine Fläche F mit einer Ebene E durch die Normale $\boldsymbol{n}$ im Flächenpunkt P, so ergibt sich als

Krokoit:
1 nadelig,
2 säulenförmig

Krokoit:
rote Kristalle
(Brasilien)

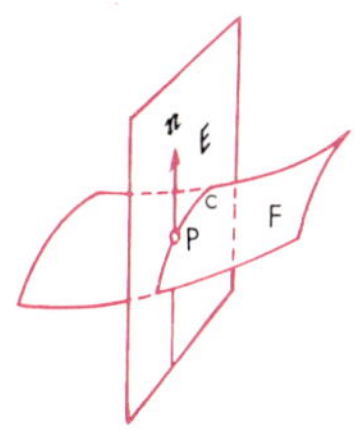

Krümmung

Schnitt eine ebene Kurve *c* (BILD). Dreht man *E* um die Normale ***n***, so ergeben sich weitere Kurven; unter diesen hat eine in *P* die größte K. $1/R_1$, eine andere die kleinste K. $1/R_2$ **(Hauptkrümmungen** im Flächenpunkt *P*). Das **Gaußsche Krümmungsmaß** *K* ist das Produkt $\frac{1}{R_1} \cdot \frac{1}{R_2}$, die **mittlere K.** *H* die Summe $\frac{1}{2}\left(\frac{1}{R_1} + \frac{1}{R_2}\right)$.

Auch für dreidimensionale oder höherdimensionale Räume, die i. S. der → Riemannschen Geometrie erklärt sind, läßt sich eine K. definieren.

Krumpfen, 1) Maßänderung von Textilien durch Einlaufen (Eingehen, Schrumpfen) beim Naßwerden, bei Wollwaren zusätzlich durch Verfilzen. 2) Spezialbehandlung, durch die Textilien innerhalb best. Toleranzen maßbeständig gemacht werden (→ Sanforisieren).

Kruste, Geologie: in Trockengebieten häufiger harter Boden- oder Gesteinsüberzug, z. B. Salz-K., Kalk-K., Wüstenlack, Sinter; entsteht als Mineralausscheidung bei der Verdunstung aufsteigender Bodenwässer.

Kryogentank, wärmeisolierter Behälter zum Transport von bei Normaldruck und sehr tiefen Temperaturen verflüssigten Gasen, z. B. Erdgas bei etwa −160 °C. (→ Flüssiggase, → Tanker)

Kryohydrat, wäßrige Salzlösung in eutektischem Mengenverhältnis **(Eutektikum),** bei der der Schmelz- oder Erstarrungsvorgang am eutekt. Punkt (der bei einem K. auch **kryohydrat. Punkt** heißt) wie bei einer reinen Substanz bei einer konstanten Temperatur (eutekt. Temperatur) erfolgt. Beim Gefrieren eines K. scheidet sich ein inniges Gemenge von Salz und Eis aus. Ist die Lösung nicht im eutekt. Mischungsverhältnis, so erstarrt sie nicht einheitlich, sondern es scheidet sich zunächst einer der Stoffe rein aus, bis die Zusammensetzung des Eutektikums erreicht ist.

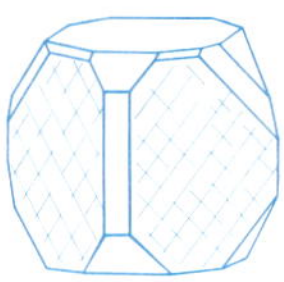

Kryolith

Kryolith *der,* Mineral Na_3AlF_6, farblose klare Kristalle (Bildung unter 560 °C), häufiger sind derbe, weiße, rötl., bräunl. bis schwarze Aggregate (Bildung über 560 °C), die in pegmatit. Gängen andere Minerale umschließen; H. 2,5–3, D. um 3. Verwendung bei der Milchglas- und Emailleerzeugung.

Kryopumpe, Vakuumpumpe zur Erzeugung von Hoch- und Ultrahochvakuum (→ Vakuumtechnik) durch Kühlen von Teilen der Wand des Vakuumbehälters mit Hilfe verflüssigter Gase (Stickstoff 77 K, Wasserstoff 20 K, Helium 4 K) auf sehr niedrige Temperaturen, an der Gas- und Dampfmoleküle durch Kondensation niedergeschlagen werden.

Kryo|skopie, Methode zur Bestimmung der Molmasse von gelösten Stoffen aus der Herabsetzung des Gefrierpunktes der Lösung gegenüber dem des reinen Lösungsmittels (→ kolligative Eigenschaften).

Kryo|sphäre, Bez. für die die Erde bedeckenden Eismassen.

Kryo|stat, Kühlgerät mit Regeleinrichtung zur Einhaltung möglichst konstanter niedriger Temperaturen. Zur Kühlung des K. werden → Trockeneis oder verflüssigte Gase (Stickstoff, Neon, Helium) verwendet.

Kryotechnik, die Technik der bei Temperaturen unter −100 °C verflüssigbaren Gase, d. h. deren Verflüssigung, Handhabung und Lagerung einschließlich der Entwicklung der dazu notwendigen techn. Geräte. Eine wesentl. Rolle spielt dabei die Isoliertechnik (Schutz von Armaturen, Leitungen und Behältern gegen Wärmeaufnahme aus der Umgebung).

H. FREY: Tieftemperaturtechnologie (1981); R. A. HAEFER: Kryo-Vakuumtechnik (1981).

Kryoturbation, Bodenveränderungen im Bereich des Frostbodens, bes. in den periglazialen Gebieten. In der oberen wasserübersättigten Bodenschicht kommt es infolge wechselnden Gefrierens und Wiederauftauens zu Bodenbewegungen (Hebungen, Senkungen, Verfaltungen und Verknetungen). Zu den **Kryoturbationsformen** gehören Würge-, Taschen- oder Brodelböden, → Polygonböden (→ Strukturboden).

Kryptologie, Wissenschaft vom Verschlüsseln, Verschleiern, Entschlüsseln, Entschleiern, Entziffern von Informationen; bes. das Abhörsichermachen von elektronisch übermittelten Nachrichten.

Krypton *das,* chem. Symbol **Kr**, ein → chemisches Element aus der Gruppe der → Edelgase, Ordnungszahl 36, mit mehr als 20 Isotopen, darunter 6 natürl. stabile. Das farb- und geruchlose Gas ist in der Luft mit 0,0001 Volum-% enthalten und wird durch fraktionierte Destillation aus Rückständen der Luftverflüssigung gewonnen. Verwendung für Glühlampen und Gasentladungsröhren. – K. wurde 1898 von W. RAMSAY und M. W. TRAVERS isoliert (→ Edelgasverbindungen).

Kryptonlampe, zu den Allgebrauchslampen zählende → Glühlampe.

Kryptozoikum, ältester Abschnitt des Präkambriums, vor rd. 4000 bis 2600 Mio. Jahren. Z. T. auch als Name für das gesamte Präkambrium verwendet.

K-Schale, die zur Hauptquantenzahl $n = 1$ gehörige innerste Hauptschale der → Atome, die maximal zwei Elektronen aufnehmen kann.

kt, Einheitenzeichen für **Kilotonne** (→ Tonne).

Kt, Einheitenzeichen für metrisches → Karat 2).

Ku, chem. Symbol für Kurtschatowium (→ Unnilquadium).

Kubikwurzel, die 3. Wurzel aus einer Zahl *a*, geschrieben $\sqrt[3]{a}$, z. B. ist 4 die K. von 64, $\sqrt[3]{64} = 4$, da $4 \cdot 4 \cdot 4 = 64$. Die K. kann auch aus einer negativen Zahl gezogen werden, sie ist selbst negativ ($-3 = \sqrt[3]{-27}$).

Kubikzahlen, die 3. Potenz der ganzen Zahlen, also 1, 8, 27, 64, . . .; −1, −8, −27, −64, . . .

kubisch, 1) Kristallographie: k. heißt eines der → Kristallsysteme sowie die fünf zugehörigen Kristallklassen (→ Kristall, ÜBERSICHT Symmetrieklassen) und Kristallformen (TAFEL Kristall I, E 28–32).

2) Mathematik: Bez. für ›von 3. Potenz‹ oder ›vom dritten Grad‹. Eine → algebraische Gleichung heißt k., wenn der höchste Exponent, der bei der Variablen auftritt, 3 ist. Beispiel: $4x^3 + 2x^2 - 3x + 7 = 0$. Derartige Gleichungen sind exakt lösbar mit Hilfe der → Cardanischen Formeln.

Kuckersit, fossilreicher, bräunlichgelber ordoviz. Bitumenmergel, marines Gyttjagestein zur Gewinnung von Schwelteer.

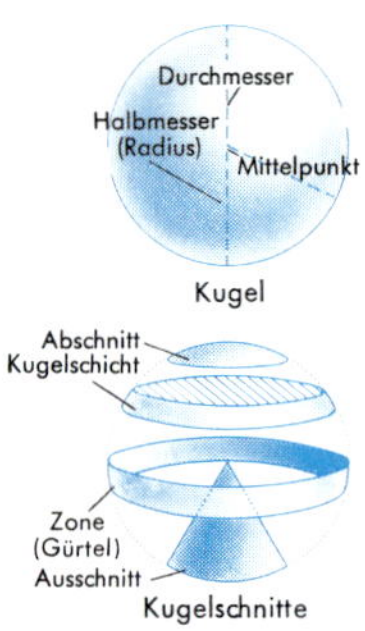

Kugel 1)

Kugel, 1) Mathematik: die Menge aller Punkte des dreidimensionalen Raumes, für die die Entfernung von einem festen Punkt, dem **Mittelpunkt** *M* kleiner oder gleich einer festen Länge *r*, dem **Radius** ist. Bezüglich eines kartes. Koordinatensystems genügen die Koordinaten der Punkte der Ungleichung

$$(*)\ (x - x_M)^2 + (y - y_M)^2 + (z - z_M)^2 \leqq r^2;$$

dabei sind (x_M, y_M, z_M) die **Mittelpunktskoordinaten.** Die Punkte der K.-Oberfläche sind diejenigen, für deren Koordinaten in (*) das Gleichheitszeichen gilt. Das **Volumen** einer K. beträgt $^4/_3\,\pi r^3$, die **Oberfläche** $4\,\pi r^2$. Der Begriff der K. läßt sich auf einen → metrischen Raum, auch höherer Dimension, entsprechend verallgemeinern, man spricht dann von einer **Hyper-K.**

Kugelteile. Durch eine Ebene wird eine K. in zwei **K.-Abschnitte** mit demselben Grundkreis zerlegt. Die Oberfläche eines Abschnittes heißt **K.-Haube** oder **Kalotte.** Der Körper, der aus einem K.-Abschnitt und dem Kegel mit demselben Grundkreis und dem K.-Mittelpunkt als Spitze besteht, heißt **K.-Ausschnitt** oder **K.-Sektor.** Den Teil einer K. zw. zwei parallelen Ebenen nennt man **K.-Schicht,** den zugehörigen Teil der K.-Oberfläche **K.-Zone.** Eine Ebene durch den Mittelpunkt erzeugt auf der Oberfläche einen Großkreis, der auf der Oberfläche zw. zwei Punkten die kürzeste Entfernung darstellt. Zwei verschiedene Ebenen durch den Mittelpunkt zerlegen die K. in zwei Paare je gleichgroßer **K.-Keile.** Die zugehörigen Oberflächen auf der K. heißen **K.-Zweiecke.** Der zw. zwei konzentrischen K. liegende Teil des Raumes heißt **Kugelschale.** (→ Kugeldreieck)

2) Technik: K. werden v. a. in K.-Lagern (→ Lager 3), K.-Ventilen (Rückschlagventil), K.-Schreibern u. a. verwendet. **Metall-K.** werden überwiegend aus Draht, aus legiertem Stahl mit hohem Kohlenstoffgehalt durch Gesenkschmieden, Walzen oder Kaltpressen und Schleifen hergestellt.

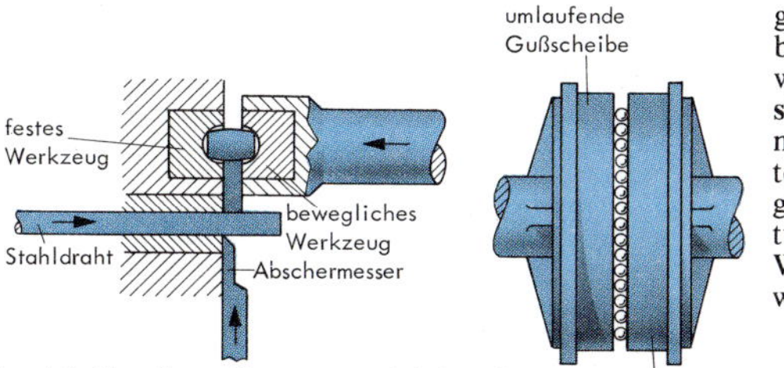

Kugel 2): Kugelherstellung, LINKS Arbeitsweise einer Kaltpresse zum Schlagen von Kugeln, RECHTS Aufbau einer Kugelschleifmaschine

Kugeldreieck, sphärisches Dreieck, Teil der Kugeloberfläche, der von drei Großkreisen begrenzt wird (→ Kugel 1). Die Lehre von den K. behandelt die sphärische Trigonometrie oder Kugelgeometrie, die in enger Beziehung zu einer der nicht-euklid. Geometrien, nämlich der elliptischen, steht (→ Geometrie).

Kugeldruckhärte, Brinellhärte, → Härteprüfung.

Kugelfunktionen, → Legendresche Differentialgleichung.

Kugelhaufen, kugelförmiger → Sternhaufen.

Kugelhaufenreaktor, ein → Kernreaktor (BILD).

Kugelkopf, → Schreibmaschine.

Kugellager, ein → Lager 3).

Kugelmühle, Maschine zur Feinzerkleinerung fester Stoffe durch Schlag und Reibung bei nasser und trockener Mahlweise. In einer um eine horizontale Achse rotierenden, gepanzerten und mit Löchern versehenen Zylindertrommel befinden sich die Mahlkörper: Stahl- oder keram. Kugeln, Gesteinsstücke oder Mahlgut selbst **(Autogen-Mühlen).**

Kugelpackung, räuml. Anordnung sich berührender, gleich oder verschieden großer Kugeln. K. sind wichtig für die Kristallstrukturkunde, Kristallgitter lassen sich nämlich näherungsweise als engste Packung starrer Kugeln auffassen, was bes. bei einfachen Ionenkristallen, z. B. von Natriumchlorid-Typ, eine gute Näherung darstellt. In der **ebenen dichtesten K.** wird jede Kugel von sechs gleichen umgeben. Die **hexagonal dichteste K.** entsteht daraus, wenn auf die ebene K. eine neue Schicht ›auf Lücke‹ gelegt wird (BILD 1) und die darauf folgenden Schichten abwechselnd diese beiden Lagen, also im Rhythmus 121212 . . ., einnehmen (BILD 2). Bei der **kubisch dichtesten K.** wechseln drei Schichten periodisch ab; die dritte liegt über den in BILD 1 schwarz ausgefüllten Lücken (Rhythmus 123123 . . .); es ergibt sich ein kubisch-flächenzentriertes Gitter. K. mit längeren Rhythmen treten in manchen Legierungen auf. (TAFEL Kristall II)

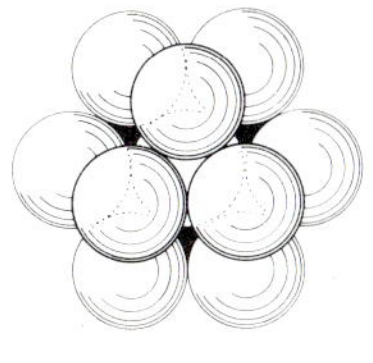

Kugelpackung 1

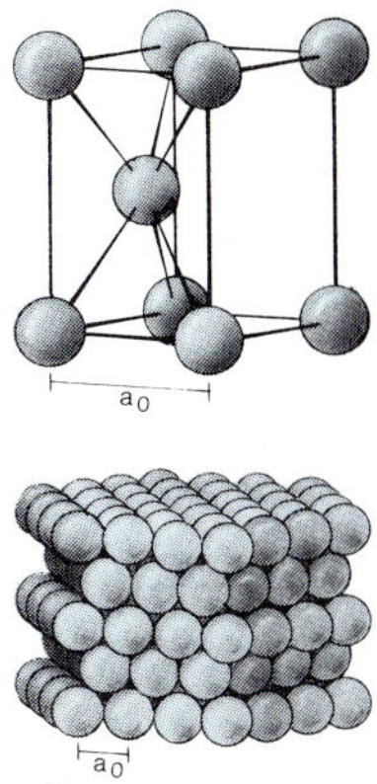

Kugelpackung 2: hexagonal dichteste K. (a_0 = Kantenlänge der Elementarzelle)

Kugelschreiber, Schreibstift mit einer etwa 1 mm starken Kugel als Schreibspitze. Die Kugel sitzt am Ende eines mit Farbpaste gefüllten Röhrchens (Patrone), die anhaftende Farbe hinterläßt beim Rollen die Schreibspur. **Mehrfarben-K.** haben (meist vier) wahlweise hervorschiebbare Schreibspitzen.

Kühlbodenhypothese, Zusatzhypothese zur → Kontraktionstheorie, die den nach Land und Meer differenzierten Wärmehaushalt der Erde (bes. starke Abkühlung der Kruste unter Ozeanböden) zur Erklärung der Bewegungen der Erdkruste heranzieht.

Kühler, 1) meist in der Frontpartie von Fahrzeugen angeordneter Wärmetauscher, in dem das durch den Verbrennungsmotor aufgeheizte Kühlwasser abgekühlt wird. Das Wasser kann den K. von oben nach unten **(Fallstrom-K.)** oder waagerecht **(Querstrom-K.)** durchströmen. Den Fahrtwind unterstützt oder ersetzt ein vom Motor oder elektrisch angetriebener K.-Ventilator. Durch ein geschlossenes Überdrucksystem können Wassertemperaturen über 100 °C erreicht werden. Gegen Einfrieren des Wassers im Winter wird ein → Gefrierschutzmittel verwendet. (→ Kühlung)

2) Verfahrenstechnik: → Wärmetauscher.

Kühlfalle, Vakuumtechnik: gekühlte Fläche in einem Vakuumsystem zur Kondensation von Dampfmolekülen, v. a. von Treibmitteldämpfen, z. B. Öl oder Quecksilber. Gebräuchl. Kühlmittel sind flüssiger Stickstoff (77 K), festes Kohlendioxid (195 K).

Kühlhaus, gut isoliertes Gebäude mit niedrigen Innentemperaturen, für die Lagerung best. Güter, meist Lebensmittel. Die Höhe der Temperaturen (zwischen 0 und −40 °C) und die Luftverhältnisse hängen von der Art des Kühlgutes und der Lagerdauer ab (→ Kühlung).

Kühlkette, ununterbrochene Folge verschiedener Kühleinrichtungen, die der Einhaltung konstanter niedriger Temperaturen der Gefriergüter von der Gefrieranlage bis zum Verbraucher dienen.

Kühllast, in der → Klimatechnik die aus einem zu klimatisierenden Raum abzuführende Wärmemenge, wodurch ein best. Temperatur- und Feuchtezustand aufrechterhalten werden kann. Die K. setzt sich zusammen aus der äußeren Last (Sonnenstrahlung und Transmissionswärme) und den durch Personen, Maschinen und Beleuchtungskörper hervorgerufenen inneren Lasten.

Kühlraum, zur Lagerung leichtverderbl. Güter bestimmter isolierter Raum mit niedrigen Innentemperaturen, die v. a. durch → Kältemaschinen erreicht werden.

Kühlschiff, schnelles Spezialschiff mit Kälteanlagen zum Transport verderbl. Güter bei Lagertemperaturen von − 30 bis + 12 °C (letzteres z. B. für Bananen). Für Transporttemperaturen unter 0 °C gab es früher besondere **Gefrierschiffe.**

Kühlschmierstoffe, Metallbearbeitungsöle, Flüssigkeiten, die bei der Kaltumformung oder spangebenden Verarbeitung von Metallen zur Schmierung, Kühlung und zum Abtransport der Späne dienen. Je nach Anwendung unterscheidet man Schneidöle, Schleiföle, Walzöle, Ziehschmierstoffe (zum Drahtziehen) u. a. **Nichtwassermischbare K.** sind meist Mineralöle mit Zusätzen von Fettsäuren, organ. Schwefelverbindungen u. a. (z. B. bei Schneidölen). **Emulgierbare K.** enthalten Emulgatoren und Biozide und werden in Form wäßriger Emulsionen z. B. beim Bohren (Bohröle) angewendet.

Kühlschrank, gegen Wärmeeinfall isolierter Behälter in Schrankform, dessen Innenraum durch eine → Kältemaschine (BILD) gekühlt wird. Der Kühlsatz besteht entweder aus einem kleinen Kompressor, der mit dem antreibenden Elektromotor hermetisch gekapselt ist (Kompressionskältemaschine), oder einem Absorber-Aggregat (Absorptionskältemaschine) und dem luftgekühlten Kondensator. Der Verdampfer, meist im oberen Bereich des Innenraumes angeordnet, ist kastenförmig ausgebildet und enthält Schalen zur Herstellung von Eiswürfeln. Die Innentemperatur des K. kann durch einen Temperaturregler auf einem konstanten Wert gehalten werden, wahlweise etwa zw. 2 und 8 °C. Der Nutzinhalt normaler Haushalt-K. liegt etwa zw. 50 und 400 l (für gewerbl. Zwecke mehr).

Kühltruhe, → Tiefkühltruhe.

Kühltunnel, langgestreckter → Kühlraum, in dem das Lagergut strömender Luft ausgesetzt und dabei schnell abgekühlt wird (→ Kühlung).

Kühlturm, Rückkühlwerk, turmartige Konstruktion aus Beton, Metall, Holz oder Kunststoff mit innen angeordneten Füllkörpern oder großflächigen Einbauten zur Vergrößerung der Oberfläche, dient der Abkühlung von Wasser, z. B. des aus dem Kondensator eines Dampferzeugers oder einer Kältemaschine abfließenden Kühlwassers. Dieses rieselt einem aufsteigenden Luftstrom entgegen und wird durch Verdunstung eines geringen Teiles abgekühlt (Verdunstungskühlung).

Kühlung, Temperaturerniedrigung eines Stoffes durch Wärmeabgabe an ein Kühlmittel. Dabei kann K. zwei Bedeutungen haben:

1) Temperaturerniedrigung unter die Umgebungstemperatur durch → Kältemaschinen oder durch den → Peltier-Effekt. In diesem Bereich arbeitet die **Kältetechnik.** Hier werden zwei Kühlverfahren angewendet: die K. mit direkter Verdampfung und die mit Einschaltung eines → Kälteträgers. Bei der **direkten K.** (›Direktverdampfung‹) befindet sich der Verdampfer der Kältemaschine innerhalb des zu kühlenden Raumes oder Luftstromes. Im anderen Fall übernimmt der **Kälteträger** (Wasser, Sole, Luft) den Wärmetransport vom Kühlgut an das verdampfende Kältemittel.

2) Abführung von Verlustwärme aus Maschinen und Geräten, wobei eine bestimmte Grenztemperatur, die meist erheblich über der Umgebungstemperatur liegt, nicht überschritten werden soll. Diese Art K. wird richtig **Entwärmung** genannt.

Da die natürl. Oberfläche einer Maschine oder eines Geräts mit der 2. Potenz der linearen Abmessungen, die Verlustwärme aber annähernd mit dem Volumen (also mit der 3. Potenz der linearen Abmessungen) wächst, ist der erforderl. Aufwand für die Abführung der Verlustwärme um so größer, je größer die Maschine oder das Gerät ist. Bei kleinen Gegenständen reicht meist die natürl. Oberfläche für die Wärmeabführung durch **freie Konvektion** und **Strahlung** aus. Der nächste Schritt ist die Belüftung der Oberfläche durch einen Lüfter (**erzwungene Konvektion** bei turbulenter Strömung). Bei noch größeren Gegenständen wird die kühlende Oberfläche durch Rippen oder durch Röhren, die durch das Maschineninnere gezogen werden, vergrößert. Ein weiterer Schritt ist die **Innenbelüftung** bei weiterer Vergrößerung der wärmeabgebenden Oberflächen. Man gelangt dabei zur **Durchzugsbelüftung** oder zur **Umluftkühlung** mit → Wärmetauscher. Der letzte mögliche Schritt bei elektr. Maschinen ist die **Leiterinnenkühlung,** bei der die Verlustwärme unmittelbar aus dem hohlen Leiter durch ein Kühlmittel (Wasserstoffgas, Öl oder Wasser) entfernt wird. Dies geschieht bei den größten z. Z. gebauten elektrischen Maschinen.

Auch bei Verbrennungsmotoren wird **Luft-K.** über gerippte Zylinderwände oder **Flüssigkeits-K.** mit Zwangsumlauf verwendet. Von **Heiß-K.** spricht man bei Verbrennungsmotoren, wenn die Temperatur der Kühlflüssigkeit wesentlich über 100 °C liegt. Bei der **Verdampfungs-K.,** z. B. bei Senderöhren, wird die Verdampfungswärme des Wassers zur K. herangezogen.

Zur Absenkung der Wandtemperatur von → Brennkammern in Strahltriebwerken wird ein Teil der Sekundärluft durch ein System von kleinen Löchern und Schlitzen zur Erzeugung eines **Kühlfilms** benutzt. In der Raketentechnik unterscheidet man **passive K.** (z. B. durch → Wärmesenke, Strahlung, → Ablationskühlung, → Sublimation) und **aktive K.** (K. mit Zwangsumlauf ähnlich dem Verbrennungsmotor mit Sonderformen wie Film- oder Schleier-K., Transpirations- oder Schwitz-K.). Nur bei extrem kurzen Brennzeiten wird auf K. verzichtet.

Bei der spanenden Metallbearbeitung ist **Kühlschmierung** die häufigste Art der K. (→ Kühlschmierstoffe, → Zerspanung).

Kühlwagen, gut isoliertes Fahrzeug (Eisenbahn- oder Lastkraftwagen) zum Transport von Kühlgut (meist Lebensmittel). Der Innenraum wird durch eine → Kältemaschine oder durch ein Kühlmittel (Wassereis, Trockeneis, verflüssigte Gase) auf + 12 °C bis − 20 °C gekühlt. – **Kühlcontainer** [-kənteɪnə] sind spezielle Transporteinrichtungen mit genormten Abmessungen und genormten Verladeeinrichtungen zur Beförderung auf verschiedenen Transportmitteln (z. B. im kombinierten Verkehr).

Kühlwasser, Wasser, das in Kraftwerken und in der chem. Industrie zur Kondensation von Dampf und zur Kühlung von Produkten verwendet wird. K. darf nicht korrosiv sein (etwa durch überschüssige Kohlensäure und Salze) und keine wärmestauenden Ablagerungen bilden (Kalk, Mikroorganismen). Zusatzwasser für K.-Kreisläufe wird deshalb entcarbonisiert und z. T. mit Bioziden versetzt. Bei Frischwasserkühlung (ohne Kreislauf) abgegebenes K. führt i. a. nicht zu einer chem. Verschmutzung, wohl aber zu einer Aufheizung der Oberflächengewässer.

Küken, in der Technik Bez. für zylinder-, kegel- oder kugelförmige Absperrkörper eines Hahnes (→ Absperrorgan).

Külbel *das,* **Kölbel,** der an der Glasmacherpfeife hängende oder bei maschineller Verarbeitung die Vorform (→ Flasche) verlassende, hohle, zähflüssige Glasposten.

Kulierwirkware, Kulierware, → Wirkerei.

Kulisse, Organ (Ventil) zur Steuerung der Dampfzufuhr in → Dampfmaschinen, bes. bei wechselnder Drehrichtung.

Kulissenschaltung, geradlinige Führung des Schalthebels bei → Kraftwagengetrieben; heute meist durch eine Kugelführung ersetzt.

Kulmination, größte **(obere K.)** oder kleinste **(untere K.)** Höhe eines Gestirns, die beim Durchgang durch den Meridian im **K.-Punkt** erreicht wird.

Kümpeln, das Wölben z. B. von Kesselböden durch → Drücken 1) mit einem balligen Stempel in das → Gesenk, auch das schrittweise Umbiegen des Randes (→ bördeln); wird auf **Kümpelpressen** durchgeführt oder unter kontinuierl. Drehbewegung auf Bördelmaschinen mit Formrollen.

Kumulene, ungesättigte organ. Verbindungen mit einer größeren Anzahl direkt benachbarter (kumulierter) Doppelbindungen.

Kumulene

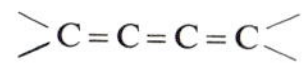

Kumulus, Cumulus, → Wolken.

Kundt-Effekt [n. dem dt. Physiker A. Kundt, * 1839, † 1894], die außerordentlich starke Drehung der Polarisationsebene (→ Polarisation 3) des Lichtes in ferromagnet. Substanzen (Eisen, Nickel). An sehr dünnen und reinen Schichten ergeben sich Drehungen von 700000 bis 800000 Bogengrad je cm. (→ Magnetooptik)

Kundtsche Staubfiguren, wellenförmige Figuren, die sich bilden, wenn in einem mit ein wenig Staub gefüllten Rohr **(Kundtsches Rohr)** Gase zu stehenden Schallwellen erregt werden. Dies geschieht dadurch, daß sich von einem an einem Metallstab befindl. verschiebbaren Stempel Schallwellen in ein (an der anderen Seite verschlossenes Glasrohr) ausbreiten, wenn der Stab zu Schwingungen angeregt wird. Bei geeigneter Stellung des Stempels kommt es durch Interferenz zur Ausbildung stehender Wellen, an deren Schwingungsknoten sich das feine Pulver sammelt, weil es an den anderen Orten durch die Schwingungen hochgeschleudert wird. Der Abstand zweier benachbarter Knoten ist gleich der halben Wellenlänge. Mit den K. S. läßt sich die Schallgeschwindigkeit in Gasen, das Verhältnis der beiden spezif. Wärmen eines Gases sowie der Elastizitätsmodul des Stabmaterials ermitteln.

Kunstdruckpapier, mit hochwertigen Pigmentstrichen beidseitig beschichtetes → Druckpapier.

Kunstfasern, alle auf chemisch-techn. Weg erzeugten Textilfasern aus natürl. und synthet. Polymeren oder anorgan. Grundstoffen (→ Chemiefasern, → Faserstoffe).

Kunstharze, → Harze.

Kunstholz, nicht eindeutig definierter Begriff, unter dem man Werkstoffe aus Holzmehl als Füllstoff und Portlandzement als Bindmittel oder Produkte i. S. von Holz-Kunststoff-Kombinationen oder vergütete Hölzer verstehen kann. (→ Holzkitt)

Kunsthorn, Bez. für → Galalith.

Kunstkohle, Bez. für graphitähnliche Kohlenstoffkörper, die aus Petrolkoks mit einem Bindemittel durch Formpressen und Brennen hergestellt werden.

Kunstkopf-Stereophonie, Aufnahme räuml. Klänge mit einer Kopfnachbildung in natürl. Größe und Geometrie, die an Stelle beider Ohren Mikrophone enthält. Diese Aufnahmetechnik ergibt die höchste Originaltreue, wenn bei der Wiedergabe Kopfhörer benutzt werden.

Kunstleder, flächenhafte Erzeugnisse mit lederähnlichem Aussehen und Eigenschaften. **Gewebe-K.** besteht aus einem Gewebe oder Gewirke (z. B. aus Baumwolle oder Polyamiden) als Träger der Festigkeitseigenschaften und einer Kunststoffbeschichtung (v. a. Weich-PVC). **Folien-K.** wird ohne Fasereinlage hergestellt. **Faser-K.** besteht aus Lederfasern und einem Bindemittel. K. findet bei der Automobilinnenausstattung, als Material für Koffer und Taschen sowie in der Schuh- und Bekleidungsind. Verwendung.

Künstliche Intelligenz, engl. **Artificial Intelligence** [ɑːtɪfɪʃl ɪntˈelɪdʒəns], durch Nutzung physikal. oder chem. Prozesse künstlich oder technisch hergestellte Erkenntnis- und Denkfähigkeit. Dabei bestehen zwei Zielrichtungen: 1) Die Simulation und Untersuchung natürl. Intelligenz von Menschen und Tieren, v. a. mittels Computer; 2) Die Entwicklung → Maschineller Intelligenz als Ergebnis der Anwendung von Sensoren und Programmen (Steuerungen) für Maschinen, die ›intelligente‹ Arbeiten verrichten sollen.

künstlicher Horizont, 1) eine horizontale, spiegelnde Fläche, die am besten durch eine Schale mit Quecksilber hergestellt werden kann; ermöglicht bei verdecktem Gesichtskreis die Gestirnshöhenmessung mit einem Sextanten.

2) Kreiselhorizont, Flugüberwachungsgerät (→ Bordinstrumente), das bei fehlender Horizontsicht die Lage (Längs- und Querneigung) des Flugzeugs zur Horizontlinie durch die Stellung eines kardanisch gelagerten Kreisels (der bei allen Flugbewegungen seine Lage im Raum beibehält) anzeigt.

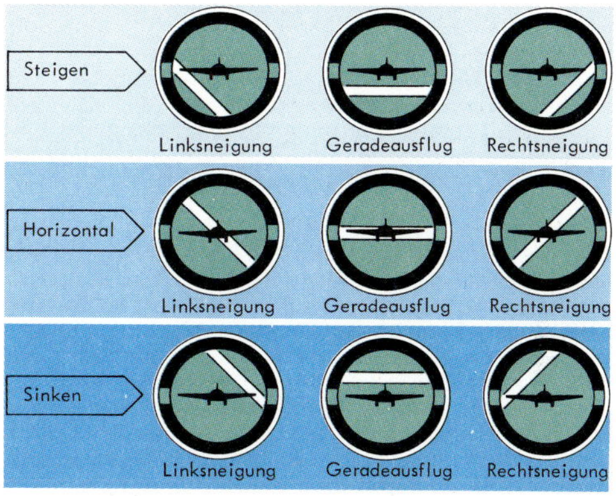

künstlicher Horizont 2)

künstliche Sprache, Bez. für die elektroakust. Nachbildung der natürl. Sprache durch Zusammensetzung von elektr. Schwingungen und deren Umwandlung in mechan. Schwingungen mit einem Lautsprecher (Sprachsynthesizer). Ein Impulsgenerator liefert die harmon. Frequenzen für die stimmhaften Laute (Vokale), ein Rauschgenerator die unharmon. für die stimmlosen Laute (Konsonanten). Die erzeugten Frequenzen werden über Filterkanäle geführt. Das erste elektron. Gerät für k. S. ist der **Voder,** Abk. für **Voice Operation Demonstrator** [vɔɪs ɔpərˈeɪʃn dˈemənstreɪtə, engl.], der mit Tasten- und Pedalsteuerung arbeitet. K. S. erhält man auch, wenn natürl. Sprache durch elektron. Mittel analysiert wird und

Kupfer: gediegenes K. (Corocoro, Bolivien)

die Analyseeinrichtung die obengenannten Syntheseeinrichtungen selbsttätig steuert. (→ Sprachsynthese)

künstliches Tageslicht, in seiner spektralen Zusammensetzung dem durchschnittl. Tageslicht sehr nahe kommendes Kunstlicht; wird für Zwecke der Farbabmusterung, Farbwiedergabe, für Untersuchungen von Solarzellen und für biolog. Untersuchungen benötigt. Für lichttechn. Zwecke wird heute **Normallichtart D 65** verwendet (nach DIN). Zur angenäherten Nachbildung des Tageslichtes kommen in Frage: Leuchtstofflampen der Lichtfarbe Tageslicht, Glühlampenlicht mit entsprechenden Blaufiltern. Xenon-Hochdrucklampen; die Xenon-Kurzbogenlampe mit Filtern zur Schwächung der UV-Strahlung stellt heute die beste Realisierung des k. T. dar.

Kunstlichtfilm, 1) Farbfilm, der speziell auf die niedrigere Farbtemperatur des Kunstlichtes (i. a. zw. 3 200 und 3 800 K) abgestimmt ist. 2) Schwarzweißfilme mit starker Rotsensibilisierung (gut für Kunstlichtaufnahmen).

Kunstseide, urspr. die chemisch hergestellte Seide, heute unter dem Oberbegriff → Chemiefasern die nach verschiedenen Verfahren hergestellten Filamentgarne.

Kunststein, alle künstlich hergestellten Steine, → Bausteine 1). – Ggs.: → Naturstein.

Kunststoffe, Plaste, Polymerwerkstoffe, engl. **Plastics** [plˈæstɪks], Werkstoffe, deren Hauptbestandteile synthetische oder durch Umwandlung von Naturstoffen hergestellte, meist organ. Polymere sind. Synthet. Polymere lassen sich durch → Polymerisation, → Polykondensation oder → Polyaddition aus einfachen Molekülen (Monomeren) aufbauen. Die molaren Massen liegen i. a. zw. 10 000 und 1 Mio. g/mol. Je nachdem, ob die bei der Polyreaktion entstehenden Makromoleküle aus gleichartigen oder unterschiedl. Struktureinheiten aufgebaut sind, spricht man von → Homopolymeren oder → Copolymeren.

Die Klassifizierung von K. erfolgt meist auf Grund ihres Verhaltens in der Wärme. **Thermoplaste** oder **Plastomere** bestehen aus Molekülketten, die nur durch schwache Van-der-Waals-Kräfte (→ chemische Bindung) aneinander gebunden sind. Bei amorphen Thermoplasten (z. B. Polystyrol) sind die Molekülketten wie Fäden in einem Wattebausch unregelmäßig ineinander verschlungen. Bei teilkristallinen Thermoplasten (z. B. Polyäthylen) existieren geordnete Bereiche. Thermoplaste erweichen oberhalb einer best. Temperatur (Glastemperatur) und erhärten bei Abkühlung wieder. Dadurch wird eine plast. Verformung durch Spritzgießen, Extrudieren u. a. bei höherer Temperatur möglich. Thermoplaste sind schweißbar und i. a. in spezif. Lösemitteln löslich. Beispiele sind → Polyäthylen, → Polypropylen, → Polyvinylchlorid, → Polystyrol, → Polymethacrylate, → Celluloseester, → Polyamide und → Polycarbonate. Bei **Duroplasten** (besser **Thermodure**) oder **Duromeren** sind die Molekülketten durch kovalente Bindungen engmaschig vernetzt, so daß die Kettenbeweglichkeit verlorengeht. Sie sind unschmelzbar, nicht plastisch verformbar und in Lösemitteln unlöslich. Zu den Thermoduren gehören → Phenolharze, → Aminoplaste, → Epoxidharze und → Polyurethane. Zw. Thermoplasten und Thermoduren liegen die weitmaschig vernetzten → Elastomere.

Die ungeformten K.-Erzeugnisse (→ Formmassen) enthalten häufig Füllstoffe (z. B. Holzmehl, Kreide) zur Verbilligung und zur Erzielung best. Eigenschaften, Stabilisatoren zur Erhöhung der Beständigkeit gegenüber Wärme und Licht u. a. Zusätze. Durch Einbetten von Verstärkungsfasern (z. B. Glasfaserstränge oder -matten) kann ein Verbundwerkstoff mit höherer Festigkeit erhalten werden. Mit Hilfe von → Weichmachern wird die Glastemperatur erniedrigt, d. h. harte Thermoplaste (bes. PVC) werden in einen leder- oder weichgummiartigen Zustand überführt. Die → Schaumstoffe sind K. mit zelliger Struktur.

Thermoplast. K. können u. a. durch Extrudieren, Kalandrieren (Walzen), Spritzgießen, Blasformen oder Folienblasen (→ Folien) verarbeitet werden. Durch Extrudieren (→ Strangpressen) wird als Pulver oder Granulat eingesetzte Formmasse zu Halbzeug (Rohre, Schläuche, Platten, Folien) geformt. Das → Spritzgießen ist das wichtigste Verfahren zur Herstellung von Formteilen. Beim Blasformen, das zur Herstellung von Flaschen und Kanistern dient, wird ein extrudierter, heißer Thermoplastschlauch von einer Form umschlossen und mit Hilfe von Druckluft an die Innenflächen der Form gedrückt. Härtbare Formmassen werden beim Preß- oder Spritzpreßverfahren in vorgewärmte Formen gebracht und unter Druck geformt und gleichzeitig zu Thermoduren vernetzt (ausgehärtet).

K. zeigen in vielen Bereichen der Technik und des täglichen Lebens bessere Eigenschaften als konkurrierende Produkte (z. B. naßfester als Papier, unzerbrechlicher im Vergleich zu Glas, nichtrostend im Vergleich zu Stahl) und können mit geringerem Energieaufwand hergestellt werden. Bei der Herstellung von Papiersäcken wird z. B. das eineinhalbfache, bei der Herstellung von Stahlrohren und Glasflaschen das vierfache der Energie verbraucht, die zur Herstellung vergleichbarer Artikel aus Polyäthylen notwendig wäre.

Versuche zur Identifizierung der Massen-K.

	Verhalten in Wasser	Verhalten in Tetra	Brandverhalten
Polyäthylen Polypropylen	schwimmt	klebt nicht	brennt selbständig, Geruch wie verlöschende Kerze
Polystyrol	sinkt (nicht als Schaumstoff)	klebt	brennt selbständig und rußend
Polyvinylchlorid	sinkt	klebt nicht	brennt nur in der Flamme mit stechendem Geruch

Polyäthylen gibt im Unterschied zu Polypropylen beim Ritzen mit dem Fingernagel deutliche Kratzspuren.

Die ersten K. waren Abkömmlinge von Naturstoffen, wie vulkanisierter → Kautschuk (1839) und → Celluloid (1869). 1910 wurde der erste synthet. K. (Bakelite) produziert.

Voraussetzung für die große Verbreitung der K. war das Angebot an billigem Erdöl und die starke Entwicklung der Petrochemie in den fünfziger und sechziger Jahren. Den größten Marktanteil (etwa zwei Drittel der Weltproduktion) erreichten dabei die Massen-K. Polyäthylen, Polypropylen, Polystyrol und Polyvinylchlorid. (Weitere BILDER S. 135, 136)

K.-Lexikon, hg. v. K. STOECKHERT ([6]1975); H. SAECHTLING u. W. ZEBROWSKI: K.-Tb. ([21]1979). – H. KÄUFER: Arbeiten mit K.,

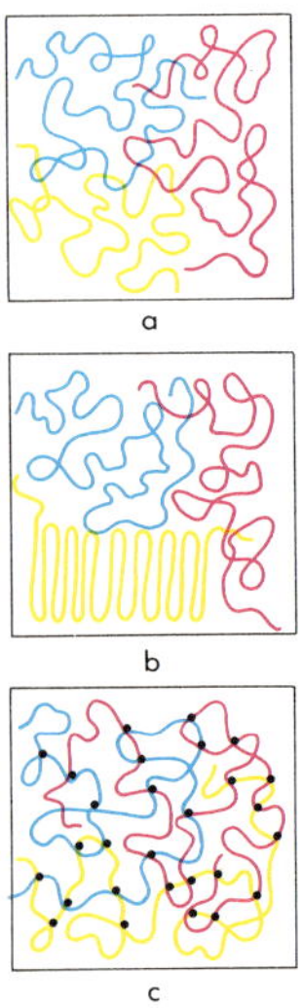

Kunststoffe 1: (Strukturmodelle für Makromoleküle): **a** amorpher Thermoplast; **b** teilkristalliner Thermoplast; **c** vernetzter Thermodur

1 ([2]1978), 2 ([2]1981); G. MENGES: Einführung in die K.-Verarbeitung ([2]1979); P. EYERER: Literaturführer K. (1981); G. W. EHRENSTEIN: Glasfaserverstärkte K. (1981); P. HABERSTOLZ: K.-Verarbeitungsmaschinen ([2]1981); O. SCHWARZ u. a.: K.-Verarbeitung ([2]1981).

Kunststoffkondensator, Bauform eines →Kondensators 1), dessen Dielektrikum durch eine dünne Kunststoffolie gebildet wird, i. Ggs. zu den heute nicht mehr so verbreiteten Papierkondensatoren.

Kunststoffpapier, →synthetisches Papier.

Kunststopfen, bindungsgerechtes Einziehen von Fäden, um schadhafte Stellen in Kleidungsstücken, Teppichen u. a. möglichst unsichtbar auszubessern.

Kunzit [n. dem amerikan. Edelsteinfachmann G. F. Kunz, * 1856, † 1937], Mineral, violette bis rosafarbene Abart des Spodumen von Edelsteinqualität (→Pyroxene), u. a. in Madagaskar.

Küpe, wäßrige Lösung alkalischer Reduktionsmittel mit Küpenfarbstoffen.

Küpenfarbstoffe, wasserunlösl. →Farbstoffe auf Indigo- und Anthrachinonbasis, die zum Färben und Bedrucken von Textilien zunächst durch Reduktion wasserlöslich und anschließend durch Oxidation wieder wasserunlöslich gemacht werden. Sie sind infolgedessen ausgezeichnet licht-, wasch- und wetterecht.

Kupfer, lat. **cuprum,** chem. Symbol **Cu,** ein →chemisches Element aus der 1. Gruppe des Periodensystems, eines der wichtigsten Gebrauchsmetalle, Ordnungszahl 29, mehr als zehn Isotope, darunter zwei natürlich vorkommende stabile Isotope mit der Massenzahl 63 (69,09%) und 65 (30,91%). K. ist ein hellrotes, verhältnismäßig weiches, sehr zähes, dehnbares Metall, das sich zu feinstem Draht ausziehen und in sehr dünne, grün durchscheinende Blättchen ausschlagen läßt. Härte und Festigkeit werden durch Beimengungen häufig sehr verbessert. Daher wird K. schon seit langem mit anderen Metallen legiert, v. a. mit Zinn zu →Bronze und mit Zink zu →Messing. K. besitzt eine sehr gute Wärmeleitfähigkeit und nach Silber die beste elektr. Leitfähigkeit (spezif. Widerstand bei 0 °C = $1{,}55 \cdot 10^{-6} \Omega \cdot cm$). Reines K. oxidiert langsam an der Luft unter Bildung von rotem **Kupfer(I)oxid,** Cu_2O. In der Atmosphäre bildet sich ein grüner, schützender Überzug von →Patina, überwiegend basisches **K.-Carbonat.** K. löst sich in oxidierenden Säuren. Aus seinen Lösungen wird es durch unedlere Metalle, z. B. Zink oder Eisen, elementar abgeschieden **(Zementkupfer).** Das →Normalpotential des K. ist +0,34 V. Flüchtige K.-Verbindungen färben die Flamme blaugrün.

Vorkommen. Gediegenes K. findet sich verhältnismäßig rein am Oberen See, USA; daneben gebunden in Form zahlreicher Oxide, Sulfide und Carbonate. Die wichtigsten K.-Minerale sind: **Chalkopyrit,** $CuFeS_2$, **Bornit,** Cu_5FeS_4, **Cuprit,** Cu_2O, **Malachit,** $Cu_2[(OH)(CO_3)]$, **Azurit,** $Cu_3[(OH)CO_3]_2$, **Atacamit,** $CuCl_2 \, 3Cu(OH)_2$. In der Lithosphäre sind durchschnittlich 0,005% K. enthalten. Abbauwürdige Lagerstätten enthalten wenigstens 1% K.

Physiologie. In Leber, Niere, Herz, Gehirn und Haaren der Säuger ist der K.-Gehalt am höchsten; auch das Blut der anderen Wirbeltiere enthält K. Ferner enthalten einige Enzyme K. Es fördert auch die Hormonbildung in der Hypophyse. Das K. ist an der Synthese des Hämoglobins beteiligt. K. ist ein lebensnotwendiges Spurenelement; Brot enthält etwa 4 mg, Kartoffeln 2 mg K. je kg. – Auch für Pflanzen ist K. ein wichtiges Spurenelement, das in Enzymen katalysierend wirkt.

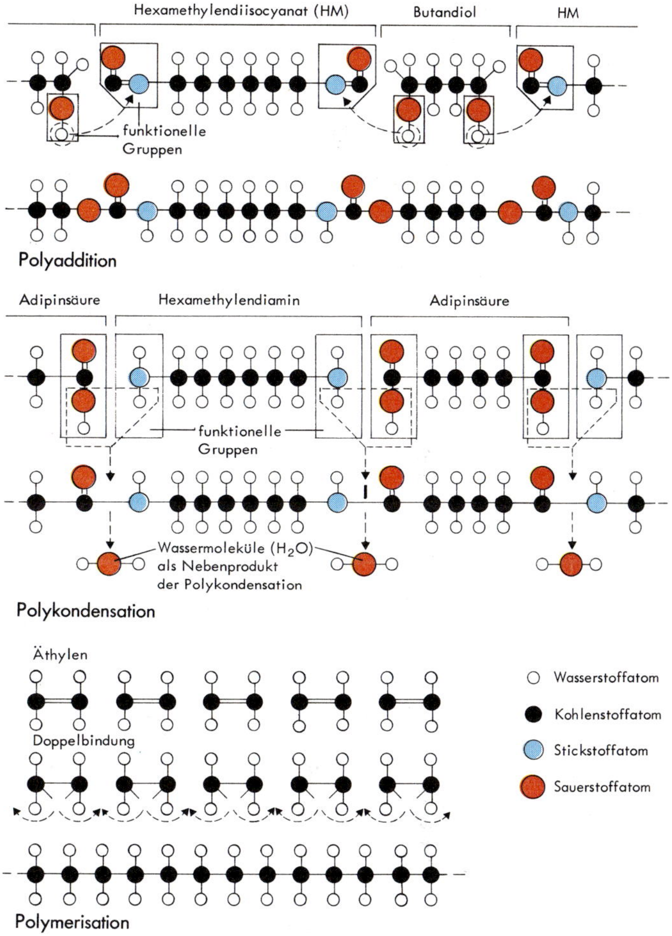

Kunststoffe 2: schematische Darstellung von Polyaddition, Polykondensation, Polymerisation

Gewinnung und Verwendung. K.-Erze müssen i. d. R. durch selektive Flotationsverfahren auf verhüttungsfähige Konzentrate angereichert werden. Bei der Verhüttung der sulfid. Flotationsprodukte wird zunächst **Rohkupfer** gewonnen. Dazu wird ein Teil des Schwefels durch Abrösten beseitigt und danach das Röstgut mit Kohle und silikathaltigen Zuschlägen im Schachtofen verschmolzen. Neben der leichteren, flüssigen Eisensilikatschlacke entsteht schwerer, flüssiger **Kupferstein,** ein Gemisch von $Cu_2S + FeS$. In weiteren Herden wird der Kupferstein abgestochen und anschließend in einem Konverter bei 900 °C durch Einblasen von Luft entschwefelt. Zugesetzter Quarz verschlackt das zuerst oxidierte Eisensulfid zu Eisensilikat. Weiteres ›Verblasen‹ führt zur Umsetzung von entstandenem K.-Oxid mit unverändertem K.-Sulfid unter Bildung von metall. K.:

$$Cu_2S + 2\,Cu_2O \longrightarrow 6\,Cu + SO_2.$$

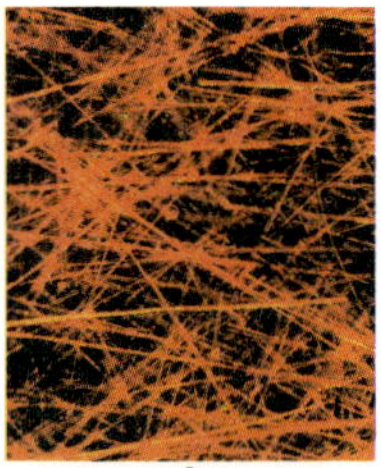
3

4

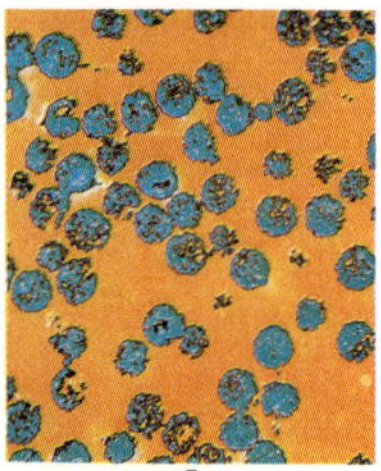
5

6

Kunststoffe 3–6: **3** Durchlichtaufnahme von glasfaserverstärkten, ungesättigten Polyester-Reaktionsharzen (rd. 7fache Vergr.); **4** Mikrotomschnitt von Polyoxymethylen in polarisiertem Licht (rd. 140fache Vergr.); **5** Acrylester-Styrol-Acrylnitril-Copolymere, Farbauszüge einer elektronenmikroskopischen Aufnahme (rd. 21 000fache Vergr.); **6** Querschnitt eines Seils aus Polyamid im Auflicht-Dunkelfeld (rd. 29fache Vergr.)

Das erhaltene Roh-K. **(Schwarz-K.)** besteht aus 94–97% K. neben Beimengungen von Zink, Arsen, Antimon, Eisen, Nickel, Schwefel und Edelmetallen. – Aus kupferarmen Erzen wird das K. in einem nassen Verfahren mit verdünnter Schwefelsäure als K.-Sulfat ausgelaugt und aus dieser Lösung mit Eisen (Schrott) elementares K. ausgefällt **(Zement-K.).** Das erhaltene Roh-K. wird durch abwechselndes oxidierendes und reduzierendes Schmelzen weiter gereinigt. Dabei werden einige Verunreinigungen verflüchtigt (Zink, Blei, Arsen) oder verschlackt (Eisen, Nickel). Die weitere Reinigung erfolgt durch Elektrolyse. Die unedleren Metalle bleiben dabei in der Elektrolytlösung, die edleren (Silber, Gold, Platinmetalle) im Anodenschlamm zurück, der auf Edelmetalle aufgearbeitet wird.

Reines K. wird v. a. in Form von Draht und Stangen (Schienen) in der Elektroindustrie, in Form von Blechen, Rohren u. a. in der Apparate- und Maschinenbauindustrie verwendet; wegen seiner guten Wärmeleitfähigkeit v. a. für Heiz- und Kühlschlangen, Braukessel, Siedpfannen. Weitere Verwendung zu Münzzwecken, für Beschläge, in Form von Verbindungen zur Schädlingsbekämpfung. Große Mengen werden auch in den → Kupferlegierungen verarbeitet.

Geschichte. K. wird als das erste Gebrauchsmetall zur Herstellung von Waffen und Geräten angesehen. Gegenstände aus gediegenem K. sind aus der jüngeren Steinzeit (etwa 8000 v. Chr.) bekannt. Im 6. Jahrtsd. v. Chr. wurden die Schmelzbarkeit und Reduktion von K.-Erzen entdeckt. Pfeil- und Lanzenspitzen, Beile u. dgl. kommen in Vorderasien im 3. Jahrtsd. v. Chr. vor. K.-Vorkommen im Sinai wurden bereits z. Z. der 3. ägypt. Dynastie (2660–2590 v. Chr.) abgebaut. Die eigtl. Bronzezeit beginnt hier um 2000 v. Chr. Ebenso alt ist die Kenntnis und Verwendung von K. und K.-Verbindungen bei Ägyptern, Sumerern und Phönikern. In Japan und China hat die Gewinnung von K. wesentlich später begonnen, in Südamerika vermutlich erst vor 1000 Jahren, in Nordamerika nach der europ. Einwanderung. – Zweifellos hat man urspr. das gediegene K. durch Hämmern geformt. – Die Verarbeitung sulfid. Erze, die die Kenntnis des Röstverfahrens voraussetzt, war schon lange vor PLINIUS D. Ä. bekannt (um 50). BILD S. 134

Kupferblüte, karminrotes Mineral Cu_2O, → Cuprit.

Kupferglanz, Sammelbez. für mehrere Kupferminerale der ungefähren Zusammensetzung Cu_2S, v. a. Chalkosin und Neodigenit; kupferreichstes, aber nicht häufigstes Kupfererz. Das Mineral **Chalkosin,** Cu_2S (um 79% Cu), ist bleigrau bis fast schwarz; H. 2,5–3, D. 5,7–5,8; meist derbe, feinkörnige, kompakte oder erdig-pulverige Massen, auch als Überzug. Es entsteht z. T. unter hydrothermalen Bedingungen, meist aber sekundär bei niedrigen Temperaturen (< 103 °C, **Tief-K.)** bei der Reaktion kupferhaltiger Verwitterungslösungen mit sulfid. Erzen in der → Zementationszone von Kupferlagerstätten. Gelegentlich Bildung in Sedimenten (Kupferschiefer). Die bei über 103 °C gebildete Modifikation **(Hoch-K.)** geht meist in Neodigenit über. (BILDER S. 137)

Kupferkies, ein Kupfererz, der → Chalkopyrit.

Kupferlasur, das Mineral → Azurit.

Kupferlegierungen. Die wichtigsten K. tragen besondere Namen wie → Bronze, → Messing, → Rotguß, → Tombak. **Kupfer-Nickel-Legierungen,** u. a. unter den Namen **Konstantan, Neusilber** und **Heuslersche Legierungen** bekannt, sind korrosionsbeständig und werden für elektr. Widerstände, Thermoelemente und Magnete verwendet. Eine K. mit 80% Kupfer und 20% Gold **(Franzgold, Pariser Gold)** dient zur Herstellung von Blattgold und Goldauflagen im Kunstgewerbe.

Kupfernickel, das → Nickelin.

Kupferschiefer, dunkle, feinschichtige, kohlig-bituminöse, sulfidreiche Mergelfazies des mitteleurop. → Zechsteins, 30–40 cm mächtig, Wechsel von metallreichen (bis 2,2% Kupfer, daneben Blei, Zink, Silber u. a.) und metallfreien Bereichen.

Kupferstich, innerhalb der druckgraph. Verfahren (→ Druckverfahren) die früheste Tiefdrucktechnik. Als Druckträger dient eine glattpolierte Metallplatte, meistens aus Kupfer. Die Zeichnung wird mit dem Grabstichel oder mit anderen Werkzeugen, die zum Stechen und Gravieren in den Goldschmiedewerkstätten verwendet werden, als Furchen eingegraben. Für den Abdruck wird flüssige Druckfarbe in die so entstandenen Vertiefungen eingerieben und, nachdem die glatten, nichtdruckenden Formoberflächenteile des Druckträgers freigewischt sind, in der Kupferdruckpresse auf das Papier übertragen. Farbiger K. entsteht entweder durch Bemalung des Papiers nach dem Druck (früher ›Illuminieren‹) oder durch gleichzeitiges Einfärben der Platte mit verschiedenen Farben, ggf. mit Hilfe von Pinseln. Der K. eignet sich für einen betont linearen Zeichenstil. Da beim Ausheben der Furchen an den Rändern kleine Metallspäne mitgerissen werden, die beim Abdruck als Grat in Erscheinung treten, kann eine Nachbearbeitung mit dem Dreikantschaber erfolgen.

Wird an Stelle des Stichels eine scharf geschliffene Stahlnadel (kalte Nadel) oder ein Diamantstift benutzt, entsteht beim Ritzen, entsprechend der Haltung der Nadel, ein deutl. Grat, der für die **Kaltnadelarbeit** charakteristisch ist und der sichtbar stehenbleibt.

Bei der **Schabkunst** oder **Mezzotintotechnik** wird die Platte mittels eines feingezähnten Granierstahls (Wiegeeisen) gleichmäßig aufgerauht. Die Stellen, die beim Abdruck in dem samtartigen Schwarz hell erscheinen sollen, werden mit Polierstahl und Schaber wieder geglättet. Die Mezzotintotechnik ist wegen der Möglichkeit, Tonübergänge zu erzeugen, geeignet zur Wiedergabe von Pastellen und Ölgemälden.

Um die Auflagenhöhe steigern zu können und zur Erschwerung von Banknotenfälschungen wurde der → Stahlstich erfunden.

Kupferverbindungen. Kupfer tritt in seinen Verbindungen mit den Oxidationszahlen + 1, am häufigsten + 2 sowie (sehr selten) + 3 auf. – **Kupfer(I)oxid,** Cu_2O, in der Natur als **Rotkupfererz** vorkommend, entsteht beim Erhitzen von Kupfer an der Luft als roter Beschlag. Schwarzes **Kupfer(II)oxid,** CuO, entsteht beim Glühen vieler K. und wird als Oxidationsmittel in der Elementaranalyse verwendet. Kupferoxide werden zum Färben von Keramik und Glas (Ägyptischblau) verwendet. **Kupfer(II)hydroxid** fällt aus Lösungen der Kupfer(II)salze mit Alkalilauge als flockiger, blauer Niederschlag aus, der langsam, schneller beim Erwärmen, in CuO übergeht. Mit konzentrierten Alkalilaugen bildet sich tiefblaues **Cuprat(II)**, $[Cu(OH)_4]^{2-}$, mit Ammoniak der tiefblaue **Kupfer-Tetramminkomplex,** $[Cu(NH_3)_4]^{++}$, dessen ammoniakal. Lösung Cellulose löst, die beim Ansäuern aus dieser Lösung wieder ausgefällt wird; Anwendung zur Herstellung von Kunstseide. Die wichtigste K. ist das **Kupfer(II)sulfat,** das aus Kupfer und verdünnter heißer Schwefelsäure unter Luftzutritt entsteht. Das aus der Lösung kristallisierende **Pentahydrat,** $CuSO_4 \cdot 5\ H_2O$ **(Kupfervitriol),** geht beim Erwärmen auf mehr als 200 °C in weißes, wasserfreies $CuSO_4$ über. Lösungen von Kupfervitriol in Verbindung mit Kalk und Soda **(Bordeauxbrühe)** oder mit Kalk und Calciumarsenat **(Kupferarsenbrühe)** werden zum Spritzen der Weinstöcke u. a. Nutzpflanzen verwendet. Kupfersulfatlösungen werden auch zur galvan. Verkupferung und als Ausgangsmaterial für Kupferfarben benutzt. Künstl. Kupferfarben sind grünes **Kupferarsenat,** $Cu_3(AsO_3)_2$ (in **Scheeles Grün** enthalten), das rotbraune **Kupferhexacyanoferrat(II),** $Cu_2[Fe(CN)_6]$ **(Florentiner Braun, Van-Dyck-Rot)** und basische **Kupfercarbonate (Azurblau, Kupferblau, Hamburger Blau). Kupfer(I)sulfid,** Cu_2S, und **Kupfer(II)sulfid,** CuS, sind schwarze, unlösl. Verbindungen. Die **Kupfer(I)halogenide** sind weiße, schwerlösl. Verbindungen. **Kupfer(I)chlorid,** CuCl, löst sich in konzentrierter Salzsäure und konzentrierter Ammoniaklösung unter Komplexbildung. Diese Lösungen absorbieren viel Kohlenmonoxid, CO, unter Bildung von $[Cu(CO) \cdot Cl \cdot 2\ H_2O]$, wovon man in der Gasanalyse (CO-Bestimmung) und in der Technik Gebrauch macht. **Kupfer(I)tetrajodomercurat(II),** $Cu_2[HgJ_4]$, verändert bei 70 °C reversibel seine Farbe von rot nach schwarz (→ Thermochromie). **Kupfer(II)chlorid,** $CuCl_2$, ist in wasserfreiem Zustand ein gelbes, als Hydrat, $CuCl_2 \cdot 2\ H_2O$, ein grünes, wasserlösliches Salz. Verdünnte Lösungen sind infolge Bildung von $[Cu(H_2O)_4]^{2+}$-Ionen hellblau gefärbt. Aus Lösungen von Kupfer in Salpetersäure kristallisiert beim Eindampfen blaues **Kupfer(II)nitrat,** $[Cu(H_2O)_4 \cdot (NO_3)_2] \cdot 2\ H_2O$, aus. Wasserfreies Kupfer(II)nitrat läßt sich im Vakuum unzersetzt destillieren. Basische **Kupfercarbonate** wechselnder Zusammensetzung entstehen aus Kupfer(II)salzlösungen mit Alkalicarbonat. Sie sind auch Bestandteil der Minerale **Malachit** und **Azurit,** verschiedener synthet. Farben und der → Patina. Grünspan enthält **Kupfer(II)acetat;** er wurde im Mittelalter als Farbe benutzt. Die Kupfersalze der → Naphthensäure und der → Stearinsäure dienen als Konservierungsmittel für Holz und Gewebe. Das tiefdunkelblaue **Kupferphthalocyanin** ist eines der wichtigsten blauen Pigmente (→ Phthalocyanine).

Kupol|ofen, Kuppel|ofen, schachtförmiger Umschmelzofen zum Erschmelzen des Gußeisens in Gießereien, ein zylindr., mit feuerfesten Steinen ausgemauerter und von Stahlblech umkleideter Schacht von 2,5 bis 9,3 m Höhe und 50 bis 150 cm lichter Weite. Die Beschickung (Roheisen, Koks, Zuschläge) wird an der Gicht aufgegeben, das flüssige Eisen unten abgestochen. Es läuft entweder sofort in die Gießpfanne oder auch in einen Vorherd. Die Schmelzleistung liegt im Mittel bei 3,5 t Eisen je m^2 Ofenquerschnitt und Stunde. Durch Verbrennung der Abgase im Winderhitzer zur Vorerwärmung (etwa 500–600 °C) der Verbrennungsluft des K. verringert sich der Verbrauch an Koks bis zu 40%.

Kuppe, der oberste, rundlich geformte Teil eines Berges.

Kuppelproduktion, → Erdöl.

Kuppelstange, → Treibstange.

Kuppler, Phenole, Naphthole oder Verbindungen mit aktivierten Methylengruppen, die durch Reaktion (Kupplung) mit oxidiertem Farbentwickler (p-Phenylendiaminderivaten) Bildfarbstoffe ergeben (→ Farbphotographie).

Kupplung, lösbare Einrichtung zur Verbindung von Fahrzeugen, Leitungen oder Maschinenteilen.

Fahrzeug-K. zum Verbinden von Schienen- (→ Eisenbahnkupplungen) oder Straßenfahrzeugen müssen die beim Fahren und Bremsen auftretenden Zug- und Druckkräfte aufnehmen können. **Schlauch-K.** und **Rohr-K.** sind schnell lösbare Verbindungen von Schläuchen und Rohren (z. B. der Feuerwehr). Bei elektr. Kabeln nennt man die → Steckvorrichtung auch K.

Wellen-K. sind Maschinenelemente zur Übertragung von Drehmomenten zw. Wellen, z. B. Elektromotor und Pumpe. Die Verbindung kann starr oder elastisch sein, bei Stillstand oder in Betrieb geschaltet werden. Die Übertragung des Drehmoments geschieht mechanisch, hydraulisch, pneumatisch oder elektrisch.

Starre oder feste K. setzen genaues Fluchten der Wellen voraus; zu ihnen gehören die **Hirthverzahnung,** die das Drehmoment formschlüssig, die **Scheiben-** oder **Schalen-K.,** die es form- und kraftschlüssig weiterleiten.

Ausgleichs-K. gleichen formschlüssig als gelenkige K. radiale, axiale und winkelige Wellenverlagerungen aus. Dabei wird das Moment drehstarr mit Klauen **(Klauen-K.),** Innen- und Außenverzahnungen **(Zahn-K.),** elast. Membranen **(Membran-K.)** oder Ringen **(Hardyscheibe)** weitergeleitet. Großen Parallelversatz gleichen die **Oldham-K.** und die **Schmidt-K.** aus. Windschiefe Wellen verbinden → Gelenkwellen.

Bei elastischen (drehnachgiebigen) formschlüssigen Ausgleichs-K. sind zw. An- und Abtriebsnabe federnde Elemente aus Metall, Gummi oder Kunststoff angeordnet. **Metallfeder-K.** verwenden z. B. schlangenförmig gewundenes Stahlband am äußeren Umfang der Kupplungshälften **(Bibby-K.)** oder auf Stahlbolzen sitzende Kunststoffbuchsen, die in Bohrungen der flanschartigen Kupplungshälften eingreifen **(Bolzen-K.).** Bei hochelast. K. ist Gummi der vorherrschende Werkstoff (Gummifeder, -klotz, -reifen).

Schalt-K. zur Unterbrechung und Wiederherstellung einer Verbindung werden durch äußeren Eingriff **(fremdgeschaltete K.),** durch Drehzahl-, Drehmoment- oder Drehrichtungseinfluß betätigt. Formschlüssige Schalt-K. müssen bei Gleichlauf oder im Stillstand geschaltet werden, sie können nur in diskreten Stellungen von An- zu Abtriebswelle arbeiten. Zu ihnen gehören die **Drehkeil-K.** (bei Pressen), die **Ziehkeil-K.** (bei Kraftradgetrieben), die **Klauen-K.** (im Lokomotivbau) und die elektromagnetisch betätigte **Zahn-K.** (im Werkzeugmaschinenbau). Kraftschlüssig wirkende **Reibungs-K.** werden als **Einscheiben-K.** vorwiegend in Kraftwagen (→ Kraftwagenkupplung) verwendet. Durch mehrere Scheiben **(Mehrscheiben-, Lamellen-K.)** wird die Reibfläche vergrößert. Zur Schaltung großer Drehmomente bei Trockenlauf und kleinen Schaltkräften dienen **(Doppel-)Kegel-K.** oder K. mit radialer Anpressung **(Trommel-K.).**

Drehzahlgeschaltete K. (Fliekraft-K.) bringen kraftschlüssig durch Fliehgewichte Reibelemente zum Eingriff oder nutzen die Reibung der Fliehkörper unmittelbar aus.

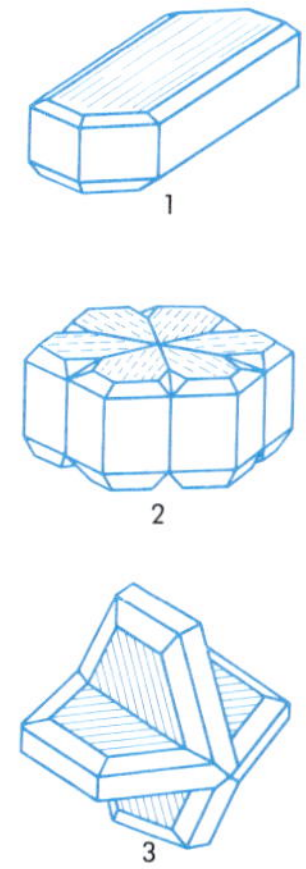

Kupferglanz 1–3

Kupferglanz 1–3: Formen des Chalkosin; **1** dicktafelig, **2** pseudohexagonale Durchkreuzungsdrillinge, **3** Durchkreuzungszwillinge

Kupferglanz 4: Chalkosin, Kristallaggregat (Redruth, Cornwall)

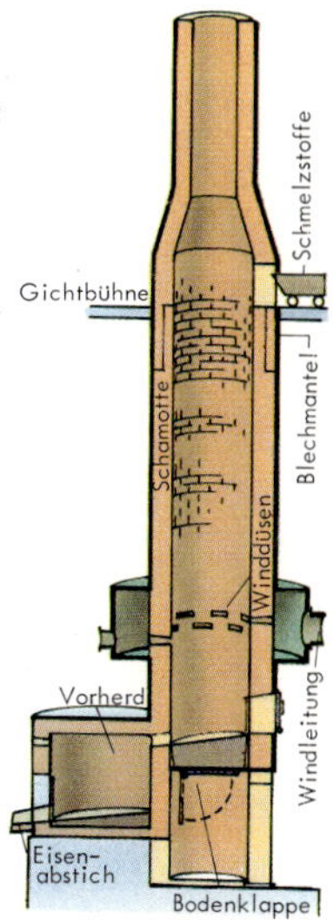

Kupolofen

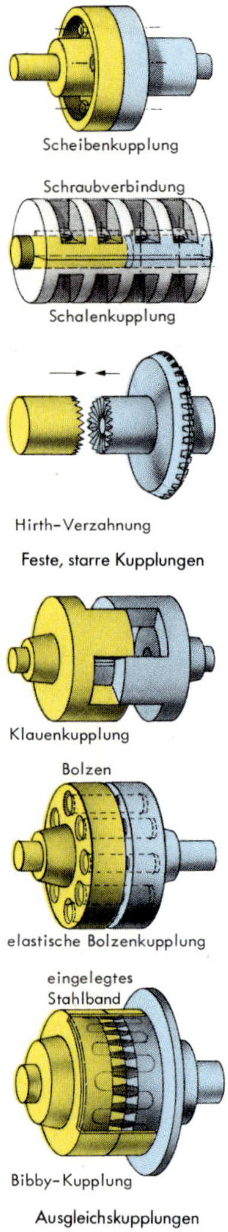

Kupplung 1

Drehmomentgeschaltete K. (Sicherheits-K.) als Lamellen-K. rutschen beim Überschreiten des Grenzdrehmomentes durch **(Rutsch-K.).** Zu ihnen gehören Induktions- und hydrodynamische K. **(Föttinger-K.,** → Strömungskupplung).

Drehrichtungsgeschaltete K. sind formschlüssige Gesperre oder kraftschlüssige **Klemmkörper-K.,** bei denen sich Rollen, Kugeln, gekrümmte Regelflächen u. a. zw. die K.-Teile klemmen, solange die Antriebsseite treibt. Wird die Antriebsseite vom Antrieb überholt **(Überhol-K.),** entfällt die Klemmwirkung, An- und Abtrieb sind entkuppelt (z. B. Freilauf in Fahrrädern).

Schlupf-K. dienen als Schweranlauf-, Dämpfungs- und Überlast-K. **Hydrodynam. K.** arbeiten mit einem K.-Schlupf von normal 2%.

Eine berührungslose und verschleißfreie, regelbare K. ist die **elektromagnet. Schlupf-K.** Sie ist eine Sonderbauform einer → elektrischen Maschine, bei der jedoch beide Teile umlaufen. Der äußere Teil ist meist ein Polrad (→ Pol 2) mit ausgeprägten, nach innen gekehrten und mit Gleichstrom erregten Polen. Der innere Teil entspricht in seinem Aufbau dem → Käfigläufer einer Asynchronmaschine. Wird der äußere Teil angetrieben und erregt, dann wird der innere Teil durch magnet. Kräfte bis auf einen geringen Schlupf von 0,5 bis 1,5% mitgenommen und so beide Wellenenden miteinander gekuppelt. Diese K. dient bes. auf Schiffen mit Dieselantrieb als lösbare Verbindung zw. Dieselmotor und Schiffsschraube. Durch Herabsetzung des Erregerstromes kann der Schlupf vergrößert werden. So erreicht man – z. B. bei Hafeneinfahrten – Schraubendrehzahlen, die tiefer liegen, als es die niedrigste Motordrehzahl gestattet. Dadurch wird die Manövrierfähigkeit des Schiffes verbessert. (Weitere BILDER S. 139)

Hydrodynam. Getriebe, K., Bremsen, hg. v. d. Voith Getriebe KG (1970); Anwendungen der Antriebstechnik, bearb. v. O. DITTRICH u. R. SCHUMANN, 2 (1974); A. SCHALITZ: K.-Atlas (^{4}1974); R. BAUER u. a.: Achsen, Wellen, Lager, K. (Leipzig, ^{9}1976).

Kupplungsreaktionen, chem. Reaktionen, die zur Ausbildung von Bindungen zw. Kohlenstoffatomen oder einem Kohlenstoff- und einem Heteroatom führen. Besondere Bedeutung für die Herstellung von Azofarbstoffen haben K. von Diazoniumverbindungen mit aromat. Aminen oder Phenolen (Azokupplung), z. B.

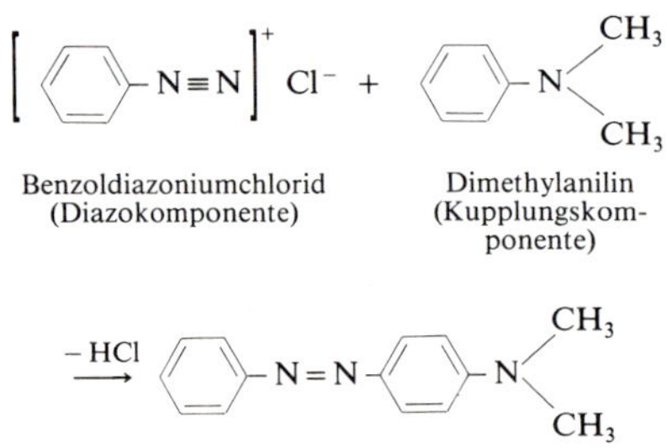

4-Dimethylaminoazobenzol

Kurbel, einarmiger Hebel zur Drehung einer Welle; auch ein Glied in einem → Kurbelgetriebe.

Kurbelgehäuse, bei Kolbenmaschinen das Bauteil, das die Kurbelwelle umgibt und in dem die Kurbelwelle gelagert ist. Das K. muß so steif gebaut sein, daß die Lagerkräfte sicher übertragen werden. Das K. kann in Guß, Druckguß oder als Schweißkonstruktion hergestellt werden.

Kurbelgetriebe, Kurbeltrieb, ein Gelenkgetriebe (→ Getriebe) mit wenigstens einem als Kurbel umlaufenden Glied. Bekanntestes K. ist das **Schub-K.,** das in Hubkolbenmaschinen zur Umwandlung hin- und hergehender Kolbenbewegungen in Drehbewegungen (oder umgekehrt) verwendet wird. Der Kolben ist mit dem → Kreuzkopf, der in Gleitbahnen geführt wird, fest verbunden. Vom Kreuzkopf wird die Kraft über die → Pleuelstange auf den Kurbelzapfen der → Kurbelwelle übertragen. Bei kleinen, schnellaufenden Maschinen entfällt der Kreuzkopf, die Pleuelstange ist durch den Kolbenbolzen direkt mit dem Kolben verbunden (BILD Getriebe).

Kurbel|induktor, handgetriebener, permanentmagnetisch erregter Wechselstromgenerator. Die Leerlaufspannung kann je nach Bauart bis etwa 500 V betragen; sie hängt, wie auch die Frequenz, noch von der Drehzahl ab. K. werden hauptsächlich als Rufstromgeneratoren in Fernsprechern mit Ortsbatterie (z. B. in → Feldfernsprechern) verwendet.

Kurbelwelle, einfach oder mehrfach gekröpfte Welle in Schubkurbelgetrieben, z. B. beim Verbrennungsmotor, wo sie die hin- und hergehende Bewegung des Kolbens über die Pleuelstange in eine Drehbewegung umformt.

Kurbelwelle: 1 Kurbelzapfen, 2 Kurbelwange, 3 Gegengewicht

Die K. besteht aus dem Grundlagerzapfen, um den sich die K. dreht, den um den Kurbelradius versetzten Kurbelzapfen und den diese Teile verbindenden Kurbelwangen. K. werden im Gesenk geschmiedet, gegossen oder aus mehreren Teilen mittels Preßverbindung oder Verzahnung zusammengefügt. Zum Ausgleich der Massenkräfte dienen Gegengewichte. Drehschwingungen werden durch an der K. angebrachte Schwingungsdämpfer vermindert.

Kurierflugzeug, Verbindungsflugzeug, meist unoder leichtbewaffnetes Militärflugzeug für Verbindungsaufgaben. Meist werden leicht modifizierte zivile Geschäftsreiseflugzeuge für diese Zwecke verwendet.

Kurs, See- und Luftfahrt: Winkel zw. der Längsachse eines Schiffes oder Luftfahrzeugs und der Nordrichtung. Je nach dem Bezugspunkt unterscheidet man den **rechtweisenden K.** (Richtung nach dem geograph. Nordpol), den **mißweisenden K.** (Richtung nach dem magnet. N-Pol) und den **Kompaß-K.** (mißweisender K. + → Deviation, d. h. Abweichung durch das Magnetfeld des Fahrzeuges). Durch seitl. Versetzung infolge Wind- oder Strömungseinfluß (→ Abdrift) wird der Kompaß-(Steuer-)K. zum **K. über Grund** (= **wahrer** oder **Karten-K.).** BILD S. 139

Kursfeuer, Scheinwerfer oder gerichtet sendendes **Kursfunkfeuer** (→ Funkfeuer), dessen Strahlenbündel die geograph. Richtung einer Luft- oder Schiffahrtsstraße markiert. K. werden meist in Verbindung mit einem Streckenfeuer verwendet.

Kurskreisel, zum Kurshalten verwendetes Kreiselgerät mit drei Freiheitsgaden, mißt die Drehwinkel eines Fahrzeugs um seine lotrechte Achse. Im Unterschied zum Kreiselkompaß (→ Kompaß 1), der seine Bezugsrichtung selbst aufsucht (Richtungssucher), ist der K. nur ein Richtungshalter. Er wird bes. bei Flügen in hohen geograph. Breiten nach Ausrichten auf eine Bezugsrichtung benutzt.

Kurs|schreiber, vom Mutterkompaß einer Fernkompaßanlage gesteuertes Schreibgerät, das Kurse und Kursänderungen laufend aufschreibt.

Kurtschatowium [n. dem sowjet. Physiker I. W. Kurtschatow, * 1903, † 1960], chem. Symbol **Ku**, von sowjet. Forschern vorgeschlagene Bez. für das chem. Element 104; → Unnilquadium.

Kurve, 1) Mathematik: jede, auch die gerade Linie. **Ebene K.** verlaufen in einer Ebene (z. B. der Kreis), → Raumkurven auch im (dreidimensionalen) Raum (z. B. die Schraubenlinie). Mit den Hilfsmitteln der analyt. Geometrie lassen sich best. K. durch Gleichungen in ebenen oder räuml. Koordinaten darstellen. Eine K. ist stetig, wenn jedes K.-Stück sich auffassen läßt als das Bild einer Strecke $[a, b]$ bei einer stetigen Abbildung. Diese Auffassung führt auf die **Parameterdarstellung** einer K.: Die Koordinaten x, y der Punkte einer ebenen K. sind stetige Funktionen der reellen Variablen t (Parameter), wobei t von a bis b läuft. Beispiel: Die Sinuslinie $x = t$, $y = \sin t$. Statt durch Parameterdarstellung kann man mitunter auch eine ebene K. definieren durch eine Gleichung $F(x, y) = 0$ zw. den Koordinaten ihrer Punkte. Bei einer Raum-K. braucht man zwei Gleichungen $F(x, y, z) = 0$ und $G(x, y, z) = 0$, indem man die K. als Schnitt der beiden Flächen $F = 0$ und $G = 0$ erfaßt. Nicht jede K. besitzt eine Bogenlänge (→ Rektifikation 2), sondern nur diejenigen, die sich durch Polygone, d. h. durch Streckenzüge, genügend annähern lassen. – Bes. wichtig sind die **glatten K.**, bei denen die Ableitungen $x'(t)$ und $y'(t)$ (→ Differentialrechnung) existieren und für kein t aus dem Intervall $[a, b]$ beide gleichzeitig den Wert 0 annehmen. Diese K. besitzen in jedem Punkt eine Tangente und sind rektifizierbar.

Ein K.-Punkt ist ein **Doppelpunkt**, wenn er beim Durchlaufen des Parameterintervalles (a, b) zweimal auftritt. Eine K. ohne Doppelpunkte heißt **einfach;** ist sie überdies noch **geschlossen,** d. h., gehört zu $t = a$ und $t = b$ derselbe K.-Punkt, so gilt für sie der → Jordansche Kurvensatz. – Die **Ordnung einer ebenen K.** ist die Anzahl ihrer Schnittpunkte mit einer in ihrer Ebene liegenden allgemeinen Geraden; dementsprechend ist die Ordnung einer Raum-K. die Anzahl ihrer Schnittpunkte mit einer allgemeinen Ebene.

Zum Zeichen von K. benutzt man das Kurvenlineal, das entweder bestimmte feste K.-Formen hat oder aus elast. Material besteht, das man in die gewünschte K.-Form biegen kann.

2) Verkehrswegebau: Die **horizontale K.** ist eine gekrümmte Straßen- oder Eisenbahnführung, die eine Richtungsänderung der → Trasse herbeiführt. Die **vertikale K.,** eine gekrümmte Führung des Verkehrsweges, führt eine Richtungsänderung der Gradiente (→ Gradient 2) herbei. K. erfordern eine zum Mittelpunkt der K. gerichtete Querneigung zur Aufnahme der bei der Fahrt durch eine K. auftretenden Zentrifugalkraft sowie eine Fahrbahnverbreiterung wegen des breiteren Bewegungsstreifens von Fahrzeugen.

Kurs: a rechtweisender K., b mißweisender K., c Kompaß-K., α Abdrift, β Stromversetzung, Mw Mißweisung, δ Deviation, NKp Kompaß-Nordrichtung, Nmw mißweisende Nordrichtung, Nrw rechtweisende Nordrichtung

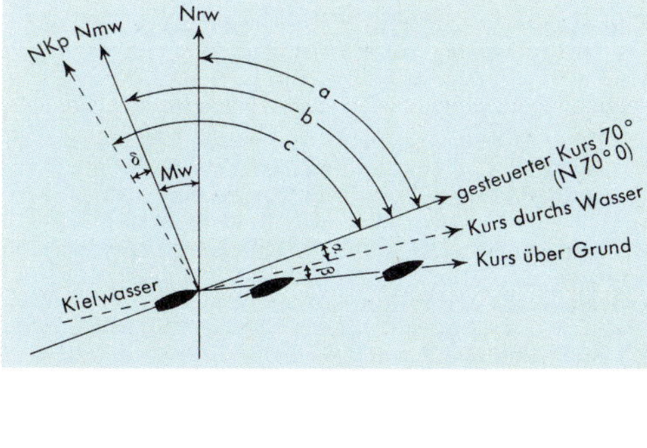

Kurven|abtaster, Kurvenleser, Gerät zum Abtasten einer ausgeschnittenen oder gezeichneten Kurve, deren Verlauf in ein anderes Gerät, z. B. eine Rechenanlage zur Auswertung von Meßkurven oder eine Werkzeugmaschine zur Steuerung, übertragen werden soll.

Kurvendiskussion, Bestimmung von mehreren Eigenschaften einer Kurve, die durch eine Gleichung gegeben ist. Es werden dabei Symmetrieeigenschaften und Nullstellen untersucht, mit Hilfe der → Differentialrechnung findet man lokale Extrema (Maxima und Minima), Wendepunkte u. a.

Kurvengetriebe, ein → Getriebe zur Bewegungsübertragung mit mindestens einem als Kurvenpaar ausgebildeten Elementenpaar, in dem zwei Glieder miteinander form- oder kraftschlüssig in Berührung stehen. Durch entsprechende Kurvengestaltung können beliebige Bewegungszusammenhänge leicht verwirklicht werden. K. werden bes. da angewendet, wo zw. den Bewegungszeiten vollkommener Stillstand des Eingriffsgliedes verlangt wird (z. B. bei der Nockenwelle).

Kurvenintegral, Linienintegral, Integral einer Funktion über die Bogenlänge einer durch ihre Gleichung gegebenen Kurve. Der Kurvenbogen wird **Integrationsweg** genannt. Die Berechnung des K. wird auf die Berechnung des bestimmten Integrals zurückgeführt. – Solche Integrale und ihre Verallgemeinerungen sind wichtig u. a. für die Theorie der → Differentialgleichungen und → Funktionentheorie und deren Anwendungen z. B. in der Physik.

Kurvenlineal, verschiedenartig ausgeführtes Hilfsmittel zum Zeichnen von meist ebenen Kurven.

Kurvenmesser, Kurvimeter, Kartometer, Gerät zur Längenmessung von Kurven, z. B. in topograph. Karten ein Meßrädchen, das längs der Kurve gerollt wird, seine Abwicklung auf einen Zeiger überträgt und die Kurvenlänge in der Natur an mehreren, den übl. Landkartenmaßstäben entsprechenden Skalen anzeigt.

Kurvenscheinwerfer, Kfz: paarweise angeordnete Zusatzscheinwerfer, nur für Fernlicht, die abhängig vom Einschlagwinkel der Lenkung schwenkbar sind, so daß sie bei Kurvenfahrt der Krümmung entlang leuchten.

kürzen, Zähler und Nenner eines → Bruches 2) durch die gleiche, von Null verschiedene Zahl dividieren. Der Wert des Bruches ändert sich dabei nicht.

Kurzschließer, parallel zu einem elektr. Stromverbraucher liegender Schalter, der den Verbraucher durch Überbrücken praktisch stromlos macht und damit diesen bei Störungsfällen von Überlastung schützt. Bei

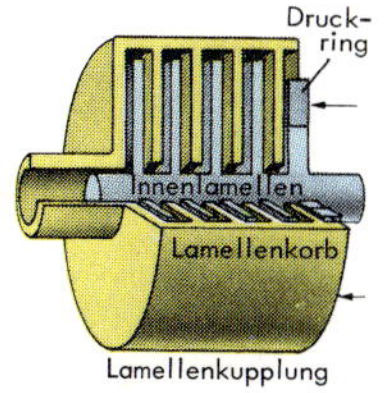

Lamellenkupplung

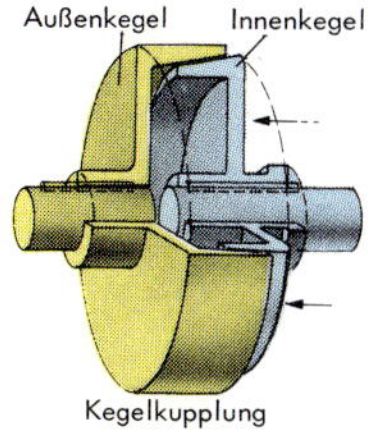

Kegelkupplung

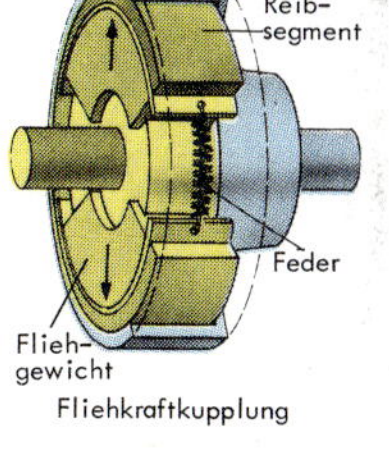

Fliehkraftkupplung

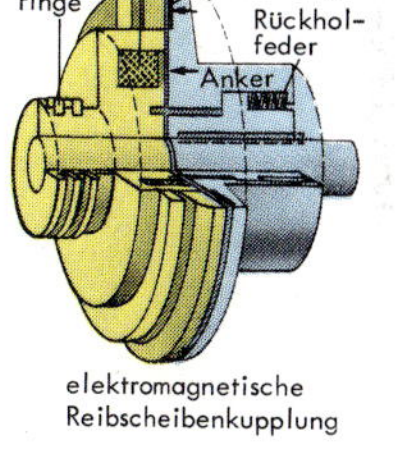

elektromagnetische Reibscheibenkupplung

Schaltkupplungen

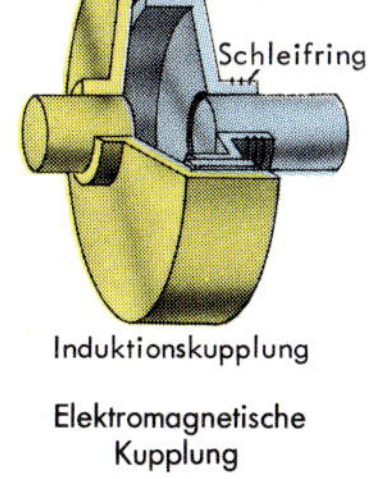

Induktionskupplung

Elektromagnetische Kupplung

Kupplung 2

Magnetzündapparaten für Ottomotoren dient ein K. zum Abstellen der Zündung.

Kurzschluß, durch eine elektrisch leitende Verbindung (Widerstand annähernd gleich Null) zw. den Ausgangsklemmen von Spannungsquellen, Vierpolen, Leitungen u. a. erzeugter Zustand. Kennzeichnend ist, daß an der Stelle des K. der Strom seinen Maximalwert erreicht, während die Spannung gegen Null geht. Fehlerhafte Verbindungen zw. spannungsführenden Teilen von elektr. Anlagen und Geräten führen zu einem den normalen Betriebsstrom weit übersteigenden **K.-Strom,** der zunächst nur durch den inneren Widerstand der Stromquelle und den Widerstand der Zuleitungen begrenzt wird. Der K. kann durch Überschlag (verschmutzte Freileitungsisolatoren, Blitzeinschlag) oder Durchschlag (verletzte oder überhitzte Isolierung) hervorgerufen werden. In geerdeten Netzen ist jeder → Erdschluß ein K. Die schädl. Folgen des hohen K.-Stromes werden durch Abtrennung der K.-Stelle vom übrigen Netz mittels Sicherungen oder Leistungsschaltern vermieden.

Kurzschlußanker|motor, Asynchronmotor mit → Käfigläufer oder Kurzschlußanker (→ Elektromotor).

Kurzschlußbremsung, ein Sonderfall der → Widerstandsbremsung.

Kurzstartflugzeuge, STOL-Flugzeuge, Abk. für **Short Take-Off and Landing** [ʃɔːt tˈeɪkɔf ænd lˈændɪŋ, engl.], für kurze Start- und Landestrecken (etwa bis 300 m, jedoch nicht eindeutig festgelegt) entworfene Zivil- oder Militärflugzeuge zum Einsatz von kleinen und

Kurzstartflugzeug Pilatus PC-6 Turbo-Porter (Schweiz) für maximal sieben Fluggäste; Startgewicht 2200 kg, Höchstgeschwindigkeit 280 km/h. Eine Propellerturbine verleiht dem Flugzeug noch bessere Leistungen als in der Ausführung mit Boxermotor. Startrollstrecke 70 m

unausgebauten Flugplätzen. Kurzstarteignung wird erreicht durch Verwendung von → Hochauftriebsmitteln, durch geringe → Flächenbelastung sowie hohen Startschub der Triebwerke. Noch wirksamere Maßnahmen, wie schwenkbare Triebwerke und Strahlklappen, konnten sich aus wirtschaftl. Gründen bislang nicht durchsetzen. Bisherige Verwendung im Zubringerverkehr, für verschiedene Aufgaben von → Arbeitsflugzeugen sowie für militär. Transport- und Verbindungsaufgaben in der Kampfzone. (→ STOVL-Technik)

Kurzwellen, Abk. **KW,** elektromagnet. Wellen mit Wellenlängen von 10–100 m, entsprechend Frequenzen von 30–3 MHz (→ Frequenzbereich). Sie sind weniger störanfällig als die mittleren und langen Wellen, haben eine im Überseeverkehr ausgenutzte große Reichweite (auch bei geringer Sendeenergie) und können gerichtet gesendet und empfangen werden. Während sich die längeren Wellen längs der Erdoberfläche ausbreiten (Bodenwelle), verlaufen die K. so lange annähernd geradlinig, bis sie entweder absorbiert werden (am Boden) oder beim Eindringen in die höhere Atmosphäre in ionisierte Schichten (→ Ionosphäre) gelangen, wo sie mehrfach gebrochen und dadurch in größerer Entfernung vom Sender zur Erde reflektiert werden (Raumwellen). Zw. diesem Empfangsgebiet und dem in unmittelbarer Nähe des Senders liegenden Empfangsgebiet liegt die tote Zone, in der kein Empfang möglich ist. Tag- und Nachtlautstärke unterscheiden sich wegen der wechselnden Ionisation der Atmosphäre stark. Am Tag ist die Empfangsfeldstärke bei den kürzeren Wellen (13 bis 25 m) größer, nachts bei den längeren Wellen. Eine weitere nachteilige Erscheinung ist die des selektiven Schwundes (Schwund einzelner Frequenzen, → Fading), wodurch Verzerrungen der Wiedergabe auftreten. Den K.-Rundfunksendern sind die folgenden Bänder zugeteilt: 13-m-, 16-m-, 19-m-, 25-m-, 31-m-, 41-m- und 49-m-Band.

Für das Senden von K. durch Amateure (Amateurfunk) ist in den meisten Ländern eine Genehmigung erforderlich, in der Bundesrep. Dtl. wird diese (nach erfolgreich bestandener Prüfung) durch die Dt. Bundespost erteilt.

Kurzwellenlupe, in Rundfunkempfängern eine Schaltung zur Feinabstimmung im Kurzwellenbereich, bes. zur Spreizung der Bänder (→ Frequenzband).

Kurz|zeitmesser dienen der Messung sehr kurzer Zeitspannen und der Untersuchung schnell ablaufender Vorgänge. **Mechan. K.** sind z. B. Stoppuhr und Geräte, die nach dem Prinzip eines → Chronographen arbeiten. Schnell veränderl. Vorgänge lassen sich durch → Hochgeschwindigkeitsphotographie erfassen und analysieren (z. B. Abbildung mit schneller Blitzfolge oder über einen rotierenden Spiegel). **Elektr. K.** verwenden vorwiegend elektr. Bauelemente. So können die Ladespannung eines Kondensators, die Ausschlagweite eines ballist. → Galvanometers oder die Ablenkung eines Kathodenstrahls als Zeitmaß dienen. Häufig setzt man elektron. Zähler ein. Dazu wird durch den zu messenden Vorgang ein Impulsgenerator gestartet, die in dem Zeitintervall gelieferten Impulse werden aufsummiert. Die Anzahl der Impulse stellt ein Maß für die Zeitdauer dar.

Mit Elektronenstrahloszillographen können durch Vergleich mit einer bekannten Frequenz oder daraus abgeleiteten Zeitmarken Zeiten von 10^{-9} s, bei period. Vorgängen mit Hilfe punktweiser Abtastung (Sampling-Oszillograph) sogar von 10^{-10} bis 10^{-11} s gemessen werden. Durch Kombination von photograph. und elektron. Methoden können mit einer → Streakkamera noch Vorgänge im Bereich von 10^{-12} s zeitaufgelöst untersucht werden. Durch die Entwicklung von Lasern, die intensive ultrakurze Lichtimpulse mit einer Dauer von Bruchteilen einer Pikosekunde (10^{-12} s) produzieren können, sind mittels Laufzeitmeßmethoden noch Zeitdifferenzen von weniger als 10^{-13} s meßbar. Solche hochauflösenden K. werden in der → Kurzzeitphysik benötigt.

Kurz|zeitphysik, Teilgebiet der Physik, das sich mit der Untersuchung von Prozessen beschäftigt, die auf einer Zeitskale von Pikosekundendauer oder weniger ablaufen. Viele Energieaustauschprozesse in Atomen, Molekülen oder Festkörpern sowie die elementaren Schritte bei chem. Reaktionen und biolog. Lebensvorgängen sind derartige ultrakurze Phänomene. Die Verfolgung und Aufzeichnung der extrem schnell ablaufenden Elementarprozesse sind durch völlig neuartige Techniken möglich geworden (→ Kurzzeitmesser).

Küste, aus →Ufer und →Schorre gebildeter Übergangsbereich zw. Festland und Meer, von stark wechselnder Breite, der einen Streifen sowohl des Festlandes als auch des Meeres umfaßt und in den sich durch die Wirkung von Brandung, Gezeiten, Meeresströmungen, Niveauschwankungen des Meeresspiegels sowie durch Abtragungsvorgänge auf dem Festland ständige Veränderungen vollziehen. Nach dem Aufriß werden **Steil-** und **Flach-K.** unterschieden, nach dem Grundriß **glatte** und **gebuchtete K.** Nach dem Verhältnis des K.-Verlaufs zum Streichen des Landreliefs oder der geolog. Strukturen unterscheidet man **Längs-K.** (pazif. Typ), **Schräg-K.** und **Quer-K.** (atlant. Typ). – **Untergetauchte K.** finden sich überall dort, wo in der Nacheiszeit der Meeresspiegelanstieg (→eustatische Bewegungen) größer als eine etwaige **K.-Hebung** war. So entstanden im Bereich ertrunkener glazialer Trogtäler die **Fjord-K.**, in dem von Subglazialrinnen und Zungenbecken glazialer Aufschüttungsgebiete die **Förden-** und **Bodden-K.** Ertrunkene Flußtäler alter Faltenrümpfe bilden die **Ria-K.**, Flußmündungen und Talungen junger Kettengebirge die **Cala-K.** sowie **Canale-K.**, Flußtäler flacher Tafelländer die **Liman-K.** – Dort, wo die Landhebung stärker als der Meeresspiegelanstieg war, bildet heute einförmiger Meeresboden eine zumeist glatte **aufgetauchte K. (Meeresboden-K.).** Spuren vorzeitl. Auftauchens finden sich in Form von K.- oder Strandterrassen auch an heutigen untergetauchten K. Steil- und Flach-K. können **Ausgleichs-K.** sein, bei denen durch Strandversetzung Material durch das Meer parallel zur K. verfrachtet wird, wobei Abtrag und Aufbau räumlich eng benachbart sein können. Sandwälle und -riffe können sich an K. mit schwachen Gezeiten zu →Nehrungen entwickeln und →Haffe oder Strandseen abschnüren **(Haff-, Nehrungs-K.).** An K. mit starken Gezeiten kann es dagegen zur Bildung von Nehrungsinseln kommen, hinter denen landwärts ein Watt entstehen kann, das sich zur →Marsch erhöhen kann **(Watt-, Nehrungsinselreihen-K.).** Weitere K.-Typen sind die **Dünen-K.**, die **Delta-K.**, die **Mangrove-K.** und die **Korallen-K.**

Küstenfunkstelle, Landfunkstelle des Seefunkdienstes (→Funkdienst).

Kutter, 1) Segelschiff mit einmastiger Gaffeltakelage. 2) **Fisch-K.**, kleineres →Fischereifahrzeug mit Motor- und/oder Segelantrieb. 3) Beiboot auf Kriegsschiffen mit Ruder- und/oder Segelantrieb.

Kuverdeich, Notdeich, der örtlich begrenztes, an der Binnenböschung eines →Deiches austretendes Sickerwasser **(Kuverwasser)** abriegelt.

kV, Einheitenzeichen für **Kilovolt,** →Volt.

kVA, Einheitenzeichen für **Kilovoltampere** →Voltampere.

kvar, Einheitenzeichen für **Kilovar,** →Var.

KVSt, Abk. für **Knotenvermittlungsstelle,** →Fernmeldenetz.

kW, Einheitenzeichen für **Kilowatt,** →Watt.

KW, Abk. für →Kurzwellen. (→Frequenzbereich)

kW · h, Einheitenzeichen für →Kilowattstunde.

Kybernetik, übergreifende Wissenschaftsdisziplin, die sich mit der formalen mathemat. Beschreibung und modellartigen Erklärung von dynam. (kybernet.) Systemen beschäftigt, welche bes. durch das Prinzip der selbsttätigen Regelung und Steuerung durch Übertragung und Verarbeitung sowie Rückübertragung von Informationen in wenigstens einem Rückkopplungssystem (→Rückkopplung) gekennzeichnet sind.

Die **allgemeine K.** untersucht die grundlegenden Strukturen und Funktionen von Regelsystemen, wobei von den konkreten Besonderheiten physikal., techn., physiolog., psycholog. und sozialer Systeme abgesehen wird. Hauptdisziplinen sind die →Systemtheorie, die Theorie der Regelung und Steuerung, die Informations-, Nachrichten- und Signaltheorie (→Informationstheorie), die →Automatentheorie und die →Spieltheorie. Zu ihren Hauptmethoden gehören Analogie- und Modellverfahren, z. B. die Black-Box-Methode (→Black Box), die i. S. des mathemat. Grundansatzes modifiziert wird. Die **spezielle K.** befaßt sich mit der Theorie best. (techn., sozialer) Systeme; als **angewandte K.** wird die Gesamtheit derjenigen wissenschaftl. Teildisziplinen und -bereiche bezeichnet, die sich v. a. in Biologie, Medizin, Soziologie, Pädagogik, Psychologie, Verhaltensforschung, Linguistik, Technik und Wirtschaftswissenschaft zur Erklärung empir. Sachverhalte kybernet. Begriffe und Theorien bedienen.

In der Technik wird die K. v. a. bei der Planung von Großanlagen zur →elektronischen Datenverarbeitung, von →lernfähigen Systemen oder von Steuerungssystemen für Flugzeuge, Eisenbahnen, Raumschiffe, Werkzeugmaschinen u. a. angewendet.

In der kybernet. Biologie (auch →Bionik) werden Vorgänge im lebenden Organismus als Informations- und Regelsysteme betrachtet (v. a. die Übertragung von Signalen durch Nervenimpulse und Hormone sowie von genet. Informationen durch den genetischen Code, die sinnesphysiolog. Verarbeitung von Reizen und Bewegungskoordinierung, die Regelung von Stoffwechselprozessen, von Körpertemperatur und Blutdruck).

Die Ökologie bedient sich kybernet. Methoden, um die Wechselwirkungen zw. den Organismen und der Umwelt, die wie bei einem Regelkreis durch negative Rückkopplung auf einen Gleichgewichtszustand und somit auf die Funktionsfähigkeit ausgerichtet sind, darzustellen. Die Stabilität des Systems, die insgesamt auf sparsamem und effektivem Umgang mit Energie, der Mehrfachnutzung und Wiederverwendung von Stoffen sowie der Symbiose unterschiedlichster Organismen beruht, wird durch menschl. Eingriffe (Industrialisierung, Verkehr, Landwirtschaft, Städtebau u. a.) bedroht. Durch Anwendung kybernet. Methoden und Denkmodelle zur Beschreibung des Gesamtverhaltens der Welt gelingt es, einen vertieften Einblick in die Ursachen und inneren Zusammenhänge der krit. Umweltprobleme (bes. wirtschaftl. Wachstums, Rohstoffverknappung, Energieverbrauch, Bevölkerungsexplosion, Unterernährung, Zerstörung des Lebensraums durch Umweltverschmutzung), die miteinander durch vielfältige Wechselwirkungen verknüpft sind, zu gewinnen.

Geschichtliches. Auf die Entwicklung der K. in der Mitte des 20. Jh. hatte bes. N. Wiener maßgebl. Einfluß, der auch den Begriff prägte. Er ging von der empir. Erkenntnis von Analogien zw. organismischen und techn. Systemen aus, in denen Informationen übertragen und verarbeitet werden. Urspr. auf das Problem der Nachrichtenübermittlung bei informationsverarbeitenden Maschinen und Automaten gerichtet, entwickelte sich die K. zu einer universellen, formalwissenschaftl. Betrachtungsweise, welche die Vereinigung kontinuierlicher und diskontinuierlicher Beschreibungsmodelle ermöglichte und der mathematisch-statist. Methode Zugang in zahlreiche Wissenschaftsdisziplinen verschaffte. Sie führte damit hier zugleich zu einer Fülle neuer Auffassungs- und Erklärungsweisen mit praktischen Ergebnissen.

N. Wiener: K. (1963); W. Oppelt: Kleines Hb. techn. Regel-

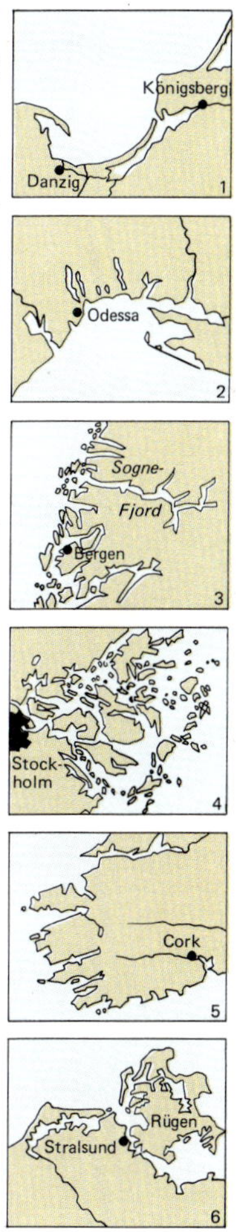

Küste: **1** Haff-K., **2** Liman-K., **3** Fjord-K., **4** Schären-K., **5** Ria-K., **6** Bodden-K.

vorgänge (1964); K. STEINBUCH: Automat und Mensch ([4]1971); H. J. FLECHTNER: Grundbegriffe der K. ([2]1972); B. HASSENSTEIN: Biolog. K., eine elementare Einf. ([4]1973); H. SACHSSE: Einf. in die K. (1974); Modern trends in cybernetics and systems, proceedings . . ., hg. v. J. ROSE u. C. BILCIU, 3 Bde. (1977); Wb. der K., hg. v. G. KLAUS u. H. LIEBSCHER, 2 Bde. (1979); H. ANSCHÜTZ: K. (1979); F. VESTER: Neuland des Denkens; vom technokrat. zum kybernet. Zeitalter (1980). – Ztschr.: K. (seit 1961).

Kybernetisches Tier, Modell zur Rekonstruktion tier. Verhaltensweisen mit techn. Mitteln. K. T. sind Forschungsgegenstand der → Kybernetik und der → Bionik. Mit verhältnismäßig einfach gebauten Modellen werden elementare Verhaltensformen wie Bewegungsabläufe und Reaktionen auf äußere Reize nachgebildet, z. B. bei der **Kybernet. Schildkröte** oder der **Elektromaus.** Die Forschungsarbeiten konzentrieren sich auf die Weiterentwicklung von Teilsystemen, bes. von Sensoren, Prozessoren und Informationsspeichern, um neben tier. auch menschl. Erkennungs- und Entscheidungsfunktionen nachzubilden (→ Roboter).

L

l, 1) Einheitenzeichen für → Liter.

2) *l,* Formelzeichen für Länge.

L, 1) Chemie: **L-,** → Stereochemie.

2) *L,* Formelzeichen für Drehimpuls, Leuchtdichte, Induktivität, Lagrange-Funktion und Leptonenzahl.

3) Zeichen für die → römische Ziffer 50.

La, chem. Symbol für → Lanthan.

Label [leɪbl, engl.], Datenverarbeitung: Marken innerhalb eines Programms, auf die in Anweisungen an den Computer Bezug genommen werden kann, z. B. zur Festlegung von Programmsprüngen, Programmschleifen oder Unterprogrammen. Bei tastencode-programmierbaren Taschenrechnern werden L. auch als Programmidentifikationsmerkmal benutzt.

Labferment, Lab, Rennin, Chymosin, Enzym im Labmagen säugender Kälber, bringt das Casein der Milch zum Gerinnen unter Bildung von wasserlösl. **Paracase|in,** das als Calciumsalz (Quark) ausfällt. An Stelle des L. findet sich im Magen des Menschen das **Gastricsin.** Beide Enzyme sind chemisch mit dem → Pepsin eng verwandt. Labähnl. Wirkung haben auch Trypsin, Papain.

Labilität, Meteorologie: Zustand der Atmosphäre, bei dem die tatsächl. Temperaturabnahme mit der Höhe stärker ist als die eines durch → Turbulenz gehobenen Luftteilchens, das sich adiabatisch oder → feucht-adiabatisch abkühlt. Dieses wird dabei relativ zur Umgebungsluft wärmer, erhält Auftrieb und steigt weiter, so daß → Konvektion entsteht. – Stabilität der Atmosphäre, → Stabilität.

Laboratorium, kurz **Labor** *das,* Arbeitsraum für wissenschaftl. und techn. Versuche, Messungen, Auswertearbeiten, Kontrollen u. dgl., z. B. chemisches L., Photo-, Weltraum-, Tiefsee-L.

Laborsystem, Laborkoordinatensystem, → Hochenergiephysik.

Labradorit, Labrador, Mineral, farbloser, weißer, frisch auch grauer bis bläulicher → Feldspat. Wegen seines schillernden Farbenspiels **(Labradorisieren)** als Schmuckstein verwendet. **Labradorfels** ist ein fast nur aus dem Mineral L. bestehendes Gabbrogestein.

Labradorit

Laccase, Oxidase mit Kupfer als Zentralatom der prosthet. Gruppe. Die L. ist an der Ligninbiosynthese beteiligt.

Lacerta, Eidechse, ein → Sternbild des Nordhimmels.

Lachgas, Distickstoffmonoxid, Stickoxydul, N_2O, ein farbloses, süßlich riechendes Gas. L. ist in Kombination mit Sauerstoff ein häufig angewendetes Inhalationsnarkotikum.

Lacke, Sammelbez. für → Anstrichstoffe zur Erzeugung von Anstrichen mit spezif. Eigenschaften, wie Beständigkeit gegen Witterungseinflüsse, mechanische oder chem. Beständigkeit oder/und dekoratives Aussehen. Als **Bindemittel** wird der nichtflüchtige Anteil eines L. ohne Pigmente und Füllstoffe bezeichnet. Es besteht aus → Filmbildnern (z. B. Kunst- und Naturharze) und gegebenenfalls → Weichmachern, → Trockenstoffen u. a. Hilfsstoffen (z. B. → Hautverhinderungsmitteln, → Verlaufmitteln, → Ausschwimmverhütungsmitteln). **Lackfarben** enthalten zusätzliche Pigmente. Klar-L. sind pigmentfrei. **Lösemittel** sind flüchtige L.-Komponenten, die das Bindemittel auflösen und in eine verarbeitbare Konsistenz überführen. Je nach Art des Bindemittels und der Anwendung werden unterschiedliche Mischungen aus Leichtsiedern (z. B. Äthylacetat), Mittelsiedern (z. B. Butanol, Butylacetat, Testbenzin) und Hochsiedern (z. B. Glykoläther) angewendet. **Pulver-L.** sind lösemittelfrei.

Die Kennzeichnung von L. kann nach dem Bindemittel erfolgen, z. B. Alkydharz-L. (→ Alkydharze), → Bitumenlacke, → Chlorkautschuklacke, Epoxidharz-L. (→ Epoxidharze), Nitro-L. (→ Nitrocellulose), → Öllacke. Sie wird aber auch nach dem Lösemittel (z. B. Spiritus-L.), nach der Reihenfolge im Anstrichaufbau (z. B. Deck-L.), nach Art der Trocknung (z. B. → Einbrennlacke), nach Art der Anwendung (z. B. Tauch-L., Coilcoating-L.) oder nach dem Lackierobjekt (z. B. Auto-L., Boots-L.) durchgeführt.

Die Filmbildung (Trocknung) kann durch Verdampfen des Lösemittels (z. B. bei Nitro-L.), durch Verdampfen von Wasser aus Dispersionen polymerer Stoffe (→ Dispersionsfarben) oder durch Abkühlung geschmolzener Stoffe (z. B. bei Pulver-L.) auf physikal. Weise erfolgen. Bei der chem. Trocknung bilden sich vernetzte Polymere, die durch Lösemittel nicht mehr gelöst werden. Es wird dabei zw. oxidativ trocknenden (z. B. mit trocknenden Ölen modifizierte Alkydharze), kalthärtenden (z. B. Zweikomponenten-Reaktions-L. auf Basis Epoxidharz oder Polyurethan) und ofentrocknenden (z. B. Einbrenn-L.) L. unterschieden.

Lackfilm|methode, Methode zur Bergung unverfestigter geolog. Profile, von Fossilresten u. a. durch Aufspritzen eines Speziallacks, der nach Verfestigung einen abrollbaren Film ergibt.

Lackieren, Überziehen von Metallen und Nichtmetallen mit → Lacken durch Spritzen, Tauchen, Streichen oder Elektrophorese, wobei z. B. folgende Anforderungen erfüllt werden können: Rostschutz, Chemikalienbeständigkeit, Isolation, Farbgebung, Bewuchshemmung. Bes. gute Haftung und guter Unterrostschutz wird durch → Phosphatieren des Streichuntergrunds erzielt.

Lackmus, blauer Pflanzenfarbstoff, der aus best. Flechten durch Gärung in Gegenwart von Ammoniumcarbonat, Kaliumcarbonat, Kalk und Wasser hergestellt wird. Als → Indikatorfarbstoff (z. B. in Form von **L.-Papier)** für Säuren (Rotfärbung) und Basen (Blaufärbung) hat L. kaum noch Bedeutung.

Lact|albumine, Milchproteine der Säugetiere.

Lactame, zyklische innere Amide von Aminosäuren mit der Atomgruppierung – NH – CO – . Techn. Bedeutung haben → Caprolactam und → Laurinlactam.

Lactate, Salze oder Ester der → Milchsäure.

Lactone, zyklische innere Ester von Hydroxycarbonsäuren. Die Bildung von L. erfolgt leicht, wenn sich die Hydroxylgruppe am 3. oder 4. C-Atom der von der Carboxylgruppe ausgehenden Kohlenwasserstoffkette befindet. In diesem Fall bilden sich fünfgliedrige (γ-L.) oder sechsgliedrige (δ-L.) Ringe. – Technische Bedeutung hat **γ-Butyro-L.,** das durch Dehydrierung von 1,4-Butandiol (aus Acetylen) oder Hydrierung von Maleinsäureanhydrid hergestellt wird. Butyro-L. ist eine ölige Flüssigkeit, die als Lösemittel für Lacke und zur Herstellung von Methylpyrrollidon verwendet wird. Einige höhermolekulare L. sind bekannte Riechstoffe, z. B. → Cumarin und das als Moschusersatz verwendete Ambrettolid.

Lactone

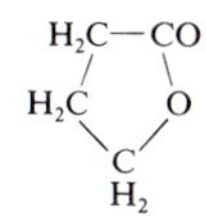

γ-Butyrolacton

Lactose, Milchzucker, aus β-D-Galactose und D-Glucose aufgebautes Disaccharid (→ Zuckerarten), das zu 5–7% in Frauenmilch und zu 4–5% in Kuhmilch enthalten ist. Je nachdem, ob α- oder β-D-Glucose am Aufbau des Moleküls beteiligt ist, entsteht α- oder β-L. Beide Formen wandeln sich in wäßriger Lösung bis zu einem Gleichgewicht ineinander um. Aus der Lösung (z. B. Molke) kristallisiert unterhalb von 93,5 °C α-L. als Hydrat. Bei höheren Temperaturen kann β-L. in wasserfreier Form (Anhydrid) gewonnen werden. – L. bildet farblose Kristalle mit etwa der halben Süßkraft der Saccharose (Rohrzucker). Durch Säuren oder durch das Enzym Lactase wird L. in ihre beiden Bestandteile gespalten. Beim Sauerwerden der Milch findet ein bakterieller Abbau der L. zu Milchsäure statt.

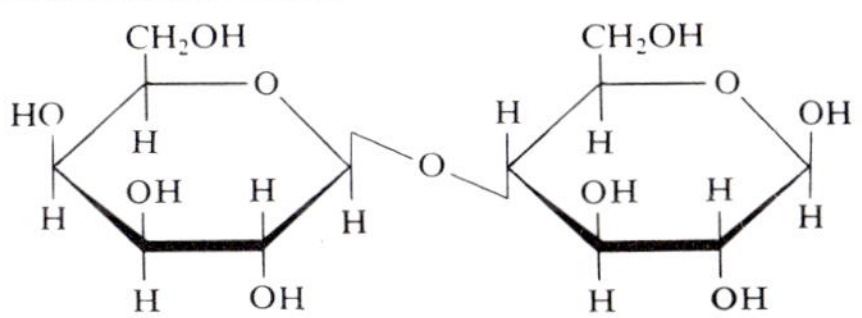

β-Lactose

Ladebaum, auf Schiffen an Masten oder kurzen Ladepfosten angebrachte, durch Dampf- oder elektr. Winden (Winschen) bediente Hebezeuge von 1–7,5 t Tragkraft. Spezialschiffe haben L. für Schwergut, z. B. 10, 20, 50 t und mehr (bis 250 t). Heute vielfach durch feste oder auf Schienen in Längsrichtung des Schiffes bewegliche Deckskräne ersetzt.

Lademarke, Ladelini|e, die Freibordmarke (→ Freibord 1).

Lademaschinen, Bergbau: vollmechan. Geräte zum Aufnehmen von Haufwerk von der Sohle und Laden in ein Fördermittel; unter Tage eingesetzt in Streckenvortrieben, beim Schachtabteufen und unter Rollöchern. Man unterscheidet z. B. Polypgreifer (Schacht), Stoß- und Wurfschaufellader, Schrapplader, Schwenkarmlader, Zughackenlader (Streckenvortrieb), in Tagebauen Schaufelrad-, Schaufelbagger, Frontschaufellader.

Lademaß, die Begrenzungslinie, die eine Ladung eines offenen Güterwagens im (geraden) Gleis nicht überragen darf (→ Lichtraumprofil 1).

Laden, Datenverarbeitung: Eingabe eines Programms, das sich z. B. in einem externen Speicher befinden kann, in den → Arbeitsspeicher eines → Computers. Der Vorgang wird i. a. von einem besonderen, zum → Betriebssystem gehörigen **Ladeprogramm** (Lader) durchgeführt, das auch die Adresse **(Lade|adresse),** unter der das Arbeitsprogramm abgerufen werden kann, festlegt.

Lader, Verdichter in einem → Aufladegebläse (Kompressor) oder einem Abgasturbolader (→ Abgasturbine) zur → Aufladung 2) von Verbrennungsmotoren.

Ladeschurre, aus Profileisen geschweißte trogartige Führungsbahn, als Fördermittel z. B. in der Landtechnik für Halmgutballen (→ Ballenpressen).

Ladewagen, ein- oder zweiachsiger → Ackerwagen mit Aufsammler, Förderorganen und → Kratzboden zum selbständigen Aufsammeln und Laden von langem Halmgut, das auf dem Feld in Schwaden liegt. Fördereinrichtung und Kratzboden ermöglichen bessere Füllung und Entladung. L. haben große Verbreitung gefunden, weil sie i. Ggs. zum → Halmgutlader keine Packer benötigen.

Ladin, Stufe der alpinen → Trias.

Ladung, 1) **elektrische L., Elektrizitätsmenge,** Formelzeichen Q, eine Teilcheneigenschaft, die die Ursache des elektromagnet. Feldes und damit der elektromagnet. Wechselwirkung ist. Alle Kraftlinien eines elektrostat. Feldes (BILDER Elektrizität) beginnen und enden an ruhenden elektr. L., die man danach positiv (Kraftlinienquelle) und negativ (Kraftliniensenke) nennt. L. sind additive physikal. Größen. Gleiche Mengen positiver und negativer L. kompensieren sich, es liegt dann äußerlich ein ladungsfreier oder elektrisch neutraler Zustand vor. Bewegte elektr. L. werden von magnet. Kraftlinien umschlungen. Zw. gleichnamigen L. wirken abstoßende Kräfte, zw. entgegengesetzten anziehende (→ Coulombsches Gesetz). Die Einheit der L. ist das → Coulomb (C). Zur Messung von L. werden → Elektrometer oder ballistische → Galvanometer verwendet. Jede Ladung eines Elementarteilchens oder makroskop. Körpers ist ein ganzzahliges Vielfaches der → Elementarladung. Der experimentelle Nachweis von freien → Quarks, deren Ladung ein Drittel und zwei Drittel der Elementarladung betragen soll, ist bisher nicht gelungen.

2) In der Elementarteilchenphysik verwendet man zur Kennzeichnung der Eigenschaften der → Elementarteilchen u. a. neben der **elektr. L.** Q, die **baryon. L.** B, die **elektron. L.** L_e, die **myon. L.** L_μ und die **tauon. L.** L_τ. – In der → Quantenchromodynamik spielt die **Farbladung** (Farbe) eine wesentliche Rolle.

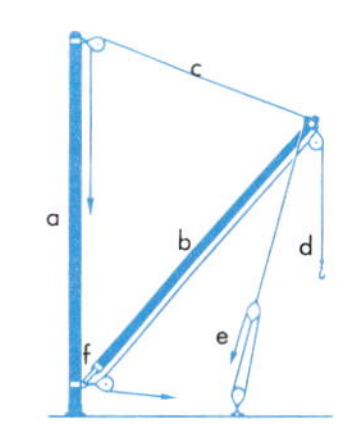

Ladebaum

Ladebaum: a Lademast, **b** Ladebaum, **c** Hanger, **d** Läufer mit Ladehaken, **e** Geer (Gei) zum Schwenken des L., **f** Lümmellager (Drehpunkt des L. beim Schwenken)

Ladungsdichte, das Verhältnis der elektr. Ladung zu Raum, Fläche oder Länge: **Raum-L. (L.)** ϱ = Ladung/Volumen; **Flächen-L. (Ladungsbedeckung)** σ = Ladung/Fläche; **Linien-L.** = Ladung/Länge.

ladungsgekoppelte Schaltungen, Elektronik: → CCD.

Ladungskonjugation, engl. **Charge Conjugation** [tʃɑ:dʒ kɔndʒəg'eɪʃn], Zeichen C, Quantenfeldtheorie: mathemat. Operation, die ein Elementarteilchen der elektr. Ladung Q in ein solches der Ladung $-Q$ überführt; spielt in den Symmetriegesetzen der Elementarteilchenphysik eine Rolle (→ CPT-Theorem).

Ladungsschichtung, beim Verbrennungsmotor: → Schichtladung.

Ladungs|träger, elektrisch geladene atomare Teilchen, die sich unter der Wirkung eines elektr. Feldes bewegen können und die elektr. Leitfähigkeit hervorrufen, z. B. die Kationen und Anionen eines Elektrolyten, die freien Ionen und Elektronen eines Gases, die z. B. durch ionisierende Strahlung in einer Ionisationskammer gebildet werden, oder die Elektronen und Defektelektronen (Löcher) in → Halbleitern.

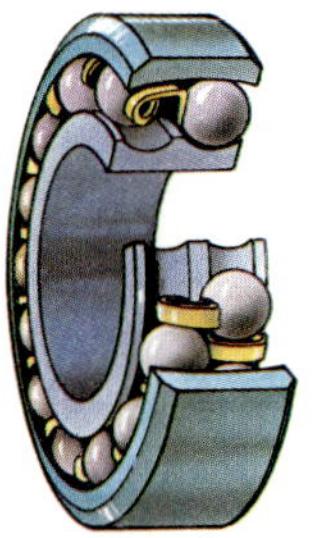
Pendelkugellager

Ladungs|trägerkompensation, → Halbleiter.

Ladungs|tropfen, Festkörperphysik: makroskop. metallartige Objekte in Halbleitern, die bei Anregung von Elektronen oder Löchern mit genügend hoher Dichte unterhalb einer krit. Temperatur (z. B. 6 K in Germanium) gebildet werden, da die Ladungsträger zu Tropfen, die eine Oberflächenspannung und Oberflächenschwingungen besitzen, kondensieren. L. können durch Lichtstreuung beobachtet werden. Sie haben die für das freie Elektronengas der Metalle charakterist. Eigenschaften.

Ladungswechsel, Gaswechsel, derjenige Teil des Arbeitsspieles eines Verbrennungsmotors, bei dem die Verbrennungsgase ausgeschoben und das Luft-Kraftstoff-Gemisch oder die Verbrennungsluft angesaugt werden. Der L. hat Einfluß auf Verbrauch, Drehmomentverlauf und Abgasverhalten.

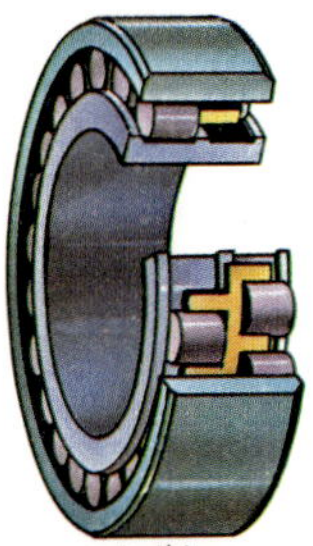
zweireihiges Zylinderrollenlager

Lage, Bestimmung eines Ortes nach geograph. → Länge 4) und → Breite 2), nach örtl. Gegebenheiten (Exposition: z. B. Hang, Tal) oder regionalen Beziehungen (regionale oder Verkehrslage, z. B. an Flußmündungen).

Lagenholz, aus mehreren miteinander verleimten → Furnieren aufgebauter Holzwerkstoff. Im **Schichtholz** liegen die einzelnen Furnierlagen mit ihrer Faserrichtung parallel, im **Sperrholz** (→ Furnierplatten und → Tischlerplatten) überkreuzt und im **Sternholz** sternförmig verteilt. Durch Verleimen unter hohem Druck entsteht **Preßlagenholz** mit zusammengedrückten Zellhohlräumen. Quellen und Schwinden der einzelnen L.-Arten hängt vom → Absperren ab; dementsprechend ist Schichtholz in der Hauptrichtung bes. fest, während Furnierplatten in der Plattenebene kaum arbeiten.

Lager, 1) Bautechnik: das → Auflager.

2) Geologie: bes. plattige Gesteinskörper innerhalb eines anderen, oft bergmännisch wichtig (→ Flöz) als Teil einer Lagerstätte, z. B. Kohlen-, Erz-, Erdöl-L., auch Fossil-L.; **Lagergänge (Sill)** bei magmatischen Gesteinen (→ Gang 1).

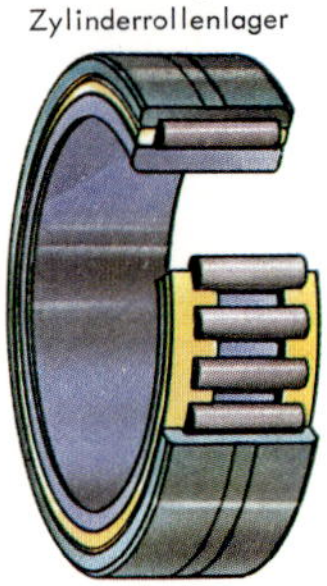
Nadellager

Lager 3)

3) Maschinenbau: ein Element zur Führung von Maschinenteilen auf einer kreisbogenförmigen Bahn (umlaufende Wellen, Schwenkhebel, Räder). Es besteht grundsätzlich aus einem zylindr., drehbaren Innenteil, der in einem Hohlzylinder gleichachsig gelagert ist. Man unterscheidet **Gleit-L.** und **Wälz-L.**; beide können ausgeführt sein als **Quer-(Radial-)L.** mit zur Achse senkrechter Lastrichtung und **Längs-(Axial-)L.** mit der Last in Richtung der Achse. Nach Art der Befestigung gibt es Steh-, Bock-, Wand-, Konsol-, Hänge-, Flansch-L.

Gleitlager sind meist zweiteilig und mit besonderen Schalen (L.-Schalen) versehen. Die Bewegung der L.-Teile gegeneinander ist gleitend, die Reibung wird durch Schmiermittel und besondere Gestaltung herabgesetzt. Man unterscheidet Reibungszustände: **Trockenreibung:** die Welle ruht oder bewegt sich relativ zur L.-Schale sehr langsam, die L.-Teile berühren sich, dadurch hohe Verluste, großer Verschleiß; **Mischreibung:** mäßige Relativbewegung mit geringem Druckkraftaufbau, teilweise Berührung; **Schwimmreibung:** Welle und Lagerschale sind durch einen Schmierfilm getrennt, der beim hydrostat. L. durch eine äußere Pumpe, beim hydrodynam. L. durch innere Pumpwirkung erzeugt wird; geringe Verluste, verschleißfrei.

Von den normalen vollrunden Gleit-L. unterscheiden sich die **Mehrflächengleit-L.** durch Aufteilung der L.-Schale in mehrere exzentrisch angeordnete Gleitflächen, die das Eintreten der Schwimmreibung begünstigen sollen. **Spur-L.** benutzen die Stirnfläche des Wellenendes zur Aufnahme der axialen Belastung. **Spitzen-L. (Stein-L.)** sind bes. in der Feinwerktechnik (Uhren, Meßgeräte u. a.) üblich; bei ihnen ist die Spitze des kegeligen oder kugeligen Wellenendes in einer kegeligen Vertiefung, oft in einem Edelstein, gelagert (→ Lagersteine).

Als **L.-Werkstoffe** dienen sowohl → Lagermetalle als auch Nichtmetalle (Kunststoffe, Gummi, Holz u. a.). Gesinterte L.-Schalenwerkstoffe können durch ihre Porosität Schmiermittel aufsaugen; solche L. bedürfen nur in langen Zeitabständen einer Nachschmierung. Bei Verwendung best. Kunststoffe (z. B. Polytetrafluoräthylen) oder von Graphitzusätzen im L.-Schalenwerkstoff ist u. U. bei kleinen Belastungen und kleinen Drehzahlen eine Schmierung nicht erforderlich **(öllose L.)**.

In Wälzlagern wird die L.-Last durch rollende Reibung metall. Wälzkörper vom einen zum anderen L.-Teil übertragen. Ein Wälz-L. besteht grundsätzlich aus zwei Laufbahnen in Ringen oder Scheiben, zw. denen sich die auf ihnen abrollenden Wälzkörper befinden. Diese können durch Führungselemente (Käfige) an der gegenseitigen Berührung gehindert werden **(Käfig-L.)** oder auch (selten) ohne Käfig laufen **(käfiglose L.)**. Der Innenring sitzt immer fest auf der Welle, der Außenring fest im L.-Gehäuse. Nach der Form der Wälzkörper unterscheidet man **Kugel-L.** (Rillenkugel-, Schulterkugel-, Schrägkugel-, Pendelkugel-L.) und **Rollen-L.** (Zylinderrollen-, Tonnen-, Pendelrollen-, Nadel-, Kegelrollen-L.). Daneben gibt es zahlreiche Sonderbauformen: Miniaturkugellager z. B. für Dentalturbinen, Kugeldrehverbindungen für L.-Durchmesser von mehreren Metern, Kugelrollen für die Fördertechnik, Kugelbuchsen für Schlittenführungen.

Bei den in Waagen, Meßgeräten u. ä. gebräuchl. **Schneiden-L.** werden die Kräfte durch stählerne Schneiden auf die Unterlage übertragen.

G. Spengler u. F. Wunsch: Schmierung und Lagerung in der Feinwerktechnik (1970); P. Eschmann u. a.: Die Wälzlagerpraxis (1978); O. R. Lang u. W. Steinhilper: Gleitlager (1978); W. J. Bartz: Gleitlagertechnik (1981).

4) Verfahrenstechnik, Betriebswirtschaft: **betriebliches L.,** Bez. sowohl für den Ort der Vorratshaltung (Magazin) als auch für den Gesamtbestand der auf Vorrat gehaltenen Werkstoffe (Roh-, Hilfs- und Betriebsstoffe), Betriebsmittel (Maschinen, Maschinenteile, Werkzeuge, Formen u. a.) sowie der unfertigen und fertigen Erzeugnisse bis zum Verbrauch oder zur Benutzung in der Unternehmung oder zum Verkauf. Zur **Lagertechnik** gehören L.-Bau, L.-Einrichtungen, manuelle und/oder maschinelle Bedienung. Der **Lagerbau,** die äußere Form eines L., wird von den Eigenschaften und Anforderungen des Lagergutes und den zur Bedienung eingesetzten Fördermitteln bestimmt. Die Benennung der Bauweise richtet sich i. a. nach Gestalt und Art des L. Es gibt Flach-L., Stockwerk-L., Speicher (mehrgeschossig), → Hochregallager, → Bunker 2), Silos (für Schüttgüter, werden von oben gefüllt), ober- und unterirdische Behälter, z. B. Gasbehälter.

Die **Lagereinrichtungen** sind Vorrichtungen, die ein Abstellen des Gutes unter best. Voraussetzungen, z. B. direkten Zugriff zu jedem Artikel, ermöglichen. Das Regal, eine feste Trägerkonstruktion meist aus Holz, Stahl oder Beton, stellt die wesentl. Einrichtung dar. Die Konstruktion wird entsprechend der zu erfüllenden Aufgabe sowie den statischen und lagerguttypischen Anforderungen ausgelegt, z. B. für Langgut Ständerregale, für selbständige Bewegung des Lagergutes Durchlaufregale. Zur Handhabung der Güter werden Hilfsmittel wie → Paletten oder → Container eingesetzt.

Die **Bedienung** der **Schüttgutlager** geschieht beim Beschicken durch → Gurtförderer, → Becherwerke und → Schneckenförderer sowie pneumatische Förderer (→ pneumatische Förderung) und → Bagger; zum Austragen dienen neben diesen Fördermitteln Spezialkonstruktionen wie Schieber, Drehteller. **Stückgüter** dagegen werden bei Lagerbauten größerer Höhe durch spezielle Fördermittel transportiert: durch das → Regalförderzeug, den Stapelkran (→ Kran), den Hochregalstapler. Bei geringeren Lagerhöhen hat der → Gabelstapler größte Bedeutung. Die Bediengeräte werden manuell, halb- oder vollautomatisch gesteuert.

H. MARTIN: Förder- und Lagertechnik (1978); G. AUGUSTA u. a.: Transportieren und Lagern (³1980).

Lage|regelung, die Aufrechterhaltung einer best. Lage eines Flugzeuges, Flugkörpers oder Raumflugkörpers gegenüber der Erde oder gegenüber einem anderen Gestirn. Sie wird bewirkt durch einen **Lageregler,** der mit Meßfühlern Lageabweichungen gegenüber Sollwerten ermittelt und daraus Korrektursignale bestimmt, die über eine Kraftsteuerung Lenkorgane so betätigen, daß die Abweichungen zum Verschwinden gebracht werden. Die L. ist eine spezielle Form der allgemeineren Flugregelung und erleichtert entweder die Aufgabe der Besatzung bei bemannten Fluggeräten oder ermöglicht überhaupt erst die Flugdurchführung von unbemannten Geräten. Als **L.-Triebwerke** für Raumflugkörper dienen i. a. Zweistoff- oder Einstoff-Flüssigkeitsraketentriebwerke oder Kaltgas-Schubsysteme.

Lagermetalle, Metalle und Legierungen für Lauf- und Gleitflächen in → Lagern 3). Sie sollen gute Gleiteigenschaften, hohe Verschleißfestigkeit, geringe Deformation bei hohen Belastungen und gute Haftfähigkeit für das Schmiermittel aufweisen. Auch bei geschmierten Lagern soll bei kurzem Trockenlauf kein Festfressen eintreten (Notlaufeigenschaften). Bei Wälzlagern bevorzugt man mit Chrom, Mangan und Molybdän legierte Stähle, für Gleitlager Blei-, Zinn-, Aluminium- und Kupferlegierungen. Gesinterte Lager können als poröse Körper hergestellt werden, deren Poren mit Öl getränkt sind (selbstschmierende Lager).

Lagerstätten, natürl. Vorkommen wirtschaftlich nutzbarer Stoffe. Nach deren Art werden unterschieden: Erz-L. (Metalle und Metallverbindungen), L. der nutzbaren Gesteine und Industrie-Minerale (Steine und Erden), Salz-L. (Stein- und Kalisalze, Salpeter, Borate), Kohle-L. sowie Erdöl- und Erdgas-L. (Erdöl und -gas, Asphalt, Ölschiefer). I. w. S. zählt auch das Grundwasser zu den L. – Nach ihrer Entstehung werden magmat., sedimentäre und metamorphe L. unterschieden, nach ihrer Form Flöze, Lager, Linsen, Stöcke, Gänge, Imprägnationen oder Verdrängungskörper. L. werden mit geolog., geochem., biogeochem., geophysikal. und bergmänn. Methoden erforscht. (→ Erdöl, → Erzlagerstätten, → Meeresbergbau, → Aufschlußverfahren)

Lagersteine, verschleißfeste → Lager 3) aus Korund, Rubin oder Saphir in Uhren und Meßgeräten. Sie ermöglichen gleichmäßige und geringe Reibung durch geeignete Ölung.

Lagerung, räuml. Anordnung von Gesteinen im Verhältnis zu den umgebenden Gesteinen und zum Gesamtraum. Die L. kann in Schichten, Gängen, Stöcken, Lagern, Batholithen, Kuppen, Decken oder Strömen auftreten. Sie kann tektonisch oder atektonisch (z. B. durch Rutschung) gestört sein. Bei **inverser L.** liegen ältere Schichten auf jüngeren. Die L. kann nach Einfallen zw. **söhlig** (horizontal) und **saiger** (vertikal) ausgebildet sein.

Lagrange-Funktion [lagr'ãʒ-, n. dem frz. Mathematiker J. L. de Lagrange, * 1736, † 1813], Formelzeichen L, in der Mechanik die Differenz aus der kinet. Energie T und der potentiellen Energie V eines holonomen Systems von N Massenpunkten und f Freiheitsgraden ($f \leq 3\ N$): $L = T - V$, wobei T und V und damit L als Funktionen der f verallgemeinerten Koordinaten $q_1, \ldots, q_f$, der f verallgemeinerten Geschwindigkeiten $\dot{q}_1 = \mathrm{d}q_1/\mathrm{d}t, \ldots, \dot{q}_f$ und der Zeit t gebildet werden. L bestimmt das dynam. Verhalten des Systems.

Lagrangesche Abbildungen [lagr'ãʒ-] sind → konforme Abbildungen einer beliebigen Rotationsfläche in die Ebene, wobei sich die Meridiane und Parallelkreise als Kreise darstellen.

Lagrangesche Interpolationsformel [lagr'ãʒ-], Formel zur Interpolation von Funktionswerten aus n gegebenen Funktionswerten (Stützstellen) durch ein Polynom vom Grad $n-1$. Die Funktion

$$f(x) = \sum_{i=1}^{n} y_i \frac{\prod\limits_{k=1}^{n}{}^{*}\,(x - x_k)}{\prod\limits_{k=1}^{n}{}^{*}\,(x_i - x_k)}$$

ist ein Polynom vom Grad $n-1$, das an den Stellen x_i ($i = 1, 2, \ldots, n$) die Werte y_i ($i = 1, 2, \ldots, n$) annimmt. Π^* bedeutet, daß der Faktor mit $i = k$ nicht berücksichtigt wird.

Lagrangesche Punkte [lagr'ãʒ-], die zu den (für beliebig große Massen geltenden) strengen Lösungen des → Dreikörperproblems gehörigen Punkte. Sie beziehen sich anschaulich auf die Bewegung eines Körpers unter dem Einfluß zweier Hauptkörper. Dann bleibt der dritte Körper entweder zusammen mit den beiden Hauptkörpern auf einer in einer Ebene rotierenden Geraden: er nimmt die L. P. 1, 2 oder 3 ein; oder er verbleibt an der dritten Ecke eines gleichseitigen, i. a. in seiner Größe veränderlichen Dreiecks, dessen erste und zweite Ecke von den beiden Hauptkörpern eingenommen werden: seine mögl. Orte sind die L. P. 4 oder 5. (→ Librationspunkte)

Lagune, das → Haff.

Lahar, heißer Schlammstrom aus vulkanischer Asche mit Regen- oder Schmelzwasser.

Lahnung, niedriges dammartiges Bauwerk auf dem Watt aus Erde, Busch, Holz, Kunststoffplatten oder Betonfertigteilen, dient zur → Landgewinnung.

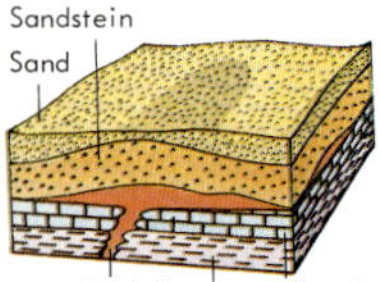

Lakkolith

Lakkolith, oberflächennah, zw. Schichtgesteinen eingedrungene, meist saure bis intermediäre Magmamasse, mit ebener Unter- und gewölbter Oberfläche.

lakustrisch, limnisch, die Seen betreffend; z. B. Bildungen oder Ablagerungen.

Lambda (λ, Λ), ein → griechischer Buchstabe (ÜBERSICHT).

1) λ, Formelzeichen für Ausfallrate, Wellenlänge, Zerfallskonstante, Wärmeleitfähigkeit.

2) λ_C, Formelzeichen für Compton-Wellenlänge (→ Compton-Effekt).

3) λ_L, Formelzeichen für → Londonsche Eindringtiefe.

4) Λ, Formelzeichen für magnetischen Leitwert.

5) Λ, physikal. Symbol für das Lambda-Teilchen.

Lambda-Punkt, → Superfluidität.

Lambda-Sonde, Meßfühler in Ottomotoren, vergleicht den Sauerstoffgehalt im Abgas mit dem in der Außenluft. Treten unterschiedl. Sauerstoffanteile auf, dann gibt die L.-S. eine Spannung ab, die zur Regelung benutzt wird. Mit der L.-S. kann die → Gemischbildung von Ottomotoren so geregelt werden, daß das → Luftverhältnis $\lambda = 1$ eingehalten wird, was bei einem Einbett-Katalysator wichtig ist.

Lambda-Teilchen, Zeichen Λ oder Λ^0, ein Elementarteilchen aus der Gruppe der Baryonen (→ Elementarteilchen, ÜBERSICHT).

Lambert-Beersches Gesetz [n. dem Physiker J. H. Lambert, * 1728, † 1777, und dem Physiker A. Beer, * 1825, † 1863], photometr. Gesetz: Durchdringt monochromat. Licht einen homogenen Stoff oder eine Lösung best. Konzentration, so wird in gleichen Schichtdecken unabhängig von der Intensität des einfallenden Lichtes stets der gleiche Prozentsatz dieses Lichtes absorbiert **(Lambertsches Gesetz).** Es gilt $I = I_0 \cdot e^{-k \cdot d}$; $I_0(I)$ = Intensität der Strahlung beim Eintritt in das absorbierende Medium (nach Durchlaufen einer Schicht der Dicke d), k = Absorptionskonstante. – Bei den meisten Lösungen ist die Absorptionskonstante proportional der Konzentration c der gelösten Moleküle: $k = \varepsilon \cdot c$; ε = molekulare Absorptionskonstante **(Beersche Regel).** Es gilt dann das L.-B. G: $I = I_0 \cdot e^{-\varepsilon c d}$.

Lambertsches Cosinus-Gesetz. Die Lichtstärke einer völlig diffus strahlenden ebenen Fläche nimmt mit dem Cosinus des gegen die Flächennormale gemessenen Ausstrahlungswinkels ab. Die Leuchtdichte eines solchen **Lambertschen Strahlers** ist somit nach allen Richtungen des Halbraumes konstant. Dies gilt auch für Nichtselbstleuchter. Der Lambertsche Strahler verhält sich also wie eine ideal diffus strahlende Fläche. Er läßt sich durch natürl. oder künstl. Strahler nur angenähert verwirklichen.

Lamb-Shift [lˈæmʃɪft, engl., n. dem amerikan. Physiker W. E. Lamb, * 1913], **Lamb-Verschiebung,** die geringe Aufspaltung der beiden Energieniveaus $^2S_{1/2}$ und $^2P_{1/2}$ eines Elektrons im Coulomb-Feld einer Punktladung, die nach der relativist. Quantenmechanik (Dirac-Theorie) miteinander entartet sein sollen, d. h. zusammenfallen müßten. 1950 von LAMB und RETHERFORD mittels Hochfrequenzspektroskopie beim Wasserstoffatom nachgewiesen; beim Übergang vom $^2P_{1/2}$- zum $^2S_{1/2}$-Niveau wird elektromagnet. Strahlung mit einer Frequenz von rd. 1,058 GHz absorbiert. Der L.-S. läßt sich durch die Wechselwirkung der Elektronen mit ihrem eigenen (virtuellen) Strahlungsfeld erklären und mit Hilfe der → Quantenelektrodynamik exakt berechnen.

Lamellendach, Rautendach, nach dem Erfinder auch **Zollingerdach,** netzartige Dachkonstruktion in Form eines Tonnengewölbes, besteht aus 2 m langen Holz-, Stahl- oder Stahlbetonlamellen, die vorgefertigt und auf einem Lehrgerüst zusammengebaut werden; verwendet für Kirchen, Hallen u. ä.

Lametta *die, das,* flachausgewalzte, papierdünne Metallfäden (Zinn oder Aluminium) als Christbaumschmuck, sind brennbar.

laminare Strömung, Schichtenströmung, Form der Bewegung stationär bewegter Flüssigkeiten oder Gase, deren Schichten ohne Wirbelbildung aneinander vorbeigleiten. Bei hoher → Reynolds-Zahl wird die l. S. instabil und schlägt in turbulente Strömung um. (→ Strömungslehre)

Laminarprofil, Tragflügelprofil, bei dem durch eine bestimmte Formgebung (weit stromab gelegenes Dickenmaximum) der laminare Strömungszustand der → Grenzschicht über einen großen Bereich der Flügeloberfläche erhalten und damit der Reibungswiderstand gering bleibt.

laminieren, 1) Buchherstellung: → kaschieren, bes. mit Zellglas.

2) Kunststofftechnik: → Schichtstoffe **(Laminate)** herstellen.

Lampe, künstl. Lichtquelle. Die früher benutzten Verbrennungslampen (Kerzen, Petroleumlampen, Gasglühlicht) wurden im techn. Bereich durch elektr. L. (→ Glühlampe, → Entladungslampe, → Leuchtstofflampe) verdrängt.

Lamprophyre, Gruppe dunkler kieselsäurearmer → Ganggesteine, feinkörnig, oft umgewandelt, gering mächtig, z. B. **Vogesit** (Orthoklas-Amphibol-L.), **Spessartit** (Plagioklas-Biotit-L.) und **Minette** (Orthoklas-Biotit-L.).

Lanameter, Projektionsmikroskop zur unmittelbaren Dickenmessung von Wollhaaren in mindestens 500facher Vergrößerung für die Bestimmung der Feinheitsklasse nach DIN.

Land, Begriff mehrfacher Bedeutung: Bez. für Festland; geographisch-polit. Begriff (Staat oder Gliedstaat); eine Landschaft (z. B. Bergisches Land). Gebräuchl. typolog. Bez. sind Küstenland, Binnenland; Hoch-, Tiefland; Flach-, Hügel-, Gebirgsland. L. wird auch i. Ggs. zur Stadt verwendet (Stadt und L.).

Landbrücke, Landverbindung zw. Kontinenten, z. B. die zentralamerikan. L. zw. Nord- und Südamerika. Für die geolog. Vergangenheit werden L. (→ Brückenkontinent) zur Erklärung der Verbreitungsgebiete bestimmter Pflanzen- und Tierarten angenommen, soweit dies nicht durch → Kontinentalverschiebungstheorie und → Plattentektonik erklärt werden kann.

Lände, frühere Bez. für Parallelhafen, → Hafen.

Lande|anflug, Ausrichten eines Luft- oder Raumfahrzeugs auf eine vorgesehene Landebahn zur Einleitung der Landung. Genau einzuhalten ist dabei die **Anfluggeschwindigkeit,** die zur Erzielung einer kurzen Landestrecke möglichst niedrig, zur Gewährleistung sicherer Steuerbarkeit ausreichend hoch sein soll; etwa das 1,3fache der Mindestgeschwindigkeit, bei der das Flugzeug noch steuerbar ist.

Als **Anfluglinie** wird die meist durch ein Funkfeuer gekennzeichnete, in Anflugrichtung zum Flughafen verlängerte Mittellinie der Landebahn bezeichnet.

Landebrücke, früher auch **Landungsbrücke, Anleger,** mit einer vom Ufer ausgehenden Brücke ausgerüstete Schiffsanlegestelle, entweder als festes Bauwerk auf Pfählen oder als → Ponton.

Landeführungssysteme, Verfahren und Anlagen zur Führung von Luftfahrzeugen bei der Landung ohne Bodensicht (Blindlandung, Allwetterlandung). Funktechn. Anlagen erzeugen Führungssignale, die den Flugzeugführer befähigen, das Flugzeug ohne Sicht zum Aufsetzpunkt zu führen, oder die auf einen Flugregler aufgeschaltet werden können, der das Flugzeug ohne Mitwirkung des Piloten zur Landung bringt (automat. Landung).

Beim bisherigen Standardsystem, dem im UKW-Bereich arbeitenden **Instrumentenlandesystem (ILS),** wird in der Schnittlinie zweier gerichteter Strahlungsfelder (Landekursebene und Gleitebene) der Gleitweg als Sollanflugbahn durch Funksignale markiert; Abweichungen des Flugzeugs von der Sollbahn werden durch funktechn. Bordanlagen ermittelt und dem Piloten angezeigt. Senkrechtstrahlende Bodensender geben eine Grobinformation über die Entfernung bis zum Aufsetzpunkt. Bei einem anderen, auch angewendeten Verfahren, dem → GCA, werden Abweichungen von einer Sollbahn bodenseitig durch ein Präzisions-Anflug-Radar (PAR) bestimmt und notwendige Steuerkorrekturkommandos dem Piloten über Funk zugesprochen.

1978 fiel die Entscheidung für ein neues Standard-L. der → ICAO, das einige Mängel des bisherigen ILS (Bindung an eine unveränderliche Anflugbahn, Störung der Signalausbreitung durch Gebäude und Flugzeuge sowie Fehlen einer kontinuierlichen Entfernungsanzeige) beseitigen soll. Es arbeitet mit scharfgebündelten Mikrowellen **(Mikro-Wellen-L., MLS)** im Frequenzbereich von 5 GHz. Je ein horizontal und vertikal geschwenkter Strahlungsfächer überstreicht einen horizontalen Sektor von ± 40° sowie einen Gleitwegbereich bis zu 20° Erhebung. Aus der Zeitdifferenz zw. Hin- und Rücklauf der empfangenen Abtaststrahlen wird durch ein Bordgerät die Lage des Flugzeugs im Anflugraum und durch die Laufzeitmessung eines Abfrageimpulses die Entfernung bis zum Aufsetzpunkt fortlaufend bestimmt; ein Bordrechner vergleicht diese Positionsdaten mit einer vom Piloten gewählten Sollanflugbahn und ermittelt erforderliche Steuerkorrekturkommandos, die angezeigt oder dem Flugregler aufgeschaltet werden. Mit diesem System, das weltweit eingeführt werden soll, können beliebige (auch gekrümmte) und für den jeweiligen Landefall optimale Anflugbahnen geflogen werden. Wegen der bordseitigen Auswertung der Führungssignale besteht vom System her keine Sättigungsgrenze für die Anzahl der gleichzeitig führbaren Flugzeuge.

Landegeschwindigkeit, Geschwindigkeit, mit der ein Flugzeug bei der Landung den Boden berührt. Die L. wird meist etwa 10% größer als die voll steuerbare Mindestgeschwindigkeit gewählt. Durch → Landeklappen kann der Auftriebsbeiwert vergrößert, die → Flächenbe-

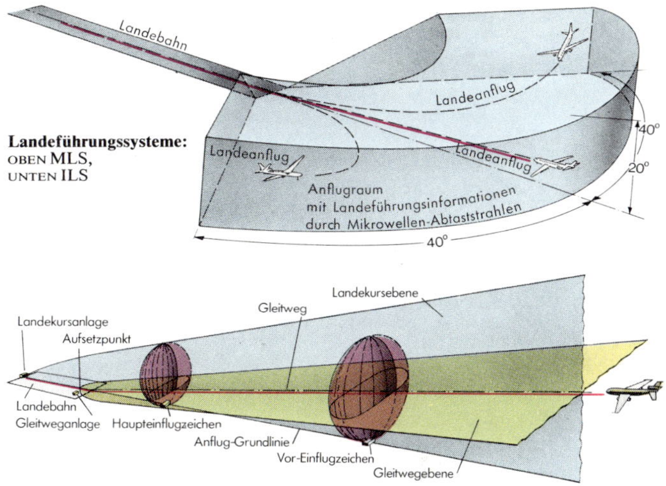

Landeführungssysteme: OBEN MLS, UNTEN ILS

lastung verringert und dadurch die Mindestgeschwindigkeit herabgesetzt werden. Die L. liegt meist im Bereich von 100 bis 300 km/h.

Landehilfen, Einrichtungen und Maßnahmen zur Unterstützung der Landung von Flugzeugen. **Bordseitige L.** sind die Vorrichtungen zur Herabsetzung der Mindestgeschwindigkeit (→ Hochauftriebsmittel, → Landeklappen) und zur Verzögerung des ausrollenden Flugzeuges (Radbremsen, → Bremsklappen, → Bremsschirme, Bremsstellungspropeller und Schubumkehranlagen) sowie Geräte zum Finden und Einhalten einer korrekten Anflugbahn (bordseitige Geräte der → Landeführungssysteme, Landescheinwerfer). **Bodenseitige L.** dienen zur Verkürzung der Landestrecke (Fanganlagen auf dem Deck von Flugzeugträgern sowie als Notstopp für über die Landebahn hinausrollende Flugzeuge) und ebenfalls als Hilfen zum Finden und Einhalten der Anflugbahn: bodenseitige Anlagen der → Landeführungssysteme, optische L. zur Einhaltung des Sollgleitpfades (Gleitwinkelbefeuerung), Befeuerungsanlagen zur Kennzeichnung von Anflugweg, Landeschwelle und Landebahn (Querschwellen mit Scheinwerfern, Randbefeuerung, u. U. Mittellinienbefeuerung und Aufhellung des Aufsatzpunktes) bei Nacht und schlechter Sicht, Einrichtungen zur Nebelauflösung.

Landeklappen, bewegl. Teile an den Vorder- und Hinterkanten von Flugzeugtragflügeln, die bei Start und Landung so verstellt werden, daß sie als → Hochauftriebsmittel wirken, wodurch die zur Auftriebserzeugung erforderl. Mindestgeschwindigkeit verringert und damit die Start- und Landestrecke verkürzt wird. Bei der Landung dient der große Widerstand der ausgeschlagenen L. außerdem als Verzögerungshilfe zur Verkürzung der Ausrollstrecke. (→ Nasenklappe, → Fowler-Flügel, → Schlitzflügel, → Spreizklappe)

Landekorridor, Eintrittskorridor, schmales, schlauchartiges Gebiet tangential zur Erdoberfläche, in dem sich ein aus dem Weltall zurückkehrender Raumflugkörper ständig befinden muß. Bei zu steilem Atmosphäreneintritt besteht die Gefahr des Verglühens durch die hohe Reibungswärme, bei zu flachem Eintritt prallt er an der Erdatmosphäre ab und fliegt wieder in das Weltall zurück.

Landekurs|sender, Sender eines Instrumenten-Landesystems (ILS, →Landeführungssysteme), der durch Überlagerung zweier gerichteter Strahlungsfelder die vertikale Landekursebene durch Funksignale markiert.

Landes|aufnahme, Landesvermessung, systemat. Vermessung und kartograph. Darstellung eines Landes. Die L. umfaßt die Einrichtung und Laufendhaltung des Lagefestpunktfeldes (Methoden: →Triangulation, →Trilateration, →Satellitengeodäsie), des Höhenfestpunktfeldes (Methoden: →Nivellement, →trigonometrische Höhenmessung) und des Schwerefestpunktfeldes, ferner die topograph. Aufnahme (meist photogrammetrisch ausgeführt) und die anschließende Erstellung und Herausgabe der Landeskartenwerke in verschiedenen Maßstäben.

Landéscher g-Faktor [lãd'e-, n. dem Physiker A. Landé, * 1888], **g-Faktor, gyromagnetischer Faktor,** tritt als dimensionsloser Proportionalitätsfaktor in Beziehungen zw. magnet. Momenten und Drehimpulsen von Teilchen oder aus Teilchen zusammengesetzten Systemen auf.

Landespflege dient der Entwicklung, Gestaltung, Sicherung, Erhaltung und Pflege eines leistungsfähigen Landschaftshaushalts, der Landschaftsstruktur und ihres visuell erfaßbaren Teils sowie der Landschaft als Erlebnis- und Erholungsraum. Die L. umfaßt die Bereiche Landschaftspflege, Grünordnung und Naturschutz, die zusammen mit der Raumordnung, Landesplanung und städtebaulichen Planung ihren Beitrag zur umfassenden Umweltgestaltung leisten.

Die **Landschaftspflege** verfolgt diese Zielsetzungen in der freien Landschaft. Sie umfaßt die Landschaftsplanung als ökologisch-strukturelle Planung auf der Grundlage der Landschaftsanalyse und -diagnose, die Landschaftsgestaltung und verwandte Pflegemaßnahmen. Ihre Aufgaben berühren sich im Stadtumland mit denen der Grünordnung. Die Aufgaben des Naturschutzes sind der Landschaftspflege wie der Grünordnung zugeordnet.

Als Planungsinstrument dient der L. die **Landschaftsplanung.** Sie bezieht sich sowohl auf von Bebauung freie Flächen (›Freiräume‹, ›freie Landschaft‹) als auch auf bebaute oder überwiegend besiedelte Flächen (›Stadtlandschaft‹), wobei sachlich-inhaltlich nur der landespfleger. Teil betroffen ist. Allg. planerische Zielsetzungen: 1) Sicherung eines optimalen Nutzungsverbundes unter ökologischen und strukturell-visuellen Aspekten, 2) Sicherung einer optimalen ökologisch-biolog. sowie strukturell-visuellen Vielfalt der Landschaftsräume, 3) funktionelle Zuordnung von ökolog. Ausgleichsräumen und Verdichtungsräumen, 4) Sicherung und funktionelle Zuordnung ausreichender innerstädt. Grünflächen.

Die Landschaftsplanung vollzieht sich als Beitrag zu Gesamtplanungen (Raumordnung, Landes-, Regional- und Bauleitplanung) als Mitwirkung bei Fachplanungen (landschaftspfleger. Begleitplan zur Agrar- und Forstplanung, Flurbereinigungsplanung, Verkehrsplanung, Wasserwirtschaftsplanung, Objektplanung) und als sektorale Fachplanung (Naturschutzplanung, freiraumbezogene Erholungsplanung).

Landesstraßen, in NRW **Landstraßen,** in Bayern **Staatsstraßen,** früher **Landstraßen 1. Ordnung,** und **Kreisstraßen,** früher **Landstraßen 2. Ordnung,** ergänzen die →Bundesfernstraßen und bilden mit diesen das klassifizierte Straßennetz der Bundesrep. Dtl. – In der Dt. Dem. Rep. heißen die L. **Bezirksstraßen.**

Lande|strecke, bei einem landenden Flugzeug die Entfernung zw. dem Fußpunkt einer bestimmten Flughöhe (meist 15 m) und dem Stillstandspunkt; die Entfernung zw. dem Aufsetzpunkt und dem Stillstandspunkt heißt hingegen **Landerollstrecke.**

Landesvermessung, →Landesaufnahme.

Landgewinnung, Gewinnung von Neuland aus dem Wattenmeer, früher v. a. zur Schaffung landwirtschaftl. Nutzflächen, heute insbes. als Maßnahme des aktiven Küstenschutzes zur Gewinnung von Vorland vor einem scharliegenden Seedeich (→Deich), um damit den Wellenangriff auf das Bauwerk beträchtlich zu vermindern. Man leitet den Flutstrom durch Hauptgräben in etwa 100 bis 200 × 200 bis 400 m große, von →Lahnungen umgrenzte Felder des Wattenmeeres, in denen sich das Wasser über ausufernde Quergräben und →Grüppen rasch und ziemlich gleichmäßig verteilt. Dabei steigt der Wasserspiegel, ohne daß die Wattflächen überströmt werden, bis ein vollkommener Stillstand eintritt und die mitgeführten Schwebstoffe sich als Schlick ablagern. Danach fließt das Wasser bei Ebbe durch dasselbe Grabensystem wieder ab. Dieses muß, weil es rasch verlandet, in kurzen Abständen geräumt werden.

K. H. BRÖSSKAMP u. a.: Seedeichbau (1976); Tb. der Wasserwirtschaft, hg. v. H. BRETSCHNEIDER u. a. ([6]1982).

Landkarte, Sammelname für alle Karten, die i. Ggs. zu Seekarten ganz oder überwiegend Landflächen darstellen; allg. ist L. meist gleichbedeutend mit →Karte.

Landmarke, weithin sichtbare, markante topograph. Objekte, die v. a. für Luft- und Schiffahrt zur Orientierung wichtig sind, z. B. Berge, Kirchtürme, Schornsteine; in See- und Luftfahrtkarten eingetragen.

Landmaschinen, Maschinen und Geräte zur Mechanisierung der Arbeiten in der Landwirtschaft. Ihre Aufgabe ist es, schwere Körperarbeit zu erleichtern oder zu vermeiden, die Arbeitsqualität zu verbessern und die Arbeitsproduktivität (z. B. den Getreideertrag je Arbeitskraft) zu erhöhen. L. haben sich von einfachen Handgeräten zu komplizierten Maschinen entwickelt und die Entwicklung der Landwirtschaft stark beeinflußt.

Während sich die **Hofmaschinen** (→Dreschmaschinen, →Getreidereinigungsmaschinen, →Getreidetrocknungsanlagen, →Melkmaschinen, →Silo, Futterautomaten, Belüftungsanlagen u. a.) in Dtl. seit 1935 rasch weiterentwickelten, wurden die Feldarbeiten mit Hilfe der **Feldmaschinen** erst nach dem 2. Weltkrieg mechanisiert, nachdem der →Ackerschlepper als zentrale Energiequelle

Landung

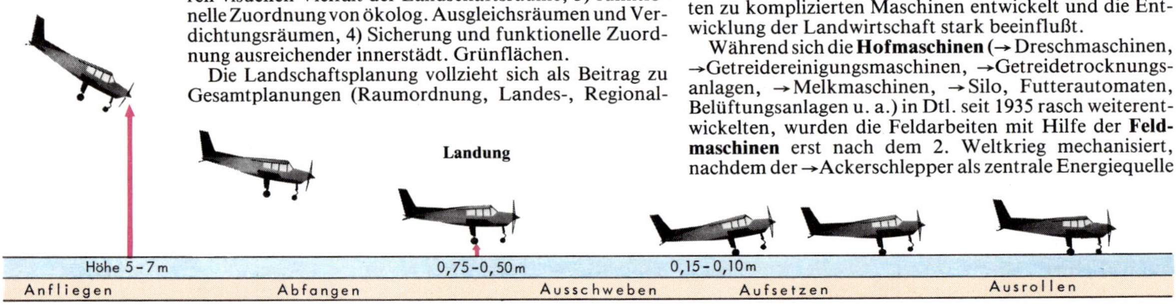

zur Verfügung stand (→Anhängegeräte). Moderne, schnellarbeitende →Bodenbearbeitungsgeräte, →Düngerstreuer, →Sämaschinen, →Entladewagen sowie bes. →Erntemaschinen wie →Heuwender, →Ballenpressen, →Feldhäcksler, →Mähdrescher, →Kartoffelerntemaschinen und →Rübenerntemaschinen sind die wichtigsten Feldmaschinen, die ergänzt werden durch Anlagen zur →Bewässerung und →Beregnung.

H. Heyde u. a.: L.-Lehre, 1 ([3]1973), 2 ([5]1982); Fritz Müller: Geräte und Maschinen im Garten- und Landschaftsbau, 1 (1975), 2 (1973); J. Drexel: L. Wartung und Reparatur ([2]1980); H. Appold u. a.: Fachkenntnisse L.-Mechaniker ([11]1982).

Landsat [l'ændsæt, engl.], früher mit →ERTS bezeichnete amerikan. →Erderkundungssatelliten. Bisherige Starts: L. 1 (1972), L. 2 (1975), L. 3 (1978), L. 4 (1982). Mehrere Länder nutzen die L.-Daten für Zwecke der Exploration, der meteorolog., geograph. und geolog. Bestandsaufnahme, für topograph. und kartograph. Zwecke. Sie können bei den L.-Datenzentren von jedem Interessenten bezogen werden. Neben drei amerikan. L.-Bodenstationen gibt es weitere in Kanada, Brasilien, Italien, Schweden, Japan, Indien, Australien, China.

Landschaft, ein charakterist. Teil der Erdoberfläche, bestimmt durch das Wirkungsgefüge der hier vorhandenen →Geofaktoren. Herrschen anorgan. Geofaktoren vor, formen sie anorgan. Natur-L. (Salzwüste, Feld- oder Eiswüste), treten biot. Geofaktoren hinzu, entstehen organ. Natur-L. (Tundra, trop. Regenwald, Savanne). Kultur-L. sind aus anorgan., organ. und anthropogeograph. Geofaktoren erwachsen (Agrar-L., Stadt-L., Industrie-, Bergbau-, Verkehrs-L. u. a.).

Landstraßen, früher allg., heute noch in NRW Bez. für →Landesstraßen.

Landtechnik, die gesamte, innerhalb der Landwirtschaft verwendete Maschinen- und Gerätetechnik; nicht dazu gehören jedoch z. B. die Bautechnik oder die Forsttechnik, sie sind in dem umfassenderen Begriff →Agrartechnik enthalten.

Land- und Seewind, an Meeresküsten und großen Seen durch den Unterschied der Erwärmung von Land und Wasser hervorgerufene Luftströmung. Von etwa 9 Uhr an beginnt der Wind vom kühleren Wasser zum wärmeren Land zu wehen **(Seewind).** In der Nacht weht der meist schwächere **Landwind** vom kühleren Land zum wärmeren Wasser. An trop. Küsten eine regelmäßige Erscheinung, treten diese Winde in gemäßigten Breiten nur im Sommer bei Wetterlagen mit geringen Luftdruckunterschieden auf.

Landung, Übergang eines Luftfahrzeuges vom fliegenden in den ruhenden Zustand am Boden. Die L. von Starrflügelflugzeugen geschieht als **Tangential-** oder **Flach-L.** mit den Phasen Anfliegen – Abfangen – Ausschweben – Aufsetzen – Ausrollen. Hubschrauber und strahlgetragene Fluggeräte können **Vertikal-L.,** Flugkörper und Raumflugkörper **Fallschirm-L.** ausführen. (→Auftriebskörper); Bild S. 148.

Landungsfahrzeug, ein im 2. Weltkrieg entwickelter Kriegsschiffstyp zur amphibischen Kriegführung. Man unterscheidet heute **Landungsunterstützungsschiffe** (bis zu 30000 t), **Landungsschiffe** (bis zu rd. 14000 t) und **Landungsboote** (140–700 t) zum Transport und Anlanden von Mannschaften, Panzern, Kraftfahrzeugen, Nachschub sowie zur Feuerunterstützung und Führung.

Landwirtschaft, Gewerbe der Urproduktion, in dem durch Nutzung des Bodens pflanzl. und tier. Rohstoffe erzeugt werden. Zur L. i. w. S. gehören auch Forstwirtschaft, Gärtnerei, Jagd und Fischfang sowie landwirtschaftl. Nebengewerbe. – Die wichtigsten Arten der Bodennutzung **(Kulturarten)** sind: Acker, Dauergrünland (Wiesen und Weiden), Gartenland und Dauerkulturen (Obstanlagen, Rebland o. ä.). Das durch das Verhältnis der Fruchtarten (Futterpflanzen, Getreide, Hackfrüchte) gekennzeichnete **Bodennutzungssystem** spielte früher bei der Klassifizierung landwirtschaftl. Betriebe eine wichtige Rolle. Die Aufeinanderfolge einzelner Kulturen wird durch das **Fruchtfolgesystem** gekennzeichnet. Umfang und Produktionsrichtung der Nutzviehhaltung kommen im **Viehhaltungssystem** zum Ausdruck. Für einen Vergleich der L. auf versch. Entwicklungsstufen ist die Einteilung nach den Werkzeugen der Bodenbearbeitung in Hackbau und Pflugkultur mit tier. oder mit motor. Zugkraft wesentlich.

Landwirtschafts|chemie, die →Agrikulturchemie.

Landwirtschaftsfliegerei, Agrarluftfahrt, Verwendung von Flugzeugen (spezialisierte Starrflügelflugzeuge und Hubschrauber, →Arbeitsflugzeuge) zur Bearbeitung landwirtschaftlich genutzter Flächen (Schädlings-, Krankheits- und Unkrautbekämpfung, Düngung und Aussaat aus der Luft, Überwachung von landwirtschaftl. Anbauflächen und Viehherden, Maßnahmen zum Frost- und Hagelschutz). Bei best. Mindestgrößen der zu bearbeitenden Flächen lassen sich durch L. die Produktionskosten mindern und der Ertrag pro Flächeneinheit vergrößern (Intensivierung der Nutzung).

Länge, 1) Astronomie: **ekliptikale L.** und **galakt. L.** sind Winkelkoordinaten in verschiedenen astronom. Koordinatensystemen (→astronomische Koordinaten).

2) Mathematik: a) L. einer Kurve →Rektifikation 2); b) L. eines Vektors →Vektor.

3) Physik: Formelzeichen l, Basisgröße des Internat. Einheitensystems; die →SI-Einheit ist das →Meter (weitere Längeneinheiten, →Einheiten, Übersicht). Die L. gibt die lineare Ausdehnung und die gegenseitigen Abstände physikal. Objekte an. Sie ist durch L.-Normale und besondere Meßvorschriften definiert und wird mittels Maßstäben oder Meßvorrichtungen bestimmt (→Längenmessung). Nach der speziellen Relativitätstheorie ist die L. eines Körpers abhängig von dessen Bewegungszustand (→Längenkontraktion). Hierin kommt zum Ausdruck, daß nach der Relativitätstheorie nicht der räuml. Abstand zweier Punkte, sondern der Abstand zweier Weltpunkte in der vierdimensionalen Raum-Zeit-Welt invariant ist.

4) Vermessungswesen: die **geographische L.** eines Ortes ist der Winkel zw. seiner Meridianebene (→Meridian 2) und der Ebene eines konventionell festgelegten Nullmeridians (heute der Meridian durch die alte Greenwicher Sternwarte). Von diesem aus werden die geograph. L. östlich und westlich von 0° bis 180° oder (Geodäsie) positiv nach Osten von 0° bis 360° gezählt. Orte gleicher L. haben i. a. gleiche Ortszeit, so daß man Längenunterschiede auch in Zeit ausdrücken kann (15° entsprechen einer Stunde). Die astronomisch bestimmte geograph. L. kann wegen der Lotabweichung von der ellipt. L. bis zu 1′ abweichen.

Längen|änderung, →Dehnung.

Längenkontraktion, Relativitätstheorie: Unter der **relativistischen L.** versteht man, daß für einen Beobachter die Länge eines relativ zu ihm mit der Geschwindigkeit v bewegten Körpers in Bewegungsrichtung um den Faktor

Selbstfahr-Mähdrescher

Selbstfahr-Feldhäcksler

Ackerschlepper

Ballenpresse

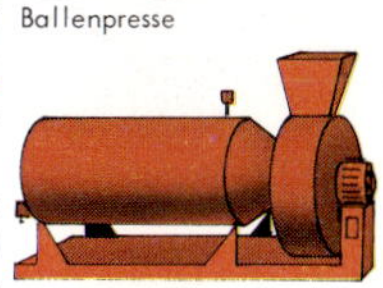
Getreidetrockner

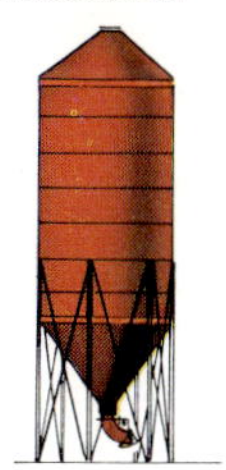
Futtersilo

Landmaschinen

$\sqrt{1-v^2/c^2}$ kleiner ist als für einen Beobachter, in dessen System der Körper ruht (c = Lichtgeschwindigkeit): $l = l' \sqrt{1-v^2/c^2}$; l' ist die Länge, die ein mitbewegter Beobachter mißt, l die Länge, die ein Beobachter mißt, wenn sich der Körper relativ zu ihm in Längsrichtung mit der Geschwindigkeit v bewegt. Die L. ergibt sich aus der speziellen → Relativitätstheorie. Da H. A. LORENTZ, ausgehend vom (falschen) Standpunkt der Äthertheorie, formal gesehen, den gleichen Verkürzungsfaktor ermittelte, spricht man auch von der **Lorentz-Kontraktion** (→ Fitzgerald-Lorentz-Kontraktion).

Längenkreis, durch Nord- und Südpol der Erdkugel verlaufender Großkreis.

Längenmessung, Teilgebiet der → Meßtechnik, Vergleich einer Strecke mit einer Längeneinheit. Die gesetzl. Längeneinheit ist das → Meter. Mit einem Interferenzkomparator (→ Komparator 2) werden → Endmaße und → Strichmaße mit der Längeneinheit verglichen, die damit praktisch anwendbare Maßverkörperungen darstellen. Nach mechan., opt., pneumat. und elektr. Prinzipien gebaute Geräte dienen der L. in Handel, Technik und Wissenschaft. Die → Schieblehre, → Meßschraube, → Meßuhr und → Feintaster (Feinzeiger) finden häufig Anwendung. – L. mit elektr. Mitteln geschieht nach folgenden Prinzipien: Bei **Widerstandsgebern** greift ein Schleifer auf einem Widerstandsdraht (Schleifdraht) einen der Länge proportionalen Widerstand ab (→ Potentiometer). Bei **induktiven** und **kapazitiven Gebern** werden die Einflußgrößen einer Induktivität oder Kapazität mechanisch verändert (Differentialquerankergeber, -transformator, -kondensator). – Pneumat. Mittel verwendet z. B. das ›Solex-Gerät‹ im Niederdruckverfahren. Mit einer Meßdüse lassen sich Längenänderungen im µm-Bereich erfassen. Bei der Durchführung einer L. sind Fehlereinflüsse infolge Unvollkommenheiten des Meßgerätes, von Kraft- und Temperaturwirkungen u. a. zu beachten.

Lapislazuli 1: Kristall auf Kalkstein (Badaghschan, Afghanistan)

Langmuir-Effekt [lˈæŋmjʊə-, n. dem amerikan. Physiker I. Langmuir, * 1881, † 1957], Ionisierung von neutralen Atomen beim Auftreffen auf stark erhitztes Metall, dessen Elektronen eine größere → Austrittsarbeit haben als die Ionisierungsenergie der Atome beträgt. Die Abdampfung positiver Ionen nimmt mit der Temperatur des Metalls zu.

Langmuir-Sonde [lˈæŋmjʊə-], kleine metall. Sonde zur Messung der charakterist. Zustandsgrößen eines Plasmas, wie Potentialverlauf, Temperatur und Dichte der Ladungsträger.

Längsband, Schiffbau: durchlaufende Längsstreifen aus Profil- oder Flachstahl für Außenhaut und Decks.

Lang|spielplatte, Abk. **LP,** → Schallplatte.

Langstrecken-Interferometer, → Radioteleskop.

Längstwellen, → VLF (→ Frequenzbereich).

Langwellen, lange Wellen, Funktechnik: elektromagnet. Wellen mit Wellenlängen von 1000 bis 10000 m, entsprechend 300–30 kHz (1050–2000 m für Tonrundfunk, → Frequenzbereich). L. breiten sich als → Bodenwellen aus, die der Erdkrümmung durch Beugung folgen und in diesem Wellenbereich kaum von der Erde absorbiert werden. Deshalb ist die Reichweite groß und auch unabhängig von der Tageszeit. (→ Mittelwellen, → Kurzwellen)

Lapislazuli 2 (geschliffen)

Lanthan *das,* chem. Symbol **La,** ein → chemisches Element aus der Gruppe der → Lanthanoide, Ordnungszahl 57. Neben den stabilen, natürl. Isotopen 138 (0,09%) und 139 (99,91%) sind mehr als 20 künstliche, instabile bekannt. L. kommt in drei Modifikationen vor. In der Natur findet sich L. v. a. mit Cer im Monazit und Allanit. Das silberweiße, dehnbare Metall oxidiert rasch an der Luft und ist chemisch sehr reaktionsfähig. Unterhalb 6 K wird es supraleitend. – Nach Abtrennung über Fällungs- und Ionenaustauschverfahren wird das Metall durch Reduktion des Fluorids mit Calcium gewonnen. – L. wurde 1839 von C. G. MOSANDER entdeckt.

In seinen meist farblosen Verbindungen ist L. stets dreiwertig. **Lanthanhydroxid,** $La(OH)_3$, ist in Wasser schwer löslich, ebenso das Phosphat, Oxalat und Carbonat. In Wasser löslich und als kristallisierte Hydrate abscheidbar sind u. a. das Chlorid, Bromid, Nitrat und Sulfat. **Lanthanoxid,** La_2O_3, wird für Spezialgläser **(Lanthangläser)** verwendet (häufig für → optische Gläser mit hoher Brechzahl und niedriger Dispersion).

Lanthanoide, Gruppe der chem. Elemente der Ordnungszahlen 57–71 (→ chemische Elemente): Lanthan, Cer, Praseodym, Neodym, Promethium, Samarium, Europium, Gadolinium, Terbium, Dysprosium, Holmium, Erbium, Thulium, Ytterbium, Lutetium. Im Atombau sind allen L. drei äußere Valenzelektronen gemeinsam, während die tiefer gelegene Elektronenschale (4 f; → Atom) zunehmend mit der Ordnungszahl besetzt wird. Gleichzeitig werden die Elektronenschalen fester an den positiven Kern gebunden, wodurch die Ionenradien mit steigendem Atomgewicht abnehmen **(Lanthanoidenkontraktion).** Aus dem Atombau erklärt sich auch das dem Lanthan ähnliche chem. Verhalten der L., die alle in stabilen Verbindungen mit der Oxidationszahl +3 auftreten. Einige L. besitzen auch die Oxidationszahl +2 (z. B. Europium und Ytterbium) sowie +4 (z. B. Cer und Terbium). – Die chem. Trennung der L. ist sehr schwierig und führt nur durch Wiederholen der Operation zum Erfolg (fraktionierte Kristallisation, Ionenaustausch- und Extraktionsverfahren).

Das wichtigste Mineral der L. ist der → Monazit, dessen sekundäre Ablagerungen **(Monazitsand)** für die techn. Gewinnung von Bedeutung sind. Weitere Minerale der L. sind der Bastnäsit sowie die Silikate Cerit, Gadolinit und Thortveitit. Die gesamten L. sind am Aufbau der festen Erdkruste mit 0,01–0,02% beteiligt und daher weniger selten als zahlreiche andere Metalle (z. B. Antimon und Silber). Die Häufigkeit der einzelnen L.-Elemente schwankt erheblich. Am häufigsten ist Cer (etwa 10^{-3}%), am seltensten Thulium (etwa 10^{-5}%).

Die Entdeckungsgeschichte der L. reicht von 1794 bis 1907 und ist mit den Forschernamen C. A. AUER VON WELSBACH, J. J. BERZELIUS, P. T. CLEVE, E. DEMARÇAY, M. H. KLAPROTH, P. E. LECOQ DE BOISBAUDRAN, J. C. MARIGNAC, C. G. MOSANDER, G. URBAIN verknüpft.

Lapilli, erbsen- bis nußgroße, eckige oder abgerundete Auswürflinge von Vulkanen; bilden **L.-Tuffe.**

Lapislazuli *der,* **Lasurit, Lasurstein,** der **Lazur-Stein** des MA. und **Saphir** der Griechen und Römer, Mineral, $(Na, Ca)_8[(SO_4, S, Cl)|AlSiO_4)_6]$, tiefblaues, undurchsichtiges, oft mit weißen (Kalkspat), meist metallisch-goldenen Flecken (Pyrit) durchsetztes oder mit farblosem Glimmer, Humit und Diopsid innig gemengtes Mineral, das sehr feinkörnige dichte Massen bildet; H. 5,5, D. 2,38–2,42; ein Schmuckstein. Künstl. Lasursteine werden → Ultramarine genannt.

Laplace-Operator [laplˈas-, n. dem frz. Mathematiker P. S. de Laplace, * 1749, † 1827], **Deltaopera-**

tor, Bez. für den auf skalare Funktionen anwendbaren Operator div grad (→Divergenz 1, →Gradient 1), wobei man im dreidimensionalen Fall in kartesischen Koordinaten schreibt

$$\Delta = \text{div grad} = \frac{\partial^2}{\partial x^2} + \frac{\partial^2}{\partial y^2} + \frac{\partial^2}{\partial z^2},$$

für höhere Dimensionen als

$$\Delta_n = \sum_{i=1}^{n} \frac{\partial^2}{\partial x_i^2}$$

definiert (→Laplacesche Differentialgleichung).

Laplacesche Differentialgleichung [lapl'as-], im dreidimensionalen Fall die partielle Differentialgleichung

$$\frac{\partial^2 \varphi}{\partial x^2} + \frac{\partial^2 \varphi}{\partial y^2} + \frac{\partial^2 \varphi}{\partial z^2} = 0,$$

deren linke Seite aus der Funktion $\varphi(x, y, z)$ durch Anwendung des →Laplace-Operators Δ auf φ entsteht; allg. auch für $n > 3$:

$$\sum_{i=1}^{n} \frac{\partial^2 f}{\partial x_i^2} = 0.$$

Die Lösungen heißen **Potentialfunktionen.** Gelegentlich wird auch die gewöhnliche Differentialgleichung $\sum_{i=1}^{n} (a_i x + b) y^{(i)} = 0$ als L. D. bezeichnet.

Laplacesche Theorie, eine Hypothese zur Entstehung des Planetensystems (→Kant-Laplacesche Theorie).

Laplace-Transformation [lapl'as-], eine mit dem →Fourierschen Integral verwandte Integraltransformation, die einer Originalfunktion $F(t)$ der reellen Variablen t eine Bildfunktion $f(p)$ der komplexen Variablen p zuordnet gemäß

$$f(p) = \int_a^b e^{-pt} F(t) \mathrm{d}t,$$

wobei meist $a = 0$, $b = +\infty$ **(einseitige L.-T.),** sonst $a = -\infty$, $b = +\infty$ **(zweiseitige L.-T.)** oder a und b endlich **(endliche L.-T.)** ist. Aus $f(p)$ läßt sich $F(t)$ zurückgewinnen mit Hilfe der Umkehrformel

$$F(t) = \frac{1}{2\pi i} \int_{\sigma - i\infty}^{\sigma + i\infty} e^{pt} f(p) \mathrm{d}p$$

bei geeignetem reellem σ. Mit Hilfe der L.-T. lassen sich z. B. gewöhnl. Differentialgleichungen mit konstanten Koeffizienten in algebraische Gleichungen umformen, die sich leichter behandeln lassen als die ursprünglichen.

Läppen, Endbearbeitungsverfahren der spanenden Formgebung zur Erhöhung von Oberflächengüte und Maßgenauigkeit. Der Werkstoff wird dabei abgetragen durch Relativbewegung zw. Werkzeug und Werkstück, verbunden mit der Schleifwirkung eines lose aufgebrachten Schleifmittels aus feinen pulverförmigen Schleifkörnern (Edelkorund, Siliciumkarbid) in einer Suspension aus Petroleum oder Ölen. Die **Läppmaschine** übernimmt die Führung der durch ständigen Richtungswechsel gekennzeichneten Relativbewegung zw. Werkstück und Läppwerkzeug.

E. SALJÉ: Jb. Schleifen, Honen, L. und Polieren (1981).

Lärm, beliebiger Schall, der geeignet ist, Menschen gesundheitlich zu beeinträchtigen oder zu belästigen, Sachen zu beschädigen oder wirtschaftl. Nachteile zu verursachen. Die häufigsten Lärmstörungen werden in der Bundesrep. Dtl. wie in Industrieländern überhaupt durch →Verkehrslärm verursacht. Der **Arbeitslärm** ist Ursache der häufigsten Berufskrankheit, der Lärmschwerhörigkeit. Unter →Industrielärm versteht man i. Ggs. zu Arbeitslärm den in die Nachbarschaft emittierten L. Neben der Lärmschwerhörigkeit als einziger, spezifischer **Lärmkrankheit** wirkt L. als unspezif. Belastung bes. auf das vegetative Nervensystem, wobei die psych. Einstellung zum L. einen starken Einfluß auf die Reaktionen hat. Die Kommunikationsbehinderung ist eine schwere **Lärmbelästigung,** durch die auch Produktivität und Arbeitssicherheit beeinträchtigt werden können. Durch den Überschallknall (→Fluglärm, →Lärmteppich) kann auch Sachschaden z. B. an Gebäuden entstehen. (→Lärmschutz)

Zur Messung der **Lärmstärke,** d. h. des Schalldruckpegels, dienen →Schallpegelmesser. Bei Pegelschwankungen wird mit **Lärmdosimetern** ein dem schwankenden L. energetisch **äquivalenter Dauerschalldruckpegel** ermittelt. Der Schalldruckpegel L ist definiert als

$$L = 20 \lg \frac{p}{p_0} \text{ dB}.$$

Darin ist p der Schalldruck, p_0 der Bezugsschalldruck; dieser beträgt $2 \cdot 10^{-5}$ Pa, er entspricht der Hörschwelle für einen Ton von 1 kHz. Das Maß für die Lärmstärke ist das Dezibel (dB), die Lautstärkenmaße Phon und DIN-Phon werden heute hierfür nicht mehr verwendet. Um bei der Lärmstärkemessung Werte erhalten zu können, die der Frequenzcharakteristik des menschl. Ohres im wesentlichen entsprechen, wird der Schall in seiner Frequenzzusammensetzung durch Filteranordnungen ›bewertet‹, meist nach der **A-Bewertungskurve.** Die Angabe des Meßwertes erfolgt dann entsprechend in **dB(A).**

Lärmstärketabelle

30 dB(A)	nächtlicher Immissionsgrenzwert in Wohnungen, entspricht Kühlschrankbrummen
50 dB(A)	Straßenverkehrslärm in 30 m Abstand hinter geschlossenen Fenstern
70 dB(A)	Schreibmaschine in 1 m Abstand
90 dB(A)	schwerer Lkw in 5 m Abstand
120 dB(A)	Schmerzgrenze

Lärmbelastung, die Summe aller relevanten Schallemissionen, bezogen auf die Bevölkerung oder ausgewählte Bevölkerungsgruppen. Die L. berücksichtigt nur das allg. ›Lärm-Dargebot‹, jedoch keine individuellen Reaktionen von Betroffenen. Zur Ermittlung der L. sind i. d. R. feinmaschige Meßnetze notwendig; die Auswertung erfolgt meist in Form von **Lärmkarten.**

Larmor-Präzession [l'a:mɔ:-, n. dem brit. Physiker J. Larmor, * 1857, † 1942], die ähnlich der Präzession eines mechan. Kreisels verlaufende Präzessionsbewegung eines elementaren magnet. Dipols in einem Magnetfeld. Einen elementaren Dipol stellt z. B. ein Atomelektron dar, das auf Grund seiner Bewegung ein magnet. Dipolmoment besitzt. Es führt um die Magnetfeldrichtung eine Präzessionsbewegung mit der Kreisfrequenz $\omega_L = eB/2m_e$ durch; e = Elementarladung, B = magnet. Flußdichte, m_e = Masse des Elektrons, ω_L ist die **Larmor-Kreisfrequenz,** $\nu_L = \omega_L/2\pi$ die **Larmor-Frequenz.** Auch der Atomkern, der ein etwa tausendfach kleineres ma-

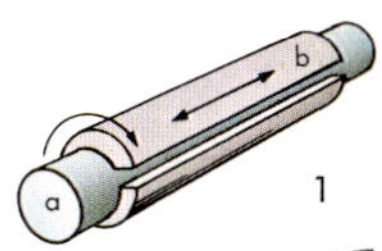

1

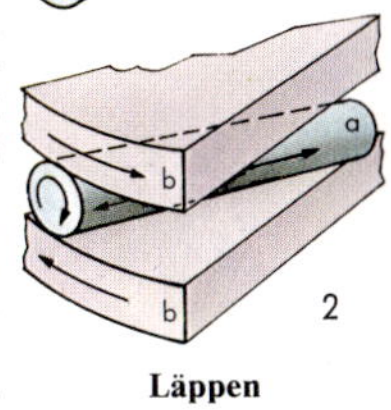

2

Läppen: Außenrundläppen, **1** mit Flächenberührung, **2** mit Linienberührung (a Werkstück, b Läpphülse bzw. Läppscheibe)

Läppen

gnet. Moment als die Elektronenhülle besitzt, kann eine L.-P. ausführen.

Jeder elementare Dipol ist mit einem Drehimpuls verknüpft (der auch ganz oder teilweise auf einen Spin zurückzuführen sein kann); zw. dem Gesamtdrehimpuls $\boldsymbol{J}$ und dem magnet. Moment $\boldsymbol{\mu}$ der Atome sowie ihrer Bausteine besteht die Beziehung $\boldsymbol{\mu} = \gamma \boldsymbol{J}$, wobei das **gyromagnet. Verhältnis** γ eine für jede Teilchenart charakterist. Konstante ist **(magnetomechan. Parallelismus).** Da auf einen magnet. Dipol in einem äußeren Magnetfeld ein Drehmoment $\boldsymbol{M} = \boldsymbol{\mu} \times \boldsymbol{B}$ ausgeübt wird, das den Dipol in Feldrichtung zu drehen sucht und stets senkrecht auf dem Drehimpuls $\boldsymbol{J}$ steht, kommt es zu einer Präzessionsbewegung. – Auch diamagnetische Atome, die erst durch Wechselwirkung mit einem äußeren Magnetfeld ein magnet. Dipolmoment erhalten, führen als Ganzes eine L.-P. um die Richtung des äußeren Feldes aus (→ Diamagnetismus).

Lärmschutz, technische, organisatorische und gesetzgeberische Maßnahmen zum Schutz von Mensch, Tier oder Gütern gegen Lärm.

Der Immissionsschutz verringert die Einwirkung von vorhandenem Lärm auf den Menschen. Dazu gehört bei Lärmarbeitern der **individuelle Gehörschutz,** z. B. L.-Kapseln und Ohrenstöpsel. Der **bauliche Schallschutz** beruht überwiegend auf der Schalldämmung (Reflexion der Schallwellen) durch die Bauteile (nach DIN). Eine vorschriftsmäßige Wohnungstrennwand bewirkt eine Pegelsenkung von etwa 50 dB(A). Durch **Schalldämpfung** wird die Nachhallzeit eines Raumes verringert. Dabei wird ein Teil der Schallenergie in porösem Material absorbiert und der Innenraumpegel um einige dB(A) gesenkt. Durch die **Schallschirmwirkung** einer geschlossenen Häuserfront können die Pegel in den von der Straße abgelegenen Räumen bis zu 20 dB(A) niedriger sein als in den Räumen an der Straßenfront.

Eine VDI-Richtlinie setzt als Tages-Immissions-Richtwerte fest: für Gebiete mit überwiegender Industrie 65 dB(A), je 50% Wohnungen und Industrie 60 dB(A), überwiegend Wohnungen 55 dB(A), nur Wohnungen 50 dB(A) und als Nachtrichtwerte je 15 dB(A) weniger.

Der Emissionsschutz umfaßt alle Maßnahmen zur Verringerung der Schallerzeugung und -abstrahlung. Durch einen Teppich z. B. kann die Trittschallanregung um mehr als 20 dB(A) gesenkt werden. Die Schallabstrahlung wird z. B. durch **Kapselung** (Motoren) und Verwendung von **Schalldämpfern** (Auspuff, Baumaschinen) verringert.

1
Lärmschutz: 15 m hohe Schallschutzmauer beim Frankfurter Flughafen zum Schutz vor dem Bodenlärm startender Flugzeuge

In der Bundesrep. Dtl. gelten für die Lärmbekämpfung v. a. die Vorschriften des → Bundes-Immissionsschutzgesetzes, nähere Bestimmungen enthalten u. a. die ›Technische Anleitung zum Schutz gegen Lärm‹ (→ TA Lärm) und die ›Allgemeinen Verwaltungsvorschriften zum Schutz gegen Baulärm‹. Dem L. dienen ferner best. Verkehrsvorschriften (z. B. Ges. zum Schutz gegen → Fluglärm), das Bauordnungsrecht und landesrechtl. Verordnungen zur Lärmbekämpfung.

Lärmteppich, die flächenhafte Auswirkung der bei Überschallflügen entstehenden Druckwelle in Erdbodennähe. Bei Flughöhen um 10000 m erreicht die Breite des L. rund 100 km, der Schallpegel kann (bei direktem Überflug) Werte von rund 120 dB(A) annehmen (Überschallknall). → Schallmauer, → Überschallflug.

Larvikit, → Syenite.

Lasche, Verbindungsstück zweier stumpf aneinanderstoßender Konstruktionsstücke (z. B. Eisenbahnschienen), meist Flachstahlstück, das verschraubt, vernietet oder verschweißt wird.

LASCR, Abk. für **Light Activated Silicon Controlled Rectifier** [laɪt ˈæktɪveɪtɪd sˈɪlɪkən kəntrˈəʊld rˈektɪfaɪə, engl.], Elektronik: ein durch opt. Signale gesteuerter → Thyristor (Optothyristor).

Laser [lˈeɪzə], Abk. für **Light amplification by stimulated emission of radiation** [laɪt æmplɪfɪkˈeɪʃn baɪ stˈɪmjʊleɪtɪd ɪmˈɪʃn ɔv reɪdɪˈeɪʃn, engl. ›Lichtverstärkung durch stimulierte Emission von Strahlung‹], ein Verstärker und Generator für kohärente elektromagnet. Wellen im ultravioletten, sichtbaren und infraroten Spektralbereich. Die prinzipielle Arbeitsweise entspricht der des → Masers; Unterschiede im Aufbau werden durch die wesentlich kürzere Wellenlänge des Lichts im Vergleich zu Mikrowellen bedingt.

Als L.-Materialien kommen Festkörper (am wichtigsten sind Rubinkristalle, mit Neodym dotierte Kristalle oder Gläser, Halbleiter wie Gallium-Aluminium-Arsenid-Dioden), Flüssigkeiten (v. a. Lösungen organ. Farbstoffmoleküle) und Gase (Kohlendioxid, Kohlenmonoxid, Stickstoff, ionisiertes Argon, Krypton oder Xenon, Helium-Neon-Gemische oder Metalldämpfe, z. B. Cadmium) in Frage. Insgesamt ist seit Entwicklung des ersten Rubin-L. (1960) L.-Emission aus vielen Hunderten versch. Substanzen erzielt worden.

Laser 1

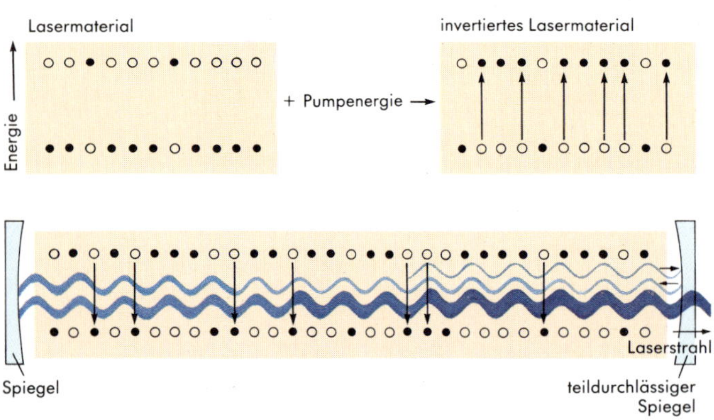

Von grundlegender Bedeutung für die Funktion des L. ist der Prozeß der **stimulierten Lichtemission,** der eintritt, wenn ein angeregtes Atom oder Molekül mit einem elektromagnet. Strahlungsfeld wechselwirkt, dessen Frequenz der Energiedifferenz zw. dem angeregten und einem energetisch niedriger liegenden Zustand in dem System entspricht (BILD 1). Hierbei kann von dem Strahlungsfeld ein Übergang in den niedrigeren Zustand erzwungen (induziert, stimuliert) werden, wobei die Anregungsenergie als Lichtquant emittiert wird, und zwar so, daß das Strahlungsfeld verstärkt wird. Voraussetzung für eine effektive Verstärkung ist, daß das höhere Niveau stärker besetzt ist als das tiefer liegende, da sonst die Schwächung der Strahlung durch Absorption (Übergang vom niederen zum höheren Zustand) die Verstärkung durch stimulierte Emission übertreffen würde. Da eine derartige **Besetzungsinversion** in der Natur im therm. Gleichgewichtszustand nicht vorkommt, muß dem atomaren System von außen Energie **(Pumpenergie)** zur Umkehr der natürl. Besetzung zugeführt werden, bevor es verstärken kann. Dies ist auf versch. Weise möglich, z. B. bei Gas-L. (BILD 2) durch Elektronenstöße in einer Gasentladung oder durch die bei einer chem. Reaktion zw.

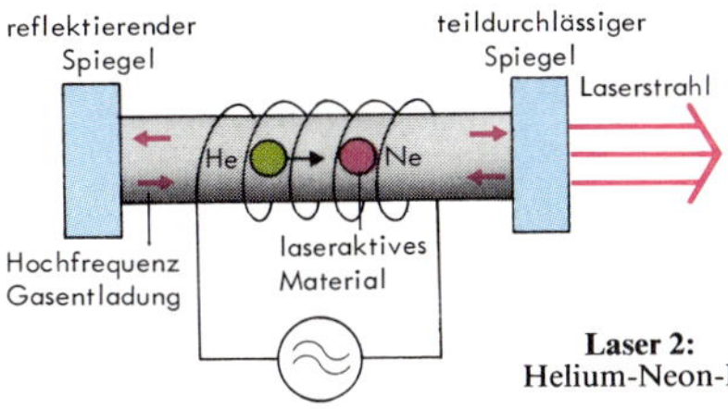

Laser 2:
Helium-Neon-L.

zwei getrennt in den L. einströmenden Gasen freigesetzte Energie, bei Festkörper- oder Farbstoff-L. durch die intensive Strahlung einer therm. Hochleistungslichtquelle (z. B. einer Blitzlampe) oder eines anderen L., bei Halbleiter-L. durch Injektion von Ladungsträgern in einen → pn-Übergang, seltener durch opt. Pumpen oder Anregung mit einem Elektronenstrahl. Wird ein invertiertes Medium in einen **opt. Resonator** (meist zwei einander gegenüberstehende ebene oder auch sphärische Spiegel) eingebracht, der für Rückkopplung sorgt, so erhält man einen Oszillator (Generator) für elektromagnet. Schwingungen im opt. Frequenzbereich. Übertrifft die Lichtverstärkung im aktiven Medium die Verluste für einen Umlauf der zw. den Spiegeln hin- und herreflektierten Welle, so fängt der L. an, auf einer für das L.-Material charakterist. Wellenlänge zu schwingen, wobei sich zw. den Spiegeln ein stehendes Wellenfeld aufbaut. Wegen der kleinen Wellenlänge des Lichts im Vergleich zu den Resonatorabmessungen werden sehr viele Resonatoreigenschwingungen (→ Moden) angeregt, sofern nicht durch extrem schmalbandige Filter die Verluste für alle Eigenschwingungen mit Ausnahme einer einzigen groß gemacht werden. Zur Auskopplung der L.-Strahlung aus dem Resonator ist einer der Spiegel schwach durchlässig. Viele L.-Materialien können Verstärkung für eine ganze Reihe verschiedener Lichtfrequenzen liefern (z. B. Argon, Krypton oder Kohlendioxid), andere (z. B. Lösungen organ. Farbstoffmoleküle) sogar für jede Wellenlänge in einem breiten Frequenzband. Um in diesen Fällen eine monochromat. Emission auf einer gewünschten Wellenlänge zu erhalten, müssen zur Unterdrückung der anderen Wellenlängen Filter (Prismen, Gitter, Interferenzfilter u. a.) in den Resonator eingesetzt werden. Bei kontinuierl. Variation der Durchlaßwellenlänge des Filters können dann breite Bereiche des Spektrums lückenlos mit monochromat. L.-Strahlung überdeckt werden.

Die Dauer der L.-Emission hängt davon ab, wie lange die Nichtgleichgewichtsverteilung zw. dem oberen und unteren L.-Niveau durch die Pumpquelle aufrecht erhalten werden kann. Die zum Überschreiten der Einsatzschwelle des L. erforderl. Pumpenergie wird außer von den Resonatorverlusten, die durch Absorption, Streuung und Beugung des Lichts sowie durch Auskopplung an dem teildurchlässigen Resonatorspiegel entstehen, stark vom Lasermaterial bestimmt. Die zugeführte Energie muß zumindest größer als die Verluste durch spontane Emission aus dem oberen L.-Niveau sein. Rubin-L. können L.-Strahlung nur in kurzen Impulsen abgeben. Neodym-Festkörper-L., die als aktives Material mit Neodym-Ionen dotierte Yttrium-Aluminium-Granat-Kristalle oder -Gläser verwenden (Neodym-YAG-L.), die meisten Gas-L., Farbstoff-L. und Halbleiter-L. können sowohl kontinuierlich als auch im Impulsbetrieb arbeiten.

Ist die Lebensdauer im oberen L.-Niveau groß (z. B. 1 ms), so kann mit Hilfe der **Güteschaltung** des opt. Resonators, engl. **Q-switch** [kj'u: swɪtʃ], bei der die opt. Rückkopplung zw. den Resonatorspiegeln und damit die induzierte Emission unterbunden wird, Pumpenergie, die über einen der Lebensdauer entsprechenden Zeitraum zugeführt wird, im aktiven Material gespeichert und eine entsprechend höhere Besetzung des oberen L.-Niveaus aufgebaut werden. Wird der Strahlengang plötzlich freigegeben, so wird infolge des höheren Verstärkungsfaktors die hohe Besetzung in wenigen Durchläufen abgebaut und die gespeicherte Energie wird in einem ›Riesenimpuls‹ mit Leistungen von 10^{8}–10^{10} W und einer Dauer von 1–100 ns abgestrahlt. Als Güteschalter werden in erster Linie → Pockels-Zellen oder → Kerr-Zellen benutzt, deren Transmission durch externe Ansteuerung geändert werden kann, oder ausbleichbare Absorber (z. B. Farbstofflösungen), die durch das L.-Licht selbst geöffnet werden (passive Schalter).

Wesentlich kürzere Impulse können durch Phasenkopplung der L.-Moden, engl. **Mode-Locking** [m'əʊd lɔkɪŋ], erzeugt werden. Hierzu werden die Resonatorverluste durch einen akustoopt. oder elektroopt. Modulator oder auch durch eine ausbleichbare Farbstofflösung (passives Mode-Locking) mit einer Frequenz moduliert, die genau der Umlaufzeit des Lichts zw. den Resonatorspiegeln entspricht. Durch wiederholtes Passieren des opt. Schalters werden die Phasen der verschiedenen oszillierenden Moden, die normalerweise statistisch verteilt sind und durch unkontrollierte Phasensprünge ihre relative Lage zueinander laufend ändern, starr aneinandergekoppelt. Wegen der phasenrichtigen Überlagerung der Intensitäten der Einzelmoden emittiert der L. periodisch kurze intensive Lichtimpulse, deren Abstand der Laufzeit des Lichts durch den Resonator entspricht. Mit Neodym-YAG-L. können so Pikosekundenimpulse mit Pulsspitzenleistungen von mehr als 10 TW erzeugt werden. Die Impulsdauer ist umgekehrt proportional zur Zahl der gekoppelten Moden, d. h., sie kann um so kürzer werden, je größer die Verstärkungsbandbreite des L.-Mediums ist. Mit Farbstoff-L. sind durch Modenkopplung Impulsdauern von 3×10^{-14} s erreicht worden.

Wichtige Ziele der aktuellen L.-Forschung sind die Entwicklung von L. mit höherer Frequenz (die kurzwellige Grenze für die Erzeugung von kohärenter Strahlung liegt

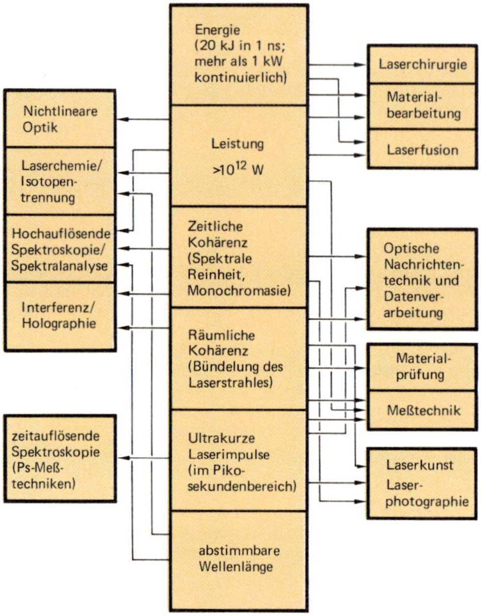

Laser 3: besondere Eigenschaften von Laserstrahlung und ihre Anwendung in Wissenschaft und Technik

z. Z. bei etwa 20 nm), die Verbesserung des Wirkungsgrades für die Umwandlung der von außen zugeführten Pumpenergie in L.-Licht (beim Kohlendioxid-L. werden etwa 30% erreicht, bei vielen anderen L.-Systemen weniger als 1%), die Steigerung der Ausgangsleistung (für die lasergezündete →Kernfusion müssen L. mit mindestens 300 TW Pulsspitzenleistung entwickelt werden) sowie die Erhöhung der Monochromasie und Frequenzstabilität der Emission (→Meter).

Von der Strahlung therm. Lichtquellen (Gasentladungs-, Glühlampen) unterscheidet sich L.-Licht durch folgende Eigenschaften: 1) Die Strahlung ist räumlich kohärent, d. h. die von verschiedenen Orten im aktiven Material emittierten Wellenzüge haben eine feste Phasenbeziehung. Die Strahlung wird nicht in alle Raumrichtungen abgegeben, sondern scharf gebündelt. Richtete man z. B. den Strahl eines Helium-Neon-L. nach Aufweitung mit einem Teleskop von 1 m Öffnung auf den Mond, so würde (bei Vernachlässigung atmosphär. Störungseinflüsse) der Strahl dort eine Fläche mit einem Durchmesser von rd. 240 m überdecken. Bei Fokussierung auf einen kleinen Fleck lassen sich extrem hohe Leistungsdichten (bis zu 10^{14} W/cm^2) erreichen, auf denen die Anwendungen des L. bei der Materialbearbeitung beruht. 2) Ein L. emittiert ähnlich wie ein Rundfunksender lange fortlaufende Wellenzüge mit nur geringen Phasenschwankungen oder -sprüngen, d. h. der L.-Strahl ist zeitlich kohärent. Verbunden damit ist die hohe Frequenzreinheit (Monochromasie) der Strahlung. Die Schwingungsfrequenz sichtbaren Lichts liegt in der Größenordnung 10^{15} Hz, die typ. Frequenzbreite des L. bei 10^8–10^9 Hz. Durch Stabilisierungsmaßnahmen läßt sich die Größe der Frequenzschwankungen um mehrere Größenordnungen reduzieren. Mit einem Helium-Neon-L. sind Kurzzeitschwankungen von weniger als 10 Hz gemessen worden. 3) Die in einem schmalen Wellenlängenbereich abgegebene Strahlungsleistung kann bei Puls-L. Werte von 10^{10}–10^{13} W erreichen. Die hohe elektr. Feldstärke in einem derartigen L.-Strahl hat zur Entdeckung völlig neuartiger physikal. Effekte bei der Wechselwirkung von Licht mit Materie geführt (→nichtlineare Optik). 4) Mit L. können extrem kurze intensive Lichtpulse erzeugt werden.

Seit seiner Erfindung hat sich der L. eine Vielzahl von Anwendungsgebieten in Technik, Naturwissenschaften und Medizin erobert (→Bildplatte, →Entfernungsmessung, →Holographie, →Isotopentrennung, →Laserchemie, →Laserdrucker, →Lidar, →optische Nachrichtentechnik, →Schallplatte, →Spektralanalyse, →Spektroskopie).

In der Werkstoffbearbeitung werden Neodym-Festkörper-L. oder Kohlendioxid-L. zum Schweißen von Kunststoffen und Metallen, zum Schneiden und Bohren von fast allen bekannten Materialien, zur Härtung von Metalloberflächen durch Erhitzen, zum Materialabtragen oder zum tiegelfreien Zonenschmelzen bei der Kristallzüchtung eingesetzt. Da die Energie exakt dosiert werden kann und bei Fokussierung des Strahls sehr genau lokalisierbar ist, können auch Bauteile sehr kleiner Abmessungen mit hoher Präzision bearbeitet werden. Die Energieübertragung erfolgt berührungslos und der Bearbeitungsvorgang erfordert weder Vakuum noch Schutzgasatmosphäre.

K. Tradowsky: L. (1968); K. Gurs: L. (1970); D. Rosenberg u. a.: Techn. Anwendungen des L. (1975); Der L., Grundlagen und klin. Anwendung, hg. v. K. Dinstl u. P. L. Fischer (1981); L. and applications; proceedings . . ., hg. v. W. O. N. Guimaraes u. a. (Frankfurt a. M. 1981); L. spectroscopy of solids, hg. v. W. M. Yen u. P. M. Selzer (ebd. 1981).

Laserchemie [l'eɪzə-], modernes Teilgebiet der →Photochemie, in dem Laser als Strahlungsquellen eingesetzt werden. Jede chem. Reaktion stellt einen Prozeß dar, bei dem Bindungen zw. den Atomen und Molekülen aufgebrochen und eventuell neue Bindungen zw. den Reaktionspartnern gebildet werden. Da ein schwingungsmäßig hoch angeregtes Atom wesentlich lockerer an das restl. Molekül gebunden und die entsprechende Bindung somit schwächer ist, sind Moleküle in angeregten Schwingungszuständen chemisch viel aktiver als Moleküle im Grundzustand. Dies ist der Grund dafür, daß die meisten chem. Reaktionen stark beschleunigt werden oder überhaupt erst in Gang kommen, wenn ihnen von außen Energie zugeführt wird. Üblicherweise wird dies durch therm. Aufheizung des Gemisches der Ausgangsstoffe erreicht, wobei i. d. R. eine Vielzahl von höher gelegenen Schwingungsniveaus besetzt werden. Da auf diese Weise der zur Öffnung einer Bindung erforderl. Energiebedarf nicht genau dosiert werden kann, können bei der Reaktion gleichzeitig unerwünschte Nebenprodukte gebildet werden, deren anschließende Entfernung häufig ein großes Problem darstellt. Bei Bestrahlung mit wellenlängenmäßig abstimmbarem, monochromat. Laserlicht können dagegen gezielt definierte Schwingungszustände in einem Molekül ohne Beeinflussung benachbarter Zustände angeregt werden, d. h., die Konzentration der Reaktionspartner kann selektiv angereichert werden, ohne daß die Temperatur des Systems angehoben werden muß und damit unerwünschte Reaktionswege begünstigt werden. Da das durch Laserstrahlung angeregte Molekülgas thermisch nicht im Gleichgewicht ist, ist die Stimulation einer Reaktion allerdings nur möglich, wenn die angeregten Moleküle (typ. Lebensdauer des angeregten Zustands zw. 10^{-9} und 10^{-3} s) chemisch reagieren, bevor eine Deaktivierung (Rückkehr in den chemisch trägen Grundzustand) durch Abstrahlung von Lichtquanten oder Stoßprozesse, bei denen die Energie ganz oder teilweise auf die Stoßpartner übertragen wird, erfolgen kann. Durch Laserstrahlung induzierte Prozesse liefern reinere Produkte und auch Substanzen, die auf normalem Wege nur äußerst schwierig oder überhaupt nicht darstellbar sind. Unter wirtschaftl. Aspekten sind die derzeit verfügbaren Laser jedoch nur zur Erzeugung von Spezialchemikalien und Pharmazeutika geeignet, die in kleinen Mengen gebraucht werden, z. B. Vitamin D, Cortison, Riechstoffe.

Die Reaktionssteuerung mit monochromat. Laserlicht ermöglicht es, in einem Gemisch von zwei chemisch ident. Molekülen M_1 und M_2, die sich durch ihre isotope Zusammensetzung unterscheiden, selektiv eine Reaktion der einen Molekülsorte M_1 mit einem Reaktionspartner R einzuleiten, da sich auf Grund des Isotopieeffekts die Absorptionsspektren der beiden Moleküle geringfügig unterscheiden. Somit ist mit Hilfe der L. eine effektive Anreicherung von Isotopen sowie die →Isotopentrennung möglich.

Laserdrucker [l'eɪzə-], nichtmechanisch arbeitender →Schnelldrucker, mit dem Druckleistungen von bis zu 20000 Zeilen pro Minute erreicht werden können, was der zehnfachen Leistung der schnellsten elektromechan. Drucker entspricht. Die zu druckenden Zeichen werden in Form einer Matrix von maximal 18 × 24 sich überlappenden Punkten dargestellt. Mit dem Strahl eines Helium-Neon-Lasers, der durch einen mit 3000 Umdrehungen pro Minute rotierenden Polygonspiegel horizontal abgelenkt und gleichzeitig von einem elektronisch gesteuerten akustooptischen Strahlablenker in mehrere Teilbündel aufgespalten wird, lassen sich die Zeichen auf eine rotierende, mit amorphem, photoleitfähigem Material beschichtete Trommel abbilden. An den Punkten, wo der Laserstrahl auftrifft, wird die zunächst positiv aufgeladene Trommel entladen, so daß das projizierte opt. Bild als latentes elektrostat. Bild auf der Trommel gespeichert wird. Dieses wird dann mit den üblichen Prozeßschritten der →Xerographie auf normales Papier umgedruckt und dort fixiert. Anschließend wird die Trommel durch Belichtung entladen, gereinigt, neu geladen und steht dann für den nächsten Druckvorgang zur Verfügung. Da die Trommeloberfläche nahtlos beschichtet ist, kann fortlaufend ohne Absatz gedruckt werden.

Alle Prozeßschritte werden von einem Mikroprozessor gesteuert, wobei der zu druckende Text aus einem Speicher abgerufen wird. Dieses Verfahren bietet den Vorteil, daß der L. durch einfachen Austausch des Mikroprozessorprogramms viele verschiedene Schriftarten, auch japan., chines. oder arab. Schriftzeichen und graph. Darstellungen, nachbilden kann.

Durch die hohe Druckgeschwindigkeit ist der L. bes. geeignet für den Einsatz als Datenausgabeeinheit an modernen Rechenanlagen, deren Leistungsfähigkeit oft durch die im Vergleich zu den verarbeiteten Datenmengen und erarbeiteten Resultaten zu geringe Ausgabegeschwindigkeit der mechan. Drucker begrenzt wird.

Laserfusion [l'eɪzə-], Zündung einer →Kernfusion durch kurze energiereiche Laserimpulse.

Laserglas [l'eɪzə-], wird in Stab- oder Scheibenform als aktives opt. Element in Lasern verwendet. Am häufigsten werden mit →Neodym dotierte Silikat- und Phosphatgläser, auch Fluoridgläser, verwendet. Auch doppel-

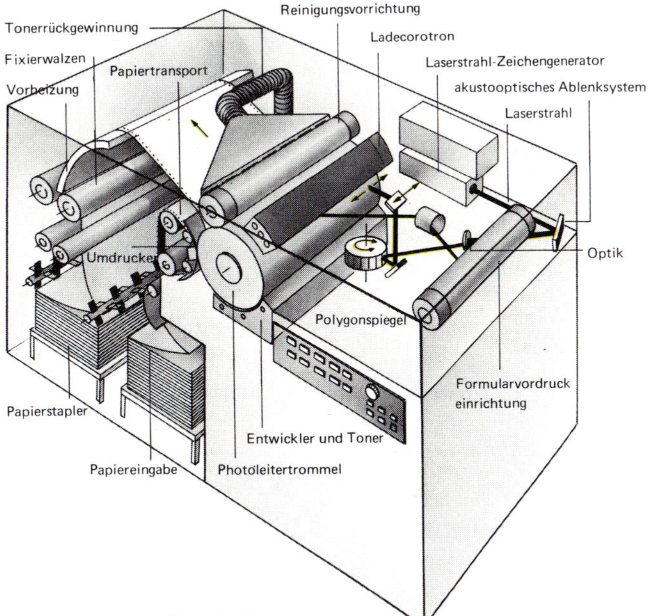

Laserdrucker

dotiertes Erbium/Ytterbium-L. auf Phosphatglasbasis wurde erschmolzen.

Laserlenkung [l'eɪzə-], halbautonomes Lenkverfahren für Lenkwaffen (Lenkflugkörper, Gleitbomben, endphasengelenkte Geschosse). Mit einem Zielmarkierungs- oder Zielbeleuchtungsgerät wird ein unsichtbarer Laserstrahl von einem Boden- oder Luftbeobachter auf das zu bekämpfende Ziel gerichtet und von diesem reflektiert. Ein in der Lenkwaffe befindl. Laserzielsuchkopf reagiert auf das reflektierte Laserlicht und lenkt die Waffe in den durch den Laserstrahl markierten Zielpunkt. Durch eine Nachführung des Strahles können auch bewegte Ziele mit großer Treffsicherheit bekämpft werden; durch eine Impulscodierung des Laserstrahles kann eine Fehllenkung der Waffe auf andere laserbeleuchtete Ziele vermieden und der Waffe damit ein ganz best. Ziel zugewiesen werden (selektive Zielzuweisung).

Laserstromwandler [l'eɪzə-], Gerät, das die durch den Faraday-Effekt (→Magnetooptik) in einem äußeren Magnetfeld hervorgerufene Drehung der Polarisationsebene eines linear polarisierten Laserstrahls, der sich in einem dielektr. Material parallel zu den magnet. Feldlinien ausbreitet, zur berührungsfreien Messung von hohen Strömen in Hochspannungsleitungen ausnutzt. Hierzu muß der Laserstrahl in der Nähe des stromführenden Leiters senkrecht zur Leiterrichtung durch das Magnetfeld geschickt werden. Der Drehwinkel, der proportional zur magnet. Feldstärke ist, wird mit Hilfe eines Polarisations-Analysators bestimmt, z. B. indem die Intensitäten der senkrecht und parallel zur urspr. Polarisationsebene polarisierten Komponenten des Strahls mit Hilfe von zwei Photodioden gemessen werden. Aus dem Drehwinkel kann unter Berücksichtigung der Wechselwirkungslänge, der Verdet-Konstanten (→Magnetooptik) des Materials sowie des Abstands des Laserstrahls vom Leiter die Stromstärke berechnet werden. Hohe Empfindlichkeiten können erreicht werden, wenn der Laserstrahl durch eine opt. Glasfaser geschickt wird, die den Leiter mehrfach umschlingt. Das Verfahren kann auch zur genauen Messung von Hochspannungsimpulsen von 100 kV und mehr benutzt werden.

Laserwaffen [l'eɪzə-], Verwendung von Laserstrahlen für militär. Zwecke. Trotz der in vielen Ländern laufenden Forschung ist es bisher noch nicht gelungen, L. zu entwickeln. V. a. der hohe Energieverbrauch, der zur Erzielung einer entsprechenden Reichweite erforderlich ist, stellt sich der prakt. Anwendung entgegen. Bes. atmosphär. Erscheinungen, wie Regentropfen und Nebel, stören den Laserstrahl. Außerhalb der Atmosphäre entfällt dieser Störeffekt, so daß L. bei der Bekämpfung von Satelliten Bedeutung gewinnen könnten. Nicht unmittelbar als Waffe, sondern zur → Entfernungsmessung werden derzeit Laserstrahlen von Kampfpanzern und Artilleriebeobachtern verwendet, außerdem zur Beleuchtung von Zielen, die durch den Suchkopf von Flugkörpern oder nachgesteuerten Artilleriegeschossen erfaßt werden sollen (→ Laserlenkung).

Lash [læʃ, engl.], Abk. für **Lighter aboard ship** [l'aɪtə əb'ɔ:d ʃɪp], Spezialschiff zum Transport von Leichtern über See, die als Schwimmbehälter (→ Container) im vorangehenden und/oder anschließenden Verkehr auf Binnenwasserstraßen im Schubverband fahren. Die Leichter werden von einem längslaufenden Portalkran an Bord genommen und verstaut oder durch das geöffnete Heck eingeschwommen. Das L.-System ist eine Art des kombinierten Verkehrs.

Last, Benennung einer Größe von der Art einer Masse (z. B. Traglast eines Krans), einer Kraft oder Gewichtskraft (z. B. Windlast), einer Leistung (insbes. in der Elektrotechnik, z. B. Blindlast), als Name für einen Gegenstand, der z. B. getragen oder gefahren wird (z. B. durch einen Lastwagen).

Last|annahme, Annahme über Art, Größe, Richtung der auf ein Bauwerk, Fahrzeug, Hebezeug ausgeübten Kräfte und deren mögliches Zusammenwirken. Bei Bauwerken (Brücken, Hochbauten) unterscheidet man **ständige Lasten** (Eigengewicht) und **Verkehrslasten, Wind-, Schnee-** und **Bremslasten.** L. sind Grundlagen für Dimensionierung, Berechnung und Festigkeitsversuch.

Lastaufnahmemittel, Einrichtungen zum Aufnehmen von Nutzlasten durch → Hebezeuge. Zu den L. für Stückgüter gehören → Lasthaken, Hakengeschirr, → Lasthebemagnete, Klemmen, Zangen, bei denen die Klemmkräfte zw. zwei gegeneinander bewegl. Armen mit Klemmbacken wirken, Gehänge, die die Last mittels Anschlagketten, -seilen, -bändern, Ladeplatten aufnehmen. L. für Massengüter sind → Greifer 1) und Kübel.

Lastenheft, Pflichtenheft, Zusammenstellung von Mindestforderungen, die ein techn. Erzeugnis (z. B. Kraftwagen, Flugzeug) erfüllen soll.

Lastenmaßstab, Skala, die bei Schiffen Verdrängung und Zuladung als Funktion des Tiefgangs angibt.

Lasthaken, ein → Lastaufnahmemittel zum Einhängen der Last, geschmiedet oder aus Stahlblech geschnitten, als **einfacher L.** für Lasten bis etwa 30 t, als **doppelter L.** für mehr. **Geschlossene L.** (Lastbügel, Schäkel) für Lasten über 100 t verhindern ein Herausspringen des Befestigungsseiles. Das **Hakengeschirr** besteht aus L. und Belastungsgewicht, das ein Schlappseil beim unbelasteten Haken verhindert.

Lasthebemagnet, Hubmagnet, ein → Lastaufnahmemittel zum Aufnehmen und Transportieren von ferromagnet. Gütern wie Stahlblöcken, Blechen, Eisenschrott; enthält in einem Stahlgehäuse eine Magnetspule.

Lastigkeit, Trimmlage eines Schiffes: **vor-** oder **kopflastig, heck-** oder **achterlastig.**

Lastkraftwagen, Lkw, Laster, ein → Kraftwagen, der nach Bauart und Einrichtung zum Transport von Gütern bestimmt ist. Auf meist unverändertem, zwei- oder dreiachsigem Fahrgestell (bei 3 Achsen meist eine → Doppelachse hinten) werden dem Transportgut entsprechende Aufbauten, z. B. Pritsche, Kipper, Koffer-, Tankaufbau, ausgeführt; Spezialformen für Müllabfuhr, Feuerwehr u. a. Zur Steigerung der Transportleistung werden → Sattelkraftfahrzeuge und **L.-Züge,** bestehend aus L. und → Anhänger mit zwei oder drei Achsen, eingesetzt; Motorleistung heute bis 250 kW, gesetzlich vorgeschrieben sind in der Bundesrep. Dtl. 4,4 kW, angestrebt werden 6 kW je Tonne zulässiges Gesamtgewicht. Als Treibachse wird die doppelt bereifte Hinterachse stärker belastet als die lenkende Vorderachse, geländegängige L. haben häufig → Allradantrieb.

Rechtliches. L. dürfen grundsätzlich nur einen Anhänger mitführen. Für die größten Abmessungen gelten folgende Bestimmungen: Gesamtbreite 2,5 m; Gesamthöhe 4,0 m; Gesamtlänge bei Einzelfahrzeugen 12 m, bei Sattelkraftfahrzeugen 15 m, bei Lastzügen und Gelenkomnibussen 18 m. Zulässige Achslasten und Gesamtgewichte: Einzelachse 10 t; Doppelachse 16 t; Fahrzeug mit 2 Achsen (gesamt) 16 t; Fahrzeug mit 3 oder mehr Achsen 22 t; Gelenkomnibus 28 t; Sattelkraftfahrzeug (gesamt) 38 t; Lastzug (gesamt) 38 t.

Lastvielfaches, Verhältniszahl dafür, wievielmal stärker eine auf einen Körper einwirkende Kraft (Belastung) als die Schwerkraft (Gewicht des Körpers) ist. Das L. ist z. B. die für die Festigkeitsberechnung einer Flugzeugkonstruktion maßgebende Größe. Die Belastung kann von Luftkräften (z. B. Auftrieb), der Schwerkraft, dem Berühren mit dem Boden oder Wasser oder aus einer Kombination dieser Kräfte herrühren.

Lasur, dünner, durchscheinender Farb- oder Anstrichfilm. – **Lasurfarben,** Farben, die i. Ggs. zu den

Lastkraftwagen:
Magirus-Deutz 320 M 19 FL, Frontlenker-Lkw mit Fernfahrerkabine, 235 kW (320 PS), 106–116 km/h, 9200 kg Nutzlast

Deckfarben die Eigenfarbe des Untergrundes oder Zeichnungen u. dgl. durchscheinen lassen.

Lasurit, Lasurstein, das Mineral → Lapislazuli.

Latch [lætʃ, engl.], elektron. Schaltung (Flipflop) zur vorübergehenden Aufnahme von Daten.

Latensifikation [aus engl. latent (image) intensification], Photographie: Empfindlichkeitssteigerung (Verstärkung des latent vorhandenen Bildes) durch eine diffuse Langzeit-Nachbelichtung eines belichteten unentwickelten Films mit Licht schwacher Intensität. Nichtentwickelbare Subkeime wachsen dabei zu entwickelbaren Vollkeimen an. (→ Hypersensibilisierung)

latentes Bild, Photographie: das unsichtbare Bild, das bei der Belichtung von photograph. Silberhalogenidschichten entsteht (photograph. Elementarprozeß). Hierbei werden nur wenige Silberionen in den Silberhalogenidkristallen zu Silberatomen reduziert, der Kristall wird aber entwicklungsfähig gemacht. Bei der Entwicklung wird dann der ganze Kristall zu schwarzem Silber reduziert, während die unbelichteten Kristalle nicht angegriffen werden. Verstärkung des l. B. → Latensifikation, → Vorbelichtung.

latente Wärme, ältere Bez. für → Umwandlungswärme.

Lateralplan, Fläche der seitl. Projektion der Unterwasserteile eines Schiffes.

Lateralvergrößerung, der lineare Abbildungsmaßstab (→ Abbildung 2).

Laterit *der,* ziegelroter Boden (→ allitisch) in den Tropen mit Vorherrschen von Eisen- und Aluminiumoxidhydraten und wenig Kieselsäure. Wichtig sind die **L.-Eisenerze.** L. ist eine Vorstufe des → Bauxits. **Laterit. Böden (Roterde)** sind mäßig bis gering fruchtbar.

Latex, *Mz.* **Latices,** wäßrige Dispersion von natürl. oder synthet. Polymeren. Natürl. L. ist der Milchsaft kautschukliefernder Pflanzen (→ Kautschuk). Hevea-L. enthält 30–35% Kautschukbestandteile und kann auf 65% konzentriert werden. Synthet. L. entsteht bei der Emulsionspolymerisation.

Latit, ein Ergußgestein, → magmatische Gesteine.

Latosole, Sammelbez. für → Roterden und → Rotlehme.

Latsch, bei Kraftfahrzeugen: Abplattung des Reifens zur Aufstandsfläche bei der Berührung mit der Fahrbahn.

Latte, Schnittholz, unter 60 mm dick, unter 80 mm breit, verwendet als Dach-L., Spalier-L. u. a.

Laubenganghaus, → Außenganghaus.

Laubfärbung. Chlorophyll, Carotinoide (darunter Xanthophyll) und (seltener) Anthocyane bestimmen im wesentl. die L. Sie können im Zellsaft gelöst oder in best. Zellorganellen (syn. Chromatophoren oder Plastiden) eingelagert sein. Das Chlorophyll überwiegt mengenmäßig so stark, daß es die übrigen Farbstoffe überdeckt. Wenn am Ende der Vegetationsperiode die Natur- und Reservestoffe (auch Chlorophyll) in den Blättern abgebaut und/oder in die Pflanze zurücktransportiert werden, bestimmen die rot-gelb-braunen Farbkomponenten das Herbstlaub.

Laubsäge, Handsäge mit schmalem, dünnem Sägeblatt, das durch die Elastizität des U-förmigen Bogens gespannt wird; diente urspr. zur Herstellung von Dekorationen in Laubform und Aussägen von Intarsien.

Laue-Gleichungen [n. dem dt. Physiker M. v. Laue, * 1879, † 1960], drei vom Kristallsystem unabhängige Gleichungen zur Deutung des Zustandekommens von Interferenzmaxima (Sekundärstrahlen) bei der Beugung von Röntgenstrahlen am Raumgitter eines Kristalls:

$$a_0\,(\cos\varphi'_a - \cos\varphi_a) = h_1\lambda,$$
$$b_0\,(\cos\varphi'_b - \cos\varphi_b) = h_2\lambda,$$
$$c_0\,(\cos\varphi'_c - \cos\varphi_c) = h_3\lambda.$$

Sie beschreiben die Beziehungen zw. benutzter Wellenlänge λ, den Gitterkonstanten a_0, b_0, c_0, den Richtungswinkeln φ_a, φ_b, φ_c des Primärstrahlbündels und den Richtungswinkeln φ'_a, φ'_b, φ'_c desjenigen Sekundärstrahlbündels gegen die drei kristallograph. Achsen, für das die **Laue-Zahlen** h_1, h_2, h_3 ganzzahlig sind (BILD).

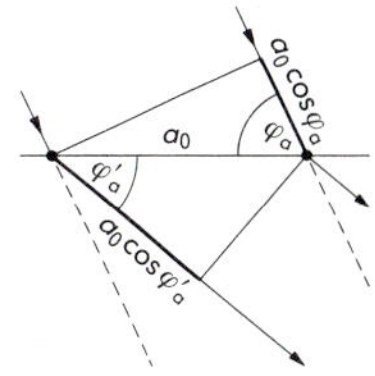

Laue-Gleichungen

Laue-Gleichungen: Der Gangunterschied a_0 ($\cos\varphi_a - \cos\varphi'_a$) muß ein ganzzahliges Vielfaches $h_1\lambda$ der Wellenlänge λ sein, damit Interferenz eintreten kann

Laue-Verfahren, Erzeugung von Röntgenstrahl-Interferenzen für diskrete Wellenlängen aus einem breitbandigen Röntgenstrahlungsspektrum durch Beugung der Strahlen in einem Kristall und die darauf gegründete Methode zur Bestimmung der Kristallstruktur (→ Röntgenstrukturanalyse), sowie zur Orientierung von Kristallen. Ein durch eine Kristallplatte tretender Röntgenstrahl erzeugt auf einem photograph. Film eine regelmäßige Anordnung von Interferenzflecken um den Durchstoßungspunkt des Strahls **(Laue-Diagramm),** deren Lage und Intensität die Struktur des Kristalls widerspiegelt (BILD). Beim L.-V. zeigt das Diagramm den Kristall stets so, als ob ein Symmetriezentrum vorhanden wäre. Daher können an Hand der **Laue-Symmetrie** nur elf Gruppen von Kristallklassen **(Laue-Klassen)** unterschieden werden.

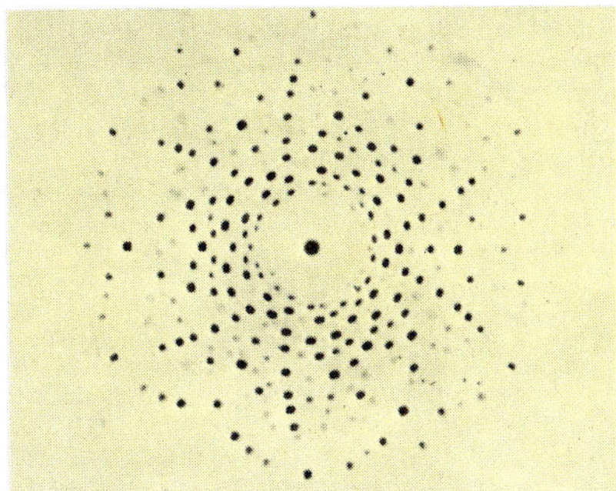

Laue-Verfahren:
Röntgenaufnahme eines einzelnen Kristalls (Quarz). Die verschiedenen Reflexe entstehen durch Beugung der Röntgenstrahlen an den Atomen des Kristallgitters; sie liegen je nach Wellenlänge des Röntgenlichts und nach Gitter-Netzebene verschieden

Lauf, Datenverarbeitung: Ablauf aller im → Ablaufplan vorgesehenen Programmschritte einschließlich möglicher Unterprogramme und Programmschleifen.

Lauf|achse, Laufradsatz, nicht angetriebene, nur tragende Achse von Schienenfahrzeugen, → Radsatz.

Läufer, der umlaufende Teil bei elektr. Maschinen, Turbinen, Kreiskolbenmotoren, Rotationsverdichtern, Kreiselpumpen u. ä.; bei Strömungsmaschinen oft auch → Laufrad genannt.

Lauf|feldröhre, eine → Laufzeitröhre, in Anlehnung an die engl. Bez. meist → Wanderfeldröhre genannt.

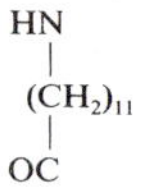

Laurinlactam

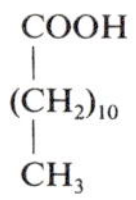

Laurinsäure

Laufkatze, Katze, auf einer Schiene (z. B. Kranbrücke) manuell oder elektrisch verfahrbares →Hebezeug mit eigenem Fahrwerk (→Hängebahn).

Laufkraftwerk, ein →Wasserkraftwerk ohne eigenen Speicher, bei dem das zufließende Wasser eines Flusses durch ein Wehr aufgestaut und laufend verarbeitet wird, ausgenommen bei Hochwasser. Es ist ein →Grundlastkraftwerk, ausgenommen bei →Schwellbetrieb.

Laufrad, bei Strömungsmaschinen ein mit Schaufeln versehener, rotierender Teil, in dem dem durchströmenden Medium mechan. Energie entzogen (Turbine) oder zugeführt (Kreiselpumpe und -verdichter) wird.

Laufwerk, bei vielen Maschinen und Geräten die von einem Antrieb bewegten Teile (bei Kfz aber →Fahrwerk), z. B. 1) bei Schienenfahrzeugen die Bauteile, die zur kraftschlüssigen Führung und Stützung auf dem Gleis dienen: bei Lokomotiven die →Radsätze sowie die Federung mit Ausgleichshebeln, Radsatzlagerführungen und Radsatzlagern, bei Wagen die Radsätze, Radsatzlager, Tragfedern, Untergestellaufhängung und Radsatzhalter; 2) bei Fördermitteln, z. B. Seilbahnen, lasttragendes Führungselement; 3) bei Datenverarbeitungsanlagen (für Disketten und Plattenspeicher), Uhren, Plattenspielern, Magnetbandgeräten u. a. das Räder- oder Riemengetriebe zur Übertragung der Antriebsenergie.

Laufzeit, Zeit, die eine Welle, ein Signal oder ein Teilchen zum Durchlaufen einer best. Strecke braucht.

Laufzeitdecoder, Schaltung in einem PAL-Empfänger (→Farbfernsehen), die das aus zwei Komponenten zusammengesetzte Farbartsignal um etwa eine Zeilendauer (64 µs) verzögert und durch Summen- und Differenzbildung mit dem unverzögerten Farbartsignal die Komponenten trennt.

Laufzeit|erscheinungen, Störungen beim Betrieb von Elektronenröhren oberhalb von etwa 300 MHz (Wellenlänge unterhalb 1m), die dadurch verursacht sind, daß die Laufzeit der Elektronen von der Kathode zu den einzelnen Elektroden in die Größenordnung der Schwingungsdauer kommt. Mit steigender Frequenz ist dadurch die normale Arbeitsweise von Elektronenröhren nicht mehr möglich. Die Frequenzgrenze, bei der merkliche L. eintreten, kann nach oben verschoben werden, indem man die Elektrodenabstände so klein wie möglich macht, insbes. den Gitter-Kathodenabstand (0,05 bis 0,1 mm), und die Anodenspannung bis an die Grenze der Spannungsfestigkeit und der therm. Belastbarkeit der Röhre erhöht. (→Laufzeitröhren)

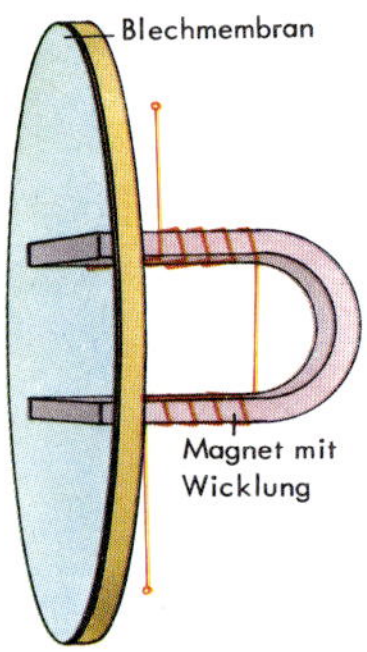

Elektromagnetischer L. (Telefonsystem)

1

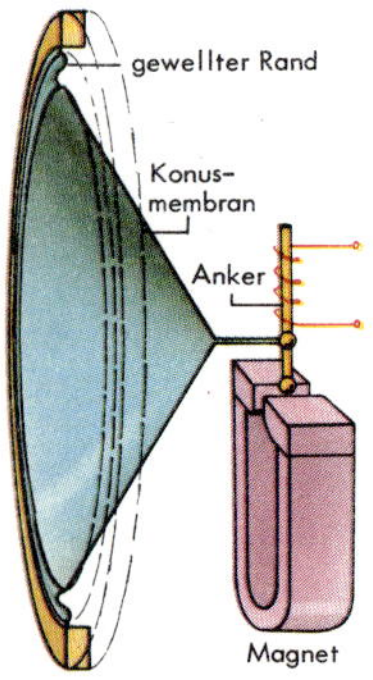

Freischwinger

2

Lautsprecher 1 und 2

Laufzeitleitung, beim PAL- und beim SECAM-Verfahren (→Farbfernsehen) Verzögerungsleitung aus Glas, in der das hochfrequente Farbartsignal durch Ultraschallwandler eine Schallwelle erzeugt, die am Ende der L. durch einen Wandler wieder in das Farbartsignal gewandelt wird. Moderne L. haben durch eine Vielzahl von Reflexionsstellen für die Schallwelle nur noch geringe Abmessungen.

Laufzeitröhren, Elektronenröhren, in denen die endliche Laufzeit der Elektronen für den Mechanismus der Röhre nutzbar gemacht wird. Man unterscheidet: L. mit Energieaustausch zw. Elektronen und lokalisierten (stehenden) elektrischen Feldern (z. B. →Klystron) und L. mit Energieaustausch zw. Elektronen und verzögert oder schnell fortschreitenden Feldern (z. B. →Wanderfeldröhre). – Anwendung: Verstärker und Oszillator im Mikrowellenbereich.

Laufzeitspeicher, Datenverarbeitung: Informationsspeicher in nachrichtentechn. Geräten und Rechenanlagen, der auf der endlichen Ausbreitungsgeschwindigkeit von elektr. und akust. Wellen beruht. Durch Verstärken und wiederholten Durchlauf durch einen L. kann eine Information längere Zeit gespeichert werden.

Laugen, 1) i. a. Bez. für wäßrige Lösungen von →Basen, sofern diese deutlich alkalisch reagieren, oft eingeschränkt auf wäßrige Lösungen starker Basen, v. a. die Lösungen von Natrium- und Kaliumhydroxid. Da auch Salze starker Basen mit schwachen Säuren alkalisch reagieren, heißen deren Lösungen häufig auch L. (z. B. Bleichlauge). 2) wäßrige Lösungen, die – unabhängig von der Acidität – alle möglichen Nutz- und Ballastbestandteile enthalten können, z. B. Ablaugen. (→Mutterlauge)

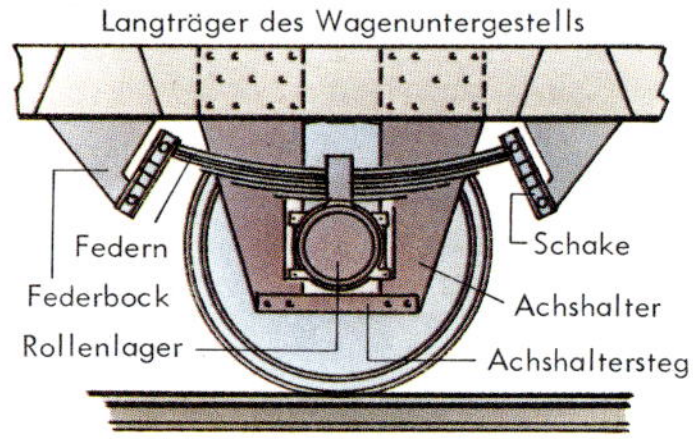

Laufwerk: Güterwagenlaufwerk mit Doppelschakengehänge und federnden Achshaltern

Laugieren, Verfahren der Textilveredlung, entspricht einer →Mercerisation ohne Zugeinwirkung und ohne Glanzerhöhung. Dafür steigt der Schrumpf und damit die Elastizität der Gewebe (Stretchartikel).

Laugung, Verfahren zur Metallgewinnung und -aufbereitung aus Erzen durch Extrahieren mit Wasser, wäßrigen Lösungen von Säuren, Basen u. a. Aus ihren Lösungen werden die Metalle (Eisen, Nickel, Kupfer, Uran, Kobalt, Gold, Silber u. a.) durch Ausfällen, Chelatbildung, Elektrolyse oder Ionenaustausch zurückgewonnen. Außer der L. in Behältern und durch Berieseln von Haufen oder Halden grobkörnigen Gutes mit Lauge wird für die Ausnutzung armer Lagerstätten die **in-situ-Laugung** in der Grube oder im Tagebau herangezogen **(Lauge-Bergbau),** seit längerem schon von Schwefel und Salzen, neuerdings von Kupfer, seltenen Erden und Uran. Neu ist auch die **biologische** oder **bakterielle L.** mit Hilfe von oxidierenden Mikroorganismen. Sie überführen die aus z. B. Pyrit (FeS_2) und Kupferkies ($CuFeS_2$) entstandenen Fe II-Verbindungen zu Fe III und darüber hinaus zu Lösungsmitteln für Kupfer.

Laurasia, Geologie: Urkontinent auf der N-Halbkugel (N-Amerika, Europa und Sibirien), der etwa seit dem Lias auseinanderdriftet.

Laurentia, alte archäische Landmasse, die große Teile Kanadas und Grönlands umfaßte, Kernmasse ist der Kanad. Schild; während der laurent. Gebirgsbildung gefaltet.

Laurentius-Schwarm [n. dem röm. Märtyrer Laurentius, † 258], volkstümlich für →Perseiden.

Laurent-Reihe [lɔr'ã-, n. dem frz. Mathematiker P. A. Laurent, * 1813, † 1854], in der Funktionentheorie eine →Potenzreihe in $(z-z_0)$, in der auch Glieder mit negativen Exponenten auftreten, sie hat die Form

$$L(z)=\sum_{n=-\infty}^{+\infty} a_n\,(z-z_0)^n.$$

Sie konvergiert in einem Kreisring mit Mittelpunkt z_0.

Laurinlactam, kristallines → Lactam, das zur Herstellung von Nylon verwendet wird. (FORMEL S. 158)

Laurinsäure, Dodecansäure, kristalline Carbonsäure. L. kommt als Glycerinester in Fetten (z. B. in Kokos- und Palmkernöl bis zu 50%) vor und wird aus diesen durch Verseifung gewonnen. L. dient im Gemisch mit anderen Fettsäuren zur Herstellung von → Fettalkoholen, → Fettaminen und Seifen. (FORMEL S. 158)

Läutern, Aufbereitungsprozeß zum Entschlämmen mineral. Rohstoffe von lehmigen und tonigen Verunreinigungen.

Lautsprecher, Einrichtung zur Umwandlung von tonfrequenten elektr. Schwingungen in hörbare (akust.) Schwingungen, verwendet zur Wiedergabe von Sprache, Musik und Geräuschen in Rundfunk-, Fernseh- und Tonbandgeräten, Plattenspielern, elektr. und elektron. Musikinstrumenten, Mikrophon-Verstärker-Anlagen, beim Tonfilm. Der L. besteht aus dem eigtl. **Wandlersystem,** das die elektr. Schwingungen in mechanische umwandelt, und einem **Abstrahlsystem,** meist einer Membran, die diese mechan. Schwingungen auf die Luft überträgt.

Arten. Der **elektromagnetische L.** beruht auf der Anziehungskraft eines Elektromagneten, der bei den ersten L. auf eine Blechmembran wirkte (BILD 1 S. 158). Später wurde diese durch einen frei vor den Polen des Magneten schwingenden Anker ersetzt, dessen Schwingungen auf eine Konusmembran aus Papier übertragen wurden **(Freischwinger,** BILD 2 S. 158).

Beim heute überwiegend angewandten **elektrodynam. L.** wird die Ablenkung eines stromdurchflossenen Leiters in einem Magnetfeld ausgenutzt. Er besteht aus einem Dauermagneten, z. B. aus Aluminium-Nickel-Cobalt (AlNiCo) oder Ferrit, in dessen ringförmigem Luftspalt eine Spule schwingt, die eine Membran konusähnlicher Form antreibt (BILD 3). Da das Magnetfeld in dem Luftspalt homogen ist, werden nichtlineare Verzerrungen bei der Schallwiedergabe weitgehend vermieden.

Beim **piezoelektr. L.** wird der bei best. Kristallen auftretende piezoelektr. Effekt ausgenutzt. Zwei Ecken eines aus zwei Schichten bestehenden quadrat. Kristalls (urspr. Seignette-Salz) sind mit der Membran verbunden (BILD 4); sie schwingen gleichzeitig auf und ab, die beiden anderen Ecken sind ortsfest gelagert. Neuerdings wird die Piezoelektrizität synthetischer Hochpolymere (HP) zum Bau von L. ausgenutzt, bei denen das Antriebssystem, eine dünne HP-Folie, direkt die Membran bildet. Man erzielt dadurch eine breite Abstrahlung der hohen Frequenzen, geringe Verzerrungen und ausgeglichenen Frequenzgang.

Der **elektrostatische L. (Kondensator-L.)** benutzt die elektrostat. Anziehung zweier Metallflächen, die eine elektr. Spannung gegeneinander führen, und besteht im Prinzip aus einer dünnen Metallmembran oder metallisierten Kunststoffolie und einer davon isolierten festen Gegenelektrode (BILD 5). Dem bes. kleinen Klirrfaktor eines elektrostat. L. steht als Nachteil gegenüber, daß er mit einer hohen Gleichvorspannung betrieben werden muß.

Beim **Ionen-L.** (›Ionophon‹) werden statt der trägen Membrane ionisierte Luftpartikel in Schwingungen versetzt.

Ein Maß für die Güte eines L. ist ein möglichst konstanter Wirkungsgrad für die Umwandlung der elektr. Eingangsleistung in Schalldruck im gesamten Tonfrequenzbereich. In der Praxis ist das aber nur durch Kombination mehrerer L. erreichbar. **Hifi-Boxen** [h'aɪ fi:-] enthalten daher meist zwei oder drei L.-Systeme (Zweiweg-, Dreiwegsysteme) für die tiefen sowie die mittleren und hohen Frequenzen. Als **Hochton-L.** (engl. ›tweeter‹) setzt man Kalottensysteme **(Kugel-L.)** ein, da sie die hohen Frequenzen nicht so stark bündeln wie Konus-L., oder verwendet Klangzerstreuer. Die tiefen Frequenzen werden durch Baß-L. (engl. ›woofer‹) übertragen. Zur besseren Tieftonwiedergabe befestigt man den L. auf einer Schallwand, die ein offenes oder geschlossenes Gehäuse (›Box‹) sein kann. Das **Baßreflexgehäuse** ist an der Rückseite geschlossen und hat vorne eine Austrittsöffnung best. Größe. Die Aufteilung des Tonfrequenzbereiches auf die einzelnen L.-Systeme erfolgt durch eine als → Frequenzweiche bezeichnete Filterschaltung. **Aktive L.-Boxen** besitzen für jedes L.-System einen eigenen Verstärker (›aktive Weiche‹), der sich getrennt einstellen läßt; damit ist die beste Raumanpassung möglich. Für best. Anwendungen werden L. mit vorgesetztem Trichter (Kegel, Exponential-, Kugelwellentrichter), auch mit Druckkammer (→ Druckkammerlautsprecher), eingesetzt, wodurch sich der Wirkungsgrad bei der Schallabstrahlung z. T. wesentlich erhöhen kann.

Für die Lautsprecherwiedergabe in Sälen und auf Plätzen verwendet man **Strahlergruppen,** die aus mehreren, auf einer schmalen Schallwand angeordneten L. bestehen. Strahlergruppen bündeln den Schall fächerförmig in die Zuhörerebene hinein, so daß weniger Energie erforderlich ist und durch Verringerung der Schallstrahlung gegen die Decke eines Raumes der störende Nachhall weitgehend vermieden wird.

H. H. KLINGER: L. u. Lautsprechergehäuse für HiFi ([8]1976); H. SAHM: Hi-Fi-L., Grundlagen . . . ([2]1982).

Lautstärke, die subjektive Schallempfindung, gemessen in → Phon. Eine Pegelzunahme um 10 dB (→ Dezibel) wird als Verdoppelung der L. empfunden. Die Kurven gleicher L. beschreiben die zu tiefen Frequenzen hin abnehmende Empfindlichkeit des Gehörs (BILD Hören). Bei niedrigen Schalldruckpegeln ist die Empfindlichkeitsabnahme größer als bei hohen Schalldruckpegeln.

Um den subjektiven Hörvergleich mittels Versuchspersonen durch eine objektive Messung mit L.-Messern ganz bestimmter Bauart zu ersetzen, wurde die **DIN-L.,** gemessen in → DIN-phon, eingeführt, heute wird international die L. in dB(A) gemessen (→ Schallpegelmesser).

Lautstärke|einstellung geschieht in Empfängern und Verstärkern mit einem durch einen Dreh- oder Schiebeknopf einstellbaren Spannungsteiler (Potentiometer). Er hat zur Anpassung an die logarithm. Empfindlichkeit des Ohres eine exponentielle Kennlinie und ist zur gehörrichtigen (physiolog.) Einstellung mit einer frequenzabhängigen Schaltung (Filter) verbunden. Diese schwächt bei kleinen Lautstärken die hohen Frequenzen stärker als die tiefen, da die Empfindlichkeit des Ohres bei kleinen Lautstärken für tiefe Töne stärker abnimmt als für hohe Töne.

Lautstärkemesser, → Schallpegelmesser, → Lärm, → Lautstärke.

Lautstärke|regelung, selbsttätige Lautstärkeeinstellung (Schwundregelung) in Empfängern auf dem Kurz-, Mittel- und Langwellenbereich. Sie wird mit der Gleichstromkomponente der gleichgerichteten Trägerwelle durchgeführt und bezweckt außer der Beseitigung von Schwunderscheinungen (→ Fading 2) die annähernd gleich laute Wiedergabe verschieden stark empfangener Sender.

Lava *die,* glühendheiße Silikatschmelze (1000 bis 1400 °C), die bei Vulkanausbrüchen unter lebhafter Ent-

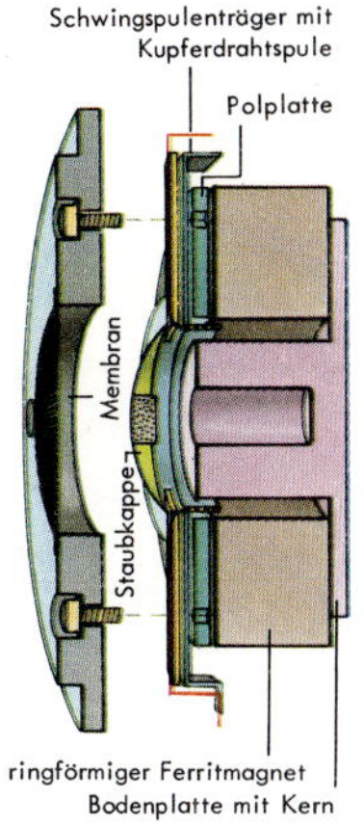

Elektrodynamischer L. HiFi-Hochton-Kalotten-L.
3

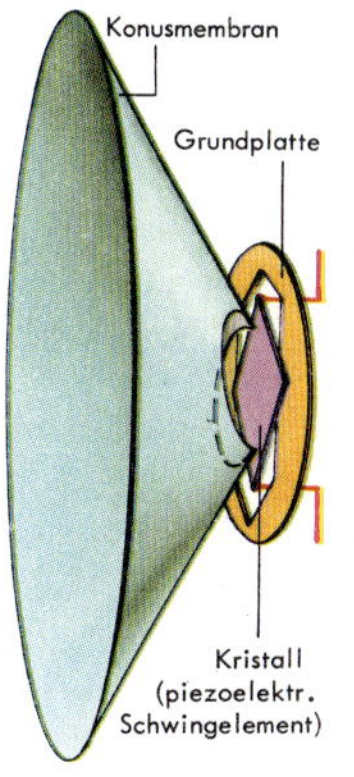

Piezoelektr. L.
4

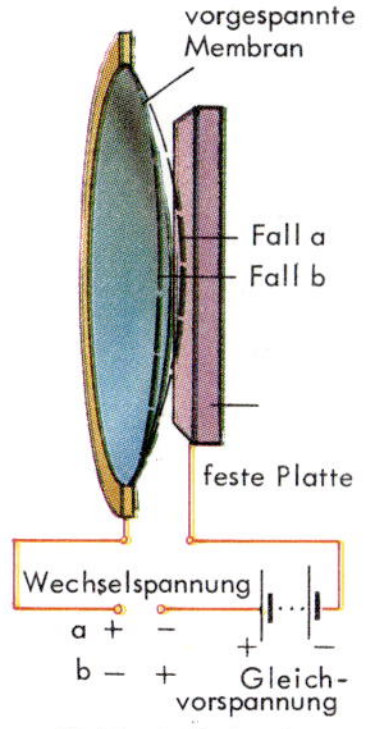

Elektrostatischer L.
5

Lautsprecher 3–5

Lava: LINKS Stricklava, Mývatn/Island; MITTE Blocklava, Kameni/Griechenland; RECHTS Fladenlava, Galápagos-Inseln

gasung (→ Magma) ausfließt und zu einem glas- und blasenreichen →Ergußgestein, ebenfalls L. genannt, erstarrt. In ebenem Gelände entstehen **L.-Decken,** beim Herabfließen **L.-Ströme.** Siliciumreiche ›saure‹ L. ist zähflüssig, gibt den Gasgehalt langsam ab und erstarrt nach kurzem Fließen zu **Block-L. (Aa-L.)** mit hohem Glasanteil. Dagegen ist siliciumarme ›basische‹ L., die rasche Entgasung zeigt, dünnflüssig und bildet die **Fladen-L., Pahoehoe-L.** [pahˈɔɪhɔɪ-], die zu **Strick-** und **Gekröse-L.** verknäult oder zu wirren Haufen von **Schollen-L.** aufgetürmt werden kann. In manchen Vulkankratern bildet sich ein **L.-See.**

COOH
|
CH_2
|
CH_2
|
CO
|
CH_3

Lävulinsäure

Lävulinsäure, 4-Oxovaleriansäure, kristalline Oxocarbonsäure, die aus Glucose oder Fructose (Lävulose) und Salzsäure hergestellt wird; im Textildruck und zur Herstellung von Weichmachern verwendet.

Lävulọse, die D-Fructose; →Fruchtzucker.

Lawịne, ruckartiger, oft zerstörend wirkender Abgang von Schnee- oder Eismassen an steilen Berghängen oder -wänden. L. werden ausgelöst durch innere Massenverlagerungen des L.-Materials, fallende Steine, Tritte, Schallwellen oder andere Erschütterungen. **Trockenschneelawinen** treten auf nach Neuschnee bei niedriger Temperatur, bei durch Wind transportiertem Triebschnee und bei Schwimmschnee, der sich in tieferen Schichten bei niedrigen Temperaturen durch Umkristallisation bildet und eine Gleitbahn für den darüber liegenden Lockerschnee darstellt. Dazu gehören auch die **Schneebretter,** die über lockerem Schnee durch Windpressung auf den Leerseiten von Hängen entstehen. **Feucht-** oder **Naßschneelawinen** bilden sich, wenn nasser Neuschnee fällt, oder treten bei Tauwetter, bes. im Frühjahr im Altschnee auf. **Eislawinen** entstehen bei Abbruch von Firneis im oberen Teil oder von Gletschereis im unteren Teil von Gletschern. Nach der Bewegungsform werden **Fließ-** und **Staublawinen** unterschieden. – Die **Grundlawine** ist eine große, nasse Fließ-L., oft von Erde und Geröll durchsetzt. Sie entsteht vorwiegend im Frühjahr bei Durchnässung der gesamten Schneedecke und fährt meist als geschlossene, sich verdichtende Schneemasse zu Tal. – Von **Steinlawinen** spricht man, wenn der Zusammenhalt größerer Felspartien gelockert wird und diese abgehen.

Die gefürchtete Druckwirkung von abstürzenden L.-Massen hängt von der Dichte und der Geschwindigkeit des L.-Schnees ab (in großen Fließ-L. häufig bis 500 kN je m^2 = rd. 50 t je m^2). Staub-L. wirken daher oft weniger gewalttätig. Als Schutz gegen L. dienen Waldanpflanzungen (Baumwald), L.-Verbaue (Stützverhaue in der Anrißzone, Ablenk- und Bremsverbaue), keilförmige Vorbauten an Gebäuden zum Zerteilen der L. und kontrolliertes Auslösen von L. durch Beschuß.

Lawịnenlaufzeitdiode, Bauelement der Mikrowellentechnik, →IMPATT-Diode.

Lawrẹncium [n. dem amerikan. Physiker E. O. Lawrence, * 1901, † 1958], chem. Symbol **Lr,** früher **Lw,** zu den →Transuranen zählendes radioaktives →chemisches Element, Ordnungszahl 103, erstmals 1961 von A. GHIORSO und anderen in den USA hergestellt. Es gibt mehrere Isotope mit kurzen (bis rd. 30 s) Halbwertszeiten; sie sind α-Strahler.

Lawson [lɔːsn], →Naphthochinone.

Lawson-Kritẹrium [lˈɔːsən-, n. dem amerikan. Kernphysiker J. D. Lawson, * 1923], 1957 berechnete Größe für das Produkt aus Dichte und Einschlußzeit der Teilchen im Plasma eines Fusionsreaktors, bei deren Überschreitung dieser einen technisch verwertbaren Energieüberschuß liefert. Diese Größe (›Lawson-Zahl‹) beträgt bei den günstigsten Temperaturen von einigen 10^8 K. für die D-D-Reaktion (→Kernfusion) etwa 10^{16} s/cm³, für die D-T-Reaktion etwa 10^{14} s/cm³.

lb, 1) Einheitenzeichen für →pound.

2) Mathematik: Abk. für den →Logarithmus zur Basis 2.

lbf, Einheitenzeichen für →pound-force.

LCD, Abk. für **Liquid Crystal Display** [lˈɪkwɪd krɪstl dɪsplˈeɪ, engl.], →Flüssigkristallanzeige.

LC-Glied, aus einer Spule *L* und einem Kondensator *C* gebildeter frequenzabhängiger →Vierpol. LC-G. werden ähnlich wie→ RC-Glieder als Filter (z. B. →Siebschaltung) und als frequenzbestimmendes Glied in →Oszillatoren **(LC-Oszillator)** eingesetzt, aber wegen der meist aufwendigen Herstellung von induktiven Bauelementen nicht so häufig verwendet wie RC-Glieder.

ld, Mathematik: Abk. für den →Logarithmus zur Basis 2.

LD_{50}, die letale →Dosis 2).

LD-AC-Verfahren, ein Sauerstoff-Aufblasverfahren zur Stahlherstellung, →Eisen.

LDPE, Abk. für **Low Density Polyethylene** [ləu dˈensɪtɪ pɔlɪˈeθɪli:n], → Polyäthylen niedriger Dichte.

LD-Verfahren, ein Sauerstoff-Aufblasverfahren zur Stahlherstellung, → Eisen.

Lebend|bau, Lebendverbau, bautechn., ingenieurbiolog. Maßnahme zur Sicherung von Gewässerufern oder Küstendünen mit wuchsfähigen Pflanzen, auch in Kombination mit totem Baumaterial. Der wasserbaul. Begriff wird auch auf die biolog. Sicherung von Böschungen, Halden, Deponien angewendet.

Lebender Kamm, schräg zur Fließrichtung buhnenartig angeordnete Reihe aus bewurzelungsfähigen Weiden-Steckhölzern zur Förderung der Verlandung, z. B. in der Bucht eines Gewässers.

Lebensdauer, 1) Physik: Formelzeichen τ, a) **mittlere L.**, die Zeit, die im statist. Mittel verstreicht, bis von einer Ausgangszahl von radioaktiven Atomen, Atomkernen oder Elementarteilchen noch der e-te Teil vorhanden ist (e = 2,71828 . . . = Basis der natürl. Logarithmen). Die L. steht mit der → Halbwertszeit $T_{1/2}$ und der Zerfallskonstante λ im Zusammenhang: $\tau = T_{1/2}/\ln 2 = 1/\lambda$. Die L. langlebiger Zustände lassen sich direkt durch die Messung des zeitl. Verlaufs der → Radioaktivität bestimmen. Bei kurzlebigen Zuständen (10^{-15} s und weniger) kann aus der Messung der Energieunschärfe des instabilen Zustandes über die Heisenbergsche → Unschärferelation auf die L. geschlossen werden. b) Bei Elektronen in Festkörpern spricht man auch von der **mittleren Verweilzeit** in einem angeregten Zustand.

2) Zuverlässigkeitstechnik: für ein einzelnes Bauelement oder ein zusammengesetztes, nicht mehr reparierbares System die beobachtete Zeitdauer vom Beanspruchungsbeginn bis zum Zeitpunkt des → Ausfalls. Die L. wird überwiegend als stetige Zufallsgröße angesehen, sie kann aber auch (z. B. Anzahl der Steckzyklen von Steckverbindern) als diskrete Größe aufgefaßt werden. Die **mittlere L.** (auch Erwartungswert genannt) ist das arithmet. Mittel der Lebensdauerwerte einer Anzahl gleichartiger Bauelemente oder Systeme. In dem Bereich, für den die → Ausfallrate λ als konstant angesehen werden kann, ist die mittlere L. der Kehrwert der Ausfallrate ($m = 1/\lambda$) und gleichbedeutend mit dem mittleren Ausfallabstand → MTBF.

Lebensmittel, Oberbegriff für Nahrungs- und Genußmittel, alle Stoffe, die in unverändertem, verarbeitetem oder zubereitetem Zustand von Menschen gegessen, gekaut oder getrunken werden, soweit sie nicht Arzneimittel und Rauschgifte sind. Auch Tabak und dessen Erzeugnisse werden zu den L. gerechnet.

Lebensmittelchemie, Zweig der angewandten Chemie, der die Zusammensetzung und Eigenschaften pflanzl. und tier. Lebensmittel sowie die bei der Lagerung, Zubereitung oder industriellen Verarbeitung sich abspielenden Veränderungen erforscht. Die Disziplin war urspr. v. a. chemisch-analytisch ausgerichtet (daher L.), heute umfaßt sie u. a. Arbeitsrichtungen aus der Physik, der Biochemie, der Mikrobiologie, der Toxikologie und der Sensorik der Lebensmittel. Man spricht daher besser von **Lebensmittelwissenschaft.** Schwerpunkte sind z. B. die Untersuchung der Lebensmittel nach den Anforderungen des Lebensmittel- und Bedarfsgegenständeges. und die Bestimmung der ernährungsphysiologisch bed. Inhaltsstoffe (Kohlenhydrate, Fett, Protein, Vitamine, Mineralstoffe).

Lebensmitteltechnologie, zusammenfassende Bez. für alle Maßnahmen, um aus biolog. Rohware Halbfabrikate oder genußfertige Lebensmittel zu erzeugen und zu verarbeiten sowie für den Handel zu präparieren. Neben physikal. (mechan.) Verfahren wie Sortieren, Zerkleinern, Mischen, Trocknen, Transportieren, Verpacken u. ä. spielen bes. bei der → Konservierung und Umwandlung chem. Prozesse eine Rolle, z. B. beim Kochen, Backen, Rösten, Gären u. ä. Darüber hinaus entwickelt die L. neue Lebensmittelzubereitungs- und Herstellungs-Verfahren und erforscht die Herstellung künstl. Lebensmittel, Lebensmittelzusatzstoffe und die Auswertung bislang ungenutzter Rohstoffe.

Lebens|spuren, von Organismen geprägte Sedimentstrukturen (Wohn- und Freßbauten, Weide-, Ruhe- und Kriechspuren; → Fossil).

Leberblende, die → Schalenblende.

Lebesguesches Integral [ləbˈɛgʃəs-, n. dem frz. Mathematiker H. L. Lebesgue, * 1875, † 1941], für beschränkte Funktionen auf beschränkten Intervallen eine weitgehende Verallgemeinerung des Riemannschen Integralbegriffs (→ Integralrechnung). Es gibt Funktionen, die Lebesgue-integrierbar, aber nicht Riemann-integrierbar sind. Die Definition des L. I. erfolgt z. B. mit Hilfe des **Lebesgueschen Maßes** (→ Maßtheorie). Erst durch die Verwendung des L. I. konnten in der Analysis viele Fragestellungen behandelt und ihre Lösungen übersichtlich dargestellt werden.

Le Chateliersches Prinzip, Le Chatelier-Braunsches Prinzip [ləʃatəljˈe-, n. dem frz. Chemiker H. L. Le Chatelier, * 1850, † 1936, und dem dt. Physiker K. F. Braun, * 1850, † 1918], thermodynam. Prinzip, das die Richtung angibt, in der sich ein im thermodynam. Gleichgewicht stehendes System unter dem Einfluß eines äußeren Zwanges verschiebt. Es wird auch als **Prinzip des kleinsten Zwanges** (oder ›Flucht vor dem Zwang‹) bezeichnet, weil das System bei Anwendung eines äußeren ›Zwanges‹ (z. B. Temperaturerhöhung) diesem auszuweichen versucht. Z. B. bewirkt eine Temperaturerhöhung eine Zunahme der Löslichkeit in einer gesättigten Salzlösung (festes Salz löst sich), wenn zum Lösen Wärme benötigt wird.

Lecher-Leitung [n. dem österr. Physiker E. Lecher, * 1856, † 1926], **symmetrische Doppelleitung,** Hochfrequenzleitung, bestehend aus zwei parallelen Drähten, deren Abstand groß gegen den Drahtradius ist und auf der sich → TEM-Wellen ausbreiten. Die L.-L. wird zur Wellenlängenmessung verwendet; ein kurzes 1/4 oder 1/2 Wellenlänge langes Leitungsstück dient als Schwingkreis und stellt einen → Leitungsresonator dar.

Lecithine *Mz.*, Gruppe von → Phosphatiden, die aus L-α-Glycerinphosphorsäure, Cholin und Fettsäuren bestehen und in jeder Zelle vorkommen. Reich an L. sind Blutplasma, Eigelb, Hefen u. a. – L. wird vielfältige therapeut. Wirkung zugeschrieben. L. werden v. a. in der Nahrungsmittel-Ind., daneben als Emulgatoren in kosmet. Präparaten, sowie in der Leder- und Textil-Ind. verwendet.

Leck, undichte Stelle an Rohrleitungen, Behältern und Schiffen. Bei letzteren zeigen **L.-Rechnungen** den Einfluß eindringenden Wassers auf die Schwimmfähigkeit und Trimmlage. Bei Fahrgastschiffen sind besondere Nachweise der Lecksicherheit nötig.

Leckage [-ʒə], **Leckverlust,** Kerntechnik: Anteil der Neutronen, der den Reaktorkern, ohne eine Kernspal-

1

2

3

4

Leder 1–4: Lederarten; **1** Schweinsleder (Vergr. 2,5:1), **2** Kalbleder, **3** Rindleder, **4** Roßleder (**2–4** Vergr. 5:1)

tung hervorzurufen, verläßt; er läßt sich durch möglichst kleine Reaktoroberfläche und ein rückstreuendes Material (Reflektor) verringern.

Lecksuchgerät, Vorrichtung zur Auffindung von Undichtigkeiten in Vakuumapparaturen u. a. Behältern, die dicht abgeschlossen sein müssen. Durch eine Düse wird ein Testgas (z. B. Helium) auf den evakuierten Behälter geblasen, der mit dem L. verbunden ist. Die durch undichte Stellen ins Innere eintretenden Gasmoleküle und -atome werden meist massenspektrographisch mit hoher Empfindlichkeit nachgewiesen **(Lecksuchmassenspektrometer).** – Ohne Spülgas arbeiten Mikrophonverstärker, die auf Ultraschall ansprechen, der beim Einströmen von Stickstoff ins Vakuum entsteht. Mit kleinen Hochfrequenzentladungsgeräten lassen sich an evakuierten Glasapparaturen Löcher sichtbar machen.

Leclanché-Zelle, Leclanché-Element [ləklãʃ'e-, n. dem frz. Chemiker G. Leclanché, * 1839, † 1882), → Kohle-Zink-Zelle.

LED, Abk. für **Light Emitting Diode** [laɪt ɪm'ɪtɪŋ d'aɪəʊd, engl.], → Lumineszenzdiode.

Leda, ein Mond des Planeten → Jupiter 1.

Leder, von den Haaren befreite und gegerbte, meist auch gefettete und gefärbte Tierhaut. Die Bez. der versch. Arten richtet sich nach dem verarbeiteten Hautmaterial (Rind-, Kalb-, Ziegen-, Schaf-, Roß-, Reptil- u. a. L.), nach den angewendeten Gerbstoffen (pflanzlich, chrom-, alaun-, tran-, kombiniert gegerbt), nach Zurichtverfahren (Velours-, Nappa-, Nubuk-, Anilin- u. a. L.) oder nach dem Verwendungszweck (Sohl-, Schuhober-, Bekleidungs-, Handschuh-, Portefeuille- u. a. L.). Wichtig ist auch die Unterscheidung von L. mit natürl. Narben (Narben-L., Voll-L.) und L. aus narbenfreien oder mit Preßnarben versehenen Spaltschichten (Spalt-L.).

Herstellung. In der ›Wasserwerkstatt‹ werden die Häute zunächst in Gruben oder rotierenden Fässern mit viel Wasser von dem zur Konservierung verwendeten Salz, von bakteriziden Mitteln, von Stallmist usw. freigewaschen und dabei ›geweicht‹, d. h. in den schlachtfrischen Zustand zurückgebracht. Es folgt eine Behandlung mit haarzerstörenden oder nur haarlockernden Mitteln, die zugleich eine starke alkal. Quellung der Hautfasern hervorrufen. Die Haare oder deren Reste werden mitsamt den oft stark pigmentierten Haarwurzeln durch maschinelles Abschaben entfernt. Die enthaarten ›Blößen‹ werden durch Neutralisieren in Verbindung mit einer fermentativen Beize in den Quellungszustand der geweichten Haut zurückversetzt. Die gerbfertigen Blößen gelangen nun in den Arbeitsgang ›Gerbung‹, sie werden mit wässerigen Gerbflotten, meist unter starker Bewegung, behandelt (→ gerben). Durch die chem. Bindung der Gerbstoffe an die Hautfasern wird das Hautfasergeflecht lohgar, chromgar, alaungar, sämischgar usw. Der Ausdruck ›lohgar‹ wird noch weiterhin für alle pflanzlich-synthetisch gegerbten L. angewendet, obwohl an die Stelle der ›Lohe‹ in der älteren Arbeitsweise der ruhenden ›Grubengerbung‹ weitgehend die ›Faßgerbung‹ mit Gerbextrakten in rotierenden Gerbfässern getreten ist.

Die durchgegerbten, noch nassen L. werden durch Bearbeiten mit spanabhebenden Maschinen (Blanchieren, Falzen, Spalten) auf gleichmäßige Dicke gebracht und dann Fettungsprozeduren unter Verwendung von wasserverträgl. Fettungsmitteln (oxidierte Seetiertrane, Eigelb) oder von in Wasser emulgierten Fettstoffen unterworfen. In enger Verbindung mit der Emulsionsfettung steht die Färbung der Chromleder in warmen Farbflotten.

Die Trocknung der durch maschinelles Abwelken bereits weitgehend vorentwässerten L. erfolgt in geheizten Trocknungsräumen mit Luftumwälzung oder in Tunneln mit Transportanlage. L., bei denen ein hohes Flächenmaß erzielt werden soll, werden in flächig gedehntem Zustand getrocknet, indem man sie auf Holztafeln aufnagelt, auf Lochbleche aufspannt oder auf Glas- oder Metallplatten aufklebt. Freihängend bei hoher Temperatur getrocknete Chrom-L. sind stark in der Fläche geschrumpft, blechig und steif. Sie müssen, ebenso wie die gespannt-getrockneten L., durch dehnendes Biegen (Stollen) wieder weich und geschmeidig gemacht werden. Durch diese und weitere mechan. Operationen (Bügeln, Pressen, Glanzstoßen, Krispeln u. a. m.) sollen dem L. entweder best. physikal. Eigenschaften (z. B. Festigkeit, Griff, Biegungselastizität, Zügigkeit) oder speziell der Narbenoberfläche besondere Qualitäten (wie Glanz, Glätte, Profil, Preßnarben) gegeben werden. Solche Arbeiten am bereits getrockneten L. werden in ihrer Gesamtheit als Zurichtung bezeichnet. Hierzu gehören auch das Schleifen der L. vom Velourstyp oder (bei Narben-L.) das Schleifen als Narbenkorrektur, ferner das Aufspritzen oder Aufgießen von filmbildenden und meist auch Farbpigmente enthaltenden Polymerisatlösungen (Deckfarben), von wasserabweisenden Schutz- oder Lackschichten. Auch werden vorgefertigte Farbfilme oder dünne Metallfolien (Gold- und Silber-L.) dem L. aufkaschiert.

Geschichtliches. Die Kunst des Gerbens mit Ölen oder Rauch wurde bereits in paläolithischer Zeit geübt. Das Gerben mit vegetabil. Stoffen mag in der beginnenden Bronzezeit aufgekommen sein. Einen hohen Stand hatte die L.-Herstellung bereits im alten Ägypten, wo zur Gerbung Öle, vegetabilische Gerbstoffe und – wie im alten Mesopotamien – auch Alaun angewandt wurden. Die Trangerbung ist vielleicht eine Erfindung der Eskimos. Bei den Naturvölkern werden Felle heute noch mit Fetten, Asche, best. Pflanzen oder Urin bearbeitet, von den Haaren befreit und, um sie geschmeidig zu machen, geräuchert (Indianer), geknetet oder gekaut (Eskimo). – Bis zur Mitte des 19. Jh. war das wichtigste Gerbverfahren die Lohgerbung. Durch die Einführung der Faßgerbung unter Benutzung hochkonzentrierter Gerbextraktbrühen, hergestellt aus importierten gerbstoffreichen Gerbhölzern, wurde der erste Schritt zur Umwandlung handwerkl. Kleingerbereien in eine großindustrielle L.-Fabrikation getan. Noch umwälzender war die allgemeine Einführung der Chromgerbung (erfunden 1858 von F. L. KNAPP) gegen Ende des 19. Jh., die die Lickerfettung, die Färbung im rotierenden Faß, die Heißtrocknung der L. und die komplizierte Zurichttechnik mit Deckfarben nach sich zog. Wesentl. techn. Fortschritte brachte die Ersetzung der unhygien. Kotbeize durch Fermentbeizen (O. ROHM, 1907) und die Erfindung technisch brauchbarer synthetischer Gerbstoffe, beginnend mit E. STIASNY (1911). Weitere BILDER S. 163.

F. STATHER: Gerbereichemie u. Gerbereitechnologie ([4]1967, m. Lit.); H. HEGENAUER: Fachkunde für lederverarbeitende Berufe ([4]1976); Ledertechnik, hg. v. W. WERNER (1979); H. SCHRÖTER: Maschinenlehre Lederverarbeitung ([4]1980).

LEED-Verfahren, Abk. für **Low Energy Electron Diffraction-Verfahren** [ləʊ 'enədʒɪ ɪl'ektrɔn dɪfr'ækʃn-, engl.], Verfahren zur Strukturanalyse von Festkörperoberflächen oder dünnen Schichten, bei dem die Probe mit niederenerget. Elektronen (10 bis 100 eV, d. h. einer Wellenlänge von etwa 0,1 nm, die den Atomabständen im

Kristallgitter entspricht) beschossen wird. Die Winkelverteilung der an der Kristalloberfläche in Rückwärtsrichtung gebeugten Elektronen wird entweder direkt auf einem Leuchtschirm sichtbar gemacht oder mit einem geeigneten Detektor für Elektronen vermessen. Wegen der sehr geringen Eindringtiefe wird das Beugungsbild durch die obersten Atomlagen bestimmt. Die Experimente müssen im Hochvakuum an Einkristallen ausgeführt werden, damit die Grenzflächenstruktur nicht durch adsorbierte Gasmoleküle verfälscht ist. Neben reinen Oberflächen können auch Adsorptionsschichten untersucht werden, die eine wichtige Rolle bei der Katalyse spielen.

leere Menge, Nullmenge, mathemat. Zeichen ∅, die → Menge, die kein Element enthält, etwa die Menge der ungeraden ganzen Zahlen, die ohne Rest durch 2 teilbar sind.

Leerlauf, 1) Elektrotechnik: a) der unbelastete Zustand einer Spannungsquelle. Da im L. kein geschlossener Stromkreis vorliegt, fließt auch kein Strom, somit ist die Klemmenspannung gleich der Quellenspannung. b) Bei Vierpolen spricht man von L., wenn die Klemmen am Ausgang nicht belastet oder im Fall von Leitungen nicht abgeschlossen sind (der Widerstand also gegen ∞ geht). c) Für elektr. Maschinen und Geräte ist der L. der unbelastete Betriebszustand, eine Aufnahme oder Abgabe von Blindleistungen (→ Blindleistungsgenerator) ist dabei als Belastung anzusehen.

2) Maschinenbau: das Laufen eines Antriebs bei ruhendem Abtrieb, d. h. der unbelastete Betriebszustand einer Maschine, bei dem keine nutzbare Arbeit geleistet und die Drehzahl so niedrig gehalten wird **(L.-Drehzahl),** daß die gegebene Leistung gerade zur Überwindung der inneren Reibung und der Nebenantriebsleistungen ausreicht. Speziell beim Kfz-Motor ist im L. kein → Gang eingeschaltet, so daß keine Übertragung vom Antrieb zum Getriebe stattfindet. Der L. sichert bei nicht selbstanlaufenden Maschinen die Betriebsbereitschaft.

Leerlaufstrom, der von einem elektr. System zur Energieumwandlung oder -übertragung im unbelasteten Zustand aufgenommene elektr. Strom: bei elektr. Maschinen und Transformatoren der → Magnetisierungsstrom mit seinem Anteil zur Deckung der Eisen- und Stromwärmeverluste sowie (bei Motoren) noch der Luft- und Lagerreibungsverluste. Bei Freileitungen und Kabeln ist der L. ein Ladestrom zum Aufbau des elektr. Feldes.

Leerschuß, verschließbare Öffnung an einer Wasserkraftanlage, durch die der Zufluß ganz oder teilweise ungenutzt ins Unterwasser abgegeben werden kann.

Leerzeichen, Datenverarbeitung: → Blank.

Legende, Zeichen|erklärung, verbale begriffl. Erläuterung der verwendeten graph. Elemente auf Zeichnungen, Plänen und Karten. (→ Signatur)

Legendresche Differentialgleichung [ləʒ'ãdr-, n. dem frz. Mathematiker A. M. Legendre, * 1752, † 1833], die Differentialgleichung

$$(x^2-1)w'' + 2xw' - k(k+1)w = 0.$$

Hierbei ist w eine komplexwertige Funktion und k eine komplexe Zahl. Die **Legendreschen Funktionen** (auch **Legendresche Kugelfunktionen)** sind Lösungen der L. D., ist k eine natürl. Zahl n, so sind die Lösungen die **Legendreschen Polynome**

$$P_n(x) = \frac{1}{2^n \cdot n!} \quad \frac{\mathrm{d}^n(x^2-1)^n}{\mathrm{d}x^n},$$

für die die Rekursionsformel

$$(n+1)\, P_{n+1}(x) = (2n+1)\, xP_n(x) - nP_{n-1}(x)$$

gilt.

Legendresches Symbol [ləʒ'ãdr-]. Sei p eine von 2 verschiedene Primzahl und a eine ganze Zahl, dann hat das L.S. $\left(\frac{a}{p}\right)$ (›a nach p‹) den Wert 0, wenn p ein Teiler von a ist; Beispiel: $\left(\frac{9}{3}\right) = 0$. Andernfalls hat es den Wert 1, wenn a quadrat. Rest modulo p ist, d. h., wenn eine ganzrationale Zahl g existiert, für die p ein Teiler von $g^2 - a$ ist; Beispiel: $\left(\frac{4}{3}\right) = 1$, da für $g = 8$ gilt: $64 - 4 = 60$ ist durch 3 teilbar. Das L. S. hat den Wert -1, wenn das nicht der Fall ist.

Legierungen, Vereinigungen eines Metalles (Grundmetall) mit einem oder mehreren metall. oder nichtmetall. Elementen zur Verbesserung best. Eigenschaften des Grundmetalls (z. B. Zusatz von Kohlenstoff zu Eisen in Stählen zur Steigerung der Härte und Festigkeit) oder zur Erzielung neuer, den Einzelbestandteilen nicht eigenen Eigenschaften (z. B. sind L. aus den unmagnet. Metallen Kupfer, Mangan und Aluminium magnetisch). Als **Legierungselemente** werden nur absichtlich zugesetzte Elemente bezeichnet. Unbeabsichtigt auftretende Elemente, die durchaus die Eigenschaften verbessern können, heißen **Verunreinigungen.**

L. werden meist durch Zusammenschmelzen oder -sintern der Bestandteile hergestellt, manchmal auch durch gleichzeitige Reduktion der Partner aus den Erzen, durch gemeinsame Elektrolyse oder Zersetzung von Verbindungen oder durch gemeinsames Abscheiden aus der Gasphase. **Guß-L.** werden nur durch Gießen, **Knet-L.** nach dem Gießen durch zusätzliche Verformung verarbeitet.

In der dt. Normung werden, von Sonderregelungen bei Stählen, Bronzen und Messing abgesehen, die L. durch die chem. Symbole der Legierungselemente und die Angabe ihrer mittleren Gehalte bei höheren Zusätzen bezeichnet (NiCr 20 Co 16 AlTi = Nickel-L. mit 20% Chrom, 16% Kobalt und geringen Gehalten an Aluminium und Titan). Guß-L. erhalten den Zusatz ›G‹.

In der Metallkunde unterscheidet man nach der Zahl der Legierungselemente binäre, ternäre, quaternäre und höhere L. mit zwei, drei, vier oder mehr Elementen, nach der Zahl der Gefügebestandteile oder Phasen einphasige oder homogene und mehrphasige oder heterogene L.

Technisch haben die L. eine weitaus größere Bedeutung als reine Metalle. Selbst bei Schmuckwaren, Münzen und Medaillen, bei denen der Metallwert oft eine ausschlaggebende Rolle spielt, werden L. wegen ihrer besseren Gebrauchseigenschaften, z. B. wegen des geringeren Abriebs, bevorzugt. Die Zahl der L. ist theoretisch unbegrenzt, die Zahl der praktisch verwendeten wird auf mehrere Hunderttausend geschätzt.

Nichteisenmetalle (DIN-Tb. 1974 und 1975); H. Borchers: Metallkunde, 1 ([8]1975); E. Raub: Die Edelmetalle und ihre Legierungen ([2]1978); C. S. Barett: Structure of metals (Frankfurt a. M. 1980).

Lehm, durch Eisenverbindungen gelblichbraun bis braun gefärbter, kalkarmer sandiger Ton von magerer und rauher Beschaffenheit. L. entsteht durch Verwitterung von Gesteinen mit reichlich Tonerdesilikaten (bes. Feldspäten), bei der Entkalkung von Geschiebemergel **(Geschiebe-L.)** und von Löß **(Löß-L.)** sowie durch Zusammenschwemmung von Flußschlamm in Talsenken **(Aue-L.)** oder Abspülen der Böden an Gehängen **(Hang-L.).** L. zählt zu den fruchtbaren Bodenarten und

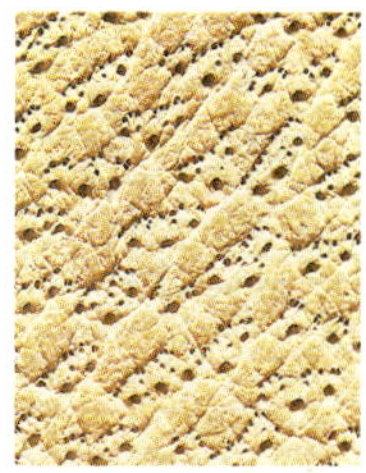

5

6

Leder 5 und 6: Lederarten (Vergr. 5:1); **5** Ziegenleder, **6** Schafleder

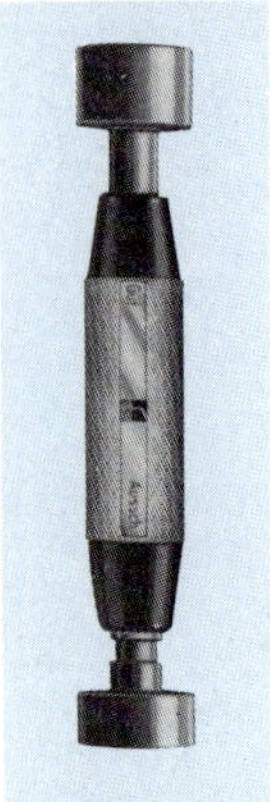

1

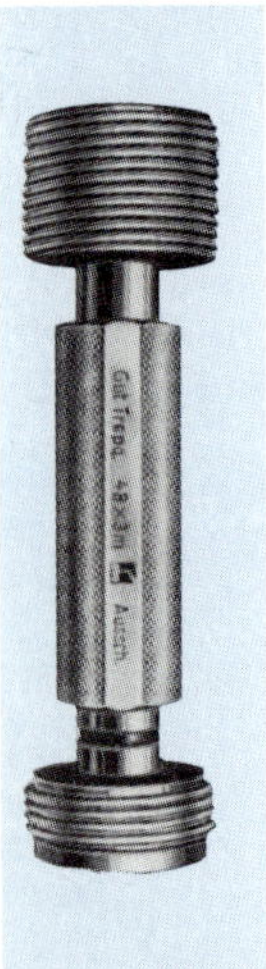

2

Lehre 1 und 2:
1 Grenzlehrdorn,
2 Grenzgewindelehrdorn

ist Grundstoff für die Ziegel-Ind. – **Braunlehm,** →Terra fusca.

Lehmbau, Hausbau aus Lehm. Beim **Lehmsteinbau** werden die Steine aus magerem Ton, dem zur Erhöhung der Festigkeit oft kurzgeschnittenes Stroh, Kraut, Holzwolle o. ä. zugegeben wird, durch Einstampfen in hölzerne Formen und Trocknen hergestellt; beim **Weller-** und beim **Stampfbau** erhärtet das ganze, in eine formgebende Schalung eingestampfte Bauwerk. – Der L. ist eine der ältesten Bauarten, bes. in China, im alten Mesopotamien und am Indus. Lehm als Bau- oder Werkstoff ist auch für weite Gebiete Afrikas (Nordafrika, Westsudan, Niltal) von so großer Bedeutung, daß hier von einer **Lehmkultur** gesprochen wird.

Lehre, Metallbearbeitung: Meßmittel, meist aus gehärtetem Stahl, zum Prüfen von Werkstückabmessungen und -formen. Das Ergebnis der Prüfung ist die Feststellung, ob die Abmessungen des Werkstückes kleiner oder größer als die L. sind. **Grenz-L.** dienen zur Prüfung der Einhaltung von Toleranzen; hierzu sind **Gut-** und **Ausschuß-L.** zum Prüfen der →Grenzmaße erforderlich. Man unterscheidet L. für Außenpaßteile **(Lehrdorne)** und L. für Innenpaßteile **(Lehrringe, Rachenlehren).** Seltener heißen Meßzeuge mit Maßanzeige Lehre. Z. T. wird auch noch die veraltete Bez. →Kaliber verwendet. (Weitere BILDER S. 165)

Lehrgerüst, Lehrbogen, Tragwerk aus Holz oder Stahlrohren zum Abstützen eines Gewölbes, z. B. einer Brücke während ihrer Herstellung; legt auch die Form des Bauwerks fest, z. B. die Schalung im Stahlbetonbau.

Leibholz, Randholz der Holzdecks von Schiffen, in das die Plankenenden einlaufen.

Leibniz-Kriterium [n. dem dt. Philosophen G. W. von Leibniz, * 1646, † 1716], ein →Konvergenzkriterium für alternierende Reihen: Bilden die Absolutbeträge der alternierenden Reihe eine monotone Nullfolge, so ist die Reihe konvergent.

Leibnizsche Reihe, Bez. für die Reihe

$$\frac{\pi}{4} = 1 - \frac{1}{3} + \frac{1}{5} - \frac{1}{7} + \frac{1}{9} - + \ldots$$

Leichengifte, →Ptomaine.

Leichtbau, die Anwendung besonderer Baustoffe **(Leichtbaustoffe,** →Baustoffe), Bauweisen und Bauformen (Hohlprofile, Sandwichbauweise) bei der Konstruktion tragender Elemente im Hoch-, Fahrzeug- und Maschinenbau. Mit diesen Mitteln wird große Tragfähigkeit bei geringem Gewicht erreicht. Beispiele: selbsttragende Karosserien im Kraftfahrzeugbau, Flugzeugzellen, Sandwichkonstruktionen für Hubschrauber-Rotorblätter, Brücken mit Kastenträgern aus Stahl- oder Leichtmetallblechen sowie Leichtbetonbauten.

G. SEBESTYÉN: Leichtbauweise (a. d. Ungar., 1978); H. HERTEL: L. (1980); H.-J. DREYER: Leichtbaustatik (1982).

Leichtbauplatten, aus mineralisierter Holzwolle mit anorgan. Bindemitteln (Zement, Magnesit) gebundene, nagelbare Bauplatten. **Mehrschicht-L.** bestehen aus Schaumstoff- und L.-Schichten.

Leichtbeton, ein Beton mit einer Rohdichte unter 2,0 kg/dm³. L. mit schlaffer Bewehrung wird **Stahl-L.,** L. mit vorgespannter Bewehrung **Spann-L.** genannt.

Leichter *der,* kleineres, offenes Wasserfahrzeug ohne Eigenantrieb, das größeren Schiffen Ladung abnimmt oder zuführt. Spezielle L. werden von Schubschiffen im Binnenverkehr befördert **(Schub-L.,** meist im Verband von zwei bis vier L.) oder in der Seeschiffahrt als →Lash verwendet.

Leichtmetalle, Metalle und Legierungen mit einer Dichte unter 4,5 g/cm³. Die wichtigsten L. sind Aluminium, Magnesium, Titan und Beryllium sowie deren Legierungen. Sie werden v. a. im Fahrzeugbau, in der Luft- und Raumfahrttechnik, aber auch für viele Gebrauchsgegenstände (z. B. Campingmöbel) verwendet.

Leichtminerale, Minerale mit D. 2,9; L. bilden mehr als 90% der festen Erdkruste. Ggs.: →Schwerminerale.

Leicht|öl, aus Erdöl oder Teer gewonnenes Kohlenwasserstoffgemisch. Die Siedebereiche liegen bei **Erdöl-L.** zw. Raumtemperatur und 200 °C (→Benzin), bei **Teer-L.** zw. 70 und 200 °C.

Leichtwasserreaktor, Bez. für alle mit ›leichtem‹ Wasser (H_2O) moderierten und gekühlten →Kernreaktoren, i. Ggs. zu mit ›schwerem‹ Wasser (D_2O) betriebenen Schwerwasserreaktoren.

Leichtziegel, ein →Mauerziegel mit niedriger Rohdichte und hoher Wärmedämmung.

Leichtzuschlag, ein →Zuschlag mit niedriger Kornrohdichte aus anorgan. Material (Bims, Ziegelsplitt, Blähton, Blähschiefer, Kieselgur, Perlit, Vermiculit) oder organ. Material (geschäumter Kunststoff, Holzpartikel) für die Herstellung von →Leichtbeton.

Leidener Flasche, Kleist|sche Flasche [n. dem Physiker E. J. von Kleist, * 1700, † 1748], älteste Form des elektrischen →Kondensators 1).

Leidenfrost-Phänomen [n. dem Arzt J. G. Leidenfrost, * 1715, † 1794], die Erscheinung, daß Wassertropfen auf einer glühenden Platte nicht unmittelbar verdampfen, sondern sich ›tanzend‹ durch eine sich bildende (schlecht wärmeleitende) Dampfschicht getragen auf der Metallplatte bewegen. – Eine entsprechende Erscheinung gibt es bei kleinen Brocken fester Kohlensäure (Trockeneis) auf einer Metallunterlage.

Leier, lat. **Lyra,** ein →Sternbild des Nordhimmels, im Sommer am Abendhimmel sichtbar. Sein Hauptstern →Wega (Alpha Lyrae) gehört zum →Sommerdreieck. In der L. liegt der →Ringnebel.

Leim, Bez. für wasserlösl. →Klebstoffe. Tierische L. auf der Basis von Kollagen (→Glutinleime) haben nur noch geringe Bedeutung. Stärke- und Dextrin-L. werden v. a. für Papiersäcke, Etiketten und Briefumschläge verwendet. L. auf Basis Celluloseäther dienen als Tapetenkleister und Plakat-L.

Leimbau, →Holz-Leimbau.

Leimfarbe, pigmenthaltiger Anstrichstoff mit →Leim als Bindemittel. L. ist feuchtigkeitsempfindlich.

Leimung, Zugabe von natürl. (Harzleim) oder synthet. Hilfsstoffen zu →Papier bei seiner Herstellung, damit es tintenfest (›geleimt‹) wird.

Leinenpapier, 1) Papier mit Leinenprägung. 2) mit Gewebe beklebtes Papier **(Gewebepapier).**

L-Einfang, ein →Einfangprozeß.

Lein|öl, aus Leinsamen gepreßtes oder extrahiertes goldgelbes, fettes Öl, besteht größtenteils aus Glyceriden hochungesättigter Fettsäuren, dient als Speiseöl, wegen seiner guten trocknenden Eigenschaften jedoch überwiegend zur Herstellung von Firnis und für Ölfarben.

Leinpfad, früher **Treidelpfad,** längs des Ufers von

schiffbaren Flüssen und Schiffahrtskanälen angelegter Weg, von dem aus vor Einführung des maschinellen Schiffsantriebs die Schiffe an Seilen durch Menschen oder Tiere gezogen (getreidelt) wurden; dient heute zur Unterhaltung der Wasserstraße.

Leinwand, Photographie, Filmtechnik: die →Projektionswand.

Leiste, 1) schmaler Stab aus Holz, Metall oder Kunststoff mit rechtwinkligem, dreikantigem (Dreikant-L.) oder profiliertem **(Kehl-L.)** Querschnitt meist zur Dekkung von Fugen, z. B. als **Fuß-L.** oder für Bilderrahmen. Die rechtwinklige L. unterscheidet sich von der Latte durch kleineren Querschnitt.

2) Textiltechnik: **Webkante,** →Gewebekante.

Leistung, Formelzeichen P, der Quotient aus Arbeit W und Zeit t, $P = W/t$. Ist die während gleicher Zeitintervalle geleistete Arbeit nicht konstant, so wird die Leistung zu jedem beliebigen Zeitpunkt durch die zeitl. Ableitung der Arbeit gegeben, $P = \mathrm{d}W/\mathrm{d}t$. Die **elektr. L.** bei einem Gleichstrom ist gleich dem Produkt aus Spannung U und Stromstärke I, $P = U \cdot I$. Für einen Wechselstrom wird die mittlere L. durch das Produkt der →Effektivwerte von Spannung U_{eff} und Stromstärke I_{eff} und dem Kosinus des Phasenwinkels φ gegeben, um den bei induktiver oder kapazitiver Belastung Strom und Spannung gegeneinander verschoben sind, $P = U_{\mathrm{eff}} \cdot I_{\mathrm{eff}} \cdot \cos\varphi$. Im Wechselstromkreis wird die L. auch als →Scheinleistung bezeichnet, da sie aus →Wirkleistung und →Blindleistung zusammengesetzt ist.

Die elektrische L. wird mit **Leistungsmessern** gemessen, die meist als →elektrodynamische Meßinstrumente gebaut sind. Der L.-Faktor wird mit einem in cos φ geeichten Instrument gemessen; z. B. wird von zwei um 90° versetzten Feld- oder Drehspulen die eine über Ohmschen, die andere über induktiven Widerstand so an die Netzspannung gelegt, daß gegeneinander wirkende, von den Phasenverschiebungswinkeln der Ströme abhängige Drehmomente entstehen. Das drehbare Organ geht als Waage in Drehmomentgleichheits-Lage. Oft enthalten L.-Faktormesser auch zwei elektrodynam. Meßsysteme, eines als Leistungsmesser, das andere als Blindleistungsmesser geschaltet, deren bewegl. Organe gekuppelt sind.

Bei Verbrennungsmotoren unterscheidet man zw. der **indizierten L.** (von den Verbrennungsgasen an die Kolben abgegebene L.) und der um die **Reib-L.** kleineren **effektiven L.** oder **Nutz-L.** (an der Kurbelwelle abgegebene L.).

SI-Einheit der L. ist das →Watt: 1W = 1J/s = 1Nm/s. Nicht gesetzl. Einheiten der L. sind die Pferdestärke (1 PS ≈ 735,5W) und Erg je Sekunde (1 erg/s = 10^{-7}W).

Leistungsbelastung, bei Flugzeugen mit Propellerantrieb das Verhältnis von Abflugmasse zur größten Triebwerksleistung; Kennwert mit starkem Einfluß auf die Steiggeschwindigkeit und schwächerem Einfluß auf die Horizontalgeschwindigkeit (je kleiner die L., desto größer die erreichbaren Geschwindigkeiten).

Leistungsdichte, Kerntechnik: ein Maß für die im Kernreaktor in der Zeiteinheit freigesetzte Kernenergie je Volumeneinheit [kW/l] oder je Gewichtseinheit [kW/kg Schwermetall]. Sie ist abhängig von der Coreposition (axiale und radiale **Leistungsformfaktoren).** – Im Reaktor werden hohe mittlere L. angestrebt, um eine möglichst schnelle Brennstoffausnutzung (Verringerung des Brennstoff-Inventarwertes) auf kleinstem Raum (niedrige Anlagekosten) zu erhalten. Die L. moderner Reaktoren liegen bei 100 bis 120 kW/l.

Leistungsdreieck, →Scheinleistung.

Leistungs|elektronik, Sammelbegriff für die Anwendungsgebiete elektron. Bauelemente und Schaltungstechniken in Einrichtungen zum Steuern, Schalten und Umformen elektr. Energie. Besondere Bedeutung haben dafür Silicium-Halbleiterbauelemente (z. B. →Thyristor) erlangt, die bei geeigneter Wärmeableitung und Betriebsart mit sehr großen Strömen und Spannungen betrieben werden können. Die Strombelastbarkeit liegt in einem Bereich von etwa 1 A bis 1000 A bei einer Sperrspannungsfestigkeit von 50 V bis etwa 5000 V. Die L. läßt sich innerhalb der →Elektrotechnik sowohl in die elektr. Energietechnik als auch in den Bereich der Elektronik einordnen.

Leistungsfaktor, das Verhältnis der →Wirkleistung zur →Scheinleistung ($P/S = \cos\varphi$), d. h. der Faktor, mit dem man bei Dreh- oder Wechselstrom die Scheinleistung multiplizieren muß, um die Wirkleistung zu erhalten. Der L. ist der Kosinus des Phasenverschiebungswinkels φ, um den bei Belastung des Netzes mit Kapazitäten oder Induktivitäten Strom und Spannung gegeneinander verschoben sind.

Leistungsgewicht, das Motor- oder Fahrzeuggewicht bezogen auf die Leistung, Angabe in kg/kW.

Leistungsko|effizi|ent, Kerntechnik: Maß für die Reaktivitätszu- oder -abnahme eines Kernreaktors bei Leistungsänderungen.

Leistungsreaktor, ein →Kernreaktor, der sich für die Verwendung in einem Kernkraftwerk eignet (Leistungen bis zu 4000 MWth), i. Ggs. zu Reaktoren, die hauptsächlich für die Forschung oder zur Erzeugung von Spaltstoffen verwendet werden.

Leitdamm, Damm zur Beeinflussung der Strömung eines Gewässers.

Leit|einrichtungen, Straßenbau, Straßenverkehr: an den Seiten oder auf der Fahrbahn angebrachte Zeichen zur opt. Kontrolle der Fahrtrichtung. Die **Leitlinie** ist eine Fahrbahnmarkierung zur Bez. der Grenze zw. zwei benachbarten Fahrspuren. Der **Leitpfosten,** eine schmale Bake mit Rückstrahler (Katzenauge), zeigt den Fahrbahnrand an. **Leitplanken** oder **-zäune,** parallel der Fahrbahn – bei Autobahnen auch auf dem Mittelstreifen – angeordnet, verhindern ein Abkommen der Fahrzeuge von der Fahrbahn oder ein Überqueren des Mittelstreifens und dienen zur opt. Kontrolle. **Leitpfeile** zeigen die Fahrspur an und erleichtern rechtzeitiges Einordnen.

Leiter, 1) *der,* Elektrotechnik: metall. oder nichtmetall. Stoff, der den elektr. Strom leitet. Jeder Stoff enthält eine sehr große Anzahl positiver und negativer elektr. Ladungsträger in gleicher Anzahl (Ionen, Elektronen). Im elektr. Leiter sind viele dieser Ladungsträger beweglich, schon unter dem Einfluß eines schwachen elektr. Feldes. Es kann also ein elektr. Strom fließen (→Elektrizität). Der elektr. →Widerstand eines L. ist infolge der leichten Beweglichkeit der Ladungsträger nur gering. Bei →Supraleitung verschwindet er völlig.

Nach der Art ihrer bewegl. Ladungsträger werden Elektronen-L. und →Ionenleiter unterschieden. Elektronen-L. sind bes. die →Metalle, Ionen-L. die Elektrolyte sowie geschmolzene Salze.

Stoffe mit beschränkter oder fast verschwindender Beweglichkeit der Ladungsträger sind die →Halbleiter und Isolatoren (→Isolierstoffe). Bei Halbleitern kann die Leitfähigkeit durch Energiezufuhr von außen, z. B. durch Temperaturerhöhung, Lichteinstrahlung oder äußere elektr. Felder, stark verändert werden.

3

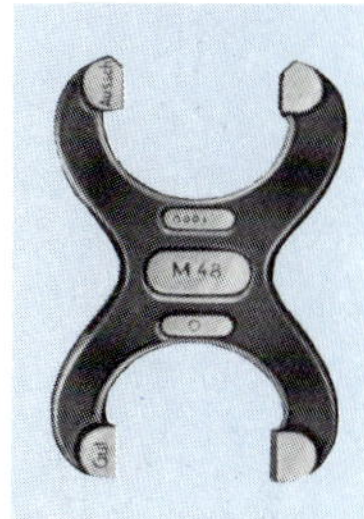

4

Lehre 3 und 4:
3 Gewindelehrring,
4 Grenzrachenlehre

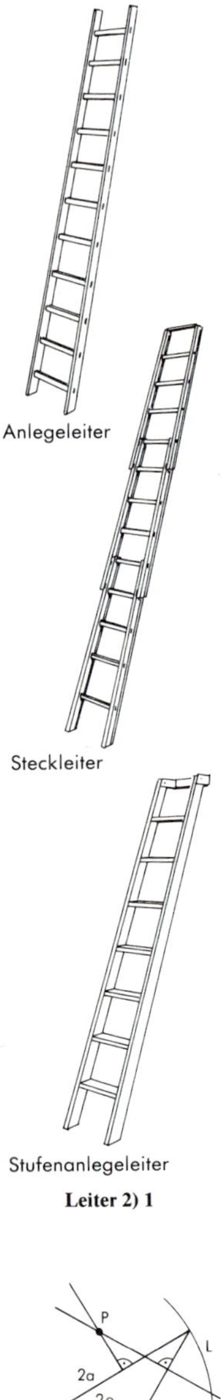

Leiter 2) 1

2) *die,* Steiggerät aus zwei Holmen mit dazwischen angebrachten Stufen **(Stufen-L.)** oder Sprossen **(Sprossen-L.)**. Man unterscheidet weiterhin: **Anlege-L.,** die auch aus mehreren Einzelteilen bestehen können (z. B. **Schiebe-L., Steck-L.)** oder mit Rollen auf ortsfesten Schienen laufen **(Roll-L.);** hierzu gehören auch die **Gerüst-L.** (→Gerüst); **Steh-L.** sind zweischenklige freistehende L., die auch aus Einzelteilen zusammengesetzt oder mit einseitig aufgesetzten Schiebe-L. ausgerüstet sein können; die Stufensteh-L. heißt auch **Treppen-L., Hänge-L.** werden an- oder eingehängt, ohne auf dem Boden zu stehen, z. B. **Strick-L.; Steig-L.** sind ortsfeste, i. d. R. senkrecht geführte L.; **mechan. L.** sind fahrbare Schiebe-L., die hand- oder kraftbetrieben aufgerichtet und ausgeschoben werden.

Um Unfallschutz zu gewährleisten, dürfen Anlege-L. nicht steiler als 75° angelegt werden; ihre Füße müssen gegen Abrutschen gesichert sein; Stufenanlege-L. müssen eingehängt oder eingehakt werden können. Bei Sprossensteh-L. dürfen beide Schenkel 75° nicht überschreiten, bei Stufensteh-L. darf der Steigschenkel nicht steiler als 70°, der Stützschenkel bis 75° geneigt sein. (Weitere BILDER S. 167, 168)

Leiterplatte, Elektronik: →gedruckte Schaltung.

Leitfähigkeit, Leitvermögen, Fähigkeit eines Stoffes, elektr. Strom oder Wärme (→Wärmeleitfähigkeit) zu leiten. Die **elektr. L.** oder **Konduktivität** γ (auch σ, $\varkappa$) ist gleich dem Kehrwert des →spezifischen Widerstandes ϱ, $\gamma = 1/\varrho$; ihr Wert ist von der Beweglichkeit der Ladungsträger (Elektronen, Ionen, Defektelektronen) in dem betreffenden Material abhängig. SI-Einheit ist Siemens je Meter: $[\gamma] = \mathrm{S/m}$.

Leitfossili|en, Reste von fossilen Organismen, die für einen best. Zeitabschnitt der Erdgeschichte kennzeichnend sind. Als L. geeignet sind möglichst kurzlebige, weitverbreitete und faziesunabhängige Formen.

Leitkabel, längs einer Fahrstraße zu Land oder Wasser verlegtes, mit Wechselstrom gespeistes Kabel, dessen magnet. Feld den Navigationsweg definiert, der mit Hilfe entsprechender Bordgeräte verfolgt wird.

Leitkreis, bei einer →Ellipse oder →Hyperbel ein Kreis mit Mittelpunkt in einem Brennpunkt und dem Radius $r = 2a$ (Länge der Hauptachse). Diese beiden Kegelschnitte haben die Eigenschaft, die geometr. Orte der Punkte zu sein, die von einem Punkt (Brennpunkt) und vom L. gleiche Entfernung haben.

Leitlini|e, Direktrix, →Kegelschnitt.

Leitminerale, Minerale, deren Vorhandensein auf ganz best. Bildungsbedingungen hinweist, z. B. bei magmat. und metamorphen Gesteinen die typomorphen und die →Indexminerale, bei Sedimenten die →Schwerminerale.

Leitrad, in Dampf-, Gas-, Wasserturbinen und mehrstufigen Axialverdichtern: Trennwand vor jedem Laufrad mit Leitschaufeln, durch die das strömende Medium in die vorgesehene Richtung umgelenkt wird.

Leitspindel, Bauelement der Drehmaschine (→Drehen).

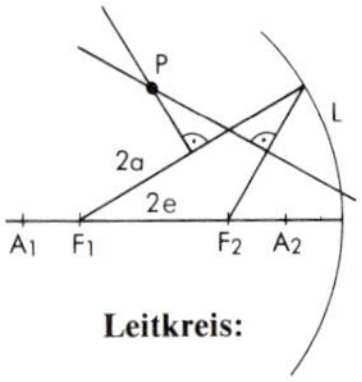

Leitkreis: punktweise Konstruktion der Ellipse mit Hilfe des Leitkreises L; P Ellipsenpunkt, $A_1A_2 = 2a$; $F_1F_2 = 2e$. Bei gegebenen A_1, A_2, F_1, F_2 schlägt man um F_1 den Leitkreis mit Radius 2a, verbindet die Kreispunkte mit F_1 und F_2, errichtet auf den Verbindungen die Mittelsenkrechten und erhält als Schnittpunkt den Punkt P

Leitstrahlfunkfeuer, Navigationsfunkfeuer, das mit funktechn. Mitteln eine Linie oder senkrechte Ebene im Raum festlegt. Der Leitstrahl entsteht durch wechselweise Tastung zweier sich teilweise überlappender Richtdiagramme, die von zwei Richtantennen im Rhythmus von Komplementärzeichen (Morsezeichen) abgestrahlt werden (z. B. a [·–] und n [–·] oder Punkt- und Strichsignale): Der Leitstrahl ist definiert als Gleichsignal in der Zone gleicher Feldstärke (Schnittlinie der Richtdiagramme). Beiderseits des Leitstrahls tritt das eine oder andere Tastzeichen um so stärker hervor, je weiter man sich von dieser Linie entfernt (Seitenkennung). An Stelle von Tastzeichen können die Richtdiagramme durch zwei versch. Modulationen gekennzeichnet werden (z. B. 90 und 150 Hz beim ILS); der Leitstrahl ist dann durch die Zone gleicher Modulationsgrade charakterisiert.

Leitung, Einrichtung zum Weiterleiten von Stoffen oder Energien. Für die Zu- und Ableitung von Flüssigkeiten, Wärme (Warmwasser) oder Gasen und auch fester Körper (Rohrpost, Müll) dienen →Rohrleitungen, zur Fortleitung elektr. Energie oder von Nachrichten: →Bündelleiter, →Freileitung, →Kabel 2), →Koaxialleitung, →Litze 3). (→Leiter 1)

Leitungsband, →Bändermodell.

Leitungsresonator, in der Hochfrequenztechnik als Schwingkreis verwendetes kurzes Doppelleitungsstück (→Lecher-Leitung), das offen oder auch kurzgeschlossen sein kann. In koaxialer Bauart nennt man die L. →Topfkreise.

Leitungsstrom, a) der durch einen elektr. →Leiter 1) fließende, aus Elektronen oder Ionen gebildete elektr. Strom. Um beim Leiter eine unzulässig hohe Erwärmung zu vermeiden, darf die Stromstärke je Leiterquerschnitt (Stromdichte) bestimmte (vom VDE festgelegte) Werte nicht überschreiten. b) Der **luftelektr. L.** oder **Vertikalstrom** entsteht durch (positive) Aufladung der hohen Atmosphäre gegenüber der (negativen) Erde (→Luftelektrizität). Stromdichte bei schönem Wetter rd. $3 \cdot 10^{-16}$ $\mathrm{A/cm^2}$ entsprechend einem Gesamt-Vertikalstrom von 1500 A auf der ganzen Erde.

Leitvermögen, die →Leitfähigkeit.

Leitwarte, das Kontroll- und Informationszentrum einer Anlage der →Gebäudeautomation, in der die Meßdaten haustechnischer Anlagen erfaßt und Steuerbefehle erteilt werden.

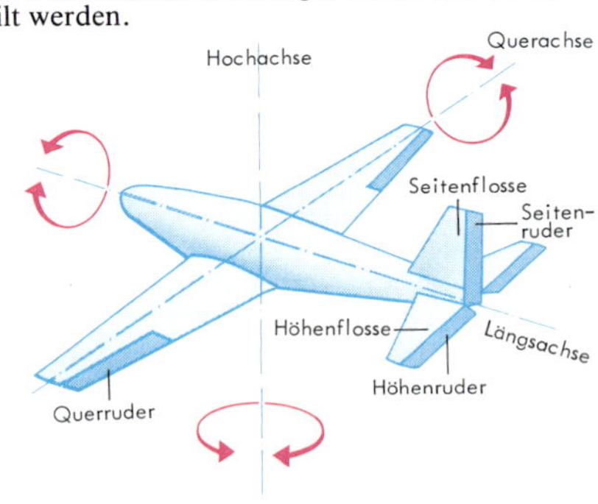

Leitwerk 1) 1: L. und Drehachsen eines Flugzeugs

Leitwerk, 1) Flugzeugbaugruppe zur Erzielung von →Stabilität und Steuerbarkeit, bestehend aus Flächen zur

Erzeugung von Luftkräften, mit denen unbeabsichtigte Drehbewegungen des Flugzeuges um seine Hauptachsen verhindert (Stabilisierung) oder beabsichtigte bewirkt werden sollen (Steuerung). Die festen Teile der L.-Flächen **(Flossen** oder **Dämpfungsflächen)** dienen im wesentl. der Stabilisierung, während durch Verstellung der bewegl. Teile **(Ruder)** Luftkräfte zur Steuerung in gewünschter Größe und Richtung erzeugt werden. Die einzelnen L.-Teile **(Höhen-L., Seiten-L.** und **Querruder)** bewirken Drehungen um die jeweils zugeordneten Achsen. Im Normalfall befinden sich die L.-Flächen am Rumpfheck, seltener am Rumpfbug oder an den Tragflügeln, während die Querruder an der Flügelhinterkante angeordnet sind. (Weiteres BILD S. 170)

2) andere Bez. für das → Steuerwerk eines Computers.

3) im Wasserbau Bez. für eine feste oder schwimmende Einrichtung zum Leiten von Schiffen; früher auch (jedoch irreführend) für → Parallelwerk.

Leitwert, kurz für **elektrischer Leitwert, Wirkleitwert, Konduktanz,** Formelzeichen G, Kehrwert des elektr. → Widerstandes (Wirkwiderstands) R, $G = 1/R$; SI-Einheit ist Siemens ($S = 1/\Omega$). Bei → Wechselströmen unterscheidet man zw. Wirk-L., → Blindleitwert und → Scheinleitwert.

Leit|zahl, Photographie: von der Filmempfindlichkeit abhängige, die Lichtleistung eines Blitzlichtgerätes kennzeichnende Hilfszahl. Die zu wählende Blendenzahl ist der Quotient aus L. und Entfernung zum Aufnahmegegenstand in m.

Lemniskate, Kurve in der Form einer liegenden Acht, gegeben durch die Gleichung $(x^2+y^2)^2 - 2a\,(x^2-y^2) = 0$. Die L. ist ein Spezialfall einer → Cassinischen Kurve.

Lenard-Effekt [n. dem dt. Physiker P. E. A. Lenard, *1862, †1947], die Trennung elektr. Ladungen beim Zerspritzen und Zerreißen von Wassertropfen. Infolge dieses Effektes ist die Luft in der Nähe von Wasserfällen negativ, das abfließende Wasser positiv geladen (→ Balloelektrizität).

Lenard-Fenster, eine kleine Öffnung in der Wand einer Kathodenstrahlröhre, die mit einer dünnen Folie, meist aus Aluminium, verschlossen ist. Durch das L.-F. können die Kathodenstrahlen (Elektronen) ins Freie treten und sich einige Zentimeter in der Luft ausbreiten.

Lenard-Phosphor, leuchtfähiger Stoff (→ Leuchtstoffe), der eine lichtempfindl. Grundsubstanz, ein Schmelzmittel und Spuren eines Aktivators enthält, der beim Auftreffen von Strahlung infolge eines inneren Photoeffekts aufleuchtet.

Lenk|achsen, Schienenfahrzeuge: Laufwerk mit beweglichen Achsen, die in den Achshaltern längs und quer verschiebbar gelagert sind, so daß bessere Bogenläufigkeit erzielt wird; nicht zu verwechseln mit gelenkten Achsen (gesteuerter Radsatz), die durch eine Achssteuerung in eine bestimmte Winkelstellung zum Gleis eingestellt werden.

Lenkbombe, Homing Bombing System [h'əʊmɪŋ b'ɔmbɪŋ s'ɪstɪm, engl.], Abk. **HOBOS,** antriebsloser → Flugkörper, der durch zusätzl. Anbau von Steuer- und meist auch Tragflächen am Bombenkörper entsteht und, im Unterschied zur → Gleitbombe, durch Fern- oder Eigenlenkung geführt wird. Neben Fernseh- und Infrarotlenkverfahren werden Laserzielsuchsysteme bevorzugt, die auf die Strahlungsenergie eines vom Ziel reflektierten Laserstrahles ansprechen, der von einem vorgeschobenen Beobachter als Markierung auf das zu bekämpfende Ziel gerichtet wird.

Lenker, 1) bei Räderfahrzeugen Stangen, Hebel oder Wellen zur Führung der Räder (z. B. L.-Achse, → Achsanordnung 2, → Lenkung).

2) Maschinenbau: meist stabförmiges Maschinenteil, das in Getrieben zur Führung eines Punktes auf vorgeschriebener Bahn dient.

Lenkflugkörper, ein → Flugkörper, dessen Bewegungsbahn durch Fern- oder Eigenlenkung in gewünschter oder vorgegebener Weise beeinflußt werden kann. L. besitzen ganz überwiegend einen Eigenantrieb, wobei für geringe Reichweiten Raketenantriebe, für große Reichweiten luftatmende Strahlantriebe (Turbinenstrahltriebwerke für Unterschallgeschwindigkeiten, kombinierte Raketen-/Staustrahltriebwerke für Überschallgeschwindigkeiten, → Cruise missile) verwendet werden. L. sind fast ausschließlich Trägerfahrzeuge für militär. Nutzlasten. Die Lenkverfahren und Lenkanlagen werden auf den vorgesehenen Verwendungszweck als → Fernlenkwaffen und als → Köderflugkörper (einmalige Verwendung, Verlustgeräte) oder als Aufklärungs- und Zieldarstellungsflugkörper (durch Lenkung rückführbar und durch besondere Bergungsverfahren wiederverwendbar) in Leistung und Aufwand bestmöglich abgestimmt. Für den Waffeneinsatz werden zunehmend Lenksysteme bevorzugt, die auf ein vom Bedienungspersonal ausgewähltes Ziel programmierbar sind und dieses nach Zuweisung zu erkennen und ohne weiteren Lenkeingriff durch den Schützen zu verfolgen und anzusteuern vermögen.

Lenkrollradius, Lenkrollhalbmesser, Abstand zw. dem Schnittpunkt der Lenkachse (Achsschenkelbolzen) mit der Fahrbahnebene und dem geometr. Radaufstandspunkt. Die Lage des Schnittpunktes außerhalb der → Spurweite wird mit **negativem L.** bezeichnet; sie begünstigt die Lenkstabilität beim Bremsen. (BILD Lenkung)

Lenkschloß, am Kfz zusätzlich zu Tür- und Zündschloß vorgeschriebene Sicherung gegen unbefugte Benutzung. Meist mit Zündschalter kombiniert, wobei beim Abziehen des Schlüssels ein einrastender Bolzen die → Lenkung sperrt.

Lenkung, Vorrichtung, die bei Straßenfahrzeugen oder Flugkörpern zur Beeinflussung der Fahrt- oder Flugrichtung dient. Die L. erfordert Krafteinwirkung in der gewünschten Richtung, die mit dem Lenkwinkel stark zunimmt.

Bei Straßenfahrzeugen wird die L. fast nur durch Schwenken der Vorderräder bewirkt. Bei der **Achsschenkel-L.** der Kraftwagen werden durch Drehen des **Lenkrades** über ein Zahnstangen-, Schneckenrollen- oder Kugelmutter-Lenkgetriebe und das **Lenktrapez** die gelenkten Räder einzeln eingeschlagen. Sie sind auf den **Achsschenkeln** gelagert, die um nahezu senkrechte **Lenkachsen (Lenkzapfen)** schwenken können. Das kurveninnere Rad wird durch das Lenktrapez, bestehend aus den achsschenkelfesten Spurhebeln und der verbindenden, bei Einzelradaufhängung geteilten Spurstange, entsprechend der Lenkgeometrie stärker als das kurvenäußere eingeschlagen. Die Räder haben eine seitliche Neigung, den **Sturz,** eine Einwärtsdrehung, die **Vorspur,** und die Lenkachsen sind in Fahrtrichtung **(Nachlauf)** und senkrecht dazu **(Spreizung)** geneigt. Durch deren Wahl können Geradeauslauf und L.-Rückstellung beeinflußt werden. Schwere Fahrzeuge (Omnibusse, Lkw, auch größere Pkw) sind mit einer **Hilfskraft-L. (Servo-L., Hydro-L.)** ausgestattet. Im

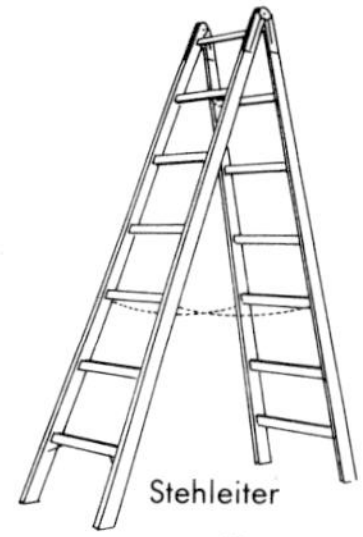

Stehleiter

Stufenstehleiter (Treppenleiter)

Sprossen-Stehleiter mit aufgesetzter Schiebeleiter

Leiter 2) 2

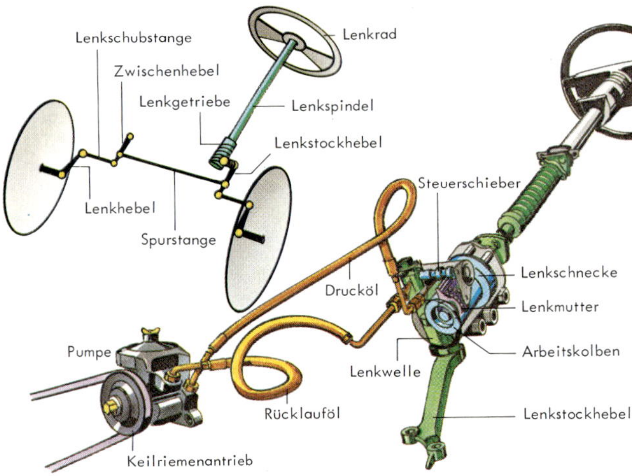

Lenkung: Schema des Lenkgestänges eines Kraftwagens und Beispiel einer Servolenkung

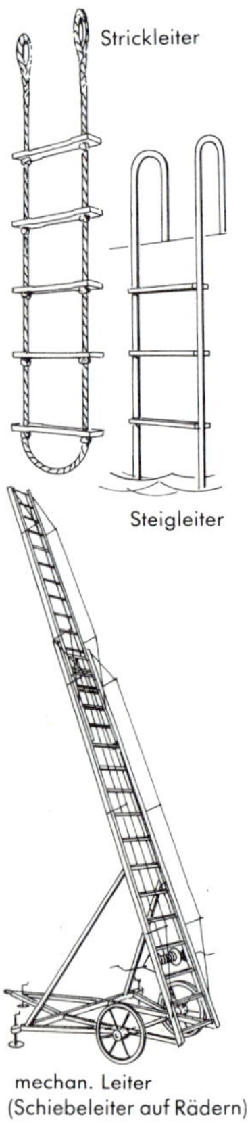

Leiter 2) 3

Lenkgetriebe wird beim Drehen des Lenkrades eine durch Ventile gesteuerte, der Handkraft am Lenkrad zugeordnete hydraul. Kraftunterstützung wirksam.

Bei Anhängern wird meist die **Drehschemel-L.** verwendet. Die ganze gelenkte Achse wird um die Vertikalachse in Fahrzeugmittelebene geschwenkt. – Bei Einspurfahrzeugen (Fahrrad, Kraftrad) wird das Vorderrad unmittelbar mit der Lenkstange gedreht.

In der Raketentechnik verwendet man zur L. das Hauptantriebssystem (z. B. Schwenken und Schubdrosselung einzelner Triebwerke) oder Steuertriebwerke. Bei einigen (v. a. militär.) Raketen ist die L. im Bereich der Atmosphäre auch durch Luftruder (›Stabilisierungsflossen‹) möglich. Voraussetzung für jegliche L. ist ein Navigationsgerät, das den augenblickl. Standort des Raumfahrtgerätes und damit etwaige Abweichungen zur gewünschten Position ermittelt. Hierfür hat sich heute die Inertial- oder →Trägheitsnavigation eingebürgert. Es gibt funkgestützte und himmelsorientierte Trägheitsnavigation. (Weitere BILDER S. 169, 171)

Lenzsche Regel [n. dem dt. Physiker H. F. E. Lenz, * 1804, † 1865], 1834 aufgestellte Regel, die den Zusammenhang zw. der Richtung eines induzierten Stroms und des ihn verursachenden Vorgangs wiedergibt: Der durch eine Zustandsänderung entstehende Induktionsstrom (→Induktion) ist stets so gerichtet, daß er diese Zustandsänderung zu hemmen sucht. Die L. R. ist eine spezielle Aussage des Energieerhaltungssatzes.

Leo, Leo maior, das Sternbild (Großer) →Löwe.

Leo minor, das Sternbild Kleiner →Löwe.

Leonard-Schaltung [l'enəd-, n. dem amerikan. Elektrotechniker H. W. Leonard, * 1861, † 1915], Schaltung zur genauen und verlustarmen Drehzahländerung in weiten Grenzen, bestehend aus einem Antriebsmotor (meist Drehstromasynchronmotor), einem Steuergenerator (fremderregter Gleichstromgenerator) und dem gesteuerten Motor (fremderregter Gleichstrommotor). Zunehmend werden diese Regelsätze durch elektronische Steuerungen verdrängt.

Leoniden, aus dem Sternbild Leo (maior), kommender →Meteorstrom Mitte November, der auf den Komet Temple-Tuttle (1866 I) zurückgeführt wird.

Leopard, Kampfpanzer der Bundeswehr, auch in anderen NATO-Staaten eingeführt. L. 2 hat ein Gefechtsgewicht von 55 t, ein 120-mm-Glattrohrgeschütz und einen Dieselmotor mit 1 100 kW Leistung; die Höchstgeschwindigkeit beträgt 72 km/h.

LEP, Abk. für **Large Electron Positron Storage Ring** [la:dʒ ɪl'ektrɔn p'ɔzɪtrɔn st'ɔ:rɪdʒ rɪŋ, engl.], Elektron-Positron-Speicherring bei →CERN.

lepidoblastisch heißt das Gefüge von metamorphen Gesteinen, die hauptsächlich aus blättchenförmigen Mineralen aufgebaut sind (z. B. Glimmerschiefer).

Lepidokrokit *der,* **Rubinglimmer,** Mineral γ-FeOOH, licht- bis kupferrot; dünntafelige Kristalle, z. T. in Rosetten angeordnet, auch pulvrig oder als roter **Glaskopf**; H. 5, D. um 4,1; Vorkommen wie →Goethit, aber seltener.

Lepidolith *der,* Lithion-(Lithium-)Glimmer, lithiumhaltiger, rosa- bis rotfarbiger, eisenfreier →Glimmer. (BILD S. 169)

Lepidomelan *der,* Mineral, magnesiumarmer, sehr eisenreicher →Glimmer.

Leporellofalzung, Zickzackfalzung, harmonikaartige parallele Falzung von Landkarten, Prospekten, Endlospapieren in druckenden Datenverarbeitungsanlagen u. a., bei der jeder Bruch in einer der vorausgehenden Richtung entgegengesetzten gefaltet wird.

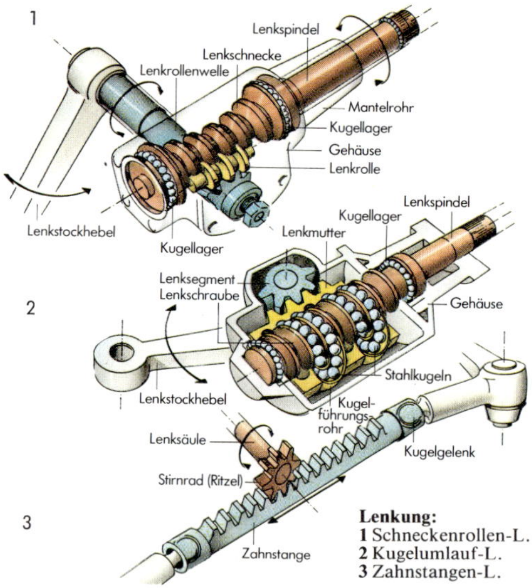

Lenkung:
1 Schneckenrollen-L.
2 Kugelumlauf-L.
3 Zahnstangen-L.

Leptonen, Familie ›leichter‹ →Elementarteilchen mit halbzahligem Spin $\hbar/2$, die somit der Fermi-Dirac-Statistik genügen. Die L. unterliegen (i. Ggs. zu den Hadronen) nicht der starken →Wechselwirkung. Zu den L. zählen das →Elektron, e^-, das →Myon, μ^-, und das →Tau-Teilchen, τ^-, dazu die zugehörigen →Neutrinos (e-Neutrino, ν_e, μ-Neutrino, ν_μ, τ-Neutrino, ν_τ) sowie die zugehörigen

Antiteilchen, die **Anti|leptonen,** → Positron, e^+, Antimyon, μ^+, Antitauteilchen, τ^+, e-Antineutrino, $\bar{\nu}_e$, μ-Antineutrino, $\bar{\nu}_\mu$, und τ-Antineutrino, $\bar{\nu}_\tau$ (ÜBERSICHT Elementarteilchen). Möglicherweise können mit steigenden Energien der → Beschleuniger weitere L. gefunden werden. – Die L. werden zusammen mit den → Quarks als die fundamentalen Bausteine der Materie angesehen.

Leptonenzahlen, leptonische Ladungen, ladungsartige Quantenzahlen der Elementarteilchen, die nur bei den → Leptonen von Null abweichende Werte (+1 bei Leptonen, −1 bei Antileptonen) aufweisen. Elektron und e-Neutrino weisen die **elektron-Ladung (e–L.)** $L_e = 1$ auf, Positron und e-Antineutrino $L_e = -1$, die **myonische Ladung (μ-L.)** L_μ und die **tauonische Ladung (τ-L.)** L_τ sind Null. Entsprechendes gilt jeweils für das Myon und das μ-Neutrino sowie das Tauteilchen und das τ-Neutrino mit ihren zugehörigen Antiteilchen (ÜBERSICHT Elementarteilchen).

Lepus, Hase, ein → Sternbild des Südhimmels.

lernender Automat, selbständig arbeitendes Gerät, das auf Grund früherer Arbeitsergebnisse (Erfahrungen) seine Arbeitsweise verändert. Außer den Erfahrungen muß ein l. A. neue Erkenntnisse vor und während des Lernprozesses aufnehmen und speichern können, zur Realisierung dient die → Lernmatrix. Das Hauptziel liegt im Entwurf universeller Automaten.

lernfähiges System, elektron. Gerät, das eingegebene oder selbst aufgenommene Informationen zur Verbesserung des eigenen Verhaltens bei wiederholt auftretenden Situationen speichert. Zu unterscheiden ist hiervon der einfachere Fall des Programmierens von Maschinen durch Vormachen (Lernsteuerungen), z. B. das Playback-Verfahren beim Programmieren von Industrierobotern. Technisch realisiert sind l. S. heute bei opt. Sensoren zur Mustererkennung, die einen neuen Bewegungsablauf mit bereits erkannten und abgespeicherten vergleichen. Dadurch wird der Erkennungsprozeß erheblich beschleunigt. Bei der Steuerung von Bewegungen ist neben dem Speicher zum Sammeln der erfahrenen Informationen eine adaptive Steuerung erforderlich, die auf Grund gegebener Situationen eine selbsttätige Änderung des Bewegungsablaufs ermöglicht oder durchführt. Mit Hilfe von Annäherungssensoren und Signalspeichern können z. B. Hindernisse im Arbeitsraum einer Werkzeugmaschine zwischen Werkstück, Werkzeugen und Greifern von Industrierobotern erkannt und Kollisionen vermieden werden.

Lernmatrix, mathemat. Modell zur Erfassung des Lernprozesses; auch eine techn. Einrichtung bei → lernenden Automaten, die für jeden zu lernenden Begriff eine Gruppe verknüpfender und speichernder Baugruppen enthält. In der **Lernphase** werden Codegruppen gemäß ihrer Häufigkeit einem Begriff zugeordnet. In der **Kannphase** wird der zu einer Codegruppe am besten passende Begriff ausgeliefert.

Lese|arbeit, Klaube|arbeit, → klauben.

Lesegerät, → Mikrofilmgeräte.

Leser, Lesemaschine, Datenverarbeitung: ein → Peripheriegerät zum Lesen von Informationen von einem → Datenträger. L. arbeiten überwiegend auf lichtelektr. oder magnetischer Basis. (→ Zeichenerkennung)

Lesespeicher, bei Rechenanlagen der → Festwertspeicher, aus dem Daten nur ausgelesen werden können; Ggs.: Schreib-Lese-Speicher.

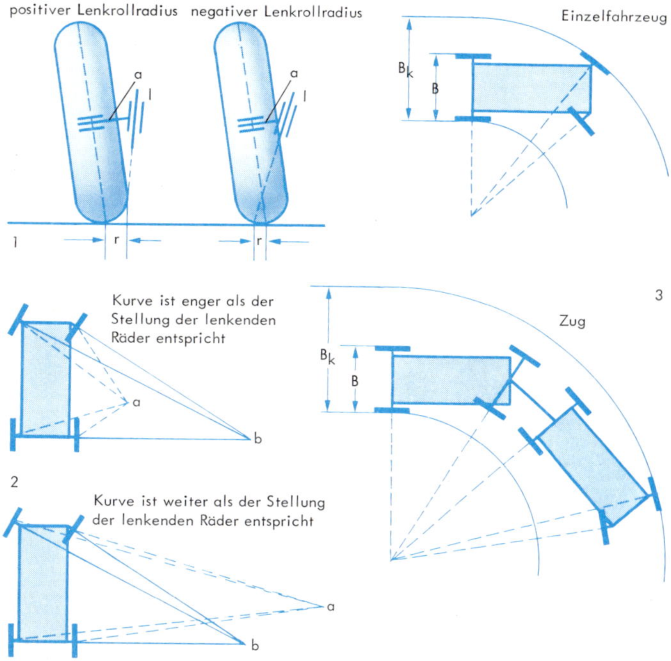

Lenkung: 1 Lenkrollradius. Das Rad ist seitlich geneigt (›Sturz‹), der Lenkzapfen *l* (Achsschenkelbolzen) ebenso (›Spreizung‹). – *a* Achsschenkel (trägt das Radlager), *r* Lenkrollradius. Eine in der Radaufstandsfläche wirkende (Brems-)Kraft sucht bei negativem *r* das Rad in gegenüber positivem *r* entgegengesetzter Richtung ›einzuschlagen‹ (zu lenken). **2** Oben Übersteuern, unten Untersteuern. – *a* Tatsächlicher Mittelpunkt der gefahrenen Kurve, *b* der Radstellung entsprechender Kurvenmittelpunkt. **3** Breitenanspruch in der Kurve. Oben Einzelfahrzeug, unten Zug. Bei Geradeausfahrt wird nur die Fahrzeugbreite *B* beansprucht, in der Kurve dagegen eine vom Kurvenradius und von den Fahrzeugabmessungen abhängige größere Breite B_k

Lesesteine, ausgewitterte Gesteinsbrocken, die Aussagen über den geolog. Untergrund zulassen, wenn kein → Aufschluß vorhanden ist.

Letten, verschiedenfarbige, schwach verfestigte, eisenoxidreiche Tone oder Mergel mit großer Wasseraufnahmefähigkeit.

Letter *die,* **Type,** Schriftkörper aus Letternmetall mit dem spiegelverkehrten Schriftbild eines Buchstabens zur Herstellung eines Schriftsatzes für Hochdruck. (BILD S. 173)

Letternmetall, eine Antimon-Blei-Zinn-Legierung, meist aus 29% Antimon, 5% Zinn, Rest Blei mit Zusätzen von Kupfer und Nickel.

Letterset, Trocken|offset, Offsetdruck ohne Feuchtung der Platte vor dem Einfärben, meist auf Rotationsdruckmaschinen, bes. für Verpackungen.

Leuchtbake, eine → Bake als → Leuchtfeuer.

Leuchtbombe, meist Spezialbombe mit Fallschirm, enthält einen Leuchtsatz aus Stoffen (bes. Magnesium), die bei Verbrennung stark leuchten. Verwendung: Geländebeleuchtung bei Nachtaufnahmen, Täuschung und Kö-

Lepidolith: feinkristallin (Karibib, Südwestafrika)

derung der Infrarotzielsuchköpfe von Lenkwaffen, früher auch Sichtmarkierung von Abwurfzielen.

Leuchtdichte, Formelzeichen L, L_v, Quotient aus dem von einem Flächenelement eines Strahlers abgestrahlten → Lichtstrom und dem Produkt aus scheinbarer Fläche und durchstrahltem Raumwinkel. Bei Lichtquellen ist dies der Quotient aus → Lichtstärke 1) und der Projektion der leuchtenden Fläche senkrecht zur Anstrahlungsrichtung. Die L. ist bei nicht zu kleinen Objekten (z. B. Sternen) maßgebend für die → Helligkeit. Einheit der L.: cd/m^2 oder dezimale Teile oder Vielfache davon. (→ Photometrie)

Leuchtdichtekontrast, Größe zur quantitativen Kennzeichnung des Leuchtdichteunterschiedes zweier benachbarter Felder. Versch. Definitionen des L. sind möglich; am häufigsten $K = L_o/L_u$ oder $K = (L_o - L_u)/L_u$, wenn K der L., L_o die Leuchtdichte des betrachteten Sehobjektes und L_u die Leuchtdichte des unmittelbaren Umfeldes des Sehobjektes ist. Der Quotient aus dem L. und dem Schwellenkontrast ist ein bed. Faktor für die Sichtbarkeit des Sehobjektes. (→ Beleuchtungstechnik)

Leuchtdiode, → Lumineszenzdiode.

Leuchte, Gerät zur Aufnahme von Lichtquellen, z. B. → Lampen und der zum Betrieb notwendigen Teile, z. B. Fassung, Vorschaltgerät, Starter, Zündhilfe. Die lichttechn. Funktionen der L. sind Realisierung der gewünschten Lichtverteilung und Blendungsbegrenzung. Dies wird erreicht durch opt. Reflektoren, klare oder getrübte Abschlußwannen, Raster aus Metall oder Kunststoff, Streugläser, Prismenrefraktoren. VDE-Vorschriften regeln die Sicherheitsbestimmungen insbes. für spezielle L., z. B. in explosionsgefährdeten Anlagen, medizinisch genutzten Räumen, im Freien. Früher hießen die L. Beleuchtungskörper oder generell Lampen (da sie oft die Lichtquelle selbst enthielten, z. B. Petroleumlampe). In L. werden → Glühlampen, → Entladungslampen, → Leuchtstofflampen, → Leuchtröhren verwendet. Eine eigene Entwicklung zeigt die → Straßenbeleuchtung.

Leucht|elektron, äußeres, leicht auf ein höheres Energieniveau ›hebbares‹ Elektron eines → Atoms, bei dessen Rücksprung in den Grundzustand Licht ausgesendet wird.

leuchtende Nachtwolken, dünnen Federwolken (Cirren) ähnliche, gegen den dunklen Nachthimmel sich abhebende Wolken, gewöhnlich bläulich oder silbrig, bisweilen auch orange bis rot gefärbt; bisher selten und nur im Sommer in Regionen zw. 50 und 75° nördl. sowie 40 und 60° südl. Breite bei einem Sonnenabstand von 5 bis 13° unter dem Horizont beobachtet. Ihr Leuchten wird durch Reflexion des Sonnenlichts an winzigen Staubteilchen bewirkt, die bei heftigen Vulkanausbrüchen bis in sehr große Höhen geschleudert werden oder auch interplanetaren Ursprungs (Meteorite) sind. L. N. bilden sich in etwa 80 km Höhe. Bes. gut sichtbar waren sie 1883–93 als Folge des Krakatau-Ausbruches.

Leuchtfarben, Anstrichstoffe, die nach Einwirkung von Licht im Dunkeln nachleuchten (→ Lumineszenz). Als Leuchtstoffe für L. werden mit Kupferionen aktiviertes Zinksulfid oder mit Wismutionen aktiviertes Calcium-Strontium-Sulfid verwendet. Radioaktive L. (z. B. für Zifferblätter von Uhren) werden nicht mehr hergestellt.

Leuchtfeuer, Lichtzeichen zur Navigation während der Dunkelheit. Man unterscheidet Festfeuer und Feuer mit wechselnder Lichterscheinung (**Blinkfeuer, Drehscheinwerfer**). Als → Schiffahrtszeichen (Licht mit → Kennung) in Form von **Leuchtturm, Leuchtbake, Leuchtpfahl, Leuchttonne** oder **Feuerschiff.** Bei Tage dienen sie i. a. als Körperzeichen. Das Feuer wird über den ganzen Horizont oder in festgelegten Sektoren oder Richtungen gezeigt. Zur Identifizierung dienen nautische Verzeichnisse sowie die Luftfahrt- und Seekarten. In der Luftfahrt: **Anflug-, Hindernis-** sowie **Flugplatz-L.**

Leuchtfleck, bei einer Bildröhre der vom Elektronenstrahl auf dem → Leuchtschirm bewirkte leuchtende Punkt, der durch Ablenkung des Elektronenstrahls mittels → Ablenkspule bewegt wird.

Leuchtgas, ältere Bez. für → Stadtgas.

Leuchtkraft, die je Sekunde von einem Stern abgestrahlte Gesamtenergie; wird in Watt gemessen. Ein Maß für die L. ist die ihr äquivalente absolute bolometr. → Helligkeit, die in Größenklassen gemessen wird. Die **Leuchtkraftfunktion** ist die Verteilungsfunktion der relativen Häufigkeit der Sterne in Abhängigkeit von der L.

Leuchtkraftklasse dient in Verbindung mit der Spektralklasse zur Charakterisierung der Leuchtkraft von Sternen. Sterne gleichen Spektraltyps können sich durch die Leuchtkraft unterscheiden. Nach abnehmender Leuchtkraft unterteilt man in sechs L.: I = Überriesen, II = helle Riesen, III = (normale) Riesen, IV = Unterriesen, V = Zwerge (Hauptreihensterne), VI = Unterzwerge. Die **MKK-Klassifikation** (nach MORGAN, KEENAN und KELLMAN; in der verbesserten Form nach den beiden erstgenannten als **MK-Klassifikation** bezeichnet) ist eine (zweidimensionale) Spektralklassifikation der Sterne mit den beiden Parametern L. und Spektralklasse; kennt man für einen Stern L. und Spektralklasse, so läßt sich damit seine Leuchtkraft und seine absolute Helligkeit bestimmen. Neben den Spektralklassen lassen sich auch die L. mit Hilfe von **Leuchtkraftkriterien** aus den Sternspektren bestimmen, weil eine unterschiedl. Leuchtkraft bei Sternen gleichen Spektraltyps zu Änderungen von Linienbreiten und von Intensitätsverhältnissen gewisser Spektrallinien führt.

Leuchtmassen, → Leuchtstoffe.

Leuchtmunition, Gehäuse, aus dem ein Leuchtsatz ausgestoßen wird, um das Gelände zu erhellen, ein Ziel zu markieren oder Signale zu geben; aus Schußwaffen verfeuert wird es **Leuchtgeschoß,** von Flugzeugen abgeworfen → Leuchtbombe genannt.

Leuchtpistole, einschüssige Hinterladerpistole mit glattem Lauf zum Verfeuern von Leuchtgeschossen (→ Leuchtmunition).

Leuchtröhre, rohrförmige → Entladungslampe. Während → Leuchtstofflampen Netzspannung (220 V) benötigen, wird die L. mit höherer Wechselspannung bis 7,5 kV betrieben und besitzt kalte Elektroden. Sie werden v. a. für Reklamezwecke und gelegentlich für Allgemeinbeleuchtung eingesetzt.

Leuchtsätze, Gemische aus brennbaren Kohlenstoffträgern (z. B. Holzmehl, Ruß), Oxidationsmitteln (z. B. Nitrate, Peroxide) und Farberregern (z. B. Natrium-, Bariumsalze), denen zur Lichtverstärkung Aluminium oder Magnesium beigegeben sind. L. dienen u. a. zur Herstellung von Signalkörpern, Leuchtkugeln oder Feuerwerkskörpern.

Leuchtschirm, Lumineszenzschirm, Bildschirm, Glas-, Pappe- oder Metallplatte, auf der ein lumineszierender Stoff (z. B. Reinstoffphosphor, fremdak-

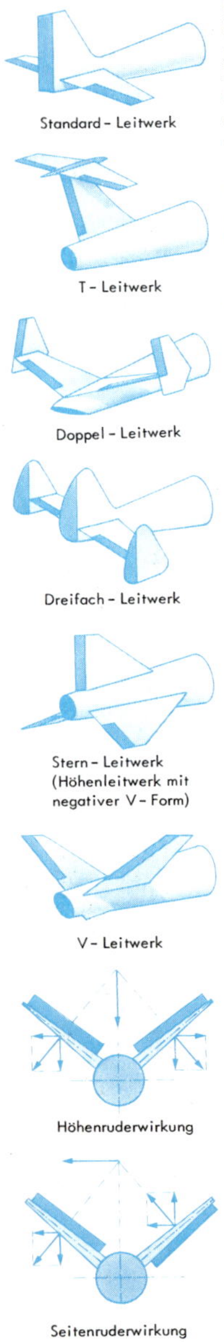

Leitwerk 1) 2: Formen

tivierter Phosphor, Sulfide oder Selenide des Zinks und des Cadmiums, Calciumwolframate, bei Farbbildröhren mit Europium aktiviertes Yttriumorthovanadat oder Yttriumoxisulfid) aufgebracht ist. Der L. dient zum Sichtbarmachen von Röntgenstrahlen, Elektronenstrahlen und ultraviolettem Licht. L. werden angewendet als Verstärkerschirme, im Oszilloskop (Nachleuchteffekt), als Lichtquelle zum Kopieren in der Phototechnik, für die Wiedergabe von Fernsehbildern. Bei L. für die schwarzweiße Wiedergabe von Fernsehbildern werden meist bläulich leuchtende L. verwendet. Die für Farbfernsehbildröhren verwendeten Leuchtstoffe gestatten eine nahezu naturgetreue Wiedergabe aller am Fernsehbild auftretenden Farben, wenn die Farben der drei verwendeten Leuchtstoffe in den Ecken des Farbdreiecks (→ Farbtafel) liegen. – Mit Hilfe der **Leuchtschirmphotographie,** der verkleinerten photograph. Abbildung des mit Röntgenstrahlen erzeugten **Leuchtschirmbildes,** lassen sich z. B. Röntgenreihenuntersuchungen größerer Bevölkerungsgruppen durchführen. (BILD S. 172)

Leuchtspurgeschoß, Lichtspurgeschoß, Geschoß mit einem im Boden angebrachten Leuchtsatz von beliebiger Farbe zur Beobachtung der Flugbahn; verwendet bei Gewehren, Maschinengewehren, Maschinen- und Panzerabwehrkanonen.

Leuchtstoffe, Leuchtmassen, Luminophore, zur → Lumineszenz fähige Stoffe; sie absorbieren die Energie kurzwelliger elektromagnet. Strahlung (UV-, Röntgenlicht) oder von Korpuskularstrahlen (Elektronen-, Alpha-, Betastrahlen) und senden Photonen mit gleicher, meist jedoch kleinerer Energie aus. Gase und Halbleiter werden v. a. elektrisch zur Lichtemission angeregt (→ Gasentladung). Die technisch unbedeutenden flüssigen L. sind meist organ. Substanzen. Bei den wichtigen festen L. bildet entweder eine Atom- oder Molekülgruppe oder ein kennzeichnender Aktivator das Leuchtzentrum **(Zentren-** oder **Konfigurations-L.;** z. B. Anthracen, Eosin), oder der ganze Festkörper wird durch Gitterstörungen oder → Dotierung mit Fremdstoffen aktiviert **(Rekombinations-L.;** z. B. Zinkoxid und -sulfid).

Die L. werden eingeteilt in **selbstleuchtende L. (Autoluminophore)** und **nachleuchtende L. (Phosphore).** Letztere werden durch sichtbares oder UV-Licht angeregt und leuchten danach maximal 10^{-3} s **(fluoreszierende L.)** oder länger **(phosphoreszierende L.)** nach; weitere Unterteilung in Sulfid-, Selenid-, Germanat-, Silikat-, Wolframat-, Molybdat-, Phosphat-, Vanadat-, Oxid-, Halogenid-, Aluminat- und Halophosphat-Phosphore. Die Autoluminophore werden durch zugesetzte radioaktive Stoffe zur Lichtemission angeregt. Meist sind es Spezialgemische von phosphoreszierenden mit radioaktiven Substanzen. Unter den natürl. L. sind fluoreszierend durch geringe Gehalte an Seltenerden u. a. best. Fluorite, manche Diamanten, Scheelit und die schwermetallfreien Uranyl-Verbindungen. Phosphoreszenz nach Einwirkung sichtbaren Lichtes zeigen manche Calcite, Aragonite, Strontianite, Fasergipse, Diamanten und Fluorite.

Selbstleuchtende L. dienen bes. zur Herstellung von Leuchtzifferblättern von Uhren, z. T. auch von Leuchtfarben. Breite Anwendung finden L. in der Elektrotechnik, da sie dazu beitragen, einen höheren Anteil elektr. Energie in Licht umzuwandeln, und sich das emittierte Lichtspektrum durch best. Phosphore variieren läßt. So werden L. u. a. zur Innenbeschichtung von Leuchtstoff-, Fernseh- und Kathodenstrahlröhren ebenso verwendet wie für → Leuchtschirme und für Szintillationszähler. Nachleuchtende L. finden Anwendung in der Textil-, Papier- und Gummiindustrie, zur Herstellung von Tagesleucht- und Leuchtdruckfarben für Lichtschalter, Wegweiser u. a. und zur Markierung von Verpackungsmaterial für optoelektronisch arbeitende Sortiermaschinen. Temperaturanzeigende Anstriche lassen sich mit geeigneten → Lenard-Phosphoren erzielen.

Leuchtstofflampe, rohrförmige → Entladungslampe mit einer Quecksilberfüllung, bei der die Ultraviolettstrahlung (Resonanzlinie 253,7 nm) des Quecksilbers in einer innen auf das Rohr aufgebrachten Schicht von → Leuchtstoff in sichtbares Licht umgewandelt wird. Außer dem Quecksilberdampf sehr geringen Druckes (einige µbar) enthält das Rohr noch ein Edelgas von einigen mbar, normalerweise Argon (die Bez. ›Neonröhre‹ für L. trifft also nicht zu).

Für L. sind die Hauptlichtfarben Tageslichtweiß, Neutralweiß und Warmweiß international festgelegt. Die bisher v. a. gefertigten L. haben eine kontinuierl. spektrale Verteilung ihres Lichtes. Damit läßt sich zwar eine optimale Farbwiedergabe erreichen, aber wegen der zum blauen und roten Spektralbereich hin rasch abfallenden spektralen Hellempfindlichkeit des menschl. Auges (→ Hellempfindlichkeitskurven) sinkt die → Lichtausbeute (25–60 lm/W), wenn die Anforderungen an die Farbwiedergabe steigen. Die Lichtausbeute kann bei praktisch optimaler Farbwiedergabe erheblich verbessert werden, wenn sich die Lichtfarbe aus schmalen Banden mit Schwerpunkten bei den Wellenlängen um 450 nm (blau), 540 nm (grün) und 610 nm (rot) zusammensetzt. Das Leuchtstoffgemisch dieser → Dreibandenlampe erreicht eine sehr hohe Lichtausbeute. (BILDER S. 172, 173)

Leucht|technik, der Teil der → Lichttechnik, der sich mit der Lichterzeugung befaßt.

Leucht|tonne, Schiffahrtszeichen: → Tonne als → Leuchtfeuer.

Leucht|turm, weithin sichtbares, turmartiges → Leuchtfeuer an wichtigen Punkten der Küste, auf Inseln oder bes. gefahrvollen Untiefen. L. haben Kennung durch Form und Farbe, bei Nacht strahlt der L. ein oder mehrere Feuer aus, zusätzlich sind oft Radaranlagen, Einrichtungen für Nebel- und Sturmwarndienst, Schiffsmelde-, Wetter- und Seenotdienst vorhanden. Das Innere ist in Stockwerke unterteilt mit Räumen für die Kraftanlage, Wasserstandsmesser, Vorräte, Wohnung für den Wärter, Betriebsdienst und zuoberst für die Laterne (verglastes Gehäuse zum Schutz der Leuchte). Es gibt heute auch wärterlose, ferngesteuerte und fernüberwachte L. (z. B. in der Elbmündung an Stelle von Feuerschiffen). BILD S. 173

Geschichte. Der bekannteste L. des Altertums war der auf einer Insel vor Alexandria um 260 v. Chr. erbaute L. von Pharos, eines der Sieben Weltwunder; er stürzte um 1200 bei einem Erdbeben ein. Der einzige aus dem Altertum erhaltene L. ist der von La Coruña. In Dtl. sind die ältesten L. an der Ostsee der von Travemünde (1220), an der Nordsee die von Borkum, Norderney und Neuwerk (Elbe). Auf Helgoland wurde 1630 eine ›Blüse‹ (massiver Turm mit offenem Steinkohlenfeuer), 1811 der erste L. errichtet. 1821 entwickelte A.-J. FRESNEL ein neues System des L.-Feuers (→ Fresnel-Linse).

Leucin, für Mensch und Tier essentielle Aminosäure, Eiweißbestandteil aller Organismen.

Leucit *der,* Mineral $K[AlSi_2O_6]$, weiß bis grauweiß, durchscheinend; H. 5,5–6, D. 2,5; meist gut ausgebildete Einzelkristalle in der Form des Ikositetraeders **(Leucito-**

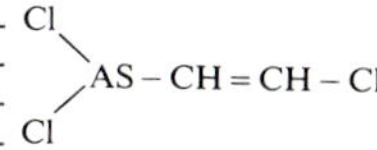

Lewisit

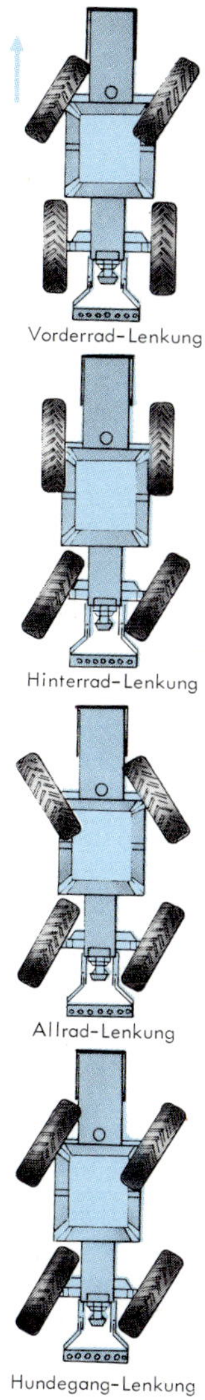

Lenkung: Lenkungssysteme von landwirtschaftlichen u. a. Fahrzeugen

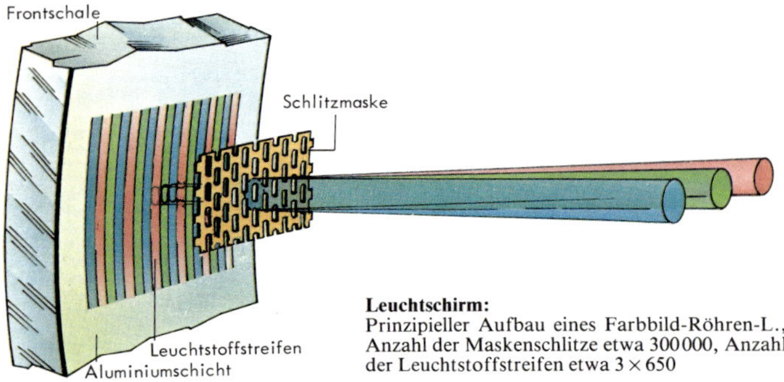

Leuchtschirm: Prinzipieller Aufbau eines Farbbild-Röhren-L., Anzahl der Maskenschlitze etwa 300000, Anzahl der Leuchtstoffstreifen etwa 3 × 650

Leucit: heller Kristall auf Basalt (Vesuv, Italien)

eder; → Kristall, TAFEL I), die unterhalb 605 °C tetragonalen Lamellenbau aufweisen; selten derb oder körnig. L. ist als → Feldspatvertreter Bestandteil vieler basischer vulkan. Laven und Tuffe.

Leucitit *der,* vorwiegend aus Leucit und Pyroxen bestehender Basalt. – **Leucitophyr,** ein → Phonolith, bestehend aus den Mineralen Augit, Leucit, Nephelin.

Leukobasen, Reduktionsprodukte der → Triarylmethanfarbstoffe, die sich nur in Form ihrer Salze auf Fasern (Wolle, Seide) aufziehen lassen.

Leukokörper, → Farbstoffe.

leukokrat heißen magmat. Gesteine, die v. a. aus hellen, kieselsäurereichen Silikatmineralen bestehen (Feldspate, Quarz); Ggs.: → melanokrat.

Leukosom, Geologie: → Migmatit.

Leukoverbindungen, farblose Reduktionsprodukte bestimmter → Farbstoffe (→ Indigo).

Levyn, Mineral, ein → Zeolith.

Lewis-Base [lˈu:ɪs-, n. dem amerikan. Physikochemiker G. N. Lewis, * 1875, † 1946], erweiterter Base-Begriff (→ Basen). – **Lewis-Säuren,** erweiterter Säure-Begriff (→ Säure).

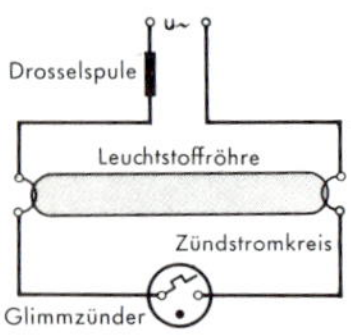

Leuchtstofflampe 1: Schaltbild für Niederspannungs-L.

Lewisit [lu:ɪzˈɪt, n. dem amerikan. Chemiker W. L. Lewis, * 1879, † 1943], Dichlor-(2-chlorvinyl)-arsin, hautschädigender, arsenhaltiger → chemischer Kampfstoff. (FORMEL S. 171)

lg, Abk. für den → Logarithmus zur Basis 10.

LH, Abk. für → luteinisierendes **H**ormon.

LHD-Technik, Abk. für **Load-Haul-Dump-Technik** [ləʊd hɔ:l dʌmp-, engl.], Laden–Fördern–Entladen oder Abkippen, v. a. im Untertagebergbau in Kali und Erz seit Anfang der 60er Jahre weltweit zunehmend angewandte Technik der gleislosen Förderung, z. T. nur auf Zwischensohlen, z. T. im ganzen Betrieb. Wichtigste Geräte sind flach gebaute, wendige, gummibereifte Lademaschinen (Fassungsvermögen bis zu 10 m³), die Haufwerk aus Abbaubetrieben, Rollöchern und Streckenvortrieben laden, zur nächstgelegenen Bunkerung oder zum Rolloch fahren und dort entladen. Bedeutung und Zahl von Blindschächten und z. T. auch von Tagesschächten werden weitgehend verringert. Statt dessen sind v. a. wendelförmig aufgefahrene, geneigte Strecken notwendig, die gleichzeitig den Einsatz von Lkw und Pkw in Tiefbaugruben ermöglichen.

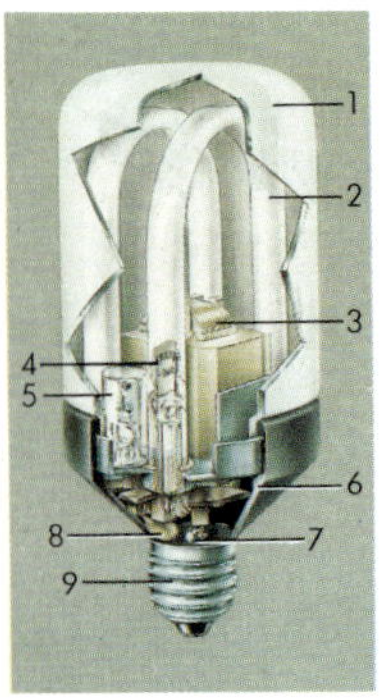

Leuchtstofflampe 2: 1 Glaskolben, 2 Entladungsrohr mit Leuchtstoff, 3 Vorschaltgerät, 4 Elektrode, 5 Starter, 6 Kunststoff-Gehäuse, 7 Thermosicherung, 8 Kondensator, 9 Sockel E 27

L'Hospitalsche Regeln [lɔpitˈal-, n. dem frz. Mathematiker G. F. A. de L'Hospital, * 1661, † 1704], Regeln zur Bestimmung der Grenzwerte von Quotienten f/g reeller Funktionen einer Variablen mit Hilfe von Grenzwerten des Quotienten ihrer Ableitungen f'/g', falls der Grenzwert von f/g ein unbest. Ausdruck der Form 0/0 oder ∞/∞ ist.

Li, chem. Symbol für → Lithium.

Lias *der,* der untere → Jura.

Libelle, → Wasserwaage.

... liberine, → Neurohormone.

Libra, lat. Name des Sternbilds → Waage.

Libration, scheinbares Pendeln des Mondes, das durch die ellipt. Mondbahn sowie die Neigung der Mondrotationsachse gegen seine Bahnebene verursacht wird; es bewirkt, daß man von der Erde aus 4/7 der Mondoberfläche sehen kann. Die **tägliche** oder **parallakt. L.** ist der Winkel, um den die Verbindungslinie des Beobachtungsorts mit dem Mondmittelpunkt von der Verbindungslinie der Mittelpunkte beider Körper abweicht. Dieser Winkel ist höchstens gleich der Parallaxe des Mondes, d. h. 1°.

Librationspunkte, Librationszentren, Punkte in der Ebene zweier umeinanderlaufender Massen (etwa Sonne und Jupiter); ihre Lage entspricht den → Lagrangeschen Punkten L_1, L_2, L_3, L_4, L_5, die sich bei den strengen Lösungen des → Dreikörperproblems ergeben. Ein in der Nähe der L. befindl. dritter Körper kann period. Bewegungen um diese ausführen, falls seine Masse klein gegen die beiden anderen ist. In der Umgebung von L_1, L_2, L_3 sind diese Bewegungen instabil; schon geringe Beeinflussung durch die Anziehungskräfte weiterer Himmelskörper führt zur allmähl. Entfernung von diesen Punkten. Dagegen kann der dritte Körper dauernd in der Nähe von L_4 und L_5 verweilen, wenn eine der beiden Hauptmassen mindestens 27mal kleiner als die andere ist. – In der Umgebung der L. L_4 und L_5 von Sonne und Jupiter halten sich Planetoiden, die → Trojaner, auf.

Licht, eine sich im leeren Raum mit → Lichtgeschwindigkeit in Form (transversaler) → elektromagnetischer Wellen ausbreitende Strahlung, deren physikal. Verhalten durch die Maxwellschen Gleichungen beschrieben wird. Der Wellencharakter des L. wird durch die Erscheinungen der → Beugung, → Interferenz und Polarisation demonstriert. Bei natürl. (unpolarisiertem) L. schwingt die elektr. Feldstärke der L.-Welle (der Lichtvektor) in allen zur Ausbreitungsrichtung senkrechten Richtungen. Die ungestörte geradlinige Ausbreitung des L. kann unter Vernachlässigung des Wellencharakters durch → Lichtstrahlen beschrieben werden (geometr. → Optik 1). Den versch. **Lichtfarben** entsprechen Wellen versch. Wellenlänge und Frequenz. Monochromat. L. enthält nur Strahlung aus einem sehr engen Frequenzband. L. aus Schwingungen aller Wellenlängen des sichtbaren Spektralbereichs mit etwa gleicher Energie (→ energiegleiches Spektrum) oder aus zwei → Komplementärfarben wird als weiß empfunden. Das → Spektrum einer L.-Strahlung kann mit → Spektralapparaten bestimmt werden. Gebündeltes weißes L. wird durch ein Glasprisma abgelenkt (→ Brechung) und in Bündel verschiedener Farbe zerlegt, die aus dem Prisma in versch. Richtungen austreten (→ Dispersion 2). Durch eine Linse können die getrennten Bündel wieder zu weißem L. überlagert werden. Die Grenzen des sichtbaren L. liegen bei etwa 400 nm Wellenlänge am violetten und bei etwa 750 nm am roten Ende des Spektrums.

Nach der →Maxwellschen Theorie ist das sichtbare L. nur ein kleiner Ausschnitt aus der Skale der elektromagnet. Schwingungen, für den das menschl. Auge empfindlich ist; man spricht daher i. w. S. auch von (unsichtbarem) **Infrarot-, Ultraviolett-, Röntgenlicht.** Nach der →Quantentheorie sind die Vorgänge der Lichtaussendung und -absorption durch die Materie Folge von Zustandsänderungen der Elektronenhüllen in →Atomen und Molekülen (→Absorption 1, →Emission, →Laser, →Lumineszenz, →Photoeffekt), bei denen einzelne Lichtquanten (Photonen) aufgenommen oder abgestrahlt werden, deren Energie der Energiedifferenz zw. zwei atomaren oder molekularen Energieniveaus entspricht. Bei diesen Prozessen zeigt das L. korpuskulare Eigenschaften. Wellen- und Teilchenbild des L. sind im Sinne der Quantentheorie komplementär (→Komplementarität) und ergänzen sich gegenseitig bei der Beschreibung der Naturphänomene (→Dualismus).

Die physikal. Eigenschaften des L. und seine Gesetzmäßigkeit werden in der →Optik behandelt, Methoden seiner Erzeugung und Anwendung in der →Lichttechnik, seine Messung in der →Photometrie. Körper, die für Lichtstrahlen durchlässig sind, werden als **durchsichtig,** solche, die die Lichtquelle nur schlecht erkennen lassen, als **durchscheinend,** und solche, die gar kein Licht hindurchlassen, als **undurchsichtig** bezeichnet. Der nicht hindurchgelassene Anteil des L. wird von den Körpern gestreut und absorbiert (→Extinktion, →Absorption 1) oder zurückgeworfen (→Reflexion), wobei das L. seine Farbe ändern kann, wenn das Absorptions- oder Reflexionsvermögen wellenlängenabhängig ist.

Die geradlinige Ausbreitung des L. führte I. NEWTON 1675 zu der Annahme, die L.-Strahlung bestehe aus kleinen substantiellen Teilchen, die von der L.-Quelle ausgeschleudert würden **(Emissionstheorie).** 1690 veröffentlichte CH. HUYGENS seine **Undulationstheorie;** sie wurde von A. J. FRESNEL fortgeführt, der die L.-Strahlung als Welle in einem schwingenden elast. Medium deutete, dem Äther. Die der Theorie durch die **Ätherhypothese** aufgezwungenen Schwierigkeiten konnte erst die Maxwellsche Theorie (1861) überwinden. Die Grundlage für die heutige dualistische L.-Theorie legten M. PLANCK (1900) und A. EINSTEIN (1905).

Licht|ablenkung im Schwerefeld, Gravitationsaberration, die entsprechend der allg. →Relativitätstheorie als Folge der durch das Gravitationsfeld bestimmten Krümmung des Raums auftretende Krümmung der Lichtstrahlen, z. B. im Schwerefeld der Sonne. Beobachtungen während totaler Sonnenfinsternisse haben die von der Theorie geforderte scheinbare (von der Sonne fortgerichtete) Verschiebung der Sterne am Sonnenrand von 1,75 Bogensekunden bestätigt.

Licht|anlage, die fest installierten Einrichtungen für die elektr. Beleuchtung. Die L. besteht aus →isolierten Starkstromleitungen, →Überstromschutzgeräten, ggf. →Fehlerstromschutzschaltern (→elektrischer Berührungsschutz), →Abzweigung 2, →Schaltern, ggf. →Dimmern, Steckdosen (→Steckvorrichtung) und den →Leuchten mit den Lichtquellen (→Glühlampen, →Entladungslampen, z. B. →Leuchtstofflampen).

Licht|äquivalent, mechanisches L., veraltet für den Kehrwert des Maximalwerts des spektralen →photometrischen Strahlungsäquivalents.

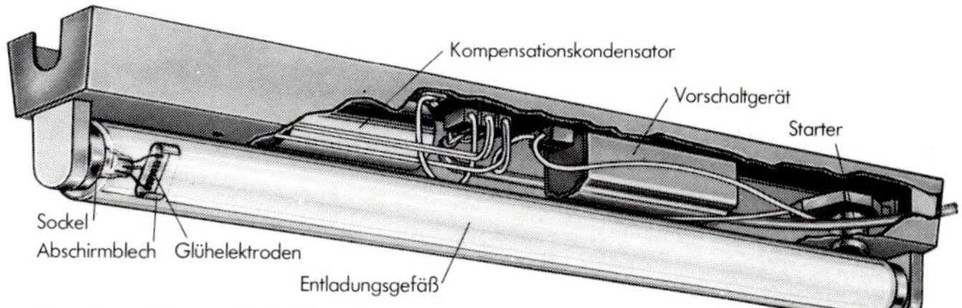

Leuchtstofflampe 3: Aufbau einer L. mit stabförmiger Röhre

Licht|ausbeute, das Verhältnis des von einer Lichtquelle abgegebenen Lichtstroms (in Lumen, lm) zur Leistungsaufnahme (in Watt, W) der Lichtquelle (bei Entladungslampen i. a. einschließlich Vorschaltgerät); kennzeichnet die Wirtschaftlichkeit der Lichtquelle: z. B. Doppelwendelglühlampe 10–25 lm/W, Quecksilber-Hochdrucklampe 32–63 lm/W, Natrium-Dampflampe 60–150 lm/W, Leuchtstofflampen 28–96 lm/W, Xenon-Hochdrucklampe 25–58 lm/W.

Licht|ausstrahlung, →spezifische Lichtausstrahlung.

Lichtbild, die Abbildung eines Objektes mit Hilfe von lichtempfindl. Schichten (→Photographie).

Lichtbogen, stromstarke →Gasentladung, meist in freier Luft unter Atmosphärendruck. Ein L. bildet sich, wenn nach einem Funkenüberschlag oder nach einem Öffnungsfunken nach Kontakttrennung genügend Strom zur Verfügung steht, um die einmal ionisierte Luftstrecke durch Thermoionisation leitend zu halten. Der L. bedeutet praktisch einen Kurzschluß. Gewollte L. werden zum elektr. Schweißen und zur Lichterzeugung (→Bogenlampe) ausgenutzt. – Der von H. DAVY 1812 erstmals beobachtete L. hat seinen Namen von der in waagerechter Lage konvektionsbedingten Durchbiegung der elektrisch leitenden, heißen (7 000 K und mehr), leuchtenden Gase.

Lichtbogen|ofen, ein →Elektroofen zur Gewinnung bes. von Elektrostahl (→Eisen). Beim **indirekt beheizten L.** befinden sich die Elektroden, zw. denen der Lichtbogen brennt, über dem Schmelzgut. Beim **direkt beheizten L.** ist eine Elektrode über dem Schmelzgut, die andere in diesem, so daß das Schmelzgut die Stromleitung übernimmt.

Lichtbogenspritzen, das Aufbringen auf Metalle von Überzügen aus schwerschmelzbaren Metallen oder anorgan., hochschmelzenden Stoffen, die in einem elektr. Lichtbogen geschmolzen und durch einen Gasstrom zerstäubt werden. Lichtbogen-Spritzschichten dienen v. a. dem Verschleißschutz von Maschinenteilen.

Lichtbündel, die Gesamtheit der von (in) einem Punkt in (aus) einem bestimmten durch Blenden festgelegten Raumwinkelbereich ausgehenden (zusammenlaufenden) Lichtstrahlen.

Lichtdruck, 1) ein →Druckverfahren zur Wiedergabe von Halbtönen. Auf eine mattierte Glas- oder Metallplatte wird eine Gelatineschicht aufgebracht, mit Ammonbichromatlösung lichtempfindlich gemacht und bei 50 °C getrocknet, worauf die Oberfläche ein feines ›Runzelkorn‹ zeigt. Nach Belichten unter einem Negativ wird die Gelatineschicht entsprechend den Tonwerten des Negativs verschieden stark gehärtet, die einzelnen Teile der Schicht quellen in Wasser verschieden stark und stoßen in gleichem Maß die fette Druckfarbe verschieden stark ab.

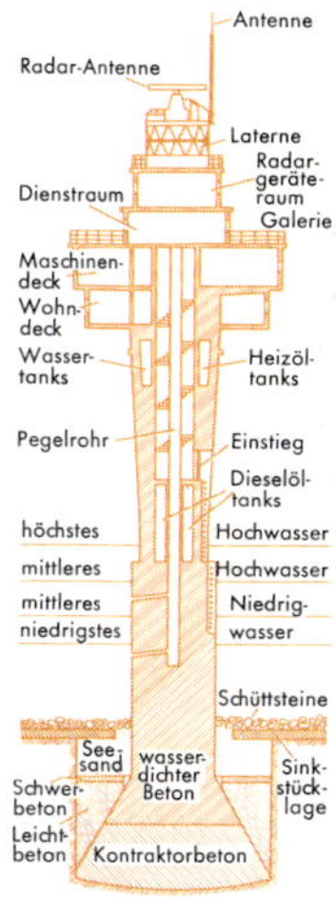

Leuchtturm:
Schnitt durch den L. ›Alte Weser‹

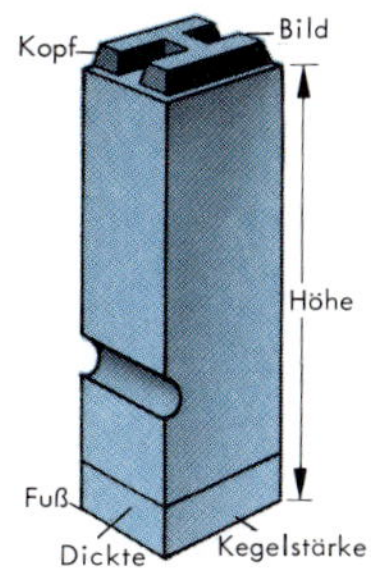

Letter

Lichtdruck 1): Runzelkorn der Druckschicht aus Gelatine

Durch vorsichtiges Einwalzen entsteht so eine Druckform, die alle Schattierungen und Einzelheiten wiedergibt. Der L. eignet sich bes. zur originalgetreuen Reproduktion von Gemälden in kleinen Auflagen; heute nur noch selten angewandt.

2) Physik: → Strahlungsdruck.

Licht|echtheit, Maß für die Widerstandskraft gefärbter Textilien gegenüber der Bleichwirkung von Tageslicht oder einer gleichwertigen künstl. Lichtquelle. Die L. hängt ab von der färbenden Farbstoffklasse, der gefärbten Faserart, der Farbtiefe und von aufgebrachten Fremdstoffen. Der Grad der L. reicht von 1 = sehr gering bis 8 = hervorragend.

licht|elektrischer Effekt, der → Photoeffekt.

licht|empfindliche Gläser enthalten kleine Mengen gelöster Metalle, z. B. Gold, Silber. Nach Bestrahlung mit ultraviolettem Licht bilden sich unter Wärmeeinfluß kolloidale Metallteilchen, die in Größe und Konzentration der Intensitätsverteilung der Bestrahlung entsprechen. L. G. besonderer Zusammensetzung erlauben selektive Auslaugung der belichteten Bereiche. Dadurch kann man z. B. feinporige Platten herstellen (photokeram. Verfahren). Es gibt auch l. G., die die Herstellung von Farbbildern erlauben **(polychromatic glasses** [pɔlıkrəʊm'ætık gl'a:sız]).

Licht|empfindlichkeit, Photographie: die Empfindlichkeit von photograph. Material, heute in ASA- oder DIN-Zahlen angegeben (früher ›Zehntel Grad DIN‹ oder ›Grad DIN‹). Sie wird nach DIN mit einem Sensitometer gemessen (→ Sensitometrie). Die Stufe des Graukeils, hinter der die → Schwärzung 0,1 über dem Schleier (Schwärzung der unbelichteten Bereiche) erreicht wird, gibt die L. an, wobei z. B. die Keilstufe 1,7 der L. 17 DIN (mittelempfindl. Negativmaterial), die Keilstufe 2,7 der L. 27 DIN (hochempfindl. Material) entspricht. Eine Verdoppelung der L. bedeutet einen Anstieg um 3 DIN (logarithmische Abstufung); bei ASA verläuft die Abstufung nach einer geometrischen Reihe.

Empfindlichkeit des photograph. Aufnahmematerials

DIN	12	15	18	21	24	27	30
ASA	12	25	50	100	200	400	800

Lichterführung bei Schiffen (LINKS) und Flugzeugen (RECHTS)

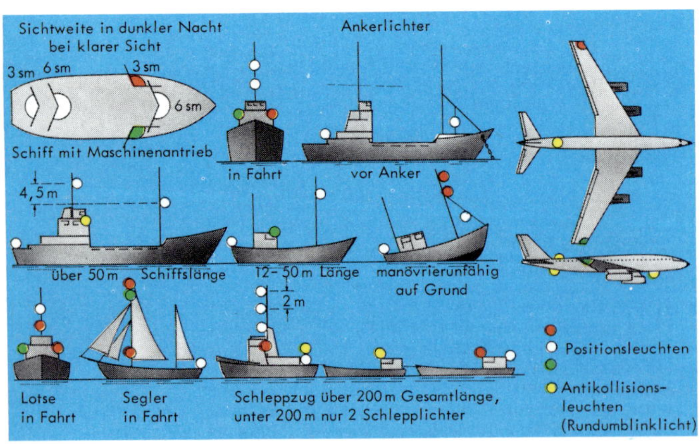

Lichtenbergsche Figuren [n. dem dt. Physiker G. C. Lichtenberg, * 1742, † 1799], entstehen beim Bestäuben einer Platte aus Isolierstoff, längs deren Oberfläche eine elektr. Gleitentladung stattgefunden hat; z. B. kann man die verschiedenartige Form des positiven und negativen Büschellichts (→ Büschelentladung) sichtbar machen, wenn man zw. eine Spitzenelektrode und eine geerdete Metallplatte eine isolierende Platte bringt und diese nach der Entladung z. B. mit Lycopodiumsporen bestreut; auch auf photograph. Platten lassen sich L. F. erhalten, wenn die Entladung im Dunkeln auf der Schichtseite stattfindet.

Lichterführung, die international vorgeschriebene Kennzeichnung von Wasser- und Luftfahrzeugen von Sonnenunter- bis Sonnenaufgang durch Positionslaternen. Die L. für Schiffe ist in der Seestraßen- und Seeschifffahrtsstraßenverordnung, die Einrichtung und regelmäßige Prüfung der Laternen selbst durch besondere VO geregelt. – Die L. der Luftfahrzeuge regelt das Abkommen der → ICAO.

lichtes Maß, Lichtmaß, die nutzbaren inneren Abstände zw. den Begrenzungen einer Öffnung oder eines Raumes, z. B. die **lichte Höhe** einer Unterführung. Die **lichte Weite** eines Rohres ist sein innerer Durchmesser, bei einer Brücke der Abstand der Vorderkanten der Widerlager oder Zwischenpfeiler. Von der lichten Weite ist bei Brücken die von Auflagermitte (Pfeilermitte) zu Auflagermitte gemessene **Spann-** oder **Stützweite** zu unterscheiden. (→ Lichtraumprofil 1)

Lichtfilter, Vorrichtung zur Schwächung einer Lichtstrahlung oder zur Veränderung ihrer spektralen Zusammensetzung, meist unter Ausnutzung der Lichtabsorption. Wo der Strahlengang nicht gestört werden soll, kommen nur klar durchsichtige Körper mit ebenen Begrenzungsflächen in Betracht, wie Farbgläser, Gelatine- oder Kunststoffolien, klare Flüssigkeiten in Glaströgen (Küvetten). Die Wirkung eines L. kann nur durch Angabe des spektralen Transmissionsgrades oder der optischen Dichte eindeutig beschrieben werden (oft als Transmissionskurve); die Angabe der Farbe besagt hierfür nichts.

Selektivfilter ändern die spektrale Energieverteilung der Strahlung (Farbfilter). **Graufilter** schwächen im gesamten sichtbaren Spektralbereich um den gleichen Faktor, so daß i. Ggs. zu den Selektivfiltern der Transmissionsgrad unabhängig von der spektralen Energieverteilung ist. Eine selektive Transmission in einem sehr schmalen Wellenlängenbereich (2–10 nm Halbwertsbreite) ermöglichen → Interferenzfilter. Bei **Interferenz-Verlauffiltern** ändert sich der Durchlaßbereich kontinuierlich längs der Filterausdehnung. **Polarisationsfilter** dienen zur Erzeugung polarisierten Lichtes und zur Lichtschwächung. Sie werden heute meist durch Dehnung gefärbter Kunststoffolien erzeugt.

L. werden in Wissenschaft und Technik vielseitig angewandt: als Schutz vor unerwünschter Strahlung in Sonnen- und Schweißerbrillen sowie Lichtschutzfolien; zur Isolierung von Spektralgebieten aus Strahlungen, z. B. UV- oder Infrarot-Filter; zur Erzielung von Farbwirkungen (Werbung, Bühnenbeleuchtung); beim Farbfernsehen als Aufnahmefilter; zur Anpassung von lichtelektr. Empfängern an bestimmte spektrale Wirkungsfunktionen, z. B. bei → Luxmetern, u. a.

In der Photographie werden Filter eingesetzt zur Korrektur der spektralen Empfindlichkeit des Aufnahmematerials (z. B. Gelbfilter, UV-Absorptionsfilter), als Konversionsfilter zur Änderung der Farbtemperatur des Aufnahmelichtes, als Polarisationsfilter zur Unterdrückung von Spiegelreflexen, als Farbauszugsfilter bei der Herstellung von Farbauszügen für den Mehrfarbendruck, als Korrekturfilter beim Kopieren von Buntaufnahmen; zur Kontrastverstärkung und zur Erzielung bestimmter Effekte: → Farbfilter.

Lichtgeschwindigkeit, die Geschwindigkeit, mit der sich Licht, allg. elektromagnet. Wellen ausbreiten. Die **Vakuum-L.** c, die i. a. gemeint ist, wenn man von der L. spricht, ist als universelle Konstante der Relativitätstheorie die obere Grenze der Geschwindigkeit, mit der sich Energie in irgendeiner Form, also auch ein Signal, ausbreiten kann. Sie ist invariant bezüglich der → Lorentz-Transformation, d. h., sie hat in allen Bezugssystemen denselben Wert. Materielle Körper können die L. nicht erreichen, sondern sich ihr nur asymptotisch nähern. Im Vakuum ist c unabhängig von der Wellenlänge λ des Lichts, es gilt $c = \nu \cdot \lambda$ (ν = Frequenz), in anderen Medien müssen Phasen- und Gruppengeschwindigkeit unterschieden werden. Die **Phasengeschwindigkeit** c_{ph}, d. h. die Ausbreitungsgeschwindigkeit der Phase einer Lichtwelle, z. B. eines Wellenberges, in einem Medium der Brechzahl n ist $c_{ph} = c/n$. Sie ist im Vakuum ($n = 1$) mit c identisch, in Materie i. a. kleiner ($n > 1$), selten größer ($n < 1$) als c. Die **Gruppengeschwindigkeit** c_{gr}, mit der sich die Lichtenergie, d. h. eine Gruppe von Wellen, fortpflanzt (Signalgeschwindigkeit), ist in Materie stets kleiner als c und nur im Vakuum gleich c.

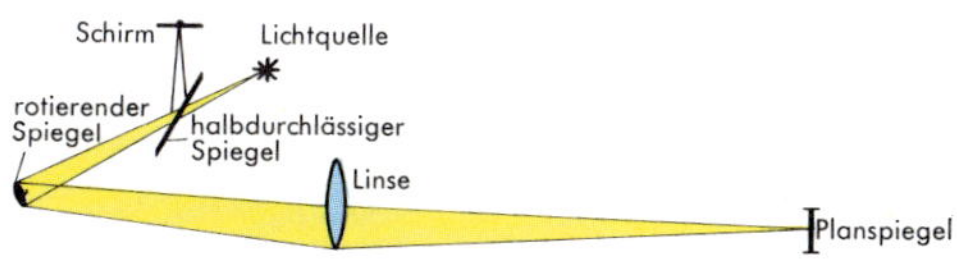

Lichtgeschwindigkeit: Messung nach L. Foucault (1850), vereinfacht durch A. A. Michelson (1878). Beträgt die Entfernung zw. Drehspiegel und Planspiegel etwa 40 m, so kann sich bei Drehfrequenzen des Spiegels bis etwa 200/s das Spaltbild auf dem Schirm bis zu 4 mm verschieben

Die erste Bestimmung der L. gelang O. RÖMER 1672–75 durch sorgfältige Messung der Zeiten, zu denen der innerste Jupitermond von der Erde aus gesehen in den Schatten des Planeten tritt. 1849 konnte A. FIZEAU erstmals in Experimenten auf der Erde die L. messen; er benutzte ein Zahnrad zur period. Unterbrechung eines die Strecke von rd. 9 km hin und zurück durchlaufenden Lichtstrahls. L. FOUCAULT benutzte 1850 die Drehspiegelmethode und zeigte außerdem den Zusammenhang zw. Brechzahl und Phasengeschwindigkeit in durchsichtigen Medien. Die genauesten Messungen mit dieser Methode führte 1878 A. A. MICHELSON aus. Durch gleichzeitige Messung der Frequenz ν und der Wellenlänge λ eines Helium-Neon-Lasers, dessen Emission auf eine Absorptionslinie von Methan bei 3,39 μm stabilisiert war, ist der bisher genaueste Wert für die Vakuum-L. $c = \lambda \cdot \nu = (299\,792\,456{,}2 \pm 1{,}1)$ m/s bestimmt worden. Bei dieser Messung wurde die Wellenlänge interferometrisch mit dem Längenstandard der roten Kryptonlinie verglichen, während zur Frequenzmessung der Caesium-Frequenzstandard zugrunde gelegt wurde, dessen Genauigkeit die des Krypton-Längenstandards um mehr als vier Größenordnungen übertrifft (→ Sekunde 2). Durch eine Neudefinition der Einheit → Meter nach einer Standard-Laserlinie könnte die Genauigkeit der L. um einen weiteren Faktor 100–1 000 gesteigert werden.

Lichtgriffel, → Lichtstift.

Lichthof, 1) Bauwesen: → Lichtschacht.

2) Photographie: Überstrahlungserscheinung in photograph. Schichten. Ein **Reflexions-L.** entsteht z. B. durch Totalreflexion des eingedrungenen Lichtes an der freien Rückseite des Filmschichtträgers, ein **Diffusions-L.** durch Streuung innerhalb der heterogenen lichtempfindl. Schicht. Abhilfe: Einlagerung von lichtabsorbierenden Farbstoffen in die lichtempfindl. Schicht oder spezielle gefärbte L.-Schutzschichten.

Lichthupe, Einrichtung zur Abgabe von Leuchtzeichen im Straßenverkehr durch kurzes Aufblenden der Scheinwerfer (Fernlicht).

Lichtjahr, Einheitenzeichen **Lj,** im Einheitengesetz nicht festgelegte Längeneinheit, in der Astronomie aber üblich für jene Strecke, die das Licht (im leeren Raum) während eines tropischen Jahres zurücklegt: 1 Lj $= 9{,}460\,528 \cdot 10^{15}$ m.

Lichtkoagulation, Behandlungsverfahren, bei dem starke Lichtstrahlen (Xenonlampe) oder Laserstrahlen (**Laserkoagulation** [lˈeɪzə-]) unter Beobachtung des Operateurs durch die brechenden Medien des Auges auf die Netzhaut geleitet werden. Die dabei entstehenden Verbrennungsherde vernarben und bilden eine feste Verbindung der Netzhaut mit der darunterliegenden Aderhaut. Anwendung: zur Behandlung der Netzhautablösung, zur Abriegelung von Geschwülsten der Netz- und Aderhaut und zur Koagulation von Netzhautgefäßen.

Lichtkuppel, ein- oder mehrschalige Glas- oder Kunstharzkuppel, auch mit Lüftungsklappe oder Dachausstieg, zur Belichtung von Räumen unter Flachdächern.

Lichtkurve, graph. Darstellung des → Lichtwechsels.

Lichtleiter, Lichtwellenleiter, ein opt. → Wellenleiter zur Führung des als Trägerschwingung dienenden Lichtes (→ Glasfaser). Zusammen mit optoelektron. Bauelementen werden L. in der → optischen Nachrichtentechnik zur Übertragung von Nachrichten und Daten eingesetzt. Die einzelne Glasfaser besteht aus einem Kern mit der Brechzahl $n_1 \approx 1{,}5$ und einem Mantel mit einer um 0,5–1,0% geringeren Brechzahl n_2. Die von einer Lichtquelle L in den Kern eintretenden Lichtstrahlen werden durch Totalreflexion an der Grenzfläche Kern–Mantel im Kern geführt, sofern sie auf diese Grenzfläche unter einem Winkel einfallen, der größer als der vom Verhältnis n_1/n_2 abhängige Grenzwinkel der Totalreflexion ist. Unter kleinerem Winkel einfallende Strahlen gehen in den Mantel oder den Außenraum über und sind für die Übertragung nutzlos.

Für moderne optoelektron. Nachrichtensysteme sind verschiedene Typen von L. entwickelt worden. **Stufenprofil-L.** bestehen aus einem Mantel und einem Kern, dessen Material eine höhere Brechzahl als der Mantel hat, so daß die Lichtstrahlen bei flachem Einfallswinkel an der Grenzfläche zw. Kern und Mantel in den Kern reflektiert werden. Bei sehr dünnem Kern (Durchmesser annähernd in der Größenordnung der Lichtwellenlänge, d. h. etwa 1 μm) kann sich nur ein Schwingungstyp ausbreiten **(Monomode-Faser),** bei dickem Kern (Durchmesser groß gegenüber der Wellenlänge) können sich viele Schwingungstypen ausbreiten **(Multimode-Faser).** Dabei legen Strahlen, die parallel zur Glasfaserachse laufen, einen kürzeren Weg zurück als Strahlen, die häufig reflektiert werden. Durch diesen als **Modendispersion** bezeichneten

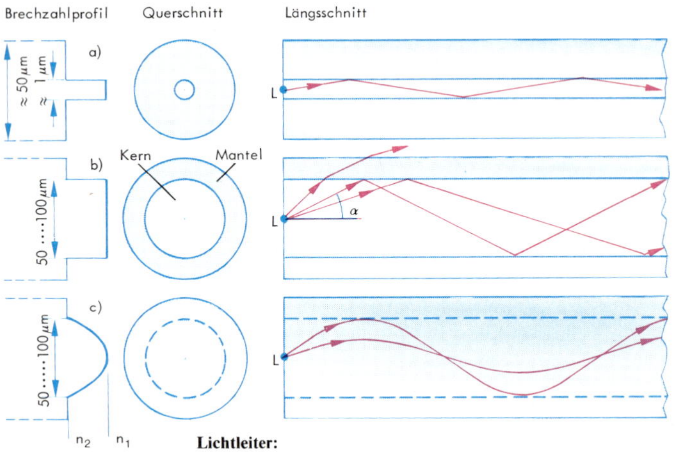

Lichtleiter:
a) einwellige Kern-Mantel-Faser (Monomode-Faser), b) mehrwellige Kern-Mantel-Faser (Multimode-Faser), c) Gradientenfaser

Effekt wird ein durch den L. laufender Lichtimpuls am Ausgang wesentlich ›breiter‹ als der Eingangsimpuls sein, d. h., die Anstiegs- und Abfallzeiten der Impulsflanken werden größer. Bei einer typ. Impulsverbreiterung von 25 ns/km beträgt die höchste noch übertragbare Modulationsfrequenz etwa 14 MHz, was für die meisten Anwendungen bereits nicht mehr ausreicht. Durch Impulsverbreiterung und Dämpfung wird die zulässige Impulsfrequenz und damit die Übertragungskapazität eines opt. Nachrichtensystems begrenzt, d. h., die Länge eines Übertragungsabschnitts, nach der eine Regeneration der Signale erforderlich wird, unterliegt materialbedingten Grenzen. Um die Modendispersion zu vermindern, gibt man den Glasfasern einen Kern mit einer nach außen parabelförmig abnehmenden Brechzahl. In einem solchen **Gradienten-L.** laufen dieLichtstrahlen um so schneller, je weiter sie von der Faserachse entfernt sind, so daß alle Lichtstrahlen fast gleichzeitig am Ende der Faser ankommen (Pulsverbreiterung unterhalb 0,5 ns/km möglich). In der Gradientenfaser breiten sich ebenfalls viele Schwingungstypen aus, die jedoch nicht durch Totalreflexion, sondern durch Brechung geführt werden. Die größte Übertragungsbandbreite ermöglichen **Einmoden-L.**, in denen sich nur ein Wellentyp (Mode) mit einer wohldefinierten Ausbreitungsgeschwindigkeit fortpflanzen kann. Neben der Modendispersion führt auch die Dispersion des Brechungsindex **(Materialdispersion)** infolge der endlichen spektralen Bandbreite der Lichtquelle zu einer Impulsverbreiterung. Diese Materialeigenschaft ist von der Frequenz des verwendeten Lichts abhängig.

Damit opt. Glasfaserkabel mit den konventionellen Koaxialleitungen der Nachrichtentechnik konkurrieren können, muß die Dämpfung unterhalb 20 dB/km liegen. Es wurden L. hergestellt, deren Verluste im nahen Infrarot (850 nm) lediglich etwa 2 dB/km betragen.

Lichtmaschine, → Generator 1).

Lichtmenge, Formelzeichen Q, Q_v, die → photometrische Größe L. ist die in Form von Licht aufgebrachte Arbeit einer Lichtquelle. Sie ist das Produkt aus dem von der Lichtquelle ausgehenden (konstanten) Lichtstrom Φ und der Zeit t, während der er ausgestrahlt wird, $Q = \Phi \cdot t$. Ist Φ nicht konstant, ist Q das Zeitintegral des Lichtstroms, $Q = \int_0^t \Phi \, dt$. SI-Einheit ist Lumensekunde: $[Q] = \mathrm{lm \cdot s}$. Die der L. entsprechende → Strahlungsgröße ist die Strahlungsmenge (→ Strahlungsenergie).

Lichtmodulation, Modulation eines als Trägerwelle dienenden Lichtstrahls mit hochfrequenten, bis in den GHz-Bereich reichenden elektr. Signalen, z. B. für Übertragungszwecke in der → optischen Nachrichtentechnik. Am gebräuchlichsten ist die **Amplitudenmodulation.** Bei Lumineszenzdioden oder kompakten Halbleiterlasern läßt sich die Amplitude der emittierten Wellen direkt über den elektr. Pumpstrom mit Frequenzen bis zu einigen GHz modulieren (Anregungsmodulation). Bei großen Gas- oder Festkörperlasern (Resonatorlänge etwa 1 m) ist die Frequenz durch die Einschwingzeit des Resonators auf maximal 100 MHz beschränkt. Für die nachträgl. Modulation des vom Sender emittierten Lichts sind akustoopt., elektroopt. oder magnetoopt. Effekte geeignet; dabei werden die durch modulierte akust., elektr. oder magnet. Felder in gewissen Substanzen verursachten period. Variationen der Brechungsindizes, die zur Änderung der Phase, Polarisation oder Ausbreitungsrichtung des einfallenden Lichts führen, ausgenutzt.

Im **akustoopt. Lichtmodulator** wird in einem Kristall durch eine eingekoppelte akust. Welle hoher Frequenz ein stehendes Schallwellenfeld erzeugt, das zu einer räumlichen period. Modulation des Brechungsindexes führt. An diesem Brechungsindexgitter wird Licht, das unter einem bestimmten Winkel (Bragg-Winkel) zur Ausbreitungsrichtung der Schallwelle einfällt, gebeugt, d. h. aus seiner urspr. Richtung abgelenkt. Mit einer Blende hinter dem Kristall, die z. B. nur das ungebeugte Licht durchläßt, kann für bestimmte Schallfrequenzen und -intensitäten eine Amplitudenmodulation der austretenden Welle bis zu 100% erreicht werden. Die maximale Frequenz wird durch die Laufzeit der Schallwellen im Kristall begrenzt. Ein Brechungsindexgitter kann auch elektrooptisch durch ein auf einen elektroopt. Kristall aufgedampftes period. Gitter von abwechselnd positiven und negativen Elektroden erzeugt werden.

Bei linear polarisiertem Licht kann die Drehung der Polarisationsebene durch elektr. Felder (→ Pockels-Zelle) oder durch den Faraday-Effekt (→ Magnetooptik) in magnet. Feldern zur L. ausgenutzt werden.

Die Brechungsindexänderung in einem elektroopt. Kristall in Abhängigkeit von der angelegten Spannung führt bei Einbau in einen Laserresonator auch zur period. Änderung der opt. Resonatorlänge und damit zur Verschiebung der Eigenfrequenzen. Dieser Effekt kann zur **Frequenzmodulation** der Emission verwendet werden.

Lichtmühle, → Radiometer.

Licht|orgel, Effektbeleuchtungsanlage (kein Musikinstrument), bei der verschiedenfarbige Lampen im Takt von Lautsprechermusik selbsttätig gesteuert werden. Der Tonfrequenzbereich wird durch elektr. Filter in z. B. drei Bänder (›Kanäle‹) aufgeteilt, die je einer Farbe zugeordnet werden, z. B. Bässe zu Rot, mittlere Tonhöhen zu Gelb und hohe Töne zu Blau. Eine Lampe leuchtet um so heller, je größer die Amplitude (Lautstärke) in dem zugehörigen Kanal ist.

Lichtpause, Kopie einer transparenten Vorlage auf Papier, das mit lichtempfindl. Diazoverbindungen (organ. Stickstoffverbindungen) u. a. getränkt ist. Nach Belichtung durch Tages- oder künstl. Licht wird durch die

Einwirkung von Ammoniakdämpfen **(Ammoniakverfahren)** oder durch Zersetzung von dreiwertigen Eisenverbindungen in zweiwertige entwickelt **(Blaupausverfahren).** Die L., vorwiegend für die Vervielfältigung techn. Zeichnungen in **Lichtpausmaschinen** im Durchlaufverfahren hergestellt, ist durch andere → Kopierverfahren verdrängt worden.

Lichtquanten, Photonen, Symbol γ, masselose, sich mit Lichtgeschwindigkeit bewegende → Elementarteilchen, die Energiequanten der elektromagnet. Strahlung, z. B. von Licht (L. i. e. S.), Röntgenstrahlung **(Röntgenquanten)** oder → Gammastrahlung **(Gammaquanten).** I. Ggs. zum Wellenbild der Lichtausbreitung finden die Erscheinungen z. B. des → Photoeffekts und des → Compton-Effekts ihre anschaul. Deutung nur im Rahmen eines Teilchenbildes, in dem der Vorgang als das Auftreffen von Lichtpartikeln auf ganze Atome oder einzelne Elektronen aufgefaßt wird. Dabei wird dem L. eine Energie der Größe $h\nu$ (h = Plancksches Wirkungsquantum, ν = Lichtfrequenz) und ein Impuls vom Betrage $h\nu/c$ (c = Lichtgeschwindigkeit) zugeschrieben. Das Ereignis läuft dann so ab, wie es nach den Erhaltungssätzen für Energie und Impuls auch für Stöße zw. materiellen Teilchen vorgeschrieben ist. Teilchenbild und Wellenbild ergänzen sich im Sinne komplementärer Erscheinungen (→ Licht). – Als → Feldquanten des elektromagnet. Feldes vermitteln die Photonen die elektromagnet. → Wechselwirkung.

Lichtquellen. Man unterscheidet: 1) **Selbstleuchter,** Körper, die sichtbare Strahlung infolge hoher Temperatur (z. B. Sonne, Glühlampe, Gaslicht), durch elektrisch angeregte Gase (→ Entladungslampe), durch → Lumineszenz (Leuchtstoffe) oder durch erzwungene Emission (→ Laser) aussenden. 2) **Nichtselbstleuchter** werfen nur erhaltenes Licht zurück. Sie gelten als L., wenn das von ihnen zurückgeworfene Licht eine merkliche Beleuchtungsstärke auf ihre Umgebung liefert (z. B. Mond, hell beleuchtete Wand).

Lichtraumprofil, 1) Eisenbahn: die Umgrenzungslinie des Raumes über den Gleisen, der für gefahrlose Benutzung durch Eisenbahnfahrzeuge freizuhalten ist. Innerhalb des L. sind verschiedene **Fahrzeugumgrenzungslinien** festgelegt. Die **kinematische** Umgrenzungslinie bezeichnet i. Ggs. zur **statischen** für stillstehende Fahrzeuge die in Abhängigkeit von der Gleislage, -krümmung, -überhöhung, Fahrzeugfederung und -geschwindigkeit sich ständig ändernde Umgrenzungslinie bei Bewegung der Fahrzeuge.

2) Straßenbau: der Raum, der von festen Hindernissen freizuhalten ist. Das L. setzt sich zusammen aus dem Fahrzeugraum (Fläche), dem Bewegungsspielraum und einem Sicherheitsraum (→ Straßenquerschnitt).

Lichtsatz, → Photosatz.

Lichtsäule, seltene Halo-Erscheinung (→ Halo 1).

Lichtschacht, Schacht im Innern eines Gebäudes oder von Gebäudeteilen zum Einlassen von Tageslicht und Luft, meist mit Glasdach mit Lüftungseinrichtung. Größere Schächte gelten als **Lichthöfe.** Vor Kellerfenstern unter der Geländeoberfläche werden **Keller-L.** angelegt und mit Gitterrosten oder Glasbeton abgedeckt.

Lichtschleuse, zw. einem hellen und einem verdunkelten Raum gelegener kleiner lichtloser Durchgangsraum, dessen Tür zum Dunkelraum man erst öffnet, wenn die Tür zum Hellraum geschlossen ist oder umgekehrt. Die L. verhindert, daß unerwünschtes Licht in den Dunkelraum (z. B. → Dunkelkammer zur Entwicklung photograph. Materialien) gelangt.

Lichtschranke, Anlage mit einem → Photodetektor (z. B. Photodiode, Phototransistor), der von einer Lichtquelle beleuchtet wird und ein elektr. Signal liefert, sobald der Lichtweg durch einen undurchsichtigen Gegenstand unterbrochen wird. Anwendungen zur Geschwindigkeitsmessung (Sport, Verkehrsüberwachung, Ballistik), zur Maschinensteuerung (z. B. Zündzeitpunkt bei Verbrennungsmotoren mit elektron. Zündung), in der Sicherheitstechnik (Sicherung von Arbeitsmaschinen, z. B. Stanzen), für → Alarmeinrichtungen. Der Lichtweg kann durch mehrfache Spiegelung abgeknickt und verlängert werden, so daß man mit nur einer L. einen größeren Bereich sichern kann. Meist wird infrarotes Licht benutzt.

Lichtsignal|anlage, mit meist elektr. Lichtzeichen arbeitende Anlage zur Übermittlung von Nachrichten einfacher Art entweder zur Verkehrsregelung oder als → Personenrufanlage. I. w. S. können auch Notsignale, die → Lichterführung der See- und Luftfahrt, die → Kraftfahrzeugbeleuchtung sowie die Leuchtwerbung als L. angesehen werden.

Bei den → Eisenbahnsignalen werden die älteren Formsignale immer mehr durch elektr. Lichtsignale ersetzt. Zur Sicherung der Bahnübergänge dienen → Blinklichtanlagen. Entsprechende L. der See- und Luftfahrt sind → Leuchtfeuer.

Im Straßenverkehr dienen L. **(Verkehrsampeln)** durch grüne, rote und gelbe Signalbilder (Farb- oder Formzeichen) der Regelung des Fahrzeug- und Fußgängerverkehrs im Bereich eines einzelnen Knotenpunktes. Mehrere aufeinanderfolgende L. können so gesteuert werden, daß Fahrzeuggruppen ohne Aufenthalt durchfahren können (Progressivsystem, Grüne Welle). Als Geber von L. dienen Drucktasten, Schalter, automat. Kontaktvorrichtungen. Die automat. Verkehrssteuerung ermöglicht Signalzeitpläne und Verkehrsrechner, die mit Hilfe von Fahrbahnkontakten, Lichtschranken, Mikrowellenschranken, Radar-Verkehrssonden oder Ultraschallwellen das Verkehrsaufkommen ermitteln.

Lichtstärke, 1) Lichttechnik und Strahlungsphysik im opt. Bereich: Formelzeichen I, Quotient aus dem von einer Lichtquelle abgestrahlten → Lichtstrom Φ und dem durchstrahlten Raumwinkel Ω, $I = \Phi/\Omega$ (vereinfachte Beziehung). I. a. gilt die differentielle Beziehung $I = \mathrm{d}\Phi/\mathrm{d}\Omega$. Die L. ist im Internat. Einheitensystem die photometr. Grundgröße. Einheit: → Candela (cd). → Photometrie.

2) Optik: Verhältnis des Durchmessers der wirksamen Öffnung eines Objektivs zu seiner Brennweite (heute meist **Öffnungsverhältnis** genannt).

Lichtsteuergeräte dienen in der Tonfilmtechnik dazu, Mikrophonströme in entsprechende Lichtströme umzuwandeln und umgekehrt (→ Lichttonverfahren). Man unterscheidet elektroopt. (→ Kerr-Zelle, Glimmlampe) und elektromechanische L.

Lichtstift, Lichtgriffel, Gerät zur graph. Eingabe von Informationen über den Bildschirm eines Datensichtgeräts. An der Spitze des L. befindet sich ein punktförmiger empfindl. Photodetektor, der einen Impuls abgibt, wenn der periodisch die Bildschirmfläche zeilenweise abtastende Elektronenstrahl unter dem L. durchläuft. Wird dieser Impuls auf das Steuersystem des Elektronenstrahls der Bildröhre zurückgekoppelt, so daß kurzfristig die zunächst relativ geringe Intensität erhöht wird, leuchtet der

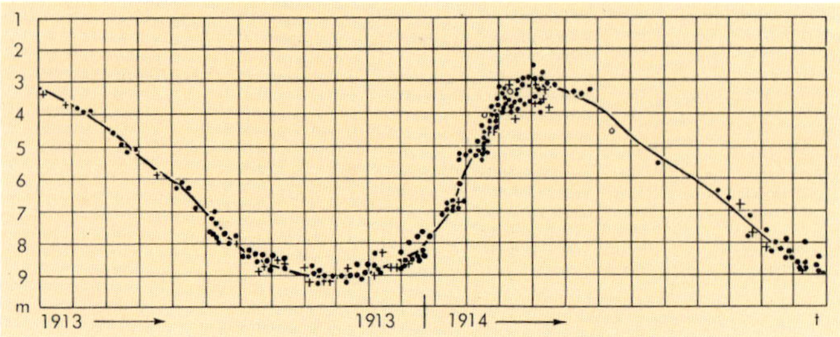

Lichtwechsel: Lichtkurve für den Stern Mira Ceti; *m* Größenklasse; *t* Zeitkoordinate in julianischen Tagen (→ Julianisches Datum); nach Strömgren

Bildschirm an der Stelle unter dem L. hell auf. Wird der L. auf dem Bildschirm entlanggeführt, werden die seiner Spur entsprechenden Daten eingegeben. Bei Anschluß des Datensichtgeräts an eine Rechenanlage können durch entsprechende Programmierung an Hand der graph. Eingabe Konstruktionsberechnungen ausgeführt werden. Die ermittelte optimierte Konstruktion wird auf dem Bildschirm dargestellt und kann mit der urspr. eingegebenen verglichen werden.

Lichtstrahl, geometr. Optik: hypothet. Linie für die von einem leuchtenden Punkt aus erfolgende Lichtausbreitung; physikalisch als Normale zur Wellenfläche des Lichtbündels deutbar.

Lichtstrahl|oszillograph, elektr. Gerät zum Messen und Aufzeichnen von zeitlich schnell veränderlichen elektr. Größen (z. B. Wechselstrom). Der Strahlengang beim L. wird über einen kleinen Spiegel geleitet, der an einer stromführenden Drahtschleife (Schleifenoszillograph), einer Spule oder einem kleinen Drehmagnet befestigt ist und aus seiner Nullage elektromagnetisch abgelenkt wird. Der von dem Spiegel reflektierte Lichtstrahl zeichnet auf einen ablaufenden Photopapierstreifen die Kurve und meist Zeitmarken auf, gleichzeitig auch ein Mattscheibenbild. Der L. ist geeignet zur Aufzeichnung von Vorgängen, bei denen eine Zeitauflösung von 10^{-4} s ausreichend ist.

Lichtstreuung, → Streuung des Lichts, → Tyndall-Effekt.

Lichtstrom, Formelzeichen Φ, mit der → Hellempfindlichkeitskurve $V(\lambda)$ gewichtete Strahlungsleistung, die eine Lichtquelle abstrahlt. Einheit: → Lumen (lm). Eine Lichtquelle mit einer Lichtausbeute von z. B. 20 lm/W strahlt bei einer aufgenommenen elektr. Leistung von z. B. 100 W einen L. von 2000 lm ab. (→ Photometrie)

Licht|technik, Technik der Erzeugung und Anwendung des Lichtes zur optimierten Beleuchtung von Arbeitsplätzen und Verkehrszonen sowie zur opt. Führung (Lichtsignalanlagen). Teilgebiete: 1) → Leuchttechnik, 2) → Beleuchtungstechnik, 3) Lichtmeßtechnik (→ Photometrie, → Farbmetrik). In der Forschung befaßt man sich in der L. mit den Zusammenhängen zw. Beleuchtung und visueller Wahrnehmung oder Leistung und mentaler Belastung.

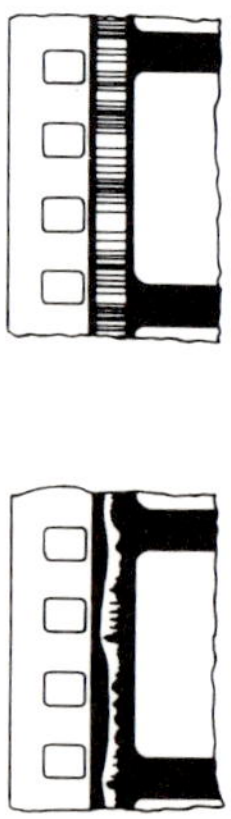

Lichttonverfahren: OBEN Sprossenschrift, UNTEN Zackenschrift (Reintonschrift)

Licht|tonverfahren, Verfahren der Tonfilmtechnik zur Aufzeichnung und Wiedergabe des zu den Bildern gehörenden Tons. Die akust., vom Mikrophon aufgenommenen Schwingungen werden nach Verstärkung mit → Lichtsteuergeräten in entsprechende Intensitätsschwankungen des Lichtes umgewandelt. Zur Aufzeichnung wird auf den an einem Spalt vorbeilaufenden Film eine opt. Tonspur neben dem Bild aufbelichtet, dabei sind verschiedene Verfahren möglich: Entweder wird die Helligkeit des Lichtbündels **(Intensitätsverfahren)** oder die Breite des Beleuchtungsspalts **(Longitudinalverfahren)** gesteuert, wobei eine **Sprossenschrift** entsteht, oder es wird die Länge der Ausleuchtung eines Spalts geändert **(Transversalverfahren),** was zu einer **Zackenschrift** führt. Das heute i. a. verwendete L. bildet eine **Doppelzackenschrift** auf dem Filmträger ab. Zur Wiedergabe fällt ein Lichtbündel auf die Tonspur. Seine Helligkeitsschwankungen werden durch eine hinter dem Film befindl. Photozelle in Spannungsschwankungen und diese wiederum in akustische Signale umgesetzt.

Lichtwechsel, Veränderung der scheinbaren Helligkeit bei veränderl. Sternen, Planeten und Kometen. Der L. wird in Form einer **Lichtkurve** dargestellt, die die Helligkeit in Abhängigkeit von der Zeit ausdrückt.

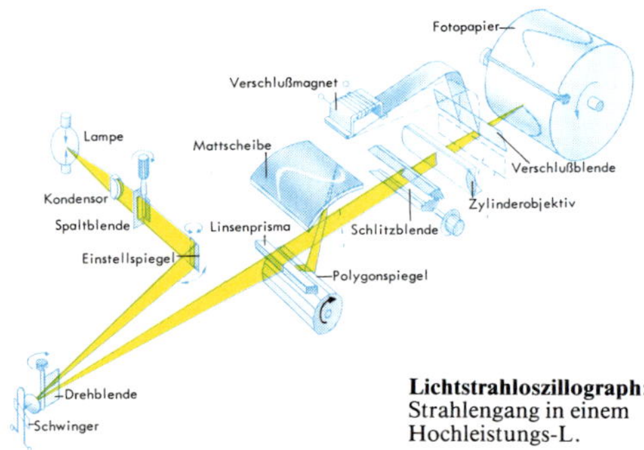

Lichtstrahloszillograph: Strahlengang in einem Hochleistungs-L.

Lichtweg, optische Weglänge, Produkt aus geometr. Weglänge eines Lichtstrahls und Brechzahl des Mediums, in dem das Licht läuft (→ Fermatsches Prinzip).

Lichtwellenleiter, → Lichtleiter.

Lichtwert, Photographie: von der Filmempfindlichkeit abhängige, vom Belichtungsmesser angezeigte Hilfszahl zum Einstellen der richtigen Kombination von Belichtungszeit und Blende. Die Erhöhung des L. um eine Einheit bedeutet z. B., daß man bei konstanter Blende die Belichtungszeit halbieren kann.

Lichtzählrohr, der → Photonenzähler.

Lichtzeit, Aberrationszeit, Zeit, die das Licht benötigt, um von einem Himmelskörper zur Erde zu gelangen. Die L. der Sonne in mittlerer Entfernung beträgt 8 min 18,72 s, die des Mondes 1,28 s.

Licker [engl.], **Fettlicker,** wäßrige Emulsionen von tier. und pflanzl. Ölen (z. B. Tran, Rizinusöl) zum Fetten von Chromleder.

Lidar, Abk. für engl. **Light Detection and Ranging** [laɪt dɪtˈekʃn ænd rˈeɪndʒɪŋ], Übertragung des Radarprinzips auf den Frequenzbereich des Lichts, d. h. abgestrahltes Licht wird, nachdem es vom Zielobjekt zurückgestreut wurde, aufgefangen und ausgewertet. Als Sender werden leistungsstarke Impulslaser, zum Nachweis der zurückgestreuten Photonen lichtempfindl. Empfänger mit vorgeschalteten Spiegelteleskopen verwendet. Die im Vergleich zum Radar kleine Wellenlänge des Lichts erlaubt die Ortung kleinster Partikel (Aerosole) der Atmosphäre. Durch Intensitätsmessung der Rückstreustrahlung in Abhängigkeit von der Zeit, die seit Emission des Lichtimpulses vergangen ist, können Turbulenzen in der Atmosphäre, Wolken, Staubschichten oder Rauchfahnen geortet sowie ihre Dichteverteilung und Ausbreitung untersucht werden. Mit Lasern, deren Wellenlängen sich auf charakterist. Absorptionslinien von gasförmigen Schadstoffen, z. B. Schwefeldioxid oder Stickstoffoxide, abstimmen lassen, ist der Gehalt der Atmosphäre an derartigen gesundheitsschädlichen Verunreinigungen durch Spektralanalyse mit hoher Nachweisempfindlichkeit meßbar und die Ortung von Emissionsquellen möglich. Hierfür kommen v. a. abstimmbare Infrarotlaser in Frage, da alle relevanten Schadstoffmoleküle Absorptionslinien im infraroten Spektralbereich besitzen, die ihre zweifelsfreie Identifizierung erlauben. Wenn Strahlungsquelle (Laser) und Empfänger in einer Station integriert sind, ist zur Messung des Absorptionsspektrums der Atmosphäre im Prinzip ein Retroreflektor erforderlich, der dafür sorgt, daß zumindest ein Teil des ausgesandten Laserlichts wieder den Empfänger erreicht. In der Praxis kann die Streuung an den immer in der Luft vorhandenen Aerosolen und Staubteilchen ausgenutzt werden, die bewirkt, daß aus jeder Entfernung ein Bruchteil des Laserlichts zum Empfänger zurückgeworfen wird. Insbes. können auf diese Weise entfernungsabhängige Konzentrationsverteilungen ermittelt werden. Mit L.-Systemen sind Fernmessungen von Luftverunreinigungen über Entfernungen bis zu mehreren Kilometern von der Meßstation erreicht worden.

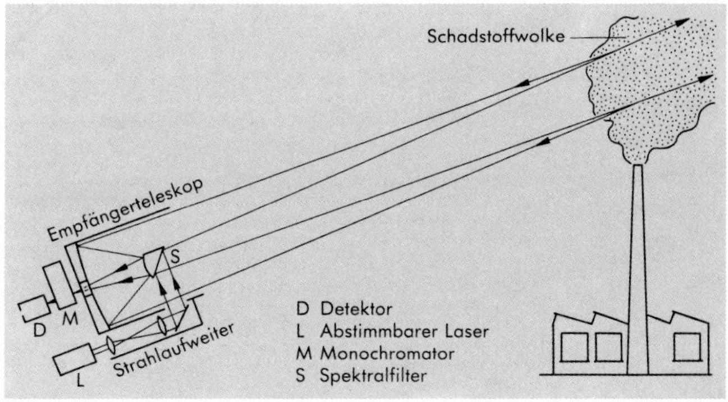

Lidar: Analyse der Luft auf Schadstoffe mit L.

Liderung, 1) Maschinenbau: die Dichtung zw. Kolben und Zylinderwand als Manschette oder Stopfbüchse.

2) Schußwaffen: bei Hinterladern der gasdichte Abschluß des Ladungsraumes nach hinten, entweder durch die Kartuschenhülse beim Keilverschluß oder durch die plast. L. beim Schraubverschluß (→Kartusche, →Verschluß).

Liegendes, das Unterlagernde einer Gesteinsschicht, das bei ungestörter Lagerung älter als diese (das →Hangende) ist.

Lie|sche Algebra [n. dem norweg. Mathematiker M. S. Lie, * 1842, † 1899], ein →hyperkomplexes System, für das die Multiplikation nicht assoziativ ist. Statt dessen gelten folgende Gesetzmäßigkeiten:

$$a \cdot b = -b \cdot a \text{ und } a \cdot (b \cdot c) + b \cdot (c \cdot a) + c \cdot (a \cdot b) = 0.$$

Lie|sche Gruppe, eine →Gruppe (L, $\circ$), die außer den Gruppenaxiomen folgende weitere Bedingungen erfüllt: 1) L ist eine reelle oder komplexe differenzierbare →Mannigfaltigkeit, bei der die Koordinatentransformationen durch beliebig oft differenzierbare Funktionen beschrieben werden; 2) die Abbildung $\varphi\colon L \times L \longrightarrow L$, definiert durch $\varphi\,(X, Y) := X \cdot Y^{-1}$, ist analytisch; d. h., die Funktionen, die diese Abbildung in Koordinaten beschreiben, sind →analytische Funktionen. Zu jeder L. G. gehört eine →Liesche Algebra. Viele Eigenschaften der L. G. spiegeln sich in den Eigenschaften dieser zugehörigen Lieschen Algebra wider oder lassen sich durch Betrachtung dieser Algebra herleiten. Außer in vielen mathemat. Gebieten, insbes. in der Differentialgeometrie und Analysis, sind L. G. bei der Behandlung von Fragen der theoret. Physik, z. B. in der Kernphysik, von großer Bedeutung.

LIFO, Abk. für **Last In/First Out** [lɑːst ɪn fəːst ˈaʊt, engl.], Datenverarbeitung: Speicherprinzip eines →Kellerspeichers, bei dem die zuletzt eingegebenen Informationen als erste wieder ausgegeben werden; Ggs.: →FIFO.

Lift, englisch für →Aufzug.

Lifting Body [-bˈɔdɪ], engl. für →Auftriebskörper.

Lift Slab [-slæb, engl.], der →Hubdeckenbau.

Ligand *der,* elektrisch neutrales Molekül oder Ion um das Zentralatom bei →Koordinationsverbindungen.

Ligandenfeldtheorie, Theorie der Quantenchemie zur Beschreibung der physikal. und chem. Eigenschaften der →Koordinationsverbindungen. Aus der Ladungsverteilung des Ligandensystems werden das elektrostat. Feld am Ort des Zentralatoms oder -ions sowie die Einflüsse auf dessen Elektronen (energet. Verschiebungen und Aufspaltungen von Zuständen) berechnet. Die L. berücksichtigt heteropolare und kovalente Anteile der chemischen Bindung.

Lignin, wasserunlöslicher, makromolekularer Naturstoff, der die Verholzung von Pflanzenzellen bewirkt. L. bildet sich v. a. in Zellen, die Stütz- und Transportfunktionen haben. Es ist zu 20–22% im Stamm von Laub- und Nadelbäumen enthalten; es ist zw. den Fasern eingelagert und verkittet diese miteinander **(Verholzung** oder **Lignifizierung).** Als Nachweis dient die in Gegenwart von salzsaurer Phloroglucinlösung auftretende Rotfärbung. L. besteht aus Phenylpropaneinheiten, die über Ätherbrükken und C-C-Bindungen miteinander verknüpft sind. Die Biosynthese geht v. a. von den Glucosiden des Coniferyl- und Sinapinalkohols aus. L. kann nur von wenigen Mikroorganismen (z. B. Weißfäulepilze) biologisch abgebaut werden. Beim Holzaufschluß zur Zellstoffgewinnung fällt chemisch verändertes, techn. L. an, das lösl. Bestandteile (z. B. L.-Sulfonsäuren) enthalten kann. Es wird zur Herstellung von Vanillin und als Füllstoff verwendet.

Lignit, veraltet für →Xylit; engl. für →Braunkohle.

Liman *der,* Strandsee an den Küsten des Schwarzen und Kasp. Meeres, u. a. aus ertrunkenen Flußmündungen entstanden, daher senkrecht zur Küste verlaufend.

Limes, Abk. **lim,** der →Grenzwert.

Limes superior, Abk. **lim sup,** obere Unbestimmtheitsgrenze einer →Folge reeller Zahlen; sie entspricht dem größten Häufungspunkt der Folge. Dabei heißt b ein Häufungspunkt einer Folge, wenn b Grenzwert einer Teilfolge ist. Entsprechend ist der **Limes inferior (lim inf)** der kleinste Häufungspunkt. Gilt lim sup = lim inf und ist lim sup endlich, dann heißt die Folge konvergent und lim sup der → Grenzwert der Folge. Beispiel: Für die Folge

$$(a_n) = \frac{1}{2}, -\frac{2}{3}, \frac{3}{4}, -\frac{4}{5}, \frac{5}{6}, \ldots = \left((-1)^{n+1} \cdot \frac{n}{n+1}\right)$$

ist lim sup $a_n = 1$ und lim inf $a_n = -1$. Die Folge konvergiert nicht.

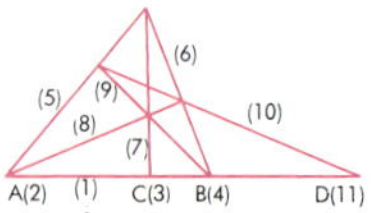

Linealkonstruktion: Konstruktion des vierten harmon. Punktes D zu drei kollinearen Punkten A, B und C mit dem Lineal. Die Numerierung zeigt die Konstruktionsfolge: (1)–(4) gegeben, (5), (6), (8) beliebig

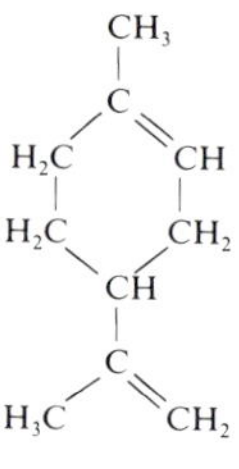

Limonen

Limonit: faserig-dicht (Siegerland)

limnisch, im Binnengewässer abgelagert; bes. Kohlenlager, die mit anderen limn. Bildungen wechsellagern, z. B. das Saarbrückener Kohlenbecken.

Limnologie, Teil der → Gewässerkunde; befaßt sich mit den Seen (→ Seenkunde), i. w. S. mit allen Binnengewässern, erforscht ihre Entstehung sowie ihre physikal., chem. und biolog. Verhältnisse. – Die **theoret. L.** befaßt sich mit den physikal. und chem. Eigenschaften der Gewässer (nicht des Wassers), ihrem Stoffhaushalt sowie mit den Gewässern als ökolog. Teilsystemen der Erdoberfläche; die **angewandte L.** untersucht die fisch- und wasserwirtschaftl. Nutzung, darunter die Stauhaltung der Gewässer, ihre Belastung mit Abwässern sowie die Abwasserreinigung und Wasseraufbereitung für kommunalwirtschaftl. Belange. – Die **Paläolimnologie** befaßt sich mit der Geschichte eines Gewässers.

Limonen, zitronenartig riechender, ungesättigter Terpenkohlenwasserstoff, der u. a. in Kümmel-, Fichtennadel- und Terpentinöl vorkommt. L. existiert in zwei enantiomeren Formen. Das Racemat heißt **Dipenten.**

Limonit, Braun|eisen, Braun|eisen|erz, Brauneisenstein, sehr wichtiges Eisenerz, Verwitterungsprodukt fast aller Eisenminerale; Eisenhydroxid, ehemaliges Gel mit wechselnden Wassergehalten, Beimengungen und Ausbildungsformen: → Nadeleisenerz; Brauner → Glaskopf; **Stilpnosiderit (Eisenpecherz),** derb, schwarzglänzend; **Raseneisenerz;** → Sumpferz; → See-Erze; brauner bis gelber **Eisenocker; Brauneisenoolithe** (→ Minette 1); → Bohnerz.

Limousine [limuz'i:nə], ein allseitig geschlossener Personen(kraft)wagen.

Linac, Abk. für **Linear accelerator** [l'ɪnjeə əks'eləreɪtə, engl.], → Linearbeschleuniger.

Linalo|ol, maiglöckchenartig riechender, ungesättigter Terpenalkohol. L. wird aus Rosenholzöl isoliert oder aus Pinen synthetisch hergestellt. Es wird als Riechstoff oder zur Herstellung von Vitamin E verwendet. (FORMEL S. 181)

Lindan, Common Name für → Hexachlorcyclohexan.

Lindemann-Fenster [n. dem brit. Physiker dt. Abstammung F. A. Lindemann, * 1886, † 1957], für weiche Röntgenstrahlen durchlässiges Lithium-Beryllium-Borsilikatglas **(Lindemann-Glas)** bei Röntgenröhren.

Linde-Verfahren [n. dem dt. Ingenieur C. v. Linde, * 1842, † 1934], 1895 entwickeltes Verfahren zur → Luftverflüssigung.

Lineal, Werkzeug aus Metall, Holz oder Kunststoff zum Zeichnen gerader Linien. **Kurven-L.** haben gekrümmte Kanten oder können in die notwendige Form gebogen werden. – In der Metallbearbeitung ein flacher Stahlstab **(Flach-L.)** zum → Anreißen gerader Linien, auch zum Prüfen von Kanten und Flächen auf Geradheit oder Ebenheit **(Haar-L.).**

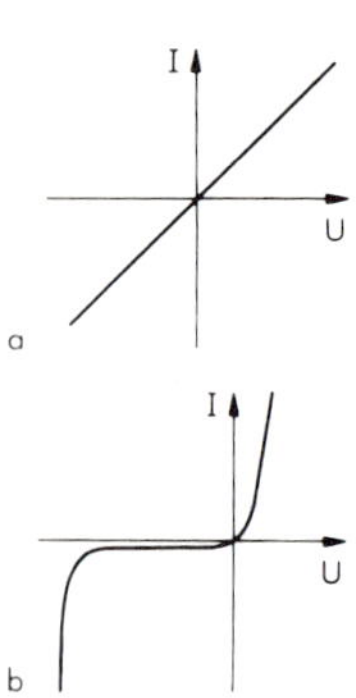

linear 1): Kennlinie a) eines linearen Bauelementes (Ohmscher Widerstand) und b) eines nichtlinearen Bauelementes (Halbleiterdiode)

Linealkonstruktion, zeichner. Lösung eines geometr. Problems nur mit dem Lineal, ohne Zirkel. (→ Konstruktion mit Zirkel und Lineal)

Lineament, Erdnaht, Geofraktur, Geosutur, bis in die Mantelzone der Erde hinabreichende Bruchzone **(Tiefenbruch)** globalen Ausmaßes, die sich im Lauf der Erdgeschichte immer wieder aktiv bemerkbar macht.

linear, 1) Elektronik: Nach ihren Übertragungseigenschaften unterscheidet man lineare und nichtlineare Bauelemente. Bei **linearen Bauelementen** stehen die elektr. Größen (wie z. B. Strom I und Spannung U) mathematisch in einem linearen Zusammenhang, d. h., die eine Größe wächst im selben Verhältnis wie die andere (direkte Proportionalität). Die bildl. Darstellung ergibt eine Gerade. Lineare Bauelemente sind z. B. der Ohmsche Widerstand ($I = U/R$; R Widerstandswert), der Kondensator ($\int I dt = C \cdot U$, C Kapazität) und die Spule ($dI/dt = -U/L$, L Induktivität). R, C und L sind konstante Größen. Es ist also bei der mathemat. Beziehung wesentlich, daß nur Glieder der ersten Potenz auftreten; dagegen sind Integrale, Differentialquotienten usw. erlaubt. Bei **nichtlinearen Bauelementen** ist der mathemat. Zusammenhang der auftretenden elektr. Größen nichtlinear, d. h., es treten Größen wie U^2, U^3,...,$(dU/dt)^2$,..., e^U, ln U usw. auf. Die bildl. Darstellung des mathemat. Zusammenhangs (Kennlinie des Bauelements) ist dann keine Gerade mehr, z. B. bei der Halbleiterdiode.

Als eine **lineare Schaltung** bezeichnet man eine elektron. Funktionseinheit mit Verstärkereigenschaften und linearem Übertragungsverhalten zw. Eingang und Ausgang in einem definierten Arbeitsbereich, d. h., die verstärkte elektr. Größe am Ausgang ist stets direkt proportional der zu verstärkenden Eingangsgröße.

2) Mathematik: vom ersten Grad, erster Ordnung. Da eine gerade Linie sich durch die Gleichung ersten Grades $y = a \cdot x + b$ darstellen läßt, nennt man eine Funktion $f(x) = ax + b$ eine **lineare Funktion** der Variablen x, und allgemeiner $f(x) = a_1x_1 + a_2x_2 + \ldots + a_nx_n + b$ eine lineare Funktion der Variablen $x_1, x_2, \ldots, x_n$.

Die Bedeutung der linearen Funktionen liegt darin, daß man eine große Klasse von Funktionen in erster Näherung als linear ansehen kann (Prinzip der Differentialrechnung); die Bedeutung der linearen Gleichungen besteht darin, daß sich viele Beziehungen in Mathematik und Physik genau oder wenigstens näherungsweise durch ein → lineares Gleichungssystem beschreiben lassen und die Lösung dieser Systeme nicht nur theoretisch bekannt ist, sondern sich oft auch rechnerisch durchführen läßt.

linear abhängig, → Vektorraum.

Linearbeschleuniger, Gerät zur Beschleunigung geladener atomarer und subatomarer Teilchen auf gerader Bahn. L. und **Potentialbeschleuniger,** wie → Bandgeneratoren und → Kaskadengeneratoren, werden zusammenfassend als **Geradeausbeschleuniger** bezeichnet. Beim L. erfolgt die Beschleunigung nicht durch elektrostat. Felder. Um Protonen und andere schwere Kernpartikel auf höhere Energien zu beschleunigen, werden hochfrequente elektr. Wechselfelder benutzt. Hierzu ordnet man eine Reihe von zylindr. Elektroden **(Driftröhren)** hintereinander an, die abwechselnd mit den beiden Kondensatorbelegungen eines elektr. Schwingkreises verbunden sind, der von einem starken Zentimeterwellensender gespeist wird (BILD). Rohrlängen und Frequenz des Wechselfeldes müssen so aufeinander abgestimmt sein,

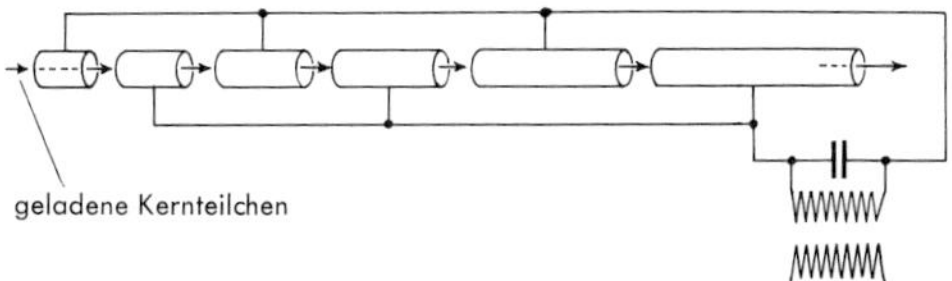

Linearbeschleuniger (Schema)

daß die Teilchen während der Beschleunigungsphase die Bereiche zw. den Elektroden passieren und dabei stets Energie gewinnen. Andere L. beschleunigen bes. Elektronen in einem elektr. Wanderwellenfeld **(Wanderwellenbeschleuniger)**, das durch intensive Kurzwellenimpulse von Klystronsendern ausgebildet wird. – Der rd. 3 km lange SLAC (Stanford Linear Accelerator) in den USA, der Elektronen auf 20 GeV beschleunigt, dient v. a. der Hochenergiephysik, der L. UNILAC bei Darmstadt, der schwere Ionen bis auf 20 MeV pro Nukleon beschleunigt, v. a. der →Schwerionenforschung.

lineare Abbildung, →Vektorraum.

lineare Algebra, die Theorie der →Vektorräume und ein Teil der Theorie der →Moduln 6) über kommutativen Ringen.

lineare Bau|elemente, Elektronik: →linear 1).

lineare Gleichung, →linear 2), →lineares Gleichungssystem.

lineare Hülle, →Vektorraum.

linearer Raum, der →Vektorraum.

lineare Regelung liegt vor, wenn alle →Übertragungsglieder des →Regelkreises dem Überlagerungsgesetz genügen. Dies bedeutet: Sind $x_{a1}(t), x_{a2}(t)$ die den Eingangssignalen $x_{e1}(t)$, $x_{e2}(t)$ entsprechenden Ausgangssignale eines Glieds und a, b beliebige Konstanten, so antwortet es auf die Eingangsgröße $a\,x_{e1}(t) + b\,x_{e2}(t)$ mit der Ausgangsgröße $a\,x_{a1}(t) + b\,x_{a2}(t)$.

lineares Gleichungssystem, ein System mehrerer linearer Gleichungen (im Text mit (∗) bezeichnet)

$$\begin{matrix} a_{11}x_1 + a_{12}x_2 + \dots & \dots + a_{1n}x_n = b_1 \\ a_{21}x_1 + a_{22}x_2 + \dots & \dots + a_{2n}x_n = b_2 \\ \vdots & \\ a_{m1}x_1 + a_{m2}x_2 + \dots & \dots + a_{mn}x_n = b_m \end{matrix} \qquad (*)$$

Dabei sind die Koeffizienten a_{ij} ($i = 1, \dots, m; j = 1, \dots, n$; m, n natürl. Zahlen) Elemente eines →Körpers K und $x_1, \dots, x_n$ Variable (Unbekannte). Sind in (∗) alle $b_1, \dots, b_m$ der rechten Seite gleich Null, so heißt (∗) **homogenes l. G.,** sonst **inhomogenes l. G.** Gesucht sind bei gegebenen a_{ij} aus K geordnete Zahlenmengen, die n-Tupel $\begin{pmatrix} \xi_1 \\ \vdots \\ \xi_n \end{pmatrix}$ des n-fachen →kartesischen Produkts K_n von K mit der Eigenschaft: Setzt man für x_i das Element ξ_i ($i = 1, \dots, n$) in das l. G. (∗) ein, so sind alle Gleichungen erfüllt. D. h., gesucht sind diejenigen Werte ξ_i, die die Variablen x_i annehmen müssen, damit alle Gleichungen richtig sind (wahre Aussagen). Die Lösungsmenge von (∗) wird als Teilmenge des K^n betrachtet.

Z. B. hat das System (1)

$$\begin{aligned} x_1 - 2x_2 &= 0 \\ 3x_1 + x_2 &= 7 \end{aligned} \qquad (1)$$

die einzige Lösung $\binom{2}{1}$, d. h. für $x_1 = 2$ und $x_2 = 1$ sind beide Gleichungen erfüllt; das System (2)

$$\begin{aligned} x_1 + x_2 &= 1 \\ x_1 + x_2 &= \tfrac{3}{2} \end{aligned} \qquad (2)$$

besitzt keine Lösungen, da $x_1 + x_2$ nicht gleichzeitig die Werte 1 und $\frac{3}{2}$ annehmen kann; das System (3)

$$\begin{aligned} x_1 + x_2 + 2x_3 &= 1 \\ x_2 + 2x_2 + x_3 &= 0 \end{aligned} \qquad (3)$$

hat die Lösungsmenge $\left\{ \begin{pmatrix} \frac{2}{3} - t \\ \frac{1}{3} - t \\ t \end{pmatrix} \middle| \; t \in \mathbb{Q} \right\}$. In diesem Fall existieren mehr Variable als Gleichungen, das System ist unbestimmt. Als Lösung findet man eine Mannigfaltigkeit, d. h., x_3 kann beliebige Werte t aus $\mathbb{Q}$ annehmen. Die Lösungen für x_1 und x_2 sind dann abhängig von der anfängl. Wahl von x_3.

In Matrizenschreibweise (→Matrix 2) läßt sich (∗) in der Gestalt $A\,\boldsymbol{x} = \boldsymbol{b}$ schreiben, wobei A die (m, n)-Matrix $\begin{pmatrix} a_{11} & \dots & a_{1n} \\ \vdots & & \vdots \\ a_{m1} & \dots & a_{mn} \end{pmatrix}$, gebildet aus den Koeffizienten a_{ij} mit m Zeilen und n Spalten, $\boldsymbol{x}$ die einspaltige Matrix (auch **Vektor** genannt) $\begin{pmatrix} x_1 \\ \vdots \\ x_n \end{pmatrix}$ und $\boldsymbol{b}$ die einspaltige Matrix $\begin{pmatrix} b_1 \\ \vdots \\ b_m \end{pmatrix}$ bedeuten.

Einem l. G. $A\,\boldsymbol{x} = \boldsymbol{b}$ kann man das homogene l. G. $A\boldsymbol{x} = 0$ zuordnen. Ein inhomogenes l. G. ist genau dann lösbar, wenn die Maximalzahl von linear unabhängigen Vektoren (→Vektorraum) in der Menge der Spaltenvektoren $\begin{pmatrix} a_{ij} \\ \vdots \\ a_{mj} \end{pmatrix}$ von A ($j = 1, \dots, n$), genannt **Rang A,** gleich der Maximalzahl der Spaltenvektoren der um die Spalte $\boldsymbol{b}$ ergänzten Matrix A ist. Homogene l. G. haben mindestens die Lösung $\begin{pmatrix} 0 \\ \vdots \\ 0 \end{pmatrix}$. Die Lösungsmenge homogener l. G. ist ein Untervektorraum H von K^n, der die Dimension $D = (n\text{-Rang } A)$ besitzt (n = Anzahl der Variablen). Ist das inhomogene System (∗) $A\boldsymbol{x} = \boldsymbol{b}$ lösbar, dann ist die Lösungsmenge L folgendermaßen übersichtlich zu beschreiben:

Ist $\begin{pmatrix} \alpha_1 \\ \vdots \\ \alpha_n \end{pmatrix}$ eine Lösung von (∗) und ist H die Lösungs-

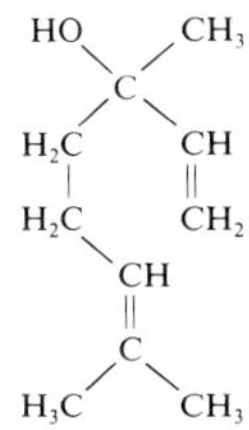

Linalool

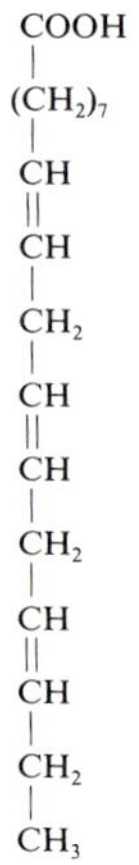

Linolensäure

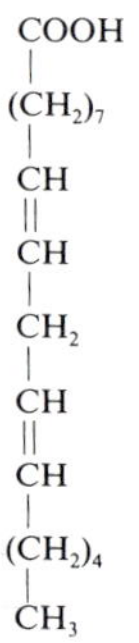

Linolsäure

menge des zugehörigen homogenen l. G., dann ist

$$L = \left\{ \begin{pmatrix} \alpha_1 \\ \cdot \\ \cdot \\ \cdot \\ \alpha_n \end{pmatrix} + \begin{pmatrix} \eta_1 \\ \cdot \\ \cdot \\ \cdot \\ \eta_n \end{pmatrix} \middle| \begin{pmatrix} \eta_1 \\ \cdot \\ \cdot \\ \cdot \\ \eta_n \end{pmatrix} \in H \right\}$$

kurz: $L = \begin{pmatrix} \alpha_1 \\ \cdot \\ \cdot \\ \cdot \\ \alpha_n \end{pmatrix} + H$. Die Lösungen des inhomogenen Systems erhält man also, wenn man zu einer beliebigen Lösung des inhomogenen Systems alle Lösungen des zugehörigen homogenen l. G. addiert. Z. B. sei (*) das obige l. G. (3). Die Lösungsmenge des zugehörigen homogenen Systems ist

$$\left(H = \left\{ \begin{pmatrix} -t \\ -t \\ t \end{pmatrix} \middle| \ t \in \mathrm{Q} \right\} . \begin{pmatrix} 0 \\ 1 \\ 0 \end{pmatrix} \right)$$ ist eine Lösung von (3),

daher ist $L = \begin{pmatrix} 0 \\ 1 \\ 0 \end{pmatrix} + H$ die oben angegebene Menge.

Zur prakt. Berechnung der Lösungsmenge und gleichzeitig, um zu entscheiden, ob ein l. G. lösbar ist, geht man meistens so vor: Ist der Koeffizient a_{11} von x_1 in der ersten Gleichung ungleich Null, so multipliziere man die erste Gleichung mit geeigneten Faktoren, daß man durch Addition zu den folgenden Gleichungen neue Gleichungen erhält, in denen x_1 nicht mehr auftritt. Dieses Gleichungssystem, das aus (*) durch Abänderung der zweiten und der weiteren Gleichungen unter Beibehaltung der ersten entsteht, hat dieselbe Lösungsmenge wie (*). Ist $a_{11} = 0$, so wähle man als erste Gleichung eine, in der der Koeffizient von x_1 nicht Null ist. Man sagt: x_1 wurde aus den Gleichungen 2, . . ., m eliminiert. Jetzt eliminiere man aus den Gleichungen 3, . . ., m die Variable x_2, indem man die zweite Gleichung als Ausgangsgleichung betrachtet. So eliminiert man sukzessive weitere Variable, bis man schließlich ein l. G. der folgenden Form erhält (im Text mit (⁑) bezeichnet.

$$\begin{aligned} c_{11}x_1 + c_{12}x_2 + \ldots + c_{1r}x_r + \ldots + c_{1n}x_n &= d_1 \\ c_{22}x_2 + \ldots + c_{2r}x_r + \ldots + c_{2n}x_n &= d_2 \\ &\ \ \vdots \\ c_{rr}x_r + \ldots + c_{rn}x_n &= d_r \\ 0 &= d_{r+1} \\ &\ \ \vdots \\ 0 &= d_m \end{aligned} \qquad (⁑)$$

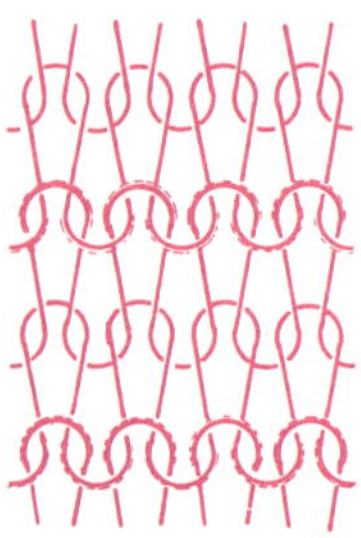

Links-Links-Ware (Maschenware)

Dabei ist r = Rang A. (⁑) hat dieselbe Lösungsmenge wie (*). Das Ausgangssystem ist also genau dann lösbar, wenn die in (⁑) durch Umrechnung auftretenden Größen $d_r + 1, \ldots, d_m$ alle gleich Null sind. Ist das der Fall, so läßt sich (⁑), von der letzten Gleichung ausgehend, übersichtlich lösen. Dieses als **Gaußsches Eliminationsverfahren** bezeichnete Vorgehen wird in verschiedenen Modifikationen zur prakt. Lösung l. G. auf Computern verwendet. Ein weiteres Verfahren zur Auflösung eines l. G. bildet die **Cramersche Regel.**

L. G. sind in der Mathematik und ihren Anwendungen deshalb von großer Bedeutung, weil vielfach die numer. Lösung von Gleichungen verschiedener Art (z. B. Differential- oder Integralgleichungen) auf die Lösung von l. G. zurückgeführt wird. Durch die techn. Entwicklung der Computer ist es auf diese Weise möglich, Gleichungen aus den verschiedensten Gebieten näherungsweise zu lösen, was bis vor kurzem vielfach nicht möglich war, weil hier l. G. mit einer sehr großen Anzahl von Gleichungen und Variablen auftreten.

J. STORER: Einf. in die numer. Mathematik, 1 ([2]1976); H.-J. KOWALSKY: Lineare Algebra ([8]1977); R. WAGNER: Grundzüge der linearen Algebra (1981).

Linearform, eine →Form 3) vom Grad 1.

Linearkombination, →Vektorraum.

Linearmotor, Sonderbauform des →Elektromotors, bei der nicht eine rotierende, sondern eine geradlinige Bewegung erzeugt wird. Den Antrieb bewirkt hier nicht ein magnet. Drehfeld, sondern ein Wanderfeld. Vorteile des L. sind Verschleißfreiheit und Wartungsarmut. – Dem einen Teil des L. entspricht der in eine Ebene ausgebreitete Ständer eines Asynchronmotors mit der Drehstromwicklung. Er wird **Induktorkamm** genannt. An die Stelle des Kurzschlußläufers tritt eine elektrisch leitende Schiene oder ein flüssiges Metall. Dieser Teil heißt **Reaktionsschiene.** Für den magnet. Rückschluß muß die Reaktionsschiene mit ferromagnet. Material hinterlegt werden. Liegt dem Induktorkamm ein zweiter gegenüber (Doppelinduktor), so übernimmt dieser den magnet. Rückschluß. Als bewegl. Element kann wie der Induktorkamm auch die Reaktionsschiene dienen.

Bei Speisung mit Drehstrom von 50 Hz erreicht man z. Z. Geschwindigkeiten von 3 bis 30 m/s. L. können auch in Zylinderform als Solenoide ausgeführt werden. Diese erreichen Schubkräfte bis 1 000 N.

Der L. kann zum Öffnen und Schließen von Türen, als Antrieb von Fördermitteln und von Schnellbahnen (→Magnetschwebebahn) dienen, weiterhin als Induktionspumpe zum Transport elektrisch leitender Flüssigkeiten, z. B. von geschmolzenem Aluminium in die Gießformen. Die Induktionspumpe besitzt keine bewegl. Teile und gilt daher als weitgehend wartungsfrei. Eine Anwendung des linearen Energiewandlers als Gleichstromgenerator ist der →magnetohydrodynamische Generator (MHD-Generator).

Linear Predictive Codierung [l'ɪnɪə prɪd'ɪktɪv-, engl.], Abk. **LPC,** Verfahren zur →Sprachsynthese.

linear unabhängig, →Vektorraum.

Lini|e, 1) Geodäsie: →Äquator 2).

2) Mathematik: abstraktes eindimensionales geometr. Gebilde mit geradem (→Gerade), krummem (→Kurve 1) oder geknicktem Verlauf.

Linienbetrieb, Eisenbahn: paarige Gleisführung des Richtungs- und Gegenrichtungsgleises bei nebeneinanderliegenden Strecken; Ggs.: →Richtungsbetrieb.

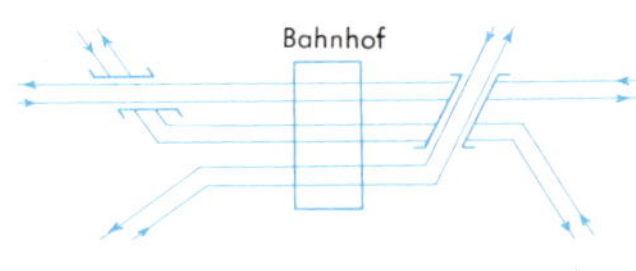

Linienbetrieb

Linienbreite, die Breite einer →Spektrallinie, meist als →Halbwertsbreite definiert, welche die →natürliche Linienbreite nicht unterschreiten kann.

Linien|element, 1) im zwei- oder dreidimensionalen

Raum ein Paar, bestehend aus einem Punkt und einer Richtung oder gleichbedeutend aus einem Punkt und einer Geraden (oder einem Geradenstück). Allg. ist ein L. in einer →Mannigfaltigkeit M ein Paar, bestehend aus einem Punkt von M und einer Richtung. 2) L. einer Differentialgleichung ist ein Tripel $[x, y, f(x, y)]$, das geometrisch im obigen Sinn als Paar bestehend aus dem Punkt (x, y) und der Richtung, die durch $a := f(x, y)$ definiert ist, gedeutet werden kann (→Richtungsfeld). 3) anderer Name für Bogenelement (→Rektifikation 2).

Linienführung, Verkehrswegebau: →Trasse.

Linien|integral, →Kurvenintegral.

Linien|ko|ordinaten, Plückersche L. [n. dem dt. Mathematiker J. Plücker, * 1801, † 1868], die Koeffizienten u_1, u_2, u_3 der homogenen linearen Gleichung $u_1x_1 + u_2x_2 + u_3x_3 = 0$ einer Geraden g in einer projektiven Ebene. x_1, x_2, x_3 sind homogene Punktkoordinaten; $x_1/x_3 = x$ und $x_2/x_3 = y$ die kartes. Koordinaten eines Punktes P in der euklid. Ebene und $-u_3/u_1 = a$ und $-u_3/u_2 = b$ die Achsenabschnitte der Geraden g (BILD).

Linienriß, zeichnerische Darstellung einer Schiffs- oder Bootsform in vier Projektionsebenen: **Längsriß** (Seitenansicht), **Wasserlinienriß** (Draufsicht), **Spantenriß** (Vor- oder Rückansicht), **Sentenriß.** Schnitte, Wasserlinien und Spanten werden in jeweils gleichen Abständen längsschiffs, horizontal und querschiffs durch den Schiffskörper gelegt. Senten sind ›schräge Wasserlinien‹. Bei der fast ausnahmslos gegebenen Symmetrie beider Schiffsseiten genügt es, nur eine Schiffshälfte zu zeichnen.

Linienschreiber, Meßgerät mit einem Schreiborgan, das im Unterschied zu einem Punktschreiber ständig mit einem ablaufenden Papierstreifen in Berührung bleibt und so Meßwerte kontinuierlich registriert. Wegen des im Verhältnis zu reinen Anzeigeinstrumenten höheren Moments sind →Meßverstärker oder Bauweise als Kompensationsschreiber (→Kompensationsmethode) erforderlich. Bei Tintenschreibern beträgt die höchste genau übertragene Frequenz etwa 5 Hz.

Linke-Hand-Regel, →Handregeln.

linksdrehende Stoffe, →optische Aktivität.

Links-Links-Ware, Maschenware, bei der die charakterist. Köpfe der Maschen auf beiden Seiten der Ware bes. hervortreten; beide Seiten sind gleich. Es kann einfarbig (uni) und nach dem Jacquard-Prinzip gearbeitet werden. (BILD S. 182)

Links|system, →Rechtssystem.

Linne|it [n. dem schwed. Naturforscher C. v. Linné, * 1707, † 1778] *der,* **Kobaltkies,** Mineral Co_3S_4, weiß, Metallglanz, häufig gut ausgebildete Kristalle, auch derb und in körnigen Aggregaten. L. ist sehr ähnlich den übrigen →Kobaltnickelkiesen, ist wie diese hydrothermal oder pneumatolytisch gebildet und Ursprungserz von Kobaltverwitterungserzen.

Linolensäure, 9, 12, 15-Octadecatriensäure, ungesättigte Fettsäure, die als Glycerinester v. a. in Leinöl und Hanföl vorkommt. L. ist eine essentielle Fettsäure. Die Vernetzung der ungesättigten Moleküle von L. und Linolsäure in Gegenwart von Luftsauerstoff führt zum charakterist. Verhalten trocknender Öle. (FORMEL S. 182)

Linole|um, dauerhafter, elastischer Belagstoff für Fußböden, Wände, Tische u. a. aus Leinölfirnis, Kork, Harzen und Farbstoffen, auch Sojabohnenöl.

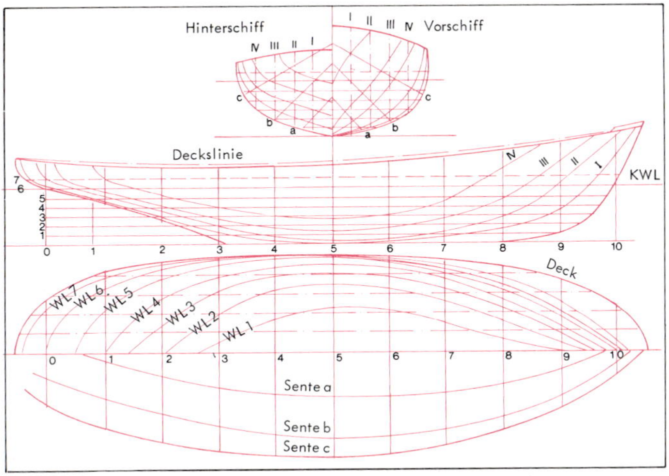

Linienriß: von OBEN nach UNTEN Spantenriß, Längsriß, Wasserlinien- und Sentenriß

Linolsäure, 9,12-Octadecadiensäure, ungesättigte Fettsäure, die als Glycerinester v. a. in Leinöl und Sonnenblumenöl vorkommt. L. ist eine essentielle Fettsäure (→Linolensäure). FORMEL S. 182

Linolschnitt, vom Holzschnitt abgeleitete Hochdruckform, die nicht in Holz, sondern mit Schneidfeder oder Messer in eine Linolplatte geschnitten wird; auch der von dieser gewonnene Abdruck.

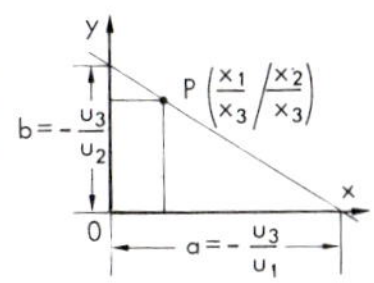

Linienkoordinaten

Linotype [ˈlaɪnotaɪp, engl.] *die,* erste brauchbare Zeilenguß-Setzmaschine (→Setzmaschine 1).

Linse, 1) Geologie: allseitig auskeilender Gesteinskörper von abweichender Zusammensetzung gegenüber dem umgebenden Gestein.

2) Optik: Körper aus durchsichtigem Material (Glas, Steinsalz, Quarz, Kunststoff), die von zwei verschieden gekrümmten Flächen, z. B. zwei schwach gewölbten Kugelhauben oder einer Ebene und einer Kugelhaube, seltener zur Verringerung störender Abbildungsfehler von nichtkugeligen (asphärischen) Rotationsflächen (Paraboloide, Toroide), begrenzt sind. Zylinder-L. werden durch Zylinderflächen begrenzt. Beim Durchgang von Licht durch L. wird infolge der Brechung der Strahlen an den L.-Oberflächen der Öffnungswinkel des Strahlenbündels verändert und bei geeigneter Anordnung eine opt. →Abbildung 2) erzeugt. **Sammel-** oder **Konvex-L.** (in der Mitte dicker als am Rande) machen auffallende Lichtstrahlen konvergent (bewirken das Zusammenlaufen der Strahlen). **Zerstreuungs-** oder **Konkav-L.** (in der Mitte dünner als am Rande) machen auffallende Lichtstrahlen divergent (bewirken Auseinanderlaufen der Strahlen). Je nach Art der Krümmung der L.-Flächen unterscheidet man bikonvexe, plankonvexe und konkav-konvexe Sammel-L. (BILD 1) und bikonkave, plankonkave und konvexkonkave Zerstreuungs-L. (BILD 2). Zur Verringerung

Linse 2) 1 und 2: 1 Sammellinsen unterschiedlicher Form; *a* bikonvex, *b* plankonvex, *c* konkavkonvex (sammelnder Meniskus). **2** Zerstreuungslinsen unterschiedlicher Form; *a* bikonkav, *b* plankonkav, *c* konvexkonkav (zerstreuender Meniskus)

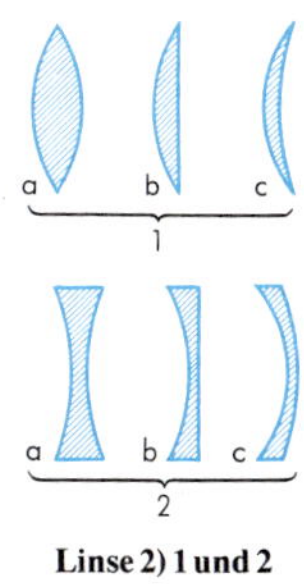

Linse 2) 1 und 2

von →Abbildungsfehlern und zur Verstärkung ihrer Wirkung werden L. zu **opt. Systemen** zusammengefaßt (→Achromat, →Photographie, Abschnitt photographische Objektive). Eine Gerade durch die Krümmungsmittelpunkte beider L.-Flächen heißt **Achse.** Alle parallel auf eine dünne L. auffallenden Strahlen vereinigen sich in einem Punkt, dem **Brennpunkt;** seine Entfernung von der

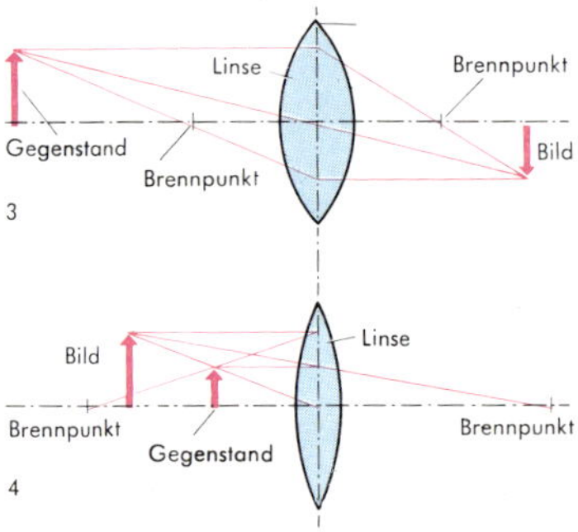

Linse 2) 3 und 4: Abbildung durch eine Sammellinse; **3** Gegenstand außerhalb, **4** innerhalb der Brennweite

L.-Mitte heißt **Brennweite.** Bei dicken L. oder L.-Systemen werden Gegenstands-, Bild- und Brennweite nicht von der L.-Mitte, sondern vom ding- oder bildseitigen Hauptpunkt (→Hauptebene) aus gemessen. Die von einem Gegenstand ausgehenden, durch eine L. tretenden Lichtstrahlen erzeugen ein Bild des Gegenstandes. Liegt bei einer Sammel-L. der Gegenstand außerhalb der Brennweite, so ist das Bild wirklich (reell), umgekehrt, vergrößert oder verkleinert (BILD 3). Ist der Gegenstand im Brennpunkt, so liegt sein Bild im unendlichen, d. h. die Strahlen werden durch die L. parallel. Liegt der Gegenstand innerhalb der Brennweite, so entsteht ein scheinbares (virtuelles), aufrecht stehendes, vergrößertes Bild (BILD 4). Bei der Zerstreuungs-L. erhält man stets virtuelle Bilder. Für beide L.-Arten gilt die Linsenformel (→Abbildung). Der →Brechwert oder die **L.-Stärke** hängt von Krümmung und Richtung der Flächen und der Dicke und Brechzahl des Materials ab.

Elektrische und **magnetische L.,** →Elektronenoptik.

Linsenfehler, Optik: →Abbildungsfehler.

Linsenfernrohr, der →Refraktor.

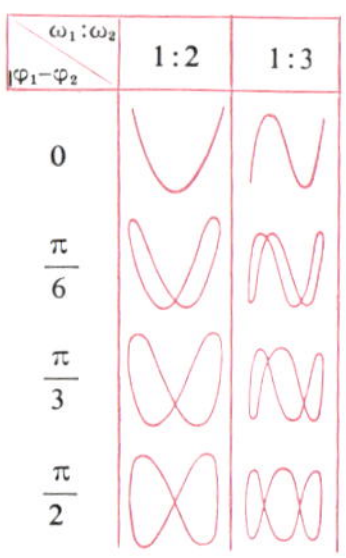

Lissajoussche Figuren

Liouvillescher Satz [liuvˈil-, n. dem frz. Mathematiker J. Liouville, * 1809, † 1882], Satz der →Funktionentheorie, der besagt, daß jede in der ganzen komplexen Zahlenebene holomorphe und beschränkte Funktion konstant ist.

Liparit *der,* helles Ergußgestein (→Rhyolith).

Lipasen, zu den →Hydrolasen gehörende Enzyme, die Fette und fette Öle hydrolytisch spalten; L. sind verdauungsphysiologisch bes. wichtig und kommen in Bauchspeicheldrüse, Darmwand und Leber vor.

Lipide, zusammenfassende Bez. für →Fette und fettähnliche Stoffe (→Lipoide).

Lipoide, im Tier- und Pflanzenkörper vorkommende fettähnl. Substanzen, deren Ähnlichkeit mit den Fetten v. a. in der Löslichkeit und im physiolog. Verhalten besteht. Zu den L. rechnet man u. a. Phosphatide, Cerebroside, Ganglioside, Sterine; sie sind für die Organismen lebenswichtige Stoffe. Viele spielen als oberflächenaktive Substanzen eine wichtige Rolle in den Zellmembranen, wo sie die elektr. und osmot. Vorgänge an Zelloberflächen beeinflussen.

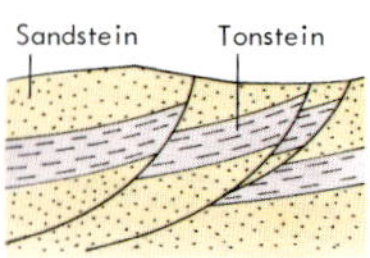

Durch **listrische Flächen** zerlegte Schichtenfolge

Lipolyse, zusammenfassender Begriff für die Spaltung von Nahrungsfetten im Darm, der Mobilisierung von Depotfetten durch Lipasen und der Steuerung dieser Vorgänge durch das lipotrope Hormon.

lipotropes Hormon, Abk. **LPH, Lipotropin,** Hormon, unter dessen Einwirkung Fettsäuren aus Fett freigesetzt werden und in der Leber und in anderen Organen verbrannt werden.

Lippmann-Verfahren [n. dem luxemburg. Physiker G. J. Lippmann, * 1845, † 1921], farbphotograph. Verfahren unter Benutzung von Lichtinterferenzen.

Lipschitz-Bedingung [n. dem dt. Mathematiker R. O. S. Lipschitz, * 1832, † 1903]. Ist eine Funktion $f(x, y)$ in einem Gebiet G definiert, so erfüllt sie eine L.-B. im Punkt (ξ, η) des Gebiets G, wenn es für eine ganz in G gelegene Umgebung von (ξ, η) mit $|x-\xi|<a, |y-\eta|<b$ eine Zahl M, die **Lipschitz-Konstante,** gibt, so daß für alle Werte x, y_1, y_2 aus der Umgebung gilt:

$$f(x, y_2) - f(x, y_1) \leq M \cdot |y_2 - y_1|.$$

Die L.-B. tritt v. a. in der Theorie der Differentialgleichungen auf.

Liptobiolithe, brennbare, durch bes. hohen Harz- und Bitumengehalt ausgezeichnete organogene Gesteine (z. B. Bernstein).

liquidmagmatisch, Zustand eines →Magmas zu Beginn seiner Erstarrung; Bildungsbereich wichtiger →Erzlagerstätten.

Liquiduskurve, Liquiduslinie, →Zustandsdiagramm.

Lissajous|sche Figuren [lisaʒˈu-, n. dem frz. Physiker J. A. Lissajous, * 1822, † 1880], Figuren, die entstehen, wenn sich zwei in zueinander senkrechten Richtungen verlaufende period. Bewegungen mit den Frequenzen ω_1 und ω_2 und der Phasendifferenz $\varphi_1 - \varphi_2$ (→Phase 4) überlagern. Die Kurvenform ist vom Amplituden- und Frequenzverhältnis sowie der Phasendifferenz abhängig. Geschlossene Figuren ergeben sich nur, wenn das Verhältnis der Frequenzen rational ist. L. F. (BILD) lassen sich z. B. mit einem Oszillographen darstellen.

listrische Fläche, Schaufelfläche, Geologie: schräg aufsteigende, nach oben steiler werdende tektonische Bewegungsfläche.

Liter *das* oder *der,* Einheitenzeichen **l**, auch **L**, im 19. Jh. definiert als das Volumen von 1 kg reinen Wassers. Seit 1901 galt: 1 l = 1,000028 dm^3. Die 12. Generalkonferenz für Maß und Gewicht beschloß 1964: 1 l = 1 dm^3. Das Wort L. ist als anderer Name für Kubikdezimeter gesetzlich zugelassen. Es dürfen davon auch dezimale Vielfache und Teile mit →Vorsätzen gebildet werden: 1 Milliliter = 1 ml = 10^{-3} l = 0,001 l = 1 cm^3, 1 Zentiliter = 1 cl = 10^{-2} l = 0,01 l = 10 cm^3, 1 Hektoliter = 1 hl = 10^2 l = 100 l = 100 dm^3.

Literleistung, Hubraumleistung, die auf den Hubraum aller Zylinder bezogene Leistung eines Verbrennungsmotors, Angabe in kW/l.

Lithergol|antrieb, ein Hybridantrieb der →Rakete.

Lithium, chem. Symbol **Li,** ein →chemisches Element aus der Gruppe der →Alkalimetalle, Leichtmetall, Ordnungszahl 3. Neben den natürl. Isotopen der Massenzahl 6 (7,4%) und 7 (92,6%) sind drei weitere radioaktive Isotope bekannt. Das silberweiße weiche Metall läuft an der Luft an unter Bildung des Oxids, Li_2O, und Nitrids, Li_3N. L. ist das leichteste feste Element. Flüchtige L.-Verbindungen färben die Flamme karmesinrot, was zum empfindlichen Nachweis und zur quantitativen Bestimmung (→Flammenphotometrie) von L. benutzt wird. Es kommt in kleinen Gehalten in fast allen Magmatiten sowie in einigen Mineralwässern vor. Der mittlere Gehalt der oberen festen Erdkruste beträgt 0,006%. Wichtige lithiumhaltige Minerale sind **Lepidolith (L.-Glimmer),** $K(Li, Al)_3[(F, OH, O)_2|AlSi_3O_{10}]$, **Spodumen,** $LiAl[Si_2O_6]$, **Petalit,** $(Li, Na)[AlSi_4O_{10}]$, und **Amblygonit,** $(Li, Na)Al[PO_4(F, OH)]$.

Zur Gewinnung des L. wird aus den L.-Erzen nach entsprechendem Aufschluß und Abtrennungsverfahren zunächst meist das **L.-Carbonat** erhalten, das man durch Umsetzung mit Salzsäure in **L.-Chlorid,** LiCl, überführen kann, aus dem mittels Schmelzflußelektrolyse metall. L. gewonnen wird. Metall. L. verwendet man gelegentlich als Legierungsbestandteil, häufiger jedoch zur Darstellung lithiumorgan. Verbindungen. In der Kerntechnik findet es Anwendung zur Herstellung von →Tritium, zum Nachweis therm. Neutronen und als Abschirmungs- und Reaktorkühlmittel. – L. wurde 1817 von A. ARFVEDSON im Petalit entdeckt und von J. J. v. BERZELIUS benannt. H. DAVY stellte es im Jahr 1816 in metall. Form her.

Lithiumjodidkristall, Kernphysik: Kristall aus Lithiumjodid mit dem Isotop Lithium 6 (^6LiJ) als Szintillator für die Neutronenspektroskopie: Durch Beschuß mit Neutronen entstehen über die Reaktion $^6Li(n, \alpha)\,^3H$ α-Teilchen und Tritium, deren Energie und Reichweite ein Maß für die Neutronenenergie ist.

Lithium-Schwefel-Akkumulator, →Akkumulator 1).

Lithiumverbindungen. In seinen meist farblosen Verbindungen ist Lithium stets positiv einwertig. Es ähnelt in seinem chem. Verhalten dem Natrium und wegen der ›Schrägbeziehung‹ (→Periodensystem) auch dem Magnesium. In Wasser schwerlöslich sind daher **Lithiumphosphat** und **Lithiumcarbonat.** Letzteres wird als Ausgangsprodukt für die Darstellung von Lithiumchlorid verwendet, das über seine Löslichkeit in Alkohol gereinigt werden kann. **Lithiumhydroxid,** LiOH, ist eine starke Base und in Wasser mäßig löslich. **Lithiumhydrid,** LiH, ein fester Stoff, gibt den gebundenen Wasserstoff leicht ab und wirkt ebenso wie $LiAlH_4$ und einige lithiumorgan. Verbindungen als Reduktionsmittel. Es wird zur Erzeugung von Wasserstoff und als Raketentreibmittel verwendet. **Lithiumdeuterid,** LiD, (→Deuterium) ist Hauptbestandteil der Wasserstoffbombe. **Lithiumaluminiumhydrat,** $LiAlH_4$ **(Lithiumalanat),** wird verbreitet für organ. Synthesen verwendet. **Lithiumperchlorat,** $LiClO_4$, dient in Raketentreibstoffen als leichter Sauerstoffüberträger, **Lithiumfluorid,** LiF, wegen seiner Lichtdurchlässigkeit im Infrarotbereich als Prismenmaterial. Die lithiumorgan. Verbindungen gewinnt man durch Umsetzen von metall. Lithium mit entsprechenden Alkyl- oder Arylhalogeniden. Sie haben Bedeutung für zahlreiche organ. Synthesen und als Katalysator bei der Gewinnung von Kunstkautschuk. **Lithiumstearat** wird in Schmierfetten und als Kunststoffstabilisator verwendet.

Lithiumzellen, bes. langlebige und zuverlässige Primärzellen (→Batterie), die je nach Aufbau Spannungen zw. 1,5 und 3,8 V erzeugen können. L. haben eine negative Elektrode aus Lithium und ein organ. Elektrolyt, da Lithium mit wäßrigen Lösungen zu heftig reagieren würde. Als positive Elektrode dient für den 1,5 V-Bereich Wismuttrioxid (Bi_2O_3), für den 3 V-Bereich Mangandioxid (MnO_2). Anwendungsbeispiel: Herzschrittmacher.

Lithobiontik, Forschungszweig, innerhalb dessen geolog., geochem. und mineralog. Prozesse studiert werden, an denen Mikroorganismen aktiv beteiligt sind. Anwendungsbereiche sind z. B. die Metallgewinnung aus metallarmen Erzen oder Haldenmaterial durch mikrobielle →Laugung oder die Untersuchung der Beteiligung von Mikroorganismen bei der Entstehung und Diagenese von Gesteinen und Lagerstätten.

Lithofazi|es, die anorganogenen Merkmale eines Gesteins. – **Lithogenese,** Lehre von der Entstehung der (Sediment-)Gesteine.

Lithographie, 1) Druckverfahren: **Steindruck,** das älteste Flachdruckverfahren (→Druckverfahren), bei dem als Druckform eine Platte aus Kalkstein **(lithograph. Stein,** gern verwendet Solnhofener Kalkschiefer) dient. Dieser ist sehr feinporig und kann Wasser und Fett leicht aufnehmen. Die Zeichnung wird mit Fettkreide oder -tusche auf den Stein übertragen. Dann wird der Stein mit einer Scheidewasserlösung geätzt und anschließend mit einer mineralsauren Gummiarabicumlösung behandelt. Hierdurch werden die von der Zeichnung freien Stellen fähig, Wasser aufzusaugen. Beim Einfärben mit fetter Druckfarbe nimmt nur die Zeichnung Farbe an, die befeuchtete, bildfreie Fläche nicht. Zum Druck in **Steindruckmaschinen** wird die Druckform mit Wischwalzen befeuchtet und mit Lederwalzen eingefärbt. An Stelle der unhandl. L.-Steine wurden später gekörnte Zinkplatten verwendet **(Zinkdruck).** Heute ist die L. auf photograph. Grundlage und Metallplatten umgestellt (→Photolithographie 1), →Offsetdruck).

2) Halbleitertechnologie: Verfahren zur Übertragung von Schaltkreismustern mikroelektron. Bauelemente und integrierter Schaltungen auf eine Silicium-Halbleiterscheibe, den **Wafer** [weɪfə(r), engl.]. Zu diesem Zweck wird zunächst eine Maske hergestellt, die das Muster in Form von Transparenzunterschieden für die Strahlen enthält, mit denen es auf den Wafer übertragen wird. Die Waferoberfläche wird mit einem strahlungsempfindl. Lack beschichtet und durch die Maske mit UV-Licht **(Photo-L.),** Röntgenstrahlung **(Röntgen-L.)** oder Elektronenstrahlen **(Elektronenstrahl-L.)** belichtet (BILD). Bei der anschließenden Entwicklung wird je nachdem, ob es sich um Positiv- oder Negativlack handelt, der belichtete oder der unbelichtete Lack weggelöst und an diesen Stellen die Waferoberfläche freigelegt. Durch Eintauchen der Scheibe in Flußsäure wird an den lackfreien Stellen die Oberflächenoxidschicht (Siliciumdioxid, SiO_2) weggeätzt und dadurch das Muster auf die Waferoberfläche übertragen. Zum Schluß wird der auf der Oberfläche verbliebene Lack mit einem kräftigen Lösemittel entfernt **(›Strippen‹).** Das Verfahren läßt sich auch bei anderen Halbleitern, z. B. Germanium (Ge), anwenden, wenn zunächst eine SiO_2-Schicht auf ihre Oberfläche aufgedampft wird.

Mit der heute als Standardverfahren anzusprechenden Photo-L. können routinemäßig Strukturen mit Linienbreiten von minimal 2–5 μm hergestellt werden. Wegen der ständig steigenden Anforderungen bezüglich der Anzahl von Bauelementen in integrierten Schaltungen werden höhere Auflösung und kleinere Dimensionen gefordert. Neben der Verbesserung der opt. Verfahren wird da-

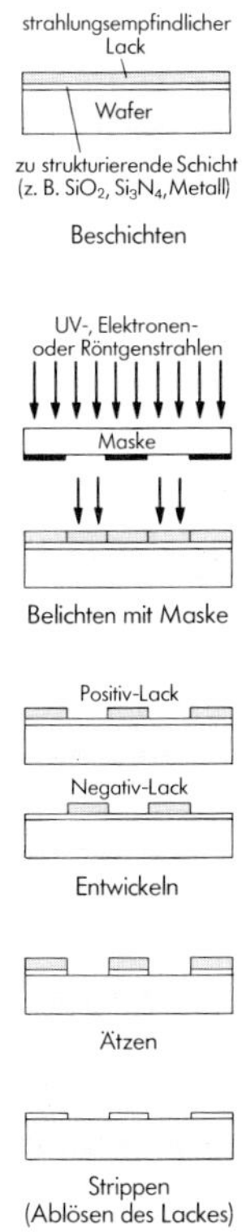

Lithographie 2): Übertragen des Maskenmusters auf den Wafer

her intensiv an der Entwicklung der Röntgen-L. und Elektronenstrahl-L. gearbeitet. Mit weichen Röntgenstrahlen ist wegen der kürzeren Wellenlänge theoretisch eine Steigerung der Auflösung um das 100- bis 1000fache möglich. In der Praxis ist bisher nur etwa ein Faktor 10 erreicht worden, da geeignete Abbildungssysteme für Röntgenstrahlen sowie Methoden zur präzisen Justierung von Wafer und Maske bei aufeinanderfolgenden Belichtungen (typisch sind vier bis zehn L.-Schritte beim Herstellungsprozeß einer Schaltung) fehlen. Elektronenstrahlen haben neben hoher Auflösung (→ Elektronenmikroskop), die in der Praxis allerdings durch Streuung der Elektronen im Lack begrenzt wird, den Vorteil, daß sie elektrostatisch abgelenkt werden können, d. h. bei entsprechender Programmsteuerung der Auslenkung eines scharfgebündelten Elektronenstrahls kann ein Wafer direkt ohne Maske belichtet werden. Im Labor sind durch Elektronenstrahl-L. mit konventionellen Lacken Strukturen mit einer Größe von einigen 100 nm (mit Spezialverfahren sogar Linienbreiten von nur 8 nm) hergestellt worden. – Eine wesentl. Verbesserung wird durch den Einsatz von Ionenstrahlen **(Ionenstrahl-L.)** erwartet, die eine Strukturierung bis herab zu den halbleiterphysikal. Grenzen ermöglichen sollten (→ Schwerionenforschung).

lithophile Elemente bauen im wesentlichen die Erdkruste und den oberen Erdmantel (→ Lithosphäre) auf; sie haben große Affinität zu Sauerstoff. Zu ihnen gehören u. a. Aluminium, Silicium, Titan, Zirkon, die Lanthanoide und die Alkali- und Erdalkalimetalle.

Lithopone *die,* **Sulfidweiß, Zinksulfidweiß,** weißes, anorgan., gut deckendes Pigment, Gemisch aus Zinksulfid und Bariumsulfat. Verwendung als Anstrichfarbe und Füllstoff; zunehmend durch Titandioxid-Pigmente ersetzt.

Lithosphäre, die Gesteinskruste der Erde, über der fließfähigen Asthenosphäre (→ Erde) und auf dieser verschiebbar. Die L. umfaßt die Erdkruste und den obersten Erdmantel. Dicke unterschiedlich; unter Ozeanböden 70–80 km, unter alten Schilden 100–120 km. **Lithosphärenplatten,** → Plattentektonik.

Litoral, Uferregion eines Gewässers; auch das zur → Küste eines angrenzenden Landes gerechnete Meeresgebiet. Der litorale Bereich gliedert sich in: **Epi-L.** (wassereinflußfreie Zone), **Supra-L.** (Spritzwasserzone), **Eu-L.** (Zone der Gezeiten, im Süßwasser Zone der höheren Wasserpflanzen). – **sublitoral,** → neritisch.

Litze, 1) schmales Flachgeflecht.

Lochkarte 1): Schlüssel zu einer 80spaltigen L.; links Buchstaben, Mitte Ziffern, rechts Sonderzeichen

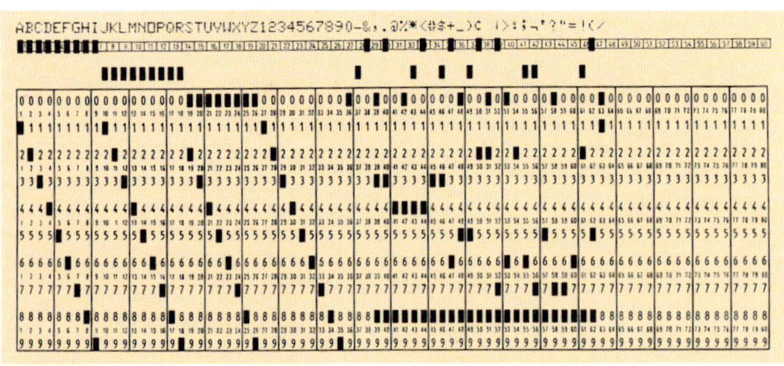

2) Draht oder Flachstahlstück mit einem Auge (Öse) zum Einziehen der Webkettfäden.

3) Elektrotechnik: biegsame Leitung aus parallel liegenden, miteinander verseilten oder verflochtenen dünnen Einzeldrähten. Wegen des bei hochfrequenten Wechselströmen auftretenden → Skineffekts hat die L. in der Hochfrequenztechnik große Bedeutung; Voraussetzung ist, daß die Adern, z. B. durch Lack, gegeneinander isoliert sind.

Lj, Einheitenzeichen für → **L**icht**j**ahr.

Lkw, Abk. für → **L**ast**k**raft**w**agen.

lm, Einheitenzeichen für → **L**u**m**en.

LM, Abk. für engl. **Lunar Module** [l'u:nə m'ɔdʒu:l], die → Mondfähre; → Apollo-Programm.

ln, Abk. für den → Logarithmus zur Basis e.

LNG, Abk. für engl. **Liquefied Natural Gas** [l'ɪkwɪfaɪd n'ætʃrəl gæs], Bez. für verflüssigtes Erdgas.

Loch, Bez. für ein → Defektelektron.

Löcherleitung, → Defektelektron.

Löchertheorie, von P. Dirac entwickelte Theorie (→ Dirac-Gleichung), in der die Positronen als unbesetzte Zustände (›Löcher‹) in dem sonst mit Elektronen vollständig besetzten Kontinuum negativer Energiezustände (›Dirac-See‹) aufgefaßt werden. Die Anhebung eines Elektrons negativer Energie in einen Zustand positiver Energie entspricht der Erzeugung eines Elektron-Positron-Paares **(Paarerzeugung),** das Zurückfallen des Elektrons in das Loch im Dirac-See der **Paarvernichtung.** Die L. hat auch für andere Teilchen mit von Null verschiedener Ruhemasse mit halbzahligem Spin Gültigkeit.

Lochfraß, örtlich begrenzte → Korrosion unter Lochbildung. L. kann bei passivierbaren Metallen (nichtrostende Stähle, Aluminium) in Gegenwart von Chloridionen (z. B. Meerwasser) auftreten. Gegenmaßnahmen sind die Erhöhung des pH-Wertes, die Erniedrigung der Temperatur, kathodischer → Korrosionsschutz, der Zusatz von Inhibitoren und – bei Stählen – Molybdän als Legierungsbestandteil.

Lochgitter, besondere Form der → Strahlenschädigung in Festkörpern, bei der sich Leerstellen, die durch Herausschlagen einzelner Atome aus dem Kristallgitter gebildet worden sind, zu Löchern mit bis zu 10^{-6} cm Durchmesser zusammenlagern (→ Voids).

Lochkarte, 1) Datenverarbeitung: ein → Datenträger, der durch Stanzen von Löchern auf eine Karte entsteht. Die häufigste Ausführung einer L. enthält 80 Spalten mit je 12 Lochpositionen zur Codierung von höchstens 80 Zeichen. Die Lochung wird mittels eines **Lochers** codiert gestanzt, wobei auch die Zeichen lesbar geschrieben werden. Fehlende Zeichen kann ein **Lochschriftübersetzer** schreiben. Als Eingabegerät von L. dient ein **L.-Leser,** der mit einer Geschwindigkeit von 150–2000 L./min meist auf optoelektron. Basis arbeitet. **L.-Stanzer** sind entsprechende Ausgabegeräte. Wegen der niedrigen Verarbeitungsgeschwindigkeit wird die L. durch die magnet. Datenaufzeichnung (→ magnetische Aufzeichnung) und durch elektron. Speicher (z. B. → EPROM, → RAM) ersetzt.

L.-Maschinen sind Büro-(Buchungs-)Maschinen für kaufmänn. und statist. Rechnungen. Bei der **Zeichenlochkarte** werden in den Spalten die Zeichen mittels graphit- oder eisenhaltiger Stifte markiert und von Zeichenlochautomaten gelesen. Kartenmischer und Tabelliermaschinen verarbeiten die L. auf besondere Weise.

2) Steuerkarte für mechan. Arbeitsvorgänge, z. B. an webenden oder Maschen bildenden Maschinen, z. B. die **Jacquard-Karte** [ʒak'a:r-]; → Jacquard-Weberei.

Lochmaskenröhre, Fernsehen: → Schattenmaskenröhre.

Lochprobe, Werkstoffprüfung: Ein kegeliger Dorn wird in warmes Blech getrieben. Der kleinste erzielbare Abstand vom Rand ohne Einreißen ist ein Maß für die Formänderungsfähigkeit.

Lochsteine, Lochziegel, Mauersteine mit Hohlräumen, haben bessere Wärmedämmung als Vollsteine.

Lochstreifen, ein → Datenträger zur Ein- und Ausgabe von Informationen bei elektron. Datenverarbeitungsanlagen und numerisch gesteuerten Maschinen, in den die Daten in Form von Lochkombinationen eingestanzt sind. Die **Lochung** wird einem → Code gemäß von einem **L.-Stanzer** (150–300 Zeichen/s) oder von Hand über einen **L.-Locher** vorgenommen. Ein **L.-Leser** (200–2 000 Zeichen/s) dient der Eingabe.

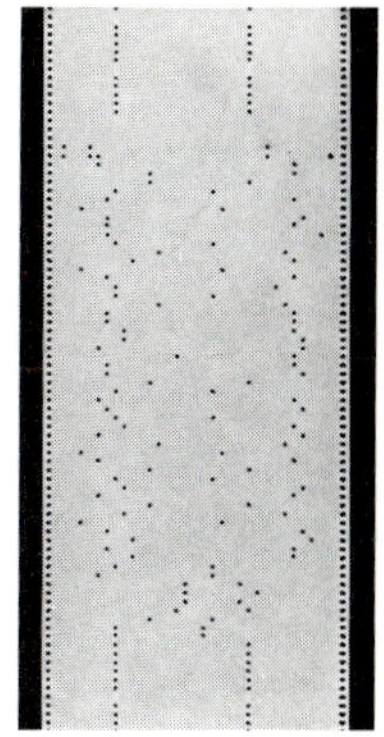

Lochstreifen

Lockergestein, unverfestigte Sedimentgesteine, bautechnisch in bindige (z. B. Ton) und nichtbindige L. (z. B. Sand, Kies) unterschieden.

log, Abk. für → **Log**arithmus.

Log *das,* **Logge** *die,* Instrument zur Messung der Geschwindigkeit (Fahrt) eines Schiffes. Das gewöhnl. L. besteht aus einem beschwerten Holzstück, dem **Logscheit,**

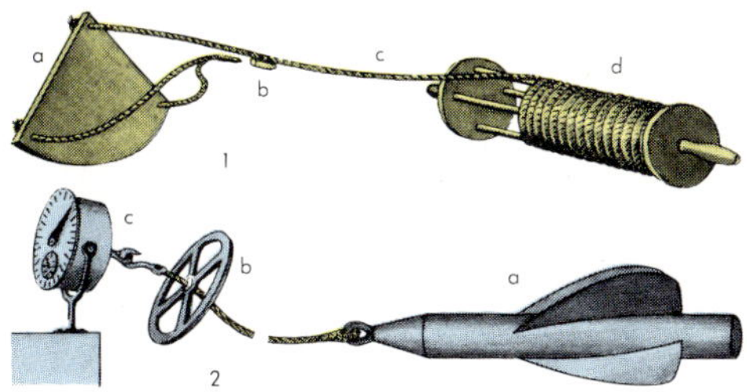

Log: 1 Handlog; a Logscheit (unten mit Blei beschwert), b Hülse und Holzpflock (durch Ruck an der Leine lösbare Verbindung, um L. leicht einholen zu können), c Logleine, d Handrolle. **2** Patentlog; a Schraube, b Schwungrad, c Zählwerk

und einer Leine, deren Auslaufen mit Hilfe von an ihr angebrachter Knoten in einer festen Zeitspanne mit dem **Logglas** (Sanduhr) gemessen wird, nachdem das Logscheit ins Wasser geworfen wurde. **Patent-L.** bestehen aus einem an einer langen Leine nachgeschleppten Schraubenkörper oder Flügelrad, dessen Umdrehungen durch ein Zählwerk als zurückgelegte Strecke angezeigt werden. Heute meist durch → Fahrtmeßanlage ersetzt.

Logarithmenpapier, → mathematische Papiere.

Logarithmus *der, Mz.* **Logarithmen.** Sind a und x positive reelle Zahlen und $a \neq 1$, so heißt die reelle Zahl y der **L. des Numerus** x **zur Basis** a, wenn gilt $a^y = x$ und man schreibt $y = \log_a x$. Der **Briggssche** oder **Napiersche** [n'eɪpɪə-] oder **dekadische L. (Zehner-L.)** einer Zahl x, geschrieben $\lg x$, ist der Exponent derjenigen Potenz der Basis 10, die gleich x ist: Beispiel: $10^2 = 100$, also ist der Zehner-L. von 100 die Zahl 2, $\lg 100 = 2$, analog ist z. B. $\lg 1000 = 3$, $\lg \sqrt{10} = \frac{1}{2}$.

Auch zu anderen Basen kann man L. bilden, von besonderer Bedeutung sind dabei die L. zur Basis e, die so gewählt ist, daß $\frac{\mathrm{d}}{\mathrm{d}x}\mathrm{e}^x = \mathrm{e}^x$ für alle x richtig ist (→ Differentialrechnung), mit e = 2,71828 . . . Den L. einer Zahl x zu dieser Basis e nennt man den **natürlichen L.** und bezeichnet ihn im Unterschied zu dem dekadischen durch $\ln x$. Die natürl. L. spielen in der reinen Mathematik eine weit wichtigere Rolle als die L. zur Basis 10, die wiederum für die prakt. Rechnungen von größerer Bedeutung sind. Mit ld und lb werden die L. zur Basis 2 abgekürzt.

Die wesentl. Eigenschaft der L.-Funktion ist die Gültigkeit der Funktionalgleichung $f(x \cdot y) = f(x) + f(y)$. Mit Hilfe dieser Funktionalgleichung und ihrer Folgerungen ist es möglich, die Rechenarten Multiplikation und Division auf die Addition und Subtraktion ihrer L., das Potenzieren und Radizieren auf die Multiplikation und Division ihrer L. zurückzuführen. Es gelten dabei die auch oft als **L.-Gesetze** bezeichneten Formeln.

$$(1)\ \log_a (x \cdot y) = \log_a x + \log_a y$$

$$(2)\ \log_a \left(\frac{x}{y}\right) = \log_a x - \log_a y$$

$$(3)\ \log_a x^r = r \log_a x \ (r \in \mathbb{R})$$

$$(4)\ \log_a \sqrt[r]{x} = \frac{\log_a x}{r}$$

Diese Eigenschaften bilden die Grundlage für den Gebrauch des Rechenschiebers und für die Verwendung von L. zum numerischen Rechnen.

Für positive reelle Zahlen z gibt es **Logarithmentafeln** zur Basis 10, in denen die L. jeweils mit einer gewissen Genauigkeit angegeben sind, z. B. vier bis zehn oder mehr Stellen nach dem Komma. Die Zahlen nach dem Komma in $\lg z$, z. B. $\lg 2 = 0{,}30103$, bezeichnet man als **Mantisse** von $\lg z$, die Zahl vor dem Komma als **Kennziffer** von $\lg z$. Multiplikation von z mit 10 bedeutet Vermehrung der Kennziffer von $\lg z$ um 1, z. B. $\lg 20 = 1{,}30103$. – Die erste Logarithmentafel stammt aus dem Jahre 1620.

Der L. ist die Umkehrfunktion der → Exponentialfunktion, für den natürl. L. ergibt sich mit Hilfe der Integralrechnung die Beziehung $\ln x = \int_1^x \frac{1}{t}\,\mathrm{d}t$, der L. kann auch in eine Reihe entwickelt werden, wobei eine mögl. Darstellung

$$\ln (1 + x) = x - \frac{x^2}{2} + \frac{x^3}{3} - \frac{x^4}{4} + - \ldots$$

ist, für $|x| < 1$.

Zu tieferer Einsicht in die Natur der L. gelangt man in der Funktionentheorie, die auch für negative und, allgemeiner, für alle komplexen Zahlen z Logarithmen liefert. Hier ist der L. definiert als $\ln z = \ln z + \mathrm{i} \arg z$. Der L. ist eine unendlich vieldeutige Funktion, bei der sich zu festvorgegebenem z alle Werte aus einem unter ihnen durch Additionen von $2n\pi\mathrm{i}$ ergeben. Der zum Argument $0 \leqq \arg z < 2\pi$ gehörende Wert ist der **Hauptwert** des L.

Eine **logarithmische Skale** ist eine Skale, auf der die Strecken nicht der Größe der darzustellenden Zahlen entsprechen, wie dies bei den gewöhnl. Maßstäben der Fall ist, sondern deren L. Auf → Rechenschiebern werden logarithm. Skalen benutzt, weiter in verschiedenen → mathematischen Papieren.

Logatom, Nachrichtentechnik: sinnloses einsilbiges Kunstwort (Vokal und Konsonant oder Konsonantengruppe, z. B. HOG, KLOMB) zur Überprüfung der Güte von Übertragungssystemen nach der Silben-, Wort- oder Satzverständlichkeitsmethode (→ Verständlichkeit).

Logik, Folgerichtigkeit, Notwendigkeit; i. e. S. die Lehre von den formalen Beziehungen zw. Sätzen (Propositionen, Urteilen), deren Beachtung für die (›logische‹) Richtigkeit entscheidend ist.

Die **formale L.** befaßt sich in ihrer klass. Form als Lehre vom Begriff mit den allg. Eigenschaften und der Klassifizierung von Begriffen und der Definitionslehre, als Lehre vom Urteil mit der Struktur von Aussagesätzen und ihrer Klassifikation, als Lehre vom Schluß mit den Folgebeziehungen zw. den Sätzen, die rein auf Grund von deren Struktur und unabhängig von ihrem Inhalt gelten. Die zentrale Thematik der formalen L. ist die Schlußlehre **(Syllogistik),** ihre Hauptbereiche die **Aussagenlogik** (Bildung von Sätzen), die **Prädikatenlogik** (Subjekt-Prädikat-Struktur) und die **Klassenlogik** (Einführung von Klassen und Mengen und ihre Beziehung). Daneben gab es schon in der Antike Ansätze zu einer (›alethischen‹, d. h. auf Wahrheit oder Falschheit einer Aussage bezogene) **Modallogik.** Die Methode der modernen L. ist die der Formalisierung, bei der zunächst eine künstl. Symbolsprache aufgebaut wird, um anschließend alle in dieser Kunstsprache ausdrückbaren Theoreme auf rein syntakt. Weg (mit Hilfe eines Kalküls) zu erzeugen. Wegen dieser Methode heißt die moderne L. auch oft formalisierte, symbol. oder → mathematische Logik. Die moderne L. hat durch die Begründung der Klassenlogik Anschluß an eine grundlegende Disziplin der Mathematik, die → Mengenlehre, gewonnen. Im Unterschied zur klassischen **zweiwertigen L.,** in der jeder Satz den Wahrheitswert ›wahr‹ oder ›falsch‹ hat, werden in der modernen **mehrwertigen L.** auch andere Werte (z. B. ›unbestimmt‹, ›möglich‹) untersucht. Die **intuitionist. L.** gibt die prinzipielle Geltung des Satzes vom ausgeschlossenen Dritten auf und wurde im Rahmen der mathemat. Grundlagenforschung (→ Intuitionismus) zu einer selbständigen Philosophie der Mathematik ausgearbeitet.

Logikfamilie, → Schaltkreisfamilie.

Logik|kalkül, → mathematische Logik.

Logikpegel, Digitaltechnik: einer von zwei möglichen Werten, den ein digitales Signal einnehmen kann: hoher Pegel (High-Zustand, Abk. H) oder niedriger Pegel (Low-Zustand, Abk. L). Diese Pegelwerte werden in Digitalschaltungen üblicherweise durch elektr. Spannungen erzeugt. Die Angabe des Pegels sagt noch nichts über die log. Zustände entsprechend der → Schaltalgebra aus, sondern die Angabe bedeutet lediglich, daß die den H-Pegel darstellende Spannung positiveres Potential (d. h. näher bei $U = +\infty$) als die den L-Pegel darstellende besitzt. Sie dient also zur Beschreibung der elektr. Arbeitsweise einer Digitalschaltung. Erst die Zuordnung der Pegelwerte H und L zu den logischen Zuständen 1 und 0 erlaubt die Aufstellung einer Wahrheitstabelle und damit eine Aussage über die logische Verknüpfung (UND, ODER, NAND usw.), die die betreffende Schaltung erzeugt.

Die meisten digitalen IC (Abk. für Integrierte Schaltkreise) sind in **positiver Logik** aufgebaut (d. h. Pegel H $\triangleq$ logisch 1 und Pegel L $\triangleq$ logisch 0), es ist jedoch auch eine umgekehrte Zuordnung möglich (Pegel H $\triangleq$ logisch 0 und Pegel L $\triangleq$ logisch 1), die als **negative Logik** bezeichnet wird. Typische Eingangsspannungen für TTL-Schaltkreise mit positiver Logik: logisch 0 ... $U \leq 0{,}8$ V, logisch 1 ... $U \geq 2{,}4$ V. Eine maximale Eingangsspannung von $+5{,}5$ V darf dabei jedoch nicht überschritten werden.

logische Matrix, → Wahrheitsfunktionen.

logische Partikeln, Zeichen, die in der mathemat. Logik zur Bildung von Formeln als zulässigen Wörtern dienen (→ Junktoren).

logische Schaltungen, Logik-Schaltglieder, Gatter, Bez. für → Verknüpfungsglieder im Sinn der → Schaltalgebra. Die wichtigsten Grundschaltungen zur Verknüpfung binärer Eingangssignale miteinander sind → UND-Glied, → ODER-Glied und → NICHT-Glied, aus denen sich grundsätzlich alle zur elektron. Datenverarbeitung notwendigen Logikschaltungen aufbauen lassen. Für prakt. Anwendungen in der Digital- und Computertechnik werden l. S. in Form von → integrierten Schaltungen eingesetzt, die sich zu komplizierten Schaltnetzen zusammensetzen lassen.

logische Verknüpfungen, Darstellung einer Schaltfunktion durch eine → Schaltvariable; die Schaltfunktion besteht in einem best. funktionellen, nicht arithmet., aus zwei oder mehreren binären Signalen hergeleiteten Zusammenhang (→ Schaltalgebra).

Logistik, betriebswirtschaftl. und militär. Organisation, Planung und Steuerung der Bereitstellung und des Einsatzes der für bestimmte Aufgaben notwendigen Mittel und Dienstleistungen, bes. im Zusammenhang mit dem Lager- und Transportwesen.

lokale Eigenschaft. Eine mathemat. Struktur, in der von Umgebungen der Elemente gesprochen werden kann, hat lokal eine Eigenschaft *E*, wenn jedes Element eine Umgebung besitzt, in der die Eigenschaft *E* gilt; z. B. ist der Körper $\mathbb{R}$ der reellen Zahlen **lokalkompakt,** da jedes Element eine kompakte Umgebung besitzt. $\mathbb{R}$ selbst ist aber nicht kompakt (→ kompakter Raum).

lokale Gruppe, lokale Nebelgruppe, Gruppe von mindestens 16 Sternsystemen einschließlich dem Milchstraßensystem, die in dem allg. Feld der extragalakt. Nebel eine lokale Verdichtung bilden. Die Mitglieder der l. G. (zu denen auch die → Magellanschen Wolken zählen) haben vom Milchstraßensystem eine maximale Entfernung von etwa 3 Mio. Lichtjahren. Zur l. G. gehören als hellste und massereichste Objekte die drei Spiralnebel, → Milchstraßensystem, → Andromeda-Nebel (M31) und Triangulumnebel (M33), daneben irreguläre und ellipt. Galaxien, in der Mehrzahl Zwergsysteme geringer Leuchtkraft.

Lokomotive, kurz **Lok,** fahrbare Kraftmaschine als Triebfahrzeug schienengebundener Bahnen; je nach Antriebsart gibt es Dampf-, Brennkraft-, elektr. und Druckluft-L. Ein Triebfahrzeug, das im Unterschied zur L. auch Nutzlast befördert, ist der → Triebwagen.

Allen L. gemeinsam ist der Fahrzeugkasten mit dem Laufwerk und Triebwerk. Der Fahrzeugkasten, gebildet vom vorwiegend aus Stahl hergestellten Fahrzeugrahmen (Untergestell) und Kastenaufbau (Stahlblech, häufig auch Leichtmetall), enthält die Maschinen- und Antriebsanlagen (bei Dampf-L. den Kessel), die elektr. Ausrüstung, die Steuerungs-, Brems-, Überwachungseinrichtungen, die Heiz- und Vorwärmeranlagen sowie die Führerräume. An dem Untergestell, als Blech-, Stahlguß-, früher auch Barren- oder zusammengesetzter Rahmen ausgeführt, sind die Zug- und Stoßeinrichtungen (→ Eisenbahnkupplungen, → Puffer 1) befestigt. Das Laufwerk, das das Gewicht des Kastens über Tragfedern auf die → Radsätze überträgt, umfaßt Lauf- und Treibradsätze; letztere können mit Radsätzen gleichen Durchmessers gekuppelt werden (früher Kuppelradsatz). Zur besse-

Lokomotive 1: Dampflokomotive; Schnitt durch eine 2'C1'-Einheits-Schnellzuglokomotive der Dt. Reichsbahn. – Führerhaus, Dampferzeuger: **1** Führerhaus: a Feuertür, b Dampfreglerhebel; **2** Sicherheitsventil; **3** Stehkessel mit Stehbolzen; **4** Feuerbüchse, in der die Kohle verbrannt wird; **5** Feuerschirm; **6** Rost; **7** Aschenkasten; **8** Rauchrohre, in denen die aus der Feuerbüchse kommenden heißen Rauchgase entlangströmen und dabei ihre Wärme an das die Rauchrohre umgebende Wasser abgeben; **9** Dampfdom, in dem sich der aus dem Wasser gebildete Dampf (Naßdampf) ansammelt; **10** Dampfregler; **11** Reglerwelle zum Betätigen des Dampfreglers vom Führerstand aus; **12** Dampfleitungsrohr, in dem der im Dampfdom angesammelte Dampf nach dem Überhitzer geleitet wird; **13** Überhitzerrohre, in denen der aus dem Dampfdom und dem Dampfleitungsrohr kommende Naßdampf überhitzt wird; **14** Sanddom; **15** Speisedom; **16** Dampfsammelkasten, in dem der aus den Überhitzerrohren kommende Dampf zusammenströmt und von da aus durch das Dampfeinströmrohr (hinterm Schornstein) zu den Zylindern strömt; **17** Vorwärmer für das kalte Speisewasser; **18** Abdampfrohr, das einen Teil des Abdampfes vom Blasrohr aus dem Vorwärmer zuführt; **19** Rauchkammer; **20** Rauchkammertür; **21** Blasrohr, von dem aus der in den Zylindern entspannte Dampf in den Schornstein strömt; **22** Funkenfänger; **23** Schornstein; **24** Windleitblech. – Triebwerk: **25** Schieberkasten mit Schieber (Kolbenschieber), der den aus dem Dampfeinströmrohr zuströmenden Dampf in geeigneter Weise dem darunter befindlichen Zylinder zuleitet; **26** Zylinder; **27** Kolben; **28** Kolbenstange; **29** Kreuzkopf; **30** Gleitbahn für Kreuzkopf; **31** Treibstange; **32** Kuppelstangen; **33** Treibrad mit Gegengewicht; **34** Kuppelräder; **35** Laufräder; **36** Bremsklötze; **37** Sandstreuer. – Steuerung: **38** Gegenkurbel; **39** Schwingenstange; **40** Schwinge; **41** Schieberschubstange; **42** Voreilhebel; **43** Anwerf- und Steuerstangenhebel; **44** Steuerstange (nach dem Führerhaus verlaufend)

ren Bogenläufigkeit werden Lauf- und Kuppelachsen als Lenk- oder Drehgestelle seitenverschieblich ausgebildet oder – bei fest im Rahmen gelagerten Treibachsen – die Spurkränze der Räder entsprechend geschwächt oder in besonderen Fällen auch ganz weggelassen. Zahl und Reihenfolge der Treib- und Laufachsen werden besonders gekennzeichnet (→Achsanordnung). Moderne L. haben nur noch Drehgestelle mit Einzelachsantrieb.

DAMPFLOKOMOTIVEN

Hauptbauteile sind Dampfkessel, Dampfmaschine und Fahrgestell. Das Antriebsmittel, der Dampf, wird durch Verbrennung fester oder flüssiger Brennstoffe (Holz, Torf, Braun- oder Steinkohle, Kohlenstaub oder Öl) im Dampfkessel erzeugt. Die Druckenergie des Dampfes wird in einer Kolbendampfmaschine in mechan. Arbeit umgewandelt, wobei die Kraft über →Treibstangen und Kuppelstangen auf die Antriebsachsen übertragen wird. Zum Ausgleich der umlaufenden Massen werden an den Rädern des Treibradsatzes und der Kuppelradsätze stangengetriebener L. (bes. bei Dampf-L. und älteren elektr. sowie Diesel-L.) Gegengewichte angebracht.

Die drei Hauptteile des **L.-Kessels** sind: Hinterkessel, bestehend aus Stehkessel und wasserumspülter, kistenförmiger Feuerbüchse, in der der Brennstoff verbrannt wird; Langkessel mit Rauch- und Heizrohren, durch die heiße Verbrennungsgase strömen, die ihre Wärme an das im Kessel befindl. Speisewasser abgeben; Rauchkammer, in der die aus den Heiz- und Rauchrohren strömenden Rauchgase gesammelt und mit dem Abdampf der Dampfmaschine über Funkenfänger in den Schornstein ins Freie ausgestoßen werden. Auf dem Scheitel des Langkessels ist ein Dampfsammelbehälter (Dampfdom) aufgesetzt, aus dem der Dampf für die Maschine entnommen wird. Für die Saugzugerzeugung wird der Abdampf aus dem Lokomotivzylinder in das düsenförmige Blasrohr geleitet. Windleitbleche, seitlich rechts und links der Rauchkammer angeordnet, sollen die Sicht vor dem Führerhausfenster vom Dampf-Rauch-Gemisch freihalten. Auf der Führerseite des Führerraums (in den meisten Ländern rechts) sind angeordnet: Dampfreglerhandhebel, Steuerrad für die Einstellung des Zylinderfüllungsgrades, Führerbremsventil, Dampfpfeifenzug, Sandstreuventil; auf der anderen, der Heizerseite: Handräder für Speisepumpe, Hilfsbläser, Dampfheizung u. a. Die Steuerung der Dampfmaschine dient dazu, den vom Kessel gelieferten Dampf in Abhängigkeit von der Bewegung des Dampfkolbens so in den Zylinder ein- und aus ihm ausströmen zu lassen, daß die im Dampf enthaltene Arbeitsenergie möglichst wirtschaftlich genutzt wird.

Schlepptender-L. führen im → Tender größere Kohlen- oder Schweröl- und Wasservorräte für längere Streckenfahrten mit, **Tender-L.** haben den Brennstoff in Kästen an der Führerhausrückwand und das Wasser in Behältern beiderseits des Kessels und innerhalb des Rahmens.

Mit der Entwicklung wirtschaftlicher Antriebsarten (Brennkraftmaschinen, Elektromotoren) hat die Dampf-L. ihre Bedeutung verloren. In der Bundesrep. Dtl. fahren seit 1977, wie auch bei anderen Bahnverwaltungen, keine Dampf-L. mehr.

ELEKTRISCHE LOKOMOTIVEN

Antriebsaggregate der Gleich- und Wechsel- oder auch Drehstrom-L. sind Elektromotoren (Fahrmotoren). Das Fahrgestell besteht aus zwei- oder dreiachsigen Drehgestellen oder, bei älteren L., aus Treib- und Laufachsen.

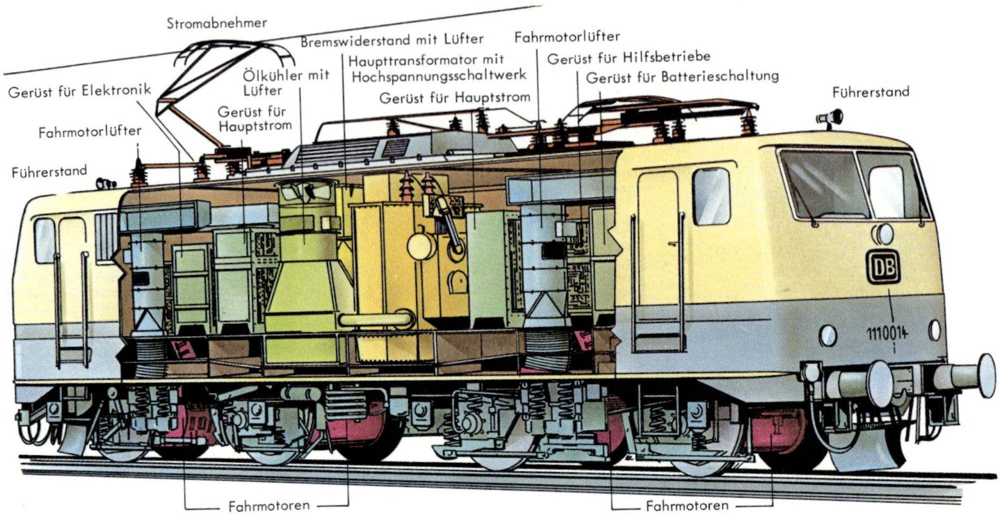

Lokomotive 2: elektrische L. 111 der Dt. Bundesbahn, gebaut seit 1975; Leistung 3620 kW, Gewicht 83 t, Länge über Puffer 16,75 m

Der elektr. Strom für **Wechselstrom-L.** wird in ortsfesten Kraft- oder Bahnkraftwerken (→ Betriebswerke) erzeugt und über bahneigene Fernleitungen (meist 110 kV) den Unterwerken zugeführt. Auf 15 kV, 16²/₃ Hz (in anderen Ländern auch 25 kV, 50 Hz) umgespannt, fließt er aus der Oberleitung über Stromabnehmer, Hauptschalter, Transformator der L. durch die Schienen zum Unterwerk zurück. Im Transformator wird die Oberleitungsspannung über ein Schaltwerk auf die Motorspannung (0–600 V) umgespannt. Das erhebl. Verschleiß unterliegende mechan. Schaltwerk wird heute durch leistungslos, zugkraftunterbrechungsfrei, verschleißlos schaltende → Thyristoren ersetzt.

Die Fahrmotoren werden bei Gleich- und Wechselstrom-L. meist als Reihenschlußmotoren ausgeführt. Die heutigen elektr. L. haben meist Einzelachsantrieb (jede Achse wird durch einen Motor angetrieben). Durch Zwischenschalten von Hohlwellen, Gelenken, Federn oder Gummielementen (Gummiringfederantrieb) wird eine sichere und elast. Lagerung von Radsatz und Motor im Drehgestell erreicht; unabgefederte Massen werden dadurch klein gehalten. Für die Funktion von Transformator und Fahrmotoren sind u. a. nötig: Ölumlaufpumpe und Ölkühlerlüfter für die Transformatorkühlung, Lüfter für die Fahrmotoren, Bremswiderstände, Bremswiderstandslüfter und Bremserregerschrank, Ladegerät, Batterie und Wechselrichter, Haupt- und Hilfsluftpresser (Verdichter). Neben Druckluft- und Handbremse sind auch elektr. Bremsen vorhanden, bei denen die Fahrmotoren als Generatoren arbeiten. Dabei wird der erzeugte Strom in Bremswiderständen in Wärme umgewandelt oder (seltener) in die Fahrleitung zurückgespeist (Nutzbremse).

Um im grenzüberschreitenden Verkehr bei versch. Stromsystemen (→ elektrische Bahnen; Systemwechsel-Bahnhof, → Bahnhof) Verzögerungen durch L.-Wechsel zu vermeiden, werden **Mehrspannungs-** oder **Mehrfrequenz-L.** eingesetzt. Der Einsatz solcher Zwei- oder Vier-system-L. erfordert die Anwendung von Silicium-Gleichrichtern oder Thyristoren und Wellenstrommotoren.

Bei der Dt. Bundesbahn ist eine **elektr. Universal-L.** (Baureihe 120) mit Drehstrom-Antriebstechnik, deren Fahrmotoren bei größerer Leistung kleiner und leichter sind als die bisherigen Wechselstrommotoren, in Erprobung. Der Einsatz von Drehstrommotoren, der bislang durch die für Bahnantriebe ungeeignete Kennlinie (Abhängigkeit des Drehmoments von der Drehzahl) verhindert wurde, wird heute durch die Verwendung elektron. Umrichter ermöglicht. Dabei wird aus der einphasigen Wechselspannung der Fahrleitung (15 kV, 16²/₃ Hz) durch Umrichtung die für die Drehstromfahrmotoren erforderl. Spannung von 0 bis 2200 V bei einer Frequenz von 0 bis 200 Hz erzeugt. Bei einer Leistung von 5,6 MW erreicht der neue L.-Typ eine Höchstgeschwindigkeit von 200 km/h. Weiterhin enthält die Baureihe 120 die ›Nutz- oder Rekuperationsbremse‹. Im Fernverkehr sollen damit etwa 3%, im Nahverkehr bis zu 25% der für die Beförderung des Zuges nötigen Energie beim Bremsen in das Oberleitungsnetz zurückgespeist werden.

Akkumulator-L., die den Strom aus Batterien beziehen, werden im Rangierdienst und in Bergwerken verwendet. **Zweikraft-L.** fahren im elektr. Betrieb unter Fahrleitung, auf Strecken ohne Fahrleitung werden sie von Akkumulatoren oder alternativ einem Dieselmotor angetrieben.

BRENNKRAFTLOKOMOTIVEN

Brennkraft-L. werden durch Dieselmotoren, Vergasermotoren oder Gasturbinen angetrieben. Von diesen hat die **Diesel-L.** die weitaus größte Verbreitung gefunden. Da Dieselmotoren unter Last nicht gestartet werden können, wird die Kraft vom Motor auf die Treibradsätze über ein Zahnrad-Stufengetriebe **(dieselmechan. Antrieb),** ein hydrodynam. Getriebe **(dieselhydraul. Antrieb)** oder über einen vom Dieselmotor angetriebenen Generator, der Strom für die elektr. Fahrmotoren erzeugt **(dieselelektr. Antrieb),** übertragen. Bei der Diesel-L. DE 2500

(Versuchs-L.) wird der Drehstromantrieb mittels Dieselmotor und angeflanschtem Drehstromgenerator verwirklicht.

Die stürmische Entwicklung der Brennkraftlokomotiven nach 1950 führte durch Beschränkung auf ein Typenprogramm zu großen Serien einheitlicher L. Bei der Dt. Bundesbahn wurden v. a. Dieseltriebfahrzeuge mit schnellaufenden Motoren (1350 min^{-1}) und hydrodynamische Kraftübertragung entwickelt. Zum Antrieb der Radsätze wurde die Gelenkwelle für die Kraftübertragung zw. Getriebe und Radsatz eingeführt. Für die hydraulische Kraftübertragung wurde der Übergang der früher üblichen Starr-Rahmen-L. zur Drehgestell-L. erst durch die Entwicklung im Gelenkwellenbau möglich.

Eisenbahnverwaltungen einiger Länder, bes. der USA, verwenden die elektr. Kraftübertragung. Hierbei ist die Aufteilung der Leistung auf je einen Elektromotor für jeden Radsatz verhältnismäßig einfach.

Kleinlokomotiven mit geringerer Motorleistung (bis zu 170 kW) werden vornehmlich für Rangierarbeiten und kleinere Übergabefahrten eingesetzt. Sie haben häufig dieselmechanischen Antrieb.

Gasturbinen-L. haben elektrische oder hydraul. Kraftübertragung. Die Gasturbine kann als Haupt- (bes. in den USA, bis zu 6250 kW) oder Zusatzantrieb in Diesel-L. (z. T. bei der Dt. Bundesbahn) dienen.

Die **Druckluft-L.** (v. a. in Bergwerken) hat starkwandige Druckluftkessel oder Stahlflaschen, die aus ortsfesten Anlagen gefüllt werden. Über Druckminderventile wird die Druckluft den Arbeitszylindern zugeführt.

Die **Zahnrad-L.** ist das Triebfahrzeug von Zahnradbahnen (→ Bergbahnen).

GESCHICHTE

Die erste Dampf-L. wurde 1804 in Großbritannien von R. TREVITHICK erbaut. Die 1813 von W. HEDLEY gebaute ›Puffing Billy‹ war die erste brauchbare L. Die Urform aller späteren L. schufen G. und R. STEPHENSON in der 1829 für den Wettbewerb der Liverpool-Manchester-Bahn gelieferten ›Rocket‹ (Sieger mit 46,5 km/h) mit ihren unmittelbar auf die Treibräder wirkenden Zylindern, dem von Heizrohren durchzogenen Langkessel und der Feueranfachung mit dem durch das Blasrohr streichenden Auspuffdampf. 1835 lieferte die Firma Stephenson auch die ›Adler‹ für die erste dt. Eisenbahn Nürnberg–Fürth. Als erste brauchbare dt. L. wurde von der Maschinenbaugesellschaft Übigau bei Dresden 1838 die ›Saxonia‹ für die Leipzig-Dresdner Eisenbahn gebaut. In den USA wurde die erste L. 1829 von P. COOPER gebaut. Bei Schnellfahrversuchen wurden 1853 bereits 120 km/h, 1904: 137 km/h, 1906: 154 km/h erreicht (→ Eisenbahn).

1876 baute A. MALLET in Frankreich die erste Verbund-L. 1897 wurde der Heißdampf eingeführt. Etwa 1910 begann die Speisewasservorwärmung. 1916–21 entwickelte F. LJUNGSTRÖM die erste brauchbare Turbinen-L. Um etwa 1930 wurden die Versuche mit Kohlenstaub-L. aufgenommen, 1934 bauten die Firmen Henschel & Sohn GmbH und Lokomotiv- und Maschinenfabrik Borsig die ersten Stromlinien-L.

Die erste elektrische L. wurde 1879 von W. VON SIEMENS auf der Berliner Gewerbeausstellung vorgeführt; der Gleichstrom wurde durch eine in Gleismitte liegende Schiene zugeführt. Mit einem Dreiphasen-Drehstrom-Triebwagen wurde bei Versuchsfahrten 1903 auf der Strecke Berlin–Zossen eine Geschwindigkeit von 210 km/h erreicht. Etwa 1928 wurde der Einzelachsantrieb mit schnellaufenden Motoren eingeführt. 1955 erzielten elektrische L. der Frz. Staatsbahnen auf der Strecke Bordeaux–Dax die Rekordgeschwindigkeit von 331 km/h, 1981 auf der Strecke Paris–Lyon die von 380 km/h.

R. DIESEL selbst entwarf 1908 eine 1000-PS-Diesel-L. 1913 fuhr die erste Diesel-L. mit Vierzylinder-Zweitakt-V-Motor von 1000 PS (Gebr. Sulzer AG in Winterthur). Die erste größere dieselhydraul. L. mit 1400-PS-Motor wurde 1935 für die Dt. Reichsbahn gebaut. Die Höchstgeschwindigkeiten der Diesel-L. liegen i. a. zw. 120 und 160 km/h.

Dampflokomotivkunde, hg. v. der Dt. Bundesbahn ([2]1959); W. MESSERSCHMIDT: Alles für die Lok. Vom Werdegang der L. (1971); ders.: Tb. Dt. Lokomotivfabriken (1977); F. J. G. HAUT: Die Geschichte der Elektro-L. (1972); A. v. HORNSTEIN: L. und Triebwagen der Welt (1972); K. SACHS: Elektr. Triebfahrzeuge, 3 Bde. ([2]1973); K. GRIEDER: Sternstunden der Dampflok (1975); R. OSTENDORF: Ungewöhnl. Dampf-L. von 1803 bis heute (1975); A. JOACHIMSTHALER: Die elektr. Einheits-L. der Dt. Bundesbahn

Lokomotive 3: Diesel-L. Baureihe 218 der Dt. Bundesbahn, gebaut seit 1968; Leistung 1850 kW, Gewicht 80 t, Länge über Puffer 16,40 m

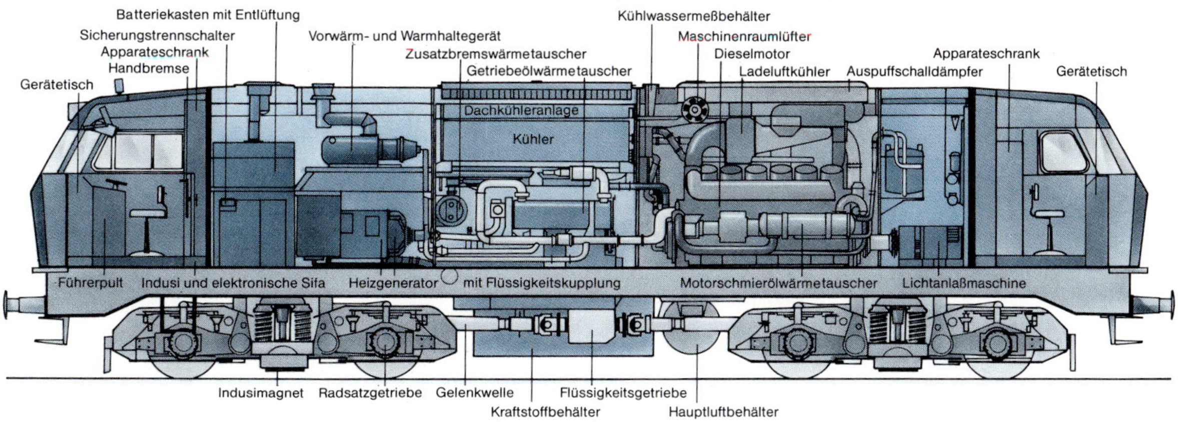

([4]1976); P. WILLEN: L. und Triebwagen der Schweizer Bahnen (1976); H. J. OBERMAYER: Tb. dt. Elektro-L. ([5]1979); ders.: Tb. dt. Dampf-L. ([6]1977); ders.: Tb. dt. Diesel-L. ([4]1977); ders.: Tb. dt. Schmalspur-Dampf-L. ([3]1977); ders.: Tb. dt. Triebwagen ([3]1977); A. B. GOTTWALDT: 100 Jahre dt. Elektro-L. (1979); L. GREGGIO: Das Bilderlexikon der Dampf-L. (1979); W. FIEGENBAUM u. H. SICKERT: Dt. Bundesbahn. L.- und Triebwagenlexikon (1980).

London-Kräfte [n. dem Physiker F. W. London, * 1900, † 1954], auch **Dispersionskräfte,** Anziehungskräfte zw. Atomen oder Molekülen, die weder eine Ladung noch eine permanente Polarität aufweisen. Die L.-K. gehören zum Typ der →Van-der-Waals-Kräfte.

Londonsche Eindringtiefe, mit Hilfe der →Londonschen Theorie berechnete Dicke λ_L der dünnen Oberflächenschicht in einem Supraleiter, in der das Magnetfeld exponentiell auf 37% (1/e, e = 2,718 . . .) abklingt (→Meißner-Ochsenfeld-Effekt). Es gilt: $\lambda_L = \sqrt{m/ne^2 \mu_0}$ wobei *m, n* und *e* Masse, Teilchenzahldichte und Ladung der supraleitenden Ladungsträger (→Cooper-Paare) sind und μ_0 die magnet. Feldkonstante. Typ. Werte von λ_L liegen in der Größenordnung 10^{-8}m.

Londonsche Theorie, 1935 aufgestellte phänomenolog. Theorie der elektromagnet. Eigenschaften von Supraleitern 1. Art, mit der erstmals viele experimentelle Beobachtungen erklärt werden konnten. Da die L. T. von der Voraussetzung ausgeht, daß die Dichte der supraleitenden Ladungsträger im Leiter konstant ist, wird der Zwischenzustand im Supraleiter 2. Art nicht erfaßt. An die Stelle des Ohmschen Gesetzes für den Normalleiter treten in der L. T. die zwei **Londonschen Gleichungen.** Die erste beschreibt die zeitl. Änderung der Stromdichte in einem Leiter mit verschwindendem Widerstand unter Einfluß eines elektr. Feldes, die zweite den →Meißner-Ochsenfeld-Effekt. Zusammen mit den allgemeinen Maxwellschen Gleichungen liefern die Londonschen Gleichungen eine quantitative Beschreibung der Abschirmströme und des Magnetfelds und erlauben die Bestimmung der →Londonschen Eindringtiefe.

Die L. T. ist als Spezialfall in der →GLAG-Theorie enthalten, außerdem hat sie die wesentl. Ansatzpunkte für die mikroskop. →BCS-Theorie aufgezeigt.

longitudinal, längs verlaufend; Ggs. **transversal.** (→Wellen, →elastische Schwingungen)

long ton [-tʌn], Einheitenzeichen **lton,** eine in den USA noch gebräuchl. Gewichts- oder Masseneinheit: 1 lton = 2240 lb = 1016,0469 kg. Diese Einheit ist der brit. Einheit →ton gleich. lton wird verwendet zur Unterscheidung von →short ton. (ÜBERSICHT Einheiten, angloamerikanische Einheiten)

Look-ahead [lʊk əh'ed, engl.], eine Art Parallelarbeit bei Datenverarbeitungsanlagen, bei der das Leit- und Adressenrechenwerk die Ausführung des nächsten Befehls vorbereiten, während der vorhergehende ausgeführt wird.

Loop [lu:p, engl.], Kerntechnik: geschlossener Rohrkreislauf, in dem Materialtests unter verschiedenen Bedingungen vorgenommen werden. Man spricht von einem **heißen L.,** wenn der Kreislauf durch den Reaktorbereich **(In Pile L.** [-paɪl-]) geht, d. h. bestrahlt wird, von einem **kalten L.,** wenn es sich um einen Test außerhalb des Reaktors handelt.

LORAN, Abk. für **Long Range Navigation** [-reɪndʒ nævɪg'eɪʃn, engl.], Hyperbelnavigationsverfahren für Langstrecken, bei dem die Laufzeitdifferenz von Impulsen gemessen wird, die von je zwei in ihrer Pulsmodulation synchronisierten Sendern abgestrahlt werden. **LORAN A** arbeitet im Grenzwellenbereich (~2 MHz) mit einer Ortungsgenauigkeit von rd. 1–5 sm bei einer Reichweite von rd. 750 sm (über See). Da es durch andere Verfahren (LORAN C, →Omega-Verfahren, →Satellitennavigation und →Trägheitsnavigation) ersetzt wird, ist der Betrieb dieser von den USA erstellten Anlagen seit Ende 1977 eingestellt worden. **LORAN C** arbeitet im 100-kHz-Bereich, für die Grobortung nach dem gleichen Prinzip wie LORAN A; für die Feinortung wird zusätzlich eine Differenzmessung der Trägerphasen durchgeführt. Ortungsgenauigkeit etwa 0,5 sm bei Reichweiten bis zu 1200 sm. Besondere Vorteile sind die vollautomat. Auswertung und die Ausschaltung des Raumwelleneinflusses im Bordempfänger. Zur Standortbestimmung werden zwei Senderpaare mit gleicher Träger-, aber verschiedener Pulsfolgefrequenz zu einer ›Kette‹ zusammengefaßt.

Lorentz-Kontraktion [n. dem niederländ. Physiker H. A. Lorentz, * 1853, † 1928], eigentlich die →Fitzgerald-Lorentz-Kontraktion, häufig auch für die relativist. →Längenkontraktion.

Lorentz-Kraft, die Kraft $\boldsymbol{F}$, die auf eine mit der Geschwindigkeit $\boldsymbol{v}$ in einem Magnetfeld (mit der magnet. Flußdichte $\boldsymbol{B}$) bewegte Ladung Q wirkt, $\boldsymbol{F} = Q \cdot \boldsymbol{v} \times \boldsymbol{B}$. $\boldsymbol{F}$ steht stets senkrecht auf $\boldsymbol{v}$ und $\boldsymbol{B}$. Für den Betrag der L.-K. gilt: $F = Q \cdot v \cdot B \cdot \sin \varphi$, wobei φ der Winkel ist, den die Richtung der Geschwindigkeit mit der Richtung des Magnetfelds einschließt. Da die L.-K. stets senkrecht auf dem Geschwindigkeitsvektor des geladenen Körpers steht, kann sie nur die Bewegungsrichtung des Körpers, aber nicht den Betrag der Geschwindigkeit ändern, d. h. durch ein statisches Magnetfeld kann die kinet. Energie eines geladenen Körpers nicht geändert werden. Die L.-K. führt in homogenen Magnetfeldern zu einer Kreis- oder Schraubenbahn um die Feldrichtung. Sie ist auch die Ursache der in einem Magnetfeld auf einen stromdurchflossenen Leiter ausgeübten Kraft. – Oft wird die Bez. L.-K. auch für den Ausdruck $\boldsymbol{F} = Q(\boldsymbol{E} + \boldsymbol{v} \times \boldsymbol{B})$ in einem beliebig zeitabhängigen elektromagnet. Feld gebraucht, wobei die Gesamtkraft $\boldsymbol{F}$ noch einen elektr. Anteil enthält ($\boldsymbol{E}$ = elektr. Feldstärke).

Lorentzsche Elektronentheorie, →Elektron.

Lorentz-Transformation, relativist. Formeln, die die lineare →Transformation eines →Inertialsystems K (x, y, z, t) in ein System K′ (x', y', z', t'), das sich relativ zu K mit der gleichförmigen Geschwindigkeit v bewegt, beschreiben. x, y, z, t oder x', y', z', t' sind die Raum-Zeit-Koordinaten des vierdimensionalen Raumes K oder K′. Gleitet die x'-Achse mit der Geschwindigkeit v auf der x-Achse entlang, so gilt:

$$x' = (x - vt)/\sqrt{1 - v^2/c^2} \qquad x = (x' + vt')/\sqrt{1 - v^2/c^2}$$
$$y' = y \qquad y = y'$$
$$z' = z \qquad z = z'$$
$$t' = (t - vx/c^2)/\sqrt{1 - v^2/c^2} \qquad t = (t' + vx'/c^2)/\sqrt{1 - v^2/c^2}$$

Die L.-T. genügt der Forderung der Invarianz der Intervalle im vierdimensionalen Raum. Für die Geschwindigkeiten, die klein gegenüber der Lichtgeschwindigkeit c sind, geht die L.-T. in die →Galilei-Transformation über.

Die von A. EINSTEIN im Rahmen der speziellen →Relativitätstheorie entwickelten Transformationsgleichungen, wurden zu Ehren von H. A. LORENTZ benannt, weil dieser sie bereits vom Standpunkt der (falschen) Äthertheorie aus erhielt, als er versuchte, den →Michelson-Versuch durch die von FITZGERALD vorgeschlagene Annahme einer Längenkontraktion in der Bewegungsrichtung relativ zum Äther mit Hilfe seiner Elektronentheorie zu untermauern (→ Fitzgerald-Lorentz-Kontraktion).

Löschdämpfung, bei Magnetbandgeräten das Verhältnis der Wiedergabespannung von gelöschten Bändern zur Wiedergabespannung von Aufnahmen mit Vollaussteuerung. Das **L.-Maß** wird in Dezibel (dB) angegeben; je höher es ist, um so besser ist das Gerät.

Löschkopf, bei Geräten zur → magnetischen Aufzeichnung (Magnettonverfahren) ein vor dem Sprechkopf angeordneter Kopf, der das Magnetband von alten Aufnahmen befreit und in einen definierten magnet. Zustand bringt. Meist besteht der L. aus einem Ringmagneten mit einem 0,2 mm breiten Spalt und einer von einem Wechselstrom von 30 bis 90 kHz durchflossenen Spule. Das vom L. erzeugte Wechselfeld magnetisiert sämtl. Magnetteilchen während des Vorbeilaufs mehrfach um: Zunächst werden die Teilchen in die Sättigung und dann stufenweise in den entmagnetisierten Zustand gebracht.

Loschmidt-Konstante [n. dem österr. Chemiker und Physiker J. Loschmidt, * 1821, † 1895], → Avogadro-Konstante.

Löschmittel, Löschpulver, → Feuerlöschmittel.

Löschpapier, das → Fließpapier.

Löschwasser|entnahmestelle, Einrichtung oder Anlage zur Wasserversorgung bei der Brandbekämpfung. Man unterscheidet **abhängige L.:** Anschluß an das in den Straßen verlegte Rohrnetz zur Sammelwasserversorgung über → Hydranten; **unabhängige L.:** offene Gewässer, Löschwasserteiche; **unerschöpfliche L.:** natürliche offene Gewässer, künstliche offene Gewässer und Löschwasserbrunnen; **erschöpfliche L.:** Löschwasserteiche, Zisternen und sonstige für Löschwasserentnahme geeignete Behälter und Behelfslöschwasserbehälter.

Lösemittel, Lösungsmittel, Flüssigkeiten, die andere Stoffe lösen können, ohne sich und den gelösten Stoff chemisch zu verändern. I. e. S. wird der Begriff auf organische und, im Unterschied zu Weichmachern, flüchtige Flüssigkeiten angewandt. Durch das L. wird der zu lösende Stoff in einen Zustand größerer Verteilung überführt. Der Durchmesser der gelösten Teilchen liegt bei echten Lösungen unter etwa 1 nm, bei kolloiden Lösungen zw. etwa 1 und 100 nm. Die Löslichkeit ist um so besser, je ähnlicher die Wechselwirkungskräfte zw. den Teilchen des L. und zw. denen des gelösten Stoffes sind. Ähnliche Wechselwirkungen treten u. a. zw. gleichartigen chem. Gruppen (z. B. Kohlenwasserstoffketten, OH-Gruppen) auf. Nicht oder wenig polare Stoffe mit Kohlenwasserstoffketten (z. B. Fette, Wachse, Kautschuk), zw. deren Molekülen nur schwache Dispersionskräfte existieren, werden z. B. von Kohlenwasserstoffen (Testbenzin, Xylol) oder anderen unpolaren L.(z. B. Tetra) gelöst. Mit zunehmender Polarität des L.(z. B. in der Reihenfolge Methylenchlorid, n-Butanol, Trichloräthan, Äthylacetat, Methylisobutylketon, Aceton) steigt das Lösevermögen für polare Harze (z. B. Polyester, Polyvinylacetat, Celluloseester und Polyacrylate). Polyacrylnitril ist auf Grund seiner stark polaren CN-Gruppen nur in stark polaren L. (z. B. Dimethylformamid) löslich. Wasser, in dem die einzelnen H_2O-Moleküle über Wasserstoffbrükkenbindungen miteinander assoziiert sind, löst Stoffe, die ebenfalls Wasserstoffbrücken bilden (z. B. Polyvinylalkohol, Zucker). Wasser ist auch bevorzugtes L. für Ionenkristalle (Salze).

L. finden Anwendung bei therm. Trennverfahren (z. B. Extraktion, Extraktivdestillation, physikal. Absorption), als Medium bei chem. Reaktionen, als Bestandteile von Lacken, Druckfarben und Klebstoffen sowie zum Entfetten von Metallen und zur chem. Reinigung von Textilien. Für die Anwendung von L. sind neben dem Lösevermögen auch sicherheitstechn. (z. B. Flammpunkt) und toxikolog. Daten (z. B. → MAK-Wert) von Bedeutung (→ Chlorkohlenwasserstoffe).

Löslichkeit, Fähigkeit eines Stoffes, in → Lösung zu gehen.

Löslichkeitsprodukt, Spezialfall des Ionenproduktes, das Produkt der molaren Konzentrationen der Ionen eines reinen Stoffes in einer gesättigten Lösung. Das L. ist stark temperaturabhängig. Thermodynamisch exakt muß das L. als Produkt der Ionenaktivitäten (→ Aktivität 3) ausgedrückt werden. Durch gleichionigen Zusatz (z. B. Cl^- zu AgCl) wird die Löslichkeit einer Substanz erniedrigt. Deshalb wird in der → Gewichtsanalyse mit einem Überschuß an Fällungsmitteln gearbeitet, um quantitative Fällungen zu erreichen. – Das L. ist nur bei schwachen, schwerlösl. Elektrolyten konstant und damit vom Zusatz gleicher Ionen unabhängig.

Löß *der,* zerreibliches, mehlartiges, ungeschichtetes Sediment von ockergelber bis gelbgrauer Farbe, bestehend aus feinsten Körnchen (0,01–0,05 mm ∅) von Quarz (60–70%) und Tonerdesilikaten (10–20%, v. a. Feldspat und Glimmer), die durch Kalk (10–30%, z. T. 40%) umkrustet und verkittet werden. Der Kalkgehalt bedingt die hohe innere Standfestigkeit des L. und die Stabilität auch hoher Steilwände. – L. ist ein vom Wind verwehter Flugstaub; seine Bildung erfolgt noch heute in N-China **(Gelbe Erde).** Der europ. und amerikan. L. wurde während der quartären → Eiszeit aus den periglazialen Gebieten ausgeweht und, entsprechend dem Temperaturgefälle, in den ständig eisfreien Gebieten abgesetzt. Er enthält oft Gehäuse von Landschnecken, Knochen eiszeitl. Säugetiere sowie menschl. Knochen und Artefakte. L. ist bis 30 m mächtig (Rheinhessen, Kaiserstuhl); größere Mächtigkeiten beruhen meist auf nachträgl. Zusammenschwemmungen **(Schwemm-L.),** z. B. in China (bis über 400 m). Im humiden Klima entsteht durch Entkalkung aus L. **L.-Lehm.** – Auf Grund guter Wasserhaltigkeit ist L. meist ein fruchtbarer Boden; aus ihm können durch Umwandlung in Abhängigkeit von Humidität, Klima und Geländeform weitere Böden sehr unterschiedl. Qualität entstehen, z. B. → Steppenschwarzerden.

Lost, Senfgas, Gelbkreuz, Schwefel-Yperit, Bis(2-chloräthyl)-sulfid, ölige Flüssigkeit, die Textilien und Leder durchdringt und auf der Haut schwer heilende Wunden erzeugt. L. wurde im 1. Weltkrieg als → chemischer Kampfstoff verwendet.

Lösung, Chemie: **Echte L.** stellen ein homogenes, d. h. molekularverteiltes Gemisch mehrerer Reinstoffe dar, bei dem eine Komponente, das **Lösungsmittel,** im Überschuß vorliegt. Bei **kolloiden L.** (→ Kolloide) können Abmessungen des Gelösten bis zum 1 000fachen über denen der echten L. liegen. Die Zusammensetzung von L. wird durch Konzentrationen angegeben. L. kennt man für alle drei Aggregatzustände. – Gase lassen sich i. d. R. unbegrenzt miteinander mischen. Die Löslichkeit von Gasen in Flüssigkeiten (→ Absorption 2) oder Feststoffen erreicht dagegen einen **Sättigungswert,** der mit der Zunahme ihres Partialdruckes **(Henrysches Gesetz)** ansteigt. Feste L. aus festen Bestandteilen liegen z. B. in → Legierungen, → Mischkristallen oder Gläsern (→ Glas) vor; meist beobachtet man hier nur begrenzte Löslichkeit.

Die größte Bedeutung haben L. von Feststoffen oder

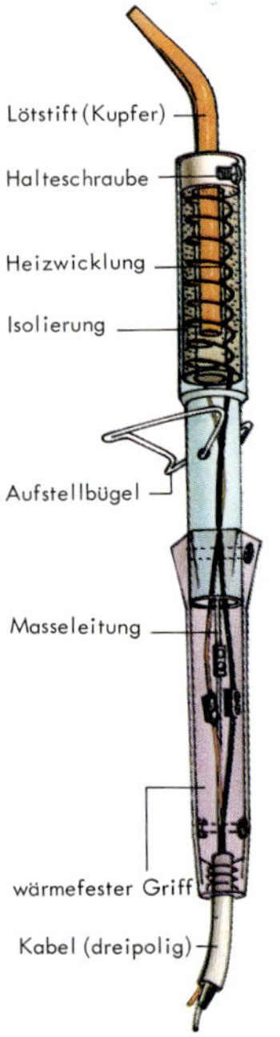

Löten: elektrischer Lötkolben

von Flüssigkeiten in flüssigen L.-Mitteln. Wird ein kristalliner Feststoff in eine Flüssigkeit eingebracht, so geht er nur so lange in L., bis seine **Sättigungskonzentration** erreicht ist; ein darüber hinaus vorhandener Substanzüberschuß liegt dann als unveränderter ›Bodenkörper‹ vor. Im Fall von Elektrolyten tritt bei der Auflösung → Dissoziation ein. Zur Beschreibung der Löslichkeit von schwerlösl. Salzen benutzt man das → Löslichkeitsprodukt. Für die L. von Flüssigkeiten ineinander hängt es weitgehend von den chem. Wechselwirkungen ab, ob vollständige Mischbarkeit erreicht werden kann oder ob sich durch Zugabe der zu lösenden Substanz eine zweite flüssige **Mischphase** ausscheidet.

Unabhängig vom Aggregatzustand der L. nimmt die Löslichkeit mit steigender Temperatur zu, wenn der Lösevorgang unter Wärmeverbrauch abläuft, und ab, wenn dabei Wärme entwickelt wird (→ Le Chateliersches Prinzip); analoges gilt i. a. für die Druckeinflüsse, wobei an die Stelle der Wärme das Volumen tritt. Nicht immer wird beim Überschreiten der Löslichkeitsgrenzen eine zweite Phase sofort abgeschieden; manchmal erhält man aus kinet. Gründen für begrenzte Zeit eine übersättigte L.

Auf der unterschiedl. Löslichkeit verschiedener Stoffe und auf der physikal. Rückgewinnbarkeit der Bestandteile einer L. (z. B. Verdampfen, Kristallisieren) beruhen viele wichtige techn. Trennverfahren. Hochverdünnte L. sind von großem theoret. Interesse (→ kolligative Eigenschaften). Im Unterschied zu den hier behandelten physikal. Lösevorgängen handelt es sich z. B. bei der Auflösung von Metall in Säure um einen chem. Prozeß.

Lösungsdruck, Lösungs|tension, bei Metallen, Wasserstoff und einigen anderen Nichtmetallen das Bestreben, als Ionen in ein sie umgebendes Lösemittel überzutreten. (→ Nernstsche Theorie)

Lösungsmenge, → lineares Gleichungssystem.

Lösungsmittel, die → Lösemittel.

Lösungswärme, Wärme, die beim Auflösen eines kristallinen festen oder eines gasförmigen Stoffes in einem Lösemittel frei oder verbraucht wird. Sie wird für 1 Mol des gelösten Stoffes angegeben.

Lot, 1) Bauwesen: auch **Senklot, Senkblei,** kegelförmiges, mit der Spitze nach unten an einem Faden aufgehängtes Metallgewicht zur Ermittlung der senkrechten Richtung.

2) Fertigungstechnik: → Löten.

3) Mathematik: L. von einem Punkt P auf eine Gerade g ist eine Gerade l, die senkrecht auf g steht und durch P geht. Zu P und g gibt es in der euklid. Ebene $\mathbb{R}^2$ genau ein L. Der Schnittpunkt F von g und l heißt **Lotfußpunkt.** Unter allen Strecken PX von P zu Punkten X der Geraden g ist die Strecke PF die kürzeste. Im dreidimensionalen euklid. Raum ist das L. von P auf eine Ebene E eine Gerade durch P, die senkrecht auf E steht. Auch hier ist die Strecke von P zum Lotfußpunkt die kürzeste unter den Verbindungsstrecken PX von P zu Punkten der Ebene E (→Abstand).

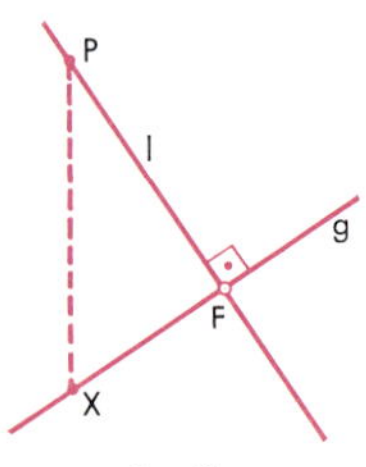

Lot 3)

4) Schiffahrt: Gerät zum Messen der Wassertiefe vom Schiff aus **(loten,** → Peilen). Das → Echolot hat die herkömml. Hand-L. und L.-Maschinen verdrängt.

Lot|abweichung, der Winkel zw. der tatsächl. (phys.) → Lotrichtung und der Normalen des → Referenzellipsoids (→ Erde, Geodätisches).

Lote, Legierungen, die zum Weich- und Hartlöten verwendet werden. Als **Weich-L.,** die unterhalb 450 °C zu schmelzen beginnen, werden Zinn-Blei-Legierungen und Zinn-Zink-Legierungen verwendet. **Hart-L.** beginnen oberhalb 450 °C zu schmelzen. Zu ihnen gehören Aluminium-Silicium-Legierungen (Silumin-L.) und L. auf Nikkelbasis.

Löten, das Verbinden metall. Werkstoffe durch ein geschmolzenes Zusatzmetall **(Lot).** Das Lot hat niedrigere Schmelztemperatur als die zu verbindenden Grundmetalle, die benetzt werden, ohne zu schmelzen. Beim **Weichlöten** schmilzt das Lot **(Weichlot)** bei Arbeitstemperaturen unterhalb 450 °C, beim **Hartlöten (Hartlot)** zw. 450 und 900 °C, beim **Hochtemperaturlöten** oberhalb davon.

Die Lötstellen werden durch → Flußmittel 1), Schutzgase oder, z. B. bei Aluminium, durch Einwirkung von Ultraschallschwingungen gereinigt. Die Lötstelle kann durch beheizte **Lötkolben,** durch mit Propangas betriebene, einem Schweißbrenner ähnl. Lötgeräte oder durch Eintauchen in geschmolzenes Lot erwärmt werden. Zum Hart- und Hochtemperaturlöten verwendet man vielfach elektr. Induktions- und Widerstandserwärmung. Massenteile werden in Lötöfen erwärmt. Ein neues Verfahren ist das L. mit Laserstrahlen, bei dem das Lot auf der Werkstoffoberfläche mit dem fokussierten Strahl eines Festkörperlasers oder CO_2-Gaslasers geschmolzen wird, die im kontinuierl. Betrieb Leistungen von 100 W bis einige kW, im gepulsten Betrieb Pulsenergien von etwa 20 J liefern. Besondere Vorteile bietet diese Technik beim Anlöten von elektron. Bauelementen mit mehreren Anschlußkontakten, z. B. Transistoren oder integrierten Schaltkreisen, auf Leiterplatten. Die Energie der Laser ist so groß, daß der Strahl in mehrere Teilstrahlen aufgespalten werden kann und alle Kontakte gleichzeitig in einem einzigen Arbeitsgang eingelötet werden können. Um eine möglichst einfach zu justierende Anordnung zu erhalten, wird zur Strahlteilung ein für jede Schaltung spezif. Hologramm benutzt, in dem die Information über Anzahl der Teilstrahlen, ihre Richtungen sowie die Lage ihrer Brennpunkte auf der Werkstückoberfläche gespeichert ist. – Das Hartlöten von Gold wurde schon im 4. Jahrtsd. v. Chr. in Sumer, das Weichlöten wahrscheinlich nach 2000 v. Chr. in Mesopotamien und Ägypten geübt.

J. WOLTERS: Zur Geschichte der Löttechnik (1975); W. WULCH: Kleben, L., Schweißen (1977); R. STRAUSS: Das L. für den Praktiker (1978); Hart- und Hochtemperaturlöten und Diffusionsschweißen, hg. v. Dt. Verband für Schweißtechnik (1981); Weichlöten und Schweißen in Elektronik und Feinwerktechnik, hg. v. dems. (1981).

Lotlini|en, gekrümmte Feldlinien des Schwerefeldes der Erde, durchdringen die → Niveauflächen senkrecht.

Lotrichtung, Geophysik: Richtung des Schwerkraftvektors in einem Punkt der Erdoberfläche, die stets senkrecht zu den Niveauflächen des Schwerefeldes der Erde steht. Sie wird mit dem Lot, mit Wasserwaagen oder Libellen bestimmt.

Lötrohr|analyse, Lötrohrprobe, trockene Vorprobe der qualitativen chem. Analyse, bei der Reaktionen mit festen Stoffen durch Erhitzen auf Holzkohle oder in der Flamme (in Glühröhrchen u. a.) mit oder ohne Zusätze durchgeführt werden. Beobachtet werden neben Farbänderungen die Entwicklung von Gasen und Dämpfen und die Bildung von Sublimaten. Es werden auch nasse chem. Reaktionen, bes. mit Reagenzpapier, zur Identifizierung der Reaktionsprodukte herangezogen. – Die L. wird für die Bestimmung von Mineralen mit einfachen chem. Hilfsmitteln (z. B. Phosphorsalzperle) herangezogen. Der Name kommt von der Verwendung eines

Lötrohres (Metallröhre mit Mundstück und abgebogener feiner Spitze) zur Erzeugung reduzierend oder oxidierend wirkender Flammen.

Lotschwankungen, zeitliche period. Veränderungen der → Lotrichtung, als Folge der → Gezeiten der festen Erdkruste.

Lötstein, das Ammoniumchlorid, → Ammonium . . .

Love-Wellen [lʌv-, n. dem brit. Physiker A. E. H. Love, * 1863, † 1940], Erdbebenwellen, die Oberflächenwellen sind, bei denen die Bodenteilchen parallel zur Oberfläche und senkrecht zur Ausbreitungsrichtung schwingen.

Low [ləʊ, engl.], Abk. **L,** Pegelangabe (→ Logikpegel) in digitalen Schaltungen; Ggs.: → High.

Löwe, Großer Löwe, lat. **Leo (maior),** zum → Tierkreis gehörendes → Sternbild des Nordhimmels, im Frühjahr am Abendhimmel sichtbar. Nördlich grenzt das Sternbild **Kleiner L. (Leo minor)** an.

Low Power Schottky TTL [ləʊ p'aʊə-, engl.], spezielle Technologie zur Herstellung von bipolaren TTL-Schaltkreisen (→ TTL), wobei parallel zur Emitter-Basis-Strecke der Transistoren schnellschaltende → Schottky-Dioden zur Begrenzung des Sättigungsstroms eingesetzt sind. Der Vorteil gegenüber der Standard-TTL-Technologie liegt hauptsächlich in der geringeren Leistungsaufnahme.

Loxodrome, Kurve auf einer Umdrehungsfläche, die alle Meridiane unter gleichem Winkel schneidet. Die L. schneiden z. B. auf der Erdoberfläche die Meridiane unter gleichen Winkeln, sie nähern sich spiralförmig dem Pol. Im Mercatorentwurf (→ Kartennetzentwürfe) erscheinen sie als Geraden und sind daher in der Navigation leicht zu handhaben.

LPG, Abk. für engl. **Liquefied Petroleum Gases** [l'ɪkwɪfaɪd pɪtr'əʊljəm gæsɪz], → Flüssiggase.

LPH, Abk. für → **lip**otropes **H**ormon.

Lr, chem. Symbol für → **L**aw**r**encium.

LRV, Abk. für **Lunar Roving Vehicle** [l'u:nə r'əʊvɪŋ v'i:ɪkl, engl.], → Mondauto. (→ Apollo-Programm)

L-Sat, Programm eines großen europ. Nachrichtensatelliten, der neben anderen Kommunikationsaufgaben auch direkten Fernsehübertragungen dienen soll. Der erste L-S., 2300 kg schwer, soll 1986 mit der Trägerrakete Ariane gestartet werden.

LSB, Abk. für **Least Significant Bit** [li:st sɪgn'ɪfɪkənt bɪt, engl.], niedrigstwertiges Bit, Bez. für die am weitesten rechts stehende Ziffer bei einer Binärzahl; Ggs.: → MSB.

L-Schale, die zur Hauptquantenzahl $n=2$ gehörige Hauptschale der → Atome, die maximal 8 Elektronen aufnehmen kann.

LSD, Abk. für Lysergsäurediäthylamid, → Lysergsäure.

LSI, Abk. für **Large Scale Integration** [lɑ:dʒ skeɪl ɪntəgr'eɪʃn, engl.], → Integrationsgrad von integrierten Schaltungen.

LS-Kopplung, die → Russel-Saunders-Kopplung.

LTH, Abk. für → **l**uteo**t**ropes **H**ormon.

Lu, chem. Symbol für → Lutetium.

Lubrizität, die → Schlüpfrigkeit.

Luchs, lat. **Lynx,** → Sternbild des nördl. Himmels.

Luciferasen, strukturell unterschiedl. Enzyme aus versch. Organismen, die Lichtemission infolge Biolumineszens-Reaktion durch Oxidation von **Luciferinen** – d. h. Stoffwechselprodukten von Bakterien, Meerestieren, Insekten u. a. – induzieren können.

Ludolphsche Zahl [n. dem niederl. Mathematiker Ludolph van Ceulen, * 1540, † 1610], die Kreiszahl → Pi 1).

Luft, das die Atmosphäre der Erde bildende Gasgemisch.

Zusammensetzung der trockenen Luft in Volumprozent:

Stickstoff	78,10	Methan	0,0002
Sauerstoff	20,93	Krypton	0,0001
Argon	0,93	Wasserstoff	0,00005
Kohlendioxid	0,03	Distickstoffmonoxid	0,00005
Neon	0,0018		
Helium	0,0005	Xenon	0,000009

L. enthält außerdem wechselnde Mengen Wasserdampf, Ozon, Stickstoff- und Schwefeldioxid, ferner gewerbl. Abgase, Staub und Schwebstoffe sowie pflanzl. und tier. Mikroorganismen. Bei starker Abkühlung verflüssigt sich die L. bei – 197,5 °C (→ Luftverflüssigung). Technisch wird sie durch Destillation in ihre Bestandteile zerlegt **(Luftzerlegung).** In Erdnähe ist die Zusammensetzung der L. i. a. konstant mit Ausnahme ihres Gehalts an Wasserdampf, der von der Temperatur abhängt (→ Luftfeuchtigkeit), und des Anteils an Oxiden von Kohlenstoff, Stickstoff und Schwefel sowie an Schwebstoffen (→ Luftverschmutzung).

Die L. enthält natürliche und künstliche radioaktive Bestandteile. Alle diese Substanzen rühren her von den natürl. Vorkommen von Radium und Thorium im Erdboden und vom Einfluß der Höhenstrahlung.

Luft|abwehr, Maßnahmen zur Abwehr von Angriffen aus der Luft (→ Flugabwehr, → Luftverteidigung).

Luft|aufklärung, Gewinnung von Erkenntnissen über die Fähigkeiten, Absichten, Vorkehrungen und Handlungen eines mögl. oder wirkl. Gegners mit Hilfe von Luft- oder Raumfahrzeugen, die als Träger und Transportmittel für verschiedenartige → Aufklärungssensoren dienen. Zunehmend werden Aufklärungssatelliten für Aufgaben der L. verwendet **(Satellitenaufklärung),** die kurzfristig (periodisch mit der Umlaufzeit) über einem aufzuklärenden Gebiet zur Verfügung stehen und mit Hilfe hochentwickelter Sensoren detaillierte Einzelerkenntnisse liefern können. Das von Satelliten gewonnene Aufklärungsmaterial wird entweder funktechnisch übertragen oder in Behältern ausgeworfen, die von Flugzeugen in der Luft aufgefangen werden können.

Luftbefeuchter, in der Klimatechnik ein Gerät zur Befeuchtung der Raumluft durch Einspritzen von flüssigem oder dampfförmigem Wasser oder durch Wasserverdunstung an großen Oberflächen **(Verdunstungsbefeuchter).** Die Wassereinspritzung geschieht in Düsenkammern, die wegen der mit dieser Art der Befeuchtung verbundenen Reinigung auch **Luftwäscher** genannt werden.

Luftbetankung, Lufttanken, Kraftstoffübergabe während des Fluges von einem speziellen Tankflugzeug an militär. Flugzeuge zur Reichweitenvergrößerung oder als Nachbetankung nach einem Start unter erschwerten Bedingungen (Bordstart von Flugzeugträgern). Die L. ge-

Luftbild: Satellitenbild von Schleswig-Holstein. Sensor: Multispektraler Zeilenabtaster; Plattform: Erderkundungssatellit LANDSAT. Das Bild stellt eine Farbkomposite dar, bestehend aus Blau für den Strahlungsanteil der Wellenlänge 0,5 bis 0,6 µm, aus Grün für 0,6 bis 0,7 µm und Rot für 0,7 bis 0,8 µm

schieht über einen Schlauch mit Fangtrichter und automat. Kupplung, den das kraftstoffaufnehmende Flugzeug mit einer Betankungssonde von hinten anfliegt, oder über ein ausfahrbares Betankungsrohr, das eine Bedienungsperson im Tankflugzeug in eine Kupplungsmündung des zu betankenden Flugzeuges einsteuert.

Luftbild, urspr. ein von einem Luftfahrzeug aufgenommenes photograph. Bild eines Teiles der Erdoberfläche, heute allgemeiner eine bildl. Darstellung der Erdoberfläche, die mit Aufnahme- und Auswertegeräten der Luft- und Raumfahrt gewonnen werden kann. Die Begriffsausweitung entstand durch die Einführung neuer Sensoren und Aufnahmegeräte (multispektrale Zeilenabtaster, Infrarot-Zeilenabtastgeräte, Strahlungsthermometer, Radarverfahren) und neuer Auswerte- und Bildgewinnungsverfahren (Bildauswertung und Bildaufzeichnung mit elektron. Datenverarbeitungsanlagen, Digital-Photos), die zunehmend die photograph. Kamera und das photograph. Bild ergänzen und den Informationsgehalt von L. vergrößern.

Nach Richtung der Aufnahmeachse werden unterschieden: **Schrägbilder** (anschaulich und vordergrundbetont, meist mit Handkameras aufgenommen) und **Senkrechtbilder** (kartenähnl. Darstellung, mit fest installierten Kameras und häufig als streifenartige L.-Reihen mit rd. 60% gegenseitiger Überdeckung, aufgenommen mit Reihenmeßkammern, → Meßkammer). Von zwei benachbarten Aufnahmeorten senkrecht aufgenommene Bildpaare oder Bildreihen ermöglichen durch stereoskop. Auswertung die Bestimmung von Höhenunterschieden von Bodenflächen. Durchforschung und Deutung des Bildinhaltes heißt **L.-Interpretation,** messende Auswertung (v. a. für Kartierungszwecke) **L.-Messung** (→ Aerophotogrammetrie). Die Verwendung hochauflösender und besonderer Aufnahmematerialien (→ Falschfarbenphotographie) und die digitale Bildverarbeitung haben die Möglichkeiten der L.-Auswertung wesentlich erweitert und erlauben heute die bildmäßige Darstellung z. B. von Flächennutzungsklassen, Vegetationsarten, Temperaturverteilungen, Gewässerverschmutzungen.

Kartograph. Darstellungen lassen sich aus Einzelbildern, Bildpaaren oder Bildreihen ableiten, die mit Meßkammern senkrecht aufgenommen sind und einige bekannte Punkte enthalten. Solche Bilder können zeichnerisch, optisch, mechanisch oder rechnerisch ausgewertet werden (→ Photogrammetrie). Bei geringen Höhenunterschieden werden sie durch → Entzerrung 2), bei größeren durch das → Orthophoto-Verfahren zur Basis von Karten neuen Typs umgebildet: als **L.-Plan** ohne kartograph. Ergänzungen oder als **L.-Karte** mit Ortsnamen, Kartenzeichen, Höhenangaben u. a. Bei dreidimensionalen Auswertungen für die Landesvermessung, das Kataster- und Ingenieurwesen werden die Koordinaten von Punkten (in Lage und Höhe) durch → Aerotriangulation bestimmt. Daneben können echte Geländedarstellungen mit Höhenlinien mit Hilfe von Doppelbildauswertegeräten erzeugt werden. Mit dieser aufwendigeren Auswertung (als die Entzerrung) werden den Bildpaaren in einem Arbeitsgang der Grundriß und die Höhenlinien entnommen und in ein Zeichenblatt in Form von Linien übertragen. Eine kartograph. Ausgestaltung zur vollständigen Karte schließt sich an.

Zu dieser urspr. häufigsten Nutzung des L. in der Landesaufnahme gehört auch die für die militär. Luftaufklärung und für die archäolog. Forschung, die durch L. Grundrisse ehem. Siedlungen, Befestigungen, den Verlauf von Wegen u. a. entdeckte, die in normaler Bildhöhe nicht sichtbar sind (durch Schattenwurf, Verfärbungen infolge unterschiedl. Bodendurchfeuchtung, Unterschiede im Pflanzenwuchs, die sich in Halmhöhe und Farbnuancen der Feldfrucht abzeichnen).

Zu diesen traditionellen Nutzungsmöglichkeiten des L. sind viele neue hinzugetreten; L. sind zu einer wichtigen Informationsquelle in der allg. Erdfernerkundung (→ Fernerkundung) geworden und haben in den Bereichen Raumordnung und Landesplanung, Vegetationskunde, Ökologie und Umweltüberwachung, geolog. Forschung, Rohstoffexploration, Ozeanographie und Klimatologie zunehmend an Bedeutung gewonnen.

H. G. GIERLOFF-EMDEN u. H. SCHROEDER-LANZ: L.-Auswertung, 3 Bde. (1970/71); S. SCHNEIDER: L. und L.-Interpretation (1974); K. SCHWIDEFSKY u. F. ACKERMANN: Photogrammetrie ([7]1976); J. DODT: Geograph. L.-Interpretation (1978); L. DEUEL: Das Abenteuer der Luftbildarchäologie (1981); G. TANNER: Einführung in die Kartographie und Luftbildinterpretation (Leipzig 1981).

Luftbildgeologie, die → Photogeologie.

Luftbremse, Flugbremse, Vorrichtung zur Minderung der Geschwindigkeit eines Luftfahrzeugs im Flug (häufig bei der Landung) durch Vergrößerung seines Luftwiderstands (→ Bremsklappen, → Bremsschirm).

Luftdatenrechner, Air-Data-Computer ['ɛə d'eɪtə kəmpj'u:tə, engl.], **Luftwertrechner,** elektron. Datenverarbeitungsanlage an Bord von Luftfahrzeugen, die aus mit Meßfühlern bestimmten Meßwerten der umgebenden Luft (stat. Druck, Gesamtdruck, Gesamttemperatur, Anstellwinkel) für Flugführung und Flugnavigation wichtige Daten errechnet und erforderl. Korrekturen vornimmt (korrigierte Flughöhe, wahre Fluggeschwindigkeit, Mach-Zahl, wahre Außenlufttemperatur, wahrer Anstellwinkel) oder Abweichungen dieser Größen gegenüber einem Bezugswert bestimmt, die als Eingangssignale für einen Flugregler dienen können.

Luftdruck, von der Masse der Luft- und Wassermoleküle unter Einwirkung der Schwerebeschleunigung der Erde ausgeübter Druck. Er wird mit dem → Barometer gemessen und in Pascal oder Millibar, früher in Torr, angegeben (1 mbar = 100 Pa). In Meereshöhe beträgt der L. im Mittel 1013 mbar (760 Torr), wobei wetterbedingte Abweichungen zw. 880 und 1080 mbar auftreten können. Um diese von den Druckdifferenzen zu trennen, die sich aus der Höhenlage der einzelnen Stationen ergeben (der L. nimmt je 5 km Höhe auf rd. die Hälfte ab, wie etwa auf 250 mbar in 10 km und 1 mbar in 50 km Höhe), werden die gemessenen Druckwerte bis zu einer Stationshöhe von 750 m auf Meeresniveau umgerechnet (Reduktion auf NN). Darüber wird das Verfahren wegen der Annahmen über den vertikalen Temperatur-Verlauf zu ungenau. Die auf gleichen Grundlagen beruhende Methode der → barometrischen Höhenmessung ist dagegen bei bekannter Temperatur-Schichtung beliebig hoch anwendbar. Bei gradientschwachen Wetterlagen hat der L. einen deutlichen Tagesgang (atmosphärische → Gezeiten). Wegen der Beziehung zw. L. und Wind folgt aus der mittleren Druckverteilung die allg. → Zirkulation der Atmosphäre.

Luftdurchlaß, Lüftungstechnik: Übergangsstelle von der Luftleitung (Kanal) zum Raum, durch die Luft in den Raum eintritt **(Zuluftdurchlaß)** oder aus dem Raum abströmt **(Abluftdurchlaß).** Nach ihrer Anordnung unterscheidet man **Wanddurchlaß** (Gitter) und **Deckendurchlaß** (z. B. Anemostat).

Luft|einlaufkanal, Flugzeug: Zuströmkanal zu einem Strahltriebwerk, der die Aufgabe hat, die eintretende Luft mit begrenzter Mach-Zahl und möglichst gleichmäßiger Geschwindigkeit dem Triebwerk zuzuführen, wozu i. d. R. eine Verzögerung der Luft erforderlich ist.

Luft|elektrizität, elektr. Vorgänge in der Atmosphäre. Bei schönem (d. h. durch Niederschlag und Gewitter ungestörtem) Wetter hat die Luft gegenüber der Erde meist ein positives Potential, das mit der Höhe zunimmt und in der Ionosphäre Werte bis zu 400 kV erreicht **(Schönwetter-Elektrizität).** Das Potentialgefälle ist in Bodennähe mit rd. 100 V/m am größten und nimmt darüber schnell ab. Es hängt mit der Raumladung zusammen, die von Ionen erzeugt wird. Diese entstehen v. a. in der Hochatmosphäre durch kosm. Strahlung und photoelektr. Prozesse. Unter dem Einfluß des Potentialfeldes bewirken die Ionen einen Vertikalstrom, der summiert über die ganze Erde etwa 1500 A beträgt. Dieser würde die Ladungsdifferenzen in der Atmosphäre in weniger als einer halben Stunde ausgleichen. Das wird v. a. durch die Weltgewittertätigkeit verhindert, die netto eine positive Raumladung erzeugt und so das normale luftelektr. Feld immer wieder aufbaut.

Lüfter, → Ventilator.

Luft|erhitzer, Gerät zur Erwärmung der Luft in einer → Luftheizung oder → Klimaanlage. Als Heizmittel werden entweder Heißwasser/Dampf verwendet oder Heizöl/Heizgas direkt im L. verbrannt (Feuer-L.). In Klimaanlagen eingebaute L. sind Wärmetauscher, die entweder von einem Wärmeträger durchströmt oder elektrisch beheizt werden.

Luftfahrt, Nutzung und Anwendung der zur Fortbewegung im Luftraum geeigneten Verfahren und Fahrzeuge (→ Luftfahrzeuge) für unterschiedl. Zwecke (v. a. Transporte). Zunächst unterscheidet man zw. ziviler und militär. L., Teilbereiche der zivilen L. sind die Verkehrs-L. (Luftverkehr) und die → Allgemeine Luftfahrt.

Geschichte. Zahlreich sind die Sagen und Märchen über frühe Flugversuche des Menschen (z. B. Ikarus). LEONARDO DA VINCI schuf die ersten ernst zu nehmenden Pläne und Versuche, um mit von Muskelkraft bewegten Flügeln zu fliegen (um 1500), FRANCESCO DE LANA erkannte um 1670 die Möglichkeit, den aerostat. Auftrieb zu nutzen. Auf die physiolog. Grenzen des menschl. Organismus für das Fliegen mit Muskelkraft wies jedoch G. BORELLI bereits 1680 hin. Erste Flüge mit Luftfahrzeugen leichter als Luft gelangen 1783 (Heißluftballon der Brüder E.-J. und M.-J. MONTGOLFIER, wasserstoffgefüllter Ballon von J. A. C. CHARLES). Erfinder und Zeitpunkt der ersten Flüge von Luftfahrzeugen schwerer als Luft sind umstritten. Das Prinzip der aerodynam. Auftriebserzeugung und Maßnahmen zur aerodynam. Stabilisierung formulierte SIR GEORGE CAYLEY 1809. Mit seinen Gleitflügen bewies OTTO LILIENTHAL 1890 bis 1896 ihre Richtigkeit. Der Einsatz des Verbrennungsmotors, die Verwendung von starren Flügeln (statt Schlagflügeln) und bewegl. Steuerflächen ermöglichten den angetriebenen, stabilisierten und gesteuerten Flug. Erfolgreiche Flüge v. a. der Brüder W. und O. WRIGHT (1903), deren Priorität gegenüber G. WEISSKOPF (WHITEHEAD; 1901), K. JATHO (1903) u. a. immer wieder angezweifelt wurde, bewiesen die Richtigkeit dieser Prinzipien; das Flugzeug hatte seine für die nächsten Jahrzehnte gültige Form gefunden.

H. GIFFARD (1852), CH. RENARD und A. KREBS (1884) trugen wesentlich zur Entwicklung des Ballons zum lenkbaren Luftschiff bei. GRAF F. VON ZEPPELIN schuf seit 1900 die für eine wirtschaftl. Nutzung am besten geeignete Form des starren Luftschiffs (1910 erste kommerzielle Luftverkehrsdienste). Luftschiffe und Flugzeuge wurden im 1. Weltkrieg erstmals in größerem Umfang militärisch eingesetzt. Weitere Etappen der techn. Entwicklung: 1919 erste Überquerung des Nordatlantiks ohne Zwischenlandung (J. W. ALCOCK und A. W. BROWN), Beginn des planmäßigen Luftverkehrs mit Flugzeugen; 1924 erster Flug rund um die Erde in mehreren Etappen (amerikan. Piloten); 1926 erste Überquerung des Nordpols mit dem Flugzeug (R. E. BYRD) wie mit dem Luftschiff (R. AMUNDSEN und U. NOBILE); 1922 war der Südatlantik in Etappen (S. CABRAL und G. COUTINHO), der Nordatlantik abermals 1927 (CH. LINDBERGH) und 1928 (H. KÖHL) bezwungen worden; 1928 wurde der Pazif. Ozean mit Zwischenlandungen überquert (CH. KINGSFORD SMITH). 1929 erreichte R. E. BYRD den Südpol mit dem Flugzeug. Planmäßige Luftverkehrsdienste über die Weltmeere begannen 1932 mit Luftschiffen über den Südatlantik, 1935 mit Flugzeugen über den Pazifik, 1936 mit Luftschiffen sowie 1939 mit Flugzeugen über den Nordatlantik. Die Verkehrsluftschiffahrt ging mit der Katastrophe von Lakehurst 1937 (Explosion des LZ ›Hindenburg‹) zu Ende.

1939 flog das erste Flugzeug mit einem Turbo-Luftstrahltriebwerk. Im 2. Weltkrieg hatten sich starke Luftstreitkräfte als kriegsentscheidende Waffe erweisen. Die Schallgeschwindigkeit überschritt erstmals 1947 C. E. YEAGER mit einem Raketenflugzeug. 1949 gelang die erste Umrundung der Erde (37523 km) ohne Zwischenlandung. Erste Luftverkehrsdienste mit Strahlflugzeugen (De Havilland Comet) wurden 1952 aufgenommen, 1957 planmäßige Luftverkehrsdienste über den Nordpol. Das erste senkrechtstartende Kampfflugzeug wurde 1968 eingeführt. 1976 wurde der Überschall-Luftverkehr eröffnet, 1978 gelang die erste Überquerung des Nordatlantik mit einem Freiballon, 1981 die erste Freiballon-Überquerung des Pazif. Ozeans. Beachtl. Erfolge mit Muskelkraft- und Sonnenkraftflugzeugen konnten durch weitgehende Verwendung außerordentlich leichter faserverstärkter Werkstoffe erreicht werden: Der Ärmelkanal wurde erstmals 1979 mit einem Muskelkraftflugzeug und 1981 mit einem Sonnenkraftflugzeug überquert.

Die Schwelle von der Luftfahrt zur Raumfahrt wurde bereits 1963 überschritten, als das Raketenforschungsflugzeug North-American X-15 aus einer Flughöhe von 107 960 m wieder sicher zur Erde zurückgebracht und konventionell gelandet wurde. Mit dem gleichen Flugzeug wurde 1967 eine Geschwindigkeit von 7 274 km/h erreicht. Die erste Rückführung eines wiederverwendbaren Raumfahrzeuges zur Erde auf einer Bewegungsbahn mit aerodynam. Auftriebserzeugung gelang im April 1981 mit dem Orbiter des amerikan. Raumtransporters.

Luftfahrzeug, Gerät, das sich infolge von Wechselwirkungen zw. L. und umgebender Luft in der Lufthülle der Erde halten und bewegen kann. **L. leichter als Luft** (Ballone, Luftschiffe) werden durch aerostat. →Auftrieb (Dichteunterschiede) getragen, **L. schwerer als Luft** durch aerodynam. Auftriebserzeugung (Starr- und Drehflügelflugzeuge, Flugkörper, Drachen, Fallschirme und Flugmodelle mit mehr als 5 kg Eigenmasse).

Luftfederung, →Federung und Dämpfung.

Luftfeuchtigkeit, das in der Luft als unsichtbares Gas enthaltene Wasser (Wasserdampf). Seine Menge wird in g Wasserdampf je kg feuchter Luft **(spezif. Feuchte)** oder g Wasserdampf je m³ **(absolute Feuchte)** angegeben. Die maximale Feuchte, die Luft über einer ebenen Wasser- oder unter dem Gefrierpunkt über einer ebenen Eisfläche aufnehmen kann, ist temperaturabhängig und beträgt bei:

−20	−10	0	10	20	30	°C
0,9	2,1	4,9	9,4	17,3	30,4	g/m³.

Ist sie erreicht, gilt die Luft als gesättigt. Vielfach wird die L. durch den Grad der Sättigung, die **relative L.,** beschrieben. Beträgt z. B. bei 10 °C die Feuchte 4,7 g/m³, so ist die relative L. 50%. Dieses Maß gibt das Feuchteempfinden des Menschen am besten wieder und läßt sich mit einem Haarhygrometer (→Hygrometer) leicht ermitteln. Im Mittel liegt der Wasserdampfgehalt der Atmosphäre im Polargebiet unter 1 g/m³, in mittleren Breiten bei 7 g/m³ und in den Tropen über 20 g/m³, die mittlere relative L. in der Troposphäre bei rd. 75%.

Luftfilter, Einrichtung zur Abscheidung von Staub und ähnl. Verunreinigungen aus der Luft in Lüftungs-, Klima- und Absauganlagen oder in Luftleitungen zu Verbrennungseinrichtungen (z. B. Motoren). Je nach dem geforderten Entstaubungsgrad werden **Grob-, Fein-** oder **Feinstfilter** verwendet. Für bes. hohe Entstaubungsgrade bis zu 99,9% dienen hochwertige **Schwebstoffilter,** namentlich für radioaktive Schwebstoffe, Bakterien und Viren (→Entstaubungsverfahren, →Reinraumtechnik).

Trockenfilter bestehen aus einzelnen Platten (Zellen) aus Glas- oder Kunststoffgespinst in Metallrahmen. Sie können nach Gebrauch ausgeklopft und ausgewaschen oder durch neue ersetzt werden (Wegwerffilter). – **Ölbenetzte Metallfilter** sind aus einzelnen, mit Spezialöl benetzten Zellen oder Platten mit einer Füllung möglichst großer Oberfläche zusammengesetzt (Reinigung im Ölbad). – **Aktivkohlefilter** ermöglichen die Absorption von Gasen, Dämpfen und Geruchsstoffen. (BILD Filter)

Luftheizung, Raumheizung, bei der erwärmte Luft in die zu heizenden Räume geführt wird. Bei der **Feuer-L.** wird die Luft unmittelbar an den Heizflächen eines direktgefeuerten Lufterhitzers auf etwa 50–70 °C erwärmt. Bei

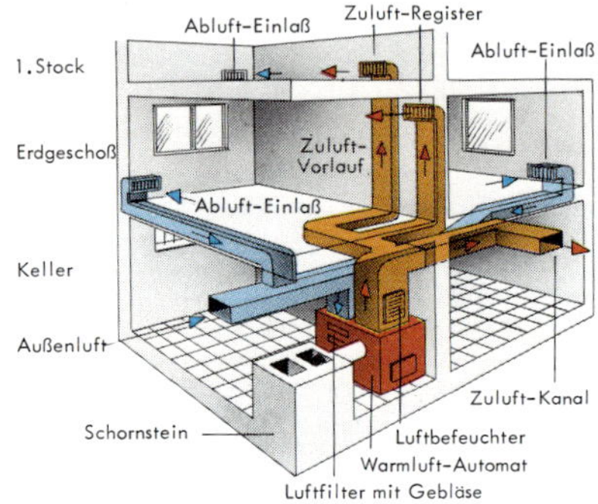

Luftheizung

der **Dampf-** oder **Wasser-L.** findet eine mittelbare Erwärmung der Luft in einem dampf- oder wasserbeheizten Gerät statt. Nach der Art der den Luftumlauf bewirkenden Antriebskraft sind **Ventilator-L.** und die nur für kleine und kleinste Leistungen interessante **Schwerkraft-L.** zu unterscheiden. Bei der **zentralen L.** wird die zentral erwärmte Luft den Räumen über Luftleitungen zugeführt (BILD), bei **dezentralen Anlagen** befinden sich Wand- oder Deckenluftheizgeräte innerhalb der zu beheizenden Räume.

Luftkissenfahrzeug, →Bodeneffektfahrzeug.

Luftkräfte, Kräfte, die aus der Relativbewegung zw. Körpern und umströmender Luft herrühren und durch Druck- und Schubspannungen an der Körperoberfläche übertragen werden. Die L. sind der Größe des Körpers, dem Quadrat der Bewegungsgeschwindigkeit und der Luftdichte proportional und von Körperform, Oberflächenbeschaffenheit und dem Strömungszustand der Luft abhängig. L.-Komponenten: Widerstandskraft (entgegengesetzt zur Bewegungsrichtung), Auftriebskraft (in der Vertikalebene senkrecht zur Bewegungsrichtung) und Seitenkraft (senkrecht zur Auftriebs- und Widerstandskraft).

Luft-Kraftstoff-Gemisch, Kraftstoff-Luft-Gemisch, das Gemisch im Zylinder eines Verbrennungsmotors, das durch Verbrennung den Arbeitsdruck erzeugt. (→Gemischbildung)

Luft-Kraftstoff-Verhältnis gibt die Luftmenge in kg an, mit der 1 kg Kraftstoff verbrannt wird. Die Mindestluftmenge L_{min} für die vollständige Verbrennung von 1 kg Benzin- oder Dieselkraftstoff hängt von der Kraftstoffzusammensetzung ab und beträgt etwa 14,5 kg (stöchiometrisches L.-K.-V.; →Luftverhältnis).

Luftkühler, 1) Wärmetauscher, in denen gasförmige oder flüssige Produkte mit Luft gekühlt oder kondensiert werden. L. werden in zunehmendem Maße verwendet, um

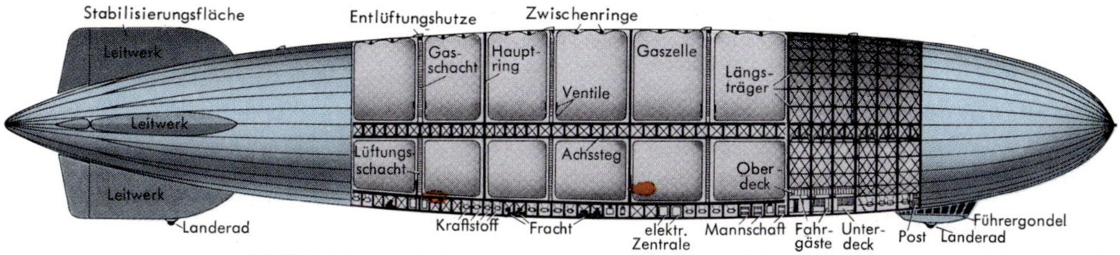

LZ 129 in Seitenansicht (ein Teil im Schnitt)

Länge 245 m; Durchm. 41 m; Prallgasinhalt 200 000 m³; 4 Motoren, 1 200 PS, Reisegeschwindigkeit 125 km/h; Reichweite 14 400 km; zahlende Last 19 t.

Luftschiff

den Verbrauch an Kühlwasser zu reduzieren. (→Kühlung, →Klimaanlage)

2) Einrichtung zur Kühlung und Entfeuchtung der Luft in einer →Klimaanlage.

Luftmangel, →Luftverhältnis.

Luftmassen, Bez. für Luft, die sich so lange über einem Gebiet (Ausdehnung: 1 000 km und mehr) befand, daß sie dort die klimatisch typ. Werte für Temperatur, Feuchte- und Aerosolgehalt angenommen hat. Wird sie schließlich durch großräumige Luftströmungen in eine andere Klimaregion verlagert, behält sie diese Eigenschaften zunächst bei. L. sind voneinander durch schmale Übergangszonen (→Front) getrennt, an denen kaum Vermischung stattfindet. Bleiben sie erneut einige Zeit stationär, so ›altern‹ sie (nehmen die Eigenschaften der neuen Klimazone an).

Luftmine, eine →Bombe 3) mit geringer Splitter-, aber sehr großer Sprengwirkung (überschwere Sprengbombe) oder eine von Seekampfflugzeugen aus der Luft verlegte Seemine.

Luftpumpe, 1) Astronomie: lat. **Antlia,** ein →Sternbild am Südhimmel.

2) Technik: a) ein →Verdichter zum Aufpumpen von Fahrzeugreifen, Bällen u. ä., meist ein einfach wirkender Kolbenverdichter ohne Ventile, für Hand- oder Fußbetätigung. Anstelle eines Saugventils hat die L. eine nur nach der Druckseite abdichtende Kolbenmanschette, die beim Saughub Luft überströmen läßt. Als druckseitiges Ventil wirkt das Ventil des Fahrzeugreifens. b) eine →Vakuumpumpe, bes. zur Entlüftung von Kondensatoren für Dampfturbinen und Dampfmaschinen sowie von Saugleitungen für Flüssigkeitspumpen. Dafür werden mit Wasser (→Wasserstrahlpumpe) oder Dampf (→Dampfstrahlpumpe) betriebene Strahlpumpen und Wasserringpumpen (→Verdrängerpumpe) verwendet. Als ›nasse L.‹ zur gemeinsamen Förderung von Luft, Kondensat und gegebenenfalls auch Einspritzwasser dienen Kolbenpumpen.

Luftrate, Lüftungstechnik: der Außenluftstrom, der Aufenthaltsräumen je Person zugeführt wird. Als **Mindest-L.** gilt nach Norm für Räume mit Rauchverbot 30, ohne Rauchverbot 50 m^3/h je Person. Je nach Nutzung des Raumes kann eine darüber hinausgehende L. gefordert werden, z. B. im Großraumbüro 60 statt 30 m^3/h.

Luftsack, 1) unerwünschte Luftansammlung in flüssigkeitsführenden Teilen, in Rohren und Maschinen.

2) Air bag [ˈɛəbæg, engl.], passive Rückhaltevorrichtung in Kraftwagen zum Schutz der Insassen bei Unfällen. Bei einer plötzlichen Verzögerung, z. B. einem Aufprall, wird in kürzester Zeit (einige ms) über einen Sensor die explosionsartige Füllung des L. vor den Insassen ausgelöst, der sie gegenüber dem Fahrzeug abstützt; unmittelbar danach wird er wieder entleert.

Luftsauerstoff-Zellen sind Primärzellen (→Batterie), bei denen die positive Elektrode durch den Luftsauerstoff dargestellt wird. Minuspol ist hauptsächlich Zink, als Elektrolyt dient Kaliumhydroxid. Der Sauerstoff wird von einer Aktivkohleschicht direkt aus der Luft aufgenommen, bei Stromentnahme reagiert er mit dem Elektrolyten, und neuer Sauerstoff kann von außen nachströmen.

Luftschall, Wechseldrücke und -bewegungen der Luft, die sich als Schallwellen ausbreiten. (→Schall)

Luftschiff, Luftfahrzeug, das durch den aerostat. Auftrieb einer Traggasfüllung (Wasserstoff oder Helium) getragen wird; angetrieben durch Propellertriebwerke (außerhalb des L.-Körpers in Gondeln angeordnet), steuerbar mit Hilfe von kreuzförmig am Heck angeordneten aerodynam. Ruderflächen. – Bauarten: **Starr-L.** besitzen ein mit einer Stoffbespannung überzogenes tragendes Innengerüst aus Leichtmetall (früher auch Holz) zur Wahrung der Form und zur Aufnahme der Traggaszellen, Kraftstoffbehälter, Bedienorgane, Besatzungs- und Passagierräume oder anderer Nutzlast. Diese von GRAF F. v. ZEPPELIN eingeführte Bauart (1900 erster Aufstieg von LZ 1) zeichnete sich infolge des steifen L.-Körpers durch gute Steuerbarkeit aus und wurde bis zu sehr großen Einheiten ausgeführt (LZ 129: 245 m Länge, 200 000 m^3 Füllvolumen). **Unstarre L.** bewahren ihre Form hingegen nur durch den inneren Überdruck ihrer Traggasfüllung auf den aus gummierten Geweben bestehenden Tragkörper **(Prall-L.)**; sie wurden in viel kleineren Einheiten gebaut.

Nach der Brandkatastrophe des deutschen L. LZ 129 (1937) wurden Bau und Betrieb von Groß-L. weltweit eingestellt. Unstarre Klein-L. werden derzeit noch für Aufgaben der Luftwerbung sowie in den USA in der Seeüberwachung und im Küstenschutz verwendet; in der UdSSR dienen einige L. als Kranluftfahrzeuge. In neuerer Zeit wird der Einsatz von L. wieder erwogen für die Beförderung von unzerlegbaren Schwerlasten in unerschlossene und unzugängl. Gebiete, als Kran-L. im Luftbauwesen, als Trägerfahrzeuge für nachrichtentechn. Anlagen (Relaisstationen und Radarüberwachung) und für die Flugtouristik. Als neue Bauform werden **Hybrid-L.** (auch **Rotor-L.** genannt) vorgeschlagen, bei denen schwenkbare Hubschrauber-Rotoren am gasgefüllten Tragkörper angeordnet sind, die sowohl die Vortriebskraft als auch eine zusätzl. Auftriebskraft liefern sollen, wodurch die Tragfähigkeit vergrößert und die Manövrierbarkeit (bes. in vertikaler Richtung) verbessert werden kann.

J. TOLAND: Die Große Zeit der L. (1978); K. CLAUSBERG: Zeppelin. Die Geschichte eines unwahrscheinl. Erfolges (1979); PETER MEYER: L. Die Geschichte der dt. Zeppeline (1980).

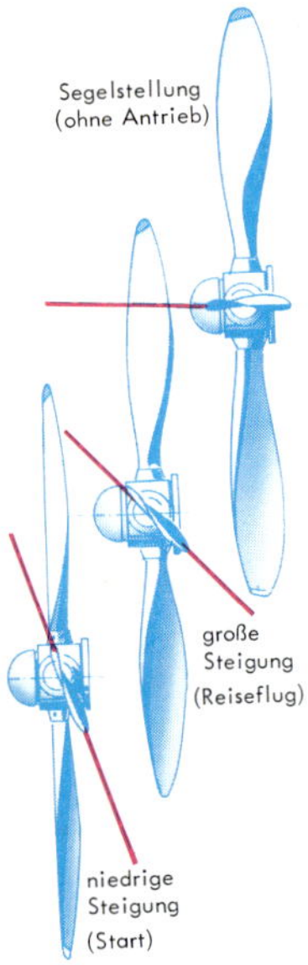

Luftschraube 2: Verschiedene Stellungen der Verstell-L.

Luftschleier|anlage, Luft|tür, Anlage der Lüftungstechnik zur Abtrennung zweier Räume mit unterschiedl. Luftzuständen durch einen Gebläsestrom ohne Einbau einer festen Wand oder normaler Türen. L. gestatten ungehinderten Durchgang und dienen bes. in Warenhäusern u. a. zur Trennung des Innenraums gegenüber der Außenluft.

Luftschraube, Propeller, Bauteil eines Luftfahrzeugantriebs, das die Wellenleistung eines Kolben- oder Turbotriebwerkes zur Erzeugung einer Vortriebskraft nutzt. Eine L. besteht aus meist zwei bis vier Einzelflügeln (Blättern), die in einer zur Flugrichtung etwa senkrechten Ebene umlaufen und den dabei erfaßten Luftstrom beschleunigen. Die daraus resultierende Impulskraft dient zur Überwindung der Widerstandskraft des Luftfahrzeugs. I. d. R. arbeitet die L. in einem unbegrenzten Luftstrom **(offene** oder **freifahrende L.),** seltener in einem durch einen ringförmigen Gehäusemantel umgrenzten Luftstrom **(Mantel-L.).** Die **L.-Blätter** (aus Holz, Metall oder faserverstärkten Kunstharzen) sind entweder starr mit der Nabe verbunden **(Starr-L.)** oder in dieser während des Betriebes verstellbar angeordnet **(Verstell-L.),** wodurch gute L.-Wirkungsgrade innerhalb eines größeren Fluggeschwindigkeitsbereichs erzielbar sind. Oberhalb einer best. Geschwindigkeitsgrenze ist jedoch eine Verringerung von Wirkungsgrad und Schubkraft unvermeidbar; in diesem Bereich sind L.-Antriebe als Luftfahrzeugantriebe schlecht geeignet und wurden deshalb weitgehend durch Strahlantriebe ersetzt. Die Lärmarmut des L.-Antriebs hat jedoch erneutes Interesse an dieser Vortriebsart entstehen lassen und zur Entwicklung neuer Bauformen geführt, die als **Propfan** [prˈɔpfæn] bezeichnet werden und mit denen eine wirtschaftl. Art der Vortriebserzeugung bis in den Bereich der hohen Unterschallgeschwindigkeiten realisiert werden soll. Sie unterscheiden sich von konventionellen L. durch eine größere Anzahl von Einzelflügeln (acht bis zehn) mit geringerer Streckung und geringerer Dicke sowie durch einen kleineren L.-Durchmesser. – L. sind an der Rumpfspitze oder vor den Tragflügeln angeordnet (Vortriebskraft wirkt als Zugkraft, **Zugpropeller)** oder seltener an der Flügelhinterkante oder am Rumpfheck (Vortriebskraft wirkt als Druckkraft, **Druckpropeller, Heck-L.).**

Luftspalt, Unterbrechung in der magnetisch gut leitenden Bahn (Eisen) eines → magnetischen Kreises, z. B. zw. Ständer und Läufer einer elektr. Maschine. Auch bei → Drosseln mit Eisenkern wird ein L. vorgesehen, um bei einem vorgegebenen Strom eine möglichst große Selbstinduktivität zu erreichen.

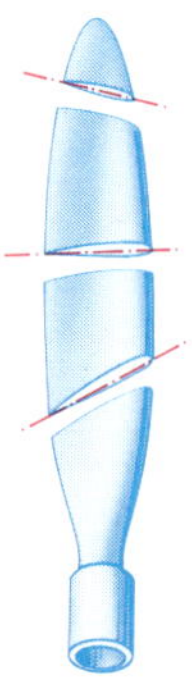
Luftschraube 3: Luftschraubenblatt, Profile und Verwindung

Luftspeicher-Gasturbinen-Kraftwerk, Kraftwerk, bei dem Druckluft in unterird. Kavernen gespeichert wird, die bei Bedarf → Gasturbinen antreibt, mit denen elektr. Generatoren gekuppelt sind. Ein L.-G.-K. ist somit ein → Spitzenkraftwerk. – Bei dem ersten L.-G.-K., das 1978 in Betrieb genommen wurde, wird Luft in den Kavernen eines Salzstocks über einen Axialverdichter für 25 MW zunächst auf 6 bar und anschließend über einen Radialverdichter für 40 MW auf 70 bar Überdruck verdichtet. Bei Spitzenbedarf wird Luft aus dem Speicher entnommen, in einer Brennkammer durch Verbrennung von Erdgas erhitzt und in der Gasturbine auf Umgebungsdruck entspannt. Die Turbine (290 MW) treibt einen Turbogenerator von 341 MVA an. Infolge der nachträgl. Aufheizung der gespeicherten Druckluft ist die von der Turbine abgegebene mechan. Arbeit größer als die Kompressionsarbeit. (BILD S. 201)

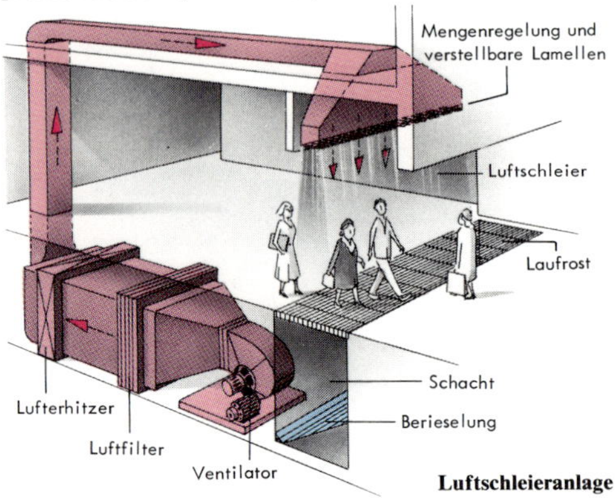

Luftschleieranlage

Luftspiegelung, atmosphärisch-opt. Erscheinung, die durch Krümmung der Lichtstrahlen bei kontinuierl. → Brechung in Luftschichten wechselnder Dichte und damit wechselnder Brechkraft entsteht, wie sie sich über stark erhitzten oder gekühlten Ebenen bilden, z. B. in der Wüste **(Fata morgana),** auf erwärmten Landstraßen oder über Wasser. Der Verlauf der Sehstrahlen in einer derart geschichteten Atmosphäre läßt gehobene oder gesenkte, aufrechte oder umgekehrte Bilder entstehen. Unter dem Horizont liegende Gegenstände können über dem Horizont sichtbar werden (BILD S. 201), gespiegeltes Himmelslicht kann auf einer trockenen Fläche Wasser vortäuschen.

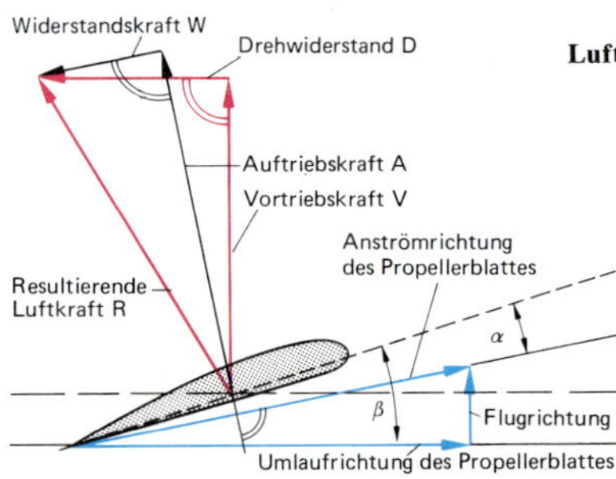

Luftschraube 1

Luftsprudler, Luftbeimischer, Perlator, Sanitärtechnik: Einrichtung, mit der der Wasserstrahl einer Auslaufarmatur (Zapfventil, Mischbatterie) so mit Luft angereichert wird, daß er weich schäumend ohne zu spritzen ausfließt.

Luftspule, Luftdrossel, → Spule.

Luftstraße, durch Funknavigations-Einrichtungen festgelegte Flugbetriebsstrecke innerhalb eines Flugsicherungskontrollbezirks (→ Flugnavigation).

Luftströmungen, durch Druckunterschiede in der Atmosphäre hervorgerufene Bewegungen der Luft; werden z. B. durch Windmesser bestimmt. L. sind vom hohen zum tiefen Druck hin gerichtet, wobei sie durch die → Corioliskraft in Richtung der → Isobaren 1) abgelenkt wer-

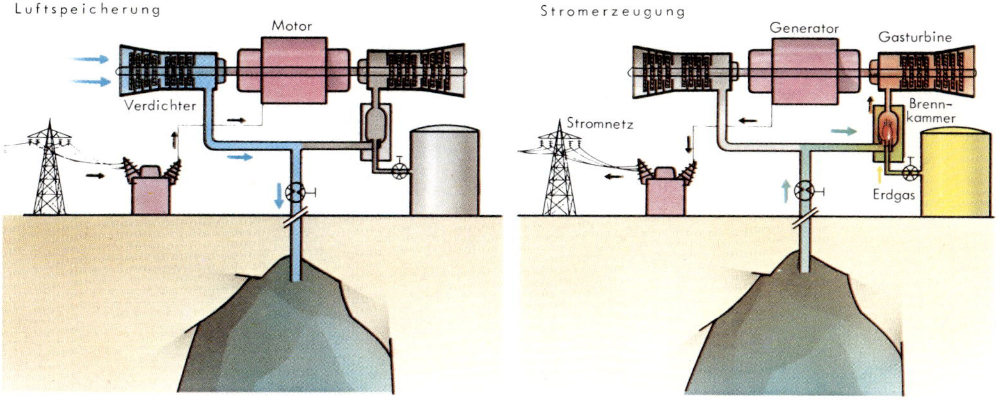

Luftspeicher-Gasturbinen-Kraftwerk

den (z. B. in 50° Breite bei einer Geschwindigkeit von 1 m/s um etwa 6°/km). Großräumige L. weichen daher in der freien Atmosphäre um fast 90°, in Bodennähe um etwa 50° von der Richtung des Druckgefälles ab.

Luft|tür, die → Luftschleieranlage.

Luftüberlegenheitsjäger, ein → Jagdflugzeug, das die Luftüberlegenheit im eigenen und gegner. Luftraum erkämpfen und zumindest zeitlich und örtlich begrenzt erhalten soll, um eigenen Luft- und Bodenstreitkräften von gegner. Lufteinwirkung unbeeinflußte Kampfhandlungen zu ermöglichen. Anforderungen: überlegene Beschleunigungs- und Manövriereigenschaften in allen Höhenbereichen, ausreichende Flugdauer, zur Bekämpfung mehrerer Luftziele ausreichende Zahl von Waffen.

Luftüberschuß, → Luftverhältnis.

Luftüberwachung, Überwachung der Luftqualität; für bes. belastete Gebiete und für Einwirkungsbereiche emittierender Anlagen sind in der → TA Luft sowie in der 4. Allg. Verwaltungsvorschrift zum → Bundes-Immissionsschutzgesetz Maßnahmen zur L. festgelegt. – L. i. S. des Stahlenschutzes ist die Messung der Radioaktivität der Luft (Aerosole und gasförmige Bestandteile). Nach der Strahlenschutz-VO ist eine L. in der Umgebung von Kernenergieanlagen, Beschleunigern, Lagerstätten radioaktiver Abfälle und Anwendungsstätten radioaktiver Nuklide vorgeschrieben. Die maximale Strahlenbelastung einer Person darf durch Luft 30 mrem/Jahr nicht überschreiten. Als **Luftüberwachungsgeräte** werden Filter und Behälter zum Auffangen der Aerosole, spezielle Niederschlagsmesser sowie Strahlungsdetektoren (Zählrohre, γ-Spektrometer) verwendet.

Lüftung, die Erneuerung der Luft in geschlossenen Räumen mit dem Ziel, Verunreinigung in der Raumluft zu beseitigen und ihren Reinheitsgrad in best. Grenzen einzuhalten. Bei der **freien** oder **natürlichen L.** entsteht die erforderl. Luftströmung durch den Temperaturunterschied zw. Raum- und Außenluft oder durch Windeinwirkung (Fugen-L., Fenster-L., Schacht-L., Dachaufsatz-L.). Ihr Förderstrom ist deshalb von nicht beeinflußbaren Witterungsbedingungen abhängig. Eine unter allen Temperatur- und Windverhältnissen gesicherte Raumlüftung ist nur durch eine mechan. Luftförderung zu erreichen **(Ventilator-L., Zwangs-L.).** Zu unterscheiden sind hierbei reine Zuluftanlagen (Druck-L.) mit Anordnung des Ventilators im Zuluftstrom, reine Abluftanlagen (Absauganlagen oder Sauglüftungen, Ventilator im Abluftstrom) oder kombinierte Anlagen (Zu- und Abluftanlagen mit Zuluft- und Abluftventilatoren). Je nach Bemessung der Verhältnisse von Zu- und Abluftströmen zueinander kann die L. auch einen best. Raum gegenüber den Nachbarräumen oder der Atmosphäre unter Überdruck oder Unterdruck setzen, um mögl. Luftströmungen nur in einer best. Richtung auftreten zu lassen. (BILD S. 202)

C. IHLE: L. und Luftheizung ([3]1977). – Weitere Literatur → Heizung, → Klimatechnik.

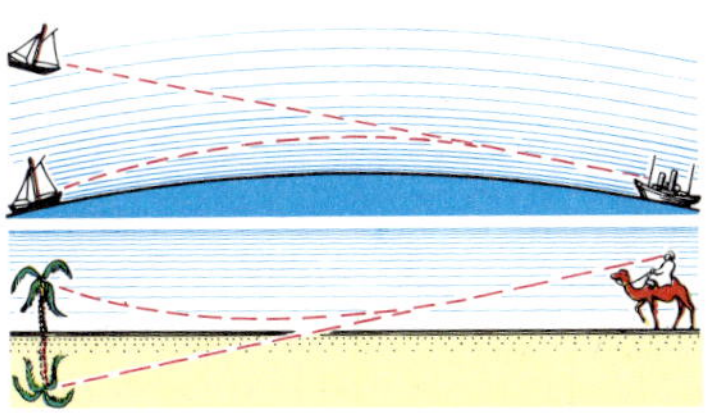

Luftspiegelung

Luftunruhe, die hauptsächlich durch die Sonneneinstrahlung verursachte turbulente Bewegung der Atmosphäre, die zu wechselnder Dichte und damit zu geringen Änderungen des Brechungsindex der Luft führt. Die dadurch bewirkte, ständig wechselnde Brechung der Lichtstrahlen verursacht für den Betrachter eine scheinbare Bewegung des beobachteten Objekts. Da die Brechung wellenlängenabhängig ist (→ Dispersion 1), können Gegenstände bes. an den Rändern farbig erscheinen. L. führt zum Szintillieren (Flackern) der Sterne sowie zur Schlierenbildung über heißen Flächen (Flimmern der Luft).

Luftverflüssigung tritt ein bei normalem Luftdruck, wenn die Luft auf – 197,5 °C abgekühlt wird (→ Gasverflüssigung). Das älteste für den Großbetrieb brauchbare und auch heute noch vorwiegend benutzte (1895 von C. v. LINDE entwickelte) **Linde-Verfahren** beruht auf der Anwendung des → Joule-Thomson-Effektes (Wärmeverbrauch bei der Entspannung eines Gases durch Leistung innerer Arbeit gegen die anziehenden Kräfte der Gasmoleküle) für die Kühlung in Verbindung mit einem Gegenstromwärmeaustauscher. Die durch Kompression (BILD) bis auf 200 bar erwärmte Luft wird im Kühler auf Zimmertemperatur abgekühlt und strömt

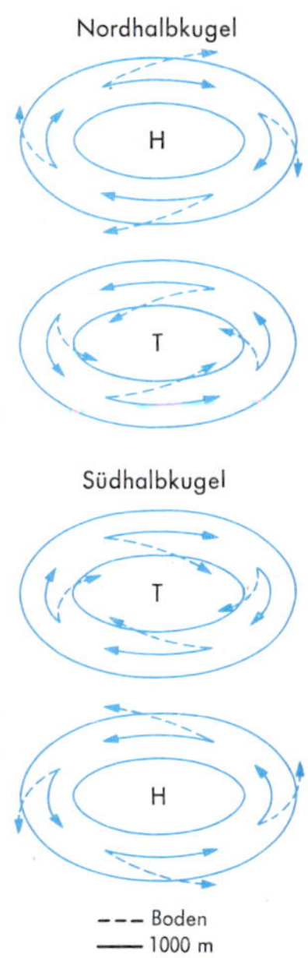

Luftströmungen in Hoch- und Tiefdruckgebieten

durch das mittlere Rohr des Gegenstromapparates zum Ventil, wo sie beim Ausströmen entspannt und um 40 °C abgekühlt wird. Die abgekühlte Luft fließt durch den

Luftverflüssigung nach Linde (schematisch)

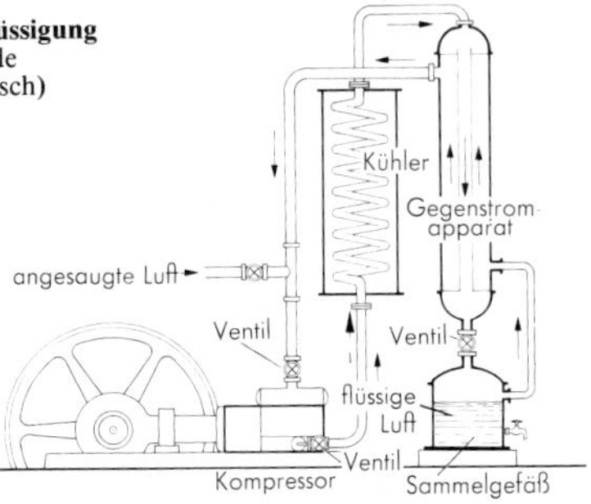

Mantel des Gegenstromapparates und kühlt die ankommende Luft vor, wodurch die Temperatur des Ventils weiter gesenkt wird, usw. Nachdem am Ventil die Temperatur der flüssigen Luft erreicht ist, wird ein Teil der ausströmenden Luft verflüssigt und in dem Sammelgefäß gesammelt. Beim **Claude-** [klod-] und **Heylandt-Messer-Verfahren** wird bei der Entspannung zusätzlich noch mechan. Arbeit geleistet. Alle Verfahren haben einen Energiebedarf von etwa 1 kWh für 1 kg flüssige Luft.

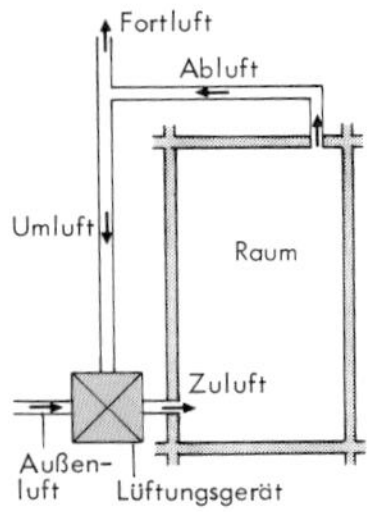

Lüftung: Schema einer Lüftungsanlage

Luftverhältnis. Das L. λ gibt bei Verbrennungsmotoren das Verhältnis der bei der Verbrennung von 1 kg Kraftstoff verbrauchten Luftmenge L zur stöchiometrisch notwendigen Mindestluftmenge $L_{\min}$ an; $\lambda = L/L_{\min}$ (→ Luft-Kraftstoff-Verhältnis). $\lambda < 1$ bedeutet Luftmangel (fettes Gemisch), $\lambda > 1$ Luftüberschuß (mageres Gemisch). Der Dieselmotor arbeitet immer mit $\lambda > 1$, der Ottomotor bei $\lambda = 0{,}7{-}1{,}25$, wobei die Zusammensetzung der Abgase vom L. abhängt. (→ Schichtladung)

Luftverschmutzung, im allg. Sprachgebrauch die anthropogene (d. h. durch den Menschen verursachte) Verunreinigung der atmosphärischen Luft durch feste, flüssige oder gasförmige Fremdstoffe (→ Rauch, → Staub, → Aerosole, Gase). Die Quellen der L. sind Industrie, Energiegewinnung, Hausbrand und Verkehr, wobei Verbrennungsprodukte wie Schwefeldioxid, Kohlenmonoxid, Stickoxide sowie → Ruß und Flugstaub eine Hauptrolle spielen. Andere in nennenswerten Mengen freigesetzte Schadstoffe sind Fluorverbindungen, Schwermetalle (Blei, Cadmium, Zink), → Asbest, Kohlenwasserstoffe. Die Ausbreitung und Verdünnung der → Emissionen in der Atmosphäre wird von meteorolog. Bedingungen wie Windstärke und -richtung, Luftfeuchtigkeit, Thermik und Luftschichtung (→ Smog), von der Vertikalentfernung der Emissionsquelle zum Erdboden (Schornsteinhöhe), von der Geländeform sowie (bei Stäuben und Aerosolen) von der Teilchengröße bestimmt. Als Folge der L. können Belastungen und Schäden bei Mensch, Tier, Pflanze und unbelebter Umwelt auftreten. Neben akuten physiolog. Auswirkungen der L. (Geruchsbelästigung, Reizung der Atemwege, enzymhemmende Wirkungen, Störungen des Hormonsystems, kanzerogene Wirkung) spielt bei Lebewesen auch die Aufnahme von Schadstoffen über die Nahrungskette eine wichtige Rolle. Flora und niedere Fauna können durch zahlreiche → Immissionen direkt oder durch wäßrige Lösungsprodukte bereits bei sehr geringen Konzentrationen erheblich geschädigt werden. Materialien aus der unbelebten Umwelt werden hauptsächlich durch die wäßrigen Reaktionsprodukte des Schwefeldioxids (Schwefelsäure, Schweflige Säure) angegriffen und schließlich zerstört (Erosionen von Bausteinen, Korrosion von Metallen).

Luftverschmutzung: Eine 280 Jahre alte Steinskulptur am Schloß von Herten bei Recklinghausen, LINKS 1908, RECHTS 1969 nach Einwirkung von Abgasen der modernen Industrie und des Verkehrs photographiert

Luftverteidigung, alle Maßnahmen zur Verhinderung oder Minderung der Wirksamkeit von Angriffen aus der Luft. Die aktive Bekämpfung gegner. Luftkriegsmittel ist durch **fliegende Waffensysteme** (Jagdflugzeuge) und durch **bodengebundene L.-Mittel** (raketengetriebene Boden/Luft-Lenkflugkörper und Rohrwaffen) möglich; passive L.-Maßnahmen sind Tarnung, Täuschung, Dekkung, Auflockerung eigener Kräfte und Verwendung von Schutzbauten sowie für die Zivilbevölkerung die Maßnahmen des Zivilschutzes. Eine feindl. Luftbedrohung kann auch offensiv, d. h. durch **Luftangriffe** gegen die Luftkriegsmittel eines Gegners noch vor deren Einsatz, bekämpft werden.

Fliegende Waffensysteme sind das flexible Element der L., mit dem weiträumig Lücken und Flanken der bodengebundenen ortsfesten L.-Mittel gesichert und Schwerpunkte gebildet werden können. (Weiteres → Flugabwehr, → Frühwarnsystem)

Luftwäscher, → Luftbefeuchter.

Luftwiderstand, Strömungswiderstand der Luft, d. h. die Widerstandskraft W, die entgegen der Bewegungsrichtung eines sich relativ zur Luft bewegenden Körpers wirkt. Der L. hängt ab von Form, Größe, Oberflächenbeschaffenheit (Rauhigkeit) und Geschwindkeit des Körpers sowie von der Luftdichte und – bei hohen Geschwindigkeiten – von der → Kompressibilität der Luft, die bei Annäherung an die Schallgeschwindigkeit den L. stark anwachsen läßt (→ Schall, → Schallmauer, → Überschallgeschwindigkeit). Der L. läßt sich aus der Formel $W = \frac{1}{2} \varrho v^2 F C_W$ berechnen (ϱ Luftdichte; v Anströmgeschwindigkeit; F größte Querschnittsfläche des angeströmten Körpers senkrecht zur Anströmrichtung; C_W Widerstandsbeiwert). C_W hängt ab von der → Reynolds-Zahl und der Form des Körpers (→ C_W-Wert), ferner bei Annäherung an die Schallgeschwindigkeit und bei Überschallgeschwindigkeit von der → Mach-Zahl. Der L. verschiedener Körperformen wird in → Windkanälen untersucht. Bes. kleiner L. ergibt sich bei stromlinienförmigen Körpern (→ Strömungswiderstand). Dabei ist von Bedeutung, ob → laminare Strömung oder turbulente Strömung herrscht. – Beim → Tragflügel kommt als weiterer Beitrag zum L. der → induzierte Widerstand hinzu. Der L. sämtl. Teile eines Flugzeugs außer den Tragflügeln heißt **schädlicher Widerstand.**

Luftzerlegung, Verfahren zur Auftrennung von Luft in ihre Bestandteile (bes. Stickstoff und Sauerstoff). Die L. kann nach einer Luftverflüssigung (C. VON LINDE 1895) durch Tieftemperaturdestillation oder mit Hilfe von Molekularsieben (adsorptive L.) erfolgen. Bei der **Tieftemperatur-L.** in modernen Niederdruckanlagen wird Luft auf 6–8 bar komprimiert und in Gegenstromwärmeaustauschern mit kalten Produktgasen auf etwa 100 K abgekühlt. Durch Entspannung, die teilweise über Entspannungsturbinen unter Arbeitsleistung erfolgt, wird die Luft verflüssigt. Die anschließende Destillation wird zweistufig durchgeführt. In der unteren Kolonne (Drucksäule) fällt reiner Stickstoff als Kopfprodukt an, der als Rückfluß auf die obere Kolonne (Niederdrucksäule) gegeben wird. Ein sauerstoffreiches Gemisch, das in der Drucksäule als Sumpfprodukt anfällt, wird in der oberen Kolonne in Stickstoff, Sauerstoff und ein unreines Restgas aufgetrennt. Der Kondensator der Drucksäule dient gleichzeitig als Verdampfer der Niederdrucksäule.

Lumbeck-Verfahren [n. E. Lumbeck, * 1886, † 1979], **lumbecken,** Buchbinderei: fadenlose → Klebebindung.

Lumen *das,* Einheitenzeichen **lm,** abgeleitete SI-Einheit des → Lichtstromes: 1 lm = 1 cd · sr.

Lumineszenz, Lichtemission (i. w. S. auch die Aussendung von ultravioletter und infraroter Strahlung) von gasförmigen, flüssigen und festen Stoffen, die nicht durch hohe Temperatur, sondern durch vorangegangene Energieabsorption und Anregung verursacht wird (›kaltes Leuchten‹). Stoffe, die L. zeigen, heißen **Luminophore,** insbes. spricht man von → Leuchtstoffen bei Emission im sichtbaren Spektralbereich. L. kann hervorgerufen werden durch Bestrahlung mit andersartigem Licht (Röntgen- und Ultraviolettstrahlen: **Photolumineszenz),** mit Elektronen **(Kathodolumineszenz),** Ionen **(Ionolumineszenz),** Schallwellen **(Sonolumineszenz)** oder mit radioaktiven Stoffen **(Radiolumineszenz),** durch elektr. Felder (→ Elektrolumineszenz), durch chem. Reaktionen **(Chemilumineszenz, Chemolumineszenz)** oder mechan. Vorgänge **(Tribolumineszenz).** Die bei Lebewesen (Leuchtorganismen) zu beobachtende, auf Chemilumineszenz beruhende L. heißt auch **Biolumineszenz.** Alle diese Prozesse bewirken eine Anregung der Atome und Moleküle, die anschließend unter Emission von Licht in den Grundzustand zurückkehren. Bei der → Thermolumineszenz handelt es sich um durch Erwärmung ausgelöste oder verstärkte L. Tritt L. praktisch nur während oder unmittelbar nach der Erregung auf (Zeit $< 10^{-6}$ s), so spricht man von → Fluoreszenz. Bei festen Körpern (Kristallen) kann nach Beendigung der Erregung über einen längeren Zeitraum Nachleuchten auftreten, das von Bruchteilen von Sekunden bis zu Monaten dauern kann (→ Phosphoreszenz). Während es sich im ersten Fall um Prozesse an einzelnen Atomen oder Molekülen handelt, sind im zweiten ganze Molekülverbände beteiligt.

Lumineszenz|analyse, Untersuchung und Nachweis von Stoffen mit Hilfe des bei Bestrahlung der Probe mit UV-Licht ausgestrahlten Fluoreszenzlichtes (→ Fluoreszenzanalyse).

Lumineszenzdiode, Leuchtdiode, engl. **Light Emitting Diode** [laɪt ɪm'ɪtɪŋ d'aɪəʊd], Abk. **LED,** Halbleiterdiode, die im Bereich des pn-Überganges spontane Lumineszenzstrahlung emittiert (Bauelement der

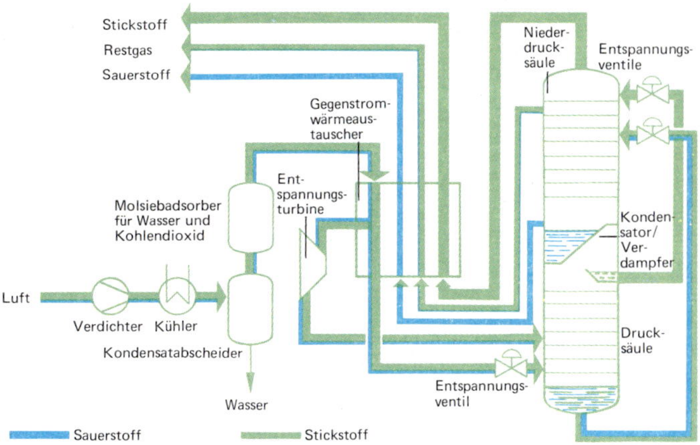

Luftzerlegung: Prinzip der Tieftemperatur-Luftzerlegung

→ Optoelektronik). Durch Zugabe von Fremdatomen (Dotierung) erzeugt man in einer Grundsubstanz – meist Galliumarsenid (GaAs), Galliumphosphid (GaP), Indiumphosphid (InP) und Mischungen davon – eine p-leitende und eine n-leitende Zone und damit an der Grenzfläche zw. den beiden Zonen einen → pn-Übergang. Wird die Diode in Durchlaßrichtung betrieben, bewirkt die angelegte Spannung, daß eine erhöhte Anzahl von Elektronen vom n-Gebiet und Löcher vom p-Gebiet in den Bereich des pn-Überganges wandern, wo sie rekombinieren. Da die Elektronen dabei vom Leitungsband in das energetisch tiefer liegende Valenzband wechseln, muß ein bestimmter Betrag an Energie freigesetzt werden. Dies geschieht bei den L. in Form von (sichtbarem oder infrarotem) Licht einer bestimmten Wellenlänge (je nach Größe der durch die Grundsubstanz und die Dotierung festgelegten Energiebandlücke). Dabei können alle Farben des Spektrums auftreten. Auch blaue L. sind technisch realisierbar (z. B. aus Siliciumcarbid), sie werden aber wegen des bislang geringeren Wirkungsgrades i. a. nicht eingesetzt. Wahlweise rot oder grün (und als Mischfarbe gelb) leuchtende L. sind durch die Erzeugung und entsprechende Beschaltung von GaP-Chips mit zwei pn-Übergängen möglich geworden. Weißes Licht tritt nicht auf, da diesem keine bestimmte Wellenlänge zugeordnet werden kann, weil es sich aus versch. Spektralfarben zusammensetzt.

Bei großen Stromdichten setzt stimulierte Emission ein. Man spricht dann von einem Halbleiter-Laser, dessen Resonator von den polierten Endflächen der Diode gebildet wird. Von großem Interesse sind die quaternären Verbindungen wie Galliumarsenindiumphosphid (GaAsInP), die Infrarotstrahlung bei einer Wellenlänge von etwa 1,3 μm emittieren. Diese Wellenlänge bietet besondere Vorteile für die opt. Nachrichtenübertragung mit → Lichtleitern.

L. finden Anwendung als optoelektron. Anzeigebauelemente, z. B. kombiniert zu einer 7-Segment-Anzeige (→ Display). In Miniaturbauweise sind L. nur wenig größer als ein Stecknadelkopf; sie lassen sich auch rasterförmig in einer Matrix anordnen, die zur Anzeige von Ziffern und Buchstaben verwendet werden kann, wobei ein integrierter Schaltkreis bestimmte Diodenkombinationen zur Darstellung der Zeichen ansteuert. L. werden eingesetzt u. a. in Uhren, Fernseh-, Rundfunk- und Phonogeräten,

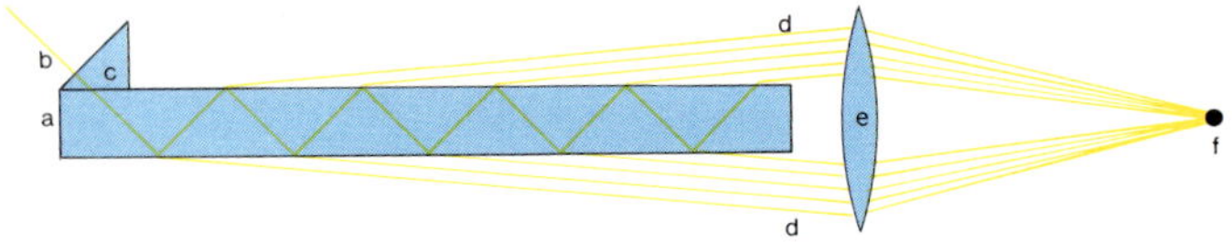

Lummer-Gehrcke-Platte:
a planparallele Glas- oder Quarzplatte, b Licht, c Prisma, d Teilwellen, e Sammellinse, f Brennebene

Taschenrechnern, Registrierkassen, elektron. Meßgeräten sowie als Sender in der → optischen Nachrichtentechnik oder in optoelektron. Kopplern (→ Optokoppler); auch zur Lichtansteuerung in der Leistungselektronik (z. B. zur potentialfreien Zündung von Thyristoren bei der Hochspannungs-Gleichstromübertragung) werden L. benutzt.

Lumineszenz|spektroskopie, die → Fluoreszenzspektroskopie.

Luminographie, Verfahren zur Herstellung von Photokopien durch Kontaktkopie von einem das Bild tragenden Lumineszenzschirm.

Luminophore, Stoffe, die → Lumineszenz zeigen (→ Leuchtstoffe).

Luminosität, wichtige Kenngröße für die Berechnung der Ereignisrate bei kernphysikal. Experimenten mit → Beschleunigern oder Speicherringen. Die L. ist definiert als Quotient aus dem Teilchenstrom (Zahl der je Zeiteinheit vom Beschleuniger gelieferten Teilchen) und dem Wirkungsquerschnitt der entsprechenden Reaktionen, d. h. sie entspricht einer je Zeit und Flächeneinheit zur Verfügung stehenden Teilchenzahl. Bei hoher L. ist es möglich, auch sehr seltene Ereignisse (kleiner Wirkungsquerschnitt) nachzuweisen.

Lummer-Brodhun-Würfel, Photometerwürfel [n. den dt. Physikern O. Lummer, * 1860, † 1925, und E. Brodhun, * 1860, † 1938], ein aus zwei 90°-Prismen zusammengesetzter Glaswürfel, der zum photometr. Vergleich zweier Lichtquellen dient. Der L.-B.-W. stellt die techn. Verfeinerung des von R. BUNSEN entwickelten → Fettfleckphotometers dar und ist wesentl. Bestandteil vieler Photometer.

Lummer-Gehrcke-Platte [n. O. Lummer und dem dt. Physiker E. J. Gehrcke, * 1878, † 1960], Interferenz-Spektralapparat hoher Auflösung ($\lambda/\Delta\lambda \approx 10^6$, λ = Wellenlänge, $\Delta\lambda$ = auflösbarer Wellenlängenunterschied), der nach dem Prinzip der Vielstrahlinterferenz arbeitet; besteht aus einer planparallelen Glas- oder Quarzplatte a (BILD), in die das Licht b durch ein Prisma c so eingekoppelt wird, daß die Strahlung im Platteninneren nahezu unter dem Grenzwinkel der → Totalreflexion auf die Plattenoberflächen trifft und mehrfach hin- und herreflektiert wird, wobei jeweils ein Bruchteil des Lichts streifend aus der Platte austritt. Die parallel austretenden Teilwellen d, die einen konstanten Gangunterschied besitzen, interferieren miteinander und ergeben im Unendlichen parallele Interferenzstreifen (Interferenzen gleicher Neigung), die durch eine Sammellinse e in die Brennebene f der Linse verlegt werden und dort photographiert werden können; L.-G.-P. wurden zur Untersuchung der Feinstruktur von Spektrallinien verwendet.

Luna, Name unbemannter sowjet. Mondsonden, Nachfolger der drei → Lunik. Insgesamt wurden 24 L.-Sonden gestartet, die erste im Jan. 1959. L. 16, 20 und 24 kehrten zur Erde zurück; L. 17 und 21 transportierten je ein Fahrzeug zum Mond (→ Lunochod).

lunar, den Mond betreffend.

Lunar Module [l'u:nə m'ɔdʒu:l, engl.], Abk. **LM,** die → Mondfähre im bemannten → Apollo-Programm der USA.

Lunar Orbiter [l'u:nə 'ɔ:bɪtə, engl.], Mondsatellitenprogramm der NASA (1966/67) zur Suche geeigneter Landeplätze für die Mondfähre des bemannten → Apollo-Programms.

Lunation, die Zeit, in der die Mondphasen einen vollen Wechsel durchlaufen; ihr Durchschnitt ist der synodische → Monat.

Lunik, Bez. für drei sowjet. Mondsonden (Start 1959), Vorläufer der → Luna genannten Sonden. L. 3 lieferte die ersten Photos von der Mondrückseite.

Lunisolarjahr, gebundenes Mondjahr (→ Jahr 1).

Lunker, Hohlräume in Gußstücken; entstehen nach Erstarrung der Außenzonen durch die meist starke Volumenabnahme bei Kristallisation von Schmelzen.

Lunochod, zwei sowjet. unbemannte Mondautos (BILD) zur Erkundung der Mondoberfläche. L. 1 (im Nov. 1970 von → Luna 17 abgesetzt) legte in elf Monaten etwa 10,5 km zurück, L. 2 (im Jan. 1973 von Luna 21 abgesetzt) in vier Monaten etwa 37 km.

Lupe *die,* **Vergrößerungsglas,** Sammellinse kleiner Brennweite zur Beobachtung kleiner Gegenstände unter einem größeren Sehwinkel. Das Objekt befindet sich in der vorderen Brennebene der → Linse 2), so daß ein virtuelles vergrößertes, aufrechtes Bild entsteht, das mit entspanntem (akkommodationsfreien) Auge betrachtet werden kann. Die Vergrößerung ist annähernd gleich dem Verhältnis der deutl. Sehweite (für das normale Auge 250 mm) zur Linsenbrennweite; eine Linse mit der Brennweite 50 mm vergrößert also 250:50 = 5fach.

Luppe, der beim Rennfeuer und Puddeln (→ Eisen) gewonnene teigige Stahlklumpen; ferner ein langgestreckter Hohlkörper aus Stahl als Zwischenstufe beim Herstellen nahtloser Rohre **(Rohrluppe).**

Lupus, Wolf, ein → Sternbild des südl. Himmels.

Lurgi-Druckvergasung, Verfahren der → Kohlevergasung.

Lusitanit, ein Tiefengestein, → magmatische Gesteine.

Lüster, lackartige Pigmente zur Herstellung irisierender, glänzender Überzüge durch Brennen auf Glas-, Tonwaren und Porzellan. Unter den edelmetallhaltigen L. sind goldhaltige z. B. rosa, karmin, blau, violett oder grün, platinhaltige grau, schwarz oder braun. Orange-, aurora-, irisfarbene u. a. L. sind edelmetallfrei.

Lute|in, zu den → Xanthophyllen gehörender Carotinoidfarbstoff.

lute|inisierendes Hormon, Abk. **LH,** Gonatropin des Vorderlappens der Hirnanhangdrüse; es reguliert mit dem Follikelstimulierenden Hormon die Bildung der Follikel und Gelbkörper im Eierstock und der männl. und weibl. Geschlechtshormone.

luteotropes Hormon, Abk. **LTH,** Hormon des Vorderlappens der Hirnanhangdrüse, das die Progesteronausschüttung anregt und auf die milchproduzierenden Gewebe der Brustdrüsen einwirkt.

Lutetium, chem. Symbol **Lu,** ein → chemisches Element aus der Reihe der → Lanthanoide, Ordnungszahl 71, natürlich vorkommende Isotope mit den Massenzahlen 175 (stabil) und 176 (2,6%, β-Strahler mit der Halbwertszeit $3 \cdot 10^{10}$ Jahre), daneben mehr als 25 künstl. Isotope. 1907 unabhängig von G. URBAN und C. F. AUER VON WELSBACH entdeckt, wurde L. bis 1949 in Dtl. **Cassiopeium** genannt. Im Monazitsand ist 0,003% L. enthalten. In seinen farblosen Verbindungen hat L. stets die Oxidationszahl +3. L. wird in Cer-Mischmetallen, stabile L.-Nuklide werden als Katalysatoren verwendet. L. ist eines der teuersten Seltenerdmetalle.

Lutte, Bergbau: Rohrleitung zur Frischluftzufuhr an Betriebspunkte unter Tage ohne durchgehenden Luftstrom. (→Wetterführung)

Lux *das,* Einheitenzeichen **lx**, abgeleitete SI-Einheit für die Beleuchtungsstärke: 1 lx = 1 lm/m².

Luxmeter, Gerät zur Messung der →Beleuchtungsstärke. Wichtige Gütemerkmale eines L. sind die Präzision der Anpassung des lichtelektr. Empfängers an die genormte →Hellempfindlichkeitskurve und die richtige Bewertung schräg einfallender Strahlung (cos-Korrektur).

Luxonen, Teilchen ohne Ruhemasse, die sich stets mit Lichtgeschwindigkeit bewegen, z. B. die Photonen. Trotz gleichbleibender Geschwindigkeit kann sich die Energie von L. ändern, z. B. hängt die Energie eines Photons von seiner Frequenz ab. Die →Tardyonen bewegen sich mit Unterlichtgeschwindigkeit, die hypothet. →Tachyonen mit Überlichtgeschwindigkeit.

Luzifer, Name des Morgensterns (→Abendstern).

LV, Abk. für **Laser Vision** [lˈeɪzə vɪʒn, engl.], optisches Bildplattensystem (→Bildplatte).

Lw, veraltetes chem. Symbol für →Lawrencium.

LW, Abk. für →Langwellen (→Frequenzbereich).

LWC-Papier, Abk. für **Light Weight Coated** [laɪt weɪt kˈəʊtɪd, engl.], holzhaltiges Papier für Zeitschriften, Kataloge u. a., beidseitig mit leichtem Pigmentstrich.

lx, Einheitenzeichen für →**Lux.**

Lydit, ein →Kieselschiefer.

Lyman-Serie [lˈaɪmən-, n. dem amerikan. Physiker T. Lyman, * 1874, † 1954], Spektralserie des Wasserstoffatoms (→Atom).

Lynx, Luchs, ein →Sternbild des nördl. Himmels.

Lyo|enzyme, veraltet für im Zellplasma gelöste Enzyme. – Ggs.: **Desmoenzyme.**

Lyo|gel, →Gele.

lyophil, lösungsfreundlich; Ggs.: **lyophob,** lösungsfeindlich; →Kolloide.

Lyot-Filter [ljo-, n. dem frz. Astrophysiker B. Lyot, * 1897, † 1952], opt. Filter mit spektral sehr schmalem Transmissionsbereich. Das L.-F. nutzt die Dispersion der Drehung der Polarisationsebene des Lichts in doppelbrechenden Kristallen, z. B. Quarz oder Kalkspat, aus.

Lyra, lat. Bez. für das Sternbild →Leier.

Lyriden, aus dem Sternbild Leier (lat. Lyra) kommender →Meteorstrom, tritt um den 22. 4. auf, wird auf den Kometen Thatcher (1861 I) zurückgeführt.

Lysergsäure, Baustein der Mutterkornalkaloide. **Lysergsäurediäthylamid,** Abk. **LSD,** synthet., sehr giftige Verbindung mit halluzinogener Wirkung bei kleinsten Dosen; 0,0005–0,002 mg/kg Körpergewicht rufen eine halbe bis zwei Stunden nach der Einnahme zunächst vegetative Störungen, dann psychot. Erscheinungen hervor (v. a. Sinnestäuschungen, Halluzinationen). Die Reaktion ist individuell unterschiedlich (Hochstimmung; Mißstimmung, Angst). L. ist ein verbreitetes →Rauschgift. Chron. Gebrauch kann zu psych. Abhängigkeit führen.

Lysimeter, Gerät zur Messung der Durchsickerung von Böden, mit wägbarem L. auch der Bodenwasservorratsänderung. In Verbindung mit einer Niederschlagsmessung kann daraus die Verdunstungshöhe bestimmt werden.

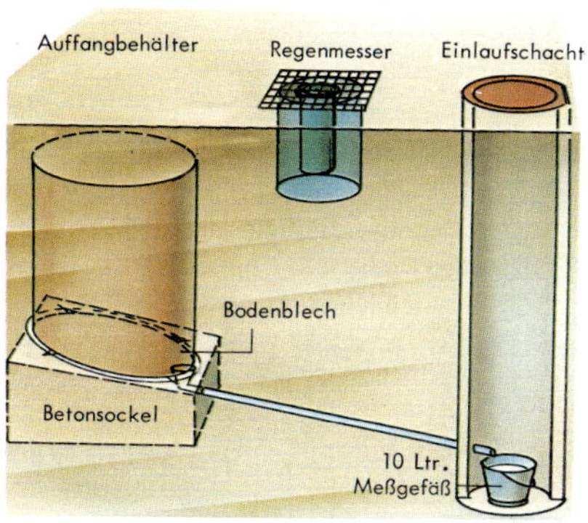

Lysimeter

Lysin, essentielle, bas. Aminosäure, die das Knochenwachstum fördert und die Zellteilung und Nucleosid-Synthese anregt; reichlich in tier. Eiweißstoffen. Zusatz zu diätet. Nahrungsmitteln und Tierfutter.

Lysithea, ein Mond des Planeten →Jupiter 1).

Lysozyme, beim Menschen, in Tieren und in vielen Pflanzen vorkommende Enzyme. L. können die Murein-Bestandteile von Bakterienzellwänden abbauen. Best. L. heißen deshalb **Murami(ni)dasen;** sie sind für die Abwehr bakterieller Infektionen von Bedeutung. Vorkommen in Körpersekreten (z. B. Tränen, Nasenschleim, Blutplasma, Magen- und Darmsaft).

M

m, 1) in der Chemie: Zeichen für → met(a).

2) Einheitenzeichen für → Meter.

3) *m,* Formelzeichen für → Masse und scheinbare → Helligkeit eines Sterns.

4) Vorsatzzeichen für → Milli.

^{m}, in der Astronomie Einheitenzeichen für Minute.

M, 1) Abk. für → **M**essier-Katalog.

2) Datenverarbeitung: an den Größenvorsatz ›M‹ (Abk. für Mega = 1 000 000) angelehnte Abk. für $2^{20} = 1\,048\,576$; wird entsprechend dem Vorsatz → K für die Angabe der Speicherkapazität eines Datenspeichers (→ Speicher) verwendet.

3) Einheitenzeichen für → Maxwell.

4) *M,* Formelzeichen für → Drehmoment, → Magnetisierung, → molare Masse, → Mach-Zahl (in der Luftfahrt) und absolute → Helligkeit eines Sterns.

5) Geowissenschaften: Zeichen für die → Magnitude.

6) Vorsatzzeichen für → Mega.

7) Zeichen für die → römische Ziffer 1 000.

mA, Einheitenzeichen für Milliampere (→ Ampere).

Ma, *Ma,* Formelzeichen für → Mach-Zahl.

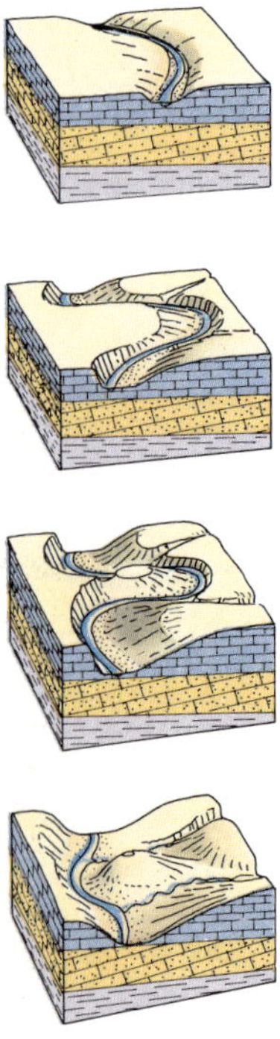

Mäander: Werdegang eines Umlaufberges

Mäander, Bez. für starke Flußkrümmungen, die bes. in der Ebene bei vorherrschender seitl. → Erosion 1) entstehen. Kennzeichnend sind flache Gleitufer (Gleithänge) und gegenüberliegende steile Prallufer (Prallhänge). Freie **Fluß-M. (Aufschüttungs- oder Wiesen-M.)** bilden sich dort, wo Flüsse in ihren Aufschüttungen mit geringem Gefälle fließen. Bei verstärkter Tiefenerosion durch den Fluß entstehen **Erosions-** oder **Tal-M.,** in deren Schlingen sich → Umlaufberge bilden können. (→ Fluß 2)

Maar, Mar *das,* in ältere Gesteine eingeschnittener Vulkankrater mit einem bis 100 m hohen Kraterwall (durch ausgeworfene Pyroklastika gebildet), meist mit Wasser gefüllt **(Maarsee).** Durchmesser rd. 100 bis 2 000 m; Tiefe bis mehr als 200 m.

M 1 Abrams [-ˈeɪbrəmz], amerikan. Kampfpanzer von 55 t, erstmals von einer Gasturbine (1 117 kW) angetrieben, mit einer Panzerkanone Kaliber 105 mm und drei Maschinengewehren; Geschwindigkeit 72 km/h. (BILD Panzer)

Macaluso-Corbino-Effekt [n. den italien. Physikern D. Macaluso, * 1845, † 1932, und O. M. Corbino, * 1876, † 1937], → Magnetooptik.

Mache-Einheit [n. dem österr. Physiker H. Mache, * 1876, † 1954], Einheitenzeichen **ME,** veraltete Einheit der radiolog. Konzentration (Aktivität je Volumen) von Quellwässern u. ä. in der Bäderkunde: $1\,\text{ME} = 3{,}64\,\text{eman} = 3{,}64 \cdot 10^{-10}\,\text{Ci/l} = 13{,}468 \cdot 10^3\,\text{Bq/m}^3$.

Mach-Meter [n. dem Physiker E. Mach, * 1838, † 1916], Flugüberwachungsgerät (Geschwindigkeitsmesser) zur Messung und Anzeige der Flug-Mach-Zahl schneller Flugzeuge, für deren Führung die Kenntnis der → Mach-Zahl wichtig ist.

Machscher Kegel, die von der Spitze eines mit Überschallgeschwindigkeit v bewegten Körpers ausgehende kegelförmige Kopfwelle (BILD; → Schallmauer). Der halbe Öffnungswinkel des Kegels heißt **Machscher Winkel** α und ist bestimmt durch $\sin\alpha = c/v$, wobei c die Schallgeschwindigkeit im umgebenden Medium ist.

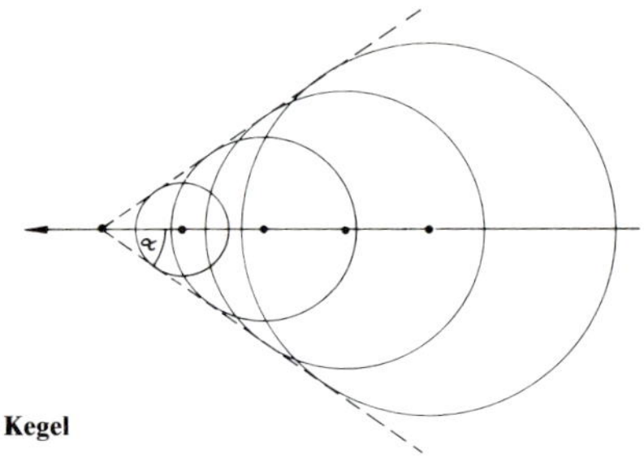

Machscher Kegel

Mächtigkeit, 1) Bergbau: Dicke einer Gebirgsschicht, Lagerstätte, eines Flözes, Ganges; kürzeste Linie zw. Hangendem und Liegendem, gemessen rechtwinklig zum Streichen und Einfallen.

2) Mengenlehre: → Äquivalenz 2).

Mach-Zahl, kurz **Mach,** Formelzeichen *Ma,* in der Luftfahrt auch *M,* Verhältnis der Geschwindigkeit v eines Körpers im umgebenden Medium zur Schallgeschwindigkeit c des Mediums: $M = v/c$. In der Luftfahrttechnik wird die M.-Z. der Luft als Bezugsgeschwindigkeit zur dimensionslosen Angabe der → Fluggeschwindigkeit schnellfliegender Flugzeuge verwendet. Für die → Schallgeschwindigkeit in Luft in Bodennähe (0 km Höhe) bei einer Temperatur von 20 °C ($c \approx 340$ m/s) bedeutet $M = 0{,}5$ eine Geschwindigkeit von $v \approx 170$ m/s $\approx$ 600 km/h; $M = 2$ (gelesen: Mach 2 oder 2 Mach) von $v \approx 680$ m/s $\approx$ 2 400 km/h. (→ Mach-Meter)

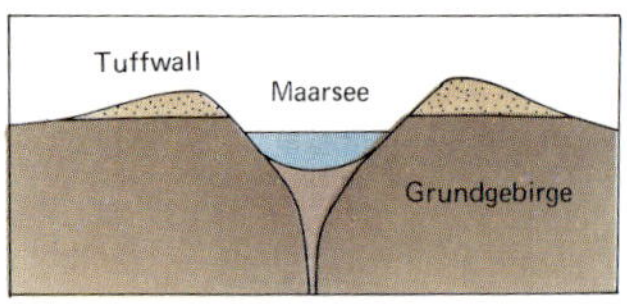

Maar: Schematisches Profil durch ein Maar der Eifel

Mach-Zehnder-Interferometer [n. E. Mach und dem schweizer. Physiker L. A. Zehnder, * 1854, † 1949], von ZEHNDER und unabhängig von MACH aus dem Jamin-Interferometer entwickeltes → Interferometer (BILD). Das M.-Z.-I. dient u. a. zum Sichtbarmachen der Dichteunterschiede von ebenen Strömungen in Gasen und Flüssigkeiten mit Hilfe von Interferenzverfahren. Ein Lichtstrahl wird durch einen Strahlteiler in zwei Teilstrahlen aufgespalten, von denen einer die Meßkammer durchsetzt, der andere darum herumgeführt wird. Hinter der

Meßstrecke werden beide Strahlen mit Hilfe eines zweiten Strahlteilers wieder vereinigt, wobei auf einem Bildschirm ein Muster von parallelen Interferenzstreifen entsteht. Bei Strömung des Gases verformen sich diese Streifen durch die auftretenden Dichteunterschiede, so daß Strömungsvorgänge und -profile untersucht werden können. Das M.-Z.-I. dient auch zur interferometr. Brechzahlbestimmung und zum Nachweis optischer Inhomogenitäten (Schlieren) in Glas. Der Strahlengang des M.-Z.-I. wird auch im Interferenzmikroskop verwendet.

Maclaurinsche Reihe [məklˈɔːrɪn-, n. dem schott. Mathematiker C. Maclaurin, * 1698, † 1746], Sonderfall der Taylorschen Reihe (→ Taylorscher Satz), erlaubt die Entwicklung einer Reihe um den Nullpunkt mit Hilfe der Formel

$$f(x) = \sum_{n=0}^{\infty} \frac{f^{(n)}(0)}{n!} x^n.$$

Madelung-Konstante [n. dem dt. Physiker E. Madelung, * 1881, † 1972], Formelzeichen α, für jeden Kristallgittertyp spezifische Konstante im Ausdruck für den elektrostatischen Anteil der Bindungsenergie von Ionenkristallen.

mafisch, femisch, heißen die dunklen, eisen- und magnesiumreichen Minerale (z. B. Pyroxene) sowie die überwiegend aus ihnen bestehenden Gesteine.

mag, Abk. für **magnitudo,** in der Astronomie bei der Angabe von → Helligkeiten hinter den Zahlenwert gesetzt, wird v. a. bei der Differenz zweier Helligkeitswerte benutzt.

Magdeburger Halbkugeln, hohle, evakuierte, durch den Luftdruck aneinandergepreßte Metallhalbkugeln, die von dem Magdeburger Physiker und Bürgermeister O. v. GUERICKE 1656 erfunden wurden.

Magellansche Wolken [n. dem portugies. Seefahrer F. de Magalhães, auch Magellan, * um 1480, † 1521], zwei mit bloßem Auge am Südhimmel sichtbare extragalakt. Sternsysteme, die auf Grund ihrer geringen Entfernung zum Milchstraßenzentrum (etwa 190000 Lichtjahre) als Trabanten des Milchstraßensystems angesehen werden. Die **Große M. W.** im Sternbild Schwertfisch hat einen Winkeldurchmesser von rd. 12°, was bei einer Distanz von 190000 Lj zum Sonnensystem einem linearen Durchmesser von etwa 40000 Lj entspricht. Ihre absolute Helligkeit liegt bei − 19 Größenklassen, ihre Masse wird auf 14 Mrd. Sonnenmassen beziffert. Sie besteht v. a. aus Sternen der Population I mit ausgedehnten Emissionsnebeln und absorbierender interstellarer Materie. Die **Kleine M. W.,** die rd. 200000 Lj vom Sonnensystem entfernt ist, hat einen Winkeldurchmesser von mehr als 4° und eine lineare Ausdehnung von etwa 15000 Lj; ihre absolute Helligkeit liegt bei $-16^{\mathrm{M}}\!,8$, ihre Masse wird mit 1,6 Mrd. Sonnenmassen angegeben. Zw. beiden Objekten, die rd. 80000 Lj auseinanderstehen, wurde radioastronomisch eine lockere Materieverbindung nachgewiesen, die im wesentl. aus neutralem Wasserstoffgas besteht.

Magerkohle, Steinkohle mit 6–14% flüchtigen Bestandteilen.

Magerungsmittel, Zuschlagstoffe in der Gießerei-, Kokerei-, Keramik- und Baustoffind., z. B. Schamotte zum Entfetten von Formsand oder zum Herabsetzen der Schwindung von Keramik, Koksgrus zum Strecken gut kokender Kohlen, Sand zur Mörtelherstellung.

Maggi-Righi-Leduc-Effekt [mˈaddʒi rˈiːgi lədˈyk-, n. den italien. Physikern G. A. Maggi, * 1856, † 1937, und A. Righi, * 1850, † 1920, und dem frz. Physiker S. A. Leduc, * 1856, † 1937], ein → thermomagnetischer Effekt.

magische Kerne, Atomkerne, bei denen die Protonenzahl Z oder die Neutronenzahl N eine → magische Zahl ist.

magisches Auge, magisches Band, früher in Rundfunkempfängern und Tonbandgeräten eingesetzte Röhre zur Abstimm- und Aussteuerungsanzeige.

magisches Quadrat, Quadrat, das so in quadrat. Felder, denen natürl. Zahlen zugeordnet sind, unterteilt ist, daß die Summen der Zahlen jeder Spalte, jeder Zeile und jeder Diagonalen untereinander gleich sind.

17	24	1	8	15
6	13	20	22	4
25	2	9	11	18
14	16	23	5	7
3	10	12	19	21

magisches Quadrat

magisches T, Mikrowellentechnik: Verzweigung eines rechteckförmigen Hohlleiters, die z. B. als Brückenschaltung für Meßzwecke verwendet wird. Bei reflexionsfreiem oder exakt gleichem Abschluß der beiden Enden der Leitung 1 und 2 sind die Arme 3 und 4 voneinander entkoppelt.

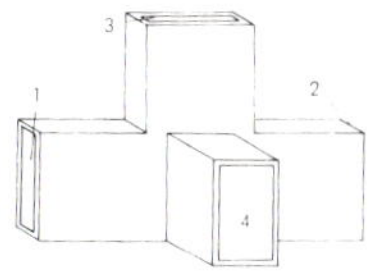

magisches T

magische Zahlen, ausgezeichnete Anzahlen von Protonen und Neutronen in Atomkernen, bei denen die Kerne bes. stabil sind, die Protonenzahlen Z oder die Neutronenzahlen $N = 2$, 8, 20, 28, 50, 82, gegebenenfalls $Z = 114$ und 126 sowie $N = 126$ und 184. – Das Verhalten derartiger Kerne (viele stabile Isotope, große Bindungsenergie, hohe Kernanregungsenergie, Maxima der Elementenhäufigkeit u. a.) läßt sich mit dem Schalenmodell (→ Kernmodelle) erklären, wo die m. Z. den Abschluß einer Schalenstruktur kennzeichnen. **Doppelt magische Kerne,** für die Protonen- und Neutronenzahl magisch sind (z. B. ${}^{4}_{2}\mathrm{He}$, ${}^{16}_{8}\mathrm{O}$, ${}^{208}_{82}\mathrm{Pb}$), sind ganz bes. stabil.

Magma *das,* glutheiße silikat. Schmelze der Erdtiefe, v. a. aus lithophilen Elementen und leichtflüchtigen Bestandteilen (→ Mineralisatoren), die bei hohem Druck im M. gelöst sind, bei Druckentlastung jedoch als Gasphase absieden (retrogrades Sieden). Früher wurden alle M. als Differentiate eines Stamm-M. angesehen, heute ist bewiesen, daß Silikatschmelzen auch durch Aufschmelzung bereits vorhandener Gesteine im Verlauf einer → Ultrametamorphose gebildet werden können (→ Anatexis, → Palingenese). Die Zusammensetzung eines M. wird außer vom Herkunftsort durch Aufschmelzung und Assimilation von Nebengestein bestimmt.

Die Erstarrung eines tiefliegenden M. beginnt nach der **liquidmagmatischen Phase** (→ Erzlagerstätten) bei etwa 1200 °C. Im Verlauf der **Frühkristallisation** (bis 900 °C) und der **Hauptkristallisation** (bis etwa 600 °C) kristallisieren zunächst die kieselsäureärmeren Silikate, dann die Hauptmasse der gesteinsbildenden Minerale im Weg der → Kristallisationsdifferentiation und → Gravitationsdifferentiation aus und bilden dem M. entsprechende Tiefengesteine. Während der **Restkristallisation** entstehen danach zunächst die → Pegmatite; die starke Anreicherung leichtflüchtiger Bestandteile in der verbleibenden Restschmelze führt bei Abnahme des Belastungsdrucks zum Absieden einer Gasphase und zur Entstehung **pneumatolyt.** Bildungen (→ Pneumatolyse). Die verbleibenden hydrothermalen Lösungen kristallisieren bei Temperaturen unter 400 °C zu Erz- und Mineralgängen aus; letztes Differentiationsprodukt sind die kalten **Thermen** (z. B. Kohlensäurequellen).

I. Ggs. zu den meist in der Tiefe erstarrenden **Granit-M.** (etwa 90% der Tiefengesteine) werden **Basalt-M.** bei Druckentlastung dünnflüssig und dringen daher schnell zur Erdoberfläche auf, wo sie als vulkan. Lava ausfließen und bei 1200–1000 °C erstarren. Daher sind 75% aller Ergußgesteine von basalt. Zusammensetzung.

Magnesit: Kristallaggregat (Millstätter Alpe bei Radenthein, Kärnten)

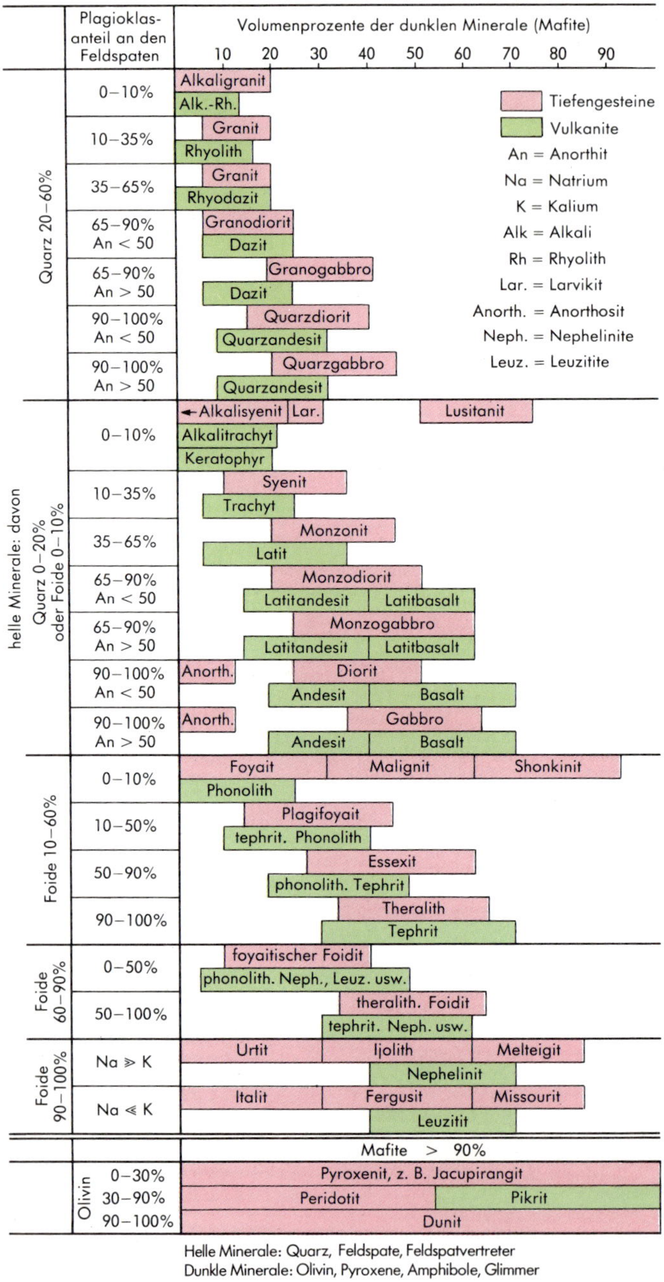

magmatische Gesteine
(Übersicht modifiziert nach A. L. Streckeisen, 1967)

magmatische Gesteine, Magmatite, Erstarrungsgesteine, auch **Massengesteine,** werden bei der Erstarrung von Magmen gebildet. Sie bestehen vorwiegend aus Silikatmineralen (→ Geochemie). Entsprechend der unterschiedl. Zusammensetzung der Magmen kommen alle Übergänge zw. kieselsäurearmen (basischen) und kieselsäurereichen (saueren) m. G. vor. Die sehr unterschiedl. Zusammensetzung drückt sich in einer großen Zahl von Gesteinsnamen aus; Klassifikationsschemata lassen sich auf dem Anteil der hellen Mineralbestandteile oder auf der Zuordnung der verschiedenen m. G. zu best. Gesteinsprovinzen aufbauen (BILD).

Unabhängig von der Zusammensetzung können anhand des → Gefüges 1), des geolog. Auftretens und der Bildungsbedingungen unterschieden werden: 1) → Tiefengesteine (Plutonite), 2) → Vulkanite (vulkanische Gesteine), 3) subvulkan. Gesteine (→ Ganggesteine).

magmatischer Zyklus, Magmenzyklus, stofflich-zeitl. Abfolge der Magmenförderung, die mit der Bildung von → Geosynklinalen und → Orogenen in Zusammenhang steht. Der m. Z. beginnt im Geosynklinalstadium mit dem basischen **initialen Magmatismus.** Im Stadium der Gebirgsbildung (→ Orogenese) folgt der saure **synorogene Magmatismus** (Förderung saurer Tiefengesteine), in dem der → Molasse der saure bis basische **subsequente Magmatismus.** In der kraton. Zeit (→ Kraton) kommt der **finale Magmatismus** vor mit basalt. Ergüssen (z. B. Plateaubasalte).

Magmatismus, Bez. für alle das → Magma, seine Bildung und Tätigkeit betreffende Erscheinungen. (→ magmatischer Zyklus)

Magmatite, die → magmatischen Gesteine.

Magnesia, → Magnesiumverbindungen.

Magnesioferrit, Mineral, → Spinell.

Magnesit *der,* **Bitterspat,** Mineral $MgCO_3$, mit isomorphen Beimengungen von Eisen, Mangan, Calcium; durchscheinend bis durchsichtig; farblos, weiß, gelb, braun, selten schwärzlich; H. 4–4,5, D. 3. M. mit steigenden Eisengehalten **(Ferro-M.)** sind **Breunnerit, Mesitinspat** und **Pistomesit** (Mg:Fe = 1:1). Vorkommen: als Einzelkristalle eingewachsen in Talken und Chloritschiefern; als metasomat. Verdrängungsprodukt in Kalken und Dolomiten **(Kristall-M., Pinolit-M.,** oft abbauwürdig); auch hydrothermal. Bei der Zersetzung von Magnesiumsilikaten (bes. Serpentin) bildet sich gelartig der später mikrokristalline, schneeweiße, bes. reine **dichte Magnesit.** – M. wird verwendet zur Herstellung feuerfester Wandverkleidungen von Zement- und Kalköfen, von Magnesiumoxid und -bindern, Heraklithplatten u. ä. (BILD S. 207)

Magnesitbinder, Luftbindemittel aus Magnesiumoxid (kaustisch gebrannte Magnesia), das unter Zugabe wäßriger Magnesiumchlorid- oder auch Magnesiumsulfat-Lösung erhärtet und für Estriche (Steinholz) und Leichtbauplatten verwendet wird.

Magnesium, chem. Symbol **Mg,** ein → chemisches Element aus der Gruppe der Erdalkalimetalle, Ordnungszahl 12. Von den acht bekannten Isotopen haben die stabilen natürl. die Massenzahlen 24, 25 und 26. M. ist ein silberweißes Leichtmetall, das sich leicht walzen und ziehen läßt. An der Luft ist M. bei Zimmertemperatur infolge Passivierung relativ beständig, verbrennt aber bei höherer Temperatur mit blendend weißem Licht **(M.-Licht).** Von Wasser wird M. langsam, von Säure rasch unter Wasserstoffentwicklung angegriffen. M. ist am Aufbau der Erdrinde mit 1,29 Gewichts-% beteiligt. Es kommt nur gebunden vor, v. a. als Carbonat (auch als Doppelcarbonat mit Calcium, $CaMg(CO_3)_2$, **Dolomit**). Wichtig für die Gewinnung ist **Magnesit**, $MgCO_3$. Zahlreiche Silikate enthalten M. als Hauptbestandteil, z. B. Olivin, Talk, Asbest. In Steinsalzlagern kommen u. a. **Carnallit**, $KMgCl_3 \cdot 6\,H_2O$, und **Kieserit**, $Mg[SO_4] \cdot H_2O$, vor. Verhältnismäßig hoch ist der M.-Anteil im Meerwasser und einigen Mineralquellen **(Bitterwässer)**.

Gewinnung. M. wird überwiegend durch Elektrolyse von geschmolzenem, wasserfreiem M.-Chlorid, $MgCl_2$, bei etwa 700 °C in Eisentrögen mit Graphitanoden hergestellt. Das bei der **Schmelzelektrolyse** entstehende Chlor wird zur Gewinnung von $MgCl_2$ aus M.-Oxid und Koks nach $MgO + Cl_2 + C \longrightarrow MgCl_2 + CO$ verwendet. – M.-Oxid kann auch direkt in elektr. Öfen mit Koks oder Calciumcarbid **(carbotherm. Verfahren)** oder Silicium oder Ferrosilicium **(silicotherm. Verfahren)** reduziert werden; das Metall entweicht dampfförmig und wird nach Kondensation durch Vakuumdestillation gereinigt.

Verwendung. M. wird in →Magnesiumlegierungen für den Automobil- und Flugzeugbau verwendet, ferner als Desoxidationsmittel zur Nickel- und Kupferherstellung, als Reduktionsmittel zur Reduktion zahlreicher Metalloxide (zur Herstellung von Chrom, Titan) und für Blitzlichtlampen, Leuchtkugeln u. a.

Biologische Bedeutung. M. ist als Spurenelement unentbehrlicher Bestandteil der Körpersäfte und Zellen. Das Blut des Menschen enthält 2–3 mg M. je 100 ml. Es aktiviert verschiedene Enzymsysteme und hat viele physiolog. Ähnlichkeiten mit Calcium. M. ist auch am Aufbau des Skeletts der Wirbeltiere und der Wirbellosen beteiligt. Bei Pflanzen bildet M. das Zentralatom des Chlorophyllmoleküls, auch in Ribosomen kommt M. vor und dient als Aktivator vieler Enzyme (z. B. des Kohlenhydratstoffwechsels), wirkt bei Phosphorylierungsvorgängen mit und ermöglicht als Träger die Aufnahme und den Transport von Phosphaten.

Geschichte. M. wurde erstmals von H. DAVY 1809 in unreiner Form isoliert, 1828 gleichzeitig von A. BUSSY und J. v. LIEBIG rein dargestellt. Die elektrolyt. Darstellung geht auf R. BUNSEN (1852) zurück.

Magnesiumlegierungen haben ein niedriges spezif. Gewicht, lassen sich kalt- und warmverformen und gut spanabhebend bearbeiten. Sie werden v. a. im Fahrzeug- und Flugzeugbau bei mittleren und niedrigen Temperaturen eingesetzt. Die in der Bundesrep. Dtl. nach DIN genormten M. enthalten als Legierungszusätze v. a. Aluminium, Mangan und Zink. Wie Magnesium brennen auch M. in Form von Spänen, Pulver oder im flüssigen Zustand mit heller Flamme ab. Sie werden daher auch in der Feuerwerkstechnik oder als Brandbombenfüllungen verwendet.

Magnesiumverbindungen. In den M. liegt Magnesium stets mit der Oxidationszahl +2 vor. – **Magnesiumoxid**, MgO, entsteht als lockeres weißes Pulver beim Glühen von **Magnesit**, $MgCO_3$. Es wird in der Medizin **(Magnesia usta)** und als **Sintermagnesit** für hochfeuerfeste Steine verwendet. **Magnesiumhydroxid**, $Mg(OH)_2$, entsteht aus Magnesiumsalzlösungen mit Lauge als wasserunlösl., weißer Niederschlag. **Magnesiumcarbonat**, $MgCO_3$, in der Natur als **Magnesit** weit verbreitet, zerfällt bei 500 °C in MgO und Kohlendioxid. In kohlensäurehaltigem Wasser ist es löslich unter Bildung von **Magnesiumhydrogencarbonat**, $Mg(HCO_3)_2$, das z. T. die natürl. Härte des Wassers verursacht. Basische Magnesiumcarbonate entstehen aus Magnesiumsalzlösungen mit Soda als lockere weiße Pulver. Es wird für Zahn- und Putzpulver und als Füllstoff techn. Produkte und als **Magnesia alba** auch in der Medizin verwendet. **Magnesiumchlorid**, $MgCl_2$, ist ein farbloses, leicht in Wasser lösl. Salz, das aus der Lösung als **Magnesiumhexahydrat**, $MgCl_2 \cdot 6\,H_2O$, auskristallisiert. Mischungen von Magnesiumoxid und konzentrierter Magnesiumchloridlösung bilden beim Erstarren steinharte Massen **(Sorel- und Magnesiazement)** unter Bildung von **Magnesiumoxidchlorid**, $3\,MgO \cdot MgCl_2 \cdot 11\,H_2O$. Mit Füllstoffen werden sie zur Herstellung von Kunststeinen verwendet. – **Magnesiumsulfat**, $MgSO_4$, kommt in der Natur als **Kieserit**, $Mg[SO_4] \cdot H_2O$, und als **Epsomit**, $Mg[SO_4] \cdot 7\,H_2O$, vor. Es dient zum Beizen, als Flammenschutz- und Abführmittel. **Magnesiumphosphate** sind in Phosphoriten und Knochenasche enthalten. Zur analyt. Bestimmung von Magnesium und Phosphorsäure verwendet man das schwerlösl. **Magnesium-Ammoniumphosphat**, das nach dem Glühen als **Magnesiumdiphosphat**, $Mg_2P_2O_7$, vorliegt. **Magnesiumperchlorat**, $Mg(ClO_4)_2$, ist sehr hygroskopisch und dient als Trockenmittel für Gase im Laboratorium. **Magnesiumhexafluorosilikat**, $MgSiF_6$, ein weißes, wasserlösl. Salz, dient als Härtungsmittel für Beton und zur Holzkonservierung (→Fluate). **Magnesiumsilikate** kommen in der Natur weit verbreitet vor, z. B. als Olivin, $(Mg, Fe)_2[SiO_4]$, und Serpentin, $Mg_3[Si_2O_5](OH)_2$. **Magnesiumsilicid**, Mg_2Si, bildet mit Säuren **Siliciumwasserstoff**, SiH_4 **(Silane)**, **Magnesiumcarbid**, Mg_2C_3, mit Wasser als einziges Carbid **Propin**, C_3H_4.

Von den organ. M. ist bes. das **Chlorophyll** wichtig. Bei Einwirkung von Alkyl- oder Arylhalogeniden in äther. Lösung auf Magnesiummetall entstehen die sehr reaktionsfähigen →Grignard-Verbindungen [griɲ'a:r-], die für viele organ. Synthesen eingesetzt werden.

Magnet, Gegenstand, der Quelle eines Magnetfeldes ist. Jeder M. hat einen magnetisch positiven oder **Nordpol** und einen magnetisch negativen oder **Südpol**, in deren Umgebung die magnet. Feldstärke bes. hoch ist (→Magnetismus). **Dauer-** oder **Permanent-M.** aus →Magnetwerkstoffen, zu deren Magnetisierung starke magnet. Felder verwendet werden, behalten einen Großteil ihrer Magnetisierung bei und lassen sich nur durch Erschütterungen oder durch Erhitzen über eine kennzeichnende Temperatur (→Curie-Temperatur, →Ferromagnetismus) entmagnetisieren. **Stab-M.** haben eine stabförmige, **Hufeisen-M.** eine hufeisenförmige Gestalt. Dauer-M. werden u. a. verwendet als Kompaßnadel, in kleinen elektr. Generatoren (z. B. Fahrraddynamo) und in elektr. Meßgeräten (z. B. Drehspulinstrument). – Die →Elektromagneten bestehen i. d. R. aus ein oder zwei stromdurchflossenen Spulen mit einem Eisenkern.

Sehr starke M.-Felder können mit →supraleitenden Magneten und **Bitter-M.** erzeugt werden. Der im BILD dargestellte Bitter-M. besteht aus ringförmigen, miteinander abwechselnden, zusammengepreßten Hartkupfer- und Isolierstoffscheiben mit radialen Schlitzen. Die Schlitze aufeinanderfolgender Scheibenpaare sind um 30° gegeneinander versetzt, so daß zw. den Hartkupferscheiben eine Kontaktfläche besteht. Die Scheiben sind durchbohrt, durch die Kanäle fließt hochreines Kühlwasser. Mit Bitter-M. lassen sich magnet. Flußdichten von mehr als 20 Tesla (T) erzielen, was auch für **Polyhelix-M.** gilt, die aus mehreren ineinandergestellten, einlagigen Einzelspulen bestehen. Bei dieser Bauart kann die Stromdichteverteilung besser optimiert werden. Um Felder mit einer Flußdichte von 30–40 T erzielen zu können, werden **Hybrid-M.** entwickelt, bei denen ein konventioneller Widerstandsmagnet (in Bitter- oder Polyhelixbauweise) kon-

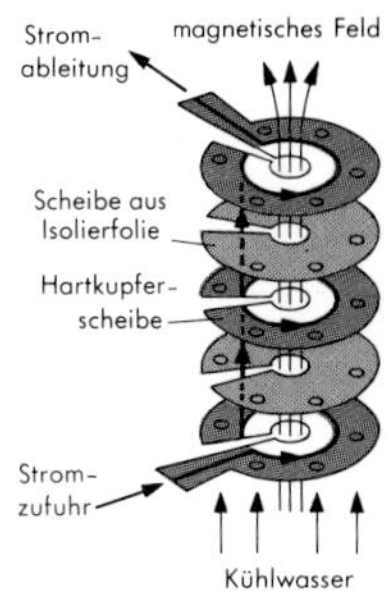

Magnet: Bitter-M.

zentrisch in eine supraleitende Spule eingesetzt wird, so daß sich ihre Felder in der Spulenachse addieren. (Bisher in mehreren Labors erzielt: 25–30 T)

Magnetbahn, → Magnetschwebebahn.

Magnetband, Speichermedium zur → magnetischen Aufzeichnung von Sprache, Musik und Geräuschen: → Tonband; von Fernsehbildern und zugehörigem Ton: → Videoband; von Daten für Computerverarbeitung: → Diskette, → Magnetschichtspeicher.

Magnetbandgerät, das → Tonbandgerät; auch → Videorecorder.

Magnetbildverfahren, → magnetische Aufzeichnung.

Magnetblasen, zylindr. Domänen (Durchmesser einige μm) in ferromagnet. Dünnfilmschichten, in denen die Magnetisierung durch ein äußeres Magnetfeld entgegengesetzt zu der des umgebenden Materials ausgerichtet wurde, und die durch inhomogene Magnetfelder in der Schicht bewegt werden können. M. werden als digitale Schaltelemente zum Aufbau von → Magnetblasenspeichern angewendet.

Magnetblasenspeicher, Blasenspeicher, engl. **bubble memory** [bʌbl mˈeməri], magnet. → Speicher für elektron. Datenverarbeitungsanlagen. Der M. besteht aus einer Trägerschicht aus nichtmagnet. Granat, auf der eine 1 μm dicke, mit Eisen dotierte Granatschicht durch → Epitaxie abgeschieden wurde. In dieser dünnen Schicht können durch Anlegen eines äußeren Magnetfeldes kleine, magnetisierte Bereiche von einigen μm Durchmesser (Magnetblasen) gespeichert werden. Die Existenz einer Blase auf einem bestimmten Platz im Speicher wird als binäre ›1‹, das Fehlen als ›0‹ interpretiert. Durch Anlegen inhomogener Magnetfelder können die Blasen bewegt werden. Zu diesem Zweck werden auf die Speicherschicht weichmagnet. Schaltkreise aus Permalloymetall mittels opt. → Lithographie 2) aufgedampft, die durch ein äußeres Steuerfeld magnetisiert werden. Der Weg der Blasen wird durch das Muster der weichmagnet. Schichten und die Richtung des Steuerfeldes bestimmt. Zum Einschreiben der Information dient ein stationärer Blasengenerator, zum Lesen ein Abtastkopf. In Labormodellen sind Speicherdichten von 10^4–10^5 Bit/mm^2 und Zugriffszeiten von 10^{-4}–10^{-6} s erreicht worden. Wegen ihrer hohen Zuverlässigkeit (die gespeicherten Informationen bleiben selbst bei Ausfall der Versorgungsspannungen erhalten) und ihrer Verschleißfreiheit (keine mechan. bewegten Teile) ist der Einsatz von M. dort von Vorteil, wo die Betriebssicherheit bes. wichtig ist, z. B. zur Speicherung von Meßdaten in Raumfahrzeugen. Magnet. Blasen können auch in amorphen Materialien gebildet werden, die wesentlich billiger herzustellen sind als kristalline, wobei außerdem der Blasendurchmesser bis zu viermal kleiner sein kann (erheblich höhere Speicherdichte).

Magnetdiode, aus Germanium hergestellte Halbleiterdiode, die zw. der p- und der n-leitenden Zone eine breite, undotierte Zone aufweist (pin-Struktur, i: Abk. von engl. ›intrinsic‹, eigenleitend). Durch ein senkrecht zum Stromfluß einwirkendes Magnetfeld wird die Rekombinationshäufigkeit von Elektronen und Löchern in einem Randgebiet der eigenleitenden Zone (Rekombinationszone) gesteuert. Eine Verarmung an Ladungsträgern führt dabei zu einer Widerstandserhöhung. Wegen ihrer Temperaturabhängigkeit werden M. meist als Doppeldioden eingesetzt, wobei die Dioden in entgegengesetzter Richtung vom Magnetfeld durchsetzt werden. M. eignen sich als Sensoren, z. B. zur kontaktlosen Signalgabe bei einem Drehzahlmesser.

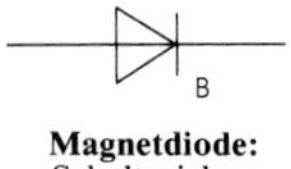

Magnetdiode: Schaltzeichen (B = magnet. Feld)

Magnet|eisenstein, Magnet|eisen, → Magnetit.

Magnetfarbe, Druckfarbe mit beigemischtem Eisenpulver, das im Abtastkopf der Lesemaschine (→ Leser) auf Elektromagneten einwirkt und so den Vergleich des mit M. gedruckten Textes mit programmierter Vorlage o. ä. Vorgänge bewirkt.

Magnetfeld, magnetisches Feld, ein → Feld in der Umgebung jedes Magneten und jedes elektr. Stromes (→ Magnetismus). Zeitlich veränderliche magnet. Felder sind mit zeitlich veränderlichen elektr. Feldern verknüpft (→ Maxwellsche Theorie).

Magnetfeldröhre, nicht mehr übliche Bez. für ein → Magnetron.

Magnetik, die → Geomagnetik.

magnetische Anomalie, lokale Störung des erdmagnet. Feldes durch in der Erdkruste befindliche Gesteinskörper, die ein magnet. Eigenfeld (z. B. Magnetite) haben.

magnetische Aufzeichnung, Verfahren zur Aufzeichnung von Schall, Bild oder Daten durch Magnetisierung eines Zeichenträgers. Zur **magnet. Schallaufzeichnung (Magnettonverfahren)** wird meist ein schmales Band **(Tonband)** aus Kunststoff mit Magnetitauflage an den Polen eines Elektromagneten **(Sprechkopf)** vorbeigeführt, dessen Feldstärke entsprechend den Schallschwingungen verändert wird, die im Aufnahmemikrophon in elektr. Schwingungen umgewandelt und anschließend verstärkt wurden. Das Band wird dabei verschieden stark magnetisiert. Bei der Wiedergabe wird es am **Hörkopf** vorbeigeführt. In dessen Wicklung induziert es elektr. Schwingungen, die von der wechselnden Magnetisierung abhängig sind. Diese Schwingungen werden verstärkt und mit einem Lautsprecher in Schall zurückverwandelt. Nicht mehr benötigte Aufnahmen können mit dem **Löschkopf** gelöscht werden. Das Magnettonverfahren findet umfangreiche Verwendung beim Rundfunk, Tonfilm, als Telephon-Anrufbeantworter, in der Phono-Hobbytechnik (→ Tonbandgerät).

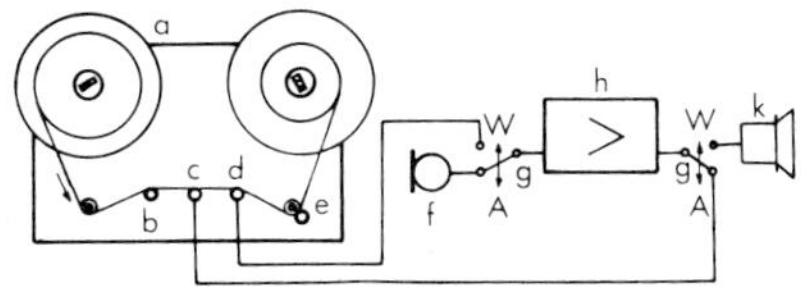

magnetische Aufzeichnung: Magnettonverfahren; a Bandteller, b Löschkopf, c Sprechkopf, d Hörkopf, e Bandantrieb, f Mikrophon, g Umschalter für Aufnahme (A) und Wiedergabe (W), h Verstärker, k Lautsprecher

Die **magnetische Bildaufzeichnung** (Abk. **MAZ, Magnetbildverfahren)** wird z. B. im Fernseh-Studio benutzt. Die in der Aufnahmekamera (→ Fernsehen) erzeugten elektr. Signale werden einer Magnetbandmaschine zugeführt, bei der die Aufzeichnungsspuren schräg zur Laufrichtung des Aufzeichnungsbandes (→ Videoband) liegen. Zum Aufzeichnen oder Abtasten dienen rotierende Magnetköpfe, von denen jeweils nur einer wirksam ist **(Ampexverfahren).** Der nötige Frequenzumfang (beim Farbfernsehen bis 5 MHz) wird durch hohe Relativgeschwindigkeit zw. Band und Kopf erzielt. Für verringerte Ansprüche an den Frequenzumfang (Heimtechnik) gibt es ein Verfahren, bei dem das Band einen Zylinder umschlingt. In diesem rotiert ein Magnetkopf. Durch die Entwicklung tragbarer →Videorecorder und handlicher Videokameras hat die magnetische Bildaufzeichnung sowohl für professionelle Anwendungen als auch im Hobbybereich gegenüber der photograph. Bildaufzeichnung (→Film 2) stark an Bedeutung gewonnen.

Die **magnetische Datenaufzeichnung** auf Band oder Platte dient der Speicherung von Daten und Informationen, die kurzfristig oder auch nach längerer Lagerung einer elektron. Datenverarbeitungsanlage (→Computer) zur Weiterverarbeitung zugeführt werden sollen. Die aufgezeichneten Daten können auch Anlagen und Maschinen steuern, z. B. numerisch gesteuerte Werkzeugmaschinen (→CNC).

magnetische Doppelbrechung, →Magnetooptik.

magnetische Durchflutung, Verkettungsfluß, →Durchflutung.

magnetische Erregung, veraltete Bez. für die →magnetische Feldstärke.

magnetische Feldkonstante, Formelzeichen μ_0, Proportionalitätsfaktor zw. der magnet. Flußdichte $\boldsymbol{B}$ und der magnet. Feldstärke $\boldsymbol{H}$ im materiefreien Raum: $\boldsymbol{B} = \mu_0 \boldsymbol{H}$. Es gilt: $\mu_0 = 4\pi \cdot 10^{-7}$ Vs/Am $\approx 1{,}26 \cdot 10^{-6}$ H/m (ÜBERSICHT Naturkonstanten). Veraltete Bez. für μ_0 sind **Induktionskonstante** und **absolute Permeabilität des Vakuums** (→Permeabilität).

magnetische Feldstärke, Formelzeichen $\boldsymbol{H}$, früher auch **magnetische Erregung,** Feldvektor des magnetischen Feldes, der neben der →magnetischen Flußdichte $\boldsymbol{B}$ zu dessen Beschreibung dient; wird mit Hilfe des Durchflutungsgesetzes (→Durchflutung) definiert. SI-Einheit der m. F. ist Ampere/Meter. Veraltete Einheiten sind das →Oersted und die in der Geophysik verwendeten Einheiten Großgauß und Kleingauß (→Gauß).

magnetische Flasche, ein Magnetfeld in Flaschenform (BILD), in dem ein hochionisiertes →Plasma 2) für eine best. Zeit ohne Wandberührung gehalten werden kann. Die schnellen geladenen Teilchen folgen in Schraubenbahnen den magnet. Kraftlinien und werden, da die Kräfte auf ein geladenes Teilchen senkrecht zu seiner Geschwindigkeit und zu den Feldlinien wirken, größtenteils an den Flaschenhälsen reflektiert **(magnetischer Spiegel).** M. F. werden bei Experimenten zur →Kernfusion eingesetzt.

magnetische Flußdichte, magnetische Induktion, Formelzeichen $\boldsymbol{B}$, ein Feldvektor des magnet. Feldes: Jedem Raumpunkt in einem Magnetfeld kann man einen Feldvektor $\boldsymbol{B}$ so zuordnen, daß auf einen Längenabschnitt $\mathrm{d}\boldsymbol{l}$ eines von einem Strom I durchflossenen Drahtes die Kraft $\mathrm{d}\boldsymbol{F} = I\ (\mathrm{d}\boldsymbol{l} \times \boldsymbol{B})$ ausgeübt wird. SI-Einheit der m. F. ist das →Tesla (1 T = 1 Vs/m²). Die Kenntnis von $\boldsymbol{B}$ für jeden Raumpunkt eines Magnetfeldes genügt, um alle Erscheinungen im stationären Magnetfeld im leeren Raum beschreiben zu können; erst das Einbringen von Materie ins Magnetfeld erfordert die Einführung eines zweiten Feldvektors der magnetischen Feldstärke $\boldsymbol{H}$ (→Durchflutung).

magnetische Flüssigkeit, die →Ferroflüssigkeit.

magnetische Induktion, die →magnetische Flußdichte.

magnetische Kernresonanz, die →Kernspinresonanz.

magnetische Kompression, Zusammenpressung und Verdichtung eines →Plasmas durch magnet. Kräfte. Sie wird zum Einschluß und zur Aufheizung eines Plasmas angewendet.

magnetische Linse, magnetische Elektronenlinse, →Elektronenoptik.

magnetische Monopole, →Monopol.

magnetische Randspannung, →Durchflutung.

magnetischer Druck, die abstoßende Wirkung zw. parallelen magnetischen Kraftlinien. Sie kann bei starken Magnetfeldern beachtliche Werte erreichen. Durch Magnetfeldkompression mit Sprengstoffen wurden m. D. von 10 Megabar bei magnet. Induktionen von 2000 Tesla erzielt.

magnetischer Fluß, (magnetischer) Induktionsfluß, Formelzeichen Φ, das über eine Fläche A (mit den gerichteten Flächenelementen $\mathrm{d}\boldsymbol{A}$) erstreckte Integral der →magnetischen Flußdichte $\boldsymbol{B}$ wird als m. F. durch diese Fläche bezeichnet: $\Phi = \int_A \boldsymbol{B}\mathrm{d}\boldsymbol{A}$. Für ein homogenes Magnetfeld und eine ebene Fläche gilt, wenn die Feldlinien von der Fläche senkrecht geschnitten werden, $\Phi = B \cdot A$.

magnetischer Kreis, der in sich geschlossene Pfad für die magnet. Kraftlinien in elektr. Maschinen, Transformatoren und elektr. Geräten. Die von Wicklungen umschlossenen Eisenteile des m. K. heißen bei Transformatoren, elektromagnet. Relais u. a. Geräten →Kerne 1), bei elektr. Maschinen mit ausgeprägten Polen Polschenkel. Jene Eisenteile, die die Kerne oder Polschenkel magnetisch gut leitend miteinander verbinden, heißen →Joche 2). Der magnetisch gut leitende Eisenpfad eines m. K. wird bei elektr. Maschinen und bei Drosselspulen mit Eisenkern durch einen oder mehrere →Luftspalte unterbrochen.

magnetischer Spiegel, →magnetische Flasche.

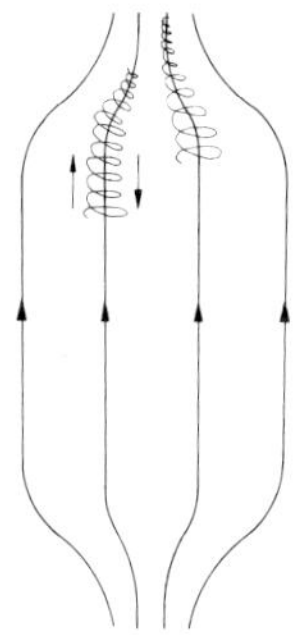

magnetische Flasche

magnetische Flasche: Die geladenen Teilchen fliegen auf Spiralbahnen entlang der magnetischen Kraftlinien und werden größtenteils an den Hälsen reflektiert

magnetischer Sturm, →erdmagnetischer Sturm.

magnetischer Verstärker, →Transduktor.

magnetisches Feld, das →Magnetfeld.

magnetisches Moment, urspr. in Analogie zum elektr. Dipolmoment (→Dipol 2) definiert als Produkt aus →Polstärke (›magnetischer Ladung‹) p und Abstand l der Pole eines magnet. Dipols (z. B. eines Stabmagneten), $\boldsymbol{\mu} = p \cdot \boldsymbol{l}$. Als Vektor haben $\boldsymbol{\mu}$ und $\boldsymbol{l}$ die Richtung vom negativen (Südpol) zum positiven (Nordpol) Pol. Da auf einen magnet. Dipol in einem Magnetfeld mit der magnet. Feldstärke $\boldsymbol{H}$ das mechan. Drehmoment $\boldsymbol{M} = p \cdot \boldsymbol{l} \times \boldsymbol{H} = \boldsymbol{\mu} \times \boldsymbol{H}$ ausgeübt wird und keine magnet. Ladungen gefunden wurden, verzichtete man auf den fiktiven Begriff der Polstärke und definierte das m. M. $\boldsymbol{\mu}$ durch $\boldsymbol{M} = \boldsymbol{\mu} \times \boldsymbol{H}$. Für die Beträge gilt: $\mu = M/H$. Einheit: $[\mu] = \mathrm{Vsm} = \mathrm{Tm}^3$. Vielfach wird das m. M. auch mit Hilfe der magnet. Flußdichte $\boldsymbol{B}$ des Magnetfeldes gemäß $\boldsymbol{M} = \boldsymbol{m} \times \boldsymbol{B}$ definiert. Für die Beträge gilt $m = M/B$. Einheit: $[m] = \mathrm{Am}^2$. Zur Unterscheidung kann man bei der ersten Definition vom **magnet. Dipolmoment** oder **Coulombschen m. M.** [kul'ɔ̃-], bei der zweiten vom **elektromagnet. Moment** oder **Ampereschen m. M.** [ɑmp'ɛːr-] sprechen.

Die m. M. der Atome rühren von Bahnumdrehungen und/oder der Eigenrotation der Elektronen (Spin) her. Die Quantenmechanik zeigt, daß m. M. in atomaren Systemen stets an die Existenz von Drehimpulsen gekoppelt sind. Alle Elementarteilchen und Atomkerne, die einen von Null verschiedenen Spin besitzen, verfügen auch über ein m. M., dessen Dipolachse in der Spinrichtung liegt. Die m. M. von Proton, Neutron und Atomkernen (→ Kernmoment) lassen sich mit der → Atomstrahlresonanzmethode oder durch → Kerninduktion bestimmen.

magnetische Spannung, Formelzeichen V, das Linienintegral der magnet. Feldstärke $\boldsymbol{H}$, das von einem Anfangspunkt 1 zu einem Endpunkt 2 einer Wegkurve (deren Linienelement d$\boldsymbol{s}$ ist) erstreckt wird, $V_{12} = \int_1^2 \boldsymbol{H}\,\mathrm{d}\boldsymbol{s}$. Falls die Punkte 1 und 2 zusammenfallen, nennt man den Weg geschlossen oder Randlinie und man erhält die **magnet. Umlaufspannung** oder **magnet. Randspannung** (→ Durchflutung).

magnetisches Pumpen, Aufheizen eines Plasmas durch ein rasch wechselndes kontrahierendes und expandierendes äußeres elektromagnet. Feld. Bei der **Stoßaufheizung** ist die Schwingungszeit des Feldes von gleicher Größenordnung wie die mittlere Stoßzeit der Ionen für einen Weitwinkelstoß. Bei dem Stoß wird Energie vom wechselnden Feld ans Plasma übertragen. Bei der **Laufzeitheizung** ist die Ionenstoßzeit viel größer als die Schwingungs- und die Laufzeit, die ein Ion zum Durchlaufen des Feldraumes benötigt. Die Ionen gewinnen hier ihre Energie auf Grund der radialen Kompression durch das Schwingungsfeld, wenn Lauf- und Schwingungszeit von etwa gleicher Größenordnung sind. Bei der **magnetoakust. Aufheizung** ist die Stoßzeit klein gegen die Schwingungszeiten der Felder. Das Schwingungsfeld ruft Dichteschwankungen hervor, die akust. Wellen des Plasmas entsprechen und zur Aufheizung dienen. Bei der **Ionenzyklotronresonanz-Heizung** gewinnen die Ionen auf einer Kreisbahn in einem zeitlich variierenden Magnetfeld ähnlich wie in einem Zyklotron Energie. Dabei muß die Stoßzeit groß gegen die Schwingungszeit des Magnetfeldes sein. Die Frequenz muß nahe der Zyklotron-Resonanzfrequenz liegen.

magnetische Sterne, Sterne mit einem Magnetfeld bis zu einigen tausend Gauß, gemessen an der Aufspaltung der Absorptionslinien im Sternspektrum gemäß dem → Zeeman-Effekt. Die magnet. Feldstärke zeigt Veränderungen, z. T. wurde auch Umpolen des Magnetfeldes beobachtet.

magnetische Suszeptibilität, → Suszeptibilität 2).

magnetische Trennverfahren, → Magnetscheidung.

Magnetisierung, Zustandsänderung eines Stoffes, der in ein Magnetfeld gebracht wird, sowie Bez. für die diesen Prozeß kennzeichnende physikal. Größe $\boldsymbol{M}$, $\boldsymbol{M} = \boldsymbol{J}/\mu_0 = \boldsymbol{B}/\mu_0 - \boldsymbol{H}$ ($\boldsymbol{J}$ = magnet. Polarisation, μ_0 = magnet. Feldkonstante, $\boldsymbol{B}$ = magnet. Flußdichte, $\boldsymbol{H}$ = magnet. Feldstärke). Ein Stoff wird magnetisiert durch das Ausrichten permanenter magnet. Momente (→ Paramagnetismus, → Ferromagnetismus) oder durch die Induktion magnetischer Momente (→ Diamagnetismus) durch eine Magnetfeld. Als **spontane M.** wird die bei Ferro- und Ferrimagnetika ohne Einwirkung eines Magnetfeldes innerhalb der → Weissschen Bezirke vorliegende parallele Ausrichtung der magnet. Momente bezeichnet. (→ Entmagnetisierung)

Magnetisierungsstrom, bei Transformatoren und Asynchronmaschinen jener Anteil des aufgenommenen Wechsel- oder Drehstromes, der zum Aufbau des magnet. Wechsel- oder Drehfeldes dient. M. ist ein Blindstrom.

Magnetismus, Lehre vom magnet. Feld und vom Verhalten der Materie in ihm; urspr. das Vermögen einiger Stoffe, weiches Eisen anzuziehen. Bei solchen magnet. Körpern **(Magneten)** gibt es zwei Stellen bes. starker Anziehung, die **Pole.** Jeder Magnet hat einen **positiven** oder **Nordpol** und einen **negativen** oder **Südpol.** Ein horizontal frei drehbar aufgehängter Stabmagnet (Kompaßnadel) stellt sich in die N–S–Richtung (→ erdmagnetisches Feld); der Nordpol weist nach N, der Südpol nach S. Gleichnamige Pole stoßen einander ab, ungleichnamige ziehen sich an. Der nahe dem geograph. Nordpol gelegene erdmagnet. Pol ist daher ein magnet. Südpol. Für die Kraft, die zwei isoliert gedachte Pole aufeinander ausüben, gilt wie bei elektr. Ladungen das → Coulombsche Gesetz. (→ Monopole)

Der Zustand des Raumes in der Umgebung eines Magneten heißt **magnet. Feld** oder **Magnetfeld.** Man kann es durch Kraftlinien (→ Feld) veranschaulichen, die außerhalb des Magneten vom Nordpol zum Südpol verlaufen und die an jeder Stelle die Richtung der auf einen Nordpol ausgeübten Kraft haben und deren Dichte proportional der → magnetischen Flußdichte ist.

M. kommt in verschiedenen Formen vor: **Diamagnetische** Stoffe sind zunächst unmagnetisch; in einem Magnetfeld erhalten sie jedoch eine → Magnetisierung $\boldsymbol{M}$ proportional der magnet. Feldstärke $\boldsymbol{H}$, aber entgegengesetzt zu ihr gerichtet (→ Diamagnetismus). Der Proportionalitätsfaktor ist die magnet. → Suszeptibilität 2). Bei **paramagnetischen** Stoffen, die im feldfreien Raum ebenfalls unmagnetisch erscheinen, sind Magnetisierung und magnet. Feldstärke gleichfalls einander proportional, aber gleichgerichtet (→ Paramagnetismus). **Ferromagnetische** Stoffe haben eine viel größere Magnetisierung als die beiden anderen Stoffarten. Diese ist von der Vorgeschichte des Materials abhängig und nicht der Feldstärke proportional (→ Ferromagnetismus, → Hysterese). Mit dem Ferromagnetismus verwandt sind der → Antiferromagnetismus, bei dem die Momente antiparallel ausgerichtet werden, und der → Ferrimagnetismus.

Das verschiedenartige magnet. Verhalten der Materie wird durch die Atomphysik einheitlich begründet. Danach wird jeder M. durch die Bewegung elektr. Ladungen in der Elektronenhülle der Atome sowie durch die mit den Eigendrehimpulsen (Spins) der atomaren Bausteine verknüpften → magnetischen Momente verursacht. Die um viele Zehnerpotenzen größere Magnetisierung ferromagnet. Substanzen ist an den kristallinen Zustand gebunden.

Nicht nur ein Magnet, sondern auch ein elektr. Strom erzeugt ein Magnetfeld. Um einen geraden, stromdurchflossenen Leiter bilden die magnet. Kraftlinien konzentr. Kreise. Die Richtung der Kraftlinien kann durch die → Rechte-Faust-Regel bestimmt werden. Das Magnetfeld außerhalb einer langgestreckten stromdurchflossenen Spule entspricht weitgehend dem äußeren Feld eines Stabmagneten (BILD). Während die Kraftmessung im Magnetfeld zum Begriff der magnet. Induktion (→ magnetische Flußdichte) $\boldsymbol{B}$ führt, definiert man durch Messung der felderzeugenden Ströme die **magnet. Feldstärke** $\boldsymbol{H}$ (→ Durchflutung). $\boldsymbol{B}$ und $\boldsymbol{H}$ sind im Vakuum einander proportional: $\boldsymbol{B} = \mu_0 \boldsymbol{H}$. Die Proportionalitätskonstante μ_0 ist die → magnetische Feldkonstante. In Materie gilt: $\boldsymbol{B} = \mu_0 (\boldsymbol{H} + \boldsymbol{M}) = \mu_0 \boldsymbol{H} + \boldsymbol{J}$; ($\boldsymbol{M}$ = Magnetisierung, $\boldsymbol{J}$ = magnet. Polarisation.

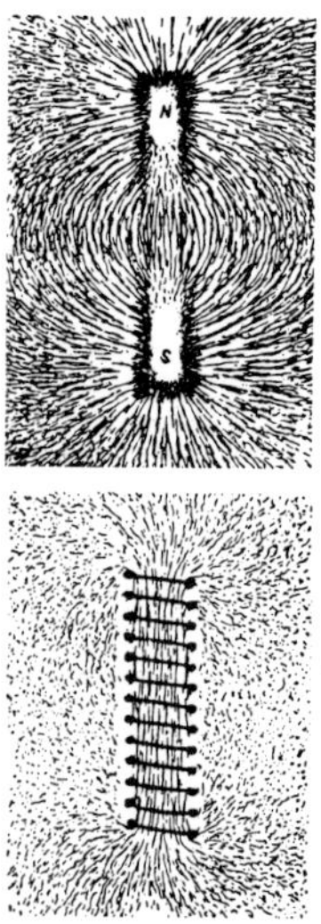

Magnetismus: Anordnung von Eisenfeilspänen im Magnetfeld eines Stabmagneten (OBEN) und einer stromdurchflossenen Spule (UNTEN)

Die Wirkungen zw. elektr. und magnet. Erscheinungen sind wechselseitig: Jeder sich zeitlich ändernde elektr. Strom erzeugt durch sein sich zeitlich änderndes Magnetfeld in einem Leiter elektr. Spannungen oder Ströme; auch im zeitlich konstanten Magnetfeld wird in bewegten Leitern eine Spannung induziert (→ Induktion). Auf bewegte Ladungen wird im Magnetfeld eine Kraft, die → Lorentz-Kraft, ausgeübt. Die Zusammenhänge zw. → Elektrizität und M. werden durch die Maxwellschen Gleichungen (→ Maxwellsche Theorie) beschrieben. Danach sind zeitlich veränderliche Magnetfelder immer mit zeitlich veränderlichen elektr. Feldern gekoppelt; beide pflanzen sich gemeinsam als → elektromagnetische Welle im Raum fort.

Einflüsse des magnet. Erdfeldes auf die Honigbiene für die Richtungsweisung im Stock sind nachgewiesen; auch die Bestimmung der nächtl. Zugrichtung z. B. des Rotkehlchens wird vom Erdmagnetfeld beeinflußt.

Magnetit *der,* **Magnet|eisen, Magnet|eisenerz, Magnet|eisenstein,** Mineral Fe_3O_4, schwarz, matt oder mit mattem Metallglanz; H. 5,5, D. 5,2; Kristalle werden von Magneten angezogen, derbe Massen wirken selbst wie Magnete (›natürl. Magnete‹). Als Kristallform und in Kombinationen überwiegt das Oktaeder, seltener das Rhombendodekaeder. Derbe Massen von M. sind körnig oder dicht. M. ist ein wichtiges, verbreitetes und mit 72,4% Eisen das eisenreichste Eisenerz. Bei Verwitterung geht er vorwiegend in → Limonit über, auch finden wechselseitige, oft pseudomorphe Übergänge nach und aus Hämatit statt (z. B. → Martit). M. bildet zahlreiche → Erzlagerstätten, ist aber auch feinverteilter Bestandteil vieler Gesteine.

Vorkommen und Entstehung. 1) Magmatisch: a) als Gemengteil bas. Gesteine (Gabbro, Diabas, Basalt); b) zu großen Lagern angereichert durch liquide Entmischung oder durch → Kristallisationsdifferentitation bei der Frühkristallisation; c) gesondert intrudiert als eigenes Erzmagma (›Kirunatypus‹); d) vereinzelt in schönen Kristallen auf Zinnerzgängen und alpinen Klüften. – 2) Kontaktpneumatolytisch z. B. als Skarnerz (→ Skarn). – 3) Kontaktmetamorph aus anderen Eisenmineralen, z. B. Siderit, Hämatit. – 4) Regionalmetamorph aus anderen Eisenmineralen. – 5) Sedimentär. a) sehr selten als primäre Bildung in oolith. Eisenerzen (→ Oolith), z. B. Lothringer → Minette 1; b) nach Auswitterung aus dem Muttergestein und transportbedingter Anreicherung als **Magnetitsand.**

Magnetkarte, als Datenträger dienende Kunststoffkarte mit einem Streifen magnetisierbaren Materials zur Aufnahme bestimmter Kenndaten. Die M. kann z. B. als Ausweis (Werksausweis, Identifikationskarte) verwendet werden. Zu diesem Zweck erfaßt ein **Magnetkartenleser** die auf der Karte gespeicherten Daten und führt sie einem Computer zur Weiterverarbeitung zu.

Magnetkies *der,* Mineral, → Pyrrhotin.

magneto|akustische Aufheizung, → magnetisches Pumpen.

magneto|akustischer Effekt, die → Quantenoszillation der Ultraschallgeschwindigkeit in Metallen in Abhängigkeit von der reziproken Magnetfeldstärke eines homogenen Feldes, das senkrecht zur Ausbreitungsrichtung der Schallwellen orientiert ist. Der m. E. wird in der → Festkörperphysik zur Untersuchung von Fermi-Flächen in Metallen benutzt.

Magneto|bremsstrahlung, die magnetische → Bremsstrahlung.

Magneto|chemie, Teilgebiet der physikal. Chemie, das die dia- oder paramagnet. Stoffeigenschaften zur Lösung von chem. Problemen ausnutzt. So können magnetochem. Messungen (mit magnet. Waagen) zur Klärung von Bindungstypus, Oxidationsstufe, Koordinationszahl oder der sterischen Anordnung der chem. Komponenten dienen. – Durch Magnetfelder lassen sich auch die chem. Wechselwirkung und die Geschwindigkeit chem. Prozesse beeinflussen, was zur Aufklärung der Reaktionsmechanismen sowie der Zusammenhänge zw. magnet. Eigenschaften und dem Charakter der chem. Wechselwirkungen ausgenutzt werden kann.

magneto|elastische Effekte, → magnetomechanische Effekte 2).

Magneto|graph, registrierendes → Magnetometer; wird z. B. in der Geophysik zur Aufzeichnung der zeitl. Variation des erdmagnet. Feldes in Form eines **Magnetogramms** verwendet.

Magneto|hydrodynamik, Abk. **MHD, Magnetofluidodynamik,** Abk. **MFD,** Teilgebiet der Physik, das sich mit der Wechselwirkung zw. Magnetfeldern und strömenden, elektrisch leitfähigen Flüssigkeiten (MHD i. e. S.), Gasen **(Magneto|gasdynamik,** Abk. **MGD)** und bes. von Plasmen **(Magneto|plasmadynamik,** Abk. **MPD)** befaßt. Das ionisierte Gas oder das Plasma wird dabei, unter Vernachlässigung seiner atomaren Struktur, als eine Art elektrisch leitende kompressible Flüssigkeit angesehen. Zur Beschreibung des Plasmazustandes verwendet die MHD hydro- und thermodynam. sowie elektromagnet. Vorstellungen. – Besondere magnetohydrodynam. Erscheinungen sind die → magnethydrodynamischen Wellen, deren transversaler Anteil (Alfvén-Wellen) sich wie elektromagnet. und deren longitudinaler Anteil sich unter best. Bedingungen wie Schallwellen verhalten.

Die MHD hat große Bedeutung für die Versuche zur Beherrschung der → Kernfusion. Die MHD-Technik erstreckt sich auch auf Versuche, die Energie von Brennstoffen, wie Steinkohle, direkt in elektr. Energie umzuwandeln (→ magnetohydrodynamischer Generator).

magneto|hydrodynamischer Generator, MHD-Generator, MHD-Wandler, Energiewandler für die direkte Umwandlung von Wärme in elektr. Energie und umgekehrt. Der m. G. arbeitet nach dem Faradayschen Induktionsgesetz. Der metall. Leiter einer klass. Gleichstrommaschine wird durch einen teilweise ionisierten

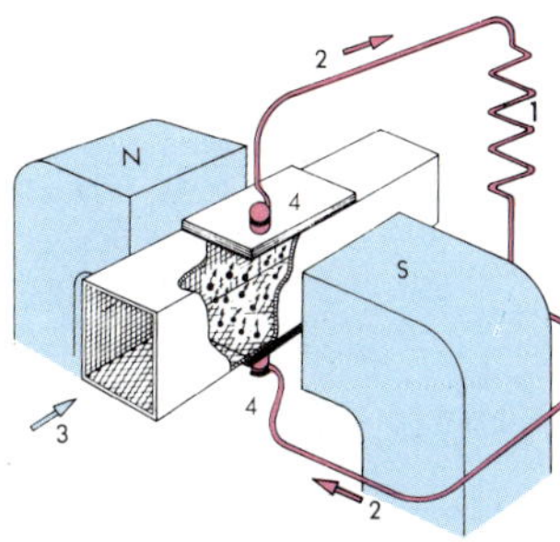

magnetohydrodynamischer Generator (Schema): 1 Lastwiderstand, 2 elektrischer Strom, 3 strömendes Arbeitsmittel, 4 Kollektorplatten

Gasstrom (Plasma aus Elektronen, Ionen, ungeladenen Gasmolekülen und -atomen bestehend) ersetzt, der in einer Brennkammer erzeugt und mit hoher Temperatur und großer Geschwindigkeit durch den Kanal des m. G. ge-

Magnetit 1: flächenreicher Kristall

Magnetit 2: OBEN metallisch glänzende Kristalle (Binntal, Schweiz); UNTEN derb mit kleinen Kristallen (Schweden)

preßt wird. Senkrecht zur Strömungsrichtung liegt das Magnetfeld und wieder senkrecht zu diesem und zur Strömungsrichtung ein Elektrodenpaar, zw. denen, ähnlich wie beim Hall-Effekt, durch Einwirkung der Lorentz-Kraft auf die geladenen Teilchen im Magnetfeld eine elektr. Spannung entsteht. Werden die Elektroden über einen Lastwiderstand verbunden, wird der Energieverlust des Plasmastroms (hervorgerufen durch Abbremsung durch das mit der induzierten Spannung verbundene elektrische Feld) als elektr. Energie nutzbar. Für den Gasstrom werden Erdgas, Verbrennungsgase und Edelgase mit Zusätzen von Cäsium und Kalium verwendet. M. G., mit einer Gasturbine kombiniert, sind für Großkraftwerke geeignet (Wirkungsgrad 50–60%).

magneto|hydrodynamische Wellen, hydrodynamische Wellen, durch Kopplung von mechan. und elektromagnet. Kräften gebildete Wellen in einem Plasma, auf das ein Magnetfeld einwirkt. Die Stoffe erhalten eine gewisse Steifigkeit durch die mögl. Kopplung zw. Materieströmungen und Magnetfeldern, so daß neben longitudinalen auch transversale Wellen **(Alfvén-Wellen)** auftreten (→Magnetohydrodynamik).

magneto|kalorischer Effekt, durch Änderung der Magnetisierung bestimmer Stoffe erzeugte Temperaturänderung. M. E. werden bei allen Stoffen mit Ausnahme reiner Diamagnete beobachtet. Für die Erreichung tiefster Temperaturen ist die →adiabatische Entmagnetisierung paramagnetischer Substanzen von Bedeutung. In ferromagnetischen Stoffen kann bei der Magnetisierung sowohl eine Abkühlung als auch eine Erwärmung auftreten.

magneto|mechanische Effekte, 1) die →gyromagnetischen Effekte.

2) magnetoelast. Effekte, Beeinflussungen mechan. (elast.) Größen ferromagnet. Stoffe durch Magnetisierungsänderungen infolge mechan. Spannungen. So stellen sich z. B. in einem Ferromagnetikum unter Zug die Magnetisierungsrichtungen der →Weissschen Bezirke so ein, daß die mit dieser Einstellung verbundene Magnetostriktion die vom Zug herrührende Dehnung noch vergrößert.

magneto|mechanischer Parallelismus, →Larmor-Präzession.

Magneto|meter, Gerät zur Messung von Magnetfeldern, z. B. des erdmagnet. Feldes wie Kompaß, Magnettheodolit, Protonenpräzessions-M. (→Kerninduktion), Rubidium- und Heliumdampf-M., Feldwaagen u. a. (→erdmagnetische Instrumente)

Magneton, physikal. Konstante, als deren Vielfaches häufig magnet. Momente im atomaren und subatomaren Bereich angegeben werden: Das **Bohrsche Magneton** μ_B ist definiert durch $\mu_B = e\,\hbar/2m_e \approx 9{,}274 \cdot 10^{-24}$ Am² (e = Elementarladung, $\hbar = h/2\pi$, h = Plancksches Wirkungsquantum, m_e = Ruhemasse des Elektrons); genaue Werte →Naturkonstanten (ÜBERSICHT). Das Bohrsche M. ist nach klassischer Rechnung genau gleich dem magnet. Moment eines (spinlos gedachten) Elektrons, das mit dem Bahndrehimpuls $\hbar$ auf einer Kreisbahn umläuft. Auch mit dem Eigendrehimpuls (Spin) $\hbar/2$ des Elektrons ist ein magnet. Moment verknüpft (magnet. Moment des Elektrons $\mu_e \approx 9{,}285 \cdot 10^{-24}$ Am²), das in guter Näherung mit dem Bohrschen M. übereinstimmt. Die atomaren magnet. Momente setzen sich aus Bahn- und Spinbeiträgen zusammen.

Das **Kernmagneton** $\mu_N = e\,\hbar/2m_p \approx 5{,}051 \cdot 10^{-27}$ Am² (m_p = Ruhemasse des Protons) ist im Verhältnis $m_e/m_p \approx 1/1836$ kleiner als das Bohrsche Magneton, $\mu_N = \mu_B \cdot (m_e/m_p)$, da es analog zum Bohrschen M. mit der Protonenmasse definiert wird. Die magnet. Momente der Atomkerne liegen in der Größenordnung des K.; sie sind aber keine ganzzahligen Vielfachen.

Magneto|optik behandelt den Einfluß magnet. Felder auf die Emission, Absorption (→Zeeman-Effekt) und Ausbreitung elektromagnet. Wellen in Medien.

Bei der Ausbreitung in einem magnet. Feld wird die Schwingungsebene von linear polarisiertem Licht, das sich parallel zu den Magnetfeldlinien ausbreitet, in allen (auch normalerweise optisch nicht aktiven) Substanzen gedreht **(Magnetorotation, Faraday-Effekt** [færədɪ-]). Der Drehwinkel ist der Schichtdicke und der magnet. Feldstärke proportional. Die materialspezif. Proportionalitätskonstante **(Verdet-Konstante** [vɛrd'ɛ-]) ist temperatur- und wellenlängenabhängig. Für Wellenlängen in der Nähe von Absorptionslinien wird die Drehung extrem groß **(Macaluso-Corbino-Effekt).** Bei Ausbreitung senkrecht zu den magnet. Feldlinien pflanzen sich die parallel und senkrecht zur Feldrichtung polarisierten Teilwellen (ähnlich wie beim →Pockels-Effekt oder →Kerr-Effekt) mit verschiedener Phasengeschwindigkeit fort. Diese transversale magnet. Doppelbrechung ist auf die Ausrichtung von Molekülen (→Cotton-Mouton-Effekt) oder größeren Teilchenaggregaten (→Majorana-Effekt) im Magnetfeld zurückzuführen. Sie wird in der Nähe von intensiven Absorptionslinien wegen der Beeinflussung der Elektronenbewegung besonders stark **(Voigt-Effekt).** Bei paramagnet. Substanzen kommt zu der gewöhnl. diamagnet. Drehung noch eine (i. d. R. größere) paramagnet. Drehung hinzu. Sehr große Drehungen bewirken dünne ferromagnet. Materialien (→Kundt-Effekt), bei denen die Orientierung der magnet. Momente sich auch durch die Veränderung der Polarisation bei der Reflexion von Licht an der Oberfläche bemerkbar macht (magnetoopt. Kerr-Effekt).

magneto|optischer Speicher, magnetischer →Speicher, der wie ein →Magnetblasenspeicher aus einer Eisen-Granat-Schichtstruktur aufgebaut ist. Mittels eines Strahlablenkers werden mit einem fokussierten Laserstrahl seriell die Speicherplätze angewählt, deren Temperatur dabei durch Lichtabsorption für etwa 1 µs um 20 bis 30°C ansteigt, so daß sich die Magnetisierung der Domäne nach dem äußeren Feld der Spule neu ausrichten kann. Mittels des Faraday-Effekts können die magnet. Blasen optisch sichtbar gemacht werden, da die Polarisationsebene eines durch die Schicht tretenden linear polarisierten Lichtstrahls je nach Magnetisierungsrichtung unterschiedlich gedreht wird. Dieser Effekt dient zum Auslesen des m. S., kann aber auch zum Bau von **Magnetblasen-Displays** [-dɪspl'eɪz, engl.] ausgenutzt werden. Durch Erhitzung über den Curie-Punkt kann die Information wieder gelöscht werden.

Magneto|pause, →Magnetosphäre.

Magneto|plasmadynamik, →Magnetohydrodynamik.

Magneto|pyrit, Mineral, →Pyrrhotin.

Magneto|rotation, →Magnetooptik.

Magneto|sphäre, die Zone um die Erde, die vom →erdmagnetischen Feld erfüllt ist und in der die physikal. Vorgänge v. a. durch die Wirkung des erdmagnetischen Feldes auf die elektrisch geladenen Teilchen (Elektronen, Ionen) des kosm. Plasmas, insbes. des Sonnenwindes, bestimmt werden. In der M. liegt der Van-Allen-Gürtel (→ Strahlungsgürtel). Die untere Grenze der M. liegt in etwa 100 km Höhe. Die obere Grenze der M., die **Magnetopause,** liegt infolge der Einwirkung des Sonnenwinds auf der sonnenzugewandten Seite bei etwa 10 Erdradien, während sie auf der sonnenabgewandten Seite um ein Vielfaches weiter in den interplanetaren Raum hinausragt (BILD erdmagnetisches Feld).

Magneto|statik, die Lehre von den zeitlich unveränderl. Magnetfeldern. Sie befaßt sich mit den Magnetfeldern in der Umgebung von Dauermagneten (→ Magnet) und von stationären elektr. Strömen sowie mit den Kraftwirkungen auf Magnete und Ströme im Magnetfeld (→ Magnetismus).

Magneto|striktion, Joule-Effekt [dʒ'u:l-, n. dem engl. Physiker J. P. Joule, * 1818, † 1889], nahezu volumeninvariante Querschnitts- und Längenänderung ferromagnet. Stoffe im Magnetfeld. Die M. wird zur techn. Erzeugung von Ultraschall und zur Messung schnell veränderlicher Kräfte genutzt.

Magnetplatte, externer Massenspeicher (→ Speicher) für elektron. Datenverarbeitungsanlagen, bei kleineren und mittleren Anlagen werden → Disketten (Floppy-Disk, Minifloppy) verwendet.

Magnet|pole, die → Pole 4) eines → Magneten (→ Magnetismus).

Magnetron, eine → Laufzeitröhre, in der eine verzögerte Welle entlang der Anode um eine zentrale Kathode läuft. Die Elektronen werden durch ein radiales elektr.

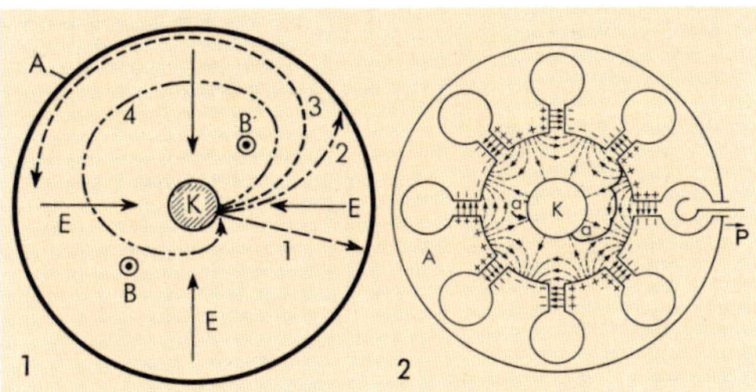

Magnetron: 1 Elektronenbahnen unter dem Einfluß eines elektrischen und eines magnetischen Feldes in einem Magnetron mit ungeschlitzter Anode (Statischer Betrieb); A Anodenzylinder, K Kathode, E elektrische Feldrichtung, B magnetische Feldrichtung (senkrecht zur Bildebene), 1 Elektronenbahn bei Fehlen des magnet. Feldes, 2 bei schwachem Magnetfeld, 3 bei ›kritischem‹ Magnetfeld, 4 bei starkem, überkritischem Magnetfeld. **2** Vielschlitz-Magnetron, Augenblicksverlauf des Wechselfeldes; A Anodenblock, K Kathode, a Elektronenbahnen, P ausgekoppelte Leistung

Gleichfeld zw. Anode und Kathode und ein statisches Magnetfeld parallel zur Kathodenachse zu ebenfalls um die Kathode laufenden Bahnen gezwungen, bevor sie auf die Anode auftreffen. Der Anodenblock enthält Bandleitungsresonatoren, die über ihre Streufelder untereinander verkoppelt sind, wodurch eine in sich geschlossene → Verzögerungsleitung entsteht. In den elektr. Streufeldern erfolgt der Energieaustausch mit den Elektronen. – Anwendungen: Radarsender (Impulsleistungen bis etwa 10 MW), Mikrowellenherde, industrielle Erwärmung (→ Hochfrequenzwärme).

Magnetscheidung, Sortierverfahren zur Trennung von Einzelkorn-Stoffgemischen (Mineralien, chem. Produkte, Schlacken) nach ihren magnet. Eigenschaften (Permeabilität, Suszeptibilität). Geräte: Schwachmagnetscheider (0,08–0,15 Tesla), z. B. Trommelscheider (naß und trocken); Starkmagnetscheider (bis 2,2 Tesla), z. B. Walzenscheider, Bandscheider (BILD), Ringscheider (trocken), Jones-Scheider (naß).

Magnetschichtspeicher, in elektron. Datenverarbeitungsanlagen eine Gruppe von Speichern, die versch. Speicherträger (Einzelkerne, Band, Draht, Platte) und Speichermaterialien (Ferrit, Magnetdünnschicht) aufweisen können. Die Information wird auf einem magnetisierbaren Material aufgezeichnet, das sich gegenüber einem feststehenden Magnetkopf bewegt. Eine besondere Ausführung des M. ist die → Diskette. Daneben haben → Halbleiterspeicher große Bedeutung gewonnen.

Magnetschwebebahn, Magnetbahn, im Unterschied zum → Bodeneffektfahrzeug, dessen Prinzip für den spurgeführten Verkehr nicht mehr in Frage kommt, ein in magnet. Aufhängung schwebendes spurgeführtes Fahrzeug, das als unkonventionelles Schnell- und Nahverkehrsmittel in Versuchsanlagen erprobt wird.

Beim **elektromagnet. (anziehenden) Schweben (EMS)** besteht das Trag- und Führungssystem in seiner einfachen Form aus Elektromagneten am Fahrzeug, die auf Anziehung gegenüber einer aus Walzstahl bestehenden Ankerschiene an der Fahrbahn arbeiten. Das System ist instabil, d. h., das Fahrzeug wird bis an die Schiene herangezogen, oder es fällt ab, wenn nicht durch eine Regelung das Gleichgewicht zw. Anziehungskraft der Magnete und den Fahrzeugkräften hergestellt wird. Sensoren messen daher ständig die Abstände zw. den Fahrzeugmagneten und den Ankerschienen (10–20 mm). Bei abgeschalteten Magneten ruht das Fahrzeug auf Gleitkufen.

Das **elektrodynam. (abstoßende) Schweben (EDS)** nutzt die physikal. Gesetzmäßigkeit, nach der bei der Bewegung eines Magnetfeldes über einem elektr. Leiter in ihm Strom erzeugt wird, der wiederum ein Magnetfeld aufbaut, das dem erzeugenden Magnetfeld entgegengesetzt ist und somit zu abstoßenden Kräften führt (›magnetisches Fliegen‹). Dies setzt eine Mindestgeschwindigkeit voraus, so daß Fahrzeuge auf Rädern starten und landen müssen. Der Schwebevorgang ist selbststabilisierend und verlangt keine aufwendigen Regeleinrichtungen. Aufwendig dagegen sind die Magnete, deren Feldstärken sich nur mit supraleitenden Magnetspulen erzeugen lassen. Der supraleitende, von unterkühltem Helium durchströmte Magnet erhält seine Eigenschaft als Dauermagnet dadurch, daß nach der elektr. Erregung die Wicklung kurzgeschlossen wird.

Beim **permanentmagnet. Schweben (PMS)** werden die abstoßenden senkrechten Kräfte entlang der Führungsschienen durch Dauermagnete mit einander zugeordneten gleichnamigen Polen erzeugt. Für die Seitenführung müssen jedoch aus physikal. Gründen andere Mittel herangezogen werden.

Die Hochgeschwindigkeits-Magnetschwebetechnik verlangt eine Fahrzeug-Vortriebskraft, die berührungslos auf den Fahrweg übertragen wird. Als elektr. Antrieb kommt der → Linearmotor (LIM) in Betracht.

In der Bundesrep. Dtl. werden M. erprobt, die aus Fahrzeugen mit Kurz- oder Langstator-Linearmotoren bestehen und für elektrodynam. oder elektromagnet. Schweben geeignet sind. Das Prinzip des permanent-magnet. Schwebens wurde fallengelassen. Zur Erprobung

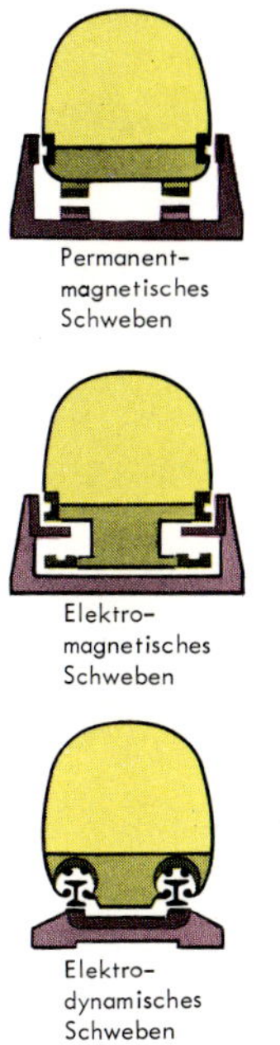

Magnetschwebebahn

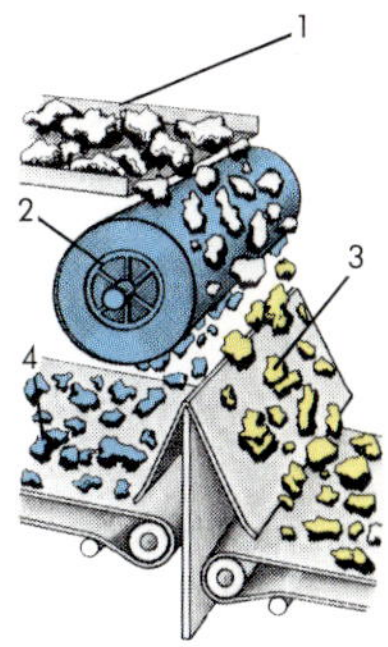

Magnetscheidung: Bandscheider; **1** Mineralgemisch, **2** Magnetwalze, **3** unmagnetisches Gut, **4** magnetisches Gut

Magnetscheidung

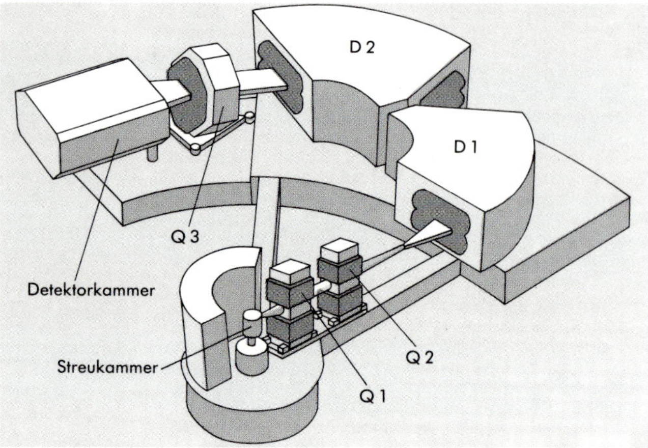

Magnetspektrometer: Schematische Darstellung des M. ›Big Karl‹ der Kernforschungsanlage Jülich zur Untersuchung von Hochenergie-Kernprozessen. In der Streukammer erzeugen hochbeschleunigte Teilchen beim Aufprall auf eine Streufolie (Target) Reaktionsprodukte verschiedener Energie. Das Magnetsystem besteht aus drei Quadrupolmagneten (Q 1, Q 2, Q 3) und zwei Dipolmagneten (D 1, D 2). In der Detektorkammer werden die Teilchen mit einem Vieldraht-Proportionalzähler nachgewiesen

stehen kleinere Firmenanlagen und eine Großversuchsanlage (›Transrapid‹, seit 1983 in Betrieb bei Lathen im Emsland) mit 31,5 km Fahrweg auf einem Rundkurs zur Verfügung. Dort soll die ›Transrapid 06‹ im Dauerversuch Geschwindigkeiten bis 400 km/h erreichen. In Japan wurden 1978 mit einem Versuchsfahrzeug 337 km/h erreicht. Als Nahverkehrssystem wird die M. auf einer Anlage in Braunschweig erprobt (›M-Bahn‹).

Magnetspektrometer, Magnetspektrograph, Gerät zur Messung der Impulsverteilung (Energieverteilung) von Strahlen geladener Teilchen (α-, β-Teilchen, Ionen), das die je nach Impuls (Energie) verschieden starke Ablenkbarkeit der Teilchen durch ein Magnetfeld ausnutzt. Beim **Flachbahnspektrometer** liegen Strahlenquelle, Teilchenbahn und Detektor in einer Ebene senkrecht zum homogenen Magnetfeld. Die durch den Eintrittsspalt in das M. eintretenden Teilchen beschreiben unter Einfluß des Magnetfeldes eine kreisförmige Bahn, deren Krümmungsradius um so größer ist, je schneller (energiereicher) das Teilchen ist. Nach Durchlaufen eines Halbkreises werden Teilchen gleicher Geschwindigkeit, die den Spalt in etwas verschiedener Richtung passiert haben, wieder in einem Punkt vereinigt **(Halbkreisspektrometer mit Richtungsfokussierung).** Beim **Linsenspektrometer** liegen Strahlungsquelle und Detektor auf der Symmetrieachse des Magnetfeldes. Teilchen, die unter einem Winkel zur Magnetfeldrichtung eingeschossen werden, beschreiben eine schraubenförmige Bahn und kreuzen schließlich wieder die Symmetrieachse in einem Punkt. Sein Abstand vom Eintrittsspalt hängt von der Teilchenenergie ab.

M. werden in der Kernphysik dazu benutzt, Art, Energie und Anzahl der Produkte von Kernstreuprozessen und Kernreaktionen unter verschiedenen Winkeln mit möglichst hoher Präzision zu bestimmen. Die Experimente liefern Informationen über die Reaktionsmechanismen und die Kernstrukturen.

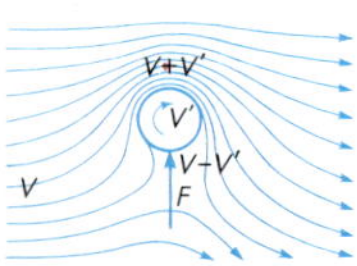

Magnus-Effekt: v Strömungsgeschwindigkeit, v' Rotationsgeschwindigkeit, F resultierende Kraft

Magnet|tonverfahren, → magnetische Aufzeichnung.

Magnetwerkstoffe, 1) **hartmagnet. Werkstoffe, Dauermagnetwerkstoffe** mit hoher Koerzitivfeldstärke; hierzu gehören: a) gehärtete Kohlenstoffstähle; b) kohlenstoffhaltige Chrom-, Chrom-Kobalt- oder Wolframstähle, auch mit Zusatz von Molybdän; c) Legierungen aus Eisen, Nickel und Aluminium, oft mit Zusätzen von Kobalt, Kupfer und Titan; d) Legierungen aus Eisen-Kobalt und Vanadium; e) Kupfer-Nickel-Legierungen mit Eisen oder Kobalt; f) hartmagnet. Ferrite, Oxidmagnete auf der Basis Barium, Strontium und Blei (pulvermetallurgisch hergstellt); g) intermetall. Verbindungen, z. B. Magnesium-Wismut, Platin-Kobalt und Verbindungen mit Seltenen Erden (teilweise pulvermetallurgisch hergestellt).

Hartmagnet. Werkstoffe werden zur Herstellung von Dauermagneten verwendet, die ein zeitlich konstantes, durch äußere Einflüsse möglichst unveränderliches Magnetfeld erzeugen sollen, z. B. in elektr. Maschinen, Lautsprechern, Mikrophonen, Meßinstrumenten u. a.

2) **weichmagnet. Eisenwerkstoffe** mit niedrigen Ummagnetisierungsverlusten (kleine Koerzitivfeldstärke) und leichter Magnetisierbarkeit. Die Hauptgruppen sind a) Elektroblech (→ Dynamobleche) mit Siliciumgehalten bis 4,4% abgesenktem Kohlenstoffgehalt und z. T. Gefügeorientierung; b) Guß- und Schmiedestücke, z. B. für Polräder aus Eisen mit niedrigen Gehalten an Fremdstoffen oder legiert mit Kohlenstoff bis 0,4%, Silicium bis 0,5% und Mangan bis 1,5%, auch mit Zusätzen von Chrom, Nickel oder Molybdän; c) für Hochfrequenzanwendungen (magnetische Verstärker, Spulen- und Übertragerkerne u. a.) Eisen-Nickel- und Kobalt-Legierungen, auch mit Zusätzen von Molybdän und Kupfer; technisch wichtige Werkstoffe sind z. B. → Permalloy oder Mumetall, ferner → Carbonyleisen.

I. Ggs. zu den ferromagnet. Stoffen sind die austenitischen Stähle mit bis zu 27% Nickel oder 14% Magnesium paramagnetisch, auch mit Zusätzen von Chrom, Wolfram u. a.

Magnitụde *die,* Zeichen **M**, mikroseismisches Maß der Erdbebenstärke (→ Richter-Skala).

magnitụdo, Astronomie: → mag.

Mạgnonen *Mz.,* Bez. für → Quasiteilchen zur Beschreibung der Elementaranregung von gekoppelten Elektronenspins in ferro-, antiferro- oder ferrimagnet. Festkörpern, die sich wegen der Translationssymmetrie und der Austauschwechselwirkung als Spinwellen im Kristall ausbreiten.

Magnus-Effekt [n. dem Physiker und Chemiker H. G. Magnus, * 1802, † 1870], die Mitnahme der Stromfäden einer Gas- oder Flüssigkeitsströmung durch einen senkrecht zur Strömung stehenden, rotierenden Zylinder. Aus der ungleichmäßigen Stromfädendichte ergibt sich eine unsymmetr. Geschwindigkeits- und damit Druckverteilung, aus der eine Querkraft senkrecht zur Strömung und senkrecht zur Zylinderachse resultiert. Der M.-E. spielt eine Rolle bei rotierenden, fliegenden Körpern (Geschosse, Tennisbälle). Eine zwar wirksame, aber unwirtschaftliche Anwendung des M.-E. als Schiffsantrieb ist der → Flettner-Rotor. Es gelingt dabei ein Antrieb unter spitzen Winkeln gegen den Wind.

Mähbalken, Balkenmähwerk, Mähwerke zum Mähen von Halmgut, als Schlepperanbaugeräte und als Einbaugeräte für Mähdrescher, Mähhäcksler, Einachsschlepper u. a. gebaut. An einem 1 bis 6 m langen Stahlprofil (Fingerbalken) sind feststehende ›Finger‹ befestigt; durch die Schlitze wird ein mit Messern besetzter Messerbalken hin- und herbewegt, der die Halme abschneidet.

Mähdrescher, Feldmaschinen (→ Landmaschinen), die Getreide mähen, ausdreschen, entgrannen, vorreinigen und vorsortieren. Sie haben die → Bindemäher und die stationären → Dreschmaschinen fast völlig verdrängt. Es gibt vom Schlepper gezogene und von dessen Zapfwelle angetriebene **Zapfwellen-M.,** heute aber überwiegend **Selbstfahr-M.** mit eigenem Motor. Sie haben meist einen schnell zu entleerenden Korntank. Statt eines Mähwerks kann auch ein Aufsammler zur Aufnahme des Getreides aus dem Schwad angebracht werden.

Mahlbusen, Speicherbecken auf der Binnenseite eines Schöpfwerks.

Mahlen, Zerkleinerung von Feststoffen auf Korngrößen unter 5 mm in naß oder trocken arbeitenden → Mühlen. (→ Müllerei)

Mähmaschinen, alle Halmgut mähenden Maschinen und Geräte, wie → Mähbalken, → Mähdrescher, → Bindemäher, → Kreiselmäher, → Rasenmäher.

Maier-Form [n. F. F. Maier, * 1844, † 1926], Schiffsform mit löffelförmigem Vorsteven und V-förmigen Vorschiffsspanten. Vorteile: günstige Wellenbildung, gutes Seeverhalten, Kollisionsschutz.

Maillard-Reaktion [maj'a:r-, n. dem Mediziner und Pharmazeuten L. C. Maillard, * 1878, † 1936], Reaktion von reduzierenden Zuckern mit Aminosäuren, Peptiden oder Proteinen bei erhöhter Temperatur. Die M.-R. läuft beim Backen oder Braten ab und führt zu einer Vielzahl von Verbindungen, die als Aromastoffe (gerösteter Kaffee, Popcorn) und braune Pigmente (Brotkruste) in Lebensmitteln Bedeutung haben.

Maishäcksler, ein → Feldhäcksler mit angebautem Maismähvorsatz zum Mähen, Häckseln und Ausblasen von Silomais auf den angehängten Ackerwagen; es gibt zapfwellengetriebene und selbstfahrende M.

Majolika, → Fayence.

Majorana-Effekt [n. dem italien. Physiker Qu. Majorana, * 1871, † 1957], Doppelbrechung kolloidaler Lösungen im Magnetfeld, v. a. von Eisenoxidsolen; verursacht durch die Richtwirkung des Magnetfeldes auf die magnetisch anisotropen Kolloidteilchen.

Majorante. Ist in den unendlichen → Reihen $A = \sum_{n=0}^{\infty} a_n$ und $B = \sum_{n=0}^{\infty} b_n$ $a_n \leqq b_n$ (für alle natürl. Zahlen n) und sind a_n und b_n positive reelle Zahlen, dann ist B eine M. von A, A ist **Minorante** von B.

Majoritäts|träger, → Halbleiter.

Makadam-Decke [n. dem schott. Straßenbauer McAdam, * 1757, † 1836], urspr. sandeingeschlämmte Schotterstraße, dann die darüber aufgebrachte bituminöse, hohlraumreiche Deckschicht (heute überholt).

Makro|analyse, Bez. für chemisch-analyt. Verfahren, bei denen zw. 0,5 und etwa 10 g Probenmaterial untersucht werden.

Makrobefehl, Makro, Datenverarbeitung: Befehl, mit dem eine aus Einzelbefehlen für mehrfach benötigte Programmteile zusammengestellte Befehlsfolge aufgerufen werden kann. Die Definition von M. dient der Verringerung des Programmieraufwandes.

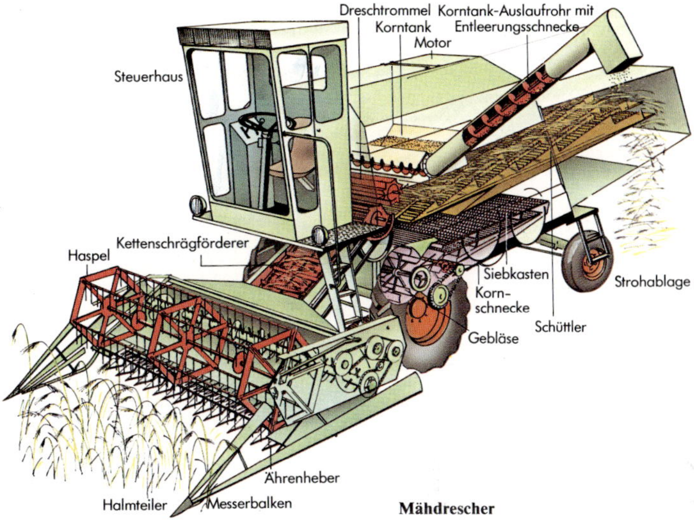

Mähdrescher

Makrokinetik, Lehre vom zeitl. Ablauf chem. Reaktionen unter Berücksichtigung des Stoff- und Wärmetransports. Die M. ist von Reaktorgröße, Rührerart u. a. abhängig und spielt bei der Übertragung chem. Reaktionen in den techn. Maßstab eine große Rolle.

Makromoleküle, von H. STAUDINGER 1922 eingeführte Bez. für Riesenmoleküle, in denen mehrere hundert oder tausend Atome durch kovalente Bedingungen zu linearen, verzweigten oder vernetzten Ketten verknüpft sind. Die molaren Massen liegen i. a. über 10000 g/mol. Makromolekulare Stoffe, die durch Verknüpfung der gleichen einfachen Strukturelemente aufgebaut sind, werden **Hochpolymere** oder einfach **Polymere** genannt. Durch Polymerisation, Polykondensation oder Polyaddition aufgebaute makromolekulare Stoffe haben als → Kunststoffe große Bedeutung. M. bilden auch wichtige Naturstoffe wie Cellulose, Lignin, Eiweißstoffe und Nucleinsäuren.

Makrophotographie, die photograph. Nahaufnahme in natürl. Größe, in geringfügig vergrößernder (ohne Mikroskop) oder verkleinernder Abbildung mit Hilfe von **Makroobjektiven** (→ Photographie) oder Vorsatzlinsen, die die Brennweite verkürzen, oder mittels Zwischenringen oder Balgengerät, die die Bildweite verlängern.

Makrophysik, die phänomenolog. Physik im Unterschied zur Atom- und Molekularphysik.

makroskopisch, ohne opt. Hilfsmittel mit bloßem Auge erkennbar. – Ggs.: **mikroskopisch.**

Maksutow-Teleskop [n. dem sowjet. Optiker D. D. Maksutow], ein spezielles Spiegelteleskop (→ Schmidt-Spiegel).

MAK-Wert, Abk. für **Maximaler Arbeitsplatz-Konzentrations-Wert,** höchstzulässige Konzentration eines Arbeitsstoffes als Gas, Dampf oder Schwebstoff in der Luft am Arbeitsplatz, die bei täglicher achtstündiger Einwirkung die Gesundheit der Beschäftigten nicht beeinträchtigt. Den jeweils neuesten Erkenntnissen angepaßte Stofflisten werden jährlich von der Deutschen Forschungsgemeinschaft herausgegeben.

MAK-Werte, Auszug aus der Stoffliste:

	MAK mg/m³)		MAK (mg/m³)
Aceton	2400	Formaldehyd . . .	1,2
Ammoniak	35	Kohlendioxid . . .	9000
Äthanol	1900	Kohlenmonoxid .	33
Bleitetraäthyl . . .	0,075	Nikotin	0,5
Butan	2350	Quarzhaltiger Feinstaub	4
Cadmium	0,05	Quecksilber	0,1
Chlor	1,5	Schwefelwasserstoff	15
Chlorwasserstoff .	7		
Essigsäure	25		

Weitere Werte → Chlorkohlenwasserstoffe.

Für die in gesonderten Listen aufgeführten krebserzeugenden Arbeitsstoffe wird kein MAK-W. angegeben. Man unterscheidet Stoffe, die beim Menschen erfahrungsgemäß bösartige Geschwulste verursachen (A 1), wie Asbest und Benzol, und Stoffe, die sich bislang nur im Tierversuch als krebserzeugend erwiesen haben (A 2), wie Acrylnitril und Hydrazin. Wenn die Verwendung dieser Stoffe technisch notwendig ist, müssen besondere Schutz- und Überwachungsmaßnahmen durchgeführt werden. Anhaltspunkt für diese Maßnahmen sind die **Technischen Richtkonzentrationen (TRK).** Auch bei Einhaltung der TRK ist eine Gesundheitsgefährdung nicht völlig auszuschließen. Für Stoffe, bei denen ein krebserzeugendes Potential bisher nur vermutet wird (B), wie Cadmiumverbindungen, Chloroform und Formaldehyd, werden MAK-W. angegeben. Der **BAT-Wert (Biologischer Arbeitsstofftoleranzwert)** ist die höchstzulässige Quantität eines Arbeitsstoffes oder die dadurch ausgelöste Abweichung eines biologischen Indikators, die die Gesundheit nicht beeinträchtigt. Er wird meist als Konzentration im Blut oder Harn angegeben.

Malachit, Mineral $Cu_2[(OH)_2|CO_3]$, smaragd- bis schwärzlichgrün; H. 4, D. 4; selten gute Kristalle, langprismatisch-nadelig in büscheligen, meist nierig-traubig verwachsenen, derben, stalaktit. Aggregaten mit glaskopfartiger Oberfläche und achatartiger Bänderung oder als erdige Beschläge und Anflüge. M. entsteht in der Oxidationszone von Kupfererzen und ist dort oft abbauwürdig angereichert.

Malachit: OBEN Überzug auf Brauneisen (Siegerland); UNTEN dicht angeschliffen (Nischnij Tagil, Ural, UdSSR)

Malachitgrün, blaugrüner, bas. → Triarylmethanfarbstoff; wird v. a. zum Bedrucken von Seide und Baumwolle, zum Färben von Leder, Papier und von histolog. Schnitten sowie in der Lack-Ind. und als Indikator verwendet.

Malate *Mz.,* Salze und Ester der → Apfelsäure.

Malathion, Common Name für einen als → Insektizid und → Akarizid verwendeten Dithiophosphorsäureester. Toxizität LD_{50}: 1500 bis 2800 mg/kg Ratte. (FORMEL S. 219)

Malachit: geschliffen

Male|inat|harze, helle, relativ lichtbeständige lacktechnisch verwendete Kunstharze, Mischester aus Abietin- und Maleinsäuren, Harzsäure und Glycerin.

Maleinsäure, cis-Butendisäure, kristalline, ungesättigte, mit der → Fumarsäure isomere Dicarbonsäure. M. bildet sich beim Lösen von M.-Anhydrid in Wasser.

Maleinsäure|anhydrid, kristalline Verbindung, die durch Oxidation von Benzol oder Butenen mit Luftsauerstoff bei 350–450 °C an Vanadiumoxid-Katalysatoren hergestellt wird. M. dient überwiegend zur Herstellung von ungesättigten Polyesterharzen und Fumarsäure sowie zur Modifizierung von Alkydharzen. (FORMEL S. 219)

Maler, Malerstaffelei, lat. **Pictor,** ein → Sternbild des südl. Himmels.

Malergold, → Goldpräparate.

Malignit, ein Tiefengestein, → magmatische Gesteine.

Mall *das,* Schablone für die Formung der Spanten u. a. Schiffsteile.

Mallung *die,* das unstete Hinundherspringen von schwachen Winden, bes. in der inneren Tropenzone der Ozeane; → Kalme.

Malm *der,* **1)** obere Abteilung des → Jura, auch **Weißer Jura** genannt.

2) Kalk- und phosphorsäurereicher Lehmboden.

Malonsäure, Propandisäure, kristalline → Dicarbonsäure, die in Zuckerrüben vorkommt und bei der Oxidation von Apfelsäure entsteht. Ihre Dimethyl- und Diäthylester haben eine reaktive CH_2-Gruppe, die diese Verbindungen als Ausgangsstoffe für Synthesen **(Malonestersynthesen)** z. B. von Barbituraten, Riechstoffen, Aminosäuren und Vitaminen geeignet macht. (FORMEL S. 219)

Maltase, zu den α-Glucosidasen gehörendes Enzym, das Maltose zu Glucose hydrolisiert.

Malteserkreuzgetriebe, periodisches → Getriebe, meist benutzt als Filmschaltwerk zum ruckweisen Weiterbewegen von Kinofilmen (BILD Film). – Das M., im 18. Jh. für Spieluhren verwendet, hat O. MESSTER in verbesserter Form in die Filmtechnik eingeführt.

Maltol, → Pyran.

Maltose, Malzzucker, aus zwei Molekülen D-Glucose aufgebautes Disaccharid (→ Zuckerarten). Dabei geht ein α-D-Glucosemolekül mit seiner halbacetal. OH-Gruppe eine Glykosidbindung mit dem zweiten D-Glucosemolekül (α- oder β-Form) ein. M. wird beim Abbau von

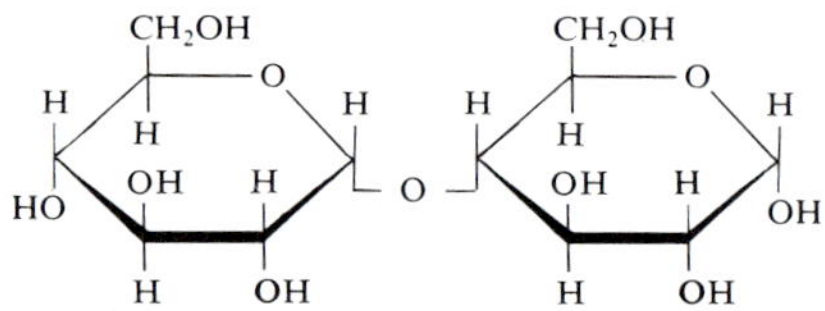

α-Maltose

Stärke durch das im Malz enthaltene Enzym β-Amylase gebildet. Sie ist als vergärbarer Zucker in Bier- und Branntweinmaische enthalten. Als Bestandteil von Glukosesirup dient M. zum Süßen von Lebensmitteln. Durch Säuren oder durch das Enzym Maltase wird sie zu D-Glucose hydrolysiert.

Mammutpumpe, Luftheber, Einrichtung zur Aufwärtsförderung von Flüssigkeiten oder Trüben in Rohrleitungen unter Zufuhr von Luft und Ausnutzung des dadurch entstehenden Aufstromes. (BILD S. 219)

Mandelsäure, 2-Hydroxy-2-phenylessigsäure, kristalline, optisch aktive Säure. DL-M. wird aus Benzaldehyd und Blausäure hergestellt und zur Synthese von Pharmazeutika verwendet. D(−)M. entsteht neben L(+)M. bei der Spaltung von DL-M. mit Cinchonin. Hierbei kennzeichnen D und L die Konfiguration am asymmetr.

C-Atom, → Stereochemie. M. wird zur Trennung von Racematen verwendet.

Mandelstein, vulkan. oder subvulkan. Gestein mit zahlreichen, z. B. von Chalcedon, Achat, Quarz oder Calcit erfüllten Hohlräumen.

Mangan *das,* chem. Symbol **Mn,** ein → chemisches Element aus der Gruppe der → Übergangselemente, Ordnungszahl 25. Von den mehr als zehn Isotopen ist nur das natürliche ^{55}Mn stabil. M. kommt in vier allotropen Formen vor. Das silbergraue, harte und spröde Metall ist leicht in Säuren, langsam schon in Wasser löslich, an der Luft verbrennt es zu Mn_3O_4 (→ Manganverbindungen).

In der Erdrinde kommt M. zu 0,06 Gewichts-% vor. Die wichtigsten M.-Erze sind alle oxidischer Natur, z. B. → Pyrolusit (häufig als → Braunstein mit anderen M.-Mineralen), → Manganit, → Hausmannit, → Rhodochrosit; weiteres → Manganknollen. – Unreines, carbidhaltiges M. erhält man durch Reduktion der Erze mit Kohle, reines M. durch Elektrolyse von M.-Sulfatlösungen sowie aluminothermisch, z. B. nach

$$3\,MnO_2 + 4\,Al \longrightarrow 3\,Mn + 2\,Al_2O_3.$$

M. wird v. a. für → Manganlegierungen und als Desoxidationsmittel für Stahl verwendet.

M. findet sich in Spuren in den Geweben vieler Tiere. Die biolog. Bedeutung besteht bes. in der Wirkung als Aktivator oder Cofaktor von Enzymen, außerdem als Spurenelement.

Braunstein wurde schon im Altertum zum Entfärben von Glas benutzt. J. G. JAHN stellte 1774 erstmals reines M. her. Bedeutend als Stahlveredelungsmetall wurde M. um 1900.

Manganblau, Zementblau, → Manganpigmente.

Manganbraun, Bister, → Manganpigmente.

Mangangrün, → Manganpigmente.

Manganit *der,* Mineral γ-MnOOH, braunschwarz, dünnste Splitter rot durchscheinend; H. 4, D. um 4,3; Kristalle lang- oder kurzprismatisch, oft knie- oder kreuzförmige Zwillinge; radialstrahlige oder wirre Aggregate. M. ist selten frisch, meist z. T. in Pyrolusit übergegangen. Vorkommen gangartig als Auslaugungsprodukt in magmatischen Gesteinen. (BILD S. 220)

Mangankiesel, → Rhodonit.

Manganknollen, manganreiche, rundl. Konkretionen von Zentimeter- bis Metergröße in Anreicherungen bis zu einer Flächendichte von 25 kg je m^2 am Tiefseeboden; enthalten im Durchschnitt 28% Mangan und 14% Eisen, untergeordnet Nickel, Kupfer und Kobalt. Ihre Entstehung ist noch ungeklärt.

Manganlegierungen, in denen Mangan Hauptbestandteil ist, haben als Werkstoff bisher keine größere techn. Bedeutung erlangt. Hingegen wird Ferromangan (mit 30–80% Mn) als Desoxidationsmittel bei der Stahlerzeugung verwendet. Legierungen mit geringen Mangangehalten (meist zur Erhöhung der Festigkeit) sind sehr zahlreich. Am wichtigsten ist die Verwendung von Mangan in Stahl und Gußeisen, auch für einige ferromagnetische Legierungen (→ Magnetwerkstoffe).

Mangano|calcit, → Rhodochrosit.

Mangano|melan, Hartmangan|erz, Sammelname für meist traubig-nierige bis strahlig-kryptokristalline, schwarze, dunkelbraune bis graue, harte, z. T. tropfstein-, glaskopf- oder krustenartige Aggregate von Manganoxid-Mineralen (u. a. → Pyrolusit, → Psilomelan), die auch unter der Bez. **Braunstein** oder (fälschlich) ›Psilomelan‹ zusammengefaßt werden. Die Weichmanganerze bilden den Übergang zum → Wad. Die Vorkommen aller M.-Minerale liegen in der Oxidationszone manganreicher Erze.

Mangano|metrie, maßanalyt. Verfahren mit Kaliumpermanganat als oxidierend wirkender Maßflüssigkeit. Die Eigenfarbe des Kaliumpermanganats dient als Indikator (→ Oxidimetrie).

Mangano|phyllit, ein Mineral, → Glimmer.

Manganpigmente, anorgan. Pigmente, die Mangan chemisch gebunden enthalten. Dazu gehören u. a.: **Manganblau,** licht-, zement-, kalk- und wasserglasechtes Mischkristall-M. aus Bariumsulfat und -manganat; schwarzbraunes **Manganbraun** (Bister, Mangan- oder Mineralbister), ein Mangan(III)oxidhydrat, für Leim-, Kalk- und Ölmalerei; dunkelgrünes **Mangangrün** (Bariummanganat, Kasseler oder Rosenstiehls Grün), giftig, wird durch Säuren zersetzt; **Manganschwarz** (Zementschwarz) aus vermahlenen Manganerzen; **Manganviolett** (Nürnberger-Violett oder Mineralviolett) aus Manganphosphat.

Manganschaum, Manganschwärze, → Wad.

Manganschwarz, → Manganpigmente.

Manganspat *der,* Mineral, → Rhodochrosit.

Manganverbindungen. Mangan hat die Oxidationszahlen –3 bis +7. Am wichtigsten sind die M. mit der Oxidationszahl +2, +3, +4 und +7. – **Mangan(II)oxid,** MnO, ein graugrünes Pulver, geht beim Erhitzen an der Luft bei 250–300 °C in das braune **Mangan(III)-oxid,** Mn_2O_3, über. Beim Erhitzen über 900 °C entsteht daraus rotbraunes beständiges Mn_3O_4, ein Mangan(II, IV)oxid, $Mn_2^{II}Mn^{IV}O_4$. **Mangan(IV)oxid,** MnO_2, kommt in verschiedenen Modifikationen in der Natur vor **(Braunstein, Pyrolusit, Polianit);** es ist das wichtigste Manganoxid. Künstlich wird es durch Erhitzen von **Mangannitrat,** $Mn(NO_3)_2$, hergestellt. Es findet Verwendung als Oxidationsmittel, in Trockenbatterien, als Glasmacherseife zum Entfärben von grünem Eisensilikatglas und zur Herstellung von Mangansalzen. Beim Glühen geht es in Mn_3O_4 über. – **Mangan(VII)oxid,** Mn_2O_7, ein grünlich-metallisch glänzendes dunkles Öl, zersetzt sich beim Erhitzen explosionsartig. Weißes **Mangan(II)hydroxid** bildet sich aus Mangan(II)salzlösungen mit Laugen als unlösl. Niederschlag. An der Luft geht es sofort in ein Gemisch von braunem **Mangan(III)-** und **Mangan(IV)oxidhydrat** über. Beim Trocknen bei 100 °C entsteht daraus überwiegend MnO(OH), ein Bestandteil der braunen Malerfarbe **Umbra.** Die Basizität der Manganoxide nimmt mit steigender Wertigkeit ab. Mangan(IV)oxid ist daher amphoter, sechs- und siebenwertiges Mangan kommt in Lösungen nur noch als tiefgrünes **Mangan(IV),** $[MnO_4]^{2-}$, oder als rotviolettes **Manganat(VII),** $[MnO_4]^-$, vor. Letzteres wird auch als **Permanganat-Ion** bezeichnet. In alkalisch oxidierenden Schmelzen bildet sich auch das tiefblaue **Manganat(V),** $[MnO_4]^{3-}$.

Die reinen **Mangansäuren** sind instabil. Mit den Alkali- und Erdalkalimetallen bilden die verschiedenen Mangansäuren zahlreiche stabile Salze **(Manganate).** Am bekanntesten ist das **Kaliumpermanganat,** $KMnO_4$, dunkelviolette, wasserlösl. Kristalle; wichtiges Desinfektionsmittel. Anwendung auch in der → Manganometrie. Man gewinnt es durch elektrochem. Oxidation der Manganate(V) und (VI) (→ Manganpigmente). **Mangan(II)chlorid,** $MnCl_2$, kristallisiert aus Lösungen als blaßrosa gefärbtes Tetrahydrat, $MnCl_2 \cdot 4\,H_2O$, aus. Die dunkelgefärbten Chlo-

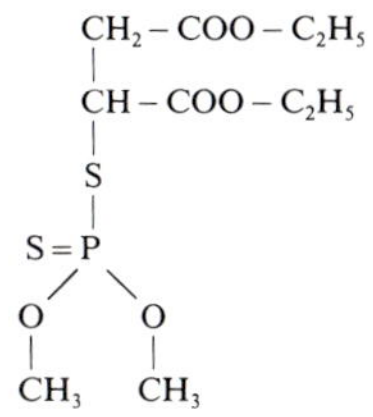

Malathion

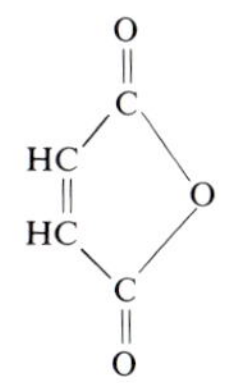

Maleinsäureanhydrid

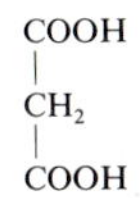

Malonsäure

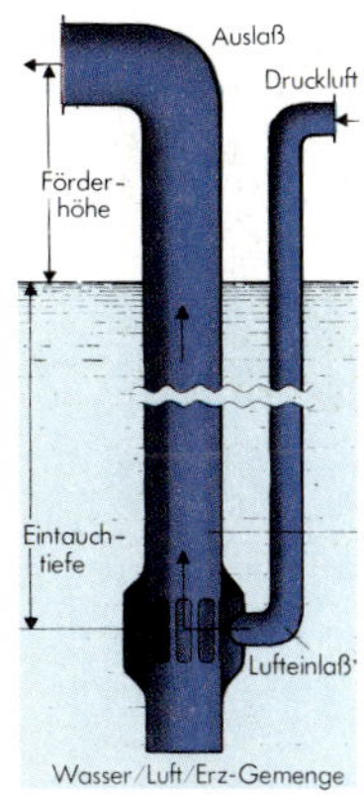

Mammutpumpe

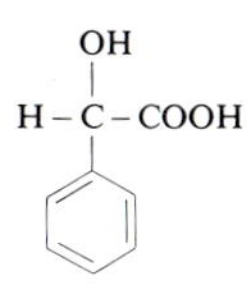

Mandelsäure

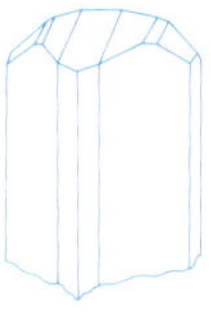

Manganit

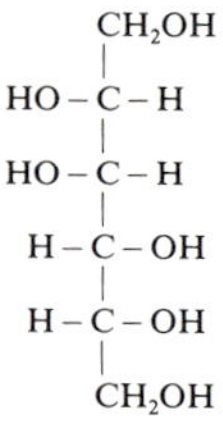

Mannit

ride des Mn(III) und (IV) sind nur als instabile Zwischenprodukte in Lösungen bekannt. **Mangan(II)sulfat,** $MnSO_4$, kommt wasserfrei und in Form verschieden blaßrosa gefärbter Hydrate vor. **Mangan(II)sulfid,** MnS, fällt aus Mangansalzlösungen als schwerlösl. hellrosa gefärbter Niederschlag aus. Es existiert auch in einer grünen Modifikation. – **Mangan(II)carbonat** ist ein weißes, in reinem Wasser unlösliches, bei Kohlensäurezusatz als **Manganhydrogencarbonat,** $Mn(HCO_3)_2$, etwas lösliches Pulver. In der Natur kommt es als **Rhodochrosit** vor. Die **Manganphosphate** sind in Wasser schwer löslich. **Mangancarbide** verschiedener Zusammensetzung bilden sich als metallähnliche, kristalline Stoffe aus Manganmetall und Kohlenstoff. **Organische M.,** z. B. Manganstearat, werden in →Trockenmitteln verwendet.

Manganviolett, Nürnberger-Violett, Mineralviolett, →Manganpigmente.

Mangerit, →Syenite.

Manipulator, Gerät zum Handhaben von Gegenständen. Der M. ersetzt den unmittelbaren Zugriff der menschl. Hand; Kräfte und Bewegungen des Menschen können dabei in gleichem oder geändertem Verhältnis übertragen werden. Bekannt ist der Einsatz von M. in Kerntechnik und Raumfahrt, wo sie die Hand- und Fingerbewegungen des Bedienenden auf einen entsprechenden Werkzeugteil im nicht zugänglichen Raum übertragen **(Greif-M., Master-Slave-M.** [mʼɑ:stə sleɪv-, engl.]). Durch zusätzliche elektr. oder hydraul. Hilfsantriebe kann eine Kraft- und Bewegungsverstärkung der Bedienungsarme und Greifwerkzeuge erreicht werden. – **Mikro-M.** untersetzen Handbewegungen auf kleinste Dimensionen; Anwendung in der Fertigungstechnik, z. B. zum Herstellen von Skalen oder kleinen integrierten Schaltungen, in Biologie und Medizin für Eingriffe an Zellen und Transplantationen z. B. von Organteilen. (→Automat, →Einlegegeräte, →Industrieroboter, →Telemanipulator)

Man-Made Noise [mæn meɪd nɔɪz, engl.], elektr. →Störsignale, die nicht durch natürl. Störquellen hervorgerufen werden, sondern vom Betrieb techn. Einrichtungen herrühren; z. B. Netzbrummen, Signale auf benachbarten Übertragungskanälen, Zündstörungen bei Kraftfahrzeugen, nicht entstörte Schaltvorgänge.

MAN-M-Verfahren, M-Verfahren, →Dieselmotor.

Mannane, aus Glucose, Mannose u. a. Zuckern aufgebaute, im Pflanzenreich verbreitete Polysaccharide, die glycosidisch miteinander verknüpft sind.

Mannigfaltigkeit. Der Begriff der M. ist eine Verallgemeinerung des Begriffs einer Fläche im Raum, die man sich als ein verbogenes Stück eines deformierbaren Materials vorstellen kann; z. B. Kugeloberfläche, Oberfläche eines Fahrradschlauches (mathemat.: Torus). Jeder Punkt hat eine Umgebung auf der Fläche, die als Bildmenge einer offenen Menge der Ebene unter einer eineindeutigen stetigen Abbildung, deren Umkehrabbildung auch stetig ist, aufgefaßt werden kann. Eine **topologische M.** der Dimension n ist ein →topologischer Raum M mit folgenden Eigenschaften: 1) M ist ein →Hausdorffscher Raum. 2) Jeder Punkt besitzt eine Umgebung, die homöomorph (→Homöomorphismus) zu einer offenen Menge des $\mathbb{R}^n$ oder des Halbraumes

$$H^n := \{(x_1, \ldots, x_n) \in \mathbb{R}^n | x_n \geqq 0\}$$

ist. Z. T. werden weitere Eigenschaften gefordert. Die Frage nach den Typen von M., die homöomorph sind, ist bis heute i. a. ungelöst.

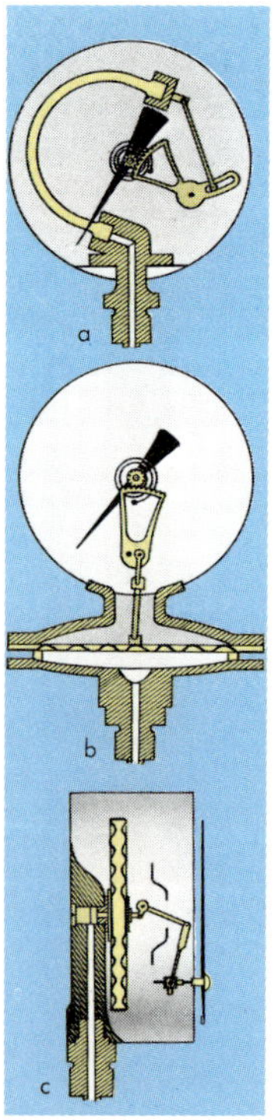

Manometer: Federdruckmesser; a Rohrfedermesser, b Plattenfedermeßwerk, c Kapselfedermeßwerk

Mannit, süß schmeckender, kristalliner sechswertiger Alkohol (Hexit) mit etwa der halben Süßkraft des Rohrzuckers. M. kommt in Saft der Manna-Esche und in Braunalgen vor und wird durch Hydrierung von Invertzucker hergestellt. Er wird in der Medizin (z. B. bei Nierenerkrankungen) und als Zuckeraustauschstoff in diät. Lebensmitteln verwendet.

Mannloch, dicht verschließbare Einstiegöffnung in Kessel, Behälter, Bunker, Tanks u. a., mit festgelegten Mindestmaßen für Reinigung, Überwachung, Reparatur. Kleinere Hohlkörper erhalten **Handlöcher.**

Mannose, D-Mannose, mit der Glucose stereoisomere Ketohexose (→Zuckerarten), die als Bestandteil von Polysacchariden (Mannane) in der Steinnuß und im Johannisbrotsamen vorkommt. (FORMEL S. 221)

Manometer, Druckmesser für Gase und Flüssigkeiten; über Flüssigkeits-(Quecksilber-) und Metall-(Aneroid-)Barometer →Barometer; M. mit elast. Meßglied (Federdruckmesser) sind z. B. Rohrfeder- (→Bourdon-Feder), Plattenfeder- und Kapselfeder-M.; über Ionisations-M. und Vakuummeter →Vakuumtechnik.

Kolben-M. sind Druckwaagen, in denen die auf den Kolben ausgeübte Kraft mit Hilfe einer Waage gemessen wird. Für die Messung hoher Drücke wird bes. die Änderung des elektr. Widerstandes druckempfindl. Stoffe **(Widerstands-M.)** oder die piezoelektr. Aufladung von Quarzkristallen **(Kristall-M.)** ausgenutzt. Für die Messung kleiner Druckunterschiede kommen **Mikro-M.** zum Einsatz. Bei dem **Membran-Mikro-M.** z. B. ist die Kapazitätsänderung zw. einer Membran und einer Gegenelektrode das Maß für die Druckänderung.

Mansarde [n. dem frz. Baumeister Hardouin-Mansart, * 1646, † 1708] *die,* **1)** bewohnbar ausgebautes Dachgeschoß.

2) Stoffdruckerei: auch **Trockenstuhl,** über oder hinter der Druckmaschine liegende, mit Heißluft beheizte Vorrichtung, in der das über Rollen geführte, bedruckte Gewebe getrocknet wird.

Manschette, meist kreisrunde, umgebördelte →Dichtung 2) aus Gummi, Leder, Kunststoff für bewegte Maschinenteile; meist so geformt, daß der abzudichtende Druck die Dichtwirkung verstärkt.

Mantel, 1) Mathematik: **Mantelfläche,** Teile der Oberfläche eines Körpers, die nicht zur Grund- oder Deckfläche gehören; z. B. Zylinder-M., Kegel-M. (→abwickelbar, →Kegel 2).

2) Technik: äußere Umhüllung von Kolben, Kesseln u. ä. bes. zur Unterbindung des Wärmeaustauschs.

Mantel|lini|e, Erzeugende einer Mantelfläche; sie ist eine Gerade, falls der Mantel eine →Torse ist.

Mantelstrom-Triebwerk, Bypass-Triebwerk [b'aɪpɑ:s-, engl.], **Nebenstrom-Triebwerk,** ein Zweistrom-(Zweikreis-)Turbinenluftstrahltriebwerk (→Strahltriebwerk), bei dem ein sekundärer Luftstrom das Triebwerk mantelseitig umgibt.

Manteltransformator, Bauform des →Transformators, im Unterschied zum Kerntransformator.

Mantisse *die,* die Ziffern nach dem Komma eines →Logarithmus.

Mantle Plume [mæntl plu:m, engl.], der →Hot spot.

MAO, Abk. für →Monoaminoxidasen.

Maraging-Stahl [mɑ:rˈeɪdʒɪŋ-], Abk. für **Martensite Aging Steel** [mˈɑ:tənzaɪt ˈeɪdʒɪŋ sti:l, engl.], martensitaushärtende Stähle mit rd. 18% Nickel und niedrigem Kohlenstoffgehalt, die ihre Härte durch Ausscheidung von intermetall. Verbindungen mit Molybdän, Kobalt und Titan beim Anlassen des →Martensits erhalten.

Mare, *Mz.* **Maria,** die dunkleren Teile der Oberflächen von Mond, Mars und Merkur; bei Mond und Merkur sind die M. die Folge von Einschlägen größerer Brocken in der Frühgeschichte des Sonnensystems; sie wurden später aus dem Innern der Himmelskörper mit aufsteigender Lava aufgefüllt.

Marecs, Abk. für **Maritime European Communication Satellite** [mˈærɪtaɪm juərəpˈi:ən kəmju:nɪkˈeɪʃn sˈætəlaɪt, engl.], neuer Name für die früheren europ. maritimen Nachrichtensatelliten **Marots,** die auf den Erfahrungen mit dem ersten europ. Kommunikations-Testsatelliten **OTS** aufbauen und von 1982 an mit weiterentwickelten Marisat-Satelliten (→Marisat) eine globale Abdeckung der Kommunikation zw. Land und See sicherstellen. Seit der Verfügbarkeit maritimer →Nachrichtensatelliten ist es möglich, von jedem Telefon-, Telex- und Faksimilegerät jedes entsprechend ausgerüstete Schiff anzuwählen. Jeder M. hat eine Lebensdauer von nominal sieben Jahren und arbeitet im Frequenzbereich 4–6 GHz (Bodensatellit) oder 1,5–1,6 GHz (Schiffssatellit). M. 1 wurde 1981 in Umlauf gebracht, der Start von M. 2 scheiterte wegen Versagens der Trägerrakete →Ariane.

Margarit, ein Mineral, →Glimmer.

Marialith [n. der Frau des Mineralogen G. vom Rath, * 1830, † 1888] *der,* Mineral, ein →Skapolith.

Mari|englas, ein Mineral, →Gips.

marin, zum Meer gehörig, das Meer betreffend, im Meer entstanden oder lebend.

Mariner [mˈærɪnə, engl.], Serie amerikan. Raumsonden zur Erforschung der Planeten Merkur bis Mars (ÜBERSICHT) mit oktagonalförmiger Basisstruktur für Geräte und wissenschaftl. Instrumentierung sowie windmühlenflügelartigen Solarzellenträgern. Eine modifizierte M.-Sonde kam im Marsprogramm →Viking zum Einsatz.

mariner Erzbergbau, →Meeresbergbau.

Marisat [mˈærɪsæt], Abk. für **Maritime Communication Satellite** [mˈærɪtaɪm kəmju:nɪkˈeɪʃn sˈætəlaɪt, engl.], seit 1976 aus drei Satelliten bestehendes System geostationärer →Nachrichtensatelliten für die amerikan. Marine und den kommerziellen Schiffsverkehr, positioniert über dem Atlant., Pazif. und Ind. Ozean. Seit 1982 laufen die kommerziellen und maritimen Satellitendienste über INMARSAT, der fast alle seefahrttreibenden Nationen als Mitglied beigetreten sind. Nachfolger der M.-Kette sind die europ. →Marecs und verbesserte M.

maritim, das Meer, das Seewesen betreffend, unter dem Einfluß des Meeres stehend.

Markab, Stern zweiter Größe, α im Sternbild Pegasus.

Markasit *der,* Mineral FeS_2; Farbe, Härte und Vorkommen wie der auch sonst ähnliche →Pyrit FeS_2; Kristalle meist tafelig (BILD 1, S. 222), häufig durch Verwachsung (BILD 2, S. 222) oder Verzwilligung sägezahnartig **(Kammkies;** BILD 3, S. 222) oder speerspitzenförmig **(Speerkies;** BILD 4, S. 222), auch dünnstengelig **(Haarkies);** oft kugelige, radialstrahlige Aggregate. M. ist sehr verbreitet, geht bei 520–535 °C in Pyrit über und wird durch Luftzutritt zersetzt.

markierte Verbindungen, chem. Verbindungen, die z. T. aus markierten Molekülen bestehen, d. h., bei denen best. Atome durch Isotope ersetzt sind, die sich deutlich durch Masse oder andere physikal. Eigenschaften (z. B. Radioaktivität) von den ersetzten Isotopen unterscheiden. M. V. lassen sich auf Grund ihrer Radioaktivität oder ihrer verschobenen Isotopenverhältnisse (→Isotopenverdünnungsanalyse) bei chem., biolog., techn. oder anderen Vorgängen wegen ihres gleichartigen chem. Verhaltens verfolgen.

Markow-Prozeß [n. dem russ. Mathematiker A. A. Markow, * 1856, † 1922], ein →stochastischer Prozeß, für den es kennzeichnend ist, daß die (bedingte) Wahrscheinlichkeit eines Wertes einer zeitlich veränderl. Zufallsvariablen $z(t)$, wenn $z(t')$ mit $t' < t$ bekannt ist, sich nicht dadurch ändert, daß die weitere Vorgeschichte, also weitere Werte $z(t'')$ mit $t'' < t'$ bekannt sind. Ein M.-P. heißt eine **Markowsche Kette,** wenn die Zufallsvariablen nur endlich oder abzählbar unendlich viele Werte annehmen können; er heißt homogen, wenn die bedingten Wahrscheinlichkeiten nur von der Differenz t-t', nicht aber von t selbst abhängen. Große Bedeutung haben M.-P. in der kinet. Gastheorie, besonders in der Theorie der Brownschen Bewegung.

Mark-Röhrchen [n. dem österreich. Chemiker H. F. Mark, * 1895], Kristallographie: dünnwandige, einseitig geschlossene Glas- oder Quarzkapillaren zum Einfüllen von Flüssigkeiten oder Pulvern für Röntgenaufnahmen nach der Debye-Scherrer-Methode (→Pulvermethoden).

Markscheide, Bergbau: Grenze des verliehenen Grubenfeldes über und unter Tage. **Markscheidekunde, Markscheidewesen,** befaßt sich mit den für bergbaul. Zwecke über und unter Tage notwendigen Vermessungen, Berechnungen und zeichner. Darstellungen. Bes. wichtig sind die vermessungstechn. Festlegung der Grubenräume und ihr Nachweis im Grubenrißwerk sowie die Erfassung von gebirgsmechan. Vorgängen und Bewegungen der Erdoberfläche (Bergschäden) als Folge des Bergbaus.

Marmatit *der,* eisenreiche Zinkblende (→Sphalerit).

Marmor, 1) mittel- bis grobkristalliner metamorpher Kalkstein (seltener Dolomit); das Ausgangsmaterial wurde unter Kornvergröberung umkristallisiert (Sammelkristallisation), Verunreinigungen führen zu flecken- oder aderförmigen Verfärbungen, z. B. Eisenverbindungen (gelb, rot, braun), Graphit (grau, schwarz). **Ophicalcit** ist ein von Serpentinstreifen durchzogener M.; rein weißer M. für Bildhauerzwecke ist selten (z. B. Carrara, Italien). BILDER S. 223 und S. 224.

Mannose

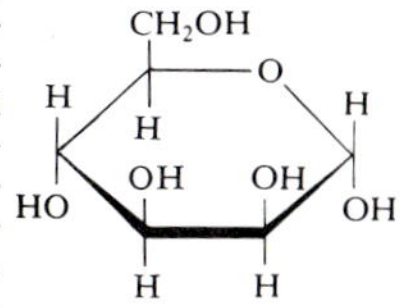

α-D-Mannose

Markasit: radialstrahlige Knolle (Tagebau Treue bei Helmstedt)

Mariner-Sonden

Name	Start	Zielplanet	Ankunft	Bemerkungen
M. 1	22. 7. 1962	Venus	—	Fehlschlag
M. 2	26. 8. 1962	Venus	14. 12. 1962	(Vorbeiflug in 34000 km Entfernung)
M. 3	5. 11. 1964	Mars	—	Fehlschlag
M. 4	28. 11. 1964	Mars	15. 7. 1965	(Vorbeiflug, rd. 9800 km)
M. 5	14. 6. 1967	Venus	19. 10. 1967	(Vorbeiflug, rd. 4000 km)
M. 6	24. 2. 1969	Mars	31. 7. 1969	(Vorbeiflug, rd. 3200 km)
M. 7	27. 3. 1969	Mars	5. 8. 1969	(Vorbeiflug, rd. 3200 km)
M. 8	8. 5. 1971	Mars	—	Fehlschlag
M. 9	30. 5. 1971	Mars	13. 11. 1971	(1. künstlicher Marsmond)
M. 10	3. 11. 1973	Venus/ Merkur	5. 2. 1974	(Vorbeiflug Venus, etwa 5870 km; anschließend Weiterflug zum Merkur und dort drei Vorbeiflüge)

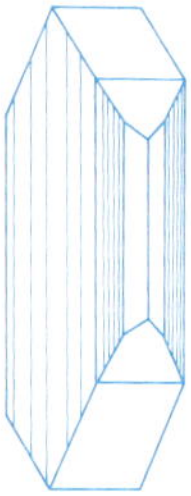

Markasit 1

Markasit 2

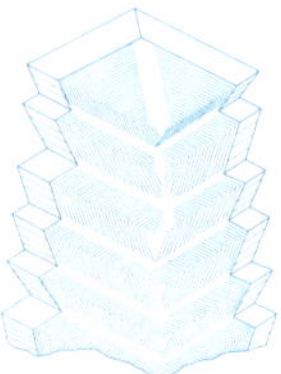

Markasit 3

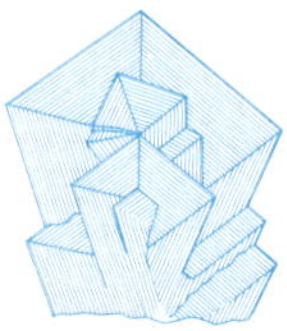

Markasit 4

Markasit

2) Handelsname für jeden polierbaren Kalkstein (z. B. ›Lahnmarmor‹).

Mars, 1) Zeichen ♂, von der Sonne aus gezählt 4. Planet im → Sonnensystem, gehört zu den erdähnl. → Planeten. M. bewegt sich in 687 Tagen (= 1 Marsjahr) auf einer ellipt. Bahn mit einer mittleren Entfernung von 227,9 Mio. km oder 1,52 Astronom. Einheiten um die Sonne (Periheldistanz 206,9 Mio. km, Apheldistanz 249 Mio. km); die M.-Bahn ist um 1,7 Grad zur Ekliptik geneigt. Als oberer Planet erreicht er etwa alle 26 Monate eine Opposition (→ Konstellation 1) zur Sonne, wobei die Oppositionsdistanz zw. etwa 55 Mio. km und 103 Mio. km schwanken kann (entsprechend der scheinbare Durchmesser zw. 14 und 25 Bogensekunden). Die dünne M.-Atmosphäre erlaubt i. a. einen Blick auf die M.-Oberfläche, auf der deutl., im wesentl. beständige Formationen erkennbar sind. Hieraus wurde die Rotationsdauer schon früh zu 24 h 37 min 22,6 s bestimmt, wobei der Äquator um 25 Grad gegen die Bahnebene geneigt ist; M. hat also Jahreszeiten ähnlich wie die Erde. Im Rhythmus dieser Jahreszeiten schwankt auch der Durchmesser der Polkappen, die aus gefrorenem Kohlendioxid (›Trockeneis‹) und Wassereis bestehen. Die Temperatur an den M.-Polen bleibt selbst während des M.-Sommers unter −80 °C, während sie in Äquatornähe tagsüber auf Werte um oder wenig über 0 °C ansteigt.

Die Abplattung ist mit 1 : 189,1 wegen der im Vergleich zur Erde geringeren mittleren Dichte (3,92 g/cm³) stärker als bei der Erde (1 : 298). M. wird von den zwei Monden **Phobos** (BILD 1) und **Deimos** umkreist, die 1877 von A. HALL entdeckt wurden. Die mittleren Durchmesser dieser unregelmäßig geformten Körper konnten anhand von Raumsonden-Beobachtungen zu rd. 23 und 13 km bestimmt werden. V. SCHIAPARELLI meldete 1877 die Beobachtung von **Marskanälen,** dunklen Linien, die die als Feuchtregionen gedeuteten Dunkelgebiete des M. zu verbinden schienen. Sie stellten sich später jedoch als opt. Täuschung heraus.

Seit 1965 sind mehrere amerikan. und sowjet. Raumsonden zum M. geflogen und haben zahlreiche Photos (BILD 2) und Meßdaten zur Erde übermittelt (→ Mariner, → Viking). Schon auf den ersten Photos fand man zahlreiche **Marskrater,** die größtenteils wie die Mondkrater auf den Einschlag kosm. Brocken in der Frühgeschichte des Sonnensystems zurückgeführt werden. Die **Marsatmosphäre,** der man zuvor einen Bodendruck von rd. 100 Millibar zugesprochen hatte, erwies sich als viel dünner: der mittlere Luftdruck am M.-Boden liegt bei 6,1 mbar. Die M.-Atmosphäre besteht zu rd. 95% aus Kohlendioxid, 2,7% Stickstoff, 1,6% Argon sowie einigen Spurengasen, zu denen auch Wasserdampf gehört. Aus dem Isotopen-Verhältnis des Stickstoffs läßt sich ableiten, daß M. früher eine dichtere Lufthülle besessen haben muß. Während dieser Zeit könnten auch die zahlreichen ›Flußtäler‹ entstanden sein, die an vielen Stellen auf der M.-Oberfläche zu finden sind; es sind z. T. mäandrierende Rillen, die oft deutliche Fließ- und Sedimentstrukturen aufweisen. Es wird vermutet, daß das damals auch reichlicher vorhandene Wasser heute als Permafrostschicht unter der M.-Oberfläche verborgen ist.

Mars 1) 1: Marsmond Phobos von Mariner 9 aus 5 540 km Abstand aufgenommen

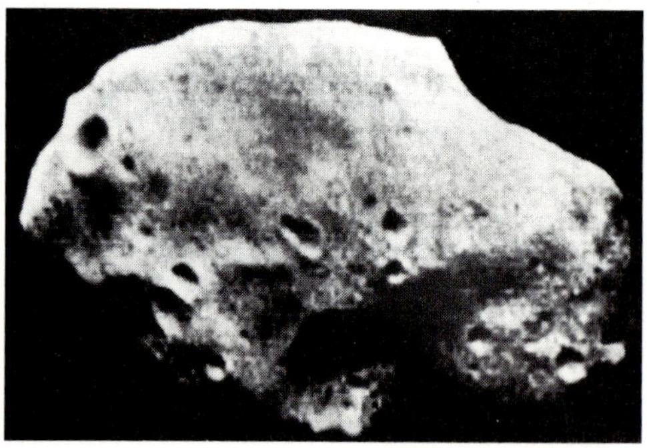

Mars 1) 2: Oberfläche, photographiert von der Marssonde Viking 1 am 21. 7. 1976

Astronomische und physikalische Daten

Äquatordurchmesser	6788,6 km
Poldurchmesser	6752,7 km
Abplattung	1 : 189,1
Masse	$6{,}42 \cdot 10^{20}$ t
mittlere Dichte	3,92 g/cm³
Rotationsdauer	24 h 37 min 22,6 s
Dauer eines Umlaufs um die Sonne	686,98 Tage
mittlere Entfernung zur Sonne	227,94 Mio. km

Marsmonde

Name	Durchmesser (km)	Entfernung zum Mars (km)	Umlaufzeit
Phobos	27 × 21 × 19	9 380	7 h 39 min
Deimos	15 × 12 × 11	23 460	30 h 18 min

Mit dem ersten künstl. M.-Satelliten Mariner 9 konnte 1971/72 fast die gesamte M.-Oberfläche photographiert werden; dabei stieß man u. a. auch auf Spuren eines früheren M.-Vulkanismus (→ Olympus Mons) und ein gewaltiges Talsystem (→ Valles Marineris). Zu den Hauptaufgaben der beiden 1976 auf der M.-Oberfläche gelandeten Vikingsonden gehörte u. a. die Suche nach einfachen Lebensformen auf dem M.; sie wurde mit mehreren Experimenten in einem automat. Minilaboratorium an Bord der Sonden durchgeführt, blieb jedoch erfolglos.

2) Bez. für sowjet. → Raumsonden für die Marsforschung. Sie stießen nach Ankunft am Mars einen Landeteil ab, der weich auf dem Planeten niederging. Erster Start war 1962, bisher letzter Start von M. 7: 1973. Das M.-Programm war nur wenig erfolgreich.

Marsch, *Mz.* **Marschen,** Landschaftstyp an Flachküsten mit starken Gezeiten, z. B. an der Nordseeküste von Dänemark bis Belgien. Die M. ist das niedrige, bei Flut z. T. unter dem Meeresspiegel gelegene Land an der Küste **(Küsten-** oder **See-M.)** und an den noch unter dem Einfluß der Gezeiten stehenden Flußmündungen **(Fluß-M.).** Wegen ihres fruchtbaren Bodens **(M.-Boden)** wird die M. meist durch Dämme und Deiche geschützt. Die M. wird durch Kanäle zum freien Watt hin entwässert, an deren Enden Schleusen (Siele) das Eindringen der Flut verhindern. Das eingedeichte Marschland heißt nördlich der Elbe **Koog,** in Ostfriesland und den Niederlanden **Polder.** Das außerhalb der Deiche liegende, bei normalem Hochwasser nicht mehr überflutete Marschland heißt **Heller** oder **Groden.** Vor dem Eindeichen war in der M. das Wohnen nur auf Erhöhungen, bes. den künstl. **Wurten,** möglich.

Marschflugkörper, Abk. **MFK,** → Cruise missile.

Mars|sonden, Bez. für → Raumsonden zur Erkundung des Planeten Mars. Realisiert wurden Vorbeiflug, Umlenkung in eine Marsumlaufbahn und weiche Landung (→ Mariner, → Mars 2, → Viking).

Martensit [n. dem dt. Ingenieur A. Martens, * 1850, † 1914], das durch diffusionsloses Umklappen des → Austenits entstehende tetragonal verzerrte kubisch-raumzentrierte Gefüge des Stahls, das sich beim → Härten bildet.

Martin-Stahl, in Siemens-Martin-Öfen hergestellter Stahl (→ Eisen).

Martit *der,* Mineral, pseudomorph aus Magnetit entstandener → Hämatit; häufig als Erz in großen Magnetitlagerstätten (z. B. Ural).

MARV, Abk. für **Maneuverable Re-entry Vehicle** [mən'u:vrəbl ri:'entrɪ v'i:ɪkl, engl.], Sprengkopf einer Raketenwaffe, der beim Endanflug auf das Ziel vorprogrammierte Kursänderungen durchführt, um gegnerischen Abwehrraketen auszuweichen.

Maryland-Experiment [m'ɛrɪlænd-], von einer Forschergruppe der Universität von Maryland (USA) 1976 ausgeführtes Experiment zur Überprüfung der → Relativitätstheorie.

Masche, Schlinge beim Stricken, Wirken, Häkeln, bei Netzarbeit, in Drahtgeflechten; kleinste Einheit, aus der eine Maschenware besteht. (→ Strickerei, → Wirkerei)

Maschennetz, Vermittlungstechnik: Grundtyp eines → Fernmeldenetzes, bei dem jede Station mit jeder anderen durch eine eigene Leitung verbunden ist. Von Nachteil ist hier der hohe Aufwand an Leitungen.

Maschenregel, Elektrotechnik: → Kirchhoffsche Regeln.

Mascheronische Konstante [maske-, n. dem ital. Mathematiker L. Mascheroni, * 1750, † 1800], die → Eulersche Konstante.

Mascheronische Zirkelkonstruktionen [maske-], Konstruktionen, die nur mit dem Zirkel ausgeführt werden.

Maschine, jede Vorrichtung zur Erzeugung oder Übertragung von Kräften, die nutzbare Arbeit leistet (→ Arbeitsmaschine) oder die eine Energieform in eine andere umwandelt (→ Kraftmaschinen). In der Physik versteht man unter **einfachen M.** Hebel, Rolle (Wellrad), geneigte Ebene (Keil, Schraube); aus ihnen u. a. Teilen sind zusammengesetzte M. aufgebaut; ihre Bestandteile sind die → Maschinenelemente.

Geschichte. Die altsteinzeitl. Tierfalle mit Auslösemechanismus kann als die älteste M. der Menschheit angesehen werden. M. mit hin- und hergehender Drehbewegung waren z. B. der jungsteinzeitl. Fiedelbohrer und die wohl bronzezeitl. Drehbank mit Fiedelbogenantrieb. In der Antike wurden größere M. nur für Kriegszwecke, im Bauwesen und z. T. im Bergbau entwickelt. Im MA. wurde die Menschenkraft stärker durch Tierkraft oder durch einfache, von Wasser- und Windrädern angetriebene Arbeits-M. ersetzt. Erste Schritte zur Mechanisierung einfacher Arbeitsvorgänge waren Spinnrad, Trittwebstuhl, Wippendrehbank mit hin- und hergehender Bewegung. Erst mit dem Ende des Mittelalters erschien die Arbeits-M. mit kontinuierl. Drehbewegung (Drehbank mit Seiltrieb und Seilscheiben oder mit Treteinrichtung und Kurbeltrieb).

Das eigentliche M.-Wesen begann gegen Ende des 18. Jh. Mit der Dampf-M. erschienen zu Beginn des 19. Jh. viele neue Arbeits-, bes. Werkzeug-, Spinn- und Web-M. Gegen Ende des 19. Jh. traten elektr. M. und Verbrennungskraftmaschinen hinzu. Der **Maschinenbau** war zum Kernfach der Technik geworden.

Massenerzeugung von Maschinenteilen, allg. Einführung des Prinzips der Austauschbarkeit, zunehmende Automatisierung, schließlich die Einführung elektron. Steuerungs- und Regelungsanlagen, kennzeichnen die Entwicklung des M.-Wesens seit 1900. Weiteres → Erfindungen, Entdeckungen (ÜBERSICHT), → Technik, Geschichte.

E. MUSLIN: M. des 20. Jh.; Ideen, Konstruktionen, Perspektiven (a. d. Russ., Berlin-Ost 1974); H.-D. HAAGE: M.-Kunde ([5]1980); S. STRANDH: Die M. Geschichte, Elemente, Funktion (a. d. Engl., 1980); M.-Bau. Normen, hg. v. DIN (1980). – Zeitschr.: M., Anlagen, Verfahren (seit 1972).

Maschinelle Intelligenz, Teilgebiet der Informatik, das die Strukturen von Problemlösungsprozessen und die hierfür benötigten Informationen untersucht. Arbeiten zur M. I. gehen von der Annahme aus, daß Erkenntnis- und Denkprozessen Abläufe zugrundeliegen, die unabhängig davon sind, ob sie von einem Menschen oder einem techn. Gerät, z. B. einem Computer, durchgeführt werden. – Im Bereich der Forschung können grundlegende und anwendungsbezogene Arbeiten unterschieden werden: 1) Problemlöseverfahren, 2) Techniken des heuristischen Suchens, 3) automatisches Beweisen, 4) automatisches Programmieren, 5) Lernen und Selbstorganisation, 6) Mustererkennung zur Entwicklung von Sensoren (optisch, taktil, akustisch), 7) Computerlinguistik, 8) Robotik als Grundlagenentwicklung zum Bau ›intelligenter‹ Roboter.

Maschinencode [-ko:d], Bitkombination des in → Maschinensprache dargestellten Befehls an einen Computer.

Maschinen|elemente, allg. die Bestandteile einer Maschinenanlage. Primäre Elemente sind Bauteile (Träger, Rohre, Buchsen, Achsen, Wellen, Räder u. ä.) und die meist genormten Verbindungselemente (Nieten, Schrauben, Keile, Federn, Bolzen, Stifte, Ketten, Riemen u. ä.). Sekundäre Elemente bauen sich daraus auf, z. B. Lager, Getriebe, Kupplungen, Bremsen, Gestänge, Rohrleitungen, Absperrorgane.

G. NIEMANN: M. ([2]1975); K.-H. DECKER: M. ([7]1975); G. KÖHLER u. H. RÖGNITZ: Maschinenteile, 1 ([5]1976), 2 ([6]1981).

1

2

3

Marmor 1)

Marmor 1) 1–3: 1 Arabescato (Carraramarmor, Trias), bei Carrara; **2** Rouge belge (devonischer Kalkstein), bei Philippeville, Belgien; **3** Jura gelb (Jura-Kalkstein), Franken

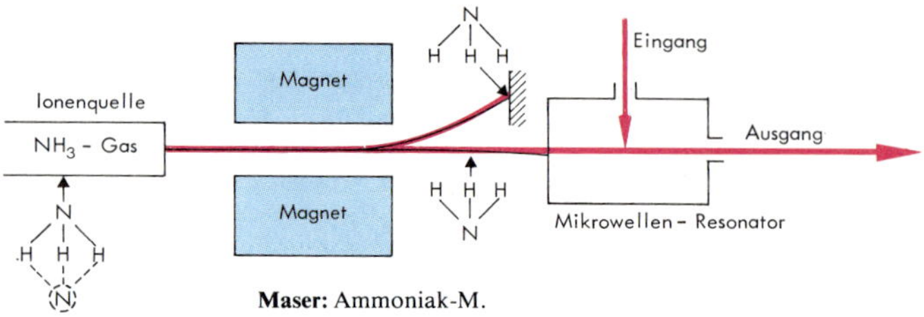

Maser: Ammoniak-M.

Maschinenhammer, Werkzeugmaschine v. a. zum Schmieden; Antrieb: elektrisch, elektrohydraulisch, durch Druckluft **(Luftkammer)** oder Dampf **(Dampfhammer).** Am Gestell befindet sich eine Führung für den Hammer **(Bär** oder **Hammerbär).** Das Werkstück liegt auf der **Schabotte.** Grundsätzlich unterscheidet man **Fallhammer,** dessen potentielle Energie genutzt wird, **Oberdruckhammer,** dessen Bär zusätzlich durch Druckluft, Dampf, Ölhydraulik beschleunigt wird, und **Gegenschlaghammer,** bei dem an die Stelle der Schabotte ein Unterbär tritt, der sich gegenläufig zum Oberbären bewegt.

Maschinen|öl, ein →Schmieröl zur Maschinenschmierung. M. werden nach ihrer Viskosität bei 40 °C in 18 Klassen eingeteilt, ferner nach dem Verwendungszweck. Die kinematischen Viskositäten liegen zw. 2 und 15 000 $mm^2 s^{-1}$.

Maschinensatz, im Unterschied zum Handsatz auf →Setzmaschinen 1) in Form von Zeilen oder Einzelbuchstaben oder im →Photosatz hergestellter Satz.

Maschinensprache, Aufbau und anlageninterne Codierung der →Befehle für elektron. Datenverarbeitungsanlagen. Die M. ist die für den Computer unmittelbar verständliche Darstellungsform eines Programms, ausschließlich bestehend aus der geeigneten Zusammenstellung einzelner →Bits oder Bitgruppen. In M. verfaßte Programme bedürfen keiner Übersetzung in eine andere Befehlsverschlüsselung, werden jedoch nur in bestimmten Fällen geschrieben.

Maschinenstraße, Aneinanderreihung von Fertigungseinrichtungen (Werkzeugmaschinen) zu einer Fertigungskette. Bei der **Fertigungsstraße** sind die Maschinen so angeordnet, daß die Werkstücke durchfließen und über ein Fließband von Station zu Station gelangen; dazwischen wird Platz zum Stapeln gelassen. **Transferstraßen** sind vollautomat. M., bei denen die Werkstücke mitten durch die beiderseits der Straße angeordneten Bearbeitungsstationen in einem best. Zeittakt, der von der zeitlich längsten Bearbeitungsoperation bestimmt wird **(Taktstraße),** hindurchgeführt werden.

Maschinentelegraph, auf Schiffen mechan. oder elektr. Zeigertelegraph mit Rückbestätigungseinrichtung für die Befehlsübermittlung Brücke/Maschine. Auf modernen Schiffen kann die Maschine hinsichtlich Drehrichtung und Drehzahl meist direkt von der →Kommandobrücke gesteuert werden.

Maschinenwaffen, automat. Schußwaffen, Rohrwaffen, mit denen durch einmalige Betätigung des Abzuges Dauerfeuer abgegeben werden kann, bis der Abzug wieder freigegeben wird, der Munitionsvorrat im Magazin oder Gurt erschöpft oder eine vorgewählte Schußzahl verfeuert ist. Die erforderl. Vorgänge geschehen selbsttätig. Wichtigste Bauformen sind der **Gasdrucklader,** bei dem die Antriebsenergie durch Pulvergase geliefert wird, die durch eine Bohrung aus dem Rohr abgezapft werden, und der **Rückstoßlader,** bei dem der Rückstoß die Arbeit leistet. Die wichtigste Kenngröße der M. ist die Kadenz oder Schußfolge, d. h. die theoret. Anzahl von Schüssen, die in einer gegebenen Zeiteinheit verfeuert werden kann (Schuß je min oder je s).

Zu den M. zählen die Maschinenpistolen, automat. →Gewehre, Maschinengewehre und Maschinenkanonen. **Maschinenpistolen** verfeuern Pistolenmunition mit einer Kadenz zw. 400 und 900 Schuß je min.

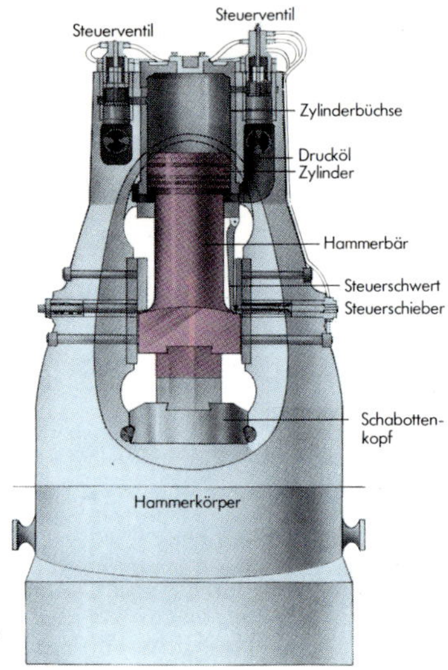

Maschinenhammer mit Druckluft- oder Dampfantrieb und hydraulischer Steuerung

Maschinengewehre können als Einbauwaffe, starr oder beweglich, in Panzerfahrzeuge und Flugzeuge eingebaut werden. Außer den überschweren Waffen verfeuern alle Gewehrmunition mit einer Kadenz zw. 550 und 1 500 Schuß je min. (BILD S. 225)

Maschinenkanonen haben i. a. ein Kaliber zw. 20 und 40 mm, es wurden jedoch auch großkalibrige Waffen bis 120 mm gebaut. Eine Sonderentwicklung stellen die →Flugzeugbordwaffen dar. Auch in Panzerfahrzeugen finden Maschinenkanonen Verwendung. Während Maschinengewehre Mantelgeschosse verfeuern, handelt es sich bei der Kanonenmunition um Geschosse mit Führungsringen.

Mascons, Abk. für **mass concentrations** [mæs kɔnsəntr ′eɪʃnz, engl.], Astronomie: Schwereanomalien, die in einer Reihe von Mondmaria nachgewiesen wurden und die als Reste von Eisenmeteoriten oder als im Untergrund befindliche basische Magmatite gedeutet werden.

Maser [m′eɪzə], Abk. für engl. **Microwave** (oder **Molecular) Amplification by Stimulated Emission of Radiation** [m′aɪkrəʊweɪv (mɔl′ekjʊlə) æmplɪfɪk′eɪʃn baɪ st′ɪmjʊleɪtɪd ɪm′ɪʃn ɔv reɪdɪ′eɪʃn], **Molekularverstärker,** quantenmechan. Verstärker für Mikrowellen. Quantenmechan. Systeme (Atome, Moleküle, Ionen u. a.), im folgenden Teilchen genannt, besitzen definierte Energiezustände (→Quantentheorie). Der Über-

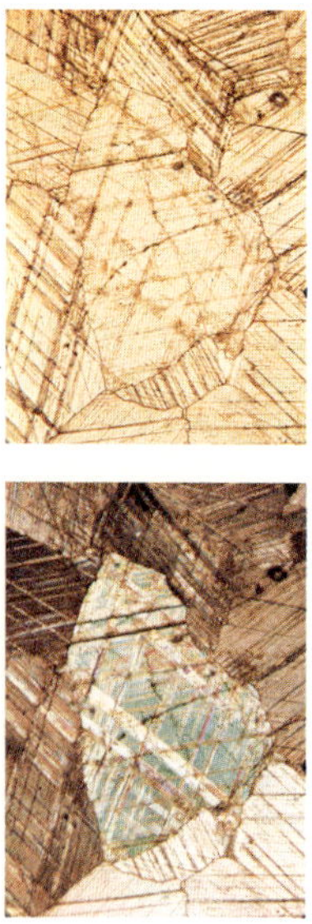

4

Marmor 1) 4: OBEN Hartenstein, Niederösterreich; Dünnschliffaufnahme in polarisiertem Licht, UNTEN mit gekreuzten Nicols (6fache Vergr.). Die gesproßten Calcitkörner mit Zwillingslamellierung

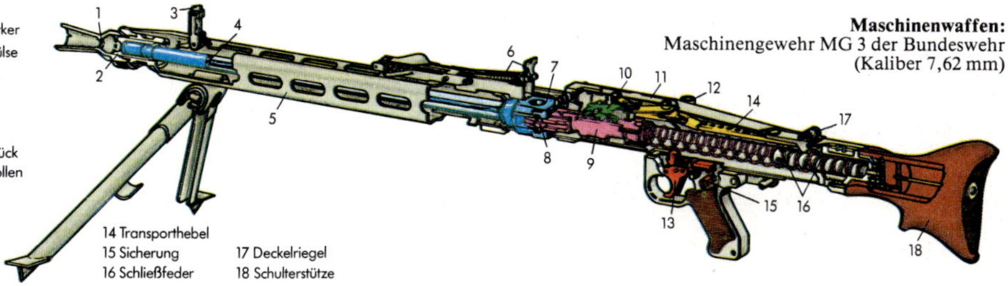

Maschinenwaffen: Maschinengewehr MG 3 der Bundeswehr (Kaliber 7,62 mm)

gang von einem Zustand geringerer zu einem höherer Energie kann durch Absorption eines elektromagnet. Schwingungsquants der passenden Energie (und damit Frequenz) erfolgen, der umgekehrte Vorgang unter Erzeugung eines derartigen Quants. Dies kann spontan geschehen oder angeregt durch Wechselwirkung mit einem schon vorhandenen Quant (induzierte oder stimulierte Emission). Wenn Materie, die derartige Teilchen enthält, sich in einem elektromagnet. Wechselfeld befindet, wird die Energie dieses Feldes durch Absorption verringert (Dämpfung), wenn die Zahl der Teilchen im unteren Zustand überwiegt, z. B. im thermodynam. Gleichgewicht, dagegen durch stimulierte Emission erhöht (Verstärkung), wenn mehr Teilchen im höheren Zustand vorhanden sind (Inversion). Dieser Zustand kann z. B. bei geeigneter Lage von wenigstens drei Energiezuständen erreicht werden, indem Schwingungsenergie einer höheren Frequenz (Pumpenergie) angeboten und absorbiert wird.

Ausführungsformen. Beim **Gas-M.** (Ammoniak, NH_3, oder Wasserstoff, H_2) wird ein Molekularstrahl durch ein starkes inhomogenes elektr. oder Magnetfeld geschickt. Entsprechend den unterschiedl. Einstellmöglichkeiten der Dipolmomente (d. h. auch unterschiedl. Energieniveaus) erfolgt eine Ablenkung und Trennung. Die Moleküle, in denen das höhere Niveau besetzt ist, gelangen in einen Hohlraumresonator, wo sie entsprechende Signale verstärken oder durch geeignete Resonatoren erzeugen. – Beim **paramagnetischen (Zweiniveau-)M.** geschieht die Trennung im Magnetfeld entsprechend der Spin- oder Kernspineinstellung von Molekülen, Atomen oder Ionen. – Beim **Festkörper-(Dreiniveau-)M.** wird durch Energiezufuhr (Einstrahlung, magnet. Feld) ein hohes, kurzlebiges Energieniveau besetzt (›Pumpen‹), von dem aus ein langlebiges Zwischenniveau stark bevölkert wird. Der Übergang in den Grundzustand stellt den M.-Strahl dar. Substanzen: Ionen mit mindestens dreifach entartetem Grundzustand (Cr^{+++}, Fe^{+++}, Gd^{+++}), eingebaut in Kristallgitter nichtparamagnetischer Ionen.

Der M. ermöglicht eine extrem rauscharme Verstärkung, wird aber vom billigeren →parametrischen Verstärker fast erreicht und daher kaum verwendet. Er hat die Entwicklung des auf dem gleichen Prinzip beruhenden →Lasers angeregt.

A. A. Vuylsteke: Masertheorie (a. d. Amerikan., 1965); G. Troup: Molekularverstärker (a. d. Engl., 1967).

MASFET, Abk. für engl. **Metal Alumina-oxide Semiconductor Field Effect Transistor** [metl əlj'u:mɪnə 'ɔksaɪd semɪkənd'ʌktə fi:ld ɪf'ekt træns'ɪstə], Feldeffekttransistor mit Aluminiumoxid (Al_2O_3) als Isoliermaterial zw. Torelektrode (›Gate‹) und Halbleitermaterial. MASFETs werden in der Elektronik bes. als Speicherelemente benutzt.

Maske, Photographie: Schablone aus lichtundurchlässigem Material, die zum Abdecken (Maskierung) best. Teile der lichtempfindl. Schicht während des Belichtens oder Kopierens dient. Mit Hilfe von M. kann der Kontrast beim Kopieren beeinflußt werden, wenn man zu einer negativen Kopiervorlage ein Diapositiv herstellt und Negativ und Diapositiv genau übereinandermontiert als neue Kopiervorlage benutzt. – Zur Korrektur von Nebenfarbdichten der purpurnen und blaugrünen Bildfarbstoffe enthalten Farbnegativfilme gefärbte ›Maskenkuppler‹. In den belichteten Bereichen wird die Farbe des Kupplers bei der chromogenen Entwicklung unter Ausbildung des anders gefärbten Bildfarbstoffs zerstört; in den unbelichteten Partien bleibt die urspr. Farbe des Kupplers erhalten und bildet so automatisch eine Farbkorrekturmaske (→Farbphotographie). – M. heißt auch die Abdeckung eines Teils eines photograph. Bildfeldes.

Maskelynit [n. dem brit. Mineralogen N. Story-Maskelyne, * 1823, † 1911], →Feldspate.

Maskierung, 1) Chemie: ›Unkenntlichmachen‹ einer Substanz durch eine geeignete zweite, z. B. durch Zusatz von Komplexbildnern. Solche **M.-Mittel** verhindern bei einer analyt. Bestimmung die Reaktion von Fremdsubstanzen, indem sie diese in lösl. Komplexe, andere Oxidationsstufen oder in reaktionsunfähige Formen überführt. M.-Mittel werden u. a. zum Korrosionsschutz, zur Wasseraufbereitung, in der Extraktionstechnik und in der Komplexometrie eingesetzt.

2) Halbleitertechnik: Teilschritt der Photolithographie (→Lithographie 2) zur Herstellung der geometr. Strukturen elektron. Bauelemente im Rahmen der →Planartechnik. Auf der mit einer diffusionshemmenden Schicht (SiO_2) versehenen Oberfläche einer Halbleiterscheibe wird Photolack dünn aufgetragen. Die gewünschte geometr. Struktur wird nun durch die Maske (Maßstab 1:1) optisch abgebildet. Bei der Entwicklung wird der Photolack an den unbelichteten Stellen entfernt, an den belichteten gehärtet. Dann kann durch Ätzmittel ein ›Diffusionsfenster‹ in der diffusionshemmenden Schicht eröffnet und anschließend – vor der Diffusion von Dotierungsstoffen – der Photolack entfernt werden. Meist folgen beim Aufbau einer →integrierten Schaltung mehrere Maskierungsschritte (›Masken‹) aufeinander. Die Maske wird durch photograph. Verkleinerung von einer in Kunststoff-Folie geschnittenen Vorlage gewonnen. Die kleinsten Strukturelemente einer Maske (›Strichbreite‹) liegen bei UV-Licht oberhalt von 1 µm, für Elektronenstrahlbelichtung darunter (→Mikrominiaturisierung).

3) Photographie: →Maske.

Maß, 1) Maßeinheit, veraltet für →Einheit.

2) Maßverkörperung, in der Metrologie die körperl. Darstellung einer Einheit, z. B. ein Wägestück, ein Parallelendmaß (→Endmaße).

3) Mathematik: eine Verallgemeinerung des Begriffs →Inhalt, eine nicht negative, abzählbare, additive Mengenfunktion. Jedes M. ist eine monoton wachsende Mengenfunktion. Die →Maßtheorie beschäftigt sich mit der Frage der Existenz solcher Inhaltsfunktionen bei beliebigen Punktmengen.

4) . . . maß, physikalische Größen: Wortzusammensetzungen mit . . . maß bedeuten i. a. ein logarithmiertes Verhältnis zweier Energie- oder Feldgrößen gleicher Art (→Pegel 2) zur Kennzeichnung der Eigenschaften eines Objekts, z. B. Dämpfungsmaß (→Dämpfung 3). Der Logarithmus kann ein Zehnerlogarithmus (lg), ein natürl. Logarithmus (ln) oder auch ein Zweierlogarithmus (lb) sein. Die Pegel und M. sollen von der Wahl der Basen der Logarithmen unabhängig sein; dies verlangt das Hinzufügen von hinweisenden Kurzzeichen, z. B. dB für →Dezibel, Np für →Neper.

Maß|analyse, Titrimetrie, Volumetrie, Bestimmungsverfahren der chem. Analyse, bei dem die zu bestimmende gelöste Substanz **(Titrand)** mit einer weiteren, ebenfalls meist in Lösung befindl. Substanz bekannter Konzentration **(Titrans, Reagenz-** oder **Maßlösung)** bis zu einem durch ein Indikatorsystem angezeigten Endpunkt **(Äquivalenzpunkt)** umgesetzt wird. Zur Abmessung der Maßlösung dient die →Bürette. Der Bestimmungsvorgang heißt **Titration.** Je nach dem Reaktionstyp der maßanalyt. Bestimmung gibt es Redoxtitrationen (→Oxidimetrie), Säure-Base-Titrationen **(Alkali-** und **Acidimetrie),** Komplexbildungstitrationen **(Komplexometrie)** und Fällungstitrationen, z. B. Bestimmung von Chlorid mit Silbernitratlösung **(Argentometrie).** Der Endpunkt der Titration wird durch die Farbänderung eines zugesetzten Indikators oder auf elektrochem. Weg erkannt **(Ampero-** und **Potentiometrie).** Für industrielle Serienanalysen werden heute Titrierautomaten eingesetzt.

Masse, Grundeigenschaft der Materie, daher eine Grundgröße der →Mechanik. Jeder Körper setzt einer Änderung seiner Geschwindigkeit (Beschleunigung) einen Widerstand (→Trägheit) entgegen, dessen Ursache seine **träge M.** ist; die **schwere M.** ist die Ursache der Anziehung, die die Körper aufeinander ausüben (→Gravitation), also auch der Gewichtskraft der Körper im Schwerefeld der Erde. Wie Präzissionsmessungen (→Eötvös-Versuch) zeigen, ist das Verhältnis von träger M. zu schwerer M. konstant. Man kann also beide einander gleichsetzen. Diese Äquivalenz bildet eine der Grundlagen der allg. →Relativitätstheorie.

SI-Einheit der M. ist das →Kilogramm. Durch Vergleich der Gewichtskräfte können ruhende Massen gemessen werden. Die dabei verwendeten **Massennormale** sind vom Kilogrammprototyp (→metrische Einheiten) abgeleitet. Eine Zusammenstellung solcher Masseneinheiten nennt man **Wägesatz,** die einzelnen darin enthaltenen Stücke **Wägestücke** oder **Gewichtsstücke.** Bei atomaren Teilchen kann die M. allein aus ihren Trägheitswirkungen mit Hilfe von Ablenkversuchen (→Massenspektrograph) ermittelt werden.

M. und Energie. Jede Art von Energie besitzt Trägheitseigenschaften (M. PLANCK, A. EINSTEIN). Die darin sich ausdrückende Gleichwertigkeit von Masse m und Energie E ist zu einer umfassenden Äquivalenz erweitert worden, in Form der Gleichung $E = mc^2$, wobei $c \approx 3 \cdot 10^{10}$ cm/s die Lichtgeschwindigkeit ist. Die eindrucksvollste Bestätigung dieser Gleichung hat die Kernphysik geliefert (→Kernenergie, →Massendefekt). Die spezielle Relativitätstheorie zeigt auch, daß die M. vom Bewegungszustand des Körpers abhängt, und zwar nimmt sie mit wachsender Geschwindigkeit v zu: $m = m_0 / \sqrt{1 - v^2/c^2}$, wobei m_0 die M. des ruhenden Körpers **(Ruhemasse)** ist. Teilchen mit Ruhemasse (→Tardyonen) können nicht auf Lichtgeschwindigkeit beschleunigt werden, da ihre M. unendlich groß würde.

Maß|einheiten, veraltet für →Einheiten (ÜBERSICHTEN).

Massel *die,* in offenen Sandformen **(M.-Bett)** oder eisernen Kokillen gegossene Roheisenbarren. An einem endlosen Transportband laufen Kokillen durch die **M.-Gießmaschine.**

Masse-Leuchtkraft-Beziehung, Masse-Helligkeits-Beziehung, Abhängigkeit der absoluten →Helligkeit der Sterne von ihrer Masse. Die M.-L.-B. besagt, daß die absoluten Helligkeiten von Hauptreihensternen (→Hertzsprung-Russell-Diagramm) mit den Massen so zunehmen, daß die Leuchtkraft annähernd proportional der Masse hoch 3,5 ist, beide in Sonnen-Einheiten gemessen. Daraus folgt, daß Sterne größerer Masse ihren Strahlungsvorrat schneller abgeben können als Sterne geringerer Masse. Mit der M.-L.-B. berechnet man aus den leichter zu bestimmenden absoluten Helligkeiten die Massen von Sternen. Sie läßt sich aus Theorien über den inneren Aufbau der Sterne ableiten. – Die M.-L.-B. wurde 1917 von A. EDDINGTON theoretisch abgeleitet und 1919 von E. HERTZSPRUNG empirisch aufgefunden.

Massen|anteil, Formelzeichen w, Größe, die den Gehalt eines Stoffes A in einer Mischung angibt. Der M. ist der Quotient aus der Masse des Stoffes A und der Gesamtmasse der Mischung. Der hundertfache M. entspricht dem Gehalt in Gewichtsprozenten (Massenprozenten). Sind z. B. 5 g Kochsalz (NaCl) in 100 g Lösung enthalten, so ist der M.:

$$w\,(\mathrm{NaCl}) = \frac{5\ \mathrm{g}}{100\ \mathrm{g}} = 0{,}05 \triangleq 5\ \text{Gewichtsprozent.}$$

Massen|anziehung, die →Gravitation.

Massen|ausgleich, der Ausgleich einseitiger Belastungen oder der dynam. Kräfte der bewegten Massen bei Maschinen; wird durch Einbau genau berechneter →Gegengewichte oder durch besondere Anordnung der bewegten Teile erreicht (→Auswuchten).

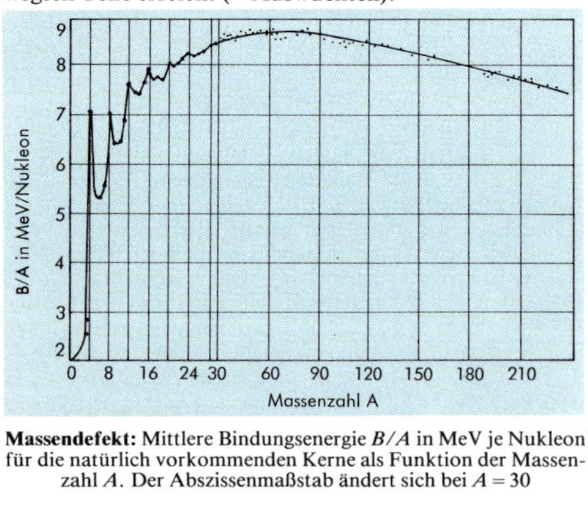

Massendefekt: Mittlere Bindungsenergie B/A in MeV je Nukleon für die natürlich vorkommenden Kerne als Funktion der Massenzahl A. Der Abszissenmaßstab ändert sich bei $A = 30$

Massendefekt, Formelzeichen Δm, die Abweichung der Masse m eines aus Z Protonen und N Neutronen zusammengesetzten Atomkerns von der Summe der einzelnen Protonen- und Neutronenmassen: $\Delta m = Zm_p + Nm_n - m$ (m_p Masse eines Protons, m_n Masse eines Neutrons). Sie rührt daher, daß der gegenseitigen Bindung der Bausteine (Nukleonen) im Kern ein bestimmter, negativ zu rechnender Energiebetrag (frei werdende Bindungsenergie) zukommt, der sich nach der Äquivalenz von Masse und Energie als Massenverminderung bemerkbar macht. Zw. der Bindungsenergie (Kernbindungsenergie) B und dem M. eines Atomkerns besteht der Zusammenhang $B = \Delta mc^2$. Im Mittel beträgt die Bindungsenergie je Nukleon etwa 8 MeV, der M. also fast 1% der Gesamtmasse des Kerns. Der geringere M. je Nukleon bei sehr kleinen und sehr großen Kernmassen (BILD S. 226) zeigt, daß aus der Verschmelzung der sehr leichten Kerne (→Kernfusion) und aus der Spaltung der schweren Kerne in annähernd gleiche Bruchstücke (→Kernspaltung) Energie gewonnen werden kann.

Massen|einheiten. Neben der SI-Basiseinheit →Kilogramm und deren dezimalen Vielfachen und Teilen (→Gramm, →Tonne, →Karat 2) gibt es als weitere gesetzl. M. die vereinheitlichte →atomare Masseneinheit. Letztere hat die M. →ME 1) der physikal. Atomgewichtsskale und die M. →Dalton der chemischen Atomgewichtsskale abgelöst.

Massenfertigung, Massenproduktion, die Herstellung gleicher Erzeugnisse in sehr großen Stückzahlen im Unterschied zur →Einzelfertigung oder →Serienfertigung. Unter Verzicht auf Flexibilität der Herstellungsmöglichkeiten können die Fertigungseinrichtungen für eine Massenproduktion sehr stark spezialisiert und im Hinblick auf die stets wiederkehrenden Arbeitsgänge automatisiert werden. Der Kapitalaufwand hierfür verteilt sich auf eine so große Anzahl von Werkstücken, daß die Wirtschaftlichkeit der Investitionen gewährleistet ist. Die lohnintensiven Arbeiten für das häufige Ein- und Umrüsten von Fertigungseinrichtungen entfallen. Das Gesamtergebnis besteht daher in der Herabsetzung der Stückkosten bei gleicher Qualität **(Gesetz der Massenproduktion).**

Massengesteine, →magmatische Gesteine.

Massenkalk, ungeschichteter massiger Kalkstein, z. B. Korallenriffkalke.

Massenmittelpunkt, Schwerpunkt, der Punkt eines starren Körpers, um den in einem homogenen Kraftfeld (z. B. Schwerefeld an der Erdoberfläche) bei beliebiger Lage des Körpers kein →Drehmoment auftritt. Ein im M. unterstützter Körper ist in jeder Lage im Gleichgewicht (indifferentes Gleichgewicht). Für zwei starr verbundene punktförmige Massen m_1 und m_2 ergibt sich in einem beliebigen Koordinatensystem die x-Koordinate des M. aus: $x_0 = \frac{m_1x_1 + m_2x_2}{m_1 + m_2}$, wenn x_1, x_2 die x-Koordinaten der beiden Massenpunkte sind. Für die y- und z-Koordinaten ist x durch y bzw. z zu ersetzen. Für mehr als zwei Massen sind die Formeln entsprechend zu erweitern, bei kontinuierlicher Massenverteilung (Körper) die Summen durch Integrale zu ersetzen. Experimentell kann der M. eines Körpers dadurch bestimmt werden, daß er sich stets senkrecht unter beliebigen Aufhängepunkten des Körpers befindet. Auch für nichtstarre Systeme von Massenpunkten oder deformierbare Körper läßt sich ein **momentaner M.** berechnen. – Für jedes kräftefreie System gilt der →Schwerpunktsatz.

Massenmoment 2. Grades, das →Trägheitsmoment.

Massenpunkt, Grenzbegriff der theoret. Mechanik. Er wird verwendet, wenn bei der Bewegung eines Körpers dessen Ausdehnung unberücksichtigt bleiben kann. Der Körper wird dabei so behandelt, als ob seine Gesamtmasse in einem Punkt, dem →Massenmittelpunkt, vereinigt wäre. Zum Beispiel kann die Bahnbewegung der Planeten ohne Rücksicht auf ihre Rotation als die Bewegung von M. berechnet werden.

Massenresonanzen, Teilchenresonanzen, äußerst kurzlebige →Elementarteilchen, die beim Zusammenstoß sehr energiereicher Teilchen entstehen und die als angeregte Mesonen- oder Baryonen-Zustände mit größerer Ruhemasse interpretiert werden können. Sie unterliegen der starken Wechselwirkung; ihre Lebensdauer ist von der Größenordnung 10^{-22} s. Sie lassen sich daher in Blasen-, Funken- oder Streamerkammern nicht sichtbar machen; man findet dort nur die Spuren ihrer Zerfallsprodukte. Die Wahrscheinlichkeit für das Auftreten derartiger Spuren wird für best. Energien der Stoßpartner sehr groß (Resonanz). Daraus läßt sich die Existenz der M. als Zwischenzustände erschließen. So findet man z. B. beim Beschuß von Wasserstoffkernen mit hochenerget. Gammaquanten die ϱ-Mesonen. Das ϱ-Meson zerfällt nach etwa 10^{-22} s in zwei Pionen (deshalb auch Dipion).

Die **Baryonenresonanzen** werden als angeregte Zustände der Baryonen betrachtet, die **Mesonenresonanzen** gelten als Zwischenzustände der Mesonen. Innerhalb jeder der beiden Gruppen lassen sich die M. mit den ›stabilen‹ Elementarteilchen auf Grund ihrer Symmetrieeigenschaften in Supermultipletts zusammenfassen.

Massenseparator, Gerät zur →Isotopentrennung.

Massenspeicher, zur Aufnahme großer Datenmengen geeignete →Speicher, insbes. Magnetplattenstapel (handelsübliche Speicherkapazität z. B. 300 Mio. Bytes).

Massenspektrograph, Gerät zur Massenbestimmung von Atomen und Molekülen und zur Registrierung des →Massenspektrums von Teilchengemischen, z. B. von Isotopen eines Elements. Zur Analyse wird die Probe

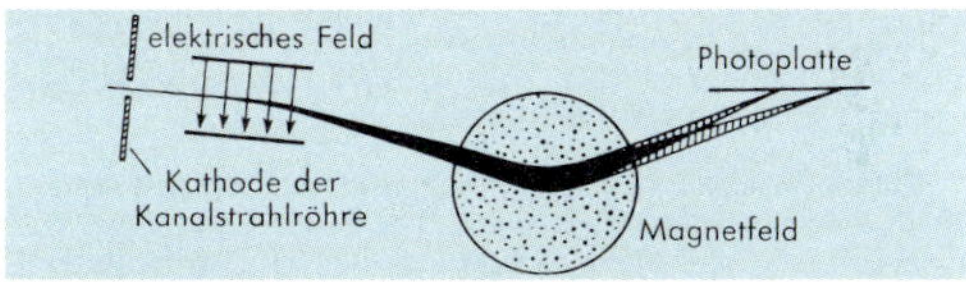

Massenspektrograph: M. von Aston (Schema). Der aus der durchbohrten Kathode einer Entladungsröhre austretende Ionenstrahl durchläuft ein elektr. Ablenkfeld und anschließend ein senkrecht zum elektr. Feld verlaufendes Magnetfeld

verdampft, in einer Ionenquelle werden die Atome oder Moleküle ionisiert und anschließend von elektrostat. Feldern auf Energien von einigen keV beschleunigt. Mit einem Spalt wird ein scharf gebündelter Ionenstrahl ausgeblendet, der ein zur Flugrichtung senkrechtes homogenes Magnetfeld durchläuft, von dem die Ionen je nach ihrer spezif. Ladung Q/m, d. h. nach dem Verhältnis ihrer Ladung $Q = Z \cdot e$ (Z Protonenzahl, e Elementarladung) zur Isotopenmasse m, auf Kreisbahnen mit verschiedenen Radien abgelenkt werden, so daß der Ionenstrahl in Teilstrahlen unterschiedl. Masse zerlegt wird, wenn alle Ionen dieselbe Ladung haben. Eine in den Strahlengang gestellte Photoplatte zeigt mehrere Schwärzungsstriche, die den Teilchen verschiedener Masse entsprechen. Aus den Abständen der Linien lassen sich die relativen Massenwerte mit sehr hoher Genauigkeit (etwa 1:30000) ermitteln. Die

Intensitäten der Striche sind ein Maß für die relativen Häufigkeiten der Isotope. Durch eine geeignete Ionenoptik und spezielle Form des Magnetfeldes sowie durch zusätzl. elektr. Felder, die der Ionenstrahl vor Eintritt in das Magnetfeld passiert, kann man erreichen, daß Ionen gleicher Masse, aber verschiedener Anfangsrichtung und Geschwindigkeit, auf den gleichen Ort der Photoplatte fokussiert werden **(Doppelfokussierung).** Der erste von F. W. Aston 1919 entwickelte M. (Bild) besaß nur eine **Geschwindigkeitsfokussierung,** bei der ein gutes Auflösungsvermögen nur mit sehr kleiner Bündelöffnung erzielbar war (geringe Intensität und Nachweisempfindlichkeit). Erst bei Anordnungen mit Doppelfokussierung (Geschwindigkeit und Richtung) wird die für hohe Genauigkeit erforderl. Intensität erreicht.

Beim **Massenspektrometer** werden die getrennten Ionen in Faraday-Käfigen aufgefangen und ihre Anzahl auf elektr. Weg bestimmt; bei Anwendung von Differentialmethoden lassen sich relative Massen mit einem Fehler $\Delta m/m < 10^{-7}$ und Isotopenhäufigkeiten mit einem mittleren Fehler von 0,005% bestimmen. Das Funktionsprinzip des M. kann auch zur → Isotopentrennung ausgenutzt werden **(Calutron).** Außer magnet. Feldern können auch mit gepulsten Ionenquellen arbeitende → Flugzeitspektrometer (→ Massensynchrometer, → Omegatron) oder elektr. Quadrupolmassenfilter zur Massentrennung eingesetzt werden. Beim Quadrupolmassenfilter werden Ionen in elektr. Quadrupolfeldern durch Hochfrequenzfelder zu masseabhängigen Ionenschwingungen angeregt, so daß nur Ionen mit einer best. Masse das Filter passieren können.

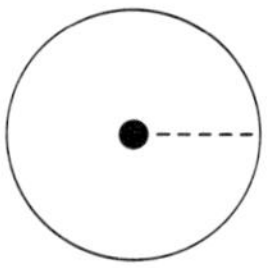

Massonsche Scheibe

Massenspektrometrie, Massenspektroskopie, ionenopt. Verfahren zur Gewinnung von Daten über → Massenspektren, absolute Massen und Häufigkeiten von Teilchen, v. a. von Isotopen. Sie beruht auf der Eigenschaft elektr. und magnet. Felder, Ionen nach ihrer Ladung, Masse und kinet. Energie zu trennen (→ Massenspektrograph). Die M. ist als Mikro- und Spurenmethode u. a. für quantitative Analysen von Gasen und Flüssigkeiten, zur Gruppenanalyse von Kohlenwasserstoff-Gemischen und zur qualitativen Analyse von anorgan. und organ. Verbindungen von großer Bedeutung.

Massenspektrum, Spektrum der Teilchenmassen, die Häufigkeitsverteilung von Massen in einem Teilchengemisch in Abhängigkeit von der Massenzahl, z. B. die relative Häufigkeit der Isotope eines Elements, die mit einem Massenspektrometer (→ Massenspektrograph) gemessen werden kann. In der Elementarteilchenphysik wird die Gesamtheit der nach ihren Massenwerten geordneten verschiedenen Elementarteilchen und Resonanzen, d. h. eine spezielle Darstellung des Teilchenspektrums, als M. bezeichnet. Da nach dem Gesetz von der Äquivalenz von Masse und Energie (→ Äquivalenzprinzip) jedem Massewert ein Energiewert zugeordnet werden kann, spricht man in diesem Zusammenhang auch vom **Energiespektrum.**

Massenstähle, Stähle, von denen keine besonderen Gebrauchseigenschaften verlangt werden.

Massensynchrometer, nach dem Flugzeitprinzip arbeitendes Massenspektrometer (→ Massenspektrograph) hoher Genauigkeit, das die Masseabhängigkeit der Zyklotronresonanz von Ionen in einem Magnetfeld zur Massentrennung ausnutzt. Die Teilchen einer Masse werden durch ein HF-Feld mit best. Frequenz auf einer Kreisbahn geführt und beschleunigt.

Massenwirkungsgesetz, 1) Festkörperphysik: → Halbleiter.

2) physikal. Chemie: von M. L. Guldberg und P. Waage 1867 formuliertes Gesetz, das besagt, daß die Richtung, in der eine best. Gleichgewichtsreaktion (→ Gleichgewicht) bei gegebenen Werten von Druck und Temperatur abläuft, durch die Konzentrationen (relativen Massen) der Ausgangsstoffe und der Produkte bewirkt wird. Durch geeignete chem. Umsetzung (Hin- oder Rückreaktion) werden die Konzentrationen der beteiligten Stoffe so lange verändert, bis der Wert der entsprechenden → Gleichgewichtskonstanten (früher **Massenwirkungskonstante)** erreicht ist.

Massenzahl, Nukleonenzahl, Formelzeichen A, Zahl der Nukleonen eines Atomkerns: $A = Z + N$ (Z Protonenzahl, N Neutronenzahl). Die M. stimmt mit der abgerundeten relativen Atommasse überein.

Massiv, Geologie: verschieden verwendete Bez. für größere Gesteins- oder Gebirgskomplexe: **Gebirgs-M.** für eine geschlossene Gebirgseinheit, **Tiefengesteins-M.** für → Plutone, **Grundgebirgs-M.** für Gesteinskomplexe, die bis zum → Grundgebirge abgetragen sind, **Zentral-M.** für zentrale Gebirgsbereiche oder **Schwere-M.** für Bereiche extremer Schwereanomalie.

Massivbau, Bauweise, bei der Wände, Decken, Pfeiler, Träger u. a. aus Mauerwerk, Natur- oder Kunststein, Beton oder Stahlbeton bestehen. Ggs.: Holz-, Stahl-, Kunststoff- und Leichtmetallbau.

Masson|sche Scheibe [mas'ɔ̃-, n. dem frz. Physiker A. P. Masson, * 1806, † 1858], Gerät zur Untersuchung der Empfindlichkeit für Helligkeitsunterschiede: weiße Scheibe mit schwarzer, in gleichen Abständen unterbrochener Radiallinie (Bild); bei schneller Drehung sieht der Prüfling Kreise, die vom Zentrum zum Rand hin heller werden; ihre Anzahl bestimmt den Grad der Empfindlichkeit.

Maßstab, 1) das Maßverhältnis von Strecken auf bildl. Darstellungen gegenüber ihrer wirklichen Länge. In der Kartographie das Verkleinerungsverhältnis zw. einer Kartenstrecke und der ihr entsprechenden Naturstrecke, gewöhnlich in der Form M (Maßstab) = 1 : m **(Maßstabszahl)** angegeben. Ist z. B. M = 1 : 5 000, so entspricht 1 cm auf der Karte 5 000 cm (50 m) in der Natur. Die **Maßstabstreue (Maßstäblichkeit)** einer Karte nimmt mit kleiner werdendem M. unter dem Einfluß der → Generalisierung und der Abbildungsverzerrungen der → Kartennetzentwürfe ab. Neben der numer. M.-Angabe enthalten Karten meist noch einen graph. **Längen-M.**

2) Längenmeßgerät, z. B. Lineal, Glieder-M. (Zollstock), Stahlbandmaß. Zur Verkleinerung oder Ausmessung techn. Zeichnungen dient der Reduktions-M. mit verkleinerten Größeneinheiten (1 : 100, 1 : 1000), zur Auswertung der mit einem Stechzirkel abgegriffenen Strecken der Transversal-M.

Maßsystem, ältere Bez. für → Einheitensystem, wurde auch als übergeordneter Begriff für → Größensystem und Einheitensystem benutzt.

In der Mechanik unterschied man das **physikalische, absolute CGS-System** mit den Basisgrößen Länge, Masse, Zeit und den Basiseinheiten Zentimeter (cm), Gramm, Sekunde und das **technische Maßsystem** mit den Basisgrößen Länge, Kraft, Zeit und den Basiseinheiten Meter, Kilopond (früher Kraftkilogramm), Sekunde.

In der Elektromagnetik gab es auf dem CGS-System (mit nur drei Basiseinheiten) beruhend drei M., je nachdem, welche willkürl. Annahme getroffen wurde: das **elektrostat. CGS-System** mit der Annahme, daß die elektr. Feldkonstante (Dielektrizitätskonstante im leeren Raum) $\varepsilon_0 = 1$ ist, das **elektromagnet. CGS-System** mit der Annahme, daß die magnet. Feldkonstante (Permeabilität im leeren Raum) $\mu_0 = 1$ ist, und das **Gaußsche CGS-System** mit $\varepsilon_0 = 1$ und $\mu_0 = 1$. Diese willkürl. Annahmen konnten nach einem von G. GIORGI 1901 gemachten Vorschlag vermieden werden, nämlich durch Hinzufügung einer vierten elektr. Basiseinheit zu einem absoluten, mechanischen **MKS-System** mit den Basiseinheiten **M**eter, **K**ilogramm, **S**ekunde. Aus meßtechn. Gründen einigte man sich auf das **A**mpere. So gelangte man zum **MKSA-** oder **Giorgi-System** (1935 von der IEC angenommen). Von der 10. Generalkonferenz für Maß und Gewicht ist es 1954 zunächst auf sechs Basiseinheiten, durch die 14. Generalkonferenz 1971 auf sieben Basiseinheiten erweitert worden. Es ist nun das **Internationale Einheitensystem** (Système International d'Unités), kurz **SI,** das auf der ganzen Erde für alle Fachgebiete in Naturwissenschaft und Technik gelten soll.

Maßtheorie, Verallgemeinerung der Theorie des Flächen- und Rauminhalts einfacher Figuren in der Elementargeometrie (→Inhalt). In der M. versucht man möglichst vielen Punktmengen M eine Zahl als Maß für das Volumen zuzuordnen, so daß gewisse Eigenschaften des elementaren Falls erhalten bleiben. Z. B. wird Punktmengen, die durch vertikale Geraden und durch Graphen stetiger Funktionen begrenzt sind, durch das Riemannsche Integral (→Integralrechnung) eine Maßzahl als Flächeninhalt zugeordnet. Die maßtheoret. Grundlage dafür ist der **Jordansche Inhalt:** Beschränkte Punktmengen M des n-dimensionalen reellen Raumes $\mathbb{R}^n$ unterdeckt man mit Elementarmengen E. Diese sind als endl. Vereinigungen von verallgemeinerten Quadern auf höheren Dimensionen definiert. Entsprechend überdeckt man M mit Elementarmengen $\bar{E}$. Durch die Wahl kleinerer Quader kann M besser von innen oder von außen durch Elementarmengen angenähert werden. Für Elementarmengen definiert man als Maß $m(E)$ die Summe der Volumina der verallgemeinerten Quader, wenn diese paarweise nur Randpunkte gemeinsam haben. M heißt **Jordan-meßbar,** wenn gilt $\sup(m(E) \mid E \leqq M) = \inf(m(\bar{E}) \mid \bar{E} \geqq M)$. Das Jordansche Maß ist damit eine Abbildung m der Jordan-meßbaren Mengen in die Menge der nichtnegativen reellen Zahl $\mathbb{R}_0^+$ mit den Eigenschaften:

1) $m(M) \geqq 0$, $m(\emptyset) = 0$ ($\emptyset$ = leere Menge).

2) $m(M_1 \cup M_2) = m(M_1) + m(M_2)$, wenn $M_1 \cap M_2 = \emptyset$ ist.

Der Jordansche Maßbegriff hat sich für die Mathematik als zu eng erwiesen, weil ›zu wenige‹ Mengen meßbar sind. H. L. LEBESGUE führte einen wesentlich allgemeineren Maßbegriff ein, in den er allgemeinere Mengen (z. B. abzählbare Vereinigungen von verallgemeinerten Quadern) zur Approximation zuließ. I. S. von Lebesgue sind z. B. beschränkte offene Mengen im $\mathbb{R}^n$ meßbar. Mit Hilfe der M. können allgemeinere Integrationstheorien begründet werden, wie umgekehrt auf Integrationstheorien M. aufgebaut werden können. Die M. ist eine wesentl. Grundlage der Wahrscheinlichkeitstheorie.

Maßverkörperung, →Maß 2).

Maßzahl, 1), statist. Größe, wird aus Einzelbeobachtungen gewonnen, um diese zusammenfassend zu charakterisieren. Klassen von M. sind →Mittelwerte, Streuungsmaße, Verhältniszahlen, Parameter.

2) veraltet für Zahlenwert (→Größe 2).

Mast *der,* auf Schiffen urspr. senkrecht oder leicht geneigt stehendes, je nach Größe ungeteilt oder geteilt (Untermast und Stengen) ausgeführtes Rundholz (später Stahlrohr) zur Aufnahme von Takel und Segel. Die Anzahl der M. und ihre Takelung bestimmten den Typ der →Segelschiffe. Bei mechanisch angetriebenen Schiffen wandelte sich der M. zum Träger für Antennen, Laternen, Ausguck, Ladegeschirr, bei Kriegsschiffen auch für Scheinwerfer, Maschinenwaffen, Feuerleitgeräten u. a. Die Formen der M. sind heute sehr unterschiedlich: **Zwei-, Drei-** und **Vierbein-M.** (z. T. als Gitterkonstruktion), **Tor-M.** u. a. Im Kriegsschiffbau wird im Hinblick auf umfangreiche Elektronik-Sensoren heute oft die **Mast/Schornstein-Kombination** (engl. Mack, Abk. für mast/stack) verwendet.

Master-Slave-System [mˈɑːstə sleɪv, engl.], **1)** Roboter: →Telemanipulator.

2) spezielle System- oder Rechnerkonfiguration für kommerziellen oder wissenschaftl. Gebrauch mit Aufgabenteilung. Der Master-Computer führt die Aufgaben der Systemsteuerungen aus und gibt Anweisungen, die der Slave-Computer ausführt.

Master-Slice-Technik [mˈɑːstə slaɪs-, engl.], →Chip.

Mastikation, auf Walzwerken oder in Knetern, meist unter Zusatz von M.-Chemikalien durchgeführtes mechan. Zerreißen von Kautschukmolekülen. Durch M. wird die Zähigkeit der Kautschukmasse erniedrigt und die Verarbeitbarkeit verbessert.

Mastix, in Alkoholen und Terpentinöl lösliches Harz vom Strauch Pistacia lentiscus.

Mastixdecke, widerstandsfähige, flexible Fahrbahndecke (→Straßenbau), bei der die Hohlräume einer gewalzten Schotterlage durch Eingießen einer Mastixmasse (feinkörnige, bindemittelreiche Mischung aus Gesteinsmehl, Sand und Bitumen) ausgefüllt werden.

Mastkorb, →Krähennest.

Masurium, veraltete Bez. für das chem. Element →Technetium.

Masut *das,* hochsiedender Bestandteil des Erdöls oder Produkt der Hochtemperatur-Pyrolyse; dient als Schmiermittel und zur Herstellung von Crackbenzin.

Mater *die,* die →Matrize 1).

Materialfluß, Oberbegriff für die Verkettung aller Vorgänge bei Gewinnung, Be- und Verarbeitung und Verteilung von Gütern, beschrieben durch die Funktionen Bearbeiten, Prüfen, Handhaben, Fördern, Aufenthalt, Lagern.

Materialgleichungen, →Maxwellsche Theorie.

Materialisation, Entstehung von Teilchen endlicher Ruhemasse aus ruhemasselosen Strahlungsquanten (→Paarerzeugung).

Materialkonstanten, die →Stoffkonstanten.

Materialprüfreaktor, Prüfreaktor, Kernreaktor, in dem Materialien einem hohen schnellen Neutronenfluß und starker Gammastrahlung ausgesetzt werden; insbes. werden die Strahlenschäden von Reaktormaterialien geprüft.

Materialprüfung, →Werkstoffprüfung.

Materialprüfungs|anstalt, staatl. oder privates Institut zur Durchführung von Werkstoffprüfungen mechan., physikal. oder chem. Art zum Zweck der Grundlagenforschung und Güteüberwachung von Werkstoffen oder Bauteilen.

Materi|e, Inbegriff des Stofflichen. Die klass. Physik und weite Bereiche der Technik behandeln die M. noch so, als ob sie best. Raumbereiche kontinuierlich erfülle. Erst die Atomphysik hat gezeigt, daß dies eine – im Alltag praktisch meist ausreichende – grobe Annäherung an die Wirklichkeit ist. Die heutige Einsicht in die Gesetzlichkeit der →Atome und →Elementarteilchen im Zusammenhang mit den durch Quantentheorie und Relativitätstheorie vertieften physikal. Grundbegriffen hat das Bild der M. grundlegend geändert. Die eigtl. Träger der M. (›Teilchen‹) sind dynam. Zentren, die nur einen verschwindend geringen Raum einnehmen. Der räuml. Hauptanteil der makrophysikalisch repräsentierten M. ist ›leer‹ i. S. einer naiven Anschauung, jedoch erfüllt von intensiven Kraftwirkungen, die man sich als äußerst rasch fluktuierend ausgetauschte Teilchen (virtuelle Teilchen) vorstellen kann (→Wechselwirkung). Sie bilden das Feld, das die eigtl. M.-Träger umgibt und als dessen Erzeugnis man umgekehrt auch diese eigtl. M. zu verstehen bemüht ist, da seit Entdeckung des →Dualismus eine scharfe Trennung zw. den Begriffen Teilchen und Feld nicht möglich ist. Vielmehr können Teilchen mit Ruhemasse in solche ohne Ruhemasse umgewandelt werden (→Zerstrahlung) und umgekehrt (→Paarerzeugung). Beide können (Äquivalenz von →Masse und →Energie als zwei verschiedene Erscheinungsformen von Energie aufgefaßt werden. Eine der Grundeigenschaften der M., oft fälschlich mit ihr gleichgesetzt, ist die Masse. – Die →Antimaterie ist im obigen Sinn als eine andere Form von M. aufzufassen, nicht aber als etwas von normaler M. Wesensverschiedenes. Durch die Wechselwirkungen der M. werden die Elementarprozesse der Mikrophysik, Kern- und Atomaufbau, chem. Bindungsverhältnisse in Molekülen und Festkörpern, die Eigenschaften der makroskop. M. unserer Umgebung wie auch Aufbau, Struktur und Geometrie des Kosmos beschrieben.

Materiewellen, De-Broglie-Wellen [dəbr'ɔj-, n. dem frz. Physiker L.-V. de Broglie, * 1892], eine von DE BROGLIE 1924 theoretisch vorhergesagte, später in vielen Experimenten bestätigte Erscheinung: an Elektronen-, Atomstrahlen und dgl. (→Neutronenbeugung) können ebenso wie an Lichtstrahlen Interferenzerscheinungen nachgewiesen werden, die eine Wellennatur dieser Strahlen beweisen, obwohl andersartige Experimente unzweifelhaft deren korpuskulare, teilchenhafte Natur zeigen (→Dualismus). Die Wellenlängen der M. sind sehr klein; die experimentellen Anordnungen ähneln deshalb den auch für Interferenzversuche an Röntgenstrahlen verwendeten. Man untersucht den Durchgang der materiellen Strahlungen durch Kristalle oder ihre Reflexion an Kristalloberflächen. So konnten C. J. DAVISSON, L. H. GERMER und G. P. THOMSON 1927 zeigen, daß mit Elektronenstrahlen Beugungs- und Interferenzerscheinungen hervorgerufen werden können, die denen bei Röntgenstrahlen vollkommen entsprechen. Die Wellenlängen der M. nehmen mit der Masse der Teilchen ab und werden bei makroskop. Körpern so klein, daß sie unterhalb jeder Nachweismöglichkeit liegen. Der Zusammenhang zw. dem Impuls $\boldsymbol{p}$ eines bewegten Teilchens und seiner Wellenlänge **(De-Broglie-Wellenlänge)** λ oder dem Wellenvektor $\boldsymbol{k}$ ist durch die **De-Broglie-Beziehung** $p = h/\lambda$ oder $\boldsymbol{p} = \hbar\,\boldsymbol{k}$ gegeben ($\hbar = h/2\pi$, h = Plancksches Wirkungsquantum). Die an die Vorstellung der M. anknüpfende →Wellenmechanik lieferte einen Zugang zu den exakten Gesetzen des Verhaltens der Elektronen in den Atomen.

Mathematik, urspr. die aus den prakt. Aufgaben des Rechnens und Messens erwachsene Wissenschaft, die sich mit der Verknüpfung von Zahlen und Figuren beschäftigt und deren wechselseitige Beziehungen untersucht. Erweitert und vertieft wurde diese Auffassung vom Aufgabenbereich der M. durch die mathemat. Grundlagenforschung, bes. durch die →mathematische Logik und die →Mengenlehre. Angeregt durch deren Ergebnisse wird die M. als die Wissenschaft vom unendlich Vielen definiert. Danach ist z. B. ein einzelnes Dreieck strenggenommen nicht Gegenstand der M., sondern Gegenstand einfacher Messungen; erst wenn man zumindest alle aus ihm durch Parallelverschiebungen hervorgegangenen Dreiecke hinzunimmt und diese unendliche Menge von Dreiecken untersucht, erhält man mathemat. Aussagen. Entsprechend ist z. B. die Frage, wie viele Primzahlen es unterhalb 1000 gibt, nicht mathemat., sondern rechnerischer Art. Dagegen ist das Problem, ob man für die Anzahl der Primzahlen, die kleiner sind als eine vorgegebene Zahl n, einen von n abhängigen Näherungsausdruck angeben kann, der für jede Zahl n zutrifft, Gegenstand der M. Die Rolle des Unendlichen tritt auch in der für die M. typischen Schlußweise der vollständigen →Induktion klar hervor.

Als Wissenschaft von den Strukturen als Beziehungsgefügen gibt die M. die Übersicht über alle möglichen, rein logischen Folgerungen aus gegebenen Grundannahmen (Axiomen), wobei die in diesen auftretenden Begriffe sich durch die Axiome gegenseitig festlegen. Dagegen ist eine darüber hinausgehende ›inhaltliche‹ Bedeutung dieser Begriffe nicht Gegenstand der M. Also ist es auch nicht die Frage, ob sich diese Strukturen als Modelle etwa in der Physik verwenden lassen. Jedoch wird Widerspruchsfreiheit der Grundannahmen verlangt. Dieses Vorgehen ist u. a. von großer Bedeutung in der Algebra, in der man auf Grund ihrer gleichen Struktur (→Isomorphismus) viele verschiedene Dinge zugleich erfassen kann. Die Schwierigkeit dieser Definition der M. liegt darin, unter den unübersehbar vielen möglichen Grundannahmen die ›mathematisch interessanten‹ zu bezeichnen und damit die M. von der reinen Logik zu trennen.

Aus prakt. Gründen unterteilte man die M. grob in **reine M.** und **angewandte M.** Es ist heute jedoch schwierig, Teilgebiete der M. klar voneinander abzugrenzen und zw. reiner und angewandter M. zu unterscheiden. Als grober Überblick kann gelten: mathemat. Logik, Mengenlehre, allg. Topologie, Kategorien, Algebra und Zahlentheorie (u. a. mit der Theorie der Ringe, Körper, Moduln, homolog. Algebra, algebraischen Geometrie), Geometrie mit Teilgebieten, Analysis (u. a. mit Infinitesimalrechnung, Maßtheorie, unendl. Reihen, Fourier-Analyse, Potentialtheorie, Variationsrechnung, Funktionentheorie einer und mehrerer Veränderlicher, Funktionalanalysis, Differential-, Integral- und Funktionalgleichungen), numerische M. und Rechenanlagen, Stochastik (mit Wahrscheinlichkeitstheorie und Statistik) und mathemat. Programmierung, Operations Research, Informationstheorie, die v. a. mathemat. Methoden der Wirtschaftswissenschaften behandeln.

Die angewandte M. benutzt die Ergebnisse der reinen M., um die formalen Zusammenhänge zw. den Dingen der Erfahrung aufzuklären und nutzbringend zu verwerten. Für alle Zweige von Wissenschaft und Technik, die von der Individualität ihrer Gegenstände absehen können, ist die M. die wichtigste Grundlage ihrer Methoden (Physik, Chemie, Astronomie, Vermessungstechnik u.a.).

Die mathemat. Grundlagenforschung umfaßt alle mathemat. Untersuchungen, die sich mit den Grundbegriffen und -prinzipien aller mathemat. Disziplinen, bes. mit dem Aufbau der mathemat. Logik und der mengentheoret. Systeme, beschäftigen; die Untersuchungen über die Grundlagen einzelner Disziplinen, z. B. der Geometrie oder der Analysis, werden dagegen meist nicht dazu gerechnet. – Die mathemat. Grundlagenforschung ist durch die Entwicklung der mathemat. Logik (seit der Mitte des 19. Jh.) vorbereitet worden, bes. durch die Entwicklung der Mengenlehre. Die eigtl. Entwicklung der mathemat. Grundlagenforschung beginnt um 1900 mit der Entdekkung der Antinomien der Mengenlehre (→ Russellsche Antinomie). Das Bemühen um den Aufbau widerspruchsfreier, dabei aber doch möglichst leistungsfähiger mengentheoret. Systeme, in denen sich die klass. mathemat. Theorie (Analysis, Kardinal- und Ordinalzahlentheorie u. a.) in ihrem wesentl. Gehalt rekonstruieren lassen, bildet seither den Inhalt der mathemat. Grundlagenforschung. Dabei haben sich neben dem Logizismus der → Intuitionismus und der → Formalismus herausgebildet.

Viele Probleme können heute nur durch das Zusammenwirken verschiedener Gebiete gelöst werden. So lassen sich z. B. durch die Verwendung von Computern viele Probleme behandeln, was bisher wegen des zeitl. Aufwandes oder wegen ihrer Komplexität nicht möglich war (z. B. die Berechnung einer Raketenbahn). In der → Informatik werden Fragen wie die Entwicklung von Programmiersprachen, von Algorithmen und die techn. Realisierung von Rechenanlagen behandelt. Auch Methoden der mathemat. Logik haben zur Lösung mathemat. Probleme beigetragen **(Modelltheorie).** – In der mathematischen Ökonomie wurde seit 1950 das Arrowsche Paradoxon oder ›Diktator-Theorem‹ untersucht. Es besagt, daß unter plausiblen Annahmen an einen Entscheidungsmechanismus für mindestens zwei Personen angesichts von mindestens drei Alternativen stets ein ›Diktator‹ auftritt.

Geschichte. In Babylon war bis 400 n. Chr. ein Lösungsverfahren für die allgemeine quadrat. Gleichung bekannt. Höhepunkte der grch. M. sind die ›Elemente‹ EUKLIDS sowie die Untersuchungen von ARCHIMEDES und des APOLLONIOS VON PERGE. Ägypter und Römer haben nicht viel zur Entwicklung der M. als Wissenschaft beigetragen. Die von den Indern benutzte Dezimaldarstellung der Zahlen und die von ihnen entwickelte Trigonometrie wurden erst spät in Europa aufgegriffen. Im Mittelalter haben v. a. die Araber die M. durch die Weiterentwicklung von Rechentechniken gefördert. Außerdem wurden durch sie die Ergebnisse der babylon. und grch. M. in Europa bekannt. Von der Renaissance bis zum Ende des 19. Jh. hat sich die M. v. a. in Europa entwickelt, seitdem in fast allen Teilen der Erde. In der Renaissance wurde v. a. die Algebra weiterentwickelt, REGIOMONTANUS stellte die Trigonometrie dar. Im 16. Jh. waren die Cardanischen Formeln zur Lösung von Gleichungen dritten und vierten Grades bekannt. Um die Wende des 16. zum 17. Jh. schuf G. GALILEI die heutige naturwissenschaftl. Methode mit der Verwendung der M., im 17. Jh. R. DESCARTES die analyt. Geometrie; er förderte dadurch die Entwicklung der Analysis. Die Arbeiten von I. NEWTON und G. W. LEIBNIZ führten zu einer prinzipiell neuen Methode in der M. und ermöglichten die Entwicklung der Analysis u. a. bei der Bearbeitung außermathemat. Fragestellungen. Im 18. Jh. entwickelte sich neben der Algebra, Zahlentheorie und Geometrie v. a. die Analysis, bes. durch L. EULER. Anfang des 19. Jh. zeigte N. H. ABEL mit Hilfe der Galois-Theorie, daß nicht jede Gleichung fünften und höheren Grades auflösbar ist. Im 19. Jh. legte C. F. GAUSS die Grundlagen der heutigen Algebra und Zahlentheorie. A. CAUCHY definierte den Grenzwertbegriff und förderte die Funktionentheorie. Die Entdeckung der nichteuklid. Geometrie durch N. I. LOBATSCHEWSKIJ und J. BOLYAI zeigte, daß das Parallelenaxiom von den anderen Axiomen der euklid. Geometrie unabhängig ist, wodurch die Beschäftigung mit methodolog. Fragen der Axiomatik stark angeregt wurde. Diese hatte ihren Höhepunkt in D. HILBERTS ›Grundlagen der Geometrie‹ um 1900. Jetzt erst bestand Klarheit über die axiomat. Methode, so daß sie zur Untersuchung von Grundlagenfragen benutzt werden konnte. Für viele Gebiete wurden in grundlegenden Arbeiten die Fundamente für die heutige M. gelegt: z. B. durch B. RIEMANN zur Geometrie, durch diesen und K. WEIERSTRASS zur Funktionentheorie, durch E. GALOIS zur Algebra, durch N. H. ABEL und C. G. J. JACOBI für algebraische Funktionen, durch A. F. MÖBIUS, CH. V. STAUDT, J. PLÜCKER zur synthet. oder analyt. (projektiven) Geometrie, durch A. CAYLEY, J. J. SYLVESTER zur algebraischen Geometrie. Die Entwicklung der Mengenlehre durch G. CANTOR hat nicht nur Analysis und Topologie beeinflußt, sondern zu krit. Untersuchungen der Grundlagen der M. geführt. Die Weiterentwicklung über das 19. Jh. hinaus ist charakterisiert v. a. durch das Zusammenwirken verschiedener Disziplinen bei der Erarbeitung neuer Gebiete und Behandlung konkreter Probleme. Die Topologie entwickelte sich zu einer ›Grundstruktur‹. In der Algebra entstehen wichtige Strukturen durch Abstraktion konkreter Gegebenheiten und durch Verwendung von Methoden anderer Gebiete (z. B. der Geometrie). Die Analysis wurde stark durch die Verwendung der Maßtheorie (H. LEBESGUE) beeinflußt, die auch eine wichtige Grundlage für die (von A. N. KOLMOGOROW axiomatisch fundierte) Wahrscheinlichkeitstheorie ist. Der Bau von Computern förderte die numerische M. ebenso wie die in den Wirtschaftswissenschaften angewandten Gebiete; so gelang es, mit Hilfe von Computern das Vierfarbenproblem zu lösen.

R. COURANT u. H. ROBBINS: Was ist M.? ([3]1973); H. MESCHKOWSKI: Mathematisches Begriffswörterbuch ([4]1976); Fachlexikon ABC M. (1978); W. I. SMIRNOW: Lehrgang der höheren M., 5 Tle. ([8–13]1979); Kleine Enzyklopädie M., hg. v. W. GELLERT u. a. ([2]1980); H. MANGOLDT u. K. KNOPP: Einführung in die höhere M., bearb. v. F. LÖSCH, 1 ([16]1980), 2 ([15]1981), 3 ([14]1978), 4 ([3]1980); J. N. BRONSTEIN u. K. A. SEMENDJAJEW: Tb. der M. ([20]1981).

mathematische Geräte, mechan. und elektr. Hilfsmittel für rechner. Auswertungen. Man unterscheidet die stetig arbeitenden mathemat. Instrumente und die ziffernweise rechnenden mathemat. Maschinen. Zu den **Analogrechnern** – die bei der Rechnung auftretenden Zahlen werden durch kontinuierlich veränderliche physikal. Größen (z. B. Längen, Winkel, Spannungen) dargestellt – zählen Rechenschieber, mechan. Rechengetriebe, elektr. Netzwerk-Rechengeräte, Differenzier- und Integriergeräte, Planimeter, Kurvenmesser, harmon. Analysatoren, Schwingungsüberlagerer u. a. Zu den **digitalen Rechengeräten** – jede Ziffer wird einzeln dargestellt, wobei für Dezimalzahlen zehn verschiedene Stellungen entsprechend den Werten 0–9 eingenommen werden können – zählen Rechenmaschinen und zunehmend elektron. Taschenrechner sowie die Computer.

mathematische Logik, die moderne Gestalt der formalen Logik, wie sie sich seit der zweiten Hälfte des 19. Jh. v. a. im Anschluß an G. FREGE und B. RUSSELL entwickelt hat. Vorrangiges Ziel der m. L. ist es, den Begriff des (mathemat.) Beweises zu präzisieren.

Der Aufbau eines dafür benötigten **Kalküls** vollzieht sich in drei Schritten. Erstens wird rein syntaktisch eine formale **Kunstsprache** (Symbolsprache) angegeben, innerhalb derer mittels gewisser **Axiome** und **Deduktionsre-**

geln eine Klasse von Formeln als die beweisbaren Sätze **(Theoreme)** des Kalküls ausgezeichnet werden. Zweitens definiert man im Rahmen der Semantik den Begriff des **logisch wahren Satzes** (des logisch gültigen Schlusses). Drittens muß gezeigt werden, daß der Kalkül **adäquat** ist, d. h., daß seine Theoreme genau die logisch wahren Sätze sind. Nach einem Resultat von K. GÖDEL gilt, daß die Widerspruchsfreiheit der Mathematik nicht mit mathemat. Mitteln gezeigt werden kann, womit die prinzipiellen Grenzen der axiomat. Methode aufgezeigt werden.

mathematische Papiere, Zeichenpapiere mit je nach Anwendung verschiedenen aufgedruckten Koordinatensystemen; zu den m. P. zählen das Millimeterpapier, Polarkoordinatenpapier, einfach- (auch halb- genannt) und doppeltlogarithmisches Papier, Wahrscheinlichkeitspapier u. a.

mathematische Tafeln, Sammelwerke mit Zahlenwerten verschiedenartiger Funktionen (Logarithmen, Kreis-, Hyperbelfunktionen u. a.) für Wurzeln, Potenzen, Primzahlen, gewisse Integrale und Zins- und Rentenrechnung. M. T. werden zunehmend durch entsprechend programmierte Taschenrechner ersetzt.

mathematische Zeichen gehören zur Symbolsprache der Mathematik und sind v. a. Abkürzungen für immer wiederkehrende Relationen, Operationen, Zuordnungen, Abbildungen (Funktionen), Variable und Terme (ÜBERSICHT, Auswahl, S. 233).

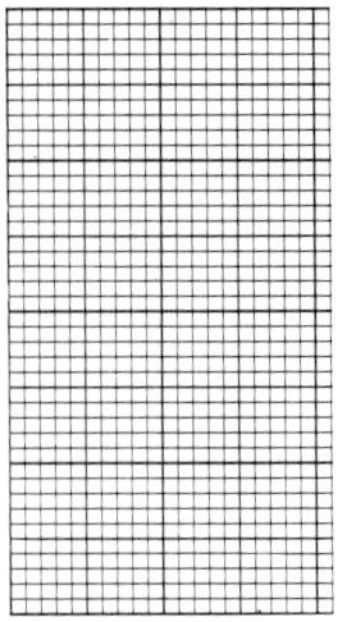
1

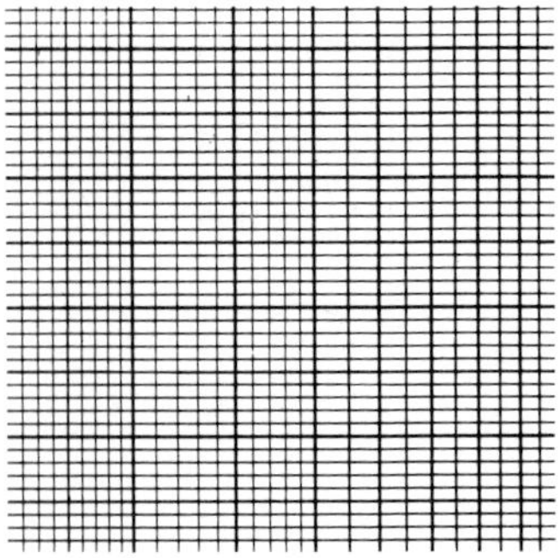
2

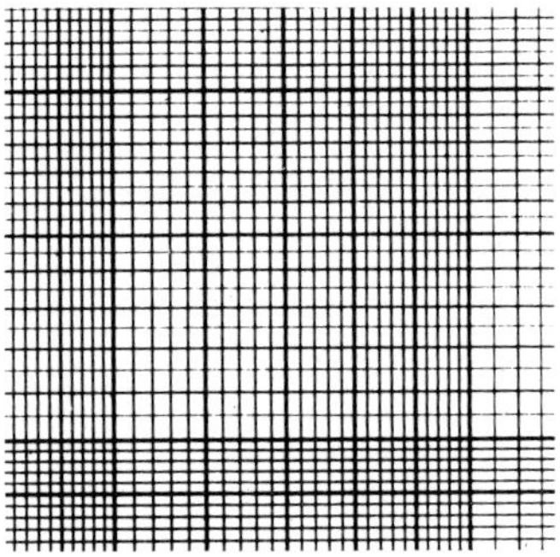
3

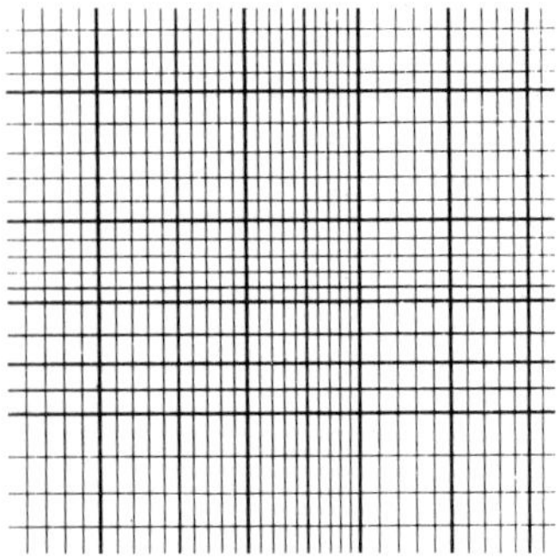
4

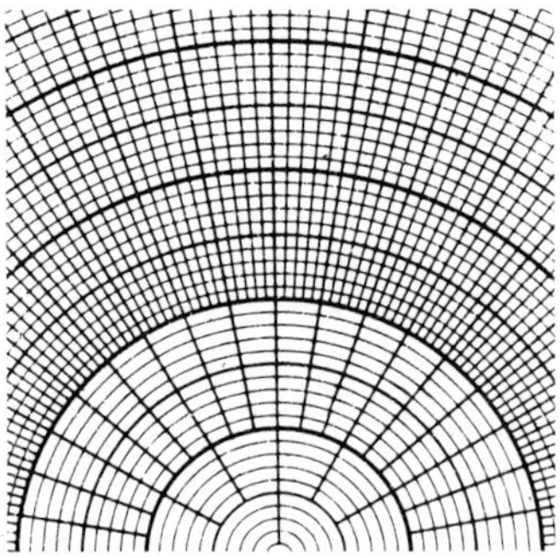
5

mathematische Papiere: 1 Millimeterpapier, **2** einfachlogarithmisches Papier, **3** doppeltlogarithmisches Papier, **4** Wahrscheinlichkeitspapier, **5** Polarkoordinatenpapier

Matrix, 1) Geologie: *Mz.* **Matrizes,** Grundmasse in Ergußgesteinen und das Bindemittel in Sedimentgesteinen.

2) Mathematik: *Mz.* **Matrizen.** Die rechteckige Anordnung von $m \cdot n$ Elementen a_{ij} $(i = 1, \ldots, m; j = 1, \ldots, n)$ einer Menge (meist eines Ringes) in der Gestalt

$$\begin{pmatrix} a_{11} & a_{12} & \ldots & a_{1n} \\ a_{21} & a_{22} & \ldots & a_{2n} \\ \cdot & \cdot & & \cdot \\ \cdot & \cdot & & \cdot \\ \cdot & \cdot & & \cdot \\ a_{m1} & a_{m2} & \ldots & a_{mn} \end{pmatrix} = : A$$

heißt eine M. mit m Zeilen und n Spalten, oft auch (m, n)- oder $m \times n$-M., gesprochen ›m-Kreuz-n-Matrix‹. Abgekürzte Schreibweise $A = (a_{ij})$. M. spielen v. a. in der linearen Algebra, aber auch in außermathemat. Gebieten, z. B. in der Quantenmechanik, eine wichtige Rolle, sie dienen u. a. zur Beschreibung von Gleichungssystemen oder linearer Abbildungen von →Vektorräumen. Dies führte zur Definition folgender Rechenoperationen für M.:

a) Sind $A = (a_{ij})$ und $B = (b_{ij})$ (m, n)-M., so ist $A \pm B = : C = (c_{ij})$ als (m, n)-M. durch $c_{ij} : = a_{ij} \pm b_{ij}$ definiert.

b) Ist $A = (a_{ij})$ eine (m, n)-M. und $B = (b_{ij})$ eine (n, t)-M., so ist $A \cdot B = : C = (c_{ij})$ als (m, t)-M. durch

$$c_{ij} : = \sum_{k=1}^{n} a_{ik} \cdot b_{kj}$$

definiert. Die einzelnen Teilmatrizen $(a_{ij}, \ldots, a_{in})$ von A heißen **Zeilenvektoren,** die einspaltigen $\begin{pmatrix} a_{j1} \\ \cdot \\ a_{jm} \end{pmatrix}$ **Spaltenvektoren** von A. Ist $m = n$, so heißt A eine **quadrat. M.,** gilt in einer quadrat. M. für alle $i \neq j$ $a_{ij} = 0$, so heißt A **Diagonalmatrix.** Die Diagonalelemente einer quadrat. M. sind die Elemente a_{ii}; deren Summe $a_{11} + a_{22} + \ldots + a_{nn}$ bezeichnet man als **Spur** der M. Über den Rang einer M. →lineares Gleichungssystem. Die quadrat. (n, n)-M. mit Elementen aus einem Ring R bilden mit den obigen Verknüpfungen Addition und Multiplikation einen Ring, den n-reihigen **Matrizenring** $M_{(n, n)}(R)$ über R. Die Multiplikation in $M_{(n, n)}(R)$ ist für $n > 1$ nicht kommutativ. Hat R ein Einselement 1, so ist die Diagonal-M. E mit $a_{ii} = 1$ für $i = 1, \ldots, n$ das Einselement bezüglich der Multiplikation **(Einheitsmatrix).** Ist $R = K$ ein Körper, so besitzt eine M. C mit einer von Null verschiedenen →Determinate eine inverse M. C^{-1}, wobei gilt $C \cdot C^{-1} = C^{-1} \cdot C = E$. Vertauscht man in $A = (a_{ij})$ Zeilen und Spalten, so entsteht die **transponierte M.** $A^T = (a_{ji})$. Quadratische M., für die $A = A^T$ gilt, heißen **symmetrisch,** solche mit $A^T = -A$ **schiefsymmetrisch,** eine weitere besondere M. ist die →hermitesche Matrix. Reelle quadrat. *M.* (d. h. die Elemente sind reelle Zahlen) mit $A^T = A^{-1}$ heißen **orthogonal.** Sie bilden bezüglich der Multiplikation die orthogonale Gruppe $O(n)$.

3) Verfahrenstechnik, Biochemie: starres oder hochviskoses Hüllmaterial, das einen anderen, z. B. gelösten Stoff, einschließt. I. S. von Urform wird der Begriff bei der DNS verwendet.

Matrixdrucker, elektromechan. Schnelldrucker, der als Ausgabegerät für elektron. Datenverarbeitungsanlagen speziell in der Datenfernverarbeitung dient. Beim M. wird der Zeichenvorrat nicht in Form von Typen bereitgehalten, sondern die zu druckenden Buchstaben, Ziffern und Sonderzeichen werden vor jedem einzelnen Druckvorgang mit Hilfe eines matrixförmig angeordneten Blocks von 7×9 oder 9×9 kleinen Nadeln als Punktmatrix dargestellt, wobei die Nadeln des Druckkopfes von einem Mikroprozessor angesteuert werden. Auf diese Weise kann die Druckgeschwindigkeit im Vergleich zu Druckern, bei denen die Einzeltypen auf bewegl. Walzen, Ketten und Stahlbändern gespeichert sind, erheblich gesteigert werden, da die zeitraubende mechan. Bewegung größerer Teile entfällt. Eine weitere Erhöhung der Druckgeschwindigkeit wird erzielt, wenn der Druckkopf die Zeilen abwechselnd vorwärts und rückwärts schreibt. Zu diesem Zweck muß der zu druckende Text jeweils zeilenweise in einen Pufferspeicher eingegeben werden, von wo er durch den Mikroprozessor in der erforderl. Reihenfolge abgerufen werden kann. Mit modernen M. können Druckgeschwindigkeiten von bis zu 2000 Zeilen je min erreicht werden. Sie zeichnen sich durch geräuscharmes Arbeiten, hohe Betriebssicherheit und kompakte Bauweise aus. Die zehnfache Druckgeschwindigkeit erreicht man mit → Laserdruckern.

Matrix-Quadrophonie, Verfahren der → Quadrophonie mit vierkanaliger Aufnahme und Wiedergabe, aber Zwischencodierung auf zwei Kanäle zur Übertragung oder Speicherung (4 – 2 – 4).

Matrize, 1) Mater, a) Metallform zum Guß von Lettern und Schriftzeilen (→ Setzmaschine 1); b) geprägte Form zur Herstellung von → Galvanos oder Stereos (→ Stereotypie).

2) Umformtechnik: der Teil des Werkzeugs, in dessen Hohlform der andere Teil, die **Patrize (Stempel),** eindringt.

3) die Negativform bei der Herstellung von → Schallplatten.

4) Folien aus Wachspapier, Metall, Kunststoff u. a. zur Herstellung von Vervielfältigungen.

Matrizenmechanik, von W. HEISENBERG, M. BORN und P. JORDAN 1925 geschaffene Form der → Quantenmechanik. In ihr werden physikal. Größen wie Ort, Impuls, Energie atomarer Teilchen (z. B. Elektronen) durch meist unendl. Schemata komplexer Zahlen, **hermitesche Matrizen,** dargestellt. Sie erfüllen → Vertauschungsrelationen, die zu → Unschärferelationen und bei gebundenen Systemen wie Atomen u. a. zu diskreten Energiewerten Anlaß geben. Unbeobachtbare Strukturen wie die Elektronenbahnen der älteren → Quantentheorie kommen in der M. nicht vor. Die M. ist der → Wellenmechanik physikalisch gleichwertig und wie jene in der endgültigen Form der Quantentheorie aufgegangen.

Mattauchsche Isobarenregel [n. dem dt. Physiker J. Mattauch, * 1895, † 1976] besagt, daß bei Atomkernen mit ungerader Massenzahl i. d. R. nur eine stabile Kernart existiert. Bei Kernen mit gerader Massenzahl können mehrere stabile Isobare (Kerne mit gleicher Massenzahl) auftreten, wobei sich jedoch die Kernladungszahlen um zwei Einheiten unterscheiden müssen.

Matte, Geflecht oder Gewebe aus Kokos- oder Chemiefasern, Schilf, Rohr, Binsen, Stroh, Draht u. a. für Fußbodenbelag, Wandbespannungen.

Mattglas, Glas mit aufgerauhter, lichtstreuender Oberfläche, die durch Ätzen oder Sandstrahlen erzeugt wird. M. dient z. B. in der Optik als → Mattscheibe.

Matthias|sche Regeln, [n. B. T. Matthias], empir. Regeln, nach denen die mittlere Valenzelektronenzahl Z eines Stoffes entscheidend für das Auftreten von Supraleitung und die Höhe der Übergangstemperatur T_c ist. 1. M. R.: Nur Metalle mit $2<Z<8$ sind supraleitend. 2. M. R.: Ferromagnet. Substanzen werden wegen des starken Magnetismus nicht supraleitend. 3. M. R.: Ausgeprägte Maxima von T_c sind für Stoffe mit Z zw. 4 und 8, ein kleines Maximum für $Z=3$ zu erwarten. 4. M. R.: T_c kann durch magnet. Verunreinigungen stark abgesenkt werden, während nicht-magnet. Fremdatome einen relativ geringen Einfluß auf T_c haben.

mattieren, matt aussehende Oberflächen erzeugen; **1)** bei Möbeln durch Überzüge aus Wachs- und Schellacklösungen (Mattine), Öl-, Nitrocellulose- und Kunstharzlacken; die Holzporen mattierter Oberflächen bleiben meist offen oder sind nur teilweise geschlossen. **2)** in der Metallbearbeitung chemisch durch → Beizen oder mechanisch durch Sandstrahlen oder Mattbürsten. **3)** in der Textiltechnik durch Einlagerung von Pigmenten beim Spinnprozeß; in der Appretur durch Aufbringen getönter Pigmente. **4)** bei Glas → Mattglas.

Mattierungsmittel, Lackadditive, die einen matten Anstrich ergeben. Verwendet werden Talkum, Kieselsäuren und Polyolefinwachse.

Mattscheibe, durchscheinende Platte mit einseitig aufgerauhter Oberfläche zum Sichtbarmachen reeller op-

MATHEMATISCHE ZEICHEN (Auswahl)

Relations- und Operationszeichen

$=$	gleich
$\neq$	ungleich
$<$	kleiner
$>$	größer
$\leq$, $\leqq$	kleiner oder gleich
$\geq$, $\geqq$	größer oder gleich
$\ll$	sehr viel kleiner
$\gg$	sehr viel größer
$\equiv$	identisch; kongruent
$+$	plus
$-$	minus
$\cdot$, $\times$	mal
$:$, $/$	geteilt durch
$\boldsymbol{a}\cdot\boldsymbol{b}$, $(\boldsymbol{a}, \boldsymbol{b})$	Skalarprodukt
$\boldsymbol{a}\times\boldsymbol{b}$	Vektorprodukt
$t \mid a$	t ist Teiler von a
a^n	n-te Potenz von a
$\sqrt[n]{a}$	n-te Wurzel aus a
$n!$	n-Fakultät
$\lvert a \rvert$	Betrag von a
$\lVert a \rVert$	Norm von a
$\binom{n}{k}$	Binomialkoeffizient n über k
Σ	Summe
Π	Produkt
$\triangle$	Differenz, Deltaoperator
∇	Nablaoperator
d, d	Differential
∂	partielles Differential
$\int$	Integral
∞	unendlich

mengentheoretische Zeichen

$\in$	Element von
$\notin$	nicht Element von
$\subset$	Teilmenge
$\not\subset$	nicht Teilmenge
$\cap$, $\bigcap_{i=1}^{n}$	Durchschnitt
$\cup$, $\bigcup_{i=1}^{n}$	Vereinigung
$\setminus$	Minuszeichen für Mengen
$A\times B$	kartes. Produkt von A und B
M^n	n-faches kartes. Produkt von M
$\emptyset$, $\varnothing$	leere Menge
$\mathfrak{P}$	Potenzmenge
$\mathbb{N}$	Menge der natürl. Zahlen
$\mathbb{Z}$	Menge der ganz-rationalen Zahlen
$\mathbb{Q}$	Menge der rationalen Zahlen
$\mathbb{R}$	Menge der reellen Zahlen
$\mathbb{C}$	Menge der komplexen Zahlen

gebräuchliche Abkürzungen

$f: D \longrightarrow B$ $D \xrightarrow{f} B$	f ist Abbildung von D in B
lim	Grenzwert
$a_n \underset{n\to\infty}{\longrightarrow} a$	Grenzwert der Folge (a_n) ist a
$f(x) \underset{x\to x_0}{\longrightarrow} b$	Grenzwert von $f(x)$ für x gegen x_0 ist b
$[a, b]$	abgeschlossenes Intervall von a bis b
(a, b)	offenes Intervall
inf	Infimum
sup	Supremum
$\log_b$	Logarithmus zur Basis b
lg	Logarithmus zur Basis 10
ln	natürl. Logarithmus
exp	Exponentialfunktion $\exp x := e^x$
sin	Sinus
cos	Cosinus
tan	Tangens
cot	Cotangens
$\arg z$	Argument von z
$\operatorname{Re} z$	Realteil von z
$\operatorname{Im} z$	Imaginärteil von z

logische Zeichen

$\wedge$	und
$\vee$	oder
$\rightarrow$, $\Rightarrow$	wenn ..., dann
$\leftrightarrow$, $\Leftrightarrow$	genau dann, wenn
$\neg$	nicht
$\exists$, $\bigvee$	es existiert
$\forall$, $\bigwedge$	für alle
$A := B$ oder $B =: A$	A ist durch B definiert

geometrische Zeichen

$\parallel$	parallel
$\perp$	senkrecht
$\sim$	ähnlich
$\cong$	kongruent
$\sphericalangle$	Winkel
$\overline{AB}$	Streckenlänge von AB

Mauer: Mauerverbände

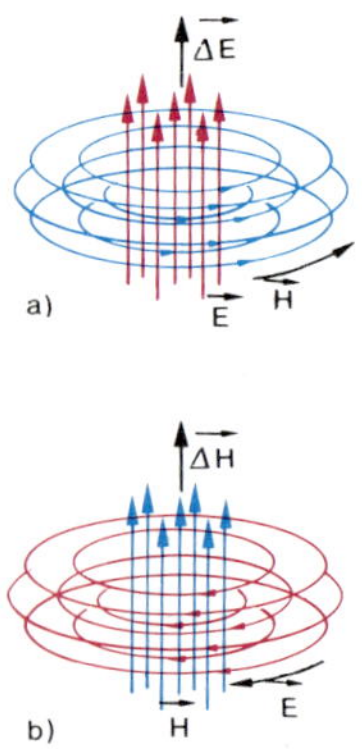

Maxwellsche Theorie

tischer Bilder u. a. in der photograph. Kamera oder in → Mikrofilmgeräten.

Mauer, Wand aus Bausteinen, die übereinandergreifend, d. h. im Mauerverband, aufgebaut sind. M. werden meist aus **Mauerwerk** errichtet, dem Baustoff aus → Mauersteinen und Mauermörtel (→ Mörtel) für Wände und Pfeiler, für Verblendungen und – heute selten – für Gewölbe. **Trockenmauerwerk** ohne Mörtel wird nur noch selten angewendet. Die Eigenschaften von Mauerwerk lassen sich durch Auswahl von Mauersteinen und Mauermörtel gezielt auf raumabschließende (Wärmeschutz, Feuchtigkeitsschutz, Schallschutz, Brandschutz) und tragende Funktionen ausrichten.

Der **Mauerverband (Mauerwerksverband)** gibt dem in Schichten aufgebauten Mauerwerkskörper den Zusammenhalt durch die **Läufersteine,** die parallel, und die **Bindersteine,** die senkrecht zur M.-Flucht angeordnet sind. Die wichtigsten Verbände bei M. aus **künstl. Steinen** sind Läufer-, Binder-, Block-, Kreuz-, gotischer und märkischer Verband. Neben dem traditionellen M.-Verfahren ›Stein auf Stein‹ entwickelten sich rationellere Arbeitsverfahren, so zur Herstellung von Mauerwerk-Fertigbauteilen, obwohl M. der industriellen Fertigung schwer zugänglich sind.

Beim **Natursteinmauerwerk** werden unterschieden: **Zyklopenmauerwerk** aus unregelmäßigen, nicht lagerhaften Bruchsteinen, **Bruchsteinmauerwerk** aus lagerhaften Bruchsteinen verschiedener Größe mit unregelmäßigen Fugen, **Schichtenmauerwerk** aus Steinen, die in den Lager- und Stoßfugen senkrecht zur Ansichtsfläche auf mindestens 12 cm Tiefe bearbeitet sind. Bei **Quadermauerwerk** (→ Bossenwerk) sind die Steine nach Zeichnung und Angabe ganz zu bearbeiten. Bei **Mischmauerwerk** ist dessen Sichtfläche aus Natursteinen, die Hintermauerung aus Bruchsteinen, Beton oder Ziegelmauerwerk. **Zweihäuptiges Mauerwerk** hat auf beiden Seiten Sichtfläche. Bei **zweischaligem Mauerwerk** nimmt die innere Schale die Lasten und die äußere Schale bewirkt den Wetterschutz.

M. werden i. a. nur auf Druck, begrenzt auch auf Zug, Schub oder Biegung beansprucht. M. sind Hauptbestandteile von Bauten aller Art.

Geschichtliches. Im Vorderen Orient bestanden die M. in ältester Zeit aus Lehm mit untermischten Steinen, später aus vermörtelten luftgetrockneten Lehmziegeln, an deren Stelle in Mesopotamien (Sumer) der gebrannte Ziegelstein trat. In Ägypten dienten schon in früher Zeit behauene Blöcke von gebrochenem Felsgestein (meist Kalkstein) als Baumaterial. Auch in Troja und in den myken. und etrusk. Städten wurden M. aus großen Steinblöcken **(Megalithische M.)** errichtet. Die Römer verwendeten anfangs luftgetrocknete und erst später gebrannte Ziegel. Im vorkolumb. Nord- und Südamerika wurden ebenfalls luftgetrocknete Ziegel verwendet, daneben für Monumentalbauten auch Steine (polygonale M. der Inka).

In der mitteleurop. Vorzeit herrscht der Typ der Holz-Stein- oder Holz-Erde-M. (mit verstärkendem Balkenwerk) vor. In der Hallstattzeit gab es Fachwerkhütten auf Steinsockeln **(Trocken-M.),** in der Latènezeit aus Steinen errichtete Umfriedungen der Siedlungen. Bes. standfest waren die kelt. M. mit längs- und quergelegten Binderbalken. Mörtel-M. erscheinen in Mitteleuropa mit den Römern, bleibend im frühen MA. Die Ziegel-M. kam mit der Ausbreitung der röm. Kultur nach Nordeuropa.

P. SCHIMMELWITZ: Mörtel, Mauerwerk, Putz ([7]1980); W. MEYER-BOHÉ: Mauerwerksbau ([2]1980); Baunormen. Mauerwerksbau DIN-Tb. 68 ([2]1980); H. REICHERT: Konstruktiver Mauerwerksbau ([3]1980). – Mauerwerk-Kalender (jährlich, seit 1976).

Mauerfraß, Mauer|ausblühungen, → Ausblühungen 1).

Mauersalz, → Nitrocalcit.

Mauerschwamm, der → Hausschwamm.

Mauersteine, alle zur Herstellung von Mauerwerk verwendeten Steine. Künstl. M. sind aus Beton und Leichtbeton, aus gebranntem Ton (→ Mauerziegel) und aus Kalksandstein, natürliche M. aus → Natursteinen.

Mauerziegel, aus Ton oder tonhaltigen Massen mit oder ohne Zugabe von Magerungsmitteln oder porenbildenden Stoffen geformte und gebrannte → Mauersteine. M. werden als **Vollziegel** oder **Lochziegel (Hohlziegel,** meist Hochlochziegel, selten Langlochziegel) hergestellt. Bis zur Sinterung gebrannte M. heißen → Klinker 1). Klinker und Vormauerziegel müssen frostbeständig sein. M. werden im Normalformat oder Dünnformat oder im Vielfachen davon **(Großblockziegel)** produziert. **Leichtziegel** sind M. mit niedriger Rohdichte. (BILD S. 235)

Maupertuissches Prinzip [mopɛrtɥ'ɪ-], **Euler-Maupertuissches Prinzip, Prinzip der kleinsten Wirkung (Aktion)** [n. dem frz. Physiker P. L. M. de Maupertuis, * 1698, † 1759, und dem schweizer. Mathematiker L. Euler, * 1707, † 1783]. Nach dem 1747 von MAUPERTUIS aufgestellten → Extremalprinzip (schon 1707 von LEIBNIZ erwähnt, von EULER streng formuliert) hat bei gleichbleibender Gesamtenergie die Wirkung (Produkt aus Energie und Zeit) längs der ganzen Bahn einen Extremwert.

Mauvein [move'i:n], **Perkin-Violett** [p'ɜ:kɪn-], malven-(violett-)farbener, 1856 von Sir W. H. PERKIN entdeckter erster synthetischer Anilinfarbstoff.

maximales Drehmoment, das höchste → Drehmoment, das eine Kraftmaschine abgibt oder eine Arbeitsmaschine aufnimmt, um eine best. Drehzahl oder Leistung zu erzielen. Verbrennungsmotoren liefern das m. D. bei etwa der Hälfte der Maximaldrehzahl und zwei Drittel der Maximalleistung. Bei Elektromotoren wird das m. D. auch als → Kippmoment bezeichnet.

Maximum *das,* Mathematik: ein → Extremum. Eine Funktion f hat an der Stelle x_0 ihres Definitionsbereiches D ein M., wenn ihr Wert dort der größte aller von f in D angenommenen Werte ist. Ist dies nur für die x aus einer bestimmten Umgebung von x_0 der Fall, so hat f in x_0 nur ein **relatives M.** Eine Funktion braucht überhaupt kein M. zu besitzen, z. B. dann nicht, wenn sie die obere Grenze ihrer Funktionswerte überhaupt nicht als Wert annimmt. Ist jedoch D kompakt und f stetig, so nimmt f in D nach dem Satz von Weierstraß ein **absolutes M.** an. Wenn f an der Stelle ihres M. differenzierbar ist, so ist dort der Wert ihrer Ableitung gleich Null. Doch ist das auch für ein Minimum oder bei einem Wendepunkt mit horizontaler Tangente der Fall, die zweite Ableitung (→ Differentialrechnung) gibt hier weitere Aufschlüsse. – Entsprechend kann man auch ein M. eines über Funktionen erklärten Funktionals bezüglich gewisser Vergleichsfunktionen erklären.

Maximumprinzip, Mathematik: Eine analyt. Funktion $f(z)$ auf einem Gebiet G nimmt genau dann ihr Maximum im Inneren von G an, wenn $f(z)$ konstant ist. Ist $f(z)$ in G nicht konstant und auf dem Rand von G stetig, so nimmt sie ihr Maximum auf dem Rand an.

Maxwell [m'ækswəl, n. dem engl. Physiker J. C. Maxwell, * 1831, † 1879] *das,* Einheitenzeichen **M,** eine nicht gesetzl. Einheit des magnet. Flusses im elektromagnet. CGS-System: $1\,\mathrm{M} = 10^{-8}\,\mathrm{V \cdot s} = 10^{-8}\,\mathrm{Wb}$.

Maxwell Montes [m'ækswel-], höchste Erhebung an der Oberfläche der →Venus, rd. 11 km über dem Referenzniveau. Das Venusgebirge konnte zunächst durch Radarbeobachtungen von der Erde aus nachgewiesen werden (→Radarastronomie), es wurde von der amerikan. Venussonde Pionier Venus bestätigt und genauer vermessen.

Maxwellsche Geschwindigkeitsverteilung [m'ækswəl-], eine 1860 von J. C. MAXWELL theoret. abgeleitete statist. Funktion, die den Geschwindigkeiten der Atome oder Moleküle eines Gases ihre relativen Häufigkeiten zuordnet. Die graph. Darstellung ergibt eine unsymmetr. Kurve (BILD), deren Maximum bei der wahrscheinlichsten (häufigsten) Geschwindigkeit liegt. Für sie gilt: $v_w = \sqrt{2kT/m}$, d. h., mit steigender (absoluter) Temperatur T verschiebt sich das Maximum zu höheren Geschwindigkeiten, wobei die Kurve flacher wird (k = Boltzmann-Konstante, m = Teilchenmasse). Für die mittlere Geschwindigkeit $\bar{v}$, d. h. den arithmet. Mittelwert der Geschwindigkeitsbeträge, gilt: $\bar{v} = \sqrt{8kT/\pi m}$; $\bar{v}$ ist also etwas größer als v_w, $\bar{v} \approx 1{,}13\,v_w$.

Maxwellsche Korkenzieherregel [m'ækswəl-], →Rechte-Faust-Regel.

Maxwellsche Theorie [m'ækswəl-], von J. C. MAXWELL 1861–64 entwickelte Theorie der elektromagnet. Erscheinungen – zu denen auch das Licht gehört – im Vakuum und in ruhenden Körpern. Elektr. Ladungen, Ströme und Magneten wirken aufeinander auf Grund ihrer Felder; die M. T. verknüpft Ladungen, Ströme und Felder durch die **Maxwellschen Gleichungen**, die bes. auch die strenge Verknüpfung zw. zeitlich veränderl. elektr. und magnet. Feldern beschreiben und so die Grundgleichungen des elektromagnet. Feldes darstellen. Das vollständige System der Maxwellschen Gleichungen in Differentialform lautet (im SI-System):

$$1)\ \mathrm{rot}\,\boldsymbol{H} = \boldsymbol{j} + \dot{\boldsymbol{D}} \qquad 3)\ \mathrm{div}\,\boldsymbol{D} = \varrho$$
$$2)\ \mathrm{rot}\,\boldsymbol{E} = -\dot{\boldsymbol{B}} \qquad 4)\ \mathrm{div}\,\boldsymbol{B} = 0$$

Dabei ist $\boldsymbol{H}$ die magnet., $\boldsymbol{E}$ die elektr. Feldstärke, $\boldsymbol{D}$ die elektr., $\boldsymbol{B}$ die magnet. Flußdichte, $\dot{\boldsymbol{D}}$ und $\dot{\boldsymbol{B}}$ ihre partiellen Ableitungen nach der Zeit t, $\dot{\boldsymbol{D}} = \partial\boldsymbol{D}/\partial t$, $\dot{\boldsymbol{B}} = \partial\boldsymbol{B}/\partial t$, $\boldsymbol{j}$ die elektr. Stromdichte und ϱ die Raumladungsdichte. Durch Integration erhält man die Gleichungen in Integralform:

$$1)\oint \boldsymbol{H}\,\mathrm{d}\boldsymbol{s} = I + \int \dot{\boldsymbol{D}}\,\mathrm{d}\boldsymbol{A} \qquad 3)\oint \boldsymbol{D}\,\mathrm{d}\boldsymbol{A} = Q$$
$$2)\oint \boldsymbol{E}\,\mathrm{d}\boldsymbol{s} = -\int \dot{\boldsymbol{B}}\,\mathrm{d}\boldsymbol{A} \qquad 4)\oint \boldsymbol{B}\,\mathrm{d}\boldsymbol{A} = 0$$

Dabei ist d$\boldsymbol{s}$ ein Linienelement der Wegkurve und d$\boldsymbol{A}$ ein Flächenelement der Fläche, über die integriert wird, I der elektr. Leitungsstrom, $\int \dot{\boldsymbol{D}}\,\mathrm{d}\boldsymbol{A}$ der →Verschiebungsstrom und Q die elektr. Ladung. Die Maxwellschen Gleichungen werden ergänzt durch die **Materialgleichungen,** die die Vektoren $\boldsymbol{E}$, $\boldsymbol{D}$, $\boldsymbol{H}$ und $\boldsymbol{B}$ durch jene Größen verknüpfen, die die elektr. oder magnet. Eigenschaften der Materie charakterisieren:

$$\boldsymbol{D} = \varepsilon_0 \varepsilon_r \boldsymbol{E} = \varepsilon_0 \boldsymbol{E} + \boldsymbol{P},$$
$$\boldsymbol{B} = \mu_0 \mu_r \boldsymbol{H} = \mu_0 \boldsymbol{H} + \boldsymbol{J},$$
$$\boldsymbol{j} = \sigma \boldsymbol{E}.$$

Dabei ist $\boldsymbol{P}$ die elektr., $\boldsymbol{J}$ die magnet. Polarisation, die mit der Magnetisierung $\boldsymbol{M}$ gemäß $\boldsymbol{M} = \boldsymbol{J}/\mu_0$ zusammenhängt, σ die elektr. Leitfähigkeit, ε_0 die elektr., μ_0 die magnet. Feldkonstante, ε_r die Permittivitätszahl, μ_r die Permeabilitätszahl (für Vakuum ist $\varepsilon_r = \mu_r = 1$).

Die 1. Gleichung enthält die Aussage, daß Ströme und zeitlich veränderl. elektr. Felder (BILD a, S. 234) von einem magnet. Wirbelfeld (dessen Feldlinien in sich geschlossen sind) umgeben sind; sie stellt das allgemein gefaßte **Durchflutungsgesetz** (→Durchflutung) dar. Die 2. Gleichung besagt, daß jede zeitl. Änderung $\Delta\,\boldsymbol{H}$ eines Magnetfeldes (BILD b, S. 234) ein elektr. Wirbelfeld erzeugt; sie stellt das allg. gefaßte Induktionsgesetz (→Induktion) dar. Die 3. Gleichung drückt aus, daß es neben elektr. Wirbelfeldern auch elektr. Quellenfelder gibt, deren Quellen die elektr. Ladungen sind. Die 4. Gleichung besagt, daß es nur magnet. Wirbelfelder gibt; Magnetfelder sind also quellenfrei, d. h., es existieren keine magnet. Einzelladungen (→Monopole).

Zw. der Lichtgeschwindigkeit c und ε_0 und μ_0 besteht die Beziehung $c^2 = 1/(\varepsilon_0\mu_0)$. Der Brechungsindex n ist mit μ_r, ε_r durch die **Maxwellsche Beziehung** $n^2 = \varepsilon_r\,\mu_r$ verknüpft.

Die M. T. ist eine Nahewirkungs- oder Feldtheorie: Elektromagnet. Wirkungen in Form von Feldänderungen breiten sich mit einer best. endlichen Geschwindigkeit aus. Deren Identifizierung mit der Lichtgeschwindigkeit führt zu der Erkenntnis, daß Lichtwellen period. Änderungen des elektromagnet. Feldes, d. h. →elektromagnetische Wellen, sind. Durch diese elektromagnet. Lichttheorie wird die gesamte Wellenoptik in die Elektrodynamik einbezogen. Die mit atomaren Vorgängen verbundenen Erscheinungen kann die M. T. nicht erklären. Das gelingt in best. Grenzen durch die Lorentzsche Elektronentheorie (→Elektron) und die Quantenmechanik, in umfassender Weise durch die Quantenelektrodynamik.

Mayday [m'eɪdeɪ, engl.], internat. Notsignal im Funksprechverkehr (entsprechend →SOS im Telegraphieverkehr). Es wird auf Notfrequenzen (2 182 kHz im Seefunkdienst, 121,5 MHz im Flugfunkdienst) oder anderen Funksprechfrequenzen gesendet und beansprucht sofortige →Funkstille auf der betreffenden Frequenz.

MAZ, Abk. für →**m**agnetische **A**uf**z**eichnung.

Mazerale, Gefügebestandteile der Kohle, die an ihrem unterschiedl. Reflexionsvermögen im auffallenden Licht und an ihrer Struktur unter dem Mikroskop erkannt werden. Die M. der Kohle sind oft streifenartig angereichert (→Streifenarten).

Mazeration, Ausziehen von Stoffen aus Drogen mit Wasser, seltener mit anderen Lösungsmitteln, bei normaler Temperatur.

MBAS, Abk. für **methylenblau-aktive Substanz,** →Methylenblau.

μC, Abk. für →Mikrocomputer.

McPherson-Achse [məkf'ə:sn-], Kfz: →Achsanordnungen (BILD).

Md, chem. Symbol für →Mendelevium.

ME, 1) Einheitenzeichen für veraltete Masseneinheiten: a) selten für die Masseneinheit im techn. →Maßsystem: $1\,\mathrm{ME} = 1\,\mathrm{kps^2/m} = 1\,\mathrm{khyl} = 9{,}80665\,\mathrm{kg}$. b) in der Kernphysik definiert als die Masseneinheit in der physikal. Atomgewichtsskale, d. h. als der 16. Teil der Masse des Sauerstoffisotops $^{16}\mathrm{O}$: $1\,\mathrm{ME} = 1{,}6597 \cdot 10^{-27}\,\mathrm{kg}$ (wurde durch die vereinheitlichte →atomare Masseneinheit ersetzt). Ein tausendstel ME wurde mit TME oder mME bezeichnet.

2) Einheitenzeichen für →**M**ache-**E**inheit.

Mechanik, ältester und grundlegender Zweig der Physik, der die Bewegungen materieller Systeme unter dem

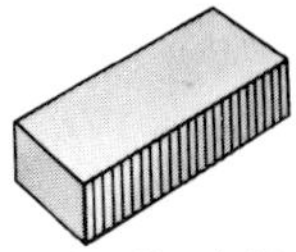
Vollziegel (ungelocht)

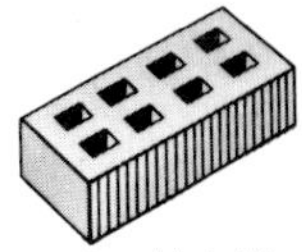
Vollziegel (gelocht)

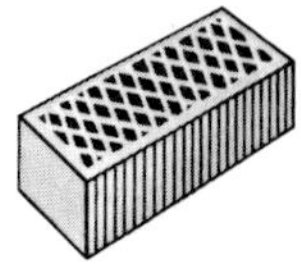
Hochlochziegel

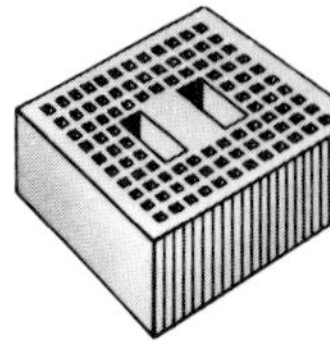
Großblockziegel

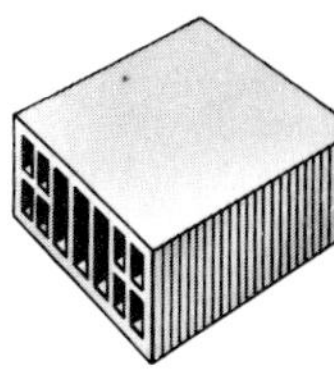
Langlochziegel

Mauerziegel

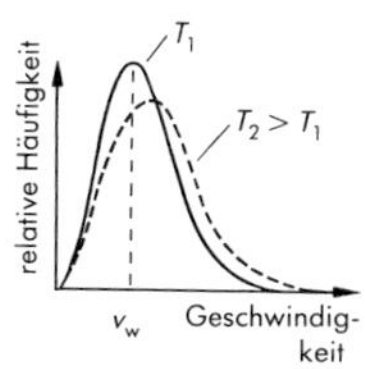

Maxwellsche Geschwindigkeitsverteilung: M. G. für zwei verschiedene Temperaturen T_1 und T_2; v_w wahrscheinlichste Geschwindigkeit bei der Temperatur T_1

Maxwellsche Geschwindigkeitsverteilung

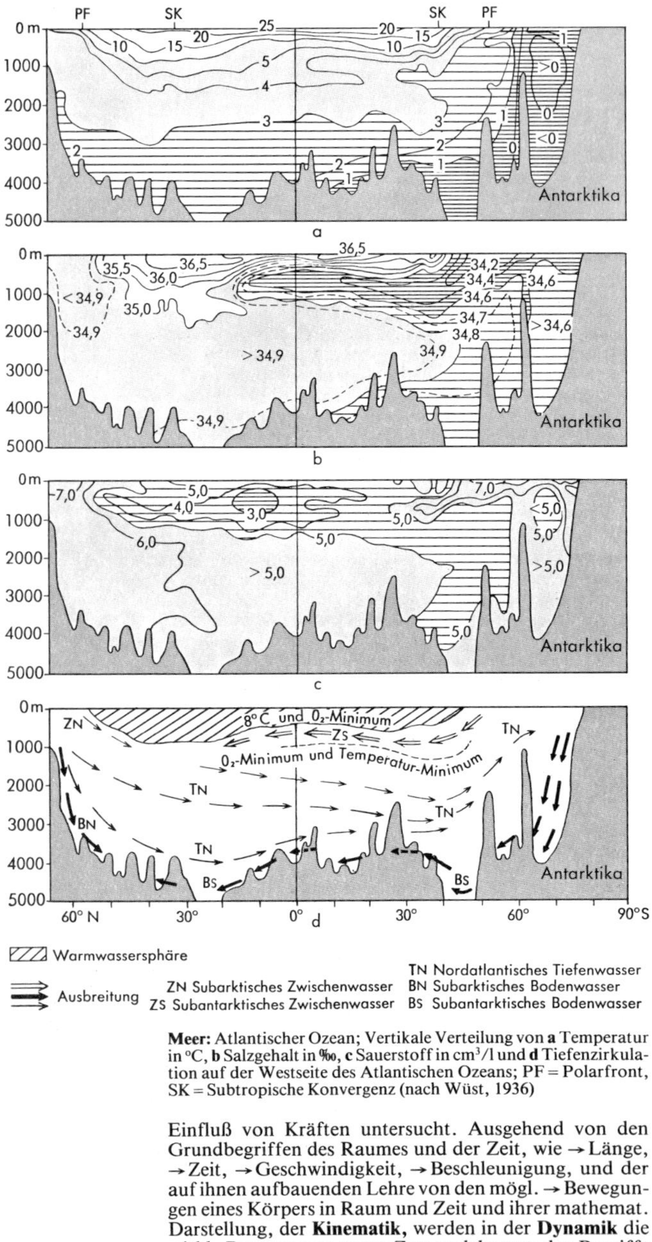

Meer: Atlantischer Ozean; Vertikale Verteilung von **a** Temperatur in °C, **b** Salzgehalt in ‰, **c** Sauerstoff in cm^3/l und **d** Tiefenzirkulation auf der Westseite des Atlantischen Ozeans; PF = Polarfront, SK = Subtropische Konvergenz (nach Wüst, 1936)

Einfluß von Kräften untersucht. Ausgehend von den Grundbegriffen des Raumes und der Zeit, wie → Länge, → Zeit, → Geschwindigkeit, → Beschleunigung, und der auf ihnen aufbauenden Lehre von den mögl. → Bewegungen eines Körpers in Raum und Zeit und ihrer mathemat. Darstellung, der **Kinematik,** werden in der **Dynamik** die wirkl. Bewegungen unter Zugrundelegung der Begriffe der trägen → Masse und der → Kraft behandelt. Die Dynamik enthält als Sonderfall die **Statik** als Lehre vom Gleichgewicht der Kräfte. Der systemat. Aufbau der M. umfaßt 1) die M. der **Massenpunkte (Punktmechanik),** der Systeme von Massenpunkten **(Systemmechanik)** und der **starren Körper (Stereomechanik)** und 2) die M. deformierbarer Körper (→ Kontinuumsmechanik), die die **Elastomechanik** und die **Hydro-** und **Aeromechanik** mit den Sondergebieten **Schwingungslehre** (→ elastische Schwingungen) und → Akustik enthält. Ein Sondergebiet ist die → statistische Mechanik. Die Weiterentwicklung der **klassischen M.** für den Bereich hoher Geschwindigkeiten gelang mit der → Relativitätstheorie **(relativistische M.)** und für den atomaren Bereich in der → Quantenmechanik.

Geschichte. M. war in der klass. Antike und im Mittelalter die ›Kunst‹, durch menschl. Eingriff in das natürl. Geschehen Körper entgegen ihrem natürl. Verhalten zu bewegen und die dazu erforderl. Geräte zu konstruieren und herzustellen. Im 4. Jh. v. Chr. entstanden die ersten Ansätze zu einer theoret. ›Mechanik‹ durch ARCHYTAS VON TARENT. Der Gegensatz zw. gewaltsamen und natürl. Bewegungen wurde auch im Mittelalter beibehalten (JORDANUS NEMORARIUS) und erst von G. GALILEI im ausgehenden 16. Jh. überwunden. Der etwa seit dem 17. Jh. erfolgte Auf- und Ausbau der M. wurde ermöglicht durch **Idealisierung** von Begriffen wie Massenpunkt, starrer Körper, Bahn, durch **Abstraktion,** z. B. in der Bildung des Kraftbegriffs, bei dem von der Herkunft der Kräfte abgesehen wird, und durch **Extrapolation,** z. B. in der Aufstellung des Trägheitsgesetzes mit seinem Begriff der kräftefreien Bewegung. Die geistige Leistung besteht v. a. darin, die Begriffe und Grundbeziehungen so zu wählen, daß das **Superpositionsprinzip** anwendbar ist, nach dem sich mehrere Kräfte und einfache Bewegungen ohne gegenseitige Störung überlagern lassen, und darin, die Beschränkung und Vereinfachung andererseits nur so weit zu treiben, daß die Aufstellung von **Erhaltungssätzen** möglich bleibt.

S. FALK: Lb. der techn. M., 3 Bde. (1967–69); Á. BUDÓ: Theoret. M. (a. d. Ungar., Berlin-Ost [7]1974); I. SZABÓ: Einf. in die techn. M. ([8]1975); H. GOLDSTEIN: Klass. M. (a. d. Engl., [5]1978).

mechanisches Wärme|äquivalent, die in Kilopondmetern gemessene mechan. Arbeit oder Energie, die einer bestimmten Wärmemenge (gewöhnlich 1 Kalorie) entspricht: 1 cal ≈ 0,427 kpm. Das m. W. wird nicht mehr gebraucht, da seit Einführung der SI-Einheiten alle Formen der → Energie in → Joule gemessen werden.

mechanische Trennverfahren, Verfahren zur Stofftrennung durch mechan. Einwirkungen. Wichtige m. T. sind → Filtration, → Klassierung, → Flotation sowie → Entstaubungsverfahren mit Zyklonen und Wäschern.

mechanische Wärmetheorie, Erklärung der Wärmeerscheinungen aus der ungeordneten Bewegung der Moleküle. Eine mathemat. Präzisierung fand die m. W. zunächst in der → kinetischen Gastheorie. 1905 zeigten A. EINSTEIN und M. v. SMOLUCHOWSKI, daß die → Brownsche Bewegung einen unmittelbaren Beweis für die Realität der therm. Molekularbewegung liefert. Später wurde die m. W. nicht nur für Gase und Lösungen, sondern auch für Festkörper (Kristalle) erfolgreich zur → statistischen Mechanik und schließlich zur → Quantenstatistik ausgebaut.

Mechanismus, das Zusammenwirken der mechan. Teile einer Maschine oder eines Werkes.

Mechanochemie, die Nutzung mechan. Energie zur chem. und physikalisch-chem. Veränderung fester, flüssiger und gasförmiger Stoffe; z. B. läßt sich bei Hochpolymeren durch Druck und Scherbeanspruchung, Ultrabeschallung u. dgl. ein Zerreißen von chem. Bindungen und damit eine Molekül-Verkleinerung bewirken.

Medianwert, der → Zentralwert.

Medium, in der Physik ein den Raum kontinuierlich erfüllendes Mittel i. S. der Vermittlung von Wirkungen, z. B. Luft als Träger von Schallwellen.

Meer, Ozean, die zusammenhängende, reich gegliederte Wassermasse, die rd. 71% der Erdoberfläche bedeckt. 31,7% des M. sind 4000–5000 m tief (→ hypsographische Kurve). Die Kontinente gliedern das M. in den Atlant., Indischen und Pazif. Ozean. Eine weitere Untergliederung geschieht durch Inselketten sowie untermeer. Rücken und Schwellen, die auch einzelne Meeresgebiete verschieden stark von den Ozeanen abtrennen und sie dadurch zu **Nebenmeeren** machen. Als Neben-M. werden unterschieden: **Randmeere,** die den Kontinenten randlich angelagert sind (z. B. Nordsee), **interkontinentale Mittelmeere,** die von mehreren Kontinenten eingeschlossen sind (z. B. Europ. Mittelmeer), sowie **intrakontinentale Mittelmeere,** die in einen Kontinent eingebettet sind (z. B. Ostsee).

Der → Meeresboden ist in verschiedene Großformen gegliedert und mit charakterist. → Meeresablagerungen bedeckt. Über die chem. Zusammensetzung des Wassers → Meerwasser, → Meereis, ferner → Meeresströmungen, → Meereswellen und → Turbulenz.

Meer: Fläche, Inhalt, Tiefen

Meere	Fläche in Mio. km²	Inhalt in Mio. km³	Tiefen in m mittlere	Tiefen in m größte
ohne Nebenmeere				
Pazif. Ozean	166,24	696,19	4 188	11 030
Atlant. Ozean	84,11	322,98	3 844	9 219
Indischer Ozean	73,43	284,34	3 872	7 455
insgesamt	**323,78**	**1 303,51**	**4 026**	**11 030**
mit Nebenmeeren				
Pazif. Ozean	181,34	714,41	3 940	11 030
Atlant. Ozean	106,57	350,91	3 293	9 219
Indischer Ozean	74,12	284,61	3 840	7 455
Weltmeer	**362,03**	**1 349,93**	**3 729**	**11 030**

Die marine Nahrungskette beginnt mit der pflanzl. Produktion organ. Substanz durch das Phytoplankton und führt dann weiter über das Zooplankton, die Planktonfresser (z. B. Mollusken, Hering) und die molluskenfressenden Fische (z. B. Schellfisch, Scholle) zu den Raubfischen (z. B. Kabeljau). Die übrigbleibenden organ. Reste werden schließlich von Bakterien (Saprophyten) wieder zu atmosphär. Kohlensäure sowie anorgan. Salzen abgebaut (Remineralisierung). Der Lebensraum des M. wird in die Küstenregion bis 200 m Tiefe **(Litoral),** die lichtlose Bodenregion unter 200 m **(Abyssal)** und die Region des freien Wassers **(Pelagial)** unterteilt.

Das M. wird durch die → Meereskunde erforscht.

Besondere Bedeutung bei der Nutzung des M. hat die Fischwirtschaft. Außerdem kommen in neuerer Zeit die Verwertung von Meeresalgen hinzu, die Gewinnung von Salzen, Süßwasser (→ Meerwasserentsalzung, mineral. Rohstoffen aus dem Meerwasser selbst (Magnesium, Chlor, Natrium und Brom) und vom Meeresboden (→ Meeresbergbau, → Meerestechnik, → Offshore-Technik), sowie die Energieerzeugung (→ Gezeitenkraftwerk). Ferner wird das M. als Verkehrsträger genutzt (Schiffahrt).

In jüngster Zeit hat das Problem der **Meeresverschmutzung** erheblich an Bedeutung gewonnen. Als Quellen dafür kommen in Betracht: Abfälle der Schiffahrt (bes. von Tankern), Verunreinigungen aus der Erdölgewinnung, feste und flüssige Abfälle (Industrieabfälle, → Dünnsäure, Schwermetalle, Müll, radioaktive Stoffe, Fäkalien, u. ä.). → Umweltschutz.

M. und → Meeresgrund sind für das Völkerrecht keine Einheit. Die Territorialgewässer gehören einschließlich des M.-Grundes zum Staatsgebiet des Uferstaates. Die übrigen Teile des M. stehen allen Staaten nach überkommenem Seerecht als ›Hohe See‹ offen. Nutzung und Ausbeutung des Meeresbodens der Tiefsee, seewärts des Festlandssockels sind jedoch umstritten. Für den → Festlandssockel gelten besondere Abmachungen. (BILD S. 236)

N. C. FLEMMING u. J. MEINCKE: Das M., Enzyklopädie der Meeresforschung und Meeresnutzung (1978).

Meer|eis, durch Gefrieren von Meerwasser (bei Temperaturen unter – 1,8 °C) entstehendes Eis, mit Anteil von Niederschlägen, die auf das M. fallen. Mit zunehmendem Alter nimmt der Salzgehalt des M. von 10–20‰ auf unter 3‰ ab. Die oberste Schicht des M. im Nordpolarmeer ist zeitweilig zur Trinkwasserbereitung geeignet. Beim Gefrieren entsteht im Seegang zunächst Eisbrei, der zu primärem **Treibeis** (Pfannkuchen- oder Tellereis), sodann zu einer Treibeisdecke zusammenfriert, aus der sich bei seitl. Druck (Eispressungen) **Packeis** bildet. **Eisbarriere** ist der mauerartige Rand des z. T. in das Meer vorgeschobenen Inlandeises im Südpolargebiet.

Meer|enge, Meeres|straße, verbindet zwei Meere oder Meeresteile miteinander, durch Senkung einer Landschaft (Belte der Ostsee), Grabenbruch (Straße von Gibraltar) oder Untertauchen von Flußtälern (Bosporus) entstanden.

Meeres|ablagerungen, marine Sedimente, Ablagerungen des Meeres, deren Zusammensetzung abhängig ist von der Materialzufuhr vom Land (Flüsse, Wind, Eis), von der Art, Menge und Erhaltungsfähigkeit organ. Materials, von der Temperatur, der chem. Zusammensetzung und dem Sättigungsgrad des Wassers, von den Meeresströmungen sowie der Morphologie des Meeresbodens und der Gestalt der Küste. Nach den Meeresbereichen (→ hypsographische Kurve) lassen sich unterscheiden: a) Flachseeablagerungen (rd. 8% des Bo-

Meeresablagerungen:
Verteilung der marinen Sedimente in den heutigen Meeren

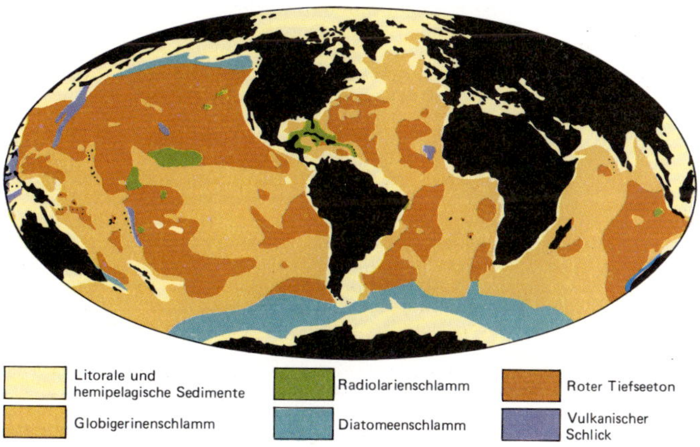

dens der Weltmeere); sie bestehen aus **litoralen Sedimenten**, d. h. Strand-, Delta- und Lagunenabsätzen, zusammengesetzt aus Geröll, Sand und feineren Sedimenten, aus **neritischen Sedimenten** des → Schelfs 1), bestehend in kühleren Meeresräumen aus Sand, Schlick, Mudd, im wärmeren aus Kalksand und -schlick, Oolithsand und Riffkalk sowie aus **bathyalen Sedimenten** des äußeren Randes und aus den Senken des Schelfs, zusammengesetzt aus Schlick, Sapropel, Glaukonitsand. b) Tiefseeablagerungen (rd. 92%); sie sind festlandsfern und in großer Tiefe gebildet; am Kontinentalhang sind es die **hemipelag. Sedimente** (rd. 18%), v. a. aus Blauschlick (rd. 15%), Grünschlick und -sand (rd. 1%) zusammengesetzt, in der Tiefsee die **eupelag. Sedimente** (rd. 74%), aus Globigerinen-, Kokkolithen- und Pteropodenschlamm (rd. 36%), Diatomeenschlamm (rd. 2%) sowie Rotem Tiefseeton (28%) bestehend.

Meeresbergbau, die Ausbeutung von Bodenschätzen am Meeresboden, bes. der im Forschungsstadium befindl. **marine Erzbergbau** in der Tiefsee und die bereits eingeführte techn. Gewinnung von → Seifen 2) im Schelfbereich, wo sich auch die Erdöl- und Erdgasgewinnung durch die → Offshore-Technik abspielt.

Abbauwürdig sind v. a. die → Manganknollen des Pazif. Ozeans. Voraussetzungen für die großtechn. Ausbeutung sind ein möglichst flacher Meeresboden und Feldgrößen von wenigstens 6000–13000 km² für eine jährl. Förderung von mindestens 1 Mio. t Erz; gegenüber den lagernden Vorräten muß man mit rd. 50% Verlust in Gewinnung und Förderung rechnen. Mit Hilfe von Sonden für 3000–6000 m Tiefe und Vorrichtungen zur Probeentnahme durch Greifer und Bohrer, unter Verwendung von Unterwasser-Fernsehen und selbsttätiger Aufzeichnung werden Lagerstättenkarten hergestellt. Abbau und Förderung denkt man sich mit am Boden geschleppten Kasten- oder Saugsonden, Seilzug-Becherwerken, Saug- oder Lufthebern, die z. B. in Kunststoffrohren nach dem Vorbild der → Mammutpumpen arbeiten. Zur Aufbereitung der Knollen sind Laugeverfahren (→ Laugung) am aussichtsreichsten.

Ein weiteres wichtiges Metallvorkommen in der Tiefsee sind neben den Manganknollen die → Erzschlämme, die es z. B. bei Wassertiefen von 2000–2100 m in best. Senken des Roten Meeres gibt und die z. T. als ökonomisch gewinnbar angesehen werden.

Außerdem wird auf Mineralseifen sowie Vorkommen von Phosphoritknollen prospektiert. Die Anhäufungen spezifisch schwerer Erzsande in Lockersedimenten des Schelfbereiches enthalten v. a. Zinnstein, Titan- und Monazitminerale oder Gold. So wird heute z. B. ein wesentl. Teil der Welt-Zinn-Produktion aus Lagerstätten im Schelfbereich gewonnen.

Auf Grund ihres Phosphoritgehalts von 22 bis 29 Gew.-% sind Phosphoritknollen sehr gute Düngemittel. Ausgedehnte Vorkommen wurden vor Neuseeland in etwa 400 m Wassertiefe nachgewiesen. (BILD S. 239)

Lit. → Meerestechnik.

Meeresboden, der von Meerwasser bedeckte Teil der Erdoberfläche. Sein Relief ist in charakterist. topograph. Großformen gegliedert, von denen jede etwa ein Drittel des M. einnimmt. Die **Kontinentalränder** umfassen die bis zu 200 m tiefen Schelfe, die von etwa 200 m auf 2000 m steil abfallenden Kontinentalabfälle, die Fußregionen und die über 6000 m tiefen Tiefseegräben. Der **Mittelozean. Rücken** bildet ein 60000 km langes zusammenhängendes zentralozean. Gebirgssystem, das sich vom Nordpolarmeer durch den Atlant., den Indischen und den Pazif. Ozean erstreckt. Die **Tiefseebecken** liegen zw. den Kontinentalrändern und dem Mittelozean. Rücken. Sie enthalten die Tiefseehügel, die ausgedehnten Tiefsee-Ebenen sowie die untermeer. Kuppen, die vulkan. Ursprungs sind und teilweise als ozean. Inseln die Meeresoberfläche durchstoßen. Ein Teil der untermeer. Kuppen (→ Guyots) besitzt ein ebenes Gipfelplateau. Nach der Tiefe werden unterschieden die **Flachsee** (→ Schelf 2) bis etwa 200 m Tiefe (rd. 7,6% der Gesamtozeanfläche), der **Kontinentalabhang** bis rd. 3000 m Tiefe (rd. 15,3%), die **Tiefseetafel** bis 6000 m Tiefe (7,5%) und die **Tiefseegräben** oder **-rinnen** über 6000 m Tiefe (rd. 1,2%). Die größte Tiefe wurde mit 11030 m gemessen. Der M. ist von kennzeichnenden → Meeresablagerungen bedeckt. – **M.-Ausbreitung, M.-Spreizung,** dt. für → Seafloor-Spreading.

Meeresforschung, → Meereskunde.

Meeresgeodäsie, Teilgebiet der → Geodäsie, das sich mit der Bestimmung von → Festpunkten 2) und des → Geoids im Meeresbereich befaßt.

Meeresgrund, der Meeresboden und der Meeresuntergrund, der im Bereich der Territorialgewässer zum Hoheitsgebiet des Uferstaates gehört, im Bereich des Festlandsockels Nutzungsvorrechten des Uferstaates unterliegt und sonst nach dem überkommenen Seerecht dem Zugang und der Nutzung aller Staaten offensteht. Neuerdings sind Bestrebungen im Gang, ein internat. Regime für die Erforschung und Ausbeutung der Tiefsee und des Meeresbodens zu schaffen.

Meereshöhe, orthometrische Höhe, Seehöhe, längs der → Lotlinie gemessener Abstand eines Punktes vom → Geoid.

Meereskunde, Meeresforschung, Ozeanologie, Ozeanographie, die Wissenschaft vom → Meer. Sie beschäftigt sich mit den Eigenschaften des Meerwassers, dem Wasserhaushalt, dem Stoffhaushalt, dem Wärmehaushalt und den Bewegungsvorgängen des Meeres sowie mit den im Meer lebenden pflanzl. und tier. Organismen (Meeresbiologie). Ferner untersucht die M. die Wechselwirkungen zw. dem Meer und seiner Umgebung, d. h. der Atmosphäre und dem Meeresboden (mit Küsten). Bei dem Studium der zugehörigen physikal., chem., geolog. und biolog. Zustände und Prozesse arbeitet die M. mit zahlreichen naturwissenschaftl. Disziplinen wie Physik, Physikal. Chemie, Chemie, Meteorologie, Geologie, Geophysik, Geographie, Botanik, Zoologie und Mikrobiologie zusammen. Mitunter wird der Begriff ›Ozeanographie‹ auf den physikalisch-chem. Teil der M. beschränkt und der biolog. Bereich Meeresbiologie genannt.

Die M. bedient sich umfangreicher Beobachtungs- und Meßprogramme. Die dazu erforderl. Entwicklung von → ozeanographischen Instrumenten und ihren Einsatzmöglichkeiten mit Hilfe verschiedener Meßplattformen (Forschungsschiffe, Tauchboote, Flugzeuge, Erdsatelliten, verankerte Meßsysteme, Meßtürme und Unterwasserlaboratorien, triftende Meßplattformen) ist ebenfalls Aufgabe der M., die dabei mit ingenieurwissenschaftl. Disziplinen (→ Meerestechnik) zusammenarbeitet. – Zahlreiche nationale und internat. Institutionen arbeiten auf dem Gebiet der M.

Die **Meeresforschung** ist eine Grundlagenforschung. Trotzdem ist sie für viele Anwendungen von fundamentaler Bedeutung, so für eine Optimierung der vielfältigen Meeresnutzung bei gleichzeitigem Schutz des Meeres und seiner Küsten vor unerwünschten Einflüssen und Veränderungen, z. B. durch Meeresverschmutzung und

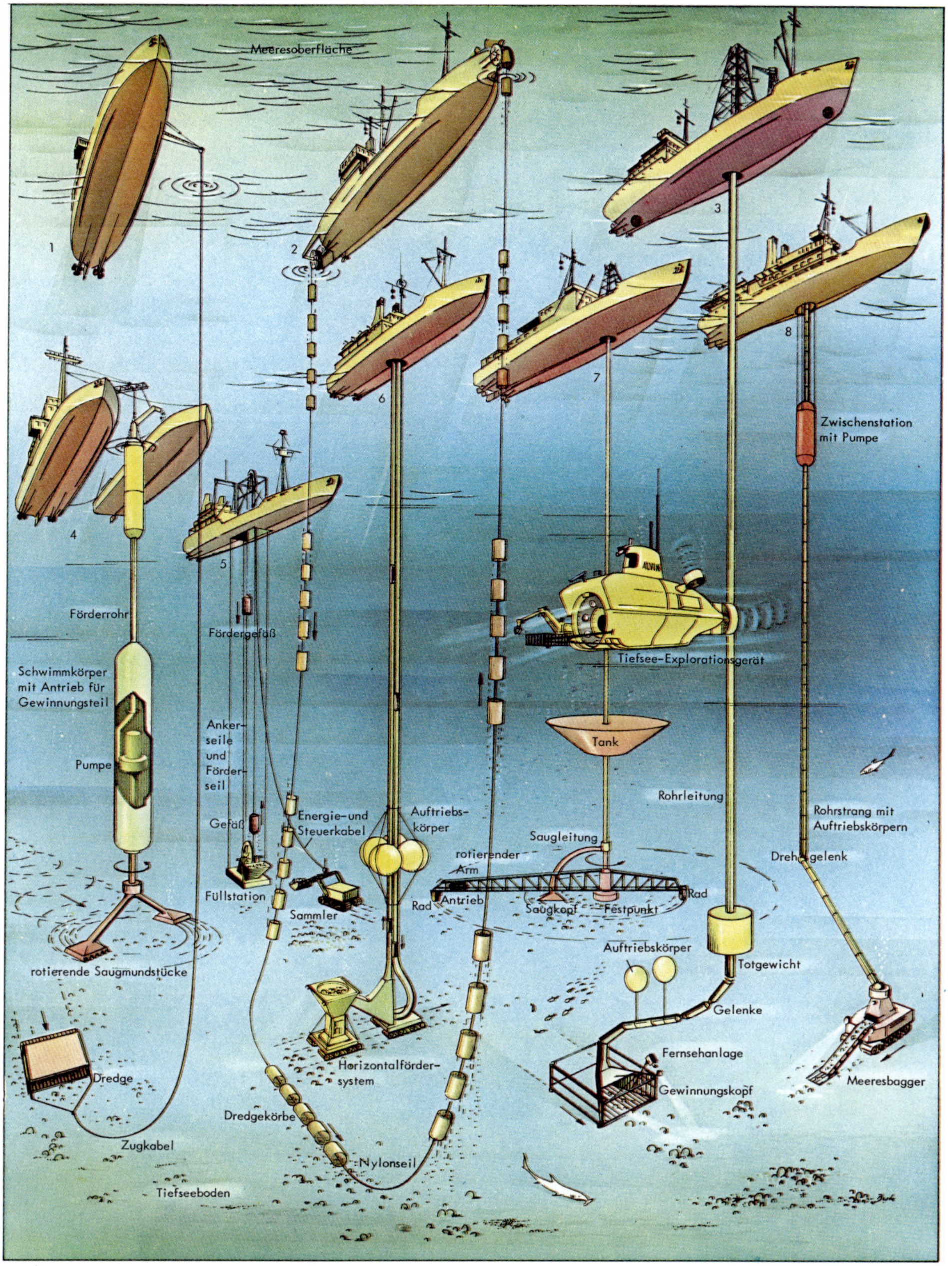

1 Prinzip des Golfballsammlers. **2** Seilzug-Becherwerk. **3** Rechenförmiger Dredgekopf. **4** Staubsaugerprinzip. **5** Schwimmende Seilförderanlage. **6** Intermittierende Behälterförderung. **7** Gewinnungsverfahren mit rotierendem Arm und spiralförmiger Absaugung. **8** Tiefseeförderung von Manganknollen aus etwa 5000 m Tiefe

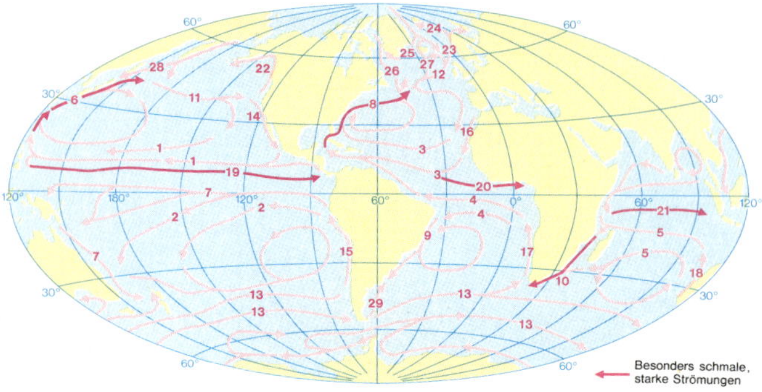

Meeresströmungen: Oberflächenströmungen im Weltmeer (nach G. Dietrich): 1—5 Nord- und Südäquatorialströme, 6 Kuro Shio, 7 Ostaustral-, 8 Golf-, 9 Brasil-, 10 Agulhas-, 11 Nordpazifischer, 12 Nordatlantischer Strom, 13 Westwindtrift, 14 Kalifornischer, 15 Humboldt-, 16 Kanaren-, 17 Benguela-, 18 Westaustralstrom, 19—21 äquatoriale Gegenströme, 22 Alaska-, 23 Norwegischer, 24 Westspitzbergen-, 25 Ostgrönland-, 26 Labrador-, 27 Irmingerstrom, 28 Oya Shio, 29 Falklandstrom

→Sturmfluten. Die M. findet ferner Anwendung in der Wettervorhersage und Klimakunde.

Geschichte. Bis Mitte des 19. Jh. standen bes. Forschungsreisen nach den Polargebieten sowie Weltumsegelungen mit wichtigen Ergebnissen geographisch-topograph. Art im Vordergrund. Seit 1873 wurde sowohl von brit. wie von dt. Seite die eingehende physikalisch-chem. Erforschung der Weltmeere durch große Expeditionen begonnen. Die Zeit der stichprobenartigen Unternehmungen ging nach dem 1. Weltkrieg über in eine großräumige systemat., kurz vor dem 2. Weltkrieg in eine synopt. Erforschung der Meere, an der sich fast alle seefahrenden Nationen beteiligen.

Neue technolog. Entwicklungen sowie wachsende Einsicht in ihre Bedeutung haben neuerdings zu einer umfangreichen Weiterentwicklung der M. geführt. So gestatten Großrechenanlagen Modellrechnungen sowohl für begrenzte Meeresgebiete als auch für die Gesamtsysteme Weltmeer und Atmosphäre, in Laborexperimenten werden Vorgänge im Meer in verkleinertem Maßstab simuliert; große internat. Meßprojekte auf See treten zunehmend an die Stelle der früheren Expeditionen.

A. Defant: Physical oceanography, 2 Bde. (Oxford 1961); W. Krauss: Methoden und Ergebnisse der Theoret. Ozeanographie, 2 Bde. (1966–73); E. Seibold: Das Meer, in: Lb. der allg. Geologie, Bd. 1 (1974); Allg. M., bearb. v. G. Dietrich u. a. ([3]1975); E. Seibold und W. H. Berger: The seafloor (1982).

Meeresniveau [-niv'o], **1) geodätisches M.,** die Fläche gleicher Erdschwere, die an einen lokalen Nullwert des mittleren Wasserstandes angeschlossen ist.

2) physikalisches M., das M., das sich unter dem Einfluß der auf das Meer einwirkenden unperiod. äußeren Kräfte (z. B. Schubkraft des Windes, Luftdruck) und inneren Kräfte (z. B. innere Druckkräfte auf Grund der Dichteunterschiede im Meerwasser, Coriolis-Kraft, Reibungskraft) einstellt.

3) mittleres M., die örtlichen mittleren →Wasserstände, die aus Pegelbeobachtungen errechnet und auf das geodätische M. bezogen werden.

Meeresströmungen, vorwiegend horizontale Wasserbewegungen in den Weltmeeren. Es gibt großräumige stationäre Stromsysteme (allg. Zirkulation) sowie zeitlich veränderliche, v. a. periodisch wechselnde Strömungen (→Gezeiten). Die allg. Zirkulation wird durch die Schubkraft des Windes an der Meeresoberfläche **(Triftstrom)** sowie durch innere Druckkräfte **(Gradientstrom),** die in allen Tiefenbereichen des Meeres wirken können, erzeugt. Die Druckkräfte können auf Wasserstands- sowie auf horizontalen Dichteunterschieden des Meerwassers, die durch horizontale Temperatur- und Salzgehaltsunterschiede (thermohaline Zirkulation) bedingt sind, beruhen. Außer den erzeugenden Kräften haben die ablenkende Kraft der Erdrotation (→Coriolis-Kraft) sowie die Topographie des Meeresbodens und der Küsten bestimmenden Einfluß auf den Verlauf der M. Reibungsprozesse sowie Wechselwirkungen zw. den M. und anderen Bewegungsvorgängen (mesoskalige Wirbel, spezielle Wellentypen) halten die M. im Gleichgewicht. – Charakteristisch für alle Ozeane bis auf den nördl. Indischen Ozean sind die subtrop. antizyklonalen großräumigen Stromwirbel mit starken polwärts gerichteten Randströmungen an den Westseiten der Ozeane. Im N schließen sich die subpolaren zyklonalen Stromwirbel an; im S durchquert der Antarktische Zirkumpolarstrom, eingebettet in die Westwindtrift, alle drei Ozeane. – Neben den Oberflächenströmungen gibt es, bes. ausgeprägt im Atlant. und Pazif. Ozean, die äquatorialen Unterströme, die in einer Tiefe von rd. 100 m unter dem westwärts gerichteten Südäquatorialstrom direkt auf dem Äquator ostwärts setzen. Ferner können räuml. Unterschiede in den horizontalen M. vertikale Strömungsbewegungen bewirken (→Auftriebserscheinungen im Meer).

Meeres|technik, die Wissenschaft von der Anwendung techn. Geräte und Verfahren zur Nutzung des Meeres, bes. die Technik der Aufsuchung und Gewinnung mariner Rohstoffe.

Arbeitsgebiete der meerestechn. Forschung sind: **Küstenschutz** (Deichbau, Erforschung der küstennahen Meeresströmungen, Sandbewegungen im Küstenraum, küstennahe Flußregulierung), **Umweltschutz** (Beseitigung und Verhinderung von Ölverschmutzung, Beseitigung industrieller Abfälle), **Werkstofftechnologie** (Korrosion im marinen Bereich, Entwicklung geeigneter Werkstoffe und Schutzverfahren, Unterwasserschweißtechnik), **Meerwasserentsalzung** (Verfahrensentwicklung, Systemanalyse für großtechn. Einsatz), **Tauchtechnik** (Lebensbedingungen des Menschen in künstl. Unterwasserbehausungen, Geräte und Arbeitsmethoden für Unterwassereinsatz), **Unterwasserfahrzeuge** (bemannte und unbemannte U-Boote für Pipelines und Offshore-Ölfelder), **marine Rohstoffe** (→Meeresbergbau, →Offshore-Technik). Mit dem Komplex ›Rohstoffe‹ sind verknüpft: Baggertechnik, Pumpentechnik, Grundlagenforschung der Hydraulik.

M. als wissenschaftl. Disziplin wird an verschiedenen wissenschaftl. Hochschulen betrieben. Ausgangsbasis sind ingenieurwissenschaftl. Disziplinen. Meerestechn. und meereskundl. Institutionen arbeiten zusammen. Speziell für meerestechn. Forschungen werden →Forschungsschiffe eingesetzt. Internat. Kongresse sind ›Offshore Technology Conference‹, Houston (Texas), und ›Interocean‹, Düsseldorf.

Schwerpunkte der industriellen M. sind bisher: Exploration und Prospektion von Manganknollen der Tiefsee und der Thermallaugen des Roten Meeres. Als Hilfsmittel dienen Bodenprobenehmer (z. B. Freifallgreifer und Dredge), Tiefseekameras, seism. Instrumente und meereskundl. Meßgeräte. Die Proben werden nach Wertmetallgehalt analysiert, der Meeresboden nach erzhöffigen Gebieten kartiert. Der größere Teil der Investitionen der industriellen M. konzentriert sich in den letzten Jahren auf die Gewinnung von im Schelfbereich vorkommenden Mineralseifen (→Seifen 2) und unvermindert von Erdöl und Erdgas.

Meerestechnologie, hg. v. H. VICTOR (1973); G. CHAZITEODOROU: Grundlagen des Meeresbergbaus (1977); Marine Rohstoffgewinnung, Berichtswerk des 7. Seminars M., hg. v. P. HALBACH (1979); G. BOTT, W. NEUHAUS, H. SCHÖNFELDT: Schiffbau und M. (²1980); ALEXANDRA M. POST: Der Meeresbergbau aus der Sicht der internat. Politik (1981). – **Ztschr.:** Ocean Industry (seit 1966); Ocean Engineering (seit 1968); mt Meerestechnik (seit 1970).

Meeresverschmutzung, →Meer.

Meereswärmekraftwerk, Kraftwerk, das die Temperaturunterschiede zw. den von der Sonne aufgeheizten Oberflächenschichten (25–28 °C) der Ozeane und dem gleichbleibend kalten Wasser in einer Tiefe von etwa 800 m (5 °C) zur Elektrizitätserzeugung mit Hilfe eines Rankine-Prozesses (das ist der dem Carnotschen Prozeß für ideale Gase entsprechende thermodynam. Kreisprozeß für kondensierbare Medien) ausnutzt. Das Oberflächenwasser wird durch einen Wärmeaustauscher geleitet, in dessen Röhren eine leicht siedende Flüssigkeit, z. B. Ammoniak, strömt. Der erzeugte Dampf treibt eine Turbine an, die mit einem Generator gekoppelt ist, und wird dann in einem zweiten Wärmeaustauscher (Kondensator), durch den 5 °C kaltes Wasser aus der Tiefe gepumpt wird, wieder verflüssigt. Das Gradientenkraftwerk hat wegen der geringen Temperaturdifferenz nur einen sehr kleinen Carnot-Wirkungsgrad von etwa 0,03, der durch die Verluste im Kreisprozeß sowie die Pumpleistung für das Kaltwasser noch reduziert wird. Zur Erzeugung einer elektr. Leistung von 250 MW müssen rd. 200–300 m^3 Wasser je Sekunde durch die Wärmeaustauscher strömen, was Anlagen mit großen Abmessungen erfordert. Die Entwicklung von M. befindet sich im Teststadium.

Meereswellen sind period. Bewegungsvorgänge im Meer, deren Wellenperioden und Wellenlängen einer charakterist. Beziehung (Dispersionsrelation) genügen, was eine Abhängigkeit der Phasengeschwindigkeit der M. von der Wellenlänge (Dispersion) bedeutet. Es gibt eine große Anzahl unterschiedl. Typen von M., die z. B. nach den versch. Kräften eingeteilt werden, die für die M. von Bedeutung sind: rücktreibende Kräfte: Oberflächenspannung des Meeres (Kapillarwellen), Schwerkraft (Schwerewellen), Coriolis-Kraft (Trägheitswellen), räuml. Änderungen des Verhältnisses von Coriolis-Parameter und Wassertiefe (→Rossby-Wellen), Elastizität des Meerwassers (Schallwellen); erzeugende Kräfte: astronom. Kräfte (→Gezeiten), Luftdruck- und Windschwankungen (→Seegang, →Dünung), Seebeben (→Tsunamis), Wellenwiderstand von Bodenunebenheiten (Leewellen) oder sich im Meer bewegenden Gegenständen, z. B. Schiffen (Schiffswellen). – Eine Einteilung der M. nach anderen Eigenschaften führt z. B. zur Unterscheidung von kurzen und langen Wellen (Wellenlänge klein oder groß gegenüber der Wassertiefe), von Oberflächenwellen (maximale Wellenamplitude an der Meeresoberfläche) und internen Wellen (maximale Amplitude im Inneren des Meeres) und von fortschreitenden Wellen und stehenden Wellen (z. B. →Seiches). – Die M. spielen im Energiehaushalt des Meeres eine zentrale Rolle, da sie Energie sowohl über große räuml. Entfernungen (bis zu mehreren 1000 sm, Dünung) als auch zw. versch. Prozessen (z. B. von →Meeresströmungen zu turbulenten Geschwindigkeitsfeldern im Meer, →Turbulenz) transportieren können.

Meersalz, aus Meerwasser in Salzgärten oder Meersalinen durch Verdunsten unter Einfluß von Sonne und Wind gewonnenes, durch fraktionierte Kristallisation gereinigtes Industrie- oder Speisesalz.

Meerschaum, Mineral, →Sepiolith.

Meerwasser, das im →Meer vorhandene Wasser, Volumen 1350 Mio. km^3, unterscheidet sich vom Süßwasser des Binnenlandes v. a. durch seinen Salzgehalt (Ozeane etwa 35‰, örtlich starke Abweichungen). An Flußmündungen bildet sich durch Mischung von Süß- und Salzwasser →Brackwasser. – Das M. enthält neben reinem Wasser Salze (Hauptbestandteile: Kochsalz, Magnesiumchlorid, Magnesium, Calcium und Kaliumsulfat), gelöste Gase, organ. Stoffe und ungelöste suspendierte Partikel. Neben Wasser- und Sauerstoff besteht das M. aus Chlor, Natrium, Magnesium, Schwefel, Calcium, Kalium, Brom, Kohlenstoff, Strontium, Bor, Fluor. Die restl. Elemente machen weniger als 0,02‰ des Gesamtsalzgehaltes aus.

Die physikal. Eigenschaften hängen in verschieden starkem Maß von Temperatur, Salzgehalt und Druck ab. Die Dichte spielt eine grundlegende Rolle bei vielen Prozessen im Meer. Die Temperatur des Dichtemaximums (bei reinem Wasser 4 °C, →Anomalie des Wassers) verringert sich mit steigendem Salzgehalt; bei 24,7‰ Salzgehalt liegt sie bei −1,33 °C und fällt mit dem ebenfalls salzgehaltsabhängigen Gefrierpunkt des M. zusammen. Bei den höheren Salzgehalten, die im Ozean vorherrschen, liegt sie unterhalb des Gefrierpunktes. Daher bleibt i. Ggs. zu Süßwasserseen die Vertikalkonvektion bis zum Gefrierpunkt erhalten und wird nicht bei 4 °C gestoppt, weshalb das M. ein großes Wärmereservoir für die Atmosphäre ist. Die Kompressibilität des M. ist gering; so besitzt M. im Philippinen-Graben, das in 10000 m Tiefe eine Dichte von 1,02769 g/cm^3 hätte, unter dem Wasserdruck eine wahre Dichte von 1,07211 g/cm^3. Die Schallgeschwindigkeit wächst mit zunehmenden Werten von Temperatur, Salzgehalt und Druck. Die im Meer vorkommenden Werte liegen zw. etwa 1400 und 1650 m/s. Die Attenuation des Tageslichtes im M. (Schwächung der Lichtintensität durch Streuung und Absorption) hängt von der Wellenlänge der Strahlung ab; ihr Minimum liegt im Bereich des sichtbaren Lichtes bei $4{,}7 \cdot 10^{-5}$ cm (blaues Licht). Je nach Trübung des M. (durch suspendierte Partikel) dringt das Tageslicht in Tiefen von einigen Metern (in trübem Küstenwasser) bis zu etwa 150 m (in klarstem Ozeanwasser) vor (Tiefe, in der die Lichtintensität auf 1% des Oberflächenwertes zurückgegangen ist.) Die elektr. Leitfähigkeit des M. hängt stark von Temperatur, Salzgehalt und Druck ab. Bei gleichzeitiger Messung von Temperatur und Druck werden genaue Messungen der Leitfähigkeit zur Bestimmung des Salzgehaltes benutzt.

Meerwasser|entsalzung, Verfahren zur Gewinnung von Trinkwasser aus Meerwasser. Größte techn. Bedeutung haben Verdampfungsanlagen, die auch auf Trägerschiffen installiert werden. Hauptproblem ist die weitgehende Rückgewinnung der zur Verdampfung erforderl. Energie. Bei der **Entspannungsverdampfung** geschieht die Verdampfung in bis zu 30 hintereinander angeordneten Kammern. Das auf 90–130 °C erhitzte Meerwasser tritt in die erste Kammer ein, wo ein Teil des Wassers unter Abkühlung der Sole verdampft. Von Kammer zu Kammer wird der Druck und damit die Siedetemperatur reduziert. Dadurch kann in jeder Kammer weiteres Wasser verdampfen. Die auf etwa 30 °C abgekühlte Sole fließt ins Meer zurück. Zur Kondensation des Dampfes wird frisches Meerwasser verwendet, das dabei gleichzeitig vorgewärmt wird. Techn. Bedeutung für die M. hat auch die umgekehrte Osmose (→Membranverfahren).

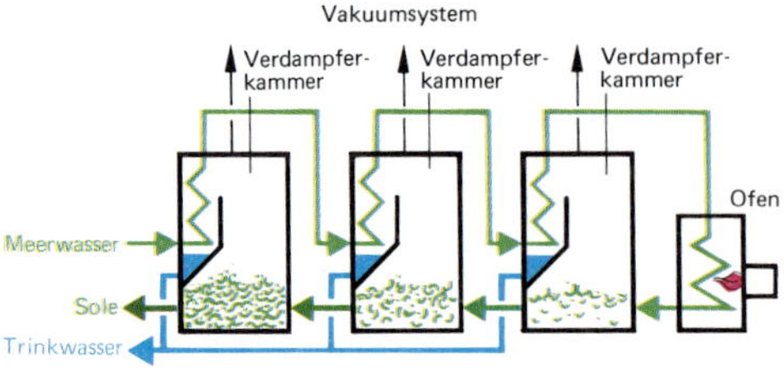

Meerwasserentsalzung: Schema der Entspannungsverdampfung

Mega, Vorsatzzeichen **M,** ein →Vorsatz vor Einheiten für den Faktor $10^6 = 1000000$ (Million); z. B.: 1 Megagramm = 1 Mg = 10^6 g = 10^3 kg = 1 t (Tonne).

Megaflop, Abk. für **Mega floating point operations per second** [m'egə fl'əutɪŋ pɔɪnt ɔpər'eɪʃnz pəːs'ekənd, engl.], bei Großcomputern verwendete Maßangabe, wieviel Millionen Gleitkommaoperationen (→Gleitkommarechnung) in einer Sekunde ausgeführt werden können.

Megaphon *das,* Sprachrohr in Trichterform zur gerichteten Abstrahlung der Schallenergie; heute oft mit elektrischer Verstärkung.

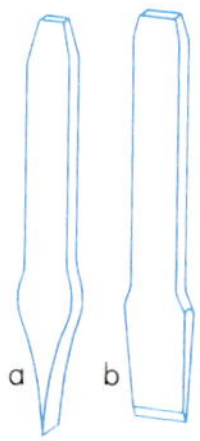

Meißel 1):
a Kreuz-M.,
b Flach-M.

Megawatt, Einheitenzeichen **MW,** das Millionenfache der Leistungseinheit →Watt. In der Kraftwerkstechnik werden für die Angabe der elektr. Leistung und der therm. Gesamtleistung eines Kraftwerkes in MW die Einheitenzeichen **MWe** und **MWth** verwendet.

Megawattag, Einheitenzeichen **MWd,** Energieeinheit der Kerntechnik: 1 MWd = 24000 kWh.

Megawattag je Tonne, Einheitenzeichen **MWd/t,** Einheit für die je Tonne Kernbrennstoff während der Einsatzzeit im Reaktor abgegebene therm. Energie. Der →Abbrand 1) eines Kernreaktors wird meist in MWd/t angegeben.

Meg|ohm, unzulässige Bez. für **Megaohm** (→Ohm).

Megrez, Stern 3. Größe, δ im Großen Bären.

Mehrbereichs|öle, →Motorenöle.

mehrdeutig, Mathematik: →Funktion 2).

Mehrfach|empfang, Diversityempfang [daɪv'əːsɪtɪ-, engl.], Empfang derselben Nachricht, mit mehreren, unter versch. Schwundbedingungen (→Fading 2) arbeitenden Antennen (→Mehrwegeausbreitung) oder auf mehreren Trägerfrequenzen oder zu versch. Zeiten, z. B. beim Übersee-Empfang.

Mehrfarbendruck, der →Farbendruck.

Mehrkörperproblem, →Vielkörperproblem, →Dreikörperproblem.

Mehrphasenstrom, Stromsystem aus mehreren, miteinander verketteten und in der Phase gegeneinander verschobenen Wechselströmen gleicher Amplitude und Frequenz; am häufigsten ist der →Drehstrom (Dreiphasenstrom).

Mehrphotonen|absorption, →nichtlineare Optik.

Mehrschichten-Sicherheitsglas, →Verbundglas.

Mehrstoffsysteme, Phasensysteme, bei denen zwei oder mehr Komponenten zugegen sind. In Abhängigkeit von Druck, Temperatur und Konzentration der Komponenten sind folgende Phasen möglich: eine einzige Gasphase, eine oder mehrere flüssige oder feste Phasen (→Zustandsdiagramm).

Mehrwege|ausbreitung. M. von Funkwellen entsteht durch ihre Reflexion an Objekten oder Flächen, die größer sind als die benutzte Wellenlänge. Im UKW-Bereich wird durch →Großbasisantennen Abhilfe geschaffen. Bei den Raumwellen im Kurz- und Mittelwellenbereich wird M. durch Reflexion an der Ionosphäre erzeugt, wo auf Grund von →Fading 2) Peilfehler durch Zusammensetzung der direkten und reflektierten Strahlung hervorgerufen werden. (→Funkpeiler, →Dämmerungseffekt)

Mehrzonenreaktor, Kernreaktor, bei dem Spalt- und Brutstoff in mehreren Zonen angeordnet sind.

Mehrzweckkampf|flugzeug, →Kampfflugzeug, das zur Erfüllung versch. Aufgaben in Luftangriff, Luftverteidigung und Luftaufklärung geeignet ist.

Meile, Längenmaß sehr verschiedener Größe und verschiedenen Ursprungs: bei den Römern 1500 m; im Dt. Reich 7500 m **(Deutsche M.),** heute im wesentl. nur noch in den angelsächs. Ländern als →mile sowie als →Seemeile in Gebrauch.

Meiler, 1) mit Erde bedeckter Holzhaufen für die →Köhlerei.

2) Atom-M., Uran-M., veraltete Bez. für →Kernreaktor.

Meißel, 1) Werkzeug der spanenden Formgebung aus Werkzeugstahl. Beim Meißeln von Hand wird der M. mit dem Hammer geschlagen, wobei die Schneide durch Keilwirkung den Span vom Werkstück abtrennt. Man unterscheidet: **Flach-M.** zur Bearbeitung von Flächen, **Kreuz-M.** zur Herstellung von Nuten, **Form-M.** mit verschiedenen, der jeweiligen Aufgabenstellung angepaßten Schneidenformen. M. werden auch für schwere Arbeiten in handgeführten Druckluft- oder Elektrowerkzeugen eingesetzt. Als **Dreh-** oder **Hobel-M.** finden sie in spezieller Form und Ausführung an Werkzeugmaschinen Verwendung.

2) Bohr-M., →Bohrwerkzeuge 2), →Bohrverfahren 2).

Meißner-Ochsenfeld-Effekt [n. dem dt. Physiker F. W. Meißner, * 1882, † 1974, und R. Ochsenfeld], erstmals 1933 beobachteter Effekt, daß bei hinreichend dikken Supraleitern das Innere stets magnetfeldfrei ist, da ein Supraleiter nicht nur ein idealer elektr. Leiter, sondern auch ein idealer Diamagnet ist. Bringt man Supraleiter in ein Magnetfeld, so werden in einer dünnen Oberflächenschicht (Dicke etwa 10^{-6} cm) Ströme **(Meißner-Ströme, Abschirmströme)** induziert, die das Eindringen des magnet. Flusses in das Innere verhindern. Die Feldlinien eines im normalleitenden Zustand vorhandenen Magnetfelds werden beim Unterschreiten der →kritischen Übergangstemperatur (des Supraleiters) durch die beim Übergang zur Supraleitung erzeugten Oberflächenströme aus dem Innern herausgedrückt. In Supraleitern 2. Art kann der M.-O.-E. nur unterhalb der →kritischen magnetischen Feldstärke (des Supraleiters) H_{c1} beobachtet werden.

Meißner-Oszillator [n. dem dt. Funktechniker A. Meißner, * 1883, † 1958], Oszillatorschaltung zur Schwingungserzeugung **(LC-Generator).** Die Rückkopplung erfolgt durch einen Übertrager, dessen Primärwicklung die Induktivität L des frequenzbestimmenden Schwingkreises bildet. Die Sekundärwicklung des Übertragers liefert die zur Schwingungsanregung nötige Eingangsspannung für den Verstärker (Transistor, Operationsverstärker). Für die Resonanzfrequenz ω_0 des M.-O. gilt:

$$\omega_0 = \frac{1}{\sqrt{LC}}$$

Mejonit, Meionit, auch **Wernerit,** Mineral, ein →Skapolith.

Mekerbrenner, Chemie: besondere Form des Bunsenbrenners mit konisch erweitertem Gasmischrohr und Nickelrost-Abschluß, um ein Zurückschlagen der Flamme zu erschweren.

Melamin, Triaminotriazin, Cyanursäuretriamid, kristalline, schwach basische Verbindung, die überwiegend durch katalyt. Umsetzung von Harnstoff bei 350–400 °C hergestellt wird. M. hat techn. Bedeutung für die Herstellung von M.-Harzen.

Melaminharze, durch Kondensation von Melamin mit Formaldehyd hergestellte →Aminoplaste. Formstoffe aus M. (z. B. Eßgeschirre für Kantinen, Isolierteile) zeichnen sich gegenüber denen aus Harnstoffharzen durch höhere Wärmeformbeständigkeit und geringere Brennbarkeit aus.

Melanine, gelbe bis schwarze Pigmente, die die Färbung von Haut, Haaren, Federn, Insektenpanzern u. a. bewirken. Die schwarz-braunen **Eu|melanine** bilden sich z. B. in den Melanocyten der Haut durch enzymat. Oxidation aus Tyrosin. Das Enzym Tyrosinase wird durch ultraviolette Strahlung aktiviert (Hautbräunung durch Sonnenstrahlung). M. der Haut schützen den Körper vor ultravioletter Strahlung.

Melanit, schwarze Varietät des Andradit, →Granat.

Melanocyten-stimulierendes Hormon, Abk. **MSH, Melanotropin, Melanophorenhormon,** im Mittellappen der Hirnanhangdrüse gebildetes Polypeptidhormon, das bei Menschen und Tieren die Bildung von Melanin sowie dessen Verteilung in den Melanocyten der Haut bewirkt.

melanokrat heißen magmat. Gesteine, die überwiegend aus dunklen, kieselsäurearmen Silikatmineralen (z. B. Olivin, Pyroxen, Amphibol) bestehen; Ggs.: →leukokrat.

Melanosom *das,* Petrographie: →Migmatit.

Melanotropin, →Melanocyten-stimulierendes Hormon.

Melaphyr *der,* erdgeschichtlich älteres vulkan. Gestein von basalt. Zusammensetzung; meist von dunkelgrüner Farbe, oft rötlich verwitternd. Das Gefüge ist oft porphyrisch; **M.-Mandelsteine** liefern Achat (Vorkommen z. B. bei Idar-Oberstein).

Melasse *die,* bei der Zuckerfabrikation zurückbleibende zähflüssige, schwarzbraune Mutterlauge; enthält etwa 50% Zucker, 20% Wasser, organ. und anorgan. Verbindungen, bes. Stickstoffverbindungen und Kaliumsalze. Verwendung als Viehfutter oder zur Spiritusherstellung, Zuckerrohr-M. auch für die Rumherstellung.

Melatonin, Hormon der Zirbeldrüse, das bei Säugetieren für die Fortpflanzung (hemmend auf Gonadenentwicklung und Sexualität) und niederen Wirbeltieren im Pigmentstoffwechsel eine Rolle spielt.

Melilith, Mineral $(Ca, Na)_2(Al, Mg)[Si_2O_7]$, farblos, gelb, braun, grau; H. 5–5,5; D. 2,9–3; Kristalle dicktafelig, säulig; häufiger Gemengeteil sehr basischer Ergußgesteine geologisch jungen Alters **(M.-Basalte).**

Melioration, kulturtechn. Maßnahme zur Bodenverbesserung für die Landwirtschaft; bes. Entwässerung versumpfter oder vernäßter Flächen, Bewässerung von Flächen mit ungenügender Wasserversorgung, Moor- und Ödlandkultivierung, Windschutz- und Frostabwehranlagen, Tiefenlockerung, Mischung von Ober- und Unterboden, Kalkung, Überschlickung leichter Böden und Aufbringung von Humusträgern.

Melitose, Melitriose, svw. →Raffinose.

Melkmaschine, Apparat zum maschinellen Melken; ahmt die Saugbewegung des Kalbes nach und saugt so die Milch aus dem Euter der Kuh. Die M. besteht aus einer Saugpumpe, einem Pulsator, einem Druckausgleichsgefäß und den mit Zitzengummis ausgerüsteten Melkbechern. Die Gummis werden auf die Zitzen des Tieres gezogen, auf die sie infolge der Pulsation eine Massagewirkung ausüben.

Mellithsäure, Benzolhexacarbonsäure, kristalline aromat. Carbonsäure, deren Aluminiumsalz als **Mellit (Honigstein)** in Braunkohlenlagern vorkommt.

Melteigit, Tiefengestein, →magmatische Gesteine.

Membran, 1) Chemie: dünne, meist poröse Wand (Häutchen) zur Trennung von Flüssigkeiten oder Gasen unterschiedl. Zusammensetzung (→Membranverfahren). Eine **semipermeable M.** ist für mindestens eine Molekülsorte undurchlässig, und es bilden sich daher im Gleichgewicht Druckunterschiede aus; handelt es sich bei den zurückgehaltenen Teilchen um geladene Stoffe, so treten zusätzlich noch elektr. Potentialunterschiede auf.

2) In der Technik ist eine M. ein flächenhafter Körper, z. B. in Mikrophonen, Fernsprechern, ein dünnes, schwingungsfähiges Gebilde aus Metall, Kohle, Kunststoff oder Hartpapier in Form einer Platte oder eines Kegels. **Flach-, Well-** oder **Topf-(Roll-)M.** in Meß- und Regelgeräten sowie **M.-Pumpen** bilden elastische Trennwände zw. zwei Medien.

Membranverfahren, Verfahren zur Stofftrennung mit Hilfe selektiv durchlässiger dünner Wände (Membranen). Besondere techn. Bedeutung für die Auftrennung von Lösungen haben Reversosmose **(umgekehrte Osmose, Hyper|filtration)** und **Ultrafiltration.** Bei beiden Verfahren wird unter Anwendung von Druck das Lösemittel als **Permeat** durch die Membran hindurchgepreßt. Eine aufkonzentrierte Lösung bleibt als **Retenat** zurück. Die **Revers|osmose** dient zur Auftrennung echter Lösungen (z. B. Salzlösungen). Sie arbeitet mit Drücken, die wesentlich höher als der osmot. Druck der Lösung sind (20–100 bar). Die Trennwirkung läßt sich durch unterschiedliche Löslichkeit von Lösemittel (meist Wasser) und gelösten Ionen im Membranmaterial erklären. – Die **Ultra|filtration** dient zur Auftrennung kolloider Lösungen. Sie arbeitet mit Betriebsdrücken von 0,5 bis 10 bar. Die Trennwirkung wird durch Poren ermöglicht, die – wie ein Sieb – Lösemittelmoleküle hindurchlassen, nicht aber kolloide Teilchen. Anwendungsgebiete für M. sind die Entsalzung von Meerwasser, die Herstellung von extrem reinem Wasser (z. B. für pharmazeut. und medizin. Zwecke, Spurenanalytik, Spülwasser für elektron. Bauteile), die Aufkonzentrierung von Obstsäften, Molke u. a., ferner die Rückgewinnung von Schwermetallen, Proteinen, Kohlenhydraten u. a. aus Abwässern. Die Membranen bestehen aus Celluloseacetat, Polyamiden oder Polysulfonen. Durch geeigneten Aufbau des Membransystems **(Modul)** wird eine möglichst große Membranoberfläche in einem kleinen Volumen untergebracht.

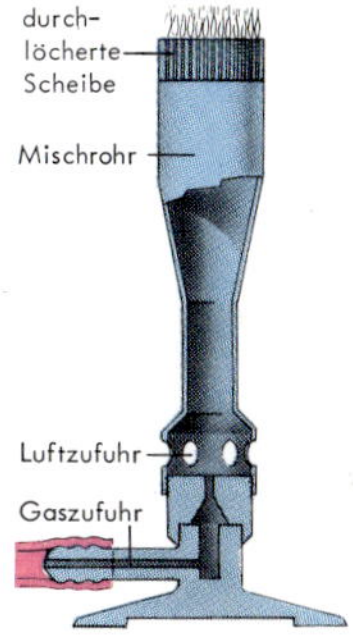

Mekerbrenner

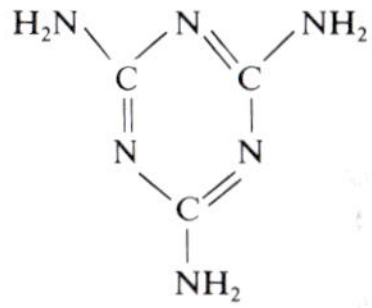

Melamin

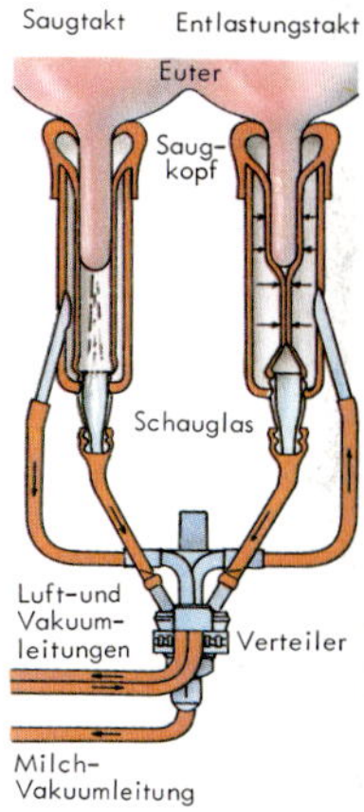

Melkmaschine (Schema der Arbeitsweise)

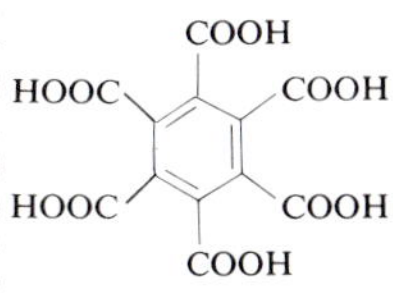

Mellithsäure

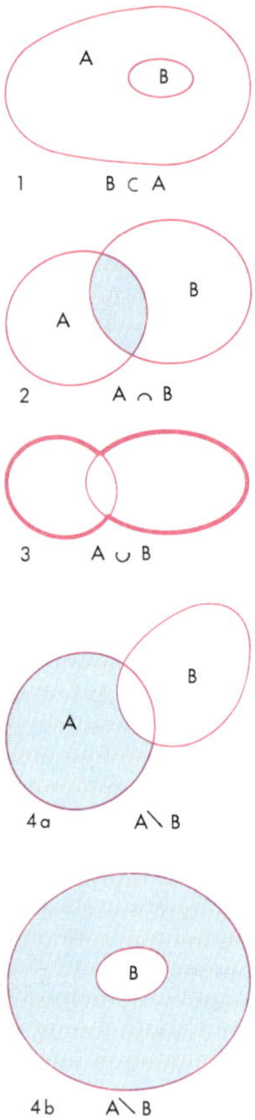

Menge

Verwendet werden u. a. Wickel-, Hohlfaser- und Rohrbündel-Membranmoduln. Zu den M. gehören auch →Dialyse, →Elektrodialyse und Trennwanddiffusion (→Diffusionstrennverfahren).

Memory-Metall [m'emərɪ-, engl.], Legierung mit 52–57% Nickel, ggf. einigen Prozent Kobalt, Rest Titan, die nach Verformung bei tiefen Temperaturen und Wiedererwärmen ihre urspr. Form wieder annimmt. Z. B. richtet sich ein bei tiefer Temperatur gebogener Draht beim Erwärmen wieder gerade. M.-M. wird z. B. für Satellitenantennen, die sich unter Sonnenbestrahlung ausstrecken, und für Bolzen und Nieten an unzugängl. Stellen verwendet.

Mendelẹvium [n. dem russ. Chemiker D. I. Mendelejew, * 1834, † 1907], chem. Symbol **Md**, ein →chemisches Element aus der Reihe der →Transurane, Ordnungszahl 101. Das längstlebige Isotop ^{258}Md hat eine Halbwertszeit von 56 Tagen. M. wurde 1955 in den USA durch Beschuß von Einsteinium ^{253}Es mit Heliumionen hergestellt.

Menge, n. G. CANTOR, dem Schöpfer der →Mengenlehre, eine Zusammenfassung von bestimmten wohlunterschiedenen Objekten der Anschauung oder des Denkens (die ›Elemente‹ der M.) zu einem Ganzen. Grundbegriffe axiomat. Theorien der Mengenlehre sind ›Menge‹, ›Element‹ oder ›Klasse‹. Die einzige Relation ist ›∈‹, gesprochen ›Element von‹, z. B. $x \in A : x$ ist Element von A. Definierte Begriffe sind folgende:

1) **Teilmenge** $B \subset A : B$ ist Teilmenge von A, wenn alle Elemente von B auch solche von A sind (BILD 1).

2) Der **Durchschnitt** $A \cap B$ zweier M. ist die M. aller Elemente, die Element von A wie von B sind (BILD 2).

3) Die **Vereinigung** $A \cup B$ ist die M. der Elemente, die in A oder in B liegen (BILD 3).

4) Das relative **Komplement** $A \setminus B$ besteht aus allen Elementen von A, die nicht in B liegen (BILD 4a). Ist speziell $B \subset A$, so heißt $A \setminus B$ das Komplement von B in A (BILD 4b).

5) Die **leere M.** $\emptyset$ ist die M., die kein Element enthält.

6) Die **Potenzmenge** $\mathfrak{P}$ von A ist die M. aller Teilmengen von A.

In der ›Algebra der M.‹ werden die Gesetzmäßigkeiten der Mengen-Operatoren $\cap$, $\cup$, $\setminus$ untersucht. So gelten z. B. das Kommutativgesetz und das Assoziativgesetz für $\cap$ und $\cup$ und die Distributivgesetze.

$$A \cup (B \cap C) = (A \cup B) \cap (A \cup C) \quad \text{und}$$
$$A \cap (B \cup C) = (A \cap B) \cup (A \cap C),$$

außerdem die **De-Morganschen Regeln**

$$C \setminus (A \cup B) = (C \setminus A) \cap (C \setminus B) \quad \text{und}$$
$$C \setminus (A \cap B) = (C \setminus A) \cup (C \setminus B).$$

A und B heißen **gleichmächtig,** wenn es eine eineindeutige →Abbildung 1) von A auf B gibt. Für endl. M. beschreibt der Begriff der Kardinalzahl die Anzahl der Elemente einer M. Gleichmächtige M. erhalten dieselbe Kardinalzahl. Zu den natürl. Zahlen gleichmächtige M. heißen **abzählbar,** z. B. die M. der rationalen Zahlen, Mengen mit mehr Elementen als man abzählen kann, werden als **aktual unendlich** bezeichnet; Cantor wies nach, daß die reellen Zahlen nicht abzählbar sind.

Mengenfluß, je Zeiteinheit geförderte Stoffmenge, Begriff der Förder- und Verfahrenstechnik bei der Förderung von Gütern aller Aggregatzustände.

Mengenlehre, selbständiges Teilgebiet der Mathematik, von G. CANTOR begründet. Die M. untersucht Eigenschaften von →Mengen durch Abstraktion von der konkreten Natur ihrer Elemente. Aus ihr ergaben sich vielfältige Impulse für die mathemat. Grundlagenforschung. Viele moderne Theorien, z. B. Topologie oder moderne Algebra, sind auf der Grundlage der M. entwickelt worden. In der Logik und Grundlagenforschung wurde durch die M. eine Krise hervorgerufen, als die ersten Antinomien bekannt wurden (→Russelsche Antinomie). Seitdem versucht man, die M. zu axiomatisieren. Allgemein wurde eine Vereinheitlichung und Präzisierung der mathemat. Denkweise erreicht; gefördert wurde auch die Mathematisierung vieler Wissensgebiete.

LILLY GÖRKE: Mengen, Relationen, Funktionen ([4]1974); A. OBERSCHELP: Elementarlogik und M. (1974); P. FINSLER: Aufsätze zur M. (1975).

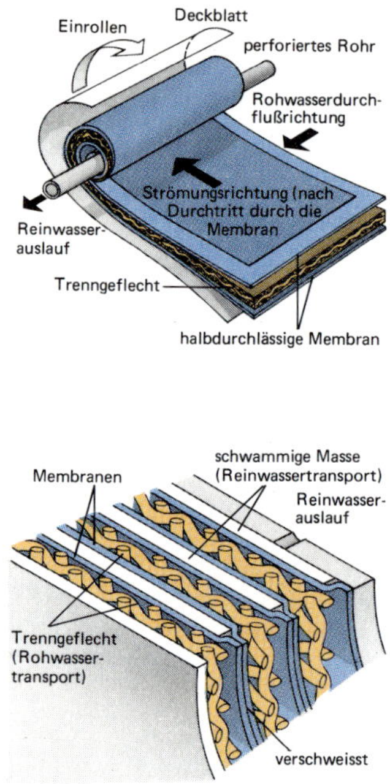

Membranverfahren: Wasserentsalzung durch Reversosmose (Wickelmembranmodul)

Meniskus, 1) Hydrostatik: die durch Zusammenwirken von Adhäsion und Kohäsion bei benetzenden Flüssigkeiten konkav, bei nichtbenetzenden konvex gekrümmte Oberfläche einer Flüssigkeit in einem vertikalen Rohr (BILD S. 245).

2) Optik: einfache Sammel- oder Zerstreuungslinse mit zwei nach derselben Seite gekrümmten Linsenflächen (BILD Linse).

Menkạr, Stern 3. Größe, α im Sternbild Walfisch.

Mẹnnige, Pb_3O_4, ein →Bleipigment, →Bleiverbindungen.

Mensa, Tafelberg, ein →Sternbild am Südhimmel.

Mensch-Maschine-System, arbeitsteiliger Organisationstyp, bei dem menschl. und maschinelle Elemente als Aufgabenträger zueinander in Beziehung stehen. Die Unternehmensorganisation ist i. d. R. ein Musterbeispiel für ein M.-M.-S., nur in Grenzfällen oder bei Subsystemen tritt sie als reines Maschine-System (z. B. bei vollau-

Menthan

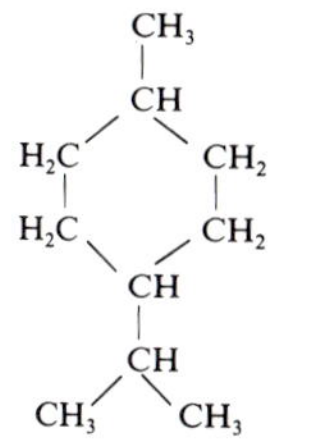

p-Menthan

tomat. Fertigung) oder als reines Mensch-System (z. B. als soziale Gruppe oder als Entscheidungsgremium) auf. Beim Informationsaustausch zw. Menschen und techn. Einrichtungen wie Automaten oder Datenverarbeitungsanlagen besteht die Funktion des Menschen in der Steuerung durch →Befehle, Eingabe von Informationen, Überwachung des Prozeßablaufs, Optimierung und in der Kontrolle der Ergebnisse (→Dialogbetrieb, →Automatisierung).

Mensur, Chemie: gläserner →Meßzylinder.

Menthan, p-Menthan, pfefferminz- bis fenchelartig riechender Terpenkohlenwasserstoff, der durch Hydrierung von p-Cymol hergestellt werden kann.

Merak, Stern 2. Größe, β im Sternbild Großer Bär.

Mercalli-Skala [n. dem ital. Vulkanologen G. Mercalli, * 1850, † 1914], zwölfstufige Skala der Erdbebenstärke, die mehrfach neuerem Kenntnisstand angepaßt wurde, basiert auf makroseismisch sichtbaren und fühlbaren Wirkungen. Die Angaben müssen jedoch relativiert werden, da sie stark vom Beobachter, v. a. aber von der Art des geolog. Untergrunds und der vorherrschenden Bauweise abhängen.

Mercalli-Skala:
Kurzdefinition der Erdbebenstärken

I	unmerklich	VII	Schäden an Gebäuden
II	kaum merklich	VIII	Zerstörungen an Gebäuden
III	schwach, teilweise beobachtet	IX	allgemeine Gebäudeschäden
IV	größtenteils beobachtet	X	allgemeine Gebäudezerstörung
V	aufweckend	XI	vernichtend
VI	erschreckend	XII	landschaftsverändernd

Mercaptane, frühere Bez. für **Alkan|thiole,** →Thiole.

Mercapto|dimethur, ein →Molluskizid.

Mercator-Entwurf, [n. dem dt. Geographen und Kartographen G. Kremer, latinisiert Mercator, * 1512, † 1594], ein im 16. Jh. entwickelter →Kartennetzentwurf.

Mercerisation, Mercerisieren [n. dem engl. Chemiker J. Mercer, * 1791, † 1866], Behandlung von Garnen und Geweben aus Baumwolle mit starken Laugen (Natronlauge, z. T. Kalilauge oder auch flüssigem Ammoniak) und Mercerisierhilfsmitteln unter Kühlung und Zugeinwirkung. Hierdurch erhält die Baumwolle seidenartigen Glanz, außerdem eine Erhöhung der Reißfestigkeit und Farbstoffaufnahmefähigkeit unter gleichzeitigem Verlust an Elastizität. Bei Laugeneinwirkung ohne Zugeinwirkung spricht man von →Laugieren.

Mercury-Programm [mˈəːkjʊrɪ-], erstes bemanntes amerikan. Raumfahrtprogramm der NASA mit sechs Flügen zw. 1961 und 1963, davon vier bemannte auf Erdumlaufbahnen (ÜBERSICHT). Mit Einmann-Kapseln wurden auf kurzen Einsätzen im Erdorbit die Leistungsfähigkeit der Astronauten unter Schwerelosigkeit untersucht sowie die Rückkehr und Bergung der Mercury-Kapseln erprobt. Die glockenähnliche Kapsel wog etwa 1400 kg und war bei 1,9 m Maximaldurchmesser etwa 2,74 m lang (mit Rettungsturm etwa 7,9 m). Nachfolgeprogramm war das →Gemini-Programm.

Bemannte Raumflüge und Erdumlaufbahnen im Rahmen des Mercury-Programmes

Name	Besatzung	Start	Zahl der Erdumläufe	Flugdauer h:min
M.-Atlas 6	J. Glenn	20. 2. 1962	3	4:55
M.-Atlas 7	S. Carpenter	24. 5. 1962	3	4:56
M.-Atlas 8	W. Schirra	3. 10. 1962	6	9:13
M.-Atlas 9	G. Cooper	15. 5. 1963	22	34:20

Mergel, Lockergestein von unterschiedlicher Farbe und best. Mischungsverhältnis von Kalk (K.; seltener Dolomit) und Ton (T.). Nach der Zusammensetzung werden unterschieden: mergeliger Kalk (bis 85% K., 15% T.), Mergelkalk (bis 75% K., 25% T.), Kalkmergel (bis 65% K., 35% T.), M. (bis 35% K., 65% T.), Tonmergel (bis 25% K., 75% T.), mergeliger Ton (bis 5% K., 95% T.). Abarten sind **Gips-M., Stein-M., M.-Schiefer** (dünnschichtig). Verfestigte M. heißen **Mergelgestein.** – M. ist Zement-Rohstoff. Bes. kalkreiche M. ergeben beim Zerfall fruchtbare Böden. – M. treten häufig im Mesozoikum und Känozoikum auf.

Meridian, 1) Astronomie: auch **Mittagskreis,** der durch Zenit, Nadir und die Himmelspole gehende Kreis am Himmel. Er steht auf dem Horizont senkrecht und schneidet diesen im **Nordpunkt (Mitternachtspunkt)** sowie im **Südpunkt (Mittagspunkt,** BILD astronomische Koordinaten). Beide Punkte sind durch die **Mittagslinie** verbunden. Beim Durchgang durch den M. haben für den Beobachter die Gestirne ihre größte Höhe **(Meridian-** oder **Mittagshöhe)** oder (12 Stunden später) ihre niedrigste Höhe **(Mitternachtstiefe).**

2) Geographie: über die Pole führende, den Erdäquator rechtwinklig schneidende Linie konstanter geograph. Länge; bei Annahme einer kugelförmigen Erde ein Großkreis **(Längenkreis),** beim Erdellipsoid eine Ellipse. Die **M.-Ebene** wird durch den M. und die Drehachse der Erde aufgespannt (→Nullmeridian).

3) Geophysik: Die magnet. M. geben an jedem Ort die magnet. N-S-Richtung des →erdmagnetischen Feldes an; sie verlaufen ungefähr durch die magnet. Pole.

Meridiankonvergenz, Geodäsie: der im Uhrzeigersinn positiv gezählte Winkel zw. dem Ortsmeridian und einer Parallelen zum Hauptmeridian eines geodät. Koordinatensystems.

Meridional|ebene, →Sagittalstrahlen.

Meridional|strahl, →Sagittalstrahlen.

Merkur, Zeichen ☿, sonnennächster →Planet, der kleinste der erdähnl. Planeten. M. bewegt sich in 88 Tagen (= 1 Merkurjahr) auf einer ellipt. Bahn (nach Pluto die größte Bahnexzentrizität) mit einer mittleren Entfernung von 57,9 Mio. km oder 0,39 Astronom. Einheiten um die Sonne (Periheldistanz 46 Mio. km, Apheldistanz 69,8 Mio. km); die M.-Bahn ist um 7 Grad zur Ekliptik geneigt (nach Pluto die größte Bahnneigung). Als unterer Planet erreicht M. im Mittel alle 116 Tage eine untere →Konjunktion 1) zur Sonne und überholt dabei die Erde auf der Innenbahn. Findet eine untere Konjunktion in der Nähe eines der beiden Bahnknoten statt, kann man M. mit dem Fernrohr als schwarzes Scheibchen vor der Sonne herziehen sehen **(Merkurdurchgang).** Durch den geringen Abstand zur Sonne geht M. immer nur kurz vor der Sonne auf oder kurz nach ihr unter und ist daher nur schwierig zu beobachten; zum Zeitpunkt der größten Elongation steht M. maximal 28 Grad neben der Sonne. Daher war vor dem Vorbeiflug der amerikan. Raumsonde Mariner 10 (1974) wenig über den M. bekannt. Auf Grund der großen Sonnennähe und der dadurch bedingten hohen Temperatur

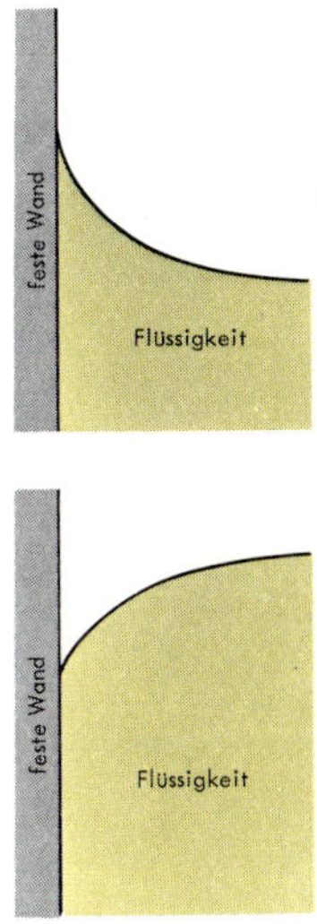

Meniskus 1): OBEN benetzende, UNTEN nichtbenetzende Flüssigkeit

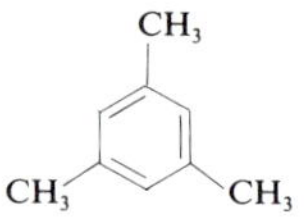

Mesitylen

(350 °C auf der Tagseite, –200 °C auf der Nachtseite) konnte M. mit seinem geringen Schwerefeld keine Atmosphäre festhalten; trotzdem waren kaum Oberflächeneinzelheiten zu erkennen, aus deren Bewegung man eine Rotationsdauer hätte ableiten können. Die Annahme einer gebundenen → Rotation 1) mußte 1965 auf Grund von Radarbeobachtungen revidiert werden: M. dreht sich in 58,646 Tagen einmal um seine Achse; dabei ist der Äquator nur um 3 Grad gegen die Bahnebene geneigt. Diese siderische Rotationsdauer entspricht 2/3 M.-Jahren – zusammen mit der Umlaufbewegung des M. um die Sonne ergibt sich für die Dauer eines Sonnentages auf M. eine Länge von 2 M.-Jahren.

Astronomische und physikalische Daten

Äquatordurchmesser	4878 km
Masse	$3{,}3 \cdot 10^{20}$ t
mittlere Dichte	5,44 g/cm^3
Rotationsdauer	58 d 15 h 30 min
Dauer eines Umlaufs um die Sonne	87,97 Tage
mittlere Entfernung zur Sonne	57,91 Mio. km

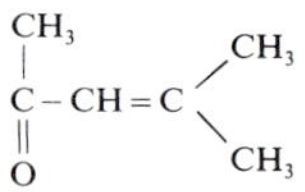

Mesityloxid

Der dreimalige Vorbeiflug von Mariner 10 brachte eine Fülle neuer Erkenntnisse. Die Oberfläche des M. ähnelt der des Mondes und ist von vielen Kratern zernarbt, die auf Einschläge kosm. Brocken in der Frühzeit des Sonnensystems zurückgehen. Da die M.-Kruste damit eine ähnl. mittlere Dichte wie die Mondkruste haben dürfte, wird M. auf Grund seiner hohen Gesamtdichte über einen großen Eisenkern verfügen. Allerdings führt die langsame Rotation nur zu schwachen Strömen innerhalb des Kerns, so daß M. nur ein extrem schwaches Magnetfeld besitzt; die Messungen von Mariner 10 ergaben ein magnet. Moment von $3{,}3 \cdot 10^{18}$ Tesla cm^3, das rd. 2400mal kleiner als das der Erde ($8{,}06 \cdot 10^{21}$ Tesla cm^3) ist. Außerdem konnte eine extrem dünne M.-Atmosphäre aus Heliumgas nachgewiesen werden, die vermutlich durch das beim Zerfall radioaktiver Elemente freigesetzte Helium immer wieder nachgefüllt wird. Die beobachtete, etwas größere → Periheldrehung der M.-Bahn gegenüber den Voraussagen der Newtonschen Himmelsmechanik wurde zu einer wichtigen experimentellen Bestätigung der allg. Relativitätstheorie Einsteins.

Merkuri-, Merkuro-, → Quecksilberverbindungen.

Merkursonden, Raumflugkörper zur Erkundung des Planeten Merkur. Bisher wurde Merkur lediglich von der amerikan. Sonde Mariner 10 angeflogen (kürzester Abstand zur Planetenoberfläche: 327 km).

mero|edrische Kristallformen sind nicht vollflächige Kristallformen wie Hemieder (Halbflächner), Tetartoeder (Viertelflächner) und Ogdoeder (Achtelflächer). → Kristall.

meromiktisch, Bez. für Seen, deren Wasser bei der herbstl. Abkühlung nur z. T. durchmischt wird; der Tiefenbereich bleibt stabil. Ursachen: u. a. Dichtenunterschiede des Wassers, Windarmut.

meromorph, Mathematik: Eine → analytische Funktion einer komplexen Variablen heißt meromorph, wenn sie im Endlichen bis auf → Pole 3) analytisch ist.

Meroxen, ein Mineral, → Glimmer.

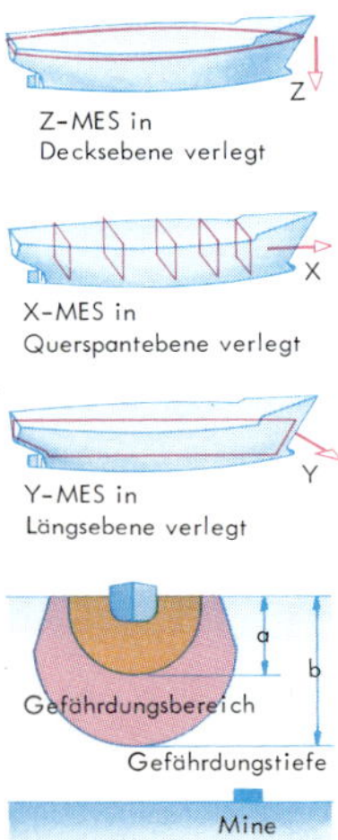

MES: Prinzip einer Anlage, **a** Gefährdungstiefe mit magnetischem Schutz, **b** Gefährdungstiefe ohne magnetischen Schutz, **orange** durch magnetischen Schutz verkleinerter Gefährdungsbereich, **rot** Gefährdungsbereich ohne magnetischen Schutz

Merox-Verfahren, ein → Süßverfahren.

Mersennesche Zahlen [mɛrsˈɛn-, n. dem frz. Mathematiker M. Mersenne, * 1588, † 1648], Zahlen der Form $2^n - 1$ ($n = 1, 2, 3, \ldots$). Nur wenn n eine Primzahl ist, ist $2^n - 1$ eine Primzahl, z. B. ist $2^4 - 1 = 63$ keine Primzahl, $2^3 - 1 = 7$ eine Primzahl; die Bedingung ist jedoch nicht hinreichend, so ist z. B. $2^{11} - 1 = 2047 = 23 \cdot 89$, also keine Primzahl, obwohl 11 Primzahl ist.

MES, Abk. für **Magnetischer Eigenschutz,** Einrichtung zum Schutz von Stahlschiffen gegen Grundminen mit Magnet-(Induktions-)Zündung. Drei in senkrecht zueinander stehenden Ebenen verlegte, vom Bordnetz gespeiste Kabelschleifen erzeugen ein Magnetfeld, das das Schiffsfeld weitgehend aufhebt.

Mesartim, Stern 4. Größe, γ im Sternbild Widder.

Mescalin, Trimethoxy|phenyläthylamin, Hauptalkaloid und Wirkstoff der mexikan. Droge **Peyotl.** M. ist ein halluzinogen wirkendes biogenes Amin. Noch wirksamer als M. ist sein synthet. Derivat **DOM,** 2,5-**D**imeth**o**xy-4-**m**ethylamphetamin. – M. ist chemisch verwandt mit Noradrenalin.

mesische Atome, die → mesonischen Atome.

Mesitylen, 1,3,5-Trimethylbenzol, flüssiger Kohlenwasserstoff, der in Benzinfraktionen und im Steinkohlenteer enthalten ist. M. entsteht bei der katalyt. Dehydratisierung von Aceton.

Mesityl|oxid, 4-Methyl-3-penten-2-on, pfefferminzartig riechende Flüssigkeit, die durch → Dehydratisierung von Diacetonalkohol (aus Aceton) hergestellt und überwiegend zu Methylisobutylketon weiterverarbeitet wird. Wegen seiner Toxizität ist M. als Lösemittel nur bedingt anwendbar.

Mesolabium, von ERATOSTHENES VON KYRENE entwickelte, aus drei in einem Rahmen parallel verschiebbaren kongruenten Rechtecken bestehende Vorrichtung zur Konstruktion von zwei oder mehreren mittleren Proportionalen; dient z. B. zur mechan. Lösung der Würfelverdopplung (→ Delisches Problem).

Mesolith, Mineral, ein → Zeolith.

Mesomerie, Resonanz, Erscheinung, daß die Struktur best. Moleküle mit Mehrfachbindungen nur eingrenzend durch zwei oder mehrere **Grenzformeln (Grenzstrukturen)** wiedergegeben werden kann. Die tatsächliche

Mesomerie

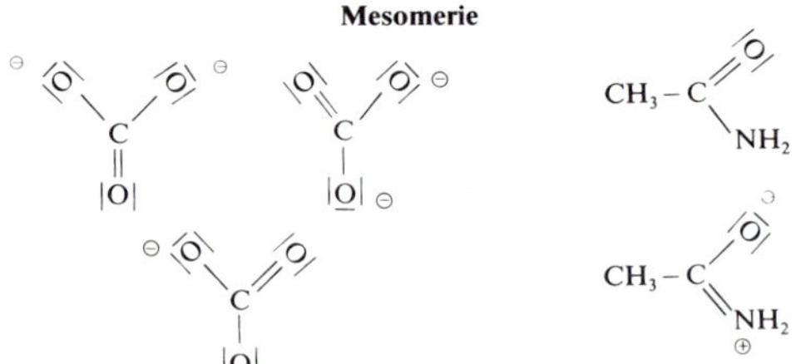

Carbonatanion

Acetamid mesomere Grenzstrukturen

Molekülstruktur liegt als energieärmerer und daher begünstigter Zustand zw. den Grenzstrukturen. M. tritt u. a. bei Benzol (→ Aromaten), → Diazoverbindungen, Amiden und vielen anorgan. Anionen (z. B. Carbonat, Sulfat, Phosphat) auf.

Mesonen, *Ez.* **Meson** *das,* Gruppe mittelschwerer instabiler → Elementarteilchen, bestehend aus den **Pionen, Kaonen** und dem **η-Meson;** früher zählte man auch die zu den Leptonen gehörenden → Myonen (μ-Mesonen) zu den M. Mit den Baryonen gehören die M. zur Gruppe der stark wechselwirkenden Elementarteilchen, den Hadronen, haben aber im Unterschied zu den Baryonen die Baryonenzahl 0. Sie entstehen z. B. beim Stoß energiereicher Protonen und Neutronen untereinander oder mit Atomkernen, wobei die kinet. Energie der stoßenden Teilchen größer als die Ruheenergie (Ruhemasse) des zu erzeugenden M. sein muß. Ihre Lebensdauer liegt üblicherweise zw. 10^{-8} und 10^{-10} s. Sie zerfallen in Leptonen und Photonen. Zur Gruppe der M. rechnen auch die **Mesonenresonanzen,** äußerst kurzlebige (etwa 10^{-22} s) angeregte Zustände von M. (→ Massenresonanzen). Die M. haben in der Theorie der Elementarteilchen Bedeutung für die Struktur der Nukleonen sowie als Vermittler der Kraftwirkungen zw. den Nukleonen. In diesem Sinn wurden die M. als Quanten der starken Wechselwirkung betrachtet, die dieselbe Rolle spielen wie die Photonen bei der elektromagnet. Wechselwirkung **(Mesonentheorie der Kernkräfte).** Nach neueren Vorstellungen sind die M. aus einem Quark-Antiquark-Paar aufgebaut (→ Quantenchromodynamik); die Kraft zw. zwei Nukleonen im Atomkern kommt durch den Austausch von Quarks zustande, der auch als Mesonenaustausch interpretiert werden kann (BILD Quark). Als Quanten der starken → Wechselwirkung werden die Gluonen angesehen, die die Bindung der Quarks zu M. und Baryonen bewirken.

mesonische Atome, Mesonenatome, mesische Atome, instabile → exotische Atome, bei denen ein Hüllenelektron durch ein Meson (z. B. Pion oder Kaon, ÜBERSICHT Elementarteilchen) ersetzt ist. M. A. sind eine Unterabteilung der hadron. Atome. Früher wurden auch die myon. Atome fälschlich als m. A. bezeichnet. Wegen der gegenüber dem Elektron größeren Masse sind die Radien der Bohrschen Bahnen um das Massenverhältnis zum Elektron kleiner, die Bindungsenergien um dieses Massenverhältnis größer.

Mesopause, die Grenzschicht zw. Meso- und Thermosphäre in der → Atmosphäre 2).

Mesophase, → flüssige Kristalle.

Mesophytikum, Mittelzeit der Pflanzenentwicklung in der Erdgeschichte, vom oberen Perm bis in die untere Kreide, gekennzeichnet durch Nacktsamer.

mes|opisches Sehen, → Hellempfindlichkeitskurven.

Mesosiderite, bestimmte → Meteorite.

Meso|sphäre, Schicht der → Atmosphäre 2).

Mesothorium, Mesothor, histor. Bez. für die 1907 von O. HAHN in der Thorium-Zerfallsreihe (→ Radioaktivität) entdeckten natürl. Isotope $^{228}_{88}$Ra (**M. I,** Symbol MsTh I) und $^{228}_{89}$Ac (**M. II,** Symbol MsTh II). Beide sind β-Strahler; die Halbwertszeit beträgt 5,8 Jahre beim MsTh I und 6,13 Stunden beim MsTh II.

Mes|oxalsäure, Oxomalonsäure, nur als Hydrat beständige Säure, die u. a. in Zuckerrüben und Luzerneblättern vorkommt.

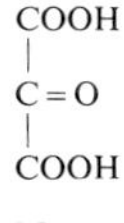

Mesoxalsäure

Mesozoikum, Mittelalter der Erdgeschichte, die das Paläozoikum überlagernden und das Känozoikum unterlagernden Perioden Trias, Jura und Kreide (TABELLE geolog. Systeme). – Das M. leitete die Entwicklung der organ. Welt zum heutigen Zustand ein. Teile der das Paläozoikum kennzeichnenden Tiergruppen (Cystoideen, Trilobiten und Panzerfische) fehlten schon; andere (Ammoniten, Belemniten, Rudisten und best. Saurier) erloschen am Ende der Kreide, wieder andere (Korallen, Seeigel, Brachiopoden, Krebstiere und Fische) nahmen mehr und mehr känozoische Kennzeichen an; Säugetiere und Vögel erschienen neu. Die Pflanzenwelt war durch Farne und Gymnospermen gekennzeichnet, erhielt aber in der Oberkreide durch das plötzliche, massenhafte Auftreten der Laubbäume ein känozoisches Gepräge.

In den Geosynklinalen wurde die große alpid. Gebirgsbildung des Känozoikums vorbereitet. Vulkanismus war nur in Vorderindien und in der Umrandung des Stillen Ozeans verbreitet. Wichtige Meere waren die Tethys und die pazif. Meere in den heutigen Kettengebirgszonen. Landmassen gab es in N- und S-Amerika, Afrika, Australien und in der Antarktis.

Mesozone, Geologie: einer der drei Bereiche der Regionalmetamorphose (→ Tiefenstufen) von Gesteinen; gekennzeichnet durch mittelstarken allseitigen oder auch gerichteten Druck und Temperaturen von 500 bis 700 °C. Als typ. Minerale bilden sich Almandin-Granat, Staurolith, Biotit, Muskovit, Disthen.

Meßband, Geodäsie: Stahlband von meist 20 m Länge, i. a. als Rollbandmaß ausgeführt und in cm geteilt, für Streckenmessungen im Gelände. Erreichbare Meßgenauigkeit: ± 2 cm je 100 m.

meßbar, Mathematik: Eigenschaft einer Menge, für die ein → Maß 3) definiert ist.

Meßbild, mit einer → Meßkammer aufgenommenes (meist photographisches) Bild, aus dem die Abbildungsstrahlen geometrisch exakt wiederhergestellt werden können (→ Photogrammetrie).

Meßbrücke, Elektrotechnik: Schaltung zum Messen von elektr. Widerständen. Bei allen M. werden im Prinzip in zwei parallelen Zweigen eines Stromkreises zwei Punkte durch entsprechende Einstellung der Widerstände (oder bei Wechselstrombrücken der Impedanzen) auf gleiches Potential abgeglichen.

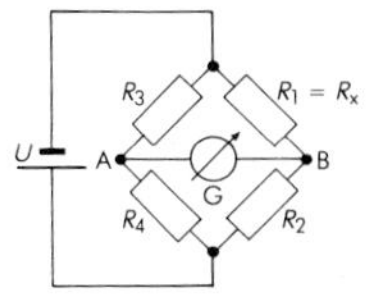

Meßbrücke

Die Grundschaltung für eine Gleichstrom-M. stellt die **Wheatstone-Brücke** [w'i:tstən-] dar (BILD). Sie besteht aus vier Widerständen (R_1–R_4), die zu einem Viereck zusammengeschaltet sind. In der einen Diagonale (im Bild zw. den Punkten A und B) liegt ein Galvanometer als → Nullinstrument, an die beiden anderen Eckpunkte wird eine Gleichstromquelle angeschlossen. Um den Widerstand $R_1 = R_x$ zu bestimmen, verändert man den Widerstand R_2 (ausgeführt z. B. als Präzisions-Widerstandsdekade) solange, bis der Strom durch das Galvanometer gleich Null wird und somit die Potentialgleichheit zw. den Punkten A und B anzeigt. Für den abgeglichenen Zustand gilt dann die Gleichung $R_x = R_2 \cdot R_3 / R_4$, aus der sich der unbekannte Widerstand errechnen läßt. An Stelle der Widerstände R_3 und R_4 kann auch ein Schleifdraht eingesetzt werden, auf dem ein an das Galvanometer angeschlossener Schleifer hin- und herbewegt wird, bis der Nullabgleich erreicht ist. Zum Messen sehr kleiner Widerstände im Bereich von 10^{-7} Ω bis 1 Ω ist die **Thomson-M.** [t'ɔmsn-] geeignet, bei der die Übergangswiderstände an den Verbindungen nicht in das Meßergebnis eingehen.

M. lassen sich auch als Wechselstrom-M. betreiben, wobei in den Brückenzweigen komplexe Widerstände sitzen können, die aus Reihen- oder Parallelschaltungen von Ohmschen Widerständen, Induktivitäten und Kapazitäten bestehen, und wobei zwei einstellbare Elemente zum Abgleich von Betrag und Phase erforderlich sind. An die Stelle des Galvanometers tritt ein Meßverstärker. Damit ist z. B. die Temperaturmessung mit einem Widerstandsthermometer möglich.

Messen, das experimentelle Vergleichen verschiedener Darstellungen (z. B. unterschiedl. Durchmesser zweier Zylinder) derselben physikal. Größenart (z. B. Länge), um das zw. ihnen bestehende Zahlenverhältnis **(Meßwert)** festzustellen. Um Meßwerte unbeschränkt weiterverwenden zu können, muß auf möglichst unveränderl. und allgemein bekannte → Einheiten Bezug genommen werden; insofern ist M. das Vergleichen einer Größe mit der zugehörigen Einheit, der Meßwert ist das Produkt aus Zahlenwert und Einheit. Zur Durchführung des M. dient die → Meßtechnik. – M. ist auch das Zählen von Einheiten **(digitales M.,** → Zähler) oder das Ermitteln der Häufigkeiten von Merkmalen (→ Statistik).

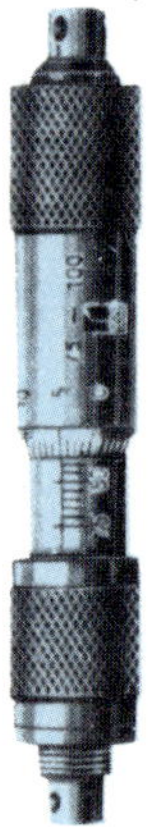

Meßschraube 1: Innen-M.

Messer, 1) allg.: Schneidwerkzeug aus Klinge mit Schneide und mit Griff, Heft oder Schale zum Handhaben. Bei M. mit fester Klinge (z. B. **Tischmesser)** ist diese mit der Angel am Heft befestigt, bei solchen und mit bewegl. Klinge **(Taschen-M.)** in das Heft einklappbar oder einschiebbar.

2) Fertigungstechnik: Meißel, Schneidstähle, Schneidplatten, Schneidwerkzeuge, die in einen **Messerkopf** (→ Fräsen) eingespannt werden.

Messerstähle, Kaltarbeitsstähle zur Herstellung von Messern.

Meßflügel, Gerät zum Bestimmen der Fließgeschwindigkeit einer Flüssigkeit. Es registriert die Anzahl der Umdrehungen eines in die Strömung eingetauchten Flügelrades.

Meßfühler, Meßgeber, der → Sensor.

Meßgeräte, → Meßtechnik, → elektrische Meßgeräte.

Messier-Katalog [mɛsj'e-, n. dem frz. Astronomen Ch. Messier, * 1730, † 1817], 1784 erstellter (Nebel-)Katalog von über 100 Sternhaufen und Nebelflecken (galakt. Nebel, Galaxien). Die dabei durchgeführte Numerierung der Objekte (M in Verbindung mit einer Zahlenangabe) wird noch heute verwendet, z. B. M 1 für den → Crabnebel, M 27 für den → Hantelnebel, M 31 für den → Andromedanebel, M 44 für den Sternhaufen → Krippe, M 57 für den → Ringnebel im Sternbild Leier.

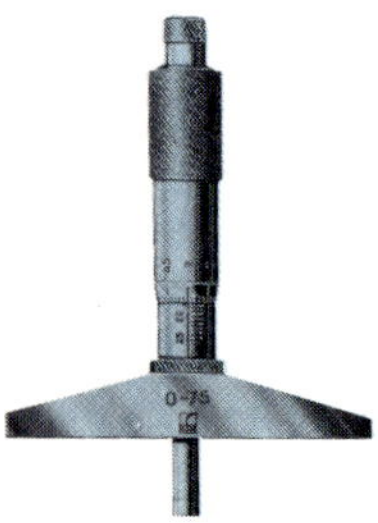

Meßschraube 2: Tiefen-M.

Messing, Sammelbez. für Kupfer-Zink-Legierungen mit 55–90% Kupfer, 45–10% Zink und bei **Sonder-M.** auch weiteren Zusätzen. M. sind meist gut verarbeitbar, gut verformbar und korrosionsbeständig. Ihre Farbe kann zw. rot, gold und silbergrau liegen. Aus M. werden v. a. Armaturen, Schiffsbauteile und Beschläge hergestellt. Man unterscheidet nach DIN **M.-Knetlegierungen** und **M.-Gußlegierungen.**

Meßkammer, Meßbildkamera, photograph. Aufnahmekammer zur Herstellung der Meßbilder für Erd- und Luftbildmessung (→ Luftbild, → Photogrammetrie). M. besitzen Objektive sehr hoher Auflösung und geringer Verzeichnung. Ihre räuml. Lage im Augenblick der Aufnahme kann in der Erdbildmessung unmittelbar eingemessen werden, in der Luftbildmessung sind besondere Hilfsmittel erforderlich (Höhenmesser, Kreisel u. ä.), die auch mitphotographiert werden. M. für eine schnelle Folge von Aufnahmen heißen **Reihenmeßkammern.**

Meßlatte, 3 oder 5 m lange Holzlatte mit dm-Einteilung. Durch abwechselndes Aneinanderreihen von 2 M. lassen sich Strecken im Gelände messen; heute kaum noch benutzt.

Meßmaschine dient in verschiedenen Ausführungen zur Längenmessung an faden-, band- und bahnenförmigen Waren. Maschinenbau: Einrichtung zur Messung großer Längen mit hoher Genauigkeit; als **Dreikoordinaten-M.** zur räuml. Längenmessung an Werkstücken.

Meßrad dient in versch. Ausführungen zum Messen der Länge von geraden oder gekrümmten Strecken. Es wird auf der zu messenden Strecke abgerollt.

Meßschraube, Mikrometerschraube, Schraublehre, Gerät zum Messen kleiner Längen ab 0,01 mm, mit Korrekturmaßnahmen ab 0,001 mm; meist 25 mm Meßbereich (Fein-M.). Durch Drehen einer Teiltrommel sind mit einer Gewindespindel Verschiebungen einer Meßfläche (Amboß) einstellbar. Für versch. Zwecke als **Bügel-M., Innen-M., Einbau-M., Tiefen-M.** u. a., an opt. Geräten zur Verschiebung von Meßmarken (Strichplatten) als **Okular-M.** (→ Fadenmikrometer, → Okularmikrometer).

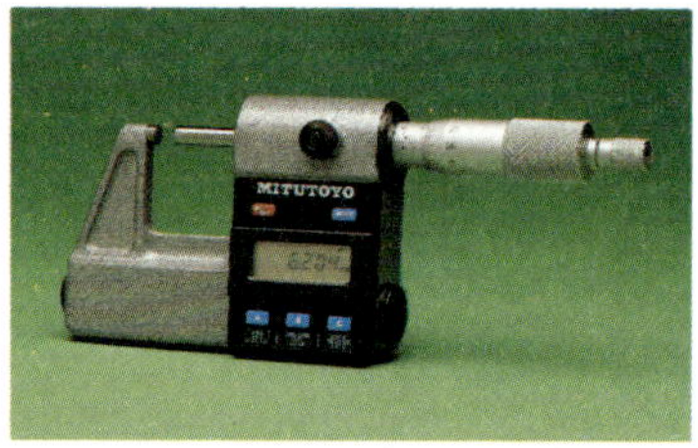

Meßschraube 3: Außen- oder Bügel-M. mit digitaler Anzeige

Meßtechnik, Verfahren und Geräte des → Messens. Physikal. → Größen 2) verschiedenster Art werden durch die M. erkennbar und mit Bezug auf definierte → Einheiten in Zahlenwerten angebbar gemacht. Der Vergleich einer Größe mit der zugehörigen Einheit wird mit **Meßgeräten** durchgeführt, die entweder eine Darstellung der Einheiten in ausreichendem Umfang enthalten **(unmittelbare Messung)** oder die Differenz zu einer gegebenen Verkörperung der Einheit feststellen **(Unterschiedsmessung).** Im ersten Fall muß der Meßbereich des Gerätes den Betrag der Meßgröße einschließen, im zweiten braucht er sich nur auf die Differenz zu erstrecken. Große Bedeutung haben weiterhin **Abgleichverfahren,** bei denen eine bekannte Größe so weit verändert wird, bis die Differenz zur Meßgröße verschwindet (Nullabgleich, → Kompensationsmethode, → Meßbrücke). Es kann auch eine Größe gemessen werden, die mit der gesuchten Größe in einem naturgesetzl. Zusammenhang steht, wonach die gesuchte Größe aus dem Meßergebnis durch Rechnung bestimmt wird **(indirekte** oder **mittelbare Messung).**

Besondere Bedeutung hat die **elektrische M.,** da neben der Messung der elektr. Größen Spannung, Stromstärke, Widerstand, Leitfähigkeit u. a. für nahezu alle **nichtelektr. Größen** durch → Sensoren geeignete elektr. Signale gewonnen und elektrisch ausgewertet werden können. Die Umwandlung der erfaßten Meßgröße in eine zur Anzeige geeignete Form (z. B. Spannung in Winkelausschlag eines Zeigers) geschieht in → elektrischen Meßgeräten. Ein Meßinstrument kann analog (z. B. angezeigte Skalenstrecke entspricht der zu messenden Spannung) oder digital (z. B. zu messende Spannung wird in Ziffern angezeigt) anzeigen. Es kann auch ein Diagramm (Kurvenzug – analog) oder ein in Zahlen gedruckter Wert (digital) ausgegeben werden. Der Einsatz elektr. Meßgeräte und Verfahren bringt viele Vorteile gegenüber anderen Methoden: bequem zu wählende Verstärkungsfaktoren und Meßbereichsumschaltungen sowie die Erweiterung der M. auf sehr schnelle oder mit hoher Frequenz schwingende Vorgänge. Elektr. Signale, insbes. in digitalisierter Form, können leicht der Weiterverarbeitung in Rechenanlagen, computergesteuerten Maschinen, Speichern, Anzeigen u. a. zugeführt werden und sind zur Fernübertragung (z. B. bei Telemetrieanlagen) geeignet. In vielen Bereichen der Technik und Wissenschaft werden automatische Meßplätze und Testeinrichtungen eingesetzt, die – nach vorgegebenem Programm – Meßstellen abfragen, Werte erfassen, speichern, anzeigen und ggf. ausdrucken oder in Kurvenform aufzeichnen können.

Beim Messen entstehen **Meßfehler** durch Unvollkommenheiten des Gerätes, Einwirkung der Bedienungsperson und der Umgebung sowie Rückwirkung der Messung auf das zu messende Objekt. Der Einfluß der Bedienungsperson kann durch automatisierten Ablauf und Digitalanzeige weitgehend ausgeschaltet werden. Jedes Meßverfahren ist mit typ. Fehlern behaftet, weshalb die Kenntnis der zu erwartenden Fehler maßgebend für die Auswahl eines Meßverfahrens ist. Um Streitfälle in Handel und Wirtschaft infolge unzulässiger Meßfehler zu vermeiden, sind Meßgeräte unter gesetzlich geregelten Voraussetzungen zu → eichen 1).

Die praktisch zu lösenden Meßaufgaben erfordern eine Vielfalt von Meßgeräten und -verfahren. Beispiele für einige Meßgrößen und entsprechende Meßgeräte:

Länge: Maßstab, Bandmaß, Meßrad, Meßmaschine, Interferometer, Komparator, Entfernungsmesser, Echolot, Funkmeßverfahren (Radar); in der industriellen Fertigungsmeßtechnik außerdem: Schieblehre, Meßschraube, Meßuhr, Feinzeiger, Meßmikroskop, Rauheitsmeßgerät.

Winkel: Winkelmesser, Teilkopf, Theodolit, Sinuslineal, Wasserwaage, Libelle, Kegelmeßgerät.

Zeit: Uhr, Chronometer, Chronograph, Kurzzeitmesser.

Geschwindigkeit: Tachometer, Log, Anemometer.

Masse, Dichte: Waage, Aräometer, Pyknometer.

Kraft: Dynamometer.

Temperatur: Thermometer, Bolometer, Thermoelemente, Pyrometer, Segerkegel.

Viele Bereiche haben ihre besondere M. entwickelt, z. B. in der **Akustik** die Messung von Lautstärke, Schalldruck und -leistung, in der **Lichttechnik** die Lichtmessung (→ Photometrie), der auch die → Farbmetrik zuzuordnen ist. Einen eigenständigen Bereich der M. umfaßt die → Geodäsie.

Geschichtliches. Mechanische Geräte: Schieblehren aus Holz, teilweise aus Messing, waren schon im 17. Jh. bekannt. Der Nonius wurde 1631 von P. VERNIER erfunden. Die Schraube als Meßelement wurde bereits 1570 an Geschützaufsätzen, in Form des Schraubenmikrometers Anfang des 17. Jh. verwendet. Das erste techn. Mikrometer stammt von J. WATT (1785). Die erste mit Meßschraube arbeitende Meßmaschine wurde von J. WHITWORTH 1851 in London ausgestellt. Die von M. THÉVENOT 1651 erfundene Libelle fand frühzeitig Verwendung an astronom. und feinmechan. Instrumenten. Der älteste mechan. Feintaster, das Zehntelmaß, ist etwa 1830 in Frankreich aufgekommen. Einen Doppelfühlhebel hat J. FRAUNHOFER 1810 benutzt.

Kalorische Geräte: Die Temperaturmessung beginnt mit den Luftthermoskopen von S. SANTORIO (1611) und C. DREBBEL (1612). Mit D. G. FAHRENHEIT kam seit 1706 ein für vergleichende Messungen geeignetes Thermometer (mit bestimmten Festpunkten auf der Skala), insbes. um 1718 ein brauchbares Quecksilberthermometer, auf. Das nach A. DE RÉAUMUR benannte Quecksilberthermometer mit 80teiliger Skala (Gefrierpunkt des Wassers 0°, Siedepunkt des Wassers 80°) stammt von J. A. DELUC (1772). Die 100teilige Skala gab A. CELSIUS 1742 an.

Erst um die Mitte des 18. Jh. kam man zur klaren Unterscheidung zw. Temperatur (Wärmegrad) und Wärmemenge und zum Begriff der spezif. Wärme. Geräte zur Messung der Wärmemenge, die Kalorimeter, wurden seit der zweiten Hälfte des 18. Jh. konstruiert. A. L. LAVOISIER und P. S. LAPLACE entwickelten 1780 ein Eiskalorimeter, womit sie spezif. Wärmen bestimmten. Bei diesen Kalorimetern wurde das Schmelzwasser gemessen. Ein Eiskalorimeter, das die Kontraktion des Eises beim Übergang in Wasser mißt, gab R. W. BUNSEN 1870 an. Für die Bestimmung der Verbrennungswärme konstruierte M. BERTHELOT 1877 seine kalorimetrische Bombe. Zur direkten Messung der spezif. Wärme von Dämpfen schuf J. JOLY 1886 ein Verdampfungskalorimeter.

Elektr. Geräte: Das Elektrometer wurde seit Ende des 18. Jh. benutzt und von A. VOLTA und F. BOHNENBERGER verbessert. Ein Quadrantenelektrometer findet man bereits bei W. HENLY (1772). Das moderne Quadrantenelektrometer stammt von W. THOMSON (1855) und F. DOLEZALEK (1901). S. CHR. SCHWEIGGER erfand 1820 den Multiplikator. Auf J. CHR. POGGENDORFF und C. F. GAUSS geht die Ausschlagmessung mit Spiegel und Lichtstrahl zurück. Erst mit dem 1877 von WERNER SIEMENS gebauten Torsionsdynamometer wurde eine Spule als Meßorgan eingeführt. Den Übergang zu der gegen Richtmoment frei bewegl. Drehspule und zum feststehenden Dauermagnet beim Galvanometer vollzogen M. DÉPREZ und A. D'ARSONVAL (1881/82). Die den heutigen Drehspulinstrumenten zugrunde liegende Ausführung gab 1880 F. WESTON an, der 1890 auch das erste elektrodynam. Meßinstrument dieser Art baute. Das Kreuzspulinstrument wurde 1894 von TH. BRUGER konstruiert. Das Hitzdrahtinstrument für Wechselstrom erhielt seine techn. Form von PH. CARDEW. Das Prinzip der Induktionsmeßgeräte wurde 1887 von G. FERRARIS angegeben. Die Urform der Dreheiseninstrumente stammt von F. KOHLRAUSCH. Die Luftdämpfung führte A. RAPS (1893) ein. Die ersten Strom- und Spannungswandler wurden 1898 von F. SCHROTTKE entwickelt. Die Meßbrücke gab 1843 CH. WHEATSTONE im Zusammenhang mit seinen telegraph. Arbeiten bekannt. Erfinder der Schleifenoszillographen (1893) ist A. BLONDEL; der erste Kathodenstrahloszillograph wurde 1897 von F. BRAUN beschrieben. Der erste Elektrizitätszähler, ein Elektrolytzähler, stammt von TH. A. EDISON (1881). Mechan. Zähler entwickelte 1884 H. ARON, elektrodynam. Zähler 1882 Werner Siemens. Der erste Induktionszähler von T. BLÁTHY wurde durch K. RAAB, G. HUMMEL und H. GÖRGES wesentlich verbessert. Das Platin-Rhodium-Thermoelement wurde 1887 von H. L. LE CHATELIER und die Kompensationsschaltung zum Messen von Thermospannungen 1899 von ST. LINDECK und R. ROTHE angegeben. Das Widerstandsthermometer entwickelte 1861 WILHELM SIEMENS, das Glühfadenpyrometer 1901 L. HOLBORN und F. KURLBAUM.

Optische Geräte: Die Lochkamera (IBN AL-HAITHAM, um 1000) wurde von D. BARBARO 1568 durch Anbringung einer Linse verbessert. J. KEPLER fand und verwendete die Linsenformel 1611 zu Konstruktionsangaben für ein Fernrohr, das CHR. SCHEINER baute. Fernrohre (holländische) und Mikroskope sollen jedoch auf empirischer Grundlage schon von ZACHARIAS JANSEN 1590 gebaut

Meßuhr:
UNTEN mit Prüftisch

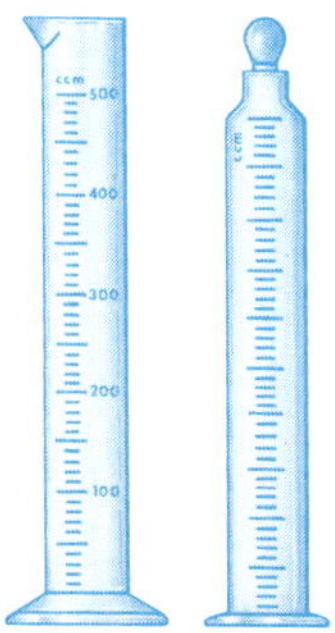

Meßzylinder,
OBEN M. (links) und Mischzylinder (rechts), UNTEN Mensur

worden sein. O. RÖMER maß 1676 als erster die Lichtgeschwindigkeit durch Beobachtungen am größten Jupitermond. I. NEWTON baute 1669 ein Spiegelteleskop. Die Fertigung achromat. Linsen durch J. DOLLOND (1753), die Entdeckung der Polarisation durch E. L. MALUS (1808) und die kristallopt. Studien D. F. ARAGOS, die Arbeiten TH. YOUNGS und A. J. FRESNELS auf dem Gebiet der Interferenz und Beugung brachten der Meßtechnik und dem Apparatebau entscheidende Fortschritte. J. FRAUNHOFER maß mit seinem Gitterspektrometer Wellenlängen des Lichts (1823). Diese Messungen wurden immer mehr verfeinert, so daß sie heute zu den genauesten der Physik gehören und als Grundlage jeder Längenmessung dienen. Die umfassenden Untersuchungen J. H. LAMBERTS von 1760 wurden zur Grundlage der Photometrie. Die Entdeckung des Photoeffekts (W. HALLWACHS, 1888) führte zur Entwicklung der Photozellen und ihrer Anwendung auf objektive Strahlenmessung, das Bindeglied zw. elektr. und opt. M.

L. MERZ: Grundkurs der M., 1 (^{5}1977), 2 (^{4}1975); R. MÄUSL: Hochfrequenzmeßtechnik (^{2}1978); P. PROFOS: Hb. der industriellen M. (^{2}1978); M. STÖCKL u. K. H. WINTERLING: Elektr. M. (^{6}1978); M. BIRKLE: M. für den Immissionsschutz (1979); J. NIEBUHR: Physikal. M., 2 Bde. (^{2}1980); P. F. ORLOWSKI: Analogschaltungen in Meß- u. Regeltechnik. Ein Hb. (1982); R. FELDERHOFF: Elektrische M., hg. v. M. METTKE (^{4}1982); A. HOCK u. a.: Hochfrequenzmeßtechnik. Grundlagen, Verfahren, Geräte, 1 (^{3}1982), 2 (1980).

Meßtisch, ältestes Gerät für topograph. Aufnahmen, eine auf einem Stativ drehbare Tischplatte und die frei aufzusetzende → Kippregel. Bei der Geländeaufnahme wird der M. auf einem → Festpunkt 2) aufgestellt und nach N orientiert. Die Geländepunkte werden dann markiert, mit der Kippregel angezielt (Winkel- und Distanzmessung) und mit dem Lineal auf dem Zeichenträger kartiert. Schließlich werden unter Benutzung der gemessenen Höhenunterschiede die Geländeformen eingezeichnet. Mit dem M. wurden u. a. im 19. Jh. die meisten Blätter der topograph. Karte 1:25 000 **(M.-Blatt)** aufgenommen; heute weitgehend durch die → Photogrammetrie und die zahlenmäßige Aufnahme mit dem → Tachymeter ersetzt.

Meßuhr, Längenmeßgerät ähnlich einer Zeigeruhr für 3, 10 oder 30 mm Meßbereich. Zahnstange und Zahnräder übertragen die Meßstrecke auf Zeiger. Bevorzugt zum Messen kleiner Längen ab 0,01 mm.

Meßverstärker verstärken kleine Gleich- oder Wechselspannungen oder -ströme wertgetreu so, daß sie mit üblichen Meßgeräten weiter verarbeitet werden können. Dabei werden hohe Anforderungen an die elektr. Eigenschaften (lineare, konstante Verstärkung, eingeprägter Ausgangsstrom) gestellt. Der Einfluß von Störgrößen durch Alterung der Bauteile (→ Drift 2), Änderungen der Umweltbedingungen, Langzeiteffekte (z. B. Nullpunktwanderung) u. a. müssen ausgeglichen werden. Bauweisen sind z. B. direktgekoppelte Differenzverstärker, Magnetverstärker, Modulationsverstärker.

Meßwagen, Eisenbahnfahrzeug der Versuchsämter mit zwei- oder dreiachsigen Drehgestellen zur Untersuchung und Prüfung von Lokomotiven, Wagen, Bremsen, des Oberbaues u. dgl.

Meßwandler, Transformatoren kleiner Leistung, die den bequemen Anschluß üblicher Meßgeräte, Regler, Schalter u. a. ermöglichen und diese Geräte vor Überlastung schützen. **Stromwandler** übersetzen den Strom (Primärströme bis 100 kA) betrags- und phasengetreu in den gewünschten sekundären Nennstrom (genormt sind 1 A und 5 A). Sie sind sekundär über die Meßgeräte praktisch kurzgeschlossen. **Spannungswandler** arbeiten im Leerlauf, mit ihnen wird eine Übersetzung von z. B. 400 kV auf 100 V in einem Frequenzbereich von i. a. 45 bis 60 Hz erreicht. **Gleichstromwandler** werden verwendet, wenn es wegen der hohen Stromstärke unwirtschaftlich ist, das Meßinstrument über einen Nebenwiderstand anzuschließen. Hierbei wird der Feldeinfluß des zu messenden Stroms auf einen Magnetkern durch einen Hilfsgleichstrom kompensiert. Sie benötigen eine fremde Stromquelle für den sekundären Stromkreis und sind verwendbar für Ströme über 100 kA.

Meßzylinder, zylindr. Glasgefäß mit von oben nach unten oder umgekehrt verlaufender Skaleneinteilung und einer Schnauze zum Ausgießen (Größen von 5 bis 2 000 ml). Zum Abmessen und Vermischen versch. Flüssigkeiten werden **Mischzylinder** verwendet, mit nach oben verengtem, durch Glasstöpsel verschließbarem Teil. In der Chemie sind für grobe Messungen **Mensuren** geeignet.

met(a) . . ., Chemie: Abk. **m,** Vorsilbe zur Kennzeichnung best. anorgan. Säuren oder isomerer aromat. Verbindungen, → chemische Nomenklatur, → Isomerie 1).

Metabolite, Bez. für alle Produkte, die im biolog. Stoffwechsel auftreten (→ Antimetabolite). Man unterscheidet dabei zw. **Anabolismus,** der Summe der aufbauenden Prozesse, und **Katabolismus,** der Summe der abbauenden Prozesse, bei denen höhermolekulare Stoffe unter Energiegewinn in niedermolekulare umgewandelt werden. **Endogene M.** synthetisiert der Organismus selbst (z. B. Hormone), **exogene M.** werden durch andere Organismen erzeugt und von außen aufgenommen (z. B. Vitamine).

Metagalaxis, die Gesamtheit aller Galaxien als Hierarchiestufe in einem hypothet. Hyperraum, der neben dem uns zugängl. Universum noch weitere Raumbereiche enthält; in diesem Sinne ist M. ein Synonym für unser Weltall.

Met|aldehyd, zyklisches Tetrameres des Acetaldehyds, das aus Acetaldehyd in Gegenwart von Bromwasserstoff und Bromiden erhalten wird; als Trockenbrennstoff und Schneckengift verwendet. (FORMEL S. 251)

Metalimnion *das,* **Sprungschicht,** Wasserschicht in stehenden Gewässern zw. → Epilimnion und → Hypolimnion, in der die Temperatur vertikal sprunghaft abfällt.

Metallbearbeitungs|öle, → Kühlschmierstoffe.

Metallbeschattung, Elektronenmikroskopie: Steigerung der Bildkontraste durch schräge Bedampfung des Präparats im Hochvakuum mit einem Schwermetall.

Metallcarbonyle, ein- oder mehrkernige Koordinationsverbindungen, in denen CO-(Kohlenmonoxid-)Moleküle koordinativ an Metallatome gebunden sind, z. B. Eisencarbonyle (→ Eisenverbindungen).

Metalldampflampe, eine → Entladungslampe, deren (Quarz-)Glasgefäß außer einer Grundgasfüllung (Edelgase) im Betrieb verdampfende, für die Strahlungseigenschaften wichtige Metallzusätze enthält. Abgesehen von Sonderlampen, kommen nur Quecksilber und Natrium auf ausreichende Betriebsdampfdrücke (→ Quecksilberdampflampe, → Natriumdampflampe). Andere Metalle haben zwar bessere Strahlungseigenschaften, sind aber nur in chem. Verbindungen genügend leichtflüchtig (→ Halogen-Metalldampflampe).

Metalle, chem. Elemente mit überwiegend folgenden Eigenschaften: starker Glanz (M.-Glanz) durch hohes

Reflexionsvermögen; sehr großes Absorptionsvermögen für Licht; hervorragende, mit steigender Temperatur abnehmende elektr. und thermische Leitfähigkeit; gute plast. Verformbarkeit durch Walzen, Pressen, Ziehen u. a.; das Produkt aus spezif. Wärme und Atomgewicht ist etwa 6 (→ Dulong-Petitsche Regel); Neigung zur Bildung von positiven Ionen; kristalliner Aufbau mit hoher Koordinationszahl des Kristallgitters; die äußeren Elektronen sind nicht an bestimmte Atome gebunden, sondern gehören zu allen Atomen des Kristallverbandes.

Einteilung. Von den chem. Elementen werden nur Bor, Kohlenstoff, Silicium, Stickstoff, Sauerstoff, Phosphor, Schwefel, Fluor, Chlor, Brom, Jod, Helium, Neon, Argon, Krypton, Xenon und Radon (Zinn, Selen und Arsen in best. Zustandsformen) nicht als Metalle angesehen. Die große techn. Bedeutung der M. beruht darauf, daß sich die genannten Eigenschaften durch die Bildung von → Legierungen, durch Verformung und → Wärmebehandlung in weiten Grenzen beeinflussen lassen (→ Glasmetalle).

Eine systemat. Einteilung der M. gibt es nicht, wenn auch manche auf Grund besonderer Eigenschaften zu Gruppen zusammengefaßt werden, so die **Leicht-M.**, **Schwer-M.**, **Edel-M.**, **Bunt-M.**, **Eisen-M.**, **Nichteisen-M.**

Gewinnung, Scheidung und Raffination der M. sind Gegenstand der **Metallurgie.** Die M. werden aus Erzen, Abfällen (Schrott) und manchmal aus metallhaltigen Rückständen (Schlämme, Asche) gewonnen. In den **Erzen,** in denen die M. auf das 10–100000fache des Durchschnittgehaltes in der Erdrinde angereichert sind, liegen die M. selten rein oder legiert (Edel-M., u. U. Kupfer und Quecksilber) vor, sondern meist als komplexe Erze chemisch gebunden an Sauerstoff und Schwefel und zusammen mit anderen metall. Beimengungen. Aus diesem **Grubenerz** wird durch Aufbereitung das **Hüttenerz** gewonnen, d. h., es wird i. d. R. zerkleinert und von dem nichtmetallhaltigen Gestein (›Gangart‹) weitgehend getrennt. Das metallhaltige Erz wird durch Laugung, durch Aufschmelzen oder teilweise Verdampfung weiter gereinigt. Wenn das Metall als Sulfid, Arsenid oder Carbonat vorliegt, wird es durch Erhitzung (Rösten) in leichter weiterzuverarbeitende Verbindungen überführt. Pulverförmige Erze werden zu Briketts oder Pellets (→ Pelletieren) gesintert.

Die eigtl. hüttenmänn. Arbeit vollzieht sich anschließend grundsätzlich in drei Stufen, von denen zwei miteinander vereinigt sein können: 1) Reduktion (Zerlegung der M.-Verbindungen zur Herstellung des metall. Zustandes); 2) Konzentration (Trennung der reduzierten M. vom Ballast und Ansammlung im Roh-M.); 3) Raffination (Reinigung des Roh-M.).

Zur **Reduktion** werden Wärme, chem. und elektr. Energie angewendet. Manchmal reicht die Zufuhr thermischer Energie allein aus (therm. Dissoziation), z. B. bei der Quecksilbergewinnung aus Zinnober, doch wird meist die unterschiedl. Affinität der M. und der Reduktionsmittel zu den Nichtmetallen ausgenutzt. So steigt das Vereinigungsbestreben des Kohlenstoffs mit Sauerstoff mit der Temperatur an, während das der M. abnimmt, so daß das Metalloxid beim Erhitzen durch Kohlenstoff reduziert werden kann (therm. Reduktion). I. d. R. läuft in dieser Stufe auch die **Konzentration** ab.

Zur **Raffination** wird das **Roh-M.,** ggf. unter Zugabe von Hilfsstoffen (Zuschlägen), aufgeschmolzen, wobei sich eine von dem M. leicht trennbare Schlacke bildet, welche die Verunreinigungen enthält. Bei der elektrolyt. Raffination wird das Roh-M. als Anode aufgelöst; das **Rein-M.** lagert sich auf der Kathode ab, die Verunreinigungen sinken als Schlamm ab. Bei der fraktionierten Destillation wird das Roh-M. unter solchen Bedingungen erhitzt, daß nur der leichter flüssige Bestandteil verdampft wird.

Verfahren, bei denen die Gewinnung in metallurg. Öfen auf trockenem Weg geschieht, faßt man als **Pyrometallurgie** zusammen. Die **Hydro-** oder **Naßmetallurgie** umfaßt Verfahren, bei denen wäßrige Salzlösungen angewendet werden. – Die M.-Bearbeitung vollzieht sich in den verschiedenen → Fertigungsverfahren.

Geschichtliches. Das Vorkommen und die Verwendung von M. waren für die Geschichte der Menschheit so bedeutungsvoll, daß man große Epochen der Geschichte nach den für Werkzeuge nutzbaren M. benennt (Kupfer-, Bronze-, Eisenzeit). Die Verfügungsmacht über die Edelmetalle Gold und Silber sowie über die Werkstoffe Kupfer, Zinn und Eisen entschied Überlegenheit und Unterlegenheit von Völkern und Staaten. Die Entwicklung des Geldwesens war etwa 2500 Jahre lang mit dem Geschick der Edelmetalle verbunden.

Gold kennt man seit der Jungsteinzeit. Es war seit dem 5. Jahrtsd. in Ägypten als Schmuck- und Hortmaterial begehrt, **Silber** seit dem 4. Jahrtsd. **Kupfer** und **Blei** wurden ebenfalls in Ägypten aus gediegenem Vorkommen gefunden, seit dem 4. Jahrtsd. aber auch aus Erzen gewonnen. **Bronze** konnte kurz vor 3000 aus Kassiterit (Zinnstein) und oxid. Kupfererzen gewonnen werden. Seit im 2. Jahrtsd. auch **Zinn** entdeckt war und mit Kupfer zu Bronze legiert werden konnte, ergab sich wegen der erleichterten Verarbeitung (bes. durch den Guß) eine Vervielfachung der Menge und eine Steigerung der Güte von Waffen und Werkzeugen. **Messing** wurde seit etwa 1000 v. Chr. aus Kupfer und Zinkerz (Galmei) hergestellt, häufiger aber erst seit röm. Zeit.

Die vorkolumb. Kulturen Mittel- und Südamerikas kannten die Verarbeitung von Kupfer, Gold, Silber und deren Legierungen, aus Peru ausstrahlend die Bronze, aber nicht das Eisen.

In China kennt man den Eisenguß schon seit dem 3. Jh. v. Chr. In der Alten Welt war **Eisen** seit dem 3. Jahrtsd. bekannt (Meteoreisen wurde bereits kalt verarbeitet), aber doch so schwierig zu bearbeiten, daß erst am Ende des 2. Jahrtsd. eine massenhafte Erzeugung eiserner Waffen und Geräte möglich wurde. Hierfür war Holzkohle wichtig, über die die Waldvölker verfügten.

Die Eisenverarbeitung erreichte schon im Altertum einen relativ hohen Stand. Eine Art Pferdeschuh und eiserne Pflugschar wurden verwendet. Im MA. waren viele dieser Kenntnisse zunächst verloren und mußten wiederentdeckt werden. Erst im 14. Jh. kam hier der Eisenguß auf, der im 18. Jh. von der Lehm- zur Sandformerei überging. Seit alters üblich war die Verarbeitung in Schmieden. Seit dem 12. Jh. gibt es wasserbetriebene Walz- und Hammerwerke. Bohrmaschinen, rotierende Schleifsteine und Drehbänke wurden für Eisenwerkstücke verwendet.

Erst im 18. Jh. gelang die Reindarstellung von **Zink,** das v. a. als Legierungsmaterial für Messing bei Armaturen wichtig wurde. **Kobalt** und **Nickel** wurden ebenfalls erst im 18. Jh. dargestellt, das **Platin** zuerst 1750 beschrieben. **Aluminium** wurde erstmals 1827 rein erzeugt, seine Oxide wurden schon vorher genützt. Die Aluminiumgewinnung und -verarbeitung wurde erst umfangreicher, als billige Elektroenergie zur Verfügung stand. In der Elektroindustrie kamen Kupfer wegen seiner Leitfähigkeit und Blei als Mantelmaterial für Kabel und in Akkumulatoren zu neuen Verwendungen.

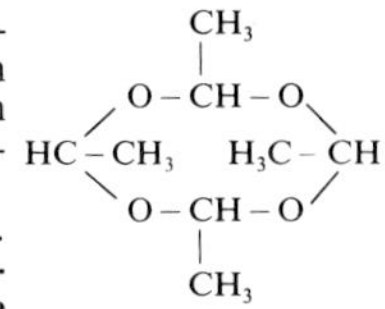

Metaldehyd

H. Borchers: Metallkunde, 1 ([8]1975), 2 ([6]1969), 3 (1972); F. Altenidiker u. a.: Grundkenntnisse M. ([14]1980); W. Friedrich: Tabellenbuch für Metalltechnik ([115]1981); K. Hofstätter u. P. Hauser: Tb. M. (1982).

Metallfäden, gezogene Drähte für Drahtgewebe und -geflechte, **Stahlcord** als Einlage für Gürtelreifen, **Metallgespinste** für textile Zwecke. Superfeine **Metallfasern** dienen als antistatische Beimischungskomponente von unter 1% zu Teppichgarnen.

Metallfärbung, Erzeugung farbiger Oberflächenschichten auf Metallen. Durch chem. oder elektrochem. Reaktionen (z. B. mit sulfid- und selenhaltigen Lösungen für ›Altsilberfärbung‹) werden farbige Metallverbindungen gebildet, oder man erzeugt farblose Oxidschichten und färbt sie nachträglich. Auf Eisen und Stahl erhält man durch **Brünieren** in heißen Alkalilösungen mit Natriumnitrit u. a. Zusätzen bräunliche, schwarze oder bläuliche Oberflächenfilme aus Eisen(II, III)-oxid. Die grüne Schicht aus basischen Kupfersalzen, die sich auf Kupfer durch Einwirkung der Atmosphäre bildet **(Patina),** kann man auch künstlich herstellen.

Metallgummi, an Metallflächen anvulkanisiertes, federndes Gummiteil, dient als Maschinenelement der Federung **(Gummifeder,** →Feder 1), z. B. zum Aufhängen von Motoren oder zum Aufstellen von Maschinen (Schwingungsentstörung).

Metallholz, →Panzerholz.

Metallisation, die →Vererzung.

metallische Bindung, Art der →chemischen Bindung.

metallische Gase, Bez. für Gase, die bei hohen Drücken metall. Eigenschaften, v. a. eine hohe elektr. Leitfähigkeit, aufweisen. Für Xenon wurde z. B. bei einer Temperatur von 32 K eine Abnahme des elektr. Widerstands von 10^{13} Ω bei Normaldruck auf 10^4 Ω bei einem Druck von 330 kbar nachgewiesen **(metall. Xenon).** Große Anstrengungen werden unternommen, **metall. Wasserstoff** zu erzeugen, von dem man annimmt, daß er ein →Supraleiter mit einer relativ hohen →kritischen Übergangstemperatur (des Supraleiters) ist. Nach theoret. Überlegungen sind Drücke von mehreren Mbar notwendig. Erste Hinweise auf elektrisch leitenden Wasserstoff ergaben Experimente, bei denen kurzzeitig (für 10–50 µs) ein Druck von 2 Mbar mit Stoßwellen von Explosionen erzeugt wurde.

metallische Gläser, die →Glasmetalle.

Metallisieren, Überziehen von Kunststoffen und Textilmaterialien mit einer feinen Metallschicht, z. B. als Schutz gegen Wärmestrahlung oder zur Erhöhung des Wärmerückhaltevermögens.

metallisiertes Papier, Papier mit aufgedampfter Aluminiumschicht und zusätzl. Lackierung als Haftgrund für Druckfarbe. M. P. ist bes. für Flaschenetiketten geeignet, weil es sich bei Wiederverwendung besser abwaschen läßt als kaschiertes Papier.

Metallkeramik, →Pulvermetallurgie.

Metallklebstoffe, Bez. für →Klebstoffe für Verbindungen zw. zwei Metallen oder zw. Metallen und anderen Werkstoffen, die u. a. im Flugzeugbau, Fahrzeugbau und in der Elektroind. eingesetzt werden. Verwendung finden v. a. Reaktionsklebstoffe auf der Basis von Epoxid-, Phenol- und Acrylharzen, für elast. Klebverbindungen auch Kautschuk- und Polyurethan-M. sowie PVC-Plastisole.

Metallkomplexfarbstoffe, natürl. oder synthet. Farbstoffe, die ein Metallatom komplex gebunden enthalten. M. sind i. d. R. Metallchelate, wobei als Zentralatom Cu^{2+}, Cr^{3+}, Co^{3+}, Ni^{3+} fungieren. M. eignen sich zum Färben von Wolle, Seide und Polyamid.

Metallkunde, Lehre vom Aufbau, den Eigenschaften und deren Beeinflussung, den Grundlagen der Verarbeitung, des Verhaltens und der Untersuchung von Metallen und Legierungen. Die chem., physikochem. und physikal. Methoden der M. sind den besonderen Eigenheiten der metall. Werkstoffe angepaßt. (→Metallographie)

Metallogenese, Bildung und Entwicklung von Erzlagerstätten in Abhängigkeit von geotekton. und geomagmat. Zyklen. **Metallogenet. Epochen** sind Zeiten gehäufter metallogenet. Vorgänge an versch. Punkten der Erde, z. B. in Zusammenhang mit verstärktem Plutonismus. Mit der Bez. **metallogenet. Provinz** wird ein geograph. Bereich gekennzeichnet, in dem es durch den gleichen geolog. Vorgang zur Bildung gleichartiger Lagerstätten gekommen ist.

Metallographie, Teilgebiet der Metallkunde, i. e. S. Mikroskopiertechnik zur Untersuchung der Metallstrukturen **(Metallmikroskopie),** i. w. S. auch jede andere, dem gleichen Zweck dienende Methode wie Feinstrukturuntersuchungen mit Röntgen-, Elektronen- und Laserstrahlen, Bruchflächenanalysen und metallphysikal. Untersuchungsverfahren.

Metall(o)proteine, Eiweißstoffe, die Metallatome gebunden haben. M. sind häufig Enzyme, in denen das Metall katalytische Funktionen ausübt (z. B. eisen-, kupfer- oder molybdänhaltige Oxidasen). Sie können aber auch Transportfunktionen haben (z. B. das eisenhaltige Hämoglobin).

metallorganische Verbindungen, organ. Verbindungen, bei denen ein Metallatom direkt an ein Kohlenstoffatom gebunden ist. Sie werden aus Metallen oder Metallegierungen durch Umsetzung mit Alkylhalogeniden oder anderen m. V. hergestellt. In der präparativen Chemie werden v. a. →Grignard-Verbindungen und Lithiumalkyle angewandt. Von techn. Bedeutung sind u. a. →Aluminiumalkyle und →Bleialkyle.

Metallphysik, Spezialdisziplin der →Festkörperphysik, die sich mit dem strukturellen Aufbau und den Eigenschaften (z. B. Festigkeit, Verformbarkeit, Schmelzpunkt, elektrische und optische Eigenschaften) von Metallen und Legierungen befaßt. Das Beschäftigungsfeld der M. erstreckt sich von der Charakterisierung hochreiner Metalle bis zur Untersuchung komplexer mehrkomponentiger und amorpher Legierungen. Daneben gewinnt die Aufklärung und das theoret. Verständnis derjenigen physikal. Effekte und Materialeigenschaften, die v. a. durch Störungen des Kristallgitteraufbaus (atomare Fehlstellen, Fremdstoffe, Strahlenschäden, Versetzungen u. a.) bestimmt werden, immer mehr praktische Bedeutung.

P. Haasen: Physikalische Metallkunde (1974)

Metallprofildecke, Robertson-Decke [rˈɔbətsən-], Decke aus 1–2 mm dickem gewelltem Blech, das bes. große Tragfähigkeit in Verbindung mit Beton oder Leichtbeton als Verbundträger erhält. Anwendung beim Hochhausbau wegen geringen Eigengewichts und schneller Montage.

Metallproteine, svw. →Metall(o)proteine.

Metallpulver, →Pulvermetallurgie.

Metallreinigung, Entfernen von Verunreinigungen (Fett, Rost, Zunder u. a.) von der Oberfläche von Metallgegenständen zwecks unmittelbarer Verwendung der gereinigten Gegenstände oder für das anschließende Aufbringen von schützenden oder dekorativen Überzügen, z. B. vor dem Versilbern, Vernickeln, Phosphatieren oder Lackieren. – Verfahren: 1) **Entfettung** mit organ. Lösungsmitteln, mit heißen alkal. Lösungen oder durch elektrolyt. Behandlung, meist als kathod. Entfettung in kalten oder mäßig erwärmten alkal. Elektrolyten; 2) →beizen; 3) **Entmetallisieren,** chem. oder elektrolyt. Entfernen mißlungener oder alter, störender Metallüberzüge; 4) **Entlackung,** Entfernen alter, schadhafter Lacküberzüge mit organ. Lösungsmitteln, Säuren, Alkalien; 5) →Strahlverfahren, z. B. Sandstrahlen; 6) →flammstrahlen.

Metallschutz gegen Korrosion, Oxidation, Verschleiß u. a. kann außer durch Legierungszusätze durch versch. Überzüge erreicht werden: →Anstrich; →anodische Oxidation; Auftragsschweißen; →Chromatieren, →CVD-Verfahren; →Email; →flammspritzen; →Galvanotechnik; →Gummierung; →Lackieren; →Metallspritzverfahren; →Metallüberzüge; →Phosphatieren; →plattieren 1). Beständige Oberflächenschichten erzeugt man auch durch Diffusionsverfahren: →Alitieren; →Inchromieren; →Nitrieren; →Silicieren; →Verbleien; →Verzinken. Behälter, Rohre u. dgl. werden u. a. (durch Streichen, Spachteln, Belegen mit Folien u. a. Verfahren) mit Kunststoffen ausgekleidet. (→Korrosionsschutz)

Metallseifen, Salze der höheren Fett-, Harz- und Naphthensäuren mit z. B. Calcium, Kupfer, Blei und Zink, die in Wasser gering, in Fetten und fetten Ölen gut löslich sind und wegen ihrer kolloidchem. und grenzflächenaktiven Eigenschaften vielfältig technisch verwendet werden (z. B. als Schmiermittelzusätze, →Trockenstoffe, Bestandteil von Lacken, Umsetzstoffen).

Metallspritzverfahren, Herstellung von →Metallüberzügen durch Aufspritzen geschmolzener Metallpartikel: 1) durch →Flammspritzen; aufgespritzte Aluminiumüberzüge werden vielfach noch einer Diffusions-Glühbehandlung unterworfen, um zunderfeste Überzüge zu erhalten (›Spritzalitieren‹, →Alitieren). 2) Durch →Lichtbogenspritzen und →Plasmaspritzen bringt man hochschmelzende Werkstoffe, z. B. Wolfram, Molybdän, Titan, Metallcarbide, auf.

Metallsuchgerät, Metalldetektor, elektr. Gerät zur Feststellung metallischer Gegenstände in nichtmetall. Umgebung (z. B. elektr. oder Wasserleitungen im Mauerwerk, ›Leitungssucher‹) nach dem Prinzip des →Kabelsuchgeräts.

Metall|überzüge, Metallschichten, die auf andere Metalle oder auf Nichtmetallkörper (z. B. Keramik, Kunststoffe, Papier, Textilien) aufgebracht sind und deren Oberfläche gegen Korrosion schützen, ihr besondere mechan. oder physikal. Eigenschaften verleihen (Härte, Verschleißbeständigkeit, Schwingfestigkeit, Eigenspannungen, elektr. oder thermische Leitfähigkeit u. a.) oder ihr ein dekoratives Aussehen geben. M. erzeugt man 1) aus Metallsalzlösungen durch Ionenaustausch, Reduktion oder elektr. Strom, →Galvanotechnik; 2) durch Tauchen in flüssiges Metall, →Verzinken; 3) durch →Plattieren; 4) durch →Metallspritzverfahren; 5) durch Diffusion (→Alitieren, →Inchromieren, →Verzinken, →Silicieren); 6) durch →Aufdampfen oder →Kathodenzerstäubung; 7) durch therm. Zersetzung oder Reduktion in der Gasphase (z. B. Nickel aus Nickelcarbonyl, →CVD-Verfahren, →PVD-Verfahren).

Metallurgie, auch **Hüttenkunde,** Erzeugung metall. Stoffe in großtechn. Maßstab aus Erzen und Schrott. In Dtl. wird manchmal, im Ausland immer die Technik der Weiterverarbeitung in den Begriff M. einbezogen. (→Metalle)

metallurgische Öfen, allg. Bez. für die in der Hüttenindustrie verwendeten Öfen.

Metamagnetismus, Erscheinung, daß manche Festkörper mit antiferromagnet. Verhalten (→Antiferromagnetismus) in starken Magnetfeldern in einen ferromagnet. Zustand übergehen, da die magnet. Momente der ferromagnet. Teilbereiche (Untergitter), die sich in kleinen Magnetfeldern wegen ihrer versch. Orientierungen äußerlich kompensieren, alle in Feldrichtung klappen.

Metamathematik, von D. HILBERT geprägter Begriff für diejenigen Grundlagenuntersuchungen, bei denen mathemat. Theorien, die in axiomat. Form vorliegen, ihrerseits zum Gegenstand mathemat. Untersuchungen gemacht werden. In der M. werden Fragen der Widerspruchsfreiheit und Vollständigkeit untersucht. In vielen Fällen wird die Beantwortung erleichtert, wenn eine Arithmetisierung vorgenommen wird, d. h., daß die Theorie des Formalismus innerhalb der Arithmetik dargestellt wird. Durch die M. kann oft die Frage nach der Entscheidbarkeit einer Theorie beantwortet werden. Die Untersuchungen einer bestimmten mathemat. Theorie heißen entsprechend **Metatheorie** dieser Theorie.

Metamerie, Farbmetrik: nach W. OSTWALD Bez. für die Eigenschaft von spektral unterschiedl. →Farbreizen, unter best. Bedingungen gleiche Farbempfindungen auszulösen (z. B. in natürl. oder künstl. Licht.) Solche Farben werden deshalb **bedingt-gleiche Farben** genannt, im Unterschied zu Farben mit gleichen Farbreizen, den **unbedingt-gleichen Farben,** die unter allen Bedingungen gleich aussehen. Als Maß der M. von Körperfarben dient der **M.-Index.**

metamikte Kristalle, →Isotropisierung.

metamorphe Gesteine, Metamorphite, Umwandlungsgesteine, die durch die versch. Arten der →Metamorphose entstandenen Gesteine. Nach dem Ausgangsgestein werden **Orthogesteine** (ehem. Magmatite) und **Paragesteine** (ehem. Sedimente) unterschieden, z. B. Ortho- und Paragneis; fand eine mehrmalige Metamorphose statt, ist das Endprodukt ein polymetamorphes Gestein. – Entsprechend der Vielzahl möglicher Ausgangsgesteine, den versch. Arten der Umwandlung und deren unterschiedl. Intensität treten zahlreiche m. G. auf.

Eingeteilt werden sie nach der Abstammung (Ausgangsgestein), der Art der Metamorphose (am häufigsten sind kontakt- und regionalmetamorph entstandene m. G.), dem Bildungsort (→Tiefenstufen), der →Mineralfazies, v. a. aber nach Art des Gesteinsgefüges und des Mineralbestandes. Letztere sind gegenüber dem Ausgangsgestein verändert infolge der Einwirkungen von Druck und/oder Temperatur, die zur Deformation und/oder Um- und Neukristallisation von Mineralen führen.

Bei den **Gefügen** der m. G. werden unterschieden: a) solche, die v. a. durch Kristallisation von Mineralen entstehen, z. T. bei gleichzeitiger Druckbeanspruchung. Hierher gehören u. a. die zahlreichen kristalloblast. Gefügetypen sowie die schiefriglagigen bis flaserigen Gefüge der kristallinen Schiefer, b) solche, die ausschließlich durch Deformation mit Zerbrechen der Minerale bedingt sind, z. B. →Kataklase, Mörtelstruktur (→Dynamometamorphose), →Mylonit.

Der **Mineralbestand** der m. G. ist gekennzeichnet durch

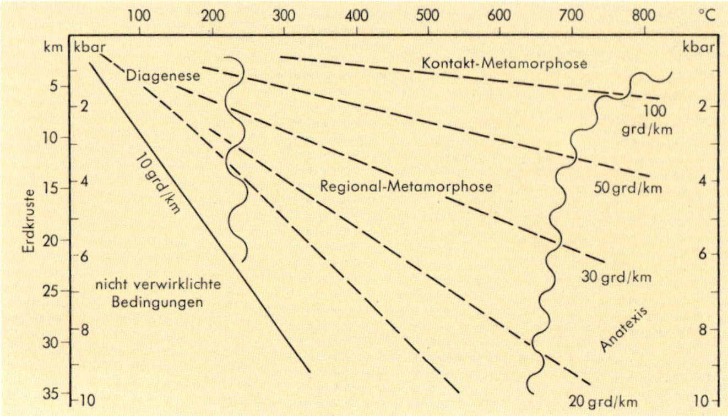

Metamorphose:
Stellung der Kontakt- und Regionalmetamorphose im Druck-Temperaturfeld der Erdkruste und Abgrenzung gegen Diagenese und Anatexis (gestrichelt: geothermische Gradienten)

das Auftreten best., überwiegend oder ausschließlich im metamorphen Bereich vorkommender Minerale (z. B. Almandin, Epidot, Glaukophan, Sericit, Talk, Tremolith, Wollastonit). Diese entstehen durch Umwandlung aus dem bereits vorhandenen Mineralbestand (allophase isochem. Metamorphose) oder nach Zufuhr und Assimilation von Fremdstoffen im Weg der → Metasomatose. Der Habitus einiger Minerale weist auf die Druckverhältnisse zur Entstehungszeit hin, z. B. blättrige oder stengelige Ausbildung auf starken einseitigen Druck **(Streßminerale,** z. B. Aktinolith, Staurolith, Disthen, Chloritoid, Chlorit) oder körnig-wirtelige Ausbildung auf fehlenden oder allseitigen Druck **(Antistreßminerale,** z. B. Andalusit, Cordierit). Einige Minerale des metamorphen Bereichs zeigen ganz best. Druck-/Temperaturverhältnisse an (→ Mineralfazies, → typomorphe Minerale). – Haupttypen der m. G. sind die kontaktmetamorphen → Hornfelse sowie die regionalmetamorph gebildeten → kristallinen Schiefer.

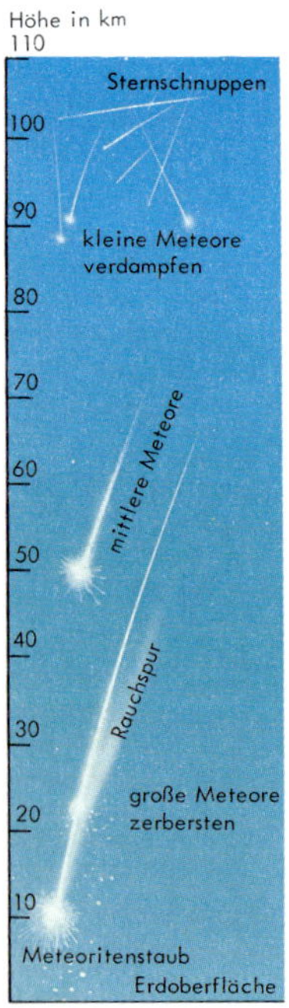

Meteor

Metamorphose, natürl. Gesteinsumwandlung im festen Zustand durch Druck- und/oder Temperaturerhöhung. Die Anpassung an das neue physikalisch-chem. Gleichgewicht erfolgt durch Mineralreaktionen (z. B. Umkristallisation), wodurch entweder nur das Gesteinsgefüge **(isophase M.),** meist aber auch der Mineralbestand **(allophase M.)** verändert wird. M. verlaufen im allg. **isochemisch,** d. h. unter Beibehaltung des urspr. Stoffbestandes; **allochem.** Umwandlungen mit großräumigem Stoffaustausch werden als → Metasomatosen bezeichnet.

An Hand der Umwandlungsprodukte (→ metamorphe Gesteine) sind mehrere M.-Formen unterscheidbar; als wichtigste die → Kontaktmetamorphose und die → Regionalmetamorphose (BILD), weiterhin die → Belastungsmetamorphose, → Dynamometamorphose, → Stoßwellenmetamorphose, Injektions-M. (→ Injektion 1), Auto-M. (Umwandlung eines Gesteins durch eigene pneumatolyt. Differentiate) und die → Diaphthorese. Der Intensitätsgrad der M. ergibt sich aus den neu gebildeten Gesteinsgefügen und den → Mineralparagenesen; letztere dienen u. a. zur Zonengliederung bei der Regional-M. (→ Tiefenstufen) sowie zur Feststellung der → Mineralfazies.

Nicht zur eigtl. M. gehören die niedrig-thermale → Anchimetamorphose und die → Diagenese sowie die bei sehr hohen Temperaturen und/oder Zuführung leichtflüchtiger Bestandteile zumindest teilweise im schmelzflüssigen Zustand (→ Anatexis) ablaufende → Ultrametamorphose.

Metasomatose, Geologie: eine → Metamorphose, bei der durch Verwitterungslösungen, durch hydrothermale wäßrige Lösungen, durch wasserreiche pneumatolyt. Dämpfe und Lösungen oder durch wasserhaltige pegmatit. Quarz-Feldspat-Schmelzen infolge Stoffaustauschs Verdrängungen in Gesteinen und Lagerstätten stattfinden. Bes. reaktionsfähig sind Kalksteine, bei denen es zu Bildung von → Skarnen, Pyrit- sowie karbonat. Eisen- und Manganlagerstätten kommen kann.

Metasphäre, Teilgebiet der → Atmosphäre 2).

metastabiler Zustand, 1) Quantenmechanik: Anregungszustand eines Atoms, Moleküls, Festkörpers oder Atomkerns, der (auf Grund von → Auswahlregeln) nicht oder nur mit sehr geringer Wahrscheinlichkeit unter Ausstrahlung eines Photons in einen energieärmeren Zustand übergeht, so daß er, verglichen mit anderen Zuständen, sehr große mittlere Lebensdauer hat. Atome in m. Z. gehen i. a. erst nach Stößen 2. Art oder Erhöhung der Anregung in den Grundzustand über. Auf m. Z. von Atomkernen beruht die Erscheinung der Kernisomerie (→ Isomerie 2).

2) Thermodynamik: Bez. für ein System, das sich in einem scheinbaren thermodynam. Gleichgewicht befindet, weil unter bestehenden Bedingungen die Einstellungsgeschwindigkeit des Gleichgewichts, d. h. der Übergang in den thermodynamisch stabilen, energieärmeren Zustand zu gering ist. Der m. Z. läßt sich durch mechan. Erschütterung, durch Zusatz von → Keimen der neuen Phase oder von Katalysatoren aufheben.

Metatexis *die,* teilweise Aufschmelzung (→ Anatexis) eines Gesteins bei der → Ultrametamorphose; die leicht schmelzbaren Anteile, z. B. Quarz und Feldspate, bilden danach helle Adern **(Metatekte)** im dunklen Restgestein **(Restit).**

Metathese, Austauschreaktion, bei der in Gegenwart von Wolfram- oder Rhenium-Katalysatoren zw. zwei Olefinen Alkylidengruppen ausgetauscht werden, z. B.

$$\begin{array}{lclcl} CH_3-CH=CH_2 & & CH_3-CH & & CH_2 \\ & \longrightarrow & \| & + & \| \\ CH_3-CH=CH_2 & & CH_3-CH & & CH_2 \\ \text{Propylen} & & \text{2-Buten} & & \text{Äthylen.} \end{array}$$

Die M. ermöglicht eine größere Flexibilität bei der Olefinherstellung.

Metazentrum, Schiff: bei kleinen Neigungen der Schnittpunkt (M) der durch den Form-(Verdrängungs-) Schwerpunkt (F) gehenden Auftriebsrichtung mit der Mittschiffsebene. Das M. bewegt sich bei größeren Neigungen auf der **metazentrischen Evolute,** d. h. die Strecke MF ist der jeweilige Krümmungshalbmesser der F-(Formschwerpunkts-)Kurve. Man unterscheidet je nach Neigungsrichtung **Breiten-** und **Längen-M.** Die **metazentrische Höhe** ist der Abstand des M. für die aufrechte Lage von dem Gewichtsschwerpunkt (G) des Schiffes. Je größer die Strecke GM ist, desto mehr Widerstand setzt das Schiff der Krängung entgegen. (→ Stabilität 3; BILD S. 255)

Meteor, Leuchterscheinung beim Eindringen eines Kleinkörpers der interplanetaren Materie (eines → Meteoriten) in die Erdatmosphäre. Je nach der Größe des Meteoriten unterscheiden sich Stärke und Form der Leuchterscheinungen: 1) **teleskop. M.** sind dem Auge unsichtbar und können nur im Fernrohr wahrgenommen werden; die erzeugenden Meteorite haben einen Durchmesser von $d = 0{,}1$ bis 1 mm und eine Masse von $m = 2$ µg bis 2 mg. 2) **Sternschnuppen** heißen M., deren Helligkeit -4^m (mittlere Venushelligkeit) nicht übertrifft ($d = 1$ mm bis 1 cm, $m = 2$ mg bis 2 g). 3) **Feuerkugeln (Bolide)** sind heller als -4^m ($d > 1$ cm, $m > 2$ g).

Beim Eindringen eines Meteoriten in die Erdatmosphäre (mit Geschwindigkeiten von etwa 15 bis 75 km/s) verliert er bei jedem Zusammenstoß mit einem Luftmolekül an Masse, weil einige Atome herausgeschlagen werden, die ihre kinet. Energie größtenteils in Form von Wärme an die Luftmoleküle abgeben, ein kleiner Bruchteil (rd. 1%) dient zur Anregung, ein noch kleinerer (rd. 1‰) zur Ionisation der Luftmoleküle. Die anschließende Abgabe der Anregungs- und Ionisationsenergie in Form von Lichtquanten bewirkt die Leuchterscheinung, die meist in einer Höhe zw. 110 und 90 km auftritt, da Sternschnuppen hervorrufende Meteorite bereits in etwa 90 km Höhe vollständig verdampft sind. Bei Feuerkugeln dringt der hervorrufende Meteorit in tiefere Atmosphärenschichten vor, deren höhere Dichte zu einer starken Abbremsung und Erhitzung (bis auf etwa 3000 K) führt. Dabei können Helligkeitsschwankungen, Lichtausbrüche, Explosionen mit Explosionsgeräuschen und Teilungen auftreten, sowie bis zu einer Stunde nachleuchtende Schweife; hervorgerufen durch das Rekombinationsleuchten zuvor ionisierter Moleküle. Bes. große Meteorite sind auf dem letzten und hellsten Teil ihrer Bahn auch am Tage sichtbar und hinterlassen häufig eine Rauchspur; ihre Reststücke gelangen bis zum Erdboden (→Meteorite). Auf Grund der scheinbaren Bahnen unterscheidet man **sporadische M.** mit völlig regellos verteilten Bahnen und **Strom-M.**, deren scheinbare Bahnen von einem gemeinsamen Ausstrahlungspunkt, dem Radianten des zugehörigen →Meteorstromes ausgehen. Diese Unterscheidung wird möglich anhand von stereoskop. Aufnahmen von M.-Spuren, die mit Hilfe eines globalen Meteorüberwachungsnetzes gewonnen werden.

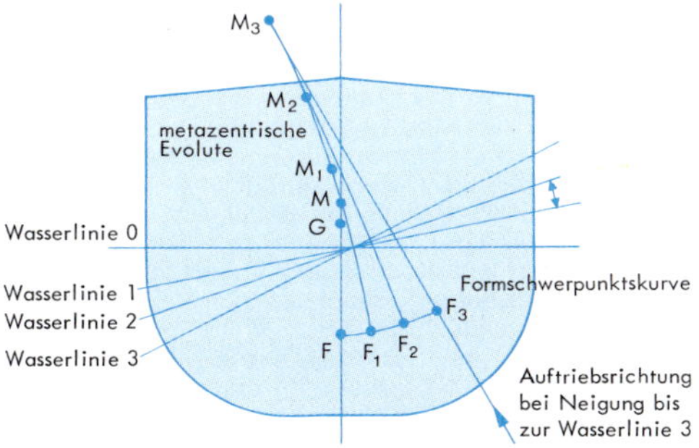

Metazentrum:
M Anfangs-M., M_1, M_2, M_3 wahres M., F_1, F_2, F_3 Formschwerpunkt für die jeweilige Neigung, G Gewichtsschwerpunkt

Meteorite, extraterrestrische Kleinkörper, die in die Erdatmosphäre eindringen und dort ganz oder z. T. verdampfen und die als →Meteore bezeichnete Leuchterscheinungen verursachen. M. i. e. S. sind die zur Erdoberfläche fallenden Reststücke solcher Körper, M. i. w. S. alle Kleinkörper, die sich in Strömen oder Einzelbahnen durch das Sonnensystem bewegen. Die meisten M. bewegen sich rechtläufig auf nur wenig gegen die Ekliptik geneigten Ellipsenbahnen um die Sonne und sind wahrscheinlich Überreste von Kometen oder von zerstörten Planetoiden. Die Gesamtmasse meteorit. Materials, das pro Tag auf die Erdoberfläche niederfällt, wird auf einige hundert bis einige tausend Tonnen geschätzt, wobei der weitaus überwiegende Anteil in Form von **Mikro-M.** (Durchmesser kleiner als 0,1 mm, Masse kleiner als 2 µg) vorliegt, die keine merkl. Meteorerscheinungen, jedoch →leuchtende Nachtwolken hervorrufen. M., die große Feuerkugeln erzeugen, werden in 10 bis 50 km Höhe abgebremst, wobei die Außenzone verglüht. Oft zerplatzt das Objekt (bes. Stein-M.) noch vor dem Aufprall, so daß **M.-Schauer** oder **Steinregen** auftreten. Die Reststücke unterliegen dem freien Fall und dringen meist weniger als 1 m in den Erdboden ein. M.-Schauer haben meist elliptisch umgrenzte **Einschlagsgebiete.** Einschlagstellen von bisher nie direkt beobachteten **Riesen-M.**, deren Massen beim Aufprall explosionsartig verdampft sein müssen, heißen **M.-Krater** oder **Astrobleme** (→Apollo-Objekte). Als größter M.-Krater gilt der Vredefort-Ring (Rep. Südafrika, 40 km ∅), in Europa das Nördlinger Ries (25 km ∅). Indiz für M.-Einschläge sind u. a. durch →Stoßwellenmetamorphose gebildete Minerale oder Gesteine in der Umgebung solcher Krater.

Auf der Erde gefundene M. zeigen unregelmäßige Formen, eine schwarze, meist weniger als 1 mm dicke **Schmelzrinde,** die bei Stein-M. aus Glas (BILD 1), bei Eisen-M. aus Eisenoxid (Fe_3O_4), besteht. Abschmelzvorgänge erzeugen flache, näpfchenartige Vertiefungen.

Mineralogisch unterscheidet man **Eisen-M. (Holosiderite, Hexa|edrite), Stein-M. (A|erolithe)** und, als Übergangsglieder zw. beiden, **Siderolithe** und **Lithosiderite.** Die auch **Glas-M.** genannten →Tektite sind in ihrer Stellung nicht restlos geklärt. Obwohl **Eisen-M.** am häufigsten gefunden werden, beträgt ihr Anteil gegenüber den Stein-M. (93,5%) nur etwa 5%. – **Eisen-M.** bestehen fast ausschließlich aus Nickeleisen mit 5–12% Ni (Kamacit, Taenit). Kennzeichnend für sie sind die **Widmannstättenschen Figuren** (BILD 4) und die **Neumannschen Linien.** Umstrukturierte Eisen-M. heißen **Ataxite.** Bei den **Stein-M.** herrschen Sauerstoff (42%) und Silicium (20,5%) vor. Nach dem Vorhandensein oder Fehlen von eingeschlossenen Kügelchen (Chondren) werden sie in **Chondrite** (90%) und **Achondrite** unterschieden. Besonderes Interesse haben **kohlige Chondriten** mit einer Vielzahl organ. Verbindungen. Unter den **Stein-Eisen-M.** überwiegen bei **Siderolithen** (z. B. Mesosiderite) Silikate mit geringen Gehalten an Nickeleisen, Bronzit, Olivin, Pyroxen und Plagioklas, bei **Lithosideriten** überwiegt Nickeleisen (z. B. Pallasit, BILD 3).

Mit Methoden der radioaktiven →Altersbestimmung wurde bei M. ein Maximalalter von 4,5 Mrd. Jahren festgestellt. Für einzelne M. konnten ihre Bahnen und daraus ihre Herkunft aus dem Planetoidengürtel (→Planetoiden) genau berechnet werden. Für die Theorien über die Entstehung des Sonnensystems sind M. von entscheidender Bedeutung, enthalten sie doch vielfach die Materie in einer urspr. Form und Zusammensetzung. V. a. der Allende-M. von 1969 lieferte interessante Hinweise dafür, daß die Entstehung des Sonnensystems möglicherweise durch eine Supernova in nicht allzu großer Entfernung zur praesolaren Gas- und Staubwolke ausgelöst wurde.

1

2

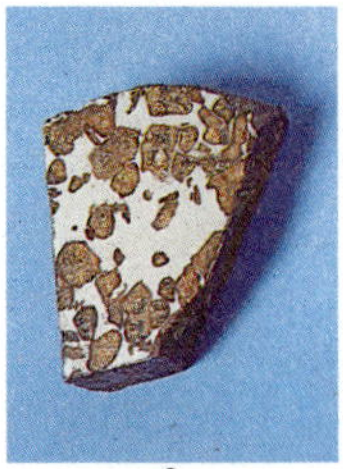
3

4

Meteorite

Meteorite: 1 Steinmeteorit mit Schmelzrinde (Pultusk, Polen); **2** Steinmeteorit, Chondrit (Bjurböle, südlich Borga, Finnland); **3** Steineisenmeteorit, Pallasit (Imilac, Atacama, Chile); **4** Eisenmeteorit, Oktaedrit, geschnittene Platte (Rietmond, Südwestafrika) mit Widmannstättenschen Figuren

Meteorobiologie, → Biometeorologie.

Meteorograph, Registrierinstrument, das gleichzeitig mehrere meteorolog. Elemente (meist Temperatur, Feuchte, Druck) in einem **Meteorogramm** aufzeichnet.

Meteorologie, Lehre von den physikal. Vorgängen in der unteren Atmosphäre bis etwa 80 km Höhe (darüber →Aeronomie), ein Teilgebiet der Geophysik. Aufgabe der M. ist es, die genannten Vorgänge zu erfassen und allgemeingültig zu erklären. Dazu nutzt sie bes. Gesetze und Beziehungen der Hydro- und Thermodynamik; elektrodynam. Effekte und chem. Reaktionen können dabei, i. Ggs. zur Hochatmosphäre, i. d. R. außer acht gelassen werden. Nur bei Spezialproblemen der **Radiometeorologie,** der **Luftelektrizität** und **Luftchemie** sind sie zu berücksichtigen. Die vielfältigen atmosphär. Wechselwirkungen erlauben der M. nur eine stark vereinfachte Darstellung der Vorgänge. Sie erfolgt durch → meteorologische Modelle, wobei die Betrachtung des → Scales über die bei der Problemlösung zu berücksichtigenden Parameter Auskunft gibt. Die Güte der dabei erzielten Ergebnisse läßt sich i. d. R. allein durch Beobachtungen in der Atmosphäre überprüfen; Laborversuche liefern selten brauchbare Aussagen. Stets zu beachten ist, daß atmosphär. Prozesse entsprechend ihrer Ausdehnung eine charakterist. Dauer haben. Bei cm-großer Turbulenz beträgt sie einige Sekunden, bei Zyklonen einige Tage und bei globalen Vorgängen schließlich etwa einen Monat. Werden Beobachtungen über einen deutlich längeren (100 bis 1000fachen) als den charakterist. Zeitraum gemittelt, so erhält man eine Aussage über das → Klima.

Die prakt. Bedeutung meteorolog. Erkenntnisse hat eine Reihe anwendungsorientierter Teilgebiete entstehen lassen. Einige nutzen lediglich entsprechend aufbereitete meteorolog. Informationen, wie die **Medizin-** und **Biometeorologie,** um beispielsweise die Auswirkung des Wetters auf physiolog. Vorgänge zu untersuchen. Andere, so z. B. die **Mikrometeorologie** bei der Berechnung von Schadstoffbelastungen in Abhängigkeit von Emissionsquelle und Wetterlage, erhalten ihre Ergebnisse durch Anwendung rein physikalisch-meteorolog. Methoden. **Agrar-** und **forstmeteorolog.** Untersuchungen erfordern dagegen physikal. wie physiolog. Betrachtungen.

Der bei weitem größte Anwendungsbereich in der M. ist die kurz- und mittelfristige →Wettervorhersage. Seit Mitte des 19. Jh. hat die M. zunehmend öffentl. Förderung erhalten. Sie benötigt stets aktuelle Informationen über den atmosphär. Zustand mindestens einer Hemisphäre. Das erfordert ständige Sondierungen, wie sie die prakt. →Aerologie liefert, ergänzt durch Beobachtungen der staatl. →Wetterdienste, deren Arbeiten die Weltorganisation für M. (WMO) koordiniert, die auch für den internationalen Austausch der Wetterdaten sorgt.

Wichtige Meteorströme

Name	Lage des Radianten	Dauer	Zeit des Maximums	Meteorzahl pro h	Ursprungskomet
Quadrantiden	Bootes	1. 1.– 4. 1.	3. 1.	145	–
Lyriden	Leier	12. 4.–24. 4.	22. 4.	40	1861 I
η Aquariden	Wassermann	29. 4.–21. 5.	5. 5.	120	Halley
δ Aquariden	Wassermann	25. 7.–10. 8.	3. 8.	40	–
Perseiden	Perseus	20. 7.–19. 8.	11. 8.	300	1862 III
Draconiden	Drache	8. 10.–10. 10.	9. 10.	var.	Giacobini-Zinner
Orioniden	Orion	11. 10.–30. 10.	19. 10.	50	Halley
Leoniden	Löwe	14. 11.–20. 11.	17. 11.	var.	1866 I
Geminiden	Zwillinge	5. 12.–19. 12.	12. 12.	50	–

F. Linke u. F. Baur: Meteorolog. Tb., 2 Bde. (^{2}1962–70); F. Möller: Einf. in die M., 2 Bde. (1973); M. Kurz: Synopt. M. (1977); G. H. Liljequist u. K. Cehak: Allgemeine M. (^{2}1979); J. R. Holton: An introduction to dynamic meteorology (New York ^{2}1980).

meteorologische Elemente, Größen, die den Zustand der Atmosphäre oder Vorgänge in ihr beschreiben. Dazu gehören u. a. Luftdruck, Temperatur, Feuchte, Wind, Wolken, Wettererscheinungen, Lufttrübung und Bodenzustand. Sie sind in vielfältiger Weise voneinander abhängig. So stehen vertikale Temperatur-, Feuchte- und Druckverteilung in direkter Beziehung zueinander. Druck- und Windfeld verbindet die Bewegungsgleichung, wobei der vom Wind verursachte Massentransport seinerseits das Druckfeld ändert (für die Wettervorhersage wichtig). M. E. werden mit → meteorologischen Instrumenten gemessen oder (z. B. Wolken) durch Augenbeobachtungen bestimmt.

meteorologische Instrumente, Meß- und Registriergeräte zur Erfassung → meteorologischer Elemente, teils für einzelne Größen wie Regenmesser und → Sonnenscheinautograph, teils für Kombinationen wie → Meteorograph und → Radiosonde.

meteorologische Modelle, Systeme von Gleichungen, die geeignet sind, Zustände der Atmosphäre aus vorgegebenen Rand- und Anfangsbedingungen zu berechnen. Sie ermöglichen, bei bekannten Anfangs- und Ergebnisfeldern die Gültigkeit der verwendeten Gleichungen und mit ihnen die darin enthaltenen physikal. Beziehungen zu prüfen, abhängig von Anfangs- und Randbedingungen bei gesicherten Gleichungen Prognosen zu errechnen oder bei vorgegebenen Randbedingungen und Gleichungen den zugehörigen Gleichgewichtszustand der Atmosphäre zu ermitteln. Bei einigen einfachen m. M. läßt sich das Ergebnis direkt berechnen **(analyt. m. M.).** In den meisten Fällen jedoch müssen die Modellgleichungen wiederholt gelöst werden, wobei das Resultat des ersten Rechenschrittes das Ausgangsfeld für den nächsten bildet **(iterative m. M.).**

Meteorstrom, Schwarm von interplanetaren Staubteilchen, die sich auf einer die Erdbahn kreuzenden oder streifenden Ellipsenbahn um die Sonne bewegen und als Auflösungspunkte von Kometen gelten. Durchquert die Erde einen solchen Meteorstrom, kommt es zum gehäuften Auftreten von → Meteoren, gelegentlich auch zu starken **Meteorschauern (Sternschnuppenschwärmen).** Die einander parallelen Bahnen der zu einem M. gehörenden Meteore (Strommeteore) scheinen auf Grund der Perspektive von einem gemeinsamen Ausstrahlungspunkt, dem **Radiationspunkt (Radianten)** zu kommen, nach dem der M. i. a. benannt wird.

Meteosat, Abk. für **Meteorological Satellite** [miːtjərəlˈɔdʒɪkl sˈætəlaɪt, engl.], europ. geostationäre Wettersatelliten der → ESA. M. 1, am 23. 11. 1977 gestartet, sollte bis Nov. 1980 täglich globale Wetterbilder übertragen, doch im Nov. 1979 fiel das Bildübertragungssystem aus. M. 2 kam erst mit dem dritten gelungenen Probestart von → Ariane in die vorgesehene Umlaufbahn. Am 28. 7. 1981 wurden die ersten von M. 2 gesendeten Bilder empfangen. Infolge eines techn. Defekts fiel jedoch die Funktion von M. 2 als Relais- und Verteilerstation für Daten von land-, see- und luftgebundenen automat. und halbautomat. Meßplattformen und Bojen aus.

Meter *das,* Einheitenzeichen **m,** SI-Basiseinheit der Länge. Diese ist seit der 11. Generalkonferenz für Maß und Gewicht (1960) definiert als das 1 650 763,73fache der Wellenlänge der von Atomen des Nuklids ^{86}Kr (Krypton) beim Übergang vom Zustand 5 d_5 zum Zustand 2 p_{10} (→Atom) ausgesandten, sich im Vakuum ausbreitenden Strahlung. (→metrische Einheiten, →Urmeter)

1 Femtometer	= 1 fm	= 10^{-15} m	= 0,001 pm,
1 Pikometer	= 1 pm	= 10^{-12} m	= 0,001 nm,
1 Nanometer	= 1 nm	= 10^{-9} m	= 0,001 µm,
1 Mikrometer	= 1 µm	= 10^{-6} m	= 0,001 mm,
1 Millimeter	= 1 mm	= 10^{-3} m	= 0,001 m,
1 Zentimeter	= 1 cm	= 10^{-2} m	= 0,01 m,
1 Dezimeter	= 1 dm	= 10^{-1} m	= 0,1 m,
1 Kilometer	= 1 km	= 10^{3} m	= 1000 m.

Weitere mittels →Vorsätzen gebildete dezimale Vielfache und Teile des M. →Einheiten (ÜBERSICHT).

Durch eine kleine Asymmetrie der Kryptonspektrallinie bei 605,7 nm und die Inkohärenz der Strahlung von Kryptonlampen wird die Genauigkeit des Längenstandards ›M.‹ auf etwa $4 \cdot 10^{-9}$ begrenzt. Deshalb ist eine Neudefinition der Einheit ›M.‹ durch eine kohärente monochromat. Standard-Laserlinie vorgeschlagen worden. Da für einen auf eine Methanlinie stabilisierten Helium-Neon-Laser die Frequenz mit einer Genauigkeit von 10^{-13} gemessen werden konnte, muß seine Wellenlänge prinzipiell mit einer vergleichbaren Genauigkeit reproduzierbar sein, d. h. um mehr als einen Faktor 10000 genauer als der Kryptonlängenstandard. I. Ggs. zu Frequenzmessungen werden Längenmessungen allerdings in der Praxis durch die Genauigkeit der als Meßinstrumente benutzten Interferometer, die von Phasenverschiebungen bei der Reflexion an den Spiegeloberflächen, von Beugungseffekten sowie der Ungenauigkeit der Spiegelkrümmung abhängt, auf etwa 10^{-11} begrenzt.

Längenmessungen mit größerer Genauigkeit ließen sich bei Verzicht auf einen unabhängigen Längenstandard realisieren (→Sekunde 2).

Meter-Kilogramm-Sekunde-Ampere-System [-ãp'ɛ:r-], Abk. **MKSA-System,** ein →Maßsystem.

Meter-Kilogramm-Sekunde-System, Abk. **MKS-System,** ein →Maßsystem.

Meterkilopond *das,* Einheitenzeichen **m·kp,** nichtgesetzl. Einheit der Arbeit, der Energie und des Drehmomentes im techn. Maßsystem (→Maßsystem). 1 m·kp = 1 kp·m = 9,80665 J = 9,80665 N·m. Da für Einheitenprodukte das Kommutativgesetz gilt, haben die Einheitennamen M. und **Kilopondmeter** die gleiche Bedeutung.

Meterkonvention, Convention du Métre [kɔ̃vãsj'ɔ̃ dy mɛ:tr, frz.], Staatsvertrag, der am 20. 5. 1875 in Paris unter maßgebl. Beteiligung des Dt. Reiches von den diplomat. Vertretern von 17 Staaten unterzeichnet wurde. Die M. dient der Vervollkommnung und Verbreitung der →metrischen Einheiten. Dazu gehören: die →Generalkonferenz für Maß und Gewicht, frz. **Conférence Générale des Poids et Mesures** [kɔ̃fer'ãs ʒener'al depw'a e məz'yr], Abk. **CGPM,** als höchste internat. Instanz für die Definition von Einheiten im Meßwesen und deren meßtechn. Realisierung. Sie wird beraten durch: das **Internationale Komitee für Maß und Gewicht,** frz. **Comité International des Poids et Mesures** [kɔmit'e ɛ̃tɛrnasjɔn'al-], Abk. **CIPM.** Dieses bereitet die Beschlüsse der Generalkonferenz vor. Ihm untersteht: das **Internationale Bureau für Maß und Gewicht,** frz. **Bureau International des Poids et Mesures** [byr'o-], Abk. **BIPM,** als wissenschaftl. Institut der M. ausgerüstet mit modernsten Laboratorien, die von den Mitgliedstaaten der M. finanziell unterhalten werden. Es ist ständig bemüht, die meßtechn. Methoden zur Definition der metrischen Einheiten zu verbessern.

Dem CIPM stehen zur Seite die sieben **beratenden Komitees,** frz. **Comité Consultatif** [-kɔ̃syltat'if], Abk. **CC,** für Elektrizität, Photometrie und Radiometrie, Thermometrie, Definition des Meter, Definition der Sekunde, Ionisierende Strahlen und für Einheiten. In diese Komitees entsenden die großen Staatsinstitute – z. B. von der Bundesrep. Dtl. die Physikalisch-Techn. Bundesanstalt – je einen Vertreter. Die Beschlüsse der CC dienen dem CIPM als Vorschläge an die Generalkonferenz.

Meter-Wassersäule, kurz für **konventionelle Meter-Wassersäule,** Einheitenzeichen **mWS,** nicht gesetzl. Einheit des Druckes, stellt den Druck von einer 1 m hohen Wassersäule bei →Normfallbeschleunigung (9,80665 m/s²) dar: 1 mWS = 9,80665 kPa.

Meterwellen, →Ultrakurzwellen, →VHF (→Frequenzbereich).

Meterzentner, metrischer Zentner, →Doppelzentner.

Methacrylsäuremethylester, Methylmethacrylat, farblose, stechend riechende Flüssigkeit, die aus Aceton, Blausäure und Methanol hergestellt und v. a. zu Acrylglas (→Polymethacrylate), aber auch zu Lackbindemitteln (→Acrylharze) und Textilhilfsmitteln weiterverarbeitet wird.

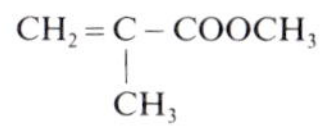

Methacrylsäure-methylester

Methan, einfachster Kohlenwasserstoff aus der Gruppe der →Alkane. M. ist ein farbloses, bläulich brennendes Gas mit einem Brennwert von 39,8 MJ/m³. Es bildet sich durch Pyrolyse oder anaerobe bakterielle Zersetzung aus organ. Substanz und ist deshalb wesentlicher Bestandteil von Erdgas, Raffineriegas, Kokereigas, Biogas (Sumpfgas, Klärgas), Grubengas u. a. M. entsteht auch durch →Methanisierung, bei der Kohlevergasung (bes. unter Druck und in Gegenwart von Wasserstoff) und bei der Kohlehydrierung. M. wird meist in Gemischen mit anderen Gasen als Brenngas verwendet. Als chem. Rohstoff dient es zur Herstellung von Synthesegas, Blausäure, Acetylen und Chlormethanen (→Chlorkohlenwasserstoffe).

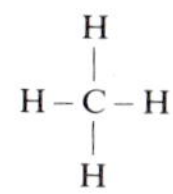

Methan, CH_4

Methanal, →Formaldehyd.

Methanisierung, Bildung von Methan aus Kohlenmonoxid und Wasserstoff: $CO + 3\ H_2 \longrightarrow H_2O + CH_4$. Die Reaktion läuft bei 250–350 °C in Gegenwart von Nikkel-Katalysatoren exotherm ab, d. h., unter Freisetzung von Wärme. Sie hat Bedeutung bei der Entfernung von CO-Resten aus Synthesegas und eignet sich zur Herstellung von →SNG. Die Reaktion läßt sich bei hohen Temperaturen (etwa 800 °C) unter Wärmezufuhr (endotherme Reaktion) umkehren **(Methanreformierung).** Das Kohlenmonoxid/Wasserstoffgemisch läßt sich bei Umgebungstemperatur beliebig weit transportieren. Es eignet sich daher für den chem. Wärmetransport etwa von einem Hochtemperaturreaktor in Wohngebiete (→Energieübertragung).

Methanol *das,* **Methyl|alkohol,** einfachster Alkohol, der als Esterkomponente in vielen Pflanzenstoffen (z. B. im Lignin) enthalten ist, M. fällt deshalb auch bei der Holzverkohlung in Form von **Holzgeist** an. Es ist ein bedeutendes chem. Großprodukt, das 1923 von M. PIER erstmalig durch katalyt. Umsetzung von Kohlenoxid mit Wasserstoff technisch hergestellt wurde. Die exotherme Gleichgewichtsreaktion $CO + 2H_2 \rightleftharpoons CH_3OH$ wird durch hohen Druck und niedrige Temperatur begünstigt, wobei allerdings je nach Art des Katalysators eine best.

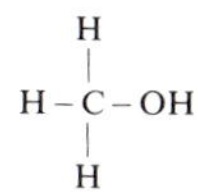

Methanol, CH_3OH

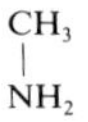
Methylamin

Mindesttemperatur erforderlich ist. Moderne Niederdruckverfahren arbeiten in Gegenwart von kupferhaltigen Katalysatoren bei 250 °C und 50 bis 100 bar. Das für die M.-Synthese erforderliche →Synthesegas wird aus Erdgas oder Erdölrückständen hergestellt. Es kann aber auch durch Kohlevergasung gewonnen werden.

M. ist eine farblose, brennbare Flüssigkeit mit einer Dichte von 0,787 g/cm³ (bei 25 °C) und einem Siede-P. von 64,5 °C. Es ist mit Wasser und organ. Lösemitteln mischbar. M. wurde bislang v. a. zur Herstellung von Formaldehyd (Kunstharze), Dimethylterephthalat (Polyesterfasern) sowie als Lösemittel verwendet. Neuerdings gewinnen die Verarbeitung zu Methyl-tert-butyläther und der Zusatz zu Ottokraftstoffen an Bedeutung. Zukünftige Einsatzmöglichkeiten sind die Umsetzung zu Benzinkohlenwasserstoffen an speziellen Zeolith-Katalysatoren **(Mobilprozeß)** und die Herstellung von synthet. Proteinen. M. ist giftig. Perorale Aufnahme führt zu Schwindel, Übelkeit, Sehstörungen (eventuell bleibende Blindheit) und kann bei einer Dosis von 30–100 ml (eventuell auch darunter) zum Tod führen. Zur Herstellung von kosmet. Präparaten und Arzneimitteln darf M. nicht verwendet werden.

Methanolyse, →Solvolyse.

Methansäure, die →Ameisensäure.

Methan|zahl, Abk. **MZ,** Maß für die Klopffestigkeit gasförmiger Kraftstoffe entsprechend der →Oktanzahl für flüssige Kraftstoffe, wobei Methan als klopffester Mischungsanteil eine Oktanzahl 120 aufweist. Wasserstoff ist die klopffreudige Komponente des Prüfgemischs. Bei M. über 100 ergibt sich ein klopffestes Referenzgemisch aus Methan und Kohlendioxid.

Methin . . ., Bez. für die Kohlenwasserstoffgruppe $=CH-$.

Methinfarbstoffe, Bez. für →Farbstoffe, in deren Molekülen Substituenten, die als Elektronenakzeptor oder -donator wirken, an Methingruppen gebunden sind.

Methinfarbstoffe

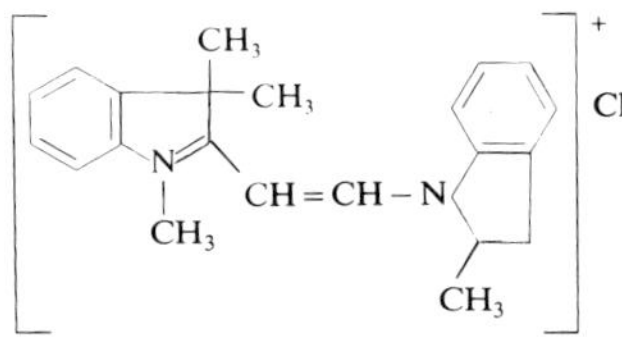

›Basic Yellow 21‹

Je nach Anzahl der Methingruppen unterscheidet man Mono-M., Di-M. (und auch Null-M.). M. haben als kationische Farbstoffe zum Färben von Acrylfasern große Bedeutung. Sie werden außerdem als Sensibilisatoren in der Photographie verwendet.

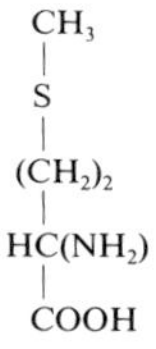
Methionin

Methionin, schwefelhaltige essentielle →Aminosäure, für physiolog. Methylierungsvorgänge im Stoffwechsel wichtig. Tagesbedarf beim Menschen 0,2 bis 0,4 g, bei älteren Männern 2,4 bis 3,0 g. – M. entsteht bei Einwirkung von elektr. Entladungen auf ein Gemisch von Methan (CH_4), Stickstoff (N_2), Wasser (H_2O), Schwefelwasserstoff (H_2S) und Ammoniak, NH_3 (→Uratmosphäre).

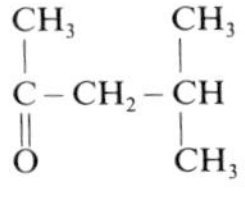
Methylisobutylketon

Methode der finiten Elemente, das →Finite-Elemente-Verfahren.

Methode der kleinsten Quadrate, →Ausgleichsrechnung.

Methoxy . . ., Bez. für die vom Methanol abgeleitete einbindige Atomgruppierung CH_3-O-.

4-Meth|oxybenz|aldehyd, →Anisaldehyd.

2-Meth|oxyphenol, →Guajakol.

Methyl . . ., Bez. für die vom Methan abgeleitete einbindige Kohlenwasserstoffgruppe CH_3-.

Methyl|alkohol, der →Methanol.

Methyl|amin, Amino|methan, einfachste organ. Base (→Amine); ammoniak- bis fischartig riechendes Gas in Heringslake; großtechn. Herstellung aus Methanol und Ammoniak; M. findet vielseitige Anwendung bei organ. Synthesen, als Neutralisationsmittel und zur Herstellung von oberflächenaktiven Stoffen, Farb- und Sprengstoffen, pharmazeut. Produkten u. a.

Methylamino . . ., Bez. für die Atomgruppierung $-NH-CH_3$, kommt z. B. in Alkaloiden vor.

Methyl|äthyl|keton, →2-Butanon.

Methylblau, nicht lichtechtes, dunkelblaues Pulver, zum Färben von Fasern und biolog. Präparaten.

Methylbromid, Brom|methan, farbloses, giftiges Gas CH_3Br, für organ. Synthesen, als Feuerlösch-, Lösungs- und Kühlmittel und Fungizid, Nematizid und Insektizid.

Methylbutadi|en, →Isopren.

Methylchlorid, →Chlorkohlenwasserstoffe.

Methylchlorsilane, Gruppe von chlorhaltigen siliciumorgan. Verbindungen, die wichtige Ausgangsstoffe für die Herstellung von →Siliconen sind, z. B. **Trichlormethylsilan,** $H_3C-SiCl_3$.

3-Methylchol|anthren, krebserzeugender aromatischer Kohlenwasserstoff.

Methylcyanid, das →Acetonitril.

Methylen . . ., Bez. für die vom Methan abgeleitete zweibindige Kohlenwasserstoffgruppe $-CH_2-$.

Methylenblau, Methyl|thioniumchlorid, Thiazinfarbstoff (→Azinfarbstoffe), der zum Färben von Papier und kosmet. Mitteln, als Mikroskopierfarbstoff und zur Bestimmung anionischer Tenside (**m**ethylen**b**lau**a**ktive **S**ubstanz = MBAS) in Abwasser dient.

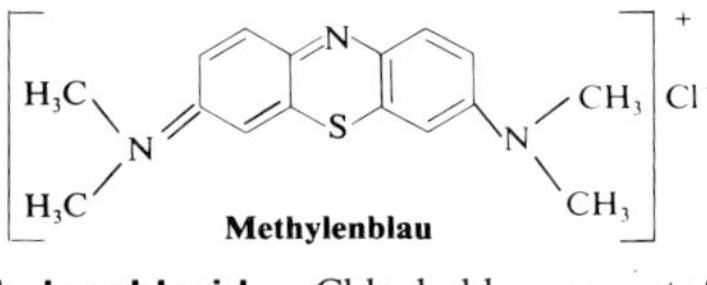
Methylenblau

Methylenchlorid, →Chlorkohlenwasserstoffe.

Methylenjodid *das,* **Dijodmethan,** farblose Flüssigkeit, die wegen ihrer hohen Dichte (3,325) zur Trennung von gepulverten Mineralgemischen dient.

Methylfluorophosphonsäure|isopropyl|ester, svw. →Sarin.

Methylglykol, →Glykoläther.

Methylindol, 3-Methylindol, svw. →Skatol.

Methyl|isobutylketon, Abk. **MIBK, 2-Methyl-4-pentanon,** farblose Flüssigkeit mit guten Löseeigenschaften für Fette, Kautschuk, Nitrocellulose, PVC, Polystyrol u. a. Polymere, die aus Aceton über Mesityloxid hergestellt wird. M. dient als Lösemittel für Lacke und zur Extraktion pharmazeutischer Produkte.

Methylmeth|acrylat, svw. → Methacrylsäuremethylester.

Methylolgruppe, → Phenolharze.

Methyl|orange [-ɔrɑ̃ʒ], **Helianthin,** Azofarbstoff, der als → Indikatorfarbstoff bei Säure-Base-Titrationen verwendet wird.

Methylphenyl|äther, das → Anisol.

Methylphenylketon, das → Acetophenon.

Methylpropan, → Isobutan.

Methylpyrrolidon, N-Methylpyrrolidon, Abk. **NMP,** farblose, mit Wasser und vielen organ. Lösemitteln mischbare Flüssigkeit, die aus γ-Butyrolacton und Methylamin hergestellt wird. M. dient als Lösemittel für Lacke und techn. Verfahren zur Stofftrennung (z. B. → Extraktion, → Extraktivdestillation).

Methylrot, Azofarbstoff, der als → Indikatorfarbstoff bei Säure-Base-Titrationen verwendet wird.

Methyl-tert-butyl|äther, Abk. **MTB, MTBE,** farblose Flüssigkeit, die großtechnisch aus i-Buten und Methanol hergestellt und als klopffeste Komponente (5–15% in Benzin) in Ottokraftstoffen verwendet wird. Dadurch wird eine Reduzierung des Bleigehaltes möglich. M. beeinflußt bes. die Frontoktanzahl (→ Oktanzahlen).

Methyl|thioniumchlorid, svw. → Methylenblau.

Methylviolett, Gemisch von Hydrochloriden verschiedener Triarylmethanfarbstoffe, v. a. von Hexamethylparafuchsin (Kristallviolett) und Pentamethylparafuchsin (→ Parafuchsin). Das in Wasser mit violetter Farbe lösliche M. wird zur Herstellung von Kopierstiften, Farbbändern und Stempelfarbe verwendet.

Metis, ein 1979 entdeckter Mond des Planeten → Jupiter, seine vorläufige Bez. war 1979 J 3.

Metrik, 1) Mathematik: Struktureigenschaft des → metrischen Raumes, die sich darin äußert, daß sich der Abstand zweier Raumpunkte bei best. Abbildungen nicht ändert. Der Abstandsbegriff selbst wird ebenfalls als M. bezeichnet.

2) Physik: der durch Längenmessungen zu ermittelnde Maßzusammenhang des Raumes, der nach der allgemeinen → Relativitätstheorie nicht mehr genau den Gesetzen der elementaren Geometrie (euklidischen Geometrie) entsprechen muß. Nach A. EINSTEIN ist die M. des Raumes in ähnlicher Weise wie das elektromagnetische Feld als ein physikal. Feld **(metrisches Feld)** aufzufassen, das physikal. Kraftwirkungen auf die darin befindl. Materie ausübt. Die Abweichung der realen M. vom Schema der euklid. Geometrie ergibt nach Einstein die Gravitationskräfte.

3) → Farbmetrik.

metrische Einheiten, die → Einheiten eines urspr. auf dem Meter, später auf dem Meter und dem Kilogramm aufgebauten → Maßsystems. Dieses **metrische System** wurde später durch Hinzunahme der Zeiteinheit Sekunde als dritte Basiseinheit erweitert und nach den Anfangsbuchstaben der Basiseinheiten auch **MKS-System** genannt. Bis gegen Ende des 18. Jh. hatte noch jeder Staat seine eigenen Längen-, Flächen-, Volumen- und Gewichtseinheiten, es bestanden zw. den Längen-, Flächen-, Volumen- und Gewichtseinheiten keine geregelten Beziehungen. Gegen Ende der Frz. Revolution einigte man sich in Frankreich auf die **Längeneinheit** 1 Meter (Einheitenzeichen m) als dem zehnmillionsten Teil eines Erdquadranten. Vom Meter sollte die Einheit des Volumens als 1 Kubikdezimeter (dm^3) mit dem Namen Liter (l) abgeleitet werden und davon wiederum die Masseneinheit 1 Kilogramm (kg) als Masse von 1 dm^3 reinen Wassers bei 4 °C. Von diesen Einheiten sollten weitere Einheiten als dezimale Vielfache und dezimale Teile gebildet werden (→ Vorsatz). Die Längen- und Masseneinheit wurden durch Prototype aus Platinschwamm realisiert, die später durch solche aus Platin-Iridium ersetzt wurden (→ Urmeter, → Urkilogramm). Um nicht bei jeder genaueren Erdmessung die Längeneinheit ändern zu müssen, wurde das Meter als Länge des Meterprototyps definiert. Das Kilogramm wurde zur nicht vom Meter abgeleiteten Basiseinheit, indem es als Masse des Kilogrammprototyps definiert wurde. Schließlich wurde als weitere unabhängige Basiseinheit die Sekunde als 86400ster Teil des mittleren Sonnentages hinzugefügt.

Erst seit 1840 setzten sich die m. E. in Frankreich durch. Vom Norddt. Bund wurden sie 1868, von Österreich 1871 übernommen. Erst die → Meterkonvention schuf die Grundlage für die weltweite Einführung und Vervollkommnung der m. E., u. a. ihre präzisen Definitionen. Ihre Weiterentwicklung führte zum Internat. Einheitensystem (→ SI-Einheiten; → Einheiten, ÜBERSICHT).

metrischer Raum, eine Menge M von Elementen $x, y, z, \ldots$, den Raumpunkten, wobei zw. zwei Elementen eine reellwertige Funktion $d(x, y)$ definiert ist, Entfernung oder → Metrik 1) genannt, mit den Eigenschaften:

1) $d(x, y) = 0$ für $x = y$,
2) $d(x, y) = d(y, x)$
3) $d(x, y) + d(y, z) \geqq d(x, z)$.

Jeder euklid. Raum ist ein metrischer Raum.

Metrologie, Wissenschaft vom → Messen. Man unterscheidet **theoretische M.** (theoret. Grundlagen des Messens) und **angewandte M.,** die sich mit der Durchführung von Messungen u. a. im gesetzl., industriellen, wissenschaftl. und medizin. Meßwesen befaßt. Das gesetzl. Meßwesen dient der Darstellung der gesetzl. → Einheiten und der Überwachung ihrer Anwendung (→ Eichen 1).

meV, Einheitenzeichen für **Millielektronvolt,** → Elektronvolt.

MeV, Einheitenzeichen für **Megaelektronvolt,** → Elektronvolt.

MEZ, Abk. für **Mitteleuropäische Zeit,** → Zeitmessung.

M-Fläche, Geophysik: → Erde.

mg, Einheitenzeichen für **Milligramm** (→ Gramm); **mg%,** Abk. für → Milligrammprozent.

Mg, chem. Symbol für → **Mg**agnesium.

MGD, Abk. für **Magnetogasdynamik** (→ Magnetohydrodynamik).

MHD, Abk. für → **M**agneto**h**ydro**d**ynamik.

MHD-Generator, Abk. für → **m**agneto**h**ydro**d**ynamischer Generator.

Mho, das Wort ›Ohm‹ rückwärts geschrieben, wird in der angloamerikan. Literatur in dieser Schreibweise gelegentlich als Einheit für den elektr. Leitwert verwendet.

Mhz, Einheitenzeichen für **Megahertz** (→ Hertz).

mi, Einheitenzeichen für **statute mile** [stˈætju:t maɪl, engl.], → mile.

Miarole, Geologie: Hohlraum in Graniten (miarolith.

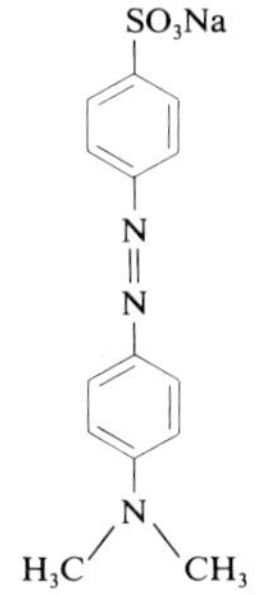

Methylorange

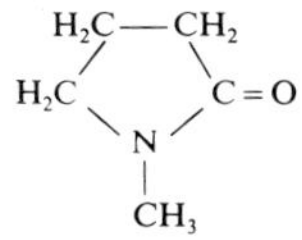

Methylpyrrolidon

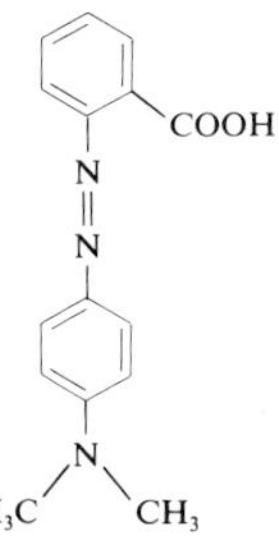

Methylrot

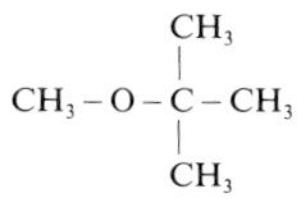

Methyl-tert-butyläther

Druse) mit pegmatitisch oder hydrothermal gebildeten Kristallen, besonders Quarz, Turmalin, Aquamarin.

MIBK, Abk. für →**M**ethyl**i**so**b**utyl**k**eton.

MIC, Abk. für **Microwave Integrated Circuit** [mˈaɪkrəʊweɪv ˈɪntɪɡreɪtɪd sˈəːkɪt, engl.], in der →Mikrowellentechnik für niedrige Leistungspegel (z. B. in Empfängern und Sendervorstufen) bevorzugte Schaltungs- und Aufbautechnik unter Verwendung von Streifenleitungen (Microstrip) und zugehörigen Bauelementen.

Micellen, Chemie: durch Assoziation von gelösten Molekülen (z. B. von Seife in Wasser) beim Überschreiten einer best. Konzentration (krit. Micellbildungskonzentration) gebildete Molekülhaufen kolloidaler Abmessungen (→Kolloide). Da die M. in ihrem Inneren Stoffe aufnehmen können, die im Lösungsmittel unlöslich wären, kommt den micellenbildenden Stoffen als Emulgatoren und Waschmitteln große Bedeutung zu.

Michelson-Versuch [mˈaɪkəlsn-, n. dem amerikan. Physiker A. A. Michelson, * 1852, † 1931], erstmals 1881 von MICHELSON durchgeführtes Experiment, das die Geschwindigkeit der Erde gegenüber dem Weltäther (→Äther 2) durch Messung der Lichtgeschwindigkeit in verschiedenen Richtungen bestimmen sollte. Dazu konstruierte Michelson eine Apparatur mit damals beispielloser Meßgenauigkeit, das **Michelson-Interferometer** (BILD Interferometer): Ein Lichtstrahl wird bei schrägem Auftreffen auf eine teildurchlässig verspiegelte Glasplatte in zwei Strahlen geteilt, die verschiedene Wege durchlaufen, bevor sie wieder vereinigt und damit zur Interferenz gebracht werden. Die beiden Wege liegen rechtwinklig zueinander und auch zu einer Achse, um die die Apparatur gedreht werden kann. Indem man prüft, ob die Interferenzen sich bei einer Drehung um 90° verändern, kann man mit großer Genauigkeit entscheiden, ob die Lichtgeschwindigkeit für die beiden verschiedenen Wegrichtungen gleich oder verschieden ist. Tatsächlich ist sie auf beiden Wegen gleich groß – obwohl die beiden Richtungen ganz verschieden zur Erdbewegung stehen –, womit bewiesen ist, daß die Bewegung der Erde auf die Lichtgeschwindigkeit keinen Einfluß hat.

Der M.-V. wurde zum Ausgangspunkt der auf der Konstanz der Lichtgeschwindigkeit aufbauenden speziellen →Relativitätstheorie, die den M.-V. widerspruchsfrei erklären kann. Hingegen stehen eine Reihe weiterer Hypothesen zur Erklärung des M.-V. im Widerspruch mit anderen Experimenten (→Fizeau-Versuch). So mußte v. a. auch die Ätherhypothese aufgegeben werden.

Michlers Keton [n. dem Chemiker W. Michler, * 1846, † 1889], **4,4'-Bis-dimethylamino-benzophenon,** Zwischenprodukt zur Herstellung von Triarylmethanfarbstoffen, das durch Kondensation von Dimethylanilin und Phosgen erhalten wird.

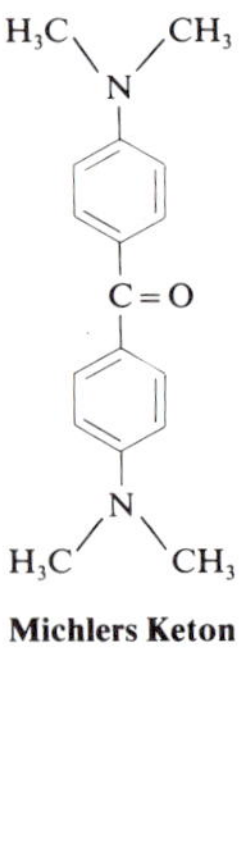

Michlers Keton

Microscopium, Mikroskop, ein →Sternbild am Südhimmel.

Mie-Effekt [n. dem Physiker G. A. L. MIE, * 1868, † 1957], Erscheinung, daß bei der Streuung von Licht an Teilchen, deren Durchmesser größer als die Lichtwellenlänge oder mit ihr vergleichbar ist **(Mie-Streuung),** mit wachsendem Durchmesser die Streuintensität in Vorwärtsrichtung stärker zunimmt als in Rückwärtsrichtung. Die Mie-Streuung hängt i. Ggs. zur →Rayleigh-Streuung von den Materialeigenschaften (Dielektrizitätskonstante, elektr. Leitfähigkeit) der streuenden Teilchen ab.

Migma, Mischung von juvenilem Magma und palingenem Magma, das durch Aufschmelzen von in die Tiefe versenkten, ehemals verfestigten Gesteinen entsteht. Der Vorgang wird **Migmatisierung** genannt.

Migmatit *der,* Mischgestein aus folgenden Anteilen: 1) **Leukosom,** quarz-feldspatreich, aus einer am Ort gebildeten oder zugeführten Schmelze auskristallisiert, 2) **Melanosom,** reich an Biotit, Hornblende, Granat, Cordierit; meist als Restgestein durch Abwandern einer Schmelze entstanden, 3) **Paläosom,** stellenweise erhaltenes Ausgangsgestein (z. B. ein Gneis). – M. entstehen in hoch metamorphen Bereichen mit starker Durchbewegung und Aufschmelzung (→Anatexis).

Migration, Geologie: das Wandern von Erdöl und Erdgas aus dem Muttergestein in das Speichergestein, wo es in Strukturen und/oder Erdölfallen zur Anreicherung und damit zur Bildung von Lagerstätten kommt.

Mikro, Vorsatzzeichen **μ,** ein →Vorsatz vor Einheiten für den Faktor 10^{-6} (Millionstel); z. B.: 1 Mikrometer = 1 μm = 10^{-6} m = 0,001 mm.

Mikro|analyse, Arbeitstechnik der →chemischen Analyse mit Substanzmengen zw. 0,1 und 10 mg. Man verwendet Mikrowaagen und Geräte im Mikromaßstab. Alle wichtigen analyt. Verfahren lassen sich auch mit kleinen Mengen durchführen, in der Maßanalyse mit Mikrobüretten und -pipetten im μl-Bereich. Moderne instrumentelle Verfahren der M. sind die →Mikrosonde und spezielle Techniken der →Spektralanalyse (→Tüpfelanalyse).

Mikroben, svw. →Mikroorganismen.

Mikrobiologie, Wissenschaft von den →Mikroorganismen; die **allgemeine M.** hat zur Entdeckung biolog. Grundvorgänge beigetragen. Die **angewandte M.** hat prakt. Bedeutung für Medizin (medizin. M., Bakteriologie, Virologie, Mykologie, Hygiene und Abwasserreinigung), Landwirtschaft (Boden-M., Pflanzenpathologie), Nahrungs- und Getränkeherstellung (alkohol. Gärung, Haltbarmachung von Lebensmitteln) und pharmazeut. Ind. (Herstellung von Antibiotika u. a.).

mikrobiologische Korrosion, durch Bakterien, Algen u. a. hervorgerufene Korrosion. M. K. kann z. B. dann auftreten, wenn unter anaeroben Bedingungen in Gegenwart organ. Stoffe (z. B. in Moorböden) durch sulfatreduzierende Bakterien aus Gips korrosiver Schwefelwasserstoff gebildet wird.

Mikrochemie, zusammenfassender Begriff für die chem. Methoden der →Mikroanalyse.

Mikrocomputer [-kɔmpjˈuːtər], Abk. **μC,** kommunikationsfähiges Rechnersystem unter Verwendung hochintegrierter Schaltungen. Ein M. besteht aus den

Mikrocomputer: vereinfachte Struktur eines M. mit den Baugruppen μP = Mikroprozessor, ROM = Read Only Memory (Festwertspeicher), RAM = Random Access Memory (Schreib-Lese-Speicher), E/A = Ein-/Ausgabeeinheit und TG = Taktgenerator

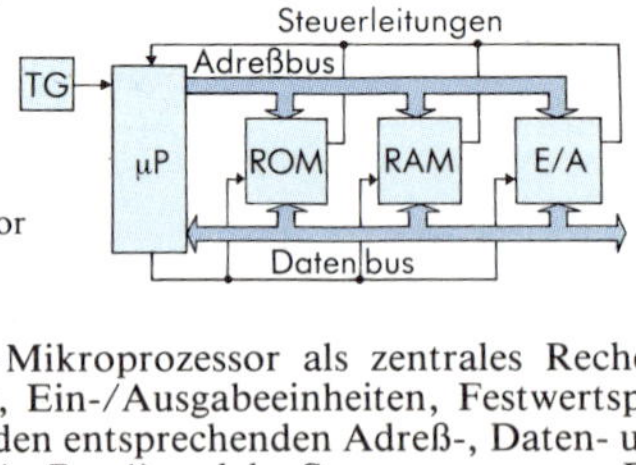

Baueinheiten →Mikroprozessor als zentrales Rechen- und Steuerwerk, Ein-/Ausgabeeinheiten, Festwertspeicher (→ROM), den entsprechenden Adreß-, Daten- und Steuerleitungen (→Bus 1) und der Stromversorgung. Der

M. ist wegen der geringen Wortlänge von 8 oder 16 Bit und der damit verbundenen geringeren Arbeitsgeschwindigkeit nicht für die Aufgaben einer großen Datenverarbeitungsanlage geeignet, sondern er hat sein Anwendungsgebiet in vielgestaltigen Automatisierungseinrichtungen im Sinn eines einfachen Prozeßrechners. Die in → mnemotechnischem Code geschriebenen M.-Programme werden mit speziellen Übersetzungsprogrammen (→ Assembler) in den maschinenspezifischen Code umgesetzt und in den Programmspeicher des Mikroprozessors geladen. Für die Programmentwicklung verwendet man speziell ausgelegte M. als Entwicklungssysteme.

Wegen der geringen Größe, des geringen Gewichts, des niedrigen Leistungsverbrauchs, der großen Zuverlässigkeit sowie der leichten Modifizierbarkeit der Systemfunktion durch Änderung der Programmierung können durch M. Probleme und Aufgaben mit Hilfe der Computertechnik gelöst werden, bei denen das bisher aus Kosten- oder Platzgründen unmöglich war.

M. finden v. a. Einsatz bei der Mensch-Maschine-Kommunikation als ›intelligente‹ Datenendgeräte (Terminals), kompakte Dialogrechner (Heimcomputer, engl. **Personal Computer** [pˈəːsnəl-]), für elektron. Spiele sowie für komplexere Steuerfunktionen in einfachen Maschinen, Verkaufsautomaten, Meßinstrumenten und Büromaschinen. Der Übergang zu dem i. a. umfangreicher ausgestatteten → Minicomputer ist fließend.

U. APPEL: Mikrocomputer u. Minicomputer (1981); D. HANNEMANN: Einführung in die Microcomputer-Technik (1982).

Mikro|elektronik, die Anwendung von → integrierten Schaltungen in der Elektronik. (→ Miniaturisierung, → Mikrominiaturisierung)

Mikrofiche [-fˈiʃ] *die,* Planfilm im Postkartenformat DIN A6, bei dem in sechs gleichmäßigen Reihen zeilenweise Mikrobilder (Mikrophotographien von Texten und Bildern) nebeneinandergereiht sind. Je nach Verkleinerungsfaktor enthält eine M. z. B. 48, 96 oder 192 Bilder einer DIN-A4-Vorlage. In der ersten Zeile steht häufig der Titel in üblicher lesbarer Schriftgröße. Wird statt der Photographie eine computergesteuerte Hochleistungs-Lichtsatzmaschine zur Herstellung der M. eingesetzt, so können bis zu 3000 DIN-A4-Seiten auf einer M. gespeichert werden. Die M. gewinnt neben dem → Mikrofilm wachsende Bedeutung für die Speicherung von Texten und Zeichnungen in Archiven, Bibliotheken, Dokumentationsstellen, Katalogen u. a. Die karteimäßige Aufbewahrung erlaubt den schnellen Zugriff. Normalerweise werden für den an der gespeicherten Information interessierten Benutzer Duplikatfilme der M. aus der Kartei angefertigt. Auf diese Weise können die Bibliotheken und Dokumentationsstellen auf die zeit- und personalintensiven Ausleih- und Rückgabeformalitäten verzichten. Der Benutzer kann die M. mit einem Mikrofilmlesegerät auswerten oder sich eine Rückvergrößerung anfertigen. Hierzu sind Lesegeräte mit Kopiereinrichtung und Rückvergrößerungsautomaten, die mit elektrophotograph. Verfahren arbeiten, entwickelt worden.

Mikrofilm, meist 16 mm breiter photograph. Film (Silberhalogenid-, Diazotypiematerial) mit sehr hohem Auflösungsvermögen, der zur wesentlich verkleinerten Speicherung von Schriftgut, Zeichnungen u. a. zweidimensionalen Vorlagen dient. Der M. besitzt neben der → Mikrofiche wachsende Bedeutung für Archive, Bibliotheken, Dokumentationsstellen, Ersatzteilkataloge u. a. Bei der Archivierung ist eine Raumeinsparung bis zu 98% möglich.

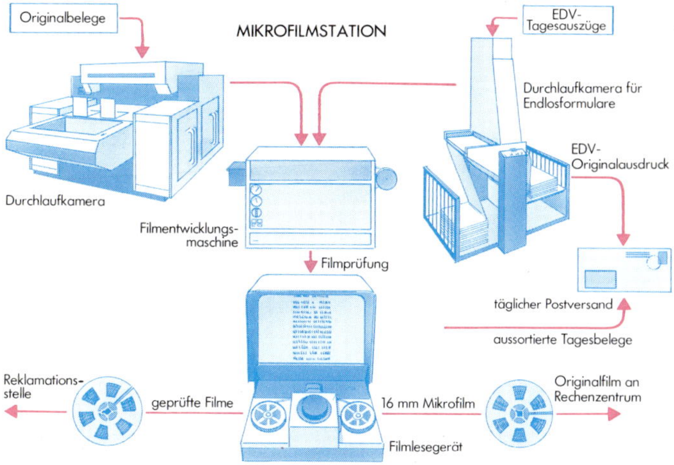

Mikrofilmgeräte: Einsatz von M. in der Organisation (hier am Beispiel einer Bank)

Mikrofilmgeräte, weitgehend automatisierte Aufnahmekameras, Filmentwicklungs- und Weiterverarbeitungsgeräte sowie Lese- und Rückvergrößerungsgeräte für → Mikrofilm oder → Mikrofiche. Das Lesegerät ermöglicht das Betrachten verkleinert aufgenommener Schriftstücke, Zeichnungen u. a. durch vergrößernde Projektion auf eine Mattscheibe. Lesegeräte mit angeschlossener Kopiereinrichtung ermöglichen die sofortige Herstellung von rückvergrößerten Papierkopien.

Mikrohärte, Maßzahl zur Kennzeichnung der → Härte 1) von Werkstoffen. Die **M.-Prüfung** wird mit Diamantprüfkörpern vorgenommen, die mit geringer Last in die zu prüfende Oberfläche eingedrückt werden. Die Eindrücke werden unter dem Mikroskop ausgemessen. Auf diese Weise läßt sich die Härte kleinster Bereiche, einzelner Kristalle und dünner Schichten bestimmen.

Mikroklin, → Feldspate.

Mikrometer, 1) Astronomie: ein Winkelmeßinstrument.

2) Einheit: → Meter.

3) Meßtechnik: **Mikrometerschraube,** die → Meßschraube.

4) Optik: Bez. für eine feine Strichteilung (→ Objektmikrometer, BILD Feinmeßokular).

Mikrominiaturisierung, Verkleinerung (→ Miniaturisierung) der Strukturelemente monolith. → integrierter Schaltungen bis an die Grenzen der Maskentechnik (→ Maskierung 2), die durch opt. Beugung an Kanten in den Masken bei der Wellenlänge des verwendeten Lichtes gegeben ist. Mit Lichtoptik erreicht man Strichbreiten von über 1 µm, mit Elektronenstrahlbelichtung darunter.

Der große Anstieg des → Integrationsgrades monolith. Schaltkreise ist auf gleichzeitige Fortschritte auf verschiedenen Gebieten zurückzuführen: 1) Die Perfektion der Silicium-Einkristalle, die als Ausgangsmaterial für die Bauelemente dienen, ist durch laufende Prozeßkontrolle bei der Züchtung erhöht worden, so daß der Einzelchip erheblich vergrößert werden konnte. 2) Die Abmessungen der Schaltungskomponenten sind durch Optimierung der

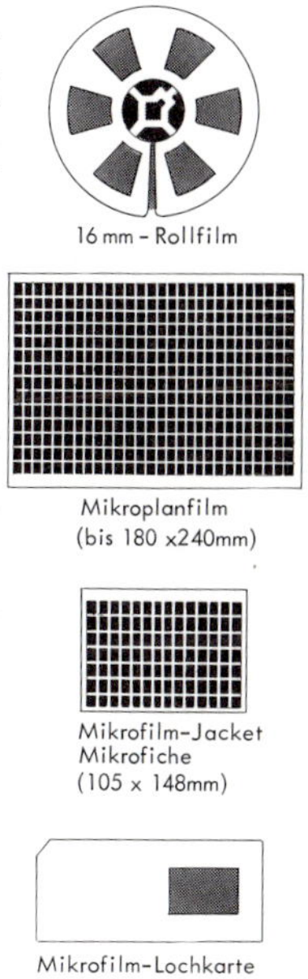

Mikrofilm: M.-Formen

Schaltungsentwürfe (z. B. → CAD), der Fertigungsabläufe und durch neuentwickelte Techniken im Bereich der → Epitaxie, → Dotierung und → Lithographie 2) reduziert worden. 3) Platzsparende Konzepte sind bes. durch die Weiterentwicklung der → MOS-Technologie und die Ausnutzung verschiedener Halbleitereffekte zur Erzeugung der gewünschten Funktionen verwirklicht worden. Da bei hoher Integrationsdichte einzelne Halbleiterzonen gleichzeitig mehreren Bauelementen angehören, in denen sie oft unterschiedl. Funktionen ausüben, ist eine eindeutige Abgrenzung in individuelle Bauelemente, Schaltungen oder Systemfunktionen oft nicht mehr möglich. Die Zahl der Metalleitungen und Metall-Halbleiterkontakte konnte verringert werden, was zur Erhöhung der Zuverlässigkeit beiträgt. Weitere durch die M. elektron. Schaltkreise erzielte Vorteile liegen in der Verkürzung der Schaltzeiten und Erhöhung der Grenzfrequenz infolge kürzerer Verbindungen auf dem Chip sowie in der Reduzierung des Leistungsverbrauchs.

Mikron *das,* Einheitenzeichen μ, veraltete, nicht gesetzl. Bez. für Mikrometer (→ Meter). Ebenfalls unzulässig ist die Bez. **Millimikron (Millimy),** Einheitenzeichen $m\mu$, auch $\mu\mu$, für Nanometer.

Mikronaphtha, → Erdöl.

Mikro|organismen, Mikroben, meist einzellige, i. a. nur im Mikroskop sichtbare pflanzl. und tier. Lebewesen: Mikrophyten und Einzeller sowie die nur im Elektronenmikroskop sichtbaren Viren. M. haben Bedeutung als Krankheitserreger, als Symbionten (z. B. die Knöllchenbakterien), im Stoffkreislauf der Natur und bes. im Boden.

Mikrophon, elektroakust. Gerät zur Umwandlung von Schallschwingungen in elektr. Wechselspannungen; es spricht als **Druck-M.** auf den Schalldruck oder als **Druckgradienten-M.** auf die Schallschnelle an.

Im **Kohle-M.** befindet sich Kohlegrieß zw. einer bewegl. Membran und einer festen Gegenelektrode aus Kohle. Der Widerstand der Grießfüllung ändert sich entsprechend dem auf die Membran wirkenden Schalldruck. Dadurch entsteht in einem angeschlossenen Stromkreis ein im Takt der Sprachschwingungen wechselnder, dem Ruhegleichstrom überlagerter Wechselstrom. Das Kohle-M. erzeugt ein starkes Rauschen und arbeitet nur in einem begrenzten Frequenzbereich zufriedenstellend; deshalb wird es nur noch für Sprachübertragungen in der Fernmeldetechnik benutzt. – Für Musikübertragungen geeigneter ist das **elektrodynam. M.,** bei dessen gebräuchlichster Ausführung, dem **Tauchspulen-M.,** der Schall über eine Membran auf eine kleine Spule übertragen wird, die im Rhythmus der Schallwellen mehr oder weniger in den Spalt eines Dauermagneten eintaucht. In der Spule entstehen dabei tonfrequente Wechselspannungen. Bes. kleine Abmessungen und ausgeglichenen Frequenzgang zeigt das **Rohr-M.** Elektrodynam. M. wirken bei geschlossener Rückseite als Druck-M. (z. B. **Band-M.**), bei offener Rückseite als Druckgradienten-M. (z. B. **Bändchen-M.**). – Als hochwertigster Schallempfänger gilt das **Kondensator-M.;** es wird überwiegend in der Studiotechnik benutzt. Die Membran bildet hier mit einer feststehenden Gegenelektrode einen Kondensator, dessen Kapazität sich im Takt der Schallwellen ändert. Kondensator-M. brauchen eine Polarisationsspannung zur Erzeugung des elektr. Feldes zw. den Kondensatorplatten. Ohne eine von außen angelegte Polarisationsspannung kommt das bes. im Amateurbereich verbreitete **Elektret-Kondensator-M.** aus. Hier wird die notwendige Vorspannung von dem elektr. Feld erzeugt, das durch die in einer Elektretfolie gespeicherten Ladungen hervorgerufen wird. – Beim **Kristall-M.** wird der piezoelektr. Effekt ausgenutzt. Der Schalldruck wirkt auf ein Plättchen aus piezoelektr. Material (z. B. Bariumtitanat), das mechanisch verformt wird. Dabei treten an der Oberfläche des Wandlersystems elektr. Spannungen auf. Neuere piezoelektr. M. verwenden als Membran eine synthet. Folie aus Hochpolymeren **(HP-M.).** – Das **elektromagnet. M.** dient vielfach als Miniatur-M. für → Hörgeräte. In einer feststehenden Spule schwingt hier der durch den Schall bewegte Anker eines Magneten. – In Räumen mit hohem Stör-Schalldruckpegel verwendet man **Körperschall-M.,** die an den Körper, z. B. an den Hals **(Kehlkopf-M.),** angelegt werden. Körperschall-M. werden in der Materialprüfung auch zur Messung der Schallausbreitung in festen Körpern eingesetzt.

Der Frequenzbereich eines modernen M. umfaßt die Frequenzen von etwa 20 bis 20000 Hz. Ein **kabelloses M.** enthält einen Miniatursender für die drahtlose Übertragung zum Empfänger.

Ein wesentl. Merkmal des M. ist seine Richtwirkung **(Richtcharakteristik).** Danach unterscheidet man allseitig empfindl. M. mit Kugelcharakteristik, zweiseitig empfindl. M. mit Achtercharakteristik und einseitig empfindl. M. mit Nieren- oder Kardioidcharakteristik. Einseitig empfindl. M. mit bes. starker Richtwirkung haben eine Hyperkardioidcharakteristik. Die Kugelcharakteristik findet man meist bei Druck-M., Achter-M. sind überwiegend Druckgradienten-M. Die Nierencharakteristik wird durch eine Kombination von Druck- und Druckgradienten-M. erzielt, sie läßt sich graphisch als Addition von Kreis und Acht darstellen. (Weitere BILDER S. 263)

Geschichtliches. Ein Kohlenkörner-M. konstruierte zuerst TH. A. EDISON 1876; damit konnte A. G. BELLS Telephon vervollkommnet werden. D. E. HUGHES behandelte das M.-Problem 1878 systematisch und kam zu einer entwicklungsfähigen Form des Kohle-M., ausgezeichnet durch eine gegenüber dem Edisonschen M. größere Empfindlichkeit.

G. PRAETZEL u. E. WARNKE: M.-Aufnahmetechnik ([2]1979); N. PAWERA: M.-Praxis (1981); K. SCHWARZER: Alles über M. (1982).

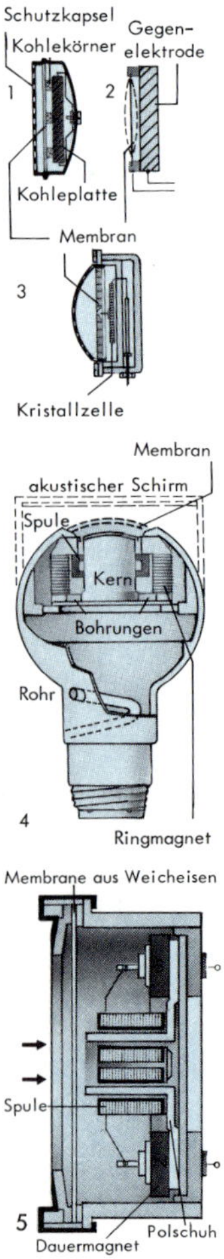

Mikrophon: **1** Kohle-M., **2** Kondensator-M., **3** Kristall-M., **4** Elektrodynamisches M., **5** Elektromagnetisches M.

Mikrophotographie, Mikrokinematographie, Photographie eines mikroskop. Bildes, bei der die (Film-) Kamera an ein Mikroskop angeschlossen ist.

Mikrophotometer, Instrument zur Messung der Schwärzung kleinster Bildausschnitte auf photograph. Aufnahmen, z. B. von Linienspektren, die von einem fokussierten Lichtstrahl mit Hilfe eines → Mikroskops 2) abgetastet werden.

Mikrophysik, die Physik der atomaren und subatomaren Vorgänge als Gegenbegriff zur → Makrophysik.

Mikroprogramm, Anweisungen, mit denen die verschiedenen vom → Steuerwerk (Leitwerk) eines Computers zu steuernden Operationen als Folge von Mikrooperationen zerlegt und abgearbeitet werden. Das M. ist als hardwaremäßig vorgegebenes Programm im M.-Speicher des Steuerwerks abgelegt. Durch die Anwendung eines M. kommt man mit einer viel geringeren Anzahl von unterschiedl. Mikrooperationen aus als Operationen zu realisieren sind.

Mikroprozessor, Abk. **µP,** die aus Rechen- und Steuerwerk bestehende Zentraleinheit (→ CPU) eines

→Mikrocomputers. Der M. ist die durch moderne technolog. Verfahren zur →Mikrominiaturisierung von elektron. Schaltkreisen möglich gewordene extrem verkleinerte Form eines →Prozessors für die digitale elektron. Datenverarbeitung. M. werden als →integrierte Schaltungen in LSI (Large Scale Integration)- oder VLSI (Very Large Scale Integration)-Technik ausgeführt (→Integrationsgrad). Zur Herstellung wird i. d. R. die →MOS-Technologie verwendet, insbes. die NMOS- und CMOS-Technologie. Der komplette M.-Chip ist in einem →Dual-in-line-Gehäuse mit bis zu 64 Anschlußstiften (›Pins‹) untergebracht. M. arbeiten nach dem gleichen Funktionsprinzip wie zentrale Prozessoren für große Datenverarbeitungsanlagen, jedoch mit geringerer Wortlänge, z. B. 4, 8, 12 oder 16 Bit gegenüber 64 Bit. Die Angabe der Wortlänge (→Wort) besagt, wie viele Bits vom Rechner parallel (d. h. gleichzeitig) verarbeitet werden können. Die Rechengeschwindigkeit wurde durch die Miniaturisierung der Schaltung erheblich erhöht. Als Maß für die Geschwindigkeit, mit der der M. Befehle ausführen kann, gilt die **Zykluszeit**, d. h. die Zeit, die z. B. für die Addition zweier Zahlen oder für einen Schreib-Lese-Zyklus benötigt wird. Diese liegt in einer Größenordnung von 10–1 µs. Eine weitere wichtige Eigenschaft ist der Befehlsvorrat, er bestimmt u. a. die Leistungsfähigkeit des M., wobei es auch auf Art und Organisation der Befehle ankommt. Die für die Ausführung der Rechenoperationen notwendigen Schreib-Lese-Speicher können als statische oder dynamische RAMs ausgeführt sein. Eine für Automatisierungsaufgaben wichtige Eigenschaft ist die Interruptbearbeitung auf Grund ankommender Prozeßsignale. Hierzu sind bis zu fünf Interrupteingänge verfügbar. Das Unterbrechungssignal wird i. d. R. nach Ausführung des jeweils in der Bearbeitung stehenden Maschinenbefehls wirksam. Das →Adressieren erfolgt meist nach dem Einadreßprinzip. Es gibt auch Mehr-Chip-M., die aus einigen wenigen Ein-Chip-Prozessoren zusammengesetzt sind.

Ein M. für sich allein ist noch nicht arbeitsfähig. Es sind weitere i. a. ebenfalls als integrierte Schaltungen aufgebaute Bausteine erforderlich, z. B. Speicher (→RAM, →EPROM), Ein-/Ausgabeeinheiten, →Taktgenerator, um einen funktionsfähigen Mikrocomputer erhalten zu können. Die Möglichkeit verschiedener Programmierung gestattet einen vielseitigen Einsatz des M., z. B. in Kontroll-, Regel-, Steuer-, Auswerte- und Datenverarbeitungsanlagen. Sein Leistungspotential erstreckt sich von der Steuerung einzelner kleiner Maschinen oder Geräte bis zur Lenkung ganzer Produktionsbetriebe. Durch dezentralisierte Steuerung komplexer Industrieanlagen mit M., bei der alle Daten am Ort ihres Entstehens erfaßt und die Informationen räumlich verteilt verarbeitet werden, können die für den Produktionsprozeß relevanten Größen automatisch so geregelt werden, daß die Anlage stets optimal arbeitet. Denkbare und z. T. auch schon realisierte Einsatzplätze der M. umfassen: Uhren, Taschenrechner, Photoapparate, Haushaltsgeräte, Heizungs-, Klima-, Alarmanlagen, medizin. Geräte, Werkzeugmaschinen, Roboter für mechan. Routinearbeiten, Büromaschinen, Registrierkassen, Kraftwagen, Verkehrssteuerung und -lenkung, Prozeß- oder Produktionskontrolle, elektron. Textverarbeitung (Lese-, Setzmaschinen) oder auch den Aufbau neuartiger Kommunikationssysteme (→Telekommunikation).

Der M. wurde 1969 in den USA entwickelt und etwa seit 1972 kommerziell eingesetzt. Er hat einen grundlegenden Wandel im Aufbau vieler Geräte ausgelöst und übt durch seine kostengünstigen und vielseitigen Einsatzmöglichkeiten einen zunehmenden Einfluß aus, der auch über den rein techn. Bereich hinausgeht.

P. Sokolowsky: Grundlagen der Rechnertechnik mit einer Einführung in die M. (1978); H. Birck u. R. Swik: M. u. Mikrorechner (1980); R. Zierl: Der M., Entwicklung, Programmsprache u. Handhabung (1981); D. F. Benda: Mikroprozessortechnik ([2]1982).

Mikroradiographie, Mikroröntgenbild|erzeugung, Herstellung von vergrößerten Röntgenaufnahmen kleiner Objekte. Sie kann elektronenoptisch als vergrößertes Schattenbild bei Verwendung einer nahezu punktförmigen Strahlungsquelle oder durch nachfolgende optische Vergrößerung des entwickelten Mikroröntgenbildes erfolgen.

Mikrorille, Schallplattenrille (→Schallplatte) mit einer Mindestbreite von 0,05 mm (50 µm), bei Stereoplatten 0,04 mm (40 µm). Die Abtastnadel (Saphier oder Diamant) darf nur einen Spitzenradius von höchstens 25 µm (15 µm bei Stereoplatten) haben.

Mikroseismik, Bodenschwingungen, verursacht durch Industrie, Verkehr, Wind oder Seegang, die sich nur instrumentell feststellen lassen (→Seismograph).

Mikroskop, 1) Astronomie: lat. **Microscopium,** ein →Sternbild am Südhimmel.

2) Physik: opt. Instrument, mit dem kleine Gegenstände vergrößert betrachtet oder abgebildet werden können. Es besteht aus zwei opt. Systemen, Objektiv und Okular, einer Beleuchtungseinrichtung sowie dem Stativ, das die opt. Teile und den Tisch für das Objekt trägt. Das dicht am Objekt befindl. →Objektiv, das zur Korrektur von sphär. und chromat. Aberration aus zwei bis mehr als zehn Einzellinsen aufgebaut ist, erzeugt ein vergrößertes reelles Bild des Gegenstandes (Zwischenbild), das mit dem als Lupe wirkenden **Okular** betrachtet und dabei nochmals vergrößert wird. Die Gesamtvergrößerung des M. ist gleich dem Produkt aus Abbildungsmaßstab des Objektivs und Lupenvergrößerung des Okulars. Für beidäugiges Sehen werden größere M. meist mit zwei Okularen **(binokularer Tubus, Binokular)** ausgestattet, wobei das vom Objektiv kommende Licht in zwei Teilbündel aufgespalten wird. Zur Einstellung versch. Vergrößerungen können Objektive und Okulare ausgetauscht werden. Moderne Geräte besitzen einen **Objektivrevolver** für bis zu fünf Objektive, die durch einfache Drehung des Revolvers in den Strahlengang gebracht werden. Zur scharfen Einstellung des Bildes (Optimierung des Objekt-Objektiv-Abstandes) kann der **Objekttisch** (seltener der Tubus) mit einer Grob- und Feineinstellung verschoben werden. Der Objekttisch kann meist in zwei Koordinatenachsen senkrecht zur opt. Achse des M. meßbar verstellt **(Kreuztisch)** und auch gedreht **(Drehtisch)** werden.

Nach der Art der Beleuchtung unterscheidet man **Durchlicht-M.** zur Untersuchung durchsichtiger Gegenstände (Bild 1) und **Auflicht-M.** für die Oberflächenuntersuchung undurchsichtiger Objekte (Bild 2). Bei Durchlicht wird meist die Leuchtfeldblende, die über die Kollektorlinsen von der im Fuß des Stativs eingebauten Lampe gleichmäßig ausgeleuchtet wird, mit dem zur Beleuchtungseinrichtung zählenden Kondensor in die Objektebene abgebildet **(Köhlersche Beleuchtung).** Bei Auflicht dient das Objektiv gleichzeitig als Kondensor. **Beleuchtungs-** und **Beobachtungsstrahlengang** werden im Tubus durch Prismen (geometr. Strahlenteilung, führt zu Auflösungsverlust) oder durch teildurchlässige Spiegel (physikal. Strahlenteilung, führt zu Intensitätsverlust) getrennt.

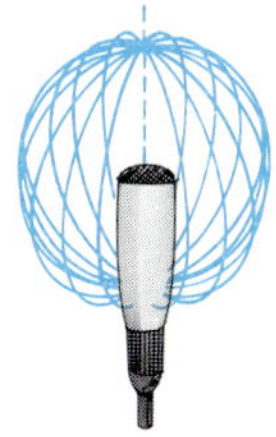

Kugelcharakteristik

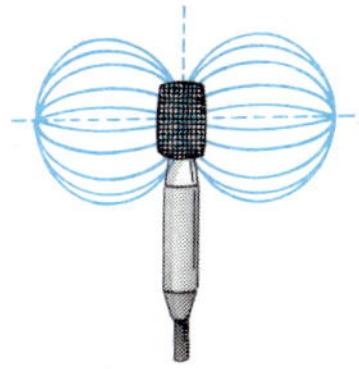

Achtercharakteristik

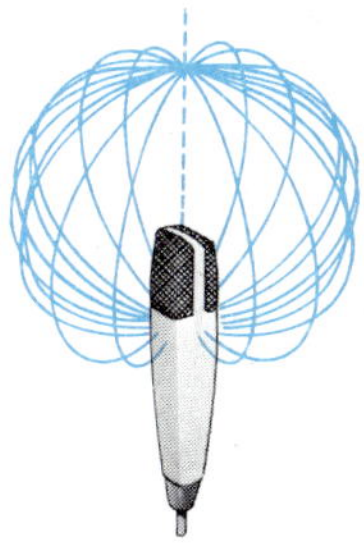

Nieren- oder Kardioidcharakteristik

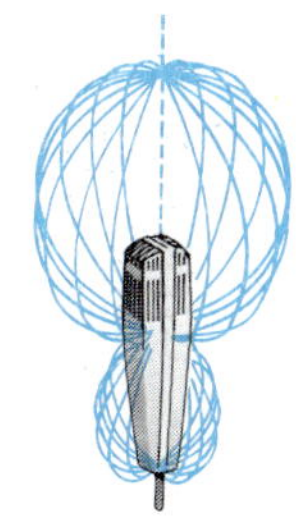

Hyperkardioidcharakteristik

Mikrophon: Richtcharakteristiken

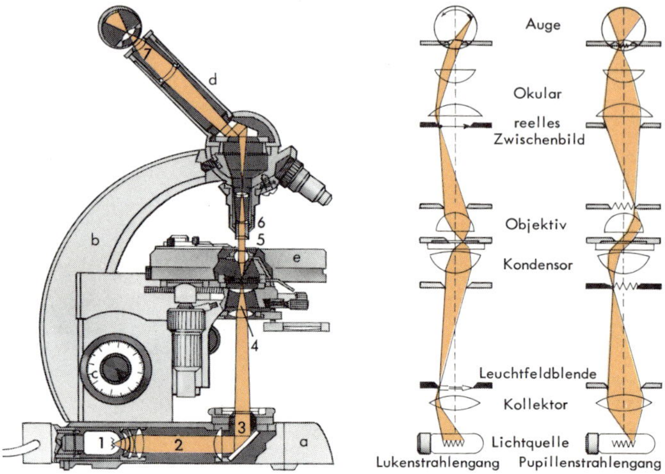

Mikroskop 2) 1: Strahlengang im M. bei Durchlichtbeleuchtung. a Fuß, b Stativ, c Grob- und Feineinstellung, d monokularer oder binokularer Tubus, e Objekttisch, 1 Niedervoltleuchte, 2 Kollektorlinsen, 3 Leuchtfeldblende, 4 Kondensor, 5 Aperturblende, 6 Objektiv, 7 Okular; RECHTS beim Lukenstrahlengang Abbildung der Leuchtfeldblende in die Objektebene, in die Zwischenbildebene und auf die Augennetzhaut; beim Pupillenstrahlengang Abbildung der Lichtquelle in die Aperturblende des Kondensors, in die Austrittspupille des Objektivs und in die Augenpupille

Vergrößerung und Auflösungsvermögen. Die Leistungsfähigkeit eines M. wird durch **Vergrößerung** und **Auflösungsvermögen** charakterisiert. Nach E. ABBE ist für die Bildentstehung im M. die Beugung des aus dem Kondensor kommenden Lichts am Objekt maßgebend, und die Auflösung wird durch die Wellennatur des Lichts entscheidend begrenzt **(wellenopt. Betrachtung der M.-Abbildung).** Tritt kein gebeugtes, sondern nur das aus dem Kondensor kommende Licht (Beugungsmaximum nullter Ordnung) in das Objektiv, so ist das Gesichtsfeld gleichmäßig hell erleuchtet. Wenn ein objektähnl. Bild entstehen soll, muß zumindest das abgebeugte Bündel 1. Ordnung noch von der Objektivöffnung erfaßt werden, damit in der Zwischenbildebene ein Interferenzbild entstehen kann. Die Untersuchung der Bildentstehung für ein feingeteiltes Gitter zeigt, daß zwei Objektpunkte noch getrennt werden können, wenn ihr Abstand größer als λ/A ist. λ ist die Lichtwellenlänge, A die numer. → Apertur des Objektivs, ihr Wert ist maximal 1 für Trockenobjektive und 1,4 für Immersionsobjektive. Mit sichtbarem Licht können noch Punkte mit einem Abstand von 0,2–0,5 µm getrennt werden. Mit Ultraviolettlicht läßt sich die Auflösung um einen Faktor 2 steigern, für noch kurzwelligere elektromagnet. Strahlung fehlen geeignete transparente Materialien zum Bau der opt. Komponenten (→ Röntgenmikroskop, → Kontaktmikroradiographie). Wesentlich höhere Auflösungen lassen sich mit einem → Elektronenmikroskop erzielen. Die maximal anwendbare (förderl.) Vergrößerung liegt bei Beobachtung mit dem Auge bei sichtbarem Licht und üblichem opt. System bei etwa dem 500–1000fachen der numerischen Apertur des Objektivs.

Mikroskoparten und Mikroskopiertechnik. Mit besonderen Kondensoren für Durchlicht und geändertem Beleuchtungsstrahlengang für Auflicht kann das nicht am Objekt gebeugte Licht am Objektiv vorbeigeführt werden, d. h., ohne Objekt ist das Gesichtsfeld dunkel. Erst wenn sich ein Objekt im Strahlengang befindet, wird ein Teil des Beleuchtungslichts in die Objektivöffnung gebeugt. Diese **Dunkelfeldbeleuchtung,** bei der i. Ggs. zur **Hellfeldbeleuchtung** die Gegenstände nicht getreu dargestellt werden, sondern nur in ihren Konturen aufleuchten, wird zur Beobachtung von Linienstrukturen oder kontrastarmen Gegenständen benutzt.

Durch Ausstattung mit Sonder- und Zusatzbausteinen sowie durch den Einsatz besonderer mikroskop. Untersuchungsmethoden läßt sich das M. zu einem sehr universellen Meßinstrument ausbauen. Für die **Mikrophotographie** wurden viele Zusatzgeräte oder besondere Kamera-M. mit einer eingebauten, vollautomatisch belichtenden, elektronisch gesteuerten, mikrophotograph. Einrichtung entwickelt. Auch Zeichen- oder Projektionseinrichtungen können mit einem M. kombiniert werden.

Beim **Fernseh-M.** wird das vergrößerte Bild mit einer speziellen Fernsehkamera aufgenommen und kann an versch. Stellen gleichzeitig auf Wiedergabegeräten einer größeren Zahl von Betrachtern sichtbar gemacht werden. Darüber hinaus lassen sich durch elektron. Programme Routineaufgaben mit dem Fernseh-M. ausführen, z. B. die Zählung oder Ausmessung von Objektstrukturen. – M. zur Untersuchung von Metalloberflächen werden z. T. so gebaut, daß der Planschliff des Werkstücks auf den Tisch gelegt und von unten beleuchtet und betrachtet werden kann (M. nach H. L. LE CHATELIER). Moderne **Metall-M.** werden mit dem Anschlifftisch ausgestattet, der das Objekt automatisch zur M.-Achse ausrichtet. – **Interferenz-M.** gestatten die Erzeugung und Beobachtung von Interferenzen im oder auf dem Objekt. Sie erlauben bei Durchlicht die Untersuchung ungefärbter Substanz (Kristall- oder Vitalpräparate) und bei Auflicht die Erkennung der Oberflächentopographie. Zur räuml. Beobachtung der Objekte dient das **Stereo-M.** nach H. S. GREENOUGH **(Präparier-M.),** das zwei gegeneinandergeneigte Tuben mit je einem Objektiv und Okular sowie je einem bildaufrichtenden Prismensatz enthält. Ähnl. Geräte werden in der Medizin als **Operations-M.** eingesetzt (BILD 3). – **Vergleichs-M.** dienen zur gleichzeitigen Betrachtung von zwei, durch zwei getrennte Objektive erzeugten, dicht nebeneinanderliegenden Bildern (kriminalist. Vergleichs-M.). – Für genaue Meßgeräte sind **Ablese-M.** mit Feinmeßokularen unerläßlich. Robuster Aufbau und besondere Meßeinrichtung kennzeichnen das **Werkstatt-Meß-M.** – Durch Zusatzgeräte wie Photometer oder Spektralapparate (→ Mikrospektroskop) kann man Spektren, opt. Eigenschaften und die chem. Zusammensetzung (einschließlich der quantitativen Bestimmung von Substanzmengen) an mikroskopisch kleinen Proben oder punktweise an größeren Proben untersuchen.

Bei den häufigsten Anwendungen des M., z. B. in der Medizin, Biologie, Petrographie, Werkstoffkunde, Halbleiterfertigung, hat man es mit Präparaten zu tun, die bei Beleuchtung mit monochromat. Licht dessen Intensität (Amplitude) verändern, so daß die Strukturelemente verschieden hell erscheinen, oder die bei Beleuchtung mit Weißlicht die versch. Spektralfarben unterschiedlich stark absorbieren oder reflektieren, so daß die Objektstruktur in versch. Farben sichtbar wird. Bei der Mikroskopie an sehr dünnen Objekten, bes. ungefärbten biolog. Präparaten, können meist die geringfügigen Helligkeitsunterschiede nicht wahrgenommen werden. In diesen Fällen können mit dem → Phasenkontrastverfahren die unterschiedl. opt. Dichten (Brechzahlen), z. B. von Zelle zu Zellkern, die zu Phasenunterschieden bei den durchgelassenen Lichtwellen führen, zur Sichtbarmachung der

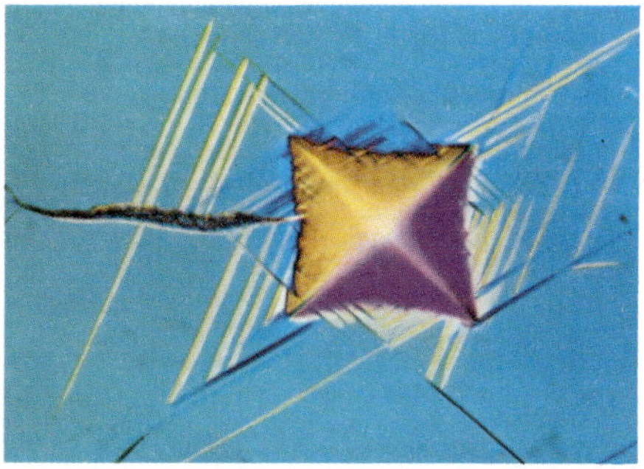

Mikroskop 2) 4: Differential-Interferenzkontrast nach Nomarski, Auflichtaufnahmen eines Mikrohärte-Eindrucks (→Mikrohärte) etwa 1 200fach vergr.

Struktur ausgenutzt werden. Mit dem **Phasenkontrast-M.** (nach F. ZERNIKE) werden durch Eingriff in den Strahlengang die Phasenunterschiede in deutlich sichtbare Helligkeitsunterschiede umgewandelt. Hierzu werden besondere Kondensoren verwendet, die das Objekt mit einem ringförmigen Bündel beleuchten. In der hinteren Brennebene des Objektivs, in die der Beleuchtungs-Lichtring scharf abgebildet wird, wird die Phase des nicht gebeugten Lichts mit einem entsprechenden ringförmigen Phasenplättchen (Phasenring) geeigneter Dicke und Absorption um + 90° oder − 90° verschoben, so daß Strukturen mit größerer Brechzahl als die Umgebung entweder dunkler (positiver Phasenkontrast) oder heller (negativer Phasenkontrast) als die Umgebung erscheinen.

Ein außerordentlich plast. Bild, in dem die opt. Wegunterschiede der Phasenobjekte als Konturen sichtbar werden, liefert das **Differential-Interferenzkontrast-Verfahren** (nach G. NOMARSKI), das bes. zur Untersuchung von Objekten mit opt. Gangunterschieden zw. $\lambda/10$ und λ geeignet ist und bei großer Beleuchtungsapertur gleichzeitig hohe Auflösung und guten Kontrast liefert. Bei diesem Zweistrahl-Interferenzverfahren werden farblose Phasenobjekte im Schwarzweiß- und Farbkontrast sichtbar (BILD 4).

Bei der **Fluoreszenzmikroskopie** werden die Präparate durch intensive UV-Bestrahlung (Auflicht oder Durchlicht) zur Aussendung von Fluoreszenzstrahlung angeregt; sie ist bes. für die Lebensmittelanalyse, Kriminalistik sowie die medizin. Forschung und Diagnostik wichtig. Ist die Eigenfluoreszenz der Probe zu gering, muß sie zuvor mit Fluoreszenzfarbstoffen behandelt werden.

Die Eigenschaften optisch anisotroper Substanzen (Kristalle, Minerale, Kunststoffe, aber auch biolog. Objekte aus langgestreckten Bauelementen) werden mit linear polarisiertem Auflicht oder Durchlicht untersucht. Das **Polarisations-M.** ist mit Polarisator und Analysator, zw. denen das Objekt liegt, sowie Kompensatoren ausgestattet, wobei alle diese Elemente wie der Objekttisch drehbar gelagert sind. Alle opt. Komponenten müssen völlig spannungsfrei sein. Die Objekte erscheinen in Interferenzfarben. Die Farbtöne und Intensitäten hängen von der Orientierung und den opt. Eigenschaften, die Farbfolge von der Dicke und der Größe der Doppelbrechung ab. Die Polarisationsmikroskopie wird zur Mineral- und Gesteinsbestimmung, für Spannungsmessungen in Gläsern, Kunststoffen u. a. sowie zur Orientierung der opt. Achsen von Kristallen eingesetzt.

Neben elektromagnet. Wellen und materiellen Teilchen (→Elektronenmikroskop, →Tunnelmikroskop) können auch akust. Wellen zur vergrößerten Abbildung mikroskop. Strukturen benutzt werden (→Ultraschallmikroskop).

Hb. der Mikroskopie in der Technik, hg. v. H. FREUND, 1–8 (1957–76); D. GERLACH: Das Licht-M. (1976); K. MICHEL: Die Grundzüge der Theorie des M. in elementarer Darstellung (³1981).

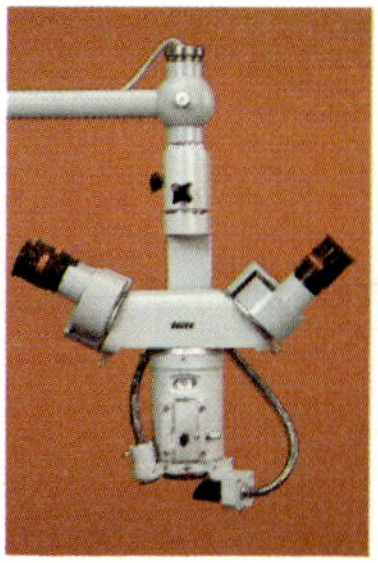

Mikroskop 2) 3: Operations-M. für Mikrochirurgie

Mikroskopie, Verfahren, die das →Mikroskop 2) und alle dazugehörenden Hilfsmittel zur Untersuchung mikroskop. Objekte und kleiner Strukturen benutzen. Voraussetzung für die meisten mikroskop. Untersuchungen sind geeignete Präparationsmethoden **(Probenvorbereitung).** Von Erzen, Mineralen, Kohle, Versteinerungen und tier. oder pflanzl. Hartgebilden müssen zunächst **Dünnschliffe** oder **Anschliffe** hergestellt werden. Um Strukturen, z. B. Korngrenzen in Metallanschliffen, sichtbar zu machen, wird die Oberfläche angeätzt. Bei frischen biolog. Präparaten muß durch Zusatz indifferenter Flüssigkeiten das Austrocknen verhindert werden. Die Gewebeteile werden ausgebreitet oder mit Zupfnadeln zerkleinert **(Zupfpräparat),** stärkere werden als **Quetschpräparat** untersucht. Falls nicht mit dem Phasenkontrast-Verfahren gearbeitet wird, müssen die Objekte in vielen Fällen angefärbt werden, damit Strukturen sichtbar werden. Die verwendete Technik beruht zum größten Teil auf reiner Erfahrungsgrundlage. Um den ursprüngl. Zustand und den Feinbau der Zellen annähernd getreu zu erhalten, müssen die Gewebe zuvor möglichst schnell mit einer Fixierflüssigkeit abgetötet werden. Das gefärbte Präparat wird in besondere Einschlußmedien eingebettet, die es nicht schädigen und völlig durchsichtig sind. Dünne Schnitte von frischen Gewebeproben werden mit einem →Mikrotom hergestellt. Die Präparate werden meist auf einem Objektträger befestigt und mit einem dünnen

Mikroskop 2) 2: Strahlengang im M. bei Auflichtbeleuchtung. a Fuß, b Stativ, c Grob- und Feineinstellung, d Anschlifftisch, e monokularer oder binokularer Tubus, 1 Niedervoltleuchte, 2 Kollektorlinsen, 3 Auflichtblendeneinsatz, 4 Auflichtilluminator, 5 teildurchlässiger Reflektor, 6 Objektiv (Kondensor), 7 untere und obere Telanlinsen, 8 Vergrößerungswechsler, 9 Okular

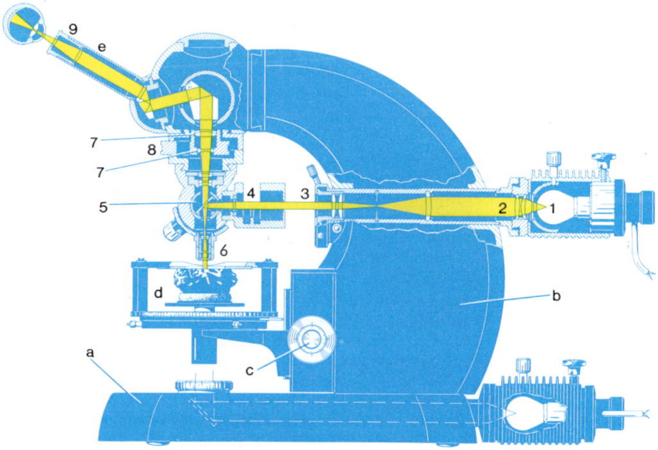

Deckglas geschützt. – Mikroskop. Untersuchungen am lebenden Gewebe im unversehrten Verband des Organismus **(Intravital-M.)** werden z. B. am Auge und bei der **Kapillar-M.** an Haut und Schleimhäuten angewendet.

Der gegenwärtige Trend der M. ist gekennzeichnet durch den Übergang von der rein qualitativen Beobachtung der Präparate zur quantitativen Messung an mikroskop. Objekten **(quantitative Mikroskopie).** Typ. Meßaufgaben sind: Größen- oder Helligkeitsklassierungen, Flächen- oder Längenmessungen, Bestimmung von Teilchenzahlen, mittleren Durchmessern, spezif. Oberflächen, Transmission, Extinktion, Reflexion, Fluoreszenzintensitäten, chem. Analyse und Stoffmengenbestimmung. Zunehmend werden große Mikroskope mit Mikroprozessoren und Rechnern zur Steuerung des Meßablaufs und zur Auswertung und Speicherung der Meßdaten ausgerüstet; Analyse und Dokumentation der Bilder mikroskop. Objekte geschehen damit weitgehend halb- oder vollautomatisch.

Mit dem → Elektronenmikroskop, dem → Ultraschallmikroskop, dem → Tunnelmikroskop und der → Kontaktmikroradiographie verfügt die M. über weitere leistungsfähige Methoden zur Untersuchung von Strukturen und Eigenschaften mikroskop. Objekte, die mit Licht nicht beobachtbar sind. Da die Ultraschall-M. und die Kontaktmikroradiographie die inneren Strukturen von biolog. Material ohne Anfärbung sichtbar machen können, erschließen sie eventuell neue Wege für die M. an lebenden Zellen.

Mikrosonde, Chemie: Anordnung zur chem. Analyse kleiner, nahezu punktförmiger Oberflächenbereiche; die beim Abtasten mit einem Elektronen- oder Ionenstrahl entstehende Sekundärelektronen- oder Sekundärionenemission oder auch die auftretende charakterist. Röntgenstrahlung wird analysiert **(Elektronen-** und **Ionenstrahlmikroanalyse).**

Mikrospektroskop, Mikrospektral|okular, Zusatzgerät zum Mikroskop mit geradsichtigem Dispersionsprisma zur Beobachtung der spektralen Absorption an mikroskop. Objekten oder Objektteilen.

Mikrostreifenleitung, ein → Wellenleiter für Mikrowellen im Frequenzbereich von 1–20 GHz, der meist von zwei dünnen Metallstreifen gebildet wird, die auf ein dielektrisches Substratmaterial aufgebracht sind. Mit M. können Leitungsbauelemente wie Richtkoppler, Resonatoren, Reaktanzen, Richtungsleitungen u. a. in integrierten Mikrowellenschaltungen gebaut werden. Für Frequenzen oberhalb 20 GHz sind M. nur schwierig herzustellen, da das Substrat sehr dünn und die Leiterstreifen sehr schmal sein müssen. Deshalb werden im Bereich von 20–40 GHz meist photolithographisch (→ Lithographie 2) hergestellte dielektr. Wellenleiter verwendet. Sonderausführungen von M. sind die Koplanarleitung und die Schlitzleitung.

Mikrostrukturwissenschaft, wissenschaftl. Spezialgebiet im Grenzbereich zw. Physik, Chemie und Ingenieurwiss., das sich mit der zum Aufbau von VLSI-Schaltkreisen (→ Integrationsgrad) erforderl. Strukturierungstechnik für die → Chips beschäftigt.

Mikrotom, Präzisionsschneidegerät zur Herstellung oft aufeinanderfolgender sehr dünner Schnitte von biolog. u. a. Objekten für mikroskop. Untersuchungen. Um Deformationen zu vermeiden, werden diese z. B. in leicht schneidbare, feste Stoffe (z. B. Paraffine) eingebettet oder gefroren. Der Vorschub der Schnittfläche erfolgt manuell mit einer Mikrometerschraube oder automatisch. Die Schnittdicke liegt zw. einigen µm bis zu 20 nm.

Mikrotron, Elektronenbeschleuniger für Energien bis zu etwa 30 MeV; die oft verwendete Bez. **Elektronenzyklotron** ist irreführend, da das M. nicht nach dem Prinzip eines → Zyklotrons arbeitet. Die Elektronen laufen in einer Vakuumkammer zw. den Polen eines konstanten Magnetfeldes auf Kreisbahnen, die sich in einem Punkt tangential berühren. Am Berührungspunkt der Kreisbahnen werden sie durch das starke elektr. Feld eines Mikrowellen-Hohlraumresonators beschleunigt. Da die Geschwindigkeit der Elektronen bei diesen Energien nahe der Lichtgeschwindigkeit liegt, ändert sich mit der Energie und dem Bahnradius die Umlaufszeit. Daher muß die Energiezunahme je Umlauf so gewählt werden, daß die Zunahme der Umlaufszeit ein Vielfaches der Periode der Mikrowellenschwingung ist. Stabilität wird dann erreicht, wenn die Energiezunahme je Umlauf ein Vielfaches der Ruhemasse des Elektrons ist.

Mikrowaage, Feinwaage, sehr empfindl. Waage, eine → Analysenwaage mit größter Genauigkeit (± 5 µg bei Höchstlast 20–30 g).

Mikrowellen, das Frequenzgebiet elektromagnet. Wellen, das i. a. den Bereich zw. 1 GHz und 1 THz (entsprechend Wellenlängen zw. 30 cm und 0,3 mm) umfaßt. Oft wird auch schon der Frequenzbereich oberhalb von 300 MHz (entsprechend einer Wellenlänge von 1 m) dazugerechnet. Die M. nehmen somit das Grenzgebiet zw. Radio- und Infrarotstrahlung ein. Wesentlichste Anwendungsgebiete der → Mikrowellentechnik sind Nachrichtentechnik, Funknavigation, Mikrowellenerwärmung sowie Mikrowellenspektroskopie.

Mikrowellen|astronomie, Teilgebiet der → Radioastronomie, befaßt sich mit der Untersuchung der von Himmelskörpern ausgehenden Mikrowellenstrahlung, d. h., dem kurzwelligen Bereich der Radiofrequenzstrahlung.

Mikrowellen|erwärmung, → Hochfrequenzwärme.

Mikrowellenhalbleiter, Halbleiterbauelemente für die Mikrowellentechnik. Im Bereich der Höchstfrequenzen (oberhalb 300 MHz) wird die Laufzeit der Ladungsträger vergleichbar mit der Schwingungsperiode, so daß spezielle Strukturen und Herstellungsverfahren notwendig sind, um eine möglichst hohe obere Grenzfrequenz zu erreichen. Diese Probleme der Bauteileentwicklung sind mit Hilfe der Photo- und Elektronenstrahllithographie (→ Lithographie 2) und der Ionenimplantation (→ Dotierung) gelöst worden. Neben diskreten Mikrowellendioden und -transistoren sind auch integrierte Mikrowellenschaltkreise, die auf der Technik der → Mikrostreifenleitung aufbauen, entwickelt worden. M. haben heute in der Höchstfrequenztechnik Elektronenröhren, die fast nur noch als Verstärker für höhere Leistungen Anwendung finden, weitgehend ersetzt.

Mikrowellenherd, Herd, in dem das Koch- oder Backgut in einem einer Backröhre vergleichbaren Hohlraum durch Mikrowellen bei Frequenzen zw. 2,425 und 2,475 GHz erwärmt wird, die von einem → Magnetron in diesen Hohlraumresonator eingespeist werden. Durch dielektr. Verluste im Kochgut wird dem Mikrowellenfeld Energie entzogen, die metall. Wände der Backröhre und die Behälter für die Speisen werden dabei nicht unmittelbar erwärmt.

Zur Vermeidung von Gesundheitsschäden und Funkverkehrsstörungen muß ein sauberes Schließen der Herdtür gewährleistet sein, damit möglichst wenig Strahlung nach außen dringen kann.

Mikrowellenspektroskopie, Teilgebiet der → Hochfrequenzspektroskopie, das sich mit der Analyse elektromagnet. Strahlung mit Wellenlängen von etwa 1 mm bis zu einigen dm beschäftigt. Die Absorption oder Emission von Mikrowellen-Quanten ist in Atomen mit Übergängen zw. verschiedenen Stark- oder Zeeman-Niveaus in elektr. bzw. magnet. Feldern sowie zw. Feinstruktur- oder Hyperfeinstrukturzuständen verknüpft; in Molekülen führt sie zu Änderungen des Schwingungs- oder Rotationszustandes. Da die Wahrscheinlichkeit für die Emission von Mikrowellenquanten sehr gering ist, werden Mikrowellenspektren meist in Absorption registriert. Als Strahlungsquelle wird ein Klystron oder Carcinotron mit abstimmbarer Emissionsfrequenz verwendet. Die Strahlung wird vom Sender zum Empfänger (meist ein Gleichrichterkristall) durch einen metall. Hohlraumwellenleiter geführt, in den die Absorptionszelle zur Aufnahme der Probe integriert ist.

Mikrowellentechnik, Höchstfrequenztechnik, Teilgebiet der Hochfrequenztechnik, das sich mit der Erzeugung, Verstärkung, Weiterleitung und Anwendung von → Mikrowellen befaßt. Dieses Gebiet ist dadurch bes. gekennzeichnet, daß die sonst in der Elektrotechnik angewandte Technik konzentrierter Schaltelemente i. a. nicht mehr anwendbar ist, da die Abmessungen der Bauelemente in die Größenordnung der Wellenlänge im freien Raum und darüber kommen. Es müssen Ausbreitungseffekte, z. B. auf Leitungen, berücksichtigt werden, ferner treten Abstrahlungseffekte (Antennenwirkung) auf. In Elektronenröhren muß die Laufzeit der Elektronen berücksichtigt werden, wenn sie in die Größenordnung der Periodendauer der Mikrowellen kommt. Zur Erzeugung von Mikrowellen dienen **Mikrowellen-Halbleiterbauelemente** und (v. a. für größere Leistungen) **Mikrowellenröhren.** Die verwendeten Röhren sind → Laufzeitröhren, z. B. → Klystron, → Magnetron, → Wanderfeldröhre.

In vielen Fällen sind die Röhren bereits durch Halbleiterbauelemente (→ Mikrowellenhalbleiter) und spezielle integrierte Schaltungen (→ MIC) verdrängt. **Mikrowellenoszillatoren** lassen sich mit → Mikrowellentransistoren, → IMPATT-Dioden oder Gunn-Dioden (→ Gunn-Effekt) aufbauen. Anstelle der bei niedrigeren Frequenzen verwendeten aus Spule und Kondensator aufgebauten Schwingkreise werden hier **Resonatoren** eingesetzt, die z. B. als → Mikrostreifenleitung, → Hohlraumresonator oder → Topfkreis ausgeführt sein können. Als Verstärker für den Mikrowellenbereich eignen sich spezielle **Mikrowellenverstärker,** z. B. → Maser, → parametrischer Verstärker, Tunneldiodenverstärker, die sich durch geringes Eigenrauschen auszeichnen. Als Leistungsverstärker (für Leistungen über etwa 1 W) kommen Schaltungen mit Mikrowellentransistoren und auch noch Elektronenröhren in Frage. Zu unterscheiden ist hier zw. Dauerstrichbetrieb und Impulsbetrieb. Die leitungsgebundene Übertragung von Mikrowellen erfolgt i. a. mittels → Hohlleitern, die als Hohlrohre mit meist rechteckförmigem Querschnitt (es sind auch runde oder elliptische Querschnitte möglich) ohne Innenleiter ausgeführt sind. Ferner gibt es Verzweigungen, z. B. → magisches T, und Bauelemente mit richtungsabhängigen Übertragungseigenschaften, z. B. den → Zirkulator.

Die wichtigsten Anwendungen der M. sind: Nachrichtenverkehr über → Richtfunkverbindungen auf der Erde (nur bei opt. Sichtverbindung möglich) und über Satelliten (die Erdatmosphäre ist bis etwa 10 GHz aufwärts durchlässig, unter etwa 1 GHz stört das Rauschen der Milchstraße), Flugfunkverkehr, → Radar, → Funknavigation, → Landeführungssysteme, Erdmessung (→ Satellitengeodäsie), → Hochfrequenzspektroskopie und → Hochfrequenzwärme. Parabolspiegelförmige Mikrowellenantennen (→ Antenne) erlauben eine scharfe Richtungsbestimmung beim Senden und beim Empfang. Hierdurch erreicht man nicht nur eine hohe Ersparnis an der für einen störarmen Empfang notwendigen Sendeenergie, sondern auch das störfreie Nebeneinanderarbeiten mehrerer Übertragungsstrecken auf der gleichen Frequenz. Beim Radar wird die Richtschärfe der Antennen unmittelbar ausgenutzt. Mikrowellenenergie wird in der Wärmetechnik angewendet, weil Mikrowellen (im Ggs. zur Infrarotstrahlung oder der Konvektionswärme anderer Wärmequellen) in die zu erwärmenden Gegenstände eindringen und eine Erwärmung von innen her möglich machen. Man nutzt dies u. a. zur raschen Erwärmung von Speisen (→ Mikrowellenherd), in der Medizin, in der Fertigungstechnik, z. B. zur Aushärtung von Kunststoffen oder Vulkanisation von Kautschuk.

E. MEYER u. R. POTTEL: Physikalische Grundlagen der Hochfrequenztechnik (1969); R. E. COLLIN: Grundlagen der M. (a. d. Engl., 1973); O. ZINKE u. H. BRUNSWIG: Lb. der Hochfrequenztechnik, 2 Bde. ([2]1973/74); A. J. BADEN FULLER: Microwaves, an introduction (Kronberg/Ts., 1979); G. NIMTZ: Mikrowellen (1980).

Mikrowellentransistor, Höchstfrequenztransistor, bei dem durch spezielle Struktur, z. B. enge Basiszone, Streifengeometrie, Vielfachemitter, eine hohe Grenzfrequenz (bis etwa 30 GHz) erzielt wird. Auf der Basis von Silicium (Si) oder Galliumarsenid (GaAs) sind bipolare M. und auch Feldeffekt-M. entwickelt worden, die in der Funktechnik sowohl zur rauscharmen Kleinsignalverstärkung in empfindl. Vorverstärkern als auch zur Leistungsverstärkung in Senderendstufen eingesetzt werden.

MIK-Wert, Abk. für **Maximaler Immissions-Konzentrations-Wert,** von der VDI-Kommission ›Reinhaltung der Luft‹ erarbeitete Grenzwerte für Konzentrationen fester, flüssiger und gasförmiger Luftverunreinigungen, unterhalb derer keine Beeinträchtigung für Mensch, Tier, Pflanze und Sachgüter auftreten. Die MIK-W. sind allein auf medizin. und naturwissenschaftl. Basis erstellt, wobei die techn. Realisierbarkeit außer Acht gelassen wurde.

mil, Einheitenzeichen für **milli-inch** [-ɪntʃ]: 1 mil = 0,001 inch = 25,**4** μm. (→ inch)

Milchglas, undurchsichtiges → Trübglas, dessen Herstellung bereits im Altertum bekannt war.

Milchsäure, α-Hydroxypropionsäure, farblose, sirupartige, geruchlose Flüssigkeit, entsteht unter dem Einfluß der M.-Bakterien durch die M.-Gärung (→ Gärung) aus Zuckerarten. Sie kommt daher in sauer gewordenen natürl. Produkten vor, z. B. in saurer Milch, im Sauerkraut. Sie bewirkt das Dickwerden der Milch. Technisch wird sie durch Gärung von Rohr-, Trauben- und Milchzucker (Molken) oder vermaischter Stärke gewonnen. – Die M. enthält ein asymmetr. Kohlenstoffatom, kommt also in zwei optisch aktiven Formen vor. In der gewöhnl. **Gärungs-M.** liegt das optisch inaktive Gemisch (Racemat) der Links- und Rechts-M. vor. Die **Rechts-** oder **Fleisch-M.** spielt als Zwischen- oder Endprodukt des Kohlenhydrat-Stoffwechsels bei Zellvorgängen eine große Rolle. Über enzymat. Stufenreaktionen wird sie aus dem tier. Reservekohlenhydrat gebildet bei energieverzehrenden Prozessen, ein Teil wird zu Kohlendioxid und Wasser verbrannt, der größere Anteil zu Glykogen resynthetisiert.

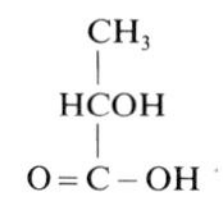

Milchsäure

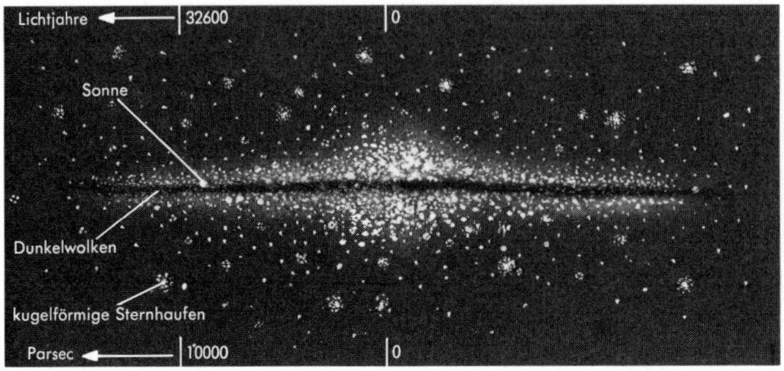

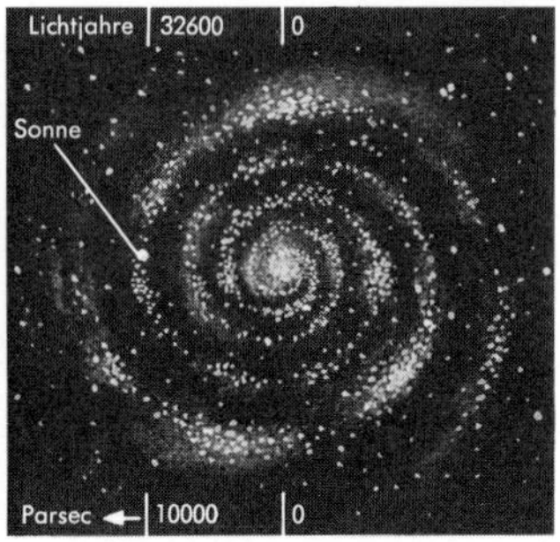

Milchstraßensystem 1: LINKS seitliche Ansicht des M. (schematisch; Sonne stark vergrößert dargestellt), RECHTS Ansicht des M. von Norden. Die Rotation wird entgegen dem Uhrzeigersinn angenommen (schematisch)

Die M. dient in der Gerberei **(Leder-M.)**, Färberei sowie bei der Limonadenherstellung als Ersatz der Zitronen- und Weinsäure. Die milchsauren Salze heißen **Lactate;** einige werden in der Medizin und Färberei verwendet.

Bezüglich der Herstellung gewinnen in neuerer Zeit synthet. Herstellungsverfahren an Bedeutung. So läßt sich z. B. durch Umsetzung von Acetaldehyd mit Blausäure **M.-Nitril** erhalten, das anschließend zu M. hydrolysiert wird.

Milchstraße, schwach leuchtendes, unregelmäßig begrenztes Band, das den Himmel fast in einem Großkreis überspannt. Die Lichterscheinung wird durch viele Einzelsterne, Sternhaufen und Nebel gebildet; sie bilden zusammen das →Milchstraßensystem. Zur Ortsbestimmung eines Objektes innerhalb dieses Systems wird das galakt. Koordinatensystem (→astronomische Koordinaten) verwendet.

Milchstraßensystem, Galaxis, ein →Sternsystem, dem neben der Sonne und allen mit bloßem Auge sichtbaren Fixsternen (etwa 5 000) noch weitere rd. 200 bis 300 Mrd. Sterne angehören. Das M. besteht aus einer galakt. Scheibe von etwa 120 000 Lj Durchmesser und 3 500 Lj Dicke mit einer zentralen Verdickung von 15 000 Lj Durchmesser, die vom nahezu sphärischen (v. a. aus Kugelsternhaufen bestehenden) **galaktischen Halo** (Durchmesser rd. 165 000 Lj) umgeben wird. Die nur schwer zu bestimmende Gesamtmasse des M. wird mit 120 bis 190 Mrd. Sonnenmassen angegeben. Die Sonne ist etwa 30 000 Lj vom Zentrum des M. entfernt (BILD 1), das jedoch durch dazwischenliegende dichte Wolken →interstellarer Materie nicht sichtbar ist, und liegt 45 Lj nördlich der galakt. Ebene. Während der mittlere Sternabstand in der Sonnenumgebung bei etwa 5 bis 6 Lj liegt, enthält das Milchstraßenzentrum auf engem Raum einige 100 Mio. Sterne (mittlerer Abstand dort einige Lichtwochen); von einigen Astronomen wird auch die Existenz eines →Schwarzen Loches im Milchstraßenzentrum nicht ausgeschlossen. Die äußere Form des M. ist von einem Beobachtungsort innerhalb des Systems nur schwer zu erschließen, doch deuten radioastronom. Messungen auf eine Spiralstruktur hin (BILD 2). Während in den Spiralarmen überwiegend junge Sterne anzutreffen sind, enthalten die kugelförmigen →Sternhaufen des galakt. Halo hauptsächlich alte Sterne (bis zu 10 Mrd. Jahre). Die Rotation des M. führt zu einer Umlaufbewegung der Sonne um das Milchstraßenzentrum innerhalb von 250 Mio. Jahren, was einer Rotationsgeschwindigkeit am Ort der Sonne von rd. 230 km/s entspricht.

Milchstraßensystem 2:
räumliche Verteilung des neutralen Wasserstoffs im M. nach Ergebnissen radioastronom. Beobachtungen im Licht der 21-cm-Emissionslinie des neutralen Wasserstoffs (n. Westerhout; Sky and Telescope, 1959) ⊙ Sonne, + Zentrum des M.

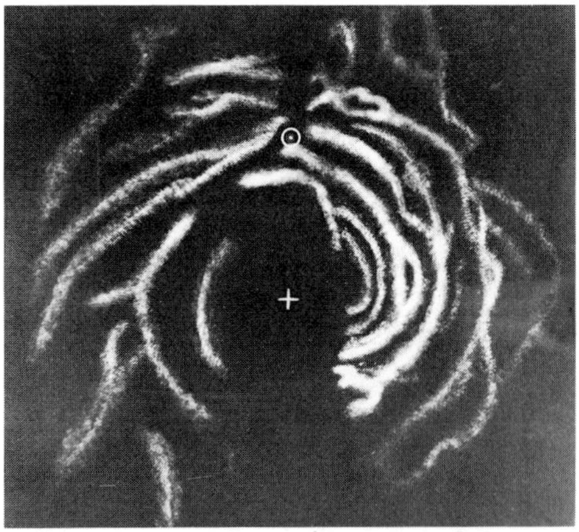

Milchzucker, die →Lactose.

mile [maɪl], Einheitenzeichen **mile** nach ISO und in Großbritannien, Einheitenzeichen **mi** in den USA, auch **statute mile** [stˈætju:t-] ›Landmeile‹: 1 mile = 1 mi = 1 760 yd = 1,609 344 km; nach ISO vereinheitlichter Wert. (→nautical mile; ÜBERSICHT Einheiten, angloamerikanische Einheiten)

militärische Raketen, Kampfraketen, →Raketenwaffen.

militärische Satelliten, Geheimsatelliten, dienen v. a. der Beobachtung, Überwachung (›Himmelsspione‹, →Erderkundungssatelliten), Navigation (→Navigationssatellit), Kommunikation (→Nachrichtensatellit) sowie der Erkundung des globalen Wettergeschehens (→Wettersatelliten). Eine spezielle Variante sind die **Killer-Satelliten,** die andere Raumflugkörper ausschalten können (z. B. durch Zusammenstoß, Detonationswirkung oder Strahlenbeaufschlagung). Aufklärungssatelliten finden und photographieren militär. Anlagen; die

Aufnahmen werden entweder mittels Laserstrahls abgetastet, in Kapseln vom Satelliten ausgestoßen und in der Luft geborgen, oder der Satellit selbst kehrt zur Erde zurück. Die Betriebszeit derartiger Satelliten braucht nur wenige Tage zu dauern.

Da im Ernstfall die militär. Stellen von ihren Satelliten sehr abhängig sind, werden auch Schutzmaßnahmen immer wichtiger. Es gibt z. B. Bestrebungen, die Zahl der strategisch empfindl. Bodenstationen zu verringern und dafür die Datenübertragung von Satellit zu Satellit auszubauen. Für den Schutz der Satelliten selbst sind mehrere Möglichkeiten denkbar: selbsttätige Positions- und Bahnveränderungen von m. S., Panzerung, Ausrüstung mit Warnsensoren, Ablenkung eines feindl. Angreifers durch das Ausstoßen von Tarn-Subsatelliten, Verzicht auf die großflächigen Solargeneratoren zugunsten anderer Energiesysteme, Bau von ›dunklen‹ Satelliten mit Oberflächen aus licht- und radarabsorbierenden Werkstoffen.

Militärperspektive, ältere Bez. für eine best. Form der schiefen →Axonometrie, bei der die *xy*-Ebene eines räuml. Koordinatensystems *x, y, z* parallel zur Bildebene liegt und die *z*-Achse nach oben so zurückgeklappt ist, daß ihr Maßstab mit dem in *x* und *y* übereinstimmt (BILD). Als kartenverwandte Darstellung liefert sie über dem maßstäbl. Grundriß der *xy*-Ebene die Höhen *z* im gleichen oder auch im größeren Maßstab (Konstruktionsprinzip vieler alter, aber auch neuer Bildkarten von Städten).

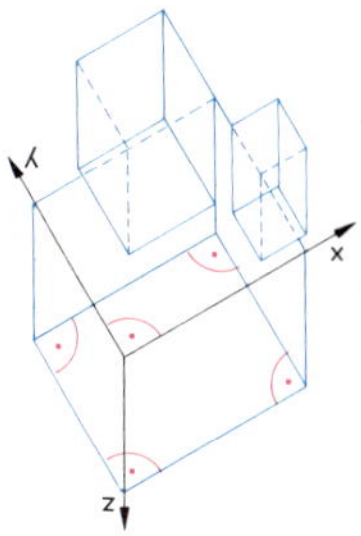

Militärperspektive

Miller-Prozeß, → Gold-Silber-Scheidung.

Millersche Indizes [n. dem brit. Kristallographen W. H. Miller, * 1801, † 1880], in der Kristallographie zur Kennzeichnung von Gitterebenen-(Netzebenen-)Scharen und Kristallflächen (→ Kristall) verwendete Zahlentripel (*h, k, l*), wobei *h, k* und *l* ganze, teilerfremde Zahlen sind.

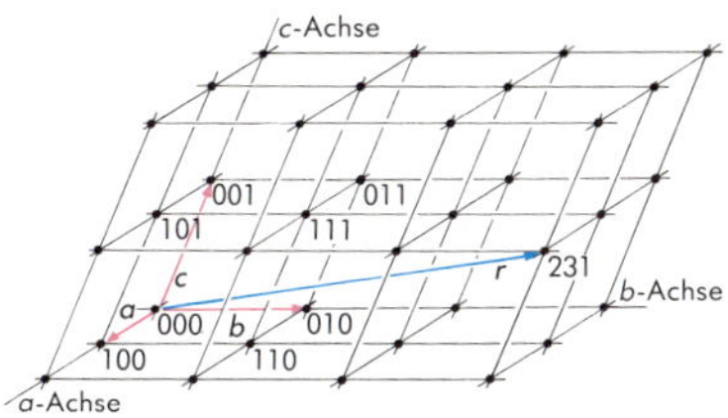

Millersche Indizes 2: Bezeichnung von Gitterpunkten durch die Koordinaten *u v w* der vom Ursprung des Gitters zu den Gitterpunkten verlaufenden Vektoren $\boldsymbol{r} = u\boldsymbol{a} + v\boldsymbol{b} + w\boldsymbol{c}$

Bezugssystem zur Bildung der M. I. ist ein Koordinatensystem mit drei geeigneten Gittergeraden als Basisvektoren ***a, b, c.*** Die Netzebenenscharen werden durch die reziproken Werte der drei Achsenabschnitte charakterisiert, die beim Schnitt der dem Ursprung nächstgelegenen, ihn aber nicht enthaltenden Ebene der Schar mit den Koordinatenachsen gebildet werden. Schneidet die Gitterebene die Achsen in Punkten mit den folgenden Koordinaten: *a*-Achse *m* 0 0, *b*-Achse 0 *n* 0, *c*-Achse 0 0 *p,* und sei *s* das kleinste gemeinsame Vielfache von *m, n* und *p,* so sind $h = s/m$, $k = s/n$ und $l = s/p$ die M. I. (BILD 1). Die Angabe der **Weißschen Indizes** (*m n p*) zur Charakterisierung der Orientierung von Kristallflächen ist heute in der Kristallometrie kaum noch gebräuchlich. Im hexagonalen Kristallsystem existieren in der zur vertikalen *c*-Achse senkrechten Ebene drei ausgezeichnete Symmetrieachsen a_1, a_2, a_3, die sich unter jeweils 120° schneiden. Zur Kennzeichnung der Flächen und Gitterebenen in diesen Kristallklassen sind daher Zahlenquadrupel (*h, k, i, l*) üblich, die **Bravaisschen Indizes** [brav'ɛ-]. Da eine Fläche im Raum durch drei Punkte festgelegt ist, ist *i* nicht unabhängig von *h* und *k*, es gilt $i = -h - k$. Negatives Vorzeichen wird bei den M. I. durch einen Querstrich über der entsprechenden Ziffer gekennzeichnet. Wenn die Buchstabensymbole in den eingeklammerten Ausdrücken durch Zahlen ersetzt werden, ist es üblich, die Kommata zu vermeiden. Verläuft die Gitterebenenschar parallel zu einer der Kristallachsen, so ist der entsprechende Index 0. Der M. I. (100) bezeichnet z. B. die zur *b*- und *c*-Achse parallele Schar. In eckige Klammern gesetzte Zahlentripel [*u, v, w*] werden zur Indizierung der Gittergeraden (und der unendl. Schar zu ihr paralleler Gittergeraden, auf denen die Gitterpunkte den gleichen Translationsabstand besitzen) und Kristallkanten benutzt, die durch den Nullpunkt und den Gitterpunkt mit den Koordinaten *u v w* gehen (BILD 2). M. I. in geschweiften Klammern {*h, k, l*} kennzeichnen die Gesamtheit der Kristallflächen einer Kristallklasse. So bezeichnet {100} im kubischen System die sechs Würfelflächen (100), ($\bar{1}$00), (010), (0$\bar{1}$0), (001) und (00$\bar{1}$), {101} in der tetragonalen Kristallklasse C_{4h} (Symmetrieklasse der → Kristalle) die acht Flächen der tetragonalen Bipyramide (101), ($\bar{1}$01), (011), (0$\bar{1}$1), (0$\bar{1}\bar{1}$), (01$\bar{1}$), (10$\bar{1}$) und ($\bar{1}$0$\bar{1}$). In spitze Klammern gesetzte Zahlentripel ⟨*u, v, w*⟩ kennzeichnen den vollen Satz von Gitterrichtungen, die mittels Symmetrie äquivalent sind.

Milli, Vorsatzzeichen **m,** ein → Vorsatz vor Einheiten für den Faktor 10^{-3} (Tausendstel); z. B.: 1 Milliampere = 1 mA = 10^{-3} A = 0,001 A.

Milliarde *die,* 1 000 Millionen, die Zahl 10^9.

Milligrammprozent, Abk. **mg%,** Konzentrationsmaß, das angibt, wieviel mg einer Substanz in 100 g Lebendgewicht (manchmal auch in 100 ml) enthalten sind.

Millikan-Versuch [m'ılıkən-, n. dem amerikan. Physiker R. A. Millikan, * 1868, † 1953]. Der erstmals 1913 durchgeführte Versuch dient zur Messung der → Elementarladung und zeigt, daß elektr. Ladungen nur als ganzzahlige Vielfache der Elementarladung auftreten. Beim M.-V. werden in das Feld eines Plattenkondensators, dessen Feldlinien vertikal verlaufen, fein zerstäubte Öltröpfchen gebracht, die bereits beim Zerstäuben oder durch Bestrahlung mit Röntgen-Strahlen aufgeladen werden. Ihre Bewegung wird mit einem Mikroskop verfolgt. Bei eingeschaltetem Feld hält bei richtiger Polung die elektr. Kraft $QE = QU/d$ (Q = elektr. Ladung, E = elektr. Feldstärke, U = Spannung zw. den Kondensatorplatten mit dem Plattenabstand d) der Gewichtskraft mg (m = Masse des Tröpfchens, g = Fallbeschleunigung) das Gleichgewicht ($QE = mg$), so daß das Tröpfchen schwebt. Wenn man m kennt, kann man Q berechnen: $Q = m \cdot g \cdot d/U$. m wird ermittelt, indem man die Spannung abschaltet und die (konstante) Sinkgeschwindigkeit v mißt, die sich einstellt, sobald die Reibungskraft $6\pi\eta v r$ dem Betrag nach gleich der Gewichtskraft des Tröpfchens ist ($6\pi\eta v r = mg$). Man erhält für den Tröpfchenradius $r = \sqrt{9\eta v/2\varrho g}$ (η = Viskosität der Luft, ϱ = Dichte des Öls), wenn man berücksichtigt, daß das Tröpfchenvolumen $V = \frac{4}{3}\pi r^3$ und $m = \varrho V$ ist. Mit dem Radius ist auch die Masse $m = \frac{4}{3}\pi r^3 \varrho$ bekannt. Bei Präzissionsmessungen wird noch der Auftrieb des Tröpfchens in Luft berücksichtigt, indem ϱ durch $\varrho - \varrho_L$ (ϱ_L = Dichte der Luft) ersetzt wird.

Millersche Indizes 1

Millersche Indizes 1: Die Achsenabschnitte einer Netzebene mit den M. I. (362); das kleinste gemeinsame Vielfache von *m, n, p* ist hier $s = 6$; $m = 2$, $n = 1$, $p = 3$

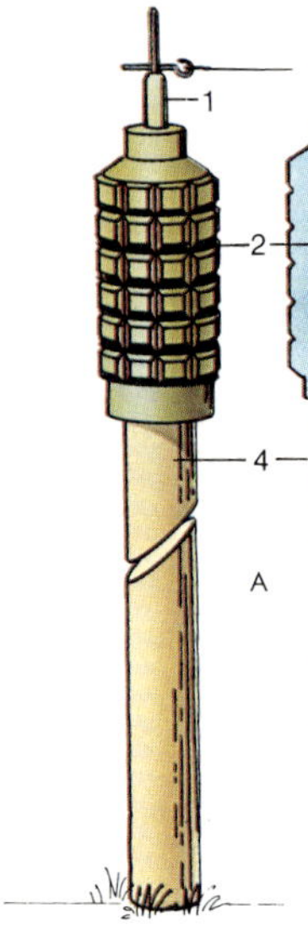
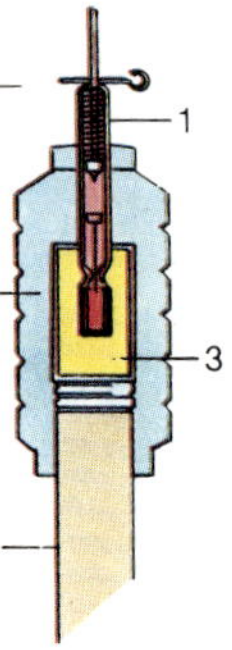

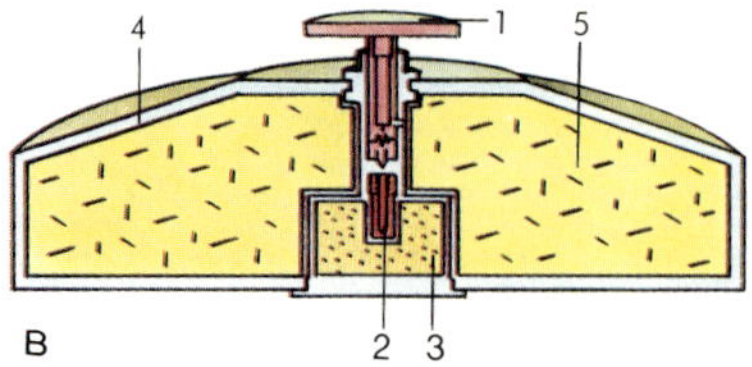

Mine 3), Landminen:
A Schützensplittermine (**1** Zugzünder, **2** Minenkörper, **3** Sprengladung, **4** Holzstiel); **B** Panzermine (**1** Zünder, **2** Sprengkapsel, **3** Übertragungsladung, **4** Minenkörper, **5** Sprengstoff)

Millimeterpapier, → mathematische Papiere.

Millimeter-Quecksilbersäule, kurz für **konventionelle Millimeter-Quecksilbersäule,** Einheitenzeichen **mmHg,** nicht gesetzl. Einheit des Druckes, stellt den Druck einer 1 mm hohen Quecksilbersäule bei → Normfallbeschleunigung (9,80665 m/s²) dar: 1 mmHg = 133,322 Pa = 1,33322 mbar.

Millimeter-Wassersäule, kurz für **konventionelle Millimeter-Wassersäule,** Einheitenzeichen **mmWS,** nicht gesetzl. Einheit des Druckes, stellt den Druck einer 1 mm hohen Wassersäule bei → Normfallbeschleunigung (9,80665 m/s²) dar: 1 mmWS = 9,80665 Pa = 0,0980665 mbar.

Millimeterwellen, elektromagnetische Wellen (→ Frequenzbereich) mit Frequenzen oberhalb 30 GHz (Wellenlänge < 10 mm).

Millimeterwellen-Astronomie, Teilgebiet der → Radioastronomie.

Millimy, → Mikron.

Million, Zahlenwert für $10^6 = 1000000$.

Millonsche Base [milˈɔ̃-, n. dem frz. Pharmazeuten A. N. E. Millon, * 1812, † 1867], Chemie: beim Schütteln von Quecksilberoxid mit Ammoniakwasser entstehender schwerlösl. Niederschlag. Das Jodid der M. B. dient zum Ammoniaknachweis. – **Millonsche Reaktion,** qualitativer, nicht streng spezif. Nachweis von tyrosinhaltigen Eiweißstoffen mit einer Lösung von Quecksilbernitrat in Salpetersäure und Wasser **(Millons Reagenz);** es bildet sich ein orangefarbener bis roter Niederschlag.

MIL-Spezifikationssystem, amerikan. Vorschriftensystem zur → Qualitätssicherung von elektron. und elektromechan. Bauelementen, die unter extremen Umweltbedingungen (militär. Anwendungen – daher die Bez. MIL-S. –, Luft- und Raumfahrttechnik) zum Einsatz kommen sollen. Das Spezifikationswerk enthält u. a. Angaben über die mechan. und elektr. Sollwerte mit Toleranzen, geeignete Werkstoffe, Zuverlässigkeitsdaten, Fertigungskontrollen, zum Qualitätsnachweis erforderliche elektr., mechan. und klimat. Prüfungen (→ Umwelttestmethoden) und Begleitdokumentation.

Bei Halbleiterbauelementen sind je nach durchgeführtem Prüfaufwand verschiedene Güteklassen definiert: 1) **JAN,** Abk. für **Joint Army-Navy** [dʒɔɪnt ˈɑːmɪ nˈeɪvɪ, engl.], gegenüber kommerziellen Standardtypen werden hier spezielle Prüfungen auf Stichprobenbasis durchgeführt. 2) **JAN-TX,** Abk. für **JAN Testing Extra** [-tˈestɪŋ ˈekstrə], mit gezielten Auswahlprüfungen (engl. ›screening‹) an allen Exemplaren eines Fertigungsloses und einem → Burn in wird die Qualitätslage erheblich verbessert. 3) **JAN-TXV,** Abk. für **JAN Testing Extra And Visual Precap Inspection** [-ænd vˈɪzjʊəl prˈiːkæp ɪnspˈekʃn], zusätzlich zu den Prüfungen bei JAN-TX-Typen werden hier Sichtkontrollen an den → Chips vor dem Verschließen der Bauteilgehäuse durchgeführt. Die Kosten für derart geprüfte Bauelemente liegen etwa bis zum Faktor 15 über denen für JAN-Typen. – Alle diese Maßnahmen dienen der Erhöhung der → Zuverlässigkeit und somit der Qualität.

Mimas, ein Mond des Planeten → Saturn.

Mimetesit *der,* **Grünbleierz,** Mineral $Pb_5[Cl(AsO_4)_3]$, kaum unterscheidbar von → Pyromorphit.

mimetische Kristalle, Zwillingsbildungen von Kristallen, die eine höhere Symmetrie vortäuschen als der Kristallart zukommt (→ Zwillinge).

min, Einheitenzeichen für → **Min**ute 1).

min., Einheitenzeichen für → **min**im.

Mindestflughöhe, in der Luftverkehrsordnung festgelegte geringste Höhe, in der Luftfahrzeuge aus Sicherheitsgründen fliegen dürfen: Für Sichtflüge 150 m über Grund und über besiedeltem Gebiet eine Höhe, die bei Triebwerksausfall eine Notlandung außerhalb des besiedelten Gebietes gestattet, jedoch mindestens 300 m über dem höchsten Hindernis im Umkreis von 600 m; für Instrumentenflüge 300 m über dem höchsten Hindernis im Umkreis von 8 km.

Mindestgeschwindigkeit, die kleinste Eigengeschwindigkeit, die Starrflügelflugzeuge einhalten müssen, um nicht durch Zusammenbruch des aerodynam. Auftriebs ihre Steuerbarkeit zu verlieren. Die M. ist abhängig vom Flugzustand und der Stellung vorhandener → Hochauftriebsmittel.

Mine, 1) Bergwerk.

2) Schreibeinlage in Blei-, Bunt-, Kopierstiften sowie Tinten- oder Pastenbehälter, mit denen man direkt schreiben kann, z. B. Kugelschreiber-M., Faserschreiber-M. (im Unterschied zur Patrone des Füllfederhalters).

3) in Gefäßen untergebrachte Sprengladung.

Landminen werden auf oder dicht unter dem Erdboden verlegt und i. a. durch Druckzünder ausgelöst. Die Verlegung kann von Hand, von Fahrzeugen, durch Abwurf aus Streubehältern von Flugzeugen sowie durch Ausstoßen aus Artillerie- und Raketengeschossen erfolgen. Die Gehäuse werden vielfach aus Holz oder Kunststoff gefertigt, um die Ortung durch elektron. Suchgeräte zu erschweren. Außerdem sind Vorrichtungen eingebaut, um sie gegen das Räumen zu sichern. Nach der Zweckbestimmung unterscheidet man hauptsächlich **Schützen-** und **Panzer-M.** Sonderformen stellen die **Atom-M.** und die **chemischen M.** dar.

Seeminen sind passive Unterwasserwaffen. Sie sind bewegungslose Sprengkörper, die gegen die Unterwasserteile des Schiffes wirken, wobei die Verdämmung durch das Wasser die Wirkung erhöht. Die **Ankertau-M.** ist am Meeresgrund verankert und wird durch ein Seil auf einer best. Tiefe unter der Wasseroberfläche gehalten. Sprengstoffmenge bis 500 kg, Auslösung durch Kontaktzünder, Wassertiefe bis 500 m. Die **Grund-M.** liegt auf dem Meeresgrund. Sprengstoffmenge bis 1000 kg, Auslösung durch Fernzündung (akust., magnet. oder Druckzünder), Wassertiefe bis 40 m. Ältere M. und **Beobachtungs-M.** werden mittels Draht vom Land aus elektrisch ausgelöst.

See-M. können von Überwasserschiffen, U-Booten oder Flugzeugen verlegt werden. Sie werden eingesetzt in der Form von Minensperren oder Minenfeldern. Sie können offensiv zur Störung der gegner. Schiffahrt oder defensiv zum Schutz der eigenen Gewässer eingesetzt werden. (→ MES)

Minenbeseitigungsgerät, bei der Jagd auf Seeminen verwendetes, selbstfahrendes, einem kleinen U-Boot ähnliches Gerät mit Fernsteuerung, Fernsehkamera und ablegbaren Sprengladungen zur Zerstörung festgestellter Grundminen.

Minenleger, schnelles, schwachbewaffnetes Kriegsschiff zum Verlegen von Seeminen; auch gepanzerte Fahrzeuge zum Auslegen von Landminen.

Minensuch- und Minenräumfahrzeuge, Geräte zum Auffinden und Entfernen oder Unschädlichmachen ausgelegter Land- oder Seeminen. **Minenräumpanzer** sind meist abgewandelte Kampfpanzer, die mit Anbaugeräten zum Räumen von Panzer- und Schützenminen versehen sind. Man unterscheidet Schlagräumgeräte, Rollenräumgeräte und Räumpflüge. Außerdem werden M.- u. M. mit Mehrfachraketenwerfern zum Verschuß von Aerosol-Explosionsgemischen bestückt. Auch Räumschnüre mit Raketenantrieb werden verwendet. **Minensuch- und Minenräumboote** sind seetüchtige Kriegsschiffe zum Absuchen von Seegebieten auf Minen und zu deren Beseitigung. **Minenjagdboote** beseitigen geortete Minen durch Taucher oder ferngelenkte → Minenbeseitigungsgeräte.

Mineralcortico|steroide, → Nebennierenhormone.

Minerale, auch **Minerali|en,** chemisch und physikalisch einheitl., natürl. Bestandteile der festen Erdkruste, der Meteorite, des Mondes u. a. Himmelskörper. Zu den M. werden oft auch die Neubildungen bei Bränden an Bauten und in Hochöfen gezählt; einige M. können künstlich durch → Mineralsynthese hergestellt werden. Fast alle M. sind feste und kristallisierte anorganisch-chem. Verbindungen. Amorph sind u. a. die wasserhaltigen Mineralgele und ihre Abkömmlinge (z. B. Opal); flüssig sind Quecksilber und Wasser.

Alle M. mit gleicher chemisch-stöchiometr. Zusammensetzung und mit gleichem Kristallstrukturtyp bilden eine **Mineralart.** Zur Beschreibung und Bestimmung können neben chemisch, mikroskopisch und röntgenographisch gewonnenen Daten u. a. folgende ›äußere Kennzeichen‹ herangezogen werden: 1) Kristallform zwecks Feststellung der Kristallklasse, 2) → Dichte, 3) → Härte, 4) → Spaltbarkeit und der → Bruch, 5) Glanz auf Kristall-, Spalt- und Bruchflächen der M.; er beruht auf der Reflexion des Lichtes; man unterscheidet u. a. Metall-, Glas-, Perlmutt-, Fett- und Diamantglanz, 6) → Farbe; sie ist bei manchen M. eine charakterist. Materialeigenschaft. Diese idiochromat. M. (z. B. Malachit, Realgar) erzeugen beim Reiben auf einer rauhen Porzellanfläche einen gleichfarbigen Strich, der aus feinstem Abrieb besteht. Bei den allochromat. M. (z. B. Quarz, Fluorit), deren z. T. vielfältige Färbungen auf Fremdbeimengungen oder auf Fehlern im Gitterbau beruhen, weicht die Strichfarbe meist von der des M. ab. 7) Lichtdurchlässigkeit; es gibt durchsichtige, durchscheinende und undurchsichtige (opake) M.

Insgesamt sind etwa 2200 Mineralarten bekannt, eine Zahl, die sich ständig erhöht. Viele M. kommen weit verbreitet und fein verteilt in den Gesteinen (→ Geochemie) der Erdkruste vor, andere sind lokal in abbauwürdigen Lagerstätten angereichert, z. B. die wirtschaftlich wichtigen Salze und Erze, → organische Minerale.

Die M. werden anhand der chem. Zusammensetzung in neun Klassen eingeteilt (ÜBERSICHT).

Wichtige Minerale:

1) **Elemente:** Kupfer, Silber, Gold, Platin, Quecksilber, Schwefel, Arsen, Antimon, Wismut, Diamant und Graphit.
2) **Sulfide, Arsenide, Antimonide:** Schwefelkies und Markasit, Magnetkies, Rotnickelkies, Kupferglanz, Kupferkies, Buntkupferkies, Silberglanz, Bleiglanz, Molybdänglanz, Zinnober, Zinkblende, Proustit, Pyrargyrit, Antimonglanz.
3) **Halogenide:** Steinsalz, Sylvin, Carnallit, Flußspat, Kryolith.
4) **Oxide und Hydroxide:** Quarz und Chalcedon, Korund, Hämatit, Magnetit, Chromit, Spinell, Chrysoberyll, Ilmenit, Rutil, Zinnstein, Uranpecherz, Cuprit, Diaspor, Nadeleisenerz und Rubinglimmer, Manganit, Opal.
5) **Carbonate, Nitrate, Borate:** Kalkspat und Aragonit, Eisenspat, Bitterspat, Dolomit, Malachit, Kupferlasur, Chilesalpeter, Boracit.
6) **Sulfate, Chromate, Molybdate, Wolframate:** Anglesit, Schwerspat, Anhydrit, Gips, Kieserit, Kainit, Rotbleierz, Scheelit, Wolframit, Wulfenit.
7) **Phosphate, Arsenate, Vanadate:** Monazit, Apatit, Pyromorphit, Vanadinit, Türkis.
8) **Silikate:** Olivin, Phenakit, Granate, Zirkon, Andalusit, Disthen und Sillimanit, Topas, Staurolith, Epidot, Titanit, Axinit, Kieselzinkerz, Wollastonit, Dioptas, Cordierit, Turmalin, Vesuvian, Enstatit, Bronzit, Diopsid, Pyroxene, Amphibole, Glimmer, Serpentin, Talk, Kaolinit, Feldspäte, Leucit, Nephelin, Lasurstein, Zeolithe.
9) **Organische Verbindungen:** Mellit.

H. v. PHILIPSBORN: Tafeln zum Bestimmen von M. nach äußeren Kennzeichen ([2]1967); Klockmanns Lb. der Mineralogie, bearb. v. P. RAMDOHR u. H. STRUNZ ([16]1979); R. HOCHLEITNER: Fotoatlas der M. und Gesteine (1981); W. S. MACKENZIE u. C. GUILFORD: Atlas gesteinsbildender M. in Dünnschliffen (a. d. Engl., 1981); W. E. TRÖGER: Opt. Bestimmung der gesteinsbildenden M., 1 ([5]1982), 2 ([2]1969); G. SCHRÜBEL u. S. H. ZIMMER: Lexikon der Mineralogie (1982).

Mineralfasern, natürliche, verspinnbare Fasern wie → Asbest. Industriell hergestellte Fasern auf mineral. Basis sind → Gesteinsfasern, → Glasfasern.

Mineralfazi|es *die,* **Mineralfaziesprinzip,** von dem finn. Mineralogen P. ESKOLA begründetes Gliederungsschema von Gesteinen in Abhängigkeit von Bildungsdruck und -temperatur an Hand best. → Mineralparagenesen. Zunächst für metamorphe Gesteine entwickelt **(metamorphe Fazies),** wurde es später auch auf magmat. Gesteine ausgedehnt und weiter verfeinert. Die einzelnen Fazies umfassen jeweils alle Gesteine, die in dem durch die Mineralkombination des namengebenden Gesteins definierten Temperatur-Druck-Bereich gebildet wurden. Das M.-Prinzip schließt auch die Zonengliederung der metamorphen Gesteine (→ Regionalmetamorphose) ein.

Steigender Druck ↓	Steigende Temperatur →			
	Zeolith-Fazies			Sanidinit-Fazies
	Grünschiefer-Fazies	Epidot-Amphibolit-Fazies	Amphibolit-Fazies	Pyroxen-Hornfels-Fazies
				Granulit-Fazies
	Glaukophanschiefer-Fazies			Eklogit-Fazies

Mineralfazies-Schema (n. P. Eskola, 1939)

Mineralisation, 1) Abbau organ. Stoffe zu mineral., bes. durch Einwirkung von Mikroorganismen (z. B. Humusbildung, → Selbstreinigung); im weiteren Verlauf des

Abbauvorganges auch durch Druck- und Temperaturerhöhung, z. B. bei der Erdöl- und Kohlebildung. – 2) Einlagerung von Hartsubstanzen bei der Knochen- oder Skelettbildung oder anorganisch-mineral. Stoffe in pflanzl. Cellulosewänden, z. B. Kieselsäure in Schachtelhalmen.

Mineralisatoren, leichtflüchtige Bestandteile, meist gas- oder dampfförmige Stoffe, die bei der Erstarrung eines → Magmas oder bei der Ausscheidung von Mineralen auf Gesteinsklüften die Kristallisation begünstigen (z. B. Wasserdampf, Fluorgas).

Mineralo|corticoide, lebenswichtige Steroidhormone der Nebennierenrinde, denen das Ringsystem des Cholesterins zugrundeliegt, aus dem die M. biosynthetisiert werden. Die wichtigsten M. sind Aldosteron und Desoxycorticosteron (Cortexon), Haupterfolgsorgan der M. ist die Niere. Die M. regulieren den Mineralhaushalt primär durch die Wirkung auf den Transport von Natrium- und Kalium-Ionen, sie beeinflussen Aufnahme, Verteilung und Ausscheidung von Elektrolyten und haben daher auch Einfluß auf die Verteilung des Wassers in den Geweben; sie kontrollieren auch die Zusammensetzung von Speichel, Schweiß, Urin und Kot.

Mineralo|corticosteroide, → Nebennierenhormone.

Mineralogie, Wissenschaft von den → Mineralen; sie befaßt sich mit der Erforschung ihrer Gestalt, Struktur und ihren Eigenschaften im Rahmen der **Kristallographie,** mit der Zusammensetzung, dem Aufbau und der Entstehung der Gesteine **(Petrologie)** und der Art, Zusammensetzung und Entstehung abbauwürdiger Mineral- und Erzkonzentrationen und best. Gesteine **(Lagerstättenkunde** und **techn. Gesteinskunde).** Ein Grenzgebiet der Geochemie ist die **Mineralchemie.** Neben der **allgemeinen M.** gibt es die **spezielle M.** für die Systematik und Einzelbeschreibung der Minerale. Hilfswissenschaften: Geologie, Chemie, Physik, Bergbau, Hüttenkunde, Zementtechnologie u. a.

A. G. Betechtin: Lb. der speziellen M. ([7]1977); R. Brauns u. K. F. Chudoba: Spezielle M. ([12]1979); H. Schröcke u. K. Weiner: M. (1981); H. J. Rösler: Lb. der M. (Leipzig [2]1981).

Mineral|öle, aus Erdöl oder Kohle gewonnene, im wesentlichen aus Kohlenwasserstoffen bestehende Flüssigkeiten.

Mineralparagenese, Vergesellschaftung best., gesetzmäßig nebeneinander oder nacheinander entstandener Minerale in einem Gestein. Die Bildung einer M. kann einaktig (z. B. Kristallisation aus einer Schmelze) oder mehraktig (z. B. durch spätere Metamorphose) erfolgt sein.

Mineralsalze, anorgan. Salze, die als Minerale, aber auch als anorgan. Bestandteile der Lebewesen vorkommen. Die lösl., größtenteils in Ionen gespaltenen M. spielen eine wichtige Rolle bei allen Lebensvorgängen. Sie bestimmen die Konstanz des osmot. Druckes und sind bedeutsam für den Wasserhaushalt, das Säure-Basen-Gleichgewicht, auch im Bau- und Betriebsstoffwechsel als Aktivatoren und Wirkgruppen von Enzymen. Die M. werden v. a. durch die Elemente Kalium, Natrium, Calcium, Magnesium, Chlor, Brom, Jod, Schwefel, Phosphor, Stickstoff, Eisen, Mangan, Kupfer, Zink, Silicium gebildet.

Mineralsäuren, Sammelbez. für Salz-, Schwefel- oder Salpetersäure. In der angelsächs. Literatur oft auch die Phosphorsäure. Urspr. für alle Säuren, die in Form ihrer Salze in Mineralen auftreten.

Mineralstoffe, Bez. für die beim Veraschen von Körpersubstanz zurückbleibenden mineral. Bestandteile des pflanzl. und tier. Organismus. Den M. mit Spurenelement-Charakter, die v. a. katalyt. Funktionen erfüllen (z. B. Fluor, Brom, Jod, Eisen, Kupfer), überwiegen die als Bau- und Skelettstoffe vorkommenden (z. B. Calcium, Natrium, Kalium, Phosphor, Schwefel, Magnesium, Chlor). Die M. werden mit den Nährstoffen aufgenommen und durch natürl. Ausscheidung, bei Pflanzen u. a. durch Welken, wieder abgegeben **(Mineralstoffwechsel).** Durch künstl. Ernährungsbedingungen (Diät, Mineralfutter, Düngung) oder Zusätze kann der **Mineralhaushalt** ausgeglichen werden.

Mineralsynthese, Erzeugung von Mineralen im Laboratorium, i. a. um deren Bildungsbedingungen in der Natur zu erforschen. Wasserlösl. Minerale werden durch langsames Abkühlen oder Verdampfen der Lösungen in Thermostaten gezüchtet, schwer- oder unlösl. Minerale aus wäßrigen Lösungen unter hohem Druck und bei hoher Temperatur in Druckbomben (Hydrothermalsynthese) oder aus Schmelzen mit Hilfe von Mineralisatoren gewonnen (→ Kristallisation).

Mineralwasser, zum Trinkgebrauch geeignetes mineralhaltiges Wasser aus natürl. oder künstlich erschlossenen Quellen, das mindestens 1 000 mg/l gelöste feste Bestandteile enthält und häufig einen höheren Gehalt an freiem Kohlendioxid (›Kohlensäure‹) aufweist. (→ Heilquellen, → Tafelwasser)

Minette [frz.] *die,* **1)** Sedimentäres oolith. Eisenerz (28–41% Fe), bestehend aus Brauneisen-Ooiden in sandiger oder kalkiger Grundmasse im Jura Lothringens und Luxemburgs.

2) überwiegend aus Kalifeldspat und Biotit bestehendes dunkles Ganggestein **(Lamprophyr).**

Miniaturisierung, Verkleinerung elektron. Schaltungen durch kleine Baugruppen (→ Modul 4) und/oder durch besondere Herstellungsverfahren der → Planartechnik (→ gedruckte Schaltung, → integrierte Schaltung). Durch M. entstehen neuartige Lösungen für viele Festkörperschaltungen: z. B. völliger Verzicht auf integrierte Spulen, häufig ausschließl. Benutzung eines einzelnen Bauelementetyps (z. B. von MOSFETs für digitale Schaltkreise), manchmal nur in miniaturisierter Aufbauweise realisierbare Schaltungen (z. B. → CCD). Techn. Grenzen der M. setzt v. a. die → Maskierung, die bei der Verkleinerung geometr. Strukturen an physikal. Grenzen stößt (→ Mikrominiaturisierung). Ohne M. wäre die heutige Entwicklung v. a. der Computertechnik und der Raumfahrt undenkbar; sie hat inzwischen fast alle Bereiche der Technik erfaßt. (Bild S. 273)

Minicomputer [-kɔmpj'u:tər], komplette elektron. Rechenanlage, die in Struktur und Funktion einem → Mikrocomputer ähnlich ist. Eine Abgrenzung ist kaum möglich, da die Grenzen fließend sind und vom momentanen Stand der Technik abhängen. I. a. ist es üblich, leistungsfähigere Rechner als M., weniger leistungsfähige als Mikrocomputer zu bezeichnen.

Minifloppy [-flɔpɪ, engl.], eine → Diskette in 5¹/₄-Zoll-Ausführung.

minim, Einheitenzeichen **min.,** ein in Großbritannien und den USA noch verwendetes Hohlmaß. Großbritannien: 1 min. (UK) = 1/480 fl. oz (fluid ounce UK) = 0,059 193 9 cm^3. USA: 1 min. (US) = 1/480 fl. oz (fluid ounce US) = 0,061 611 9 cm^3. (Übersicht Einheiten, angloamerikanische Einheiten)

Minimalflächen, die Flächenstücke kleinsten Oberflächeninhalts, die eine gegebene Raumkurve als Rand besitzen; sie zu finden wird in der Variationsrechnung unter Ausnutzung der Tatsache gelöst, daß die mittlere → Krümmung in allen Punkten der Fläche gleich Null ist.

Minimum, ein → Extremum, der kleinste Wert der Funktion in einem Intervall (Ggs.: → Maximum).

Minkowski-Raum, Minkowski-Welt [n. dem Mathematiker H. Minkowski, * 1864, † 1909], vierdimensionaler Raum, der sich bes. gut zur mathemat. Darstellung der Gesetze der speziellen → Relativitätstheorie eignet. Er wird von den drei **Raumkoordinaten** $x_1 = x$, $x_2 = y$, $x_3 = z$ und der formal gleichberechtigten imaginären **Zeitkoordinate** $x_4 = ict$ aufgespannt (c = Vakuumlichtgeschwindigkeit, t = Zeit, $i = \sqrt{-1}$ = imaginäre Einheit). An Stelle von M.-R. verwendet man auch die Begriffe **Raum-Zeit-Welt** (kurz **Welt**), **Raum-Zeit-Kontinuum** (kurz → Raumzeit), **Raum-Zeit-Mannigfaltigkeit.** Die Punkte des M.-R. heißen **Weltpunkte** oder **Ereignisse.** Die Gesamtheit der Weltpunkte, die ein Massenpunkt nacheinander annimmt, bildet eine **Weltlinie.**

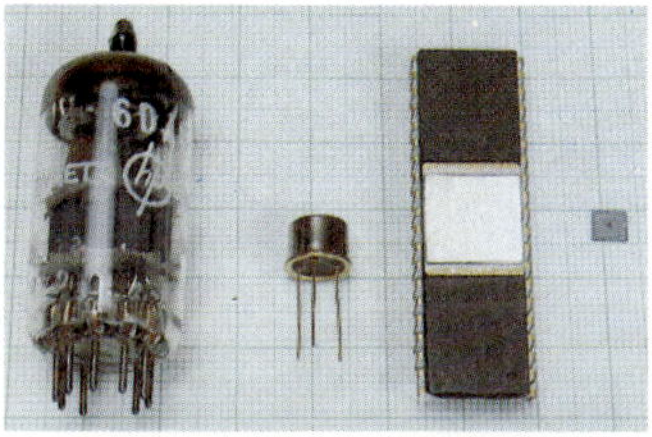

Miniaturisierung: OBEN Röhre, Transistor, Mikroprozessor und Mikroprozessor-Chip, UNTEN Chip in etwa zwölffacher Vergrößerung

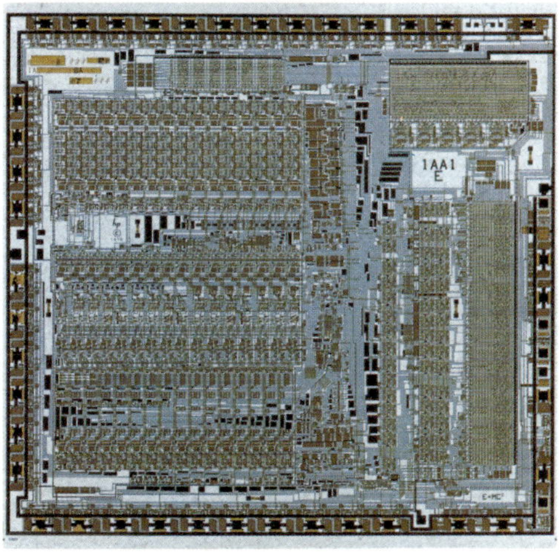

Minor *der,* Mathematik: Bez. für eine Unterdeterminante, → Determinante.

Minorante, → Majorante.

Minoritäts|träger, → Halbleiter.

Mintrop-Wellen [n. dem Geophysiker L. Mintrop, * 1880, † 1956], → seismische Wellen. – **Mintrop-Diskontinuität,** → Erde.

Minuend *der,* die Zahl, von der bei der → Subtraktion abgezogen wird, in $a - b$ ist a der M., b der **Subtrahend.**

minus, Mathematik: Ausdruck für die → Subtraktion ($a - b$, gelesen a minus b) und Vorzeichen **(Minuszeichen)** bei den negativen Zahlen (-3). Der Zusammenhang zw. beiden besteht darin, daß -3 als Ergebnis von $0 - 3$ definiert ist.

Minuspol, → Pol 4).

Minute, 1) gesetzl. SI-fremde Einheit der Zeit, Einheitenzeichen **min** bei Angabe einer Zeitdauer: 1 min = 60 s; Einheitenzeichen ^{min} bei Angabe der Uhrzeit, z. B. 7^h12^{min} (für 7 Uhr 12 Minuten).

2) Einheitenzeichen ′, gesetzl. SI-fremde Einheit des ebenen Winkels, 60. Teil des Winkelgrades (→ Grad 1): $1' = 1°/60 = (\pi/10800)$ rad. Die M. wurde früher auch als **Altminute** bezeichnet i. Ggs. zur → Neuminute.

Minuteman [mˈɪnɪtmæn, engl.], amerikan. → Interkontinentalrakete mit atomarem Mehrfach-Sprengkopf. Start aus unterird. Silos, auch von Eisenbahnwagen möglich (→ Raketenwaffen).

Miozän, Erdgeschichte: untere Abteilung des Neogen; → Tertiär.

MIR, Abk. für **mittleres Infrarot,** → Infrarotstrahlung.

Mira, veränderl. Stern im Sternbild Walfisch (Omicron Ceti), 1596 als erster → Veränderlicher von DAVID FABRICIUS entdeckt. Während M. im Lichtmaximum etwa die 2. bis 4. Größenklasse erreicht, sinkt die Helligkeit während des Minimums auf die 9. bis 10. Größenklasse ab; M. ist also vorübergehend dem bloßen Auge unsichtbar. Die Helligkeitsschwankungen mit einer Periode von 331 Tagen sind auf Pulsationen des Sterns zurückzuführen; M. ist ein roter Überriese und Prototyp einer Klasse langperiodisch veränderlicher Sterne (→ Mira-Sterne).

Mirabilit, Glauber-Salz [n. J. R. Glauber, * 1604, † 1670], Mineral $Na_2SO_4 \cdot 10\,H_2O$, farblos; H. 1,5. M. kommt auf Salzlagerstätten, in Salzseen, Mineralwässern, als Ausblühung des Bodens und auf Mauerwerk vor.

Mirach, Stern 2. Größe, β im Sternbild Andromeda.

Miranda, ein Mond des Planeten → Uranus.

Mira-Sterne, Bez. für → Pulsationsveränderliche, die nach ihrem Prototyp → Mira benannt sind. Die M.-S. weisen Helligkeitsänderungen von mehr als $2^m_{\cdot}5$ auf (bis 8^m); die Perioden des Lichtwechsels liegen zw. 80 und etwa 1 000 Tagen.

MIRV, Abk. für **Multiple Independently Targetable Reentry Vehicle** [mˈʌltɪpl ɪndɪpˈendəntlɪ tˈɑ:gɪtəbl ri:ˈentrɪ vˈi:ɪkl, engl.], Gefechtskopf eines interkontinentalen Angriffsflugkörpers (→ Interkontinentalrakete), der zur Erschwerung der Abwehr durch Abwehrflugkörper (ABM) in einer bestimmten Entfernung vor den Zielen mehrere kleinere Gefechtsköpfe mit Atomsprengladungen ausstößt, die einzeln auf diese gelenkt werden.

Mischbarkeit, Fähigkeit von Stoffen, sich ineinander zu lösen (→ Lösung), d. h. homogene Mischphasen zu bilden. Man unterscheidet zw. vollständiger und begrenzter M.; im ersten Fall (z. B. Alkohol–Wasser) können die Konzentrationen der beteiligten Stoffe beliebig gewählt werden, während im zweiten (z. B. Benzol–Wasser) innerhalb eines best. Bereiches der Zusammensetzung ein Zerfall in zwei Phasen **(Entmischung)** auftritt. Die M. verändert sich mit der Temperatur, wobei der Übergang zw. vollständiger und begrenzter M. an der kritischen Entmischungstemperatur erfolgt. → Mischen 1).

Mischbatterie, Wassermischer, Sanitärtechnik: Auslauf- oder Durchlaufarmatur mit der Möglichkeit zur Einstellung einer gewünschten Wassertemperatur durch Mischung kalter und warmer Wasserströme.

Mischbettfilter, → Ionenaustauscher.

Mischbinder, hydraul. Bindemittel mit zementähnl. Charakter aus hydraul. (→ hydraulische Zusätze) oder puzzolanischen (→ Puzzolane) Stoffen und Anregern.

Misch|element, chem. Element, das mehrere stabile isotope Atomarten enthält (→ Isotope).

Mischen, 1) allgemein und Verfahrenstechnik: Stoffverteilungsprozeß, bei dem zwei oder mehrere Stoffe in ein Gemisch mit möglichst vollkommener Gleichverteilung überführt werden. Durch M. kann die Geschwindigkeit physikal. Vorgänge (z. B. Phasenübergänge bei Extraktion und Absorption) oder chem. Reaktionen (z. B. bei Zementherstellung, Polymerisationen) erhöht werden. Das M. dient auch zur Herstellung von einheitlichen, aus mehreren Komponenten bestehenden Endprodukten (z. B. Lacke, Kraftstoffe). Das M. von pulvrigen oder körnigen Feststoffen (Trocken-M.) kann in rotierenden Mischtrommeln oder in Silos mit Hilfe von Förderschnekken oder durch Verwirbelung mit Druckluft (pneumatisch) durchgeführt werden. In Knetern werden zähflüssige bis teigige Stoffe gemischt. Das M. von Flüssigkeiten erfolgt in Behältern mit Rührern oder in Rohrleitungen mit Strömungsmischern (In-Line-Blender).

2) Elektroakustik: Zusammenführen von verschiedenen Tonfrequenzschwingungen auf einen Tonträger oder zu einer Darbietung mit Hilfe eines → Mischpultes 1).

3) Funktechnik: gegenseitige Modulation von hochfrequenten Schwingungen, in der → Mischstufe eines Rundfunkempfängers die Empfangs- und die Oszillatorfrequenz.

4) Spinnerei: a) Mischung eines Rohstoffs, z. B. mehrere Baumwollballen oder Wolltypen, zur Herstellung einer homogenen Spinnpartie; b) Mischung mehrerer Rohstoffe zur Erzielung eines best. Garnpreises und/oder einer best. Garnqualität, z. B. Baumwolle/Chemiefaser 67/33%, Wolle/Chemiefaser 45/55% **(klassische Mischung);** c) Mischung eines oder mehrerer naturfarbener und/oder gefärbter Faserstoffe zur Erzielung eines bestimmten Farbtons, einer **Melange** [mel'ãʒə].

Mischgas, ein → Brenngas, das aus zwei oder mehr Gasen besteht, z. B. → Stadtgas.

Mischgestein, Geologie: der → Migmatit.

Mischkristalle, früher **feste Lösungen,** Kristalle bei denen eine kontinuierl. Änderung der Zusammensetzung durch die teilweise oder vollständige Ersetzung der Bausteine des Grundgitters durch chemisch andere Bausteine nicht auch zu einer Änderung des jeweiligen Strukturtyps führt. Die Gastkomponente ist zumeist statistisch im Wirtskristall verteilt; falls die Verteilung geordnet ist spricht man von **Ordnungszuständen.** Falls die Komponenten im beliebigen Verhältnis mischbar sind, spricht man von **unbeschränkter** oder **lückenloser Mischkristallbildung.** Dies ist nur möglich, wenn beide Komponenten gleichen Gittertyp und gleiches chem. Verhalten sowie etwa gleichen Ionenradius – die Größenunterschiede dürfen 15% nicht überschreiten – aufweisen (Beispiel: Gold-Silber). Meist ist die M.-Bildung auf bestimmte Konzentrations- und Temperaturbereiche beschränkt **(beschränkte M.-Bildung);** generell nimmt die Mischbarkeit bei höherer Temperatur zu. Die Bereiche, in denen keine M.-Bildung möglich ist, nennt man **Mischungslücken.**

Mischlichtlampe, Verbundlampe, elektr. Lampe, in der (oft zur Verbesserung der Farbwiedergabe-Eigenschaften) eine Glühlampe und eine Entladungslampe (meist eine Quecksilberhochdrucklampe) vereinigt sind. Der Glühdraht der Glühlampe ist dabei mit der Gasentladungsstrecke in Reihe geschaltet.

Mischpult, 1) Elektroakustik: elektr. Gerät mit mehreren Eingängen und Lautstärkeeinstellern sowie einem Ausgang zum Mischen von Tonfrequenzsignalen, die aus verschiedenen Quellen (Mikrophon, Tonabnehmer, Rundfunkempfänger) stammen. Zweck ist z. B. die Untermalung von Sprachdarbietungen mit Musik oder Geräuschen. Größere Tonbandgeräte haben ein eingebautes M.

2) Fernsehen: elektr. Gerät, mit dem die von Bildgebern (z. B. Kamera, Film-, Diaabtaster) kommenden Signale ohne Störung in die Sendung eingeblendet werden können.

Mischsäure, Gemisch aus Schwefel- und Salpetersäure zur Nitrierung und Herstellung von Sprengstoffen (z. B. Nitroglycerin).

Mischstrom, Elektrotechnik: → Gleichstrom.

Mischstufe, Stufe in Überlagerungsempfängern (→ Rundfunk) zur Erzeugung der Zwischenfrequenz (Abk. ZF). Das im Hochfrequenzeingangskreis verstärkte Empfangssignal wird mit einer festen Oszillatorfrequenz der M. zugeführt. Die ZF ergibt sich dann durch additive Mischung aus der Differenz (oder auch Summe) von Empfangs- und Oszillatorfrequenz.

Mischsystem, Mischverfahren, System zur Siedlungsentwässerung, bei dem Schmutz- und Regenwasser in einem gemeinsamen Leitungsnetz abgeleitet werden. Abflußspitzen bei Starkregen werden durch Überläufe direkt dem → Vorfluter zugeführt; Ggs.: → Trennsystem.

Mischzylinder, Chemie: → Meßzylinder.

MISFET, Abk. für **Metal Insulator Semiconductor Field Effect Transistor** [metl 'ınsjuleıtə semıkənd'ʌktə fi:ld ıf'ekt træns'ıstə, engl.], allg. Bez. für einen Feldeffekttransistor mit isolierter Gate-Elektrode. Meist wird als Isolator Siliciumdioxid (SiO_2) verwendet, für diese Transistoren ist die Bez. → MOSFET gebräuchlicher. Besteht der Isolator aus Aluminiumoxid (Al_2O_3), werden sie auch als → MASFET bezeichnet.

Mississippian [-pıən], das flözleere → Karbon in Nord-Amerika.

Missourit [mısur'ıt], ein Tiefengestein, → magmatische Gesteine.

Mißweisung, erdmagnetische Deklination, der Winkel zw. der mittleren Richtung der Kompaßnadel (geomagnetisch Nord) und der Richtung zum geograph. Nordpol (→ erdmagnetisches Feld).

Mistelflugzeug, kleineres Flugzeug, das zur Durchführung eines Flugstartes (→ Start) auf oder unter einem größeren Trägerflugzeug befestigt ist und während des Fluges freigegeben wird. Urspr. für militär. Zwecke entwickelt, heute als Starthilfe für nicht eigenstartfähige Forschungs- und Versuchsflugzeuge verwendet.

Mistpuffers, Nebelknalle, Nebelschießen, dumpfe Knallgeräusche, die man gelegentlich an der

Küste scheinbar aus großer Entfernung, meist bei diesigem Wetter hört. Ihre Entstehung ist unbekannt.

Mitführungsko|effizient, die Größe, mit der die Geschwindigkeit v eines bewegten Körpers, der die Brechzahl n aufweist, multipliziert werden muß, um den Wert zu erhalten, um den sich die Lichtgeschwindigkeit c' in diesem bewegten Körper ändert; er beträgt $1-1/n^2$, d. h., die Lichtgeschwindigkeit im bewegten Körper und die Geschwindigkeit des Körpers addieren oder subtrahieren sich nicht einfach, sondern es gilt: $c' = c/n \pm (1-1/n^2)v$; die Addition gilt, falls v parallel zur Ausbreitungsrichtung des Lichtes gerichtet ist, die Subtraktion, falls beide antiparallel gerichtet sind (c = Vakuumlichtgeschwindigkeit). Die theoret. Erklärung für den 1818 von A. J. FRESNEL vorausgesagten und 1851 von A. H. L. FIZEAU (→ Fizeau-Versuch) zuerst experimentell bestimmten M. liefert die → Relativitätstheorie. Die Bezeichnung M. stammt noch aus den älteren Vorstellungen der Äthertheorie. Das Ergebnis von Fizeau ist eine Stütze der speziellen Relativitätstheorie, da es die Erklärung des → Michelson-Versuches durch Mitführung eines angenommenen Äthers ausschließt.

Mitizide, gelegentliche Bez. für → Akarizide.

Mitkopplung, positive → Rückkopplung, bei der das Ausgangssignal einer Verstärkerstufe teilweise auf den Eingang zurückgeführt wird. Unter der Voraussetzung, daß die rückgekoppelte Wechselspannung phasengleich mit der Eingangsspannung ist, addieren sich beide und bewirken am Ausgang der Verstärkerstufe eine Vergrößerung des Ausgangssignals (Ggs.: → Gegenkopplung). Nach diesem Prinzip werden u. a. schwingungserzeugende Schaltungen (z. B. Sinusgenerator) aufgebaut.

Mitstrom, durch Reibung am Schiffskörper in Fahrtrichtung des Schiffes mitlaufende Strömung.

Mittagshöhe, → Meridian 1).

Mittagskreis, der → Meridian 1).

Mittagslini|e, → Meridian 1).

Mittagspunkt, Südpunkt, Gegenpunkt zum → Nordpunkt 1).

Mittel, Statistik: → Mittelwert.

Mitteldestillate, zw. etwa 180 und 400 °C siedende Erdöldestillate oder andere Raffinerieprodukte (z. B. Crack-Gasöl), die v. a. als Mischkomponenten für Heizöl EL und Dieselkraftstoff dienen.

Mitteldruckmotor, Verbrennungsmotor, bei dem das → Verdichtungsverhältnis zw. dem des Otto- und Dieselmotors liegt, z. B. der → Glühkopfmotor.

Mittel|europäische Zeit, Abk. **MEZ,** → Zeitmessung.

Mittelfrequenz, der Frequenzbereich von 200 bis 10000 Hz bei Dreh- und Wechselströmen. M.-Ströme werden energietechnisch angewendet, bes. für die induktive Wärmetechnik, die Flugtechnik und für Schnellfrequenzantriebe. In der Nachrichtentechnik heißt dieser Frequenzbereich **Tonfrequenz.**

Mittelgebirge unterscheiden sich von Hochgebirgen durch geringere relative Höhenunterschiede (kaum mehr als 1000 m) und eigene Formen (abgerundete Gipfel, breite Kämme, gewölbte Rücken, flachgewellte Flächen). Steilere Hangformen finden sich an den Flanken der (meist jungen) Täler. Die Höhen bleiben in den gemäßigten Breiten unter 2000 m. Nur wenige M. zeigen glaziale Formen (z. B. Riesengebirge, Schwarzwald). Die M. wurden schon im Mesozoikum fast völlig eingeebnet. Die → Rumpfflächen der M. erhielten im Tertiär ihren heutigen Bau, im Quartär ihre derzeitige Form und Höhe.

Mittel|lini|e eines → Trapezes **(Mittelparallele,** BILD 1) oder → Dreiecks (BILD 2) ist die Strecke parallel zur Grundseite im halben Abstand von der Gegenseite oder der Gegenecke. Die Länge der M. (m) im Trapez ist gleich dem arithmet. Mittel (→ Mittelwert) der Parallelseiten a und b: $m = \frac{a+b}{2}$.

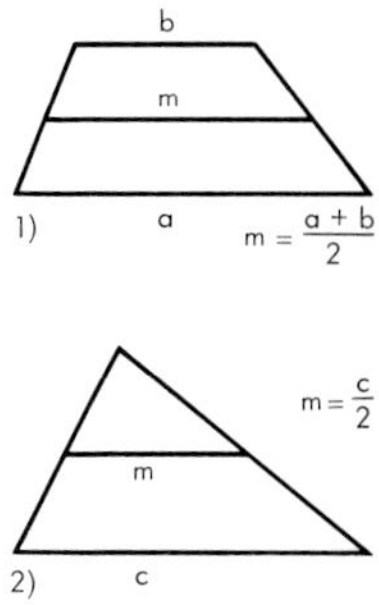

Mittellinie

Mittel|lot, Mittelsenkrechte, i. w. S. das Lot im Mittelpunkt einer Strecke, i. e. S. die auf den Seiten eines → Dreiecks 2) errichteten Lote, sie schneiden sich im Mittelpunkt des Umkreises des Dreiecks.

Mittelmeere, Nebenmeere, die weitgehend durch Festländer und untermeerische Schwellen von den offenen Ozeanen abgetrennt sind. (→ Meer)

Mittelmeridian, der in der Mitte eines Systems → Gaußscher Koordinaten liegende → Hauptmeridian.

Mittelmotor, ein in Fahrtrichtung vor der Hinterachse eingebauter Fahrzeugmotor, vorherrschend im Rennwagenbau. Vorteil: günstige Achslastverteilung. Nachteil: schlechte Zugänglichkeit, größerer Aufwand für Geräusch- und Wärmeisolation, kein Raum für Fondsitze.

Mittel|ozeanische Rücken, Geologie: tekton. Großelemente der Erde; langgestreckte untermeer. Hochgebiete, die kennzeichnend für die Zentralzonen aller Ozeane sind, ein gebirgsartiges Relief haben und den Kammbereich von wesentlich breiteren gleichverlaufenden **(mittelozean.) Schwellengebieten** bilden. Diese dachen sich nach beiden Seiten in schwach nach außen geneigten Stufen gegen die ozean. Tiefseebecken ab. Die M. R. überragen diese um rd. 2000–4000 m. Der im Zentrum verschiedener M. R. befindliche **Zentralgraben** kann bis 60 km breit und bis rd. 3000 m tief sein. Er wird von parallelen Furchen begleitet und zeichnet sich aus durch zahlreiche Erdbeben mit flacher Herdtiefe, intensiven basalt. Vulkanismus und eine sehr hohe Wärmeströmung. Hinsichtlich der Schweranomalie weist z. B. die Kammregion des Mittelatlant. Rückens eine erheblich geringere Bouguer-Anomalie auf als die beiden Außenbereiche der Mittelatlant. Schwelle. **Scherzonen,** etwa senkrecht zu den M. R., mit Verschiebungsbeträgen bis zu mehreren hundert Kilometern gliedern diese in unregelmäßigen Abständen. Die Tiefenbrüche der M. R. sind Zerrungsfugen, auf denen basalt. Schmelzflüsse des oberen Erdmantels aufsteigen. Durch die Zufuhr dieser magmat. Schmelzen wird ständig ozean. Kruste gebildet, die sich symmetrisch nach beiden Seiten ausbreitet (→ Seafloor-Spreading).

Mit mehr als 20000 km Länge ist der **Mittelatlant. Rükken** eine der bedeutendsten Erdkrusten-Strukturen, sie erhebt sich 2000–4000 m über die benachbarte, bis 5000 m hinabreichende Tiefsee. Der **M. R. des Indik** hat im N Verbindung mit der Bruchzone des Roten Meeres und teilt sich im S in einen westl., mit dem Mittelatlant. Rücken verbundenen und in einen östl. Ast auf, der mit dem des Pazifik in Verbindung steht. Der **Ostpazif. Rücken** weist gegenüber dem pazif. Gesamtraum eine exzentrische Lage auf. Er ist 15000 km lang und 2000–4000 km breit und taucht unter dem Westrand des amerikan. Festlandblockes unter.

Mittelpufferkupplung, → Eisenbahnkupplungen.

Mittelpunkt, Zentrum, zentral gelegener Ort oder

Punkt einer Fläche, eines Gebietes, Landes, Körpers. Eine in einer Ebene oder im Raum gelegene Punktmenge besitzt den Mittelpunkt *M,* wenn jede durch *M* gehende Verbindungsstrecke zweier Punkte der Menge durch den Punkt *M* halbiert wird. Einen M. besitzen daher die Endpunkte eines Intervalles (M. des Intervalles), ein Kreis und ein Ellipsoid, dagegen nicht eine Parabel.

Mittelpunktleiter, der vierte Leiter (Vierleitersystem) in einem Drehstromsystem (→ Drehstrom), der bei der → Sternschaltung vom Mittelpunkt (Sternpunkt) der drei Generatorwicklungen zum Verbraucher führt.

Mittelpunktschaltung, Mittelpunkt-Zweiweg-Gleichrichterschaltung, → Gleichrichter.

Mittelsenkrechte, → Mittellot.

Mittelspannung werden in elektr. Energieverteilungsnetzen → Hochspannungen von 1 kV bis etwa 30 kV (manchmal bis 60 kV) genannt.

Mittelstreckenrakete, engl. **Intermediate Range Ballistic Missile** [ɪntəm'i:djət reɪndʒ bəl'ɪstɪk m'ɪsɪl], Abk. **IRBM,** oder **Medium Range Ballistic Missile** [m'i:dɪəm-], Abk. **MRBM,** gelenkte → Raketenwaffe mittlerer Reichweite (etwa 5000 km) für strateg. Angriffsaufgaben (Kernsprengköpfe). Antrieb durch Feststofftriebwerke, die die Waffe von ortsfesten Abschußstellungen unabhängig machen, wodurch die Verwendung mobiler Startrampen (U-Boote oder Kettenfahrzeuge) möglich wird, die sich der gegner. Einwirkung besser entziehen können.

Mittelstreifen, begrünter **(Grünstreifen),** mit Leitplanken oder mit Blendschutzzaun versehener Trennstreifen in der Mitte von Straßen mit Richtungsverkehr, bes. von Autobahnen.

Mittelwasser, → Wasserstand.

Mittelwellen, Funktechnik: elektromagnet. Wellen mit Wellenlängen von 100 bis 1000 m, entsprechend 3000–300 kHz (187–570 m für Tonrundfunk; → Frequenzbereich). M. breiten sich am Tag nur als → Bodenwellen aus, deren Reichweite wegen der Absorption durch die Erde in diesem Wellenbereich begrenzt ist. Nachts kommt die → Raumwelle 1) hinzu, die eine größere Reichweite hat, bes. bei den kürzeren Wellen dieses Bereiches (→ Europa-Welle).

Mittelwert, statistischer M., Wert, der eine statist. → Reihe 2) charakterisiert und durch die Massen- oder Reihenwerte bestimmt ist; oft auch als **Durchschnitt** bezeichnet. Man unterteilt die statist. M. in errechnete M. (Ersatzwerte) und M. der Lage. Man unterscheidet:

1) Das **arithmet. Mittel** $\bar{x}$ (Durchschnitt i. e. S.), der älteste und wichtigste statist. M. ist der *n*-te Teil der Summe der Einzelwerte (n = Anzahl der Einzelwerte). Seien die Einzelwerte $x_1, x_2, \ldots, x_n$, dann ist das arithmetische Mittel

$$\bar{x} = \frac{1}{n}(x_1 + x_2 + \ldots + x_n) = \frac{1}{n}\sum_{i=1}^{n} x_i.$$

Seien $f_1, f_2, \ldots, f_n$ die absoluten Häufigkeiten, die den Einzelwerten zugeordnet werden, dann ist das **gewogene arithmet. Mittel** x_g definiert als

$$x_g = \frac{x_1 f_1 + x_2 f_2 + \ldots + x_n f_n}{f_1 + f_2 + \ldots + f_n}.$$

In der Wahrscheinlichkeitsrechnung wird das arithmet. Mittel als Erwartungswert interpretiert.

2) Das **geometr. Mittel** G ist gleich der *n*-ten Wurzel aus dem Produkt der einzelnen Glieder der Reihe:

$$G = \sqrt[n]{x_1 \cdot x_2 \cdot \ldots \cdot x_n}.$$

Die Berechnung von G ist immer dann sinnvoll, wenn Durchschnitte von relativen Größen (z. B. von Wachstumsraten) gebildet werden sollen.

3) Das **quadrat. Mittel** Q ist gleich der Quadratwurzel aus dem arithmet. Mittel der quadrierten Einzelwerte:

$$Q = \sqrt{\frac{1}{n}(x_1^2 + \ldots + x_n^2)}.$$

Große Bedeutung hat das quadrat. Mittel von Abweichungen als Streuungsmaß.

4) Das **harmon. Mittel** H ist der reziproke Wert des arithmet. Mittels der reziproken Reihenwerte:

$$H = n \Big/ \left(\frac{1}{x_1} + \frac{1}{x_2} + \ldots + \frac{1}{x_n}\right).$$

Mittelwertsatz, 1) M. der Differentialrechnung: Ist eine Funktion $y = f(x)$ in einem abgeschlossenen Intervall $[a, b]$ stetig und besitzt sie innerhalb dieses Intervalls eine Ableitung (→ Differentialrechnung), so existiert zw. a und b wenigstens eine Zahl c derart, daß gilt:

$$f(b) - f(a) = (b - a) f'(c), \text{ wobei } a < c < b.$$

2) M. der Integralrechnung: → Integralrechnung.

Mittenwinkel, Mittelwinkel, → Zentriwinkel.

Mitternachts|punkt, der → Nordpunkt 1).

Mitternachts|sonne, Erscheinung, daß die Sonne in den Polargebieten zur Sommerszeit auch um Mitternacht über dem Horizont bleibt; an den Polarkreisen nur am Tag der Sommersonnenwende, nach den Polen hin nimmt die Dauer zu und beträgt an den Polen selbst ein halbes Jahr (→ Polarnacht).

Mitternachtstiefe, → Meridian 1).

mittlere freie Weglänge, Formelzeichen λ, in der kinet. Gastheorie der Mittelwert der **freien Weglänge** (d. h. der Strecke, die ein Molekül zw. zwei Stößen zurücklegt), der über sehr viele gleichartige Moleküle oder für ein Molekül über ein größeres Zeitintervall gebildet wird. Die m. f. W. ist druckabhängig (ÜBERSICHT Vakuumtechnik); für Luft bei 300 K und 1000 mbar gilt: $\lambda = 3{,}5 \cdot 10^{-6}$ cm. Der Begriff m. f. W. wird auch in anderen Bereichen der Physik entsprechend verwendet, z. B. bei freien Ladungsträgern in Festkörpern, bei Neutronen im Kernreaktor.

Mizzonit *der,* Mineral, ein → Skapolith.

MJ, Einheitenzeichen für **Megajoule** (→ Joule).

M-Kontakt, → Synchronverschluß.

mkp, m · kp, Einheitenzeichen für → **M**eter**k**ilo**p**ond.

MKSA-System, Abk. für **Meter-Kilogramm-Sekunde-Ampere-System** [-ãp'ɛ:r-], ein → Maßsystem.

MKS-System, Abk. für **Meter-Kilogramm-Sekunde-System,** ein → Maßsystem.

ml, Einheitenzeichen für **Milliliter** (→ Liter).

mm, Einheitenzeichen für **Millimeter** (→ Meter).

mmHg, Einheitenzeichen für konventionelle → Millimeter-Quecksilbersäule.

MMT, Abk. für → **M**ultiple **M**irror **T**elescope.

mmWS, Einheitenzeichen für konventionelle → Millimeter-Wassersäule.

Mn, chem. Symbol für → Mangan.

mN, Einheitenzeichen für **Millinewton** (→ Newton).

mnemotechnischer Code, mnemotechnische Abkürzung, mnemonic [ni:m'ɔnɪk, engl.], Datenverarbeitung: sinnfällige Abkürzung, aus der die Bedeutung eines Begriffs unmittelbar hervorgeht (z. B. FKT für Funktion) und die zum leichteren Verständnis eines geschriebenen Programms beiträgt. Die Summe der in m. C. geschriebenen Anweisungen bildet die Assemblersprache, die auf der speziellen Architektur eines jeden Rechners aufbaut. Ein häufig vorkommendes Kürzel ist z. B. die arithmet. Instruktion ADDA, entstanden in Anlehnung an ›add‹ (engl. addiere). Diese Anweisung bedeutet für den Rechner, den Inhalt einer Speicherzelle mit dem Inhalt des Akkumulators A durch die Operation ›addiere‹ zu verknüpfen.

MNOS-Technologie, Abk. für **Metal Nitride Oxide Semiconductor-Technologie** [metl n'aıtraıd 'ɔksaıd semıkənd'ʌktə, engl.], eine → MOS-Technologie zur Herstellung von elektr. umprogrammierbaren Festwertspeichern. Die einzelnen Speicherelemente werden durch Transistoren gebildet, deren Isolationsschicht zw. Steueranschluß (Gate) und Substrat nicht nur aus Siliciumdioxid besteht, sondern noch mit einer zusätzl. Siliciumnitridschicht versehen ist. An der Grenzfläche dieser beiden Schichten bildet sich eine Zone aus, die elektr. Ladungen speichern kann.

Mo, chem. Symbol für → Molybdän.

mobile Funkdienste, Mobilfunk, → Funkdienst.

Mobilprozeß, → Methanol.

Möbius-Prozeß, → Gold-Silber-Scheidung.

Möbius|sches Band, Möbius|sche Fläche [n. dem dt. Mathematiker A. F. Möbius, * 1790, † 1868], eine einseitige Fläche, d. h. eine Fläche, bei der man von einer Seite auf die andere ohne Überschreitung des Randes gelangen kann.

Modalfasern, baumwollähnlich modifizierte Chemiefasern auf Viskosebasis mit hoher Trocken- und Naßfestigkeit (→ Zellwolle).

Model *der,* **1)** Holz- oder Tonform für Knet- oder Gußerzeugnisse, z. B. Gebäck, Butter, Wachs.

2) Holzstempel für den Stoff- und Tapetendruck (→ Modeldruck), auch für Stick- und Webvorlagen.

3) im Sägewerk vorgeschnittenes Rundholz mit zwei parallelen Schnittflächen.

Modeldruck, Handdruck, älteste Form des → Textildrucks. Als Druckformen dienen Model aus Holz. Sie enthalten das Muster ausgestochen oder ausgebrannt in erhabener Form. Sie werden mit Farbe versehen, auf die Ware gebracht und mit einem Holzhammer abgeklopft. Für scharfe Linien und Punktmuster werden im Holz zusätzlich Stifte und Bleche aus Messing angebracht, bei großflächigen Mustern Filzauflagen. Zum mustergetreuen Versetzen der Schablonen dienen Rapportstifte an den Ecken eines Models.

Modell, eigtl. Nachbildung oder Entwurf von Gegenständen aller Art in z. T. kleinerem Maßstab. In der Naturwissenschaft soll das M. die wesentl. Eigenschaften des Vorbildes ausdrücken, nebensächl. Eigenschaften außer acht lassen, um durch diese Vereinfachung zu einem übersehbaren Gedankengang oder zu einem mathematisch berechenbaren oder zu experimentellen Untersuchungen geeigneten Gegenstand zu kommen. So spricht die Astronomie und Kosmologie von **Stern-M.** und **Welt-M.;** die Physik von **Atom-M.** oder vom M. eines metallischen Leiters, eines Halbleiters u. a. **Modellversuche** sollen das physikal. und techn. Verhalten des dargestellten Gebildes aufklären; so z. B. die Messung der Luftkräfte an einem Flugzeug-M. im Windkanal oder des Widerstandes eines Schiffes im Wasser bei einem Schleppversuch. Die Übertragung der am M. gewonnenen Ergebnisse auf die Wirklichkeit erfordert auch eine Umrechnung der gemessenen Größen nach Modellregeln. **Technische M.** dienen zur Unterrichtung, als belehrendes Spielzeug, als wissenschaftl. Versuchsobjekt, als Muster für die Serienfabrikation oder als Hilfsmittel zur Anfertigung von Formen in der Gieß- und Spritztechnik.

Modell|eisenbahn, naturgetreue, maßstäblich verkleinerte Nachbildungen von Eisenbahnen und Eisenbahnanlagen. Die wichtigen Verkleinerungsmaßstäbe sind 1:220 (Spur Z, Spurweite 6,5 mm), 1:160 (Spur N, 9 mm), 1:120 (Spur TT, 12 mm), 1:87 (Spur H0, 16,5 mm), 1:45 (Spur 0, 32 mm), 1:32 (Spur I, 45 mm). Die Triebfahrzeuge werden elektrisch mit Gleichstrom (über die beiden Fahrschienen) betrieben oder mit Wechselstrom (dann meist über die beiden Fahrschienen als Masseleiter und Punktkontakte in der Gleismitte, früher Mittelschiene, als zweiten elektr. Leiter). Züge werden von einem Fahrregler, Signale, Weichen u. dgl. werden i. d. R. von einem Schalt- oder Gleisbildpult aus ferngesteuert.

Möbiussches Band

Modellflugzeug, naturgetreue oder naturähnl., flugfähige Nachbildung eines Originalflugzeuges. M. bilden im Flugmodellsport (→ Flugmodell) eigene Wettbewerbsklassen, in denen neben den Flugleistungen auch die Formtreue und Genauigkeit der Nachbildung bewertet werden. Abweichend davon werden verschiedentlich auch nichtflugfähige Nachbildungen als M. bezeichnet.

Modellstatik, Ermittlung der Kräfte in Tragwerken an Modellen statt durch (mitunter kaum mögliche) Berechnung; angewendet werden bes. mechan. und spannungsopt. Verfahren (→ Spannungsoptik). Schwierig bleibt die Übertragung der Meßergebnisse vom Modell auf die Wirklichkeit (Modellversuche, → Modell).

Mode-Locking [m'əʊd lɔkıŋ, engl.], → Laser.

Modem *der,* auch *das,* Abk. für **Modulator-Demodulator,** elektron. Gerät für die Datenübertragung auf Fernsprechleitungen. Von der Datenendeinrichtung abgegebene digitale Signale werden durch Modulation in Hochfrequenzsignale umgesetzt, damit sie auf den vorhandenen Nachrichtenkabeln übertragen werden können. Ankommende Signale werden demoduliert, so daß anschließend wieder die urspr. Datensignale zur Verfügung stehen. Durch geeignete Modulationsverfahren wird eine möglichst gute Ausnutzung der Leitungen, d. h. eine möglichst hohe Übertragungsgeschwindigkeit angestrebt. Ein M. muß z. B. eingesetzt werden, wenn der von der Dt. Bundespost betriebene → Bildschirmtext genutzt werden soll.

Moden *Mz.,* bestimmte Wellentypen, die sich in Wellenleitern, z. B. → Hohlleitern oder → Lichtleitern, ausbreiten. Als M. werden auch die Eigenschwingungen (Resonanzfrequenzen) eines Laserresonators (→ Laser) bezeichnet, denen stationäre Feldverteilungen der elektromagnet. Wellen entsprechen. Die Frequenzen der **longitudinalen (axialen) M.** sind durch die Bedingung festgelegt, daß die opt. Weglänge im Resonator ein ganzzahliges Vielfaches der Wellenlänge sein muß. **Transversale M.** unterscheiden sich durch die räuml. Verteilung der Feldstärke und der Intensität über den Querschnitt des Laserstrahls.

Moderator, in → Kernreaktoren benötigte Substanz **(Bremssubstanz),** die zum Abbremsen der bei den Kernspaltungen entstehenden schnellen Neutronen auf therm.

Geschwindigkeit dient (ohne jedoch die Neutronen merklich zu absorbieren), da die Spaltung der U-235-Kerne bei niedrigeren Neutronenenergien mit besserer Ausbeute verläuft. Als M. dienen Wasser, Schweres Wasser, Graphit und Beryllium.

Modifikation, Chemie: Bez. für Zustandsformen von Elementen und Verbindungen, die sich hinsichtlich ihrer chem. Zusammensetzung (zumindest in ihren einfachen Moleküleinheiten) nicht, dagegen in ihren physikal. Eigenschaften unterscheiden (→Polymorphie). Die Umwandlung einer M. in eine andere wird als **Allotropie** bezeichnet (→Enantiotropie).

Modul, 1) Bauwesen: →Modulordnung.

2) Chemie: Bez. für das Membransystem bei der Ultrafiltration; →Membranverfahren.

3) Datenverarbeitung: Teil bei der Strukturierung des geschriebenen Rechnerprogrammes (Software) zur Steuerung eines Prozesses. Durch Ablauf der aufgabenorientierten M. werden mit Hilfe der Elektronik (Hardware) u. a. Steuerbefehle erzeugt oder Meldungen umgesetzt und verarbeitet.

4) Elektronik: Baugruppe, die eine oder mehrere (i. a. in sich geschlossene) Funktionen übernimmt und durch elektron. Schaltkreise realisiert, meist als mechanisch leicht austauschbare Einheit aufgebaut. Dazu sind besondere **Steckkarten** (→gedruckte Schaltungen, die über Steckverbinder mit anderen Baugruppen verbunden sind) geeignet. Die **M.-Bauweise** (auch **modulare Bauweise**) erleichtert den Service (Austausch defekter M.) und die Erweiterung eines Systems (Zufügung weiterer M.) oder ermöglicht es, ein allgemein einsetzbares elektron. Gerät auf eine spezielle Anwendung hin auszurichten (zu programmieren).

5) Maschinenbau: Verhältnis des Teilkreisdurchmessers zur Zähnezahl eines Zahnrades.

6) Mathematik: a) algebraische Struktur, die analog zur Struktur des →Vektorraums definiert ist, wobei an die Stelle eines Körpers ein Ring als Skalarbereich tritt. R sei ein →Ring, $(M, +)$ eine Abelsche Gruppe, $\sigma : R \times M \longrightarrow M$ eine Abbildung, genannt Skalarmultiplikation, geschrieben $\sigma(r, m) =: rm$. Dann heißt $(R, (M, +), \sigma)$ ein **R-links-M.**, wenn für alle $r, r_1, r_2 \in R$ und für alle $m, m_1, m_2 \in M$ gilt:

1) $r(m_1 + m_2) = rm_1 + rm_2$;
2) $(r_1 + r_2)\, m = r_1 m + r_2 m$;
3) $(r_1 r_2) m = r_1 (r_2 m)$;
4) Falls R ein Einselement 1 besitzt: $1\, m = m$ (›unitärer‹ R-M.).

Entsprechend sind **R-rechts-M.** definiert. Die Elemente aus R wirken von rechts auf die Elemente von M.

In der Ringtheorie werden u. a. Eigenschaften von Ringen R durch die Eigenschaften der →Kategorie der R-links- oder R-rechts-M. untersucht. Hierbei spielen projektive oder injektive M. eine bed. Rolle.

b) der Faktor, durch den sich der dekad. →Logarithmus vom Logarithmus zu einer anderen Basis unterscheidet.

7) Physik und Technik: Bez. für eine Materialkonstante, z. B. Elastizitätsmodul (→Dehnung, →Elastizität 1), →Kompressionsmodul, Schubmodul (→Scherung 2).

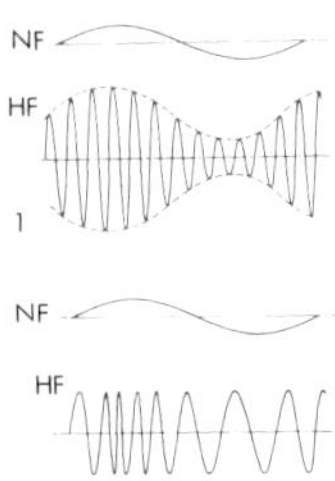

Modulation: **1** mit Niederfrequenz (NF) amplitudenmodulierte Hochfrequenz (HF). **2** mit Niederfrequenz (NF) frequenzmodulierte Hochfrequenz (HF)

8) Schiffbau: ein Großbauelement; z. B. werden moderne Fregatten aus sechs bis acht vorgefertigten M. auf dem Helgen zusammengesetzt.

Modulation, Nachrichtentechnik: eine Multiplikation von Schwingungen (d. h. der Augenblickswerte der Schwingungen miteinander) i. Ggs. zur Überlagerung, einer Addition. Die M. wird zur Übertragung von Sprache, Musik, Bildern und Daten auf Hochfrequenzschwingungen (den Trägerschwingungen) angewendet, um Nachrichten drahtlos zu übertragen oder Leitungen mehrfach auszunutzen (→Trägerfrequenztechnik). Beim umgekehrten Vorgang, der →Demodulation, wird auf der Empfangsseite einer Nachrichtenverbindung das urspr., niederfrequente Signal (die Nachricht) aus der Trägerschwingung zurückgewonnen.

Bei der im Kurz-, Mittel- und Langwellenbereich gebräuchlichen **Amplituden-M. (AM)** wird die Amplitude der hochfrequenten Trägerschwingung (HF) durch die niederfrequenten Schwingungen (NF) der Nachricht beeinflußt. Die positiven Halbwellen der NF vergrößern die Amplitude der HF, die negativen Halbwellen verkleinern sie, beides um so mehr, je größer die Amplitude der NF ist. Das Verhältnis der NF-Amplitude zur HF-Amplitude wird als **Modulationsgrad** bezeichnet. Man kann sich die mit einer Tonfrequenz amplitudenmodulierte Trägerfrequenz ersetzt denken durch eine unmodulierte Trägerfrequenz und zwei Seitenfrequenzen, die sich zu beiden Seiten der Trägerfrequenz im Abstand der Tonfrequenz befinden. Mehreren Tonfrequenzen entsprechen mehrere Seitenfrequenzen, die zusammen je ein Seitenband bilden. Im kommerziellen Funkverkehr und in der Trägerfrequenztechnik wird nur ein einziges Seitenband übertragen **(Einseitenband-M.)**.

Bei der im UKW-Rundfunk angewandten **Frequenz-M. (FM)** wird statt der Amplitude die Frequenz der Trägerschwingung im Takt der Nachricht geändert. Die dadurch bewirkte Frequenzabweichung wird **Frequenzhub** genannt. Das Verhältnis des Frequenzhubes zur höchsten M.-Frequenz heißt **Modulationsindex.** Beim UKW-Rundfunk wird zur Störbefreiung der Modulationsindex wesentlich größer als 1 bemessen und außerdem eine Amplitudenbegrenzung im Empfänger durchgeführt. Zur Demodulation dient ein →Diskriminator. Die **Phasen-M.** ist für eine einzige Niederfrequenz identisch mit der Frequenz-M. Beide M.-Arten werden auch unter dem Begriff **Winkel-M.** zusammengefaßt.

Die **Impuls-M. (Puls-M.)** geht von der Erkenntnis aus, daß es genügt, nur viele kurze, periodisch aufeinanderfolgende Ausschnitte aus der Nachricht in Form von Impulsen zu übertragen, vorausgesetzt, daß die Impulswiederholungsfrequenz (Impulsfolgefrequenz) mindestens doppelt so groß ist wie die höchste in der Nachricht vorkommende Frequenz. Dabei ist es möglich, die Impulse nach Amplitude, zeitl. Lage, Breite oder Häufigkeit in der folgenden Weise zu modulieren: Impuls-Amplituden-M. (engl. Pulse Amplitude Modulation, Abk. PAM); Impulslagen-M., Impuls-Phasen-M. (engl. Pulse Position Modulation, Abk. PPM); Impuls-Frequenz-M., Impuls-Längen-M. (engl. Pulse Width Modulation, Abk. PWM); in Richtfunkstrecken sind heute meist Impulslagen-M. und bes. die →Puls-Code-Modulation (PCM) gebräuchlich. Eine spezielle Abwandlung der Puls-Code-M. stellt die →Deltamodulation dar, die bes. zur Digitalisierung von Analogsignalen geeignet ist.

M. im Fernsehen, →Negativmodulation.

Modulfunktion, Funktion, die in der Theorie der ellipt. Integrale auftritt. M. sind differenzierbare Funktionen einer komplexen Variablen, die bei den Substitutionen $x \longrightarrow \frac{ax+b}{cx+d}$, a, b, c, d ganzrational, $ad-bc=\pm 1$, ein bes. einfaches Verhalten zeigen. Sie hängen mit den → elliptischen Funktionen zusammen.

modulo, Begriff aus der Zahlentheorie zum Rechnen mit Resten; a, b und m seien ganze rationale Zahlen. $a \equiv b \bmod m$ (gelesen: a kongruent b modulo m) bedeutet, daß a und b bei Division durch m denselben Rest haben (wenn man sich die möglichen Reste z. B. durch 0, 1, ..., $|m|-1$ normiert denkt) oder daß die Differenz $a-b$ ein ganzzahliges Vielfaches von m ist; dadurch werden → Klassen gebildet. – Beispiele: $18 \equiv 6 \bmod 3$, denn $18-6=12=4 \cdot 3$; $-7 \equiv 8 \bmod 3$, denn $-7-8=-15=(-5) \cdot 3$. Das kann verallgemeinert werden auf → Ringe R oder → Moduln M, wobei jetzt ein ein- oder zweiseitiges Ideal von R oder ein Untermodul U von M zugrunde liegt.

Modul|ordnung, Modulor *der,* Maßordnung im Bauwesen auf der Grundlage einer inneren, relativen Maßeinheit. Beispiele: die vom menschl. Körper ausgehende Proportionsskala von LE CORBUSIER sowie E. NEUFERT: ›Internationale Maßordnung‹.

Modulsystem, Teileinheit eines → Waffensystems o. ä. mit Eingaben und Ausgängen (Inputs und Outputs), dessen Funktion durch Folge oder Anweisung zur Lösung bestimmter Aufgaben beiträgt. Erst durch ein Zusammenwirken mit anderen M. entsteht ein sinnvoller Zusammenhang.

Mofa, Abk. für **Motorfahrrad,** → Kraftrad.

Mofette, Geologie: kühle (< 100 °C), postvulkan. Kohlendioxid-Exhalation; z. B. die Hundsgrotte bei Neapel, M. im Gebiet des Laacher Sees.

Mögel-Dellinger-Effekt [n. dem dt. Ingenieur E. H. Mögel, * 1900, und dem amerikan. Physiker J. H. Dellinger, * 1886, † 1962], eine → solarterrestrische Erscheinung (→ Ionosphäre).

Moho, Abk. für → **Moho**rovičić-Diskontinuität.

Mohole-Projekt [m'ɔhəʊl-, engl.], Plan einer wissenschaftl. Tiefbohrung, mit der man die Erdkruste unter der Tiefsee durchdringen und Material aus Kruste und oberem Erdmantel fördern will.

Mohorovičić-Diskontinuität, Mohorovičić-Fläche [mɔhɔr'ɔvi:tʃitsj-, n. dem jugoslaw. Geophysiker A. Mohorovičić, * 1857, † 1936], Abk. **Moho,** Grenzfläche oder Übergangszone zw. Erdkruste und Erdmantel (→ Erde) in durchschnittlich 25–40 km, unter Kontinenten bis 70 km Tiefe, unter Ozeanen schon in 6–10 km Tiefe. Sie ist durch eine sprunghafte Erhöhung der Geschwindigkeit der Erdbebenwellen von etwa 6,5 km/s auf etwa 8,1–8,3 km/s gekennzeichnet.

Mohrenkopf, ein Mineral, → Turmalin.

Mohrsche Waage [n. dem dt. Pharmazeuten K. F. Mohr, * 1806, † 1879], Gerät zur Dichtebestimmung von Flüssigkeiten mit Hilfe des Auftriebs, den die Untersuchungsflüssigkeit einem eingetauchten Körper verleiht.

Mohs|sche Härteskala [n. dem dt. Mineralogen F. Mohs, * 1773, † 1839], → Härte 1).

Moiré [mwar'e, frz.], Fernsehen: Bildstörung auf dem Leuchtschirm eines Fernsehempfängers in Form eines Strichmusters.

Moivrescher Satz [mw'a:vrə-, n. dem frz. Mathematiker A. de Moivre, * 1667, † 1754], Formelsystem, das die komplexen Zahlen mit den Winkelfunktionen verknüpft. Für eine komplexe Zahl $z=a+\mathrm{i}b$ gilt:

$$z=a+\mathrm{i}b=r(\cos\varphi+\mathrm{i}\sin\varphi),$$

für die Potenzen lautet die heutige Fassung des M. S.

$$(\cos x+\mathrm{i}\sin x)^n=\cos nx+\mathrm{i}\sin nx$$

(n = rationale Zahl), sie stammt von L. EULER. Der M. S. wird angewendet z. B. bei der Auflösung einer reduzierten kubischen Gleichung für den casus irreducibilis (→ Cardanische Formeln).

Mokick, Abk. für **Motorrad mit Kickstarter,** → Kraftrad.

Mokkastein, Mineral SiO_2, → Chalcedon.

Mol *das,* Einheitenzeichen **mol,** SI-Basiseinheit der Stoffmenge. Diese ist definiert als die Stoffmenge eines Systems, das aus ebensoviel Einzelteilchen besteht, wie Atome in 12 g des Kohlenstoffnuklids ^{12}C enthalten sind. Bei Verwendung des Mol müssen die Einzelteilchen des Systems spezifiziert sein und können Atome, Moleküle, Elektronen sowie andere Teilchen oder Gruppen solcher Teilchen genau angegebener Zusammensetzung sein (14. Generalkonferenz für Maß und Gewicht, 1971). Die Anzahl der Moleküle, die in 1 Mol enthalten sind, gibt die → Avogadro-Konstante an.

Es war zeitweise noch eine andere Definition des M. in Gebrauch, danach war das M. keine Stoffmengeneinheit, sondern eine spezielle Masseneinheit, die auch → Grammolekül genannt wurde.

Molalität, Formelzeichen b. Die M. einer Lösung ist der Quotient aus der Stoffmenge n des gelösten Stoffes und der Masse m des Lösungsmittels, $b=n/m$. SI-Einheit ist Mol je Kilogramm (mol/kg). Eine **1-molale** Lösung z. B. von Saccharose enthält 1 mol Saccharose gelöst in 1 kg Wasser. Veraltete Bez. für M. sind **Kilogramm-Molarität** oder **Gewichts-Molarität.**

molare Größe, stoffmengenbezogene Größe, Formelzeichen Z_m, eine auf die Stoffmenge n bezogene physikal. Größe Z, $Z_m=Z/n$, z. B. die → molare Masse oder das → molare Volumen.

molare Masse, stoffmengenbezogene Masse, Molmasse, Formelzeichen M. Die m. M. eines Stoffes ist der Quotient aus der Masse m und der Stoffmenge n, $M=m/n$. Daraus ergibt sich für die m. M. die Einheit kg/mol oder, häufiger gebraucht g/mol. Beispiele: Aluminium: $M(\mathrm{Al})=26{,}98$ g/mol (der Zahlenwert stimmt mit dem Zahlenwert der relativen → Atommasse 1 überein); Kohlendioxid: $M(CO_2)=44$ g/mol (der Zahlenwert stimmt mit dem Zahlenwert der relativen → Molekülmasse 1 überein).

molares Volumen, stoffmengenbezogenes Volumen, Molvolumen, Formelzeichen V_m. Das m. V. einer Stoffmenge n ist der Quotient aus dem Volumen V, das die Stoffmenge einnimmt, und der Stoffmenge, $V_m=V/n$. – Unter Normalbedingungen beträgt das m. V. aller hinreichend idealen Gase $V_m=22{,}414$ l/mol.

Molarität, Stoffmengenkonzentration, Konzentration eines Stoffes, Formelzeichen c. Die M. einer Lösung ist der Quotient aus der Stoffmenge n des gelösten Stoffes und dem Volumen V der Lösung, $c=n/V$. SI-Einheit ist Mol je Kubikmeter (mol/m³), meist wird jedoch die Einheit mol/dm³ = mol/l verwendet, z. B. enthält eine **1-molare** Salzsäure im Liter 1 mol Chlorwasserstoff (HCl). Veraltete Bez. für M. sind **Liter-** oder **Volumen-M.**

Molasse, Bez. für den Abtragungsschutt, der während und nach der Heraushebung von Faltengebirgen in deren Außen- oder Innensenken sedimentiert wird. In der Außen-M. kommt es oft zur Bildung von Kohlen- und Erdöllagerstätten, wobei die Kohlenflöze mit marinen Ablagerungen wechsellagern können, da es im Küstenbereich zu Meereseinbrüchen kam. In den Innen-M. ist ein intensiver saurer Vulkanismus verbreitet. – M. i. e. S. ist die jungtertiäre, bis 5000 m mächtige Ablagerungsserie im nördl. Alpenvorland, teils Meeres-, teils Süßwasserbildungen mit Kohlen-, Erdgas- und Erdölvorkommen. Die in großen Schuttkegeln angehäuften verfestigten Konglomerate heißen **Nagelfluh.**

Moldanubische Zone, Teil des →Variskischen Gebirges.

Moldavite, →Tektite.

Moldavium, veraltete Bez. für das chemische Element →Francium.

Mole, dammartiges Bauwerk mit Verbindung zum Ufer als Schutz eines Hafens oder einer Hafeneinfahrt gegen Wellen, Strömung und Versandung. **Molenkopf,** das wasserseitige Ende einer M. (→Hafen).

Molekül *das,* **Molekel** *die,* Chemie: der kleinste Teil einer Reinsubstanz, der noch deren chem. Eigenschaften besitzt. Ein M. besteht aus mindestens zwei Atomen, die durch eine chem. Bindung zusammengehalten werden, und läßt sich nur auf chem. Weg in kleinere Einheiten zerlegen. Zur Charakterisierung eines M. gibt man in der Summenformel die Art und die Zahl der Atome an, die es enthält (z. B. Wasser, H_2O, 2 H-Atome und 1 O-Atom). Bei komplizierteren M. ist diese Charakterisierung allerdings unzureichend, da z. B. das M. C_2H_6O je nach der Verknüpfung des Sauerstoffs Äthanol (CH_3CH_2OH) oder Dimethyläther (CH_3OCH_3) sein kann (→Isomerie).

Genauere Angaben über den Bau von M. erhält man aus deren experimentell beobachteter Wechselwirkung mit elektromagnet. Strahlung. Durch solche molekülspektroskop. Messungen sind mit Hilfe der Quantentheorie **Bindungslängen** (mittlere Abstände der Atomschwerpunkte) und **Bindungswinkel** (Lage zweier Bindungen zueinander) zugänglich. Untersuchungen über die Temperaturabhängigkeit der Dielektrizitätskonstanten geben Auskunft über die Ladungsverteilung in einer Bindung (Dipolmolekül).

Die Masse von M. **(M.-Masse)** setzt sich, sieht man von der vernachlässigbaren Verminderung durch die frei werdende Bindungsenergie ab, additiv aus den Atommassen zusammen. Je nach der Geometrie der einzelnen Bindungen resultieren die unterschiedlichsten M.-Formen (z. B. **Kugel-M., Faden-M.).**

Die Abmessungen von M. lassen sich nicht exakt festlegen, da ihre Elektronenhülle keine starre Begrenzung aufweist und daher bei verschiedenen experimentellen Methoden (z. B. innere Reibung einer Substanz oder notwendige Volumenkorrektur der van der Waals-Gleichung) infolge unterschiedl. Wechselwirkungsmechanismen geringfügig unterschiedl. Daten liefert. Nur im Fall von genügend hochmolekularen Verbindungen lassen sich die einzelnen M. direkt sichtbar machen (→Elektronenmikroskop, Feldelektronenmikroskopie). Zur Beobachtung von niedrigmolekularen Substanzen wie Wasserstoff stehen lediglich indirekte Methoden (Beugung von Elektronen, Röntgenstrahlen oder Neutronen) zur Verfügung. Der Zusammenhalt zw. den einzelnen M. steigt (wenn Druck und Temperatur konstant sind) i. a. mit ihrer Masse. Im idealen Gas steht jeder M.-Sorte das gleiche Volumen zur Verfügung, im idealen Kristall beansprucht dagegen ein M. nur das Volumen, das ihm auf Grund seiner Abmessungen und der daraus resultierenden Gitterabstände zukommt.

Molekular|akustik, akust. Untersuchungsverfahren der Molekülphysik; befaßt sich mit den Wechselwirkungen hochfrequenter Schallwellen (Ultraschall, Hyperschall) mit den Molekülen und Atomen des Ausbreitungsmediums. Bei mehratomigen Gasen tritt bei hohen Frequenzen eine zusätzl. Schallabsorption auf, die durch Anregung innerer Molekülschwingungen bewirkt wird. Die gemessene Schallabsorption läßt Rückschlüsse auf die Struktur der Gasmoleküle zu.

Molekulardestillation, die Kurzwegdestillation, →Destillation.

Molekulargewicht, veraltete Bez. für →Molekülmasse. – **Molekulargewichtsbestimmung,** die Bestimmung der relativen Molekülmasse chem. Verbindungen.

Molekularpumpe, Vakuumpumpe für Hoch- und Ultrahochvakuum, die mit sehr schnell bewegten Flächen mechanisch Impulse auf Gasmoleküle überträgt und dadurch Gas zu höheren Drücken fördert. Mit Schaufelsystemen ähnlich einer Turbine arbeiten **Turbo-M.** In **Reibungs-M.** läuft ein Rotor im Abstand von 10 bis 20 µm in einem Statorgehäuse, das enge Führungskanäle für die Gasförderung besitzt. Hybridpumpen sind Kombinationen aus Turbo- und Reibungs-M.

Molekularsiebchromatographie, die →Gelchromatographie.

Molekularsiebe, Feststoffe mit einheitlichen Mikroporen (Durchmesser <1 nm), die zur Stofftrennung durch →Adsorption verwendet werden. Bedeutung haben v. a. →Zeolithe, neuerdings auch Kohlenstoff-M. Im Porenraum von Zeolithen werden Stoffe um so fester adsorbiert, je höher ihr Siede-P. und je größer ihre Polarität ist. Deshalb können M. zum Trocknen von Flüssigkeiten und Gasen (bevorzugte Adsorption der polaren Wassermoleküle) und zur Reinigung von Wasserstoff (bevorzugte Adsorption der höher siedenden oder polaren Verunreinigungen) verwendet werden. Unverzweigte Moleküle können in den Porenraum von M. leichter eindringen als Moleküle mit sperrigen Seitengruppen. Zeolithe mit einem Porendurchmesser von 0,5 nm finden deshalb Anwendung bei der Abtrennung von n-Paraffinen aus Kohlenwasserstoffgemischen oder von p-Xylol aus Xylolgemischen.

Molekularsiebe: Zeolith mit eingelagertem i-Paraffinmolekül. Die Verzweigung des Moleküls im oberen Teil verhindert ein weiteres Eindringen in den Porenraum. Demgegenüber durchdringen geradkettige n-Paraffine den Porenraum ungehindert

Molekularstrahlen, die → Molekülstrahlen.

Molekularströme, kreisförmige elektr. Ströme in Atomen und Molekülen; sie wurden bereits 1820 von A. M. AMPÈRE zur Deutung des Magnetismus angenommen **(Ampèresche M.).** Obwohl die umlaufenden Elektronen im Bohrschen Atommodell solche geschlossenen Ströme darstellen, reicht die Hypothese von Ampère zur Erklärung des Magnetismus nicht aus, weil auch der Elektronenspin einen Beitrag zum Magnetfeld eines Atoms liefert, ohne ein Kreisstrom im herkömml. Sinn zu sein.

Molekulartheorie, Ansatz in der Wärmelehre, der, ausgehend von Vorstellungen über den molekularen Aufbau der Materie, die Gesetze der Thermodynamik auf mechan. Einzelvorgänge zurückführt (→ statistische Mechanik).

Molekularverstärker, der → Maser.

Molekül-Bindung, Art der → chemischen Bindung.

Molekülgitter, Kristallstrukturen, in denen definierte Moleküle als Baueinheiten durch van der Waalssche Kräfte verbunden werden, i. Ggs. etwa zu → Atomgittern und → Ionengittern. M. treten v. a. bei organisch-chem. Verbindungen auf.

Molekülmasse, 1) relative M., Formelzeichen M_r, früher **relatives Molekulargewicht.** Unter der relativen M. einer Verbindung versteht man die Summe der relativen → Atommassen 1) der das Molekül aufbauenden Atome, d. h. eine dimensionslose Verhältniszahl, die angibt, wie groß die Masse eines Moleküls im Vergleich zu einem Zwölftel der Masse des Kohlenstoffisotops ^{12}C ist. Der Zahlenwert von M_r ist identisch mit dem Zahlenwert für die (absolute) M., gemessen in der → atomaren Masseneinheit u und gleich dem Zahlenwert der → molaren Masse M, gemessen in g/mol.

2) absolute M., die Masse eines Moleküls, gemessen in Kilogramm oder in der → atomaren Masseneinheit, d. h. die Summe der absoluten → Atommassen 2) der das Molekül aufbauenden Atome.

Molekülmodelle, meist aus Kunststoffteilen nach dem Baukastenprinzip zusammensetzbare Molekül- und Kristallstrukturen, mit deren Hilfe Probleme der Struktur- und Stereochemie (z. B. verschiedene Konformationen, Raumerfüllung durch sperrige Atomgruppen) anschaulich gemacht werden können. In M. können Strukturen durch raumfüllende Atome (Kalottenmodelle) oder durch stäbchenförmige Verbindungsstücke zw. den Atommittelpunkten dargestellt werden. (BILD Molekularsiebe)

Molekül|orbitale, die → Orbitale von Molekülen.

Molekülspektroskopie, die Verfahren zur spektroskop. Aufnahme und Auswertung von Molekülspektren. Neben der → Fluoreszenzspektroskopie gehören hierzu v. a. die → Infrarotspektroskopie, die Raman-Spektroskopie (→ Raman-Effekt) und die → Mikrowellenspektroskopie sowie die → NMR-Spektroskopie und → Elektronenspinresonanzspektroskopie. Die M. ist wichtiges Hilfsmittel der chem. Analyse, wo sie die Identifizierung und Charakterisierung der Stoffe und ihrer Konzentrationen in einem Stoffgemisch ermöglicht und wichtige Anhaltspunkte bei der Aufklärung der Struktur der Moleküle liefert (→ Spektroskopie).

Molekülspektrum, die Linien oder Banden best. Frequenz, die durch Absorption oder Emission elektromagnet. Strahlung bei Änderung des Rotations-, Schwingungs- und Elektronenzustandes von Molekülen auftreten.

Molekülstrahlen, Molekularstrahlen, Strahlen aus neutralen Molekülen oder neutralen Atomen **(Atomstrahlen)** im Vakuum. Sie lassen sich z. B. erzeugen, indem man Gase durch 0,1–1 mm große Öffnungen in ein Hochvakuum treten läßt. Atomstrahlen und Molekülstrahlen werden u. a. bei der → Atomstrahlresonanzmethode und der → Molekülstrahlresonanzmethode zur Untersuchung der magnet. Momente von Atomen und Molekülen eingesetzt.

Molekülstrahlresonanzmethode, Molekularstrahlresonanzmethode, Verfahren der → Hochfrequenzspektroskopie zur Untersuchung von freien Molekülen mit Hilfe von → Molekülstrahlen. Neben der der → Atomstrahlresonanzmethode entsprechenden **magnetischen M.** ist zur Messung von elektr. Moleküldipolmomenten die **elektrische M.** entwickelt worden, bei der statt magnetischer elektrische Felder für die Fokussierung der Moleküle und zur Erzeugung der Zustandsaufspaltung verwendet werden.

Molenbruch, Stoffmengengehalt, Stoffmengenbruch, Formelzeichen x_i, Konzentrationsmaß für einen Bestandteil einer Mischung von zwei oder mehr Stoffen als Quotient aus der Stoffmenge n_i des Stoffes i und der Summe der Stoffmengen aller Komponenten der Mischung: $x_i = n_i/(n_1 + n_2 + \cdots)$. Der mit 100 multiplizierte M. ergibt die Konzentration dieses Stoffes in **Molprozent (mol-%).**

Möller, Erzgemisch und Zuschlagstoffe für einen Schmelzprozeß, z. B. im Hochofen.

Molluskizide, Wirkstoffe zur Bekämpfung von Weichtieren (Mollusca), insbes. von Schnecken. Im Pflanzenbau werden u. a. Metaldehyd und Mercaptodimethur verwendet. M. dienen auch zur Bekämpfung von Schnecken, die Parasiten (z. B. Erreger der Bilharziose) übertragen.

Molluskizide:

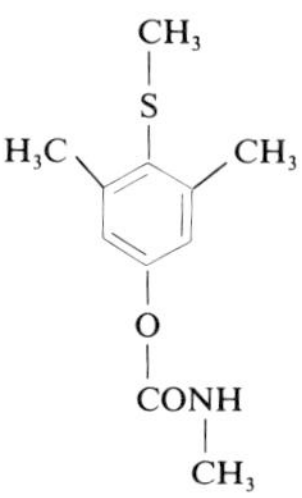

Mercaptodimethur

Molmasse, die → molare Masse.

Mol|prozent, → Molenbruch.

Molvolumen, das → molare Volumen.

Molwärme, ältere Bez. für **molare Wärmekapazität,** bei Elementen auch **Atomwärme,** die auf die Stoffmenge bezogene → Wärmekapazität.

Molybdän *das,* chem. Symbol **Mo,** ein → chemisches Element aus der Gruppe der → Übergangselemente, Ordnungszahl 42. Von den mehr als 20 Isotopen sind die natürlichen mit den Massenzahlen 92, 94–98 und 100 stabil. M. ist ein hartes, silberweißes Metall, das an der Luft und gegen nichtoxidierende Säuren beständig ist. Bei höheren Temperaturen reagiert es mit Sauerstoff, Halogenen und einigen anderen Elementen. M. gehört zu den seltenen Elementen, es ist mit 0,001% am Aufbau der Erdrinde beteiligt. Wichtigstes M.-Erz ist der **Molybdänit,** MoS_2; weitere Vorkommen als **Wulfenit,** $PbMoO_4$. – Nach Anreicherung des M.-Glanzes durch → Flotation erhält man durch Abrösten **Molybdäntrioxid,** MoO_3, aus dem nach Reinigung durch Reduktion mit Wasserstoff elementares M. als stahlgraues Pulver gewonnen wird. Dieses kann durch spezielle Schmelzverfahren (Vakuumlichtbogenschmelze) oder nach den Verfahren der → Pulvermetallurgie weiter verdichtet werden. Das zur Stahlerzeugung benutzte **Ferromolybdän** (mit 40–85% Mo) erhält man unmittelbar durch Reduktion eines Gemisches von Eisen- und M.-Oxid. – M. ist ein wichtiger Legierungspartner, bes. für Eisen und Nickel (→ Molybdänlegierungen). M.-Drähte lassen sich als Stromdurchführungen in Glas dicht einschmelzen und sind bei Abwesenheit von Sauerstoff

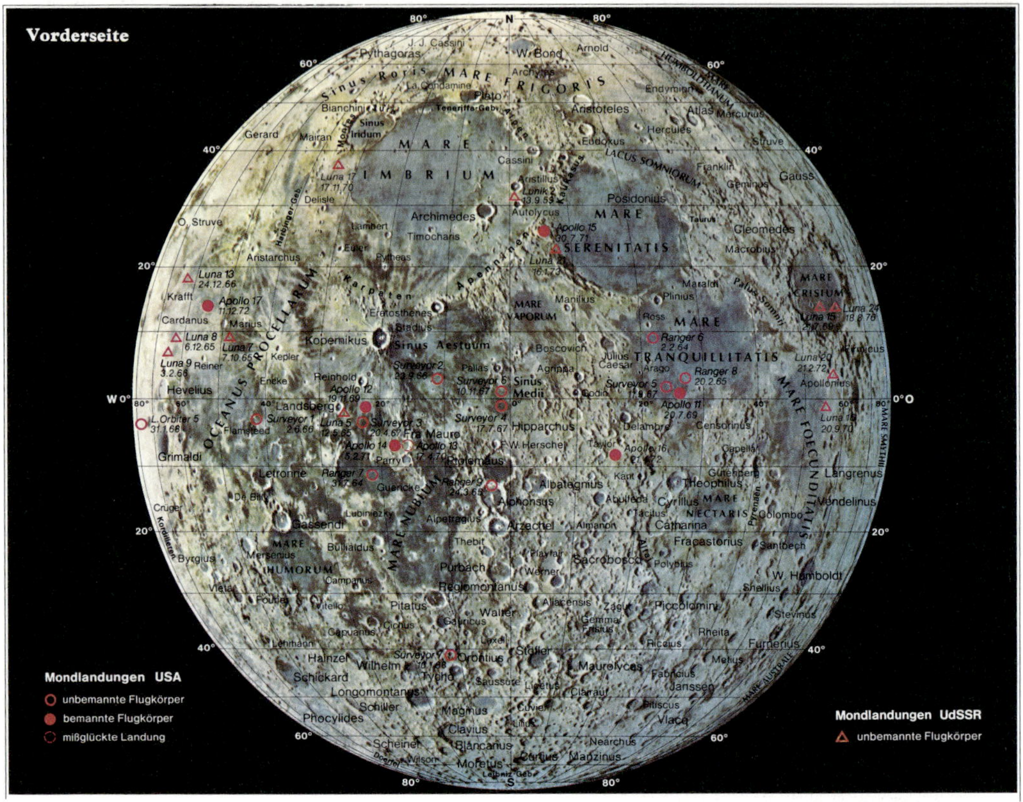

Mond

hitzebeständig. Verwendung in Glühlampen, techn. Hochtemperaturöfen u. a.

M. ist ein für die Pflanzenernährung wichtiges Spurenelement. Es beeinflußt denPhosphatstoffwechsel und ist Wirkgruppe u. a. des Enzyms Nitratreduktase, das die Reduktion der Nitrate zu Nitriten katalysiert. Bei Tieren spielt M. beim Funktionieren einiger Enzyme eine Rolle (Flavoproteine und Xanthinoxidase). MAK-Werte: 5 mg/m^3 für lösl. Verbindungen, 15 mg/m^3 für unlösl. Verbindungen.

C. W. Scheele erkannte erstmalig 1778 M. als Element in der M.-Säure. 1782 isolierte P. J. Hjelm daraus das Metall in Pulverform. M.-Stahl wurde 1916 erstmals hergestellt.

Molybdänit: tafeliger Kristall (Neusüdwales)

Molybdändisilicid, $MoSi_2$, graues Pulver, das zu hochhitzebeständigen Drähten für Widerstandsheizungen (z. B. für Elektro-, Brenn- und Sinteröfen) pulvermetallurgisch verarbeitet wird.

Molybdänit, Molybdänglanz, Mineral MoS_2, metallisch glänzend, grau, sehr weich; H. 1–1,5, D. 4,8; meist blättrig, derb; Erscheinungsform ähnlich Graphit. M. ist das wichtigste Molybdänerz; Vorkommen selten in größeren Mengen, in Pegmatiten und Quarzgängen, in pneumatolyt. Gängen und Verdrängungen, kontaktmetasomatisch in Granatfelsen sowie hydrothermal.

Molybdänlegierungen, Legierungen mit 30 bis 50% Wolfram, Rest Molybdän, die gegenüber flüssigen Metallen beständig sind. M. mit bis zu 1% Titan und Zirkonium werden als → Superlegierungen beim Triebwerksbau und in der Raumfahrttechnik verwendet. Viele andere Superlegierungen, Stähle und als Dauermagnetwerkstoffe verwendete → Kobaltlegierungen enthalten geringe Anteile Molybdän.

Molybdänverbindungen. In seinen Verbindungen tritt Molybdän mit den Oxidationszahlen 0 bis +6 auf. **Molybdäntrioxid,** MoO_3, ist ein weißes, in Wasser kaum lösliches Pulver; Schmelz-P. 795, 2 °C. Verwendung u. a. als Katalysator in der Petrochemie und zur Herstellung von Molybdändraht und -legierungen. In Lauge löst es sich unter Bildung des **Molybdat-Ions,** $[MoO_4]^{2-}$. Wichtigste Salze sind die **Ammoniummolybdate,** die zur Herstellung von Katalysatoren, in der Galvanotechnik, Photoind. und Keramik verwendet werden. Mit Phosphor-, Arsen- und Kieselsäure bildet die Molybdänsäure Heteropolysäuren (→ Polysäuren). Bei der Reduktion saurer Molybdatlösungen bilden sich tiefblaue kolloide Lösungen von Mischoxiden verschiedener Wertigkeit **(Molybdänblau).** Mit Schwefel bildet Molybdän verschiedene Sulfide, von denen das **Molybdändisulfid,** MoS_2, ein weiches, graphitähnl. Pulver, in der Natur als → Molybdänit

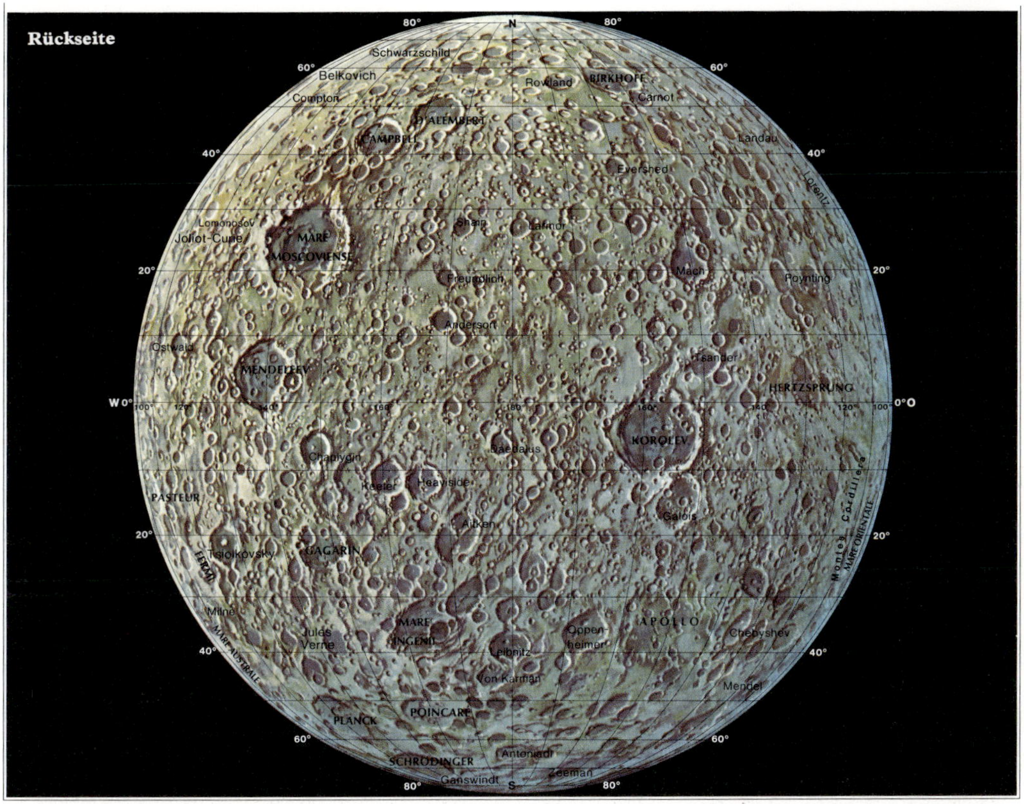

Mond

vorkommt. Es wird als Schmiermittel und als Zusatz zu Motorenölen (›Molykote‹) verwendet. Aus sauren Molybdatlösungen fällt mit Schwefelwasserstoff **Molybdän-(VI)sulfid,** MoS_3, aus. Mit den Halogenen bildet Molybdän zahlreiche Verbindungen, von denen einige flüchtig sind, z. B. das grünschwarze **Molybdänpentachlorid,** $MoCl_5$, Siede-P. 268 °C. **Molybdäncarbid,** Mo_2C, ein äußerst harter Stoff, dient zur Herstellung von → Hartmetallen.

Moment, 1) allg. eine physikal. Größe, z. B. Kraft, Masse, Fläche, Impuls, Ladung, Polstärke, die mit einem Abstand **(M. 1. Grades)** oder mit dem Abstandsquadrat **(M. 2. Grades)** multipliziert ist, z. B. → Drehmoment, Massenmoment 2. Grades (→ Trägheitsmoment), Flächenmoment, Impulsmoment (→ Drehimpuls), elektr. Dipolmoment, magnet. Dipolmoment (→ Dipol 2). Man unterscheidet ferner **polares, axiales** und **planares M.,** je nachdem, ob der Abstand auf einen Punkt, eine Linie oder eine Fläche bezogen ist.

2) Statistik, Wahrscheinlichkeitsrechnung: statist. Maßzahl, Verallgemeinerung statist. → Mittelwerte und → Streuungen.

Monat, urspr. die Umlaufzeit des Mondes um die Erde und die darauf beruhende Zeiteinteilung in Mondmonate. Entsprechend der Wahl des Bezugspunktes unterscheidet man: **siderischer M.,** die Zeit zw. zwei Konjunktionen mit dem gleichen Stern (27d 7h 43min 11,5s); **tropischer M.,** die Zeit zw. zwei Durchgängen durch den Frühlingspunkt (27d 7h 43min 4,7s); **drakonitischer M.,** die Zeit zw. zwei Durchgängen durch den aufsteigenden Knoten der Mondbahn (27d 5h 5min 35,8s); **synodischer M.,** die mittlere Zeit zw. zwei Neumonden (29d 12h 44min 2,9s), → Lunation; **anomalistischer M.,** die Zeit zw. zwei Durchgängen des Mondes durch sein Perigäum, den erdnächsten Punkt auf seiner Bahn (27d 13h 18min 33,2s). Die Unterschiede erklären sich aus den Bewegungen der Bezugspunkte.

Im Kalender war unter M. urspr. der synod. M. zu verstehen; zwölf synod. M. bildeten das **Mondjahr.** Seit der Einführung des Sonnenjahres ist M. ein willkürl. Zeitabschnitt von 30 oder 31 Tagen (außer dem Februar mit 28 oder 29 Tagen).

Monazit *der,* Mineral (Ce, La, Th)[PO_4], gelb bis braun; H. 5–5,5, D. 4,8–5,5; Vorkommen: als Kluftmineral in dicktafeligen Kristallen **(Turnerit),** meist als spärlicher Gemengteil leukokrater Gesteine (Granite, Gneise, Pegmatite) und durch deren Verwitterung angereichert als **Monazitsand.** Industriell verwertet u. a. wegen des Gehaltes an Thorium in der Atomenergietechnik.

Mönch, Wasserbau: mit einer Aufstauvorrichtung

versehenes Auslaßbauwerk z. B. eines Fischteiches oder → Spülfeldes.

Mond, i. w. S. Begleiter eines Planeten (→ Monde), i. e. S. der einzige natürl. Begleiter der Erde **(Erdmond),** nach der Sonne das zweithellste Objekt am ird. Firmament und mit einer mittleren Entfernung von 384403 km der nächste Himmelskörper. Er bewegt sich in 27d 7h 43min 11,5s **(sider. Umlaufzeit, sider. Monat)** auf einer ellipt. Bahn (Bahnexzentrizität 0,0549) um die Erde (genaugenommen bewegen sich M. und Erde um ihren gemeinsamen Schwerpunkt, der noch innerhalb der Erde liegt), deren Ebene um 5°9′ gegen die Ekliptik geneigt ist. So ergeben sich zwei Schnittpunkte zw. M.-Bahnebene und Ekliptik, die **Knoten,** deren Richtung im Raum jedoch nicht konstant ist: Bahnstörungen durch Sonne und Planeten bewirken eine Wanderung der M.-Knoten längs der Ekliptik in ost-westl. Richtung innerhalb von 18,6 Jahren; entsprechend dauert der **drakonit. Monat** (Zeit zw. zwei Durchgängen durch den aufsteigenden Knoten) etwas kürzer als ein sider. Monat, im Mittel 27d 5h 5min 36s. Während eines sider. Umlaufs dreht sich der M. einmal um seine Achse; dadurch weist immer die gleiche Seite in Richtung Erde (gebundene Rotation). Weil jedoch die Rotation mit konstanter Winkelgeschwindigkeit abläuft, die Bahnbewegung auf Grund der Ellipsenform jedoch ungleichförmig (im erdnahen Bahnteil schneller als im erdfernen), scheint der M. während eines Umlaufes um eine Gleichgewichtslage zu pendeln (→ Libration), und so können insgesamt knapp 60% der M.-Oberfläche von der Erde aus eingesehen werden.

Am Firmament erscheint der M. etwa gleich groß wie die Sonne (mittlerer Winkeldurchmesser 31′05″); dadurch kann er, wenn er auf seiner Bahn genau zw. Erde und Sonne hindurchwandert, diese vollständig abdecken (→ Sonnenfinsternis). Das Leuchten des M. entsteht durch Reflexion des Sonnenlichts an der M.-Oberfläche. Die **Mondphasen** (d. h. die Beleuchtungsformen des M.) hängen von der → Konstellation Sonne-M.-Erde ab. Bei **Neumond** steht der M. zw. Erde und Sonne (Konjunktion), d. h. die der Erde zugewandte Seite ist nicht beleuchtet. Neumondstellungen folgen im Mittel alle 29d 12h 44min 03s aufeinander; diese **synod. Umlaufzeit (synod. Monat)** ist etwas länger als die sider. Periode, weil die Erde während eines M.-Umlaufes ihrerseits einen Teil ihrer Bahn um die Sonne zurücklegt. **Vollmond** tritt ein, wenn der M. der Sonne genau gegenüber steht (Opposition); dann ist die ganze sichtbare M.-Oberfläche beleuchtet. Zw. Neumond und Vollmond ist **zunehmender M.,** danach **abnehmender M.** Einige Tage vor und nach Neumond ist der von der Sonne unbeleuchtete Teil des M. in ein fahles Licht getaucht **(aschgraues Mondlicht, Erdlicht,** → Erdschein), das von der Erde reflektiertes Sonnenlicht ist. Da der M. kein eigenes Licht aussendet, beobachtet man beim Durchgang des Vollmondes durch den Erdschatten eine → Mondfinsternis.

Topographie, Gesteine und Ursprung. Das Fehlen einer Atmosphäre und seine relative Erdnähe lassen auf dem M. schon mit bloßem Auge helle und dunkle Gebiete, mit Fernrohren Gebirgsketten, Krater und Ringgebirge ausmachen. Die dunklen, flachen tiefliegenden **Maria** (*Ez. das* **Mare;** 33% der sichtbaren, 10% der unsichtbaren M.-Oberfläche) zeigen außer schmalen Erhebungen, Kleinkratern und Rillen kein auffallendes Relief. Große Maria fehlen fast ganz auf der erdabgewandten Seite des M. Geophysikalisch sind sie z. T. durch Masseanomalien (→ Mascons) gekennzeichnet. Es wird angenommen, daß die Maria durch Meteoriteneinschlag in der Frühzeit des M. entstanden und später durch Lava überströmt wurden. Die hellen **Terra-Gebiete** (67% der sichtbaren, 90% der unsichtbaren M.-Oberfläche) bestehen aus wenigen **Kettengebirgen,** oft am Rand von Maria bis mehr als 6000 m Höhe aufragend, **Ringgebirgen** um Großkrater mit Wallebenen (∅ bis 200 km) und bis fast 2000 km langen Strahlensystemen um einige Krater und Kraterreihen. Daneben treten bis 10 km breite, mehr als 100 km lange und 100 m tiefe **Rillen** und **Lineamente** (Gräben, Wälle) auf. (KARTEN S. 282, 283)

Die M.-Oberfläche ähnelt einer Steinwüste, die durch Mikrometeorite, kosm. Strahlung und Sonnenwind in das mehr oder weniger lockere **M.-Regolith** umgewandelt wird, einen Gesteinsstaub aus Gesteinsglas und großen Gesteinstrümmern. – Das **M.-Gestein** besteht aus vulkan. lunaren Basalten und Anorthositen, die u. a. aus calciumreichem Plagioklas, Olivin, Pyroxen zusammengesetzt sind. – Da eine Atmosphäre fehlt, erfolgt die Verwitterung der Gesteine ausschließlich auf mechan. Weg, v. a. durch die extremen Temperaturschwankungen von + 130 °C tags bis − 160 °C nachts und den Beschuß durch Mikrometeorite. Physikal. Altersbestimmungen an dem von Astronauten zur Erde gebrachten M.-Gestein weisen darauf hin, daß die erste Erstarrungskruste des M. kurz nach seiner Entstehung vor etwa 4,5 Mrd. Jahren entstand. Während man vor der Untersuchung des M. durch zahlreiche Raumfahrtprojekte (→ Apollo-Programm, → Raumfahrt) verschiedene Modelle der M.-Entstehung diskutierte, neigen heute viele führende M.-Forscher auf Grund der Meßergebnisse zu der Annahme, daß sich der M. in einer frühen Phase von der Protoerde abgetrennt hat.

Die Anziehungskraft des M. ist für die Entstehung der → Gezeiten wesentlich, sie trägt auch zur → Präzession der Erde bei. (Weitere BILDER S. 285)

Astronomische und physikalische Daten des Mondes

		Bezogen auf Erde (= 1)
Durchmesser	3476 km	0,27
Masse	$7{,}53 \cdot 10^{19}$t	0,012
mittlere Dichte	3,34 g/cm³	0,60
Rotationsdauer	27d 7h 43min 11,5s	
Dauer eines Umlaufes um die Erde	27d 7h 43min 11,5s	
mittlere Entfernung zur Erde	384403 km	

Mond|auto, unbemanntes ferngelenktes oder bemanntes mehrrädriges Fahrzeug für Erkundungsfahrten auf der Mondoberfläche. Die UdSSR betrieb bisher zwei unbemannte M. (→ Lunochod), während die USA beim → Apollo-Programm drei M. (Lunar Roving Vehicle, LRV) für jeweils zwei Mann verwendeten. (BILDER S. 285)

Mondbeben, Erschütterungen der Mondoberfläche (Magnitude etwa Stufe 2 der → Richter-Skala), die durch Meteoriteneinschläge oder Energiefreisetzungen im Mondinneren hervorgerufen werden. Aufzeichnungen von M., die oft mehr als 100 min dauern, lassen den Schluß zu, daß die Mondkruste fest und dick und vom Mantel nicht scharf getrennt ist. Schwärme von M. treten in etwa 800 km Tiefe auf und scheinen im Zusammenhang mit dem Abstand zw. Erde und Mond zu stehen (Gezeitenwirkung).

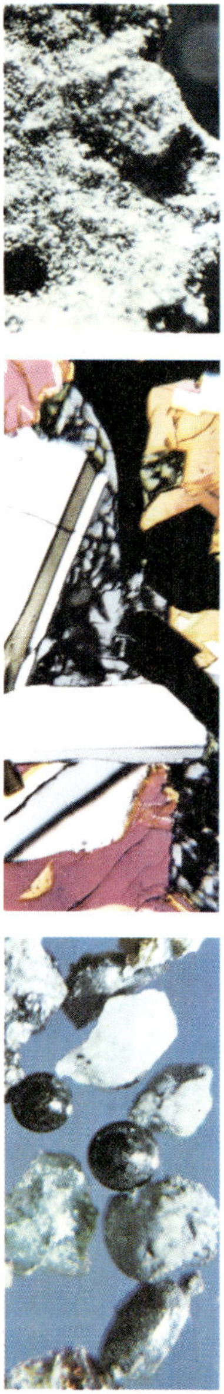

Mond: Mondgesteinsproben; OBEN Bruchstück feinkörnigen Basalts (2,9 × 1,9 mm); MITTE Dünnschliff grobkörnigen Basalts im polarisierten Licht (Plagioklas weiß bis dunkelgrau, Pyroxen rot bis gelb, Cristobalit schuppig grau); UNTEN Körner des Mondsediments (2,9 × 1,9 mm)

Möndchen, → Hippokratische Möndchen.

Monde, Trabanten, Satelliten, Himmelskörper, die die → Planeten begleiten. Sie leuchten nur auf Grund des von ihnen reflektierten Sonnenlichtes, sind dabei aber mit Ausnahme des Erdmondes (→ Mond) wegen ihrer Entfernung zur Erde so lichtschwach, daß sie nur mit opt. Hilfsmitteln gesehen oder gar nur photographiert werden können. Während Merkur und Venus keine M. besitzen, sind derzeit bei der Erde 1, bei Mars 2, bei Jupiter 16, bei Saturn mehr als 20, bei Uranus 5, bei Neptun 2 und bei Pluto 1 Mond bekannt. Der größte M. im Sonnensystem, Ganymed, ist ebenso wie Titan, Kallisto und Triton größer als der Planet Merkur, während die kleinsten bekannten M. nur etwa 10 km Durchmesser haben. Übersichten der einzelnen M. finden sich bei den jeweiligen Planeten. – Seit einigen Jahren häufen sich Beobachtungsmeldungen, die auf Monde auch bei → Planetoiden hindeuten.

Mondfähre, Mondlandefähre, engl. **Lunar Module** [lˈu:nə mˈɔdju:l], Abk. **LM,** zweistufiges bemanntes Raumfahrzeug, das im → Apollo-Programm der NASA als Transportgerät zw. Mondumlaufbahn und Mondoberfläche eingesetzt wurde. Die M. war 7 m hoch; der Diagonalabstand der vier Teleskopfederbeine der Abstiegsstufe betrug 9,5 m. Beim Rückflug von der Mondoberfläche zur Mondumlaufbahn startete die auf der **Abstiegsstufe** sitzende **Aufstiegsstufe;** erstere blieb auf dem Mond zurück. Die M. hatte ein Startgewicht von etwa 16 500 kg, davon 11 500 kg an Treibstoffen. (BILD S. 286)

Mondfenster, → Startfenster.

Mondfinsternis, Verfinsterung des Vollmondes beim Durchgang des Mondes durch den Erdschatten, d. h. wenn sich die Erde auf einer (nahezu) geraden Linie zw. Sonne und Mond befindet. Da die Bahnebene des Mondes gegen die der Erde geneigt ist, tritt eine M. nur dann ein, wenn der Mond in der Nähe eines Bahnknotens ist; anderenfalls läuft er unter- oder oberhalb des Erdschattens vorbei. Bei **totaler M.** tritt der Mond ganz in den Kernschatten ein (BILD), bei **partieller M.** bleibt ein Teil von ihm im Halbschatten, der nur in Nähe der Grenze zum Kernschatten eine dem Auge merkl. Lichtverminderung bewirken kann. Bei einer totalen M. bleibt der Mond in einem schwachen, rötlichgrau bis tiefpurpurrotem Licht sichtbar, da durch Beugung und Streuung in der Erdatmosphäre langwelliges Licht in den Bereich des Kernschattens fällt. Die maximale Dauer von 3h 40min (davon 100 min für die Totalität) wird bei einer **zentralen M.** erreicht, d. h. wenn die Mondbahn durch das Zentrum des Erdschattens geht. Eine M. kann von allen Erdorten aus beobachtet werden, an denen der Mond über dem Horizont steht. Der Verlauf der M. ist für alle diese Orte der gleiche. Im Mittel treten je Jahr 1,5 M. ein. M. mit annähernd gleicher Stellung von Sonne, Mond und Erde wiederholen sich mit einer Periode von 18 Jahren und 10 oder 11 Tagen (→ Sarosperiode). Auf das 20. Jh. fallen 148 M., davon 83 totale.

Mond: LINKS Blick aus der im Mare Tranquillitatis gelandeten Mondfähre von Apollo 11; RECHTS Ausschnitt der Mondrückseite

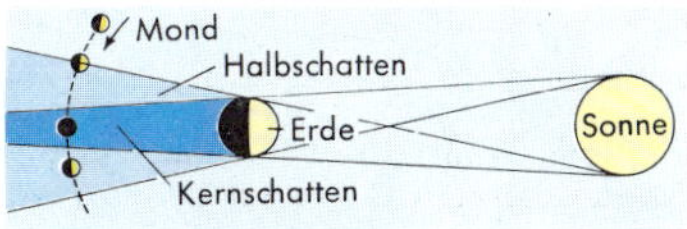

Mondfinsternis

Mondauto: LINKS der selbsttätig fahrende Instrumententräger ›Lunochod 1‹, den die sowjet. Mondsonde ›Luna 17‹ am 17. 11. 1970 auf dem Mond absetzte; RECHTS das erstmals von Apollo 15 mitgeführte Mondauto auf dem Mond

Mondglas, nach altem Verfahren hergestelltes Flachglas. Durch Schleudern von geblasenen, zähflüssigen Glaskugeln entstanden runde Scheiben, deren dickere Mitten die Butzenscheiben ergaben.

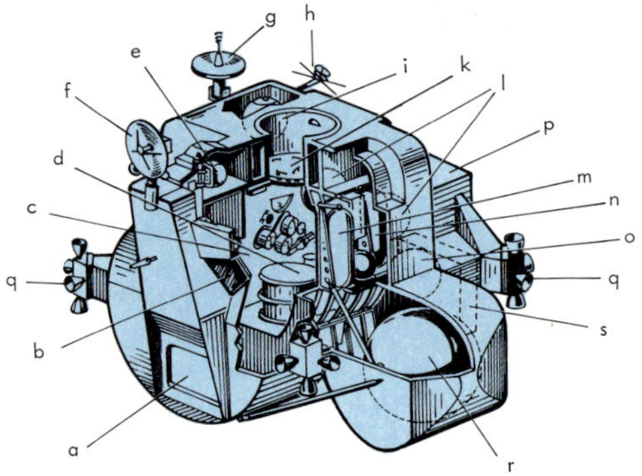

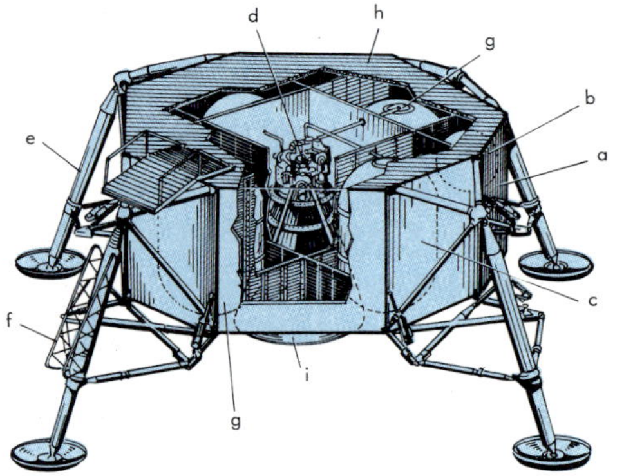

Mondfähre: OBEN Wiederaufstiegsstufe; a Ausstiegsluke, b Fenster, c Pilotenkabine, d Aufstiegsmotor, e stabilisierte Plattform, f bewegl. Radarantenne für Rendezvous, g S-Band-Richtantenne, h VHF-Antenne, i Wassertank, k Luke zum Verbindungstunnel, l Sauerstoffbehälter, m Zündstoff für Steuersysteme, n Brennstoff für Steuersysteme, o Heliumtank, p Instrumentenkammer, q Steuersysteme, r Brennstoff für Wiederaufstiegsmotor, s Reserve-Elektronik. UNTEN Landegestell (Abstiegsstufe); a wissenschaftl. Instrumente, b Wasserbehälter, c Brennstoffbehälter, d Landemotor, e Landegestell, f Abstiegsleiter, g Zündstoff für Landemotor (Oxidator), h Hitzeschild (Apollo 12); i Düsenverlängerung des Landemotors

Mondlandung, harte oder weiche Landung eines Raumflugkörpers auf dem Erdmond. Erster harter Aufschlag am 14. 9. 1959 durch die sowjet. Sonde → Luna 2, erste weiche unbemannte Mondlandung am 3. 2. 1966 mit Luna 9, erste bemannte Landung am 20. 7. 1969 durch Apollo 11 (→ Apollo-Programm).

Mondsatellit, Raumflugkörper, der in Mondnähe in eine Umlaufbahn um den Mond gelenkt wird. Erster M. war → Luna 10 im April 1966.

Mondseismik, Lehre von den → Mondbeben, die deren Natur, Entstehung, Ausbreitung, Verteilung und Wirkungen untersucht, um daraus Rückschlüsse auf die Struktur des Mondinneren zu gewinnen.

Mondsonde, unbemannte → Raumsonde zur Erforschung des Mondes, die an ihm vorbeifliegt, hart oder weich landet (→ Mondlandung) oder zum → Mondsatelliten wird. Die erste M. → Lunik 1 (1959) flog am Mond vorbei.

Mondstation, Anlage auf dem Erdmond als wissenschaftl. Beobachtungsposten oder Basis für interplanetare Flüge, die Astronauten, Wissenschaftlern und Technikern einen längeren Aufenthalt ermöglicht. Die Realisierung wird z. Z. für das 21. Jh. für möglich gehalten.

Mondstein, → Feldspate.

Monelmetall, kurz **Monel,** korrosionsbeständige, hochfeste Legierung aus etwa 65% Nickel, 30% Kupfer, 4% Mangan, ggf. weiteren Zusätzen (Kobalt, Eisen, Silicium, Kohlenstoff, Aluminium), wird im Schiff-, Turbinen- und Pumpenbau, für Kondensatorrohre und Hausgeräte verwendet. **Monel-Gußeisen** ist ein korrosionsbeständiges → Gußeisen mit 2–4% Kohlenstoff, 14% Nikkel, 5% Kupfer, 2–6% Chrom.

Monergol, Einstoffsystem für Flüssigkeitsraketenantriebe (→ Rakete, → Hydrazin).

Monier|eisen, Monierstahl [n. dem frz. Gärtnereibesitzer J. Monier, * 1823, † 1906], glatter, unbehandelter → Stabstahl (5–28 mm ∅, Streckgrenzen von wenigstens 220 N/mm²), dient als Bewehrung von → Betonstahl (Beton-Stabstahl).

Monitor, allg. Überwachungseinrichtung, in Nachrichtentechnik und Elektroakustik Kontrollempfänger zur Prüfung der Aufnahme oder der Aufzeichnung beim Fernsehen, beim Hörfunkempfänger oder Tonbandgerät (Hinterbandkontrolle); Bildschirm, auch zur Überwachung von Gebäuden und Personen, z. B. Verkaufsräumen. – In automatisierten Prozessen oder Anlagen, wo direkte Eingriffe durch den Menschen nicht möglich sind und/oder gefährl. Situationen entstehen können (z. B. Kernkraftwerke), werden M. eingesetzt als Überwachungseinheit mit Kontroll- und Warngeräten zur Sicherstellung der Abläufe.

Mono|aminoxidasen, Abk. **MAO,** Biochemie: in Mitochondrien verschiedener Gewebe vorkommende Enzyme, die den oxidativen Abbau biologisch hochwirksamer biogener Amine (z. B. Gewebshormone, Adrenalin und Noradrenalin) bewirken.

Monoceros, Einhorn, ein → Sternbild der Äquatorzone, im Winter am Abendhimmel sichtbar.

Monochip-Technik [-tʃɪp-], → Chip.

Monochlor|alkane, → Chlorkohlenwasserstoffe.

Monochord *das,* Demonstrationsgerät zur Untersuchung von Saitenschwingungen, bestehend aus einem längl. Resonanzkasten mit darübergespannter, durch einen verschiebbaren Steg in zwei schwingungsfähige Abschnitte teilbarer Saite.

Monochromat, Optik: Objektiv, das nur für Licht einer best. Wellenlänge geeignet ist.

monochromatisch, einfarbig; monochromatisches Licht (i. w. S. Strahlung) besteht nur aus Licht (Strahlung) einer Wellenlänge und kann nicht in Spektralfarben (Spektralanteile) zerlegt werden.

Monochromator, → Spektralapparate.

Monodromiesatz, Satz der Funktionentheorie, der besagt, daß man aus der Möglichkeit, eine gegebene Funktion auf allen Wegen innerhalb eines einfach zusammenhängenden Gebietes analytisch fortzusetzen, auf die Eindeutigkeit dieser Funktion schließen kann.

monofil, einfädig. **Monofile** sind aus Einlochdüsen ersponnene Filamentgarne (→Chemiefasern). – Ggs.: **multi-** oder **polyfil** (vielfädig).

Monoflop, die →monostabile Kippschaltung.

monoklin heißt eines der →Kristallsysteme, sowie die drei zugehörigen Kristallklassen (→Kristall, ÜBERSICHT Symmetrieklassen) und Kristallformen (TAFEL Kristall I, E 3–5).

Monokular, gewöhnliches →Okular zum einäugigen Beobachten durch ein opt. Instrument.

monolithische Schaltung, →integrierte Schaltung.

Monom, ein →Polynom mit nur einem von Null verschiedenen Koeffizienten, z. B. $9x$.

Monomere, Stoffe, deren Moleküle Doppelbindungen (z. B. Styrol, Butadien) oder reaktionsfähige Gruppen (z. B. Epoxide, Dicarbonsäuren) haben und die durch Polymerisation, Polykondensation oder Polyaddition zu makromolekularen Stoffen (Polymeren) aufgebaut werden können. (→Kunststoffe)

Monomode-Faser [-m'o:d-], →Lichtleiter.

Monoplatte, die monaurale →Schallplatte.

Monopole, isolierte positive oder negative elektr. Elementarladungen e **(elektrische M.)** oder isolierte magnet. Nord- oder Südpole mit der magnet. Einheitsladung g **(magnetische M.)**; auch Bez. für die diese Ladungen tragenden Teilchen. Während elektr. M. seit langem bekannt sind, sind magnet. M. noch mehr oder minder hypothetisch. Ihre Existenz wurde 1931 von P. DIRAC postuliert, um in den Maxwellschen Gleichungen eine Symmetrie zw. elektr. und magnet. Größen herzustellen. Aus der Quantenfeldtheorie folgt für e und g eine Quantisierungsbedingung $e\ g = n\ h$ (h = Plancksches Wirkungsquantum, $n = \pm 1, \pm 2, \pm 3, \cdots$), wodurch die bisher unverständl. Quantelung der elektr. Ladung erklärt würde. Die anziehenden Kräfte zw. einem magnet. Nord- und Südpol sind nach der Theorie um mindestens einen Faktor 5×10^3 größer als die elektromagnet. Wechselwirkung zw. zwei Teilchen mit entgegengesetzter elektr. Elementarladung und liegen damit in der Größenordnung der starken Wechselwirkung, für Quarks (Teilchen mit einer Ladung von $e/3$, $2e/3$) sogar erheblich darüber. Für die große Vereinigungstheorie, die die elektroschwache und die starke →Wechselwirkung zusammenfaßt, ist das Vorkommen von magnet. M. eine notwendige Voraussetzung. Diese Theorie sagt für die Masse dieser Elementarteilchen einen extrem großen Wert von 10^{16} Protonenmassen voraus, der ihre Erzeugung in Beschleunigern oder unter den heute herrschenden Bedingungen im Weltall ausschließt. Deshalb ist die Forschung auf die kosm. Strahlung beschränkt, in der noch während des Urknalls entstandene magnet. M. existieren könnten. Der Nachweis wird durch die Schwäche der Wechselwirkung mit Materie sehr erschwert. Vereinzelte Meldungen über ihren Nachweis in der Höhenstrahlung haben sich meist nachträglich als Irrtum herausgestellt oder konnten nicht zweifelsfrei bestätigt werden.

Monosaccharide, Chemie: Untergruppe der →Kohlenhydrate. Chemisch sind die M. Polyhydroxy-Aldehyde (Aldosen) oder -Ketone (Ketosen), nach der Anzahl der Kohlenstoff-Atome heißen sie **Triosen, Tetrosen, Hexosen** usw. (→Zuckerarten). Auf Grund des Auftretens asymmetr. C-Atome (*C) existieren 2^n stereoisomere Formen eines M. (n = Anzahl der *C). M. mit gleicher C-Zahl unterscheiden sich durch die gegenseitige räuml. Anordnung der Hydroxylgruppen. In der Nahrung und im zellulären Stoffwechsel sind Pentosen und Hexosen die wichtigsten M. als Substrate für energieliefernde Stoffwechselprozesse (→Glykolyse und als Bausteine biologisch wichtiger Verbindungen).

monostabile Kippschaltung, elektron. Schaltung (→Kippschaltung) mit binärem Ausgangssignal, wobei der eine Signalwert einem stabilen, der andere einem metastabilen (nichtstabilen) Schaltzustand entspricht.

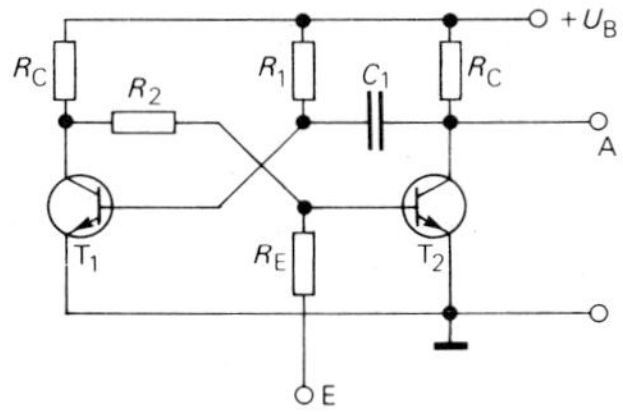

monostabile Kippschaltung

Als Folge einer Eingangssignaländerung kippt das Ausgangssignal vom stabilen in den metastabilen Zustand, um nach einer definierten Schaltzeit $\tau = R_1 C_1 \ln 2$ von selbst wieder in den ursprüngl. Schaltzustand zurückzukehren. Die m. K. wird auch als **Univibrator** bezeichnet, um die Verwandtschaft mit dem Multivibrator (→astabile Kippschaltung) anzudeuten. Eingesetzt werden m. K. als Verzögerungsschaltungen, Impulsverlängerungsschaltungen, Zeitgeber u. a.

monoton, Mathematik: Eine Folge reeller Zahlen steigt (fällt) m., wenn in ihr jedes Glied mindestens ebenso groß ist wie sein Vorgänger (Nachfolger), z. B. 1/2, 2/3, 3/4, 4/5 . . . Eine Funktion wächst m., wenn dem größeren Wert des reellen Argumentes stets der größere Funktionswert entspricht.

Monotropie, Erscheinung, daß nur eine feste →Modifikation eines Elements oder eines Kristallgitters stabil ist. Die unter best. Bedingungen metastabilen Formen lassen sich irreversibel in die stabilen überführen (z. B. weißer und roter in schwarzen Phosphor; Markasit in Pyrit). Ggs.: →Enantiotropie.

Monotype [-taɪp, engl.], Einzelbuchstaben-Bleisetzmaschine, erfunden 1897 von dem Amerikaner T. LANSTON (→Setzmaschine 1).

Monsun, großräumiges Windsystem mit halbjährl. Richtungswechsel, entsteht durch therm. Unterschiede zw. Land und Meer, wobei die Winde vom kälteren zum wärmeren Untergrund wehen. Solche jahreszeitl. Windwechsel in den untersten Schichten gibt es an vielen Küsten. – Die Hauptursache des M. liegt in trop. Breiten in der jahreszeitl. Verlagerung der äquatorialen Tiefdruckfurche (→Zirkulation 1), die über den subtrop. Kontinenten der jeweiligen Sommer-Halbkugel weit polwärts auswandert. Dadurch kommt es zu einem Druckgefälle vom Äquator weg, das über der Sahara und N-Australien bis 18°, über Indien bis 30° reicht. Als Folge davon treten westl. Winde, instabile Schichtung und häufige Schauer in einem Gebiet auf, in dem im Winterhalbjahr östl. →Passat herrscht, und das daher regenarm ist. In den eigtl. Monsungebieten wie Indien leitet der Sommer-M. die sommerl. Regenzeit ein.

Montage [mɔnt'a:ʒə], Aufbau, Zusammenbau, z. B. von Maschinen, techn. Anlagen, oder die Zusammenstel-

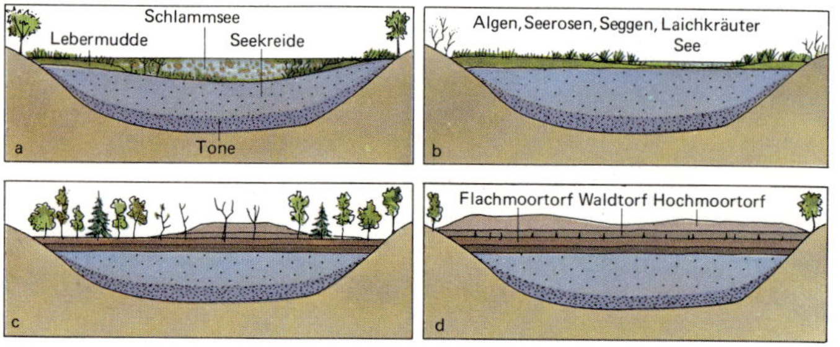

a) Einsetzende Verlandung b) Verlandeter See (Auffüllung mit Lebermudde)
c) Beginnende Hochmoorbildung d) Abgeschlossene Hochmoorbildung

Moor:
a und **b** Entstehung eines Nieder-M. aus einem See; **c** und **d** Entstehung eines Hoch-M. aus dem Nieder-M.

lung von Filmen von Satz und Bildern für die Offset- oder Tiefdruckform (beim Hochdruck: Formatmachen).

Montagebau, Bauverfahren mit vorgefertigten Elementen (Fertigteilen), → Fertigbau.

Monte-Carlo-Methode, stochast. Rechenverfahren zur numer. Bestimmung von Näherungslösungen verschiedener mathemat., bes. wahrscheinlichkeitstheoret. Probleme. Die Funktionswerte werden an einzelnen, aus einem entsprechend konstruierten stochast. Modell gewonnenen Punkten berechnet. Die effektive Anwendung der M.-C.-M. wurde erst durch die schnell arbeitenden Computer ermöglicht. Beispiel: Es soll der Flächeninhalt einer unregelmäßig begrenzten Fläche bestimmt werden. Dazu wird über diese Fläche eine andere Fläche bekannter Größe gelegt, so daß sie die erste völlig bedeckt. Mit gleichverteilten Zufallszahlen werden viele Punkte der zweiten Fläche belegt. Aus dem Anteil der Punkte, die auch in der unregelmäßigen Fläche liegen, läßt sich die Größe der Fläche bestimmen.

Morphin:
Mikroaufnahme
(etwa 100fach vergr.)

Montmorillonite [mɔ̃mɔrijɔn'itə], wichtige kaolinitähnliche → Tonminerale mit einem Schichtgitter aus den jeweils nicht ganz abgesättigten Schichten $[(Al_{1,67}Mg_{0,33})(OH)_2Si_4O_{10}]^{-0,33}$ und $[Na_{0,33}\cdot nH_2O]^{+0,33}$; der Schichtabstand schwankt mit dem Wassergehalt der ›Kationen-Wasser-Zwischenschichten‹ (→ Kristallwasser), daher auch D 1,7–2,7. M. bilden feinerdige amorph erscheinende, gelblich-graue, fein zerreibliche Massen; sie sind wesentl. Bestandteil vieler, bes. trop. Böden, v. a. der aufsaugfähigen ›Erden‹: Bentonit, Walkerde, Bolus, Umbra. Infolge ihrer Quellfähigkeit (Wasserhaltigkeit), der Fähigkeit zu Kationenaustausch und Basenadsorption und ihrer stabilisierenden Wirkung auf das Krümelgefüge begünstigen sie die Fruchtbarkeit der Böden. M. treten reichlich auch in Sedimenten des Atlantik auf; sehr reine Vorkommen sind als Solfatarenbildung oder aus Pegmatiten entstanden.

Monzonit, ein Tiefengestein, → magmatische Gesteine.

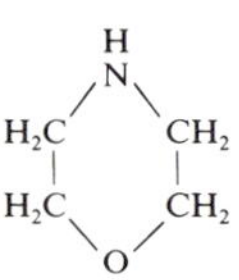

Morpholin

Moor, norddt. auch **Bruch, Fehn, Venn, Lohe, Luch;** süddt. auch **Filz, Moos, Ried,** mit 20–30 cm Torf bedecktes, oft unzugängl. Gelände mit best. Pflanzengesellschaften M. entstehen, wo mehr Wasser (Niederschlag) auftritt als abfließt, versickert oder verdunstet und wo bei Abschluß der Luft durch Wasser Tierreste und abgestorbene Pflanzen sich nur unvollkommen zersetzen. Torf ist das organogene Gestein des M. – Die **M.-Genese** beginnt auf dem Grund eines Sees oder auf versumpftem Mineralboden. Sie führt zum **Verlandungs-M.** oder zum **Versumpfungs-M.,** die je nach Beschaffenheit und Mächtigkeit ihrer (Mudde-)Torflagen in M.-Subtypen untergliedert werden, was vom Wasserangebot und seinem Gehalt an Kalk und Nährstoffen abhängt.

Die **M.-Art** wird durch die natürl. Pflanzendecke charakterisiert, seine Beschaffenheit (Torfarten) jedoch nur so tief, wie die Oberfläche durchwurzelt ist. Ist ein Gewässer durch Mudden (›zerteiltpflanzl. Torfe‹, Gyttja, Schlammtorf, Faulschlamm) so weit ›verlandet‹, daß vom Rand her M. nach der Mitte vorrücken, dann wächst aus ›ganzpflanzl. Torfen‹ (Schilf-, Seggen-, Braunmoos-, Erlenbruchwald-Torfe) das eutrophe **Nieder-M.** (Niederungs-M., Flach-M.) auf. – Je mehr das Niedermoor dem eutrophen (Grund-)Wasser entwächst, desto mehr werden mesotrophe Pflanzen unter Luftabschluß im Sumpf zu mesotrophen Torfen und bilden das **Übergangs-M.** (Zwischen-M.). – Schließlich wächst, wie auf versumpftem Mineral-(Wald-)Boden in kalk- und nährstoffarmem Niederschlagswasser, das oligotrophe **Hoch-M.** (Torf-, Moos-, Heide-M.) auf.

Nieder-M. sind leicht konkav und mit Bruchwald bestanden oder als Wiesen und Weiden kenntlich. Hoch-M. wachsen hingegen konvex und sind in sich gegliedert in wassergefüllte oder durchtränkte Dellen, die **Schlenken,** die durch grüne Torfmoose ausgezeichnet sind, und in kissenförmige Erhöhungen, die **Bulten,** mit rötl. oder bräunl. Torfmoosen, in denen auch Blütenpflanzen (Wollgräser, Glockenheite, Heidekraut u. a.) gedeihen. Hoch-M. sind im Tiefland meist baumlose Landschaften, in Mittel- und Hochgebirgen dagegen häufig mit Bergkiefern (Latsche, Spirke) bestanden.

Moos|tierchen, die → Bryozoen.

Moped, Abk. für **Motorrad und Veloziped,** → Kraftrad.

Moräne *die,* der von Gletschern verfrachtete Gesteinsschutt sowie die zugehörige Geländeform. – Der im Kar oder Firnfeld durch Steinschlag oder Lawinen auf den Gletscher gelangte Schutt wird als **Ober-M.** talab geführt. In das Gletschereis eingedrungenes Gestein bildet die **Innen-M.;** am Grund des Gletschers wird die **Grund-M.** bewegt. Was an Gesteinen seitwärts hinzutritt, bildet durch die Bewegung der Gletscher lange streifenartige **Rand-, Ufer-** oder **Seiten-M.** Vereinigen sich zwei Gletscher, bilden die inneren Seiten-M. eine **Mittel-M.** Am Gletscherende werden die oft gewaltigen Schuttmassen als **Stirn-** oder **End-M.** in Form von Hügelkränzen und -reihen mit Höhenunterschieden bis zu einigen hundert Metern abgelagert. Sie sind meist, den Gletscherschwankungen entsprechend, in mehreren Wällen sowie in unterschiedl. Ausbildung entstanden, je nachdem, ob sie bei einem Gletschervorstoß gebildet wurden **(Vorstoß-M.,** mit Stauchungserscheinungen **Stauch-M.)** oder zu einem Gletscherrückzug gehören **(Rückzugs-M.)** und dabei ihr Material in Form von **M.-Decken** oder **M.-Streu** zurückließen.

Fast immer ist das M.-Material ungeschichtet und unsortiert, die Gesteinsstücke sind anfangs kantig-eckig und grob und werden erst bei weiterem Transport zerkleinert und zugerundet. – Die M. sind die wichtigsten Erscheinungen der Glaziallandschaft; sie bieten am meisten Aufschluß über ehem. Ausdehnung und Verbreitung der → Gletscher (→ Eiszeit).

Morganit [n. dem amerikan. Bankier J. P. Morgan,

* 1837, † 1913] *der,* rote bis rosafarbige Varietät des → Berylls; Edelstein.

Morgansche Gesetze [m'ɔ:gən-], → De-Morgansche Gesetze.

Morgen, älteres dt. Feldmaß: 1 Morgen in Preußen = 25,5 a, in Bayern (Tagewerk, Juchert) = 34,07 a, in Sachsen = 27,7 a, in Württemberg = 31,5 a, in Baden = 36 a, in Hannover = 26,2 a, in Hessen-Nassau und Hamburg = 25 a, in Wien = 57,6 a u. ä.; in der Landwirtschaft heute noch gebräuchliche, nicht gesetzl. Einheit, wobei i. a. 1 Morgen = 25 a = 1/4 ha ist.

Morgenhauptlicht, → Zodiakallicht.

Morgenpunkt, der → Ostpunkt.

Morgenrot, Rotfärbung des östl. Himmels vor Sonnenaufgang (→ Abendrot).

Morgenstern, → Abendstern.

Morgenweite, Winkelabstand am Horizont zw. dem Aufgangspunkt eines Gestirns und dem → Ostpunkt; wird nur noch im Zusammenhang mit der Sonne verwendet.

Morin, gelber Farbstoff des Färbermaulbeerbaumes (Gelbholz) und Jackbaumes. M. wird als **Kalikogelb** im Baumwolldruck und zum Aluminiumnachweis verwendet.

Morion, rauchbrauner bis braunschwarzer → Quarz.

Morph|aktine, synthet. Wirkstoffe, die die Gestaltbildung höherer Pflanzen (z. B. Zwergwuchs) beeinflussen.

Morphin, früher **Morphium,** $C_{17}H_{19}O_3N$, das Hauptalkaloid des Opiums, darin zu etwa 10–14% enthalten. Das Opium ist der eingetrocknete Milchsaft des

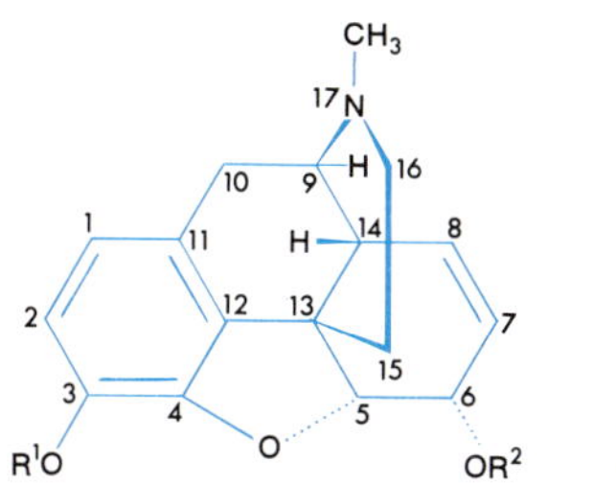

Morphin:
R1 = R2 = H
(Wasserstoff)

Schlafmohns; in ihm sind noch eine Reihe von Begleitalkaloiden enthalten: Narcotin, Codein, Papaverin, Narcein, Thebain, Laudanosin u. a., die wie das M. an organ. Säuren, bes. an Mekonsäure, gebunden sind. M. bildet farblose seidenglänzende Nadeln oder rhombische Prismen, ist geruchlos und schmeckt stark bitter. M. ist eine Base und bildet mit Säuren gut kristallisierende Salze, z. B. **Morphinhydrochlorid (Morphinum hydrochloricum).**

Pharmakologisch wichtige, z. T. synthetisch zugängliche Derivate des M. sind u. a. Codein **(Methylmorphin), Äthylmorphin** (Handelsname ›Dionin‹), **Thebain (Dimethylmorphin),** Heroin **(Diacetylmorphin).** Weitere künstl. Derivate sind unter versch. Namen im Handel; sie haben zur Bekämpfung schwerer Schmerzzustände große Bedeutung. – Da M. bei vielen Menschen Euphorie hervorruft, kann **M.-Sucht (Morphinismus)** auftreten, deren Kennzeichen Gewöhnung sowie psych. und phys. Abhängigkeit sind. (BILD S. 288)

Morpholin, farblose, mit Wasser mischbare Flüssigkeit, die als techn. Lösemittel (z. B. für Aromatenextraktion, Gaswäsche) und Korrosionsinhibitor verwendet wird. (FORMEL S. 288)

Morphologie, → Geomorphologie.

Morse-Alphabet [n. dem amerikan. Erfinder S. Morse, * 1791, † 1872], international genormter und früher fast ausschließlich benutzter Code für → Telegraphie: ein → Binärcode, der mit Kombinationen von Punkten und Strichen (kurzen und langen Stromstößen) Buchstaben, Ziffern, Satz- und Sonderzeichen darzustellen gestattet (ÜBERSICHT). Dabei werden häufige Zeichen in kurze, seltene in längere Kombinationen codiert (Vorwegnahme redundanzoptimaler → Codierung, → Informationstheorie); heute fast völlig vom Fünferalphabet des → Fernschreibens verdrängt.

Morse-Apparat, Endgerät zur Übertragung der Punkte und Striche des → Morse-Alphabets über eine Doppelleitung. Als Sender dient die handbetätigte Morse-Taste, die eine lokale Stromquelle im Rhythmus der Zeichen an die Leitung schaltet und damit die abgehenden Stromstöße erzeugt. Empfänger ist ein elektromagnetisch betätigter Schreibstift, der die ankommenden Stromstöße auf einen bewegten Papierstreifen aufzeichnet. Der M. ist heute fast völlig vom → Fernschreiber verdrängt. Die **Morsetaste** wird fast nur noch im Funkverkehr zur Modulation oder Tastung eines Senders benutzt, wobei die Zeichen akustisch (Kopfhörer, Lautsprecher) empfangen und (auch bei starken Störungen) decodiert werden können.

Mörser, 1) topfförmige Reibschale aus Metall mit keulenförmigem Stab **(Stößel, Pistill)** zum Zerkleinern von harten Stoffen; auch Synonym für Reibschale.

2) ein → Geschütz.

Mörtel, steinartiger Baustoff, der meist aus einem Gemisch von Bindemittel, Sand und einer auf das Bindemittel abgestimmten Flüssigkeit (häufig Wasser) ggf. mit speziellen Zusätzen hergestellt wird. M. dient u. a. zur Herstellung von Mauerwerk **(Mauer-M., Speis),** von Putz **(Putz-M.),** von Estrich **(Estrich-M.),** von Fugen **(Fugen-M.),** von Füllungen **(Einpreß-M.)** und von Belägen und Verkleidungen **(Verlege-M.)** sowie zu Verstärkungen und Ausbesserungen **(Ausbesserungs-M., Spritz-M.)** und im Feuerungsbau **(feuerfeste M.).** Nach der Zusammensetzung werden M. vom → Bindemittel 1) ausgehend als **Zement-M., Kalk-M., Gips-M., Anhydrit-M., Magnesia-M.** oder **Kunstharz-M.,** vom Größtkorn des Sandes ausgehend als **Grob-M.** oder **Fein-M.** bezeichnet. M. aus hydraul. Bindemitteln werden auch **hydraulische M.,** solche aus Luftbindemitteln auch **Luft-M.** genannt. Nach dem Ort der Herstellung werden **Baustellen-M.** oder werkmäßig hergestellte M. unterschieden; letztere werden als **Fertig-M.** (ohne Veränderung zu verarbeiten), als **Vor-M.** oder als **Trocken-M.** (unter Zugabe von Bindemittel oder Wasser zu verarbeiten) geliefert. M., der noch verarbeitet werden kann, heißt **Frisch-M.,** erhärteter M. **Fest-M.** Zur Erzielung besonderer Eigenschaften können M. mit Fasern (Kunststoffasern, Stahlfasern, Asbestfasern) vermischt werden.

Mosaik|kristall, → Realkristall (BILD 9).

Moseleysches Gesetz [m'əuzlı-, n. dem engl. Physiker H. Moseley, * 1887, † 1915], beschreibt den Zusammenhang zw. der Frequenz ν einer Spektrallinie der von einem Atom ausgesandten charakterist. → Röntgenstrahlung und der Ordnungszahl (Kernladungszahl) Z des emit-

a	·–
ae	·–·–
à, å	·––·–
b	–···
c	–·–·
ch	––––
d	–··
e	·
é	··–··
f	··–·
g	––·
h	····
i	··
j	·–––
k	–·–
l	·–··
m	––
n	–·
ñ	––·––
o	–––
oe	–––·
p	·––·
q	––·–
r	·–·
s	···
t	–
u	··–
ue	··––
v	···–
w	·––
x	–··–
y	–·––
z	––··
1	·––––
2	··–––
3	···––
4	····–
5	·····
6	–····
7	––···
8	–––··
9	––––·
0	–––––
Punkt	·–·–·–
Komma	––··––
Doppelpunkt	–––···
Bindestrich	–····–
Apostroph	·––––·
Klammer	–·––·–
Fragezeichen	··––··
Notruf: SOS	···–––···
Irrung	········
Verstanden	···–·
Schlußzeichen	·–·–·

Morse-Alphabet

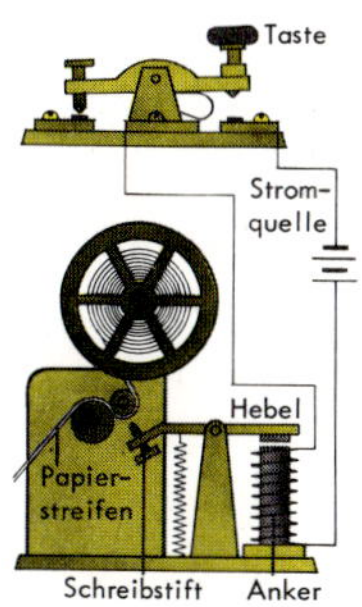

Morse-Apparat

tierenden Atoms. Danach wächst die Wurzel aus der Frequenz linear mit der Ordnungszahl: $\sqrt{\nu}=k\ (Z-s)$. Die experimentell zu ermittelnden Konstanten k und s unterscheiden sich für die einzelnen Spektrallinien ($K_{\alpha 1}$, $K_{\alpha 2}$, ..., $K_{\beta 1}$, ...). s berücksichtigt die Abschirmung durch die inneren Elektronen (für die K_α-Linien ist $s \approx 1$). Das M. G. gilt v. a. für die K-Serie; bei den anderen Serien treten Abweichungen auf. Das M. G. erlaubt es, aus dem Röntgen-Spektrum, d. h. auf rein physikal. Weg, die Ordnungszahl der Elemente zu bestimmen.

MOSFET, Abk. für **Metal Oxide Semiconductor Field Effect Transistor** [metl ˈɔksaɪd semɪkənd'ʌktə fi:ld ɪf'ekt træns'ɪstə, engl.], ein in → MOS-Technologie hergestellter Feldeffekttransistor, der je nach Verfahren einen p-leitenden (PMOS) oder n-leitenden (NMOS) Kanal zw. den Anschlüssen Drain (›Ableitung‹) und Source (›Quelle‹) besitzt. Es sind zwei grundsätzl. Schaltzustände bei einem MOSFET möglich: Als **Anreicherungstyp** ist der Transistor erst leitend, wenn eine Spannung am Gate (›Tor‹) angelegt wird (es bildet sich ein leitender Kanal). Beim **Verarmungstyp** ist durch die Dotierung der Kanalzone ein permanent leitender Kanal vorhanden. Der Transistor wird erst durch das Anlegen einer Spannung an das Gate abgeschaltet.

MOS-ICs, in → MOS-Technologie monolithisch aufgebaute → integrierte Schaltungen für überwiegend digitale Anwendung, Ggs.: → bipolare ICs.

Mößbauer-Effekt [n. dem dt. Physiker R. L. Mößbauer, * 1929], die praktisch rückstoßfreie Emission oder Absorption von Gammaquanten durch Atomkerne, die in das Kristallgitter eines Festkörpers eingebaut sind, bei tiefen Temperaturen. Durch Einbau in den Kristall wird die bei freien Atomen durch Rückstoß des absorbierenden oder emittierenden Kerns verursachte Verschiebung zw. Gammaabsorptions- und -emissionslinie beseitigt, weil der gesamte Kristall den Rückstoß aufnimmt. Da die Rückstoßenergie sich umgekehrt proportional zur Masse des Absorbers oder der Quelle verhält, geht wegen der großen Masse des Festkörpers im Vergleich zum Atomkern die Rückstoßenergie gegen Null. Außerdem entfällt die bei freien Atomen (auf Grund der therm. Bewegung der Gasatome) stets vorhandene Verbreiterung der Gammalinien durch den Doppler-Effekt, da die therm. Schwingungsbewegung der Gitteratome bei Temperaturen in der Nähe des absoluten Nullpunkts hinreichend unterdrückt werden kann. Man erhält dann sehr scharfe γ-Linien, die nur noch die durch die Lebensdauer des angeregten Kernzustandes bedingte natürl. Linienbreite (meist 10^{-5} bis 10^{-9} eV) aufweisen **(Mößbauer-Linien).**

Mit dem M.-E. sind extrem scharfe Trennungen von Spektrallinien und entsprechend scharfe Bestimmungen von Anregungsenergien möglich. Änderungen der Energie der 14,4 keV-Mößbauer-Linien in ^{57}Fe sind mit einer relativen Genauigkeit von besser als 10^{-15} meßbar, d. h. der M.-E. gestattet Energie- und Frequenzmessungen mit einer Genauigkeit von über 10^{-15}. So konnte die von A. EINSTEIN durch die allg. Relativitätstheorie vorausgesagte Rotverschiebung einer Gammastrahlung, die das Gravitationsfeld des Entstehungsortes verläßt, experimentell im Schwerefeld der Erde bestätigt werden. Der M.-E. findet weitgehende Anwendung in der Kernphysik, der Festkörperphysik und der Chemie. Messungen der Hyperfeinstrukturaufspaltung von Mößbauer-Linien geben Aufschluß über magnet. Felder und elektr. Feldgradienten am Kernort und das magnet. Dipolmoment und elektr. Quadrupolmoment des Kernes. Außerdem können Kernradiusänderungen in angeregten Zuständen oder die Elektronendichte am Kernort bestimmt werden. Darüber hinaus liefern Hyperfeinstrukturuntersuchungen an Molekülen, die Isotope mit Mößbauer-Linien enthalten, Aussagen über die Struktur und Wertigkeiten in chem. Verbindungen (→ Mößbauer-Spektroskopie).

Mößbauer-Spektroskopie, Gammastrahlen-Resonanzspektroskopie, Anwendung der → Kernresonanzfluoreszenz unter Ausnutzung des → Mößbauer-Effekts in der Chemie, Festkörper- und Kernphysik. Die durch den chem. Bindungszustand eines Atoms in einem Festkörper bewirkte geringfügige Änderung der Energie der Kernzustände verschiebt die Lage der Resonanzabsorptionslinien (Isomerieverschiebung, chem. Verschiebung). Durch elektr. oder magnet. Kristallfelder oder durch ungleiche Verteilung der Elektronen in der Elektronenhülle kann eine weitere Aufspaltung in mehrere Linien bewirkt werden. Es sind von 42 verschiedenen Elementen rückstoßfreie γ-Übergänge unter geeigneten Bedingungen möglich. Besonders intensiv untersucht wurden bisher ^{57}Fe, ^{119}Sn, ^{127}J, ^{129}Xe. Zur Messung der Resonanzabsorption in Abhängigkeit von der γ-Strahlungsfrequenz werden Strahlenquelle und Absorber mit Geschwindigkeiten v von bis zu 10 cm/s relativ zueinander bewegt (Frequenzabstimmung unter Ausnutzung des Doppler-Effekts) und die Zahl der absorbierten γ-Quanten wird als Funktion von v registriert. Wegen der kleinen relativen Linienbreite der Mößbauer-Linien kann die Lage der Resonanzen sehr genau bestimmt werden. Die M.-S. liefert Hinweise auf den Bindungszustand des Atoms sowie Informationen über Kernradien, magnet. Kerndipol- und elektr. Kernquadrupolmomente sowie über lokale Kristallfeldparameter und -symmetrien. Die M.-S. wurde außerdem bei der Feinstrukturaufklärung des Hämoglobins eingesetzt sowie bei quantitativen Analysen verwendet.

MOS-Technologie, Abk. für **Metal Oxide Semiconductor-Technologie** [metl ˈɔksaɪd semɪkənd'ʌktə, engl.], Technologie zum Aufbau von aktiven Einzelbauelementen (→ MOSFET) und → integrierten Schaltungen. MOS-Schaltungen zeichnen sich durch ihre besondere Eignung für integrierte Schaltungen hoher Komplexität und Packungsdichte aus: Ihre Einzelstruktur ist einfach und gut geeignet zur → Miniaturisierung.

Die Grundeinheit eines in MOS-T. hergestellten Schaltkreises ist der MOS-Feldeffekttransistor, bei dem ein Strom von Majoritätsladungsträgern durch Influenzwirkung über eine Isolatorschicht hinweg im Halbleiter von einer Metallelektrode aus gesteuert wird. Auch passive Elemente können in MOS-T. hergestellt werden. Ein Widerstand wird z. B. durch einen dünnen p-leitenden Siliciumstreifen auf einer n-leitenden Insel realisiert. Ein Kondensator entspricht der Anordnung von Gate-Elektrode und Substrat in einem MOSFET, wobei das Silicium unter der Elektrode sehr stark dotiert wird, um seine Leitfähigkeit anzuheben. Die auf diese Weise erreichbaren Kapazitäten sind allerdings relativ klein. Eine befriedigende Methode zum Bau mikroelektron. Induktivitäten existiert noch nicht. Wegen größerer Fertigungstoleranzen passiver Bauelemente, die beim Schaltungsentwurf berücksichtigt werden müssen, sowie der höheren Leistungsaufnahme der Widerstände werden in MOS-Schaltungen passive Komponenten nach Möglichkeit durch aktive ersetzt. Da ein Transistor im Prinzip einen strom- oder spannungskontrollierten Widerstand darstellt, können Widerstände einfach durch Transistoren substituiert werden.

Auf Grund der höheren Beweglichkeit von Elektronen gegenüber Löchern sind in **PMOS-Technologie** hergestellte Bausteine (gekennzeichnet durch MOS-Transistoren mit p-leitendem Kanal) erheblich langsamer (typ. Arbeitsgeschwindigkeit 100 statt 30 ns/Stufe) als die in der weiterentwickelten **NMOS-Technologie** hergestellten Bausteine (durch MOS-Transistoren mit n-leitendem Kanal gekennzeichnet). Die PMOS-Technologie ist die ursprüngl. Herstellungsform (einfache und billige Fertigung), sie findet heute im wesentlichen nur noch für Taschenrechner Verwendung, bei denen weniger die Rechengeschwindigkeit als die Kosten entscheidend sind. Für andere Anwendungen, z. B. in Halbleiterspeichern oder Mikroprozessoren, werden fast ausschließlich NMOS-Schaltkreise benutzt, die außerdem voll TTL-kompatibel sind. Da eine kostengünstige Integration nur bei direkter Kopplung aller Bauelemente erreichbar ist, werden vorwiegend n-Kanal-MOSFETs vom Anreicherungstyp verwendet, die einfacher und mit weniger Fertigungsschritten herstellbar sind als Verarmungs-MOSFETs, mit denen die höchste Packungsdichte erreicht wird.

Es besteht auch die Möglichkeit, MOS-Schaltungen aufzubauen, bei denen n-Kanal- und p-Kanal-Komponenten auf demselben Chip integriert sind (→CMOS-Technologie). Bei diesen Schaltkreisen werden alle p-leitenden Bereiche in n-leitendem Material isoliert. Die kompliziertere Fertigung lohnt sich für Anwendungen, wie batteriebetriebene Rechner und Uhren, da CMOS-Bauelemente einen sehr niedrigen Stromverbrauch haben und sich durch hohe Störsicherheit und TTL-Kompatibilität auszeichnen. Zur Herstellung von Halbleiterspeichern ist die →MNOS-Technologie geeignet, die durch die Verwendung einer zusätzl. Siliciumnitridschicht an der Gate-Elektrode gekennzeichnet ist. Weitere Entwicklungen sind ladungsgekoppelte Schaltungen (→CCD) sowie die ESFI-Technologie (→ESFI), bei der die Transistoren in einer dünnen Siliciumschicht, die auf einem nichtleitenden Substrat aufgebracht ist, erzeugt werden.

Den Vorteilen der MOS-T. im Vergleich zur →Bipolartechnik, wie hohe Integrationsdichte, geringe Verlustleistung, einfacher Fertigungsprozeß und niedrige Herstellungskosten, stehen als Nachteile die kleinere Arbeitsgeschwindigkeit und die niedrigere Ausgangsleistung gegenüber. Die Arbeitsgeschwindigkeit in einem MOS-Transistor hängt von der Breite des Gate-Bereichs ab, die durch das Aufösungsvermögen des photolithograph. Prozesses begrenzt wird. Im Vergleich dazu kann beim bipolaren Transistor eine sehr viel dünnere Basiszone erzeugt werden. Zwar sind MOS-Schaltkreise nicht für Analogfunktionen geeignet, dafür jedoch in besonderem Maß zur Großintegration von digitalen Schaltungen, z. B. zum Aufbau kompakter integrierter Speicher oder Mikroprozessoren.

Mostwaage, Gleukometer, ein →Aräometer, mit dem die Dichte des Traubenmostes bestimmt wird. Im dt. Sprachgebiet benutzt man die M. von F. ÖCHSLE. Sie gibt die Dichte (das ›**Mostgewicht**‹) in →Öchsle-Graden (Grade Öchsle) an, z. B. entsprechen 75° Öchsle einer Dichte von 1,075 g/cm³. Aus dem Mostgewicht lassen sich annähernd der Zuckergehalt des Mostes und der Alkoholgehalt des zukünftigen Weines berechnen: a° Öchsle $\triangleq \left(\frac{a}{4}-3\right)$ g Zucker in 100 ml Most und a° Öchsle $\triangleq a$ g Alkohol in 1 l Wein.

Motographie, Verfahren zur berührungslosen Bewegungsaufzeichnung mit Hilfe von Strahlungsspuren, z. B. infraroter Strahlung auf Kleinbildfilm **(IR-M.).** Die IR-M. ermöglicht trotz der notwendigen langen Verschlußöffnungszeiten der Kamera Aufnahmen bei üblichen Beleuchtungsverhältnissen ohne Beeinträchtigung der aufgenommenen Personen oder Tiere durch Blitzlicht. Grundsätzlich dient die M. zur Aufzeichnung der Ortsveränderung von Körpern oder Körperteilen, z. B. von Menschen, Tieren, Maschinen- oder Fahrzeugteilen, bes. bei arbeitswissenschaftl. Untersuchungen einschließlich der Unfallverhütung. Weitere Anwendungsmöglichkeiten: bei der Rehabilitation Behinderter, in der Biomechanik (z. B. Sport), der Verhaltensforschung, der Meßtechnik von Schwingungen, der Fertigungstechnik, der Bionik u. a.

Motor, Maschine, die eine Energieart (z. B. Wärme, elektr. Energie) in mechan. Bewegungsenergie umwandelt, z. B. Dampf-M. (Dampfmaschine), Elektro-M., Heißgas-M., Verbrennungs-M. (Diesel-M., Otto-M.), fälschlich auch Raketen-M.

Motorboot, kleines Wasserfahrzeug, das durch einen oder mehrere Kolbenmotoren angetrieben wird. Man unterscheidet: 1) nach Anordnung des Motors **Innenborder** und **Außenborder;** 2) nach der Bauweise des Bootskörpers **Verdrängungsboot** (Rundspanten), **Gleitboot** (Knickspanten), **Wellenbinderboot** (konkav/konvex geschwungener Boden), **Stufenboot** (Stufe im Boden) und die Sonderformen →Tragflügelboot und →Bodeneffektfahrzeug; 3) nach Bootskörperlänge bis 7 m **Motorboot,** von 7–12 m **Motorkreuzer,** über 12 m **Motoryacht** (kann als Seeschiff vermessen werden). Als Baustoff für den Bootskörper werden Holz, Stahl, Leichtmetall und neuerdings, v. a. für kleinere Boote, GFK verwendet. Als Vortrieb dienen vorherrschend Schraubenpropeller, seltener Luftpropeller und →Wasserstrahlantriebe. Die Verwendung von M. ist äußerst vielseitig: Behörden-, Polizei-, Seenot-, militärischer Dienst, Freizeit und Sport.

Motorbremse, i. w. S. die Nutzung des Kraftfahrzeugmotors als Bremse, wenn beim Unterbrechen der Kraftstoffzufuhr (›Gaswegnehmen‹) der Leerlaufwiderstand des (nicht ausgekuppelten) Motors durch die Bewegungsenergie des Fahrzeugs, bes. beim Befahren von Gefällen, überwunden wird. Diese Umkehr der Energieflußrichtung (›geschleppter Motor‹) läßt sich konstruktiv am leichtesten beim Dieselmotor durch Einbau einer Drosselklappe in die Auspuffleitung verstärken (M. i. e. S.). Der Motor arbeitet dann auch beim Auspufftakt als Verdichter in die Auspuffleitung.

Motoren|öle sind →Schmieröle für Verbrennungsmotoren. **HD-M.,** Abk. für **Heavy Duty** [h'evɪ dj'u:tɪ, engl.], d. h. für schwere Belastungen geeignet, dürfen bei hohen Motortemperaturen keine Ablagerungen (z. B. an den Kolbenringen) bilden und bei tiefen Temperaturen keinen Ölschlamm abscheiden. Sie müssen außerdem Korrosion verhindern und einen druckfesten Schmierfilm bilden. M. bestehen meist aus raffinierten Vakuumdestillaten paraffinbas. Erdöle **(Grundöl)** und enthalten 5–25% Additive. Synthet. Grundöle sind z. B. Polyolefine mit Seitenketten: **SHC-M.,** Abk. für **Synthetic Hydrocarbons** [sɪnθ'etɪk haɪdrəʊk'ɑ:bənz, engl.]. Additive, die feine Partikel von Ruß, Bleisalzen u. a. in der Schwebe halten und z. T. gleichzeitig korrodierende Säuren neutralisieren, sind Detergents (z. B. basische Calcium- oder Magnesiumsulfonate) und Dispersants (z. B. Polyisobutenylsuccinimide). Zinkdialkyldithiophosphate wirken als Verschleißminderer, Antioxidantien und Korrosionsinhibitoren. **Leichtlauf-M.** enthalten Additive zur Verminderung der Reibung und damit zur Kraftstoffeinsparung (z. B. Fettalkohole, Fettsäuren). M. müssen im Winter genügend fließfähig sein (Kaltstart), sie dürfen aber bei längerem Betrieb im Sommer (Heißbetrieb) nicht zu dünnflüssig werden. Je nach ihrer Viskosität werden M. in verschiedene →SAE-Viskositätsklassen eingeteilt. **Mehrbereichs|öle** (z. B. SAE 15W/50) erfüllen die Anforderungen mehrerer SAE-Klassen und können deshalb im Sommer und Winter verwendet werden. Um eine möglichst geringe Temperaturabhängigkeit der Viskosität zu erreichen, werden ihnen VI-Verbesserer (→Viskositätsindex) wie Polyalkylmethacrylate oder Polyisobutene zugesetzt.

Motorfahrrad, Abk. **Mofa,** →Kraftrad.

Motorgenerator, 1) aus einer Kraftmaschine und einem elektr. Generator bestehender Maschinensatz (z. B. Notstromaggregat).

2) elektr. Maschinensatz aus einem Elektromotor und einem oder mehreren mechanisch gekuppelten Generatoren zur Umformung einer Stromart in eine andere (→Umformer).

Motor|rad, →Kraftrad.

Motor|roller, →Kraftrad.

Motorschiff, von Verbrennungskraftmaschine(n) angetriebenes Schiff. Heute verwendet man im Hinblick auf ökonom. Verbrauch und lange Laufzeiten zw. zwei Grundüberholungen fast ausschließlich Dieselmotoren: bei großen Handelsschiffen direkt auf die Propellerwelle wirkende, umsteuerbare Langsamläufer-Zweitakt-Kreuzkopf-Dieselmotoren (95–150 U/min, hohes Leistungsgewicht; Schwerölbetrieb, Laufzeiten von 20000–30000 Stunden zw. zwei Grundüberholungen), bei mittleren und kleineren Handelsschiffen Ein- oder Mehrmotorenanlagen mit mittelschnell laufenden Viertakt-Dieselmotoren (250–450 U/min), die über ein Rädergetriebe auf eine Welle arbeiten (relativ leicht, geringerer Platzbedarf).

Kriegsschiffe erhalten sehr leichte, kleine und kompakte Schnelläufer-Motoren (üblich als Mehrmotorenanlagen) in Tauchkolben-Viertaktbauart (nach etwa 2000 Laufstunden zu überholen). In neuerer Zeit wird der Dieselmotor im Kriegsschiffbau zunehmend durch extrem kompakte und leichte Gasturbinen ersetzt, die z. Z. (1982) bis rd. 20000 kW (28000 PS) leisten, in Kürze fast das Doppelte erreichen sollen.

Motorschlitten, engl. **Snowmobile** [sn'əuməu-bi:l], durch einen Verbrennungsmotor mit Luftschraube, Gleisketten oder Raupenband fortbewegter Schlitten. Der **Luftschrauben-M.** wird von einem hochgesetzten Schub-Propeller angetrieben und mit den Vorderkufen gelenkt. Der **Raupenkufen-M.** hat vorn zwei lenkbare Kufen und hinten ein Raupenfahrwerk aus weitmaschigen Stahlketten. Der M. dient auch für sportl. Rennen.

Motorsegler, mit Luftschraubenantrieb ausgerüstetes Segelflugzeug, eigenstartfähig, erreicht mit stillgelegtem Triebwerk nahezu die Flugleistungen und -eigenschaften eines Segelflugzeuges.

Motorspritze, trag- oder fahrbares Aggregat aus Verbrennungsmotor und Feuerlöschpumpe (Kreiselpumpe mit Ansaugvorrichtung). Nennleistung bis zu 3200 l/min bei einer Förderhöhe von 80 m Wassersäule.

Mottenschutz, Maßnahmen zum Schutz der Textilien und Pelze vor den Fraßschäden der Motten (Raupen): durch Atemgiftstoffe (Mottenpulver), Kontaktgiftstoffe und heute Fraßschutzmittel, die wie Farbstoffe auf das Material aufgebracht werden und so einen längeren Schutz gewährleisten **(Mottenfestausrüstung).**

Mottsche Streuformel [n. dem brit. Physiker Sir (1962) N. F. Mott, * 1905], gibt den differentiellen Wirkungsquerschnitt für die Streuung identischer atomarer Teilchen mit Spin an, die aneinander gestreut werden, z. B. bei der Streuung von Elektronen an Elektronen oder von α-Teilchen an Heliumkernen. Die M. S. berücksichtigt den quantenmechan. Austausch, der bei ident. Teilchen infolge der Ununterscheidbarkeit auftritt.

MOZ, Abk. für **Motor-Oktanzahl,** →Oktanzahlen.

µP, Abk. für →**Mikro**pro**zessor.

Mp, Einheitenzeichen für **Megapond** (→Pond).

mPa, Einheitenzeichen für **Millipascal** (→Pascal).

MPa, Einheitenzeichen für **Megapascal** (→Pascal).

Mpc, Einheitenzeichen für **Megaparsec** (→Parsec).

MPD, Abk. für **Magnetoplasmadynamik,** →Magnetohydrodynamik.

mR, Einheitenzeichen für **Milliröntgen** (→Röntgen).

ms, Einheitenzeichen für **Millisekunde** (→Sekunde).

MSB, Abk. für **Most Significant Bit** [məust sıgn'ıfıkənt bıt, engl.]. Als das höchstwertige Bit (MSB) wird bei einem Binärwort die am weitesten links stehende Ziffer bezeichnet. Ggs.: →LSB.

M-Schale, die zur Hauptquantenzahl $n = 3$ gehörige Hauptschale der →Atome, die maximal 18 Elektronen aufnehmen kann.

MSH, Abk. für →**M**elanocyten-**s**timulierendes **H**ormon.

MSI, Abk. für **Medium Scale Integration** [m'i:dıəm skeıl ıntəgr'eıʃn, engl.], →Integrationsgrad.

M + S-Reifen, Abk. für **Mud and Snow-Reifen** [mʌd ænd snəu, engl.], Kraftfahrzeugreifen mit Profilen für winterliche Fahrbedingungen (→Reifen 2).

Mt, Einheitenzeichen für **Megatonne** (→Tonne).

MTB, Abk. für →**M**ethyl-**t**ert-**b**utyläther.

MTBF, Abk. für **Mean Time Between Failures** [mi:n taım bıtw'i:n f'eıljəz, engl.], statist. Größe, die die mittlere Zeit zw. zwei →Ausfällen von wieder reparierbaren Geräten und Systemen darstellt. Bes. in der Luft- und Raumfahrttechnik ist der MTBF-Wert eine wichtige Beurteilungsgröße für die Abschätzung der →Zuverlässigkeit von Bauelementen und Systemen; er kann empirisch gewonnen werden aus der Summe der Betriebszeiten aller Betrachtungseinheiten dividiert durch die Anzahl der Ausfälle.

MTL, Abk. für **Merged Transistor Logic** [m'ə:rdʒd træns'ıstə l'ədʒık, engl.], Halbleitertechnologie: →integrierte Injektionslogik.

MTR, Abk. für **Material Test Reactor** [mət'ıərıəl test rı'æktə, engl.], Forschungsreaktor als Strahlungsquelle (Neutronen, γ-Strahlung) für Werkstoffprüfungen und Untersuchung von Strahlungseinflüssen auf Stoffe aller Art.

MTTF, Abk. für **Mean Time To Failure** [mi:n taım tu f'eıljə, engl.], statist. Größe, die der Angabe dient, wann mit einem →Ausfall einer Anlage oder eines Systems im zeitl. Mittel zu rechnen ist.

MTTR, Abk. für **Mean Time To Repair** [miːn taɪm tu rɪpˈɛə, engl.], statist. Größe, die für vorausschauende Abschätzungen über die mittlere Zeitdauer der zu erwartenden Reparaturen und Wartungsarbeiten an Geräten und Systemen während ihrer → Lebensdauer 2) nützlich ist (→ Wartbarkeit).

Mucine, Schleimstoffe, Gemische aus kohlenhydratreichen Glykoproteinen; Vorkommen: Respirationstrakt, Speichel, Dünndarm- und Magensaft (schützt Schleimhäute vor Autolyse durch Säure und Enzyme).

Mucopolysaccharide, Glykos|aminoglykane, Biochemie: lineare Moleküle aus Disaccharideinheiten, die aus substituierten Aminozuckern und Uronsäuren oder Galaktose bestehen. Die meisten M. (Hyaluronsäure, Chondroitinsulfate, Dermatan- und Keratansulfat) sind an Proteine gebunden. Biolog. Aufgaben: 1) Gerüst- und Stützfunktion in Säugetiergeweben (Knorpel, Knochen, Haut, Sehnen, Auge, Gefäße u. a.); 2) Einfluß auf die Blutgerinnung (→ Heparin); 3) Strukturelemente von Bakterien-Zellwänden (→ Murein) und -Kapselsubstanzen, die die serolog. Spezifität verursachen.

Mudd *der,* graues bis schwärzl. sehr feinkörniges, kalkarmes Sediment am Grund von Gewässern, bes. in der Ostsee. Er besteht aus 2–9% organ. Stoffen und rd. 75% Wasser, der Rest sind anorgan. Stoffe.

Mudde *die,* Oberbegriff für die limn. Sedimente Gyttja, Dy und Faulschlamm.

Muffe *die,* kurzes Rohrstück, oft mit Innengewinde, zum Verbinden zweier Maschinenteile oder Rohre **(Rohr-M.).**

Muffel|öfen, Industrieöfen mit indirekter Beheizung. Verbrennungsgase umspülen die **Muffel,** einen allseitig geschlossenen Schutzbehälter aus Keramik oder feuerfestem Stahl. Verwendung überall dort, wo Gut unter best. Atmosphäre erwärmt werden soll oder Verbrennungsgase und -staub das Gut nicht berühren dürfen, z. B. keramische Erzeugnisse. (BILD Industrieöfen)

Mühlen, Maschinen zur Zerkleinerung von Feststoffen bis auf Korngrößen unter 10 µm. Charakteristisch ist die kreisende Drehbewegung der Zerkleinerungswerkzeuge wie in **Glocken-, Walzen-, Hammer-** und **Prall-M.** oder der Mühlengefäße bei **Kugel-, Rohr-** und **Schwing-M.** Je nach der für den Antrieb verwendeten Energiequelle unterscheidet man **Wind-, Wasser-, Dampf-** und **Elektro-M.** Grobzerkleinerungsmaschinen heißen → Brecher 1).

Mühlsteine, Mahlsteine, Natursandsteine oder Steine aus frz. Quarzit von 1 bis 2,5 m ∅. Das Mahlgut tritt in der Mitte des M. **(Mühlauge)** ein und gelangt durch

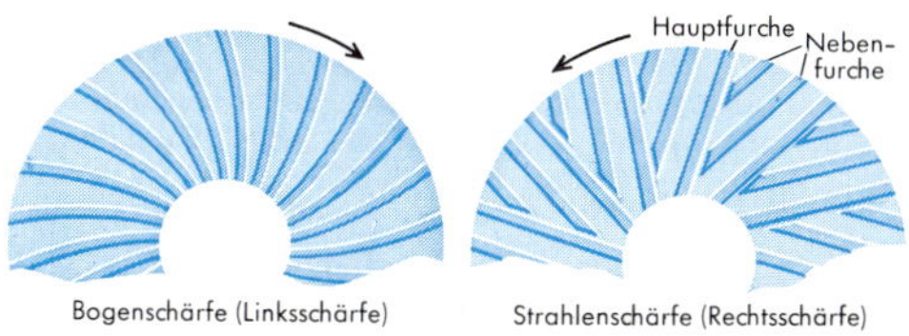

Mühlsteine

Luftfurchen in die Mahlbahn zw. Mühl- und Bodenstein. Die Mahlbahn ist durch gradlinige Haupt- und Nebenfurchen in Felder eingeteilt.

Mulde, 1) Geographie: längl. oder rundl. Hohlform, die ringsum von ansteigenden Böschungen abgeschlossen (also abflußlos) oder auch nach einer oder mehreren Seiten geöffnet sein kann **(Quellmulde).**

2) Geologie: die Synklinale, → Falte.

Mull, Humusform bei intensivem biolog. Abbau der Pflanzenreste.

Müll, Sammelbegriff für feste → Abfallstoffe unterschiedl. Herkunft, z. B. Hausmüll, Sperrmüll, Gewerbe- und Industriemüll, Straßenkehricht, Sondermüll. (→ Abfallbeseitigung, → Abfallverwertung, → Müllverbrennungsanlage, → Kompostierung, → Deponie)

Müllerei, Gewinnung von Mehl und mehlartigen Erzeugnissen durch Zerkleinern der Körner, insbes. der Getreidekörner. Die M. wird in → Mühlen, meist mit elektr. Energie betrieben. Die Aufbereitung des Getreides im Mühlenbetrieb umfaßt das Reinigen in → Getreidereinigungsmaschinen, das Konditionieren (Entzug oder Zugabe von Wasser bis zu dem für die Vermahlung optimalen Gutfeuchtegehalt), die Vermahlung und u. U. das Mischen des gemahlenen Gutes, um einheitliche Mehltypen zu erhalten.

Die **Vermahlung** geschieht heute überwiegend in Walzenstühlen. Da die Körner zw. den Walzen nur allmählich aufgebrochen werden und da beim Mahlen verschiedene Produkte entstehen, sind eine Reihe von Walzenstühlen erforderlich. Zw. ihnen sind Sichtmaschinen angeordnet, die die gemahlenen Erzeugnisse in ihre Bestandteile (z. B. Schrot, Grieß, verschiedene Mehlsorten) trennen. Das Mahlgut wird meist vollautomatisch von einer Bearbeitungsstufe zur anderen gefördert, heute i. d. R. pneumatisch mit Gebläseförderanlagen.

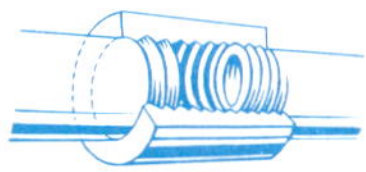

Muffe: Gewindemuffe

Geschichte. Urspr. wurde das Getreide von Hand zw. zwei Steinen zerrieben. Rotierende → Mühlsteine waren schon Jahrhunderte v. Chr. bekannt. Im Mittelalter wurden der Wasserradantrieb und das Windrad verwendet, 1786 arbeitete in London die erste Dampfmühle.

Müller-Lyersche Täuschung [n. dem Soziologen und Psychiater F. Müller-Lyer, * 1857, † 1916], eine → optische Täuschung (BILD).

Müller-Rochow-Synthese [n. dem dt. Chemiker R. Müller und dem amerikan. Chemiker E. G. Rochow, * 1907], Verfahren zur Herstellung von Organosilanolen; → siliciumorganische Verbindungen.

Mullit *der,* Mineral, graues bis graugrünes Aluminiumsilikat; kommt vor in Tonbrocken, die im Basalt eingeschmolzen sind; entsteht auch beim Brennen von keramischen Erzeugnissen.

Müllschlucker, Müllabwurfanlage in mehrgeschossigen Gebäuden mit einer Müll-Sammeleinrichtung im Keller. In der Bundesrep. Dtl. sind M. in Gebäuden mit mehr als fünf Vollgeschossen vorgeschrieben.

Müllverbrennungs|anlage, Abk. **MVA,** Anlage zur Müllbeseitigung durch Verbrennung. Vorherrschend sind zentrale Großanlagen, in denen der kommunale Müll unter Nutzung der freigesetzten Wärme als Heizenergie oder zur Stromgewinnung verbrannt wird. (→ Abfallbeseitigung)

Multichip-Technik [-tʃɪp-], → Chip.

Multi|enzymkomplexe, heteropolymere Proteine, die aus geordneten Anlagerungen strukturell und funktionell verschiedener Enzyme bestehen. Die Mehrzahl der heute bekannten M. bestehen (elektronenmikroskopisch nachgewiesen) aus zwei bis sieben Untereinheiten, die nicht kovalent miteinander verbunden sind. Das Molekulargewicht kann zw. 160000 und mehreren Mio. schwanken. Die Aufgabe der M. ist es, in festgelegter Reihenfolge Einzelschritte einer Reaktionsfolge zu katalysieren, z. B. die Fettsäuresynthese.

Multilayer [-leıə], Herstellungsverfahren einer → gedruckten Schaltung in mehreren Schichten.

Multilinearform, ein Polynom $f(x_1, x_2, \ldots, x_n)$ in n Unbestimmten, wenn es bezüglich jeder der Veränderlichen $x_1, x_2, \ldots, x_n$ eine lineare → Form 3) ist. Einen Spezialfall stellen für $n=2$ die → Bilinearformen dar.

Für eine **symmetrische M.** gilt

$$f(x_1 \ldots x_i \ldots x_j \ldots x_n) = f(x_1 \ldots x_j \ldots x_i \ldots x_n),$$

für eine **alternierende M.** gilt

$$f(x_1 \ldots x_i \ldots x_j \ldots x_n) = -f(x_1 \ldots x_j \ldots x_i \ldots x_n),$$

wenn $1 \leqq i \leqq n$, $1 \leqq j \leqq n$ und $i \neq j$.

Multimeter, analog oder digital anzeigendes Vielfachmeßinstrument (→ elektrische Meßgeräte).

Multimode-Faser [-mo:d-], → Lichtleiter.

Multiplayback [-pleıb'æk, engl.], Überspielen von magnet. Aufzeichnungen von einer auf eine andere Spur desselben Tonbands unter Zufügen einer weiteren Aufnahme.

Multiple Mirror Telescope [m'ʌltıple m'ırə t'elıskəʊp, engl.], Abk. **MMT**, optisches Synthese-Teleskop in Arizona (USA), das aus sechs Einzelspiegeln mit je 1,8 m Durchmesser besteht; die Strahlengänge der an den Ecken eines regelmäßigen Sechsecks angebrachten Spiegel werden mit Hilfe eines optischen Laserkontrollsystems in einem gemeinsamen Brennpunkt vereint. Die Gesamtspiegelfläche entspricht der eines Spiegels von knapp 4,5 m Durchmesser, während bei Interferometermessungen eine effektive Öffnung von 6,5 m simuliert werden kann.

Multiplett, **1)** Atomphysik, Spektroskopie: Bez. für eine ›innerlich‹ zusammengehörende Gruppe von Energieniveaus oder Spektrallinien **(spektroskop. M.).** Die Aufspaltung der Atomterme und damit der Spektrallinien infolge der gequantelten Wechselwirkung von Bahndrehimpuls und Eigendrehimpuls der Elektronen (→ Termschema) liefert die M. der → Feinstruktur. Auf Grund der Wechselwirkung der Hüllenelektronen mit den Kernmomenten ist i. a. jeder Term eines M. der Feinstruktur in ein M. der → Hyperfeinstruktur aufgespalten. M. mit 2,3,4,5 ... Termen heißen **Dubletts, Tripletts, Quartetts, Quintetts, ...**; **Singuletts** bestehen aus einem einzigen Term. Die Anzahl der zu einem M. gehörenden Terme nennt man → Multiplizität.

2) Elementarteilchenphysik: **Elementarteilchen-M.**, Gruppen von Elementarteilchen, die nach best. Quantenzahlen geordnet sind, z. B. nach dem → Isospin.

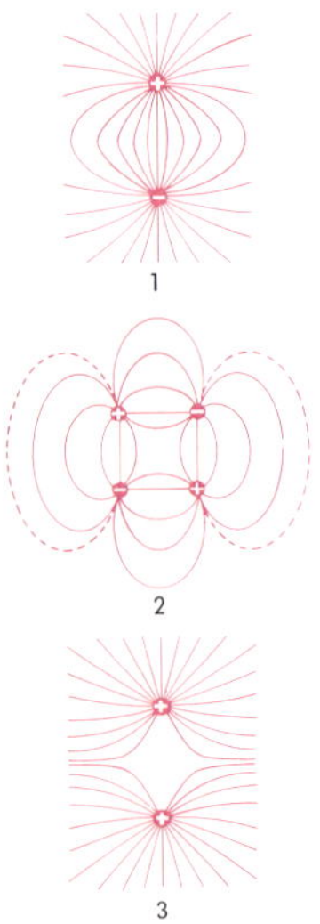

Multipol: **1** Dipol. **2** Quadrupol. **3** Quadrupol bei entfernten negativen Ladungen

Multiplex-Betrieb, Betriebsart einer Funktionseinheit eines Rechnersystems, bei der mehrere Aufgaben abwechseln und in Zeitabschnitten verzahnt bearbeitet werden. Dadurch werden Wartezeiten der Zentraleinheit auf Grund langsamerer peripherer Aus- oder Eingabegeräte vermieden.

Multiplex-System, Simultanübertragung mehrerer (meist gleichartiger) Signale über denselben Nachrichtenweg, mit dem Zweck optimaler Ausnutzung (auch **Mehrfach-** oder **Vielfachübertragung** genannt). Damit sich die ›gebündelten‹ Signale nicht beeinflussen und sich am Empfangsort trennen lassen (Selektion), müssen sie sich in einer charakterist. Eigenschaft unterscheiden, z. B. in der Frequenzlage **(Frequenzmultiplex)** oder in der Zeitlage **(Zeitmultiplex).** Typ. Beispiele für diese wichtigen Verfahren: → Trägerfrequenztechnik oder → Plus-Code-Modulation. Danaben gibt es andere Selektionsmöglichkeiten (Kurvenform, Amplitude, räuml. Trennung). M.-S. werden bei allen nachrichtentechn. Übertragungsverfahren verwendet: Datenübertragung (→ Multiprogramming), Vermittlungstechnik, Fernwirken u. a.

Multiplier [m'ʌltıplaıə, engl.], → Elektronenvervielfacher.

Multiplikation, Grundrechnungsart, auch Grundoperation in Algebra und Arithmetik, entstanden durch Verallgemeinerungen der Produktbildung bei den ganzrationalen Zahlen (→ Gruppe 2, → Ring). Sie wird auch für Vektoren, Funktionen, Matrizen u. a. erklärt. Das Ergebnis der M. der **Faktoren** a und b ist das **Produkt** a mal b, geschrieben ab, $a \cdot b$ oder auch $a \times b$. Dabei ist a der **Multiplikand** und b der **Multiplikator.**

Multiplikationsfaktor, k-Faktor, Neutronenvermehrungsfaktor, Formelzeichen k, Vermehrungsfaktor der Neutronen bei der Kernspaltung, das Verhältnis der Neutronenzahl in einer Neutronengeneration zur Neutronenzahl in der unmittelbar vorhergehenden Generation. Ein Kernreaktor wird bei $k = 1$ kritisch.

Multiplizität, Atomphysik: 1) Anzahl der Komponenten eines → Multipletts von Spektrallinien. 2) Anzahl der Terme eines Multipletts von (Energie-)Termen (→ Atom, → Termschema). Bei normaler Kopplung (→ Russel-Saunders-Kopplung ist die M. gleich $2S + 1$ für $S \leqq L$ und $2L + 1$ für $S > L$, wobei S der Gesamtspin, L der Gesamtbahndrehimpuls ist.

Multipol *der*, Verallgemeinerung eines → Dipols. Eine Anordnung von 2^{l-1} ($l = 1,2,3,\ldots$) elektr. oder magnet. Dipolen heißt **M. der Ordnung l** oder **2^l-Pol.** Je nach der **Multipolordnung** l werden unterschieden: der **Dipol**, ein 2-Pol ($l=1$), der **Quadrupol**, ein 4-Pol ($l=2$), der **Oktupol**, ein 8-Pol ($l=3$) usw.

Schwingende M. senden elektromagnet. Strahlung aus, deren Richtungsverteilung für die M.-Ordnung charakteristisch ist. Es gibt elektr. und magnet. **M.-Strahlung,** je nachdem, ob sie von einem elektr. oder magnet. M. herrührt. In der Atom- und Kernphysik ist die Untersuchung des M.-Charakters der von angeregten Atomen oder Kernen ausgehenden elektromagnet. Wellen ein Hilfsmittel zur Bestimmung der Anregungszustände.

Multiprogramming [-prəʊgræmıŋ], **Multiprogrammbetrieb,** Datenverarbeitung: Betrieb einer an mehreren Programmen arbeitenden elektron. Datenverarbeitungsanlage, wobei das Leitwerk in zeitl. Wechsel solche Programmabschnitte ausführen läßt, daß langsamere Funktionseinheiten, z. B. Magnetbandspeicher oder Drucker, möglichst gleichmäßig ausgenutzt werden. So kann, während eines der Programme auf das Ergebnis einer Funktionseinheit wartet, ein Abschnitt eines anderen Programms ausgeführt werden.

Multiprozessor-System, eine Datenverarbeitungsanlage, bei der mehrere → Mikroprozessoren zusammenarbeiten, um z. B. eine komplexe Aufgabe gemeinsam schneller durchführen zu können.

Multivibrator, andere Bez. für die selbständig zw. zwei Schaltzuständen hin und her kippende → astabile Kippschaltung.

Mündungsfeuer, Flammenerscheinung an der Mündung eines Laufs oder Rohres, die durch Entzündung brennbarer Schußgase (z. B. Kohlenoxid) nach Kontakt mit Luft auftritt. Zur Dämpfung des M. werden u. a. Kaliumsalze verwendet.

Munition, Sammelbegriff für bestimmte →Wurfkörper, bes. →Geschosse, →Bomben, →Handgranaten, auch Treib- und Sprengladungen (z. B. von →Raketen, →Raketenwaffen, →Torpedos und →Minen), →Zündmittel, →Leuchtmunition, Feuerwerkskörper (→Pyrotechnik).

Muntz-Metall [n. dem brit. Fabrikanten G. F. Muntz, * 1794, † 1857], **Sterrometall,** amtlich **Eichmetall,** Messing mit etwa 60% Kupfer, 38% Zink und 2% Eisen.

Münzensortiermaschine dient zum Sortieren von Hartgeld in Betrieben mit großem Umsatz kleiner Beträge nach dem Nennwert. Größere M. prüfen zum Aussortieren von Falschgeld auch auf Gewicht, Rundprägung, Lochung u. a. und verpacken die Münzen in die banküblichen Rollen (→Münzprüfer).

Münzfernsehen, engl. **Pay-TV** [pˈeɪtiːviː], Abnahme von Teilen eines Fernsehprogramms über einen speziellen Fernsehkanal, indem durch Münzeinwurf das Bild auf dem Leuchtschirm sichtbar wird. M. gibt es z. B. bei dem kommerziell betriebenen →Kabelfernsehen in den USA.

Münzfernsprecher, öffentliche, nach Geldeinwurf betriebsbereite Sprechstelle zum →Fernsprechen. M. sind in Gebäuden und vorwiegend in Fernsprechzellen untergebracht.

Münzmetall, allg. jedes Metall oder jede Legierung zur Herstellung von Münzen wie Münzbronze, Münzgold, Münzsilber u. dgl., bes. eine Legierung aus 50–63% Kupfer und 50–37% Zink. **Münzlegierung** i. e. S. ist eine Legierung aus 75% Kupfer und 25% Nickel. Für kleine und mittlere Werte werden i. a. Legierungen aus Aluminium, Kupfer, Nickel, Zink und Eisen (z. B. →Neusilber), für höhere Werte, Sonderprägungen und Gedenkmünzen auch Edelmetallegierungen benutzt.

Münzprüfer dienen zur Prüfung von Münzen in Waren- und Leistungsautomaten hinsichtlich Durchmesser, Dicke, Prägung, Rändelung, Gewicht, Masse, magnetischer und elektr. Eigenschaften. Abhängig von den prakt. Gegebenheiten werden die Münzen auf alle oder nur einzelne Merkmale geprüft, z. B. Prüfung der Münzen auf das Sollgewicht mittels hochempfindl. Geldkontrollwaage.

Münztechnik umfaßt die Herstellung von Münzen. Das geschmolzene →Münzmetall erstarrt in Kokillen zu **Zainen, Schienen** oder **Stäben,** die nach Prüfung des Feingehalts oder der Legierung zu Streifen oder Bändern genau bestimmter Dicke auf etwa sechsfache Stablänge (150–300 cm) ausgewalzt werden. Aus den Zainen schneiden (stückeln) Stanzmaschinen **Schrötlinge** oder **Ronden,** die mit automat. Waagen auf Einhaltung der Toleranz geprüft (justiert) werden. Brauchbare Plättchen werden chemisch gereinigt und bei größeren Nennwerten gerändelt oder mit einer Inschrift oder Zeichen versehen. Die Münzplatten werden in die Prägemaschine gegeben, die mit einem Hub **(Massivprägung)** den Schrötling zw. die negativ geschnittenen **Ober-** und **Unterstempel** preßt (15000–18000 Stück je Stunde).

Münz-Wertzeichendrucker, von der Dt. Bundespost aufgestellte Münzautomaten, die nach Einwurf von Münzen einen gewünschten Betrag auf grünocker-farbenes Wertzeichenpapier drucken und dieses unmittelbar danach als Postwertzeichen im Format 25 mm × 45 mm ausgeben. Es sind alle Wertzeichenwerte bis 99,95 DM über Tasten wählbar bei Einwurf von Münzen im Wert von 0,05 DM bis 5,00 DM. Nicht benötigte Geldbeträge werden als Wechselgeld zurückgegeben.

Müon, engl. **Muon** [mjˈuːɔn], das →Myon.

Muonium, das →Myonium.

Mure *die,* **Murbruch, Murgang,** Schlamm- und Gesteinsströme in Gebirgen, die meist mit Gewalt zu Tal gehen und große Schuttkegel ablagern. M. entstehen, v. a. bei Schneeschmelze oder nach Starkregen, durch Gleiten stark wasserdurchtränkten Gehängeschutts **(trockene M.)** oder bei Hochwasser durch Überflutung des Flußbetts, wobei Gesteinsblöcke, Schotter und Erde mitgerissen werden **(nasse M.).** Tonreiche, stark quellende Böden begünstigen die Bildung von M., ebenso steile Gehänge und großer Schuttreichtum bei nicht geschlossener Vegetationsdecke.

Mure|in, ein →Mucopolysaccharid, das an ein Peptid gebunden ist. Es kommt in der inneren Schicht der Zellwände praktisch aller Bakterien vor. Die Bausteine des M. variieren je nach Bakterienart. Dabei sind die einzelnen Muraminsäureglieder über den Milchsäurerest mit je vier Aminosäuren in artverschiedener Folge verknüpft, u. a. Lysin, das selbst benachbarte M.-Moleküle verknüpft. Dadurch wird die Stützfunktion für die dünne elast. Bakterienwand erzielt. Penicillin stört diese Quervernetzung im Laufe der M.-Biosynthese.

Murexid *das,* Chemie: beim Erwärmen von Harnsäure mit konzentrierter Salpetersäure entstehendes Abbauprodukt, dessen gelbe Färbung mit Ammoniak in Purpurrot umschlägt **(M.-Reaktion** zum Nachweis von Harnsäure). M. dient auch als Metallindikator in der →Komplexometrie.

muriatisches Wasser, kochsalzführendes Wasser; →Heilquellen.

Musca, Fliege, ein →Sternbild am Südhimmel.

Muscarin, giftiges Alkaloid (LD_{50}: 1,1 mg/kg Maus, →Dosis 2) einiger Pilze. Für die Giftwirkung des Fliegenpilzes ist M. (Gehalt: 2–3 mg/kg) ohne Bedeutung, wohl aber für die des ziegelroten Rißpilzes. Die auf einer Erregung des parasympath. Nervensystems beruhende Wirkung wird durch Atropin aufgehoben.

Muschelgold, →Goldpräparate.

Muschelkalk, Geologie: mittlere Abteilung der german. →Trias; der M. wurde in einem Binnenmeer arider Umgebung abgelagert. Über den meist dünnbankigen Kalken des unteren M. **(Wellenkalk)** folgen im mittleren M. **(Anhydritgruppe),** bes. im süddt. Raum, Steinsalz-, Gips- und Anhydrit-Ablagerungen. Typisch für den oberen M. **(Haupt-M.)** sind der **Trochitenkalk** und die plattigen Kalke und Mergel der **Nodosusschichten.** Der mittlere M. ist fossilarm, sonst herrscht eine artenarme, z. T. individuenreiche Meeresfauna (Brachiopoden und Muscheln) vor. – Hauptgebiete von M.-Vorkommen sind Schwaben, Franken, Thüringen und das südliche Niedersachsen. – Der M. liefert Werkstoff für Bauten und Bildhauerarbeiten.

Muschelkrebse, die →Ostracoden.

Musikali|en|druck, Musiknotendruck, →Notendruck.

Musik|instrumente, Geräte zum Hervorbringen musikalisch verwertbarer Töne, Klänge und Geräusche.

Bis ins 19. Jh. war folgende Einteilung allgemein üblich, die in der Praxis auch heute noch verwendet wird: **Saiteninstrumente:** Streichinstrumente, Zupfinstrumente, Saiteninstrumente mit Klaviatur; **Blasinstrumente:** Holzblasinstrumente, Blechblasinstrumente, Blasinstrumente mit Tastatur, Blasinstrumente mit Zungen; **Schlaginstrumente.**

In der wissenschaftl. Instrumentenkunde klassifiziert man die M. i. a. entsprechend ihrer formaltechn. Konzeption: **Idiophone:** Schlagidiophone (Kastagnetten, Rasseln, Xylophon, Glocke, Gong), Zupfidiophone (Maultrommel), Streichidiophone (Glasharmonika), Blasidiophone. **Membranophone:** Schlagtrommeln (Trommel, Pauke), Reibetrommeln (Rummeltopf), Mirlitons. **Chordophone:** einfache Chordophone (Musikbogen, Zither, Cembalo, Klavier), zusammengesetzte Chordophone (Leier, Geige, Laute, Harfe). **Aërophone:** Trompeteninstrumente (Hörner, Trompeten, Posaunen), Flöten, Rohrblattinstrumente (Oboe, Fagott, Klarinette, Saxophon, Sackpfeife), Orgeln und Verwandtes (Orgel, Drehorgel, Harmonium, Zieh- und Mundharmonika). **Elektrophone:** elektromechan. M. (Neo-Bechstein, Wurlitzer-Orgel, Hammond-Orgel), rein → elektrische Musikinstrumente (Martenot-Orgel, Trautonium) und → elektronische Musikinstrumente (→ elektronische Orgel, → Synthesizer). – Über mechan. M. → Musikwerke.

Musikleistung, engl. **Music Power** [mj'u:zɪk p'aʊə], die von einem Verstärker bei Aussteuerung mit nicht genau definierten Spannungen wechselnder Frequenz, Kurvenform und Amplitude abgegebene Ausgangsleistung (regelmäßig höher als die Sinusdauertonleistung).

Musikwerke, Musik|automaten, die auf mechan. Weg zum Tönen **(mechan. Musik)** gebrachten Musikinstrumente. Der Mechanismus wird durch Zuggewichte, Uhrfedern, Elektromotoren u. a. in Gang gesetzt; der Mensch erfüllt dabei nur eine untergeordnete Funktion (z. B. bei der Drehorgel).

Seit dem 14. Jh. wurden in Europa Türme mit **automat. Glockenspielen** versehen. Als bes. geeignet für M. erwiesen sich Reihen-, bes. Tasteninstrumente. Im 16. Jh. tauchte in Wien das erste **automat. Klavier** auf. Ende des 17. Jh. baute man zum Anlernen von Singvögeln kleine mechan. Orgeln **(Vogelorgel);** aus diesen entwickelte sich im 18. Jh. die **Drehorgel.** Auch die Kirchenorgel wurde gelegentlich zum Automaten (Orgelwalze). Eine bes. kleine Orgel, die mit einer Uhr gekoppelt ist **(Flötenuhr),** findet sich zuweilen noch. Neben der Walze verwendete man sich drehende, durchlöcherte Scheiben, bes. bei Orgelautomaten, später Papierstreifen, in die Löcher für den Luftdurchlaß zu den einzelnen Pfeifen eingestanzt waren. Sie wurden durch Drehung fortbewegt, der Antrieb betätigte zugleich die Blasebälge; so auch bei dem **Orchestrion,** das sich bis heute gehalten hat.

Das am weitesten verbreitete M. ist die im 19. Jh. aufgekommene, durch Handbetrieb oder Feder betätigte **Spieldose** (als **Spieluhr** mit einer Tisch- oder Taschenuhr verbunden). Die Erfindung der pneumat. Traktur (Mechanik zur Weiterleitung des Tastendrucks) bei Orgeln ermöglichte die Verwendung von Lochstreifen für automat. Orgeln und Klaviere. Solche Klaviere und Flügel werden durch Pedale (Phonola) oder Elektromotoren angetrieben (volkstümlich: **elektrisches Klavier).**

Beim **System Welte-Mignon** (Welte-Klavier 1904; Welte-Orgel 1913) wird das Spiel eines Pianisten auf Lochstreifen aufgezeichnet; die Besonderheiten der Spieltechnik und Tempogestaltung bleiben erhalten. Über eine pneumatisch gesteuerte Apparatur lassen sich diese Lochstreifen auf einem entsprechend präparierten Klavier (Flügel) abspielen.

Musivgold, kristallisiertes, goldfarbenes Zinnsulfid (SnS_2); früher als Malerfarbe und zum Bronzieren.

Muskelkraftflugzeug, allein durch menschl. Muskelkraft angetriebenes Flugzeug. Alle frühen Versuche mit schlagenden Flügeln (→ Schlagflügelflugzeug) blieben erfolglos; beachtenswerte Leistungen wurden erst in

Muskelkraftflugzeug: Am 23. 8. 1977 flog der Amerikaner Bryan Allen in Kalifornien mit dem von P. B. McCready konstruierten ›Gossamer Condor‹ in knapp 7,5 min eine Acht um 2 Wendepunkte in 800 m Abstand in wenigstens 3 m Flughöhe. Am 12. 6. 1979 überquerte er in 2 h 40 min den Ärmelkanal von Folkestone bis Cap Gris Nez in etwa 5 m Flughöhe

neuerer Zeit mit extrem leichten (30–35 kg) und für sehr geringe Fluggeschwindigkeiten (etwa 15–20 km/h) ausgelegten Flugzeugen erreicht, wobei die Vortriebskraft durch eine über Tretkurbeln angetriebene Luftschraube erzeugt wird. Die für solche Flugzeuge erforderliche Antriebsleistung bleibt so gering, daß sie vom gut trainierten menschl. Organismus über einen längeren Zeitraum aufgebracht werden kann.

Muskovit, Muskowit, gesteinsbildendes Mineral, ›Katzensilber‹ (→ Glimmer, → Silikate).

Musterprüfung, auch **Baumusterprüfung, Eignungsprüfung, Typenprüfung,** Überprüfung eines oder mehrerer Muster (Prototypen) eines techn. Produkts im Hinblick auf die Erfüllung aller in den zugehörigen Spezifikationen festgelegten Anforderungen und Sicherheitsvorschriften. Nach erfolgreicher Durchführung aller Prüfungen kann die Freigabe zur Serienfertigung oder bei Einzelstücken die Betriebserlaubnis erteilt werden. Der → Technische Überwachungsverein (TÜV) z. B. führt Baumusterprüfungen an Kraftfahrzeugen, Dampfkesseln, Druckbehältern u. a. durch.

Muta|rotation, Chemie: Erscheinung bei manchen optisch aktiven Stoffen, bes. bei Zuckerarten, daß ihre Lösung ihren Drehwert auf Grund molekularer Umlagerungen innerhalb einer best. Zeit verändert; der Drehwert strebt einem von Null verschiedenen Grenzwert zu.

Mutation, 1) Chemie: → Glucose.

2) Genetik: erbl. Veränderung. Einer M. liegt eine Änderung der Desoxyribonucleinsäure in Informationsgehalt, Struktur oder Quantität zugrunde. Die **Mutabilität** des genet. Materials ist Grundlage der Evolution und führt durch Auslese und andere Evolutionsmechanismen zur Rassen- und Artbildung. M. können spontan auftreten **(Spontan-M.)** oder durch Mutagene erzeugt werden **(induzierte M.)**. Die M. kann ein einzelnes Gen betreffen **(Punkt-M., Gen-M.)**, ein Chromosom oder einen Chromosomenabschnitt **(Chromosomen-M.)** und das gesamte Genom **(Genom-M.)**. M. in den Keimzellen **(Keimbahn-M)**. werden an Individuen der folgenden Generationen weitergegeben, M. in Körperzellen prägen sich dagegen nur in den Abkömmlingen der mutativ veränderten Zelle aus **(somat. M.)**. Gene, die die Mutationshäufigkeit anderer erhöhen, heißen **Mutator-Gene.** Ein einmal eingetretene M. kann wieder rückgängig gemacht werden **(Rück-M.)**. Die Häufigkeit, mit der eine M. spontan auftritt oder erzeugt werden kann, nennt man **Mutationsrate;** sie liegt zw. 0,000001% und 0,001%.

Mutter, zu einem Schraubenbolzen gehörender Körper mit Innengewinde. Für Befestigungsschrauben werden meist **Sechskant-M.** verwendet. Sie können durch →Schraubensicherungen gesichert sein. **Kronen-M.** haben zur Sicherung mit einem Splint an einem Ende Schlitze. **Hut-M.** sind einseitig geschlossen zum Schutz des Gewindes. **Flügel-** und **Rändel-M.** verwendet man für leicht lösbare Schraubenverbindungen, sie werden von Hand angezogen. **Nut-M.** dienen zur Befestigung von Wälzlagern auf Wellen und haben Feingewinde.

Mutterboden, Mutter|erde, oberste, humushaltige Schicht einer Kulturfläche (Ackerkrume).

Mutterflugzeug, ein zum Flugstartverfahren benutztes Trägerflugzeug (→Mistelflugzeug, →Start).

Muttergestein, 1) an organ. Material reiche feinkörnige Sedimente, in denen sich →Erdöl bilden kann. 2) der unterste Horizont eines Bodenprofils.

Mutterlauge, nach der Kristallisation chem. Verbindungen aus Lösungen verbleibende Restflüssigkeit, die i. a. die abzutrennende Verunreinigung und geringe Anteile der zu reinigenden Substanz enthält.

Mutterstruktur, Grundstruktur, in der Mathematik nach →Bourbaki Bez. für jede der drei Strukturtypen **Ordnungsstruktur, algebraische Struktur** und **topologische Struktur.** Bei den Ordnungsstrukturen sind in den zugehörigen Mengen Ordnungsrelationen zw. den einzelnen Elementen erklärt, bei den algebraischen Strukturen sind in den Mengen einzelne oder mehrere Verknüpfungen erklärt, bei den topologischen Strukturen sind für Mengen ein System von Teilmengen sowie Schnittmengenbildung und die Bildung von Vereinigungsmengen definiert.

mV, Einheitenzeichen für **Millivolt** (→Volt).

MV, Einheitenzeichen für **Megavolt** (→Volt).

MVA, Abk. für →**M**üll**v**erbrennungs**a**nlage.

mW, Einheitenzeichen für **Milliwatt** (→Watt).

MW, 1) Einheitenzeichen für **Megawatt** (→Watt).

2) Abk. für →**M**ittel**w**ellen (→Frequenzbereich).

MWd, Einheitenzeichen für →Megawattag.

MWd/t, Einheitenzeichen für →Megawattag je Tonne.

MWe, Einheitenzeichen für →**M**ega**w**att **e**lektrisch.

mWS, Einheitenzeichen für konventionelle →**M**eter-**W**assersäule.

MWth, Einheitenzeichen für →**M**ega**w**att **th**ermisch.

MX, Abk. für **Missile Experimental** [mɪsl eksperɪm'entl, engl.], amerikan. →Interkontinentalrakete (21,64 m lang, 86,2 t Gewicht, 11 120 km Reichweite) mit zehn unabhängig voneinander gelenkten Nuklearsprengköpfen (MIRV). Das im Aufbau befindl. **MX-System** sieht (oder sah) neben der Verbunkerung auch den Schutz durch getarnte Mobilität vor, d. h. ständige Verlegung zw. verschiedenen Abschußstellungen unter Sichtschutz.

My (μ, M), ein →griechischer Buchstabe (ÜBERSICHT).

1) μ, Einheitenzeichen für →Mikron (veraltet).

2) μ, Formelzeichen für Beweglichkeit, Joule-Thomson-Koeffizient, Reibungszahl, Poisson-Zahl.

3) μ, physikal. Symbol für das Myon.

4) μ, Vorsatzzeichen für →Mikro. **μC,** Abk. für →**Mikro**computer; **μP,** Abk. für →**Mikrop**rozessor.

5) μ_B, Formelzeichen für das Bohrsche-Magneton (→Magneton).

6) μ_N, Formelzeichen für das Kernmagneton (→Magneton).

7) μ_0, Formelzeichen für die →magnetische Feldkonstante.

8) $\mu\mu$, Einheitenzeichen für Millimy (veraltet), →Mikron.

Mycotoxine, Stoffwechselprodukte best. niederer Pilze und Mikroorganismen, die auf Warmblüter giftig wirken, v. a. von Schimmelpilzen produziert; gut untersucht ist die Gruppe der →Aflatoxine.

Mylonit, durch Gebirgsdruck an tekton. Bewegungsflächen zerriebenes, und wieder verfestigtes Gestein. **Blasto-M.** sind bei höheren Temperaturen umkristallisiert. **Schmelz-M.** oder **Pseudotachylite** bilden sich, wenn bei der **Mylonitisierung** (→Dynamometamorphose) Schmelztemperaturen erreicht werden. (→Phyllonit)

Myoglobin, sauerstoffbindendes Muskelprotein, das aus einer Peptidkette mit 153 Aminosäuren und Häm-Gruppe besteht. M. hat höhere Affinität zum Sauerstoff als Hämoglobin und stellt daher einen guten Sauerstoffspeicher dar.

Myon, Müon, engl. **Muon** [mj'u:ɔn], früher **μ-Meson,** instabiles geladenes →Elementarteilchen aus der Gruppe der →Leptonen, das sich wie ein Elektron verhält, aber eine rd. 207mal so große Masse hat. Während man das M. anfangs auf Grund seiner Masse zu den Mesonen rechnete, hat die Einteilung der Elementarteilchen nach ihren Wechselwirkungen (seit etwa 1957) die Zuordnung zu den Leptonen ergeben. Es gibt positive (μ^+) und negative (μ^-), aber keine neutralen M. Die M. entstehen v. a. beim Zerfall der Pionen u. a. Mesonen und zerfallen mit einer Lebensdauer von rd. $2 \cdot 10^{-6}$ s, das μ^- in ein Elektron, ein e-Antineutrino und ein μ-Neutrino, das μ^+ in ein Positron, ein e-Neutrino und ein μ-Antineutrino. – Wegen ihrer großen Lebensdauer (verglichen mit der der Mesonen) überwiegen sie in der sekundären kosmischen Strahlung und bilden auf Grund ihrer geringen Wechselwirkung deren durchdringende Komponente. Sie wurden 1937 von C. D. ANDERSON und O. NEDDERMEYER in der kosmischen Strahlung entdeckt.

myonische Atome, instabile Atome, die statt eines Elektrons ein negatives Myon μ^- in ihre Elektronenhülle eingefangen haben. Das Myon hält sich wegen seiner größeren Masse näher als ein Elektron am Atomkern auf, tritt mit diesem aber nur in elektromagnet. Wechselwirkung. Die Spektren der m. A. gestatten u. a. Rückschlüsse auf die Größe des Atomkerns (→exotische Atome).

Myonium, Muonium, dem Positronium ähnliches →exotisches Atom, bei dem das Elektron um das den po-

Vierkantmutter

Flache Vierkantmutter

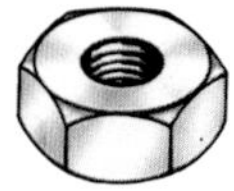

Sechskantmutter

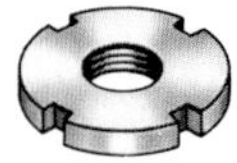

Nutmutter

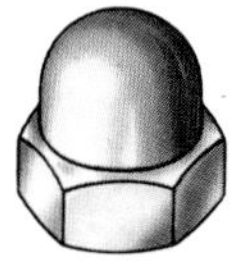

Hutmutter

Kronenmutter mit Splint

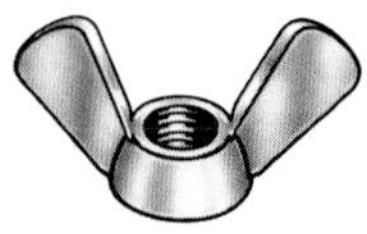

Flügelmutter

Mutter

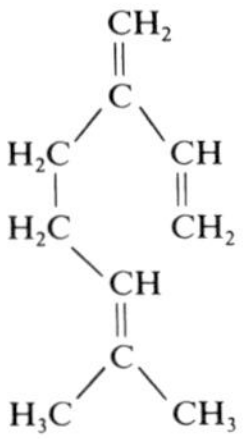

Myrcen

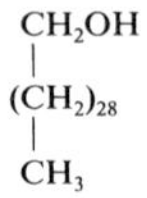

Myricylalkohol

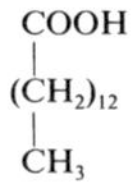

Myristinsäure

sitiven Kern vertretende positive Myon μ^+ kreist, bis letzteres zerfällt.

Myosin *das,* Faserprotein des quergestreiften Muskels (macht etwa 38% der Muskelproteine aus) mit abgewinkelter Kopfregion, die in calciumabhängiger Reaktion Adenosintriphosphat spaltet und zu parallel angeordneten Actinmolekülen eine Brücke ausbildet **(Actomyosin).** Durch die freiwerdende Energie wird der Ursprungswinkel verändert, wodurch ein teleskopartiges Ineinandergleiten der Proteinmoleküle und damit die Kontraktion der Muskeln erfolgt.

Myrcen, im Basilicum- und Lorbeeröl enthaltener Terpenkohlenwasserstoff, der aus β-Pinen hergestellt wird.

Myricyl|alkohol, Triacontanol, in Form von Estern in Wachsen (z. B. als Myricylpalmitat zu etwa 75% in Bienenwachs) enthaltener Fettalkohol.

Myristinsäure, Tetradecansäure, gesättigte Fettsäure, die als Glycerinester u. a. im Milchfett und Kokosöl (bis etwa 20%) vorkommt.

N

n, 1) Abk. für normal, d. h. unverzweigt, in der chem. Nomenklatur der →Alkane.

2) *n,* in chem. Formeln für eine unbestimmte Atomzahl, z. B. C_nH_{2n+2}, $n = 1,2,3, \ldots$.

3) *n,* Formelzeichen für Brechzahl, Drehzahl, Stoffmenge und Teilchenzahldichte.

4) physikal. Symbol für →Neutron.

5) Vorsatzzeichen für →Nano.

n₀, n_0, Formelzeichen für Loschmidt-Konstante (→Avogadro-Konstante).

n!, Mathematik: →Fakultät.

N, 1) Abk. für Norden.

2) chem. Symbol für →Stickstoff.

3) Einheitenzeichen für →Newton.

4) *N,* Formelzeichen für Neutronenzahl und Teilchenzahl.

5) $\mathbb{N}$, in der Mathematik Abk. für die Menge der →natürlichen Zahlen.

6) physikal. Symbol für Nukleon.

$\mathbf{N_A}$, N_A, Formelzeichen für →Avogadro-Konstante.

Na, chem. Symbol für →Natrium.

Nabe, der Teil des Rades, mit dem es auf der Welle oder auf dem Zapfen sitzt.

Nabelpunkt, der Punkt einer Fläche, in dem die beiden Hauptkrümmungen übereinstimmen. Alle Normalschnitte besitzen die gleiche →Krümmung.

Nabla|operator, Zeichen ∇, ein symbol. Vektor, dessen Einführung Berechnungen in der Vektoranalysis vereinfacht. In kartes. Koordinaten gilt

$$\nabla = \frac{\partial}{\partial x}\boldsymbol{e}_x + \frac{\partial}{\partial y}\boldsymbol{e}_y + \frac{\partial}{\partial z}\boldsymbol{e}_z,$$

wobei $\boldsymbol{e}_x$, $\boldsymbol{e}_y$, $\boldsymbol{e}_z$ die Einheitsvektoren sind.

Die Anwendung des N. auf eine skalare Größe $f(x, y, z)$ ergibt den →Gradienten ∇f; das Skalarprodukt mit einem Vektorfeld $\boldsymbol{v}(x, y, z)$ liefert die →Divergenz div $\boldsymbol{v}$, das Vektorprodukt die →Rotation rot $\boldsymbol{v}$. Der dem Skalarprodukt nachgebildete Operator ∇^2 ergibt den →Laplace-Operator ∇:

$$\triangle = \nabla^2 = \nabla \cdot \nabla = \frac{\partial^2}{\partial x^2} + \frac{\partial^2}{\partial y^2} + \frac{\partial^2}{\partial z^2}\ .$$

Nachbeben, Erdstöße, die starken →Erdbeben mit abnehmender Stärke über längere Zeit folgen können.

Nachbelichtung, Photographie: zusätzl. diffuse Belichtung zur Empfindlichkeitssteigerung (→Latensifikation); auch als zusätzl. Belichtung beim Vergrößern angewendet, wobei durch Abdecken von einzelnen Bildbereichen hohe Kontraste gemildert werden.

Nachbrenner, →Nachverbrennung 1).

Nachdruck, 1) unveränderte Neuauflage eines Buches. 2) Neudruck durch seitenweise photograph. Aufnahme und Übertragung auf Flachdruckformen für Bücher o. ä., von denen weder Satz noch Platten vorhanden sind. Der Begriff Reprint schließt auch elektrostat. Vervielfältigungsmethoden ein.

Nachfall, die in planmäßig hergestellte Hohlräume im Gebirge (Grubenbaue) hineinfallenden, durch Auflockerung des Gebirges losgelösten Stücke von Lagerstätte und Nebengestein.

Nachfolger, in der Mathematik Bez. für ein Element *b* einer geordneten Menge *M,* wenn für ein $a \in M$ gilt $a < b$ und es kein Element $c < a$ gibt mit $a < c < b$, *a* ist der **Vorgänger** von *b.* Für die Menge der →natürlichen Zahlen ist z. B. $b = 17$ der N. von $a = 16$, da es keine natürl. Zahl *c* gibt zw. 16 und 17. Bei den rationalen Zahlen hingegen hat keine Zahl einen Nachfolger.

Nachformen, Kopieren, Übertragung von Formen oder Konturen auf Werkstücke von einer körperl. (Modell, Schablone), bildl. (Zeichnung) oder zahlenmäßigen (numerisches Modell) Darstellung. Während beim **Freiformverfahren** die formerzeugende Relativbewegung zw. Werkzeug und Werkstück nicht festgelegt ist (Feilen, Meißeln, Freiformschmieden), wird sie bei **Erzeugungsverfahren** durch Getriebekinematik zwangsläufig festgelegt (Zahnradherstellung durch Wälzfräsen, Gewindeherstellung mit Hilfe der Leitspindel). Beim **Formverfahren** wird die Kontur des Werkstücks durch die Werkzeugform bestimmt (Schmieden im Gesenk). Beim **Nachformen** tastet ein Fühler das Modell ab und steuert nach dessen Kontur das Bearbeitungswerkzeug. Nachformeinrichtungen werden bei Dreh-, Hobel-, Fräs- u. a. Werkzeugmaschinen zur Herstellung einfacher und schwieriger Konturen in der Klein-, Mittel- und Großserienfertigung eingesetzt.

Nachhall, ein →Echo 1), das einer Schallaufzeichnung nachträglich hinzugefügt wird, um eine besondere

Klangwirkung (z. B. Konzertsaalakustik bei einer Studioaufnahme) zu erzielen. Dies geschieht in einem → Hallraum oder durch elektr. oder mechan. Laufzeitglieder. Die **Hallplatte,** eine frei schwingende Stahlplatte, wird elektrodynamisch angeregt und piezoelektrisch abgetastet, wobei pro Kanal ein Abtastsystem vorgesehen ist. Ferner gibt es **Hallspiralen** (in elektron. Orgeln) und **Hallboxen** zur Erzeugung von Nachhall.

Nachhallzeit, wichtiges Maß der → Raumakustik: die Zeit, in der die Schallenergie nach Abschalten der Quelle auf den millionsten Teil ihres Anfangswerts abgesunken ist. Durch poröse Oberflächenverkleidung wird die N. verkürzt.

Nachlauf, 1) Chemie: Anteil eines Destillats (→ Destillation), der erst dann übergeht, wenn die Hauptmenge abdestilliert ist (3. Fraktion).

2) der in Fahrtrichtung gemessene Abstand des Bodenberührpunkts eines gelenkten Rades vom Schnittpunkt der verlängert gedachten Schwenkachse mit der Fahrbahn. Bes. bei zweirädrigen Fahrzeugen ist der N. für den stabilen Lauf des Rades und für die Lenkbarkeit wichtig.

Nachlauf|achse, nicht angetriebene, hinter der Treibachse eines Lastkraftwagens angeordnete tragende Achse. Bei manchen Fahrzeugen ist sie abhebbar (›liftbar‹) zwecks Minderung der Abnutzung oder Erhöhung der Treibachslast.

Nachläufer, → Erdbeben.

Nachleuchten, → Lumineszenz.

Nachricht, Zusammenstellung von Zeichen oder Zuständen, die zur Übertragung von → Information dient. Voraussetzung hierfür ist eine zw. Sender und Empfänger verabredete Menge von Zeichen, der **Zeichenvorrat.** Die Zeichenmenge kann ohne Änderung der N. durch → Codierung beliebig verändert werden. N. wird oft auch direkt als Synonym für Information gebraucht.

Nachrichten-Meßtechnik, Sondergebiet der elektr. Meßtechnik, das die Messung der für die Nachrichtenübertragung wichtigen Größen zum Gegenstand hat: z. B. die linearen und nichtlinearen Verzerrungen der Signale, der Einfluß der Störungen. Die N.-M. hat zu Meßverfahren und Meßgeräten geführt, die auf best. Meßgrößen und Nachrichtensysteme zugeschnitten sind und einen hohen Stand an Präzision, Meßkomfort und Automatisierung aufweisen.

Nachrichtensatellit, Kommunikations|satellit, zu den Fernmeldesatelliten zählender, unbemannter Satellit für den öffentl. oder nichtöffentl. Nachrichtenverkehr (Fernsprechen, Fernschreiben, Fernsehen, Datenübertragung). N. dienen als Relaisstationen zw. → Erdefunkstellen, indem sie die Signale der Sendestation empfangen und verstärkt an die Empfangsstation weitersenden, oder sie versorgen als Direktsatellit unmittelbar die Heimempfänger mit Fernsehprogrammen (→ Fernsehsatellit). Wegen ihrer großen Bahnhöhe können interkontinentale Entfernungen überbrückt werden. Neben N. gibt es andere Fernmeldesatelliten, z. B. → Erderkundungssatelliten, → Navigationssatelliten, → Wettersatelliten, z. T. die → militärischen Satelliten.

N. laufen auf kreisförmigen oder elliptischen Bahnen um die Erde. Wichtigster Sonderfall ist die → geostationäre Umlaufbahn in etwa 36000 km Höhe (Synchronsatellit). Mit drei um 120° versetzten Synchronsatelliten lassen sich alle Punkte der Erdoberfläche bis auf die polnahen Gebiete erreichen. Für diese Gebiete eignen sich (asynchrone) polare Bahnen.

Die Trägerfrequenzen für den Satellitenfunk liegen im ›Radiofenster‹ (→ Funkverkehr) bei 4–6 GHz und 11–14 GHz für Senden/Empfangen beim Satelliten. Geplant ist die Ausdehnung in den Bereich 20–30 GHz. Die operationellen N. lassen sich generall in vier Kategorien einteilen: 1) internat. N. wie INTELSAT (USA); 2) nationale und regionale N. wie Westar, Satcom, Comstar, SBS (alle USA), Anik (Kanada), Symphonie, ECS, TELECOM (Bundesrep. Dtl./Frankreich), Molnija und Statsionar (UdSSR), Palapa (Indonesien), Arabsat (Arabien); 3) militär. N. wie DSCS, AFSATCOM, FLEETSATCOM, Navstar-GPS (USA), Skynet (Großbritannien), das NATO-System sowie Kosmos (UdSSR); 4) maritime N. für Seefunk wie Marisat (USA) oder Marecs (Europa). Beim Luftverkehr hat sich der Einsatz von N. noch nicht durchgesetzt. Eine weitere N.-Generation leiten der dt. TV-Sat und der frz. TDF-1 als Direktempfangssatellit für das Fernsehen ein.

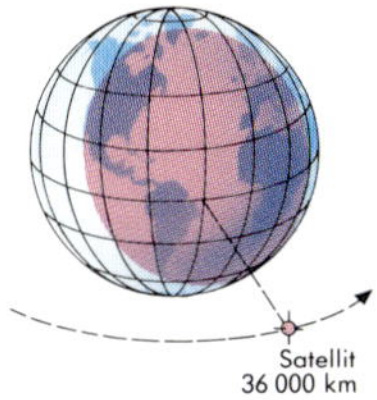

Nachrichtensatellit

Nachrichtensatellit: Die von einem Synchronsatelliten sichtbare Erdfläche (Position etwa 40° West)

Die heutigen N. haben eine lange Lebensdauer (etwa fünf bis sieben Jahre), so daß sich die entsprechenden Investitionen lohnen. Da N. meist auf geostationären Bahnen positioniert sind, können die Empfangsantennen am Boden fest ausgerichtet werden; aufwendige Nachführeinrichtungen entfallen.

E. HERTER u. H. RUPP: Nachrichtenübertragung über Satelliten ([2]1982).

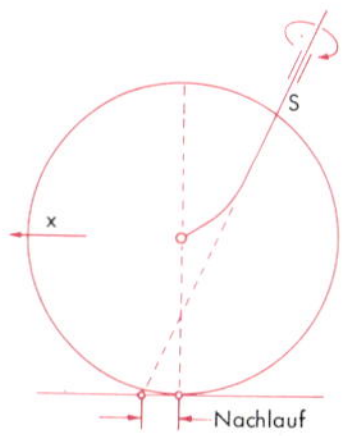

Nachlauf 2): N. eines Rades: x = Fahrtrichtung, S = Schwenkachse

Nachrichtensystem, Gesamtheit der techn. Einrichtungen zur Übertragung von Nachrichten mit den Mitteln der elektrischen → Nachrichtentechnik.

Grundsätzlicher Aufbau eines N. (BILD): Die einer **Nachrichtenquelle** entstammende → Nachricht (Sprache, Schrift, Daten, Musik, Bilder u. a.) wird durch einen **Wandler** (Mikrophon, Fernschreibmaschine, Fernsehkamera u. a.) in ein elektr. → Signal x umgeformt, das als ›Träger‹ der Nachricht dient, in dieser Form jedoch meist nicht für die Übertragung geeignet ist. Der **Sender** formt dieses ›primäre‹ in ein geeignetes ›sekundäres‹ Signal s um (→ Modulation). Zusätzlich erfolgen ggf. eine → Codierung sowie die Bildung eines → Multiplex-Systems. Auf der Übertragungsstrecke **(Kanal)** wird das Signal geschwächt, verzerrt und von unterwegs eindringenden Störungen überlagert. Der **Empfänger** muß das Signal r verstärken (ggf. entzerren), dabei den Einfluß der Störungen gering halten und es in ein primäres Signal y zurückverwandeln, das als hinreichend gutes Abbild des Signals x über einen **Wandler** (Lautsprecher, Fernschreibmaschine, Bildröhre u. a.) der **Nachrichtensenke** zugeführt wird.

Neben diesem techn. Modell eines N. ist für die Theorie auch das Modell der → Informationstheorie wichtig. N. werden in unterschiedlichen Betriebsarten verwendet (→ Nachrichtenübertragung). Beispiele für N. → Telekommunikation.

Nachrichtensystem: Modell eines N.

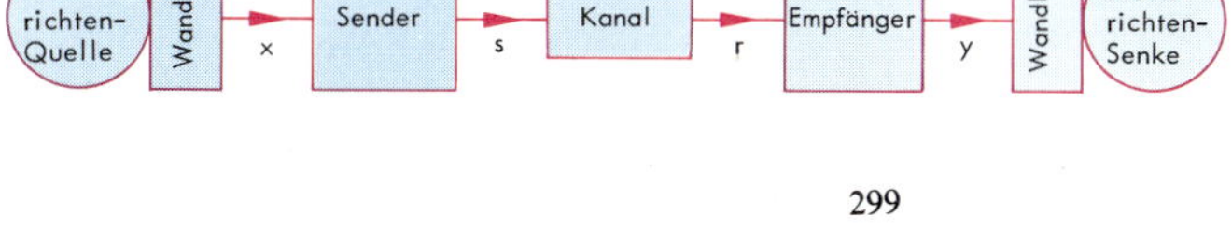

Nachrichtentechnik, Sammelbegriff für die gesamte Technik der Vermittlung, Übertragung und Verarbeitung von Nachrichten mit den Mitteln der Elektrotechnik. Die → Nachricht kann aus Sprache, Schrift, Daten, Musik, Bildern u. a. bestehen. Zu den techn. Einrichtungen → Modulation, → Vermittlungstechnik, → Nachrichtensystem, → Informationsverarbeitung, → Fernsprechen.

Aufgabe der N. ist der Entwurf von Nachrichtensystemen für einen best. Zweck und ihre optimale Realisierung nach vorgegebenen Gütekriterien (→ Nachrichtenübertragung). Die Anwendungsbereiche sowie techn. und wirtschaftl. Probleme der N. werden unter dem Oberbegriff → Telekommunikation zusammengefaßt.

I. w. S. zählen auch die Bereiche Elektronik, Datenverarbeitung, Hochfrequenz-, Sende- und Empfangstechnik, Mikrowellentechnik, Fernwirktechnik u. a. zur N., so daß darunter oft alle Gebiete der → Elektrotechnik zusammengefaßt werden, die nicht zur elektr. Energietechnik gehören.

Nachrichten|übertragung, Teilgebiet der elektr. → Nachrichtentechnik, das sich vornehmlich mit der Übertragung (gegenüber Vermittlung und Verarbeitung) einer vorgegebenen Nachricht befaßt.

Hauptprobleme der N. sind das begrenzte → Frequenzband und die Anfälligkeit gegenüber → Störsignalen eines jeden → Nachrichtensystems. Daher wird jedes Signal verzerrt und von Störungen überlagert. Das Empfangssignal muß trotzdem gewissen Gütekriterien genügen, und dieses Ziel soll mit möglichst geringem Aufwand erreicht werden. Diese Forderung führt zu der Frage, welche Anteile einer Nachricht (z. B. welche Frequenzen, wie viele Amplitudenwerte) unbedingt übertragen werden müssen und wie dies möglichst wirtschaftlich erfolgen kann. Mit der theoret. Seite dieser Probleme befassen sich die → Informationstheorie, die → statistische Nachrichtentheorie und die Theorie der → Codierung.

Die N. muß den verschiedensten Formen der → Telekommunikation gerecht werden und bedient sich daher verschiedener Übertragungsarten. Man unterscheidet **drahtgebundene** (z. B. Fernsprechen), **drahtlose** (z. B. Rundfunk) und **optische N.** (→ Lichtleiter). Je nach Richtung unterscheidet man die Betriebsarten **Simplex** (einseitig gerichtet, z. B. Rundfunk), **Halbduplex** (abwechselnd beidseitig gerichtet, z. B. Wechselsprechen im Funksprechverkehr) und **Duplex** (gleichzeitig beidseitig gerichtet, z. B. Gegensprechen beim Fernsprechen). Duplex kann im Zwei- oder → Vierdrahtbetrieb (nach Richtungen getrennte Verbindungswege) erfolgen, wobei die gegenläufigen Signale die gleiche oder versch. Frequenzlage haben können, so daß sich die vier Möglichkeiten Zweidraht-Gleichlage, Zweidraht-Getrenntlage, Vierdraht-Gleichlage und Vierdraht-Getrenntlage ergeben. Diese Begriffe werden auch auf die nicht drahtgebundene N. ausgedehnt. Die Auswahl zw. diesen Möglichkeiten richtet sich nach dem Verwendungszweck, den Eigenschaften des Übertragungskanals, der zu überbrückenden Entfernung u. a. Die Gesamtheit der Übertragungswege für eine best. Form der Telekommunikation heißt → Fernmeldenetz.

Nachrichtenverarbeitung, Teilgebiet der Nachrichtentechnik, das sich mit der Verknüpfung von Nachrichten mit elektr., mechan., opt., akust. u. a. Verfahren und Anordnungen befaßt. (→ Informationsverarbeitung)

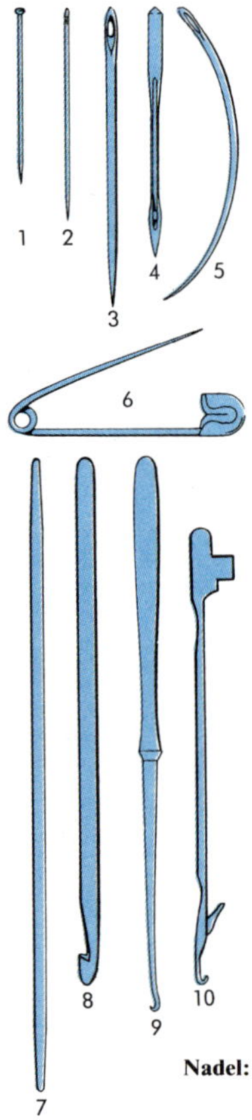

Nadel: **1** Steck-N., **2** Näh-N., **3** Stopf-N., **4** Maschinen-N., **5** N. für Schuhmacher und Sattler, **6** Sicherheits-N., **7** Strick-N., **8** Häkel-N. für Wolle, **9** Häkel-N. für Spitzen, **10** Doppelzungen-N.

Nachstrom, → Rückstrom 2).

Nacht, die durch den Erdschatten hervorgerufene Dunkelheit; sie ist am Äquator während des ganzen Jahres so lang wie ein Tag (12 Std.), an allen anderen Orten nur am 21. März und 23. Sept. (**Tagundnachtgleiche,** → Äquinoktium). Auf der nördl. Halbkugel sind vom 22. 3. bis 22. 9. die Tage länger als die N., vom 24. 9. bis 20. 3. kürzer, auf der südl. Halbkugel umgekehrt. Jenseits der Polarkreise geht die Nachtdauer im Winter über 24 Stunden hinaus, bis zu einem halben Jahr an den Polen.

Nachtbogen, der unter dem Horizont liegende Teil der scheinbaren Bahn eines Gestirns am → Himmel.

Nacht|effekt, Navigation: → Dämmerungseffekt.

Nachtglas, Fernrohr mit großer Dämmerungsleistung, bes. zum Beobachten bei schwacher Beleuchtung. Die Dämmerungsleistung ist proportional zu $\sqrt{V \cdot D}$, mit V = Fernrohrvergrößerung, D = Durchmesser der Eintrittspupille (Objektivdurchmesser) in mm.

Nachthimmelslicht, Eigenleuchten der Atmosphärenschichten zw. 60 und 250 km Höhe in klaren, mondlosen Nächten unter Beteiligung von atomarem Sauerstoff (grüne Nordlichtlinie), Natrium sowie einiger Stickstoff-Radikale. Die Energie stammt von den am Tag durch die Sonnenstrahlung dissoziierten Molekülen und von Teilchen aus dem interplanetaren Raum.

Nachtsichtgeräte, Geräte für den überwiegend militär. Gebrauch zur Verbesserung der Nachtkampffähigkeit. Man unterscheidet aktive und passive N. Bei den **aktiven N.** wird das Gefechtsfeld durch Weißlicht, Infrarotlicht oder andere Lichtquellen beleuchtet; bei den **passiven N.** wird lediglich der Helligkeitswert oder die Infrarotausstrahlung (Wärmebild) des beobachteten Gegenstandes intensiviert. Dies geschieht durch Photozellen, die durch das Auge nicht oder kaum wahrnehmbare Helligkeitsgrade sichtbar machen.

Nachtstrom-Speicherheizung, → Elektro-Speicherheizung, → Speicherheizung.

Nachverbrennung, 1) Maßnahme zur kurzzeitigen Schubsteigerung (um 50%) von Turbinen-Luftstrahltriebwerken (→ Strahltriebwerk). Im **Nachbrenner,** einem an das Basistriebwerk angeschlossenen rohrartigen Bauteil, wird den noch sauerstoffhaltigen Turbinenabgasen erneut Kraftstoff zugeführt, wodurch eine nochmalige Verbrennung möglich ist. Nachteile: hoher Kraftstoffverbrauch, starke Lärmentwicklung.

2) Verfahren, bei dem das in den Abgasen von Ottomotoren enthaltene giftige Kohlenmonoxid (CO) zu unschädl. Kohlendioxid (CO_2) oxidiert und die unverbrannten Kohlenwasserstoffe verbrannt werden. Dies geschieht hinter dem Auslaßventil in einem Thermoreaktor oder heißen Rohr oder durch Nachschalten eines → Katalysators 2). Reicht der Restsauerstoff im Abgas nicht aus, wird durch eine Pumpe Luft eingeblasen.

Nachweisgrenze, Chemie: bei einem Analysenverfahren ein konkreter Zahlenwert, der für das Verfahren typisch ist. Die Bez. N. wird oft mit Erfassungsgrenze oder Empfindlichkeit gleichgesetzt.

Nadel, spitzes Werkzeug zum Verbinden, Befestigen oder Herstellen von flächenförmigen Materialien. Es gibt u. a.: Näh-, Stopf-, Stick-, Leder-, Pack-, Nähmaschinen-, chirurg. N. mit einem Öhr zur Durchführung des Fadens; Häkel- und Strick-N. für die Maschenbildung bei

Handarbeiten; Spitzen-, Haken-, Zungen-N. in Textilmaschinen (Strick- und Wirkmaschinen); Steck-N. mit einem Kopf, Sicherheits-N. mit einer federnden Drahtschlaufe und Schutzkappe zur Aufnahme der Spitze.

Herstellung. Hauptarbeitsgänge: Warmwalzen zu Draht, Kaltziehen, -richten und -schneiden, Prägen (Stampfen), Lochen, Abfräsen oder Abschleifen des Prägegrates, Weichspitzen, Härten, Rohkratzen oder Schauern, Anlassen, Hartrichten, -spitzen und Polieren.

I. w. S. nennt man manche dünne, stabförmige, mitunter zugespitzte Gegenstände auch N., z. B. Magnet-N., Düsen-N., Ventil-N., Bestandteil eines N.-Lagers.

Nadeldrucker, Datenverarbeitung: Ausgabegerät, das einen horizontal verschiebbaren Druckkopf mit meist sieben oder neun vertikal übereinander angeordneten, bewegl. Nadeln besitzt. Bei der Querbewegung des Druckkopfes und geeigneter Aktivierung der Nadeln entstehen mit Hilfe eines Farbbandes gerasterte Zeichen.

Nadel|eisen|erz, Mineral α-FeOOH; neben → Lepidokrokit (γ-FeOOH) eines der kristallinen Eisenhydroxide (→ Goethit).

Nadelfilz, Filz aus meist synthet. Fasern, die in Form eines Vlieses durch viele Nadeln mit Widerhaken zu einem unentwirrbaren, festen, harten Flächengebilde von versch. Dicke verschlungen werden. N. gehört zu den → Verbundstoffen und wird als Polster- und Dekorationsmaterial, Bodenbelag, Bügelpressenbezug und Einlage in der Konfektion verwendet.

Nadelflorteppich, Tuftingteppich [tˈʌftɪŋ-, engl.], durch Einsticken von Florfäden mit Blindstichen in ein Jute-Tragegewebe oder -gewirk auf der → Tuftingmaschine gebildeter Teppich oder Auslegeware. Um die Schlingen oder geschnittenen Florschenkel festzuhalten, wird von der linken Warenseite Latex oder ein synthet. Kleber aufgetragen.

Nadeltonverfahren, Schallplattenherstellung: Verfahren, den zeitl. Verlauf des Schalldrucks mit einem Stichel in einen Träger (Platte, Walze, Band) einzuritzen. Zum Abspielen dient wiederum eine Nadel, deren mechan. Schwingungen durch den Tonabnehmer in elektrische umgewandelt werden (→ Schallplatte).

Nadelwehr, bewegliches → Wehr, i. d. R. als → Notverschluß verwendet, dessen Staukörper durch dicht an dicht aufrecht stehende Nadeln (Hölzer, Spundbohlen oder Stahlträger) gebildet wird.

Nadir *der,* **Fußpunkt,** der senkrecht unter dem Beobachter befindliche Punkt der Himmelskugel; Gegenpunkt ist der → Zenit (BILD astronomische Koordinaten).

Nagel, Drahtstift aus einem zugespitzten Schaft und flachem oder rundem Kopf zur Verbindung von Teilen. Aus Blechstreifen oder Bandeisen werden geschnittene N. hergestellt, deren Schaft runden, quadratischen oder rechteckigen Querschnitt haben kann. Im Eisenbahnoberbau braucht man geschmiedete N., bei der Schuhherstellung auch Holz-N.

Nagelbau, → Holz-Nagelbau.

Nagelfluh, verfestigte Konglomerate der alpinen → Molasse.

Nagelkalk, der → Tutenmergel.

Nageln, Verbrennungsmotor: → Klopfen.

Nahbereichs|entfernungsmesser, zur elektron. Distanzmessung (→ Distanz 2) über Entfernungen bis etwa 1000 m eingesetzte Streckenmeßgeräte mit Trägerwellen im sichtbaren oder infraroten Lichtbereich; Meßgenauigkeit: ± 1 cm. Durch Aufsetzen auf einen oder konstruktive Verbindung mit einem → Theodolit läßt sich ein N. zum → Tachymeter erweitern.

Nahdienst, Abwicklung des Nahgesprächsverkehrs im öffentl. Fernsprechnetz. N. besteht zw. Ortsnetzen, die bis zu 20 km (an den Grenzen auch 25–30 km) entfernt oder benachbart sind. Jedes Ortsnetz soll zum Mittelpunkt eines **Nahbereichs** von Großstadtformat werden. Die Nahbereiche überdecken sich schuppenartig.

nähen, mit Nadel und Faden durch Stiche oder Nähte heften, befestigen, versteifen oder verzieren. (→ Naht)

Näherung, Approximation, in der Mathematik die angenäherte Darstellung von Größen (Funktionen usw.) durch andere, einfacher zu handhabende. So werden in der → numerischen Mathematik oft Zahlen durch Dezimalbrüche von fester Stellenzahl, die Lösung einer beliebigen durch die einer linearen Gleichung (→ Newtonsches Näherungsverfahren), eine beliebige Funktion durch ein Polynom angenähert (→ numerische Integration). Der **Approximationssatz von Weierstraß** besagt, daß jede in einem Intervall $[a, b]$ stetige Funktion $f(x)$ sich so durch ein Polynom $p(x)$ geeignet hohen Grades annähern läßt, daß die Abweichung an allen Stellen des Intervalls kleiner ist als eine vorgegebene positive Zahl. Nach der Methode der kleinsten Quadrate wird die Annäherung so vorgenommen, daß bei festem Polynomgrad das Integral $\int_a^b (f(x) - p(x))^2 \, dx$ möglichst klein wird **(Gauß-Approximation).** → Spline-Interpolation.

Nahewirkung, physikal. Wirkung, die sich nur mit endl. Geschwindigkeit räumlich ausbreitet. Ggs.: → Fernwirkung.

Nahlinse, Photographie: Linse, die vor das Objektiv einer Kamera gesetzt wird, um bei der Aufnahme näher an das Objekt herangehen zu können. Bei Verwendung einer N. mit einem Brechwert von z. B. 3 dpt. und einer Objektiveinstellung von z. B. 1 m verringert sich der Abstand Linse–Gegenstand auf 0,25 m.

Nähmaschine, Maschine zum Verbinden von Nähgut durch Fäden. Eine Hauptwelle steuert die Auf- und Abwärtsbewegung der Nadelstange, des Fadenhebels und des umlaufenden Greifers. Der Stoffdrücker preßt das Arbeitsstück auf den Stoffschieber. Die Fadenspannungsregulierung ermöglicht eine saubere Stichbildung. Bei der **Doppelsteppstich-N.** sticht die Nadel mit dem Faden in das Nähgut. Beim Zurückgehen bildet sich eine Schlinge, in die der Greifer eingreift, sie erweitert und um das Spulengehäuse herumführt. So entsteht eine sehr feste und wenig dehnbare Verknüpfung von Ober- und Unterfaden. Bei der **Kettenstich-N.** wird der Nadelfaden mit sich selbst, einem oder mehreren Greiferfäden verschlungen. Es entsteht eine sehr dehnbare Fadenverknüpfung für elastisches Nähgut. **Haushalts-N.** werden meist durch Elektromotoren, früher durch Tretkurbeln angetrieben. **Industrie-N.** sind meist für bestimmte Nähaufgaben spezialisiert, z. B.: Ärmeleinnäh-N., Biesen-N., Handschuh-N., Knopfannäh-N., Knopfloch-N., Pelz-N.,

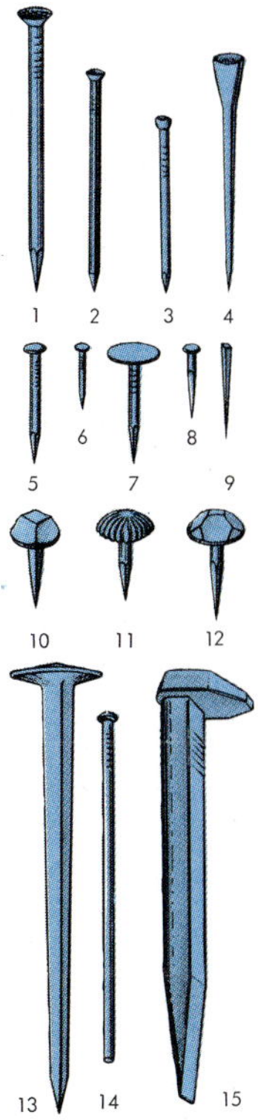

Nagel

Nagel: 1 gewöhnl. Drahtstift mit rundem Schaft und flachem Kopf, **2** Drahtstift mit viereckigem Schaft, **3** Drahtstift mit Kugelkopf, **4** Huf-N., **5** Drahtstift mit Halbrundkopf, **6** Blauzwecke, **7** Dachpappenstift, **8–9** geschnittene N. (aus Blech), **10** Schuhzwecke, **11–12** Zier-N., **13** Schiffs-N., **14** Formerstift, **15** Schienen-N.

Saum-N. Bauarten: **Flach-N.**, **Säulen-N.** und **Freiarm-N.** N. sind auch Hauptbestandteil von Nähaggregaten, die weitgehend automatisiertes Nähen gestatten, z. B. **Kurz-** und **Langnahtautomat, Kleinteileautomat, Konturennäher.** (Weitere BILDER S. 303)

Geschichtliches. Die erste mechan. Einrichtung zum Nähen baute 1775 der in England lebende Deutsche CH. F. WEISENTHAL. B. KREMBS baute um 1800 die erste brauchbare (Kettenstich-)N. Weitere Versuche führten 1829/30 B. THIMONNIER und J. MADERSPERGER durch. 1845 schuf der Amerikaner E. HOWE die Urform der Doppelstich-N., die von A. WILSON, M. GRITZNER, M. PFAFF, I. M. SINGER u. a. verbessert wurde.

Nah|ordnung, → Fernordnung.

Nahpunkt, der dem Auge am nächsten liegende Punkt, der bei größtmöglicher → Akkommodation noch scharf gesehen werden kann. Er liegt in der Jugend etwa 7 cm vor dem Auge und entfernt sich mit zunehmendem Alter bis rund 2 m (→ Brechungsfehler des Auges).

Nährgebiet, → Gletscher.

Nährstoffe, → Düngemittel.

Naht, die Linie, an der Teile miteinander verbunden sind (z. B. **Schweißnaht).** Im Schiffbau die Fuge zw. den Planken von Holzbooten und zw. den Plattengängen der Außenhaut, der Decks u. a. von Stahlschiffen.

Bei Textilien unterscheidet man **Verbindungsnähte,** mit einfachen Vorstichen, Rück- oder Steppstichen oder schrägliegenden Saumstichen ausgeführt, und **Ziernähte** mit Zierstichen. Eine einfache Verbindungsnaht ist die **überwendliche** oder **Gegenstich-,** auch **Stoßnaht. Doppelnähte** werden in zwei Arbeitsgängen ausgeführt; dazu gehören die **Kappnaht** und die **Doppelsteppnaht.** Zur Sicherung des Stoffrandes gegen Ausfransen wird ein **Saum** genäht (BILD S. 304)

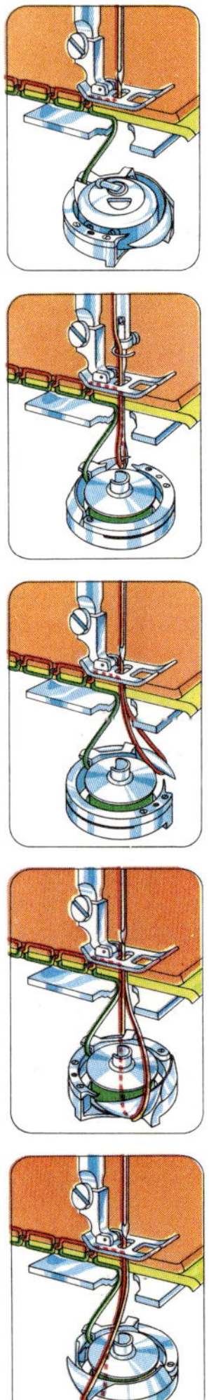

Nähmaschine 2: Steppstichbildung

Nahverkehr, Transportablauf im Personen- und Güterverkehr bis etwa 50 km Entfernung. Für den **öffentl. Personennahverkehr (ÖPNV)** dienen Nahverkehrszüge (→ Eisenbahn, → Eisenbahnwagen), in Verdichtungsräumen Stadtschnellbahnen (→ S-Bahn) zur Verbindung der Randzonen mit dem Stadtzentrum, Stadtbahnen in Form von → Untergrundbahnen (U-Bahnen), → Straßenbahnen und/oder → Unterpflasterstraßenbahnen für den innerstädt. Verkehr und Omnibusse zur Ergänzung der Schienenverkehrsmittel. In Entwicklung sind auch neue Verkehrsmittel wie → Kabinenbahnen. Die verschiedenen Verkehrsmittel werden zweckmäßigerweise in einem **Verkehrs- und Tarifverbund** zusammengefaßt (abgestimmtes Verkehrsangebot, einheitl. Fahrausweise). An günstig gelegenen Haltestellen werden Parkplätze (Park-and-Ride-System) zum Umsteigen vom Pkw in ÖPNV-Verkehrsmittel geschaffen.

In der Bundesrep. Dtl. werden neue Nahverkehrssysteme entwickelt und erprobt, wie **bedarfsgesteuerte Busse** als ›Rufbus‹, ›Telebus‹ oder ›Retax‹, um Angebote bei geringem Verkehrsaufkommen zu schaffen oder schwerbehinderte Fahrgäste (z. B. Rollstuhlfahrer) zu befördern. **Dual-mode-Busse** [-mo:d-] verkehren fahrergelenkt auf vorhandenem Straßennetz oder automatisch quergeführt mittels Spurhaltung oder elektronisch quergeführt über Leitkabel in der Fahrbahn. **Duo-Busse** sind für mehrere Antriebsarten ausgerüstet, z. B. für Oberleitungsbetrieb und mit Dieselmotor- oder Batterie-Antrieb. Beim **Hybrid-Bus** wird die Batterie über einen Dieselmotor mittels Generator aufgeladen. Der **Gyro-Bus** nutzt den Schwungmasseneffekt zum Antrieb eines Generators für

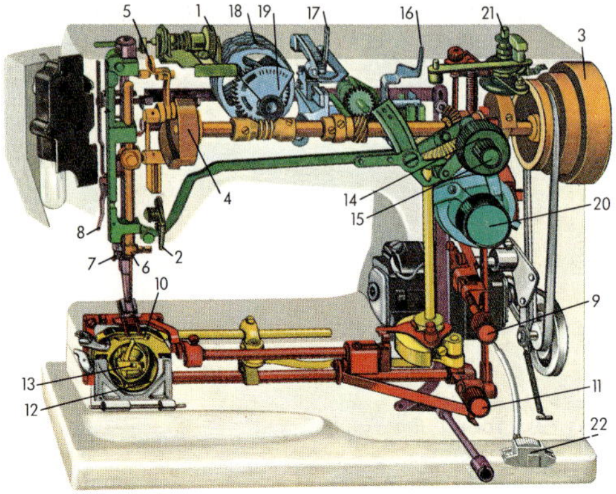

Nähmaschine 1: Haushalts-Nähmaschine; 1 Fadenspannung, 2 Fadenregulator, 3 Handrad, 4 Schwungstück, 5 Fadenhebel, 6 Nadelhalter, 7 Nähfußbefestigung, 8 Nähfuß-Lüfterhebel, 9 Stichlängeneinstellung, 10 Transporteur, 11 Transporteurversenkung, 12 Greifer, 13 Spulenkapsel, 14 Zickzack-Einstellknopf, 15 Nadelverstellknopf (links – Mitte – rechts), 16 Umschalthebel Zickzack – Zierstich, 17 Wählhebel für Nutz- und Zierstiche, 18 Zierstichkurven, 19 Zierstichindikator, 20 Knopf zum Knopflochnähen, 21 Spuler, 22 Motorumschalter min. – max.

einen Elektromotor aus. **Automatischer U-Bahn-Betrieb** wird in Berlin (System Seltrac) und Hamburg (System Push) erprobt.

NAND-Glied [nænd-, engl.], elektron. Schaltung der Digitaltechnik, die die log. Verknüpfung **(NAND-Verknüpfung)** von Eingangssignalen i. S. der → Schaltalgebra entsprechend einer Reihenschaltung von → UND-Glied und → NICHT-Glied durchführt (→ Verknüpfungsglieder). Die große Bedeutung des NAND-G. (wie auch des → NOR-Gliedes) liegt in der Tatsache begründet, daß sich Schaltnetzwerke ausschließlich aus Schaltungen dieses Typs aufbauen lassen, da durch geeignete Zusammenschaltung alle Verknüpfungsfunktionen realisierbar sind. Es ist z. B. möglich, aus zwei NAND-G. ein → Flipflop (bistabile Kippschaltung) aufzubauen.

Nannofossilien, sehr kleine Mikrofossilien, die sich nur bei mehrhundertfacher Vergrößerung untersuchen lassen. Zu den N. gehören z. B. Radiolarien und Coccolithen.

Nano, Vorsatzzeichen **n,** ein → Vorsatz vor Einheiten für den Faktor 10^{-9} (Milliardstel); z. B.: 1 Nanosekunde = 1 ns = 10^{-9} s.

Napalm *das,* kolloide Lösung kleiner Mengen bestimmter Metallverbindungen von **Na**phthensäuren oder Fettsäuren **(Palm**itinsäure) in Kohlenwasserstoffen (Benzin, Benzol, Petroleum), die als Brandbombenfüllung verwendet wird. Das Gemisch zündet beim Aufschlag von selbst und ist praktisch nicht löschbar. Die Masse haftet überall und entwickelt eine Temperatur von mehr als 2000 °C.

Naphtha, früher Bez. für leicht flüchtiges Roherdöl **(schwarzes N.)** und die daraus gewonnenen Destillate **(weißes N.).** Heute Bez. für Benzinfraktionen, die als Einsatzmaterial für Steamcracker oder katalytische Reformer verwendet werden (→ Benzin).

Naphthalin, kondensierter aromat. Kohlenwasserstoff, der durch Destillation oder Kristallisation aus

Steinkohlenteer, in USA auch durch Extraktion aus Crackgasöl gewonnen wird. N. bildet farblose, nach Mottenkugeln riechende Kristalle. Es dient v. a. zur Herstellung von Phthalsäureanhydrid und Farbstoffen. Darüber hinaus wird es zu Gerbstoffen, Insektiziden und den Lösemitteln Decalin und Tetralin weiterverarbeitet.

Naphthalincarbonsäuren. Vom Naphthalin abgeleitete Carbonsäuren mit einer Carboxylgruppe heißen **Naphthoesäuren.** 1,8-Naphthalindicarbonsäure **(Naphthalsäure),** durch Oxidation von Acenaphthen gewonnen), dient zur Herstellung von Farbstoffen. (FORMELN S. 304)

Naphthalinsulfonsäuren, starke Säuren, die durch Sulfonierung von Naphthalin hergestellt werden. N. werden zu Naphtholen, Naphtholsulfonsäuren u. a. Farbstoffzwischenprodukten weiterverarbeitet. (FORMEL S. 304)

Napthene, → Cycloalkane.

Naphthensäuren, alizykl. Carbonsäuren, die in naphthenbas. Erdölen vorkommen und durch Laugenwäsche aus Erdöldestillaten gewonnen werden. Ihre Salze, die **Naphthenate,** finden Verwendung als → Trokkenstoffe für Lacke, Holzschutzmittel (Kupfernaphthenat) und Schmieröladditive (Calcium- und Bleinaphthenat). FORMEL S. 305.

Naphtho|chinone, vom Naphthalin abgeleitete → Chinone. Von Bedeutung für die Herstellung von Anthrachinon und als Hilfsstoff bei Polymerisationen ist das 1,4-N., das durch Oxidation von Naphthalin mit Luftsauerstoff hergestellt wird. Derivate des 1,4-N. sind die Vitamine K_1 und K_2, das orangegelbe **Lawson** [lɔːsn] (in Hennablättern) und das braune **Juglon.** (FORMEL S. 305)

Naphthol AS, Anilid der 2-Hydroxy-3-naphthoesäure. N.-Derivate dienen als Kupplungskomponenten für Azofarbstoffe, die als Entwicklungsfarbstoffe (→ Farbstoffe) angewendet werden. (FORMEL S. 305)

Naphthole, Hydroxynaphthaline, je nach Stellung der Hydroxylgruppe wird zw. **1-N. (α-N., 1-Hydroxynaphthalin)** und **2-N. (β-N., 2-Hydroxynaphthalin)** unterschieden. N. sind kristalline Stoffe, die in geringen Mengen im Steinkohlenteer enthalten sind. Sie werden durch Alkalischmelze der entsprechenden Naphthalinsulfonsäure, 1-N. auch durch Oxidation von Tetralin und Dehydrierung der dabei entstehenden Reaktionsprodukte hergestellt und bes. als Kupplungskomponenten für Azofarbstoffe verwendet. (FORMELN S. 305)

Naphtholfarbstoffe, Farbstoffe, die sich von Naphtholen ableiten (→ Azofarbstoffe).

Naphtholsulfonsäuren, Hydroxynaphthalinsulfonsäuren, starke Säuren, die durch Sulfonierung von Naphtholen, Hydrolyse von Naphthalinsulfonsäuren, Aminonaphthalinsulfonsäuren oder N. mit mehreren Sulfogruppen sowie durch Reaktionen von Aminonaphthalinsulfonsäuren mit Hydrogensulfit oder Diazoniumverbindungen hergestellt werden. **Amino-N.** (Aminohydroxynaphthalinsulfonsäuren) werden durch Hydrolyse von Aminonaphthalinsulfonsäuren mit mehreren Sulfogruppen hergestellt. Viele N. und Amino-N. sind als wichtige Zwischenprodukte für Farbstoffe (z. B. Kupplungskomponenten für Azofarbstoffe) unter Trivialnamen wie **H-Säuren,** → I-Säure, **R-Säure, T-Säure** oder **γ-Säure (Buchstabensäuren)** bekannt. (FORMELN S. 305)

Naphthyl . . ., Bez. für die vom Naphthalin abgeleitete einbindige Kohlenwasserstoffgruppe $-C_{10}H_7$.

Naphthyl|amine, 1-N. (α-N.) wird durch Nitrierung von Naphthalin und Reduktion des entstehenden 1-Nitronaphthalins hergestellt und als Zwischenprodukt zur Herstellung von Azofarbstoffen verwendet. **2-N. (β-N.)** gehört zu den krebserzeugenden Arbeitsstoffen. (FORMEL S. 306)

Naphthylbromid, α-Bromnaphthalin, farblose Flüssigkeit, die wegen ihrer hohen Brechzahl ($n = 1{,}657$) in der Optik als Kontaktflüssigkeit bei der Bestimmung der Refraktion fester Stoffe und als Immersionsflüssigkeit für spezielle mikroskop. Objektive dient.

Napiersche Logarithmen, Nepersche Logarithmen [nˈeɪpɪə-, n. dem schott. Mathematiker J. Napier (Neper), Laird of Merchiston, * 1550, † 1617], die → Logarithmen zur Basis 10.

Napiersche Regel [nˈeɪpɪə-], → Nepersche Regel.

Narbe, Narbenzone, Geologie: tiefliegende hypothet. Zone mit ausgedehntem Massenverlust unter der Scheitelzone eines → Orogens (→ Unterströmungstheorie).

Narcotin, Biochemie: eines der Hauptalkaloide (6%) des Opiums mit geringer narkotischer, jedoch Hustenreiz stillender zentraler Wirkung.

NASA, Abk. für **National Aeronautics and Space Administration** [næʃnl ɛərənˈɔːtɪks ænd speɪs ədmɪnɪstrˈeɪʃn], zivile amerikan. Luft- und Raumfahrtbehörde mit dem Hauptbüro in Washington, D. C. Im Juli 1958 offiziell gegr., übernahm sie alle bisherigen zivilen Raketen- und Raumfahrtprogramme von Luftwaffe, Heer und Marine. In der Folgezeit schlossen sich eigenständige Forschungsprogramme aus Luft- und Raumfahrt an. Zur NASA gehörten elf Außenstellen, von denen einige in der letzten Zeit aus Gründen der Haushaltslage der NASA geschlossen oder zusammengelegt wurden; die bekanntesten: Lewis Research Center (Cleveland, Ohio), Kennedy Space Center (Cape Canaveral, Fla.), Johnson Space Center (Housten, Tex.), Marshall Space Flight Center (Huntsville, Ala.), Jet Propulsion Laboratory (Pasadena, Calif.), Ames Research Center (Moffett Field, Calif.), Goddard Space Flight Center (Greenbelt, Md.), Langley Research Center (Hampton, Va.).

Nasenklappe, beim Flugzeug ein → Hochauftriebsmittel in Form einer bewegl. Klappe an der Flügelvorderkante (Nase), die in ausgeschlagenem Zustand durch Vergrößerung von Profilwölbung und Flügelfläche **(Kippnase** und **Krügerklappe)** Auftriebssteigerung bewirkt.

Naßdampf, Gemisch aus → Dampf und Flüssigkeit desselben Stoffes, z. B. → Wasserdampf mit Wassertröpfchen vermischt, die z. B. durch Kondensieren bei der Expansion in Wärmekraftmaschinen entstehen.

Naß|entstauber, → Entstaubungsverfahren.

Naßgalle, Rasenquelle, ständig durchfeuchtete Geländestelle, entsteht durch zutage tretende geringe Grundwassermengen (→ Quelle 2); durch das Vorkommen von Sauergräsern kenntlich.

Naßmechanik, Aufbereitung: Sammelbez. für die Gruppe naßarbeitender Trennverfahren, die die Unterschiede der physikal. und geometr. Eigenschaften der versch. Stoffkomponenten mit mechan. Mitteln zur Sortierung und Klassierung benutzen; z. B. → Setzarbeit (unterschiedl. Dichte), → Herdaufbereitung (unterschiedl. Dichte und Korngröße), → Rinnenwäsche (unterschiedliche Dichte).

Naßmühlen, Mühlen, bei denen dem Mahlgut Wasser oder andere Flüssigkeiten zugesetzt werden, um hohe Mahlfeinheiten zu erreichen, z. B. → Kugelmühlen, → Rohrmühlen oder → Schwingmühlen.

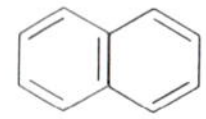

Naphthalin

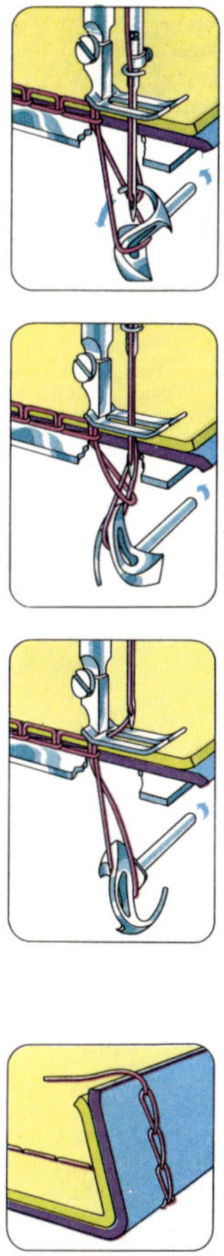

Nähmaschine 3: OBEN Kettenstichbildung; UNTEN durch Kettenstich verbundene Stoffteile (Vorder- und Rückansicht)

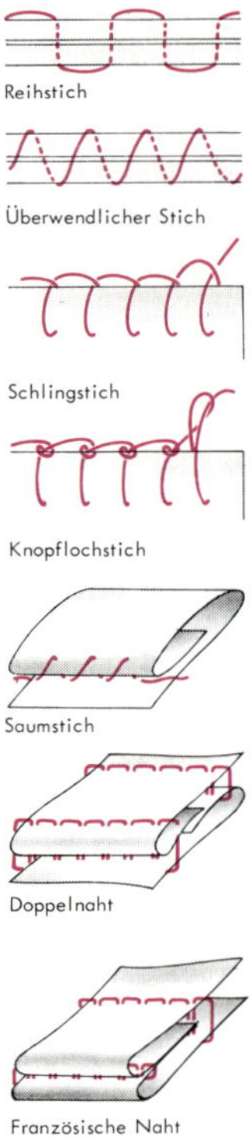

Naht

Naphthalin-carbonsäuren

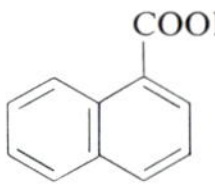

1-Naphthoesäure

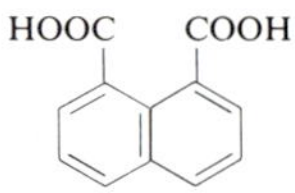

Naphthalsäure

Naphthalin-2-sulfonsäure

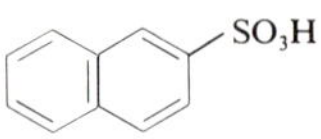

Naßspinnverfahren, das Erspinnen von → Chemiefasern durch Koagulieren (Ausfällen) der Spinnlösung in einem Fällbad.

Naßverbrennung, oxidierender Aufschluß von organ. Verbindungen mit Säuregemischen zur Bestimmung anorgan. Bestandteile. Die N. wird häufig in der Spurenanalytik eingesetzt. Sie bietet den Vorteil, daß gegenüber der Verbrennung im Ofen keine Substanzverluste auftreten (z. B. beim Quecksilber).

In den letzten Jahren wurde die Methode zur Aufarbeitung von verbrauchten, plutoniumhaltigen Brennelementen eines Kernreaktors entwickelt. Bei der N. entstehen nur wenige gasförmige Reaktionsprodukte mit geringer Radioaktivität. Das Plutonium wird zu etwa 90% in einer leicht zu verarbeitenden, lösl. Form zurückgewonnen. Das Volumen der Abfallstoffe verringert sich auf 5% des Ausgangsvolumens.

Natrit *der,* → Soda.

Natrium, chem. Symbol **Na**, ein → chemisches Element aus der Gruppe der → Alkalimetalle, Ordnungszahl 11. Es gibt mehr als zehn künstl. instabile Isotope und das natürlich vorkommende stabile Reinisotop ^{23}Na. N. ist ein sehr weiches, silberweißes Metall, das elektr. Strom und Wärme sehr gut leitet. Es kann leicht geschnitten und gepreßt werden. Da es an feuchter Luft rasch oxidiert zu **Natriumhydroxid,** NaOH, wird es meist unter Petroleum aufbewahrt. Gegenüber trockenem Sauerstoff beständig, verbrennt es an feuchter Luft mit leuchtendgelber Flamme unter Bildung von Natriumhydroxid; kann die Reaktionswärme nicht abgeführt werden, kommt es zur Entzündung des Wasserstoffs. In flüssigem Ammoniak löst es sich mit blauer Farbe, die von solvatisierten Elektronen herrührt. Mit Quecksilber bildet es unter Erwärmen **Natriumamalgam.**

Die größten Mengen N. finden sich als **Natriumchlorid,** NaCl, gelöst im Meerwasser und als Steinsalz, außerdem in Silikaten (z. B. Albit), als Carbonat, Nitrat (v. a. als **Chilesalpeter)** im Kryolith und Borax. Mit 2,6 Gew.-% der Erdrinde ist es das sechsthäufigste Element. – Technisch wird N. durch Schmelzelektrolyse von Natriumhydroxid oder Natriumchlorid gewonnen. Bei letzterem wird durch Zusätze der Schmelz-P. herabgesetzt. N. findet Anwendung zur Darstellung z. B. von Natriumperoxid, Natriumamid (→ Natriumverbindungen), für organ. Synthesen zur Herstellung von Antiklopfmitteln (Bleitetramethyl, -tetraäthyl), für Natriumdampflampen und als Kühlmittel für Kernreaktoren. Viele N.-Verbindungen spielen in Haushalt und Industrie eine wichtige Rolle, z. B. Natronlauge, Soda, Natron, Glaubersalz u. a.

Biologische Bedeutung. Physiologisch ist N. bedeutsam für den menschl. und tier. Körper. Es ist v. a. in den Flüssigkeiten der Gewebslücken enthalten; es gehört zu den Blutsalzen. In den Zellen gibt es mehr Kalium als N.; eine große Reserve liegt in den Knochen. Wichtig ist N. z. B. bei der Erregungsleitung in Nervenzellen. Der Gehalt der Pflanzen an N. ist i. a. geringer als der an Kalium.

Metall. N. wurde erstmals 1809 von H. DAVY durch elektrolyt. Zersetzung von geschmolzenem Natriumhydroxid hergestellt.

Natrium|acetat, → Essigsäure 1).

Natriumcarbonat, Mineral, svw. → Soda.

Natriumdampflampe, eine → Entladungslampe mit Natriumfüllung. Die **Natriumdampf-Niederdrucklampen** strahlen fast nur die gelben Resonanzlinien der Wellenlänge 589 nm ab. Dieses monochromat. Licht läßt keine Farben erkennen, so daß die Niederdrucklampe trotz überragender Lichtausbeute (bis 183 lm/W) nur ein beschränktes Anwendungsgebiet hat (z. B. als Beleuchtung von Schnellstraßen und Kennzeichnung besonderer Gefahrenstellen). Neuentwickelte **Natriumdampf-Hochdrucklampen** haben ein keram. Entladungsgefäß, hauptsächlich aus Aluminiumoxid, das gegenüber dem Natrium bis zu Temperaturen von etwa 1 500 K resistent ist. Bei den diesen Temperaturen entsprechenden Dampfdrücken (einige 100 mbar) verbreiten sich die gelben Resonanzlinien mit Ausläufern über das ganze sichtbare Spektralgebiet. Die Natriumdampf-Hochdrucklampe verbindet hohe Lichtausbeute (bis 130 lm/W) mit günstiger Lichtfarbe (gelblichweiß) und für viele Zwecke ausreichender Farbwiedergabe. Anwendungsgebiete sind Verkehrs- und Industrieanlagen sowie Innenbeleuchtungen von Schwerindustrieanlagen.

Natriumverbindungen, Natrium tritt in seinen Verbindungen stets positiv einwertig auf. Fast alle N. sind in Wasser gut löslich. – Beim Verbrennen von Natrium an der Luft bildet sich gelbes **Natriumperoxid,** Na_2O_2, ein starkes Oxidationsmittel, das u. a. zur Bleichlaugung verwendet wird. Mit metall. Natrium entsteht daraus das weiße **Natriumoxid,** Na_2O. **Natriumhydroxid,** NaOH **(Ätznatron, kaust. Soda),** ist eine weiße, hygroskop. Substanz, Schmelz-P. 318 °C; Darstellung durch → Chloralkali-Elektrolyse und durch Kaustifizierung von Soda, wobei durch Umsetzen wäßriger Sodalösung mit Ätzkalk Natriumhydroxid entsteht. Die stark alkal. wäßrige Lösung **(Natronlauge)** sowie die Schmelze (›Ätznatronschmelze‹) werden technisch vielfach verwendet, z. B. in der Seifen- und Farbstoffindustrie und zur Darstellung von Cellulose und Kunstseide. **Natriumfluorid,** NaF, wird u. a. zur Holzschutzkonservierung, im Gärungsgewerbe und zur → Fluoridierung des Trinkwassers, NaF-Kristalle für opt. Fenster, Linsen u. ä. verwendet. **Natriumchlorid,** NaCl, → Kochsalz. **Natriumhypochlorit,** NaOCl, meist als wäßrige Lösung durch Einleiten von Chlor in Natronlauge hergestellt, ist Desinfektions- und Bleichmittel **(Eau de Javelle** [odʃav'ɛl]). **Natriumchlorat,** $NaClO_3$, ist Bestandteil vieler Herbizide und Oxidationsmittel. **Natriumsulfat,** $NaSO_4$, findet sich in natürl. Salzmineralen, im Meerwasser und in Mineralquellen. Aus wäßrigen Lösungen scheidet es sich unter 32 °C als **Dekahydrat,** $Na_2SO_4 \cdot 10\,H_2O$ **(Glaubersalz),** aus. Man verwendet es in der Glas-, Textil-, Farbstoff- und Papierindustrie sowie in der Kältetechnik. Kleine Gaben wirken als Abführmittel. Die Lösungen von **Natriumsulfit,** $Na_2SO_3 \cdot 7\,H_2O$, **Natriumhydrogensulfit,** $NaSO_3$, und **Natriumdisulfit,** $Na_2S_2O_5$ (Natriummetabisulfit), sind starke Reduktionsmittel, die zum Bleichen, Desinfizieren und Konservieren verwendet werden. Ein starkes Reduktionsmittel ist auch das **Natriumdithionit,** $Na_2S_2O_4$, das in der Farbenindustrie, der Küpenfärberei, zum Bleichen von Papier, Textilien u. a. verwendet wird. **Natriumthiosulfat,** $Na_2S_2O_3 \cdot 5\,H_2O$, dient u. a. zur Entfernung von Chlor aus Gewebe oder Papiermasse (›Antichlor‹) und als Fixiersalz. **Natriumsulfid,** Na_2S und $Na_2S \cdot 9\,H_2O$, wird durch Glühen von Natriumsulfat mit Kohle erhalten; es dient u. a. als Enthaarungsmittel in der Gerberei, zur Herstellung von Schwefelfarbstoffen und Viskosekunstseide. Durch Auflösen von Schwefel in Natriumsulfidlösungen entstehen gelb bis rot gefärbte **Polysulfide,** Na_2S_x. **Natriumnitrat,** $NaNO_3$ **(Natronsalpeter),** wird u. a. als Düngemittel (→ Salpeter), **Natriumnitrit,** $NaNO_2$, ein lösl., giftiges Salz, u. a. zur Herstellung von Azofarben und als Zusatz zu Pökelsalz verwendet. **Natriumamid,** $NaNH_2$, entsteht beim Überleiten von Ammoniak über erhitztes Natriummetall. Es wird für technische organ. Synthesen verwendet. **Natriumphosphate** sind Salze der einfachen und kondensierten Phosphorsäure, die meist als verschiedene Hydrate vorkommen. Ihre Verwendung in Wasch- und Spülmitteln wurde eingeschränkt (→Waschmittelphosphate). Einfache Natriumphosphate dienen als Zusatz zu Futterkalk und zur Herstellung von Glasuren und Emails. **Natriumcarbonat,** Na_2CO_3, →Soda; **Natriumhydrogencarbonat,** $NaHCO_3$ (Natriumbicarbonat, doppelkohlensaures Natron), entsteht durch Sättigen einer Sodalösung mit Kohlendioxid. Es ist ein weißes, schwach alkalisch schmeckendes, in Wasser mäßig leicht lösl. Salz. Die Lösung reagiert infolge →Hydrolyse schwach alkalisch. Beim Erhitzen spaltet es leicht Kohlendioxid ab; Verwendung in Feuerlöschern, als Back- und Limonadenpulver und in pharmazeut. Präparaten. **Natriumsilikate** sind Gemische der Natriumsalze verschiedener Kieselsäuren (→Siliciumverbindungen). Sie entstehen als Natronwasserglas beim Zusammenschmelzen von Soda und Quarzsand (→Wasserglas). **Natriumborhydrid (Natriumboranat),** $NaBH_4$, reagiert mit Wasser unter Bildung von Wasserstoff. Es ist ein Reduktionsmittel für organ. Synthesen. Weitere N. →Chromverbindungen, →Borverbindungen, →Cyanverbindungen, →Eisenverbindungen.

Von den organ. N. haben prakt. Bedeutung bes. die Natriumsalze der Cabonsäuren, z. B. **Natriumformiat** (→Ameisensäure), **Natriumacetat** (→Essigsäure), **Natriumoxalat** (→Oxalsäure). **Natriumglutamat** (→Glutaminsäure), ein in Wasser lösl., in reiner Form nahezu geschmackloses Kristallpulver, wird Suppenmischungen, Würzen und Konserven zugesetzt.

Natrolith, Mineral $Na_2[Al_2Si_3O_{10}] \cdot 2\,H_2O$, farblos oder sehr verschieden hellfarbig, nadelige und haarförmige Kristalle in büscheligen oder radialstrahligen Aggregaten; wichtiger →Zeolith. (BILD S. 306)

Natron, 1) wissenschaftlich ungenaue Bez. für Natrium in →Natriumverbindungen (z. B. N.-Lauge, N.-Salpeter, N.-Feldspat).

2) urspr. Bez. für →Soda.

3) Bez. für Natriumhydrogencarbonat (→Natriumverbindungen).

Natronseen, →Salzseen.

Natur, Physis, allg. der Kosmos mit seiner Materie und seinen Kräften, Veränderungen und Gesetzlichkeiten. Die →Naturwissenschaften erforschen die N. als Gegenstand der Erfahrung, die Philosophie sucht sie metaphysisch zu deuten.

Man unterscheidet zw. der **belebten N.** (Organismen) und der **unbelebten N.** (Minerale, Wasser, Luft). Während sich z. B. die Mineralogie mit der unbelebten N. und die Biologie mit der belebten N. (aber auch den Beziehungen der Organismen zur unbelebten Umwelt, →Ökologie) beschäftigen, sind Physik und Chemie Grundwissenschaften für beide. Die Grenze zw. belebter und unbelebter N. ist nicht immer scharf.

Im eingeschränkten und übertragenen Sinn wird unter N. alles das verstanden, was von menschl. Tätigkeit unverändert da ist (Naturlandschaft, Tier- und Pflanzenwelt), im Unterschied zu dem, was Kultur und Technik bewirken (Kulturlandschaft, Kulturrassen, Haustiere).

Naturfarbstoffe, Farbstoffe aus Pflanzen oder Tieren, z, B. →Indigo und →Karmin.

Naturgesetze, feste Regeln, nach denen erfahrungsgemäß das Naturgeschehen verläuft und die sich meist als Gleichungen ausdrücken lassen. Diese Regeln und Gleichungen stellen i. a. nur eine angenäherte Beschreibung dar, die dem gegenwärtigen Stand der Erfahrung und der Meßtechnik entspricht. Bei neuen Erfahrungen und verfeinerter Meßtechnik müssen die N. oft erweitert oder neu formuliert werden. Die alte Fassung gilt dann meist als unter bestimmten Umständen brauchbare Näherung.

Naturharze, Harze aus pflanzl. Sekreten, i. a. komplizierte Gemenge aus verschiedensten Stoffen wie Harzsäuren und -alkoholen, Resinotannole, Resine, Resene und Diterpene. Physiologisch wirken die N., die bei Verwundung als erhärtende Flüssigkeiten austreten, als Wundverschlüsse. Viele N., z. B. Kollophonium, dienen als Rohstoffe für die Herstellung von Bindemitteln für →Anstrichstoffe und →Lacke, von Klebstoffen, Firnissen, Polituren, Siegellack, Brauerpech, Pflastern u. a.

Die ältesten N. sind die **fossilen N.,** z. B. →Bernstein; sie sind in allen Lösungsmitteln unlöslich und schmelzen nur unter Zersetzung. Die Jahrzehnte bis Jahrtausende jüngeren **rezentfossilen N.** (z. B. Kopale) sind z. T. löslich und zeigen kein normales Schmelzverhalten, sind jedoch thermoplastisch. Die **rezenten N.** lösen sich zum großen Teil in organ. Lösungsmitteln, geben eine fließfähige Schmelze und sind beim Erstarren meist fadenziehend.

Naturkonstanten, physikalische Konstanten, in den physikal. Gesetzen, d. h. bei der mathemat. Formulierung der Naturgesetze, vorkommende fundamentale Konstanten, z. B. die Vakuumlichtgeschwindigkeit c, die Elementarladung e oder die Gravitationskonstante G (ÜBERSICHT S. 306). Während die genannten Beispiele dimensionsbehaftet sind, also Zahlenwerte haben, die von dem zugrunde gelegten →Einheitensystem abhängen, gibt es auch dimensionslose N., z. B. das Verhältnis Ruhemasse des Protons zu Ruhemasse des Elektrons m_p/m_e oder die →Sommerfeld-Feinstrukturkonstante α. – I. Ggs. zu diesen universellen Konstanten, die als unveränderlich angesehen werden, sind →Stoffkonstanten nur bei gegebenen Bedingungen unveränderliche Größen.

natürliche Linienbreite, die Linienbreite einer →Spektrallinie, die durch die begrenzte Lebensdauer der Atome oder Moleküle in den angeregten Energiezuständen verursacht wird. Der begrenzten Lebensdauer entspricht nach der Heisenbergschen →Unschärferelation eine Energiebreite der Niveaus. Für einen Zustand mit der mittleren Lebensdauer τ ergibt sich für die n. L. Γ die Beziehung $\Gamma = \hbar/\tau$; $\hbar = h/2\pi \approx 6{,}6 \cdot 10^{-16}$ eVs, h = Plancksches Wirkungsquantum. Daraus erhält man z. B. für den praktisch wichtigen Fall des 14,4-keV-Übergangs in ^{57}Fe (→Mößbauer-Effekt), bei dem die mittlere Lebensdauer des angeregten Niveaus $\tau = 1{,}4 \cdot 10^{-7}$s beträgt, die n. L. $\Gamma = 4{,}7 \cdot 10^{-9}$ eV.

natürlicher Logarithmus, Abk. **ln,** der →Logarithmus zu Basis e.

natürliche Zahlen, der einfachste Zahlenkreis; die positiven ganzen Zahlen 1, 2, 3, . . .; die Menge der n. Z. wird mit $\mathbb{N}$ bezeichnet, entstanden aus einer Verschmelzung von Kardinal- und Ordinalzahlen. Häufig wird auch die Null dazugerechnet, dann wird die Menge der n. Z. auch mit $\mathbb{N}_0$ bezeichnet. Die Eigenschaften der n. Z. lassen sich aus dem →Peanoschen Axiomensystem ableiten. (→Primzahlen, →Quadratzahlen)

Naturstein, Sammelbez. für Baustoffe aus natürl. Gestein, gebrochen als **Schotter, Splitt** oder **Brechsand** v. a. für den Straßenbau oder zur Betonherstellung, eben bearbeitet (grob behauen bis poliert) meist als **Mauer-** oder **Pflastersteine,** als Platten bes. für Mauerwerk-Ver-

Naphthensäuren

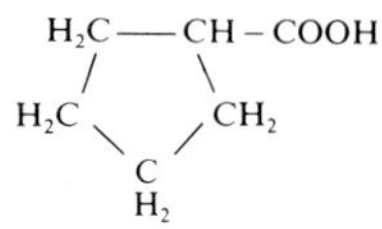

Cyclopentancarbonsäure

Naphthochinone

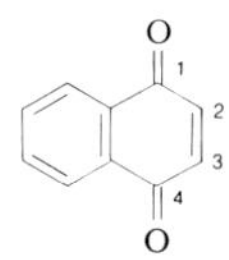

1,4-Naphthochinon

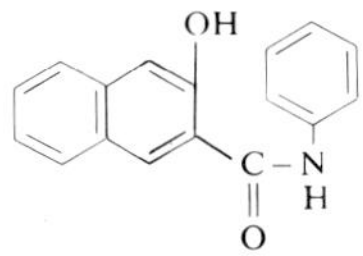

Naphthol AS

Naphthole

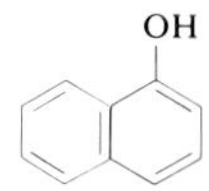

1-Naphthol
(α-Naphthol)

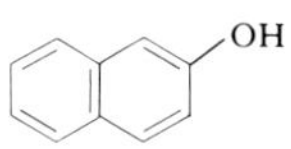

2-Naphthol
(β-Naphthol)

Naphtholsulfonsäuren

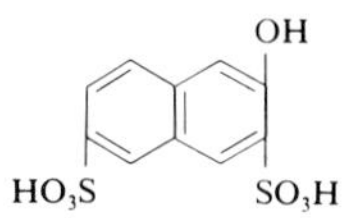

2-Hydroxynaphthalin-3,6-disulfonsäure (R-Säure)

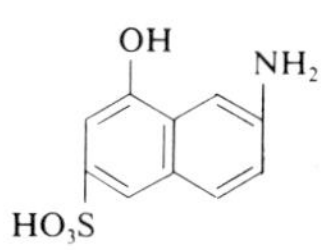

2-Amino-8-hydroxynaphthalin-6-sulfonsäure (γ-Säure)

Naturkonstanten: die wichtigsten Fundamentalkonstanten der Physik

Gravitationskonstante	G	$= (6{,}6720 \pm 0{,}0041) \cdot 10^{-11}\,\mathrm{Nm^2kg^{-2}}$
Vakuumlichtgeschwindigkeit	c	$= (2{,}99792458 \pm 0{,}000000012) \cdot 10^{8}\,\mathrm{m\,s^{-1}}$
Magnetische Feldkonstante (früher: Induktionskonstante)	μ_0	$= 1/\varepsilon_0 c^2 = 4\pi \cdot 10^{-7}\,\mathrm{H\,m^{-1}} = 1{,}25663706 \cdot 10^{-6}\,\mathrm{H\,m^{-1}}$
Elektrische Feldkonstante (früher: Influenzkonstante)	ε_0	$= 1/\mu_0 c^2 = (8{,}85418782 \pm 0{,}00000007) \cdot 10^{-12}\,\mathrm{F\,m^{-1}}$
Ruhemasse des leichten Wasserstoffatoms	$m(^1\mathrm{H})$	$= (1{,}673559 \pm 0{,}0000085) \cdot 10^{-27}\,\mathrm{kg}$
Ruhemasse des Protons	m_p	$= (1{,}6726485 \pm 0{,}0000086) \cdot 10^{-27}\,\mathrm{kg}$
Ruhemasse des Neutrons	m_n	$= (1{,}6749543 \pm 0{,}0000086) \cdot 10^{-27}\,\mathrm{kg}$
Ruhemasse des Elektrons	m_e	$= (9{,}109534 \pm 0{,}000047) \cdot 10^{-31}\,\mathrm{kg}$
Verhältnis Ruhemasse des Protons zu Ruhemasse des Elektrons	$m_\mathrm{p}/m_\mathrm{e}$	$= (1{,}83615152 \pm 0{,}00000070) \cdot 10^{3}$
Elementarladung	e	$= (1{,}6021892 \pm 0{,}0000046) \cdot 10^{-19}\,\mathrm{C}$
Planck-Konstante	h	$= (6{,}626176 \pm 0{,}000036) \cdot 10^{-34}\,\mathrm{J\,s}$
	$\hbar$	$= h/2\pi = (1{,}0545887 \pm 0{,}0000057) \cdot 10^{-34}\,\mathrm{J\,s}$
Stefan-Boltzmann-Strahlungskonstante	σ	$= (\pi^2/60)k^4/\hbar^3c^2 = (5{,}67032 \pm 0{,}00071) \cdot 10^{-8}\,\mathrm{Wm^{-2}K^{-4}}$
Sommerfeld-Feinstrukturkonstante	α	$= \mu_0 c e^2/2h = (7{,}2973506 \pm 0{,}0000060) \cdot 10^{-3}$
Rydberg-Konstante	R_∞	$= \mu_0^2 m_\mathrm{e} e^4 c^3/8h^3 = (1{,}097373177 \pm 0{,}000000083) \cdot 10^{7}\,\mathrm{m^{-1}}$
Bohr-Radius (des Wasserstoffatoms)	a_0	$= \alpha/4\pi R_\infty = (5{,}2917706 \pm 0{,}0000044) \cdot 10^{-11}\,\mathrm{m}$
(klass.) Elektronenradius	r_e	$= \alpha^2 a_0 = (2{,}817938 \pm 0{,}000007) \cdot 10^{-15}\,\mathrm{m}$
Bohr-Magneton	μ_B	$= e\hbar/2m_\mathrm{e} = (9{,}274078 \pm 0{,}000036) \cdot 10^{-24}\,\mathrm{JT^{-1}}$
Kernmagneton	μ_N	$= e\hbar/2m_\mathrm{p} = (5{,}050824 \pm 0{,}000020) \cdot 10^{-27}\,\mathrm{JT^{-1}}$
Compton-Wellenlänge des Elektrons	$\lambda_{\mathrm{C,e}}$	$= h/m_\mathrm{e}c = (2{,}4263089 \pm 0{,}0000040) \cdot 10^{-12}\,\mathrm{m}$
Avogadro-Konstante	N_A	$= (6{,}022045 \pm 0{,}000031) \cdot 10^{23}\,\mathrm{mol^{-1}}$
Atommassenkonstante	m_u	$= 1\,\mathrm{u} = (10^{-3}\,\mathrm{kg\,mol^{-1}})/N_\mathrm{A} = (1{,}6605655 \pm 0{,}0000086) \cdot 10^{-27}\,\mathrm{kg}$
Universelle (molare) Gaskonstante	R	$= (8{,}31441 \pm 0{,}00026)\,\mathrm{Jmol^{-1}K^{-1}}$
Boltzmann-Konstante	k	$= R/N_\mathrm{A} = (1{,}380662 \pm 0{,}000044) \cdot 10^{-23}\,\mathrm{JK^{-1}}$
Molares Volumen des idealen Gases	V_m	$= RT_0/p_0 = (2{,}241383 \pm 0{,}000070) \cdot 10^{-2}\,\mathrm{m^3\,mol^{-1}}$ $(T_0 = 273{,}15\,\mathrm{K}, p_0 = 101325\,\mathrm{Pa})$
Loschmidt-Konstante	n_0	$= N_\mathrm{A}/V_\mathrm{m} = (2{,}686754 \pm 0{,}000086) \cdot 10^{25}\,\mathrm{m^{-3}}$
Faraday-Konstante	F	$= N_\mathrm{A}e = (9{,}648455 \pm 0{,}000027) \cdot 10^{4}\,\mathrm{Cmol^{-1}}$

Naphthylamine

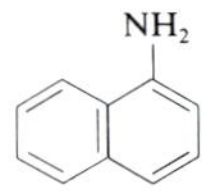

1-Naphthylamin
(α-Naphthylamin)

Natrolith: Kugelige Kristallaggregate (Salesel, ČSSR)

kleidungen, für Boden- und Straßenbeläge sowie für Treppenanlagen.

Naturstoffe, technisch verwertbare Rohstoffe des Pflanzen-, Tier- und Mineralreiches; z. B. Harze, Elfenbein, Gesteine, Minerale. N. i. e. S. sind organ. Stoffe natürl. Ursprungs **(Biochemikalien),** Eiweiße, Hormone, Vitamine. Die **N.-Chemie** i. e. S. ist ein Spezialgebiet der organischen Chemie.

Naturwissenschaft, Gesamtheit der Erfahrungswissenschaften, die die Naturerscheinungen erforschen. Alle N. streben danach, durch Beobachtung, Sammlung und Vergleich von Tatsachen, bes. durch das Experiment, unsere Kenntnis des Naturgeschehens zu erweitern und Gleichförmigkeiten und Regelhaftigkeiten (Gesetze, → Naturgesetze) zu erkennen. Darauf aufbauend suchen sie Theorien aufzustellen, die beobachtbare Tatsachen erklären und dadurch voraussagbar machen.

Die → Mathematik ist wichtiges Hilfsmittel v. a. der exakten N. (→ Physik, → Chemie, → Kristallographie, → Astronomie u. a.). Die Physik ist mit der Mathematik durch Denkweise und Methode eng verbunden. Im Prinzip sind heute die Gesetze der Chemie aus den quantentheoret. Gesetzen der Atomphysik mathematisch ableitbar geworden. Die Astronomie und Physik sind sich in der → Astrophysik und → Kosmologie, die → Geologie und Physik in der → Geophysik weitgehend entgegengekommen (→ Geowissenschaften). Auch die → Biologie hat durch die neueren Forschungsergebnisse mannigfaltige Berührungspunkte mit Physik und Chemie bekommen, so z. B. in der → Biophysik und der → Biochemie.

nautical mile [n'ɔ:tɪkl maɪl, engl.], **Seemeile,** Einheitenzeichen **n mile:** 1 n mile = 1,852 km; nach ISO vereinheitlichter Wert (ÜBERSICHT Einheiten, angloamerikanische Einheiten).

Nautilo|ideen, Ordnung der → Cephalopoden mit geradem gestrecktem oder spiralig eingerolltem Gehäuse, die bes. im frühen Altertum der Erdgeschichte lebten; heute nur noch die Gattung **Nautilus.**

nautische Maße, Maßeinheiten, in der Schiffahrt neben den metrischen verwendet: → nautical mile, → Kabellänge, → Faden 2), → Knoten 2), → Registertonne.

Navier-Stokessche Gleichung [navj'e st'əʊks-, n. dem frz. Ingenieur C.-L.-M.-H. Navier, * 1785, † 1836, und dem brit. Physiker und Mathematiker Sir (1889) G. G. Stokes, * 1819, † 1903], für isotrope zähe Flüssigkeiten geltende Bewegungsgleichung der Kontinuumsmechanik $\varrho\, \mathrm{d}\boldsymbol{v}/\mathrm{d}t = \boldsymbol{K} - \operatorname{grad} p + \eta \Delta \boldsymbol{v} + \frac{1}{3}\eta \operatorname{grad} \operatorname{div} \boldsymbol{v}$, wobei ϱ die Dichte des Strömungsmediums, $\boldsymbol{v}$ die von der Zeit t abhängige Strömungsgeschwindigkeit, $\boldsymbol{K}$ die Massenkraft je Volumeneinheit, p der stat. Druck und η die dynam. Zähigkeit ist. Für inkompressible Strömungen ist $\operatorname{div} \boldsymbol{v} = 0$ und η kann als konstant angenommen werden, so daß sich die N.-S. G. in diesem Fall erheblich vereinfacht. Die N.-S. G. beschreibt alle wirklichen Flüssigkeitsbewegungen (sowohl laminare als auch turbulente), jedoch nur für wenige einfache Strömungsfälle zäher Flüssigkeiten liegen exakte Lösungen der N.-S. G. vor, z. B. für die Poiseuille-Strömung. Die meisten Strömungsprobleme lassen sich nur näherungsweise lösen.

Navigation, Aufgabe und Vorgang, ein See- oder Luftfahrzeug auf einem vorbestimmten Weg von einem Ausgangsort zu einem Ziel zu steuern. Der Standort wird dabei als Schnittpunkt zweier oder mehrerer Standlinien gefunden. Je nach verwendeten Mitteln und Methoden unterscheidet man verschiedene Verfahren: 1) In der **terrestrischen N.** ergeben sich die Standlinien aus opt. Beobachtungen von landfesten Zielen und Seezeichen, Abstandsmessungen, Peilungen, Messen von Horizontalwinkeln und Lotungen; Hilfsmittel sind Karten, Handbücher, Tafeln und der →Kompaß 1). 2) Die **astronom. N.** setzt an die Stelle der Beobachtung von Landmarken die von Gestirnen, deren Stellung am Himmel (Aufgang, Kulmination und Untergang) aus den astronom. Jahrbüchern entnommen wird. Mit dem →Sextanten 3) wird die Höhe des Gestirns über dem Horizont gemessen und danach die astronomische Standlinie berechnet. 3) Die **Schall-N.** benutzt Ultraschalleinrichtungen zur Lotung, Entfernungsmessung und Richtungsbestimmung (→Schallortung). 4) Die Verfahren der →Funknavigation sind für die Luft- und Seeschiffahrt von überragender Bedeutung. Sie beruhen im Prinzip auf der Aussendung und dem Empfang elektromagnet. Wellen (→Funkortung, →Satellitennavigation). 5) Die →Flugnavigation umfaßt alle Verfahren, Systeme und elektron. Einrichtungen für die Abwicklung des Flugverkehrs (→Flugsicherung, →Landeführungssysteme).

Über **N.** im Weltraum, →Raumfahrt.

Geschichtliches. Die Schiffahrt des Altertums beschränkte sich auf die Küstengewässer unter Benutzung von Landmarken und Lot. Für weitere Reisen benutzte man den Stand von Sonne und Polarstern. Der Kompaß, den die Chinesen schon im 12. Jh. in der Seefahrt verwendeten, kam im Abendland im 13. Jh. in Gebrauch. Die geograph. Breite wurde ermittelt, indem man die Polhöhe maß. Die Längenbestimmung geschah Ende des 15. Jh. durch Messung der Bogendistanz eines bestimmten Sternes vom Mond (Monddistanz). Die Länge konnte auch bestimmt werden, indem die Zeit einer vom Ausgangsort mitgenommenen Uhr mit der auf See ermittelten Ortszeit verglichen wurde. Doch erst Mitte des 18. Jh. wurde eine brauchbare Längenbestimmung durch Einführung der Chronometer (J. HARRISON, 1735 ff.) möglich. Das 1675 gegr. Observatorium in Greenwich stellte die für die N. wichtigen astronom. Hilfstafeln auf. Die Funknavigation brachte neben ihrer Weiträumigkeit die Unabhängigkeit von den Sichtverhältnissen.

H. C. FREIESLEBEN: Gesch. der N. (1978); W. BÖHM: Hb. der N. (1978).

Navigations|satelliten sind →Satelliten 2) zur Ortsbestimmung von Schiffen und Flugzeugen. Gegenüber den herkömml. Methoden der →Navigation wird dabei eine wesentlich höhere Genauigkeit erzielt, und mit Hilfe der N. können Piloten und Schiffsfunker über Sprechfunk ständig in Kontakt mit den Bodenstationen stehen. Besonderer Vorteil für die Luftfahrt: Durch die genauere Positionsermittlung können der Sicherheitsabstand, die Seiten- und die Höhenstaffelung zw. einzelnen Flugzeugen (speziell auf der Nordatlantikroute) zurückgenommen werden, was zu kürzeren Warte- und Flugzeiten und zu beträchtlicher Treibstoffersparnis führt.

Die ersten N. sind die der amerikan. Serie Transit (seit 1960). In Zusammenarbeit mit den USA und Kanada plante die →ESA für 1980 mit dem N. Aerosat ein experimentelles, aeronautisches Programm. Mit ihm sollten etwa zehn Jahre lang die Möglichkeiten zur Verbesserung der Kommunikation und Flugstreckenüberwachung erprobt werden; das Vorhaben wurde jedoch auf unbestimmte Zeit zurückgestellt. Der europ. Satellit →Marecs soll u. a. die Kommunikation und Verkehrssicherheit der Schiffahrt verbessern. Mit dem N.-Programm →Navstar-GPS der USA wird den amerikan. Land-, Luft- und Seestreitkräften ein exaktes Navigationssystem weltweit zur Verfügung stehen.

Navstar-GPS, Abk. für **Navigation Satellite Time and Range, Global Positioning System** [nævɪg'eɪʃn s'ætəlaɪt taɪm ænd reɪndʒ, gləʊbl pəz'ɪʃənɪŋ s'ɪstɪm, engl.], erdumspannendes militär. System von →Navigationssatelliten der USA. N.-GPS 1 wurde im Febr. 1978 gestartet; Anfang 1983 befanden sich sechs N.-GPS in Umlauf. 1985/86 soll das gesamte System von 18 Satelliten einsatzbereit sein. Urspr. waren 24 Satelliten geplant. Eine Folge der Reduzierung ist eine Verringerung der Genauigkeit von Positionsmessungen von 10 m auf 16 m.

Nb, chem. Symbol für →Niob.

NBR, Abk. für **Nitrile-Butadiene Rubber** [n'aɪtrɪl bju:təd'aɪ:n r'ʌbə, engl.], →Kautschuk.

NC, Abk. für **Numerical Control** [nju:m'erɪkl kəntr'əʊl, engl.], →numerische Maschinensteuerung.

NCR-Papier, Abk. für **No Carbon Required** [nəʊ k'ɑ:bn rɪkw'aɪəd, engl.], selbstdurchschreibendes, chem. Farbreaktionspapier. (→Durchschreibpapier)

Nd, chemisches Symbol für →Neodym.

n-dimensionaler Raum, Verallgemeinerung des dreidimensionalen Raumes für beliebige natürl. Zahlen *n*.

Ne, chemisches Symbol für →Neon.

Nebel, 1) Astronomie: historisch bedingte Sammelbez. für Objekte verschiedener astronom. Klassen, die als kleine, schwach leuchtende, flächenhafte Gebiete an der Sphäre erscheinen. Mit dem bloßen Auge sichtbar sind der →Andromeda-Nebel, die beiden →Magellanschen Wolken sowie der →Orionnebel; die meisten Objekte dieser Art sind jedoch nur im Fernrohr oder auf lang belichteten Himmelsaufnahmen zu erkennen. Der Andromeda-Nebel und die Magellanschen Wolken gehören zu den **außergalakt. (extragalakt.) Nebeln.** Dabei handelt es sich um selbständige →Sternsysteme, die nach der Form in ellipt. Nebel, Spiralnebel und unregelmäßige Nebel unterschieden werden. Der Orionnebel (BILD) gehört zu den →galaktischen Nebeln, die aus relativ dichten Ansammlungen von →interstellarer Materie im Milchstraßensystem bestehen, wobei →Emissionsnebel (→Gasnebel, →planetarische Nebel), →Reflexionsnebel und Dunkelnebel (→Dunkelwolke) unterschieden werden.

Der erste **Nebelkatalog** stammt von CH. MESSIER (→Messier-Katalog). Häufig werden N. auch nach dem ›New General Catalogue of Nebulae and Clusters of Stars‹ (→NGC) bezeichnet.

2) Chemie: allg. **A|erosol,** kolloide Dispersion von Flüssigkeitströpfchen in Gasen. Künstl. N. besteht häufig auch aus feinverteilten festen Partikelchen (Rauch), z. B. durch Hydrolyse von Titantetrachlorid an feuchter Luft zu Titandioxid **(N.-Munition).**

3) Meteorologie: Wettererscheinung, bei der in der Luft schwebende Wassertröpfchen, bei Temperaturen unter – 30 °C auch Eisteilchen, die Sichtweite auf 1 km und weniger herabsetzen. N. unterscheidet sich von →Wolken, deren Basis deutlich über der Erde liegt, durch seine Untergrenze in Bodennähe. Der Übergang von abgehobenem **Hochnebel** zu niedrigem Stratus ist allerdings fließend. N. entsteht, wenn sich Lufttemperatur und →Tau-

1

2

Nebel 1): 1 Orionnebel, ein → Gasnebel im Sternbild Orion, **2** Crabnebel im Sternbild Stier
(weitere BILDER Andromedanebel, interstellare Materie)

punkt nähern. Das kann durch Abnahme der Temperatur geschehen, wenn entweder warme Luft über kalten Untergrund strömt **(Advektions-N.)** oder der Boden und damit die darüberliegende Luft durch Ausstrahlung Wärme verliert **(Strahlungs-N.)** oder sich durch erzwungene Hebung adiabatisch abkühlt **(Steigungs-N.).** Diese Formen des N. sind wegen der stabilen Schichtung der Atmosphäre weitgehend homogen. Gelangt dagegen, z. B. an einer Front, kalte Luft über warmen, feuchten Untergrund, so steigt der Taupunkt, und es kommt zu lebhaft bewegten N.-Schwaden **(Front-N., Seerauch).** Neben der Feuchte bestimmen Art und Dichte der Kondensationskerne (→ Kondensation) Beginn und Intensität der N.-Bildung. Ist sie stark, entstehen größere Tröpfchen, die sich niederschlagen **(nässender N.).** N. tritt häufig im Herbst und Winter auf, hängt aber von örtl. Gegebenheiten wie Untergrund und Geländeform ab.

Nebel|auflösung, therm. Verfahren zur Sichtverbesserung meist an den Start- und Landebahnen von Flughäfen, mit denen über der Piste ein nebelfreier Tunnel von etwa 30 m Höhe erzeugt werden kann, der Sichtlandungen auch bei den → Wetterminima der Kategorie 3 erlaubt. Die N. erfolgt durch Wärmezufuhr an die Luft mit Hilfe der Abgasstrahlen von längs der Piste installierten Gasturbinentriebwerken oder mit Hilfe von Infrarotstrahlern.

Nebelflucht, die radiale Fluchtbewegung der extragalakt. Nebel (→ Hubble-Effekt).

Nebelhaufen, Ansammlung von räumlich zusammengehörenden → Sternsystemen. Das Milchstraßensystem gehört zur → lokalen Gruppe mit etwa 20 Mitgliedern.

Nebelhorn, Schallsignalgerät für Schiffe im Nebel, das weit hörbare, tiefe Töne abgibt; auf Dampfschiffen die Dampfpfeife, auf Motorschiffen das → Typhon.

Nebelkammer, Gerät zum Sichtbarmachen der Spuren elektrisch geladener atomarer Teilchen in übersättigten Dämpfen (BILD Alphastrahlung). Die 1912 von C. T. R. WILSON entwickelte **Expansions-N. (Expansionskammer, Wilsonsche N.)** enthält ein von einem bewegl. Kolben abgeschlossenes Gasvolumen, das durch Eindringen von Wasser oder einer Mischung aus Wasser und organ. Flüssigkeiten (z. B. Alkohol) mit Dampf gesättigt wird. Durch eine rasche (adiabatische) Expansionsbewegung des Kolbens wird der Druck im Gasraum vermindert, wobei sich das Gas-Dampf-Gemisch abkühlt und das Gas stark mit Dampf übersättigt. Dieser kondensiert an Kondensationskernen (Staubteilchen oder Ionen) rasch durch Tropfenbildung aus. Der Zustand der Übersättigung mit Neigung zur Tropfenbildung bleibt einige Zehntelsekunden bestehen. Durchsetzt in dieser Zeit oder kurz vorher ein geladenes atomares Teilchen (z. B. ein Proton) den Kammerraum, werden längs der Bahn des Teilchens Ionen gebildet; an ihnen scheiden sich Tröpfchen aus, die man bei starker Beleuchtung als feine, schnell vergängl. Nebelspur beobachten kann. Die Expansions-N. hat eine große Erholzeit, in der durch elektrostat. Felder und weitere Expansionen die Kammer gereinigt und für die nächste Aufnahme vorbereitet werden muß. Um diesen Nachteil zu vermeiden, wurde die **Diffusions-N.** entwickelt, die ständig betriebsbereit ist. Leichter Dampf diffundiert hier von oben durch ein mit einem schwereren Gas gefülltes Volumen, in dem ein vertikaler Temperaturgradient aufrechterhalten wird, gegen die kalte Basis der Kammer. Durch den mit fallender Temperatur sinkenden Sättigungsdampfdruck wird kurz über dem Boden eine Zone übersättigten Dampfdruckes erzeugt, in der sich die Nebeltröpfchen bilden können. – Die N. war jahrzehntelang eines der wichtigsten Nachweisgeräte der Kernphysik und verhalf u. a. zur Entdeckung der Myonen und des Positrons. Durch die Entwicklung von Blasen- und Funkenkammer verlor die N. an Bedeutung.

Nebelknalle, die → Mistpuffers.

Nebel|linien, Spektrallinien (Emissionslinien) in den Spektren heller → Emissionsnebel von ein- bis zweimal ionisiertem Sauerstoff (O^+, O^{++}) und einmal ionisiertem Stickstoff (N^+). Da diese Linien bei spektroskop. Untersuchungen im Laboratorium nicht beobachtet wurden, nahm man an, daß sie von einem auf der Erde nicht vorhandenen, neuen Element stammten, das man **Nebulium** nannte. Später erkannte man, daß die N. ›verbotene Linien‹ von durch Elektronenstöße auf metastabile Energieniveaus angeregten O^+-, O^{++}- und N^+-Ionen sind. Wegen der etwa 10^8mal längeren Lebensdauer dieser Niveaus gegenüber gewöhnl. Niveaus konnte es unter Laboratoriumsbedingungen nicht zur Ausstrahlung der verbotenen Linien kommen, weil die Ionen in dieser Zeit (i. Ggs. zu den Ionen in den Nebeln) zu viele Stöße und Absorptionen erleiden.

Nebelmittel, Stoffe, die flüchtige, hygroskop. Verbindungen enthalten oder entwickeln, die mit dem Wasserdampf der Luft Nebel (oder Rauch) erzeugen. N. sind weißer Phosphor (verbrennt zu hygroskop. Phosphor (V)-oxid), Mischungen von Tetra oder Perchloräthylen mit Aluminium- oder Magnesiumpulver und Zinkoxid, Titantetrachlorid sowie Mischungen von Schwefeltrioxid und Chlorsulfonsäure **(Nebelsäure).**

Nebelscheinwerfer, zusätzlicher Scheinwerfer an Kraftfahrzeugen mit weißem oder schwachgelbem Licht, dürfen nur bei erhebl. Sichtbehinderung durch Nebel, Schneefall oder starken Regen und nur in Verbindung mit dem Abblendlicht oder – bei zwei N. – auch nur mit den Begrenzungsleuchten eingeschaltet werden.

Nebelschlußleuchte, Schlußleuchte an Kraftfahrzeugen, deren Lichtstärke an der Blendstörgrenze liegt, darf nur außerhalb geschlossener Ortschaften benutzt werden bei Nebel mit Sichtweite unter 50 m.

Nebelveränderliche, die → T-Tauri-Sterne.

Neben|anschluß, Nebenstelle, Fernsprechtechnik: → Hauptanschluß.

Nebengestein, das einen best. Gesteinskörper (z. B. eine Erzlagerstätte oder ein Basaltkörper) begleitende oder umgebende Gestein, unabhängig davon, ob dieser schichtförmig, gangartig oder linsenförmig ausgebildet ist; z. B. im Bergbau das nicht verwertbare ›taube‹ Gestein.

Nebengruppen, Chemie: Untergruppen im → Periodensystem.

Nebenklasse. In der Mathematik wird als N. einer Untergruppe $U \subset G$ (G = Gruppe) diejenige Menge bezeichnet, die aus allen Produkten $a \cdot b$ besteht, wobei $a \in G$ fest gewählt und b alle Werte von U annimmt. Man bezeichnet dann $a \cdot U$ als **linke N.** oder **Links-N.,** $U \cdot a$ als **rechte N.** oder **Rechts-N.** Nach jeder Untergruppe $U \subset G$ kann man G in paarweise elementfremde N. zerlegen. Die N. eines Normalteilers bilden die → Faktorgruppe der Gruppe G.

Nebenkreis, Kleinkreis, jeder Kreis auf einer Kugel, der kein → Großkreis ist.

Nebenmetalle, Chemie: in Erzen u. a. Rohstoffen zur Metallgewinnung neben dem Hauptmetall in unterschiedl. Menge vorkommende Metalle. N. fallen bei der Verhüttung entweder rein, als Legierung oder in Form von Verbindungen an.

Nebenmond, eine Halo-Erscheinung (→ Halo 1).

Neben|nierenhormone, Biochemie: Gruppe z. T. lebenswichtiger Hormone, die im **Nebennierenmark** (Abk. **NNM)** und in der **Nebennierenrinde** (Abk. **NNR)** gebildet und in die Blutbahn abgesondert werden. **NNM-Hormone** sind die **Katecholamine** Adrenalin und Noradrenalin, deren Sekretion durch neurale Reize ausgelöst wird; neben dem Hormoncharakter besitzen sie die Eigenschaften von → Neurotransmittern. Die Katecholamine wirken auf das Herz-Kreislauf-System sowie auf Kohlenhydrat- und Fettstoffwechsel i. S. einer Bereitstellung von Energie in Form von Glucose und Fettsäuren (›Notfall-Funktion des Adrenalins‹) unter Beteiligung des Adenylatcyclasesystems (›second messenger‹-Prinzip). Die etwa 50 **NNR-Hormone (Corticosteroide)** sind Steroidhormone und lassen sich biogenetisch vom → Cholesterin ableiten. Ihren Hauptwirkungen nach, deren Mechanismus durch Enzyminduktion (Genaktivierung) erklärt wird, können sie in drei Gruppen eingeteilt werden: 1) **Glucocorticosteroide** (z. B. Cortisol, Corticosteron, Cortison) wirken auf den Stoffwechsel der Kohlenhydrate (Erhöhung der Blutglucose-Konzentration), Proteine (Förderung des Proteinabbaus in verschiedenen Geweben) und der Fette (Mobilisierung der Fettdepots). 2) **Mineralocorticosteroide** (z. B. Aldosteron, Desoxycorticosteron) regulieren den Elektrolythaushalt. 3) **Androgene** (z. B. Dehydroepiandrosteron) üben Wirkungen von männlichen Sexualhormonen aus.

Nebenschilddrüsenhormon Parathyrin, Parathormon, Abk. **PTH,** Biochemie: aus 84 Aminosäuren aufgebautes Polypeptidhormon, das in den Nebenschilddrüsen (Epithelkörperchen) gebildet und in die Blutbahn abgesondert wird.

Nebenschluß, Zweig einer Parallelschaltung von Stromverbrauchern. Ein **N.-Widerstand,** engl. **Shunt** [ʃʌnt], wird bes. in der Meßtechnik angewendet, um den Meßbereich von Strommessern zu vergrößern. Die Ströme I_A und I_N in den parallelen Zweigen verhalten sich umgekehrt proportional zu den Widerständen R_A (Innenwiderstand des Meßinstrumentes) und R_N (Nebenwiderstand), so daß der Meßbereich des Strommessers um den Faktor $n = 1 + \frac{R_A}{R_N}$ erhöht wird.

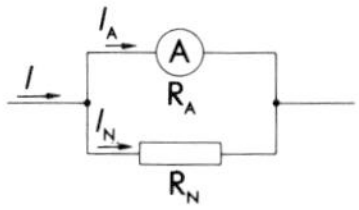

Nebenschluß: Meßbereichserweiterung mit einem Nebenschlußwiderstand

Nebenschlußmaschine, eine → elektrische Maschine, deren Erregerwicklung im Nebenschluß (parallelgeschaltet) zum Anker liegt, z. B. Gleichstrom-Nebenschlußmaschine (→ Elektromotor).

Nebensonne, eine Halo-Erscheinung (→ Halo 1).

Nebensprechen, aus der Fernsprechtechnik stammender Sammelbegriff für gegenseitige Beeinflussung von Fernmelde-Stromkreisen, wodurch Signale eines störenden in einen gestörten Stromkreis übergehen. N. kann zw. benachbarten Leitungen durch unerwünschte Kopplungen auftreten **(lineares, verständliches N.)** oder zw. verschiedenen Frequenzlagen auf einer Leitung **(nichtlineares, unverständliches N.).** Aus Gründen der Geheimhaltung und Störwirkung wird N. unterhalb vorgegebener Grenzen gehalten. Als Nutzeffekt wird lineares N. beim → Richtkoppler zur getrennten Messung hin- und rücklaufender Wellen verwertet.

Nebenwinkel, zwei Winkel mit einem gemeinsamen Schenkel; die beiden anderen Schenkel bilden eine Gerade. Die Summe zweier N. ist 180°.

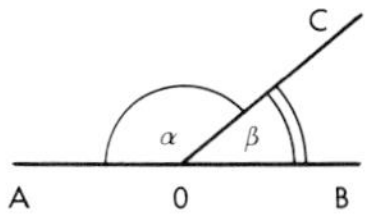

Nebenwinkel

Nebular|hypothese, → Kant-Laplacesche Theorie.

Nebulium, im interstellaren Gas fälschlich vermutetes, nicht existierendes chem. Element (→ Nebellinien).

Neckerscher Würfel [n. dem schweizer. Physiker und Mathematiker L. Necker, * 1730, † 1804], eine → optische Täuschung (BILD).

Néel-Temperatur [neˈɛl-, n. dem frz. Physiker L. E. F. Néel, * 1904], Formelzeichen T_N, Temperatur, bei der antiferromagnet. Stoffe einen Umkehrpunkt der Suszeptibilität **(Néel-Punkt)** zeigen und bei der der → Antiferromagnetismus verschwindet.

Néel-Wand, Wandtyp zw. → Weissschen Bezirken in dünnen magnet. Schichten.

Neerströmung, Nehrströmung, der Hauptströmung entgegengerichteter Teil einer Wasserwalze mit lotrechter Achse, z. B. in Buchten, Buhnenfeldern oder Hafeneinfahrten.

Negation, 1) Digitaltechnik: Umkehrung des Binärwertes einer logischen Variablen. Die N. ($y = \bar{x}$) gehört ne-

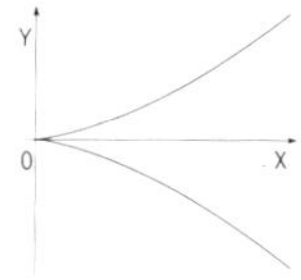

Neilsche Parabel

ben der Konjunktion ($y = x_1 \cdot x_2$) und der Disjunktion ($y = x_1 + x_2$) zu den drei Grundverknüpfungen der → Schaltalgebra. In der digitalen Schaltkreistechnik wird die logische Verknüpfung zur Erzeugung einer N. durch das → NICHT-Glied vorgenommen.

2) Logik: aussagenlog. Verknüpfung, die Verneinung eines Satzes A in der Form Nicht-A (in Zeichen $\neg A$, wobei $\neg$ als **Negator** bezeichnet wird). Die Aussage $\neg A$ ist genau dann wahr, wenn A falsch ist (→ Wahrheitsfunktionen).

Negativ, das photographisch hergestellte Bild, bei dem helle Bildteile dunkel und dunkle hell wiedergegeben werden. Durch Kopieren (→ Kopierverfahren) wird aus dem N. das dem Original entsprechende **Positiv** erhalten. Beim **Farb-N.** sind zusätzlich die Farben durch ihre Gegenfarben (Komplementärfarben) ersetzt.

Negativdruck, ein Druckverfahren mit negativer Bildwirkung im Druck, bei dem Schrift oder Bild in der Farbe des Papiers erscheinen und die umgebende Fläche bedruckt wird.

negative Logik, → Logikpegel.

negative Zahlen, die reellen Zahlen, die weder Null noch positiv sind, d. h. die sich nicht als Quadrat einer reellen Zahl darstellen lassen. Das Negative einer Zahl a ist diejenige Zahl, die die Gleichung $a + x = 0$ löst. N. Z. unterscheiden sich von den betragsmäßig gleichgroßen positiven Zahlen durch das Negative Vorzeichen (Minuszeichen).

Negativlacke, → Photolacke.

Negativmodulation, Fernsehen: das Verfahren, das Bild-(Video-)Signal der Senderwelle so aufzumodulieren, daß den größten Helligkeitswerten die kleinste und den im Schwärzer-als-Schwarz-Gebiet liegenden Synchronimpulsen die größte Trägeramplitude entspricht. Bei der **Positivmodulation** entsprechen den größten Helligkeitswerten die größte, den Synchronimpulsen die kleinste Amplitude.

Negativ-Positiv-Verfahren, Negativ-Positiv-Prozeß, Photographie: ein → Kopierverfahren.

Negatron, selten für → Elektron, wobei die Bez. darauf hindeutet, daß das N. Träger einer negativen → Elementarladung ist, i. Ggs. zu seinem → Antiteilchen, dem → Positron.

Nehrung *die,* schmaler Landstreifen, der eine flache Meeresbucht vom offenen Wasser abtrennt, so daß zunächst ein Haff (Lagune) entsteht, bei völligem Abschluß ein Strandsee. N. entstehen durch Strandversetzung an Flachküsten.

Neigung, 1) Astronomie: **Inklination,** im Sonnensystem der Winkel zw. der Bahnebene eines Himmelskörpers und der Ekliptik (BILD Bahn). Er wird von 0° bis 180° gezählt, derart, daß Himmelskörper mit N. zw. 0° und 90° eine rechtläufige, zw. 90° und 180° eine rückläufige Bewegung ausführen.

2) Physik: → geneigte Ebene.

3) Verkehrswesen: svw. → Gefälle 1), ein Parameter der → Trasse. **Längs-N.** bezeichnet die N. der Gradiente, **Quer-N.** die N. der Fahrbahnoberfläche rechtwinklig zur Straßenachse, **Schräg-N.** ist die vektorielle Summe aus Längs- und Querneigung.

Neigungsmesser, Flugüberwachungsgerät zur Bestimmung der Lage (Neigung) eines Flugzeuges gegenüber einer Bezugsfläche. Als **absolute N.** werden Kreiselgeräte verwendet (→ künstlicher Horizont 2); Pendel und Kugellibellen geben als **relative N.** nur das Scheinlot an.

Neilsche Parabel [ni:l-, n. dem engl. Mathematiker W. Neil, * 1637, † 1670], **semi|kubische Parabel,** Kurve 3. Ordnung mit der Gleichung $y^2 = a \cdot x^3$ in kartes. Koordinaten, wobei a eine Konstante ist.

Nekton *das,* Organismen des freien Wassers im Meer und im See, die i. Ggs. zum Plankton gerichtet schwimmen, z. B. Fische und Wale.

Nelken|öl, äther. Öl aus den getrockneten Blütenknospen des Gewürznelkenbaumes. N. wirkt antiseptisch und anästhesierend, daneben hat es als Duftkomponente und als Würzstoff in der Parfümerie und Aromenherstellung große Bedeutung.

nematische Phase, Zustand → flüssiger Kristalle.

Nematizide, Wirkstoffe zur Bekämpfung von Nematoden (Fadenwürmer). Neben den klass. **Fumigantien** (flüchtige, billige, aber wenig spezifisch wirkende Stoffe wie Halogenkohlenwasserstoffe) werden im Landbau Phosphorsäureester und Carbamate verwendet.

NE-Metalle, die → Nichteisenmetalle.

NEMP, Abk. für **nuklearer elektromagnetischer Puls;** der → EMP.

Nennbetrieb, der Betrieb einer Maschine oder eines Gerätes (z. B. Transformator, Verbrennungsmotor, Fernleitung) bei → Nenndaten.

Nenndaten, die durch Normen oder Übereinkunft zw. Hersteller und Kunden festgelegten Kennwerte für Bauteile, Maschinen oder Geräte, die diese aufweisen oder unter vereinbarten Bedingungen (→ Nennbetrieb) einhalten müssen. Je nach Art der Gegenstände werden, z. B. auf dem Typenschild, angegeben: Nennleistung, Nenndrehzahl, Nenndrehmoment, Nennverbrauch, Nenntemperatur, Nennspannung, Nennstrom u. ä.

Nenner, die unter dem Bruchstrich stehende Zahl im → Bruch 2); gibt an, in wie viele Teile geteilt wird.

Nennmaß, fälschlich **Sollmaß,** ein Maß, das zur Größenangabe dient. Darauf werden die → Abmaße bezogen. (→ Toleranz)

Nennweite, der lichte Durchmesser von Rohrleitungen, Formstücken und Armaturen, nach Stufung genormt.

Neodigenit, Digenit, Mineral Cu_9S_5, verschiedene Modifikationen; blau bis dunkelblau; H. 2,5–3, D. 5,7–5,8; meist derb, z. T. grobspätig; dem → Kupferglanz ähnlich, mit ihm vorkommend.

Neodym, *das,* chem. Symbol **Nd,** ein → chemisches Element aus der Gruppe der → Lanthanoide, Ordnungszahl 60, von mehr als 20 bekannten Isotopen sind die sieben natürlich vorkommenden stabil. N. ist ein verhältnismäßig unedles Metall, das als Begleiter von Cer u. a. in Allanit und Monazit vorkommt. In seinen Verbindungen tritt es ausschließlich mit der Oxidationszahl +3 auf. Wäßrige Lösungen von Nd^{3+} sind blaßrosa gefärbt, festes **Neodymoxid,** Nd_2O_3, ist hellblau. N. wird u. a. für Magnesiumlegierungen, zum Färben von Email und Porzellan und zur Herstellung künstl. Schmucksteine verwendet. Neodymhaltige Gläser werden als Sonnenschutzgläser und für → Laser verwendet. N. und Praseodym wurden 1885 aus einem früher **Didym** genannten Gemisch durch C. AUER VON WELSBACH getrennt dargestellt.

Neogäikum, geotekton. Spätzeit der Erdgeschichte seit der assynt. Ära; → Faltungsphasen.

Neogen *das,* **Jungtertiär,** →Tertiär.

Neohesperidin, Chemie: bitter schmeckendes Flavanonglykosid unreifer Pomeranzenschalen. Das Dihydrochalkon des N. dient als künstl. Süßstoff; Süßkraft 2000mal größer als Saccharose.

Neon *das,* chem. Symbol **Ne,** ein →chemisches Element aus der Gruppe der Edelgase; Ordnungszahl 10. Von den mehr als zehn bekannten Isotopen sind die drei natürl. mit den Massenzahlen 20–22 stabil. N. ist ein farb- und geruchsloses, reaktionsträges Gas, das in der Luft mit 0,0018 Volum-% enthalten ist. Auf den Fixsternen ist es nach Wasserstoff und Helium dritthäufigstes Element, auf der Erde ist es selten. Darstellung →Edelgase. Verwendung für Gasentladungslampen (›Neonröhren‹, rotes Neonlicht), →Glimmlampen, →Laser und als Kältemittel in der Kryotechnik. – N. wurde 1898 von W. RAMSAY und M. W. TRAVERS entdeckt.

Neophytikum, das →Känophytikum.

Neosom *das,* der aus dem **Leukosom** und dem **Melanosom** bestehende Gesteinsanteil der →Migmatite. Ggs.: **Paläosom.**

Neozoikum, das →Känozoikum.

Neper [n. dem schott. Mathematiker J. Napier, auch Neper, Laird of Merchiston, * 1550, † 1617] *das,* Kurzzeichen (Hinweiszeichen) **Np.** Die Pseudoeinheit N. wird im Zusammenhang mit →Pegeln 2) und Maßen (→Maß 4) benutzt und ist ein Hinweis darauf, daß zur Bildung des logarithmierten Verhältnisses zweier physikal. Größen gleicher Dimension der natürl. Logarithmus benutzt wurde. Bei Verwendung des Zehnerlogarithmus lautet das entsprechende Hinweiswort →Bel. Beim N. sind wie beim Bel (→Dezibel) →Vorsätze erlaubt. Während das Dezibel in der prakt. Nachrichtentechnik verwendet wird, findet man N. v. a. bei mathematisch-wissenschaftl. Untersuchungen der Nachrichtentechnik. Beim elektr. Spannungsübertragungsmaß a_u gilt z. B. $a_u = \ln (U_2/U_1)$ Np, wobei U_2 die Ausgangs- und U_1 die Eingangsspannung bedeuten. Für die Umrechnung gilt: 1 Np = (2/ln 10) B = 0,8686 B = (20/ln 10) dB = 8,686 dB.

Nepersche Regel, Napiersche Regel [neɪpɪə-], im rechtwinkligen sphär. Dreieck ist der Kosinus eines jeden Stückes gleich dem Produkt der Kotangenten der anliegenden oder dem Produkt der Sinus der nichtanliegenden Stücke, wenn der rechte Winkel nicht mitgezählt wird und die Katheten durch ihre Komplemente ersetzt werden. Mit Hilfe der N. R. können alle Sätze über rechtwinklige sphär. Dreiecke hergeleitet werden.

Nephelin *der,* Mineral $Na[AlSiO_4]$, mit bis zu 7,5% K_2O; H. 5,5–6, D. 2,6; Varietäten: 1) Bei langsamer Abkühlung entsteht der durch Entmischung getrübte **Eläolith;** grau, rötlich oder blau mit porzellanartig weißer Verwitterungskruste, massig; in Tiefengesteinen vorkommend. 2) Bei schneller Abkühlung entsteht farblos klarer, weißer oder hellfarbiger N. Wichtiges gesteinsbildendes Mineral der Ergußgesteine; wichtigster →Feldspatvertreter.

Nephelinit, ein Ergußgestein, →magmatische Gesteine.

Nephelometrie, opt. Analyseverfahren, das unter Ausnutzung des →Tyndall-Effekts zur quantitativen Bestimmung der Konzentration kolloidal gelöster Teilchen dient. Da bei den für nephelometr. Messungen geeigneten trüben Flüssigkeiten die Intensität des eingestrahlten Lichtes auf Grund der Streuung an den trübenden Teilchen wesentlich stärker geschwächt wird als durch Lichtabsorption, ist es gleichgültig, ob man die Intensität des Streulichtes (i. d. R. senkrecht zur Lichteinfallsrichtung) oder die des durchtretenden Lichtes mißt. Daher werden häufig beide Verfahren als N. bezeichnet, oft wird jedoch die Messung der Intensität des durchgelassenen Lichtes als **Turbidimetrie** (→Trübungsmessung), die des Streulichtes als (eigtl.) N. oder **Tyndallometrie (Streulichtmessung)** bezeichnet.

Nephrit *der,* dichtes, mikrokristallines, verfilztes, sehr zähes, grünes Strahlsteinaggregat (→Strahlstein). Vorkommen in metamorphen Gesteinen. Im Handel oft als →Jade bezeichnet. N. wurde in prähistor. Zeit zu Werkzeugen und Waffen verwendet.

Neptun, Zeichen ♆, der von der Sonne aus gezählt 8. Planet im →Sonnensystem, gehört zu den jupiterähnl. →Planeten. N. bewegt sich in 164,79 Jahren (= 1 Neptunjahr) auf einer fast kreisförmigen Bahn mit einer mittleren Entfernung von 4,5 Mrd. km oder 30,06 Astronom. Einheiten um die Sonne (Periheldistanz 4,46 Mrd. km, Apheldistanz 4,54 Mrd. km); die N.-Bahn ist um 1,75 Grad zur Ekliptik geneigt. N. wurde 1846 von J. GALLE entdeckt, nachdem U. J. J. LEVERRIER und J. ADAMS seine Position aus Störungen der Uranusbahn errechnet hatten. Wegen seiner großen Entfernung zur Erde hat N. nur einen sehr kleinen Winkeldurchmesser von rd. 2,4 Bogensekunden. Aus den Bahndaten der beiden N.-Monde ließ sich die Masse des Planeten zu 17,63 Erdmassen bestimmen, so daß N. eine mittlere Dichte von rd. 1,76 g/cm³ besitzt und daher ähnlich aufgebaut sein dürfte wie Jupiter und Saturn. In der dichten Atmosphäre wurde Methan nachgewiesen, Wasserstoff und Helium werden vermutet. Die Temperatur an der Wolkenobergrenze liegt bei – 220 °C. Rotationsmessungen, die auf Helligkeitsschwankungen im Infrarotlicht basieren, weisen auf eine Tageslänge von 18h 12min hin; der Äquator scheint um 29° zur Bahnebene geneigt. Diese immer noch ziemlich rasche Rotation steht im Einklang mit den Durchmesserbestimmungen und der daraus abgeleiteten Abplattung, die 1968 während einer Sternbedeckung durch N. möglich waren: Planet samt Atmosphäre haben einen Äquatordurchmesser von 50200 km und einen Poldurchmesser von 49000 km (Abplattung 1:42, Erde 1:298). Die Internationale Astronomische Union hat 1976 den N.-Durchmesser anhand der vorliegenden Daten auf 48600 km angesetzt. Näheres wird man möglicherweise im September 1989 erfahren, wenn (wie geplant) die amerikan. Raumsonde Voyager-2 an N. vorbeifliegt. N. wird von zwei Monden umkreist, **Triton** und **Nereide;** 1982 fand man Anzeichen für einen dritten N.-Mond und ein schmales Ringsystem.

Astronomische und physikalische Daten

Äquatordurchmesser	48 600 km
Masse	$1{,}06 \cdot 10^{23}$ t
mittlere Dichte	1,76 g/cm³
Rotationsdauer	18h 12min
Dauer eines Umlaufes um die Sonne	164,79 Jahre
mittlere Entfernung zur Sonne	4,5 Mrd. km

Neptunmonde

Name	Durchmesser (km)	Entfernung zum Neptun (km)	Umlaufzeit
Triton	3 760	355 000	5,88 Tage
Nereide	500	5 560 000	359,42 Tage

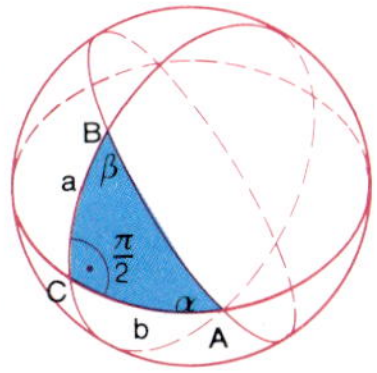

Nepersche Regel: rechtwinkliges sphärisches Dreieck ABC mit den Katheten a, b

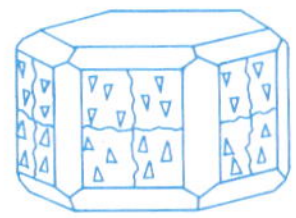

Nephelin mit Ätzfiguren

Nephrit: dicht, geschnitten (Neuseeland)

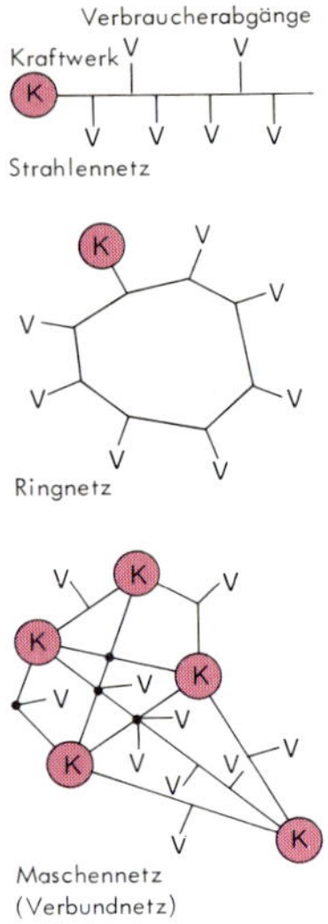

Netz 3)

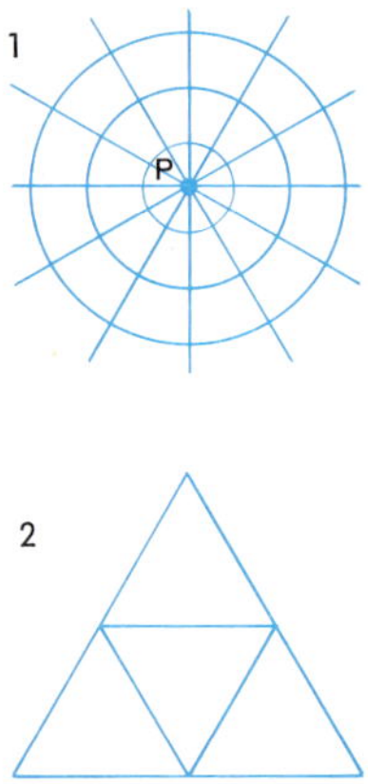

Netz 5)

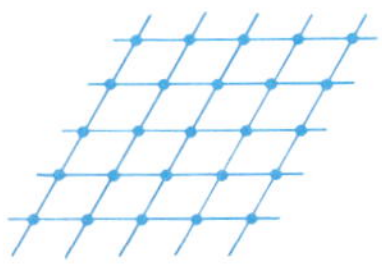

Netzebene

Neptunismus, Lehre von A. G. WERNER (* 1749, † 1817), nach der alle Gesteine, die nicht tätigen Vulkanen entstammen, durch Kristallisation aus einem ›Urozean‹ entstanden sind. Gegner der **Neptunisten** waren die **Plutonisten** (→ Plutonismus); heute gilt der N. als widerlegt. (→ Geologie, Geschichte)

Neptunium, chem. Symbol **Np,** künstlich hergestelltes radioaktives → chemisches Element aus der Gruppe der Actinoide, eines der → Transurane; Ordnungszahl 93. Von den mehr als zehn Isotopen ist das längstlebige ^{237}Np, ein α-Strahler mit der Halbwertszeit von 2,14 Mio. Jahren. N. ist ein silberweißes Metall, dessen chem. Verhalten dem des Uran ähnelt. Verbindungen haben Oxidationszahlen von +3 bis 7; +3 und +6 sind bevorzugt. Np^{3+}-Ionen sind blaßviolett, NpO_2^{2+}-Ionen können rosa bis gelbgrün gefärbt sein. – N. wurde erstmalig 1940 in Berkeley (USA) hergestellt. Es entsteht in größeren Mengen als Nebenprodukt der Plutoniumproduktion.

Neptunium-Zerfallsreihe, in der Natur nicht mehr vorkommende radioaktive Zerfallsreihe, benannt nach dem langlebigsten Nuklid dieser Reihe $^{237}_{93}$Np (Halbwertszeit $2{,}14 \cdot 10^6$ a; → Radioaktivität ÜBERSICHT).

Nereide, ein Mond des Planeten → Neptun.

neritisch, zum Flachmeerbereich (→ Schelf) gehörend, auch **sublitoral,** wenn vor einer Küste befindlich.

Nernst-Effekt [n. dem dt. Physiker W. H. Nernst, * 1864, † 1941], ein → galvanomagnetischer Effekt.

Nernst-Lampe, elektr. Lichtquelle mit einem 10 bis 30 mm langen Stäbchen aus Oxiden der Erdmetalle (bes. Zirkonoxid) als Leuchtkörper. Dieser **Nernst-Stift** wird mit einer elektrisch geheizten Platinspirale vorgewärmt; er strahlt in fast weißem Licht. Die N. wird heute nur noch in der Infrarotspektroskopie benutzt.

Nernstsche Gleichung, aus der Nernstschen Theorie abgeleitete Beziehung; sie gibt einen theoret. Zusammenhang zw. der Gleichgewichtsspannung E eines galvanischen Elements und der Aktivität (≈ Konzentration) der an der elektrochem. Umsetzung beteiligten Stoffe. Mit Hilfe der N. G. läßt sich die → Gleichgewichtskonstante aus den gemessenen E-Werten bestimmen.

Nernstscher Wärmesatz, Nernstsches Wärmetheorem, 3. Hauptsatz der Thermodynamik, von W. NERNST 1906 aufgestellt und von M. PLANCK 1911 erweitert, besagt, daß sich die Entropie aller Körper bei Annäherung an den absoluten Nullpunkt dem Betrag Null beliebig nähert. Eine andere Formulierung des N. W. (H. A. LORENTZ, 1913) lautet: Der absolute Nullpunkt der Temperatur ist nicht erreichbar.

Nernstsche Theorie, Theorie der galvan. Stromerzeugung, nach der den Ionen im Metall ein **elektrolyt. Lösungsdruck** zugeschrieben wird. Je nachdem, ob er größer (unedle Metalle) oder kleiner (edle Metalle) ist als der osmot. Druck der Ionen in der Elektrolytlösung, werden vom Metall Ionen in die Lösung entsandt oder aus ihr auf dem Metall niedergeschlagen. Dadurch bildet sich an der Grenzschicht Metall/Lösung ein Potentialsprung aus. Die bei Stromfluß für den Übergang der Ionen vom Lösungs- auf den osmot. Druck (oder umgekehrt) umgesetzte osmot. Arbeit ist gleich der elektr. Arbeit.

Neßlers Reagens [n. dem dt. Chemiker J. Neßler, * 1827, † 1905], alkal. Lösung von Kaliumtetrajodomercurat (II), $K_2[HgJ_4]$, zum Nachweis und zur Bestimmung kleiner Mengen von Ammoniak z. B. im Trinkwasser; reagiert mit ihm unter Bildung von orangebraunem $[Hg_2N]J$, dem Jodid der → Millonschen Base.

net ton [-tʌn, engl.], svw. → short ton.

Nettoregistertonne, → Registertonne.

Netz, 1) aus Zwirnen oder synthet. Endlosgarn geknüpftes Maschenwerk für Fischfang, Jagdtaschen, Gardinen, Zierdecken. Die Knoten können von Hand oder mit Netzknüpfmaschinen hergestellt werden. Kettenwirkmaschinen, bes. Raschelmaschinen, erzielen entsprechende Flächen durch die Filetbindung.

2) Astronomie: lat. **Reticulum,** ein → Sternbild des südl. Himmels.

3) Elektrotechnik: die Gesamtheit aller miteinander verbundenen Leitungen und Anlagen gleicher Nennspannung (→ Elektrizitätsversorgung). Beim **Strahlen-N.** führen von einem Knotenpunkt (z. B. einer Umspannstation) strahlenförmig einzelne Anschlußleitungen (Stichleitungen) zu den Verbraucherbezirken. Beim **Ring-N.** sind die Anschlußleitungen zu einem Ring geschlossen, so daß jeder Punkt von zwei Seiten versorgt wird; das bedeutet größere Sicherheit in der Stromversorgung. Beim **Maschen-N.** sind die Anschlußleitungen an vielen Stellen (den Knotenpunkten) miteinander verbunden. Es wird an mehreren Stellen eingespeist; so wird eine bes. hohe Betriebssicherheit erreicht.

4) Geodäsie, Kartographie: auf dem Erdmodell (Ellipsoid, Kugel) rechtwinkliges, in der ebenen Abbildung (→ Kartennetz) verzerrtes N. geograph. (→ Gradnetz) oder kartes. Koordinaten (→ Gaußsche Koordinaten). In der Landesvermessung auch das System der durch Triangulation oder Trilateration bestimmten Lagefestpunkte (trigonometr. N.) oder der durch Nivellement bestimmten Höhenfestpunkte (Nivellements-N.).

5) Mathematik: a) zwei → Scharen von Kurven **(Kurven-N.),** z. B. gebildet aus einem Geradenbüschel durch den Punkt P und konzentr. Kreisen mit P als Mittelpunkt (BILD 1). b) System von Polygonen in der Ebene, das zu einem Polyeder gefaltet werden kann **(Tetraeder-N.,** BILD 2).

Netzbrumm, tiefer Störton von 100 oder 50 Hz, der bei netzbetriebenen Geräten infolge ungenügender Siebung oder Einstreuung der Netzwechselspannung hervorgebracht wird.

Netz|ebene, Kristallographie: gedachte Ebene, die durch die Vernetzung zweier Scharen von Gittergeraden (Punktreihen) in periodisch wiederkehrenden Abständen entsteht (BILD). In Kristallgittern sind die Atome, Ionen oder Moleküle in N. angeordnet.

Netzfrequenz, Frequenz in einem elektr. → Netz 3): In Europa beträgt sie 50 Hz, in den USA 60 Hz.

Netzgerät, Netzteil, zum Anschluß an das elektr. Energieversorgungsnetz geeignetes Gerät, das Strom und Spannung des Netzes in die für den Betrieb elektrischer/elektronischer Anlagen oder Geräte notwendige Art und Höhe umformt. N. können bereits fest in die betreffenden Geräte eingebaut oder als eigenständige Baugruppen mit Steckanschlüssen und Netzkabel ausgebildet sein. Ein N. enthält i. a. einen Transformator (Netztransformator) zur Herabsetzung der Netzspannung, eine Gleichrichterschaltung (Netzgleichrichter) zur Gleichrichtung der Wechselspannung, eine → Siebschaltung zur Glättung der pulsierenden Gleichspannung und meist eine → Stabilisierungsschaltung. Die von N. zu erfüllenden Anforderungen (und somit auch ihr Aufbau) können sehr unterschiedlich sein, z. B. bei einem Klein-N. zum Aufladen von NiCd-Akkumulatoren oder bei einem Labor-N. mit hochkonstanter, einstellbarer Ausgangsspannung und verschiedenen Regeleinrichtungen.

Netzkupplung, die Verbindung zweier elektr. → Netze unterschiedl. Frequenz (z. B. 50/60 Hz in Japan) mittels eines Frequenzumformers oder einer Hochspannungs-Gleichstrom-Übertragungs-Anlage.

Netzleisten, Abgüsse von → Trockenrissen.

Netzmittel, Stoffe, die die Grenzflächenspannung zw. Wasser und festen Oberflächen herabsetzen (→ Tenside), so daß eine bessere Benetzbarkeit von Feststoffen erreicht wird. N. werden u. a. als Bestandteile von Waschmitteln, Lacken, Pflanzenschutzmitteln und Löschwasser verwendet.

Netzplantechnik, Verfahren zur Planung und Überwachung der Termine bei größeren Projekten. Die N. ist ein Teilgebiet des → Operations Research und der Theorie

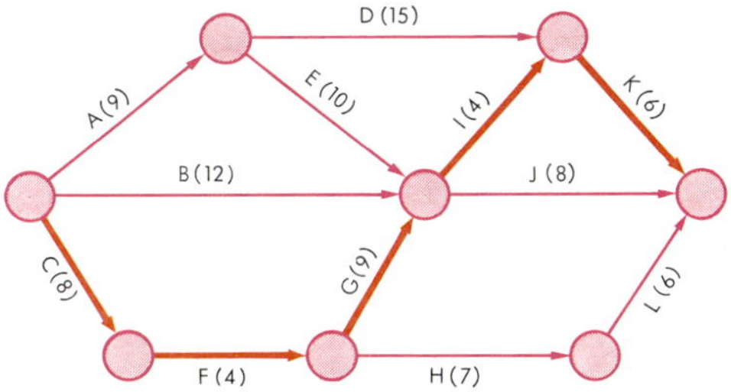

Netzplantechnik (Buchstaben = Vorgänge, Ziffern = Dauer)

der → Graphen. Ein Projekt wird in einzelne Vorgänge (Arbeitsgänge, Aktivitäten) unterteilt. Diese werden als Pfeile dargestellt, die zusammen den Netzplan bilden. Vorgänge, die nur nacheinander ablaufen können, zeichnet man als Folge hintereinandergeschalteter Pfeile. Kennt man die Dauer der einzelnen Vorgänge, kann man die Termine für ihren Beginn und für ihr Ende mit Hilfe des Netzplans berechnen. Vorgänge, deren Verzögerung den Endtermin des Gesamtprojektes gefährden würden, nennt man ›kritisch‹. Zusammen bilden sie den ›kritischen Weg‹ (Vorgänge C, F, G, I, K, BILD).

Die N. ist um 1958 entstanden. Ihre klass. Methoden sind **CPM,** Abk. für **Critical Path Method** [krˈɪtɪkl pɑ:θ mˈeθəd, engl.], **PERT,** Abk. für **Program Evaluation and Review Technique** [prˈəugræm ɪvæljuˈeɪʃn ænd rɪvjˈu: tekn'i:k] und **MPM,** Abk. für **Metra Potential Method** [mˈi:trə pəuˈtenʃl mˈeθəd].

R. SEELING u. H.-M. RIEDEL: Bibliographie der N. (1975); N. THUMB: Grundlagen und Praxis der N., 2 Bde. (³1975); B. HEIGENHAUSER: N. kurz und bündig (1976); G. HOLZSCHUH: Was ist N.? (³1980).

Netztafel, → Nomographie.

Netzteil, → Netzgerät.

Netzwerk, Zusammenschaltung mehrerer Schaltelemente (Widerstände, Kondensatoren, Spulen, Spannungsquellen) zu einem Netz, das i. d. R. aus mehreren Maschen besteht. Besondere N. sind die → Vierpole, zu denen z. B. auch die verschiedenen elektrischen Filter gehören.

Netzwerkrechner, ein → Analogrechner mit modellartiger Darstellung rechner. Zusammenhänge in Form eines elektr. Netzwerks, wobei die gesuchten Größen als Strom und Spannungen nach den → Kirchhoffschen Regeln auftreten.

Neuburger Kiesel|erde, Neuburger Weiß, Lockergestein aus etwa 25–30% Kaolinit und 70–75% Quarz; dient als Zusatz für Gummi und Kunststoffe und für Schleif- und Poliermittel.

Neue Kerze, Einheitenzeichen **NK,** frühere Bez. für die Einheit der Lichtstärke: 1 NK = 1 cd (→ Candela).

Neugrad, Einheitenzeichen ^{g}, nichtgesetzl. Name für das → Gon; $1^g = 1$ gon.

Neumannsche Funktionen [n. dem dt. Mathematiker C. G. Neumann, * 1832, † 1925], Bez. für besondere → Bessel-Funktionen.

Neuminute, Einheitenzeichen ^{c}, nichtgesetzl. Name für ein Zentigon. $1^c = 10^{-2}$ gon = 1 cgon (→ Gon).

Neumond, eine Phase des → Mondes.

Neunerprobe, Methode zur Nachprüfung der Richtigkeit des Ergebnisses einer Addition, Subtraktion oder Multiplikation. Sie beruht auf dem Satz: Eine Summe (Differenz, Produkt) ganzer Zahlen hat denselben sich bei Division durch 9 ergebenden Rest **(Neunerrest)** wie die Summe (Differenz, Produkt) der Neunerreste der Summanden (von Minuend und Subtrahend, Faktoren). Beispiel: $28 + 31 = 59$, Probe $1 + 4 = 5$; $28 \cdot (-31) = -868$, Probe: $1 \cdot 4 = 4$.

Neunpunktekreis, der → Feuerbachsche Kreis.

Neu|ozeane, → Urozeane, → Permanenztheorie.

Neurin, Trimethylvinylammoniumhydroxid, giftige, basisch reagierende Flüssigkeit, die bei der Fäulnis von Eiweiß entsteht und zu den Leichengiften zählt.

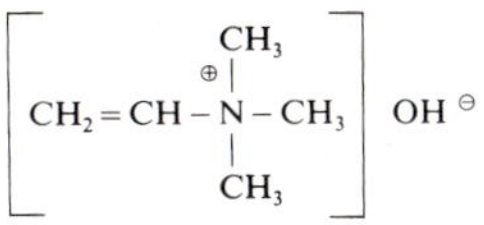

Neurin

Neurochemie, Wissenschaft, die sich mit dem Chemismus, der Aufnahme, Übertragung, Speicherung und Verarbeitung von Informationen im Nervensystem befaßt. Zentrale Arbeitsgebiete sind die Erforschung der → Neurohormone und → Neurotransmitter.

Neurohormone, Biochemie: in Nervenzellen des Hypothalamus (Abschnitt des Zwischenhirns) gebildete neurosekretor. Hormone: 1) die zykl. Nonapeptide **Adiuretin (ADH)** und **Ocytocin,** die in der Neurohypophyse gespeichert und bei Bedarf an das Blut abgegeben werden. ADH wirkt antidiuretisch und reguliert den Wasserhaushalt; Ocytocin bewirkt eine Kontraktion der Uterusmuskulatur und fördert die Milchabsonderung der Brustdrüse. 2) die **hypophyseotropen Peptidhormone,** die durch humorale (z. B. hormonale Rückkopplung) oder neurale Reize gebildet werden und auf das endokrine System wirken. Sie stimulieren (engl. ›releasing factors‹ oder ›releasing hormones‹; kennzeichnende Endung: **. . . liberine)** oder hemmen (engl. ›release inhibiting hormones‹; kennzeichnende Endung: **. . . statine)** die Sekretion von Hypophysenhormonen.

Neurotransmitter, Biochemie: von Aminosäuren abgeleitete Stoffe, die Hormoncharakter haben. An Nervendigungen, Synapsen und motor. Endplatten werden sie durch elektr. Erregung freigesetzt. Sie übertragen auf chem. Weg die Erregung und Information von einer Nervenzelle auf die andere oder von einer Nervenzelle auf das

Erfolgsorgan. Man unterscheidet **adrenerge N.,** zu denen Adrenalin und Noradrenalin an den sympat., postganglionären Synapsen gehören, und **cholinerge N.** an prä- und postganglionären, parasympath. Synapsen, wie Acetylcholin. N. im Zentralnervensystem können hemmend (γ-Aminobuttersäure), erregend (L-Glutaminsäure) wirken oder, wie Dopamin und Serotonin, beide Effekte zeigen.

Neusekunde, Einheitenzeichen ^{cc}, nichtgesetzl. Name für ein Zehntel Milligon: 1 ^{cc} = 10^{-4} gon = 0,1 mgon (→ Gon).

Neusilber, Alpaka, Alpakka, Legierungen hoher Korrosionsbeständigkeit, Festigkeit und silberähnl. Farbe aus 54–67% Kupfer, 10–26% Nickel, Rest Zink; für Reißzeuge, Bestecke, Tafelgeräte und Beschläge.

Neuston *das,* Lebensgemeinschaft des Häutchens der Wasseroberfläche (→ Oberflächenspannung) eines Gewässers; meist unbewegl. Mikroorganismen, die auf der Oberseite **(epineustisch)** oder Unterseite **(hyponeustisch)** festsitzen; auch freibewegl. Tiere an der Meeresoberfläche heißen N. (→ Pleuston).

neutral, 1) Chemie: → Neutralisation.

2) Physik: elektrisch ungeladen oder mit gleich vielen positiven und negativen elektr. Ladungen.

Neutral|austauscher, Chemie: ein → Ionenaustauscher, dessen Natrium-Ionen durch Calcium- und Magnesium-Ionen ausgetauscht werden, wodurch der Salzgehalt des Wassers fast unverändert bleibt.

neutrales Element, das → Einselement.

neutrale Ströme. In der Elementarteilchenphysik spricht man beim Austausch von Wechselwirkungsquanten auch von Strömen von Wechselwirkungsquanten, die von einem Teilchen zum anderen fließen. Bei der elektromagnet. → Wechselwirkung sind dies Photonen, also ein n. S. Bei der schwachen Wechselwirkung, z. B. beim Zerfall des freien Neutrons in Proton, Elektron und Elektron-Antineutrino und des Myons in Elektron, Elektron-Antineutrino und Myonneutrino, transportiert dieser Strom Ladung. Wären nun bei der schwachen Wechselwirkung die geladenen Ströme allein von Bedeutung, so müßte bei der Streuung von Myonneutrinos an Nukleonen, als inverser Prozeß zum β-Zerfall mit einem Myon an Stelle des Elektrons, stets ein Myon auftreten. Tatsächlich beobachtet man aber bei der Wechselwirkung von hochenerget. Myonneutrinos auch solche Prozesse, bei denen im auslaufenden Zustand an Stelle des Myons ein Neutrino auftritt, das Neutrino daher auch über n. S. wechselwirkt. Dieses Auftreten n. S. bei der schwachen Wechselwirkung zeigt die enge Verwandtschaft zur elektromagnet. Wechselwirkung und ermöglicht eine vereinheitlichte Feldtheorie (→ Weinberg-Salam-Theorie), in der beide Wechselwirkungen zur ›elektroschwachen‹ Wechselwirkung vereinigt sind. (→ Neutrino)

Neutralfette, Triglyceride, Biochemie: zur Klasse der einfachen Lipide gehörende Fette, bestehen aus Glycerin,das esterartig mit drei Molekülen gesättigter und/oder ungesättigter Fettsäuren unterschiedl. oder gleicher Kettenlänge verknüpft ist. N. dienen mit anderen Lipiden der Funktion und dem Schutz von Organen und der Energiereserve. Ihr Auf- und Abbau vollzieht sich in Leber, Fettgewebe und Dünndarm. N. werden als Lipoproteine sehr niedriger Dichte in Blut oder Lymphe transportiert.

Neutralisation, Absättigung, Chemie: Zusammentreten äquivalenter Mengen von H^+- und OH^--Ionen, z. B. aus Säuren und Basen, unter Bildung von Wasser. Die N. ist mit dem Auftreten von **N.-Wärme** (→ Neutralisationsenthalpie) verbunden. Am **Neutralpunkt (Äquivalenzpunkt)** betragen in wäßrigen Lösungen die Konzentrationen von H^+- und OH^--Ionen bei 25 °C jeweils 10^{-7} Mol/l, der pH-Wert ist 7,00. Bei der N. i. w. S. können statt Basen auch besondere Salze, Metalloxide oder -carbonate verwendet werden, anstelle der Säuren saure Salze oder Säureanhydride. – Der Äquivalenzpunkt wird mit Säure-Base-Indikatoren ermittelt.

Neutralisations|enthalpie, die mit der Umsetzung äquivalenter Mengen von Säure und Base verbundene Wärmeentwicklung (55,731 kJ/Mol für wäßrige Lösungen).

Neutralisationstitration, andere Bez. für → Säure-Base-Titration.

Neutralisationszahl, Abk. **NZ,** Gehalt eines Mineralöls an sauren, **NZ(s),** oder alkalischen, **NZ(a),** Bestandteilen. Die Nz(s) gibt Hinweise auf die Korrosivität oder auf die Alterung des Mineralöls. Sie wird ausgedrückt in mg KOH, die notwendig sind, um die in 1 g Probe enthaltenen Säuren zu neutralisieren.

Neutral|leiter, elektr. Leiter, der an den Mittelpunkt eines Gleichstrom- (oder Einphasen-Wechselstrom-) Dreileitersystems oder an den Sternpunkt eines Drehstrom-Vierleitersystems angeschlossen ist. (→ Nulleiter)

Neutralpunkt, → Neutralisation.

Neutralsalze, Salze, die weder Wasserstoff- noch Hydroxid-Ionen enthalten und daher in wäßrigen Lösungen neutral reagieren.

Neutretto, veraltet für neutrale → Mesonen.

Neutrino, stabiles, ungeladenes → Elementarteilchen aus der Gruppe der Leptonen mit dem Spin 1/2, das in drei Arten, **e-Neutrino** (ν_e), **μ-Neutrino** (ν_μ) und **τ-Neutrino** (ν_τ) und deren Antiteilchen, den **Antineutrinos** ($\bar{\nu}_e$, $\bar{\nu}_\mu$, $\bar{\nu}_\tau$), vorkommt. Das e-Antineutrino wird mit einem Elektron beim β^--Zerfall von Atomkernen, das e-Neutrino mit einem Positron beim β^+-Zerfall (→ Betazerfall) ausgesandt. Das μ-N. entsteht mit einem positiven Myon beim Zerfall eines positiven Pions ($\pi^+ \rightarrow \mu^+ + \nu_\mu$), das μ-Antineutrino beim Zerfall eines negativen Pions ($\pi^- \rightarrow \mu^- + \bar{\nu}_\mu$). Das τ-Neutrino (τ-Antineutrino) entsteht beim Zerfall des 1975 entdeckten positiven (negativen) Tauteilchens. Die Existenz der N. wurde 1931 von W. PAULI gefordert, um die Gültigkeit der Energie- und Spinerhaltung beim β-Zerfall nicht in Frage zu stellen. Wegen der schwachen Wechselwirkung von N. mit anderen Teilchen gelang der direkte Nachweis von N. erst 1956 mit den Anti-N. eines Kernreaktors in einer Reaktion, bei der sich ein Antineutrino und ein Proton in ein Neutron und ein Positron umwandeln ($\bar{\nu}_e + p^+ \rightarrow n + e^+$). Während in einem Kernreaktor nur Antineutrinos entstehen, liefern die Kernprozesse in der Sonne N. Die Bewegungsrichtung und die Projektion des Spins auf die Bewegungsrichtung sind beim N. antiparallel, beim Anti-N. parallel (→ Helizität).

Große Bedeutung hat die Frage nach der Ruhemasse der N., z. B. für die → Kosmologie. Während die Theorie gewöhnlich von der Ruhemasse Null ausgeht, konnten aus Experimenten folgende Obergrenzen dafür angegeben werden: $m_{\nu e} < 35$ eV/c^2, $m_{\nu\mu} < 570$ keV/c^2, $m_{\nu\tau} < 250$ MeV/c^2. Für den Fall nicht verschwindender Ruhemasse gibt es Vorhersagen, daß sich die verschiedenen Neutrinoarten oszillatorisch ineinander umwandeln können. Nach diesen **Neutrinooszillationen** wird im Experiment intensiv gesucht.

Ein N. mit einer Energie von 1 GeV durchquert mit 99,99% Wahrscheinlichkeit unbehindert die Erde. Die Wechselwirkung von N. mit Materie ist also äußerst gering; die Wirkungsquerschnitte betragen zw. 10^{-45} cm² und 10^{-36} cm². Die Untersuchung von Neutrinoreaktionen erfordert große Targetmassen und intensive Neutrinoströme aus Reaktoren und Teilchenbeschleunigern. Die einheitl. Theorie der elektromagnet. und schwachen Wechselwirkung, die →Weinberg-Salam-Theorie, sagte die Existenz von bislang unbekannten Reaktionen voraus, bei denen die Ladung der beteiligten schwach wechselwirkenden Teilchen, der Leptonen, unverändert bleibt. Die Existenz dieser **neutralen schwachen Ströme** (→neutrale Ströme) wurde erstmalig 1973 mit Hilfe eines Neutrinostrahls bei CERN durch Streuung von μ-Neutrinos an Nukleonen überzeugend bewiesen. Großes Interesse finden Experimente zum Nachweis der von der Sonne ausgehenden N., weil die experimentell ermittelten und die theoretisch berechneten Werte nicht übereinstimmen (→Neutrinoastronomie).

Neutrino|astronomie, astrophysikal. Forschungsrichtung zur Untersuchung der Neutrinos, die nach thermonuklearen Reaktionen im Inneren der Sonne und der Sterne emittiert werden. Um die solare **Neutrinostrahlung** nachzuweisen und damit Informationen über den Ablauf der Kernreaktionen und die Temperatur im Sonneninneren zu erhalten, kann man die Reaktion der Neutrinos mit Chlor-37-Atomen benutzen, die sich in radioaktive Argon-37-Atome (Halbwertszeit 35 Tage) umwandeln. In den USA wurde ein Neutrinodetektor in 1500 m Tiefe aufgebaut, mit dem einzelne Neutrinos mit einer Energie oberhalb 0,8 MeV durch Kernumwandlungen von Chlor 37 in Argon 37 nachgewiesen werden konnten. Der gemessene Sonnenneutrinofluß betrug weniger als 1/3 des theoretisch erwarteten. Daraus ergab sich die Frage, ob die Vorstellungen von den Vorgängen im Sonneninneren revidiert werden müssen. Da die Detektoren nur die Elektron-Neutrinos erfassen, ließe sich der zu kleine Neutrinostrom auch durch die postulierten Neutrinooszillationen (→Neutrino) erklären. Danach wäre ein Teil der urspr. Elektron-Neutrinos im Tank gerade in μ- oder τ-Neutrinos umgewandelt. Zur Klärung wird ein Experiment mit Gallium 71 durchgeführt, das sich durch Einfang solarer Neutrinos in Germanium 71 umwandelt, wobei 50 t Germanium benötigt werden, um wenigstens einen einzigen Neutrinoeinfang pro Tag zu gewährleisten. Dabei werden auch die bei weitem häufigsten, aber niederenerget. Sonnenneutrinos erfaßt, die aus der Fusion von zwei Protonen zum Deuterium stammen, ferner wird die Möglichkeit der Neutrinooszillationen untersucht.

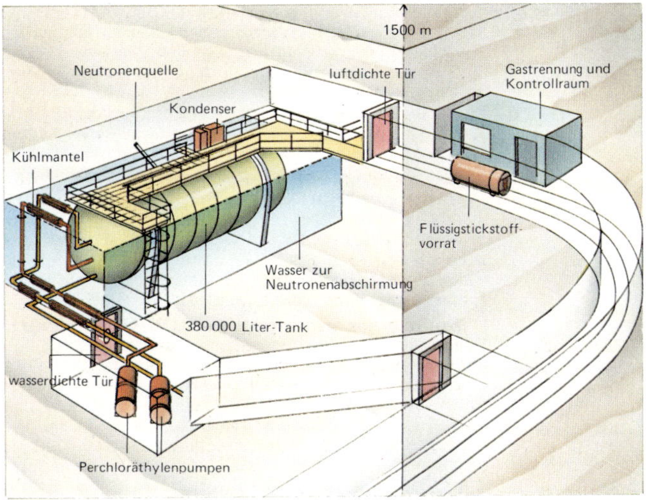

Neutrinoastronomie: Brookhaven Chlor-37 Sonnenneutrinodetektor; Herzstück ist der 380000 Liter Perchloräthylen (C_2Cl_4) enthaltende Tank, in dem durch Neutrinoeinfang am Chlor-37 Argon-37 erzeugt wird. Nach der Abtrennung durch Helium-Spülung wird Argon-37 gereinigt, in kleinere Zählrohre abgefüllt und durch seinen radioaktiven Zerfall nachgewiesen. Zur Vermeidung von Störreaktionen durch kosmische Strahlung befindet sich das Experiment in einem 1500 m tiefen Bergwerkstollen der Homestake Mine in Süddakota

Neutron *das,* Symbol **n**, zu den →Baryonen gehörendes elektrisch neutrales →Elementarteilchen der Ruhmasse $m_n \approx 1{,}675 \cdot 10^{-24}$ g und dem Spin 1/2; neben dem Proton Baustein der Atomkerne und mit diesem zusammen die Klasse der **Nukleonen** bildend. Das N. ist im Verband eines Atomkerns stabil, als freies Teilchen radioaktiv (β-Strahler) und zerfällt mit einer Halbwertszeit von rd. 15 min in ein Proton, ein Elektron und ein Antineutrino ($n \longrightarrow p^+ + e^- + \bar{\nu}_e$). Streuversuche mit Elektronen und das magnet. Dipolmoment deuten auf unterschiedliche Verteilung positiver und negativer Ladungen im N., das aber nach außen neutral erscheint. N. entstehen v. a. bei der Kernspaltung und spielen bei der Umwandlung und Spaltung von Atomkernen eine entscheidende Rolle. Ihre Wechselwirkung mit Materialien hängt stark von diesen selbst und der kinet. Energie der N. ab. Von besonderer Bedeutung sind **therm. N.** (0,01–0,1 eV), die sich im Gleichgewicht mit der Wärmebewegung der Materie befinden (d. h., daß ihre kinet. Energie mit derjenigen von Gasatomen bei Zimmertemperatur vergleichbar ist) und **schnelle N.** (100 keV–50 MeV), deren Geschwindigkeiten im Bereich der bei der Kernspaltung freiwerdenden N. liegt. Das Isotop Uran 238 wird durch schnelle, Uran 235 durch therm., Plutonium 239 durch therm. und schnelle N. gespalten. **Relativist. N.** haben Energien oberhalb 50 MeV, **mittelschnelle N.** zw. 100 eV und 100 keV, **epitherm. N.** zw. 0,1 und 100 eV, **kalte N.** zw. 10^{-5} und 10^{-2} eV und **ultrakalte N.** unterhalb 10^{-5} eV. Die Bez. **langsame N.** wird meist für epitherm., therm. und energieärmere N. verwendet. Bei der →Kernspaltung unterscheidet man zw. **prompten N.,** die momentan frei werden, und **verzögerten N.** Hochenerget. N. kann man durch eine Abstreifreaktion erzeugen; hierbei wird einem hochbeschleunigten Deuteron in einer dünnen Folie das Proton abgestreift, während das N. weiterfliegt. – Auf Grund ihrer Ladungsfreiheit sind N. bevorzugte Geschosse bei der Untersuchung der Struktur der Materie. Sie werden auch zur Erzeugung radioaktiver Isotope und in der Medizin zur Strahlenbehandlung benutzt. – Die von E. Rutherford 1921 vermuteten ungeladenen Teilchen in Atomkernen wurden von J. Chadwick 1932 durch Beschuß von Beryllium mit α-Teilchen nachgewiesen.

Unter Ausnutzung der Kräfte, die stark inhomogene Magnetfelder auf das magnet. Dipolmoment des N. ausüben, ist es gelungen, isolierte ultrakalte N. mit Energien von etwa 10^{-7} eV für die Dauer von 45 bis 50 Minuten in einem Speicherring (Durchmesser etwa 1,5 m) einzuschließen. Die langen Speicherzeiten sollen u. a. für die Suche nach einem elektr. Dipolmoment des N. genutzt werden, das nach dem Quarkmodell für den Aufbau der Hadronen nicht ausgeschlossen werden kann. Da der Nachweis eines elektr. Dipolmoments bei einem Elementarteilchen die Verletzung des physikal. Prinzips der Symmetrie gegenüber Zeitumkehr bedeuten würde, hätte die Entdeckung eines elektr. Dipolmoments beim N., auf das man sich heute konzentriert, da die erforderl. Experimente einfacher als bei anderen Teilchen sind, entscheidende Konsequenzen für die Symmetrievorstellungen der Physik.

Neutronen|absorption, der → Neutroneneinfang.

Neutronen|aktivierung, Erzeugung künstlicher radioaktiver Nuklide durch Bestrahlung stabiler Nuklide mit Neutronen, z. B. bei der **N.-Analyse** (→ Aktivierungsanalyse).

Neutronenbestrahlung, modernes Verfahren zur → Dotierung von Halbleitermaterial.

Neutronenbeugung, 1936 von W. ELSASSER nachgewiesene Beugung langsamer Neutronen am Kristallgitter von Festkörpern, die durch den Welle-Teilchen-Dualismus erklärt wird und den Wellencharakter des Neutrons demonstriert (→ Materiewellen). Die Wellenlänge thermischer Neutronen (Energie rd. 25 meV) hat mit 0,1 nm etwa die Größe des Abstands der Atome auf benachbarten Plätzen im Kristallgitter. Die N. kann daher wie Röntgenstrahlung zur Strukturaufklärung genutzt werden (→ Röntgenstrukturanalyse). Seit Forschungsreaktoren als intensive Neutronenquellen verfügbar sind, wurde die N. zu einer wichtigen analyt. Methode für die Materialforschung, Festkörperphysik, Kernphysik, Chemie und Biologie entwickelt, mit der neben der geometr. Anordnung der Atome und Moleküle in Festkörpern, Flüssigkeiten, Biopolymeren und Viren auch die Dynamik von Diffusionsbewegungen und therm. Schwingungen der Bausteine untersucht werden kann. Zur Messung der N. dient ein **Neutronendiffraktometer,** in dem der Neutronenstrahl aus dem Reaktor zunächst, z. B. durch Bragg-Reflexion an einem Kristall, monochromatisiert (→ Neutronenspektrometer) und dann als feines Bündel auf die Probe gelenkt wird. Die Energie- und Winkelverteilung der gebeugten Neutronen wird mit vielen Detektoren hinter der Probe vermessen und in einem Computer zur Strukturbestimmung ausgewertet. Aus den Energieverlusten können Frequenzen und Wellenlängen der in der Probe angeregten Schwingungen berechnet und Rückschlüsse auf die Bindungskräfte gewonnen werden. Vorteile gegenüber der Röntgenstrukturanalyse sind: 1) Die unterschiedl. Stärke der Wechselwirkung der Neutronen mit verschiedenen Isotopen eines Kerns erlaubt die Ausmessung von Isotopenverteilungen und wird u. a. zur Lokalisierung von Wasserstoff in Polymeren genutzt. 2) Da Neutronen keine elektr. Ladung haben, wechselwirken sie nicht über elektr. Kräfte, sondern nur über magnet. Dipolkräfte mit den Elektronen in den Atomhüllen. Daher können mit Neutronen mühelos dicke Proben untersucht werden. Gleichzeitig stellen sie eine sehr empfindl. Sonde zur Aufklärung des magnet. Verhaltens der Materie dar. – Die Genauigkeit der N. wird durch die Intensität der gestreuten Neutronen und damit vom verfügbaren Neutronenfluß begrenzt. (→ Spallations-Neutronenquelle)

Neutronenbombe, Neutronenwaffe, atomarer Sprengkopf für Artilleriegeschosse und Mittelstreckenraketen, der aus der Kombination einer sehr kleinen Wasserstoffbombe mit einer noch kleineren, als Zünder wirkenden Plutoniumbombe besteht (→ Kernwaffen). Bei ihrer Detonation entstehen nur wenig Hitze und eine schwache Druckwelle, dafür aber eine sehr starke Neutronenstrahlung. Die N. wirkt deshalb v. a. gegen Lebewesen, während Bauwerke und Waffen weitgehend unzerstört bleiben. Der radioaktive Niederschlag ist so gering, daß das Zielgebiet bereits nach 24 Stunden gefahrlos betreten werden kann. Die Gefährlichkeit beruht in erster Linie auf der biolog. Strahlenwirkung der bei der Deuterium-Tritium-Fusionsreaktion $^2_1D + ^3_1T \longrightarrow ^4_2He + ^1_0n + 17{,}6$ MeV freigesetzten schnellen Neutronen mit einer Energie von rund 14 MeV, die fast alle Materialien durchdringen. Zur wirksamen Abschirmung wären etwa 30 cm dicke Blei- oder 60 cm dicke Eisenbetonschichten erforderlich. Schutz gegen N. würden auch etwa 30 cm dicke Wasser- oder 10 cm dicke Paraffinschichten bieten, in denen die schnellen Neutronen und Rückstoßprotonen durch elast. Stöße mit Wasserstoffatomen abgebremst werden. Biolog. Material wird durch die Neutronenstrahlung zerstört, da die Neutronen beim Zusammenstoß mit den nahezu massegleichen Wasserstoffatomen in organ. Molekülen diese aus dem Molekül herausschießen. Der Effekt wird durch die Ionisationswirkung der gebildeten energiereichen Rückstoßprotonen sehr verstärkt. Die erzeugten Molekülradikale und Molekülionen können ihre biologische Funktion nicht mehr ausüben, was zur Zerstörung der Zellen und schließlich zu Krankheit und Tod führt.

Neutronen|diffraktometer, → Neutronenbeugung.

Neutronendiffusion, die räuml. und zeitl. Ausbreitung von therm. Neutronen in einem Medium, wobei die Gesetzmäßigkeiten, die bei der Diffusion von Gasen gelten, angewendet werden; sie spielt bei der Berechnung von Kernreaktoren eine wichtige Rolle.

Neutronen|einfang, Neutronen|absorption, Kernreaktion, bei der ein Neutron von einem Atomkern aufgenommen wird, wodurch dieser in einen angeregten Zustand versetzt wird (→ Einfangprozesse). Durch Aussendung eines oder mehrerer Teilchen, von γ-Strahlung oder durch Kernspaltung geht dieser mit einer charakteristischen Halbwertszeit in einen neuen Zustand über. – Unter N. i. e. S. versteht man die **Neutron-Gamma-Reaktion (n, γ),** bei der ein Neutron eingefangen und γ-Strahlung abgegeben wird.

Neutronenfluß, kennzeichnende Größe für Kernreaktoren, ein Maß für die Neutronenstromdichte. Kleine Forschungsreaktoren haben N. von etwa 10^8 bis 10^{14} $cm^{-2}s^{-1}$, Leistungsreaktoren etwa 10^{12} bis 10^{16} $cm^{-2}s^{-1}$, Materialprüfreaktoren bis etwa 10^{17} $cm^{-2}s^{-1}$.

Neutronengenerator, Anlage, in der geladene Teilchen beschleunigt werden und dann in einem Target über Kernreaktionen Neutronen auslösen, somit eine spezielle → Neutronenquelle. Intensive Neutronenströme können z. B. beim Beschuß von Deuterium oder Tritium mit Deuteronen durch die Reaktionen $^2D(d,n)^3He$ oder $^3T(d,n)^4He$ erhalten werden.

Neutronengift, Material, das Neutronen sehr stark absorbiert, z. B. Bor 10, Cadmium 113, Xenon 135, Samarium 149; zur Steuerung und Regelung von Kernreaktoren.

Neutronenquelle, Neutronen liefernde Anordnung. Eine N. kann aus einem α-Strahler mit anschließender (α,n)-Kernreaktion bestehen, z. B. ^{226}Ra oder ^{241}Am (→ Americium) und ^9Be mit der Reaktion $^9Be(\alpha,n)^{12}C$; oder man gewinnt die Neutronen als ›Photoneutronen‹ über einen (γ,n)-Prozeß. Auch jeder Kernreaktor ist eine N. Häufig erzeugt man die Neutronen mit Beschleunigern

(→ Neutronengenerator). Die höchsten Neutronenflüsse lassen sich mit → Spallations-Neutronenquellen erzielen.

Neutronenspektrometer, Gerät zur Trennung von Neutronen verschiedener Energien, dient zur Bestimmung der Energieverteilung **(Neutronenspektrometrie)** und zur Herstellung von Neutronenstrahlen einheitl. Energie. Dies geschieht für langsame Neutronen (Energien von etwa 1 eV), deren Wellenlänge dem Gitterabstand in Einkristallen entspricht, mit → Kristallspektrometern, für Neutronenstrahlen niedriger Energie (bis etwa 1 keV) durch Aussonderung von Neutronen best. Geschwindigkeit aus einem Strahl mit einem → Flugzeitspektrometer. Die Energie schneller Neutronen kann durch Messen des Winkels zw. der Richtung der Neutronen und der Richtung von aus dünnen (Wasserstoff enthaltenden) Folien herausgeschossenen Rückstoßprotonen sowie deren Energie ermittelt werden **(Rückstoßprotonenspektrometer).** Daneben können durch Neutronen ausgelöste Kernreaktionen und Kernspaltungen für die Neutronenspektrometrie ausgenutzt werden.

Neutronenstern, ein als mögl. Endstadium der → Sternentwicklung angesehener Stern von 10 bis 40 km Durchmesser und extrem hoher Dichte (etwa 10^{14} bis 10^{15} g/cm^3), der im wesentl. aus Neutronen besteht. Die Temperaturen im Inneren werden auf 10 Mrd. K, auf der Oberfläche auf 10 Mio. K geschätzt. Rotierende N. mit sehr hohen Magnetfeldern werden als Zentrum von → Pulsaren angesehen. Wenn der Kernbrennstoff verbraucht ist, erleiden Sterne einen → Gravitationskollaps, der bei massereichen Sternen mit einem Supernova-Ausbruch verbunden ist (→ Crabnebel), wobei je nach Restmasse ein N. oder ein Schwarzes Loch übrig bleibt.

Neutronenüberschuß, Differenz zw. der Anzahl der Neutronen N und der Protonen Z im Atomkern; sie ist bis auf wenige Ausnahmen stets positiv und steigt infolge der Bindungsverhältnisse im Kern mit zunehmender Ordnungszahl Z bis auf $N\text{-}Z \approx 60$ an.

Neutronenvermehrungsfaktor, der → Multiplikationsfaktor.

Neutronenwaffe, die → Neutronenbombe.

Neutronenzahl, Formelzeichen N, Anzahl der Neutronen im Atomkern (→ Atom, → Kernphysik).

Neutronenzähler, Nachweisgerät für Neutronen. Neutronen wechselwirken kaum mit Elektronen und ionisieren Materie daher nur unwesentlich. Der Neutronennachweis muß deshalb über Kernreaktionen mit genügend großem Wirkungsquerschnitt erfolgen. Die Energieabhängigkeit solcher Wirkungsquerschnitte führt zu unterschiedl. Methoden für den Nachweis langsamer und schneller Neutronen. Zum reinen Nachweis ohne Energiemessung bremst man i. a. (z.B. mit Paraffinschichten) die Neutronen bis auf therm. Energie ab, weil therm. Neutronen bevorzugt eingefangen werden. Häufig werden mit Borfluorid, BF_3, gefüllte Zählrohre verwendet. Das im Bor enthaltene Borisotop ^{10}B absorbiert mit großem Wirkungsquerschnitt Neutronen gemäß der Reaktion $^{10}B(n, \alpha)^7$ Li, wobei das entstehende α-Teilchen und der Li-Kern mit großer Geschwindigkeit davonfliegen und das umgebende Gas ionisieren. Diese Ionisation liefert im Zählrohr einen nachweisbaren Spannungsstoß. Auch Zählrohre mit einem Mantel aus Cadmium, das einen hohen (n, γ)-Wirkungsquerschnitt für thermische N. hat, und ^{6}Li-haltige Szintillatoren, bei denen die Reaktion $^6Li(n, \alpha)^3H$ zugrunde liegt, können als N. dienen. Thermische Neutronen können auch in **Spaltungsionisationskammern,** die dünne Wände aus ^{235}U oder ^{239}Pu enthalten, gezählt werden. Die hier in der neutroneninduzierten Spaltung entstehenden hochenergetischen Spaltfragmente ionisieren das Kammergas.

New General Catalogue of Nebulae and Clusters of Stars [nju: dʒ'enərəl k'ætəlɔg ɔv n'ebjuli: ænd kl'ʌstəz ɔv stɑ:z, engl.], Abk. → NGC.

New Red [nju: red, engl.], in England der den Buntsandstein und Muschelkalk vertretende (rote) Sandstein; Ggs. → Old Red.

Newton [nju:tn, n. dem engl. Physiker und Mathematiker I. Newton, * 1643, † 1727], Einheitenzeichen **N,** SI-Einheit der Kraft. Das N. ist jene Kraft, die erforderlich ist, einem Körper der Masse 1 kg die Beschleunigung von 1 m/s^2 zu erteilen; $1\,N = 1\,kg \cdot m \cdot s^{-2} = 1\,J/m$ (→ Kilopond). 1 Millinewton = 1 mN = 10^{-3} N = 0,001 N; 1 Kilonewton = 1 kN = 10^3 N = 1000 N.

Newton-Metall [nj'u:tn-], als Schnellot verwendete → Wismutlegierung, Schmelzpunkt 103 °C, bestehend aus 53% Wismut, 26% Zinn, 21% Cadmium oder aus 50% Wismut, 18,8% Zinn und 31,2% Blei.

Newtonmeter [nj'u:tn-], Einheitenzeichen **Nm,** Einheit der Energie: 1 Nm = 1 J = 1 Ws.

Newtonsche Axiome [nj'u:tn-], die von I. NEWTON zusammengestellten drei Grundgesetze der Mechanik: **1. N. A., Trägheitsprinzip, Trägheitsgesetz,** → Trägheit; **2. N. A., Aktionsprinzip, dynam. Grundgesetz der Mechanik,** → Newtonsche Bewegungsgleichung; **3. N. A., Prinzip von actio und reactio, Prinzip von Kraft und Gegenkraft, Wechselwirkungsprinzip,** das → Reaktionsprinzip.

Newtonsche Bewegungsgleichung [nj'u:tn-], das 2. Newtonsche Axiom **(Aktionsprinzip, dynam. Grundgesetz der Mechanik)** beschreibt die Bewegung eines Massenpunktes der Masse m unter der Einwirkung von äußeren Kräften $\boldsymbol{F}_i$. Ist $\boldsymbol{r}(t)$ sein von der Zeit t abhängiger Ortsvektor, so ist $\boldsymbol{v} = \mathrm{d}\boldsymbol{r}/\mathrm{d}t$ seine Geschwindigkeit und $\boldsymbol{p} = m\boldsymbol{v}$ sein Impuls. In einem Inertialsystem gilt dann die N. B.:

$$\mathrm{d}\boldsymbol{p}/\mathrm{d}t = \mathrm{d}(m\boldsymbol{v})/\mathrm{d}t = \boldsymbol{F}.$$

Diese Gleichung stellt die allg. Form des 2. Newtonschen Axioms dar, die urspr. von I. NEWTON angegeben wurde. Falls sich die Masse nicht ändert (wie das in der nichtrelativist. Mechanik der Fall ist) gilt: $\boldsymbol{F} = m\,\mathrm{d}\boldsymbol{v}/\mathrm{d}t = m\,\mathrm{d}^2\boldsymbol{r}/\mathrm{d}t^2$, wobei $\boldsymbol{a} = \mathrm{d}\boldsymbol{v}/\mathrm{d}t = \mathrm{d}^2\boldsymbol{r}/\mathrm{d}t^2$ die **Beschleunigung** ist. $\boldsymbol{F}$ ist die resultierende aller Kräfte $\boldsymbol{F}_i$, die auf m einwirken. Sie kann von $\boldsymbol{r}$, t und $\boldsymbol{v}$ abhängen. Der zeitl. Ablauf der → Bewegung bei gegebenen Kräften wird damit durch eine Differentialgleichung 2. Ordnung für den von t abhängigen Ortsvektor $\boldsymbol{r}$ beschrieben. Schreibt man für einen Anfangszeitpunkt t_0 den Anfangszustand $\boldsymbol{r}_0$ und $\boldsymbol{v}_0$ vor, so erhält man durch Integration eine Lösung für $\boldsymbol{r}$, die die Bahngleichung, d. h. die Bewegung, bestimmt.

Newtonsche Flüssigkeiten [nj'u:tn-], Flüssigkeiten, deren Viskosität vom Spannungs- oder Deformationszustand unabhängig ist; ihr Fließwiderstand ist bei gegebener Temperatur eine Stoffkonstante, die dynam. → Viskosität (dynam. Zähigkeit) η. Flüssigkeiten, die von diesem Verhalten abweichen, werden als **nichtnewtonsche Flüssigkeiten** bezeichnet. (→ Fließen)

Newtonsche Ringe [nj'u:tn-], → Interferenz.

Newtonsches Abkühlungsgesetz [nj'u:tn-], → Abkühlung.

Newtonsches Gravitationsgesetz [nj'u:tn-], → Gravitation.

Newtonsches Interpolationsverfahren [nj'u:tn-], Verfahren, das eine Näherungsfunktion $y=f(x)$ als Polynom n-ten Grades darstellt. Die Näherungsfunktion nimmt an $n+1$ Stützstellen $x_0, x_1, \ldots, x_n$ genau die Stützwerte $y_0, y_1, \ldots, y_n$ an.

Newtonsches Näherungsverfahren [nj'u:tn-], Verfahren zur näherungsmäßigen Berechnung der Nullstelle α einer differenzierbaren Funktion $f(x)$, d. h. zur Auflösung der Gleichung $f(x)=0$. Es beruht darauf, daß in der Nähe einer vermuteten Nullstelle die die Funktion darstellende Kurve durch eine ihrer Tangenten ersetzt wird. Ist x_0 eine gegebene Näherung, so liefert das N. N. die neue Näherung

$$x_1 = x_0 - \frac{f(x_0)}{f'(x_0)} .$$

Das N. N. kann mit x_1 statt x_0 wiederholt werden (→ Iteration 2).

Newton-Spiegel [nj'u:tn-], ein →Spiegelteleskop (BILD).

nF, Einheitenzeichen für **Nanofarad** (→ Farad).

NF, Abk. für →Niederfrequenz.

NGC, Abk. für **New General Catalogue of Nebulae and Clusters of Stars** [nju: dʒ'enərəl k'ætəlɔg ɔv n'ebjuli: ænd kl'ʌstəz ɔv stɑ:z, engl.], 1888 von JOHN DREYER veröffentlichter Katalog mit mehr als 7000 Nebeln und Sternhaufen. So wird z. B. der →Nordamerikanebel mit NGC 7000 bezeichnet, d. h., er ist unter der Nummer 7000 im Katalog verzeichnet.

ABKÜRZUNGEN

Endungen oder Wortteile werden zur Raumersparnis weggelassen, wo sie ohne Schwierigkeiten ergänzt werden können, z. B. elektron. für elektronisch(e), chem. für chemisch(e). Das Stichwort ist in seinem Artikel mit dem Anfangsbuchstaben abgekürzt.

An Zeichen werden verwendet * geboren, † gestorben, ∅ Durchmesser, $>$ größer als, $<$ kleiner als; weitere mathematische Zeichen sind in der Tabelle zum Stichwort **mathematische Zeichen** in Band 3, Abkürzungen von Einheiten beim Stichwort **Einheiten** in Band 1 in einer Übersicht zusammengestellt.

Abk.	Abkürzung
allg.	allgemein
Bd., Bde.	Band, Bände
bed.	bedeutend
begr.	begründet(e)
bes.	besonders
best.	bestimmt(e)
Bez.	Bezeichnung
BRT	Bruttoregistertonne
Bundesrep. Dtl.	Bundesrepublik Deutschland
bzw.	beziehungsweise
D.	bei Mineralen Dichte in g/cm^3
dgl.	dergleichen, desgleichen
d. h.	das heißt
dt.	deutsch
Dt. Dem. Rep.	Deutsche Demokratische Republik
Dtl.	Deutschland
ebd.	ebenda
eigtl.	eigentlich
evtl.	eventuell
Ez.	Einzahl
frz.	französisch
gegr.	gegründet
Ges.	Gesetz
Gesch.	Geschichte
ggf.	gegebenenfalls
Ggs.	Gegensatz
grch.	griechisch
H.	bei Mineralen Härte nach Mohs
Hb.	Handbuch
Hg.	Herausgeber
hg. v.	herausgegeben von
i. a.	im allgemeinen
i. d. F. v.	in der Fassung von
i. d. R.	in der Regel
i. e. S.	im engeren Sinn
i. Ggs.	im Gegensatz
Ind.	Industrie
internat.	international
i. S.	im Sinn
ital.	italienisch
i. w. S.	im weiteren Sinn
Jahrtsd.	Jahrtausend
Jb.	Jahrbuch
Jh.	Jahrhundert
lat.	lateinisch
Lb.	Lehrbuch
Lit.	Literatur
MA	Mittelalter
Mio.	Million(en)
Mrd.	Milliarde(n)
Mz.	Mehrzahl
n.	nach
N	Norden
nat.	national
n. Br.	nördliche(r) Breite
n. Chr.	nach Christi Geburt
NN	Normal Null
NO	Nordosten
NRT	Nettoregistertonne
NW	Nordwesten
O	Osten
ö. L.	östliche(r) Länge
rd.	rund
S	Süden
S.	Seite
s. Br.	südliche(r) Breite
Schmelz-P.	Schmelzpunkt
Siede-P.	Siedepunkt
SO	Südosten
svw.	soviel wie
SW	Südwesten
Tb.	Taschenbuch
Temp.	Temperatur
u. a.	und andere, unter anderem
u. ä.	und ähnlich(e)
UdSSR	Sowjetunion
ü.M., u.M.	über (unter) dem Meeresspiegel
urspr.	ursprünglich
USA	Vereinigte Staaten
usf., usw.	und so fort, und so weiter
u. U.	unter Umständen
u. v. a.	und viele(s) andere
v. a.	vor allem
v. Chr.	vor Christi Geburt
Verf.	Verfahren
versch.	verschieden(e)
vgl.	vergleiche
v. Gr.	von Greenwich
VO	Verordnung
Vol.	Volumen
W	Westen
w. L.	westliche(r) Länge
z. B.	zum Beispiel
z. T.	zum Teil
zus.	zusammen
zw.	zwischen
z. Z.	zur Zeit
$^{4}1982$	4. Auflage 1982

Das Bildquellenverzeichnis für alle Bände befindet sich am Ende von Band 5.

HINWEISE FÜR DEN BENUTZER

Reihenfolge und Schreibung der Stichwörter

Die Stichwörter folgen einander nach dem Abc. Für das Einordnen gelten alle **fett** gedruckten Buchstaben, auch wenn das Stichwort aus mehreren Wörtern besteht; Ziffern und Zeichen werden nicht mit alphabetisiert. Unterstichwörter sind in **halbfetter Schrift** gesetzt.

Die Umlaute ä, ö, ü werden behandelt wie die einfachen Buchstaben a, o, u; also folgen z. B. aufeinander **Coleọpter, Cölestịn, Colibakterien.** Ae, oe, ue werden wie getrennte Buchstaben behandelt, auch wenn sie wie ä, ö, ü gesprochen werden; z. B. folgen aufeinander: **Cọenzym R, Coesịt, Coffeịn.**

Getrennte Aussprache zusammenstehender Buchstaben wird in Zweifelsfällen durch senkrechten Strich angezeigt, z. B. **Des|aminierung, De|sorption.**

Folgen mehrere Stichwörter, die nach der gleichen Person benannt sind, aufeinander, so stehen die biographischen Angaben (* geboren, † gestorben) i. a. nur beim ersten dieser Stichwörter, vgl. z. B. **Cauchy-Folge, Cauchy-Riemannsche Differentialgleichung, Cauchysche Integralformel . . .**

Wörter, die man unter **C** vermißt, suche man unter **K, Tsch** oder **Z,** bei **Dsch** vermißte Wörter unter **Tsch,** bei **J** vermißte unter **Dsch** oder **I,** bei **Y** vermißte Wörter unter **J;** ebenso im umgekehrten Fall.

Wörter aus Sprachen mit **nichtlatein. Schrift** erscheinen als Stichwörter in einer der Aussprache (z. B. Russisch) angepaßten Umschrift.

Wenn man ein zusammengesetztes Wort nicht im Abc findet, schlage man seine Teilwörter nach.

Der Verweisungspfeil → fordert auf, das dahinterstehende Wort oder den zusammengesetzten Begriff nachzuschlagen; das Zeichen ⇨ verweist auf Artikel, die in einem weiteren Zusammenhang mit dem betreffenden Stichwort stehen.

Betonung und Aussprache

Wo beim Stichwort Zweifel über die Betonung auftreten können, ist diese durch einen Punkt unter dem betonten Laut angegeben, z. B. **Dispẹnser, Geometrie̤.**

Die Aussprache (und Betonung) von fremdsprachlichen oder schwierigen Wörtern und Namen steht in eckiger Klammer hinter dem Stichwort, z. B. **Flight Level** [flaɪt lˈevl]. Sie wird nach dem Internationalen Lautschriftsystem der Association Phonétique Internationale bezeichnet. Die verwendeten Zeichen bedeuten:

a = helles a, dt. Bl*a*tt
ɑ = dunkles a, dt. w*a*r, engl. Ch*a*nt, B*a*rn d*a*nse
ã = nasales a, frz. C*a*nc*a*n
ʌ = dumpfes a, engl. Dr*u*ms
β = halboffener Reibelaut b, span. Ha*b*anera
ç = deutscher I*ch*-Laut
ð = stimmhaftes engl. th, engl. *the*
æ = breites ä, engl. B*a*nd, J*a*zz
ɛ = offenes e, dt. f*e*tt, frz. Ari*e*tte
e = geschlossenes e, dt. B*ee*t frz. coul*é*
ə = dumpfes e, dt. all*e*
ɛ̃ = nasales e *Im*promptu
ɣ = geriebenes g, Se*g*uidilla
i = geschlossenes i, dt. W*ie*se
ɪ = offenes i, dt. b*i*n, engl. Mus*i*c
ĩ = nasales i, portugies. *I*nfante
ł = dunkles l, poln. Lutos*ł*awski
ʎ = lj, ital. Imbro*gl*io
ŋ = deutscher ng-Laut, dt. la*ng*e, engl. So*ng*
ɲ = nj-Laut, frz. Carma*gn*ole
ɔ = offenes o, dt. K*o*pf
o = geschlossenes o, dt. T*o*r
ɔ̃ = nasales o, frz. Chans*on*
ø = geschlossenes ö, dt. H*ö*hle
œ = offenes ö, dt. H*ö*lle
œ̃ = nasales ö, frz. *un*
s = stimmloses s, dt. wa*s*
z = stimmhaftes s, dt. *s*ingen
ʃ = stimmloses sch, dt. *Sch*uh
ʒ = stimmhaftes sch, frz. *j*our
θ = stimmloses th, engl. *th*eatre, span. Zar*z*uela
u = geschlossenes u, dt. K*u*h
ʊ = offenes u, dt. b*u*nt, Ha*u*s
ũ = nasales u, portugies. At*um*
v = deutsches stimmhaftes w, dt. *W*ald, *V*ariation
w = halbvokalisches w, engl. *w*ell
x = deutscher Ach-Laut, dt. Da*ch*
y = deutsches ü
ɥ = konsonantisches y, frz. S*u*ite
: bezeichnet Länge des vorhergehenden Vokals, z. B. blu:z = Blues
ˈ bezeichnet Betonung und steht vor dem *Vokal* der betonten Silbe, z. B. alm ˈãd = Allemande

b d f g h j k l m n p r t geben in den meisten Sprachen etwa den Lautwert wieder, den sie im Deutschen haben. Im Englischen wird ›r‹ weder wie ein deutsches Zäpfchen-r noch wie ein gerolltes Zungenspitzen-r gesprochen, sondern mit der Zungenspitze an den oberen Vorderzähnen oder am Gaumen gebildet.